定本 The Newest Dictionary of Miyazawa Kenji Glossary

宮澤賢治語彙辞典

Hara Shiroh

原子朗【著】

筑摩書房

宮沢賢治（大正 15 年〈1926〉、花巻農学校付近）

▲❶銀河〈本文 196・23 頁〉

▼❸アンドロメダ座大星雲 M31〈本文 36 頁〉

▼❷大マゼラン星雲(左)と小マゼラン星雲(右)〈本文 678 頁〉

▲❺オリオン座〈本文 116 頁〉

▲❹オリオン座大星雲 M42〈本文 116・396 頁〉

▲❼北十字(はくちょう座)
〈本文 179 頁〉

▲❻アルビレオの二重星〈本文 31・179 頁〉

▲❾ふたご座〈本文 631 頁〉

▲❽こと座〈本文 272 頁〉

⓫ティコの星▶
〈本文 134・747 頁〉

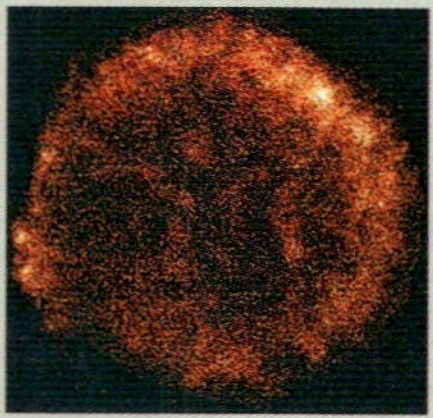

❿ M57（環状星雲）▶
〈本文 767・91 頁〉

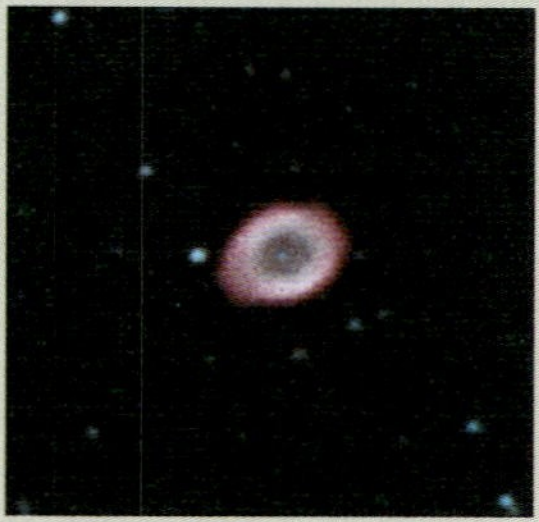

▼⓭金《きん》牛《ぎゅう》宮《きゅう》（おうし座）〈198 頁〉

▼⓬プレアデス星団 M45（すばる、昴《ぼう》の鎖）
〈本文 658・392 頁〉

▲⑱いて座〈本文 53 頁〉

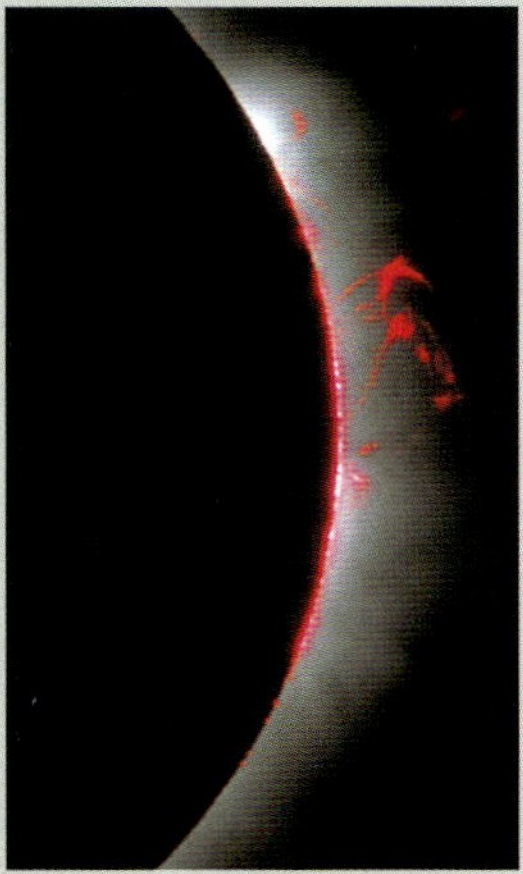

◀⑲プロミネンス
〈本文「コロナ」項
281 頁〉

▼⑳太陽の「ハロウ」現象〈本文 592 頁〉

▲⑭南十字と石炭袋〈本文 697・406 頁〉

▲⑮ M7〈本文 300 頁〉

◀⑯アンタレス
(左下の赤い星)〈本文 34 頁〉

▼⑰さそり座〈本文 300 頁〉

▲㉓黒水晶〈本文 222 頁〉

▲㉒珪孔雀石《けいくじゃくせき》（クリソコラ）〈本文 218 頁〉

㉑正長石（オーソクレース）〈本文 105 頁〉▲

㉔貴蛋白石《きたんぱくせき》（オパール）〈本文 464 頁〉▶

▲㉖紫水晶《アメシスト》〈本文 24 頁〉

㉗岩手山焼走り溶岩流「火山弾」▶
〈本文 133 頁〉

㉕蛋白石〈本文 464 頁〉▼

伝 賢治採集鉱物

㉙蛇紋岩《じゃもんがん》
〈本文 341 頁〉

㉘安山岩《あんざんがん》
〈本文 34 頁〉

㉛橄欖岩《かんらんがん》
〈本文 171 頁〉

㉚石墨《せきぼく》
〈本文 408 頁〉

▲㉝黒電気石《くろでんきせき》〈本文 223 頁〉

▼㉜琥珀《こはく》〈本文 274 頁〉

▲㉞薔薇輝石《ばらきせき》〈本文 589 頁〉

▲㉟白雲母《しろうんも》(muscovite)〈本文 809 頁〉

▲㊱鋼玉〈本文 251 頁〉

▲㊲方解石〈本文 656 頁〉

▲㊴高師小僧《たかしこぞう》〈本文 445 頁〉

▲㊳角閃石《かくせんせき》(ホンブレン)〈本文 672 頁〉

㊵天河石《アマゾンストン》〈22 頁〉▶

◀㊶緑柱石〈本文 766 頁〉

㊷十界曼荼羅（327頁）▶

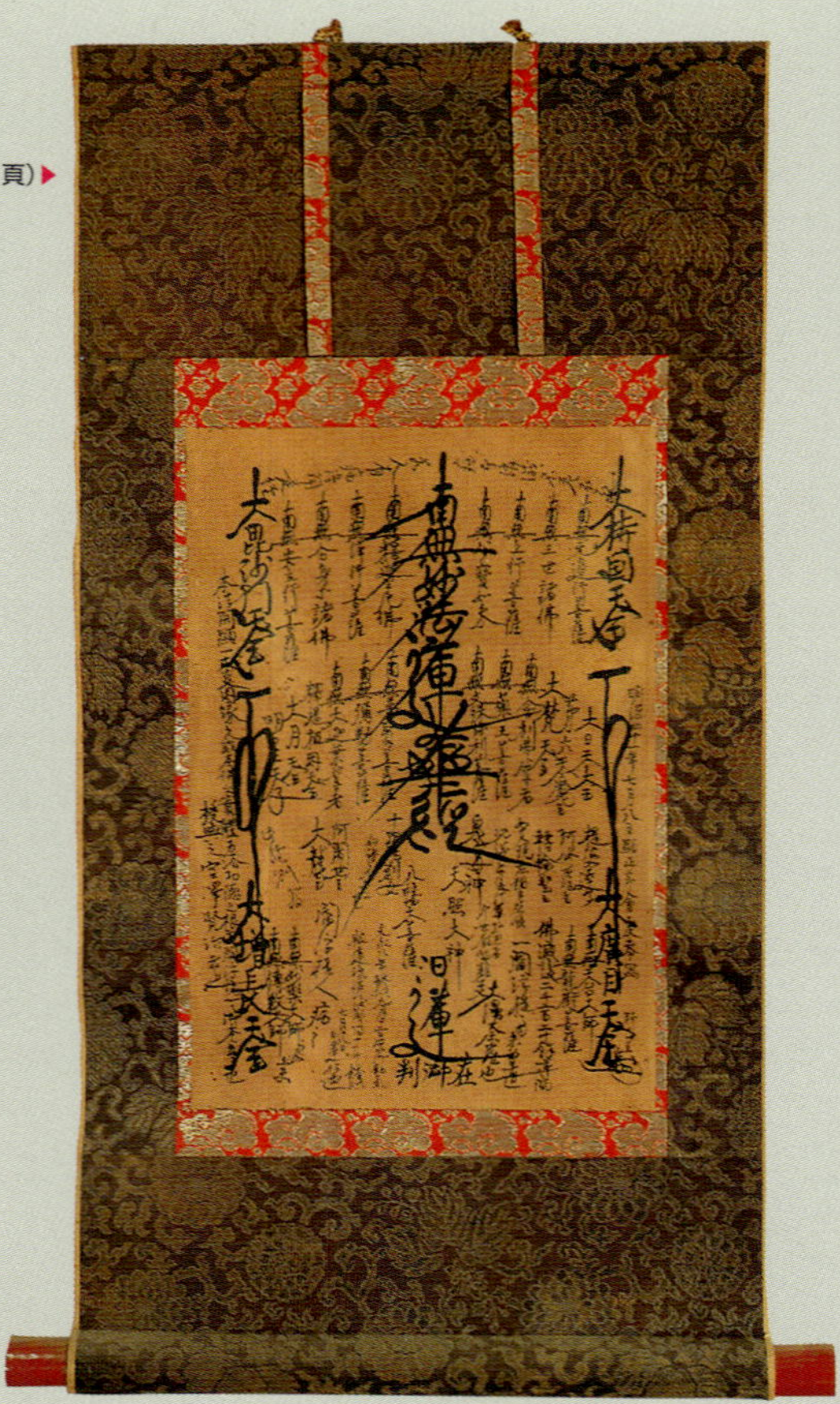

▲㊸賢治のメモから再現した〈南斜花壇〉
（宮沢賢治記念館・南斜面）〈141頁〉

▼㊹賢治のメモから復原した花壇〈Tearful eye〉（盛岡少年院校庭）〈141頁〉

序——巻末「跋文」とも内容的に呼応し、関連しますゆえ、併せてぜひお読みくださいますように。——

私の半生をかけた仕事——と近親の者には高言したことはあっても、思いもかけなかった『定本』の呼称を冠して、ご覧の通りの辞典を、きびしい出版事情の中で出してくれた筑摩書房に対して、まずは敬意と、深い謝意を表したいと思います。

と申すのも、「定本」とは、漢字の国の中国では諸説がある中で「権威文本」の別名もあったように、古くは三、四世紀いらいの、それこそ権威ある語*のようですが、（中国でも今は安易に用いられていますが）そうした語の歴史的な重たさからは解放させてもらって、今度こそ慎重にと（各項目で引用の対象にした底本《ていほん》も版元の要望もあり、『新校本宮澤賢治全集』にすることになったのをきっかけに）、今までの拙旧版で底本にしてきた文庫版全集はむろん、新かな遣いの各社の流布本《るふぼん》や、旧『校本全集』の本文まで読みなおしたり、粗忽だったこれまでの解説文の不備や誤りも大いに訂正したり、八年がかりの手間をかけました。なかでも、これまで底本としてきた文庫版本文との小さな差異（ルビの有無等まで）にも注意して、文庫版全集の読者にもわかりやすく、両者を併掲したりもしました。これらのことは「凡例」に詳しく掲げましたので、本辞典の利用者の方々はぜひお読みいただきたいと存じます。

しかし、いっとう大切に考えましたのは、各項の解説を賢治作品理解のための、「結論」ではなく、「動機」づけになるように努力するということでした。作品の理解や鑑賞の主体は、あくまで、そのとき、そのときの賢治作品の読者の方たちだからです。賢治には（ことに詩には）難解な作品も多いからと言って、各項の解説が新しい賢治読者の方たちへの「押しつけ」にならぬように——という配慮でした。その自戒を忘れて、つい深入りしたり、またよけいな解説になったり……そこの加減が難しく、つい専門的になりそうになって書き直したり、削ったりの繰り返しでした。そのたびに私は賢治の令弟、宮沢清六《せいろく》さんの生前のお言葉を思い出していました。拙辞典の旧版の「序文」にも紹介したことですが——根掘り葉掘りの調べも大事でしょうが、これだという極《き》めこみはできないのですから、たいていのところで、とめておく、というのが、まずはいいのではないですか……。いつも私の仕事を気にしてくださり、私の失礼な電話での質問にも二、三日かけてのお答えをいただいたりした深い恩義への感謝の思い出もさることながら、右のお気遣いのお言葉をいただいたのは、中国の頤和園《いわえん》（北京市の西北郊の広大な「人民公園」で、もと皇帝の行宮《あんぐう》）の湖畔だったと私は場所まで覚えています。兄賢治の夢見たシルク・ロードをわたってみたいと、招聘《しょうへい》されて北京の大学院に数か月奉仕させられていた私に熱望され、おそらく何がしかの私の手づるでそれを果たされ、日本へ帰国される途中の数日を、私の宿舎で過ごされていた時の思い出です。お孫さんの和樹《かずき》兄もご一緒でしたが、前日王府井《ワンフウチン》大街の楽器店でお孫さんたちにと買って差上げた口琴《ガオチン》（ハーモニカ）で、なんと賢治の「精神歌」をはじめ、何曲ものお得意の吹奏までまじえて超満員の席で講演までしてくださって深い感銘を与えてくださったことも、またとない機会なので、ここで特記しておきたいと思います（その特記のついでですが、賢治作品の最初の外国語訳も実は中国です。「北国農謡」の題で「雨ニモマケズ」が対訳のかたちで紹介されたのも、一九四一〈昭和一六〉年の銭稲孫氏訳、北京近代科学図書館編、が最初でした。険悪な両国関係の時期によくぞ、と思われますが）。その対訳コピーを手にしながらの清六さんの講演やハーモニカ演奏でしたから当然といえば当然、聴衆の大きな感銘には私が驚いたくらいでした。

　話をもどしますが、私のこの辞典での苦衷を察するかのように、清六さんは花巻でも同様の「根掘り葉掘り……」のお言葉をかけてくださったのをよく覚えています。賢治のみにあらず、広く文学作品の受容にも「頂門《ちょうもん》の一針《いっしん》」となるお言葉であろうと、私は今も肝に銘じています。

　似たような思い出をつけ加えますが、賢治の親友で同年生まれの「カトジ（方言でズ）さん」こと藤原嘉藤治《かとうじ》（本文項目参照、音楽教師で、詩人としての筆名は草郎《そうろう》）さんの思い出です。嘉藤治さんは第二次大戦後もお達者で、私は何度もお会いでき、文圃堂《ぶんぽどう》版や十字屋書店版の賢治全集編纂のご苦心、ことに第二次大戦末期、六年がかりの後者（全六巻と別巻）の巻末解説や「語註」執筆等の経験もおありだったから、その多様だったご苦労話は貴重極まるものでした。ここでは、この私の辞典にかかわる一、二のことの紹介だけにとどめます（ルビも花巻訛《なま》り）。

「自《ず》分《ぶん》でもよぐわがらねぇす。直観（感）に書かせられてるだけだっす、みんな。……」

なんと、それが当人に説明をもとめたカトジさんと、生前の「ケンサ（賢治）」との応答だったというのです。肝腎の作者がそう言うのでは「註」のつけようもなかったと、カトジさんは笑っていましたが、私はそのような「カトジ代弁」をずっと覚えています。たとえば、当時の文圃堂《ぶんぽ》版全集『春と修羅』第一集中に「岩手山」と題する次のような四行詩があります。

そらの散乱反射《さんらんはんしや》のなかに
古ぼけて黒くえぐるもの
ひしめく微塵の深みの底に
きたなくしろく澱《よど》むもの

この詩を味わうさいに、その付されたカトジさんの「語註」が心づよい導き手になってくれたのはありがたいことでした。それでも『言海《げんかい》』（明治八年〜一九年完成。明治二四年出版、大槻文彦《おおつきふみひこ》著、日本初の国語辞典）にはない、あっても「散乱」は散らかるという説明ていどだった（じつは「散乱」も『言海』にはないのですが）当時の辞書の水準から推し量ると、「散乱反射」の嘉藤治さんの「註」は、ことに秀抜ながら、いま読みなおしても、いささか私には物足りなさも残ります。そうした私の「残念」こそが、じつはこの語彙辞典の遥かな「卵子《たまご》」だったのです（「藤原さんの跡継ぎになります」と、ご当人にむかって私は高言していたこともある手前、ここではじめて申します）。その遥かな私の「残念の卵子」とは、いったい何だったのか？　端的に平たく申します。

この漢詩の「起承転結」めいた四行詩は、たとえばあまりにも有名な賢治病床での詩的メモ「雨ニモマケズ」（無題なので初行で呼ばれている）のわかりよさともちがった、説明や観察や比喩などの散文的な伝達機能はもちろん、日本では好まれる詩的抒情性さえ、かなぐり捨てたような、これも「直観」でしょうか？　山も天海も律動をつづける――その営為の象徴として、二行対二行の、併せて四行の迦陀《かだ》（伽陀）（本文項目参照）めかして、しかも「岩手山」を動的に形象した恐ろしい詩です（念のため二、三の外国語訳を読んでみても、無理もありますまい、原作には及びもつかぬものばかりと私には思われました）。

しかし、理系をはじめ、各分野の専門辞典や参考文献も今と比べたらほとんどないに等しかった当時のこと、基本的な語義（概念）さえ「註」をつける困難はいかばかりだったかと思うとき、嘉藤治さんにそれ以上の注文はつけられぬ思いもあります。少しでも嘉藤治さんの「註」を超えた、童話も含めた賢治の超越的なポエジーへの共感帯を広げ、現代の文学風潮とのちがいまで考えざるを得ないような、その「きっかけづくり」が、どこまで出来たか、じつは、いまだに自信はないのです。

　賢治も利用していたにちがいない明治初期の一七年がかりの大仕事だった「国語辞典」に、変体がな（今の平がなは一九〇〇年の「小学校令」から）を多用した大槻文彦著『言海』があります（当初四冊本。解説つきの「ちくま学芸文庫」『言海』〈武藤康史解説〉参照）。賢治在世時、賢治はもちろん、この辞典を愛用しなかった学生や文学青年は一人もいなかったと思います。それの巻末ページは鎌倉期の『続《しょく》古今和歌集』から「言海」の題を貰ったことをことわり、その下に極小の英語活字の横書きで「There is nothing so well done, but may be mended.」とあります。意訳ながら「この辞書は未完成、やがて修正され、成長してゆくであろう」の意です。賢治の「農民芸術概論綱要」〈「農民芸術」の項参照〉の末尾、「永久の未完成これ完成である」の賢治マキシム（金言）の出所、あるいはヒントだったのかと私（著者）をハッとさせたこともありましたが、項目中では触れていません（一度は書いてから消したことは事実です）。

　しかし、ここでは、その『言海』の著者の引用英文の諺《ことわざ》をそのまま、この語彙辞典にも使わせてもらう魂胆で引用しました。ただし、本としての成長（『言海』が大正期に『大言海』になってゆくような）の意味ではさらさらなく、この語彙辞典がこれからの賢治作品の読者に未完成なりに、一人でも多くの人の参考に供されて、皆さんとともに、賢治の、より深い理解にいたるきっかけを共有できることを、そして、そのいっそうの広がりを期待する「成長」の謂《いい》であることをおことわりしておきたいと存じます。

　最後になりましたが、詩人として、学者として、私が最も尊敬している入沢康夫さんに、深い敬意とお礼の言葉を捧げます。入沢さんがこの辞典の刊行を版元に強く推挙してくださったばかりか、少なからぬご教示やご指摘をいただいたご恩に対してであります。ありがとうございました。

二〇一二年五月

原　子　朗

＊中国研究の権威、杉本達夫さんのご教示にもとづく。

凡例

一、「定本」である本辞典の項目設定は、冒頭の「序」の文中でおことわりしたように、本辞典利用者の方々はぜひお読みいただきたい。項目の設定にあたっては、『新校本宮澤賢治全集』（全一六巻・別巻一、全一九冊、以下『新校本全集』）を原則として底本とした（ただし、別巻は「補遺・索引」であるため、参考にしたが除く）。また、いわゆる旧『校本宮澤賢治全集』（以下、旧校本全集）をはじめ、『新修宮沢賢治全集』（以下、『新修全集』）や、それをもとにした、いわゆる『ちくま文庫版宮沢賢治全集』（以下、『ちくま文庫版全集』）も参照した。両者にちがいがあれば、そのようにことわって、ふりがな（ルビ）のつけかたまで比較検討した場合がある。例えば、流布本の『ちくま文庫版全集』は編集方針により難読語彙にふりがな（旧かな）を付し、編者による校訂が施されて、賢治の原文とは異なる表記である場合が少なくない。本辞典では『ちくま文庫版全集』の読者の便宜をも考慮し、項目見出しにおいて両者の表記が異なる場合は、『ちくま文庫版全集』にある表記・用字等も（　）に併せて示した（例、銭凾（函）、羅沙（紗）等）。なお、『ちくま文庫版全集』の校訂についても、本辞典の立場からの参考的な見解として可能な限り言及したのは、いまなお『ちくま文庫版全集』の読者が比較的多いからである。

項目の選定範囲は、短歌、詩、童話等の賢治の全作品を中心に、創作ノート、メモ、手帳、書簡の語彙も対象とした。本辞典の項目の選定基準は、以下の観点によった。

(1)一般読者を想定して、意味のとりにくいと思われる語や句。

(2)難解と思われる専門用語。（例えば、天文や地質語彙）

(3)賢治自身の造語、もしくは造語と思われる語や句。

(4)難解とは言えないまでも賢治自身が独特の意味をこめている、あるいはこもっていると思われる語や句。（例えば、「月」、「お日さま」、「底」）

(5)当時は使用されたが、現在はあまり使用されていない語や句。（例えば、農機具類）

(6)風俗・習慣等ですでにその実態がわかりにくくなっているもの。（例えば、「疫病除けの『源の大将』」、「庚申」等）

(7)方言による語と句。

(8)ローマ字綴りの語彙。（欧文を含む）

(9)直接作品には出てこないが、賢治にとって伝記的に重要と思われる人物（例、高村光太郎、斎藤宗次郎、八木英三、等）。

(10)同じく、賢治のテクストには登場しないが、参考事項として「見よ項目」（→○○○）に掲げたものもある（例、小乗→大乗辞世短歌二首→稲、方十里、いたつき、等）。

(11)作品が書かれた当時は用いられていた差別的な意味を持つ言葉も、作品を理解する上で必要と思われるものは取り上げた。

二、本文の解説は、一般的語義を踏まえ、あくまで賢治作品の文脈に即して行なうことを旨とした。その際『新校本全集』『ちくま文庫版全集』のみならず、文庫版全集のもとになっている『新修全集』や筑摩書房版旧全集数種、それ以前の十字屋書店版をも含むすべての全集を参照した。

三、解説の内容には、最近までの賢治関係文献はいうまでもなく、広く近・現代の諸研究を可能な限り視野に入れた。

四、**配列について**

(1)見出し語(ゴシック＝太字)の配列は賢治自身の表記を重んじ、原則として旧かな遣い五十音順による。ただし、平がな、漢字、片かな、ローマ字等様々な表記がみられる場合は、頻度の高い表記によった。

(2)長音(ー)、中黒《なかぐろ》(・)、双柱《そうちゅう》(＝)などは原則として無視した。(例えば、「アーク燈」は配列としては「アク燈」となる)

(3)濁音、半濁音も無視したが、同列に並ぶ場合は清音、濁音、半濁音の順とした。(例、はーばーぱ)

(4)拗音《ようおん》、促音《そくおん》は並字《なみじ》と同様に扱った。賢治は自筆原稿では、現代風に拗促音を小文字で表記しているが、生前刊行の『春と修羅』、『注文の多い料理店』をはじめ生前発表稿は当時の慣習どおり小文字表記となっていない(例、「アドレッセンス」)。

(5)同音の見出し語が並ぶ場合は、平がな、片かな、漢字の順に、また漢字で同音の語が並ぶ場合は、原則として画数の少ない順、画数が同じ場合は、部首の画数が少ない順に配列した。

五、**読みについて**

(1)見出し語の下に新かな遣いで読みを示した。

(2)ただし、読みは、見出し語が、①漢字の場合、②漢字と平がなが混用されている場合、③平がな、ないし片かなで旧かな遣《づか》いによって表記されている場合に示した。

(3)賢治自身が読みをふって特殊な読み方をさせている場合は、そのまま見出し語の横に入れた。(例＝黄水晶《シトリン》、環状星雲《リングネビュラ》)

(4)見出し語が長く、読みを下に入れにくい場合は、適宜見出し語の横に入れたものもある。(特に仏教語の経文や方言等)

六、**語彙分類について**

(1)各語彙の分類略号を【 】中に示した。

(2)分類略号の内容は次のとおりである。

①【宗】＝仏教、キリスト教等、宗教に関する語彙。
②【科】＝物理学、化学、生物学、医学等、科学に関する語彙。
③【鉱】＝宝石、岩石、及び地学用語等、鉱物に関する語彙。
④【天】＝星座、宇宙科学、気象学、天文等に関する語彙。
⑤【動】＝哺乳類、鳥類、魚類、両生類、昆虫等、動物に関する語彙。
⑥【植】＝植物をはじめ、苔類、菌類等に関する語彙。
⑦【農】＝農業全般に関する語彙。
⑧【地】＝日本、海外の地名及び架空の地名等、地理に関する語彙。
⑨【人】＝日本、海外の人名及び賢治の創作、また他の文学作品等に登場する人名語彙。
⑩【音】＝曲名、楽器、音楽用語等、音楽に関する語彙。
⑪【食】＝食品名、食材等の、食物に関する語彙。
⑫【衣】＝服制、服装等の、衣料全般に関する語彙。
⑬【文】＝思想、学問、教育、交通、政治、経済、軍事、スポーツ、道具等、文化に関する語彙。
⑭【民】＝民間信仰、民俗芸能等の、民俗に関する語彙。
⑮【方】＝方言ないし、方言と思われる語彙。

⑯【レ】＝表現上の賢治独特のレトリック。
(3)一つの語彙に、二つないし三つの略号を付したものもある。

七、**賢治作品の引用について**

(1)本文中、賢治作品の引用については『新校本全集』に従った。
(2)『旧・新校本全集』『ちくま文庫版全集』中に読みがながなくて、読みにくいと思われるものには、( )中に入れて読みを示した。ただし、賢治自身がつけているもの、あるいは解説文中の読みにくい語のふりがなには( )はつけていない。
(3)『ちくま文庫版全集』で、ふりがなが適切でないと思われる場合は、適宜正した。
(4)賢治自身がかな遣いや漢字を誤記している場合、当時の印刷物等の誤植についてはその語の右傍に(ママ)と付した。必要な場合は(ママ)の理由の解説を加えた。
(5)賢治作品の題名表記は[ ]内に示した。
(6)引用作品中、同題の詩がある場合(例えば、詩[春]、[休息]等)は、題の下に( )に入れて初行を示した。あるいは作品番号のある詩は(作品番号○○)と示した。
(7)詩の引用中、／(斜線)は改行を示し、まれにある∥(二重斜線)は一行あきを示す。
(8)賢治作品のジャンル分類とその呼称については、本文では以下の略号を用いて示した。

①歌――短歌　例＝歌[一二](［ ］内漢数字は、新校本全集区分番号)
②童――童話　例＝童[やまなし]
③詩――詩　例＝詩[岩手山]
④文語詩――文語詩　例＝文語詩[〔いたつきてゆめみなやみし〕]〔［ ］つきのものは仮題〕
⑤ス――冬のスケッチ　例＝ス[一九](［ ］内漢数字は草稿番号)
⑥句――俳句、連句
⑦劇――劇　例＝劇[植物医師]
⑧曲――歌曲　例＝曲[黎明行進歌]
⑨短――生前発表初期断章、初期短篇綴等、「短篇梗概」等　例＝短[電車]
⑩手――手紙　例＝手[一](この「手紙」は作品扱い)
⑪簡――書簡　例＝簡[203]
⑫芸[概]――農民芸術概論
芸[綱]――農民芸術概論綱要
芸[興]――農民芸術の興隆
⑬帳――手帳　例＝帳[雨ニモマケズ]
⑭メモ[思]――思索メモ　例＝メモ[思1]
メモ[詩]――詩法メモ　例＝メモ[詩1]
メモ[創]――創作メモ　例＝メモ[創1]
メモ[雑]――雑メモ　例＝メモ[雑1]
(アラビア数字は頁番号を示す)
⑮ノート[三原三部]――[三原三部]ノート
ノート[装景手記]――[装景手記]ノート
ノート[東京]――[東京]ノート
ノート[文語詩篇]――[文語詩篇]ノート
ノート[実用数学要綱]――[実用数学要綱]ノート

ノート[青表紙]——[青表紙ノート]
ノート[手製]——[手製ノート]
ノート[MEMO FLORA]——[MEMO FLORA]ノート
(ただし、詩ノートはそのまま「詩ノート」とし、下に題名を[ ]に入れて示した)
⑯雑——以上の分類外の雑纂類　例＝雑[法華堂建立勧進文]、雑[修学旅行復命書]、雑[岩手県稗貫郡地質及土性調査報告書]

八、本文について

(1)見出し語、または作品中の片かな表記で、明らかに外来語と思われるものには原則として原綴を示した。その場合、ドイツ語＝独、フランス語＝仏、イタリア語＝伊、ロシア語＝露、サンスクリット語＝梵、の略号を用い、それ以外の外国語は略さずに示した。また英語については、単独で出てくる場合は特にことわらず、英語を含めて二か国語以上の原綴が示されるときのみ、略して(英)と入れた。なお各国共通の学名については、特にことわらなかった。かつ、学名表記の場合、慣習的なイタリックにせずローマン体とした。

(2)本文中の年代表記は原則として西暦を用いた。ただし和暦が必要な場合は並記して示した。
　例＝一九三三(昭和八)年

(3)西暦、和暦が並記される場合で、本文中に何度も出てくる場合は、年号が変わる時以外は、便宜上和暦を略した。

(4)本文中の単行本は『 』で示し、雑誌名、新聞名、映画題名、曲名等は「 」で示した。

(5)単行本は必要に応じて、著者名、出版年月を示した。

(6)雑誌掲載の論文等についても必要に応じて、執筆者、雑誌名、出版年月を示した。ただし、解説文中で、引用・紹介した雑誌掲載の論文の誌名、出版年月等を省かせてもらったものも多い。それらについては「凡例一一」を参照されたい。

(7)本文中、または引用文中で、本辞典に立項されている語彙には＊印を付した。

(8)＊印を付す場合、立項されているものと多少表記が変化している語彙(例えば、かな遣いの相違等)にも、表記を改めずに付したものもある。(例＝ベートーヴェン——ベートーベン)

(9)本文中、立項はしていないが、その語彙に言及している項目がある場合は、「見よ項目」(→○○○)として示した。

(10)引用作品題名中にも、見出し語がある場合は＊印を付したが、[ ]内が煩雑になるのをさけるため、題名の[ ]の下に(→○○○)として類縁項目名を示したものもある。
　例＝童[青木大学士の野宿](→葛丸川)

(11)関連項目、参照項目がある場合は本文解説文末に→として、その項目を挙げ、ふりがなを施してある。

九、凡例付表について

それぞれ必要項目の参照として、度量衡、方位、干支、二十四節気、星座二十八宿、ギリシア文字、音楽発想・速度標語、地質年代、雲級、風力級、他の一覧を付した。

一〇、難読項目索引について

一八頁参照。

一一、参考文献について

過去から現在にいたる賢治関係文献のデータを細大もらさず収蔵している情報研究センターとして「宮沢賢治イーハトーブ館」(花巻市立)が一般公開されている。有料だが、コピーもできる。

凡例付表（賢治作品にちなむものに限る）

●長さ

由旬　ゆじゅん………約一四・五㎞（諸説あるが、J・フリートによる）
里　り………約三・九㎞。三六町
露里　ろり………約一・〇六六㎞
町（丁）　ちょう………約一〇九ｍ
間　けん………約一八〇㎝。六尺
丈　じょう………約三・〇三ｍ。一〇尺
尺　しゃく………約三〇・三㎝。一丈の一〇分の一
寸　すん………約三・〇三㎝。一尺の一〇分の一
分　ぶ………約〇・三〇三㎝。一寸の一〇分の一
厘　りん………約〇・三〇三㎜。一分の一〇分の一
毛　もう………約〇・〇三〇三㎜。一厘の一〇分の一
インチ　inch（吋）………約二・五四㎝。一フィートの一二分の一
フィート　foot（呎）………約三〇・五㎝。一二インチ
ヤード　yard（碼）………約九一・四㎝。三フィート
マイル　mile（哩）………約一・六㎞
チェーン　chain………約二〇・一二ｍ。六六フィート
ヴィエルスター（→ベェスター、ベスター）………ロシア、エストニア、ラトビア等での単位ヴィエルスター（viersta、verst、verste）。一・〇六七㎞。もとになっていると思われるフィンランドのヴェルスト（verst）は一・〇六九㎞

●重さ

駄　だ………約一三五㎏。約三六貫（牛馬一頭の積載分）
貫　かん………三・七五㎏。一〇〇〇匁
斤　きん………六〇〇ｇ。一六〇匁
匁　もんめ………三・七五ｇ
分　ぶ………〇・三七五ｇ
厘　りん………〇・〇三七五ｇ
毛　もう………〇・〇〇三七五ｇ
オンス　ounce………約二八・三五ｇ。一ポンドの一六分の一
ポンド　pound（英斤　えいきん）………約四五三ｇ
グレーン（→グレン）　grain………約六四・七九八九㎎。一ポンドの七〇〇〇分の一

●広さ

方里　ほうり………平方里、縦横一里（約三・九㎞）の面積
町、町歩　ちょう、ちょうぶ………約一〇〇ａ。一〇反、三〇〇〇坪
反　たん………段とも。約一〇ａ。一町の一〇分の一。三〇〇歩。和裁用のものさしである鯨尺（＝一尺二寸五分）では、二丈六尺（約一〇ｍ）以上、幅九寸五分（約三六㎝）以上を一反の規格とする
畝　せ………約一〇〇㎡
坪　つぼ………歩とも。約三・三㎡
合　ごう………約〇・三三㎡。一坪の一〇分の一
勺　しゃく………約〇・〇三三㎡。一坪の一〇〇分の一
平方尺　へいほうしゃく………約〇・一㎡。三〇分の一坪
アール　ａ………一〇〇㎡。三〇・二五坪
ヘクタール　ha………一〇〇ａ
エーカー　acre………約四〇ａ
平方マイル………六四〇エーカー

●個数

疋　ひき………布二反を単位とした
グロス　gross………一グロス＝一二ダース＝一四四個

●容積

石　こく(穀物等)…………一〇斗。約一八〇ℓ
斗　と………一石の一〇分の一。約一八ℓ
升　しょう………一斗の一〇分の一。約一・八ℓ
合　ごう…………一升の一〇分の一。約〇・一八ℓ
勺　しゃく………一合の一〇分の一。約〇・〇一八ℓ
才　さい………一勺の一〇分の一。約〇・〇〇一八ℓ
リットル(立)　ℓ…………一〇〇〇㎤(cc)
デシリットル　dℓ…………一〇〇㎤(cc)
ミリリットル　mℓ…………一㎤(cc)
ガロン　gallon…………イギリスでは約四・五ℓ。アメリカでは約三・八ℓ。(日本では後者を用いる)
石　こく(船の積み荷の体積)…………木材の容積を計る単位。約〇・二八㎥
才　さい…………①船の積み荷や石材の体積の単位。一石の一〇分の一。約〇・〇二八㎥。②木材の体積の場合は、一寸角で一間または二間の長さの材積を一才とする

●角度

弧度…………国際単位系の角度の単位ラジアン radian の訳語。約五七度二九分五七・八秒

●通貨単位

貫　かん…………江戸期は千文(実際は九六〇文)、明治期は一〇銭
両　テール(リアン)…………中国清代の単位
銭　メース…………一〇分の一両(テール)

●他

ローフ…………大型のパンの一かたまり

●方角・時間

子	ね	0時	北
丑	うし	2時	北東(艮　うしとら)
寅	とら	4時	
卯	う	6時	東
辰	たつ	8時	東南(巽　たつみ)
巳	み	10時	
午	うま	12時	南
未	ひつじ	14時	南西(坤　ひつじさる)
申	さる	16時	
酉	とり	18時	西
戌	いぬ	20時	北西(乾　いぬい)
亥	い	22時	

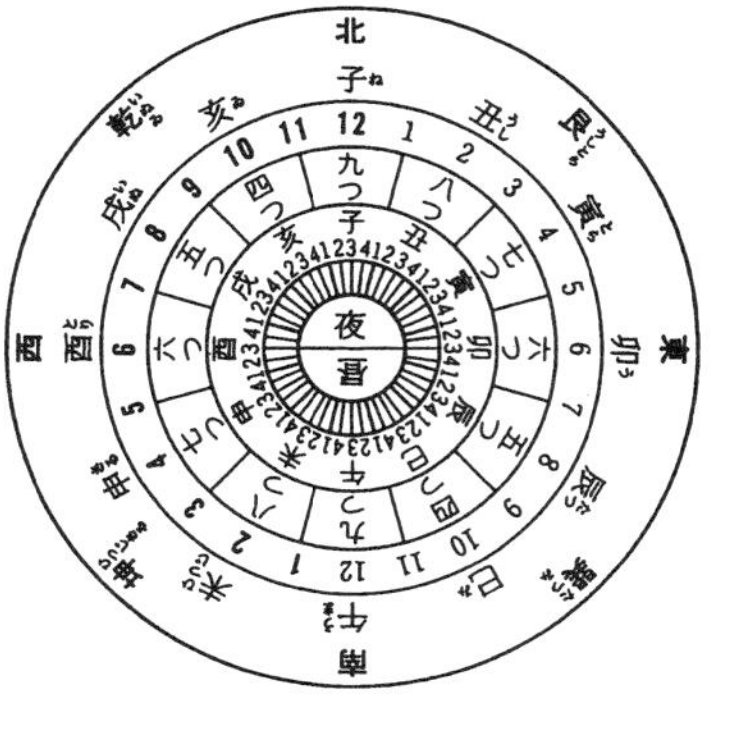

●十干

甲	こう	きのえ
乙	おつ	きのと
丙	へい	ひのえ
丁	てい	ひのと
戊	ぼ	つちのえ
己	き	つちのと
庚	こう	かのえ
辛	しん	かのと
壬	じん	みずのえ
癸	き	みずのと

●干支

1	甲子	かっし・こうし	きのえね
2	乙丑	いっちゅう・おっちゅう	きのとうし
3	丙寅	へいいん	ひのえとら
4	丁卯	ていぼう	ひのとう
5	戊辰	ぼしん	つちのえたつ
6	己巳	きし	つちのとみ
7	庚午	こうご	かのえうま
8	辛未	しんび	かのとひつじ
9	壬申	じんしん	みずのえさる
10	癸酉	きゆう	みずのととり
11	甲戌	こうじゅつ	きのえいぬ
12	乙亥	いつがい・おつがい	きのとい
13	丙子	へいし	ひのえね
14	丁丑	ていちゅう	ひのとうし
15	戊寅	ぼいん	つちのえとら
16	己卯	きぼう	つちのとう
17	庚辰	こうしん	かのえたつ
18	辛巳	しんし	かのとみ
19	壬午	じんご	みずのえうま
20	癸未	きび	みずのとひつじ
21	甲申	こうしん	きのえさる
22	乙酉	いつゆう・おつゆう	きのととり
23	丙戌	へいじゅつ	ひのえいぬ
24	丁亥	ていがい	ひのとい
25	戊子	ぼし	つちのえね
26	己丑	きちゅう	つちのとうし
27	庚寅	こういん	かのえとら
28	辛卯	しんぼう	かのとう
29	壬辰	じんしん	みずのえたつ
30	癸巳	きし	みずのとみ
31	甲午	こうご	きのえうま
32	乙未	いつび・おつび	きのとひつじ
33	丙申	へいしん	ひのえさる
34	丁酉	ていゆう	ひのととり
35	戊戌	ぼじゅつ	つちのえいぬ
36	己亥	きがい	つちのとい
37	庚子	こうし	かのえね
38	辛丑	しんちゅう	かのとうし
39	壬寅	じんいん	みずのえとら
40	癸卯	きぼう	みずのとう
41	甲辰	こうしん	きのえたつ
42	乙巳	いっし・おっし	きのとみ
43	丙午	へいご	ひのえうま
44	丁未	ていび	ひのとひつじ
45	戊申	ぼしん	つちのえさる
46	己酉	きゆう	つちのととり
47	庚戌	こうじゅつ	かのえいぬ
48	辛亥	しんがい	かのとい
49	壬子	じんし	みずのえね
50	癸丑	きちゅう	みずのとうし
51	甲寅	こういん	きのえとら
52	乙卯	いつぼう・おつぼう	きのとう
53	丙辰	へいしん	ひのえたつ
54	丁巳	ていし	ひのとみ
55	戊午	ぼご	つちのえうま
56	己未	きび	つちのとひつじ
57	庚申	こうしん	かのえさる
58	辛酉	しんゆう	かのととり
59	壬戌	じんじゅつ	みずのえいぬ
60	癸亥	きがい	みずのとい

●江戸時代の不定時法

	春分（3月21日）	夏至（6月21日）	秋分（9月23日）	冬至（12月22日）
明け六つ	5時09分	3時49分	4時54分	6時11分
朝　五つ	7時22分	6時27分	7時07分	8時01分
朝　四つ	9時36分	9時05分	9時20分	9時50分
昼　九つ	11時49分	11時42分	11時34分	11時40分
昼　八つ	14時03分	14時20分	13時47分	13時29分
夕　七つ	16時16分	16時58分	16時00分	15時19分
暮れ六つ	18時29分	19時36分	18時13分	17時08分
夜　五つ	20時16分	20時58分	20時00分	19時19分
夜　四つ	22時03分	22時20分	21時47分	21時29分
暁　九つ	23時49分	23時43分	23時33分	23時40分
暁　八つ	1時36分	1時05分	1時20分	1時50分
暁　七つ	3時23分	2時27分	3時07分	4時01分

●九星

一白水星　いっぱくすいせい
二黒土星　じこくどせい
三碧木星　さんぺきもくせい
四緑木星　しろくもくせい
五黄土星　ごおうどせい
六白金星　ろっぱくきんせい
七赤金星　しちせききんせい
八白土星　はっぱくどせい
九紫火星　きゅうしかせい

●月名

睦月　むつき
如月　きさらぎ
弥生　やよい
卯月　うづき
皐月　さつき
水無月　みなづき
文月　ふみづき
葉月　はづき
長月　ながつき
神無月　かんなづき
霜月　しもつき
師走　しわす

●二十四節気

春

立春　りっしゅん（二月四日ころ）
雨水　うすい（二月一九日ころ）
啓蟄　けいちつ（三月六日ころ）
春分　しゅんぶん（三月二一日ころ）
清明　せいめい（四月五日ころ）
穀雨　こくう（四月二〇日ころ）

夏

立夏　りっか（五月六日ころ）
小満　しょうまん（五月二一日ころ）
芒種　ぼうしゅ（六月六日ころ）
夏至　げし（六月二一日ころ）
小暑　しょうしょ（七月七日ころ）
大暑　たいしょ（七月二三日ころ）

秋

立秋　りっしゅう（八月八日ころ）
処暑　しょしょ（八月二三日ころ）
白露　はくろ（九月八日ころ）
秋分　しゅうぶん（九月二三日ころ）
寒露　かんろ（一〇月八日ころ）
霜降　そうこう（一〇月二三日ころ）

冬

立冬　りっとう（一一月七日ころ）
小雪　しょうせつ（一一月二二日ころ）
大雪　たいせつ（一二月七日ころ）
冬至　とうじ（一二月二二日ころ）
小寒　しょうかん（一月五日ころ）
大寒　だいかん（一月二〇日ころ）

●星座二十八宿

東方七宿

角	かく	すぼし	おとめ座α
亢	こう	あみぼし	おとめ座κ
氐	てい	ともぼし	てんびん座α
房	ぼう	そいぼし	さそり座π
心	しん	なかごぼし	さそり座σ
尾	び	あしたれぼし	さそり座μ
箕	き	みぼし	いて座γ

北方七宿

斗	と	ひきつぼし	いて座ϕ
牛	ぎゅう	いなみぼし	やぎ座β
女	じょ	うるきぼし	みずがめ座ε
虚	きょ	とみてぼし	みずがめ座β
危	き	うみやめぼし	みずがめ座α
室	しつ	はついぼし	ペガサス座α
壁	へき	なまめぼし	ペガサス座γ

西方七宿

奎	けい	とかきぼし	アンドロメダ座ζ
婁	ろう	たたらぼし	おひつじ座β
胃	い	こきえぼし、えきえぼし	おひつじ座35
昴	ぼう	すばるぼし	おうし座17(プレアデス星団の一星)
畢	ひつ	あめふりぼし	おうし座ε
觜	し	とろきぼし	オリオン座ϕ1
参	しん	からすきぼし	オリオン座δ

南方七宿

井	せい	ちちりぼし	ふたご座μ
鬼	き	たまほめぼし、たまおのぼし	かに座θ
柳	りゅう	ぬりこぼし	うみへび座δ
星	せい	ほとおりぼし	うみへび座α
張	ちょう	ちりこぼし	うみへび座υ1
翼	よく	たすきぼし	コップ座α
軫	しん	みつかけぼし	からす座γ

●主な星座の星名(理科年表等の星座名は、ひらがなで表記しているが、ここでは賢治の表記どおりの漢字も採用した。)

アンドロメダ	α	アルフェラッツ
アンドロメダ	β	ミラク
アンドロメダ	γ	アルマク
うしかい	α	アルクトゥルス
エリダヌス	α	アケルナール
おうし	α	アルデバラン
大犬	α	シリウス
大熊	α	ドゥーベ
大熊	β	メラク
大熊	ζ	ミザール
乙女	α	スピカ
オリオン	α	ベテルギウス
オリオン	β	リゲル
オリオン	γ	ベラトリックス
オリオン	δ	ミンタカ
ぎょしゃ	α	カペラ
鯨	o	ミラ

小犬	α	プロキオン
小熊	α	ポラリス
琴	α	ベガ
蠍	α	アンタレス
獅子	α	レグルス
獅子	γ	アルギエバ
獅子	β	デネボラ
白鳥	α	デネブ
白鳥	β	アルビレオ
双子	α	カストル
双子	β	ポルックス
ペガサス	α	マルカブ
ペガサス	γ	アルゲニブ
ペルセウス	β	アルゴル
南十字	α	アクルクス
鷲	α	アルタイル

●黄道十二宮

白羊宮(はくようきゅう)
金牛宮(きんぎゅうきゅう)
双子宮(そうじきゅう)
巨蟹宮(きょかいきゅう)
獅子宮(ししきゅう)
処女宮(しょじょきゅう)

天秤宮(てんびんきゅう)
天蠍宮(てんかつきゅう)
人馬宮(じんばきゅう)
磨羯宮(まかつきゅう)
宝瓶宮(ほうへいきゅう)
双魚宮(そうぎょきゅう)

●ギリシア文字（英語式発音）

α	アルファ
β	ベータ
γ	ガンマ
δ	デルタ
ε	エプシロン
ζ	ゼータ
η	イータ
θ	シータ
ι	イオタ
κ	カッパ
λ	ラムダ
μ	ミュー
ν	ニュー
ξ	クサイ
ο	オミクロン
π	パイ
ρ	ロー
σ	シグマ
τ	タウ
υ	ウプシロン
φ	ファイ
χ	カイ
ψ	プシー（プサイ）
ω	オメガ

●音楽発想標語

アニマート	animato	活発に
ヴィーヴォ	vivo	活発に
エスプレシーヴォ	espressivo	表情ゆたかに
カンタービレ	cantabile	歌うように（なだらかに）
グラーヴェ	grave	重々しく
グラツィオーソ	grazioso	優雅に
コン・ブリオ	con brio	生き生きと
コン・モート	con moto	元気よく
ジョコーソ	giocoso	楽しげに
センプリチェ	semplice	素朴に
トランクイッロ	tranquillo	静かに
ドルチェ	dolce	甘く、やわらかに
パッショナート	passionato	情熱的に
マエストーソ	maestoso	堂々と

●音楽速度標語

ラルゴ	largo	ゆっくりと、きわめて遅く
ラルゲット	larghetto	ゆっくりと（ラルゴよりやや速く）
レント	lento	おそく、ゆっくりと
アダージョ	adagio	ゆるやかに
アンダンテ	andante	歩くくらいの速さで、ゆるやかに
モデラート	moderato	中くらいの速さで
アレグロ	allegro	速く
ヴィヴァーチェ	vivace	アレグロより速く
プレスト	presto	急速に
リタルダンド	ritardando	次第におそく
ラレンタンド	rallentando	次第におそく
アッチェレランド	accelerando	次第に速く
メノ・モッソ	menomosso	もっとおそく（今までより）
ア・テンポ	a tempo	もとの速さで
アッサイ	assai	十分に
モルト	molto	きわめて、非常に
ポコ	poco	少し
ポコ・ア・ポコ	poco a poco	少しずつ
ノン・トロッポ	non troppo	あまり…すぎないように

●地質年代表（賢治の頃の地質年代と現代の地質年代とは差異がみられる。本辞典は後者によって解説した。）

				46億年前
先カンブリア時代				
				5億4200万年前
古生代	カンブリア紀			
				4億8800万年前
	オルドビス紀			
				4億4400万年前
	シルル紀			
				4億1600万年前
	デボン紀			
				3億5900万年前
	石炭紀			
				2億9900万年前
	二畳紀（ペルム紀）			
				2億5100万年前
中生代	三畳紀			
				2億年前
	ジュラ紀			
				1億4500万年前
	白亜（堊）紀			
				6600万年前
新生代	第三紀	古第三紀	暁新世	
				5600万年前
			始新世	
				3400万年前
			漸新世	
				2300万年前
		新第三紀	中新世	
				530万年前
			鮮新世	
				260万年前
	第四紀		（洪積世）	
				1万年前
			（沖積世）	
				現代

●雲級（一九三〇年以降）

巻雲 巻積雲 巻層雲	上層	極地方　3〜8 km 温帯地方　5〜13 km 熱帯地方　6〜18 km
高積雲	中層	極地方　2〜4 km 温帯地方　2〜7 km 熱帯地方　2〜8 km
高層雲	普通中層、上層にも広がる	
乱層雲	普通中層、上層・下層にも広がる（旧称「乱雲」）	
層積雲 層雲	下層	極地方　地面付近〜2 km 温帯地方　地面付近〜2 km 熱帯地方　地面付近〜2 km
積雲、 積乱雲	雲底は普通下層にあるが、雲頂は中・上層まで達する。	

●風力級（ビューフォート風力階級　Beaufort's Scale による。気象庁による訳。陸上および海上における状況説明は概略）

階級			風速（m・sec^{-1}）	陸上	海上
0	平穏	Calm	0〜0・2	煙がまっすぐのびる	鏡のような海面
1	至軽風	Light air	0・3〜1・5	煙がなびく	さざなみ
2	軽風	Light breeze	1・6〜3・3	顔に感じ、木の葉が動く	小波、波がしらはなめらか
3	軟風	Gentle breeze	3・4〜5・4	細い枝が動き、旗が開く	小波、ところどころ白波
4	和風	Moderate breeze	5・5〜7・9	砂ほこりがたち、小枝が動く	白波かなり多い
5	疾風	Fresh breeze	8・0〜10・7	細い木がゆれ、池に波がしらができる	中くらいの波、たくさんの白波
6	雄風	Strong breeze	10・8〜13・8	大枝が動き、傘をさしにくい	大きい波もあり、しぶきができる
7	強風	Moderate gale	13・9〜17・1	木がゆれ、風に向かって歩きにくい	波がしらからできた白い泡がすじになる
8	疾強風	Fresh gale	17・2〜20・7	小枝が折れ、風に向かって歩けない	波がしらがくだけて水けむり
9	大強風	Strong gale	20・8〜24・4	瓦がはがれ、煙突が倒れる	大波、波がしらがくずれおちる
10	全強風	Whole gale	24・5〜28・4	木が根こそぎ、人家に大被害	高い大波、海面はまっ白
11	暴風	Violent storm	28・5〜32・6	まれに起こるような被害	山のような大波、水けむりでよく見えない
12	台風	Hurricane	32・7〜		しぶきでほとんど見えない

難読項目索引

〈注記〉

●冒頭の文字の総画数で配列してある。下の読みは本文項目のルビ、または読みに従い(「凡例五」参照)、五十音順に配列してある。
●二字め以下が難読の場合も、一字めの総画数で索定されたい。
●艹(クサカンムリ)は三画とした。
●設定した項目名以外の特に「難読」語を入れたものもある。

一画

一瞥　いちべつ
一揖　いちゆう

二画

九旬　くじゅん
九曜の紋　くようのもん
七舌のかぎ　しちぜつのかぎ
十界曼荼羅　じっかいまんだら
十両　ジッテール
十宜十便　じゅうぎじゅうべん
乃公　だいこう
七時雨　ななしぐれ
人首　ひとかべ
八谷　やたに

三画

大萱生　おおかゆう
大谷光瑞　おおたにこうずい
大償　おおつぐない
大迫　おおはさま
大曲野　おおまがりの
小鹿野　おがの
大沢坂峠　おさざかとうげ
大そろしない　おっそろしない
下品ざんげ　げぼんざんげ
于闐　こうたん
山彙　さんい
三請　さんしょう
三途の川　さんずのかわ
山巓　さんてん
三稜玻璃　さんりょうはり
下枝　しずえ
大戒壇　だいかいだん
大喝食　だいかっしき
大曼荼羅　だいまんだら
大連蠣殻　だいれんかきがら
大論　だいろん
下台　とだい
土耳古玉　とるこだま
干泥　ひどろ
大管　ふとくだ
万能散　まんのうさん
山雀　やまがら
山岨　やまそわ
山つ祇　やまつかみ

四画

孔石　あないし
云(言)ふ　いう
犬榧　いぬがや
円蓋　えんがい
火山礫堆　かざんれきたい
刈敷　かっちき
木沓　きぐつ
木耳　きくらげ
孔雀　くじゃく
化性　けしょう
月魄　げっぱく
幻暈　げんうん
元政上人　げんせいしょうにん
五蘊　ごうん
五戸　ごのへ
五厘報謝　ごりんほうしゃ
爪哇の僣王　じゃわのせんおう
手巾　しゅきん
手獣　しゅじゅう
冗談　じょうだん
心塵身劬　しんじんしんく
水禽園　すいきんえん
水酸化礬土　すいさんかばんど
水仙月　すいせんづき
丹藤　たんど
丹礬　たんばん
天衣　てんえ(てんね)
天蓋　てんがい
天業民報　てんぎょうみんぽう
天鼓　てんく
天狗蕈　てんぐたけ
天蚕絨　てんさんじゅう
天竺木綿　てんじくもめん
天然誘接　てんねんよびつぎ
天門冬　てんもんどう
中留　なかどめ
巴丹杏　はたんきょう
日居城野　ひいじょうの
日覆ひ　ひおおい
比丘　びく
火蛋白石　ひたんぱくせき
天鵞絨　びろうど
不軽菩薩　ふぎょうぼさつ
不貪欲戒　ふとんよくかい
分蘖　ぶんけつ
方便品第二　ほうべんぽんだいに
木突　ぼくとつ
凶つのまみ　まがつのまみ
水瓦斯　みずがす
水杵　みずきね
水楢　みずなら

水百合　みずゆり
水縄　みなわ
无茶　むちゃ
六角山　むつかどやま
木タール　もくたーる
元山　もとやま
日本武尊　やまとたけるのみこと
六角牛　ろっこうし

五画

主計氏　かずえし
可塑性　かそせい
加多児　かたる
叺　かます
甘藍　かんらん
禾　くわ(か)
外学　げがく
氷窒素　こおりちっそ
四河　しが
四箇格言の判　しかかくげんのはん
四衆　ししゅ
四十雀　しじゅうから
四請　ししょう
四聖諦　ししょうたい
石楠花　しゃくなげ
正徧知　しょうへんち
白沢　しらさわ
白淵先生　しらふちせんせい
代掻　しろかき
末摘花　すえつむはな
石絨　せきじゅう
世諦　せたい
斥候　せっこう
匆(匇)惶　そうこう
外山　そとやま
田螺　たにし
玉蜀黍　とうもろこし
白楊　どろ
白堊紀　はくあき
半鹹　はんかん
半霄　はんしょう
半纏　はんてん
氷の上山　ひのかみやま
氷凍　ひょうとう
弗素　ふっそ
弁(辨)柄　べんがら
北拘盧州　ほっくるしゅう
払子　ほっす
末那の花　まなのはな
目睹　もくと
由旬　ゆじゅん
四又の百合　よまたのゆり

六画

扛げ　あげ
安家　あっか
肋　あばら
有平糖　あるへいとう
安房　あわ
衣嚢　いのう
宇内　うだい
江釣子森　えづりこもり
灰鋳(鑄)鉄　かいちゅうてつ
奸詐　かんさ
吉凶悔吝　きっきょうかいりん
伐株　きりかぶ
共の所感　ぐうのしょかん
艸　くさ
交会　こうえ、こうかい
光廓　こうかく
向興諸尊　こうこうしょそん
光厳浄　こうごんじょう
好地　こうち
行嚢　こうのう
好摩　こうま
色丹松　しこたんまつ
尖舌　した
地靄　じもや
朱頰徒跣　しゅきょうとせん
地涌の上首尊　じゆのじょうしゅそん
成仏　じょうぶつ
芝罘白菜　ちーふーはくさい
成島　なるしま
如是相如是性如是体　にょぜそうにょぜしょうにょぜたい
如来寿量品第十六　にょらいじゅりょうぼんだいじゅうろく
芒　のぎ、すすき
羽衣甘藍　はごろもかんらん
羽田県属　はだけんぞく
羽二重　はぶたえ
早池峰山　はやちねさん
回々教徒　ふいふいきょうと
向花巻　むかいはなまき
耒耜　らいし

七画

杏　あんず
泛ぶ　うかぶ
花彙　かい
芬って　かおって
花蓋　かがい
角閃花崗岩　かくせんかこうがん
花盞　かさん
花城　かじょう
花簇　かそう
坎坷　かんか
旱魃　かんばつ
汽鑵車　きかんしゃ
糺罪の吏　きゅうざいのり
希臘古聖　ぎりしゃこせい
究竟　くっきょう
劬労　くろう
汞　こう
劫　こう
劫初　ごうしょ
呉須布　ごしっぷ

辛夷　こぶし
沙車　さしゃ
作仏　さぶつ
更木　さらき
沙羅樹　さらじゅ
赤銅　しゃくどう
折伏　しゃくぶく
沙弥　しゃみ
声聞　しょうもん
辛度　しんど
沙　すな
体骼　たいかく
対告　たいごう
谷権現　たにごんげん
東稲山　たばしねやま
谷内　たんない
佇立　ちょりつ
労らした　つからした
肖顔　にがお
忍土　にんど
忍辱　にんにく
禿鷲コルドン　はげわしこるどん
花椰菜　はなやさい
赤楊　はんのき
旱　ひでり
巫山戯、巫戯化　ふざけ
兵站部　へいたんぶ
伯林青　べるりんせい
防遏　ぼうあつ
辛夷花樹　マグノリア
妙宗式目講義録　みょうしゅうしきもくこうぎろく
麦麵　むぎ
麦稈　むぎわら
麦稈帽子　むぎわらぼうし
妖蠱奇怪　ようこきかい
沃度　ようど
妖冶　ようや
余水吐　よすいはき
利爪　りそう

八画

青瓊玉　あおぬたま
東根山　あずまねさん
阿僧祇　あそうぎ
阿耨達池　あのくだっち
阿原峠　あばらとうげ
歩べ　あべ
忿り　いかり
弥栄主義　いやさかしゅぎ
宜なれや　うべなれや
依正　えしょう
於(枍)田屋町　おたやちょう
怖ながる　おっかながる
帛きなほし　かきなおし
河鹿　かじか
果蔬　かそ
門火　かどび
金沓　かなぐつ
協はざる　かなわざる
庚の申　かのえのさる
河原坊　かわらぼう
官衙　かんが
岩頸　がんけい
岩漿　がんしょう
岩鐘　がんしょう
岩巓　がんてん
穹窿　きゅうりゅう
金頭　きんがしら
金襴　きんらん
空華　くうげ
空諦　くうたい
空碧　くうへき
屈撓性　くっとうせい
苦扁桃　くへんとう
苦味丁幾　くみちんき
昏い　くらい
茎稈　けいかん
庚申　こうしん
刻鏤　こくろう
狐禅寺　こぜんじ
析く　さく
阻　さまたげ
参内　さんだい
邪曲　じゃごく
侏儒　しゅじゅ
侏羅紀　じゅらき
昇汞　しょうこう
青色青光　しょうしきしょうこう
昇冪　しょうべき
参　しん
参差　しんし
炊爨　すいさん
青岱　せいたい
炙熬　せきごう
岨みち　そばみち
征矢　そや
空の裂罅　そらのひび
岱赭　たいしゃ
苔蘚帯　たいせんたい
苔蘿　たいら
岳　だけ
陀羅尼　だらに
苣　ちしゃ
油桃　つばいもも
冽たい　つめたい
定省　ていせい
咄　とつ
朋に　ともに
茄子焼山　なすやけやま
泪　なみだ
苗代　なわしろ
乳頭山　にゅうつむりやま
波旬　はじゅん
波羅夷　はらい
波羅羯諦　はらぎゃあてい
波羅蜜　はらみつ
東橄欖山地　ひがしかんらんさんち

苗圃　びょうほ
玢岩　ひんがん、ふんがん
臥牛　ふしうし
奉請　ぶしょう
斧刀　ふとう
斧劈皴　ふへきしゅん
氛気　ふんき
咆哮　ほうこう
法界　ほっかい
法性　ほっしょう
泯びた　ほろびた
穹屋根　まるやね
弥布　みふ
明礬　みょうばん
股引　ももひき
夜叉　やしゃ
杳遠　ようえん
夜盗虫　よとうむし
夜見来川　よみこがわ
苹果　りんご
苹果青　りんごせい
林藪卉木　りんそうきぼく

九画

浅葱　あさぎ
香魚　あゆ
胆沢　いさわ
海豚　いるか
姥石　うばいし
姥屋敷　うばやしき
盈虚　えいきょ
扵→於　お(おいて)
怨親平等　おんしんびょうどう
海蒼　かいそう
海泡石　かいほうせき
革嚢　かくのう
神楽　かぐら
珂質　かしつ
迦須弥　かしゅみ
柏　かしわ
迦陀　かだ
契ふ　かなう
迦耶成道　かやじょうどう
看痾　かんあ
看経　かんきん
契丹　きったん
俥　くるま
胡桃　くるみ
軍荼利夜叉　ぐんだりやしゃ
頁岩　けつがん
恍　こう
独楽　こま
栂(こめ栂)　つが(こめつが)
栄浜　さかえはま
柘榴石　ざくろいし
砂鶻　さこつ
指竿　させ
首巾　しゅきん
春章　しゅんしょう
浄居　じょうご
浄瓶星座　じんびんせいざ
星葉木　せいようぼく
施身大菩薩　せしんだいぼさつ
施無畏　せむい
帝釈天　たいしゃくてん
峡田　たにた
重瞳　ちょうどう
勅教玄義　ちょっきょうげんぎ
点竄の術　てんざんのじゅつ
点綴　てんてつ
独乙唐檜　どいつとうひ
独こ　とっこ
海鼠　なまこ
南部実長　なんぶさねなが
柔輭　にゅうなん
南風　はえ(かけつ)
美ゆくも　はゆくも
茨海　ばらうみ
茨窪　ばらくぼ
玻璃　はり
毘沙門天　びしゃもんてん
卑懦　ひだ
海盤車　ひとで
海狸　びばあ(びーばー)
風信子　ヒヤシンス
封蠟　ふうろう
扁菱形　へんりょうけい
草削　ほう
昴の鎖　ぼうのくさり
発心　ほっしん
厚朴の木　ほほ(お)のき
品　ほん
昧爽　まいそう
柾　まさき
柾屋　まさや
眸　まみ
洽ち　みち
脉　みゃく
籾磨　もみすり
柳絮　りゅうじょ
呤々　れいれい
玲瓏　れいろう
歪形　わいけい
哂ひ　わらい

十画

馬酔木　あしび
家鴨　あひる
殷鑑　いんかん
浮塵子　うんか
狼森　おいのもり
烏乎　おこ
貢り　おちいり
鬼越山　おにこりやま
釜淵の滝　かまぶちのたき
華麗樹種　かれいじゅしゅ
桔梗　ききょう
帰命頂礼地蔵尊　きみょうちょうらいじぞうそん
華奢　きゃしゃ

消やす　きやす
倶舎　くしゃ
庫車　くちゃ
畔　くろ
飢饉供養の大石　けかつくようのおおいし
華厳　けごん
夏油　げとう
虔十　けんじゅう
原体　げんたい
耕耘　こううん
貢高　こうこう
耿々　こうこう
高麗　こうらい
高陵　こうりょう
疲いが　こわいが
豺　さい
笊森　ざるもり
恣意　しい
疾翔大力　しっしょうたいりき
島地大等　しまじだいとう
酒呑童子　しゅてんどうじ
修弥　しゅみ
修羅　しゅら
真鍮　しんちゅう
浙江　せっこう
挿秧　そうおう
高師小僧　たかしこぞう
高清　たかせい
高知尾智耀　たかちおちょう
高洞山　たかほらやま
荼毘壇　だびだん
唐黍　とうきび
唐桟　とうざん
桃青　とうせい
唐檜　とうひ
唐箕　とうみ
紐育　ニューヨーク
根付　ねつけ
涅(湼)槃　ねはん
旄　はた
隼人　はやと
原体　はらたい
原体村　はらたいむら
般若心経　はんにゃしんぎょう
匪虎匪豿　ひこひこう
凍雨　ひさめ
浮屠　ふと
耗らす　へらす
袍　ほう
疱瘡　ほうそう
祠　ほこら
圃地　ほち
荳科　まめか
冥助　みょうじょ
眩ぐるき　めまぐるき
容子　ようす
栗鼠　りす
流沙　るさ
連亘(亙)　れんこう
連雀　れんじゃく
朗明寺　ろうみょうじ
病葉　わくらば

十一画

皎か　あきらか
麻苧　あさお
畦　あぜ
偽こぎ　うそこぎ
黄玉　おうぎょく
黄土　おうど
陸稲　おかぼ
軟風　かぜ
乾田　かたた
脚気　かっけ
戛として　かつとして
兜(兠)　かぶと
魚狗　かわせみ
亀茲国　きじこく
脚絆　きゃはん
毬果　きゅうか
梟鵄　きょうし
虚无思想　きょむしそう
基督　きりすと(キリスト)
菫外線　きんがいせん
啖ふ　くらう
畦根　くろね
硅藻　けいそう
硅板岩　けいばんがん
袈裟　けさ
眷族　けんぞく
黄昏　こうこん
黄竜　こうりょう
黒夜神　こくやじん
黒夜谷　こくやだに
紺紙の雲　こんしのくも
紺青　こんじょう
斎食　さいじき
鹿踊り　ししを(お)どり
雫石川　しずくいしがわ
釈迦牟尼　しゃかむに
寂静印　じゃくじょういん
捨身菩薩　しゃしんぼさつ
寂光土　じゃっこうど
寂光の浜　じゃっこうのはま
斜方錘　しゃほうすい
宿業　しゅくごう
晨明　しんめい
清明　せいめい
船渠会社　せんきょがいしゃ
曹達　そうだ
粗朶　そだ
第四梯形　だいよんていけい
章魚　たこ
脱滷　だつろ
蛋白石　たんぱくせき
鳥ヶ森　ちょうがもり
累げ(つみ累げ)　つなげ(つみつなげ)
梯形　ていけい

斜子 ななこ
接骨木 には(わ)とこ
猫睛石 ねこめいし
盗森 ぬすともり
野絮 のわた
這ひ松 はいまつ
旌 はた
脛巾 はばき
畢竟 ひっきょう
瓶袴 へいこ
菩薩 ぼさつ
菩提 ぼだい
蛍烏賊 ほたるいか
梵天 ぼんてん
毬 まり
曼陀羅 まんだら
萌黄 もえぎ
敗り やぶり
患んで やんで
唯摩経 ゆいまきょう
雪沓 ゆきぐつ
雪代水 ゆきしろみず
雪袴 ゆきばかま
黄泉路 よみじ
猟犬座 りょうけんざ
梁の武帝 りょうのぶてい
累帯構造 るいたいこうぞう

十二画

暁烏敏 あけがらすはや
硫黄 いおう
軽しむ いやしむ
雲滃 うんおう
落角 おちつの
御明神 おみょうじん
渣 おり
温石石 おんじゃくいし
絣 かすり
葛根田川 かっこんだがわ
萱野十里 かやのじゅうり
雁の童子 かりのどうじ
萱草 かんぞう
款待 かんたい
暁穹 ぎょうきゅう
雲母摺り きらずり
葛 くず
葛丸川 くずまるがわ
惑む くらむ
琥珀 こはく
割竹 ささら
紫雲英 しうんえい
紫紺 しこん
靭ふ しなう
紫磨銀彩 しまぎんさい
紫磨金色 しまこんじき
絨氈 じゅうせん
衆生 しゅじょう
衆生見劫尽 しゅーじょうけんこうじん
須達童子 しゅだつどうじ
須弥山 しゅみせん
須臾 しゅゆ
猩紅の熱 しょうこうのねつ
猩々緋 しょうじょうひ
硝石 しょうせき
紫波 しわ
靭皮 じんぴ
犂 すき
須具利 すぐり
善鬼呪禁 ぜんきじゅきん
象嵌 ぞうがん
装景 そうけい
喪神 そうしん
葱嶺 そうれい
提婆 だいば
達曾部 たっそべ
達谷の悪路王 たったのあくろおう
達磨 だるま
塔婆 とうば
猥れて なれて
喃語 なんご
鈍びし にびし
葱 ねぎ
跛調 はちょう
鉞 はつ
弾条 ばね
葉牡丹 はぼたん
斑猫 はんみょう
斑糲岩 はんれいがん
椈の緑廊 ひのきのりょくろう
裂罅 ひび
蛭石 ひるいし
斑石 ぶちいし
葡萄 ぶどう
敝(敞)舎 へいしゃ
無上菩提 むじょうぼだい
斑気多情 むらきたじょう
揉み削げ もみこそげ
悶絶 もんぜつ
焦く やく
絮 わた
割木 われき
惑く わわく

十三画

蒼溟 あおうみ
蒼孔雀 あおくじゃく
蒼(青)蠅 あおばえ
腮 あご
暈環 うんかん
漢子 おのこ
愷々 がいがい
碍子 がいし
蓋然 がいぜん
蜉蝣 かげろう
微けき かそけき
滑石 かっせき
稜堀山 かどぼりやま
雉子 きじ

楔形文字　くさびがたもじ
群青　ぐんじょう
解脱　げだつ
煙山　けむやま
業　ごう
糀　こうじ
楮　こうぞ
琿河か遼河　こんがかりょうが
獅子独活　ししうど
蓐　しとね
慈悲心鳥　じひしんちょう
馴鹿　じゅんろく、トナカイ
傷痍　しょうい
聖化　しょうけ
摂受　しょうじゅ
聖衆　しょうじゅ
蓐草　じょくそう
蜃気楼　しんきろう
煤　すす
鈴谷平原　すずやへいげん
聖餐　せいさん
聖玻璃　せいはり
蒼鉛　そうえん
蒼穹　そうきゅう
蒼冷　そうれい
触　そく
稠密　ちゅうみつ
搗粉　つきこ
電気栗鼠　でんきりす
豊沢小路　としゃこうじ
新網張　にいあみはり
鳰の海　におのうみ
楡の広場　にれのひろば
稗　ひえ
稗貫　ひえぬき
矮い　ひくい
剽悍　ひょうかん
雹雷　ひょうらい
硼砂　ほうさ
煩悩魔　ぼんのうま
禍津日　まがつび
蒔絵　まきえ
微塵　みじん
楊　やなぎ
傷れて　やぶれて
楊梅　やまもも
雷沢帰妹　らいたくきまい
雷龍　らいりゅう
楞迦経　りょうがきょう
稜礫　りょうれき

十四画

綾　あや
銀杏　いちょう
稲熱　いもち
綵女　うねめ、さいじょ
嫗　おうな
誨へ　おしえ
隠密　おんみつ
嘉祥大師　かじょうだいし
榧　かや
樺太　からふと
翡翠　かわせみ
疑獄元兇　ぎごくげんきょう
練え　きたえ
廐肥　きゅうひ
銀斜子　ぎんななこ
銀茂　ぎんも
蜘蛛　くも
熒気　けいき
雑嚢　ざつのう
酸化礬土　さんかばんど
綬　じゅ
蓴菜　じゅんさい
精舎　しょうじゃ
静寂印　じょうじゃくいん
蔗糖　しょとう
塵点の劫　じんてんのこう
銭函(凾)　ぜにばこ
僭王　せんおう
僭し　せんし
蓼　たで
滃々　どうどう
鳶いろ　とびいろ
銅鑼　どら
爾薩待　にさったい
翡翠　ひすい
漂礫　ひょうれき
碧玉　へきぎょく
碧瑠璃　へきるり
箒　ほうき
蓬莱の秋　ほうらいのあき
榾　ほた
瑪瑙　めのう
維摩詰居士　ゆいまきつこじ
瑢台　ようだい
緑礬　りょくばん
緑簾石　りょくれんせき
爾迦夷　るかい
瑠璃　るり
蓮華　れんげ
瑯玕　ろうかん
緑青　ろくしょう
嫩芽　わかめ

十五画

褪せた　あせた
鋳　い
蝗　いなご
憂陀那　うだな
蝦夷　えぞ
蝦を僭し　えびをせんし
横黒線　おうこくせん
瘧　おこり
餓鬼道　がきどう
蕪　かぶ
蕈　きのこ
羯阿迦　ぎゃあぎあ
鞏膜　きょうまく

緊那羅　きんなら
輪宝　くるま
閲する　けみする
膠質　こうしつ
駒頭山　こまがしらやま
権現　ごんげん
醋酸　さくさん
蝎　さそり
蕋　しべ
皺曲　しゅうきょく
憔悴苦行　しょうすいくぎょう
請僧　しょうそう
瞋恚　しんに
鋤　すき
蕎麦　そば
駝鳥　だちょう
噉食　たんじき
歎異鈔　たんにしょう
槻　つき
諂曲　てんごく
蕩音　とうおん
蕩児の群　とうじのむれ
幢幡　どうばん
鴇、鴾　とき
魹の崎　とどのさき
蕃茄　とまと
膠　にかわ
幣　ぬさ
幡　はた、ばん
盤鉦木鼓　ばんしょうもっこ

撫　ぶ
賦役　ふえき
蕪菁　ぶせい
撫や触　ぶやそく
劈開片　へきかいへん
劈櫪　へきれき
穂孕期　ほばらみき
摩渇大魚　まかつたいぎょ
牖々　まどまど
摩尼の珠　まにのじゅ
諒安　りょうあん
諒闇　りょうあん
輪廻　りんね
黎明　れいめい
魯木　ろぼく

十六画

赭　あか
薊　あざみ
穎　えい
燕麦　えんばく
閻魔　えんま
薤露青　かいろせい
磧　かわら
橄欖天蚕絨　かんらんびろうど
橘川先生　きっかわせんせい
鋸歯　きょし
薫習　くんじゅ
磬　けい
懈怠　けたい

還照　げんしょう
賢聖軍　げんじょうぐん
鋼青　こうじょう
樹(木)霊　こだま
鞘翅目　しょうしもく
墻壁仕立　しょうへきじたて
錫　すず
澱った　たまった
壇特山　だんどくせん
濁酒　にごりざけ
薄明穹　はくめいきゅう
薄荷糖　はっかとう
穎花　はな
薔薇輝石　ばらきせき
蟇　ひき
鋌　びた
蕗　ふき
輻射　ふくしゃ
篩　ふるい
辨(弁)柄　べんがら
簑　みの
簑帽子　みのぼうし
瞠き　みひらき
薬師岱赭　やくしたいしゃ
憩み　やすみ
壊り　やぶり
澱　よど
龍肉　りゅうにく
龍の髯　りゅうのひげ
燐　りん

燐光　りんこう
燐酸　りんさん

十七画

鮮しく　あたらしく
濯ふ　あらう
鍛冶町　かじまち
檞　かしわ
潨(驟)雨　かだち
艱苦　かんく
颶風　ぐふう
黝い　くろい
牆壁仕立　しょうへきじたて
趨光　すうこう
氈　せん
檀特山　だんどくせん
檀波羅蜜　だんはらみつ
縮み　ちぢみ
薹　とう
濤　なみ
燧石の山　ひうちいしのやま
檜　ひのき
檜葉　ひば
牆林　やぐね
簗川　やながわ
螺蛤　らこう
螺鈿　らでん
聯隊　れんたい

十八画

襖子　あおし
鵝　が
鵞黄　がこう
簡手造(蔵)　かんしゅぞう
鵠　こく
懺悔　ざんげ
繖形花　さんけいか
闘諍　とうじょう
難陀竜家　なんだりゅうけ
繭　まゆ
繞る八谷に　めぐるやたにに
鎔岩流　ようがんりゅう
藍青　らんじょう
藍晶石　らんしょうせき
藍靛いろ　らんてんいろ
藍燈　らんとう
濾斗　ろと

十九画

蘆刈びと　あしかりびと
藺　い
藺草　いぐさ
警(し)む　いましむ
獺　かわうそ
鶏頭山　けいとうざん
譎詐　けっさ
蠍　さそり
蘇民祭　そみんさい
繋　つなぎ
羆熊　ひぐま
麓の引湯　ふもとのひきゆ
鏃　やじり
羅賀　らが
羅沙(紗)　らしゃ
羅須地人協会　らすちじんきょうかい
麗姝　れいしゅ
瀝青　れきせい
壚坶　ろーむ

二十画

巌稜　いわかど
灌漑　かんがい
鹹湖　かんこ
響尾蛇　きょうびだ
懺悔　ざんげ
繻子　しゅす
蘚苔類　せんたいるい
鐃　どう
騰って　のぼって
麺麭　パン
鐚　びた
礫岩　れきがん

二十一画

鶯宿　おうしゅく
饌　け
囈語　げいご
顥気　こうき
驃騎兵　ひょうきへい
鰤　ぶり
霹靂　へきれき
瓔珞　ようらく
癩病　らいびょう
蠟　ろう

二十二画

龕　がん
饗　もてなし
彎み　ゆがみ
蘿　ら
彎曲　わんきょく

二十三画

齅ぎ　かぎ
鸇　はいだか、はしだか
鱗翅　りんし
鱗木　りんぼく

二十四画

驟雨　かだち
鷺百合　さぎゆり
讒誣　ざんぶ

二十五画

鑵鼓　かんこ

二十七画

鱸　すずき

二十八画

鑿ぐるま　のみぐるま

二十九画

鬱金　うこん

定本 宮澤賢治語彙辞典

函・カバー装画／勝本みつる（『study in green』より）

写真／松浦文生

装幀／間村俊一

あ

藍《あい》 →インデコライト、糀《こうじ》

アイアンビック【文】【レ】 iambic ギリシアの諷刺詩に発する西欧詩の韻律法で、弱強格（抑揚格、短長格とも）の、の意。英語ではアイアンビック（iamb あるいは iambus の形容詞）だが、フランス語ではヤーンビック iambique、ドイツ語ではイアンビッシュ iambisch。詩［「鈍い*月あかりの雪の上に」］の最終行に「風がいまつめたいアイアンビックにかはる」とある。季節は「早池峰（→早池峰《はやちね》（峯）山）はもやの向ふにねむ」る、まだ冬の雪景色の残る早春（題名の下に一九二七、三、一五、の日付がある）。「すきとほって暗い風」が、弱く、強く断続的に吹く風に変わったさまを比喩的に表現したもの。ちなみにモールス信号による通信（一八四四）年実験成功）に使用された送信動作キーをアイアンビック電鍵という。

アイスクリーム【食】 ice-cream 氷菓子の名。*牛乳または乳製品を主原料として、これに*砂糖・香料等を加えて凍らせたもの。一六世紀中ごろイタリアで考案され、ヨーロッパ各国の王室・貴族たちに珍重された。一九世紀後半、製氷機の発明に伴って工業製産が可能となり、その後世界中に普及した。日本では一八六九（明治二）年、横浜の氷屋で製造販売されたのが最初。一八八八年には東京の凮月《ふうげつ》堂米津《よねつ》で売り出されたが非常に高価であった。簡［105］に「《蓋《（ママ）》（正しくは寧《（むし）》）ろ重湯《（おもゆ）》の代りとして》アイスクリームを食し候。右牛乳、卵、塩等は差し入れ、氷及器械は病院の品を用ひ附添の者之を作り今後も毎日之を取るべく候」（一九一八）と、妹*宮沢トシのために作らせたことが書かれている。『*春と修羅』初版本の詩［永訣の朝］では、雪を「*天上のアイスクリームになつて」と言い、「おまへとみんなとに聖《（きよ）》い資糧をもたらすやうに」と祈られる。ほかにも詩［*小岩井農場 パート四］等にも見られるが、当時は洋風の珍しいぜいたくなデザートだった。

アイスランド【地】 Iceland 北極海と大西洋とを分ける島国。北緯六三度二四分〜六六度三二分の高緯度にあり、氷河時代には全島が*氷河に被われていた。現在も多くの氷河が残り、海岸に達して峡湾（フィヨルド）をなす。九世紀にヴァイキング（北欧海賊）によって発見され、ノルウェー人、アイルランド人が移住。一九一八年、デンマークの主権下に独立王国となり、一九四四年、共和国として完全独立。人口は独立当時約一五万（現在は三二万を超える）。エッダ Edda（神話伝説）、サガ Saga（英雄物語）等、豊富な伝承物語を有する。詩ノート［病院］に「逢ふ人はみなアイスランドへ移住した／*蜂雀といふ風の衣裳をつけて居りました」とある。童［黄いろの*トマト］にも登場。

愛染《あいぜん》【宗】【レ】「貪愛染着《とんあいぜんちゃく》」の略。仏教語としては愛欲のとりことなり異性に執着することだが、*賢治は詩［浮世絵展覧会印象］で「愛染される／一乃至《（ないし）》九の単色調」と、あたかも浮世絵の技法であるかのように用いている。しかし、*浮世絵のもつエロチシズムをも賛美しているこの詩の主題からは、モノトーン（単色

調)であっても九割がたは(「一乃至九の」)技法自体の発揮している江戸時代の浮世絵のなまめかしさに感動している賢治の傾倒ぶりを示している微妙な表現と言えよう。

あぃな【方】 兄の方言。童「*ひかりの素足」や「*風の又三郎」等。発音はエナに近い。兄、長兄、若主人の意。詩[夏](初行「もうどの*稲も、*分蘖《ぶんけつ》もすみ」)に「茶盆の前にはこの家の／あぃながりんと眼を張って」とある。

あいなく【レ】 おもしろくない。言いようがなく甚だしい。詩「〔穂を出しはじめた青い稲田が〕」に「あいなくそびえる*積雲の群」は、詩ぜんたいから見て「やたらと」、「やみくもに」といった意味。

アイヌ風の木柵《あいぬふうのもくさく》【文】 木の枝を間隔を開けて地面に立てまわし、同間隔に同じく横棒を通した簡単な柵。例えばアイヌの「神《カムイ》祭り」では、そのような臨時の木柵をめぐらせ、木材を削った木くずの幣《ぬさ》やイ・オマンテ(熊神送り)で送った神々の頭骨等を安置する。詩ノート「〔これらは素樸なアイヌ風の木柵であります〕」では「え、／家の前の*桑の木を／Yの字に仕立てて」とある。

アイヌの木柵

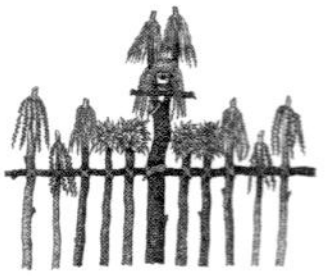

アイリス ↓イリス

愛憐《あいれん》 ↓神来《しんらい》

アイロニー【レ】 英語では irony だが、独(Ironie)仏(ironie)と同じく、イロニーとも発音。皮肉。反語法。ソクラテスが、相手の無知を暴露させる対話技法としてこの反語法を使ったのは有名。帳[*装景手記]に「誰でもひとつの／アイロニーのやうに」とある。

アインシュタイン ↓相対性学説《そうたいせいがくせつ》

アウエルバッハ ↓メフェスト

亜鉛《あえん》【科】【鉱】【レ】 原子番号三〇の金属元素。元素記号はZn。青白色を帯び、鈍い光沢がある。『*春と修羅』第一集冒頭の詩[*屈折率]に「縮れた亜鉛の雲へ」とある。その他ス[二二]中の「亜鉛の雪か天末か」や、詩ノート「〔ひるすぎになってから〕」の「亜鉛いろの雪のはて」、詩[森林軌道]の「岩手火山が巨きな氷霧の套をつけて／そのいたゞきを陰気な亜鉛の粉にうづめ」をはじめ、多くの作品に登場する。詩[津軽海峡](『春と修羅』補遺)の「亜鉛張りの浪は白光の水平線から続き」は、波の色ばかりか光沢、感触、うねりまでイメージに加わる。また、鉄板に亜鉛をメッキ(鍍金)したものがトタン板で、賢治がトタン板やトタン屋根に亜鉛の字を多く当てるのはそのため。「亜鉛のいらか丹《に》を塗りて」(文語詩[*遊園地工作])、「肥料倉庫の亜鉛の屋根で」(詩「〔*硫黄いろした天球を〕」)、「亜鉛《とたん》の板をひろげたやうな雪の田圃《たんぼ》の」(童[*烏の*北斗七星])等々がその例。また、変ったものでは「亜鉛鍍金《あえんめっき》の*雉子《きじ》なのだ」(詩[*小岩井農場 パート四])、「*稀硫酸の中の亜鉛屑《くず》は烏のむれ」(詩[*マサニエロ])等がある。後者はキップの装置(↓キップ装置)内で塩酸と反応し黒く変化した亜鉛屑が、あたかも烏が飛び回っているかのように見えるたとえであろう。他に「とたんのメタル」(童[*かしはばやしの夜])、「やりをかざれるとたん帽」(雨露で電信柱が腐食しないよう亜鉛鉄板〈トタン〉でカバーしてある、童[月夜のでんしんばしら])。

亜鉛鍍金《あえんめっき》 ↓亜鉛《あえん》

青阿片光《あおあへんこう》 ↓阿片光《あへんこう》

青石《あおいし》 ↓凝灰岩《ぎょうかいがん》

青い鋸《あおいのこぎり》 ↓貢高《こうこう》

蒼溟《あおうみ》 ↓蒼溟《あをうみ》《あおうみ》

青貝山《あおがいやま》 【地】 未詳の山名。文語詩[〔*沃度《（ようど）》ノニホヒフルヒ来ス〕]に「青貝山ノフモト谷」とある。下書稿では「岩鐘山」となっているが、ともに未詳。

青金《あおがね》 ↓青金《あをがね》

青木《あおき》 ↓千住《せんじゅ》

青木晃《あおきあきら》 ↓葛丸川《くずまるがわ》

青木大学士《あおきだいがくし》 ↓葛丸川《くずまるがわ》

青き銅液《あおきどうえき》 【科】 菌類による植物の病気駆除を目的に散布するボルドー液のこと。生石灰(石灰乳)に硫酸銅液を加えた溶液で青色。文語詩[「雹雲《ひょううん》(↓積《（ママ）》乱雲《せきらんうん》)砲手」]に「なべて葡萄に花さきて／蜂のふるひのせわしきに／をちこち青き銅液の」とある。日本では、一八九七(明治三〇)年頃から、ブドウなど果樹の病気の薬として使われるようになった。

碧きびいどろ《あおきびいどろ》 ↓ガラス

蒼孔雀《あおくじゃく》 ↓孔雀《くじゃく》

青(蒼)黝《あおぐろ》 【レ】 漢音はセイイウ(セイユウ)。黝は賢治の好んで用いる色彩表現だが、これ一字でも青黒い意。したがって、青を冠して薄青黒い形容ともなる。ス[三九]に「その青黝の辺に」とある。前々行の「かなしき心象」のイメージ。歌[六五二]には「青黝み」、童[「ポラーノの広場」](↓ポランの広場)には「青黝く」、短[「*柳沢」]には、「青ぐろい」「青黝《あをくろ》ぐろと」とある。

青笹村《あおざさむら》 【地】 岩手県上閉伊《かみへい》郡青笹村。現在は*遠野市(東部)。東境は六角牛山《ろっこうしさん》。柳田国男著(*佐々木喜善《きぜん》、述)『遠野物語』(一九一〇)の「荒滝の話」や佐々木喜善『奥州のザシキワラシの話』(一九二〇)の「ザシキワラシ出現の場所及び家名表」(二ノ三二)等に出てくる。当時の青笹村は佐々木喜善の生地土淵《つちふち》村の隣村になる。童[「ペンネンネンネンネン・ネネムの伝記」](↓昆布)には「青笹村字瀬戸二十一番戸伊藤万太の宅、八畳座敷中に」ザシキワラシ(↓ざしきぼっこ)が出現、万太の八歳の長男を気絶させた、とある。佐々木喜善の著作の影響と思われる。

襖子《あおし》 ↓襖子《あをし》《あおし》

青繻子《あおじゅす》 ↓繻子《しゅす》

青瓊《ぬ》**玉**《あおぬたま》 【鉱】【レ】 「瓊《ぬ》」は賢治によるルビ。通常「にたま・ケイギョク」。瓊(ケイ)は美しい玉の意。赤玉を意味することが多い。文語詩[*浮世絵]に「青瓊《ぬ》玉かゞやく天《（そら）》に」とある。下書稿から類推するに、賢治は「葱緑」色の空をイメージしているようだ。

青ノ木森《あおのきもり》 ↓葛丸川《くずまるがわ》

蒼(青)蠅《あおばえ（そうよう）》 ↓練肥《ダラ》

青びとのながれ《あおびとのながれ》 【レ】 一九一八(大正七)年五月以降の短歌群の中に「青びとのながれ」と題する一〇首の歌がある。歌[六八〇]の「あゝこはこれいづちの河のけしきぞや人と死びととむれながれたり」に始まり、歌[六八九]の「あたまのみひとをはなれてはぎしりし白きながれをよぎり行くなり」に終わっている。いずれも異様凄惨なイメージで他を圧倒している感がある。「青じろき流れ」「青じろく流るゝ川」ともある、この河(川)が*北上川を指し、視点を*イギリス海岸に比定することが可能である。しかし、このすさまじい一〇首のイメージは、むろん現実の景色でなく賢治の想像上のものであるが、単なる空想ではなく、そこには有史以前の史実なり伝承が想像力の根拠になっていたと思われる。賢治はイギリス海岸を「なみはあをざめ支流はそそぎ／たしかにここは*修羅のなぎさ」（曲「イギリス海岸の歌」）と歌うが、その「修羅の渚《なぎさ》」もまた先史時代の伝承と賢治の内面に醸成された修羅意識との合体と考えられる。そしてこの「修羅の渚」には「青びとのながれ」歌群のイメージが下敷きになっていると思われる。*宮沢清六『「イギリス海岸」への独白』（『兄のトランク』所収、一九八七）に「若しも北上山地に菜食の人類が、肉食の強い人種に圧迫されて、逃げて来て長い間棲んでいたところに、またも肉食の、生活様式のちがった人類がやって来て、他の動物と先住者をおびやかしたら、そこには劇《はげ》しい戦いがあったに相違ない」とあるが、歌群の理解にも示唆を与えてくれる。「青びと」とは「青きうで」の「青き亡者ら」（歌［六八五］）であるが、なお「前行《まえゆ》くもののあしをつか」み（歌［六八三］）、「むしりあ」い（歌［六八五］）、他の「死人《しにびと》の」「せなをはみつく」（「はみ」は食み）す（歌［六八六］）。「肩せなか喰みつくされししにびとのよみがへり来ていかりなげきし」（歌［六八七］）といった地獄絵図である。また宮沢清六の同じエッセイによれば「私たちは賢治の生前にイギリス海岸に沢山の死人が流れて行く夢のようなはなしをたびたび聞いたし、賢治の画《えが》いた『修羅の渚』を沢山の死人が流れている大きな墨絵があって、相当な力作であったがすぐ破棄されたということも知っている」とも言う。この歌群の存在はそうした証言によっても理解できるが、単に凄惨なイメージとしてだけでなく、修羅場を対象化し、躍動させながら自分を含めた人間の*業《ごう》をそこに見つめている賢治の主体性と、修羅意識をかもし出すモメント（契機《きっかけ》）を、これら歌群に見落としてはなるまい。なお、「青びと」は短歌だけに登場するが、文語詩「ながれたり」はこの歌群の転生として読むことができる。その一節に「あ丶流れたり流れたり／水いろなせる屍《しかばね》と／人とをのせて水いろの／水ははてなく流れたり」とある。なお、板谷栄城《いたやえいき》の取材によれば、教え子佐藤栄作《えいさく》（→杉山式の稲作法）は、ある日、賢治が授業の前に興奮して「昨夜、*豊沢川が大氾濫して山の木も、家畜も人間も流れ、一人の男が死人の筏《いかだ》を組み浮き沈みしながら流れて来、追いすがる人間を足でけとばす、すごい夢を見た。目ざめたら大汗をかいていた。あれは*地獄だ」と語ったのを覚えている、と言う。場所も北上川でなく豊沢川、賢治の見た夢がモチーフだった、と言う（NHKラジオ、一九九六年七月一九日放送）。

青宝玉《あおほうぎょく》（せいほうぎょく）→サファイア

青宝石《あおほうせき》（せいほうせき）→サファイア

青みわびて《あおみわびて》【レ】 歌［六四六］に「青みわびて　木は立てり」、同［六五二（異）］に「青みわび流る丶雲の」とある。賢治の色彩表現には圧倒的に青が多いが、その動詞「青む」の連用形「青み」に「わ（侘）ぶ」がついて、青さがいちだんと深いこと。

青柳教諭《あおやぎきょうゆ》【人】 青柳亮のこと。一八八九（明治二二）〜一九四七（昭和二二） 島根県松江市生まれ。東京外国語学校卒業後、岩手県立盛岡中学校嘱任《しょくにん》（英語）として、一九一〇（明治四三）年四月から一一月の八か月間在職（賢治は当時盛岡中学二年次在学）。翌年一月、松江*聯隊に入隊のため退職。除隊後、京都二中、台北中教諭を経て京都帝大法学部入学、卒業後満鉄等に勤務。文語詩［〔痩せて青めるなが頬は〕］は教諭退職間近の九月、*岩手山登山（一一名で）の思い出を、のち文語詩にしたもの。「痩せて青めるなが頬は／九月の雨に聖《(きよ)》くして／一すじ遠き(ママ)このみちを／草穂のけぶりはてもなし」と歌われている（「なが頬」は汝の頬）（同下書稿〈［青柳教諭を送る］〉には「うす赤きシレージの塔」の詩句がある。シレージは牧草をサイロ内で発酵させて貯蔵した飼料。サイレージ。「シレージの塔」はサイロのこと）。格別の人間的交流があったものと思われ、それは簡［1］の「同行者は嘉助さん、*阿部孝さん、私とも一人、外に青柳教愉(ママ)五年の人々六名にて候へき(ママ)」のくだりにもうかがえる。愉は諭の、候へきは候ひきの、ともに誤記。

赭《あか》 【レ】 賢治の多用する色彩表現で赤黄土色の、いわゆるベンガラ色（↓辨（弁）柄《べんがら》）。赤よりも茶色かだいだい色をおびた赤。代赭《たいしゃ》（赤鉄鉱粉末の顔料〈着色物質〉。良質品が中国山東省代州《たいしゅう》で採れたのでその名がある）ふうの物質感がある。花巻あたりでは「アカッタグレの地面」等と言う。赭々と、赭こ（焦）げ、赭黒い、赭土、赭髪（↓goblin）、等の語が多くの作品にある。

寒天《アガア》 【食】【科】 agar かんてん。紅藻類の海藻を原料とした食品。テングサやオゴノリ・イギス（磯の岩場等に付着している海髪類）が使われる。原料の海藻を煮て寒天液を抽出し（この段階は「ところてん」として食される）、天日干ししたもの。再び煮て冷やすと半透明乳白色になって固まる。羊羹等の材料に用いたり、冷やして夏季の料理や菓子としても食する。賢治独得のレトリックとして、アガアゼル、アガーチナスとともに重要。童［種山ヶ原］では「兄さんの足が、寒天のやうで、夢のやうな色で」とあり、詩［*蠕虫舞手《アンネリダタンツェーリン》］には「おぼろな寒天《アガア》の液ですよ」とある。↓寒天凝膠《アガアゼル》、アガーチナス

寒天凝膠《アガアゼル》 【科】 寒天《アガア》でできた、または寒天《アガア》としての凝膠《ゼル》ということ。凝膠《ゼル》とはコロイド溶液中の粒子が流動性を失い凝集することをいい、その凝集したものを(ママ)凝膠体《ぎょうこうたい》と呼ぶ。ゼルはゲル（Gel）のこと。「八月の　よるのしづまの　寒天凝膠《アガアゼル》」とある。夜の音のない静寂な空間を凝膠体というコロイド化学用語で比喩的に表現したもの。ほかに詩［*装景手記］。↓アガーチナス

赤い経巻《あかいきょうかん》 【宗】 賢治の法華入信の機縁となった*島地大等編『漢和対照妙法蓮華経』を指す。父の法友高橋勘太郎から宮沢家に贈られたもの。装幀の色からそう言う。*保阪嘉内《ほさかかない》あて書簡に「先づあの赤い経巻は一切衆生の*帰趣《(きしゅ)》（物事の帰着点）である事を幾分なりとも御信じ下され」（簡［50］）、「あなた自らの手でかの赤い経巻の如来寿量品（↓にょらいじゅりゃうぼん第十六）を御書きになつて御母さんの前に御供へなさい」（簡［75］）とある。賢治が親友保阪嘉内に法華経（↓妙法蓮華経）の信仰を勧めるために贈った赤布装幀の『漢和対照妙法蓮華経』（賢治は漢和を和漢とよく誤記する）は、一九一四（大正三）年八月二八日発行、明治書院刊。

島地大等編
『漢和対照妙法蓮華経』

あかいめだまのさそり ↓アンタレス

赤馬《あかうま》 ↓ceballo

銅《あかがね》 ↓銅《どう》

赤草《あかくさ》 【植】 特定の草の名でなく、赤い草といった一般的呼称であろう。歌［二一六］に「日はよどみ／耕地を覆ふ赤草の／

(異稿では「日は薄く／耕地に生えし赤草の」)わな、くなかに落ち入れる鳥」、この歌の転生である「補遺詩篇」中の文語詩［〔肱《ひじ》あげて汗をぬぐひつ〕］でも同様のイメージが歌われる。

赤酒《あかざけ》【食】 灰持酒《あくもちざけ》とも。日本酒の一種。醸造法は清酒と似るが、麹《こうじ》(→糀)を多く用い、発酵で生じた酸を中和するため、生石灰《せいせっかい》(→石灰)等を加えて作る。そのため酒の色が黄ないし赤褐色になる。甘みは清酒よりも強い。肥後(熊本県)特産の酒で、朝鮮戦役に加わった加藤清正によってその醸造が伝えられたという説もある(とすれば朝鮮伝来か)。夏目漱石の『三四郎』(一九〇八)にも登場する。賢治作品では歌［一一〇］に「さかなの腹のごとく／青じろくなみうつほそうでは／赤酒を塗るがよろしかるらん」とあるが、これが熊本産のものかは不明。

赤渋《あかしぶ》【農】【レ】 詩［台地］に「赤渋を載せたり草の生えたりした」台地の田が出てくる。日でり(→旱魃《かんばつ》)つづきや、立地条件の悪さで田の表面に鉄分が浮いて赤枯れの状態になっているのを「赤渋を載せた」と言っている。→鉄ゼル

アカシヤ【植】 アカシア(acacia)。「あかしや」とも。熱帯地方原産のマメ科の常緑樹だが、一般にはハリエンジュ(針槐、ニセアカシヤとも)をアカシヤと呼ぶことが多い。賢治作品もこのニセアカシヤである。北アメリカ原産で一八七七(明治一〇)年ごろ渡来。高さ一五mほどになる落葉高木。枝には鋭いとげがある。花は初夏、長さ一五cmほどの総状花序の総《ふさ》を下げ、食用にもする白い小花を多数つけ、芳香がある。豆果の実をつける。川原などに林をなして自生している。育ちは非常に早く見場《みば》もよいので、よく街路樹にされる。元花巻農学校跡(現花巻市文化会館)付近のニセアカシヤは、賢治が植えたものといわれる。「キャベジとケールの校圃《はたけ》を抜けて／アカシヤの木も一日のなかでいちばん青く見えるときでした」(童［ポラーノの広場］〈→ポランの広場〉)、(詩［〔アカシヤの木の洋燈《ランプ》から〕］)等。詩［休息］(初行「中空《なかぞら》は晴れてうららかなのに」)では「あかしや」の表記。→アカシヤづくり

ニセアカシヤ

アカシヤづくり【レ】 童［イーハトーボ農学校の春］に音譜が文と交互に出てきて、その音譜のあとに「お、こまどり、鳴いて行く鳴いて行く、音譜のやうに飛んで行きます。赤い上着でどこまで今日はかけて行くの。い、ねえ、ほんたうに」とあり、「かへれ、こまどり、アカシヤづくり。／赤の上着に野やまを越えて」の詩(詞)句が出てくる。こまどりとアカシヤとのイメージ連合については、小沢俊郎はコマドリ(robin)→(Robinia＝ニセアカシヤ、通称アカシヤの属名)の連想というふうに注している(新修全集月報)。

アガーチナス【食】【レ】 「寒天質」の賢治の造語か。アガー(Agar, agar 寒天、天草)に、ゼラチン(Gelatine、膠《にかわ》)の形容詞ゼラチナス(gelatinös〈独〉, gelatinous〈英〉)の語尾をつけて合成したものと思われる。賢治の空間認識の根本をなすコロイド化学的な比喩として使われることが多い。例えば、薄暗い所に乳白色の雲や霧等が出た情景を寒天質や「寒天光」(文語詩［車中〔一〕］等)にたとえたり(→コロイド)、文語詩［僧園］では、「一羽の鳥ありて／寒天質《アガーチナス》の闇に溶けたり」とあり、詩［〔朝日が青く〕］では、「この尾

根みちの樹の影は／（中略）寒天質《アガーチナス》なよどみのなかに／おぼろに黒く射《（い）》込まれる」とある。ほかに詩ノート〔ローマンス〕では「市街の寒天質《アガーチナアス》な照明」とあり、童〔*種山ヶ原〕では「兄さんの足が、寒天のやうで、夢のやうな色で」とあり、詩ノート〔〔桃いろの〕〕では、「アガーチナスな春より少しおくれて」とある。また詩〔青森*挽歌〕では「八月の　よるのしづ《（ママ）》（「づ」は、つい方言の表記か、正しくは「じ」）まの　寒天凝膠《アガアゼル》」とあり、詩〔*蠕虫舞手《アンネリダタンツエーリン》〕には「おぼろな寒天《アガア》の液ですよ」とある。ほかに詩〔*装景手記〕、詩ノート〔〔ちゞれてすがすがしい雲の朝〕〕等。→寒天凝膠《アガアゼル》、膠質《こうしつ》

暁のモティーフ《あかつきのもてぃーふ》　→モティーフ

赤つめくさ《あかつめくさ》　【植】　むらさきつめくさ、とも。マメ科の植物。*白つめくさと同類。ヨーロッパ原産で緑肥、牧草として明治維新前後に日本に渡来したと言われる。葉は互生した三小葉からなる複葉だが、クローバーの名で呼ばれる白つめくさと比べてやや長く楕円形を呈する（レッド・クローバーとも言う）。葉面には白点のあることもある。岩手では初夏から秋に咲く豆電球状の花は紅紫色。赤白両つめくさが登場する童〔*ポランの広場〕には「処々にはせいの高い赤いあかりもリンと灯ってゐました。／そのあかりの柄の所には緑色のしゃんとした葉もついてゐたのです。それらはたしかに赤つめくさの花でたくさんの白つめくさにまじって皎々《（こうこう）》と光ってゐます」と違いを述べている。このほか童〔*めくらぶだうと虹〕〔*マリヴロンと少女〕、詩〔休息〕（初行「あかつめくさと」）等に登場。→白つめくさ《しろつめくさ》

アカツメクサ

赤ひたたれ《あかひたたれ》　【文】　赤い直垂《ひたたれ》。直垂は、もと庶民の服だったが、やがて武士や公家《くげ》の礼服となった。詩〔*原体剣舞連《はらたいけんばいれん》〕に「赤ひたたれを地にひるがへし」とあるのは、剣舞の舞い手たちの服を言ったもの。正式の直垂の仕立てではないが、赤い生地の直垂ふうの装い。歌〔五九六〕にも「剣舞の／赤ひたたれは」とある。簡〔54〕には「赤垂衣」と出てくる。

赤富士《あかふじ》　→北斎《ほくさい》

赤帽《あかぼう》　【文】　今は日本では見られなくなったが、駅構内で旅客の荷物を運ぶ職種。目立ちやすいつば付きの赤い帽子をかぶったのでそう言った（米語でも redcap は railroad porter と同義、その輸入語か）。一八九八（明治三一）年、上野駅から始まる。当時は荷物一個につき二銭。一九〇一年、赤帽の制服が定着した。一九〇七年には全国の主要国鉄駅に赤帽がお目見えした。童〔*銀河鉄道の夜〕。

赤間《あかま》　→凝灰岩《ぎょうかいがん》

赤眼の蠍《あかめのさそり》　→アンタレス

秋田街道《あきたかいどう》　【地】　*盛岡から雫石《しずくいし》までは、ほぼ*雫石川に沿って西行し、秋田県角館《かくのだて》に至る街道。現国道四六号線。途中には賢治作品によく登場する*七つ森があり、また*小岩井農場や*繋《つなぎ》温泉、*鶯宿《おうしゅく》温泉に行くにも途中まで秋田街道を使う。七つ森辺りで南に見える山が*箱ヶ森。短〔秋田街道〕は一九一七（大正六）年七月八日の早朝、同人雑誌「*アザリア」の会の第一回小集会のあと、*保阪嘉内ら三人と賢治が、当時*盛岡高等農林学校の実習地のあった春《はる》木場《きば》（→化物丁場《ばけものちょうば》）まで歩いた時（保阪によれば「馬鹿旅行」）のスケッチ。岩手公園のアーク燈、*小岩井農場、七つ森、雫石《しずくいし》、*葛根田《かっこんだ》川、*雫石川の名が登場。なお、この街道すじの小山と思われる四っ角山も出てくる。→四っ角山《しっかくやま》

あきつ【動】【レ】　漢字では秋津、蜻蛉。トンボの古名。さらに古くは、あきづ（あぎつ、とも）。句に「稲上げ馬にあきつ飛びつゝ」、文語詩〔駅長〕に「ごみのごとくにあきつとぶ」等。

秋のあぎと《あきのあぎと》　→摩渇大魚のあぎと《まかつたいぎょのあぎと》

皎か《あきらか》【レ】　（月などが）皎々《こうこう》とてらすさま。きよらか、とも読むが、詩〔秋と負債〕に「それがいよいよ皎かで」とあり、同下書稿には「皎か《あきら》」と賢治のルビがある。

弧《アーク》【レ】　arc　上方が半円形になった弧形、弓形。詩〔〔その洋《か》傘《さ》だけでどうかなあ〕〕に「青い弧《アーク》を虚空《そら》いっぱいに」とあるのは、この詩の冒頭に虹が出、やがて「それに上には副虹《ふくこう》だ」とあるところから、虹の弧形を指している。詩〔〔寅吉山の北のなだらで〕〕等。

あぐ色《あぐいろ》【方】【レ】　灰色の意。アグはアク（灰汁）をにごった東北訛り。雑誌発表の短歌〔ちゃんがちゃがうまこ〕に「夜明方あぐ色の雲は　ながれるす／ちゃがちゃがうまこは　うんとはせるす」とある（「アザリア」第一号）。「夜明け方の灰色の雲は流れます／ちゃがちゃが馬こはずいぶんと走ります」の意。

悪因悪果《あくいんあくか》　→因果《いんが》

悪業乎栄光乎《あくかさかえか》【レ】　難解な文語詩〔浮世絵〕の終わりから二行目「これはこれ」に続く詩句。「これはこれで人間の悪業か、それとも人生の栄光の所業だろうか」の意。と言うのも北斎の浮世絵版画に「礫川《こいしかわ》雪の旦《あした》」（「冨嶽三十六景」の一、礫は小石の旧表記）があり、その画面を見ての詩想であるとすると、富士山の見える小石川のおそらく料亭の二階で、はしゃぐ芸者たちをはべらせて雪見の宴にうつつをぬかす金持ちらしい商人ふぜいの姿を画いた画面で、それを見ての作者賢治の言ということになる。これに続く詩句は→かぎすます。

アクチノライト【鉱】　actinolite　緑閃石のこと。角閃石《かくせんせき》の一種で、光沢ある緑色を呈す。灰色纖維状、放射状、あるいは針状の透明晶体。詩〔三原　第一部〕に、緑色の海面上の航跡の表現として「アクチノライトの水脈をも引いて」とあるのも、海面が放射状に線光を放っているからであろう。纖維が微小になった塊をネフライト（→軟玉）と呼ぶ。

アークチュルス【天】　うしかい座のα星（主星）、Arcturus（熊の番人の意で、ラテン語でアルクトゥールス。英語ならアークチュアラス）のこと。晩春北天に見える赤みがかった実視〇等（一等星の二・五倍明るい）の巨星。距離三六光年と近く、中国名「大角」。日本では古くから麦刈りの季節に頭上に輝く、めでたい星とされ「麦星《むぎぼし》」とも呼ばれてきた。「補遺詩篇」中の文語詩〔〔アークチュルスの過ぐるころ〕〕。

うしかい座

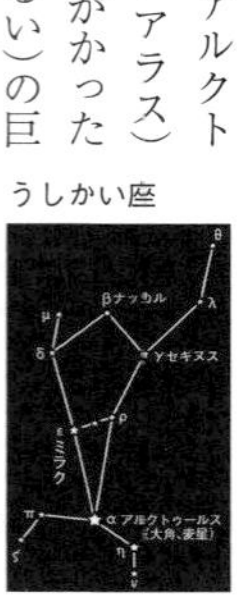

あくって【方】　繰り出す、ふえる、あふれる等の意。詩〔増水〕に「下流から水があくって来て／古川あとの田はもうみんな沼になり」とある。詩〔〔まあこのそらの雲の量と〕〕の下書稿等。

アーク燈《あーくとう》　→アークライト

あくび【科】　欠。欠伸。疲労や退屈等のため、自然に起こる一種の深呼吸。明治末期の自然主義以降「欠伸」が小説や詩によく出てくるのは単なる生理現象としてでなく、近代という精神（生）の倦怠、疲労のシンボリックな表象としてだった。童〔ペンネンネンネンネン・ネネムの伝記〕（→昆布）では、ネネムの提出したノートがあくびをした博士の口に吸い込まれてしまう。童〔グスコーブドリの伝記」では、ブドリの隣の学生が講義中にする、これとほぼ同様の使用が見られる。賢治には比較的ユーモラスな使用も目立つが、童［*猫の事務所］では争いのもとにもなる。詩［休息］(初行「そのきらびやかな空間の」)では、「あくびをすれば／そらにも*悪魔がでて来てひかる」、詩［東岩手火山］(→岩手山)では「あくびと月光の動転」「とにかくあくびと影ばうし(ママ)」(旧かなは「影ぼふし」が正しい。岩手毎日新聞発表稿の「影法師《かげぼうし》」、『春と修羅』初版本の「影ばうし」はともに誤)等の奇抜な使用が見られ、日本の近代文学の系譜の中でのある種の命脈と、また賢治ならではの独創も感じさせる。

悪魔《あくま》 【宗】 *魔に同じ。仏教では仏道を妨げる悪霊のこと。賢治の場合、一般的にキリスト教で言う悪魔(サタン)や、*アラビアンナイトの*魔神のイメージに近いと思われる用例もあり、その区別はつけがたい。詩［休息］に「*あくびをすれば／そらにも悪魔がでて来てひかる」、詩［風景とオルゴール］に「*松倉山松倉山尖つてまつ暗な悪魔*蒼鉛の空に立ち」、詩［〔温(ぬる)く含んだ南の風が〕］に「けれども悪魔といふやつは、／*天や*鬼神とおんなじやうに、／どんなに力が強くても」とある。その他一般的な用い方の例として、詩［電線工夫］に「あいつは悪魔のためにあの上に／つけられたのだ」、詩［山の晨明*(しんめい)に関する童話風の構想］に「悪魔のやうに／きれいなものなら岩でもなんでもたべるのだ」、童［*ひのきと*ひなげし］に「向ふの葵の*花壇から悪魔が小さな*蛙にばけて」、童［ポラーノの広場］(→ポランの広場)に「たうたう(ママ)悪魔にやられた」、短［十六日］に「おみちの胸はこの悪魔のさゝやきにどかどか鳴った」、童［*ビヂテリアン大祭］に「貢高*(こうこう)邪曲の内心を有する悪魔の使徒」とある。なお、「疾中」詩篇中の詩［〔*丁丁丁丁〕］中の「ゲニイめ」も悪魔《デーモン》、魔霊のことで、回教神話にもとづくgenieを賢治はドイツ語風の読みにしている。

アークライト 【文】 arc light(arc lamp)とも。アーク燈、弧光燈。二つの炭素電極間に電圧をかけたとき起こる放電による淡紫色の光を用いた*電燈。放電が弧形(アーチ、弓形)に見えたのでこの名がある。明治時代には街燈にこの電燈が用いられた。賢治がよく読んだと思われる北原白秋の歌集『桐の花』*(一九一三)には「円弧燈《アークライト》に雪のごと羽虫たかれり」とある。文語詩［*岩手公園］に「弧光燈《アークライト》にめくるめき、羽虫の群のあつまりつ」とか、短［*秋田街道］では「公園のアーク燈だけ高い処でそらぞらしい気焔の波を上げてゐる」とある。ほかに街燈としては、詩ノート［〔古びた水いろの*薄明穹のなかに〕］や詩［有明］［〔あけがたになり〕］等がある。比喩的に用いた例は詩［〔落葉松の方陣は〕］(→からまつ)で、「羽虫の輩(やから)が／みんな小さな弧光燈《アークライト》といふやうに」、歌［三五四］では光を液と見て「あをあをと／ふりそゝぎたるアーク燈液」とあり、詩［〔うすく濁った浅葱*(あさぎ)の水が〕］下書稿に出てくる「小さな電弧」も学名にはないが東北の山野に多いトリアシショウマ草の花穂のみごとな比喩として用いられている。(→Astilbe argentium／Astilbe platinicum)

悪路王《あくろおう》 →達谷の悪路王《たったのあくろおう》

扛げ《あげ》 【レ】 音はコウ。「挙げ」と同義。衣類や、紐などでからげた荷物に棒を通して担《かつ》ぐことが原義だが、詩［河原坊(山脚の黎明)］に「黒の衣の袖を扛げ」ているのは前の行の「二人のはだしの逞(たく)ましい若い坊さん」。だが詩のイメージからは衣《ころも》のそでをまくっている感じ。

暁烏敏《あけがらすはや》 【人】【宗】 一八七七(明治一〇)〜一九五四(昭和二九) 浄土真宗大谷派の僧。石川県明達寺《みょうたつじ》に長男として生まれる。一八九六(明治二九)年、真宗大学に入学。清沢満之《きよさわまんし》らの宗門改革運動に共鳴し、学生改革委員となって活動、退学処分を受ける。その後も宗門改革運動に携わり「無尽灯《むじんとう》」の編集に加わる。一九〇〇年、清沢を中心とする浩々洞《こうこうどう》に参加、機関誌「精神界」に「精神主義と性情」「*歎《たん》異鈔《にしょう》を読む」等を執筆、論議を呼ぶ。一九一五(大正四)年、中外日報に「暁烏氏の噂」という暴露記事が掲載され、浩々洞を去り「精神界」の編集を退く。一九二一年、故郷石川で香草社を興し、個人雑誌「薬王樹」発刊。一九五一(昭和二六)〜一九五二年、大谷派本願寺宗務総長。没後、その蔵書は金沢大学に寄贈され「暁烏文庫」となっている。賢治生前発表の短「復活の前」(→アザリア)に「暁烏さんが云ひました『この人たちは自分の悪いことはそこのけで人の悪いのをさがし責める、そのばちがあたってこの人たちは悲憤(ママ)こう慨するのです』」とある。また中学四年時の簡[6]が示すように「歎異鈔」への傾倒(→歎異鈔)にも暁烏が介在すると考えられる。一九〇六年八月、花巻仏教会により夏期仏教講習会(一〇日間)が大沢温泉で催され、講師として暁烏敏が招かれている(→講)。花巻仏教会の中心メンバーの一人が賢治の父*宮沢政次郎であり(暁烏への講師依頼も父)、当時一〇歳だった賢治は父に連れられ「侍童」として暁烏の講話を聴いている。その内容は「歎異鈔」を中心とするものであったという。暁烏の日記には賢治の名が残されており、それによると、賢治は単に暁烏の講話を聴いただけでなく、共に遊んだり、歌ったり、散歩をしたりしており、少年賢治にとって暁烏は格別親しみやすく懐かしい存在であったと思われる。その後暁烏が賢治在世中*花巻を訪れた記録は九回あるが、多くは宮沢家に宿泊している。暁烏と宮沢家との関わりは栗原敦の研究に詳しい。『暁烏敏全集』二三巻(一九六一(昭和三六)年、香草社)もある。

明《あけ》**の明星**《みょうじょう》**だべすか** 【天】【方】 明の明星は、夜明けの東の空に見える*金星。だべすか、は「…でしょうか?」で、「…だべか」よりていねいな疑問形。劇「*種山ヶ原の夜」の放牧地見廻人のせりふ。

あけび 【植】 木通、通草、野木瓜。山地に自生する落葉つる性の低木。春、紫色の小花をつける。夏の淡紫色の実は熟すと縦裂して甘い果肉が見えるので「開け実」から「あけび」となった。果肉はもちろん、若芽も山菜として食用にする。詩「*春と修羅」の詩句「あけびのつるはくもにからまり」が代表的。「つたとあけびで覆はれた/茶亭をひとつ建てませう」(詩「三原　第二部」)とあるように、庭園や畑でも植栽される。ほか詩「*小岩井農場」等。

アケビ

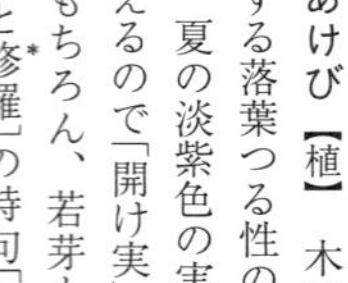

腮《あご》 【科】 顋の俗字。あぎと(→摩《ま》渇大魚《かつたいぎょ》のあぎと)とも。歌[二八七]の初句に「わが腮を」とある。

麻《あさ》 【植】【衣】 亜麻《アマ》(→*阿麻仁)、苧麻《チョマ》、麻緒《あさお》、黄麻、マニラ麻(童「*フランドン農学校の豚」のマニラロープもこれ)、大麻《タイマ》等の総称で、またこれらの茎の繊維(茎《から》を蒸《む》して皮をとり麻糸にするのでカラムシの名もあるが)を原料とする織物を言う。アサ科(より分類範囲が広いと思われるクワ科にしている辞典類も多いが)の一年草。原産は南アジア、中央アジアとされるが、直立する茎は高さ一〜三m、長柄をつけた葉は掌状の六、七枚の複葉、悪臭を放つ。夏から秋に茎を刈り取り、皮の繊維が麻織物となる。この麻織物の特徴は吸水性が強く丈夫だが、反面、伸びにくく、しわになりやすい。東北地方の寒冷地は木綿の栽培には適さず、移入する国産の木綿も高価だったから、麻は重要な自家衣料の原料だった。しかし、安価な外国綿が輸入され、全国的に大規模な綿糸工場がふえて、明治期を通して木綿は一層普及し麻織物は衰退した。現在では、清涼感が好まれ、夏の衣料等に用いられている。「機械のごとく　麻をうつひと」(歌［二〇五］)、「若き母や織りけん麻もて」(文語詩［雪峡《(せっきょう)》］下書稿、旧題［口碑《(こうひ)》］)、「冬も手織の麻を着て」(詩［野の師父］)等から、当時も麻織物を自家製造していた(新潟県産の越後縮《えちごちぢみ》は有名)ことがわかる。同じく文語詩［麻打《(あさうち)》］には「よるべなき水素の川に、／ほとほとと麻苧《(あさお)》うつ妻」とある(→水素)。「麻シャツ」(詩［穂孕期］)、「麻もも引」(詩［〔熊はしきりにもどかしがって〕］)、「麻のころもの僧」(歌［二五一から二首目］)、「麻のモーニング」(童［毒蛾］〈→蛾〉)、「麻のつめえり」(童［ポラーノの広場］〈→ポランの広場〉)、「麻の夏外套」(童［茨海《バラウミ》小学校］)等、多数登場する。詩［会食］には「手蔵氏(→簡手蔵《かんしゅぞう》)着《(つ)》くる筒袖《(つつそで)》は／古事記風なる麻緒であって／いまその繊維柔軟にして」ともある。ほか、詩［比叡(幻聴)］［春］［夏］［〔こっちの顔と〕］［三月］［表彰者］［〔くらかけ山の雪〕］［〔かくばかり天椀すみて〕］文語詩［巨豚］、童［革トランク］［ビヂテリアン大祭］［風の又三郎］［北守将軍と三人兄弟の医者］、帳［兄妹像］九四頁等、賢治作品での麻にかかわる語の使用頻度はきわめて高い。

麻苧《あさお》、**麻緒**《あさお》、**麻布**《あさぎぬ》 →麻《あさ》

朝顔《あさがお》 →モーニンググローリ

あさぎ、浅葱《あさぎ》、**浅黄服**《あさぎふく》 →葱緑《ねぎみどり》、俸給《サラー》

あざけくも【レ】 文法的には間違いだが、あざらけくも(鮮やか、はっきり)の意で用いている。詩［〔今宵南の風吹けば〕］に「かつては聞かぬその鐘の／いとあざけくもひゞきくる」とある。文語詩［公子］の「熱はてし身をあざらけく」は、したがって正しい用法。下書稿に「身はあたらしく」とあるように、ここでは病中の熱がおさまり、心意明瞭、体が元気になったこと(ただし、上に強意の「を」があるので、元気になったので、の意にもなる)。また、文語詩［萎花《(いか)》］(→カクタス)にも「夏夜あざらに息づきぬ」とあって、これも正しくは「あざらけくも息づきぬ」と言うべきだが、音数の制約も手伝った詩的誤用の一種、と許容されよう。なお、詩［〔つめたい海の水銀が〕］に「また水際には鮮らな銅で被はれた」の「鮮らな」や、詩［客を停《(と)》める辞令］(［〔その洋傘《かさ》だけでどうかなあ〕］下書稿㈠)の「虹はあらゆる毒剤よりも鮮らしく」は「あたらしく」と読めば正しいのだが賢治は「あざらしく」(もちろん誤読)のつもりだったのかもしれない。

朝日橋《あさひばし》【地】 花巻市東方の北上川にかかる橋。遠野方面に向かう国道二八三号線が通る。ス［一六］に「瀬川橋と朝日橋との間のどてで、／このあけがた、／ちぎれるばかりに叫んでゐた、／電信ばしら」と歌われた朝日橋は大正中期に約三〇隻の舟をつなげて架けた船橋であった。一九三二(昭和七)年に永久橋となり、現在のは三代目のコンクリート橋。新瀬川橋は、花巻の北東を流れてイギリス海岸の上方で北上川と合流する瀬川にかかる橋。童［イギリス海岸］にも両橋が登場するが、「瀬川の鉄橋」とあるように、旧瀬川橋は当時から鉄橋であった。朝日橋は童［或る農学生

の日誌」にも登場。→瀬川《せがわ》

麻生《あさふ》農学校《あそうのうがっこう》 →麻生農学校《あそうのうがっこう》

あざみ →いぶせき

あざみ【植】 薊。全国の山野に自生するあざみは多種だが、賢治作品に登場するのは背の高い(一〜二m)南部あざみ。葉はギザギザでとげのようにとがり(それで刺草《しそう》の名もある)、夏から秋に赤紫の、これまたとげ状の花をつける。「*種山ヶ原の　せ高の芒あざみ」(劇[種山ヶ原の夜]、曲を付した曲[牧歌]では賢治は芒を方言読みにして「すすぎ」とルビをつけている。「まっ赤なあざみの花がある」(詩[〔朝日が青く〕])、「すてきに背の高い薊の中で、二つにも三つにも分れてしまって」(童[*風の又三郎])、「おまへたちの罪は(中略)あざみの棘のさきの小さな露のやうなもんだ」(童[*ひかりの素足])等。

あざらけく →あざけくも

あざらし【動】 海豹。寒帯に生息する海獣。皮は防寒衣、肉は食用となり、脂肪からは油がとれる。北海道近海にも多種のアザラシが棲息するが、中でも多いワモン(輪紋)アザラシは、体長一mほど、体重五〇〜六〇kg。背は黒褐色で黒い斑点がある。かつて北海道では毎年約三〇〇〇頭が捕獲されていた。「*ジョバンニのお父さんは、そんな*らっこや海豹をとる」(童[〔*銀河鉄道の夜〕〔初期形〕])、「一郎が髪をあざらしのやうにして唇を紫にしてわくわくふるえ《（ママ）》ながら」(童[*風の又三郎])等。

あざらに →あざけくも

アザリア【植】【文】 賢治が盛岡*高等農林学校三年の時に、校内の仲間とともに創刊した文芸同人誌の名。誌名はオランダツツジとも呼ばれるazalea(アザレア)から採った。表紙の表記は第一号「あざりあ」、第四号「THE AZALEA」。手刷りの謄写版印刷、同人分だけの発行、というささやかなものだが、賢治文学の黎明期を知るうえで貴重。一九一七(大正六)年七月に第一号を発刊、賢治在学中に第五号まで、卒業後第六号で終刊。同人は一二名、小菅健吉《こすげけんきち》、河本義行(→河本《かわもと》さん)、*保阪嘉内《ほさかかない》、賢治の四名が中心となった。賢治の掲載作品は次のとおり。第一号—歌[みふゆの*ひのき]一二首、歌[*ちゃんがちゃがうまこ]八首、短[〔旅人のはなし〕から]。第二号—歌[夜のそらにふとあらはれて]八首。第三号—歌[心と物象]九首、歌[窓]三首、歌[*阿片光]二首、歌[*種山ヶ原]四首、歌[原体剣舞連《バヒ》](→原体村《はらたいむら》)三首、歌[中秋十五夜]三首。第四号—歌[*好摩《こうま》の土]一〇首。第五号—短[復活の前]、第六号—短[〔峯や谷は〕]。保阪嘉内が第五号に書いた「社会と自分」に「おれは皇帝だ。おれは神様だ。／おい今だ、今だ、帝室をくつがえすの時は、ナイヒリズム」(ナイヒは英語読み。虚無主義《ナイヒリズム》)の一文があり、これにより、保阪は学校側から過激不穏分子と見られ、退学処分を受けたと言われる(→保阪嘉内)。なお、詩[*装景手記]中に出てくる「azalia」は賢治のスペルの間違い(ラテン語に読んだか?)である。

アザレア

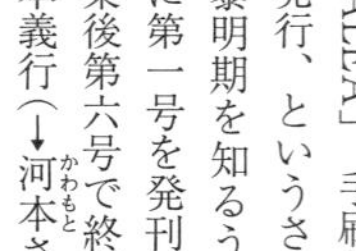

「あざりあ」第１号

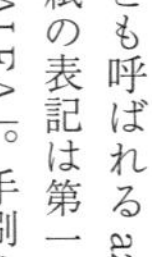

蘆《あし》**【植】** 芦、葦、葭。アシが「悪《あ》し」と同音なので避けて古来ヨシ(良《よ》し)とも言う。水辺に生えるイネ科の多年草。春に角状の芽を出し、やがて二〜三mに育つ。刈り取られてよしず(葦簾・葭簀)等に編まれる。(詩[〔さわ《（ママ）》やかに刈られる蘆や〕])。童

[よく利く薬とえらい薬]に「森の中の小さな水溜りの葦の中で」、童[*雁の童子]に「蘆がそよいで」、詩[*和風は河谷《かこく》(↓北上川)いっぱいに吹く]に「芦《(ママ)》とも見えるまで逞ましくさやぐ稲田のなかに」とある。文語詩[上流]にある「蘆刈びと《(あしかり)》」は、あしを刈りとるひとのこと。同じく文語詩[隅田川]には「その蘆生《(ば)》えの　蘆に立ち」とある。

蘆刈びと《あしかりびと》　【文】　↓蘆《あし》

足駄《あしだ》　高げたのこと。もと「足下《あしした》」(転じて手紙の脇付《わきづけ》〈そっか〉にも用いるが)または「足板《あしいた》」に発するといわれ、室町時代から「足駄」という文字を用いたとされる。古く上代から用いられていた木製の履物で、江戸時代初期まで下駄《げた》類の総称であった。その後「げた」の呼称が一般的となり、京阪地方ではこの名はすたれたが、江戸では本体に歯の部分を二本差し込んだ差歯《さしば》(下駄の歯)の高いもの(高足駄)をこう呼んだ。歯の低い日和下駄《ひよりげた》(差込みでなくくり抜きのものが多い)に対して、主に雨天用に愛用された。童[風野又三郎《(ママ)》](↓風の又三郎)に「耕一は今日も足駄をぬいで傘と一諸にもって歩いて行きました」とある。一諸は一緒の誤記。

味無《あじな》いがたな　【方】　味は無かったな。実際の発音は「あじねがったな」で、「無い」は「ね」をわかりやすく表記したものであろう。「ね」は「な」の訛り。童[*鹿踊りのはじまり]。

馬酔木《あしび》　↓あぜみ

アシヨウカ大王《あしょうかだいおう》　【人】　Aśoka(梵)　(前二六八?～前二三二?)　アシュカ王。中国表記で阿育《アイク》王。*アレキサンダー東征直後チャンドラグプタ王によって建国されたインド初の統一王朝、マウリヤ朝第三代の大王。仏教に帰依し、第三回仏典結集を行なった。マウリヤ朝の首都パータリプトラは中国名で華氏城。賢治の手[一二]の中で「アシヨウカ大王」の面前でガンヂス河の流れを逆流させてみせる、卑しい職業の女*ビンヅマティーの話が述べられている。

梓《あずさ》　【植】　*キササゲ(木豇豆)の別称。中国名梓樹。山中に生える落葉高木。高さ二〇m、径六〇cmにもなる。春、長い花穂に茶緑の小花を多数つける。古来、その材が弓や木版印刷の版木に用いられたところから、原稿を本にすることを「上梓《じょうし》」とも言う。「梓弓」と古歌にもよく詠まれた弓材の梓はカバノキ科ミズメ。一般に梓はミズメを指す。詩[三原　第二部]に「梓はどの木も枝を残し」とある。この梓はミズメである。

地球照《アースシャイン》　【天】　earthshine　アースライト(earthlight)とも言う。地球回照光。魄《はく》(月のかげの暗い部分の意だが、死者の魂をいうときの語源でもある)。地球の太陽反射光によって*月の影の部分がわずかに明るくなる現象。月の反射能は太陽光の七%にすぎず、また入射方向に強く反射するため、半月は満月の一〇分の一に暗くなる。新月前後では月から見た地球は満月に相当し、地球の反射能が四〇%と高いため、地球照《アースシャイン》(てりかえし)が起こる。『肉眼に見える星の研究』(吉田源治郎、一九二二)には「本当ならば、暗黒である筈の部分がぼんやりと輝いて、見えます。此赤黒い銅色の輝きは、地球照《アースシャイン》と呼ばれる所のものです」とある。*アレニウスの『最近の宇宙観』(一戸直蔵《いちのへなおぞう》訳、一九二〇)の中には次の一節がある。「月から反射し来れる日光よりも其処の色の方が遥かに青味を帯びて居ることが分つた。此の結論によれば、我が地球は之を遠方より見れば青い色を以つて輝いて居ることになる」。世界最初の宇宙飛行士Y・A・ガガーリンの「地球は青かった」に先立つ四十余年前の記述である。詩［東岩手火山］（↓岩手山）には「月の半分は赤銅《しゃくどう》（↓銅）　地球照《アースシャイン》／《お月さまには黒い処もある》」、詩［函（函）館港春夜光景］にも「地球照ある七日の月が、／海峡の西にかかって」とある。こちらはチキュウショウの読みがよいかと思われる。同詩の末尾に「地照かぐろい七日の月は／日本海の雲にかくれる」とある「地照《ちしょう》」も地球照の略である。

アスティルベ　↓Astilbe argentium／Astilbe platinicum

アスティルベダビデ　↓Astilbe argentium／Astilbe platinicum

あすなろ【植】　翌檜。俗説には「あすは檜《ひのき》になろう」の意からその名がある。あすわのひのき、ひば、あすわ、とも。ヒノキ科の常緑高木。葉はヒノキに似るが、ヒノキより背は低く、一〇～三〇m、径九〇cmほど。樹皮は灰褐色で昔火縄銃の火縄に用いた。材は建築、枕木、マッチ等に用いられる。童［楢ノ木大学士の野宿］（↓なら）に「蕈《(きのこ)》とあすなろとの／合の子みたいな変な木」とある。↓檜葉《ひば》

アスパラガス【植】【食】　asparagus　南ヨーロッパ原産のユリ科の植物。もとギリシア語で「枝分れする」の意。成長すると多くの枝を出すところからその名が出た。ギリシア時代には野生のものを食用及び薬用にしていたが、それがローマ人に愛好され、栽培されるようになった。日本には江戸時代にオランダ人によって伝えられたが、これは観葉種のもので、食用種は一八七一（明治四）年に伝えられ、それ以後昭和にかけて広く栽培されるようになった。成長前の若い茎を茹《ゆ》でて柔らかくしてそのまま食べたり、また缶詰に加工したりする。童［銀河鉄道の夜］に「そのまん中に円い黒い星座早見が青いアスパラガスの葉で飾ってありました。」とあるのは観葉種のもの。また童［紫紺染について］では「アスパラガスやちしゃのやうなものが山野に自生する様にならないと産業もほんたうではありませんな」と、山男が「ずゐぶんなご卓見（著者注、卓《すぐ》れた意見）」を述べる。詩［朝餐］では「アメリカ人がアスパラガスを喰ふやうに／（中略）むさぼりたべる」といった使われ方もある。ほかに童［チュウリップの幻術］（↓うっこんかう）等。

アスファルト【科】　asphalt　土瀝青と書く。原油のうちの揮発成分が失われ、多少酸化した残留物。黒色の固体または半固体。現在は石油精製のときの残りかすとしてのものがほとんどだが、当時は秋田や樺太の油田地帯から天然アスファルトが産出された。電気絶縁性、防腐性、防水性、弾性の強さに特徴がある。童［税務署長の冒険］に「アスファルトの屋根材」とある。

石絨《アスベスト》【鉱】　asbestos　せきじゅう。石綿《いしわた》のこと。蛇紋石または角閃石から変成し繊維状になったもの。絹糸のように柔らかで強く、熱や電気を伝えにくいので保温材・耐火材に用いる。建築用の保温材として大量に用いられたが、現在ではアスベスト粉塵の発がん性が問題となっている。文語詩［早池峯山巓］に「石絨《アスベスト》脈なまぬるみ、苔しろきさが巌にして」とあるが詩意は不分明。ほかに簡［72・73］等にも見える。歌［二八九・二九〇］の「温石石《(おんじゃくいし)》（↓蛇紋岩）の神経」や、詩［早池峰山巓］の「石絨の神経」といった表現は、蛇紋岩に繊維状に発達した石絨の様子を神経細胞ふうに比喩的に表わしていると思われる。

東根山《あずまねさん》【地】　吾妻根、吾妻峰とも。岩手県紫波郡紫波《しわ》町西北部、雫石《しずくいし》町との境にある。標高九二八・四m。帳［雨ニモマ

ケズ」の「経埋ムベキ山」の一。盛岡から南南西約一五㎞。東北本線古館《ふるだて》駅から真西に見える。ドーム状の山容なので袴腰《はかまごし》とも称される。盛岡—花巻方面から眺めると目立つ三つの山の連なりがあるが、一番左に見えるのがこの山。詩ノート〔〔ちゞれてすがすがしい雲の朝〕〕には多くの山が歌われているが、「東根山のそのコロナ光り」とある。文語詩〔岩頸列〕にも登場。

藍銅鉱《アズライト》【鉱】 azurite 藍銅鉱《らんどうこう》。硬度四。銅鉱床《どうこうしょう》酸化帯に産出する銅の二次鉱物。濃藍青色でガラス光沢の結晶をつくる。顔料である群青《ぐんじょう》の原料にもなる。詩〔オホーツク挽歌〕では「海面は朝の炭酸のためにすつかり銹びた／緑青のとこもあれば藍銅鉱《アズライト》のとこもある」。童〔マグノリアの木〕では「霧が融けたのでした。太陽(→お日さま)は磨きたての藍銅鉱のそらに液体のやうにゆらめいて」とある。

あぜ【農】 畔、畦。くろ、とも。その下部、根の部分を「くろね(畦根)」と言う。田や畑の間に盛り土をして土手をつくり、境界とする。また、水田の場合、水をせきとめる役割をする。鎌倉期の寂蓮《じゃくれん》法師の歌に「蛙の声のあぜつたひ行く」とあるが、賢治の場合、詩〔牧歌〕〔杉〕〔地主〕〔〔まぶしくやつれて〕〕〔台地〕〔〔あすこの田はねえ〕〕文語詩〔烏百態〕、童〔ある農学生の日誌〕等に見られる。なお、詩ノート〔藤根《ふじね》禁酒会へ贈る〕には「どてやくろには…」、「くろねを掘ってそこに粘土を叩いてつめた」とある。↓畦根《くろね》、稲沼《ライスマーシュ》

褪せた《あせた》【レ】 褪《たい》(退)色《しょく》(色が薄れてくること)した。詩〔〔地蔵堂の五本の巨杉《すぎ》が〕〕に「褪せた鳥居がきちんと嵌《(は)》まり」とある。

アセチレン【科】 acetylene C_2H_2 炭素と水素との化合物。無色・無臭・可燃性の気体。燈火用や、溶接用のほか、エチレンやエタン、酢酸ビニルなどの合成の原料となる。一般に市販されるアセチレンは、不純物として硫黄化合物を含むため、燃焼時に特有の臭気がある。賢治の場合、ほとんどアセチレン燈の意味で用いる。童〔祭の晩〕に、「アセチレンの火は青くてきれいだけれどもどうも大蛇のやうな悪い臭がある」とあるように、燃える焔は明るい。詩〔薤露青《かいろせい》〕では、「さかなはアセチレンの匂をはく」ともある。ほかに童〔ポラーノの広場〕(→ポランの広場)、〔税務署長の冒険〕でも燈火の意味で用いられている。祭の夜店の燈火や釣り舟の燈火は多くこれであった。

アセトン【科】 acetone C_3H_6O 無色の揮発性液体、引火性が強い。初期の製造法では、まず木材を乾留《かんりゅう》して木タールを得、それを蒸留し生産していた。有機溶媒として広く用いられている。糖尿病患者の口臭や尿の甘酸っぱい臭いはアセトン臭と称し、診断の目安となる。童〔ポラーノの広場〕(→ポランの広場)では密造者デステゥパーゴが密造酒をアセトンといつわって製造をしているが、アセトンを炭焼きの木タールから作っていたことや、甘酸っぱい臭いなど、それなりの化学的裏付けがあってのことかと理解される。

畦《あぜ》はたびらこ ↓たびらこ

あぜみ【植】 アセビ(アシビ、アセミ、アシミ、アセボ、とも)。馬や牛等がその葉を食すると毒性によって麻痺《まひ》するので馬酔木の字を当てる。奈良の春日山にアセビが多いのは、鹿が食べないからと言われる。山地に自生するツツジ科の常緑低木で、高

さは一・五〜三mに達する。春、小さな釣鐘形の白い花をつける。葉は殺虫剤に、木は堅いので薪や炭、細工物に使われる。奈良公園での歌[七九二]の下句に「馬酔木の花のさけるなりけり」、童[*ポランの広場]に「いきなりその子が庭のあぜみの木のうしろから出て来ました」とある。また、童[*水仙月の四日]に「*アンドロメダ、／あぜみの花がもう咲くぞ、／おまへのラムプの*アルコホル、／しゆうしゆと噴《(ふ)》かせ。」とあるのは、谷川雁《たにがわがん》によれば、「あぜみ」の英語名がJapanese andromeda であることをふまえた表現だと言う。アルコールランプとの結びつきは、あぜみの花の形がそれに似ているためだが、アンドロメダ座の大星雲をその炎に見立てたものでもある。

アセビ

阿僧祇の修陀羅《あそうぎのしゅだら》 【宗】 阿僧祇は asaṃkhya(梵)の音写で「はかり知れない無数」の意。修陀羅は、普通は首陀羅と音写される śūdra(梵、スダラとも)のつもりで賢治は書いたと思われる。インドに今も見られる身分階級制(カスト、カーストとよばれるバラモン、クシャトリヤ、バイシャ、最下位のシュダラのほか、アンタッチャブル〈ハリジャン〉を含めると五階級)の一。歴史的には恵まれなかった最下位の無数の人たちの意となる。詩[海鳴り]([牛]下書稿)に「阿僧祇《(ママ)》の修陀羅をつつみ」とある。うつくしい潮騒ゐ(いの方言訛り)や雲や自然の仏意が不幸な人たちを包み、の意。雑[法華堂建立勧進文《(こんりゅうかんじんもん)》]にはルビつきで「阿《あ》僧祇《そうぎ(ママ)》法《はう》に遭《あ》はずして」と同情する一行もある。

麻生農学校《あそうのうがっこう》 【文】【レ】 童[*茨海《バラウミ》小学校]に訪問した「私」の紹介として「このお方は麻生《あさふ》農学校の先生です」と出てくる。

あそごぁ ↓おりゃのあそごぁ…

あたた ↓はじめで聞《き》でで…

あたたが 【方】 あったのか。劇[*種山ヶ原の夜]「そたなごとあたたが。」そんなことあったのか。

アダヂオ《あだじお》 【音】 アダージョ。adagio(伊) *アンダンテと*ラルゴの間。ソナタ(↓奏鳴)や交響曲の遅い楽章。ゆるやかに(もと、くつろがせる)の意。詩[[うとうとするとひやりとくる]]に「(アダヂオは弦《(げん)》にはじまる)」とある。

中《あだ》つ(っ)でも ↓おらも中《あだ》つでも…

あだまもゆぐわがらないがつたな 【方】 あたまもよくわからなかったな。「ゆぐ」は「よく」の訛り。「わがらないがつたな」の実際の発音は「わがらねがったな」。童[*鹿踊りのはじまり]。

あだるやなぃ 【方】 ふれてはいけない(「なぃ」はほとんど「ね」と発音)。劇[種山ヶ原の夜]。

あだれ 【方】 「当《あた》る」の命令形。童[*風の又三郎]に「さあみんなよっく火にあだれ、おら又草刈《か》るがらな」(さあ、みんなよく火にあたれ、おれは草を刈るからな)とある。

亜炭《あたん》 【鉱】 lignite 主として*第三紀層にある褐色ないし黒褐色の炭化度の低い石炭。岩手県での産出も多い。戦前・戦中に家庭用燃料として用いられた。童[*イギリス海岸]では「亜炭のかけらだの、枯れた*蘆きれだのが」とある。文語詩[早春]にも「技師ら亜炭の火に寄りぬ」とある。

あぢのおつむ 【レ】 鯵《あじ》の頭。童[ツェねずみ]に*鼠のごちそうとして出てくる。「お」は丁寧の接頭辞、「つむ」は「つむり」で女性語、こどもことば。

安家《あっか》 【地】 岩手県下閉伊《しもへい》郡安家《あっか》村(現岩泉《いわいずみ》町)。九戸《くのへ》郡に隣接。ノート[文語詩篇]。

厚《あつ》ぐ蒔《ま》ぐて全体《ぜんて》陸稲《おかぼ》づもな、一反歩《いったんぶ》さなんぼでりゃ蒔《ま》げばいいのす 【方】 厚く蒔くといっても一体全体*陸稲《おかぼ》というものは、一反歩にどのくらい(なんぼごりゃ)蒔けばいいのですか(新校本全集では「なんぼごりゃ」を「なんぼでりゃ」と草稿どおり本文としているが、文庫本全集の「ごりゃ」のほうが、より発音に近い。→半分《はんぶん》ごりゃ)。「…いのす」は疑問。劇[植物医師]。

あったた →柏《かしわ》の木だの…

あったに →もやあったに…

アットラクテヴ《あとらくてぶ》 【レ】 attractive 魅力的、美しい。詩ノートに[〔あの雲がアットラクテヴだといふのかね〕]がある。

アップルグリン 【レ】 apple green 緑色を表わす語の一。(グリンはグリーンとすべきか)。青リンゴ色。強い黄みがかった緑色を想起させる。賢治は*苹果《りんご》を好んで色彩表現に用いた。青苹果は詩[三原　第三部][*浮世絵展覧会印象]、文語詩[*岩手公園]等に出てくるが、草地(丘)の色彩となる。詩[〔九月なかばとなりて〕][〔苹果青に熟し〕]、帳[兄妹像]一二七頁では夏の*稲の色彩、詩[〔船首マストの上に来て〕]では空の色彩として使われている。詩[三原　第三部]では「いちめん apple green の草はら」と出てくる。また同義の「苹果青」も詩[青森挽歌　三]に「爽やかな苹果青」とあるが、詩[〔西も東も〕]には「緑や苹果青《あを》や紅、紫、」とある。→苹果《りんご》

渥美《あつみ》 【地】 愛知県南端の渥美半島のこと。歌[二六一]に「わが船の／渥美をさしてうれひ行くかな」とあるのは盛岡高農(→高等農林)二年時に賢治が京都、奈良、大阪方面の修学旅行に参加した時の作。この半島は知多《ちた》半島とともに三河《みかわ》湾を扼《やく》して(押さえて、占《し》めて)いる。この歌の次の[二六二]の「明滅の／海のきらめき　しろき夢／知多のみさきを船はめぐりて」が、それを示している。

集《あつ》めべ 【方】 集めよう。童[虔十公園林]。

羹《あつもの》 →玉麩《たまふ》

天青石《アヅライト》《てんせいせき》 【鉱】 天青石はセレスタイト(celestite)と呼ばれる硬度三強の硫酸塩鉱物。*アズライトなら藍銅鉱のことで、別の鉱物。青空色半透明。賢治は文語詩[*流氷《ザエ》]の中で、流氷を流す水の描写に使ったが、ルビを「アヅライト」とふっている。理由は未詳。

アツレキ 【レ】 童[ペンネンネンネンネン・ネネムの伝記](→昆布)に繰返し出てくる暦名。裁判の場でばけもの世界裁判長のネネムによるザシキワラシ(→ざしきぼっこ)の被告たちへの人定訊問(その人かどうかをたしかめる)で「その方はアツレキ三十一年二月七日」どこそこに出現し、他人に恐怖感を与えた…というふうに言う。どこそこは岩手県上閉伊《かみへい》郡であったり、アフリカのコンゴオ林中であったり、二人の被告はともにザシキワラシである。そして彼らは人間世界への「出現罪」に問われる。ちなみに童[蜘蛛となめくぢと狸]には「蜘蛛暦」も出てくる。→蜘蛛文字《くももじ》

あど三十分《さんじっぷん》で下《お》りるにい 【方】 あと三十分で下《お》りることができる。「…するにい」(助詞「に」+「良い」)は「もう喰《く》にい」(食事の用意ができてもう食べることができる)等の形で一般によく使わ

れる方言。童「ひかりの素足」。

アトム【科】【文】 atom 原子。ギリシア哲学では、つとに存在の最小単位と考えた。事物を構成する最小の微粒子。アトムの集合変化によって現象世界はその多様性を見せていると考えた。ライプニッツのモナド論と似ているが、ライプニッツの単子がより精神的で、物質と精神の二元論を克服しようとしたのに対し、このアトム論はより科学的で、今日の原子論に引きつがれている。詩「風林(→沼森)」に「月はいましだいに銀のアトムをうしなひ」、詩「風景とオルゴール」に「木《こ》だちやそこらの銀のアトムに溶け」とある。→異空間《いくうかん》

アドレスケート ファベーロ/ノベーロ レアレースタ【文】 メモ「創26」にあるエスペラント語。「青少年向《むけ》物語/写実小説」の意で賢治は使ったと思われる。エスペラントで表記すれば「adoleskeco-fabelo/novelo realista」となる。より正確な発音は「アドレスケーツォ ファベーロ/ノヴェーロ レアリ(ー)スタ」となる。なお、青少年向物語と言うときは adoleskeco-fabelo よりも adoleskeca fabel のほうがふさわしい。なお、この創作メモは童「或る農学生の日誌」のためのもの。

アドレッセンス【文】 adolescence 青年期、思春期(一般に一二~一三歳から二〇歳前後までを言う)。『注文の多い料理店』の賢治自筆の広告ちらし中に「この童話集の一列は実に作者の心象スケッチの一部である。それは少年少女期の終り頃から、アドレッセンス中葉に対する一つの文学としての形式をとつてゐる」とある。現在の中・高生の時期と考えてよい。賢治の童話創作の意図を測る上で重要。

孔《あな》【レ】 賢治作品に多く出てくる問題点をはらむ語の一。アナは一般に「穴」を用い、また辞書の語義では穴も孔も同義だが、賢治はこの二つの字を意識して使い分けていると思われる。例えば孔石(一般の国語辞典等にはない)のイメージもそうだが、童「銀河鉄道の夜」の「天の川の一とこに大きなまっくらな孔がどほんとあいてゐるのです。その底がどれほど深いかその奥に何があるかいくら眼をこすってのぞいてもなんにも見え」ない、といった孔のイメージ、童「風の又三郎」の「九月十二日」の章の、一郎と嘉助がしゅろ箒をもって「水を窓の下の孔《あな》へはき寄せ」る場面等が好例だが、穴が行きどまりの、くり抜かれたイメージなのに対して、孔はトンネルのような向う側へ突き抜けたイメージであること、場面や物語の底や向うにもう一つの異空間が、異界や異次元の謎めく世界があり、そこへ突き抜けるタイムトンネルのようなはたらきをしている、そんなちがいを意識しているように思われる。

孔石《あないし》【鉱】 孔(穴)のあいた方孔石のことか。そうであるなら頁岩《けつがん》のノジュール(団塊)中の玄能石《げんのうせき》(方解石の仮晶)が抜け落ち、四角や菱形の孔があいたもの。方孔石は、一九〇一(明治三四)年大築《おおつき》洋之助により宮城県牡鹿《おじか》半島の海岸で発見、学会に発表された。童「サガレンと八月」には「穴石」ともあり、「おれ海へ行って孔石をひろって来るよ」ともある。

あなづりて【レ】 あなど(侮)るの古形「あなづる」の連用形。軽蔑すること。詩「ロマンツェロ」に「諸仏菩薩をあなづりて」、詩「〔高圧線は こともなく〕」に「電話の線を あなづりて」とある。

アナロナビクナビ…ナビクナビアリナリ…ナリトナリアナロ…

アナロナビクナビ【宗】 法華経陀羅尼品《だらにほん》第二十六(→妙法蓮華経)にある*毘沙門天の*陀羅尼(呪文)「阿犁《アリ》、那犁《ナリ》、 㝹那犁《トナリ》、阿那盧《アナロ》、那履《ナビ》、拘那履《クナビ》」を、尻取り式に繰返し四句仕立てにしたもの。意味は「富める者よ。踊る者よ。讃歌に依って踊る者よ。火神よ。歌神よ。醜悪なる歌神よ」である。四句の区切り方については、いかにも賢治の創案らしく、句の意味よりも音の響きを配慮した一種のことば遊びの表現と思われる。ちなみにギリシア正教会では、文頭に音楽的な反復をする修辞法(アネフォラ)がある。文語詩［祭日〔二〕］。

阿難師《あなんし》【宗】 阿難陀(Ānanda)のこと。*釈迦の従弟で釈迦十大弟子の一。兄は提婆達多《だいばだった》(のち師の釈迦に背き、殺害を企て地獄に堕ちたと伝えられる)。阿難は終生釈迦に仕え、その入滅後は経典編纂の中心となり、教団を率いた。帳［雨ニモマケズ］一三一頁に「お丶阿難師をまもりませ」とある。

梵《アニマ》の呼吸《あにまのこきゅう》【宗】 詩［〔*レアカーを引きナイフをもって〕］に「すでにひがしは黄ばらのわらひをけぶし／針を泛《(うか)》べる川からは／温い梵《アニマ》の呼吸が襲ふ」とある。「梵《アニマ》の呼吸」とは、「川の方から吹いてくる風」を比喩的に表現したものか。下書稿㈠に「*梵天の呼吸」とあり、梵とは梵天(*帝釈天とならぶ護法神)を意味していたことがわかる。それが、下書稿㈡では「梵」と書き換えられ左側に「アニマ」とあって、下書稿㈣では、「梵」に「アニマ」というルビが付けられている。新修版全集月報の小沢俊郎の注によればアニマとは微風・呼吸・霊魂を表わすラテン語であり、「梵の呼吸」の「呼吸」の箇所に付けるべきルビであるとされている。しかし、下書稿㈡㈣と二度続けて賢治がルビの位置を間違えたとは考えにくく、やはりアニマとは梵に付けられたルビであると思われる。アニマを呼吸の意にとらず微風の意ととらえるならば、風の比喩である「梵の呼吸」全体にかかるルビと解釈することもできる。また、ウパニシャッド哲学の梵我一如《ぼんがいちにょ》(→宇宙意志)の立場から見るならば、梵(brāhmaṇ・ブラフマン)とは我(ātman・アートマン)の意味する「呼吸」(→息)「霊魂」と同義であり、ギリシア哲学で言うプシュケー(→息)もそうであるように、梵自体にアニマとルビを付けることとは根拠のあることといえる。

アニリン色素《あにりんしきそ》【科】 アニリン染料とも。Anilin(独)C_6H_7Nアニリンは無色の液体で、芳香族化合物の一つ。一八五六(安政三)年、イギリスのW・H・パーキンがアニリンを原料とし、合成染料の第一号となる紫色の染料「モーブ」を開発。その後、各国で研究が進み、アリザリン(茜の色素成分)やインジゴ(藍色の色素成分)など、多数のアニリン染料が開発されていった。かつてはタール染料ともいわれていた。黄色系はアニリン染料の代表的な色。詩［*自由画検定委員］には「お*月さまからアニリン色素がながれて／そらはへんにあかくなってゐる」とあり、童［*紫紺染について］には「西洋からやすいアニリン色素がどんどんはいって来ましたので《(ママ)》」南部の紫紺染は「一向はやらなくなってしまひました」とある。また、ほとんど同じ意味で「タール黄」なる染料が文語詩［〔乾かぬ赤きチョークもて〕］下書稿㈡に出てくる。そこには「雲怪しき縞なして／川三つつどふこの市の／幾冬のタール黄に染めし」とある。川三つ、とは*花巻で*北上川に「つどう(集う、合流する)」*猿ヶ石川、*瀬川、*豊沢川を指す。

あねこ【方】 若い女。女の子。「おねえちゃん」といった呼びかけにも使われる。あんこ(若い男)の対語。短[十六日]に「い、あねこ見れば…」とある。

あねさん →それがらおうぢの…

アネモネ【植】 anemone(風の娘の意)。キンポウゲ(金鳳花)科の多年草。地中海沿岸原産。茎高約一〇～四〇cm、葉は三裂から掌状に深く裂け、春に赤、紫、白などの花を咲かせる。日本には一八七二(明治五)年ごろ渡来。童[おきなぐさ]に「まっ赤なアネモネの花の従兄」と登場。詩[図案下書]に「小さな億千のアネモネの旌は」(旌は旗と同義→シグナル)とあるのは、賢治がアネモネの従兄と呼ぶオキナグサ(学名Anemone cernua Thunb)のことか。

阿耨達池《あのくだっち》【宗】 Anavatapta(梵) 阿那婆達多池、阿那婆答多池とも記す。贍部洲《せんぶしゅう》の中央、香山《こうせん》の南、大雪山(ヒマラヤ)の北にあり、阿那婆達多《あなばだった》龍王が住み四河の源とされる聖なる池。漢訳で無熱悩池。西蔵《チベット》(→ツェラ高原、トランスヒマラヤ、魔神)にあるマナサロワル湖のことかと言われる。法華経(→妙法蓮華経)には阿耨達池の説明はなく、賢治は仏教学者で日本初のチベット探険家だった河口《かわぐち》慧海《えかい》(一八九七年、チベット語訳『大蔵経』を求めて中国僧になりすまし、単身渡印、チベットに入ったチベット学の祖一八六六～一九四五)の『西蔵《チベット》旅行記』(一九〇四、二巻。博文館、のち英訳もされて世界的に注目された)から知識を得たか。詩[阿耨達池幻想曲]、童[学者アラムハラドの見た着物]にも出てくる。なお、「阿耨達池」の「池」を「湖」にして「阿耨達湖《アノブタブ》」と読ませたのは賢治の工夫か。アノブタブというルビは、梵語 Anavatapta を音写したものと思われるが、一般にアノブタブと読む例はなく賢治流の読み方か。一九一二(大正元)年初版の藤井宣正《せんしょう》の『仏教辞林』には、アナブァダプタとある。童[四又の百合](→百合)。

「マナサロワル湖」(ヘディン画)

アネモネ

あばたな【レ】【方】 童[祭の晩]に「だぶだぶのずぼんをはいたあばたな男」が客を呼びこんでいる。「あばた」は梵語の arbuda から来た語で天然痘(ほうそう)がなおったあとの顔面のブツブツを言い、明治、大正のころは多かった。普通なら「あばたの男」と言うところを「あばたな」としているのは方言の影響か。「あばたのあるような」といったぼかしか。

あばへ【方】 あばよ。さようなら。童[風野又三郎](→風の又三郎)の「九月六日」で、一郎と耕一が校門で別れる場面で使われている。実際の発音は「あば」は字のとおりの音だが、「へ」は弱くエとイの中間に聞こえる。「あばぇ」の表記が適当かもしれない。

肋《あばら》【動】 あばらぼね(荒骨)の略。肋骨《ろっこつ》。詩[休息](初行「あかつめくさと」)に(下書稿㈢にも)「冗談はよせ／ひとの肋を」とある。

阿原峠《あばらとうげ》【地】 現奥州市江刺《えさし》区の伊手《いで》と現一関市の大東町《だいとうちょう》鳥海《とりうみ》の境にある峠で標高は六七〇m。阿原山(七八二m)と天狗岩《てんぐいわ》山(七七五m)の間にある。現在はすぐ東に越路《こしじ》峠があり、西に田原《たわら》峠があるため、ほとんど利用されない。詩[岩手軽便鉄道 七月（*ジャズ）」に「やっぱりイリドスミンや白金*鉱区の目論見《もくろみ》は／*鉱染よりは*砂鉱の方でたてるのだった／それとももいちど阿原峠《やま》や江刺堺を洗ってみるか」とある。

阿鼻 あび 【宗】 Avici（梵）の音写。阿鼻地獄のこと。間断なく苦しみを受けることから無間《むげん》地獄と漢訳される。八熱地獄のうちの最下層にあり、苦しみも最も多い。五逆（殺父《せっぷ》、殺母《せつも》、殺阿羅漢《せつあらかん》、出仏心血《しゅつぶつしんけつ》、破和合僧《はわごうそう》）等の重罪を犯した者の堕ちる*地獄。私たちの住む地上から地下二万*由旬《ゆじゅん》の所にあるとされる。簡[49]の「この中には下阿鼻より下《(しも)》（上《かみ》の誤記）*有頂《(うちょう)》に至る一切の諸象を含み《(ママ)》」は法華経序品《じょほん》第一（↓妙法蓮華経）にある「阿鼻獄より、上、有頂に至るまで」の句を受けたもの。

亜砒酸 あひさん 【科】 一般に、三酸化二ヒ素のことを指す。As_2O_3 白色で猛毒の粉末。害虫やネズミの駆除に使われる。漢方薬として用いられることもある。三酸化二ヒ素を水に溶かしたものが本来の亜砒酸（$As(OH)_3$）。劇[植物医師]では「虫を殺すとすればやっぱり亜砒酸」とあり、「亜砒酸を水にとかしてかける」とある。↓どうもゆぐなぃよだんすぢゃ。

アフガニスタン 【地】 Afghanistan 中央アジア内陸にある共和国。アフガン人の国という意。一九一九年第三次アフガン戦争によりイギリス保護領から独立を回復（一九七三年以後共和制）。賢治作品では詩ノート[（野原はわくわく白い*偏光）]に「まるでこれからアフガニスタンへ*馬を盗みに行くやうだ」、劇[饑餓陣営]では*バナナン大将が「アフガニスタンでマラソン競争《(ママ)》をやって…」と言う。詩句はこの国が農業生産物のほか、特に馬の産地として昔から有名なことを受けている。

油合羽 あぶらがっぱ 【衣】 雨具の一つ。植物油（主に桐油《とうゆ》、アブラギリの種子を圧さくして製する）をひいた紙で作った*マント型の合羽。江戸時代に考案され、防雨用の外套として重宝された。桐油合羽、坊主《ぼうず》合羽とも言った。合羽（↓絣《かすり》）は、桃山時代にポルトガル人が着ていたcapaを模して作られた防寒用の外套に始まるが、明治以降は主に雨具（今日のレインコート）として用いられるものを指すようになった。童[*風の又三郎]に「台所の釘にかけてある油合羽を着て」とある。詩[*不貪慾戒《(ふとんよくかい)》]の「油紙を着てぬれた*馬に乗り」の「油紙《あぶらがみ》」（ユシとも）も、雨よけのために背にかけて用いた桐《とう》油紙《ゆがみ》のこと。また、「合羽」の用例も、「あすこの農夫の合羽《かっぱ》のはじが」（詩[丘の眩惑]）等見られ、ほかにも「雨合羽」（簡[65]）、「レーンコート」（童[*土神ときつね]（↓*狐）等）が登場する。

あべ 【方】 行こう。発音するときは、心もち間に「ん」を入れ「あんべ」にする。「行《い》ぐべ」も同義だが「歩《あ》べ」の方がよく使われる。「あべじゃ」の形で使われる場合も多い。劇[植物医師]の農民五の呼びかけ「さあ、あべぢゃ」がその例で、童[風野又三郎]に「一諸《(ママ)》にあべ」とあるが、童[*風の又三郎]には「さあ、あべさ」とある。

あべぁ ↓さがして見《み》なぃが、…

阿部孝 あべたかし 【人】 賢治と盛岡中学同期生。一八九五（明治二八）～一九八四（昭和五九） *花巻川口町の生まれ。旧制第一高等学校、東京帝国大学文科（英文学専攻）と進む。卒業後は愛知一中教諭を経て、旧制高知高校校長、戦後はその後身の高知大学文理学部教授、学長をつとめた。一九一九（大正八）年一月ごろ、東京帝大在学中の阿部（谷中墓地近くに下宿）を訪れた賢治が、阿部の蔵書の中から萩原朔太郎の『月に吠える』（一九一七）を手にし「ふしぎな詩だなあ」と言ったというのは阿部の回想をもとにしたもの。それが朔太郎の賢治詩への投影がうんぬんされる機縁となっていると思われる。阿部は賢治にとって文学の話ができる数少ない相手の一人であったようで、帰省中の阿部を訪れては自作の詩を読み聞かせ批評を求めている。阿部が「朔太郎張りだ」と評すると、賢治は「図星をさされた」と悲痛な声をあげたと言う(阿部孝「或日の賢治」)。歌〔三の前〕に「這ひ松の／なだらを行きて／息吐ける／阿部のたかしは／がま仙に肖《(に)》る」(がま仙は、がまがえるを使って妖術を見せる仙人。歌舞伎にもおどろおどろしく登場する)、同じく歌〔四五一〕に「これはこれ／水銀(→汞《こう》)の海のなぎさにて／あらはれ泣くは／阿部のたかしら」、詩〔塚と風〕に「私の考と阿部孝の考とを／ちゃうど神楽の剣舞のやうに／対称的に双方から合せて」、簡〔1〕に「同行者は嘉助《じ》さん、阿部孝さん」とある。

あべぢゃ →あべ

阿片《あへん》【科】【レ】 亜片とも。ケシの未熟果から採取した乳状液をもとに作られる麻薬の一種。催眠、麻酔性をもつ。その作用は一〇%程度含まれるモルヒネによるもので、モルヒネはさらにヘロインの原料ともなる。ヒナゲシやオニゲシは種類が異なり、阿片を作らない。賢治の場合、阿片の陶酔作用を、肌に受ける風や陽ざしの快感にたとえている。詩〔井戸〕に「玉菜畑へ飛び込めば／(略)／何か仕事の推進力と風や陽ざしの混合物／熱く酸っぱい阿片のために／二時間半がたちまち過ぎる」とある。詩〔第三芸術〕の「魔薬」も阿片の意味で使われている。童〔ひのきとひなげし〕にも登場。→ニコチン戦役

阿片光《あへんこう》【レ】 阿片の麻酔性を夕方の光や雰囲気にたとえたもの。歌〔五七九〕に「阿片光／さびしくこむるたそがれの／胸にゆらぎぬ／麻むらの青」同〔五八〇〕に「青阿片光」「青き阿片光」とある。

亜麻《あま》 →阿麻仁《あまに》

天ぎらし《あまぎらし》 →落合《おちあい》

雨雲《あまぐも》 →ニムブス

天河石《アマゾンストン》【鉱】 てんがいし。微斜長石からなる石で、微量の鉛を含むことで青緑色となる。硬度六。古代エジプトでは宝石として扱われていた。石名は最初の産地であるブラジルのアマゾンに由来する。短〔うろこ雲〕(→巻積雲)の「みがかれた天河石の板の上を」をはじめ、童〔十力の金剛石〕ではりんどうの花弁の色の、詩〔善鬼呪禁〕では「底びかりする北ぞら」の、詩〔風の偏倚《(へんい)》〕では半月の出た夜空の、いずれも比喩として使われる。短〔うろこ雲〕にも「空がはれてそのみがかれた天河石の板の上を貴族風の月と紅い火星とが少しの軋りの声もなく滑って行く。」とある。天河は天の川のことでもある。(→口絵㊵)

天津神　国津神《あまつかみ・くにつかみ》 →天津雲原《あまつくもはら》

天津雲原《あまつくもはら》【天】【レ】 「つ」は古代の助詞で、天の、の意。歌〔一四二〕に「銀のなまこの／天津雲原」とあるのは、空いっぱいの低いなまこ雲。劇〔種山ヶ原の夜〕にある「天津神　国津神」は天にいます神と、地にいます国土を守りたまう神、天神と地神、の意で古代の「祝詞《のりと》」が出所。

阿麻仁《あまに》【植】【科】 ふつうは亜麻仁と書く。アマ科の一年草亜麻(あかごま、ぬめごま、とも)の種子のこと、また、その種子からとれる油、亜麻仁油のこと。亜麻は中央アジア原産、茎の

高さ一mほど、細い葉をつけ、夏つけた青紫色の花が、やがて実を結ぶ、それが亜麻仁である。茎は*リネンをはじめ高級な繊維がとれ（亜麻布）、亜麻仁を搾った亜麻仁油（あまにん油とも）は塗料、印刷インク、印肉等の原料となり、また浣腸液《かんちょうえき》として医用に用いられる。童［*フランドン農学校の豚］に「もうそろそろと肥育をやってもよからうな、毎日*阿麻仁を少しづつやって置いて呉れないか」「飼料をどしどし押し込んで呉れ。*麦のふすまを二升とね、阿麻仁を二合」とある。豚の便通をよくするために飼料に混ぜて与える場面である。この場合、油ではなく直接亜麻の種子のことであろう。

阿麻仁油《あまにゆ》　→阿麻仁《あまに》

天の川《あまのがわ》　【天】　ギャラクシー（Galaxy）。ミルキー・ウェイ（Milky Way）。*太陽系の属する*銀河系の中心方向を地球から見た姿。星々が非常に多く密集しているため雲のように見える。童［*銀河鉄道の夜］に先生の説明がある。この中のレンズ状銀河系モデルはA・トムソンの『科学大系』によるもので、今日の説とは若干異なる。また天の川中の星々を、*牛乳中の脂肪にたとえる（脂肪は「*曼陀羅」の語源でもある）部分は、アレニウスの『最近の宇宙観』（一戸直蔵訳、一九二〇）の中で、アレニウスが、ジュクラウが牛乳中の分子に関して述べた一節を引用して天の川中の星の誕生を説明した部分の影響とも考えられる。賢治は天の川（銀河）の光が大気によってゆらめき、*明滅して見える様子を好んだ。単に天上界の空間であるばかりか、賢治にとっては地上の*北上川と照応し、天の川は*天上の北上川であり、北上川はまた地上の天の川でもあった影響か。詩［〔温《ぬる》く含んだ南の風が〕］に「*天はまるでいちめん／青じろい*疱瘡にでもかかったやう／天の川はまたぼんやりと爆発する」、詩［東岩手火山］（→岩手山）に「火口丘《くわこうきう》の上には天の川の小さな爆発」とある。銀河を使った同様の表現は詩［〔この森を通りぬければ〕］、その下書稿［鳥］等にもある。また賢治はしばしば天の川の星々を砂粒に見立てる。童［銀河鉄道の夜］に登場する銀河系の模型のほか、詩［〔*松の針はいま白光に溶ける〕］［*展勝地］生前発表童謡［あまの川《がは》］等がその例。これが美化されると、*水晶、ダイヤモンド（→金剛石）、*黄水晶《シトリン》等の宝石に取って代わる。（→口絵①）→銀河系《ぎんがけい》

天の邪鬼《あまのじゃく》　【宗】　俗に「あまんじゃく」とも言う。*毘沙門天が足の下に踏んでいる*鬼のこと。もとは毘沙門天の腹部についている鬼面の名。民間説話では、人の姿や口《くち》まねをして人を騙《だま》すものとして描かれる。山彦を「あまのじゃく」と呼ぶ地方もある。童［十月の末］に「天の邪鬼《しゃぐ》の小便《しょんべ》の音さ」。また文語詩［祭日〔二〕］に「*アナロナビクナビ踏まる、天の邪鬼」とあるが、小倉豊文によれば、岩手県*和賀《わが》郡東和《とうわ》町*成島《なるしま》にある毘沙門天を題材としたものかと推定したうえで、この成島の毘沙門天が天の邪鬼を脚下に踏んではおらず、地の天女の掌上に立っていることを指摘している。

あまるがむ　【科】【レ】　amalgam　水銀（→汞《こう》）と他の金属との合金のこと。特に、水銀と錫や金とのアマルガムは、銅鏡などへの錫メッキ、*大仏などへの金メッキ（鍍金）に欠かすことのできない材料である。また、鉱石から金や銀を抽出する技術としても水銀とのアマルガムが利用されている。詩［〔つめたい風はそらで吹き〕］には「しづかな月夜のかれくさは／みな*ニッケルのあまるがむで」とあるが、実際には水銀・ニッケルのアマルガムは存在し

ない。たぶんニッケルの金属光沢を月光の反射にたとえたものであろう。詩[*雲とはんのき]には「アマルガムにさへならなかつたら／銀の水車でもまはしていい」とあるのは、銀がアマルガムになることを踏まえた表現。詩[海鳴り]([*牛]下書稿)には「漾《ただよ》ふ*銅のアマルガムをも燃しつくし」とあるが、銅もアマルガムになる。

アマルガム →あまるがむ

阿弥陀仏《あみだぶつ》 【宗】 Amitābha(梵)の音写。仏の名。無量仏と漢訳する。一切を照らし無量の光明を放つ無量光仏と、無量の寿命をもつ無量寿仏の二義がある。どちらも、この世界から西方へ去ること十万億土の極楽世界にいて、*衆生のため常に法を説く。特に、浄土教(浄土宗、浄土真宗、時宗)では、この阿弥陀仏を本尊とし、他力本願を信じ念仏をする者は極楽世界に往生するとされる。童[*ビヂテリアン大祭]に「自分は阿弥陀仏の化身*親鸞僧正によって啓示されたる本願寺派の信徒」「たゞ遥かにかの西方の*覚者救済者阿弥陀仏に帰してこの矛盾の世界を離るべきである」とある。これらは菜食主義に対して批判的な文脈の中にある。

アミーバー →原生動物《げんせいどうぶつ》

アムスデンジュン 【植】 Amsden June ネクタリン系の桃の品種名。小沢俊郎注(新修全集月報、小沢はamusden Juneとaを小文字、賢治もノートにそう書いたが横線で抹消している)にはアメリカ産で大正時代に輸入された、とあるが異説もあって未詳。文語詩[〔あかつき眠るみどりごを〕]に「よべの電燈《あかり》(→電燈《でんとう》)をそのまゝに、*ひさげのこりし桃の顆《み》の、／アムスデンジュンいろ紅き、／ほのかに映えて熟るるらし」とある。→ひさげ

アムバア →琥珀《こはく》

アムモニア《あんもにあ》 【科】 アンモニアとも。ammonia NH_3 刺激臭の強い無色の気体で液化しやすい。水に溶けやすく、アルカリ性を示す。かつては、虫さされの毒(酸)をアルカリで中和させる効果があるとされていたが、現在では虫の毒の多くは酸性でないことが明らかになり、用いられていない。童[ポラーノの広場](→ポランの広場)では、毒蛾(→蛾)に刺されアムモニア(二%)液をつけ、童[*猫の事務所]では、「気付けのアンモニア水」が登場。

アムモホス《あんもほす》 【科】【農】 ammonium *phosphate 肥料名。燐酸アンモニウムの別名。俗に「燐安」と呼ばれる肥料で、肥料要素である*リン、窒素(→石灰窒素)の供給源。一九一七(大正六)年にアメリカで合成され、日本では三菱商事が輸入し「合理的中性肥料アンモホス」として販売していた。例えば、高橋久之丞《ひさのじょう》あて簡[404]には「*赤渋地にはアムモホス最もよく候へ共、単用も又気候に仍《(より)》ては危険有之候」等とある。同じく高橋あて簡[403・451]にも。詩ノート[〔野原はわくわく白い*偏光〕]には「…あっいけない／*江釣子森《(えづりこもり)》だ／窓ガラス越し／氷醋弾《(ひょうさくだん)》をなげつけやがったんだ…／アムモホスの使ひ方だって」とある。

紫水晶《アメシスト》 【鉱】 amethyst むらさきずいしょう。硬度七。紫色した水晶。紫色を発する原因として、水晶に含まれる微量の鉄イオンと天然放射線の影響と考えられている。色の濃いものはブラジル産、ウルグアイ産などで、国内産は概して紫がうすい。アメジストと濁音で呼ばれることも多い。二月の誕生石。「そのつぼみは紫水晶の美しさを持ってゐました」(童[*十力の*金剛石])とある。(→口絵㉖)

雨ニモマケズ《あめにもまけず》 →旱魃《かんばつ》、等関連項目参照

あめゆじゆとてちてけんじや【方】 賢治自注（詩［永訣の朝］）によれば「あめゆきとってきてください」の意。「あめゆじゆ」は「あめゆじゅ」、雨雪のこと、雨と雪の混じり合った水分の多い雪。霙《みぞれ》。「けんじや」は「けんじゃ」で「けろじゃ」がさらに訛ったものと思われる。「…してください」の方言。→二相系《にそうけい》、Ora Orade Shitori egumo

アメリカンインデアン【文】【天】 American Indian インデアンとは、もともと*印度人のことだが、転じて南北アメリカ大陸の先住民族を総称する呼称となった。蒙古系民族が数次にわたり、ベーリング海峡（→*ベーリング市）を経てアメリカに移住したものと言われる。白人にタバコやトウモロコシの栽培法を教え、恩恵を与えたが、白人による西部開発が進むにつれ、各地で白人とインデアンとの闘争が生じた。日本では西部劇その他の影響もあって、鳥の羽で作った冠を着け、弓矢を持ち、*馬や徒歩で高原を駆け回るという類型的なイメージが強い。その意味では童［*銀河鉄道の夜］の「まっ黒な野原のなかを一人のインデアンが白い鳥の羽根を頭につけたくさんの石を腕と胸にかざり小さな弓に矢を番《つが》へて一目散に汽車を追って来る」イメージもそれに近いが、一方では「猟をするか踊るかしてる」ように見える、そして獲物を得て嬉しそうにして笑って立っている彼らの姿には、労働も遊びや踊りに近い身体の演劇的な喜びの共感覚を理想とする日頃の賢治の主張や理想（→農民芸術）が反映していると見ることができる。なおインデアンは、天体では*射手座の南東に位置する南天の星座名で、日本からは上半分がかろうじて見える。この［銀河鉄道の夜］にインデアンが登場して狩りをするのはこの星座のエピソードを踏まえたものでもあろう。また、詩［三原 第二部］では「巨きな粒の種子を播きつけしますには／アメリカンインデアンの式をとります」とある。式は「方式」、やりかた。

綾 あや【文】 詩［浮世絵］（［北上山地の春］下書稿）に「*雲滃《うんおう》がつぎつぎ青く綾を織るなかを」とある。綾は文とも書き、種々の模様や形、色どりを言うが、ここでは線が斜めに入った織物のこと。童［北守将軍と三人兄弟の医者］には「黄の綾を着た娘が立つて」とある。詩ノートの詩［〔けさ*ホーと縄とをになひ〕］、［〔いまは燃えつきた瞳も痛み〕］にある「綾だち酸《す》えた」の表現も似たイメージだが、両詩とも「青いいろした脂肪」や「脂肪酸（→カルボン酸）」の幻覚的な、ことに後者には「眼路《めじ》も綾だち酸える」とあるように、見わたすかぎり視界が青い綾模様をして、腐って饐《す》えた（酸っぱくなった）脂肪の大気のイメージなので至って難解である。「綾だち」に似た語に「*縞立つ」がある。

綾だち酸える あやだちすえる →綾 あや

香魚 あゆ【動】【食】 アユ科の魚。鮎。清らかな急流に棲む帯黄銀白色の美しい川魚で、味もよくマクワウリ（真桑瓜）の香りがするので香魚とも言う。またふつうは一年しか生きないので年魚とも言う。「鮎のごときは*硅藻をたべてゐるので」（童［一九三一年度極東*ビヂテリアン大会見聞録］）、「壊れかかった香魚《あゆ》やなも／どんどんうしろへ飛ばしてしまって」（詩［*岩手軽便鉄道 七月（*ジャズ）］）、また「秋の鮎のさびの模様が／そらに白く数条わたる」（詩［*薤露青《かいろせい》］）は鮎の肌の模様による清爽な把握。「やな」（梁・簗、梁簀《やなす》とも）は木や竹を並べたすのこ（簀子）に泳いできた魚が跳ねあがるようにした川魚を捕るしかけ。「秋の香魚の腹にあるやうな青い紋がもう刃物の鋼《はがね》(↓はひいろはがね)にあらはれました」(童[チュウリップの幻術]〈↓うっこんかう〉)も同様、洋傘直しの研ぐ砥《と》石の上の濡れた刃物の鋼の模様。

アラー【宗】 イスラム(回)教の唯一神。全知全能の人格神。文語詩[〔さき立つ名誉村長は〕]に「アラーの守りあるごとし」とある。↓回々教徒《ふいふいきょうと》

アラヴ《あらぶ》【動】 アラブ地方のことだが賢治作品ではアラビ*ア馬(Arabian horse)で登場する場合が多い。ヴはブの誤記。*馬の一品種。中央アジア、コーカサス(↓カフカズ風)地方の馬が*アラビアに移入、改良された。温和、強健、俊敏、利口で忍耐強い性格が乗用馬として珍重されてきた。文語詩[悍馬《(かんば)》〔一〕](あばれ馬、荒馬の意)に「貴きアラヴの種馬」として登場。なおアラブの雄とサラブレッド(↓馬)の雌を交配した乗用馬はアングロアラブ(Anglo-Arab)と呼ばれ、日本には一九〇二(明治三五)年ごろ輸入された。ちなみに馬ではなく「アラヴ泥」が文語詩[*スタンレー探険隊に対する二人のコンゴー土人の演説]に出てくる。↓血馬《けつば》

あらがだ【方】 あらかた。おおかた。大体。そろそろ。詩[*甲助 今朝まだくらぁに]最終行は「あらがだ後藤野《(ごとうの)》(↓江釣子《えづりこ》森《もり》)さかがったころだ」。

あらかべ【文】 粗壁。和風建築で壁の土色の下地《したぢ》の塗りを言う。さらに上塗《うわぬ》りをする。詩[〔雪のあかりと〕]に「黄のあらかべの小屋の軒近く」とある。小屋や物置きは上塗りをしないままのものも多かった。

荒木又右エ門《あらきまたえもん》【人】 江戸時代初期の伊賀《いが》(現在の三重県西部)の剣客荒木又右衛門のこと。岡山の殿様の寵愛《ちょうあい》を受けた渡辺源太夫を、嫉妬のあまり殺害した河合又五郎が江戸の旗本に助けを請うたことから、大名と旗本との争いに発展。源太夫の兄の数馬とその義兄の又右衛門が、一六三四(寛永一一)年の一一月に伊賀上野《うえの》で敵とその仲間と対決し、三六人斬りを成しとげたと言われる。実際には二人斬りであったというが、講談の中で次第に誇張された。これを題材としたものに、浄瑠璃(↓瑠璃)をはじめ、岡本綺堂《きどう》や直木三十五《さんじゅうご》の小説がある。童[みじかい木ぺん]にキッコが弟の前で「荒木又右エ門の仇討のとこを描いて見せたり」している描写がある。

アラゴナイト【鉱】 aragonite 霰石《あられいし》。硬度四の炭酸塩鉱物。方解石(炭酸カルシウム)と同じ化学成分だが異なる結晶構造(同質異像)をもち、柱状、針状、塊状等に結晶する。色は無色、白、灰、緑、青、紫。玄武岩や蛇紋岩の空隙によく見られ、温泉の沈澱物、洞窟中の鍾乳洞、*真珠やサンゴにも見られる。貝類の殻には方解石相当と霰石相当がある。アンモライトの輝きは霰石のものである。詩[〔*ほほじろは鼓のかたちにひるがへるし〕]に「*赤縞《(あかしま)》入りのアラゴナイトの盃で/この清冽な朝の酒を」、童[*十力の金剛石]には「*野ばらの枝は茶色の*琥珀や紫がかった霰石《アラゴナイト》で」とある。

霰石《アラゴナイト》 ↓アラゴナイト

アラスカ【地】 Alaska 北アメリカ大陸北西端にあるアメリカ合衆国の州。太平洋、北極海、ベーリング海(↓ベーリング市)に囲まれ、東はカナダに隣接する。面積約一五一万㎢。一八六七年、ロシアより七二〇万ドルで買収。砂金の発見により、一八九〇年代よりゴールドラッシュが起きた(童[氷河*鼠の毛皮]には「アラスカ金

の大きな指環《わ》」が出てくる)が次第に衰退、*サケを中心とする水産業やオットセイ等の毛皮獣捕獲、パルプ事業等が主産業となった。州都ジュノー。童［風野又三郎］(↓風の又三郎)に出てくる。

アラッデイン ↓アラビアンナイト

あらび【レ】 粗(荒)び。荒れて。詩［風の偏倚］に「ひどくひどく風にあらび」、詩［*原体剣舞連《はらたいけんばいれん》］には「筋骨はつめたい炭酸(↓炭酸瓦斯)に粗び」とある。

アラビアンナイト【文】 千夜一夜物語。略して千一夜物語とも。八世紀ごろ成立したアラビア語文学の傑作。日本語訳も多く、古くは井上勤《つとむ》訳『暴夜物語』をはじめ、日《ひ》夏耿之介《なつこうのすけ》や森田草平《そうへい》の訳(いずれも英訳から)があった。年譜によると、賢治は一九二一(大正一〇)年ごろ、英語の勉強のため*丸善から英訳本を取り寄せて農学校の同僚*堀籠文之《ほりごめぶんの》進《しん》と読んでいる。『*春と修羅』第一集にはその影響が顕著である。詩［*屈折率］の「(またアラッデイン　*洋燈《ラムプ》とり)」は、物語中の「アラジンと魔法のランプ」をふまえたもの。詩［電線工夫］では、工夫《こうふ》の修理の仕方について、*悪魔に結びつけて「あんまりアラビアンナイト型です」と述べ、詩ノート［〔ひるすぎになってから〕］の下書稿では「どいつもこいつも／アラビアンナイトの中の／商人どもの手付《てつき》をする」とある。詩［氷質のジヨウ談］も、アラビアンナイトをふまえ、雪景色に囲まれた岩手風景を*サマルカンドに擬した愉快な作品で、「白淵先生(↓白藤)北緯三十九度あたりまで／アラビヤ魔神がはたらくことになつたのに／大本山(↓白藤)からなんにもお振れ《(ママ)》がなかつたですか」の一節がある。詩［*噴火湾(*ノクターン)］にも「赤銅の半月刀を腰にさげて／どこかの生意気なアラビヤ酋長が言ふ」がある(半月刀《はんげつとう》は三日月形の刀。昔の中国の武者絵などによく出てくる)。詩［*海蝕台地］の下書稿には「シンドバード⇩求宝航者《シンドバード》」の記述も見える。これはアラビアンナイト中の物語「*船乗りシンドバードの冒険」を連想し、あとで抹消した詩句。詩［*浮世絵展覧会印象］には、「*魔神はひとにのりうつり」、詩［*種山ヶ原］下書稿には「じつにわたくしはひそまる土耳古《(トルコ)》の*天の下の／ひとりの貪婪《(どんらん)》なカリフであらう」とある。カリフとはマホメットの代理人の意。アラビアンナイトによく登場するアッバース朝の王、ハルン＝アッラシードは同王朝五代目のカリフ。

アラビヤ【地】 Arabia　亜剌比亜。アジア南西部の大半島、インド洋に突き出たアラビア半島の総称。東はペルシア湾、西は紅海、南はインド洋に囲まれ、北部はシリア、メソポタミア地方に接する。広大な砂漠の発達する乾燥地帯で、住民の多くは遊牧の民セム族が主でイスラム教徒。イエメンを中心とする南西部は最も早く高度な文化が発達した地域で、オアシス都市が発達し、その一つであるメッカがイスラム教(↓回々《ふいふい》教徒)の発祥地。また、イスラム音楽や文学も発達した。詩［氷質の冗談］の「アラビヤ魔神」は「*アラビアンナイト」からの発想と思われる。↓アラビアンナイト

アラビヤ魔神《あらびやまじん》 ↓アラビヤ、アラビアンナイト

アラベスクの飾り文字《あらべすくのかざりもじ》**【文】【レ】** アラベスク(arabesque〈仏〉、アラビアふうの)は、イスラム美術で用いられる、動植物等を唐草模様・幾何学模様に描いた文様《もんよう》。詩［*蠕虫《アンネリダ》舞手《タンツエーリン》］に、ボウフラの踊り泳ぐ様子を、「8《エイト》　γ《ガムマア》　e《イー》　6《スイツクス》　α《アルフア》」とギリシア文字や数字等を用いて卓抜に表現し、「アラベス

クの飾り文字」と比喩した。なお、童[*シグナルとシグナレス」にも、「アルフアー、ビーター(ベータの賢治の訛り)、ガムマア」、等のやりとりがある。ギリシア文字は↓凡例付表

アラムハラド【人】 未完成の童[学者アラムハラドの見た着物」に登場する学者名。舞台はインドという説やタクラマカン砂漠周辺という説があるが、アラムハラドは一一人の子を「街のはづれの*楊《やなぎ》の林の中にある」塾で教えている。この作品の舞台や、アラムハラドの教えさとす内容や子たちとの問答等の内容から、賢治その人か、あるいは賢治と関係が深いと思われるインドの詩人・哲学者ラビンドラナート・タゴール(Rabīndranāth Tagore 一八六一〜一九四一)をモデルにしていると読むことができる。ちなみにタゴールはみずからベンガル語で「ヴィシュバ・バーラーティ(普遍の真理)」と名づけ、「森の学林」(↓羅須地人協会)と呼ばれた村のはずれの私塾(現在はインド国立タゴール国際大学)で五人の子たちを相手に教えはじめたといわれる。↓印度《いんど》、宮沢トシ《みやざわとし》

あららに【レ】 荒らかに(荒々しく)の意で使ったのであろう。文語詩[「*猥《(な)》れて嘲《あざ》笑めるはた寒き」]に「つめたき西の風きたり、あららにひとの秘呪とりて」とある。秘呪は密《ひそ》かな呪儀。秋の冷たい西風が、荒々しく人間の秘密の呪力をそなえて吹く、と言うのであろう。難解詩句の一である。↓猥れて嘲《あざ》笑めるはた寒き《なれてあざめるはたさむき》

蟻《あり》【動】 ハチ目アリ科の昆虫。種類は多いが、クマアリ(熊蟻、黒大蟻《くろおおあり》とも)、アカアリ(赤蟻)、ヤマアリ(山蟻)等が代表的。アリはもとツチバチ(土蜂)の変身と言われるが、そのためか蜂と同様に集団社会生活を営む。賢治作品の中でも特異な活躍をする。最も微小で最も地上的な蟻の視点の生みだす新鮮さとユーモアにおいて、童[朝に就ての童話的構図」や童[カイロ団長」はユニークである。前者では、*きのこが大きな家に見えて驚き、後者では、かびも木に見える(↓かびの木)。詩[図案下書」の下書稿[図撩(ママ)下書」では「*漆づくりの熊蟻どもは/黒いポールをかざしたり/*キチンの斧を鳴らしたり/せわしく(ママ)夏の演習をやる」(「せわしく」は「せはしく」の誤、「漆づくり」は黒い熊蟻の体の光り)。童[ツェねずみ」では「蟻の兵隊は、もう*金米糖《こんぺいとう》のまはりに四重の非常線を張って」とあるが、蟻の集団活動を単に兵隊たちにたとえたというだけでなしに、賢治は蟻の種類に頭の大きい兵隊アリや小さい働きアリが存在することを知っていてのことであろう。その他、蟻の比喩表現も多い。*どんぐりが「蟻のやうにやってくる」(童[どんぐりと山猫」〈↓猫〉)、「行きすぎる雲の影から、/赤い小さな蟻のやうに/*馬がきらきらひかって出る」(詩[「行きすぎる雲の影から」」)等。また童[*鹿踊りのはじまり」の鹿たちの輪唱する歌の一つに「ぎんがぎが(↓愛《え》どしおえどし)の/*すすぎの*底の日暮れかだ/*苔の野はらを/蟻こも行がず」(「蟻こ」をはじめ、すべて方言)と出てくる。

アリイルスチュアール【人】 不明。文語詩[*黄泉路《よみぢ》」の題名の下に「アリイルスチュアール/一九二七」とある。あたかもこの詩の原作者名と作品成立の年号のようにも見える。あるいは賢治が訳を試みた(?)年号のようにも見える。だが、結論的に言って「アリイルスチュアール」は二人の人物の合成名と思われる。「アリイル」はアイルランドの詩人イエィツ(William Butler Yeats

一八六五〜一九三九)の最初の戯曲「キャスリーン伯爵夫人 The Countess Cathleen」(刊行一八九二、初演一八九九)で、夫人に仕え、夫人の陰の力となる詩人アリイル(Aleel)の名。「スチュアール」は同戯曲中の、やはり夫人を助けるスチュワード(steward 家令・執事)をフランス語読みにしたものか。初版にはイエィツの「ノート」中に、原話提供者レオ・レスペの文がフランス語で紹介されている。したがって、この詩は訳詩ではなく、賢治の自作であり、年号もこの詩の成立年と同年(一九二七)なのだが、なぜ賢治はあえて原作者名のように下に架空の名を付記したのか。それは明確には言えないものの、単に賢治の遊びでなく、イエィツの戯曲に感動して成ったこの詩のメモのつもりで書き入れたものかと思われる。「キャスリーン伯爵夫人」は*飢饉にあえぎ、次々に倒れてゆく農民たちに全財産を与え、*悪魔に身を売ってまで金を得る。死後(「黄泉路」におもむく途中で)キャスリーンは天使に救われて昇天するという、いかにも賢治にぴったりの感動的な戯曲である(それを助ける詩人アリイルの名はアイルランドの古いケルトの英雄伝説に出てくる人物名からイエィツが採ったとされる)。しかも、賢治のこの詩「黄泉路」の霊界のイメージに、イエィツの戯曲の雰囲気は色濃く投影されており、なお賢治自身の内なる亡妹*宮沢トシとの交霊・交信がそこに重なっていると思われる微妙な作品なのである(同詩中の「遥けくなれの死しけるを」が、ことに注目される。なれは汝《なれ》)。さて、賢治とイエィツのこの戯曲とのかかわりが問題となろうが、今のところ未詳。一つの手がかりとして考えられるのは、この「一九二七」年を重視すれば日本では賢治と縁の深いタゴール(↓印度、宮沢トシ)の訳業や、アイルランド文学にも造詣深く(『シング戯曲全集』等の名訳も既にあった)、歌人としても令名高かった松村みね子訳のイエィツ戯曲集が第一書房から出ており(『近代劇全集』25『愛蘭土篇』一一月)、これは広く読まれている。賢治もおそらくこの年、この本を読んで感銘を受けたと想像される。が、同書には「キャスリーン伯爵夫人」の訳はない。賢治は松村の訳業に刺激されて(上記の劇を解説した文章は既にあった)、直接英語でこの原作を読んだか、日本語訳を読んだか(イエィツの訳は明治以来よく行なわれており、築地小劇場でも上演されていた)、どちらかであろう。以上の意味でこの詩の成った「一九二七」は一つの手がかりになろう。ともあれ、賢治文学におけるイエィツ的な要素は(研究者たちにはほとんど不問にされているが)予想以上に深く——延いてはタゴールに心酔し、日本の能に魅《ひ》かれて自らも劇「鷹の井にて」(At the Hawk's Well)を書いたイエィツと、タゴールにも魅かれた賢治との、いわばトライアングルの究明は今後の一課題であるが、その直接的なかかわりを証拠だてる重要な事項ではある。ちなみに新校本全集校異では、題の下の『アリイルスチュアール』が何かは「諸説あるも不確実」となっている。なお、賢治の*国民高等学校の講義でも、賢治はイエィツを取り上げている(伊藤忠一《ちゅういち》ノート「労農詩論三講」、新校本全集一六巻上「補遺・資料」)。↓Oscar Wilde、恐怖《くふ》

ありしたか ↓そこの岩《いわ》に…

ありつきり 【レ】【方】 ありったけの。童「*狼森《オイノもり》と笊森《ざるもり》、盗森《ぬすともり》」に「私は財布からありつきりの銅貨を七《しち》銭出して」とある。

沖積層《アリビーム》 ↓沖積世《ちゅうせきせい》

亜硫酸《ありゅうさん》 【科】 H_2SO_3 二酸化硫黄(SO_2)が水に溶けた状態。

水溶液としてだけ存在する。二酸化硫黄は亜硫酸ガス（無水亜硫酸）に同じ。硫黄が空気中で燃焼すると発生する。現在は酸性雨の原因として問題となっている。詩［青森挽歌］に、「亜硫酸や笑《せう》気《き》のにほひ」とあるが、ここでの亜硫酸は亜硫酸ガスのことか。無水亜硫酸は詩［真空溶媒］に登場。

ありわぶ【レ】 在侘ぶ。この世に住みにくいと思う。文語詩［早池峰山巓《はやちねさんてん》］の最終行に「なほこゝにありわぶごとし」とある。

アルカリイオン【科】【レ】 alkali ion アルカリは、ナトリウムやカリウムなどのように、水に溶解させた場合水酸化物イオンを生じ、塩基性を示すものを言うが、アルカリイオンというイオンは存在しない。賢治がどのような意味で用いたか不明。詩［〔あちこちあをじろく接骨木《にはとこ》が咲いて〕］に「そらでは春の爆鳴銀が／甘ったるいアルカリイオンを放散し」とある。

アルカリいろ【レ】【科】 灰いろを指すか。アルカリ（alkali）は水溶性の塩基の総称だが、アルカリの語源となったアラビア語では灰を意味しており、それを賢治が知っていたか。それともアルカリの一つであるナトリウム等の金属光沢をもった灰色からの連想か。歌［七三］に「屋根に来てそらに息せんうごかざるアルカリいろの雲よかなしも」とある。

アルキメデス【人】 Archimedes（前二八七～前二一二） 古代ギリシアの物理学者、数学者。アルキメデスの原理で有名。童［台川］に「水の中だし、アルキメデス、水の中だし、動く動く」とあるのは、その原理を思い出し、水中の石を動かしている描写。つまり、石が水中で軽くなること（流体中の固体は排除した流体の重さに等しいだけの浮力をうける、という原理）。

アルコール【科】 alcohol 酒精、木精。炭化水素基にOH基が結合した化合物。酒精はエタノール（エチルアルコール C_2H_5OH）、木精はメタノール（メチルアルコール CH_3OH）。賢治の用法として次の四つがある。①飲料用アルコール。詩［〔うとうとするとひやりとくる〕］には「メチール入りの葡萄酒」が登場。ただし、メタノールは有害。童［紫紺染について］［ポラーノの広場］（→ポランの広場）、短［柳沢］等。②燃料用アルコール。燃料用としてはメタノールが一般的。童［グスコーブドリの伝記］に、「アルコールが青くぽかぽか燃えて」、童［銀河鉄道の夜］では「アルコールラムプで走る汽車」。文語詩［萎花《いか》］等。③浸液用アルコール（浸漬液《しんせき》とも。植物標本等を保存する）。浸液用としてはエタノールが一般的。童［銀河鉄道の夜］に、「僕博物館で（著者注＝さそりが）アルコールにつけてあるの見た」、詩ノート［ダリヤ品評会席上］に「石英燈（→石英）の照明と浸液アルコールのかほりの中（ママ）」等。④比喩としてのアルコール。例えば詩ノート［〔暗い月あかりの雪のなかに〕］、または詩［〔鈍い月あかりの雪の上に〕］では松を「昆布とアルコール」とたとえ、童［若い木霊《こだま》］では「若い木霊の胸は酒精で一ぱいのやうになりました」とある。ほかに詩ノート［〔すがれのち萱《がや》を〕］、詩［函（凾）館港春夜光景］等でも同様である。詩［冬と銀河ステーション］では、「〔はんの木とまばゆい雲のアルコホル…〕」と出ている。当時の表記はアルコホルが一般的で賢治座右の片山正夫『化学本論』の表記もそうなっている。

アルゴン【科】【レ】 argon 原子番号一八の元素で、元素記号はAr。希ガス元素。無色無臭。常温で空気中に約一％存在し、不活性の性質を生かし白熱灯や蛍光灯の封入ガスとして用いる。雑誌発表の短歌［みふゆのひのき*（四三〇）］に「アルゴンの、かゞやくそらに」とある。賢治ならではの表現か。

アルタ →チャーナタ

歩《ある》たもな 【方】 「歩いたものな」が詰まったもの。劇［種山ヶ原*の夜］。

アルヌスランダー →アルヌスランダアギガンテア、はんのき

アルヌスランダアギガンテア 【植】【レ】 詩［華麗樹種品評会*］に登場する「はんのき*」の別名。アルヌス（Alnus）ははんのき（榛の木）の学名。ギガンテア（gigantea）は巨大な種類を言う（女性名詞に付く）学名。間にあるランダアの意味は不明。小沢俊郎は新修全集月報でこれを「Lander（「垣根の杭《くい》」の意のドイツ語）」と解しているが、ドイツ標準語にはない（→ジュグランダー）。このランダアがなければ「巨大なはんのき」ということになるのだが、このランダーはジュグランダー*をはじめ、詩［岩手軽便鉄道の一月*］にも各種樹木の語尾ふうに列挙愛用されていて、アルヌスランダーはこの詩でも登場する。

アルビレオ 【天】 Albireo 白鳥座のβ星。北十字*を構成する三等星。青と黄の美しい連星（公転周期は約三〇万年）で、代表的な二重星として知られる。童［銀河鉄道の夜*］に「ごらんなさい。あれが名高いアルビレオの観測所です」とあり、天の川*中の水の速さを計る観測所の器械にたとえて「青宝玉（→サファイア）と黄玉（→トッパース）の大きな二つのすきとほった球が、輪になってしづかにくるくるとまはってゐました。（中略）たうたう（ママ）青いのは、すっかりトパース（→トッパース）の正面に来ましたので、緑の中心と黄いろな明るい環とができました」と描写されている。吉田源治郎の『肉眼に見える星の研究』（一九二二）の中によく似た部分があり、両星をやはり「トパーヅのやうな黄色」「サフワイアのやうな碧色」とある。（→口絵⑥）

アルファー、ビーター、ガムマア、デルタア →アラベスクの飾り文字《あらべすくのかざりもじ》

アルプスの探険《あるぷすのたんけん》 →アルペン農《あるぺんのう》

アルプ花崗岩《あるぷみかげ》 【鉱】 賢治の造語か。文語詩［〔一才のアルプ花崗《みかげ》岩を〕］*にこの語が見られる。多田実《ただみのる》（「〔一才のアルプ花崗岩を〕」宮澤賢治研究 Annual Vol.5）によれば、この花崗岩は豊沢*川上流に露出するもので、中生代に貫入生成したこの地の花崗岩帯が、当時の地質学の最先端の知識であったアルプス造山運動と深くかかわると賢治が考えていたと主張。すなわち「アルプス造山運動」→アルプ＋《プラス》みかげの造語となったのではと推測している。→花崗岩《かこうがん》

有平糖《あるへいとう》 【食】 アルフェロア（alféloa ポルトガル）の訛り、当て字。砂糖菓子。砂糖*に飴を加えて煮つめ、引き伸ばして白くしたり、赤や青等の色をつけたりする。形も棒状のほか、花や果物をかたどったものなどさまざま。桃山時代にヨーロッパから伝わり、明治時代には金米糖*等とともに大衆に親しまれた。特徴的な色彩から、洋傘（童［チュウリップの幻術］〈→うっこんかう〉）や苹果*《りんご》（童［氷と後光*（習作）］）の比喩として用いられている。

アルペン農《あるぺんのう》 【農】 アルペン（Alpen）はドイツ語でアルプス山脈の意。アルペン農とはアルプスの農夫。高原地で乳牛を飼育し、牛乳*を生産し、バター*やチーズ*を作る農業（酪農《らくのう》）のことを言う。または それに従事する人のこと。文語詩［種山ヶ原*］の「春

はまだきの朱雲《あけ》を／アルペン農の汗に燃し」とは、アルプス風の農夫をイメージしたものだが、ドヴォルザークの曲（↓新世界交響楽）に合わせたことも含めて、賢治の理想とする労働即快楽の思想が込められている。ほか、詩［原体剣舞連《はらたいけんばいれん》］（↓原体村）等。なお、童［*さいかち淵］や［*風の又三郎］に「アルプスの探険みたいな」とあるのは、アルプスの探険家の意。アルプス探険に擬した詩［種山ヶ原］下書稿㈠では「わたくし」はアルペン農になりきっている。

アルモン黒《ブラック》【レ】　賢治の造語か。詩［〔南のはてが〕］に「〔待ておまへはアルモン黒《ブラック》だな〕」の間投句がある。前行に「*一瞬白い水あかり」、後行に「乱れた鉛の雲の間に／ひどく傷んで月の死骸があらはれる」とある。不作の凶兆を歌うこの詩から見て、アルモン黒《ブラック》とは謎めく暗いイメージだが、「雨はじめじめ落ちてくる」水田に一瞬映った鈍い月かげ（水あかり）、すなわち死骸のような月をとらえて、アーモンド（almond）の形を連想し、過熟し、黒く腐って水面に落ちたそれのように見立てたものか。

アレグロ　↓アンダンテ

アレグロブリオ　↓アンダンテ

アレチレン　↓アセチレン

アレニウス【人】【天】　S. A. Arrhenius（一八五九〜一九二七）　スウェーデンの天文学者、物理学者、化学者。電解原理の展開、毒素や抗毒素の理論的研究に貢献。ストックホルム大学教授、ノーベル研究所理化学部長。一九〇三年電離理論でノーベル化学賞受賞。天文学分野では一九〇七年地球生命が他の世界から来たことを示唆（↓彗星）、一九一三年には*太陽系成因を衝突説で説明した。大正期の日本天文学界への影響は大きい。『最近の宇宙観』（一戸直蔵《いちのへなおぞう》訳、一九二〇）には、童［*銀河鉄道の夜］の「一、午后の授業」中の*牛乳と脂油による*天の川のたとえ話にヒントを与えたと思われる部分が、また『宇宙之進化』（のち『宇宙発展論』と改題）（一戸訳、一九一四）には、童［*グスコーブドリの伝記］中の、放電によって窒素肥料（↓石灰窒素）を降らせる方法や、噴火によって大気の温度を上昇させる方法等のもとになったと思われる部分がある。この童話のクーボー博士にはアレニウスのイメージも重なっている。このほか『宇宙創成史』（一戸直蔵・小川清彦訳、一九一二）や、昭和になってから岩波文庫に『史的に見たる科学的宇宙観の変遷』（寺田寅彦《とらひこ》訳）も登場した。アレニウスの名は*片山正夫『化学本論』のほか、マッケーブ『世の終り』（武者金吉訳、一九二三）をはじめとして当時の天文書のほとんどすべてに登場している。水沢緯度観測所（↓水沢の天文台）往訪の記念作品である詩［晴天*恣意《（しい）》］中には「白くまばゆい光と熱、／電、磁、その他の勢力は／アレニウスをば俟《（ま）》たずして／たれか*火輪をうたがはん／もし*空輪を云ふべくば／これら総じて真空（↓虚空）の／その顕現を超えませぬ」とある。これはアレニウスの主張した大気の帯電現象に対する電導説の適用を下敷きにしているものと思われる。

アレニウス

安房　あわ【地】　今の千葉県地方の古称。安房《あは》の国。房州《ぼうしゅう》。詩［三原　第三部］に、船から「安房の山山も見えて」とある。

粟　あわ【植】【食】　畑に栽培されるイネ科の一年草で高さ一〜一・五m。秋、茎頂に一五cmほどの花穂をつけ、その多数の小枝に無数の白い小花をつける。実は球形の小粒で、古来主要な穀物として、あわめし、あわもち、あわだんご、あわおこし、飴等にしたり、酒等の醸造用に使われることもある。*稲や*麦等に比べて粗放な栽培に耐え、三～五か月で収穫できて、山地や砂地でもよく育つため岩手地方では貴重な作物だった。そのため賢治の作品には多く登場する。「北上の／砂地に粟を間引きゐしに／あやしき笛の／山より鳴り来し」(歌[二四一])をはじめ、「じぶんの生れた村の*ス山《ざん》の麓へ帰つて行つて、粟をすこうし播いたりした」(童[北守将軍と三人兄弟の医者])、「*赤つめ草の花は枯れて焦茶色になり、畑の粟は刈られました」(童[*めくらぶだうと*虹])等は代表的な例だが、「それから森もすつかりみんなの友だちでした。そして毎年、冬のはじめにはきつと粟餅を貰ひました」(童[*狼森《オイノモリ》と笊森《ざるもり》、盗森《ぬすともり》])、「*栃と粟との*だんご」(童[*鹿踊りのはじまり])といった粟餅、粟団子の登場も多い。比喩としては、小さいものという意味で「粟粒ぐらゐの活字」(童[*銀河鉄道の夜])、「粟つぶをくり抜いたコップ」(童[カイロ団長])、蚕の卵を「粟のやうなもの」(童[*グスコーブドリの伝記])にたとえる例等印象的である。

あ、忘《わす》れでらた、全体《ぜんて》何《なん》の約束《やくそく》すのだた【方】 あ、忘れてた、一体全体何の約束をするはずだったかな。「忘れでらた」は時制としては完了形とも言える表現で、「たった今まで忘れていた」の意。劇[*種山ヶ原の夜]。

あをいめだまの小いぬ あおいめだまのこいぬ【天】 小犬座。淡黄色のα星プロキオンが*犬の目として想定されているのだろう。童[*双子の星]に「あかいめだまの　さそり(↓さそり座)／ひろげた鷲(↓鷲座)の　つばさ／あをいめだまの　小いぬ、／ひかりのへびの　とぐろ」とある。

蒼溟《あをうみ》 あおうみ【レ】 ルビも賢治(当時は「あお」は「あを」と発音した)。青々とした大海。漢音ソウメイ。滄溟とも書くが、賢治は青い草原や大空に多く用いる蒼の字が好きだったようだ。歌[二六三]に「蒼溟の／ひかりはとはに明滅し」とある。「とはに」は永久に。

青金《あをがね》 あおがね【鉱】【地】 短[泉ある家]に「青金の黄銅鉱」とある。賢治は最初「赤金」と書いて「青金」と直しており、江刺郡*伊手《いで》村(現奥州市江刺区)字口沢《くちさわ》にあった赤金《あかがね》鉱山のことか。赤金鉱山は銅山として知られ、一九七九(昭和五四)年に閉山するまで明治後期から操業していた。賢治は一九一七(大正六)年九月二日に江刺郡地質調査(↓土性調査)のため伊手村に立寄っている(簡[54])。この短篇自体、その体験がもとになっていると思われる。

襖子《あをし》 あおし【衣】 単に襖《あお》とも書くが、腋《わき》の下のあいた「わきあきのころも」。昔の四位以下の武官の*袍《ほう》(正装の束帯《そくたい》用の上衣)。文語詩[朝]に「*鬼げし風の襖子着て」とある。ここは、こどもの着物なので「あわせ」(袷、裏のついた着物)を襖子としゃれたか、当てたのであろう。

あん【食】 餡。小豆や白いんげん、*白ささげ等の豆類やサツマイモ等を煮て、すりつぶし、*砂糖等を加えて煮つめたもの。古くは塩あんだったが室町時代以後砂糖の伝来・普及で砂糖あんが主になった。*菓子や餅の中に包んだり、汁粉等にする。一八七五(明治八)年に売り出された「あんパン」は、日本人に*パンをなじみ深いものにした。短[十六日]に盆の十六日のごちそうとしてあん餅が出てくる。

あんぎあんぎ ↓口《くち》あんぎあんぎど…

アングロアラウ ↓アラウ

あんこ【方】 若者。青年。若い男。「あぃな」より若い男性に対して目上の者が用いる。「おにいさん」といった呼びかけにも用いられる。あねこ(若い女)の対語。例えば「そごのあんこ、ぺっこ来《こ》」と言えば「そこの若い男、ちょっと来《こ》い」の意で、軽い軽蔑を含むこともある。童[祭の晩]等。短[十六日]には「あのあんこだて好ぎだべ」と出てくるが「あの若者をおまえだって好きだろうが」の意。

暗黒山稜《あんこくさんりょう》**【レ】** 暗い山の尾根。賢治の作品によく出てくるイメージの山の稜線。脊稜《せきりょう》。かど。詩[風の偏倚《(へんい)》]に「逞しくも起伏する暗黒山稜《あんこくさんりょう》や」とある。固有名詞ではなく、ここでのシチュエーションは、花巻の北東、豊沢川の上流付近からの景観。

安山岩《あんざんがん》**【鉱】** アンデサイト(andesite アンデスの石)。二酸化ケイ素(SiO_2)が五三〜六三%の火山岩と定義される中性の火山岩。深成岩の閃緑岩に対応する。斑晶および石基として、有色鉱物である角閃石・輝石・磁鉄鉱等、無色鉱物である斜長石等を含む。環太平洋造山帯に特に多く、この火山帯に属する日本の火山の多くが安山岩である。童[台川]に「巨礫《(きょれき)》がごろごろしてゐる。うすぐろくて安山岩だ」とある。ほかに短[秋田街道]、歌[三三六](第一形態)「こゝに立ちて誰か惑はん/これはこれ岩頸なせる安山岩なり」、簡[374]の「第三紀頃のプロピライト系統のもの」は新第三紀中新生の中ごろ(約一五〇〇万年前)に起きた激しい海底火山活動(グリーンタフ変動)の影響により、熱変質を受けた変朽安山岩のことを指す。(↓口絵㉘は角閃安山岩)

安山集塊岩《あんざんしゅうかいがん》**【鉱】** アンデサイトアグロメレート(andesite agglomerate)。安山岩質の火山屑が固まった岩石。詩[丘陵地](〔丘陵地を過ぎる〕下書稿㈠)に、「きみのところはこの丘陵地のつづきだらう/やっぱりこんな安山集塊岩だらう」とある。また、童[或る農学生の日誌]には、「それからは洪積層が旧天王の安山集塊岩の丘のつゞきのにも被さってゐるかがいちばんの疑問だったけれどもぼくたちは集塊岩のいくつもの露頭を丘の頂部近くで見附けた」とある。賢治が作成したと推定される雑[岩手県稗貫郡地質及土性調査報告書]に「集塊岩」の説明が見られる。「噴火ハ通常種々ノ程度ニ爆裂ヲ伴フ、火山カ抛出シタル火山岩ノ砕屑ハ其大サニ従ヒ火山灰火山砂火山礫火山弾火山塊等ノ名称ヲ与フ、比較的細小ナル火山層ノ水中ニ沈積シ多少層状ヲナセルモノヲ凝灰岩ト謂ヒ大小ノ火山屑乱雑ニ集積シテ多少固結シタルモノヲ集塊岩ト謂フ」とある。簡[154]の「アンデサイトアグロメレート」も同じ。

杏《あんず》**【植】** バラ科の果樹。中国北部原産。樹高三mほど。春、白またはピンクの花をつけ、果実は生食またはジャムに、乾燥させても食する。その種子は杏仁《きょうにん》と呼ばれ、薬用となる。「童子を座らせて杏の実を出しておやりになりながら」(童[雁の童子])、「芬《(かお)》って酸っぱいあんずをたべる」(詩[穂孕期])等。

あんすすか【方】 …しております。短[山地の稜《(りょう)》]に「まぁんつたびだび米子《よねこ》どもお話してあんすすか」とある。まずは(まぁんつ、は時間と関係なく、会話の冒頭によく言う)、たびたび米子ともおうわさをしているのです、の意。末尾の「か」は疑問でなく、会話の接尾辞として軽くつける。

アンタレス【天】 Antares 作品には直接その呼び名では登場

せず「さそり」「赤眼の蠍」「ネクタイピン」等の比喩で出てくるが、イメージとしては重要な役割をしている。原意は火星に対抗するものの意だが、さそり座の一等星で、その心臓部にあたる。アンタレスは質量が巨大で、すでに老年期に入って、表面温度が三五〇〇度（太陽の六〇％弱）しかなく、赤色に見える。このような星を赤色巨星と言う。ギリシア神話では猟師オリオンを殺したさそりとされる。中国名「大火」。日本では「あかぼし」とか「酒酔い星」、「豊年星《ほうねんぼし》」とも呼ばれる。陰陽道《おんみょうどう》では天王《てんのう》（天王星）とし、星食（天王が月に隠れる）現象を兵乱の兆《きざ》しとした。また中国では火星（熒《けい》惑星《わくせい》〈ケイコクセイとも読む〉）が心宿《しんしゅく》（アンタレス付近）に近くなると「熒惑、心《しん》に迫る」といって不吉なしるしと考えた。童［土神ときつね］（→狐）には次のような会話がある。狐「あの赤い大きなやつを昔は支那では火と云《くわ》ったんですよ」、樺の木「火星とはちがふんでせうか」、狐「火星とはちがひますよ。火星は惑星ですね、ところがあいつは立派な恒星《こうせい》なんです」と答える。また中国では「火《か》」は「火辰《かしん》」「大火」とも言う。アンタレスは火星よりも赤いが光度ははるかに落ちる。賢治はアンタレスをしばしば「赤眼の蠍《さそり》」と呼ぶ（蠍は正字、俗字は蝎だが賢治は両方を用いている）。「あかいめだまのさそり」ではじまる曲［星めぐりの歌］、童［ポランの広場］［双子の星］、詩［〔温《ぬる》く含んだ南の風が〕］等がその例。詩［鉱染とネクタイ］ではさそり座をネクタイに、アンタレスを赤宝石に見立てて「赤眼はくらいネクタイピン」にしている。童［銀河鉄道の夜］ではその赤色を「ルビーよりも赤くすきとほりリチウムよりもうつくしく酔ったやうになってその火は燃えてゐるのでした」と表現する。また「まっ赤なうつくしいさそりの火は音なくあかるくあかるく燃えたのです」ともある。（→口絵⑯）

アンダンテ【音】 andante（伊） 歩くように、の意。音楽用語でアレグロ（活発に、快速に）とアダージョ（→アダヂオ）の中間。詩［国立公園候補地に関する意見］に「しまひはそこの三つ森山で／交響楽をやりますな／第一楽章 アレグロブリオははねるがごとく／第二楽章 アンダンテやゝうなるがごとく／第三楽章 なげくがごとく／第四楽章 死の気持ち」とある。佐藤泰平《たいへい》によると、これはベートーヴェンの交響曲第五番「運命」（Allegro con brio, Andante con moto, Scherzo, Allegro の四楽章）をもじったものだという。アレグロ・コン・ブリオのコン・ブリオは、「生気に満ちて、元気に」の意。

アンデサイトアグロメレート →安山集塊岩《あんざんしゅうかいがん》

アンテリナム【植】 Antirrhinum 金魚草。英語名はスナップドラゴン（snapdragon）。南ヨーロッパ原産の園芸植物。高さ一mほど。多年草で基部は木質化している。夏、白、黄、紅、紫等の金魚の形の花をつけるので金魚草の名がある。詩［悪意］に「口をひらいた魚のかたちのアンテリナムか／いやしいハーデイフロックス／さういふものを使ってやらう」とある。他に詩ノート［〔失せたと思ったアンテリナムが〕］等。

アンテリナム

アンデルゼン【人】 アンデルセンのドイツ語読みで「ゼン」が正しい。H. C. Andersen（一八〇五〜一八七五） デンマーク語ではアナルセン（アナセン）。デンマークの童話作家、詩人。日本では、府川源一郎によれば、一八七三（明治六）

アンデルセン

年、「絵のない絵本」第三一夜を最初に訳した「童児熊と戯むる事」を収録した『啓蒙修身録』が出版されているという。賢治は幼少時の童話体験として、小学校三年と四年の一学期までの担任八木英三より、アンデルセンをはじめとする童話を読んでもらっている。また、一九一八(大正七)年(二二歳)の簡[95]によれば、賢治は「アンデルゼンの『絵のない絵本』をドイツ語訳で読んでいる」(新旧校本全集「校異」)。その中の「第二十八夜」をもとに作歌、後に「アンデルゼン氏白鳥の歌」(文庫版全集では題に氏がなくて一〇首)と題して九首にまとめている(歌[六九〇～六九八])。短[猫]にも「(アンデルゼンの猫を知ってゐますか)」とある。また、一九二四(大正一三)年発行のイーハトヴ童話『注文の多い料理店』の賢治自筆の「広告ちらし」に「イーハトヴは一つの地名である。強《しい》て、その地点を求むるならばそれは、大小クラウスたちの耕してゐた、野原や、…」とあるのは、アンデルセン童話の『小クラウスと大クラウス』によっている(→大小クラウス)。アンデルセン童話の世界は、賢治作品に大きな影を落としている。モチーフやテーマ、表現の上でアンデルセンの影響はさまざまに指摘できる。「みにくいアヒルの子」も賢治の童[よだかの星]の一つの影響源である。境忠一《さかいただいち》『評伝宮沢賢治』(一九六八)の「宮沢賢治所蔵図書目録」によれば、アンデルセンの童話の英訳本が二種類残されている。→グリム

アンデルゼンの猫《あんでるぜんのねこ》 【動】【文】 アンデルセン(→アンデルゼン)の「みにくいアヒルの子」に出てくる猫のこと。「君は背中を丸くしたり、のどをごろごろ言はせたり、それから、火花を散らしたりできるかね?」(大畑末吉訳)とあるが、短[猫]では「(アンデルゼンの猫を知ってゐますか。／暗闇で毛を逆立ててパチパチ火花を出すアンデルゼンの猫を。)」とある。

安藤文子《あんどうふみこ》 →オルフィウス

花青素《アントケアン》 【科】 かせいそとも。ルビのアントケアンはアントシアン(anthocyan)のことか。植物の花、葉、実の細胞中に含まれる色素の一種。赤、青、紫などがある。バラの赤、ヤグルマギクの青、ナスの紫、紅葉の赤もアントシアンによる。詩[〔しばらくぼうと西日に向ひ〕]に「濁って赤い花青素《アントケアン》の粟ばたで／ひとはしきりにはたらいてゐる」とある。粟ばたは粟畑。詩[凍雨《ひさめ》]下書稿では「萱《かや》の根かぶの花青素です」。

面影《アントリッツ》 【レ】 Antlitz(独) おもかげのドイツ語(雅語・詩語)。詩[〔温《ぬる》く含んだ南の風が〕]に雲に隠された射手《いて》座付近が再び見え始めたのを「星はもうそのやさしい面影《アントリッツ》を恢復し／そらはふたゝび古代意慾の曼陀羅になる」とある。森鷗外に有名な訳詩集『於母影《おもかげ》』(一八八九)がある。

アンドロメダ 【天】 Andromeda 秋の北天星座。α(主)星は隣のペガサス座(→ペガスス)のαβγ星と、秋の大四辺形を形づくる。アンドロメダはギリシア神話中の古代エチオピア王ケフェウスと、その妃カシオペアとの間に生まれた王女。カシオペアの美貌(一説に娘の)自慢に立腹した海神ポセイドンの指示で、海獣(→鯨)の生けにえになるところをペルセウスによって救われる。童[双子の星]等で歌われる星めぐりの歌の中に「アンドロメダの　くもは／さかなのくちの　かたち」とあるのは「(アンドロメダ)銀河」M《メシエ》31を指す。M31は銀河系の約二倍の質量を持

アンドロメダ座

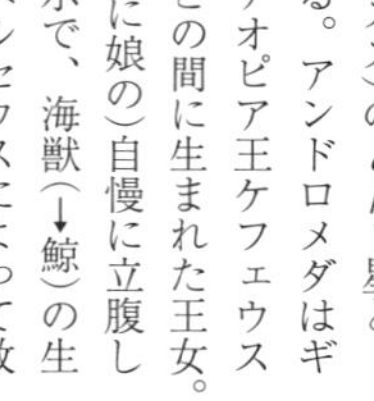

ち、同じ局所銀河群に属する渦巻き小宇宙。距離約二〇〇万光年。一九二四年ウィルソン山天文台のハッブルはM31とM33の周辺部を恒星に分解した写真撮影に成功し、その映像中に発見された*ケフェイド型変光星を周期光度関係にあてはめ、初めてM31が銀河系外の*星雲(小宇宙)であることが確証された。賢治の知識はずっと古く、*童[*土神と狐]では、星を生み出すガス星雲(*オリオン座M42等)と渦巻き星雲(小宇宙)が同類に扱われている。さかなのくちとは、*環状星雲《リングネビュラ》のリングのたとえにも使われており、賢治はM31を奎宿《けいしゅく》の白気《はっき》を惑星状星雲と区別できなかった。中国ではM31を奎宿の白気(星雲全体の呼称)と呼ぶ。賢治も銀河系(*天の川)を詩[温《(ぬる)》く含んだ南の風が]の中で「白い湯気」と表現した。また童[*水仙月の四日]ではM31を「*ラムプの*アルコホル」にたとえている(→あぜみ)。詩[*晴天恣意《(しい)》]中の「アンドロメダの連星《(れんせい)》」とは、γ星アルマクを指すが、オレンジ色のγ2と青色のγ2との重星で、連星であるかは不明。ただしγ2がそれ自体連星であることはわかっている。オレンジ色に青色等の伴星《ばんせい》(質量の小さい、光も弱い連星)のついた二重連星である(互いに引力によって、共通重心の周囲を公転している二重星、三重星以上の多重星は肉眼では一つに見えても実視連星望遠鏡では二つに分離、分光しているのがわかる。それが連星)。詩[*原体剣舞連《はらたいけんばいれん》](→原体村《はらたいむら》)にも。(→口絵③)

安南の龍(竜)肉《あんなんのりゅうにく》　→大谷光瑞《おおたにこうずい》

蠕虫舞手《アンネリダタンツェーリン》【動】【レ】　詩の題名。ルビのアンネリダ(Annelida)は蠕形《ぜんけい》動物(蠕動運動をする無脊椎動物の総称。扁形、線形、袋形、環形等に分類される)の学名。タンツェーリン(Tänzerin)はドイツ語で女性ダンサー(正しい発音はテンツェリン)。詩の内容が示すように、みかげ(→花崗岩)の水槽か手水鉢《ちょうずばち》の中で、くねくねと浮き沈み蠕動を繰返しているボウフラ(*蚊の幼虫。棒振り)を、かれんな舞手《ダンサー》の踊りに見たてたもの。こっけいにも見えるその動きに触発されたとも考えられる。だが、それをギリシア文字で視聴覚的にとらえたユーモラスな感覚は独往で、この詩は賢治文学の重要な一面を代表している。蠕虫の瞬間的な明滅に似た形態《フィギュア》を、いわば水というレンズ越しに「ストロボ撮影」(岡村民夫の説)したかのような、文字(絵文字)による映像言語の試みになっている、とも言えるからである。なお、詩中の「蠕虫」は蠕動運動をする動物の俗称で学名にはない。この詩の初版本目次の日付(五月二十日、ただし賢治詩の日付は制作月日を意味しないが)からボウフラではあるまいと言う説もあるが、その時期にボウフラの発生はいくらも見られるし、上下左右にきらめき動く各細部のイメージもだが、何よりもこの詩の敏捷なリズム感は他の蠕形動物(例えばミミズや*ヒルなど)には代えがたい。姿形短小のボウフラこそふさわしい。「*燐光珊瑚の*環節に」の詩句もあり、環節(形動物も蠕形動物の一類であることを賢治は知っていたことになる(古い分類ではそこはあいまいだった)。→ナチラナトラのひいさま、コロイド

あんまり変《かわ》らなござんす【方】　あまり変わらない(具合い)でおります。相変わらずです。「ござんす」は丁寧表現。短[山地の稜]。

あんまりけづな書物《しょもつ》だな【方】　何だかつまらない書物だな。「けづな」は「つまらない」「おもしろくない」「役に立たない」「けしからぬ」といった、文脈によりニュアンスが変わる形容詞(→けづ

な)。童[十月の末]では孫の読む本を聞いて爺さんが「けちな、よろしくないことを教える書物だな」と冗談《じょうだん》ふうに「けづ」をつける。童[十月の末]の「けづな爺んご」は「だらしない」「なまけ者の」の意。

あんまり出来《でか》さなぃよだな【方】 あまり(何も)できないようだな。劇[植物医師]の中で使われているが、「*陸稲《おかぼ》の病気や虫に対して、何もできそうにないな」というほどの意味。「よ」は「様《よう》」が詰まったもの。

あんまりはねあるぐなぢ《じ》やい/汝《うな》ひとりだらいがべあ/子供等《わらしやど》も連《つ》れでて目《め》にあへ《え》ば/汝《うな》ひとりであすまないんだぢ《じ》やい【方】 あまり歩き回るなよ、お前ひとりなら構わないだろうが、子どもたちも連れていってひどい目にあえば、(それは)お前ひとりでは済まないんだよ。「は(跳)ねあるぐ」には「調子にのって歩き回る」「図《ず》に乗ってはしゃぎ回る」というニュアンスが含まれる。「だら」は「だったら」「なら」の意。「*汝《うな》ひとりであすまないんだぢやい」は「ひどい目にあうのが、お前ひとりでは済まないんだよ」の意。子どもたちまでもひどい目にあうんだよ」の意。詩[東岩手火山](→岩手山)。

アンモニアツク兄弟《あんもにあっくきょうだい》【人】 童[*猫の事務所]に登場する猫の兄弟たちの名。接着剤として用いるゴム樹脂 ammoniac をもじって命名したと思われる賢治らしいユーモア。なお、兄弟たちの一人は「パン、ポラリス(→楊《やな》ぎ)」と虎猫が報告する。pan Polaris は汎《はん》北極星のギリシア語名、パンは接頭辞で英語でも用いるが all(オール)の意。日本語では汎の字を接頭辞として用いて「汎太平洋」等と言う。ポラリスは小(子)熊座(主星は北極星)の名。「パン、ポラリス、南極探険の帰途、ヤップ島沖にて死亡」と白猫は言う。ヤップ(Yap)島は南太平洋上の西カロリン諸島西部の大小一二の島。第一次大戦後ドイツ領から日本領(委任統治)になったことがあった(現在アメリカ信託統治領)。

アンモン介《あんもんがい》【動】【鉱】 アンモン貝(=介)。軟体動物の頭足類に属す。現存のオウム貝に似ており、平巻きの螺環《らかん》をもつ。当時はアンモナイト(Ammonite)、アンモン介、また菊石と呼ばれることも多かった。菊石とは化石に見られる縫合線の複雑な輪郭が菊の葉に似ているため。アンモン介は種類によっては直径一mほどにもなる。*古生代のデボン紀から*中生代の白堊《はくあ》紀まで生息して絶滅。示準化石として重要。日本では北海道を中心に中生代の地層から良質のアンモナイトが出土する。岩手県では、一九〇〇(明治三三)年、八重樫七兵衛が三陸海岸の宮古に近い日出島から、アンモナイトを発見、白堊紀宮古層群の発見につながった。賢治は一九一六(大正五)年三月、京都方面に修学旅行に行き、簡[15]に比喩的な表現で「東京のそらも白く仙台のそらも白くなつかしいアンモン介や*月長石《げっちょうせき》やの中にあったし」と書いている。歌[一八三]には「円き菊石」と出てくる。

安立行菩薩《あんりゅうぎょうぼさつ》【宗】 法華経従地涌出品《じゅうじゆじゅっぽん》第十五(→妙法蓮華経)に現れる*四菩薩の一人。安立行は、安立せる(*安心立命《あんじんりゅうみょう》の)行為という意。帳[雨ニモマケズ]四頁、ほか。→十界曼荼羅《じっかいまんだら》

い

胃《い》 →花崗岩《かこうがん》、胃《コキエ》

藺《い》 【植】 旧かなでは「ゐ」。いぐさ(藺草)イグサ科の多年生草本で全国の湿地に自生、また栽培もする。かつてはこの茎の髄《ずい》を燈油にひたして火をともす燈心にしたので燈心草とも呼ばれた。葉は退化し針金状の茎は約一m。刈りとって乾かし、麻糸で織ってたたみ表やござ、むしろなどに編む。文語詩［〔夜をま青《(あお)》き藺むしろに〕］がある。「ま」は美称で真っ青な。

飯岡《いいおか》 【地】 岩手県紫波《しわ》郡都南《となん》村(現盛岡市)飯岡。*盛岡市の南西、*箱ヶ森の東側、飯岡山(高さ三五九m)周辺一帯。東北本線「岩手飯岡」駅がある。歌［七四三］に「ひややかに／雲うちむすび　*七つ森／はや飯岡の山かげとなる」とあり、詩ノート［〔*栗の木花さき〕］に「飯岡山の肩ひらけ／そこから青じろい西の*天うかび立つ」とある。

いゝこりや加減《かげん》 →この人《ひと》まるで…

いゝだなぃがべが 【方】 「なぃ」はほとんど「ね」に近い発音。いいと思うよ。いいだろうよ。短［十六日］。

飯豊《いいとよ》 【地】 いいどよ、とも。土地では古くはイヒデ(いいで)とも言った。現在では「いんで」とも言う。岩手県和賀《わが》郡飯豊村(現北上市)。花巻市下根子《しもねこ》(→根子)の南側にあたる。*北上川の一支流飯豊川が東西に流れる。川の左岸には飯豊森(土地ではイデモリと呼ぶ)の丘陵(高さ一三二m)があり、丘上に*祠《ほこら》がある。帳［雨ニモマケズ］の「*経埋ムベキ山」の一。一九二三(大正一二)年ごろの人口約二九〇〇人。詩［〔澱《(たま)》った光の*澱《(おり)》の底〕］に「南は二子の沖積地から／飯豊　太田(→鍋倉)　湯口　宮の目／湯本と好地　八幡　矢沢とまはって行かう」とある。これらは当時*花巻を囲む郊外の地名で南→西→北→東の順に並べられている。湯口《ゆぐち》は、花巻市の西方山麓、志戸平《しどだいら》(→志戸平温泉)の*豊沢川下流にあたる旧湯口村の一集落。宮の目《みやめ》は花巻のすぐ北方、旧宮野目村。湯本《ゆもと》は、花巻市の西北山麓。*花巻温泉の南東にある集落。好地《こうち》は旧好地村、現在の花巻市*石鳥谷《いしどりや》町内西北の集落。*矢沢《やさわ》は旧矢沢村、現在の花巻市内東北東、北上川東岸の集落。釜石線の矢沢駅は東北新幹線新花巻駅設置により廃止された。二子《ふたご》は、北上市内北側、北上川西岸の集落、旧二子村、八幡《やわた》は、現花巻市石鳥谷町内、北上川西岸の*葛丸《くずまる》川との合流付近にある、陸羽街道《りくうかいどう》沿いの集落。飯豊の名はほかに詩［凍雨］、その先駆発表形［県道］、詩篇［疾中］の中の詩［〔今宵南の風吹けば〕］等にも登場。

飯豊森《いいとよもり》 →飯豊《いいとよ》

いいはんて 【方】 いいから。童［なめとこ山の熊］、詩［噴火湾(ノクターン)］。

いいんとも →立派《りっぱ》でいいんとも…

イヴン王国《いぶんおうこく》 【地】【文】 架空の国名。童話集『注文の多い料理店』の賢治自筆の広告ちらし中に登場。賢治は*トルストイの作品『イワンのばかとその二人の兄弟』(一八八六、一般には『イワンの馬鹿』で有名)にヒントを得ている。このトルストイの作品では

【いうんおう】

裕福な農家の三人の兄弟(上からセミョーンとタラースとイワン)はそれぞれ軍人、商人、農民の象徴として描かれ、紆余曲折《うよきょくせつ》を経て、三人とも国王になる。イワンが王様である国がイワン王国である。人間にとりついて破滅に導こうとする*悪魔が、征服欲、金銭欲を利用してセミョーンとタラースを破滅させるが、無欲で無抵抗で金銭も兵隊ももたず農業労働に明け暮れるイワンとその国民たちはどうしても破滅させることができない。この作品は、トルストイの思想のほとんどが取り入れられていると言われ、日本でも親しまれてきた。賢治文学の根本思想の一である「*デクノボー」は、イワンの「ばか」と共通した思想であり、賢治の描いたドリームランドとしての*イーハトヴを「イヴン王国の遠い東」と想定したのもうなずけるところである。なお、イワンのロシア語発音はイヴァンであり(→ジョバンニ)、賢治表記のイヴンはイワンより一歩それに近いとも言えよう。

硫黄《いおう》、**硫黄華**《くわ》《いおうか》【鉱】 サルファ(sulfur)。元素記号S、原子番号一六、火山噴出物として産し、各種化学原料、マッチ、花火等の原料のほか、殺菌剤としても使用される。*鉛温泉の北、高狸山《たかまみやま》(→三つ又)の中腹に 鶯 沢《うぐいすざわ》硫黄鉱山があった。「猛《たけ》しき現場監督の、こたびも姿あらずてふ、／元山《もとやま》あたり白雲の、澱みて朝となりにけり」(文語詩〔硫黄〕)とある元山もこの鉱山の採鉱現場のこと。その鉱山もやがて一九一八(大正七)年閉山となり同年五月以降の鶯沢と題する歌[六六七]に「廃坑のうつろをいたみ立ちわぶるわが身の露を風はほしつゝ」(「うつろをいたみ」は「虚《うつ》ろなさまがあまりにいたましいので」の意)がある。詩[*真空溶媒]に描かれる、*硫化水素と*無水亜硫酸が「しやう《(ママ)》とつして渦になつて*硫黄華《くわ》ができる」とは、火山の地獄谷等でよく見られる現象。硫黄華は $2H_2S$(硫化水素)$+SO_2$(無水亜硫酸・二酸化硫黄)→$3S$(硫黄)$+2H_2O$(水)の化学変化の結果析出する単体の硫黄のこと。「噴火口へでも入つてごらんなさい／硫黄のつぶは拾へないでせうが」(詩[東岩手火山]〈→岩手山〉)。また「月あかりがこんなにみちに硫黄の*にほひがのぼつたのだが」(詩[*風の偏倚《(へんい)》])とある。この詩は一九一七(大正六)年七月の歌[五九一]の「月光の／すこし暗めば／こゝろ急く硫黄のにほひ／みちにこめたり」と関連がある。現在では、硫黄は石油精製の副産物として多量に採れるので専門の硫黄鉱山はなくなった。なお、童[或る農学生の日誌]には「鶏小屋の消毒だか済んで硫黄華をずぼんへいっぱいつけて」とある。鶏小屋の羽虫退治に用いた硫黄剤が硫黄華《(いおうか)》(硫黄《いおう》花《ばな》とも)らしいことがわかる。

硫黄ヶ岳《いおうがだけ》 →鳥ヶ森《ちょうがもり》

移化《いか》【レ】 詩[*〔はつれて軋《(きし)》る手袋と〕]と、その改稿発表形[移化する雲]に「病ひに移化する困憊《(こんぱい)》ばかり」、「病ひに移化する疲ればかり」とある。移行する、発展する、の意で用いたのだろう。また、化学用語か仏教語かと思うひとも多いと思うが、ここでは前記の一般的意味でよいと思われる。

萎花《いか》 →カクタス

いがた →すっかり了《をは》ったたな。…

行がなぃやなぃがべ【方】 「なぃ」は二つともほとんど「ね」に近く発音する。行かなければならないのだろう。童[風の又三郎]に「何して今朝そったに早く学校へ行がなぃやなぃがべ。」

いがべ【方】 いいだろう。推量もしくは同意を求める場合に用いる。「いがべぢゃぃ」も同義。「いがべが」は疑問で「いいだろうか」の意。「いがべす」の「す」は丁寧もしくは強意で「いがべすか」は「いいですか」で許諾をもとめる丁寧な表現。劇［植物医師］。

いがべが ↓おらも中《あだ》つでもいがべが…

いがべぢゃぃ ↓いがべ

いかもの ↓木藤《きどう》がかりの、公算論《こうさんろん》

瞋《いか》り、忿《いか》り ↓瞋恚《しんに》

行《い》がんす* 【方】 行きます。「行ぐ＋あんす」で丁寧な言い方。童［ひかりの素足］。

息《いき》 【科】【レ】 呼吸によって生ずる空気の運動。気息、気とも言われる。ギリシア語のプシュケー(psychē)は霊魂と同時に、もと気息を意味した(↓心象スケッチ)。またプネウマ(pneũma)も、気息、風、空気を意味した。また古代インドでは、プラーナ(prāna)が同様の意味をもち、いずれも宇宙に遍満する大気(風)、そして人間存在を支える生命力の根源と考えられた。中国の「気」も、人間の気息および生命力の根源を意味するものとされ、のちその概念は五行《ごぎょう》説(↓土神《つちがみ》)や陰陽《おんみょう》説と結び付いてゆく(後掲「呼気」)。ところで、風を地球の息＝呼吸と考えれば、「どっどど　どどうど　どどうど　どどう」*と風にインスパイア(息や霊感を吹き込まれる)されて始まる童［風の又三郎］をはじめ、多くの賢治作品が風を胸いっぱいに吸い込み、その風の言葉に耳を傾け、風の中で書かれているとも言えよう。賢治童話を〈風の想像力〉の贈り物と述べる齋藤孝は、「さらす・息を合わせる・すきとおらせる」といった言葉をキイワードに、「物語の作者が、賢治自身でなく、風であること」とし、賢治作品の風を感じる身体の重要性を指摘している(『宮沢賢治という身体』、一九九七)。詩［病中］に「息がだんだん短くなって」とあり、童［ビヂテリアン大祭］*には、動物は「消化吸収排泄循環生殖と斯う云ふことをやる器械です」とある。ここには、『春と修羅』*［序］の「風景やみんなといつしよに／せはしくせはしく明滅*」する生命体の燃焼のイメージも読み取れよう。また、詩篇「疾中」の中の三行詩［(美しき夕陽の色なして)］には「一つの呼気」(呼吸で吐き出す空気、吸気の対↓息吐《いぎつ》ぐ)という言葉もみられる。早くから「お、つめたくして呼吸／もかたくかゞやける青びかりの天よ」(ス［四五］)と、呼吸する気を地上の生命(人間ばかりか動・植物の気孔の運動を含めた)と天(↓気圏)との一体のものとして直感していた賢治の「気」の意識は、死に至るまで作品の随所に切迫し、息づいていると言えよう。↓気圏《きけん》、気根《きこん》、心象《しんしょう》スケッチ《すけっち》

行《い》ぎあって ↓おれこれがら…

硅板岩礫《イキイシ》 【鉱】 硅板岩とは粘板岩が多量のケイ(硅)酸を含んだもの。黒く緻密で硬い。高級碁石の那智の黒石など。硯や試金石(金属の条痕色が判別しやすいため)として用いられる。礫とは小石状のものをいう。賢治のルビ「イキイシ」に関しては未詳。詩［夜］(初行「掌《て》がほてって寝つけないときは」)に「黒い硅板岩礫《イキイシ》を持ったりして／みんな昔からねむったのだ」とある。夜はこれを握って寝る風習があったのだろう。詩［旅程幻想］には「硅板岩の峠の上で」と出てくる。北上山地の古生代の堆積岩には粘板岩地帯が多いので、硬質な粘板岩を指していると推定される。

息吐《いぎつ》ぐ 【方】 息をする。呼吸をする。童［鹿踊りのはじまり］*では「息吐《いぎつ》でるが」(呼吸はしているか)、童［ひかりの素足］*では

「息吐《(つい)》だぞ」(呼吸したぞ)の例が見られる。→息《いき》

息《いぎ》の音《おど》あ為《さ》ないがけあな【方】息の音はしないようだったな。「音《おど》あ」は「音は」の訛り。「為《さ》ないが」は「しないが」の訛りで実際の発音は「さねが」に近い。「がけ」は実際には「がっけあ」と引っぱって発音する。「け」は伝聞・見聞を第三者に伝える場合に用いる*花巻地方特有の方言。ここでは一匹の*鹿《しし》が自分の見たことを他の鹿たちに伝えているために「け」が用いられている。童「*鹿踊りのはじまり」。

生《い》ぎものだがも知《し》れないじ(ぢ)やい【方】生きものかもしれないぞ。「知れない」はシェネと訛って発音される。*花巻地方では、たとえば「名詞+かもしれない」という表現をする場合、名詞の後に「だ」を挿入して「名詞+だがもしれね」(ないをネと発音する)という言い方をする。童「*鹿踊りのはじまり」。

異形《いぎよう》→原体村《はらたいむら》

イギリス海岸《いぎりすかいがん》【地】*花巻市の中心街から東北約二km、*北上川と*猿ヶ石川の合流地点に賢治が命名した地名。今はそれが通称になったが、賢治が命名する前はカスメエ(河岸前《かしまえ》の訛り)と言った。エッセイふうの童「イギリス海岸」に長い説明がある。「イギリス海岸には、青白い凝灰質の泥岩(→Tertiary the younger mud-stone)が、川に沿ってずゐぶん広く露出し、(中略)日が強く照るときは岩は乾いてまっ白に見え、たて横に走ったひゞ割れもあり、大きな帽子を冠ってその上をうつむいて歩くなら、影法師は黒く落ちましたし、全くもうイギリスあたりの白堊(→白堊紀《はくあき》)の海岸を歩いてゐるやうな気がするのでした。(中略)それに実際そこを海岸と呼ぶことは、無法なことではなかったのです。なぜならそこは*第三紀と呼ばれる地質時代の終り頃、たしかにたびたび海の渚《(なぎさ)》だったからでした。(中略)私たちのイギリス海岸では、川の水からよほどはなれた処に、半分石炭に変った大きな木の根株が、その根を泥岩の中に張り、そのみきと枝を軽石の火山礫層(→火山礫堆《れきたい》)に圧し潰されて、ぞろっとならんでゐました。(中略)ある時私たちは四十近くの半分炭化した*くるみの実を拾ひ(中略)それから*はんの木の実も見附かりました。小さな草の実もたくさん出て来ました」。このイギリス海岸のイメージは、賢治文学にさまざまに重要な影響を及ぼしている。一つはイギリスの名を冠してドーバー海峡のイギリス側海岸に擬したエキゾチシズム。生徒たちを引き連れて来る「私」の明るく晴れやかな気分もこのエキゾチシズムと切り離せない。「砂の向ふの青い水と救助区域の赤い旗と、向ふのブリキ色の雲とを見たとき、いきなり私どもは*スヰーデンの峡湾にでも来たやうな気がしてどきっとしました。」「殊に一番い丶ことは、最上等の外国犬が、向ふから黒い影法師と一諸《(ママ)》に、一目散に走って来たことでした。(中略)『あ丶、い丶な。』私どもは一度に叫びました。(中略)フランスかイギリスか、さう云ふ遠い所へ行きたいと誰も思ふのです。(中略)一人の生徒は*スヰミングワルツの口笛を吹きました」とある。このエキゾチシズムはそのまま、童「*銀河鉄道の夜」の西欧風の幻想汽車旅行の途中に登場するプリオシン海岸(プリオシンは第三紀鮮新世の名〈→プリオシンコースト〉)にも引き継がれる。この海岸は「崖の下に、白い岩が、まるで運動場のやうに平らに川に沿って出てゐ

往年のイギリス海岸

る」、まさにイギリス海岸である。*ジョバンニと*カムパネルラは、*くるみの化石を見つけたり、また、大学士の*ボスの発掘現場に立ち会ったりする。童[イギリス海岸]でも生徒の一人が岩の中に第三紀偶蹄《ぐうてい》類の足跡を発見する。「白い火山灰層のひとところが、平らに水で剝《は》がされて、浅い幅の広い谷のやうになって」「その底に二つづつ蹄《ひづめ》の痕《あと》のある大さ五寸ばかりの足あとが、幾つか続いたりぐるっとまはったり、大きいのや小さいのや、実にめちゃくちゃについてゐる」とその驚きが活写される。第二にイギリス海岸は、イギリスの*白堊紀層=恐竜時代の地層と、動物の足跡とが結びつき、それが進化論(→ダーウィン、キャレンヂャー)と密接に結びついた賢治独特の修羅意識とからまって、鮮明な強迫観念《オブセッション》としてしばしば賢治文学に登場する。文語詩[〔川しろじろとまじはりて〕]下書稿(一)には「尖《とが》れるくるみ、／巨獣のあの痕《あと》、／磐《いわ》うちわたるわが影を、／濁りの水の／かすかに濯《あら》ふ／たしかにこゝは修羅の渚」とあり、また曲[イギリス海岸の歌]には「なみはあをざめ支流はそそぎ／たしかにここは修羅のなぎさ」とある。修羅は、仏教用語で衆生が*業《ごう》によっておもむく*六道《ろくどう》(リクドウとも)の一であり、畜生と人との中間に生き、闘いを好む悪神(→修羅)。賢治の時間認識は、地質年代、進化論の影響が大きく、畜生→修羅→人→天の順が、そのまま進化論的に把握される。下等動物ほど原始的で、生殖欲に支配されやすいという一般的な認識もからんでくる。詩[*小岩井農場]でも複雑な人間関係にとらわれ、修羅意識が頭をもちあげると、「日を横ぎる黒雲(→ニムブス)は／侏羅《じゅら》(→侏羅紀《じゅらき》)や白堊のまっくらな森林のなか／爬虫がけはしく歯を鳴らして飛ぶ／その氾濫の水けむりからのぼったのだ」と続く。氾濫原《げん》=水ぎわ、と白堊が結びつけばこれはやはりイギリス海岸を想起せざるをえない。修羅が海に住み、闘いを好む、となると、その弱肉強食の強烈なイメージである恐竜と、海岸が結びつくのは当然である。まして全盛を極めた恐竜たちが、わずかな期間に地球上から姿を消したという事実は、例えば賢治が影響を受けたといわれる丘浅次郎《おかあさじろう》の『進化論講話』(一九〇四)等に見られる一種の諸行無常、栄枯盛衰といった日本的世界観にも結びつく。自己存在=修羅とする賢治の存在認識が、絶えず恐怖感を引き起こす幻想イメージへと彼を導くのも、また当然であろう。童[青木大学士の野宿](→葛丸川《くずまるがわ》)でも、大学士は突然、*中生代(侏羅紀や白堊紀、恐竜時代)の海岸に出てしまう。「大学士はもう夜が明けて昨日の*頁岩《けつがん》が白く光ってゐるのにびっくりして洞穴を飛び出し(中略)白堊紀の爬虫類の骨骼を博物館からたのまれましたが(中略)ところが大学士は又ぎくっとして立ちどまってしまひました。*息をごくっとのみ」(中略)「今来た方の泥の岸はいちめんまるでうぢゃうぢゃの*雷龍(竜)でした。まっ黒なくらゐ居たのです。長い*頸《くび》を天にのばすやつ、頸をゆっくり上下に振るやつ水の中へ馳け込むやつ頸を鎌のやうにして水から岸へのぼるやつ、実にまるでうぢゃ《ママ》うぢゃ《ママ》だったのです」、この光景を見た大学士は「いよいよおれは食はれるだけだ」と観念する。この描写にもイギリス海岸のイメージが大きく影響を及ぼしていることは明らかである。イギリス海岸が賢治文学にかかわる第三点は、天上世界への飛翔願望と結びついた天上の海岸、川岸のイメージである。これには天の童子(→雁《かり》の童子《どうじ》)が付随する。詩[〔胸はいま〕]には「胸はいま／熱くかなしい*鹹湖《かんこ》であって／岸にはじつに二百里の／まっ黒な*鱗木《りんぼく》

【いくうかん】

類《るい》の林がつゞく／そしていったいわたくしは／爬虫がどれか鳥の形にかはるまで／じっとうごかず／寝てゐなければならないのか」とあるが、この鱗木とは地質年代の古生代石炭紀のシダ植物で、詩「春と修羅」で修羅が歯ぎしり行き来する地上のうっそうとした樹林もこの石炭紀のシダ植物（下書稿には魯木《ろぼく》〈→鱗木〉という名も登場）のイメージである。この修羅（シダ植物の森に住む爬虫類のイメージ）からの救済は、やはり進化論的に爬虫類から鳥類が進化したことを意味する。賢治は亡妹宮沢トシの最も美しく透明なイメージとして白い鳥を使ったように、鳥は天へと飛翔する者、修羅からの超脱のイメージである。さらに詩「胸はいま」にある鹹湖《かんこ》が、賢治の場合、西域のチベット高原（→ツェラ高原）の聖湖（→阿耨達池《あのくだっち》）を念頭に置いたものとなると、天へ向かう鳥が、西域（地球上で最も天に近い高処）で出土する有翼《うよく》天使（例えば賢治童話の「雁《かり》の童子」）像と結びつく。チベット高原の鹹湖が出口をもたないため、その岸に曹達《ソーダ》がたまり、白い湖岸を形成していることは有名で、ここに白い湖＝白堊紀の海岸＝イギリス海岸という関連も生じてくる。こうして賢治におけるイギリス海岸は、白い海岸、進化論的修羅、の二つの点から、天上（＝天使＝鳥）の白堊海岸のイメージが生じてくる。心象スケッチ『春と修羅』の「序」には「記録や歴史　あるひ《ママ》は地史といふものも（中略）われわれがかんじてゐるのに過ぎません／おそらくこれから二千年もたつたころは／それ相当のちがつた地質学が流用され（中略）／新進の大学士たちは気圏のいちばんの上層／きらびやかな氷窒素のあたりから／すてきな化石を発堀《ママ》したり／あるひ《ママ》は白堊紀砂岩の層面に／透明な人類の巨大な足跡を／発見するかもしれません」とその考えを明確にうち出している。先に引用した詩「小岩井農場」での修羅意識（白堊の森林の爬虫類）ののち、同詩のパート九では幻想の中で二人の瓔珞《ようらく》をつけた天の童子、ユリアとペムペルが登場する。「ユリア　ペムペル　わたくしの遠いともだちよ／わたくしはずゐぶんしばらくぶりで／きみたちの巨きなまつ白なすあし（→ひかりの素足）を見た／どんなにわたくしはきみたちの昔の足あとを／白堊系の頁岩の古い海岸にもとめただらう」。ここにも修羅と、さらに救済としての天への飛翔と結びつくイギリス海岸のイメージを重ねて見ることができる。このヴァリエーションの一つとしては、詩「青森挽歌」の中で亡妹宮沢トシの天上での姿を想像した一節（ここでは海岸ではなく天上の湖）や、同じく詩「オホーツク挽歌」中の樺太（→サガレン）の「白い片岩《へんがん》類の小砂利」に満ちた海岸である。また童「銀河鉄道の夜」の天の川（プリオシン海岸を含む）の岸の描写、ジョバンニとカムパネルラという童子の設定にもこのイギリス海岸のイメージが影響を及ぼしている。童「或《あ》る農学生の日誌」にもイギリス海岸と思われる河原が登場する。

異空間《いくうかん》【天】　賢治の宇宙空間意識を支える重要概念の一。賢治作品ではしばしば死（転生《てんしょう》）後の世界（冥界《めいかい》）の意味にも使われるが、現世でも銀河系の外に、あるいは特定の惑星付近に、異空間が実在すると賢治は考えていたようだ。早くは一九一四（大正三）年、中学卒業直後、鼻の手術で入院時の歌「一三四」の「わがあたま／ときどきわれに／ことなれる／つめたき天を見しむることあり」の異界感覚（「この世のそとの／つめたき天」とも書き換える）にその原形を見ることができる。また、仏教の宇宙観との結びつきも強い。詩[「永訣の朝」改稿では「雪のひとわん」を取ってきた賢治が冥界へ行こうとする妹トシ(→宮沢トシ)に向かって「わたくしはいまこころからいのる／どうかこれが兜卒《(ママ)》の天の食《(じき)》に変つて／やがてはおまへとみんなとに／聖《(きよ)》い資糧をもたらすことを」と呼びかける。兜率天《とそつてん》(兜率、転じて都卒とは書くものの、賢治の書いている「兜卒」は誤記となる)とは欲界の六欲天の第四位で、将来、仏となるべき菩薩の住居(内院と外院があり、内院には将来仏となる菩薩が、外院には天人が住む)で、現在は弥勒《みろく》菩薩が住し、待機中である。だが六欲天は欲望から逃れられない存在でもある。兜率天は三十三天と異なり、空中高い所に住み、修行もはるかに進んではいるが、愛欲に関しては、相手の手を握らなければ熱悩を離れることができない。賢治は初版本の「天上のアイスクリーム」(詩[「永訣の朝」)を、後に右掲のように「兜卒《ママ》の天の食」と書き換えている。そこには日蓮の書簡(上野尼御前御返事)にもある兜率天往生(弥勒菩薩信仰)の影響も考えられるが、賢治の悲しみと祈りは個人を超えようと努めながら、妹への骨肉の愛を完全には否定しきれなかった。また、詩[「白い鳥」][「青森挽歌」等では、賢治は亡妹を空高く、異空間めがけて飛翔していく鳥になぞらえた。詩[「噴火湾(ノクターン)」]に「そのまつくらな雲のなかに／とし子がかくされてゐるかもしれない」、詩[「風林」]に「とし子とし子／野原へ来れば／また風の中に立てば／きつとおまへをおもひだす／おまへはその巨きな木星のうへに居るのか」とある。後者は「坊主らのいふ神だの天が／いったいどこにあるかと云って／うかつに皮肉な天文学者が／望遠鏡をぐるぐるさせるその天だ／するとこんどは信仰のある科学者が／どこかの星の上あたりに／その天を見附けようとして／やっぱり眼鏡をぐるぐるまはす」(詩[「北いっぱいの星ぞらに」]下書稿)をふまえていよう。心霊主義者賢治は唯心論的宇宙観を自然科学と結びつけ、その正しさを証明しようともくろんだ(→エーテル、電子)。詩[「東の雲ははやくも蜜のいろに燃え」]下書稿裏面には「一、異空間の実在　天と餓鬼、分子―原子―電子―真空」(→モナド、虚空)とあり、真空は「異単元」につながるものとしている。全く同じ内容のメモが簡[427]下書きの裏面に「科学より信仰への小なる橋梁」とあり、この場合の「真空」とはエーテル(光素)の満ちた空間、すなわち虚空《こくう》の意味で、エネルギーの満ちた空間のことであろう。賢治は「わたくし」を、「わたくしとして感ずる電子系のある系統」(詩ノート[「黒と白との細胞のあらゆる順列をつくり」])ととらえることで、すべての物質(究極は電子で構成されると考えた)と共感することができると確信していた。当時はエーテルは電子が引き起こす波ではないかと議論されていた時期でもあった。賢治はこうして、異空間との交感がエーテルを媒質として、唯心的に可能であると考えた。さらに天文学的イメージとして、銀河系＝現空間、銀河の窓＝空の裂罅《ひび》(→裂罅《れっか》)(石炭袋)、そして銀河系外＝異空間、と賢治は考えていた。彼は空の裂け目を好んで描き(→タキス)、また、天球を穹窿《きゅうりゅう》(ドーム)と感じる感覚を大事にしていたが、これは夜空を肉眼で眺めた古代、中世の人々にもよく見られる現象で、中国の渾天《こんてん》説はその代表である。西欧中世でも星空の円天井の外には神秘な天国があると考えられていた。ひときわすぐれた夜空の眼視観察者であった賢治は、天の川(銀河)中の暗黒部分を絶えず神秘的に眺め、我がものとしていた。詩[「北いっぱいの星ぞらに」」下書稿の「異の空間の探索者」の書き換えは「銀河の窓をもと（索）めるもの」であったし、詩ノート［生徒諸君に寄せる］では「銀河系空間の外にも至って／更にも透明に深く正しい地史と／増訂された生物学をわれらに示せ」の一節がある。空（銀河）の裂け目、その外の異空間、二空間を結びつけるエーテル、あるいは電子といった宇宙観は、童［烏*《からす》の北斗七星*］の「薄い鋼（→はひいろはがね）の空に、ピチリと裂罅《ひび》（→裂罅《れっか》）がはひつて、まつ二つに開き、その裂け目から、あやしい長い腕がたくさんぶら下つて、烏を握《つか》んで空の天井の向ふ側へ持つて行かうとします」にも（中学四年時の歌［五四］の「凍りたるはがねの空（そら）の傷口にとられじとなくよるのからすらなり」に、その原形が見られるが）、詩［*阿耨達池《あのくだっち》幻想曲］の「虚空《（こくう）》*に小さな裂罅ができるにさうゐない／…その虚空こそ／ちがった極微《（ごくみ）》の所感体／異の空間への媒介者」（「所感体」は仏教用語。業*《ごう》、すなわち善悪の行為によって生じる「むくい」こそが現世の人間に、異空間への仲立ちの役をする媒介者となってくれる体〈存在〉であるの意。「さうゐ」は相違、ちがい。）にもそのヴァリアントが見られる。この「極微」とは仏教用語で原子、物質を分割した際の極限微粒子のことで、後の電子*やエ*ーテルと同概念である。童［銀河鉄道の夜］のジョバンニの「僕もうあんな大きな暗《（やみ）》の中だってこはくない」とは、「力にみちてそこを進むものは／どの空間にでも勇んでとびこんで行くのだ」（詩［青森挽歌］）と同じ決意であろう。そして「石炭袋」の底に何も見ることができず、地上に帰ってくるジョバンニは、「わたくしの感じないちがつた空間に／いままでここにあつた現象*がうつる／それはあんまりさびしいことだ」（詩［噴*火湾（ノクターン）］）と感じる賢治自身の分身だったといえよう。賢治の天体童話も、気*圏の上方に口をあけている異空間として描かれている。童［インド*ラの網］では私は「人の世界のツ*ェラ高原の空間から天の空間へふっとまぎれこ」む。「天の空間は私の感覚のすぐ隣りに居るらしい」からであり、それは異空間が物理的に実在すると実証できず、「天の世界の空間を夢のやうに感じ」ること、すなわち「こころ」のあり方にしか異空間をとらえる手段がない、という賢治の正直な告白ととれなくはない。同様の童話に［ひかりの素足*］［ペンネンネンネンネン・ネネムの伝記］（→昆布）がある。また、童［風の又*三郎］で、野原や高原に迷う嘉助の恐怖、童［青木大学士の野宿］（→葛丸川）に突然登場する侏*羅紀の風景等も、異空間認識なしには語れない作品である。

育牛部《いくぎゅうぶ》【農】 小岩井農場育牛部の略。詩［春谷暁臥《（しゅんこくぎょうが）》］に「育牛部から山地へ抜けて」等とある。→小岩井農場《こいわいのうじょう》

藺草《いぐさ》 →藺《い》

育成所《いくせいしょ》【農】 岩手県岩手郡厨川《くりやがわ》村（現盛岡市*）にあった岩手種馬育成所（現岩手種畜牧場）のこと。鈴*木東蔵あて簡［358］に「種馬所と育成所とを訪ひ」とある。→種馬所《しゅばしょ》

いくそたび【レ】 幾十度。なんべんも、の意。文語詩［〔廐肥《（こえ）》〕］（→廐肥《きゅうひ》）をになひていくそたび」］。

行ぐだぐなった【方】 行きたくなった。童［ひかりの素足］「家さ行ぐだ（「で」に近い発音）ぐなったのが、…」。

育馬部《いくばぶ》【農】 育牛部*と同様。詩［小岩井農場 パート四］。

行《い》**ぐべ**【方】 行こう。「あべ*」も同じ意味で使われる。短［十六日］、劇［植物医師］。

行ぐまちゃ【方】 行きますよ。童「ひかりの素足」「さ、そいでい、行ぐまちゃ。」

いくむら【レ】 いくむれ(幾群)。詩「〔*硫黄いろした天球を〕」の下書稿「天球図」に「いくむらよぎる黒雲の列」とある。

いさご【レ】 砂子。砂。歌「二一〇」に「あまのがはら(↓天の川)のいさご」、同「六一〇」に「あまのがはら(↓天の川)のいさご」等は星、または星くずを砂に見たてている。

為座諸仏《いざしょぶつ》／以神通力《いじんつうりき》 移無量衆《いむりょうしゅう》 令国清浄《りょうこくしょうじょう》／諸仏各々《しょぶつかくかく》 詣宝樹下《けいほうじゅげ》／如清涼池《にょしょうりょうち》 蓮華荘厳《れんげしょうごん》／其宝樹下《ごほうじゅげ》 諸師子座《しょししざ》／仏座其上《ぶつざごじょう》 光明厳飾《こうみょうごんじき》【宗】 「奉請《ぶしょう》」とも呼ばれる。賢治が入会していた*国柱会の経本で、会員が修行するとき唱える「妙行正軌《みょうぎょうしょうき》」の第二に掲げられている句(第一は「*道場観」)。一句目、一一句目の「座」は正しくは「坐」、六句目の「諧」は正しくは「詣」、いずれも賢治の誤記と思われる。それらを正して訓読すれば「諸仏を坐せしめんが為に、*神通力を以て、無量の衆を移して、国をして清浄《しょうじょう》ならしむ。諸仏各各《おのおの》に、宝樹の下《もと》に詣《いた》りたもう。清涼池《しょうりょうち》の、蓮華荘厳《しょうごん》せるが如し。その宝樹の下に、もろもろの師子座あり、仏《ほとけ》その上に坐して、光明厳飾せり」。典拠は法華経見宝塔品《けんぽうとうぼん》第十一(↓妙法蓮華経)。帳「雨ニモマケズ」八二頁で賢治は、この奉請を唱えれば「悪《(あし)》き幻想妄想 尽《(ことごと)》く去る」と記している。↓道場観《どうじょうかん》

イサド ↓伊佐戸《いさど》

伊佐戸《いさど》【地】 賢治の造語かと思われる地名だが未詳。旧江刺《えさし》郡の中心、*岩谷堂《いわやどう》を念頭においたものとも思われる。童「*風の又三郎」と、その先行形の一つとされる童「*種山《たねやま》ヶ原《はら》」には、「伊佐戸の町の、電気工夫の童《わらす》ぁ、*山男に手足ぃ、縄《(しば)》らへてたふうだ」という会話体がいつか誰かの話として出てくる。また主人公達二や楢夫《(ならお)》が*剣舞《けんばい》を踊った地名としても出てくる。童「*やまなし」では父*蟹が子蟹たちに「もうねろねろ。遅いぞ、あしたイサドへ連れて行かんぞ」と、これは外国地名風に使われている。↓岩谷堂《いわやどう》

胆沢《いさわ》【地】 岩手県胆沢郡胆沢町(現奥州市胆沢区)。木村圭一説では胆沢川が地名の発祥で、アイヌ語のイシャ・オ(鮭のほり〈著者注、堀か〉)にもとづくと言う。単に胆沢と言うときは広域の胆沢地方を指す。*水沢町(現奥州市水沢区)を含めて二町一二村の総称。詩「冗語《(じょうご)》」に「さあこんどこそいよいよくるぞ／南がまるでまっ白だ／胆沢の方の地平線が／西はんぶんを消されてゐる」とある。

石ヶ森《いしがもり》 ↓沼森《ぬまもり》

石川善助《いしかわぜんすけ》 ↓童話文学《どうわぶんがく》

石粉《いしこ》【鉱】 石を砕き粉末状にしたもの。陶磁器やガラスの原料となる長石《ちょうせき》の粉末を指すことが多い。賢治の場合は晩年尽力した東北砕石工場(↓石灰)の*石灰岩の粉塵をそう呼んでいる。当時は石粉が患部に沈着するから結核患者には石灰粉がきくと言われていた。賢治もそれを信じていたふしがある。文語詩「〔ひとひははかなくことばをくだし〕」に「けじろき石粉をうち浴ぶらんを」、詩「〔熱たち胸もくらけれど〕」に「白き石粉をうちあふぎ」とある。ほかに帳「王冠印」五三、八二頁等。↓炭酸石灰《たんさんせっかい》

石取《ど》りさなぃが【方】 石取りの遊びをしないか、という呼びかけ。*さなぃが、は実際はシネガと聞こえる。石を川に投げて、それを子どもたちが川にもぐって取ってくる遊びについては童

[*風の又三郎]に生彩ある描写がある。

石鳥谷《いしどりや》【地】 岩手県*稗貫郡石鳥谷町(現花巻市)。賢治と縁の深かったこの町は一九五五(昭和三〇)年四月に近隣の八幡《はちまん》、八重《やえ》畑《はた》、新堀《にいぼり》の三村を吸収合併した。*花巻市の北隣にあたり、古来「酒づくりの町」で知られ、兵庫の酒産地の灘《なだ》にちなむ「岩手の灘」の名もある。町内の好地村《こうちむら》(→飯豊《いいとよ》)は古くから水質がよく造り酒屋があった。金子民雄は、童[税務署長の冒険]に出てくる銘柄酒「*イーハトヴの友」「*北の輝《かがやき》」の出所として比定を試みている。晩年、賢治は「石鳥谷肥料設計所」(→*肥料設計相談)をここに設けて、稲作指導に奔走した。また東方に早池峰山を望み、その登山口の一つでもある。帳[MEMO印][孔雀印][GERIEF印]等。

石投げなば雨ふる《いしなげなばあめふる》【レ】 歌[七七]に「石投げなば雨ふるといふうみの面(も)はあまりに青くかなしかりけり」とある。小沢俊郎の注によれば(新修全集月報)西岩手山(→岩手山)の御釜《みかまこ》湖にまつわる伝説に基づくという。「うみの面」は次の歌[七八]の「みづうみ」から「湖面」のこと。

石巻《いしのまき》【地】 宮城県東部、石巻湾に流入する*北上川の河口に位置し、古来奥州第一の港(石巻湊《みなと》)として栄え、海運、商業、漁業の拠点であった。現在は近代工業都市でもある。賢治は盛岡中学四年の五月末、修学旅行(→中尊寺《ちゅうそんじ》)で初めてこの地を踏んで、ここの日和山《ひよりやま》に登って海を見ている。童[*イギリス海岸]に「町の小学校でも石の巻の近くの海岸に十五日も生徒を連れて行きました」とある。

いしぶみ →繞る八谷に劈櫪の／いしぶみしげき《めぐるやたににへきれきの／いしぶみしげき》

石丸博士《いしまるはかせ》【人】 石丸文雄。賢治の恩師で*盛岡高等農林学校教授(森林土木、ドイツ語等担当、林学部長)、一八七一(明治四)〜一九一九(大正八)。歌[七一六]の題に「石丸博士を悼む」(八月二日没)とあり、簡[153]で*保阪嘉内に同教授の死を知らせている。

医者《いしゃ》**さんもあんまりがをれな**《お》**ぃで折角**《せっかく》**みっしりやったらいがべ** 【方】 医者さんもあまりがっかりしないで、いっしょ(う)けんめい、しっかりやったらいいでしょう。「がをれる(我折れる)」は元来「病気などでやつれる」「非常に疲れる」といった意味で用いられるが、ここでは「がっかりする」「意気消沈する」の意。「折角」は賢治の愛用語だが「骨を折って」の意。「みっしりやる」は「みっちりやる」「しっかりやる」「精一杯頑張る」等の意。劇[*植物医師]。

威神力《いじんりき》【宗】 *神力、*神通力に同じ。童[*二十六夜]に「我《われ》今《いま》*疾翔大力が威神力を享《う》けて*梟鵄救護章《きょうしくごしょう》の一節を講ぜんとす」とある。詩[*樺太鉄道]に「かくされた后《あと》には威神力により／まばゆい*白金環《はくきんくわん》ができるのだ」とある。

いすさ →そだらそれでもいすさ

五十鈴川《いすずがわ》【地】 三重県伊勢市の中央を流れる川。御裳裾《みもすそ》(濯)川、宇治川、とも言う。神路山《かみじやま》を水源とし、伊勢神宮内を流れて御手洗《みたらし》の清流となり、やがて河口近くで分流して伊勢湾にそそぐ。歌枕の一。賢治は一九二一(大正一〇)年四月、父と伊勢神宮に詣で、雨で増水した五十鈴川を見ている。そのとき得たのが歌[伊勢]の連作八首。うち[七六三]は→「宝樹」項。[七六六]の「いみじきたまを身に充《あ》てて」は、まれにもありがたい透明な雨粒の玉を身に受けながら、の意。[七六七]の「あらぶれの人のこころも」は、荒々しい人の心も、で、水かさを増した五十鈴の川が清めて下さるだろう、という純情な連作。

異装《いそう》(相)　→原体村《はらたいむら》

いそしぎ【動】　磯鳴。チドリ目シギ科の小鳥。*シギの一種。河川や湖畔、磯辺に渡来するところからその名がある。翼長一一cmほどで体色は黄褐色、黒い斑点があり、腹部は白い。長いくちばしでピィーピィーツィーツィーと細く高く鳴く。詩[*オホーツク挽歌]に「五匹のちい(ママ)(ひ)さないそしぎが／海の巻いてくるときは／よちよちとはせて遁《に》げ」とある。

痛《いだ》ぐしたが【方】　けがをしないまでも転んだりしたときも「痛ぐする」と言う。単に「痛い」ときは「いでぇ」と言う。「いでぇ」と「痛ぐする」の区別は、おおまかに言って出血の有無と考えてよい、と言う地元のひとの説もあるが、少しうがちすぎか。童[*鹿踊りのはじまり]。

いたけなく【レ】　童[*二十六夜]に、*フクロウの坊さんの説教中、飢えた子が、まだ力のない雀だった*疾翔大力《しっしょうたいりき》に木の実をもって正気《しょうき》に復し、「たゞいたけなく悦《よろこ》んで」とあるが、「いたけなく」は「いたいけなく」「いとけなく」(幼気なく)の誤記か。いじらしくも、頑是《がんぜ》ない、いたいたしくも、の意。

いたち【動】　鼬、鼬鼠。体は細長く、尾までの全長約五〇cm、夜行性だが昼も活動し、*蛙、昆虫、*魚、卵等を食する。身の危険を感じると肛門付近から悪臭のある液を分泌するので「いたちの最後ッ屁《べ》」で有名。毛皮は婦人用コートとして珍重され、雄は狩猟が許されている。都市周辺の農村でも姿を見ることがある。「いたちはプリプリして、*金米糖《こんぺいとう》を投げ出しました」(童[ツェねずみ])、ほか童[ポラーノの広場](→ポランの広場)にも登場。

【いたんもし】

いたつき【レ】　労(心労)、転じて病《やまい》の古語。文語詩[〔いたつきてゆめみなやみし〕]の「いたつきて」は、病気になって、の意。この詩の下書稿㈠で、賢治は「いたづき」とも書いているが、これも正しい(平安期は清音)。歌[絶筆]の二首目は「病《いたつき》のゆゑにもくちん／いのちなり／みのりに棄てば／うれしからまし」。大意は「病のために朽《く》ちて(死んで)ゆく命であるが、みのり(一首目の歌意〈→方十里〉を受けて*稲の「稔り」と仏法の「み法《のり》」の掛けことば)に命を棄てることができるということは、どんなにかうれしいことであろう」となる。「みのりに棄てば」は語法的には誤りだが「棄てなば」の意をこめたのであろう。むしろ「棄つるは」の意に近い賢治の強い願望の表明であろう。→方十里《ほうじゆうり》

いたどり　→蕗《ふき》

いたや【植】　カエデ科の樹木の総称。東北地方では、カエデやモミジ類はすべていたやと呼ばれた。秋に紅葉、黄葉の美しい樹木で、材はスキー板や楽器等にする。「*月はいたやの*梢にくだけ」(詩[〔北いっぱいの星ぞらに〕])、「また水際には鮮《あざ》らな*銅で被はれた／巨きな枯れたいたやもあって」(詩[〔つめたい海の水銀が〕]「鮮ら」は鮮らかな、新鮮な、でイタヤの保護の囲いであろう〈→汞《こう》〉)、「*ひのきやいたやのしげみの中をごうと落ちて来る」(童[*なめとこ山の*熊])等。

異端文字《いたんもじ》【レ】　歌[五六(異)]に「*鉛筆のこなによごれしてのひらと異端文字とを風が吹くなり」とある。異端文字とは盛岡中学の校舎の白いペンキがはげたところ、はげかかったところが見なれない妙な文字に見えたのをそう歌ったものか(→白堊城《はくあじょう》)。なぜならこの歌の最終形態は「異端文字」が「白きペンキ」になって

いるから。なお小沢俊郎は「ここではギリシア文字のこと」と注しているが(新修全集月報)が、この歌の第二形態が「ギリシャ文字」になっているからそう言ったか。ギリシア文字と限定してしまうのも無理がある。賢治は異端、異教、邪教等の語を短歌や「冬のスケッチ」では好んで使ったが、これは当時の文学的好尚の風潮でもあり、また直接的にはよく異国趣味や異端をうたう北原白秋の影響も考えられる。

いちい ↓いちゐ

一芸《いちげい》あるものはすがたみにくし【レ】 童「とっこべとら子」(↓おとら*狐)で、さむらいに化けた狐のせりふ。一芸にすぐれた(例えば力が強い)者は、かえってそのことにとらわれ、うぬぼれたりして、人間味に欠けるところがあり、みにくいこともする、という意か。だとすれば、「芸は身を助ける」といった常識に反して、なかなか気の利いた、するどい人間批評である。そのせりふは「何だか謡曲のやうな変なもの」とあるが、出典は未詳(謡曲には出てこない)。あるいは賢治の独創か。

市蔵《いちぞう》《いちぞう》【人】 童「*よだかの星」で、*鷹がよだかに「おれがいゝ名を教へてやらう。市蔵といふんだ」と改名を強制する。恩田逸《いつ》夫《お》によれば、この名は夏目漱石の『彼岸過迄《ひがんすぎまで》』(一九一二)に*高等遊民の典型として登場する須永市蔵から取ったと言う。よだかを自分自身に擬した賢治の心中には、絶えず自分は高等遊民ではないか、といった不安がつきまとっていた。高等遊民は詩「*不貪欲戒《ふとんよくかい》」にもある。

一乗の法界《いちじょうのほっかい》【宗】 文語詩「*不軽菩薩《(ふぎょうぼさつ)》」に「たゞ一乗の法界ぞ」とある。一乗は衆生をさとりの境地に運ぶ一つの乗りものの義に発する「法華経」で強調される教義(↓大師)。法界は*法性《ほっしょう》の世界の意。賢治の詩に従えば「われなくかれもなしの個をこえた法界、仏の世界をこそ拝する」、の意。

一駄《いちだ》 ↓稲上げ馬《いねあげうま》

一年志願《いちねんしがん》 ↓見習士官《みならいしかん》

いちはつ【植】 一八。鳶尾。こやすぐさ。欧米で言うIris(*イリス、アイリス)の一種。中国原産アヤメ科の観賞用または薬用多年草。長さ三〇〜五〇cmで群生。春、茎頂が二分し、径一〇cmの紫色の花をつける。鳶《とび》の尾に似、またアヤメ科の中で一番早く咲くので、この名があるといわれる(イチハツは最初の義)。詩「〔高原の空線もなだらに暗く〕」に「いまは溶けかかったいちはつの花をもって」とある。「空線」は高原の尾根が空にえがく稜線のことであろう。

イチハツ

市日《いちび》 ↓食《た》うぶる《とうぶる》

一瞥《いちべつ》 ↓満腔《まんこう》

一文字《いちもんじ》【衣】 平たくした麦わらを編んで作った堅い紳士用夏帽子。堅いのでカンカン帽とも言った(カンカン照りの夏にかぶるから、フランスのカンカン踊りに出てくる男役がかぶっていたから、との説もある)。黒い*繻子《しゅす》のリボンが巻いてあった。天井もふちも横に一文字なので、あるいはそのリボンが一文字に見えるところから、その名が出たと思われる。*盛岡高等農林学校でも学生の夏の略帽であった。詩「〔もう二三べん〕」に「今

一文字
(カンカン帽)

頃煤けた一文字などを大事にかぶり／繭買ひみたいな白いずぼんをだぶだぶはいて」とある。繭買いはまゆの仲買人。

一揖《いちゆう》【文】 軽く会釈《えしゃく》(礼)をする作法。童*[ビヂテリアン大祭]に「両手を拱《こまね》いたま丶私に一揖しました」とある。「拱いた」は「こまぬいた」の訛で、腕を組んだまま。

一様天地の否のなかに《いちようてんちのひのなかに》 ↓否《ひ》のなかに

銀杏《いちよう》 ↓銀杏《いてふ》

いちゐ《いちい》【植】 一位。水松、水松樹、紫松、とも書く。別名アララギ(蘭)、スダオノキ、アイヌ語でオンコ、等。イチイ科の常緑樹。樹高約一五mで直立し、とがった針葉をつけ、雌雄異株にそれぞれ春に黄色の雄花、緑色の雌花をつける。実は食用にした。その材から正装(衣冠束帯)の際、手に持つ笏《しゃく》(正音コツが骨に通じるので避けて、長さ一尺だからシャクと呼んだ)を作ったので位階一位↓いちいの名が付いた。刈り込んで生け垣にもする。「こんやの銀河の祭り(↓ケンタウル祭)にいちゐの葉の玉をつるしたり」(童*[銀河鉄道の夜])はいちいの葉を玉状に編んで作った飾りのこと。「その水松樹《いちゐ》の垣に囲まれた、暗い庭さきに」(童*[種山ヶ原])、「水松《いちゐ》も青く冴えそめぬ。」(文語詩[医院])ほか、詩[〔プラットフォームは眩《まば》ゆくさむく〕]、童*[イギリス海岸]等に登場。

イチイ

一茶《いっさ》【人】 小林一茶。江戸時代の俳人(一七六三〜一八二七)。信濃柏原《かしわばら》(現長野県上水内《かみみのち》郡信濃町)の農家の出身。幼少のころ江戸に出て、のち葛飾《かつしか》蕉風(浮世絵の「葛飾派」は↓葛飾派《かつしかは》)といわれた山口素堂《そどう》系統の俳人として立つが、晩年は帰郷して『おらが春』以下の俗語方言を駆使した庶民的な句集で大きな影響力をもった。賢治は帳[雨ニモマケズ]に二か所、一茶の名も入れて、その句「葛飾や南無二日月草の花」と書いている。一茶の原句は「二十日月《はつかづき》」だから「二日月」は賢治の記憶ちがいであろうが、亡き師(葛飾派の溝口素丸《そまる》、そがん、とも)をしのんで作った原句の信心ぶかい味わいが賢治には印象的だったばかりでなく、地方文化が栄えた文化・文政期(化政時代とも言う。一八〇四〜一八三〇)の庶民的で自由闊達な雰囲気を代表する農民詩人一茶に心引かれていたと思われる。また「原稿断片等」の中の歌[東北菊花品評会]にも一茶句の「本歌取《ほんかど》り」とも言える一首がある。↓蓬萊の秋《ほうらいのあき》

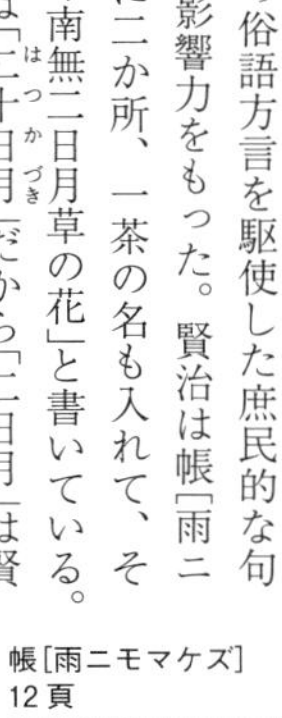
帳[雨ニモマケズ]
12頁

一才《いっさい》【文】 船の積荷、石材、木材、織物等の容積・体積・長さの単位。石《こく》の一〇分の一。石材は一立方尺。文語詩[〔一才のアルプ花崗岩《みかげ》を〕]に「一才のアルプ花崗岩《みかげ》を、おのも積む孤輪車《ひとつわぐるま》」(孤輪車は物を運ぶ手押しの一輪車)とある。

一茶話西邦所謂《いっさわせいほういわゆる》 ↓呉須布《ごしっぷ》

一車《いっしゃ》【文】 当時の貨車一台分を言う。馬一頭の背の荷量を一駄と言うのに同じ。肥料等の取引単位。文語詩[〔ひとひははかなくことばをくだし〕]に「ゆふべはいづちの組合にても／一車を送らんすべなどおもふ」とある。「いづち」は「何処《どこ》の」。「すべ」は方法。

一瀉千里《いっしゃせんり》【レ】 川の水が流れ出すと、たちまち千里も流れる意。転じて物事や弁舌がよどみなく行なわれること。童*[フランドン農学校の豚]で、校長が「一瀉千里にまくしかけた」と

ある。

一升《いっしよう》 →河村慶助《かわむらけいすけ》

一鐘《いっしよう》 →港先生《みなとせんせい》

一寸法師《いっすんぼうし》【文】 昔話の主人公の名。著名なのは室町時代の御伽草子《おとぎぞうし》で、住吉明神から授かった一寸法師が*鬼を退治し、最後に打出小槌《うちでのこづち》で大きくなり、公家《くげ》の娘と結婚する話。森鷗外の『青年』(一九一三)や北原白秋の『桐の花』(一九一三)にも登場。童[*十力の*金剛石]に蜂雀(→はちすずめ)の歌として「ポッシャリ、ポッシャリ、ツイツイ、トン。/はやしのなかにふる霧は、/*蟻のお手玉、*三角帽子の、一寸法師の/ちひさなけまり」とあり、霧の粒をけまり(蹴毬、昔の貴族たちがやった、サッカーのようにまりをける遊び)にたとえている。

何時《いつ》だがの狐《きつね》みだいに口発破《くちはっぱ》などさ罹《かか》つてあ、つまらないもな、高《たか》で栃《とち》の団子《だんご》などでよ【方】 いつだったかの*狐みたいに口発破なんかにかかってはつまらないもんなあ、たかが*栃の*団子なんかのためによ。「口発破」は、餌《えさ》に小さな爆薬(発破)を仕掛けて動物を捕えることを言う。発破はダイナマイトの日本語訳。「高で」は「たかが」の意。童[*鹿踊りのはじまり]。

行《い》ったでぁ →親方《おやがた》みだぃ手《て》ぶらぶらど…

いづちともとめし【レ】 歌[四九九]に「鳴きやみし/鳥はいづちともとめしに」とあるが、鳥はどこかと探したが、の意。

いつつも拝《おが》んだづなす【方】 いつも拝んだということですね。「いつつも」の発音はイッツモ。「づ」は伝聞を示す。「…なす」は丁寧な表現、発音はナッスに聞こえることが多い。詩[東岩手火山](→岩手山)。

一天四海《いってんしかい》【宗】 仏教語で、一天と四海の意。全世界と同義。この語(十四天四海とも)は*日蓮が好んで用い、世界全体が妙法蓮華経に帰することを理想としていた。簡[48]に「一天四海の帰する所*妙法蓮華経の御前《おんまえ》に」とあり、同[49]に「一天四海、等しく限りなきの遊楽《ゆらく》を」とある。また同[48a]の歌にも「ねがはくは一天四海もろともにこの妙法に帰《き》しまつらなん」とある。

一等卒《いっとうそつ》【文】 旧陸軍の兵卒の階級の一。一等兵の旧称。入隊すると二等卒。三か月で一等卒に昇進、その上が上等兵。肩章や襟章に星一つ、二つ(一等兵)、三つと増えるが、古くは袖口《そでぐち》の黄色い線(袖章)で階級を表わした。童[*葡萄水]に耕平が「黄いろなすぢの入った」「一等卒の上着」を着て登場するが、当時の軍服。童[*かしはばやしの夜]に「一等卒の服を着た」清作《せいさく》が登場。

いつぷかぷ →エップカップ

一本木野《いっぽんぎの》【地】 一本木原《いっぽんぎはら》とも。岩手郡*滝沢《たきざわ》村の*柳沢《やなぎさわ》の北方、*岩手山の東側の裾野で、かつては*松の木の多い原野。現在は酪農地のほかは大部分が自衛隊の広大な演習場。東端近くを津軽街道が通る。童[*土神ときつね](→*狐)は「一本木の野原の、北のはずれに、少し小高く盛りあがった所がありました。*いのころぐさがいっぱいに生え、そのまん中には一本の奇麗な女の*樺の木がありました」と始まる。年譜によると賢治は盛岡中学時代、一九一一(明治四四)年九月三〇日に一本木付近で*発火演習《はっかえんしゅう》に参加、その日は夜営している。こうした体験が劇[饑餓陣営]に反映していると見ることができる。詩[一本木野]は「わたくしは森やのはらのこひびと

一本木野

／蘆《よし》(→あし)のあひだをがさがさ行けば／(二行略)／はやしのくらいとこをあるいてゐると／三日月《みかづき》がたのくちびるのあとで／肱《(ひじ)》やずぼんがいつぱいになる」と清爽なイメージに弾む。

いつぽんすぎ 【地】 岩手県*稗貫郡湯口《ゆぐち》村(現*花巻市)に現存の巨大な*杉の木。詩[*天然誘接]に「いつぽんすぎは天然誘接《てんねんよびつぎ》ではありません／*槻《つき》と杉とがいつしよに生えていつしよに育ち／たうた《(ママ)》う幹がくつついて／険しい天光《てんくわう》に立つといふだけです」とある。

一本《いっぽん》も木《き》伐《と》らなぃばは山《やま》いづまでもこもんとしてでいゝ《い》な 【方】 一本も木を伐ら(伐《き》るを方言では伐《と》る)なければ山がいつまでもこんもりとしていていいな。「伐らなぃばは」はトラネバハぃと発音する。格助詞の「は」を表記音を少しのばしてハーと発音する(*花巻方言の特徴)。例えば「おらはやんたじゃ」(俺はいやだよ)は「オラハぃヤンタジャ」と発音する。「こもんとする」は「樹々がこんもりと豊かに繁っている」様子。劇[*種山ヶ原の夜]。

射手 いて 【天】 射手座のこと。夏の南天星座。銀河の中心方向(約三万光年先)のため、*天の川が特に濃く冴え、暗黒星雲や散光星雲、球状星団が密集する。主要星を結んで南斗六星(→南斗)とも言う。大正前期には太陽(→お日さま)は銀河の中心近くにあるという説が根強く残っていた。一九一七年にはシャプリーが球状星団のかたよりに注目し、それらの中心位置を算出することによって、銀河の中心を射手座方向に設定した。賢治はこの最新知識を知ってはいなかったが、詩[「温《ぬる》く含んだ南の風が」]の中で、射手座付近の複雑な天の川の様子を*曼陀羅にたとえて、「高みの風の一列は／射手のこっちで一つの邪気をそらにはく／それのみならず*蠍座《さそりざ》あたり／西蔵《チベット》魔《ま》神《しん》(→魔神《まじん》)の*布呂《(ふろ)》に似た黒い思想があって／南斗のへんに吸ひついて／そこらの星をかくすのだ(中略)星はもうそのやさしい面影《*アントリッツ》を恢復し／そらはふたゝび*古代意慾の曼陀羅になる(中略)あゝあたたかな*憂陀那《うだな》の群が／南から幡《(はた)》(→幢幡《どうばん》)になったり幕になったりして／*くるみの枝を*ざわだたせ／またわれわれの耳もとで／*銅鑼や*銅角になって砕ければ／古生銀河の南のはじは／こんどは白い湯気(→天の川、アンドロメダ)を噴く」と表現している。この微妙な詩中の「黒い思想」は文意からすると、暗黒星雲(→石炭袋)でもあり、流れる黒雲(→ニムブス)でもある。この詩で重要な役割を担うのは風であるが、風伯《ふうはく》(風の神)の居所とする中国の伝説をふまえたのであろう。(→口絵⑱)→さそり座、ニムブス

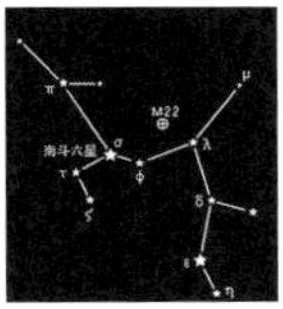

射手座

井手 いで 【地】 伊手のことか。簡[40](*保阪嘉内あて)中の短歌四首の中に「*月更けて井手に入りたる剣まひの異形のすがたこゝろみだるゝ」の一首がある。伊手の*剣舞を見て詠んだもの。あるいは賢治の井と伊の誤記も考えられる。→伊手 いで

伊手 いで 【地】 奥州市江刺区(旧*江刺市)伊手。村の歴史は古く、明治の町村制施行後は江刺郡伊手村(一八八九～一九五五)。*人首《ひとかべ》の南約七km。東に*種山ヶ原、南に阿《あ》原山《わらやま》(→阿原峠《あばらとうげ》)を望む。賢治は一九一七(大正六)年九月二日夜、*江刺郡地質調査で訪れた伊手村で*剣舞を見て「上伊手剣舞連四首」(歌[五九三～五九六])の短歌を得た。短[十六日]には「伊手でもいゝ、*あねこ見れば」、劇[種山ヶ原の夜]では「伊手堺」の記述がある。堺は村の境界のこと。

イデア 【文】 idéa(ギリシア) 哲学用語。理念。観念。普遍者。イ

デー。短[床屋]に「イデア界。プラトンのイデア界ですか。」とある。ギリシアの哲学者プラトン(前四二七〜前三四七)の説いた、個々の実在を超えた普遍の精神世界の意。

いてす ↓おらも中《あだ》つでも…

沍《いて》たつ【レ】 凍《い》てたつ。寒さで凍りつくこと。沍は冱とも書くが漢音ではコ、呉音ではゴで、かたまりふさがる意。文語詩[崖下の床屋]に「沍《いて》たつ泥をほとほとと」とある。

銀杏《いてふ》《いちょう》【植】 公孫樹。「いてふ」と旧かなのみでも登場。イチョウ科の落葉高木。中国原産で『広辞苑』によれば、イチョウの和音も中国音ヤーチャオ(鴨脚)の転訛、と言う。高さ三〇mにもなる。雌雄異株で春、黄緑の花をつけ、実はぎんなん(銀杏)で食用にする。「銀杏《いてふ》なみきをくぐつてゆく」(詩[*真空溶媒])、「*水晶細工のやうに見える銀杏」(童[*銀河鉄道の夜])等のほか、童[*いてふの実]等。賢治の表記では「いてふ」のルビが「いてう」になっている場合がある。

異途《いど》【レ】【宗】 一般的な読みはイトだが、異なる世界(空間、生活)をも意味する仏教的な異土(処)にも通じるのであえてイドと読みたい。詩[異途への出発]がある。この詩は賢治が*花巻農学校を、ある決意をもって退職する前年の一九二五年一月五日(作品日付)から九日までの三陸地方旅行を材にしている。それまでの賢治の生活や意識の転換を暗示し、格別の迷悟と強い決意をも内蔵しているシンボリックな詩である。宗教に結びつけすぎると思う読者には、むろん一般読みのイトでもよい。異途も、ちがった道(方途《ほうと》、生きかた)の意なのだから。この詩の初行の「月の惑みと」については(↓惑《くら》む)

糸織《いとおり》【衣】 絹糸織の略。絹糸を用いて平地《ひらじ》に織り上げた織物(平織)のこと。詩[*五輪峠]に「それで毎日糸織を着て/ゐろりのへりできせるを叩いて/政治家きどりでゐるんだな」とあり、*地主が着ているぜいたくな着物として諷喩されている。

いどぎ【方】 「いちどぎ」の詰まった言い方。「いっしょ」の意。メモ[創39]に「五蔵　*うんにゃ　いどぎに引ぎ上げべづ話よ」とある。「べづ」は…しょうという。「いっしょに引き上げようという話よ」の意。

糸杉《いとすぎ》 ↓サイプレス

いなうべがはじうべがはじ《いな、うべがわじ、うべがわじ》【レ】 いや、保証できません、できません、の意であろう。「うべ」は「肯、諾」(うべなう)で、許諾保証の意。その否定なら、正しくは「うべなは(わ)じ」と言うところを、同じ意味の「うけがは(わ)じ」と言う語もあるので、賢治は両方を混用して「うべがは(わ)じ」と書いたと思われる。文語詩[選挙]の一節。なお、文語詩(補遺詩篇)[〔かくてぞわがおもて〕]にも「われまたこれをうべがへば」とある。こちらは肯定。↓はじめの駑馬《うま》をやらふもの

蝗《いなご》【動】 *稲の害虫なので「稲子」から出た昆虫名。バッタ科。稲田や草原に棲息。発達した後翅でよく飛ぶ。賢治の詩によく登場するが、詩[〔*はつれて軋《きし》る手袋と〕]には「ロッキー蝗」が出てくる。ロッキー(Rocky)はカナダ・北米・メキシコ中部までを縦断するロッキー山脈。賢治は文献等でその名で呼ばれていた蝗を登場させたのであろう。その下書稿[蝗と月の喪服]では「Rocky mountain locust」(ロッキー・マウンテン・ロウカスト)と英語にしている(蝗害のすさまじさで有名であった「ロッキート

ビバッタ」は、宮沢賢治研究会「山猫通信」賢治博物誌75によれば今は絶滅したと言われる）。

稲田宗二《いなだそうじ》 →プジェー師《ぷじぇーし》

犬《いぬ》【動】 狗とも。賢治作品に犬は少なからず登場するが、時にキャラクターとして特別毛色の変わった犬は登場しない。時に「白熊のやうな犬」（童［注文の多い料理店］）や、「最上等の外国犬」で「ロバートとでも名の附きさうなもぢゃもぢゃした大きな犬」（童［イギリス海岸］）、「うまぐらゐあるまつ白な犬」（詩［真空溶媒］）等も登場するが、ほとんどは、ごくふつうの犬である。風変わりな「犬の毛皮の手袋」（詩［〔湧水《みづ》を呑まうとして〕］）をはじめ、犬の毛皮の製品もよく登場する（→犬の毛皮）。比喩としては、「支那の犬のやうだ」（短［電車］）、「黒い犬のやうな形の雲」（童［かしはばやしの夜］）等。間投詞的に用いられる場合、「いまいましい。あんまりだ、犬畜生」（童［シグナルとシグナレス］）等がある。「狗」が用いられることはあまりないが、「そこにつめたい風の狗が吠え」（詩ノート［〔あんまり黒緑なうろこ松の梢なので〕］）がある。「黄いろなむく犬め」（詩ノート［〔水仙をかつぎ〕］）、「いぬ」と呼ばれる役人（童［税務署長の冒険］）、「猫は犬にたのむ、犬は馬にたのむ」（童［蛙のゴム靴］）、「犬も紳士もよくはしつたもんだ」（詩［真空溶媒］）、「オツベルの犬は気絶した」（童［オツベルと象］）、「けたたましくも吠え立つ犬と」（詩［山火］〈初行「血紅の火が」〉）等々、総じて賢治は犬と「やっぱりしゃうが合はない」（詩［丘陵地を過ぎる］）傾向があるようだ。小学生時代によく近所の犬に吠え立てられた体験の後遺だろうという説もある。その証拠のように、詩［犬］では吠える犬に対して「それは犬の中の狼のキメラがこはい」と言う詩句が見られる。また、童［サガレンと八月］ほかに出てくる「犬神」がいる。

犬神《いぬがみ》【宗】【民】 西日本各地に伝わる〈憑《つ》きもの〉としての犬神が一般的に知られるが、賢治の用いる犬神はおそらく別なものであろう。その姿は「三疋の大きな白犬に横っちょにまたがって黄いろの髪をばさばささせ大きな口をあけたり立てたりし歯をがちがち鳴らす恐ろしいばけもの」（童［サガレンと八月］）である。佐藤栄二は［サガレンと八月］における犬神が〈ギリヤークの犬神〉であることから、ギリヤーク民話に現われるカリジヤメ（子どもを盗む化物）との関連を指摘している。ギリヤーク民族（ニヴフ）は、シャーマンの修法を行なう際、犬を絞め殺して神への供物とした。鈴木健司は、犬神が犬を連れてこの世界と化界《けかい》とを往来するという点に着目し、リグ・ヴェーダにおける夜摩《やま》王（閻魔）の投影を指摘している。詩［真空溶媒］に「おれはたしかに／その北極犬のせなかにまたがり／犬神のやうに東へ歩き出す」、童［サガレンと八月］に「そのギリヤークの犬神は水平線まですっかりせり出し」、童［タネリはたしかにいちにち噛んでゐたやうだった］（→ホロタイタネリ）に「いつの間にか森の前に、顔の大きな犬神みたいなものが、（中略）じっと立ってゐるのでした」とある。

犬榧《いぬがや》【植】 賢治作品では漢字、平がな書き両方で登場。イヌガヤ科の常緑高木。樹高六〜七m、かや（榧）に似ているが、葉はかやより大きく、実は食用にならないのでこの名がある（へぼがや、へったこ、粗榧《そがや》、とも）。早春、枝の先端に黄緑の小花をつけ、実は次の年熟し、食用にはならないが、代わりに油をとり燈火用、機械油とした。材は堅いので土木用、細工物に使われる。「またいぬがやや*笹をゆすれば」(詩[北上山地の春])、「もっともさういふ*いたやの下は／みな黒緑の犬榧で」(詩[〔滝は黄に変って〕])等。「黒緑」とは犬榧の葉の色を言う。ほか、詩[渓にて][種馬検査日](→種馬所《しゅばしょ》)等に登場。

いぬしだ【植】 犬羊歯。ウラボシ科(羊歯《しだ》類)の多年草。山野に自生。胞子(→星葉木)で繁殖し、花は無い。葉面に白毛をつけるのが犬に似ているところからその名がある。童[〔三人兄弟の医者と北守将軍〕](韻文形)に「それからいぬしだの花の咲いた／五角の庭をよこぎって／厚いセメントの塀に来る」とある。

犬の毛皮《いぬのけがわ》【衣】 毛皮(革)の一種。*犬の皮をはぎ、なめしたもの。日本の寒冷地方では古くから犬の毛皮を実用的な防寒衣料として用いていた。賢治作品にも多く登場するが、「犬の毛皮を着た農夫」(詩[孤独と*風童《ふうどう》]、童[*耕耘部の時計])、「犬の毛皮を着た*猟師」(童[ひかりの素足])、「犬の毛皮の手袋」(詩[〔湧水《みづ》を呑まうとして〕])等のほか、文語詩[〔雪げの水に涵《ひた》されし〕]、詩[冬と銀河ステーション]、童[氷と*後光(習作)]等。→狐の皮《きつねのかわ》

イヌリン【科】 inulin ゴボウ、キクイモ(*菊芋)、タマネギ、ニンニク等の根の*細胞中に貯蔵物質として存在する多糖類。砂糖や他の炭水化物と比較して三分の一程度のエネルギーしか含まず、可溶性繊維にも富んでいる。詩[〔そもそも拙者ほんものの*清教徒ならば〕]に「うすい黄いろのこの菊芋」は「イヌリンを含み果糖を含み／*小亜細亜では生《なま》でたべ／ラテン種族は煮てたべる」とある。

稲《いね》【植】【農】 学名オリザ・サティヴァ(Oryza sativa)《ラテン》イネ科の一年草。水田に生育する水稲《すいとう》と乾田《かただ》に育つ陸稲《りくとう》(*おかぼ)があるが、春、苗代に種子(籾《もみ》)を育て、六月ごろ水田に移植する(田植え)。夏*分蘗《ぶんけつ》し、花穂を出し、やがて*穂孕期《ほばらみき》を迎えて実り、秋に実を収穫する。それを稲扱器《こき(ぎ)》にかけて籾《もみ》を扱《こ》き(ぎ)取り、さらに籾殻を脱穀《だっこく》して*籾磨《もみすり》し、最後に精白する。これが米である。稲の起源地や分類については諸説があるが、*インド北東部のアッサム地方(降雨量の多いことで知られる)から中国の雲南にかけてを原産地とするのが有力。日本への伝来は縄文時代、中国から九州へ、朝鮮半島を経て対馬、九州へなど、これも諸説がある。九世紀(平安時代)には奥羽地方へ、一三世紀(鎌倉時代)には本州最北部まで、農業の中心作物になっていったとされるが、最近の考古学によれば、すでに弥生時代に東北にも稲は伝播《でんぱ》しているとの説もある。いずれにもせよ、稲作を抜きにして日本の農業は考えられないように賢治もまた稲を抜きにしては考えられない。彼の文学ばかりか、全存在様式の、稲は最も具体的な象徴、あるいは因縁《いんねん》だったといえる。賢治は稲の詩人だった。彼の辞世の短歌二首(→方《ほう》十里、いたつき)は二首とも稲を因縁としている。彼の全作品中(手帳や書簡を除く)、稲の登場頻度は「稲」だけでも約二五〇余、これに「*藁」(二一五)をはじめ品種名や「青穂」、「*穎《えい》」等の稲に関わる語やイメージを加えると数えきれない高さになる。ちなみに「米」の頻度は、全作品中僅か三五で、賢治が製品として流通する米よりも、その生産過程の稲に、はるかに深くとらわれていたことを示していよう。また、明治時代以降の日本の稲作の進歩と、賢治の生涯とは激しく交錯している。品種改良、栽培技術と*肥料の改善進歩、農機具の発達等、いずれも賢治の東奔西走の苦悩と歓喜と、また絶望と勇往の運命的な生涯に深くかかわっていた。しかも科学・技術の面でばかりか、それらは必然的に農村問題、

政治、思想、信仰にまで深くかかわらずにはいなかった。詩では題材が、より現実的になってくる『春と修羅』第三集において稲作は、さらに一挙に顕在化し、ことに代表作とされる〔あすこの田はねえ〕〔和風は河谷《かこく》（↓北上川）いっぱいに吹く〕〔もうはたらくな〕〔穂孕期〕等では、「稲」はモチーフやテーマといったレベルをこえて、もはや賢治の悲劇的な運命そのものとなって読者の胸を打つ。最も代表的な童話の一つ［グスコーブドリの伝記］を成立させているのもまた貧困と稲であり、その思想的展開としての救済と自己犠牲も、多くは「稲」に結びつく。この作品に登場する「オリザ」はラテン語で稲（オリーザ）のことだが、学名「oryza sativa」もそのまま詩ノート〔南からまた西南から〕〔ダリヤ品評会席上〕等に登場する。劇［植物医師］をはじめ、稲の登場する作品例はあまりにも多くて、ここでは例示を省かざるをえない。↓稲沼《ライスマーシュ》、稲熱《いもち》

稲上げ馬《いねあげうま》【農】 句［連句］に「稲上げ馬にあきつ飛びつゝ」とある。稲を刈りとった後、稲架（ハザ、花巻地方ではハセ）や棒掛けにした稲を馬で運ぶことを「稲上げ（稲入れ）」と言った（馬はやがてリアカーになり、今はトラックで運ぶ）。馬の背中に積むとき、六把《ぱ》を一束《いっそく》、三束を一丸《いちまる》、馬力にもよるが、普通は六丸を一駄《だ》として、「米を一駄大《だい》じにつけて」（詩〔馬が一疋〕）運んだ。数量については↓凡例付表。「大じに」は「大事に」であろう。

稲扱《いねこき》 ↓稲《いね》

稲沼原《いねぬまはら》 ↓稲沼《ライスマーシュ》

稲《いね》**の伯楽**《はぐらく》**づのぁ、こっちだべすか**【方】 稲の伯楽《はくらく》（方言ではクを濁って発音）というのは、こちらでしょうか。「づのぁ」は「づのは《ワ》」が更に訛ったもので、実際には「づな」と発音する。「づ」は「という」の意。「稲の伯楽」は「稲に関して何でもわかる人」（伯楽はもと中国の秦《しん》時代、馬好きの人の名から出た語で、馬の鑑定をする人、あるいは馬の医者のことだが、馬を稲にすり替えて）、つまり「植物医師」の意味で用いた洒落《しゃれ》。劇［植物医師］。↓馬喰《ばくろう》

衣嚢《いのう》【衣】 かく（隠）し。ポケットとも。衣服の外側につけたものと、内側につける「内衣嚢《うちポケット》」（童［楢ノ木大学士の野宿］）（↓なら）がある。童［雁の童子］では「前掛け」に衣嚢《かくし》がついている。ちなみに衣服にポケットをつける風習は一六世紀から。それまでは小物は布にくるみ、胸元、フードの角、袖口、首のまわりの衿などに「隠し」ていた。

いのころぐさ【植】 えのころぐさ（狗尾草）。「いのこ」「えのこ」は「犬子・犬児・狗子」の訛ったもの（方言ではない）。野生のイネ科の一年草。高さ四〇cmほど。葉は線状で、夏、犬の尾に似た緑の穂を出すのでその名がある。ねこじゃらし、えのこぐさ、とも。食用にも薬用にもならない。「いのころぐさがいっぱいに生え、そのまん中には一本の奇麗な女の樺の木が」（童［土神と狐］）。

いのじ原《いのじはら》【地】 賢治の愛読した中里介山の『大菩薩峠』（↓竜之介）第二二巻「白骨《しらほね》の巻」に出てくる地名。文語詩［大菩薩峠の歌］に「風もなき／修羅のさかひを行き惑《まど》ひ／すゝきすがるゝいのじ原／その雲のいろ」とある。すがるるは枯れること。

いのす ↓厚《あつ》ぐ蒔《ま》ぐて…

家《い》**のなも** ↓俺家《おらい》のなもこの位《くらい》あるぢ《じ》ゃぃ

いはかがみ《いわかがみ》【植】 岩鏡。低山から高山帯まで広く分布す

るイワウメ科の常緑の多年草。葉が革質でつやつや光るところから岩鏡の名が出た。五～七月に先が深く細かく裂けたピンクの花を総状《そうじょう》(総《ふさ》のかたち)に頭につける。「いはかゞみひそかに熟し、ブリューベル(↓釣鐘草《つりがねそう》)露はひかりぬ」(文語詩［*早池峯山巓《(はやちねさんてん)》］)等。

イーハトヴ【地】 重要な賢治の造語地名。イーハトヴ童話『注文の多い料理店』の「広告ちらし」に「イーハトヴは一つの地名である」「ドリームランドとしての日本岩手県である」と賢治は明記している。岩手県を指すことは間違いない。が、賢治らしいしゃれた片かな命名の由来には諸説がある。恩田逸夫《いつお》はイハテのテを*エスペラント風にトにしてドイツ語の場所を意味するヴォをつけたものと推定している。あるいは日本神話の「天《アマ》の岩戸《イハト》」に由来するという説もあるが、ドイツ語の Ich《イッヒ》 weiß《ヴァイス》 nicht《ニヒット》 wo《ヴォー》.(英語では I don't know where.『荘子《そうじ》』にある「無何有《むかう》の郷《さと》」、つまり楽土、理想郷、パラダイス)から賢治は思いついたとする竹下数馬の推定は説得力がある。賢治作品での最も早い登場は一九二三(大正一二)年一一月ごろの詩［イーハトブの*氷霧］(現存詩集原稿、『春と修羅』初版本では「イーハトブ」)、翌年自費出版の前記『注文の多い料理店』表紙にも「イーハトヴ童話」が冠せられている。なお、この表記を賢治自身は都合七種変えていて、①「イーハトヴ」＝前掲作品のほか童［氷河鼠の毛皮］(↓ねずみ)、詩［〔丘々はいまし鋳型を出でしさまして〕］で。②「イーハトブ」＝童［*ポランの広場］［毒蛾］(↓蛾)で。③「イーハトーブ」＝童［*グスコーブドリの伝記］、詩［〔さあれ十月イーハトーブは〕］で。④「イーハトーヴ」＝詩［遠足統率］、詩ノート［〔*栗の木花さき〕］で。⑤「イーハトーボ」＝童［イーハトーボ農学校の春］、詩［山の*晨明《(しんめい)》に関する童話風の構想］、詩ノート［ダリヤ品評会席上］で。⑥「イーハトーヴォ」＝童［ポラーノの広場］(↓ポランの広場)で。⑦「イエハトブ」＝『注文の多い料理店』の広告はがきで、といったふうである。以上で見るかぎり時期的にも不同で、表記変化の確とした根拠をもとめるのは困難であると言わざるをえない。

イーハトヴの友《いーはとぶのとも》【食】 酒の銘柄。実在したものではなく、「*北の輝《かがやき》」とともに賢治の造語命名。童［*税務署長の冒険］に「*イーハトヴの友も及ばないとしますとても密造酒ではないと」「瓶詰はみんなイーハトヴの友で」等とある。↓石鳥谷《いしどりや》

イーハトブ毎日新聞《いーはとぶまいにちしんぶん》、**イーハトブ日日新聞**《いーはとぶにちにちしんぶん》 ↓センダード日日新聞《せんだーどにちにちしんぶん》

いばゆる【レ】 嘶《いば》ゆる。馬が*嘶《いなな》く(声高く鳴く)の雅語的文語。文語詩［悍馬《かんば》〔一〕］(↓アラヴ、血馬)に「貴き*アラヴの種馬《(たねうま)》の、／息あつくしていばゆるを」とある。

いぶしみ【レ】 文語詩［廃坑］下書稿㈢に「ひとすじ鳴《(ママ)》れる雪どけの／ながれいぶしみわたるとき」とある。その最終形や下書稿㈠㈡の内容も汲んで解説すると、「ひとすじの音をたてて流れる雪どけ水の流れを足もと覚束《おぼつか》なく渡るとき」の意となる。「いぶしみ」は「いぶかし(訝)み」の賢治の文語的誤用。「心配げに足もとおぼつかなく」の古典的転用であろう。

いぶせき【レ】 文語詩に［〔商人ら　やみていぶせきわれをあざみ〕］がある。「いぶせし」は「気が塞《ふさ》ぐ、うっとうしい」。商人たちは、病気でむさくるしい恰好の私をばかにして、の意。「あざみ」は、同じ文語詩に［〔*猥《(な)》れて嘲笑《あざ》めるはた寒き〕］があり、おそらく「嘲笑《あざ》み」であろう。同［〔翁面《(おきなめん)》おもてとなして世経《(ふ)》るなど〕］の

「ひとをあざみし」も同様だが、「欺いて」の意をこめているのかもしれない。「猥れて」は、みだりがわしく。「はた」は将で、また。

為法《いほう》 ↓正道《しょうどう》

今夜《いまよる》**だないど、そんだ　ほにな、何時頃**《なんじごろ》**だべ**　【方】　今は夜じゃないって、そうだ、そうだな、何時《なんじ》ごろだろう。「今、夜だないど」の「ど」は事実の否認、事の可否を相手に確かめる場合に用い、驚きの意を含む。「何時」は「いつ」とも読めるが、劇［*種山ヶ原の夜］では、その答えが「*まんつ　十一時前だべが」とあるから、ここでは時間。

藺むしろ《いむしろ》 ↓藺　い

イムバネス ↓インバネス

稲熱《いもち》　【農】　稲熱病《いもちびょう》の略。*稲特有の病害の一。夏の気温が低く多雨多湿の年（↓オホーツク）に不完全菌が寄生し稲の苗を黄変させ、茎や葉を黒変させて発育を止める病気。東北地方の冷夏（詩［〔雨ニモマケズ〕］の「サムサノナツ」）による稲熱病は農民を悩ませ、賢治を悩ませた。詩［*法印《ほういん》の孫娘］に「今年の稲熱の原因も／大てい向ふで話してゐた」。詩ノート［*藤根禁酒会へ贈る］に「それらの田には水もたまって田植も早く／俄かに変ったこの影多く雨多い七月以后《こう》にも／稲は稲熱に冒されなかった」とあるほか、多くの作品に登場。

芋の子頭《いものこあたま》　【レ】　詩［〔爺さんの眼は*すかんぼのやうに赤く〕］に「白髪はぢょきぢょき鋏でつんだ／いはゆるこゝらの芋の子頭」とあるが、さといもみたいに虎刈にした頭。芋の子は親芋に対して子芋の意にも使うが、ここでは里芋の異称。

弥栄主義《いやさかしゅぎ》　【文】　日本主義の流れをくみ、漢語の「万歳」に代えて和語の「弥栄《いやさか》」（いよいよ栄える）を採用するといった行動をとるもの。賢治も勤めた一九二六（大正一五）年の岩手国民高等学校にも、天皇の弥栄三唱や禊《みそぎ》等の形で取り入れられ、一九三一（昭和六）年着任した県知事石黒英彦らは多くの青少年訓練施設等で実践を図った。当時弥栄主義は皇化教育の強まりとともに全国的に広まり第二次大戦中まで生き残っていた。詩［〔盗まれた*白菜の根へ〕］に「盗まれた白菜の根へ／一つに一つ*萱《かや》穂を挿して／それが日本主義なのか／（中略）／さうしてそれが日本思想／弥《いや》栄主義の勝利なのか」と痛烈な批判がある。

軽しむ《いやしむ》 ↓不軽菩薩《ふぎょうぼさつ》

いらちて ↓えらい（ひ）

いらへ ↓えらい（ひ）

イリス　【植】　Iris　アイリス、とも出てくる。もとギリシア神話の*虹《にじ》の女神名から眼球の*虹彩《こうさい》やカメラのしぼりを言ったりするが、植物ではアヤメ科アヤメ属の学名。アヤメ属にはアヤメ、*シャガ、ノハナショウブ、*カキツバタ等がある。またダッチアイリス（簡［261］）等の園芸種もある。「この山上の野原には／濃艶な紫いろの／アイリスの花がいちめん」（詩［*種山ヶ原］）、「ここはいちめんイリスの花だ／その濃艶な紫の花を」（詩［〔おれはいままで〕］）、「あちこち濃艶な紫の群落／日に匂ふかきつばたの*花彙《かい》を」（詩［若き耕地課*技手《ぎて》のIrisに対する*レシタティヴ］）等。なお、賢治の*花壇設計には目や眸《ひとみ》の形が採用されたりしていて、イリスと*花壇と眼球との意図的な相関も考えられ、興ぶかい。↓いちはつ、しゃが

イリス

イリヂウム《いりじうむ》【鉱】 iridium 原子番号七七、元素記号Ir。白金属元素の一。白金族元素とともに産出する。銀白色。酸・アルカリに強く、硬度・耐熱性に優れ、万年筆のペン先や点火プラグ、実験用器具等に用いられる。ス[補遺]に「(光はイリヂウムより強し)」とある。簡[67]で父宛に「白金の反応なく却てイリヂウム(或はオスミウム)らしき反応を得候」とあるオスミウム(osmium)も、やはり白金族元素とともに産出する貴金属。原子番号七六。→イリドスミン

イリデㇲセンス【鉱】 iridescence 結晶内部の周期的な構造により光の干渉が起こり、鉱物が虹色に輝く光学現象。遊色効果のこと。レインボーガーネットやアンモライト、オパール(→蛋白石)、アワビの貝殻内面によく見られる現象。詩[氷質の冗談]に「あのほのじろくあえかな霧のイリデㇲセンス／蛋白石のけむりのなかに」とある。詩[〔バケツがのぼって〕]には「鱗粉気泡イリデㇲセンス」とある。→鱗翅《りんし》、Zigzag Steerer, desert cheerer.

イリドスミン【鉱】 iridosmine オスミウムとイリジウムの化合物で、天然に産出する白金族元素。白金より硬く王水にも溶けないので区別される。イリジウムの方が多いものをイリドスミン、反対をオスミリジウムと言う。ただ現在ではイリドスミンの名は用いられず、自然オスミウムと呼ぶ。北海道の砂白金は、ほとんどイリドスミンである。橄欖岩または蛇紋岩を母岩とした砂鉱として産出される。詩[氷質のジヨウ談]に「たぶんそれは強力なイリドスミンの竜に変つて」、詩[鉱染とネクタイ]に、「(こゝらのまっくろな蛇紋岩には／イリドスミンがはひってゐる)」、また詩[岩手軽便鉄道 七月(ジャズ)]に、「さうだやっぱりイリドスミンや白金鉱区《やま》の目論見《もくろみ》は／鉱染よりは砂鉱の方でたてるのだった／それともいちど阿原峠《あわらとうげ》や江刺堺《えさしさかい》を洗ってみるか」とあるように、賢治は北上山地にイリドスミンや白金産出の期待を抱いていたことがわかる。

海豚《いるか》【動】【天】 クジラ目の海獣。ハクジラ類の総称でマイルカ、カマイルカ、バンドウイルカ、カワイルカ等、約一一種。体長一〜五m。賢いことで知られるが、海では群れて活動し、よく船と並行してたわむれるように遊泳したりする。「いるかは水からはねあがる／そのふざけた黒の円錐形／ひれは静止した手のやうに見える」(詩[津軽海峡]〈初行「夏の稀薄から却って玉髄の雲が凍《こご》える」〉)と言うイルカは、たぶんマイルカ(日本近海に多い。背は藍黒、腹は白い)で、童[或る農学生の日誌]や、童[銀河鉄道の夜〔初期形〕]で鯨と共に登場する。[銀河鉄道の夜]の初期形㈡㈢では、イルカは孔雀の次に登場し、「窓の外には海豚のかたちももう見えなくなって川は二つにわかれました」とあるのは、夏の星座で鷲座の北東の四等から六等までの海豚のかたちをした十余の星を指している。また、この辺りの天の川が暗黒星雲(→石炭袋)のために二つに分かれて見えることを言ったもの。

いるか座

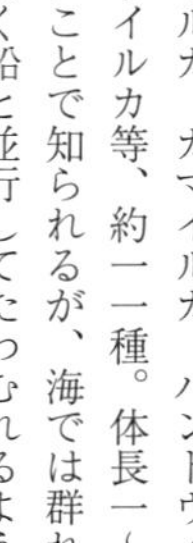

イレキ →エレキ

磐井《いわい》【地】 岩手県西磐井郡・東磐井郡一帯(現一関《いちのせき》市から平泉《ひらいずみ》町にかけての北上川・磐井川・砂鉄川流域)。山地・平野からなり、大船渡《おおふなと》線陸中松川駅前には賢治の勤めた東北砕石工場

（→石灰）もある。北上川沿いには沖積層（→沖積世《ちゆうせきせい》）の平野が広がる。文語詩［〔ひとひははかなくことばをくだし〕］に「たそがれさびしく車窓によれば／外の面《（も）》は磐井の沖積層（→沖積世）を」とある。

いわかがみ →いはかがみ

巌稜《いわかど》【鉱】【レ】 大きな岩の角、稜線。詩［*森林軌道］に「空気に孔《*（あな）》があいたやう／巌稜も一斉《（いっせい）》に噴く」とある。

岩鐘山《いわがねやま》 →青貝山《あおがいやま》

岩組《いわぐみ》【レ】 庭園などの岩石の組み合わせにも言うが、自然の岩石の積み重なりのさまも言う。詩［*早池峰山巓］に「この山巓の岩組を」とあるのは後者。

鰯《いわし》【動】【食】 ニシン科の魚。鰮とも。マイワシ、カタクチイワシ、ウルメイワシ等の総称。童［*双子の星］に「鰯のやうなひょろひょろの*魚」（別の箇所で鰯は「ヒョロヒョロの星」にもなるが）とあるように、鰯は群生弱小の魚のイメージだが、イワシの語源はヨワシ（弱し）のなまったものという説がある。童［*ビヂテリアン大祭］の論争の中では「鰯なら一缶がまあざっと七百疋分ですねえ、締木《（しめぎ）》にかけた方は魚粕《*（うおかす）》です、一キログラム六セントです、一キログラムは鰯ならまあ五百疋」といったぐあい（魚の数詞は正しくは疋でなく尾《び》だが）。詩［九月］の「燕の群が鰯みたいに飛びちがふ」も童［双子の星］でと同様、空と海との賢治らしいイメージの混交。賢治の句に「予報は外《そ》れし雲のつばくら」がある。（「つばくら」は燕の古称で「つばくらめ」とも言う。）燕のイメージで親近する。童［*山男の四月］の「くしやくしやになつた鰯のつら」は「鰯の面《つら》」ではなく「鰯の連《つら》」で、魚屋の台の上の塩鰯を連ねた（*藁など で連にした）ものであろう。同作品には「鰯の頭や菜つ葉汁を」ともある。ほか童［ツェねずみ］にもネズミとりの餌として登場。

岩手軽便鉄道《いわてけいべんてつどう》【地】【文】 「軽便鉄道」、「軽便」の略称でも登場。岩手軽便鉄道株式会社が経営した*花巻から*仙人峠までの軽便鉄道。一九一一（明治四四）年架設。一八九一年に東京―青森間、現在の東北本線全線が日本鉄道会社によって開通されたのち、支線は民営化の方針で一九一〇年に「軽便鉄道法」が公布され、各地に興った軽便鉄道の一。一九一五（大正四）年七月に花巻―仙人峠間が開通、のち釜石鉱山鉄道と結ばれて国有化されるが、一部空中ケーブルでつながれていた仙人峠に戦後トンネルが貫通、一九五〇（昭和二五）年釜石線として花巻―*釜石間が全線開通。賢治も好んでたびたび利用し、この経験は童［*銀河鉄道の夜］にも生きている。詩［岩手軽便鉄道の一月］のほか、詩［〔*ジヤズ〕夏のはなしです］［冬と銀河ステーション］では「銀河軽便鉄道」と出てくる。その始発駅跡の記念碑が、在来線花巻駅前のホテル「グランシェール」の裏に建っている。

岩手軽便鉄道
（宮沢信一郎撮影）

岩手公園《いわてこうえん》【地】 *盛岡二十万石の藩主の居城だった盛岡城（地名が不来方《こずかた》だったので別名不来方城）址が現在の*岩手公園（正式には「盛岡城址公園」）。城の中には石川啄木の歌碑（不来方のお城の草に寝ころびて空に吸はれし十五の心）や賢治の詩碑、盛岡出身の新渡戸《にとべ》稲造《いなぞう》（新渡戸稲造記念館は花巻の宮沢賢治記念館、イーハトーブ館の近くにある）の碑などがある。賢治の詩碑は「『かなた』と老いしタピングは／杖をはるかにゆびさせど／東はるかに*散乱の／さびしき銀は声もなし∥なみなす丘はぼうぼう

と／青きりんごの色に暮れ／大学生のタピングは／口笛軽く吹きにけり〃老いたるミセスタッピング／『去年《こぞ》なが姉はこゝにして／中学生の一組に／花のことばを教へしか』〃弧光燈《アークライト》にめくるめき／羽虫の群のあつまりつ／川と銀行木のみどり／まちはしづかにたそがるゝ」(文語詩［岩手公園］全文→タッピング)。また「岩手公園」と題する歌［三五四］に「うちならび／うかぶ紫苑《しおん》にあをあをと／ふりそゝぎたるアーク燈液(→アークライト)」がある。→盛岡《もりおか》

岩手山《いわてさん》【地】 岩手やま、とも。盛岡の北西約二〇kmにあるコニーデ(成層火山)型の美しい火山。標高二〇三八m。南部片富士(複合火山のため)、古くは巌《がん》(岩)鷲山《じゅせん》(ガンジュサンとも)、霧山《きりやま》嶽《だけ》、「奥の富士」(後世、南部氏領となってからは「南部富士」)等の異称を持つ。山体は東西二つの火山で構成され、巨大なカルデラを持つ西岩手外輪山の東端に新しい東岩手山が噴火してできたもの。賢治作品によく登場するのは、東岩手火山の方で、御室《おむろ》(二次火口)、お鉢めぐり(外輪山のへりをまわる)等の名称も登場する。最高点が薬師岳。享保一六～一七(一七三一～三二)年に東岩手火山の東面山腹から噴火した際の熔岩が固まったのが焼走《やけはし》り熔岩流であり、詩［鎔岩流］等を生む。詩［東岩手火山］は生徒を引率して登った時の夜の東岩手火山や、そこからの眺めが歌われる。「火口の巨きなえぐり《(ママ)》を見ては／たれもみんな愕《おどろ》くはづだ《(ママ)》(中略)／いま漂着する薬師外輪山／頂上の石標もある(中略)／向ふのは御室火口です／これから外輪山をめぐるのですけれども(中略)／薬師火口の外輪山をあるくとき／わたくしは地球の華族である(中略)／唇を円くして立つてゐる私は／たしかに気圏オペラの役者です／また月光と火山塊のかげ／向ふの黒い巨きな壁は／熔岩か集塊岩、力強い肩だ／とにかく夜があけてお鉢廻りのときは／あすこからこつちへ出て来るのだ」。この詩にはさまざまな星座の様子や早池峰山、北上山地(→早池峰《はやちね》山《さん》、北上川)、駒ヶ岳(→噴火湾)、鳥海山《ちょうかいさん》の様子も描かれる。この詩でも「月は水銀(→汞《こう》)(中略)／火山礫(→火山礫堆)は夜の沈澱(中略)／(柔かな雲の波だ《(ママ)》(中略)／その質は／蛋白石、glass-wool(→蛋白石)／あるひは水酸化礬土《ばんど》の沈澱)」とあるように、気圏をコロイド溶液や化学溶液として把握する賢治の目には、岩手山は沈澱物であり、こうした独特の空間把握が詩［岩手山］の「そらの散乱反射のなかに／古ぼけて黒くえぐるもの《(ママ)》／ひかりの微塵《みぢん》系列の底に／きたなくしろく澱むもの」という表現に凝縮される。岩手山を前記巌鷲山と呼ぶについては諸説があるが、釈迦説法の地として知られる中インド、マガタ国の霊鷲山《りょうじゅせん》に因んだ名とも、岩(巌)手の音読、ガンジュに当て字した名とも言われる。また霧山嶽(岳)という名は、岩手山にこもった族長の大武丸の悪業のため霧が立ちこめるようになったという伝説に基づく。歌［五四九］に「ましろなる／火花とゞろに／空は燃ゆる／霧山岳の／風のいたゞき」があるほか、歌［五〇九・五一〇］の二首には「霧山岳」の小題もつけられている。岩手山を描いた作品をあげると歌［七五～七九］は明らかに岩手登山の連作で、「いたゞきの焼石《やけいし》を這《は》ふ雲ありてわれらいま立つ西火口原」(［七六］)、「うしろよりにらむものありうしろよりわれらをにらむ青きものあり」(［七九］)等がある。後者は賢治独特の幻想癖が最も早く作品化さ

岩手山

れたものとしてしばしば引用される。歌［三〇四〜三〇九］もやはり岩手登山の連作で、「熔岩流」「岩手やま」等の名が見える。歌［六一六・六一七］は雪の岩手山の歌で、「岩手やま／あらたに置けるしらゆきは／星のあかりに／うすびかるかも」（［六一七］）と万葉集風の表現である。詩では詩ノート［科学に関する流言］に「あの古い西岩手火山の／いちばん小さな弟にあたるやつが／次の噴火を*弗素《ふっそ》でやらうと／いろいろ仕度をしてゐるさうだ」とある。詩［*国立公園候補地に関する意見］は、岩手山麓を国立公園にして、悪い奴を懲《こ》らしめるさまざまの*地獄や仕掛けを作ろうという、ユーモラスな作品だが、「ぜんたい*鞍掛山《くらかけやま》はです／*Ur-Iwate とも申すべく／*大地獄よりまだ前の／大きな火口のへりですからな／さうしてこゝは特に地獄にこしらえる（ママ）／愛嬌たっぷり東洋風にやるですな」とあるが、鞍掛山が原岩手《ウルイワテ》火山に属すかどうか、賢治は詩［*小岩井農場］の中では迷っている（→くらかけ山）。詩［〔爺さんの眼は*すかんぼのやうに赤く〕］［*蕪《かぶ》を洗ふ］では、岩手山は雪をかぶった白い山として背景の中に登場。詩ノート［〔*エレキの雲がばしゃばしゃ飛んで〕］［〔暗い月あかりの雪のなかに〕］では「岩手山麓」や「岩手山の麓」という表現があるが、岩手山そのものよりも、山麓の方が賢治文学にとってはむしろ重要な舞台であり、*沼森、小岩井農場、*柳沢、*三つ森山、狼森《オイノもり》（→狼森《おいのもり》、笊森《ざるもり》、盗森《ぬすともり》、黒坂森）等、詩や童話に盛んに登場する。詩［風林］には岩手山の名は出てこないが、柳沢、沼森の向こうに*厨川《くりやがわ》にあった騎兵連隊（→沼森）の灯が見えるとあり、賢治が*柏の木立に囲まれている点も考えると、岩手山腹の野原に近い場所と考えることができる（小岩井農場近くの地名「風林」と詩題は関係ない）。詩［遠足統率］に「せいせいと東北東の風がふいて／*イーハトーヴの死火山は」とある山は、岩手山である。同様の表現は、後述するように童［*楢ノ木大学士の野宿］にもある。童話では、童［風野又三郎］（→風の又三郎）で、風の精「又三郎」が九月二日の部分で、昨夜は岩手山に泊ったと言い、その時岩手山で見た風景や登山者の様子を語るが、「すぐ下にはお*苗代や御釜火口湖がまっ蒼に光って*白樺の林の中に見えるんだ」とある。この「お苗代《なわしろ》」と「御釜《おかま》」は、西岩手火山カルデラの火口底にある苗代田にたとえた火口原湖と火口湖である。両湖の南側は鬼ケ城と呼ばれる外輪山が連なり、東岩手火山と両湖の間には八ツ目湿原が広がっている。童［*狼森と笊森、盗森］では、黒坂森の巨岩が作者に物語るという形式をとるが、その巨岩は、「岩手山が、何べんも噴火しました（中略）。このまつ黒な巨きな巌も、やつぱり山からはね飛ばされて、今のところに落ちて来た」と説明される。これは*火山弾の一種だが、童［気のいい火山弾］に登場する「ベゴ」（→牛）というあだ名の「大きな黒い石」である火山弾は「ある死火山のすそ野の*かしはの木のかげ」に座っている。このすそ野のモデルも岩手山麓と考えてよい。童［楢ノ木大学士の野宿］（→なら）には岩の兄弟の会話中に「イーハトブ」という名の火山、すなわち岩手山が登場し、「銀の冠」をかぶっていると表現されるが、この表現は先にあげた童［狼森と笊森、盗森］中の「岩手山の銀の冠」に対応する。童［*グスコーブドリの伝記］では「イーハトーブのまん中にあたるイーハトーブ火山」の頂上の小屋から、主人公のブドリは雲に放電し、窒素肥料（→石灰窒素）を降らせる（→アレニウス）。この火山も岩手山がモデルであろう。イーハトーブは賢治の言葉では「ドリームランドとしての岩手県」であり、その象徴としてのイーハトーブ火山が岩手山をモデルにしている点でも明らかであるが、岩手山は賢治にとって郷土岩手のシンボルそのものだった。木村圭一によれば、イワテはアイヌ語の「イ・オマンテ」(神を送る＝熊祭)に通じるイ・オ・テ(神〈物〉を持つ所)の直訳と言う。また金子民雄も指摘するとおり、岩手山は賢治の憧憬するチベット高原(→ツェラ高原)の聖山カイラス山(→シャーマン山)のイメージをひきずってもいる。清浄な*天上の世界に向ってせりあがるマグマ(いわば*修羅的な力、いかり)としての岩手山に、賢治が天上憧憬を重ねるのは極めて自然であろう。後の病弱な賢治が少壮のころとはいえ岩手山登山では誰よりも早く登ったというエピソードも象徴的である。また幾度となく岩手山に登ったという事実は、岩手山と彼の天上憧憬との結びつきの強さをも示していよう。さらに岩手山麓が賢治童話の一大舞台であることを考えれば、賢治にとって岩手山はまた、想像力を無尽蔵に生産する幻想工場であったと言えよう。なお文語詩[岩手山巓《さんてん》]中の「三十三の石神《しゃくじん》(いしがみ、とも)」や童[風野又三郎」(→風の又三郎)に出てくる「三十三の石ぼとけ」は薬師外輪山に祀られている(*花巻の有志家奉納)三十三体の石自身を神(仏)体とした観音像のこと。三十三は下に観音を付けても呼ぶが、法華経「普門品《ふもんぼん》」の説く三十三体の仏にちなむとされる。文語詩[岩手山巓《てん》](山巓は詩[早池峰山巓]にもある山のいただき)の「三十三の石神」は同じく三十三の奇石、霊石等を神体として祀った民間信仰の対象。

岩戸《いわと》　→神楽《かぐら》

岩根橋《いわねばし》　【地】　岩手県*上閉伊《かみへい》郡(現遠野市宮守《みやもり》町下宮守)岩根橋。*猿ヶ石川にかかる橋、または地名。釜石線岩根橋駅がある。近くの宮守《みやもり》で採れる良質の*石灰岩(カルシウム含有率九七％以上)と、岩根橋発電所の電気と結んで*カーバイドが製造された。詩[*毘沙門天の宝庫」には「北は*田瀬《たせ》や岩根橋にもまたがって」とある。なお直接名指しはないが、詩[*カーバイト倉庫」[(雪と飛白岩《ギャブロ》の峯の脚)」の舞台とも言われる。→鉛直フズリナ配電盤《えんちょくふずりなはいでんばん》

岩根橋(昭和13年以降)

岩谷堂《いわやどう》　【地】　古くは巌谷堂、窟堂、岩屋戸とも書いたが、今でも土地の人の発音はイワヤドウのウが弱くイワヤドに聞こえる。現在は奥州市*江刺《えさし》区岩谷堂地区だが、古くから栄えた町で藤原三代のころから政治・産業・文化・交通の要衝《ようしょう》であった。明治以降も江刺郡の中心町で郡役所の所在地であった。賢治作品に直接は登場しないが、簡[100・101]には岩谷堂産の木化蛋白石が出てくる(→蛋白石《たんぱくせき》)。童[*種山ヶ原」[*風の又三郎」に出てくる伊佐戸《いさど》、童[*やまなし」に出てくるイサドは、岩谷堂のもじりであろう。→伊佐戸《いさど》

岩山《いわやま》　【地】　*盛岡市盛岡駅東側四kmにある小山。高さ三四一m。*一九六三(昭和三八)年より*岩山公園。展望台がある。歌[明四二、四]に「ホーゲーと焼かれたるまゝ岩山は青竹いろの夏となりけり」とある。帳[雨ニモマケズ」の「*経埋ムベキ山」の一。歌[四の次」、雑[盛岡附近*地質調査報文」、ノート[東京」[文語詩篇」等にも登場。

因果《いんが》　【宗】　因は原因、果は結果のこと。仏教では、原因と結果の間に一定の法則性を認め、それを因果の理と呼び、それ

を論じることを因果論と言う。特に、人間の〈行為〉と〈報い〉について、善因善果、悪因悪果、因果応報を説く。『春と修羅*』［序］に「因果交流電燈」（↓電燈）、詩［宗谷挽歌*］に「それはないやうな因果連鎖になってゐる」、簡［157］に「善行は善果悪行は悪果」とある。童［二*十六夜］には「どこどこまでも悪因悪果、悪果によって新に悪因をつくる」とある。

因果交流電燈《いんがこうりゆうでんとう》　↓電燈《でんとう》

殷鑑遠からず《いんかんとおからず》【文】【レ】　詩［午（ひる）］の一行。中国の『詩経《しきょう》』から出たことわざ。殷の国は前代の夏《か》の国が滅んだわけを鑑《かがみ》（いましめ、手本）として、みずからをいましめよ、殷の鑑は遠くにはない、すぐ近くにあるのだ、の意。

陰気至極《いんきしごく》【レ】　いたって陰気な、の意。歌［四一八］に「陰気至極の Liparitic tuff（↓凝灰岩《ぎょうかいがん》）」とある。

陰極線《いんきょくせん》【科】　Kathodenstrahlen（独）　cathode　rays（英）　一八五九年、プリュッカー（Julius Plücker 一八〇一～一八六八）によって発見され、ゴルトシュタイン（Eugen Goldstein 一八五〇～一九三〇）が名づけた現象*で、真空放電のときに陰極（－《マイナス》極）から放射される高速電子の流れを言う。プリュッカー以前に、ガラス*に蛍光が現われることがみとめられていたが、特に注意されていなかった。その蛍光斑点が磁石で移動できることを発見したのがプリュッカーである。後に電*子発見の基盤となった現象。詩［〔融鉄よりの陰極線に〕］では「融鉄よりの陰極線に／なかば眼（まなこ）を癈しつゝ」とあり、文語詩［〔ながれたり〕］では「ゆらぎ出でしは一むらの／陰極線の盲《しひ》あかり」とある。「盲《しい》あかり」は目に見えない陰《マイナス》の明りの意。シヒ（シイ）はメシヒ（目廃）の略で盲の古訓。

インクライン【文】　incline　斜面にレールを敷設して船や貨物を動力で運ぶ仕かけ。ケーブルカーの一種。詩ノート［〔墓地をすっかり square* にして〕］に「針金製のインクラインが」とある。

因子《いんし》【科】　個体の形状、性質、働きに重要な影響を与えている要素、要因。広くは環境や栄養を指し、狭くは遺伝子を指す。詩［秋］に「おのおのの田の熟した稲*に／異る百の因子を数へ」とあり、詩［風の偏倚*（へんい）］では「風と嘆息との中にあらゆる世界の因子がある」とある。ほかに詩［実験室小景］［台地］等。

インダス地方《いんだすちほう》【地】　Indus　インド*半島西北部、現在のパキスタン国を貫流してシンド州の州都ハイデラバードの西を流れアラビア海に注ぐインダス川流域を指す。一九二二年に発見されたモヘンジョダロ（Mohenjo-daro）やハラッパ（Harappa, -ā）等、前二三〇〇～前一八〇〇年ごろに栄えたインダス文明の巨大な都市遺跡が残る。詩ノート［ダリヤ品評会席上］では「この花こそはかの窓の外／今宵門並《かどなみ》に燃す熱帯インダス地方／たえず動ける赤い火輪*を示します」と深紅《しんく》のダリヤの花を赤い仏火（↓後光《ごこう》）にたとえる。同作品中に登場する「熱帯風の赤い門火の列」とは、幸運を祈る庶民が家々の戸口に燈明《とうみょう》をともし、女神を招く旧インド三大祭りの一つであるディワーリー（Diwali）という光の祭典がモデルではないかと考えられる。↓印度《いんど》

インデアン　↓アメリカンインデアン

インデコライト【科】　Indicolite, Indigolite（近年の用法）　文庫版全集ではインデコをインディコと表記。「藍電気石」のこと。電気石グループの一つで、宝石質のものは透明感のある濃い青色を呈す。詩［函（函）館港春夜光景］には「オダルハコダテガ*スタルダ

イト、／ハコダテネムロインデコライト」とあり、以下コミックオペラ調で歌われ、東北訛りのオダルがおもしろく、かつ効果的。↓黒電気石《くろでんきせき》

印度《いんど》【地】 古くは天竺《てんじく》、あるいは辛度（賢治はインド洋も辛度海と言う）と言った。中国でも司馬遷の『史記』に出てくる「身毒」をはじめ、身度、中毒、信度、辛頭、等、いろいろな字を当てていた（天竺、辛度も中国渡来の当て字）。賢治生存時は、現在のインド共和国、パキスタン・イスラム共和国、バングラデシュ人民共和国（旧東パキスタン）の三国でイギリス領インドを形成していた（一九四七〈昭和二二〉年、インドと東、西パキスタンにわかれ独立、一九七一年、東パキスタンはバングラデシュとしてパキスタンから分離独立）。しかし、ヒンズー教の代表国としてのインドよりも、賢治にあっては、その遥か以前の釈迦（↓釈迦牟尼）生誕の地、仏教発祥の地としてのイメージが強く、作品には、童〔ビヂテリアン大祭〕の「印度の古の聖者たち」、童〔毒蛾〕↓〔ポラーノの広場〕（↓ポランの広場）の「赤い昔の印度を偲〔偲〕ばせるやうな火」、詩〔風景とオルゴール〕の「わたくしは古い印度の青草をみる」等、多分に古代仏教色の豊かな、かつ懐古的、幻想的な傾向が見られる。しかし、地名としては、西域のものが実名・造語共に多く見られ、宗教味を帯びた童話の舞台として取り上げられている。詩〔亜細亜学者の散策〕には「天竺乃至西域の」と、西域と一緒になって出てくるが、下書稿では「ヒンヅーガンダラ乃至は西域諸国」とある。ヒンズー（Hindhu）は厳密にはヒンズー教を信じるインド人のことだが、一般にはインド人と同義に用いられてきたように、賢治の場合も必ずしも明確ではない。しかし、『ミリンダ王の問い』の再話である手〔二〕で「印度のガンヂス河」が舞台になるほか、童〔ひのきとひなげし（初期形）〕には「名高い印度のカニシカ王」が登場し、インダス地方、ドラビダ、ヒンズー、ガンダーラ等の広い地域や民族・文化を示す用語やおびただしい宗教用語が用いられる。また、詩〔風と杉〕の「印度の力士」や、詩〔塚と風〕に登場する「髪を逆立てた印度の力士ふうのもの」は、杉等の樹木（樹齢を経た巨木であれば、注連縄《しめなわ》等も施されていたか）を、褐色の肌をし、上半身は裸で下には腰巻き様の民族衣装を着けた一部のインド人男性に見立てたものと考えられる。その他、童〔セロ弾きのゴーシュ〕に「印度の虎狩」という曲名が登場し、詩〔津軽海峡〕には「私は印度の移民です」とある。劇〔饑餓陣営〕には勲章にちなんで「印度戦争」も出てくる。直接「印度」が登場しなくても、賢治における印度的なものの影響は大きい（賢治はインドに行ったことはないが）。特に手〔一〕をはじめ、童〔二十六夜〕短〔竜と詩人〕等に見られる本生譚《ほんしょうたん》（ブッダ〈↓釈迦牟尼〉がまだ菩薩であったころの行《ぎょう》業《ごう》を述べたジャータカにもとづく説話・伝説↓ヴェーッサンタラ大王）の影響は、賢治における仏教の影響と渾然一体となっており（いわゆる「西域もの」に属する童〔マグノリアの木〕〔インドラの網〕〔北守将軍と三人兄弟の医者〕〔雁の童子〕等はまさにそうだが）、それを拡大して考えれば全童話に及ぶとさえ言えるかもしれない。また、仏教とは直接の関係はなくても、近代のインドの代表的な国民詩人で、古代インドの思想の現前者ラビンドラナート・タゴール（一八六一〜一九四一）の影響も見のがせない。本質的に賢治文学の詩質は、タゴールのそれの超越的な自然把握とコスミックなダイナミズムに近似するものをもっている（↓宇宙意志、アラムハラド）。

タゴールの来日は三度(渡米の途中立ち寄ったのを入れると五度)にわたる。賢治在世中にもタゴールの翻訳が多く出ており、その影響からもタゴールへの共感は少なからずあったに違いないと考えられよう。タゴールの講演を日本女子大学講堂(創立者でタゴールを招んだ成瀬仁蔵《なるせじんぞう》の名を冠し、通称「成瀬講堂」)で直接聞いた妹*宮沢トシを介して賢治にはタゴールが身近だったという早くからの原子朗の推定は今は一般化している。なお、タゴールの初来日は一九一六(大正五)年、五月から九月まで、まる三か月、前記日本女子大学校での講演は七月二日、軽井沢の同校三泉寮《さんせん》での講話は一週間近くにも及んでいる。↓インダス地方《いんだすちほう》、宇宙意志《うちゅういし》、ガンジス河《がんじすがわ》、気層《きそう》、テパーンタール砂漠《てぱーんたーるさばく》、梵天《ぼんてん》

印度の虎狩《いんどのとらがり》 【音】 曲名。童「*セロ弾きの*ゴーシュ」で、ゴーシュが*猫に向かって激しくこの曲を弾く。佐藤泰平等の調査によると、一九三二(昭和七)年版「ビクターレコード・カタログ」に、「印度へ虎狩りにですって」があり、一九三一年四月末の「東京朝日新聞」と「岩手日報」の広告欄にも登場していると言う。調査の結果、当時の音楽雑誌「レコード音楽」の一九一七(大正六)年五月号に玉置真吉《たまおきしんきち》による紹介記事、「五月のダンス・レコード」中にこの曲名が出ている。レコード番号は佐藤の指摘したのと同じビクターのB-五九三六であり、同解説には「両面共滑稽たつぷり又踊るにも歯切れのよいリズムに誠に適当してゐる。虎狩りは或金持が虎狩りにでかけたが虎の咆《ほ》へるのは(ママ)聞いて腰を抜かす描写的演奏に妙を得てゐる。……」とある。作曲はエヴァンズ、演奏はニュー・メーフェーア・ダンス・オーケストラで、B面は「くよ〳〵するな」である。ゴーシュの弾くセロの激しさに驚いて走ったり扉にぶつかったりする猫の様子は、この玉置解説の「虎の咆へるのは(ママ)聞いて腰を抜かす」金持ちの様子を想起させるに充分であろう。なお同雑誌四月号には「愉快な牛乳屋」が載っている(↓愉快な馬車屋)。大正後半から昭和にかけて、コンサートでよく取り上げられた曲に、リムスキー・コルサコフの「インドの歌」があった。あるいはこの曲の影響もあったかもしれない。

いんとも ↓山《やま》の方《ほう》あい、…

インドラの網《いんどらのあみ》 【宗】 因陀羅網《いんだらもう》のこと。Indra(梵)の音写、因陀羅とは*帝釈天《たいしゃく》のことで、漢訳では天帝網《てんたいもう》、帝網となる。帝釈天の宮殿にかかっている網で、一つ一つの網の結び目には*宝珠が結ばれており、その無数の宝珠は互いに映じ合い、映じた宝珠がまた映じ合って無限に続く、というもの。一の中に一切を含み、その一切の一つ一つの中にまた他の一切を含むという、一即一切、一切即一の思想を視覚的に説明したもので、特に華厳経(↓華厳《けごん》)において説かれる。童「インドラの網」に「『ごらん、そら、インドラの網を。』/私は空を見ました。いまはすっかり青ぞらに変ったその天頂から四方の青白い天末(↓天末線)までいちめんはられたインドラの*スペクトル製の網、その繊維は*蜘蛛のより細く、その組織は*菌糸より緻密に、透明清澄で黄金で又青く幾億互に交錯し光って顫《(ママ)》えて燃えました」とある。これは太陽光線が交錯し輝く様子をインドラの網と形容したもので、『春と修羅』中の詩[休息]にある「雲はみんなむしられて/青ぞらは巨きな網の目になつた/それが*底びかりする鉱物板だ」のような自然現象のイメージが連想の引き金となったものと思われ、いかにも賢治らしい自然と

科学と宗教との合一の一例。なお、童［インドラの網］の原稿欄外に「*普賢菩薩所説の宙宇の夜」と書き込みがあり、これは華厳経の盧《る》舎那《しゃな》仏品《ぶっぽん》第二において普賢菩薩が蓮華《れんげ》蔵《ぞう》世界を説いたことを指すと思われるので、この作品の背景に華厳経の因陀羅網を想定することは可能であろう。また、賢治が繰り返し読んだとされる*田中智学の『*妙宗式目講義録』にも因陀羅網は引用されており、「宗要門宗旨三秘」の段、「本門三宝」の科に、仏の*仏性《ぶっしょう》と凡夫《ぼんぷ》（一般人）の仏性とが「光々相映して感応《かんのう》成就し」、「*即身成仏の本願を満足する」ことをもって、御本尊（大曼荼羅《だいまんだら》）を「帝網荘厳《たいもうしょうごん》」と呼ぶことが記されている。

インバネス【衣】 inverness　外套の一種。長くてゆったりした袖なしのケープつき外套。スコットランド北部の地名にちなんだ名と言われる。日本には明治初期に洋服とともに伝えられたが、男子の和服の上にも着用され、一九〇〇（明治三三）年ごろから流行した。二重まわし、二重マント、トンビとも言う。文語詩［〔洪積（→洪積世《こうせきせい》）の台のはてなる〕］に、「灰いろのイムバネス着て」、ス［四］に「インバネスのえりをなほせり」等とある。また、文語詩［*小岩井農場　パート二］の「くろいイムバネスがやつてきて」や、詩［冗語］の「*電車が着いて／イムバネスだの／ぞろぞろあるく」等、それを着る人を指している用例も見られる。そのほかス［四二］等。→マント

インバネス

う

ヴァイオル【音】viol　一六〜一七世紀に作られた弦楽器の一系統。音色は繊細でやわらかだが、輝きや変化に乏しい。ヴィオラ・ダ・ガンバやヴィオラ・ダモーレが代表的。詩[空明と傷痍《しょうい》]に「きみはピアノを獲るの企画をやめて／かの中型のヴァイオルをこそ弾くべきである」とある。下書稿では前記の「ビオラダガムバ」となっていた。この詩は親友の音楽家藤原嘉藤治《かとうじ》との交友の記念である。

ヴィオラ・ダ・ガンバ

ヴァンダイクブラウン【レ】Vandyck brown　ヴァン＝ダイク（一五九九〜一六四一）はフランドル派（ベルギー西部を中心にオランダ南西部からフランス北東部にまたがる北海側のフランドル〈Flandre〉地方に栄えた美術流派）のバロック画家で、オランダ人（ファン・ダイク）。イギリスの宮廷画家としてジョージ一世に招かれ、肖像画を多数描いてロンドンで没した。彼は焦茶色を好んだので、カッセル土（またはケルン土）を原土とする褐色顔料をヴアンダイクブラウンと呼ぶようになった。詩[小岩井農場　パート四]に、畑の土の色から「春のヴァンダイクブラウン／きれいにはたけは耕耘《こううん》された」とある。詩[種山ヶ原]下書稿にも「起伏をはしる緑のどてのうつくしさ／ヴァンダイク褐《かち》にふちどられ」とある。褐は衣服の色彩を言い、褐衣をカチエ、カチギヌ、その音便でカチンとも言う。カチ色が正しい。

ういきゃう《ういきょう》【植】茴香。芳香あるセリ科の多年生草木。地中海沿岸から西アジア原産。高さ一〜二m。夏、黄色の小花がむらがり咲く。葉、茎はサラダに、秋の実は香油や香辛料となる。詩[〔いま来た角に〕]に「このういきゃうのかをりがそれだ」とある。

ウィスキー【食】whisky, whiskey（アメリカでは同じ発音ながら輸入種に前者を、国産種には後者を用いる）。洋酒。大麦、ライ麦、トウモロコシ等を原料とする蒸溜酒。一二世紀ごろアイルランドで造られ、その名は「命の水 water of life」という意味のuisge-beatha（ケルト語＝アイルランド語）から来ている。イギリス（スコットランド産の「スコッチ」が有名）やアメリカで発達。日本には本格的には明治初年から輸入され、明治末期から国産ウィスキーも製造された。童[カイロ団長]では「舶来ウェスキー」として登場。童[氷河鼠の毛皮]（→ねずみ）でも金持ちの紳士が飲んでいる。異国的でハイカラな上等の酒として使われている。童[税務署長の冒険]にも登場。

ウィリアム・タッピング →タッピング

ウィリアム・モリス →Wim. Morris

ヴェーッサンタラ大王《べぇーっさんたらだいおう》【人】【宗】Vessantara（梵）　釈迦仏（→釈迦牟尼）が前世において菩薩行を修していた時の名。南伝大蔵経（パーリ語で書かれた蔵経）のジャータカ部（本生譚《ほんしょうたん》→印度）にその名が見える。漢訳経典のジャータカでは須大拏《しゅだいぬ》太子と呼ばれる。童[学者アラムハラドの見た着物]に「ヴェーッサンタラ大王は檀波羅蜜《だんはらみつ》の行《ぎょう》と云ってほしいと云はれるものは何でもやった」、詩ノート［ドラビダ風」及び詩［〔一昨年四月来たときは〕」の下書稿(二)に「ヴェッサンタラ王婆羅門(→梵士)に王子を施したとき」、簡［94］「ベッサンタラ王が施しをした為に民の怒りを買ひ王宮を遂はれ(ママ)二人の子をつれて妃と山へ入りました」とある(遂は逐《お》うの誤記)。ヴェーッサンタラ大王が「施し」(布施《ふせ》)の行をした話は、太子の時代のことであるから、正確にはヴェーッサンタラ太子とすべきか。→檀特山《だんどくせん》

上の原《うえのはら》【地】 *種山ヶ原牧場の上野放牧地のこと。物見山《ものみやま》(種山山頂)から東北へ三km、幅二kmほどの一帯。当時は種山ヶ原牧場は、北から藤沢・上野・高坪・大文字《だいもんじ》・*姥石《うばいし》の五放牧地から成り、土手で仕切られていた。詩［〔おれはいままで〕」に「けさ上の原を横切るときは／種山モ*ナドノックは霧／ここは一すじ(ママ)／緑の紐に見えてゐて」とある。

魚粕《うおかす》【農】 魚滓《うおかす》。魚肉を取り去った後の廃棄物で、*堆肥の原料となり、また腐敗させて液肥として用いる。童［*ビヂテリアン大祭」のほか、帳［MEMO印」六二頁、帳［孔雀印」七四頁、高橋久之丞《きゅうのじょう》あて簡［451・455］に見られる。

泛ぶ《うかぶ》【レ】 浮かぶに同じ。詩［〔*丁丁丁丁《(ていていていてい)》〕」に出てくる。

うから【レ】 やから、とも言う。親族のこと。「うからやからと重ねて用いることもある。文語詩［〔うからもて台地の雪に〕」がある。→波旬《はじゅん》、曙人《とほつおや》《とおつおや》

浮世絵《うきよえ》【文】 賢治と浮世絵の関係は深いが、代表的な詩の一に文語詩［浮世絵」がある。「ましろなる塔の地階に、／さくらばなけむりかざせば、／*やるせなみ*プジェー神父は、／とりいでぬ(ママ)にせの赤富士。」が前半、後半は「*青瓊玉《ぬ》かゞやく天に、／*れいらうの瞳をこらし、／これはこれ*悪業乎栄光乎《あくかさかえか》、／*かぎすます*北斎の雪。」の難解な八行から成る。この詩は前半が北斎の作品中最も評判だった朝日をあびて赤い「凱風《がいふう》快晴」(別名「赤富士」)の、後半は同じく北斎の「礫川《こいしかわ》雪の旦《あした》」(→悪業乎栄光乎《あくかさかえか》)の画面をモチーフにしていて、二つの合体と思われるところから、難解さはつのると言えよう。前者は当時から、あまりの評判に山の稜線が刷り消えるほど摺《す》られ、にせものまで出まわるほどだったところから「にせの赤富士」になったと、当時から言われていた。なお、賢治と浮世絵については「愛染《あいぜん》」、「浮世絵展覧会《うきよえてんらんかい》」、「歌麿《うたまろ》」、「雲母《うんも》」、「勝川春章《かつかわしゅんしょう》」、「葛飾派《かつしかは》」、「雲母摺り《きらずり》」、「佐野喜の木版《さのきのもくはん》」、「山下白雨《さんかはくう》」、「半肉彫像《はんにくちょうぞう》」、「広重《ひろしげ》」、「伯林青《べるりんせい》」、「雪肉《ゆきにく》」、「ぼかしのうす墨《ぼかしのうすずみ》」、等、関連諸項参照。

浮世絵展覧会《うきよえてんらんかい》【文】 報知新聞社主催「御大典記念徳川時代名作浮世絵展覧会」。一九二八(昭和三)年六月六日から二五日まで(四度にわたり出品作を総入れ替え)、上野公園内の東京府立(現都立)美術館で開催。賢治は大島訪問の帰途六月一五日、一六日に鑑賞、この時得た詩［浮世絵展覧会印象」がある。前項「浮世絵」関連諸項、参照。

うぐいす →うぐひす

鶯沢《うぐいすざわ》 →硫黄《いおう》

うぐひす《うぐいす》【動】 鶯。スズメ目ヒタキ科(ウグイス亜科)の小鳥。古来の詩歌にもよく登場するが、歌［一七二］の「げに馬鹿の／うぐひすならずや…」をはじめ賢治作品での頻度も高い。「鶯もごろごろ啼いてゐる／その透明な*群青のうぐひすが／(ほんた

うの鶯の方はドイツ読本の／ハンスがうぐひすでないよと云つた)」(詩[小岩井農場　パート一])、「やぶうぐひすがしきりになき」(詩[有明]〈初行「あけがたになり」〉)、「鶯いろに装ほひて」(詩[県技師の雲に対するステートメント])、「鶯やみそさざい、ひわ《(ママ)》やまたかけすなどからだが小さく大へん軽い」(童[学者アラムハラドの見た着物])、「そのとき象が、とてもきれいな、鶯みたいないい声で」(童[オツベルと象])等。

鬱金《うこん》　→うこんざくら

うこんざくら【植】　鬱金《うこん》桜。サトザクラとも。鬱金草の根茎の濃い黄色＝うこん色の八重桜というのが名の起こり。『牧野植物図鑑』によると、庭園等に観賞用に栽植される落葉高木。オオシマザクラの改良種。淡黄緑色の花は、他の桜より遅く新葉とほとんど同時。八重咲き。詩[軍馬補充部主事]に「うこんざくらも大きくなって」等とある。色彩表現としての「鬱金」は濃い鮮やかな黄色。ショウガ科の多年草ウコンの根茎(肥厚《ひこう》して黄色)に発し、古来胃薬、利尿薬にも用いられたが、沢庵漬やカレー粉にも添加物として使われたので色彩語となった。短[柳沢]に「首に鬱金を巻きつけた旭川の兵隊上り」とあるのは鬱金色の襟巻かタオルの類であろう。また、童[かしはばやしの夜]には「鬱金しやつぽ」が出てくる。うこんいろのシャッポ(帽子)。

ウコンザクラ

鬱金しやつぽ《うこんしやっぽ》　→うこんざくら

兎《うさぎ》【動】　欧州系のうさぎ(代表的なのはアンゴラうさぎ)は白色だが日本の野兎《のうさぎ》は、四季を通じて褐色(冬だけ白くなる雪国の越後兎もいるが)。長い耳はレーダーの役割をして早耳。最高速度は時速八〇kmで敏捷。冬場は若木を食い荒らすので害獣とされる。賢治作品には数多く登場するが、特に印象的なのは、童[貝の火](→蛋白石)に登場する子兎ホモイの家族であろう。子兎ホモイの善行によって、与えられた宝珠「貝の火」の美しい輝きが兎の目の赤さと照応する(最後はホモイの目も宝珠同様白く濁って見えなくなる)。ほか、「苹果《(りんご)》の枝　兎に食はれあした」(「食はれあした」は方言で「食われました」。詩[開墾地検察])、「銀毛兎に餌すなり」(文語詩[副業])、「その兎の眼が赤くうるんで」(詩ノート[何をやっても間に合はない])、「狸はむにゃむにゃ兎の耳をかみ」(童[洞熊学校を卒業した三人])、「兎なんと云ふものは耳が天までとゞいてゐる」(童[畑のへり])、「毛の長い兎」(童[グスコーブドリの伝記])等々。また比喩的な用法も多い。「兎のごとく跳ねたるは、かの耳しひの牧夫なるらん」(「耳しひ」は失調のこと。文語詩[(雪げの水に涵《(ひた)》されし)])、「(著者注＝雲が)もう兎ぐらゐある」(童[おきなぐさ])、「タネリの小屋が、兎ぐらゐに見える」(童[タネリはたしかにいちにち嚙んでゐたやうだった])、「鈴蘭の葉は熟して黄色に枯れその実は兎の赤めだま」(短[柳沢])等々。はやし言葉としては「狐こんこん狐の子、狐の団子は兎《うさ》のくそ」(童[雪渡り])等。兎の糞は黒くて丸い。

うさぎうま【動】　兎馬。ろば(驢馬、小さくて耳が兎に似ている)の別名。詩[自由画検定委員]には「みんなはいちれつ青ざめたうさぎうまにのり」とあり、童[馬の頭巾]では「おらの馬、うさぎ馬だよ」と甲太が子供らに言う(実際はろばではないのだが)。普通馬の頭巾《ずきん》は目と耳と口を出して布等で顔を被っているがここでは白い頭巾に耳が付いておりそれが折れて、うさぎのように見える。

兎の星《うさぎのほし》　【天】　うさぎ座。Lepus(ラテン)　オリオン座の真南にある小星座。オリオンと大犬に追われている。童[双子の星]に「兎の星」の名で登場する。

牛《うし》　【動】【農】　『岩手県史』第九巻(一九六四)によると、一八九八(明治三一)年の岩手県の牛の頭数は二万一〇〇〇頭、一九二六(大正一五)年に一万六〇〇〇頭、一九三二(昭和七)年にも一万六〇〇〇頭との数字が記されている。外国種については、一八九九(明治三二)年に二二一頭、一九一三(大正二)年には倍の四四五頭に増加している。外国種では短角牛が多く、エアシャー種(英)、デボン種(英)、ギャロレー種(英)、ヘレフォード種(英)、ブラウンスイス種(スイス)等の種類が入っていた。乳牛種のホルスタイン(オランダ)もしだいに増加した。和牛は一八九四(明治二七)年ごろから岩泉《いわいずみ》で改良された岩泉種が増加し、小岩井農場でも多く飼育された。賢治の存命中には外国種よりも圧倒的に和牛が多かった。しかも酪農等は現在からは想像しがたいほど小規模で、酪製品も少なく、それらを食する人もほとんどなかった。牛は、どちらかといえば農家の労働力の貴重な担い手であったから馬と同様に農耕牛として大事にされた。賢治の作品では肉牛として出てくる牛、酪牛と思われる牧場の牛、エーシャ牛(正しくはエアシャー)等、それに仔牛(犢＝子牛)が登場する。牛の生産物としては、牛乳、バター、チーズ、牛皮、肥料となる牛糞等がある。ちなみにパン食にしてもそうだが、牛乳、バター、チーズが作品に出てくるだけでも(しかも庶民の食生活に)、当時としては先進的なもので、それだけ賢治の作品は新しく〝バタくさい〟ものだった。かと思うと、牛そのものは、三〇か所登場する童[種山ヶ原]がよく示すように、すこぶる伝統的で牧歌的な雰囲気で舞台まわしの役割をしている。歌[三二八]の「風ふきて／ポプラ(→楊《やなぎ》)ひかればうすあかき／牛の乳房も／おなじくゆれたり」をはじめ、「一ぴきのエーシャ牛が／草と地靄《(じもや)》に角をこすってあそんでゐる」(詩[牛])、「犢《(こうし)》はこわさう《(ママ)》に建物を見ながら」(童[黒ぶだう])等々もそうである。「秘事念仏のかみさんは／乾いた牛の糞《コヤシ》を捧げ」(詩[〔秘事念仏の大元締が〕])、「耕牧舎では牛の皮だけはいで肉と骨はたしかに土に埋めて」(童[バキチの仕事])、「牛や卓子《テーブル》ぐらゐの岩」(童[グスコーブドリの伝記])等、牛ないし牛にまつわるイメージは賢治作品に豊富である。童[銀河鉄道の夜]に「ボスといってね、いまの牛の先祖で、昔はたくさん居たさ」とある「ボス」は、北方系ウシの祖先とされる野生種の原牛(Bos primigenius)を頭において「ボス」(親方)とだけ言ったのであろう。なお、東北方言では牛をベゴと言う。童[気のいい火山弾]には「ベゴ石」が登場する。→火山弾《かざんだん》

牛《うし》**ぁ逃**《に》**げだだも**　【方】　牛が逃げたんだもの。「牛ぁ」は「牛は」の訛り。「だも」は「だもの」「だもん」の詰まったもの。童[種山ヶ原]で「何《な》して黙って彼処に居なぃがった」に対する答え。理由を示す。

うすあかりの国《うすあかりのくに》　【宗】　薄明りの国。童[ひかりの素足]に描かれる、死後の世界と推定される国。そこには太い鞭をもった鬼がおり、死者たちは列になって歩かされる。おそらく中有《ちゅうう》の世界を想定したもの。中有とは死者が次の生《しょう》(六道のうちのいずれか)に生まれかわるまでの期間、四十九日《しじゅうくにち》間とするのが一般的。工藤哲夫によれば、うすあかりの国の描写は『日蓮聖人御《ご》遺文《いぶん》』中

の「十王讃歎抄」との類似が指摘できると言う。「十王讃歎抄」には中有の情景や十王による七日ごとの裁定、追善の功徳《くどく》などが記されている。なお、宗左近《そうさこん》『宮沢賢治の謎』(新潮選書、一九九五)は中有論を軸にしている。

ウステラゴメナ ↓ノバスカイヤ

うずのしゅげ ↓おきなぐさ

うすべり ↓角枕《かくまくら》

渦巻き《うずまき》 ↓猟犬座《りょうけんざ》、星雲《せいうん》

うすもの、羅《うすもの》 【方】 嘘《うそ》つき。↓羅《ら》

偽《うそ》こぎ 【方】 嘘をつくこと、または人。*花巻地方の方言では嘘をつくを、嘘を「こく」または「こぐ」と言う。その名詞化したのが「うそこぎ」。童[*ひかりの素足]に「*風の又三郎などあ偽こぎさ」とある。

宇内《うだい》 【レ】 宇は屋根の意から転じて、空、天地、の意。詩[〔朝は北海道の*拓植博覧会へ送るとて〕]に「色彩宇内に冠たりなど」とある。天地、天《あま》が下、の意で、「冠《かん》たり」は一番すぐれていること。拓殖を拓植としたのは賢治か、当時の報道の誤記であったかもしれない。

歌《うだ》、うだふはんて《うだうだうはんて》 【方】 歌をうたうから。童[*鹿踊りのはじまり]に出てくる。

うたてけん 【レ】 うたて、は意に反して不満足なことを言う。もと副詞から動詞的に(侍《はべ》り、見ゆ、思ふ、などの動詞をつけて)使われ、形容詞(うたてし、うたてけれ)としても用いられる。気にくわない、うとましい、あいにくだ、の意。補遺詩篇の文語詩[〔丘々はいまし鋳型《(いがた)》を出《(い)》でしさまして〕]に「うちそよがぬぞうたてけん」とあるのは、語法的には上の強めの「ぞ」の係り結び。風景画家のよろこぶけしきも、実はうとましい、情けない*稲の穂のみのらぬ秋景色なのだ、と言っている。

憂陀那《うだな》 【宗】 梵語ウダーナ(udāna)の音訳。自然《じねん》、自説等と漢訳する。言語を発する喉《こう》(のど)中の風のこと。転じて感興によって自然に発する声を意味し(「ああ、そうだな」のつぶやきに似ている)、更に、仏が弟子の問を待たず自ら法を説いたもの(十二部経中の第五)を指すようになった。詩[〔温《(ぬる)》く含んだ南の風が〕]の「あゝあたたかな憂陀那の群が」という詩句は、下書稿㈠では「ああ　あたたかな*ガンダラ風《(ふう)》の風が」となっており、憂陀那が「あたたかな南風」の擬人化であることがわかる。外に詩[休息](初行「あかつめくさと」)にも出てくる。なお、この詩の下書稿にある「ニスタン」は憂陀那に相応するが、出所不明の語である。

歌麿《うたまろ》 【人】【文】 江戸後期の*浮世絵全盛期の美人画を代表する浮世絵師。北川(喜多川)姓。一七五三～一八〇六。雑[浮世絵版画の話]に「歌麿の版画の曲線の海外で singing line と称せられる如く」以下がある。雑[浮世絵広告文]にも「歌麿英山の歌ふばかりのうなじの線や」とある。菊川英山《えいざん》は歌麿の流れを汲む、幕末期の絵師一七八七～一八六七。うなじは首すじ。↓singing line からす

うたまろの乗合ぶね《うたまろののりあいぶね》**・歌まろの富士**《うたまろのふじ》 ↓広重《ひろしげ》

うため 【文】 歌をうたう女。文語詩[雪の宿]に「うなじはかなく瓶《(へい)》とるは、峡《たに》には一《(いち)》のうためなり」とある。「うなじ(えりくび)もしどけなくなまめいて酒の酌をするのは、この谷あいで一番歌のうまい女である」の意。芸者のことであろう。

歌《うだ》れ 【方】 歌え(命令形)の訛り。劇[*種山ヶ原の夜]。

うぢ《じ》 →雪《ゆぎ》はれるうぢ《じ》…

うちかたぎ 【レ】 「うち」は接頭辞、「かたぎ」は担《かつ》ぎの訛。ひよいと担いで。補遺詩篇の文語詩[〔徒刑の囚《(しゅう)》の孫なるや〕]に「大《(おおい)》なる鎌をうちかたぎ」とある。徒刑は重い罪をおかして、昔なら島送りになること。その囚人の孫だろうか、の意。

うちかづける《うちかずける》 【レ】 「うち」は接頭辞、「かづける」は被《かず》く、かぶっている。文語詩[〔*鉛のいろの冬海の〕]に「ひとりの*うなゐ黄の巾《(きれ)》を/うちかづけるが足いたみ」とある。

内丸西洋軒《うちまるせいようけん》 【文】 内丸は*盛岡市街の中心部。そこにあった*西洋料理店。明治末開業。童[*紫紺染について]に「内丸西洋軒で*山男の招待会をすることにきめました」とある。

打身《うちみ》 【科】 打撲症《だぼく》。文語詩[〔打身の床をいできたり〕]がある。

宇宙意志《うちゅういし》 【文】【宗】 *高瀬露あて書簡下書[不4]に出てくる。「たゞひとつどうしても棄てられない問題はたとへば宇宙意志といふやうなものがあってあらゆる生物をほんたうの幸福に齎《(もたら)》したいと考へてゐるものかそれとも…」とある。そして「信仰と科学」の二者択一を迫られる「場合私はどうしても前者だといふのです」と言う。ここには「宇宙意志」は個人の生き方に深く関わる超個人的な*精神として、タゴール(→印度、アラムハラド)のいわゆる超越的な「Universal Mind(宇宙精神)」、あるいは*ウィリアム・ジェームズのいわゆる「Cosmic Consciousness(宇宙意識)」との近似が見られる。この両者ともライプニッツの*モナド論とともに賢治に大きな影響を与えている思想である。あるいは一七世紀の『エチカ(倫理学)』で知られるオランダの哲学者スピノザの「神即自然」を説いた汎神論の立場にも、直接影響を受けたかと思われるほど近い(ちなみに本辞典の著者は欧米で賢治を話題にするとき、最近読みなおされているスピノザを引き、彼の物心同一論と賢治を重ねると共感度が高いことを付記する)。賢治の場合、書簡ということもあって(また、その相手の理解力への考慮もあってか)、「古くさい」「中学生の考へるやうな」内容だとことわりながら、「科学」の唯物論的立場を超えた「宇宙には実に多くの意識の段階がありその最終のものはあらゆる迷誤をはなれてあらゆる生物を究竟《(くきょう)》の幸福にいたらしめよう《(ママ)》としてゐる」ちからとして、自分の実践をふくめた宗教的な「宇宙意識」を究極の実践原理として考えていたことは明白である。ただ、賢治の真意には、この「宇宙意志」にも、単に科学を超越した概念としてだけでなく、科学と宗教との合一の意図が隠されていて、個人の生《ライフ》が、個を超えた宇宙ぜんたいの意志と調和する(タゴールでいえば梵《ブラーマン》〈→梵天〉と我《アルトマン》との合一、一如《いちにょ》)理想を、例えばコロイド溶液の理論(→コロイド)で把握しようと考え、また、*光素(エーテル)や電子エネルギー(→光素)の理論や、前記モナド論(→モナド)とも重複させて把握しようとしていたことは重要である。また、芸[綱]の「新たな時代は世界が一の意識になり*生物となる方向にある」とする「世界が一つの意識」もまた、自身による「宇宙意志」の言い換えと見ることができる。つづけて「正しく強く生きるとは*銀河系を自らの中に意識してこれに応じて行くことである」ともあるからである。前掲スピノザで言えば、コナトス(conatus 自然との一体観への意欲の強さ)ということになろう。→コロイド、ジェ

ームス

宇宙塵《うちゅうじん》　↓キャレンヂャー

有頂《うちょう》　【宗】　有頂天のこと。簡［49］に「この中には下*阿鼻《(あび)》より下《(ママ)》(上の誤記)有頂に至る一切の諸象を含み」とある。これは天台教学である*一念三千の思想にもとづく世界観で、法華経序品《じょほん》第一(↓妙法蓮華経)の「下は阿鼻地獄に至り、上は阿迦尼吒天《あかにた》に至る」や「阿鼻地獄より、上、有頂に至るまで」の句をふまえている。一般的に有頂天とは無色界《むしきかい》の最高の*天である非想非非想天《ひそうひひそう》を指すが、法華経における有頂天は色界《しきかい》の最高の天である阿迦尼吒天、すなわち色究竟天《しきくきょう》のことを指す。なお、一般用語としては得意の絶頂にあることを「有頂天」と言う。

うつぎ　【植】　空木、卯木。ユキノシタ科の落葉低木。ウノハナ(卯の花)はうつぎの花の別称。高さ一〜二mほど。群生し、幹は中が空《うつろ》なところからこの名がある。夏、鐘の形の白い花をつけ(花が密生するので八重空木《やえうつぎ》とも)、やがて球果をつける。生け垣等によく使われる。枝葉は薬用に、材は堅いので木釘等になる。詩「〔野馬がかってにこさえたみちと〕」に「うつぎや*ばらの大きな藪を」とある。なお、歌［五七二］に「毒うつぎ」が出てくるが、うつぎとは別種(ドクウツギ科)。木の高さも似ているが、花は黄緑。果は豆大。枝も葉も果もすべて有毒なのでその名がある。

ウツギ

うつゝなみ《うつつなみ》　↓熱《ねつ》

うっこんかう《うっこんこう》　【植】　鬱金香、現代中国語では、郁金香《ユウジンシャン》。チューリップの漢名。童「チュウリップの幻術」に「洋傘直しと園《(えん)》丁《てい》とはうっこんかうの畑の方へ五六歩寄ります」とある(園丁は庭師《ガーディナー》)。詩「函館港春夜光景」にも「朱と蒼白のうっこんかうに、／海百合の椀を示せば」とある。海百合《うみゆり》は生きた化石と言われる海底の棘皮《きょくひ》動物(ウニやヒトデに代表される無脊椎《せきつい》動物。皮に石灰質の棘《とげ》がある)で、長い柄の先の体がユリまたはチューリップに似ているのでその名がある。「椀」とはその形であろう。短「十六日」には海百合の化石が登場。

うつは数《(かぞ)》**ふるそのひまに**　【レ】　文語詩「短夜」に「うつは数ふるそのひまに、／もはや*浅葱《(あさぎ)》とかはりけり。」とある。器《うつわ》を数えている間《ひま》に、あたりは夜明けの薄いあいいろの朝まだきになってきた、の意。「短夜」は俳句の季語でも夏。同詩の「目あかし町」は↓同心町《どうしんちょう》

うつぼ　【植】【レ】　靫、空穂。矢を入れて腰や背に負った昔の武具(羽壺・靫)が原義。それに似たウツボグサは歌［四〇の次］に「*こぬかぐさうつぼぐさかもおしなべて」と出てくる(おしなべては一様に)。日本各地に自生するシソ科の多年草。茎は四角で高さ一〇〜三〇cm、六、七月、紫色の唇形の花を密集してつける。花穂が枯れて黒くなり、これを夏枯草《なつがれそう》と言い、往時は利尿薬にした。詩「昏《(くら)》い秋」の「白いうつぼの稲田にたって」は、結実していない穂ばかりの稲田の意、文字どおり空穂である。あるいは殻ばかりで実のない籾《もみ》、つまり「しいな」(粃、秕、しいら、とも)ばかりの稲田、ともとれる。そそけだつ空っぽの稲田の眺めと、収穫の望めないむなしい秋の稲田の風景とを「白い」にこめてうたったのであろう。

空穂《うつぼ》　↓うつぼ

【うつほ】

うつぼぐさ →うつぼ

腕木《うでぎ》 【文】 電柱の上部に横に取り付けた電線を支えるための横木。童[月夜のでんしんばしら]には、二本腕木、三本腕木、六本腕木の三種類の電柱が出てきており、それぞれ「二本うで木の工兵隊」「三本うで木のまっ赤なエボレットをつけた兵隊」「六本うで木の竜騎兵」(一六〜一七世紀以降のヨーロッパで、鎧かぶとをつけ銃で武装した騎兵のこと)として描かれる。童[銀河鉄道の夜]では最後のカムパネルラの姿が消える場面で「二本の電信ばしらが丁度《ちょうど》両方から腕を組んだやうに赤い腕木をつらねて立ってゐました」とあり、あたかもカムパネルラとの別離の悲哀をジョバンニにかき立たせるような神秘的象徴的意味がこのシーンには込められている。

賢治の描いた電信柱

うど →みづ、ほうな、しどけ、うど

うな、汝《うな》 【方】 うない、うなだ、とも。お前、あなた。発音するときは「う」はほとんど発音せず、「な」を強く言う。「ンナ」「ンナィ」に近い。二人称代名詞としてはほかに「お前《めえ》」「お前《めえ》さん」等がある。「汝家《うなえ》」は「あなたの家」「あなたの家庭」の意。詩[東岩手火山](→岩手山)、童[風の又三郎]、同[ひかりの素足]等。

うなぃ →うな、汝《うな》

うない →うなゐご《うないご》

うな行《い》**っただがら今年**《ことし》**ぁいゝ**《ぃ》**だなぃがべが** 【方】 お前は行ったんだから今年は(行かなくても)いいんじゃないだろうか。「行っただがら」の発音は「行ったんだがら」に近い。「今年ぁ」は「今年は」の訛り。「いゝだなぃがべが」の発音は「いんだねがべが」に近い。短[十六日]。→うな、汝《うな》

うなじはかなく瓶《へい》**とるは** →うため

うなだ →うな、汝《うな》

うなは爺《じ》**んごに肖**《に》**るやなぃぢ**《じ》**ゃぃ** 【方】 お前は爺さんに似るんじゃないぞ。「は」は「ハ」と発音する。「なぃ」は「ね」と発音する。童[十月の末]。→うな、汝《うな》

うなゐ《うない》**、うなゐら**《うないら》 →うなゐご《うないご》

うなゐご《うないご》 【レ】 幼い子ども。うなゐ、うなゐ子、とも。うなゐら、は複数で子ら。うなゐ(髫髪)は子どもの髪をうなじ(項、首のうしろ)で切りそろえたり、一部を束ねたりすることで、そこから出た語。文語詩に「〔ひかりものすとうなゐごが〕」(何かが光ったと小さな子が〈→ひそに〉)がある。文語詩[母]には「うなゐの子」とある。なお、詩[〔鉄道線路と国道が〕]の下書稿に「朱《しゅ》頬徒跣《きょうとせん》のうなゐ子」とあるのは朱《あか》い頬をした徒跣(はだし)の子。

海胆《うに》 【動】 棘皮《きょくひ》動物(→うっこんかう)ウニ類の総称。雲丹、その形状から海栗とも書く。『春と修羅』[序]に「これらについて人や銀河や修羅や海胆は/(中略)/それぞれ新鮮な本体論もかんがへませうが」とある。小野隆祥《りゅうしょう》によれば、ここはハンス・ドウリーシュ著『実験発生学』に基づいていると言うが、賢治らしいのは空と海の混交・同体のイメージ。それは童[シグナルとシグナレス]においても同じで「ユラユラ青びかりの棘《とげ》を動かしてゐるのは、雲丹《うに》ですね」と二人の会話の中にあるのは空の中でのこと。また、この海胆のイメージには、生体を細胞レベルまで還元して考える賢治の世界観と進化論の反映がある。

綵女《うねめ》【文】 サイジョとも読む。采女とも書き、ウネメは日本読み。ウネべとも言った(綵の原義は綾衣《あやぎぬ》の意で、采は採にも通じ、選ぶの意もある)。古代、各郡のエリートの家庭から選(采)ばれて宮仕えさせられた、主として食事に侍《はべ》る女官(中国の漢時代のサイジョを日本でもまねてそう言った)。詩[春谷暁臥]の文語表現部分に「しばし無雲の天《(そら)》(↓天《てん》)に往き/数の綵女とうち笑みて」とある。数の、は複数の、あるいは多数の。賢治は「みめうるわしい天女のような美女たちと歓楽して」の意で用いているので、サイジョと読んでもよいのだが、下に「うち笑みて」があるのでウネメと音をそろえて読みたい。

姥石《うばいし》【地】 岩手県気仙《けせん》郡住田《すみた》町世田米《せたまい》(旧気仙郡世田米村[一八八九〜一九四〇])の地名。世田米村は一九二〇(大正九)年の人口約四八〇〇人。盛街《さかり》道(主要地方道、*水沢—*人首《ひとかべ》、住田線)の姥石峠付近が姥石で、この峠のすぐ北側が*種山ヶ原であり、峠の南側は種山ヶ原牧場である。短[*十六日]では地質調査に来た学生が鉱山で働く嘉吉夫婦との会話のなかで、姥石まで行って泊るつもりだと語る。詩[〔行きすぎる雲の影から〕]には「うしろは姥石高日まで/いまさわやかな夏草だ《(ママ)》/それが茶いろの*防火線と/緑のどてでへりどられ」と牧場の描写もある。この詩は詩[種山ヶ原]異稿の一。高《たか》日《ひ》という地名は付近にないが、一般用語としては高日は*天上、太陽の意に用いることもヒントにすると、姥石牧場のある、日のあたる姥石高原を指しているのだろうか。

姥屋敷《うばやしき》 ↓狼森、笊森、盗森、黒坂森《おいのもり、ざるもり、ぬすともり、くろさかもり》

優鉢羅華燈油《うばらけとう うばらげとうゆ》【宗】【レ】 詩[*海蝕台地]下書稿に海のイメージとして出てくる。優鉢羅は梵語 utpala の音写で正しくは嗢鉢羅(中村元著『広説佛教語大辞典』)で青蓮のこと。もともときびしい寒さで折れた蓮のたとえだが、賢治はさらに、とろりとした灯油のような海面を連想して、真冬ではないが春の海蝕台地のイメージとして造語したと思われる。

うべがはじ ↓いなうべがはじうべがはじ

宜なれや《うべなれや》【レ】 宜はムべとも読む。なるほど、まことに、もっともなこと、の意。なれやは、断定の助動詞「なり」の已然形に、疑問または強めの助詞「や」が付いたもの。文語詩[〔雲を濾《こ》し〕]に「走り出でしも宜なれや」とあるのは、子らが走り出したのも「もっともなことであるよ」の意。同[*岩頸列]には「そのこともことうべなれや」とある。

馬《うま》【動】 奇蹄《きてい》目ウマ科の哺乳動物。南部馬、南部曲家《まがりや》(人間の住居と廐《うまや》がカギ形に一つになっている住居様式)の名で知られるように、岩手県は南部藩(↓八戸《はちのへ》)いらい馬どころ(産馬地)であった。『岩手県史』九巻(一九六四)によれば、一八八八(明治二一)年の馬頭数は一万三〇八頭だったのが、賢治四歳のころ、一九〇〇年までには約一〇倍の一〇万頭台にまで増加し、その後少し減少するが八万頭台を維持し、一九四〇(昭和一五)年には八万六三八三頭を数えている。この増加の推移には需要と供給の両面が考えられ、前者としては在来の民間的な放し飼いにしている野馬(やば、のうま)、農耕馬、輓馬《ばんば》(荷物運搬用)のほかに競走馬や軍国主義の国策にのった軍用馬(軍馬)の需用が急速にふえたこと、そのため洋種輸入、*種つけ、品種改良が飛躍的に進んだことがあげられる。一八八九年末の*産馬組合の拡充、一八九六年の岩手*種馬所、*軍馬補充部開設、一八九八年の種馬廐《しゅばきゅう》の設置等、その陰には、官民挙げての協力ぶりがあった。賢治作品での馬の登場頻度は一九四。農耕馬、輓馬、重輓馬、乗馬、軍馬、種馬、幻想的な神馬、西蔵馬まで多種多様なのは岩手県の馬産業のにぎわいの反映とみることもできよう。詩［小岩井農場］の「馬も上等のハツクニー」、詩［白い鳥］の「みんなサラーブレツ《(ママ)》ドだ」、詩［北上山地の春］［種馬検査日］、劇［種山ヶ原の夜］等に登場する「華奢《きやしや》なサラーブレッド」や「息濃く熱いアングロアラヴ」（→アラヴ）等の洋種馬も、すべて賢治の時代に導入された代表的な品種名で、どれもスマートで輝いて見える。逆に農村の労働力を支えていた農耕馬や軽輓馬、重輓馬の地味なイメージも多い。かと思うと、敬虔なイメージの「房毛《ふさげ》まっ白な聖重挽《(ママ)》馬」（詩［〔一昨年四月来たときは〕］）も登場する。「夜をこめて／硫黄つみこし馬はいま／あさひにふかく／ものをおもへり」（歌［六四三］）、「馬はボロボロ泣きだしました」（童［貝の火］〈→蛋白石〉）等々。ただ、馬や牛など欲しくても買えない貧困な小作農が圧倒的に多かった賢治の周囲の現実を忘れてはなるまい。その点では「うまぐらゐあるまつ白な犬をつれて」（詩［真空溶媒］）とか、「まるでこれからアフガニスタンへ馬を盗みに行くやうだ」（詩ノート［〔野原はわくわく白い偏光〕］）、「ぜんたい馬の眼のなかには複雑なレンズがあつて」（詩［小岩井農場　パート三］）等の比喩的表現や、直接現実とはかかわりのない童［北守将軍と三人兄弟の医者］での馬の活躍など、読者にはおもしろい。また詩［軍馬補充部主事］にある「震天がもう走って居るな」は下有住村《しもありずみむら》の気仙《けせん》産馬組合で一九〇四年に産し、多くの供進会（各地で行なわれた馬の品評会《ホース・フェア》、あるいは馬祭り、と思えばよい。供進の語は神事に発する）で金牌を獲得した県下第一の名馬の名を賢治が覚えていて使ったものか、あるいはこれにあやかった馬が実在したかのいずれかであろう。この「震天《しんてん》」が活躍したころ賢治はまだ少年だったからである。なお、サラーブレッドは作品により「サラアブレッド」の表記もある。童［風の又三郎］九月四日の章では牧場から逃げ出した馬を高田三郎と嘉助が追いかける場面がある。ここでは馬が嘉助を異空間へ導く役割をしている。「野馬がかつてにこさえ《(ママ)》たみちと／ほんとのみちが分るかね？」（詩［遠足許可］）の「野馬」は（一九三〇〈昭和五〉年一一月、「文芸プラニング」誌に発表したが、のち手入れするので右の一行目を題にした下書稿㈣の最終形態になるが）野生の馬ではなく、古歌に「野飼に放つ馬ぞ悲しき」と歌われた廐《うまや》も与えられず放し飼いにされている馬である。→血《けっ》馬《ば》、藻を装へる馬《もをよそおえるうま》

駑馬《うま》　→はじめの駑馬《うま》をやらふ《(ろう)》もの

馬《うま》こは、みんな、居《い》なぐなた。／仔《こ》っこ馬《ま》もみんな随《つ》いで行《い》た。／いまでぁ野《の》原《はら》もさぁみしんぢゃ、／草《くさ》ぱどひでりあめばがり。【方】　馬はみんな、いなくなった。仔馬もみんなついて行った。今では野原も寂しいなぁ。草葉と日照り雨ばかり。日照り雨は晴天の雨。古語ではソバエ。別名キツネノヨメイリ。童［葡萄水］。「馬こ」「仔っこ馬《ま》」の「こ」に関しては→馬こもみんな今頃ぁ

馬《うま》こもみんな今頃《いまごろ》ぁ　家《え》さ行《い》ぎ着《つい》だな【方】　馬もみんな今ごろは家に帰り着いたな。「馬こ」の「こ」は名詞の後に付ける東北方言の接尾辞で意味はない。例として「花っこ」「わらしっこ」「皿っこ」等多数。「今頃ぁ」は「今頃は」の訛り。「着だな」は「着いただろうな」のいわば詰まった表現。劇［種山ヶ原の夜］の「馬居だ」は「馬

が居た」。

馬肥《うまごやし》 【植】 苜蓿（漢音ボクシュク）。カラクサの別称。シロツメクサ（→白つめくさ）の俗称。ウマゴエと言ったりするのは、さらに俗称であろう。馬が好んで食べるのでそう翻訳した。マメ科の越年草。南ヨーロッパ原産。江戸期に日本に入り、各地に野生。茎は地をはい、三〇cmほどの高さ。春に黄色の小花をつける。牧草、*肥料とする。アルファルファ（Alfalfa）と原名で、またはコットンゴヤシと呼ばれ、西アジアから当時輸入されてもいた。劇[植物医師]に「その*百刈さ、馬肥、十五段、*豆粕一俵」とある。十五段は単位。一段は馬一頭に積む量（米なら二俵）を言うから十五頭分となる。当時は百刈（九九一・七㎡）に最低五段ほど用いたと言う。からくさの用例は歌[四四]の「靴にふまれひらたくなりしからくさの」や、童[*土神と*狐]の「冷たい湿地で*苔やからくさやみぢか《(ママ)》い*蘆などが生えてゐました」等。

うまや →ギャロップ

うまやごえ →廐肥《きゅうひ》

うまれでくるたて／こんどはこたにわりやのごとばかりで／くるしまなあよにうまれてくる 【方】 賢治自注（『春と修羅』）によれば「またひとにうまれてくるときは／こんなにじぶんのことばかりで／くるしまないやう《(ママ)》にうまれてきます」の意。「こたに」は「こったに」と発音されるが、「こんなに」の意。詩[永訣の朝]。

馬を相する《うまをそうする》 →まんさんとして

うみがらす 【動】 海鳥。チドリ目ウミスズメ科の海鳥。全長四〇cmほどで夏は褐色、冬は白色の羽となる。海上に大群で活動し、潜水して魚類を捕食する。脚が後方にあるので岩壁等では小さなペンギンに見える。サハリン（→サガレン）の海豹《ロッペン》島が繁殖地で北海道、東北にも渡来するためロッペンガモ、オロロン鳥の別名もある。詩[津軽海峡]（初行「夏の稀薄から却って*玉髄の雲が凍える」）に「それらの三羽のうみがらす／そのなき声は波にまぎれ／そのはゞたきはひかりに消され」とある。

うみすゞ《ず》**め** 【動】 チドリ目ウミスズメ科の海鳥。全長二六cmほどで*ウミガラスと同じく潜水して魚を捕食する。岩手県でも繁殖する。「うみすゞめ／つどひめぐりて／あかつきの／青き*魚とる　雲垂れ落つを」（歌[七五二]）、「海すずめが何重もの*環になって白い水にすれすれにめぐってゐる、*かもめも居る」（童[風野又三郎]〈→風の又三郎〉）等。

海《うみ》**だべがど　おら　おもたれば／やつぱり光**《ひか》**る山**《やま》**だたぢ**《じ》**やい／ホウ／髪毛**《かみけ》**　風吹**《かぜふ》**けば／鹿踊**《ししおど》**りだぢ**《じ》**やい** 【方】 「海だろうかと私は思ったが、やっぱり光る山だったよ。ホウ、*髪の毛に風が吹けば*鹿踊りだよ」の意。詩[高原]の全文。光り輝く高原で風に吹かれている様子が、鹿踊りのたてがみをなびかせた感じに似ていると言う。方言ならではの生き生きとした表現。鹿踊りの起源を賢治の詩的想像力で童話に仕立てた傑作が童[鹿踊りのはじまり]である。なお、*花巻地方では髪の毛を「髪毛《かみけ》」ということが多い。

海蛇《うみへび》 【動】【天】 ウナギ目ウミヘビ科の魚。ウナギに似ているが多くは尾びれのないのが特色。食用にならない。漁民たちには竜宮の使いと信じられていて、これが獲れると神社に奉納す

ウミガラス

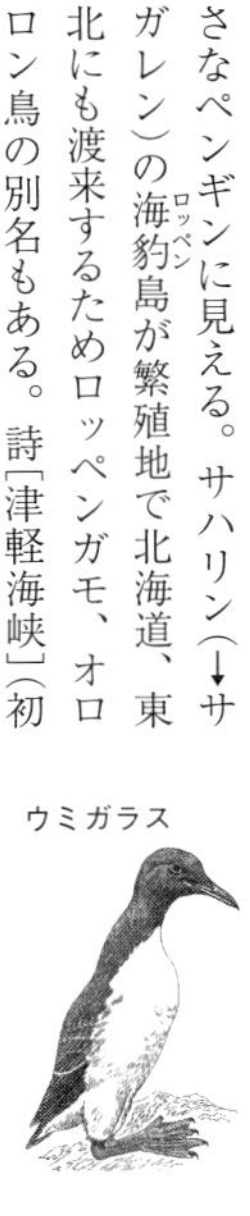

ウミスズメ

るならわしがある。童［*双子の星］に「そして双子のお星さまだちは海蛇の王さまの前に導かれました」とある。海蛇《ヒドラ》座（Hydraうみへび座、とも）は乙女座の南西にある細長い星座。↓蛇紋岩《じゃもんがん》

海坊主山《うみぼうずやま》 ↓黒坊主山《くろぼうずやま》

海百合《うみゆり》 ↓うっこんかう

海りんご《うみりんご》 【動】 *古生代の棘皮《きょくひ》動物中最も原始的な海底の小動物で絶滅種。オルドビス紀からデボン紀頃（↓古生代）に生息した。袋状または卵状をしていて、不規則に排列した石灰質の殻に覆われていた。また、中南米やセイシェル島（インド洋、アフリカ沖の共和国）のシュロ（棕櫚〈梠〉）の果実を英語で sea apple と呼ぶが、賢治が「海りんごのにほひがいっぱいであった」（詩ノート［〔古びた水いろの*薄明穹のなかに〕］）という場合、これが頭にあったわけではあるまい。彼の教養に基づく前者の絶滅種連想で、実際は海近くの*リンゴ畑のにおいを空想していたのかもしれない。

海りんご

うめばちさ《そ》う 【植】 丘陵、高山の日当りのよい湿地に生えるユキノシタ科の多年草。初秋、高さ二〇cmほどの花茎の先に梅鉢形（ひとえの梅の花の模様。紋章の一）の白い五弁花の清楚な花をつける。「いちめんのうめばちさうの花びらはかすかな*虹を含む乳色の*蛋白石」（童［*十力の*金剛石］）、「すすぎ（↓すすき）の底《そこ》でそつこりと／咲ぐうめばぢの／愛《え》どしおえどし」（童［*鹿踊りのはじまり］）、「ここは*こけももとはなさくうめばちさうのはなさくうめばちさう」（詩［*早池峰山巓《はやちねさんてん》］）、「野原がうめばちさうや山羊の乳や」（詩［第四梯形《ていけい》］〈↓七つ森〉）等。

ウメバチソウ

うめもどき ↓つるうめもどき

うら青《うらあお》 【レ】 「うら悲しい」、「うら淋しい」と同じ、ウラは接頭辞。「うっすらと青い」のイメージ。文語詩［〔盆地に白く霧よどみ〕］に「めぐれる山のうら青を」、文語詩［車中〔一〕］には「寒《かん》天光《てんこう》（↓アガーチナス）のうら青に」とある。後者は車中の、「葉巻」たばこの紫煙のよどむ空気。

ウラニウム ↓ヴナデイム

瓜《うり》 【食】【植】 ウリ科の植物。一般的には食用とするキュウリ、ニガウリ、シロウリ、マクワウリ、メロン等、ウリ属のものの通称。中国から伝来したものが多いが、日本での栽培及び食用の歴史も古い。種類や熟し方に応じて、漬物や料理にしたり、果物としてそのまま食したりする。賢治作品には果物のマクワウリ（真桑瓜）と思われるもの（文語詩［母］等）と、童［風野又三郎］には「烏瓜の燈籠」が、また童［*銀河鉄道の夜］の「銀河のお祭」（↓ケンタウル祭）に「あかり」をともして流す烏瓜《からすうり》（食用にはしないが晩秋にランプ状の赤い大きな実の熟したのを飾ったりした野生種）が出てくる。詩［*滝沢野］にも*柏の木にからまり寄生して熟した烏瓜を赤い手さげのランプに見たてた「柏の木の烏瓜ランタン」が出てくる。

うるうる 【方】【レ】 感覚的な方言で、うるむ意の潤々という漢字をあてたいところだが、より感官的である。例えば、思いがけない寒さを肌で感じたり、風邪の前兆などで急に寒けがするときなど、今も「うるうるすじゃ」と言ったりする。詩［*早池峰山巓《はやちねさんてん》］

(下書稿)の「うるうる木の生えた*なまこ山」、「眼もうるうるして息《い》吹きながらふるえながら《(ママ)》」(後者は最終形では「眼もうるうるして息吹きながら」)とあるのは、その方言の感覚にぴったり。詩[*鎔岩流]の「うるうるしながら*苹果《りんご》に噛みつけば」もそうだが、詩[*グランド電柱]には*雀のむれが「*掠奪《(りゃくだつ)》のために田にはいり《(ママ)》/うるうるうるうると飛び」とある。詩[*塩水撰《(えんすいせん)》・*浸種]には「うるうるとして水にぬれ/一つぶづつが*苔《(こけ)》か何かの花のやう」とあり、童[*どんぐりと山*猫]には「まはりの山は、みんなたつたいまできたばかりのやうにうるうるもりあがつて、まつ青なそらのしたにならんでゐました」とある。文語詩[*岩手山巓《(さんてん)》]には「青野うるうる川湧けば」とある。寒けだけでない、対象によって立体感や、湿潤度、勢いを音覚化している。似た語に「*わりわり」があるが、ともに方言をもとにし、方言をこえたオノマトペ。賢治の場合、色彩、形態、質感、さらに動きや音感等を含む。

漆《うるし》【植】 ウルシ科の落葉高木。中国、ヒマラヤ原産。高さ一〇mほどにもなり、樹皮は灰色。花は初夏、枝先に円錐花序で黄緑色の小花を多数つける。幹に傷をつけ、そこから食器や膳、テーブル等の木製品の塗料として古来重用される漆液をとる。東北地方にはツタウルシやヤマウルシ等の野生漆がある。体質によって枝や葉に触れただけでかぶれるのでよく知られている。父*宮沢政次郎あて簡[5]に「今年は漆にもかゝらず大に幸に存じ居り候」とある。賢治はかぶれやすい体質だったのだろう。ほかに詩[*プジェー師丘を登り来る]、童[北守将軍と三人兄弟の医者]。

漆ぬり《うるしぬり》【文】 *漆器《しっき》。岩手県は昔から良質な*漆の産地で、漆器も多く作られてきた。それらは「御器《ごき》」と呼ばれる日常の食器に代表され、安価なことも手伝って、昭和の初めごろまで広く使われていた。漆器の製法は、例えば椀の場合、木地師《きじし》と呼ばれる人たちが原木を切って乾燥させた材木を輪切りにし、ろくろにかけて*漆の液を塗る前の木地椀を作る。それに塗師が、原則として下地、中塗、上塗を行なって完成させる。漆の木から採ったままの生液《きえき》は、飴色がかった粘稠《ねんちゅう》液で、賢治も詩[*小岩井農場　パート二]の中で「*ひばりの翅《はね》」を「甲虫のやうに四まいある/飴いろのやつと硬い漆ぬりの方と/たしかに二重《ふたへ》にもつてゐる」と形容している。ほか童[*葡萄水]等。ちなみに江戸時代、漆器は重要な産業で「漆奉行《うるしぶぎょう》」の役人もいた。

うるひ →うるゐ《うるい》

うるゐ《うるい》【方】【植】 オオバギボウシ(大葉擬宝珠、ユリ科の山菜、観賞用に栽培もする)、コバギボウシ等の総称としての方言名。山地に自生する多年草で根茎は太く、大きな葉は根から群がり出て表裏に白い粉をふいている場合が多い。夏、紫白色の花を房状につける。若い葉や茎は食用にする。文語詩[*〔月のほのほをかたむけて〕]に「塩のうるゐの茎噛みて、ふたゝび遠く遁れけり。」とある。茎を噛むと塩分の味がするので手遊《すさ》びがてら、よく山道等で手折って噛んだ風習を言ったもの。

ウルイ
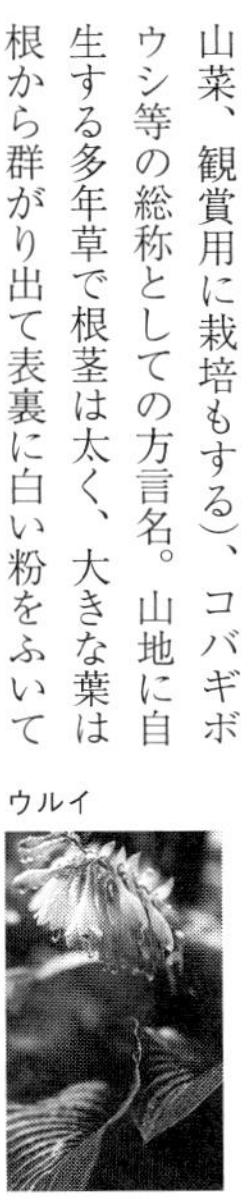

梢《うれ》 →梢《こずえ》

うろこ雲《うろこぐも》 →巻積雲《けんせきうん》

うろこの国《うろこのくに》【レ】 鱗の国。海の国。うろこ(古語はイロコ)は*魚の別称で、いろこの宮と言うときは伝承上の魚族(いろくず)の宮殿、竜宮のこと。文語詩［〔われらひとしく丘に立ち〕］に「そのわだつみの潮騒《(ママ)》えの／うろこの国の波がしら／きほひ寄するをのぞみゐたりき」とある。わだつみはもと海神、転じて海のこと。きほひ(きおい)は競い、争い寄せる。

うろこ松《うろこまつ》【植】 鱗松。詩［*華麗樹種品評会］や、詩［〔鱗松の*こずゑ氷雲にめぐり〕］に登場。うろこ松は松の種類には実在しないが、詩［華麗樹種品評会］には「これが最后《(さいご)》の惑《(くら)》んで青いうろこ松／幹もいっぱい青い鱗で覆はれてゐる」とあり、松の幹がうろこ状をしているところから、針葉樹の祖先とされる*鱗木を想像し、そう呼んだのではあるまいか。

上ン平《うわんだいら》【地】 岩手県紫波郡紫波《しわ》町の西部山地、*北上川に流入する滝名《たきな》川の中流右岸の浦田集落の北部山地、高さ約五六〇mの小高原。作品には出てこないが賢治の遺言にある「*経埋ムベキ山」の一。

ウヰーゼ《うぃーぜ》【地】 Wiese(独) 牧草地、牧場(ドイツ音ではヴィーゼだがヴを賢治は英語音にしている)。詩［種山と種山ヶ原］(［種山ヶ原］下書稿(一))に「*アルペン農の夏のウヰーゼのいちばん終りの露岩(↓露頭)である」とある。

ウヰリアムタッピング ↓タッピング

ウヰンチ《うぃんち》【文】 winch 円筒形の胴を回転させてロープやチェーンなどを巻き取る機械。詩［〔船首マストの上に来て〕］に「ウヰンチは湯気を吐き」とある。海水の湿気とウィンチの勢いの湯気。

雲滃《うんおう》【レ】 滃は大水や雲や霧の勢いよくあふれ、立ちのぼるさま。滃然とも言う。文語詩［悍馬〔一〕］(↓アラヴ、血馬)に「山はいくたび雲滃の、／*藍のなめくじ角《(ママ)(つの)》のべて」とあるのは「もくもくと立ちのぼる雲が日の光をさえぎって、山の面に影をおとす。その影の様子が、藍《あい》色のなめくじのように二本の角《(つの)》(触角)を伸ばして」の意で字義にぴったりなのだが、賢治が雲滃《かげ》とルビをつけた詩がある(［〔Largo(↓ラルゴ)や青い雲滃《かげ》やながれ〕］)。ここも「青い雲滃《かげ》」の例。本来、滃の字はカゲと読めないので、この字をカゲと読ませるのは賢治の卓《すぐ》れた語感には違いない。逆にした滃雲(おううん)の用語はあって、雲気の起るさまを言うので、それが賢治の頭にあったのか。字義にこだわれば、この詩の場合、上に「青い」もあり、雲影か雲翳(ともにウンエイとも読む)が用語としてはふさわしいと思われるが、賢治は「滃」の字を好んだか、使ってみたかったのだろうか。なお、詩［〔道べの粗朶(↓榾　ほた)に〕］下書稿の「暈滃」(うんおう)も「雲滃」とほとんど近いイメージで用いていると思われる(↓暈環《うんかん》)。↓雲かげ原《くもかげはら》を

浮塵子《うんか》【動】 半翅《はんし》目ヨコバイ科ウンカ科等の昆虫の総称。緑色のごく小型の蟬に似た体をして(体長約五㎜)よく跳躍し、羽で飛ぶ。*稲等にたかり、その汁液を吸うので稲作に打撃を与える害虫とされた。詩［来訪］に「もうやってきた　ちいさな《(ママ)》浮塵子《うんか》／ぼくは緑の蝦《(えび)》なんですといふやうに／ピチピチ電燈《デンキ》(↓電燈《でんとう》)をはねてゐる」とあるのは、燈に集まってくるこの虫の習性のイメージ。文語詩［〔館《(やかた)》は台地のはなれば〕］(はなは端で、はずれ)にも「緑の蝦を僭しつゝ／浮塵子《(うんか)》あかりをめぐりけり」(「僭《せん》しつつ」は僭称して、あたかも蝦みたいに身の程をこえた振舞いをして、の意)とある。かつては大群発生して農民たちを悩ませ

ウンカ

たが、今は農薬や駆除剤の発達でそれはなくなった。

雲環《うんかん》 →暈環《うんかん》

暈環《うんかん》 【天】 暈は太陽(→お日さま)や*月の周りにぼうっと現れる暈《かさ》状の光。ハロー(halo)(→ハロウ)。環はその輪のこと。転じてめまい(眩暈《げんうん》)の現象にも言う。詩ノート[*ローマンス]に「黒いマ*ントの中に二人は／青い暈環を感じ／少年の唇はセルリーの香／少女の頬はつめくさ(→赤つめくさ、白つめくさ)の花」とある。下書稿では「青い暈《かさ》」とある。なお、詩[*鈴谷平原《すずや》]に同音の語「雲環」が出てくる(「*荘厳ミサや雲環とおなじやうに」)が、こちらは雲の形状を言う「*白金環」に近く、官能的な「暈環」とは別のイメージ。

運針布《うんしんぬの》 【文】 裁縫の運針(針の使い方)練習用に種々の点線等を捺染《なっせん》してある布。学校で使った。ス[一三]に「日曜にすること／運針布を洗濯し／うん針を整理し／試験をみる」とある。

雲堆《うんたい》 【天】【レ】 雲の丘(岡)。あるいは丘(岡)のような雲。詩[〔あけがたになり〕]に「西雲堆の平頂《へいちょう》をのぞんで」とある。「西の方の雲の丘の平たい頂《いただき》をながめて」の意。同下書稿では「西ぞらの白い横雲の上には」となっている。

うんとそんき 【レ】 運と損気。損気は損をする気性。運気と損気のゴロ合わせをしたユーモラスな表現として、詩[函(函)館港春夜光景]に「うんとそんきのはやわかり」とある。

うんにゃ 【方】 否。いや。否定・打消の語。発音する際は「う」がほとんど消え「んにゃ」となる。童[グ*スコーブドリの伝記]では「やめろ。やめろ。やめろつたら。」「うんにや。やめない。…」と出てくる。

雲平線《うんぴやうせん》《うんぴょうせん》 【科】 うんぺいせんとも読めるが、詩集『春と修羅』、詩集印刷用原稿には、旧かなで「うんぴやうせん」とルビが付されている。賢治の造語か。山頂等から雲海を見おろす時、雲のはるかかなたが一直線に見える壮麗な眺めを指すものと思われる。地平線、水平線等からの賢治の連想であろう。詩[東岩手火山](→岩手山)に「雲の海のはてはだんだん平らになる／それは一つの雲平線《うんぴやうせん》をつくるのだ」とある。

雲母《うんも》 【鉱】 mica マイカ。きらら、きららとも言う。硬度二・五〜三。珪(硅)酸塩鉱物のグループ名。薄くはがれるのが特徴で、重要な造岩鉱物であり、花崗岩などに含まれる。白雲母(→muscovite)(→口絵㉟)、金雲母、黒雲母(→バイオタさん)などに分類される。耐熱性が高く、電気を通しにくい性質を持つので絶縁体として用いられる。「金雲母のかけらもながれて来て」(童[*やまなし])、「みちをあるいていて黄金いろの雲母のかけらがだんだんたくさん出て来ればだんだん花崗岩に近づいたなと思ふ」(童[*インドラの網])、「*写楽が雲母《きら》を揉み削《こそ》げ」(文語詩[暁眠《ぎょうみん》])は雲母を粉末にして版画や日本画の顔料《がんりょう》にするイメージ。なお、雲母をちりばめて(または刷り出して)模様をつけた紙を「雲母紙《きらがみ》」と言うが、童[楢ノ木大学士の野宿](→なら)に「雲母紙を張った天井」が出てくる。賢治原稿にはルビがないが、「きららがみ」が読みとしては適切。詩[栗鼠と色鉛筆]には「古い壁画のきららから」とある。 →雲母摺り《きらずり》

雲母紙《うんもし》 →雲母《うんも》

雲量計《うんりょうけい》 【文】 雲量とは雲が空を覆う割合(雲一つない晴天の状態をゼロとする)のことだから、その雲量を計測する計

【うんりよう】

器かとも思われるが、須川力《つとむ》によれば、これはパリのモンスリー気象台のベッソンの考案した「櫛《くし》型測雲計」のことかと言う。今は使われていないが賢治のころは水沢緯度観測所（→水沢の天文台）の天頂儀（→ひるの十四の星）室の外に、これが設置されていたらしい。櫛形の七本の棒が目の高さから四ｍの真鍮*管のてっぺんに立っており、これを雲の通路と平行にすれば、雲の動きの速度や方向が測定できたと言う。詩「晴天恣意《しい》*」に「雲量計の横線を」（下書稿では「天頂儀の蜘蛛線を」）とあるが、横線や蜘蛛線とは、これも須川説によれば櫛の隙間を横切る雲の線を指してのことらしい。

え

え　→おあがんなんえ

穎《えい》　【植】　俗字は「頴」。イネ科の植物の花（小穂）を包む小さな葉（苞葉）。苞穎、護穎、内穎がある。花を含めても言う（稲の花は穎に包まれた花、すなわち穎花《えいか》だが、文語詩「祭日（一）」では音調上の配慮であろう、単に「はな」とルビがある）。詩「和*風は河谷《かこく》（→北上川）いっぱいに吹く」に「稲*がそろって起きてゐる／雨のあひだまってゐた穎は」とある。

穎果《えいか》　【植】　イネ科の果実に見られる穀果。果皮が種子に密着し、一般に小型なので種子のように見える。詩「塩*水撰・浸*種」に「陸*羽一三二号／これを最后《（ママ）》に水を切れば／穎果の尖《（さき）》が赤褐色で」とある。

盈虚《えいきょ》　【天】【レ】　（月*などの）盈虚《みちかけ》の意から、ものごとの盛んなこと、衰えることにも言う。詩「雲と*はんのき」に「感官のさびしい盈虚のなかで」とある。これは、後者の意。

影供《えいぐ》　→鵞王《がおう》

永代橋《えいたいばし》　【地】　東京の隅田川下流（中央区と江東区《こうとう》にまたがる）の鉄橋。永代は仏教語で（代をタイと読む）永久の意。この名の橋は一六九八（元禄一一）年日本橋箱崎町と深川佐賀町に架けられた木橋があった。鉄橋は一九二六（大正一五）年竣工。長さ一八五m、幅二二m。詩「三原　第一部」に「鉄の弧をした永代橋が」とある。弧はアーチ。

エイト　ガムマア　イー　スイックス　アルファ　→アラベスクの飾り文字《あらべすくのかざりもじ》

泳動《えいどう》　【レ】　詩「奏*鳴的説明」に「はた天球の極を索《（もと）》むる泳動か」とある。「あるいはまた天体の空の極みをめざして光や風がうねり泳ぐかのようにのぼって行くのか」という意と思われる。

要法下種《えうぼふげしゅ》　→要法下種《ようぼうげしゅ》

好《え》**がった**　【方】　良かった。好がったが好《い》がったに聞こえることも多い。童「種山ヶ原」では「はあ、まん*つ好がった。」とある。

江川坦庵《えがわたんあん》　【人】　江戸時代の砲術家、江川太郎左衛門《たろうざえもん》のこと（坦庵は号）。詩「高架線」に「江川坦庵作とも見ゆる／黒くて古き煙突も／タ*キスのそらにそゝり立つ」とある。彼が静岡県韮《にら》山《やま》に建造した（一八五三〈嘉永六〉年～一八五八〈安政五〉年）大砲を造る鉄を精錬する反射炉のことを想起したもの。

液相《えきそう》　→二相系《にそうけい》

液体のパン《えきたいのぱん》　【食】　酒のこと。童「税務署長の冒険」に、酒は「人間エネルギーの根元」であり、「圧縮せる液体のパ*ンと云ふのは実に名言です」とある。比喩であるが、酒もパンも穀類を原料としていることからきたユーモラスな表現。ただし、賢治はほとんど酒をたしなまなかった。

駅夫《えきふ》　【文】　駅員の古い呼称である駅手《えきしゅ》の、そのまた旧称。鉄道の駅で、貨物の積み下ろしや運搬、構内の掃除その他雑役をする作業員のこと。国有鉄道では綿《めん》の小倉地《こくらじ》の作業服（→小倉服）が給付された。勤務ぶりが認められると改札係や電信係見習に採用された。文語詩〔〔*腐植土のぬかるみよりの照り返し〕〕等に登場。なお、当時よく読まれた小説に白柳秀湖《しろやなぎしゅうこ》『駅夫日記』(一九〇七)がある。

檣林《エグネ》 →檣林《ヤグネ》

家《え》さ行《い》ぐだぃぐなったべぁな、家《え》さ行《い》ぐだぐなったのが【方】 家に行きたくなったんだろう。家に帰りたくなったのだな。「べぁな」は断定的な推量。それに対して「なったのが」は疑問の問いかけ。「行ぐだぃぐ」「行ぐだぐ」の実際の発音はともに「行ぐだぐ」と「行ぎでぐ」の中間的な発音。童〔*ひかりの素足〕。

江刺堺《えさしさかい》 →江刺市《えさしし》

江刺市《えさしし》【地】 旧岩手県江刺郡江刺町(現奥州《おうしゅう》市江刺区)。一九五八年江刺町が市制施行、江刺市となる。二〇〇六年江刺市と水沢市、胆沢町、前沢町、衣川村が合併、奥州市となる。江刺郡は*北上川東岸の郡で、*種山ヶ原、*伊手《いで》、*人首《ひとかべ》、*岩谷堂《いわやどう》、*原体村《はらたいむら》、*五輪峠、*姥石《うばいし》等、賢治と賢治作品に関わりのある地が多い。賢治にとって青年期の重要な体験の一つに、彼も参加した江刺郡*土性調査(一九一七年八月二八日〜九月八日?)がある。詩〔孤独と風童〕に「白いみかげの胃の方へかい」の一行があるが、これは江刺郡一帯に南北に分布している*花崗岩帯が、地質図で見ると人間の胃の形に見えることを踏まえているとして、賢治の土性調査体験との関連を指摘する宮城一男の説がある(→花崗岩)。エサシは古くは『和《わ》(倭)名鈔《みょうしょう》』(一〇世紀前葉の漢和辞書『倭名類聚鈔《わみょうるいじゅしょう》』の略)に衣佐志とある。『江刺郡志』によればアイヌ語の「前面」の意とあるが、金《きん》田一京助《だいちきょうすけ》は人が多く死んだ「凶区《きょうく》」の意と言う。地形からは北上山地の山の端が、北上川の沿岸に崎のように突き出た所という意で『江刺郡志』の解釈がふさわしい。詩〔*岩手軽便鉄道　七月　(*ジャズ)〕に「江刺堺《さかい》」(江刺郡の郡ざかい)とある。他に簡〔54〕に「江刺」。なお、賢治が影響を受けた*佐々木喜善《きぜん》に『江刺郡昔話』(一九二二)の著がある。

エーシャ牛《えーしやうし》 →牛《うし》

依正《えしょう》【宗】 依報《えほう》と正報《しょうほう》のこと。過去の*業《ごう》(行為)によって受けた現在の身心を正報と言い、その身心の置かれている世界(山河、国土)を依報と言う。身上《しんしょう》に同じ。メモ〔思1〕に「*菩薩仏並に諸他《しょた》八界依正の実在」とある。「菩薩仏並に諸他八界」とは、あわせて*十界のこと。

エステル【科】【レ】 Ester(独) *アルコールと*酸が脱水縮合(反応)してできる化合物で、芳香性、揮発性の液体が多い。一般にエステルと呼ぶときはカルボン酸とアルコールから成るカルボン酸エステルを指すことが多い。低分子量のカルボン酸エステルは果実臭をもち、リンゴ臭、パイナップル臭、バナナ臭などがする。多くは食品のフレーバー(香りつけ)として用いられる。童〔若い研師〕に「このチュウリップ(→うっこんかう)の光のエステルは、とても合成できません」とあるのは、実際の酒ではなく、光り輝くチューリップの花を盃に見立て、匂い立つ美しさをチューリップ酒、その香りを合成できないエステルとしてとらえたもの。この童話の発展稿〔チュウリップの幻術〕にも同様の会話がある。また詩〔〔東の雲ははやくも蜜のいろに燃え〕〕では、*天子の呼気《こき》(→息)に「エステルの香」を感じ、ス〔四二〕では「エステルのくも」がわき立つ。劇〔饑餓陣営〕では*琥珀でできた果実が「新鮮なエステルにみちて」いる。

エスペラント【文】 Esperanto(エスペラント語で「希望する

人」の意)。人工国際語の一。一八八七年に当時ロシア領ポーランドのユダヤ人眼科医L・L・ザメンホフ(Lazarus Ludwig Zamenhof 一八五九～一九一七)によって創案された。一六か条の簡単な文法規則と、一九〇〇〇余りの単語から成る。さまざまな国際語の提案と試みが、特に一九世紀末以来なされたが、最も広く実用に供せられ、現在まで生き残ったのはエスペラントのみである。これはエスペラント自体の考案の優秀さとエスペラントが国際的平和主義を理想としていたためであろう。日本でも一九一九(大正八)年に日本エスペラント学会が創立され、文学者では二葉亭四迷、土岐善麿《ときぜんまろ》、秋田雨雀《うじゃく》、学者では新村出《しんむらいずる》、黒板勝美《かつみ》、思想家では大杉栄《さかえ》、長谷川テルらが、それぞれの角度からエスペラントに触れている。また総合雑誌「改造」をはじめ当時のジャーナリズムの特集や講座等も、その普及の機運を高めた(↓農民芸術)。賢治の手帳断片には「国語及エスペラント音声学」というメモがあり、*花巻農学校教師をやめて*羅須地人協会での活動を始めた一九二六(大正一五)年一二月四日ころより一二月下旬まで在京したのは、協会のためにエスペラント、*オルガン、タイプライターを学習するのが主目的であった。「汎《はん》太平洋エスペラントを国際語として採用する決議を行なった「汎太平洋会」(太平洋学術会議)の創立者フォード氏の講演や、エスペラント学者であるフィンランド公使の講演を聞いたり(簡[221])、「丸ビルの中の旭光社《きょっこうしゃ》といふラヂオの事務所で工学士の先生からエスペラントを教は」ったりしている(簡[222])。翌一九二七年一月初旬作成と見られる羅須地人協会の講義案内には、エスペラントの講義が盛り込まれている。賢治のエスペラント体験は習熟の度合いに限界はありはしても(彼のエスペラントには誤りも少なくない)、思想上にはもちろん、賢治独特の造語(人名・地名等)をはじめとする表現の上でも、大きな影響を与えている。彼の[エスペラント詩稿]にはエスペラントによる詩八編(本辞典でそれぞれ解説)が収まる。↓農民芸術《のうみんげいじゅつ》

蝦夷《えぞ》 【地】 和語で「えみし」とも。北海道・千島・樺太(↓サガレン)を含めた日本の北方領域(狭義には北海道)の古称、またはそこの住民を指す(夷には中央の命令に従わぬ野蛮人の意があり、蔑称)。地名としては一八六九(明治二)年明治政府により北海道と改称され、開拓使が置かれ、本格的な開拓が始まった。一九〇八年青函連絡船開航。賢治作品では特に*挽歌群でなじみが深いが、その一篇、詩[津軽海峡](初行「南には黒い層積雲の棚ができて」)に「早くも北の陽ざしの中に/蝦夷の陸地の起伏をふくみ/また雨雲(↓ニムブス)の渦巻く黒い尾をのぞむ」とある。「黒い尾」とは、函館を囲む半島が魚の尾の形をしているところから連想されたものと思われる。

えぞにふ《えぞにゆう》 【植】 セリ科の多年草。*蝦夷にゅう。原野に自生し、高さ二～三m、茎は中空、葉は光沢があり、夏、無数の白い小花をつける。北海道ではよく列車の窓から見かけることがある。詩[*樺太鉄道]に「*おお満艦飾のこのえぞにふの花」、「またえぞにふと*桃花心木《マホガニー》の柵」とある。

エゾニュウ

穢多《えた》 【文】 語源は餌取《えとり》。そのなまり、あるいは当て字。歴史的差別用語。江戸時代は「非人《ひにん》」とも混称された。一八七一(明治四)年、太政官布告「解放令」で「新平民」として平民籍に加えられ

たが、賢治のころも差別は続いていた。賢治が［手紙二］でアショウカ王に対し「武士族の尊いお方をも、いやしい穢多をもひとしくうやまひます」と女に答えさせているのも、一般には差別が存続していた証拠ともなろう（逆に賢治には差別意識はなかった証拠ともなる）。こんにちでは、むろん廃語となっているとはいえ、意識の上でも完全な払拭が実現されねばならない。

枝打《えだう》ぢつのは下《した》の方《ほう》の枝山刀《えだやまがたな》で落《おと》すのさ【方】 枝打ちというのは下の方の枝を山刀（きこりなどが持つ鉈《なた》）で切り落とすことさ。*下枝《しずえ》を切り落とすことで樹木の成長が早まり、樹幹の上下の太さの差も、より少なくなる。童［*虔十《けんじゅう》公園林］。

エヂソン《えじそん》【人】【科】 Thomas A. Edison 一八四七～一九三一。アメリカの天才発明家。小学校中退で、新聞売子から身を起こし、一五歳で電信員となってからは特に電気技術関係の発明に没頭。発明品は印字電信機、炭素電話機、蓄音機、白熱電球、*活動写真、アルカリ電池、キネトグラフ（初期の発声映写機）等、千件余。彼はまた大変な努力家で「天才は九九％の汗と一％のインスピレーションである」の名言を残した。白熱電球内部の炭素フィラメント（光や熱電子を放出する繊条）の材料として、日本の京都府八幡市の竹を用いたことも知られている。しかし晩年のエジソンは、一八八〇年代後半同じく電気関係の発明家でアメリカで最初のラジオ開発者、ウェスティングハウス（G. Westinghouse 一八四六～一九一四）との交流論争で、不法に近い裏工作をしてウェスティングハウスの単相交流の実用化を妨害するといった依怙地《いこじ》な面も見せた（今日では長距離送電に圧倒的に有利なことから、その交流は広く用いられているが）。賢治の童［*シグナルとシグナレス］では、シグナルとシグナレスの結婚を耳にした本線シグナル付き電信柱が「メリケン国（→メリケン粉）のエヂソンさまもこのあさましい世界をお見棄てなされたか」と嘆くシーンがおもしろい。

エップカップ【方】【レ】「いっぷかぷ」とも。水に溺れてあっぷあっぷしている擬態語からきたと思われる。童［*毒もみのすきな署長さん］に、「水の中で死ぬことは、この国の語ではエップカップと云ひ」とあり、また詩［原体剣舞連《はらたいけんばいれん》］（→原体村）の「青い仮面《めん》このこけおどし／太刀を浴びてはいつぷかぷ」とあるのは、語勢《ストレス》のきいた「いっぷかぷ」の音感を生かして、相手の太刀で切りつけられてもがく踊りの様を形容したもの。童［*種山ヶ原］にも同形の詩句の挿入がある。また、童［やまなし］には「クラムボンはかぷかぷわらつたよ。」と、その変形みたいなオノマトペが使われている。

江釣子森《えづりこもり》【地】 *花巻市の西北西約八kmにある山（森は東北地方では円形の山の意）。高さ三七九m。鍋割《なべわり》川の南岸、*松倉山の南東に位置する。賢治が好んだ山の一。その名はアイヌ語のエッ・オロ・ケ（山鼻のあるところ）に発するといわれる。帳［雨ニモマケズ］中の「*経埋ムベキ山」の一。「江釣子森の脚から半里／荒《す》さんで甘い乱積雲（→積乱雲）の風の*底／稔った*稲や赤い*萱穂の波のなか／そこに*鍋倉上《なべくらかみ》組合の／*けらを装った年よりたちが／けさあつまって待ってゐる」（詩［秋］）。この詩中の「鍋倉」は、花巻の西北西約五kmにある集落。江釣子森付近の山中を描いた文語詩［講后《こうご》］には「江釣子森は黒くして脚下にあり、／北上の野をへだて丶山はけむり、

江釣子森

／そが上に雲の峯かゞやき立てり。」とある。詩ノート〔〔氷のかけらが〕〕では「江釣子森が暗く濁ったそらのこっちを／白くひかって展開する」。詩〔〔甲助　*今朝まだくらぁに〕〕には、江釣子森のほかに、清水野《きよみずの》、大曲野《おおまがりの》、後藤野《ごとうの》の地名が出るが、それぞれ花巻市西方、*豊沢川の南方に北上市にまたがって広がる広い水田地帯の名称で、江釣子森の真南、三〜四kmの地点。ほかに詩〔〔そゝり立つ江釣子森の*岩頸《がんけい》と〕〕〔郊外〕、文語詩〔*セレナーデ／恋歌〕、詩ノート〔〔野原はわくわく白い*偏光〕〕等に登場。

家《え》でぁこったに忙《いしょ》がしでば【方】　家ではこんなに忙しいというのに。「家でぁ」は「家では」の訛り。「こったに」は「こんなに」の意。訛った「忙《いしょ》がし」もおもしろいが、「でば」は「…というのに」の簡潔な表現。童〔十月の末〕。

エーテル【天】【科】　ether　①一般的には、有機化合物としてのジエチルエーテル($C_2H_5OC_2H_5$)のこと。芳香をもつ無色の液体。スル有機溶媒、麻酔剤等に使われる。賢治におけるその例として、「補遺」に「立ちならぶ岸の家々／早くもあがるエーテルの火」、帳〔兄妹像〕には「地平のはてに／汽車の黒き／けむりして／エーテルまたは／*クロ、フォルムとも見ゆる／高霧」とある。②古くは光を伝播する媒質として宇宙に充満していると想定されていた物質。一九〇五年、アインシュタイン(↓相対性学説)が特殊相対性理論の中で、エーテル概念を無用なものとみなし、真空自体が光の媒質としての属性をになっているとした(これ以後エーテル概念は近年に至るまで全く姿を消してしまった)。大正期の科学書ではすでにアインシュタインの説が紹介されていたが、エーテル概念はまだあちこちで使用されていた。賢治の唯心論宇宙観では重要な概念の一つ「真空」(↓虚空《こくう》)や「*虚空」はこのエーテルの充満した空間のこととして考えていたようである。鈴木健司(『宮沢賢治という現象』二〇〇二)の指摘によれば、賢治座右の書、片山正夫『化学本論』でもエーテルは電磁波を伝える媒質として登場している。↓光素《こうそ》、相対性学説《そうたいせいがくせつ》

愛《え》どしおえどし【方】　愛《いと》し、お愛《いと》しい、の訛り。下の「おえどし」は「ああ、いとしい」で「お」は間投辞という説もある。童〔*鹿踊りのはじまり〕での秀抜な*鹿たちの歌、「ぎんがぎがの／すすぎ(↓すすき)の*底《そこ》でそつこりと／咲《さ》ぐうめばぢ(↓うめばちさう)の／愛《え》どしおえどし」の韻文的な終句。「ぎんがぎが」はすすきが太陽(↓お日さま)の光を反射して非常にまぶしい様子を示す。「そつこり」はうめばち草がそっと人知れず咲いている様子。

えとろふ丸《えとろふまる》【文】　船名。童〔風野又三郎〕(↓風の又三郎)に「僕は津軽海峡を通ったよ、(中略)えとろふ丸なんて云ふ荷物を一杯に積んだ大きな船もあれば白く塗られた連絡船もある」とある。この連絡船は青函《せいかん》連絡船で、賢治も一九一三(大正二)年盛岡中学修学旅行、一九二三年の樺太旅行(教え子の就職依頼)、翌年の修学旅行引率の際に乗っている。大型貨物船として描かれている。なお船名の出所、択捉《えとろふ》島は、千島列島南部にある現在ロシア領の島(ロシアとの間で領有懸案中)で、安政二(一八五五)年の日露和親条約で日本領となり、一八九二(明治二五)年に汽船航路が開かれて以来、漁民等が多く移住し、北方漁業の根拠地として栄えた。なお、詩〔空明と傷痍〕下書稿には「エトロフ雀」が登場する。

エナメル【科】【文】【レ】　enamel　金属材料の表面に、ガラス質の釉薬を溶かし、表面に焼き付けたもの。陶器に焼き付けるこ

ともある。七宝焼、琺瑯など。近年はエナメルペイントを言う。帳[兄妹像]一四〇頁に「エナメルにて描ける／グラスの板の*前に」とあるが、雲のイメージとしても出てくる。「雨にぬれ／*桑つみをれば／エナメルの／雲はてしなく／北に流るゝ」(歌[一二九]、桑つみをれば、はカイコの飼料の桑の葉を摘み取っていると)、「エナメルの*雲鳥の声」(詩[〔青いけむりで唐黍《(きび)》を焼き〕]〈↓玉蜀黍《とうもろこし》〉)等。

得ならぬ《えならぬ》 **【レ】** えもいえぬ(言うに言えない)。なんともいえぬ。詩[*稲熱病《いもちびょう》]に「翁《(おきな)》は空を仰いで得ならぬ香気と」とある。

エノテララマーキアナ【植】 Oenothera lamarckiana オオマツヨイグサ(↓おほまつよひぐさ)の異名。北アメリカ原産。一八七〇(明治三)年ごろ渡来し、山野に生える二年草。茎は高さ一・五mほどで、毛がある。夏の夕方黄色の花をつけ翌朝しぼむ。「(学名は何ていふのよ)／(中略)／(エノテララマーキアナ何とかっていふんだ)／(ではラマークの発見だわね)」(詩[〔*北上川は熒気《(けいき)》をながしィ〕]〈↓顥気《こうき》〉下書稿[夏幻想]には横文字のまま登場するがlamarkeanaと誤記)等。用不用説で知られるラマーク(ラマルク＝J. B. M. Lamarck 一七四四〜一八二九)は、フランスの博物学者で、『フランス植物誌』等の著がある。彼の進化論は*ダーウィンに否定されるが、進化論史においても大きな足跡を残した。

蝦を僣し《えびをせんし》 ↓浮塵子《うんか》

エーベンタール【農】 éventail(仏) 果樹*整枝法のうち「扇状《せんじょう》仕立」を意味する。扇または扇状地の形に枝を伸ばす仕立法。劇[饑餓陣営](↓饑饉《ききん》)では*生産体操の一部として兵隊が、この枝の形をまねた体操をする場面がある。「次は、エーベンタール、扇状仕立、この形をつくる」とある。

エポレット【文】 正しくはエポレット(épaulette〈仏〉)。礼装用軍服等の肩の部分の飾りのこと。劇[饑餓陣営](↓饑饉)における*バナナン大将登場のト書の部分に「*バナナのエボレットを飾り」と出てくる。また童[月夜の*でんしんばしら]では電信柱の白い*碍子《がいし》のことを「瀬戸ものゝエボレット」とユーモラスに表現している。なお谷川雁は、エポレットがエボレットとなっていることについてわざわざ濁るのは、この電柱に*イーハトヴの土着性を与えるための工夫と推測しているが、少しうがちすぎか。濁音と半濁音の混用は賢治のくせで、東北地方の人に多く見られる傾向でもあるから。なお、この奔放自在な劇には出所不明のカタカナ表記の各種勲章(「ロンテンプナルール勲章」をはじめ)が出てくる。

エマーソン【人】 アメリカの哲学者。詩人。Ralph Waldo Emerson(一八〇三〜一八八二) アメリカ独立戦争の発火点、コンコードの哲人、アメリカの知性の独立宣言者、とも称された。カント哲学のアメリカ移植を図り、その超絶的な詩的直観の思想は*清教徒や保守的な正統派とは敵対し、物議をかもした。有名な『自然論Nature』(一八三六)は日本でも紹介されていたので、賢治も読んでいたと思われる。芸[興]に「エマーソン 近代の創意と美の源は涸《(か)》れ 才気 避難所」とある。↓農民芸術《のうみんげいじゅつ》

エメラルド【鉱】 emerald 緑柱石(ベリル)の一種。硬度七・五〜八。ベリリウムとアルミニウムを含む硅酸塩鉱物である緑柱石のうち、クロムによって緑色を呈するものをエメラルドと呼ぶ。水色系の緑柱石にアクアマリンがある。エメラルドは古来人気の高い透明な宝石であるが、靭性(ねばり強さ)が低く欠けやすい。

詩［峠］には「黒い岬のこっちには／*釜石湾の一つぶ華奢なエメラルド」とある。詩［〔北いっぱいの星ぞらに〕］の下書稿では、「黄水晶とエメラルドとの／二つの星が婚約する」とある。→緑柱石《りょくちゅうせき》

えらい(ひ)【方】 「答え」の古い表現「応《いら》へ」(いらえ、新校本全集「えらひ」)の東北訛り。文語詩［幻想］で「*づくはいまし何度にありや／八百とえらひをすれば」と繰り返されるが、「鋳鉄《ちゅうてつ》の温度は現在何度だ?」に対して「八百度」と応じる問答の場面である。未定稿では「えらひ」になっていたり、さらに「いらちて」が「いらひて」に直されたり、「いらちて云へば」になっていたり、「いらちて云へば」は「いらだって言うと」の意味にもなり、それも詩の場面にはぴったりしてくる。つまり、賢治は両方の用語に迷った形跡があり、結局は方言「えらい」を採ったかと思われるが、文庫版全集はいずれも「いらへ」に直している。

えらえらする【方】 いらいらする、ちくちくする。味覚的には、えがらい、え(い)がらっぽい、の意。童［*イギリス海岸］に「麦こなし(→麦)は芒《のぎ》がえらえらからだに入って」とあり、童「*ひかりの素足」に「いきが苦しくてまるでえらえらする毒をのんでゐるやうでした」とある。

エルサレムアーティチョーク →菊芋《きくいも》

エレキ【科】【レ】 electriciteit(オランダ) エレキテルの日本での略。*電気のこと。賢治の場合、河原の*楊《やなぎ》の木に鳥の大群が吸い寄せられるように止まる情景を、あたかも電気の力で吸引されたというふうにとらえる。童［鳥をとるやなぎ］に、「エレキの楊の木」または「エレッキのやなぎの木」とある。文語詩［楊林《ようりん》］には「エレキに魚をとるのみか」ともある。ほかに歌［三二八(異)］に「ひるすぎのといきする室の十二人イレキを含む*白金の雲」。

エー・ワン《えーわん》 →Aワン《えいわん》

塩化アムモニア《えんかあんもにあ》【科】 塩化アンモニウム(NH_4Cl)のこと。塩安。無色の結晶または白色粉末。*化成肥料としてよく使われる。簡［74］に「失敗ばかりして居ます。(中略)塩化アムモニアを炭酸アムモニアの代りに瓶へ入れて置いたり」とある。

円蓋《えんがい》 →天蓋《てんがい》

塩化加里《えんかかり》【科】 KCl 塩化カリウム。無色立方体結晶で苦《にが》みがある。加里岩塩として天然に得られる。最も一般的なカリウム源として、工業用に、*肥料用に使われる。にがり成分の一。童［或る農学生の日誌］では*土性調査のために「ハムマアだの*検土《けんど》杖《じょう》だの試験紙だの塩化加里の瓶だの持って学校を出るときの愉快さ」とある。

塩岩《えんがん》【鉱】 塩基性岩の略。二酸化ケイ素(SiO_2)が四五%以上五二%以下の*火成岩を塩基性岩と言う。例えば、*流紋岩は二酸化ケイ素が多く酸性岩、*安山岩は中性岩、玄武岩は塩基性岩、*橄欖岩は超塩基性岩に分類される。文語詩［眺望］に「*侏羅紀《じゅらき》に凝りし塩岩の、／蛇紋化せしと知られたり」とあり、ここでは*早池峰山を指す。なお賢治は雑［岩手県*稗貫郡地質及*土性調査報告書］の中で、酸性岩は珪酸七〇%以上、中性岩は六〇%内外とし、塩基性岩は「基性岩」という別称で五〇%以下としている。当時、二酸化ケイ素が四五%以下の「超塩基性」という概念はなかった。

約婚指環《エンゲーヂリング》《えんげーじりんぐ》【天】 文庫版全集では一般の表現に従ったの

か「約婚」を「婚約」に校訂しているが、賢治は校本全集どおり「約婚指環」と書いている。*環状星雲《リングネビュラ》か*琴座の比喩として用いたと思われる。α、β、γ、δ四星の作るひし形をプラチナリングに、環状星雲M《メシエ》57を宝石に見立てたかと思われる。童[*シグナルとシグナレス]中に「約婚指環《エンゲーヂリング》をあげますよ、そらねあすこの四つならんだ青い星ね(中略)一番下の脚もとに小さな環が見えるでせう、環状星雲《フィッシュマウスネビュラ》ですよ。あの光の環ね、あれを受け取って下さい」とある。(→口絵⑩)

円光《えんこう》 【宗】 *後光のうちの特に輪形のものを言う。童[*ひかりの素足]の「立派な*瓔珞《(ようらく)》をかけ黄金の円光を冠りかすかに笑ってみんなのうしろに立ってゐました」、童[*二十六夜]の「その円光はぼんやり黄金いろにかすみうしろにある青い星も見えました」等。

塩酸《えんさん》 【科】 塩化水素(HCl)の水溶液。強酸性を示す。刺激臭がある。亜鉛や鉄等の金属を溶解し、*水素を生成する。用途は多様で、医薬品、染料等の合成に用いられる。童[よく利く薬とえらい薬]では「すきとほらせる為に、*ガラスのかけらと水銀(→汞《こう》)と塩酸を入れて、ブウブウと*ふいごにかけ、まっ赤に灼《や》きました。そしたらどうです。*るつぼの中にすきとほったもの(→昇汞《しょうこう》)が出来てゐました」とある。童[北守将軍と三人兄弟の医者]異稿にある「塩酸比重」は右の「水銀と塩酸」との比重。ほかに詩ノート[*〔ソックスレット〕]等。

塩酸比重《えんさんひじゅう》 →塩酸《えんさん》

えん樹《えんじゅ》 【植】 旧かな「ゑんじゅ」、古名「ゑにす」の転、槐(漢音クヮイ、カイ)、槐樹。マメ科の落葉高木。中国原産で街路樹としてよく植えられ、高さ一〇～一五mほど。夏、黄白色の小花を多くつけ、実は豆果で花も実も薬用となる。歌[五〇五]には「ゑんじゆも臨む　青ぞらのふち」と旧かなであり、詩ノート[〔その青じろいそらのしたを〕]には「このえん樹の木だ／甘いかほり《(ママ)》といっぱいの蜂」と現代ふうの新かなで出てくる。「かほり」も「かをり」の誤記(新かな「かおり」)。

煙硝《えんしょう》 【科】 硝酸カリウム。ガラス状光沢の半透明、もしくは無色の結晶で、火薬や*肥料の原料。「補遺詩篇」の文語詩[〔青ぞらにタンクそばたち〕]には「発破(→口発破《くちはっぱ》)長の伊藤工手《こうしゅ》が／煙硝のけむりのたえま／いと渋くほゝゑみぬらん」とあり、童[*ポランの広場]には「おいこれは煙硝だよ」とある。

円錐《えんすい》 【科】 詩[春谷暁臥]に「雪をかぶった円錐のなごり」、その下書稿には「雪の円錐」とある。いずれも円錐面のこと。詩[津軽海峡](初行「夏の稀薄から却って…」)には「ふざけた黒の円錐形」が出てくる。定点と、その平面上にない定円があって、一直線が常に定点を通りながら、定円周上の各点を通るように動くときに生じる面が円錐面で、その立体を円錐形と言う。

塩水《えんすい》 →塩水撰《えんすいせん》

塩水撰《えんすいせん》 【農】 塩水選(撰は選に同じ、賢治は両用)。*稲、*麦等の種子の良否を選別(良質な種籾《たねもみ》と実のない粃《しいな》とを区別)する作業で、ある一定濃度の食塩水に浸すと、殻ばかりの粃は浮き、沈んだ実入りのよいものを種籾にする。その食塩水の一定濃度とは、桶に張った塩水に生卵を殻ごと入れて見る経験的方法が、東北地方では現在も継承されている。すなわち、塩分で卵が浮く、卵が一〇円(賢治のころなら一円)硬貨ほど水面に顔を出す程度がよい。浮きすぎたら真水を足して調節する、といった知恵である。

詩［塩水撰・*浸種］に「塩水撰が済んでもういちど水を張る」とあるほか、童［或る農学生の日誌］、劇［植物医師］等に見られる。↓浸種《しんしゅ》

エンタシス【文】 entasis（ギリシア） 「張り」の意。古代ギリシアの建築様式で、柱の中ほどにふくらみをもたせた様式。古代ローマ、ルネサンス時代の建造物にも見られる。日本には中国経由で飛鳥時代に入り、*法隆寺中門等に、その様式が見られる（↓推古時代）。詩［〔盗まれた*白菜の根へ〕］に、それを賢治らしく白菜に見立てた「水いろをして／エンタシスある柱の列の／その残された推古時代の礎に」とある。

エンチーム【科】 Enzym（独） 酵素。生体でおこる化学反応に対し、反応速度を早める作用（触媒）をする高分子物質を言う。栄養の消化・吸収・代謝といった大事な働きに関わる。簡［63］に「今は不思議なエンチームの作用で真暗な処で分解して居るだらう」とある。人間に食された他の生物の肉体が、人間の消化器官内で化学分解していくことを言ったもの。童［*ビヂテリアン大祭］にも「酵素」として出てくる。

鉛直フズリナ配電盤《えんちょくふずりなはいでんばん》【鉱】【レ】 フズリナ（fusulina）は紡錘虫《ぼうすいちゅう》のことで、*古生代の有孔《ゆうこう》虫。フズリナの化石は時代区分の目安となる示準化石となる。石灰岩質にしばしば見られ、日本でも北上山地をはじめ埼玉県秩父や山口県秋吉台《あきよしだい》等でよく見られる。詩［発電所］（↓電気）に「むら気な十の電圧計や／もっと多情な電流計で／鉛直フズリナ配電盤に／交通地図の模型をつくり」とある。杉浦静（「日本近代文学」第七〇集、二〇〇四）は「大理石を用いた配電盤からの連想」と指摘している。石灰岩がマグマの熱を受けて接触変成作用で再結晶したものが大理石なので、大理石中にフズリナの残ることは考えられない。杉浦は、大理石をフズリナと呼び替えたところに作品生成の一端が見られるとする。鉛直は、水平面と直角をなす方向のこと。

フズリナの化石

エンヂン《えんじん》 ↓モーターボート

円*通寺《えんつうじ》【地】 曹洞《そうとう》宗大竜山《だいりゅうざん》円通寺。岩手県*稗貫《ひえぬき》郡*根子《ねこ》村（現花巻市一二丁目）在。詩［〔今宵南の風吹けば〕］に「そはかの*松の並木なる／円通寺より鳴るらんか／はた*飯豊《いいとよ》の丘かげの／東光寺よりひゞけるや」とある。東光寺も曹洞宗の寺で渓雲山東光寺。和賀《わが》郡笹間《ささま》村（現花巻市）在。

鉛糖《えんとう》【科】【レ】 酢酸鉛の三水塩を鉛糖と呼ぶ。三水塩は無色の結晶で水に溶け、甘みがあるので糖の名が付いているが有毒。メッキ、鉛化合物の原料として用いられる。文語詩［〔血のいろにゆがめる*月は〕］に「月しろ（↓つきしろ）は鉛糖のごと」とあるのは、水に溶けて白濁した鉛糖に少量の酢酸（↓酢酸）を加えて透明にした実験の経験がものを言っている。月しろ（月代）は月の古語（月白なら月の出の空の明るさ）。いずれにせよ透明な月光の感覚的表現（↓月）。詩［林学生］では「ここらの空気はまるで鉛糖溶液です」とある。同下書稿㈠では「鉛の砂糖」。

燕麦《えんばく》【植】 オート（oat）。からすむぎ。中央アジア原産のイネ科の一～二年草。*麦の一種で小麦に似ている。重要な家畜飼料となるほか、子実は*アルコール、*味噌等の原料に用いられ、また*オートミルとして食用される。日本には明治の初年、飼料作物《さくもつ》

として導入された。賢治作品には「白いオートの種子を播《ま》き」(詩［燕麦播き］)、「小岩井(→小岩井農場)の野原には牧草や燕麦がきんきん光って居りました」(童［おきなぐさ］)、「お前のオートわたしにお呉れよ」(童［バキチの仕事］)、「白い種子は燕麦《オート》なのだ／(燕麦《オート》播《ま》ぎすか)」(燕麦の種まきですか、の意、詩［小岩井農場］)等をはじめ、多数登場する。また「鳥は燕麦のたねのやうに／いくかたまりもいくかたまりも過ぎ」(詩［春］(作品番号一八四)［ワルツ第CZ号列車］)というように比喩としても使われている。なお、童［ビヂテリアン大祭］に「燕麦蕪菁《オートかぶら》」とあるが、そんな野菜があるわけがなく、「燕麦、蕪菁」と読むべきである。賢治は原稿を急いで書くせいか、読点《とうてん》(、)を省いて、続けて書くくせがある。このすぐ上には「大麦米」とある。これも「大麦、米」である。そのため「世界中の小麦と大麦米や燕麦蕪菁や甘藍《キャベヂ》」と、読者が少々困惑する書きかたになっている。詩［高級の霧］では「からすむぎ」。

鉛《えん》筆《ぴつ》【文】現在の鉛筆製法は、一七九五年にフランス人コンテ(N. J. Conté)が発明した、黒鉛と粘土で作った芯を高温で焼く方法を受け継いだもの。日本では外国製を輸入していたが、最初の国産鉛筆の出現は、三菱鉛筆(始祖真崎仁六《まさきにろく》)で、一八八七(明治二〇)年に東京の四谷内藤《ないとう》町の工場で製造されたが当初は芯がもろかった。詩［いま来た角に］の「シャープ鉛筆　月印」とあるのは、舶来のドイツのステッドラー(STAEDTLER)社製で、右向きの半月に顔のついたもの。詩［栗鼠と色鉛筆］にも、「色鉛筆がほしいつて／ステッドラアのみぢ《(ママ)》かいペンか／ステッドラアのならいいんだが」とある(「みぢ《(ママ)》かい」は使いこんで短くなっている)。同社製の赤をはじめ青、緑等の色鉛筆も、しだいに出回っていた。また、詩［東岩手火山］(→岩手山)には「私は気圏オペラの役者です／鉛筆のさやは光り／速かに指の黒い影はうごき」とあるが、「さや」はアルミ製のキャップ。賢治は手帳とともに鉛筆やシャープペンシル等を持ち歩き、詩や構想を書きとめた。童［風の又三郎］［みじかい木ぺん］では鉛筆を「木ぺん」という方言で使っている。

カラスムギ

燕尾《えんび》服《ふく》【衣】男子の礼装洋服の一種。胸は二重になっていてボタンは三つ、衿は長く折り返す。背後の裾《すそ》の燕尾《つばめ》の形からこの名がある。生地は黒のラシャを用いた。欧米では evening coat と呼ばれ、モーニングコートに対して夜用の礼服だったが、日本では昼夜に関係なく用いられ、明治年間には法令により一般の礼服と定められていた。童［雪渡り］に、「紺三郎なんかまるで立派な燕尾服を着て水仙の花を胸につけて」とある。→フロックコート

円《えん》舞《ぶ》【音】ワルツとも。円を描きながら踊る四分の三拍子の舞踏、およびその曲。waltz。華麗な舞曲でオーストリアのウィーンが本場。童［ポラーノの広場］、劇［ポランの広場］に登場。詩［春］(作品番号一八四)には「ワルツ第CZ号の列車は」と列車名で出てくる。この列車名の由来は不明。このCZ号は時空をこえて突き進む列車(銀河鉄道もそうだが)であろう。奥山文幸の興味ある解釈を紹介しておくと、「CZ」をドイツ語読みのツェー、ツェットにして、CをChaos(混沌)、Zをアルファベットの最後(終わり、終末)の暗示とし、混沌《カオス》から終末へ走る列車のイメージではないか、と言う(『宮沢賢治「春と修羅」論―言語と映像』一九九七)。

↓ワルツ第CZ号の列車《わるつだいしーぜっとごうのれっしゃ》

円本《えんぽん》【文】一九二六(大正一五)年から改造社が刊行した『現代日本文学全集』(全六二巻、別巻一冊)の俗称。廉価で名作や人気の作品が読めるとあって、予約読者四〇万~五〇万人という空前の大ベストセラーとなり、そのために昭和初期に多くの出版社から相次いで刊行された全集本や叢書類の総称ともなる。一冊一円のものが多かったのでそう呼ばれた。近代出版史上の「事件」とも言える「円本」現象は、貧乏が売り物だった作家たちをうるおし、文学がジャーナリズムに支配されてゆく契機ともなった。賢治には珍しい散文詩「詩への愛憎」に「ぼくのいまがた云つたのは、みな円本にあるんです、」とある。「私が今しがた言った事情は、みな円本現象が示しています」といった賢治の皮肉である。↓傾角《けいかく》

閻魔《えんま》【宗】Yama(梵)の音写。死後の世界を支配する王で、*地獄にいて死者の生前の罪を審判するとされる。仏教以前のバラモン教の神ヤマが仏教に入ったもので、天上界(↓天上)の夜摩天や、地獄界の閻魔王として発達した。人の行為の善悪を閻魔のような絶対者が審判するという思想は仏教本来のものではなく、中国において道教の影響を受けたもの。詩「*国立公園候補地に関する意見」には「えんまの庁から胎内くぐり/はだしでぐるぐるひっぱりまはし」とあるが「えんまの庁」とは地獄に堕ちた人間の生前の善悪を裁く法廷のこと。

円満寺《えんまんじ》 ↓鍋倉《なべくら》

園林設計学《えんりんせっけいがく》【農】こんにちの造園学。公園林、庭園等の設計考案をする学問。詩「*装景《そうけい》手記」に「また近代の勝れた園林設計学の」とある。

【えんしゅ】

ゑん樹 ↓えん樹《えんじゅ》

お

おあがんなんえ【方】 おあがりなさい。お食べなさい。「え」は「ませ」に相当する丁寧な表現。短[十六日]。

おあだりやんせ【方】 (火に)どうぞ、あたってください。詩[小岩井農場 パート七]「さあおあだりやんせ」。

おありがどごあんすた、おありがとうごあんした、おありがどござんす【方】 いずれも、有難うございました。丁寧な言い方。劇[植物医師]、短[山地の稜]等。

おあんばぃ【方】 按配(調子、具合い)で、「ばぃ」はほとんど「べ」に近い発音。短[山地の稜]に目上の者への挨拶として「お」をつけて言う。

置いでお出れ【方】 置いてゆきなさい。「お出《だ》れ」は「*来なさい」あるいは「…してゆきなさい」の意で丁寧な命令形。童[なめとこ山の*熊]。

***狼森、笊森、盗森、黒坂森**《おいのもり、ざるもり、ぬすともり、くろさかもり》【地】 いずれも小岩井農場の北にある小山。童[狼森と笊森、盗森]は、黒坂森のまんなかの巨きな巌《いわ》が、他の三つの森の名前の由来について語った話。賢治が「オイノもり」とルビをつけている狼森(→狼《おおかみ》)は高さ三八〇m。その西北約一kmに笊森、北二・五kmに黒坂森、黒坂森のすぐ北〇・五kmに盗森がある。この三つの森は頂上がはっきりせず、約三四〇～四四〇m。同童話中に登場する農民たちによって開拓される「この森にかこまれた小さな野原」とは、姥屋敷《うばやしき》を想定したと思われる。姥屋敷は滝沢村の西、小岩井農場の北側にある集落で、現在の人口約一〇〇〇人。詩[小岩井農場]の下書稿には、本文で削除された「パート五、パート六」があり、そこで賢治は道に迷って、屈折した人間関係意識にとらわれる。「向ふの黒い松山が狼森だ。／たしかにさうだ。地図で見るともっと／高いやうに思はれるけれどもさうでもないな。／あれの右肩を通ると下り坂だ。／姥屋敷の小学校が見えるだらう。／けれども何だかもう*柳沢《やなぎさわ》へ抜けるのもいやにな」る。賢治は姥屋敷から、現在開拓村のある夜蚊平《よかだいら》を通って柳沢へ抜けるつもりだったようである。しかし実際は東側にそれ「赤坂のつゞきのところへ出るんだ。／ひどく東へ行ってしまふんだ」となる。赤坂は*鬼越山《おにこりやま》の北側。賢治は結局降雨にあって引き返すことにし、「鬼越を越えて*盛岡へ出やうかな。／いややっぱり早い方がいゝ。／小岩井の*停車場へ出るに限る」ということになる。狼森は二〇〇五年に国の「国指定名勝」に指定。

追剥《おいはぎ》【レ】 山道等で他人の物を盗み取ったり、奪い取ったりする者を言う。通行人の衣類まで剝《は》ぎ取って逃げたのでこの語がある。詩[*真空溶媒]には「黄いろな時間の追剝め」とあって時間の追剝という賢治らしい用法。詩[花鳥図譜、八月、*早池峯山巓《てん》]では「まるで立派な追剝だ」とある。

応援歌《おうえんか》【レ】 賢治が*花巻農学校在職中の一九二三(大正一二)年に、生徒たちのために作った歌曲。同校で今も威勢よく歌われる。初出は*宮沢清六編の小冊子『*鏡をつるし』(一九三三)。[*イギリス海岸」等四曲が「宮沢賢治詞曲」と記されているのに対し、「応援歌」は「角礫行進歌」(↓コングロメレート)等とともに「宮沢賢治作詞」となっている。原曲がある可能性があるが未詳。劇「*種山ヶ原の夜」で主人公伊藤がこの曲を歌うが、「(睡《ねむ》さうにうたふ)」というト書どおりの雰囲気を出すためか、歌詞全文が平がなで書かれている。教え子の一人、瀬川哲男によれば、賢治が「これは、南洋の土人の出陣を祝う歌」と語ったといい、佐藤成《ひとし》はこれを受けて、歌詞の副題「(a tropical war song modifed)」を「南洋の土人の戦の歌の書き直し」と解している(以下で「佐藤説」とことわる引用は「教諭宮沢賢治」花巻農高同窓会誌、一九八二、より)。賢治が原始的生活を芸術・宗教・労働等の融合体とする一つの理想と見なしたことは、「蓋《けだ》し原始人の労働はその形式及内容に於て全然遊戯と異らず　アフリカ土人」(「*農民芸術の興隆」)、「まったくインデアン(↓アメリカンインデアン)は半分は踊ってゐるやうでした。」(童「*銀河鉄道の夜」)等の個所とも照応し、生徒たちにもその*精神を伝えようとしたと考えられる。また詩にも「(mental sketch modified)」の副題があるように、さきの「(a tropical war song modified)」も単なる「書き直し」ではなく、賢治の創作上の主体的な方法としての「改変と再構成」と理解すべきだろう。従って「土人の出陣を祝う歌」の原作が、かりに実在したとしても、大胆な「*心象スケッチ」式の一ヴァリエーションと言うこともできる。また、歌詞の最終行「すすめ　すすめ　すすめ　やぶれ　かてよ」や、行進曲風の旋律、「Tempo di marcia」といったテンポの構成等からは、いわゆるwar song「軍歌」を逆手にとって、「正しいねがい」に向けての原初的人間のたたかいの歌にしようとした賢治のねらいがうかがえる。応援歌が歌われはじめた明治の後半期には、よく軍歌の替え歌が歌われた。日本では一八九〇(明治二三)年春、当時の旧制一高(現東大教養学部)対東京高商(現一橋大)の隅田川ボートレースで一高生が斉唱したのが応援歌の始まり。で、のち早慶戦の野球試合では一九〇三(明治三六)年の開始いらい、早大が軍歌「敵は幾万ありとても」の替え歌(敵塁いかに堅くとも)、慶大が「ワシントン」の替え歌(天は晴れたり気は澄みぬ)を歌っていた。しかし、花巻農高でははるかに早くオリジナルな賢治作の応援歌が歌われていたことになる。摩訶《まか》不思議な歌詞「Balcoc Bararage Brando Brando Brando(バルコク　バララゲ　ブランド　ブランド　ブランド)／Lahmetingri calrakkanno sanno sanno sanno(ラアメティングリ　カルラッカンノ　サンノ　サンノ　サンノ)／Lahmetingri Lamessanno kanno kanno kanno(ラアメティングリ　ラメッサンノ　カンノ　カンノ　カンノ)／Dal-dal pietro dal-dal piero(ダルダル　ピエトロ　ダルダル　ピエロ)」は、佐藤が指摘するように、oで終わる単語の多い*エスペラント風のもの。一行目は童「「ペンネンネンネンネン・ネネムの伝記」」(↓昆布)にも「『バラコック、バララゲ、ボラン、ボラン、ボラン』と変な歌を高く歌ひながら、幕の中に引っ込んで行きました。」と出てくる。宮沢清六が「賢治はこの歌を最初ローマ字書きした」と証言するように、当初barakokku, boran, san, kanなどと表記されていたものが、歌のリズムに合わせて英語風に変えられたり、エスペラント風に(no)が後から追加されたりしたのであろう。賢治の「応援歌」の歌詞は、しかし意味解釈よりも、音感・音質にもとづく彼の感覚的な言語表現の側面を考える上で大きなモデルであるばかりか、「うた」の原点である「みんなで歌う」(個人や孤独をこえた)応援歌に人知れぬ才知を傾けていた実態を示してもいよう。

黄玉《おうぎょく》 ↓トッパース

横黒線《おうこくせん》 【地】 現北上線。岩手県*黒沢尻と秋田県横手《よこて》とを結ぶ。一九二一(大正一〇)年黒沢尻―仙人(↓仙人《せんにん》鉄山)間、一九二二年陸《りく》中川尻《ちゅうかわじり》―横手間、一九二四年仙人―陸中川尻間開通。賢治は、一九三一(昭和六)年二月以降東北砕石工場(↓石灰)の技師として、たびたびこの線を利用した。簡[332]には「昨日は横黒線廻りを致し候処(中略)一車をも得ず空しく帰花仕候」(一九三一・四・二九)とあるが、*石灰のセールスに行きながら貨車一台分の注文も取れずすごご*花巻に帰ったことを意味し、この時は工場の要請で秋田へ出張している。「横黒線廻り」とは黒沢尻より江釣子(↓江釣子《えづりこ》森)、*藤根、横川目《よこかわめ》三駅付近を歩いたと、これまでの年譜は推定している。

黄金のゴール《おうごんのごーる、きんのごーる》 【植】【レ】 昆虫等が卵を産みつけてできる植物のこぶ状の突起で、虫癭《ちゅうえい》ともいう。詩[冬と銀河ステーション]、詩[北上山地の春]に出てくる、ともに「黄金のゴール」は、いずれも英語の gall で、「虫こぶ」のこと。古くは付子《ふし》とも言ったが一種のアブラムシの寄生で中は空洞だが外側は黄褐色のやわらかい絨毛を帯びるので「黄金の」と美化したのであろう。↓めくらぶだう

欧州航路《おうしゅうこうろ》 【文】 ヨーロッパへの貨客船の航路。貨物船の場合だと各港に寄港するので当時は日本から一か月以上かかった。童[*土神と*狐]の中で狐は、ドイツの*ツァイス社に注文した*望遠鏡がまだ来ないことの言い訳に「欧州航路は大分混乱してますからね」と言う。

鶯宿《おうしゅく》 【地】 鶯宿温泉。岩手県岩手郡*雫石(現雫石《しずくいし》町)の南西約七km、*盛岡市の西方約二五km、*大荒沢岳の東方麓、鶯宿川に臨む。*硫化水素泉で古来静かな湯治場《とうじば》として名があり、怪我をした*鷺が温浴していたので江戸時代に開発されたとの言い伝えがある。ただし最近の研究によれば古来オオのつく地名は水にゆかりがある所に多く、鶯宿も水関係地名と言う(すると鶯は当て字ということになる)。文語詩に[〔鶯宿はこの*月の夜を雪ふるらし〕]がある。簡[66]にも「鶯宿地形図」が出てくる。

王水《おうすい》 【科】 aqua regia(アクア リジア、ラテン語「王の水」が語源)。濃*塩酸と濃*硝酸とを三対一の割合で混合した溶液で、ほとんどの金属を溶かし、金や*白金等の貴金属でも溶解し得る。詩[*真空溶媒]に「その金いろの*苹果《りんご》の樹が/もくりもくりと延びだしてゐる/(金皮のまゝたべたのです)/(そいつはおきのどくでした/はやく王水をのませたらよかつたでせう)」、「いや王水はいけません」等とある。賢治一流の表現で、当然、人に危険である王水を飲ませることはできない。簡[67]にも「*白金線屑《せんせつ》を王水に溶解し」とある。関登久也《せきとくや》『宮沢賢治物語』(↓関徳彌(せきとくや))に川村俊雄からの伝聞として「仕事の後には例の『王水』が振る舞われることが度々ありました」とあり、「王水というのは葡萄酒を適当にうすめ、甘味や*酒石酸、それに重曹などを加えたおいしい飲み物のことです」とある。しかし王水は絶対に飲めないので、何か自家製の飲物(サイダーか何か?)に賢治がしゃれたつもりで言ったので、もともとの王水とは関係ない。

桜桃《おうとう》 【植】 バラ科の落葉高木。*桜の一種で白い花をつけ、初夏、球形の実は「さくらんぼ」として食用になる。品種多く、赤

いのから紫色のまである。童[チュウリップの幻術](→うっこんかう)に「まん中に居てきゃんきゃん調子をとるのがあれが桜桃の木ですか」とある。

黄銅鉱《おうどうこう》 【鉱】 キャルコパイライト chalcopyrite 銅の硫化鉱物の一つ。黄金色で金属光沢がある。銅の最も主要な鉱石。当時の岩手県内には多くの銅鉱山があった。赤金鉱山、三ツ沢鉱山など。[泉ある家]に「ひるの青金の黄銅鉱や方解石に石榴石のまじった粗鉱の堆を」とある。→青金《あをがね》

嫗《おう》 【レ】 おみな(女)の音便だが、老齢の女性を言う。男性の翁《おきな》の対。詩[〔そのとき嫁いだ妹に云ふ〕]。

おえどし →愛《え》どしおえどし

大荒沢《おおあらさわ》 【地】 岩手県和賀《わが》郡湯田《ゆだ》村(現湯田町)の集落。小高い大荒沢岳があり、その東に*鶯宿《おうしゅく》温泉がある。詩[孤独と*風童]に「あの／ぼんやりとした*葡萄いろのそらを通って／大荒沢やあっちはひどい雪ですと／ぼくが云ったと云っとくれ」とある。

大犬《おおいぬ》 【天】 大犬座の略。冬の南天星座。主星シリウス。*オリオンの伴犬《ばんけん》とも、冥土の門を守るケルベロスとも、*月の女神アルテミスの侍女が連れていた*犬とも伝えられる。主星シリウス(→天狼星)はそれ自身犬の星とも呼ばれる。ス[四二]中の「大犬の青き瞳《め》」、詩[東岩手火山](→岩手山)の「大犬のアルファ」はシリウスのこと。童[*よだかの星]では、よだかは「南の大犬座の方へ」飛びながら叫ぶ。

大犬座

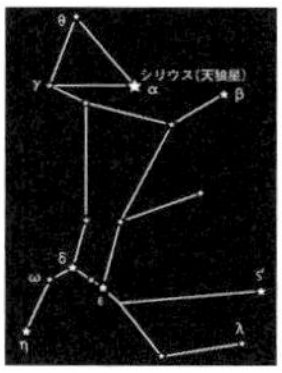

おゝ《オー》**おまへ**《ヅウ》 **せわ(は)しい**《アイリーガー》**みちづれ**《ゲゼルレ》**よ／どうか**《アイレドッホ》**ここから**《ニヒト》**急いで**《フォン》**去ら**《デヤ》**ないでくれ**《ステルレ》 【レ】 詩[青森*挽歌]に出てくる幻聴。続いて「《尋常一年生 ドイツの尋常一年生》」と書かれている。小柳篤二《とくじ》によると、これは旧制の高校や専門学校等で用いた『独文読本』(大村仁太郎他編、独逸学協会出版部、一八九七年刊)の第五八章にあった詩で、賢治もこれで覚えていたと思われる。「Des Wassers Rundreise(水の周遊)」という題で川の波に向かって花が言う言葉。「O du eiliger Geselle, eile doch nicht von der Stelle!…」である。波はこれに対して、若返るために海まで下っていかなければならないが、再び空から雨粒となって帰ってくる、と答える。亡妹*宮沢トシとの通信が可能ではないかと模索する賢治の心象に奇《く》しくも合致する内容。この幻聴がきっかけでギルちゃん(→ギルダ)と*ナーガラの悪夢がおこる。ナーガラは蛇神だが同時に水神の*竜であり、水の周辺と生物の*輪廻という二つの円環が、水のイメージで連結している。

おぉがしな →をぉがしな

狼《おおかみ》 【動】 方言でオイノとも。食肉目の猛獣。北半球に生息するが、*犬に似ているので山犬と呼ばれた日本種の狼は一九〇五(明治三八)年、奈良県東吉野村鷲家口《わしやぐち》で捕獲されたあと絶滅したといわれる。かつては人畜に被害を与えるので明治期岩手県令島維《しまい》精《せい》は懸賞金を出して狼退治を奨励したほどだった。雌は七円の賞金で、一頭捕えると家族が一か月楽に暮らせたと言う。したがって賢治作品で方言オイノとルビをふって登場するのは民話や伝説上の狼で、現実にはもう狼の生態は見られなかったわけである。「狼《オイノ》のごとく／朝早く行くなり…」(歌[二二六])、「狼《オイノ》が九《く》疋《ひき》、くる〳〵〳〵、火のまはりを踊つてかけ歩いてゐるのでした」(童

[狼森と笊森、盗森」)、「ポランの広場の狼避けの柵にも」(詩[秋と負債]〈作品番号三〇一〉)も「狼避《オイノよ》け」と読みたいところ。比喩的表現として奇抜なのは、「風はうしろの巨きな杉や/わたくしの黄いろな仕事着のえりを/つぎつぎ狼の牙にして過ぎるけれども」(詩[休息]〈初行「風はうしろの巨きな杉や」〉)や、「さては『陰気の狼』と/あだなをもてる三百も」(文語詩[〔かれ草の雪とければ〕])等。「三百」とは三百代言《だいげん》(明治前期は無資格で訴訟等の代言人の役割を引受けた人間の蔑称。後、弁護士の蔑称にも用いた)のこと。

大萱生《おおかゆう》【地】 賢治は大萱生《かゆふ》と旧かな遣いのルビをふっている(歌[三七八])。現在は大ヶ生《ゆう》と書き、在《ざい》のひとたちはオオガユウと言う(旧・岩手県紫波《しわ》郡都南《となん》村の大字)。隣の都南村と合併し、現在は盛岡市大ヶ生。戦国武士大萱生氏の本拠地でそのころから金山があった(銀や銅も採れ、全国でも重要鉱山の一だった)。同歌に「『大萱生』これはかなしき山なるをあかきのれんに染め抜けるかな」とあるのは大萱生一族にまつわる伝説悲話に基づくもの。なお、文庫版全集では萱を萓にしているが同字。

大きなまっくらな孔《おおきなまっくらなあな》 →異空間《いくうかん》、石炭袋《せきたんぶくろ》、孔《あな》

大熊星《おおぐまぼし》【天】 大熊座のこと。学名ウルサマジョル(Ursa Major)。北斗七星を含む。曲[星めぐりの歌]中に「大ぐまのあしをきたに/五つのばしたところ/小熊のひたひのうへは/そらのめぐりのめあて」とある。童[烏の北斗七星]中の「マヂエル様」は、マジョルをもじったもの。『肉眼に見える星の研究』(吉田源治郎、一九二二)ではウルサ・マジオル。童[よだかの星]中に「北の青いお星さま」と言い換えられているのは青色高温な星が多いためであろう。童[ポランの広場]にも「青白い光の頸骨《けいこつ》を長く延ばした大熊星」とある。カシオペア座とは約一八〇度離れ、天の川中にある前者に比べて大熊座は系外星雲(銀河)が多い。同作品中の「雲がこわれ(ママ)てきっとカシオペイアと大熊星が出る」時刻は八月初旬なら夜の九時ころ。童[二十六夜]で「天の川が大分まはり大熊星がチカチカまたゝ」くのは、旧暦六月二四日の描写としては不自然で、大熊座は地平線上ぎりぎり、東北地方では見えないこともないが、チカチカ輝いて目立つのはカシオペア座の方で、童[銀河鉄道の夜]では牧場の上で輝いている。神話での大熊は、大神ユピテルの子を身ごもったことでユピテルの妃ユーノーの嫉妬のため化身させられたニンフ(妖精《ようせい》)で、その名はカリスト。成長した息子に猟られようとしたのをあわれみ、ユピテルが星座にした。

大熊座

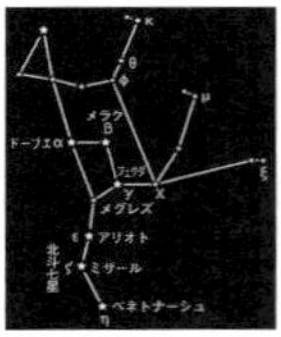

大沢温泉《おおさわおんせん》 →講《こう》

大地獄《おおじごく》【地】 西岩手山(→岩手山)大地獄カルデラを言う。西岩手山は大地獄火山の噴出物で構成されている。詩[国立公園候補地に関する意見]に「ぜんたい鞍掛山はです/Ur-Iwate とも申すべく/大地獄よりまだ前の」とある。

大空滝《おおそらたき》【地】 花巻の北西、鉛温泉(→鉛)の西方八㎞、豊沢川の最上流の桂沢《かつらさわ》にある滝。岩頭が全く見えず、水が空から降ってくるように見えるのでその名がある。高さ八二m、幅六mで七層になっている。童[なめとこ山の熊]の舞台で、「中山街道はこのごろは誰も歩かないから蕗《ふき》やいたどりがいっぱいに生えたり

大空滝

（中略）そこをがさがさ三里ばかり行くと向ふの方で風が山の頂を通ってゐるやうな音がする。気をつけてそっちを見ると何だかわけのわからない白い細長いものが山をうごいて落ちてけむりを立てゝゐるのがわかる。それがなめとこ山の大空滝だ」と書かれている。中山街道は、安永八（一七七九）年に開削《かいさく》され、花巻から、志《し》戸平《どだいら》（↓志戸平温泉）、大沢（↓講）と豊沢川沿いに上り、鉛温泉から豊沢湖岸を通り、大空滝をかすめ、中山峠（標高八三二m）から沢内村（現西和賀町沢内）の字川舟へと下る。同童話で、猟師の淵沢小十郎が死ぬ白沢《しらさわ》は、鉛温泉の西約三km、駒頭山（↓鳥ケ森《ちょうがもり》）から北へ流れて豊沢湖に注ぐ。

大そろしない おおそろしない　↓大そろしない おっそろしない

太田 おおた　↓鍋倉《なべくら》

大谷光瑞

大谷光瑞 おおたにこうずい　【人】【宗】　浄土真宗本願寺派（西本願寺）第二二世の門主《もんしゅ》。一八七六（明治九）～一九四八（昭和二三）。法号は鏡如《きょうにょ》。一九〇二（明治三五）年から一九一四（大正三）年にかけ、前後三回にわたり西域探検隊を派遣し、数多くの仏典、仏像、仏画等を発掘収集する。光瑞自身は第一回の探検のみで、イギリス遊学の帰途、本田恵隆《えりゅう》ほか三名を伴い、ロシアより中央アジアを経てインドに入り、各地の仏教遺跡を調査している（同行者のうち二名は光瑞らと別れ、インドには入らずタクラマカン砂漠の探検へ向かう）。なお、この時島地大等《だいとう》はインドで光瑞一行と合流するよう命を受け、航路インドに渡り、探検、調査に参加している。詩［会食］に「否《いな》大紳士、たとへば大谷光瑞氏／氏が安南の竜肉を／推したるごとき遠きに属す」とある。安南とはヴェトナムの旧称。竜肉《りゅうにく》は、想像上の獣「竜」の肉。竜肉という成語はないが、賢治は蛇の肉（同詩中に「人《ひと》蛇肉を食《は》むときは」とある）をさしてそう呼んでいる。短［竜と詩人］の題材との関係も考えられ、あるいは大谷光瑞の探検記録等に竜肉の語があったかとも思われるが不明。さきの詩句は、「大谷光瑞氏がヴェトナムの住民たちが蛇の肉を食していることを紹介し、推したことはもうずいぶん昔のことだ」の意となろう。

大償《つぐなひ》 おおつぐない　【地】　岩手県稗貫郡（現花巻市）大迫《おおはさま》町大償。古くは大償内とも書いた。一九二四（大正一三）年当時は稗貫郡外川目《そとかわめ》村大償。早池峰山南西麓にあり、岳《だけ》（↓早池峰〈峯〉山）とともに山伏《やまぶし》神楽（賢治の言う古代神楽〈↓神楽《かぐら》〉）の発祥地として有名。ここの大償神社を中心に大償神楽を伝える。さらに近隣の石鳥谷《いしどりや》町、紫《し》波《わ》町、東和《とうわ》町等にそれぞれ弟子神楽を持つ。岳神楽の勇壮な五拍子に対して大償神楽は優雅な七拍子、両者は陰陽《おんみょう》を表わす兄弟神楽と言われ、一対《いっつい》の関係にある。一九七六（昭和五一）年、国の重要無形民俗文化財の第一号に指定された。詩［山火］（初行「風がきれぎれ…」）に北上準平原のあちこちに焼ける山火のイメージの挿入部分として「〈古代神楽を伝へたり／古風に公事《くじ》をしたりする／大償や八木巻へんの／小さな森林消防隊〉」とある。

おおばこ　↓おほばこ

大迫 おおはさま　【地】　岩手県稗貫郡（現花巻市）大迫町。北上山地の主峰早池峰山《はやちねさん》を源流とする稗貫川の上流盆地に位置する。室町時代から戦国時代にかけての大迫氏の本拠地で、交通・交易の要衝《ようしょう》として栄えたが、今も名山早池峰の麓の町として古くからの早池峰神楽(→神楽)を伝え、三社(愛宕《あたご》・早池峰・金比羅)の例祭等、無形文化財伝承の地であり、産業としても特産のワインにちなむ県立のブドウ試験栽培地、ワイン工場、ワインハウス等で活気を呈している。雑[岩手県稗貫郡地質及土性調査報告書　第一章]等。

大風に《おおふうに》【レ】　奢《おご》り高ぶった様子、または鷹揚《おうよう》(おおらかに、ゆったりと)の意。童[ツェねずみ]にツェねずみが針金づくりの「ねずみとり」に「大風に云《い》ひました」とあるのは、えらそうに言う意で、前者であろう。

大船渡《おおふなと》【地】　岩手県気《け》仙《せん》郡大船渡《おおふなと》村(現大船渡市)。短[十六日]に「(え丶、峠まで行って引っ返して来て県道を大船渡へ出ようと思ひます。)」とある。

お丶平太《へいた》さん。待ぢでだあんす【方】　おお、平太さん、お待ちいたしておりました。童[革*トランク]の川渡しの船頭の挨拶。このユーモラスな童話の主人公名が*斉藤平太。

大曲野《おおまがりの》　→江釣子森《えづりこもり》

大元締《おおもとじめ》　→秘事念仏《ひじねんぶつ》

大森《おおもり》　→沼森《ぬまもり》

大森山《おおもりやま》【地】　①*鉛温泉の東一km。高さ五四四m。または、②*三つ沢山の西南一km。高さ四二〇m。帳[雨ニモマケズ]にある「*経埋ムベキ山」の一。

大谷地《おおやち》【地】　岩手県*稗貫郡*根子《ねこ》村(現*花巻市)の集落名。童*[茨海小学校]《(バラウミ)》に「たゞ一人だけ大谷地《おほやち》大学校の入学試験を受けまして、それがいかにもうまく通りましたので、へい」とある。そんな大学校などないが、賢治のユーモア。

お母《がア》【方】　かあさん(お母さん)。童[虔十公園林《けんじゅうこうえんりん》]。

尾形亀之助《おがたかめのすけ》【人】　詩人。一九〇〇(明治三三)～一九四二(昭和一七)。宮城県生まれ。生家は東北屈指の多額納税者で財産家。仙台の東北学院に学んだ後上京、村山知義《ともよし》らと、「MAVO《マヴォ》」を結成。萩原恭次郎《きょうじろう》、小野十三郎《とおざぶろう》、岡本潤《じゅん》とも交友。第一詩集『色ガラスの街』(一九二五)は萩原朔太郎らの影響も見られ、倦怠感を軽妙に感覚的に表現した。「*銅鑼《どら》」「亜《あ》」「詩と詩論」「歴程」等に詩や評論を発表。一九二八(昭和三)年には*草野心平らと全詩人連合を発足させたが、しだいに生活はすさみ、虚無的、無頼派的な晩年を送る。賢治とのかかわりは、「銅鑼」同人の関係から。尾形が創刊した随筆雑誌「月曜」に「*オツベルと*象」(一号、一九二六・一)、「ざしき童子《ぼっこ》(→ざしきぼっこ)のはなし」(二号、一九二六・二)、「寓話　*猫の事務所」(三号、一九二六・三)等、*社会主義的色彩のある童話を発表。

岡っ引き《おかっぴき》【文】　岡引《おかひき》(傍《おか》についていて手引きをする、の意)の江戸なまりで促音化した語。江戸期に捕吏《ほり》(罪人を捕える役人。捕《と》り方《がた》。今の巡査)の手先となって罪人探しをした「目明《めあ》かし」はその俗称。身分の低い軽輩なのに威張るので、なかば蔑称として用いられた。簡[422a]に「この語は岡っ引きの用ふる言葉に御座候。呵々」とある。呵々《かか》は笑うこと。自分の言った言葉のあとに、なかば自嘲的に書簡等に書いた。

おかない　→怖《お》っかなぐない

小鹿野《おがの》【地】　埼玉県秩父《ちちぶ》郡の町名。秩父は日本の古生界*研究発祥の地で、*盛岡高等農林では例年ここで土性・地質の実地調査(→土性調査)や見学を行ない賢治も参加した。歌[三五〇]の題に「小鹿野」とある。

陸稲《おかぼ》【農】【植】 陸穂《おかぼ》。りくとう（陸稲）、とも。水稲に対して言う。畑地に栽培する稲で、水稲より収量、品質ともに劣るが水利の便の悪いところでは貴重な役割をした。劇［植物医師］に「おりゃの陸稲ぁ、さっぱりおがらなぃです」（おれの陸稲は、さっぱり大きくならないです）とあり、簡［481］には「石灰を用ひたる陸稲成育…」とある。→稲《いね》

陸稲《おかぼ》**さっぱり枯**《か》**れでしまったます**【方】 陸稲がみんな枯れてしまったんです。「…したます」は花巻地方でよく用いられる言い方。「…したんです」「…しました」の意。劇［植物医師］。

生《お》**がる、育**《おが》**る**【方】 生（成）長する。生（成）育する。大きくなる。劇［植物医師］の中では植物の生育に用いられているが、人間や動物の成長にも用いられる。

おきなぐさ【植】 翁草。うずのしゅげ、うずのひげ、おばがしら、ちごちご、等多くの地方名がある。キンポウゲ科の多年草。日当たりのよい山野に自生し、全体に白髭《しらひげ》のような白毛が密生。高さ一〇〜三〇cm。根葉は束状に簇生。春、紫色の花をつける。花後の花柱の伸びた集合体が老人の白髪に見えるのでこの名がある。「おきな草／丘のなだらの夕陽に／あさましきまでむらがりにけり」（歌［三二一］）、「古風なくらかけやまのした／おきなぐさの冠毛（→冠毛燈、コロナ）がそよぎ」（詩［白い鳥］）、「うずのしゅげは、植物学ではおきなぐさと呼ばれますがおきなぐさといふ名は何だかあのやさしい若い花をあらはさないやうにおもひます」（童［おきなぐさ］）とあるが、力丸光雄《りきまるみつお》によればウズノシュゲのウズは翁の方言オンズ（オズン）、の髭《ひげ》（ノシュゲ）で、その訛ったもの、つまりオキナグサ＝ウズノシュゲであろうと言う。「おきなぐさ冠毛の質直《しつじき》」は→コロナ

オキナグサ

翁面《おきなめん》【文】 おきなおもて、とも言う。能面の一。ひげを生やした老人の面。文語詩に［〔翁面　おもてとなして世経《ふ》るなど〕］がある。この詩はその下書稿の題のとおり、賢治の［自嘲］で、柔和な翁面をつけて人をあざむいて（→いぶせき）いる間に、病気に疲れ、三十代なかばにもなり、今は緊那羅面《きんならめん》をつけている、というのである。文語詩［暁眠《ぎょうみん》］には「そは瞳《まみ》ゆらぐ翁面《おきなめん》、おもてとなして世をわたる」とある（なお「暁眠」とは暁方《あけがた》の眠り）。

翁面

起《お》**ぎべ**【方】 起きよう。「べ」は意志を示す。実際には「起ぎるべ」のほうが多く使われる。「起ぎべ」は「起ぎるべ」が詰まったもの。童［ひかりの素足］。

お経《きょう》**までもやらなぃでで**【方】 お経のところまでもやって（練習して）いないから（歌えない）の意。「やらなぃでで」は「やっていないのに」の意。劇［種山ヶ原の夜］。

お「キレ」さま →お日《ひ》さま

八分圏《オクタント》 →六分圏《セキスタント》

奥寺《おくでら》**さん**【人】 奥寺五郎。稗貫農学校（→花巻農学校）の同僚（書記兼助教諭心得。養蚕・博物等担当）。賢治と花城小で同級。岩手県東磐井《ひがしいわい》郡立東磐井蚕《さん》業本科卒。結核のため一九二三（大正一二）年一二月退職、翌年一一月没。詩［小岩井農場］下書稿（第五綴）に「学校へ寄って着物を着かへる。／堀籠さんも奥寺さんもま

だ教員室に居る」とある。退職、療養中の奥寺に賢治は毎月、自分の月給の中から三〇円を届けていたというエピソードが残されている。

奥中山《おくなかやま》【地】 岩手県二戸《にのへ》郡一戸《いちのへ》町の南部地区。*北上川の水源、御堂《みどう》村と馬淵《まぶち》川の水源、鳥谷《とりや》村とを境にする分水嶺に位置するここの広大な林野に、青森県上北郡三本木《さんぼんぎ》村にあった*軍馬補充部三本木支部の派出部が開設され(一八九一〈明治二四〉年。一九二五〈大正一四〉年、中山出張所となる)、軍用馬の育成地として敗戦まで知られた。戦後は入植開拓地として開放され、酪農や高冷地野菜の栽培が盛んとなる。JR奥中山駅(標高四四八mで東北本線最高)や十三本峠(同四五八mで国道四号線最高)の高地点に位置し、西岳(一〇一八m)スキー場、高森高原、自然休養村への入口。詩[〔奥中山の補充部にては〕]がある。

小国峠《おぐにとうげ》【地】 岩手県下閉伊《しもへい》郡小国村近在の峠。小沢俊郎は下閉伊郡小国村(現川井村)と上閉伊《かみへい》郡土淵《つちぶち》村(現*遠野市)の境の立丸《たちまる》峠(標高七七五m)を指すか、と言う。雑誌発表の歌「心と物象」に「(小国峠)」とある(「*アザリア」第三号)。

オーケストラベル【音】 orchestrabell チューブラー・ベル(tubular bells)とも言う。一八本の金管を並べてハンマーで打って音を出す。童[*銀河鉄道の夜]に「森の中からはオーケストラベルやジロフォンにまぢ(ママ)って何とも云へずきれいな音いろが」とある。

烏乎《おこ》【レ】 感嘆(動)詞「ああ」(嗚呼、噫等を当てる)の俗字の一。異常なさまに発する語。痴、尾籠(ビロウ、汚いこと、痴の当て字を音読)、烏滸とも書く。詩[県技師の雲に対するステートメント]に「県下今期の稲作は/憂慮なくして観るを得ず/それを仰いで烏乎せしことや/日日にはなはだ数度であった」とある。「烏乎せし」と漢文口調でサ変動詞に用いているが文脈からは「あゝとなげいたこと、ため息をついたことは日になんと、なんども」の意。

瘧《おこり》【科】 間歇《かんけつ》熱の一種で発熱を周期的に繰り返す病。多くは*蚊に刺されて伝染するマラリア性の熱病を指す。『源氏物語』等では「わらわやみ」。文語詩[祭日〔二〕]に「*アナロナビクナビ睡《ねむ》たく*桐咲きて/峡に瘧のやまひつたはる」とある。

押へるにいがべが《おさえるにいがべが》 →おらも中《あだ》つでもいがべが…

尾崎文英《おざきぶんえい》【人】【宗】 *盛岡市北山にある曹洞宗*報恩寺の住職。生年不詳。一九四七(昭和二二)年没。鳥取県出身。賢治は一九一三(大正二)年九月(盛岡中学五年時)に参禅、剃髪《ていはつ》している。尾崎は豪放な人物で行動が粗雑なため、周囲の評判は必ずしも良くはなかったようである。ノート[東京]に「大沢温泉(→講)尾崎文英氏」のメモがある。尾崎は同年八月に開かれた大沢温泉夏期仏教講習会(賢治の父*宮沢政次郎らが中心メンバー)に講師として招かれており、おそらく賢治はこの講習会に出席し尾崎の講演を聴いたものと思われる。報恩寺での参禅、剃髪はその一か月後である。

大沢坂峠《おさざかとうげ》【地】 *盛岡市の北西、*小岩井農場の東、滝沢村(→滝沢野)の山中にある峠。高峰山の南方にあり高さ四〇〇m弱。歌[三四二]に「大沢坂《オサザカ》の峠は木木も見えわかで/西のなまこの雲(→なまこ雲)にうかびぬ」とある。盛岡から小岩井農場、雫《しずく》石《いし》(→雫石川)への道中で得た歌と思われる。ほかに歌[三四一二]、詩[〔眠らう眠らうとあせりながら〕]にも登場。

おしげ子《おしげこ》【人】 賢治の五歳下の妹(*宮沢トシの下の妹)。本名宮沢シゲ。一九〇一(明治三四)年生まれ。*花巻の岩田家(洋品店)の豊蔵に嫁し、一九八八(昭和六三)年没。若いころ、兄の短歌の清書を姉トシに代って手伝ったこともあり、家族思いの優しい人だった。詩[青森挽歌*]に、とし子の死を回想する場面で、「かん護とかなしみとにつかれて睡つてゐた/おしげ子たちのあけがたのなかに」、ほか書簡にも登場する。なお旧校本全集第一巻月報に「それぞれの役目」と題する感動的な「岩田しげ」署名の一文がある。

宮沢シゲ

教《おし》**へでくなんせ**【方】 教えてください。「くなんせ」は「呉《く》(れ)なんせ」で「ください」の意。丁寧な依頼。劇[植物医師]。

誨へられたる《おしえられたる》【レ】 教えられた、に同じ(教が上から下への導き、とすれば誨は指図し示す)。詩[〔そのとき嫁いだ妹に云ふ〕]に、「孝子は誨へられたるやうに」とある。

教へるやなぃぢゃ【方】 (「なぃ」はほとんど「ね」を伸ばし気味に発音)教えてはだめだよ。童[風の又三郎]「わあい、あそご又三郎さ教へるやなぃぢゃ」。

おしろいばな【植】 Mirabilis jalapa 白粉花。種子の胚乳が白粉質なのでその名がある。南米原産のオシロイバナ科の多年草(園芸では一年草として栽培)、高さ一mほど、節が太い。赤、黄、白、しぼりなどの香花を夕方咲かせ、朝しぼむので「夕化粧」の名もあり、夏から秋の風物詩の一。詩[〔おしろいばなは十月に〕]に「おしろひ(ママ)ばなはあわたゞしくも」とある。

オスミウム →イリヂウム

【おそん】

オーソクレさん【鉱】 *正長石《せいちょうせき》を意味するオーソクレース(orthoclase)の擬人化。角閃花崗岩*中の一成分として登場するもの。無色で光沢がある。童[楢ノ木大学士の野宿](→なら)に、双晶(双子)の「オーソクレさん」が登場する。ほぼ等大の個体がお互いに組み合わさった形を呈している。この双子のオーソクレは「カオリン病」(→りょくでい病)にかかっていると書かれるが、これは通常、風化して*高陵《こうりょう》土に変化することを踏まえた表現。(→口絵㉑)

おぞの蟇《おぞのがま》【レ】【動】 おぞは、鈍《おぞ》し、のろい。賢治が「をぞ」と書いているのは誤り。蟇はヒキガエル。文語詩[〔一才*のアルプ*花崗岩《みかげ》を〕]に「をぞ(ママ)の蟇みちをよぎりて」(のそのそとヒキガエルが道をよぎって)とある。

おぞましく【レ】 「おぞの蟇*」のおぞは漢字で鈍だが、おぞし、おぞましい、は悍。悍走《かんばし》って恐ろしい、いやらしい、の意。詩[凾(函)館港春夜光景]の、「そのうら寒い*螺鈿《らでん》の雲も、/またおぞましく呼吸(→息)する」、文語詩[巡業隊]下書稿の「馬を*ぞ(ママ)ましく過ぎ行きて」、文語詩[心相]の「いまは酸えしておぞましき」等は、いずれも「悍《おぞ》ましい」の活用形。文語詩[〔乾かぬ赤きチョークもて〕]下書稿に「をぞ(ママ)にまくろきボールドは」とある「おぞに」は、「おぞましく、いやらしい黒板」の意であろう。

オゾン【科】 ozone O_3。常温常圧では薄青色の気体。特異臭をもつ。オゾンは、地上約一〇~五〇㎞ほどの成層圏に多く存在しオゾン層と呼ばれ、紫外線を吸収する。高層大気中では酸素分*子が紫外線のエネルギーにより原子状態になりオゾンが生成される。酸化力が強く、殺菌や漂白等に用いられる。詩[〔ほほじろは*

鼓《つづみ》のかたちにひるがへるし〕」には「この峡流の出口では／麻*のにほひやオゾンの風」とある。賢治独特の用法であろう。

小田越《おだごえ、おだのこえ》 ↓早池峰（峯）山《はやちねさん》

小田島国友《おだじまくにとも》【人】 賢治の教え子で稗貫*農学校（↓花巻農学校）三回生（一九二四年卒）。詩「風林」に「《おらも死んでもい》／（それはしよんぼり立つてゐる宮沢*か／さうでなければ小田島国友」とある。

小田中《おだなか》【人】 小田中光三《こうぞう》。賢治の教え子で稗貫*農学校（↓花巻農学校）一回生（一九二三年卒）。詩「芝生」に「風とひのき*のひるすぎに／小田中はのびあがり／あらんかぎり手をのばし」とある。

お旅屋《おたびや》【文】 祭礼のお神輿《みこし》が氏子《うじこ》区内を練り歩いて、途中で一時的に安置される休息所。出店も多く賑わう。現在、花巻のホテル花城のある場所が当時の朝日座という映画館のあった場所で、その前の広場が、今もお旅屋である。賢治の生家からは、通り一つ隔てたところ。童「祭の晩」に「亮二《（りょうじ）》は（中略）十五銭もらって、お旅屋にでかけました」とある。童「水仙月の四日*」にも出てくる。

扵（於）田屋町《おたやちょう》【地】 新校本全集の扵は於の賢治の誤記。現花巻*市御田屋町。江戸時代は御田屋小路《こうじ》（於田屋小路）、のち御田屋町と称するようになった。雑「国語綴方帳」（小学校六年時《（ママ）》）に「二月四日のことなりき。／我は父に回章をまはすことを云いつけられぬ。／扵《（ママ）》田屋町をまはして鍛冶町*に行かんが為上町を通りしに杉本にぶち犬をきすかけられて恐ろしかりき」とある。回章《かいしょう》は宛名が連記してあり、次々に回《まわ》（廻）り、判こなどをもらう連絡状。のちの回覧板。「まはして」は「まわって」、「杉本」以下は「（友人の）杉本が斑犬《ぶち》（二種以上の色のまじった、まだらの犬）をけしかけて（きすかけて）きたのでこわかった」。

オ（ヲ）ダルハコダテ* ↓インデコダイト*

落合《おちあい》【地】 北上川*と豊沢川*の合流地点（全国の川によくある地名）。賢治の生家に近い。一九〇四（明治三七）年夏、賢治が八歳の時、ここで子どもの水死事件があり、その時の記憶が童「銀河鉄道の夜」*のカムパネルラ*水死の描写に反映していると言う近親者の回想がある。ス〔二五〕欄外の作（新校本全集は、これを「最終形態」としている）に「天霧《あまぎ》らす夜のさなかを／白き巾《（きぬ）》かしらに巻きて／と者《（屠）》（↓屠殺場）二人橋を来れり／（中略）落合に鷺鳴きにけり」とある。「天霧らす」は霧《きり》（霞）などが立ち天（空）をくもらせる意の古語、「天ぎらす」とも書く。ス〔一二〕に「天霧し」、同〔二六〕には「天ぎらし」とある。なお、童「イギリス海岸*」に「猿ヶ石川*の、北上川への落合から、少し下流の西岸」とある落合は、北上川と猿ヶ石川の合流地点のことで、さきの落合より約二km上流である。なお猿ヶ石川上流、東和町内に落合という地名もあり、前掲のス〔二五〕欄外詩の落合は、こちらの可能性もある。

貢り《おちいり》【レ】 難読語句の一だが、貢《コウ》（呉音ク）は和訓では「みつぐ」だが、賢治は「貢り黒い岩頸*に」（詩「町へ」）〈〔アカシヤ*の木の洋燈《ランプ》から〕下書稿〉、「貢った暁の睡りをまもって」（詩「〔ほほじろ〈↓ほおじろ〉は鼓のかたちにひるがへるし〕」）と用いている。これを「おちいり」、「おちいった」と読むのはこの字が坎《カン》（陥）にも通じるとする諸橋轍次著『大漢和辞典』の教示に拠る。詩「春と修羅」の「陥*りくらむ天*の椀から」の「陥り」にも通じるイメージ。

陥りくらむ《おちいりくらむ》 ↓惑む《くらむ》

落《おち》角《つの》【動】 毎年、晩春から初夏にかけて落ちる牡鹿の角。句稿に次の二句がある。「風の湖《(うみ)》乗り切れば落角《づの》の浜」「鳥の眼にあやしきものや落し角」。落し角も落角に同じ。

怖《おっか》ながるぢゃい ↓怖《お》っかなぐない

怖《お》っかなぐない【方】「怖っかない」は「こわい*」。「おかない」とも言う。詩［無声慟哭］では妹宮沢トシ*が母に「（おら　おかないふうしてらべ）」（賢治自注では「あたしこわい《(ママ)》ふうをしてるでせう」）と聞く。その「怖《お》っかない」の否定で「こわくない」。「ない」はネと一音で発音することが多い。童［鹿*《(しし)》踊りのはじまり］にも出てくる。童［ひかり*の素足］には「歩*《(あ)》べ、怖《お》っかなぐないはんて歩べ」（こわくないから、さあ歩こう）、童［風*の又三郎］に「わあい、又三郎馬*怖《(おっか)》ながるぢゃい」とあるのは「わあい、又三郎が馬をこわがってる！」の意。

転覆《おつけあ》したりさな【方】 ひっくり返したりするよ（するじゃないか）、といった意味で、「おつけあす」は押す（おしつける）、あるいは「転ばせる」の意。で実際には「おっけす」と発音する。「け」は「カ」と「ケ」の中間音。童［風野又三郎］（↓風の又三郎）。

大そろしない《おっそろしない》【方】【レ】「おそろしい」を強めた方言。オは詰《つま》ったようにオッ、ナイはネに近く、オッソロシネというふうに発音する。「ない」は打消でなく、形容詞の語尾。例えば「忙しい」意の「せわしない」が「せわしい」、「とんでもない」が「とんだ」と同義なように。童［オツベルと象］の冒頭で、稲扱《いねこき》器械（↓稲）が「のんのんのんのんのんのんと、大そろしない音をたてて」いる。

折っちょれた【方】 折れてしまった。童［馬の頭巾］「馬耳折っちょれた。」

オツベル【人】 童［オツベルと象*］の主人公名。悪辣《あくらつ》な搾取《さくしゅ》者、資本家の典型としてこの人物名には何らかのヒントがあったかとも思われるが、明らかでない。なお、旧校本全集以前の全集や流布本では「オッペル」となっており、いらい、ずっとそれを踏襲していた。もっとも当時は促音を小さく表記しなかったから「オッペル」を「オッペル」と、なまって読んだ可能性も否定はできない。この作品は尾形亀之助*主宰の「月曜」誌創刊号（一九二六・一）に発表されたもので、その雑誌初出稿以外の本文は現存せず、それが「オツベル」になっているのだから、促音ツは当時の活字表記の習慣を別としてもべをぺにした「オッペル」は明らかに誤記ということになる。旧校本全集が初めて「月曜」初出稿どおりに正したことになる。なお、盛岡方言（花巻にはない）に、悪賢い人間をさす「オッペ」があり、「オッペル」の方がふさわしいという地元の人の説があること、また一九世紀後半に上海在住のオッペルと言うドイツ商人が日本や朝鮮に来航し、悪事をはたらいた、その商人の名をヒントにした、という説に従えば「オッペル」もいわれのない誤りではなかったということになることも付記しておく。

おでぁれ ↓ようし、仕方《しがた》なぃがべ。…

淤泥《おでい》 ↓妄言綺語の淤泥を化して《もうげんきごのおでいをけして》

お出《で》やってら【方】 お出になっている。「ら」は現在の進行を示す。劇［種山*ヶ原の夜］。

オート ↓燕麦《えんばく》

音《おど》あ ↓息《いき》の音《おど》あ為《さ》ないがけあな

お通《とお》しやてくなんせや【方】 通してやって下さいな。「くなんせ」は「ください」の意だが、かなり丁寧な言い方。「お」「くなんせや」が付いて、さらに丁寧で婉曲な懇願になる。短［山地の稜］。

おとこえし　→をとこへし

落し《おとし》　【文】　床《ゆか》下の物入れ。床板をはずすと下が物入れ、貯蔵庫になっている。童［*葡萄水］に「床下の落しに」とある。

おとしけおとし　→血馬《けつば》

落し角《おとしづの》　→落角《おちつの》

オートミル　【食】　oatmeal　精製された*燕麦《えんばく》（オート）を加工した食品。熱湯を注ぐか水やミルクを加えて、粥《かゆ》状にして食べる。欧米では朝食や病人食として愛用される。日本でも明治の終わりごろから、都市の上流階級で食された。賢治のころは洋風の珍しい食品であった。童［ポラーノの広場］（→ポランの広場）に「*ハムと皮類と*酢酸とオートミルは*モリーオの市や*センダードの市はもちろん広くどこへも出るやうになりました」とある。

おとら狐《おとらぎつね》　【民】　おとらという昔話の狐*の名は全国的に分布しており、柳田国男『遠野物語』（一九一〇）にも出てくる（→遠野）。賢治は読んでいないが、橘不染《たちばなふせん》『もりおか明治舶来づくし』（一九七五）の「怪談集」にも「斗米《とっこべ》とら子」の由来がある。童［とっこべとら子］に「おとら狐《ぎつね》のはなしは、どなたもよくご存じでせう」とあるのは、現在の*盛岡市紺屋町《こんやちょう》、神明町《しんめいちょう》あたりの古名「斗米《とまい》」の地名にもとづく語り伝えがあって、虎子狐（おとら狐）の稲荷社もあったという民間史伝をもとにしている。

踊《おど》り済《す》まって　【方】　踊り終わって。踊ってしまって。「済《す》まう」は「済ませる」「…してしまう」の訛り。短［十六日］。

踊《おど》りはねるも三十《さんじゅう》がしまい（ひ）って　さ。あんまりぢ《じ》さまの浮《う》かれだのも見《み》だぐなぃもんさ　【方】　踊りはねるのも三十歳でおしまいってさ。あまり年寄りの浮かれたのも見たくないもんさ。「ぢ《じ》さま」は「爺さま」。「いい歳をして」「年とって」の意味にもなる。短［泉ある家］。

オーナメンタルガード　【植】　ornamental gourd　オーナメンタルは「装飾用の」の意、ガードはウリ科の果実のことだが、主としてヒョウタン（瓢箪）やカボチャを言う。「装飾用のかぼちゃ」。こんにちでは「オモチャカボチャ」として人気がある。メモ創［30］「感応《(かんのう)》的伝染病」に「赤と白のオーナメンタルガードを携へ姉の室に行く」とある。

飾禾草《オーナメンタルグラス》の穂　【植】　ornamental grass「装飾用の草」の意（禾《のぎ》〈カ、クヮ〉は芒とも。イネ科の草木の総称）。玩具や装飾用に仕立てた「*オーナメンタルガード」の用例もある。詩［〔落葉松の方陣〕］に「…ても古くさい*スペクトル！／飾禾草《オーナメンタルグラス》の穂！…」（ルビも賢治）とある。*すすきの穂などのイネ科の草が林の装飾のように生えているのであろう。

お雷神さん《おなりがみさん》　【方】　雷、雷神、鳴神《なりがみ》の敬称。劇［*種山ヶ原の夜］。

鬼《おに》　【宗】　*餓鬼《がき》、*夜叉《やしゃ》、羅刹《らせつ》、*修羅、鳩槃茶《くばんだ》等、凶暴で恐るべき精霊を言う。*鬼神と同義。原義は、死者の霊魂。一般には、*地獄の獄卒のことを赤鬼、青鬼等とも言う。詩［風と*杉］に「〔せめて地獄の鬼になれ〕」、詩［〔温《(ぬる)》く含んだ南の風が〕］に「*天をよそほふ鬼の族は」、詩［〔あかるいひるま〕］に「いま死ねば／いやしい鬼にうまれるだけだ」、文語詩［〔川しろじろとまじはりて〕］に「はかなきかなやわが影の、／卑しき鬼をうつすなり」、詩ノート［〔*サキノハカといふ黒い花といっしょに〕」に「その中から卑怯な鬼どもを追ひ払へ〕」、詩「〔光と泥にうちまみれ〕」に「われはひとりの鬼なれや」、童「ひかりの素足」に「鬼のむちがその小さなからだを切るやうに落ちました」、童「イギリス海岸」に「子供らが鬼のやうにこわが《(ママ)》ってゐる」、童「風の又三郎」に「何べんも鬼っ、こをしました」（鬼っこは鬼ごっこの方言）、童「グスコーブドリの伝記」に「てぐす飼ひの男は、まるで鬼みたいな顔つきになつて」とある。

鬼げし《おにげし》 【植】【レ】 鬼罌粟。ケシ科の多年草。地中海からペルシアにかけての原産。観賞用として植栽される。茎は直立して一m以上になり、晩春、深紅色の大きな花をつける。茎や葉には硬い毛がある。文語詩「朝」に「鬼げし風の襖子《あをし》着て」とある。ほかに詩「〔アカシヤの木の洋燈《ランプ》から〕」に同様の登場。→けし

鬼越山《おにこしやま、おにこりやま》 【地】 「経埋ムベキ山」の一。「経埋ムベキ山」には三二の山名が列挙されている（帳「雨ニモマケズ」）、小倉豊文は鬼越山を鬼古里山と解釈している（『「雨ニモマケズ手帳」新考』一九七八）。しかし、鬼越山は未詳というべきである。歌「明四二、四」に「鬼越の山の麓の谷川に瑪瑙《めのう》のかけらひろひ来りぬ」、また詩「〔友だちと　鬼越やまに〕」には「友だちと／鬼越やまに／赤銹《(さ)》びし仏頂石《(ぶっちょうせき)》のかけらを／拾ひてあれば／雲垂れし火山の紺の裾野より／沃度の匂しるく流るゝ」と記されているが、この「鬼越の山」「鬼越やま」は、玉髄を産する燧堀《かどほり》（掘）山《やま》（四六七m）のことであろう。燧堀山は明治初期まで火打石を採掘していた山である。鬼越山を鬼古里山（四三八m）のこととする考えは、賢治の用例に即する限り、鬼古里山に当てはまらない。鬼古里山は岩手山の東南、沼森の南約二㎞、小岩井農場の東北に位置する小山で、燧堀山にも近い。ただ、玉髄を産することはなく、火打石を採掘した事実もない。ここでは、「鬼越山」とは鬼越（地区）にある山、と解釈をとどめておきたい。なお、文語詩「車中　〔二〕」に見える「稜《(かど)》堀山《ほりやま》」は「燧堀山」のことか。

鬼っこ《おにっこ》 →鬼《おに》

お願《ねがい》**ひいだしあんす** 【方】 お願い致します。丁重な依頼。劇「植物医師」。

おのも積《つ》**む孤輪車**《ひとつわぐるま》 【レ】【文】 「おのも」は、おのもおのも。人はそれぞれ。文語詩「〔沃度《ようど》ノニホヒフルヒ来《(こ)》ス〕」に「ヒトビトオノモ松ノ野ヲ、／ワギ家《(エ)》ノカタヘイソギケリ。」（人はそれぞれ松の野原を／自分の家の方へと急いだ）とある。この項の見出しは文語詩「〔一才のアルプ花崗《みかげ》岩を〕」の二行目全文。この詩の下書稿では「おのおのに木ぐるまを押す」となっている。めいめい木製の一輪車に（アルプ花崗岩を）積んで押す、の意。今も農村や作業場でよく使われるゴムタイヤの一輪車は、当時は木製の車輪だった。

オーバアフロウ 【農】【文】 overflow　排水路。ダム等の排水路のこと。童「イギリス海岸」に「私たちはその溜り水から堰《(せき)》をこしらえ《(ママ)》て滝にしたり発電処（→電気）のまねをこしらえ《(ママ)》たり、こゝはオーバアフロウだの何の永いこと遊びました」とある。「何の」は「何だのと」の意であろう。

おはぐろ 【文】【レ】 お歯黒。鉄片を茶や酢にひたして酸化させた悪臭を放つ褐色の鉄汁で歯を黒く染めたので、歯黒め、鉄《かね》つけ、鉄漿《かね》、とも言った。古くは上流の子女の風習だったが、江戸期から昭和のごく初期までは既婚女性、ないしは接客婦のシンボルだった。樋口一葉の代表作「たけくらべ」の舞台吉原《よしわら》を囲む「お

はぐろどぶ」は有名(おはぐろの残り汁を捨てたので水が黒い、という説)。賢治では、詩[善鬼呪禁]と、その下書稿[過労呪禁]の「苗代《なわしろ》の水がおはぐろみたいに黒くなり」、詩[法印の孫娘]の「おはぐろのやうなまっ黒な苗代の畦《(あぜ)》に立って」と、よく掻かれた(↓代掻《しろかき》)苗代の黒光りする水の比喩に用いられている。

オパリン ↓蛋白石《たんぱくせき》

オパール、オーパル ↓蛋白石《たんぱくせき》

帯皮《おびかは》 おびかわ 【衣】 帯革とも。獣の皮を用いて作った帯。調革《しらべかわ》(高村光太郎の詩「怒」に「怒とは存在の調革」とある)、バンド、とも言った。ベルトのこと。第二次大戦前までは帯革《おびかわ》が一般の表記だった。童[注文の多い料理店]に「二人は鉄砲をはづし、帯皮を解《(と)》いて」とあり、童[ポラーノの広場](↓ポランの広場)には「山羊《(やぎ)》の首に帯皮をつけてはじを持って」とある。これは首輪であろう。ほか、童[十力の金剛石][ポランの広場]等。

お日さま おひさま 【天】 賢治作品に登場する天文用語の中で最も頻度数の高いものの一(↓月)。用例としては詩の中では主に「日」が多く用いられ、童話の登場人物の会話の中では圧倒的に「お日さま」が多く登場する。その他「陽」「日輪」「お日さん」「天道(おてんとさま)」「日天子」等があり、また「朝日」「夕陽(夕日)」、文語詩[巨豚]下書稿には「ゆふてるひ」」「西日」「うすれ日」「うすび(薄日)」「日光」「陽光」等々、その光線の刻々の移り変わりが賢治独特の表現で親しみやすく、ダイナミックに登場する。地質、鉱物を好む賢治だけに、太陽光彩を宝石や鉱物類の色で表現するのが得意だが、単純なものでは「金粉」「コバルト硝子の光のこな」(童[まなづるとダァリヤ])といった表現から、詩[〔日はトパースのかけらをそゝぎ〕]、「琥《こ》珀《はく》の陽」(詩[第四梯形《(ていけい)》]〈↓七つ森〉)、「ひはうつくしい/孔雀石いろに着飾って」(詩ノート[〔ひるすぎになってから〕])等の華麗な表現が見られ、童[ひかりの素足]では「大きな空の宝石のやう」とある。また、朝日や夕陽は溶(融)けた銅にもたとえられ(詩[真空溶媒]文語詩[巨豚]、童[土神と狐]等)、童[ひのきとひなげし]では「みがきたて燃えたての銅《(あかがね)》(↓銅《どう》)づくりのいきもの」。さらに輝く太陽は「白金ノ雨」(文語詩[農学校歌]〈曲[精神歌]では雨は「アメ」〉)、「黄金の征矢《そや》」(童[二十六夜])となる。また宝石や鉱物以外の表現では「黄金《きん》の薔薇」(詩[蠕虫《アンネリダ》舞手《タンツェーリン》」、童[風野又三郎]〈↓風の又三郎〉)、「あさひの蜜」(詩[朝餐])、「蜂蜜いろの夕陽」(詩[穂孕期《ほばらみき》])、「飴色の夕日」(童[カイロ団長])、「ビール色の日光」(童[水仙月の四日])、「桃の果汁《しる》のやうな陽の光」(童[烏の北斗七星])、「海のプランクトンのやうに/ぴちぴちはねる朝日」(詩ノート[〔氷のかけらが〕])、「青き夕陽の寒天(↓アガーチナス)」(文語詩[著者])、「寒天光(↓アガーチナス)のうら青に、」(文語詩[車中〔一〕])、「熟した苹果《(りんご)》」(童[楢ノ木大学士の野宿]〈↓なら〉)、「赤と黄金《きん》でぶちぶちのやまなし」(童[山男の四月])、「わすれぐさ(↓萱草《かんぞう》)の花このやう」(花このこ」は粉でなく方言の美称の接尾辞)、「蜜柑色だな」(劇[種山ヶ原の夜])等の印象的な例も多い。それらの中で、「溶けた銅」「蜜」「果汁」「酒」等のように、液状のイメージとしてとらえたものも目立つ。例えば、詩[白い鳥]の「ひしげて融けた金《キン》の液体が」や、童[マグノリアの木][インドラの網]での「液体のやうに」「熔けたやうなもの」といった表現がそうである。なお、精神的・神秘的な比喩として、賢治はぼんやりとした生気のない太陽を「喪心《そうしん》」「喪心のしろいかがみ」と表現したりする。しかし賢治自身も好んだと思われる表現は童「おきなぐさ」で描かれるような雲のイメージと交錯する変幻微妙な生きもののような太陽、ないしその光線であり、「変幻の光の奇術《トリック》」として生動する。しかも地上のいとなみのすべてを「お日さんちゃんと見ていらっしゃる」と、後述する超越的な存在としても描いているが、そうした傾向はすでに短歌はもちろん、詩でいえば最初期の詩「日輪と太市」以来、童話ではこれも最初期の作「双子の星」以来、実に多くの作品に指摘できる。すなわち、天界はもとより、地上のあらゆる生きものの動きやくらしと親炙《しんしゃ》する太陽は、また帰一的な絶対的存在でもあるという感応《かんのう》である。その背景には個人をこえた、東北の農民たちの素朴な太陽指向、向日性《こうじつせい》、あるいは信仰に近い強い太陽への愛着が影響していると思われる。童「鹿踊りのはじまり」の鹿たちの歌に出てくる「お日さん」や童「イーハトーボ農学校の春」での「太陽マヂック」」(→光炎菩薩)、童「紫紺染について」の「野菜はあなたがおつくりになるのですか」「お日さまがおつくりになるのです」といった会話、短「十六日」の「恐らくは太陽からも許されさうな休みの日」等々の場面が代表的な例。さらにそうした土着の信仰性に賢治の深い宗教意識が加わり、太陽のイメージは、より重層的、象徴的なものとなり、ほとんど仏身と同一化する(→華厳《けごん》)。そして「光炎菩薩」」(詩「小岩井農場　パート四」)、「日天子」」(童「二十六夜」)、「火球《(かきゅう)》日天子」」(短「竜と詩人」)、詩「山の晨明《(しんめい)》に関する童話風の構想」、童「双子の星」「マグノリアの木」「インドラの網」等に見られる厳かな日の出の描写へと発展する。およそ賢治における季節感やもろもろの「明るさ」のイメージの根源に太陽は位置するが、また逆に、もろもろの「暗さ」のイメージも、以上のような太陽の存在ぬきには考えられない。一般用語では「太陽信仰」となるが、賢治の場合曼陀羅の中心「大日如来」にも帰一する。なお、童「ペンネンネンネンネン・ネネムの伝記」(→昆布)には太陽を指すと思われる「お『キレ』さま」が登場するが(キレはキレイでおキレイさまか)、賢治の造語であるか、民話に由来する方言の一種であるか、未詳である。詩「真空溶媒」には大胆な比喩として「融銅」がある。

お日《ひ》さんを／せながさしよへ《え》ば、はんの木《ぎ》も／くだげで光《ひか》る／鉄《てつ》のかんがみ　→はんのき

おべだ【方】　覚《おべ》だ。知っている。劇「種山ヶ原の夜」では、柏《かしわ》樹霊《こだま》が農民をからかって「おらはおべだ　おぉらはおべだ、／なんぼおべでもうっかり教へなぃ」(なぃはネに近い発音)と言う場面が出てくる。これは「俺は知っているぞ。いくら知っていても、うっかり教えたりしねぇぞ」の意。童「風野又三郎」(→風の又三郎)には「又三郎さん北極だの南極だのおべだな」とある。文字どおりの「覚えた」という意味もあるが、ここでも「知っているね」の意。

オペラ【音】　opera　歌劇、音楽劇。賢治ならびに賢治作品にオペラの影響は大きい。劇「饑餓陣営」(→饑饉)をはじめとして、童「かしはばやしの夜」「ポランの広場」等の挿入合唱、詩では『春と修羅』第二集以降に多い相互会話の詩形(「春　水星少女歌劇団一行」「〔北上川は熒気《けいき》をながしィ〕」〈→顥気《こうき》〉、「〔うとうとするとひやりとくる〕」等)、詩「〔ジヤズ〕夏のはなしです」「氷質の冗談」等に見られるユーモラスなパロディ、これらにはコミックオペラ

の影響が顕著である。音楽のリズムと詩のリズムの一体化(オペラ自体その一つの形式である)に賢治も意欲的であり、昭和期の詩には曲名に代わって、*ラルゴ、*アンダンテ、アレグロ(→アンダンテ)等の音楽用語の使用が目立ってくる。詩[ワル*ツ第CZ号列車]「*岩手軽便鉄道　七月(ジャズ)」等は音楽リズムとの一体化を意図した作品である。この他オペラに関する語彙も多く、*カルゾー、*田谷力三《たやりきぞう》、高田雅夫(→高田正夫)、*清水金太郎、*チッペラリー、*セビラの床屋、バス、テノール、*恋はやさし野辺の花よ、等々(賢治は特に浅草オペラには当時流行の「ペラゴロ」〈オペラゴロツキの略、熱狂的ファンの意〉と呼ばれてもおかしくないほどの傾倒ぶりだった)枚挙にいとまがないほど。一九一八(大正七)年二月の「月刊楽譜」には喜歌劇流行の批評として次のような記事がある。浅草の日本館や金竜館の喜歌劇を「見てる人よりは演《や》つてゐる当人の方がズツと面白さうな一種の馬鹿〳〵しい劇が日本に新らしく出来たものと想像するより外はない」と酷評したのち、ローシー一派(帝劇、ローヤル館)の方針を一応ほめて「前述の怪しげな所謂《いわゆる》和製の喜歌劇の如きは全く論外としても、少なくもローヤル館程度のオペラ…コミツクでも何でもい丶…兎に角、本当のオペラらしい香ひだけでもするものを今少し広めて欲しい者《(ママ)》である」。しかし観客の入りは逆で、浅草が七、八分の客足に対して、ローヤル館のは空席が七、八分の不況で同年二月に解体、ローシーらは赤坂の映画館を改装してオペラを公演。一〇人近くの脱退組は浅草に流れた。日本での喜歌劇流行の原因は歌手たちの本格的なオペラ歌唱力不足のためで、帝劇の招きで来日したローシーは最初、大歌劇《グランドオペラ》「魔笛《まてき》」を取り上げたが、次から喜歌劇《コミックオペラ》に切り換えざるを得なかった。賢治は『春と修羅』第二集の[序]で「いさゝか湯*漬けのオペラ役者の気もしまするが／またなかなかになつかしいので(中略)この一巻をもいちどみなさまのお目通りまで捧げます」と自らをオペラ役者に見立てたりしている(それ以前も第一集の詩[東岩手火山]〈→岩手山〉や詩[*蠕虫舞手《アンネリダタンツエーリン》]のオペラグラス〈→望遠鏡〉にあるように、賢治が目ざしたものは「*気圏オペラの役者」であったといえよう)。この第二集[序]のとおり、賢治のこのコミックオペラ時代(前記浅草オペラの影響が大きかったころ)は、比較的に生活も安定し、「この四ヶ年はわたくしにとって／じつに愉快な明るいものでありました」(同『第二集』序)と自ら告白した*花巻農学校教諭時代にほぼ限られるようである。*羅須地人協会時代も音楽には熱心だった賢治だが、きびしい現実に直面した彼は、もはやコミカルなオペラ役者ではいられなくなって、作品からも明るいユーモアやパロディの余裕は遠のき、皮肉、ブラック・ユーモアが取って代わる感がある。→オルフィウス、セビラの床屋

オペラグラス →望遠鏡《ぼうえんきょう》

セビラの床屋《せびらのとこや》

オボー【音】 oboe(英)　木管楽器オーボエ(Hoboe〈独・伊〉)の英語として賢治は用いたのであろう(より正しい発音はオーボウ、またはオーボイ)。詩[実験室小景]で「(*ガラスのオボーがたくさんあるな)」に対して「(あれは逆流冷却器)」と答える二行がある。実験室に化学実験器具がビーカー、フラスコ、*ブンゼン燈といろいろ並んでいる中で、ガラスの還《かん》流(現在は逆流とは言わない)冷却器(*リービッヒ管)を見て、その形が一見オーボエに似ているので「ガラスのオボー」とユーモラスに見立てての問いかけであろう。

なるほど下端が漏斗《ろうと》状のオーボエにリービッヒ管は似ている。

オホーツク【地】 Okhotsk オホーツク海。太平洋の付属海。南は千島列島と北海道、西はサガレン、東はカムチャツカ半島、北はシベリヤ(ア)に接する。全体の五割は広大な海底斜面の大陸《たいりく》棚《だな》でニシン、サケ、マスの漁場として知られる。寒冷期は流氷を伴う。賢治の樺太旅行については「栄浜《さかえはま》」、「サガレン」、「鈴谷平《すずやへい》原《げん》」項を参照されたいが、その折に得た詩章「オホーツク挽歌」群には、この海のみごとな化学実験にも似た、しかも壮麗な描写がある。詩「オホーツク挽歌」では「海面は朝の炭酸のためにすつかり銹《さ》びた／緑青《ろくせう》(→緑青《ろくしよう》)のところもあれば藍銅鉱《アズライト》のところもある／むかふの波のちゞれたあたりはずゐぶんひどい瑠璃液《るりえき》だ」。賢治にはハイネに似た北の海憧憬があった。また、チェホフ(→はこやなぎ)も一八九〇年夏、この地を訪れている。北の寒気団がカムチャツカ半島近くに張り出したものをオホーツク(海)高気圧と言う。この勢力が強い夏には寒冷な北東風(やませ、山背風)が吹いて小雨や雹《ひょう》まで降らせ、冷害をもたらす。これが詩「〔雨ニモマケズ〕」の「サムサノナツ」であり(→稲熱《いもち》)、歴史的な飢饉、冷害、凶作の元凶である。童「サガレンと八月」(賢治がここオホーツク海に面する栄浜に来たのは一九二三(大正一二)年の八月四日)では語り手の言葉として「こんなオホーツク海のなぎさに座って乾いて飛んで来る砂やはまなすのいゝ匂を送って来る風のきれぎれのものがたりを聴いてゐるとほんたうに不思議な気持がするのでした」とある。ほかに短「柳沢」(ここでは「オホツク」)等。

おほばこ《おおばこ》【植】 大葉子。オバコ、オンバコとも。岩手方言ではマルコとも。山野や道ばたに生える多年草。葉は根生で長さ四～二〇cm。春～秋に一〇～二〇cmの花茎上に穂状花序の黄花を密生させる。実は褐色の蒴《さく》果(乾果の一)。葉や実は薬用。「おほばこが二列にみちの中に生え」(童「車」)、「城あとのおほばこの実は結び」(童「めくらぶだうと虹」)、「けしつぶや、ひえつぶや、おほばこの実などです」(童「鳥箱先生とフウねずみ」)、「バビロン柳(→柳)、おほばことつめくさ(→赤つめくさ、白つめくさ)。／みんなつめたい朝の露にみちてゐる。」(詩「旭川」)。→マルコ、スペイド

オオバコ

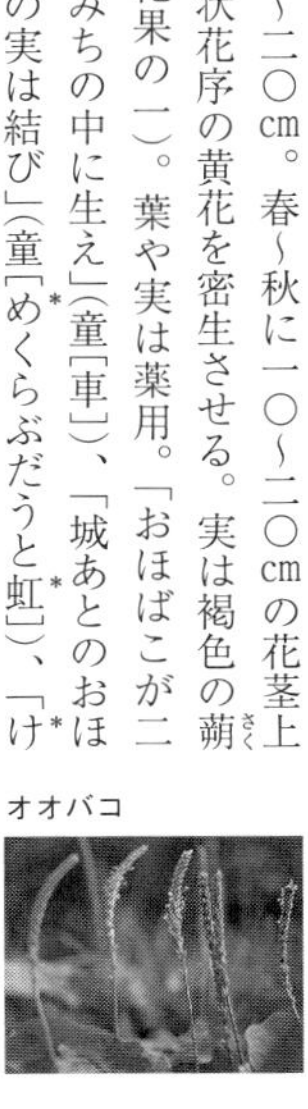

おほまつよひぐさ《おおまつよいぐさ》【植】 大待宵草。学名エノテラ、ラマーキアナ。明治のはじめ、一八七〇年ころ渡来、日本各地の海辺や川原、鉄道沿線などに野生化した帰化植物。高さ一・五m、花は黄で大きく径五cmの四弁。夏の夕方咲き、翌朝しぼむ。これをよく同属の月見草とまちがえるが(詩「〔北上川は熒気をながしィ〕」(→顥気《こうき》)の下書稿「夏幻想」に、おおまつよいぐさを学名で示し、「ふだんよくいふつきみさうです」とある。)、月見草は白花で、しぼむと赤に変わる。詩「岩手軽便鉄道 七月(ジャズ)」に「おほまつよひぐさの群落」が出てくる。

オオマツヨイグサ

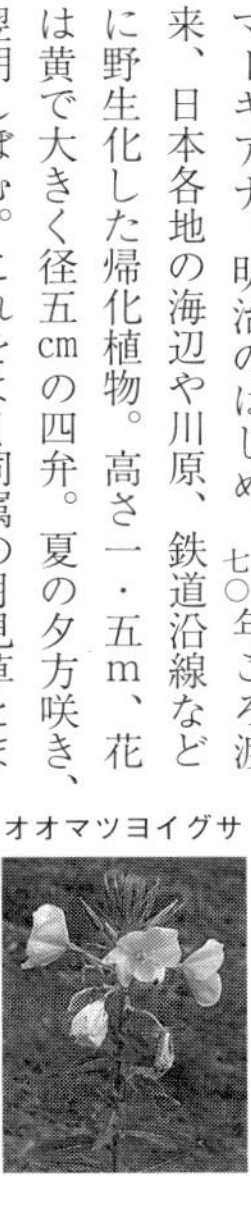

お飯食《ままく》べし泣《な》ぐな【方】 ご飯を食べよう、だから泣くな。花巻地方では、ご飯・食事のことを「まま」と言う。「食べし」は「食べよう。(だから)…」の意で、意志・勧誘+理由も示す。文語「食ふべし」の名残り。童「ひかりの素足」。

おまめしござんしたすか【方】 お元気でしたか。「まめし」「ま

めまめしく」は「元気で」「変わりなく」の意。全体としては丁寧な疑問形の肯定文だが、あいさつとして慣用的に用いられる。これに対する返礼は「はあ、おありがどござんす。お蔭でまめしくて居りあんす」で、これは「ありがとうございます。おかげさまで元気でおります」の意。短[山地の稜]。

おみち何《なん》でぁその年《とし》してゞ《で》わらすみだぃに。起《お》ぎろったら。起《お》ぎで片付《かだづ》げろったら【方】 おみち(女性名)何だ、そんな年をしていながら子どもみたいに(泣いたりして、みだぃはミデニの発音に近い)。起きろってば。起きて片付けろってば。「何でぁ」は「何だ、何だい」の意で、非難の気持ちが込められている。「…しろったら」は「…しろって言ったら…しろ」の意で、いささかいらだちの気持ちが含まれた命令口調。しかし、短[十六日]で若妻に言う夫、嘉吉のこのせりふには、おみちを嫉妬していじめた自分を後悔し、彼女の機嫌をとっている愛情とエロチシズムが漂う。

おみなえし →をみなへし

御明神《おみょうじん》【地】 *小岩井農場から雫石《しずくいし》寄りにある岩手県岩手郡の村名(現雫石町)。童[*おきなぐさ]に「それから二ヶ月めでした。私は御明神へ行く途中もう一ぺんそこへ寄ったのでした」とあって、小岩井の野原が描写される。

オムレツ【食】 omelette(仏) 代表的な卵料理。中に肉類や野菜等の具を入れたものもある。調理法が簡単なことから、*西洋料理としては日本での受け入れられ方が早かった。童[*オツベルと象]のオツベルが食べる「雑巾ほどあるオムレツ」も、童[ペンネンネンネンネン・ネネムの伝記](→昆布)でフゥフィーボー博士やネネムが食べる「*藁《わら》のオムレツ」も、一般の人には食べられない特別のごちそうとして扱われている。童[馬の*頭巾《づきん》]等。

御室《おむろ》【地】 複式火山である*岩手山の新しい火山(東岩手山)の火口の一。現在は活発な活動はしていない。詩[東岩手火山]に「ここのつづきの*外輪山です/あすこのてつぺんが絶頂です/向ふの？/向ふのは御室火口です」「御室火口の盛りあがりは/*月のあかりに照らされてゐるのか」とある。

お前《め》さん今行《いまい》ってすぐ掛《か》げろって云《い》ったけぁか【方】 お前《まえ》さん(「まえ」は「め」とつまる)、今行ってすぐ掛けろって言ったでしょう。「け」は過去における言動を相手に確認するために用いられている。「云ったたぢゃ」でも同義。劇[植物医師]。

思《おも》ぁないやなぃんす →そだんす まぁんつ、…

面皺《おもしわ》み →希臘古聖《ぎりしあこせい》

面反《おもぞ》り【レ】 本の表紙やページ等が乾燥し反《そ》りかえっていること。文語詩[巡業隊](地方巡業の音楽隊を歌ったもの)に「黒きカードの面反《おもぞ》りの、/わびしきものをとりいづる。」とルビもある。使いこんだ譜面の表紙か黒い何かのカードの表面が反《そ》りかえっているのであろう。

おもだか【植】 面高、沢瀉。池や水田に自生する多年草。葉が長い柄の先で人間の面の形をしているところから面高の名が出たといわれる。夏～秋に高さ三〇～六〇cmの花茎に白い花をつける。地下の球茎は食用(クワイに似る)にする。詩[青森*挽歌]に「《さつきおもだかのとこであんまりはしやいでたねえ》」とある。

表六句《おもてろっく》【文】 俳諧で歌仙を巻くときの構成形式。折り目をつけた最初の頁(すなわち表)に書く六句。メモ[詩法]に「表六句」とある。続いて「裏十二句」「名残表六句」とある。

親方《おやがた》みだぃ手《て》ぶらぶらど振《ふ》って行《い》ったでぁ【方】 まるで親方みたいに手をぶらぶらと振りながら行ったよ。「みだぃ」はミデェ、「行ったでぁ」は行っタダァに近い発音。詩［*〔甲助　今朝まだくらぁに〕］の一行。

尾山篤二郎 おやまとくじろう【人】 一八八九(明治二二)〜一九六三(昭和三八)。歌人、国文学者。金沢生まれ。一五歳で右足を失い、生涯松葉杖を用いた。郷里で室生犀星と交友、二一歳で上京。文壇、歌壇に交友多く、処女歌集『さすらひ』(一九一三)以下、歌集一一冊。賢治の親戚で歌人*関徳彌の師でもあった(関の歌集『寒峡』(一九二三)に序文を寄せている)関係で、関の依頼で賢治の『*春と修羅』(一九二四)の背文字を執筆した(その題名の上に「詩集」と入れてあったのを賢治は*ブロンズの粉で消していたと伝えられる)。

尾山篤二郎

おら、おれぁ、おりゃ【方】 私、俺。一人称代名詞で男女共通。二人称「おめ(え)」「われゃ(わりゃ)」「うな」「*貴《き》さん」等の対。詩［無声慟哭］、劇［植物医師］ほか多くの作品に見られる。詩［永訣の朝］のローマ字表記 Ora もそうだが、この詩の原稿では「わりゃ」は最初 Wară とローマ字表記になっている。

おらあだり ↓まんつ、おらあだり…

おらあど死《し》んでもい〻《ぃ》はんて／あの林《はやし》の中《なが》さ行《い》ぐだい／うごいで熱《ねつ》は高《たか》ぐなつても／あの林《はやし》の中《なか》でだらほんとに死《し》んでもいいはんて【方】 私はもう死んでもいいから、あの林の中に行きたい、動いて熱は高くなっても、あの林の中でならほんとに死んでもいいから。「行ぐだい」は↓「家《え》さ行《い》ぐだぃぐなったべぁな・家さ行ぐだぐなったのが」。詩［*噴火湾(*ノクターン)］。

お雷さん おらいさん ↓繞《めぐ》る八谷《やたに》に劈櫪《へきれき》の…

俺家《おらい》のなもこの位《くらい》あるぢ《じ》ゃぃ【方】 俺の家のもこの位あるぞ。「のなも」は「…のもの」の意で、童［十月の末］では雹《ひょう》のこと。俺の家に降っている雹《ひょう》もこれ位の大きさだぞ、の意。

おら　おかないふうしてらべ ↓怖《お》っかなぐない

おら谷《たに》まで行《い》って水呑《みずの》んで来《き》たもす【方】 私は谷まで行って水を呑(飲)んで来ましたよ。「もす」は軽い丁寧の終助詞。劇［*種山ヶ原の夜］。

おらも中《あだ》つでもいがべが／いてす　さあおあだりやんせ【方】 私も(火に)あたってもいいでしょうか／いいですよ、さあ、おあたりなさい。「いがべが」はここでは許可を求める表現。文語「よかるべし」の形を残す「いがべしが」の詰まったもの。「いがべが」は推量、疑問の場合もある(詩［*白い鳥］の「あゝいふ*馬　誰行つても押へるにいがべが」は「誰が押さえに行っても押さえることができるだろうか」で「できないよね」の同意をもとめる意が略されている)。「いてす」は「いいですよ」。「お…りやんせ」は丁寧な許諾。詩［*小岩井農場　パート七］。

渣(渣)、澱 おり ↓澱 よど

居《お》りあんす【方】 劇［植物医師］に出てくる。植物医師(*爾薩待《にさったい》)の「これ位《くりゃ》ぐらゐのこんな虫が根についちゃ居ませんか」という質問に対する農民の答え。「ついています」の意。右の植物医師の質問の「これ位ぐらゐの」は、同医師はずっと方言を使っていないから「これ位」または「これぐらゐ」のどちらかでよいのだが、つい(あるいはわざと)賢治がそう重ねて書いたのかもしれない。そのまま生かして読むとすれば上の「位」を方言でクリャと読まないとおかしい。そして農民らしく発声するとすれば「コレクリャグレーノ」と「ぐらゐ」を「ぐれぇ」に近く訛るのがふさわしいかもしれない。

オリーヴ【植】 olive　モクセイ科の常緑高木(橄欖《かんらん》と訳されたりするが、橄欖はカンラン科の常緑樹でオリーヴとは別種。賢治も混同していたふしがある)。地中海沿岸地方原産。日本では瀬戸内海の小豆島《しょうどしま》等で栽培される。高さ一〇～一八m、径一mにもなる。樹皮は灰緑色。五～六月、葉腋《ようえき》(葉のつけね)に総状花序で淡緑白色の芳香のある小花をつける。液果は一〇月ごろ、楕円形で光沢があり黄緑からやがて黒紫色に成熟する。その果実から油(オリーヴ油)をとったり、ピクルス(→ピックル)として食用にする。詩[〔何をやっても間に合はない〕]の各異稿に登場する「オリーヴいろの*縮みのシャツ」とは、手帳等で賢治は「橄欖色(緑)」とも(前掲のように、やや混同して)使うがオリーヴの実の色で、わずかに茶色を帯びた緑色を指す。→橄欖岩《かんらんがん》、橄欖天蚕絨《かんらんびろうど》

オリオン【天】 Orion　冬の南天にあり、全天中最も見ごたえのある星座。俗称「三つ星」。αβγχ四星の作る四辺形の中央には、オリオンの帯にあたるςεζの三つ星がある。

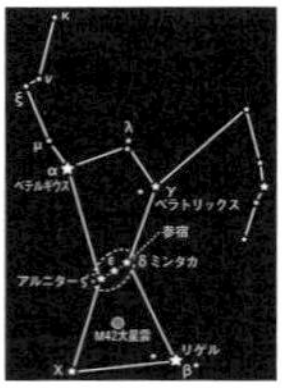

オリオン座

α星ベテルギウス(Betelgeuse)は、赤色巨星の一等星で、オリオンの右肩に輝く変光星。β星リゲル(Rigel)は若い青色巨星で一等星。この星座には明るい青色巨星が多く、かつて同一のガス星雲から生まれたこれらの星は、集団運動(オリオンO型アソシエーション)星である。有名なガス星雲M《メシエ》42は、鳥の翼のように見える散光星雲で、新しい星が次々と誕生している、星の母体。ζ星の横には暗黒星雲(→石炭袋)が散光星雲中に張り出した通称馬頭《ばとう》星雲があり、また星座全体に広がるバーナード・ループ(Barnard's Loop)と呼ばれる赤いガス雲もある。また一〇月中旬過ぎにはオリオン座流星群が見られるが、これはハレー彗星の残した*微塵の影響ともいわれている。オリオンとはギリシア神話の猟師で、乱暴と高慢が過ぎたので、女神ヘラのさしむけた*さそりに毒殺され、このためオリオン座は*さそり座と反対の季節に出ると言う。中国でも両座を仲の悪い兄弟にたとえたが、中国の*参宿《しんしゅく》とはオリオンの帯にあたる三つ星(連星)のこと。日本でも異称が多く、岐阜方面ではベテルギウスを平家星《へいけぼし》、リゲルを源氏星と呼ぶ。三つ星を北関東では三じょうさま、東北では三だいしょうさまとも呼ぶ。また全国的に、三つ星と小三つ星を結んで唐鋤《からすき》星と呼ぶことがある。賢治作品では*鋼青《こうじょう》色と結びつくことが多く、詩[東岩手火山](→岩手山)の「オリオンの右肩から／ほんたうに鋼青の壮麗が／ふるえ《(ママ)》て私にやつて来る」、童[氷河鼠の毛皮](→ねずみ)の「つめたく唇を結んでまるでオリオン座のとこの鋼《はがね》いろの空の向ふを見透かすやうな眼をして外を見てゐました」、短[*柳沢]の「空の*鋼は奇麗に拭はれ*気圏の淵は*青黝《あおぐろ》ぐろと澄みわたり一つの微塵も置いてない。(中略)オリオンがもう高くのぼってゐる」とある。これはオリオン座に青色高温星が多いためと、冬の夜空の透明度が高いためであろう。曲[星めぐりの歌]では「オリオンは高くうたひ／つゆとしもとをおとす」。劇[*ポランの広場]にある「東から勇ましい

オリオン星座がのぼる」時刻は六月三〇日では朝の五時ごろにあたる。童［よだかの星］に登場するオリオンの青白い星はリゲルであろう。ほかに文語詩［〔鶯宿《(おうしゅく)》はこの月の夜を雪ふるらし〕］、歌［四〇九・五九二］等に登場。（↓口絵④⑤）

折壁《おりかべ》【地】 岩手県稗貫郡内川目《うちかわめ》村（現大迫《おおはさま》町）の集落。花巻の東北二五km。歌［六六九〜六七九］の題に「折壁」とある。

オリザ ↓稲《いね》

オリザサチバ ↓稲《いね》

おりゃのあそごぁひでぇ谷地《やち》でなんぼ旱《ひでり》でも土《つち》ぽさぽさづぐなるづごとのなぃどごだます【方】 私のあそこの土地はひどい谷地で、いくら旱《ひでり》でも土が乾いてぽさぽさになるようなことのないところです。「あそごぁ」は「あそこは」の訛り。「なんぼ」は副詞の「いくら」「どんなに」。「旱」は旱魃のこと、「日照り」とも書く。「ぽさぽさづぐなる」は土が乾燥してしまった様子を言う擬態語で、「づぐ」は様態を示す。「づごと」は「ということ」が詰まったもの。「だます」は丁寧な言末表現で花巻地方ではよく使われる。劇［植物医師］。

オルガン【音】 organ 賢治はセロだけでなくオルガンの練習にも励んだ。一九二六（大正一五）年にセロをもって上京した際にもオルガンに手を出している。一九三〇（昭和五）年の沢里武治《さわさとたけじ》（愛弟子）あて書簡にはしばしばオルガンのレッスンについての言及がある。このような当時としてはぜいたくな所業について賢治は父あての簡［222］で「音楽まで余計な苦労をするとお考へでありませうがこれが文学殊に詩や童話劇の詞の根底になるものでありまして、どうしても要るのであります」と弁解している。童［ビヂテリアン大祭］に「美しき自然よ。風は不断のオルガンを弾じ雲はトマトの如く又馬鈴薯の如くである」とある。詩［告別］にはパイプオルガンが登場し、「光でできたパイプオルガンを弾くがいゝ」と力強く締めくくられる。

オルフィウス【人】【音】 ドイツ生まれの作曲家、オッフェンバック（Offenbach 一八一九〜一八八〇）のオペレッタ「天国と地獄」（原題「地獄のオルフェイス」、フランス語で Orphée aux enfers）の主人公、音楽院長オルフェのこと。詩［凾（函）館港春夜光景］に登場する。西欧オペラには、グルックやモンテヴェルディ作曲のものを含めてオルフェウス神話を題材にしたものが多い。オッフェンバックのものは神話をパロディ化したコミックオペラで、主人公も近代的に音楽院長となっている。終曲はカンカン踊りとして有名な曲。日本初演はローシーによる帝劇公演（一九一四、ちなみに帝劇こと帝国劇場は一九一一〈明治四四〉年に落成するが、その前年から、のちに管絃楽部と改称する付属洋楽部が発足しており、ローヤル館としてオペラを実演する舞台をもっていた）。一九一四（大正三）年一〇月六日の都新聞の批評には「オッフェンバハの作曲オルフォイスが斯《こ》うなつて今月の帝劇の舞台に上場《あら》はれた、（中略）お伽《とぎ》芝居の様な幼い歌劇を目新しさから見た時代も進んで、今度のバハの曲を面白いと思つて見られる丈けに演者も観客も進んだ、慣れない、西洋風の歌劇がこれ迄に仕こなせる様になつたかと思ふと心潜《(ひそ)》かに感服される、最も半歳余練習に要したと言ふ程であるが、…」とある。賢治作品では詩［凾（函）館港春夜光景］に「そこに喜歌劇オルフィウス風の、／赤い酒精（↓アルコール）を照明し、／妖蠱《ようこ》奇怪な虹の汁をそゝいで、／春と夏とを交雑し／水と陸との市場をつくる」とある(同下書稿では「オロフォイス」と表記)。この詩には*田《た》谷《や》力三《りきぞう》と*高田正夫(雅夫)の名が見られるが、下書稿には安藤文子の名も見える。安藤は一九一五年九月帝劇の「ボッカチオ」(スッペ作)でフィアメッタ(実はトスカナ公の娘)役で「*恋はやさし野辺の花よ」を歌い、一躍スターになるが、ヴェルディの「椿姫」のヴィオレッタ、浅草金竜館時代には「カルメン」のホセの許嫁ミカエラ、「アイーダ」のアイーダ役で活躍した。一九一九年四月「演芸画報」には安藤について「此の人の声はソプラノで、音量は無いが、和《(やわ)》らか味のあるのが何よりも特長なのである。(中略)素性がどこかの殿様の家老の娘だといふ所為《せい》か、舞台の上では甚だしいお嬢さん芸を見せる」と批評している。先の下書稿では「あはれマドロス田谷力三は、海の安藤文子と唱ひ」とある。穏やかな海のイメージと安藤のソプラノが結びついたのかもしれない。→オペラ

おれこれがら出掛《でが》げて峠《とうげ》さ行《ゆ》ぐまでに行《い》ぎあって今夜《こんや》の踊《おど》り見《み》るべしてすゝ《す》めるがらよ、なあにどごまで行《い》がなぃやなぃ様《よう》だなぃがけな 【方】 俺はこれから出掛けて峠に着くまでに(あの大学生に)追いついて今夜の踊りを見ようと勧めるからよ、なぁにどこまで行かなければならないといったふうな急いだ様子ではなかったからな。短[十六日]の夫(嘉吉)の会話。「行ぎあって」は「行き遭って」「追いついて」。「見るべし」は勧誘で「見よう」。「なぃやなぃ」は当為で「…しなければならない」。「だなぃ」は打消で「ではない」。「がけ」は過去の見聞を第三者に伝えるときに用いる。ここでは嘉吉が観察した若者の様子を若妻のおみちに言っている。

おれも荷物《にもつ》はしょてらたんとも　息《いぎ》つゞ《づ》がなぐなて、笹《ささ》の葉《は》ことって口《くち》さあてだもな 【方】 俺も荷物は背負っていたけれども、息が続かなくなって、*笹の葉を取って口にあてたものな。「荷物《にもつ》もは」の「は」は「ハ」と発音する。「しょてらた」は「背負っていた」の意。「とも」は逆接を示し、「荷物も背負ってはいたが、それだけが原因ではないにしても…」という意味を含む。「葉こ」の「こ」に関しては→*馬こもみんな…。劇[*種山ヶ原の夜]。

オロフォイス →オルフィウス

北極光《オーロラ》 →磁気嵐《じきあらし》

お椀《わん》のふぢぁ欠《か》げでる 【方】 お椀のふち(縁)は欠けている。童[とっこべとら子](→おとら狐)の( )でくくられた小吉のせりふ。

おんかぶらや 【文】 鏑矢《かぶらや》(おん、は御で尊・美称の接頭辞)。矢の先に木または*鹿の角で出来た*蕪《かぶら》(かぶ)形の、穴をあけた鏑をつけた矢で射ると穴が音を発するので、合図などに用いた。補遺詩篇の文語詩[*ロマンツェロ]に「射て見たまひしおんかぶらやなり」とある。

温石石《おんじゃくいし》 【鉱】 温石《おんじゃく》とは、石を温めて真綿や布などでくるみ懐中に入れて暖を取るために用いた道具。温石石としては蛇紋岩が用いられた。結晶が繊維化している蛇紋岩は保温性に優れている。「まっくろな温石いしも」(詩[*五輪峠])とあるが、蛇紋石化したものには緑色だけでなく黒い石も多くある。「温石いしの萱山《(かややま)》の」(文語詩[駅長])、「*アスティルベ(→Astilbe argentium/Astilbe platinicum)きらめく露と、ひるがへる温石の門」(文語詩[「水と濃きなだれの風や」])等。用例からみて温石石を蛇紋岩(岩石)の言い換えとして用いているようである。なお歌[二八九]に「うすぐもる/温石石の神経を/盗むわれらにせまるたそ

がれ」とある「温石石の神経」とは繊維状の蛇紋岩から成分の*石綿《アスベスト》(石絨《せきじゅう》)を抜き取る意。同［一九〇］の「夕ぐれの／温石石の神経は／うすらよごれし　石絨にして。」も同様だが、温石石の「*神経」がさんざん使い古され「うすらよごれ」ている様。「*つゝ*じこなら温石石のみぞれかな」(句)、補遺詩篇の「［(topaz のそらはうごかず)］には「温石の青き鋸《(のこ)》」など。

怨親平等《おんしんびょうどう》　【宗】　怨敵も親しい味方も平等とする(区別しない)大*慈悲の心。文語詩「月天《(がってん)》讃歌(擬古調)」(↓月天子《がってんし》)に「雲あたふたとはせ去れば／いまは怨親《(おんしん)》平等の／ひかりを野にぞながしたまへり」とある。

音譜《おんぷ》　【音】【レ】　楽譜。賢治は鳥の群が飛ぶ姿を音譜にたとえた。童「*めくらぶだうと*虹」「*マリヴロンと少女」に「*もずが、まるで音譜をばらばらにしてふりまいたやうに飛んで来て」、童「鳥をとるやなぎ」(↓柳、楊)に「百舌《(もず)》はにはかにがあっと鳴って、まるで音譜をばらまきにしたやうに飛びあがりました」、童「*イーハトーボ農学校の春」に「おゝこまどり、鳴いて行く鳴いて行く、音譜のやうに飛んで行きます」(↓アカシヤづくり)とある。詩「火薬と紙幣」にも。

隠密《おんみつ》　【文】　もとは「こっそり」という副詞だが、名詞としては江戸期の語で間諜《かんちょう》、今で言うスパイ。賢治の句に「秋田より菊の隠密はひり候」とある。一九三二(昭和七)年一〇月、*花巻での菊花品評会に寄せた句であるが、あまりどの*菊も見事なので、秋田県から菊作りのスパイが偵察にはいって来ましたよ、という即興。なお、間諜という語も、童「氷河鼠の毛皮」(↓ねずみ)に「赤ひげは*熊の方の間諜だつたね」とある。

【おんみつ】

か

火 か →アンタレス

禾 か →禾《くわ》か

珂 か 【鉱】 玉《ぎょく》に似た白く美しい石。白瑪瑙《めのう》のこと。また、貝の一種とも。真っ白なものを表わす。詩［〔はつれて軋る手袋と〕］に「……霰か氷雨を含むらしい／黒く珂質の雲の下」で鳥が鳴くとあるが、〈本来白いはずの黒雲の下で〉といった意味か。

蚊 か 【動】 ハエ目カ科の昆虫。アカイエカ、ハマダラカ、ヤブカ等日本には六属のイエカ（家蚊）がいる。雌は他の動物の血を吸い、吸ったあとで一五〇～三〇〇個の卵を産む。住血吸虫や日本脳炎等の伝染病を媒介すると言われる。飛ぶとき羽音をたてる。童［気のいい*火山弾］には蚊の鳴き声として「くううん。くううん」とか「蚊のくんくん鳴く」（童［*革トランク］）等がある。また童［洞《ほら》熊《くま》学校を卒業した三人］では「めくそ、*はんかけ、蚊のなみだ、／大きいところで*稗《ひえ》のつぶ」となめくじが歌い、「八千二百里旅の蚊も、／くうんとうなってまはれ右」と*狸が歌う。童［楢ノ木大学士の野宿］（→なら）では石たちの争いを「せいぜい蚊の軍歌ぐらゐだ」といったユーモアが出てくる。

が →嚙《か》ぢらへだが

蛾 が 【動】 鱗翅《りんし》目（約一二万～二〇万種）の蝶（約一・二万～二万種）以外の昆虫の総称。蝶は昼間活動するが、蛾の多くは夜活動する。「一ぴきのちい《（ママ）》さなちい《（ママ）》さな白い蛾が」（詩［*噴火湾（ノクターン）］）、「*わくらばのやうに飛ぶ蛾もある」（詩［〔北いっぱいの星ぞらに〕］）、「*イリデｽセンス／春の蛾は水を叩きつけて」（詩ノート［〔わたくしの汲みあげるバケツが〕］）、「まるで鳥みたいな赤い蛾が／ぴかぴか鱗粉を落したり」（詩［来訪］）、つめくさの花が「まるで小さな蛾の形の青じろいあかりの集り」（童［ポラーノの広場］（→ポランの広場））等。またドクガ科の毒蛾も登場する。翅《はね》に不気味な斑紋をもち、幼虫や成虫の毛に触れただけでかゆみを感じ、はれあがったりする。夏場、集団発生したりする。「*ハームキヤの町でも毒蛾の噂は実に大へんなもの」（童［毒蛾］）、「当地方には、毒蛾がひどく発生して居りまして、夕刻からは窓をあけられません」（童［ポラーノの広場］（→ポランの広場））等とあるのは、これらの童話が一九二二（大正一一）年七月、実際に岩手県*水沢市で起こった毒蛾大発生の新聞記事（岩手日報）をもとに書かれたものであることを示している（菊池忠二《ちゅうじ》「短編『毒蛾』の創作について」〈四次元〉一九六七）。新聞記事と、童話成立の関係については、その後対馬美香《つしまみか》の論（弘前宮沢賢治研究会誌八、「宮沢賢治学会報16」）や米地文夫《よねちふみお》の論（同会報12）等がある。対馬は童話に登場する床屋が水沢でなく*盛岡に今もある川村理容店がモデルと推定し、米地はこの童話の第二の題材である学校視察の文部省督学官（童［毒蛾］では文部局の巡回視学官）と、暗に賢治自身を含めた*コワック大学校の教師たちとの微妙な関係についても論じている。

鵞（鵝） が →鵞黄《がこう》

食《か》ぁせる 【方】 食わせる。実際の発音は「かせる」に近い。童

［*種山ヶ原］に「草食《か》ぁせで来《こ》」とあるのは「草を食わせて来い」の意。

花彙《かい》 【植】【レ】 花の群落。彙は集まる、集める、あるいは草木の盛んなさま、等の意。詩［若き耕地課*技手《（ぎて）》の*Iris に対する*レシタティヴ］に「日（↓お日さま）に匂ふか*きつばたの花彙を」とある。前行に「あちこち濃艶な紫の群落」とあるので、おそらく「群落」と同義の、しかし変化をつけた表現。

開うんばし《かいうんばし》 【地】 開運橋。盛岡駅前の*北上川にかかる大橋。長さ八二・六m、幅一八m。一八九六（明治二九）年と一九一三（大正二）年の洪水で一部流失したが、一九一七（大正六）年五月、新たに鉄橋として完成。歌［六二二］に「そら青く／開うんばしのせともの／*らむぷ（↓ランプ）ゆかしき冬をもたらす」とある。当時、橋の欄《らん》干《かん》に瀬戸物製の油壺のついたオイルランプ（↓ランプ）があった。

愷々《がいがい》 【レ】 詩［〔うとうとするとひやりとくる〕］に「（山嶺《さんれい》既《すで》に愷々）」とあるのは皚々の賢治の誤記か。同じ音だが愷々はやわらぎ楽しむ様で、皚々は雪や霜等の一面に白く見える様、詩句のイメージは明らかに後者だからである。しかし、禅問答めく詩句からは断定はできない。

開化郷士《かいかごうし》 ↓森槐南《もりかいなん》

介殻《かいがら》 ↓貝殻《かいがら》

貝殻《かいがら》 【動】 介殻とも。貝類の外甲で主に石灰質。古来装飾具に用いられる。賢治作品の貝殻も美しいものが多い。「貝殻のやうに白くひかる大きなすあしでした」（童［*ひかりの素足］）、「その貝殻のやうに白くひかり／*底の平らな巨きなすあしに」（詩［*小岩井農場　パート九］）、「貝殻でこしらへた外套」（童［ペンネンネンネンネン・ネネムの伝記］）、「ポウセ童子（↓チュンセ）は、白い貝殻の*沓《（くつ）》をはき」（童［*双子の星］）、「いちめん銀や貝殻でこさえた《（ママ）》やうな*すすきの穂」（童［*銀河鉄道の夜］）、「貝殻のいぢらしくも白いかけら」（詩［*オホーツク*挽歌］）等。介殻の例は詩［小岩井農場］下書稿ほかで、四回ほど使っている。

灰光《かいこう》 【レ】 賢治の造語で、灰いろの光。短［山地の稜］に「細桑《（ほそくわ）》の灰光」とあり、これは細い*桑の枝の新しい「やはらかな芽」の色彩の感覚的表現だが、ス［一七］の「灰光の*桐」も同様の桐の新芽、詩［札幌市］の「遠くなだれる灰光」も、市街地から見た郊外の雪どけ近い春気の感覚的把握であろう。

骸骨星座《がいこつせいざ》 【天】【レ】 星座名としては実在しないが賢治の詩的星座名か。詩［ぬすびと］に「青じろい骸骨星座のよあけがた」とある。この作品は、三月二日の日付となっているが、この時期の夜明けに見える星座は一等星等の明るい星が目立つ。このような明るい星々だけが、明け方の薄明の空に残って見えている様子を、星座の骨組み（骸骨）にたとえたのであろうか。気味悪い星座名が夜明けの「ぬすびと」の雰囲気にふさわしい。

碍子《がいし》 【文】 電線絶縁のために電柱や支柱等に取り付ける大小の陶磁製や合成樹脂製の器具。賢治作品では電柱とともに碍子の登場も多い。詩［電線工夫］に「*でんしんばしらの気まぐれ碍子の修繕者」、詩［銅線］に「光るものは碍子」とある。童［月夜のでんしんばしら］では「瀬戸もののエボレット」と表現されている。↓エボレット

碍子

回章《かいしよう》 ↓扵（於）田屋町《おたやちょう》

骸晶《がいしょう》 【鉱】 スケルトン・クリスタル（skeleton crystal）。

結晶面が中心に向かって階段状にくぼんだ状態の結晶（雪や岩塩、赤銅鉱等に見られる）を言う。詩［塩水撰・浸種］に、「湿田《ヒドロ》の方には／朝の氷の骸晶が／まだ融けないでのこってゐても」とある。氷が溶けて、あたかも骸骨だけの状態できらきら光るイメージ。

害条《がいじょう》 【農】 条（條）は枝。害虫や病気で被害をうけた枝。枯枝とは限らない。文語詩［宅地］に「害条桐を辞し堕《お》ちぬ」とある。桐の木の害条が木から離れて地面に落下した、の意。

海蝕台地《かいしょくだいち》 【鉱】 海蝕作用（海波が陸地を浸蝕する）で形成された平坦面が隆起して陸上に現出した台地。詩［海蝕台地］がある。

開析《かいせき》 【鉱】 起伏のある地形に谷が切れこみ河川が浸蝕する現象。詩［花鳥図譜、八月、早池峯山巓《はやちね》］に「それも殆んど海面近く、／開析されてしまったとき」、詩［黒く淫《みだ》らな雨雲に云ふ］（［県技師の雲に対するステートメント］下書稿㈡）には「北斉《ママ》描く、北上山地開析の図を」とある。

蓋然《がいぜん》 【レ】 もしかしたら、そうかもしれないこと。詩［〔降る雨はふるし〕］に「たとへ百分の一しかない蓋然が」とある。同じ文字を使う「蓋《けだ》し」は、考えてみると、もしかしたら、たいてい、等の意で賢治の愛用する副詞。「蓋然」や「蓋然性」とちがって、こちらは「けだし、…だ」等と推量しながら、そのまま強調する場合が多い。

海蒼《かいそう》、**海蒼色**《かいそうしょく》 →チモシイ

灰鋳鉄《かいちゅうてつ》 【鉱】【レ】 鋳鉄の一種。鋳物用の鉄《い》は二～七％の炭素、その他ケイ素を含ませている。灰鋳鉄はもっとも一般的な鋳鉄で、ねずみ鋳鉄（普通鋳鉄）と呼ばれる。断面が灰色をしていることによる。ス［一一六］に「灰鋳鉄のよるのそこ」、文語詩［〔卑《ひ》屈《くつ》の友らをいきどほろしく〕］に「灰鋳鉄のいかりを投げよ」とある。前者は闇の、後者は激しい瞋恚《しんに》（怒り）の比喩。

かいつぶり 【動】 川や湖沼などに生息する水鳥。全長二六cmほどの大きさで黒茶色の背、腹は白く、首は赤茶。水上に枯枝などで巣を作り、水中にもぐって小魚を捕食する。文語詩［宗谷〔二〕］に「水うちくぐるかいつぶり」とある。

貝の火《かいのひ》 【レ】 賢治の造語。貝オパールとの関連が考えられる。→蛋白石《たんぱくせき》

海泡石《かいほうせき》 【鉱】【レ】 セピオライト（sepiolite）。主成分は酸化マグネシウムと二酸化ケイ素。蛇紋岩、スカルン等で産出。繊維状、粘土状、団塊状をとる。硬度二。おもに白色で、灰色、黄色などもある。多孔質で乾くと水に浮く。断熱性に優れ、トルコ産の高級パイプに使われる。詩［〔同心町の夜あけがた〕］に、空を形容して「ぼんやりけぶる東のそらの／海泡石のこっちの方」とある。

海綿《かいめん》 【動】 海綿動物の総称。または海綿動物の肉を取り去った骨質部の繊維組織（スポンジ）を言う。童［ペンネンネンネンネン・ネネムの伝記］（→昆布）の「裁判長室の海綿でこしらへた椅子」とは、クッションのきいたスポンジ製の椅子の意。また、詩［〔北いっぱいの星ぞらに〕］の「蒼《あお》くくすんだ海綿体《カステーラ》」（下書稿では「かすてら」で、なんと次行ではその正体が「みんなはい《ママ》松だら」とあり、だから「蒼くくすんだ」のイメージがよく理解できる）とは「月光を吸ふ」夜の雲のイメージだが、「海綿状の雲」の意。カステーラ（江戸期に長崎で売り出されたオランダ渡来といわれる

菓子)を連想してルビにしているのがおもしろい。

界面《かいめん》 【科】 ちがう物質の接する境界面。詩[事件]に「つめたい空気の界面に」とあるのは、風と窪地によどんでいた空気との接触面。

カイラス山《かいらすやま》 ↓トランスヒマラヤ、シャーマン山《しゃーまんやま》

外輪山《がいりんざん》 【鉱】 火山の火口を取り囲む山。カルデラ(マグマの流出後に、山体が陥没してできる鍋の形のくぼ地)の中央に新火山が生じたものを複式火山と言う。箱根や阿蘇、群馬県の榛《はる》名《な》山が有名。この複式火山の外側の山を外輪山と呼ぶ。*岩手山は大きな西岩手外輪山の東端に、新しく小さな東岩手外輪山が被覆結合した山である。前者は黒倉山、鬼《おに》ケ城《がしろ》、屏風《びょうぶ》尾根と続き、中央に御釜《おかま》(↓火口湖)や御苗代《みなわしろ》を持つ。後者は砂礫状となっており、最高点は西端の*薬師岳。火口には火口丘の妙高山《みょうこうさん》があり、その山脚部には二次火口の*御室《おむろ》があるが、火口湖はない。詩[東岩手火山](↓岩手山)には「いま漂着する薬師外輪山/頂上の石標もある/(中略)向ふのは御室火口です/これから外輪山をめぐるのですけれども」とある。文語詩[岩手山巓《(さんてん)》]に「外輪山の夜明け方、*息吹《(いぶ)》きも白み競ひ立ち」とある。童[グスコーブドリの伝記]にも*サンムトリ火山の外輪山が登場。

薤露青《かいろせい》 【植】【レ】 薤露とは薤(ラッキョウ)の幅の狭い葉にたまった露の意だが、古来、人命のはかなさのたとえとして用いられる語(漢時代、田横《でんおう》の死をいたんだ門人の挽歌に基づくとされるが、夏目漱石の初期の短編に「薤露行《こう》」一九〇五がある)。これに青を付して色彩表現として用いたのは賢治の独創で、そのイメージはただの青さだけでない、露の玉がレンズのはたらきをしてラッキョウの葉の条《すじ》の青さまで透視しているかのような澄みきった悲哀のニュアンスが漂う。詩[薤露青]に「薤露青の聖らかな*空明のなかを/たえずさびしく湧き鳴りながら/よもすがら*南十字へながれる水よ」とある。あたかも地球が露の玉であるかのような清澄なイメージ。そして南十字へ湧き流れる水は死んだ妹(↓宮沢トシ)の姿を映し出し、悲哀感をかきたてて鳴りながら、この詩はやがて童[*銀河鉄道の夜]へと流れ込んでゆく。この[薤露青]は右の童話はむろんのこと、賢治の*挽歌群を理解するキー・イメージと言えよう。

カイロ男爵《かいろだんしゃく》 ↓フロックコート

か《こ》**う云**《い》**ふごとほんと云**《い》**ふごそ実**《じつ》**ぁあるづもんだ** 【方】 こういうことは本当のことを言うことこそ実《じつ》があるというものだ。意味があるというものだ。「ごそ」は「ことこそ」。「づもんだ」は「というものだ」が詰まったもの。短[十六日]。

向興諸尊《かうこうしょそん》 ↓向興諸尊《こうこうしょそん》

火雲《かうん》 【天】 夏の雲。「ほぐも」とも。ことに雷雲(↓積乱雲)をこう呼ぶ。俳句では夏の季語。詩[*樺太鉄道]に「結晶片岩山地では/燃えあがる雲の銅粉/(中略)/こんなすてきな*瑪瑙《(めのう)》の天蓋《キャノピー》(↓天蓋《てんがい》)/その下ではぼろぼろの火雲が燃えて」とある。ただしス[四九]に「火雲飛び去れば/わが小指ひきつる」とあるのは夏ではないとすれば、冬の美しい夕焼け雲であろうか。この四九葉は新校本全集校異によれば他の紙葉とは別に保存された形跡があるよし、なぜ「小指ひきつる」のか、その句意をもふくめて疑問が多い。

蛙《かえる》 【動】 詩、童話を通して賢治作品ににぎやかに登場す

る。中でも三〇匹のアマガエルがトノサマガエルに酷使され、やがて報復を図る童［カイロ団長］（ビキコ、ベッコ、ビチュコ等の蛙名は、蛙の地方名ビッキ、ビッキーからの発想と思われる）、蛙語を話す痛快な童［蛙のゴム靴］（初期形［蛙の消滅］）、短編だが*カマジン国の兵隊が攻めてくるという童［畑のへり］、この三作はいずれも蛙の物語。賢治作品の動植物がすべて人間と同格であるように、蛙も人間同様、さまざまなキャラクターを発揮する。手［四］のアマガエルは妹ポーセ（妹*宮沢トシを暗示）の生まれ変わり（→輪廻《りんね》）、童［*よだかの星］のよだかは「かえるの親類」扱いをされており、童［*蜘蛛となめくぢと*狸］では悪を懲らしめる正義の存在、といったふうである。ユニークなものでは「そらはいま／蟇《ひき》の皮もて張られたり／その黄のひかり／その毒のひかり」（歌［一五五］）等。ほかに「*桜の花が日（→お日さま）に照ると／どこか蛙の卵のやうだ」（詩［〔向ふも春のお勤めなので〕］）、「…風が蛙をからかって、／そんなにぎゅっぎゅっ云はせるのか」（詩［〔温《ぬる》く含んだ南の風が〕］といった比喩、ないし詩的イメージとして、詩作品では童話中の蛙とはまた違ったおもしろさで躍動する。登場するのは、アマガエル、トノサマガエル、ヒキガエル（蟇、がま）の三種で、単に蛙という場合はおおむねアマガエル。詩［種馬《しゅば》検査日］（→種馬所）に「蟇《ひき》の卵の弾薬帯」とあるのは、水辺や水中の草葉の裏等にずらりと産みつけられた蟇の卵の形容。弾薬帯は銃弾を帯状に並べ、肩や腰に巻きつける装備。なお、「蟇ひたすら*月に迫りけり」の俳句を賢治作として収録していた本もあったが、これはホトトギス派の村上鬼城《きじょう》の句を賢治が習字したもので賢治作ではない。ただし「ひたすら」は鬼城句では同義の「一驀《いちばく》」で、それをヒキに音をそろえてヒタスラにしたのは単なる習字でなく賢治らしい改作とも言える。

鵞王《がおう》【宗】 *鵞（鵝）鳥（→鵞黄《がこう》）の王という意味で、仏をたとえた名。仏の三十二相の一である手足縵網《しゅそくまんもう》相《そう》（手指、足指の間に水かきのような網のあること）が、鵞鳥の足に似ているために付けられたとされる。文語詩［*心相］に「はじめは潜む蒼穹《きゅうりゅう》（→穹窿）に、あはれ鵞王の影供《えいぐ》ぞと、／面さへ映えて仰ぎしを」とある。影供は仏や死者の影像（絵や写真等）に供え物をすること。ただし同詩下書稿（新校本全集校異）には「すがた」と賢治のルビがある。青ぞらを、み仏のおすがた、と仰いでいた、の意でわかりよいのだが、影供に直されて難解になった。「はじめは深い青空に、み仏のみごとなお供えかと仰ぎ見ていた雲が」というふうに解すればわかりやすくなろう。その雲が腐った馬鈴薯みたいな雪雲に変わりはてた、それを「心相」の変化に擬したのであろう。

縵網相

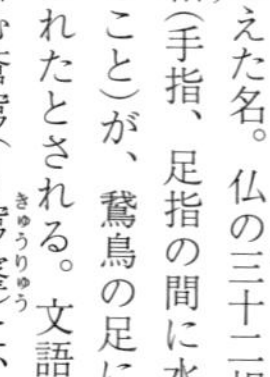

芬って《かおって》【レ】 香《こう》ばしくて。芳香がして。旧かなでは、かをって。詩［山火］（初行「風がきれぎれ遠い列車のどよみを載せて」）には「芬気」（フンキ、芳香の意）とあり、賢治は誤って「かほり」とルビをつけている。詩［*穂孕期《ほばらみき》］には「芬って酸っぱいあんずをたべる」とある。

高陵土《カオリンゲル》【鉱】 中国の有名な景徳鎮《けいとくちん》製の陶器の原料となる粘土を近くの山名にちなんで高陵・高嶺（中国語発音で kaolin）土と言う。外国でもカオリナイト（kaolinite）として有名。下に膠質《にかわ》の意 Gel をつけたのは賢治の造語。詩［東岩手山］（→岩手山）に「雪でなく、*仙人草のくさむらなのだ／さうでなければ高陵土《カオリンゲル》」とある。

カオリン病《かおりんびょう》 ↓りょくでい病《りょくでいびょう》

呵々《かか》 ↓岡っ引き《おかっぴき》

華果《かか》 【植】 花と果実。詩ノート［〔ひとはすでに二千年から〕］に「おのづからなる紺の地平と／華果とをもたらさぬのであらう」とある。

花蓋《かがい》 【植】 花の蕚《がく》と花冠の色や形が同質で区別しにくいとき(例えば*ユリ、ヒガンバナ、アヤメ類等)両者を合わせて呼ぶ語。詩［若き耕地課*技手《ぎて》のIrisに対する*レシタティヴ］(↓イリス)に「この一一の花蓋と*蕊《しべ》を／反転される黒土の／無数の条《すじ》に埋めてしまふ」とある。

鏡《かがみ》 【文】【レ】 光るものに強く魅かれ、かつ敏感な賢治は鏡も当然比喩に多用した。「いまや日は*乱雲(↓凡例付表「雲級」)に落ち／そのへりは烈しい鏡を示します」(詩［*奏鳴的説明］)や、雪の野原が「沢山の小さな小さな鏡のやうにキラキラキラキラ光るのです」(童［*雪渡り］)のように、鋭い光は鏡で表わされる。また「けむりは*砒素鏡の影を波につくり」(詩［津軽海峡］初行「夏の稀薄から…」)、「船はまくろき砒素鏡を／その来しかたにつくるとき」(文語詩［宗谷〔二〕］)等、船で海上を行くときには、けむりや波の作る影を砒素鏡にたとえている。ほかに賢治のよく用いるものでは、雲や霧や雪にさえぎられた太陽(↓お日さま)を、白や銀の鏡で表わす例がある。童［*種山ヶ原］に「太陽は白い鏡のやうになって、雲と反対に馳せました」、童［*十力の*金剛石］に「お日様は霧がかゝると、銀の鏡のやうだね」とある。そのほかにも「*赤楊《はん》の木鋼《はがね》のかゞみを吊し」(詩［〔Largoや青い雲滃《かげ》〈↓雲滃《うんおう》〉やながれ〕］〈↓ラルゴ〉)や、「はんの木はほんたうに砕けた鉄の鏡のやうにかゞやき」(童［*鹿踊りのはじまり］)等、木の葉に光が当たってチラチラと輝く様子を鏡で表わすことが多い。はんの木はその代表的なもので、詩［*岩手軽便鉄道の一月］では「よう *くるみの木*ジュグランダー 鏡を吊し」のように、樹木や*電信柱等、汽車の窓から見えた「光るもの」が次々と出てくるが、この詩一三行中、鏡は一〇回、一行中に鏡鏡《鏡鏡》と一字分で書かれたりしている。ゆれる木の葉が日光をちらちら乱反射させ、あたかも回転するミラーボールででもあるかのようなイメージ。

カカリヤ 【植】 cacalia カカリア。エフデギクとも。キク科の一年草の園芸植物。春に種子を播いて、夏に赤や黄、橙色の花を咲かせる。詩［〔朝日が青く〕］に「まっ赤な*あざみの花がある／樹をもるわづかなひかりに咲いて／巨きなカカリヤの花とも見える」とあるが、あざみもキク科だが属名は主にcirsium《キルシウム》。多種類だが、真っ赤な花を咲かせるものはない。おおむね紫紅色だが、うち赤紫に近いナンブアザミの花か。岩手地方の山地に多い。

嘉気《かき》 【レ】 めでたい気配《けはい》。すてきな雰囲気。詩［〔あけがたになり〕］に「転じて南方はてない嘉気に」とある。

歌妓《かぎ》 【文】 歌姫《うたひめ》。あるいは歌舞音曲のプロの女性。詩ノート［ダリヤ品評会席上］に「やさしい支那の歌妓であらう」とある。

齅ぎ《かぎ》 【レ】 嗅と同字で、もののにおいを嗅ぐ。歌［一一〇］［一九七］に「齅ぎたり」、「齅ぎつゝあるけり」等。

鑰《かぎ》 ↓七舌のかぎ《しちぜつのかぎ》

餓鬼《がき》 【宗】 preta(梵)の漢訳。仏教語で、*十界*六道の一。

餓鬼界、餓鬼道に住む亡者。身体は骨と皮と筋ばかりで、腹だけが山のように膨《ふく》れあがり、喉《のど》が針の穴のように細いため、腹が減って物を食べようとしても食物が通らず、常に飢えや渇きに苦しめられている、と形容される。餓鬼道に堕《お》ちるのは前世の悪行の報いによる、とされる。俗に子どもを餓鬼と呼ぶのは、育ち盛りの子どもの食欲の盛んなさまや聞き分けのなさをたとえたもの。メモ[創41]で賢治は餓鬼を「長髪、瘠身、／爪、這《(は)》ひて食物を探す。咆吼《(ほうく)》、／争ふ、互に裂く」(咆吼は咆哮《ほうこう》に同じ。ほえ叫ぶ)と記し、同[創42]には「二餓鬼現はれ来ってこれを噉食《たんじき》し互に争はんとしてまた他を見るなく速《(すみやか)》に影没す」とある(噉は啖に同じ、くらう)。詩[〔北いっぱいの星ぞらに〕]下書稿㈤第二葉裏面には「しかもしたゞ天や[修羅→餓鬼]／これらの国土をもとめるならば」とある。童[二十六夜]には「炎天と飢渇の為に人にも馬にも、親兄弟の見さかへ《(ママ)》なく、この世からなる餓鬼道ぢゃ」とある。「この世からなる餓鬼道」とは、人や畜生には亡者になる前から餓鬼道に堕《(お)》ちる性分《しょうぶん》がそなわっている」(「見さかへ」は「見さかひ」の訛り)という十界互具《ごぐ》(→十界曼荼羅《じっかいまんだら》)に基づく考えである。なお、メモ[創41]にも「第一幕　第x生　餓鬼界」とある。

餓鬼界《がきかい》 →餓鬼《がき》

かぎすます【レ】【方】 文語詩[浮世絵]の終行に「かぎすます北斎の雪」とある。この詩全体が難解だが、この終行も入念な手入れを経ていて、さらに難解である。「かぎすます」は新校本全集の「校異」によれば、下書稿㈠で「さび紙の一ひらを嗅ぎ」を抹削して、終行に移したことになっている。しかし嗅の字はカグとは読まぬし(ハナイキかカカアの和訓はあるが)賢治の当て字か、嗅の異字である齅のつもりで賢治が書いたかのいずれかであったろう。いずれにせよ「かぎすます」のはプジェー神父で「さび紙」(辞書等にはないが、漆《うるし》塗りの技法の一で生漆《きうるし》に砥粉《とのこ》をまぜた錆漆《さびうるし》で描いた浮世絵か)の一枚をしきりに嗅ぎとるように見すましている、の意。→悪業乎栄光乎《あくかさかえか》。

かきつばた【植】 Iris laevigata Fisch. イリス、アイリス。葉は広くとがっていて軟らかく、中脈がない。水春～初夏、茎頂に紫または白の花をつける。水湿地に生えるアヤメ科の多年草。高さ五〇～七〇cm。『万葉集』以来古典にも多く登場し、紋《もん》所《どころ》にもなっている。詩ノート[〔沼のしづかな日照り雨のなかで〕]に「かきつばたの火がゆらゆら燃える」とあり、童[或る農学生の日誌]には「池にはかきつばたの形した電燈の仕掛けもの」とある。

「かきつばた」紋所

餓鬼道《がきどう》 →餓鬼《がき》

帛きなほし《かきなおし》【レ】 賢治の恣意的用語。帛(漢音ハク)は練り絹、または絹織物のことを言う名詞。これを「カき」と動詞に読ませたのは、(頭部に)巻きなおす、といった意味で使った賢治の当て字。あるいは昇《か》く(かき上げる)が頭にあったか。詩[早春独白]の下書稿㈠に、「あなたは赤いナッセンネル(→ネル)のひときれを／エヂプト風に帛《か》きなほします」とある。→かつぎ

かぎなりをした家《かぎなりをしたいえ》【文】 カギの形をした(L字形の)家。岩手県に多いので南部曲屋《なんぶまがりや》とも言う。詩[〔どろの木の根もとで〕]に「そのまっくらな森かげに／かぎなりをした家の」とある。

臥牛《がぎゅう》 →ソーシ

火球日天子《かきゅうにってんし》 →日天子《にってんし》

角柄《かくえ》 【文】 にぎるところ（柄《え》）が四角になっているもの。ツノエ、ツノガラと読めば、角《つの》のようなデザインの柄の意にもなる。童［*チュウリップの幻術］（→うっこんかう）に「上着のかくしから角柄の西洋剃刀《かみそり》を取り出し」とある。かくしは「隠し」でポケット。

角帯《かくおび》 【衣】 男帯の一種。厚地に織り、ひとえのもの、帯地を二つ折りにして芯を入れたもの、袋帯仕立てのもの等ある。明治以後、ソフトな兵児帯《へこおび》の流行によってしだいにすたれたが、現在でも改まった装いには用いられる。短［あけがた］に「何か眩しく光る絵巻か角帯らしいものをひろげて」とある。

かくこう →くわくこう

かくし →角柄《かくえ》

覚者《かくしゃ》 【宗】 buddha（梵） 仏陀の漢訳。真理に目覚めた者の意。童［*マグノリアの木］、詩［〔北いっぱいの星ぞらに〕］等。なお、童［*ビヂテリアン大祭］に出てくる「覚者救済者阿弥陀仏」は「救済者」も人や世を救う者の意だから、演説の中で語調を強めるために、「覚者、救済者、阿弥陀仏」と同格、同義の語を重ねていると見てよかろう。→阿弥陀仏《あみだぶつ》

楽手《がくしゅ》 →ableなる《えーぶるなる》

角閃花崗岩《かくせんかこうがん》 【鉱】 hornblende granite 角閃石（普通角閃石のこと）は花崗岩の主成分ではないため、副成分としての角閃石の比較的多く含まれる花崗岩をそのように呼ぶ。童［楢の木大学士の野宿］に「ふん、ここも角閃花崗岩《かくせんかこうがん》／とつぶやきながらつくづくと／あたりを見れば石切場」とある。→花崗岩《かこうがん》

角閃石《かくせんせき》 【鉱】 amphibole ケイ酸塩鉱物のグループ名。安山岩などに含まれる角閃石は普通角閃石のこと。普通角閃石（ふつうかくせんせき、hornblende、ホルンブレンド）は、緑黒色で硬度は五～六。火成岩や変成岩に広く産する代表的な有色造岩鉱物。詩［種山ヶ原］下書稿に「おゝ角閃石 斜長石 暗い石基と斑晶と／まさしく閃緑ヒン岩である」とある。→ホンブレンさま

カクタス 【植】 cactus dahlia ダリアの一種。カクタスはサボテンのことで、サボテンの花に似た咲きかたをするので「カクタス咲きダリア」。ダリアは種類が多く七〇〇〇～三万種といわれるが、花形によって約一一種に大別される。そのうちカクタスは八重咲きで花芯がなく、花弁は細長く先がとがっている。花の大展覧会を歌った文語詩［萎花《いか》］に「カクタス、ショウをおしなべて」とあるが、このショウ（show dahlia）も、やはりダリアの花形の一で、ポンポンダリア（pompon dahlia）より少し大型のてまり状の花形。なお、題名の［萎花］は、この詩の最終行の「花はうつゝもあらざりき」（花たちは「おしなべて」一様に、うんざりして、くたびれきっていた）の意に対応し、うち萎《しお》れている花の意であろう。

革嚢《かくのう》 【文】 嚢は袋。革製の袋のこと。主に軍隊用語として用いた。かわぶくろというのも同じ。「らくだのせなの革嚢に／世界の辛苦を一杯につめ」（詩［氷質の冗談］）とある。「せな」は背中。

核の塵《かくのちり》 【科】【宗】 詩［*五輪峠］下書稿㈠に「気相は風／液相は水／固相は核の塵とする／そして運動のエネルギーと／*熱と*電気は火に入れる／それからわたくしもそれだ」とあり、詩［種山

と*種山ヶ原」(「種山ヶ原」下書稿㈠のパート三には「雲が風と水と*虚空と光と核の塵とでなりたつときに／風も水も地殻もまたわたくしもそれとひとしく組成され／じつにわたくしは水や風やそれらの核の一部分で／それをわたくしが感ずることは／水や光や風ぜんたいがわたくしなのだ」とある。大気中の微細な物質(塵)を核として水滴ができ、それが雲と見えることを言っているのだが、例えば細胞生物学では、一般に細胞内にあって遺伝情報源であるDNAの大部分を含む細胞小器官を核と呼ぶ。さらに核膜で囲まれた核を持つか持たぬかで真核細胞、原核細胞に分ける。ちなみに、現在、地球上のほとんどの生物は、真核生物である。多細胞生物の核(細胞核)の分化と増殖の繰り返しがそのまま太古からの生物進化の歴史であり、核細胞がDNAや核マトリックス(もと数学用語で行列のこと)の結合であるという古典的な細胞像は、一九二〇年代にはほぼ確立されていた。右のような詩句を書く賢治にも当然その認識はあったと思われる。従って、例えば『春と*修羅』第一集〔序〕の中の「わたくしといふ*現象は／仮定された有機交流電燈(→電燈)の／ひとつの青い照明です」の「有機」も有機体＝個体生物の細胞核の分化と増殖(「せはしくせはしく明滅」＝燃焼)する当時の進化論の学説を反映した生物進化のイメージがあったと読むこともできる。さらに、ここに量子力学的な観点を導入すれば、「気相は風／液相は水／固相は核の塵」や詩〔種山と種山ヶ原〕の詩句は一方で、物質を熱力学的な「運動のエネルギー」の分子(→モナド)・原子レベルの変化、相転移《モードトラジション》の現象(→現象、明滅)と捉える当時の最新の物理学の認識をも反映している。またさらに重要な問題点は、この「核の塵」の、とりわけ「塵」の一語には仏教で言う物質の最小単位としての極微《ごくみ》(→異空間)や*微塵のイメージも重なっている。詩〔*岩手山〕の「ひかりの*微塵系列」や詩ノート〔〔*銀のモナドのちらばる虚空《(そら)》〕〕の「銀のモナド」、また詩〔有明〕(初行「あけがたになり」)の「風のモナドがひしめき」の「風のモナド」なども同様の表現で、いずれも賢治の物質観を表わす重要な一語。なお、影響・類縁関係として「*幽霊(霊魂)の複合体」の語も出てくるラフカディオ・ハーン(小泉八雲 一八五〇～一九〇四)のエッセイ「Dust」(塵。『仏の畑の落穂』Gleanings in Buddha-Fields 一八九七 ホートン・ミフリン社刊、所収)があげられる。進化論者ハーンはこのエッセイで、人間の生命は「業《カルマ》(→業《ごう》)の塵」であり、それは「仏者が『中有《ちゅうう》』(→うすあかりの国)と呼ぶ生と死との中間状態にある祖先の塵」であり、それは*星雲や星や惑星であったし、*月であった。光であり、愛であり、太陽(→お日さま)でもあった、と言い、その無数の塵が生滅再生を繰り返しながら再結合、複合してゆく進化の道程こそが業《カルマ》である、と説く。賢治の*輪廻転生《りんねてんしょう》の仏教思想ばかりか彼の進化論的科学的認識と、先行するハーンのそれとはきわめて近似する。賢治はハーンを原文で読み(翻訳本はまだなく英文の原書は当時よく読まれていた。中学四、五年のリーダーにもよくあった)少なからぬ*影響を受けたのでは、と考えられる。あるいは古くはラプラスやアレニウスらの天体力学の影響も反映している。→太陽系《たいようけい》、幽霊《ゆうれい》、モナド、電燈《でんとう》

角パン《かくぱん》 **【食】** 食パンのこと。日本で作られるようになったのは明治維新後。「本食のパン」と呼ばれていたが、しだいに「食パン」と言うようになった。賢治作品では童〔貝の火〕(→蛋白

石）に「『さあおあがりなさい。これは天国の天*ぷらといふもんですぜ。最上等の所です。』と云ひながら盗んで来た角パンを出しました」等。

かぐへる《かぐえる》【レ】 文語詩［公子］に「軟風《（かぜ）》*のきみにかぐへる。」とあって、意味不明の語。前句の「熱はてし身をあざらけく（→あざけくも）」（熱もなくなり体も生き生きして来たので）を受けて、軟風が（「きみ」の形容でなく、「きみへの思い」を軟風にたとえたか）香り立つ（かぐわしい）の意であろうか。「かぐへる」という語は古語にもないだけに、いたって難解な詩句と言わざるをえない。

角枕《かくまくら》【文】 四角な枕。短［泉ある家］に「二枚のうすべりとゐの角枕をならべて」とある。うすべりは布の縁《ふち》どりをしたござ（莫蓙）。ゐ（い→藺《い》）の角枕は、いぐさで編んだ畳表で出来た四角な枕。

神楽《かぐら》【民】 神前に奉納する歌舞音曲。神楽には、宮中でなされる御《み》神楽と民間の土俗的な里《さと》神楽とがある。文語詩［雪峡《（せっきょう）》*］には「あやしくも鳴るや　み神楽／いみじくも鳴るや　み神楽」とあるが、賢治の作品に登場する神楽は里神楽であり、ここで「み神楽」としたのは、詩的韻律の効果と神楽に対する崇敬の念が込められている。神楽はもともと招魂思想によっており、天《あま》の岩屋戸《いわやど》神話に基づくもの、天饒速日命《あまのにぎはやびのみこと》の降臨神話に基づくもの、神功皇后の新羅攻めの説話にちなむものなどがある。劇［種山ヶ*原の夜］では、柏樹霊《かしわこだま》（→なら）が「天の岩戸の夜は明げで／日天（→日天子）そらにいでませば／天津神　国津神（→天津雲原）／穂を出す草は出し急ぎ／花咲ぐ草は咲ぎ急ぐ」と方言で祝詞《のりと》にちなむ詩句を歌って神楽の話をし、また、さきの文語詩［雪峡］では、神楽の音が鳴るや「雲が燃す白金環*と／白金*の黒の巌《（いわや）》（著者注、旧校本全集校異によれば、「窟」か「崛」のことであろうとし、文庫版全集本文は窟に直しているが、山容を言う正字で、ハゲ山の意もある）を／日天子奔《（は）》せ出《（い）》でたまふ」とイメージが広げられていることから、賢治の神楽に対する認識には天の岩屋戸神話に重なるところがあると思われる。さらに、例えば賢治の親しんだ早池峰山《はやちね》*麓（早池峰山の修験道〈山伏〉による権現信仰が広まった）に伝わるように、岩手県には、早池峰神楽と総称される大償神楽と岳神楽（→大償《おおつぐない》）に見られるように、岩手県には、古風な能舞や狂言を演じる山伏神楽が多く残されていることから、賢治の言う「古代神楽」とは、岩手県一帯に多い山伏神楽を指すものと考えてよい。山伏神楽は獅子神楽の一であり、笛・太鼓・鐘等のリズミカルな伴奏で獅子舞が舞われ、たき木を燃やして夜を徹して演じられた。ほかに童［祭の晩］、詩［山火］（作品番号八六）［塚と風］にも登場。劇［種山ヶ原の夜］には「ばだらの神楽」*が出てくる。→大償《おおつぐない》、早池峰山《はやちねさん》、山つ祇《やまつかみ》

角礫《かくれき》 →コングロメレート

かぐろい【レ】 黒い（か、は接頭辞）。詩［函（函）館港春夜光景］に「地照《（ちしょう）》（→地球照《アースシャイン》）かぐろい七日の月は」とある。文語詩［暁*眠］には「雪の雲こそかぐろなれ」とある。「かぐろなれ」は上の「こそ」との係り結びで「かぐろなり」の強い表現。また、文語詩［旱害《（かんがい）》地帯］の「かじろき雪のけむり」、同［遊園地工作*］（［〔歳は世紀に曾って見ぬ〕］下書稿㈠）の「麦はかじろく空穂（→うつぼ）しぬ」等の「かじろし」（かじろい）は「かぐろし」（かぐろい）の反対。

がけ →おれこれがら…

がけあな　↓息《いぎ》の音《おど》あ為《さ》ないがけあな

陰《かげ》(蔭)いろ【レ】　光線の当たらない暗い色。歌[二二九]に「ちゞれたる／陰いろの雲」、*詩[海蝕台地]には「一れつ蔭いろ(下書稿「青ざめた」を直して)の*馬をひいて」とあるが、一般には用いない色彩表現。ちなみに鹿の毛色に発する馬の毛色を言う「鹿毛《かげ》」は古語にはある(黒みを帯びた赤茶色。色の深浅で黒鹿毛、白鹿毛、真鹿毛、等)が、賢治もそれを知らぬはずはなく、それとはちがった雰囲気としての暗さの表現であろう。↓坎坷《かんか》

かけす【動】　懸巣。カラス科の鳥。全長三三cmほどで体は紫色、黒と白と藍の縞模様があって美しい。よく*ドングリを食うのでカシドリ(樫鳥、カシの木の実がドングリ)とも呼ばれる。山麓や平野の林の中に群棲し、ジェーイジェーイとしわがれ声で鳴きながら、ゆっくり飛ぶ。「かけすのうたも途絶え」(曲[角礫《かくれき》行進歌]〈↓コングロメレート〉)、「とんぼでも蜂でも*雀でもかけすでも」(童[貝の火]〈↓蛋白石〉)、「かけすが(中略)青いどんぐりを一粒ぽたっと落して行きました」(童[よく利く薬とえらい薬])、「*栗の木食って　栗の木死んで／かけすが食って　子どもが死んで」(童[タネリはたしかにいちにち噛んでゐたやうだった]〈↓ホロタイタネリ〉)等。

カケス

かげだれば　↓どうもゆぐなぃ…

南風《かけつ》　↓南風《はえ》

掛手金山《かけてきんざん》【地】　各種地名辞典、鉱山文献等の各種にもない金山(金の採れる鉱山)名。松田司郎は、この金山が出てくる短[十六日]の舞台を「おそらく*釜石街道の*仙人峠近辺と思われる」(『宮沢賢治の*旅』)としているが、榊昌子《さかきまさこ》は、それより少し南の種山高原の南、伊手《いで》の西の地区と言う。

掛《か》げなぃやなぃな【方】　掛けなければならないな。実際の発音は「かげねやねな」に近い。劇[植物医師]。

掛《か》げや《よ》う悪《わる》たてお前《め》さんの云《い》ふ《う》や《よ》うにすたます【方】　掛け方が悪いといったってお前《まえ》さんの言うとおりにしたんですよ。「やう」は「様《よう》」のこと。「悪たて」は相手の言ったことを反復した上での逆接。「お前さん」は「おめさん」と発音する。「すたます」は丁寧な句末表現(ことばじり)で「致したのですよ」。劇[植物医師]中の農民一の会話だが、もちろんここでは丁寧ながら植物医師に対する非難の気持ちが込められている。

掛《か》げらせだ　↓こない(ひ)だも…

かげらふ《かげろう》　↓横なぎ《よこなぎ》

蜉蝣《かげろう》【動】　旧かななら「かげろふ」だが、賢治は「かげらふ」と記す場合もある(↓横なぎ)。フユウ(蜉蝣)目の昆虫の総称。飛ぶさまを陽炎《かげろう》にたとえて、あるいはすぐ消える陽炎のように短命だから、カゲロウの名がついたと言われる。古典にはトンボ(蜻蛉)の古名として出てくるが、賢治の場合は蜉蝣である。「蜉蝣のごときはあしたに生れ、夕に死する」(童[*フランドン農学校の*豚])も古来言い伝えられてきた命の短さの表現。幼虫は水中で育ち、成虫になると何も食べず、数時間から一週間ほどで死ぬ。童[洞熊《ほらくま》学校を卒業した三人]で*蜘蛛《くも》に食われるかげろうの親が「あはれやむすめ、父親が、／旅で果てたと聞いたなら」と繰り返し歌う。

かげろふ →蜉蝣《かげろう》

花梗《かこう》 →花柄《かへい》

鵞黄《がこう》【レ】 鵞（鵝）はガチョウのこと（詩［三原　第一部］には「鶴もむれまた鵝もむれる」とある）。飼育した雁*の一変種で食肉用やペットとして飼われる。仏教では、鵞王*は仏のこと。鵞黄は、そのヒナの羽毛が黄色で美しいことから、美しい黄色の比喩に使われる。文語詩［酸虹*］に「鵞黄の柳*いくそたび、窓を掃ふと出でたちて」とある。

花崗岩《かこうがん》【鉱】 granite　グラニット。深成岩の一。岩石に占める二酸化ケイ素（SiO_2）の重量比が六九％以上の場合花崗岩となる。それ以下の場合は閃緑岩と呼ばれる。共通したマグマから、深成岩として花崗岩、半深成岩として石英斑岩（現在はアプライト aplite）、火山岩として流紋岩が生成される。花崗岩の主要構成鉱物は、石英、正長石（カリ長石）、雲母（黒雲母・白雲母）である。副構成鉱物として、普通角閃石や磁鉄鉱などを含むこともある。花崗岩は、断裂帯に沿って地表に貫入する、マグマの温度の低下にしたがい、黒雲母→正長石→石英の順に結晶が晶出すると考えられている。岩手県には花崗岩が多く存在し、当時の定説として花崗岩の形成を中生代におけるマグマの貫入と考えられていた。絶対年代の測定結果でも一億年前後とでており、まさに中生代にあたる。賢治のころは、示準化石を含んだ地層の層序から推定していた。花崗岩は御影石《みかげいし》ともよばれ、建設用材、敷石用材等として貴重である。また豊沢川上流地帯から産する花崗岩は、ピンクの長石を含み、その美しさから豊沢御影として切り出されていた。「みちをあるいていて黄金いろの雲母のかけらがだんだんたくさん出て来ればだんだん花崗岩に近づいたなと思ふ」（童［インドラの網］）、「この辺にさっきの花崗岩のかけらがあるね」（［楢ノ木大学士の野宿］）（→なら）、「川の北の花崗岩だの三紀の泥岩だの」（［或る農学生の日誌］）、詩［山火］（作品番号八六）には「ドルメン*まがひの花崗岩《みかげ》を載せた／千尺ばかりの準平原*」とある。詩ノート［〔ちゞれてすがすがしい雲の朝〕］には「姫神《（ひめがみ）》*から盛岡の背后《（はいご）》（後）にわたる花崗岩地」ともある。童［楢ノ木大学士の野宿］には、角閃《かくせん》*花崗岩中の各成分たちが愉快な会話を繰り広げる。このほか、詩［永訣の朝］に「ふたきれのみかげせきざい」も出る。詩［孤独と風童］に出てくる「東へ行くの？／白いみかげの胃の方へかい」の「みかげの胃」は宮城一男によれば江刺郡一帯の花崗岩帯が人間の胃の形に見えるからと言う（→江刺《えさし》市）が、この詩の日暮れの情景と冬の東天の月*の近くに見える胃星《コキエ》*の淡い光をみかげ色にたとえ、風（風童）の行方《ゆくえ》を聞いているという詩のイメージからの解釈も成り立つ。

火口湖《かこうこ》【鉱】 噴火口にできた湖。ふつう御釜《おかま》とも呼ばれる。マグマや火山ガスの硫黄*が溶けるため酸性が強い。大きさは池と呼ぶ程度のもので単純な形を示す。詩［国立公園候補地に関する意見］に「国立公園候補地に／みんなが運動せんですか／いや可能性／それは充分ありますよ／もちろん山をぜんたいです／うしろの方の火口湖　温泉　もちろんですな」とある。岩手山*は現在は八幡平《はちまんたい》国立公園である。この詩中の火口湖は西岩手火山（→岩手山）の御釜のことで、黒倉山からの眺望が美しい。温泉とは、松川温泉のこと。

花崗閃緑岩《かこうせんりょくがん》【鉱】 granodiorite　文語詩［眺望］には

「青き陽遠くなまめきて、右に亘せる高原は、／花崗閃緑　削剝《(さくはく)》の、時代は諸《もろ》に論《あげつら》ふ。」とある。「花崗閃緑　削剝の」とは、「花崗閃緑」岩を基盤とする一帯が長い年月を経て「削剝」されて、の意味であろう。花崗閃緑岩は花崗岩と閃緑岩の中間の組成をもった深成岩。火山岩の石英安山岩（デイサイト）に対応する。→花崗岩《かこうがん》

禾殻《かこく》　→禾《くわか》

河谷《かこく》　→北上川《きたかみがわ》

我今見聞得受持《ガコンケンモントクジュヂ》　→無上甚深微妙法《ムージャウジンジンミミャウハウ》、…

傘雲《かさぐも》　→レンズ

風くま《かざくま》、**風ぐら**《かざぐら》【レ】　風上《かざかみ》、風下《かざしも》、風頭《かざがしら》、風車《かざぐるま》、風穴《かざあな》、風薬《かざぐすり》…と言うように風はカザと読みたい。前者は文語詩〔〔みちべの苔にまどろめば〕〕に「わづかによどむ風くまの、」とあり、また漢字をあてると風隈、風曲で少し淀んでいる風の通りみち、または曲りみちであろう。類語の後者は詩〔〔温《(ぬる)》く含んだ南の風が〕〕に「風ぐらを増す」が二回繰り返しで出てくる。漢字なら風倉（蔵）、風座で、風の吹きだまりの意であろう。国語辞典等にはないので立項したが、微妙な風の動きの賢治ならではの語。

かささぎ【動】　鵲。スズメ目カラス科の鳥。全長四五cmほどで、体は黒色と肩と腹の白さのコンビネーションが目立つ。日本では九州の佐賀県あたりだけに生息する。古くから七月七日の夜、牽牛《けんぎゅう》と織女《しょくじょ》のために天の川*に橋を架けてくれるという伝説があることが古典に見える。星座の白鳥座（→北十字）のまたの名とも言われ、賢治が、かささぎは「いっぱいに列になってとまってぢ《(ママ)》っと川の微光を受けてゐるのでした」（童〔銀河鉄道の夜*〕）とも書くのは、むろん想像上の、伝説に近い発想のかささぎの列である。

カササギ

かざって　→ぢ《じ》ゃ、ゆべながら…

傘火花の雲《かさひばなのくも》　→フェロシリコン

傘松《かさまつ》【植】　枝が四方にひろがり、傘のかたちをしている松。〔青表紙ノート〕の詩〔〔穂を出しはじめた青い稲田が〕〕に俳句ふうの一行「傘松やはやくもわたる秋の鳥」がある。

花盞《かさん》【レ】【宗】　賢治の造語で、花のかたちをした盞（さかずき）。盞は杯より小さいさかずき。詩〔秋と負債〕に、目には「見えない第三種の照射」（たぶん仏の光であろう）が「わたくしの影を花盞のかたちに投げてゐる」とある。自分の小さな存在を盞にこめ、暗に「第三種の照射」の大きさを言ったものと思われる。もし仏教語として読むなら、呉音で「カセン」となる。

過酸化水素《かさんかすいそ》【科】　H_2O_2　無色の液体。酸化作用に富むため消毒薬や漂白剤として用いられる。水で希釈《きしゃく》（薄める）した過酸化水素水はオキシドール、オキシフルとして市販されている。童〔ポランの広場*〕に「おいおい、やられたよ。誰か沃度ホルムがないか。過酸化水素をもってゐないか。誰かないか。やられたよ。やられた。」とある。劇〔ポランの広場〕。

火山屑《かざんせつ》【鉱】　火山砕屑《さいせつ》物とも。火山活動により放出された破片状固体物質の総称（火山礫、火山灰、軽石《かるいし》、岩滓《がんし》〈スコリア〉、火山弾等）。その層の多いところを火山屑地帯と言う。「春と修羅*　第三集」の中の詩〔〔エレキや鳥がばしゃばしゃ翔《(と)》べば*〕〕（「森」の題で生前発表）に「最後に／火山屑地帯の／小麦に就て調

査せよ」とある。

火山弾《かざんだん》【鉱】流動性を持つマグマから放出された塊。粘性の小さい溶岩は空気中を回転しながら飛ぶ間に楕円形となる。例えば童［気のいい火山弾］で「稜《かど》がなくて、丁度卵の両はじを、少しひらたくのばしたやうな形」をした「べゴ石」というあだ名の火山弾がその典型。岩手山のマグマは玄武岩質または安山岩質で、粘性の大きい安山岩の火山片では、表面に縦横の亀裂が入り、俗に「パン皮《がわ》火山弾」が形成される。賢治作品には火山弾採集の話がよく登場する。童［茨海《バラウミ》小学校］では「私」が茨海に出かけた理由であり、童［ポラーノの広場］（→ポランの広場）で七月いっぱいに「私」のした仕事の一つは「ヤークシャ山頂火山弾運搬費用見積の件」である。童［気のいい火山弾］では「東京帝国大学校」の学者が採集に来てベゴ石を運び出して行く。この童話のべゴ石は稜《かど》のある石に馬鹿にされ、蚊にも役立たずと軽蔑され、デクノボーの典型として描かれている。しかし最後に学者から「こんな立派な火山弾は、大英博物館にだってないぜ」と言われ、立場が逆転することになる。賢治作品に見られる救いの思想がわかりやすく述べられた作品。ほかに童［ペンネンネンネンネン・ネネムの伝記］（→昆布）等。（→口絵㉗）

火山礫層《かざんれきそう》 →火山礫堆《かざんれきたい》

火山礫堆《かざんれきたい》【鉱】火山礫の堆積を言う。地層をなしているときは「火山礫層」。詩［鎔岩流］に「日かげになった火山礫堆の中腹から」とあるのは、もともと岩手山全体が火山礫堆で覆われているところから、ほとんど岩手山と同義に用いられている。童［イギリス海岸］には「軽石の火山礫層」が出てくる。

【かし】

菓子《かし》【食】嗜好食品。現在では和菓子と洋菓子に大別され、製法によって生菓子、焼菓子、蒸《む》菓子、花菓子、干《ひ》菓子ほか種々に分類される。日本で現在のようなさまざまな菓子ができるのは、明治に入って西洋文化が到来してから。チョコレート、ビスケット、パン、キャラメル等の「洋菓子」の伝来は、最初、日本人の口にはなじみにくかったが、一八八〇（明治一三）年前後から、これらを取り扱う店もでき始め、さらに日本人の嗜好に合う洋菓子が製造され、西洋文化の普及とともに広く一般にも受け入れられるようになった。明治末には、森永製菓や明治製菓等の製菓会社も設立され、機械による大量生産がなされるようになった。賢治作品にも「菓子」の登場はにぎやかで、例えば「ザラメがみんな、ふわふわのお菓子になるねえ」（童［水仙月の四日］）、「お菓子だってオーケストラだっていくらでもあるんだ」（童［ポランの広場］）、「もそもそと／菓子を／食へるは」（歌［五の次の次］）、「菓子の勲章を胸に満せり」（劇［饑餓陣営］）、「苹果だってお菓子だってかすが少しもありませんから」（童［銀河鉄道の夜］）等々、洋菓子系が目立つ。比喩に用いられているものも多く、「巨きな菓子の塔」（山のこと）（詩［山の晨明《（しんめい）》に関する童話風の構想］）、「氷がひとでや海月《くらげ》やさまざまのお菓子の形をして」（童［氷河鼠の毛皮］）（→ねずみ）、「青い燐光の菓子でこしらえた雁《（ママ）》」（詩ノート［〔古びた水いろの薄明穹のなかに〕］）、「鳥はいつか、萌黄色の生菓子《なまぐわし》に変ってゐました」（童［種山ヶ原］）等がある。また「お菓子の籠」（童［ペンネンネンネンネン・ネネムの伝記］）、「野原の菓子屋」（童［銀河鉄道の夜］）、「重量菓子屋」（菓子の量り売りをする店か）（詩［神田の夜］）等も出てくる。庶民的な和菓子系としては「最中《もなか》」（童［ツェねずみ」)、「飴《あめ》」(童[山男の四月])、「水飴」(簡[118])等がある。ほか、童[いてふの実][ひかりの素足]、短[柳沢]、簡[119・120]等。

カシオペア【天】 Cassiopeia(ラテン) Kassiópeia(ギリシア) 賢治は語尾をピア、ピイア、ピーア、ペア、ペイア、ペーアともさまざまに書き分けている。秋を中心に北天に輝く星座。二等星三、三等星二の計五星がみごとなM(またはW)字形を作る。北極星を探す目印としても有名。秋の天の川中にあり、「ティコの星」(一戸直蔵《いちのへなおぞう》の『星』〈一九一〇〉では「タイコ星」)や「カシオペア座A」といった超新星が発生したこともあり、また散開星団や散光星団が非常に多い。童[よだかの星]では、よだかはカシオペア座のすぐ隣で星となるが、これはティコの星を念頭においたものであろう(→口絵⑪)。カシオペアは古代エチオピア王ケフェウス(隣の星座)の妃であり、アンドロメダの母である。日本では航海上の重要星座として「いかり星」(錨星)と呼ぶ地方も多い。童[水仙月の四日]では「雪童子《わらす》はまつ青なそらを見あげて見えない星に」むかって「カシオピイア、/もう水仙が咲き出すぞ/おまへのガラスの水車/きつきとまはせ」とあるが、これはカシオペア座が、ほぼ北極星を中心として一日一回転し、しかも天の川中にあることから水車とみなしたもの。これに関連したものとして童[シグナルとシグナレス]に、波の音を「夢の水車の軋《(きし)》りのやうな音」として、それを「ピタゴラス派の天球運行の諧音」と述べる一節がある。詩[〔温《(ぬる)》く含んだ南の風が〕]には「北の十字のまはりから/三目星《カシオペーア》の座のあたり/天はまるでいちめん/青じろい疱瘡《(ほうそう)》にでもかかったやう」とある。「三目星」と表記したのは、童[ポランの広場]にある「あの大きな星の三つならんだカシオペーア」と同意で、α、β、γの三つの二等星を指したもの。小沢俊郎が指摘するように、下書稿に登場する「マケイシュバラ」(Maheśvara、大自在天。世界の主宰神。特にシヴァ神を指す)が三目《さんもく》(三つの目をもつ)であるところから来たものであろう。この部分は最初は「摩《ま》竭大魚《かつたいぎょ》」で、賢治の手が入るたびに「カシオペーア天主三目」→「三目天主の」→「三目星《カシオペーア》」と変化している。下書稿も含めたこの詩[〔温く含んだ南の風が〕]全体に登場する星座は、上記のほかに、琴《ライラ》(→琴座)、赤眼の蠍《さそり》(→さそり座)、ヘルクレス、麒麟《きりん》、射手《いて》、白鳥(→白鳥座)、北の十字、南斗があり、晩夏の北天星座が勢ぞろいしている。

カシオペア座
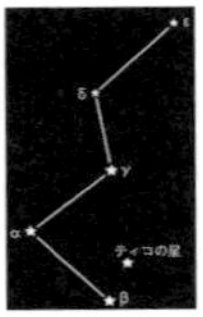

かじか【動】 河鹿と書けばカジカガエル(河鹿蛙)のこと。鰍と書けば川魚のこと。賢治の連句中、付句の「古びし池に河鹿なきつゝ」は谷川や池に生息して美声を出して鳴く雄の河鹿で、童[風の又三郎]に「耕助は小指ぐらゐの茶いろなかじかが」とあるのは鰍。ハゼに似た体長一五cmほどの淡水魚で清澄な川の上流に生息し、美味。地方によってはマゴリ、ゴリとも呼ばれる。帳[兄妹像]五五・五六頁のメモ「カヂカ(ママ)突キ」とあるのも後者で、モリで突いて獲る意であろう。

カジカ

河鹿《かじか》 →かじか

花軸《かじく》【植】 花序の中心となる茎。花が穂状につくとき、穂の中軸となり、花柄《かへい》をつける枝。詩[オホーツク挽歌]に「萱草《(かんぞう)》の青い花軸が半分砂に埋もれ」とあるほか、多くの詩に出てくる。

かしこまた【方】「かしこまりました」が詰まったもの。承知しました。了解しました。童[*種山ヶ原]。

珂質《かしつ》【鉱】玉《ぎょく》の一種。白瑪瑙《めのう》、または貝の一種で*馬のくつわの飾り等になる。詩[〔はつれて軋《(きし)》る手袋と〕]に「…霰か氷雨《(ひさめ)》(→凍雨《ひさめ》)を含むらしい／黒く珂質の雲の下」で鳥が鳴くとある。賢治は雲をしばしば*蛋白石を使って描写した。この詩は生前、「移化する雲」の題で「日本詩壇」第一巻第一号(一九三三・四)に発表された。引用部分は「…霰か」が「霧が」に変わっている。

喧《かしま》**びやしく**【レ】賢治の造語か誤記であろう。喧はカマビスシ、同義だがカシマシなら姦か囂でなければ不適切なのだが、詩[作品番号一一六 津軽海峡]にルビつきの「喧《かしま》びやしく澄明な」とあり、同下書稿㈠では両語を一つにした「喧澄な」とあって(これも賢治造語)、いずれも「結婚式」の様子。かしましいけれども晴れやかで清楚《そ》な雰囲気を言ったのであろう。ところが「びやしく」は方言めいているが、それらしい方言はなく、すべて賢治の詩的造語ということになる。

鍛冶町《かじまち》【地】旧花巻川口町(現*花巻市)の市街西端。焼き物として「鍛冶町焼」があるが、それは「かじちょう焼」。賢治の母イチの富裕な実家が現存する。文語詩[〔*洪積《(こうせき)》の台のはてなる〕]に「鍛冶町の米屋五助は／今日も来て灰を与へぬ。」とある。米屋は姓でなく、米《こめ》屋の五助、の意。

カシユガル【地】Kashgar 喀什噶爾。中国では喀什とも。新疆《しんきょう》ウイグル自治区南西部、タリム(塔里木)盆地西北辺にある、かつて東西交流の要地で多民族都市であった。詩[火薬と紙幣]に「雲はカシユガル産の*苹果《りんご》の果肉よりもつめたい」とあるが、実際にはリンゴの産地ではなく、賢治独特のリンゴのイメージを雲や、*西域の都市と結びつけた詩的発想と考えられる。

迦須弥《かしゆみ》【地】カシミール(Kashmir)。*インドの北西部からパキスタン北東部にかけての山岳地帯。毛織物カシミヤの原産地として有名。現在インドとパキスタンの領有紛争の地域になっている。詩ノート[ドラビダ風]に、「迦須弥から来た*緑青いろの蝿である」とある。*釈迦と*須弥《しゅみ》山《せん》からの文字を借りて迦須弥と聖地らしく字を当てたのは賢治の独創か。中国語では開司米。そこから来た緑青いろの蝿とは、これまた*仏性《ぶっしょう》を感じさせて独創。

可消化量《かしょうかりょう》【科】基礎医学用語の可消化養分総量(TDN totally digestible nutrients の略)のこと。食品中の栄養素の何パーセントが人体に吸収されるか、その数値を表わしたもの。童[*ビヂテリアン大祭]に「蛋白質脂肪含水炭素の可消化量を計算して」とある。また「一般に動物質の方が消化率も大きいのでありますから」と出てくる「消化率」(正式には「消化吸収率」)も、ほぼ同義。

嘉祥大師《かじょうだいし》【人】【宗】吉蔵《きちぞう》(五四九〜六二三)。中国三論宗《さんろんしゅう》再興の人。嘉祥寺において、三論(中論、百論、十二門論)等の注釈書を著わす。後世吉蔵を嘉祥大師と呼ぶのはこの寺の名による。在世中に三論を講ずること百余回、法華経(→妙法蓮華経)を講ずること三百余回と言われる。著書に『三論玄義』『法華経義《ぎ》疏《しょ》』等がある。帳[雨ニモマケズ]一二八頁に「嘉《祥》章《詳》大師讃」とある。初め嘉章と書き、のち章を詳とすべきか祥とすべきか迷ったもの。正しくは嘉祥。

花城や花巻《かじょうやはなまき》【文】童[*イギリス海岸]に「花城や花巻の

生徒がたくさん泳いで居りました」とあるのは、旧花巻川口町の花城小学校(賢治の母校)と旧花巻町の花巻小学校の生徒たち。両校は一九三七(昭和一二)年合併し、現在は花巻小学校。↓花巻《はなまき》

かじろき、かじろく ↓かぐろい

柏《かしわ》 【植】 槲とも。ブナ科の落葉高木。高さ一五m、径六〇cmにもなる。葉は大きく、かしわ餅に今も使用されるが、昔はこの葉に食物を盛ったところから炊《かしは》葉の字も当てた(炊は炊事でカシぐ)。賢治作品に多く登場する主要樹木の一。ことにユニークなのは擬人化された柏の描写で童[かしはばやしの夜]には「入口から三本目の若い柏の木は、ちやうど片脚をあげてをどりのまねをはじめるところでしたが」とあり、「柏の木大王」や「けらいの柏ども」が登場する。「しらしらと／銀河わたれるかしはゞら／火をもて行けど／*馬も馳せ来ず」(歌[五二二])、「(かしはのなかには鳥の巣がない／あんまりがさがさ鳴るためだ)／(中略)／月光は柏のむれをうきたたせ／かしははいちめんさらさらと鳴る」(詩[風林])、「ある死火山のすそ野のかしはの木のかげに、『ベゴ』といふあだ名の大きな黒い石(↓*火山弾)が、永いことぢぃっと座って」(童[気のいい*火山弾])等々、*岩手山麓の柏林が生き生きと出てくる。だが、今はほとんどその眺めは残っていない。なお、全国的に「柏原」という地名もあるが、簡[153・164]に出てくる「裾野の柏原の星あかり」や「かゞやく*霧山岳の柏原」はいずれも地名でなく、広い柏林を指す。また、歌[六三一の次]に「霜ぐもり／ちゞれ柏の高原に」とあるのは、野生種にちゞれ柏はないゆえ、季節的にも枯れて縮んだ柏の葉を言ったのであろう。

柏樹霊《かしわこだま》 ↓なら

柏手《かしわで》 【宗】 神前で両手を打ち鳴らす作法。拍手《はくしゅ》、開手《ひらて》とも。詩[〔みんな食事もすんだらしく〕]に「樹にこだまさせて柏手をうったり」とある。文語詩[*宗谷〔二〕]。

柏《かしわ》の木《き》だのあったたもな 【方】 柏の木などがあったものな。「だの」は「など」の意。「柏の木をはじめとしていろいろな木があった」ということ。「あったた」は英語の完了形に似た時制。劇[*種山ヶ原の夜]。

柏原《かしわばら》 ↓柏《かしわ》

仮睡硅酸《かすいけいさん》 【科】【レ】 賢治の造語(合成語)か。仮睡とは仮眠、仮寝《かりね》、うたたねのこと。硅(珪)酸は、通常、メタケイ酸(H_2SiO_3)を言う。ケイ酸ナトリウムなどの溶液に酸を加え生じる、白色無定形の膠状物体のもの。詩[*青森挽歌]で「仮睡硅酸の雲のなかから／凍らすやうなあんな卑怯な叫び声は」とあり、これは硅酸の色彩と雲の視覚的な連想から「仮睡硅酸の雲」と言っているように思われる。単なる雲の比喩ではなく、雲が賢治の心意(うたたねに似た生と死の、現実と非現実との、混濁した中有《ちゅうう》〈↓うすあかりの国〉の感覚)の反映、すなわち*心象そのものとしてとらえられているから。

主計氏《かずえし》 【人】 宮沢主計(一九〇三〜一九八〇)。賢治の妹クニの入婿。帳[王冠印]に「庚午《(こうご)》商会／主計氏」とある。「庚午」は商号。

瓦斯発動機《ガスエンヂン》《がすえんじん》 【科】【レ】 可燃ガスを空気と適当に混合させ、シリンダー内で圧縮後点火し、その爆発を利用してピストンを動かし、動力を発生させる内燃《ないねん》機関の一種。詩[〔*ほほじろは鼓《(つづみ)》のかたちにひるがへるし〕]に「風と銀河のあかりのなかで／ガスエンヂンの爆音に」とあるが、詩[〔落葉松の方陣は〕]では蟬の盛んな

鳴き声にたとえて「…こんどは蟬の瓦斯発動機《ガスエンヂン》が林をめぐり」とある。

春日明神の帯《かすがみょうじんのおび》 【文】【レ】 文語詩［岩手山巓］（山巓《さんてん》は→早池峰山《はやちねさん》）や童［風の又三郎*］等に出てくる「帯」や「おん帯」（おん帯は、うやまっての「御帯」）は、春日神社（春日大明神、春日権現《ごんげん》とも）の社殿正面の礼拝所に梁《はり》から吊り下げられている銅製の鰐口《わにぐち》（金口《きんく》とも）をガラガランと鳴らすのに、太い布で編んだ綱（たいてい紅白の）といっしょに垂らしてある布（たいてい二本）を、和服にしめる兵児帯《へこおび》に見たてた呼称と思われる。あるいは賢治の機知の命名か。［風の又三郎］では「西の向ふ」の川を見て「ありゃ、あいづ川だぞ」と一郎が言うと、又三郎が「春日明神さんの帯のよう《（ママ）》だな」と言う。文語詩［岩手山巓］では「雲のわだつみ洞《（ほら）》なして、／青野*うるうる川湧けば、／あなや春日のおん帯と、／もろびと立ちておろ《（ママ）》がみぬ。」（雲の海は動き、ほら穴をつくり、青野原はうるうると川を湧き立て「はあっ！　まるで春日明神の帯みたいだ」と、参詣の人びとは立ち上って明神様と拝んだ。）といった味気ない通解になる。「あなや」は感きわまったときの嘆声。

カスケ 【方】【人】【天】 宮城県を中心として寒がりの人間を可助（カスケ）と呼ぶ。寒さに弱ることをカスケルと言い、それが人名化したもの。童［タネリはたしかにいちにち嚙んでゐたやうだった］（→ホロタイタネリ）のタネリのうたう歌の中に「西風ゴスケに北風カスケ」がある。童［風の又三郎*］の副主人公に風に感応しやすい嘉助《かすけ》がおり、カスケとのユーモラスな関連も考えられる。

栗樹《カスタネア》 →栗《くり》

ガスタルダイト 【科】【レ】 鉱物「藍閃石」 glaucophane グローコフェンの異名。加藤碩一（『宮沢賢治の地的世界』二〇〇六）によれば、「ガスタルダイト」という言い方は現在は存在しないが、東京地学協会（一九一四）の『英和和英　地学字彙』などにおいて確認できるという。角閃石類の一、ケイ酸塩鉱物。灰青または青紫色でガラス光沢がある。詩［函（函）館港春夜光景］に「オダルハコダテガスタルダイト、／ハコダテネムロインデコライト」とある。→インデコライト

カステーラ 【食】 castilla（ポルトガル）スペイン国＝カスティリヤが語源） 小麦粉（→メリケン粉）に卵と砂糖*を混ぜて焼いた菓子*。スポンジケーキ。室町時代末期にポルトガル人によって長崎に伝えられたが、「長崎カステーラ」として普及しはじめたのは明治に入ってから。一九一九（大正八）年の賢治書簡に、病中の妹宮沢トシ*が食したという記載がたびたび見られる。また、詩［山の晨明*《（しんめい）》に関する童話風の構想］では「はひまつの緑茶をつけたカステーラ」とある。黄色いカステーラの色や形姿をした岩の上をおおう這《は》い松（→松）の葉の緑を形容したのであろう。詩［〔北いっぱいの星ぞらに〕］にも「蒼《（あお）》くくすんだ海綿体《カステーラ》」とあり、これも月夜の雲の形容。もっとも、今はカステーラの色合いも工夫されて、緑茶色のも売られている。

海綿体《カステーラ》 →海綿《かいめん》、カステーラ

絣《かすり》 【衣】 飛白とも書く。かすれたように所々に模様を出した織物（琉球絣を言うカシィリイが語源、という説もある）。詩［〔湯本の方の人たちも〕］（→飯豊）、詩［〔暮れちかい　吹雪の底の店さきに〕］の下書稿［魚舗］（ぎょほ、魚屋）、文語詩［〔萌黄*《もえぎ》いろなるその頸《（くび）》を〕］や同［〔馬行き人行き自転車行きて〕］に出てくる「絣

の合羽」「絣合羽《かすりがっぱ》」は絣模様の雨合羽《あまがっぱ》（レインコート、ポルトガル語のcapa《カッパ》の当て字）。

軟風《かぜ》【天】 なんぷう。そよ風や微風より、やや強い。風力級三（凡例付表参照）、和風*の前段階。風速毎秒四、五mで旗が軟らかくはためき、枝や葉が絶えず動く程度。文語詩〔公子〕の「軟風のきみにかぐへる」は、軟風のような、ではなく、軟風が、の意（→かぐへる）。詩ノート〔［光環*ができ］〕で「軟風《かぜ》はつめたい西にかはった」のカゼと読ませるのは賢治の語感にもとづく。

火星《かせい》【天】 マルス（Mars）。太陽系*第四番目の惑星。地球のすぐ外側を運動し、公転周期約一・九年、赤道半径は地球の約五割だが、質量はほぼ一〇分の一。二つの衛星を持ち、わずかに存在する大気のほとんどは二酸化炭素であるが、水蒸気もあって、極冠《きょっかん》と呼ばれるドライアイスと氷でできた白点を持つ。また古くは運河だと考えられた浸食による大峡谷が数多く見いだされる。地球から見ると赤く輝いて見えるため、古代ギリシアやローマでは、軍神（アレス、マルス）の星とし、中国では熒惑《けいわく》星と呼んで不吉な星と考えていた。賢治作品では詩〔［この森を通りぬければ］〕に「みちはほのじろく向ふへながれ／一つの木立の窪みから／赤く濁った火星がのぼり」とある。短〔うろこ雲〕（→巻積雲）では「空がはれてそのみがかれた天河石《アマゾンストン》（→天河石）の板の上を貴族風の月*と紅い火星とが少しの軋《きし》りの声もなく滑って行く」と登場する。同じ赤い星であるアンタレス*（さそり座*）と比べると、動物の比喩にしにくい火星は、その名も火で賢治好みにも思われるが、賢治はあまり使っていない。ほかに歌〔三六五〕、童〔二十六夜*〕等。

苛性加里《かせいかり》【科】 KOH 水酸化カリウムの旧称。大気中の水分を吸収し、溶解する潮解性の白色固体で水に溶け多量の熱を発生する。溶液は強い塩基性を示しタンパク質に対し強い腐食性がある。洗浄剤等の原料となる。詩〔実験室小景〕では「どうだきみは、苛性加里でもいっぱいやるか」とあるが、賢治一流のジョークか。

火成岩《かせいがん》【鉱】 igneous rock 地下深いマグマが、地上に噴出したり、地下で冷却凝固したりしてできた岩石。火山岩（噴出岩。地表か地表近くでできるが、地表の低温で急冷し、結晶が不充分なため、細粒緻密。玄武岩*や安山岩*、流紋岩*もこれ）、半深成岩（玢岩*（ひんがん）等がこれ）、深成岩（火成岩よりゆっくり冷却されるため一般に粗い粒子が多い。花崗岩*、斑糲岩《はんれいがん》*、橄欖岩《かんらんがん》*等、賢治作品によく登場するものがこれ）の三種に大別される。童〔台川*〕に「あれは水成岩のなかにふき出した火成岩ですよ」とある。水成岩（aqueous rock）は、岩石等が水で運ばれ、または堆積して生成された岩石で、いわゆる堆積岩がそのほとんどを占める。その水成岩中に噴出した火成岩、の意。

花青素《かせいそ》 →花青素《アントケアン》

稼ぐさ《かせぐさ》 →綱取《つなどり》

風くま《かざくま》、**風ぐら**《かざぐら》 →風くま《かざくま》、風ぐら《かざぐら》

風の又三郎《かぜのまたさぶろう》【人】【天】 新潟から東北一帯にかけて広まる風の神（妖精）「風の三郎」伝承にちなんだもの。海岸線が多く海風波に敏感な、例えば新潟地方では二百十日（九月一日）そのものを「風の三郎」と呼び、風神祭を行なったと言う。この風の神のイメージはしばしば「山姥《やまんば》」と結びついて存在し、これは童〔水仙月の四日*〕の雪婆《ゆきば》*んご（山姥の変形）と、心優しい雪童子《わらす》*に反映さ

れている。わらべうたにもしばしば登場し、「風の三郎、信濃へ行け」(山形)、「風の三郎さん、風吹いてくやれ、くやれ」(新潟)等がある。ところで岩手のわらべうたに「風ァどうと吹いて来《こ》、豆けるァ、風ァどうと吹いて来《こ》、海の隅から風ァどうと吹いて来《こ》」がある。これが賢治作品の「風がどうと吹いて来て」「どっど　どどうど　どどうど　どどう」(童[風の又三郎])のオノマトペに反映している。童[まなづるとダァリヤ]には、あばれる「北風又三郎」が登場するが、童[風野又三郎]では又三郎は風の精というより、むしろ気象科学に基づいた風の擬人化といった感が強い。「又三郎」と、賢治が三郎の上に「又」をつけたのは、音調、リズムのおもしろさ、ということもあろうが(例えば童[*雪渡り]では「小狐紺三郎」、北風の「風三郎」、西風の「又三郎」、人間の「四郎」などの名が全篇のリズム効果を高めてもいる)、しかし「風の三郎」伝承とはまたちがった物語、といった意味もあるかもしれない。「又」は人物や空間の「変身、変化」を、そして又(もう一つの)はなしを約束している、とする示唆的な吉田文憲説がある。ほかに童[*ひかりの素足][*イーハトーボ農学校の春][風野又三郎]等。→カスケ

禾草《かそう》 →すがれの禾草、禾《か（くわ）》

花簇《かそう》【植】【レ】 花の群がり咲くさま。歌[三〇一]下句に「*紫紺の花簇／こころあたらし」とあり、詩[*凍雨]下書稿(一)に「陰湿なこゝらの*風象の底に／あやしいげんげ(→紫雲英《しうんえい》)の花簇をひろげ」とある。

微けき《かそけき》【レ】 文語詩[*暁眠]の冒頭に「微けき霜のかけらもて」とある。辞書等にはない表記だが、微弱なの意。

【かたくり】

可塑性《かそせい》【科】 塑性とも。plasticity の訳語。固体に外力が弾性限界をこえて変形を与えたとき、その外力を取り去っても、ひずみがその部分に残る現象や性質。粘土やプラスチックに見られる。詩[風の*偏倚《(へんい)》]に「レールとみちの粘土の可塑性」とある。

果蔬トピナムボー《かそとぴなんぼー》【植】【食】 果蔬は食用にする果物や、野菜のこと。トピナムボーは*菊芋のこと。正確にはトピナンブール(Topinambur〈ドイツ〉、topinambour〈フランス〉)。キク科の多年草で北米原産。茎や葉に細毛があり、晩夏から秋に*菊に似た黄花を多く咲かせる。高さ二mほど。塊根は食用、薬用にし、*アルコールや果糖の原料となる。詩[〔そもそも拙者ほんものの*清教徒ならば〕]に、「*小亜細亜では生でたべ／ラテン種族は煮てたべる／古風な果蔬トピナムボー」とある。

迦陀《かだ》【宗】 伽陀とも書く。梵語 gāthā の音写。偈陀《げだ》、略して偈とも、訳して頌《しょう》とも。お経などの中で仏の徳をほめ讃え(讃仏)、教理をこめた詩句のこと。*インドの梵讃、中国の漢讃、日本の*和讃等もこれに当たる。詩[氷質の冗談]に「*竜をなだめる二行の迦陀をつくります」とある。偈の用例としては短[竜と詩人]に「わたしを賞《(ほ)》める四句の偈をうたひ」「しづかに*懺悔(新校本全集では「懺」を「懴」にしている)の偈をとなへ」等がある。

かたくり【植】 片栗。北向きの明るい林床に生えるユリ科の多年草。一対の葉は厚く軟らかで、紫色の斑紋がある。早春、うつむきかげんの紅紫色の花をつける。鱗茎から良質の*澱粉、カタクリ粉がとれる。「かたくりの／葉の斑《(ふ)》は消えつあらはれつ／雪やまやまのひかりまぶしむ」(歌[四六五]、斑《ふ》は斑点《はんてん》、まだら)、「やさしく咲いたむらさきいろのかたくりの花もゆれました」(童

［山男の四月］）、「かたくりの花はゆらゆらと燃え」（童［タネリはたしかにいちにち噛んでゐたやうだった］〈→ホロタイタネリ〉）等。

乾田《かたた》【農】　堅田とも。湿田（→湿田）の水が乾いて畑のようになった田。詩［塩水撰・浸種］に「乾田《カタタ》の雪はたいてい消えて」、詩［山火］（作品番号八六）に「しまひは黝い乾田《かたた》のはてに」等とある。ちなみにカタダと発音するのは地名（滋賀県、琵琶湖畔の堅田）。

驟（瀑）雨《かだち》【天】【方】　驟雨《しゅうう》の方言。賢治は瀑雨と誤記もしている（瀑という字はないゆえ、以下の「瀑」はすべて「驟」）。驟雨とは一般には夏の雷雨（夕立ち）。岩手地方では方言（実は古語の生き残り）で雷をカンダチ（神立ち）、カダチ、雷雨をカダチアメ（略してこれもカダチ）と呼ぶ。詩［（驟雨《カダチ》はそそぎ）］の「杉は驟雨のながれを懸け」は七月の激しい雷雨である。改作した文語詩［驟雨］をはじめとする異稿には夏立、雨《カダチ》、カダチ等とも表記されている。

かたつむり【動】　蝸牛。陸生巻貝の一種。種類は多い。頭に四本の触角があり、長い二本の先に眼があって、体の中に引っ込めることができる。フランス料理のエスカルゴは食用カタツムリ。「かたつむりの吹くメガホーンの声はいともほがらかにひゞきわたりました」（童［カイロ団長］）、「銀色のなめくぢの立派なうちへかたつむりがやって参りました」（童［洞熊《ほらくま》学校を卒業した三人］）、「（水は）かたつむりの歩いたあとのやうにひかりながら」（詩ノート［（水は黄いろにひろがって）］）等。なお、童［鹿《しし》踊りのはじまり］では蝸牛に賢治自身「なめくづら」と方言のふりがなをしていて、まぎらわしい。→蝸牛《なめくづら》

かたな、がったな　→味無《あじな》いがたな

片映え《かたばえ》【レ】　一般には用いない語だが、半分、あるいは半身を光らせて、の意であろう。詩［郊外］（作品番号三二四）に「鷹は鱗を片映えさせて／まひるの雲の下底《かてい》をよぎり」とある。次行に「ひとはちぎれた海藻を着て／煮られた塩の魚《さかな》をおもふ」（→黒藻《くろも》）とあるように、賢治によくある空（あるいは地上）と海のイメージとの混交。

堅パン《かたぱん》【食】　乾《かん》パン（乾麺麭《かんめんぽう》とも言った）のこと。保存がきくように特に堅く作られた小型のパン。航海用や軍隊の携行食として多く用いられた。ビスケット様のもので、冨山房の『日本家庭大百科事典』（一九三〇）の「ビスケット」の項に「安価品は堅パン」とある。曲［（「ポラーノの広場」の歌㈠）］（逐次形［（けさの六時ころ　ワルトラワラの）］）に「朝めしの堅パンを」、童［ポラーノの広場］（→ポランの広場）に「わたしはいたゞきの　石にこしかけて／朝めし堅ぱんを　かぢり《（ママ）》はじめたら」とある。ほか、童［ポランの広場］等。

片山正夫《かたやままさお》【人】　一八七七（明治一〇）～一九六一（昭和三六）　岡山県生まれ。一八九八（明治三一）年東京帝国大学理科大学化学科を卒業後大学院に学び、のち東京高等工業学校（現東京工業大学）教授。ドイツ、アメリカ等に留学、ローレンツやネルンストに学び、一九一五（大正四）年、液体の表面張力と温度との関係式（片山式）を発表、界面化学分野の日本における先駆者。同年『化学本論』を著わし、当時の物理化学の新説を採り込んだ我が国最初の物理化学の教科書として、学界に大きな影響を与えた。宮沢清六『兄のトランク』所収の「兄賢治の生涯」に盛岡高

『化学本論』

片山正夫

等農林時代の「兄の机の上にはいつも化学本論上下と、国訳*法華経が載っていて、どれほどこの本を大切にしたかしれなかった」とあり、賢治はこの本を座右の書としていたが、『化学本論』は一〇〇〇頁をこえる一巻本の大冊であり、上下本ではないので、別の本の可能性もある。ただ『化学本論』は一九二四（大正一三）年増補改訂版（一〇八九頁）が出るなど広く読まれ、賢治も同書のエネルギー論、気体論、界面化学論、原子分子説などから強い影響を受けたと思われる。

堅雪《かたゆき》かんこ、凍《し》み雪《ゆき》しんこ【方】 童［*雪渡り］で繰り返される句。堅雪・凍み雪ともに表面が溶けてから再凍結して堅くなった雪。岩手地方のわらべうたに同じ言い回しがあり、皆が外に出て「堅雪かんこ、凍み雪しんこ」と掛け合いをしながら*雪沓《ゆきぐつ》をならす。ここには足を踏み鳴らしながら舞い歌う古来の「踏歌《とうか》」（平安時代、正月一五、一六日に行なわれた宮中の行事が始まり）の響きがある。退屈な雪国の冬の数少ないわらべ遊びの一つ。

加多児《かたる》【科】 カタル。Katarrh（独） 加答児とも。鼻粘膜や咽頭粘膜に生じる分泌物を遊離する炎症のこと。「肺尖の浸潤（加多児に至らざる軽異常）」（簡［103］）等。ちなみにカタルの語源は「下に流れる」意で、芸術用語として用いられるカタルシス（Kátharsis〈ギリシア〉、精神の浄化作用）も同語源。

花壇《かだん》【農】 装飾的に草花を植えた花園。賢治と花壇の縁は深く、自分で多くを設計し育てた。彼は、初めに勤務した*花巻農学校に花壇を作った。そこにはダリア、ルピナス、ジキタリス、*チュウリップ（→うっこんかう）、*ヒアシンス、フリージア、スイトピー等、当時としては珍しい外来種の花々が植えられた。また花巻病院の*ドイツトウヒの花壇、エプロン型花壇、幻想曲風花壇（詩［病院の花壇］）等を手がけた。賢治の花壇設計の特徴は、斬《ざん》新《しん》で独創的な*花巻温泉の南斜花壇（*アケビのつる模様）がそうであるように、左右対称といった欧風の幾何学模様をとらなかった。短［花壇工作］に「おれの考へてゐるのは対称はとりながらごく不規則なモザイクにして」「音楽」を感じさせるもの、とあるように大胆な表現派風とでも言おうか、生きた花による造型的な「詩」の表現でもあった。しかも「一草一花も苟《かりそめ》にすべからざる」（帳［兄妹像］一〇二頁）緻密な表現に情熱をそそいだ。それは「あんな単調で暑苦しい蔬菜畑の仕事にくらべていくら楽しいかしれない」（短［花壇工作］）ダイナミックな音楽創作とも言える創造的な仕事だった。彼の各種手帳、ノート類に花壇設計図やメモが多く見られるが、ことに傑作はノート［MEMO FLORA］のA三二頁の"*Tearful eye"（ティアフル・アイ、涙ぐむ目、口絵㊹参照）。この構想はそのまま一九七七（昭和五二）年に盛岡少年院の花壇に実現し、近年では北海道穂別《ほべつ》町（現むかわ町）の旧国鉄富内《とみうち》駅前に復元（一九八九）され、今も見ることができる。ちなみに花巻の宮沢賢治記念館からイーハトーブ館への斜面の花壇も賢治設計による南斜花壇の復元（口絵㊸）である。→対称《シインメトリー》の法則《しーんめとりーのほうそく》

Tearful eye（ノート［MEMO FLORA］A32頁）

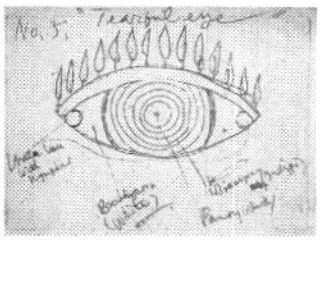

羸《か》ち得んや →はじめの駑馬《うま》をやらふもの

嚙《か》ぢらへだが【方】 「嚙じられたか」（受身形）の訛り。「へ」の発音はエとイの中間音。「が」は疑問の終助詞。童［*鹿《しし》踊りのはじまり］。

噛《かじ》ぢるべとしたや《よ》うだたもさ 【方】 噛じろうとしたようだったぞ。「べ」は意志を示し、「行ぐべ」「寝るべ」等と言う。「だたもさ」は「だったものさ」の訛ったもの。童[*鹿踊りのはじまり]。

かちわたし →三途の川《さんずのかわ》

勝川春章《かつかわしゅんしょう》 【人】【文】 江戸期の浮世絵師。一七二六(享保一一)～一七九二(寛政四) 「勝川派」の祖。美人画や、とくに歌舞伎役者の演技を、版画や肉筆画に描いて第一人者となる。葛飾*北斎はその弟子。詩[春曇吉日《(しゅんどんきちじつ)》]に「勝川春章ゑがいた風の／古い芝居をきどってゐた」とある。文語詩[春章作中判]もあるが、中判《ちゅうばん》とは紙(作品)の大きさを大、中、小の各判に分けて、中くらいの大きさの作品。

かつぎ 【衣】 被衣(かづき)の転。文語詩[*黄昏《(こうこん)》]下書稿㈠には「半天(「半纏」)かづき」と出てくるのは濁点の打ちまちがいでなく、古典的な語法(半纏《はんてん》は仕事着などの上に羽織る印《しるし》ばんてん)。頭にかぶること、または、かぶる布のこと。新かななら「かずき」。本来、衣被(きぬかつぎ)の意で、平安期から江戸期にかけて公家や武家の婦女が外出の際、頭を隠すために用いた衣を言うのだが、賢治の場合は、外国風のベールも、野良仕事での頬かぶりも「かつぎ」になる。「赤い捺染《なっせん》ネルの一きれを／エヂプト風にかつぎにします」(詩[早春独白]。赤いプリント模様のネル地をエキゾチックな「エヂプト風」に被ること。→ネル)、「黒いかつぎのカトリックの尼さんが」(詩[津軽海峡]初行「夏の稀薄から…」)、「これらの黒いかつぎした女の人たちが耕すのであります」(詩ノート[「これらは素樸な*アイヌ風の木柵《(もくさく)》であります」])等。ほか詩[発動機船一]、童[*銀河鉄道の夜]等。

脚気《かっけ》 【科】 ビタミンB_1の欠乏により、足の感覚が麻痺したり脛《すね》にむくみができたりする、ついには死にいたる重症もあった。栄養失調症の一種。粗食や白米にしても胚芽を除去した精白米を食していた賢治のころは大発生し、恐れられた。童[*革トランク]に「平太は夏は脚気にかゝり冬は流行寒冒《(ママ)》です」とあり、童[北守将軍と三人兄弟の医者]では「ありがたや敵が残らず脚気で死んだ」とある。一九一〇(明治四三)年、農芸化学者(東大教授で盛岡高農教授を兼ねた)鈴木梅太郎の米*糠《ぬか》からのビタミンB抽出(オリザニン)の世界的成功によって脚気は姿を消してゆく。

嘉《か》ッコ →喜助《きすけ》だの嘉《か》ッコだの来《き》てしてしまったけぁぢ《じ》ゃ

かっこう →くわくこう

葛根田川《かっこんだがわ》 【地】 *北上川支流の一。*雫石《しずくいし》川の上流の名。奥羽山脈曲崎山《まがりざきやま》南東に発し、葛根田溪谷を形成し、天然記念物の大岩屋、玄武洞《げんぶどう》(*安山岩の*柱状節理)辺りから流れを南東から南へと変え、雫石町の水田を潤し、龍川(巻末地図では「竜川」)と合流して雫石川となり、東流して*盛岡市街で北上川に合流する。上流には地熱発電所、鳥越《とりごえ》の滝等がある。賢治が*山男の住む所として創造した*西根山は葛根田川の西側の山地をイメージしたもの。歌[五二一]には「葛根田／*薄明穹のいたゞきに／ひかりいでたる／あかきひとつぼし」とあり、短[*秋田街道]には「葛根田川の河原におりて行く。*すぎなに露が一ぱいに置き美しくひらめいてゐる。」とある。ほかに歌[五二〇]等。

葛飾派《かつしかは》 【文】 葛飾北斎(一七六〇～一八四九)を祖とする浮世絵の流派。奔放斬新な画風で知られる。今の東京都(隅田川東側、荒川と江戸川にはさまれる)葛飾区のあたりに住み、「葛飾派」を名のった。北斎の門をたたいた門人はおびただしい数に上っており、北渓《ほっけい》・辰斎《しんさい》・重信《しげのぶ》等の逸材が育った。これらの画人の画風を総称して葛飾派と言う(俳諧の葛飾派については↓一茶《いっさ》)。詩[三原第三部]に「上にはたくさんの小さな*積雲が／灰いろのそらに立って居ります／これはもう純粋な葛飾派の版画だ」とあるが、北斎の富嶽三十六景中の「凱風《がいふう》快晴」(別称「赤富士」とも)の作を連想しての表現と思われる。↓北斎《ほくさい》、浮世絵《うきよえ》

褐砂《かっしゃ》 【鉱】【レ】 褐色の砂。詩[*オホーツク*挽歌]に「ぬれて寂《(しず)》まった褐砂の上に」とある。波にぬれた砂の形容。

滑石《かっせき》 【鉱】 タルク(talc)。水酸化マグネシウムとケイ酸塩からなる鉱物。硬度一。真珠光沢のある鱗状集合体で、葉片状、あるいは塊状の集合体としても産出する。指で触ると*蠟のような感じがある。色は、白、緑、淡緑等で、蛇紋岩の熱水変質や苦灰岩の接触変成によってできる。化粧品類、医薬品類などに用いられる。童[*ビヂテリアン大祭]に「*金剛石は硬く滑石は軟らかである」とある。↓のろぎ

褐藻類《かっそうるい》 ↓黒藻《くろも》

刈敷《かっちき》 【農】【方】 カリシキ↓カッシキの、さらにその訛り。刈りとった刈草《かりくさ》を水田に緑肥《りょくひ》(草や木の葉を緑のまま田に敷き込む*肥料、ならびにその作業。草肥《くさごえ》とも)として敷き入れること。文語詩[〔林の中の柴小屋に〕]に「こなたは古りし*苗代《(なわしろ)》の、刈敷朽ちぬ(「ぬ」は文語の過去助動詞、朽ちた)と水*黝《(くろ)》き」。

活着《かっちゃく》 【農】 継ぎ木、挿し木、移植などをした植物が根付いて成長すること。詩[渇水と座禅]に「遅れた*稲の活着の日数」とある。育ちの悪い稲を抜いて、予備の苗を移植したのが根付くまでの日数。

買ってけらな《か》 【方】 買ってやるよな。「買ってける」は「買ってやる」の意。依頼・命令の場合は「買ってけろ」と言う。童[*ひかりの素足]。

月天子《がってんし》 【宗】 Candra(梵)の漢訳。名月天子《みょうがってんし》、宝吉祥天子《ほうきっしょう》とも言う。月を神格化したもの。月の宮殿に住む。*帝釈天の眷属《けんぞく》(↓波旬《はじゅん》)。*密教における十二天の一。詩[月天子]は賢治の宗教観を知る上で重要。「わたくしがその天体を月天子と称しうやまふことに／遂に何等の障りもない」は月を自然科学的存在として認めながらも、自分は月天子と称し敬うという賢治の立場が述べられている。文語詩[月天讃歌(擬古調)]には「挑《(ママ)》(兜)の尾根のうしろより／月天ちらとのぞきたまへり」とある(↓兜《かぶと》の尾根)。しかしまた童[*烏の*北斗七星]などに見られるように、月の「赤い*歪形《(わいけい)》」が空の裂け目でもあるかのような心の「不安」を生じさせる場合もあると鈴木健司は言う。ほかに童[二十六夜]等。↓月《つき》、日天子《にってんし》

活動写真《かつどうしゃしん》 【文】 映画の旧称。moving picture の訳語で、一八九五年フランスで誕生し、日本では一八九七(明治三〇)年ごろ輸入されて以来大衆の娯楽として急速に映画産業が発展し、大正期に入ると全国的に広がった。一九三五(昭和一〇)年ごろまで用いられた呼称。岩手県内の映画興行は、一九一五(大正四)年に*盛岡の記念館を皮切りに、大正から昭和初年にかけては*花巻にも花巻座・朝日座・花陽館と相次いで開設されており、賢治もしばしば朝日座に見に行ったことは、弟*宮沢清六の「映画についての断章」(『兄の*トランク』一九八七、所収)によってもうかがわれる。「田舎町にそのころ興行の

ために持ってきたフィルムは、当時はなかなかの貴重品」（同）で一年の間に何回かしか見られなかった。また「そのころの活動写真はカーバイトから出るアセチレン瓦斯を燃やして、その青白い強い光で映写してい」たという。詩［〔今日もまたしやうがないな〕］には「いくら異例の風景でも／立派な自然現象で／活動写真のトリックなどではないのだから」と比較的、比喩的に使われるが、一見否定的ながら活動写真の威力に賢治は人一倍敏感で影響を受けていた。また童［ビヂテリアン大祭］では、最後に作品全体を幻想であるといい「あんまりぼんやりしましたので愉快なビヂテリアン大祭の幻想はもうこわれ（ママ）ました。どうかあとの所はみなさんで活動写真のおしまゐ（ママ）のありふれた舞踏か何かを使ってご勝手にご完成をねがふしだいであります」と言っている。→キネオラマ、レンズ

合羽《かっぱ》 →絣《かすり》

河童《かっぱ》**取**《と》**りあんすた**【方】 河童取りとは川や水に足をとられて転んだり、衣服を濡らしたりすることをユーモラスに言ったもの。童［台川］に「先生。河童取りあんすた。ガバンも何も、すっかりぬらすたも。」とある。カバンも何も、すっかり濡らしてカッパ取りしました、の意。ガバンはカバン（「雑嚢《ざつのう》」とも出てくる）の方言。

かつましゅら天《かつましゅらてん》【宗】 羯磨修羅天。羯磨は懺悔と受戒律の作務《さむ》（作業や作法修行）の方法を言い、karman の音写。帳［装景手記］にある詩［一造園家とその助手との対話］（詩［装景手記］の下書稿㈠中に「髪をみだしたかつましゅら天であると」と出てくる。戒律をふみはずした修羅の形相《ぎょうそう》を言ったのであろう。ノート［装景手記］では、「髪をみだして怒りたけった天将を載せ」と改作されている。天将は天界の武将の意であろう。

濶葉樹《かつようじゅ》【植】 広葉樹の古称。広くて平たい葉をつける樹木。針葉樹（針状の葉をつける松や杉）に対して言う。童［台川］に「青い立派な濶葉樹」が出てくる。詩［昏《くら》い秋］下書稿には「濶葉樹のへり」とある。

桂《かつら》【植】 カツラ科。日当たりのよい谷間に生える落葉高木。高さ三〇mにもなる。早春、葉より先に節《ふし》ごとに紅い花をつけ、あとハート形の葉が出る。材は丈夫で腐らず、建材、家具等に用いる。詩［〔いま来た角に〕］に「風……とそんなにまがりくねった桂の木」とある。

桂沢金山《かつらざわきんざん》【地】 「桂沢」は豊沢川上流の山沢。古くは金鉱があり、今も採掘跡が山に残っている。「桂沢金山」は南部藩の隠し金山だったという説がある。文語詩［廃坑］下書稿㈡余白のメモに見える。作品中には出てこない。

かつを雲《かつおぐも》【天】 鰹雲。歌［雑誌発表］に「あかりまどかつを雲来てうかゞへば嗤（わら）ひでたる　編物の百合（ゆり）」とある。巻積雲《けんせきうん》のすがた、まだらの形状を魚のかつおに見たてた形容（たとえば「さば雲」「なまこ雲」と言うように）。その「かつを雲」が、じいっと様子をうかがうように窓に浮かぶと、部屋の飾りの編物の百合の花がニッと笑っている、といった無気味なようなユーモラスな抒情。

科頭《かとう》【文】 無帽（帽子をかぶっていない）の頭（科にはありのまま、むき出し、という意がある）。役人は冠《かんむり》や制帽をつける風習があったころの語で冠をつけていない頭を言った。文語詩［〔郡属（→郡役所）伊原忠右エ門〕］に「科頭にゴムの靴はきて」とあ

る。

過透明《かとうめい》 →過透明《くわとうめい》

嘉菟治《かとじ》 →藤原嘉藤治《ふじわらかとうじ》

かどなみなみに立つとても【レ】 童「*蜘蛛《くも》となめくぢと*狸《たぬき》」、その改稿「洞熊《ほらくま》学校を卒業した三人」のそれぞれ一、で即興的にかげろうの「遺言」として歌われる童謡ふうの歌の中の一行。巡礼をして人家の門先に一軒一軒立つとしても(立っても)、非道の蜘蛛の網ざしき(くもの巣)なんかにさわったり、近づいたりしてはいけないよ、の意。

門火《かどび》【文】 盆に、死者の精霊《しょうろう》の迎え送りや、葬式の出棺、嫁入りのために、住んでいた生家を出発する時や婿の家に輿入《こしい》れする時などに家の門口で火を焚く習俗。迎え火・送り火。童「*種山ヶ原」に「町のまっ赤な門火の中で」、「町長のうちでは、まだ門火を燃して居ませんでした。」とある。

稜堀山、燧堀山《かどほりやま》 →鬼越山《おにこしやま、おにこりやま》

ガドルフ【人】 童「ガドルフの*百合」の主人公名。賢治がどこから思いついたか不明。

がな →黄《き》いろな花《はな》こ…

かながら【文】【方】 かんなくず(鉋屑)の方言。カナはカンナの詰まったもので、ガラはカラ(殻)＝屑の意であろう。詩「亜細亜学者の散策」に「かながら製の*幢幡《どうばん》とでもいふべきものが」、詩「葱嶺《パミール》先生の散歩」(→ツェラ高原)に同じく「鉋屑《カナガラ》製の幢幡とでもいふべきものが」とあって、それぞれ畑の「鳥を追ふための装置」、つまり風にひらひらなびいて鳥が驚くように八本、一二本と立てた柱に垂らしたテープを見ての連想なのだが、昔、白い板からそのために鉋で削った美しい鉋屑を、テープ状に仏殿の竿や柱に飾った。それが仏具としての「鉋屑《かながら》の幢幡」であり、また神前にささげる「鉋屑の幣束《へいそく》」だった(詩ノート「祈り」に「かながらの幣」とある。幣《ぬさ》は幣束)。今は両方とも*金襴や*綾製、あるいは紙製のものになったが、布や紙がなかったから鉋屑だったのでなく、清潔な自然木の香で仏神をあがめ祭るという神仏混淆時代の自然信仰のあらわれであった。

金沓《かなぐつ》【文】 鉄沓。馬の*ひづめの裏に打ちつけるU字形の鉄。馬蹄《ばてい》、蹄鉄《ていてつ》のこと。童「*セロ弾きのゴーシュ」に蹄鉄職人を指して「あの金沓鍛冶《(かじ)》だの」とある。童「蛙のゴム靴」のリレーの場面にも登場。

加奈太式《かなだしき》【レ】 詩「*鈴谷《(すずや)》平原」に「山際の焼け跡」の「焼けた*とゞまつが／まっすぐに*天に立って加奈太式に風にゆれ」とあるが、意味未詳。加奈太(加奈陀とも)は、カナダ(Canada)の当時の当て字。カナダ特有の風俗習慣、カナダ特有の英語(フランス語、英語が公用語)等をカナディアニズム(加奈太式)と言うが、葉をなくしたとどまつの幹や枝が風にゆれるのがあたかもカナダ式の体操でもしているかのような、そんな奇体な連想を賢治はしていたのではあるまいか。

鋼砥《かなど》 →金剛砂《こんごうしゃ》

契ふ《かなう》【レ】 詩「会食」に「しさいに視るこそ礼にも契ふ」とある。「しさい」は子細で、念入りに、よく。「(園芸品を)よくよく観察、鑑賞することこそ作った人への礼儀にも叶《かな》う」の意。

金矢《かなや》【地】 岩手県*稗貫郡*湯本村(→*飯豊《いいとよ》)の集落。現*花巻市金矢。花巻温泉から東南へ二㎞。詩「停留所にてス*ヰトンを喫す」に「いままた*稲を一株もって／その入口に来た人は／たしかこの前金矢の方でもいっしょになった／きみのいとこにあたる人かと思ふのだが」とある。

協はざる《かなわざる》 【レ】 文語詩〔われかのひとをことゝふに〕（わたしはあの人をおとずれ、あるいは質問したら、の意か）に「なにゆゑかのとき協はざる」とある。音が不協和で調子がそろわぬこと（次行「クラリオネットの*玲瓏を」）。ス［四］からの改作で未完成で曖昧な一行。

蟹《かに》 【動】 甲殻類の十脚目短尾亜目。海辺のスナガニ（砂蟹）や淡水のサワガニ（沢蟹）等、日本には一〇〇〇種以上いる。ちなみにカニ缶になるタラバガニ（鱈場蟹）は名前はカニでも実はカニではなく巨大なヤドカリ類（脚を広げると一m以上もある）。童［*銀河鉄道の夜］で*ジョバンニの父が「学校へ寄贈した巨きな蟹の甲ら」はもしかしたらこのタラバガニがイメージされていたのかもしれない。標本としてよく飾られているからである。童［*やまなし］の「二疋の蟹の子供らが青じろい水の*底で話て(ママ)ゐました」は川だから当然サワガニでなければならない。純淡水種はサワガニだけだから。なお、この童話に繰り返し出てくる「クラムボン」という名については諸説がある。（↓クラムボン）。童［*風の又三郎］に「蟹の化石」が出てくるのも賢治らしいが、比喩表現でおもしろいものに童［*ガドルフの*百合］の「蟹のかたちになってゐる」*背嚢がある。ほか、童［*サガレンと八月］［或る農学生の日誌］［種山ヶ原］等。

カニシカ王《かにしかおう》 【人】 Kaniṣka 二世紀に西北*インドに栄えたクシャン朝の王。首都は*ガンダーラ地方のプルシャプラ。王は仏教を温かく保護、第四回仏典結集《けつじゅ》を行なった。童［*ひのきと*ひなげし（初期形）］に「私は名高い印度のカニシカ王が四つの海の水を金の浄瓶（↓浄瓶星座《じんびん》）から頭に灌《そそ》がれる日、王によって手づから*善逝《スガタ》に奉られた二茎《ふたくき》の青蓮華《しゃうれんげ》（↓lotus）のことを聞いて」とある。

カニスマゾア 【天】 Canis Major（カニスマジョル）、*オリオン座の東隣の*大犬座の学名。『肉眼に見える星の研究』（吉田源治郎、一九二二）ではカニスマジオル。ス［三二］に「外套を着て／家を出ましたら／カニスマゾアばかり／きれぎれのくろくもの／中から光って居りました」とある。

鈸《かね》 ↓鼓器《こき》、鈸《はつ》

かねた一郎《かねたいちろう》 ↓茨海小学校《ばらうみしょうがっこう》

庚の申《かのえのさる》 ↓庚申《こうしん》

樺《かば》 【植】 ベチュラ（Betula）とも。落葉高木。カバノキ科カバノキ属の総称。ときにバラ科のサクラ属も入り、すべて落葉高木。共通する点は、樹皮に見られる横に長い皮目と枝の色と光沢。小学館版『日本国語大辞典』に、岩手県*稗貫郡では山桜を指すとある。栗原敦も賢治作品で単に「樺」とだけある場合、「*白樺」ではなく、特に花を取り上げる時は山桜、樺桜を指すと見て大体間違いないとしている。童［*土神と*狐］の「奇麗な女の樺の木」はサクラをカバと呼ぶ好例だろう。特に東北地方は、オオヤマザクラ、カスミザクラ、ミヤマザクラ、オクチョウジザクラ、ミネザクラ、エドヒガンの六種が分布。これらはみな山に生えるので山桜と呼ばれる。植物学上のヤマザクラと混同しないことが肝要か（中谷俊雄による）。ただ、おびただしい他の作品中の樺のイメージから見て、少なくとも「樺」の一部は岩手高原地帯に多く存するダケカンバをはじめ、ウダイカンバ、ネコシデ(ウラジロカンバ)、オノオレカンバなどを想定することも可能。例えば童[十力の金剛石]や詩[樺太鉄道]の中の「樺」「聖白樺《*セントベチュラアルバ》」のイメージは、「白樺」のことであろう(「十力の金剛石」でも樺は白樺の言い換えになっている)。また詩[噴火湾(ノクターン)]〔白い鳥〕、童[なめとこ山の熊]等に登場する樺も白樺と思われる。しかし「樺」が「柏」とか「楢」等と一緒に出てくる場合は、植生分布から山桜と見てよい(山桜にも上記のように種類があるが)。童[土神と狐]、[貝の火](→蛋白石)、[台川]はサクラ。また、白樺の学名を人名とした「二人は樺林の中のベ、チユラ公爵の別荘の前を通りました」(童[黒ぶだう])はいかにも賢治らしく印象的。この樺林はカバの木の林。なお、童[税務署長の冒険]の「樺花の炭釜」は不明だが、カバの花にちなむ地名か炭焼釜の名か。文語詩[秘境]の「樺柏」は樺と柏の意。

カーバイト →カーバイト倉庫

カーバイト倉庫《かーばいとそうこ》 【地】 カーバイトは正しくはカーバイド(carbide)。炭化カルシウム(CaC_2)の通称。アセチレンガスや石灰窒素(化学肥料)等の原料となる固体。カーバイドは石灰とコークスの混合物を電気炉で約二〇〇〇℃に加熱し製造する。詩[カーバイト倉庫]に「これはカーバイト倉庫の軒/すきとほつてつめたい電燈です」とある。詩[カーバイト倉庫]のほか、詩[発電所](→電気)では「まっ黒な工場」、その下書稿には「川の向ふの黒いカーバイト工場」とあり、詩[〔硫黄いろした天球を〕]には「肥料倉庫の亜鉛の屋根」とある。「カーバイト倉庫」はカーバイドを保管する倉庫のことと思われるが、「カーバイト工場」との関連は未詳。「カーバイト工場」は岩手軽便鉄道(現釜石線)の岩根橋駅近くにあった。『宮守村史《みやもり》』(一九八四)によれば、一九一八(大正七)年盛岡電気工業が水力発電所(賢治の銀河の発電所のモデル)を岩根橋付近に建設し(一六〇〇kW)、その電力を利用した工場。しかし『カーバイド工業の歩み』(カーバイド工業会、一九一〇)によれば盛岡電燈株式会社による岩根橋工場の設立は一九〇七(明治四〇)年のことで、一九〇八年より生産、一九〇九年には、八六tを生産している。カーバイト製造は日本の電熱利用化学工業の濫觴《らんしょう》(起源)であり、農業の近代化のシンボルとしても賢治は多大の関心を寄せていた。

河獺《かはうそ》《かわうそ》 【動】 川獺、獺、とも書く。食肉目イタチ科の水棲獣。正岡子規が自宅を獺祭書屋《だっさいしょおく》と号したのは、歳時記にある川獺《かわうそ》祭《まつり》(川獺がとらえた魚を並べることを祖先の祭りをしていると見立てたもの)にちなむ。童[毒もみのすきな署長さん]は、「どこか河獺に似」た署長の滑稽譚。文語詩[〔氷柱かゞやく窓のべに〕]に「『獺』とよばる、主幹ゐて」とあるのは、主幹(主任、責任者)のニックネームだったから、カッコをつけて呼んだのである。

河馬麒麟《かばきりん》 【動】 童[けだもの運動会]に「河馬麒麟」とあるのはカバとキリンを続け書きにしたもの。カバはアフリカのナイル河地方、キリンはサハラ以南に分布。水中生活に適した巨体(体長四m、肩丈一・五m、体重二～四トン)。キリンは雄が麒、雌が麟。もと中国の伝説的な空想上の動物。日本ではジラフをキリンと呼んでいる。

銅緑《カパーグリン》 【鉱】【レ】 copper green 緑色を表わす語の一。銅の酸化物である緑青色のことか。詩[〔つめたい海の水銀が〕]の「銅緑《カパーグリン》の色丹松《*しこたんまつ》や」とある。→孔雀石《くじゃくせき》

樺樹霊《かばこだま》 →なら

かはせみ、魚狗《かはせみ》、翡翠《かはせみ》 ↓かわせみ

かばね【科】 屍。死体。歌［七四］に「巨《(おおい)》なる人のかばねを見んけはひ」とある。見んは見るであろう、けはひは気配《けはい》。

磧《かはら》《かわら》【地】 カハハラ（河原・川原）の約。音はセキ。河川の両岸の水のない原っぱ（河川敷《かせんしき》）。歌［大五、九、五、*保阪嘉内あて］に「円石《(まるいし)》の磧」が出てくるが、童［青木大学士の野宿］（↓葛丸川）には「広い磧《かわら》」（正しくは「かはら」）とルビがある。

かはらははこぐさ《かわらははこぐさ》【植】 川原母子草。草を略してカワラハハコ、さらにつめてカワラホウコとも言う。キク科の多年草。日本各地の日当りのよい川原の砂地や砂礫《れき》の間に自生。よく分枝し、高さ三〇～五〇cm、葉は細く線形。夏に白色の多数の頭花をつける。総包も白く乾質。小花は淡黄色。童［*銀河鉄道の夜］に「たったいまの鳥捕りが、黄いろと青じろの、うつくしい*燐光を出す、いちめんのかはらははこぐさの上に立って」と出てくる。↓ははこぐさ

介殻《かひがら》 ↓貝殻《かいがら》

かびの木《き》【植】 黴の木。童［カイロ団長］に「そら、そこにあるけむりのやうなかびの木などは、一つかみ五百本にもなるぢゃありませんか」とある。カビは菌類で、葉緑素をもたず、糸状細胞で従属栄養を吸収する。長く伸びて枝分かれし、多核の仕切りのない単細胞（ケカビ、クモノスカビ等）と、通常各一個の核をもち、仕切りのあるもの（アオカビ、コウジカビ等）とがあるが、「カイロ団長」の「かびの木」は前者であろう。菌糸から直立に分生子柄《しへい》が伸び、箒《ほうき》状に先が分かれ、その先に分生子が連鎖状につく。成熟すると風によって芽は飛散する。「けむりのやうな」とは、*蟻や*蛙たちの視点からの菌糸の描写で、「木の子」である。きのこもすべて木に見える、賢治作品における重要な視点の特質。↓蕈《きのこ》

蕪《かぶ》【植】 蕪菁。かぶら。かぶらな。アブラナ科の野菜。「蕪のうねをこさへてゐたら」（詩［*第三芸術］）、「洗った蕪の流れて行くのを押へてゐると」（詩［蕪を洗ふ］）等がある。「蕪菁播種第三、四組」（童［*イギリス海岸］）の蕪菁はかぶの漢名。播種は種播《ま》き。また、蕪菁にターニップとルビした呼び名も童［*ビヂテリアン大祭］に登場する。turnip は蕪の英語名。

カフカズ風《かふかずふう》【地】【レ】 カフカズはコーカサス（Caucasus黒海とカスピ海の間を西北西に走る大山脈）のロシア名。そのコーカサス地方風の、の意。詩［*雲とはんのき］に「無細工《(ぶさいく)》の銀の水車でもまはすがいい／カフカズ風に帽子を折ってかぶるもの」とある。

かぷかぷ ↓エップカップ

兜の尾根《かぶとのおね》【地】 新校本全集では賢治筆記のまま異体字「兠」（兜の俗字）（カブトは兜（冑）が正字で甲は誤字）。小沢俊郎注（新修全集月報）によれば、兜明神岳《かぶとみょうじんだけ》（*盛岡の東二〇km、標高一〇〇五m）を指すか、とあるが不明。文語詩［月天讃歌（擬古調）］（↓月天子）に「兠《(ママ)》（「兜」）の尾根のうしろより／月天ちらとのぞきたまへり」とある。兜のかたちをした山の稜線、と解する余地もある。

蕪菁播種《かぶらはしゅ》 ↓蕪《かぶ》

花柄《かへい》【植】 花の柄。花梗《かこう》とも。総状や散形花序は通常みな花柄に支えられて咲いている。花柄のない（穂状や頭状花序）花もある。円錐花序や複散形花序などの小花を支えているものは小

花柄と言う。童［若い研師］に「あの緑の花柄は、一寸もゆらぎません」、その発展形の童［*チュウリップの幻術］（↓うっこんかう）にも「チュウリップの緑の花柄は」とある。

かへさ（「かへるさ」の約） ↓猥れて嘲笑めるはた寒き《なれてあざめるはたさむき》

がべすか ↓病気《びょうき》よりも何《なに》が虫《むし》…

がべぢ《じ》ゃ ↓だぁれぁ、誰《だ》っても…

がべもや ↓ぐぢ《じ》ゃぐぢ《じ》ゃ…

蛙《かへる》 ↓蛙《かえる》

カーペンター【人】 芸［興］に「♀↓カーペンター 少年機械工の例」と出てくるが、未詳の人名。日本で知られ、著作が翻訳されたりしているのはイギリスの詩人、エドワード・カーペンター(Edward Carpenter 一八四四～一九二九)と、同じくイギリスの女性社会事業家、メアリ・カーペンター(Mary Carpenter 一八〇七～一八七七)の二人だが、ほかにも哲学・宗教関係で同姓の人が何人もいる。前掲二人のカーペンターは、ともに東洋に関心が深いが、おそらく賢治が知っていたのはメアリ・カーペンターのほうではなかったか。彼女は貧民学校や工手《こうしゅ》学校を創設し、しばしばインドを訪れ、女性や児童のための施設を作ったりしていて、賢治のメモする「少年機械工の例」には直接関係があると推測されるからである。しかし、賢治は何によってそれを知り、「*岩手国民高等学校」の講義に取り上げたか、未詳である。↓農民芸術《のうみんげいじゅつ》

禾穂《かほ》 ↓禾《くわ》

過飽和《かほうわ》 **【科】** 液体の場合、溶液がその温度における溶解度以上に溶質を含むことを指し、気体の場合、蒸気がその温度における飽和蒸気圧以上含まれている場合のこと。いずれも準安定の状態なので、刺激を加えるとたちまち結晶を析出、あるいは蒸気を凝縮して、真の平衡状態に移る。例えば大気が冷却して、ある温度で一定以上の蒸気を含む場合などがそれに当たり、ちょっとしたきっかけがあれば、ただちに雲や霧ができる。詩［〔もう二三べん〕］に「過飽和である水蒸気が／小さな塵を足場にして／雨ともなるの類かもしれん」とある。

南瓜の飯《かぼちゃのめし》 **【食】** 量を増やすために、米に他の物を混ぜて炊いた飯のことを糅飯《かてめし》と言ったが、その一種。米にかぼちゃを加えて炊いた飯。貧しい農民の生活の中では、白米の飯を食べることは冠婚葬祭の日以外にはほとんどなく、日常食としては、*稗、*粟等の雑穀や、大根・芋類等を混ぜた飯が一般主食であった（大根めし、芋めし、等）。童［*或る農学生の日誌］に「*北海道開拓当時のことらしくて*熊だのアイヌだの南瓜の飯や*玉蜀黍の団子やいまとはよほどちがふだらうと思はれた」とある。

鎌《かま》 **【農】【レ】** 草や柴等を刈るのに用いる三日月形の刃をした農具。その形から、童［*林の底］に「西のそらには古びた黄金の鎌がかかり」と三日月の比喩として用いられる。童［*二十六夜］等にも「鎌の形の月」とある。農具としての鎌は童［*イギリス海岸］、詩［〔*かの iodine の雲のかた〕］（↓沃度《ようど》）等に見られる。↓草削《ほう》

がま【植】 蒲。池や沼地に生えるガマ科の多年草。茎は約一～二m。夏、約二〇cmの雌雄花穂が茎頂につき、ガマの穂と呼ぶ。この花茎や葉を編んで敷物（蒲団《ふとん》の語の由来）や東北ではガマのはんばき（脛巾↓脚絆《きゃはん》）を作った。「じぶんでがまのはむばきを編み」（詩［*山の晨明《しんめい》に関する童話風の構想］）、「がまのはむばきを

はき／古いスナイドルを斜めにしょって」（詩［地主］）、「蕗の葉をかざしたりがまの穂を立てたりしてお嫁さんの行列がやって参りました」（童［蛙のゴム靴］）、「どこかのがまの生えた沼地を／ネー将軍麾《き》下の騎兵の馬が」（詩［小岩井農場　パート七］）等。

釜石《かまいし》【地】　岩手県の太平洋岸、釜石湾の港市。アイヌ語のカマ・ウシ（平たい岩のある所）にもとづく地名。藩政時代以来の歴史をもつ釜石製鉄所（のち新日本製鉄、一九八九年終業）で有名。賢治作品では二回の釜石での収穫がある。一回目は一九一七（大正六）年七月、盛岡高等農林学校三年生の夏休みに花巻町実業家有志の東海岸視察団に加わり、花巻―仙人峠を岩手軽便鉄道で、仙人峠からは徒歩で釜石、宮古《みやこ》辺りの工場、学校、測候所等を見学した折に得たもの。歌［五五五～五六四］までの短歌がそれだが、うち釜石の地名の詠みこまれたもの二首、「釜石の夜のそらふかみもえ熾《さか》る鉄の□□（二字不明）りにわれも泣かまし」（歌［五五五（異）］）、「ひとびとは／釜石山田いまはまた／宮古と酒の旅をつゞけぬ」（歌［五五八］）。前者は釜石製鉄所の溶鉱炉への感情移入、後者は旅行団の夜ごとの酒にうんざりしている賢治の顔が浮かぶ。山田は釜石の北の山田湾の山田港のこと。また、保阪嘉内あての簡［35］にある「釜石の夜のそら高み熾熱の鉱炉にふるふ鉄液のうた」も、この一回目の釜石体験の所産である（鉄液は溶けている銑鉄《せんてつ》＝炭素を含む溶けた鉄。釜石の夜空は遥かに高いので、燃えさかる鉱炉から溶けてふるえる鉄液のうたが空いっぱいにひびくようだ、の意。熾熱はシネツだが賢治はシキネツと読んだものか）。二回目は一九二五年（花巻農学校教師を辞める前年）一月の三陸地方への単独旅行。ひそかに教師生活からの転進を画策する内面的な旅でもあった。すなわち「春と修羅　第二集」の、その題も「異途《いど》への出発」や「暁《ぎょう》穹《きゅう》への嫉妬」［発動機船（断片）］、「旅程幻想」［峠］の諸作に、そうした彼の内面は反映している。うち釜石湾が出てくるのは［峠］、「釜石湾の一つぶ華奢なエメラルド」とある。これは釜石の仙人峠からの視線である。ほかに文語詩［釜石よりの帰り］がある。

かまいたち、かまいたぢ【科】【天】　鎌鼬。「かまいたぢ」は方言。突然皮膚に鋭利な刃物で切ったような裂傷ができる現象。異説もあるが、小旋風の中心にできる真空（→虚空）が原因とされてきた。いたちの仕業だとか、鋭利な鎌で切られたようなその傷口と、すばやさをいたちに結びつけて連想された名。鎌風の名もある。童［風野又三郎］（→風の又三郎）に又三郎が「お前たちのかまいたちっていふのは、サイクルホールの小さいのだよ」と言うと、嘉助が「ほ、おら、かまいたぢに足切られたぞ」と方言で答え、この現象について解説する場面がある。

カマジン国《かまじんこく》【地】　西域辺りを意識した賢治の造語国名。亀茲《きじ》国（クチャ）の訓読みのカメジをもじったものか。あるいはテムジン（ジンギスカン、ジンギスハンの幼名）のもじりか。童［畑のへり］では蛙がとうもろこしの列を見て、「へんな動物が立ってゐるぞ。からだは瘠せてひょろひょろだが、ちゃんと列を組んでゐる。ことによるとこれはカマジン国の兵隊だぞ」と思い、その実を七〇も歯のある幽霊だと勘違いする。童［クンねずみ］では「ねずみ競争新聞」を読んだクンねずみが「えゝと、カマジン国の飛行機、プハラを襲ふと。なるほどえらいね。これは大へんだ（ママ）」と叫ぶ。童［鳥箱先生とフウねずみ］には「みだりに他人をかぢるべからず」というカマジン国の王様の格言が登場する。あるいはカマジンは、この「かじるべからず」をもじった賢治のよくやるユーモラスな命名かもしれない。

叺《かます》【農】 主として肥料、塩、石炭、穀物等を入れるのに用いる藁むしろで作った袋。古くは蒲(かま・がま)で作ってあったからこの名がある(蒲簀《かますのこ》とも、それが詰まってカマス)。賢治の場合石灰岩包装用として出てくる。簡[307・312・313・341]等に見られる。

がま仙《がません》 ↓阿部孝《あべたかし》

かまど【植】【方】 果物の芯のこと。例えば、ヤマナシはかまどばかりで果肉はほとんどない、と宇都宮貞子著『草木おぼえ書き』にある。童[紫紺染について]の山男が青いリンゴをたべる場面で「そして実をすっかりたべてからこんどはかまどをぱくりとたべました」とある。かまど(竈)は煮《に》炊《た》きをする場所の意に発し、くらしやものごとの中心の意でもある。果物の中心(芯)をそう呼ぶところは全国に多く、ことに岐阜、長野をはじめ、東北地方一帯ではそう言った。

かま猫《かまねこ》【動】 竈猫。かまどの火の残温に猫がもぐりこんだところから一般にそう言う名があり、賢治の造語ではない。「猫灰だらけ」の俗言もそこから出ている。童[猫の事務所]の主人公。↓猫《ねこ》

釜淵の滝《かまぶちのたき》【地】 花巻温泉のすぐ近く、台川にある滝。高さ八・五m、幅三m。滝つぼは深く青い。童[台川]には会話中に「釜淵だら俺ぁ前になんぼがへりも見だ。それでも今日も来た」のほか、何度も登場する。「なんぼがへり」の「がへり」は返で、なんべんも。二〇〇四(平成一六)年、国指定の「名勝」になった。

髪《かみ》【科】【レ】 毛髪。賢治作品における毛髪の描写は多種多様で興味深い。ちぢれた髪や赤毛、それに芸妓や遊女等のいわゆる「職業婦人」の髪形への関心も意外に強い、というより登場人物の性格、職種、階級等を扮装で視覚にうったえる重要なポイントとして(第二次大戦後は世界的にその傾向は薄れたが、古来演劇や物語の主要条件)、賢治は髪を大切に描いている、と言える。例えば童[黄いろのトマト]の「ちゞれた髪」、童[風野又三郎]の「赤髪の鼠色のマントを着た変な子」([風の又三郎]では「赤毛」が多い)とあるほか、詩[早春独白]では「黒髪もぬれ」、[春光呪咀《じゅそ》]では「髪がくろくてながく」、童[鳥をとるやなぎ](↓柳、楊)、詩[高原]では「髪毛《かみけ》」、童[ポラーノの広場](↓ポランの広場)では「お髪《くし》の型」、童[グスコーブドリの伝記]に「髪を角刈りにしたせいの高い男」、童[二十六夜]に、巣に「髪の毛などを敷いて」、文語詩[春章作中判]に「大太刀舞はす乱れ髪」、詩[青森挽歌]に、昆虫学の助手が「油のない赤髪《け》をもぢ《(ママ)》やもぢ《(ママ)》やして」とあり、詩[小岩井農場 パート七]には「うすあかい毛もちゞれてゐるし」等とある。また比喩的に「ひのきの髪」という表現(詩[手簡][原体剣舞連《はらたいけんばいれん》]〈↓原体村〉)等もあるほか、詩[無声慟哭][竹と楢]等には単に「髪」が、詩[樺太鉄道]等には「白髪」が出てくる。

上伊手剣舞連《かみいでけんばいれん》【民】 岩手県の郷土芸能の一。江刺《えさし》郡(現在は江刺市)伊手町の上伊手地区に昭和の初めごろまであったといわれる原体剣舞(↓原体村)と同系の剣舞。「連」はふつうは付けて呼ばないのだが、××連(連中、社中と同じ)という言い方にならって賢治が呼んだものと思われる。歌に「上伊手剣舞連」と題する四首があり([五九三〜五九六])、童[種山ヶ原]の中では「(猪

【かみなへく】

手↓原体↓種山)剣舞連と改めた跡がある。この童話は詩[*原体剣舞連《はらたいけんばいれん》]と密接な関係がある。

上鍋倉 かみなべくら ↓鍋倉 なべくら

上根子 かみねこ ↓根子 ねこ

カムチャッカ【地】 Kamchatka 旧ソビエト連邦東端の大半島。東はベーリング海(↓ベーリング市)、西は*オホーツク海に接し、長さ一二〇〇km、幅は最大四五〇km、面積三五万km²、ほぼ北緯五〇度台にあって極寒の地。東部山脈は千島列島に連なる火山帯。沿岸は*サケ・マス・タラ・カレイ・ニシン・タラバガニ(↓蟹《かに》)等の漁場。一九〇五(明治三八)年以降、日本も沿岸漁業権を獲得し、一九一七(大正六)年には全漁業権の九割(二一七区)の権利を持ち、海岸には日本の水産会社の冷凍工場や缶詰工場が並んでいた(第二次大戦後失権)。中心都市は東岸のペトロパブロフスク・カムチャツキー。短[*花椰菜《はなやさい》]に「そこはカムチャッカの横の方の地図で見ると山脈の褐色のケバが明るくつらなってゐるあたりらしかった」とある。ケバ(毳、毛羽)は地図上に山などの傾斜を示す細い線。劇[*種山ヶ原の夜]では*楢の樹霊が「この風ぁ吹いで行ぐづどカムチャッカで鮭ぁ取れるな」と叫ぶ。詩[*真空溶媒]には「カムチャッカの*蟹の缶詰」が登場。詩[*自由画検定委員]にも登場する。

かむな【方】 構うなの訛り。無視しろ。劇[*種山ヶ原の夜]にはほかに「かむやないんぞ」という台詞《せりふ》も出てくるが、こちらは「構うんじゃないぞ」の訛りで「手を出すんじゃないぞ」といった意味。

カムニエールのマーチ【音】 童[*ポランの広場]に登場するゆるやかな行進曲。一九二二(大正一一)年のビクターカタログには載っておらず、詳細は確認できない。

カムパネルラ【人】 童[*銀河鉄道の夜]の副主人公名。*ザネリを助けようとして溺死する。この童話はデ・アミーチスの『クオーレ』との類似性(↓ネリ)が指摘されているが、『クオーレ』で人命救助する少年の名はピーノットである。カムパネルラの名はイタリアの一七世紀の思想家トマゾ・カンパネッラ(Tommaso Campanella 一五六八～一六三九)にちなんだものと考えるのが最も自然であろう。小野隆祥《りゅうしょう》の指摘どおり、賢治は大西祝《はじめ》の『西洋哲学史』(初出、早稲田大学文学講義録一九〇三～一九〇四)を読んだと思われ、この本での表記はまさしくカンパネルラである。カンパネッラの『太陽の都』(一六二三)は、トマス・モアの『ユートピア』と並び、理想社会を論じた傑作と言われ、自然に対する人間の傲慢を戒め、農業中心の共産制や労働への尊敬、教育の機会均等などを主張している。一種の神権政治(神意にもとづくとされた中世政治思想)だが、ここには中世末期の広場を中心とした都市共同体(コムーネ)の影響も色濃く残っている。賢治が大きな刺激を受けたとすれば、童[ポラーノの広場](↓ポランの広場)の成立などもあげられよう。なお、一九三九(昭和一四)年に出た『太陽の都』岩波文庫版でも、カンパネルラとなっている。しかし少年の名カムパネルラの出所は今のところこれだけには限定できない。童[銀河鉄道の夜]のキリスト教の雰囲気の色濃さを考えればcampanella(カンパネラ、教会堂のそばに立つ鐘塔、または鐘のこと。リスト〈一八一一～一八八六〉〈↓Lißt〉の同名のピアノ練習曲は有名)等も出所のヒントにあげられるからである。また campanula(カンパニュラ、風鈴草や*釣鐘草等のキキョウ科の科名。釣鐘草は詩[*オホーツク*挽歌]にも登場)

も同様、ヒントとして考えられるかもしれない。なお、原スペルにこだわればカンパより賢治の表記カムパのほうがふさわしい。

神祝《かむほぎ》【宗】 神寿、神賀、とも書く。神を祝《ほ》ぎ祭る神事《しんじ》の原義から、天皇の御代《みよ》を寿《ことほ》ぐ(言祝《ことほ》ぐ)意にも用いた。ただ、文語詩[「氷雨《ひさめ》*虹すれば」]に「火をあらぬひのきづくりは、神祝《かむほぎ》にどよもすべけれ」とあるのは、病身の同僚(*花巻農学校の)を思いやるこの詩の最終行にあって、あまりに唐突で意味不明。ことに上の句の「火を出してはいけない檜(桧)作り」が何を指してのことか、よくわからない。下句は「神の行事の折にこそ賑々しく騒ぐべきだろう」というのだろうが…。ともあれ、神道《しんとう》やその習俗と賢治作品との関係は全く未開拓の今後の問題点。→套門《とうもん》

亀ノ尾一号《かめのおいちごう》【農】【植】 *稲の品種の一。山形県東田川《ひがしたがわ》郡大和《やまと》村(現余目町《あまるめまち》)の阿部亀治《かめじ》が一八九三(明治二六)年に「冷立稲《ひえたちいね》」と呼ばれていた品種から選出し、それに「新坊《しんぼう》」と名付けたのが始まり。新坊から純系分離され、同村人太田頼吉によって「亀ノ尾」と改称され、一九二〇(大正九)年から一九三九(昭和一四)年まで奨励された品種。*稲熱病《いもち》には弱いが味がよいので、それ以前にあった「愛国種」(静岡県加茂郡青市村で明治初年に発見され、一八九二〈明治二五〉年より岩手県下で試作、一九一二〈大正元〉年純系分離された「愛国一号」は不良環境にも強いというので一九五七〈昭和三二〉年まで奨励された)をしのいだといわれる。しかし、病害に弱いため一九三五(昭和一〇)年に農林省農事試験場陸羽《りくう》支場(秋田県大曲《おおまがり》市)で改良された「*陸羽一三二号」という品種に取って代わられた。帳[NOTE印]一五頁に「大正十五年　亀ノ尾八十日迠《(まで)》」等とある。ちなみに近年この品種の復元栽培も行なわれている。→陸羽一三二号《りくうひゃくさんじゅうにごう》

カメレオン【動】 chameleon ドイツ語では das Camäleon トカゲ類、カメレオン科の爬虫《はちゅう》類。普通は緑灰色で扁平な体つきをしているが、周囲の環境により体色が変化することで有名。熱帯産でアフリカを主に一五〇種ほど生息。体長四～六五cm、大きな目を左右別々に動かし、伸縮自在の棒状の舌を長く出して昆虫等を捕食、長い尾で物に巻きつき四肢をすばやく使って体位を保つ。詩[「かぜがくれば」]に「山はひとつのカメレオンで」、同[「このの医者はまだ若いので」]の医者は「カメレオンのやうな顔であるので／大へん気の毒な感じがする」。

カメレオン印《じるし》 →金天狗やカメレオン印《きんてんぐやかめれおんじるし》

鴨が一疋《かもがいっぴき》【宗】 短[「旅人のはなし」から]にある、鴨が一疋、二人の旅人の前を飛び過ぎる話は、『碧巌録《へきがんろく》』(一二世紀南宋の圜悟《えんご》が先覚雪竇《せっちょう》の「偈頌《げじゅ》」百則に評注した仏書)第五十三則の内容をふまえたもの。原文は「擧《こ》す、馬《ば》大師《だいし》百丈《ひゃくじょう》と行く次《ついで》、野鴨《のあふ》子《す》の飛び過ぐるを見る。大師云《いは》く『是《こ》れ什麼《なん》ぞ。』丈《じゃう》云く『野鴨子。』大師云《いは》く『什麼《いずれ》の處《ところ》に去るや。』丈云く『飛び過ぎ去れり。』大師遂に百丈の鼻頭を扭《ひね》る。丈忍痛《にんつう》の聲《こえ》を作《な》す。大師云く『何ぞ曾《かつ》て飛び去らん。』」。(大師が、あれは何だ、ときくと百丈が「鴨です」と言う。(中略)大師は百丈の鼻をつねる。百丈は痛いと叫ぶ。大師は「飛んでいったもんかい」と言う。)[旅人のはなし]もほとんど同内容である。また、短[*疑獄元兇]にある*達磨の話は『碧巌録』第一則をふまえている。

かもがや【植】 鴨茅。一八八〇年代に牧草としてアメリカから渡来した多年草で、のち雑草化した。高さ一mほどで葉は粗硬。晩春から初夏にかけて茎頂に長さ五〇cmの円錐花序を出し、黄緑の小

花を房状につける。『牧野植物図鑑』によれば、俗名Cock's foot grass（英）のCock（雄鶏）がDuck（鴨）と間違えられ、この名が出来たもので、本来ならトリノアシガヤというべきだったろう、とある。童[*土神ときつね]に「かくしの中には茶いろなかもがやの穂が二本はい《(ママ)》って居ました」とある。かくしはポケット（↓衣嚢《いのう》）。

カモガヤ

かもたのが【方】 構ったのか？　ちょっかい出したのか？　いじめたのか？　童[風野又三郎][*風の又三郎]に「*うなかもたのが」と出てくる。「おまえがちょっかい出したのか？」「おまえが泣かしたのか？」の意になる。

かもめ【動】 鷗。チドリ目カモメ科の海鳥の総称（広辞苑には「メは鳥を意味する語か」とある）。全長二五〜七五cm（平均四五cmほど）。海上に群棲し多くは白色。海の風物詩の代表として古来詩歌や歌謡に多く登場。「黒雲（↓ニムブス）を／ちぎりて土にたゝきつけ／このかなしみの／かもめ　落せよ」（歌[三〇〇]）、「今日はかもめが一疋も見えない」（詩[津軽海峡]〈初行「夏の稀薄から却って*玉髄の雲が凍《(こご)》える」〉）、「ひらめきて鷗はとび交ひ」（文語詩[*八戸《(はちのへ)》]）、「狂ったかもめも波をめぐり」（詩[三原　第三部]）、「かもめは針のやうに啼《(な)》いてすぎ」（詩[〔船首マストの上に来て〕]）等。

かや【植】 榧。山地自生のイチイ科の常緑高木。庭等にも植えられるが、高さ二〇m、径九〇cm以上にもなる。樹皮は滑らかで灰色。葉は光沢のある小笹状。花は晩春、葉腋に黄色の花穂をいくつかつける。球果は食用、薬用にする。材は弾性があり強靱、葉は臭気を利用して虻《あぶ》よけに、幹は丈夫なので木造船の船材等に用いた。碁盤等にもする（宮崎県の特産）。北上市黒沢尻町小鳥崎《くろさわじりちょうことりざき》の北上川岸に岩手県指定の「天然記念物」になっている榧の大木の説明板に、この「南方系の植物」の、これが「北限」とある（北上市教育委員会）。童[よく利く薬とえらい薬]に「まっ黒なかやの木や唐檜（↓独乙唐檜）に囲まれ」、童[貝の火]〈↓蛋白石〉に「棚からかやの実の油の瓶をおろし」とかな書きで出てくるので、イネ科の草「*萓」と間違えないよう注意したい。ほかに「まっ黒な榧の木の森」（童[*どんぐりと山猫]〈↓猫〉）、「日はもう崖のいちばん上で／大きな榧の梢に*沈み」（詩[発動機船　一]）等、暗い榧の茂みは神秘的、象徴的なイメージで、異界のシンボルのよう。

カヤの実

萓《かや》**【植】** 正しくは萱（音はクワン、カン。賢治はほとんど萓＝音はギ、を用い、*萓草《かんぞう》も、*萓野十里《かやのじゅうり》〈地名〉もそう書いているが、文庫版全集等ではすべて萱に直してある）。茅（一般にはこの字を用いることが多い）。*ちがや（賢治はこれも「ち萓」と書く。古典等で萓をカヤと読ませているのは『日本国語大辞典』によれば「字形が似ているところから、後世誤ったもの」とある。）、*薄《すすき》などの多年草のイネ科の総称。これで屋根を葺《ふ》いたのが萓葺き（詩[雨ニモマケズ]の「小サナ萓ブキノ小屋」）。詩[原体剣舞連《はらたいけんばいれん》]（↓剣舞、原体村）に「太刀は稲妻萓穂のさやぎ」とある。詩[*不貪慾戒《ふとんよくかい》]、[第四梯形《(ていけい)》]（↓七つ森）ほかの詩や、童[*茨海《バラウミ》小学校]、[*風の又三郎]ほかの童話にも登場。なお、文語詩[〔霧降る萓の細みちに〕]にある「高萓」は、背の高いかや。↓すすき、ちがや

迦耶成道《かやじょうどう》【宗】 正しくは伽耶成道。賢治の誤記か。釈尊が伽耶《かや》の地において*悟りを得、仏陀となったことを言う。伽耶は北インドのビハール州にある都市の名で、この南方約一〇kmの所が釈尊(↓釈迦牟尼)成道の聖地である。簡[181]に「曾《(ママ)》って釈迦如来迦耶成道を現じ給ふ」とある。

萱野十里《かやのじゆうり》【地】【民】 *早池峰山への*大迫口《おおはさまぐち》からの登山道のうち、*岳《だけ》にあった妙泉寺(現在早池峰神社参道入口左〈↓早池峰山〉)門前から*河原《かわら》坊《ぼう》までの間の前半(後半は木立《きだつ》十里と言う)の俗称。ただし、実際には両者とも十里(約四〇km)もない。沿道に萱が多いのでその名が出たと思われる。賢治の登山当時は現在とは比較にならぬほど木が茂っていたと言う。詩[〔北いっぱいの星ぞらに〕]に登場。萱の字については↓萱《かや》

カラ【衣】 カラー(collar)。ラテン語の首を意味するcollumが語源。シャツや洋服の襟《えり》。文語詩[卒業式]に「鐘鳴るまではカラぬるませじ」とあるのは「フロック(↓フロックコート)を着」た(下書稿)校長が、卒業式のはじまる前に緊張して、カラーが汗ばんだりしてはいけない(ぬるませじ、濡れるの意をこめた微温《ぬる》む、と独特の表現)と、うなじに半巾《ハンカチ》(↓手巾《しゅきん》)をあてがっているさまを言ったのであろう。同下書稿では「カラをつめたく　たもたんと」とある。詩[〔*topaz のそらはうごかず〕]には「同じき鋭きカラつけて」とある。「鋭き」は固く糊《のり》のきいた意。

がら【方】 …から。東北地方の方言では「か」行音を濁って発音することが多い。童[*種山ヶ原]の「草刈ってるがら」や、「それがら」「これがら」「どこどこがら」「若いがら」等々。賢治の方言表現の随所に見られる。

カーライル【人】 トマス・カーライル(Thomas Carlyle 一七九五〜一八八一)。イギリスの思想家・歴史家。ドイツのゲーテ、カント、ショーペンハウエルに影響を受け、理想主義的色彩の強い『衣裳哲学』を著わした。夏目漱石もロンドン滞在中、四度その旧居を訪れ『カーライル博物館』(一九〇五)を著わし、その傾倒ぶりを示している。童[*ビヂテリアン大祭]に「元来きものといふものは、東洋風に寒さをしのぐといふ考も勿論ですが、一方また、カーライルの云ふ通り、装飾が第一なので結局その人にあった相当のものをきちんとつけてゐるのが一等ですから、私は一向《いっこう》何とも思ひませんでした」と『衣裳哲学』の所説を引いている。

傘《からかさ》**火花** ↓フェロシリコン

からくさ ↓馬肥《うまごやし》

カラコン山《からこんさん》【地】 カラコルム(Karakorum)山脈のことであろう。カラコルム山脈はチベット高原(↓ツェラ高原)、阿耨《あのく》達池《だっち》(↓ツェラ高原)とパミール高原(↓ツェラ高原)の間にあり、*インド北西部を走る大山脈。七〇〇〇m以上の高峰が並ぶ。西の続きがヒンドゥー・クシ山脈、東の続きは、*トランスヒマラヤ山脈である。童[*毒もみのすきな署長さん]に「四つのつめたい谷川が、カラコン山の*氷河から出て、ごうごう白い泡をはいて、*プハラの国にはひるのでした」とある。プハラが出てくることで*西域のブハラを意識したカラコルムのことであることはまちがいあるまい。↓トランスヒマラヤ、プハラ

からす【動】【天】 烏。鴉。スズメ目カラス科の鳥の総称。日本には大形のハシブトガラス(嘴太烏)、小形のハシボソガラス(嘴細烏)が生息するが、賢治作品に登場する大烏や山烏は前者の

イメージ、童[烏の北斗七星]で「憎むことのできない敵を殺さないでいゝやうに早くこの世界がなりますやうに、」とマヂエル様(→大熊星、北斗七星)にお祈りする烏などは後者のイメージと考えてよかろう。しかし、この童話や童[双子の星]でサソリ(蠍)と争う大烏の登場でもわかるように、天体で活躍する賢治の烏は、蠍等と同じように星座としての烏座(コルヴス Corvus)が意識されている。烏座は春の南天星座で、乙女座の南西に位置し、蠍座とは約五〇度離れた小星座。しかし星座としてでなく、あたかも烏そのものとして、あるいはシンボリックに描写される烏も多い。詩[春と修羅]の「喪神の森の梢から／ひらめいてとびたつからす」をはじめ、「雪のたんぼのあぜみちを／ぞろぞろあるく烏なり」(文語詩[烏百態])、「烏は怒ってまっくろのまま染物小屋をとび出して、仲間の鳥《(とり)》のところをかけまはり、とんびのひどいことを云ひつけました」(童[林の底])。かと思うと、「からす器械」「からす機関」(詩[陽ざしとかれくさ])、「烏天狗」(詩[塚と風]→西行《せいこう》)といった、おもしろい比喩もある。ス[四、五]には「三疋の／さびしいからす／三人の／げいしゃのあたま」とある。芸者の日本髪(島田崩《くず》し、結婚式の花嫁の結う文金《ぶんきん》(高《(たか)》)島田《しまだ》の変型)を「さびしいからす」と歌ったのは、喜多川歌麿作「当時三美人」(寛政時代に江戸で評判の三人の美人をモデルにした浮世絵)を連想したか。おもしろいというより「さびしいからす」からは悲哀感が感じられる。一羽、二羽でなく鳥を一疋、二疋と賢治はよく言うが、ここでは「三羽」では律動をこわす。

ガラス【文】【レ】　硝子。古くはビードロ(vidro)、あるいは玻《は》璃《り》と、ポルトガル語や中国語をそのまま用いた。賢治は光るものや透明なものの比喩に好んでガラスを(びいどろや玻璃も。後例)用いている。水や氷では「海の水もまるで硝子のやうに静まって」(童[双子の星])、「水は…硝子板をしいたやうに凍ったり」(童[なめとこ山の熊])、植物では妖精のような銀杏《いちょう》の「硝子のりっぱなわかもの」(詩[真空溶媒])、「野ばらの藪のガラスの実」(詩[秋])のような不思議な果実等、動物では「無数におりるガラスの小鳥」(詩ノート[〔銀のモナドのちらばる虚空〕])、「色硝子でこしらえ《(ママ)》た羽虫」(童[ペンネンネンネンネン・ネネムの伝記]〈→昆布〉)、大気の形容では「お日さまは、今日はコバルト硝子の光のこなを、すこうしよけいにお播《(ま)》きなさるやうですわ」(童[まなづるとダァリヤ])等とあり、風を擬人化した、いわば風の精である「風の又三郎」は、聖なるガラスのマントやガラスの靴を身につけている。曲[精窓ガラスなどのいわゆる板ガラスが出てくる場面も多い。曲[精神歌]の「日ハ君臨シ玻璃ノマド」をはじめ、詩[〔はつれて軋《(きし)》る手袋と〕]の「何か玻璃器を軋《(きし)》らすやうに」、詩[停留所にてスヰトンを喫す]の「玻璃製の停留所」、詩[氷質の冗談]のガラスでできたお立台「玻璃台」、文語詩[〔ひとびと酸き胡瓜を嚙み〕]の「尚褐《(かつは)》玻璃《り》の老眼鏡をかけたるごとく」(尚は副詞のなお、褐色のサングラスをかけたみたいに権左エ門の両眼が赤い)、さらに比喩表現としては、詩[風景とオルゴール]の「玻璃末の雲の稜《(かど)》」(夜の雲をガラスに見たてた、そのガラスの粉末)、等々。「びいどろ」の例は、文語詩[悍馬《かんば》(→アラヴ、血馬《けつば》)〔二〕]の「碧《(あお)》きびいどろ」ほか。童[風の又三郎]の窓ガラスが物語を異次元に導く幻想の装置になっているように、賢治作品のガラスはしばしば聖性さえ帯びて、空間を変換する異空間への装置になっている。

烏瓜《からすうり》 →瓜《うり》

烏天狗《からすてんぐ》 →西行《せいこう》、からす

ガラスのマント →ガラス

からすむぎ →燕麦《えんばく》

樺太《からふと》 →サガレン

樺太鉄道《からふとてつどう》【文】 賢治は一九二三(大正一二)年八月三日、樺太(現ロシア領サハリン)の南の始発駅大泊《おおどまり》を出発、当時の樺太庁鉄道(国有)で豊原《とよはら》(→鈴谷《すずや》平原)に行き、翌四日には北上し、小沼《こぬま》、大谷《おおたに》、*落合を経て*栄浜《さかえはま》へもこの鉄道を使って行った。詩[樺太鉄道]には、この間の車窓から見た風景が美しく描写されている。一九三六(昭和一一)年版『樺太要覧』によれば、樺太庁鉄道は大泊―豊原間一〇便、豊原―栄浜間五便であった。この要覧によれば、一九二三(大正一二)年五月より鉄道省は北海道の稚内《わっかない》―大泊間の連絡船を開業しており、賢治はこの連絡船に乗ったことになる。→サガレン

樺太鉄道

樺太の鮭の尻尾の南端《からふとのさけのしりおのなんたん》 →サガレン

からまつ【植】 落葉松、唐松、から松、ラリックス(Larix leptolepis から)とも。マツ科。日本の針葉樹中落葉するのは、からまつと、これによく似たグイマツ(かつて北海道に分布していた)だけ。高さ三〇mに達する。本州中部の亜高山帯、火山地帯に多い。北海道、東北地方及び標高の高い地域の主な造林樹となっており、秋の黄葉が美しい。賢治の詩にはラリックスも出てくるが、これは前記学名。詩*[半蔭地選定《はんいんち》]に「落葉松《らくえうしやう》の方陣《はうぢん》は／せいせい水を吸ひあげて／*ピネンも噴《(ふ)》き*リモネンも吐《は》き*酸素もふく」とあるのは(方陣は縦横《たてよこ》四方きちんと陣容をそろえて植えてあること。もと軍事用語)、からまつ林を歩くとピネン、リモネン、酸素の作用で、いわゆる森林浴効果が得られることを意味する。そこは「半蔭地《ハーフシェード》」(→半蔭地選定)なのである。詩[*小岩井農場]では「からまつの芽はネクタイピンにほしいくらゐだし」「から松はとびいろのすてきな脚です」「四列の茶いろな落葉松《らくやうしやう》」「から松の芽の緑*玉髄《クリソプレース》」「これらのからまつの小さな芽をあつめ／わたくしの童話をかざりたい」等とあり、「ラリックス　ラリックス　いよいよ青く／雲はますます縮れてひかり／わたくしはかつきりみちをまがる」。詩[*厨川《くりやがわ》停車場]には「Larix, Larix, Larix／青い短い針を噴き」とある。なお、賢治のルビは「らくえうしやう」「らくやうしやう」とまちまちだが正しくは「らくえふしよう」。→ジュグランダー

カラマツ

カランザ →ビクトルカランザ

加里《かり》【科】【農】 Kali(オランダ)、Kalium(独)、potassium(英) アルカリ金属元素の一。原子番号一九、原子記号K、銀白色で軟らかい金属、水と作用して*水素を発生させ、自身は紫炎をあげて燃焼し、水酸化カリウム(*苛性加里)となる。天然には硅酸塩(→仮睡硅酸《かすいけいさん》)として、また海水や岩塩の中に存在している。賢治の場合、純粋に化学物質として扱う場合と*肥料要素として扱う場合とに分けられる。前者としては歌[三二五]に「あをあをと／なやめる室にたゞひとり／加里のほのほの白み燃えたる」とあり、詩[清明どきの駅長]の下書稿に「ことしの禾草(→すがれの禾草《かそう》)に加里と燐とをやりながら」とあるほか、帳[GERIEF印]二

【かりいぬさ】○頁に[nickel(↓ニッケル)Chrome(ママ) Caleium(ママ)]とある。簡[74]に「硅素もカリウムもみんな不可思議な光波(その波長の大さ(ママ)は誰も知らない。)の前に」とある(↓光素《こうそ》)。後者としては童[*台川]に「こっち(著者注、台川)は流紋凝灰岩(↓凝灰岩)です。*石灰や加里や植物養料がずうっと少いのです。ここにはとても*杉なんか育たないのです」とあるほか、帳[孔雀印]四〇頁、帳[布装]裏見返し等にも見られる。↓塩化加里《えんかかり》、加里球《かりきゅう》

猟犬座《かりいぬざ》 ↓猟犬座《りょうけんざ》

刈入年《かりいれどし》【農】 焼畑《やきばた》(*旱魃《かんばつ》時の*焼畑《やけばた》とは別)で火を入れる年。造林効果を上げる場合と、山畑の農作物の連作による地力の回復を図る場合とがあるが、火入れ、すなわち刈入れをして、枯葉、枯枝、草等を焼き、有機物を分解し、還元させて、無機塩類が生成され、表土の養分の増加を図る。夏ヤブ、秋ヤブと呼んで、春と夏の二度、焼畑《やきばた》の刈入れをした。林業の場合、木材の需要がふえ、刈入れ(火入れ)でもとの自然林にもどすことはすたれ、*間作の農作をするようになったが、農作の場合、夏ヤブは第一年*ヒエまたは*ソバ、第二年*アワ、第三年サトイモ、秋ヤブは第一年ソバや野菜、第二年アワ、第三年サトイモ、ソバ、アズキ、ダイズなどを蒔《ま》(播)く、といったふうだった。詩[*装景手記]に「刈入年の春にはみんなで火を入れる」とある。↓切り返し《きりかえし》、草火《くさび》

カリウム ↓加里《かり》

狩衣《かりぎぬ》【衣】 もとは狩などのおり着用したのでその名があるが、平安時代、公家《くげ》が常用した略服。今も神社の神主たちが着る。時代により*麻、絹、位階により紋のあるもの、無紋(下級衣)、等変化があったが、鎌倉期以降新興武士がこれを正装に用いたことから、かつての略服も格が上がった。江戸時代は有紋の裏打ちを狩衣、無紋の単衣《ひとえ》を布衣《ほうい》と呼んで区別した。詩[〔職員室に、こっちが一足はいるやいなや(ママ)〕]に「黄の狩衣によそほへる」*日高神社の*別当が登場(よそほへるは、装い、まとった)。文語詩[来賓]にも「狩衣黄なる別当」が出てくる。

加里球《かりきゅう》【科】 カリ球。ドイツのJ・リービッヒ(↓リービッヒ管)によって発明されたガス分析用器具。円形のガラス球が二つ以上連結され、その中に水酸化カリウムの溶液を入れるようになっている。この液体中に有機物の燃焼気体をくぐらせると、気体中の二酸化炭素(俗称*炭酸ガス)が*カリウムと結合し炭酸カリウムとなり、発生した炭酸ガスの量が正確に測定できる。詩ノート[〔*ソックスレット〕]に「ソックスレット／光る加里球」とある。なお、*ポタシュバルヴも、この加里球のこと。

刈敷《かりしき》 ↓刈敷《かっちき》

雁の童子《かりのどうじ》【人】 ハンガリー生まれのイギリス人考古学者オーレル・スタイン(Mark Aurel Stein 一八六二〜一九四三)がミーラン(Mīrān 後述)で発掘した有名な有翼天使像を念頭においたもの。この像はギリシア美術の影響を受けた*ガンダーラ様式のもので、ローマの恋愛の神、ヴィーナスの子キューピッドが仏教神話の「飛天」と結びついたものと言われる。この天使の飛翔のイメージを賢治は*雁という鳥と結びつけた。賢治は童[雁の童子]の原稿外に「童子の十六の恋を記せ。*天上の恋を記せ」と記しており、この天使像についてかなり詳しい知識を持っていたと思われる。詩[*小岩井農場

有翼天使
(ミーラン出土)

パート九」に登場する幻想の童子、ユリアとペムペルについて、その下書稿には「羅《うすもの》は透き　うすく、そのひだはまっすぐに垂れ鈍い金いろ、／瓔珞《ようらく》もかけてゐられる。／あなた方はガンダラ風ですね。／タクラマカン砂漠の中の／古い壁画に私はあなたに／似た人を見ました」とある。ミーランは、ロプ砂漠南辺にあった都市で、西域南道と青海路との交会点にあったことからシルクロード(→天山北路)の要所として繁栄した。スタインが一九〇七年に第二回目の西域探検で発掘した有翼天使像は四世紀ごろまで存在したと言われる鄯善国《ぜんぜん》(もと楼蘭《ろうらん》)時代のもの。顔はやや角ばり、目は大きい二重まぶたで翼は大きく、前髪を剃り残している。スヴェン・ヘディン(→セヴンヘヂン)やスタインに刺激されて送られた日本の大谷探検隊(西本願寺派の大谷光瑞《おおたにこうずい》を隊長とする。なお、宮沢家は西本願寺派の門徒)がクチャ(→亀茲国《きじこく》)で手に入れた舎利容器に描かれた四人の奏楽する童子も、このミーランの天使像にきわめてよく似ている(こちらは横顔)。西域にはおびただしい飛天の壁画が見いだされているが、それらの中で、明らかにエンジェル風の翼をつけたものはそう多くはない。インドでも翼をもたず天衣《てんね》(テンエの連声《れんじょう》。長い布、ショール)を肩にかけて飛ぶ飛天が多く見いだされる。中国の敦煌石窟《とんこうせっくつ》等では後者の飛天の系譜をひく飛天像が圧倒的。日本の法隆寺金堂《こんどう》の童子形の飛天に、敦煌のものとよく似た西域様式の一端が見いだされることは知られている。童「インドラの網」に「天衣の紐《ひも》も波立《だ》たず」とあり、また「ひだのつけやうからそのガンダーラ系統」とされる童子も、むしろ飛天像の方に近い。

カリフ　→アラビアンナイト

カリメラ【食】 caramelo(ポルトガル) カルメラ、カラメル。泡糖《ほうとう》、浮石糖《ふせきとう》とも言う。赤ざらめに少量の水を加えて煮つめ、重曹でふくらませて固めた軽石《かるいし》状の菓子。童「水仙月の四日」に「カリメラのことを考へながら」「あしたの朝までカリメラの夢を見ておいで」等がある。

火輪《かりん》【宗】 五輪の一。詩「晴天恣意《しい》」に「白くまばゆい光と熱、／電、磁、その他の勢力は／アレニウスをば俟《ま》たずして／たれか火輪をうたがはん」とあり、賢治は光、熱、電気、磁気等、科学的に解明されている大気圏のエネルギーを火輪としてとらえようとしている。ほかに、詩「五輪峠」(下書稿)に「一の地輪」、「二の水輪」に対して「三の火輪を転ずればだめ」とあり、文語詩「五輪峠」には「五輪峠と名づけしは、／地輪水輪また火風、」とある。火風とは火輪と風輪をつづめた表現。→後光《ごこう》、インダス地方《いんだすちほう》

過燐酸《かりんさん》　→燐酸《りんさん》

カルク　→石灰《せっかい》

カルクシヤイヤ【地】 実在しない地名。童「月夜のでんしんばしら」に「そら、むすこが、エングランド、ロンドンにゐて、おやじ《(ママ)》がスコットランド、カルクシヤイヤにゐた」とある。スコットランド東部のセルカークシャ(Selkirkshire)の州名をもじったものか。

カルゾー【人】【音】 エンリコ・カルーゾ Enrico Caruso(一八七三〜一九二一)のこと。ナポリ生まれ。歌劇王と呼ばれた大歌手。「アイーダ」のラダメス、「道化師」のカニオ役は絶品で、容姿は美男とは言えないが、ドラマティックな力強さと表現力の豊かさでは右

に出るものがないと言われた。イタリアのみならず世界各地の歌劇場で活躍。一九〇三年以後は特にニューヨークのメトロポリタン歌劇場を中心に活動し、同歌劇場に出演すること六〇〇回に達した。あらえびす(作家・野村胡堂《こどう》の音楽評論家としてのペンネーム)の著『名曲決定盤』によると、エンリコ・カルーゾ(カルーソーとも)のレコードの日本輸入は大正の初めころで、一九二五(大正一四)年のビクターのカタログには彼のレコードが一六〇面ぐらいあったと言う。RCA(ビクター)に「カルーソー大全集」があり、ビクターのドル箱歌手であり、一九四〇(昭和一五)年ごろでもまだ電気蓄音機の再プレス盤として売り出されていたと言う。詩[丘陵地を過ぎる]には「*犬が吠え出したぞ/さう云っちゃ失敬だが/まづ犬の中のカルゾーだな/*喇叭《らっぱ》のやうない、声だ」とある。

カルーゾ

劫《カルパ》 →劫《こう》

ガルバノスキー第二アリオソ《がるばのすきーだいにありおそ》 【レ】【音】 詩[発電所]と同題の下書稿㈠最終行に「二つに析《さ》けるガルバノスキー第二アリオソ」とある。「アリオソ」(アリオーソ、arioso(イタリア))はメロディ曲の中の旋律的な部分を言う音楽用語だが、人名に見えるガルバノスキーは詩の初行の発電所の「鞘翅発電機《ダイナモコレオプテラ》(→発電機《ダイナモ》)」のガルバノメーター(galvanometer 電気の検流計)を擬人化して、そんな音楽家がいるかのようにガルバノスキーとした賢治らしい機知の命名である。電流が強まり、深夜二つに「暗い火花を盛り」上げるのを、二番目のアリオ(ー)ソに見たてた、せっかくの想像力が、最終形では消されている。誇張しすぎたとの遠慮がはたらいたか。

カルボナード島《かるぼなーどとう》 【地】【鉱】 架空の火山島名。童[グスコンブドリの伝記][グスコーブドリの伝記]に登場する。この島名の出所を、多田実《ただみのる》(「宮沢賢治研究Annual」Vol. 8、一九九八)は、宝石・貴石の糸通し*孔を穿《うが》つ錐carbonado(カルボナード)であろうとし、詳細に検討している。孔を穿つ錐とは、ダイヤモンド試錐をするビットとしての黒ダイヤ《カルボナード》を指す。賢治は岩崎重三《じゅうぞう》『日本探鉱法』(一九一六)ほかの専門書でその名と機能を知り、東京で実物にも接していると多田は推定している。また多田は、この二童話の先駆形[ペンネンネンネンネン・ネネムの伝記]にさまざまの表記で登場する老博士「フゥフィーボー」の名も、前記の岩崎の著に出てくるダイヤモンド試錐機の発明者「フホーヴヰーユ」の名がヒントであろうと言う。

カルボン酸《かるぼんさん》 【科】【レ】 カルボキシル基(-COOH)をもつ化合物の総称。カルボキシル基の水素がイオン化しやすいので、酸としての性質を示す。酢酸(→醋酸)やシュウ酸、*脂肪酸等。なお、カルボン酸と*アルコールが脱水反応によって縮合してできたものが*エステル。カルボン酸は、『*春と修羅』第一集の詩[風景]初行にビールの泡めく「雲はたよりないカルボン酸」とあり、ス[一七]には、「雪ぐもにつむ/カルボン酸をいかにせん」とある。

カルマ →業《ごう》

過冷却《かれいきゃく》 【科】 液体を凝固点以下に冷却しても、凝固しないで液体のまま存在すること。しかし、わずかでも刺激を与えると即座に凝固を始める。童[*インドラの網]には「こいつは過冷却の水だ。*氷相当官なのだ」とあり、ほかに詩[*阿耨達池《あのくだっち》幻想曲]にも同様の表現が、また童「インドラの網」には「ツェラ高原の過冷却湖畔も」とある。

華麗樹種《かれいじゅしゅ》【植】 詩「華麗樹種品評会」中に「華麗樹品評会《ファイントリーズショウ》」と読ませているこの「華麗樹」とは、同詩中に出てくる「青すぎ」「はんのき」「檜」「うろこ松」「帝王杉」等を指す賢治の美称造語と考えられる（植物図鑑等にもこの用語は見当たらない）。それにふさわしく、この華麗樹は実際の樹木ではなく、「十里にわたるこの沿線」の「車室」の中から見た、秋の雲によって作りあげられる樹相のイメージである。列車の進行に合わせて「層巻雲のひかるカーテン」を背景にした「壮麗な梢の列」を「品評会《ショウ》」と見立てている。

過労呪禁《かろうじゆきん》 →善鬼呪禁《ぜんきじゆきん》

獺《かわうそ》 →河獺《かはうそ》

河口慧海《かわぐちえかい》 →阿耨達池《あのくだっち》

川尻断層《かわじりだんそう》【地】 陸奥大地震（陸羽地震、川舟断層地震とも。賢治誕生四日後の一八九六〈明治二九〉年八月三一日）で生じた断層。岩手県和賀《わが》郡湯田《ゆだ》村（現湯田町《まち》）在。詩「風の偏倚《へんい》」に「お丶私のうしろの松倉山には／用意された一万の硅化流紋凝灰岩（→凝灰岩）の弾塊があり／川尻断層のときから息を殺してまつてゐて」とある。

かわせみ【動】 「川せみ」、「かはせみ」の表記もある。旧かなカハセミ。川蟬。漢名ヒスイ（翡翠。宝石の翡翠もこのカワセミの名から出た〈→瑯玕〉）。魚狗とも書く。カワセミ科の小鳥。全長一七cmほどで雀より大きく尾が短い。水辺の木枝から水面の小魚をすばやく捕える。漢名の翡翠は背中の金属光沢をもつるり色が美しいところから出た名とされる。「ははあ、あいつはかはせみだ／翡《かは》翠《せみ》さ　めだまの赤い（中略）まだ魚狗《かはせみ》はじっとして／川の青さをにらんでゐます」（詩「〔北上川は熒気《けいき》をながしィ〕」〈→顥《こう》気〉）、「『かはせみだ』子供らの蟹は頸をすくめて云ひました」（童「やまなし」）、「よだかはまっすぐに、弟の川せみの所へ飛んで行きました」（童「よだかの星」）とある。国松俊英《としひで》の調査によれば内田清之助《せいのすけ》『日本鳥類図説』下巻（一九一四）には、よだかとかわせみは同じ仏法僧《ぶっぽうそう》目の鳥になっていて、二者を兄弟とする根拠の一としている。→はちすゞめ

カワセミ

河村慶助《かわむらけいすけ》【人】 川村慶助。賢治の教え子で稗貫農学校（→花巻農学校）三回生（一九二四年卒）。詩「東岩手火山」（→岩手山）に「残りの一つの提灯《ちょうちん》は／一升のところに停ってゐる／それはきつと河村慶助が／外套の袖にぼんやり手を引っ込めてゐる」とある。一升《いっしょう》は火口原の地点名。

河本さん《かわもとさん》【人】 河本義行《よしゆき》。一八九七（明治三〇）〜一九三三（昭和八）鳥取県生まれ。一九一六（大正五）年鳥取県立倉吉中学校を卒業、盛岡高等農林学校農学科第一部に入学。この年、保阪嘉内が同じく農学科第一部に入学。賢治は農学科第二部の二年生であった。彼らによる同人誌「アザリア」の一員。河本は同第一号に自由律俳句を一二句載せている。俳号緑石《りょくせき》。高農卒業後、一年志願兵として軍務のあと長野や鳥取の母校で教職につく。俳句のほかに詩（詩集『夢の破片』〈一九二五〉がある）、油絵、俳画をよくし、また学校では武道も教えた。一九三三（昭和八）年七月海岸で水泳訓練中、溺れかかった同僚を救おうとして溺死（同僚は助かる）。短「秋田街道」に「い

つかみんな睡ってゐたのだ。河本さんだけ起きてゐる」とある。この作品は一九一七年七月「アザリア」同人の宮沢、小菅、河本、保阪の四人が、夜を徹して秋田街道を春木場《はるきば》（→化物丁場）まで歩いた時得たもの。

磧《かわら》 →磧《かはら》かわら

河原坊《かわらぼう》 【地】 かわらのぼう、とも。*早池峰（峯）山の南方、コメガモリ沢に沿った所で、修験道《しゅげんどう》の山であったころにはここに七堂伽藍があったのでその名がある。早池峰登山口の一。現在は夏の間はバスがここまで入る。標高約一〇三〇m。ここでの夜の心象風景（→心象スケッチ）を描いた詩［河原坊（山脚《（さんきゃく）》の*黎明《（れいめい）》）］がある（山脚は山麓、ふもと）。現在、バス終点に賢治の大きな詩碑がある。なお、この詩の中の「ふしぎな念仏」について森荘已池《そういち》（→森佐一《さいち》）は、この谷間でうつらうつらしていたら「山の上の方から…まるで疾風のように、黒いころもの坊さんが駈け降りて来る」賢治の幻覚を直接賢治から聞いた話として伝えている（『宮沢賢治の肖像』一九七四）。

河原坊（中央が早池峰山）

かをり →蠡《のみ》のかをり《かおり》

芬気《かをり》《お》 →芬《かお》って《って》

がをれない →医者《いしゃ》さんもあんまり…

雁《がん》 【動】 カリとも。ガンカモ科の鳥。ガンは一五種を数えるが日本に冬渡来するのはヒシクイとマガンが多い。カモ類に比べて大型。古来、人の魂を運ぶ鳥とされ、『伊勢物語』をはじめ古典にも多く登場する。「はるかなる山の刻みをせなにして夢のごとくにあらはれし雁」（歌［三七六（異）］）、「今夜は雁もおりてくる」（詩［雲の信号］）、「そのとき次々に雁が地面に落ちて来て燃えました」（童［*雁の童子］）、「鳥捕りは、黄いろな雁の足を、軽くひっぱりました」（童［*銀河鉄道の夜］）、「雁が高みを飛ぶときは／敵が遠くへ遁《に》げるのだ」（童［*北守将軍と三人兄弟の医者］）、「化石させられた*燐光の雁」（短［*ラジュウムの雁］）。文庫版全集は「かり」とルビ）等。

龕《がん》 【宗】 厨子《ずし》とも。仏像を安置する両開き式の箱でリュックのように背負った。詩［早春独白］に「身丈にちかい木炭《*すみ》すごを／*地蔵菩薩の龕《がん》かなにかのやうに負ひ」とある。

看痾《かんあ》 【レ】 看病（今は介護と言う）に同じ。痾は疾病《しっぺい》の重い状態。文語詩に［看痾］（文語詩［叔母枕頭］の下書稿㈣）がある。普通の辞書等にない語。

寛衣《かんい》 【衣】 仏教読みにカンエ、連声《れんじょう》でカンネとも言う。寛は動詞ならくつろぐ、形容詞なら、ゆるい、ゆるやかな、ひろい。寛衣は、すそや身頃《（みごろ）》などが長く、ゆったりと仕立ててあり、くつろげる衣服。詩［〔澱《（たま）》った光の*澱《（おり）》の底〕*］に、「黄いろな木綿の寛衣をつけて」とある。詩［青森挽歌 三］の「その皺《（しわ）》くちゃな寛い白服」はユルイで、当時の警官の白い夏の制服のことだが、詩は青苹果《りんご》のころなので幻想か、夢の中か。

寒煙《かんえん》 【レ】 古典的な用語で、物さびしげに立ちのぼる靄《もや》や煙を言うが、文語詩［〔さき立つ名誉村長は〕］に「寒煙毒をふくめるを、／豪気によりて受けつけず」とあるのは、どうやら文字どおり、寒い冬の煙か靄が立ちこめている様を言っている、と詩のイメージからは感得される。体によくない毒があるのだが、名誉村長は豪気(強く勇ましい気性)だから、少しもそれを受けつけない、平気なようだ、と言うのである。

坎坷《かんか》【レ】 歩行に難儀するさま。坎は穴、坷はでこぼこの地で轗軻とも書く。転じて不幸な境遇にも言う。詩［*海蝕台地］に「坎坷な高原住者の隊が／一れつ*蔭いろの*馬をひいて」とある。賢治の難解な漢字使用は時代のちがいもあろうが、彼の漢詩、漢文の素養は彼の文体にとけこんでおり、好例として言うが、この詩［海蝕台地］には中国の宋時代の文天祥(一二三六〜一二八二)の漢詩(「正気《せいきの》歌《うた》」が有名)の影響がある。「坎坷志ヲ得ズ」元軍に敗れて元に仕えることを断って志をつらぬき刑死する文天祥の悲痛な詩句と相似する場面があるからである。

官衙《かんが》 →官衙《くわんが》

旱害《かんがい》 →旱魃《かんばつ》

灌漑《かんがい》【農】 田畑、特に水田に水を引き入れること。その水を灌漑水と言う。これがもとで*旱魃《かんばつ》期にはよく「水争い」も起こった。詩［〔ほほじろは鼓のかたちにひるがへるし〕］に「灌漑水の急にそなへたわかものたち」(灌漑水がよその田にうばわれはしないかと、その急〈一大事〉にそなえて見張っていた若者たち、の意であろう)、詩［冬］には「灌漑水《みづ》や*肥料の不足な分で」、詩ノート［*藤根禁酒会へ贈る］には「豊かな雨や灌漑水を」とある。

頑火石《がんかせき》【鉱】 賢治の造語か、記憶違い。頑火輝石の略かとも考えられるが、おそらくは、その軽さから言っても抗火石のことという指摘も二、三ある。簡［73］に「日本にて頑火石の船を発明したるとき」とあり、比重の軽い大量の石が想定されていたと考えられ、その点頑火輝石は当てはまらない。抗火石は比重一・二〜一・七で、明治末頃には伊豆七島の新島で製品として大量に切り出されていた。流紋岩性の火山噴出物で、多孔質、海綿状になったもの(浮石・軽石)。建築石材・防音石材として用いられた。当時はコーガ石と表記しており、現在、抗火石、杭火石の両表記がある。→輝石《きせき》

かんがみ →はんのき

かんかん【レ】 閑々。詩［*軍馬補充部主事］に「いやあ、牧地となると／*聯隊に居るときとはちがって／じつにかんかんたるものだ」とある。悠々閑々の意で、のんびりして閑《ひま》であること。

歓喜天《かんぎてん》 →卑那やか天《ひなやかてん》

看経《かんきん》【宗】 もとは声を出さずに経典を黙読することを意味したが、後に読経《どきょう》と同意になる。帳［雨ニモマケズ］一三二頁には「*羅漢堂看経を終へ」とあるが、*報恩寺の*衆僧《しゅそう》が朝の勤行に*般若心経を読誦している場面を言ったのであろう。→座禅儀《ざぜんぎ》

艱苦《かんく》【レ】 艱難と辛苦。なやみとくるしみ。文語詩［宗谷〔二〕］に、「あらたなる艱苦ひらく」とある。ひらくは、はじまる。

岩頸《がんけい》【鉱】 火山岩頸、ネック(neck)とも。火口をふさいで生じた*火成岩により火山体が侵食されてできた円筒形の頸(首)状柱。賢治自身がこれを童［楢ノ木大学士の野宿］の中で「岩頸といふのは、地殻から一寸頸を出した太い岩石の棒である。その頸《(くび)》がすなはち一つの山である。…」と大学士に講義させている。「西は箱ケ《(はこが)》(→箱ケ森)と毒《ドグ》ケ森(→南昌山)、*椀コ、南昌《(なんしょう)》(→南昌山)、東根《(あずまね)》(→東根山)の、／古き岩頸《ネック》の一列に」(文語詩［岩頸列］)のほか、賢治が岩頸とした山には、石ケ森、*沼森、*江釣子森《えづりこもり》、*松倉山、*五間森《ごけんもり》等がある。ただし、正確に岩頸と呼べるものかは疑問。地

上噴出と推定される山も多く含まれており、その場合賢治の言う岩頸には当たらない。レトリックの問題として捉えなおす必要もあるだろう。↓貢り《おちいり》

旱倹《かんけん》【レ】 日照り(↓旱魃《かんばつ》)つづきで穀物が育たないこと。倹にはスクナイ、チイサイ、の意があるが、倹年(歳)といえば凶年(歳)のこと。文語詩に「旱倹」があり、詩中に「*禍津日《まがつび》」、「旱割《ひわ》れ田」、「白き空穂(↓うつぼ)」、「術《(すべ)》をもしらに」(なすすべも知らず)といった絶望的なイメージが並んでいる。

鹹湖《かんこ》【鉱】 塩水(鹹水)の湖。多くは内陸にある排出口のない湖。有名な鹹湖には、死海やアメリカのグレートソルトレーク等がある。賢治がイメージしたのは*西域やチベット(↓ツェラ高原、トランスヒマラヤ、*魔神)によくある鹹湖。童「*インドラの網」に登場する「まっ白な*石英の砂とその向ふに音なく湛《(たた)(ママ)》えるほんたうの水」である。「まっ白な湖」も、全く同じ説明をもつ詩「*阿耨達池幻想曲」の阿耨達池《あのくだっち》も、詩「〔堅い*瓔珞《(ようらく)》はまっすぐに下に垂れます〕」の「鹹水」を湛《たた》えた湖も、チベットあたりの鹹湖が神格化された、仏教で言う無熱悩池《むねつのうち》を賢治なりに描いたもの。詩「〔胸はいま〕」には「胸はいま／熱くかなしい鹹湖であって」とある。これは自分の病気とやり場のない悲しみを鹹湖としてとらえたもの。童「*イギリス海岸」に「その頃今の北上の平原にあたる処は、細長い入海か鹹湖で」とあるが、海水の浸入によって鹹湖になったものは特に汽水湖《きすいこ》と呼ばれている。なお、半鹹《はんかん》とは、鹹水よりは塩分の少ないこと。童「イギリス海岸」に「半鹹のところにでなければ住まない介殻《かひがら》(貝殻)の化石」等、詳細に説明されている。

鑵鼓の蕩音《かんこのとうおん》【音】【レ】 詩「*オホーツク*挽歌」に「あやしい鑵鼓の蕩音さへする」とあるが、鑵鼓も蕩音も賢治の造語か。鑵鼓という楽器はないから、金属の鑵、例えば大きなドラム鑵(鑵、ドラムは太鼓)を太鼓にしてうち鳴らしているような、蕩音(あやしげで、みだらな、官能的な音)がする、という意か。

奸詐《かんさ》【宗】 姦詐とも書く。うそいつわり。ずるいたくらみ。詩「〔うすく濁った*浅葱《あさぎ》の水が〕」に「それは信仰と奸詐との／ふしぎな複合体とも見え」とある。

間作《かんさく》【農】 畑の作物のうねや株の間に他の作物を植えること。または、ある作物の収穫の後、次の作物を植える間の短期間にそこに別種の作物を栽培すること。輪作《りんさく》の一。詩「習作」に「ほうこの*麦の間に何を播いたんだ／*すぎなだ／すぎなを麦の間作ですか」とあるのは前者で、麦のうねとうねの間にすぎなが生えている、つまり手入れが悪いのですぎながびっしり生えているのを皮肉っている。

勧持の讖《かんじのしん》【宗】 勧持は法華経(↓妙法蓮華経)を受持し実践すること。讖は予言の意だが、法華経の信奉者は、法華経勧持《かんじ》品《ぼん》第一三に予言されている受難(心ない人々からの迫害)にあうことを意味する。雑「*法華堂建立勧進文《(こんりゅうかんじんもん)》」に「観持《くわんぢ》の讖《しん》を充《み》てましぬ」とある。充てましぬ、は充分《じゅうぶん》受けたこと。甘受《かんじゅ》したの意。

簡手蔵《かんしゆぞう》【人】 詩「会食」に登場する人物名。実名ではなく、実際の人物を頭に置いた賢治の命名と思われるが(手蔵はあるいはテゾウか)、誰を指すかは未詳。同作品で「蒼《(そう)》たる*松の影をかぶって／簡手造《(ママ)》氏とぼくとは座る、／手蔵氏着《(つ)》くる*筒袖は／*古事記風なる麻緒《(あさお)》であって」と登場し、作者との蛇肉食(↓大谷光瑞《おおたにこうずい》)をめぐる微妙な問答の形で、詩は展開する。

岩漿《がんしょう》【鉱】 マグマ(magma)。地下の深所(数十～数百km)に存在する溶融造岩物質。複雑な硅酸塩の溶融体で、若干の酸化物、硫化物、水およびその他の揮発性成分を含む。マグマが冷却固結したものが*火成岩。童[楢ノ木大学士の野宿]に「地殻の*底の底で、とけてとけて、まるでへたへたになった岩漿や」、童[ペンネンネンネンネン・ネネムの伝記]に「サンムトリ(→サンムトリ火山)の熱い岩漿にとゞ《(ママ)》いて/とうとう一度爆発をやった。」とある。

岩鐘《がんしょう》【鉱】【レ】 噴出した粘り気の強い熔岩が釣鐘《つりがね》状に固まったもの、すなわちトロイデ(Tholoide(独)) 熔岩円頂丘、または鐘状火山のことであろう。詩[雲の信号]に「岩頸だつて岩鐘だつて/みんな時間のないころのゆめをみてゐるのだ」、詩[渇水と座禅]に「西の岩鐘一列くもる」、歌[五八三]に「岩鐘の/きはだちくらき肩に来て/ひとひらの雲/つめたく暮れたり」とある。

環状削剝《かんじょうさくはく》【鉱】 風水の浸食によって地盤が輪のように環状にけず(削)られは(剝)がれていること。詩[*不貪慾戒《(ふとんよくかい)》]に「ゆるやかな環状削剝《くわんじやうせうはく》の丘、」とルビがあるが、削をセウ(しょう)と読むのは誤りではないが、削剝は一般にはサクハク。詩[花鳥図譜、八月、*早池峯山巓]、文語詩[眺望]にもルビなしで出てくる。

鹹水《かんすい》 →鹹湖《かんこ》

寒水石《かんすいせき》【鉱】【レ】 茨城県北部から産する結晶質*石灰岩の石材名。有名な水戸《みと》寒水石は装飾材として用いられる、純白の*大理石(石灰石が変成作用を受けたもの)。賢治は固まった雪の様子に使う。童[*雪渡り]の「雪はチカチカ青く光り、そして今日も寒水石のやうに堅く凍りました」や、童[*なめとこ山の*熊]の「雪はまるで寒水石といふ風にギラギラ光って」とある。

含水炭素《がんすいたんそ》【科】【食】 炭水化物の旧称。炭素・*水素・*酸素とからなる有機化合物で、例えば植物の炭酸同化作用(光合成)で生産される糖、*澱粉、セルロース等があり、エネルギー源として重要なものが多い。童[*茨海《ばらうみ》小学校][*ビヂテリアン大祭]。

観世音菩薩《かんぜおんぼさつ》【宗】 Avalokiteśvara(梵) アバロキティシュバラの漢訳。略して観音菩薩。唐代の高僧、玄奘《げんじょう》の新訳では観自在菩薩。観世音とは、世間の*衆生《しゅじょう》の救いを求める声を見聞すると直ちに救済する、ということから付けられた名で、聖《しょう》観音、十一面観音、千手《せんじゅ》観音、馬頭観音、如意輪観音、不空羂索《ふくうけんじゃく》観音、准胝《じゅんでい》観音、隠れキリシタンのマリア観音にいたるまで、その姿、分身には種々相がある。救いを求める者に応じ、仏、*声聞《しょうもん》、*梵天、*帝釈天《たいしゃくてん》、*竜、*夜叉、*修羅等、三十三身に変化し現われる。観音信仰の功徳《くどく》については、法華経(→妙法蓮華経)の観世音菩薩普門品第二十五(→観世音菩薩普門品第二十四)に詳しい。簡[15]に「富士川を越えるときも又*黎明の阿武隈の高原にもどんなに一心に観音を念じてもすこしの心のゆるみより得られませんでした」(阿武隈《あぶくま》高原は福島・茨城両県に南北にまたがる山地)、詩[*穂孕期《(ほばらみき)》]の下書稿に「はね起きろ、観音の化身《(けしん)》」とある。なお、森荘已池(→森佐一《さいち》)著『宮沢賢治の肖像』(一九七四)には、観音さまの白い大きな手が谷間の空に現われ、賢治の乗っているトラックが谷底に落ちるのを知らせてくれた、という賢治から直接聞いた話が紹介されている。

観世音菩薩普門品第二十四《かんぜおんぼさつふもんぼんだいにじゅうし》【宗】 法華経(→妙法蓮華経)中の*観世音菩薩普門品第二十五のこと。「観音品《かんのんぼん》」と

【かんせつ】

も。第二十四としたのは賢治の記憶違いか。あるいは聖徳太子の『法華経義疏《ぎしょ》』では第二十四となっており、その影響も考えられる。しかし、もしそうなら、「*如来寿量品」の場合は第十五であるべきだが、すべての用例が第十六となっており、賢治の勘違いの可能性が強い。簡［49］に「*妙法蓮華経　*方便品第二／妙法蓮華経　*如来寿量品第十六／妙法蓮華経　観世音菩薩普門品第二十四」とある。なお、歌［三一九］には、略して「夜の普門品」とある。

環節《かんせつ》【動】環節（形）動物の分節のこと。環節動物の多くは水中に生息し、体が多くの環（リング）状の分節のつながりになっている（*ヒルやミミズなど）。その分節の一つ一つを環節と言う。詩「蠕虫舞手《アンネリダタンツエーリン》」に「*燐光珊瑚の環節」とある。→蠕虫舞手《アンネリダタンツエーリン》

管先生《かんせんせい》→それなる阿片は《それなるあへんは》

萓草《かんぞう》【植】正しくは萱草（→萱《かや》）。ユリ科ワスレグサ属の多年草。忘れ草。薬用に栽培もされるが、山野に自生し、夏、*百合に似たオレンジレッドの花をつける。一重咲きのノカンゾウ（野萱草）と八重咲きのヤブカンゾウ（藪萱草）がある。曲［牧歌］には方言で「わすれ草も入《はえ》ったが忘れだ」とあるが、念のために言うと、ワスレナグサ（勿忘草）はforget-me-notの訳名でムラサキ科の藍色の小花をつける多年草。「萓草の花のやうにわらひながら」（詩［矌《(ママ)》原淑女］矌は曠の誤）、「萓草の青い花軸が半分砂に埋もれ」（詩［*オホーツク*挽歌］）。ヤブカンゾウやニッコウキスゲ、ユウスゲ等の同属の総称としても用いるが、立原道造詩集『萓草《わすれぐさ》に寄す』（一九三七）の場合は花が淡黄色のユウスゲを指す。なお、賢治は萱をほとんど萓と書いているが、文庫版全集は萱に直している。

乾燥地農法《かんそうちのうほう》→乾燥地農法《ドライファーミング》

神田《かんだ》【地】東京の地名（現千代田区神田）。明治時代からの文教地区で、今も諸学校、書店、出版社等の多い地区。賢治は一九一六（大正五）年三月、*盛岡高等農林学校二年の時、東京、京都、奈良、愛知県地方に修学旅行に出かけ、同年七月三〇日に、夏休みを利用して今度は単身上京、八月一日から三〇日まで神田猿楽《さるがく》町《ちょう》にあった*東京独乙《ドイツ》語学院の夏期講習会に一か月間通っている。これが賢治の「神田」との触れ合いの最初と思われる。歌稿〔A〕に「以下東京　秩父」と注した数首があり（秩父は東京からの帰途、高等農林学校の臨地実習で向かった）、うち「神田」と題した「この坂は霧の中より巨《(おおい)》なる舌の如くにあらはれにけり」は、その折の神田体験で得たものであろう。賢治は右の二回の上京を含めて生存中一四回上京、滞在しているが、神田界隈《かいわい》にはおおむねその都度訪れていると考えられる。書簡や手帳のメモ等でたどれる足跡のほか、神田は彼の勉学意欲、好奇心をひきつけるにふさわしい界隈であったろう。新旧書籍や*浮世絵の収集・探索等、神田は図書館、美術館の役割も兼ねていたと思われる。一九一七年一月の四回目の上京の時も神田を歩いているし、次いで五回目、翌一九一八年一二月から一九一九年二月まで妹*宮沢トシ看病のための東京滞在の折は将来をもくろんで神田の宝石商等を訪ねている。宝石屋だけではなかったろう。そのつど古書店等を回ったりしたことは想像に難くない。一九二六年一二月の八回目の上京の折は、神田錦町《にしきちょう》の上州屋という宿屋に二〇日間下宿し、神田のＹＭＣＡのタイピスト学校に通ったり、*高村光太郎を訪問した。一九二八（昭和三）年六月の伊豆大島旅行の際も（一一回目の上京）、ひとまず前記上州屋に投宿。

詩「神田の夜」はその時書かれた、いわゆる「東京」詩篇中の一篇である。深夜の神田の夜景の中で「（二十年后の日本の智識階級は／いったいどこにゐるのであらう）」とシニカルな、そして重たい問いかけが挿まれ、英語の問答が続いたりする。「睡《ねむ》らないのは／重量菓子屋の裏二階」（→菓子）や、最終行の「日活館で田中がタクトをふってゐる」のは無声映画の伴奏（ステージの脇や下方でなされる。指揮は有名だった田中豊明）の様子だが、神田日活館で得たイメージ。そして最終回の上京、一九三一年九月二〇日、この時は東北砕石工場（→石灰）の製品の実物持参のPRのためだったが、車中で発した高熱のため、ほうほうの態《てい》で上野からタクシーで駆け込んだのが神田駿河台南の八幡館（跡地はJR御茶ノ水駅近くの演奏会場のカザルス・ホールだったが今はそれもない）という宿屋であった。一九一六年八月一七日*保阪嘉内あて封緘《ふうかん》葉書にも「神保町少しばかりのかけひきにや、湿りある朝日は降れり」以下神田を詠んだ歌が添えられる。

款待《かんたい》【レ】 歓待に同じ。よろこんでもてなす。詩「*小岩井農場 パート一」に「わたくしを款待するだらう」とある。

ガンダーラ【地】 Gandhāra 現パキスタン北部ペシャワルの周辺地域。前三世紀ごろ、中央アジアのアムダリヤ（川）流域に東《とう》漸《ぜん》したアレキサンダー帝国時代の残留ギリシア人が、バクトリア王国を建設。この時代にガンダーラ地方に進出したギリシア人の子孫によって紀元前後からクシャン朝にかけて栄えたのがガンダーラ美術である。中心地はクシャン朝の都プルシャプラ。二世紀の大王*カニシカは第四回仏典結集《けつじゅ》を行なうなど仏教を保護、*インド本土で禁止されていた仏像がこの地で初めて作られた。写実的でギリシア系の衣服、容貌を呈し、遠く中国や日本（飛鳥《あすか》文化）へも伝播《でんぱ》した。詩「*白い鳥」に「日に灼けて光ってゐるほんたうの農村のこども／その*菩薩ふうのあたまの容《かたち》はガンダーラから来た」、童「*インドラの網」に「私は*天の子供らのひだのつけやうからそのガンダーラ系統なのを知りました」とある。詩「*装景手記」には表記もガンダラとして、総括的に「ヒンヅーガンダラ乃至《ないし》*西域諸国に於ける」とある。

かんぢき《かんじき》【文】 樏（古名かじき）。雪や氷の上を歩くとき*靴の下につける履きもの。木板や、つる等で円形、楕円形に作り、靴に結わえつける。爪をつけてさらに滑らないようにしたものもある。童「*水仙月の四日」に「かんぢきをはき毛皮を着た人が、村の方から急いでやってきました」とある。なお、『注文の多い料理店』の初版に収まるこの童話では「かんぢき」となっていて、「かんじき」の賢治誤記か、誤植と思われる。旧かなでも後者が正しいからである。

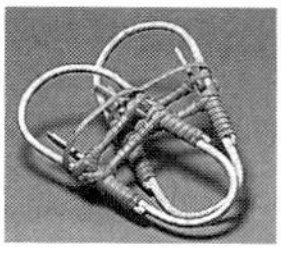
かんじき

ガンジス河《がんじすがわ》【地】 Ganges ガンジス河のこと。中国語音写で恒河。賢治が題も署名もなく短篇ふうに書いて印刷し、手渡し、郵送し、学校の下駄箱等にも入れたとされる「手紙〔一〜四〕」（全集の編集処理上の仮題）の四篇のうちの〔二〕の冒頭に「*印度《インド》のガンジス河はあるとき、水が増して烈《はげ》しく流れてゐました。」とある。身分のいやしい女が王の所望にこたえて、ガンジスの流れを逆流させてみせ、驚く王に「まことの力」を説く内容だが、全長約三〇〇〇kmの聖なる母の流れとされるガンジス河にちなむ本生譚《ほんしょうたん》（→印度）中の一篇かと思わせるほどである。

間諜《かんてふ》 ↓隠密《おんみつ》

カンテラ【文】 ラテン語 candela(英語キャンドルの語源、ろうそく、燭台)またはオランダ語 kandelaar(燭台)の転訛。南蛮文物として伝来した燈火具の一種。江戸時代は金属製または陶製、土瓶のような大きな腹部の口から太い布心《ぬのしん》を出して植物油でともした。明治に入り石油ランプの普及に先立ち石油用燈火具として普及、愛用された。ランプ普及後はもっぱら鉄道、船舶、鉱山等、野外での携行用燈火具としてレンズをつけたものが普及した。童[黄いろのトマト]に「青いアセチレンや、油煙を長く引くカンテラが」とある。

カンテラ(カバーの下が燈心)

カンデラーブル【農】 カンデラブル。candélabre(仏)、Kandelaber(独) 燭《しょく》台とかシャンデリアの意(↓カンテラ)。形の連想から、果樹整枝法の「牆壁仕立《しょうへききじたて》」(牆壁は垣根の壁、フェンス)のことで、まず水平に枝を伸ばし、その枝から上へ垂直に分枝を伸ばす整枝法。劇[饑餓陣営]の生産体操をする場面で、大将が「次は果樹整枝法その三、カンデラーブル。(中略)U字形をつくる。」と言うと、兵隊たちが枝の形の体操をする場面が取り入れられている。詩[種馬検査日](↓種馬所)には「カンデラブル《(ママ)》」で、童[チュウリップの幻術](↓うっこんかう)にはルビなしの「墻壁仕立」で出てくる(新校本全集も俗字の墻だが、正字は文庫版全集の牆)。

カンデラーブルの形(賢治の絵)

旱天《かんてん》 ↓旱魃《かんばつ》

寒天(質)《かんてん(しつ)》 ↓寒天《アガア》、アガーチナス

岩巓《がんてん》 ↓レンズ

カント博士《かんとはかせ》【人】 イマニュエル・カント(Immanuel Kant 一七二四～一八〇四)。ドイツの哲学者。認識とは主観による秩序だてであるとし、超経験的な対象(「もの自体」)は認識できない(「不可知」)とした。童[フランドン農学校の豚]に、豚が背中を打たれたときにどう感じているかは「叫び声以外わからない」、それは「カント博士と同様に全く不可知なのである」とある。また、童[ペンネンネンネンネン・ネネムの伝記](↓昆布)で、フゥフィーボー博士が生徒に向かって「かの天にありて濛々《(もうもう)》たる星雲、地にありてはあいまいたるばけ物律、これはこれ宇宙を支配す。」と演説するくだりは、例えばカントの『実践理性批判』第二部の結びの一文、「ここに二つの物がある。それは――我々がその物を思念すること長くかつしばしばなるにつれて、常にいや増す新たな感嘆と畏敬の念とをもって我々の心を余すところなく充足する、すなわち私の上なる星をちりばめた空と私のうちなる道徳的法則である。」(岩波文庫より)の影響と見ることができる。↓現象《げんしょう》

カンナ【植】 canna ハナカンナ。中南米原産のカンナ科の多年草。種類も多い。ヨーロッパで改良され、一九一〇(明治四三)年渡来した園芸観賞植物。高さ一～二mで、地上部は冬枯れする。葉は長さ三〇～四〇cmで革質。夏～晩秋、径一〇cmほどの大きな花をつける。詩[冗語]に「どういふカンナが咲くかなあ」とある。

観音《かんのん》 ↓観世音菩薩《かんぜおんぼさつ》

観音堂《かんのんどう》【地】 太田清水観音。岩手県稗貫郡太田村(現花巻市)の清水野《きよみずの》(↓江釣子森《えづりこもり》)にある。八〇七(大同二)年坂上田村麻呂の勧請《かんじょう》と伝えられ、京都および兵庫県加東郡社《やしろ》町(現加東市)の

清水寺とともに天台宗の日本三清水と言う。また奥羽三十三観音の第一番札所(次項参照)。詩[*穂孕期《ほばらみき》]に「蜂蜜いろの夕陽のなかを／みんな渇《かわ》いて／稲田のなかの*萓《かや》の島、／観音堂へ漂ひ着いた」とある。「漂ひ着いた」は、上の萓の島(萓が生い茂っているので島にたとえたのであろう)に対する語で、舟が漂うように疲れてたどりついたの意。

観音巡り《かんのんめぐり》 【地】 *花巻地方の札所《ふだしょ》巡りのこと。太田村の清水寺(→観音堂)を第一番札所とする岩手県*稗貫《ひえぬき》・和賀《わが》・紫波《しわ》三郡の三十三か所巡礼。童[或る農学生の日誌]に「すると父が母もまだ伊勢詣りさへしないのだし祖母だって伊勢詣り一ぺんとこゝらの観音巡り一ぺんしただけこの十何年死ぬまでに善光寺へお詣りしたいとそればかり云ってゐるのだ」とある。

観音山《かんのんやま》 【地】 高さ二六〇m。*花巻市高松(旧稗貫郡*矢沢《やさわ》村高松)(→成島《なるしま》)東部の丘陵。*胡四王山の東南二km余の尾根続き。西南方二km余にある旧天王山(→キーデンノー)と合わせて三山鼎《てい》立《りつ》(向きあって立つ。いずれも「*経埋ムベキ山」)の形となっている。作品には出てこないが、帳[雨ニモマケズ]一四三・一四四頁の「経埋ムベキ山」の一。

悍馬《かんば》 →アラヴ、血馬《けつば》

旱魃《かんばつ》 【農】【天】 日照り(旱《ひでり》)。旱害。旱天。渇水。雨不足で作物《さくもつ》が枯れる状態を言う。漢籍では魃とは*旱《ひでり》の鬼神の意で、頂上に眼があり、肌を脱ぎ風の如く走ると言う。東北地方に一般的な*飢饉はこの旱魃、水害、冷害の三つによるところが大きい。例えば詩[*毘沙門天の宝庫]には「大正十三年や十四年の／はげしい旱魃のまっ最中も」とあり、詩[〔一昨年四月来たときは〕]に「そしてその夏あの恐ろしい旱魃が来た」等とある。ほかに童[*グスコーブドリの伝記][或る農学生の日誌]等。「旱《ひでり》」は、詩[野の師父]に「一昨年の夏ひでりのそらを」とある。「旱害」は詩[旅程幻想]に「さびしい不漁と旱害のあとを」とある。「旱天」は詩[*蘿露青《かいろせい》]に「この旱天のどこからかくるいなびかり」とある。「渇水」は詩[渇水と座禅]の題名ともなっている。なお、詩[〔雨ニモマケズ〕]にある「ヒデリノトキハナミダヲナガシ」の「ヒデリ」は賢治の原稿(帳[雨ニモマケズ])では「ヒドリ」となっており、これは賢治の誤記とされてきた。花巻の一部の方言に「ヒドリ」があったとし、それが「日取り(日傭《やと》いかせぎ)」を意味したということを根拠に、これを原文通りに読むべきだとする説もあるが、これはあくまで賢治の誤記と考えるべきだろう。入沢康夫が言うように、この「新説の成り立つ余地は、かぎりなくゼロに近」い。なぜなら、「日取り」ではこの詩全体の格調をそこなうばかりでなく、文脈的にも意味がたどれなくなる。そして、次にくる「ナミダ」は単なる哀れみや同情の涙ではなく、旱魃をうるおす雨のような涙の意が裏側にこめられているからである。それでこそ次行の「サムサ(→稲《いも》熱《ち》)ノナツハオロオロアルキ」との対偶表現も生きて共鳴しよう。例えば、同じ晩年期の詩[毘沙門天の宝庫]にも「旱《ひでり》のとき」が出てくるが、その下書稿では「旱魃のときあいつが崩れて／いちめんの雨になれば」とあり、ルビの「ひでり」が最初は「ひどり」とふられ、「ひでり」に賢治自身の手で訂正されており、やはり賢治の早書きによる誤記であることを証拠だてる例がみられ、また、ここでの「いちめんの雨」のイメージも「ヒデリノトキハナミダヲナガシ」の「ナミダ」と照応し、その解釈を助けてくれる。いま一つの例証としては、やはり帳［雨ニモマケズ］七一～七四頁に見える劇の構想メモ［土偶坊］（↓デクノボー）に「第五景　ヒデリ」と、これは明記されていることも参考になろう。

間伐《かんばつ》【農】　作物の苗の間引《まび》きと同じで、山林の樹木の一部を伐採して、風通しをよくし、発育を助けること。樹木の密度を疎にするので、疎伐《そばつ》とも言う。ス［八］の「ここの並木の*松の木は」にはじまる七行の終句には「すこし間伐したらどうです。」とある。

看版《がんばん》【文】　文語詩に［〔*銅羅と看版　トロンボン（↓チャリネ）〕］がある。看版は看板の誤記かと思われそうだが、かりに看板としてもこの詩の内容にそぐわない。これは楽器名で、インドネシアの打楽器ガンバン（gambang）の漢字による当て字である。あるいは当時この表記があったのか、賢治の当て字であるかは未詳だが、木琴に似た打楽器（木製でないものもある）で東南アジア一帯で民俗的行事などに使われており、日本の曲馬団（サーカス）等で使われていたことはたしかである。

乾板《かんぱん》【文】　写真乾板。*ガラスまたは合成樹脂感光ネガ。コロジオンを用いた乳剤をガラス板に塗り、濡れたまま撮影した湿板に対して言う。詩［〔南のはてが〕］等。

観兵式《かんぺいしき》【文】　旧陸軍の儀式の一。祝祭日等に正装した*軍隊が整列して閲兵を受け、その後分列行進して威勢を示した。天長節、陸軍始《はじめ》（毎年一月八日）の観兵式には天皇も臨席し、軍隊の敬礼を受けた。童［*烏の*北斗七星］に出てくる。

灌木帯《かんぼくたい》　↓苔蘚帯《たいせんたい》

緩慢燃焼外套《かんまんねんしょうがいとう》【レ】　賢治の造語。童［*氷*河鼠の毛皮］でタイチ（↓太市）が自慢する「北極兄弟商会パテント」の外套。ゆっくり燃焼するみたいに暖かい仕掛けの外套、の意であろう。「北極兄弟商会特許」の着想もそうだが、この外套も賢治のユーモラスな〝発明品〟である。

岩脈《がんみゃく》【鉱】　ダイク（dike, dyke）。地中でマグマ（↓岩漿《がんしょう》）が岩石の割れ目などに貫入し、棒状、板状に固まった脈状の岩のこと、横に広がったものは岩床《がんしょう》と言う。周囲の岩と異なるため、風化の際、脈状に残ることがある。童［*台川］に「あの*黒曜石《こくようせき》のdykeだ」、「ダイクと云はうかな。い、や岩脈がい、」とある。

かんむり座《かんむりざ》　↓空の泉《そらのいずみ》

冠毛《かんもう》　↓冠毛燈《かんもうとう》、コロナ

冠毛燈《かんもうとう》【植】【レ】　冠毛とは萼《がく》の裂片の変形したもので、子房の先端部に着生して毛状を呈し、風によって種子が遠くまで飛んで行く。冠毛燈とは賢治独自の造語で、タンポポ、*アザミ等のキク科植物等の痩果《そうか》（固い果皮の果実は小さく、成熟しても裂開しない）に見られる白い冠毛を燈火に見立てたもの。童［ポラーノの広場］、劇［*ポランの広場］等に出てくる「つめくさ（↓白つめくさ、赤つめくさ）のあかり」と同様の着想。詩［〔うとうとするとひやりとくる〕］に登場。　↓コロナ

冠毛の質直《かんもうのしつじき》　↓コロナ

丸薬《がんやく》【科】　よく練って小さく丸めた薬。粉薬《こなぐすり》、水薬《みずぐすり》に対して言う。童［*山男の四月］に、「黒い丸薬の瓶」などが登場し、また水薬も出てくる。

カンヤヒャウ問題《かんやひょうもんだい》【文】　日本が明治末から漢冶萍煤《かんやひょうばい》鉄廠《てっしょう》有限公司《コンス》（中国の製鉄会社。漢陽鉄廠、大冶鉄山、萍郷炭田

の略総称）に投資したり、その領有を画策したこと。童［ポランの広場」に「『どうです。カンヤヒャウ問題もいよいよ落着《らくちゃく》ですな。』と云ひましたら紳士は／『え、どうも大変に不利なことになりました』なんて云ってゐました」とある。

甘藍《かんらん》 →キャベヂ

橄欖《かんらん》【植】【レ】 オリーヴのこと。本来、橄欖とオリーヴは別種なのだがよく混同される。童［銀河鉄道の夜」に「青い橄欖の森」とあるが、鉱物の橄欖石のことでなく、植物の橄欖のこと。帳［兄妹像」九頁にある「橄欖緑」も植物の橄欖色、黄緑色、または暗緑色を言うのであろう。詩［マサニエロ」にある「橄欖天蚕絨」も色彩を表わしている。→橄欖岩《かんらんがん》

橄欖岩《かんらんがん》【鉱】 ペリドタイト（peridotite）。橄欖石（olivine《オリヴィーン》）を主成分としたさまざまな苦鉄質鉱物（マグネシウムと鉄に富む有色鉱物）を伴う超塩基性の深成岩の総称。白金やニッケル、クロム鉄鉱等を含むことも多く、重要な鉱床ともなる。変質して蛇紋岩になる。賢治の愛した早池峰山は蛇紋岩が多く見られるが、もとの橄欖岩がどの程度蛇紋岩化しているかは、詳しく調べなければ決定はできない。賢治自身も併用することが多く、例えば雑［盛岡附近地質調査報文」（→土性調査）や、詩［渓《たに》にて」でも「そこらの蛇紋岩橄欖岩みんなびりびりやりだした」となっている。詩［休息」（初行「中空《なかぞら》は晴れてうららかなのに」）に登場する「東橄欖山地」とは北上山地を指すが、これに属する種山ヶ原について、賢治は「種山ヶ原といふのは北上山地のまん中《なか》の高原で、青黒いつるつるの蛇紋岩や、硬い橄欖岩からできてゐます」（童［種山ヶ原」）と説明している。童［虔十公園林」の中で石碑に使われたように、橄欖岩は墓石や石碑に使われることがある。（→口絵㉛）→オリーヴ、橄欖天蚕絨《かんらんびろうど》

橄欖天蚕絨《かんらんびろうど》【衣】 オリーヴ色した天蚕絨《てんさんじゅう》。オリーヴを橄欖と訳した古い習慣があったので賢治もこの語を用いたかと思われるが、オリーヴと橄欖はまったく別の樹木で、果実の色合いと油がとれる点では似ている。詩［マサニエロ」に「（濠と橄欖天蚕絨《かんらんびろうど》、杉）」とあり、ここでは杉のことを指している。→天蚕絨《てんさんじゅう》

橄欖緑《かんらんりょく》 →橄欖《かんらん》

乾溜《かんりゅう》【科】 乾留とも。有機固体を空気を遮断《しゃだん》して加熱し、揮発分と固体残留物とに分離回収する操作を言う。例えば石炭の乾留によるコークス、タール、石炭ガスを得る操作や、木材の乾留による木炭、木酢液、木タールを得る操作等。童［ポラーノの広場」（→ポランの広場）では、山猫博士デステゥパーゴが乾溜会社といつわり密造酒を醸造している。ほかに簡［30］。曲［月夜のでんしんばしら」に「タールを塗れるなが靴の」とあるのは、乾留のときにできる黒色の液体「タール」を塗料として塗った柱を長靴と見立てた。

感量《かんりょう》【科】 さまざまの計器の示す（例えば、重量計の針が反応する）最低の量を言う。詩ノート［〔ソックスレット〕」に「感量〇・〇〇〇二といふ風な／こまかな仕事をしてゐるもんだ」とあるのは、脂肪分抽出器での測定。→ソックスレット

漢和対照妙法蓮華経《かんわたいしょうみょうほうれんげきょう》 →赤い経巻《あかいきょうかん》

き

きいちご【植】　木苺。バラ科の低木。多くの種類があるが、とげがあり、実は食べたり、ジャムにする。歌[五六九]に「きいちごは雲につめたく熟れたればかそけきなみだ誰かなからん」(かそけきは、かすかな、少しの)とある。童[*グスコーブドリの伝記」にも登場。

黄《き》いろな花《はな》こ　おらもとるべがな【方】　黄色い花、私もとろうかな(「花こ」に関しては→馬こもみんな今頃ぁ　家さ行ぎ着だな)。「べ」は意志。「がな」は詠嘆、強めの「かな」の訛りで「とろうかなあ」。詩[青森*挽歌]。

輝雲《きうん》　→ハロウ

帰依法《きえほう》【宗】　三帰依(帰依仏・帰依法・帰依僧)の一。三帰依は帰依*三宝(仏・法・僧の三宝に帰依する)とも言う。帰依(→南無妙法蓮華経)は帰命《きみょう》と同じ、絶対の信をささげ帰順すること。帰依仏は仏に、帰依法は法すなわち仏法に、帰依僧は僧団に命をささげて生きること。歌[五七六]に「帰依法の／皺《(しわ)》たゝみ行く雲原《(くもはら)》と／なみだちつゞく青松森と」とある。皺だち、波立ちながらつづく眼前の雲原や青松の森の姿を、仏法に帰依する姿と見たてたのであろう。むしろそのイメージからは、帰依僧たちの姿に見えなくもない。

気焔《きえん》【レ】　気勢・意気が盛んであること。ふつうは人間の心意に用いるのだが、短[秋*田街道]には「公園のアーク燈(→アークライト)だけ高い処でそらぞらしい気焔の波を上げてゐる」とあって、これはアーク燈の*電気の放電そのものの気焔で、原義そのままの新鮮な表現なのだが、あたかも擬人法のようにも見えるところがかえっておもしろい。

気海《きかい》【天】【レ】　地球の周りを包む大気を海にたとえたもの。詩[〔*地蔵堂の五本の巨杉《すぎ》が〕]では「まばゆい春の空気の海」の中に立つ巨杉《きょさん》を「緑いろした気海の島」としている(下書稿㈢では「海坊主」)。

気岸《きがん》【天】【レ】　*気海の岸。詩[〔日はトパースのかけらをそゝぎ〕](→トッパース)に「そのたよりない気岸の線を」とある。

汽鑵車《きかんしゃ》　→しのぶやま

桔梗《ききょう》【植】　日当たりのよい山野に自生するキキョウ科の多年草、茎は四〇～一〇〇cm。夏～秋に青紫色の釣鐘状花をつける。桔梗色と使われることも多い。秋の七草の一。「東の空はもう優しい桔梗の花びらのやうにあやしい底光りをはじめました」(童[*いてふの実])、「夜があけかゝり、その桔梗色の薄明(→薄明穹)の中で」(童[まなづるとダァリヤ])、「桔梗色の夕暗の中です」(童[*蛙のゴム靴])、「その冷たい桔梗色の底光りする空間を一人の天《(ママ)》が翔けて」(童[*インドラの網])、「桔梗いろの天球(→穹窿《きゅうりゅう》)には」(童[*水仙月の四日])等、色彩感の鮮やかなイメージが多い。

饑饉《ききん》【農】【食】　飢餓、とも言う。飢(饑《き》)渇《かつ》も同義。ケカチ、ケカツはその古訓。また凶饉の語も古くはよく用いられた。『岩手県史』九巻(一九六四)によると、干害、冷害、洪水等の影響で、た。一九〇二、一九〇五、一九一〇、一九一三(大正二)、一九二〇年と大凶作だった。二、三年ごとの周期で起こっているが、冷害の場合は、千島寒流の南下の具合と大いに関係があったと言う。このため、耐寒性の品種改良が研究開発され、凶作の傾向も大正、昭和と減少するが、凶作に備えて農山村では主として米や、*稗等の雑穀を*救荒《きゅうこう》作物《さくもつ》として村単位で倉庫に保管した。ほかに、*栃や*楢等の実、野草、草木の根等まで食糧とした。思えば賢治の全活動も、饑饉ぬきには考えられないと言っても過言ではない。「私はこの地方の飢饉を救《たす》けに来たものだ」(童[*グスコーブドリの伝記])、「ある年非常な饑饉が来て」(童[*二十六夜])、「饑饉でみんなが死ぬとき」「饑饉がやむなら足を切っても」(童[*学者アラムハラドの見た着物])等。なお、劇[饑餓陣営]の饑餓も同義だが、陣営は軍隊用語で、戦線、戦陣。↓千人供養の石《せんにんくようのいし》

菊 きく【植】 観賞用として栽植される多年草。日本には奈良期に中国から入ったといわれる。幹はやや木質となり、高さ約一mにもなる。秋、茎の先端に種々の色の花をつける。古来、品種改良により多数の園芸品種がある。全国的に秋にはよく、駅や公園等で菊花展が催される。賢治の場合も簡[281]に「今度例の秋香会が俄に会員も増えて(中略)あなたと中井先生と*関徳弥(彌)さんとわたくしに顧問ですか、賛助会員ですか客員ですか、とにかくそこらになってくれまいかといふ訳です」とある。賢治は地元の菊作りに*肥料や品評の面で協力した。彼の数少ない俳句の中の「*魚燈して霜夜の菊をめぐりけり」以下一六句もその協力の産物。「花はみな四方(よも)に贈りて菊日和」も中の一句。菊日和は菊花薫るころの秋の好天気を言う。帳[雨ニモマケズ]二一頁には「朝顔(↓モーニンググローリ)を作り菊を作れば」とある。

菊石 きくいし ↓アンモン介《あんもんかい》

菊芋 きくいも【植】 キク科の多年草。北アメリカ原産。別称カライモ。明治初期に飼料として輸入栽培されたものが各地に野生化した。高さ約二m、八月から一〇月にかけて径八cmほどの黄色の花をつける。地下の塊茎は食用。サラダ、漬物、煮物にする。*イヌリンを多く含み果糖原料に適する。*保阪嘉内あての簡[92]に「この畑はみんな菊芋を作るつもりです」。詩[〔そもそも拙者ほんものの*清教徒ならば〕]に「三十キロでも利かないやうな/うすい黄いろのこの菊芋/(中略)/このエルサレムアーティチョーク/イヌリンを含み果糖を含み/*小亜細亜では生でたべ/ラテン種族は煮てたべる/古風な*果蔬トピナムボー」とある。エルサレム・アーティチョーク(Jerusalem artichoke)は英名(正しくは冒頭の発音ジェ)。学名は Helianthus tuberosus。

キクイモ

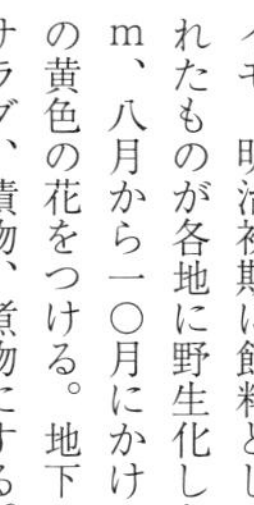

菊五郎氏 きくごろうし ↓六代菊五郎《ろくだいきくごろう》

菊池武雄 きくちたけお【人】 一八九四(明治二七)～一九七四(昭和四九) 画家、教師。岩手県江刺《えさし》郡稲瀬《いなせ》村(現*江刺市)に生まれる。岩手県師範学校卒業。*盛岡市城南尋常高等小学校訓導を経て一九二四(大正一三)年、岩手県立福岡中学校教諭(図画担当)となる。賢治の童話集『注文の多い料理店』の装幀と挿絵を手がける。岩手師範の同級で城南小の同僚でもあった*藤原嘉藤治(「序」参照)の紹介による。一九二五年上京、西巣鴨第二小学校、四谷第六小学校で図画教師。上京後、友人深沢省三(「赤い鳥」の挿絵画家)の家に居候していた関係から、

菊池は賢治の童［タネリはたしかにいちにち噛んでゐたやうだった］（→ホロタイタネリ）の原稿を「赤い鳥」の主宰者鈴木三重吉に見せたが、「あんな原稿はロシアにでも持っていくんだなあ」と断られたという話は有名。また、一九三一（昭和六）年九月、上京した賢治が発熱病臥した時、菊池は八幡館（→神田）に駆けつけ世話をしている。『春と修羅』第二集［序］に「まづは友人藤原嘉藤治／菊池武雄などの勧めるまゝに／この一巻をもいちどみなさまのお目通りまで捧げます」とある。菊池あて現存賢治書簡は［244・291・445・478］。

木沓《きぐつ》【衣】 木をくり抜いて作った靴。オランダ、フランス等で履かれたサボ（sabot〈仏〉）のこと。劇（断片）［〔蒼冷と純黒〕］に「枯草を詰めた木沓《きぐつ》のダンスを懐かしく思ふのだ」とある。日本でも王朝時代の風俗には見られるが、賢治のころ実際に履かれていたわけではなく、幻想的に用いたもの。

菊日和《きくびより》 →菊《きく》

木耳《きくらげ》【植】 キクラゲ科、山中のクワ、ニワトコ等の広葉樹の枯れ木に群生するキノコ、人間の耳の形をしているところから当てられた文字だが、食すると肉質が海のクラゲに似ているというので木クラゲの名があり、文字と音がそれぞれの意味をもつ合成名。中国料理によく使用される。食用にするのはふつう暗褐色の種類である。ハナビラニカワタケのように淡桃色を帯びるものもある。童［タネリはたしかにいちにち噛んでゐたやうだった］（→ホロタイタネリ）に「そこらはみんな、桃いろをした木耳だ」とあるのをみると、ハナビラニカワタケを指すのであろう。

気圏《きけん》【天】 地球を包む大気の占める領域のすべて。賢治の愛用語の一。早くは「冬のスケッチ」に頻出。「くるみとは／げにもあやしき／気圏の底のいきもの」「気圏の底にすぎとなづくる／青きいきものら」「からすそらにてあらそへるとき／あたかも気圏飽和して」等。重要なのは詩［〔気圏ときに海のごときことあり〕］や、詩［春と修羅］の「まばゆい気圏の海のそこ」といった表現に見られるように、賢治が気圏を海中のイメージで把握した点である。自らを、海底に住むと言われる修羅に比喩したことが関係していようが、賢治がおびただしい数の作品に、気圏＝水溶液といった科学的宇宙観を記したことも考える必要があろう。特にコロイド溶液（微粒子が水中に分散している状態）を使った描写（膠質光、コロイダーレ（→コロイド）、寒天（→アガーチナス）の雲等）が多く、生物体がコロイドでできあがっていることから、宇宙と生物とのコロイド的共通性が念頭にあったと思われる。いま一つ重要なのは、気圏が賢治の天上世界への憧憬と、海中生物から陸上爬虫類（→雷竜〈龍〉）、さらに鳥類へという進化論をふまえた生物学的時間論（歴史）と強く結びついていたことである（→イギリス海岸）。例えば有名な『春と修羅』の［序］に示された「新進の大学士たちは気圏のいちばんの上層／きらびやかな氷窒素《（こおりちっそ）》のあたりから／すてきな化石を発堀《（ママ）》したり」等はその代表。詩［永訣の朝］には「銀河や太陽（→お日さま） 気圏などとよばれたせかいの／そらからおちた雪のさいごのひとわん」があるが、これも気圏が太陽系、銀河系（賢治にとっての究極のマクロコスモス）と段階的に拡大する宇宙のその部分として把握されていたことを示す。詩［原体剣舞連《はらたいけんばいれん》］（→原体村）の「青らみわたる顥気《（こうき）》をふかみ」、踊る「気圏の戦士」、詩［青い槍の葉］の「気圏日本のひるまの底」、詩

［第四梯形《（ていけい）》］（↓七つ森）の「日本の九月の気圏」といった表現の背景にも宇宙観が露わである。しかも、賢治は自身の存在を「私は気圏オペ*ラの役者です」（詩［東岩手火山］〈↓岩手山〉）とコミカルに位置づける。単に壮大で悲壮なだけではない。

気圏オペラ《きけんおぺら》 ↓気圏《きけん》、オペラ

鬼語《きご》 【レ】 辞書等にない賢治の造語。難解な詩［森林軌*道］に「…鎔*岩流の刻みの上に／二つの鬼語が横行する…」とある。「刻み」は下書稿㈠では「刻鏤《（こくろう）》」、彫刻したような皺《しわ》。そこを横行する（のさばる）二つの鬼語。同音の綺語（仏教語、上べだけの美辞）、奇語（奇言）、あるいは鬼解《きげ》（仏教語で怪しげな解釈）等に近い、あやしげな二つの語《ことば》。例えば下書稿㈠の結婚した「熱した風」と、「黄いろの苹*果《（りんご）》」、といった奇*体な二語、の意であろう。なお「詩ノート」に不可解なつぶやきに似た詩［鬼語四］がある。

疑獄元兇《ぎごくげんきょう》 【文】 短［疑獄元兇］は一九二九（昭和四）年に私鉄疑獄事件（贈収賄）で起訴された当時の鉄道大臣小川平吉をモデルにしたと言われる。元兇（凶）は張本人。なお対馬美香《つしまみか》の調査では、第一審無罪判決の記事は一九三三（昭和八）年五月一七日（一六日夕刊）「時事新報」であること、それをふまえて執筆された可能性が高いと言うが、当時の大事件ゆえ全国的に他紙にも掲載されたであろう。ちなみに第一審無罪、検察の控訴で第二審有罪、さらに被告側上告で最高裁に当る当時の大審院でも有罪、司法大臣もつとめた小川と、かっての部下、石郷岡主任検事との法廷対決は「空前の劇的光景」として世の注目を集めた。

気根《きこん》 【植】 地上に露出している植物の根の部分。文語詩に［〔霜枯れのト*マトの気根〕］がある。↓息《いき》

きささげ 【植】 木豇豆、楸。別称アズサ（梓*。江戸期の本草学《ほんぞうがく》では「梓」にキササゲ、アズサ、アカメガシワを当てているが、こんにちでは梓はシナササゲ、楸はキササゲ、というのが通説）。中国原産のノウゼンカズラ科の落葉高木。河岸等に自生する。初夏、径四cmほどのクリーム色に暗紫色の斑点のある花を多数つける。秋の果実はササゲに似て（しかも木であるところからその名がある）細長く扁平。実は薬用にする。街路樹になっているのは同属のアメリカキササゲ。童［なめとこ山の熊*］に「いゝえ　あれひきざくら（↓マグノリア）でありません、お前とって来たのきさゝげの花でせう」とある。

キササゲ

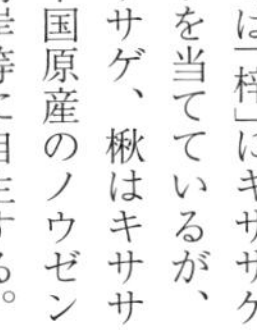

木《き》さば保《た》ご附《つ》くこなしだぢ《じ》ゃぃ 【方】 木にとりつきっこなしだぞ。保ご附くは「とりつく」「とりすがる」の意。童［台川*］に「『ぢゃ木さば保《（た）》ご附くこなしだぢゃぃ。』誰かゞうしろで叫んでゐる。どういふ意味かな。木にとりつくと弾《（は）》ね返ってうしろのものを叩くといふのだらうか」とある。

貴様《きさ》ん 【方】 貴様の訛り。お前。ごく親しい間柄か、少しさげすんだ呼称。童［祭の晩］には「全体きさんどこのやつだ」とある。「全体」は賢治のよく使う「いったい」。

騎士《きし》 ↓十字軍の騎士《じゅうじぐんのきし》

雉子《きじ》 【動】 キジ目キジ科の鳥。もともと日本特産で一九四七（昭和二二）年国鳥に指定されたが、岩手県の県鳥でもある。「灰いろなもの走るもの蛇に似たもの　雉子だ／亜*鉛鍍金《あえんめっき》の雉子なのだ／（中略）／雉子はするするながれてゐる／啼いてゐる／それが雉子の声だ」（詩［小*岩井農場　パート四］）、「雉子が啼いてるぞ

雉子が」(詩〔(霧がひどくて手が凍えるな)〕)、「雉なりき青く流れし」(文語詩〔(あな雪か　屠者《(としゃ)》(→屠殺場)のひとりは)〕)等。

亀茲国《きじこく》【地】　クチャ国。キュウジ国とも。*西域の古国。現在のクチャ(Ku-cha 庫車、もと「十字路」の意)の地。現中国新疆ウイグル自治区。インドと接する古代亀茲国は中国人と*インド人との混血も多かった。「法華経」(→妙法蓮華経)ほか仏典三五部を漢訳した鳩《く》摩《ま》羅什《らじゅう》(三四四～四一三、梵語クマーラジーヴァ Kumārajīva の漢音)もインド人を父、中国人を母(国王の妹)としてここで生まれ、首都長安に出て(四〇一)漢訳ほか多くの著作を完成させた。したがって、もともとは亀茲国はアーリア系民族の国で、漢や唐の都護府が置かれた東トルキスタンの要地で、漢時代は天山南路(→天山北路)の交易の中継地点であった。のちウイグル領となってからトルコ人化が進んだ。天山山脈南麓に位置し、シルクロード(→天山北路)のオアシスの一。仏教文化が栄え、キジルの千仏洞やスバシの寺院址《あと》等の遺跡が多い。その様式は小乗仏教(大乗・小乗の呼称については→大乗)的であり、また*ビザンチン美術との共通点も多いと言われる。童〔*雁の童子〕の須利耶蘇摩《そま》の出身地でもある。詩〔亜細亜学者の散策〕では「さう亀茲国の夕日のなかを／やっぱりたぶんかういふふうに／鳥がすうすう流れたことは／そこの出土の壁画から／たゞちに指摘できる…」とあり、詩〔蔥嶺《パミール》先生の散歩〕(→ツェラ高原)でも少し語句のちがいはあるものの同じ表現が見られる。

貴蛇紋石《きじゃもんいし》　→蛇紋岩《じゃもんがん》

帰正《きしょう》　→正道《しょうどう》

気象因子《きしょういんし》【天】　詩〔実験室小景〕に「ぜんたい春といふものは／気象因子の系列だぜ」とあるが、この語は気象学の専門用語にはない。「気候因子」(climatic factor)のつもりで用いたのであろう。「気候因子」とは、気候や気候要素の地理的分布に大きな影響を与える原因を言い、主に位置(緯度、経度)、海抜高度、海流分布、海流、地形、その起伏等の諸条件をさす。「系列」は、それらの組織的な仕組み、系統等をさす。

鬼神《きじん》【宗】　キシン、オニガミ、とも読む。変幻自在な力を有する神、または神々のこと。善神と悪神とあるが、特に害を与える神々を言う。*天、*竜、*夜叉、羅刹、*修羅等。「四方の夜の鬼神をまねき」(詩〔原体剣舞連《はらたいけんばいれん》〕〈→原体村〉)、「海と陰湿の夜のそらとの鬼神たち」(詩〔*宗谷挽歌〕)、「さういふ型の考へ方も／やっぱり鬼神の範疇である」(詩〔(日はトパースのかけらをそゝぎ)〕〈→トッパース〉)、「けれども*悪魔といふやつは、／天や鬼神とおんなじやうに」(詩〔(温《(ぬる)》く含んだ南の風が)〕)、「あるひ《(ママ)》はそこらの著名な山岳の名や／古い鬼神の名前を記されたりして」(詩ノート〔(*洪積世《(こうせきせい)》が了って)〕)等。

黄水晶《きずいしょう》　→黄水晶《シトリン》

きすかけられて　→於(於)田屋町《おたやちょう》

喜《き》助《すけ》だの嘉《か》ッコだの来《き》てしてしまったけぁぢ《じ》ゃ【方】　喜助や嘉ッコだのが来て(草刈りを)やってしまっただろう。「嘉ッコ」は愛称。東北地方では名前の最初か最後に一字「コ」をつけて通称・愛称とすることが多い(→馬こもみんな今頃ぁ　家さ行ぎ着だな)。「け」は過去の事柄を確認する意味で用いられている。「…だっけ」「…だったっけ」に相当する。劇〔*種山ヶ原の夜〕。

輝石《きせき》【鉱】　パイロキシン(pyroxene)。ケイ酸塩鉱物の一種。結晶系により、斜方輝石(orthopyroxene、斜方晶系)および単斜輝石(clinopyroxene、単斜晶系)の二グループに分けられる。多くの火成岩や変成岩に含まれる代表的な造岩鉱物。普通輝石は単斜輝石の一つで、硬度五・五〜六。短柱状をした有色鉱物(黒褐色)、安山岩などによく見られる。ひすい輝石(↓翡翠)も輝石の一つで、単斜晶系に含まれる。歌[二六八]の擬人化された「輝石たち/こゝろせわし《(ママ)》く別れをば/言ひかはすらん凾《(はこ)》(函)根《(ね)》のうすひ」とは、箱根火山岩(安山岩、別名富士岩)の破断面に見られる柱状輝石のこと。凾は箱の別字、「うすひ」は隣の歌[二六九]の「はこねの山の/うすれ日にして」から推して「薄日」であろう。

起是法性起滅是法性滅《きぜほっしょうきめつぜほっしょうめつ》 ↓法性《ほっしょう》

気層《きそう》 【天】 大気の層。かつては等圧面に関して大気は水平な層状を呈していると考えられていた。ところが今日では気層傾斜のあることが知られている。*天を層状に考えることは、期せずして*インドの段階宇宙観(古代の予言的な宗教哲学書『ウパニシャッド』いらいの宇宙の形態や本質を上方の*梵天以下、人間の自我に至る層を成すものと考える)とイメージ的につながってくる。賢治の用いる「気層の*底」も、より感覚的に、そして直観的に、この段階宇宙観の影響を受けたものである(↓印度、気圏)。詩[春と*修羅]には有名な「四月の気層のひかりの底を/唾《つばき》し はぎしりゆききする/おれはひとりの修羅なのだ」の一節がある。詩[宗教風の恋]には「なぜこんなにすきとほつてきれいな気層のなかから/燃えて暗いなやましいものをつかまへるか」、詩ノート[峠の上で雨雲に云ふ](↓ニムブス)では「平たく黒い気層の*なまこ」とある。ほかに詩ノート[ダリヤ品評会席上]、歌[三七七]等。

奇体《きたい》**だな、どごの馬**《うま》**だべ、いまごろ一疋**《いっぴき》**も居**《い》**だ筈**《はず》**ぁないぢ**《じ》**ゃな** 【方】 奇妙だな、どこの馬*だろう、今ごろ一匹も居る筈はないのにな。「奇体だな」は賢治の愛用語だが、*花巻ばかりか東北地方の慣用語でもある。方言では「きってだな」もしくは「きてぁだな」と発音することが多い。「奇妙だな」「変だな」の意。「だべ」は疑問。「筈《はず》ぁ」は「筈は」の訛り。劇[*種山ヶ原の夜]。

北風又三郎《きたかぜまたさぶろう》 ↓風の又三郎《かぜのまたさぶろう》

北上川《きたかみがわ》 【地】 岩手県最大の一級河川。もと「日高見川」に発すると言われる(↓日高野)。全長約二四三km。川の両岸一帯の肥沃な平野を賢治は「河谷《かこく》」と呼ぶ。流域面積では利根川、石狩川、信濃川に次ぐ日本で第四位の川。源流については諸説があるが、建設省(現国土交通省)によれば岩手郡岩手町の御堂《みどう》観音の湧水である。東北本線の奥*中山付近を境に河川は北流(馬淵《まぶち》川系)、南流(北上川系)に分かれる。北上川は途中、北上山地(東側)より、北から丹藤《たんど》川(この川も源流説の一)、米内《よない》川、*中津川、*簗《やな》川、稗貫《ひえぬき》川、*猿ヶ石川、人首《ひとかべ》川を合流し、奥羽山脈(西側)より、松川、*雫石《しずくいし》川、*葛丸《くずまる》川、*豊沢川、*和賀《わが》川、*胆沢《いさわ》川等を合流し、北上平野をさらに南下し、宮城県の*石巻付近で、石巻湾に注ぐ。古くから水運が発達し、交通の大動脈であった。賢治文学とのかかわりでは、特に猿ヶ石川との合流地点にある*イギリス海岸が、*修羅意識、地質年代と結びついた時間認識、*天上の海岸(↓プリオシンコースト)等、想像力の原点となる重要な位置を占めている。あるいは「母なる流れ」(小沢俊郎)として賢治作品に貫流する川である。し

北上川
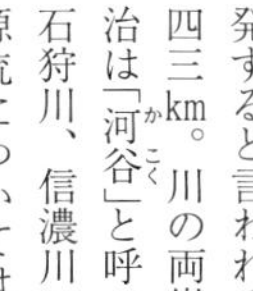

ばしば岩手地方をおそった飢饉の死者が北上川を流れたという言い伝えをふまえた一九一八(大正七)年九月の連作短歌、「青びとのながれ」(歌[六八〇～六八九])は凄壮な迫力をもつ。幼時体験した豊沢川との合流付近(落合)での子どもの溺死事件は、やがて、童[銀河鉄道の夜]の溺死のモチーフへと発展するという説も有力。詩[岩手軽便鉄道　七月(ジャズ)]に登場する北上第七支流(猿ヶ石川のことらしい)は、南流する大河、北上川のイメージと結びつき、童[銀河鉄道の夜]で、南行する夜の軽便鉄道沿いを流れる銀河(天の川)のイメージとなる。生前刊行には至らなかった心象スケッチ『春と修羅』第二集の[序]、「北上川が一ぺん汎濫しますると／百万疋の鼠が死ぬのでございますが」とあるのは、北上川流域の雨量が夏に集中することや、中流末端の一関市に狐禅寺《こぜんじ》峡谷があるため、古来よく洪水を招いたことをふまえた表現。童[化物丁場]には「雨と洪水の噂でした。大抵南の方のことでした。狐禅寺では、北上川が一丈六尺増したと誰かが云ひました」とある。短歌では[一八一]に「北上は／雲のなかよりながれ来て／この熔岩の台地をめぐる」とあり、[五三四]に「あけがたの／「電気化学」の峡《たに》を来る／きたかみ川のしろき波かな」とあり、この「電気化学」については小沢俊郎注には和賀仙人鉱山(↓仙人の鉄山)を一九三五(昭和一〇)年に買収した電気化学工業株式会社を指すかもしれないが、大正期に関しては未詳、とある。しかしこの歌は一九一七(大正六)年時のものであり、あるいは電気化学は会社名ではなく、電気化学工業一般を指し、北上川の支流、猿ヶ石川の岩根橋にあった電気化学工業のはしりと言われるカーバイド工場(『カーバイド工業の歩み』〈カーバイド工業会、一九六八・一二〉によれば盛岡電燈株式会社が一九〇七(明治四〇)年に建設。一九〇九年には年間八六t生産したという)を指すとも考えられる。短歌には[七一七～七五五]の北上川第一夜～第四夜と題する連作がある。ス[一六]には「風つめたくて／北上も、とぎれとぎれに流れたり」とあり、瀬川橋、朝日橋も登場。詩では[有明](初行「あけがたになり」)に「ふたたび老いた北上川は／それみづからの青くかすんだ野原のなかで／支流を納めてわづかにひかり」とある。これは池上雄三によれば、盛岡の北東にある外山《そとやま》高原に向かう道から見た夜景だと言う。ほかに詩[〔北上川は熒気《けいき》をながしィ〕](↓顥気《こうき》)、[〔しばらくだった〕]、詩ノート[〔洪積世が了って〕]、[三原三部]の詩[三原　第二部]等がある。童話では[二十六夜]の舞台、獅子鼻の描写として「北上川の水は黒の寒天(↓アガーチナス)よりももっとなめらかにすべり獅子鼻は微かな星のあかりの底にまっくろに突き出て」とある。ほかに童[或る農学生の日誌][台川][種山ヶ原]等に、地名関係で登場する。

北上第七支流《きたかみだいしちしりゅう》 【地】 北上川にちなむ賢治の造語河川名。詩[岩手軽便鉄道　七月(ジャズ)]に出てくる。小沢俊郎は『賢治地理』(一九七五)でこれを猿ヶ石川を指すと推定している。論拠は「前後関係から」明らかであると述べ、第七番目になる数え方についても考察がある。この推定の当否については、本辞典の「猿ヶ石川」項と、この作品の次の詩句群との検討が、校異や年譜からの検討とあいまって必要であろう。「ぎざぎざの斑糲岩《はんれいがん》の岨《そま》づたひ／膠質《こうしつ》のつめたい波をながす／北上第七支流の岸を」、「種山あたり雷の微塵をかがやかし」、「第三紀末の紅い巨礫層の截《き》り割りでも／ディアラヂットの崖みちでも／一つや二つ岩が線路にこぼれてようと」。さらに語句は少しずつ異なるが、三か所にわたる「西の野原に奔(か)けおりる」という表現をこれに加えたい。

来たけぁぢゃ【方】 来たじゃないか。童「葡萄水」に「喜助ぁ先どな持って来たけぁぢゃ。」とある。

北島の毘沙門さん《きたじまのびしゃもんさん》 ↓毘沙門天《びしゃもんてん》

北十字《きたじゅうじ》【天】 白鳥座の別称。γ星を中心にαβ・εδ星を結ぶとみごとな十字形ができるので、*南十字(サザンクロス)に対して北十字《ノーザンクロス》と言う。詩「密教風の誘惑」(「温(ぬる)く含んだ南の風が」)の下書稿㈠に「白鳥座から琴《ライラ》(↓琴座)へかけて立派な蛇の紋ができ」とあるが、白鳥座は夏に天頂を通る星座で、α(主)星デネブ(Deneb アラビア語で尾の意。白鳥座の主星で天の川のてっぺんで輝く)は、ベガやアルタイルと結んで夏の夜空の大三角形を作る。*天の川の中にあり、横には大きな*暗黒星雲(↓石炭袋)がある。β星*アルビレオは有名な二重星。童「*銀河鉄道の夜」は白鳥座の描写が多い。また、この童話は出発点と終着点がいずれも十字である。十字(クルス、クロス)は宗教的雰囲気の記号の役割も果す。また、アメリカの地名の頻出も、大陸横断鉄道をモデルとしたという理由のほかに、デネブ近くの有名な北アメリカ星雲をヒントにした可能性がある。この童話の「ぼうっと青白く後光の射した一つの島」とは、暗黒星雲によって天の川が二分されていることを指す。「*後光」(*円光とも)は後に*マゼラン星雲のたとえに使っているのをみると、アルビレオ近くのM《メシエ》27(亜鈴《あれい》星雲)を意識した表現かもしれない。↓口絵⑥⑦、十字架《じゅうじか》

白鳥座

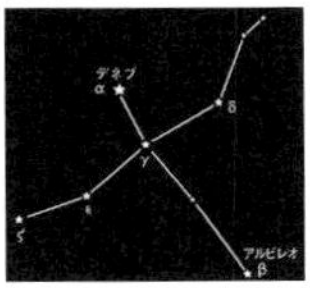

北に馳せ行く塔《きたにはせゆくとう》【レ】【宗】 歌「三七」に「泣きながら北に馳(は)せ行く塔などの／あるべきそらのけはひならずや」とある。難解なのは一行目が*慈雲尊者の『十善法語』(↓不貪慾戒《ふとんよくかい》)巻十一の、徹夜の「後夜《ごや》座禅」から立ち上った日蓮尊者が大衆に向かって言った「此ノ暁天《ぎょうてん》の時、桜閣形《おうかくけい》の有情《うじょう》、号泣して虚空を凌ぎ去ルと」(けさ早く、桜の花をかたどった御殿さながら、*衆生《しゅじょう》たちが号泣しながら虚空《こくう》をよぎっていった)をふまえているからである。そこで「世尊言ハく、此レ軽*地獄の衆生なり。前身人間たりしとき、仏閣を已が遊覧処となせし故、此ノ報を受ヶて久シく苦シむ」とある。若年時の歌一首に、詩人の北への信心と苦悩は根づいていた、と言えよう。

北の輝《きたのかがやき》【食】 酒の銘柄。実際にはこの名の酒はなく、「*イーハトヴの友」同様賢治独創の銘柄名。童「税務署長の冒険」に「はかり売のはたしかに北の輝です」「『うい。い、酒ですね。何て云ひます。』『北の輝です。』」等とある。なお、賢治はふりがなをつけていないので「北の輝《てる》」とも読める(文庫版全集ではそうルビをつけている)。どちらでもよいのだが、右の童話の愉快な内容からは「北の輝《かがやき》」の方がニュアンスとしておもしろいのではあるまいか。↓石鳥谷《いしどりや》

練へ《きたえ》【レ】 鍛《きた》え、に同じ。「疾中詩篇」の詩「〔こんなにも切(せつ)なく〕」に「まだまだ練(ママ)えなければならないと」とある。

来《き》たもな【方】 来たものな、来たもんなの訛り。来たな。童「*鹿踊りのはじまり」。

木タール《きたーる》 ↓木タール《もくたーる》

貴蛋白石《きたんぱくせき》 ↓蛋白石《たんぱくせき》

きちがひなすび《きちがいなすび》【植】 気違(狂)茄子。朝鮮朝顔の別称。マンダラゲとも(しかし、曼陀羅華と書けばもと仏教の*天上の花の意でもある)。ナス科の一年生草本で、茎は高さ一mほどで淡緑色。夏から秋に薄紫や白色の、朝顔に似た花をつけるのでその名がある。とげの多い実をつける。また種子は猛毒があり、中毒すると苦しんで暴れるというのでその名がある。アルカロイド(ニコチン、カフェイン、*コカインの類)や脂肪油を含む。葉は乾かしてマンダラ葉と呼ばれ、漢方薬にする。詩[*国立公園候補地に関する意見]に「きちがひなすび*まむしさう/それから黒い*とりかぶとなど、」とある。

キチン《きちん》【科】 Chitin 甲殻類(カニ、エビ等)や昆虫などの外皮、キノコの細胞壁などに含まれる直鎖型の含窒素多糖高分子。その構造からセルロースに似た特性を示す。白色で、粉末または繊維状。各種有機溶剤、希酸、希アルカリに不溶という特徴を持つ。工業的にはエビやカニの甲羅から分離生産する。詩[図案下書]に「漆づくりの熊蟻どもは/黒いポールをかざしたり/キチンの斧を鳴らしたり/せわしく《(ママ)》夏の演習をやる」とある。熊蟻の硬い外皮はキチンのみでできているわけではないが、キチンを含んでいることを賢治が知っていることによる表現。

橘川先生《きっかわせんせい》【文】 橘川真一郎。盛岡中学校国語教諭。賢治五年生の時の担任。歌[六の次]に「ひとびとに/おくれてひとり/たけたかき/橘川先生野を過《(よ)》ぎりけり」とあり。同[六の次の次]に「追ひつきおじぎをすれば/ふりむける/先生の眼は*ヨハネのごとし」とあるのも同先生。

吉凶悔吝《きっきょうかいりん》【文】【レ】 易学の用語。吉凶は吉位と凶位で『易経』では失・徳の象《かたち》。賢治の語で言えば生活の「旺盛」と「衰滅」。悔吝は易経では憂虞《ゆうぐ》(憂《うれ》い虞《おそ》れる＝後悔し恥じる)の象だが、賢治は吉凶と同じくこの二つを対位させ、「吝位」を「凶位」に次ぐ段階とし、「悔位」を「吉位」に至る段階としている。賢治独特の解釈である。メモ[創3]にこれを円形のイラストで示し、易学ふうの漢字書きくだし体で、自分流の解説をしている。客観的な記述のようでありながら、賢治自身の境涯への自省もうかがわれ、興味深い一文である。「匇卒ニ」(匇は匆に同じ、ソウソツ、急いで)「録シタ」にしてはみごとな文であり、「心ノ趣ク所ニ咨ナレバ」(咨《シ》は校本全集では†印にしているが、諆、諮に同じで問いはかること、思いのままに行動すること)といった由緒正しい漢字の素養も、なかなかのものに思われる。「匇卒ニ」「録シタ」は賢治の虚構、ないしは謙遜で、高等数学の図式も含めて熟慮の、あるいは日ごろの熟慮が一挙に形をなした文であり、内容である。なお、この吉・凶・悔・吝の四位の「有機交流」(→電燈)する円形の図式も、賢治に見られる*輪廻円環の思想のかたちに通じ、例えば童[*銀河鉄道の夜]に見られるような、*天気輪や列車の車輪や時計屋の*時計や*苹果《りんご》等々、また、日輪(→お日さま)や*月の*円光、さらに大きくは*銀河系全体の円形のイメージにも暗黙のうちに通じる象徴性をそなえている。この図式は童[貝の火](→蛋白石《たんぱくせき》)の草稿表紙や、簡[467](*森佐一あて)にも登場し、同書簡には、もっとわかりやすく賢治自身の心境として文面に説明されている。

気付《き》《つ》**けないがだ**【方】 気を付けなかった。実際の発音は「きつけねがった」。童[*鹿踊りのはじまり]。

ぎつたぎた【レ】 オノマトペで、のたうちまわる様子。詩「原《はら》体剣舞連《たいけんばいれん》」(→原体村)に「胃袋はいてぎつたぎた」とあるのは、同様の詩句が出てくる童「*種山ヶ原」では「胃袋ぅ　はいて　ぎったりぎたり」となっている。「胃袋から食物を吐き出してのたうちまわっている」の意であろう。ほかに言い換えのきかない賢治独特の擬態語。

きったきったど →ほにさ、前《め》の…

契丹《きったん》【地】 Khithai キタイとも。モンゴル族の一部族で、一〇世紀中国北部に大契丹国を築き、国号を遼《りょう》と称した。詩「亜細亜学者の散策」下書稿(二)に、「さう　契丹にもかういふふうに」とあり、契丹はのちに*亀茲国《きじこく》と書き換えられ、最終的に「さう亀茲国の夕日のなかを」となったことがわかる。

きっともてそだな【方】 きっとそうだな。*花巻地方では「きっと」のことを「きっともて」と言った。「もて」は「もって(以て)」の詰まったものであろうか。「そだな」は「そうだな」が詰まったもの。劇「*種山ヶ原の夜」。

狐《きつね》【動】 食肉目イヌ科の哺乳動物。ノウサギやノネズミを食うので古くは農村にとって有益獣であり、農耕神としての稲荷《いなり》神の化身、使者とされ、霊獣でもあったが、民話等では一般に人間をだます怪獣とされてきた。賢治作品でも童「北守将軍と三人兄弟の医者」や民話に基づく童「とっこべとら子」(→おとら狐)は狐が人を化かす話。後者の「おとら狐」は全国的に流布する狐名で柳田国男に『おとら狐の話』がある。童「貝の火」(→蛋白石)、「*黒ぶだう」「月夜のけだもの」「けだもの運動会」「*土神ときつね」(文庫版と新校本の両全集は題名のみ狐は「きつね」)等に登場するのはいずれもずるがしこい狐という在来型のキャラクターだが、童「*茨海《バラウミ》小学校」「*雪渡り」では逆にひとひねりして善い狐の話。賢治作品に登場する狐の頻度は二九一(うち最も狐の活躍するのが童「土神ときつね」で四八回登場)。種類でいえば日本に一番多い「赤狐」(童「*黒ぶだう」)、赤狐の変種で全身黒毛(ただし尾先は白)の「黒狐」(童「氷河鼠の毛皮」〈→ねずみ〉、「*猫の事務所」等)、ベ*ーリング海沿岸に生息する「白狐」(童「雪渡り」)、北極圏に棲み、冬期白毛となる「北極狐《アークチック・フォックス》」(童「氷河鼠の毛皮」)、その呼び換えかと思われる「雪狐」(童「氷河鼠の毛皮」「楢ノ木大学士の野宿」〈→ならなら〉等)、賢治の想像上の種類かと思われる「モロッコ狐」(童「氷河鼠の毛皮」)、背中に黒い十字形の出る赤狐の変種「十字狐」(童「*サガレンと八月」)等、多種多様。比喩的表現も多く、歌「一一二」の「すこやかに／うるはしきひとよ／病みはて丶／わが目黄いろに狐ならずや」の自嘲は、童「*銀河鉄道の夜」第三次稿のジョバンニの劣等意識の表現として用いられている。「狐かと思ったら／例の原始の*水きねだった」(詩「〔*どろの木の下から〕」)、「きつねのしっぽのやうな茶色の草穂」(童「*十力の金剛石」)、「黒猫は(中略)応々黒狐と誤認せられ」(童「*猫の事務所」)、「狐《きつね》みだいに*口《くち》発破《はっぱ》などさ罹《かか》つてあ」(童「*鹿踊りのはじまり」)等々、これも多彩。なお、童「*なめとこ山の熊」に出てくる「狐けん」は「狐拳《きつねけん》」で藤八《とうはち》拳のこと。二人向かい合って両手を開き両耳のところに上げるのが「狐」、両手を膝に置くのが「*庄屋」、左の拳を前に突き出すのが「鉄砲」、作品どおり「狐は猟師(*鉄砲)に負け猟師は旦那(庄屋)に負ける」という「きまり」で遊戯する。藤八拳は江戸期の二人組の薬(藤八五文《ごもん》薬)の行商たちが「藤八、五文、奇妙」と交互に叫ぶ呼び声をまねたとも、遊里吉原の芸人藤八のアイデアとも言われる。なお、詩［高架線］では狐にニックネーム「*レオポルド」を賢治は与えている。童［*銀河鉄道の夜］には「やさしい狐火《(きつねび)》のやうに思はれ」る「たくさんのりんだうの花が、草をかくれたり出たりする」幻想的な場面がある。狐が口から吐くという鬼火《おにび》（夜半、墓地等で見られる燐光）を言った俗説から出たと辞書等にはあるが、この童話のシーンからは、直前に出ているすすきの穂が狐の尾のように夜風にひるがえるシーンと一つになって、青白い狐火に見えるようでもある。なお、歌舞伎や浄瑠璃をはじめ古典芸能に狐火は多く登場する景物ではある。

狐けん《きつねけん》 ↓狐《きつね》

狐の皮《きつねのかわ》 【衣】【動】 毛皮（革）の一種。*狐の皮をなめしたもの。狐はアフリカ北西部からヨーロッパ、*インド中部以北のアジア、北アメリカの中北部まで広く生息しているため、その毛皮は古くから衣料として利用された。日本でも*狸、*兎、*犬等の毛皮とともに防寒衣服として、特に寒冷地では欠かせない衣料だった。しかし、こうした寒冷地を除いては、仏教の影響で動物を殺したり、その皮をはいだりすることは忌み嫌われ、毛皮は服飾文化からは長く遠ざかっていた。明治以降は西洋文化の影響を受け、服飾品として利用され、明治末期には毛皮の襟巻が流行するようになる。賢治作品でも多く登場するが、「狐や犬の毛皮を着て」（詩［冬と*銀河ステーション］）、「狐の皮なぞのっそり巻いて」（詩［風と反感］）等が見られる。その他、*ラッコ、犬、狸（詩［車中］〈初行「ばしゃばしゃした狸の毛を耳にはめ」〉［北上山地の春］、文語詩［保線工手］〈初行「狸《マミ》の毛皮を耳にはめ」〉等、まみ〈貒、猯〉は穴熊などの古名だが、狸や狐も混同して呼ばれた）、*熊（詩［「*ジャズ」夏のはなしです］、文語詩［民間薬］、童［*なめとこ山の熊］）等にぎやかである。なお、補遺詩篇［〔線路づたいの　雲くらく〕］に「きつねのさゝげ／黄のはな咲けり」とあるのは、垂れこめた黒雲にふさわしいきつねの姿を連想し、*ささげの花まで、まるで狐の尾みたいに黄色に見える、という詩的幻想であろう。

きつねのさゝげ ↓狐の皮《きつねのかわ》

キップ装置《きっぷそうち》 【科】 キップの装置（Kipp's gas generator）は、ガラス球を上下二つ連結させた装置で、粒状固形に液体を作用させてガスを発生させる器具。童［三人兄弟の医者と北守将軍］初期形（散文形）に登場する。亜鉛などに希塩酸を滴下させると水素を発生する。↓亜鉛《あえん》

キップの装置

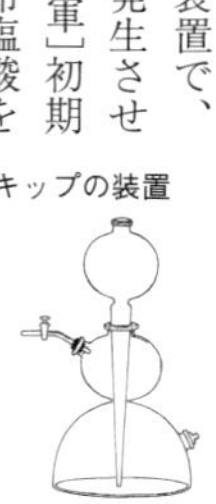

技手《ぎて》 【文】 ぎしゅのこと。技師《ぎし》と発音がまぎらわしいので一般に「重箱読み」でこう言った。技手《ぎしゅ》は、旧制官庁の、技術系公務員の一として、技師の下にいた。童［*山男の四月］に「郡役所の技手《ぎて》の、乗馬ずぼんをはいた足よりまだりつぱだ」とある。詩［休息］（初行「地べたでは杉と槻の根が」）等。

来《き》**てで** ↓だぁれぁ、誰《だ》っても…

キーデンノー 【地】 木村圭一によれば「久伝野」、すなわちキユウ・タはアイヌ語でウバユリ（*姥百合、大形のユリ）を掘る、の意で、久伝、久田の地名が*磐井《いわい》郡などにあるのも同様、と言うが、あるいは、山の名で旧天王山（↓経埋ムベキ山）のことか。*花巻の東、高木（↓成島）の東南にある小山。童［或る農学生の日誌］には「旧天王」（文庫版全集ではキーデンノーのルビを入れている）とあ

る。キュウテンノウを訛って、しかも中国語ふうにシャレて言ったものかとも思われる。なぜなら、『春と修羅』詩稿補遺の［〔何かをおれに云ってゐる〕］では、「(地図には名前はありません／社《やしろ》のある百五米《メートル》かのそれであります)」とあるが、この小山の名を通りがかった中隊長だかに聞かれた百姓が「(あいつはキーデンノーと云ひます)」と答えてから「うまくいったぞキーデンノー／何とことばの微妙さよ／キーデンノーと答へれば／こっちは琿河か遼河の岸で／白菜《ペツアイ》(→白菜《はくさい》)をつくる百姓だ」(琿河《こんが》、遼河《りょうが》は中国東北地方〈旧満州〉の二つの河川名。琿河は遼寧《りょうねい》省の営口附近で、遼河もその西北五〇kmで、ともに遼東湾に注ぐ。)と、ほくそえむからである。賢治の言葉遊びが生きている。力丸光雄《りきまるみつお》は「聞いでんの?」の、賢治のしゃれにも聞こえる、と言う。

木藤がかりの《きどうがかりの》 **【人】** 文語詩［暁眠］に「木藤《どう》がかりの門《かど》なれや」とあるが、「木藤が、かりの」で、「かりの」は「仮の」、「木藤の仮住まいの門であろう」の意。木藤とは、「贋《いか》物師」(いかものは如何物、いかにもそれらしいもの、にせもの、それを売る商人)。

キネオラマ **【文】** kineorama ドイツ語のキーノKino(映画館、映画)とパノラマPanorama(広い視野の景観を続けて描写すること)の和製合成語。英語ではシネラマ(cinerama)。パノラマの点景や背景に色彩、光線を当てて景観をさまざまに美しく変化させて見せる装置。明治末期から大正にかけての新奇な興行物の一で、東京浅草にはその常設館として劇場「三友館《さんゆうかん》」があった。賢治も上京中、浅草にはたびたび行っており、実際にキネオラマを見たと思われる。彼の劇はもちろん、詩や童話の手法に*活動写真やキネオラマの影響があることは既に多く論ぜられ、言及されている。「あたかもそのころ／キネオラマの支度とて／紫の*燐光らしきもの／横に舞台をよぎりたり」(ス［五］)、「灌木藪をすかして射す／キネオラマ的ひかり」(詩［春谷暁臥《しゅんこくぎょうが》］)とあるように、比喩的に*心象スケッチに用いられている。文語詩［軍事連鎖劇］にも登場。ちなみに、北原白秋の歌集『桐の花』(一九一三)の中にも「ただ不可思議な恍惚と濃厚な幻感とが恰度水底のキネオラマのやうに現出する」(「白猫」)といった表現が見られる。→レンズ

木鼠《きねずみ》 →栗鼠《りす》

蕈《きのこ》 **【植】【食】** 菌。茸。賢治は「*かびの木」とも。木かげや木の幹などにも生えるので「木の子」の意。多くは傘形。大型菌類の総称で有毒なものと食用になるものとがある。賢治作品にはにぎやかに出てくる。代表的なものに童［*鹿踊りのはじまり］の嘉十が置き忘れた手拭いを鹿たちが蕈かと思う場面や、童［朝に就ての童話的構図］の*蟻たちが、突然生え出たきのこを「目的のわからない大きな工事」と見て驚く新鮮な描写や、童［*どんぐりと山猫］(→猫)の「一本の*ぶなの木のしたに、たくさんの白いきのこが、どってこどってこどってこと、変な楽隊をやってゐました」、童［*銀河鉄道の夜］では「琴の星」(→琴座)のまたたきを、いかにも「蕈のやうに長く延びる」と*ジョバンニが見る描写等がある。これらのきのこの描写に注意してみることは、賢治の自然観(はそのまま世界観)の視点を考える上で興味深い。右の例でなら、嘉十や蟻たち、一郎、ジョバンニの視線は、いずれもきのこの低い視線に集約され、それはそのまま地上的だからである。詩における例は、「蕈のかたちの*松ばやし」(詩ノート［運転手］)、文語詩［〔*天《てん》

狗蕈《ぐだけ》　けとばし了へば」」、「蕈は汝を腐らさん」（文語詩［*スタンレー探険隊に対する二人のコンゴー土人の演説］）、「雇ひ農婦どもの白い笠がきのこのやうだ」（詩［*軍馬補充部主事］）等多数。→シャムピニオン、はぎぼだし

きのこしやつぽ《きのこしやっぽ》　→シャッポ

騎馬従卒《きばじゅうそつ》　→騎兵《きへい》

黍《きび》　→玉蜀黍《とうもろこし》

黍団子《きびだんご》　→団子《だんご》

気《き》**味**《び》**悪**《わり》**ぐなてよ**【方】「気味悪くなってよ」の訛り。童［*鹿踊りのはじまり］に出てくる。「何《な》して遁《に》げできた」（なんでにげてきたんだ）に対する答え。

騎兵《きへい》【文】旧陸軍の兵科の一。将校以下兵卒まで全員騎馬着剣して行動した。下馬して斜めに背にしていた銃身の短い騎兵銃で徒歩戦もする。敏捷で行動半径が広い騎兵は賢治作品に多く登場する。詩［*林学生］［*遠足統率］、童［*イギリス海岸］［*二人の役人］［*ポランの広場］［*土神と狐］、短［*柳沢］等。詩［*旭川］の「騎馬従卒」も騎兵の従卒。従卒は付き従う兵卒。旭川には騎兵聯（連）隊があった。

騎兵聯隊《きへいれんたい》　→沼森《ぬまもり》

木ペン・木ぺん《きぺん》　→鉛筆《えんぴつ》

帰妹《きまい》　→雷沢帰妹《らいたくきまい》

玉蜀黍《きみ》　→玉蜀黍《とうもろこし》

きみかげそう　→すゞらん《すずらん》

帰命《きみょう》　→南無妙法蓮華経《なむみょうほうれんげきょう》、帰依法《きえほう》

帰命頂礼地蔵尊《きみょうちょうらいじぞうそん》【宗】帰命（帰礼《きらい》とも）は南無に同じ（→南無妙法蓮華経）。頂礼は五体投地《とうち》（両膝、両肘《ひじ》、額《ひたい》を地につけて、ひれ伏し、神仏を拝むこと。イスラム教などでも行なわれる）。地蔵尊は*地蔵菩薩。詩［〔暮れちかい　吹雪の底の店さきに〕］の下書稿㈠［*魚舗］に、にせものの巡礼が地にひれ伏して五体投地をしている。

きむぽうげ　→きんぽうげ

木村博士《きむらはかせ》【人】【天】木村栄《ひさし》。一八七〇（明治三）～一九四三（昭和一八）。一八九九（明治三二）年より水沢緯度観測所（→水沢の天文台）初代所長として四二年間も在職。一九〇一年、緯度変化の計算式に、極座標x、yのほかに、各観測所に共通の主に年周変化であるz項を加えるべきことを発見し、日本の天文学界に金字塔を築き、国際的な賞も受賞。一九三七（昭一二）年、第一回文化勲章受章。童［*風野又三郎］（→風の又三郎）に又三郎の話として「木村博士と気象の方の*技手《ぎて》とがラケットをさげて出て来てゐたんだ。木村博士は瘠せて眼のキョロキョロした人だけれども僕はまあ好きだねえ」とある。賢治は水沢の観測所を訪ねたことがあり（詩［*晴天恣意《しい》］下書稿副題）、一九二〇（大正九）年の入梅のころか、あと一九二四（大正一三）年三月の訪問記憶をもとにしたものであろう。なお、「木村栄記念館」が現国立天文台水沢観測所内にあり、公開されている。

木村栄
（文化勲章受章時）

木村雄治《きむらゆうじ》【人】賢治と盛岡中学校で同期。三年時に落第し、卒業しなかった。歌［明治四二、四］に「あざむかれ木村雄治は重曹をインクの瓶に入れられにけり」とある。

キメラ【科】chimera　遺伝子型の違う組織が結合して同一植

物体に混在している現象*。動物の場合はモザイクとも呼ぶ。語源は頭が獅子*、胴が羊、尾が蛇であるギリシア神話中の怪獣キマイラから植物学者ウィンクラーがこのように命名した。もとは生物学用語なのだが、賢治の場合は彼の仏教的転生《てんしょう》観や進化論の認識とも結びついており、例えば私達が第一集と呼ぶ『春と修羅*』の[序]の「(あらゆる透明な幽霊*の複合体)」にもキメラ的生命観の反映がある。詩[犬*]では自分に向かって盛んに吠えてくるのに恐れを感じ「それは犬の中の狼*のキメラがこわい(ママ)」とあり、詩[〔はつれて軋(きし)る手袋と〕]には「春のキメラがしづかに翔ける」とある。また、初期の短[あけがた]には「一人はさまざまのやつらのもやもやした区分キメラ」ともある。

胆取り《きもとり》【レ】　童[みぢかい(ママ)木ぺん](→鉛筆)に「みんなは胆取りと巡査にわかれてあばれてゐます」とある。子供の肝(内臓の総称)は難病に効くので、肝取りが子供を殺しにくるという迷信から出た語。人さらい、といった意味でも使った。北原白秋の詩[たそがれどき](『思ひ出』所収)にも「生肝(いきぎも)取りの青き眼が／泣く児欲しやと戸を覗(のぞ)く」とある。往時、腰にサーベルをさげた巡査も子供たちにはこわい存在だった。親たちは「胆取りがくる」「巡査さんがくる」とおどして泣く子を黙らせた。

羯阿迦《ぎゃあぎあ》【レ】　鳥の鳴き声を陀羅尼*《だらに》(呪文)めかして表現した賢治の造語と思われる。詩「春谷暁臥(しゅんこくぎょうが)」に「羯阿迦　居る居る鳥が立派に居るぞ／　羯阿迦　まさにゆふべとちがった鳥だ」と都合六回、六行の頭で繰り返される。下書稿㈠では Gyāgya とローマ字書きにしている。

逆サイクルホール《ぎゃくさいくるほーる》　→サイクルホール

【きゃっほゐ】

脚夫《きゃくふ》　→郵便脚夫《ゆうびんきゃくふ》

逆流冷却器《ぎゃくりゅうれいきゃくき》　→オボー、リービッヒ管《りーびっひかん》

華奢《きゃしゃ》【レ】　花車とも書く。姿やかっこうはスマートでも、どこか弱々しいさま。詩[〔落葉松の方陣は〕](→からまつ)に「ひかって華奢にひるがへるのは何鳥だ」、詩[北上山地の春]下書稿には「わかものたちは華奢に息熱い純血種《サラーブレッド》に」とある。

消やす《きやす》【方】【レ】　詩ノート[雑草]に「縁辺《ふちべ》をまばらに消やす」とある。縁辺(縁のあたり)のところを不完全に消す意。「消《け》す」の他動詞形で「失《きや》す」とも書いた古語の表現と一致する。

猫睛石《キャッツアイ》【鉱】　cat's eye　猫目石《ねこめいし》、猫睛石《びょうせいせき》とも。クリソベリル(chrysoberyl)の変種。色はさまざまあるが黄色、黄緑色が一般的。硬度八・五、ペグマタイトや変成岩中に産出する。宝石用に研磨された猫目石は、平行繊維状組織の内部反射によって、中央に一本の光彩が輝き、見る人の視線に応じて動く。これが猫の目を思わせるので「キャッツアイ効果」と呼んでいる。童[十*力の金*剛石]では「黄色な草穂はかゞやく猫睛石《キャッツアイ》」、歌[二七三]では「うるはしく／猫睛石はひかれども／ひとのうれひはせんすべもなし」と書かれている。

キャッホヰスカー【音】　(上記項目表記は賢治に従う)The Cat's Whiskers　童[ポ*ランの広場]に登場する曲名。猫*の頬ヒゲの意から、並すぐれたもの、の意にも言う。大正初期のダンス曲とも言われ、旧筑摩全集九巻(一九五六・七)月報には、一九二三(大正一二)年ごろビクターにあった曲、と書かれている。同年カタログには見当たらないが、佐藤泰平の調査によれば、これはシカゴ・ベンソンオーケストラによるダンス曲でV一九一〇三番、一九二三年九

月のもの。日本のビクター目録には「月報」に高桑啓介訳の紹介文があったよし。(『宮沢賢治の音楽』一九九五、筑摩書房)

天蓋《キャノピー》 →天蓋《てんがい》

脚絆《きゃはん》 【衣】 ゲートル(guêtre〈仏〉)。労働、徒歩等の際、脛《はぎ》に着ける服装品。ひもでしばったり、こはぜかけをして着装。古くは「脛巾《はばき》」(脛穿《はぎはき》の略とも)。室町時代に「脚絆(脚巾・脚半)」の語が使われはじめ、江戸時代以降は「脛巾」に代って用いられた。両語が併用されている地方では、「脛巾」は*蒲《がま》・藺草《いぐさ》(→藺《い》)等の植物の茎葉を編んで作り、「脚絆」は布製、といった区別もあった。湿潤な土地で労働することの多い日本人にとっては、なくてはならない着装品だった。労働のほか、行者《ぎょうじゃ》が山で修行したり、仏教信者が諸国諸寺を巡礼する際にも欠かせなかった。「*手甲《てこう》」と「脚絆」は労働者の代表的な装いとして賢治作品にしばしば登場する。「巻脚絆」は、小幅の長い布を足に巻いて用いる日本陸軍兵士の常装(海軍はふだんは着けないが、陸上勤務等では小はぜで留める白布の脚絆)だった。第二次大戦中まで旧制の中等学校では陸海軍のどちらかをまねて登下校した。また、「はむばき(はんばき)」は「脚絆」・「脛巾」の方言。「農夫たちは(中略)脚絆を巻いたり藁《わら》沓《ぐつ》をはいたり、はたらきに出る支度をしてゐました」(童[*耕耘部の時計])、「*雪沓と*ジュートの脚絆」(詩[北上山地の春])、「脚絆や草鞋をきりっとむすんで」(童[*種山ヶ原])等とある。「ローマ風の革の脚絆」(童[*ポランの広場])という用例もある(一枚革の脚絆は日本でも陸海軍の将校用だった。陸軍は茶、海軍は黒)。また、「脛巾」の例では、「じぶんでがまのはむばきを編み」(詩[山の*晨明《しんめい》に関する童話風の構想])、「蒲の脛巾《はばき》とかはごろも」(文語詩[〔老いては冬の*孔雀守る〕])等がある。「巻脚絆」は、短[泉ある家]に「ほこりでいっぱいになった巻脚絆をたゝいて」とある。ほか、詩[*増水][*地主]、童[*ひかりの素足][*さいかち淵][*なめとこ山の熊][*風の又三郎]、短[*花椰菜《はなやさい》]等。なお、詩ノート[〔けさホーと縄とをになひ〕](→草削《ほう》)に「新らしくつくった泥よけも*藁か布製の脚絆。ゲートルは詩[事件]、簡[94]等。文語詩[〔す丶きすがる丶丘なみを〕]の「丘なみ」は丘並み、丘のつらなり、「ゲートルきりと頰かむりの、闘士嘉吉も」とある「きりと」は、きりりと巻いて、「闘士」は活動家のこと。

飛白岩《ギャブロ》 【鉱】 gabbro(伊) 斑糲岩《はんれいがん》のこと。白と黒が入り混って飛白《かすり》(*絣)模様を呈するので飛白《かすり》(絣)石《いし》とも呼ばれる。塩基性深成岩の代表。火山岩の玄武岩に対応。詩[〔雪と飛白岩《ギャブロ》の峯の脚〕]がある。→斑糲岩《はんれいがん》

キャベヂ《きゃべじ》 【植】【農】【食】 cabbage キャベツ。和名甘藍《かんらん》。別名玉《たま》(球)菜《な》。食用が主だが、古くから観賞用キャベツ(→ケール)もある。輸入西洋野菜の栽培と指導に当たった東京の三田《みた》育種場から新野菜が全国に普及したのが一八八七(明治二〇)年前後。しかし馬鈴薯を除いて、日本人になじみの薄い舶来野菜は食卓に上がることはまだまれであったようだ。その傾向は大正初期にもそれほど変わっていない。しかし賢治は農芸化学という洋式の専門教育を受けたこともあり、これら西洋野菜(*トマト、*アスパラガス、キャベツ等)に早くからなじみ、また彼のモダニズム好みの傾向からも、ごく自然な形でこれらの洋種は作品の中に消化されている。賢治作品では正しく「キャベヂ」「甘藍」を用い、それに「玉菜」も出てくる(一般には「かんらん」「玉菜」という名は第二次

大戦までで戦後はもっぱら「キャベツ」になった）。「キャベヂ」の例は詩［〔ふたりおんなじさういふ奇体な扮装で〕］に「そこらあたりの茎ばっかしのキャベヂから」とあり、詩［〔うとうとするとひやりとくる〕］には、「キャベヂの湯煮《ゆに》にも飽きましたなあ」とある湯煮はスープ（といっても粗末な煮びたし、おひたし）。また童［*フランドン農学校の*豚］、文語詩［宅地］では豚の飼料として出てくるし、手［四］では「*チユンセはキヤベヂの床をつくつて」とある。ほかに詩［九月］［〔一昨年四月来たときは〕］、詩ノート［*ドラビダ風］、童［*ビヂテリアン大祭］［月夜のけだもの］等。「甘藍」の例は文語詩［〔甘藍の球は弾《はじ》けて〕］、童［*イギリス海岸］等。童［ビヂテリアン大祭］には甘藍を一つたべると、青虫を百疋も殺していることになるといったおもしろい、しかし笑えない表現がある（農薬の進んだ今は考えられない）。「玉菜」の例は詩［井戸］に「玉菜畑へ飛び込めば」、*保阪嘉内あての簡［157］には「玉菜に虫が集れば」とある。なお、詩ノート［雑草］、詩［冗語］等に出てくる羽衣甘藍《ケール》については↓ケール

キャラコ【衣】 calico キャリコとも呼ばれたのは一六世紀、南*印度ケララ州のカリカット（Calicut）港で英国向けに船積みされたその港名にちなむといわれる。上質の細い綿糸で平織にした織物。のり付けして光沢を出してある。カーテン、白衣、足袋等広く用いられる。童［チュウリップの幻術］（↓うっこんかう）に「*有平糖《あるへいとう》の洋傘もいまは普通の赤と白とのキャラコです」とある。

きゃらの樹《きゃらのき》【植】 キャラボク（伽羅木）。観賞用として植栽されるイチイ科の常緑低木。高さ一～二m、径一五cmほどになる。春、雌雄異株で黄色の小花をつける。古来香木として珍重される伽羅樹（トウダイグサ科）に、この木を見立てたところからその名が出たといわれる。詩［*凍雨《ひさめ》］に「きゃらの樹が塔のかたちにつくられたり」とある。

キャレンヂャー【科】【レ】 イギリス船チャレンジャー（Challenger 挑戦者）号のこと。詩ノート付録の［生徒諸君に寄せる］に「新らしい時代の*ダーウヰンよ／更に東洋風静観のキャレンヂャーに載（ママ）って／銀河系空間の外にも至って／更にも透明に深く正しい*地史と／増訂された生物学をわれらに示せ」とある。これは進化論形成に重大な影響力を与えたダーウィン自身のビーグル号航海実験を念頭に置いたもの。しかしこの船名キャレンヂャーは、イギリスの調査船チャレンジャー号から取ったものと思われる。チャレンジャー号は一八七二～一八七六年にかけて、C・W・トムソンを団長として、大西洋と太平洋の特に南半球での、海洋物理学、生物学の調査を行なった木造船。一八八〇年から一八九五年にかけて五〇巻の調査結果が出版されている。注目すべきはこの航海で宇宙塵が採取されたこと。心象スケッチ『春と*修羅』（いわゆる第一集）の［序］で「人や銀河や修羅や*海胆は／宇宙塵をたべ…」と述べている。宇宙塵とは流星等の*微塵で、球形の場合が多い。賢治が影響を受けた*アレニウスは宇宙塵研究の権威の一人であった。

チャレンジャー号

ギャロップ【レ】【動】 gallop 馬の全速力。文語詩［〔ま青《さお》きそらの風をふるはし〕］に「華やかなりしそのかみの／よきギャロップをうちふみて／うまやにこそは帰り行くなれ」とある。うまやは下書稿では「廐」（馬屋）。馬小屋。↓馬《うま》

キャンデタフト【植】 candytuft マガリバナ(歪り花)。アブラナ科の一年草。ヨーロッパ原産。明治初期渡来。高さ一五〜三〇cm。六〜八月に白い小花をびっしりと咲かせるが、花弁の大きさがふぞろいなのでその名がある。詩[病院の花壇*]に「こゝへは白いキャンデタフトを播きつけやう(ママ)」とある。

廐《きゅう》 →廐肥《きゅうひ》

毬果《きゅうか》【植】 球果とも。まり(毬)の形をした、あるいは球形の果という意。松*、杉*、樅《もみ》等の針葉樹の果実を言う。代表的なものは「まつかさ」。詩[〔あけがたになり〕]に「すなはち三箇《こ》名しらぬ褐色の毬果をとって／あめなる普香天子*にさゝげ」とある。

救荒作物《きゅうこうさくもつ》【食】 飢饉*などの際に米・麦などにかわって育成し収穫できる作物。凶作に備え救うための作物。帳[装景手記]一一〇頁に「粟*と稗*とは救荒作物として」とある。

糺罪の吏《きゅうざいり》【文】【レ】 糺(糾)はタダす。罪をただし(はっきりさせ)、調べる官吏。警察や司法の役人。短[疑獄元兇*]に「代々糺罪の吏でもある」とある。

臼歯《きゅうし》 →門歯《もんし》

吸収窒素《きゅうしゅうちっそ》 →石灰窒素《せっかいちっそ》

旧天王《きゅうてんのう》、**旧天王山**《きゅうてんのうざん》 →キーデンノー

牛肉《ぎゅうにく》【食】 牛の肉。日本でも鳥や鹿(→鹿《しし》)、猪等の肉を食することは古くから行なわれていたが、牛馬等の家畜は役獣《えき》とされ、食用に供することを忌む風習があった。また、仏教の戒律の影響もあって獣肉を食する習慣は明治期まで一般には見られなかった。明治開化期以来、都会では流行しはじめたが一般に好まれたのは、牛鍋《ぎゅうなべ》(すき焼き)や煮込みといった日本の主食に合った在来の調理法によるもので、仮名垣魯文《かながきろぶん》の『安愚楽鍋《あぐら》』(一八七一)には当時の「牛鍋屋」の流行が描かれている。牛肉食が全国的に普及するのは一九〇〇(明治三三)年前後のことで、岩手県内でも一八九一年ごろに盛岡*付近で、さらに一九〇一年ぐらいから他の地方でも食用にするようになった。童[ビヂテリアン大祭*]に、「私はビヂテリアンですから牛肉はたべません」「牛肉と落花生と営養価が同じだと云って牛肉の代りにそっくり豆を喰べるといふわけにはいかない」等とあり、童[オツベルと象*]には、「六寸ぐらゐのビフテキ」とあるが、「ビフテキ」(beefsteak の訛り)も明治期から西洋料理店*で供された代表的な牛肉料理の一。

牛乳《ぎゅうにゅう》【食】 牛の乳*。ミルク。前三五〇〇年ごろにはメソポタミアで飲用されたと言われ、六世紀後半には日本にも搾乳術《さくにゅうじゅつ》が朝鮮から伝わり、七世紀中ごろには薬用として宮廷に献上された記録がある。しかし、その後仏教の影響で、肉食同様、利用も絶えた。一八世紀になって幕府による牛の牧養がなされ、酪農畜産の歴史が再開、江戸末期から牛乳の飲用も行なわれるようになり、文久三(一八六三)年には横浜で初めて商品として販売された。明治に入って利用は高まり、明治末にはほぼ全国的に広まった。しかし、その大半は病人の滋養食及び乳幼児の母乳代りとしての利用であり、本格的な普及は昭和に入ってから。賢治作品でも、童[銀河鉄道の夜*]ではジョバンニ*が病気の母親に飲ませる牛乳をもらいに牛乳屋(牧場)へ行く。簡[109]には、妹宮沢トシ*が入院している病院への支払いの中に「参拾戔(ママ)牛乳」という記載が見え、簡[118]にも、滋養のために努めて牛乳をとらせていた記述がある。また童[ビヂテリアン大祭*]には「今日牛乳や鶏卵*チーズ*バターをさへと

らざるビヂテリアンがある」等登場する。童［注文の多い料理店］には「壺《つぼ》のなかのものは牛乳の*クリーム」等が見られる。「乳」や「ちゝ」という表現の場合は牛乳以外のもので、例えば母乳（童［氷と*後光（習作）］）や山羊の乳（童［ポラーノの広場］〈↓ポランの広場〉）も含まれ、比喩的な使われ方も多く見られる。短［〔峯や谷は〕］の「ほゝの花（↓ほほのき）は白く山羊の乳のやうにしめやかにその*蕋《しべ》は黄金色に輝きます」、童［気のいい*火山弾］の「お空。お空のちゝは、／つめたい雨のザァザザザ」、詩［痘瘡］（↓紅教）の「こゝらの乳いろの春のなかに」等である。また童［銀河鉄道の夜］には「乳の流れたあとだと云はれたりしてゐたこのぼんやりと白いもの」「これを巨きな乳の流れと考へるならもっと*天の川とよく似てゐます。つまりその星はみな、乳のなかにまるで細かにうかんでゐる脂油《しゆ》の球にもあたる」とある。「牛乳の道」すなわちミルキー・ウェイと英語では言う「銀河」と「牛乳」の類似性については、*アレニウスの『最近の宇宙観』（一戸直蔵訳、一九二〇）にも指摘されている。また、仏教の精髄の象徴である「*曼陀（荼）羅」の語源manda は乳↓バターに発することも示唆的である。そのほかの表現としては、「ミルク」が童［ビヂテリアン大祭］に見られる。以上のほかに童［*十力の*金剛石］［毒蛾］（↓蛾）、簡［105・419］等。牛乳やミルクが日常的に多数登場するということは、賢治作品が当時としては斬新で、それこそバタくさいものだった証拠でもあろう。

廐肥《きゅうひ》　【農】　廐は廏の俗字で「うまや（馬小屋）」。音読みは「きゅうひ」が正しいが賢治は「うまやごえ」とか「こやし」、または「こえ」とだけルビをふることもある（詩［北上山地の春］では賢治は「廐肥」と書いているが、字体の書き分けは種々見られる）。なお、帳［*孔雀印］二頁に「三番廐」とあるのは廐舎の番号。この肥料は、廐《うまや》の敷き*藁《わら》や家畜の糞尿等を混ぜて腐らせ、*堆肥《たいひ》にしたもので、四角く束にして保存したり運んだりもする。有機肥料の花形（ママ）。詩［*小岩井農場　パート四］では「はたけは茶いろに掘りおこされ／廐肥も四角につみあげて」とあり、詩［増水］では「廐肥の〔束〕はみなことごとく高みに運び」とあるのがそれ。ほか、詩［風景］（初行「雲はたよりない…」）［*蛇踊《じゃおどり》］（初行「この萌えだした…」）［〔*どろの木の根もとで〕］、文語詩［〔月のほのほをかたむけて〕］［*釜石よりの帰り］、童［*十力の*金剛石］［*グスコーブドリの伝記］等にもある。また帳［MEMO印］六二頁、帳［孔雀印］七一・七四頁、帳［銀行日誌］九四頁、高橋久之丞《きゅうのじょう》あて簡［403・404・451］等にもある。なお、読みの「うまやごえ」は、童［グスコーブドリの伝記］に、同じく「こやし」は、詩［小岩井農場　パート七］にも。詩［悍馬］（↓アラヴ、血馬《けつば》）の「封介《ほうすけ》の廐肥《こえ》つけ馬」（廐肥を一か所に運び貯蔵するための労役《ろうえき》の馬）などは単に「こえ」と読ませた場合の例。

丘皐《きゅうふ》　【鉱】　丘も皐もオカ。ともに小さな山地の意。詩［*浮世絵展覧会印象］に「丘皐に立ってその陶製の盃の／一つを二つを三つを投げれば」とある。

牛酪《ぎゅうらく》　↓バター

穹窿《きゅうりゅう》　【天】　穹も窿もソラ、天空。ドーム（dome）、丸天井の意もある。賢治は逆に窿穹、あるいは蒼穹とも書く。古代から中世末期までの天体観は、空（*天）はドーム状であった。実際、先入観なしに高い地点から見ると*天末線は円を描くので、空はドーム状に見える。天球儀はこの発想から生まれ、近年のプラネタリウム（↓ツァイス）に反映されている。往古、このドーム上の穴から、外世界の光がもれてくるのが星であり、ドームの外側には異空間が広がっているとも考えた。二〇世紀初頭まで、暗黒星雲(↓石炭袋)は、いわばそのドームの穴(↓孔)だと思われていた。賢治の天体観もそれらに影響されていることは時代的に見てやむをえまい。賢治作品での穹窿の語の頻度は特に詩において高いが、よく歌われる［精神歌］の「日(↓お日さま)ハ君臨シ穹窿ニ／ミナギリワタス青ビカリ」を代表に、詩［北上山地の春］には、廐の屋根を内側から見て「大迦藍《カセードラル》の穹窿《ドーム》のやうに／一本の光の棒が射してゐる」とある。詩［丸善階上喫煙室小景］には字を逆にした「窿穹《ドーム》」が出てくる。「蒼穹」の例は詩［晴天恣意《しい》］の「うららかな蒼穹のはて」、文語詩［心相］の「はじめは潜む蒼穹に」等。明け方の大空を意味する「暁穹《ぎょうきゅう》」が出てくる詩［暁穹への嫉妬］もある。なお、簡［19］にある歌中の「青銅(↓ブロンズ)の穹屋根」は、マルヤネで、前の歌の「霧雨のニコライ堂の屋根」のこと、空とは関係ない。また、詩［秋と負債］には「半穹」の語もある。ちなみに、明治末ごろの百科辞典等を見ると、見出しに「ドーム」はなく「穹窿」であり、当時は一般になじんだ語だったと思われる。なお「天球」の語は詩［［硫黄いろした天球を］］や、その下書稿［天球図］にある。

キュステ【人】 劇［ポランの広場］の中心的な登場人物名。ドイツ語で、図書館や博物館等の学芸員、収集品等の管理責任者をクストス(Kustos)と言うが、この語の発生源に、同じくドイツ語のキュスター(Küster)がある。現在は宗教用語の一で、教会の聖具保管者、日本の昔で言えば、寺男《てらおとこ》のこと。童［黄いろのトマト］川村俊雄筆写稿表紙の題名左下にも、「博物局十六等官／キュステ誌《しるす》」とあり、これはキュステの書いた「博物誌」と言うほどの意になろうか。すなわち、キュスター(キュステ)を人物名にしたことは、ほぼ間違いない。なお、十六等官、ならびにキュステ名については↓レオノレ星座《れおのれせいざ》

経埋ムベキ山《きょううずむべきやま》【地】 賢治は帳［雨ニモマケズ］に三二の山名を列挙して、みずからそう名付けている(沼森、篠木峠、鬼越山、岩山、愛宕山、蝶〈鳥〉ヶ森、毒ヶ森〈↓南昌山〉、黒森山、上ン平、東根山、南昌山、大森山、八方山〈↓六角山《むつかどやま》〉、松倉山、江釣子森山、堂ヶ沢山、仙人峠、束稲山《たばしねやま》、駒形山、岩手山、駒ヶ岳、姫神山、六角牛山《ろっこうし》、早池峯《はやちね》(峰)山、鶏頭山、権現堂山《ごんげんどうさん》、種山〈↓種山ヶ原〉、旧天王山〈同手帳「旧天山」↓キーデンノー〉、胡四王、観音山、飯豊森〈↓飯豊〉、物見崎〈以上三二〉)。経とは『妙法蓮華経』のこと。経典を後世に残すため経筒《きょうづつ》に封入して地中に埋める「埋経《まいきょう》」の習わしに拠ったもの。龍門寺文蔵《りゅうもんじぶんぞう》の指摘によれば、天業民報社(国柱会)発行「毒鼓《どっこ》」一九三一(昭和六)年一二月号に、阿寒山頂での埋経碑建立の記事が写真入りで載っており、賢治もこれを読んで影響されたことも考えられるという。賢治の指定した山は岩手県内、それも花巻、盛岡を中心にした自分の親しんだ山々であった。三二山のうち作品に登場する山は二二。星座の構成になっている、という説がある(畑山博《はたやまひろし》)。

帳［雨ニモマケズ］
143〜144 頁

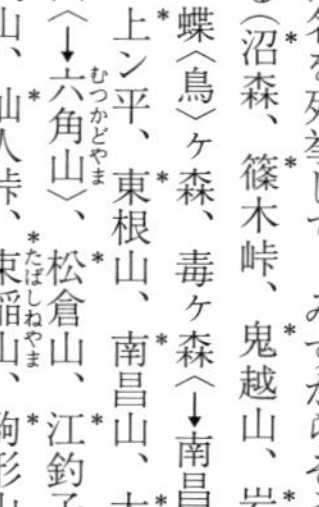

凝灰岩《ぎょうかいがん》【鉱】 タフ(tuff)。堆積岩の一。火口から噴出した火山灰や火山礫が堆積凝固したもの。新第三紀には日本列島は大きな地殻変動(海底火山の爆発)があり、日本海側を中心に緑泥化作用(↓りょくでい病)をうけた緑色凝灰岩地帯(グリーン・

タフ地帯）が生じた。建築用材としてよく用いられ、大谷石《おおやいし》が有名。岩手県では東*磐井郡（市町村の合併・編入により現在消滅）の紫雲石《しうんせき》（輝緑凝灰岩だが紫紅色で硯石となる）が知られている。この紫雲石は簡〔362の2〕に「赤間《(あかま)》」「紫　石《(むらさきいし)》」「青石《(あおいし)》」とある赤間（山口県産の硯で知られる赤間石）と同質で、「赤間は花巻に有之《(これあり)》」とあるのは、花巻で同質のものが手に入るという意。紫石、青石も同じく凝灰岩である。賢治の雑〔岩手県*稗貫郡地質及*土性調査報告書〕によると、*花巻の西方の丘陵地帯（豊沢川、*台川の上流）は、「白色淡灰色淡黄褐色ヲ呈シ（中略）粗大ナル*流紋岩ノ砕屑《(さいせつ)》ヲ混有」する流紋凝灰岩（Liparitic　tuff）で形成されている。賢治作品中の凝灰岩の色もまた「白い凝灰岩」（童〔税務署長の冒険〕）、「鼠いろの凝灰岩」（詩ノート〔〔墓地をすっかり*square にして〕〕）である。*童〔台川〕では「流紋凝灰岩だ。凝灰岩の温泉の為に*硅化を受けたのだ」と説明されている。童〔*イギリス海岸〕に「青白い凝灰質の泥岩（→Tertiary the younger mud-stone）が、川に沿ってずゐぶん広く露出」したと説明されているのがイギリス海岸である。文語詩〔*林館開業〕に「凝灰岩《タフ》もて畳み」とあるのは、その石畳を想像すればよい。なお、歌〔四一八〕に「陰気至極の Liparitic　tuff」（陰気極まるリパリティックタッフ）とあるのは、前記「流紋岩ノ砕屑ヲ混有」する流紋岩質凝灰岩のことで、見端《みば》の悪い姿形や色を「陰気至極の」と歌ったもの。ほかに歌〔四一九・四二〇〕、ス〔補遺〕等。

経紙《きょうがみ》　【宗】【文】　きょうし、とも。*経文を写すために今も用いる紙。色は数種ある。文語詩〔〔沃度《*(ようど)》ノニホヒフルヒ来ス〕〕に雲を紺色の経紙にたとえて「雲ハ経紙ノ紺ニ暮レ」、詩〔*河原坊（山脚の黎明）〕に「夜の経紙の鼠いろとの複合だ」とあるのは、音感、語調から言うと、賢治はキョウシと発音しているのではあるまいか。→紺紙の雲《こんしのくも》

経木《きょうぎ》　【文】【衣】　木材を紙のように薄く削ったもの。夏帽子の素材ともした。南北朝時代のころ、出陣前の武士が薄い木片に経文を書いて寺に納めたことからこの名がある。江戸中期ごろから、包装材料や檜笠、菓子包装、経木かご、ちょうちん等に使用され、原材料には、アカマツ、エゾマツ、*ヒノキ、*スギ等を用いた。一八八四（*明治一七）年にこれを用いた経木真田《さなだ》帽子（真田は平たい紐のことを真田紐と言う。その紐のような経木で編んだ帽子、の意）の製造が始まり、明治の終わりごろには夏帽子として全国的に普及し、愛用された。詩〔山の晨明《*(しんめい)》に関する童話風の構想〕に「経木の白い帽子を買って」とある。

暁穹《ぎょうきゅう》　→穹窿《きゅうりゅう》

経紙《きょうし》　→経紙《きょうがみ》

梟鵄《きょうし》　→ふくろふ

梟鵄救護章《きょうしくごしょう》　【宗】　梟鵄は旧かなではケウシ。賢治創作の経典の名。童〔*二十六夜〕では「梟鵄守護章」とも。梟《ふくろう》や鵄《とび》のように（鵄と同義同音の鴟を用いた「梟鴟」はフクロウ（→ふくろふ）の異名でもある）他の生類《しょうるい》ばかりか親まで食べて命をつなぐという*宿業をもった悪禽類を、*輪廻の世界から解き放ち、救《たす》け護《まも》り、解脱《*げだつ》（*悟り）の世界に導こうとする内容。童〔二十六夜〕。→梟身《けうしん》

梟鵄守護章《きょうししゅごしょう》　→梟鵄救護章《きょうしくごしょう》

教衆の哂ひ《きょうじゅのわらい》　→梵天《ぼんてん》

教浄寺《きょうじょうじ》　【地】　*盛岡市北山にある一遍上人《いっぺんしょうにん》の開いた時宗《じしゅう》の寺。本尊は阿弥陀如来（→阿弥陀仏）で、地元の人は「おあみ

ださん」と呼ぶ。報恩寺の西北四〇〇m。賢治は一九一五(大正四)年一月より下宿。四月盛岡高等農林学校に入学し、寄宿舎に入舎するまでの間、賢治はここで受験勉強に励んだ。ノート［文語詩篇］に「鐘うち鳴らす朝の祈り、教浄寺の老僧　光明偏照(ママ)十方世界、お(ママ)はりに法師声ひくく　つひにmammonを　次には鳴らす銅の鐃《どう》脈《みゃく》こそ祈りけれ」(原文横書き、偏照は遍照の誤、遍《あまね》く照らすの意)とある。文語詩［〔僧の妻面膨《おもふく》れたる〕］は、この寺でのこと。ノート［東京］にも登場。

強制肥育《きょうせいひいく》【農】　家畜の肉量増加の目的で行なう飼育法で、畜舎を暗くし運動をさせずに、胃袋に飼料のみを与える。童［フランドン農学校の豚］では「バケツの中のものを、ズック管の端の漏斗《ろうと》に移して、それから変な螺旋を使ひ食物を豚の胃に送る。豚はいくら呑むまいとしても、どうしても咽喉で負けてしまひ、その練ったものが胃の中に、入って腹が重くなる。これが強制肥育だった。」とあり、童［ビヂテリアン大祭］でも「鶏の咽喉にゴム管をあて、食物をぐんぐん押し込んでやる。」とある。

経塚岳《きょうづかだけ》【地】　経塚山とも。標高一三七三m。北上市の南西約二二km。六原の西にあたり、夏油《げとう》温泉の南三kmにある。詩［軍馬補充部主事］に「はたけが青くかすんで居る／その向ふには経塚岳だ／山かならずしも青岱《せいたい》ならず」とある。

経筒《きょうづつ》【宗】　経文を地中に埋置(埋経)するときに納める筒。仏法が滅んだ後の世に経文を伝えるためのもの。釈迦(→釈迦牟尼)の入滅後、正法一〇〇〇年(あるいは五〇〇年)、像法一〇〇〇年、末法一万年が過ぎると仏法が滅ぶとされる。筒の形状は高さ一〇〜三〇cm、口径一〇〜一五cm、青銅製のものが多く、法華経(→妙法蓮華経)や浄土教典が納められる。帳［雨ニモマケズ］一五一〜一五二頁に「此ノ筒法滅ノ后至心求法ノ人ノ手ニ開カレンコトヲ翼《こいねが》(冀の誤記)フ」とあり、図示されている。同一四三〜一四四頁には「経埋ムベキ山」として、岩手山、早池峰(峯)山などの三二の山が記されている。→経埋ムベキ山《きょううずむべきやま》

帳［雨ニモマケズ］
151〜152頁

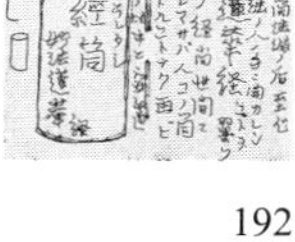

鏡鉄鉱《きょうてっこう》【鉱】　鏡鉄鉱は、赤鉄鉱(Hematite ヘマタイト)の一種。きらきらと輝く酸化鉄で、主要な鉄鉱石として、和賀仙人鉱山(現北上市和賀町)からも大量に産出する。→仙人の鉄山《せんにんのてつざん》

響尾蛇《きょうびだ》【動】　ガラガラヘビの別称。中国語名。体長は五〇cmから二mほどもある毒蛇で、危険が迫ると尾を激しく振って尾端からガラガラ、シャーッといった音を出す。アメリカ原産(ラトルスネイク rattlesnake)。同じく音を発するコブラ(cobra)とともに世界の毒蛇の双璧。詩［蛇踊《じゃおどり》］(初行「この萌えだした柳の枝で」)に「がらがら蛇でもない癖に／しっぽをざらざら鳴らすのは／それ響尾蛇に非るも／蛇はその尾を鳴らすめり」とあるのは、次に「青い／青い」とあるところから、ふつうのヘビの青大将なのだが、詩ノート［〔午前の仕事のなかばを充たし〕］にも「顫《ふる》へて鳴るのは／枯草だらうか、／響尾蛇でなくても／蛇はよくその尾を鳴らし得る」とあるように、蛇が尾を鳴らしているのではなく、蛇の動きにつれて下の枯れ草か麦わらが鳴っている様子である。詩は両方とも(［蛇踊］には別に異稿もある)畑仕事の合間に見つけた青大将を柳の枝で叩いて、異国の蛇使いを想像している、

忙中閑の詩境である。

恐怖《きょうふ》 →恐怖《クフ》

喬木帯《きょうぼくたい》 →苔蘚帯《たいせんたい》

鞏膜《きょうまく》 【科】 強膜、白膜とも言う。眼球の角膜以外の部分のいちばん外の層を包む強靭な膜を言い、弾力に富む。詩［*蠕虫《アンネリダ》舞手《タンツェーリン》］に「水晶体や鞏膜の／オペラグラス(→望遠鏡)にのぞかれて」とある。水晶体は瞳孔のうしろの凸レンズの役割をしている透明体。

暁眠《ぎょうみん》 【レ】 夜明けがたの眠り。文語詩の題名。

曲意非礼《きょくいひれい》 【宗】 仏教用語で、まがった意見を言うこと、それが相手や仏に対して非礼になること。文語詩［〔最も親しき友らにさへこれを秘して〕］に「なんぢが曲意非礼を忘れじ」とある。

極渦《きょくうず》 →ヘルマン大佐《へるまんたいさ》

玉髄《ぎょくずい》 【鉱】 カルセドニー(chalcedony)。石英の一種。モース硬度六・五～七。微細な水晶の結晶が網目状に集まり、緻密で強靭な塊となったもの。水晶のように自形結晶を作らないので潜晶質と言う。しばしばブドウ状の外観を呈し、*蠟のような光沢がある。含まれる不純物により、紅玉髄(カーネリアン)、緑玉髄(クリソプレーズ)、瑪瑙(アゲート)、碧玉(ジャスパー)、血碧玉(ブラッドストーン)などと呼ばれ区別される。アクセサリーや数珠、細工物に使われる。童［チュウリップの幻術］(→うっこんこう)中の「雲は光って立派な玉髄」、詩［晴天*恣意《(しい)》］に「玉髄の八雲」(八雲は幾重もの雲)とあるように、賢治は雲のたとえによく使う。賢治は盛岡中学時代に滝沢村鬼越にある燧掘山の火打石(玉髄)を採取している。童［*蛙のゴム靴］［*雁の童子］、詩［春と*修羅］［*オホーツク*挽歌］［風景とオルゴール］等に登場。→緑玉髄《クリソプレース》、瑪瑙、仏頂石

鋸歯《きょし》 →Gillarchdox! Gillarchdae!

魚燈《ぎょとう》 【文】 魚燈油(魚油、イワシやニシンの脂肪からとれる)を用いた燈火(*ランプ)。句に「魚燈して霜夜の*菊をめぐりけり」「魚燈してあしたの菊を陳《(なら)》べけり」とある。

去年《きょねん》**なもずゐ**《い》**ぶん雨降**《あめふ》**りだたんともずゐ**《い》**ぶんゆぐ穫**《と》**れだます** 【方】 去年もずいぶん雨降りだったけれども、ずいぶんよく穫れました。「だます」は丁寧な言い方。劇［植物医師］。

清原《きよはら》 【人】 清原繁雄《しげお》。賢治の教え子で稗貫農学校(→花巻農学校)三回生(一九二四年卒)。詩［*白い鳥］に「清原がわらつて立つてゐる／(日〈→お日さま〉に灼けて光つてゐるほんたうの農村のこども／その*菩薩ふうのあたまの容《かたち》は*ガンダーラから来た)」とある。他に短［山地の稜《(かど)》］の冒頭にも登場。

魚舗《ぎょほ》 【文】 舗は店、魚屋の古称。詩［魚舗］(［〔暮れちかい吹雪の底の店さきに〕］下書稿)がある。

清水野《きよみずの》 →江釣子森《えづりこもり》

虚无思想《きょむしそう》 【文】 虚無思想(ニヒリズム)。无は無で、中国では今もこれを多く用いる(平がな「ん」の元字)。簡［49］。

巨礫層《きょれきそう》 →コングロメレート

雲母《きら》 →雲母《うんも》、雲母摺り《きらずり》

帰礼《きらい》 →南無妙法蓮華経《なむみょうほうれんげきょう》

雲母摺り《きらずり》 【文】 *浮世絵の色摺り技法の一。キラ(キララ)は*雲母の古称(雲英、とも)。下地に薄藍ねずみ色を摺り、次に同版に糊を付けて摺り、その上に雲母の粉末をふりかけて、乾いて

から余分な粉末を払い落とし、銀色等のキララを出す方法。写楽《しゃらく》の大首絵《おおくびえ》の雲母摺りに代表される。歌［七一三］に「雲母摺りの／ひかりまばゆき大空に／あをあを燃ゆる／かなしきほのほ」、詩［＊小岩井農場　パート七］に「雨をおとすその雲母摺《きらず》りの雲の下」とあり、この浮世絵の技法はほとんど空や雲等、天体のイメージに使われている。文語詩［暁眠］等。→ぼかしのうす墨《ずみ》

きらら →雲母《うんも》

きららか【レ】 煌らか。美しくきらめくさま。詩［風の＊偏倚《(へんい)》］に「きららかにきらびやかにみだれて飛ぶ断雲と」とあるように、賢治は好んで「きららか」「きらびやか」(まったく同義の形容詞の反復)を使っている。「町やはとばのきららかさ」(詩［＊オホーツク挽歌］)、「きららかに畳む＊山彙《(さんい)》と」(詩［＊鳥の遷移］)、「またきららかな＊蜘蛛の糸」(詩［〔北いっぱいの星ぞらに〕］下書稿㈢)、等。

雲母紙《きららがみ》 →雲母《うんも》

桐《きり》【植】 中国を原産とする落葉高木。高さ一〇m、若枝や葉には軟毛が密生し、葉の長さは二〇～三〇cmにもなる。花は晩春、釣鐘形の紫色の花をつける(岩手県の県花)。桐の実は、＊くるみ大の大きさの蒴果《さっか》(さくか、熟後縦裂して種子を落とす果実)で二裂する。材質は軽く、磨滅せず湿気を吸わないので、タンス、家具、楽器、履物等に用いられる。「風木木の／＊梢にどよみ／桐の木に花咲く／いまはなにをかいたまん」(〔風木木の〕は、風は木々の、の意、歌［一一六］)、「＊アナロナビクナビ睡たく桐咲きて」(文語詩［祭日〔二〕］)、「桐の実は／(中略)／街燈たちならぶ＊菩薩たちと見えたり」(ス［一四・一五］)等、賢治作品での頻度は高い。

切り返し《きりかえし》【農】 原始的な農法の一で、野や山を焼いて畑にし(焼畑《やきばた》という)長く耕作すると畑がやせて地力がなくなる。するとまた数年もとの野や山にもどす、あとまた焼いて畑にするといった切りかえをすること。切替畑。詩［〔青いけむりで唐黍《(きび)》(→玉唐黍《とうもろこし》)を焼き〕］に「畑の切り返しが」、同［＊菊芋］(〔そもそも拙者ほんものの清教徒ならば〕下書稿)には「荒れ畑の切り返し」、ほか。→刈入年《かりいれどし》、草火《くさび》

切り込み《きりこみ》【食】【方】 切り込んだぶつぎりの魚肉の塩漬け。塩辛の方言。童［＊なめとこ山の熊］に「間もなく＊塩引の＊鮭の刺身やいかの切り込みなどと酒が一本黒い小さな膳にのって来る」とある。塩引《しおびき》も塩漬け、塩物にしたもの。

希臘古聖《ぎりしあこせい》【文】【人】 希臘はギリシアの当て字。紀元前の古代ギリシアの哲学者たち(三代の師弟、ソクラテス、プラトン、アリストテレスを中心に)をあがめて古聖と言う。詩［〔硫黄いろした天球(→穹窿《きゅうりゅう》)を〕］に「大豆《まめ》の玉(→豆粕《まめかす》)負ふその人に／希臘古聖のすがたあり」とあり、その下書稿［天球図］ではそこが「村農ソークラテースのごとく面皺み」となっている。「面」はオモ、またはカオ、「皺《しわ》み」は皺だっている、皺がよっている。

義理首尾《ぎりしゅび》【レ】 詩ノート［〔これらは素樸《(そぼく)》な＊アイヌ風の木柵であります〕］に、「村の義理首尾とをしながら」とある。村でのつきあいや、義理をはたし、つとめながら、の意。

キリスト →基督再臨《きりすとさいりん》、サンタ・マリア、十字架《じゅうじか》、＊ジョバンニ、百合《ゆり》、ヨハネ

基督再臨《きりすとさいりん》【宗】 詩ノート中の一篇の題名。この詩の内容は賢治の宗教的関心が、単に仏教(それも混合仏教的だが)にと

どまらず、キリスト教の、おそらく新・旧約聖書もよく読み、その影響も受けていた具体的な証《あか》しになる一篇。↓サンタ・マリア、ほか前項掲示のキリスト関係諸項、ヨハネ、等。

ギリヤーク【文】 Gilyak 樺太(↓サガレン)北部から黒竜江《アムールこう》沿岸にかけて住む漁業と狩猟を生業とする蒙古人種系の少数民族。明治末には約八〇〇〇人いたと言われるが、一九三一(昭和六)年、樺太庁調査によれば一二一人。居住地もホロナイ川がオホーツク海にそそぐ南樺太最北の地、当時の敷香《しすか》(江戸期まではシッカ)集落に限られ、自称はギリヤークではなくイニクブンと言った。シャーマニズム(↓シャーマン山)を信仰する少数民族として知られていた。詩[火薬と紙幣]に「鳥はまた一つまみ　空からばら撒《ま》かれ(中略)遠いギリヤークの電線にあつまる」とある。童[サガレンと八月]には「ギリヤークの犬神」が出てくる。

霧山岳(嶽)《きりやまだけ》【地】 小島俊一《しゅんいち》『奥羽山脈・北上川流域の地名』によれば、岩手山の別称、ニックネームは霧山嶽《きりやまだけ》、岩鷲山《がんじゅせん》、南部富士等六種あるという。短歌に「霧山岳二首」がある。[五〇九]、[五一〇]。↓岩手山《いわてさん》

稀硫酸《きりゅうさん》 ↓硫酸《りゅうさん》

キルギス曠原《きるぎすこうげん》【地】 Kirghiz Steppe キルギス共和国(旧ソビエト連邦南部)の広原(広大な原野には「曠」をつけた)。ウラル山脈南麓からアルタイ山麓の間、東西二〇〇〇㎞にわたって展開するキルギス・ステップと呼ばれる広大な草原地帯。一部では小麦等の穀物栽培がなされるが大部分はキルギス・カザーフ人による遊牧が行なわれていた。詩ノート[〔南からまた西南から〕]に「こゝをキルギス曠原と見せるまで／和風は河谷《かこく》(↓北上川)いっぱいに吹く」とあり、詩[小岩井農場　パート四]に「そのキルギス式の逞ましい耕地の線が」とある。

ギルダ【人】【レ】 詩[「春」変奏曲]に登場する人名。対話体のこの詩は詩[青森挽歌]の竜とギルちゃんの幻聴を受けたものであり、竜《ドラゴン》(↓竜《りゅう》)やヨハンネス(↓ヨハネ)も登場する詩[春―水星少女歌劇団一行]とも関連がある。詩[「春」変奏曲]のギルダは詩[青森挽歌]のギルちゃんと同想で、亡妹宮沢トシを意識したもの。こちらはのどに星葉木《せいようぼく》の胞子を入れてしまったギルダちゃんが、楽長さんの手当てで助かる明るい対話である。なお、ギルちゃんの出所は英語の guilt, guilty(罪、罪のある)ともとれなくもないが、おそらくギルもギルダも Gilda(ドイツに多い女性名)から思いついたものか、あるいは Garuda(ガルダ、インド神話の巨鳥、蛇の敵)のもじりかもしれない。

ギルちゃん ↓ギルダ

ギルバート群島《ぎるばーとぐんとう》【地】 Gilbert Islands 赤道直下の中部太平洋、マーシャル群島の東南に散在する島群。タラワ、マキン島ほか一六の環礁からなる。イギリス船長ギルバートの発見によってその名がある。一八九二年イギリスの保護領、一九一五年同国のギルバート・エリス植民地。良質のカンカン帽の産地。童[風野又三郎](↓風の又三郎)に風の精、風野又三郎の大循環の話として「ギルバート群島からのぼって発ったときはうまくいった(中略)ギルバート群島の中の何と云ふ島かしら小さいけれども白壁の教会もあった。(中略)あすこらは赤道無風帯」とある。赤道無風地帯では気圧は低いが、上昇気流があるためスコールが頻発する。

記録仏経《きろくぶつきょう》【宗】 童[ビヂテリアン大祭]に「たゞ我等仏

教徒はまづ釈尊（↓釈迦牟尼）の所説の記録仏経に従ふといふことだけを覚悟しやう（ママ）」とある。記録された仏教経典、の意で用いたのであろう。文献学的にみた場合は、現在「大蔵経典《だいぞうきょうてん》」として伝えられている仏教経典の多くは必ずしも「釈尊の所説」を記録したものではなく、後年さまざまに分派した教団がそれぞれの立場から、「釈尊の所説」として作成したものと言えるが、歴史的には「大蔵経典」の各経典を真実の「釈尊の所説」として受けとめてきた経緯があり、その結果、各経典間の優劣を定める「教相判釈《きょうそうはんじゃく》」（釈迦の生涯のどの時期のものかを分類し、内容を判定し、それぞれの宗旨とする経文を優位におこうとするテクスト・クリティーク）が盛んに行なわれるようになった。

金雲母《きんうんも》 ↓雲母《うんも》

銀貨《ぎんか》 【文】 童「銀河鉄道の夜」に「銀貨一枚あれば」とある。五〇銭銀貨。

菫外線《きんがいせん》 【天】【科】 紫外線のこと。可視光の紫光より波長の短い電磁波。目に見えないが殺菌、日焼け、体内のビタミンD合成への関与など、化学作用の強い輻射線。明治末の天文書、例えば『星』（一戸直蔵《いちのへなおぞう》、一九一〇）には、紫外線でなく菫外線とある。童「ガドルフの百合」に「次の電光は、マグネシアの焔よりももっと明るく、菫外線の誘惑を」とある。詩「烏」、詩ノート「〔野原はわくわく白い偏光〕」、文語詩「〔雪げの水に涵（ひた）されし〕」等。

ぎんがぎが ↓愛《え》どしおえどし

銀河系《ぎんがけい》 【天】 ギャラクシー（Galaxy）。ミルキー・ウェイ（Milky Way ↓牛乳）。太陽系の属する銀河（↓天の川）の名称。宇宙空間では星々は巨大な集団塊となって存在する。これを銀河、あるいは大洋中の孤島にたとえて島宇宙と呼ぶ。質量は太陽（↓お日さま）の一〇億～一兆倍で、直径三万～二〇万光年。典型的な銀河は渦巻き状で、銀河系もこれに属し、直径約一〇万光年、アンドロメダ星雲（M《メシエ》31）やマゼラン星雲らとともに、銀河の一グループを形成している。太陽は銀河系の中心から約三万光年離れたオリオンの腕《アーム》（渦巻きの一枝）にある。このため銀河系中心方向（射手座）にあたる夏の天の川は冬の天の川よりも濃く見える。さて賢治が天文知識を吸収した大正期の天文書では、銀河系の外に別の銀河が存在するという島宇宙説はまだ諸説の一にすぎず、渦巻き星雲を惑星系（他の太陽系）誕生の一過程とする説（アレニウスがこれにあたり、賢治も影響を受けた）も根強かった。島宇宙説は一九二三年、アメリカのハッブルによって確証された（↓スペクトル）。賢治は詩「〔北いっぱいの星ぞらに〕」下書稿㈤に「誤ってかあるひはほんたうにか／銀河のそとと見なされた／星雲《ネビュラ》（↓星雲《せいうん》）の数はどれだらう」と記しているが、島宇宙説を信ずるまでには至らなかったようである。童「銀河鉄道の夜」では、学校の先生が両面凸レンズの銀河模型を示して「天の川の形はちやうどこんななのです。このいちいちの光るつぶがみんな私どもの太陽と同じやうにじぶんで光ってゐる星だと考へます。私どもの太陽がこのほゞ中ごろにあって地球がそのすぐ近くにあるとします。みなさんは夜にこのまん中に立ってこのレンズの中を見まはすとしてごらんなさい。こっちの方はレンズが薄いのでわづかの光る粒即ち星しか見えないのでせう。こっちやこっちの方はガラスが厚いので、光る粒即ち星がたくさん見えその遠いのはぼうっと白く見えるといふこれがつまり今日の銀河の説なのです。」と説明。これは賢治が熟読していたというA・トムソン『科学大系』(北川三郎・他訳、一九二二)中の、トムソンの銀河モデル、「レンズ体形を得る我々の宇宙は、まづ此のレンズに似て居る。我太陽は此のレンズの略《ほゞ》中心点(0)に位置を占める」を受けたものである。幾何学的に天の川の見え方の違いを示している点も一致する。詩「青森*挽歌」の「きしやは銀河系の*玲瓏《れいらう》レンズ/巨きな*水素のりんごのなかをかけてゐる」も同想のもの。賢治の意識の中には、宇宙=銀河系(玲瓏レンズ)、銀河の窓(文語詩「*林館開業」では*牖《まど》)=裂け目(*石炭袋)、そしてその先の未知の*異空間、といった図式ができていたようである(→孔)。例えば詩「〔北いっぱいの星ぞらに〕」の下書稿(五)第一形態への手入れ「…いつまでも黒く寂しい/異の空間の探索者」のさらなる書き換えは「銀河の窓をもとめるもの」である。詩ノート付録「生徒諸君に寄せる」の「新らしい時代の*ダーウヰンよ/更に東洋風静観の*キャレンジャーに載《(ママ)》って/銀河系空間の外にも至って/更にも透明に深く正しい地史と/増訂された生物学をわれらに示せ」も同想のものと思われる。当時の天文書の多くは、天の川中の暗黒星雲(星間物質が後方の光を遮断したもの→石炭袋)を、空隙《くうげき》、穴、裂け目、と表現していた。一九世紀の熱力学開拓者W・トムソン(ケルヴィン卿)のように、銀河系外の無限に続く真空空間が見えていると主張した学者もいた。詩「永訣の朝」の「銀河や太陽 *気圏などとよばれたせかいの/そらからおちた雪のさいごのひとわんを…」、芸「綱」の「ここは銀河の空間の太陽日本 *陸中国の野原である」に見られるように、賢治にとっても現空間の最大領域(宇宙)は銀河系だった。しかも同綱要では「新たな時代は世界が一の意識になり*生物となる方向にある/正しく強く生きるとは銀河系を自らの中に意識してこれに応じて行くことである」といった言説からは、もはや科学というより宗教者の立場が強調されている。すなわち銀河系は賢治にとって、宗教的な体系でもあり、信仰の拠りどころでもあった。そして、詩「〔この森を通りぬければ〕」には「云はゞあらゆる年代の/光の目録《カタログ》を送ってくる」とあるが、これは星々が光速でさえ何千年何万年とかかる距離にある(即ちそれだけ過去の光を我々は見ている)ことを述べたもの。賢治の言う「心象(→心象スケッチ)や時間それ自身の性質として/第四次延長(→第四次元)のなかで主張されます」(『*春と修羅』「序」)の根底には、科学と宗教(というより信仰)と思想との混融する「光の目録《カタログ》」があったのかもしれない。詩ノート「〔*サキノハカといふ黒い花といっしょに〕」、詩「*岩手軽便鉄道 七月(*ジャズ)」等では「銀河の発電所(→電気)」が登場。また「銀河鉄道」のイメージは詩「青森挽歌」「冬と銀河ステーシヨン」「岩手軽便鉄道 七月(ジャズ)」等に見いだせる。(→口絵①)

銀河軽便鉄道《ぎんがけいべんてつどう》 →岩手軽便鉄道《いわてけいべんてつどう》

金頭《きんがしら》 【文】 ステッキ等の握り柄の部分(手もと)が金属製のもの。童「月夜のけだもの」に「太い金頭のステッキ」が登場する。

銀河鉄道《ぎんがてつどう》 【文】【天】 宮沢賢治の代名詞と言えるほどの賢治作品のシンボル。銀河系や*天の川に代表される賢治の天体空間のシンボル「銀河」と、賢治が愛した*岩手軽便鉄道のイメージの転成「鉄道」が合体したのが「銀河鉄道」である。最も代表的な作品は童「銀河鉄道の夜」だが、それより早く詩稿に「銀河鉄道」(詩「岩手軽便鉄道の一月」下書稿)、詩「銀河鉄道の一月」(「校友会雑誌」発表、「岩手軽便鉄道の一月」異稿)があり、また詩「冬と銀河ステーション」には「冬の銀河軽便鉄道」(→岩手軽便鉄道)が登場する。また直接鉄道は出てこないが、童「銀河鉄道の夜」と内面的に深く関わる詩「*薤露青《かいろせい》」の「よもすがら南*十字へながれる水」のイメージには銀河を行く列車と天の川のイメージが重なる。また詩「青森*挽歌」「樺太鉄道」(→サガレン)で歌われる現実の列車体験も「銀河鉄道」の現界地上版としての性格をもつ。これらがすべて重層的に童「銀河鉄道の夜」に流れ込んでいると見ることができる。現空間の最大領域である「銀河」系を走る小さな「鉄道」列車、その設定自体がユニークで賢治的なのだが、車窓に展開する壮大な異界・*異空間の幻想的なイメージと、車内での人間のドラマ、天上世界(異界)と地上世界(現界)の内外呼応する「銀河鉄道」は賢治の第*四次元の動的世界そのものである。→異空間《いくうかん》　新世界交響曲《しんせかいこうきょうきょく》、水素のりんご《すいそのりんご》、南十字《みなみじゅうじ》

ぎんがめたら　→そだんす　まぁんつ…

金牛宮《きんぎゅうきゅう》　【天】　Taurus(ラテン、トアラス)　黄道十二宮の第二宮。牡牛座《おうし》。太陽は四月下旬から一か月間、この宮にいるとされ、晩秋から初冬にかけて目立つ星座。α星アルデバランは赤色巨星の一等星で偶然V字形のヒアデス星団と同一方向に見える。ヒアデス星団は比較的年を取った星の集団で、まとまりが崩れかけている。日本では「つりがねぼし」の名がある。神話のヒアデスはプレアデス(*すばる)の異母姉妹にあたる七人娘で、兄がイノシシに殺されて泣き悲しんでいると言われ、このため、雨季の到来と結びつけて「雨降りヒアデス」と呼ばれた。中国でも同様に畢宿《ひっしゅく》(二十八宿の一)と呼び、*射手《いて》座の風伯《ふうはく》(風の神)に対して、雨師《うし》(雨の神)のいる所とされた。このおうし座の名はギリシア神話の最高神ゼウスがエウローペに求愛するために化けた牡牛に由来する。この星座は、プレアデスをはじめ、超新星の爆発の名残《なごり》であるカニ星雲(M1《メシエ》)等、多彩である。童「フランドン農学校の*豚」に「その晩空はよく晴れて金牛宮もきらめき出し二十四日の銀の角、つめたく光る弦月が…」とあり、童「*土神と*狐」にも「その野原の三時すぎ東から金牛宮のぼるころ」とある。その他詩「東岩手火山」(→岩手山)等。(→口絵⑬)

おうし座

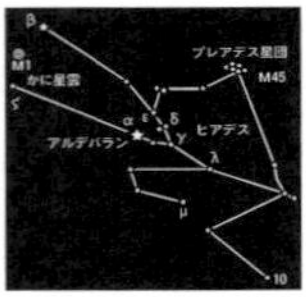

きんけむし　【動】　モンシロドクガ(紋白*毒蛾)の幼虫。体長三cmほどで黒色、全身毛で覆われている。サクラ、ウメ、*ナシ、*リンゴ、*バラ等の葉を食害する。くわきんけむしは別種。歌「三一一」に「たゞさへも／くらむみそらに／きんけむし／ひたしさゝげぬ／*木精の瓶」とある。

キンケムシ

金彩《きんさい》　【文】　金いろの糸で刺繍した飾り。短「大礼服の例外的効果」に「校長の大礼服のこまやかな金彩」とある。宮中その他重要な儀式に着用した大礼服は第二次大戦後廃止。

菌糸《きんし》　【植】　カビや*きのこなど菌類の体を形成する糸状細胞。網目状に分枝して広がり、高等植物の根、茎、葉に相当する繁殖器官の子実体《しじつたい》ができ、種子にあたる胞子(→*星葉木)ができる。子実体もなく菌糸も退化し球状の細胞になったものが酵母。菌糸には雌雄の別があるものとないものがある。詩「〔おい　けとばすな〕」に「ぎっしり白い菌糸の網」、童「*インドラの網」に「その組織は菌糸より緻密に」とある。

銀障《ぎんしょう》 →銀屏流沙《ぎんびょうるさ》

金星《きんせい》【天】 ビーナス(Venus)。太陽系第二番目の惑星。地球のすぐ内側を運動する内惑星のため、夕方の西空(宵の明星)と夜明けの東空(明の明星)にしか見ることができない。赤道半径は地球とほぼ同じ、質量は〇・八二倍で公転周期は約二二五日。大気の大半は炭酸ガスで、白い雲によって表面が覆われているため、反射能が高く、全天では太陽、月に続いて三番目に明るい。望遠鏡では満ち欠けを見ることもできる。黄道光等の影響からか赤黄色に見える。古代ラテン文化では美の神の星、中国では太白星(唐の詩人李太白は金星にちなんでつけられた字《あざな》)と呼ばれた。『肉眼に見える星の研究』(吉田源治郎、一九二二)には一九二一年ごろのアメリカ、ウィルソン山天文台のスペクトル分析によって金星に生物の住む可能性が否定されたと書かれている。賢治作品では童「まなづるとダァリヤ」に「星はめぐり、金星の終りの歌で、そらはすっかり銀色になり、夜があけました」、劇「種山ヶ原の夜」に「あの大きな青い星ぁ　明《あけ》の明星だべすか」がある。歌「一五二」には「金星の／瞑するときしわれなんだす／まことは北のそらはれぬゆゑ」は、明けの、宵の、どちらかの明星かははっきりしないが、その金星が目をつむったように光らぬとき(「し」は強めの助詞)、私は涙《なみだ》を流している。ほんとうは北の空が曇っているため、光らないのだが…の意。

金星音楽団《きんせいおんがくだん》【音】 童「セロ弾きのゴーシュ」でゴーシュの属する楽団名。詩「春」(初行「ヨハンネス」)に「水星少女歌劇団(下書稿では金星)」が登場。日本のオーケストラの歴史は明治期を準備期とすれば、大正期は普及期であった。明治期には三越少年音楽隊(一九一〇)、東京フィルハーモニー(同年)等の活躍もあったが、中心はやはり軍楽隊であった。大正期には山田耕作《こうさく》(ペンネーム耕作)らを中心に本格的なオーケストラの誕生をみる。日本交響楽協会(「日響」一九二五)、新交響楽団(一九二六)等である。「金星」の名は浅草オペラの歌劇団名として用いられた「七星」や「新星」からきたものと思われる。ともかく当時は東京のオーケストラでさえも満足な水準ではなく、童話とはいえゴーシュの「金星音楽団」が第六交響曲を無事こなす話柄《わへい》だけでも日本離れしたもの、賢治独往の世界を示している。

きんたけ【植】【食】 マツタケ科の食用きのこ、キシメジタケ(黄占地茸。略してキシメジ)の地方名。しめじに似ているが淡黄色、美味。きんたけの漢字表記は不明だが、あるいは黄茸《きんたけ》または金茸か。童「紫紺染について」に「さやう。みづ、ほうな、しどけ、うど、そのほか、しめじ、きんたけなどです」とある。→みづ、ほうな、しどけ、うど

禁治産《きんちさん》【文】 自分で財産を管理できない心神喪失者に代わって、それを保護するために後見人、または補佐人を付ける裁判の制度。それに準ずるのが準禁治産。メモ「創45」の、劇創作のあらすじのメモ「禁治産　一幕」に「長男空想的に農村を救はんとして奉職せる農学校を退き村にて堀立《(ママ)》小屋を作り開墾に従ふ　借財によりて労農芸術学校を建てんといふ。父と争ふ、互に下《さが》らず子つひに去る」とある。メモとは言え、また比喩とは言え、賢治が自分の境涯を劇化するのに「禁治産」の題をつけていたことは自虐のユーモアを通りこして痛切である。禁治産者の宣告を裁判所から受けることは、社会人として不適格者の烙印を押されること

なのだから。なお、禁治産・準禁治産制度は、二〇〇〇年四月成年後見制度の導入により廃止された。

金天狗やカメレオン印《きんてんぐやかめれおんじるし》 【文】 ともに旧民営時代の煙草の人気銘柄。煙草が専売制（国営の専売局）になるのは一九〇四（明治三七）年。第二次大戦後、専売公社となり、一九八五年四月から再び民営化。童［*なめとこ山の*熊］に「町の中ほどに大きな荒物屋があって笊《(ざる)》だの*砂糖だの砥石《(といし)》だの金天狗やカメレオン印の煙草だの」とある。なお、童［*風の又三郎］には「*専売局」が登場する。また、賢治作品には、噴火していたころの岩手山を当時の葉巻たばこに擬した奇抜な連想もある。→セニヨリタス

「金天狗」煙草

ぎんどろ →白楊《どろ》、楊《やなぎ》

銀斜子《ぎんななこ》 【文】 銀七子、銀魚子。金属の表面に粟粒を並べたように金属の粒子を突起させる彫金の一技法が斜子で、金属粒子が銀の場合、銀斜子と言う。「濾斗《(ろうと)》（*漏斗）の脚のぎんななこ」（歌［四九四］）、詩［〔つめたい風はそらで吹き〕］では「銀斜子の*月も凍って」（下書稿では「月のかけらの銀斜子」）と月の形容として使われる。詩［春谷暁臥《(しゅんこくぎょうが)》］では、「ゆふべ凍った斜子の月を」と斜子だけで使われている。

緊那羅《きんなら》 【宗】 kiṃnara（梵）の音写。擬人、擬神、人非人、と漢訳する。人に似ているが頭に角《つの》があり、手に鼓《(つづみ)》を持つ。馬頭人身や人頭鳥身で、琴を持つ例もある。仏法を守護する八部衆の一。歌神、楽神、音楽天とも言われ、*帝釈天に仕え歌や舞をよくする。法華経（→妙法蓮華経）をはじめとする大乗経典に、八部衆の他の、*天、*龍、*夜叉《やしゃ》、乾闥婆《けんだつば》、阿修羅《あしゅら》（*修羅）、迦楼羅《かるら》、摩睺羅《まごら》迦《か》とともに、仏の説法の聴衆として多くその名が見える。詩［*小岩井農場　パート四］に「これらはあるひ《(ママ)》は天の鼓手《こしゅ》（→たむぼりん）、緊那羅《きんなら》のこどもら」とある。文語詩［〔翁面《(おきなめん)》　おもてとなして世経《(ふ)》るなど〕］の最終行には「緊那羅面とはなりにけらしな」（緊那羅面になったことだなあ）とあって、初行の「*翁面」と対になっている。下書稿㈠（題［自嘲］）では「大喝食《かっしき》とはなりにけり」（能でも喝食面とも言う）。喝食はもと禅門で食事の時間を知らせる身分の低い役僧。

銀鼠《ぎんねず》 【レ】 色彩表現としてのシルバーグレー（silver gray）。明るいグレー。賢治は短歌時代によく使った。「銀鼠ぞら」（歌［二五八］）、「*ひのきのせなの銀鼠雲」（歌［四三六］）等。

銀の鏡《ぎんのかがみ》 【天】【レ】 霧や*層雲に隠されて薄白く光る太陽（→お日さま）の比喩。童［*茨海《バラウミ》小学校］では「空はその時白い雲で一杯になり、太陽はその向ふを銀の円鏡《まるかがみ》のやうになって走り、風は吹いて来て…」、童［*十力の*金剛石］では「*お日様は霧がかゝると、銀の鏡のやうだね」とある。童［*種山ヶ原］では、「太陽は白い鏡のやうになって、雲と反対に馳せました」とある。同様な表現はほかに童［*水仙月の四日］にも。太陽を鉱物の盤に見立てた表現に、童［十力の金剛石］の「大きな*蛋白石の盤のやうでございます」や詩［日輪と*太市］の「*天の銀盤」、童［*ひかりの素足］の「太陽も大きな銀の盤」がある。太陽ではなく、*月の比喩としては童［種山ヶ原］に「銀の盃」というのがある。→鏡《かがみ》

黄金のゴール《きんのごーる》 →黄金のゴール《おうごんのごーる》

銀のモナド《ぎんのもなど》 →モナド

銀盤《ぎんばん》 →銀の鏡《ぎんのかがみ》

金皮《きんぴ》 →苹果《りんご》

金肥《きんぴ》 【農】 人造肥料または化学肥料。金銭を払って買い入れる肥料、という意味でこの語がある。東北砕石工場（→石灰）の宣伝用書状（簡［300］）や鈴木東蔵あて簡［250］等。

銀屏流沙《ぎんびょうるさ》 【文】 文語詩［〔たそがれ思量惑《わわ》くして〕］の「銀屏流沙とも見ゆるころ」とは、一面の銀箔《ばく》の屏風《びょうぶ》に描かれた天山南路（→天山北路）のタクラマカン砂（沙）漠の絵を想起しての冬の日暮れどきのイメージ。タクラマカン砂漠を意味する流沙は、慣用ではリュウシャかルシャなのだが、賢治は音感上の配慮からか、下書稿㈡で「銀屏の流沙《ルサ》」とルビをつけている。なお、下書稿㈠では「銀屏」は「銀障」（銀の障子）になっている。

きんぽうげ 【植】 賢治は「きむぽうげ」とも書く。金鳳花、毛茛。田や小川の縁《へり》等に生えているキンポウゲ科キンポウゲ属の多年生有毒植物の総称。しかし、今日の植物分類学では、ウマノアシガタ、タガラシ、キツネノボタン等に分化されて、もとものキンポウゲと呼ばれる草花はなくなってしまった。ただ高山植物のミヤマキンポウゲ等に名残をとどめているにすぎない、と言われている。初夏に咲く黄色いカップ形の花は、英名で buttercup と呼ばれる（学名 ranunculus）。「上部にはきんぽうげが咲き／（上等の butter-cup《バッタカップ》 ですが／牛酪《バター》よりは硫黄と蜜とです）」（詩［休息］〈初行「そのきらびやかな空間の」〉）、「きむぽうげみな／青緑或は／ヘンルータカーミンの金米糖を示す」（詩ノート［〔午《ひる》はつかれて塚にねむれば〕］）での金米糖とは、きんぽうげの種子の形の比喩。

キンポウゲ

銀茂《ぎんも》 【人】 奥山銀茂。賢治と盛岡中学での同期生（一九一四年卒）。歌［明治四二、四］に「藍いろに点などうちし鉛筆を銀茂よわれはなどほしからん」とある。

金襴《きんらん》 【衣】 錦の一種。織金《しょくきん》とも。錦地に金糸をたて糸に用いて紋様を織り出したもの。帯地、能衣装等に用いられる。天正年間（一五七三～一五九二）に中国から伝えられ、後、京都の西陣等で生産され、中国の技術を抜くようになった。童［とっこべとら子］（→おとら狐）に「ピカピカした金らんの上下の立派なさむらひ」とあり、短［あけがた］に「白くぴかぴかする金襴の羽織」が登場する。

銀ヲクユラシテ《ぎんをくゆらして》 【レ】 「銀河」をはじめ、銀のつく語彙は賢治に多いが、文語詩［〔沃度《ようど》ノニホヒフルヒ来《こ》ス〕］に出てくる「ツカレノ銀ヲクユラシテ」は難解。表題になっている右の一行目からして意味あいまいだが（→沃度）、クユラシテはクユラセテの慣用。さて、ここでの銀は、おそらく銀のキセルであろう。山に山菜や花の球根などを採りにいき、疲れて下山しながら銀のキセル（煙管）でたばこを吸いながらの意ではあるまいか。三つの下書稿では銀→錫《すず》→藍→銀と転々と直されていて、すると、こちらは錫のメッキをしたキセルということになる。それを銀に直したのではあるまいか。

く

流　金《クイックゴールド》 →quick gold

くいな →くひな

隅角部《ぐうかくぶ》 【レ】 隅《すみ》や角《かど》の部分。中心部からは遠いところ。詩ノート〔*〔すがれのち*萓《(がや)》を〕〕に「思想の隅角部」とある。

空気獣《くうきじゅう》 【レ】 童〔祭の晩〕の冒頭に出てくる「見世物」(興行)。空気銃をもじった、おもしろい命名で、「ねばりつ」く「牛の胃袋に空気をつめた」「大きな平べったいふらふらした白いもの」を棒でつついて、最後に破裂させて鳴らす(そこまで見ないで亮二は小屋を出てしまうが)のだろうが、そうした見世物が当時あったのかどうか未詳。あるいは賢治のアイデアということも考えられる。例えば童〔ポラーノの広場〕にはないが、その先駆形〔ポランの広場〕に出てくる「空気鰌《くうきどじょう》」は衣裳係が怒って「私」に言う悪口の語で「空気獣」とは無関係。賢治のユーモラスな造語か、当時はやった語なのか不明。空気でふくらませた鰌(今は「泥鰌」と書く)みたいなノロマなやつ、といった罵言《ばげん》。

空気鰌《くうきどじょう》 →空気獣《くうきじゅう》

空華《くうげ》 【宗】 病み疲れ、かすんだ目で空中を仰ぐとちらちらと花模様に見えることから、煩悩にまつわられる人間がいだくさまざまな妄想を言う。文語詩(未定稿)〔月天讃歌(擬古調)〕(→月天子)に「空華は青く降りしきりけり」とある。

空谷《くうこく》 【レ】 人の気配もない、さびしい谷。詩〔夏〕(初行「木の芽が油緑や…」)に「きみかげさうの空谷や」とある。キミカゲソウ(→すゞらん)の花の咲いている、さびしい谷、夏の「涸谷《からだに》」の意。

クウショウ 【鉱】 空晶。鉱物内部にある空洞が結晶の形をしているもの。童〔楢ノ木大学士の野宿〕(→なら)では、「そのクォーツ(→石英)さんもお気の毒ですがクウショ《(ママ)》ウ中の瓦斯《(ガス)》が病因です。」とある。ほとんど同じ表現が童〔青木大学士の野宿〕(→葛丸川)にもある。

空線《くうせん》 →いちはつ

空諦《くうたい》 【宗】 天台宗の教義、三諦《さんたい》(空諦、仮諦《けたい》、中諦)の一。諦とは日本語では「あきらめ」の意が先立つが、本義は真理の意(童〔二十六夜〕では「諦《あきらか》に」ともある)。すなわち空諦とは、世の中に存在するすべての事物はみな因縁によって生じたものであり、実体がなく空《くう》であると説くもの。詩ノート〔*ドラビダ風〕に「川は空諦と銀とを流し」とある。この詩の発展形である詩〔〔一昨年四月来たときは〕〕では「川が鉛と銀とをながし」となっており、空諦が鉛と書き直されたことがわかるが、その関連性については不明。

偶蹄類《ぐうているい》 【動】 蹄《ひづめ》が偶数という意から出た動物の類目。*牛、*羊、*豚、*鹿、など、主に草食性の動物類。童〔*イギリス海岸〕に「*第三紀偶蹄類の足跡標本」が出てくる。

共の所感《ぐうのしょかん》 【宗】 「共業所感《ぐうごうしょかん》」のこと。人間誰しも善悪の*業の結果として同一の果報を受けること。雑〔法華堂建立勧進文〕に「世界《せかい》は共《ぐう》の所感《しょかん》ゆゑ」とある。また『春と修羅第二集』中の詩

〔（鉄道線路と国道が）〕下書稿㈠〔陸中の五月〕に「共業所感そのものとして推移します」とある。

空碧《くうへき》【レ】　青空のような紺碧《こんぺき》の色。詩〔病院の*花壇〕に「まっ白な*石灰岩の方形のなかへ／水いろと濃い空碧で」とある。

空明《くうめい》【レ】　水に映る月の光、またはなにもなく明るいこと。詩〔空明と傷痍〕に「つめたい空明への貢献である」、詩〔*薤露《（かいろ）》青《（せい）》〕には「薤露青の聖《（きよ）》らかな空明のなかを」「かなしさは空明から降り」、詩〔*奏鳴的説明〕には「翻へったり砕けたり或は全《（まった）》い空明を示したり」等はいずれも微妙だが、透明な明るさに、ただ明度だけでない、宇宙感覚（↓宇宙意志）が反映している。

空輪《くうりん》【宗】　*五輪の一。詩〔*晴天恣意《（しい）》〕に「もし空輪を云ふべくば／これら総じて真空（↓虚空）の／その顕現を超えませぬ」とあり、科学で言う真空を空輪としてとらえようとしている。ほかに、詩〔*五輪峠〕に「峠がみんなで五《（いつ）》つあって／*地輪峠*水輪峠空輪峠といふのだらうと」とある。

クォーツさん　↓石英《せきえい》

苦界《くがい》【宗】　苦海《くかい》を一般に苦界、または公界とも書く。苦しみに満ちた人間世界を苦海と言う。童〔*二十六夜〕に「ここの世界は苦界といふ、又*忍土とも名づけるぢゃ」とある。

苦行外道《くぎょうげどう》【宗】　苦行は*悟りを開くための苦しい修行。外道は内道に対して言う。仏教（内道）からみた仏教外の諸宗教を言う。また、仏教外の行者たちのこと。釈尊（↓釈迦牟尼）に前後して現われたアジタ、パクダ、プラーナ、ゴーサーラ、サンジャ、マハーヴィラを仏教では特に六師《ろくし》外道と呼ぶ。仏典には九五種の外道が記されていると言われる。ただし、儒教や道教を外道に数えたりはしない。童〔*雁の童子〕に「少し離れた首都のある外道の塾」、芸〔興〕に「*Wim. Morris　労働はそれ自身に於て善なりとの信条　苦楽　苦行外道　*狐　*トルストイ」とある。後者の意味は、ただ「苦行」を説くのは「外道」の教えである、ということで、上の「苦楽」、すなわち苦しみもまた楽しみであり、労働も楽しみとすることを信条としなければいけない、という日ごろの賢治の信条をメモしたもの。ちなみに釈尊も苦行を否定する立場から悟りを得た。

くぐして【方】　くぐらせて。くぐすは潜らす。童〔*セロ弾きの*ゴーシュ〕に「セロ弾きはおっかさんの野ねづ《（ママ）》みをセロの*孔からくぐしてやらうと」とある。

貢高邪曲《ぐこうじやきょく》　↓貢高《こうこう》

艸いろ《くさいろ》【レ】　艸はクサカンムリ（⺾）の古字で、草に同じ。文語詩〔*人首町《（ひとかべ）》〕に「やどり木のまりには艸いろのもあって」、文語詩〔電気工夫〕には「艸火《（くさび）》（↓草火）のなかにまじらひて」とある。

草刈《くさか》ってしまったたべが【方】　草刈ってしまったのだったかなあ。「しまた」は「しまった」が詰まったもの。「しまたた」という方言に相当する共通語は見当たらない。英語の完了形に近いものとでも言えようか。過去における継続・完了等を示す。さらにこの文の主部「私は」は省略されているが、それも「しまたた」から推測できる。「べが」は疑問詞。劇〔*種山ヶ原の夜〕で伊藤奎一《けいいち》が樺樹霊《かばこだま》、柏樹霊《かしわこだま》、楢樹霊《ならこだま》（ともに↓なら）に言う夢現の意識の中での語で、この劇のキーワード。

草刈《くさか》ってしまったらば、早《はや》ぐ家《え》さ持《も》って行《い》がなぃやなぃ【方】　草を刈ってしまったなら、早く家に持って行かなければならない。

「らば」は「ならば」の意。「行がないやない」は実際は「行がねやね」と発音する。劇［*種山ヶ原の夜］。

日下部氏《くさかべし》【人】 日下部四郎太氏の略。一八七五(明治八)～一九二四(大正一三) 物理学者。山形県出身。簡［93］の「今来年中に読まうと思ってゐる本」の冒頭に「日下部氏 物理汎論 上下」とある。著者の日下部四郎太は当時東北帝国大学地球物理学教授。『岩石の弾性』で理学博士、帝国学士院賞。同書は上下巻とも一九一八(大正七)年刊、裳華房。*宮沢清六によれば、賢治は*片山正夫『化学本論』とこの本と国訳法華経(→妙法蓮華経)とをいつも机上に置いていたという。津金仙太郎『日下部四郎太―信仰物理学者―』(一九七三、中央書院)、力丸光雄「日下部四郎太著『物理学汎論上・下』と賢治」(一九九七宮沢賢治学会イーハトーブセンター)がある。

草《くさ》**ここのこらぃばがりむしれ**【方】 草をこのくらいむしれ。「こらぃ」は「くらい」の訛り。「ばがり」は「ばかり」の訛りだが、「程度」「ほど」「くらい」の意。結局、「くらい」を二度繰り返していることになる。劇［*種山ヶ原の夜］。

草野心平《くさのしんぺい》【人】 一九〇三(明治三六)～一九八八(昭和六三) 詩人。福島県に生まれ、慶応大学中退。一九一九(大正八)年に中国に渡り、嶺南大学で学ぶ。在学中に『*春と修羅』第一集を友人より送られる。一九二五年謄写版刷りの詩誌「*銅鑼」を創刊。この年に帰国、「銅鑼」の同人として賢治を誘い、賢治は詩［*永訣の朝］［*イーハトブの氷霧］をはじめとして一三篇の詩を四号から一三号に発表した(→銅鑼)。一九三五(昭和一〇)年に詩誌「歴程」創刊の中心となる。この年、賢治はすでに亡く、物故同人として作品を掲載した。心平自身の代表的な詩業としては詩集『第百階級』(一九二八)、『明日は天気だ』(一九三一)、『定本蛙』(一九四八)、『天』(一九五一)等数多い。心平の交友範囲は広く、特に*高村光太郎とは終生親しく、賢治と光太郎を結びつけたのも心平である。だが、心平は生涯一度も賢治と会っていない。詩の他に、小説、エッセイを数多く発表し、また没後の賢治を世に広めた功績は大きい。賢治についての主な著作には「宮沢賢治追悼」(一九三四)をはじめ、『宮澤賢治覚書』(一九五一)、『わが賢治』(一九七〇)等がある。また、文圃《ぶんぽ》堂《どう》、十字屋、筑摩書房第一次、第二次の全集編集を手がけた。賢治の影響で童話も執筆し、『三つの虹』(一九四九)その他がある。その業績は『草野心平全集』(全一二巻、筑摩書房)、『草野心平日記』(全七巻、思潮社)にまとめられた。→蛙《かえる》

草野心平

草《くさ》**ぱどひでりあめばがり** →馬《うま》こは、みんな、居《い》なぐなた。／仔《こ》っこ馬《ま》もみんな…

草火《くさび》【農】 火をつけて草を焼く。野や畑の枯れ草を焼いて新芽を促進し、*肥料にもする草焼き。あるいは害虫やけものの害を防ぐためにも昔から草を焼いた。詩［〔鉄道線路と国道が〕］に「山は草火のけむりといっしょに／青く南へながれるやう」、文語詩［〔ひとひははかなくことばをくだし〕］に「草火のけむりぞ青みてながる」とある。→刈入年《かりいれどし》、切り返し《きりかえし》、艸いろ《くさいろ》

楔形文字《くさびがたもじ》【文】 せっけいも(ん)じ、とも。cuneiform(キューニフォーム、くさび形▽)を組み合わせた文字。粘土板に刻みつけたためこのような形になった。最古のものは、前四〇〇〇年紀のメソポタミアのワルカ遺跡(シュメール人の手によるのでシュメール文字、スメル文字とも言う)のものとされる。音節

そのものを表わすようになったのはさらに一〇〇〇年ほど後のこと。この文字はバビロニアやアッシリア王国から周辺のエラムや*小アジアにまで広がり、アルファベット以前の地中海沿岸でも用いられたが、前一〇〇〇年ごろからはフェニキア文字から発達したアルファベットにおされ消滅していく。前七世紀のアッシュールバニパル大王(アッシリア帝国)はニネヴェに大書庫を建設、今日の研究のための貴重な資料となっている。古バビロン王国のハムラビ法典(前一八世紀)も楔形文字である。詩[種馬検査日](↓種馬所)、[北上山地の春]に「風の透明な楔形文字は／ごつごつ暗い*くるみの枝に来て鳴らし」とある。なお、詩[〔鉄道線路と国道が〕]に「銀いろのけむりを吐き／こゝらの空気を楔のやうに割《(さ)》きながら／急行列車が出て」とあるのは文字のことではないが「楔」のイメージが鮮やかである。

楔形文字

草見《くさめ》で来《き》たも　【方】　草が見えてきたもの。劇[*種山ヶ原の夜]。

くさりかたびら　【衣】　鎖帷子。甲冑《かっちゅう》の一種。鎖をつづり合わせ、じゅばんのように仕立てたもので、鎧や衣服の下に着用して防御《ぼうぎょ》に用いた。古代エジプト、ペルシア時代からあり、日本には室町時代に伝わった。童[カイロ団長]に「とのさまがへる(↓蛙)は(中略)戸棚からくさりかたびらを出して、頭から顔から足のさきまでちゃんと着込んでしまひました」とある。

くさりのめがね　↓めがねパン

草棉《くさわた》　【植】　棉の木(和名キワタ・モ〈ク〉メンが語源。綿に同じ)の花後の果《か》に生える白い長軟毛がモメンの原料。その綿の木のことを草棉と言った。童[風野又三郎](↓風の又三郎)に「僕は*松の花でも*楊《やなぎ》の花でも草棉の毛でも運んで行くだらう」とある。

九識《くしき》　【宗】　識とは人間の認識作用のことで、眼《げん》識、耳《に》識、鼻識、舌識、身《しん》識、を五識とし、意識を第六識、末那《まな》識(自己愛の根源である迷いの心)を第七《しち》識、阿頼耶《あらや》識(経験を蓄《たくわ》えて*精神の拠りどころとする)を第八識、菴《あ》(阿)摩羅《まら》識(無垢識とも言い、阿頼耶識がさらに完成の悟境に入る)を第九識とする。法相宗《ほっそうしゅう》では、阿頼耶識を森羅万象の根元と考えて八識説をとり、天台宗等では、さらに菴(阿)摩羅識を立て九識説をとる。簡[166]に「今日私ハ改メテコノ願ヲ九識心王《(しんのう)》大菩薩即チ世界唯一ノ大導師日蓮大上人ノ御前ニ捧ゲ奉リ」とある。九識心王の語は*田中智学の『*日蓮聖人之教義』に見え、その影響が考えられる。それによれば「仏種は八識の心田《しんでん》に下《くだ》されて、九識の果《(か)》を結ぶのであるから、とても七識已《(い)》下《か》の粗荒《あらあら》しい心では、一念三千の仏種を植ることは出来ない次第である」とあり、「九識の果」の語注として「前の第八識より善薫して、固有*仏性《(ぶっしょう)》を煥発《(かんぱつ)》せる果心を九識心王真如《(しんにょ)》の都《(みやこ)》といふ」(前の第八識の修行のよい影響で固有の仏心を輝かしく発揮する仏果を第九識の完成された、あるがままのすばらしい境都という)とある。鈴木健司に九識と*心象スケッチとの関連の指摘がある。

クシナガラ【地】　Kuśinagara　釈迦(↓釈迦牟尼)入滅《にゅうめつ》の地。拘尸那掲羅と音写される。釈迦の四大聖地の一で、中*印度のクシナガラ城外のバッダイ(ママ)(跋堤)河西岸。童[*ビヂテリアン大祭]に、「釈迦は(中略)たうたう八十一歳にしてクシナガラといふ処に寂滅した」とある。寂滅《じゃくめつ》は入滅、仏滅に同じ、仏が死去すること。

倶舎《くしや》　【宗】　世親《せしん》の著した阿毘達磨《あびだるま》倶舎論のこと。略して倶舎論、倶舎とも言う。世親(天親とも。梵語名 Vasubandhu)は五世紀(四世紀説もある)ころの西北インド出身の学僧で、初め小乗(→大乗)を学び倶舎論を成し、後、大乗に転じ唯識《ゆいしき》の立場から多くの著作を残した(大乗・小乗の差別も→大乗)。倶舎論は、小乗の「説一切有部《うぶ》」の繁雑な教学を体系的にまとめたもので、経量部や大衆部の説も取り入れている。小乗大乗にかかわらず後世の学徒に与えた影響は甚大である。内容は、界、根《こん》、世間、業《ごう》、随眠《ずいみん》、賢聖《けんしょう》、智、定《じょう》の八品《ほん》(付録的な一品を加えて九品)からなるが、一六歳の時、小乗としての「歎異鈔」に傾倒し、のち禅門を経て、みずからも大乗の教えに急進していった賢治も、特に世間品《せけんぼん》が説く死後の世界に関心を持ったと思われる。恩田逸夫《おんだいつお》による生と死の中間の中有《ちゅうう》(→うすあかりの国)説の指摘がある。詩「青森挽歌」に「むかしからの多数の実験から/倶舎がさつきのやうに云ふのだ」とある。

孔雀《くじゃく》 【動】【天】 キジ目の鳥。雄鳥の羽の華麗さで知られる。古代ペルシアでは聖なる獣の一とされた。東南アジア、インド、中国に分布し、日本に渡来したのは奈良時代とされるが、日本の近代詩でも伊良子清白《いらこすずしろ》(せいはく、とも)の詩集『孔雀船』(一九〇七)をはじめ多くの詩人たちが孔雀を夢幻浪漫の詩題としている。賢治にも歌[七八三]の「みづうみは夢の中なる碧《(あお)》孔雀まひるながらに寂しかりけり」をはじめ、孔雀を題(詩「孔雀」)や題材としたものは少なくないが、やはり幻想性を帯びており、また鉱石の孔雀石のイメージと混交し、星座の孔雀座のイメージとも親近するところに賢治らしさがある。『春と修羅』「序」の「二千年ぐらゐ前には/青ぞらいつぱいの無色な孔雀が居たとおもひ」や、童「インドラの網」の「蒼《(あお)》孔雀」、「空一ぱいの不思議な大きな蒼い孔雀が宝石製の尾ばねをひろげかすかにクウクウ鳴きました」等がそのよい例となろう。ちなみに孔雀座(パヴォ Pavo)は南極に近く日本からは見えないが、天の川の左岸に位置し、射手座の真南でインディアン座よりさらに南の星座。童「銀河鉄道の夜」ではインディアンより先に登場し、「ジョバンニはその小さく小さくなっていまはもう一つの緑いろの貝ぼたんのやうに見える森の上にさっさっと青じろく時々光ってその孔雀がはねをひろげたりとぢたりする光の反射を見ました」とある。鳥そのものの孔雀かとまがう星のイメージである。また小野隆祥《りゅうしょう》には、「心理学的立場から『春と修羅』「序」や童「インドラの網」の孔雀は例えば「卑しき鬼」(文語詩「〔川しろじろとまじはりて〕」)と対極をなす、上昇志向の心理的分身」との解釈がある。その他、詩では「青森挽歌」「燕麦播き」「〔冗語〕」「装景手記」、文語詩「〔老いては冬の孔雀守《(も)》る〕」「対酌」「〔奥中山の補充部にては〕」等に、童話では「よく利く薬とえらい薬」「氷と後光(習作)」「風野又三郎」等に登場。

孔雀石《くじゃくせき》 【鉱】 マラカイト(malachite)。孔雀の羽の美しさを思わせるところから名付けられた。くじゃくいしとも。銅鉱床の酸化帯に生ずる銅の二次鉱物。炭酸塩鉱物。硬度三・五〜四。ぶどう状を呈す。また不透明だが美しい縞模様を作る。良質のものは研磨して宝飾に用いられる。岩緑青とも呼ばれ、緑の顔料として重用される。緑青《ろくしょう》と同成分で、賢治の使い方にも共通性がある。詩「噴火湾(ノクターン)」では「東の天末(→天末線)は濁った孔雀石の縞」とあり、童「めくらぶだうと虹」では「向ふのそらはまっさをでせう。まるでい、孔雀石のやうです」、童「ひかりの素足」では「その湖水はどこまでつづくのかはては孔雀石の色に何条もの美しい縞になり」とある。簡［137］に「秋田諸鉱山の孔雀石」とあるのは孔雀石の産地、秋田県荒川鉱山等を指している。短「あけがた」では川の水の様子を「その手前はうららかな孔雀石の馬蹄形の淵」と表現している。なお、詩［「北上川は熒気《けいき》をながしィ」］（→顥気《こうき》）には「天があかるい孔雀石板《ばん》で張られてゐるこのひなか」とある。ひなかは日中。

孔雀石板《くじゃくせきばん》 →孔雀石《くじゃくせき》

九旬《くじゅん》【文】 旬は順の意で、一か月を三旬とする。つまり十日間。九旬は九〇日。詩［早池峰山巓《はやちねさんてん》］に「九旬にあまる旱天《ひでり》（→旱魃《かんばつ》）つゞきの焦燥《しょうそう》や」とある。焦燥は、あせり。

鯨《くじら》【天】 秋の南天星座としての鯨座。みずがめ座とおうし座（→金牛宮）の間、アンドロメダ座の南。アンドロメダを食べにきた怪物で、ペルセウスに退治された。胸の位置にある ο星（ミラ）は一五九六年に発見された長周期変光星で、約一一か月ごとに二等から一〇等の間を変光する赤色巨星。童［おきなぐさ］中の「変光星」はミラを念頭に置いたもの。賢治作品に登場する「空の鯨」は、星というより動物そのもののイメージに近い。童［銀河鉄道の夜］では海豚《いるか》との関連で登場（下書稿に詳しい）。童［双子の星］では彗星が「俺のあだ名は空の鯨と云ふんだ」とある。詩［（温《ぬる》く含んだ南の風が）］の下書稿には盛んに「摩渇大魚《まかったいぎょ》の座」（→摩渇大魚のあぎと）が登場する。定稿では「三目星《カシオペーア》」に変わっている。仏典にある摩竭魚（空想上の巨大な魚）に関連するのであろう。黄道十二宮の磨羯宮《まかつきゅう》（やぎ座）との関連もある（makara の音写が、一に摩竭魚、次に十二宮の一つを司る童女、摩伽羅《まから》となる）。やぎ座は射手座の東に位置し、伝説上ではこの山羊《やぎ》は羊飼いと羊の群れを守る牧神パン（→パンの神）が化けたもので、上半身が山羊で下半身が魚である。結局怪物である鯨と山羊・魚に摩竭魚のイメージが重なったものと考えてよいであろう。

鯨座

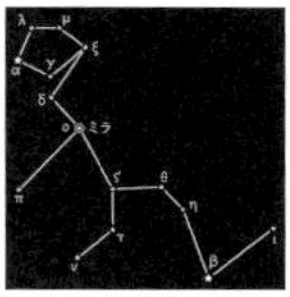

釧路地引《くしろじびき》【文】 北海道の釧路港を母港とする地引網漁業。詩［函（函）館港春夜光景］に「釧路地引の親方連は」とある。連は、つれ、仲間。

葛《くず》【植】 山野に生えるマメ科の多年生のつる草で、夏から秋にかけて総状花序で赤紫色の蝶形の花を多数つける。秋の七草の一。つるは行李《こうり》等を編み、根から食用になるくず粉をとる。谷崎潤一郎に名作「吉野葛」（一九一三）があるが、賢治では詩［「ジヤズ」夏のはなしです］に「葛のにほひ」とある。簡［229］等。

クズ

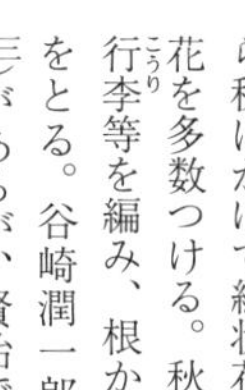

くすぐらへでぁ →この人《ひと》ぁくすぐらへでぁ…

グスコーブドリ【人】 賢治の創作人名。童［グスコーブドリの伝記］の主人公（作中では「ブドリ」）。この童話の先駆形に当たる作品名は［グスコンブドリの伝記］（［ペンネンネンネンネン・ネネムの伝記］の改作）で、「てぐすこんぶ取り」からこの人名が生まれたものと思われる。その変形が「グスコーブドリ」となった。ブドリは釣りに用いるてぐす（天蚕糸）を栗の枝からとらされるが、てぐすは樹木に生息する楓蚕《ふうさん》や樟蚕《しょうさん》の幼虫の体から採出される糸。なお、天蚕《やさん》は野蚕とも言い、農家の貧困を救った桑の葉で育て絹糸をとる家蚕《かさん》（飼い蚕《こ》）に対しての語。→昆布《こんぶ》

グスコンブドリ ↓グスコーブドリ

葛丸川《くずまるがわ》 【地】 花巻市石鳥谷町を南西に流れる北上川の支流の一。童［楢ノ木大学士の野宿］(↓なら)では、大学士は上等の蛋白石を探しに「足もとの砂利をねめまはしながら、／兎のやうにひょいひょいと、／葛丸川の西岸の／大きな河原をのぼって」(ねめまはしは睨《ね》め回《まわ》し、にらみまわし)行く。同想異形の童［青木大学士の野宿］の青木の姓や、童［インドラの網］の青木晃の人物名も、葛丸川の水源、青ノ木森(高さ八三一m)から付けたものであろう。両童話の原体験と思われる地質調査(↓土性調査)時の「葛丸」と題する歌［六六八］がある。渓谷は変化に富み、名勝として知られているが、一九九〇年に葛丸ダムができて景観は一変した。

薬《くすり》 【科】 賢治作品の「薬」はだいたい次の四つの場合に分類される。①最も一般的な意での薬。医薬、市販の売薬としての薬。詩［会食］に「微量の毒は薬なり」とあるほか、詩［停留所にてスヰトンを喫す］［〔雪と飛白岩《ギャブロ》の峯の脚〕］、文語詩［民間薬］等のほか、童［双子の星］［クンねずみ］［北守将軍と三人兄弟の医者］［洞熊《ほらくま》学校を卒業した三人］［ポラーノの広場］(↓ポランの広場)、劇［ポランの広場］、宮沢トシあての簡［30］等に見られる。②化学薬品としての薬。童［風の又三郎］に「それは鉄とまぜたり、薬をつくったりするのださうです」とあるほか、童［ポラーノの広場］等に。③農薬としての薬。劇［植物医師］では「亜砒酸といふ薬」とあるほか、童［ビヂテリアン大祭］等に。④超現実的な魔法の薬。童［山男の四月］では、支那人の行商人が「ながいきの薬《くすり》」といつわって水薬を山男に飲ませると山男は突如六神丸に変わるが、別の丸薬を飲むともとどおりになる。また童［よく利く薬とえらい薬］では、親孝行の清夫が採取した透きとおるばらの実(薬)に魔法の力があって、お母さんの病気もすぐよくなるが、欲ばりの大三《だいぞう》にはその実が見付からず結局自分で合成した透きとおるばらの実(↓昇汞)を飲んで死ぬ、という現実と魔法とを対比させた薬の用法が見られる。

クゾ 【地】 岩手県稗貫郡宮野目《みやのめ》村(現花巻市)に大字葛《くず》がある。クゾは葛《くず》の訛りか。木村圭一によればクズはアイヌ語のクス(河を越す)が語源と言う。文語詩［砲兵観測隊］に「(ばかばかしきよかの邑《むら》は、よべ屯《たむろ》せしクゾなるを)／ましろき指はうちふるひ、銀のモナドはひしめきぬ」とある。「よべ屯せし」は「昨夜《ゆうべ》駐屯した(軍隊が泊った)」の意。

口《くち》あんぎあんぎど開《ひら》いで 風《かぜ》だの木《こ》っ葉《ぱ》だのぐるぐるど廻《まわ》してはね歩《ある》ぐもな 【方】 口をあんぎあんぎと開いて、風やら木っ葉やらをぐるぐると回してはね歩くものな。「あんぎあんぎ」は喜んで大きく口を開ける様を示す擬態語。「口をあんぐり」と同じ。「はね歩ぐ」は「跳ね歩く」「はしゃいで歩く」の意。劇［種山ヶ原の夜］。

駆逐艦《くちくかん》 【文】 魚雷発射管を主要武器とする軍艦。夜間、濃霧等を利用し、敵艦に接近、襲撃、敵を駆逐するのを任務とする小型の快速艦。帳［三原三部］A二三頁に登場。童［烏の北斗七星］の「烏の義勇艦隊」の駆逐艦は、烏の大尉以下、部下が一八羽(一八隻《せき》)。

くちなは《くちなわ》 【動】 蛇の異称。朽《く》ちた縄に見えるのでそう言う。文語詩［上流］の一行目「秋立つけふをくちなはの」とある。

口発破《くちはっぱ》 ↓何時《いつ》だがの狐《きつね》みだいに口発破《くちはっぱ》などさ罹《かか》つてあ、

つまらないもな。

口笛《くちぶえ》【レ】 賢治作品からは、さびしさや孤独の感情、または気分の昂揚を伴って、よく口笛が聞える。詩［小岩井農場パート四］では、屈折した対他意識にとらわれ、「いまこそおれはさびしくない／たつたひとりで生きて行く（中略）ちからいつぱい口笛を吹け」と自らを力づける。童［銀河鉄道の夜］でも「カムパネルラはまださびしさうにひとり口笛を吹き」「ジョバンニは、口笛を吹いてゐるやうなさびしい口付きで」等。短［あけがた］では「おれはかなしかった。それから口笛を吹」き、童［風野又三郎］の耕一のもそうだが、童［氷河鼠の毛皮］の船乗りの口笛は「愉快さう」。歌［五〇一］では「口笛に　こたふる鳥も去りしかば／いざ行かんとて／なほさびしみつ」とあるが、よく口笛を吹く人物に童［ポラーノの広場］（↓ポランの広場）のファゼーロがおり、詩［火薬と紙幣］［風景とオルゴール］［東岩手火山］（↓岩手山）、［真空溶媒］等の詩からも口笛が聞えてくる。山野の歩行を好んだ賢治は自分でもよく口笛を吹いたといわれる。

口《くち》**も無**《な》**いやうだけあな**【方】 口も無いようだったな。「け」は見聞を第三者に伝える際に用いる。童［鹿踊りのはじまり］では、ほかに「息《いぎ》の音《おど》あ為《さ》ないがけあな」の例も見られる。「無い」は実際には「ね」と発音する。

庫車《くちゃ》 ↓亀茲国《きじこく》

ぐぢ《じ》**ゃぐぢ**《じ》**ゃづがべもや**【方】 （土が）ぐちゃぐちゃしているだろう。「づ」は擬態語に付す接尾辞。「がべ」は推量。「もや」は相手に同意を求める強め。童［十月の末］。

クチャール【地】 シルクロード（↓天山北路）の中継点、庫車《くちゃ》のことか。詩［小岩井農場］下書稿現存第五葉に「たしかにヤルカンド［か↓や］クチャールの」とある。↓亀茲国《きじこく》

靴《くつ》【衣】 沓。日本でも古く縄文時代から、一枚皮で足を包む形式のはきものが狩猟等の際に用いられていたと推定され、さらに五世紀ごろから大陸伝来のはきものが上流階級に用いられるようになった。これを一般に「履《くつ(り)》」と称するが、特に「舃《せきのくつ》」（礼服用）、「靴《かのくつ》」（朝服用《ちょうふく》）、「沓《とう》」（もっぱら皮製のもの）、「鞋《かい(けい)》」（革扁ゆえもと革製だが繊維製のもの）等の字を用いることもあった。ほかに鉄、木、麻、錦、綿、藁製もあり、形によって浅沓《あさぐつ》（短靴《たんか》）、半靴《ほうか》（はんか）、深沓《ふかぐつ》（長靴《ちょうか》）などがあった。いわゆる西洋靴が日本に入ったのは明治いらいのことで、軍靴《ぐんか》の必要から一八七〇（明治三）年には国内製造が開始された。とはいえ、その需要は、もっぱら軍人、官員、上流階級の人々に限られ、一般に普及するのは一八八〇年代以降のことである。庶民は下駄や草履《ぞうり》だった。盛岡には一八九八年ごろから靴屋が開店しているが、地方都市としては早いほうであった。一九〇〇年以後になると、赤革の靴やズックの靴も作られはじめ、一九〇七年ごろにはゴム靴も製造されるようになった。しかし、日本の湿潤な風土と座式の居住様式には、一般に西洋靴はなじみにくく、在来の下駄や草履等と併用されることが長く続いた。ハイカラな賢治作品には、靴・沓は時代にさきがけて多数登場し、「べっ甲ゴムの長靴」（文語詩［副業］）、「赤革の靴」（童［土神と狐］）、「赤い革の半靴」「光るガラスの靴」（童［風の又三郎］）、「大きな鉄の沓」（童［ひかりの素足］）、「白い貝殻の沓」（童［双子の星］）、「藁沓」（童［耕耘部の時計］）、「兵隊靴」（簡［49］）等、その種類も多い。また、簡［1］に「くつは九十銭かゝらず七十八

銭にて(中略)修繕し貰ひ候」とあり、簡[6]にも「靴修繕費九十銭来年の四月迄は大丈夫に候」という記述がある。当時、靴はまだ高価だっただけに修繕費も高かった。ほか、歌[四四][三七一]、詩[*産業組合青年会][*種山ヶ原][〔雪と*飛白岩《ギャブロ》の峯の脚〕]、童[*蜘蛛となめくぢと*狸][*いてふの実][*マグノリアの木][〔*ポランの広場〕][*銀河鉄道の夜][*グスコーブドリの伝記]、短[*花椰菜《はなやさい》][*花壇工作]、手[四]、帳[王冠印]一二一頁等。↓木沓《きぐつ》、金沓《かなぐつ》、雪沓《ゆきぐつ》

究竟《くっきょう》 【レ】 クキョウ(クギョウとも)の促音化した語。ものごとの究極。詩[宗谷*挽歌]に「究竟の幸福に」とある。よく似た語で賢治の愛用する副詞「畢竟」がある。↓畢竟《ひっきょう》

ぐっさり ↓ぢ《じ》ゃ、ゆべながら…

屈折率《くっせつりつ》 【天】【鉱】 リフラクティヴ・インデックス(refractive index)の訳語。光は密度の異なる媒質に入光する時、境界面で折れ曲がる。これを屈折と言う。法線(境界面に垂直)と入射光線のつくる角を入射角と言う。屈折した光線と法線のなす角を屈折角と言う。屈折率とは、入射角の正弦を屈折角の正弦で割ったもの。一般に屈折率と呼ばれるものは、真空中から、ある媒質に入光する際の絶対屈折率を指す。屈折は光が横波の性質を持つために生じる物理的現象で「光の屈折の法則」とも言われる。賢治は光と、それに関係する色彩や諸大気*現象に異常の関心を払っていたから、屈折率は重大な問題の一つだった。各種色彩光線の帯(*スペクトル)を生じさせる*三稜玻璃(プリズム)は、各色光の波長の差によって屈折率が異なることを利用したもので、スペクトルは一九世紀天文学の花形であった。賢治の好んで使う*虹も大気中の水蒸気によるスペクトルの一種。光は神秘的絶対存在の象徴(すべての色彩光線を合わせると透明光線になる)であり、虹(スペクトル)はその諸相(現実)を意味する。詩[青森挽歌 三]で、雪けむりの中で黒いマントを着た女性を亡妹とし子(↓宮沢トシ)の姿と思って叫びそうになるのも「(それはもちろん風と雪との屈折率の関係だ。)」と賢治は言う。詩集『聖三稜玻璃』(一九一五)の作者で「プリズミスト」と呼ばれた山村暮鳥もそうした意味でプリズムを、神秘を体感すればそれをただちに文学(神秘の諸相)化する、新しい詩法の象徴として用いた。賢治も少なからず暮鳥の影響を受けていると思われる。大気現象と並んで重要なのは、宝石の屈折率である。賢治が好んで大気や海の波の色彩に宝石を用いたのも、この屈折率ぬきにはありえないのだから。ダイヤモンド(↓金剛石)のファイア現象はこの屈折率が高いことを利用した一種のスペクトルである。詩[*装景手記《(とか)》]中に、露の輝く理由について「これらの朝露は/炭酸その他を溶して含むその故に/屈折率も高ければまた冷くもある」とあり、詩[東岩手火山](↓岩手山)では気温の逆転現象による夜明け近い空の様子にふれて「あたたかい空気は/ふつと撚《より》になつて飛ばされて来る/きつと屈折率も低く/濃い*蔗糖溶液《しょたうやうえき》に/また水を加へたやうなのだらう」とある。詩[屈折率]は、詩集『春と*修羅』の冒頭におかれ、現在の生活を屈折率によって明るく見える「こつちの」森にたとえ、また、自らに課した未来の困難な人生を「向ふ」の*亜鉛の雲や*郵便脚夫(郵便配達の古称)にたとえ、「陰気な*郵便脚夫のやうに/(またアラツディン 洋燈《ラムプ》とり〈↓アラビアンナイト〉)/急がなければならないのか」と、内面的決意を視覚化した作品となっている。この場合

の屈折率は、*蜃気楼と同様、現実からは遠いことの象徴である。

グッタペルカ【文】 guttapercha(マレー) 英語読みにしてガッタパーチャとも言う。マレー、スマトラ、ボルネオに野生するアカテツ科の常緑高木の樹皮から採った乳液を乾燥させて製したもの。gutta(ゴムと同様のポリイソプレン構造をもつ)を主成分とする灰色または赤褐色の弾性のない固体だが、五〇度以上に加熱すると歪《ゆが》みが残る*可塑《かそ》性が現われる。ゴルフボールの被覆や歯根管の詰め物の材料とされるほか、海底ケーブルの絶縁被覆等にも用いた。詩[*神田の夜]に「口に巨きな*ラッパをあてた／グッタペルカのライオンが／*ビールが四樽売れたと吠える」とある。これは当時の銀座尾張町(現銀座五丁目)の「カフェ・ライオン」の帳場に置いてあったグッタペルカ製のもので、ビールが売れると吠える仕掛けだった。

喰《く》つつがないが【方】 喰いつかないいか。「ない」は実際には「ね」と発音する。「が」は疑問の「か」の方言で、接続詞の「が」ではない。童[*鹿踊りのはじまり]。

屈たう性《くっとうせい》 →屈撓性《くっとうせい》

屈撓性《くっとうせい》【科】 撓《しな》う(折れずに曲る)性質。転じて、逆らわずに従う性質。あるいは相手に屈服することにも言う。「王冠印手帳」の文語詩[〔そゝり立つ*江《え》釣子《づりこ》森の*岩頸《(がんけい)》と〕]に「余りに大なる屈撓性は／無節操とぞそしられぬ」とあり、文語詩[〔ひとひははかなくことばをくだし〕]にも「屈撓余りに大なるときは」とあるのは、他に逆らわず従う、の意。「屈たう性」の表記は詩[〔朝は北海道の*拓植博覧会へ送るとて〕]。

くなさい【方】 ください。童[*どんぐりと山猫](→猫)に「とびどぐもたないでくなさい」とある。

くなんせ →教《おしえ》へでくなんせ

くはがたむし《くわがたむし》【動】 鍬形虫。クワガタムシ科の昆虫。かぶとの正面に飾る鍬の形に似ている殻の固い甲虫。日本には約二〇種近くが棲息する。詩[鉱*染とネクタイ]に「くわ《(ママ)》がたむしがうなって行って」とあるのは、実際の虫でなく、*浄瓶《じんびん》星座出現の直前の描写で、生き生きとした星の形容であろう。朽木や腐植*土に棲息する現実のくわがたむしも、飛ぶときは翅音を出すが。

くはしめ《くわしめ》 →重瞳《ちょうどう》

くひな《くいな》【動】 水鶏。秧鶏。クイナ科の鳥の総称。水辺に棲むクイナ科の渡り鳥の総称。秋に北から渡来するクイナと冬に南下するヒクイナ等がある。一般にクイナと言えば、夏鳥のヒクイナを言う。ニワトリに似ているがくちばしが長い。湖沼、河川、水田、湿原等の草かげに棲息。詩[林学生]に「*鷹ではないよ くい《(ママ)》なだよ／くい《(ママ)》なでないよ *しぎだよといふ」とある。なお、この詩の終行に「鳥はしづかに叩くといふ」とある。古来、くいなの鳴き声を、戸を叩く音に似ているので「叩く」と言った。それをふまえた表現であろう。

クイナ

恐怖《クフ》【宗】 仏教語で「恐れ」。文語詩[*黄泉路《よみぢ》]に「大《(おおい)》なる恐怖《クフ》の声なして」とある。→アリイルスチュアール

颶風《ぐふう》【天】 強く激しい風、具風。熱帯低気圧(強烈なものを台(颱)風という)の旧称。現在は用いられない(→凡例付表「風力級」)。童[風野又三郎](→風の又三郎)に*上海の中華大気象台で、又三郎が「二一・五米」の風を記録した際、「これはきっと颶風です

ね。」と子供の助手が言うが、実際には颶風には当らない。

苦扁桃《くへんとう》【植】 バラ科の落葉低木。桃に似たアーモンド(扁桃)の一種で、種子の苦みからその名があり、薬用となる。アーモンドの和名は扁桃。別称は巴旦杏《はたんきょう》。その一変種ということになる。詩[*真空溶媒]に「そこからかすかな苦扁桃の*匂がくる」とある。→巴丹杏《はたんきょう》

隈《くま》 →秘事念仏《ひじねんぶつ》

熊《くま》【動】 食肉目クマ科の獣。日本の野生動物中最大の猛獣。本州産はツキノワグマ(月の輪熊)。胸に白い月の形があり、他の部分は茶褐色)。成長して全長約一・五m、山林に棲息し、標高二〇〇〇mまで棲息する。泳いだり、木に登ったりできる。昼も夜も活動する。夏は樹上に枝を折って巣(熊棚)をつくる。草木の根芽、果実、花弁、*蟻、虫、*蟹、*魚等を捕食する。晩秋から洞《ほら》や岩窟に蟄居《ちっきょ》(かくれ住む)する。洞穴内に二月ごろに一〜三頭の仔を産む。毛は敷物にし、熊の胆《い》は薬用に使われる。なお北海道にはヒグマ(羆。賢治はわざわざ羆熊と書く。詩[休息]〈初行「あかつめくさと」〉、同[冗語]等。ヒグマはツキノワより大形で体長約二m)が生息する。賢治作品では、狩猟の対象(熊狩り)としての熊のほか、戯画的な熊等も登場する。童[*なめとこ山の熊]では、熊捕りの名人、淵沢小十郎と大熊との壮絶な対決と交流が描かれる。「*帝釈《(たいしゃく)》の湯で、熊又捕れたってな」(童[*耕耘部の*時計])、「熊がばたりと落ちました」(童[けだもの運動会])、「*古いスナイドルをかつぎだして／首尾よく熊をとってくれば」(詩[地主])、「*鷲が熊を*襲ふとき」(童[*よだかの星])、「いまごろ熊の毛皮を着て」(詩[「ジヤズ」夏のはなしです」)等。比喩的に使われる例は、「こんどはまるで熊そっくりの」*馬や(詩[種馬検査日]〈→種馬所《しゅばしょ》〉)、「ソ「風がまるで熊のやうに吼《(ほ)》え」(童[*シグナルとシグナレス])、「ソン将軍の白髪は、熊より白く輝いた」(童[北守将軍と三人兄弟の医者])等。なお、人名の「熊」(隈)は→秘事念仏《ひじねんぶつ》

熊蟻《くまあり》 →南蛮鉄《なんばんてつ》

熊谷の蓮生坊がたてし碑《くまがいのれんしょうぼうがたてしひ》【地】【文】 クマガイはクマガヤの旧称。熊谷直実《くまがいなおざね》(蓮生坊《れんしょうぼう》)が創建した蓮生山熊谷《れんしょうざんゆうこく》寺(埼玉県大里郡熊谷町、現熊谷《くまがや》市)に、一ノ谷合戦で直実が斬った平敦盛《たいらのあつもり》追善碑がある(碑そのものは後代の建立)。簡[22](*保阪嘉内あて)中の短歌群に「熊谷の蓮生坊がたてし碑の旅はるぐ〜と泪《(なみだ)》あふれぬ」の一首がある。

熊出街道《くまでかいどう》【地】 未詳の街道名。*熊の出没する街道という命名からして、賢治の架空の街道名か。童[楢ノ木大学士の野宿](→なら)第二夜に「平らな熊出街道を」とある。細田嘉吉によれば、作品舞台から推定して、幕舘《まくたて》街道のもじりの可能性が高いと言う(『石で読み解く宮沢賢治』二〇〇八)。

熊堂《くまどう》【地】 岩手県*稗貫郡湯口《ゆぐち》村(現*花巻市)の集落。花巻駅の西南三km。ノート[文語詩篇]に「夏休ミ、西鉛《にしなまり》温泉(→鉛)、母疾《(や)》ム、熊堂、マガ玉」とある。ここには古墳時代末〜奈良期の古墳群である熊堂古墳群があり、*豊沢川北岸の低位段丘上に位置するが、江戸末期〜大正期にかけて大半が破壊された。出土品に勾《まが》玉をはじめとする玉類、刀類、鉄器類等のほか、一時日本で初めて鋳造された(七〇八〈和銅元〉年)と言われた貨幣、和同開珎《わどうかいちん》(珍)等があった。

ぐみ【植】 茱萸。グイミ(食味)からの転訛と言われる。学名

elaeagnus はギリシア語の elaía（オリーブ）と ágnos（セイヨウニンジンボク）の合成。常緑または落葉低木のグミ属の総称。枝にとげがあり、葉、花、果実は白または褐色の鱗片状または星状の毛に被われる。東北地方には、落葉性で初夏に花を、秋に実をつけるアキグミが陽当たりのよい山地や河原に生えている（詩ノート［〔何と云はれても〕］にある「若い山ぐみの木」もこれであろう）。また夏のナツグミやトウグミ（唐茱萸、ナツグミの実の大きな変種）が栽培もされている。詩［*高架線］にはトゲまでありそうな「*修羅のぐみ」が登場する。詩［*マサニエロ］に「ぐみの木かそんなにひかつてゆするもの」等。

苦味丁幾《くみちんき》 【科】 健胃剤。*りんどうの根や橙皮《とうひ》（ダイダイの皮）を*アルコールに浸し、圧搾濾過した澄明黄褐色の薬。文字どおり苦い味がする。詩［*真空溶媒］に*背嚢の中の「苦味丁幾《くみちんき》や*硼《ほう》酸《さん》」とある。「日本薬局方《ほう》」では、現在の第一六改正には苦味チンキはなく、第五改正では苦味生薬にリンドウがあり（のちセンブリに改正）、第七改正では「苦味チンキ」は「トウヒ、センブリ、サンショウと、七〇％エタノールで作る」とある。

蜘蛛《くも》 【動】 クモ類の動物の総称。脚が四対もあり、昆虫とは区別される。クモは巣を張り獲物のかかるのを待つ。クモ自身は体と脚に微量の油脂を分泌しているので糸にからまない。「ひとすじ蜘蛛の糸ながれ」（詩［〔北いっぱいの星ぞらに〕］）、「半透明な緑の蜘蛛が／森いっぱいに*ミクロトームを装置して／虫のくるのを待ってゐる」（「緑の蜘蛛」は若葉蜘蛛の種類、詩［〔落葉松の方陣は〕］）（→からまつ）等々。童話では処女作［蜘蛛となめくぢと*狸］があるが、その改作［洞熊《ほらくま》学校を卒業した三人］でも今度は赤い手長の蜘蛛が憎々しく活躍し「夫婦のくもは、葉のかげにかくれてお茶をのんでゐ」る。童［*種山ヶ原］に出てくる「*太刀を浴びては　いっぷかぷ（→エップカップ）、／夜風の　底の　蜘蛛お（ママ）どり」の歌は詩［原体剣舞連《はらたいけんばいれん》］（→原体村）のヴァリアントだが、*剣舞の舞い姿を「蜘蛛おどり」（旧かななら「をどり」）と形容したもの。

蜘蛛おどり《くもおどり》 →蜘蛛《くも》

雲鶴声《くも・かくせい》 【人】 詩［〔穂を出しはじめた青い稲田が〕］（「青表紙ノート」）に登場する組合主事の浪曲師ふうの芸名。新校本全集本文では「更鶴声」と校訂。ただし校異では「更」は判読困難の〔〕印。

雲滃《くもかげ》 →雲滃《うんおう》

雲かげ原を《くもかげはらを》 【天】【レ】 雲の影が、原っぱを、の意。曲［*種山ヶ原］に「雲かげ原を超えくれば」とある。童［種山ヶ原］に描写されるとおり、種山ヶ原は天候の急変する所。雲の動きも急で、山の斜面を雲がかけぬけてゆく。→雲滃《うんおう》

雲さび《くもさび》 【天】【レ】 雲の錆《さび》（銹）。ちぎれ雲のかげが地上を通り過ぎるのを雲のさびと見た賢治の秀抜な詩的イメージ。あたかも雲や地上までが鉱物のよう。ス［四一］に「月の*鉛の雲さび」とあり、詩［〔*どろの木の根もとで〕］に「*やなぎの*絮《わた》や雲さびが／どろの*梢をしづかにすぎる」とある。

蜘蛛線《くもせん》 →雲量計《うんりょうけい》

雲鳥《くも、とり》 【レ】 詩［〔青いけむりで唐黍《（きび）》（→玉蜀黍《とうもろこし》）を焼き〕］に「……*エナメルの雲鳥の声……」とあるのは、雲と鳥の間に一字置くところを賢治のくせで続けているため、あたかも「雲鳥」という鳥のことかと早合点されそう。全く同じ表現が文語詩［〔*厩《（こ）》

肥《え》をになひていくそたび」」に「エナメルの雲　鳥の声」とあり、こちらは誤読されるおそれはない。なお「エナメルの雲」は、あたかも光沢あるエナメルペイントのような雲の意であろう。エナメルはホウロウ(琺瑯)びき、とも言う。「いくそたび」は何度も。

雲の団子《くものだんご》 【天】【レ】 これは*積雲または高積雲が幾つか列を作ったように並んだ様子であろう。ユーモラスで童話的な発想。詩「*真空溶媒」では*ひばりの澄んだ声の音波が空に影響を与えると言い、「すなはち雲がだんだんあをい*虚空に融けて／たうたうい《(ママ)》まは／ころころまるめられた*パラフヰンの団子《だんご》になつて」と表現されている。童「*かしはばやしの夜」では「ちやうど夕がたでおなかが空いて、雲が団子のやうに見えてゐましたからあわてゝ」「えつ、今晩は。よいお晩でございます。えつ。お空はこれから銀のいきな粉でまぶされます…」といった清作の発言もあり、童「気のい*火山弾」には「みんな雨のお酒のことや、雪の団子のことを考へはじめました」と、雪の団子も登場。

雲見《くもみ》 【宗】 雲を見ることだが、*慈雲尊者の『十善法語』の影響を証明する賢治作品では重要語の一。童「*蛙のゴム靴」に三匹の蛙が雲見をする場面がある。これは『十善法語』巻第五「不綺語《ふきご》戒《かい》」の「苦楽の分岐点」に書かれている次の文との関連が考えられる。「雲を看《(み)》て楽しむ者、よく四季七十二候の変を知ると云ふ。或は雲の姿を見、色を見、起滅を見て世の吉凶を占ひ知る者もある。隠逸《いんいつ》の士、雲を見て詩歌を弄ぶもある、悉く面白かるべきじや。上《(じょう)》なることを以て云はゞ、この雲によそへて、*五蘊色身《ごうんしきしん》、来去の相に達す。縁起を明了にして、優に聖域に入る」(「隠逸の士」は俗世間を超越した人)。詩「*不貪欲戒《ふとんよくかい》」には慈雲尊者の名も見え、賢治が『十善法語』を読んでいたことは確か。賢治は「雲の詩人」とも言われるが、こうした宗教的側面を見落として、単に彼の資質や感覚的側面からのみそう言うのでは一知半解になろう。

蜘蛛文字《くももじ》 【文】 賢治の造語で、*蜘蛛の仲間たちの文字。いわば蜘蛛族の言語の文字だが、童「蜘蛛となめくぢと*狸」のプロローグに「蜘蛛は手も足も赤くて長く、胸には『ナンペ』と書いた蜘蛛文字のマークをつけてゐました」とある。ナンペもむろん賢治の愉快な蜘蛛語。同作品には蜘蛛族の「蜘蛛暦」も出てくる。

曇《くも》るづどよぐ出《で》はら 【方】 曇るとよく出てくる。「出はら」は「*出はる」が訛ったもの。詩「*小岩井農場　パート七」。

蜘蛛暦《くもれき》 →蜘蛛文字《くももじ》

九曜の紋《くようのもん》 【文】 紋所《もんどころ》の一。曜は燿と同義で「かがやく」意。詩「マッサニエルロ」(→マサニエロ。「〔こっちの顔と〕」下書稿㈠に「黒い九曜の紋をつけた」とある。

九曜紋

喰《くら》ふ《う》 →爪哇の僭王《じゃわのせんおう》

くらかけ山《くらかけやま》 【地】 *鞍掛山。*岩手山南東に位置する標高八九七mの山。*小岩井農場や*柳沢方面から見ると東岩手山(→岩手山)の手前に見える。岩手山の寄生火山と言われるが、賢治は詩「小岩井農場」下書、第五綴(「新校本全集」では第二巻、四三五頁)の中で「あれはきっと／*南昌山や*沼森の系統だ／決して岩手火山に属しない。／〔事〕《(ママ)》によったらやっぱり／石英安山岩かもしれない。」と書き、詩「*国立公園候補地に関する意見」では「ぜんたい鞍掛山はです／*Ur-Iwate とも申すべく／*大地獄よりまだ前の／大きな火

鞍掛山

口のへりですからな」と書いている。寄生火山どころか、賢治がくらかけ山を*岩手山よりも古い山と考えていたことは明白で、詩［*白い鳥］に「古風なくらかけやまのした／*おきなぐさの冠毛(→冠《かん》毛燈《もうとう》、コロナ)がそよぎ」とあり、詩［くらかけの雪］に「ほのかなのぞみを送るのは／くらかけ山の雪ばかり／(ひとつの古風な信仰です)」とある両者の古風もこの点をふまえた表現である。賢治はくらかけ山の下のおきなぐさの咲く草地を好んだようで、詩［小岩井農場 パート一］にも「くらかけ山の下あたりで／ゆつくり時間もほしいのだ／あすこなら空気もひどく明瞭で／樹でも*艸《(くさ)》でもみんな*幻燈だ／もちろんおきなぐさも咲いてゐるし／野はらは*黒ぶだう酒《しゅ》のコップもならべて／わたくしを款待《(かんたい)》するだらう」とある。ほかに詩［*一本木野］等。なお、二〇〇四(平成一六)年、国指定の名勝となった。→der heilige Punkt

くらげ【動】【レ】 水母。海月。腔腸《こうちょう》動物の一。プランクトンを主食とし、寒天質(→アガーチナス)の傘を開閉して泳ぐこともできるが通常は浮遊する。最も原始的な動物の一。古来から骨のない物、信念のない人物等の比喩としてよく用いられてきたが、賢治はある種の畏怖感をもって描き出している。その代表は童［*サガレンと八月］で、タネリ(→ホロタイタネリ)は母からくらげの寒天質を通して「物をすかして見てはいけないよ。おまへの眼は悪いものを見ないやうにすっかりはらってあるんだから。くらげはそれを消すから」と注意される。ここでは、くらげは異世界をのぞき見る*レンズの役割をしていて、ある呪力をもったものとして描かれている。童［ペンネンネンネンネン・ネネムの伝記］(→昆布)にも「くらげのやうなばけもの」が登場する。歌［二六一］には雲の比喩らしい「そらはれてくらげはうかび…」がある。童［氷河鼠の毛皮］(→ねずみ)では氷の結晶の形の比喩として登場。

グラヂオラス《ぐらじおらす》【植】 gladiolus 南アフリカ原産アヤメ科の多年草。明治初年ごろ渡来。アヤメに見立ててオランダアヤメ、ショウブに見立てて唐《から》菖蒲と呼んだりした。多くの品種があり、切り花用に栽培される。高さ八〇～一〇〇cmで、球茎は鱗片葉に包まれている。夏、茎頂に多くの大きな花をつける。童［或《(ほ)》る農学生の日誌］に「農舎の前に立ってグラヂオラスの球根の旱してあるのを見てゐたら」とある。

グラニット【鉱】 granite *花崗岩のこと。詩［*装景手記］に「青くうつくしい三層の段丘から／ゆるやかなグラニットの*準平原に達するために」とある。

惑む《くらむ》【レ】 賢治は複合動詞をしばしば多用するが、紛らわしい読みの語に「曲り惑む」、「踊り惑む」(ともに詩［〔Largo や青い*雲滃《かげ》やながれ〕］と、その下書稿㈠［陸中の五月］、下書稿㈠［*陸中国 挿秧《(そうおう)》之図］)がある。両語とも「惑む」はクラむであろう。語義は前者は「曲りまよう、曲りみだれる」、後者は「踊り惑溺《わくでき》する」の意となろう。ちなみに賢治は「くらむ」という語も好きで、最も代表的な詩［春と修羅］の「陥りくらむ*天の椀から」がある。これも漢字を当てるなら「陥り惑む」か「陥り昏む」となろうか。後者は「おちいりまよう」という「昏惑」や「惑乱」の意を含むことになる。なお、詩［*異途《(いど)》への出発］の初行に「月の惑みと」とあるのも同じくクラみであろう。月光の惑乱と、あるいは眩惑する月光と、の意であろう(惑む、の名詞形)。→貢り《おちいり》

クラムボン【レ】 童［*やまなし］中で、*蟹の兄弟が交わす掛け

合いのことばの中に登場する、意味不明の語。生物か自然現象かも定かではない。一説ではcrab(クラブ、蟹)のもじり(小沢俊郎、福島章、→蟹)。十字屋版全集の六巻注等では、アメンボのたとえとし、恩田逸夫《いつお》はプランクトンからの連想と考える。ギルモーのフランス語訳(一九三五)では*蛙(crapaud　ひきがえる)になっているが、英語では相手の言葉に対して同韻の言葉を考え出す遊びに、crambo(クランボウ)というのがあり、またcrampon(英・仏ともクランポン、氷屋などが氷塊をつかむはさみ、あるいは氷上を歩く鉄のかんじき)等も連想源としては考えられよう。盛岡*高等農林で賢治の後輩板谷栄城《いたやえいき》は、高農時代ガラス器具を挿んでスタンドに固定する金具を化学用語でクランプといったこと、さらに、賢治のころクラリネットなどの楽器の輸入先、ビュッフェ－クランポン社(Buffet-Crampon 現在も日本支社がある)の名もヒントだったのでは、と言う。ほかに、cramp(クランプ、けいれん)や、clump(クランプ、木立ち、かたまり)等、あるいは*エスペラント語の*「クランボ」(キャベヂの一種)に目的格のン(n)のついたものという諸説もある。また文意からは、泡の様子や、水面の反射光等の擬態語とも考えられる。しかしながら諸説を踏まえ、蟹の兄弟の掛け合いを整理すると、①「クラムボン」は「わらう」存在であるが、蟹の子供たちは「クラムボン」がなぜ笑うのかその理由を知らないこと。②「クラムボン」は死ぬ(殺される)存在であるが、蟹の子供たちは「クラムボン」がなぜ死ぬ(殺される)のかその理由を知らないこと、となる。おそらく、この掛け合いは、その後に展開される、「カワセミ」によってもたらされる〈死〉の恐怖と、「やまなし」によってもたらされる〈生〉の豊穣さの体験の伏線としての意味をもつ。父親は〈生・死〉の本質を人生の師として優しく伝える役割を果たしている。そうして蟹の子供たちは、おぼろげながらも人生における〈生・死〉の意味を感受し、少しずつ成長していく。このような読みに立つならば、「クラムボン」とは何かという読者による実体の追求(アメンボ説、プランクトン説など)は、大きな意味をもたないことになる。「クラムボン」を実体に還元してしまった場合、「カワセミ」や「やまなし」によってもたらされる〈生・死〉への蟹の子供たちの立会いが、作品構成上空回りしてしまうことになるからだ。また、「クラムボン」を自然現象(泡説、光説)の比喩表現だと断定的に解釈することもふさわしくないということになる。「クラムボン」の〈生・死〉は、蟹の子供たちにとって少なくとも心理的にはリアルなものだからである。蟹の子供たちは、あくまで〈生〉と〈死〉の予感に打ち震える存在であり、本当の意味の〈生〉の豊かさも〈死〉の恐怖も、これから体験し乗り越えていかなければならないのである。「知らない。」「わからない。」という兄弟の掛け合いの末尾が、いかに作品を奥の深いものにしていることか理解されるはずだ。「クラムボン」が〈生〉と〈死〉の象徴として機能するかぎり、蟹の兄弟にとって「クラムボン」は生物であっても自然現象であってもよいが、読者にとってはあくまで実体不明の存在であることが重要である。

クラレの花《くられのはな》【植】　未詳。賢治の創作植物名か。童*「ペンネンネンネンネン・ネネムの伝記」(→昆布)に「クラレといふ*百合のやうな花が、まっ白にまぶしく光って」と出てくる。金子民雄はclaret(ボルドー産の赤ぶどう酒の銘柄)から、赤ぐろい*苔の花を想定し、鈴木健司は*「異空間」の入口にある植物として童*「インドラの網」に出てくる*こけももに擬しているが、賢治の描写するクラレの花の色と形状に一致しない。むしろエスペラント語のクラーラ(klara 暖かい、の意→varma)もヒントの一になるかもしれない。しかし最も強力なヒントは、*ベートーヴェンの「エグモント」の序曲の恋人クレールヒェンの愛称「クラレ」の名ではあるまいか。この劇音楽に賢治は深い影響を受けていたから(→Egmont Overture)。いずれにせよ、クラレという音感のもつ柔らかさ、明快さ(ちなみにフランス語でクラルテ clarté と言うときは賢治の言うとおり「百合のやうな」「まぶしく光る」ことを言う)、すなわち賢治の言語感覚を大事に考えたい。

グランド電柱《ぐらんどでんちゅう》【文】 賢治の造語。*花巻市豊沢町の街路を豊沢橋方向に進み、橋を渡ってから「花巻大三叉路《さんさろ》」(これも賢治の命名で詩「グランド電柱」に出てくる。現在は新旧両国道の交差点)に至る区間、両側に立ち並んでいた大きな電柱に賢治が付けた呼称。詩「グランド電柱」(この詩を含む詩章の章題にもなっている。『*春と修羅』第一集)には「花巻グランド電柱の/百の*碍《がい》子《し》にあつまる*雀」とある。ほかに詩「*装景手記」。→電信柱《でんしんばしら》

栗《くり》【植】 学名カスタネア(Castanea)。温帯と暖帯の中間帯をクリ帯と称するほど、ごくふつうに山野に自生するブナ科の落葉高木。高さは一五mにもなる。初夏、長い花穂をたれ青白い小花を無数につけ、特有の強い匂いを放つ。外皮の長い棘で包まれた果実は食用となり、世界的な秋の味覚の風物詩。賢治作品にもにぎやかに登場するが、詩「〔落葉松の方陣は〕」(→からまつ)には「おお栗 樹《カスタネア》 花*謝《お》ちし」と学名で出てくる。「*柏や栗か そのまっくらな森かげに」(詩「〔*どろの木の根もとで〕」)をはじめ、樹木としての登場が多く、「栗の林」「栗の巨木」等もそれであろう。「一本さびしく赤く燃える栗の木から」(詩「第四梯形《ていけい》」〈→七つ森〉)、「みんながやっとその栗の木の下まで行ったとき」(童「風野又三郎」〈→風の又三郎〉)等々。また「栗の花」も多く「栗のいが」「栗の実」「栗の*梢」「栗の葉」「栗の皮」等も多い。「いかにかく/みみずの死ぬる日なりけん/木かげに栗の花しづ降るを」(「しづ降る」は静かに降る。歌〔一九一〕)、「はげしい栗の花の*にほひ」(詩「〔朝日が青く〕」)、「青じろい紐のかたちの花」(童「*グスコーブドリの伝記」)等々。食用としての栗の実の表現も多いのは、味覚としてよりも、乏しい農村での貴重な天然食料でもあったからだろう。童「*祭の晩」に、*山男が亮二への恩返しにもってくるのは、「栗の八斗」であり、童「*なめとこ山の熊」でも淵沢小十郎の家の食糧となる。「女たちは、まだ*栗鼠や野鼠に持つて行かれない栗の実を集めたり」(童「*狼森と笊森、盗森」)、「*又三郎はそれを棒きれで剝《む》いて、まだ白い栗を二つとりました」、上の野原の入口の幹の根元がまっ黒に焦げた「一本の巨《おほ》きな栗の木」(童「風の又三郎」)等々。また「霧の中の青い*後光を有《も》った栗の木」(劇「〔*蒼冷と純黒〕」)、「四本の栗が立ってゐて、その一本の*梢には、黄金いろをした、*やどり木の立派なまりがついてゐました」(童「タネリはたしかにいちにち噛んでゐたやうだった」〈→ホロタイタネリ〉)といった表現には樹木信仰と、風や大気が渦を巻く世界の中心としての、いわば宇宙樹的なイメージになっている。

苦力《くりい》【文】 もとヒンディー語の kūlī(クーリー)→英語 coolie →中国語「苦力」とそれぞれ音訳された下層の労働者のこと(漢字はよく意味まで伝える)。詩ノート「*基督《きりすと》再臨」に「また労《つか》れ

て死ぬる支那の苦力や」とある。

栗駒山《くりこまやま》【地】一関市の西方、岩手・宮城・秋田の三県にまたがる山。別名駒ヶ岳（宮城県で）、須（酸）川岳（岩手県で）、大《だい》日《にち》岳（秋田県で）。標高一六二八m。コニーデ型の複式火山。高山植物の宝庫で、一九六八（昭和四三）年に国定公園に指定。くりこまの名は、宮城県側の栗原地方から見ると、残雪が駒《こま》の形に見えるため、地名の栗を採って呼んだと言われる。童［*化物丁場」に「向ふには栗駒山が青く光って、カラッとしたそらに立ってゐました」とある。

クリソコラ【鉱】chrysocolla 硅《けい》（珪）*孔雀石《くじゃくせき》のこと。硬度二。珪酸塩鉱物で銅鉱床の酸化帯に産出する銅の二次鉱物。孔雀石と共存することも多い。青色、緑色をなす。クリソコラ自体はもろいが、石英を多く含んだ状態で産出されることもあり、その場合硬度が高くなる。賢治は*杉の描写に使う。詩［*浮世絵展覧会印象］では「幾列飾る硅孔雀石の杉の木」、詩［〔青いけむりで唐黍を焼き〕］（→玉蜀黍）では「*若杉のほずゑの chrysocolla」とある。（→口絵㉒）

緑玉髄《クリソプレース》【鉱】正しくはクリソプレーズ（chrysoprase）。緑色の*玉髄《ぎょくずい》。深い緑色で透明感のあるものは宝石として扱われる。緑色は、玉髄にニッケルが含まれているため。詩［*小岩井農場　パート七］では、「*から松の芽の緑玉髄《クリソプレース》」とある。

クリノメーター【鉱】【文】clinometer（英）、Klinometer（独）　傾斜儀。地層の傾斜と走向を測定する器具。長方形の板に磁石と水準器がはめこんであり、*地質調査（→土性調査）に用いる。劇［*種山ヶ原の夜］に「*林務官、白の夏服に傾斜儀を吊して（中略）クリノメーターを用ひる《（ママ）》」とある。旧かなでは「用ゐる」。

クリプトメリアギガンテア【植】クリプトメリア Cryptomeria は*杉の学名、ギガンテア gigantea は巨大なものに付ける同じく学名。屋久島の「屋久杉」等に見られる日本特産の大木。詩［*華麗樹種品評会］に「青すぎ青すぎ／クリプトメリアギガンテア」とある。

グリム【人】兄ヤーコプ・ルートヴィヒ・カルル・グリム（Jacob Ludwig Karl Grimm 一七八五〜一八六三）、弟ヴィルヘルム・カルル・グリム（Wilhelm Karl Grimm 一七八六〜一八五九）は一般に「グリム兄弟」の名で有名。兄弟ともに文献学者で『グリム・ドイツ語辞典』以下多くの著作がある。また二人は協力してドイツの民話を収集して『グリム童話集』（初版二巻一八一二・一五）を出す。日本では、府川源一郎によれば一八七三（明治六）年、「くぎ」を訳した「銕沓《かなぐつ》の釘の事」を収録した『サルゼント氏第三リイドル』が出版されたのが翻訳紹介の最初である。その後、一八八七（明治二〇）年、桐南居士《とうなんこじ》（三島中洲《みしまちゅうしゅう》、現在の二松学舎大学の創設者）訳の『西洋故事神仙叢話《しんせんそうわ》』（集成社）で十話の文語体訳出を見た。翌々年には先駆的な児童雑誌「小国民」（博文館）等でグリムの翻案、翻訳がなされ、明治三〇年代には小学校教材となり、大正期には小笠原昌斎《しょうさい》の『グリムお伽噺《とぎばなし》講義』（上）（精華書院、一九一四）が対訳、文法の説明つきで出て、賢治もドイツ語修得を兼ねてこの本を読んだ可能性も考えられる。のち中島孤島《ことう》『グリムお伽噺』（正続、冨山房、

グリム兄弟

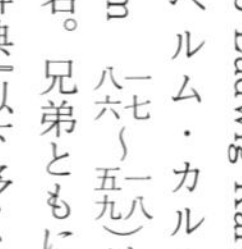

クリノメーター

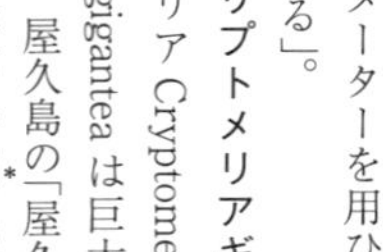

一九一六、一九二四）は多くの一般読者を得て、グリム童話の普及に力があった。詩［山の*晨明《（しんめい）》に関する童話風の構想］に「グリムや*アンデルゼンを読んでしまったら」、詩［高架線］に「……え、とグリムの童話のなかで／*狐のあだ名は何でしたかな……」とある。

クリーム【食】 cream 乳製品の一種。生クリームとも言う。*牛乳を分離させて採取した黄白色の脂肪分のこと。*バターや*アイスクリームの製造、あるいは料理や*菓子等の材料に用いる。同時期（明治初期）に移入された牛乳等に比べると一般になじみが薄く、当時は珍しい食品であった。童［注文の多い料理店］では、二人の紳士が身体中にクリームを塗って食べられそうになる痛快な場面がある。童［*ビヂテリアン大祭］等。

厨川《くりやがわ》【地】 岩手県岩手郡厨川村（現盛岡市厨川町）。源氏一族が安倍一族を倒した前九年の役《えき》の最後の決戦場として知られる。『吾妻鏡』には栗谷（屋）川の名で出てくる。厨川となるのは一八九七（明治三〇）年以降で、*盛岡市に編入されたのは一九七二（昭和四七）年。賢治のころは工兵大隊や*騎兵旅団があった。詩［*厨川停車場］があるが、詩中に「砂利は北上山地製」とあるように、厨川は*岩手山南麓のなだらかな滝沢台地（→滝沢野）南東端と*雫石《しずくいし》川の北岸に位置する。IGRいわて銀河鉄道「厨川駅」がある。

グリーンランド【地】 Greenland 大西洋と北極海の間にある世界一の大島。デンマーク領。面積約二一七万㎢。全土の八〇%以上は氷床に覆われ、縁辺部にはヌナタクと呼ばれる岩峰が氷原上に突出し、海岸線は氷河浸食によって峡湾が発達し、出入に富み、小島が散在する。童［風野又三郎］（→風の又三郎）では「霧のところどころから尖ったまっ黒な岩があちこち朝の海の船のやうに顔を出してゐる」のを指し「あすこはグリーンランドだよ」と言う。童［楢ノ木大学士の野宿］（→なら）では「グリーンランドの途方もない成金」の注文により、大学士が*蛋白石を探しに出かける。

くるたて →うまれでくるたて…

来《く》るてさ、喜助《きすけ》も嘉《か》っこも来《く》る。昨日朝《きのうあさ》も来《く》るだがてばだばだたたんとも、陸稲《おかぼ》の草除《くさと》らなぃやなくてさ【方】 来るってさ、喜助も嘉っこも来る。昨日の朝も来るとかいってばたばたしていたけれども、*陸稲《おかぼ》の草を除《と》らなければならなくなってさ（だから昨日の朝は来られなかった）。「嘉っこ」に関しては→喜助だの嘉ッコだの来てしてしまったけぁぢゃ。「来るだが」は「来るとか」の意。「ばだばだたた」はあわただしい様子を示す擬態語。劇［*種山ヶ原の夜］に出てくる。

俥《くるま》【文】 国字で、人力車のこと。文語詩［〔せなうち痛み息熱く〕］に「外《（と）》の面《（も）》俥の往来《（ゆきき）》して」とある。せなは背中。うち、は痛みの強め。ちなみに外国で「リキシャ」と呼ぶ乗物は、この人力車が語源。

輪宝《くるま》【宗】【レ】 通常「りんぽう」と読む。金の車輪。転輪《てんりん》王《おう》（テンリンノウとも。全世界を武力を用いず正義によって統一するという帝王）が所有しているとされる七宝《しっぽう》の一。七宝とは①輪宝、②象宝《ぞうほう》、③馬宝《ばほう》、④珠宝《じゅほう》、⑤女宝《にょほう》、⑥居士宝《こじほう》、⑦主兵臣宝《しゅひょうしんぼう》。輪宝については以下のような話が経典に見える。「満月の夜、転輪王が高殿《たかどの》に昇ると、天の金輪宝が忽然として現れ東方に転がっていった。転輪王はすぐに兵を率いてその後に随《したが》っていったところ、東方の国々の王はことごとく帰服し国土を献じた。さらに南方西方北方と、金輪宝の転がるところの国々は、皆帰服し国土を献じた」(長阿含経《ちょうあごん》第十八転輪聖王品《てんりんしょうおうぼん》)。詩[*山の晨明《しんめい》に関する童話風の構想]に「まるで恐ろしくぎらぎら熔《と》けた／黄金の輪宝《くるま》がのぼってくるか」とある。しかし、ここでの「輪宝」とは太陽(↓お日さま)の比喩。

くるみ【植】 胡桃。山胡桃。オニグルミ。山野の川沿いに生えるクルミ科の落葉高木。栽植もされる。高さ二〇m、径一mにもなる。若枝には褐色の軟毛が生じる。晩春、賢治が金色、黄金色と表現する黄色な尾状花穂《びじょうかほ》を垂れ、花後堅い実をつける。木材は家具等に、樹皮は染料に、種子は食用、薬用、または油を採る(↓胡桃のコプラ)。また、実をつけないサワグルミ、ノグルミ等もある。賢治作品には鬼ぐるみ、さは(沢)ぐるみがにぎやかに登場する。「鬼ぐるみ／黄金のあかごらいまだ来ず／さゆらぐ*梢／あさひを喰めり」(歌[七五四])、「鬼ぐるみにもさはぐるみにも／青だの*緑金だの／まばゆい巨きな房がかかった」(詩[〔あちこちあをじろく*接骨木《にはとこ》が咲いて〕])等。また、くるみの木はよく、*はんのき、*栃、*桑、*柳、*ひば等の木と同時に登場する。「こゝらはひばや／はんやくるみの森林で」(詩ノート[〔*洪積世が了って〕])等。食用果実としてのくるみの実も多く出てくる。「一本の木から八ガロン(↓凡例付表)づつくるみの実がとれたら」(童[*ポランの広場]〈初期形〉)等。胡桃と漢字表記されることも多い。「あの胡桃の木の枝をひろげる」(詩[〔*同心町《どうしんちょう》の夜あけがた〕])等。他に、詩[*おきなぐさ]には、「(どこのくるみの木にも／いまみな金《きん》のあかごがぶらさがる)」とあり、これは先の歌[七五四]のイメージと同じ春のくるみの雌花の花穂の垂れたイメージを「(黄)金のあかご」としたもの。「黄金のあかご」は歌[七〇九・七五五]にもうたわれている。また、童[*かしはばやしの夜]でも、「くるみはみどりのきんいろ、な、／風《かぜ》にふかれて すいすいすい、／くるみはみどりの天狗《てんぐ》のあふぎ、」とうたわれる。ほかに「その燈台も／辛《から》くくるみいろした／雲にうかんで見えるだけ」(詩[三原 第三部])等といった表現も見られる。「辛《から》くくるみいろした」とは、「辛くも」(わずかに)くるみいろをした、の意。↓ジュグランダー、くるみの化石《くるみのかせき》

くるみの化石《くるみのかせき》【科】【文】【植】 バタグルミ(↓くるみ)の化石。詩[煙]に「尖って長いくるみの化石をさがしたり」や童[*イギリス海岸]に「私たちは四十近くの半分炭化したくるみの実を拾ひました」等とある。ほかに童[*銀河鉄道の夜]等。イギリス海岸から賢治が採取したこの化石は、岩手県師範学校教諭、鳥羽源蔵(↓トバスキー、ゲンゾスキー)を通じて東北帝国大学助教授、早坂一郎の手に渡り、一九二五(大正一四)年一一月、早坂は賢治の案内で実地踏査、採取を行ない、一九二六年二月「地学雑誌」444号に「岩手県*花巻町産化石胡桃に就いて」が発表された。

バタグルミの化石

胡桃のコプラ《くるみのこぷら》【植】【レ】 コプラ(copra)はココヤシ(coconut tree)の胚乳(ココナツミルク)を乾燥させて製した人造*バターや石鹼の原料を言う。くるみをココナッツに見立てて、その実をコプラと言った賢治のしゃれ。詩[〔おれはいままで〕]に「胡桃のコプラを炙《や》いてゐる／すましてぢゅうぢゅう炙いてゐる」とある。

グルルル、グルウ、ユー、リトル、ラズカルズ、ユー、プレイ、

トラウント、ビ、オッフ、ナウ、スカッド、アウォイ、テゥ、スクール【レ】 童［十月の末］で「赤ひげで西洋人」が「口を大きくして叫」ぶ言葉。最初のグルルル、グルウは意味のない景気づけの前置きであろう。あとは You little rascals! You play truant! Be off now! Scat away to school! となるが（賢治の英語も、そのカタカナ表記も少しあやしい）、日本語にすると「こら、ちびっこども！ ズル休みしてるな！ あっちへ行け！ さっさと学校へ行け！」となる。

クレオソート【科】 creosote ブナの木の*乾溜《かんりゅう》によって得られる油で、淡黄色刺激臭のある液体（木クレオソート）。グアヤコールやクレオソール等、*フェノール類を多く含むため殺菌力が強く、医薬として腸内異常発酵の抑制、下痢どめ（日露戦争時に開発された丸薬「征露丸」、今は「正露丸」で有名）や肉の防腐剤などに用いられる。一方、石炭の乾溜物質であるタールを蒸留し製造する石炭クレオソートは、木材の防腐剤として用いられる。賢治の場合は木材の防腐剤としての用法なので、石炭系のもの。詩ノート［［いろいろな反感とふゞきの中で］］（↓吹雪《フキ》）に「クレオソートを塗られた*電しんばしら」、詩［風景とオルゴール］に「クレオソートを塗つたばかりのらんかん」、［風の*偏倚《（へんい）》］に「クレオソートを塗つたばかりの電柱」とある。ほか［保線工夫］等。

グレッシャム【地】 童［三人兄弟の医者と北守将軍（韻文形）］に首府名（町の名）として登場。〈散文形〉は「グリッシャム」。イギリスの貿易商人で為替金融業者であったグレシャムをもじったものか。グレシャム（Sir Thomas Gresham 一五一九～一五七九）は、エドワード六世、メアリ、エリザベスの各王の時代の財政顧問をも務めた。彼の有名な「グレシャムの法則」（悪貨は良貨を駆逐する）は、金銀本位制経済では、同一額面価格であれば素材価値の劣る貨幣のみが流通し、良質のものは流通圏外に駆逐されてしまう、というもの。

擲弾兵《グレナデーア》【音】【文】 Grenadier（独） てきだんへい。童［*月夜のでんしんばしら］には「てき弾兵」と出てくる。近距離から爆薬を発射する携帯用の擲弾筒《てきだんとう》を操作する兵士を言う。第一次大戦中に開発された擲弾筒は砲身五〇cm、口径七cmほどの筒形の火器で、手で投げる手榴弾《てりゅうだん》や、それより火力の大きい榴弾（衝撃で爆発する砲弾）、照明弾等を遠くまで飛ばす。主に歩兵が用い、擲弾兵は筒身を肩に担いで歩いた。「擲弾兵《グレナデーア》」の場合は、ドイツのユダヤ系詩人*ハイネの有名な詩『二人の擲弾兵』（『歌の本』所収、一八二〇）にもとづく。ハイネは郷里デュッセルドルフに帰省した際に、ロシアとの戦いで捕虜となりシベリア送りにされてやっと帰ることを許された二人のフランス兵を見た。この経験をもとに書いた詩。これにシューマン（「ロマンスとバラード第二集」第一曲、一八四〇）や、ワーグナーが曲をつけた（ハイネのと同名の曲、↓ワグネルの歌劇物）。前者の曲は賢治生存中にも*レコードが時々出ていた。童［チュウリップの幻術］（↓うっこんかう）に「唐檜（↓独乙唐檜《（どいつとうひ）》）ですか。あいつはみんなで、一小隊はありませう。みんな若いし擲弾兵《グレナデーア》です」とあるのは、そうしたハイネの詩↓シューマン、あるいはワーグナーの音楽の影響と考えられる。小隊は歩兵の場合、中隊の通常三分の一の兵力で三分隊で編成。約二〇～三〇名。

グレープショット、葡萄弾《グレプショット》【文】 grapeshot ぶどう（葡萄）弾（グレプショットのルビは詩［氷質の冗談］下書稿㈠）。通常九発の小鉄丸を一まとめに枠にはめたり、厚布で包んで大砲の弾丸として用いた。ごく原始的な先込式《さきごめ》(砲口から詰めて撃つ旧式の)大砲の散弾。詩［〔風が吹き風が吹き〕］に「いちれつひかる雲の乱弾／吹き吹き西の風が吹き／*レンズ！　ヂーワン！　グレープショット！」とあるのは、いっせいに西の風が吹きつのり、自然と風景の変化するさまをダイナミックにとらえたイメージの代表的な例だが、「レンズ！…」以下の一行は対応するこの詩の六行目の「*偏光！　*斜方錐！　トランペット！」と共に難解である。「レンズ」は前々行に雲があることから、強風で起る凸レンズ状の「レンズ雲」を連想させるが、次の「ヂーワン」とは落下速度(重力加速度)の記号Gのスケール1(1Gとも)のことであろうか。

グレン【文】　grain　グレーン。ヤード・ポンド法の一で質量の単位。日本では古くはゲレーンとも言った。七〇〇〇分の一ポンド(約〇・〇六四八g)。もと小麦の一粒の質量(grain は穀物の粒の意)を語源として度量衡の単位となった。童［黄いろの*トマト］に「*ネリはその粉を四百グレンぐらゐづつ木綿の袋につめ込んだり」とあるのは約二五・九g。

畔《くろ》　↓あぜ、畦根《くろね》

黝い《くろい》【レ】　青みがかって黒い。賢治は「黒」とは微妙にちがう、この形容詞を多く用いている。文語詩［悍馬　〔一〕］に「黝き萓藻」、歌［四］の「黝《(くろず)》む丘の辺」、詩［〔しばらくぼうと西日に向ひ〕］の「黝《(くろず)》んで」等々。↓青(蒼)黝《あおぐろ》

黒い尾《くろいお》　↓蝦夷《えぞ》

黒石野《くろいしの》【地】　*蛇ノ島《じゃのしま》の東北一km余。賢治は、盛岡中学時代、学校恒例の兎狩にこの地に行った。ノート［文語詩篇］に「一月　*やどり木、*兎狩・黒石野」とある。

劬労《くろう》【レ】　苦労に同じ。劬は疲れ痛むさま。簡［74］に「母の劬労を軽くする」とある。なお、同書簡には母(↓宮沢イチ)も「肺を痛めて居る」とある。

黒狐《くろぎつね》　↓狐《きつね》

黒雲《くろくも》　↓ニムブス

黒坂森《くろさかもり》　↓狼森《おいのもり》、笊森《ざるもり》、盗森《ぬすともり》、黒坂森《くろさかもり》

黒沢尻《くろさわじり》【地】　現北上市黒沢尻町《ちょう》。北上市の中心。木村圭一のアイヌ語源説では、黒はクル(鞍馬、群馬等もその語源に通じる)「岩山になっている所」から転じた地名と言う。旧黒沢尻町は、東北本線黒沢尻駅(現北上駅)ほか、秋田県横手とを結ぶ*平和街道と、県内各地を結ぶ土沢《つちざわ》街道、口内《くちない》街道、岩谷堂《いわやどう》街道が交差する交通の要所であった。一九〇七(明治四〇)年には和賀《わが》軽便軌道(馬車鉄道)が開通し、西和賀の鉄や*銅を輸送し、一九二四年には国鉄*横黒《おうこく》(北上)線に引き継がれた。日本有数の馬市が開かれる地としても有名。一九二〇年の人口は約七〇〇〇人。童［*化物丁場］に「私は、西の仙人鉱山(↓仙人鉄山)に、小さな用事がありましたので、黒沢尻で、軽便鉄道(↓岩手軽便鉄道)に乗りかへました」とある。同作品では「私」は「*藤根《ふじね》」の*停車場で、降りる。現在は東北新幹線北上駅下車。

グロス　↓半穹二グロス《はんきゅうにぐろす》

黒水晶《くろずいしょう》【鉱】　モリオン(morion)。煙水晶(smoky quartz ↓水晶)とくらべ、透明感がなく、黒味の強いものを言う。生成段階でのアルミニウムの混入と自然放射線の影響により光が吸収

され黒く見えるという。簡[137]に「黄水晶（→黄水晶《シトリン》）を黒水晶より造る」と飾石宝石改造の知識が披露されている。ただ、黄水晶（偽物）は紫水晶を熱して変色させ造るので、賢治に誤解、勘違いがあったようだ。詩[光の渣《(おり)》]（→澱《よど》）にも同様の知識「青じろい光の渣の下底《(したぞこ)》（→底）には／黒水晶が熱して砕けるときのやうな／風の刹那の眼のかゞやき」がある。（→口絵㉓）

黒棚雲《くろたなぐも》　→ニムブス

クロッカス【植】 crocus　アヤメ科。サフランの園芸種の名で、高さ五～一〇cm。六弁の黄色（紫や白もある）の花をつける。雑誌発表の[歌]（「校友会会報」第三十二号）に、「*硼砂球《ほうさきゆう》、クロッカスの*しべ」とある。

黒塚森《くろつかもり》　→黒坊主山《くろぼうずやま》

くろつち　→腐植土《ふしょくど》

黒電気石《くろでんきせき》【鉱】 電気石（トルマリン tourmaline）グループの一つ。電気石はホウ素を主要構成元素とする*硅（珪）酸塩鉱物で、化学組成に基づき一三種類程度に分類される。硬度七～七・五。花崗岩ペグマタイトなどに産する。結晶を熱すると*電気を帯びるためこの名がついた。黒電気石は鉄電気石のことで、最も代表的な電気石。日本でもよく産出する。童[*ガドルフの*百合]に「この屋根は稜《かど》が五角で大きな黒電気石の頭のやうだ」とあるが、鉄電気石の頭の部分は、ほぼ三角形に見える面が三面集合したものであり、角柱の面の数え方によっては、頭の三角形のそれぞれが五辺からなる五角形と見えなくもない。ピンク系や緑系のリチア電気石（ルベライト、インディコライトなど）はその美しさから宝石として利用されている。（→口絵㉝）

畦根《くろね》【農】 畦（*あぜ）の根もと。詩[牧歌]に「いつでもいちばんまっさきに／畦根について一瞬立った」とある。田植の作業に人より先に田に入り「たいへん手早い娘」が仕事にとりかかる姿。

クローバア　→白つめくさ《しろつめくさ》

黒白鳥《くろはくちょう》　→黒白鳥《こくはくちょう》

黒ぶだう《くろぶどう》【植】【方】 山ブドウやエビカズラの方言。いずれも黒い実をつけ、食用となる。童[黒ぶだう]。

黒坊主山《くろぼうずやま》【地】 未詳の山名も多いが、その一。歌[七一〇]の「海坊主山」（詩[たび人]には「海坊主林《うみぼうず(ば)やし》」）も未詳、あるいはいずれも架空か変名の山名か。歌[六三六]に「みだらなる／ひかりを吐きて／雨雲（→ニムブス）は　よせめぐりたり　黒坊主山」とある。[七一〇]の「海坊主山」は、「なまこ山／海坊主山のうしろにて／*薄明穹を過ぎる黒雲（→ニムブス）」。この「なまこ山」もまた未詳だが、この山名は詩[*早池峰山巓《(はやちねさんてん)》]（下書稿）や詩ノート[「こぶしの咲き」]（→マグノリア）にも出てくる。また、詩[昏《(くら)》い秋]の「黒塚森」も含めて「黒」が多いがいずれも比定は困難。

くろぼく【農】 黒壚。*腐植土のこと。詩[「それでは計算いたしませう」]に「くろぼくのある砂がゝり」とあるのは腐植土と砂のまじりあった土を言っているのであろう。「がゝり」では「ががり」と読まねばならなくなるが「かかりあった」の意。→腐植土《ふしょくど》

黒藻《くろも》【植】【レ】 淡水草の黒藻（トチカガミ科、金魚鉢等によく見かける）と海藻の黒藻（褐藻《かっそう》類）がある。二行からなる文語詩[柳沢野]（→柳沢《やなぎさわ》）の終行に「*馬は黒藻に飾らるゝ」とあるのは前行の「*海鼠《(なまこ)》のにほひいちじるき」によって海藻の黒藻であること、さらに柳田国男の『遠野物語』序文の次の一節が傍証になろう。

——「馬を駅停の主人に借りて独り郊外の村々を巡りたり。其の馬は黔《（くろ）》き海藻を以って作りたる厚総《あつぶさ》を掛けたり。虻《（あぶ）》多きためなり」。すなわち黒藻は虻よけの馬のいでたちである。賢治の短［十六日］にも、「海藻の［数文字空白］を着せた馬に運ばれて来た」とあるのもそれ。しかし詩［郊外］に直接黒藻ではないが「ひとはちぎれた海藻を着て」とあるのは、人間が海藻を着ているのではなく、まるで海藻のようなボロをまとった貧しい庶民の姿であろう。それでこそ次行の「煮られた塩の*魚をおもふ」も、汗で煮しめた魚さながらの人間の、ほとんど幻想に近いイメージとして生きて来よう。なお、詩［*真空溶媒］には「くさはみな褐藻類にかはられた」とある。褐藻類は前記黒藻のほか*コンブ、ワカメ、ヒジキ、ホンダワラ等一五〇種もの総称で、この詩では「雲の焼け野原」の幻想であり、比喩。草が黒褐色の褐藻類になってしまっているという異様なイメージ。

くろもじ【植】 黒文字。賢治は「くろもぢ」とも書いているが、旧かなでも「じ」が正しい。山地に生える落葉低木。高さ二〜三m、樹皮は平滑で暗緑色に黒い文字のような斑紋（名前の由来）がある。春、散形花序の黄色い小花を多数つける。枝葉は*においがよく箸や楊子《ようじ》に作られ（爪楊子のことをくろもじとも言う）、生木は幸木《さいぎ》（門松や祭祀《さいし》用の木）として使用した。「くろもじはかすかな匂を霧に送り」（童［*マグノリアの木］）、「くろもぢの木の匂が*月のあかりといっしょにすうっとさした」（童［*なめとこ山の*熊］）、「くろもじのにほひが風にふうっと漂って来た」（童［税務署長の冒険］）等。

黒森山《くろもりやま》【地】 帳［雨ニモマケズ］に「黒　森山（一字あきになっている）、*上ン平《（うわんだいら）》、*東根山、*南昌山」とあるが、賢治の「*経埋ムベキ山」の一、黒森山のことであろう。*花巻温泉の北五km、*葛《くず》丸《まる》川の右岸にある山で高さ四一五m。なお、さらにその北六kmの地点（紫波《しわ》町〈↓紫波の城〉）にも同名の山があり、六四七m。また、その近くに今一つ同名の山があり、高さ八三七m。「黒森山」が三つもあって紛らわしいが、足で踏査して書かれた奥田博『宮沢賢治の山旅』（東京新聞社、一九九六）に詳しい。

クロヽフォルム《くろろふおるむ》【科】 Chloroform（独） $CHCl_3$ 麻酔薬特有の甘い匂いを持つ無色透明の揮発性液体。一九世紀末頃には麻酔薬として用いられていたが毒性が確認されたため使用されなくなった。多くの有機化合物をよく溶解するので、現在では主として溶媒、溶剤として利用されている。帳［兄妹像］一二九・一三〇頁に「地平のはてに／汽車の黒き／けむりして／*エーテルまたは／クロヽフォルム／とも見／ゆる」とある。

火《くわ》 ↓アンタレス

禾《くわ》 か【植】【農】 クヮ（一音）は旧かな。もと穀類の総称（イネとも読む）だが、「禾穂《（かほ）》を叩いたり」（詩［*浮世絵展覧会印象］）と言うとき、「禾穀《くわこく》の浪《なみ》はきららかに」（ルビは賢治、曲［黎明行進歌］）と言うときは、いずれも*稲のことで、前者は稲の穂、後者は稲そのもの。ただ「むしろ脆弱《（ぜいじゃく）》といふべきこと／禾本《（かほん）》の数に異らず」（詩［〔朝は北海道の拓植《（ママ）》〈植は殖の賢治誤記〉博覧会へ送るとて〕］）の「禾本」（禾草《（かそう）》とも出てくる）はイネ科植物の総称で、稲だけを意味しない。この詩句、あまりに即興的で意味不明だが。↓稲《いね》

桑《くわ》【植】【文】 Morus bombycis Koidz.（命名者は小泉源一）山地や畑に栽植されるクワ科の落葉高木。春、葉のつけ根に花穂を出し、小さな白い花をつける。花後の小さな実は黒紫色に熟し

甘い。往時は農村の子供たちのおやつだった。材は家具として使われるが、葉は大切な養蚕《ようさん》の飼料として農村を支えてきた。『岩手県史』第九巻(一九六四)によると、岩手の養蚕は政府の殖産計画の一として一八七二(明治五)年に導入され、一八七六年以後、一一の郡に広まり、一八八八〜一八九七年には一万五〇〇〇戸の農家で養蚕が行なわれたという。以後養蚕は増加しつづける。賢治作品のなかにも多く登場し、例えば童[毒蛾](→*蛾)には「*ハームキヤ町の*コワック大学校」が登場するが、これは*花巻農学校の前身が養蚕講習所で、町民たちが「くわっこ大学校」(方言で桑はクワッコ)と呼んだのをもじったもの。また、童[*イギリス海岸]に「養蚕実習　第二組」とあるのも農学校で養蚕実習が行なわれていたからである。桑と養蚕は切り離せない同義語に近いものだった。ほかに、「桑ばやしの黄いろの脚」(童[*イーハトーボ農学校の春])、「われもまた日雇《(ひやとい)》に行きて／桑つまん／稼《(かせ)》がばあたま　癒えんとも知れず」(歌[一七七])、「この川すぢの五十里に／(中略)／桑を截《(き)》ったりやってゐる」(詩[春の雲に関するあいまいなる議論])等。なお「桑の木　モルスランダー(→ジュグランダー)　*鏡を…」(詩[*岩手軽便鉄道の一月])といったユニークな表現もある。これはモルスが桑の属名、ランダーが垣根の杭の意から並木のこと、両者を組み合わせて桑の木の列にしたてた賢治の独創。

鍬(唐鍬・三本鍬・犂・鋤) くわ(とうぐわ・さんぼんぐわ・すき・すき)【農】 農具の各種。鍬は田畑を掘り起こし、ならすために用いるもので、平板長方形の鉄板の端に木製の柄をつけ、鉄板の先端は刃となっているもの。唐鍬《とうぐわ》(たうぐわ、のルビもある)は、ふつうの鍬より小さい長方形鉄板の端についた鉄の穴に柄を固定させたもので、開墾や根切り等荒仕事に用いる。三本鍬は、長方形鉄板の部分が三本、ないし四本(写真)の鉄の棒になっており、先端はとがり、土を掘り起こすのに用いる。犂《すき》は、*牛や*馬にひかせて、土を掘り起こす大形の耕具。鋤《すき》は、真っすぐな柄をつけた幅の広い鉄板で、先端には刃がついており人力で土を縦に掘るときに用いる。「鍬」は、詩[九月]に「鍬が一梃《(ママ)》こわれてゐた」とあるほか、詩[霰]の「鍬をかついだり」等。「三本鍬」「唐鍬」は、童[*狼森と笊森、盗森]に「どこの家《うち》にも山刀《なた》も三本鍬《ぼんぐわ》も唐鍬《たうぐわ》も一《ひと》つもありませんでした。」とあるほか、童[*イギリス海岸][*虔十公園林]、詩[地主][休息](初行「風はうしろの」)等に。また「唐鍬《トガ》」(トウグワのつまった方言)とルビをふったのが文語詩[*百合を掘《(ママ)》る]に、「鋤」は*保阪嘉内あて簡[172]等に。「犂」は詩[若き耕地課*技手《(ぎて)》のIrisに対する*レシタティヴ](→イリス)に「にぶくかゞやく巨きな犂が」とあるほか、歌[二一九五]では「すき」と表記。詩[*小岩井農場　パート一]では犂を英語読みして、プラウ(plough)とルビがある。なお、曲[黎明行進歌]には「われらが犂《すき》の燦転《さんてん》と」とあるのは、耕す犂の光り輝くさま。「たけしき耕《(こう)》の具」という表現も文語詩[民間薬]にある。たけしき、は猛々しい、ものものしい。

四本鍬

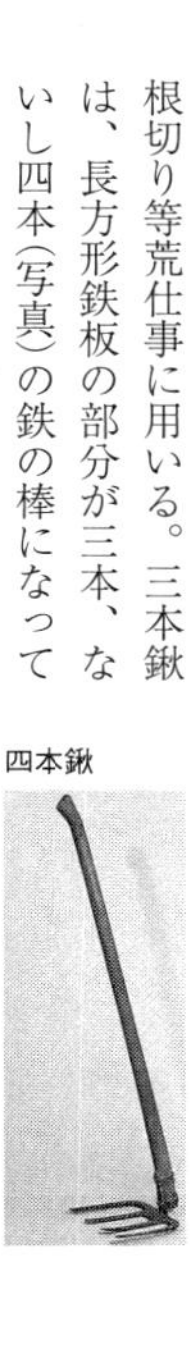

くゎくこう《かっこう》【動】 郭公。くわくこう、とも。賢治は「かくこう」「かくこどり」、「カツコウドリ」などとも。古くはトケン(杜鵑)科、今はホトトギス科の鳥。閑古鳥、呼子鳥、ほか種々の名がある。全長三五cmほどで灰褐色。アフリカ、中央アジアに分布、夏、日本に渡来する。カッコウの鳴き声からその名がある。母鳥

は他の鳥の巣に産卵し、自分で育てないので有名。「かくこうの／まねしてひとり行きたれば／ひとは恐れてみちを避けたり」(歌[三二二])、「くもにやなぎ(↓柳、楊)のかくこどり」(詩[青い*槍《やり》の葉])「かくこうは　あっちでもこっちでも、／ぼろぼろになり　紐になって啼いてゐる」(詩[*厨川《くりやがわ》*停車場])、「かくこうが飛び過ぎると／家のえんとつは黒いけむりをあげる」(詩[*自由画検定委員])、「するとかっこうはたいへんよろこんで途中からかっこうかっこうかっこうかっこうかっこうかっこうとついて叫びました」(童[*セロ弾きの*ゴーシュ])と、現代表記の「かっこう」も鳴き声にも用いられている。「わたくしは二こゑのかくこうを聴く」(詩[鳥の*遷移《せんい》])等。ちなみに、本辞典は旧かな表記に拠って項目見出しも「くゎくこう」とした。

カッコウ

くわしめ　↓重瞳　ちょうどう

闊葉樹《くわつえふじゅ》　かつようじゅ　↓闊葉樹　かつようじゅ

月天子《ぐわってんし》　↓月天子　がってんし

過透明《くわとうめい》　かとうめい　【科】【レ】　水の透明度(すきとおった度合い。白色板などを沈めて見えなくなる水深)を超えて、あまりに透明な、の比喩的な意であろう。詩[風景とオルゴール]に「こんな過透明な景色のなかに」とある。

くゎりん　かりん　【植】　花櫚、花梨。中国原産のバラ科の落葉高木。古くから日本に渡来。高さ八mほど、春、ピンクの華麗な五弁花をつける。果実はあたりに芳香を放つが、固くて酸っぱく、生では食べられない。薬用やかりん酒にする。童[*風の又三郎]の冒頭に「青い*くるみも、吹きとばせ／すっぱいくゎりんもふきとばせ／どっどど　どどうど　どどうど　どどう」と歌われる。詩[〔Largo や青い雲滃《かげ》やながれ〕]等。

カリン

過燐酸《くわりんさん》　↓燐酸　りんさん

官衙《くわんが》　かんが　【文】　旧発音はクヮンガ。役所の一般的旧称。童[猫の事務所]のサブタイトル。

勧持の識　くわんじのしん　↓勧持の識　かんじのしん

環状削剝《くわんじやうせうはく》　↓環状削剝　かんじょうさくはく

勲爵士　くんしゃくし　【文】　国家・君主に尽くした勲功により勲等や爵位を授かった者の意。日本では公・侯《こう》・伯《はく》・子《し》・男《だん》の五等の爵があったが、第二次大戦後廃止された。勲章は今もある。詩[春](初行「ヨハンネス」)に「ねえ、勲爵士、*竜の吐くのは夏だけだわね」とあるが、特に上記の爵位が意識されてはいない。詩[山巡査]ではナイト(knight 騎士)のルビをつけて出てくる。

薫習　くんじゅ　【宗】　仏教用語。くんじゅう、とも。香りが衣に移りしみ込み、ついにはその衣自身が香りを出すにいたるように、体や言葉、心の働きが心に残す影響作用を言う。転じて、仏道修行、善行を積むこと。また、その結果の意にも使用。雑[法華堂建立勧進文]後書に「外学薫習既に久しく」とある。外学《げがく》は仏教以外の学問。内学に対して言う。善薫も同義。↓九識　くしき

群青　ぐんじょう　【鉱】【レ】　*瑠璃《るり》(ラピスラズリ)や、その主成分、青金石(ラズライト)を原料とした顔料《がんりょう》。ウルトラマリン(ultramarine)とも呼ぶ。かつて原料となるラピスラズリが非常に高価であったため、代替品として藍銅鉱《らんどうこう》(↓藍銅鉱《アズライト》)を主原料とした青色

顔料が利用された。「そのときはもう、銅《あかゞね》づくりのお日さまが、南の山裾の群青いろをしたとこに落ちて、野はらはへんにさびしくなり」(童[かしはばやしの夜])、「太陽が傾いて、いま入ったばかりの雲の間から沢山の白い光の棒を投げそれは向ふの山脈のあちこちに落ちてさびしい群青の泣き笑い《(ママ)》をします」(童[チュウリップの幻術])。青色系の例にもれず、寂しさとも結びついた色彩である。「黒つちの／しめりのなかにゆらぎつつ／かなしく晴る、山の群青」(歌[六一二])、「まるで泣いたばかりのやうな群青の山脈」(童[風野又三郎]〈→風の又三郎〉)。ほかに童[まなづるとダァリヤ][葡萄水]、歌[四六七・六四五]、文語詩[〔きみにならびて野にたてば〕]、詩[装景手記][小岩井農場　パート一][火薬と紙幣]、短[泉ある家][山地の稜]等に登場し、山脈のほかに、暗い森や空の色彩にも使われる。→瑠璃《るり》

勲績《くんせき》【レ】過去に勲功(てがら)をたてた実績。短[疑獄元兇]に「勲績のある上長」とある。上長は上司、目上。

軍曹《ぐんそう》【文】旧陸軍下士官階級の一。伍長の上、曹長の下。童[貝の火](→蛋白石)で、ウサギの子ホモイがモグラに「僕、お前を軍曹にするよ。その代り少し働いて呉れないかい」と言う。

軍隊《ぐんたい》【文】時代が時代だったから階級や兵隊、兵種を含めて賢治は軍隊を作品に多く使っている。しかし、どれも牧歌的でユーモラスな、あるいは比喩的なイメージをもち、いわゆる軍国調からは程遠い。詩[鮮人鼓して過ぐ]、童[北守将軍と三人兄弟の医者][月夜のでんしんばしら][烏の北斗七星]等に登場。[烏の北斗七星]では烏の群れは不規律な義勇艦隊で、その鳴き声は大砲である。

軍荼利夜叉《ぐんだりやしゃ》【宗】正しくは軍荼利夜叉明王《みょうおう》。軍荼利は梵語のkuṇḍaliの音写で、甘露《かんろ》のこと。密教の五大明王の一で、怒りの相をして修羅、悪鬼を折伏《しゃくぶく》(→摂受・折伏《しょうじゅ・しゃくぶく》)する。詩[〔温《ぬる》く含んだ南の風が〕]の下書稿[密教風の誘惑]に登場。

訓導《くんどう》→師範学校《しはんがっこう》

軍馬補充部《ぐんばほじゅうぶ》【文】単に「補充部」と出てくることもある。馬の名産地岩手県は軍馬供給県でもあった。軍馬補充部は軍用馬の供給のための購買・育成・補充・資源調査を主な業務とする独立の陸軍省管轄の機関で、支部や、さらに出張所、派出部を各地にもっていた。それらがアメリカ軍の軍用地解散指令によって解散するのは一九四五(昭和二〇)年の敗戦以後である。詩[〔朝日が青く〕]に「軍馬補充部の六原支部が／来年度から廃止になれば」等とある。六原の軍馬補充部そのものは、一九二五(大正一四)年一一月廃止となり、代って国有種馬候補馬育成所(→種馬所《しゅばしょ》)が誕生している。

郡役所《ぐんやくしょ》【文】稗貫郡役所。郡長を長とする郡役場は府県の下の行政機関として一八七八(明治一一)年から全国にあったが、一九二三(大正一二)年に廃止、県庁に吸収され、区画の地名としては残った。賢治が学生時代、地質及土性調査をしたのも、この郡役所からの依頼だった。花巻にあった稗貫郡役所は当時の稗貫農学校(→花巻農学校)と花巻高等女学校の南側にあった(江戸時代の代官所跡)。現在は「岩手県南広域振興局花巻地区合同庁舎」の建物がそこにある。なお、当時の郡役所の建物は、現在花巻市大迫町に移築・復元され、展示館として利用されている。文語詩[四時]に「時しも土手のかなたなる、郡役所には議員たち、／視察の件

【くんやくし】

を可決して、はたはたと手をうちにけり。」」、童［*山男の四月］に「郡役所《ぐんやくしょ》の*技手《ぎて》の、乗馬《じゃうば》ずぼんをはいた足《あし》よりまだりっぱだ」とある。ス［四三］ほかにも登場。なお、文語詩［雪の宿］、同［*酸虹《さんこう》］の「郡長《こをりをさ》」（正しくはルビ「こほりをさ」）は郡長の古訓。文語詩［〔郡属伊原忠右エ門〕］の「郡属」は郡役所の職員で*判任官を言う。

け

け　↓お前《め》さん今《いま》行《い》って…

呉《け》　↓こいづば鹿《しか》さ…

喰《け》【方】　食え。食べろ。食べなさい。命令形。「食《か》ぁせる」項参照。童［*鹿踊りのはじまり］。

饌《け》　↓神農像《しんのうぞう》

偈《げ》　↓迦陀《かだ》

けぁな　↓縦《たて》に皺《しわ》の寄《よ》つたもん…

圭《けい》【人】　賢治自作の連句にある署名。「賢」とせず「圭」としたのは、弟*宮沢清六の作らしく「清」とした（実際はこれも賢治の作と思われる）署名と語呂を合わせたものか。簡［285］（*藤原嘉藤治あて）で嘉藤治の長男嘉秋《よしあき》の誕生日を祝して、「*藤原御曹子満一歳の賀に」と題し五句の連句を贈っている。↓宮沢清六《みやざわせいろく》

炯《けい》【レ】　あきらかなさま。きらめき光るさま。けいけい、ともでてくる。詩［〔あらゆる期待を喪《(うしな)》ひながら〕］に「烱（炯）とひらける東の天」とある。けいけいの例は文語詩［*悍馬《かんば》〔二〕］に、「けいけい碧《(あを)》きびいどろ（↓ガラス）の、／*天をあがきてとらんとす」とある。意味は（すべて天《そら》にかかって）、きらめいて深く青いガラスのような天、前足を蹴上げて、その天を取ろうとでもするかのように悍馬が暴れている。

【けいかかえ】

磬《けい》【音】　中国古代の楽器。「へ」の字形の板石を吊るして、木製のバチ（桴、枹）で鳴らす。仏具の場合は青銅製だが、日本では奈良時代以降、勤行《ごんぎょう》等の仏教行事で使用。詩［林学生］に「*鷹が磬など叩くとしたら／どてらを着てゐて叩くでせうね」とある。

磬

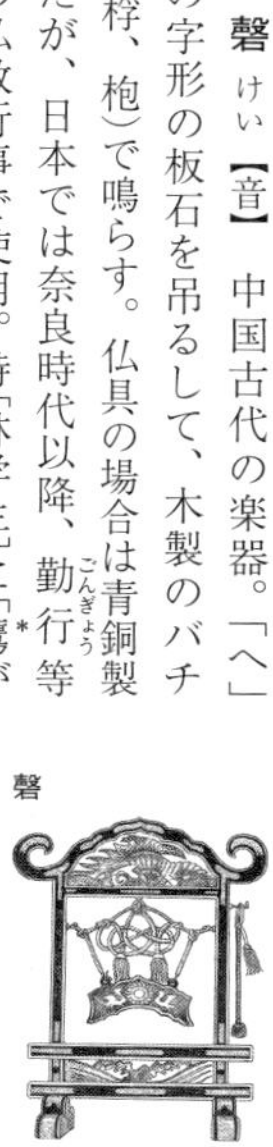

硅化《けいか》【鉱】　硅（珪）化作用のこと。岩石等が、*硅酸（↓仮睡硅酸）の侵入や外界物質との接触で変質（交代作用）し、より硅質な物質に変化すること。硅質とはオパール（↓蛋白石）や石英*等の遊離《(ゆうり)》硅酸を多量に含むもの。硅岩や水晶*類、*瑪瑙《めのう》類も主成分は無水硅酸（シリカ silica）である。童［*台川］に「流紋凝灰岩《(りゅうもんぎょうかいがん)》（↓凝灰岩）だ。凝灰岩の温泉の為に硅化を受けたのだ」とある。これは凝灰岩が変成を受けて流紋化（無水硅酸を多く含む花崗岩質）したということ。ほかに詩［風の*偏倚《(へんい)》］にも硅化流紋凝灰岩が登場。樹木も硅化されると、地下で「硅化木《ぼく》」となる。

硅化木

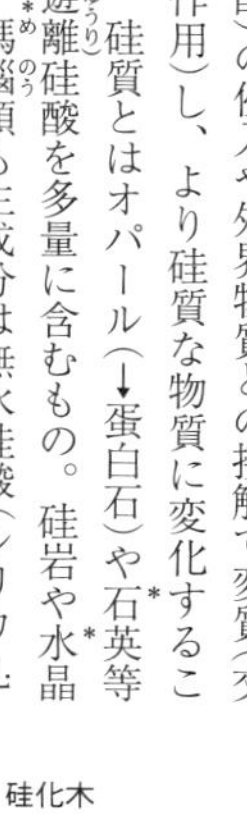

硅化花園《けいかかえん》【科】【レ】　ケミカルガーデン（chemical garden）、化学庭園のこと。大型のガラスケースに水と等量の水ガラス（硅酸ナトリウム）液とを満たし、その中に、塩類（塩化コバルト、硫酸第二鉄、硫酸ニッケル、酸化亜鉛、硫酸亜鉛、硝酸クロム等）の結晶を投げ入れると底の方からさまざまな色彩をもった小さな糸状組織が育ち、数時間以内に水面に達するなどの樹林状構造になる。これを比喩的に硅化花園と呼ぶ。この構造が生成される過程は次の原理による。投入された各塩類の周囲に*コロイ

ドの半透膜ができ、水はこの膜の内部に浸透し、内部液の濃度を低くする。半透膜の上部は上からの水圧に耐えられずに破損し、内部液は上へ上へと盛り上がるようにのびてゆく。またその鮮やかな色彩は、各塩類を構成している金属部分の固有の色の発現である。詩［〔つめたい海の水銀が〕］（↓汞《こう》）は、*挽歌群をのぞいて賢治には珍しいユニークな海の詩だが、「島は霞んだ*気層の*底に／ひとつの硅化花園をつくる」とあり、海辺や島の空間の広がりが、あたかも化学実験室での*現象を観察しているかのように生き生きと造形されている。

傾角《けいかく》　【科】【レ】　詩［〔雪と飛白岩《*ギャブロ》の峯の脚〕］に「おゝ傾角の増大は／tの自乗に比例する」とある。もともと難解な先駆形［詩への愛憎］からこの詩はさらに難解度を増しているものの、賢治の詩作の本質と苦しみを理解する上で大切な一篇である。「傾角」とは「ピサの斜塔」のような傾きの度合いの意だが、この詩では「云ひ過ぎ」や表現過剰の詩（あるいは芸術）をドイツ語ルビの「令嬢《フロイライン》の全身」にたとえ、（読者にでもするように）謝り詫びて何度も辞儀をしている（「傾角の増大」）が「tの自乗に比例する」（tはタイム〈time〉の略号）と自省をこめて詩は言っている。先駆形［詩への愛憎］（散文詩形）で「詩人時代」三巻三号（賢治没年の一九三三〈昭和八〉年三月一日発行、吉野信夫編集）に発表された「発表形」でもあるが、両者を重ねて読むとき、現代詩にはない科学的な比喩と寓意による賢治ならではの皮肉を交えた批評精神の横溢がある。「もし芸術といふものが、蒸し返したりごまかしたり、いつまで経つてもいつまで経つても、無能《やくざ》卑怯の遁げ場所なら、そんなものこそ叩きつぶせ」とあり、「ぼくのいまがた云つたのは、みな*円本《(えんぽん)》にあるんです」とも「発表形」にはある。当時の出版・読書界の一冊一円で売れに売れた「円本現象」をも批判し、詩や文学、芸術のありようを、するどく衝いている。この詩を熟読するとき、個人の祈りや嘆きを超えた変わらぬ最晩年の賢治の詩への決意、すなわち「詩への愛憎」が、躍動しながら浮き彫りになっていると言えよう。

硅化流紋凝灰岩《けいかりゅうもんぎょうかいがん》　↓硅化《けいか》

茎稈《けいかん》　【農】　茎も稈もくき。*稲や麦などの茎。詩［*和風は河《(か》谷《(こく)》（↓北上川）いっぱいに吹く］に「茎稈弱く*徒長《とちょう》して」とある。稲の凶作のイメージ。

硅岩《けいがん》　↓硅化《けいか》

熒気《けいき》　↓顥気《こうき》

硅孔雀石《けいくじゃくせき》　↓クリソコラ

蛍光板《けいくわうばん》　↓蛍光《けいこう》、蛍光板《けいこうばん》

けいけい　↓炯《けい》

囈語《げいご》　【レ】　うわごと。根拠のない戯言《たわごと》の意。賢治作品にこれを題とする作品が三作ある。詩［囈語］（初行「竟《(つい)》に卑怯でなかったものは」）、同（初行「憒濁はいま疾《やまひ》にかはり」）のほか、詩ノート にも［囈語］（初行「罪はいま疾にかはり」）がある。ちなみに山村暮鳥《ぼちょう》の『聖三稜玻璃《せいさんりょうはり》』（一九一五）中の同名の詩は有名。

蛍光《けいこう》　【科】　フルアレッセンス（fluorescence）。可視光より短い波長の電磁波（紫外線やX線など）により発生する光のこと。昆虫の蛍（ホタル）の光に似た熱のない光。ただ、蛍の発光は化学反応によるものであり、蛍光とはメカニズムが異なる。また、蛍光は電磁波を止めるとすぐに発光が消失する。それに対し、発光

寿命が長いものは*燐光と呼ぶ。詩[小岩井農場　パート一]に「あいまいな思惟の蛍光《けいくわう》」、同[パート三]では「また鉄ゼルの fluorescence」と横文字のまま出てくる。

蛍光菌《けいこうきん》【植】　蘚苔《せんたい》植物のヒカリゴケ、ヒメジャゴケ、ヒカリゼニゴケ等は、原糸体の*細胞が*レンズのようにふくらんでおり、わずかな入射光をよく反射し、エメラルドグリーンの美しい光を出す。代表的なのはヒカリゴケで、中部地方以北の亜高山帯に多い。主に洞穴の入口とか大樹の根元の洞《ほら》などの薄暗い湿った土に群生。成体は淡い緑色の小鋸《しょうきょ》(小さなのこぎり)状の葉で高さ一～二cm。詩[無声慟哭]に「毒草や蛍光菌のくらい野原をただよふとき」とあり、詩[会食]には「そはもしやにの類でもあって／蛍光菌のついたるもので」とある。

蛍光板《けいこうばん》【科】　*蛍光物質を塗ってある板を言う。紫外線、X線、電子線等を放射すると蛍視光を発する。放射線の有無や強度を調べるのに用いる。詩[*青森*挽歌]に「*巻積雲《けんせきうん》のはらわたまで／*月のあかりはしみわたり／それはあやしい蛍光板《けいくわうばん》になつて」とある。↓燐光《りんこう》

硅砂《けいさ》　↓石英《せきえい》

経済農場《けいざいのうじょう》【地】　盛岡*高等農林付属農場名。岩手郡*御《お》明神《みょうじん》村(現雫石町)在。ノート[東京]に「経済農場レッド／*チモシイ　トップ」とある。

硅酸《けいさん》【科】　ケイ素、酸素、水素から成る化合物で、オルトケイ酸(H_4SiO_4)、メタケイ酸(H_2SiO_3)、メタ二ケイ酸($H_2Si_2O_5$)などがある。岩石学などでは二酸化ケイ素(SiO_2)をケイ酸と言うことがある。詩[風の偏倚《(へんい)》]に「硅酸の雲」とあるが、この場合は、白色無定形の膠状物体のメタケイ酸を雲に見立てたものか。詩ノート[〔南からまた西南から〕]には「燐酸《ホス》と珪酸《シリカ》の吸収に」とある。この場合のシリカ(cilica)は二酸化ケイ素のこと。稲わらや、もみ殻には二酸化ケイ素が多く含まれている。簡[74]に「ごつごつと硅酸分離をやらねばならぬ」とあるのは岩石中の二酸化ケイ素の定量分析の実験をさしてのことであろう。↓仮睡硅酸《かすいけいさん》

形式主義は正態《けいしきしゅぎはしょうたい》　↓標題主義は続感度《ひょうだいしゅぎはぞっ(く)かんど》

傾斜儀《けいしやぎ》　↓クリノメーター

げいしゃのあたま　↓からす

稽首《けいしゅ》【レ】【宗】　稽は傾の意を借りた仮借《かしゃく》。首(頭)が地面につくまで身を傾け、相手を敬って礼をすること。頓首《とんしゅ》に同じ。簡[185]に「稽首本門三宝尊」とある。本門は*妙法蓮華経の後半一四品をさす。三宝尊は仏・法・僧。↓三宝《さんぼう》

硅素《けいそ》【科】　珪素とも。シリコン(silicon)。元素記号Si、原子番号一四。二酸化ケイ素(SiO_2)、正長石($KAlSi_3O_8$)などの鉱物として、地殻中に大量に存在する。また、放散虫、珪藻、シダ植物、イネ科にも含まれる。金属としては光沢のある銀灰色。高純度に精製し半導体部品として利用する。簡[74]に「硅素も*カリウムもみんな不可思儀《(ママ)》(議)な光波」とある。↓光素《こうそ》

硅(珪)藻《けいそう》【植】　硅(珪)藻類に属する植物の総称。淡水、塩水に生じ、からだは単細胞で、葉緑素のほか黄褐色素や*硅酸(↓仮睡硅酸)を含む二枚の堅い殻に包まれている。ふえると水が黄褐色に変わる。局地的にその遺骸が密集堆積したものは硅(珪)藻土として採掘される。童[一九三一年度極東*ビヂテリアン大会見聞録]に「*鮎のごときは硅藻をたべてゐるので」とある。

【けいちょう】

軽佻な《けいちょうな》 →口耳の学《こうじのがく》

鶏頭山《けいとうざん》 【地】 早池峰連山の一。標高約一四四五mで早池峰主峰(→早池峰〈峯〉山)より西に中岳(約一六七九m)を経て約五kmの地点が山頂(主峰からの縦走路が一九五九〈昭和三四〉年に開かれた)。柳田国男『遠野物語』(一九一〇)にも出てくる。また小島俊一によれば、早池峰山南方三kmの*薬師岳も、山頂部がニワトリのトサカ状を呈するので鶏頭山と呼ばれることもあると言うが以下の引例はいずれも前者である。歌[七二六]に「すみやかに/鶏頭山の赤ぞらを/くもよぎり行きて/夜はあけにけり」とある。詩[*河原坊(山脚の*黎明)]には「なぜ上半身がわたくしの眼に見えないのか/まるで半分雲をかぶった鶏頭山のやうだ」、詩[〔北いっぱいの星ぞらに〕]下書稿には「いちばん西の鶏頭山の」とある。帳[雨ニモマケズ]の「*経埋ムベキ山」の一。

硅板岩《けいばんがん》 →硅板岩礫《イキイシ》

軽便鉄道《けいべんてつどう》 →岩手軽便鉄道《いわてけいべんてつどう》

鯨油蠟燭《げいゆろうそく》 →蠟《ろう》

梟鴞《けうし》**守護章**《きょうししゅごしょう》 →梟鴞救護章《きょうしくごしょう》

梟身《けうしん》《きょうしん》 【宗】 梟はフクロウ(→ふくろふ)。賢治独創の語「*梟鴞救護章《きょうしくごしょう》」でわかるように梟身も凶悪の存在として賢治は用いている。仏典や漢籍で、成長すると母鳥を食うとされるこの鳥(梟は木にハリツケになっている鳥の象形文字)の意をふまえて用いた賢治の独創語。童[*二十六夜]に「一度梟身《ひとたびけうしん》を尽して、又新《あらた》に梟身を得《う》」と、生きる身の尽きない「苦患《くげん》(苦難)」の*業《ごう》を説く「梟のお経」が繰り返し出てくる。

聞《けえ》だ →なあに、馬《うま》の話《はなし》してで…

外学《げがく》 →薫習《くんじゅ》

けかち、けかつ →饑饉《ききん》、千人供養の石《せんにんくようのいし》

飢饉《けかつ》**供養の巨石**《おほいし》《けかつくようのおおいし》 →千人供養の石《せんにんくようのいし》

毛皮《けがわ》 →狐の皮《きつねのかわ》

ゲーキイ湾《げーきーわん》 【地】 架空の地名。賢治の盛岡高等農林学校*得業論文(雑[腐植質中ノ無機成分ノ植物ニ対スル価値])中に、注として見られるスコットランドの地質学者、A・ゲーキー(Geikie)をもじった地名。童[風野又三郎](→風の又三郎)に「あすこのとこがゲーキイ湾だよ。知ってるだらう。英国のサア、アーキバルド、ゲーキーの名をつけた湾なんだ」とある。サア(Sir)は男子の敬称として用いるが、英国では*勲爵士の準男爵《バロネット》やナイト爵をもつ人名の頭につける尊称。

外護《げご》 【宗】 宗教用語で、僧団の外にあって、独自の権力、財力で仏教を保護すること。雑[法華堂建立勧進文]に「外護の誓のいと厚く」とある。いとは、たいそう。

華厳《けごん》 【宗】 華厳経のこと。大方広仏華厳経《だいほうこうぶつ》の略。*大乗経典中の重要経典の一。全世界を毘盧遮那仏《びるしゃなぶつ》(光、太陽〈→お日さま〉の意。略して盧遮那仏、遮那とも)の顕現であるとし、一*微塵の中に全世界を映じ、一瞬の中にも永遠を含むという「一即一切、一切即一」の法界縁起《ほっかいえんぎ》、唯心縁起《ゆいしんえんぎ》を説く。中心思想は心こそが唯一の実在(→精神主義)なのだが、宇宙そのものの顕現である毘盧遮那仏は色も形姿もなく、目にも見えず、耳にも聞えない「不可説*微塵に等しき身、未来際劫《*こう》を尽して常に法輪を転」じる「法身《ほっしん》仏《ぶつ》」。衆生の一念一念に無数の仏となって化身《けしん》し、無限の時間を尽して*解脱《げだつ》を説き続ける。漢訳に、六十華厳(仏駄跋陀羅《ブッダバドラ》訳)、八

十華厳（実叉難陀《シクシャーナンダ》訳）、四十華厳（般若《プラジュニャ》訳）がある。賢治は詩［〔北いっぱいの星ぞらに〕］で「あ、東方の*普賢《(ふげん)》菩薩よ／微かに神威を垂れ給ひ／曾《(か)》って説かれし華厳のなか／*仏界形《(かたち)》円きもの／形《(かたち)》花台《(かだい)》の如きもの」と、視覚的に形ある*現象として歌う。しかし、この詩句も華厳経盧遮那仏品第二に依拠している。↓光炎菩薩《こうえんぼさつ》、仏界《ぶっかい》

袈裟《けさ》【衣】【宗】 kaṣāya の漢訳。梵語で「濁り、雑色《ぞうしき》」の意。僧の服。法衣《ほうえ》。もと純色を禁じられていた僧服を染める染料（黒みを帯びた黄色）を言ったが、転じて僧服そのものを指すようになった。布の幅の数によって五条、七条、九条から、いずれも奇数の二五条まで種類があり、用途に応じて使い分けられる。日本ではふつう、袈裟と言えば五条袈裟（肩から斜めに衣の上を覆うように掛けている長方形の布）のことを言うが、これはインド（↓印度《いんど》）本来の法衣ではなく、中国を経て日本に伝えられてできたもの。詩［〔おしまひは〕］に「*シャーマン山の第七峰の*別当が／錦と*水晶の袈裟を着て」が、また詩［氷質の冗談］には「九条のけさをかけて立ち」が見られる。

けし【植】【レ】 芥子、罌粟。ポピー（poppy〈英〉）、コクリコ（coquelicot〈仏〉）等の名で呼ばれる東欧原産のケシ科の越年草。日本へは室町時代に中国から渡来。初夏に紅、紫、白、紅紫、しぼりなど可憐な美しい花を咲かせ、果実からは麻酔薬、モルヒネ、アヘン（↓阿片《あへん》）等がとれるので、観賞用、薬用として栽培された。純観賞用の鬼ゲシ（↓鬼げし）や雛ゲシ（↓ひなげし）（夏目漱石の『虞美人草』〈一九〇七〉も雛ゲシの別名）等は同属の別種。なお、けしの種子は古来小さいもののたとえとして「けしつぶ」などと蔑称ふうに使われるが、賢治にも「芥子の種子ほどの智識」（童［*ビヂテリアン大祭］）とか「志がどうもけしつぶより小さい」（童［鳥箱先生とフウねずみ］）といった表現がある。「けしのはたけをめちゃくちゃに、踏みつけながら」（童［北守将軍と三人兄弟の医者］）とあるのは医薬用に栽培されている医者の畑のイメージ。また、童［*ひのきとひなげし］には、「青いけし坊主」が登場。外皮のままのけしの実を「坊主」と言うが、昔そう呼んだ子供の髪形（まわりの毛をそり、中国の昔の「弁髪《べんぱつ》」ふうに中央だけ毛を残してまとめたスタイルで、童［風野又三郎］にある「頭をくりくりの芥子坊主にして」とあるのはこれ）もあったので、「頭をばりばり食はれる」うんぬんのユーモラスな会話は、それを連想させておもしろい。

消し炭《けしずみ》【文】 薪《まき》の燃えさしの炭化した部分や、まだ火力のある木炭を途中で水をかけたり、火消しつぼに入れて、もう一度炭火として使えるようにした炭。軽くて火つきがよいので重宝した。童［*風の又三郎］、［*グスコーブドリの伝記］にはサインペンがわりの筆記用具として登場。

けしつぶ ↓けし

けし坊主、芥子坊主《けしぼうず》 ↓けし

化性の鳥《けしょうのとり》【宗】【レ】 詩［有明］（作品番号七三）に「やさしい化性の鳥」とあるが、詩の内容から見て、六行前の「滅びる最后《(ママ)》（後）の*極楽鳥」をさしている。化性とは、化身《けしん》、化境《けきょう》、というときの、いつでも生まれ変わる仏心をそなえた生類《しょうるい》、すなわち、ここでは極楽鳥をそう言っている。次行の「しかも変らぬ一つの愛を」「誓はうとする」賢治の願いが「化性の鳥」にはこめられている。

けじろい →黄昏《こうこん》

げだ →降《ふ》ってげだごとなさ

懈怠《けたい》【宗】 けだい、げたい、とも言う。仏教語で、怠けること、おこたること。簡[48]に「懈怠の心」とある。

夏油《ゲタウ》→夏油《げとう》

けだし →蓋然《がいぜん》

解脱《げだつ》【宗】 苦しみや迷いの世界から逃れ出ること。*悟り。*涅槃《ねはん》に同じ。童[*二十六夜]に「我今汝に、梟鵄《けうし》(→ふくろふ)諸《もろもろ》の悪禽《(あくきん)》、離苦《(りく)》解脱の道を述べん」とある。頻度は低くても*修羅意識の持主、賢治にとっては*成仏《じょうぶつ》とともに重要な語。

けづがらばうなどばがりけづがらなぃが【方】 現代表記なら「づ」は「ず」だろうが、終止形「けづがる」は行ってしまう、居なくなる、の方言。すべて方言から成る草稿[喜劇　夜水引キ](メモ[創39])にある。「引ぎあげる(居なくなる)なら汝《うな》(おまえ)が先に(さぎに)引ぎあげることにしねぇか(なぃ、はネに近く言う)」の意。夜の雨中の水田のへりでのやりとりながら、水を少しでも自分の田に欲しい農民の必死の欲得の会話で「にらみ合ふ」叫びに近い。どちらか先に「けづがる」と水を引かれてしまいかねない不信も手伝って農民たちは「対峙《たいじ》」している。「雨烈しくなる」中なのに。短[十六日]で「どこさでもけづがれ」と使われている。同作品中の「けづがれ」は本項の「けづがらば」の命令形で、「行ってしまえ」の意。

頁岩《けつがん》【鉱】 シェール(shale)。剝離性に富む堆積岩。泥岩《でいがん》(→Tertiary the younger mud-stone)が、より地圧を受け硬化し、つまり粘土が硬くなって、地層面に沿って書物の紙の一頁《ページ》のように薄くはがれる性質をもつのでこの日本名がある。泥岩から頁岩へと漸移するため、「青じろい頁岩の盤で」(詩[煙])や「青白い凝灰質の泥岩が」(童[*イギリス海岸])などと、同じ場所の岩が泥岩と呼ばれたり頁岩と呼ばれたりする。「その灰いろの頁岩の／平らな奇麗な層面に」(童[楢ノ木大学士の野宿]〈→なら〉)とある。

撃剣《げっけん》【文】 剣道(剣術)の古称(柔道を柔術と言ったように)。童[ポラーノの広場](→ポランの広場)等に撃剣の先生が登場する。

月汞《げっこう》 →汞《こう》

月光瓦斯《げっこうがす》【天】【レ】 月光をガスに見たてた表現。歌[四一]には「うすらなく／月光瓦斯のなかにして／*ひのきは枝の雪をはらへり」とある。「うすらなく」は「*アザリア」第一号初出では「うすら泣く」。ひのきを照らしている月光の感じを薄ら(少し)泣いているかのようだととらえている。

血紅瑪瑙《けっこうめのう》【鉱】【レ】 おそらくは賢治の造語。瑪瑙は当時、縞瑪瑙や苔瑪瑙、紅瑪瑙などに区分されていたが、血紅瑪瑙という呼び方は確認できていない。紅瑪瑙を賢治流に強調した命名かと思われる。紅瑪瑙は酸化鉄を含み紅色を呈した瑪瑙のこと。詩[*薤露青《(かいろせい)》]に「わたくしはまた西のわづかな薄明の残りや／うすい血紅瑪瑙をのぞみ／しづかな鱗の呼吸をきく」とある。また詩[山火]に「血紅の火が／ぼんやり尾根をすべったり／またまっ黒ないたゞきで／奇怪な王冠のかたちをつくり／焰の舌を吐いたりすれば／瑪瑙の針はしげく流れ／陰気な柳の髪もみだれる」とある。なお、幸田露伴の小説に『血紅星《(けっこうせい)》』(一九〇〇)という作品がある。→瑪瑙《めのう》

欠刻《けっこく》【植】【レ】 植物の葉のふちの欠けた切れ込み(刻)を言うが、賢治は詩[冬]で「巨きな雲の欠刻」と、雲を巨大な木の葉と見て、その切れ込みを言っている。

譎詐《けっさ》【レ】 譎も詐も同義。いつわり、あざむくこと。詩[県技師の雲に対するステートメント]に「何たる譎詐何たる不信/この山頂の眼路《めじ》(→綾)遥かなる展望は/怒り身を嚙むごとく」。詩[雲](初行「青じろい*天椀のこっちに」)に「信仰と譎詐とのふしぎなモザイクになって」とある。同詩中の「混合体」に近い。

結晶片岩《けっしょうへんがん》【鉱】 地下深いところの高圧・高温状態で変成作用を受けた岩石のこと。鉱物が圧力の方向に対して垂直な面にならび、片理をつくり、この時、再結晶作用の結果新しい鉱物が生成される。こうしてできたものを結晶片岩と呼ぶ。はがれやすい性質をもつものが多い。詩[樺太鉄道]「結晶片岩山地では/燃えあがる雲の銅粉」、詩[オホーツク挽歌]「白い片岩類の小砂利に倒れ」とある。この詩の場所は、樺太・栄浜のオホーツク海に面した海岸である。栄浜から南側の山地(鈴谷岳などがある)は、広大な結晶片岩地帯であり、その結晶片岩の小石が浜をなしている。また、賢治は一九一六(大正五)年盛岡高等農林学校二年の時、地質調査を目的に関教授引率の下、秩父地方を訪れている。秩父の長瀞付近には結晶片岩が荒川沿いに露出しており、絶好な研修地点。「虎岩」という名物石(結晶片岩)を賢治は「つくづくと粋なもやうの博多帯 荒川ぎしの片岩のいろ」と詠っている。→片岩《へんがん》、鈴谷平原《すずやへいげん》

月長石《げっちょうせき》【鉱】 ムーンストーン(moonstone)。硬度六。長石類からなる鉱物で、正長石、曹長石など複数の長石が層状に重なって形成され、光の散乱効果から独特の乳白色系の色をもつ。透明感があり美しいものは研磨し宝石として扱われる。アデュラレッセンス、またはシラー効果とも言う。詩[函(函)館港春夜光景]には「月長石の映《は》えする雨に/*孤光わびしい陶磁とかはり」とある。童[*銀河鉄道の夜]では紫の*りんどうの描写に用いられ、これは*天の川の星雲光によって朧《おぼ》ろになった様子を表現したものと思われる。簡[19]では霧雨の*ニコライ堂の屋根、簡[15]では都会の空の白っぽさのたとえに使われた。

毛布《けっと》【衣】 英語のブランケット(blanket)を略した俗称。いまは「毛布《もうふ》」。外套の代わりにはおったり、敷物に用いた毛氈《もうせん》(カーペット)も明治・大正期には一般に「ケット」と言った。一九〇〇(明治三三)年ごろから病気よけのまじないに(→*紅教《こうきょう》)「赤げっと」をまとうことが流行した(外国模倣や田舎者のおのぼりさん等の蔑称にもなったが)。賢治作品にも多く登場する。「*太市は毛布《けっと》の赤いズボンをはいた」(詩[日輪と太市])、「毛布着て/また赤き*綿ネルの*かつぎして」(詩ノート[〔ちゞれてすがすがしい雲の朝〕])、「赤い毛布《けっと》をかぶつたさつきの子が」(童[*水仙月の四日])、「赤い毛布でこさえ(ママ)たシャツ」(童[*化物丁場][*耕耘部の時計])等のほか、詩[〔こっちの顔と〕]、文語詩[悍馬《かんば》[〔一〕]](→アラヴ、血馬《けつば》)、[訓導]、詩ノート[〔たんぼの中の*稲かぶが八列ばかり〕]、童[*ひかりの素足][氷と*後光(習作)]等。

けづな【方】 →あんまりけづな書物《しょもつ》だな

血馬《けつば》【動】 blood stock, blood horse 汗血馬《かんけつば》(*西域地方に産したとされ、血のような汗を流して一日千里を走ると言われる伝説上の駿馬。『漢書《かんじょ》武帝紀』に見られる)が語源と言う説もある。

難解な文語詩［悍馬《かんば》〔一〕］（あばれ馬の意。→アラヴ）では、「おとしけおとしいよいよに、／*馬を血馬になしにけり」（いちだんと血気をかきたてた）とあらわれる。「おとしけおとし」の句は、前行の「山はいくたび*雲滃《うんおう》の、／藍のなめくじ《（ママ）》角のべて、」を受けて（山は藍いろの大きななめくじのような雲をもくもく湧き立たせ、その大なめくじの角のような雲の先が、勢いよく空から垂れ、また湧き立っては落ちてくるようで…）の意。「おとしけおとし」は「落とし、また落として」といった視覚的イメージであろう（「けおとし」の「け」は接頭辞で「蹴落とし」ではない）。

月魄《げっぱく》【天】【レ】 *月の精。月のかけた部分のにぶい光をも言う。文語詩［〔二月〕］に「月魄の尾根や過ぎけん」とある。月の暗い光が山の尾根を過ぎていったろう、の意。→月《つき》

「月曜」《げつよう》 →尾形亀之助《おがたかめのすけ》

夏油《げとう》【地】 岩手県和賀《わが》郡（現北上市）和賀町（→和賀川）にある夏油温泉。古称は岳の湯、白猿の湯。変わった温泉名だが、アイヌ語のケット・オ（崖がある）が語源と言われる。中世期の文書には下藤とある。北上市の西南西約二五km、和賀町牛形《うしがた》山の北東に位置し、古くから有名な温泉。標高七〇〇m。冬場は閉業するが、男女混浴など昔ながらの湯治場の雰囲気が今も残る。付近の天狗岩は*石灰華の大ドームで特別天然記念物。ス［一〇］や文語詩［〔二川こゝにて会したり〕］に登場。前者に「夏油の川は岩ほりて」と歌われる夏油川は、*北上川の支流で一級河川。鷲ヶ森を水源にし、上流の夏油温泉を流れて、岩崎宿《いわさきじゅく》（秀衡《ひでひら》街道の宿駅、岩崎城のあった岩崎村）で*和賀川と合流する。それが「二川こゝにて会したり」である。

外道《げどう》 →苦行外道《くぎょうげどう》

ゲートル →脚絆《きゃはん》

毛無森《けなしもり》【地】 森はふつうの森の意でなく、特に北海道から東北にかけては円山型の山に多く付けられる呼称。毛無もアイヌ語ケナシの当て字で、木のよく繁った山を意味すると言われる。岩手県内にも同名の次の四か所があるのがうなずける。①北上山地の一峰（標高一四二七m）、早池峰連山（→早池峰〈峯〉山）から西へ続く尾根筋にある。②*盛岡市内、高松池北東の毛無森（一七五m）。③*北上川の水源とも言われる七時雨山《ななしぐれやま》の北の毛無森（九〇四m）。④岩泉《いわいずみ》市有芸《うげい》の西方の毛無森（九四二m）。詩［*コバルト山地］に「コバルト山地の*氷霧のなかで／あやしい朝の火が燃えてゐます／毛無森のきり跡あたりの見当です」とあるのは①から④のどれか、にわかに比定できないが、そのイメージと賢治の山地体験から推して①の早池峰連山の毛無森と思われる。

ゲニイ →悪魔《あくま》

ケバ →カムチャッカ

下品ざんげ《げぼんざんげ》【宗】 *懺悔（通常さんげと読む）とは、犯した罪を仏の前に告白し悔い改めること。懺悔の形式には各種あるが、下品懺悔は三品懺悔と呼ばれるものの一（他に上品《じょうぼん》懺悔、中品《ちゅうぼん》懺悔）。唐の善導《ぜんどう》の『往生礼讃《らいさん》』によれば、上品懺悔とは「身の毛孔の中より血流れ、眼の中より血出づる」を言い、中品懺悔とは「遍身《へんしん》に熱汗毛孔より出で、眼の中より血流る」を言い、下品懺悔とは「遍身に徹り熱して、眼の中より涙出づ」を言う。上品、中品、下品の区別は、人の機根（教法を受け修行する能力→気根）の差によるもので、懺悔そのものの価値の差ではない。文語詩［〔われのみ

みちにたゞしきと〕］に「春は来れども日に三たび、／あせうちながしのたうてば、／すがたばかりは録されし、／下品ざんげのさまなせり」とある。下書稿には「中品(ざんげ)」の語も見える。

けみして【レ】 閲《けみ》して。経過して、の意と、よく検閲《けんえつ》する(たしかめ、しらべる)意がある。詩［会食］の「人その饗《(もてなし)》を閲する」(↓さがない)や、文語詩［〔霧降る*萱《かや》の細みちに〕］に「土をけみして培《つちかひ》の」とあるのは後者の意。土質をよく調査して、栽培の「企画をなさんつとめのみ」と次行にある。

煙山《けむやま》【地】 けむりやま、とも。岩手県紫波《しわ》郡煙山村(現矢《や》巾町《はばちょう》大字煙山)。一九一七(大正六)年の人口は約三三〇〇。*南昌山の東山麓に広がる田園地帯。童［鳥をとるやなぎ］(↓楊、柳)は冒頭「煙山にエレッキのやなぎの木があるよ」という*藤原慶次郎の会話で始まる。*エレッキとは「鳥を吸ひ込む*楊《(やなぎ)》の木があるって。エレキらしいって云ったよ」、つまり、鳥を吸いこんでいるかのような楊を*電気にたとえてのこと。

ゲメンゲラーゲ【地】 Gemengelage(独) *地主の農地があちこちに散在していること。散在耕圃。村落共同体内の偏《かたよ》った地味や地質の不平等を取り除き、なるべく公平にするための制度。マルクス主義でも土地占有の平等制度として評価した。文語詩［開墾地*落上］に「ゲメンゲラーゲさながらを、／焦げ木はかつとにほふなり」とある。下書稿は「ゲメンゲラーゲさながらに／持ち分《(ぶん)》わけし荒畑に／焦げ木はかつとにほふなり」。散在耕圃はおおむね地味のよくない「荒畑」。

けやき ↓槻《つき》

けら【衣】【方】 東北地方の方言で*蓑《みの》のこと。農夫や漁夫たちの着た格好が昆虫の螻蛄《けら》に似ているからとも、材料の「毛わら」の訛りとも言われる。一説によれば、幕末、南部家一四代の利剛《としひさ》が「美濃守《みののかみ》」だったから、美濃紙を含めてミノは禁句であったとも言う。また蓑と違って裾を編み放しにせず切りそろえ、裏をござ編みにしたものを指して言うこともある。これは敷物代わりにも用いられる。材料には*藁や湿地に生えるクゴ、マダ(シナノキの方言)、*ブドウの樹皮等も用いた。「菩提樹皮《まだかわ》(↓リンデ)のけら」は農民たちの雨天時の代表的な服装であった。「菩提樹《まだ》皮の厚いけらをかぶつて」(詩［*小岩井農場　パート七］)、「菩提樹《マダ》の皮でこさえ《(ママ)》たけらを着て」(童［*なめとこ山の熊］)、「けらをまとひおれを見るその農夫」(詩［*春と修羅］)、「*鍬を二梃づつ／けらにしばってゐるものだから」(詩［〔日脚がぼうとひろがれば〕］)、「町へでかけた用足《タシ》たちも／背蓑《ケラ》をぬらして帰ってくる」(詩［*凍雨《ひさめ》］)、「すっかりぬれだな。さあ、俺のけら着ろ」(童［*種山ヶ原］)、「見廻人はけらを被ってまだ睡ってゐる」(劇［種山ヶ原の夜］)等、多数登場する。ほか、詩［〔ふたりおんなじさういふ*奇体な扮装《(ふんそう)》で〕］［秋］［〔熊はしきりにもどかしがって〕］［県道］、童［*狼森と笊森、盗森］［*山男の四月］［十月の末］、短［家長制度］等。

けら

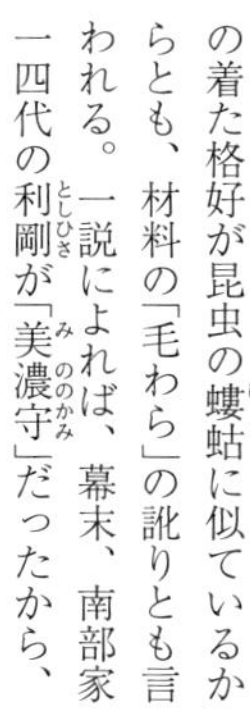

けり【動】【レ】 ①鳥の名「鳧」。鳩の大きさで「やまげり」とも。チドリ科の鳥の一種で、肢《あし》は黄色で長く、背は淡褐色、胸に黒横線、腹は白。歌［五九二］のあとの改作めいた「あけちかく、／オリオンのぼりけりなきて／ひとりお伊勢の杜をよぎれり」とある。②詩ノート［〔沼のしづかな日照り雨のなかで〕］の「けりが滑れば」

は、ものごとの暗い予想に対して、けり（物事の終わり、結果）が滑ったら（外れ、違ったら）の意。歌や俳句に「けり」で終わる切れ字表現が多かったことから、物事の終わりを言うようになった。だから詩の次行も明るい、みのりの「黄金の芒《のぎ》（→麦《むぎ》）」。

ケール【植】 kale　ナタネ科。キャベツ（→キャベヂ）の一品種。観賞用キャベツ。正月鉢植えなどにするが葉は結球せず、緑や紫の葉はちぢれ、牡丹の花のようなので葉牡丹、あるいは羽衣甘藍《はごろもかんらん》とも言う。賢治は「羽衣甘藍」「縮葉甘藍」「ちぢればかんらん」と表記して、共にケールのルビを施している（詩「冗語」に「*コキヤや羽衣甘藍《ケール》、／植える《ママ》のはあとだ」、文語詩「〔鐘うてば白木の*ひのき〕」に「凍えしやみどりの縮葉甘藍《ケール》」）。（文庫版全集には短「*花壇工作」の「花甘藍」に「はなかんらん」のルビがあるが、花甘藍はカリフラワーのこと。→花椰菜《はなやさい》）。詩ノート「雑草」には「羽衣甘藍のやうに紫銅色で／その葉もみんな尖ってゐる」と出てくる。童「*銀河鉄道の夜」に「入口の一番左側には空箱に紫いろのケールや*アスパラガスが植えて《ママ》あって」（旧かなは植ゑて）とある。ほかス〔三〕、詩〔三原　第二部〕等。また葉牡丹の例としては、詩ノート「〔古びた水いろの*薄明穹のなかに〕」に「巨きな鼠いろの葉牡丹ののびたつころに」とある。

ケール

ゲル、凝膠《ゲル》【科】　ドイツ語でゲル（Gel）、英語でジェル（gel）。液体を分散媒（粒子が分散している媒質）とする*コロイド（*ゾル）が、高い粘性により流動性を失い、系全体としては固体状になったもの。ゼリー（寒天・ゼラチン）や、豆腐、コンニャク、シリカゲル等がそれにあたる。→鉄ゼル《てつぜる》

ゲルド →ランブラア

ゲルベアウゲ【レ】 gelbe Auge（独）　黄色の目。詩「〔うとうとするとひやりとくる〕」に「もっともゲルベアウゲの方も／いっぺん身売りにきまったとこを」とある。下書稿では最初「瞳《ひとみ》黄いろのくわ《ママ》しめ」であった。「くはしめ」は美女・聖女の古語。→重瞳《ちょうどう》

げろ呑《の》み【方】　噛まずに丸のみすること。短「十六日」に「学生は何でももう早く餅をげろ呑みにして」とある。

戯論《けろん》　→後（后）光《ごこう》

巻雲《けんうん》【天】　シラス（cirrus ラテン語発音はキッルス）の旧訳名。雲級の一。シラスはギリシア語の巻き毛から出た名で、絹《けん》雲《うん》とも表記される。『気象学』（岡田武松、一九二七）には「品やかな繊維状をしてゐる、断片的の雲で、羽毛の様な組織をしてゐること多く、一般に白色である」とある（品やかは当て字。弾力にとみ、しなやかなこと）。すなわち高い天空の白雲である。平均九〇〇〇mの高さにできる細かい*氷晶の集まりからできた上層雲。この巻（絹）雲が連続して広がった白雲を巻層雲（絹層雲　cirrostratus《シロストレイタス》）と言う。『気象学』では「白い雲の極く薄い層で、時には天空を全く蔽つて、空が一面に真白になることがある。然し多くはその組織が判然として恰《あたか》も縺《もつ》れた*蜘蛛の巣の様に見える、此雲には暈《かさ》が顕はれることが多い」。日暈《ひがさ》、月暈《つきがさ》は、この雲中の氷の結晶による屈折（→屈折率）等の光学現象である。水滴中心の中層雲では*光環が生じる。巻雲は詩「〔東の雲ははやくも蜜のいろに燃え〕」「〔地蔵堂の五本の巨杉《すぎ》が〕」（→元台寺）に登場。後者には雲の方を静止

したものと見立てて「樹は天頂の巻雲を／悠々として通行する」とあり、歌[四二七]には「*とね河はしづに滑りてあまつはらしろき夜明の巻雲に入る」とある(とね河は利根川)。巻層雲は詩ノート[〔金策も尽きはてたいまごろ〕]に「金策も尽きはてたいまごろ／まばゆい巻層雲に／銀いろに立ち消えて行くまちのけむり」とあり、詩[〔船首マストの上に来て〕]では「東は燃え出し／その灼けた*鋼粉《こうふん》の雲の中から／きよめられてあたらしいねがひが湧く／それはある形をした巻層雲だ」とある。↓巻積雲《けんせきうん》、層巻雲《そうけんうん》

幻暈模様《げんうんもよう》【レ】 幻暈はめまい。それを模様としたのは賢治の造語で、「*諂曲《てんごく》模様」と同じく、*心象スケッチとしての心理を視覚的イメージにして対象化したもの。詩[*装景手記]に「怪しい幻暈模様をつくれ」、文語詩[山躑躅](↓つつじ)下書稿にも「怪しき幻暈模様をつくれ」とある。

検温器《けんおんき》【文】 体温計のこと。歌[八〇]に「検温器の／青びかりの水銀(↓汞《こう》)／はてもなくのぼり行くとき／目をつむれりわれ」とある。一九一四(大正三)年四月、賢治(一八歳)が*盛岡市内丸《うちまる》の岩手病院(現岩手医大病院)入院中に得た歌。

顕花植物《けんかしょくぶつ》【植】 生殖器官としての花があり、果実を結び種子をつくる植物群の総称。種子植物とも言われ、植物界で最も進歩し、地球上で最も新しく現われた生態グループとされている。維管束《いかんそく》をもつ*シダ植物以下を胞子(↓星葉木)植物と言い、根、茎、葉の分化に並行し生殖器官では単生から集合化、造卵器から種子に発展した。分類学上は胚珠がむき出しになっている裸子植物と、胚珠が子房に包まれている被子植物に分け、子葉の数で単子葉と双子葉に分け、さらに花弁の形で離弁花と合弁花に分けている。裸子で約六〇〇種、被子で約一六万種がある。*中生代ジュラ紀(↓侏羅紀)に出現し、*白堊紀に分化して裸子植物は繁栄し、被子植物は新生代(↓中生代)*第三紀中新世に哺乳類が発展し、類人猿が出現したころに繁栄した。童[*ビヂテリアン大祭]に右の進化が述べられ、「顕花植物なども食べても切ってもいかんといふのですが」とある。

鍵器《けんき》 ↓鼓器《こき》

源吉《げんきち》 ↓藤原慶次郎《ふじわらけいじろう》

げんげ ↓紫雲英《しうんえい》

弦月《げんげつ》 ↓月《つき》

源五沼《げんごぬま》 ↓日詰《ひづめ》

献策者《けんさくしゃ》【レ】 計画立案を申し出た人。アイデアの提供者。詩[風景とオルゴール]に「その*電燈の献策者」とある。

元山《げんざん》 ↓硫黄《いおう》

玄参科《げんさんか》【植】 ごまのはぐさ(胡麻葉草)の漢名。洋名ジギタリス(Digitalis)。ゴマノハグサ科の多年草。山地の湿気のある草地に自生するが、観賞用、薬用(心臓病薬ジギタリン)の原料として栽培される。根は太く、葉も大きい。赤紫の花は夏。簡[17]高橋秀松あて葉書文面に医師から「玄参科の花の薬り」をもらった、とある。

犬歯《けんし》 ↓門歯《もんし》

県視学《けんしがく》【文】 県の教育行政官(↓羽田県属《はだけんぞく》)。第二次大戦後廃止され、教育委員会がその役割をしている。文語詩[〔鐘うてば白木の*ひのき〕]下書稿に出てくる。

原始産業《げんしさんぎょう》【文】 近代産業の対語。機械力を用いず、素朴な肉体労働による狩猟・農耕・牧畜等を指す。父宮沢政次郎あての簡[73]に「実際上の問題を調べたる上ならば最安全に製造業なり原始産業なりに従事致し」とある。「製造業なり」を、クラークの分類によって製造業・鉱業等の第二次産業ととるなら、「原始産業なり」は、やはり農林・水産、牧畜狩猟業の第一次産業を指していると言える。また同書簡には「私などが人に対する取引を致し候へば右の事業は全然失敗に終るべく候」ともあり、商業等の属する部分、つまり第三次産業は自分には合わないものとして忌避する様子がうかがわれる。

けんじや →あめゆじゆとてちてけんじや

虔十《けんじゅう》【人】 童[虔十公園林]の主人公名。詩[〔雨ニモマケズ〕]の「デクノボー」像へつながる人物。賢治が自分の名を"kenjū" "kenjy"と表記した例が、童[〔銀河鉄道の夜〕](初期形〔二〕)関連のメモに見られる。また、童[一九三一年度極東ビヂテリアン大会見聞録]の原稿第一葉には「座亜謙什」(ざあけんじゅう)という筆名(?)の書き込みもある。童[虔十公園林]の冒頭に「虔十はいつも縄の帯をしめてわらって杜の中や畑の間をゆっくりあるいてゐるのでした」とある。

現象《げんしょう》【文】 賢治における重要語の一。一般的には、現われた象(かたち、すがた、できごと)を言う。賢治の表現でも「これら実在の現象」(詩[小岩井農場　パート九])、「必ず起る現象です」(詩[青森挽歌　三])、「さういふやうな現象が」(詩[五輪峠])、「立派な自然現象で」(詩[〔今日もまたしやうがないな〕])等は、一般的な意味で、また「プウルキインの現象」(詩[風景観察官])、「ティンダル現象」(詩ノート[汽車])等の純理学用語も(それぞれの術語の理解さえあれば)、さほど難解ではない。それぞれの自然運行の、あるいは法則の「結果」とか、「効果」と言うのに近い意味なのだから。しかし、一歩踏み込んで、その「かたち、すがた、できごと」をおこしている(表象させている)本体(→本体論)は何か、つまり「本体」と「現象」との関係、また、その「現象」を知覚し、確認する人間の経験的意識の性質(主観的とか客観的とか言うときの)、それと「現象」を仲立ちとする「本体」との関係はどうか、ということを考えはじめると、とても奥深く、おもしろくもなってくる。いわゆる「現象学」の問題点もそこにあり、賢治もまた、その問題をいつも考えていたと思われる。心象スケッチ『春と修羅』(いわゆる第一集)の[序]詩は、初行「わたくしといふ現象は」以下、ずっと「本体論」と対位させて、その問題を詩的直観力で「発見」し、「第四次延長のなかで主張」したものと言えるからである。第一に言えることは、「わたくし」を存在ではなく現象として賢治は意識している。第二に、それは本体と切り離された主観的認識(カントはそう考えた)ではなく、「宇宙意志」や「宇宙意慾」、あるいは神(仏)様や科学的原理を含めた超越的存在を、絶えず「みんな」と一緒に「感じ」て、時間とともに「明滅しながら」「ともりつづける」「わたくし」を、「直観」(「粗雑の理論に屈し」ない＝[詩法メモ])によって「発見し」「主張」していく一元的な現象であるということ。それはカントの陥った二元論を克服したと言われるヘーゲルの考えに近い。あるいは、単なる経験事実としての外的意識ではなく、自然や宇宙や「銀河や修羅や海胆《うに》」と一体となった純粋な内在意識(「こゝろのひとつの風物」)としてとらえ、それを磨《と》ぎ出していこうと考える点で、賢治はフッサールに近いとも言える。ちなみにヘーゲルもフッサールも、今日の現象学の祖であるが、賢治の詩的方法と認識も、期せずしてこれらに通じるものがみとめられる。

幻照《げんしょう》 ↓還照《げんしょう》

還照《げんしょう》 【レ】 還をゲンと読むのは仏教読み〈呉音《ごいん》〉だが仏教語にはない、照り返しの意か。賢治の造語と思われる。詩[*奏鳴的説明]に「雲もぎらぎらにちぢれ／木が還照のなかから生えたつとき」とある。この詩は生前[奏鳴四一九]という題で盛岡中学校「校友会雑誌」一九二七(昭和二)年集に発表されたものに手を加えたもの。その生前発表形では「木が幻照《げんしやう》のなかから生《は》え立つとき」となっており、幻が還に直されているのがわかる。生前発表形は詩の出だしに「これは吹雪《ふぶき》(↓吹雪《フキ》)が映《うつ》したる／*硼砂《ほうさ》の嵐 *Rap《ラプ》 Nor《ノール》(湖《こ》)の*幻燈《げんたう》でございます」とあり、この詩が幻燈のイメージであることが断《ことわ》られており、すると「幻照」がふさわしく、[奏鳴的説明]では、この出だしの部分が削除され、つまり幻燈ではなくなっていることで「還照」に直した必然性も出てきたとも言える。「還照」は難解だがイメージとしては神秘的で詩の主題にふさわしいようにも思われる。

賢聖軍《げんじょうぐん》 【宗】 帳[雨ニモマケズ]八三・八四頁にある「賢聖軍／破*煩悩魔／破五蘊魔《ごうんま》／破*死魔」のメモは、法華経安楽《あんらく》行品《ぎょうほん》第十四(↓妙法蓮華経)の「賢聖《げんじやう》の軍《いくさ》の、五陰魔《ごおんま》、煩悩《ぼんのう》魔、死《し》魔《ま》と共に戦に」(*島地大等《だいとう》『漢和対照妙法蓮華経』〈↓赤い経巻〉)に拠っていると思われる。賢とは、善を行ない悪を離れてはいるがまだ凡夫《ぼんぷ》の位にある人を言い、聖とは真理を悟り、すでに凡夫の性《しょう》を捨てた人を言う。賢聖軍とは*魔を破る如来《にょらい》(仏の尊称)の戦士たちのこと。

元真斎(元信斎)《げんしんさい》 【人】 文語詩稿五十篇中の[〔*秘事念仏の大師匠〕]の〔一〕に出てくる。文語詩稿一百篇の〔二〕の方では、表記が「元信斎」となっていて、詩句にもかなりの異同がある(賢治は斎を斉にしている)。同じ題材を扱ったものに口語詩稿の詩[憎むべき「隈《くま》」辨《(ママ)》(弁)当を食ふ]や、[〔*熊はしきりにもどかしがって〕]等がある。これらの詩には、賢治が下根子《しもねこ》桜(↓羅須地人協会)で独居自炊の生活をはじめてから、林の中から*幽霊が出ると言ったり、毎晩女が通ってくると言いふらして歩く俗物のことが描かれており、その人物を賢治は憎むべき「隈」(↓秘事念仏)と呼んでいる。元真斎とは、その「隈」と呼ばれている人物のことであろう。秘事念仏(秘事法門、隠し念仏とも)とは、京都から伝えられた浄土真宗の異端の地下宗教の一。江戸時代から切支丹とともに弾圧された歴史をもち、外部に対しては徹底的な秘密主義を取った。信者は東北地方の農村に多く、和賀《わが》、*稗貫《ひえぬき》、紫波《しわ》など岩手県中南部はその中心地であった。門屋《かどや》光昭《みつあき》「宮沢賢治と隠し念仏」(「盛岡大学紀要」第13号別冊、一九九四)によれば、高橋梵仙《ぼんせん》『かくし念仏考　第二』の中で、賢治の親友佐藤昌一郎が作者から直接聞いた話として、元真斎とは*小船渡《こぶなと》で秘事法門を行なっている仮名《かめい》の大師匠をモデルにしたものだという。そこから高橋は元真斎を小舟渡に住む大導師「花巻ヂッコ」佐藤勘蔵ではないかと推測しているが、しかし門屋は、詩の内容からは下根子桜あたりに住む渋谷地派(隠し念仏の一派)の指導者と考える方がいい、と言う。ともあれ、賢治と隠し念仏との関係は、*羅須地人協会の活動の挫折の一因とも考えられ、この地方の隠された民間信仰の実態も含めて、これから解明されるべき課題の一。

懸垂体《けんすいたい》【文】 懸垂とは、まっすぐたれ下がること。詩［春の雲に関するあいまいなる議論］に登場する「あのどんよりと暗いもの／温《(ぬる)》んだ水の懸垂体」とは、雨雲から垂直に落ちてくる雨の形容と思われそうだが、そうではなく、春の温《ぬる》んだ水分をたっぷり含んだ雲の形姿。化学では*コロイドなどの懸濁（液）をサスペンション（suspension）と言う。数学で懸垂線（状）の曲線をカテナリー（catenary）、あるいはカテナリアン（catenarian）と言うが（電車の架線を「カテナリ吊り線」と言う）、これは太さと重さが等しいロープの両端を上部に固定した際の、そのロープの中間が重力によって描く曲線、ないしその曲線体を表わす語。賢治の「懸垂体」はそれに近く、むくむくとゆれ動く黒雲のカテナリアンの形態をそう表現したものと思われる。しかも賢治はその雲をすぐ続けて「あれこそ恋愛そのものなのだ」と繰り返し、「春の感応」とも歌う。つまり「春」や「雲」はここでは官能的な、ただちに蠱《こ》惑《わく》的な女体を連想させるイメージでもある。この詩はそうした魅力に満ちている。詩［「温《(ぬる)》く含んだ南の風が」］の下書稿㈠［*密教風の誘惑］に出てくる「懸吊体《けんちょうたい》」の語も「懸垂体」と同義で用いたものと思われる。この二つの詩（下書稿㈠と下書稿㈡最終形）がまた妖しい官能性と敬虔な光照性との拮抗《きっこう》する（互いにはり合う）不思議なイメージに満ちている。→ニムブス

元政上人《げんせいしょうにん》【人】 俗名、石井*元政。江戸前期の詩・歌・文に秀でた日蓮宗学僧。彦根藩士だったが二六歳時に出家、京都深草《ふかくさ》に瑞光寺を建立、「深草上人」とも呼ばれた（一六二三〜一六六八）。帳［雨ニモマケズ］一三七頁に「何故に／砕きし骨の／なごりぞと……」の高潔な歌を賢治が写しているのは、元政上人が身《み》延《のぶ》山（→七面講）の御骨堂で得た歌に強く感動してのことと小倉豊文は『「雨ニモマケズ手帳」新考』で言う。

原生動物《げんせいどうぶつ》【動】 動物分類上の一門で単細胞からなる最も下等な動物鞭《べん》虫類、アメーバ（アミーバー）、ゾウリムシ等の総称。肉眼で見られないほど微小で、他の動物に寄生するものが多い。童［*ビヂテリアン大祭］に「動物の中の原生動物と植物の中の細菌類とは殆んど相密接せるもので」とある。

巻積雲《けんせきうん》【天】 雲級の一。絹積雲。シロキューミュラス（cirrocumulus）。俗称「鰯雲《いわしぐも》」「鯖雲《さばぐも》」「うろこ雲」「かつお雲」。*巻雲とは違って平均の高さ五〇〇〇m程度の中層雲に属する。『気象学』（岡田武松、一九二七）には「雲の小さな団塊又は濃淡なく、若しあっても極く少い白片が群集し或は時には併列するものである」とある。詩［青森*挽歌］に「巻積雲《けんせきうん》のはらわたまで／月のあかりはしみわたり／それはあやしい*蛍光板《けいくわうばん》になつて」とある。この雲は大気中に細胞状の渦巻きが生じて形成される。二〇世紀初めフランスのベナールがアルミニウム粉を用い細胞状渦の形成実験をした。日本でも昭和初期、寺田寅彦が実験研究を試みた。「鯖雲」は詩［*丸善階上喫煙室小景］に「そらにはうかぶ鯖の雲」、「*うろこ雲」は歌［一二二］に「うろこぐも月光を吸ひ露置きてばたと下れる*シグナルの青」の他、短［うろこ雲］や童［月夜のでんしんばしら］に、「かつお雲」は「*アザリア」第三号発表の歌に「あかりまど*かつを雲来てうかゞへば嗤《(わら)》ひいでたる編物の百合」とある。

巻層雲《けんそううん》 →巻雲《けんうん》

県属《けんぞく》 ↓羽田県属《はたけんぞく》

眷属《けんぞく》、**眷族**《けんぞく》 ↓波旬《はじゅん》

原体《げんたい》【農】 本来の意味は、もとの状態（原状）を指すが、賢治の原体とは、植物の胚のことを指すのであろう。詩「*穂孕期《ほばらみき》」に「その水いろの*葉筒《はづつ》の底で／けむりのやうな一ミリの羽／淡い稲穂の原体が／いまこっそりと形成され」とある。固有名詞の「*原《はら》体村《たいむら》」とは、むろん別。

ケンタウル祭《けんたうるさい》【天】 童「*銀河鉄道の夜」に登場する銀河の祭。初期形を見ると、「七星祭」や「星曜祭」（共に根拠のない名ではない。七星は中国の星学で*北斗七星のことであり、七曜とも言う。つまり「北斗七星の祭」を想定し、その言い換えとして「星曜祭」を思いついたか）に書き換えたりもしている。ケンタウルの名は同作品中に「ケンタウルス、露をふらせ」とあり、春の南天星座、ケンタウルス座（Centaurus）のドイツ語 Kentaur であろう。この星座はおとめ座の真南にあり、*南十字の真北に位置する広範囲にわたる星座。α星、β星はともに*天の川中にある一等星で、同星座の南端近くに位置し、日本からは見えない。α星は一八三九年にヘンダーソンによって、視差（地球が太陽の周りを公転することによって生じる、星の天球上における位置のずれ）による最初の距離測定の行なわれた星（四・三光年）として名高い。一九一五年にはインネスによって、α星の伴星が見つかり、太陽（↓お日さま）に最も近い星として、プロキシマの名が付けられた。同星座の球状星団（老人星の大集団、銀河宇宙の周辺部に点在する）、ωは同種星団中最も明るいもので、古くは一つの星と見られていた。銀河宇宙NGC5128は、強力電波源ともなっており、中央部を横切る太い暗黒帯で有名である。ギリシア神話のケンタウロスは、上半身が人間で下半身が*馬である怪人一族の総称で、*いて座のケイローンもこの怪人である（童「銀河鉄道の夜」で*ジョバンニが町の時計屋の飾り窓で見る「銅の人馬」もジンバでなくケンタウルスと読むべきだと言う高野睦の読みは正しい。「十代」15巻、12号）。賢治が目にしたと思われる天文書を見ると、『肉眼に見える星の研究』（吉田源治郎、一九二二）にはすでにプロキシマのことが書かれているが、表記は「センタウルス」である。当時の若手研究者の*山本一清も「センタウルス」を使っている。一戸直蔵《いちのへなおぞう》の『星』（一九一〇）、*日下部四郎太《くさかべしろうた》の『天文学汎論』（一九二二）等は「ケンタウルス」の表記である。歌「四六一の次」にはすでに「わがうるはしき／*ドイツたうひは／とり行きて／ケンタウル祭の聖木とせん」（聖木《せいぼく》は祭祀の聖なる木）とある。童「銀河鉄道の夜」の場合も、舞台が超土俗の舞台であるだけに、イタリアの古い都市国家フィレンツェ等、ヨーロッパに広く行なわれてきた、守護神、聖（洗礼者）*ヨハネを祭る聖ジョヴァンニの祭（六月二四日。異教時代の夏至の祭を起源とする）の影響も考えられる。市民は白い着物をまとい、*ラッパ等の楽器を鳴らしながら行列し、宝石や*ガラス器等の宝物を街角に展示する。賢治の思想や好みの中には、イタリアの一七世紀の社会思想家トマソ・カンパネラ（↓カムパネルラ）の影響もあり、中世末期イタリアの都市共同体（コムーネ）思想への憧憬も見られるが、彼のケンタウル祭も、日本の七夕祭とこのジョヴァンニの祭が結びついたものかもしれない。

ケンタウルス座

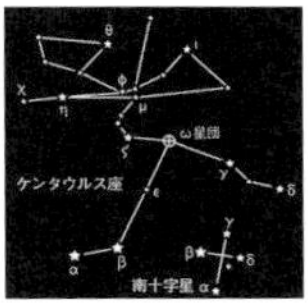

ケンタウルス ↓ケンタウル祭《けんたうるさい》

源太ヶ森《げんたがもり》【地】 源太ヶ岳のことか(東北地方では森は小高い山の意味にも使う)。源太ヶ岳は八幡平《はちまんたい》と*岩手山を結ぶ裏岩手縦走路の中央、大深岳《おおふかだけ》(標高一五四一m)の東方の尾根を言う。七九七(延暦一六)年征夷大将軍 坂上田村麻呂《さかのうえのたむらまろ》が、家来である霞ヶ源《かすみがげん》太忠義《たただよし》等を見物につかわした山という伝説がある。それをふまえた歌[三七五]に「*蜘蛛の糸／ながれて／きらとひかるかな／源太ケ森の／碧き山のは」とある。

懸吊体《けんちょうたい》 ↓懸垂体《けんすいたい》

喧澄な《けんちょうな》 ↓喧《かしま》びやしく

幻燈《げんとう》【文】 スライドの古い呼び名。「マジック・ランタン(magic lantern)」の訳語として明治の初めにその名が普及したが、江戸後期の享和《きょうわ》年間(一九世紀初頭)からオランダ渡来の「写し絵」として行なわれていた。一七世紀、ドイツ人キルヒャーの発明したもの。映画(↓活動写真)以前、特に明治時代に一般に流行したが、当時から視覚教材として学校でも盛んに活用され、今日に至っている。童[*雪渡り]の「その二(*狐小学校の幻燈会)」では、「お酒をのむべからず」「わなを軽べつすべからず」「火を軽べつすべからず」という三つの題で、狐小学校の先生と思われる紺三郎が生徒に幻燈を見せており、狐の学校の生徒に対する楽しい教育幻燈会の場となっている。童[*やまなし]では、「五月」と「十二月」の「小さな谷川の*底を写した二枚の青い幻燈」によって、視覚的幻想の世界が創出されている。ここには、動かない一枚の視覚的映像から、動かないことでかえって空想をかき立て、繰り広げられる動的音楽的幻想世界が鮮やかに描かれ、賢治文学の特質の一面がよく表れている。詩[青い*槍の葉]にも登場。↓レンズ

検土杖《けんどじょう》【鉱】【文】 検土の杖《つえ》、とも。*土性調査の用具。長さ一～一・五mの特殊鋼製の丸棒で、先端に縦の溝がついており、これを地中に突き刺し回転させながら土を取り出して調べる。「あとは五人でハムマアだの検土杖だの試験紙だの*塩化加里の瓶だの持って」(童[或る農学生の日誌])、「*銅を探らんわれならず／検土の杖はになへども」(文語詩[〔霧降る*萱の細みちに〕])等。試験紙とは土壌の酸性やアルカリ性を調べるリトマス試験紙をはじめ、ヨードカリ(ヨウ化カリウム)試験紙、澱粉試験紙を言う。

検土杖

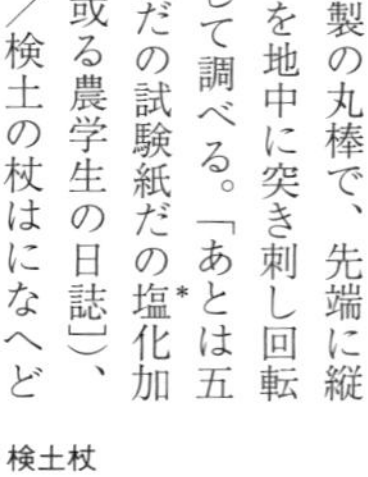

建仁寺《けんにんじ》 ↓徳玄寺《とくげんじ》

源の大将《げんのたいしょう》 ↓疫病除けの「*源の大将」《やくびょうよけの「みなもとのたいしょう」》

剣舞《けんばい》【民】 念仏剣舞。*鹿踊りと同様に岩手県に広く分布、それぞれ町村名等を冠して保存されている郷土芸能。笛・太鼓・鉦等の囃方《はやしかた》に八～十数名の踊り子で組を作り、お盆に各家の仏に回向《えこう》供養をして回り、かつては町へも門付《かどつけ》に繰り出した。踊りは浄土信仰の所産である南無阿弥陀仏を唱えつつ踊る念仏踊りに、修験道《しゅげんどう》(山伏《やまぶし》)の呪術的な所作《しょさ》が併合されて芸能化されたものと言われる。地域によって*鬼の面をかぶる鬼剣舞、少女の踊る雛子《ひなこ》剣舞、鐙《あぶみ》をつける鐙剣舞等、いろいろな種類がある。賢治が一九一七(大正六)年の秋の江刺《えさし》郡*土性調査の旅の途中で出会った原体剣舞(↓原体村《はらたいむら》)、*上伊手《かみいで》剣舞は、江刺地方で少年によって踊られる羽根子《はねこ》剣舞と言

剣舞

われるもので、初めて見るこの剣舞に強烈な感動を受けた。それが歌［原体剣舞《はらたいけんばい》連《れん》］［上伊手剣舞連］となり、のちのち詩［原体剣舞連］、詩ノート［〔火がかゞやいて〕］等のダイナミックな詩的再現となり、短［泉ある家］や童［*種山ヶ原］、劇［種山ヶ原の夜］等の題材となっている。むろん、初体験以後、賢治は剣舞を数多く見ているはずで、それが独自のリズミカルな形象化となり、かつ土俗のエネルギーと彼内面のデモーニッシュな修羅意識が一体となって昇華されている。なお、詩［塚と風］に「*神楽の剣舞のやうに」とあるのは「神楽《しんがく》」と称する剣を持って踊る山伏神楽《かぐら》の踊りのことで、剣舞自身この「神楽」の影響も強いとされてはいるが、ここで言う剣舞とは、別のものであろう。↓剣舞供養碑《けんばいくようひ》、神楽《かぐら》

剣舞供養碑《けんばいくようひ》【民】 *剣舞《けんばい》の供養碑。剣舞はふつう、踊り手八〜十数名、笛・太鼓各二〜三名でチームが組まれる。昔は新しい踊り組が結成されてから満三年目に先輩・師匠への追善供養の意味で、踊り供養の儀式を行ない、碑を建立したと言う。したがって踊り組の所在地に一、二基の供養碑がそろっている所が各地に見られる。*鹿踊りにも同様の供養碑が見られる。帳［雨ニモマケズ］一六四頁のスケッチ中央の丘の上に「剣舞供養」の碑が図示されている。賢治が病床で羽黒山《はぐろさん》（出羽三山、同手帳一六三頁）に剣舞供養碑を建立したいという願望を絵にしたものか。↓出羽三山の碑《でわさんざんのひ》

帳［雨ニモマケズ］
163〜164頁

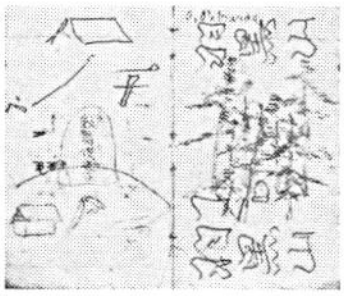

玄米《げんまい》【食】 もみ殻を除いただけの精白していない米。くろごめ。蛋白質、脂肪、ビタミン類に富む。古来、そのまま蒸したり煮たりして常食とされたが、元禄時代（一六八八〜一七〇〇）ごろから精白した白米を食べることが一般的になった。精白の際、胚の一部も除去されるため、白米は玄米に比べて栄養価が低い。そのため玄米食は健康食として推奨されているが、味や消化吸収に劣るという欠点もある。賢治の簡［419］にも、「いままで三年玄米食（七分《しちぶ》搗《づき》）をうちぢゅうやりました。（中略）私はそれがじつにつらく何べんも下痢しましたが」とある。また帳［雨ニモマケズ］五二頁には、「一日ニ玄米四合ト／*味噌ト少シノ／野菜ヲタベ」とある。玄米四合は一日の摂取量としては、ずいぶん多いと思われるが、それだけの労働量と副食物の少なさを考慮に入れるべきだろう。なお「四合」の読みは「シゴウ」が正しく「ヨンゴウ」は慣用。なお、第二次大戦後、この［雨ニモマケズ］が教科書に採用されたおり、「玄米三合」に直されたことは早い時期に小倉豊文（『「雨ニモマケズ手帳」新考』一九七八）や、後年には押野武志（『宮沢賢治の美学』二〇〇〇）などが指摘しているが、国定教科書『中等国語一』（一九四七年二月）の編纂時に、連合国総司令部民間情報教育局から、折からの米の配給制度に合わせ「玄米三合」にするよう指示があったという当時の教科書編纂委員石森延男の回想を中地文が紹介している（「教育面における「賢治像」の形成」『修羅はよみがえった』二〇〇七）。ほか簡［365］等。

見聞得受持《けんもんとくじゅじ》 ↓無上甚深微妙法《ムージャウジンジンミミャウハウ》

見惑塵思《けんわくじんし》【宗】 けんなくじんし、とも読む。見惑は四《し》諦《たい》（↓無明《むみょう》）の理に惑《まど》って（とまどい迷って）起こす邪念。塵思は汚れた邪念（↓心塵身劬《しんじんしんく》）。詩［*海蝕台地］に「見惑塵思の海のいろ」とある。その邪念の色が、精進潔斎《しょうじんけっさい》であるべき「斎時《（さいじ）》（↓斎食《さいじき》）の春の胸を嚙む」（かき乱し惑わす）のである。

こ

こ →馬《うま》こもみんな今頃《いまごろ》ぁ…

来《こ》【方】 来《こ》い。来なさい。命令形。古語の名残り。「おみち、ちょっとこさ来《こ》」(ちょっとここに来い)、短[十六日]等の例が見られる。

ごぁんすた →それがらおうぢ《じ》の…

小石川《こいしかわ》 →責善寮《せきぜんりょう》

こいづば鹿《しか》さ呉《け》でやべか【方】 こいつは*鹿にくれてやろうか。「呉《け》」は「ける」(あげる・呉《く》れてやる)の連用形。「べ」は意志を示すが、問いかけの終助詞「か」によって婉曲な表現になる。童[*鹿踊りのはじまり]。

恋はやさし野辺の花よ《こいはやさしのべのはなよ》【音】 作曲者はスッペ(ズッペとも。Franz von Suppé 一八一九～一八九五、ダルマチア(現在のクロアチア)生まれのオーストリアのオペレッタ作曲家)。オペレッタ「ボッカチオ」(正しくはボッカッチョ Boccaccio)中の代表曲。Habïch nur deine Liebe(ドイツ語なのは台本がそうだから。ツエルとジュネーの合作、三幕物)。日本語訳は当時浅草*オペラの多くの訳詞を担当した小林愛雄《よしお》の名訳によるもの。一九一六(大正五)年に帝国劇場でローシー演出による「ボッカチオ」が上演され、この歌が大ヒットした(楽譜は同年セノオ楽譜で出版)。雑貨屋の娘(実はトスカナ公の娘)が詩人ボッカチオへの恋心を訴える歌。詩[*岩手軽便鉄道 七月(*ジャズ)]は、終列車の驀進《ばくしん》と震動をコミカルに描いた作品であるが、「列車はごうごう走ってゆく」「接吻《キス》をしよう《(ママ)》と詐欺《さぎ》をやらうと／ごとごとぶるぶるゆれて顫へる窓の*玻璃《ガラス》」「恋はやさし野べの花よ／一生わたくしかはりませんと／騎士(→十字軍の騎士)の誓約強いベースで鳴りひびかうが／そいつもこいつもみんな*地塊《ちかい》の夏の泡」と、浅草オペラの印象を何度も繰り返し使っている。小林訳の歌詞は「恋はやさし野辺の花よ／夏の日のもとに朽ちぬ花よ／熱き思いを胸にこめて／疑いの霜を冬にもおかせぬ／わが心のただひとりよ」である。歌手の*田谷力三も晩年までこの歌で人気を博していた。

小岩井農場《こいわいのうじょう》【地】 一八九一(明治二四)年創業の日本最大の民間総合農場。*盛岡市の西北一二km、*岩手山の南麓に位置し、総面積三〇〇〇ha。創業者井上勝《まさる》、出資者岩崎彌之助《やのすけ》、後援者小野義真《ぎしん》の頭文字を読みやすく逆に並べて命名された。当初井上が経営し、のち岩崎が代わった。地質が火山灰地、標高二〇〇～六二〇mの寒冷地という悪条件に加えて、経営的にも幾多の困難と屈折があったが、働く農民も月給制で、大胆な西洋式農法と近代的植林、洋種畜産業を取り入れて日本になかった大農場、牧畜・酪農のメッカとして今日に至っている。現在は小岩井農牧株式会社経営。賢治はしばしばここを訪れたが、彼を魅了したのは日本離れした北欧の大農場を思わせる近代的雰囲気と、愛してやまない*岩手山麓に開けた広潤な自然環境であった。歩きながら、

小岩井農場本部(1903年)
(『小岩井農場の四季』より)

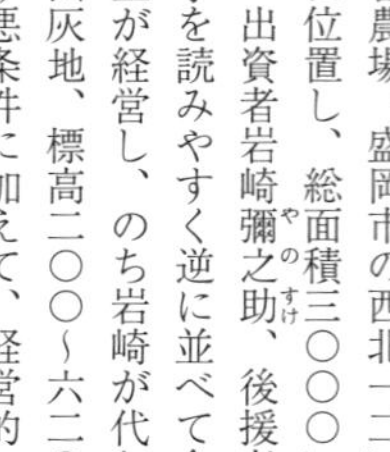

いながらにして悲惨な現実からしばし脱け出て、*異空間を経験しているかのようなここでの時間は、夢と限りない想像力を彼に開放したと思われる。ことに『*春と修羅』第一集の前半には、この農場へのハイキング体験が大きな影を落としている。第一集巻頭の詩「*屈折率」、続く「くらかけの雪」（→くらかけ山）は一九二二（大正一一）年一月六日、この農場の*耕耘《こううん》部まで用事で来た時の経験がモチーフになっており、しかし、ここには前進することへの祈りにも似た決意と、それへの不安がみごとに形象化されている。その名も詩「小岩井農場　パート一〜九」は同年、五月二一日のハイキングのスケッチで（但し、最近の岡沢敏男の調査報告「モンタージュされた詩『小岩井農場』」〈「宮沢賢治研究 Annual Vol. 7」一九九七〉によれば、この詩は当時の作業日報の記録等から、賢治は五月七日〈日〉にも小岩井農場へ来場した可能性があり、五月七日と二一日の経験がモンタージュされたものではないか、との指摘もある）、小岩井駅より農場を抜け、*柳沢《やなぎさわ》を通り滝沢《たきざわ》（→滝沢野）から汽車に乗って帰る予定であった。作中「冬にはこゝの凍つた池で／こどもらがひどくわらつた」「ふゆのあひだだつて雪がかたまり／馬橇《ばそり》も通つていつたほどだ」等、一月六日の記憶はしばしば幻想と交錯する。「あのときはきらきらする雪の移動のなかを／ひとはあぶなつかしい*セレナーデを*口笛に吹き／往つたりきたりなんべんしたかわからない」とあり、冬に来た時に、一種の屈折した孤独感に賢治がとらえられたことは明らかで、いわば詩「小岩井農場」は、「すべてさびしさと悲傷とを焚」きながら前進することに自らを投企しようという決意を、具体的に歩行スケッチという方法とリズムによって直写する実験だったわけだが、途中で屈折した人間関係の泥沼に引き戻され（パート五・六下書稿）、雨が降るに至ってハイキングは結局、孤独感から立ち直れないままに終了する。この作品は、下書きに*ベートーヴェンの名が見え、また「どうしてかわたくしはここらを／*der heilige Punkt と」、すなわちベートーヴェンが「田園交響曲」を作曲したハイリゲンシュタットをふまえた「神聖な地点」に擬している、という表現も見られ、自然と人間の一種の万物照応を、「田園交響曲」（交響曲第六番）風に、すなわち音楽のもつ内的な時間とリズムによって詩に取り入れようとする野心的な実験だったことになる。この作品の文学的評価は必ずしも高くないが、この方法そのものは後に*挽歌群の諸作でみごとに詩的時空を創出することで実を結んだと言えよう。童「*おきなぐさ」もここを舞台にした童話で、農場の名がしばしば登場する。ほかに歌「四の次の次」、短「*秋田街道」、童「*狼森と笊森、盗森」等。なお小岩井農場周辺は*柏の多い地帯で、童「かしはばやしの夜」等の舞台とも言われている。→第六交響曲《だいろくこうきょうきょく》

汞　こう　【鉱】　水銀のこと。賢治の用例から判断するに、水銀と汞と使い分けている可能性がある。詩「ローマンス（断片）」では「月のあかりの汞から／咽喉だの胸を犯されないやう／よく気を付けて待つててください」とあり、詩「*風の偏倚《へんい》」では「（虚空は古めかしい月汞《げっこう》にみち）」とあり、これは板谷《いたや》栄城《えいき》によれば、アバタ状になったさびた亜鉛板に水銀を塗ったものを念頭においた表現だと言う。また、帳「雨ニモマケズ」九一頁には「幾条／の曲面／汞の／如く」ともある。これらの使用例での汞は概して有害なイメージが強い。水銀の場合には色彩表現の比喩であり有害なイメージはない（例えば童「*やまなし」では「それはゆれながら水銀のや

うに光つて」とある)。詩[ローマンス(断片)]で考えてみた場合、「月のあかりの汞から／咽喉だの胸を犯されないやう」に「あの綿火薬のけむりのことなぞ／もうお考へくださいますな」との表現が続くことから、「綿火薬のけむり」と雷酸水銀(起爆薬の一種)との関連が推定される。雷酸水銀は硝酸水銀とエチルアルコールとの化合物で、おそらく雷酸水銀によって生じる「綿火薬のけむり」で「咽喉だの胸を犯され」るとは、恋などの比喩であろう。→水銀

劫 こう【宗】 ごう、とも。カルパ(梵語 kalpa)を音訳した「劫《こう》波《は》」の略。無限・永遠の時間を表わす。仏教における時間の最大の単位。最小は刹那。「百千万劫《ごう》」(短[復活の前])、「*塵点の劫」(帳[雨ニモマケズ])、「劫初《こうしょ》の風」(詩[〔南のはてが〕]下書稿(二))等。賢治には劫《こう》を梵音で劫《カルパ》と読ませる例も多い。詩[風景とオルゴール]に「劫《カルパ》のはじめの風」とあり、詩[*海蝕台地]に「古い劫《カルパ》の紀念《(ママ)》碑である」とあるほか、童[*ビヂテリアン大祭]に「無量の劫《カルパ》の昔から」等とある。なお、「劫初」=「カルパのはじめ」は、この世のはじめを意味するが、仏教では宇宙の成立から消滅までを成劫《じょうこう》(生成の時代)、住劫《じゅうこう》(平和な時代)、壊劫《えこう》(破滅の時代)、空劫《くうこう》(破滅の後の空虚な時代)の四期に分け、それを四劫《しこう》と呼ぶ。「劫初」は「成劫」をさすと考えてよい。

講 こう【宗】 仏典を講義する法会、または仏、祖師等の徳を讃嘆する法会。文語詩[講后《こうご》]における講とは、大沢温泉夏期仏教講習会における講話のこと。賢治の父*宮沢政次郎らを中心とする「花巻仏教会」のメンバーが協力して、毎年夏、大沢温泉(当時*稗貫郡湯口《ゆぐち》村、現*花巻市)において仏教講習会を開催。講師として村上専精《せんじょう》、近角常観《ちかずみじょうかん》、釈宗演《しゃくそうえん》、*暁烏敏《あけがらすはや》ら一流の仏教家、仏教学者を招いた。「われ師にさきだちて走りのぼり、／峯にきたりて悦び叫べり」(「講后」)の「師」は*島地大等と推定される。詩稿裏面に「大等印象」のメモがある。また、ノート[文語詩篇]の和歌年月索引中、中学三年夏休みの項に「島地大等氏／山上雲」とあり、この「山上雲」というメモは、詩句「そが上に雲の峯かゞやき立てり」「しかはあれかの雲の峯をば／しづかにのぞまんはよけん」(「講后」)と対応するとみられ、大沢温泉夏期仏教講習会に島地大等が講師として招かれた折の思い出を文語詩化したものと思われる。栗原敦によれば、一九一一年夏の大沢温泉における島地大等の講話は八月四日より一週間開催された(八月八日付の「岩手日報」記事による)とのことである。

恍 こう【レ】 文語詩[幻想]に「母の像恍とうかべり」とある。恍惚《こうこつ》の恍は、うっとり、という意もあるが、ここでは、ぼうっと、ぼんやり、の意。母の姿がぼうっとうかんだ。

業 ごう【宗】 梵語 karman(カルマン)、karma(カルマ=「羯磨」と音写)の漢訳。行為を意味する。行為といっても「身体のはたらき」のほか、「言葉のはたらき」「心のはたらき」を含み、それぞれ身業、口業《くごう》、意業と言う。童[*二十六夜]に「業とは梵語でカルマといふ《(ママ)》て、すべて過去になしたることのまだ報《むくい》となってあらはれぬを業といふ、善業悪業あるぢゃ」(「いふて」は「いひて」のウ音便ゆえ、正しくは「いうて」)とあるように、これらの業が因となり、現世や未来に果(報い)をもたらす。また業は過去から未来へ存続してはたらく一種の力とみなされる。善業は楽の、悪業は苦の報いを受け、時間的にだけでなく、国土といった空間も人間の業によって形成される、という考えが賢治にはあり、詩[〔北い

っぱいの星ぞらに〕」の「*衆生の業にしたがふもの」、詩［*装景手記］の「一つは衆生の業による」等はその例。ほかに時空の例では、詩［〔夜の湿気と風がさびしくいりまじり〕］に「そらには暗い業の花びらがいっぱいで」、詩ノート［*ドラビダ風］には「業《カルマ》は旋《めぐ》り／日は熟す」とある。

公案《こうあん》【宗】 一般用語としては公文書の案件にも言うが、詩［渇水と座禅］に「めいめい同じ公案を／これで二昼夜商量する」とあるのは、禅宗で参禅者に出すテーマ。それを二昼夜かけて商量する（商《はか》り案じる、よく考える）、という意。

斯《こ》う云《い》ふにならんす【方】 こういうふうになるんです。「斯う云ふ」の後に「具合い・様子」といった語が省略されている。「ならんす」は「なる（り）あんす」（なります）が訛ったもの。劇［植物医師］。

耕耘《こううん》【農】 耘《うん》とは、雑草を除去すること。田畑を耕し草を取ること。古くは『続日本紀《しょくにほんぎ》』に「男勤耕耘」（男《おのこ》は耕耘に勤《いそ》しむ）とある。賢治の場合、詩［*小岩井農場］に「きれいにはたけは耕耘された」とあるほか、「耕耘部」が出てき、童［耕耘部の*時計］にも「*農場の耕耘部の農夫室」とある。「耕耘部」は農場の農耕部門のこと。

耕耘部《こううんぶ》 ↓耕耘《こううん》

交会《こうえ、きょうかい、こうかい》【宗】【レ】 仏教語。仏縁により人と人が結ばれること。詩［*心象スケッチ *退耕］に「あらたな交会を望んで」とある。なお、詩［作品番号一一六 津軽海峡］に「二つの潮の交《こう》会点《かいてん》」とあるのは、地理測量上の用語か。寒流と暖流の交わるところ、の意。

光炎菩薩《こうえんぼさつ》【宗】 「太陽マヂツク」とともに、太陽（↓お日さま）に対する賢治の命名。詩［*小岩井農場 パート四］に「光炎菩薩太陽マヂツクの歌が鳴つた」、童［*イーハトーボ農学校の春］に「光炎菩薩太陽マヂックの歌はそらにも地面にもちからいっぱい、日光の小さな小さな菫や橙《だいだい》や赤の波といっしょに一生けん命に鳴ってゐます」と登場する。*華厳《けごん》経世間浄眼品《せけんじょうげんぼん》第一に出てくる浄慧光炎自在王《じょうえこうえんじざいおう》菩薩あたりが発想源か。この*菩薩は太陽を意味する毘盧遮那仏《びるしゃなぶつ》（↓華厳《けごん》）に伴う二〇人の菩薩中の一人で、それぞれ毘盧遮那仏の像を表わしている。↓お日さま《おひさま》、月天子《がってんし》

校歌《こうか》【文】 歌［七五］に「風さむき岩手のやま（↓岩手山）にわれらいま校歌をうたふ」とある校歌は*盛岡中学校（↓白堊城《はくあじょう》）校歌（一九〇八年制定）のこと。「世に謳はれし浩然の…」に始まる歌詞を「軍艦マーチ」の曲で歌った。童［或る農学生の日誌］の*修学旅行の津軽海峡で「みんなは校歌をうたってゐる」のは*花巻農学校の生徒に擬した主人公からして賢治作の［花巻農学校精神歌］らしく思われる。なお、この未完成童話に出てくる主人公には苦手の「行進歌」も賢治作の曲［*黎明行進歌］か曲［角礫《かくれき》行進歌］（↓コングロメレート）のどちらかを暗示しているようである。↓応援歌《おうえんか》

光環《こうかん》【天】 光冠とも書く。*コロナ（corona）。薄い雲によって、*月や太陽（↓お日さま）の周りに現われる二、三重の小さな輪。雲の中の水滴によって起こる光の回折現象。ふつう輪の内側が青、外側が赤くなる。光の回折は一七世紀のグリマルディの発見だが、ニュートン（↓ニュウトン）系の光の粒子説ではうまく説明できず、これが一九世紀初めのイギリスの医者で物理学者トマス・ヤング（Thomas Young 一七七三～一八二九）による光の波動説復活につながった。詩ノート［〔光環ができ〕］に「光環ができ／軟風《かぜ》はつ

めたい西にかはった」とある。詩［三原　第三部］中の「石炭のけむりのやうな雲が／（中略）／いま落ちたばかりのその日のあとの／光る雲の環《わ》（→雲環《うんかん》）もみんなかくしてしまひます」は、はたして光環かどうか不明。

広軌《こうき》【文】 鉄道のレールの幅が標準軌間（一四三五㎜）よりも広い軌道。ただし、日本では新幹線以外の在来線の軌間（狭軌、一〇六七㎜）を基準として、それより広いものを指して言う。新幹線以前には日本には広軌はなかった。詩［〔中風に死せし〕］に「*蕗《ふき》の茎たつ長方形の草地をば／みなことごとに截《き》りとりて／広軋にせんと云ひしとか」とあるが、この詩は帳［GERIEF印］一七、一八頁の鉛筆走り書きの文語詩で、旧校本全集では「広軋」の軋を軌の誤記とし、新校本全集では「広［軌］」と校訂している（文庫版全集は軌）。たしかに「広軋《こうあつ》」では意味不明だし、「広軌」と読んだにしても、全体の詩句からは、「広軌」の意味はあいまいである。線路の意ではなく、漠然と「広くする」意で用いたか。

浩気《こうき》【天】【文】 *顥気、灝気とも。浩然の気の略。広々と大きな気。『*孟子』の公孫丑《こうそんちゅう》篇の「吾善養吾浩然之気」（吾《われ》善《よ》く吾《わ》が浩然の気を養う）が有名。賢治の詩［軍馬補充部主事］には「浩然の大気」と出てくる。「気」は中国思想の根本理念の一で、本来生命力や活動力、またそれらの根源となるもの。天地、人体に満ちていると考えられていた。宋学《そうがく》（張載《ちょうさい》、程明道《ていめいどう》、程伊川《ていいせん》、朱熹《しゅき》〈*朱子〉等）以降は、「気」は物質の素材としての一面を背負うようになった。清末の譚嗣同《たんしどう》は西欧の*エーテル概念を取り入れ、「以太（エーテル）」は「考えうるすべての世界のなかに充満し、あらゆるものを密着させ、あらゆるものに貫流し、相互の脈絡をつける物質、きわめて大きくありながら、しかもきわめて精微なる物質であり、形象・音声・臭味もない物質であり、つまりは、物質的世界のみならず、精神的世界をも、かくあらしめている根元的存在なのである」（『気の思想』小野沢精一《おのざわせいいち》ほか、一九七八）とした。これは賢治の個性的な使い方としての「*光素」や「*モナド」「*微塵」の内容とほとんど一致する。一二世紀の朱熹の『朱子語類』には人間の死について次のような説明がある。すなわち人は呼吸するたびに体内の「気」を放出し、これがなくなった時に死亡するのだという説明である。彼によれば、物質及びその活動力（エネルギー）、人間の感性や*精神といった能力、これらすべてが「気」なのであって、その成り立ちを規定しているのが「理」なのだという。この朱熹の「死」の説明は、死をモナドの減少とするライプニッツと交錯するし、死者の国（*異空間）との交信が、ある媒質を介して物理的にも心理的にも可能であると確信していた賢治の世界観ともつながっている（→電子）。電磁気学の影響を受けた賢治は「真空」（→虚空）を、何もない空間と考えていたのではなく、勢力《エネルギー》（*電気）の満ちた空間ととらえていた。唯心主義者でもあった賢治にとって空間は「電子」とオーバーラップする形での「気」や「*モナド」「エーテル」に満ちた空間なのである。詩［*春と修羅］の「*ZYPRESSEN 春のいちれつ／くろぐろと光素《エーテル》を吸ひ」などの光素は、「気」と区別しがたい。詩［県技師の雲に対するステートメント］には「黒く淫《みだ》らな*雨雲《ニムブス》に云ふ／小官はこの峠の上のうすびかりする浩気から／（中略）／*心塵《しんじん》身劬《しんく》ひとしくともに濯《あら》はうと」とある。この「浩気」も、自然の生命力（エネルギー）を物質的に表わしたもので、「淫ら」の語に見られるように性欲（生命力の一）とも当然結びついてくる。賢治の愛

用する「顥《こう》(灝)気」「熒気《けい》」(→顥気)も意味的にはほとんど同じ。→顥気《こうき》、息《いき》

顥気、灝気《こうき》 【天】【文】 顥(灝)は白く光る意。転じて天空の広々として明るいさま。浩に同じ(→浩気)。賢治はまた「熒気《けい》」も同じような意味で用いる(熒はトモシビ、火の光)。気とは前項にあるように、中国哲学(特に朱熹の朱子学〈→朱子《しゅし》〉)では宇宙万物を構成する霊的質量を言う。*モナドや*アトムに通じる概念。森鷗外の*アンデルセン原作の名訳『即興詩人』(一九〇二)にも「八面皆碧《へき》色《しょく》なる顥気《かうき》にして」とある。賢治はいつも天空と海底とを同じイメージでとらえるが(空・海一如《いちにょ》)、詩[*空明と傷痍《しょうい》]は「顥気の海の青びかりする底に*立ち」とある。これは「*気層の底」や「*気圏の海」と同類の表現。なお、詩[*北上川は熒気をながしィ]」の下書稿には「熒気」の代わりに「澋気」が登場(「灝」の誤記か)。詩[原体剣舞連](→原体村《はらたいむら》)にも「青らみわたる澋気《(ママ)》をふかみ」(ふかみ、は…が深いので)とあって、これも同様「灝」の誤りだが、新校本全集は「灝」に、文庫版全集は「顥」に直している。ちなみに灝の原義は空の汁、転じて同音の顥(白い天辺の気=浩気)と同義に用いる。また杉尾玄有《げんゆう》によれば「澋気」は、これも鷗外訳のゲーテ『ファウスト』(一九一三〈大正二〉年)から賢治はもらったと言う。ゲーテに傾倒した賢治の側面をくわしく論じている杉尾の発見であろう。→浩気《こうき》

高気圧《こうきあつ》 →サイクルホール

紅教《こうきょう》 【宗】 チベット仏教(旧称ラマ教)の旧派のこと。ラマ教とは主としてチベット(→ツェラ高原、トランスヒマラヤ、魔神)で行なわれている仏教のことで、八世紀中ごろ*インドから*密教が伝えられて以来、密教的色彩の濃い仏教が発達した。ラマ教の旧派が紅教と呼ばれるのは、旧派の僧が紅衣《こうえ》・紅帽を用いるからで、それに対し、新派は黄教《こうきょう》と呼ばれ黄衣《こうえ》・黄帽を用いる(中国では紅と黄は異音)。一四世紀末ツォンカパは、従来の堕落したラマ教(旧派)を改革するために、厳格な戒律的教義をもつ新派を立て、チベット仏教を興隆させた。現在インドに亡命中のダライ・ラマはその一四代目の後継者。詩[痘瘡《(とうそう)》]に「こゝらの乳いろの春のなかに/奇怪な紅教が流行する」とある。この場合「奇怪な紅教」とは「乳いろの春」の季節感も伴ってセクシャルな雰囲気をも暗示し、少しも唐突な異和感がなく、かえって新鮮でさえある。習俗的には*疱瘡や麻疹の患者に昔は赤の衣類を用いたことからの連想であろう。当時のことわざにも「赤い物を使えば疱瘡軽し」とあるように(→けっと)、発疹《はっしん》を抑えるのに、より強力な真紅色が効果的と信じられていた。日本の江戸期の草双紙《くさぞうし》の一、子供向けのお伽噺《とぎばなし》の「赤本」の赤い表紙の色も、子どもの疱瘡を治す色として親たちに人気があったという。ちなみに、「ラマ教」は英語 Lamaism をはじめヨーロッパでの呼称で、チベット人は用いない。サンゲーキーチョエ、またはダムバイチョエと自称する(中村元著『仏教語大辞典』による)。→疱瘡《ほうそう》

紅玉《こうぎょく》 →ルビー

鋼玉《こうぎょく》 【鉱】 コランダム(corundum)。酸化アルミニウムからなる。硬度九。六角柱や六角錐状の結晶。綱玉のうち紅色透明なものを紅玉(ルビー)と呼び、青色透明なものを青玉(サファイア)と呼ぶ。質の良いものは宝石として扱われる。硬度九と硬いことから、宝石質でないものは研磨剤や軸受けなどに用いられ

る。岩手県大東町《だいとう》(現一関市)の蓬莱《ほうらい》鉱山に径数ミリ程度だが青色のサファイアが産出する。賢治は鋼玉をサファイアと同意に使っている。童[*銀河鉄道の夜][*インドラの網]等に登場。(↓口絵㊱)コランダム(ルビーとサファイア)は賢治の当時から合成品が商業化されていた。合成に成功したフランス人の化学者ヴェルヌイユにちなんで、ヴェルヌイユ法(火炎溶融法)と言う。↓サファイア

曠原淑女《こうげんしゆくじょ》【レ】 曠原(広原、ひろびろとした野原)の淑女の意。野良仕事に励む男性を「曠原紳士」(童[*ポランの広場]等)と呼ぶように、女性をそう呼んだ造成語。「曠原」は賢治の愛用語。詩[〔日脚がぼうとひろがれば〕]の下書稿の題は[曠原淑女]、詩中に「曠(校本全集は目扁の「曠」)原の淑女よ」という一行がある。

曠原風《こうげんふう》 ↓曠原淑女《こうげんしゆくじょ》

耿々《こうこう》【レ】 きらめき光るさま。詩[〔雪と飛白岩《*ギャブロ》の峯の脚〕]等に出てくる。

貢高《こうこう》【宗】 ぐこうとも。おごり高ぶる心。詩[*装景手記]に「たとへば維摩詰居士《*(ゆいまきつこじ)》は/それらの青い鋸《(のこぎり)》を/人に高貢《(ママ)》の心あればといふのである」(貢高を逆に表記)とある。貢高という語は、維摩経(↓維摩詰居士)仏道品第八の「我心憍慢《がしんきょうまん》の者には、為に大力士を現じて、諸《もろもろ》の貢高を消伏《しょうぶく》して、*無上道に住せしむ」に見えるが、賢治の詩句との関連から言えば、仏国品第一にある舎利弗《しゃりほつ》と螺髻梵王《らきつぼんのう》との問答の方がより近い。「舎利弗の言《いわ》く『われ此の土を見るに、丘陵《きゅうりょう》・坑坎《きょうこん》・荊棘《けいきょく》・砂礫《されき》・土石《どしゃく》・諸山《しょせん》・穢悪《えあく》充満せり』と。螺髻梵王の言《(いわ)》く、『仁者《にんじゃ》心に高下有りて仏慧《ぶつえ》に依らざるが故に、此の土を見て不浄と為すのみ。(中略)仏の知慧に依れば、則ち能く此の仏土の清浄《しょうじょう》なることを見る』」。舎利弗にとってこの国土(岡や穴や荒れはてた土地や穴ぼこや砂、小石、土、石、山)が不浄に見えるのは、心に高下があって仏の智慧で見ていないためであり、仏の智慧で見るならば、この国は幾百、幾千という珍しい宝でもって厳かに飾られた清らかな国土である、というのである。賢治の詩句の〈青い鋸〉とはおそらく山並みの稜線を表現したものであり、仏国品第一に見える〈諸山《しょせん》〉に対応すると思われる。また、帳[雨ニモマケズ]には「警　貢高心/警　*散乱心」とあり(警はイマシメル)、童[*ビヂテリアン大祭]には「仏弟子の外皮を被り貢高邪曲の内心を有する*悪魔の使徒」とある。邪曲(ジャゴク、ジャギョクとも。文庫版全集「キョク」)はよこしまで曲がった心。↓上慢《じょうまん》

向興諸尊《こうこうしょそん》【宗】 *日蓮が示寂《じじゃく》(死去)に際して後継者と定めた「六老僧」のこと。日向《にこう》、日興《にっこう》、日照《にっしょう》、日朗《にちろう》、日頂《にっちょう》、日持《にちじ》。雑[法華堂建立勧進文]に「向興諸尊ともろともに」とある。

黄昏《こうこん》【天】 たそがれ。たそがれの語源は「誰そ彼れ(は)」で、夕方の薄明で人の区別のしにくいこと。逆に明け方の時間を「かわたれ(彼は誰)」という。英語のトワイライト(twilight)。童[まなづるとダアリヤ]は夕暮れの卓越した描写をもつことで知られているが、「太陽(↓お日さま)は一日かゞやきましたので、丘の*苹果《(りんご)》の半分はつやつや赤くなりました。/そして薄明(↓薄明《はくめい》穹《きゅう》)が降り、黄昏《こうこん》がこめ、それから夜が来ました」の一節がある。童[*インドラの網]でも「いつか薄明は黄昏《(たそがれ)》に入りかはられ、*苔の花も赤ぐろく見え西の山稜の上のそらばかりかすかに黄いろに濁りました」とある。同種の表現が詩[*阿耨達池幻想曲《(あのくだっち)》]にもある。詩[山火《(やまび)》](初行「風がきれぎれ…」)も夕暮れを美しく描き出した作

品で、「こんどは風のけじろい外《そ》れを／*蛙があちこちぼそぼそ咽《むせ》び／舎生が潰れた*喇叭を吹く／古びて蒼い黄昏である／…こんやも山が焼けてゐる…」の一節がある。「けじろい」のけは接頭辞、しろいを強めている。舎生は寄宿舎（寮）生。

光厳浄《こうごんじょう》【宗】【レ】 光《ひかり》厳浄、とも読めるが、厳浄は仏教用語で、荘厳《しょうごん》で清浄《しょうじょう》なこと。それに光を冠した賢治の宗教的造語としてコウゴンジョウと読みたい。詩［晴天*恣意《しい》］に「…同じい大*塔婆／いたゞき八千尺にも充ちる／光厳浄の構成です」とあるのは、*積雲をそびえたつ仏塔に見立て、それが青空に光を浴びている荘厳な様を表現したもの。

虹彩《こうさい》【科】 詩［*真空溶媒］に「虹彩はあはく変化はゆるやか」とあって、虹《にじ》の七色の彩《いろどり》の意に用いたと思われるが、もともとは眼球のひとみのまわりの円盤状の薄膜《はくまく》を虹彩（アイリス→イリス）と言い、外光の量を調節し、映像を鮮明にするはたらきを指す。一般に日本人のそれは茶褐色、西洋人のは帯緑色とされている。詩［海鳴り］（［*牛］先駆形）に「*月は黄金の虹彩をはなつ」、同［〔澱《たま》った光の*澱《おり》（→澱《よど》）の*底〕］には「雲がしづかな虹彩をつくって」とある。

光酸《こうさん》【科】【レ】 おそらく造語か。光の*酸。大気を*コロイド溶液として把握する賢治らしい感覚表現。あたかも輝きふりそそぐ光が物たちをまぶしく照らし、一瞬光に溶けるようなさまを酸を当てて感覚的に表現したかったのかもしれない。ス［四三］に「雲の傷みの重《おも》りきて、／光の酸をふりそゝぎ、／電線小鳥　肩まるく、／ほのかになきて溶けんとす」とあり、詩［*おきなぐさ］に「幾きれうかぶ光酸の雲」とある。

公算論《こうさんろん》【文】 確率論の旧称。見込み、確からしさの度合いを数理的に扱う数学部門の一。詩［〔落葉松の方陣は〕］に「公算論のいかもの」とある。「いかもの」は「いかさまもの」、にせもの。

公子《こうし》【レ】 貴公子。若殿。賢治自身の十代の恋愛体験を歌った文語詩［公子］は、やや揶揄《やゆ》的な（若くて世間知らず、といった）ニュアンスがある。同じく文語詩［*林館開業］の最終行「公子訪《と》へるはあらざりき」は公子を星くず《スターダスト》ではない、それこそほんもののスターにたとえている。

糀《こうじ》【食】 麹とも書く。酒、*味噌、醤油などの原料。米、*麦、*豆、ぬかなどを蒸《む》して、こうじ菌を繁殖させたもの。醤油や味噌に近い匂いを発する。詩［〔温《ぬる》く含んだ南の風が〕］に「熟した藍や糀の*にほひ」とある。藍《あい》はタデ科の一年草で、紅の小花が咲く前に葉を刈りとり発酵させて染料とするので、ここではその染料の強いにおいであろう。→インデコライト

格子縞《こうしじま》【衣】 格子模様（チェック）の織物。詩［〔たまたまにこぞりて人人購《あがな》ふと云へば〕］に「黄格子縞の外套」、童［*茨海《バラウミ》小学校］に「青い格子縞《かうしじま》の短い上着」が出てくる。

膠質《こうしつ》【科】【天】 *コロイドに同じ。「東京の明るい賑かな*柳*並木明滅の膠質光のなかで」（*保阪嘉内あて簡［153］）が好例だが（都会のよどんだ空気の中で明滅するネオンや街々の燈を指すものと思われる）、より広い空間のイメージを「膠質」でとらえたものが目立つ。「わづかに波立つその膠質の黄いろの波」（詩［*浮世絵展覧会印象］）とか、「膠質な影のなかを」（詩［金策］）、「礫《れき》もなければあんまり多くの膠質体もないのです」（詩［三原　第二部］）等も、似たイメージと言えよう。コロイド化学は賢治の存在哲学、宇宙

観にも大きくかかわっている。↓コロイド

鉱質インク《こうしついんく》【文】【レ】 インク(日本ではインキとも言った)は染料に*硫酸鉄や*タンニン酸等を混合させているので「鉱質」を冠したのであろう。ために二ュニークな科学的材質感が出ている。『春と*修羅』の[序]に「紙と鉱質インクをつらね」とある。

膠質光《こうしつこう》 ↓膠質《こうしつ》

口耳の学《こうじのがく》【レ】 仏教読み(呉音)ではクジ、クニの学とも。耳で聞いた知識を、そのまま自分の考えのように人に言うこと。受け売りの学問。詩[野の師父]に「口耳の学をわづかに修め」とある。「わたくし」のことを謙遜して言っている。次行の「鳥のごとくに軽佻《(けいちょう)》な」(軽はずみな)に対応する。

劫初《ごうしょ》 ↓劫《こう》

光象《こうしょう》 ↓*光素《こうそ》

膠状《こうじょう》【科】 コロイドに同じ。狭義には*ゲル状コロイドのこと。父宮沢政次郎あて簡[43]にある「膠状化学」は、さしずめ「コロイド化学」と言い換えてもよい性質のものであろう。↓膠朧体《こうろうたい》

鋼青《こうじょう》【レ】 英語で言うスチールブルー(steel blue はがねいろ)だろうが、「*はひいろはがね」「*鋼青いろ」とともに、単なる色彩表現をこえた賢治の好きな感覚表現の一。童[*銀河鉄道の夜]中の「濃い鋼青のそらの野原にたちました。いま新らしく灼《や》いたばかりの青い鋼の板のやうな、そらの野原に、まっすぐにすきっと立ったのです」という描写にその比喩のイメージは明らかだが、これを強いて合理的に解釈すれば、鉄と炭素との合金である鋼《はがね》は灰白色だが、加熱加工して表面に生じる酸化被膜の色が賢治の言う鋼青に近い。だが作品のリアリティはそうした合理的解釈を超えている。それは単なる視覚的な色彩表現ではないからである。例えば*オリオン座の青色巨星群について、詩[東岩手火山](↓岩手山)には「オリオンの右肩から／ほんたうに鋼青の壮麗が／ふるえ《(ママ)》て私にやつて来る」とあり、詩[風林]には、「鋼青壮麗のそらのむかふ」、童[*インドラの網]には「空は早くも鋼青から天河石《アマゾンストン》(↓天河石)の板に変って」とあるように、いずれも、もはや比喩とは言えない硬質の鉱物的感覚のとらえた、ひろがり変幻する「鋼青」の実在である。ちなみに中原中也は賢治の詩について一九三四(昭和九)年に書いた文章で「主調色は青であり、あけぼのの空色であり、彼自身を讃ふべき語を以ってすれば、鋼青である」と評している。↓鋼青いろの等寒線《こうじょういろのとうかんせん》、はひいろはがね

鋼青いろの等寒線《こうじょういろのとうかんせん》【科】【レ】 詩[*空明《くうめい》と傷痍《しょうい》]に「おれの右掌《て》の傷は／鋼青いろの等寒線に／わくわくわくわく囲まれてゐる」とある。鋼青いろ(steel blue の訳)とは、鋼《はがね》の紫色を帯びた青さ(草下英明は「刃金青」の方が適切だと言う)。痛みを色で表現したと思われる。等寒線は、等温線と同義で、地図上で同じ気温の地点を線で結んだ曲線。↓鋼青《こうじょう》

庚申《こうしん》【宗】【民】 干支《えと》の一。かのえさる。庚申の日の夜、「庚申待ち(庚申会《え》とも)」と称し徹夜で庚申の神を祭る風習がある。庚申の神としては主に青面金剛《しょうめんこんごう》や*猿田彦《さるたひこ》が祭られるが、その神の姿や名を石塔に刻んだものが「庚申塚」。詩[郊外]に「毬をかゝげた二本杉／七庚申の石の塚」、文語詩[庚申]に「歳に七度はた五つ、／庚《(かのえ)》の申《(さる)》を重ぬれば、／稔らぬ秋を恐《かしこ》みて、／家長ら塚を理《おさ》めにき」(はたは、また)とある。帳[雨ニモマケズ]には「七庚申、五

庚申」のメモが見えるが、庚申の日は六〇日ごとに回ってくるので一年に六回あるのが普通である。しかし年によっては五回と七回の場合ができ、これを五庚申、七庚申と呼ぶ。前出の詩［庚申］にもあるように、五庚申と七庚申の年は凶作になると信じられていた。賢治が*羅須地人協会を開設して二年目（一九二七〈昭和二〉年）がこれにあたる。劇［*種山ヶ原の夜］には「あれ、庚申さん、あそごさお出やってら」〈「あの大きな青い星ぁ明の明星だべすか」〉（「あれ、庚申さんが、あそこに出ていらっしゃる」、「あの大きな青い星は明の明星ですか」）とあり、この場合の「庚申さん」は昴星《ぼう》（*すばる）のこと。賢治はしばしばすばる（昴、プレアデス）と庚申を結びつけるが、これはすばるが肉眼で六ないし七見えること、庚申が年に六ないし七回訪れる年もあることを結びつけたものである。詩［秋］には「赤い鳥居や昴《スバル》の塚や」、詩ノート［〔午はつかれて塚にねむれば〕］には「七庚申の碑はつめたくて」とある。また前出の詩［庚申］に両者の結びつきのわかりやすい説明がある。これも賢治における天文科学と宗教、あるいは土俗との混融の一例である。詩［〔そのとき嫁いだ妹に云ふ〕］を参照。ちなみに賢治も申年生まれ。

行進歌《こうしんか》 →校歌《こうか》、応援歌《おうえんか》

甲助　今朝まだくらぁに《こうすけ　けさまだくらぁに》 【方】【人】 『春と*修羅』第三集中の詩の一行目で、同詩の仮題。甲助よ、けさはまだ暗いのに、の意。全行方言詩。「たゞの雑役人夫」の甲助だが、「たった一人で*綱取《つなどり》さ稼ぐさ行った」り、「親方みだぃ手ぶらぶらど振って」〈「*三つ沢山の*松のむら…」の手前、「清水野《きよみずの》がら大曲野《おおまがりの》がら後藤《ごとう》野《の》ど」と「大股に」〉〈「一人で威張って歩って」いく、威勢のよい若者。

→江釣子森《えづりこもり》

剛性《ごうせい》 【科】 物質が外からの曲げ、ねじり、引っ張りに抵抗して耐える性質。気体や液体は剛性ゼロに近い。一方、物質が外部の力によって変形した場合、その力がなくなったとき、もとの形にもどる性質を弾性と言う。一般用語で、弾力性がある、ない、と言うのはこれである。気体や液体も弾性を持つ。なお、それぞれの程度を示す値を剛性率、弾性率と言う。詩［*装景手記］に「然るに地殻（→地塊）のこれら不変な剛性を」とあるが、同じ詩中に「けだし地殻が或る適当度の弾性をもち」「弾性率を地平がもてばいゝのである」とある。同じ詩中「地殻の剛さこれを決定するものは」とある「剛《かた》さ」は、剛性率にあたる。

孔石《こうせき》 →孔石《あないし》

洪積紀《こうせきき》、**洪積ごろ**《こうせきごろ》、**洪積台**《こうせきだい》 →洪積世《こうせきせい》

洪積世《こうせきせい》 【鉱】 地質年代の一。diluvium（→凡例「地質年代表」）。新生代第四紀の前半、更新世（二六〇万年前より一万年前まで）の別称。氷河時代とも呼ばれる。人類の先祖である猿人はこの洪積世の初めには出現していた。洪積世の地層は、火山灰、火山礫（→火山礫堆）、海岸段丘や河岸段丘の堆積物で構成されていた。詩ノート［〔洪積世が了って〕］に「洪積世が了って／*北上川がいまの場所に固定しだしたころには」とあり、童［或る農学生の日誌］には「*猿ヶ石川の南の平地は十時半ころまでにできた。それからは洪積層が旧天王（→キーデンノー）の安山集塊岩の丘つゞきのにも被さってゐるか」とある。「洪積層」は洪積世に堆積してできた地層で、童［*イギリス海岸］に「ただその大部分がその上に積った洪積の赤砂利やローム、それから沖積の砂や粘土や何かに被

われて見えないだけのはなしでした」とある。「洪積ごろ」(短[沼森])。「洪積台」(文語詩[眺望])は「洪積層」とほぼ同義。文語詩[(洪積の台のはてなる)]もある。

鉱染《こうせん》【鉱】　鉱染鉱床のこと。有用鉱物が母岩中に細かく散点して生じた鉱床。スカルン鉱床がその主な型で、マグマの活動に伴って発生する熱水により形成され、大規模な物質移動を生じた結果として形成される。詩[岩手軽便鉄道　七月(ジャズ)]に「白金鉱区の目論見は／鉱染よりは*砂鉱の方でたてる」とある。詩[鉱染とネクタイ]に「ところがどうして／空いちめんが*イリドスミンの鉱染だ」とあるが、この場合の用法は比喩的なもの。↓砂鉱《さこう》

浩然の大気《こうぜんのたいき》　↓浩気《こうき》

光素《こうそ》【天】【科】　賢治の宇宙観を支える最重要概念の一。光の粒子説に立つニュートンが、仮説として提示した光の最小単位。賢治は光素に*エーテル(ether)とルビをつけ(詩[春と修羅])、光素とエーテルとを同義として用いている。しかし、粒子である光素と、媒質としてのエーテルとは概念上対立するものなので、光素とエーテルとを同義とする捉え方は賢治独自の用法かと思われる。エーテルは光の波動説を支えるため欠かすことのできない存在であるが、賢治の用法には、粒子説的なところと波動説的なところが混在している。また、賢治の使う「*虚空《こくう》」「真空」は、エーテル(または*電子)の満ちた空間、すなわち勢力《エネルギー》の伝播《でんぱ》可能な空間である。エーテルは宇宙空間に充満し、しかも惑星等の運動を妨害せず、光や電磁波を伝播するものとして仮説された物質。アリストテレスは古代ギリシアの真空概念に反対しアイテール(永遠に駆けるもの)を加えた。エーテルの名は、色を光の媒質の振動変調とした一七世紀のフックが、その媒質に付けた名。同世紀末のホイヘンスは光の波動説(縦波《じゅうは》)を主張した。彼によれば光は微小であるが、硬く弾性に富んだ粒子《エーテル》の衝突《パルス》によって伝播する。ホイヘンス以後*ニュートン学派の影響が強く、力の持つ遠隔作用や光の粒子説が支配的となったが、一九世紀のヤング(↓光環《こうかん》)は波動説を復活させ、光を波長をもった連続波とし、光の干渉を説明した。その後フレネルは*偏光現象を光の横波説で説明し、フーコーは水中の光速度が空中より遅いことを証明、波動説はゆるぎのないものとなった。一方、一九世紀の電磁気学の発達によって、光(可視光)は電磁波の一種であることが証明された。J・J・トムソン(↓電子)らの研究により、物質は原子より小さい電子から成り立つこともわかり、エーテルは「物質」から電磁波を伝達する「媒質」へとその概念を変化させてきた。種々の性質からエーテルは宇宙に対して静止し、充満していなければならないが、それに対して運動している地球上にエーテルの風が吹くはずだとして、一八八七年マイケルソンとモーリーは干渉実験を行なったが、エーテルの風は検出できず、エーテルの存在そのものが疑問視されるようになった。これをローレンツは、一九〇四年に物体はエーテルに対する運動方向に収縮する(ローレンツ変換)と主張、この結果エーテルの存在は検出できないこととなった。そして、アインシュタイン(↓相対性学説)は一九〇五年特殊相対性理論の中でエーテル概念を無用なものとみなし、真空自体が光の媒質としての属性をになっているとした。これ以後エーテル概念は近年に至るまで全く姿を消してしまった。賢治が科学知識を吸収した大正期の科学書で

は、アインシュタインの説が紹介されているにもかかわらず、エーテル概念はまだあちこちで使用されていた。賢治の詩[春と修羅]には「ZYPRESSEN 春のいちれつ／くろぐろと光素《エーテル》を吸ひ」、詩「[春]変奏曲」下書稿(初行「ギルダちゃんたら」)に「古風なエーテルの輝きを／楔《くさび》のやうに二つに割いて」がある。賢治の好む「光の波」のイメージも、さきの波動説なしには考えられない。詩[滝沢野]の「光波測定の誤差から／から松のしんは徒長し」は、ローレンツ収縮をイメージしたのかもしれない。ス[四二]にも似た表現「光波のふるひの誤差により／きりもいまごろかゝるなり」がある。詩[痘瘡《とうそう》]下書稿には「光波の少しく伸びるころ」があるが、これは最終稿が「日脚」に変わっており、賢治が光の変化の原因に、波長の変化を考えていたことがわかる。ほかに詩[浮世絵展覧会印象]には「一乃至九の単色調／それは光波のたびごとに／もろくも崩れて色あせる」、簡[74]に「硅素もカリウムもみんな不可思儀《ママ》な光波(その波長の大さ《ママ》は誰も知らない。)の前に明《あきらか》に見られる」とある。「光の波」の表現は多く、童[十力の金剛石]の「青いそらからかすかなかすかな楽のひゞき、光の波、かんばしく清いかほ《ママ》り」をはじめ、童[台川][イーハトーボ農学校の春][チュウリップの幻術](→うっこんかう)等に、また、詩[北上山地の春]では「一本の光の棒が射してゐる／そのなまめいた光象の底」と、光象が造形化され、文語詩[林館開業]では「数寄の光壁」とある。ところで「光」はキリスト教では、万物中で最初に作られたとされ、光は神(あるいは神の言葉)や正しい生き方、その生命の象徴として用いられた。これに目に見えない物質エーテルの概念が結びつくとき、一種の神秘主義が生じる。エドガー・ポーの言葉を借りれば「…エーテルをとりあげる場合、われわれはそれを、精神または無と同類のものと扱いたい気持をどうすることもできない」(『催眠術の啓示』小泉一郎訳)のである。日本では山村暮鳥を中心に、一九一四(大正三)年ごろに萩原朔太郎、北原白秋等の間に神秘的な「光」のイメージが流行した。彼らによれば、光は神秘的絶対の象徴であり、スペクトルは各現象であり、それが言語というスペクトルを生じさせるプリズム(→三稜玻璃)こそが詩人の象徴であると理解していた。彼らはそれ以前の難解で深遠さを強調する日本の象徴詩の伝統に反対し、かつ神秘主義の伝統を受け継ぐことで自然主義に一線を画しながら、光とプリズム、そしてエーテルや金属、ラジウム等の近代科学のイメージを導入して、より明晰で近代的、そして直截《ちょくせつ》的な表現を詩の世界に持ち込もうとした。暮鳥の影響下にあった当時の朔太郎は「光の説」の中で「光は『形』でなくて『命』である。概念でなくてリズムである。光は音波でもある、熱でもある、ええてるでもある。所詮、光は理解でなくて感知である…」と彼一流の直観で記している。賢治もまた(はるかに科学的に)、外界を内在化するために、外界の情報としての「光」と、その媒質エーテルに多大な関心を払っていた。彼にあってはエーテル概念はしばしば精神の最小粒子モナドと重なった。

→エーテル、モナド

酵素《こうそ》 →エンチーム

楮《こうぞ》 【植】 古来織布《しょくふ》や和紙の原料として有名なクワ科の植物名。もと山地に自生する落葉低木だが、栽培もされ、高さ三m位まで伸びる。その樹皮を蒸《む》して製したものが木綿《ゆう》の繊維となり、紙の原料ともなった。今も紙の原料として重要な資源。葉は桑に似るがやや大形、春、若枝の基部に小花を多く咲かせ、やがてイチゴに似た甘い果実をつける。コウゾ(カウゾ)はカミソ(紙麻)の音便と注した辞書もあるが、異説もある。詩[*浮世絵展覧会印象]に「まっ白な楮の繊維を連結して」とあり、また、「あらゆる刹那(→劫《こう》)のなやみも夢も/にかはと楮のごく敏感なシートの上に/化石のやうに固定され」とあるのは、いずれも*浮世絵版画の刷られている厚手の和紙のイメージ。

更たけて《こうたけて》 【レ】 夜が更けて。→数奇《すき》の光壁更《こうへきこう》たけて

于闐《こうたん》 【地】 Khotan(ウイグル) 漢音ではウテイ。コータンはもともと中国新疆《しんきょう》ウイグル自治区のタリム盆地の南のオアシス名。住民はトルコ系。現在のホータン(和田)地区の中心都市を言う。ハンガリー生まれのイギリス人考古学者オーレル・スタイン(M. Aurel Stein 一八六二～一九四三)が一九〇一年に、中国へ渡来した経典の経由地ホータン周辺の廃墟を発掘した。童[*インドラの網]で主人公の私が見た三人の天の童子について「*天の子供らのひだのつけやうからそのガンダーラ系統なのを知りました。又そのたしかに于《コウ》闐《タン》大寺の廃趾から発掘《(ママ)》された壁画の中の三人なことを知りました」(堀は掘の誤り)とある。この童子たちは、スタインがミーランで*西域二回目の探検で発掘した有翼天使像をヒントにしたと思われる童[*雁の童子]と極めて近い関係にある。→雁の童子《かりのどうじ》

好地《こうち》 →飯豊《いいとよ》

耕地整理《こうちせいり》 【農】 土地利用と増収の目的で、土地の交換分合、形態変更、及び道路、畦《あぜ》(畔)、溝等の変更、干拓、埋め立て、*灌漑事業等を行なうこと。詩[〔しばらくだった〕]に「上流から水をあげて来て/耕地整理をやるってねえ」、「耕地整理になってゐるところがやっぱり旱害(→旱魃《かんばつ》)で*稲は殆んど仕付からなかった」(童[或る農学生の日誌])等とある。

甲虫《こうちゅう》 【動】 かぶとむし、とも。鞘翅《しょうし》目の昆虫の総称。甲はカブトでカブトムシ、コガネムシ等。体の外皮が固いのでその名が付いた。「ちぎれ雲ちひさき紺の甲虫のせなかにうつる山かひのそら」(歌[二五〇〈異〉])、「ポーセ(→チュンセ)の靴に甲虫《かぶとむし》を飼って」(手[四]は)。ほか、童[ポラーノの広場](→ポランの広場)、[*銀河鉄道の夜][*よだかの星][洞熊《ほらくま》学校を卒業した三人][畑のへり][初期形]」等に登場。

鋼砥《こうと》 →金剛砂《こんごうしゃ》

黄銅鉱《こうどうこう》 →青金《あをがね》《あおがね》

勾当貞斎(斉)《こうとうていさい》 【人】 あるいは、こうとうていさい、か。出所、ヒント未詳の人名(賢治表記は斉)。文語詩に[〔古き勾当貞斉《(ママ)》が〕]があるが、その下書稿には「名医小野寺青扇《(せいせん)》」となっている。ちなみに「勾当」は歴史的に古くは摂関家《せっかんけ》や宮中でのかなり高い官職名だったが、くだって江戸期には寺や神社の事務系の職名、あるいは盲人の官名(検校《けんぎょう》の下、座頭の上)であったりした。

高等農林《こうとうのうりん》 【地】【文】 盛岡高等農林学校(現岩手大学農学部)の略。一九〇三(明治三六)年日本で最初の官立高等農林学校として開校。賢治は一九一五(大正四)年、一九歳の四月、農学科第二部(のち農芸化学科)に首席で入学、第二部主任教授の*関豊太郎より特に教えを受けた。在学中、特待生、級長、旗手等になる。一九一八年三月卒業(卒論にあたる得業論文は「腐植質中ノ無機

盛岡高等農林学校

成分ノ植物ニ対スル価値」)。四月より研究生として*稗貫郡の*土性調査に従事。一九二〇年三月、研究生修了。関教授より将来助教授の話もあったが辞退したと伝えられる。ここで一応高農との縁は切れた。短歌創作、同人誌「*アザリア」での文芸活動、友人*保阪嘉内との精神的交流、初期断章や短篇の類も在学中に書かれた。第一作童話[*蜘蛛となめくぢと*狸」[*双子の星」が書かれたのも一九一八年、研究生の時の夏休みだった。「盛岡高等農林学校」名が登場するのは短[「旅人のはなし」から」(「アザリア」第一号、一九一七・七)。なお、現在敷地内には賢治の起居した自啓寮跡、当時の本館を修復した「農業教育資料館」等が残されている。↓盛岡《もりおか》

高等遊民《こうとうゆうみん》【文】　高等教育を受けていながら、職業につかない人。夏目漱石『それから』(一九〇九)には「職業の為に汚されない内容の多い時間を有する、上等人種」(三節)と定義され、同じ漱石の『彼岸過迄』(一九一二)の須永市蔵《いちぞう》、松本恒三《つねぞう》、『それから』の長井代助などが典型。漱石の言う「太平の逸民」もこれに近い。なお芥川龍之介『侏儒《しゅじゅ》の言葉』(一九二七)によれば「『振《ぶ》ってゐる』『高等遊民』『露悪家』『月並み』等の言葉の文壇に行はれるやうになつたのは夏目先生から」とある。賢治の盛岡中学の先輩、石川啄木も「遊民」の語を用いて時代を批評している(「時代閉塞の現状」一九一〇)が、大正期後半にロシア語の知識階級を表わす「インテリゲンチャー(略してインテリ)」という語が流行する以前の、明治末から大正期にかけて用いられた、どちらかといえば世俗への批判的な、ないし自嘲的な一種の流行語であった。賢治の童[*よだかの星」の*市蔵はその名も同じ前記『彼岸過迄』の須永市蔵と響き合う。詩[*不貪慾《ふとんよく》戒《かい》」には「そのときの高等遊民は／いましつかりした執政官だ」とある。

鉱毒《こうどく》【科】　鉱物の採掘や製錬の過程で流出したり浸透する有毒成分。農作物や生態系に被害をもたらすことが多い。史上足尾《あしお》銅山(栃木県)の鉱毒事件は有名。簡[250]に出てくるのは賢治が晩年関係した東北砕石工場(↓石灰)主とのやりとりの中でのこと。

行囊《こうのう》【衣】　郵便物を輸送する際に用いる袋。郵袋《ゆうたい》のことを古くはこう言った。詩[「プラットフォームは眩ゆくさむく」]に「小さな布の行囊や／*魚の包みがおろされますと」とある。

光波《こうは》　↓光素《こうそ》

厚播《こうはま》【農】　こうはん、とも言うが、耕地面積に対して種子を多く播くこと。広く播くのは広播。劇[植物医師」に出てくる。

鋼粉《こうふん》【科】【レ】　はがね(↓はひいろはがね)の粉。詩[「船首マストの上に来て」]に「その灼《や》けた鋼粉の雲の中から」とあるのは、赤く焼けた鉄粉のような雲の比喩。

香氛《こうふん》【レ】　氛は気に同じ。香気。かおり。補遺詩篇中の文語詩[「さあれ十月*イーハトーブは」]に「電塔ひとしく香氛を噴《ふ》く」とある。電塔は*電気の鉄塔か、電柱をそういったかであろう。

工兵《こうへい》【文】　旧陸軍兵種の一。築城、架橋、交通、坑道、爆破、照明、地形測量等の技術的作業に従事し、他兵種の援助をするほか、直接武器を取って戦闘を行なうこともある。童[月夜の*でんしんばしら」には「二本うで木《ぎ》の工兵隊」として登場するが、童[*銀河鉄道の夜」では「あ、あれ工兵の旗だねえ。架橋演習をしてるんだ」とあり、「空の工兵大隊」が「発破《はっぱ》」(↓口発破)をかける場面が描かれている。詩[*厨川*停車場」の*厨川《くりやがわ》には工兵大隊(五〇

〇人)が駐屯していた。

耕母《こうぼ》 【文】 賢治の歌曲に[耕母黄昏]がある。耕は酵の誤記と思われそうだが、歌詞が耕す母の姿だけに文字どおりの意味であろう。耕と黄の切ない踏音。

酵母《こうぼ》 【科】【レ】 イースト(yeast)。子嚢《しのう》菌類に属する菌類で、多くは白色円形または雲形。出芽または分裂によって増殖する。アルコール酵母、パン酵母等、発酵工業では不可欠の微生物。賢治は形と色とからの連想で雲に見立てたり、雪や吹雪(→吹雪《フキ》)に見立てたりする。ス[三七]では「はやくも酵母西をこめ／白日輪のいかめしき」、詩[五輪峠]では「酵母の雲に朧ろにされて」、詩[くらかけの雪]では「まことにあんな酵母《こうぼ》のふうの朧《おぼ》ろなふぶきではありますが」、[小岩井農場]では「(ゆきがかたくはなかったやうだ／なぜならそりはゆきをあげた／たしかに酵母のちんでんを／冴えた気流に吹きあげた)」とある。詩ノート[(じつに古くさい*南京袋で帆をはって)]には「そのばけそこなひの酵母の糞《(ふん)》を／町まで買ひに行かうと云ふのか」等ともある。

紅宝玉《こうほうぎょく》 →ルビー

好摩《こうま》 【地】 岩手県岩手郡玉山《たまやま》村(現盛岡市玉山区)の大字。旧玉山村は、石川啄木のふるさと、旧渋民《しぶたみ》村がある(一九四一年、玉山、藪川、渋民の三か村が合併)ことで知られる。村内(現区内)には、*姫神山《ひめかみやま》、早坂高原、*外山《そとやま》高原等があり、駅としては旧東北本線(現いわて銀河鉄道線)と花輪線の分岐点、好摩《こうま》駅(一九一八年開設)がある。渋民駅の開設は時代が下って一九四九(昭和二四)年である。一九一七(大正六)年一二月一六日発行の「*アザリア」第四号には、「好摩の土」と題する一〇首の短歌が載っている。「熱滋《(しげ)》くこゝろわびしむ、はれぞらを、好摩に土をとりに行くとて」等。詩[*小岩井農場 パート三]には「*白樺は好摩からむかふですと／いつかおれは*羽田県属に言つてゐた／ここはよつぽど高いから／*柳沢《(やなぎさわ)》つづきの一帯だ／やつぱり好摩にあたるのだ」とある。

光明顕色の浄瑠璃となし《こうみょうけんしきのじょうるりとなし》 →妄言綺語《もうげんきご》の淤泥《おでい》を化《け》して

光明偏照十方世界《こうみょうへんじょうじっぽうせかい》 【宗】 正しくは「光明遍照十方世界」。「観無量寿経」の中の句。「光明遍照」とは、仏徳の光が遍《あまね》く(偏はヒトエに、カタヨルで誤記)行き渡ることを、「十方世界」は、無数の多くの世界を言い、併せて、全世界に仏の功徳《くどく》が行き渡る意。ノート[文語詩篇]に「鐘うち鳴らす朝の祈り、*教浄寺の老僧 光明偏照十方世界」とある。

光霧《こうむ》 【天】【レ】 光る霧。光って見える「*高霧」。詩[*樺太鉄道]に「*鈴谷《(すずや)》山脈は光霧か雲かわからない」とある。

高霧《こうむ》 【天】【レ】 高い視程の霧を言う賢治の造語。地上や海上の水蒸気が凝結して雲や霧となる。雲より低く、地上や海上から一km以下の視程のとき霧と言い、それ以上は気象用語では煙霧と言って霧と区別する。高霧という気象用語はないから、賢治は高い視程の霧、または煙霧をそう呼んだのであろう。帳[兄妹像]に「あゝ野をはるに／高霧して」「高霧あえかに／山にかゝりき」とある。

紅毛まがひ《こうもうまがい》 【文】【レ】 外国人みたいな。江戸期にオランダ人をそう呼んだ(スペイン、ポルトガル人は南蛮人《なんばん》)ことから、ひろく欧米人をそう言うようになった。詩[(*秘事念仏の大元締が)]に「紅毛まがひの郵便屋」とある。

膏薬《こうやく》【科】 膏《あぶら》で練ったはり薬のことで、紙や布に塗って患部に貼付する。父*宮沢政次郎あて簡[5]に「例の膏薬すでに全快致され候や」とあるのは、新校本全集「校異」備考によると政次郎が「妙布」という膏薬をはってかぶれたことを指すとある。「妙《みょう》布《ふ》」は当時流行の商標名。

光耀《こうよう》【レ】 光輝に同じ。光りかがやくこと。ス[46]に「日輪光耀したまふを」「光耀礼讃」等。

高麗《こうらい》【地】 高句麗《こうくり》。朝鮮王朝の一。九一八年、王建が朝鮮北部に建国し、都を開城に置き、九三六年、朝鮮半島を統一。唐の制度を取り入れ、古代王朝再建を図り、国家鎮護の思想として仏教を崇拝し、朝鮮仏教の極盛期を招いた。しだいに特権官僚の抗争や農民の反乱が激化、蒙古の執拗な侵略を受けて一二五九年、属国となる。以来、元寇の主要基地とされ、一三世紀末からの倭寇《わこう》(倭は和に同じ。日本海賊の八幡船《ばはんせん》による掠奪を中国や朝鮮半島ではそう呼んだ)の侵入によって国勢は衰え、一三九二年李成桂に滅ぼされ、李氏朝鮮となる。文語詩[〔いたつきてゆめみなやみし〕]に「そのかみの高麗の軍楽、うち鼓《（こ）》して過ぎれるありき」とある。太鼓打ち鳴らし古《いにしえ》の高麗の軍楽隊もかくやと思わせる音色の意であろう。ちなみに日本では高麗をコマ(狛)とも言い、地名や伝来の文物等にその音を残すものが少なくない。

高陵《こうりょう、かおりん》【地】 中国音はカオリン。中国江西省景徳鎮《けいとくちん》産の陶器(九江焼《きゅうこうこう》)の原料である高陵石《カオリナイト》の産地。高陵石《カオリナイト》はカオリン鉱物(含水*珪酸礬土《ばんど》)を主成分とする粘土で陶磁器原料の粘土のうちで最も純粋なものとして重用された。童*[インドラの網]に「白いそらが高原の上いっぱいに張って高陵産の磁器よりもっと冷たく白いのでした」とある。↓高陵土《カオリンゲル》

黄竜《こうりょう》 ↓支那式黄竜《しなしきこうりょう》

膠朧《こうろう》、**膠朧光**《こうろうこう》、**膠朧液**《こうろうえき》 ↓膠質《こうしつ》

膠朧体《こうろうたい》【科】 *コロイドに同じ。片山正夫『化学本論』の「序言」にある「colloid は之を膠朧質とし、分かって朧状質及膠状質とした」に負うている。コロイド状の半透明なイメージを、質を体にして詩語としたのだろう。詩[停留所にてスヰトンを喫す]では、どんぶりの中のスイトンが「雲の形の膠朧体」と表現される。

↓膠質《こうしつ》

五蘊《ごうん》【宗】 色蘊《しき》、受蘊《じゅ》、想蘊《そう》、行蘊《ぎょう》、識蘊《しき》の五つを言う。蘊《うん》とは「集まり、集合」の意で学識の蓄《（たくわ）》えの深さを言う一般用語の「蘊蓄」の語源。物質と*精神から成る人間(*衆生)の存在を、五種の要素に分類したもの。色蘊は物質、すなわち身体のこと。受蘊は感情や感覚、想蘊は心に浮かべる像、行蘊は意志、識蘊は認識、の精神作用のこと。仏教では、人間の身心は五蘊の因縁によって仮に和合したものと考え、定まった本体はなく無であるとする。帳[雨ニモマケズ]一〇頁に「汝が五蘊の*修羅/を化《（け）》して或は*天或は/*菩薩或は仏の国土たらしめよ」とある。この修羅はまた種々の苦悩を生ずるので*魔とも名付ける。帳[雨ニモマケズ]八三頁。

五蘊魔《ごうんま》 ↓五蘊《ごうん》

肥《こえ》【農】 こやし。土地の養分を豊かにし作物の生長を助けるために田畑に施す肥料。*金肥、下肥《しもごえ》(人糞尿↓練肥《ダラ》)、*堆肥《たいひ》、*廐肥《きゅうひ》(以下の引用では廐の正字を用いた廏肥は、そのまま)等があるが、賢治作品の場合肥料とルビをふる場合(詩ノート[祈り])も含めて、「肥」は糞尿肥料を指す場合が多い。詩[〔あすこの田は

ねえ」」では「肥えも少しもむらがないし」とあり、詩ノート〔「萱草芽をだすどてと坂」」では「肥つけ馬（→廐肥《きゅうひ》）がはねるはねる」とある。また童［イーハトーボ農学校の春］では栝杓(ママ)で肥を麦にかければ」（栝杓は柄杓《ひしゃく》の誤り）とあり、童［狼森と笊森、盗森］には「馬の肥」（廐肥）とある。またこやしは、童［グスコーブドリの伝記］に「沼ばたけのこやし」等、例が多い。肥桶《こえおけ》（童［税務署長の冒険］では「肥樽《こえだる》」とある）は円柱形の桶で、天秤棒《てんびんぼう》でかついで下肥の運搬に用いたもの。これは劇［植物医師］のほか、童［イーハトーボ農学校の春］等に用いられている。なお「人糞尿」の記載は帳［MEMO印］六二頁に見られる。→肥料《ひりょう》、練肥《ダラ》

肥桶《こえおけ》 →肥《こえ》

廐《こ》**(廐)肥**《え》**つけ馬**《うま》 →廐肥《きゅうひ》

ゴオホサイプレス →サイプレス

氷相当官《こおりそうとうかん》 【科】 賢治の造語。水は自然状態でマイナス四〇度を超す極寒の中でも液相（→二相系）を保持する場合がある（→過冷却）。童［インドラの網］には「こいつは過冷却の水だ。氷相当官なのだ」とある。賢治は過冷却状態の水を氷と同位相にあるものとしゃれて、官庁語「官」をつけて擬人化し、氷相当官と呼ぶ。

氷窒素《こおりちっそ》 【科】 賢治の造語か。液体窒素の凝固温度はマイナス約二一〇度である。氷窒素とは、いわば窒素（→石灰窒素）の固形気体のこと。斎藤文一『宮沢賢治とその展開』（一九七六）によれば、一九二四年オスロ大学のラース・ヴェガードの論文「固形化された気体（窒素）から発する光と宇宙現象」は、まさに、一九二四（大正一三）年の賢治の詩『春と修羅』［序］中の「気圏のいちばんの上層／きらびやかな氷窒素のあたりから」の発想と全く同じものであると言う。

氷ひばり《こおりひばり》 →ひばり

五カイ《ごかい》 【宗】 五戒のこと。童［一九三一年度極東ビヂテリアン大会見聞録］に「コノヘンノボンゾサン、シャカブツ五カイ、マモルゴザイマスカ」とある。これは「この辺のお坊さんは、釈迦仏（→釈迦牟尼）の五戒を守りますか」との意味であろう。五戒とは、通常、在家の信者が守るべき五つの戒めのことを言い、出家者である僧侶が守るべきものは具足戒《ぐそくかい》と言う。五戒は次のとおり。①不殺生《せっしょう》戒（生きものを殺さないこと）、②不偸盗《ちゅうとう》戒（盗みをしないこと）、③不邪婬《じゃいん》戒（婬＝淫、淫欲にふけらないこと）、④不妄語《もうご》戒（嘘をつかないこと）、⑤不飲酒戒（酒を飲まないこと）。

コカイン 【科】 cocaine 麻薬の一。南方産のコカの葉から採取したアルカロイド（窒素を含む複雑な有機化合物の一群）で、無色無臭の結晶。アルコールや湯に溶けやすく、医薬として麻酔用等に用いる。文語詩〔「血のいろにゆがめる月は」〕に「柱列の廊をわたれば、／コカインの白きかほり(ママ)を、いそがしくよぎる医師あり」とあるが、「白きかほり」（旧かなで正しくは「かをり」）としたのは月の光の絡む感覚的な表現で実際は無臭。

黄金のあかごら《こがねのあかごら》 →くるみ

呼気《こき》 →息《いき》

鼓器《こき》 【音】 打楽器の賢治独得の呼称。詩［告別］では「皮革の鼓器」とあり、「幼齢　（幼齢の頃から、だから下は一字アキ）弦や鍵器をとって」とある「鍵器」（鍵楽器）に対応する。両者ともインドや仏教音楽の楽器を連想させるが、劇［ポランの広場］のオーケストラのにぎやかな牧者の歌の伴奏場面では登場人物の「鼓器

楽手」に、同じく「牧者」が「鼓器だけぢゃ仕方ない」から「鈙《（ママ）》でリヅ《（ママ）》ムだけとって」と頼む。「鈙」が何を指すのか不明だが、かりに鉦《かね》鼓(しょうこ)のことを指すのなら、青銅(↓ブロンズ)製の皿形の日本古来の雅楽の楽器。もともと仏具、あるいは仏教音楽で用いる平形(台につるしたり、台に置く)の楽器で、これも鼓器の一。鼓器という呼称一つにも洋、和、仏教の混交する賢治独自の雰囲気が出る。また「鈙」が「鈸」の誤記である場合も考えられよう。↓鈸《はつ》

胃《コキエ》 【天】 胃宿《ヰ(イ)シュク》。こきへ(え)ぼし。コキエの誤植か訛りの影響でエキエとも言う。星座二十八宿の一。おひつじ座の四十一番星と、その付近の小さな星をさす。*天の五穀をつかさどる星座で、片かなで表記されると外国語にも見えるが、中国名「胃宿」を日本読みにした「穀家《こくいへ》」が「こきえ」になったものと思われる。童「*なめとこ山の*熊」に「お*月さまの近くで胃《コキエ》もあんなに青くふるえ《（ママ）》てゐる」とあるが、草下英明は、「青くふるへてゐる」といわれるほど明瞭に見える星ではないし、また季節的にもおかしいと言う(『宮沢賢治と星』)。おひつじ座はおうし座の西にある晩秋の星座。白羊宮とも言う。『白羊宮《はくようきゅう》』(一九〇六)は象徴詩人薄田泣菫《すすきだきゅうきん》(一八七七〜一九四五)の詩集名で有名。なお、詩「孤独と風*童」に「東へ行くの？／白いみかげの胃の方へかい」とある「*みかげの胃」も、日が暮れて東天に出た*月の近くのコキエ星を「みかげ色」に見たてたのであろう。ただ、これには異説もある。

古期北上《こききたかみ》 【鉱】 北上山地の地質の表現。北上山地は日本で最も古い地層をもつ*古生層地域であり、北上南部にはシルル紀(デボン紀の前、四億四四〇〇万年前〜四億一六〇〇万年前までの地質時代)からペルム紀(三畳紀《トリアシック》の前、二億九九〇〇万年前〜二億五一〇〇万年前までの地質時代)の化石が出土する。詩「若き耕地課*技手《（ぎて）》の Iris に対する*レシタティヴ」(↓イリス)に「古期北上と紀元を競ひ／*白堊紀からの日を貯へる」とある。

ゴギノゴギオホン ↓ふくろふ

コキヤ 【植】 コキアとも。ほうきぎ、ははきぎ(帚木、ちなみに『源氏物語』第二帖の巻名)、ほうきぐさ(帚草)。学名 *Kochia scoparia* Schrad. に基づく。中国原産。畑に植栽されるアカザ科の一年草。使いよいほうきの大きさになり、乾かした茎はほうきとして古来愛用されてきた。小さな実は塩漬けにして食用にする(方言でトンブリ)がキャビアによく似ている。詩「冗語」に「コキヤや*羽衣甘藍《ケール》」とある。コキアの例は短「*花壇工作」に「*カンナとコキア、観葉種です」とある。

ホウキグサ

呼吸《こきゅう》 ↓息《いき》

古金《こきん》 【文】【レ】 日本では「古金」と言えば、一般的には昔の金貨や銀貨をさし、江戸期のものなら正徳《しょうとく》金(正徳四年につくられた金貨)、甲州金(甲斐の国で流通した金貨)のことを言ったが、詩「亜細亜学者の散策」に「日が青山に落ちやう《（ママ）》として／*麦が古金に熟するとする／わたしが名指す古金とは／今日世上一般の／暗い黄いろなものでなく／*竜樹菩薩の*大論に／わづかに暗示されたるもの」とあるのは、日本の金貨「古金」の意でなく(暗にそれを「暗い黄いろな」と否定的なイメージにしながら)、竜樹菩薩の大《だい》論《ろん》(『大智度論《だいちどろん》』の略)の暗示を受けた古金色なのだ、と言う。大塚

常樹《つねき》によれば、この『大論』中に示された、聖なる存在の三十二相の中の一、「金色の相」が、賢治の念頭にあるという(『宮沢賢治「心象の宇宙論《コスモロジー》」』)。夕陽に照らし出された麦の色は、金銭的な古金色などではなく、もっと荘厳、かつ生命力ある色、「むしろquick gold とも」呼びたいと言う。↓quick gold

鵠《こく》【動】 白鳥の漢名別称。古くはガンオウ(雁鴨)目、今はカモ(鴨)目の水鳥。大型で全長一・四m。全身純白で容姿優美。シベリアで繁殖し、東北地方に渡来する。中国はもちろん世界的に伝説・説話・歌劇等に登場する。童[林の底]に「尤も鷺や鵠は、今でもからだ中まっ白だけれど」とある。なお、妹宮沢トシの死を歌った「無声慟哭」群の中の詩[白い鳥]も、いわゆる白鳥伝説の影響が認められ、『古事記』のヤマトタケルノミコト昇天の神話や羽衣伝説、シューベルト(↓セレナーデ)の歌曲が代表するドイツの「白鳥の歌」伝説等と通底するものがある。

虚空《こくう》【宗】【天】 賢治は「そら」とも読ませる。「こくう」は仏教語で、虚(無)なる空間の意。大空、空中の意味が一般的だが、賢治の場合、むろん仏教的な意味を含みながら、はるかに科学的で独創的な使い方をしている。すなわち、エーテル(光素)の充満する(仏教でも虚空をあまねく満つる「遍満《へんまん》」の比喩として使うが)自然界の空間、あるいはその原理として用いている(↓電子)。また「真空」もほぼ同じ概念で、「光や熱や電気や位置エネルギー(中略)畢竟《ひっきょう》どれも真空自身と云ふ」(詩[五輪峠]下書稿)。メモ[思1]に「一、異空間の実在　天と餓鬼、分子(↓モナド)—原子—電子—真空」とあり、「真空」は異構成につながる「異単元」と線で結ばれている(後出の「真空異相」も異単元)。詩[海鳴り](「牛」下書稿)には「真空《バキアム》の鼓をとどろせ」(和製英語名の真空《バキューム》吸取車《カー》などなかった時代の vacuum〈vækjuəm〉に近い発音のルビ)とある。鼓《こ》は天《てん》鼓の意で雷。詩[阿耨達池幻想曲《あのくだっち》]には「…虚空こそ/ちがった極微(↓異空間)の所感体/異の空間への媒介者」とある。虚空の裂罅《ひび》(↓裂罅《れっか》)は異空間に通じ、エーテル(または電子)がその媒介者たる極微《ごくみ》(これも仏教語だが最小粒子の意)であるというのが賢治の考え。極微がいま少し科学的ニュアンスを帯びると「モナド」となる。詩ノート[〔銀のモナドのちらばる虚空《そら》〕]と題する詩がある。虚空とその裂罅《ひび》の描かれた作品には詩[阿耨達池幻想曲]、[早池峰山巓《はやちねさんてん》]下書稿、[異途《いど》への出発]等がある。このほか虚空は詩[風の偏倚《へんい》][〔その洋傘《かさ》だけでどうかなあ〕]、童[双子の星]、歌[七一九、七二二三]、簡[153]等に見られる。↓真空《しんくう》、電子《でんし》、モナド

黒業《ごくごう》【宗】 悪業《あくごう》と同義。白業《びゃくごう》(善業)の反対語。悪い報いを受ける人間の所業。文語詩未定稿[大菩薩峠の歌]に「黒業ひろごる雲のひま/その竜之助(介)」とある。ひろごるはひろがる。ひまは合間、隙間。↓竜之助《りゅうのすけ》(介)

国士《こくし》 ↓卓内先生《たくないせんせい》

国粋会《こくすいかい》 ↓政友会《せいゆうかい》

黒檀《こくたん》【植】 インド、マレー原産のカキノキ科の常緑高木。柿に似た葉や丸い実をつけるが、幹は直立し、樹皮は黒い。中身の材質も黒色で堅く、きめが密で磨くと光沢が出る。ために古来紫檀(したん、マメ科の常緑高木)と並んで装飾家具や楽器等に重《ちょう》用《よう》される。詩[習作]に「みきは黒くて黒檀まがひ」とあるのは、しかし野ばらのイメージ。

国柱会《こくちゅうかい》 【宗】 宗教団体名。「純正日蓮主義」を主張し、立正安国の実現を目指す、在家《ざいけ》仏教の団体。天皇崇拝、国体護持の思想が色濃い。一九一四(大正三)年、*田中智学により創設され、前身は蓮華会(一八八〇)、立正安国会(一八八四)。一九二〇年一二月*保阪嘉内あての簡[177]に「今度私は/国柱会信行《しんぎょう》部に入会致しました。即ち最早《(もはや)》私の身命は/*日蓮聖人の御物です。従って今や私は/田中智学先生の御命令の中に丈あるのです」、簡[178]に「どうか殊に御熟考の上、どうです、一諸《(ママ)》に国柱会に入りませんか。一諸《(ママ)》に正しい日蓮門下にならうではありませんか」とあり、賢治の国柱会に対する異様な傾倒ぶりが読みとられる。当時国柱会は、本部を静岡県三保の最勝閣に置き、東京での活動の本拠として、鶯谷《うぐいすだに》に国柱会館を建設(一九一六)、日刊紙の「*天業民報」(一九二〇)を発刊、布教活動を広げていた時期。一九三〇(昭和五)年より本部が現在の江戸川区一之《いちの》江《え》に移される。国柱会の教理を集大成したものが「本化妙宗式目《ほんけみょうしゅうしきもく》」(→妙宗式目講義録)、修行の軌範をまとめたものが「妙行正軌《みょうぎょうしょうき》」。簡[258]に「国柱会からパンフレットでも来たらお送りして」、簡[185]「上野に着いてすぐに国柱会へ」、簡[191の1]「今は午前丈或る印刷所に通ひ午后から夜十時迄は国柱会で会員事務をお手伝しペンを握《(ママ)》みつゞけです(握みは摑《つか》み)」とある。ほか、文語詩[国柱会]がある。

国柱会館(当時)

黒土《こくど》 【鉱】 チェルノゼム(chernozyem〈露〉)。黒色土とも。ステップ(無木の草原地帯)で一年草類が乾期に枯死して多量の腐植物が蓄積された黒色の土壌。地味が肥え、耕地に適し、東欧から中央アジアに至る黒土地帯(ウクライナ地方は有名)、アメリカ合衆国の大平原、アルゼンチンのパンパ等、世界の穀倉地帯に分布する。*石灰分に富み中性を示す。詩[若き耕地課*技手《(ぎて)》のIrisに対する*レシタティヴ」(→イリス)に登場。

黒白鳥《こくはくちょう》 【動】 黒鳥《こくちょう》(ブラック・スワン)の異名。旧ガンオウ(*雁鴨)目、今はカモ(鴨)目の水鳥。白鳥に似るが、羽が黒色で嘴《くちばし》が赤い。南オーストラリアとタスマニア島の原産で、日本でも動物園や公園などで飼育されている。詩[風景とオルゴール]に「黒白鳥のむな毛の塊《(かたまり)》が奔《(はし)》り」とある。

極微《ごくみ》 →異空間《いくうかん》

国民高等学校《こくみんこうとうがっこう》 【地】 岩手国民高等学校。一九二六(大正一五)年一月一五日から三月二七日まで、*花巻農学校に開設された。賢治は講師として「*肥料」および「*農民芸術」を担当したほか、夕食後*レコードによる名曲鑑賞をさせるなどした。ノート[文語詩篇]に「一月　国民高等学校」とある。→羅須地人協会《らすちじんきょうかい》

黒夜神《こくやじん》 【宗】 kāla-rātri(梵)の漢訳。伽羅囉底嘿と音写。黒夜天、黒闇天、闇夜天とも言う。中夜《ちゅうや》(亥《い》の刻〈午後十時〉から丑《うし》の刻〈午前二時〉)をつかさどる神で、*閻魔王《えんまおう》の妃の一人である。詩[原体剣舞連《はらたいけんばいれん》](→原体村)に「わたるは夢と黒夜神《こくやじん》」とある。

黒夜谷《こくやだに》 →慈悲心鳥《じひしんちょう》

黒曜石《こくようせき》 【鉱】 オブシディアン(obsidian)。岩石名としては黒曜岩。硬度五。流紋岩質熔岩の急激な冷却によって結晶化せずに生じた天然ガラスの一種。一般的には黒色が多く、半透明ないし不透明。割ると鋭い破断面を示し、古くから*矢じりやナイフ形石器として用いられた。童[*銀河鉄道の夜」では「夜のやうにまっ黒な盤」で「円い板のやうになった地図」として登場。ほかに童

*台川《だいがわ》］に、「向ふの崖の黒いのはあれだ、明らかにあの黒曜石のdyke だ」とある。台川の作品モデル周辺からは黒曜石の dyke は発見できないが、台川に接する万寿山から黒曜石の仲間である真珠岩の露頭が、細田嘉吉（『石で読み解く宮沢賢治』、二〇〇八）によって確認された。

黒曜ひのき《こくようひのき》 →檜《ひのき》

極楽鳥《ごくらくちょう》【動】 フウチョウ（風鳥）の別称。スズメ目フウチョウ科の鳥の総称。ニューギニアと付近の島に生息するが、翼長二二cmほどで、その雄鳥の飾り羽の背後へ垂らした色の多彩さと美しさは鳥類中随一とされる。詩［有明］（作品番号七三）に「滅びる最后《（ママ）》（後）の極楽鳥が／尾羽をひろげて息づくやうに」とある →化性の鳥《けしょうのとり》

小倉服《こくらふく》【衣】 もと、小倉（現北九州市小倉地区）産の木綿織物「小倉織」で製した服。経《たていと》（縦糸）が密で、緯《よこいと》（横糸）を数本合わせて厚く織ってあり、丈夫で男物の帯や袴、学生服、作業服の生地に用いた。明治後期から名は小倉服のまま、岡山や埼玉でも生産された。賢治のころ（第二次大戦まで）の学生服は全国的にこれで、校章の入った金ボタンつきだった。童［*茨海《バラウミ》小学校］に「黒い小倉服を着た人間の生徒」が登場する。詩［保線工夫］では工夫《こうふ》の作業服、短［十六日］では、鉱山の杭木の係りの若い妻のおみちが着ている。

国立公園《こくりつこうえん》【文】 賢治は詩［国立公園候補地に関する意見］の中で、*岩手山をその候補にし、ユーモラスな演出を描いてみせている。例えば *Ur-Iwate（ウル・イワテ）の*鞍掛山《くらかけやま》を「こゝは特に*地獄にこしらへる／愛嬌たっぷり東洋風にやるですな／鎗《やり》のかたちの赤い柵／枯木を凄くあしらひまして（中略）世界中から集った／猾《ず》るいやつらや悪どいやつの／頭をみんな剃ってやり／あちこち石で門を組む（中略）それで罪障《（ざいしょう）》消滅として／天国行きのにせ免状を売りつける／しまひはそこの*三つ森山で／交響楽をやりますな」といった具合。この「天国行きのにせ免状」とは、マルチン・ルターが教会の堕落だと攻撃した、売り物としての免罪符を念頭に置いたものだろう。岩手山は一九五六（昭和三一）年七月、八幡《はちまん》平《たい》国立公園に指定された。賢治のこの詩の約三一年後のことである。

刻鏤《こくろう》 →心塵身劬《しんじんしんく》

苔《こけ》【植】 一般にコケと言うときは、植物学上の苔類と蘚類、すなわち蘚苔《せんたい》類と、地衣《ちい》類（菌類と藻類との共生体）の総称。賢治作品にはかな、漢字両方の表記でにぎやかに登場（こげ、と方言でルビしたのもある）。例えば「その白つぽい厚いすぎごけの／表面がかさかさに乾いてゐるので」（詩［*鎔岩流］）とある「すぎごけ」は湿地に群生し、小さな鱗葉が*スギの葉に似ているのでその名がある。ほか「苔に蒸された花崗岩《みかげ》（→花崗岩《かこうがん》）」（詩［*五輪峠］）、「苔生えた／あの　玢岩《（ひんがん）》（→安山岩）の*残丘《モナドノック》」（詩［［高原の空線もなだらに暗く］］）、「むくむくの苔」（童［*十力の*金剛石］）、「苔の野原」（童［*鹿踊りのはじまり］）、「［灰いろの苔に靴やからだを埋め］」（詩［*鎔岩流］）、「ぎっしり白い*菌糸の網」（詩［［おい　けとばすな］］）等々、変化と色彩に満ちたイメージが多い。また、童［気のいい*火山弾］には「ベゴ石（→火山弾）の上の苔は（中略）赤い小さな頭巾をかぶったまゝ、踊りはじめました」と擬人化されている。なお色彩感といえば詩［*阿耨達池《あのくだっち》幻想曲］では「赤い花咲く

苔の氈*《せん》」(氈はカーペット)、童[「インドラの網*」では「苔の花も赤ぐろく見え西の山稜の上のそらばかりかすかに黄いろに濁りました」と、「苔の花」が出てくるが、実際は苔類には花は咲かない。葉の先から生じる細長い柄をつけた胞子嚢(種目によってさまざまな形姿と色合いを持つ)を、花に見立てたものと思われる。なお、賢治自身がコケラとルビをつけた「苔蘿」(たいら)が、詩[春](「〔祠《ほこら》の前のちしゃ*のいろした草はらに〕」下書稿㈠)に出てくる。辞書等にない語だが、こけらはうろこ(鱗)のことで、詩句の「銭のかたちの苔蘿《コケラ》をつける」にもぴったりだが、ただの鱗ではなく、鱗状の苔だから苔蘿と表記したのであろう。蘿だけならツタ(蔦)、つるくさの意。

苔の氈《こけのせん》　→苔《こけ》、氈《せん》

苔の花《こけのはな》　→苔《こけ》

こけもも【植】　苔桃。高山帯の日当たりのよい岩石地に生えるツツジ科の常緑矮小低木。北海道や樺太(→サガレン)では平地でも見られる。高さ一〇cmほどで草のように見える。夏にピンクの壺形の花をつけ、初秋に熟する果実は甘く酸味がある。食用や果実酒にする。「まつ青なこけももの上等の敷物《カーペット》」(詩[オホーツク挽歌*])、「こけももの暗い敷物/北拘盧州《*ほっくるしゅう》の人たちは/この赤い実をピックル*に入れ/空気を抜いて瓶詰にする」(詩[阿耨達池幻想曲*《あのくだっち》])、「たゞひとり暗いこけももの敷物《カアペット》を踏んでツェラ高原を」(童[インドラの網*])、「ここはこけももとはなさくうめばちさう」(詩[早池峰山巓*《はやちねさんてん》])等。

コケモモ

苔蘿《コケラ**》　→苔《こけ》

こげら【方】　こけら(鱗《うろこ》)の訛り。劇[種山ヶ原の夜*]の「楢樹霊《*ならこだま》」のセリフに「鮭*づもな銀のこげら生《お》がってるな」(鮭《さけ》というのは銀の鱗が生えているよな)とある。同じ発音で材木の表面を薄く削りとった「こけら」(新築の劇場での初興行を「こけら落し」というのもこれから来ている)の意にもなるが、鳥のコゲラ(小さな啄木鳥《きつつき》目、これは方言ではない)と時にまぎらわしくなる。

五間森《ごけんもり》【地】　五間ヶ森とも。標高五六九m。花巻市*の西方約一二km。大沢温泉(→講)のすぐ西にある山。詩[風景とオルゴール]に「わたくしはこんな過透明《*くわとうめい》な景色のなかに/松倉山*や五《ご》間森《けんもり》荒つぽい石英安山岩《デサイト》の岩頸《*がんけい》から/放たれた剽悍《ひょうかん》な刺客《しかく》に/暗殺されてもいいのです」とある。その理由は「わたくしがその木をきつた」から、すなわち聖物毀損の罰を受けて当然だということである。「放たれた剽悍な刺客」とは、突如襲いかかる荒くれのキラー(殺し屋)、といった意。

五五《ごご》【宗】　五、五百年の略。釈迦(→釈迦牟尼)入滅《にゅうめつ》後の仏教盛衰の状態を、一時期五〇〇年として五区分したもの。日蓮*に「如来滅後五五百歳始観心本尊抄《しかんじん》」がある。雑[法華堂建立勧進《こんりゅうかんじん》文《もん》]に「いま仏滅《ぶつめつ》の五五を超《こ》え」とある。「五五を超え」とは、第五の五〇〇年以後、教だけがあって行、証のない末法*のこと。

孤光《ここう》【科】【レ】　詩[函(函)館港春夜光景]に「孤光わびしい陶磁とかはり」とある。あるいは「弧光」の誤記か(→弧《アーク》)。そうでなければ、わびしい港の夜景を孤独な雰囲気の陶磁器の孤光(ポツンと光っている)になぞらえたものか。しかし、詩[〔東の雲ははやくも蜜のいろに燃え〕](下書稿[普香天子*]にも)、弧光が

出てくる。↓アークライト

後(后)光《ごこう》 【宗】 仏・菩薩*等の身体から放たれる光のことで、例えば詩ノート[ダリヤ品評会席上]の深紅のダリヤも「仏火」を象徴するが、通常、仏画等ではその仏火が後背から発しているようにシンボリックに描く。輪形、放射形、焰形等がある。三十*二相の一で、仏・菩薩は常に身から一丈の光を放つとされる(↓円光)。賢治の用例としては、①善い行ないをした者の証として、②自然を描写する場合の比喩として、の二つに大別できる。①「あら、この子の頭のとこで氷が後光のやうになってますわ」(童[氷と後光(習作)])、「お前には善い事をしてゐた人の頭の上の後光が見えないのだ」(童[双子の星*])、「毎日自分から後光が射すほど働いてゐる人には戯論《けろん》だ」(戯論はたわむれの談論。簡[168])。②「向ふの栗*の木は、青い後光を放ちました」(童[種山ヶ原*])、「一本の栗の木は　後光をだしてゐた」(童[ポラーノの広場]〈↓ポランの広場〉)、「雪がこんこんと白い後光をだしてゐるのでした」(童[山男*の四月])、「しんとして街にみちたる陽のしめりに白菜*のたばは後光しにけり」(歌[一八八〈異〉])。ほかに詩[塚と風]、詩[風景](初行「松森*蒼穹《そら》に後光を出せば」)等。「后光」は、童[銀*河鉄道の夜」に。

弧光燈《ここうとう》 ↓アークライト

粉苔《こごけ》 ↓鐚(錏)《びた》

こごらのご馳走《ちそう》てばこったなもんでは 【方】 この辺のご馳走《ちそう》といったらこんなもので。「ごちそう」は通常「ごっつぉ」とツォを一音のように発音する。「もんでは」の「は」はハと発音し、謙遜の意がこめられている。短[十六日]。

塊《こごり》 【科】【レ】 かたまりのこと。凍って固まる意の「凝《こご》」るの名詞化したもの。魚の煮汁が寒さで寒天状(↓アガーチナス)に凍ったものを煮凝《にこごり》と言う。詩[圃道*]に「霧が巨きな塊《こごり》になって／太陽(↓お日さま)面を流れてゐる」とあり、詩[清明*どきの駅長]の初行には「こごりになった古いひば*」が出てくる。

こさ ↓ちょっとこさ来《こ》

小作調停官《こさくちょうていかん》 【農】 第二次大戦後の農地改革で一九五二(昭和二七)年「農地法」が制定施行され、小作農はすべて自作*農家となり地主*はいなくなった。それまでは、地主と小作人や小作人組合とのもめごとや、いわゆる「小作争議」を調停する「小作調停法」があった。その調停にあたった官職名。裁判によらず調停した。詩に[小作調停官]がある。

小作米《こさくまい》 【農】 小作人が地主*に小作料として納める米。詩[地主]に「一ぺん入った小作米は」とある。↓小作調停官《こさくちょうていかん》

小桜山《こざくらやま》 【地】 花巻*温泉の北部、台川《だいがわ》*の左岸にある小山。高さ四三九m。童[台川]に「おれのはもっとずっと上流の北上川*から遠くの東の山地まで見はらせるやうにあの小桜山の下の新らしく墾《ひら》いた広い畑を云ったんだ」とある。

ござんす ↓あんまり変《かわ》らなござんす

居士《こじ》 【宗】 gṛha-pati(梵)の漢訳。仏教に帰依《きえ》した在俗・在《ざい》家《け》(出家の反対。仏門に入っていない)の男性を言う(女性は大姉《だいし》)。禅宗では(今は各宗が)戒名《かいみょう》(法名《ほうみょう》の下)につける。詩[樺太鉄道*]に「にせものの大乗居士*どもをみんな灼け」とある。妹宮沢トシ*の死という個人的な問題に固執する賢治自身にも向けられた激しい

批判の言葉であろう。なお、位号の中では、居士、大姉より低いとされる信士、信女のついた戒名もある。

胡四王山《こしおうざん》【地】 花巻の東約三km、北上山地の西側に位置する高さ一七七mの小丘。帳[雨ニモマケズ]一四四頁「経埋ムベキ山」の一。賢治が終生愛した山。その西側の麓には北上川が流れ、北の山裾には童[シグナルとシグナレス][銀河鉄道の夜]等の鉄道としてイメージされる岩手軽便鉄道(現釜石線)が走っていた。金子民雄の解説(『宮沢賢治イーハトヴの世界』、一九八四)によれば「この山の頂きからは東に早池峰山、北に岩手山と姫神山、さらに南昌山、それから南へ連らなる花巻温泉付近の山並が見える。また南東方向の眼下に広がるイギリス海岸越しに、花巻の市街が望まれる。ここは図らずも賢治の思い描いたイーハトヴの世界が、そっくり納まるところ」。山頂には農業神・医薬神を祀る胡四王神社があり、中腹には宮沢賢治記念館が建てられている(五〇回忌の一九八二年九月二一日開館)。賢治忌には記念館で、胡四王神社付属の胡四王神楽舞が保存会の人たちによって舞われる。さらに賢治の設計による花巻温泉の南斜花壇、日時計花壇の原型をここに復元して、胡四王山の自然の中に賢治の詩と童話の雰囲気を立体化しようとする「コシオーボォプラン」が進められ、一九八八年の賢治命日、九月二一日完成オープンした。花壇の麓には資料研究情報センターとしての「宮沢賢治イーハトーブ館」(一九九二年一〇月開館)があり、「宮沢賢治学会」事務所を兼ねている。

胡四王山

古事記《こじき》【文】 文学的な歌謡、神話を交えた古代の史書。天《てん》武《む》帝の発議によるが、稗田阿礼《ひえだのあれ》の誦習《しょうしゅう》のままで終わったのを、元《げん》明《みょう》帝の詔により、太安万侶《おおのやすまろ》が七一二(和銅五)年に文字により完成させた。賢治作品では詩[県技師の雲に対するステートメント]の出だしが「神話乃至は擬人的なる説述は/小官のはなはだ愧《は》づるところではあるが/仮にしばらく上古歌人の立場に於て/黒く淫らな雨雲《ニムブス》に云ふ(中略)おまへは却って小官に/異常な不安を持ち来し/謂はゞ殆んど古事記に言へる/そら踏む感をなさしめる」とある。もともと科学や宗教をこえた神話的アニミズムの傾向をも感覚的にそなえている賢治と『古事記』との結びつきは、神話ないし神道との関係もそうであるように、今後の賢治論の一課題だが、彼の文学の民話との近接や、土着の思想とも類縁をもつ側面である。詩[会食]では「手蔵氏(↓簡手蔵《かんしゅぞう》)着くる筒袖は/古事記風なる麻緒《あさお》で」とある。また詩[白い鳥]も、『古事記』の日本武尊の白鳥陵伝説をうけたもの。劇[種山ヶ原の夜]では方言で「天の岩戸」の夜明けが歌われる。

呉須布《ごしっぷ》【文】 ゴシップ(gossip)の当て字。帳[兄妹像]に「一茶話《さわ》西邦謂所《いわゆる》/呉須布の類のみ」とある。「一寸としたお茶話は西邦《せいほう》(ヨーロッパ)で謂《い》う所の/ゴシップの類にすぎない」の意。

鼓《こし》**して**《て》 ↓高麗《こうらい》

ごしゃがない ↓ごしゃぐ

ごしゃぐ【方】 怒る。しゃくにさわる、こしゃくだ、の意から。劇[種山ヶ原の夜]では「ごしゃだ」「ごしゃがないぢゃ(ないはネと発音)」と言う。それぞれ「怒った」「怒ってないよ」の意。

ゴーシュ【人】 gauche(仏) フランス語で、左(左手、左側、左派、等)の意から、ゆがんだ、不器用な、等の意味。童[セロ弾きのゴーシュ」の主人公名にふさわしい。ゴーシェ(gaucher)は左利《(ぎ)》き(ヒダリギッチョ)のこと(→ミギルギッチョ)。なお、天沢退二郎によれば「ゴーシュ」は幾何学用語で、全ての辺が同一平面上にあるわけではない多辺体・多角形を形容する語とのこと。詩[*樺太鉄道]では「山の襞《ひだ》のひとつのかげは／*緑青のゴーシユ四辺形」と、影のかたちを独得の比喩で形容している(詩[〔バケツがのぼって〕]にも登場、その下書稿に「*扁菱形《(へんりょう)》」とある)。

ゴーシュ四辺形《ごーしゅしへんけい》 →ゴーシュ

五種浄肉《ごしゅじょうにく》 【宗】 出家した僧が、病気等のためにやむを得ず食べることを許されている五種類の肉。童[*ビヂテリアン大祭]に「仏教に従ふならば五種浄肉は修業未熟のものにのみ許されたこと*楞《りょう》(校本全集「楞」)迦《が》経に明かである」とある。しかし、『楞迦経』に記されているのは五種浄肉ではなく三種浄肉であり、それも食肉を厳しく禁じた内容である(以下カッコ内は著者注)。「大慧《だいえ》(菩薩)よ、われ(釈尊)処処《しょしょ》に於いて十種(の不浄肉)を遮《しゃ》し(禁じ)、三種(の浄肉)を許すと説けるは、是れ漸く禁断し其をして修学《しゅがく》せしめんが為なりしが、今この経中に於いて、自死他殺、凡そ是《これ》肉なるものは一切悉く断ぜり。大慧よ、われ曾て弟子に肉を食ふことを許さざりき。亦た現に許さず」(断食肉品《だんじきにくぼん》第八、国訳大蔵経第四巻)。五種浄肉の語は『首楞厳経《しゅりょうごんきょう》』に見え、この方がむしろ「修業未熟のものにのみ許された」という表現にもあてはまる。「阿難(仏弟子)よ、我(釈尊)*比丘《びく》をして五の浄肉を食せしむることは、此肉は皆我が*神力の化生《けしょう》なればなり。本より命根《みょうこん》(生命)なし。汝が婆羅門《ばらもん》(→梵士)の地(*インド)は多く蒸湿にして、加ふるに砂石を以ってして草菜生ぜず。我大悲《だいひ》神力《じんりき》の加ふる所を以って、大*慈悲に因って仮りに名づけて肉とせるに、汝其味を得たりき」(国訳大蔵経第四巻)。『首楞厳経』の注釈書である『楞厳会解《えげ》』によれば五種浄肉とは次のとおり。①殺したところを自分が見ないもの、②自分のために殺したとは聞かないもの、③自分のために殺したという疑いのないもの、④寿命が尽きて自然に死んだもの、⑤鳥の食い残したもの。

午食《ごしょく》 【食】 ひるげ(昼餉)。ひるしょく。昼飯のこと。歌[一〇五]の「つつましく／午食の*鰤《ぶり》をよそへるは」や、簡[120]の「午食に奈良漬の皮を去りたるもの二切《(ふたきれ)》等を食し申し候」等。

梢《こずえ》 【植】【文】 うれ、とも。視線が地平の*底から上空へ、そして天体へと、しかも遠近法的にはたらく賢治作品に木や梢のさまが頻度高く生動するのは当然であろう。「*はんのきの高き梢《うれ》より」(文語詩[*流氷《ザエ》])等。梢が描かれる木としては、主として*松、*うろこ松、*楊《やなぎ》、*柏《かしわ》、*いたや、*はんのき、*桜、*アカシヤ、*くるみ、*杉、*ポプラ、*ひのき、*いちょう等、多様である。例えば「高ひのきの梢にとまれり」(ス[三〇])、「*喪神の森の梢から／ひらめいてとびたつ*からす／(中略)／いてふのこずえ《(ママ)》またひかり」(詩[春と*修羅])、「雪の反射とポプラの梢」(詩ノート[〔*ソックスレット〕])、「沈んだ月夜の楊の木の梢に」(詩[*昴])等があり、梢が地上と空とのいわば緩衝帯《かんしょうたい》の役割をしている。また、ス[八]に「けむりかゝればはんのきの／酸化銅の梢 さっとばかりに還元す」とある「酸化銅の梢」とは、朝焼けで赤く染まった梢のこと。黒色の酸化銅(Ⅱ)が還元されると赤色の酸化銅(Ⅰ)になり、さらに還元されると、銅《あかがね》になる。→酸化・還元《さんか・かんげん》

古生《こせい》 【鉱】 古生代(Paleozoic era)の略(→凡例付表「地質

年代表」)。地質年代の先カンブリア時代に続く時代。古生代は五億四二〇〇万年前～二億五一〇〇万年前まで。それが六紀(カンブリア紀、オルドビス紀、シルル紀、デボン紀、*石炭紀、ペルム紀)に区分される。先カンブリア時代よりも進化した化石類が発見されるが、日本で最も基本的な骨格をなす地層は賢治も地質調査(↓土性調査)で訪れた秩父古生層で、堆積物は*石灰岩、チャート、粘板岩などとして産出。賢治が関わった『岩手県*稗貫郡地質及*土性調査報告書』には「*北上川ノ東部ニ大面積ヲ領シ東部丘陵地ノ大部分及東部山地ノ過半ヲ占ム、(中略)大部分ハ深海成ノ地層ヨリ成リ*粘板岩砂岩、及石灰岩ヲ主要ナル岩石トス」とある。秩父古生層に関しての今日の解釈では、地層自体の成立は中生代であったとし、秩父層と呼び替えている。詩「〔*硫黄いろした天球(↓穹窿)を〕」には「東の青い古生山地に出発する」とある。北上山地を、*岩手軽便鉄道の「おもちゃのやうな」列車が走る情景。文語詩「〔眺望〕」には「古生諸層をつらぬきて　／*侏羅紀に凝りし*塩岩の、*蛇紋化せしと知られたり」とある。これは北上山地中部の的確な詩的把握。詩「〔温《(ぬる)》く含んだ南の風が〕」には「*古生銀河の南のはじは／こんどは白い湯気を噴く」とユニークな表現がある。夏の夜空を古代宗教である*密教の胎蔵界*曼陀羅に見たてたことから、古代を古生という地質学の語彙に置き替えたのであろう。↓中生代《ちゅうせいだい》、凡例付表

糊精《こせい》　【食】　デキストリン(dextrin)。*澱粉を*酸、または*酵素等で分解したときにできる白色、または淡黄色の炭水化物。粘着力が強く糊《のり》等に用いる。童「*ビヂテリアン大祭」に「*パンの中の糊精や蛋白質酵素単糖類脂肪などみな微妙な味覚となって感ぜられる」とある。

古生銀河《こせいぎんが》　↓古生《こせい》

弧線《こせん》　【科】【レ】　アークとルビしたのもある。弧は木の弓の意。弓形の曲線。幾何学では円周や曲線の一部を言う。詩「〔*蕪《かぶ》を洗ふ〕」に「一列の不定な弧線」、詩「〔*寅吉山《とらきちやま》の北のなだらで〕」には「弧線《アーク》になってうかんでゐる」とある。アークはアーチやアーケイドと語源を同じくする arc で、やはり弓なりの形。↓弧度《こど》

狐禅寺《こぜんじ》　↓北上川《きたかみがわ》

ごた　↓なぁに随《つ》いで行《い》ぐごたんす。…

固態《こたい》　【科】　固体の状態のこと。詩「葱嶺《パミール》先生の散歩」(↓ツェラ高原)に「固態の水銀(↓汞《こう》)ほど／乱れた雲を弾いてゐた」。

古代意慾《こだいいよく》　【文】【レ】　難解な賢治造語の一であるが、*銀河系をうたった詩「〔温《(ぬる)》く含んだ南の風が〕」に「星はもうそのやさしい*面影《アントリッツ》を恢《(かい)》復し／そらはふたゝび古代意慾の*曼陀羅になる」とある。賢治の直観的把握として銀河系の星座たちをこう表現したのであろう。それに科学以前の古代的な、例えば日本でいえば縄文期の人たちが感応したにちがいない鮮烈な天空のエネルギーを、賢治もみずからのうちに新鮮に「恢復」させ、うたい上げている。この詩の下書稿「密教風の誘惑」、さらに詩「*鉱染とネクタイ」にも、まったく同様に登場する。また、詩「*海蝕台地」にある「台地はかすんではてない意慾の海のやう」の詩句にも天体ではないが似たような古代的な雰囲気がただよう。↓古生《こせい》

古代神楽《こだいかぐら》　↓大償《おおつぐない》

五大洲《ごだいしゅう》　↓東北菊花品評会《とうほくきくかひんぴょうかい》

こたに　↓うまれでくるたて…

樹(木)霊《こだま》 →なら

コチニールレッド【レ】 cochineal red 鮮赤。クリムゾン(crimson 深紅)の類色。中南米のサボテンに寄生するコチニールカイガラ虫(coccuscacti)からとれる鮮明な紅色の有機染料。一六世紀初めごろ、ヨーロッパに伝わった。コチニールの色素をふつうカーマイン(carmine→ヘンルータ〈ダ〉カーミン)と呼ぶ。クリムソンレーキやカーマインレーキ等はみなコチニール系の色彩である。コチニールは光に弱く褐色化しやすいが、かつては馬車の塗料として使われた。詩[〔おい　けとばすな〕]に「すっきりとしたコチニールレッド／ぎっしり白い菌*糸の網／こんな色彩の鮮明なものは／この森ぢゅうにあとはない／あ、ムスカリン*」とある。

小使《こづかい》【文】 学校や役所などで、雑用をする職務の人。「小使室」もあった。童[税務署長の冒険]や、童*[フランドン農学校の豚]等に多く登場。かつては俗語として使われていた「小使」の呼称も、第二次大戦後、「学校教育法施行規則」(一九四七)以降、ほとんど使われなくなり、「(学校)用務員」となった。ちなみにこどもたちの「おこづ(ず)かい」は小遣と書く。

仔《こ》**っこ馬**《ま》 →馬《うま》こは、みんな、居《い》なぐなた。…

ごった →なぁに随《つ》で行《い》ぐごたんす。…

こったな、こったに【方】 こんな、こんなに。劇[種山ヶ原*の夜]。

古典ブラーマのひとたち《こてんぶらーまのひとたち》【宗】【レ】 ブラーマは、ブラフマン Brāhman(〈梵〉→梵天)のことか(英語読みにするとブラーマン)、それとも「古典」と上につけていることから、古代インドの祭儀書である『ブラーフマナ Brāhmaṇa』とも考えられる。後掲の例は、文脈から後者の方か。ブラーフマナは神話、伝説を多く含み、「神話時代のインド*の人々」を指すと考えられる。詩[風林]の中で妹宮沢トシ*が、死んで旅立ったところを「おまへはその巨きな木星のうへに居るのか」と言うが、下書稿では、その後に「(古典ブラーマのひとたちには／あすこは修弥《しゅみ》〈→須弥山《しゅみせん》〉のみの面《めん》だ)」と付け加えた詩句があり、後に削除されている。

弧度《こど》【科】 角度の単位、ラジアン(radian)の訳語。角の頂点を中心にした円周の半径と、その角が切りとった弧の長さとの比。一ラジアンは約五七度二九分五七・八秒。平たく言えば弓なり(弧はアーチ)の度合い。詩[渓《(たに)》にて]に、滝が「どんどん弧度を増してゐるし」とあり、下書稿[〔滝は黄に変って〕]には「りうりうと弧度を増して」とある。りうりう(りゅうりゅう)は隆々で、勢いがさかんなさま。→弧線《こせん》

ごと →なぢ《じ》ょなごとさ

後藤野《ごとうの》 →江釣子森《えづりこもり》

琴座《ことざ》【天】 ライラ(Lyra)。夏の星座。天*の川の西岸にあり、ほぼ天頂付近を通る。α星ベガは全天で四番目に明るい白色超高温星。地球の歳差運動(コマの心棒のような地軸のゆれ)現象によって今から約一万二〇〇〇年後には北極星になる。中国ではベガを織女《しょくじょ》、近くの四等星二つを織女の子星と呼ぶ。わし座*の牽牛《けんぎゅう》(アルタイル)との七夕《しちせき》(棚機《たなばた》)伝説は有名。琴(ライラ)の由来は、亡き妻を冥府に訪ね、連れ戻そうとして失敗した楽人オルフェウス(→オルフィウ

琴座

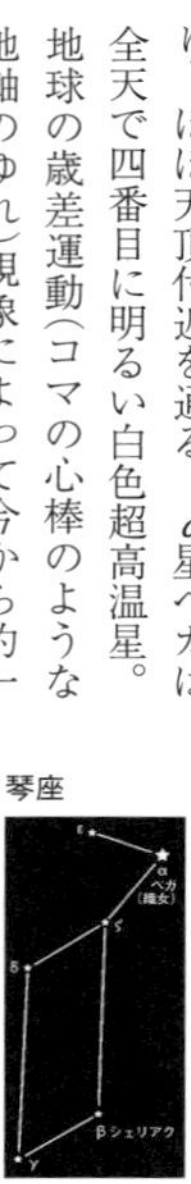

ス）の嘆きの琴である。これは童［*銀河鉄道の夜］の主題と微妙に交錯する。下書稿を見ると、讃美歌（↓Nearer my God）が聞こえ、*オーケストラベルや*ジロフォンが鳴り、*孔雀が羽を広げる「青い橄欖《(かんらん)》（↓橄欖岩）の森」とは「琴の宿《ライラ》」のこと。この前後で話題にされ、さらに「その枝には熟してまっ赤に光る円い実」とある*苹果《りんご》は、あるいは*環状星雲《リングネビュラ》をイメージしたか。詩［青森*挽歌］の「きしやは*銀河系の*玲瓏《れいろう》*レンズ／巨きな*水素のりんごのなかをかけて」とのつながりも強い。童［*シグナルとシグナレス］ではα、β、γ、δ四星と環状星雲を「*約婚指環《エンゲーヂリング》」にたとえた。童［*双子の星］でも「琴弾きの星」。ほかに童［ポラーノの広場］（↓ポランの広場）等。（↓口絵⑧）

今年《ことし》ぁ好《よ》ぐ一疋《いっぴぎ》も見《み》なぐなたのもなぃがったな 【方】 今年はよく一匹《いっぴき》も見えなくなったのがなかったな。「今年ぁ」は「今年は」の訛り。「見なぐなた」は「いなくなった」。「なぃがったな」は実際には「ねがったな」と発音する。劇［*種山ヶ原の夜］。

こととひ《こととい》 【レ】 言（事）問い。ものごとをたずね問い、話しかけること。東京の台東《たいとう》区と墨田区にまたがる言問橋の語源（伊勢物語の「名にし負《お》はばいざ言問はむ都鳥わが思ふひとはありやなしやと」の和歌にもとづく）。文語詩［敗れし少年の歌へる］に、「われをこととひ燃えけるを」とある。「燃えける」は星の「わなゝき光る」のを燃えた友人の情熱にたとえた。

ごとなさ ↓降《ふ》つてげだごとなさ

小梨《こなし》 ↓やまなし

こないだもボダンおれさ掛《か》げらせだぢ《じ》やい 【方】 「こないだ」は賢治稿のまま、旧かなでは「こなひだ」が正しく、誤記。こないだもボタンをおれに掛けさせたじゃないか（掛けさせたんだよ）。「掛げらせだ」は使役。詩［風林］。

こなら ↓なら

こぬかぐさ 【植】 小糠草。幕末から明治の初めに牧草としてアメリカから入った帰化植物。今は日本の山野に群生する多年草。高さ一m近くで直立し、線状のとがった葉をつけ、夏、茎頭に円錐花穂の小さな花を多くつける。それが*米糠に似ているのでその名がある。ちなみに学名 Agrostis gigantea の属名 Agrostis は、ギリシア古名 agrós（畑、野）の転用、種名 palustris は「沼地の」の意。短［*沼森］に「この草はな、この草はな、こぬかぐさ。風に吹かれて穂を出して…」とある。

この春《はる》なぃ 【方】 「なぃ」は強めの「な」「よ」に相当する。この（ことしの）春な。この春よ。劇［*種山ヶ原の夜］では「この春なぃ。おれ、あの*伊手堺《(いでざかい)》の官民地の境堺案内して歩たもな。…」（官有地と民有地の境を案内して歩いたもんな）と続く。*花巻地方では実際は「この春なぁぃ」と発音することが多い。

この人《ひと》あ医者《いしゃ》ばがりだなぃ八《はっ》けも置《お》ぐや《よ》うだぢ《じ》ゃ 【方】 この人は医師というだけでなく、占いもするようだよ。「この人あ」は「この人は」の訛り。「八け」は易の八種の卦《け》のことで「八卦を置く」と言えば「易を見る」「占いをする」こと。「八卦見《み》」は易者。劇［植物医師］。

この人《ひと》ぁくすぐらへでぁのだもなす 【方】 この人はくすぐられているのだものね。「この人ぁ」は「この人は」の訛り。「なす」は丁寧な語尾。「ね」「ですよね」に当たる。詩［塚と風］。

この人《ひと》まるでさっきたがらいゝ《い》こりゃ加減《かげん》だもさ 【方】 この

人まるでさっきからいいかげんだもの。「い、こりゃ加減」は「いいくらい加減」の訛り。「いいかげん」の意。劇［植物医師］。

五戸《ごのへ》【地】 現在の青森県三戸《さんのへ》郡五戸町。十和田湖から四〇km東方、同湖を水源とする五戸川のほとり。詩［花鳥図譜 第十一月］。

この野郎《やろう》**、焼**《や》**っぷぐるぞ、粉**《こな》**にすぞ、けむりにすぞ** 【方】 この野郎、焼いてしまうぞ、粉にするぞ、けむりにするぞ。劇［*種山ヶ原の夜］の雷神のせりふ。

琥珀《こはく》【鉱】 アンバー(amber)。*白亜紀や*第三紀の松柏科の植物樹脂が化石化したもの。硬度二強。樹脂光沢で美しい。蠟黄色から赤褐色、不透明から半透明のものまである。簡［137］にも「九戸《くのへ》郡の琥珀」とある。賢治は早くから岩手県久慈《くじ》大川目《おおかわめ》に産出する琥珀に注目していた。当時は、琥珀酸を含まないと分析されていたため、琥珀とは判断されず、薫陸(くんろく)と呼ばれていた。また新生代第三紀層からの産出と考えられてもいた。現在では、白亜紀後期層から産する正式な琥珀と認められている。賢治にどの程度理解されていたか不詳だが、賢治は琥珀と認識していたようだ。文語詩［*八戸《はちのへ》］(青森県の現八戸市)には「そのかみもうなゐ(→うなゐご)なりし日／こゝにして琥珀うりしを」とある。賢治は琥珀を比喩としてさまざまに用いている。「あかつきの／琥珀ひかればしらしらと／*アンデルゼンの月はしづみぬ」(歌［六九六］)、「東のそらが*苹果林《りんご》のあしなみに／いっぱい琥珀をはつてゐる」(詩［*真空溶媒］)、「東のそらは、お『キレ』さま(→お日さま)の出る前に、琥珀色の*ビールで一杯」(童［ペンネンネンネンネン・ネネムの伝記］〈→昆布〉)等。琥珀はしばしば昆虫や*生物の化石を含む。賢治は雲を琥珀中のトカゲに見立て、「あけがたの琥珀のそらは凍りしを大とかげらの雲はうかびて」(歌［五四八〈異〉］)、「東が琥珀のやうになって大きなとかげの形の雲が沢山浮んでゐた」(童［風野又三郎］)、「これは琥珀色の空間であって夢の様な中世代《*(ママ)》の大とかげらがうかびたち」(簡［94］)等にも(中世代は中生代の誤記)。賢治は、太陽光自体をその色から琥珀のかけらと言う。「正午の管楽よりもしげく／琥珀のかけらがそそぐとき」(詩［*春と修羅］)、「日光は今朝はかゞやく琥珀の波です」(童［まなづるとダアリヤ］)、「諒安《りょうあん》はそらいっぱいにきんきん光って漂ふ琥珀の分子のやうなものを見ました」(童［*マグノリアの木］)等。その他、童［*十力の*金剛石］では、*野ばらの枝は「茶色の琥珀」、童［*オツベルと*象］では琥珀細工のパイプも登場。同じく詩［鈴谷平原］では「琥珀細工の春の器械」のような蜂が飛ぶ。夕方の空に使った例(短［女］)もある。劇［饑餓陣営］では「この実はみな琥珀でつくってある。それでゐて琥珀のやうにおかし《(ママ)》な*匂でもない」とあるが、琥珀は二九〇度弱で炎を出して燃え、強い松脂の臭を放つ。「アムバア」の表記は詩ノート［〔わたくしの汲みあげるバケツが〕］にある。世界的な産地であるバルト海沿岸の琥珀は新生代第三紀のもの。(→口絵㉜)

小林一茶《こばやしいっさ》 →一茶《いっさ》

コバルト【鉱】【レ】 cobalt 元素記号Co、原子番号二七の金属元素。鉄に似た灰白色金属。合金、メッキ等に用いる。酸化コバルトは*ガラス等を青色に着色する顔料として用いられる。その深い*群青色《ぐんじょういろ》から、空の色の比喩としても使われることが多い。「コバルト山地の*氷霧のなかで／あやしい朝の火が燃えて」(詩［コバルト山地」)のコバルト山地は北上山地のことで、早朝の北上山地の山肌の色の表現と思われる。詩［「祠(ほこら)の前のちしゃのいろした草はらに」］の「鳥はコバルト山に翔け」や、詩［春谷暁臥］の「コバルトガラスのかけらやこな!」等も、その色彩的なイメージであろう。

コバルト硝子《こばるとがらす》【鉱】コバルトの化合物を加えた青色の色ガラス。コバルトの酸化物は青色の着色顔料として用いられるが、それをガラスにまぜて色をつけたもの。装飾品、光学フィルター、サングラス、高温作業用保護眼鏡等に用いられる。童［まなづるとダアリヤ］に「お日さまは、今日はコバルト硝子の光のこなを、すこしよけいにお播きなさるやうですわ」とある。詩［春谷暁臥］にも登場。→コバルト

コバルト山、コバルト山地《こばるとさん、こばるとさんち》→コバルト

五風《ふう》十雨《う》《ごふうじゅうう》【レ】五日に一度の風が吹き、一〇日に一度の雨が降ること。順当な天候の意から転じて、世の中が太平なことを言う。雑［法華堂建立勧進文(こんりゅうかんじんもん)］に「五風十雨《ごふうじゅうう》の世《よ》となりて」とある。

こぶし、辛夷《こぶし》→マグノリア

孔夫子《コーフーシュ》【人】賢治の、特に中国語のルビは中途半端《はんぱ》で不正確、より正しくはコンフーツ(ヅ kǒngfūzǐ)。日本語読みにするならコーフシでよかろう。中国春秋時代の思想家で世界的にも有名な儒教の始祖、孔子(前五五一〜前四七九)のこと。夫子だけでも中国では孔子を指すのだが、日本では二人称のように、例えば「夫子夫子あなたのお目も血に染(し)みました」(詩［山火］初行「血紅の火が」)のように尊称として言う習慣もあった。親しげに「大将」とか「先生」とか呼びかけるふうに。詩［杉］に「かういふときに顔逞(たく)ましい孔夫子《コーフーシュ》は／いよいよかたちをあらためて／樹を正視して座ってゐろというふかもしれん」とある。儒学の思想の擬人化で、次に登場する朱子学(→朱子《しゅし》)と対比されるかたちになっている難解な詩句。→夫子《ふうし》

小船渡《こぶなと》【地】現地の人の発音はトがドに聞こえることもある。旧花巻町の大字小舟渡(現花巻市上《かみ》小舟渡)。イギリス海岸の西側一帯。童［或る農学生の日誌］に「斉藤先生が先に立って女学校の裏で洪積層(→洪積世)と第三紀の泥岩(→Tertiary the younger mud-stone)の露出を見てそれからだんだん土性を調べながら小船渡の北上(きたかみ)の岸へ行った。」とある。「北上の岸」は現在の北上市のことではなく、北上川の岸の意。

コプラを炙いて《こぷらをやいて》【レ】【植】詩［「(おれはいままで」］に「椅子からはんぶんからだをねぢって／胡桃(くるみ)のコプラを炙(や)いてゐる／すましてぢゅうぢゅう炙いてゐる」とある。コプラ(copra)はココヤシ(coconut tree)の胡桃に似た大きな果実のこと。それを火に炙《あぶ》って焼いているさま。実際は胡桃を焼いているのだろうが、それをはるかに巨大な(長さ二五cmほどの)コプラに見立てた詩句であろう。

ゴブル【動】【レ】gobble ガツガツ食う、うのみにする、の英語動詞だが、羽のきれいな雄の七面鳥の鳴き声の擬音語でもある。文語詩［「日本球根商会が」］に「七面鳥はさまよひて、ゴブルゴブルとあげつらひ」(「あげつらい」はあれこれ論じ立てる)、詩［病院の花壇］でも「廊下の向ふで七面鳥は／もいちどゴブルゴブルといふ」。

コペルニクス【人】【天】 Nicolaus Copernicus(一四七三～一五四三) ポーランドの天文学者。天動説を唱えて二世紀前半にエジプトのアレクサンドリアで活躍した天文学者で地理学者プトレマイオス(Ptolemaios Klaudios)の地球中心体系説(一五世紀まで権威をもった)に対し、太陽中心説を唱えた。神学体系からの科学の独立の先駆者として評価が高く、「コペルニクス的転換」(考え方を一八〇度転換させること)という成句を生んだ。主著『天体の回転について』(一四九三)。賢治は詩ノート[生徒諸君に寄せる]の中で「新らしい時代のコペルニクスよ／余りに重苦しい重力の法則から／この*銀河系統を解き放て」と力強くうたい上げる。「余りに重苦しい重力の法則」とは、プトレマイオスの天動説に相当し、かつ旧時代の慣習やマンネリズム化した現実のあらゆるシステムをさしていると思われる。

郡長《こほりをさ》 こおりおさ →郡役所 ぐんやくしょ

駒頭 こまがしら、**駒頭山** こまがしらやま →鳥ケ森 ちょうがもり

駒ケ岳(嶽) こまがたけ →噴火湾 ふんかわん

駒形山 こまがたやま 【地】 高さ四三〇m。岩手県西磐井郡平泉町内にあり、*束稲山《たばしねやま》の西方約三km。帳[雨ニモマケズ]にある「*経埋ムベキ山」の一。

胡麻火薬 ごまかやく 【科】 黒色火薬のことであろう。それなら焔《えん》硝《しょう》(*硝石)七五、*硫黄一〇、木炭一五、の割合で粉末状態に混合した火薬。黒胡麻《ごま》を混ぜたように見えるからこの名が付いたとされる。童[*ポランの広場]に「おまへは胡麻火薬をこさえる(ママ)んだらう」とある。

ごまざい 【方】【植】 ガガイモ科(トウワタ科とも)のガガイモ(蘿藦《らま》)の方言で、*花巻辺りの発音は、しばしば「ゴマンジャイ」「ゴマゼ」と聞きとれる。夏に淡紫色の花が咲く蔓草。地方によってゴマチョ、パンヤ、クサパンヤ、ホケチョ、クサワタ、シコイイ等多くの方言名がある。果実に白く長い綿毛が詰まっていて綿の代わりに使ったりしたので、童[*蛙のゴム靴]には「ごまざいの毛をとって来てこすってやったりいろいろしてやっと助けました」とある。童[*鹿踊りのはじまり]には「『ごまざいの毛のやうにが。』／『うん、あれよりあ、も少し硬《こわ》ぱしな。』」とある(生前の初版『注文の多い料理店』では「こさざい」と誤植)。昔の子どもたちは、玩具がわりにふりまわし毛を散らして遊んだ。また、家庭では綿がわりに、ごまざいの毛を印肉や針山(裁縫の針さし)にも使った。

ゴマザイ

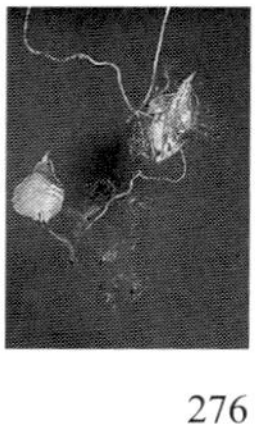

小松の山 こまつのやま 【地】 八つ森。旧天王山(→キーデンノー)の南六〇〇m。高さ約一三〇m。南肩を岩手県*稗貫郡矢沢《やさわ》村(現*花巻市)小袋《こぶくろ》から関《せき》(堰)袋《ぶくろ》への小径《こみち》が通っていた。詩[〔何かをおれに云ってゐる〕]で「(あの藍いろの小松の山の右肩です)」の後に「もう一つ南に峠がある」という峠は、八つ森の東南一km。矢沢村中道《なかみち》から和賀《わが》郡更木《さらき》村(現北上市)下山《しもやま》への道で、やや幅が広い(以上小沢俊郎注「新修全集月報」による)。

こまどり →アカシヤづくり

御明神 ごみょうじん 【地】【宗】 *雫石《しずくいし》寄りの岩手県岩手郡の村名(現雫石町)。*盛岡高等農林の経済農場や演習林があった。地名の明神(名神の転と言われる)だけで尊称だが、さらに大明神、御明神、明神様、とあがめて言う習称。童[*おきなぐさ]に「私は御明神へ

行く途中」とある。

こめつが【植】 米栂。こめとが、とも。マツ科の常緑高木で高さ二〇m、径一mにもなる。ふつうのツガ(トガ)が関東地方以南の山地に見られるのに対して、コメツガは中部以北の亜高山帯に多く生える。葉がツガに比し小ぶりで米粒に似るところからその名がある。盆栽にしたり、材は建築、器具、パルプに用いる。詩「山の*晨明《(しんめい)》に関する童話風の構想」に「こめつがは青い*ザラメでできてゐて」とあるが、葉のイメージがいかにもぴったり。童「毒蛾」(↓蛾)に「糸杉(↓サイプレス)やこめ栂の植木鉢がぞろっとならび」とあるのは盆栽ふうのこめ栂。

コメツガ

米搗用白土《こめつきようしろつち》 ↓搗粉《つきこ》

米糠《こめぬか》【食】 単にヌカとも言う。玄米を精白するときに出る果皮、胚等の粉末。脂肪、蛋白質を多く含むので飼料や*肥料として用いる。ビタミンBを多く含む(↓脚気《かっけ》)。*鈴木東蔵《とうぞう》あて簡[267]に「*石灰によれる米糠(適当ならば)は鶏には充分有効なるべく牛馬にも幾分の効はあるべく」とあるのは、精白用の*搗粉《つきこ》として粉末石灰の有効性を述べたもの。従来の石英岩系の白土を用いるより、東北砕石工場(↓石灰)産の粉末石灰で搗けば米糠のメリットも高いというもの。帳[孔雀印]二四頁にも出てくる。↓玄米《げんまい》

こもりぬ【地】 隠沼。地形や草木によって隠されたように、見えない沼。文語詩未定稿[水部の線]に「このこもりぬの辺《(へ)》を来れば」とある。↓水部《すいぶ》

【こようまつ】

こもんとして ↓一本《いっぽん》も木伐《きと》らないばは…

後夜《ごや》【宗】 一般には夜半から朝までの意だが、仏教では夜遅くからの、特に明けがたの勤行《ごんぎょう》を言う。詩「東岩手火山」(↓岩手山)の初行に「*月は水銀(↓汞《こう》)、後夜の喪主《もしゅ》」とある。*黎明のころの月を勤行の喪主《もしゅ》に擬した。

こやし ↓肥《こえ》

五葉山《ごようざん》【地】 北上山地の山。*釜石市、*大船渡《おおふなと》市、住田《すみた》町《ちょう》にまたがる。標高一三四一m。頂上付近は平坦で、*花崗岩が露出している。五葉の名は岩がゴロゴロしているからとも、江戸時代伊達《だて》藩の「御用山」だったからとも言われる。五葉山神社があり、霊山《れいせん》としても知られ、海上から漁船の目標とされ漁民たちの信仰も厚い。また高山植物の宝庫としても、ホンシュウジカの自然集団の本州北限としても有名。一九二七(昭和二)年六月一日付の*詩ノート[峠の上で雨雲に云ふ」(↓ニムブス)には「平たく黒い*気層のなまこ/五葉山の鞍部に於て/おまへがいろいろのみだらなひかりとかたちとで/あらゆる変幻と出没とを示すこと」とある。同じ日付をもつ詩ノート[鉱山駅」にも「五葉山雲の往きかひ/またなかぞらに雲の往きかひ」とある。詩ノート[峠の上で雨雲に云ふ」の発展形である詩[県技師の雲に対するステートメント」にも登場。

五葉松《ごようまつ》【植】 ヒメコマツ(姫小松)とも言う。針形のとがった葉が五本束生するので、その名がある。鱗《うろこ》状の樹皮は暗緑色で高さ二〇~三〇m、径約一m。日本には、キタゴヨウ(本州中南部から北海道)、チョウセンゴヨウ(本州中部、四国)、アマミゴヨウ(ヤクタネゴヨウ、屋久島《やくしま》、種子島《たねがしま》)、ハッコウダゴヨウ(ハイマツとキタゴヨウの自然雑種、八甲田山をはじめ高山に)の

四種がある。みな似ているが、庭木にも珍重され、材は建築、家具、彫刻等に使用される。詩［三原　第二部］に「おまけに*桜や五葉松までぎっしりで」とある。↓松《まつ》

こらぃ【方】　くらい。例えば短［十六日］には「そのこらぃなごと云って…」と出てくる。詩［青森*挽歌　三］には「いゝ位のごと云って」とあるが、これも読みは「こらぃ」だが、実際の発音は「くりゃ」「こりゃ」に近い。↓何だ、うな、死んだなんて／いゝ位のごと云って…

ごりゃ　↓半分《はんぶん》ごりゃ

御料草地《ごりょうそうち》　↓外山《そとやま》

五輪《ごりん》【宗】　*地輪、*水輪、*火輪、*風輪、*空輪の五つを言う。仏教では、物質を構成する元素として、地、水、火、風、空、の五種を五大《ごだい》と呼ぶ。その五大は、*法性《ほっしょう》のすべての徳《はたらき》を車輪のように備えている（輪円具足《りんねんぐそく》）とされ、五輪の名が生じた。詩［*五輪峠］の下書稿㈠を見ると、賢治が自然の事象を仏教的五輪の観点からとらえ直そうとしていることがわかる。「五輪は地水火風空／空《（くう）》といふのは総括だとさ／まあ真空（↓虚空《こくう》）でいゝだらう／火はエネルギー／地はまあ固体元素／水は液態（ママ）元素／風は気態（ママ）元素と考へるかな／世界もわれわれもこれだといふのさ／心といふのもこれだといふ／いまだって変らないさな」。文末のさなは肯定の強めの方言。…よな。↓五輪峠《ごりんとうげ》、五輪の塔《ごりんのとう》

孤輪車《こりんしゃ》　↓おのも積《つ》む孤輪車《ひとつわぐるま》

五輪峠《ごりんとうげ》【地】　*遠野市、*江刺町（現奥州市江刺区）、*花巻市東和町《とうわちょう》の境界となっている峠。標高五五六m。*人首《ひとかべ》街道、*遠野街道が通り、江戸時代には麓に関所があった。*五輪の名は、大内沢屋敷上野《こうずけ》の戦死を弔うため、息子の日向《ひうが》が峠に五輪石を立てたことにちなむと言われる。*種山ヶ原の北西九kmに位置することもあって賢治は好んで作品に取り入れた。詩［五輪峠］には「こゝは／五輪の塔があるために／五輪峠といふんだな／ぼくはまた／峠がみんなで五《（いつ）》っつあって／地輪峠水輪峠空輪峠といふのだらうと／たったいままで思ってゐた」とある。このため賢治は、なかば土俗の風景とも言える五輪峠の名を聞くと、しばしば物質の根源をめぐる哲学的思考に熱中している。詩［五輪峠］の下書稿㈠には、「*五輪」項の引用部分（↓五輪）につづいて「気相は風／液相は水／固相は*核の塵とする／そして運動のエネルギーと／*熱と*電気は火に入れる」とあり、ここにも宗教と科学と土俗の一元化への重用《ちょうよう》が見られる。賢治の科学観に多大な影響を与えた*アレニウスの名も見える。この詩の翌日の日付をもつ詩［晴天*恣意《（しい）》］でも*積雲を見て「五輪峠の上のあたりに／白く巨きな*仏頂体が立ちますと／数字につかれたわたくしの眼は／ひとたびそれを異の空間（↓異空間）の／高貴な塔とも愕《（おど）》ろきますが／*畢竟《（ひっきょう）》あれは水と空気の散乱系（↓散乱）」と歌うが、やはり物質をめぐる哲学的思考に入りこみ、「堅く結んだ*準平原は、／まこと地輪の外ならず、／水風輪は云はずもあれ、／白くまばゆい光と熱、／電、磁、その他の勢力は／アレニウスをば侯《（ま）》たずして／たれか火輪をうたがはん／もし空輪を云ふべくば／これら総じて真空の

五輪峠

／その顕現を超えませぬ／斯くてひとたびこの構成は／五輪の塔と称すべく」と結んでいる。賢治が科学と仏教の一体化に苦心したのも、こうした思考によれば、火輪とエネルギー（光、電磁気、熱）の関係においてだったとも言えよう。また賢治は物質を分子（↓モナド）↓原子↓*電子↓真空と細分化し、その真空は*異空間につながる異単元になると考えた。この峠は*種山ヶ原と同様、上昇気流の関係で雲ができやすい地点であり、「その東は縮れた風や五輪峠や／泣きだしたいやうな甘ったるい雲だ」（詩［〔鈍い月あかりの雪の上に〕］）、「五輪峠のいたゞきで／鉛の雲が湧きまた翔け／南につゞく種山ヶ原のなだらは／渦巻くひかりの霧でいっぱい」（詩［人首町］）等の表現が見られる。文語詩［五輪峠］等。二〇〇四（平成一六）年、国指定「名勝」。

五輪の塔《ごりんのとう》【宗】 塔とは*塔婆のこと。万物の構成要素である*五輪を、それぞれ、方、円、三角、半月、*宝珠の形で象徴させ、下から順に積み上げ塔婆としたもの。石や*銅でつくられたものが多い。もとは*仏舎利を安置するためのものであったが、のち転じて墓石や供養塔に用いた。詩［*五輪峠］に「なかにしょんぼり立つものは／まさしく古い五輪の塔だ／*苔に蒸された花崗岩《みかげ》（↓花崗岩《かこうがん》）の古い五輪の塔だ」、詩［晴天*恣意《(しい)》］に「斯くてひとたびこの構成は／五輪の塔と称すべく」、俳句に「五輪塔のかなたは大野みぞれせり」とある。ちなみに*花巻身照寺《しんしょうじ》（↓日実上人《にちじつしょうにん》）にある賢治の供養塔も戒名の刻まれない五輪塔を形どっている。

五輪の塔（五輪峠）

五厘報謝《ごりんほうしゃ》【宗】 五厘は金銭の単位で、一厘は一円の一〇〇〇分の一、一銭の一〇分の一。明治期はもちろん、大正期から昭和の初期まで五厘銅貨が通用していた（はがきは一銭五厘）。報謝は他人の恩義に対して謝礼をおくることだが、宗教的には神仏の加護に報恩のため金品を喜捨《きしゃ》すること、仏教では僧や巡礼へのお布施《ふせ》として金や食糧などをおくること。文語詩［〔*萌黄《もえぎ》いろなるその頸《(くび)》を〕］に「絣合羽《かすりがっぱ》（↓絣）の巡礼に、五厘報謝の夕まぐれ」とある。当時巡礼には五厘銅貨や一銭銅貨を報謝として、巡礼の首にかけた頭陀袋《ずだぶくろ》や捧げもつ応器（鉄鉢《てっぱつ》、木椀等）に入れた。日暮れの情景。

ゴール ↓めくらぶだう《めくらぶどう》、黄金のゴール《おうごんのごーる》、きんのごーる

コルドン【農】 劇［饑餓陣営］（↓饑饉）中、*生産体操の一部として「水平コルドン」、「直立コルドン」の形が出てくる。コルドン（Kordon〈独〉、cordon〈英・仏〉）とは*整枝法のうち「単幹仕立《たんかんじたて》」のことで、主幹だけを伸ばす仕立法。水平コルドン（horizontal cordon）は地上数十cmの所から地上と水平に主幹を伸ばす整枝法。直立コルドン（vertical cordon）は主幹をまっすぐに伸ばす整枝法。ほかに、主幹を二分してY字形に伸ばすものを斜行コルドン（oblique cordon）等と言う。同上の劇の中では、整枝された果樹の形の体操を兵士たちが練習する場面が描かれる。

水平コルドン（右）と直立コルドン（左）の形（賢治の絵）

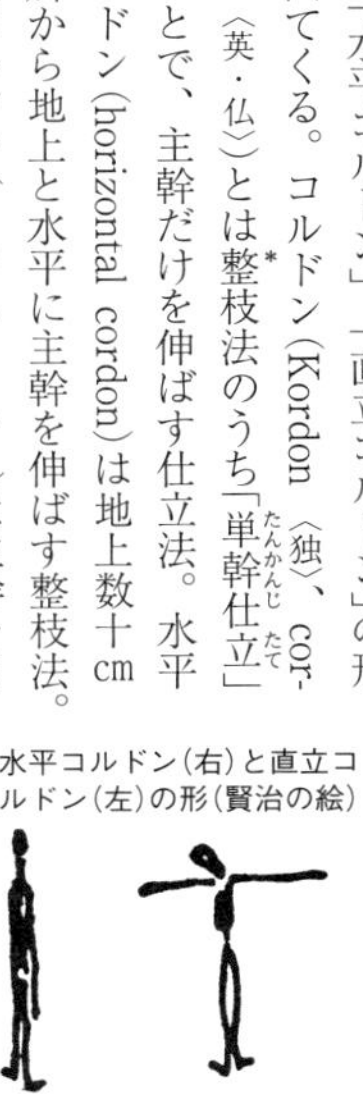

これぁ ↓まんつ、おらあだりでば

コロイダーレ ↓コロイド

コロイド【科】【天】 colloid *膠朧質《こうろうしつ》。10^{-5}から10^{-7}cm程度の微粒

子が、媒質と呼ばれる気体や液体、固体中に分散している状態を言う。賢治の存在哲学、宇宙観の中核をなす概念の一。特に賢治は*気圏をコロイド溶液（媒質が液体のもの）として把握した。雲や霧も水の微粒子が大気中に浮かんだコロイドであり、詩［風の*偏倚《へんい》］の「硅酸（→仮睡硅酸）の雲の大部が行き過ぎやう《ママ》とする」や、詩［実験室小景］の「そらを行くのはオパリン（→蛋白石）な雲」、詩［東岩手火山］（→岩手山）の「柔かな雲の波だ（中略）／その質は／蛋白石　glass-wool（→蛋白石）」、詩ノート［〔ちぢれてすがすがしい雲の朝〕］の「北はぼんやり蛋白彩（→蛋白石）のまた寒天（→アガーチナス）の雲」、童［チュウリップの幻術］（→うっこんかう）の「雲は光って立派な*玉髄」等は、いずれも雲の様子を硅酸（→硅化）のゼリー（コロイドの一種）にたとえた表現で、蛋白石（高級なものはオパール）、玉髄、*瑪瑙《めのう》等の半透明な半貴石も硅酸のゼリーなのである。詩［*青森挽歌］中の「きしやは銀河系の*玲瓏《れいらう》*レンズ／巨きな*水素のりんごのなかをかけてゐる」の「玲瓏」とはこうした半透明（すなわちコロイド状）の玉《ぎょく》（珪酸）の様子の形容だが、星が何千万、何億個と集まって一つのレンズ状の大集団を形成する銀河のイメージは、微粒子が無数集合してできあがったコロイド状の玉《ぎょく》の拡大形と言えるほど似ている。詩［*岩手山］の「そらの*散乱反射のなかに／古ぼけて黒くえぐる《ママ》もの／ひかりの*微塵系列の底*に／きたなくしろく澱むもの」という表現からもこの気圏＝コロイド溶液の発想が読みとれよう。「澱《よど》み」や「渣《おり》」（→澱《よど》）とは、コロイド溶液中の微粒子が同種の*電気を帯電しているため微粒子状態のまま維持されていて、反対の電荷イオンを加えることで結合を容易にし、沈澱化したものである。すなわち岩手山はコロイド溶液中の澱みということになる。賢治が気圏の比喩に使ったのは玉《ぎょく》ばかりではない。詩［山の*晨明《しんめい》に関する童話風の構想］の「つめたい*ゼラチンの霧もあるし」、詩ノート［ローマンス］の「市街の*寒天質《アガーチナス》な照明」、詩［青森挽歌］の「（八月の　よるのしづ《ママ》（じ）まの　寒天凝膠《アガアゼル》）」等、ゼラチンや寒天を使った例も多い。寒天は海藻の天草《てんぐさ》を煮たものを固めたもので、すなわちコロイド溶液を固化（ゲル化）したもの。またゼラチンは膠《にかわ》を精製したもので、やはりコロイド溶液を作る。賢治はこのゼラチンの水溶液を「膠質光」「膠質体」として照明や雲の様子に使ってもいる。詩［青森挽歌］は、夜明け前のぼんやりした車室や車窓外の風景をさまざまなコロイド溶液で描き出すが、「はるかに黄いろの地平線／それはビーア（→ビール）の澱《おり》（→澱《よど》）をよどませ」と、*ビール（コロイドの一種）までもちだしている。また詩［*蠕虫舞手《アンネリダタンツエーリン》］はいきなり「（えゝ水ゾルですよ／おぼろな寒天《アガア》の液ですよ）」とコロイド溶液の発想に始まり、蠕虫《ぜんちゅう》たちの無秩序な動きがユーモラスに描かれる。童［*銀河鉄道の夜］の冒頭、*銀河系の説明中に「つまりその星はみな、乳のなかにまるで細かにうかんでゐる脂油の球にもあたるのです」とあるのも、*牛乳がまた代表的なコロイド溶液であり、銀河系をコロイド的に把握するのは先に引用した詩［青森挽歌］の玲瓏レンズと共通する。賢治がさまざまに影響を受けた科学者*アレニウスは、星の誕生をしばしば*微塵とコロイド溶液を使って説明した。また、賢治がコロイド的微粒子を微塵という宗教語に置き換え、*存在哲学に昇華させたことは極めて重要である。人間をはじめとして生物はほとんどすべてコロイドでできあがっており、気圏も宇宙も賢治世界のようにコロイド現象として把握されれば、そこにミクロコスモス（小宇宙）からマクロコスモス（大宇宙）としての全宇宙にまで拡大される、存在哲学としてのコロイド化学が存在することになる。賢治は詩［小岩井農場］の「銀の微塵のちらばるそら」をはじめとして数多くの微塵を大気中に描き出したが、この作品の下書稿が「*銀のモナド」であったように、数例の「モナド」を使っている。モナドはまた唯心的な単位（単子）であり、*精神の最小単位でもある。これほど近代科学の発想や成果を文学に昇華させた詩人は世界的に見ても例がない。しかも賢治はコロイド的微粒子を宗教的世界把握にまで高め、合一させる。芸［綱］の「世界がぜんたい幸福にならないうちは個人の幸福はあり得ない／自我の意識は個人から集団社会宇宙と次第に進化する（中略）／新たな時代は世界が一の意識になり生物となる方向にある／正しく強く生きるとは銀河系を自らの中に意識してこれに応じて行くことである」とあるように、個人の自我（モナド）は宇宙全体（法・ダルマ）に通じなければならない（作品にはなく宛先不明の簡［不4］の下書稿断片に一回だけ出てくる「*宇宙意志」の意味もそこに発しよう）。個と全体の関係は、いわば無秩序運動をしながらも、同種の電気（賢治文学ではしばしば宇宙意識そのもの）を帯びることで、個と全体の調和の保たれたコロイド溶液なのである。賢治が気圏や銀河を化学的に描写するのは彼の単なる博学や衒学《げんがく》趣味などではなく、科学・宗教・哲学に共通する明晰な認識と、一体化の意図が基底にある。賢治は「実験でちゃんとほんたうの考とうその考とを分けてしまへばその実験の方法さへきまればもう信仰も化学と同じやうになる」（童［銀河鉄道の夜（初期形）］）と言っている。以上のように見てくると芸［綱］の「まづもろともにかがやく宇宙の微塵となりて無方の空にちらばらう」や、詩［春と*修羅］で修羅状態に陥った自らに「このからだそらのみぢんにちらばれ」と呼びかける、この微塵こそ人間の存在認識として宗教にまで昇華されたコロイド粒子だと言えよう。コロイドは詩［青い*槍の葉］［風林］等にも登場するが、詩［（澱《たま》った光の澱《おり》の底）］には「コロイダルな稲田の水に」、同下書稿には「Colloidal な水」、詩［光の渣《おり》］には「コロイダール」、詩ノート［（その青じろいそらのしたを）］や詩［命令］には「コロイダーレな影」「コロイダーレな照明」といったふうに、それぞれ形容詞として出てくる。コロイダーレとはイタリア語 colloidale のつもりで用いたのだろうが、それぞれ音感的にはこの発音がぴったりである。↓微塵《みじん》、膠質《こうしつ》、光素《こうそ》、電子《でんし》

コロタイプ【科】collotype　コロタイプ版。約一五〇年前にフランスで生まれた写真製版法。ガラス板にゼラチン、重クロム酸アンモニウムを主剤とした感光液を塗って焼き付け、乾燥させたものを版とする。童［*台川］に「どこかであんなコロタイプを見た」とある。

コロナ【天】【植】corona　①天文用語としては太陽（↓お日さま）の光冠を言う。②植物用語としては冠毛（↓冠毛燈）。①は、皆既日食時に真珠色に、黒い太陽の周りに輝く。明るさは満月の約半分で、黒点の活動状況によって形が変化する。コロナは電離した自由電子が太陽光を*散乱させるもので一〇〇万度の高温であると言う。童［*イーハトーボ農学校の春］、詩［*小岩井農場］中の太陽マヂック（↓光炎菩薩）の歌の中にコロナと数字を組み合わせたものが何回も登場する。例えば前者中に「（コロナは六十三万二百

／あゝきれいだ、まるでまっ赤な花火のやうだよ。」）／それはリシウム（↓リチウム）の紅焔でせう。／ほんたうに光炎菩薩太陽マヂックの歌はそらにも地面にもちからいっぱい、日光の小さな小さな菫や橙《だいだい》や赤の波といっしょに一生けん命に鳴ってゐます」がある。これはコロナではなくプロミネンス（prominence 紅炎、紅焔）のこと（↓口絵⑲）。数字はその紅炎の高さであろう。アレニウスの『宇宙発展論』（一九一四）には観測された紅炎例として、五〇万、五六万km、といった数字が、一戸直蔵の『星』（一九一〇）では四万八〇〇〇から、七〇万台を中心に多くのマイル単位（一マイル＝一・六km）の紅炎が登場している。②は、タンポポやアザミ等の実に見られるような、ガクが変化して子房の頂端に生えて毛状をしたもので、風で種子を飛ばす役割をする。詩［おきなぐさ］には「おきなぐさ冠毛の質直」とあり（質直《しつじき》は仏教語で、すなおなこと）、［白い鳥］にも同様の行がある。詩ノート［〔赤い尾をしたレオポルドめが〕］では「山は吹雪（↓吹雪）のうすあかり／（中略）／林はうすい冠毛《コロナ》をかぶる」とある。同詩の異形である詩［〔土も堀《ママ》るだらう〕］の「林は淡い吹雪《フキ》のコロナ」もまた、吹雪で白く凍った林の様子を冠毛（タンポポ等を思い浮かべるとよい）にたとえた。詩ノート［〔ちゞれてすがすがしい雲の朝〕］、詩［氷質のジョウ談］のコロナは、氷の風景を示しているが、どちらのコロナかは区別しにくい。詩［山火］（初行「血紅《けっこう》の火が…」）中の「血紅の火が／ぼんやり尾根をすべったり／またまっ黒ないたゞきで／奇怪な王冠のかたちをつくり／焔の舌を吐いたりすれば／瑪瑙の針はしげく流れ／（中略）／或ひ《ママ》はコロナや破けた肺のかたちに変る」の表現は、太陽のコロナが王冠《コロナ》の形から来た名であることを示して興味深いが、内容はやはりプロミネンスを意識したものになっている。↓光環《こうかん》

コロボックル【文】 アイヌの伝説にある、蕗《ふき》の葉の下に住む小人《こびと》のこと。人類学者坪井正五郎が、石器時代に北海道に実在していた人種、と唱えたことがある。詩［樺太鉄道］に「おお満艦飾のこのえぞにふの花／月光いろのかんざしは／すなほなコロボックルのです」とある。賢治を刺激した同時代の童話と童謡の雑誌「赤い鳥」にも宇野浩二の「蕗の下の神様」（一九二一）、北原白秋の童謡「アイヌの子」（一九二五）等、コロボックルやアイヌを題材としたものが何編かある。

コロラド【地】 Colorado アメリカ合衆国の西南部の州名。大高原とコロラド河の作る大峡谷が有名。童［銀河鉄道の夜］では、タイタニック号の遭難者、青年と幼い姉弟の登場後、汽車は銀河を少し離れて大峡谷の崖上を走る。野原のはてからドヴォルザークの有名な「新世界交響楽」が聞こえてくると、ジョバンニは「こゝはコロラドの高原ぢゃなかったらうか」と思う。すると野原の中に一人のインデアンが登場する。関連詩［冬と銀河ステーション］で北上山地を走る岩手軽便鉄道を「冬の銀河軽便鉄道」とし、ビクターオーケストラの指揮者 Josef Pasternack（ヨセフ・パスターナック）の名も登場することから、このコロラド高原は、北上山地をモデルとしたことになる。詩［岩手軽便鉄道 七月（ジャズ）］の題名を見てもわかるが、賢治は猿ヶ石川に沿って走る岩手軽便鉄道を、しばしばアメリカ合衆国の高原列車に擬して、西洋音楽と結びつけて描いた。詩［種山ヶ原］下書稿にもコロラド高原の名が見える。この高原（コロラド・プラトー Colorado Plateau）

はアメリカ合衆国南西部、ロッキー山脈南麓から、ユタ、アリゾナ、コロラド、ニューメキシコ州に広がる。*古生代、*中生代及び*第三紀の礫岩《れきがん》(→コングロメレート)、熔岩(→鎔岩流)等からなる地層が水平の状態で一八〇〇～三三〇〇m隆起してできた。その中をコロラド川やその支流が一〇〇〇m以上の峡谷を刻んで流れる。浸食に対する岩石の硬軟の差が地形によく現われ、硬岩のところは垂直に近い壁状に、軟岩のところは緩やかな階段状となっている。また、紅、褐、黄などの岩石の色がそのまま現われ、壮大な美観を呈している。特にグランド・キャニオン(Grand Canyon)は有名な観光地として知られる。これも童[銀河鉄道の夜]に「『河までは二千尺から六千尺あります。もうまるでひどい峡谷になってゐるんです。』さうさうこゝはコロラドの高原ぢゃなかったらうか」とある。コロラドに限ったことではないが、一度も現地体験などしていないにしては賢治の地誌の正確さは感動的でさえある。地質学的教養と、何よりも想像力による経験の凌駕《りょうが》(凌《しの》いで、より優れること)と言うよりほかはあるまい。

疲《こわ》いが　【方】　疲《つか》れたか。疑問。*花巻地方では「疲《つか》れた」と言うとき「疲《こわ》い」「こえぇ」と言う。「怖《こわ》い」は「おかない」「おっかない」を用いる(→怖《お》っかなぐない)。童[*ひかりの素足]。

コワック大学校《こわっくだいがっこう》　【文】　「桑っこ大学」をもじった賢治の命名。童[毒蛾](→蛾)に「*ハームキヤといふ町へ行きました。こゝには有名なコワック大学校があるのです」とある。「桑っこ大学」とは、賢治の勤めた稗貫郡立稗貫農学校(→花巻農学校)につけられたニックネーム。かいこを飼う*桑の方言で農業を表わし、まことに貧弱な藁屋根の施設をわざと大学と呼んだユーモア。それをまたコワックとしたところに賢治らしさが横溢する。外国のどこかにありそうな大学名に聞こえる。この農学校は、一九〇七(明治四〇)年五月、蚕業講習所として開所し、賢治が就職した一九二一(大正一〇)年に二年制の農学校となったばかりであった。境忠一《さかいただいち》によれば、当時の農学校は「教室が二部屋、草ぶき屋根の蚕室二棟、事務室と職員室は同じ部屋、ほかに使丁室、宿直室という小さな学校であった」という。この農学校の隣にある四年制の県立花巻*高等女学校の女学生たちは「桑っこ大学」のほか「とどこ(かいこの子)大学」とも呼んだと言う。

硬《こわ》ぱし　【方】　硬い。逆の「柔《やわ》ぱし」という表現はない。「柔らかい」は「柔《や》っけ」という(→柔つけもん)。童[*鹿踊りのはじまり]。

渾河か遼河《こんがかりょうが》　→キーデンノー

コングロメレート　【鉱】　conglomerate　礫《れき》岩。堆積岩の一。礫は小石のことだが、直径二㎜以上を礫と定義している。童[楢ノ木大学士の野宿]にコングロメレートの話としてお*日さまがまっ赤で空が茶色だったころの話が出てくる。礫岩は童[*台川]にも登場。なお、曲[*黎明行進歌]で歌われる「角礫」は、角《かど》のある岩石の破片が堆積して砂や粘土によって固まった礫岩の一種。角礫岩。同行進歌の「いま角礫《かくれき》のあれつちに」は小さな角礫まじりの*荒土のことである。また、詩[*岩手軽便鉄道　七月(*ジャズ)]の「*第三紀末の紅い巨礫層の截《(き)》り割りでも」の巨礫層も、礫岩の地層をさしてのことであろう。

権現さまの尾っぱ持ち《ごんげんさまのおっぱもち》　【民】【レ】【方】　尾っぱは尾っぽの方言で、権現様の尾っぱ持ちのような格好をして、の意。童[*風の又三郎]で赤い髪の子が「すまし込んで白い*シャッポをかぶって先生についてすぱすぱとあるいて来」る様子をたとえたもの。権現の原義は仏や*菩薩が人間を救うためにいろいろな姿をしてこの世に権《かり》(仮)に現われることで、神仏混合の本地垂迹《ほんぢ(じ)すいじゃく》説では、仏が日本の神として現われると教えたが、東北地方では獅子舞の頭を権現さまとも言い、*神楽《かぐら》の中ではクライマックスに権現舞が舞われる。前結びの鉢巻き・直垂《ひたたれ》・袴・白足袋姿で一人が権現さまの頭を持って舞い、もう一人は「しことり」(尻っこ取りの訛り)といって頭の幕の「尾っぱ」を持ち、頭を持った舞い手にあわせて後ろから従って舞う。[風の又三郎]の先生が頭を持った舞い手とすれば、赤毛の子は「しことり」といったユーモラスな描写である。

権現堂山《ごんげんどうさん》【地】 *花巻市の北東約一二km、高さ四七六m。花巻から*早池峰山を眺めると、手前にこの権現堂山が見える。詩ノート[〔ちゞれてすがすがしい雲の朝〕]では、この様子が「いま／*スノードンの峯のいたゞきが／その二きれの巨きな雲の間からあらはれる／下では権現堂山が／*北斎筆支那の絵図を／パノラマにして展《ひろ》げてゐる／北はぼんやり蛋白彩(→蛋白石)のまた寒天(→アガーチナス)の雲／(中略)／権現堂山はこんどは酸っぱい／*修羅の地形を刻みだす」と歌われている。帳[雨ニモマケズ]の「*経埋ムベキ山」の一。→権現さまの尾っぱ持ち《ごんげんさまのおっぱもち》

金剛砂《こんごうしゃ》【鉱】 金剛とは仏教で最も堅固なものを言う。*金剛石といえばダイアモンドのこと。日本では全く産出しないため、昔は最も硬い石だった*ザクロ石を金剛石とも呼んだ。今でも研磨用のザクロ石の砂(粉末)を金剛砂《エメリー》と呼んでいる。転じて力士が土俵入りの時手にすりこむ土俵の砂を縁起をかついで呼んだりする。童[チュウリップの幻術](→うっこんかう)に「鋼砥《かなど》の上で金剛砂がぢゃりぢゃり云ひ」とある。鋼砥は金属類を研磨する鋼(→はひいろはがね)の砥石《といし》。

金剛石《こんごうせき》【鉱】 一般に、*ダイア(ヤ)モンド(diamond)のことを言う。露や霰のきらめくイメージとして使ったものに童[*銀河鉄道の夜]の「日光を吸った金剛石のやうに露」がある。童[*インドラの網]には「*桔梗いろの冷たい*天盤には金剛石の劈開片《へきかいへん》(→へきかい予備面)や」と使われている。童[*十力の金剛石]の金剛石はダイアモンドのことではなく、釈迦(十力)の象徴として露や宝珠などの意味で用いられる。「十力の金剛石は露ばかりではありませんでした。碧いそら、かがやく太陽丘をかけて行く風、花のそのかんばしいはなびらやしべ、草のしなやかなからだ、すべてこれをのせになう丘や野原、王子たちのびろうどの上着や涙にかがやく瞳、すべてすべて十力の金剛石でした。あの十力の大宝珠でした」とある。

混淆林《こんこうりん》【植】 混林とも言うが、多種目の樹木が混淆(交)して生えている林。単純林の反対。詩[山火](作品番号八六)に「その青黒い混淆林のてっぺんで」とある。

コンゴー土人《こんごーどじん》 →スタンレー探険隊《すたんれーたんけんたい》

混砂糠《こんさぬか》【食】 精米にする際に、白土《しろっち》(例えば、石英、*長石、硅砂〈→石英〉、*石灰等)を*搗粉《つきこ》として利用する。すると、その*米糠の中に、これらの混入した砂(白土)が含まれることになる。このように砂の混入した米糠を混砂糠と言う。これに対して砂を含まない米糠を無砂糠と呼ぶ。「大麦糠　混砂糠は家畜の胃腸に害／あるべきも」(帳[孔雀印]二三頁)等とある。また、混砂麦糠とは麦糠に搗粉の混じったもの。「三重県其他東北地方等にあり

て、／二割内外の混砂麦糠を一日五升／乃至八升位を給与しつゝありて／尚家畜に故障を認めざる如し。」(同上二五頁)とある。

混砂麦糠《こんさむぎぬか》 →混砂糠《こんさぬか》

金色三十二相《こんじきさんじゅうにそう》 【宗】 簡[75]に「金色三十二相を備して」とある。備《び》しては、そなえて。金色の仏身が、ありがたい三十二の形相《ぎょうそう》(頭頂に隆起があり、眉間《みけん》に白い毛が光を放ち、手は膝よりも長い、といった)をそなえて、の意。さらに仏身には八〇の身体上の特徴があるとされる。これを「八十随形好《ずいぎょうこう》」と言う。ちなみに仏像の眉間によく水晶がはめてあるのは眉間白毫相《びゃくごうそう》(毫は毛)の名残《なご》り。

紺紙の雲《こんしのくも》 【天】【レ】 紺紙とは濃紺色(紫がかった青)に染めた紙(経紙《きょうがみ》)で、墨の代わりに金泥《きんでい》や銀泥《ぎんでい》で写経するために用いる。賢治と写経との直接の親近は伝えられていないものの、この修行の必須科目は信仰深い賢治には親近のイメージであったと言えよう(簡[75]には「あなたのお書きになる一一《ひとつひとつ》の経の文字は不可思議(ママ)の神力《じんりき》を以て母様の苦を救ひもし」とある)。それが雲に現われている。詩[「一昨年四月来たときは」]には「生温《ぬる》い南の風が／きみのかつぎをひるがへし／またあの人の頬を吹き／紺紙の雲には日が熟し／川が鉛と銀とをながし」とある。同詩の異稿である詩[「生温い南の風が」]、詩ノート[ドラビダ風]にも同様の表現で登場。また詩[「秘事念仏の大元締が」]にも全く同じ「紺紙の雲には日が熟し／川は鉛と銀とをながす」がある。文語詩[「沃度ノニホヒフルヒ来ス」]にも下書稿に「紺紙ノ雲」が、定稿に「雲ハ経紙ノ紺ニ暮レ、樹ハカグロナル山山ニ、／梢螺鈿ノサマナシテ」がある。これらの詩に共通するのは、いずれも四、五月の春を知らせる雲のイメージである。そして雲の色彩表現に経紙のイメージがこもっている。

紺青《こんじょう》 【レ】 ロイヤルブルー(royal blue)。鮮やかな藍色の顔料。伯林《ベルリン》青、プロシア青。イギリス王室のオフィシャルカラー。群青と同成分、金青とも書いた。詩[清明どきの駅長]では「また紺青の地平線」、歌[四一]では「山鳩(→はと)のひとむれ白くかがやきてひるがへり行く紺青のそら」、詩[台地]では「いまこの台地にのぼってくれば／紺青の山脈は遠く／松の梢は夕陽にゆらぐ」等、使用例は多い。→伯林青《べるりんせい》

混成酒《こんせいしゅ》 【食】 酒の一種。種々の原料酒を混ぜ合わせて作った酒。蒸溜酒を原料にしたリキュール(アメリカでは酒屋を liquor shop と呼ぶ)類や醸造酒を原料にした日本酒やみりん等があるが、合成清酒、模造ウイスキー等の模造酒もこれに入る。童[ポラーノの広場](→ポランの広場)では「みんな立派な混成酒でさあ」とあり、粗悪なものには「木精」(メチルアルコール)を混ぜたとある。

こんだ 【方】 今度は、の訛り。「こんどあ」も同義。童[鹿踊りのはじまり]。

こんたな 【方】 こんな。童[種山ヶ原]に「こんたな処《どご》まで来て。」とある。「どご」は「こんなとこ」の訛り。

コンデンスミルク 【食】 condensed milk 牛乳を真空状態で濃縮したもの。練乳《れんにゅう》。本来無糖練乳(エバミルク)と加糖練乳の両者を言うが、日本では加糖練乳(牛乳に約一五%の砂糖を加え、約五分の二に濃縮したもの)を指して言う。コーヒー、紅茶の添加料や、菓子、アイスクリーム等の材料に用いられる。明治初期

から都会では缶詰にされたものが見かけられたが、一般的になるには時間を要した。童［〔銀河鉄道の夜〕〔初期形〕］に「今日、銀貨が一枚さへあったら、どこからでもコンデンスミルクを買って帰るんだけれど」とあるが、当時でもまだなじみの薄い、高価な洋風の食品であった。銀貨一枚とは、五〇銭銀貨であろう。

コンネテクカット、コンネクテカット州【地】 アメリカ合衆国の州名コネチカット(Connecticut)のつもりであろう。あるいはそのもじり。童［葡萄水］に「青ぶだうさん、ごめんなさい。コンネテクカット大学校を、最優等で卒業しながら、まだこんなこと私は云ってゐるのですよ」とある。童［銀河鉄道の夜］では「コンネクテカット州だ」。

昆布《こんぶ》【植】【食】【レ】 食用海藻の一類。マコンブをはじめ、その種類は一四属四〇種に及ぶ。全国的にとれるが主産地としては東北以北の外海の岩礁。一五m位の深位まで生育する二〜三年の多年草。紺褐色で長さ二〜四m、幅二〇〜三〇㎝。日本では最も大衆的で貴重な食用となる。歌［五六〇］の「うるはしき／海のびろうど　褐昆布／寂光ヶ浜《じゃっこうがはま》(→寂光の浜)に　敷かれ光りぬ」をはじめ「杜《もり》の杉にはふくらふ(ママ)の滑らかさ、昆布の黒びかり」(ふくらふは正しくはふくろふ、短［ラジュウムの雁］)、「あすこの坂なら杉の木が昆布かびらうど(ママ)のやう」(童［イーハトーボ農学校の春］)、「松は昆布とアルコール」(詩［〔鈍い月あかりの雪の上に〕］)、「波が昆布だ」(童［台川］)等の感覚的イメージのものが多い。昆布に限らないが、海に遠い環境で育った賢治には、潜在的に海浜ないし海底憧憬の感情があって、それが北上川に古生代の海を思い「イギリス海岸」と命名したり、また成長してからの三陸海岸や、北海道・オホーツクへのただならぬ親近となる、昆布一つにしても珍奇で新鮮な海の植物に見えたにちがいない。そのこと抜きには童［グスコーブドリの伝記］の成立の遠因も考えられまい。この名作の前形は「グスコンブドリの伝記」であり、さらにその原形は栗の木に登って昆布取りをする(→てぐす)設定の化物童話［ペンネンネンネンネン・ネネムの伝記］に発しているからである。この奇妙な表題の人名はペンネン先生とともに賢治の言語感覚による命名と思われる。

コンフェット【文】 コンフェッティ(confetti〈伊〉)。パーティやカーニバルなどのとき、戯れに投げ合う細かく切った色紙《いろがみ》。童［ポランの広場］に「そのときオーケストラが終わって、みんなは歓声をあげてコンフェットをなげつけるもの」とある。劇［ポランの広場］では「コンフェットー」「コンフェットウ」。

金米糖《こんぺいとう》【食】 菓子の名。金平糖とも。confeito(ポルトガル)原語の当て字。天文一八(一五四九)年、フランシスコ・ザビエルの渡来とともに移入されたという南蛮菓子で貞享《じょうきょう》年間(一六八四〜一六八八)には長崎で製造が始まり、全国に広まり大衆に親しまれた。けし粒に糖蜜をまぶし加熱すると特有の角状の突起が出る。食紅《しょくべに》などで色をつけたものもある。賢治作品では「きむぽうげみな／青緑或は／ヘンルータカーミンの金米糖を示す」(詩ノート［〔午《ひる》はつかれて塚にねむれば〕］)、「小松の黒い金米糖を／野原いちめん散点する」(詩［森林軌道］)といった小さな松の実の比喩的な用い方も見られる。詩［山の晨明《しんめい》に関する童話風の構想］、童［ツェねずみ］等。

金米糖

権兵衛茶屋《ごんべえぢゃや》【地】 未詳。あるいは賢治の創作か。童

［鳥をとる*やなぎ］に「『今朝権兵衛茶屋のとこで、*馬をひいた人がさう云ってゐたよ。*煙山《けむやま》の野原に鳥を吸ひ込む楊《(やなぎ)》の木があるって。*エレキらしいって云ったよ。』」とあるが、この煙山（現紫波《しわ》郡矢巾《やはば》町《ちょう》）の旧街道付近には昔あった茶屋名が地名として残っている。石切茶屋、山去《やまされ》茶屋等。

さ

さ【方】 場所や位置を指定する格助詞「…に」「…へ」は「…さ」と言う。東北方言特有の語法。童[*風の又三郎]では「おれの机の上さ石かげ乗せでったぞ」というふうに。

さあ、あそご払《はらえ》へ下《さ》げで呉《け》るんだいばは橇道《そりみち》もあるす 今年《ことし》の冬《ふゆ》は楽《らぐ》だ【方】 さあ、あそこを払い下げてくれるんだったら橇《そり》道《みち》もあるし、今年の冬は楽だ。「払へ下げで」の「へ」はエとイの中間音。「呉《け》るんだいばは」「冬は」の「は」はともにハァと発音する。*橇道は馬に橇を引かせて通る「馬橇」の道。劇[*種山ヶ原の夜]。

座亜謙什《ざあけんじゅう》 →虔十《けんじゅう》

蛇紋岩《サアペンテイン》 →蛇紋岩《じゃもんがん》

さあもう一《ひと》がへ《え》り面洗《つらあら》なぃやなぃ【方】 さぁもう一度、顔を洗わなければいけない。「一がへり」は「一回、一遍《いっぺん》」の意。童[*鹿踊りのはじまり]には「おれも一遍行《ひとがへり》つてみべが」とある。「洗なぃやなぃ」は実際には「あらねやね」と発音する。童[*ひかりの素足]。

豺《さい》【動】 山犬、*狼等残忍な性格の野獣を言う(文庫版全集では「やまいぬ」のルビ)。中国古典、漢時代の『史記』、戦国時代の『左氏伝《さしでん》』等にあり、滝沢馬琴《たきざわばきん》や幸田露伴《こうだろはん》にも用例がある。動物学的には狼属。諸橋《もろはし》『大漢和辞典』では、「支那にありて、*日本になし」という説をとっている。短[*疑獄元兇]に「それから豺のトーテムだ。頬が黄いろに光ってゐる」とある。

塞外《さいがい》【レ】 塞(砦、とりで)の外。塞内に対して言う。広義には国境の外、辺土の意にも用いる。童[北守将軍と三人兄弟の医者]に出てくる。

さいかち【植】 皂莢《そうきょう》。さいかし、とも。マメ科の落葉高木。山野、河原に自生し、茎・枝にとげがある。高さ約一〇m。葉は複葉、初夏に緑黄色の小花をつける。若芽は食用に、さや・豆果は薬用、古くは小袋等に入れて石鹸の代用にした。材は細工ものに愛用される。童[さいかち淵]があり、文語詩[職員室]に「*藤《ふじ》をまとへるさいかちや」とある。藤のつるのからむさま。なお、童[*風の又三郎]の舞台とされる*豊沢川の「さいかち淵」には、樹齢数百年と言われるさいかちの巨樹が数本、北側の崖下に並び立ち、辺りいっぱいに枝を広げていたと言う。

さいかち淵

サイカチ

サイクルホール【天】 賢治の造語。cycle hole のつもりであろう。循環する*穴。低気圧(cyclone)をさしている。賢治は高気圧(anticyclone)を「逆サイクルホール」と呼んでいる。低気圧では地上付近は中心に向って風が吹き、中心では上昇気流が起こり、上では風が外に向かって吹いている。逆に高気圧は、地上付近は外に向って風が吹き、中心では下降気流が発生し、上空では中心に向って風が吹く。低気圧では空気は上昇して冷え、水蒸気をはき出して雲を作る。逆に下降気流(高気圧)では空気が暖まり雲が消える。風の流れが中心の周りで螺旋《らせん》状を呈するのは地球の自転のためで、北半球では左巻き、南半球では右巻きとなる。童「風野又三郎」(→風の又三郎)では、風の精、又三郎がサイクルホールの説明をする。まず「*かまいたち」を例に出してから「大きなサイクルホールはとても一人ぢゃ出来あしない(中略)大きなやつなら大人もはいって《(ママ)》千人だってあるんだよ。やる時は大抵ふたいろあるよ。日(→お日さま)がかんかんどこか一とこに照る時か、また僕たちが上と下と反対にかける時…」と言う。二つのうち前者は日照りの時などの上昇気流で*積雲を生じる。後者はいわゆる入*道雲(積乱雲)の発生をもたらす寒冷前線面(冷たく重い寒気が侵入して、軽い暖気を押しあげる)を指している。続けて台風にふれて「南の方の海から起って、だんだんこっちにやってくる時、一寸僕等がはいる《(ママ)》だけなんだ。ふうと馳けて行って十ぺんばかりまはったと思ふと、もうずっと上の方へのぼって行って、みんなゆっくり歩きながら笑ってゐるんだ。そんな大きなやつへうまくはいる《(ママ)》と、九州からこっちの方まで一ぺんに来ることも出来るんだ」(「はいる」は旧かなでは「はひる」)。さらに竜巻も空気の渦の一種であると、又三郎の解説が続く。次に高気圧にふれ、「逆サイクルホールといふのもあるよ。これは高いところから、さっきの逆にまはって下りてくることなんだ(中略)冬は僕等は大抵*シベリヤに行ってそれをやったり、そっちからこっちに走って来たりするんだ。僕たちがこれをやってる間はよく晴れるんだ」と言う。これは冬の西高東低の気圧配置で、日本海沿岸は、日本海の湿気のために大雪となるが、太平洋岸は快晴の風の強い寒い一日となる。続けて「五月か六月には、南の方では、大抵支那の*揚子江の野原で大きなサイクルホールがあるんだよ。その時丁度北のタスカロラ海床の上では、別に大きな逆サイクルホールがある。両方だんだんぶっつかるとそこが梅雨になるんだ」と言う。揚子江辺りにできた低気圧が南北の高気圧にはさまれて東に延びたのが梅雨前線。この時北のオホーツク高気圧が強いと北海道や東北地方には北東の寒冷風(やませ)が吹き、深刻な冷害となる。このように又三郎の説明は気象学の知識を充分に下敷きにしたものと言えよう。詩「〔職員室に、こっちが一足はいる《(ママ)》やいなや〕」等には高気圧の語が見える。

西行《さいこう》 →西行《せいこう》

さいさう →採草《さいそう》

斎時《さいじ》 →斎食《さいじき》

斎食《さいじき》 【宗】 とき、時食《じじき》とも。修行僧《しゅぎょう》がとる食事のこと。明け方から正午までを斎時《さいじ》と言い、その間に一度だけ許されており、正午以後は戒律により禁じられている。転じて菜食《さいじき》(精進《しょうじん》)料理や、仏事・法要のことも言うが、童「四又の百合」(→百合)に「斎食の仕度はい、か」とある。詩「*海蝕台地」で「斎時の春の胸を噛む」のは、次行の「*見惑塵思《けんわくじんし》の海のいろ」である。

綵女《さいじょ》 →綵女《うねめ》

西条八十《さいじょうやそ》 【人】 西條八十。詩人、仏文学者。一八九二(明治二五)～一九七〇(昭和四五)。早稲田大学英文科卒。早稲田中学時代に後の早大仏文教授吉江喬松《よしえたかまつ》(→農民芸術)に教えを受け、大学時代は、吉江教授の薫陶は受けつつも三木露風《ろふう》の影響下に「早稲田文学」「仮面」等に作品を発表。一九一九(大正八)年、処女詩集『砂金《さきん》』(→心象ス

西条八十(晩年期)

ケッチ)を出版、象徴詩の世界に新風を吹き込んだ。フランス留学ののち、早大仏文科教授となり、フランス詩の紹介、研究に努める。『砂金』のほかに詩集『蠟人形』(一九二二)、『美しき喪失』(一九二九)等があるが、鈴木三重吉の「赤い鳥」等に数多くの童謡作品を発表し『西條八十童謡全集』(一九二四)を出版、また流行歌詞も書き、多くのヒットを飛ばした。晩年はライフワークとして『アルチュール・ランボオ研究』(一九六七)を大著にまとめた。賢治の詩[会食]に登場するが、同詩中に「まさに八十氏の柚《ゆず》にも類《たぐ》ふ」(八十氏の詩「柚の林」の内容に似ている)とあるのは、『砂金』に収まる詩「柚の林」「柚の実」にうたわれている「青き柚の実」の内部のイメージ、特に後者の「さらばうちに黄金の/匂《かぐ》はしき十二の房《へや》ありて/爾《なんじ》とわれを妨《まも》らむ」を踏まえている。童謡を詩集に収録したことでも画期的な『砂金』を賢治は読み、影響を受けていたと思われる。

採草《さいそう》【農】 鎌*で草を刈り取ること。草取り。草刈《か》り。牛馬等家畜の飼育が農家経営の柱となる東北地方では、家畜の飼料として牧草や藁*に頼るところが大きかった。日当たりのよい牧草地を採草地とも言った。詩[〔行きすぎる雲の影から〕]に「採草地でなく放牧地なら」とあるほか、詩[*暁穹《ぎょうきゅう》への嫉妬]には「草刈」とある。なお、童[山男の四月〔初期形〕]*に「家はさいさうを業とし」とあるのは、この採草よりも、前後の文脈から葬祭業(葬儀屋)であろう。

罪相《ざいそう》【宗】 罪深い相《すがた》。それを述べた条《くだり》。童[二十六夜]*に「あとのご文の罪相を拝するに、みなわれわれのことぢゃ」とある。

サイダー【食】 cider 清涼飲料の一。本来はリンゴ酒のこと(賢治が「苹果酒*」〈→苹果《りんご》〉とも書くのはそのため。リンゴ液から製する発泡酒、シードル)であるが、日本では香料や砂糖*を加えた炭酸飲料を言う。清涼飲料が日本に渡来したのは江戸末期。一八八七(明治二〇)年「金線サイダー」の製造が始まったが、値が高く一般化しなかった。一九〇四年、コルク栓に代わってブリキ製冠栓が用いられるようになって品質保存が向上し、さらに一九〇七年平野サイダー(のち「三ツ矢サイダー」と改名)が大量生産されて本格的に普及し始めるようになった。賢治作品では「けむりはビール瓶*のかけらなのに、/そらは苹果酒《サイダー》でいっぱいだ」(詩[*厨川《くりやかわ》停車場]*)や「淡くサイダーの/息はく」(帳[兄妹像]一一八頁)とあり、感覚的な比喩として印象的。

最大急行《さいだいきゅうこう》【文】 特急列車のことを指して実際に使われた呼称。一九〇六(明治三九)年、新橋(のちの汐留駅始発)神戸間で運転を始めた時は時速四四km、一四時間弱を要した。童[さるのこしかけ]*[氷河鼠の毛皮]。

佐一《さいち》 →森佐一《もりさいち》

斎藤宗次郎《さいとうそうじろう》【人】 作品には直接登場しないが、賢治に影響を与えた人物の一人。一八七七(明治一〇)～一九六八(昭和四三)。賢治より一九歳年長。和賀《わが》郡北笹間村に生まれ、一五歳から*花巻の母方の養子となり、一九二六(大正一五)年に上京、内村鑑三の伝道を手伝い、その最期を看《み》とった。岩手師範学校卒。小学校教師の傍ら内村鑑三の「非戦論」に共感、師事し、受洗。病気で教壇を去った(とされていたが小学生に聖書や内村鑑三仕込みの非戦論を教え、退職を余儀なくされたとも言われる)後は新聞取次店を営む。賢治に

斎藤宗次郎

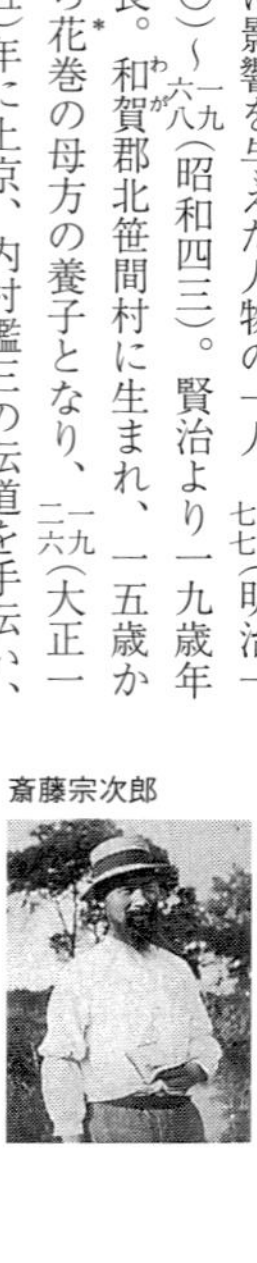

深い理解を示し、賢治もまた内村ゆずりの斎藤の既存のキリスト教会への批判や反骨清廉の思想に魅《ひ》かれ、花壇作りや農業に至るまで大きな影響を受けた。賢治みずから斎藤を訪ねて意見を聞いたり、花巻農学校教師になってからは、しばしば職員室に招いて意気投合し、レコードを聞いたり、自作の詩を読んでは感想を求めたりしている。著書に『花巻非戦論における内村鑑三先生の教訓』(一九五六、牧神社)、栗原敦・山折哲雄編『二荊自叙伝』(上・下)(二〇〇五、岩波書店)がある。↓ジョバンニ

斉藤平太《さいとうへいた》【人】童[革トランク]の架空の主人公名。サイトウヘイタはタイソウヘタ(体操下手)のもじりで、実際に体操が下手で点も悪かったかつての賢治自身の戯画化された命名とも言われる。楢岡《ならおか》(出身)の地名も架空で、あるいは楢鼻あたりをヒントにして、もじったのかもしれない。↓トランク

サイプレス【植】cypress　イトスギ(糸杉)。セイヨウヒノキとも。地中海沿岸地方原産のヒノキ科の針葉樹で、常緑の小高木。葉は針状で枝に密着している。賢治の「サイプレス」(歌[七五九・七六〇]、詩[風景とオルゴール]、童[ポラーノの広場]〈↓ポランの広場〉等)、「糸杉」(童[ポラーノの広場])、「ZYPRESSEN」(ツィプレッセン。ドイツ名でZypresseの複数形、詩[春と修羅])等も彼の詩的想像力の世界では、あくまでヨーロッパ種の「サイプレス」のイメージでなければならない。右の「サイプレス」を歌った歌二首には「ゴオホサイプレスの歌」の題が与えられており、一首目の「サイプレス／忿《いか》りは燃えて／天雲のうづ巻をさへ灼《や》かんとすなり」を見ても「ゴオホ」は「ゴッホ」にちがいなく、ゴッホの有名な糸杉の絵に触発されての作であることは明らかである。当時、美術雑誌かと思われたほどゴッホやロダン、セザンヌ等の図版を多く掲げ、紹介していた賢治の思想との縁浅からぬ有島武郎《ありしまたけお》(↓農民芸術)らの文芸雑誌「白樺」の影響も考えられる。詩[春と修羅]に「ZYPRESSEN 春のいちれつ」「ZYPRESSEN しづかにゆすれ」「ZYPRESSEN いよいよ黒く」と繰り返される衝迫的なイメージも、経験や想像をさえ超えた、賢治の心象(↓心象スケッチ)のリズムを伴う内部生命の展開の節目の役割をしている超現実的なシンボルである。ちなみにヨーロッパでは、野外にも垂直に伸び、枝葉を下に垂らした繊細なサイプレスの姿が見られるが、死や悲しみのシンボルとして墓地等にはよく植えられている。

サイプレスヴァイン【植】cypress vine　和名ルコウソウ(縷紅草・留紅草、略してルコウとも)。ヒルガオ科の観賞用一年生「つる草」。高さ三～六m。葉は羽状に裂けて糸杉(サイプレス)のようで、つるがブドウに似ているのでヴァイン(ブドウの木の英語。あるいは、つるのある植物、の意)の名が付いた。原産はメキシコ。夏に葉のつけ根から鮮紅色やピンク、まれには白色の美しい花を咲かせ、垣根等を彩る。午前中咲いて、午後はしぼむ。詩[三原　第二部]に「小屋は窓までナスタシヤだの／まっ赤なサイプレスヴァインだの」とある。

細胞《さいほう》【科】さいぼう、とも。生物体を構成する単位。一般には核と細胞質体とからなる原形質の外側を、セルロース(繊維の主要成分)でできた細胞膜(細胞壁)が取り巻いている。賢治を理解する上で重要な彼の細胞観は、詩ノート[〔黒と白との細胞のあらゆる順列をつくり〕]によれば、細胞の順列が「意識の流れ」であり、細胞はまた「多くの電子系順列からできてゐるので／畢

竟わたくしとはわたくし自身が／わたくしとして感ずる電子系のある系統を云ふ」といういささか翻訳調の難解な発想に見ることができる。しかし、実際に作品で用いられる場合はわかりやすく、単純に生物体の単位としての「細胞」が多い。入院生活を歌った歌[一〇八]では「目をつぶりチブスの菌と戦へるわがけなげなる細胞をおもふ」とあり、童[*十力の*金剛石]では「十力の金剛石は*野ばらの赤い実の中のいみじい細胞の一つ一つにみちわたりました」とある(いみじいは見事な)。ほかに童[*ビヂテリアン大祭]、詩ノート[〔南からまた西南から〕]、帳[雨ニモマケズ]九四頁にも同様な使い方がある。

材木町《ざいもくちょう》 【地】 *盛岡市内の*北上川河畔の町。童[*紫紺染について]に、古記録中にこの町で紫紺染に使う紫根の取り引きがなされたことが紹介されている。*盛岡高等農林学校時代、同人誌「*アザリア」の主要同人の一人河本義行(→河本さん)の下宿がここにあり、同誌の編集の場にそこがよく使われたので、賢治もよく通《かよ》ったはずである。

蒼鉛《さうえん》《そうえん》 【鉱】【レ】 ビスマス(bismuth)。元素記号Bi、原子番号八三の金属元素。銀白色。表面が酸化されることにより、その酸化膜で光が回折し、淡い赤みを帯びることがある。単体のビスマスと他の金属との合金は、それぞれの金属単体より低い融点となる特徴があり、ヒューズやハンダなどに利用される。妹の死をうたう詩[永訣の朝]に「蒼鉛《さうえん》いろの暗い雲から」、詩[〔*どろの木の下から〕]に「蒼鉛いろの影の中に」とあり、金属蒼鉛の色と異なる。蒼鉛の代表的な鉱石である輝《き》蒼鉛鉱《そうえんこう》は銀白色不透明。賢治の造語と見なされる色彩語としての「蒼鉛いろ」はこれに近いか。

サウザンクロス →南十字《みなみじゅうじ》

さ《そ》**うせばいま夢**《ゆめ》**が。奇体**《きたい》**だな** 【方】 そうすると今は夢か。奇妙だな。「さうせば」は「そうすれば」の訛り。「いま夢が」は自問。「奇体だな」は→奇体だな、どごの馬だべ…。劇[*種山ヶ原の夜]。

さ《そ》**うだが** 【方】 そうか。童[*鹿踊りのはじまり]では「やっぱりさうだが」とある。

流氷《ザエ》**、氷**《ザエ》 【科】【方】 りゅうひょう。pack ice 浮遊する海氷。北海道北東岸には例年一月から四月まで、*サガレンや*オホーツク海で生成した海氷が漂着する。しかし賢治が見立てたのは、河中(*北上川等)を流れる氷塊のことで、岩手県上閉伊《かみへい》郡等では、これをザエ(ザイ)と呼んでいた。文語詩[流氷《ザエ》]に「見はるかす段丘《(だんきゅう)》の雪、なめらかに川はうねりて、／百千の流氷《ザエ》を載せたりふ水は、百千の流氷を載せたり」とある。詩[冬と銀河ステーション]には一字で「氷《ザエ》」とある。

佐伯正《さえきただし》 【人】 歌人。一八八一(明一四)～一九四二(昭一七)。東京大学哲学科卒。大学時代に山形県出身の国家主義者、大川周明《おおかわしゅうめい》と交友。岩手県社会事業主事を勤めた(一九二七～一九二九年在任)。賢治の父*宮沢政次郎が「方面委員」だったのが機縁で、賢治とも親しかった。文語詩に[社会主事 佐伯正氏]がある。

栄浜《さかえはま》 【地】 旧樺太の地名(現ロシア領サハリンのスタロドゥブスコエ→サガレン)。*鈴谷平原最北部の*オホーツク海に面した場所。当時、南の大泊《おおどまり》から豊原(→鈴谷《すずや》平原)を経て栄浜まで*樺太鉄道が通じていた。樺太中部へ行くには鉄道は途中の落合から白鳥湖《はくちょうこ》を迂回し、海岸に出て北上する。そのため、栄浜の名とは裏腹に寂しい寒村であった。大泊より約九四km、豊原より約五三km北に位置する。賢治は一九二三(大正一二)年八月四日に栄浜に来て、詩［*オホーツク*挽歌］を得た。海岸の美しい風景描写の中に、亡妹*宮沢トシの死をめぐる挽歌がうたい込まれる。「LOVE」「*HELL」「*十字架」「*Casual observer」等の西欧風の言葉が多いのは、エキゾチックな風景と同時に新開地(新世界)の雰囲気、そのモダーンさを賢治が積極的に吸いとっていたからであろう。一九三六年版『樺太要覧』によれば、豊原—栄浜間は一日五便の運転である(ちなみに大泊—豊原間は一〇便)。詩［オホーツク挽歌］には「十一時十五分」という時刻まで記されている。賢治は朝早い便に乗ったのであろう。しかし、賢治の乗った列車の時刻については疑問がある。

榊《さかき》【植】 山地に生えるツバキ科の小高木。常緑の光沢ある厚い葉を密生させる。常緑であることから*杉とともに古来「神樹」とされて多く神社等に植栽される。神域の境に植える「境木」が名の起こりとも言われるが、文字自体神前に捧げる木の意味の国字。また「賢木」「栄樹」の字を当てたりもする。詩［〔ひるすぎの三時となれば〕］に「やがてまばゆきその雨の／杉と榊を洗ひつゝ」とある。

さがして見《み》**なぃが、そごらにあべあ**【方】 探して見ろよ、その辺にあるだろう。「見なぃが」は「見ねが」と発音する。「が」は共通語「か」の濁ったもので、軽い命令。「あべあ」は「あるべぁ」が詰まったもの。「べ」は推量。劇［*種山ヶ原の夜］。

下《さが》**ったら**【方】 ひきさがったら、学校から帰ったら。童［*風の又三郎］に「下ったら葡萄蔓とりに行がなぃが」とある。「行がなぃが」は「いがねが」と発音する。

魚《さかな》【動】【食】 賢治のころ、農山村(ことに内陸部の)では蛋白源として魚は貴重な食料であった。だから後述する「*毒もみ」も、かくれてよく行なわれた。川魚は別として海魚はほとんど塩物であった(それも陸中海岸から日数をかけて馬車で運ばれた)。賢治は童［*ビヂテリアン大祭］でもわかるように、宗教的立場からの菜食主義で魚を食べなかったが、作品に魚の登場頻度は多い。しかし、手［四］の「歌ふ鳥や歌はない鳥、青や黒やのあらゆる魚、あらゆるけものも、あらゆる虫も、みんな、みんな、むかしからのおたがひのきやうだい」とか、破調の歌［一一〇］の「さかなの腹のごとく／青じろくなみうつほそうでは／*赤酒を塗るがよろしかるらん」といったふうに、概念的もしくは比喩的な魚の表現が目立つのも、幼時から海の生魚を見る機会がなかったことと、ビジテリアンだったことが影響していよう。「煮られた塩の魚をおもふ」(詩［郊外］〈初行「卑しくひかる乱雲が」〉)、「*栗鼠お魚たべあんすのすか」(詩［*噴火湾(ノクターン)］)等も身近な魚ではない。比喩表現なら「さかなのねがひはかなし」(ねがひ、はかなし、と読む。ス［七］)、「水の中でものを考へるさかな」(詩［津軽海峡］〈初行「夏の稀薄から却って…」〉)、「魚の歯した*ワッサーマンは」(詩［凾(函)《(ママ)》館港春夜光景］)、「口をひらいた魚のかたちの*アンテリナムでこさえてやらう」(詩ノート［悪意］〈初行「夜の間に吹き寄せられた黒雲〈→ニムブス〉のへりが」〉)、「*はちすゞめが水の中の青い魚のやうに」(童［*十力の*金剛石］)、「その夢の中で魚どもはみんな青ぞらを泳いでゐる」(童［*風野又三郎］〈→風の又三郎〉)、「魚の鱗のやうな波をたて」(童［*グスコーブドリの伝記］)等々きりもない。ただ、川魚の描写で身近でリアルなものがある。*山椒《さんしょう》の皮からつくった毒もみで川魚をしびれさせて魚を獲《と》る童[毒もみのすきな署長さん]や、同じく発破《はっぱ》(↓何時《いつ》だがの狐《きつね》みだいに口発破《くちはっぱ》…)を仕かけて魚を獲る童[風の又三郎]の場面等がそうである。これら川魚は賢治の身近な見聞によるからだろう。「どうしてもとらなければならない時のほかはいたづらにお魚を取ったりしないやうに」(童[*よだかの星])は弟の*川せみに言うよだかのことばである。注目すべきは賢治の魚は比喩にしろ自由に空に現われる。空と海のイメージが混融する賢治の想像力の時空の、魚も一風物である(魚が空を行くイメージは山村暮鳥、室生犀星、萩原朔太郎らの詩にもあり、その影響や類縁も考えられるが)。例えば、「そらの魚の涎《よだ》れはふりかかり」(詩[*滝沢野])、「*アンドロメダの　くもは／*さかなのくちの　かたち」(童[*双子の星]の「星めぐりの歌」)等がそれである。

さがない【レ】 祥ない。祥はしるし、よいしるし(吉祥や吉祥寺の名のもと)がない。すなわち、よくない、悪い、の意。方言ではない。詩[会食]に「人その饗《(もてなし)》を閲《(けみ)》する(↓けみして)ならば／さがないわざとそしらるべきも」とある。人間(誰しも)もてなし(ごちそう)の中味をいちいちしらべる(吟味する)ということは、無作法な、よくないこととそしられても仕方のないことだが、の意。

さかなのくち【天】【レ】 *星雲の比喩。曲[星めぐりの歌]では*アンドロメダ大星雲を、童[*シグナルとシグナレス]では*環状星雲《リングネビュラ》を魚の口にたとえた。ほかに童[*土神ときつね](↓*狐)に、「魚の口の形ですから。魚口星雲《フィッシュマウスネビュラ》とも云ひますね」とある。また、似た表現に「口をひらいた魚のかたち」があるが、これは*アンテリナム(金魚草)の花の比喩で、詩[悪意]等に見られる。

サガレン【地】 Saghalien　サハリン(Sakhalin)のロシア読み。樺太《からふと》のこと。もと日本領であったが、一八七四(明治七)年ロシアと協議の結果、千島と交換。日露戦争後のポーツマス条約(一九〇五)で、北緯五〇度以南を再び領有。第二次大戦終結により一九四五(昭和二〇)年にソ連に占領された。気候は寒帯に属し、タイガ(針葉樹の大森林)地帯である。二〇世紀初めのハーバートソンの自然区分によれば、北海道と同じく冷温帯東縁《たいとうえん》(セントローレンス)型に属する。土壌は灰色のポドソル土で、カルシウム、マグネシウム、*リン等が不足するため、肥沃度は低く穀物の栽培には向かない。賢治は一九二三(大正一二)年八月三日から一週間足らず、樺太に滞在。教え子の就職依頼のためだったが、この旅行中に*妹宮沢トシをめぐる悲痛な*挽歌群が書かれた。挽歌群の中で樺太の美しい自然を、例えば「海面は朝の炭酸のためにすつかり銹《(さ)》びた／*緑青《ろくせう》のとこもあれば*藍銅鉱《アズライト》のとこもある／むかふの波のちゞれたあたりはずゐぶんひどい*瑠璃液《るりえき》だ」「まつ青な*こけももの上等の敷物《カーペット》と／おほきな赤いはまばら(↓*はまなす)の花と／不思議な釣鐘草《ブリーベル》(↓釣鐘草《つりがねそう》)とのなかで」(詩[*オホーツク挽歌])、「たしかに日はいま羊毛の雲にはいらう《(ママ)》として／サガレンの八月のすきとほつた空気を／やうやく*葡萄の果汁《マスト》のやうに／また*フレップスのやうに甘くはつかうさせるのだ(中略)山の襞《(ひだ)》のひとつのかげは／*緑青《(ろくしょう)》のゴーシユ四辺形(↓ゴーシュ)／そのいみじい玲瓏《トランスリューセント》(↓玲瓏《れいろう》)のなかに／*からすが飛ぶと見えるのは／一本のごくせいの高い*とどまつの／風に削り残された黒い*梢だ(中略)結晶片岩(↓片岩)山地では／燃えあがる雲の銅粉」(詩[*樺太鉄道])と表現した。

この体験をもとにしたものに童[サガレンと八月]、文語詩[宗谷《そうや》[二]]等がある。もともと賢治には北方憧憬が見られるが、妙見《みょうけん》信仰(↓北斗七星)や、時代的にも大正時代のロシア熱の風潮の影響もあって、清浄な*天上世界のイメージに時代的にも樺太の自然がより近いものだったこともあげられよう。なお、詩[[大きな西洋料理店のやうに思はれる]]にある「樺太の*鮭の尻尾の南端」は能登呂半島の南端(現アニワ岬)を指す。その形から、一般に樺太を鮭、北海道を赤鱏《あかえい》(菱形の大形軟骨魚)と呼んでいた。ちなみに、アメリカの詩人、ゲイリー・スナイダーは、アメリカ大陸を「亀の島」(Tortoise island)と呼ぶ。↓鈴谷平原《すずやへいげん》

鷺《さぎ》【動】 サギ科の鳥の総称で、鶴に似ているが鶴より脚も短く、やや小さい。鳴き声も鶴より低く淋しい感じがする。種類は多くオオサギ、チュウサギ、コサギ、シロサギ、クロサギ、ゴイサギ等がある。賢治作品では五〇回ほど登場する。ヘラさぎ、五位《ごい》さぎが五回ほどで、あとは鷺の姿体や鳴き声等がほとんど。種類は少ない。最も登場回数の多いのは童[銀河鉄道の夜]で、「鳥を捕る人」の章、五ページに一九回も出てくる。これも特定の鷺でなく、片っぱしから菓子にされる珍奇な場面である。最も詩的な印象を与えるのは、底知れぬ賢治の孤独感をただよわせている、詩[[夜の湿気と風がさびしくいりまじり]]の下書稿㈠[業の花びら]の「どこかでさぎが鳴いてゐる」の一行ではあるまいか。その鳴き声はこの詩ぜんたいに低く鳴きながら詩の深さを象徴している。「春と修羅　第二集」の定稿最終形は下書稿㈠～㈣の初五行だけで終わり、鷺の声も消えている。

さきた、さっきた【方】 さっき。「さきたな」とも言う。劇[*種山ヶ原の夜]の「さきたすっかり刈ってしまったけぁな」(さっき、すっかり〈草を〉刈ってしまったっけな)とある。

サキノハカ【レ】 詩ノート[[サキノハカといふ黒い花といっしょに]]に「サキノハカといふ黒い花といっしょに／革命がやがてやってくる」とある。花の名かと思われそうだが、そんな花は実在しない。賢治の造語であろう。ちなみに、佐藤勝治は、サキノハカとは「暴力」という漢字を分解し片かな書きにしたものと考え、また、伊藤博美は、サキノハカは「先の墓」のことで、*実相寺の墓を指すと言っている。いずれにせよ*社会主義者たちが単純に謳歌する「革命」がもたらすにちがいない凶々《まが》しい暗い事態を、「黒い花」の名にして象徴化していることは、まぎれもない。賢治と当時のマルクス主義との関係位相を考える上で深い興味あるキー・シンボルとなるのではあるまいか。

鷺百合《さぎゆり》【植】 サギユリの花名は諸本にもなく不明だが、ミズバショウ(水芭蕉。湿原に咲くサトイモ科の多年草で、春、バショウに似た葉を出す前、淡緑の花穂を内側に雪白色の花苞を美しく咲かせる北国の風物詩の一)のことか。方言でもなくミズバショウに対する賢治の詩的命名かと思われるのは以下の理由による。詩[春]冒頭に「空気がぬるみ／沼には*鷺百合の花が咲いた」と登場するが、この詩の雑誌(「貌」「銅鑼」)発表形には、いずれも「*水百合」となっており、その下書稿には「百合」の部分に「ばせう」のルビがふられていたのを消し、さらに「水百合」を「猫百合」とし、さらに「鷺百合」と書き直しているからである。湿原の白いミズバショウを「水百合」、あるいは「猫百合」「鷺百合」と言い換えてイメージを自立させようとした賢治苦心の花名かと考えられるが、具

体的にはヒツジグサを「水百合」にしたとも言えるし、「鷺百合」と「水百合」は混同されているふしがある。→水百合《みずゆり》

析く《さく》【レ】 くだく、とも。析は「分析《ぶんせき》」等の語に用いるが、もともと木を裂《さ》(割)く意。しかし詩[若き耕地課技手の Iris に対するレシタティヴ]の「岩を析いたり」は同義ながらクダくと読みたい。「しづかに析ける」(詩[こゝろ])、「気に析くる」(巌が大気に割ける意、文語詩[〔曇りてとざし〕])等もサける、サくる、であろう。また、音が急激に変化する「析《さ》ける」例(→ガルバノスキー第二アリオソ)もある。

酢酸《さくさん》 →醋酸《さくさん》

醋酸《さくさん》【科】 CH_3COOH 酢酸。カルボン酸の一種。無色で強い刺激臭の弱酸性液体。酢酸菌のはたらきにより酸素とエチルアルコールから酢酸が生成される。エステルの材料ともなる。童[ポラーノの広場](→ポランの広場)ではデステゥパーゴがアセトン乾溜会社と偽って密造酒を作っていたそのかま(釜)で、ファゼーロは醋酸を作る。童[税務署長の冒険]では密造酒工場を捜す税務署長が、目をつけた会社に対し「ふん、その会社は木材の会社でもなけぁ醋酸の会社でもない、途方《(とほう)》もないことをしてやがる」と心の中で言うが、これは木酢(木酢は木酢酸とも。木材の防腐剤として塗る不純な酢酸で木材を乾留してつくる)だろう。

さくったり →麦《むぎ》

削剝《さくはく》 →環状削剝《かんじょうさくはく》

桜《さくら》【植】【レ】【地】 バラ科の落葉高木でシダレザクラ(枝垂桜)、ソメイヨシノ(染井吉野)、ヤマザクラ、ウコンザクラ(鬱金桜)等十数種の総称。その花は国花として古来日本人に親しまれ、歌にも多く歌われている。賢治作品にも短歌、詩、童話等、締めて三四作品に五五か所ほど登場する。ただし賢治は桜の花をただ賛美しているわけではない。詩[小岩井農場 パート四]では「なんといふ気まぐれなさくらだらう／みんなさくらの幽霊だ／内面はしだれやなぎ(→柳)で／鴇《とき》いろの花をつけてゐる」、詩[〔向ふも春のお勤めなので〕]では「桜の花が日(→お日さま)に照ると／どこか蛙の卵のやうだ」とあり、童[或る農学生の日誌]でも直接賢治自身の表明でないにせよ「ぼくは桜の花はあんまり好きでない。朝日にすかされたのを木の下から見ると何だか蛙の卵のやうな気がする。それにすぐ古くさい歌やなんか思ひ出すしまた歌など詠むのろのろしたやうな昔の人を考へるからどうもいやだ。そんなことがなかったら僕はもっと好きだったかも知れない。誰も桜が立派だなんて云はなかったら僕はきっと大声でそのきれいさを叫んだかも知れない(後略)」とあって、前掲の詩の内容とかさなる。これらから言えることは、賢治は古来桜を歌い賞《め》でる風習(非生産的な階級、雰囲気)を含めて桜の花を嫌っていたように思われる。しかし、桜の登場頻度数といい、また詩[風景](初行「雲はたよりないカルボン酸」)の「さくらは咲いて日にひかり」、詩[函(函)館港春夜光景]の「青いえりしたフランス兵は／桜の枝をさゝげてわらひ」、文語詩[国柱会]の「台の上桜はなさき／行楽《(こうらく)》の士女《(しじょ)》さゞめかん」、詩[開墾地検察]の「しだれ桜」、ほか、帳[銀行日誌]に繰り返し出てくる葉桜の歌など見ると、必ずしも生身の賢治が桜嫌いだったと決めてしまうわけにもいかない。ひたすら春を待ち望む風土の中で頭から桜を嫌悪する者はいないだろう。ただ、桜の花やその花見の風習を感覚的に嫌悪する感情には、一

般的に言って反俗的な潔癖感の、ある種の屈折、孤独な心情のもたらす離群性の傾向が認められる。先例で「桜が咲き出した。山村兄は神経が腐ると言つてゐる。汚ならしくて明るい花である。桜といふものは梅毒みたいな花である」(室生犀星随筆「雨宝院より」、一九一五、山村兄とは山村暮鳥を指す)や、「感覚的憂鬱性！ それは桜のはなの酢《(ママ)》えた*匂ひのやうに、白く埃つぽい外光の中で、いつもなやましい光を感じさせる」(萩原朔太郎「憂鬱なる桜」、『青猫』一九二三所収、章題の題詞)、「ただいちめんに酢えくされたる美しい世界のはてで／遠く花見の憂鬱なる横笛のひびきをきく。」(同章中の詩「憂鬱なる花見」)等があり、また賢治と同時代では「桜の樹の下には屍体が埋つてゐる！」(梶井基次郎「桜の樹の下には」、一九二八)とも書く詩人や作家がいるように、桜に関する限り賢治にも彼らと感覚的な類縁が認められることは興深い。なお、現在「雨ニモマケズ」詩碑のある*羅須地人協会跡は地名としては桜(現桜町)だが、*北上川と*豊沢川の合流地点であり、アイヌ語のサク・オロ(鱒《マス》のいるところ)に発する名で樹木のサクラとは関係ない。

桜草《さくらそう》 【植】 プリムラ(primula)とも。サクラソウ科の多年草。山地の草原に地面にはうように群生し、春夏にさくら色の可憐な五弁花をいっぱいに咲かせる。*盛岡から*外山《そとやま》へ越える北上山地には「プリムラも咲くきれいな谷」(詩〔*どろの木の根もとで〕)がある。「そこには桜草がいちめん咲いてその中から桃色のかげらふ《(ママ)》(正しくは「かげろふ」)のやうな火がゆらゆらゆらゆら燃えてのぼって居り」(童「若い木霊」)、「おれの所にね、桜草があるよ、それをお前にやらう」(童「楢ノ木大学士の野宿」)等。

桜羽場君《さくらばくん》 【人】 桜羽場寛《ひろし》。後に改姓して安藤寛。賢治の教え子。稗貫農学校(→花巻農学校)三回生(一九二四年卒)。詩〔*展勝地〕に「桜羽場君、そこはだめだ」とある。童「台川」にも登場。なお、詩〔〔地蔵堂の五本の巨杉《すぎ》が〕〕(→天台寺《てんだいじ》)や、その下書稿〔巨杉〕に登場する「寛」や「桜場寛」のモデルも、この桜羽場君だろう。

ざくろ 【植】 石榴、柘榴、安石榴。ザクロ科の落葉高木。*小アジア原産で中国で古くから栽培されていたのが、平安時代に観賞用、薬用として渡来。初夏に鮮紅色の花をつけ、秋に食用や果実酒を作る実をつける。熟すると革質の厚い皮が裂けて、粒々の種子をのぞかせる。黄色い樹皮は駆虫剤となり、果実の甘酸っぱい汁は*鏡などを磨くのに用いた。童「風野又三郎」(→風の又三郎)に「ああまいざくろも吹きとばせ／すっぱいざくろもふきとばせ」とあるが、*「風の又三郎」では「ざくろ」はそれぞれ*「くるみ」や*「くわりん」に直されている。

柘榴石《ざくろいし》 【鉱】 ガーネット(garnet)。*ザクロのラテン名(granatum)から出ている。柘榴石は珪酸塩鉱物のグループで、スカルン(接触交代変性)鉱床やペグマタイト(柘榴石の砂地)に多く産出する。鉄礬柘榴石(アルマンディン)、苦礬柘榴石(パイロープ)、満礬柘榴石(スペッサルティン)、灰鉄柘榴石(アンドラダイト)など、含まれる金属の違いにより多様である。鉄礬柘榴石(アルマンディン)のうち宝石質のものは通常ロードライトの名で流通している。短「泉ある家」に「柘榴石のまじった粗鉱」とある。粗鉱は掘り出されたままの鉱石。→金剛砂《こんごうしゃ》

鮭《さけ》 【動】【食】 シャケ、アキアジとも。アイヌ語のサクイベ(夏の食物)、サットカム(干魚)が語源とされている。サケ目サ

ケ科。シロザケ、ギンザケ、ベニザケ、カラフトマス等多くの種類がある。サケは孵化後三、四年たつと産卵のために生まれた川に帰ってくる習性があり、岩手県の河川に上ってくるサケは成熟の徴候を鼻に示して、南部鼻曲りと呼ばれる。岩手県は本州第一のサケの産地。アイヌ人は鮭の皮で靴を作ったという。「鮭の皮でこさえた《（ママ）》大きな靴だの」（童［銀河鉄道の夜］初期形第三次稿〈校本全集は［初期形三］〉）、「黄金のどんぐり一升と、塩鮭のあたま」、「山猫（→猫）は、鮭の頭《しやけ》でなくて、まあよかつたといふやうに」（童［どんぐりと山猫］）等。また、樺太（→サガレン）は地形が鮭の形に似ているのでその比喩として用いられた「やっぱり樺太の鮭の尻尾の南端だ」（詩［〔大きな西洋料理店のやうに思はれる〕］）、「鮭づもな銀のこげら生《お》がってるな」（劇［種山ヶ原の夜］）等。他に「塩引の鮭の刺身」（塩引《しおびき》は塩物、童［なめとこ山の熊］）等。ちなみに賢治自身は長じてからはビヂテリアンで鮭など食べなかった。

砂鉱 さこう【鉱】海岸や河床の砂の鉱床。金、白金、鉄、錫等、砂に混じる状態で産する場合も多い。詩［岩手軽便鉄道　七月（ジャズ）］に「白金鉱区《やま》の目論見《（もくろみ）》は／鉱染よりは砂鉱の方でたてる」。

砂鶻 さこつ【動】鶻はワシタカ目ワシタカ科の小型のハヤブサ（隼）類の漢名。砂鶻は砂漠地方に棲むタカのことをさす。童［北守将軍と三人兄弟の医者］に「砂鶻《サコツ》といふ鳥なんぢや。こいつは人の居らないときは、高い処を飛んでゐて、誰かを見ると試しに来る。馬のしつぽを抜いたりね」とある。

笹 ささ【植】竹類の中で大きなものを竹と呼び、小さなものは笹と呼ばれる。イネ科の植物で、笹は林底等に生え日本全土どこにも見られる。賢治作品には、熊笹、小笹、篠笹《しのざさ》等が登場する。短［柳沢］に「昨日は鞍掛（→くらかけ山）でまるで一面の篠笹《（しのざさ）》」とあり、篠も細い葉のササの俗称だが、同義語を重ねる用法。「おれも太市も忠作も／そのま、笹に陥ち込んで、／ぐうぐうぐうねむりたかった」（詩［開墾］）、「笹の雪が／燃え落ちる　燃え落ちる」（燃え落ちるのは太陽光線で雪が落ちる比喩、詩［丘の眩惑］）等。

佐々木喜善 ささききぜん【人】詩人、民俗学者。一八八六（明治一九）～一九三三（昭和八）。岩手県上閉伊《かみへい》郡土淵《つちふち》村（現遠野市）に生まれる。筆名鏡石《きょうせき》。早稲田大学高等師範部国漢科聴講生となるが中退。文学を志したが、在学中、同じ早稲田大学出身の後の流行作家水野葉舟《ようしゅう》（→高村光太郎）の仲介で柳田国男に語った遠野の伝承が柳田の手で『遠野物語』（一九一〇）としてまとめられ、それが機縁で郷土（民俗学）研究家となる。帰郷して村長等を務めたが、晩年は仙台に居住した。賢治の没年、賢治に八日遅れて病没。著書に『聴耳草紙《ききみみぞうし》』（一九三一）等がある（遠野市立博物館刊『佐々木喜善全集』全四巻）。一九二八（昭和三）年、一九三〇年、一九三二年と、大本教の信者（もとキリスト教徒）でエスペランチストだった彼は花巻でのエスペラント講習会の会場の相談がきっかけで賢治を六回訪問して賢治はその会場を世話したと言われる。二人は宗教や霊界の話題に熱中し、賢治は民俗学に対する興味を刺激され、喜善は喜善で賢治を畏敬していたこと、賢治の死を知って号泣したこと等、喜善の当時の日記や家での語り草をもとにした令息、故佐々木広吉《ひろきち》の話を著者は仙台で広吉氏から直接聞いたことがある。童［ざしき童子《ぼっこ》のはなし］は、喜善の『奥

佐々木喜善

州ザシキワラシの話』(一九二〇)に影響を受けて書かれた。簡[242・249・414・448]は喜善にあてたもの。→ざしきぼっこ

佐々木舎監《ささきしやかん》【人】 佐々木経造《けいぞう》。盛岡中学校体操担当の教諭心得で寄宿舎舎監を兼ねた。日露戦争で足を負傷した傷痍《しょうい》軍人だった。歌[八の前]に「午《ひる》なれば山県舎監千田舎監／佐々木舎監も帰り来るなり」とある。補遺詩篇中の文語詩[〔わが父よなどてかのとき〕]の「左端にて足そべらかし」ている「かの舎監」も、この佐々木舎監。体操が苦手だった賢治は体操の時間に彼にこらしめを受けたという。

ささげ【植】 豇豆、大角豆。マメ科の一年生作物《さくもつ》。アフリカ原産で日本へは古く中国より渡来。今は世界各地で食用として栽培される(cowpea〈英〉 haricot〈仏〉等)。つるには木の枝や竹(今はプラスチック製のイボダケ)を添えて育てる。夏、淡紫色で蝶形の花をつけ、初秋に若い莢《さや》をつけ種子とも食用にする。「雨降りしぶくひるすぎを、青きさゝげの籠とりて」(文語詩[副業])、「わづかの畑に玉蜀黍や枝豆やさゝげも植え(ママ)たけれども」(植えは植ゑの誤)、「手早く餅や海藻とさゝげを煮た膳を」(短[十六日])等。なお、童[グスコーブドリの伝記]に「さゝげの蔓でもいゝから手伝ひに頼みたいもんだ」とあるのは「猫の手も借りたい」と同じく農家でよく使ったユーモラスな慣用句。なお「きつねのささげ」は→狐《きつね》

笹戸《ささど》 →笹長根《ささながね》

笹長根《ささながね》【地】 童[種山ヶ原]「風の又三郎」、劇[種山ヶ原の夜]等に出てくる地名だが、種山近くに同名の地名はない。長峰(あるいは長嶺)とは山の峰(嶺)続き、尾根を意味するので、岩手県には種山以外の尾根のつく地名は珍しくない。笹も同様で笹原の意。賢治は一般化して用いたのであろう。劇[種山ヶ原の夜]には「長嶺」といっしょに「笹戸」もくりかえし出てくる。ちなみに戸も地名に多いが、ところ(所、処)に通じ、他の語に付いて場所や出入口、通路などを意味してつけられたもの。伊佐戸、岩谷堂(岩屋戸)等もそうである。

笹間《ささま》 →鍋倉《なべくら》

笹森山《ささもりやま》【地】 岩手山西北の裾野の山。三つ森山の近く。標高五五五m。短[柳沢]に「笹森山、地図を拝見、これです」とある。

割竹《ささら》 →鹿踊《ししをど》り《ししおどり》

ざしきぼっこ【民】【方】 ざしき童子、とも。東北地方に伝わる「座敷童子」の方言でザシキワラシ(ス)、ザシキボコとも。旧家の座敷に時折り出現し、いなくなるとその家は没落すると言われた家の守護霊。児童の姿をした精霊(→幽霊)で、色は赤いとも白いとも言い、男児の場合も女児の場合もあり(女児が多いとされる理由は後述)、三〜一〇歳くらいと年齢の幅もある。寝ている人の枕を返したり、踏みつけたりのいたずらもするが、害を加えたり、化かしたり、恨んだりはしない。福の神、河童、蔵の神(クラワラシ)、オコナイサマとも言い、一説には「間引き」(農村では口減《くちべ》らしのため生まれてすぐ殺すことを言った)した赤子(成長しても収入が少ないからと女児が多かった)の霊等とも言われている。賢治は、柳田国男の『遠野物語』(一九一〇)や佐々木喜善の『奥州のザシキワラシの話』(一九二〇)等の影響を受けたこともあろうが、童[ざしき童子《ぼっこ》のはなし]では「ぼくらの方の、ざしき童子のはな

しです」と書き出している。童［ペンネンネンネンネン・ネネムの伝記」(→昆布)ではザシキワラシで登場。→アツレキ

ザシキワラシ →アツレキ、ざしきぼっこ

沙車《さしや》 【地】 前漢(紀元前二〇二年から紀元九年まで続いた西漢)時代の莎車国。現在の*ヤルカンド。*タクラマカン砂漠南辺にあるオアシス国家として知られ、天山南路南道(→天山北路)の要地として栄えた。童［*雁の童子」では老人が語る雁の童子の物語の舞台となっており、「沙車の町はづれの砂の中から、古い沙車大寺のあとが掘(ママ)り出された」とある。

砂壌《さじよう》 【鉱】 砂壌土の略。砂土より細かく粘土質の多い土。文語詩［眺望」の「砂壌かなたに受くるもの」は、砂壌土が年を経て異なる土質に変化したときの成分は、の意。詩句は「*洪積台の埴《は》土《に》壌《ひ》土《ち》と」(*洪積紀の粘土質の多い埴土《しょくど》と、農作物に最もよい壌土とに分かれていく)と続く。ルビの「はにひぢ」はそれぞれ古訓。「ひぢ」は泥の古訓を当てている。

指竿《させ》 【農】【方】 さしざおの方言。苗代《なわしろ》の表面をていねいにならす*代掻《しろかき》の際、*牛や*馬を引き回すため轡《くつわ》に付ける四mほどの棒(サセボウとも)。引き回すことをサセトリと言う。詩［［鳴いてゐるのはほと*とぎす］」に「ごみのうかんだつめたい水へはいり(ママ)／だまって馬の指竿をとる」とあるほか、童［グスコーブドリの伝記」にも登場。

座禅儀《ざぜんぎ》 【宗】 正しくは「坐禅儀」(曹洞《そうとう》宗の開祖道元《どうげん》の『永《えい》平正法眼蔵《へいしょうぼうげんぞう》』第十一巻)をさす。道元には一二二七(安貞元)年、宋から帰国した年に撰述した『普勧坐禅儀《ふかんざぜんぎ》』があるが、その和文版が、この「坐禅儀」巻(一二四三、示衆《じしゅ》)。正しい坐禅の行法をわかりやすく大《だい》衆《しゅ》に説示したもの。道元以前にも禅は伝えられたが、それは「悟りを得るための手段」(習禅《しゅうぜん》)としての坐禅で、道元はそれを否定して「坐禅を行じること自体が目的」とした。坐禅こそ「仏法の正《しょう》門《もん》、極妙《ごくみょう》」(「弁道話」)である、とする。賢治も中学五年時、曹洞宗の寺に下宿、坐禅の経験をした。帳［雨ニモマケズ」一三二頁に「*羅漢堂*看経《かんきん》を終へ／座禅儀は足の音《(と)》に／まじり」とある(このメモが文語詩化された［*涅槃《ねはん》堂」にはない)。看経の勤行《ごんぎょう》を終わって堂から出て廊下を歩む僧たち(*衆僧《しゅそう》)の足音に「坐禅儀」の教えがこもり、いりまじって聞こえるようだ、というのであろう。

さそり 【動】 蠍。蝎とも。熱帯、亜熱帯に生息する汚褐色のクモ(*蜘蛛)に似た節足動物。体長六cmほど。後腹部の最後の節に毒針があり、虫を刺して食う。日本では鹿児島から沖縄諸島にかけて数種生息する。童［*銀河鉄道の夜」に「むかしの*バルドラの野原に一ぴきの蝎がゐて小さな虫やなんか殺してたべて生きてゐたんですって」等と計一六回出てくるが、他の作品でも動物としてよりも、星座として登場することが多い。→さそり座《さそりざ》

さそり座《さそりざ》 【天】 蠍座。スコルピウス(Scorpius〈ラテン〉)。*射手座の西方、黄道上の第九星座。夏の夕方、南天に低くS字形に輝く。賢治が最も好んだ星座。詩［*鉱染とネクタイ」で「南はきれいな夜の飾窓《ショーウヰンドウ》／蠍はひとつのまっ逆さまに吊るされた、／夏ネクタイ…」と表現し、さらに「赤眼はくらいネクタイピンだ」とα星の*アンタレスを言う。北緯四〇度の岩手では赤道上のさそり座は地平線上にあり、比較的空高いへびつかい座(蛇遣座、主星ラスアル

さそり座

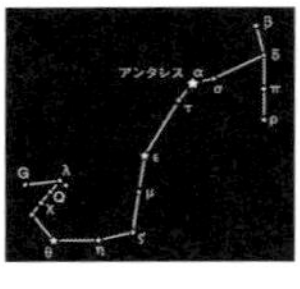

ハゲ）側しか見えなかったはずである。賢治がこの星座を好むのはアンタレスの赤さと、もうひとつは伝えられる蠍の毒虫としての生き方に魅せられたからであろう。ギリシア神話では狩人オリオンの高慢に怒った女神ヘラにつかわされて、オリオンを毒殺したと言う。童「銀河鉄道の夜」ではこれをふまえつつ、「わたしはいままでいくつのものの命をとったかわからない、そしてその私がこんどいたちにとられやう《(ママ)》としたときはあんなに一生けん命にげた。（中略）神さま。私の心をごらん下さい。こんなにむなしく命をすてずどうかこの次にはまことのみんなの幸のために私のからだをおつかひ下さい」と、弱肉強食の世界からの救済を説くたとえ話として少女に語らせる。詩「〔温《ぬる》く含んだ南の風が〕」中の「蠍座あたり／西蔵《チベット》魔神（↓魔神）の布呂《ふろ》に似た黒い思想があって／南斗のへんに吸ひついて／そこらの星をかくすのだ」は、夜の雲が星を隠す様子を言ったものだが、さそり座が銀河の中心の方向に近く、多くの暗黒星雲（↓石炭袋）が存在することと結びつけたとも考えられる。さそり座が球状、散開（M《メシエ》7は双眼鏡で見ても実に美しいので有名）の星雲や、散光星雲をたくさんかかえているのは銀河の中心方向に近いためである。天の川も複雑に入りくんでいる。同詩にさかんに「邪気」や「悪魔」「鬼」といったものが登場するのは、『肉眼に見える星の研究』（吉田源治郎、一九二二）にあるように「昔の星占ひ達は、此星座を、『暗黒の勢力』を保つ呪はれた星座だとし」たのに加えて、詩「〔温《ぬる》く含んだ南の風が〕」と同じ日付を持つ詩「〔この森を通りぬければ〕」に登場する火星（熒惑《けいわく》星）が、アンタレス（火）に近づくことを不吉の前兆とする占星術をふまえたためであろう。童「銀河鉄道の夜」中に「大きな火の向ふに三つの三角標（↓シグナル）がちゃうどさそりの腕のやうにこっちに五つの三角標がさそりの尾やかぎのやうにならんでゐる」とある。前者はβ、δ、π星を、後者はθ、ι、κ、υ、λ星を指している。簡［10］中の「スコウピオ」はさそり座の学名スコルピウス（skorpios）を指す。日本ではさそり座のS字を「魚釣り星」とも呼ぶ。中国ではアンタレスを中心とした三星を「商」とし「参《しん》（オリオンの三つ星）」と一緒にして仲の悪い兄弟とした。これは両星座が反対の季節に昇るからである。童「シグナルとシグナレス」にも登場。（↓口絵⑰⑮）

擦過《さっか》 【レ】 擦《かす》り過ぎること。詩「カーバイト倉庫」に「これらなつかしさの擦過は／寒さからだけ来たのでなく」、詩「東岩手火山」（↓岩手山）に「雲平線をつくるのだといふのは／月のひかりのひだりから／みぎへすばやく擦過した／一つの夜の幻覚だ」とある。詩「〔暮れちかい　吹雪《フキ》の底の店さきに〕」（↓吹雪）の「風の擦過」、詩ノート「〔ちゞれてすがすがしい雲の朝〕」の「擦過する鳥の影」、詩「〔高原の空線もなだらに暗く〕」の「何か白いひかりが擦過する」等々、幻覚的、あるいは視覚的、触覚的な感覚表現に、この漢語はよく生かされている。

サッカイの山《さっかいのやま》 【地】 未詳の山。中山峠（↓大空滝）の東南一一kmにある天ヶ森（標高八〇六m）の南端にアイヌ語らしいこの名があるが、ここを指してのことであろう。童「なめとこ山の熊」に「小十郎は（中略）なめとこ山からしどけ沢から三つ又からサッカイの山からマミ穴森（↓三つ又）から白沢（↓大空滝）からまるで縦横にあるいた」とある。

殺々尊々（尊）《さつさつそんそんそん》 ↓尊々殺々殺《そんそんさつさつさつ》

雑嚢《ざつのう》【衣】 嚢は袋。雑多な物を入れる袋。また、肩からかける布製のかばんを言う。明治後期ごろから学生をはじめとして、軍隊用の雑嚢を持つことが流行。詩［小岩井農場 パート四］に「わたくしは白い雑嚢をぶらぶらさげて」とあり、また童［台川］に「黒の制服を着て雑嚢をさげ」等が見られる(同作品では方言でガバンとも)。ほか、童［或る農学生の日誌］［サガレンと八月］等。

さっぱり →睡《ね》ってらな、…

汁液《サップ》【植】 sap 植物の液汁、樹液。詩［和風は河谷いっぱいに吹く］に「いまさわ(ママ)やかな蒸散(→蒸散器官《じょうさんきかん》)と／透明な汁液《サップ》の移転」とある。汗まみれのシャツを乾かす風の作用を「透明な移転(転移)」と言った爽快なイメージ。

サティン →繻《しゅ》(朱)子《す》

砂鉄《さてつ》【鉱】 iron sand 岩石中の磁鉄鉱(→ジッコさん)が風化等により他の鉱物と分化し、河川、海岸の砂に集中的に堆積したもの。近代鉱業以前は製鉄の主要原料だった。詩［自働(ママ)車群夜となる］では、「幕が下がれば十時がうって／おもてはいっぱい巨きな黒い烏の群／きまった車は次次ヘッドライトをつけて／電車の線路へすべって出るし／きまらないのは磁石のやうに／一つぶ二つぶ砂鉄のかけらを吸ひつけて／まもなくピカリとあかしをつける」とある。詩全体としては、社会階層の違いによる現実を、砂鉄を比喩に用いアイロニカルに表現している。

砂糖《さとう》【食】 サトウキビやサトウダイコンの汁液《シロップ》(舎利別《しゃりべつ》とも→製板)をしぼって蔗糖(シャトウ、ショトウ)、それを煮つめて黒砂糖、それから精製されたのが白色の結晶砂、砂糖である。日本に砂糖が渡来したのは七五四(天平勝宝六)年、唐僧鑑真《がんじん》によると言われているが、一六世紀中ごろから南蛮貿易によって輸入されるようになり、一六一〇(慶長一五)年には奄美大島で初めてサトウキビの栽培、製糖が行なわれ、その後、琉球、九州、四国等でも生産された。明治になって政府が製糖業に乗り出し、一八八〇(明治一三)年には官営の製糖工場を設立したが不振に終わった。日清戦争後日本領となった台湾に、台湾製糖株式会社が設けられ、かなりの量を供給するようになった。国内の消費量も急増し、明治・大正期を通して相変わらず砂糖、特に白砂糖は高価な食品として扱われた。簡［54］にも「コノゴロハ砂糖ガ高クテ黒イノモ仲々食ヘナイ」という記述がある。その他の用例では、「お団子を(中略)笊《ざる》むしてお砂糖をかけたのです」(童［雪渡り］)、「荒物屋があって笊だの砂糖だの(中略)ならべてゐた」(童［なめとこ山の熊］)、「砂糖を入れると酒になる」(童［葡萄水］)、「角砂糖を一袋買ひ」(童［銀河鉄道の夜］)、「赤砂糖を一つまみ入れて」(童［水仙月の四日］)、「砂砂糖を買ひに町に出る」(詩［不貪慾戒《ふとんよくかい》］)等がある。砂砂糖《すなざとう》は砂そっくりの黄砂糖のこと。また比喩表現に用いられたものも多く、「砂糖水のやうなぎらぎらするかげろう(ママ)」(旧かなは「かげろふ」、童［［ポランの広場］］)、「蒸気が丁度氷砂糖を溶《とか》したときのやうに」(童［研師と園丁］〈［チュウリップの幻術］先駆形〉)、「あたたかい空気は／(中略)濃い蔗糖溶液に／また水を加へたやうなのだらう」(詩［東岩手火山］)、「ひばりがまるで砂糖水のやうにふるへて」(童［イーハトーボ農学校の春］)、「梟の大将は(中略)まるで黒砂糖のやうな甘つたるい声で」(童［かしはばやしの夜］)、「地面は(中略)氷砂糖をふりまいたのだと」(童［十月の末］)等、多くの作品に登場。→ザラメ

佐藤一英《さとういちえい》 →童話文学《どうわぶんがく》

佐藤箴《さとうかん》 【人】 賢治の教え子で、花巻農学校第三回生（一九二四年卒）。童［台川］に「佐藤箴がとなりに並んで歩いてるな」と登場。

佐藤謙吉《さとうけんきち》 【人】 文語詩［日の出前］下書稿㈠の題名に［佐藤謙吉とその学校］とあり、これの原形と見られる歌［二〇二］に「清吉が／校長となりし／学校は」とあり、文語詩下書稿㈡では「堅吉が」となっていて、あるいは他の実在の人物がいたとも思われるが未詳。

佐藤伝四郎《さとうでんしろう》 【人】 賢治の教え子で花巻農学校第三回生（一九二四年卒）。詩［風林］（→沼林）に「せいの高くひとのいい佐藤伝四郎」と登場。

里長《さとおさ》 【文】 郷長、村長、等の古称（村長をムラオサというように）。文語詩［巨豚《きょとん》］の各連に四回登場。

さとねこ →猫《ねこ》

さなぃ 【方】 …しないの訛り。さらに訛ると「さね」になる。劇［種山ヶ原の夜］に「そだら一《ひど》づおらど約束さなぃが」とある。そんならひとつおれと約束しないか、の意。「さなぃが」もサネガに近い発音。ほか、童［鹿踊《ししおど》りのはじまり］等。

蛹《さなぎ》 【動】 昆虫が幼虫から成虫になるとき、脱け殻から出て食物もとらず静止している段階を言う。賢治は、しかし詩［発電所技師Y氏に寄す］（→電気）の中で、三万ボルトの「鯨の蛹」と、発電所の大トランス（変圧器）の詩的比喩として用いたり、童［チユウリップの幻術］（→うっこんかう）では「蛹踊《さなぎをどり》」と、枝を切り落されたばかりの、ゆれる梨の木をたとえたりしている。

真田紐《さなだひも》 【衣】 組紐の一種。木綿糸で平たく厚く組んだ紐。一六世紀末、天正のころ、信州上田城主真田昌幸《まさゆき》（幸村《ゆきむら》の父）が刀のつかを巻く紐として考案したところから、この名がある。「荷物へかけた黄いろの真田紐をといて」（童［山男の四月］）。帽子にも真田帽がある。→経木《きょうぎ》

ザネリ 【人】 童［銀河鉄道の夜］に登場する少年。その名の出所は、バリトン歌手R・ザネッリ（Zanelli）がヒントになっているのかもしれない。ザネッリはチリ出身でメトロポリタン歌劇場等で活躍、当時ビクターから出た（賢治も聞いたにちがいない）一流演奏者のレコード、通称「赤盤」にヴェルディやレオン・カバレロ等の曲を録音している。やわらかく力のあるバリトンで人気があった。

佐野喜の木版《さのきのもくはん》 【文】 佐野喜は江戸時代の浮世絵板（版）元の屋号。「井〈イ〉」の商標を用いた佐野屋喜兵衛の店。広重の「江戸名所」「花鳥大短冊《かちょうおおたんざく》」等を出版。詩［丘の眩惑］に「一千八百十年代の／佐野喜の木版に相当する」とある。一八一〇年代は江戸後期、庶民文化華やかだった「文化・文政時代」（一八〇四～一八二九）半ばである。

鯖ぐも《さばぐも》 →巻積雲《けんせきうん》

さはしぎ《さわしぎ》 【動】 沢鴫。サワシギは内陸性のシギの総称。シギは種類が多いが、冬期シベリアより渡来して海辺に生息するイソシギに対して、春秋に南方から渡来して山間の渓流近くの樹林や湿地に生息するのでその名がある。「（さはしぎも啼いてゐる／たしかさはしぎの発動機だ）」（詩［鈴谷《すずや》平原］）、「さはしぎどもがつめたい風を怒ってぶうぶう飛んでゐる」（詩［〔つめたい風はそらで吹き〕］）等。

さび紙《さびがみ》 →さびの模様《さびのもよう》

【さひのもよ】

さびの模様《さびのもよう》【レ】 詩［*薤露青《かいろせい》］に「秋の*鮎《あゆ》のさびの模様が」とある。最も成熟して川をくだる旬《しゅん》の鮎を「さび鮎」と言う。背にほんのりと赤茶色（黄味をおびた緑色）の模様がある。そのさび（錆、銹）色を「さびの模様」と言った。なお、文語詩［浮世絵］下書稿の「さび紙」も浮世絵の料紙の「さび色」をさしてのことであろう。

サファイア【鉱】【レ】 *鋼玉《こうぎょく》（corundum）の美しい結晶中、赤色以外のすべての呼称だが、一般には青色透明なもの（青宝石）を言う。古来、清浄さや安らぎの象徴として尊ばれた。ルビーと同様に六条のスター光を放つスターサファイアがある。賢治はこれを念頭に置いたのか、星の比喩によく使う。詩［*暁穹《ぎょうきゅう》への嫉妬］には「その清麗なサファイア風の惑星を」とある。また、文語詩［敗れし少年の歌へる］には「ひかりわななくあけぞらに／清麗サフィアのさまなして／きみにたぐへるかの惑星《ほし》の／いま融け行くぞかなしけれ」とある。加倉井厚夫によれば、原稿の他の個所から判断すると、その惑星は土星となるが、実際賢治に見えていた惑星は金星の可能性が高いと言う。童［*十力の金剛石］では雨から変わった「あられ」として「ダイヤモンド（→金剛石）や*トパァズ」と一緒に降る。「銀河鉄道の夜」では、アルビレオ連星の二つの星を、サファイアとトパーズになぞらえている。

作仏《さぶつ》【宗】 最高の悟りを開くこと。*成仏《じょうぶつ》（一般に死ぬことにも使うが、もと*釈迦牟尼がブッダガヤーで作仏したこと）に同じ。文語詩［*不軽菩薩］に「汝等作仏せん故と」とある。

三郎沼《さぶろうぬま》【地】 三郎堤《づつみ》。*岩手軽便鉄道（現釜石線）で*花巻より三つ目の小山田《おやまだ》駅近くの三つの溜沼《ためぬま》。詩［*〔はつれて軋《きし》る手袋と〕］に「黒く*珂質《かしつ》の雲の下／三郎沼の岸からかけて／夜なかの巨きな*林檎の樹に」とある。

サーペント、蛇紋岩《サーペンタイン》、サーペンティン →*蛇紋岩《じゃもんがん》

阻《さまたげ》【レ】 阻《はば》むこと。邪魔すること。短［*疑獄元兇］に「生きた世間といふものは、たゞもう濁った大きな川だ。わたしはそれを阻せんのだ」とある。逆らわず川の流れに従う、意。

サマルカンド【地】 Samarkand 撒馬児于。旧ソビエト連邦、ウズベク共和国東部、*天山の北麓、中央アジア最古の都市の一。アレキサンダー大王の東征（前三二九）以来、地中海地方とアジアの交易ルートの中心として栄えた。一九二五年ウズベク共和国成立時に首都となったが、一九三〇年首都はタシュケントに移った。生前発表（「*銅鑼」誌）の詩［氷質のジョウ談］の初行に「職員諸兄　学校がもうサマルカンドに移つてますぞ」とあるのは、地吹雪（→吹雪《フキ》）の霧の幻想的な光景を舞台に想像しての表現で、同詩の最終稿［氷質の冗談］では「職員諸兄　学校がもう砂漠のなかに来てますぞ」と改稿されている。

寒《さむ》ぐないがったが【方】 寒くなかったか。「ない」は「ね」と発音する。童［*ひかりの素足］。

サムサノナツ →*稲熱《いもち》

寒沢川《さむさわがわ》【地】 *豊沢川の支流。*花巻市の西方、*稗貫《ひえぬき》郡太田村太田付近で南から合流する。*高村光太郎は第二次大戦後、この近くの太田村山口に七年間隠棲した。今もその居跡と*高村光太郎記念館がある。賢治は稗貫*土性調査（雑［岩手県稗貫郡地質及土性調査報告書］）で、この川の源流まで踏査している。詩［会見］等。

さめ【動】【食】 鮫。軟骨魚綱のうちエイ（鱏）目を除く魚類の総称。関西以西ではフカ、山陰地方ではワニとも呼ぶ。体形は紡

錘形で骨格は軟骨からなり、一般にひれが発達し肌はざらざらしている（さめ肌の言葉もある）。口は体の下面に開き歯が鋭い。凶暴で大国主命と因幡《いなば》の白兎の神話にも出てくる。童［ペンネンネンネンネン・ネネムの伝記］（→昆布）に「風の中のふかやさめがつきあたってるんだ」等とあるのは厳密には間違いになるが、サメの大きいのをフカと考えてのことか。ひれはスープの材料として珍重される。童［山男の四月］に「ほしたふかのひれが、十両《ジッテール》に何《なん》斤《ぎん》くるか」等とある（→凡例付表）。また肉は特有の臭気を持つものが多く、現在では主にかまぼこ等の練製品の原料とされる。ホシザメ、シュモクザメ、バカザメ等、種類によっては刺身や焼きもの、煮物にして食するひともある。作品では「鮫の黒肉《み》はわびしく凍る」（詩［〔暮れちかい　吹雪の底の店さきに〕］〈→吹雪《フキ》〉）、「わかめと鱈に雪つみて、鮫の黒身も凍りけり」（文語詩［〔萌黄いろなるその頸を〕］）等が見られる。

鮫の黒肉《さめのくろみ》　→さめ

サーモ【地】　青森県八戸《はちのへ》市の鮫町の賢治流のもじりか。童［ポラーノの広場］（→ポランの広場）に「一番の汽車でイーハトーヴォ海岸の一番北のサーモの町に立ちました。その六十里の海岸を町から町へ（中略）だんだん南へ移って行きました」とある。陸中海岸は久慈《くじ》以北は隆起海岸であり、鮫町のある種差《たねさし》海岸はウミネコの繁殖地として有名。久慈線（八戸—久慈）は、八戸から種市《たねいち》までが一九二四（大正一三）年、久慈までは一九三三（昭和八）年に開通した。

さやぐ【レ】　音をたててざわめく。詩［和風は河谷いっぱいに吹く］（→北上川）に、「遅ましくさやぐ稲田」、ほか六か所に使われている。

さやに【レ】　明らかに。清らかに。文語詩［看痾］に「七月はさやに来《(きた)》れど」とある。

さゆらげば【レ】　「ゆらぐ」に接頭辞の「さ」がついた語で、ゆらぐと、の意。文語詩［土性調査慰労宴］（［〔夜をま青《(さお)》き藺《(い)》むしろに〕］下書稿）に「人人のかげさゆらげば」とある。

俸給生活者《サラー》【文】　サラリー（salary、給料）で生計をたてる人のつもりで賢治は用いたか。詩［〔うすく濁った浅葱の水が〕］に「うるんだ雲のかたまりに／基督教徒だといふあの女の／サラーに属する女《ひと》たちの」とあるが、下書稿では「俸給生活者《サラー》に属する女《ひと》たちの」となっている。浅葱《(あさぎ)》の水は浅葱いろの水の意。薄青色。

→サラー、サラア

サラー、サラア【宗】　前項「俸給生活者《サラー》」にあるとおり、詩［〔うすく濁った浅葱の水が〕］（初行「青じろい天椀のこっちに」）の「サラーに属する女《ひと》」の「サラー」も俸給で生計をたてる階級に属する人を指すか。文語詩［〔残丘《モナドノック》の雪の上に〕］に「残丘《モナドノック》の雪の上に、二すじ《(ママ)》うかぶ雲ありて、／誰かは知らねサラアなる、女《ひと》のおもひをうつしたる」とある。詩のイメージからして、旧約聖書の「創世記」に出てくる絶世の美女サラー（sārah〈Sarah 英〉、イサクの母でイスラエルの母とあがめられている。邦訳サラ）からの連想を指摘する説もある。

更木《さらき》【地】　北上市更木町。旧和賀《わが》郡更木村。一九二四（大正一三）年の人口約二〇〇〇。花巻の南東、北上川と猿ヶ石川にはさまれた地帯で、一九二九（昭和四）年には黒沢尻電気工業の水力猿ヶ石発電所が完成。詩ノート［科学に関する流言］に「高木から更木へ通る郡道の／まっ青な麦の間を／馬が（中略）南へ行った」とある

(郡道は郡役所で管理する道路。県道に準ずる)。童[ざしき童子《ぼっこ》のはなし]では渡し守に、ざしき童子が、更木の斎藤の家に行くと語る。牛崎敏哉《としや》の調査によれば現存する斎藤家は代々富裕な名家で舟の渡し守《もり》もしており、この童話の成立にかかわっていたことがわかる(「イーハトーヴ・異界への旅3」「ワルトラワラ」一九九五・四)。

沙羅樹《さらじゅ》【植】 沙羅(娑羅)は梵語 sāla(高遠、の意)の当て字、インド原産のフタバガキ科の常緑高木。高さ三〇〜五〇mにもなり長楕円形で芳香ある互生の大きな葉をつけ、地上に深い緑蔭をつくる。日本では夏にツバキに似た花をつけるナツツバキ(夏椿)を沙羅樹と呼ぶことがある。賢治作品では童[オツベルと象]に登場し「このとき山の象どもは、沙羅樹の下のくらがりで、碁などをやってゐたのだが」とあるので、想像的とはいえインドの沙羅樹のイメージに近い。『平家物語』冒頭「祇園精舎の鐘の声、諸行無常の響きあり。沙羅双樹の花の色、盛者必衰の理をあらはす。」の「娑羅双樹《そうじゅ》」は釈迦(→釈迦牟尼)入滅の折、寝床の四方に沙羅樹が東西と南北に二本ずつあり(双樹)、片方は枯れ、片方は栄えたという伝説に基づく。

サラド【食】 サラダ。「さらど」とも出てくる。salad(英) salade(仏) 童[注文の多い料理店]に、二人の紳士が菜っ葉と取り合わされて危うくサラドにされそうになる。また、詩[山巡査]の「きれいな蘆《よし》(→あし)のサラド」や、詩[不貪慾戒《ふとんよくかい》]の「上等のさらどの色」というように「蘆《よし》」や「オリザサチバ」(稲のこと)の比喩として、色彩的なイメージで用いられている。

サラー(ア)ブレッド →馬《うま》

ザラメ【食】【レ】 粗目糖《ざらめとう》。分蜜糖のうち、結晶粒が大きく糖度の高い砂糖。色によって黄ざら、赤ざら、白ざら、染めざらに区別する。童[雪渡り]では「木なんかみんなザラメを掛けたやうに霜でぴかぴかして」と、霜の比喩として用いられている。劇[饑餓陣営](→饑饉)では、食べられる勲章に青いザラメの飾りが使われている。詩[山の晨明《しんめい》に関する童話風の構想]、童[水仙月の四日]等。

サラリーマンスユニオン【文】 英語のSalarymen's Union 一九一九(大正八)年六月二八日発会式をした東京俸給生活者同盟会(サラリーメンズユニオン)等の新時代の活動を指していると思われる。賢治は「先輩たち無意識なサラリーマンスユニオンが」(『春と修羅』第二集[序])と、教師時代の労働時間の短さと、そのわりには俸給の多かったことを回顧して、軽快な、いささか揶揄《やゆ》の調子で用いている。

サリックス →柳《やなぎ》

サリックスランダー →ジュグランダー

猿《さる》【動】 外国産にはいろいろな種類がいるが、ふつうサルというときはニホンザルを指す。サルはもともと熱帯の動物だが、ニホンザルは雪国の生息に耐え、世界でも珍しいとされ、長野県には温泉に入る野生のニホンザルもいる。中国北部や朝鮮半島には生息しない。ただし日本では青森県が分布の北限。童[けだもの運動会]に「誰が見てもどうも猿が一等を取りさうでした」、童[さるのこしかけ]にも「きのこの上に、ひょっこり三疋の小猿があらはれて腰掛けました」等とある。

猿ヶ石川《さるがいしがわ》【地】 北上川支流の一、一級河川。早池峰山の南方、薬師岳に発し、南流し遠野市よりほぼ釜石線（旧岩手軽便鉄道）に沿って西流、宮守《みやもり》、岩根橋を経て、花巻市小船渡《こぶなと》付近で北上川に合流する。この合流地点の下流西岸を賢治はイギリス海岸と呼んだ。童［イギリス海岸］には「それは本たうは海岸ではなくて、いかにも海岸の風をした川の岸です。（中略）東の仙人峠から、遠野を通り土沢《つちざわ》を過ぎ、北上山地を横截《き》って来る冷たい猿ヶ石川の、北上川への落合から、少し下流の西岸でした」とある。童［或る農学生の日誌］の一九二五（大正一四）年一〇月二五日には、猿ヶ石川の南の平地の土性調査の様子が描かれている。ほかに詩［〔湯本の方の人たちも〕］（→飯豊《いいとよ》）等。

猿ヶ石川

さるすべり【植】　猿滑。百日紅《ひゃくじつこう》。淡褐色の幹がつるつるで猿もすべるというのでその名がある。ミソハギ科の落葉高木。高さ六〜七m。夏から秋にかけ紅や白の小花を豊かにつけ、葉は紅葉する。童［黄いろのトマト］に「僕は（中略）庭のさるすべりの木にとある。

さるとりいばら【植】　菝葜（漢音バッケイ）。山野に自生するユリ科の蔓《つる》性落葉低木。葉は食物を包むのに用いた。秋の紅い実が美しい。「さるとりいばらが緑色の沢山のかぎを出して、王子の着物をつかんで引き留めやう《（ママ）》としました」（童［十力の金剛石］）、「梯形第三〔→七つ森〕のすさまじい羊歯《しだ》や／こならやさるとりいばらが滑り」（詩［第四梯形］〈→七つ森〉）、「青光りのさるとりいばらの中にまっすぐに立ってゐた」（短［あけがた］）等。

【さん】

さるのこしかけ【植】　古い樹木の根方に寄生する多年生の木質きのこ。サルノコシカケ目。厚くて堅く年々大きくなる。褐色の笠は椅子の形をしていて、いかにも猿の腰掛けという名がぴったりである。童［さるのこしかけ］に「きのこの上に、ひょっこり三疋の小猿があらはれて腰掛けました」、童［かしはばやしの夜］に「こざる、こざる、／おまへのこしかけぬれてるぞ」、短［あけがた］にも「まっしろなさるのこしかけ」が登場。

笊森《ざるもり》　→狼森《おいのもり》、笊森《ざるもり》、盗森《ぬすともり》、黒坂森《くろさかもり》

さるをがせ《さるおがせ》【植】　猿麻桛、松蘿。岩や木に寄生して糸状に、あるいは樹枝状に垂れ下がる地衣類。色は白緑色でトロロコンブに似る。童［三人兄弟の医者と北守将軍］（散文形、韻文形とも）に「将軍の顔や手からは、灰色の猿をがせ（のやうなもの）が（いっぱいに）生えて」とある。この韻文形の草稿をもとにした新たな散文形の童［北守将軍と三人兄弟の医者］でも初期形では「猿をがせ」はそのまま生かし、定稿（一九三一年七月「児童文学」発表）では「灰いろをしたふしぎなもの」に改められている。北守将軍の駐屯地が、じめじめした暗い谷から乾いた砂漠地方に移ったため、「どこにも草の生えるところがなかった」砂漠にはふさわしくない「猿をがせ」の名を直接出すことを躊躇したか。ほか、帳［孔雀印］六頁。

サルオガセ

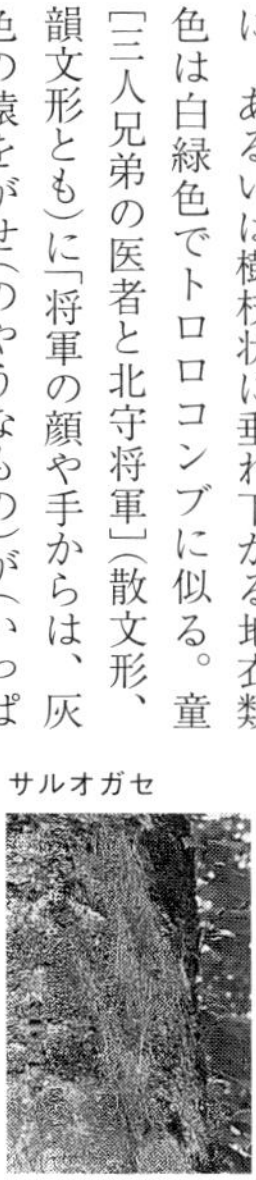

沢里武治《さわさとたけじ》　→高橋武治《たかはしたけじ》

ざわだたせ【レ】　騒立たせ。音や声等がさわがしくなる。詩［〔温《ぬる》く含んだ南の風が〕］に「憂陀那《うだな》の群が」「くるみの枝をざわだたせ」とある。

酸　さん【科】　水溶液中で電離して水素イオン（H^+）を出し、ま

た塩基を中和して塩を生じることがある物質、またはその性質。ふつうその溶液は青色リトマス試験紙を赤変させ、酸っぱい味がする。賢治の用いる酸性は土壌に関するものが多い(↓酸性土壌)。日本の土壌は本来火山性酸性土壌で、そのうえ塩基性土壌の基になるカルシウムイオンは水に溶けやすいので、降雨のたびに土中から流失し、土壌には酸性物質が多く残ることとなる。詩ノート［〔ちゞれてすがすがしい雲の朝〕］、詩［〔行きすぎる雲の影から〕］等では「こゝらの野原はひどい酸性」とか「ずゐぶんあちこち酸性で／すゐば《(ママ)》(↓すかんぽ、スカンコ)などが生えてゐる」。また童［毒蛾］(↓蛾)では、毒蛾の鱗粉の中軸に酸があり、それが毒の正体であることを伝えている。

三悪道《さんあくどう》 ↓人果《にんくわ》《にんか》

山彙《さんい》 【レ】 やま、とも。山系または山脈に属さない、いくつかの孤立した山の集まり(彙は集まる意)をいう。歌［五五九］に「山彙はるかに妻を恋ふらし」、詩［有明］(初行「あけがたになり」)に「ほろびた古い山彙の像が」とあり(下書稿では「第*三紀の末にほろびた／巨きなシュワリック山彙」となっている。シュワリックは固有の山名ではなく「黒みがかった」の意のschwärzlich〈独〉か。おそらく*早池峰山《はやちねさん》を暗示する詩的幻想だったと思われる)、文語詩［〔月のほのほをかたむけて〕］には「人なき山《やま》彙の二日路を」とルビがある。

酸化・還元《さんか・かんげん》 【科】【レ】 酸化とは、物質が酸素と結びつくことで、還元とは、その逆で物質が酸素を失うこと。また、物質が水素を失うことを酸化、水素と化合することを還元と言うこともできる。物質はこれらの反応によって全く外見も性質も変わるので、賢治は特に金属のこうした反応に関心を注いだ。詩［〔つめたい海の水銀が〕］(↓汞《こう》)に「また水際には鮮《あざ》らな*銅で被はれた／巨きな枯れたいたやもあって／風のながれとねむりによって／みんないっしょに酸化されまた還元される」(「鮮らな」は、あざやかな)は樹木の酸化と還元。ス［八］にも同様、「はんのきの／酸化銅の梢 さっとばかりに還元す」とある。酸化銅には赤色の第一酸化銅と、黒色の第二酸化銅があり、どちらかは不明だが、冬の詩的イメージから第二か。また、童［イギリス海岸］に「赤い酸化鉄」、「酸化鉄が沈澱して」とあり、酸化第二鉄、赤鉄鉱のこと。

山岳教《さんがくきょう》 【宗】 詩［葱嶺《パミール》先生の散歩］に、「ある種拝天の遺風であるか／山岳教の余習であるか」(↓拝天の余習)とある。余習は山岳を神とする宗教の遺した習わし(天を拝む「遺風」も同義)であろうか、の意。

三角標《さんかくひょう》 ↓シグナル

三角帽子《さんかくぼうし》 【衣】 先のとがった長めの帽子。四角の布を斜めに二つ折りにしてかぶるのも言った。「白熊の毛皮の三角帽子をあみだにかぶり」(童［水仙月の四日］)、「この前の羊飼が三角な帽子をかぶって」(童［ポランの広場］)、「三角帽子の、一寸法師の」(童［十力の金剛石］)等、作品では前者のものを指して使われている。ほか童［まなづるとダァリヤ］等。

三角マント《さんかくまんと》 ↓マント

三角山《さんかくやま》 ↓七つ森、七つもり《ななつもり》

酸化鉄《さんかてつ》 ↓酸化・還元《さんか・かんげん》

酸化銅《さんかどう》 ↓酸化・還元《さんか・かんげん》

山下白雨《さんかはくう》 【文】 北斎作の浮世絵「富嶽三十六景」中の一。

大写しの富士に山腹は赤い雷光とどろく力強い絵。「凱風快晴《がいふう》」「神奈川沖浪裏《おきなみうら》」とともに世界的に有名。童「ガドルフの百合」に「又稲妻が向ふのぎざぎざの雲から、北斎の山下白雨のやうに赤く這って来て」とある。

北斎作「山下白雨」

酸化礬土《さんかばんど》【科】 礬土は酸化アルミニウムのこと。酸化を上につけるまでもないのだが賢治はわかりやすく、かつ作品の文形が四字熟語を必要としたのでそうしたのであろう。ルビーやサファイアなど鋼玉(コランダム)の原料。詩「高架線」に「酸化礬土と酸水素焔にてつくりたる／紅きルビーのひとかけを」とある。ルビーは人工のルビーだが、礬土の粉末を、高圧の酸素と水素の混合ガスによる焔(すなわち酸水素焔)で溶融させ、滴下させて、結晶体にして製する。大量生産ができ廉価である。↓ルビー、鋼玉《こうぎょく》

三紀《さんき》 ↓第三紀《だいさんき》

残丘《ざんきゅう》 ↓モナドノック

三峡《さんきょう》 ↓太行のみち《たいこうのみち》

産業組合《さんぎょうくみあい》【農】 社団法人名。第二次大戦前の協同組合組織の一。一九〇〇(明治三三)年公布の「産業組合法」に基づき全国的に組織され、一九四三(昭和一八)年「農業団体法」の成立で改組されるまで唯一の協同組合として恩恵と影響力をもった。組合員は平均して農業七〇～八〇%、商業六～一一%、工業四～五%、水産業二%、林業〇・二%、その他三～一一%。農業が圧倒的に多く、そのため特に農村で発達し、信用、購買、販売、利用、の四種の組合があった。政府も保護助成に力は入れたが、反面、監督やしめつけも強かった。佐藤寛次『産業組合講話』(一九一三〈大正二〉年初版、増・改訂で版を重ねた)は、著者が大日本産業組合の発起人の一人でもあっただけに「産業組合」の理想を高らかにうたって影響力もあった。現実には国家主義の風潮も手伝って組合(員)の主体性に欠ける面もあった。早くは柳田国男に「日本に於ける産業組合の思想」(一九〇七〈明治四〇〉年第二回産業組合講習会での講演筆録)、『時代と農政』(一九一〇〈明治四三〉年聚精堂刊、所収)があった。この産業組合は第二次大戦後、各種の協同組合に分離、移行した。賢治作品では、「部落部落の小組合が／ハムをつくり羊毛を織り医薬を頒《わか》ち」(詩「産業組合青年会」)、「その服は／おれの組合から買ってくれたのかい」(詩ノート〔野原はわくわく白い偏光〕)、「あの組合の倉庫のうしろ」(詩「停留所にてスヰトンを喫す」)、「品種やあるひ《(ママ)》は産業組合や」(詩〔こっちの顔と〕)、「信用組合／炭(帳〔王冠印〕二二頁)等。なお、「宮城郡農会宛に必ず通知を発すること」(鈴木東蔵あて簡〔337〕)、石灰が「昨年は宮城県農会の推奨によって俄かに稲作等へも需要されるやうになった」(関豊太郎あて簡〔301〕)、等の「農会」は産業組合とは別の「農会法」(一八九九〈明治三二〉年公布)に基づく、これも戦前の社団法人。「農事・改良発達」を掲げてはいたが、全国的に組織された国家主義の色濃い「帝国農会」を頂点とする農業統制団体だった。↓産馬組合《さんばくみあい》

懺悔《ざんげ》【宗】 confession 仏教ではサンゲとも言う。懺は「ゆるしを請う」の意、悔は「くやむ」の意。自分の犯した罪を神仏の前に告白し、悔い改めること。キリスト教に限らず、仏教でも原始仏教いらいのならわし。詩「会食」に「妄《みだ》りにきみをわらふがごとき／まことに懺悔すべきであると」、短「竜と詩人」に「竜のチ

ヤーナタは洞の奥の深い水にからだを潜めてしづかに懺悔の偈《げ》(→迦陀《かだ》)をとなへはじめた」とある。この語はキリスト教の影響で島崎藤村等明治の自然主義以来、文学作品に好んで用いられてきたが、神の前での罪の告白という本来の立場を離れ、単なる自己暴露、自己告白への陶酔の傾向が強い。ことに大正期の北原白秋、三木露風《みきろふう》をはじめ山村暮鳥《やまむらぼちょう》、萩原朔太郎、室生犀星《むろうさいせい》等の作品にもエキゾチックなニュアンスを帯びてよく登場するが、賢治の場合は正統な仏典の把握に基づいて用いているので、また別格と言えよう。

繖形花《さんけいか》 【植】 繖(散・傘)形花序のこと。茎の先端から多数の*花柄《かへい》が傘の骨を広げたように放射状に出させ、花を咲かせる花序(花が茎や枝につく並び方)を言う。セリ科の花や、*サクラソウ、*サルトリイバラ、ニンジン等に見られる。詩[〔*北上川は熒気《けいき》をながしィ〕](→顥気《こうき》)に「さてもこんどは*獅子独活《ししうど》の／月光いろの繖形花から」とあるのは、シシウドが繖形花序の花を咲かせているさま。

酸虹《さんこう》 【天】【レ】 文語詩[酸虹]に「酸えたる虹*」とある。酒等が古くなると酸っぱくなるように、消えかかって色彩が薄くなった虹《にじ》を指す、また大気を水溶液として描く賢治らしい造語と考えられる。

さんさ踊り《さんさおどり》 【民】 参差踊。盆踊りの一種。囃《はや》し言葉「さんさ」から出たとも言われ、「サッコラー、チョイヤッセ」の掛け声で夏を彩る。仙台地方の民謡「さんさ時雨《しぐれ》」等とも類縁がある。和賀《わが》(北上市周辺)から*盛岡近郷《きんごう》、盛岡市内で踊られていた旧盛岡藩の代表的な盆踊り。特に盛岡ではお盆や八幡祭りに、古くは村々から花笠をかぶり浴衣《ゆかた》に色とりどりの*腰帯《しごき》をつけた娘たちが組をなして繰り出し、朝から夜更けまで門付《かどつけ》風に街中を踊り回る。今も八月二、三、四日の三日間この踊りで盛岡はにぎわう。踊りは、「五拍子」と呼ばれる演目の踊りのほか、五〜六種の「くずし」等がある。テンポの早い美しい踊りで、詩[*軍馬補充部主事]等に登場。文語詩[〔*玉蜀黍を播《ま》きやめ環にならべ〕]の「さんさ踊りをさらひせん」は、「さんさ踊りのおさらい(稽古)をしよう」の意。

さんさ踊り

算師《さんし》 【文】 計算するひと(計算係)の古称。律令《りつりょう》時代(奈良期)には中国にならった主税、主計寮等の役所(今の財務省や経済産業省)の役職名でもあった。童[北守将軍と三人兄弟の医者]。

三次空間《さんじくうかん》 →第四次元《だいよじげん》

三十三天《さんじゅうさんてん》 【宗】 欲界の六天(六欲天)の一。忉利《とうり》天とも言う。*須弥山《しゅみせん》の頂上にあり、中央に*帝釈天《たいしゃくてん》がいて、四方に各八人の*天人《てんにん》がいるので、合わせて三十三天となる。ここでは、天人の身長が一*由旬《ゆじゅん》、寿命が千歳。一昼夜は人間界の百年に相当するとされる。「*浮屠《ふと》らも天*を云ひ伝へ、三十三を数ふなり、」(文語詩[〔けむりは時に丘丘の〕])、「何と浄《きよ》らかな青ぞらに／まばゆく光る横ぐもが／あたかも三十三天の／パノラマの図のやうにかゝってゐることでせう」(詩[三原 第三部])等。

三十三の石ぼとけ《さんじゅうさんのいしぼとけ》 →岩手山《いわてさん》

三十三の石神《さんじゅうさんのしゃくじん》 →岩手山《いわてさん》

三十二相《さんじゅうにそう》 【宗】 仏、または偉大な王の身体に備わっているとされる三十二の特徴のこと。その一つ一つについては教典ごとに異説がある。主なものに、肉髻《にっけい》相(頭の頂が盛り上がっている)、白毫《びゃくごう》(眉間に白い毛があり光を発する)、身金色《しんこんじき》(身体が金色)、手足網縵《しゅそくもうまん》(手足の指の間に水かきがある)、千輻輪《せんぷくりん》(足の裏に輪のしるしがある、「仏足跡《ぶっそくせき》」の特徴)等。簡[75]に「あなたのお書きになる一一《(ひとつひとつ)》の経の文字は不可思儀《(ママ)》の*神力《(じんりき)》を以て母様の苦を救ひもし(中略)或は金色三十二相を備して説法なさるのです」とある。

三請《さんしょう》【宗】三度《みたび》教えを請うこと。釈迦(↓釈迦牟尼)は、法華経(↓妙法蓮華経)*方便品《ほうべんぼん》第二で、舎利弗《しゃりほつ》の三請により教えを説き、*如来寿量品第十六で、弥勒《みろく》の三請により教えを説いた、とある。帳[雨ニモマケズ]一二九頁に「木魚《(もくぎょ)》(↓盤鉦木鼓)いまやゝ/急にして/み経はも三請に入る」とある(「み経はも」の「も」は強め)。これは、次頁に「寿量品第十六や」の句の見えることから、寿量品第十六の弥勒の三請の箇所を指す。↓四請《ししょう》

山椒《さんしょう》【植】つづめてサンショとも言う。旧かな「さんせう」。別称ハジカミ(薑・椒)。山地に生えるミカン科の落葉低木。高さ一〜三m、枝や幹にとげがあり、葉は特有な香をもつ。春、複総状花序で黄色の小花が多数つく。若葉はキノメ(木の芽)と呼んで料理に使い、果実は香味料、薬用にする。また、山椒の実からとれる油には駆虫剤にも利用されるように、呼吸中枢を麻痺させる成分が含まれている。材はすりこぎにする。*童[毒もみのすきな署長さん]に「山椒の皮を春の午《(うま)》の日の暗夜《(やみよ)》に剥《(む)》いて土用を二回かけて乾かしうすでよくつく、その目方一貫匁を天気のいゝ日にもみぢの木を焼いてこしらえた《(ママ)》木灰七百匁とまぜる　それを袋に入れて水の中へ手でもみ出す」と「毒もみ」の製法の説明がある。

三色文字《さんしょくもじ》【文】三色の色で書かれた文字。詩[〔湯本《ゆもと》の方の人たちも〕](↓飯豊《いいとよ》)に、「*西洋料理支*那料理の/三色文字は赤から暮れ」とあり、これを文語詩化した文語詩[*〔馬行き人行き自転車行きて〕]にも同様に出てくる。前者の下書稿第一形態によれば、この箇所の内容は「〔赤青黒の三色文字で↓西洋料理支那料理と〕/〔悪《(ママ)》どく書いた(二字不明)の⇩ごつごつ書いた大看板の〕/三色文字〔も暮↓(削)〕は赤から暮れ」となっている。したがって、ここで言う「三色文字」とは、料理屋の看板に赤・青・黒の三色で書かれた「西洋料理支那料理」という文字のことを言った。

撒水車《さんすいしゃ》【文】撒水は水を撒《ま》くこと。正しくはサッスイだが、それの慣用音。水のタンクを積んで道路などに撒水する車。詩[〔物書けば秋のベンチの朝露や〕]に「撒水車白き弓して水まきくる」とある。タンクから、ゆっくり水をまいてまわる、その水のかたちを引きしぼった「白き弓」とした感覚的表現。

酸水素焔《さんすいそえん》　↓酸化礬土《さんかばんど》

三途の川《さんずのかわ》【宗】死者が冥土へ行く途中、*死出の山を越えた後に渡ると言われる川の名。川のほとりに老婆と老翁がいて、死者の衣服を奪って樹にかけ、その枝の垂れ具合いで生前の罪の軽重《けいちょう》を計ると言う。またこの川の渡り方に三とおりあり、善人は金銀七宝《しっぽう》の橋を、罪の軽い者は膝くらいまでの浅瀬を、悪人は浪が高く流れの速い深瀬を渡るとされる。特に悪人は川の中で毒蛇に襲われたり、大岩に打ち砕かれたり、浮かぼうとすると弓矢で射られたり、などの大苦を受けると言う。もっともこれは偽経と言われる日本の平安期の地蔵十王経(偽経《ぎきょう》は由緒《ゆいしょ》のないニセの経文のことで通俗的な教えも多い。なお、偽経かと疑われるものは疑経《ぎきょう》と言う)による。仏教本来の思想にはなく、中国において道

教の影響を受けたもの。「死出の山路のほととぎす／三途の川のかちわたし」（「かちわたし」は徒歩で渡る意。詩［国立公園候補地に関する意見］）等。

酸性土壌《さんせいどじょう》 【農】 日本のように雨の多い所では、空気中の炭酸ガスが水に溶けて炭酸となり、これが土中または岩石中の石灰分を溶出させ、流失させる。したがって残留土壌はカルシウム分の少ない（つまり塩基性成分の少ない）土壌となり、土壌は酸性を示すことになる。これを酸性土壌と言う。詩［〔穂を出しはじめた青い稲田が〕］に「酸性土壌で草も育たぬのに」とあるとおり、多くの植物は酸性土壌では生育しない。それゆえ石灰などを混入して土壌の性質を中和してやる必要がある。これを土性改良と呼ぶ。酸性土壌の記述は鈴木東蔵あて簡［330］等に、土性改良については東北砕石工場（→石灰）宣伝用書状（簡［300］）等に見られる。→酸《さん》

三世十方《さんぜじっぽう》 【宗】 三世（→三世諸仏）は時間、十方は仏教用語とは限らないが空間（東・西・南・北の四方と、東南・北東・南西・西北の四隅《しぐう》、天・地の上下）を指す（ありとあらゆる方面、「四方八方」の語に同じ）。時間と空間を問わず、いつでも、どこでも。簡［49］に「宇宙の大を超へ《(ママ)》三世十方に亘《(わた)》（亙）つて」とある。

三世諸仏《さんぜしょぶつ》 【宗】 過去、現在、未来の三世にいます無数の仏たちのこと。簡［55］に「嗚呼ポナペ島ハ三世諸仏ノ成道《(じょうどう)》シ給ヘル所」とある。

三千大千世界《さんぜんだいせんせかい》 【宗】 三千世界、大千世界とも言う。仏教における宇宙観の基本的単位は一世界と呼ばれるもので、それは、須弥山を中心として、その周囲に四《し》大洲（北倶盧《くる》、南贍部《せんぶ》、東勝身《しょうしん》、西牛貨《ごか》）や九山八海《くせんはっかい》があり、上方は色界の大梵天から、下方は大地の下の風輪までの範囲を含んでいる。この一世界を千個集めたものが小千世界と呼ばれ、小千世界を千個集めたものが中千世界と呼ばれる。さらにこの中千世界を千個集めたものが大千世界であり、そこには十億個の一世界が含まれることになる。この大千世界は小、中、大の三種類の千より成っているので三千世界、または三千大千世界と呼ばれる。これが一仏の教化《きょうげ》する範囲である（一世界に一仏という説もある）。「一人成仏すれば三千大千世界山川草木虫魚禽獣みなともに成仏だ」（簡［63］）、「あの字の一一《(ひとつひとつ)》の中には私の三千大千世界が過去現在未来に亘《わた》（亙）つて生きてゐるのです」（簡［76］）。「あの字」とは南無妙法蓮華経の七文字をさす。

酸素《さんそ》 【科】【レ】 oxygen 原子番号八、元素記号はO。標準状態では酸素原子が酸素分子O_2として存在する。無色無臭無味の気体元素。空気では五分の一の容積をしめる。水は八九重量％の酸素と一一重量％の水素とからなる。人体の元素組成の六五重量％は酸素である。燃焼、呼吸に必須《ひっす》の元素で、高圧を加えて冷やすと液化する。また酸化作用（→酸化・還元）がある。これらの性質を備えた酸素として、詩ノート［ダリヤ品評会席上］に「その（著者注、ダリヤの）瓣《(ママ)》（弁）の尖端を酸素に冒され」とあるほか、詩［霧とマッチ］［風の偏倚《(へんい)》］［〔落葉松の方陣は〕］（→からまつ）［三原　第二部］等にもある。比喩的な用法として、歌［二〇五］に「よるべなき／酸素の波の岸に居て／機械のごとく　麻をうつひと」があり、さらに詩ノート［〔あの雲がアットラクテヴだといふのか

ね」」に「恋の八十パーセントは／H_2Oでなりたって／のこりは酸素と*炭酸瓦斯との交流なのだ」ともある。

三匝《さんぞう》【宗】 匝はめぐる意で仏をうやまう作法。右遶《うにょう》、右《う》旋《せん》とも言い、仏身を三回右廻りして敬意を表わすこと。童［*二十六夜］に「*疾翔大力《シッシャウタイリキ》を讃嘆すること三匝にして」とある。

三尊《さんぞん》【宗】 三人の*菩薩、の意。童［*二十六夜］では*疾翔大《しっしょうたい》力《りき》、*爾迦夷《るかい》、*波羅夷《はらい》の「三尊」とある。

参内《さんだい》【文】 王家(日本では宮中)に参上することを言った。童［北守将軍と三人兄弟の医者］に、北守将軍の言葉として出てくる。

サンタ、マグノリア →サンタ・マリア、マグノリア

サンタ・マリア【宗】【人】 Santa Maria(ポルトガル) 聖母マリア。イエス・キリストの母、マリア崇拝は、一六世紀以来の日本のキリシタンの間にも強く、「サンタマリヤのおくみ(御組)」「サンタマリヤのコンフラヂヤ(信心会)」「サンタマリヤの十五の観念(玄義)」等の言葉もあった。きびしい江戸期の禁制後も「隠れキリシタン」の間では観音像を聖母マリア像に擬してあがめる「マリア観音」の風習があったことは史上有名。世界的にマリアの祝日は数多いが、三月二五日はマリアのお告げ(聖告)の日、八月一五日はマリアの御上天《ごしょうてん》の日(聖母被昇天)とされ、日本のカトリック信仰でも踏襲する。「サンタ・マリア」は童［*シグナルとシグナレス］の「あはれみふかいサンタマリヤ(中略)かなしいこのたましひのまことの祈りをみそなはせ、あゝ、サンタマリヤ」、童［*オツベルと象］の「ああ、せいせいした。サンタマリア」「苦しいです。サンタマリア」等、めぐみを求める言葉として、熱烈な仏教信者賢治へのマリアのイメージの浸透が見られる。詩［*〔北上川は熒気《けいき》をながしィ〕］(→顥気《こうき》)では二人の会話体で「(マリアのアの字も愛称なの?)／(ははは、来たな／聖母はしかくののしりて／クリスマスをば待ちたまふだ)／(クリスマスなら毎日だわ／あたらしいクリストは／千人だってきかないから…)」(「しかく」は「こんなに」)とあり、童［*マグノリアの木］にも「サンタ、マグノリア」「セント マグノリア」等の表現がある。ともに「サンタ・マリア」をもじり、聖化して呼んだもの。→*ジョバンニ

サンタリスク先生《さんたりすくせんせい》【人】 生前発表初期断章(アザリア第一号発表)［「旅人のはなし」から］に「イタリアのサンタリスク先生の所へお客になって暫く留まり」とあるが、他の人名から推しても出所不明の架空の人名か。

山巓《さんてん》 →早池峰《はやちね》(峯)山《さん》

酸乳《さんにゅう》 →乳酸《にゅうさん》

三人のげいしゃ《さんにんのげいしゃ》 →からす

三年輪栽《さんねんりんさい》 →輪栽《りんさい》

山王《さんのう》【宗】 「せんわう」、「せんおう」とも。山の王を言う。*須弥山《しゅみせん》のこと。短［*柳沢］に「中にすっくと雪をいたゞく山王が立ち」とある。この場合、山王とは岩手山を指す(→岩手山)。ちなみに東京大田区にも同じ町名がある。

酸敗《さんぱい》【科】 脂肪分や酒類が*酸化して*遊離脂肪酸(→カルボン酸)を生じ、すっぱくなること。詩［〔日はトパースのかけらをそゝぎ〕］に「雲は酸敗してつめたくこごえ」とある。

産馬組合《さんばくみあい》【農】 *馬を飼育する業者、または農家による民間の同業組合。馬の名産地として知られた岩手県には一八七九(明治

一二)年に民営の二二の産馬組合ができ、それが一八八一年には県産馬会(単位の組織は花巻組等と呼ぶ)を経て、一八八九年には産馬組合となる。時を合わせるように一八九一年には近代的な小農場もできた。一九〇〇年には産業組合法制定と同時に産牛馬組合法も制定され、一四の組合(産馬組合一二、産牛馬組合一、産牛組合一)ができ、その一つに稗*貫産馬組合も属していた。詩[〔朝日が青く〕]に、「軍*馬補充部の六原支部が／来年度から廃止になれば／〔約四字空白〕産馬組合が／払ひ下げるか借りるかして」等とある。↓産業組合《さんぎょうくみあい》

三番除草《さんばんじょそう》 【農】 田植えから稲*の成熟まで通常三回除草(田の草取り)をする。田植えのしばらく後に一番除草、稲の穂の出る前後に三番除草、その中間に二番除草をする。一番除草は根ドリ(苗の根をかきおこす)、二番除草はウカシドリ(早く軽くさっとかき回す)、三番除草はノリツケドリ(根元をなでつけるように除草し草を踏み入れる)、あとはクサホロイ(四番除草とも言うが、浮草などを取り、稲にまじって頭を出している稗*《ひえ》抜き取り、ひえ抜きして歩く)等とも言う。ほかはみだりに田に入らず成育を大切にする。詩[〔あすこの田はねえ〕]に「三番除草はしないんだ」とある(下書稿では「三番除草はやめるんだ」)。それは窒*素肥料の多寡《たか》や水との関係による。

讃美歌《さんびか》 ↓Nearer my God

三百《さんびゃく》 ↓狼《おおかみ》

讒誣《ざんぶ》 【レ】 事実無根の虚言を言って人をそしること。文語詩[朝]に「遠き讒誣の傷あとも、緑*青いろにひかるなり」とある。詩[〔アカシヤ*の木の洋燈《*ラムプ》から〕]下書稿にも同様の表現がある。

三宝《さんぼう》 【宗】 文語詩[卒業式]初行に「三宝または水差しなど」とあるのは「三方」(神前や儀式等で壇上に供え物をする白木の台。上は四角な盆だが下に四方の胴がついており、前と左右に飾りの穴があるので三方と言う。古くは食膳にもした)の誤記と思われる。「三宝」は仏教で言う「仏・法(ともに仏の教え)・僧(教えを奉じる者)」のことで、簡[185]には「稽首《*けいしゅ》本門三宝尊」とある。しかし右の詩句にはそぐわない(仏教者賢治はそれでつい間違えたか)。ちなみに往時の学校の式典はすべて神式で行なわれていた。

三本鍬《さんぼんぐわ》 ↓鍬《くわ》

サンムトリ火山《さんむとりかざん》 【地】 童[グ*スコーブドリの伝記]に出てくる火山名(先駆稿[ペンネンネンネンネン・ネネムの伝記][グスコンブドリの伝記]にも登場)。金子民雄は『山と雲の旅』(一九七九)で、エーゲ海のクレタ島北方のサントリン(Santorin 古ギリシア名ではテーラ)火山島がモデルだと言う。賢治がサントリン火山の爆発の知識をどの文献で得たかは未詳であるが、金子は田中館《たなかだて》秀三《ひでぞう》(東北大の地質学教授)の論文や新聞記事の介在を推理している。根本順吉《じゅんきち》は地理学者小林房太郎《ふさたろう》の『火山』(一九二九)の解説介在を言う。同じく[グスコーブドリの伝記]に([グスコンブドリの伝記]にも)出てくる「タチナといふ火山」のことも小林の『火山』にはあるので、根本説は参考になる。というのも、このタチナ(Tacina)山はイタリアにある火山だが、賢治の最初稿[ペンネンネンネンネン・ネネムの伝記](↓昆布)には出てこない。この稿が成立したと思われる一九二二(大一一)年の時点では、賢治にはまだタチナ火山の知識はなく、史上有名なサントリン火山の所在とその爆発のことは、直接ドイツ語の文献か何かで得ていたとも考え

られるからである。

散乱《さんらん》　【宗】【科】【レ】　賢治の愛用語の一。一般用語としては文字どおり乱れ散らばる意だが、仏教用語としては唯識《ゆいしき》派の言う「随煩悩《ずいぼんのう》（煩悩にしたがう）」の一。凡人の心が対象によって散乱し、一所に定心《じょうしん》しないことを意味し、法華経（↓妙法蓮華経）の言う放心、狂乱の意味の「散乱心」等、否定的な意味に用いられることが多い。科学用語としては光やX線等が、多くの分子（↓モナド）や原子や微粒子等に当たって方向を変えて散らばるscattering（スカッタリング）のことを言う。詩［*奏鳴的説明］には「四万アールの散乱質は」とある。賢治の場合、しかし、光が四方八方に散り乱れてきらめくイメージの中に、上記の仏教と科学の原意のどちらも込められていると見ることができる。詩［*岩手山］には「そらの散乱反射のなかに」とあり、詩［有明］（初行「起伏の雪は」）では「もいちど散乱のひかりを呑む」とある。また、詩［晴天*恣意《（しい）》］の「水と空気の散乱系」（下書稿では「散乱体」）等は、さきの詩の「四万アールの散乱質」を含めて、より科学的であり、また帳［雨ニモマケズ］の否定的な「警　散乱心」（散乱心を警《いまし》める）の句、「*疾中」詩篇の詩［*熱またあり］の「散乱の諸心をあつめ／そのかみの*菩薩をおもひ」（そのかみの、は昔の）、「散乱のわが*心相よ／あつまりてしづにやすらへ」（「しづ」は静かに）等は、より仏教的な意味で用いられていると思われる。ほかに文語詩［*岩手公園］等。また、詩［晴天*恣意］にある「散乱系」は、水と空気とのそれで、二つ以上の要素がまじりあって散乱し、相互関連し、影響し合っているさまを言ったものであろう。↓二相系

散乱心《さんらんしん》　↓散乱《さんらん》

三稜玻璃《さんりょうはり》　【科】【レ】　プリズム（prism）のこと。光の屈折・分散などをおこさせるのに用いる三角柱。三稜（三つの稜《かど》）はその意。*水晶や*ガラスで作る。光を*スペクトルに分光する。大正の前半期ごろまでの天文、科学書ではプリズムより三稜玻璃の表記の方が多い。大正期初めの山村暮鳥《ぼちょう》（詩集『聖三稜玻璃』、一九一五）は「聖ぷりずみすと」と呼ばれ（その詩集の序文で室生犀星に）、超近代的かつ神秘主義的な詩人の象徴として（↓屈折率、光素）神聖の意の「聖」を冠してプリズムを用いた。賢治もこのキリスト教の神職者でもあった暮鳥の少なからぬ影響を受けていたと思われる。詩［春と*修羅］には「*れいらう（ママ）の*天の海には／*聖玻璃《せいはり》の風が行き交ひ」とあり、詩［*鈴谷《（すずや）》平原］には「…*白樺が／青ぞらにわづかの新葉をつけ／三稜玻璃にもまれ」とある。このほかプリズムは詩［*樺太鉄道］等にも登場。ちなみに詩［〔つめたい海の水銀が〕］下書稿㈠㈡にある「三稜島」も、場所は不明ながら「ミツカド島」のつもりで賢治のつけた架空の島か。

し

恣意 しい【レ】 自由気ままな考え。自分の思うまま勝手な心。詩［晴天恣意］があるが、うららかな晴天にいざなわれて、想像力が自在に展開してゆく詩の内実にふさわしい題名。

シィザア【人】 シーザー。カエサルとも。Gaius Julius Caesar 前一〇〇頃〜前四四 古代ローマの平民派政治家。前四六年天下を統一し、終身、独裁官（ディクタートル）となったが、共和派のブルートゥスに暗殺された。ヨーロッパでは長い歴史を通じて人気があり、ロシア帝国の皇帝を表わすczar、tsar（ツァー、ツァール）もカエサルの訛り。ドイツでも皇帝の称号がKaiserカイザー（カイゼル）だった。童［土神と狐］に、狐が研究室を自慢する部分に「大理石のシィザアがころがったり」とある。

しいれい【方】 白いの方言シレェを引きのばして言ったもの。一九一七（大正六）年六月『アザリア』第一号発表の「ちゃんがちゃがうまこ」の連作短歌八首（すべて方言）の五首目に「中津川ぼやんと しいれい藻の花に／かゞった橋の ちゃがちゃがうまこ」とある。「しいれい藻の花」は歌［五〇七］の「中津川 川藻に白き花さきて」と同イメージ。音調上、花にかかる「白《しれ》ぇ」を引きのばした表現。橋は↓下《しも》のはし

対称《シインメトリー》の法則 しーんめとりーのほうそく【文】 シンメトリー（symmetry）。左右対（相）称、均整美の法則。童［土神と狐］で「どの美学の本にもこれくらゐのことは論じてある」として狐が「器械的に対称《シインメトリー》の法則にばかり叶《かな》ってゐるからってそれで美しいといふわけにはいかないんです。それは死んだ美です。」「実は対称の精神を有《も》ってゐるといふぐらゐのことが望ましいのです」と、もっともらしく言う。対称（中心を軸に左右の釣合いのバランスがとれている）の美は、形式美の原理で、ヨーロッパの庭園などによく見られるが、たしかに器（機）械的なバランスの法則だけで美しいとは言えない。アンバランスの美や、一見不均衡でもみごとな調和を見せるもの（広い意味での対称）もある。東洋的な美は必ずしも形式的な相称や均衡をよしとせず、不均衡の均衡を貴ぶ後者の立場をとる。その精神を強調する気障《きざ》なふうな狐の発言も、その意味では説得力がある。なお、賢治には音楽はもちろん、花壇設計の実践もあったが、もともと視覚美の法則であるシンメトリーは、音楽をはじめ芸術全般にも応用して用いられる。

皺曲《しゅうきょく》 しゅうきょく【地】 摺曲とも書く。平らだった地層が地殻変動によって横からの圧力を受け、波状に曲がる現象。童［銀河鉄道の夜］に「たしかに水晶や黄玉《おうぎょく》や、またくしゃくしゃの皺曲をあらはしたのや」とある。

紫雲英 しうんえい【植】 レンゲソウ（蓮華草）の漢名。ゲンゲ、訛って、ゲゲとも。一般にレンゲソウと呼ばれるマメ科の越年草。花巻地方の方言ではハナコとも（詩［饗宴］では紫雲英のルビ）。中国原産、花盛りの直後に田に鋤《す》き込んで緑肥、窒素肥料（↓石灰窒素）にする。なおレンゲという呼称は、その花を小さな蓮華

レンゲソウ

(はすの花)に見立てたことから。「げんげを播いて」(詩[〔それでは計算いたしませう〕])、「ぼんやりけぶる紫雲英《げんげ》の*花簇《かそう》」(詩[〔あちこちあをじろく*接骨木《にはとこ》が咲いて〕])等。ただし「蓮華の花びらの形の唇」(詩[〔馬が一疋〕])と言うときは、この紫雲英ではなく、本物のはすの花のイメージであろう。→lotus

慈雲尊者《じうんそんじゃ》【人】【宗】 江戸時代の真言宗の名僧で正法律《しょうほうりつ》の開祖、飲光《おんこう》の別称。一七一八(享保《きょうほう》三)〜一八〇四(文化元)。一三歳で出家、慈雲と称した。葛城山人《かつらぎさんじん》、百不知童子《ひゃくふちどうじ》とも号した。顕教、*密教、禅、律宗《りつしゅう》(鑑真《がんじん》が唐から来日して伝えた。日本では本山唐招提寺《とうしょうだいじ》は有名→四箇格言《しかかくげん》の判)を究め、一宗一派にかたよることを戒め、釈迦(→釈迦牟尼)在世当時の戒律復興を目指し、正法律を唱道した。また悉曇学《しったん》に詳しく「梵学津梁《ぼんがくしんりょう》」一千巻を著わす。その他、『十善法語』(→雲見《くもみ》)『方服図儀』等。詩[*不貪欲戒《ふとんよくかい》]に「慈雲尊者にしたがへば/不貪慾戒のすがたです」とある。

シェバリエー →麦《むぎ》

ジェームス【人】 ウィリアム・ジェームズ(William James 一八四二〜一九一〇)。賢治はジェームスと書いている。アメリカの哲学者、心理学者。作家ヘンリー・ジェームズの兄。観念よりも行動を重視し、真理とはその行動によって人間生活に具体的な効果を及ぼすもの、という立場(プラグマティズム)に立ち、心理学の独立に貢献。その「意識の流れ」や「意志説」等は、『ユリシーズ』をはじめ意識の流れの手法で有名なジェイムズ・ジョイスをはじめ二〇世紀文学に大きな影響を与えた。日本でも夏目漱石に影響を与えたばかりか、観念論の西田哲学(『善の研究』で知られる西田幾多郎《きたろう》一八七〇〜一九四五)の「純粋経験」にもその影響が見られる(西田は直接の影響を否定しているが)。賢治の世界観、その意識への関心にもジェームズの影響は、はっきりしている。詩ノート[〔黒と白との*細胞のあらゆる順列をつくり〕]の「細胞がその細胞自身として感じてゐて/それが意識の流れであり/その細胞がまた多くの*電子系順列からできてゐるので/*畢竟わたくしとはわたくし自身が/わたくしとして感ずる電子系のある系統」は、最新の電磁気学(→電子、モナド)と結びついた賢治の世界観の骨子をなすもの。ジェームズ哲学の主眼は、認識における主体と客体の二元対立を否定する。理知によって区別される前に、人間にはある経験が与えられているというのが「純粋経験」であり、ここに生の哲学としての、ベルグソンや西田哲学との共通性がある。唯心論に依拠するジェームズは、世界と人間の関係から、唯物論が冷笑主義《シニシズム》の傾向をもつのに対し、唯心論は同情的傾向を持つとした。さらに唯心論をスコラ的二元論と汎神論《パンテイズム》に分けて後者に立つとした。汎神論とは神を人間に内在するものとする立場である。この汎神論をさらにヘーゲル(→現象)系の絶対者の哲学とジェームズの根本的経験論に分けた。ジェームズの目指す世界と個人の関係は、「一と多とはこの世界では絶対に等位のものである」(『プラグマティズム』一九〇七)の一言に尽きている。彼によれば、世界が一であることとは目的の統一以外にはありえない。ジェームズにとっての「神」とは、人間を超越する宇宙の最もすぐれた実在のことであり、それは人間一人一人に連続される力であり、キリスト教的神ではない(一七世紀のオランダのスピノザの倫理学にも通じる)。この神の存在は、人間

ジェームズ

の具体的行動を通じてとらえられてこそ真であるというプラグマティズムの立場から、彼は神と連続的に通じる人間の部分として、「潜在意識」を取りあげる。こうした考え方はすべて賢治と共通したもの。詩［林学生］の「山地の上の重たいもやのうしろから／赤く潰れたおか(ママ)しなものが昇《で》てくるといふ／(それは潰《つぶ》れた赤い信頼！／天台、ジェームスその他によれば！)」は、高木きよ子が「天台実相論は、ジェームズのいう純粋経験そのものを、宗教的立場にたってとりあつかっている」(『ウィリアム・ジェイムズの宗教思想』、一九七一)と指摘するとおりだが、「赤い歪形《わいけい》」(この詩の下書稿の題)の月に「潰れた信頼」を感じているのは賢治であり、法華経を根本聖典とする天台の、自在に実相を観る「止観《しかん》」の教えと、ジェームズの純粋経験論とを瞬間的に結びつけているのも賢治である。賢治の世界観と密接な関係をもつライプニッツの*モナド論とジェームズの違いは、両者が唯心論的多元宇宙論に立ちながら、前者が神の予定調和によって世界は最善であるとするのに対して、ジェームズはよりよきものへと進歩しようとする改善主義であり、行為の真理をあくまで未来の創造に置こうとした点である。賢治が童［*学者アラムハラドの見た着物］の中で、人がしないではいられないこととして、「い丶ことです」という答の上に、「い丶ことが何だかを考へないでゐられない」を示したところには、ライプニッツ的予定調和からジェームズ的意志説への移行が鮮やかに示されている。しかし賢治がジェームズに最も関心を示したとすれば、その霊魂不滅説であったろう。ジェームズは、極めて賢治好みの比喩ではあるが、宇宙意識と人間の脳を、光源とプリズム(→三稜玻璃)にたとえ、死とはプリズムを失ったにすぎないとし、意識はその根源である宇宙意識に還元されるだけだと説明する。同時に個体の意識に一度入った宇宙意識は、なんらかの形で証拠を残すという。当然、ジェームズは心霊現象への関心を示し、死者との通信を認め、生理学的に解明しようとさえした。詩［青森*挽歌］等で、亡妹*宮沢トシとの通信を模索し、科学的にも実証したいと願う賢治にとって、ジェームズの宗教思想は極めて刺激的なものだったといえる。→宇宙意志《うちゅういし》

ジェリー【食】 jelly 魚肉類や果実に含まれる*膠質《こうしつ》分(*ゼラチンが主成分)を煮出して得られる澄んだ汁。また一般的には、食用ゼラチンを用いて作った料理や*菓子のこと。賢治のころはエキゾチックな珍しい食品。詩［山の*晨明《しんめい》に関する童話風の構想］では「つめたく濃い霧のジェリー」と比喩的に用いられている。→コロイド

塩汁《しおじる》【食】 潮汁《うしお》とも言う。塩分のある食品等から出る水分のこともいうが、塩で味つけした汁(スープ)のこと。詩［林中乱思］に「塩汁をいくら呑んでも／やっぱりからだはがたがた云ふ」のは熱い塩味のスープ。「この塩汁をぶっかけてやりたい」と怒りの表現も同詩中にある。→瞋恚《しんに》、→十二気圧《じゅうにきあつ》

塩引《しおびき》【食】 塩漬、塩物に同じ。魚類を塩づけにしたもの。童［*なめとこ山の熊］に「*塩引の鮭」が出てくる。ちなみに海から遠い花巻辺では、魚類は川魚は別として塩引きものが多かった。賢治の実弟、清六氏は「舌がしびれるほどのものまでよく食べた」と、当時の思い出を著者に語っている。

シオーモ【地】 賢治独特の「塩釜」のもじり。童［ポラーノの広場］(→ポランの広場)に「わたくしは小さな汽船でとなりの県のシ

オーモの港に着きそこから汽車で*センダードの市に行きました」とある。となりの県は宮城県。

紫苑《しおん》【植】 山間の草地に生え観賞用に植栽されるキク科の多年草。茎の高さ一・五〜二mぐらい。秋、茎頂に、淡紫色の小花をつける。根は咳止めなどの薬用になる。「うちならび／うかぶ紫苑にあをあをと／ふりそゝぎたるアーク燈（→アークライト）液」（歌［三五四］）、短［*花椰菜《はなやさい》］には「たしかに紫苑のはなびらは生きてゐた」とある。

鹿《しか》 →鹿《しし》

四河《しが》【宗】 直接作品には出てこないが詩［*阿耨達池《（あのくだっち）》幻想曲］に「阿耨達、四海に注ぐ四つの河の源の水」とあるように、阿耨達池を水源とする四つの大河を言う。それぞれ贍部洲《せんぶしゅう》の四方の海に注ぐ。池の東面からは殑伽《ガンガ》河（ガンジス）が流れ出し東南の海へ、南面からは信度《シンドウ》河（インダス）が流れ出し西南の海へ、西面からは縛芻《ワフシュ》（趨）河（アム・ダリア）が流れ出し西北の海へ、北面からは徙多《シータ》河（私陀河とも。*ヤルカンド）が流れ出し東北の海へ注ぐ。後二者にはサトレジ、ブラフマプトラ両河を当てることもある。冒頭引用の詩句の*四海は一般的な意味での四海でなく、四河の注ぐ四つの海の意であろう。これらはすべて賢治の「幻想」とはいえ、教養的には河口慧海《かわぐちえかい》の著書（→阿耨達池）にもとづく。

シガア →チーフメート

四海《しかい》【宗】 仏教で世界の中心を意味する*須弥山《しゅみせん》を取り巻く四方の外海のこと。転じて全世界、全世界の人々をも指す。簡［48］の「一天四海の帰する所*妙法蓮華経」は*日蓮の主張したことで、全世界はことごとく法華経（→妙法蓮華経）に帰するの意。簡［178］では「四海同帰」。ほかに劇［饑餓陣営］（→饑饉）、簡［49］等。ただし詩［*阿耨達池《（あのくだっち）》幻想］の四海は→四河

四箇格言の判《しかかくげんのはん》【宗】 「四箇格言」とは念仏、禅、*真言、律《りつ》（→慈雲尊者《じうんそんじゃ》）の四宗を*日蓮が邪宗として非難した日蓮宗学の激しい用語（「念仏無間《むげん》、禅天魔、真言亡国、律国賊」の四句）。「判」は、「教相判釈《はんじゃく》」（判釈、教判とも。自宗のよりどころとなる経典・教義の優位性を立証するための教学）のこと。雑［法華堂建《こん》立勧進文《りゅうかんじんもん》］に「四箇格言《しかかくげん》の判高《はんたか》く」とある。

視学《しがく》 →県視学《けんしがく》

シカゴ畜産組合《しかごちくさんくみあい》【文】 シカゴ（Chicago）はアメリカ合衆国イリノイ州北東部、ミシガン湖南岸に臨む、合衆国第二の都市。鉄道の開通以来、周辺地域の農産物の集散・加工地として急発展をとげ、製粉、屠殺、精肉、*缶詰等の食料品工業で世界最大の中心地となった。特に屠殺業は一八七四年、冷蔵庫の発明によって急速に発達し、世界最大の*屠殺場ユニオン・ストックヤード（Union Stockyard）はシカゴ名物となった（現在はこの事業も周辺都市に分散し、活動を停止している）。童［*ビヂテリアン大祭］の中に「シカゴ畜産組合」と登場するのは、そうした当時のシカゴの畜産業隆盛の反映と見ることができる。なお、「屠殺《とさつ》」（今は「と畜」と表記している）の語は、ここでは当時の slaughter, butcher の訳語（slaughter-house 屠殺場 butcher 屠殺従事者）を便宜上そのまま用いたことを断っておく。→屠殺場《とさつば》

しかすがに【レ】 …とはいえ、…とはいうものの。文語詩［暁眠］に「春はちかしとしかすがに、雪の雲こそかぐろなれ（→かぐろい）」とある。春は近いとはいえ、雪雲は黒い、の意（か、は接

頭辞)。

鹿等《しかだ》あ【方】 鹿たち。「等《だ》あ」は複数を表わす接尾辞。「おめだ」「うなだ」は「お前たち」「あなたたち」の意。童[*鹿踊《ししをど》りのはじまり]。

しぎ【動】 鴫。チドリ目シギ科の鳥類の総称。渡り鳥で水辺に棲む。体はスズメ大からカラス大と、大きさは様々で飛翔力が強く、嘴や脚は長く、羽は褐色。詩[林学生]に「くい《*(ママ)》なでないよしぎだよといふ」とある。

磁気嵐《じきあらし》【天】 magnetic storm 強い太陽風(水素原子核と*電子の混合状態を言う。プラズマの流れ)によって地球上の磁場が乱れる*現象。太陽(↓お日さま)の特定部分が強力プラズマ流を出し続けると、太陽の自転の影響で二七日再帰性を示す。超高層大気の乱れによって磁気緯度七〇度付近にオーロラ(aurora 空中に現われる極光、美しい薄光)が出現したり、短波放送が乱れたりする。オーロラは文庫版全集に「北極光」のルビとして童[風野又三郎](↓風の又三郎)に登場。童[氷と後光(習作)]には「北極光」のみでルビはない。文語詩[歯科医院]に「はてもしらねば磁気嵐」とある。果てることも知らず続く磁気嵐とは虫歯治療の研磨の音の比喩か。

敷島《しきしま》【文】 煙草の銘柄の一。一九〇四(明治三七)年、日本で煙草の専売制度がしかれてすぐに発売された高級口付《くちつき》煙草(両切煙草の一方の端に紙製の筒形空洞の吸い口をつけたもの)。一九四三(昭和一八)年まで発売された。明治から大正にかけて非常に需要が高く、供給が間に合わないために一時的に両切「敷島」が発売されたほどであった(一九二〇年三月一九日から同三一日まで。一箱二三銭で当時としては最高価)。夏目漱石の『彼岸過迄』(一九一二)等、そのころの文学作品にも多く登場する。賢治では短[十六日]に「学生は鞄から敷島を一つとキャラメルの小さな箱を出して置いた」とある。

敷島

敷藁《しきわら》 ↓藁《わら》

四句誓願《しくせいがん》【宗】 四句は四弘《しぐ》とも言い、四句から成る仏道の語句(↓迦陀《かだ》〈偈《げ》〉)。誓願は衆生救済を願い誓う意。詩[山火](作品番号四六の下書稿)に「はるかな雷のひびきに和して」の句として出てくる。

シグナル【文】 signal 合図、信号。賢治作品には信号機、信号燈、信号標、信号旗、一文字の旗、旌、旄、等(いずれも後述)。海や川では青燈、*藍燈《らんとう》、*浮標《ブイ》等がにぎやかに出てくる。童[*銀河鉄道の夜]が代表するように、賢治は鉄道、*電車、自動車(賢治はしばしば*自働車と書く)等の近代乗物を詩や童話に好んで登場させる。そこに種々の信号が出てくるのは当然であろう。賢治文学の風物は新旧混交するが、その新の方を代表するのが「シグナル」であり、新と旧の、空間と*異空間の、現実と超現実の世界をつなぐ通路に*明滅し、頻繁な往還を円滑にし、まさにコード(記号整理)、ないしイニシエイション(通過儀礼)の役割を演じていると言えよう。「うろこぐも(↓巻積雲)月光を吸ひ露置きてばたと下れるシグナルの青」(歌[二二二])、「*白樺に/かなしみは湧きうつり行く/つめたき風のシグナルばしら」(歌[六二三])というふうに、のちの童[シグナルとシグナレス]で生き生きと男女の性別まで名前に与えて(「シグナルとシグナレス」は signal に女性を示す -ess を付した造語)擬人化される物語の先駆は、最初期の短歌に痕跡を残している。「シグナルばしら」とは古風な呼称にも見えるが、童[月夜の*でんしんばしら]にも出てくる。「赤いシグナル」(詩[〔*硫黄いろした天球を〕]〈→穹窿〉)、「シグナルの暗い青燈」(詩[〔そのとき嫁いだ妹に云ふ〕])、「濁って青い信号燈《シグナル》の浮標《ブイ》」(詩[山火]作品番号八六)等々、シグナルは読者にとって賢治作品への進入路にも明滅している感がある。詩[冬と銀河ステーション]の「銀河ステーションの遠方シグナル」、そして童[銀河鉄道の夜]では「レールを七つ組み合せると円くなってそれに電柱や信号標もついてゐて信号標のあかりは汽車が通るときだけ青くなる」かと思えば、*ジョバンニたちは「百も千もの大小さまざまの三角標、その大きなものの上には赤い点点をうった測量旗」「さまざまの形のぼんやりした狼煙(→狼煙《のろし》)のやうなものが」「*桔梗《(ききょう)》いろのそらにうちあげられ」るのを見、そこには「燈台看守」がおり、やがて「*赤帽の信号手がまた青い旗をふ」り、汽車は「いくつかのシグナルと*てんてつ器の灯を過ぎ小さな*停車場にとま」る。そして「サウザンクロス」(→南十字)では「たくさんのシグナルや*電燈の灯のなかを」行く、というふうに、さまざまな信号が行く手をにぎやかにする。「狼煙」も狼火《のろし》をあげる信号(童[ビヂテリアン大祭]の花火の「*狼煙玉《のろしだま》」)。燈台も、赤帽の信号手も、青い旗も、すべてシグナルだからである。その他、童[ポラーノの広場](→ポランの広場)にも信号所が出てき、帳[雨ニモマケズ]や帳[三原三部]等にもシグナルや信号旗が出てくる。なお、旗と混用されている感もある旌や旄(童[銀河鉄道の夜]では「青い旄が立ってゐ」て、次行では「あれ何の旗だらうね」とある)もハタであり、旌(漢音セイ、呉音ショウ)は古代中国では「旌旗《せいき》」とも書き、はたざおのてっぺんに鳥の羽や牛の尾などをつけていた(旄、同じくバウ、モウ)。その時代の名ごりの文字を賢治はよく知っていたのであろう。

シグナレス →シグナル

しくりあげながら 【レ】 童[まなづるとダアリヤ]の終わりちかくに「二つのダァリヤも、たまらずしくりあげながら叫びました」とある。方言とまで言えないが「しゃくりあげ」(息を吸いこむように声を出す)の訛り。つい、その訛りで書いたのであろう(賢治の脱字ではあるまい)。

しげ子《しげこ》 →おしげ子《おしげこ》

試験紙《しけんし》 →検土杖《けんどじょう》

四更《しこう》 【文】 第四更。丑《うし》の刻(午前一時から三時まで)。夜を午後七時から翌朝午前五時まで、二時間ずつ数えて、初(甲)、二(乙)、三(丙)、四(丁)、五(戊)、の五つの更に分けた、その第四更。詩[〔東の雲ははやくも蜜のいろに燃え〕]に「また四更ともおぼしいころは」とある。

しごき 【衣】 しごき帯の略。しごきは動詞「しごく」の転。一《ひと》幅《はば》の布を適当な長さに切った帯で、江戸中期から女性が「おはしょり」(和服のすそなどを帯にはさむ「端折《はしお》り」のつまった語の丁寧表現)として用い始めた。抱え帯、腰帯《こしおび》とも言い男性も用いた。童[祭の晩]に「亮二はあたらしい水色のしごきをしめて」とある。

地獄《じごく》 【宗】 naraka(梵) 音訳は那落加《ならか》、奈落《ならく》(この語は今も使う)で、その漢訳。極楽(浄土)の対語。地下にある牢獄の意。現世に悪業をなした者が死後その報いを受ける所。現世の人間たちの住む贍部洲《せんぶしゅう》の地下にあるとされる。八大地獄(等活《とうかつ》、黒縄《こくじょう》、衆合《しゅごう》、号叫《ごうきょう》、大叫《だいきょう》、炎熱《えんねつ》、大熱《だいねつ》、無間《むけん》、のそれぞれ下に地獄をつけて)を言うのが一般的。賢治作品では「地獄のまっ黒けの*花椰菜め!」(詩[〔地蔵堂〈↓天台寺〉の五本の巨杉《すぎ》が〕]〈↓杉〉)、「いよいよこんどは、地獄で*毒もみをやるかな」(童[毒もみのすきな署長さん])、「もう地獄だ、これっきりだ」(童[税務署長の冒険])のほか、「あ、こゝは地獄かね」(童[〔*ポランの広場〕])や、「その后《(あと)》ひどく疾《(や)》みまして地獄の三丁目まで参りいまもまことに自分ながらなさけないありさまで居ます」(簡[不3])、あるいは「人はぐんぐん獣類にもなり*魔の *眷属《(けんぞく)》にもなり地獄にも堕ちます」(簡[191])、「さうしてこゝは特に地獄にこしらえる《(ママ)》」(詩[*国立公園候補地に関する意見])等。

色丹松《しこたんまつ》【植】 英語のラーチ(larch)をルビにしたものも詩[*樺太鉄道]に出てくる(「めぐるものは神経質の色丹松《ラーチ》」)。シコタンマツは色丹島の地名から出た名。*カラマツの一種。千島以北、中国東北部、*シベリア等に分布。水湿に強いので北海道の造林樹種として導入されてきた。また*ネズミの害にも強い。色や葉の形が繊細で、さきの詩[樺太鉄道]の表現はぴったり。詩[〔*つめたい海の水銀が〕](↓汞《こう》)にも「*銅緑《カバーグリン》の色丹松や/*緑礬《(りょくばん)》いろのとど*まつねずこ」とある。

紫紺《しこん》【植】【文】 草本《そうほん》名。一般には濃い紫色を言う色彩語で「紫紺染」の染色名にも用いるが、そのことから同音の紫根と同義に用いたりする。賢治の場合もそうである。童[紫紺染について]の冒頭に「*盛岡の産物のなかに、紫紺染といふものがあります。/これは、紫紺といふ*桔梗によく似た草の根を、灰で煮出して染めるのです」とある。「桔梗によく似た草の根」つまり紫根は、山地の草原の日当たりよい南斜面に生える多年草のムラサキ(紫、むらさき草)の根のこと。薬用にもしたが、古来重要な染料。そのため栽培もされた。古歌には、「むらさき」は武蔵野の枕詞として有名だが、南部地方でも良質のものがとれた。童[紫紺染について]も一時すたれた南部紫紺染の再興の時期(大正後半期)を背景にしている。安藤玉治《たまじ》の調査によれば、南部紫根(紺)染のもつ紫の冴えは、サワフタギ(ニシゴリ)の木灰《もっかい》(きばい、とも。焼いた灰)を下染めの媒染《ばいせん》料に用いる技法によるという。サワフタギ(沢蓋木)はハイノキ科の落葉低木で沢近くに生え、五月ごろ白い小花を密生させ初夏の果は藍色に熟する。

自作農《じさくのう》【農】 農地を自分で所有している農家や農民を言った。小作農の反対。多くの小作農に比し、はるかに富裕だった。詩[〔しばらくだった〕]に「わり合ひゆたかな自作農のこどもだ…」、詩[会見]に「(この逞《(たく)》ましい頬骨は/やっぱり昔の野武士の子孫/大きな自作の百姓だ)」とある。第二次大戦後(一九五二〈昭和二七〉年)の農地改革により事実上小作農はいなくなり、自作農、小作農の語も歴史的なものとなった。↓地主《じぬし》、小作調停官《こさくちょうていかん》

鹿《しし》【動】 カノシシの略。偶蹄目《ぐうていもく》シカ科のシカの総称。イノシシも上を略してシシと呼ぶが(↓獅子独活《ししうど》)、シシとは、もともと獣の訓で肉《しし》と同語源。広く世界に分布するが、賢治作品に登場するのはニホンジカで奈良や金華山《きんかざん》島(宮城県牡鹿《おじか》半島の約一km沖合)の鹿でよく知られている。夏は褐色の体に白斑があり、冬はすべて灰褐色となる。古くから狩猟獣とされたため、現在は野生の鹿は限られた地域にしか生息していないが、古代の神話・伝説・風土記等に霊異性を帯びて多く登場する。賢治童話では身

近な動物であり、その代表に「*鹿踊りのはじまり」がある。ただし、以下の作品では「しか」のルビも見られる。童「*雪渡り」の「あれは鹿の子です。あいつは臆病ですから」、童「注文の多い料理店」の「鹿の黄いろな横つ腹なんぞに、二三発お見舞もうし《(ママ)》たら」(旧かなでは「まうす」)等、多く登場する。童「チュウリップの幻術」(↓うっこんかう)、「*ビヂテリアン大祭」「タネリはたしかにいちにち噛んでゐたやうだった」(↓ホロタイタネリ)等。なお、詩「*樺太鉄道」に出てくる馴鹿《じゅんろく》は↓トナカイ

師子　しし　↓獅子　しし

獅子　しし【動】　ライオン(lion)。食肉目ネコ科の猛獣。アフリカに多く、アジアにはわずか。古来百獣の王と言われ、ことに雄は体も大きく、たてがみがあり、大声でほえて山野の獣たちを威圧する。「獅子が立派な黒い*フロックコートを着て」(童「月夜のけだもの」)、「獅子大王」(童「けだもの運動会」)、「いかめしい獅子の金いろの頭」(童「*猫の事務所」)等、賢治作品でも力強い堂々たる風格で登場。「*グッタペルカのライオンが／*ビールが四樽売れたと吠える」(詩「*神田の夜」)だけ例外。「獅子が釣鐘の声でどなりました」(童「猫の事務所〔初期形〕」)等、やはり威圧的だが、童「鳥箱先生とフウねずみ」では、*ねずみの穴が「獅子のほらあな」とたとえられる。なお、漢訳仏典では獅子を師子と表記したものが多い。師(獅)子は、仏の化身、比喩としても用いられる。童「猫の事務所」の結末で、事務所の「解散を命ずる」獅子には、明らかにその意味がかくされていよう。象がそうであるように。↓象　ぞう

獅子独活　ししうど【植】　山地のやや湿った日の当たる所に生えるセリ科の多年草。高さ二mほどで茎にも毛があり、夏〜秋、茎頭に*繖形花序《さんけいかじょ》の白い小花を多数咲かせる。茎はウドに似るが食用にはならず「猪《しし》が食べるウド」というのが名の由来。詩「〔*北上川は熒気《けいき》をながしィ〕」(↓顥気《こうき》)に「さてもこんどは獅子独活の／月光いろの繖形花から」とある。

シシウド

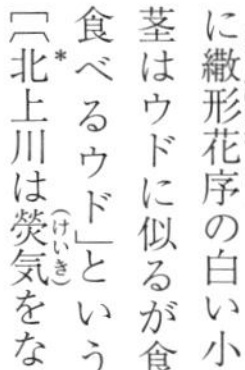

獅子鼻　ししがはな【地】　*羅須地人協会から南東方向約一・五㎞の地点。*北上川がわずかに東に曲がって流れるが、これは西岸に岩層があるため。この岩の部分が崖となっており、形状からここを獅子鼻と呼ぶ。詩「*蕪《かぶ》を洗ふ」に「獅子鼻まで行くつもりだな／あすこで鴨をうつといふのか」とあり、童「*二十六夜」には「北上川の水は黒の寒天(↓アガーチナス)よりももっとなめらかにすべり獅子鼻は微かな星のあかりの*底にまっくろに突き出て」とある。

獅子座　ししざ【天】　Leo　春の南天星座。最もみごとな星座の一。乙女座の西方、黄道上の第六星座。α星は高温白色のレグルス、β《ベータ》星デネボラは春の大三角形(↓アークチュルス)を形づくる。α、η、γ、ζ、μ、ε、λ星を結ぶと逆?形になり、これを一般に「ししの大がま」という。この辺りを中国では「軒轅《けんえん》」と呼ぶ。仏教では師子座とも書き、仏菩薩の座席を意味する(↓獅子)。ギリシア神話の獅子は、乱暴の報いとして十二の冒険をやらされたヘルクレスに退治された怪物。γ星アルギエバは北天一美しいといわれ、肉眼で見る黄色系の実視連星。獅子座は天の川から遠く、*銀河の北極に近いため、銀河系外星雲(ギャラクシー)が多数存在する。

しし座

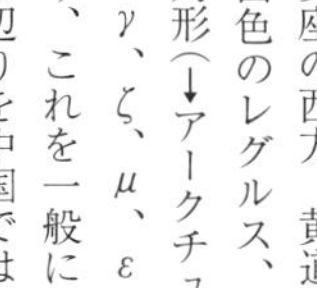

賢治は系外星雲といった知識は認識できなかったが、星雲自体には多大な興味を払っている。詩〔原体剣舞連《はらたいけんばいれん》〕(→原体村)、曲〔*剣舞の歌〕に登場する「獅子の星座に散る火の雨の／消えてあとない天《(あま)》のがはら」は、この星雲の点在か、一一月中旬の獅子座流星群をヒントにしたのであろう。詩ノート〔〔あそこに*レオノレ星座が出てる〕〕の「レオノレ星座」は獅子座の学名Leo(レオ)をもじったものともいわれている。

獅子の星座に散る火の雨《ししのせいざにちるひのあめ》 →獅子座《ししざ》

ししむら【食】 ししは肉の古語(→鹿《しし》)。肉叢《ししむら》。肉のかたまり。詩〔高架線〕の讃美歌(→Nearer my God)の詩句に「すゐたるししむらもとむるちから」とある。すゐ(饐え)たる、は腐って酸っぱくなった。

四衆《ししゅ》【宗】 四種類の仏教徒のこと。①*比丘《びく》(男子の出家者)、②比丘尼《びくに》(女子の出家者)、③優婆塞《うばそく》(男子の在家信者)、④優婆夷《うばい》(女子の在家信者)、これらを合わせて四衆と言う。文語詩〔*不軽菩薩〕、帳〔雨ニモマケズ〕等。

四十雀《しじゅうから》【動】 スズメ目シジュウカラ科の鳥。翼長七cmほどで*雀の大きさ。欧亜大陸に広く*分布。樹木を群れて移動しツピーッ、ツピーッと鳴きながらクモや小昆虫を捕食する。「ちらけろちらけろ　四十雀」(詩〔*不貪慾戒《(ふとんよくかい)》〕)、「ふん、ちやうど四十雀のやうに」(詩〔火薬と紙幣〕)、「四十雀をじぶんで編んだ籠に入れて」(詩〔〔しばらくだった〕〕)、「四十雀さん、こんにちは」(童〔林の底〕)、「小禽とは、雀、*山雀《(やまがら)》、四十雀、*ひわ(ママ)、*百舌《もず》、*みそさざい、*かけす、*つぐみ…」(童〔*二十六夜〕)等。

四請《ししょう》【宗】 請は教えを請《こ》うこと。文語詩〔〔たそがれ思量*惑《(わわ)》くして〕〕に「室《(へや)》ぬちとみに明るくて、*品《ほん》は四請を了へにけり」とある(「室ぬち」は「室のうち」、室内)。この詩の下書稿は帳〔雨ニモマケズ〕一二九頁に見え、引用した詩句は「み経はも三請に入る」と対応しており、「品」が法華経(→*妙法蓮華経)如来寿量品第十六を指すことは下書稿を見れば明らかで、寿量品における弥勒《みろく》が釈迦(→釈迦牟尼)に三請したのちもう一度重ねて教えを請うので、これを重請《じゅうしょう》又は四請と呼んでいる。→三請《さんしょう》

四聖諦《ししょうたい》【宗】 四諦(したい、してい)とも。諦は真実・真理の義で、苦集滅道《くじゅうめつどう》(苦諦・集諦《じったい》・滅諦・道諦)の真理を言う。苦は生老病死、集《じゅう》(しゅう、とも)はそれらの苦(煩悩《ぼんのう》)の集積、滅は苦や集を滅却した境地。道はその境地にいたる実践・修行をさす。詩〔〔暮れちかい　吹雪の*底の店さきに〕〕の下書稿㈡の題は〔四聖諦〕。

至上福し(祉)《しじょうふくし》 →野の福祉《ののふくし》

鹿踊《ししをど》り《ししおどり》【民】 郷土芸能の一。宮城県の北、岩手県の南に広く分布し、ことに*花巻辺りでは*剣舞《けんばい》と並んで今は観光名物となっている踊り。*鹿の頭をかぶり、腹に太鼓をつけて打鳴らし、おおむね八頭一組になって踊る。背から頭上高くつけた小紙片つきの一対の竿の白い割竹《ささら》の動きが見もの。全国的に見られる獅子(師子)舞、あるいは太鼓踊りの一種と言われる。古典にも多く出てくるので、その由緒は古い。盆には供養と*悪魔払いに、社寺の秋祭には収穫を祝って、町や村の家々を門付《かどづけ》して回った。演目には供養歌、ほ

鹿踊り

め歌等の入る礼踊《れいおど》りのほか、女鹿《めじし》かくし、鉄砲踊り、案山子《かかし》踊り等、鹿《しし》のイメージ豊かな曲目もある。童［*鹿踊りのはじまり］は案山子踊りがモデルという説があるが、まさに鹿踊りに誘発された賢治の想像力の傑作。詩［〔こっちの顔と〕］も「秋の祭りのひるすぎ」の鹿踊りを材にしたもの。ほか、詩［高原］にも登場。

四信五行《ししんごぎょう》【宗】 仏教修行法の一。*大乗仏教の哲学思想を述べた代表的名著『大乗起信論』（二世紀ごろの馬鳴《めみょう》〈梵語名はアシュヴァゴーシャ〉の著とされているが後代のもの）に説かれている。すなわち、詩［〔四信五行に身をまもり〕］の四信とは、真如（真理）および仏法僧の*三宝を信ずること。五行とは、布施《ふせ》、持戒《じかい》、*忍辱《にんにく》、精進《しょうじん》、止観《しかん》（禅定《ぜんじょう》と智慧《ちえ》〈般若〉）の行を実践すること。五行のうちの止観を禅定と智慧に分けると六波羅蜜（→波羅蜜）となる。

至心欲願《ししんよくがん》【宗】 至心はまごころをこめること。特に浄土宗では三信（至心・信楽《しんがく》・欲生《よくしょう》）の一として、*阿弥陀仏を心の底から信じる意に用いる。欲願は欲望・欲念と同義で通常は名詞として用いられるが、童［*二十六夜］に「至心欲願」とあるのは動詞的な用法。心をこめて頼むこと。「南無仏南無仏南無仏」とつづく。

思睡《しすい》【レ】 思いにふけりながら睡《ねむ》ってしまいそうな雰囲気のことか。詩［〔*北上川は熒気《(けいき)》をながしィ〕］（→顥気《こうき》）に「山はまひるの思睡を翳《(かざ)》す」とある（下書稿では「まひるのうれひをながす」）。ちなみに「思寐《しび》（おもいね）」と言う古語があるが、なにかを思いながら寐（寝と同義）ることを言う。似た意味で用いたか。

下枝《しずえ》【レ】 旧かなでは「しづえ」。樹木の下の方の枝。「したえ」の古語で下つ枝のつまったもの。中枝《なかつえ》、秀枝《ほつえ》（上方の枝）に対して言う。童［*虔十公園林］には「杉の下枝を払ひはじめました」とあり、同［*ビヂテリアン大祭］には「落葉松（→からまつ）の下枝は」とある。

雫石川《しずくいしがわ》【地】 *北上川の支川。一級河川。*雫石の宿《しゅく》から*盛岡を流れる。盛岡駅の南（旧岩手郡本宮《もとみや》村）で北上川に注ぐ。短［*秋田街道］に「雫石川の石垣は烈しい草のいきれの中にぐらりぐらりとゆらいでゐる」とある。

雫石の宿《しずくいしのしゅく》【地】 宿場名。岩手県岩手郡雫石村（現雫石町）雫石の*秋田街道沿いの古い宿場。一・五kmほども家並みが続く。短［秋田街道］に「長い長い雫石の宿に来た」とある。

雫石、橋場間《しずくいし、はしばかん》【地】 橋場軽便鉄道（一九二一〈大正一〇〉年六月*盛岡—雫石間開業、現田沢湖線）が、一九二二年七月、橋場線（→化物丁場）となり岩手郡*御明神《おみょうじん》村（現雫石町）橋場まで延長全通。ただし、この区間は一九四四（昭和一九）年に廃止。童［*化物丁場］に「雫石、橋場間、まるで滅茶苦茶だ。レールが四間も突き出されてゐる。枕木も何もでこぼこだ。十日や十五日でぁ、一寸六ヶ敷《(ちょっとむずか)し》ぃな」と復旧工事の困難を言っている。四間は約七・三m。

辞世短歌二首《じせいたんかにしゅ》 →稲《いね》、方十里《ほうじゆうり》、いたつき

地蔵菩薩《じぞうぼさつ》【宗】 Kṣitigarbha（梵）の漢訳。釈迦（→釈迦牟尼）が入滅して次の弥勒《みろく》菩薩が仏となるまでの無仏時代に、身を*六道（*地獄、*餓鬼、畜生、*修羅、人、*天）に現わし、さまよう一切の*衆生を教化《きょうげ》・救済する*菩薩。民間信仰が盛んで、六地蔵、延《えん》命《みょう》地蔵、勝軍《しょうぐん》地蔵、子安《こやす》地蔵等、さまざまの菩薩たち。詩［〔そのとき嫁いだ妹に云ふ〕］に「地蔵菩薩はそのかみの、／母の死による*発心《(ほっしん)》を、／眉やはらかに物がたり」とあるが、地蔵菩薩が母の死により発心したという故事は地蔵菩薩本願経忉利《とうり》天宮《てんぐう》神通品にあ

る話をふまえたものか。詩［夏］（初行「もうどの稲も、分蘖《ぶんけつ》もすみ」）に「髪が赤くて七っつぐらゐ／発心前の地蔵菩薩の像のやう」「典型的なお地蔵さんの申し子だ」、詩［早春独白］に「身丈にちかい木炭《すみ》すごを／地蔵菩薩の龕《がん》かなにかのやうに負ひ」とある。

尖舌《シタ》 した 【科】【レ】 せんぜつ（鳥の尖《とが》った舌）だが、賢治はシタとルビをふっていることが多い。詩［〔落葉松の方陣は〕］に「尖舌《シタ》を出すことをかんがへてるぞ」「また青じろい尖舌《シタ》を出す」とある。

羊歯 しだ 【植】 シダ植物は蘚苔《せんたい》植物（コケ類）と裸子《らし》植物（マツ、ソテツ等）との中間植物。胞子（↓星葉木）で増殖し、無性世代には葉、茎、根の区別がある。葉は羽根状に切れこみがあり、裏面に胞子嚢を生じ、中に多数の胞子を蔵する。賢治作品では、羊歯の芽、羊歯の森、羊歯の花等が登場するが、このうちで、例えば「羊歯の花」は、赤褐色の胞子嚢を、「羊歯の（やわらかな）芽」は、わらびやぜんまいの芽を、「羊歯の森」は蟻の視点から見た羊歯群落を指す。また窓ガラスに水が凍りついた状態が、羊歯の葉に見えるといった、賢治らしい比喩や連想もある。「窓のガラスの氷の羊歯は」（詩［冬と銀河ステーション］）、「その窓の羊歯の葉の形をした氷をガリガリ削り」（童［氷河鼠の毛皮］〈↓ねずみ〉）、「梯形第三（↓七つ森）のすさまじい羊歯や」（詩［第四梯形］〈↓七つ森〉）、「雫にぬれたしらねあふひやぜんまいや」（詩［渓《たに》にて］）、「羊歯ははがねになるといふ」（詩［林学生］）、「水いろの上着を着羊歯の花をたくさんもって」（詩［装景手記］）、蟻の歩哨は「青く大きな羊歯の森の前をあちこち行つたり来たり」（童［朝に就ての童話的構図］）等。なお、童［なめとこ山の熊］に出てくる「しだのみ」はどんぐりの方言で、この羊歯とは無関係。

下草 したくさ 【植】 木の下（木かげ）に生える草。詩［三原 第二部］に「これらの木立《こだち》の下草に／月光いろのローンをつくる」とあるほか、童話に多く使われる。

下小路 したこうじ 【地】 盛岡市北東部の中津川沿いの道路、ならびに街区の名。藩政時代、下級武士が居住していた。旧閉伊《へい》街道（塩の道、とも言った）にあたる。ノート［東京］に「兎狩、下小路」とあるが、当時から一九三五（昭和一〇）年代まで続いた盛岡中学（↓白堊城《はくあじょう》）の年中行事の一だった兎狩りで行ったことのある名《な》乗《のり》（地名）への中学校からの通り道だった。なお、花巻に「下《しも》小路」があったが、のち下町《しもちょう》、現上町《かみちょう》。

したども 【方】 けれども、しかしながら。上の「した」だけで「しかし」の意。「ども」は方言でなくても逆接の助詞「ながら」。童［風の又三郎］に「うんうん。牧夫来るどまだやがましがらな。したども少し待で。又すぐ晴れる」とある。「した」だけの例は劇［種山《たねやま》ヶ原《はら》の夜］に「した、霽《は》れるがもしれないぢゃい」とある。霽は晴。

しだのみ ↓どんぐり

したます ↓陸稲《おかぼ》さっぱり枯《か》れで…

しだれ桜 しだれざくら ↓桜《さくら》

七庚申 しちこうしん ↓庚申《こうしん》

七舌のかぎ しちぜつのかぎ 【宗】【レ】 小沢俊郎の語注（新修全集月報）によれば「延暦寺《えんりゃくじ》蔵の八舌の鑰《かぎ》。伝説では、最澄《さいちょう》（↓大師、妙法蓮華経）が根本中堂建立《こんりゅう》の際に地中から得たもので、唐の天台山を訪れた折、開かずの蔵と言われたものに試みたところ、見事に扉が開いたという」とある。鑰（略字は鑰、音ヤク）は鍵。錠前《じょうまえ》。八舌が正しければ七舌《しちぜつ》は賢治の記憶ちがいか。歌［七八四］に「みまなこをひらけばひらくあめつちにその七舌のかぎを得たまふ」とある。

七面講《しちめんこう》【宗】 日蓮宗の総本山、身延山《みのぶさん》（山梨県南巨摩《こま》郡）久遠寺《くおんじ》の鎮守である七面山《しちめんざん》の敬慎院《けいじんいん》参詣の*講。雑［法華堂建立勧進文《こんりゅうかんじんもん》］後書きに「作者は　七面講同人」とある。

七里けっぱい《しちりけっぱい》【宗】【レ】 七里結界《けっかい》の訛。仏道修行のさまたげになる*魔障《ましょう》（悪魔の障《さわ》り）が侵入しないよう七里四方に結界（境界）を設けること。転じて、人を寄せつけぬこと。簡［185］に「田中大先生（→田中智学）の国家がもし一点でもこんなものならもう七里けっぱい御免を蒙ってしまふ所です」とある。

慈鎮和尚《じちんかしょう》【人】【宗】 一一五五（久寿二）～一二二五（嘉禄元） カシヨウ（クワシヨウ）は天台宗、禅宗での高僧への呼称。律宗、真言宗、真宗等はワジョウとも。一般にはオショウ。慈円のこと。慈鎮は諡《おくりな》。関白藤原忠通《ただみち》の子、関白九条兼実《かねざね》の弟。出家して道快《どうかい》と称し、のち慈円と改める。比叡山に学び天台座主《ざす》の要職につく。和歌をよくし『拾玉集《しゅうぎょくしゅう》』をつくり、史論書『愚管抄《ぐかんしょう》』を著す。文語詩［卒業式］に「うなじに副へし半巾《（はんけち）》は、　慈鎮和《くわ》尚のごとくなり」とある。高位の僧は正装の時、うなじ（首のうしろ）にハンカチのような布をあてている。校長の姿がそれに似ている。→カラ

十界《じっかい》【宗】 仏教において、命あるものが生存している領域を十種に分けたもの。①*地獄界②*餓鬼《がき》界（→餓鬼道）③*畜生界④*阿修羅（*修羅）界⑤人間界⑥*天上界⑦*声聞《しょうもん》界⑧*縁覚《えんがく》界⑨*菩薩界⑩*仏界。地獄界から天上界までの六界が六凡と呼ばれる迷いの世界で、声聞から仏界までの四界が四聖《ししょう》と呼ばれる悟りの世界。詩［〔あかるいひるま〕］に「聖者《（しょうじゃ）》たちから直観され／古い十界の図式まで／科学がいまだに行きつかず」とあり、「いま死ねば／いやしい*鬼にうまれるだけだ」と、十界思想に基づく賢治の生死観が読みとれる。簡［55］には「*至心ニ*妙法蓮華経ニ帰命《（きみょう）》（→帰依法）シ奉ルモノハヤガテ総テノ*現象ヲ吾ガ身ノ内ニ盛リ、十界百界諸共ニ*成仏シ得ル事デセウ」とある。「百界」とは、十界の一つ一つがさらに互いに十界を具《そな》えている、という天台の十界互具《ごぐ》思想による。

十界曼荼羅《じっかいまんだら》【宗】 *日蓮が佐渡流罪《るざい》中に創案した文字による*曼陀羅。日蓮宗の本尊とされる。中央に*南無妙法蓮華経という題目を書き（字形から髭題目《ひげだいもく》とも）、両側に*釈迦（→釈迦牟尼）、多宝の二仏と*上行菩薩、*無辺行菩薩、*浄行菩薩、*安立行菩薩の*四《し》菩薩《ぼさつ》を書き、さらにほかの*菩薩、*声聞《しょうもん》、*天、人《にん》、*修羅、畜生等、十界の*衆生を配し、四隅に守護神としての四天王を記している。南無妙法蓮華経の光に照らされ、十界の一切衆生の*仏性《ぶっしょう》が目覚め*成仏するという思想を表現したもの。賢治は*国柱会から授与された十界曼荼羅を大切にした。帳［雨ニモマケズ］には題目と二仏、四菩薩だけを書いた略式の文字曼陀羅が見える。（→口絵㊷）

四っ角山《しっかくやま》【地】 *花巻市城内にある花巻城（江戸期以前は鳥谷《とや》ヶ崎城）二の丸鐘楼跡の通称。歌［一八一］に「しろあとの／四っ角山につめ草（→白つめくさ、赤つめくさ）の／はなは枯れたり／*月のしろがね」とある。童［*マリヴロンと少女］にも「その城あとのまん中の、小さな四っ角山の上に、*めくらぶだうのやぶがあって」とある。鳥谷ヶ崎城跡の南側には*岩手軽便鉄道が走り、南東角には鳥谷ヶ崎神社、軽便の南に賢治の母校、花城《かじょう》高等小学校

（現花巻小学校）があり、賢治生家はさらに崖下の南側（豊沢町）にある。なお、短*［秋田街道］に登場する「四っ角山」は別の場所なので注意を要する。こちらは秋田街道沿いの小山と思われるが詳細は不明。

ジッコさん　【鉱】　*磁鉄鉱《マグネタイト》（magnetite）の擬人化。*火成岩の多くに副成分鉱物として含まれている。粒状、黒色で金属光沢をもつ。童［楢ノ木大学士の野宿］（↓なら）に「ジッコさんといふのは磁鉄鉱だね」とある。

質直《しつじき》　↓コロナ

疾翔大力《シツシヤウタイリキ》《しっしょうたいりき》　【宗】　*爾迦夷《ルカキ》とともに賢治創作の*捨身《しゃしん》（施《せ》身《しん》）菩薩の別号。童*［二十六夜］に「疾翔大力と申しあげるは、施身大菩薩のことぢゃ」とあり、五〇回もその名が出てくる。捨身菩薩はもと（前世）は*雀の姿で空を飛ぶとき、一はばたきで空を六千*由旬《ゆじゅん》行くことができるので「疾翔」と言い、自分の名を念ずるものを助けるために、火に入り水に潜っても傷つき濡れることがない。ために「大力」と言う、という旨の説明がある。爾迦夷は「疾翔大力を讃嘆すること*三匝《さんぞう》にして、徐《おもむろ》に座に復し」（三匝以下は、三回も行きつ戻りつして、静かにもとの座にすわり、の意）ともある。

実相寺《じっそうじ》　【地】　現在の*花巻市の町名。もとは*羅須地人協会のあった花巻市下根子（↓根子《ねこ》）の一部を指す地名で、当地に実相寺という寺があったことによると言われている。大正初期まで山林で*狐や*梟もいたと言う。ここには宮沢家の持山があった。童*［二十六夜］に「二疋はみんなのこっちを見るのを枝のかげになってかくれるやうにしながら、／『おい、もう遁《に》げて遊びに行かう。』／『どこへ。』／『実相寺の林さ。』」と出てくる。

十両《ジッテール》《じってーる》　【文】　両《テール》（tael）は中国で清代（一六一六〜一九一二）末期から用いられた通貨単位。両（リアン liǎng）のこと。これを外国人はテールと呼んだ。現在は両に代わって元（ユアン yuán 正式には圓〈円〉）が用いられている。童*［山男の四月］に「十両《ジッテール》に何斤《なんぎん》（↓凡例、重さ）くるか知《し》つてるだらうな」とある。

質量不変の定律《しつりょうふへんのていりつ》　【科】　定律は法則に同じ。物体の有する物質の質量の総和は、化学変化の前後においては不変であるという法則。詩*［真空溶媒］に「それでもどうせ質量不変の定律だから」とある。

してけだたともな　【方】　してくれたけれども。劇［種山ヶ原の夜］「こっちの云ふやうにしてけだたともな。」

磁鉄鉱《じてっこう》　【鉱】　マグネタイト magnetite（Fe_3O_4）　鉄の重要な鉱石鉱物。黒色、金属光沢があり、強い磁性を持っている。火成岩中に含まれる造岩鉱物の一。　↓ジッコさん

してで　↓折角払《せっかくはらい》ひ下《さ》げ…

死出の山《しでのやま》　【宗】　死者が冥土へ行く途中に登るとされる険《けわ》しい山。平安時代に日本で作られた地蔵十王経（偽経《ぎきょう》↓三途《さんず》の川）に説かれている。死者は死後七日目（初七日）に、秦広王の庁に至り生前罪業の審判を受けるが、死出の山はその手前にあって死後初めて遭遇する難所とされる。*三途の川は、初七日の秦広王の庁から二七日（一四日目）の初江王《しょこう》の庁の間にあると言う。詩*［国立公園候補地に関する意見］に「死出の山路のほととぎす／三途の川のかちわたし」とある。徒歩《かち》渡し、は歩いて渡らせる。ちなみに「ほととぎす」は冥土の鳥としても知られる。「つねよりもむつま

しきかな時鳥《ほととぎす》、死出の山路の友と思へば」(鳥羽院、『千載集』)。

自動車《じどうしゃ》【文】 自動車。国産車は一九一一(明治四四)年のダット号に始まるが、当時は大都会では別として地方都市でも珍しい乗物であった。賢治の母方の実家宮沢商店には乗用車があったことが当時の写真でわかる。詩[神田の夜][丸善階上喫煙室小景][自働車群夜となる]、童[グスコーブドリの伝記][ビヂテリアン大祭][ポラーノの広場](→ポランの広場)等に登場。

紫銅色《しどうしょく》 →銅《どう》

児童文学《じどうぶんがく》 →童話文学《どうわぶんがく》

しどけ →みづ、ほうな、しどけ、うど

しどけ沢《しどけざわ》【地】 未詳の地名。童[なめとこ山の熊]に登場するが、しどけ(→みづ、ほうな、しどけ、うど)の多く自生している沢という意味の地名があったのか、あるいは賢治の造語か。造語とすれば、密教で言う四度加行《しどけぎょう》(十八道、金剛界、胎蔵界《たいぞうかい》、護摩《ごま》の四法を四度にわたり修行に励むこと)の語が山野にちなんでヒントになっているか。あるいは、岩手県藪川村(現盛岡市)岩洞に同名の地もあり、それの転用とも考えられる。

使徒告別の図《しとこくべつのず》【文】 レオナルド・ダ・ヴィンチの有名な「最後の晩餐」の絵のことであろう。使徒とは主イエスに選ばれた者のことだが、具体的にはイエスが特に選んだ弟子十二人のこと。詩[装景手記]に「やわらか(ママ)にやさしいいろの/budding fern を企画せよ/それは使徒告別の図の/その清冽ながくぶちにもなる」とある。「やわらか」は旧かなでは「やはらか」。

志戸平温泉《しどだいらおんせん》【地】 花巻市の西方にある温泉。一七八二(延《えん》暦《りゃく》元)年の発見と言われる。含食塩芒硝泉《ぼうしょうせん》(芒硝は硫酸ナトリウムの俗称)で、リューマチや動脈硬化等によく効くと言う。かつては花巻から志戸平を経て、鉛まで花巻電鉄の軌道電車が運行していたが、一九七二(昭和四七)年に廃止された。開通は一九一五年で松原まで。その後、大沢温泉(→講)までは一九二三年五月五日、西鉛温泉(→鉛)までは一九二五年一一月一日であり、料金は一九二三年ごろ、花巻より志戸平温泉まで四五銭、大沢まで五四銭、一日上下各八本が運行された。現在はバスがある。童[台川]に「志戸平のちかく豊沢川の南の方に杉のよくついた奇麗な山があるでせう。」とある。

蓐《しとね》 →藁《わら》

黄水晶《シトリン》【鉱】 citrine 黄水晶《きずいしょう》。透明薄黄褐色の鉱物。硬度七。天然の黄水晶の産出は少なく、紫水晶を熱処理してそっくりの黄色にしたものが流通している(安価で「トパーズ」の名で→トッパーズ)。詩[風景観察官]の「こんな黄水晶《シトリン》の夕方」や、童[まなづるとダァリヤ]の「黄水晶《シトリン》の薄明穹」のように、賢治は夕焼けがはじまったころの空のイメージとして多用する。シトリンとは本来シトロンの木からきたレモン色を指す形容詞、賢治はこの語のもつさわやかさを利用したのだろう。簡[137]には「黄水晶を黒水晶より造る」とあるが、賢治の記憶違いであろう。

品井沼《しないぬま》【地】 松島の北九km。干拓で消滅、現在は東北本線の駅に名を残す。童[化物丁場]に「宮城の品井沼の岸では、稲がもう四日も泥水を被ってゐる」とある。

靭ふ《しなう》【レ】 靭は強靭《きょうじん》で柔かい意だが、動詞「しなう」は普通は撓うと書くところを賢治はこの字を当てたのであろう。詩[若き耕地課技手《ぎて》のIrisに対するレシタティヴ]に「靭ふ花軸の幾百や」とある。弾力があり、すぐには折れず、しなやかに曲がる

花軸。

品川《しながわ》【地】 江戸期の品川は東海道五十三次の第一の宿場、江戸の南玄関だった。明治期は鉄道が海沿いに敷かれてから宿場の機能は失われ、しだいに工場地帯となる。賢治は一九二一（大正一〇）年四月、父と関西方面旅行の際、歌「八〇四」に「品川をすぎてその若ものひそやかに写真などをとりいだしたるかも」とある。また詩［三原　第一部］では「ガスの会社のタンクとやぐら／しづかに降りる起重機の腕」等を歌い、「品川の海／品川の海」と印象的に繰返している。萩原昌好《まさよし》は、この場面は賢治の乗る大島航路の船が品川台場《だいば》（江戸末期に幕府が海防のため品川沖に築いた六つの砲台、お台場と現在も言う）付近の狭い航路を抜けて広い海に出た解放感の表現であろうと『宮沢賢治「修羅」への旅』（一九九四）で言っている。

支那式黄竜《しなしきこうりょう》【民】 童［*ビヂテリアン大祭］に「陳氏が支那式黄竜の仕掛け花火をやった」とある。その描写のうち「黄いろな長いけむりがうねうね下って来ました」「日本でやる下り竜の仕掛け花火です」がそれで、中国では黄色の竜のこと。ちなみに清朝の国旗は黄色の地に竜を描いた「黄竜旗《こうりょうき》」だった。

しなたもの →支那服《しなふく》

支那反物《しなたんもの》 →支那服《しなふく》

支那服《しなふく》【衣】 中国人の伝統的な衣服。*筒袖の上衣とズボンの組み合わせ、または足首までの長衣のものの二種類がある。用いる布地は中幅の緞子《どんす》、*繻子《しゅす》、*木綿、*麻、紗《しゃ》等で、賢治作品中にも「支那反物《たんもの》」（つまって「しなたもの」）の語が見られる（童［*山男の四月］）。童［風野又三郎］（→風の又三郎）に、「着物だって袖の広い支那服だらう」とあり、そのほか童［*ビヂテリアン大祭］等にも登場。

支那料理《しなりょうり》【食】 中華料理。古くは遣唐使等によって伝えられ、日本の食生活に多大な影響を及ぼしたが、ふつう「支那料理」は明治以後伝えられたものを指す。初め在日中国人相手の専門料理店が長崎、神戸、横浜等に、その後東京の日本橋の「偕楽《かいらく》園」、日比谷の「陶々亭」等が開業。しかし*西洋料理ほどには急速に普及せず、一般的になったのは大正中期から、シューマイ、チャーハン、シナソバ等が大衆料理として迎えられた。賢治作品に登場するのも西洋料理に比べて少ないのは、賢治の好みや賢治作品の西洋好みも反映していよう。詩［〔湯本の方の人たちも〕］（→飯豊《いいとよ》）、文語詩［〔*馬行き人行き自転車行きて〕］等。→来々軒《らいらいけん》

地主《じぬし》【農】 土地、農地の所有者。農地の場合、第二次大戦後（一九五二（昭和二七）年）の農地改革（農地解放）にともない、自耕していない大部分（小作地の約八〇％）が、借りていた*小作人の所有に帰した。それ以前は小作人との間にトラブルが絶えなかった。詩［地主］がそれをよく物語っている。→小作調停官《こさくちょうていかん》、小作米《こさくまい》、自作農《じさくのう》

篠木峠《しのぎとうげ》【地】 具体的な地名としては篠木峠はないが、鳥《と》泊山《どまりやま》（高さ三八一ｍ）と篠木坂峠（三〇二ｍ）を一括して*篠木山と言うので、篠木坂峠を指すのであろう（小倉豊文説による）。鬼越山から南方に約六㎞ほど半島状に突き出ている丘陵の起伏の一。作品にはないが「*経埋ムベキ山」（帳［雨ニモマケズ］）の一。

しのぶぐさ【植】 忍ぶ草。略してシノブとも言う。山中の岩《は》や大木の幹等に着生する夏緑性の多年草。根茎は太く、長く這う。

葉柄は長さ五～一〇cm、葉身は一〇～三〇cm。根茎は丸めてしのぶ玉をつくり、夏の風物詩「吊りしのぶ」とする。土がなくても生育するので、土はないのに堪え忍ぶ、という意味から出た名。童[*ガドルフの*百合]に「きらきら顫《ふる》ふしのぶぐさの上に」とある。

しのぶやま【地】 信夫山。福島市中心部の北方、盆地の中央に位置し、島のように見える小山。御山《おやま》、青葉山の別称もある。現在は新幹線のトンネルが、その西端を貫いている。高さ二七三m。歌[三六二]に「しのぶやまはなれて行ける汽鑵《きかん》車のゆげのなかにてうちゆらぐなれ」とある。異稿では「信夫山」と漢字で表記。「汽鑵車」は蒸気機関車を当時そうも書いたから当て字や誤字ではない。

芝 しば【植】 日当たりのよい山野に生えるイネ科の多年草。しばくさ、とも。庭園用等にも栽植される。茎は強く平滑《へいかつ》な針金状で地をはう。花は初夏、高さ一五cmほどの花茎頂に三cmほどの穂をつける。芝原、芝草、芝生等の語源。「嘉十は芝草の上に、せなかの荷物をどつかりおろして、*栃と*栗とのだんごを出して喰べはじめました」(童[*鹿踊りのはじまり])、「七つの小流れと十の芝原とを過ぎました」(童[*双子の星])等、多くの作品に登場。詩[*真空溶媒]には「まばゆい緑のしばくさだ」とある。

しばくさ →芝 しば

師範学校 しはんがっこう【文】 明治初期から第二次世界大戦後の教育改革まで全国各県に二校ないし四校(男子師範、女子師範の二校は別々に各府県立として必ずあった)設置されていた小学校教員(訓導)養成を目的とした学校(国立の新制大学で教育学部となる)。一八七二(明治五)年、東京に師範学校が設けられ、アメリカ人教師スコットを招き、アメリカの小学校教授法を導入したのが最初。童[或る農学生の日誌]に「上田君は師範学校の試験を受けたさうだけれどもまだ入ったかどうかはわからない。なぜ農学校を二年もやってから師範学校なんかへ行くのだらう」とある。師範学校には小学校高等科卒で入るコース(一部)と中等学校卒で入学する(二部)コースがあったが、「上田君」は二部受験の資格がなく(農学校が年限二年で乙種中等学校扱いだったから)一部を受験せざるをえなかった事情を指す。師範学校出身者でなければ正式の「訓導」(第二次大戦後の教育改革で「教諭」)にはなれず、「代用教員」がその欠を補っていた(経験によって訓導になるケースもあったが)。

慈悲 じひ【宗】 仏や*菩薩が*衆生を慈《いつく》しみあわれむ心を言う。慈は梵語のマイトリー(maitrī)の漢訳で、衆生に楽《らく》を与えること。悲は同じくカルナー(karuṇā)の漢訳で、衆生の苦しみを抜くこと。童[*二十六夜]に「そのいたみ悩みの心の中に、いよいよ深く*疾翔大力《しっしょうたいりき》さまのお慈悲を刻みつけるぢやぞ」、童[洞熊《ほらくま》学校を卒業した三人]に「お慈悲でございます。遺言のあひだ、ほんのしばらくお待ちなされて下されませ」、簡[63]に「*大聖大慈大悲心、思へば*泪《なみだ》もとゞまらず　大慈大悲大恩徳いつの*劫《こう》にか報ずべき」とある。

盲《しひ》あかり しいあかり →陰極線 いんきょくせん

地引 じびき →釧路地引 くしろじびき

四ひきの幽霊 しひきのゆうれい【レ】 歌[五二五]に「あまの川／ほのぼの白くわたるとき／すそのをよぎる四ひきの幽霊」があるのは、歌[五二八]の「ひとしく四人ねむり入りしか」、同[五二九]の「はひ松ばらの／うすひのなかに」、おそらく遊び疲れて夕暮に寝入ってしまった四人の子らへの幻想であろう。乳白色の銀河のすそ野をわたっていく四ひきの幽霊に子等が見えたと言っていて、後年の童［銀河鉄道の夜］のイメージの先取りか、とさえ思わせる、恐ろしい、しかも擬人化どころか擬霊化した一首。

慈悲心鳥 じひしんちょう 【動】 ホトトギス目の鳥ジュウイチの別名。ジュウイチーと鳴くのが「慈悲心」と聞こえるのでその名がある。全長三二cmほど。民話には十一（旧かなジフイチ）という数にちなむ即興的な話が多い。文語詩［製炭小屋］に「朽ち石まろぶ黒夜谷《こくやだに》／鳴きどよもせば　慈悲心鳥《じふいち》の」とある。まろぶはころぶ。黒夜谷は暗い谷の形容。この詩の下書稿にある「老《おい》のそま」は、年をとった杣《そま》人《びと》（炭焼きにする木を切りたおすひと、きこり）の意。

ジヒシンチョウ

師父 しふ 【レ】 師とも父とも仰ぐ先輩の意。詩に［野の師父］があるが、早くは詩［原体剣舞連《はらたいけんばいれん》］（→原体村）、詩［装景手記］、［〔そのとき嫁いだ妹に云ふ〕］等に登場。

慈悲心鳥《じふいち》 じゅういち →慈悲心鳥 じひしんちょう

渋茶をしげにのみしてふ しぶちゃおしげにのみしちょう 【レ】 文語詩［岩頸列*］に「とみにわらひにまぎらして、／渋茶をしげにのみしてふ、」とある。旅興行を終えて、やっと帰京した（たぶん歌舞伎の）芝雀が「寒げなる山がにょきにょきと立っていて（［岩頸列］の詩題にふさわしく）」と、いなかの様子を「急に笑いにまぎらしながら／味のですぎた茶を惜しむかのように（旧かなの「惜《を》しげ」）飲んだと言う」という意であろう。

十力《じふりき》 じゅうりき 【宗】 仏のもつ十種の智力のこと。①処非処智力《しょひしょちりき》、②業異熟智力《ごういじゅくちりき》、③静慮解脱等持等至智力《せいりょげだつとうじとうしちりき》、④根上下智力《こんじょうげちりき》、⑤種種勝解智力《しゅじゅしょうげちりき》、⑥種種界智力《しゅじゅかいちりき》、⑦遍趣行智力《へんしゅぎょうちりき》、⑧宿住随念智力《すくじゅうずいねんちりき》、⑨死生智力《しょうじちりき》、⑩漏尽智力《ろうじんちりき》を言う。または、十力を有する者の意で、仏のこと。童［十力の金剛石*］に、「あの十力の尊い舎利*」「あの十力《りき》とは誰でせうか」とあり、いずれも仏のこと。童［虔十公園林*《けんじふ》］に「たゞどこまでも十力《じふりき》の作用は不思議です」とあり、これも仏。

ジブンヲカンジョ《（ママ）》ウニ入レズニ じぶんをかんじょうにいれずに 【レ】 帳［雨ニモマケズ］五三頁中の語。カンジョウは「勘定」であることは言うまでもないが、「岩手日報」（平成二〇、一一、一一、夕刊）紙上の報道によると（［言葉巡り］前田正二）、岩手の学生の何割もが、自分を自分の感情の外におく、すなわちカンジョウを「感情」の意で読んでいる、とある（調査の結果）。恐るべき読解力の現状を、記事の筆者は岩手地方の発音（アクセント）のせいにしている。ただ、「勘定」の旧かなの表記はカンヂャウであり、カンジョウでは今ふうに「感情」と読まれることも可能性は否定できない（賢治の誤記は写真のとおりだが、文庫版全集第3巻にはヂャに直した［雨ニモマケズ］が再録してある）。ちなみに日葡辞書（長崎版一六〇三年）にも「Cangio カンヂャウ」とある。幸か不幸か、この［雨ニモマケズ］はあまりに有名ながら病中の心身困苦の中での手帳のメモであり、同情しつつも（歴史的には、ことに江戸期には「江戸

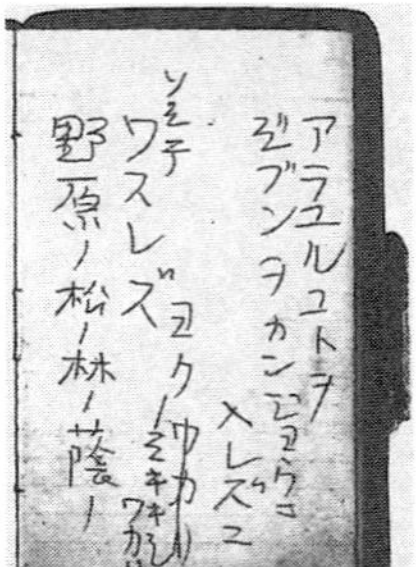

誤」とも言える表記の乱れもふえてくる、そうした、ままある「賢治誤」の例の一)立項した一理由である。→旱魃《かんばつ》

しべ【植】 蕊(旧字、蘂で歌[二五〇])、音はズイ。花心のこと。おしべとめしべ。歌[五一九]に「あさひふる／はくうんぼくの花に来て／黒きすがるら／しべを嚙みあり」とある。黒いジガバチたちがしべにたかっている。童[十力の金剛石]には「花のそのかんばしいはなびらやしべ」とある。

シベリア【地】 Siberia 西比利亜。旧ソ連邦アジア地域の一部。広義にはウラル以東、太平洋までの地域を指すが、行政的には、ウラル山脈東方から太平洋の分水嶺までの「シビーリ(Siber)」と、ウラル地方・極東地方に分けられる。全地域が冷涼な大陸性気候で、植生区分は南から北へ向かってステップ(→ステップ地方)、タイガ、ツンドラと移行する。一六世紀後半からロシア人の侵入が始まり、多くのロシアからの農業移民や、銀等の鉱山労働者として罪人がロシアからシベリアへ送り込まれる等、一九世紀初めにはロシア帝国の植民地と化した。また、一八九一～一九〇五年にかけて「シベリア横断鉄道」が建設され、経済開発を大いに促進させた。作品中にも歌[四二一]「シベリアの汽車に乗りたるこゝちにて」とある。だが、ロシア革命後の一九一八年春ごろから、外国の帝国主義勢力による干渉が始まり、日本もチェコスロバキア軍捕虜救済の名目で兵を出したが(シベリア出兵)結局は失敗に終わった。賢治もこの年、三月一四日には、保阪嘉内《ほさかない》あて簡[49]の中で「退学も戦死もなんだ(中略)保阪嘉内もシベリヤもみんな自分ではないか」と書いている。また、シベリアでは冬季に乾燥、低温の気団(シベリア気団)が発生し、強大な高気圧(シベリア高気圧→サイクルホール)を引き起こして日本に冬型気圧配置をもたらす。童[風野又三郎](→風の又三郎)「冬は僕等は大抵シベリヤに行ってそれ(著者注、逆サイクルホール)をやったり」とある。

シペングラア【人】 ドイツの哲学者、オズヴァルト・シュペングラー(Oswald Spengler 一八八〇～一九三六)のこと。主著『西欧の没落』(一九一八～一九二二)二巻によって世界的に有名。日本ではジャーナリスト室伏高信《むろぶせこうしん》『文明の没落』(一九二三)で紹介され、賢治も室伏の著書でシュペングラーの著書の予言的な、しかし明晰な西洋文明の分析とその末路を説いた内容を知ったと思われる。芸[興]に「シペングラア　都会の脳髄　人の遊戯　生活　名誉　智的労働　霊的所産にあらず／ここに芸術は無力と虚偽である　ワグナア(→ワグネルの歌劇物)以後の音楽　マネイ　セザンヌ以後の絵画」とある。賢治が直接シュペングラーをどの程度理解していたか不明だが、シュペングラーの説いた、大都市中心の知性主義の時代に入り、西洋の文明が魂の造型力を失い、外面だけの豪華を誇って、やがて文明の解体へと向っている、と言うテーマの影響があったことは明らかである。マネイとあるのはフランスの画家で印象派のリーダーであったマネ(Edouard Manet 一八三二～一八八三)のこと。セザンヌ(Paul Cézanne 一八三九～一九〇六)もフランスの後期印象派の代表的画家で、フォービズムやキュービズムの先駆者。これらの芸術家たち以後は、シュペングラーの言う没落への途をたどっていると、賢治もみずからの農民芸術の立場から「岩手国民高等学校」で講義したと思われる。→農民芸術《のうみんげいじゅつ》

脂肪酸《しぼうさん》【科】 一般式CnHmCOOH。脂質の構成成分。脂肪酸はグリセリン(三価のアルコール)をエステル化して油脂を

構成する。炭素数が七以下のものを短鎖脂肪酸、八〜一〇のものを中鎖脂肪酸、一二以上のものを長鎖脂肪酸と言う。多種あるが、一般的に知られているものとして、パルミチン酸（豚脂・牛脂等に含まれる）、オレイン酸（オリーブ油・チョコレート等に含有）、リノール酸（ベニバナ油・コーン油等に含有）、アラキジン酸（ピーナッツ油・ひまわり油等に含有）があげられる。歌［三八二（異）］に「にせものの真鍮色の脂肪酸かゝるあかるき空にすむかな」、詩［青森挽歌］には「真鍮の睡さうな脂肪酸にみち」とある。↓カルボン酸《かるぼんさん》

四菩薩《しぼさつ》 【宗】 胎蔵界曼陀羅（↓曼陀羅）では、大日如来《だいにちにょらい》（真言宗の本尊）の四方に位置する普賢（東南）、文殊《もんじゅ》（西南）、観自在（西北）、慈氏《じし》（東北）の四菩薩を言うが、法華経従地涌出品《じゅうじゆじゅっぽん》第十五（↓妙法蓮華経）では、上行《じょうぎょう》、無辺行、浄行《じょうぎょう》、安立行《あんりゅう》行の四菩薩のこと。釈迦（↓釈迦牟尼）によって教化《きょうげ》された無数の菩薩衆《しゅ》が、震裂する大地から涌出《ゆうしゅつ》し空に充満し、釈迦の滅後に法華経を世に広めることを誓うが、その菩薩衆の中の導師が四菩薩。日蓮宗の本尊である十界曼荼羅では南無妙法蓮華経と題目（↓唱題《しょうだい》）を記したその両脇に、二仏とともにこの四菩薩が記される。

四本杉《しほんすぎ》 【地】 旧花巻農学校（現花巻文化会館）の北の地名。花巻駅から西へ一km、四株の大杉があったので付いた地名。詩［雲の信号］に「きつと四本杉には／今夜は雁もおりてくる」とある。

死魔《しま》 【宗】 四魔（↓魔）の一。死によって命を奪われるので魔と名付ける。帳［雨ニモマケズ］八四頁。

紫磨銀彩《しまぎんさい》 【宗】【レ】 紫を帯びた銀色のこと。仏の身体の色である紫磨金色の応用としての造語か。詩［風景とオルゴール］に「玻璃（↓ガラス）末の雲の稜に磨かれて／紫磨銀彩に尖つて光る六日の月」とある。↓紫磨金色《しまこんじき》

紫磨金色《しまこんじき》 【宗】【レ】 紫色を帯びた金色のことで仏の身体について言う。歌［一五六六］に「東には紫磨金色の薬師仏／そらのやまひにあらはれ給ふ」（病気《やまい》におかされた東の空には、有難い医《い》しをして下さる薬師仏が姿をお見せになった）とある。↓紫磨銀彩《しまぎんさい》

島地大等《しまじだいとう》 【人】【宗】 浄土真宗僧侶、願教寺住職。一八七五（明治八）〜一九二七（昭和二） 新潟県生まれ。勝念寺学僧、姫宮大円《ひめみやだいえん》の次男、幼名は等《ひとし》。一九〇二（明治三五）年、西本願寺大学林高等科卒。盛岡市の願教寺住職であった島地黙雷《もくらい》の法嗣《ほうし》（後継者）となり島地家に入籍。やがて華厳、天台教学の権威となる。東洋大学、東京帝国大学の講師をつとめる。賢治の法華経（↓妙法蓮華経）入信の機縁となった『漢和対照妙法蓮華経』（↓赤い経巻）の編者。一九〇二〜一九〇三年にかけ、大等は大谷光瑞《こうずい》の西域探検隊の随員の一人として、セイロン（スリランカ）、インド、ネパールの仏蹟調査を行なっており、賢治の西域に関する興味、知識等も、願教寺の仏教講話（仏教夏期講習会、報恩講等）の折に大等から多くのものを得た可能性が考えられる。簡［258］等に登場。

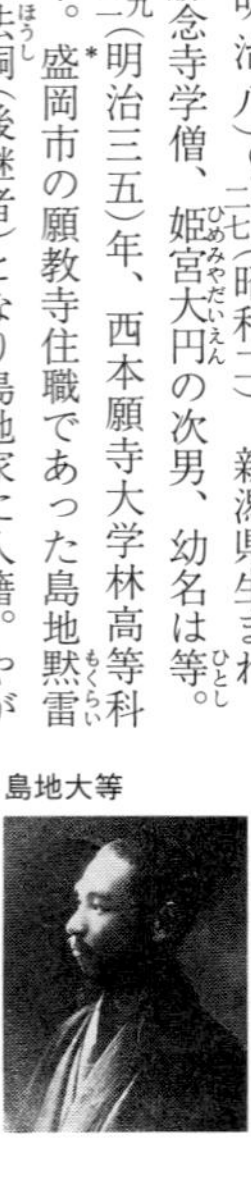
島地大等

しまたた ↓草刈《くさか》ってしまたたべが

縞立つ《しまだつ》 【レ】 歌［五六六］に「汗ゆゑに／青く縞立つ光ぞと」とある。縞は織物の織目だが、したたる汗で、緑の外界が青く縞目になって見える、幻視的表現。

しまふづど《しまうずと》【方】 しまうと。童［風の又三郎］に「迷ってしまふづど危ないがらな」とある。「危ない」はアブネに近い発音。

清水金太郎《しみずきんたろう》【人】【音】 浅草オペラの代表的なバリトン歌手。愛称シミキン。一八八八(明治二一)〜一九三二(昭和七) 一九一一(明治四四)年日本の最初の洋式大劇場(帝国劇場・略称「帝劇」)が完成。東京音楽学校卒業したての清水は帝劇専属歌劇部の声学教師となり、自らもオペラに出演、一九一四年「天国と地獄」のジュピター役、翌年の「ブン大将」(→バナナン大将)のブン役等で活躍。翌々年歌劇部解散後は、ローシーらと「ローヤル館」を赤坂の映画館を改装して開設。ジュピターやブン役のほか「古城の鐘」の城主ヘンリー、日本初のグランドオペラ「カヴァレリア・ルスチカーナ」のアルフィオ、やはり初演「セビリアの理髪師」(→セビラの床屋)のフィガロ(→フィーガロ)役等で活躍、一九一八年ローヤル館を脱退。浅草の金竜館に移ったのち、「七声歌劇団」を組織、日本館と合わせて浅草オペラの全盛期を創出した。「ファウスト」のメフィストフェレス、さらに翌年「根岸歌劇団」に移ってからは、創作歌劇「釈迦」の提婆達多《だいばだった》、大ヒットした「カルメン」の闘牛士エスカミリオ、「道化師」のトニオ、「アイーダ」のアモナスロ等で活躍した。大震災以後はもっぱら翻訳に専心したが、昭和に入って放送オペラに出演したこともあった。浅草を愛した賢治作品では詩ノート［峠の上で雨雲に云ふ］(→ニムブス)の中に「もし翻訳者兼バリトン歌手／清水金太郎氏の口吻《こうふん》をかりて云はゞ…」が少し言い換えて三度繰り返し用いられている。口吻は口ぶり。→オペラ、水星少女歌劇団《すいせいしょうじょかげきだん》

清水金太郎

凍み雪《しゆき》 →堅雪《かたゆき》かんこ、凍み雪《しゆき》しんこ

しむべぢゃ《しむべじゃ》【方】 してしまおうよ。童［葡萄水］に「瓶さ詰めでしむべぢゃ」とある。

しめじ【植】【食】 占地、湿地。比較的乾燥地に固まって叢生するキシメジ科の食用きのこ、ホンシメジタケ(略してホンシメジ)のこと。傘は小さく、全体に淡灰または灰黒色。俗に「匂《におい》マツタケ、味シメジ」と言われて賞味される。童［紫紺染について］に「さやう。みづ、ほうな、しどけ、うど(いずれも→みづ、ほうな、しどけ、うど)、そのほか、しめじ、きんたけなどです」とある。

四面体聚形《しめんたいしゅうけい》【科】 四面体は四つの三角形で囲まれた多面体、聚形は、その四面体状に物が聚《あつま》った(一つになった)形を言う。詩［火薬と紙幣］に「四面体聚形《しゅうけい》の一人の工夫《こうふ》が」とある。「黒い保線小屋の秋の中で」「米国風のブリキの缶《かん》で／たしかメリケン粉を捏《こ》ねてゐる」線路工夫のイメージの表現派風の詩的把握。工夫《こうふ》の姿が、動く四面体の物体のように表現されている。同じ四面体でも詩［〔この森を通りぬければ〕］に「あらゆる四面体の感触を送り」とあるのは、さらに科学的で直観的な把握である。風が物質的微粒子としてのモナドの感触として感知されているからである。賢治は風も光も非常にしばしば結晶的な微粒子としてとらえ、それがまた彼の宗教意識とも結びついている。→モナド

下のはし《しものはし》【地】 下の橋。岩手公園の西南部、中津川にかかる橋。チャグチャグ馬子(→ちゃんがちゃが馬こ)が渡った(現在は上流の中の橋を渡る)。歌［五三七］に「夜明げには／まだ間あるのに／下のはし／ちゃんがちゃがうまこ見さ出はたひと」とある。歌［五四〇］に「下のはし／ちゃがちゃがうまこ見さ出はた／

みんなのながさ／おどともまざり」とある。「見さ出はた」は見にいった。「おどと」は弟。なお、この橋の北側たもとの玉井《たまい》郷方《ごうほう》家に賢治は弟清六や従弟たちと下宿していた。↓盛岡《もりおか》

地霿《じもや》【天】 チモヤ、ヂ（ジ）アイとも読める。地上に低く立ちこめたもや（薄い霧の状態）を言う賢治の造語か、正式の気象用語にはないが、民間レベルでの気象語。あるいは人間の目線より低く発生する地霧《じぎり》（低霧《ていむ》 shallow fog）からの発想か。霿は大気中に低くたちこめる細霧。通常、視界一㎞以内の場合に、霧と呼び、平安期以降、春立つのを霞《かすみ》、秋のそれを霧と呼んでいる。詩［*牛］に「一ぴきのエーシャ牛（↓牛）が／草と地霿に角をこすってあそんでゐる」、その先駆形［海鳴り］、文語詩形［牛］には「夜の地霿」とある。

シャアロン《しゃーろん》【人】 シェークスピア（Shakespeare 一五六四〜一六一六）の『ヴェニスの商人』に登場するユダヤ人の悪徳高利貸シャイロックのもじり。童［ペンネンネンネンネン・ネネムの伝記］（↓昆布）に「シャアロンといふばけものの高利貸でさへ、あゝ実にペンネンネンネンネン・ネネムさまは名判官だ、ダニーさまの再来だ、いやダニーさまの発達だとほめた位です」とある。「ダニーさま」も原作のダニエル様のもじり。ダニエルは旧約聖書中の法と神の尊厳を説く「ダニエル書」の主人公で著者とされる。『ヴェニスの商人』では第四幕第一場、法廷の裁判の場面で、裁判官ポーシャがどんなことがあっても法（この場合は証文）は曲げられぬとバサーニオに答えると、シャイロックは「名判官ダニエル様の再来だ、…」とポーシャをほめる。賢治がこれをもじったもの。

ジャウカドウ《じょうかどう》【天】 上下動。地震のゆれ。童［クンねずみ］に「えゝ、ジャウカドウでしたね」とある。

しゃうけつ《しょうけつ》【レ】 猖獗。（悪事や悪人が）はびこること。勢いをつのらせること。童［楢ノ木大学士の野宿］（↓なら）に「病気のしゃうけつを来《きた》します」とある。

荘厳《しょうごん》【宗】 一般用語は「そうごん」で、重々しく立派な宗教的な雰囲気を言うが、仏教用語「しょうごん」の第一義は中村元『広説佛教語大辞典』によれば「建立《こんりゅう》すること」とあり、みごとに配置、排列されていることを言うが、これも一般には、*天蓋《てんがい》、*幢《どう》幡《ばん》、*瓔珞《ようらく》等の「荘厳具《しょうごんぐ》」（荘厳な雰囲気を高める飾り）の意。あるいは、それらを飾りつけすることを言う。しかし次の二例が示すように、賢治は堂塔の中ではなく、自然をさながら堂宇に見たてて「朝陽」に「樹ハカゞヤキテ珞玉ノ／花ヲ梢ニミタシツツ／荘厳キハモナカリケリ」（珞玉は瓔珞に同じ、くびかざりの玉。キハモナカリケリは極まりないの強め。文語詩［*沃度《ようど》ノニホヒフルヒ来《こ》ス］下書稿）や曲［黎明行進歌］では「微風《びふう》緑樹《りょくじゅ》の荘厳《しょうごん》と／禾穀《かこく》の浪《なみ》はきららかに」（禾穀は稲をはじめとする作付けの穀類の総称）と、高らかに歌っている。

しやうふ《しょうふ》【文】 生麩糊《しょうふのり》（なまふのり、とも）。小麦粉（↓メリケン粉）を水でこね、布袋に入れて水中でまた、こね、澱粉質を出したあとの麩質を透明*ガラスに塗り、曇りガラスの代用にした。文語詩［来賓］に「しやうふを塗れるガラス戸を、学童《こ》らこごもにのぞきたり」とある。

牆壁《しょうへき》、**牆壁仕立**《しょうへきじたて》 ↓カンデラーブル

青蓮華《しょうれんげ》 ↓lotus

蛇踊《じゃおどり》【文】 紙や布製の大蛇（竜*）を何人もの男たちが竿《さお》で

空中に踊らせながら練り歩く祭礼等での演目を言う(↓蛇籠《じゃかご》)のだが(中国伝来で長崎が発祥地)、賢治にはこの題の詩(同想異曲)が二篇ある。だが両方とも「蛇遣《へびつか》ひ」を詩材としたもの。蛇遣いは南アジア系の大道芸の一で、蛇を腕にからませたり、笛を吹いて蛇に踊らせたりする余興(星座にも蛇遣座がある)。

釈迦《しゃか》 ↓釈迦牟尼《しゃかむに》

しゃが【植】 しゃが、射干。胡蝶花。中国伝来。欧米ではIris*(イリス、アイリス、ギリシア神話の女神の名でもある)の一種。湿った林に群生するアヤメ科の多年草。高さ五〇～六〇cm、葉は光沢がある。春、径五cmほどの白紫色の斑のある花を茎頂につける。「しゃが咲きて／きりさめ降りて／旅人は／かうもりがさの柄をかなしめり」(歌〔一八六〕)、「みちのべにしゃが花さけば」「人しゃがの花軸*を嚙めり」(文語詩〔釜石*よりの帰り〕と、その下書稿)等。

社会主義《しゃかいしゅぎ》【文】 資本主義社会の原則を批判して、生産手段の共有と共同管理、計画的な生産と平等な分配を民主的に行なおうとする思想と社会運動、またその結果具現された社会体制を広く社会主義と呼ぶ。欧州諸国で展開されていた社会主義思想や運動は、日本では明治の初期から紹介。一八九七(明治三〇)年ごろからその勢いは増し、以後社会主義運動と政府の弾圧とが繰り返された。その中で一九二六(大正一五)年に結成された労働農民党(略して労農党*)は、賢治がその活動(稗貫*《ひえぬき》・和賀《わが》の両郡を合わせた稗和《ひえわ》支部)に協力するなど、関係をもった組織としては唯一のもの。詩ノート〔〔黒つちからたつ〕〕に「きみたちがみんな労農党になってから／それからほんとのおれの仕事がはじまるのだ」とあり、簡〔63〕には、「わが若きすなほな心の社会主義よ、唯一の実在に帰依せよ」とある。↓労農党《ろうのうとう》、プロレタリアート、ブルジョアジー、プロレタリヤ文芸《ぷろれたりやぶんげい》

蛇籠《じゃかご》【文】 石籠《いしかご》、じゃこ、とも。細長い円形のかご(竹、ツタカズラ、粗朶《そだ》〈↓榾《ほだ》〉、金網製)に小石や砕石などをつめて、河川工事、護岸、洪水防止等に使った。横にすると大きな蛇の形になるのでその名がある。転じて歌舞伎などで数人が縦列を作り、前の人の腰に右手を当て、引きとめるような演技を言うこともある(この演技のヒントは蛇踊*《じゃおどり》)。詩ノート〔藤根*《ふじね》禁酒会へ贈る〕には「雲が蛇籠のかたちになって」と、雲の形容になっているが、歌舞伎の演技を歌舞伎好きの賢治は連想していたかもしれない。

釈迦牟尼《しゃかむに》【宗】 釈迦、お釈迦様、釈尊。梵語シャーキャムニ(Śākyamuni)の音写。略して釈迦。釈尊の呼称も釈迦牟尼世尊の略(世尊とは仏の十号*の一で世の中で最も尊い人の意)。釈迦とは種族の名で、牟尼は聖者、すなわち釈迦族出身の聖者、仏教の開祖であるゴータマ・ブッダのこと。童〔ビヂテリアン大祭*〕に「次にまた仏教の創設者釈迦牟尼を見よ」、簡〔83〕に「こゝは不可思議の昔より釈迦如来不退の菩薩行*を修し給ひ」、簡〔178〕に「即ち寿量品(↓如来寿量品第十六)の釈迦如来の眷属*《(けんぞく)》となることであります」、簡〔181〕に「曾って釈迦如来迦耶成道*《(かやじょうどう)》を現じ給ふ」、短〔復活の前〕に「海浜か林の中の小さな部落で私はお釈迦様のおまつりをしたい」、手〔一〕に「死んでこの竜*は天上*にうまれ、後には世界でいちばんえらい人、お釈迦様になつてみんなに一番のしあはせを与へました」等、当然ながら賢治における登場頻度は高い。釈尊の例は童〔ビヂテリアン大祭〕に「私は又敬虔なる釈尊の弟子とし

て」「たゞ我等仏教徒はまづ釈尊の所説の*記録仏経に従ふ」等。

舎監《しゃかん》【文】 学校の寄宿舎(寮)の監督。教員が兼ねたり、舎監専任もいた。歌[八の前]に、*山県舎監、*千田《ちだ》舎監、*佐々木舎監らが登場。いずれも盛岡中学寄宿舎時代のこと。やがて賢治は「新舎監排斥運動」の首謀者となり、追放されて下宿生活に入る。

爵《しゃく》 →花の爵《はなのしゃく》

寂静印《じゃくじょういん》【宗】 *涅槃《ねはん》寂静印(手指で形どるしぐさ)の略。通常は涅槃印と略す。三法印(仏の教えであることを証する三つの印《しるし》、標識)の一として、迷える*衆生を生死《しょうじ》から*解脱《げだつ》させるという涅槃寂静の教え。無苦、無欲、無煩悩で心身寂静(静寂)であること。ほかに諸行無常印、諸法無我印がある。童[*マグノリアの花の木]では、険しい山谷(煩悩の多い心)に咲いたマグノリアの花の木を寂静印と呼んでいる。ス[十六]のほか、童[*インドラの網]では「まっ青な静寂印の湖の岸」とある。意味は同じだが、寂静を逆に早書きしたのであろう。

釈尊《しゃくそん》 →釈迦牟尼《しゃかむに》

赤銅《しゃくどう》 →銅《どう》

石楠花《しゃくなげ》【植】 石南花とも。高山に生えるツツジ科の常緑低木。観賞用として植栽もされる。種類は多いが中国で言うシャクナゲは『牧野植物図鑑』によればバラ科の別種で、日本のは本州中部以西に生えるツクシシャクナゲと、以東に生えるアズマシャクナゲ、また以北や北海道の高山に生えるキバナシャクナゲの三種にしぼられる。とすれば賢治作品に登場するのは後二者のどちらかに思われそうだが、童[*ビヂテリアン大祭]の「所々には黄や橙《だいだい》の石楠花の花をはさんでありました」は、世界中の人が参加し、場所も「*ニューファウンドランド島の小さな山村、ヒルテイ」でもあり、どれかに限定することもできないが、この作品の舞台も内容も賢治の想像力の産物であるからには賢治の山岳体験と「黄や橙の」色柄からも、北方寒帯種のキバナシャクナゲに近いという推定も成り立つ。ツクシシャクナゲの花は通常紅紫色(白や白に紅色模様の変種もあるが)、アズマシャクナゲの花は淡紅色だから。諸本を見ても白～紅色系としたものが多く、にわかに決めがたいが、賢治作品の色彩表現を重視するなら、キバナシャクナゲということになろう。

折伏《しゃくぶく》 →摂受・折伏《しょうじゅ・しゃくぶく》

ジャケツ【衣】 jacket ジャケットの訛り。丈の短い洋服の上着の総称。毛織物を表地に用いたものが一般的であるが、かつては「ジャケツ」と言う場合には毛糸で編んだ上着を指すことが多かった。童[*台川]にも「堀田は赤い毛糸のジャケツを着て」とある。ほか童[*銀河鉄道の夜]等。

邪曲《じゃごく》 →貢高《こうこう》

捨身菩薩《しゃしんぼさつ》【宗】 仏典の捨身と言う語から、おそらく賢治が創作したと思われる*菩薩名。童[二十六夜]では施身《せしん》大菩薩とも。*疾翔大力《しっしょうたいりき》はその別号。捨身とは他の生物《いきもの》を救うため自分の身体を捨て*無上菩提を得る*菩薩行のこと。同作品では、捨身菩薩が前世において*雀であったころ餓死寸前の人の親子の命を救うため自分の身体を投げ出し食べさせた、とある。仏典における捨身思想の代表的なものには法華経薬王《やくおう》菩薩本事品《ほんじぼん》第二十三(→妙法蓮華経)や金光明《こんこうみょう》最勝王経捨身品《しゃしんぼん》第二十六がある。特に後者は、餓死寸前の虎の親子の命を救うため自分の身体を食べさせた、という釈迦(→釈迦牟尼)の本生譚《ほんしょうたん》(釈迦がまだ菩薩だったころの「譚」は伝説・説話)であり、賢治の捨身菩薩の話との共通点が多い。

ジャズ【音】 jazz アメリカの黒人音楽から発生した明快なリズムを持つ音楽。ピアノやドラムス、ベースを中心に木管、金管楽器で一つのバンドを編成する。賢治はクラシック音楽とともに好んでジャズを作品に取り入れている。童[セロ弾きのゴーシュ]の「愉快な馬車屋」についてゴーシュは「…ジャズか」と狸に言う。詩[岩手軽便鉄道 七月(ジャズ)]では、軽便鉄道を「狂気のやうに踊りながら」や「ごとごとぶるぶるゆれて顫《(ふる)》へる窓の玻璃《ガラス》」等と表現し、ジャズのリズムに合わせて軽快に描き出している。日本でジャズが流行しだしたのは大正後期、第一次大戦後、活動写真館で演奏されるようになってからで、一九二五(大正一四)年からは各レコード会社がフィリッピン・ジャズバンドとかカールス・ショウ・ジャズバンド等の専属楽団を抱えて売り出した。賢治作品にはほかに童[ポランの広場]にも「キャツホヰスカー」「カムニエールのマーチ」等のジャズと思われる曲が登場。賢治は古典音楽に劣らぬほどジャズを愛していた。→印度の虎狩《いんどのとらがり》

斜層理《しゃそうり》【鉱】 クロス・ベッディング(cross-bedding)。地層は一般に平行して堆積しているが、時に斜交するものがある。堆積時に水流や風があると生じる。実験によっても作ることができる。詩[ダルゲ]と短[図書館幻想]に「白堊系(→白堊紀)の砂岩の斜層理について」と出てくる。

斜長石《しゃちょうせき》【鉱】 プラジオクレイス plagioclase 長石の一種。ナトリウムの多いものからカルシウムの多いものまで、化学組成によって区別される。曹長石、灰長石などが含まれる。劈開《へきかい》による角度が斜めになっているところから、斜長石と名付けられた。詩[種山ヶ原]下書稿に「お、角閃石 斜長石 暗い石基と斑晶と/まさしく閃緑ヒン岩である」とある。→プラヂョさん

寂光土《じゃっこうど》【宗】 常《(じょう)》寂光土とも言う。仏の住む世界のこと。生滅変化がなく(常)、煩悩の乱れがなく(寂)、智慧のかがやく(光)理想世界。天台宗で立てる四土《しど》(凡聖同居土《ぼんしょうどうごど》、方便《ほうべん》有余土、実報無障礙《しょうげ》土、常寂光土)の一。簡[196]に「やがてこの大地このま、寂光土と化するとき何のかなしみがありませうか」とある。「大地このま、寂光土と化する」とは、「常寂光土」であり、法華経(→妙法蓮華経)如来寿量品第十六における娑婆《しゃば》(→忍土)即寂光土の思想に基づく。

寂光の浜《じゃっこうのはま》【地】 賢治の創作地名と思われる。歌「五六三」に「寂光(→寂光土)の/浜のましろき巌《(いわ)》にして/ひとりひとでを見つめゐるひと」とある。また歌「五六〇」には「寂光ヶ浜」、「五六一」には単に「寂光の」とある。「五五八・五五九」にはそれぞれ「宮古《みやこ》」の歌があり、一九一七(大正六)年七月二九日の保阪嘉内あての書簡中にも見られる連作であることから考えて、宮古市の浄土ヶ浜を歌ったものと比定できる。寂光はこの場合、天台宗の「常寂光土」(理想と現実が一体な永遠絶対な世界)を念頭に置いたものと言えようが、この時期の賢治にいくつか、北原白秋への傾倒を示す作品が見られる点を考慮すると、白秋の「寂光《じゃくくわう》の浜に群れゐる大鴉群れて啼かねばまた一羽来し」(一九一五年七月、「ARS」誌上、『雲母抄《きららしょう》』中の一首)の影響を考えることもできる。浄土ヶ浜は陸中海岸国立公園の名勝の一。その名は、天和《てんな》年間(一七世紀後半)近くの常安寺七世竜湖の命名と伝わる。白色の流紋岩の切

り立った小半島が海に突き出ている。

シャッポ【衣】 chapeau(仏)の転訛。帽子のこと。日本にも古くから烏帽子《えぼし》等の冠物があったが、室町期中ごろから無帽(→科《か》頭《とう》)の風習が一般的になった。戦国時代に一時期南蛮伝来の帽子が武将たちに流行したこともあったが、一般に普及するのは明治に入ってからのこと。これは、洋装の普及、特に断髪の流行と密接な関係があり、一八七一(明治四)年に断髪廃刀令が下ると方々で帽子の買占めが行なわれたという。このころから帽子のことをしゃれて「シャッポ」と呼ぶようになった(現代でも「シャッポを脱ぐ」という言葉が残っている)。高帽子(シルクハット)は礼服用、平帽子(capをケップといった)は学校や軍隊、警察、鉄道、郵便局等の制帽、丸帽子(山高帽、中折)は一般にと、それぞれ普及した。ほかにも、麦稈帽子が一八八〇年ごろから夏帽子として流行、鳥打《とりうち》帽子(ハンチング)も一八九〇年ごろから商家で用いられ、一九〇〇年以降にはパナマ帽、ナポレオン帽、カンカン帽等が全国的な着帽の風習とともに行き渡っていた。「シヤツポをとれ(黒い羅紗もぬれ)」(詩[小岩井農場 パート七])、「鬱金《うこん》しやつぽ(→うこんざくら)のカンカラカンのカアン」(童[かしはばやしの夜])、「白いシャッポ」(童[風の又三郎])等と多く登場する。また、その種類も多彩で、「鳥打しゃぽ」(詩[蕪を洗ふ])、「運動シャッポ」(童[蜘蛛となめくぢと狸])、「穴のあいたつばの下った土方《(どかた)》しゃっぽ」(童[或る農学生の日誌])、「赤線入りのしゃっぽ」(詩[〔もう二三べん〕])、「羊の毛のシャッポ」(童[ビヂテリアン大祭])、「きのこしやつぽ」(詩[休息]〈初行「そのきらびやかな空間の」〉)、童[グスコーブドリの伝記])等が見られる。比喩的な用例としては「てつぺんにはりがねの槍《(やり)》をつけた亜鉛《とたん》(→亜鉛)のしやつぽをかぶつて」(童[月夜のでんしんばしら])、「田螺《(たにし)》のしゃっぽは、/羅紗の上等」(童[シグナルとシグナレス])等がある。「帽子」も作品中多数見られ、賢治の好んで用いた風体《ふうてい》の一であった。ほか、詩[おきなぐさ][早春独白][車中][春谷暁臥]等。

蛇肉《じゃにく》 →大谷光瑞《おおたにこうずい》

蛇ノ島《じゃのしま》【地】 北上川の中洲《なかす》で吊り橋で渡った。盛岡駅の北四km。広さは一万数千坪(約四~五万ha)。野兎も棲息したと言われ、森や林檎園等もあり、島の中央には洋風の廃屋が今もある。明治から昭和中期にかけて、ここでの兎狩は盛岡中学の年中行事の一だった。ちなみに島名は悲哀の男女の伝説にもとづくと言われる。ノート[東京]に「兎狩《(うさぎがり)》、蛇ノ島」とある。

シャブロ【文】【方】 シャベル(shovel スコップ scoop、後者の英語発音はスクープだが童[銀河鉄道の夜]ではスコープ)の訛り。文語詩[保線工手]に「狸《マミ》(→狸《たぬき》)の毛皮を耳にはめ、シャブロの束に指組みて」とある。束《たば》ねてあるシャベルの上に指を組んでいる工手《こうしゅ》(工夫)。

斜方錐《しゃほうすい》【鉱】 傾いた方錐形の意。方錐は底面が正方形で、他の面がすべて二等辺三角形の四角錐。詩[〔風が吹き風が吹き〕]に「偏光! 斜方錐! トランペット!」とあるのは、風に吹かれるはんの木の花房が斜めに揺れるさまを「斜方錐」であり、「トランペット」の形と見立てた。

シャーマン山《しゃーまんやま》【地】 シャーマン(shaman、薩満)とは巫術《ふじゅつ》(まじない)を行なう呪師《じゅし》のこと(仏教の沙門《しゃもん》から出たとも言われるが、沙門はツングース語のsamanが語源でサンスクリッ

トの śramaṇa の漢訳、勤善息悪《ごんぜんそくあく》〈善を勤め悪を息《や》める〉人の意）。シャーマニズムはそのシャーマンによって霊界との交信、交流が可能であるとする巫術を言う。賢治にもシャーマニズムの傾向は大いにあった。しかし、この山名はおそらく*早池峰山《はやちねさん》を指したもの。賢治は北上山地にしばしばチベット高原（↓ツェラ高原）のイメージを重ねたが、山岳信仰の霊場である早池峰山に、チベットの霊峰とされるカイラス山（六七一四m）のおもかげを見たとも考えられる（↓トランスヒマラヤ）。詩［*測候所］に「シャーマン山の右肩が／にはかに雪で被はれました／うしろの方の高原も／おか《（ママ）》しな雲がいっぱいで」とあるほか、詩［〔おしまひは〕］［〔濃い雲が二きれ〕］等。

沙弥《しゃみ》【宗】「さみ」とも。śrāmaṇera（梵）、またはパーリ語 sāmaṇera の音写。出家しているがまだ一人前の僧侶でない者のこと。詳しくは、出家して十戒（殺生《せっしょう》、偸盗《ちゅうとう》、邪淫、妄語《もうご》、飲酒の「五戒」に塗師《とし》香鬘《こうびん》、歌舞観聴、坐高広大牀《しょう》、非時食《ひじじき》、蓄金銀宝を加えた十条の戒律）を受けてはいるが、さらに具足戒（*比丘《びく》〈男〉、比丘尼《に》〈女〉のさとりをひらくための戒《いましめ》。比丘は二五〇戒、比丘尼は五〇〇戒）を受けるには至らない七歳以上二〇歳未満の男女を言う。文語詩［〔さき立つ名誉村長は〕］に「次なる沙弥は顱《（ろ）》を円き、猫毛の帽に護りつゝ、／その身は信にゆだねたり」とある。顱は↓ろ頂部《ろちょうぶ》

シャムピニオン【植】【食】シャンピニオン（champignon〈仏〉）。マッシュルーム（英）の名で世界中に栽培されるハラタケ科の食用*きのこ。日本でも、栽培種として導入された。ハラタケ科のツクリタケをシャンピニオンとかマッシュルームと呼んでいる。ヨーロッパ原産で変種も多いが、主に馬糞と*藁で生育される。西洋まつたけとも言ったが、マツタケより小さく黄白～黒褐色、肉は厚く、ころころしている。なお、東北、北海道等に野生するハラタケ（原茸）は、よく似ているが別種。詩［〔何をやっても間に合はない〕］に「マッシュルームの胞子（↓星葉木）を買って／（中略）／毎日水をそゝいでゐれば／まもなく白いシャムピニオンは」とある。

蛇紋岩《じゃもんがん》【鉱】おもに蛇紋石（serpentine）からなる岩石。橄欖岩などの超塩基性岩類が、水と反応して変化したもの。蛇紋岩は銅、鉄、ニッケル、石綿、滑石、翡翠の鉱床を伴うことがある。暗緑、黄緑の濃淡ある蛇の斑紋状を呈し、脂肪光沢をもつ。賢治はこれにサアペンテイン、サーペンタインのルビをふっている。もともと「蛇《へび》」（serpent フランス語読みセルパン）を語源とする serpentine（蛇状の、という形容詞）は蛇紋石をも意味する。蛇紋岩の美しいものは貴蛇紋石の名で細工物にする。北上山地の蛇紋岩は①*盛岡を起点として*早池峰山を通るもの。②*日詰《ひづめ》から*岩根橋、*種山ヶ原の北、*五輪峠へと延びるもの。③日詰と気仙沼《けせんぬま》を結ぶほぼ直線的な構造線に沿うもの。以上三つの帯に多い。「わが青き蛇紋岩《サアペンテイン》の*そばみちに／ことしの終りの月見草咲き」（歌［七四一］）「雪と蛇紋岩《サーペンタイン》との／山峡《さんけふ》をでてきましたのに」（詩［*カーバイト倉庫］）、「蛇紋山地に篝《（かがり）》をかかげ」（詩［原体剣舞連《はらたいけんばいれん》］）（↓原体村）、「なめらかでやにっこい緑や茶いろの蛇紋岩」（詩［山の*晨明《（しんめい）》に関する童話風の構想］）、「ヒームカさんも蛇紋石のきものがずぶぬれだらう」（童［楢ノ木大学士の野宿］）、「九戸《（くのへ）》郡の*琥珀、貴蛇紋石大槌《（おおづち）》の*薔薇輝石」（大槌は上閉伊《かみへい》郡の地名。簡［137］）等。（↓口絵㉙）↓温石《おんじゃくいし》

【しゃもんか】

舎利《しゃり》【宗】 śarīra(梵)の音写。仏舎利とも。霊骨。仏の遺骨のこと。転じて米飯の意にも用いた。あるいは小骨に似ているので蚕の死骸にも言う(オシャリ病)。文語詩「*中尊寺〔一〕」の「七重の舎利の小塔に、」は舎利を納める舎利塔の意。帳[雨ニモマケズ]一一九頁も同じ。ス[一四]、文語詩[〔つめたき朝の*真鍮に〕]の「おん舎利ゆゑにあをじろく」は真鍮の器に盛って仏前に供える飯のこと。米飯は仏の賜物とされるほどの貴重食でもあった。

舎利別《しゃりべつ》 →製板《せいはん》

爪哇の僭王《じゃわのせんおう》【人】 爪哇(ジャワ)はJavaの漢字当て字でインドネシア国(一九四五)年までオランダ領)の主島。そこの「僭王」のこと。詩[〔うとうとするとひやりとくる〕]の禅問答めいたやりとりで「(山嶺既に*愷《がい》々)/(*天蓋朱黄《しゅこう》燃ゆるは如何)/(爪哇の僭王胡瓜を啖《くら》ふ)」とある。僭王の僭は僭越《せんえつ》の意で身分不相応に王位を名乗る者の意。それが胡瓜《きゅうり》をぼりぼり食っているというユーモラスな表現。「啖ふ」は「食らう」で飲食することの行儀の悪い言い方だが、「健啖《けんたん》」(よく食べること、食欲旺盛)と言う語もある。

ジャンク【文】 中国語で戎克。junk〈英〉 中国特有の帆船の総称。船内に多くの水密区画(仕切りを多くして水が隣の仕切りに洩れないようにする)を設けて肋骨代わりとする木造船体に、性能のよい独特の帆装をもつ。シナ海など水深の深い外洋用と、浅い河川用とに分かれる。往時は黒茶色の原始的な蓆《むしろ》帆を張ったものも多い。一〇〇t(トン)ないし三〇〇tのものが一般的。運搬船のほか、漁船、貿易船として今も利用される。童[風野又三郎](→風の又三郎)。

上海《シャンハイ》【地】 Shanghai 中国中部東海岸、長江(揚子江)河口南岸と支流の黄浦江《こうほこう》との合流点に位置する大都市。別名を滬《こ》と言い、現在中国中央政府の直轄市。アヘン戦争(→ニコチン戦役)後の南京条約(一八四二)により、イギリス、フランス、日本、アメリカ等の中国への帝国主義的進出の拠点となり、それぞれの「租界」があった(第二次大戦中に姿を消す)。いわゆる国際都市であったが日本との縁は深く、中国大陸の窓口の役割を果たし、第二次大戦まで長崎からの頻繁な定期船で多くの日本人が上海に渡り、中国各地への旅をした。ここを舞台にした文学作品も多いが*横光利一に小説『上海』(一九三二)があり、第二次大戦後は滞在もした武田泰淳《たいじゅん》ほかの作品によく登場する。また上海事変の舞台でもあった。賢治では童[風野又三郎](→風の又三郎)に又三郎が東京や上海に行った時の話を岩手の子どもたちに話す場面が長く続く。その他、童[*山男の四月][*紫紺染について]等に登場。

綬《じゅ》【衣】 礼服の際の装飾品の一。色糸を組んだ平たい帯で、元来、中国で官職、階級の目印を兼ねて用いた組帯《くみおび》であったが、その意味が失われ、単に装飾のために用いられるようにもなった。奈良時代には衣服令《えぶくりょう》によって礼服の胸の下に結び垂らす飾りとして定められた。近世以降は*軍隊で特別の役割(参謀、副官、当直将校など)を示すたすき、あるいは勲章・記章等を身につけるときの飾りとして用いられた。童[*かしはばやしの夜]の「赤と白の綬をかけた*ふくろふの副官」は、隊長の補佐をする副官のたすきが赤と白の縞《しま》になっているもの。

驟雨《しゅうう》 →驟(瀑)雨《かだち》

集塊岩《しゅうかいがん》【鉱】 アグロメレイト(agglomerate)。火山が噴出する砕屑《さいせつ》が塊《かたま》ってできた岩石。*凝灰岩と熔岩があるが、侵食によって様々な形状を作り奇観を呈する。群馬の妙義山《みょうぎさん》や大分の耶馬渓《やばけい》(頼山陽命名)等はそれで名高い。詩[東岩手火山](→岩手山)、童[或る農学生の日誌]、童[*台川]等に出てくる。「平良木《ひららぎ》の立岩」(花巻市高松平良木)も集塊岩(安山岩)である。→安山集塊岩《あんざんしゅうかいがん》

修学旅行《しゅうがくりょこう》【文】 賢治の最初の修学旅行は中学四年時の「仙台・松島方面修学旅行」。このときの中尊寺体験は短歌や、のちの文語詩として残った(原子朗「賢治と中尊寺」、「関山」第3号に詳しい)。*高等農林在学中の二〇歳時、修学旅行で初めて京都・奈良へ行き、解散後も有志と伊勢、箱根、東京を見物し、短歌を残している。また、*花巻農学校教諭時代、北海道への修学旅行引率の折の雑[〔修学旅行復命書〕]は有名。鶴見俊輔は、この復命書を賢治の本質を示すものとして重視している(『限界芸術』、一九七六)。

自由画検定委員《じゆうがけんていいいん》【文】 自由画とは、大正時代に興った、子どもに見たまま感じたままを描かせて、創造力を引き出す芸術教育の方法。洋画家山本鼎《かなえ》(一八八二～一九四六、第二次大戦後、賢治に関心が深く影響を受けた詩人、山本太郎の父で北原白秋の義弟)によって提唱された。山本は、東京美術学校西洋画科を卒業したのち、一九〇七(明治四〇)年石井柏亭《はくてい》らと同人誌「方寸」を創刊、一九一二(大正元)～一九一六年までフランスに留学、帰国後日本創作版画協会を設立する。また一九一九年には長野県神川小学校で、第一回「児童自由画展」を開催、官制の義務教育における美術教育に対抗して、日本児童自由画協会(のち日本自由教育協会)を創立した。鈴木三重吉の雑誌「赤い鳥」誌上でも自由画の選者となり、一九二一年には義兄北原白秋らと「芸術自由教育」を創刊、児童芸術運動を推し進めた。この運動は、大正リベラリズムの影響のもとに生まれた個性の解放を訴えたもので、詩人、画家をはじめとする芸術家たちが、官制の教育制度を批判し、その改造に積極的に取り組んだものとして、教育史上注目すべき運動であった。「芸術自由教育」には、山本、白秋のほかに有島武郎《たけお》、小川未明《みめい》、秋田雨雀《うじゃく》、与謝野晶子らも執筆している。賢治も「赤い鳥」を創刊号以来読んでおり、この芸術運動に少なからぬ関心を持っていた。詩[自由画検定委員]は、子どもが奔放に「自由画」を描くのと同じように自然の動的な風景を、連続する一つ一つの画面に見立て、それを評してゆく「検定委員」の立場に自分をおくことで、風景はもちろん、心象もパノラミックに対象化される。彼の「*心象スケッチ」中の方法形態の一つとして、詩[*風景観察官]等とともに、この詩は注目されてよい。

十宜十便帳《じゅうぎじゅうべんちょう》 →十便十宜《じゅうべんじゅうぎ》

聚形《しゅうけい》 →四面体聚形《しめんたいしゅうけい》

十三連なる青い星《じゅうさんつらなるあおいほし》 →すばる

十字架《じゅうじか》【宗】 クルス cross 日本の近世期のクルスの語はポルトガル語のcruz(十字架)から。十字架は古くは西アジアで太陽(→お日さま)、あるいは地水火風の四元素を表わすものとして用いられた。死刑の道具としても用いられたが、二世紀になるとキリスト教では、キリストの磔《はりつけ》に基づき、死や苦しみなどから人類に救いの希望をもたらすものの象徴として用いられるようになった。圧倒的に仏教用語の多い賢治作品にも、しばしば登場する。モダニスト賢治の一面を示すともいえるが、賢治を支える信仰が必ずしも仏教(*妙法蓮華経)一辺倒ではなく汎宗教的な、あ

るいは混合宗教的な大きさをもつことを忘れてはなるまい。西域《せいいき》あたりを舞台とする仏教的な内容の童［四又の百合］（→百合）の「まっ白な貝細工のやうな百合の十の花」も十字架のイメージであるし、詩［オホーツク挽歌］には「砂に刻まれたその船底の痕《あと》と／巨きな横の台木《だいぎ》のくぼみ／それはひとつの曲つた十字架だ／幾本かの小さな木片で／HELLと書きそれをLOVEとなほし／ひとつの十字架をたてることは／よくたれでもがやる技術なので／とし子（→宮沢トシ）がそれをならべたとき／わたくしはつめたくわらつた」とある。これは苦（Hell、地獄）を知り、克服することで初めて神の愛（Love）を得られるのだ、ということを暗示する行為であろう。妹の死に呻吟《しんぎん》する賢治にはもはや「つめたくわらつ」てはいられない現実であり、十字架に苦を克服すべき救いの希望を見いだしていると言っても過言ではない。詩［浮世絵展覧会印象］にも「やがて来るべき新らしい時代のために／わらっておのおの十字架を負ふ／そのやさしく勇気ある日本の紳士女の群は／すべての苦痛をもまた快楽と感じ得る」とある（慣用語の「紳士淑女」の「淑」は急いだので忘れたか）。詩［善鬼呪禁《じゅきん》］では月の暈《かさ》を「十字になった白い暈さへあらはれて」と表現している。童［銀河鉄道の夜］でも登場する（南十字と北十字）が、この童話の幻想部分が北の十字架から始まり、南の十字架で終わっているという、その構成意図に注目すべきだろう。両十字架はいずれも天の川の中に立ち、近くに暗黒星雲（→石炭袋）を持つ。

十字狐《じゅうじぎつね》　→狐《きつね》

十字軍の騎士《じゅうじぐんのきし》　【文】　一〇九六年から一二七〇年にかけてイスラム教徒（→回々《ふいふい》教徒）を討つために、東方大遠征を行なったキリスト教徒による西欧諸国軍を言う。イスラム教徒に占領された（一〇七一）聖地エルサレムを奪回するため大遠征は七回にわたったが、ついに目的は達成できなかった。しかし東方との交通、文化・経済の流通を、かえって促し、西欧近世文明の発達をもたらし、やがて封建社会の崩壊の端緒ともなった。この時期に生まれたのがテンプル、ヨハネ、ドイツの三大騎士団（修道院）である。詩ノート［〔けさホーと縄とをになひ〕］（→草削《ほう》）に「十字軍の騎士」の様子が歌われている。騎士とは重装騎兵のことで、彼らが信奉した騎士道は日本の武士道とも対比されるが、有名なセルバンテス（一五四七〜一六一六）作『ドン・キホーテ』にも描かれたように神を敬い、名誉と武勇を重んじ、信義に厚く、プラトニックな愛に生きるといった気風を言う。賢治の信仰心や禁欲的な愛他奉仕の精神も騎士道に通じるものがある。詩［〔寅吉山の北のなだらで〕］にも「風は／中世騎士風の道徳をはこんでゐた」と出てくる。なお、詩［岩手軽便鉄道　七月（ジャズ）］に出てくる「騎士」も、この十字軍の騎士を連想していると思われる。

十字航燈《じゅうじこうとう》　【文】　詩［発動機船　三］に「…ぼんやりけぶる十字航燈…」と出てくる。船の航路と十字（ほぼ直角）に交わる港燈（船舶の目印となる港の入口の燈台）の光線を言ったのであろう。「うしろになった魹《とど》の崎の燈台」とあるので、背後の景色と読めなくもないが、下書稿では「船は宮古の港にはいる《ママ》」とあり（最終稿に宮古は出てこないが）魹の崎は港でもないゆえ、実景としては宮古港の港燈が詩のモティーフであったろう。→シグナル

十七珠《じゅうしちたま、じゅうしちじゅ》　【宗】【文】　歌［七八八］（［比叡］と題する歌群中の「法隆寺」四首の一）に「いかめしく十七珠を織りなすはと

はのほとけのみむねやうけし」とある。珠《じゅ》は円い玉、ここではジユウシチタマと賢治は読んだのであろう。宝玉にも比すべき仏法にのっとった「十七ののり」すなわち「十七条憲法」(*摂政《せっしょう》聖徳太子の制定〈織りなした〉とされている。偽作説もあるが)をさしている。ちなみに六〇四(推古天皇一六)年に制定されたとされる「十七条憲法」は第一条の「以和為貴」(和を以て貴しと為す)で知られるように、仏教的な和の精神を当時の貴族や官吏たちに示した日本初の成文法である。→摂政《せっしょう》、法隆寺《ほうりゅうじ》

十七夜《じゅうしちや》【文】陰暦で十七日の夜のことを言う。童「風野又三郎」(→風の又三郎)で又三郎が「その晩十七夜のお月さま(→月)の出るころ海へ戻って睡《ねむ》ったんだ」と言う。「一昨年」の「六月ごろ」『上海に居た」思い出だから六月十七日の夜。

十四の星《じゅうしのほし》→ひるの十四の星《ひるのじゅうしのほし》

酋松《しゅうしょう》→寅松《とらまつ》

十字燐光《じゅうじりんこう》→燐光《りんこう》

修身《しゅうしん》【文】童「或《あ》る農学生の日誌」の「一千九百廿五年十月十六日」付の冒頭に「一時間目の修身の講義」とある。日本の明治以降の特に義務教育で道徳教育として最も重んじられた教科名。第二次大戦後廃止。

重石《じゅうせき》【鉱】「重」は*タングステンのこと。重石という場合はタングステンを含む鉱石の総称。灰重石・マンガン重石・鉄マンガン重石・銅重石などがある。多田実《ただみのる》の指摘によれば、岩手県では*種山《たねやま》高原の南西麓、江刺《えさし》郡(→江刺市)上伊手《かみいで》に古くから黄金《こがね》坪《つぼ》金山と呼ばれた山に重石の一種、灰《かい》重石(scheelite)鉱床が発見され(一九一七年)、翌年の輸出禁止令(*モリブデンと並ぶ軍需鉱石)で一時休山はあるものの敗戦まで採掘された。その種山の近くの住《すみ》田町《たちょう》の世田米《せたまい》鉱山でも同様、敗戦まで灰重石を産した。簡[72]に「石絨(*アスベスト)/重石/*石墨」とある。

従卒《じゅうそつ》→騎兵《きへい》

重瞳《じゅうどう》→重瞳《ちょうどう》

収得《しゅうとく》【人】拾得《じっとく》がモデルか。文語詩[〔そのかたち収得に似て〕]に「そのかたち収得に似て/面赤く鼻たくましき」とあるが、絵にもよく描かれている拾得のイメージと見て間違いない。拾得は唐代の僧で、寒山《かんざん》と並んで有名。二人で天台山の近くに世俗を離れて隠棲し、共に奇行に富んだことで知られる。森鷗外に小説『寒山拾得』(一九一六)がある。

十七等官《じゅうななとうかん》→レオノレ星座《れおのれせいざ》

十二気圧《じゅうにきあつ》【科】【レ】気体の圧力の単位だが、ス[四三]に「(まことこの時*心象のそらの計器は/十二気圧をしめしたり)」とあって、心象、すなわち心意の状態のただならぬ「いかり」(→瞋恚《しんに》)の強さを暗示している。水銀柱の七六〇㎜の高さに相当する圧力が一気圧とされていて、十二気圧とは九一二〇㎜もの高さ。このスケッチの発展形、文語詩[〔卑屈の友らをいきどほろしく〕]には「たかぶるおもひは雲にもまじへ/かの粘土地なるかの官庁に/*灰鋳鉄のいかりを投げよ」とある。「たかぶるおもひ」と、強い「灰鋳鉄のいかり」(役所や役人への)の詩的原形が「十二気圧」もの賢治の「心象のそらの計器」の目盛りなのである。→瞋恚《しんに》

重挽馬《じゅうばんば》→外山《そとやま》、ハックニー

十便十宜《じゅうべんじゅうぎ》【文】詩「春曇吉日」の下書稿に「じぶんを十宜十便帳の」とあるのは「便」と「宜」を上下逆にした賢治の誤記か

【しゅうへん】

記憶違いで、しかも下に「帳」を入れたのであろう。「十便十宜」は東洋画の画題の一で、中国清時代のはじめ、李漁《りぎょ》（李笠翁《りりゅう》）の山居生活には、それぞれ十の便宜があることを説いた詩意にもとづく。日本では池大雅《いけのたいが》（十便図）と与謝蕪村《よさぶそん》（十宜図）の競作が有名（国宝）。

十力《じゅうりき》 ↓十力《じふりき》《じゅうりき》

重量菓子屋《じゅうりょうかしや》 ↓菓子《かし》

しゅうれえ【方】 終礼（学校等の「朝礼」の対）。「補遺詩篇」Ⅱに「〔しゅうれえ　おなごどお《（ママ）》〕」がある。（終礼、女たちよ）と号令をかけるように大声で言い、「いまのうぢに／つらこすりなほせでぁと」（今のうちにお化粧なおししろ）、と（夏祭りの）「大《（ママ）》（太）鼓たゝき」の男が言う。

樹液《じゅえき》【植】 樹木が地中から吸い上げ養分としている液体。「*楊の木の中でも*樺の木でも、またかれくさの地下茎でも、月光いろの甘い樹液がちらちらゆれだし」（童「イー*ハトーボ農学校の春」）、「*めくらぶだうの青じろい樹液は、はげしくはげしく波うちました」（童「めくらぶだうと虹*」）、「幹や芽のなかに燐*光や樹液がながれ」（詩「小岩井農場*　パート一」）、「四方《しはう》の夜《よる》の鬼神《*きじん》をまねき／樹液もふるふこの夜《よ》さひとよ」（「ひとよ」を一夜とも読めるが、古典的に解すると夜さは「夜去《さ》り」の転で夜のころ、夜のひとよ、の意となる。詩「原体剣舞連《はらたいけんばいれん》」〈↓原体村〉）等。

地雪《じゅき》【天】 地面のそれほど積もっていない雪。積雪のもとになる根雪《ねゆき》とは別。詩ノート「〔黒つちからたつ〕」に「地雪と黒くながれる雲」とある。

授記《じゅき》【宗】 仏が弟子に、未来には仏になれるであろうという保証を与えること。逆にその保証を受けることを「受記」と言う。文語詩「不軽菩薩*」下書稿における「われに授記する非礼さよ」の句は、法華経常不軽菩薩品《じょうふぎょう》第二十（↓妙法蓮華経）の次の文に基づくと思われる。「是の無智の比丘*、何れの所より来りてか、自ら『我汝を軽《いや》しめず』と言ひて、我等が与《とも》に『当に作仏《*さぶつ》すること得べし』と授記す。我等是の如き虚妄の授記を用ひずと」。虚妄の授記など無用である、の意。

朱頬徒跣《しゅきょうとせん》 ↓うなゐご

手巾《しゅきん》【衣】 てぬぐい、ハンカチのこと。文語詩「病技師〔二〕」に「白き手巾を草にして、をとめらみたりまどゐしき」（まどゐしき、は団欒《だんらん》した）とある。また、作品中では、「ハンケチ」（童「*銀河鉄道の夜」等）、「はんけち」（童「雪渡り*」）、「半巾」（童「グスコンブドリの伝記」〈↓グスコーブドリ〉、童「風の又三郎」等）の用例も見られる。半巾は手巾の当て字ということになろう。

首巾《しゅきん》【衣】 首に巻く布、ネッカチーフ、スカーフのこと。文語詩「秘境」に「漢子《*をのこ》　首巾をきと結《（ゆ）》ひて」「首巾をやゝにめぐらしつ」とある。きと結《（ゆ）》ひて、は「きりっと巻いて」。

朱金《しゅきん》【レ】 字義は朱《あか》い金色だが、りんご*の果実の色の比喩。木が*どう枯病《がれ》になったらしく、そのため「その実《み》朱金をくすぼらす」（文語詩「〔りんごのみきのはい《（ママ）》のひかり〕」）とある。「くすぼらす」は燻製《くんせい》と言うときの燻《くすぶ》るの他動詞「くすべる、いぶす」の古語で、方言ではない。

呪禁《じゅきん》 ↓善鬼呪禁《ぜんきじゅきん》

部落《シュク》【民】 集落。片かなのルビ「シュク」は主として近畿地方の天皇陵などの見張りをした人（守古《しゅこ》）たちの集落の呼び名に発するとされる。のち賤民視され、門付《かどづけ》などをする「夙（宿・祝）のひと」とも呼ばれていたので、方言めいて各地方に流布していた。それで賢治もわざわざ片かなでそうルビをつけたかと思われる。文語詩〔*〔うからもて台地の雪に〕〕に「部落《シュク》なせるその杜《もり》黝《くろ》い)とある。↓うから、曙人《とほつおや》《とおつおや》

殊遇《しゅぐう》【レ】 格別のもてなし。詩〔〔プラットフォームは眩《まば》ゆくさむく〕〕に「体を屈して殊遇を謝せば」とある。「体《たい》を屈して」は上体を深く折りまげて。

宿業《しゅくごう》【宗】 すくごう、とも。前世からの*業のこと。童〔*二十六夜〕に「宿業の恐ろしさ、たゞたゞ呆《あき》るゝばかりなのぢや」とある。

ジュグランダー【植】【レ】 詩〔*岩手軽便鉄道の一月〕で、*くるみの木の言い換えとして賢治は用いている。力丸光雄《りきまるみつお》はクルミ科の学名Juglandaceae(イゥーグランドアケアェの英語読み、ジュグランダシェア、属名はJuglans)からの賢治の思いつきであろうと言う。語尾のランダーをドイツ語のLander(垣根の杭《くい》)の意か、とした注もある(ドイツ標準語にはその語はないが、バイエルン地方の方言としてのせてある辞書もある)。この詩にはそれぞれの学名をもとにしたサリックスランダー(Salix *柳)、アルヌスランダー(Alnus *はんのき)、ラリクスランダー(Larix *からまつ)、フサランダー(これのみ植物でなく*グランド電柱の列の言い換えとして賢治は用いる。電柱の列をフザー Husar ＝軽騎兵の列に見立て、Sの濁点を省いてフサとしたか)、モルスランダー(Morus *桑の木)が、いずれも*鏡(*氷華、樹氷)をきらきら吊るして次々に現われる。このランダーなる語尾形の語の出所は不明だが、ドイツ語のRänder(レンダー、並木の縁《ふち》、Rand《ラント》の複数)にヒントを得た音感的造語、ないし語呂合わせと見るのは妥当なようである。↓アルヌスランダアギガンテア

朱子《しゅし》【文】 詩〔杉〕に「顔逞《たく》ましい*孔夫子《コーフーシュ》」に対して「星座のかたちにあざのある／朱子とかいった人などは」とある。朱子は「朱子学」の祖、朱熹《き》(一一三〇～一二〇〇)の尊称で中国南宋の儒学者。仏教や老荘思想を取り入れ、気(個々の気質としての性)と理(あるべき本然の性)の二元論によって孔子にはじまる儒学思想をとらえ直した。日本の江戸幕府の御用学問のもとでもあった。なお、賢治の中国語らしいルビはどれも怪しいが、作品に登場する孔夫子《コーフーシュ》の、より近い発音ならコンフーヅ、孟子《メンシアス》はメンヅ。朱子はルビなし。

主師親《しゅししん》【宗】 主君、師匠、両親の三語の略。*日蓮によれば、主師親とは一切の*衆生が尊敬すべき本尊が具《そな》える三つの徳(属性)のことであり、『主師親御書《おんふみ》』に「釈迦(↓釈迦牟尼)仏ハ我等ガ為ニハ主也師也親也」とあるように、釈尊(↓釈迦牟尼)の呼び名として用いられる。簡〔177〕に「みなやがて*末法の唯一の*大導師　我等の主師親／日蓮大聖人に帰依することになりました」とある。これは、日蓮の釈迦に対する呼び方を、賢治が日蓮に対して用いたわけで、そこに賢治の日蓮への絶対的帰依心を読みとることもできよう。

侏儒《しゅじゅ》【文】【レ】 こびと。一寸法師。中国で昔、こびとを劇に用いたことから出た語。転じて識見のない人間のことを言うようにもなった(例、芥川龍之介の『侏儒の言葉』)。文語詩〔旱害地帯〕に「花と侏儒とを語れども」とあるのは、心の余裕ももてない村の子どもたちに、花とこびとさんのメルヘンのような楽しい

はずのおはなしを話して聞かせても、ということであろう。

手獣《しゅじゅう》 【科】 痕跡《こんせき》化石の一。人間の手の形（五指だが第一指が離れている）をした獣類の足跡の化石。足跡の長さは、前足一〇cm、後足三〇cm程度。現在では、ワニに近い爬虫類のものと考えられている。童［*イギリス海岸］に「第*三紀の泥岩（→Tertiary the younger mud-stone）で、どうせ昔の沼の岸ですから、何か哺乳類の足痕のあることもいかにもありさうなことだけれども、教室でだって手獣の足痕の図まで黒板に書いたのだし」とある。

衆生《しゅじょう》 【宗】 sattva（梵） サットバの漢訳。生きとし生けるものを総称する語。その*業《ごう》に応じて*六道（天、*人、*修羅、畜生、*餓鬼、*地獄）のうちのいずれかの形をとる。「吾と衆生と」（簡［48］）、「一切衆生」（簡［50］）、「流転《るてん》の衆生」（簡［76］）等に登場。ほか童［*二十六夜］、詩［〔北いっぱいの星ぞらに〕］、［*装景手記］等。

衆生見劫尽《しゅーじょうけんこうじん》**、大火所焼時**《たいかーしょーしょーじ》**、我此土安穏**《がーしーどーあんのん》**、天人常充満**《てんにんじょうじゅうまん》**、園林諸**《おんりんしょー》**堂閣**《どうかく》**、種々宝荘厳**《しゅーじゅーほうしょうごん》**、宝樹多華果**《ほうじゅーたーけーかー》**、衆生所遊楽**《しゅーじょうしょーゆうらく》**、諸天撃天鼓**《しょーてんきゃくてんくー》**、常作衆伎楽**《じょうさーしゅーぎーがく》**、雨曼陀羅華**《うーまんだーらーけー》**、散仏及大衆**《さんぶつきゅうだいしゅ》 【宗】 法華経（→妙法蓮華経）*如来寿量品第十六の自我偈《げ》文《もん》の一節。帳［兄妹像］二〇七・二〇八頁にある。如来寿量品のうちで最も重要な箇所。「妙行《みょうぎょう》正軌《しょうき》」（*国柱会員の修行のための軌範書）の第六「読誦《どくじゅ》」にも、方便品、三徳偈とともに出てくる。訓読は「衆生の劫尽きて、大火に焼かるると見る時も、わがこの土は安穏にして、*天・人、常に充満せり。園林・諸《もろもろ》の堂閣は、種々の宝をもって荘厳《しょうごん》し　*宝樹には華・菓多くして　*衆生の遊楽《ゆらく》する所なり。諸天は天の鼓《つづみ》を撃ちて常に衆《もろもろ》の伎楽《ぎがく》を作《な》し　曼陀羅華《げ》を雨《ふら》して　仏及び大衆に散ず」。

繻（朱）子《しゅす》 【衣】 賢治はよく「朱子」とも書くが、人名の*朱子と紛らわしくなる。絹織物の一種。縦糸か横糸の一方だけを表面に浮かせたもので、滑らかで光沢がある。多く和服の帯地に用いる。絹糸だけのものを本《ほん》繻子と言い、そのほか綿繻子、毛《け》繻子、色によって黒繻子、赤繻子等さまざまな種類がある。一六世紀末、中国から製法が伝わり京都で織られ始めた。江戸時代には、小袖、帯等に用いられ、特に黒繻子は女帯として好まれた。「書記はみな、短い黒の繻子の服を着て」（童［*猫の事務所］）、「黒い朱子のみぢ《（ママ）》かい三角*マント」（短［*花椰《や》菜《さい》］）、「ひるがへる黄の朱子サティン」（サティン satin も英語で繻子。詩［高架線］）等々。また、童［*おきなぐさ］では「おきなぐさの黒朱子の花びら」と、比喩的に用いられている。詩ノート［〔失せたと思った*アンテリナムが〕］にも比喩として「キンキン光る青朱子のそら」、童［*どんぐりと山猫］（→猫）では「繻子《しゅす》のきもの、胸《えり》を開《ひら》いて」、ほか、詩［東岩手火山］（→岩手山）、［*厨川*停車場］等。詩［高架線］には「黄の朱子サティン」とある。→紫朱珍《むらさきしゅちん》

酒精《しゅせい》 →アルコール

酒石酸《しゅせきさん》 【科】 無色透明な柱状結晶をなす*有機酸。主としてブドウ酒発酵の後期に沈澱物として得られる酒石酸水素カリウム（＝酒石）を原料とするところから、この名がある。水溶液はさっぱりした酸味があり、清涼飲料水の製造等に用いる。童［ポラーノの広場］（→ポランの広場）ではレオーノキュースト（→レオノレ星座）が役所で仲間と議論をして「大へんむしゃくしゃして」いるとき「気を直すつもりで酒石酸をつめたい水に入れて」飲む。

呪詛《じゅそ》 【レ】 しゅそ、ずそ、とも読み、呪咀とも書く（賢治もそう書く）。呪も詛（咀）ものろい、まじない、まじないをする。

詩に「春光呪詛」がある。なお、この詩中の「春は草穂に呆《ぼう》け」の賢治自身の「呆」のルビ「ぼう」は旧かなでは「ばう」が正しい。「呆け」は呆然とする、ぼうとする意。草の穂に気をとられ、ほうけること。

衆僧《しゅそう》【宗】修行僧たちの意。帳「雨ニモマケズ」一三二頁に「衆僧いま廊を伝へば／あゝ*聖衆《(しょうじゅ)》来ますに／似たり」とある。

手蔵氏《しゅぞうし》 →簡手蔵《かんしゅぞう》

首題《しゅだい》 →唱題《しょうだい》

須達童子《しゅだつどうじ》【人】須達多(スダッタ Sudatta)とも。釈迦(→釈迦牟尼)に帰依した大富豪で、釈迦に祇園精舎を献じた。孤独なる者に衣食を施したため、給孤独《ぎっこどく》長者と呼ばれる。詩「光の渣《(おり)》」(→澱《よど》)に「須達童子は誤って一の悲願を起したために／その后《(ママ)》(後)ちゃうど二百生／新生代の第四紀(→中生代)中を／そのいだゝしい光の*渣《(おり)》の底にあてなく漂った」とある。「二百生」は、生きものの「一生」を二百回の意であろう。

修陀羅《しゅだら》 →阿僧祇の修陀羅《あそうぎのしゅだら》

種畜場《しゅちくじょう》【農】県の施設で、岩手県種畜場(現岩手県立畜産試験所)のことを指す。岩手郡滝沢村《たきざわ》(現在は町)和賀内《わがない》にある。鈴木東蔵あて*簡「357」に「当駅(著者注、滝沢駅)下車只今種畜場へ行き参り候」とある。→種馬所《しゅばしょ》

朱珍《しゅちん》 →紫朱珍《むらさきしゅちん》

出現罪《しゅつげんざい》 →アツレキ

出離《しゅつり》【宗】*輪廻《りんね》から離れ、*菩提(悟り)に至ること。*解脱《げだつ》に同じ。詩「〔地蔵堂の五本の巨杉《すぎ》が〕」に「ひたすら出離をねがふとすれば」、童「二十六夜」に「この*爾迦夷《ルカヰ》さまは、早くから*梟の身のあさましいことをご覚悟遊ばされ、出離の道を求められたぢゃげなが」(出離の道を求められたそうじゃが)、童「*ビヂテリアン大祭」に「釈迦(→釈迦牟尼)は出離の道を求めんが為に*檀《(だん)》(壇)特山《どくせん》と名《(なづ)》くる林中に於て六年精進苦行した」とある。

酒呑童子《しゅてんどうじ》【文】丹波《たんば》(京都)国の大江山《おおえやま》や近江《おうみ》(滋賀)国の伊吹山に住んでいた盗賊。*鬼を装って女や宝を掠奪したと言う。多くの古典作品に採られたが、著名なのは「御伽草子《おとぎぞうし》」。賢治作品では短「家長制度」に、暴君的な家長に仕える女を見て「酒呑童子に連れて来られて洗濯などをさせられてゐるそんなかたちではたらいてゐる」とある。

ジュート【衣】jute *インド原産のシナノキ科の綱麻《つなそ》から得られる繊維のこと。包装布、袋地、敷物等に用いられる。賢治作品では「粗麻布」の字を当て、ジュートを用いて織った布のことを指している(文語詩「市日《(いちび)》」の「縞の粗麻布《ジュート》の胸しぼり」)。ほか、詩「北上山地の春」に「*雪沓《(ゆきぐつ)》とジュートの*脚絆」とある。

首燈《しゅとう》【文】トップライト。船舶のマストの上の灯火(古くは檣楼灯《しょうろうとう》)。詩「*宗谷挽歌」に「怪しくも点ぜられたその首燈」とある。

地涌の上首尊《じゆのじょうしゅそん》【宗】法華経従地涌出品第十五《じゅうじゆじゅつほん》(→*妙法蓮華経)にある、大地から涌き出た*菩薩たち四人(*上行《じょうぎょう》菩薩、*無辺行菩薩、*浄行《じょうぎょう》菩薩、安立行菩薩)のうちの上首(筆頭)である上行菩薩の後身として*日蓮は自覚していた。賢治の場合も日蓮を指す。雑「法華堂建立勧進文《(こんりゅうかんじんもん)》」に「この時地涌《ときちゆ》の上首尊《じょうしゅそん》」とある。

種馬所《しゅばしょ》【農】良種の馬の*繁殖や、馬種改良のため、優秀な牡馬《おす》(種付け馬、たねうま、しゅば)を育成する官・公営の飼育

場。馬の名産地岩手県に岩手種馬所(現岩手郡滝沢《たきざわ》町)がつくられたのは一八九六(明治二九)年、一八九年には県の種馬厩《きゅう》(厩=うまや)もつくられ、それが一九〇一年、滝沢村和賀内《わがない》に移り、岩手県種*畜場(現岩手県立畜産試験所)となった。さらに、岩手種馬所は、その後一九〇七年に、国有化されて岩手郡厨川《くりやがわ》村下《しも》*厨川*(現盛岡市)に移った。一方、胆沢《いさわ》郡相去《あいさり》村(現北上市相去町)六原《ろくはら》に一八九六年にできた国の軍*馬補充部(通称「補充部」)も、一九〇七年には国有種馬候補馬育成所を経て、厨川村に移り、岩手種馬育成所となった。現在はこの二つが岩手種畜牧場となっている。鈴木東蔵*あて簡[358]に「十二時十五分当駅(著者注、厨川駅)に下車して種馬所と育成所とを訪ひ」等とある。比喩的な難語句の多い詩に「種馬検査日」がある。種馬の健康状態等を検べる日が種馬所によって決っていた。

種馬所

シューベルト →セレナーデ

シューマンのトロメライ【音】 童「セロ弾きのゴーシュ」*の中に生意気な猫*が「トロメライ、ロマチックシューマン作曲」とゴーシュに要望《リクエスト》する場面がある。シューマン(R. Schumann 一八一〇～一八五六)はドイツのロマン派音楽の中心的存在。若い時にピアニストを志しただけにピアノ曲が多い。また彼独特の主観的ロマンティシズムのために、管弦楽や交響曲、歌劇等の構築性を要求される分野の作品の評価は高くない。トロイメライ Träumerei(夢)は彼の曲中最もポピュラーなもので、ピアノ曲集「子供の情景」(一八三八)の第七曲である。今日ではピアノ以外、特に弦楽器による演奏も多い。当時のレコード*を見ると、チェロ(→セロ)ではカザルスやキンドラーのもの、ヴァイオリンのエルマンのもの等多数見られ、パスターナック(→Josef Pasternack)の盤もあった。日本での演奏会をみると、一九二三(大正一二)年四月のJ・ホルマンのチェロ独奏、一九二四年一二月のE・ジンバリストのヴァイオリン独奏等があった。なお「セロ弾きのゴーシュ」の下書稿を見ると、最初は「シューベルトのアヴェマリア」で、次に「グーノー」に直し、最後に「シューマンのトロメライ」となっている。いずれも、クライスラー、エルマン、ハイフェッツ、ジンバリストらの名ヴァイオリニストのや、チェロのストゥーピンらのレコードが多数出ていた。彼らはいずれも大正時代から昭和初めにかけて日本で演奏しており、我国でもよく名を知られた演奏家たちである。

修弥《しゅみ》 →須弥山《しゅみせん》

須弥山《しゅみせん》【宗】 スミセンとも言う。賢治は須弥を修弥とも。須弥はSumeru(梵)の音写。妙高山、妙光山等と漢訳する。仏教の宇宙観によれば、須弥山は世界の中心にそびえ立つ巨大な山で、その周りを八海と九山《くせん》が交互に取り囲む。その最も外側の山は*鉄囲山《てっちせん》(鉄囲輪《りん》とも)で、水平方向の世界の果てをなし、人間の住む南瞻部洲《なんせんぶ》は鉄囲山の内側の海にある四つの島の一。これら須弥山を含む九山八海は金輪《こんりん》の上に載っており、さらに下方は水輪*、*風輪、*空輪によって支えられている。須弥山の高さは八万由旬*あり、中腹には四天王、頂上には*帝釈天《たいしゃくてん》を主とする三十三天*が住み、*月や太陽(→お日さま)は須弥山の中腹を回り、須弥山の上方には

須弥山の概略図

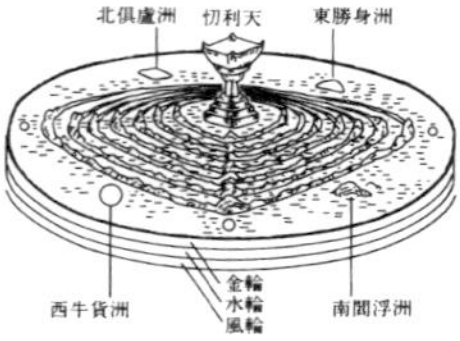

兜率天《とそつ》(↓異空間)、梵天等の住む天界があるとされる。歌[七五七]に「須弥山の瑠璃のみそらに刻まれし大曼荼羅を仰ぐこの国」、歌[七五八]に「はらからよいざもろともにかゞやきの大曼荼羅を須弥に刻まん」、詩[風林](↓沼森)の下書稿に「あすこは修弥《しゅみ》のみなみの面だ」とある。詩[浮世絵展覧会印象]には「うつろの瞳もあやしく伏せて/修弥の上から舌を出すひとてすがすがしい雲の朝」」に「権現堂やまはいま/須弥山全図を彩《(いろど)》りしめす」、童[四又の百合](↓百合)に「修弥山の南側の瑠璃《(るり)》もまるですきとほるやうに見えます」とある。

須臾《しゅゆ》　【レ】　しばらくのあいだ。暫時。詩[林中乱思]に「もっともやはらかな曲線を/次々須臾に描くのだ」とある。

修羅《しゅら》　【宗】　梵語アスラ(asura ペルシアの古語とも語源が同じ)の音写である阿修羅の略。もとは力強い善神の名であったが、やがて神にそむく者(悪神、非神)と解釈されるようになった(古代印度のヒンズー教〈↓印度〉の悪神シヴァ〈siva〉が仏教や日本の神道で福神とされているのと逆)。衆生《しゅじょう》が業《ごう》により、おもむくとされる六道《ろくどう》(地獄、餓鬼、畜生、修羅、人《じん》、天)の一。また、この六つの迷いの世界に四つの悟りの世界(声聞《しょうもん》、縁覚《えんかく》〈↓声聞〉、菩薩、仏)を加えた十界の一でもある。一般に、人は貪《とん》、瞋《しん》、癡《ち》(痴の旧字)により修羅に堕《お》ちるとされる。賢治の法華経(↓妙法蓮華経)入信の契機となった島地大等編『漢和対照妙法蓮華経』(↓赤い経巻)の巻末語注には次のようにある。「[阿修羅](asura)略して修羅ともいふ。非天、非類、不端正と訳す。十界、六道の一。衆相山中、又は大海の底に居り、闘諍《じょう》(あらそい)を好み常に諸天と戦ふ悪神なりといふ」。賢治における修羅を考察する場合重要なのは、天台教学や日蓮教学などで説く悉皆成仏《しっかいじょうぶつ》、十界互具《じっかいごぐ》思想である(↓十界)。「人間の世界の修羅の成仏」(簡[165])が賢治の根本命題で、ここに賢治の思想を解く一つの鍵が隠されている。しかし、賢治の用いた修羅という語を考察すると、必ずしも右の一般的解説と同列には並べられず、はみ出すものをもっている。既に十代からの短歌群に、大自然と内面の共振する動的な矛盾を多く見ることができる。それらを、まだ無自覚だった段階の「修羅」の萌芽、ないし細胞核だったとするなら、やがて信仰や経験によって、より露わに認識され、増殖していった過程を、彼が「心象」と称した作品自体で、私たちは解読することが可能である。さらに、その認識的な側面の「修羅」を、かりに三種に分類してみると、①意識としての主観的な修羅(内発するデモーニッシュなエネルギー)、②時空間より見た認識的な修羅(信仰を科学的、哲学的、心理学的に裏付けようとしたもの)、③教学的に見た客観的な修羅(天台教学、日蓮教学から見たもの)となる。①の意識としての修羅の例——「四月の気層のひかりの底を/唾《つばき》し　はぎしりゆききする/おれはひとりの修羅なのだ」「日輪(↓お日さま)青くかげろへば/修羅は樹林に交響し」「(まことのことばはここになく/修羅のなみだはつちにふる)」(詩[春と修羅])、「(その影は鉄いろの背景の/ひとりの修羅に見える筈だ)」(詩[東岩手火山]〈↓岩手山〉)、「(わたくしは修羅をあるいてゐるのだから)」(詩[無声慟哭])、「(あゝ、修羅のなかをたゆたひ/また青々とかなしむ)」(詩[(松の針はいま白光に溶ける)])、「人間の世界の修羅の成仏《(じょうぶつ)》」(簡[165])等。②の時空間より見た修羅の例——「これらについて人や銀河や修羅や海胆《(うに)》は/宇宙塵(↓キャレンヂャー)をたべ、または空気や塩水を呼吸しながら」「（あるひ(ママ)は修羅の十億年）」（詩集『春と修羅』第一集［序］）、「*権現堂山はこんどは酸っぱい／修羅の地形を刻みだす」（詩ノート〔ちゞれてすがすがしい雲の朝〕）、「たしかにここは修羅のなぎさ」（曲［*イギリス海岸の歌］）、「天女来りて摘みたるに／そは修羅の*ぐみ」（詩［高架線］）。③の教学的に見た修羅の例――「今日の二人の先達は／（中略）／あるとき歪んだ修羅となる」（詩［台地］）、「風もなき修羅のさかひを行き惑ひ」「鳥はねぐらにかへれども／ひとはかへらぬ修羅の旅」（曲［大菩薩峠の歌］〈→竜之助〈介〉〉）、「恨みの心は修羅となる。かけても他人は恨むでない」「遂には共に修羅に入り*闘諍《とうじょう》しばらくもひまはないぢゃ」（童［*二十六夜］）、「唯是《ただこれ》修羅の中を／さまよふに／非ずや」「汝が*五蘊《ごうん》の修羅／を化《け》（新校本全集は「仕」と読んでいる）して或は天或は／菩薩或仏の国土たらしめよ」（帳［雨ニモマケズ］）等があげられよう。これらは、しかし基本的な類別であって、三類に遍在する性格は、しかし賢治にあっては混然一体の劇的な矛盾としてとらえられており（例えば、詩［台地］では「高雅の神」が「あしたは青い山羊となり／あるとき歪んだ修羅となる」〈→先達《せんだつ》〉）、だが、より認識的な「修羅」や、教義的な「修羅」であっても、絶えず矛盾の超克を意図する賢治の激しい求道《ぐどう》の意志によってダイナミックに諸作品の中で生動している。その代表的なものは、やはり三類のうちの①で、つとに恩田逸夫も論じたように、「まこと」との対立、そのための賢治の深い苦悩、そして止揚《しよう》統一へと向かう道程に、彼の全作品と全行動の様式が存在する。今後の賢治研究の、おそらく、はてしない課題の一が「修羅」の問題であると言えよう。

侏羅紀《じゅらき》【鉱】 Jurassic 地質年代の一。中生代に属す。（→凡例「地質年代表」）ジュラ紀。ユラ紀とも。二億年前から一億四六〇〇万年前まで。爬虫《はちゅう》類全盛時代で恐竜時代（→雷竜）とも呼ばれる。爬虫類に似た当時の始祖鳥《しそちょう》の生息も化石によって証明されている。植物では*イチョウ、ソテツ、松柏類等の裸子植物が中心。賢治はこの侏羅紀と、続く*白堊紀の森林を、*石炭紀のそれと並んで*修羅の息づく空間として強烈にイメージ化している。詩［*小岩井農場　パート四］でも、孤独感にとらわれ、いたたまれなくなり、「いま日（→お日さま）を横ぎる黒雲（→ニムブス）は／侏羅や白堊のまっくらな森林のなか／爬虫がけはしく歯を鳴らして飛ぶ／その氾濫の水けむりからのぼったのだ」といったイメージに富む風景が登場する。なお、同詩パート九（パート四と同じ地点）に登場する子ども、*ユリアの名はジュラ（ユラ）紀に由来すると考えられる（小野隆祥説）。ほかに文語詩［眺望］に「侏羅紀に凝りし*塩岩の、　蛇紋（→蛇紋岩《じゃもんがん》）化せしと知られたり。」とあり、童［青木大学士の野宿］にも恐竜が登場する。

狩猟前業《しゅりょうぜんぎょう》【レ】 賢治の造語。童［*茨海《バラウミ》小学校］に出てくるが、狩猟に前業、本業、後業があり、「前業は養鶏を奨励すること」、「養鶏奨励の方法」とあり、人間にその「前業」を奨励させ、*狐は「本業」としてその鶏を捕る。そして「後業」としてそれを食う。狐の先生が狐の生徒たちにユーモラスで奇怪な、そしてまじめな講義をする。

寿量の品《じゅりょうのほん》 →にょらいじゅりょうぼん第十六

しゅろ箒《しゅろぼうき》【文】 棕櫚（梠）の木の幹をおおっている「しゅろ皮」で作ったほうき。比較的やわらかなので、家庭でもよく愛用された。童[*風の又三郎]で一郎が「しゅろ箒《ぼうき》をもって来て」とある。

シュワリック山彙《しゅわりっくさんい》 →山彙《さんい》

峻儼《しゅんげん》【レ】 峻厳に同じ。山がけわしくそびえているさま。詩[風の*偏倚《へんい》]。

春耕節《しゅんこうせつ》【農】【文】 春、農作物を植える準備のため田畑を耕す、その節季のこと。詩ノート[〔根を截《き》り〕]に「根を截り／芽を截り／朝日と風と／春耕節の鳥の声」とある。

蓴菜《じゅんさい》【植】 別称、古名、ぬなは(ヌナワ)。スイレン科の多年生水草《みずくさ》。日本各地の池や沼に自生するが中部以北に多い。長い葉柄の葉は水に浮かび裏面が紫色で寒天(→アガーチナス)のようなぬめりがあるが、新葉には特に多い。夏に水面近くに紫色の花をつける。春～夏、採取する芽や若葉は食用に珍重される。「青い蓴菜のもやうのついた／これらふたつのかけた陶椀に／おまへがたべるあめゆきをとらうとして」(詩[永訣の朝])、「ある日は青い蓴菜を入れ／(中略)／町へ売りにも来たりする」(詩[〔日《ひ》脚《あし》がぼうとひろがれば〕])等。また「ぬなは」は文語詩[田園迷信]に、「池にぬなはの枯るゝころ」とある。

準志《じゅんし》【レ】 森鷗外・大村西崖《せいがい》編『審美綱領』(一八九九、ドイツの哲学者ハルトマンの『美の哲学』の略述)で、「目的、目標」を意味するドイツ語 Zweck(ツヴェック)の訳語。賢治はそれに影響されて、芸[綱]に「準志は多く香味と触を伴へり／声語準志に基けば　演説　論文　教説をなす」(教説はレクチャー)以下、七回もこの語を用いている。この引用部分は、いささか仏教的な(香味、触は*般若心経の句「香味触法」に拠っている)目的を志向する、目標に準拠する意。

春章《しゅんしょう》 →勝川春章《かつかわしゅんしょう》

準平原《じゅんへいげん》【鉱】 ペネプレーン(peneplain)。浸食平野。老年期の山地が、さらに浸食されて地域全体が均《な》らされたように平原状になった地表面。なお、浸食から取り残されて孤立した丘を残丘《ざんきゅう》(→モナドノック)と呼ぶ。日本には純粋な準平原はなく、北上山地などは海底から隆起した隆起準平原である。詩[山火](初行「風がきれぎれ…」)に「火は南でも燃えてゐる／*ドルメンまがひの花崗岩《みかげ》(→花崗岩《かこうがん》)を載せた／千尺ばかりの準平原が／あっちもこっちも燃えてるらしい」とあるように、賢治は北上山地を準平原と呼ぶことがある。詩[若き耕地課*技手《ぎて》の Iris に対する*レシタティヴ](→イリス)、[晴天*恣意《しい》]。

巡洋艦《じゅんようかん》【文】 旧海軍の戦艦に次ぐ主戦闘艦。戦艦よりも小さいが速力や航続力は逆に大きく、航速力のある*駆逐艦《くちくかん》よりも砲の口径も大きく、敵戦艦とも戦闘が可能。ただし攻撃力は大きいが防御《ぼうぎょ》性能が弱い。一九二二(大正一〇)年のワシントン軍縮条約以降、建造の制限を受けない一万t以下の巡洋艦が日本海軍では重視された。童[*烏の*北斗七星]には「二十九隻の巡洋艦」、「二十五隻の砲艦」、「十八隻の*駆逐艦」が登場。砲艦は陸上の敵を砲撃する吃水《きっすい》(海に浮かんだときの水面の線)の浅い小艇で、この童話では雌の烏。

馴鹿《じゅんろく》 →馴鹿《トナカイ》

ショウ →カクタス

小亜細亜《しょうあじあ》【地】 Asia Minor(エイシャー・マイナー)アジアの西端の地中海と黒海に挟まれたアナトリア半島の別名。現在のトルコ共和国の大部分。古代から地中海貿易、黒海貿易で栄えた。現在はイスラム地域。詩［〔そもそも拙者ほんものの*清教徒ならば〕］にエルサレムアーティチョーク（↓菊芋）を「小亜細亜では生でたべ」とある。

傷痍《しょうい》【科】【レ】 傷も痍も同義で怪我《けが》、負傷。むろん精神的なきずにも用いる詩［*空明と傷痍］がある（ちなみに戦時中は「傷痍軍人」が多かった）。

城ヶ島《じょうがしま》 ↓三崎《みさき》

頌歌訳詞《しょうかやくし》【文】 頌歌とは、キリスト教では神の栄光を頌《ほ》めたたえる歌、仏教では仏や人の功徳《くどく》等を礼讃する歌で、それを訳したもの。詩［〔風が吹き風が吹き〕］に、「かへりみられず棄てられた／頌歌訳詞のその憤懣《ふんまん》にも風が吹き」とある。同詩中で神学士が描かれていることからも、ここではキリスト教の前者を指す。神の栄光をほめたたえる歌としての頌歌（詩）の源流には、今日一般に「頌歌」に相当すると解されている古代詩の一ジャンルである「オード（ode）」がある。頌歌は日本で見られる早い時期のものに、『新体詩抄』（一八八二）の「グレー氏墳上《ふんじょう》感懐の詩」（矢田部良《やたべりょう》吉《きち》訳）、「あたりまばゆき屋《や》の内に　頌歌の声に合すなる…」（墳上は墓上）がある。また島崎藤村の「秋風の歌」のモデルとなったP・B・シェリー（一七九二～一八二二、〈英〉）の「西風の歌」（「西風への頌歌」とも訳される）は、前掲の賢治の詩との関係も考えられよう。

消化率《しょうかりつ》 ↓可消化量《かしょうかりょう》

沼気《しょうき》【科】 メタンガス（CH_4）のこと。マーシュ・ガス（marsh gas）の訳。マーシュは沼沢《しょうたく》の意。天然ガスに含まれ、また沼沢中より発生する。無色無臭で点火すると淡青色の炎を出して燃える。歌［六二七］に「雲垂る丶／やなぎのなかの*古川に／うかびいでたるあしたの沼気」、詩［*清明どきの駅長］に「かげらふ（ママ）（↓横なぎ）がもうたゞぎらぎらと湧きまして／沼気や*酸を洗ふのです」（旧かなでは「かげろふ」）、ス［一七］に「たましひに沼気つもり／くろのから*す正視にたえず（ママ）」とある。また、歌［六二八］（「*アザリア」第四号初出）に「やなぎよりよろこびきたり、あかつきの、古川に湧くmarsh gasかな」とあるが、清書歌稿の下句は「古川に湧くメタン瓦斯かな」。また、詩［光の*渣《おり》］には「メタンや一酸化炭素*水素など」とある。

笑気《しょうき》 ↓笑気《せうき》

蒸気槌《じょうきづち》【文】 気《き》槌《づち》、蒸気ハンマーとも言う。スチーム・ハンマー（steam hammer）の訳。詩［丸善階上喫煙室小景］に窓外の工事現場の「ごっしんふうと湯気をふきだす蒸気槌」とある。蒸気圧力で大きな鉄槌を上げ、強く落下させるたびに蒸気を吹き出すさま。基礎の鉄骨を打ちこんだり、鉄の資材等を調節したりしていたのであろう。

上行菩薩《じょうぎょうぼさつ》【宗】 法華経従地涌出品《じゅうじゆじゅつぽん》第十五（↓妙法蓮華経）に現われる四菩薩の一人。*日蓮は自ら上行菩薩の生まれ代わりであると称した。帳［雨ニモマケズ］四頁、雑［法華堂建立勧進《こんりゅうかんじん》文《もん》］ほか。↓十界曼荼羅《じっかいまんだら》

浄行菩薩《じょうぎょうぼさつ》【宗】 法華経従地涌出品《じゅうじゆじゅつぽん》第十五（↓妙法蓮華経）に現われる四菩薩の一人。帳［雨ニモマケズ］四頁ほか。↓十界曼荼羅《じっかいまんだら》、地涌の上首尊《じゅのじょうしゅそん》

硝銀《しょうぎん》【科】 硝酸銀（$AgNO_3$）のことか。無色透明の結晶で劇薬。写真、メッキ、銀鏡の原料のほか分析試薬、医薬品とし

て用いる。文語詩［萎花《いか》］（↓カクタス）に「酒精《しゆせい》（↓アルコール）のかほり硝銀の、／肌膚《きふ》灼《や》く*にほひしかもあれ」とある（「かほり」は（ママ）誤。旧かなでは「かをり」）。アルコールランプの燃えるにおいが、皮膚をこがす硝銀のようなにおいに似ているのは、それはそれとして、の意。

正金銀行風《しょうきんぎんこうふう》 【文】【レ】 正金銀行スタイル、の意。正金銀行は横浜正金銀行（日露戦争開戦の一九〇四〈明治三七〉年竣工、現神奈川県立歴史博物館）の略で、外国為替業務を主とする大手の特殊銀行として有名だった（第二次大戦後、東京銀行となり、現在は合併して三菱東京ＵＦＪ銀行）。詩［高架線］に「大きな正金銀行風の／金の Ball もなめらかに」とあるのは、東京のどこかの建物の金メッキした円屋根《ドーム》のてっぺんのボールに似た金メッキのイスラム風の飾りを、「正金銀行風」といったのであろう。

横浜正金銀行本店

聖化《しょうけ》 【宗】 聖人（仏）が衆生*を教化《きょうげ》すること、またその慈愛の力。雑［法華堂建立勧進文《こんりゆうかんじんもん》］に「聖化末法万年《しやうけまつぽうまんねん》の」とある。

晶形《しょうけい》 【科】 結晶形。詩ノート［病院］に「あんな正確な輪廓は顕微鏡分析《ミクロスコープアナリーゼ》の晶形にも／恐らくなからうかと思ふのでありま す」とある。

象形雲影《しょうけいうんえい》 【天】 雲の字の最も古い象形文字（）を指す。詩ノート［〔ひとはすでに二千年から〕］に「染汚の象形雲影であり／高下のしるし窒素（↓石灰窒素）の量の過大である」という表現がある。これは雲級で言う高層雲の一で、高い山の風下《かざしも》にできる「吊し雲」（岡田武松『気象学』一九二七では塔状雲）のことを言ったと思われる。

浄居《じょうご》 【宗】 浄居天のこと。五浄居天とも言う。色界四禅《しきかいしぜん》のうちの無煩《むぼん》天、無熱天、善現天、善見天、色究竟《しききゆうきょう》天の五天を指す。聖人だけが住むことのできる天*である。「浄居の諸天／高らかにうたふ／その白い朝の雲」（詩ノート［〔ちゞれてすがすがしい雲の朝〕］）の「浄居の諸天」とは五浄居天に住む神仏の意。

漏斗《じょうご》 ↓漏斗《ろうと》

昇汞《しょうこう》 【科】 塩化第二水銀（$HgCl_2$）のこと。白色透明な結晶で猛毒。水銀（↓汞《こう》）と塩素との化合物。水溶液にして消毒液または防腐剤として用いた。童［よく利く薬とえらい薬］*で欲深い大《だい》三《ぞう》が作って飲んだ昇汞とは「ガラス*のかけらと水銀と塩酸*を入れて、ブウブウとふいご*にかけ」てまっ赤に灼いたときにできた「すきとほったもの」とある。

猩紅の熱《しょうこうのねつ》 【科】 法定伝染病の一。小児に多い発疹《はっしん》性伝染病。急に発熱し、嘔気《はきけ》を催し、頭痛・咽頭痛・四肢痛・悪寒《おかん》が起こり、顔面紅潮し、皮膚に発疹する。歌［一五七］に「あれ草も微風もなべて猩紅の熱」とある。「なべて」はすべて。

荘厳《しょうごん》 ↓荘厳《しやうごん》《しょうごん》

硝酸《しょうさん》 【科】 HNO_3 無色発煙性の液体で極めて酸性が強い。肥料*（硝酸アンモニア、略して硝安、等）や火薬*（ニトロ化合物）の原料となる。賢治の場合、薬品として用いる場合は例えば詩ノート［〔ソックスレット*〕］で「色のついた硝酸がご用ですか」とある。その他の場合、硝安に代表されるような、肥料としての硝酸化合物を意図している場合が多い。例えば詩［装景手記*］及び帳［装景手記」一六頁にはそれぞれ「雷も多くてそらから薄い硝酸もそゝぎかかったのだ」とか「且つ雷ありて／硝酸そゝぎ」とある。ス［四六］には「黒き堆肥は／四月なり。／北の天末／Tourquois（→タキス）。／硝酸化合物は／いきどほろし」、簡［283］の「硝酸菌」は亜硝酸を酸化させ硝酸に変える作用をする土壌細菌なので「通気良好なる土壌に最よく繁殖し農業上絶対に必要なるもの」とある。

蒸散《じょうさん》 →蒸散器官《じょうさんきかん》

硝酸アムモニア《しょうさんあんもにあ》【科】 硝酸アンモニウム（NH_4NO_3）のこと。当時は「硝酸アムモニア」が一般的な呼称であった。硝安とも。無色結晶で肥料となるほか、爆薬、寒剤（温度を下げるはたらきをする混合物）の原料となる。賢治は天空の窒素（→石灰窒素）が雲中の電気（雷等）の作用で硝酸または硝酸アンモニウムになると考えていた節がある。例えば童［グスコーブドリの伝記］では飛行船が雲の海の上に「まつ白な煙」（たぶんアンモニア水の霧）を噴いたあと、ブドリがボタンを押すと、雲にかかっていた「けむりの網は、美しい桃いろや青や紫に、パッパッと眼《め》もさめるやうにかゞや」き（たぶん放電させたのだろう）、見とれているブドリに「硝酸アムモニアはもう雨の中へでてきてゐる…」と電話の報告が入る。

蒸散器官《じょうさんきかん》【植】 蒸散は植物体内の水分が体外に発散して水蒸気となる発散作用のことで詩ノート［〔南からまた西南から〕］に「さわやか《（ママ）》な蒸散」があり、それを行なう器官。詩［三原第二部］に「草は日蔭はつくっても／一方自分がごく精巧な一つの蒸散器官でせう」とある。→汁液《サップ》

小祠《しょうし》【民】 小さなほこら（祠）。神をまつる小祠堂。文語詩に［小祠］がある。

松脂岩薄片《しょうしがんはくへん》【鉱】【レ】 松脂岩《ピッチストーン》（pitchstone）の薄片のこと。松脂岩は火山岩の一種で松脂《ピッチ》（マツヤニ）に似た光沢と割れ目をもつのでその名がある。真珠岩や黒曜岩とほとんど同じ化学組成だが、より水分に富み光沢も弱い。青緑や緑褐色のガラス質の火山岩。薄片とは、その薄い切片（かけら）の意。顕微鏡等で岩質を観察するのに岩石片を薄く（〇・〇二〜〇・〇三㎜）スライスして表面を磨いたもの。詩［樺太鉄道］の冒頭に「やなぎらんやあかつめくさの群落／松脂岩薄片のけむりがただよひ／鈴谷山脈は光霧か雲かわからない」とあるのは、もやった山脈のデリケートなイメージ。

青色青光《しょうしきしょうこう》**、黄色黄光**《おうしきおうこう》**、赤色赤光**《しゃくしきしゃっこう》**、白色白光**《びゃくしきびゃっこう》【宗】 浄土三部経の一である阿弥陀経に見える句。「池中蓮華。大如《だいにょ》車輪。青色青光。黄色黄光。赤色赤光。白色白光。微妙香潔《こうけつ》」。同経の阿弥陀仏の住する西方極楽浄土を描写した場面で、和訳すれば「池の中の蓮花の大きさは、車輪ほどもあり、青色の花には青い光、黄色の花には黄色い光、赤色の花には赤い光、白色の花には白い光がある。それらの蓮花は、いずれもうるわしく、清らかな香を放っている」。童［ビヂテリアン大祭］に「けむりの中から出て来たのは、今度こそ全く支那風の五色の蓮華（→紫雲英、lotus）の花でした。なるほどやっぱり陳氏だ、お経にある青色青光、黄色黄光、赤色赤光、白色白光をやったんだなと、私はつくづく感心して」とある。

鞘翅目《しょうしもく》 →鞘翅発電機《ダイナモコレオプテラ》、鱗翅《りんし》

廠舎《しょうしゃ》【文】 新校本全集本文（「春と修羅　第三集」）では、

詩［七三〇ノ二　増水］に「鉄舟はみな〔敞〕舎へ引かれ／モーターボートはトントン鳴らす」とあり、草稿での「敝舎」を「敞舎」に校訂している。↓廠舎《しょうしゃ》、敝舎《へいしゃ》

廠舎《しょうしゃ》【文】　旧日本軍の軍需品の製造・修理にあたった施設の建物。詩［増水］に「鉄舟はみな敞舎へ引かれ／モーターボートはトントン鳴らす」とあり、またその推敲過程に「工兵たちの鉄舟はみな／きれいに敝舎へ引きあげたらしく」とある。豊沢川沿いの工兵隊の施設をさしてのことか。一九二〇（大正九）年刊の「岩手県花巻町花巻川口町案内俯瞰図」には、「工兵演習廠舎」とあり、「敝舎」とは「廠舎」の誤記かあるいは略記と考えられる。「敝」はヤブル、ヤブレタの意。敝舎では敝屋の意味もある。また、「廠」も漢和辞典によれば、音はショウ、「ひろやか、ほがらか」等の意。工兵演習廠舎をさすのであれば、どちらも適切ではない。新校本全集では下書稿の「敝舎」（「校異篇」には「ママ」の注記あり）を本文では「〔敞〕舎」と校訂しているが、賢治の早書きの略字体とみなして「廠舎」と校訂してもよいかに思われる。↓敝舎《へいしゃ》、敞舎《しょうしゃ》

精舎《しょうじゃ》【宗】　vihāra（梵）の漢訳。もと行者の屋根の意から、修行者が居住するところを言う。寺院のこと。童［四又の百合］（↓百合）に「すると次は精舎だ」とある。

静寂印《じょうじゃくいん》　↓寂静印《じゃくじょういん》

商主《しょうしゅ》　↓波旬《はじゅん》

聖衆《しょうじゅ》【宗】　聖なる人々の意。*声聞《しょうもん》、縁覚（↓声聞）、*菩薩、仏を言う。帳［雨ニモマケズ］一三二頁、文語詩［二月］等。

摂受・折伏《しょうじゅ・しゃくぶく》【宗】　ともに人々を教化《きょうげ》する（教えさとして仏道に導く）二つ（二門《にもん》）の方法。摂受は、相手の立場や考えを一応肯定しながら、おだやかにその非を改めさせる方法。折伏は、相手のそれを強く責め、打ち砕き、その非を改めさせる方法。二つは特に*日蓮宗の教義として知られ、正法・像法《ぞうほう》（↓末法《まっぽう》）の時代には摂受を、*末法の時代には折伏をすべきとされる。簡［49］に「今は摂受を行《(ぎょう)》ずるときではなく折伏を行ずるときだそう《(ママ)》です。けれども*慈悲心のない折伏は単に功利心に過ぎません。」とある。ただ強い折伏だけなら、自分を押しつける排他的な功利心に過ぎない、の意。

照準器《しょうじゅんき》【科】　砲兵の射撃や船舶の航海等で目標への方向を定める機器。ス［三九］に「照準器の三本あしとガラスまど／微風はかすれ、*松の針／このよのことかとあやしめり」とある。

小暑《しょうしょ》【天】　二十四節気の一。旧暦（太陰暦）六月の節に当り、太陽（↓お日さま）の黄経《こうけい》が一〇五度に達する時。太陽暦では、七月七日か八日に当り、この日から暑さが漸次加わっていく。詩ノート［〔南からまた西南から〕］に見られる。

小女アリス《しょうじょありす》【人】　少女アリス。童話集『注文の多い料理店』の賢治自筆の広告文中に、*イーハトーヴの説明として「小女《(ママ)》アリスガ《(ママ)》辿《(たど)》つた*鏡の国と同じ世界の中」とある。これはイギリスの作家、ルイス・キャロルの『鏡の国のアリス』（一八七二）をふまえたもの。キャロルは一八六五年『不思議の国のアリス』を発表し、爆発的な人気を得た。ナンセンス、空想、言葉あそびなど、賢治が学んだところも大きかった。天沢退二郎《あまざわたいじろう》は、詩［石塚］の初題が「アリス」であったこと、内容が『鏡の国のアリス』と重複し、また童［*銀河鉄道の夜］の切符のシーンや童［*ひのきと*ひなげし］でひのきが叫ぶシーンへの影響もあると言う（『《宮沢賢治》論』一九七六）。

小乗《しょうじょう》 →大乗《だいじょう》

猩々緋《しょうじょうひ》 【レ】 色彩語。vivid yellowish red（ヴイヴィッド イエロウィッシュ レッド） 緋《ひ》色の一種で、スカーレット（scarlet）とも、金赤《きんあか》とも言う。カイガラ虫（ケルメス）から作る色素で染めた色。茜《あかね》色に近似し、西欧では罪悪のシンボルカラーでもある。猩々の名は、猩々（猿*）の血で染めたことからとも、能の赤毛装束からきたとも言われるが、江戸初期に南蛮渡来の毛織物に、この名が付けられるようになったと言われる。かなり濃く鮮明な赤色で、賢治は夕焼け空の色にこの名を使った。歌［三八八］に「猩々緋／雲をけふこそ踏み行けと／をどるこゝろの／きりぎしに立つ」、詩［三原 第三部］は「そらはいちめん／かゞやくかゞやく／猩々緋です」で終わっている。

憔悴苦行《しょうすいくぎょう》 →梵士《ぼんし》

硝石《しょうせき》 【鉱】 硝酸カリウム（KNO_3）の結晶。硬度二、無色透明でガラス光沢。きわめて水に溶けやすいため、天然の硝酸は西アジアや南ヨーロッパなど乾燥した地方に産出。日本では産出しない。火薬の酸化剤として、また窒素肥料の原料、肉の保存材としても用いられる。硝石と同じ硝酸塩鉱物に属するチリ（智利）硝石は、南米チリを主産地とする硝酸ナトリウムの鉱物。かつては窒素肥料（→石灰窒素）の原料として重視されたが、今日では空中窒素を固定して人工的に生産されている。童［*グスコーブドリの伝記］には放電によって窒素肥料を降らせる一場面がある。これは*アレニウスの『宇宙発展論』の影響を受けたもの。智利硝石は簡［250］に見え、短［〔峯や谷は〕］に「この花をよく咲かせやう《(ママ)》と根へ智利硝石や過燐酸をやっても何にもなりません」とある。

消石灰《しょうせっかい》 →石灰《せっかい》

請僧《しょうそう》 【宗】 法会《ほうえ》や説教会《え》などに、他寺の僧を招くこと。または、招かれた僧のこと。文語詩［〔たそがれ*思量惑《(わわ)》くして〕］に「老いし請僧時々に」とある。

正態《しょうたい》 →標題主義は続感度《ひょうだいしゅぎはぞっ(く)かんど》

唱題《しょうだい》* 【宗】 題目、首題《しゅだい》*（南無妙法蓮華経）を唱えること。唱題は日蓮宗の最も重要なつとめで、題目を唱える功徳《くどく》は法華経（→妙法蓮華経）全巻を読む功徳に等しいとされる。「その夜*月の沈む迠《(まで)》座って唱題しやう《(ママ)》とした田圃《(たんぼ)》から立って」「それから町の鶏がなく迠唱題を続けました」（簡［181］）。賢治のその姿を当時実見したという証言も多い。詩［〔この夜半おどろきさめ〕］には「法華の首題も唱へました」とある。

ジヨウヂスチブンソン《じょーじすちぶんそん》 【人】 ジョージ・スティーブンソン（George Stephenson 一七八一～一八四八）。イギリスの鉄道の創設技術者。一八二五年ストックトンーダーリントン間に世界最初の旅客鉄道（蒸気機関車ロコモーション号）を開通させた。彼の作であるロケット号は蒸気機関車コンクールで優勝しただけでなく、その手法の多くが二〇世紀に至るまで踏襲されるといった歴史的な名車であった。バーミンガムの機械学会の初代会長。外国の鉄道建設にも従事した。童［*シグナルとシグナレス］では、結婚を*電信柱に反対されたシグナルとシグナレスが、遠い*天上の世界に逃れて二つの星になりたいと願う場面で、「めぐみふかいジヨウヂスチブンソンさま、あなたのしもべのまたしもべ、かなしいこのたましい《(ママ)》の*まことの祈りをみそなはせ、あゝ、*サンタマリヤ」と祈る。なお『外国地名人名辞典』（一九〇七）でも表記はスチブンソン。

照徹《しょうてつ》 【レ】 光が照り徹《とお》ること。劇［饑餓陣営］（→饑饉）の*バナナン大将のせりふ中「日光来りて葉緑を照徹すれば」とある。葉緑《ようりょく》は緑色植物の細胞中の緑色色素、クロロフィル（葉緑素）。

正道《しょうどう》 【宗】 一般用語ではセイドウだが、仏教では仏の正しい真理（budda-dharma）。仏の道。正法《しょうぼう》（邪法の対）。簡［189］に「皆様早く正道にお入りなされ」とある。この家出同然出奔してきた東京から、心配する家族への、父あて書簡には（→宮沢政次郎）異様なほどの求道《ぐどう》の熱気がみなぎっており、「御帰正《しょう》の日こそ」（正道、つまり「法華経日蓮聖人に御帰依《（きえ）》遊ばされ一家同心に」なられる日）こそ「総ての私の小さな希望や仕事は投棄して何なりとも御命の儘《（まま）》にお仕へ致します」が「それ迄は帰郷致さないこと最初からの誓ひでございます」。「仰せの様に世諦に於てなりとも為法に働く様相成るべく」（世諦《せたい》は、世間一般の常識的なレベルでの真理で、俗諦とも言う。為法《いほう》は、仏法のために）とも書いている。なお、雑［法華堂建立勧進文］中では正道に旧かなの「しやうだう」のルビがある。→日蓮《にちれん》

晶洞《しょうどう》 【鉱】 岩石や鉱脈中に生じた空洞のこと。晶簇《しょうぞく》、俗にガマとも言う。その空洞の内壁には自形結晶が同心球状に群生しているのが常である。デパート等でよく*水晶の晶洞が販売されている。童［*台川］に「晶洞もあります。小さな*石英の結晶です」とある。

聖道門《しょうどうもん》 【宗】 自力《じりき》門のこと。他力門・浄土門の対。自己の力をもって現世において悟りを得ようとする修行の道。天台宗、*真言宗、*日蓮宗、禅宗等を指す。それに対して他力《たりき》（*阿弥陀《あみだ》仏《ぶつ》）を頼み、極楽往生を願う他力門がある。浄土宗、浄土真宗、時宗《じしゅう》等。簡［15］に「聖道門の修業者《（ママ）》には私は余り弱いのです」（仏門では修行〈スギョウとも〉を用いるのが普通）とある。この用例は賢治が盛岡高農（→高等農林）在学中（二年春）のもので「どんなに一心に*観音を念じてもすこしの心のゆるみより得られませんでした」の一文を受ける。当時賢治は既に法華経信仰に立っていたと推定されるが、*国柱会入会に至る以前の煩悶が読みとれる。

浄土ヶ浜《じょうどがはま》 →寂光の浜《じゃっこうのはま》

ショーの階級《しょうのかいきゅう》 【文】【レ】 未詳の語。詩ノート［〔午前の仕事のなかばを充たし〕］に「ショーの階級に属する／そのうつくしい女の考が／夢のやうにぼんやり伝はってくる」とある。また、この詩が発展して書き直された詩［〔うすく濁った浅葱の水が〕］の下書稿には「俸給生活者《サラー》の階級」とある。ショーに漢字を当てるなら、人を率いる「将」か「相《しょう》」、聖なる意の「聖《しょう》」、あるいはサラー（俸給生活者）の階級との類推から「商」も考えられなくはないだろう。「*スノードンの峯」（実は*早池峰山）や谷の樹木、雲の動き等の動的な景観への詩人の内的対応であろう。

状箱《じょうばこ》 【文】 古くは文箱《ふばこ》（ふみばこの略、文筥）とも言った。書状入れの箱、書状を入れて使いの者にもたせた細長い小形のものもあった。詩［春曇吉日］の冒頭に出てくる朱塗りの蓋のがそれで、家々を回覧するのは「明か清かの気風」とある。中国の明《みん》か清《しん》の風《ふ》情《ぜい》だな、の意。

浄瓶星座《じょうびんせいざ》 →浄瓶星座《じんびんせいざ》

成仏《じょうぶつ》 【宗】 悟りをひらいて仏陀（buddha）になること。*保阪嘉内あて書簡に例が多く、「一人成仏すれば*三千大千世界山川草木虫魚禽獣みなともに成仏だ」（簡［63］）、「わが成仏の日は山

川草木みな成仏する」（簡[76]）、「人間の世界の修羅の成仏」（簡[165]）等、天台教学（十界互具）にもとづく一切成仏観、特に法華経（↓妙法蓮華経）を背景にした日蓮の、この世に存在する一切を釈迦如来（↓釈迦牟尼）と同体とみて、現身《うつしみ》のまま仏となれる即身成仏の教えの強い影響が見られる。

浄瓶星座《じょうへいせいざ》　↓浄瓶星座《じんびんせいざ》

牆壁《しょうへき》、**牆（墻）壁仕立**《しょうへきじたて》　↓カンデラーブル

昇冪《しょうべき》　【科】　数学用語。多項式で、例えば$a+a^2+a^3$のように最低次数の項から順に高い次数の項を並べること。その反対は降冪《こうべき》。詩［昇冪銀盤］（↓銀の鏡）に「雪がまばゆい銀盤になり／山稜の藍いろの木の昇冪列が／そこに立派な像をうつし」とあるのは、山の尾根に木がだんだん高くなって並んでいる様を言ったもので、「昇冪列」は比喩として用いた賢治の造語で、数学用語ではない。

条片《じょうへん》　【レ】　詩［三原　第三部］に「三崎も遠く／かいろ青のそらの条片と雲のこっちにうかび」とある。辞書等にない語だが、空にできたすじ（条）のひとひら、条状のちぎれ雲であろうか。

正偏知《しょうへんち》　【宗】　samyak-sambuddha〈梵〉音訳は三藐《さんみゃく》三仏陀）の漢訳。仏の十号の一。正しい悟りを開いた仏・如来のこと。詩［名声］に「なべてのまことといつはりを／たゞそのまゝにしろしめす／正偏知をぞ恐るべく」、童［ビヂテリアン大祭］に「これその演説中数多《あまた》如来正偏知に対してあるべからざる言辞を弄したるによって明らか」、また童［四又の百合］（↓百合）には「正偏知はあしたの朝の七時ごろヒームキャ（↓ハームキヤ）の河をおわたりになって」、簡[178]には「全知の正偏知」、とある。

上慢《じょうまん》　【宗】　増《ぞう》上慢（adhimāna〈梵〉）の略。さらに略して慢。七慢のうちの一。高慢、貢高《こうこう》に同じ。まだ悟ってもいないのに悟ったと思い、驕《おご》り高ぶること。七慢とは、慢（うぬぼれ）、過慢（同等の相手より自分が上だと思う）、慢過慢（自分よりすぐれた者より自分が上だと思う）、我慢（自負心、自分本位）、増上慢、卑慢（非常にすぐれた相手にも自分はほんの少しだけ劣っていると思う）、邪慢（邪悪なことをしていてうぬぼれる）の七つを言う。文語詩［不軽《ふぎょう》菩薩］に「上慢四衆《ししゅ》の人ごとに／菩薩は礼をなしたまふ」、「われは不軽ぞかれは慢」とある。

声聞《しょうもん》　【宗】　śrāvaka〈梵〉の漢訳。修行者の意。もと仏法を師からよく聞き、学ぶ仏弟子の意から、自己の完成や自利のみを追う小乗（↓大乗）の徒として大乗の立場から批判されるに至った。「声聞・縁覚《えんがく》」とよく並称されるのも（これを二乗《にじょう》として）大乗の立場からの批判をこめた呼称である。縁覚は師につかず自力で、あるいは他の縁によって因縁の法をさとる（独覚《どくがく》する）修行者。大乗の立場から自己救済（自覚）のみか他者救済（他覚）を信条としていったのちの賢治には、そうした識別はたいせつだったと思われるが、しかし次の歌［七〇］の時点では、まだそこまでは意識されてはいず、単に修行者（僧）の意で用いられていよう。「（寒行の声聞たちよ鈴の音にかゞやきいづる星もありけり）」。

商略《しょうりゃく》　【文】【レ】　商売上の駆け引き。詩［冬］に「がらにもない商略なんぞたてやう（ママ）としたから／そんな嫌人症《ミザンスロピー》にとっつかまったんだ」とある。賢治は自ら「勿論私は商業を為しては損を致すべく」「私などが人に対する取引を致し候へば右の事業は全然失敗に終るべく候」（簡[73]）と言うように、駆け引き等は性格上苦《にが》

手《て》で、そうでなくても信仰上からもやれなかったろう。

商量《しょうりょう》 ↓公案《こうあん》

小林区《しょうりんく》【農】 大林《だいりん》区に対して用いられる。大林区とは営林局管内（一九二四年より、全国一〇局、すなわち一〇大林区＝北海道・青森・秋田・前橋・東京・長野・名古屋・大阪・高知・熊本）を指し、小林区とは各大林区所属の「営林署」管内（同上、全国三四〇署）を指す。短［十六日］に、「小林区の現場監督もしてゐた」とあり、劇［種山ヶ原の夜］でやりとりされる「小林区」（「すれば小林区ぁおれのごとふり見で笑ってよ」〈そしたら小林区はおれをふりむいて笑ってよ〉）は「小林区の菊池さん」（監督？）を指す。

小林区《しょうりんく》の菊池《きくち》さん歩《ある》ぐ人だもな、なぢょな崖《じがんけ》でも別段《べつだん》せぐでもなし 手《て》こふるますて、さっさっさっさど歩《ある》ぐもな【方】 小林区の菊池さんはよく歩く人だものな、どんな崖でも別段急ぐわけでもなく、手を振り回してさっさっさっさと歩くものな。「せぐ」は「急ぐ」の意。「手こ」の「こ」の用法は↓馬こもみんな今頃ぁ家さ行ぎ着だな。「ふるます」は「振り回す」の訛り。「さっさっさっさ」は歩き方が速い様子を表す擬態語。劇［種山ヶ原の夜］。

松林寺《しょうりんじ》【地】 寺の名にちなむ地名。その寺は岩手県稗貫郡石鳥谷《いしどりや》町（現花巻市）大字松林寺。石鳥谷駅の西南約三㎞。葛丸川が北上平野に出た所の南側にあたる。花巻温泉の北東約三㎞。地名の由来となった松林寺は天台宗寺門派の古寺だったが戦国期天文《てんぶん》年間に焼失、子安《こやす》地蔵堂がある（通称「松山の地蔵」）。詩［夏］（初行「もうどの稲も、…」）に農民の子どもを発心《ほっしん》前の地蔵菩薩にたとえて、「事実／松林寺の地蔵堂も／こゝから遠くないものだから／典型的なお地蔵さんの申し子だ」とある。なお、詩［〈地蔵堂の五本の巨杉《すぎ》が〉］の地蔵堂は別。↓天台寺《てんだいでら》

浄瑠璃《じょうるり》 ↓瑠璃《るり》

青蓮華《しょうれんげ》 ↓lotus

女学校《じょがっこう》【文】 旧制の高等女学校の略。略して高女とも言った。一九四七（昭和二二）年まで続いた女子中等教育機関。五年制（地方によっては、また戦時中は四年制）。一八八二（明治一五）年、東京女子師範学校（その後女子高等師範学校、現お茶の水女子大学）に全国初の高等女学校が付設されたが、「高等女学校令」はそれより遅れて一八九九（明治三二）年に制定され、各府県にその設置が義務づけられてから急速に普及した。それによれば高等女学校は「中等以上ノ社会ニ於ケル女子」を対象として「須要《しゅよう》ナル高等普通教育」を授けることを目的とし、良妻賢母主義に基づき、家事・裁縫、芸事中心の女子教育を施した。詩［〈北上川は熒気《(けいき)》をながしィ〉］（↓顥気《こうき》）、童［或る農学生の日誌］［イーハトーボ農学校の春］に登場する女学校は童［イギリス海岸］に「隣りの女学校」とあるように、賢治の勤めた稗貫郡立稗貫農学校（↓花巻農学校）の隣りの県立花巻高等女学校が、意識されていたと思われる。この花巻高女は妹宮沢トシが一九一一（明治四四）年に入学し、一九二〇（大正九）年には英語と家事担当の教諭として勤めた学校である。また、詩［病院の花壇］には、「女学校ではピアノの音」とあるが、音楽を通じて賢治と交流を深め合った藤原嘉藤治も花巻高女の音楽教師だった。

所感《しょかん》、**所感体**《しょかんたい》 ↓異空間《いくうかん》

蓐草《じょくそう》 ↓藁《わら》

食虫植物《しょくちゅうしょくぶつ》【植】 昆虫などを捕え、それを消化して栄養とする植物の総称。例えば、酸性湿地や高層湿原に自生する

*モウセンゴケは、捕虫すると葉身を屈曲させ包みこんで消化吸収する。水生のムジナモ属は、二枚貝のような葉身を開閉させて捕虫する。やはり水中や湿地に生えるタヌキモ属は、葉に捕虫嚢《のう》をもち、ミジンコなどを吸い込む。北米原産のサラセニアは蓋つきの円筒形の葉に落ち込む昆虫を消化する、等が代表的な例。童[*ビヂテリアン大祭]に「植物の中にだって食虫植物もある」、「食虫植物には小鳥を捕るのもあり、人間を殺すやつさへあるぞ」という愉快な反論が出てくる。

触媒《しょくばい》 【科】 化学反応の速度を早めたり、遅らせるために用いるが、それ自身は反応の前後で変化を受けない物質。バナジウムや*ニッケル、*白金等がよく用いられる。賢治の場合、この原理的意味で用いられているのは童[*フランドン農学校の*豚]で、豚が水やスリッパや*藁を食べて上等な脂肪や肉を形成するとき、その豚そのものを有機触媒に見たてている。他方で汽車の煙を指しているかのような、例えば詩[*清明どきの駅長]、[春　変奏曲]では「…列車は／いま*触媒の白金を噴いて」とあるのは煙そのものが触媒なのではなく、「*白金海綿」(触媒)のような「蒸気」ないし「煙」のイメージ。→白金《はっきん》

植物園《しょくぶつえん》 【文】【地】 東京帝国大学(現東大)理学部附属植物園(通称、小石川植物園)。東京市小石川区白山御殿町《はくさんごてんちょう》(現文京区白山)。歌[三四七]の題に「植物園」とある。

処士会同《しょしかいどう》 【民】 処士とは民間にあって(仕官などせず)活動しているひとのこと(出典『*孟子』)。そのひとたちの会合。詩[*産業組合青年会]に「熱誠有為《ゆうい》な村々の処士会同の夜半」とある。熱誠有為は、熱心でまじめ、将来に期待がもてる、の意。

女性岩手《じょせいいわて》 【文】 雑誌名。作品中には登場しないが、賢治が最晩年好意をよせ、寄稿者というより協力者の立場をとった女性雑誌。一九三二(昭和七)年八月一五日、創刊号、一九三四年一月一〇日、第九号(「宮沢賢治追悼号」)で終刊。編集兼発行者、多田保子《ただやすこ》(旧姓本名・長原ヤス、花巻高女〈→女学校〉卒、*宮沢トシと同級。トシが級長、ヤスが副級長をつとめたこともあり、二人は親友)。そのころ病臥中の賢治は創刊号に文語詩[民間薬]、同[選挙]、を発表、広告欄「祝創刊」中に名を列ねている。第四号に文語詩[祭日]、同[母]、同[保線工手《こうしゅ》]を、第七号に詩[花鳥図譜、七月、]([「*北上川は熒気《けいき》を流しィ」]〈→顥気《こうき》〉の改稿発表形)を生前発表している。終刊号の第九号(賢治の死は前年九月二一日だから同号は逝去約四か月後の刊行)には童[マリブロン(→マリヴロン)と少女](目次では「マリプロン」と誤植)が「宮沢賢治氏遺稿」として掲載されている。この雑誌は女性読者をこえて広く読まれた。賢治も意気ごんでいた文語詩発表のよき発表舞台として、また作者と編集者と読者との一体的な、生前彼が関係し発表した新聞や雑誌にはなかった共同体的意識の手ごたえを感じていたようである。当初、主幹役の多田保子は東京中心でない「地方女性の為の」「実際行動の上に一つの指標を与えようとする」公器として(創刊前の趣旨パンフレット「女性公論発行について皆様へお願い」による)創刊を思い立ったが、その趣旨に賢治は感じたのであろう、誌名も「女性公論」より「女性岩手」の方がよいと多田に進言し、多田も喜んでそれに従ったと言われる(右のパンフレットは現存する)。発刊

「女性岩手」

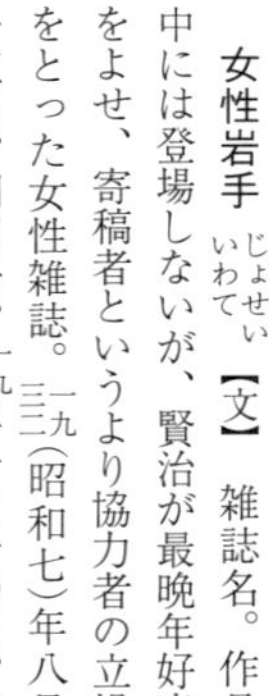

前からの賢治の肩入れがあったことをも示している。九号のうち生前の発表が篇数は別として三回だけというのは賢治の病勢の悪化が原因だった。終刊号の「遺稿」、［マリブロンと少女］は*宮沢清六の清書によるものであったことが「編輯後記」の紹介でわかる。

蔗糖溶液《しょたうやうえき》《しょとうようえき》【科】 サトウキビ（甘蔗）をしぼって*砂糖にする段階での溶液。詩［東岩手火山］（↓岩手山）に「濃い蔗糖溶液に」と火口丘の天空のイメージとして使われている。↓砂糖《さとう》

しょてらた ↓おれも荷物（にもづ）…

諸天《しょてん》 ↓浄居《じょうご》

ジョバンニ【人】 Giovanni（伊） 童［*銀河鉄道の夜］の主人公名。ヨーロッパ諸国では最もポピュラーな洗礼名。ヨルダン河でイエスに洗礼を施した預言者ヨハネ（Johannes）、あるいは伝承では「ヨハネ福音書」「ヨハネ黙示録」の著者とされるイエスの弟子ゼベダイの子、使徒ヨハネの名に基づく。ヨハンネス（ラテン）、ヨーハン（独）、ジャン（仏）、ジョン（英）、イヴァーン（露、日本ではイワンと言うが）等。［銀河鉄道の夜］の少年の命名については、哲学者カンパネルラ（↓カムパネルラ）のファースト名とする説をはじめ、ジョルダーノ・ブルーノ（↓モナド）の幼名、聖ジョバンニ騎士団名等さまざまの説がある。賢治がわざわざイタリア名にしたのには音楽の影響も考えられよう。例えばモーツァルトの「ドン・ジョバンニ」の台本はイタリア語だし、日本での上演ははるか後（第二次大戦後）だが、敏感博識の賢治はこの曲の存在をつとに知っていたかもしれない。また［銀河鉄道の夜］は、特に音楽的モチーフに富み、童話による交響詩としての側面をもつからである。童［*ひのきと*ひなげし］にも「こゝは　セントジョバンニ様のお庭だからな」とあり、*ヨハネ（詩［水汲み］）、ヨハンネス（詩［春*水星少女歌劇団一行］）の呼び名も見えるが、特に童［銀河鉄道の夜］の場合、*十字架や*讃美歌（↓Nearer My God）、神をめぐる議論、*ハルレヤの唱和、*ラッパの声、神々しい白いきものの人など、銀河鉄道のめぐる*天上界は美しいキリスト教的イメージに彩られており、それが「ヨハネ黙示録」の新天地の幻想的な描写（童［銀河鉄道の夜］に鳴り響くドヴォルザークの「*新世界交響楽」の影響源でもある）と深く結びついていることを考えると、迫害によりパトモス島に流され、その地で黙示的幻想を見てこの書を記したとされる使徒ヨハネが、賢治のジョバンニ命名の念頭にあったと考えることができよう。また聖ジョバンニ（マルタ）騎士団や、フィレンツェやアミアンの守護神が洗礼者ヨハネであり、六月二四日は聖ヨハネの祝日（誕生日）として各地で盛大な祭が催され（この祭は異教時代の夏至《げし》〈北半球で昼が最も長く、夜が最も短い。日本ではおおむね六月二一日〉を祝う祭を起源とすると言われている）、童［銀河鉄道の夜］の*ケンタウル祭（銀河の祭）も夏至の祭と交錯することを考え合わせると、ジョバンニ命名には、やはり洗礼者ヨハネが念頭にあったと考えられる。賢治はキリスト教にも強い関心があり、*花巻在の*斎藤宗次郎の強い影響を受けたことが知られている。ちなみにこの洗礼者ヨハネは、日本では明治なかばから大正にかけて、ビアズリー（イギリスのアール・ヌーヴォーの画家。アール・ヌーヴォーは*浮世絵の画法を取り入れた世紀末芸術運動。日本でも雑誌「明星」をはじめ恩地孝四郎、萩原朔太郎等、多方面に影響を与えた）の手によるオスカー・ワイルドの『サロメ』（一八九三）の挿絵で、かなり有名であった。その『サロメ』の

物語のもとになっているサロメ伝説でも、洗礼者ヨハネはメシア(救世主)にはなりきれず、メシアであるイエス・キリストに洗礼をさずけ、最後は王女サロメの命によって首を斬られてしまう(マルコ福音書によればガリラヤ領主によって断罪)。最後まで人間として生きた殉教者であった。そうしたヨハネ像が賢治に、そして特に[銀河鉄道の夜]に流れこんでいると考えることができよう。なお日本のキリシタンでは聖ジョアン(ヨハネのポルトガル語名)を寿安、如安と記した。*童[マグノリアの木]の主人公名「諒安」との関連も大いに考えられる。なぜならこの童話には「サンタ、マグノリア」「セント、マグノリア」(→サンタ・マリア)といったキリシタン風の語彙が見られるからである。もし、諒安が寿(如)安から出ているとすればジョバンニと諒安の出所は一つになり、賢治作品の内面的関連性を考える際の一つの問題点を提供することにもなろう。なお「銀河鉄道の夜」の初案が成る一九二四(大正一三)年七月に先立つ半年前、菊池寛は戯曲「真似」を発表(「新潮」一月号)しており、その主人公がジョバンニ、それらの影響も考えられるという板谷栄城《いたやえいき》の説もある。→ヨハネ、サンタ・マリア

ションョン【レ】 劇[饑餓陣営](→饑饉)で*バナナン大将の号令の中に挿まれる語。「では、集れっ。(総《すべ》て号令のごとく行はる。)シヨン。右ぃ習へ。直れっ。番号。」とある。入沢康夫によれば、当時兵式訓練等で、英語の号令attention(アテンション)を略して「気を付け」「注目」の意味で号令として用いたと言う。「直れ」は「もとにもどれ」の号令。

ジョンカルピン【人】 ジャン・カルヴァン(Jean Calvin 一五〇九～一五六四)のこと。フランス生まれのスイスの宗教改革者、神学者。神の尊厳を絶対化し、救霊予定説を重視し、洗礼と聖餐以外の聖礼典を一切拒否し、一方では世俗的な実践活動を重視した。一五四一年よりジュネーヴで聖書に基づく厳格な神政政治を断行した。彼の奨励した質素と勤労精神は、近代資本主義精神の形成に影響を与えたとも言われ、後にカルヴァン派プロテスタントはオランダを中心に商業国に多くの信者を得た。ルネサンス前後の都市共同体に関心を払っていた賢治にとって、彼の思想は、その生き方を含めて視野の中にあったと思われる。歌[二二四]には「ジョンカルピンに似たる男」と風貌のたとえに使われている。なお、一般的にはカルビンと表記される。

ジョン・ヒルガード【人】 John Hilgard *童[ビヂテリアン大祭]で名前のあがる人物。「ジョン・ヒルガードって何です」という問いに答えて、「喜劇役者ですよ。ニュウヨーク座の。けれどもヒルガードには眉間《(みけん)》にあんな傷痕《(きずあと)》がありません」とある。小沢俊郎等によれば、これは創作人名で、*盛岡高等農林の得業論文中に登場する地質学者の名を利用したものだと言う。

白樺《しらかば》【植】【レ】 シラカンバ、カバ。中部地方以北の日当たりのよい低山帯に群生する落葉高木。高さ二〇mほどになり、細工物によく使われる樹皮は白い薄皮で覆われ、それを横にはぐと淡褐色の樹皮が露出する。晩春、短枝に花穂を垂らし、黄色の小花を多数つける。賢治における樺の木の表現は何種類かに分類できるが(→樺)、白樺は中でも清楚で女性的な植物として描かれる。例えば、詩[*樺太鉄道]の「崖にならぶものは*聖白樺《セントベチュラアルバ》」は好例。また樹皮を剝《は》がれた白樺の表現も多い。擬人化ないし比喩的表現としても、歌[四一七]の「黄葉落ちて／象牙細工の白樺は」や、

詩〔北上山地の春〕の「白樺は焔(焰)をあげて／熱く酸っぱい樹液を噴けば」等の秀抜なイメージ。それに「白樺の薄皮が、隣りの牧夫《(ぼくふ)》によって戯むれに剝《(は)》がれた時、君はその緑色の冷たい*靭皮《(じんぴ)》の上に、繃帯をしてやるだらう」(牧夫は牧場従業員。劇「〔*蒼冷と純黒〕」)、「白樺の／かゞやく幹を剝き《(ママ)》しかば／みどりの傷はうるほひ出でぬ」(歌〔三二二〕)、「白樺の皮、剝いで来よ」(童〔タネリはたしかにいちにち嚙んでゐたやうだった〕〈→ホロタイタネリ〉)等の樹皮をめぐる悲傷のイメージ。ほかに「白樺はみな、／ねぢれた枝を東のそらの海の光へ伸ばし」「白樺の木は鋼のやうにりんりん鳴らす」(詩〔峠〕)、「白樺も日(→お日さま)に燃えて」(詩〔牧馬地方の春の歌〕)、「白樺は林のへりと憩《(やす)》みの草地に」(詩〔丘陵地を過ぎる〕)等、にぎやかに登場。ちなみに、文学史上有名な雑誌「白樺」(一九一〇～一九二三)も賢治の目にふれているはずであり、その影響関係も考えられる。→樺《かば》、聖白樺《セントベチュラアルバ》

白沢《しらさわ》 →大空滝《おおそらたき》

シラトリキキチ【人】 童〔税務署長の冒険〕に出てくる人物名。シラトリさん、シラトリ属、とも出てくる。属は属官、最下位の第四等官白鳥永吉《しらとりえいきち》(花巻税務署員、当時三二歳、濁密《だくみつ》(密造酒のどぶろく)検挙中に殴打負傷の記事、「岩手日報」一九二三(大正一二)年六月六日、――栗原敦調査)の名のもじりであろう。童〔税務署長の冒険〕に「税務署長はシラトリキキチに眼くばせして次を云ひました」等とある。

しらねあふひ《しらねあおい》【植】 白根葵。キンポウゲ科の多年草。山奥の樹下に自生する。高さ二〇cmほど。夏、茎の葉に美しい一輪花を咲かせる。花が葵《あおい》に似るのでその名がある。雑〔*修学旅行復命書〕に「しらねあふひ、ちごゆり、はくさんちどり」とあるが、ちごゆり(稚児百合)はユリ科の多年草。丘陵地の林に自生し、高さ二〇～四〇cmほど、春、茎の先に白色の可憐な花を一、二輪つける。はくさんちどり(白山千鳥)はラン科の高山性多年草。高さ三〇cmほど。六、七月ごろ、紅紫色の花が固まって咲く。

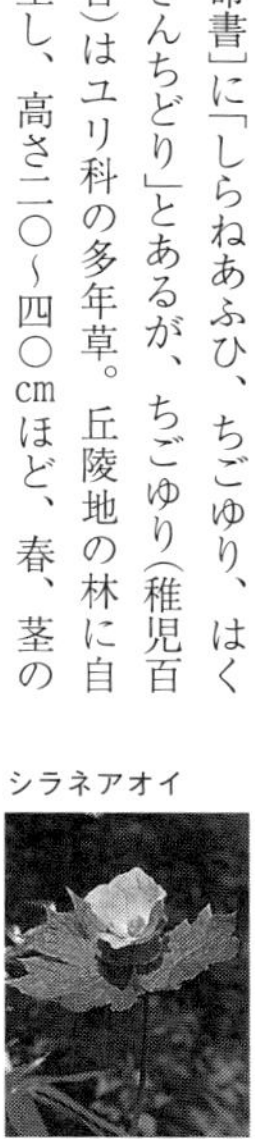
シラネアオイ

白藤《しらふじ》【人】 白藤慈秀《じしゅう》のこと。本名林之助。一八八九(明治二二)～一九七六(昭和五一) 賢治と*花巻農学校で同僚(物理・体操・国語等を担当)。*花巻川口町生まれ。岩手県師範学校卒、京都平安仏教専修学院卒。盛岡尋常高等小学校、湯口尋常高等小学校訓導を経、一九二一(大正一〇)年三月、稗貫農学校(のち花巻農学校)教諭となり(賢治より八か月早い)、一九二六年一二月に退職、*浄土真宗本願寺派の盛岡願教寺(住職*島地大等)の院代となる。文語詩〔〔*洪積の台のはてなる〕〕(→洪積世《こうせきせい》)に「このときに教諭白藤／灰いろの*イムバネス着て」とある。また、詩〔氷質の冗談〕に「白淵先生　北緯三十九度辺まで／アラビヤ魔神(→アラビアンナイト)が出て来ますのに／大本山《(だいほんざん)》からなんにもお振れ《(ママ)》がなかったですか」とある。白淵は白藤のもじりで、〈大本山〉とは西本願寺のこと。お振れはお触れ(通達)の誤記。

白淵先生《しらふちせんせい》 →白藤《しらふじ》

白百合《しらゆり》 →百合《ゆり》

シリウス →天狼星《てんろうせい》

硅酸《シリカ》《しりかか》【鉱】 岩石学では、二酸化珪素(SiO_2)の俗称として用いられる。→仮睡硅酸《かすいけいさん》

【しりよう】

資糧《しりよう》【レ】【宗】　資粮《しろう》とも言う。旅の資金と食糧。仏教用語としては、もう少し広義に、修行のための心がけを含めた準備、仕度を言う。一般用語としては古くから説話等によく出てくる。詩「永訣の朝」に「聖い資糧をもたらすやうに」(『春と修羅*』宮沢家訂正本では下句「もたらすことを」)と、死の世界に旅立つ妹トシ(→宮沢トシ)に賢治は祈る。これはほとんど宗教用語のニュアンスをおびている。

思量惑くして《しりょうわわくして》【レ】　文語詩に「〔たそがれ思量惑くして〕」がある。思量は考え、思い量《はか》ること。惑は普通マドウとしか読まないが、漢語の枉惑《わうわく》(おうわく。ごまかし、だます。人を惑わす)の転として、同義の古語、ワワクがある。動詞(下二段活用)としては「ぼろぼろになる、ちぎれ破れる」、形容詞としては「落着きがない、かるがるしい、さわがしい」の意。賢治はこの形容詞の意で用いたかと思われる。そう判読するてだてとして、岩手方言に、ほぼ同義の形容詞「アワク」があり、それも手伝っていたかと思われるからである。例えば「オオク」「クラク」等と読むより「ワワク」のほうが、はるかに由緒ある、妥当な読みと思われる。

しるく　→沃度《ようど》

シルレル先生とマグダル女史《しるれるせんせいとまぐだるじょし》【人】　詩「〔職員室に、こっちが一足《ひとあし》はいるやいなや(ママ)〕」下書稿㈠だけに出てくる教師の賢治らしいユーモラスな人名。シルレル先生は校長、たぶん女教師のマグダル女史は「紋付」の和服を着ていてますます滑稽である。ひらめいたニックネームであろう。こじつけるなら、前者はドイツの詩人のシルレル(シラーとも)、後者は聖書に出てくる更生した売春婦マグダレーナのもじりか。

シレージの塔《しれーじのとう》　→青柳教諭《あおやぎきょうゆ》

代《しろ》【農】　水田、または田植えの用意のできた田圃《たんぼ》。あるいは苗代《なわしろ》。文語詩「退職技手*《ぎて》」に「代にひたりて田螺*《たにし》ひろへり」とある。→籾緑金に生えそめし《もみりょっきんにはえそめし》

城址《しろあと》【文】　歌「一七六」の若書きの「城址《しろあと》の／あれ草に臥《ね》てこゝろむなし／のこぎりの音風にまじり来《く》。」には石川啄木『一握の砂』(一九一〇)の「我を愛する歌」中の「不来方《こずかた》のお城のあとの草に寝て空に吸はれし十五の心」の影響が顕著と思われるが(→岩手公園)賢治の城址は、しかし盛岡城址ではなくて花巻城址のこと。なぜなら風に乗ってくる「のこぎりの音」はイギリス*海岸近くの製材所(→製板)の音だからである。

しろいかがみ　→お日さま《おひさま》、喪神《そうしん》

白い鳥《しろいとり》【文】　詩「白い鳥」で、賢治は亡妹宮沢トシ*を白い鳥になったと歌っている。これは、この詩中にもある日本武尊*《やまとたけるのみこと》(倭建の命)の御陵にまつわる『古事記*』『日本書紀』の伝説をふまえたもの。命《みこと》は東征の帰途、伊勢国の能煩野《のぼの》(現三重県亀山市)で死に、魂は白鳥になり天*に登る。后たちが、「あさじぬはら　こしなづむ　そらはゆかすい　あしよゆくさ」「うみがゆけば　こしなずむ　おほかはらの　うゑぐさ　うみがはいさよふ」「はまつちどり　はまよはゆかず　いそづたふ」とうたいながら追いかけた。そして白鳥のとまったところ(河内国《かわちのくに》の志紀《しき》)に陵《みささぎ》を作った。しかし命の魂はさらに天に向かって登ってしまう。「白鳥の歌」(→鵠《こく》)は世界的に見られる「白鳥伝説」の日本版。詩「白い鳥」では「日本武尊の新らしい御陵の前に／おきさきたちがうちふして嘆き／そこからたまたま千鳥*が飛べば／それを尊のみたまとおもひ／蘆*

（芦）に足をも傷つけながら／海べをしたつて行かれたのだ」と歌われる。

白い頁に接吻《しろいぺーじにせっぷん》 【レ】 白い頁は聖書を指す。詩句は聖書に口づけして神に忠誠を誓うキリスト教の作法。詩ノート［「けさホーと縄とをになひ」］に「けさホー（↓草削《ほう》）と縄とをになひ／新らしくつくった泥よけ（↓脚絆《きゃはん》）を穿《（は）》いて／*十字軍の騎士の《（ママ）》やうに／白い頁に接吻して別れ／壁の上に影も残して／さわやかな風といっしょに出て来たのだが」とある。

白いみかげの胃《しろいみかげのい》 ↓花崗岩《かこうがん》、胃《コキエ》

白い湯気《しろいゆげ》 ↓アンドロメダ

白鰻《しろうなぎ》 【動】【レ】 童［よく利く薬とえらい薬］に雲の形容として「空では雲が白鰻のやうに光ったり」、「空では白鰻のやうな雲も」と出てくるが、実際には白鰻は存在せず、成長前のシラスウナギ（体長六cmほど）はいるが、成長すると背は黒に近くなる（腹部は白）。あくまで雲の感覚的表現であろう。

白雲母《しろうんも》 ↓*muscovite、雲母《うんも》

代掻《しろかき》 【農】 代は水田。あるいはその部分（苗代《なわしろ》等）。そこに水をたっぷり引き、土をよく砕いて平らにならす農作業。平らにならすのに木製のはしごや太い木材などで掻くように引いて行なうところから「掻き」の語を用いた。童［或る農学生の日誌］に「水が来なくなって下田の代掻ができなくなって」とある。下田《しもだ》は下の方の水田の意。

白狐《しろぎつね》 ↓狐《きつね》

白きペンキの窓《しろきぺんきのまど》 ↓白堊城《はくあじょう》

白熊《しろくま》 【動】 食肉目クマ科の獣。ホッキョクグマ。北極圏に生息。体長二〜三m。全身に白色の毛が密生し、足の裏にも毛がある（氷上での滑りどめの役割をする）。氷山や北氷洋の沿岸に棲み、泳ぎや潜水が得意。海獣、鳥、*魚、海草等を食する。毛皮の値上りとともに乱獲されて激減し、ために国際保護獣となっている。「白熊《しろくま》といふよりは雪狐《ゆきぎつね》（↓狐）と云《い》つた方がいいやうなすてきにもく〳〵した毛皮」（童［氷河鼠の毛皮］〈↓ねずみ〉）、「白熊の毛皮の*三角帽子をあみだにかぶり」（童［*水仙月の四日］）、「白熊は頭を掻きながら一生懸命向ふへ走って行きました」（童［月夜のけだもの］）、「白熊は居るしね、*テッデーベーヤさ」（童［風野又三郎］〈↓風の又三郎〉）、「山脈は若い白熊の貴族の屍体《（したい）》のやうにしづかに白く横《（よこた）》はり」（童［*シグナルとシグナレス］）等。

シロッコ 【天】 scirocco（伊） 地中海を渡る熱風。南のアフリカ北岸から北方ヨーロッパの南岸に向かって吹く。地中海を渡る間に湿った風となる。詩［「*馬が一疋」］には「マイナスのシロッコともいふやうな／乾いてつめたい風」とあり、つめたいのは「マイナス」のため。文語詩［「さき立つ名誉村長は」］にも「過冷のシロッコ」とある。いずれも地中海のそれではなく、よくやる賢治の比喩で、シロッコみたいな風。

白つめくさ《しろつめくさ》 【植】 マメ科の多年草。アジアやヨーロッパ、アフリカの温暖地原産。牧草地によく見られ、クローバーの名で親しまれている（短［「旅人のはなし」から］にはクローバアで出てくる）。葉はふつう互生して三個の小葉をもつ複葉。まれに四つ葉以上のクローバーもある。花は蝶形花が多数散形についたもので白色を呈す。たまに淡紅色のものもある。童［洞熊《（ほらくま）》学校

シロツメクサ

を卒業した三人」では「小さなぼんぼりのやうな花」とある。童「*ポランの広場」では、「まるで本統《（ママ）》の石英ランプ(→石英)でできてゐるやう」「夕方の青いあかりがつめくさにぼんやり注いであの葉の爪の形の紋もよく見えなくなり」等、夕方のほの白いあかりにたとえている。童「*ひのきと*ひなげし」初期形では、つめくさが旅人のために青白い花の灯をともした功徳で青蓮《しょうれん》華《げ》(→lotus)に生まれかわるエピソードがひのきによって語られる。これは松山俊太郎によれば「然燈仏授記本生譚《ねんとうぶつじゅきほんしょうたん》」(*釈迦牟尼に前世で将来*成仏《じょうぶつ》すると予言を授けた然燈仏にまつわる釈迦の伝説)がヒントになっていると言う。然燈仏は燃燈仏とも書くが、善恵《ぜんえ》という仙人が泥道にみずからの髪を敷いて燃燈仏を通らせたという『仏説太子瑞応本起経《ずいおうほんききょう》』の所伝とも「ひのきとひなげし」のエピソードの内容は通じあう。このほか、*赤つめくさも登場。ほかに詩「〔それでは計算いたしませう〕」「*小岩井農場」等。→赤つめくさ　あかつめくさ

白手甲《しろてかう》　しろてこう　→手甲　てこう

ジロフォン【音】　シロフォン(xylophone)。英語では通常ザイロフォーンと発音されるが、賢治表記の「ジロフォン」という発音もある。音板の下に共鳴管のない木琴(共鳴管のある木琴はマリンバ)。打楽器の一。詩「〔北いっぱいの星ぞらに〕」には「あちこち白い*楢の木立と／降るやうな虫のジロフォン」、童「*銀河鉄道の夜」には「森の中からは*オーケストラベルやジロフォンにまぢ《（ママ）》って何とも云へずきれいな音いろが、とけるやうに浸みるやうに風につれて流れて来る」とある。ほかに文語詩「〔われ聴衆に会釈《（えしゃく）》して〕」、「東京」詩篇の詩「恋敵《（こいがたき）》ジロフォンを撃つ」等にも登場。

紫波の城　しわのしろ【地】　文語詩「丘」に「野をはるに北をのぞめば／紫波の城の二本の*杉」とある紫波の城は、岩手県紫波《しわ》郡*日詰《ひづめ》町(現紫波町日詰)にある城山で、高さ一八一m。*北上川岸に立つ。かつては、坂上田村麻呂が八〇三年に造営した斯波《しわ》(志波)城址ではないかと言われ、また音が同じであるところから(木村圭一説ではシワはアイヌ語の*鮭＝シペ、シベに発する)両者混同されたりもするが、別の城址である。なお、紫波町出身で賢治の姻戚にもあたり、影響を与えた作家の野村胡堂がいる。→広重　ひろしげ

参　しん【天】　*オリオン座のベルトにあたる三つ星のこと(「オリオン」項星座図参照)。星座二十八宿の一、辰《しん》(*さそり座三星)と呼応する。中国では参と辰は仲の悪い兄弟にたとえられた。日本ではこの三つ星と、大星雲を含む小三つ星を結んで「唐鋤《からすき》星」と呼び、また、η星を加えて「さかます星」と呼んだりする。童「*なめとこ山の熊」に「*すばるや参の星が緑や橙にちらちらして」とある。

浸液アルコール　しんえきあるこーる　→アルコール

蜃気楼　しんきろう【天】　ミラージュ(mirage〈仏〉)。古くは、蜃《しん》(大はまぐり、または蛟《みずち》＝*竜あるいは鯱《しゃち》の類とされる空想上の動物)が気を吐いて楼(高い立派な建物)の姿が現われたと考えたところから、この名がある。一種の物理的な幻覚。地面水面上の大気温度が異常に高(低)くなり、*屈折率が高度にそって変化することで、遠方の物体が違った位置に見える*現象。「海市《かいし》」、「狐の森」などの名がある。詩「〔今日もまたしやうがないな〕」には「正門ぎはのアカシヤ列は／茶いろな莢《（さや）》をたくさんつけて／蜃気楼そっくり／脚をぼんやり…」とあり、同じ『春と*修羅』第二集の詩「*奏鳴的説明」の先駆発表形「奏鳴四一九」には「これは吹雪《ふぶき》が映《うつ》したる／*硼砂《ほうさ》の

嵐*Rap《ラプ》 Nor《ノール》(湖《こ》)の*幻燈《げんたう》でございます/まばゆい*流沙《るさ》の蜃気楼《しんきろう》でございます」(ルビは校友会雑誌発表形のママ)と冒頭にある。

真空《しんくう》 【天】【科】 賢治は童[銀河鉄道の夜]の中で、「真空」を「光をある速さで伝えるもの」と記している。また、「真空」を「川の水にあたる」とも記している。「ジョバンニは、走ってその渚《なぎさ》に行って、水に手をひたしました。けれどもあやしいその銀河の水は、水素よりももっとすきとおっていたのです。それでもたしかに流れていたことは、二人の手首の、水にひたったとこが、少し水銀いろに浮《う》いたように見え、その手首にぶっつかってできた波は、うつくしい燐光《りんこう》をあげて、ちらちらと燃えるように見えたのでもわかりました」と記されている。この場合「真空」は気相であり、その意味では、童[銀河鉄道の夜]で賢治の用いる「真空」には常にエーテル(→エーテル)のイメージがつきまとっている。これまで童[銀河鉄道の夜]での「真空」の記述が、アインシュタインの特殊相対性原理の受容を意味すると解釈されてきたが、検討を要するかもしれない。賢治の「真空」理解は、光が横波で電磁気と一体の現象であることを予言したマクスウェルに近いところがある。マクスウェルはエーテルの存在を前提としており、この点も賢治の「真空」の認識に近い。賢治の「真空」の用例を挙げてみると、異空間との関わりにおいて用いられていることが特徴的である。「光や熱や電気や位置エネルギー(中略)畢竟どれも真空自身と云ふ」(詩[五輪峠]下書稿)。メモ[思1]に「一、異空間の実在 天と餓鬼、分子―原子―電子―真空」とあり、「真空」は異構成につながる「異単元」と線で結ばれている。また、詩[五輪峠]に「物質全部を電子に帰し/電子を真空異相といへば/いまとすこしもかはらない」とあり、また詩[〔そしてわたくしはまもなく死ぬのだらう〕]関連稿[(一九二九年二月)]に「われとは何かを考へる(中略)結局さまざまの分子で/幾十種かの原子の結合/原子は結局真空の一体」とある。賢治は電子や原子といった極微の存在を、相を異にしてはいるが、結局は真空と同じ「真空異相」と考えているようだ。

真空異相《しんくういそう》 →真空《しんくう》

真空溶媒《しんくうようばい》 【科】【レ】 賢治の造語(合成語)か。溶媒とは物質を一様に溶解させる液体のこと。賢治は「真空」に溶媒としての働きをもたせている。用例は詩[真空溶媒]のみ。「恐るべくかなしむべき真空溶媒」は、氷ひばりやステッキ、上着、チョッキ、果ては教師自身にも作用しだす。詩[真空溶媒]は「真空」にすべてのものを吸い取られてしまうという、超現実的で、幻覚とも解せる出来事をユーモラスに描いた作品といえるが、真空溶媒の作用の根元的なところに、意識の消失や意識の変容という「詩人」自身の問題が潜んでいる点、着目しておきたい。賢治らしい大胆な合成造語だが、詩[真空溶媒]での「零下二千度の真空溶媒のなかに」といった表現は、*気圏の大気そのものというより、天椀の底、宇宙空間の果てをイメージさせるだろう。なお、零下二千度は実在しない幻想的低温度である。熱力学上考え得る最低温度「絶対零度」は摂氏零下二七三・一六度。→虚空《こくう》

晨光《しんこう》 →晨明《しんめい》

信号標《しんごうひょう》、**信号旗**《しんごうき》、**信号手**《しんごうしゅ》 →シグナル

しんこ細工《しんこざいく》 【文】 糝粉細工。水でこねた米の粉で花鳥、人形等を作る。粉掻《こながき》細工とも言った。童[ペンネンネンネ

ン・ネネムの伝記」。

真言《しんごん》【宗】 梵語のマントラ(mantra)の漢訳。悪を払い、善を保持する呪文、*陀羅尼《だらに》と同義。比較的に長句のものを陀羅尼、短句のを真言と言う。賢治の場合、仏、*菩薩への帰依《きえ》、祈願をこめて用いる場合が多い。ス[一二]に「わがもとむるは*まことのことば/雨の中なる真言なり」、文語詩[早春]にも同じ詩句が出てくる。この[早春]の下書稿㈣では、賢治は〈真言〉の語を一度〈陀羅尼〉と書き直している。イメージに富む「雨の中なる真言」がどのような真言であるかさまざまの解釈もできようが、ある激しい情感を伴って、賢治の帰依する〈*ナモサダルマプフンダリカサスートラ(*南無妙法蓮華経)〉の*唱題が想像され、あるいは詩[春と*修羅]の「修羅のなみだはつちにふる」の詩句も連想されよう。なお、詩[*河原坊(山脚の*黎明)]の「真言か天台かわからない」は、それぞれ真言宗、天台宗(ともに→密教)のこと。

参差《しんし》【レ】 ふぞろいなさま。詩[大島紀行](〔三原三部先駆形〕)に「東京と横浜市とをつらねるものは/一列参差の木立であって」とある。ちなみに、中国唐時代の詩人温庭筠《おんていいん》(八一二~八七二頃)に「銀河耿耿星参差」(耿耿《こうこう》は光り輝くさま)の詩句がある。漢詩文にも通じた賢治への影響もおおいに考えられよう。

真実義《しんじつぎ》【宗】 真実の教え、最高の教えの意味。簡[389]に「(真実義《シンジツギ》トモイフ)」とある。これは同書簡に見える「願解如来《グワンゲニョライ》第一義」(開経偈の最終句)の「第一義」を指し、「真実義」と言い換えたもの。偈《げ》(→迦陀《かだ》)の意味は「どうか仏の真実の教えを理解させていただきたい」ということ。

浸種《しんしゅ》【農】 種子又は蚕種を水に浸す作業。種子の場合は、水を充分に吸収させ発芽を早めるために、蚕種の場合は、弱いものを除き、付着している菌を洗い流すために行なう。詩[*塩水撰・浸種]に「塩水選《(ママ)》が済んでもういちど水を張る/*陸羽一三二号/これを最后《(ママ)》に水を切れば/*穎果《(えいか)》の尖《(さき)》が赤褐色で/*うるうるとして水にぬれ/一つぶづつが*苔《(こけ)》か何かの花のやう」とある。

真珠《しんじゅ》【鉱】 パール(Pearl) 白珠(しらたま)とも。アコヤガイやシロチョウガイ、クロチョウガイ等の貝の体内に挿入した核を中心に、貝の生理作用によって作られる宝石。乳白色のものが多いがピンク系や黒真珠もある。無機質の*アラゴナイト層と有機質のコンキオリン層の積み重なりによって独特の光沢(*オリエント効果)を放つ。軟らかいので傷つきやすく、また*酸にも弱い。日本は一九〇五(明治三八)年に御木本幸吉《みきもとこうきち》のアコヤガイでの養殖の成功で、世界的な真珠生産国となった。古来から歌にうたいこまれてきた真珠だが、賢治にも独特の感覚的用法が見られる。*月長石と同様、おぼろな*月の表現に使った例があり、童[*かしはばやしの夜]では「月の光は真珠のやうに、すこしおぼろになり」、童[*雪渡り]でも「お月様はまるで真珠のお皿です」、詩[*河原坊(山脚の*黎明)]にも「いま鉛いろに錆びて/月さへ遂に消えて行く/……真珠が曇り*蛋白石が死ぬやうに……」とある。その他、*麦や*とうもろこしの実の比喩として使った童[畑のへり(初期形)][*銀河鉄道の夜][ペンネンネンネンネン・ネネムの伝記](→昆布)がある。詩[*蠕虫《アンネリダ》舞手《タンツェーリン》]では蠕虫についた気泡のたとえだが、「真珠もじつはまがひもの/*ガラスどころか空気だま」と模造真珠を持ち出している。詩[風の*偏倚《(へんい)》]で*杉の色に使われた黒真珠は、真珠中最高価で、暗灰色の真珠のこと。

心象スケッチ《しんしょうすけっち》 【文】【レ】 メンタルスケッチ(mental sketch)。恩田逸夫《いつお》によれば「心象」の語は大正期でも必ずしも一般的な語ではなかったとして、影響源としては伊達《だて》源一郎編『ベルグソン』(一九一五)や*西条八十《やそ》『砂金』(一九一九)の自序等をあげている。西条のものは次のとおり。「閃々として去来し、過ぎては遂に捉ふる事なき梢頭の風の如き心象、迂遠《うえん》な環境描写や、粗硬な説明辞を以てしてはその横顔《プロファイル》をすら示し得ない吾人が日夜の心象の記録を、出来得るかぎり完全に作り置かうとするのが私の願ひである」。西条の「心象」の語はタゴールの訳詩集(『ギタンヂヤリ』増野《ましの》三良《さぶろう》訳(一九一五)東雲堂)の序文(原文イエィツ→アリイルスチュアール)に繰返される訳語「神と慕ふ心の心象《イメージ》」からの影響と思われる。この訳詩集を賢治も読んだにちがいない(→テパーンタール砂漠)とすれば、西条経由でなく、賢治直接の摂取であるかもしれない。境忠一は、今日の「心像」と同意の、image(イメージ)の訳語と考え、大同館の『哲学大辞典』(一九一二)に「心象」の訳語があることを指摘している。賢治詩にも確かに一例、詩[〔高原の空線もなだらに暗く〕]に「この県道のたそがれに/あゝ心象《イメーヂ》の*高清《たかせい》は/しづかな磁製の感じにかはる」がある。栗原敦は西田幾多郎《きたろう》『善の研究』(一九一一)中に「心象」の語が見られ、賢治の「心象」との内容の近似性を指摘している。ところで「心象」の語は明治期の作品にもいくつか見いだすことが可能である。日本の近代詩に絶大な影響を与えた上田敏の『海潮音』(一九〇五)には、象徴詩について語ったマラルメの言葉の訳として、「物象を静観して、これが喚起したる幻想の裡《うち》、自《(おのずか)》ら心象の飛揚する時は《歌》成る」の一節がある。木下杢太郎《もくたろう》が北原白秋の『邪宗門』(一九〇九)を評した文の一節にも「…哲学でも系統的人生観でも『悪の華』でも、現実暴露でもなくて、単に簡単なる心象《しんぞう》及び感情の複雑なる配列である。固《もと》より心象、感情は作者にアグリアブルである条件のもとに整へられて居るけれども、…」(アグリアブル agreeable は意に適うこと)がある。白秋も『邪宗門』の序で「予が幻覚には自ら真に感じたる官能の根抵あり」と言っており、賢治とも共通する唯心的立場を強調している。このほか小栗風葉《おぐりふうよう》や長与善郎《ながよよしろう》の小説にも「心象」の語が見いだせる。これらのさまざまな先行文学者の用例を離れて、賢治の場合を考えてみると、「心象」の意味は、まず、心の中で起こる現象という意味での「こゝろの風物」(*『春と修羅』[序])を意味しよう。問題は「こゝろ」自体の意味づけで、『春と修羅』[序]によれば、「こゝろ」はもちろん「わたくし」の「こゝろ」だが、「わたくし」は「*現象」であり「仮定された有機交流電燈(→電燈)」である。交流とは「風景やみんなといつしよに/せはしくせはしく*明滅」すること。これは「風景やみんな」とわたくしの心が交流する意味と、こころ自体が交流電気のイメージ、すなわち一種の光のパルス波(明滅)の現象を呈する意味との両者が考えられるが、おそらく両方の意味を込めているのであろう。「有機」の言葉には明らかに、存在(わたくし)意識のダイナミックな相対化の意図が込められ、続く「因果交流電燈」(→電燈)の「因果」には時間意識(現在)のプログレッシヴ(進行的)な相対化の意図が含まれている。だからこそ「せはしくせはしく明滅」と、その運動体としてのダイナミズムが確認される。そして、その明滅の、すなわち「かげとひかりのひとくさりづつ」を、そのとおり記録したものが賢治のみずから言う「心象スケッチ」なのである。しかも「こゝろのひとつの風物」、「けしき」

として記録されるその心象スケッチは、けっしてわたくしだけのものではなく、「虚無ならば虚無自身」さえも「みんなに共通」する。「わたくしと明滅し／みんなが同時に感ずるもの」であり、「すべてがわたくしの中のみんなであるやうに／みんなのおのおののなかのすべて」であることを賢治は強調する。そこに彼の「心象」認識の、ひいては詩や童話に対する考えの、独特の境地がある。なぜなら、さきの「わたくし」の相対化、時間の相対化とともに、そのときどきの「心象」の普遍を信じ（人間ばかりか人間と同格である*銀河や修羅や*海胆までも）「ある程度まではみんなに共通」することを彼は信じ、かつ希求しているからである。さらに注目すべきことは、謙虚ともいうべき存在と時間の相対化と、それゆえに万物共存、遍照の強い希求を「心象」に込めながら、その表現としての「紙と*鉱質インクをつらね」た心象スケッチの、いわば永遠性を賢治は信じていたと思われる点である。同じく『春と修羅』［序］でいえば「（ひかりはたもち　その*電燈は失はれ）」の一行がそれを示す。交流電燈としての存在や時間は消滅しても、その「青い照明」の光は保たれ、かがやきつづけるであろう、と言っている点である。賢治の「心象」や「心象スケッチ」の認識に多かれ少なかれ影響や刺激を与えていると思われる先駆者たちの考え（ショーペンハウエルの「世界は私の表象である」やライプニッツの*モナド論＝無窓の単子でかつ宇宙の生ける鏡）や、*北原白秋や石川啄木の「心」の姿への関心、あるいはアーサー・シモンズの「表象主義」（当時は象徴主義をそう訳した）の影響による人見東明《ひとみとうめい》の「気分詩《ムード》」、「プリズミスト」の山村暮鳥、萩原朔太郎の「心理のリアリティ」、相馬御風《そうまぎょふう》の「純なる自己心中の叫び」、岩野泡鳴《ほうめい》の「サイコロジカルポエトリー」（心理学的詩歌）等々とどこかで通じるものをもちながら、賢治の「心象スケッチ」の自覚はひとりぬきん出ている。そのことはそのまま文学のありようにもかかわる。そこで問題なのは「記録」という、「スケッチ」の方法である。心理の直截《ちょくせつ》的な表現は明治末以来の時代的要請であり、その点では賢治もやはり時代の申し子であるとも言えるが、彼の場合は以上述べた「心象」の認識とも密接に結びついてくる。すなわち「心象」はライプニッツふうに言えば世界の鏡であり、しかも相対化され普遍を目ざすある時空の「現象」である。宇佐美英治《えいじ》は、『明るさの神秘』（一九六六）で（賢治の言う）「心象は西欧的観念でいえば、プシシスム、古代ギリシャ人がその不滅を信じていたプシュケーの働きに近い」と言う（著者注、プシュケーは人間の魂や吐く息をさすギリシア語↓息）。賢治にとってそのスケッチは、しかし、あくまでそうした行為としての、ベルグソンの言う「生の躍動《エラン・ヴィタル》」としての必死の方法であり、文学がそれ自体で孤立し、独立した芸術であることを彼は否定する。「詩集」という既成の語を忌み、『春と修羅』にあえて「心象スケッチ」の名を冠し、かつ童話の場合も「この童話集の一列は実に作者の心象スケッチの一部である」（傍点原文、賢治自筆とされている『注文の多い料理店』広告文）と言い、あえて「*イーハトヴ童話」と彼は呼んだ。また自分の文学的いとなみを「心理学的な仕事」（簡［200］）と称しているのも、理解できよう。具体的な「心象」の用例としては、まず詩［春と修羅］の「mental sketch modified」（モディファイド）は「修〈装〉飾された」「変形された」「構成された」等の意）、この詩の出だしの「心象のはいい《*（ママ）》ろはがねから／*あけびのつるはくもにからまり」があり、「天河石《てんがせき》（↓天河石《アマゾンストーン》）、心象《しんしゃう》のそら」「心象の燐光盤」(ス[六八])、「わたくしの心象は／つかれのためにすつかり青ざめて／眩ゆい緑金」(詩[オホーツク挽歌])等は空間を硬質の鉱物質として把握したもので、境忠一が指摘したように「視覚的実在感」が強い。ほかに童[風野又三郎](↓風の又三郎)の関連メモ(帳[兄妹像手帳]四頁)には「Mental Sketch revived」の語もある(revived リヴァイヴドは再生された、復活した、の意)。またモナドの定義に近い詩[小岩井農場 パート九]の「ちいさな《(ママ)》自分を劃ることのできない／この不可思議な大きな心象宙宇《(ちゅうう)》」(劃るはクギる、カギる)等、特に『春と修羅』第一集の重要なキー・ワードとしての位置を占める。↓現象《げんしよう》

心塵身劬《しんじんしんく》 【宗】【レ】 心の塵《けが》れと身の劬《つか》れ(劬は労、苦に同じ)。詩[県技師の雲に対するステートメント]に「小官はこの峠の上のうすびかりする浩気から／またここを通る野ばらのかほ《(ママ)》りあるつめたい風から／また山谷《(さんや)》の凄まじくも青い刻鏤《(こくろう)》から／心塵身劬ひとしくともに濯《(あら)》はうと」(濯は洗と同義)とある。刻鏤は彫りつけること。転じて山谷の深い起伏のさま。↓浩気《こうき》

新生代沖積世《しんせいだいちゅうせきせい》 ↓沖積世《ちゅうせきせい》、中生代《ちゅうせいだい》

新世界交響楽《しんせかいこうきょうがく》 【音】 チェコ、ボヘミヤの作曲家ドヴォルザーク(A. Dvořák 一八四一～一九〇四)の交響曲第九番ホ短調。ドヴォルザークのアメリカ滞在中(一八九三)に作曲された名曲。作者自身が「新世界より(From the New World)」と呼んでいたという。黒人霊歌やアメリカインディアンの歌を素材にしたもの。第二楽章ラルゴは、イングリッシュホルンの奏でる憂いのあるメロディーで人口に膾炙《かいしゃ》し、日本でも「家路」の名で歌われている。賢治はこの曲に独自の歌詞「春はまだきの朱雲《あけ》を／アルペン農の汗に燃し…」をつけ、曲[種山ヶ原]とした。賢治が詩の中によく使うLargo(↓ラルゴ)もこの曲を念頭に置いたものであろう。童[銀河鉄道の夜]の中ではコロラド高原のような場所でインディアンの登場とともに鳴り響いてくる。賢治がしばしば銀河鉄道と呼び、高原を走る様子を音楽的に詩で描いてきた岩手軽便鉄道のイメージがふくらみ、これに星座位相が結びついて時空一体となった、まさに交響楽を展開する。その影響は詩[冬と銀河ステーション][岩手軽便鉄道 七月(ジャズ)][〔topaz のそらはうごかず〕](↓トッパース)等にも及んでいよう。当時のビクターカタログにはラルゴだけの盤が二枚、フィラデルフィア交響楽団とビクター・コンサート・オーケストラのものとがある。詩[冬と銀河ステーション]中には「Josef Pasternack の指揮する／この冬の銀河軽便鉄道は」とあるから、賢治は後者のレコード(パスターナック指揮)を念頭に置いたのであろう。ちなみにドヴォルザークも鉄道マニアだったといわれ、その点でも賢治と親近しよう。

心相《しんそう》 【宗】 心のすがた。心の想念。詩[白い鳥]に「あんな大きな心相の／光の環《くわん》は風景の中にすくない」とあるのは、同詩のくらかけ山のふもとの「すてきに光つてゐる」風景を、みずからの心象(↓心象スケッチ)としてとらえたもの。心相のたよりない変化を、空模様のそれに託した文語詩[心相]がある。↓鶯王《がおう》

仁丹《じんたん》 【文】 救急常備及び口中清涼剤として、大阪、森下南陽堂(一八九三年創業)から一九〇五(明治三八)年二月懐中薬「仁丹」として発売された赤い大粒の薬が始まり。仁丹は、中国人の常備する丸薬(日本にも早く伝わっていた仁丹に似た外郎《ういろう》等)にヒントを得てつくられたといわれる。賢治の父宮沢政次郎あての簡[132]に「往

来には仁丹を少しづゝ嚙み」等とある。ちなみに、礼帽を冠《かぶ》ったビスマルク（ドイツ統一を図った政治的な英雄）の横顔をかたどった仁丹の絵看板は第二次大戦中まで全国津々浦々に立っていた。

真鍮《しんちゅう》 【鉱】 黄銅《おうどう》のこと。ブラス（brass）とも。銅と亜鉛の合金で、亜鉛が二〇％以上のもの。亜鉛が多くなるにつれて、色彩が銅赤色から黄色に変わる。金に似ているためニセ金《きん》とも言った。賢治作品では脂肪、脂肪酸（→カルボン酸）と結びつけている例が特異である。歌［三八二］の「にせものゝ／真鍮の脂肪をもてるその男／青ぞらの下をそゞろあるけり」はその一例。詩［青森挽歌］の「真鍮の睡さうな脂肪酸にみち／車室の五つの電燈は／いよいよつめたく液化され」は、空間をしばしばコロイド溶液でとらえる賢治の夜明け前の車室内描写で、疲労のためぼんやり目に写る黄色電燈に照らされた車室を、真鍮の黄色と脂肪酸とを結びつけて表現したもの。ほか、詩［牛］では、「黄銅いろの月あかり」、詩［〔硫黄いろした天球を〕］（→穹窿）では、「最后《ママ》に湿った真鍮を／二きれ投げて日は沈み」と、太陽（→お日さま）や月の光の描写に使っている。ス［一四］及び文語詩［〔つめたき朝の真鍮に〕］の「つめたき朝の真鍮に／胸をくるしと盛りまつり」は仏前に供える真鍮製の小さな供飯《くはん》器。朝の天空の感覚の反映がある。詩［風と反感］に「そんな《ママ》おかしな反感だか何だか／真鍮いろの皿みたいなものを／風のなかからちぎって投げてよこしても」は、反感を投げつけることの比喩で、黄金に対するにせもののイメージ。反感の感情が込められている。詩［発動機船〔断片〕］の「船は真鍮のラッパを吹いて」、『春と修羅』補遺の詩［津軽海峡］の最終行では、船員が「ブラスのてすりを拭いて来る」とあるが、これらは金管楽器・金属の真鍮のこと。詩［第四梯形］（→七つ森）では畑の色の描写。童［銀河鉄道の夜］や童［黒ぶだう］では真鍮のボタンや手すりが登場する。

真鍮棒《しんちゅうぼう》 【文】 列車の単線区間の通票（駅長と運転士がやりとりした駅の安全通過票）。タブレット（tablet 輪型）採用以前のものは真鍮製のバトン状の棒だった。詩［青森挽歌］に「せいたかくあほじろい《ママ》駅長の／真鍮棒もみえなければ／じつは駅長のかげもないのだ」とある。「タブレット」は詩［岩手軽便鉄道　七月（ジャズ）］や、童［ビヂテリアン大祭］等に出てくる。

神通力《じんつうりき》 【宗】 神力《じんりき》、威神力《いじんりき》に同じ。神通力にも多種あるが六神通《ろくじんつう》がよく知られる。①神足《じんそく》通（思いどおりにどこにでも飛行していける能力）、②天眼《てんげん》通（あらゆる世界の事がらを見通す能力）、③天耳《てんに》通（あらゆる遠近の声を聞き取る能力）、④他心通（他人の心のありさまを知る能力）、⑤宿命《しゅくみょう》通（過去の様子を知る能力）、⑥漏尽《ろうじん》通（煩悩を断ち切る智慧を得る能力）。簡［49］に「いつか御約束した願はこの度一生で終る訳ではありませんから今度も又神通力によって日本に生れ」とある。

震天《しんてん》 【動】【農】 馬の名。一九〇四（明治三七）年、気仙産馬組合産、岩手県一となった栗毛の牡馬。詩［軍馬補充部主事］に「震天がもう走って居るな」等とある。

塵点の劫《じんてんのこう》 【宗】 法華経（→妙法蓮華経）で説く、三千塵点劫（化城喩品《けじょうゆほん》第七）と五百塵点劫（如来寿量品第十六）のこと。どちらも久遠、永遠の時間を意味する。帳［雨ニモマケズ］の鉛筆さしの内側に丸めて入れてあった紙片に「塵点の／劫《こう》をし／過ぎて／いましこの／妙のみ法《のり》に／あひまつ／りしを」とある。「妙のみ法」とは*妙法蓮華経のことで、最後の「を」は強い詠嘆の終助詞。歌意は「永遠の時の流れを過ぎて、今生において今こそ妙法にあいたてまつることができたことだ」という歓びを詠ったもの。身延山久遠《みのぶさんくおん》寺（日蓮宗総本山、山梨県南巨摩《こま》郡在）境内の賢治歌碑には賢治の肉筆を拡大したこの歌が刻まれている。

心土《しんど》【農】田や畑の表土の下層にあって、耕す際にすき返されない土のこと。冨手一《とみてはじめ》あて簡〔229〕。

身土《しんど》【宗】身体（心も含む）と、そのおかれている世界のこと。現在のわれわれの身心とその国土は、前世の*業（行為）の報いとして存在するという考え方。*依正《えしょう》とも言う。詩〔*産業組合青年会〕に「祀《まつ》られざるも神には神の身土がある」とある。

辛度《しんど》【地】Sind　パキスタン南東部、インダス川（Indus）下流地域を占める州名（辛度の表記は古くはインドの漢音表記でもあった。→印度）。中部は農業地帯であるが、川の堆積が甚だしく河床は周囲の土地より高くなっているところがあるため、洪水の危険が著しい。童〔*学者アラムハラドの見た着物〕では「人生といふ非常なけはしいみち」を「たとへばそれは*葱嶺《パミール》（→ツェラ高原）の氷や辛度の流れや*流沙《るさ》の火やでいっぱいなやう」とある。「辛度の流れ」とはインダス川を指す。

辛度海《しんどかい》【宗】【地】インド洋の漢音表記。詩〔*阿耨達池幻《あのくだっち》想曲〕に「辛度海から、あのたよりない三角洲から／*由旬を抜いたこの高原も」とある。新校本全集第五巻「校異篇」六頁下段に「〔印⇩辛〕度〔洋⇩海〕」の記載があり、初め「印度洋」であったものを「辛度海」に直したことがわかる。

雨ニモマケズ手帳紙片

シンドバード　→アラビアンナイト

シーンナ【科】シンナー（thinner）。塗料を薄めるために使用する溶剤。主として酢酸エステル類、トルエン等を含み、揮発しやすい。帳〔孔雀印〕三八頁。

瞋恚《しんに》【宗】いかり、憎しみ、うらみの心のこと。シンイの連声《れんじょう》。単に瞋《いかり》とも（心のいかりは「怒・忿」、目や顔に現われるいかりは「瞋」）。三毒（貪《とん》・瞋《しん》・癡《ち》〈痴〉）の一。六煩悩（貪・瞋・癡・慢・疑・見）の一。帳〔雨ニモマケズ〕五、六頁に「斯の如きの瞋恚先づ／身を敗《やぶ》り人を壊《やぶ》り／順次に増長し／て遂に絶するなからん／それ瞋恚の来《きた》る処／多くは／名利《みょうり》の故なり」とある。また同手帳の八〜一〇頁を見ると、瞋恚に満たされた自分の心を*修羅と呼んでいることがわかる。同手帳の詩〔〔雨ニモマケズ〕〕はあまりにも有名だが、その中の「慾ハナク／決シテ瞋ラズ」や、同様の動詞表現としては童〔*ガドルフの*百合〕中の「まっ白にかっと瞋って」等がある。ひらがなで「いかり」と言う例は数多い。→塩汁《しおじる》、十二気圧《じゅうにきあつ》

神農像《しんのうぞう》【民】【宗】神農は中国の古伝説で人身牛首の「炎帝《えんてい》」と呼ばれた「火徳の王（火の徳をそなえた王）」のこと。在位一二〇年と伝えられ、諸徳のうち、百草をあつめて医薬を製したために医薬の祖とも言われる。ために冬至《とうじ》の日に漢方医が神農像を掲げて祭り、客を招く神農祭のならわしがある。日本では東京お茶の水の湯島聖堂に江戸時代からの神農廟《びょう》があり、眼光のするどいその彫像が祭られている。文語詩〔医院〕は、内容的には漢方医とは思えないが代々の医者で、庭に神農像が祭られていたのであ

ろうか、「神農像に饌《け》ささぐと、学士はつみぬ蕗《(ふき)》の薹《(とう)》」とある。饌はセンとも読む、神前に供える食物。

人馬《じんば》 →ケンタウル祭《けんたうるさい》

靭皮《じんぴ》 【植】 植物体の外皮の内側にある柔らかい内皮。葉で作られた養液が下降する通路になる部分(篩部《しぶ》)で、紙、縄、織布等の原料にされる靭皮繊維等からなる。劇[〔蒼冷と純黒〕]に「白樺の薄皮が、隣りの牧夫によって戯むれに剝がれた時、君はその緑色の冷たい靭皮の上に、繃帯をしてやるだらう」とある。牧夫《ぼくふ》は牛馬や羊等の世話をする牧場の男性従業員の旧称。

浄瓶星座《じんびんせいざ》 【天】【宗】 みずがめ座。ジンビンは仏教用語で、手を清めるための水をためる瓶。普通の漢音ではジョウヘイ(賢治もそうルビをしたのがある。後掲)。詩[鉱染とネクタイ]中に「蠍《さそり》(→さそり座)の赤眼が南中し／く《(ママ)》わがたむしがうなって行って／房(→星雲)や星雲の附属した／青じろい浄瓶星座がでてくると／そらは立派な古代意慾の曼陀羅になる」とある。作品日付の七月一九日(一九二五)を信用すれば、アンタレス(赤眼)の南中(天体が南の子午線を通過する現象。この時天体高度は最高)は午後八時半ごろになる。この時間「みずがめ座」は地平線真東からやや南寄りに顔を出し始めたところである。童[〔みあげた〕]中に、壁面の天の童子に向かっての呼びかけとして「黄水晶(→黄水晶《シトリン》)の浄瓶を刻まう」がある。ほかにも童[ひのきとひなげし](初期形には「じゃうへい」とルビ)。先の「房や星雲の附属した」は、この星座にNGC7009(土星状星雲)、NGC7293(惑星状)、M《メシエ》2(球状星団)が付属することをさす。詩[〔温《(ぬる)》く含んだ南の風が〕]の下書稿(一)にも「そらの泉と浄瓶や皿」がある。この辺りを古代人は天上の海と考えたため、「いるか」「南の魚」「くじら」「うお」といった海に関する星座が多い。

みずがめ座

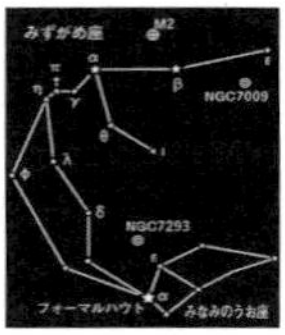

新聞《しんぶん》 →センダード日日新聞《せんだーどにちにちしんぶん》

新文明《しんぶんめい》 【文】 新しく興るべき文明。解説不用の語だが、賢治は、一九一八(大正七)年三月、同人誌「アザリア」上のふとした思想的筆禍事件がもとになった友人保阪嘉内の盛岡高等農林学校除籍処分をめぐって、保阪あてに書いた簡[49・50]に、それぞれ「大《(ママ)》平洋新文明の曙光に近づいた今日人を導くの道」を説き、「私共が新文明を建設し得る時は遠くはないでせうがそれ迠《(まで)》は静に深く常に勉め絶えず心を修して大きな基礎を作つて置かうではありませんか」とある。この「新文明」に込めた賢治の意図には、両書簡の内容、すなわち「私共が一切の現象を自巳《(ママ)》の中に抱蔵《(ママ)》する事ができる様になつたらその時こそは高く高く叫び起ち上り、誤れる哲学や御都合次第の道徳を何の苦もなく破つて行かうではありませんか」、「何とかして純な、真の人々を憐れむ心から総ての事をして行きたいものです」という言葉から、後の芸[綱]に通じる理想がうかがわれる。また「私共自身がやがて学校を造るとき」とあり、新文明建設の理想実現のために、羅須地人協会を設立しようとする考えの芽生えが、すでにここに表われているといえる。

晨明《しんめい》 【天】 夜明け。したがって「晨光」は夜明けの光(後例)。晨とは本来房星《ぼうせい》(房宿《ぼうじゅく》)の別名。明《あけ》の明星。房宿(二十八宿の一、和名そいぼし)は、さそり座の頭とハサミにあたるβ、δ、π、ρの四星である。このうちπ星を房(晨)星と言い、農事を示す星とされる。詩［山の*晨明《（しんめい）》に関する童話風の構想］がある。「晨光」の例は一九一六（大正五）年一一月「校友会会報」発表の歌「錦町、もやを通れる晨光の、しみぐ〳〵注《そそ》ぐ、*プラタヌスかな」（錦町《にしきちょう》は東京*神田の町名）、文語詩［〔僧の妻面《（おも）》膨れたる〕］に「晨光はみどりとかはる」とある。

神来《しんらい》 【レ】 神がのりうつったかのように感ぜられること。インスピレーション。文語詩［機会］に「おなじき第二神来は」とある。「第二」とはこの詩の初行「恋のはじめのおとなひ」に対して言う。おとなひは、おとずれ。終わりから二行目の「いまお丶その四愛憐は」は「第四の愛憐は」の意で、愛憐は愛し憐《あわれ》むこと。

親鸞《しんらん》 【宗】【人】 一一七三（承安三）〜一二六二（弘長二） 浄土真宗の開祖。皇太后宮大進《だいしん》（皇太后職名）だった日野《ひの》有範《ありのり》の家に生まれる。幼くして父母を失い、九歳の時慈円（↓慈鎮和尚）について出家。比叡山に上り天台学を修め、さらに奈良の諸宗の学を修めたが満足せず、二九歳の時法然《ほうねん》上人（浄土宗）に師事し、もっぱら念仏に意を傾ける。妻をめとり、五二歳の時『教行信証《きょうぎょうしんしょう》』（六巻）を著わし浄土真宗を開く、九〇歳で没。なお、妻帯、肉食《にくじき》を認めるのはこの宗派だけ。童［*ビヂテリアン大祭］に「自分は*阿弥陀仏の化身《（けしん）》親鸞僧正によって啓示されたる*本願寺派の信徒である」「吾等の大教師にして仏の化身《（けしん）》たる親鸞僧正がまのあたり肉食を行ひ爾来わが本願寺は代々これを行ってゐる」とある。

神力《じんりき》 【宗】 一般読みではシンリキ。仏や*菩薩が持っている超自然で不可思議な能力のこと。*神通力、*威神力に同じ。詩［*装景手記］に「地殻（↓地塊）の剛《（つよ）》さこれを決定するものは／大きく二つになってゐる／一つは如来の神力により」とある。さらにその下書稿である手帳の［装景手記］を見ると、「或る平均的に／不変な／*剛性をもつ地殻を／更に任意に変ずる」とあり、如来（仏）の神力により地殻が任意に変化する、という思想が述べられている。この神力を理解するためには、大智度論《だいちどろん》第二十八（↓大論）にある神通力の説明が参考になる。すなわち「二には亦能《またよ》く諸物を変化《へんげ》し、地をして水となし、水をして地となし、風を火となし、火を風となし、是《かく》の如く諸大をして皆転易《てんえき》せしむ」とある。諸大は諸々《もろもろ》の大きな存在、*現象。転易は転じ易《か》えること。

森林軌道《しんりんきどう》 【文】 木材の搬出に使われた鉄道。鉄道と言ってもレール幅が九五cmしかなく、そのため軌道と言い、手押しのトロッコもあった。山地の住民や登山者も便乗させたので親しまれ、森林の風物詩でもあった。日本国内では、一九〇五（明治三八）年に敷設された青森県津軽森林鉄道が最初だが、岩手県内では、一九二一（大正一〇）年*早池峰山—川井村江繋《えつなぎ》、東前川山（焼石連峰）—*水沢が最初。詩［森林軌道］（日付一九二五・一・二五）に描かれたのは一九二四（大正一三）年に開通した岩手山麓の森林軌道（大更《おおぶけ》貯木所〈現西根町大更〉—岩手郡松尾村）での体験。同詩中に「とろ」「四番のとろ」とあるのはトロッコ（すなわち森林軌道の車両）の略「トロ」のことであろう。当時の新聞報道では、まだ「手押《ておし》トロ」だった。↓鬼語《きご》

浸礼教会《しんれいきょうかい》 ↓タッピング

す

す ↓根《ね》にす、小《ちゃっけ》ぁ虫《むし》こぁ居《お》る《(ママ)》ようだます

すあし ↓ひかりの素足《ひかりのすあし》

ずい ↓しべ

水銀《すいぎん》 **【鉱】** 汞（こう）とも書く。元素記号Hg、原子番号八〇。融点がマイナス三八・八三℃のため常温では液体の状態をとる。常温で液状の唯一の金属。銀白色の金属光沢を持つ。身近なものとしては体温計や血圧計などに利用されている。単体（無機水銀）に比べ化合物（有機水銀）は毒性が強く、農薬や工場排水として公害問題を引き起こしてきた。賢治の水銀（無機水銀）の使例では、銀の特有な光沢から色彩を表わす語として比喩的に使われることが多い。例えば童［やまなし］では「それはゆれながら水銀のやうに光って」、［銀河鉄道の夜］では「それでもたしかに流れてゐたことは、二人の手首の、水にひたったとこが、少し水銀いろに浮いたやうに見え」、詩［春谷暁臥］には「水銀いろのひかりのなかで」とある。童［ペンネンネンネンネン・ネネムの伝記］には「ネネムはそこで髪をすっかり直して、それから路ばたの水銀の流れで顔を洗ひ」と独特の使い方が見られる。童［かしはばやしの夜］の「三とうしやうは　すゐぎんメタル」も独特である。↓汞《こう》

水禽園《すいきんえん》 **【地】** *花巻温泉の一画にある動物園の水鳥《みずどり》を飼っているコーナー。詩［冗語］に「啼いてる啼いてる／水禽園で、／頭の上に雲の来るのが嬉しいらしい」とある。

推古時代《すいこじだい》 **【文】** 飛鳥時代とも。六世紀末から七世紀前半、聖徳太子が推古天皇の*摂政となり仏教信仰を広めてから、中国、中央アジア、*インド、*ペルシア等の影響を受けた仏教文化・芸術が隆盛した。詩［〔盗まれた*白菜の根へ〕］で「*エンタシスある柱の列の／その残された推古時代の礎に」と登場するのは、推古時代の代表的建築物である*法隆寺の柱がエンタシス様式になっていることからの発想かと思われる。立てすじの入った白菜の根の部分をエンタシス様式の柱の遺跡に見立てるところがいかにも賢治らしい奇抜な想像といえよう。

炊爨《すいさん》 **【文】** 飯をたくこと。賢治のころは野外で飯盒《はんごう》炊爨をよくやった。詩ノート［〔これらは素樸な*アイヌ風の木柵であります〕］に「また炊爨と村の義理首尾《しゅび》とをしながら」とある。首尾は義理のつきあいの始末。

睡酸《すいさん》 **【科】【レ】** 賢治の造語か。例えば詩［春谷暁臥］には「まっしろにゆれる朝の烈しい日光から／薄い睡酸を護《(ぬる)》ってゐる」とあり、初行の「*酪塩《(らくえん)》の*にほひが帽子いっぱいで／温く小さな暗室をつくり」に対応している。↓酪塩《らくえん》

水酸化礬土《すいさんかばんど》 **【科】【レ】** 水酸化アルミニウム $Al(OH)_3$。アルミニウム塩水溶液にアンモニア水を加えると沈澱する白色*ゲル（Gel）。ゲル状のものがそれ。医薬品等として使われる。詩［*東岩手火山］に「柔かな雲の波だ《(ママ)》／（中略）／その質は／*蛋白石 glass-wool（↓蛋白石）／あるひは水酸化礬土の沈澱」とあり、雲の比喩として使われる。↓ゲル

水酸基《すいさんき》 【科】 -OHで表わされる基(原子団)。無機化合物は、水溶液としたとき電離して水酸化物イオンとなり、アルカリ性を示す。有機化合物の場合、共有結合のため電離はおこらず、水溶液もアルカリ性を示さない。水酸基をもつ化合物には、水、金属の水酸化物、アルコール、フェノール、カルボン酸などがある。簡[283]等に引用がある。→二価アルコホール《にかあるこーる》

水晶《すいしょう》 【鉱】 ロック・クリスタル(rock crystal)。*石英(二酸化ケイ素)のうち、外形が六角柱状の結晶の明確なもの。硬度七。水晶は*花崗岩質の鉱脈、ペグマタイトに多い。日本では山梨の乙女《おとめ》鉱山、岐阜の苗木《なえぎ》地方が有名で、特に山梨県は大正なかばごろまで世界で名だたる生産地だった。紫水晶や黄水晶のほか、薄い黒色の煙水晶、草状の繊維鉱物を包含した草入り水晶等がある。日本式双晶《そうしょう》とも呼ばれる双晶は二個の結晶の双晶面が八四度、三三度の角度で接合した双晶(twin crystal)で、一見ハート形にも見える。水晶は、近年水晶発振子(クォーツ時計等)としても需要が多い。賢治が硅化木を持ち込んだ金石舎では当時から通信機用の水晶発振子を作成していた。賢治作品の水晶の用例は*天の川中の星の比喩のほか、雫《しずく》や笛、お宮、*袈裟等の透明さの表現に使われる。童[*やまなし]の川底の表現中に「小さな錐《きり》の形の水晶の粒や、金雲母《きんうんも》(→雲母《うんも》)のかけらもながれて来てとまりました」とあるのは、他作品中の「*石英の砂」と同様、山からけずられて流れてきたもの。詩[休息](初行「中空《なかぞら》は晴れてうららかなのに」)に「水晶球の滃《くも》り(→雲滃《うんおう》)のやう」とあるのは、上空の空模様の比喩。童[*双子の星]には「水精」が出てくるが(*チュンセとポウセの住む「水精の宮《すゐしやう》」)、水精は賢治のルビが示すように水晶の古い書き方(スイセイと読むと*月の意味になる)。なお、水晶の用例は「水晶天」(詩[異途《いと》への出発]に「……底びかりする水晶天の／一ひら白い裂罅《ひび》(→裂罅《れっか》)のあと……」)もある。ただし「水晶体」(詩[*蠕虫《アンネリダ》舞手《タンツェーリン》])は別。→鞏膜《きょうまく》

水晶体《すいしょうたい》 →鞏膜《きょうまく》

水星《すいせい》 →マシリイ

水精《すいせい》 →水晶《すいしょう》

彗星《すいせい》 【天】 comet 太陽系の小天体の一。太陽に近づくと発生するガスが、ほうき(帚)のように尾を引くので「ほうき星」の名もある。周期性をもち、代表的なハレー彗星(七六年周期)は一九一〇(明治四三)年に太陽に最も近づく近日点《きんじつてん》を通過した(この年賢治は一四歳)。一九八六年にも飛来した。賢治作品では童[*双子の星][銀河鉄道の夜]の中で、コミカルな乱暴者として描かれている。「ギイギイギイフウ」と青白い光をはく「空のくじら*(ママ)」とされる。

水成岩《すいせいがん》 →火成岩《かせいがん》

水星少女歌劇団《すいせいしょうじょかげきだん》 【音】 架空の少女歌劇団名。詩[春](初行「ヨハンネス(→ヨハネ、ジョバンニ)…」)の副題として登場。この詩は「花鳥図譜」シリーズの一編として着想されたもので、『*春と修羅』第二集の[春]「[春]変奏曲」(ともに作品番号一八四)と密接な関係をもつ。対話形式の出所が*浅草オペラに負うことをよく示す作品。下書稿では「*金星」。大正中期の浅草オペラ全盛時代には、いくつかの歌劇団が誕生している。「東京少女歌劇団」(一九一七)、*田谷力三《たやりきぞう》や安藤文子らによる「七声歌劇団」(一九一九)、伊庭孝《いばたかし》によって設立され四大都市公演を行なった「新星歌舞劇団」(同)等。特に「新星歌舞劇団」は、*清水金太郎や高田雅夫(→高田

正夫)、高田せい子を集め、曲目も「ファウスト」「プラハの大学生」「新婚旅行」「ダイアナと半獣神」等、当時のオペラ界の中心的存在であり、賢治もそれらに大いに刺激を受けていたことを証拠立てる歌劇団名。なお現在の宝塚歌劇団の前身にあたる「宝塚少女歌劇」は一九一四(大正三)年初演である。童[セロ弾きのゴーシュ]には「金星音楽団」も登場する。↓オペラ、オルフィウス、清水金太郎《しみずきんたろう》

水線《すいせん》　↓水部《すいぶ》

水仙《すいせん》　【植】　暖地に自生するヒガンバナ科の多年草。高さ二〇〜三〇cm。葉は細長く早春に咲く花は白く芳香がある。地中海沿岸原産。中国を経て渡来。「カシオピイア(↓カシオペイア)、／もう水仙が咲き出すぞ／おまへのガラスの水車／きつきとまはせ」(童[水仙月の四日])とある他、「朝日かゞやく水仙を、になひてくるは詮之助」(文語詩[村道])、詩ノート[〔水仙をかつぎ〕]等。↓水仙月《すいせんづき》

水仙月《すいせんづき》　【天】　童[水仙月の四日]の水仙月の解釈には諸説がある。水仙の花は関東以南では寒中にも咲くが、岩手県ではおおむね四月初めに咲くので、その四日は四月四日だろうとする説は早くは恩田《おんだ》逸夫《いつお》にあったが(『賢治初期童話考』一九八五)、その後同様の指摘は根本順吉や谷川雁にもあり、その後はかならずしも岩手の風土気候にとらわれない説もあって、二月四日から五日にかけての、すなわち節分から立春の朝にかけての「一つの大きな季節の巡り」を示す(沼田純子『宮沢賢治―言葉と表現』一九九四)、あるいは古代中国の花暦「花信風」をもとに一九二二(大正一一)年一月一九日であろうとする論(土岐理和子「水仙月の四日とはいつか」一九九七「宮沢賢治研究Annual Vol.7」)や、小森陽一の三寒四温の説などもある。また天沢退二郎の意見(新潮文庫『注文の多い料理店』一九八九注解)も、この童話の二つの「季節の指標」(「もう水仙が咲き出すぞ」と「あぜみの花がもう咲くぞ」)から「四月と見るのが一応適当であろう」と言い「しかし賢治があくまで『四月』とは一言も云わずに『水仙月』としたこと、その結果生じた表現の暗示力に留意すべきである」と言う。そして安藤恭子は、慣習的な「暦とはまったく異った空間性、流動性をもちながら、しかし確実に変化し息づく自然への運行を表した」(「〈暦〉という制度『水仙月の四日』をめぐって」一九九〇)と言う。吉田文憲は「水仙月は天上の花暦」とも言う。あるいは賢治が読んだに違いない『肉眼に見える星の研究』(吉田源治郎、一九二二)の中にテニスンの詩「輝やく水仙がしぼむ頃『馭者《アウリガ》』と、きらめく『双子《ゲミニ》』(↓双子の星《ふたごのほし》)とが　栄冠のやうに　西方低く『オリオン』の墓の上にかゝる」の引用と、これを使った見出し「水仙がしぼむ頃」があり、これをヒントに童[水仙月の四日]の題名としたとも考えられよう。いずれにもせよ、あくまで現実(環境・風土)に立脚しながら、それを食いやぶって天上宙宇に遊ぶ賢治文学の特質を、この「水仙月」の命名は考えさせずにはいない。

推せんとして《すいせんとして》　【レ】　推し量《はか》ろうとして、の意。詩[野の師父]に「一瞬あなたの額《(ひたい)》の上に／不定な雲がうかび出て／ふたゝび明るく晴れるのは／それが何かを推せんとして」とある。

水素《すいそ》　【科】　hydrogen　原子番号一、元素記号はH。標準状態では水素分子(水素ガス)H_2を成す。無色無臭の最も軽い気体元素で広く多量に存在する。分子運動速度が大きく、最も拡散しやすく、生物の生体内の酸化還元反応に関与している。物質とし

ての水素は、詩ノート〔〈青ぞらのはてのはて〉〕で「青ぞらのはてのはて／水素さへあまりに稀薄な*気圏の上」とあり、文語詩〔*麻打《（あさうち）》〕の「よるべなき水素の川に、／ほとほとと麻苧《（あさお）》うつ妻」の「水素の川」は、たよりないさびしさの比喩にもなっている。ほかに詩〔〈高原の空線もなだらに暗く〉〕、手〔二三〕等。

水素のりんご《すいそのりんご》 【天】【レ】 詩〔*青森挽歌〕に「こんなやみよののはらのなかをゆくときは／客車のまどはみんな水族館の窓になる／（*乾いたでんしんばしらの列が／せはしく遷《（うつ）》つてゐるらしい／きしやは*銀河系の*玲瓏《れいろう》*レンズ／巨きな水素のりんごのなかをかけてゐる）」とある。この詩は「*銀河鉄道」へと発展していく詩の一原型なのは明らかだが、「水族館」とは*気圏の海の底とか*気層の底といったイメージ。「乾いた」電信柱は、童〔銀河鉄道の夜〕の幻想終結部に登場する「二本の電信ばしらが丁度両方から腕を組んだやうに赤い*腕木をつらねて立っ」ているイメージに通じる。死者との「通信」の可能性を模索する賢治にとって、原子よりさらに小さい*電子は現実と*異空間とを結ぶ媒体でもあった。「巨きな水素のりんご」は、銀河系＝玲瓏レンズ＝水素のりんご、と考えられる。A・トムソンの『科学大系』にある銀河モデルには果実のイメージはない。賢治が読んだ可能性については未詳ながら、『宇宙進化論』（新城新蔵、一九一六）には、果実のイメージに近い銀河モデルも出てくる。岩手から青森にかけてはりんごの産地であり（↓苹果《りんご》）、賢治作品に頻出する果実だけに、ごく自然に賢治の頭の中で銀河（構成元素のほとんどは*水素）と結びついたものであろう。例えば、「何だか苹果《りんご》の*匂《にほひ》（ルビは二語とも文庫版全集。もとルビなし）がする。僕いま苹果のこと考へたためだらうか」（童〔銀河鉄道の夜〕）といった*カムパネルラの言葉とも密接な関係をもってもいよう。詩〔青森挽歌〕中にも「いよいよあやしい苹果の匂を発散し／なめらかにつめたい窓硝子さへ越えてくる／青森だからといふのではなく／大てい*月がこんなやうな暁ちかく／*巻積雲にはいる《（ママ）》とき」とある。銀河＝宇宙（現空間の最大領域）、銀河＝水素のりんご、そして*万象同帰の思想が結びついたところに、といった一見超現実的な、しかし新鮮なイメージが生まれたのであろう。
↓苹果《りんご》

スイトン《すいとん》 ↓スヰトン

すいば ↓すかんぽ

水馬演習《すいばえんしゅう》 【文】 *軍隊で*騎兵が*馬と一緒に川などを渡る訓練。江戸時代から武士たちがやったが、馬の足の届かないところは鞍《くら》から離れて手綱をうまく操り、馬を泳がせながら一緒に泳いで渡る。童〔*イギリス海岸〕で白い上着を着た騎兵が*北上川でその演習をやっている。ちなみにミズスマシのことを水馬とも書く。

水部《すいぶ》 【科】 地図上の河川、湖沼、海（岸）等の部分を指す用語。文語詩未定稿に〔水部の線〕があり、「蠟紙に描きし北上の／水線青くひかるなれ」「この*こもりぬの辺《へ》を来れば／夜ぞらに泛《（うか）》ぶ水線の／火花となりて青々と散る」とある。水線は船の吃水《きっすい》線をも言うが、ここでは水部の線の意で、それが青く光り、火花となって散るのは、北上川が賢治には*天の川でもあったからである。

水風輪《すいふうりん》 ↓水輪《すいりん》

水平コルドン《すいへいこるどん》 ↓コルドン、生産体操《せいさんたいそう》

スイミングワルツ ↓スヰミングワルツ

水輪《すいりん》 【宗】 *五輪の一。詩「晴天*恣意《(しい)》」に「堅く結んだ*準平原は、／まこと*地輪の外ならず、／水風輪は云はずもあれ、」とある。水風輪とは水輪と*風輪の意。詩「*五輪峠」に「峠がみんなで五《(いつ)》っつあって／地輪峠水輪峠空輪峠といふのだらうと」あり、文語詩「五輪峠」に「五輪峠と名づけしは、／地輪水輪また火風」とある。

睡蓮《すいれん》 →lotus

水路《すいろ》 【農】 *灌漑用農業水路のことであろう。賢治は「水路のへり」という表現を使う。詩「〔もう二三べん〕」では「水路のへりの*楊《(やなぎ)》に二本」とあり、詩「*電車」（初行「銀のモナドの…」）には「水路のへりにならんで立つ」とある。ほかに詩「休息」「台地」等に。また童「*グスコーブドリの伝記」、短「泉ある家」等。

数頃《すうけい》 【レ】 頃は時間を示す。頃合《ころあい》、暫時《ざんじ》、等の複数形。（古代中国では空間の意にも用いたが）頃日《けいじつ》（近ごろ、最近）、小頃《しょうけい》、等もその派生語。詩「県技師の雲に対するステートメント」に「辛《(から)》くも得たる数頃を」とある。やっともちえた余りの時間を、の意。

趨光《すうこう》 【レ】 趨はハシル、オモムク。物質が虫のように光に寄り集まる性質。走光、走光性とも。詩「*奏鳴的説明」にも「それにしても氷片にまた趨光の性あるか」（それにしても氷のかけら〈詩では*吹雪《フキ》の*流沙《るさ》〉も趨光性があるのか）とある。詩「汽車」（〔〔プラットフォームは眩ゆくさむく〕〕下書稿）には「はははぼくが趨光的ですか／するとあなたは背光性」とある。列車の座席のとりかたで、文字どおり日射しを背にしたほうが「背光性」の座席、という詩的ユーモア。

末摘花《すえつむはな》 【文】 賢治のルビは旧かなで「すゑつむはな」。原意はベニバナの別名だが、『源氏物語』の登場人物の一。常陸の宮の姫君の名。源氏はそこへ出入りする大輔《だゆう》の命婦《みょうぶ》の話から、まだ見ぬ姫君に興味を抱き文《ふみ》（手紙）を送ったり逢ったりする。ある雪の夜、末摘花のもとに一泊する。翌朝、源氏は姫君の醜貌に驚く。胴長で、大きな鼻の先が赤く（「末摘花」の名の出所）、顔は長くて真っ青、額は広く、瘠せて骨張った身体に黒貂《ふるき》（くろてん）の皮衣を着ている。その醜貌と貧窮した生活に同情した源氏は、よく姫君の世話をしはじめる。その時代離れした滑稽なまでの人物像をもじって川柳集の題としたのが江戸期の『俳風《はいふう》末摘花』（四編四冊）で、『俳風柳多留《やなぎだる》』中から、わいせつな句を摘録したもの。賢治の帳「兄妹像」中の「末摘花《すゑつむはな》」の三文字は、いずれにせよ、賢治と古典との交渉を暗示するメモ。傍らの川柳風の連句からは『俳風末摘花』を連想してのものと思われる。

透《す》**え(い)て** 【方】 「透《す》けて」の訛。「透いて」（文庫版全集）も同。童「氷と*後光（習作）」。

すか →はじめるすか

天末線《スカイライン》 →天末線《てんまつせん》

影供《すがた》 →鵞王《がおう》

善逝《スガタ》 【宗】 梵語 sugata（須迦陀）の漢音訳。通常「ぜんせい」と読むが、賢治は梵語音の「スガタ」を読みに使っている。仏の「*十号」の一で、智慧の力で煩悩を断ち、彼岸（悟りの世界）に到達した人のこと。「あゝもろもろの徳は善逝《スガタ》から来て／そしてスガタにいたるのです」（詩「*昴」）、「善逝《スガタ》の示された光の道を進み」（童「*雁の童子」）、「王によって手づから善逝《スガタ》に奉られた二茎《(ふたくき)》の青蓮《(しょうれん)》華《げ》（→lotus）のことを」（童「*ひのきと*ひなげし〔初期形〕」）等。

すがめ 【科】 眇。片方の目が不自由なこと、または、ものを見るとき、瞳を片方へ寄せて見ること。「や、口まげてすがめにながめ」(詩[発動機船　三])、「すこしすがめの船長は」(詩[発動機船　一])等は後者であろう。以下は前者か。「すがめひからせ」(詩[軍事連鎖劇])、「かっきりと額を剃りしすがめの子」(文語詩[〔*腐植土のぬかるみよりの照り返し〕])、「淵沢小十郎はすがめの赭黒いごりごりしたおやじ《(ママ)》」(童[*なめとこ山の*熊])等。

菅《すが》藻《も》【植】　ヒルムシロ科の海草。茎も葉も細く長く繊維が強いので食用にはならない。乾かしてむしろや、*みのを編んだ。文語詩[*悍馬《かんば》〔二〕]に「黝《くろ》き(↓黝い)菅藻の袍はねて」とあるのは、当時、馬に菅藻で編んだ総《ふさ》を蠅よけに*袍《ほう》のように掛けた。その袍を悍馬が暴れてはねあげているさま。↓藻を装へる馬《もをよそおえるうま》

すがる【動】【方】　蜾蠃《すがる》(ジガバチ=似我蜂)のことだが、南部方言では主に蜂、土蜂《つちばち》を言う。地方によってはアブ(虻)のことも言うらしいが、そのためか「林いっぱい虻《す》蜂《がる》のふるひ」(ふるひ、は震《ふる》い。すがるが群れてふるえながら飛んでいる(詩[〔落葉松(↓からまつ)の方陣は〕])という用例もある。「すがるの黒きすがたは見えず」(歌[四六八])、「ホースケ蜂《すがる》が巣を食ふぞ」(ホースケは蜂につけた愛称。ついで「トースケ*ひばり」とある。童[タネリはたしかにいちにち噛んでゐたやうだった]〈↓ホロタイタネリ〉)、「蜂が一ぴき飛んで行く／*琥珀《こはく》細工《ざいく》の春の器械／蒼い眼をしたすがるです」(詩[*鈴谷《すすや》平原])等。ちなみに古語では、美女のくびれた腰をすがるにたとえて蜂腰《ほうよう》とも言った。

スガル

すがれの禾草《すがれのかそう》【植】　すがれは末枯れるの意で盛りが過ぎて衰えた状態を言う。禾草はイネ科植物の総称。*すすきや牧草等にも言う。詩[休息](第二集、二九)に「また*あかしやの棘ある枝や／すがれの禾草《(かそう)》を鳴らしたり」とあるほか、「去年の堅い褐色のすがれに落ちる」(短[*秋田街道])、「こんにやくの／す枯れの茎をとらんとて」(文語詩[〔こんにやくの〕])、動詞形にした「すすきすがるるい*のじ原」(詩[大菩薩峠の歌]〈↓竜之助(介)〉)等。↓禾《くわ》

すかんぼ、スカンコ【植】【方】　スイバ(酸葉)の別名。スシと言う古名もあったがスカンコをはじめスイコ、スイスイ等の方言名も多い。賢治作品のスカンコの例は詩[〔それでは計算いたしませう〕]に、*肥料設計用紙を広げ「そんならスカンコは生えますか」と質問する。アジア全域、ヨーロッパの温帯地域にも分布するタデ科の多年草で方言をふくめて、いずれもス音がつくのは葉が酸性(蓚《しゅう》酸《さん》)を多く含むので酸っぱいことから発している。*酸性土壌の目印(指示植物)になることでも有名。高さ五〇～八〇cm、初夏に紅紫色の小花を多くつける。若い茎や葉は食用、根はできものの薬となる。歌[一四九]に「ちいさき《(ママ)》蛇の／執念の赤めを／綴りたる／すかんぼの花に風が吹くなり」、詩[〔まぶしくやつれて〕]に「*畔《(くろ)》のすかんぼもゆれれば」とある。また「すいば」で登場するものとしては詩[〔Largo や青い*雲滃《うんおう》やながれ〕](↓ラルゴ)に「くすんで赭《(あか)》いすいばの穂」、詩[〔行きすぎる雲の影から〕]に「ずゐぶんあちこち酸性で／すゐば《(ママ)》などが生えてゐる」等がある。後者は酸性土壌との関係を言ったもの。なお、他の酸味をもつ植物(イタドリ、カタバミ、ママコノシリヌグイ等)も一緒に方言でスカンコと呼

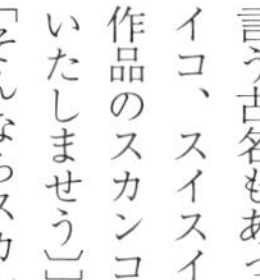
スカンボ

んだりしている。

犂《すき》 ↓鍬《くわ》

鋤《すき》 ↓鍬《くわ》

杉《すぎ》 【植】 椙とも。スギ科。日本特産の常緑高木で、高さ三〇〜四〇mにも達する。杉は樹木中で最も長命とされ、鹿児島県屋久島《やくしま》の屋久杉には七〇〇〇年以上もの樹齢をもつものがある。檜（火の木）に比して生育がよく、高く直立する幹（直木《すき》）は姿も信仰的な雰囲気も持つことから、古くから各地で神木とされ、よく寺社等に植林もされている。ス［三九〜四〇］をはじめ、童［虔十公園林］には「虔十、杉ぁ植る時　堀《(ママ)》らないばわがないんだぢゃ（杉は植える時に根っこに合わせて穴を掘らないといけないんだよ）」、ほか杉の植林法がよく描出されている。童［台川］の「こっちは流紋凝灰岩（↓凝灰岩）です。石灰や加里や植物養料がずうっと少いのです。ここにはとても杉なんか育たないのです」、詩［〔地蔵堂の五本の巨杉《すぎ》が〕］（↓天台寺）の「もくもくもくもく盛りあがるのは／古い怪性《(けしよう)》の青唐獅子《(あおがらじし)》の一族が／ここで誰かの呪文を食って／仏法守護を命ぜられたといふかたち」をはじめ、賢治作品の自然の場面で「巨杉《すぎ》」、苗のころ雪で根が曲がった「根まがり杉」「杉むら」等々、さまざまの杉が多く登場する。

すぎごけ 【植】 杉蘚。スギゴケ亜綱のコケ植物。蘚《せん》類の一種でスギゴケ科の総称。日本には六属ある。湿地に群生し、光沢のある美しいマット状を呈する。高さ一〇cm程度で葉が一見小さな杉の葉に似ているのでその名がある。童［カイロ団長］に「うちのすぎごけの木が倒れましたから」、童［朝に就ての童話的構図］に「羊歯もすぎごけもにはかにぱつと青くなり、蟻の歩哨は…」とあるのは、いずれも蛙や蟻の視点からの描写で、すぎごけが木に見えたりするのもそのためである。ほかにス［一八］、童［鹿踊りのはじまり］［風野又三郎］（↓風の又三郎）等。

耡きこみ《すきこみ》 【農】 耡く（耕す）の連用形に込む（込める）をつけて肥料をむらなく施肥《せひ》する作業。詩［三原三部］の第二部にある。広辞苑等では農作業等の意でなく、紙に模様等を漉《す》（抄）きこむ意だけある。

すぎな 【植】 シダ（羊歯）植物のトクサ（木賊、金属の砥研に使うので砥草《とくさ》とも）科に属する多年草で酸性土壌の指標となる。原野、道ばた等に生え、地中をはうように伸びた長い地下茎から地上に栄養茎と胞子茎を出す。後者は土筆《つくし》と呼ばれる。わらべ歌の「つくし誰の子、すぎなの子」は有名。賢治の童［双子の星］には、星の大きさのたとえとして「天の川の西の岸にすぎなの胞子（↓星葉木《せいようぼく》）ほどの小さな二つの星が見えます」とあるが、賢治のすぎなの使用は『春と修羅』第三集（詩［地主］［水汲み］［牧歌］［〔熊はしきりにもどかしがって〕］等）に多い。詩［習作］に「ほうこの麦の間に何を播《ま》いたんだ／すぎなだ／すぎなを麦の間作《(かんさく)》ですか／柘植《つげ》さんが／ひやかしに云つてゐるやうな」とあるのは、手入れのよくない畑への皮肉である。詩ノート［〔これらは素樸なアイヌ風の木柵であります〕］にも「斯ういふ角《(かど)》だった石ころだらけの／いっぱいにすぎなやよもぎの生えてしまった畑を」とある。ほかに文語詩［民間薬］［〔あくたうかべる朝の水〕］、詩［装景手記］［〔十いくつかの夜とひる〕］、短［秋田街道］［山地の稜］等。

スギナ

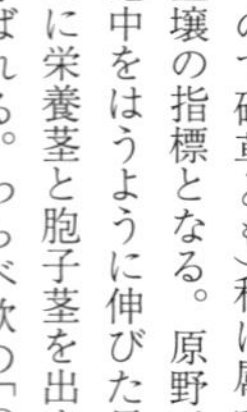

杉苗七百《すぎなえななひゃく》ど、どごさ植《う》えらぃ【方】 杉*の苗を七〇〇本だって！ どこに植えるんだ？ 「七百ど」の「ど」は驚きを示す。「…だと！」に同じ。童［虔十《*けんじふ》公園林《りん》］。

数寄の光壁更たけて《すきのこうへきこうたけて》【レ】 文語詩［林館*開業］中の詩句。この後に「千の鱗翅と鞘翅目、／直翅の輩はきたれども」と続く。数寄（「好き」の当て字で数奇とも書く）をこらして（ライトアップされたり、ネオンやイルミネーションなどで）光る壁に、夜が更けて（虫が集まる）の意（更は一日を初更～五更に分けた時刻の呼び名。「たけて」は闌《た》〈長〉けて、で盛りを過ぎて。夜がいっそう更《ふ》けて）。詩にあるように、南銀河（→南十字、銀河系）の星*雲の輝きを空想上の林館*の壁に反映させている表現。

杉山式の稲作法《すぎやましきのいなさくほう》【農】 詩ノート［藤根（ふじね）禁酒会へ贈る］の二行目に出てくる。茨城の人、杉山善助（一八六三～一九四四）による農法をさす。燻炭《くんたん》肥料を用いる「天理農法」で知られていた小柳津《こやいづ》勝五郎について学んだ杉山は、昭和最初期、稲*の二毛作《にもうさく》を唱え、実践した。賢治の教え子で、直接杉山から伝授された花巻在*の佐藤栄作によれば、この詩にある藤根村*が実験農場を杉山に提供し、そこで指導を受けたという。在来の放漫な農法とちがい、まず苗から充分施肥して大切に育て、早い成育により二毛作も可能だった。杉山の著書『天地応用　稲作改良栽培法』（一九二七）の表題が示すように、単なる技術改良だけでなく「天地の和合」を説く思想的根拠に基づいていた。賢治は杉山に会っていないが、当時評判だった杉山の考えと実践に深い関心を示していた。杉山式農法については梅木万里子の論文「『藤根禁酒会へ贈る』をめぐって」（弘前《ひろさき》宮沢賢治研究会誌、8号、一九九三・一二）がある。

【すこうひお】

宿世のくるみはんの毬《すくせのくるみはんのまり》【仏】 宿世は仏教語で過去の世・前世《ぜんせ》の意。文語詩［〔川しろじろとまじはりて〕］に「宿世のくるみはんの毬、干（ひ）割（わ）れて青き泥岩（でいがん）（→Tertiary the younger mud-stone）に」とある。

須具利《すぐり》【植】 すぐり（酸塊）は高さ一～二mのユキノシタ科スグリ属の落葉低木。五月ごろ白く垂れる花を咲かせ、あと半透明の紅色の甘酸っぱい果実をつける。普通見られるのは明治初期にヨーロッパから入った栽培種。食用にした。グーズベリ（gooseberry）はスグリの一種で西洋スグリ。雑［修*学旅行復命書］に「南方丘陵地に美しく須具利を栽（う）へ（ママ）たる耕地あり」とある（「栽へ」は旧かなでは「栽ゑ」）。

スグリ

助《す》ける【方】 手伝う。「す」は「つ」とも、「つ」に近くも発音する。童［風*の又三郎］では「うな*も残ってらば掃除してすけろ」（おまえも残ってるのなら掃除して手伝え）とある。

スケルツォ【音】 scherzo（伊） 諧謔曲。従来、交響曲等の第三楽章に用いられていたメヌエットの代わりに、ベートーヴェン*が好んで使った技法。快活な曲。詩［函（函）館港春夜光景］に、浅草オ*ペラをイメージして「夜ぞらにふるふビオロンと銅鑼*、／サミセンにもつれる笛や、／繰りかへす螺のスケルツォ」とある。「螺《にし》」（音はラ）は殻が左巻きの貝の総称で、上に「くりかえす」があるゆえ、さんざめく夜景からスケルツォのリズムの繰り返しを貝殻の左巻きにたとえたもの。サミセンは三味線（シャミセンの誤記ではない）。

スコウピオ →さそり座《さそりざ》

スコットランド風の歌《すこっとらんどふうのうた》 【音】 年月不明書簡［不7］に「ワグネルの歌劇物をあげてみます。／ベートーベンのならいろいろあります。／いつかのスコットランド風の歌」とある。ベートーヴェンの「25のスコットランドの歌」「12のスコットランドの歌」を指しているようである。

スコープ ↓シャブロ

ス山《すざん》 【地】 童［北守将軍と三人兄弟の医者］にソンバーユー将軍は「じぶんの生れた村のス山の麓へ帰つて」とあるが、達磨大師が九年間も壁に向って坐禅を組んだ「九年面壁」で有名な嵩山《スウザン》(仏教読みではスウセン)をもじり、賢治はス山としたのであろう。

錫《すず》 【鉱】 Tin 原子番号50、元素記号 Sn の金属元素。錫の重要な鉱石は錫石(SnO_2)で、錫砂としても産出。融点が低く比較的無害であり、単体または合金の成分として広く用いられてきた。スズを含む合金としては、銅との合金である青銅が代表的。ハンダやパイプオルガンのパイプもスズを主とした合金である。スズには摂氏一三度を境に気温の高い時の銀白色のβスズと、低い時の灰色のαスズの同素体があり、極低温ではβスズは表面上に突起を生じ、粉状灰色のαスズに変化して、くずれてしまう。いかにもスズが病気にかかってぼろぼろになったように見えるところから錫病(スズペスト tin pest)と呼ばれ、寒冷地に多い。「錫病の／そらをからすが／二羽飛びて／レースの百合も／さびしく暮れたり」(歌［七〇四］)は、「編物の／百合もさびしく暮れ行きて／灰色錫のそら飛ぶからす」(歌［七〇五］)と同じく空の即物的なイメージで曇天暮色の暗鬱感を漂わす。ロシアの博物館で最初に発見されたことから「錫の博物館病」とも「錫のペスト現象」とも言う。『春と修羅』第二集の詩［津軽海峡］には波の描写に使った例として「あるいは《(ママ)》葱緑《(そうりょく)》と銀との縞を織り／また錫病と伯林青《プルシャンブルウ》／水がその七いろの衣裳をかへて」がある。錫は鉄のメッキとしても使われ、それをブリキと言う。賢治は詩［火薬と紙幣］や童［ガドルフの百合］［鳥をとるやなぎ］で、楊の葉の裏側が白っぽいため、風に揺れて葉がチラチラする様子をこのブリキで表現した。賢治は錫を光の微妙な変化の描写に使ったわけで、例えば童［インドラの網］では「私の錫いろの影法師」であり、歌［一四七］の「あたま重き／ひるはさびしく／錫いろの／魚の目球をきりひらきたり」という奇怪な表現は、次の［一四八］の「すずきの目玉／つくづくと空にすかし見れど」から、どんよりした空の描写と魚(鱸《すずき》)の目玉を結びつけた表現とわかる。また詩［有明］と同想異形の［〔あけがたになり〕］では月が「はなやかに錫いろのそらにかゝ」ると表現される。これは夜明けの空の描写だが、詩［発電所］(↓電気)の異稿［〔雪と 飛白岩《ギャブロ》の峯の脚〕］と、詩［東岩手火山］(↓岩手山)の異稿で一九二三(大正一二)年四月八日に「岩手毎日新聞」に発表された詩［心象《スケツチ》外輪山］では、やはり下弦の月の光を「錫のあかり」と表現している。短［柳沢］の「今朝あけ方の菓子の錫紙」も空の描写。歌［二一四］の「やなぎはすべて錫紙の／つめたき葉」や童［おきなぐさ］の「ポプラ(↓楊)の錫いろの葉」は、葉の色や質感を錫を用いて表現している。

すすき 【植】 萱、芒、薄。イネ科の多年草。別称カヤは「家屋」の意で、屋根をふくのでこの名があるという俗説があるが、にわかに信じがたい(「かや」はもと「カヘ」の転音でもある)。花の咲いたものを尾花と言う。全国的に原野に自生し、日本の秋の風情をかざるものとして「秋の七草」の一に数えられる。童[*鹿踊りのはじまり]に「夕陽は赤くなゝめに*苔の野原に注ぎ、すすきはみんな白い火のやうにゆれて光りました」、童[*風の又三郎]に「風が来ると、芒の穂は細い沢山の手を一ぱいのばして、忙しく振って、/『あ、西さん、あ、東さん。あ西さん。あ南さん。あ、西さん。』なんて云ってゐる様でした」、詩[原体剣舞連《はらたいけんばいれん》](↓原体村)に「太刀は稲妻萱穂のさやぎ/獅子の星座(↓獅子座)に散る火の雨の」、詩[*穂孕期]に「稲田のなかの萱の島」等、賢治全作品中「すすき」(童[鹿踊りのはじまり]では方言で「すすぎ」とも)として出てくるもの約四〇余、「かや」として出てくるもの約五〇余、四対五の割合で計一〇〇ほど。↓萱《かや》

ススキ

鱸《すずき》 【動】【食】 スズキ科の浅海魚。河川にも遡《さかのぼ》る。体長一mほどで体形も美しく、味も美味。歌[一四八]に「すずきの目玉/つくづくと空にすかし見れど/重きあたまは癒《(い)》えんともせず」、童[*山男の四月]に「いま鱸が一匹いくらするか」とある。↓錫《すず》

鈴木卓内《すずきたくない》 ↓卓内先生《たくないせんせい》

鈴木東蔵《すずきとうぞう》 【人】 旧東北砕石工場主。一八九一(明治二四)～一九六一(昭和三六) 東磐井《いわい》郡長坂村(現東山《ひがしやま》町長坂)出身。小学校卒業後長坂村役場給仕、のち書記として一七年勤め、その後上京し、小新聞社勤めを経て、一九二三(大正一二)年頃から東磐井郡大船渡《おおふなと》線陸中松川《まつかわ》駅前で砕石事業を始めた(山内修編著『宮沢賢治』河出書房新社、一九八九)。病後の賢治が、初めて鈴木東蔵の訪問を受けたのは、一九三〇(昭和五)年四月一二日。鈴木の住む長坂村の山稜が*石灰石の宝庫で、これを粉砕し、*加里肥料を加えた合成肥料を販売したいと思い立ち、その肥料調整の相談に訪れたのが機縁だった。その後賢治は、工場への出資の依頼も耳にし、九月には陸中松川駅前の東北砕石工場(↓石灰)を訪れるなど、鈴木の相談に応えるかたちで、この仕事に積極的に関わる。工場の製品名を鈴木の「石灰岩抹《がんまつ》」でなく「*炭酸石灰」としたのも賢治のアイデアだった。一九三一(昭和六)年二月、正式な契約書を交わし(契約書には「宮沢ヲ技師トシテ嘱託シ報酬トシテ六百円ヲ炭酸石灰ヲ以テ支払フモノトス」とあり、年収六百円は現物給与)、父*宮沢政次郎の工場への出資協力もあり、宮沢家に東北砕石工場花巻出張所も開設、賢治の仕事は技師としての指導ばかりか、製品の改善と調査、販売、広告文の起草・発送から製品の注文取りにまで及び、販路拡大のためにセールスマンとして宮城、秋田、東京など広範囲を文字通り東奔西走した。鈴木について賢治は工藤藤一《とういち》宛簡[309]の中で「工場主も割合に廉潔な直情な男で自治体に関する小著等もありもう(ママ)けばかりを夢見る我利我利亡者でない点 甚《(はなはだ)》私とも共鳴する次第」と書いている。たしかに鈴木には『農村救済の理論及実際』(一九一七年、中央出版社)の「小著」もあり、農業改造の志向において賢治の文面どおり、病後小康中の賢治を例になく実業方面に積極的にさせた、人間的にも共通するものがあった。↓石灰《せっかい》

錫病《すずびょう》 ↓錫《すず》

雀《すずめ》 【動】 スズメ目ハタオリドリ科の鳥。世界的に最も普及し、最も身近な野鳥。農作物を荒しもするが昆虫等を捕食するので益鳥の役割もする。賢治作品にも多く登場。「百の*碍子《(がいし)》にあつまる雀」(詩[*グランド電柱])、「すゞめ　すゞめ/ゆつくり*杉に飛んで*稲にはい(ママ)る」(詩[*マサニエロ])、「半分溶けては雀が通り」

（詩［風と杉］）、「雀は一疋平らに流れる」（詩［〔霧のあめと　雲の明るい磁器〕］）、「そのはねを繕ってゐる瘠せた雀」（詩［花鳥図譜雀］）、「雀とってお呉れ」（童［車］）、「*悪魔の弟子はさっそく大きな雀の形になってぼろんと飛んで行きました」（童［*ひのきと*ひなげし］）等。

雀がくれすずめがくれ【農】　草木の若葉や田の苗が盛んに生い茂って、*雀が姿を隠せるほどの大きさになった状態を言う。詩［霰《あられ》］に「雀がくれの苗代」とある。

すゞめのかたびらすずめのかたびら【植】　*雀の帷子《かたびら》。ヨーロッパ、アジア原産の各地に生える越年草。茎は高さ二〇cmぐらいで叢生。秋に発芽、春茎頂に円錐花序の小穂をつける。その花穂の細く小さいのを雀の帷子（衣服）にたとえての命名。「かれたすゞめのかたびらをふんで」（詩［〔まあこのそらの雲の量と〕］）、「みちにはすゞめのかたびらが穂を出していっぱいにかぶさってゐました」（童［*イギリス海岸］）、ほか童［茨海《バラウミ》小学校］等。

スズメノ
カタビラ

すゞめのてっぽうすずめのてっぽう【植】　*雀の鉄砲。ヤリクサ（槍草）、「槍たて草」とも。イネ科の草。田植え前の田に、まるでカーペットのように群生する。葉は線形で、緑の小花を密生させる棒状の花穂を抜いて草笛にするので、「ピッピー草」の別名もある。また槍たて草、ヤリカツギと出てくるのはヤリクサから出た地方名。「みどりいろの*氈《せん》をつくるのは／春のすゞめのてっぽうだ《（ママ）》」（詩ノート［〔黒つちからたつ〕］）、「青きすゞめのてっぽうと《（ママ）》」（詩［〔春来るともなほわれの〕］）等。詩［〔それでは計算いたしませう〕］には「槍たて草」で登場、なお、雑［稲作施肥計算資料］の「春にセリタテが生えますか」はヤリタテの誤記か誤植と思われる。

スズメノテッポウ

鈴谷平原すすやへいげん【地】　ススヤの呼称は国土地理院の「地名調書」（一九二八〈昭和三〉年）中の「豊原郡豊原町役場提出」に拠る。木村圭一によれば、ススはアイヌ語の*柳、ヤは丘、柳の丘の意。*樺太（現ロシア領サハリン〈→サガレン〉）南部、樺太山脈の東側（オホーツク海側）を平行して走る山脈が鈴谷山脈で、南北約六〇km。鈴谷岳（標高一〇二一m）、幌登《ほろと》岳（一〇八五m）等が主峰。この鈴谷山脈の西側に、樺太山脈とはさまれたかたちの鈴谷平原がある。中央を鈴谷川が流れ、平原の中央に日本領時代の中心都市、豊原《とよはら》（現ユージノ・サハリンスク）がある。北海道から行く場合、当時は稚内《わっかない》から連絡船で亜庭《あにわ》湾に面した大泊《おおどまり》港に渡り、列車（樺太庁鉄道東海岸線）で豊原に至る。大泊より約四一kmを一時間半の旅であった。亜寒帯*ツンドラの原野はほぼ切りひらかれ、所々に*白樺の林が広がる美しい平原である。賢治は一九二三（大正一二）年七月三一日から八月一、二日にかけて*花巻農学校の教え子二人の就職依頼のため、豊原市にある王子製紙まで出かけ、亡妹*宮沢トシをめぐる美しい*挽歌群を得た。その中に詩［鈴谷平原］があり、「いちめんの*やなぎらんの群落が／光ともやの紫いろの花をつけ／遠くから近くからけむつてゐる」と描いている。鈴谷山脈は詩［*樺太鉄道］に登場し、これらの作品には、「*聖　白　樺《セントベチユラアルバ》」「*ツンドラ」「*あかつめくさ」「*ポラリスやなぎ」（→楊）「*コロボツクル」「*サガレン」「*えぞにふ」「*とどまつ」「結晶片岩」「色丹松《ラーチ》」（→色丹松《しこたんまつ》）等、樺太の風土特有の当時の風物詩がちりばめられている。なお「結

晶片岩」に関して、一九三六年版『樺太要覧』には、その地質を総括して「堅硬《けんこう》なる結晶片岩類、古生界及白堊系の岩石(→イギリス海岸)が長く南北に連亙《れんこう》し(つらなりわたる)、永年の削磨《さくま》作用に耐えて高処を作れる」とある。賢治が鈴谷山脈を「結晶片岩山地では／燃えあがる雲の銅粉」(詩[樺太鉄道])と描写したのもうなずけるところ。なお、樺太の人口は一九二五(大正一四)年に一八万九〇〇〇人で、男性人口が女性人口より約三万弱も多いのは出稼ぎ居留者のためであった。

すゞらん《すずらん》【植】ユリ科の多年草。別名キミカゲソウ(君影草)。晩春、芳香ある小さな鈴のような花をつけるので、この名がある。北海道や本州、九州の山地に多く、高さ一五～二〇cm。童[貝の火](→蛋白石)では、すずらんの赤い球状液果を収穫するが、ほかに童[葡萄水]では「すゞらんの実ぃ、みんな赤ぐなて」(赤くなっての方言)等とある。また「すゞらんの原」(歌[二四三]ほか)といった表現も多い。童[黄いろのトマト]では「すゞらんやヘリオトロープのい、かほり《(ママ)》」(正しくは旧「かをり」、新「かおり」)とある。「きみかげさう」の例は詩[夏](初行「木の芽が…」)や童[ポランの広場]、文語詩[賦役《ふえき》]等に登場。

スズラン

すた【方】「すたども(だけども)」の略でスタがシタになるときもある(劇[種山《たねやま》ヶ原の夜]等)。発話冒頭の前おき、つなぎとしても使う。「そうですが」等に当る。劇[植物医師]に「すた、去年なもずゐぶん雨降りだたんともずゐぶんゆぐ穫れだます」(しかし、去年なんかずいぶん雨降りだったですが、ずいぶん穫《と》れましたよ)とある。

すたはんて【方】やったから。劇[種山《たねやま》ヶ原の夜]に「すたはんてそれでい、やうだな、…」。

すたます →掛《か》げやう悪《わる》たて…

すたらいがべす【方】したらいいだろうか。劇[植物医師]「なぢょにすたらいがべす。」

すたれば【方】「したならば」の訛り。そしたら。すると。劇[種山ヶ原の夜]。

スタンレー探険隊《すたんれーたんけんたい》【文】イギリス生まれのアメリカの探検家スタンレー(Sir Henry Morgan Stanley 一八四一～一九〇四)のアフリカ探検隊のこと。文語詩[スタンレー探険隊に対する二人のコンゴー土人の演説]は「白人」や「暗《やみ》の森」や「アラヴ泥」が出てきて「(このときスタンレー(数文字不明)こらへかねて／噴き出し土人は叫びて遁《に》げ去る)」と、この文語物語詩は終わるが、スタンレーの著書『暗黒大陸横断記 Through the dark continent』(一八七八)を賢治は翻訳(矢部新作訳『スタンレー探険実記　一名闇黒亜弗利加』一八九六、博文館)で読み、このおもしろい内容に触発されて書いている。詩[発動機船　第二](これは賢治が三陸海岸旅行で得た詩)にも「月のあかりに鳴らすのは／スタンレーの探険隊に／丘の上から演説した／二人のコンゴー土人のやう」とあり、スタンレーの著書の内容と重なる。スタンレーは四回アフリカを探検しており、二回目にナイル河の水源やコンゴ河の流路を発見、さきの著書を出したが、三回目にはコンゴ自由国をベルギー王の援助で建設したりした。

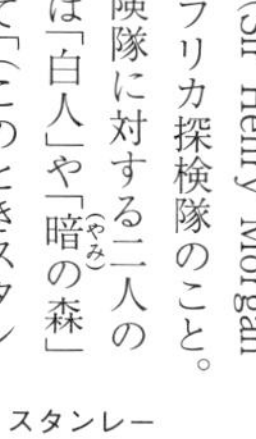
スタンレー

酸っかい《すっかい》【方】 酸っぱい、の方言。スッケー、というふうに発音する。童[葡萄水]の会話に「うう、渋、うう、酸っかい。湧《わ》ぃでるぢゃい」とある。「湧ぃでるぢゃい」は、湧いているじゃないか。葡萄をしぼった葡萄水が発酵しているさまを言っている。

すっかり了《おわ》ったたな。まあんついがた【方】（そういえば）すっかり終わったのだったな。まずはよかった。「了った」は完了の意の「…してしまった」だが、実際の発音は「すまった」。「たた」は過去における完了を示す。「まあんつ」は「ひとまず」の意（「まあんず」ともいう）。「いがた」は「いがった」とも言うが、「よかった」の意。「い」の発音はイとエの中間音。劇[種山《たねやま》ヶ原の夜]。

ズック【衣】 doek（オランダ）、duck（英）の日本語訛り。賢治はヅックとも書く。太い麻糸または木綿糸を用いて厚手に密に織った平織りの布地。運動靴、かばん、天幕、帆等に用いられた（今はたいてい化学繊維がとって代わった）。「灰色ヅックの提鞄《さげかばん》」（短[電車]）、「ズックの管を豚の咽喉まで押し込んだ」（童[フランドン農学校の豚]）ほか、短[柳沢]等。

ステツドラア【文】 STAEDTLER ドイツの有名な鉛筆・文房具会社で、現在もあり、同社の製品の七五%は国外に輸出されている。詩[栗鼠と色鉛筆]に「色鉛筆がほしいつて／ステツドラアのみぢ《ママ》かいペンか／ステツドラアのならいいんだが」とある。賢治はドイツ製の文房具や顕微鏡等を愛用していた。↓鉛筆《えんぴつ》

ステップ地方《すてっぷちほう》【地】 steppe 中緯度地方に広がる丈《たけ》の短い草によって覆われた草原地帯。本来はヨーロッパ・ロシア東南部から、アジア・ロシア南西部にかけて広がる大草原地につけられた名称だが（「キルギス曠原」と賢治が呼ぶようなシベリア・アジアの大草原を言うときは大文字にせず the steppes とも表示することがある）、アメリカ合衆国ロッキー山脈東麓台地（グレート・プレーンズ the Great Plains）やオーストラリア等の草原をも言う。湿潤な森林地帯と乾燥した砂漠との中間地帯で、気候は乾燥気候の一つに分類され、一日の気温差が激しく、年間雨量二五〇〜五〇〇㎜と雨が少ないため樹木はほとんど生育しない。牧場として利用されるが、アジア・北アフリカ等の旧大陸では遊牧民が家畜と野生動物を追って生活する。詩[〔ふたりおんなじさういふ奇体な扮装《いでたち》で〕]に「わざわざここの台地の上へ／ステップ地方の鳥の踊《をどり》／それをどりに来たのか」とあるのは、この地方に住む遊牧民の民族衣装、民族舞踊が参考になっていると思われる。↓鳥踊《フォーゲルタンツ》

ステートメント【文】【レ】 statement（英） 声明（書）。行政用語で公式発表のこと。ショウミョウと読めば仏教語で、梵語の音声や文法の学問、または梵語や漢文でとなえる経文唱誦《しょうじゅ》の意になるので、賢治は英語にしたとも考えられる。

棄てば《すてば》 ↓いたつき

ステーム【文】 スチーム（steam）の訛り。暖房装置。童[氷河《ひょうが》鼠《ねずみ》の毛皮]に「紳士はステームでだんだん暖まつて」とある。列車客室の暖房。

胃時計《ストマクウヲッチ》 ↓時計《とけい》

ストラウス死と浄化《すとらうすしとじょうか》【音】 ドイツの作曲家リヒャルト・シュトラウス（R. Strauss 一八六四〜一九四九）の交響詩「死と浄化」（現在は「死と変容」）のこと。簡[286]にそのレコードについての一文がある。なお[「東京」ノート]七二頁に Wagner（↓ワグネルの

歌劇物)、Lißt や Beethoven(→ベートーヴェン)とともに「Strauss Tod und Verkläung 3」とメモされている。これもキリストの Verklärung(賢治は誤記。浄化、変容)を主題とした「死と変容」のこと。

沙《すな》【鉱】 砂に同じ。「水いろのそらの渚による沙に」(詩〔ほほじろは鼓のかたちにひるがへるし〕」)。→流沙《るさ》

スナイダー【人】 スナイダアとも。作品中の架空の人名。童[ビヂテリアン大祭]に登場するオーケストラの楽長。賢治の盛岡高等農林得業論文、雑[腐植質中ノ無機成分ノ植物ニ対スル価値]に登場する土壌学者 H. Snyder の名に基づく創作人名と言われている。スナイダーの詳細については不明。同童話中に登場する喜劇役者のジョン・ヒルガードも、同論文中の Hilgard から取った名と言われているが詳細は不明。

スナイドル【文】 アメリカの発明家スナイダー(J. Snider)の発明した銃の日本名。一九世紀中ごろに発明した後装(手もとで弾を装塡する。それまでは筒先から弾をこめる前装だった)のライフル。明治維新前後に輸入され、一八七一(明治四)年、歩兵銃として採用されて一八八〇年まで用いられ、新しく開発された村田銃(村田経芳《つねよし》完成)にとって代わられた。当時はシナイドル、洋銃《スナイドル》とも表記された。「古いスナイドルを斜めにしょって」(詩[地主])、「蟻の歩哨は、また厳めしくスナイドル式銃剣を南の方へ構へました」(童[朝に就ての童話的構図])とある。

スナイドル銃

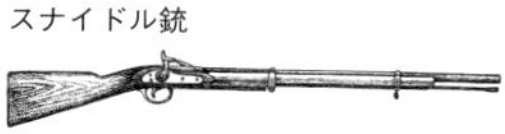

砂砂糖《すなざとう》 →砂糖《さとう》

スナップ兄弟《すなっぷきょうだい》【動】 犬の名。snap とは英語で「かみつく」「飛びつく」の意味があるから、賢治独特のウイットを働かせて兄弟犬にそう命名したのであろう。詩[塩水撰・浸種]に「馬の列について来た黄いろな二ひきの犬は/尾をふさふさした大きなスナップ兄弟で」とある。

すなどりびと【レ】 漁《すなど》り(魚を取る)人。海人《あま》と同じく漁師、漁夫の古語。文語詩[化物丁場]初行に「すなどりびとのかたちして」とある。漁師のかっこうをして、の意。

蝸牛水車《スネールタービン》 →鞘翅発電機《ダイナモコレオプテラ》

スノードン【地】 Snowdon イギリス中西部、北ウェールズのケンブリアン連峰の主峰。イギリス本島第二の高峰(第一峰はスコットランドのベン・ネヴィス山一三四四m)。標高約一〇八五m。海岸に近く姿が秀麗なので人気が第一峰よりはるかに高い(日本での富士山人気に似る)。イギリスの山はみな低く、一〇〇〇mもあれば高山と言える。この辺りをケンブリアン連峰(Cambrian mountains)と言い、地質年代の古生代(→古生)最古期(約六億年前)のカンブリア紀(Cambrian)の名のもとになった。この紀には三葉虫やオウムガイ、シダ植物等、大生物群の発生を見た。賢治は地質学の知識からスノードンの名を用いたのだが、同じ蛇紋岩から成る早池峰山をスノードンに見立てるのは彼のエキゾチシズム(異国趣味)、あるいは土着(日本)と西欧をダブらせる発想の代表的な一例。詩ノート[〔ちゞれてすがすがしい雲の朝〕]に「スノードンの峯のいたゞきが/その二きれの巨きな雲の間からあらはれる/下では権現堂山が/北斎筆支那の絵図を/パノラマにして展《ひろ》

スノードン山

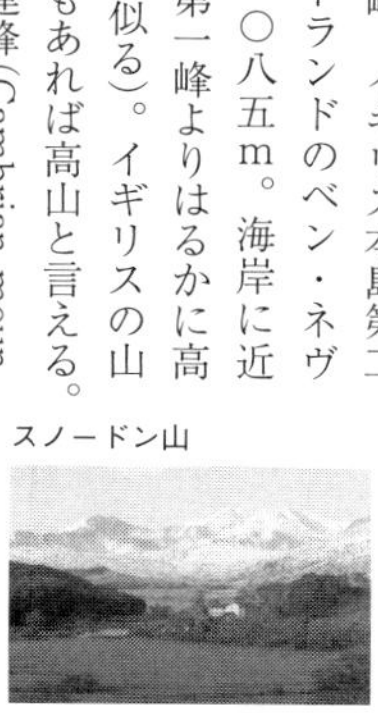

げてゐる」とある。詩ノート［〔午前の仕事のなかばを充たし〕］にも登場。なお、スノードン山の登山鉄道（アプト式で山麓から山頂まで一時間）が開通したのは一八九六年（賢治の生年）で世界的に評判だった。山頂にはホテルもある。

油桃《ずばいもも》 →油桃《つばいもも》

西班尼製《すぱにあ》 →とらよとすればその手《て》からことりはそらへとんで行《い》く

すばる【天】 プレアデス（Pleiades）。昴《ぼう》（二十八宿の一）。＊庚申《こうしん》。おうし座の散開星団M《メシエ》45。距離四一〇光年で、約一三〇の星の集団。誕生したばかりの高温の青い星で構成され、母体となったガスが残存している。「すばる」は和名で「統《す》まる」（一つになる）からの転訛。晩秋の南天で輝くので農作や漁業では「いか釣り」と結びつくことが多い。賢治も好んで使い、短［＊ラジュウムの＊雁］ではすばるを「ラジュウムの雁、化石させられた＊燐光の雁」と表現。童［＊シグナルとシグナレス］の「十三連なる青い星」とは、詩［〔そのとき嫁いだ妹に云ふ〕］に「十三もある昴の星を／汗に眼を蝕まれ／あるひ《ママ》は五つや七つと数へ／或ひ《ママ》は一つの雲と見る」とあり、すばるのこと。七等級までの双眼鏡（→夜間双眼鏡《ナイトグラス》）でよく見える星は一五程度。『肉眼に見える星の研究』（吉田源治郎、一九二二）では視力の強い人には十二ないし十四の星が見えると書かれている。しかし関東以北の方言に「六連星《むつらぼし》」とあるように、ふつう肉眼に見えるのは六星。童［〔＊銀河鉄道の夜〕〔初期形〕］の「プレシオスの鎖」（→昴《ぼう》の鎖）もプレアデスから来ていると言われている。このほか、すばるは晩秋の星の代表として童［祭の晩］［＊なめとこ山の＊熊］、歌［七四六］、詩［秋］、ス［一二二］、文語詩［＊臘月《ろうげつ》］等にも登場する。

昴《スバル》**の塚**《すばるのつか》 →庚申《こうしん》（→口絵⑫）

スピッツベルゲン島《すぴっつべるげんとう》【地】 Spitsbergen ノルウェーの北約六〇〇km、北極海にあるノルウェー領の諸島。ノルウェー名はスヴァルベルド（Svalberd）。一二世紀にヴァイキング（北欧海賊）によって発見されたが、一五九六年オランダ人ウィリアム・バレンツによって再発見されるまで忘れ去られていた。一七世紀初めになるとヨーロッパ各国人による捕鯨が行なわれ、捕鯨業衰退後は主にロシア人による狩猟が行なわれた。一九世紀には多くの探検家、科学者によって地図が作成され、良質の石炭層が発見された。＊石炭は今も島の最も重要な資源。世界最北の定住地域で、一九二〇年パリ条約でノルウェー領となり、一九二五年のアムンゼン、一九二六年のバード等の北極飛行の基地としても有名。童［＊猫の事務所〔初期形〕］に「＊パン・ポラリス（→アンモニアック兄弟）。北極に行きてスピッツベルゲン島附近にて死亡す」とある。

スープ【食】 soup 明治時代にはソップとも言った。「土のスープと草の列」（詩［＊青い槍の葉］）、「水をぬるんだスープとおもひ」（詩［陸中国＊挿秧《そうおう》之図］）、「水がスープのやうな気がしたりするのでした」（童［＊グスコーブドリの伝記］）と言うように、賢治らしい洒落《しゃれ》た比喩に用いられることが多い。

スフィンクス《すふぃんくす》【文】 sphinx（ギリシア） 古代エジプトに起源を持つ男性の頭を持ち、＊獅子の胴を持つ怪物。王者の権力の象徴、魔除けとして、神殿、墳墓等の入口にその石像があった。最古のものは、ギゼーの大ピラミッド近くのもので、長さ七三・五m、高さ約二〇m、顔幅四m。童［ポラーノの広場］（→ポランの広場）

に「巨きな鉄の缶《（ママ）》がスフィンクスのやうにこっちに向いて置いて」とある。なお、ギリシア神話にもスフィンクスは怪物として登場するが、右の賢治作品は魔除けの石像のイメージ。

スペイド【文】 スペード（spade）。トランプの札の一。詩［〔北いっぱいの星ぞらに〕］の下書稿㈣㈤に「うつくしいスペイド」、「おほばこのスペイド」とある。両方とも、並んで生えるオオバコの楕円形の葉をスペイドのカードの模様に見たてた表現。童［若い木霊《こだま》］で鴾（↓トキ）が木霊にいまいましげに「スペイドの十を見損《そこね》っちゃった」とどなるのも「そこらあたり」のオオバコの春の若葉を、いくらでも「持っといで」という鴾と、赤い鴾色の火をほしがる「若い木霊」が見向きもしない取りちがえから発したせりふであろう。

スペクトル【天】【レ】 spectre（仏） 分光《ぶんこう》。多くの稜《かど》をもつガラスが光を分散して虹を作ることは古くローマ帝国のセネカの有名な著作『自然の研究』（前四五頃）にも見られる。一七世紀のニュートンは一六六五年ごろプリズム（↓三稜玻璃）を使って太陽光を分散し、異なる色光は屈折率も異なることを証明した。白色光がさまざまな色光の集合であることを証明したのもニュートンである。一八〇二年にはウラストンが、一八一五年にはフラウンホーファが太陽スペクトル中に暗線を発見した。一八六〇年にはキルヒホフとブンゼン（↓ブンゼン燈）が各元素が固有のスペクトル線を出すと発表。これ以後、スペクトルの分析によって元素の存在の確認、特に天文学の分野での星や星雲の構造を解明する有力な手段となり、ここに天体物理学の誕生をみた。一九一三年にはボーアの研究によって、原子の構造や性質を調べる手がかりが与えられた。天文分野では一九二〇年、銀河スペクトルの赤方偏移がスライファーによって発表された。これは後に、銀河系外星雲研究の第一人者で、銀河の島宇宙説を確立したアメリカのハッブル（Edwin P. Hubble 一八八九～一九五三）によって、ハッブルの法則（赤方偏移の価によって銀河までの距離が測定できる）に集約され、今日の宇宙膨張説に多大な影響を与えた。ところで日本の文学では「光」は山村暮鳥《ぼちょう》（詩集『聖三稜玻璃《せいさんりょうはり》』）をはじめ、北原白秋、萩原朔太郎、室生犀星といった賢治に先行する詩人たちがすでに好んで用い、流行させたイメージではあったが（フランス印象派の影響も考えられる）、ややもすれば観念的で神秘浪漫の象徴的傾向を出ない彼らと違って、賢治の場合は「光」のイメージ一つにしても科学的実証に裏づけられた明晰さと、透明度の高さがある。そこに時代的影響を超えた賢治の主体性と独自性がある。賢治は虹、プリズム、光素《エーテル》、スペクトル、等を積極的に、しかも重要語として使った。童［ビヂテリアン大祭］には「いくら連続してゐてもその両端では大分ちがってゐます。太陽スペクトルの七色をごらんなさい。これなどは両端に赤と菫とがありまん中に黄があります」とあり、菜食主義者への攻撃に対する反論に使っている。童［インドラの網］ではインドラの網（因陀羅網《いんだらもう》）中の宝珠が、光を分散することのたとえに使った。詩［半蔭地《はんいんち》選定］では蜘蛛の巣らしいもののたとえに「古くさいスペクトル」と、ス［三八］では太陽光自体を「ながれ入るスペクトルの黄金」と、おどろくべき表現をしている。

済《す》まって ↓踊《おど》り済《す》まって

すまないんだぢやい【方】 済まないんだぞ。詩［東岩手火山］「汝《うな》ひとりであすまないんだぢやい」。

木炭《すみ》すご【文】【方】 すみだわら（炭俵）の方言。藁*と、葦*、萱*《かや》等を編んで作ったもの。山林地帯が県の八〇%といわれた岩手県では、原木を炭釜で炭化させる木炭は重要な産業であり、出荷に用いる炭すご作りも農家の大事な副業だった。詩［早春独白］に「身丈《みたけ》にちかい木炭《すみ》すごを／地蔵菩薩*の龕*《がん》かなにかのやうに負ひ」とあるのは、家で編んだ木炭すごを、仏像を納めた厨子《ずし》みたいに背中いっぱい背負って、町へ売りに行くシーン。

すもも【植】 漢名は、李。洋名ではプラム(plum)。中国原産のバラ科の落葉小高木。古く日本に渡来し、果樹として栽培された。葉も実も桃に似ているが桃より小さく、酸味をもつのでその名がある。春、白紅色の花を咲かせ、初夏に黄色ないし赤紫の果が熟する。完熟すれば甘く、生食する。栽培種は多品種で乾果や缶詰になる。プラムは欧州原産でスモモに似るが、葉は倒卵形で果は藍黒色。童［雁*の童子］に「杏*やすももの白い花が咲き」、童［チュウリップの幻術*］（→うっこんかう）には「すももも踊り出しますよ」とある。短［秋田街道］ほか詩にも多く登場。

スモモ

スリッパ小屋《すりっぱごや》【文】 スリッパは鉄道の枕木の地方語（英語の sleeper から）。払い下げの古い枕木で造った掘っ建て小屋のこと。文語詩［宗谷〔二〕］に「丘の上のスリッパ小屋に／嫗《おうな》ゐてむすめらに云ふ」とある。嫗は老婆。

須利耶圭《すりやけい》【人】「須利耶さま」とも。童［雁*の童子］の登場人物名。この名に関しては、インドラ神（→帝釈天）と、しばしば同一神に見られるヒンズー教の太陽神スルヤから来たとする金子民雄説もあるが、妙法蓮華経*ほかの漢訳者として名高い亀茲国*《きじこく》出身の鳩摩羅什《クマラジュウ》（クマラジーヴァ）の師、須利耶蘇摩《すりやそま》をモデルにしたとする恩田逸夫《いつお》説がある。クマラジーヴァは高僧だった父（インド人、母は中国人）鳩摩炎《クマーエン》が政治的な理由で還俗《げんぞく》（僧籍からの離脱）してもうけた、いわば罪の子である。童［雁の童子］では童子は「私はあなたの子です。（中略）私は王の……だったのですがこの絵ができてから王さまは殺されわたくしどもはいっしょに出家したのでしたが敵王がきて寺を焼くとき二日ほど俗服を着てかくれてゐるうちわたくしは恋人があってこのまゝ出家にかへるのをやめやう《ママ》かと思ったのです」と語る。この「罪があってたゞいままで雁の形を受けて居」た童子の前世での事件はクマラジュウの出生と関係があるとも言えよう。また須利耶圭が盛んに経を写すと書かれている点も同様、クマラジュウとの結びつきを考えざるをえないという点で恩田説は重い。童［雁の童子］で、鉄砲*を持ち雁を射落とす須利耶圭の従弟《いとこ》と、この須利耶圭の話は、猪口弘之《いのぐちひろゆき》によれば仏教説話に見られるシッダールタとデーヴァダッタをめぐる（雁を弓で射る）話をヒントにしていると言う。→亀茲国《きじこく》

スールダッタ →チャーナタ

すれない →ないがべ

スレンヂングトン《すれんじんぐとん》【地】 劇［饑餓陣営］（→饑饉）中でバ*ナナン大将が「ベルギ戦役マイナス十五里進軍の際スレンヂングトンの街道で拾ったよ」と言う場面がある。その名は全くの創作か、出典出所の有無は不明。

スヰヂッシ安全マッチ《すいじっしあんぜんまっち》 →スヰーデン*《すゐーでん》

スヰツツル【文】【レ】 スイッツル。スイス。詩［小岩井農場

パート三]に「馬車のラッパ*がきこえてくれば／ここが一ぺんにスヰツツルになる」とある。スイス(Switzerland)ふうのけしきと雰囲気になる、という意であろう。ちなみに戦時中刊行の十字屋全集では右の引用部分は「スヰスの春の版画になる」となっていた。

スヰーデン《すゐーでん》【地】 スウェーデン(Sweden)のこと。明治・大正時代には瑞典(マッチは燐寸)とも表記した。童*[イギリス海岸]では「私どもはスヰーデンの峡湾にでも来たやうな気がしてどきっとしました」とある。なお、詩[霧とマッチ]に「スヰヂッシ安全マッチ」が登場するが、スウェーデン製安全マッチ(Swedish safety match の英語商標)のこと。明治のころはスウェーデン製マッチが世界的に有名で良質でもあったので日本でも普及したが、大正期には日本製マッチも良質で世界的販路をもつようになっていたが、ハイカラ好みの賢治は外国製にしたかったのだろう。

スヰートサルタン《すゐーとさるたん》【植】 sweet sultan においやぐるま(匂矢車)。トルコ原産のキク科の園芸植物。高さ約七〇cm。五～七月、アザミ*に似た花(色は白、ピンク、紫、黄)を咲かせる。大正末に日本に渡来、一般に和名は用いられずスイートサルタンが通用している(花名のスイートは英語で香《かお》り〈におい〉、サルタンはもとアラビア語で、今もイスラム〈↓回教〉教国君主の尊称、スルタンとも)。「草花移植／スヰートサルタン」(帳[銀行日誌])等。

スヰトン《すゐとん》【食】 水団、炊団。小麦粉(↓メリケン粉)で作った*団子を入れた汁。*花巻地方では方言でヒッツミ(引いて摘《つ》み入れる、の意)とかハット(餺飥《はったく》に発する。山梨地方のハウタウ＝ホウトウの語源もこれ)、長野地方ではヒンノベ(引いて伸ばす)。小麦粉に塩と水を加えてこね、適当に丸めて、すまし汁や味噌汁に入れて煮たもの。野菜や魚介、肉等を入れて主食副食兼用の食事にもした。関東大震災(一九二三)後や、第二次大戦の戦中戦後の食糧難の時代に都会でも多く食されたが往時の農村ではごちそうだった。詩*[停《じょう》留所にてスヰトンを喫す]には、うまそうな、教え子の母の情のこもった「帆立貝入りのスヰトン」が運ばれてくるが、苦しく身を横たえている賢治は食べられない。

スヰミングワルツ《すゐみんぐわるつ》【音】 曲名。童*[イギリス海岸]に「一人の生徒はスヰミングワルツの口笛*を吹きました」とある。従弟岩田豊蔵(賢治の妹シゲ〈↓おしげ子〉の夫〈↓関徳彌《とくや》〉)の回想中に、一九二二(大正一一)年ごろ賢治が聞いた曲として、これが挙げられている。佐藤泰平《たいへい》によれば、この曲は『ニッポノホン鷲印《わしじるし》』に実在し、作曲者不明で、演奏は東京芸術劇場専属管絃楽楽手。内容は賢治の曲[饑餓陣営](↓饑饉)中の歌「[一時半なのにどうしたのだらう]」の旋律と同じだと言う(『宮沢賢治の音楽』一九九五)。

すゐぎんメタル《すいぎんめたる》 ↓水銀《すいぎん》

水精《すゐしやう》 ↓水晶《すいしよう》

ずゐぶん雨降《あめふ》りだたんともずゐぶんゆぐ穫《と》れだます ↓すた

ずゐ虫《ずいむし》【動】 植物の茎や枝に発生する幼虫の総称。詩ノート[[南からまた西南から]]に「ずゐ虫は葉を黄いろに伸ばした」とある。

すゐたる《すえたる》 ↓ししむら

せ

西域《せいいき》【地】 サイイキとも。中国の西方諸地域を中国人が呼んだ総称。広くは東西トルキスタン、西アジア、チベット(↓ツェラ高原)、インド、東ヨーロッパを含む広大な地域を、狭くはパミール(↓ツェラ高原)から東トルキスタンの地域を指す。日本では後者よりやや広く、東西トルキスタンから中央アジアを指すものとして用いてきた。賢治の場合も明確には把握できないが、インドから周辺諸国(中国はもちろん、チベットなど)に広まっていった仏教を軸に、シルクロードを東西文化の経路とする中央アジア諸国を頭においていたと思われる。詩[亜細亜学者の散策]の「天竺《てんじく》及至西域の」、詩[葱嶺《パミール》先生の散歩]の「やがては西域諸国に於ける」や、詩[装景手記]の「ヒンヅーガンダラ(↓インド)及至西域諸国に於ける」等がそれである。詩[霜林幻想](「うとうとするとひやりとくる」下書稿㊂)の「まるで昔の西域のお寺へ行ったやうだ」、詩[空明と傷痍《しょうい》](下書稿㊀)の「西域風の古い顥気《こうき》がいっぱいで」、短[床屋]の「実は昔の西域のやり方」等は空間だけでなく、やはり西域仏教の風習や雰囲気を、当時の諸本に刺激されながら賢治が深い興味と関心をよせていた語彙的裏づけとなろう。メモ[創作メモ(創41)]には「印度/西域/支那/日本/日本/日本」と列挙され、「西域因果物語を/本流として」等の記入も見える。↓ガンダーラ、ツェラ高原《つぇらこうげん》、トランスヒマラヤ、魔神《まじん》

星雲《せいうん》【天】 ネビュラ(nebula)。古くは肉眼で見えるガス状の天体を漠然と星雲と呼んだ。望遠鏡の発達で星々に分解できるものを星団と呼ぶようになった。一九世紀から天文学の主流となったスペクトル分析によれば、通常、星は連続スペクトル(各色帯が連続する)となるが、ガスは輝線スペクトル(大部分が暗帯で、ところどころそのガス特有の輝線を示す)となる。星雲のスペクトルをとると、輝線スペクトルを示すガス星雲のほかに、いくら大望遠鏡で見ても星々に分解できないのに、連続スペクトルを示す渦状《かじょう》星雲(アンドロメダ座M《メシエ》31、猟犬座M51等)の二種類あることがわかった。渦状星雲は天の川から離れた場所に多く、ガス星雲は逆に天の川中に多いことから、さまざまな論議を呼んだ。一九一〇年代には、渦状星雲を、銀河系と同等の銀河とする島宇宙説が有力になりつつあった。一九二三年、アメリカのハッブルはアンドロメダM31を星に分解した写真撮影に成功、ケフェイド型変光星の周期光度関係によってM31が銀河系のはるか彼方にある独立した銀河(galaxy ギャラクシー)であることが確証された(↓スペクトル)。賢治はアレニウスの影響を受けたので、島宇宙説を信じるまでには至らず、童[土神ときつね]にあるように、すべての星雲は惑星系(他の太陽系)誕生の一過程を示すものと考えていたようである。現代天文学ではガス星雲には、暗黒星雲、散光星雲(星の光をガスが反射する)、惑星状星雲(太陽(↓お日さま)より大き目の星が老年期に爆発したもの)等がある。作品に登場するものでは、オリオン座大星雲M42(詩[東岩手火山](↓岩手山)、童[土神と狐]等)は散光星雲で、琴座環状星雲《リングネビュラ》M57(童[土神とき

つね」〔*シグナルとシグナレス〕等）は惑星状星雲である。「*石炭袋」（童〔*銀河鉄道の夜〕）、「銀河の窓」（詩〔〔北いっぱいの星ぞらに〕〕下書稿㈤）は暗黒星雲（星間物質が後方の光を遮断したもの）であるが、賢治は星雲の裂け目と思っていたようである。これは*異空間の問題と密接にかかわってくる。詩〔*鉱染とネクタイ〕には「蠍（↓さそり座）の赤眼が南中し／（中略）／房や星雲の附属した／青じろい*浄瓶《（じんびん）》星座がでてくると／そらは立派な*古代意慾の*曼陀羅になる」とある。これは*射手《いて》座付近の複雑な銀河（天の川）を曼陀羅に比喩したものだが、浄瓶（水がめ）座には目立つ房《ふさ》（房状の星々）や星雲が見当たらない。射手座の一部を取り違えたのであろうか。あるいは肉眼で見ることはまず不可能なみずがめ座環状星雲（六・五等）を念頭に置いたものか。また詩〔*一本木野〕や〔風の*偏《（へん）》倚《（い）》〕等では、雲を星雲に比喩している。なお、賢治の音楽・音感面を地道にしらべている中村節也によれば、賢治はR・H・アレンの『星名 その伝承的意味』のニューヨーク版（"Star-names and there Meanings" 1899）を何かのつてで読んだのかもしれないと言う。（↓口絵④）

せいがきれて【レ】 精が切れて。スタミナがなくなって。童〔〔税務署長の冒険〕〕で、署長が「どうも*せいがきれていけない」と言って酒屋で酒を一杯ひっかける。冒頭の堀部安兵衛の話と照応する。

世紀末風《せいきまつふう》【文】 世紀末（fin de siècle〈仏〉）は一般には一九世紀末のフランスを中心に西欧に現われた頽廃的、懐疑的な風潮を言う。ボードレール、マラルメ、ワイルド、絵画ではムンク、ビアズリー等が代表的。日本では明治末年から大正にかけて、耽美派をはじめ多くの詩人・小説家に影響を与えた。この言葉を日本で一般に流行させたのは一九一二（明治四五）年刊行の厨川白村《くりやかわはくそん》『近代文学十講』と言われる。詩〔冬〕に「世紀末風のぼんやり青い*氷霧」とある。

清教徒《せいきょうと》【宗】 ピューリタン（Puritan）の訳語。一六世紀後半以降、イギリス国教会のありかたに反対し、徹底した宗教改革をとなえたプロテスタント諸教派の総称。その一部が一七世紀前半、アメリカ大陸に開拓農民として移住した。詩〔過去情炎〕に「わたくしは移住の清教徒」とあるのも、そうした史実を踏まえている。他に詩〔〔そもそも拙者ほんものの清教徒ならば〕〕もあり、清教徒は清貧の姿の典型とされているが、一般には敬虔で潔癖な生きかたをピューリタニズムとも呼ぶ。

静芸術《せいげいじゅつ》 ↓第四次元《だいよじげん》

清源寺《せいげんじ》 ↓徳玄寺《とくげんじ》

***西行**《せいこう》【レ】 サイコウとも読める。詩〔塚と風〕に「袴《（はかま）》をはいた烏天狗だ／や、西行、」とある。西行とだけあれば、歌人の西行法師の名があまりに有名だから、ついサイギョウと読まれかねない。ここは、風向き（風の動き）を言っているのだから人名ではない（佐藤義清《のりきよ》こと西行のペンネームも西＝西方浄土にちなむが）。この詩の第一連の「東に走って行かうとする」風、すなわち「*東行」だった風が、こんどはいきなり、黒い袴をはき、嘴《くちばし》も羽もカラスみたいなカラステングの風にかわり、身をひるがえして「西行」する、西へ走って行く、というイメージである。風ではないが、詩〔*岩手軽便鉄道 七月（*ジャズ）〕にも同様、「本社の西行各列車」とある。これはニシユキと言った。↓西行各列車《にしゆきかくれっしゃ》

【せいさん】

聖餐《せいさん》【宗】【レ】 詩[*山の晨明《しんめい》に関する童話風の構想]に「たのしく燃えてこの聖餐をとらうでないか」、文語詩[紀念写真]（「紀」は当時そうも書いた）に「つめたき風の聖餐を」とある。仏教ならショウサンと読むところだが仏教にはこの語はないから、キリスト教の祭儀の中心である聖餐式（イエスの「最後の晩餐」にちなむ。キリストの体（肉）と血に擬した*パンとぶどう酒を会衆にわける）を頭において用いたのであろう。

生産体操《せいさんたいそう》【農】 劇[饑餓陣営]（→饑饉）の原題。劇中、辛くも全滅を免れはしたが、饑餓の極致にいるバナナン軍団の大将、*バナナン大将が部下に神の「み力《ちから》」を受けて発明したという新式の生産体操を披露する。具体的な体操の内容は「*果樹整枝法」の六種。①*ピラミッド、②*ベース（盃状仕立）、③*カンデラーブル（U字）、④の1、*水平コルドン、④の2、*直立コルドン、⑤*エーベンタール（扇状仕立）、⑥棚仕立、といったユニークなもの。終わって棚から果実を収穫し、神への感謝を表わす、とする、賢治の奔放な独創による果樹栽培を模した体操である。→不生産式体操《ふせいさんしきたいそう》

生《せい》**しののめ**【レ】 生き生きとした東雲《しののめ》（明けがた）、の意であろう。詩[原体剣舞連《はらたいけんばいれん》]（→原体村）に「生しののめの草いろの火を」とある。賢治の造語と思われるが、美しい詩的イメージ。

整枝法《せいしほう》【農】 果樹の枝の剪定《せんてい》（果樹の生育をコントロールし、樹形を整えるために枝の一部を剪定鋏《ばさみ》で切り取る）方法。明治初期、フランスの整枝法が導入されたのが始まりと言われる。劇[饑餓陣営]（→饑饉）に「大将両腕を上げ整枝法の*ピラミッド形をつくる」とある。

西周の武王《せいしゅうのぶおう》【人】 周は封建制で名高い中国の古代王朝。前一一〇〇年ころより、犬戎《けんじゅう》（北辺の異民族）の侵入によって鎬京《こうけい》から東の洛陽《らくよう》に遷都した前七七〇年までを西周と言う。暴君の代表とされる殷《いん》王国の紂《ちゅう》王を牧野《ぼくや》の戦で破って殷（商と自称）を滅ぼしたのが、周の武王である。武王の父、文王に釣りをしているときに見いだされたのが太公望《たいこうぼう》（釣り人を太公望と言ういわれ）で、文武両王に仕えた賢人であり、後に春秋時代の雄、斉《せい》国の祖となった。周の封建制は、ヨーロッパの社会経済的制度とは異なり、宗廟を中心とした氏族共同体の制度である。童[*山男の四月]（初期形）に中国人商人が山男に対して「わしは清国フーへ村のクェンと云ふものですがね。家はさいさう（→採草）を業とし、西周武王の子孫です」と自己紹介する。「フーへ村のクェン」の村名・人名の出所は不明。

聖重挽馬《せいじゅうばんば》 →馬《うま》

聖女テレジア《せいじょてれじあ》【人】 M.F. Thérèse Martin（マリー・フランソワズ・テレーズ・マルタン 一八七三〜一八九七）のこと。フランス・リジューのカルメル会の修道女《スール》。「リジューのテレーズ」（Thérèse de Lisieux）とも呼ばれる。テレーズはラテン語ではテレジアとなる（日本では通常聖人名はラテン語式に呼ぶのでテレジアで知られてきた）。彼女の書いた三つの自叙伝を一冊にまとめた（姉セリーヌと従姉マリア修女との手に成る）『一つの霊魂の履歴』（"Histoire d'une âme"）は世界的なロングベストセラー。日本では一九一一（明治四四）年に『小さき花　聖女小さきテレジアの自叙伝』（シルベン・ブスケ訳）として刊行され、広く感動を呼んだ。なお、現在はオリジナルな三つの自叙伝をそのまま一冊にした日

本語訳『小さき聖テレジア自叙伝―幼きイエズスの聖テレジアの自叙伝の三つの原稿』(東京女子跣足《せんそく》カルメル会訳、一九六二)がよく読まれ、版を重ねている。賢治は『小さき花』を読んだものと思われる。短［*花壇工作］に「南の診察室や手術室のある棟には十三才の聖女テレジアといった風の」とあり、詩［*装景手記］に「十三歳の聖女テレジアが／水いろの上着を着*羊歯《しだ》の花をたくさんもって」とあるが、ともに『小さき花』中の叙述にヒントを得ていることは明らかである。もともと〝小さき花〟の書名の出所はテレジア自身の叙述の中にも自分が目立たない「小さな白い花」にあこがれを示す箇所があり、そうしたことが賢治を引きつけたかと思われる。ちなみに、通称「大テレサ」と呼ばれ、やはり自叙伝をもつスペインの有名な修道女テレサ(Teresa ラテン語ではやはりテレジアとなる)と混同しないために、このテレーズを「小さき」(あるいは「愛らしき」)を冠して〝小テレサ〟と呼ぶのも、単に区別のためだけでなく、彼女の著作がそう言わせていると思われる。

精神《せいしん》【科】【レ】 賢治作品では使用法から大略次の三つに分類できる。①単に肉体のような外面的なものに対する内面作用を指す場合。例えば、「気」とか「気持」等と言い換えができる。詩ノート［*〔栗の木花さき〕］に、「更に二聯《にれん》の／精神作用を伴へば／聖者の像ともなる顔である」(二聯は双連、二つ一組の)とあるほか、童［*クンねずみ］に、「共同一致、団結、和睦の、セイシンで」とある。ほか童［*土神と狐］、短［*花壇工作］等に。②知的な心の働きを指す場合。それらは例えば「理知」とか「思想」等と言いかえることができる。童［*ビヂテリアン大祭］に、「仏教の精神によるならば」とあるほか、詩ノート［*〔ソックスレット〕］等に。③物事の根本的な意義を指す場合。「本義」と言いかえることができる。童［ビヂテリアン大祭］に「まあその精神について大きくわけますと、同情派と予防派との二つになります」とある。ほか、短［*竜と詩人］等にも見られる。曲［精神歌］も③として考えられよう。

精神主義《せいしんしゅぎ》【文】 spiritualism 一般的には、物質に対して人間の*精神の働きを根本的な支配原理とみなす考え方。仏教では「唯心《ゆいしん》」、「唯識《ゆいしき》論」がこれに相当する。*華厳《けごん》経の中心思想。近代日本の哲学用語として言うなら、唯物論に対し、精神の物質的基礎や、その機能、用途、結果等を無視して、精神の意図するものだけをひたすら重んじる考え方。そのあまり、精神主義はかえって精神の表われとしての物質の形や行動の形に固執する結果となり、精神の本来もつべき弾力性を失った。詩［〔そもそも拙者ほんものの*清教徒ならば〕］に「ところが拙者のこのごろは／精神主義ではないのであって／動機や何かの清純よりは／行程をこそ重しとする」とある。行程《こうてい》は過程、プロセス。

星図《せいず》【天】 恒星《こうせい》図とも。天体の見かけの位置や明るさを示した天体の地図。全天を赤緯と赤経で表わす。星の微細な位置変化があるため、元期(西暦年)が付記され、現在は二〇〇〇・〇年分点である。肉眼での観測用には六～六・五等までの恒星と主要な*星雲、星団、恒星名、星座名と*天の川が描かれ、惑星や*月等は除かれる。最初の本格的星図は一八世紀のグリニッジ天文台の初代台長フラムスティードによる『フラムスティード天球図帳』である。当時日本で手に入れやすかったのは『新撰恒星図』(日本天文学会編)や『古賀恒星図』(古賀和吉作、京都帝国大学天文台内の天文同好会発行)であった。童［*銀河鉄道の夜］に登場。

【せいそう】

請僧《せいそう》 ↓請僧《しょうそう》

正態《せいたい》 ↓標題主義《ひょうだいしゅぎ》は続感度《はぞっ(く)かんど》

青岱《せいたい》 【レ】 青々とした山、の意。岱とはもと中国山東省泰安の北にある泰山のことで中国五山の一。それが一般用語となった。青は、青々としたという形容。詩「*軍馬補充部主事」に「その向ふには*経塚岳だ／山かならずしも青岱ならず」とある。

清とう《せいとう》 【レ】 清透。清く透きとおっているさま。歌［七六三］に「*杉さかき *宝樹にそゝぐ 清とうの 雨をみ神に謝しまつりつゝ」とある。伊勢神宮参詣での作。

青燈《せいとう》 ↓藍燈《らんとう》、シグナル

青銅《せいどう》 ↓ブロンズ

聖玻璃《せいはり》 【レ】 玻璃は*ガラスの古称（中国語では今も使う）。聖を冠して教会の飾り窓をイメージした美称。賢治への影響源としては山村暮鳥《ぼちょう》の詩集『聖三稜玻璃《せいさんりょうはり》』（一九一五）がある。詩「春と*修羅」に「*れいら《(ママ)》うの*天の海には／聖玻璃の風が行き交《(か)》ひ」とある。

製板《せいはん》 【文】【地】【方】 製材所のことを土地の人はセーハンと言った。文字どおり「板を作る所」。賢治のころ、花巻では*イギリス海岸の近くにあり、当時としては新式の蒸気機関《タービン》の動力を使っていた。詩「*蕪《かぶ》を洗ふ」に「上流では*岩手山がまっ白で／製板は湯気をふくし」とあるのも蒸気タービンの湯気である。歌［二一八］には「空しろく／銀の河岸の製板所／汽笛をならし夜はあけにけり」、［二一九］には「舎利別の／川ほのぼのとめぐり来て／製板所より／まつしろの湯気」とある。（舎利別《しゃりべつ》はラテン語 sirupus—白砂糖の濃厚な溶液シロップの語源—の漢字当て字で、川、つまり*北上川の枕詞のように使われているが、結句の「まつしろの湯気」と照応の妙を示している）。なお、歌［一七六］に出てくる「のこぎりの音」は、この製材所の発する音である。童「イギリス海岸」、短「山地の稜」等にも登場。

生蕃《せいばん》 【文】 台湾の原住民、高山族《こうざんぞく》（日本植民地時代は高砂族《たかさごぞく》と呼んだ）のこと。インドネシア系とみなされ、漢族に同化しなかったので、清朝は生蕃と卑しめて呼び、同化した者は熟蕃《じゅくばん》と呼んだ。日本人の差別意識も強かった。童「税務署長の冒険」で署長が「アイヌや生蕃にやってもまあご免蒙りませうといふやうな*密造酒のこととはいえ、アのだ」と演説の中で言うのは、粗悪な密造酒のこととはいえ、アイヌともども露骨な差別意識である。

生物《せいぶつ》 【動】【文】 賢治における生命体としての生物の認識は、単に生き物といった辞書的なレベルを超えており、はるかに哲学的、宗教的な意味合いをもつ。しかも認識だけでなく、彼における生物の意識は彼の信仰に支えられた求道《ぐどう》と実存の過程に生成された。科学的教養と宗教的探究、唯物的知性と唯神的実践とが微妙に交錯するところに、彼の生物の位相があると言えるだろう。まず最もわかりやすい「なぜならどんなこどもでも、また、はたけではたらいてゐるひとでも、汽車の中で*苹果《(りんご)》をたべてゐるひとでも、また歌ふ鳥や歌はない鳥、青や黒やのあらゆる*魚、あらゆるけものも、あらゆる虫も、みんな、みんな、むかしからのおたがひのきやうだいなのだから」（手［四］）といった西洋の人間中心主義を超えた、いうなれば反近代的な、あるいは反ヒューマニズムの、雲や風の自然現象までも含めたすべての生類の仏教で言う無差別《むしゃべつ》の平等観＝「空《くう》」の思想（空即是色〈色は存在〉）が見られる。「すべてこれら漸移《(ぜんい)》のなかのさまざまな過程に従つて／さま

ざまな眼に見えまた見えない生物の種類がある」(詩[*小岩井農場パート九]漸移は遷移とも言う。移りかわり、生々流転)、「総ての生物はみな無量の劫《カルパ》(↓劫《ごう》)の昔から流転《るてん》に流転を重ねて来た」(童[*ビヂテリアン大祭])等の表現を、しかし単に賢治の仏教思想の、特に*輪廻の思想の反映とだけ見てはなるまい。そこには科学と宗教との経験的な葛藤、そしてその超克があるからである。「そらや愛やりんごや風　すべての勢力のたのしい根源/*万象同帰のそのいみじい生物の名を」(詩[*青森挽歌])もそうであるし、「巨きなあやしい生物であること」(詩[〔東の雲ははやくも蜜のいろに燃え〕])、「永久で透明な生物の群が棲む」(詩ノート[〔青ぞらのはてのはて〕])等の一見神秘的な「生物」の把握も、単に詩人の直観的なイメージとしてだけ読まれてしまってはなるまい。

聖母《せいぼ》　↓サンタ・マリア

青宝玉《せいほうぎょく》　↓サファイア

税務属《ぜいむぞく》　【文】　税務吏《り》とも出てくる。今で言う税務署員。旧官吏制度で勅任、奏任、判任、のうちの判任文官を属と言った(吏の場合はもっと一般的な公吏、吏員の略)。ス[二九]に「税務属も入り来《きた》りけり。」とある。税務吏は文語詩[〔かれ草の雪とければ〕]に「*濁酒をさぐる税務吏や」とある。

清明どき《せいめいどき》　【天】　一年を二十四節気(四季はそれぞれ六気↓凡例「二十四節気」)に分けた五つ目の節気で、四月五日ごろのこと。詩[清明どきの駅長]には「こごり(↓塊《こごり》)になった古い*ひばだの/盛りあがった*松ばやしだの/いちどにさあっと青くかはる/かういふ清明どきは」、詩[眼にて云ふ]には「もう清明が近いので/あんなに青ぞらからもりあがって湧くやうに/きれいな風が来るですな」とあるのも「清明どき」の近い「春分どき」の終わりごろのイメージ。

政友会《せいゆうかい》　【文】　旧政党名。一九〇〇(明治三三)年、それまでの憲政党を中心として伊藤博文、西園寺公望《きんもち》、原敬《たかし》らが、立憲政友会と称して結成、一九四〇(昭和一五)年解散。詩[〔*湯本の方の人たちも〕]に「政友会兼国粋会の親分格」とある(国粋会は国粋主義を掲げた関西系の右翼団体。一九一九〈大正八〉年結成、第二次大戦後解散)。「政友会の親分」は、文語詩[〔*馬行き人行き自転車行きて〕]にも登場。

清養院《せいよういん》　【地】　*盛岡市内の北部の寺町「北山《きたやま》」にある曹洞宗の古刹《こさつ》(由緒ある古寺)。賢治は盛岡中学校寄宿舎にいたが、舎監排斥ストライキ事件で四年生全員が退寮させられたため、五年になる三月から五月までこの寺に下宿した。同院は「盛岡仏教図書館」と称して私立の図書館を経営し、雑誌「谿声《けいせい》」を刊行した。また山門入り口には「お天気柱」と呼ばれる石塔(幕末ころ廃寺となった盛岡市山岸の古刹永福寺から山門と共に移設―加藤文男調べ)が立っており、「*天気輪の柱」の一発想源とされている。ノート[東京][文語詩篇]に登場するが、いずれも「静養院」となっている。↓天気輪《てんきりん》

星葉木《せいようぼく》　【鉱】　Asterophyllites　蘆木類蘆木科に属したシダ種の一。一〇mほどの高さになり、葉が星の形に似ている。古生代の石炭紀、二畳紀に栄えた。今は炭化して化石となっている。詩[「春」変奏曲]に「星葉木の*胞子」(胞子は*シダや*コケ、菌類等の無性生殖のための細胞)、「ぜんたい星葉木なんか/もう絶滅してゐる筈なんだが」とある。なお、同じ詩の中に「星……葉木だな」

とある「……」の点線部分は思い出そうとする発声の間どり。

西洋料理《せいようりょうり》【食】 一六世紀から長崎等では「南蛮料理」の名で始まり、本格的な普及は明治期以降。西洋料理店の最初は一八七〇(明治三)年ごろ横浜にできた「開陽軒」。東京にも築地《つきじ》の「精養軒」をはじめ、一八八〇年ごろは一〇軒ほどが開業、地方都市でも一九〇〇年前後からしだいにふえ、*盛岡市の「丸竹《まるたけ》」のように県庁の保護により、いち早く一八八〇年代に設けられたものもある。大正期には大衆化が進み、家庭料理にもなっていった。賢治作品に見られる西洋料理や食品には、*オムレツ、紅茶、*サラド、*スープ、*パン、フライ、ほか多数ある。西洋料理店としては童[注文の多い料理店]の「RESTAURANT 西洋料理店 WILDCAT HOUSE 山猫軒」(→猫)や童[*紫紺染について]に出てくる「*内丸西洋軒」(前記「丸竹」がヒントか)等。詩[〔湯本の方の人たちも〕](→飯豊《いいとよ》)や文語詩[〔*馬行き人行き自転車行きて〕]ではガラス窓に「西洋料理 *支那料理」のビラが貼《は》られており、この時代には地方にも浸透し始めていたことがわかる。そのほか詩[〔大きな西洋料理店のやうに思はれる〕]等。

勢力不滅の法則《せいりょくふめつのほうそく》【科】 熱力学第一法則に当るもので、別名「エネルギー保存の法則」とも言う。ある系の増加したエネルギーは、なされた仕事と吸収した熱量との和だけに依存するというものである。童[月夜の*でんしんばしら]。

笑気《せうき》《しょうき》【科】 一酸化二窒素(N_2O)。無色の気体で、香気と甘味がある。laughing gas(ラーフィング・ガス)とも。少し吸うと顔面筋肉に痙攣を生じ笑っているように見えるところからこの名がある。長く吸えば感覚を失う。主に麻酔に用いる。詩[青森*挽歌]では亡妹*宮沢トシの旅立った異世界の情景の一として「*亜硫酸や笑気《せうき》の*にほひ」とある。

削剝《せうはく》《しょうはく》 →環状削剝《かんじょうさくはく》

小林区《せうりんく》《しょうりんく》 →小林区《しょうりんく》

セヴンヘヂン《せぶんへじん》【人】 スヴェン・ヘディン(Sven Anders Hedin 一八六五〜一九五二)のこと。スウェーデンの地理学者、探検家。中央アジアのパミール高原(→ツェラ高原)、*タクラマカン砂漠、チベット高原(→ツェラ高原、阿《あ》耨達池《のくだっち》)等を探検調査し、ロプ・ノール(→Rap Nor〈湖〉)が動く湖であることや、*トランスヒマラヤの発見、さらに楼蘭《ろうらん》の遺跡の発見、発掘等、多くの業績を残し、シルクロード(→天山北路)研究の基礎を築いた。賢治の作品に大きな影響を与えており、賢治はヘディンの著作『トランスヒマラヤ』(英語版三巻本、一九一〇)を読んだと考えられる。詩[〔温《ぬる》く含んだ南の風が〕]下書稿に「セヴンヘヂンは遠くでわらふ…」とあるが、詩[*装景手記]の同じく下書稿にも「Sven Hedin も空想して/その名与(ママ)ある著述のなかに/そのたはむれのスケッチを」(名与は名誉の誤記)とあるように、賢治は、スヴェン(Sven)をセブンと記憶違いしていたか、誤記したものと思われる。→魔神《まじん》、魔除けの幡《まよけのはた》 マケイシュバラ

ヘディン

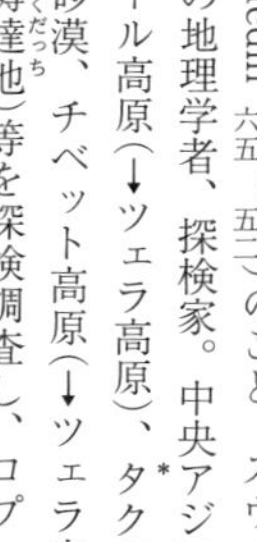

世界統一の天業《せかいとういつのてんぎょう》【宗】 *田中智学の著書名。一九〇四(明治三七)年二月一六日初版発行、獅子王文庫刊。本文七九頁、一六章から成る。要旨は「世界の平和を実現するためには世界が一つの国に統一されなければならない。その世界統一を実行できる

のは日本の帝室をおいて他にない。なぜなら、転輪聖王《てんりんじょうおう》（インド思想における世界統一の王）の垂統《すいとう》（子孫）が日本の帝室であり、それは歴史的にも立証し得るからである。その帝室と一体になって宗教面から世界統一を果すのは釈迦仏（→釈迦牟尼）の真意を唯一伝える我々の本化妙宗《ほんけみょうしゅう》日蓮主義である」とする。この本は日露戦争の出征兵士に数千部が寄贈されたという。簡[178]に「別冊『世界統一の天業』何卒充分の御用意を以て御覧を願ひます」とあるが、賢治が国柱会と、その主宰者田中智学に最も熱狂的に傾倒していた時期の、格別の友人*保阪嘉内あての書簡とはいえ、この本の超国家主義的内容が内容だけに、賢治の信仰のある種の限界をも示していると言えよう。

瀬川《せがわ》【地】 *北上川の支流の一。北西部より*花巻市を流れ、北上川に合流する川。一級河川指定。上流は*台川。台温泉、*花巻温泉のある山間部で*釜淵《かまふち》の滝を経、鍋割《なべわり》川と合流して瀬川となる。ただし、第二次大戦後、この瀬川は*イギリス海岸の中央部へ流れを変えられ、名も後川《うしろがわ》となる。ために旧瀬川橋は現在の朝日橋のたもとに少し名残をとどめている。賢治は雑[岩手県*稗貫郡地質及*土性調査報告書]で「瀬川流域」の「地勢」「地質」「林況」「地質ト林況トノ関係」を項目として挙げ、詳しく述べており、瀬川流域に調査の足を運んでいたことがわかる。短[山地の稜《かど》]と童[イギリス海岸]には「瀬川の鉄橋」が登場。*瀬川橋は大正当時からあった。ス[一六]に「瀬川橋と*朝日橋との間のどてで、／このあけがた、／ちぎれるばかりに叫んでゐた、／*電信ばしら」とある。当時は旧瀬川橋と旧朝日橋の間は、約一二〇ｍだった。→朝日橋《あさひばし》

瀬川橋《せがわばし》 →朝日橋《あさひばし》、瀬川《せがわ》

せき【農】 堰（せきとめるの語源）。譜面入りの童[*イーハトーボ農学校の春]に「おや、このせきの去年のちい（ママ）さな丸太の橋は、*雪代水《ゆきしろみず》で流れたな」とある。水田に欠かせない水の取入口（→あぜ）に、水位や水量を調整するため板や竹でとりつけた仕かけ。水はその間や上を流れる。「丸太の橋」とは、そこにまたがせた調節用の小さな丸太のこと。

積雲《せきうん》【天】 cumulus 雲級の一（→凡例「雲級」）。熱対流の上昇気流によって生じる雲底一・四㎞、高さ一・八㎞に及ぶ雲。『気象学』（岡田武松、一九二七）には「濃密な雲で、その頭部は（中略）円頂閣状を為し、所々突起してゐるが、底部は水平になってゐる、太陽（→お日さま）に対し、観測者と、この雲とが同じ側に在るときは、雲体は暗黒だが、縁辺が光って見える」とある。積雲が発達すると*積乱雲（入道雲）となる。積雲は通常いくつも連なって浮かぶ。賢治は詩[*囈語《げいご》]（初行「竟《つい》に卑怯で…」）や詩ノート[〔わたくしは今日死ぬのであるか〕]の中で「黒と白との積雲製の冠」と表現した。また詩[雲とはんのき]には「山稜と雲との間には／あやしい光の*微塵にみちた／幻惑の天がのぞき／またそのなかにはかがやきまばゆい積雲の一列が／こころも遠くならんでゐる／これら*葬送行進曲の*層雲の底」とある。詩[*岩手軽便鉄道 七月（ジャズ）]は最も早い*銀河鉄道のイメージをもつ作品であるが、この中に汽車が「いるかのやうに踊りながらはねあがりながら／もう積雲の焦げたトンネルも通り抜け／*緑青を吐く*松の林も／続々うしろへたたんでしまって／なほいっしんに*野原をさしてかけおりる」とある。詩[*晴天恣意《しい》]の「*五輪峠の上のあたりに／白く巨きな*仏頂体が立ちますと／数字につかれたわたくしの眼は／ひとたび

それを異の空間(↓異空間)の／高貴な塔とも愕《(おど)》ろきますが／畢《(ひっ》竟《きょう)》あれは水と空気の散乱系／冬には稀な高くまばゆい積雲です」とあるのは、上空五km位まで発達した雄大積雲のことで、夏に多く発生する。積雲はふつう(特に夏)、前線面よりもむしろ日射で地面が暖められて生じた熱対流によって生じる。だから簡単に雨にならない。詩[毘沙門天の宝庫]では旱《ひでり》(↓旱魃)の空と積雲との関係をうたい、「もしあの雲が／旱のときに、／人の祈りでたちまち崩れ／いちめんの烈しい雨にもならば／まったく天の宝庫でもあり(中略)ところが積雲のそのものが／全部の雨に降るのでなくて／その崩れるといふことが／そらぜんたいに／液相(↓二相系)のます兆候なのだ」とある。積雲が雨になるためには積乱雲にまで発達しなければならない。文語詩[病中幻想]では自らが水素より軽ければ、「立ち並びたる積雲を／雨と崩して堕ちなんを」と、旱の救済に向けての自己犠牲の精神を見せている。詩[三原　第三部]には富士山の下に白雲があり、上に積雲が並んでいる様子を「これはもう純粋な葛飾派の版画だ」とある。積雲は綿帽子《わたぼうし》、浮《うき》雲《ぐも》とも呼ばれる。

石英《せきえい》【鉱】 クォーツ(quartz)。硬度七。二酸化硅素(SiO_2)の結晶。結晶形の明確なものを水晶と呼ぶ。石英にはマグマや熱水の条件が摂氏五七三度を境に、低温型(低温石英)と高温型(高温石英)に分かれる。低温型は三方晶系のため、錐面と柱面が発達する。高温型は六方晶系のため柱面が発達せず、小さなそろばん玉のようになる。詩[阿耨達池《(あのくだっち)》幻想曲]に登場する渚に堆積した「まっ白な石英の砂」を硅砂《けいさ》(珪砂とも。silica《シリカ》 sand《サンド》)と言う。ただ、ここでの石英は高温石英である。通常の硅砂は花崗岩から分離された石英なので低温型である。ただし、他の鉱物に妨げられ形の整った結晶化はされない。詩[阿耨達池幻想曲]の場合「まっ白な石英の砂／略／砂がきしきし鳴ってゐる／わたくしはその一つまみをとって／そらの微光にしらべてみやう《(ママ)》／すきとほる複六方錐／人の世界の石英安山岩《デサイト》か／流紋岩《リパライト》から来たやうである」と表現されていることから、「まっ白な石英の砂」は石英安山岩《デサイト》か流紋岩《リパライト》中の石英の結晶であり、それらは高温型の石英を示している。童[インドラの網]等に登場する石英の砂も同じ高温型である。童[やまなし]に登場する石英は金雲母とともに流れてくるので、花崗岩系の石英と考えられ、その場合は高温型とはならない。このほか、詩ノート[ダリヤ品評会席上]、童[ポラーノの広場](↓ポランの広場)では石英燈や石英ランプが登場。これは石英ガラス(シリカガラス)の管を用いた水銀燈のこと。

石英安山岩《せきえいあんざんがん》【鉱】 デイサイト(dacite) 石英結晶を斑晶として含む安山岩を石英安山岩と言う。石英結晶が見られなくとも、二酸化硅素の割合が六三～六九%の場合は石英安山岩に分類される。現在ではデイサイトの呼び名が一般的。賢治は石英安山岩にルビとして、また単独にデーサイト、デサイトと表記する。雑[盛岡附近地質図]によれば、沼森、鬼古里山、石ヶ森等が石英安山岩の山とされる。短[沼森]に「石ヶ森の方は硬くて瘠せて灰色の骨を露はし大森は黒く松をこめぜいたくさうに肥ってゐるが実はどっちも石英安山岩だ」とある。歌[三三六]では「こゝに立ちて誰か惑はん／これはこれ岩頸なせる石英安山岩《デーサイト》なり」と、詩[風景とオルゴール]に「松倉山や五間森《ごけんもり》荒っぽい石英安山岩《デサイト》の岩頸から」とある。また、童[インドラの網]には、「砂がきしきし鳴りました。私はそれを一つまみとって空の微光にしらべました。すきとお《(ママ)》る複六方錐の粒だったのです。／（石英安山岩か流紋岩から来た。）」とある。同工異曲のものだが、詩［*阿耨達池幻想曲《(あのくだっち)》］に「人の世界の石英安山岩《デサイト》か流紋岩《リバライト》から来たやうである」と英語名でルビ付き。

石英粗面岩《せきえいそめんがん》 ↓流紋岩《りゅうもんがん》

石英燈《せきえいとう》、**石英ランプ**《せきえいらんぷ》 ↓石英《せきえい》

石英斑岩《せきえいはんがん》 【鉱】 *火成岩の一で、半深成岩。クォーツ・ポーフィリ(quartz porphyry)。*花崗岩と同じ成分からなるマグマが、地表近くで冷却凝固したもの。通常岩脈をなすが、花崗岩の周縁部に産することもある。緑を帯びた白色の地《じ》(石基)に、*石英や正長石(↓オーソクレさん)の斑晶をもつ。短［泉ある家］に、「崖に露出した石英斑岩から一かけの標本をとって」と登場する。賢治の雑［岩手県稗貫郡地質及土性調査報告書］によると西部の山岳地帯に多く確認できるという。↓黒玢岩《メラフィイアー》

炙爒《せきごう》 【科】 むずかしい漢字と読みだが、シャゴウとも。*豆などを火に炙《あぶ》り、爒《い》(熬)って弾けさせること。雑［*修学旅行復命書］に「米国の各種穀物を炙爒膨脹《(ぼうちょう)》せしめたる食品等に就て注意せしむ」とある。ポップコーン等の製法を指す。

せきざくら ↓マグノリア

赤渋《せきじゆう》 ↓赤渋《あかしぶ》、鉄ゼル《てつぜる》

石絨《せきじゆう》 ↓石絨《アスベスト》

析出《せきしゆつ》 【科】 液相(↓二相系)から固相が生じること。詩［*空明と傷痍《(しょうい)》］に「燦々として析出される*氷晶を」、詩［*薤露青《(かいろせい)》］に「膨大なわかちがたい夜の呼吸から／銀の分子(↓モナド)が析出される」とある。［薤露青］の用例は、特に*硝酸銀の水溶液に銅片を入れたときに銀が析出されることを念頭においての表現。

六分圏《セキスタント》 【天】 sextant セキスタントは六分儀《ろくぶんぎ》とも。航海や測量で使う八分儀《はちぶんぎ》(オクタント octant)に*望遠鏡をつけて改良したもの。六〇度(円の六分の一)の片円に二つの*鏡とアームや目盛をつけ、二点間の角距離を測る(例えば水平線と星との角度で現在位置を割り出せる)器械。詩［*海蝕台地］には「日(↓お日さま)がおしまひの六分圏《セキスタント》にはいって《(ママ)》から／そらはすっかり鈍くなり」とある。下書稿では八分圏《オクタント》であった。「六分圏」は「六分儀」が示す太陽の位置を示している。六分圏だと日没前四時間、八分圏だと三時間前である。作品日付の四月ごろの日没は午後六時前である。ところで、詩［*測候所］には「いま雷が第六圏で鳴って居ります」とある。下書稿では第六天、である。仏教では三界のうち、欲界に属する六重の天を六欲天と言うが、その第六番目の他化《たけ》自在天では、他の仏たちの作り出すものからも楽しみを受けることができると言う。下書稿の宗教用語が手入稿で天文科学用語に転成される（いわば宗教と科学の通融性、同心円、無境界の）賢治独特の文学世界を示す一例であろう。右の二つの作品全体がそうである。

六分儀

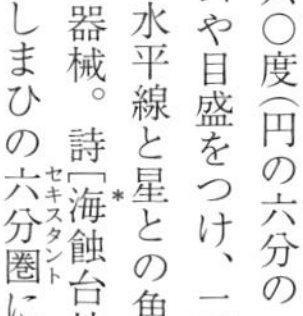

責善寮《せきぜんりょう》 【地】 妹*宮沢トシのいた日本女子大学校の寄宿寮。今はないが、旧東京府北豊島郡高田村(当時は東京市小石川区目白、現在は豊島区目白)の同大学の近くにあった。『春と修羅』補遺の詩［津軽海峡］に「こんなたのしさうな船の旅もしたことなく／たゞ岩手県の*花巻と／小石川の責善寮と／二つだけしか知

らないで／どこかちがった処へ行ったおまへが」とある。

石炭紀《せきたんき》【鉱】 Carboniferous period　地質年代の一。古生代に属する。(↓凡例「地質年代表」)。現在より約三億年前のもの。西欧の主要炭田をはじめ北アメリカや中国の炭田がこの時代に繁栄したシダ植物(鱗木や蘆木《ろぼく》等)の炭化した石炭田である。日本の炭田は古第三紀(六〇〇〇万年程度前)のものがほとんどである。地上では両生類が栄え、次代の爬虫類も出現した。海中では紡錘《ぼうすい》虫類(↓鉛直フズリナ配電盤)が栄えた。賢治は修羅の立つ位置のひとつとして石炭紀の森林をしばしばイメージした。詩「春と修羅」の「修羅は樹林に交響し／陥りくらむ天の椀から／黒い木の群落が延び」も原稿段階では「魯木《ろぼく》(↓鱗木)の群落」であった。詩「真空溶媒」にも「おれなどは石炭紀の鱗木のしたの／ただいっぴきの蟻でしかない」とあり、詩ノート「政治家」では「さういふやつらは／ひとりで腐って／ひとりで雨に流される／あとはしんとした青い羊歯《しだ》ばかり／そしてそれが人間の石炭紀であった」とある。詩「〔胸はいま〕」にも修羅意識や進化論と結びついた石炭紀のイメージが登場する。↓魯木《ろぼく》

石炭袋《せきたんぶくろ》【天】 コール サック(coal sack)　天の川中の暗黒星雲の呼称。南十字星の左下のものが一番有名だが、北十字近くのものも呼ぶことがある。暗黒星雲とは星間物質の集合体で、後方の光を遮蔽するため、暗く見える。一般に銀河(小宇宙)の赤道面に集中して現われるため、天の川(銀河系を真横から眺めた姿)の中央部分に暗黒部分が多く存在する。銀河の中心方向である射手座方向の天の川は特に複雑で、実際よりはるかに少ない光しか私たちには届いていない。石炭袋が暗黒星雲だと一般に知られたのはそう古いことではなく、かつては空の穴だと考えられていた。しばしば空の裂け目(↓異空間)のたとえとしたように、石炭袋を、天の川にあいた穴として取り扱った。実際賢治が接したと思われる『肉眼に見える星の研究』(吉田源治郎、一九二二)では、「裂《さけ》目」や「『見える宇宙』そのものを貫いて、『星々の彼方の暗黒』を覗く」といった表現と、「全く光を放たない天体が、輝星の集団を蔽ふてゐる…と云はれてゐます」が混乱して使われている。『星』(一《いちの》戸直蔵《へなおぞう》、一九一〇)では「黒く見えるのは対照の為めで銀河の穴に過ぎない。其中には肉眼で見える星の数は一二であるが望遠鏡的のものは可なりにある」とあって暗黒星雲には全くふれていない。アレニウスの『最近の宇宙観』(一戸訳、一九二一)でさえ「穴」と表現し、暗黒星雲説を紹介しているにすぎない。星間物質そのものの存在の確認は一九〇四年、ハルトマンによってなされた。童「銀河鉄道の夜」では「天の川の一とこに大きなまっくらな孔がどほんとあいてゐるのです。その底がどれほど深いかその奥に何があるかいくら眼をこすってのぞいてもなんにも見えずたゞ眼がしんしんと痛むのでした」と描写されている。なお、近年(日本では平成期に入って)コンピュータの恩恵もあろうが、宇宙物理や天体の研究もめざましく進んできており、例えば京都大学基礎物理学研究所のチームの報告によれば、二個のブラックホールが互いに近づき、追っかけるふうに回りはじめ、最終的には合体して、銀河が成長し、巨大化していると言う(二〇〇八年八月、米天文誌「アストロフィジカルジャーナル」に発表)。あたかも賢治が夢み、様々な作品で試みた二者の合体(あるいはその逆、例えば↓二相系)のイメージさながらの情報があることを付記しておく。(↓口絵⑭)↓孔《あな》、異

空間《いくうかん》、穹窿《きゅうりゅう》、銀河系《ぎんがけい》

石竹《せきちく》【植】 中国原産、ナデシコ科の多年草で、高さ三〇cmほど。初夏、淡紅色の花弁をつける。観賞用にもよく栽培されるが、花はナデシコよりも丸味を帯びる。賢治の詩に「石竹いろの動因だった」(詩[春谷暁臥])とある「動因」とは性的衝動の意か。また「このかゞやかな石竹いろの時候を/第何ばん目の辛酸の春に数へたらい丶か」(詩[北上山地の春])、「石竹いろと湿潤と」(文語詩[〔歳は世紀に曾って見ぬ〕])等。一般に「石竹いろ」とはピンク系の色を言う。

赤道無風帯《せきどうむふうたい》【天】 赤道低圧帯、熱帯収束帯とも。赤道付近の低圧帯を言う。北東貿易風と南東貿易風にはさまれて風力は極小で気圧も低い。そこでは水平気流よりも上昇気流が活発なため水平方向の気圧傾度は緩やかとなり無風帯となる。しかし赤道無風帯は連続的に赤道付近を取り巻くのではなく、太平洋中部からインド洋西部にわたる海域では特に発達するが、西大西洋、東太平洋では発達が悪い。また平均的位置も熱赤道の移動に伴われ季節によって南北に移動。また域内では雲が発生しやすく驟雨(→驟(漯)雨《かだち》)、雷雨、スコール等が頻繁に起こる。童[風野又三郎](→風の又三郎)に「あすこら(著者注=ギルバート*群島)は赤道無風帯ってお前たちが云ふんだらう」とある。

関徳彌《せきとくや》【人】 一八九九(明治三二)〜一九五七(昭和三二) 賢治の父宮沢*政次郎の従弟。本名岩田徳彌(弥)。歌人(筆名・関登久也)で賢治の伝記研究者の一人でもあった。花巻*川口町に生まれる。徳彌の父徳太郎が賢治の祖父喜助の妻キンの異母兄にあたる。一九一一(明治四四)年花巻川口町立花城尋常高等小学校を卒業、家業に従事する。小学校時代、賢治の妹宮沢*トシと同級で、ともに模範生として表彰を受けている。一九二三(大正一二)年、岩田金次郎(金次郎の妻ヤスは政次郎の妹。長男豊蔵は賢治の妹シゲの夫)の長女ナヲと養子縁組し岩田姓となる。徳彌は賢治を兄のように敬慕しており、結婚や信仰等、人生上の重大事を賢治に相談した。また、金沢出身の歌人尾山篤二郎《*おやまとくじろう》(『春と修羅*』初版本の背文字の筆者)に師事し短歌をよくしたが、若いころ賢治の歌稿を読んだことがその機縁となった。そして熱心な法華経(→妙法蓮華経)信者でもあり、賢治が行なっていた法華経輪読会等に加わり、国柱会*にも賢治と時を同じく入会している(一九二〇・一二)。簡[139]に「御出京なされしは徳哉(ママ)さんにて」、簡[281]に「あなたと中井先生と関徳弥さんとわたくしに顧問ですか」、簡[474]に「徳弥さんはこの頃のを出せとのことでしたが」、簡[487]に「徳弥さんの歌集拝見して居りますが」とある。「歌集」とは第一歌集『寒峡』(一九三三序文尾山篤二郎)のこと。関徳彌あて賢治書簡にはほかに[185・195・197]がある。著書としては、歌集に前記のほか『観菩提』、随筆集『北国小記』正・続、賢治評伝に『宮沢賢治素描』(一九四三)、『続宮沢賢治素描』(一九四八)、正・続を整理して『賢治随聞《ずいもん》』(一九七〇)、ほかに『宮沢賢治物語』(一九五七)等がある。

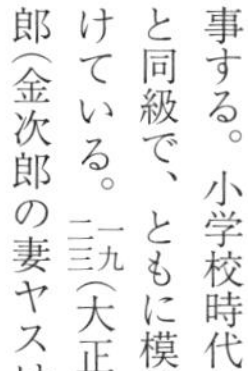
関徳弥

関豊太郎《せきとよたろう》【人】 一八六八(明治元)〜一九五五(昭和三〇) 東京生まれ。東京帝国大学農科大学農学科卒。中学、師範、農学校、高等師範の各教師を経て一九〇五(明治三八)年、盛岡高等農林学校*に教授として着任。一九一〇年から一九一三年までドイツ、フランスに留学。一九一七年、火山灰土壌研究で農学博士。一九二〇年退職。その後、東京西ヶ原の国立農事試験場嘱託となる。賢治入学当時(一九一五)は農学科第二部の部長をつとめ、物理、物理実験、気象、地質、鉱物、土壌を担当。いわゆる学者タイプの気難しい人柄であったが、賢治とはウマが合い、ことのほか賢治に目をかけていた。賢治の得業論文(卒論)の審査、稗貫郡土性調査の指導、実験指導補助の身分保障、助教授推薦の打診等、関教授は大いに賢治の科学分野での将来性にも期待をかけていた。賢治が農民に勧めた石灰岩粉末の施肥も、関教授がドイツ留学中に修得したものを日本に紹介したもの。

関豊太郎

石盤《せきばん》 【文】 石板とも。昔の文房具。石板は板状の粘板岩で、B5サイズ程度の大きさ。石筆(細くした蠟石《ろうせき》)で字や絵を書く。黒板のように何度も消して、書くことができる。童[「グスコーブドリの伝記」]に「どうも食はれないでな。石盤だもな」や、詩[〔みんな食事もすんだらしく〕]の下書稿(一)に「はは食はれない石《セキ》パンだと」とある。「石《セキ》パン」とは昼食用のパンが店になく買えなかった賢治に、石のパン(石盤)なら近くにあるよ、と揶揄した地元農民の賢治への皮肉的表現。↓のろぎ

石墨《せきぼく》 【鉱】 グラファイト(graphite)。黒鉛とも。炭素からなる元素鉱物。硬度一〜一・五と軟らかく、さわるとすべすべした感触で指に黒く付着する。電気を通すので電気材料によく使われる。鉛筆の芯、るつぼ、鋳型《いがた》などの製造に用いられる。ス[「三一」]に「暖炉は石墨の粉まぶれ」とあり、文語詩[「職員室」]に「暖炉を囲みあるものは／その石墨をこそげたり」とある。この場合の石墨は「暖炉《ストーブ》の煤《すす》」のことを表わしているらしい。簡[72]にも登場。(↓口絵㉚)

石油《せきゆ》 【科】 天然に液状で産出される炭化水素の混合物。一般には、その天然の原油から蒸留・精製されるガソリン、灯油、軽油、重油等を総称して石油と呼ぶ。古くからの石炭に代わって、近代産業では動力、化学原料として重要な役割を果たしている。賢治作品で、詩[「発動機船 三」]に「石油の青いけむりとながれる火花のしたで」等と使われる石油は、船の燃料としての軽油を指すのであろう。詩[〔おれはいままで〕]に「暗い石油にかはったり」とあるのは、湧き水の色と形状を石油にたとえたもの。詩[〔滝は黄に変って〕]の「雲を堀《(ママ)》り下げた石油井戸ともいふ風に」は滝の一か所の明るい形姿を形容したもの。童[「グスコーブドリの伝記」]ではオリザの病気(↓稲)を治すといって、沼ばたけに主人はやけくそで石油をそそぐ。

赤楊《せきよう》 ↓はんのき

積乱雲《せきらんうん》 【天】 cumulonimbus 上昇気流によって垂直に発達する雲。別名「入道雲」。雲級の一(↓凡例「雲級」)。雲底の高さ一・四km、雲頂一〇kmに及ぶ雄大積雲のこと。一〇kmに達しない積乱雲は山峰状を呈するため「雲の峰」とも言われる。詩[「休息」](初行「中空《なかぞら》は晴れてうららかなのに」)や詩[「郊外」](初行「卑しくひかる乱雲が」)、同[「秋」]等の「乱積雲」は積乱雲のつもりであろう(こちらの頻度も高い)。大気は地上から一〇kmまでを対流圏と言い、気温は徐々に低下する。雲のほとんどすべてはこの対流圏に発生する。対流圏の上を成層圏と言い、二五kmくらいまでは温度がマイナス五十数度でほぼ一定であり、空気の対流が止まるため(それより上空はオゾン層と言い気温はプラス一〇度ぐらいまで

上昇する)、成長し上昇し続ける雄大積雲は一〇km付近で成長が止まり、偽巻雲《ぎけんうん》*(巻雲と内容は同じ)となって横に広がる。この形がかなとこ(板金作業に使う台。□型)に似ていて、鉄砧雲《かなとこ》(また は朝顔雲)とも呼ばれる。大気が不安定なときに生じ、雷雨(↓驟(溕)雨《かだち》)となる。雷は雲中に氷晶*とあられや雹《ひょう》が衝突して正と負の電荷が生じるため発生する。こうした研究が本格的になったのは一九三〇年代からのことである。詩[ローマンス(断片)]等に積乱雲は姿を見せる。なお、詩[原体剣舞連《はらたいけんばいれん》](↓原体村)に出てくる雹雲《ひょううん》は、雹を降らすこの積乱雲のこと。詩[〔うとうとするとひやりとくる〕]の「夜半の雹雷」も雹を降らす積乱雲の作用。また文語詩[雹雲砲手]は「友よいざ射て雹の雲」とあるように、「なべて葡*萄に花さきて」、せっかく実りを約束されている作物を雹害から守るため、ねらい定めて雹を降らしそうな積乱雲を射て、という願望の表題であり、擬人化。↓ペネタ形《がた》

せきれい【動】 鶺鴒。スズメ目セキレイ科の鳥の総称。スマートな鳥で全長一三～二一cmほどだが尾は長く一〇cmほど。この尾を上下に振るのが特徴(それでイシタタキとも言う)。渓流や湖沼、水田等の水辺に棲み、チッチッと鳴きながら低く飛ぶ。「白と黒とのぶちになったせきれいが水銀*(↓汞《こう》)のやうな水とすれすれに飛びました」(童[革トランク])、「せきれいもちろちろ鳴いてゐるやうだけれども」(詩[〔爺さんの眼はすかんぼ*のやうに赤く〕])、「みんなは、砥石《といし》をひろったり、せきれいを追ったりして」(童[風*の又三郎])等。

せぐ ↓小林区《しょうりんく》の菊池《きくち》さん…

セザンヌ ↓シペングラア

セシルローズ【人】 Cecil John Rhodes(一八五三～一九〇二) イギリスの植民地政治家。一八七〇年南アフリカに渡りダイヤモンド(↓金剛石)産業を独占、一八八七年以降中央アフリカ征服に着手。さらに諸産業に進出して一八九〇年代の南アフリカ経済を支配。ローズの名にちなむローデシアを統治。一八九〇年にはケープ植民地首相となった。詩[小岩井*農場　パート七]に「わかい農夫がやってくる／かほが赤くて新鮮にふとり／セシルローズ型の円い肩をかゞめ」とあるように、彼は小太りで、幅広い肩と顔幅をもち、鼻の下にはヒゲを生やしていた。

施身大菩薩《せしんだいぼさつ》 ↓捨身菩薩《しゃしんぼさつ》

セセッション式【文】 分離や離脱の意の secession(英) sécession(仏) Sezession(独)にもとづく建築、美術史上の「セセッショナル」な、の意。一九世紀末のウィーンを中心に起こった芸術運動の一で、日本でもドイツ語でゼツェッション、ゼツェッショニスト等と呼び、機能的合理性を重視する建築、デザイン界では騒がれ、生活様式にまで影響を与えた。詩[遠足統率]下書稿に「こんどは鶯《うぐいす》がセセッション式に啼いた」と、鳥の鳴き声にまでハイカラ好みの賢治は取り入れている。

世尊《せそん》 ↓釈迦牟尼《しゃかむに》

世諦《せたい》 ↓正道《しょうどう》

石灰《せっかい》【科】【農】 ①石灰岩・炭酸カルシウム($CaCO_3$)、②生石灰(酸化カルシウム、CaO)、③消石灰(水酸化カルシウム、$Ca(OH)_2$)の三種の意で用いられる。①の石灰岩は炭酸カルシウムを主成分とする灰色の岩石(↓石灰岩)。②の生石灰は、炭酸カルシウムを高温加熱し、二酸化炭素を放出させることにより得ら

れる白色の粉末。水に激しく化学反応する。③の消石灰は、生石灰に水を加えることにより得られる白色の粉末。それぞれ石灰肥料、酸性土壌改良等に用いられる。晩年東北砕石工場技師を勧めた賢治には縁が深い。鈴木あて簡[299]に「カルク」とあるのは石灰(粉)のドイツ語 Kalk で、日本では俗にカルキとも言った。詩[〔はるばると白く細きこの丘の*峡田《(たにた)》に〕]に「施《(ほどこ)》さん石灰抹を求むとて/さびしくわれの今日旅する」とある石灰抹は、石灰粉。また帳[孔雀印]二七頁等にも記載がある。石灰岩抹、石灰岩という語句も含めて、鈴木あて簡[304・314・317・318・330・340・345・372・409]のほか、*関豊太郎あて簡[301]、工藤藤一《とういち》あて簡[323]、東北砕石工場宣伝用書状(簡[300])、沢里武治あて簡[305]等に見える。消石灰については帳[王冠印]二頁、鈴木あて簡[250・308・343・358]、工藤藤一あて簡[309]等に見える。生石灰についての記載だが、東北砕石工場関係稿「肥料用炭酸石灰」には、生石灰のみならず、消石灰、石灰、炭酸石灰の語が繰り返し見られる。賢治は生石灰に(きせつかい)とルビを付している。これは消石灰(せうせつかい)と音が重ならないための工夫で、一般的な呼び名である。工藤藤一あて簡[309]にある苛性石灰は、生石灰と消石灰の両方をさす。また鈴木あて簡[250]に石灰加里、簡[368]に養鶏用石灰という語が使われている。後者はおそらく養鶏飼料(餌にカルシウム分として混ぜて与える)としての粗い石灰岩粉末を指すのであろう。そこには「養鶏用石灰は今少しく篩別《(ふるいわけ)》完全にして細粉を抜くに非《(あらざ)》れば商品としては一寸六ケ敷《(むづかしく)》」とある。この語は鈴木あて簡[350・406・407]にも見える。簡[317]には家禽用石灰とある。→石粉《いしこ》、鈴木東蔵《すずきとうぞう》

東北砕石工場

石灰岩《せっかいがん》 【鉱】 堆積岩の一。生物起源説が有力。有孔虫、ウミユリ、サンゴ、石灰藻などの生物の殻(主成分は炭酸カルシウム)が堆積して出来たもの。古生代に二回、白亜紀に一回、計三回海生生物起源の石灰岩が大量に生成したと考えられている。北上山地に露出する石灰岩は、古生代の示準化石であるフズリナ化石を含むことがあり、古生代の形成と考えられる。硬度は三強と軟らかく、*塩酸をかけると二酸化炭素の泡を出す。北上山地の各所に見られ、賢治が晩年尽力した東北砕石工場(→鈴木東蔵)のある松川地方は石灰岩地帯として知られている。また岩手県岩泉《いわいずみ》の鍾乳洞(竜泉洞《りゅうせんどう》)も石灰岩中にできたもの。*肥料やセメントの原料として重要。賢治作品には「山地の肩をひととこ砕いて/石灰岩末《(ママ)》の幾千車かを/酸えた野原にそゝいだり」(末は抹の誤記、詩[*産業組合青年会])、「まっ白の石灰岩から、ごぼごぼ冷たい水を噴き出すあの泉です」(童[*種山ヶ原])、「どこか軽鉄沿線で/石灰岩を切り出して/粉にして撒けばいゝと云へば」(詩[〔行きすぎる雲の影から〕])等、多く登場する。「〔一挺《(いっちょう)》のかなづちを持って/南の方へ石灰岩のいい層を/さがしに行かなければなりません」(詩[雲とは*んのき])、「北海道石灰会社石灰岩抹を販《(う)》るあり。これ*酸性土壌地改良唯一の物なり。(中略)早くかの北上山地の一角を砕き来り」(雑[*修学旅行復命書])は、後の東北砕石工場協力の遠因として重要。→石灰《せっかい》

石灰窒素《せっかいちっそ》 【科】【農】 炭化カルシウム(*カーバイド)を窒素と高温で熱し化合させて得た灰黒色の粉末。製品によっては炭酸石灰《たんさんせっかい》素などが混じるが、窒素肥料(*堆肥《たいひ》、*魚粕《うおかす》、*豆粕、*練肥《ダラ》〈人糞尿〉、

*硫安等）の代表的な*金肥《きんぴ》。施肥しすぎると*稲などは徒長する。（↓詩［〈あすこの田はねえ〉］）。生石灰や炭素を主成分としたカーバイド特有の臭いをもつが、播種《はしゅ》の十日あまり前に撒布する。やがてそれは土中で微生物の作用でアンモニア態の窒素から硝酸態の窒素に変わり、植物に吸収される。さらに、炭酸アンモニウムに変わり、窒素肥料として吸収される。詩［宅地］には「やけに播かれた石灰窒素の砂利畑に」満州豚が「小屋のなかから　ぽくっと斜めに／頭には石灰窒素をくっつけながら」とある。詩ノート［〈日が蔭って〉］でも「*豚が出てあるき／石灰窒素の播かれた古いたまな（↓キャベヂ）ばたけ」とある。ほかに簡［451］にも。また窒素、窒素肥料の語も、詩［〈あすこの田はねえ〉］、童［*グスコーブドリの伝記］等に、吸収窒素、有効窒素という語も、帳［孔雀印］七四頁等にある。

折角《せっかく》払《はらい》ひ下《さ》げしてで木《き》一本《いっぽん》も伐《と》らないてだらはじめがら払《はらい》ひ下《さ》げさないはいべがぢ《じ》ゃ【方】　せっかく払い下げしておきながら、木を一本も伐らないのだったら、初めから払い下げなどしない方がいいだろう。「してで」は「しておきながら」「したのに」の意。「さないは」の「は」は「方《ほう》」の訛り。劇［*種山ヶ原の夜］の会話。

雪花石膏《せっかせっこう》【鉱】【レ】　アラバスター（alabaster）。*石膏の一種。緻密な微粒の白色石膏。良質のものは真珠光沢をもち、古来装飾用や彫像によく用いられる。童［*水仙月の四日］に「その光はまつすぐに四方に発射し、（中略）ひつそりした台地の雪を、いちめんまばゆい雪花石膏の板にしました」とある。

せつき【レ】　責付《せっ》く（急がせる、せめたてる、せっつく）の連用形。方言ではない。童［林の*底］に「しきりにうるさくせつきました」とある。

石基《せっき》【鉱】　*斑状組織をもつ火成岩で、斑晶の間を埋める物質を言う。微細な結晶の集合ないし非晶質（ガラス質）である。マグマが急激に冷えたため充分に結晶化しなかった部分と考えられる。↓黒玢岩《メラフィイアー》

雪峡《せっきょう》【レ】　雪におおわれた谷。文語詩［雪峡］ではほこ*杉の雪峡から*神楽《かぐら》が聞こえてくる。

斥候《せっこう》【文】　軍隊用語。敵の陣地に接近して敵陣の状況、地形等を偵察におもむくこと、あるいはその兵士。敏捷、隠密の行動力を身上とする。詩［遠足統率］に「いつかも*騎兵の斥候が」とある。

石膏《せっこう》【鉱】　gypsum（ジプサム）。硫酸カルシウム（$CaSO_4$）を主成分とする鉱物。無色か白色透明の結晶、または粉末。天然には多く岩塩層に付随して広大な鉱床をなしている。彫刻材や接骨用のギプス（Gips）として使用される。これをふつう「ギプスを巻く」と言う。粉末を水に溶かし、自然に硬化する性質を利用する。「まづ石膏であの足あとのネガとポジとをとることだ」（詩［*蕪《かぶ》を洗ふ］）、「あした石膏を用意して来やう《(ママ)》」（童［*イギリス海岸］）等。「足あとのネガとポジ」は犯罪捜査で警察がよくやる足跡をギプスにとるときの方法（舗装されているととれない）。足跡を凹ませるか、凸に浮かせるかのこと。なお、簡［72］に「石膏、*明礬」とあるのは、鉱石として産出する石膏で、岩手県では*和賀《わが》郡の岩沢《いわさわ》鉱山が石膏鉱山であった。

浙江《せっこう》【地】　浙江省。中国東部の東シナ海に面し、*上海市、及び江蘇、安徽《あんき》、江西《こうせい》、福建の各省に隣接。気候温暖、地味肥沃

で豊富な農産物や生糸、絹織物、茶等の物産に富む。紹興酒《しょうこうしゅ》は有名。古来、学者文人も多く出、文天祥、孫文の故跡がある。文語詩［*来々軒］に「浙江の林光文は、かゞやかにまなこ瞠《みひら》き」とある。浙江省出身のリンコウブン、という意味。→来々軒《らいらいけん》

摂政《せっしょう》【人】 もと中国古代の政治で君主に代って国の政事《まつりごと》を行なうこと、また行なう人を言ったが、日本では法制上は現在も憲法にあって皇族が天皇の代りをつとめる。歌［七八七］に「摂政と現じたまへば十七ののり（→十七珠）いかめしく国そだてます」（摂政として立たれたので十七か条の法《のり》もおごそかにされて、国を育てられた）とある「摂政」は、聖徳太子（五七四～六二二）を指す。推古天皇の摂政をつとめた。内外の諸学に通じ、ことに法華経（→妙法蓮華経）を深く究め、その信仰と教義の実践に努め、仏教の興隆に力を注いだ。なお、この歌は一九二一（大正一〇）年四月、父*宮沢政次郎と関西旅行に出かけた折の「法隆寺」四首の一。

殺生石《せつしやうせき》 せっしょうせき【鉱】 童［鳥をとる*やなぎ］に登場する。栃木県那須温泉付近に見られる伝説にまつわる熔岩（→*鎔岩流）の個有名。その伝説とは玉藻前《たまものまえ》（鳥羽天皇の寵姫《ちょうき》で実は老女狐の化身）が殺されて石に化した。これにふれると災いをこうむるといわれていた。それを聞いた会津慈眼寺の源《げん》（玄）翁《のう》和尚が通りがかりに杖で石を打つと石は二つに割れ、中から石の*霊が現われ*成仏したと言う。

雪線《せっせん》【天】 雪解けしない万年雪による雪原の最低線（年々降りつもる雪の重みで粒状構造の氷塊になっている、その下限）の連なり。積雪量と融雪量とが等しい場所でその位置が気候条件によって決まるものを気候的雪線、地形条件によるものを地形的雪線とも言う。詩［花鳥図譜、八月、早池峯山巓］「（でも*雷鳥は／雪線附近に限るさうではありませんか）」とある。→雷鳥《らいちょう》

摂理《せつり》【宗】 providence 一般的な意味は摂《と》り理《おさ》めること。または代理で行なうことだが、宗教用語としては神や精霊が人間や*生物全体のために神の思慮を全うすることを意味する。予見と予備の両側面をもつ。摂理論はキリスト教神学では常に悪や危機の問題と結びつけられてきた。中世スコラ哲学、近代初期哲学では、例えばライプニッツ（→モナド）の『神義論』に見られるように、悪は善の反対概念ながら神の支配の一構成要素であるとされてきた。しかし啓蒙主義以降、自然法によって世界の予定調和や進歩発展が保障されているといった「理神論（神は完全無欠な世界を作り、それは永久に運動し続ける）」が主役になる。このため摂理は、人類の発展や進歩を保障する神の力とされた。一九世紀から二〇世紀の第一次大戦まで、「神の摂理によって」という言葉が盛んに叫ばれたのも時代の影響である。童［*ビヂテリアン大祭］では*マットン博士が盛んに摂理を使い、摂理＝善（神のみこころだから）の立場から弱肉強食を肯定する。これに対して一人のビヂテリアンから、*現象がみな善なら、人を殺すのも、勝手にビヂテリアンになるのもみな善ということになる、と反論が出される。「理神論」が資本主義経済の発展やそれと結びついた近代科学の発展と密接にかかわっている点を賢治なりに衝いているとはいえる。このユニークな童話では「摂理」が都合六か所出てくる。なお、詩［*真空溶媒］には一般的な意味で「うんめいですな／せつりですな」とある。

せつり →摂理《せつり》

先どな《せどな》【方】 先日。実際の発音はシェンドナ、またはシ

エドナ。「な」は過去の時を示す名詞に付される接尾辞。例として「さきたな（さっき）」「去年な（去年）」「おどでな（一昨日）」等があげられる。童［葡萄水］には「先どな持って来たけぁぢゃ。」、劇［*種山ヶ原の夜］には「あの馬ぁ、先どなおら見だぢゃい」、劇［植物医師］には「はあ、せどなはおれぁはもっと入れだます」（はぁ、先日は私はもっと入れました）とある。

銭凾（函）《ぜにばこ》【地】 北海道小樽の東南五km、小樽駅三つ手前の下車駅。雑［*修学旅行復命書］に「銭凾附近　海色愈々勝る」とある。

セニョリタス【地】 当時の葉巻タバコの商標だが*岩手山の言い変え。詩［春／*水星少女歌劇団一行］の中で「（ねえジョニー、向ふの山は何ていふの？）（あれが名高いセニョリタスさ）（中略）（あの白いのはやっぱり雪？）（雪ともさ）（中略）（そんならいまは死火山なの）（瓦斯をすこうし吐いてるさうだ）」とある。原イメージ・岩手山の賢治らしいユーモラスな変形《リフォーメイション》の一例。スペイン語のseñorita（セニョリータ、令嬢）からの着想、と小沢俊郎は指摘したが、山容から令嬢も連想したろうし、かつ一九〇二（明治三五）年に発売され、珍しがられて人気があった国産初の葉巻タバコの銘柄「セニョリタス」をひっかけて、往時噴煙していた（その後も時折噴煙する）岩手山の名にしたのであろう。賢治作品にはタバコの場面や、その銘柄が幾つも出てくる。→チーフメート、敷島《しきしま》、金天狗やカメレオン印《きんてんぐやかめれおんじるし》

セニョリタス

銭を鳴らし《ぜにをならし》 →水縄《みなわ》

捕虜岩《ゼノリス》【鉱】 捕獲岩とも。ゼノリス（xenolith〈英〉）は、ギリシア語で「外来の」を意味するxénosに基づく。*火成岩体中に取り込まれた（捕獲・捕虜となった）別種（外来）の岩石片のこと。地下のマグマが上昇し、貫入岩体として、または*鎔岩流として定着するまでに周りの岩石の破片を取り込んで固まる。詩［*早池峰山《はやちねさん》巓《てん》］に「また捕虜岩《ゼノリス》の浮彫《うきぼり》と／石絨《せきじゅう》（→アスベスト）の神経を懸ける／この山巓《さんてん》（→早池峰〈峯〉山）の岩組を」とある。

セピヤ【レ】 コウイカ（甲烏賊 sepia officinaclis）のスミを原材とした色彩絵具。暖かみのある黒色だが時間とともに赤褐色に変化する。後者を一般的にセピア色と言う。詩［〔眠らう眠らうとあせりながら〕］に「あ、あのころは／（中略）／二十の軽い心軀《しんく》にかへり／セピヤいろした木立を縫って／きれいな初冬の空気のなかを／（中略）／大沢坂峠をのぼって」とあり、冬枯れの木の色に用いている。

セビラの床屋《せびらのとこや》【音】 イタリアの歌劇作曲家ロッシーニ（Rossini 一七九二～一八六八）作曲の「セビリアの理髪師」（一八一三）。フランスのボーマルシェの戯曲『理髪師フィガロ』の*オペラ化。有名なモーツァルトの「フィガロの結婚」の前編にあたるもの。美しい娘ロジーナを手に入れようとしたアルマヴィーヴァ伯爵が*フィガロの力によって成功する話。日本初演は一九一七（大正六）年、赤坂のローヤル館でフィガロを*清水金太郎、伯爵を*田谷力三、娘を原信子《のぶこ》等で行なった（彼等はのちに浅草に移る）。以後も浅草オペラにはしばしば登場。詩［凾（函）館港春夜光景］に「あはれマドロス田谷力三は、／ひとりセビラの床屋を唱ひ」とある。なお、ローヤル館での初演と言っても、原作のもつ芸術性には遠く、いたって庶民的な

浅草ふう「洋もの」のオペラだった。この演目の本格的な日本初公演は一九二一(大正一〇)年のロシア歌劇団公演。↓オルフィウス

施無畏《せむい》　【宗】　無畏《むい》を施す、何ものをも畏《おそ》れない力を施す、という意味から、通常、*観世音菩薩を指す。法華経(↓妙法蓮華経)観世音菩薩普門品《ふもんぼん》に「是の観世音菩薩摩訶薩は、怖畏《ふい》急難の中に於いて、能く無畏を施す。是の故に此の娑婆世界に、皆之を号して施無畏者と為す」とある。詩[〔みんな食事もすんだらしく〕]に見える「施無畏の大士遠く去って」は場所が神社であるだけに解りにくい一行だが、観世音菩薩不在の「うつろな拝殿のうすくらがり」に「声あげて声あげて慟哭《(どうこく)》したい」という賢治の失意と孤独感の表白として、一応意味はとおるものの、自分の中なる観世音にも擬すべき何ものをも畏れない力が今は萎《な》えて無気力になっているのを寓意したものか。だからこそ、下書稿の末尾の「無畏／断じて進め」も自分を叱咤《しった》する重い意味をもってくると思われる。

セム二十二号《せむにじゅうにごう》　【人】　童[ペンネンネンネンネン・ネネムの伝記](↓昆布)の「世界裁判長」邸の番地。フゥフィーボー博士がネネムの胸に白墨《チョーク》で「セム二十二号」と書く。ネネムがそこに行くと、「あなたがその裁判長でございます」と言われる。「セム」は「世界裁判長ネネム」の略かもしれない。

ゼラチン　【食】　gelatin　誘導蛋白質の一。動物の骨、軟骨、腱等を長時間煮て抽出する。淡色透明、無味無臭。その凝固性を利用して洋菓子や料理の材料に用いられる。また写真フィルムの感光膜、薬用カプセル等の用途もある。濃色で不純物を含むものは膠《にかわ》(↓膠質《こうしつ》)と言う。作品では「極光か。この結晶はゼラチンで型をそっくりとれるよ」(童[氷と*後光(習作)])といった表現もあるが、賢治は主に比喩的に用いている。詩[*装景《(ママ)》手記]の「地面が踏みに従って／寒天(↓アガーチナス)あるいはゼラチンの／歪みをつくる」や、詩[陸中国*挿秧《そうおう》之図]の「ひともつかれてはゼラチンの*菓子とかんがへ」、また詩[山の*晨明《(しんめい)》に関する童話風の構想]の「つめたいゼラチンの霧」、ほか詩[種馬検査日](↓種馬所《しゅばしょ》)等。

セララバアド　【人】　童[学者*アラムハラドの見た着物]に登場する優等生の名前。人が最終的にしないでいられないことは何かとアラムハラドに尋ねられ、この生徒は「人はほんたうのいゝことが何だかを考へないでゐられないと思ひます」と答えてアラムハラドを感心させる。この名は仏典からきた可能性も強いが、いま一つ『*アラビアン*ナイト』の「シンドバード」からきた可能性もある。詩[海蝕台地]の下書稿に「求宝航者《シンドバード》」とあり、アラッディンのランプとり(↓アラビアンナイト)とともに宗教的意味をもたせているからである。

芹《せり》　【植】　セリ科の多年草。湿地に自生するが食用として栽培される。高さ約三〇cmで白い小花をつけるが、葉は香りがよい。詩[休息]に「下にはつめくさや芹がある」とある。

セリタテ　↓すゞめのてっぽう

セル　【衣】　serge(オランダ)　サージとも。毛織物の一種。縦横共に梳毛糸《そもうし》(獣毛の長繊維をつむいだ糸)を繊維または平織にしたもの。和服に用いられるほか、丈夫なため、袴《はかま》や学生服等にも用いられた。純毛のほかに綿や絹との混紡、交織があり、綿セル、絹セルと呼ぶ。第二次大戦後はウールの布地《ぬのじ》に押されて衰退し、セルやサージの呼び名も使われなくなった。文語詩[宗谷〔二〕]に

「セルの袴のひだ垂れて」とある。セルの袴の流行は一九一〇(明治四三)年ころからのことで、女学生(→女学校)が愛用した。

セルリイ【植】【食】 celery セロリ。オランダミツバとも。ヨーロッパ原産で食用として畑に栽培されるセリ科の越年草。高さ約六〇cm、根生葉に長い柄がある。強い香りがあり西洋料理のサラダ(→サラド)としてよく出てくる。「少年の唇はセルリーの香／少女の頬はつめくさの花」(詩ノート〔ローマンス〕)。「われらこの美しき世界の中にパンを食《は》み羊毛と麻と木綿とを着、セルリイと蕪菁《ターニップ》(→蕪)とを食み又豚と鮭とをたべる」(童〔ビヂテリアン大祭〕)等。

セレナーデ【音】 Serenade(独) serenata(伊) 夜曲、あるいは恋歌。昔、西洋では、夜に恋人のいる窓の下で愛の歌を歌ったというのが名の起こり。文語詩未定稿に〔セレナーデ／恋歌〕がある。また詩〔林学生〕にはシューベルトのセレナーデも登場。シューベルト(F. Schubert 一七九七～一八二八)はロマン派の開拓者。ドイツ歌曲に多数の傑作を書いた。交響曲第八番「未完成」や歌曲集「冬の旅」「白鳥の歌」等のほか、「野ばら」「菩提樹」「アヴェ・マリア」等の歌が知られている。セレナーデとしては上記「白鳥の歌」中の第四曲が極めて有名で、日本でも堀内敬三《けいぞう》の訳詞「ひめやかにやみをぬうわがしらべ…」で広く親しまれている。詩〔林学生〕に「センチメンタル！ 葉笛《はぶえ》を吹くな／え、シューベルトのセレナーデ／これから独奏なさいます」とある。おそらくこの曲であろう。

セレニウム →ヴナデイム

セロ【音】 cello チェロ。violoncello(伊)の略。賢治の時代は一般にセロと言った。関徳弥によると賢治の持っていたセロは中古もので一二〇円だったが胴体のところに少し塗料の塗られていないところがあり、気にしていたという。一方、賢治とともにセロを練習していた藤原嘉藤治《かとうじ》は、東京で一八〇円で買って来たと話していた。このセロの胴の中には「鈴木バイオリン」のラベルがあり、当時の価格表では一七〇円の最高級品だった。またセロを弾く弓が八円で、たしかに合わせて約一八〇円に相当する。楽器を収納するセロ箱は黒い木製で、童〔セロ弾きのゴーシュ〕に「何か巨きな黒いものをしょって」と出てくる。賢治のセロの腕前はたいしたものではなかったらしく、まともな音は出せなかったと言う。そのこととは矛盾しそうだが森荘已池(→森佐一)は、嫁をもらえと言われた賢治が、セロを鳴らして、これが自分の妻だと答えたというエピソードを伝えている。返答に窮した賢治の即興であった、とも考えられる。病に倒れた賢治は、盛岡の演奏会に出る嘉藤治とセロを交換した。この巡り合わせで賢治のセロは花巻空襲を免れ、現在も宮沢賢治記念館に展示保存されている。宮沢家の蔵で焼失した嘉藤治のセロは胴に三センチほどの穴があいており、これが童〔セロ弾きのゴーシュ〕で鼠の子がセロの中に入る話のヒントとなったようだ。童〔セロ弾きのゴーシュ〕では猫や狸らを相手にゴーシュはいつのまにか腕をあげる。ほかに詩ノート〔峠の上で雨雲に云ふ〕(→ニムブス)で雨雲から落ちる雨を「セロの音する液体をそゝぐべく」(→白極海)の表現はユニークである。年譜によると賢治は一九二六(大正一五／昭和元)年一二月、セロをもって上京、大津三郎に三日間セロ

賢治所有のチェロ

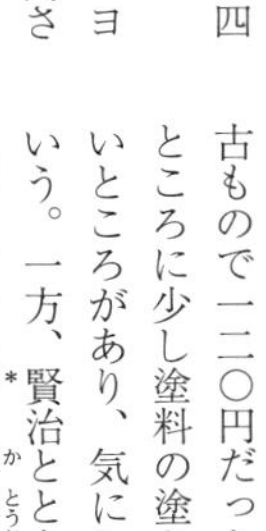

の特訓を受けている。このとき賢治は詩人の尾崎喜八の家を訪ね、本人は不在だったが夫人から大津三郎の名前を紹介されたという。また、アルスの『西洋音楽講座』(一九二五)の第五巻「ヴィオロン・セロ科」(平井保三《やすぞう》著)を細かく筆写している。賢治とセロについては横田庄一郎『チェロと宮沢賢治―ゴーシュ異聞―』(一九九八、音楽之友社)に詳しい。チェロの内部に賢治自筆と思われる 1926. K. M. のイニシァル(絵筆?・青色)まで横田は確認して論じている。

饌《せん》 →神農像《しんのうぞう》

氈《せん》 【衣】【レ】 毛氈《もうせん》。毛織の敷物(カーペット)のこと。詩[〔Largo や青い*雲滃《(うんおう)》やながれ〕](→ラルゴ)に*稲の葉の一面に生長している様子を比喩的に表現して「苗代《(なわしろ)》の緑の氈」とある。また、詩ノート[〔黒つちからたつ〕]には「みどりいろの氈をつくるのは／春の*すゞめのてっぽ《(ママ)》うだ……」(旧かな「てっぱう」)とある。

遷移《せんい》 【科】【レ】 移り変わる状態を言う。もともと科学用語で、植物学や量子力学で言うサクセッション(succession)。ある系の定常状態(植物なら、ある土地の群落)が一定の確率で他の定常状態(他の群落)へ移り変わっていくこと。似た語に*移化がある。詩[鳥の遷移]では、賢治は詩の題名に用いているが、「鳥は遷《(うつ)》り　さっきの声は時間の軸で／青い*鏃《(やじり)》のグラフをつくる／……きららかに畳む*山彙《(さんい)》と／水いろのそらの縁辺……」という詩句からは、鳥の移動が単なる空間的移動ではなく、科学的な、そして宗教的な進化の時間がからんでいることを窺わせる。さっき鳴いていた「かくこ《(ママ)》う」(→*くゎくこう)がもう姿がなく、「いまわたくしのいもうとの／墓場の方で*啼いてゐる」という詩句は生と死の時間の仲だちをしている四次元的な鳥の姿と声を示している。「いもうと」は*宮沢トシ。

僣王《せんおう》 →爪哇の僣王《じゃわのせんおう》

禅機《ぜんき》 【宗】 禅の修行で得た無我の境地から発する瞬間的な心の働き、難解だが、他に対する鋭い言行、気合い、けはい。詩[〔めづらしがって集ってくる〕]に「あなたは禅機　横眼のひかり／やっと一声気合もかけまじきけはひ」とある。

善鬼呪禁《ぜんきじゅきん》 【宗】 善鬼は仏法を守る仏を言う。呪禁はまじないで邪霊や病気等をはらうこと。詩[善鬼呪禁]があるが、詩の内容から見て、この題は揶揄《やゆ》的に使われている。なお、この詩の下書稿に詩[過労呪禁]がある。仏法ふうに言うと、貧困や、そのための過労は「*悪魔」であり、「呪禁」したいところ。

船渠会社《せんきょがいしゃ》 【文】 船渠はドック(dock)。船舶の建造・修繕・清掃・荷物の積み降ろし等を業とする会社。詩[凾(函)館港春夜光景]に「船渠会社の観桜団が／*瓶をかざして広場を穫れば」とあるのはドック経営の会社の社員たちの花見風景。

千金丹《せんきんたん》 →万能散《まんのうさん》

撰鉱《せんこう》 【鉱】 採掘された鉱石類をえりわける仕事。「向ふさ着げば撰鉱だがな」(詩[〔甲助　今朝まだくらぁに〕])、「冬撰鉱へ来てゐたこの村の娘のおみち」(短[十六日])とある。「撰鉱へ」とは撰鉱の仕事場へ、の意。

僣し《せんし》 →浮塵子《うんか》

千住《せんじゅ》 【地】 東京府南足立郡千住町(現足立区千住)。歌[八〇六]に「青木青木はるか千住の白きそらをになひて雨にうちどよむかも」とある。歌稿には斜線が入っているが、一九二一(大正一〇)年四月、父*宮沢政次郎と関西に旅した帰りに東京で得た歌。青木とは人名でなく立ち並んでいる青い木立のこと。

扇状仕立《せんじょうしたて》 →エーベンタール

遷色《せんしょく》 【レ】【科】 鉱物学では鉱物の表面の色が急に変化することを言うが、国語辞典等にはない。詩［風の偏倚《へんい》］に「雲の遷色とダムを超える水の音」とある。前後の行では月光が明るくなったり暗くなったり、風も変化している。ダムの水音もまじって雲がにわかに変色して見える、といった自然現象の動体、変化に用いている。

船艙《せんそう》 【文】 貨物用のふなぐら(船倉《ハッチ》)。上甲板《じょうかんぱん》の下にある。詩［津軽海峡］(初行「夏の稀薄から…」)に「二等甲板の船艙の」とある。二等船室に続いている船艙であろう。

洗濯曹達《せんたくそうだ》 【科】 曹達はソーダ(soda)の当て字で、ナトリウム塩の総称だが、ふつうは炭酸ナトリウム(Na_2CO_3)の結晶のこと。その水溶液はアルカリ性で、家庭用の洗剤として用いられたことからこう呼ばれた。斎藤緑雨《りょくう》の随筆『長者短者』(一九〇二・二～八)に「月日は洗濯曹達の如し、垢も膩《あぶら》も罪も穢《けが》れも、夢より早く除き去る」と彼らしい痛快な表現があるが、賢治の童［ツェねずみ］ではバケツがツェねずみに「洗濯曹達のかけらをすこしやって」「『これで毎朝お顔をお洗ひなさい』」と言う。ネズミは喜んで毎朝それを実行しているとひげが十本ばかり抜けた、とある。

先達《せんだつ》 【レ】 古くはセンダチとも読んだ。先に立って案内をする人、という意味から、物事に通じていて指導的役割をする人をもさす。詩［台地］に「今日の二人の先達は／この国の古い神々の／その二はしらのすがたをつくる」とある。二はしらの神々、とは日本の神話のイザナギ、イザナミの両ミコトのことであろう。この詩は、その二人の先達が、今日「高雅の神」かと思えば、明日は「青い山羊」ともなり、あるときは「歪《ゆが》んだ修羅となる」といった、古典にも関わり、賢治の修羅解釈にとっても注目すべき詩句を含む。詩［〔職員室に、こっちが一足はいるやいなや《ママ》〕］に「いくらじぶんが先達で」とあるのは、早池峰の原林を自分が先に立って峰入りしてきた、という意味で「先達」の原意。

センダード →センダード日日新聞

センダード日日新聞《せんだーどにちにちしんぶん》 【文】 センダードは仙台をもじった賢治得意のエスペラントふう造語。新聞名も架空のもの。童［ポラーノの広場］(→ポランの広場)に登場(賢治の表記には「センゼード」も)。同様の新聞名に「マリオ日日新聞」「イーハトブ日日新聞」(童［毒蛾］(→蛾))、「イーハトブ毎日新聞」(童［毒蛾］下書稿)等がある。ちなみに「イーハトブ毎日新聞」のモデルと考えられる「岩手毎日新聞」は、一八九九(明治三二)年創刊、現在もある「岩手日報」(一八九七創刊)の強力な競争紙であった。賢治はその「岩手毎日新聞」に童話三編と詩一編を発表している。すなわち、一九二三(大正一二)年四月八日(第七五八四号)に童［やまなし］、詩［東岩手火山］(→岩手山)の初出である詩［心象《スケッチ》外輪山］、同年四月一五日(第七五九一号)に童［氷河鼠の毛皮］(→ねずみ)、同年五月一一日～二三日(第七六一七～七六二九号)に一一回連載の童［シグナルとシグナレス］がそれら。

全体《ぜんて》 【方】 文頭に用いた場合は感嘆詞。「一体全体」の意味。実際の発音は「じぇんてぇ」に近い。劇［種山ヶ原の夜］。

船燈《せんとう》 【文】 船舶が航海中や停泊中にともす燈火。詩［函(函)館港春夜光景］に「オダル《ママ》ハコダテガスタルダイト、／ハコダテネムロインデコライト／マオカヨコハマ（→ガスタルダイト）船燈みどり」とあり、停泊する汽船の燈火によって函館の夜景が描かれている。なお、恩田逸夫《いつお》は、この詩句の、小樽―函館航路、函館―根室航路の船燈の色を鉱物名で表わした、しかも全部片仮名にしている斬新さ、七七調の歌謡体の効果を指摘している。

セントジョバンニ様《せんとじょばんにさま》 →ジョバンニ

先どな《せんどな》 →先どな《せどな》

聖白樺《セントベチユラアルバ》《せんどな》 【植】 Betula（カバノキ科カバノキ属）に alba（聖衣）を付したのは賢治だろうが、白樺の正式学名は *Betula platyphylla* var. *Japonica*（異名 *Betula alba* L. var. *Japonica* Mig.）。詩［樺太鉄道］に「Van't Hoff の雲の白髪の崇高さ／崖にならぶものは聖白樺《セントベチユラアルバ》」とあり、「聖なる」という敬称の Saint をつけた白樺のイメージ（聖職者の白いゆったりとした長衣をまとった）に雲と物理科学者 Van't Hoff の白髪とを想念連合させたもの。→白樺《しらかば》

センド、マイブーツ、インスタンテウリイ 【レ】 Send my boots instantly（英） 童［月夜のでんしんばしら］に出てくる語。「すぐ私の長靴送れ」の意。「すぐに」のインスタンテウリイは「テゥ」と原音に近くしようと表記したのであろう。

セント マグノリア →サンタ・マリア

千人供養の石《せんにんくようのいし》 【宗】 ス［一三］に「千人供養の／石にともれるよるの電燈」とあるが、これは宮沢家から程近い浄土宗松庵寺《しょうあんじ》前にある千人供養塔のこと。文語詩［病技師〔一〕］に見える「飢《け》饉供養《かつ(くよう)》の巨石並めり《おほいしな》」も同じ。ケカツ（キカツ、ケカチとも）は同義の飢渇の古訓を飢饉《ききん》に当てたもの。「並めり」は並んでいる。供養塔は宝暦、天明、天保等の大飢饉での死者供養のために建てられたもの。→饑饉《ききん》

飢饉供養塔

仙人草《せんにんそう》 【植】 山野に自生するキンポウゲ科の多年性つる草。茎は長く、葉柄は曲がりくねって他の草木にからみつく。秋、花径三cmぐらいの白色の小花を多数つける。「困つたやうに返事してゐるのは／雪でなく 仙人草のくさむらなのだ／さうでなければ高陵土《カオリンゲル》」（詩［東岩手火山］〈→岩手山〉）。

仙人峠《せんにんとうげ》 【地】 遠野市と釜石市との境の峠。標高八八七m。岩手軽便鉄道は、花巻から仙人峠（足ヶ瀬）までで、釜石に行くにはそこから徒歩で峠を越え、釜石鉱山鉄道の大橋駅から釜石に出た。賢治は一九二五（大正一四）年、三陸海岸を旅行し、いくつかの詩を得たが、その一、詩［峠］は仙人峠から見た風景と言われ、「鉄鉱床のダイナマイト」「釜石湾の一つぶ華奢なエメラルド」等の表現がある。童［イギリス海岸］には猿ヶ石川が「東の仙人峠から、遠野を通り土沢を過ぎ」るとある。

仙人の鉄山《せんにんのてつざん》 【地】 仙人鉄山。岩手県和賀《わが》郡（現北上市）和賀町にあった赤鉄鉱《せきてっこう》の鉱山。付近に金銀銅を産する綱取《つなとり》、水沢、奥仙人《おくせんにん》、石膏《せっこう》を産する岩沢という鉱山もある。甲州財閥の雨宮《あまみや》敬次郎は一八九四（明治二七）年、ここに仙人製鉄所を創立、後一九〇七年に黒沢尻と仙人間（現北上線和賀仙人駅）に和賀軽便軌道（最初は人間が引き、押して行く人車《じんしゃ》鉄道、後八人乗りの馬車鉄道）を敷設したが、一九二一（大正一〇）年横黒線《おうこくせん》（現北上線）が和賀仙人まで開通したため一九二二年廃線。仙人鉄山の赤鉄鉱は、結晶が美しく、鏡鉄鉱《きょうてっこう》として産出することで名高い。大正後期から昭和初期の付

近は空前の鉱山ブームだった。ス[一〇]に「あすこが仙人の鉄山ですか、／雪がよごれて黄いろなあたり」とあり、前後には*和賀川、*夏油《げとう》川、「崖下の／旧式鉱炉のほとり」や、*停車場等、実在の風景が出てくる。これらは文語詩[廃坑]の下書稿とほぼ同一なので[廃坑]も仙人鉱山がモデルと言える。下書稿の手入れの中には「鏡鉄鉱」の名も見える。同じく文語詩[早春]も「冬のスケッチ」を下書稿として持ち、「鏡鉄鉱、雲母鉄」の名も手入れの中に見いだせる。仙人鉄山は木炭製鉄で、銑鉄《せんてつ》(↓づく)を産し、第一次大戦中は活況を呈したが、一九二〇年末には不況のため休廃。なお賢治の仙人行きについては小野隆祥《りゅうしょう》の一九一九年説、佐藤勝治の一九二二年説がある。↓化物丁場《ばけものちょうば》

専売局《せんばいきょく》 ↓金天狗やカメレオン印《きんてんぐやかめれおんじるし》

賤舞《せんぶ》 【レ】 賤《いや》しい舞。わいせつなダンス。文語詩[〔歳は世紀に曾って見ぬ〕]に「徒衣《(とい)》ぜい食のやからに／賤舞の園を供すとか」とある。着物を着飾り、贅沢《ぜいたく》な食事をしているやから(連中)に品のわるいダンスなどをさせる遊園地を提供するとかいうことだ、の意。

センホイン《せんほいん》 【植】 sainfoin(英)、より正しくはセインフォイン。sain(健康な)foin(牧草)の意。とげのあるイガマメ(毬豆)属の総称で南欧から中央アジア、コーカサスの丘陵や高山の岩の多い草地に生育する。石灰質の土地にも栽培され、広く牧草として干草《ほしくさ》にされるマメ科の多年草。叢生する花茎は五〇〜八〇cm、六〜八月、赤い花をつける。近年はカナダ西部、アメリカ北西部でも多く産する。詩[〔野馬がかってにこさへたみちと〕]に「なるほど*おほばこセンホイン／その実物もたしかかね?」とある。

【せんおう】

仙北町《せんぼくちょう》 【地】 *盛岡市の南端の町名。*北上川に架設された明治橋に南接し、盛岡市の南玄関口に当たる。南部利直《なんぶとしなお》が築城のおりに他領民の来住を歓迎したため、秋田県仙北郡、青森県三戸《さんのへ》郡出身の人々が移り住み、仙北町、三戸町といった町名が生まれた。帳[王冠印]。

千両函(函)《せんりょうばこ》 【文】 江戸時代に用いられた金貨を貯蔵したり運搬するための箱。ふつう、小判や一分金の二五両包みのもの四〇個を入れた。*松または*檜製。定型はないが縦四〇cm、横一四・五cm、深さ一二、三cmのものが比較的多く、空き箱だけでも約一貫目(三・七五kg)の重量があった。童[とっこべとら子](↓おとら狐)で、六平の背負った小判のいっぱい詰まった、「十の千両ばこ」は、約一〇〇kgもあったことになる。もちろん誇張された想像。

閃緑岩《せんりょくがん》 ↓花崗岩《かこうがん》、閃緑玢岩《せんりょくひんがん》

閃緑玢岩《せんりょくひんがん》 【鉱】 成分的には火山岩の安山岩に対応する半深成岩で、完晶質。主成分は無色鉱物の斜長石だが、有色鉱物の輝石や角閃石などの成分を比較的多く含む。詩[種山ヶ原]下書稿に「お、角閃石斜長石　暗い石基と斑晶と／まさしく閃緑玢岩である」とある。閃緑岩(ディオライト)は同じ成分をもつ深成岩。

山王《せんおう》 ↓山王《さんのう》

そ

そぃつさあだるなやぃ【方】そいつにあたるなよ。「あだる」は「当たる、ぶつかる」の意。劇「種山ヶ原の夜」の終り近くの歌の初行。

そぃづさい取《と》つてしめば、あどは何《なん》つても怖《お》つかなぐない【方】そいつさえ取ってしまえば、あとは何にも怖くない。「あどは」は「あだ」と、さらに訛ることが多い。「何つても」も実際には「なっても」と発音されることが多い。「なっても」は「何でも」の訛りで「すべて」の意。童「鹿踊りのはじまり」。

そぃでぁ、そぃでぁは【方】それでは、それじゃ。順接の接続詞。別れの挨拶。方言使用の数か所に出てくる。

浅土層《ソイルマルチ》【農】soil mulch ソイルは土壌、マルチとは根被《おお》いのこと。土壌の乾燥化を防ぎ地中温度を保つために、中耕（農作物の生育の途中で浅く表土を耕す）のあと、土の粗塊を根にかけておくこと。粗土の代わりに藁や枯草をかけておくこともある。詩「三原 第二部」に「まあ敷草と浅土層《ソイルマルチ》をつくること（ママ）」「若しも昼にもソイルマルチや敷藁（→藁）や／あるひは日蔭を与へることで／二つを相償《そうしょう》させますならば」の相償は辞書等に見かけない語だが、相補う、あるいは相殺《そうさい》といった意味で用いていると思われる。昼間の水分の蒸発と、それを補うソイルマルチ、の意であろう。

象《ぞう》【動】哺乳綱長鼻目ゾウ科の動物。陸生動物中最大の巨体で、アフリカゾウとインドゾウの二種がある。耳の大きいアフリカゾウは気性が荒く、飼育、使役することは稀なのに対し、より耳の小さいインドゾウは温順な性質で、家畜として物資の運搬等の役をする。また、古代インドでは兵力として戦車がわりに用いられた。日本海が陸続きだったころの古代以前の北方系のナウマンゾウの例（新潟県と長野県の県境に位置する野尻湖から発掘された化石で有名。初の研究者ナウマンの名にもとづく）は別として、日本への初渡来は室町時代（応永一五〈一四〇八〉年）とされ、江戸時代（享保一三〈一七二八〉年）の渡来の際にはかなりの評判となり、多くの文献に残されている。童「黄いろのトマト」ではサーカスの見せ物として、童「月夜のけだもの」では白熊に探し求められる相手として（白熊はゾウの弟子志願）、また、童「けだもの運動会」では、〈鉄棒ぶらさがり競争〉という妙案を思いつく知恵者（やや戯画的ではあるが）。比喩的表現としては、歌［四一七］の「黄葉落ちて／象牙細工の白樺は／まひるの月をいたゞけるかな」、短「秋田街道」の「フィーマス（→腐植土）の土の水たまりにも象牙細工の紫がかった月がうつり」、童「よく利く薬とえらい薬」の「この人はからだがまるで象のやうにふとって」等がある。また、童「水仙月の四日」の「大きな象の頭のかたちをした、雪丘《ゆきをか》」、童「ひかりの素足」の「大きな象のやうな形の丘」、童「若い木霊」の「象の頭のかたちをした灌木の丘」等も類似する比喩表現だが、これらは単なる比喩をこえた超越的で信仰的なシンボルの働きをしている。また、童「学者アラムハラドの見た着物」に「そしておしまひたうたう（ママ）国の宝の白い象をもお与へなされたのだ」、童「オツベルと象」に「白象がやって来た。白い象だぜ」と登場してくる「白象」は、もともとゾウの白子《しらこ》(色素欠乏症)に発するとされるが、インド、東南アジア地方では、古来、この白象を釈迦(→釈迦牟尼)の化身として神聖視している。*普賢菩薩の乗る六牙《ろくが》(牙《きば》が六本ある)の白象(法華経普賢菩薩勧発品第二十八)、摩耶《まや》夫人が釈迦を懐妊する前夜夢に現われ、夫人の右脇より胎内に入ったという六牙の白象(方広大荘厳経《ほうこうだいしょうごんきょう》に出てくる)などが広く知られている。白象と仏教とのかかわりについては『宮沢賢治と西域幻想』(金子民雄、一九八八)に詳しいが、現在でもタイ王室では白象を飼育しており、歴史的にはインド、スリランカ(セイロン)、ビルマ、ラオスなどで白象の記録や伝説が多く残されている。童[*オツベルと象]では、白象は資本家に搾取される労働者階級の象徴のように描かれているが、本質的には仏教的かつ人間的な*デクノボーの一ヴァリエーションとしてのイメージと言えよう。

層雲《そううん》【天】 雲級の一。ストラトス(stratus 英語読みではストレイタス)。高さ一km以下の低空に広がる雲の一種(地上に達すると霧になる)。雲底は灰色で、冬期には細氷《さいひょう》(ダイヤモンド・ダスト)や霧雪《むせつ》を、夏期には霧雨《きりさめ》(細雨《さいう》)を降らせる。文語詩[*牛]に「窒素工場の火の映えは、層雲列を赤く焦《(や)》き、／鈍き砂丘のかなたには、*海わりわりとうち顫ふ」とある。工場の赤い炎が層雲の列を焦《こ》がすかのように映えているさま。

僧園《そうえん》【宗】 衆園とも言うが、伽藍《がらん》(僧伽藍の略)の別称。僧侶《そうりょ》たちの住まいの意から、寺院の建物の一般的呼称としても用いる。文語詩に「僧園」がある。下書稿の題は「僧園幻想」で、いずれも寺院の意味で用いている。

蒼鉛《そうえん》 →蒼鉛《さうえん》

挿秧《そうおう》【農】 挿はさす、秧《おう》は*稲の苗。あわせて稲の苗を植えつけること、つまり田植えを言う。詩[*陸中国挿秧之図]。

造化の妙用《ぞうかのみょうよう》【レ】 天地万物を創造し育てた造物主(神)のふしぎな力。詩[会食]に「まこと造化の妙用にして」とある。

双眼鏡《そうがんきょう》 →夜間双眼鏡《ナイトグラス》

象嵌《ぞうがん》【文】【レ】 象眼。もともと布や紙などに細い線で縁《ふち》どりした模様のことだが、金属、陶磁器、木材などに同種のまたは異種の材料を嵌《は》め込んだ工芸技術を言う。詩[*河原坊《かわらぼう》(山脚の*黎明)]に「ほう、*月が象嵌されてゐる」とある。*大理石の転石《てんせき》(転がっている大きな石)に寝ようとして、夜明けの下弦の月を見ての抒情。

蒼穹《そうきゅう》 →穹窿《きゅうりゅう》

装景《そうけい》【レ】 景色・景観を装い整え、設計すること。賢治にとって重要語の一。森本智子《ともこ》「宮沢賢治と「装景」―「虔十公園林」を中心に」(武庫川《むこがわ》女子大大学院「かほよとり」第四号、一九九六)によれば、賢治と同時代の造園・園芸関係資料に、この語は度々登場。例えば田村剛『造園概論』(一九一八)には「装景術」があり、また野間守人『花壇設計及花卉栽培』(一九二五)にも「*土地の装景」が出てくる。これらの本は、いずれも賢治が学んだ盛岡高等農林学校の図書館に収められていたことから、賢治が目にしていた可能性は十分にある。従って「装景」という言葉には、森本も言うように当時の大正デモクラシーや英国人エベネザー・ハワード(Ebenezer Howard 一八五〇～一九二八)によって提唱された「田園都市」構想等、同時代の社会改革思潮の影響が考えられる。「装景」にはそのような時代背景が指摘できよう。しかし、この語を用いる賢治の視野はさらに広大で超現実的で、詩〔三原　第二部〕の後半「こんどは所謂《いわゆる》この農園の装景といふことをしませう」以下は宇宙的、宗教的なイメージさえ包含している。単に眼前の風景を美しく装う思いつきの技芸ではなく、現実と理想をコーディネイト(等位融合)させる主体、すなわち「装景者」「装景家」がいて、美と科学と宗教が詩的時空において一致させられる。詩〔装景手記〕はその典型と言えよう。同詩中に「この国土の装景家たちは／この野の福祉*のために／まさしく身をばかけねばならぬ」とある「国土」とは単に日本の国土はもちろん、それを含めた仏土(現実世界から極楽浄土に至る三*千大千世界)を指す。だからこそ「ヒンヅー(→印度)ガンダラ*乃至西域諸国に於ける／永い間の夢想であって／また近代の勝れた園林設計学の／ごく杳遠《ようえん》なめあてである」(杳遠は遥遠とも、杳《はる》(遥)かに遠いこと)と賢治は言う。しかも「今日に於ける世界造営の技術の範囲に属しない」、「風景をみな／諸仏と衆生*の徳の配列であると見る」。しかも仏界*のイメージよりも、この詩には花卉《かき》園芸、植物、地学、地誌、歴史、気象、等のイメージャリーがひしめいている。そして「装景家(者)」とは賢治であり、賢治を超えた存在者、意志の主体を指すことを詩は示している。なお補遺詩篇の中の詩に〔装景手記〕「装景家と助手との対話」〔装景者〕があるが、両篇とも詩〔装景手記〕の内容と関係があり、〔装景手記〕を読むことによってこの二つの詩の読みかたもちがってくると思われる。文語詩稿にも〔装景者〕(文語詩〔山躑躅《つつじ》*〕の下書稿)があるが、これも〔装景手記〕と深い関係がある、文語による後者の初案の一部形態と思われる。また旧・新校本全集には帳〔装景手記〕ならびにノート〔装景手記〕(いずれも校本全集の呼称)の内容の紹介がある。詩〔装景手記〕の複雑な成立と、賢治におけるこの連鎖する一連の詩群の重要性を物語っている。

層巻雲《そうけんうん》【天】　アルトストラトス(altostratus)。雲級の一。今は高層雲と呼ぶ。『気象学』(岡田武松、一九二七)には「灰色か又は青味がかつた灰色の雲の薄い幕で、太陽(→お日さま)や月*の周囲では強く光かる《ママ》、此雲《この》には、光環*が出来ることがある」とある。春の層巻雲を「おぼろ雲」と呼ぶ。しかし、分類上は巻積雲*と同じ中層雲に属する。詩〔華麗樹種品評会*〕には「そらはいちめん／層巻雲のひかるカーテン／じつに壮麗な梢*の列」と、雲を樹列に比喩した表現がある。詩〔県技師の雲に対するステートメント〕では低層の雨雲(→ニムブス)の特異な動きをとらえて、「かの層巻雲や／青い虚空*に逆って／おまへの北に馳《か》けること」とある。

操行《そうこう》【文】　簡〔0a〕に「僕は百番近く、まづ操行丙」とあり、以下悪い成績の学科(体操以下皆丙で、歴史は丁)を友人(藤*原健次郎)に披露している。旧制の中学生以下は操行(日常の品行、行い、人物点)を学科同様、甲・乙・丙・丁の四段階で評価された。通常は操行点は通信簿(今の通知表)の各学科表示の最下欄になっていたのだが、賢治はまっ先に挙げている。露悪自嘲のユーモアもある。小学生時は操行も学科も全甲(学籍簿現存)。

匆惶と《そうこうと》【レ】　匆は賢治の当て字。正しくは蒼惶で、あわておそれる意。匆の漢字はないが匆のつもりで書いたのであろう。匆《そう》もあわただしい意があり、惶は恐れかしこまるの意で賢治は使ったと思われる。詩〔会食〕に「ぼ《ママ》うぼ《ママ》うとして風吹けば／人はいよいよ快適である／僕匆惶と帽子をさぐり」とある。ぼうぼうは茫々(旧かな「ばうばう」)で、ひろく遥かなさま。

荘厳《そうごん》 →荘厳《しょうごん》

荘厳ミサ《そうごんみさ》 【音】 荘厳ミサ曲、ミサ・ソレムニス(Missa solemnis)。ベートーヴェン作曲(一八二三)。ベートーヴェン自身が自分の最大の作品だと自賛したミサ曲の最高傑作。キリエ(Kyrie ギリシア正教会やローマ・カトリック教会ではミサの冒頭にとなえる祈りの言葉だが、ミサ曲の第一部にも当たる)冒頭に書きつけられた「心より出─そして再び─心にかえらん」には賢治の「心象スケッチ」の方法理念に通じるものがある。全体はキリエ、グロリア等五部で約九〇分。詩[鈴谷平原《すずや》]にチモシイの穂が「たのしくゆれてゐるといったところで/荘厳ミサや雲環(→暈環《うんかん》)とおなじやうに/うれひや悲しみに対立するものではない」とある。宗教性を帯びた楽しさは、悲痛に対立するものではないという意。

相償《そうしょう》 →浅土層《ソイルマルチ》

双晶《そうしょう》 →オーソクレさん

喪神《そうしん》 【レ】 喪心とも書くが、一般的な語義としては入神《にゅうしん》(精神がこもっている、人間わざとも思えない、の意)の対語で、正気《しょうき》を失って(失神・失心)ぼんやりしている(放心)状態を言う。しかし賢治の場合は、語義よりも神秘的なニュアンスをともなった、あるいは彼の修羅意識にもかかわる心象(→心象スケッチ)のイメージとして使われている点で独特。『春と修羅』の表題となったタイトル・ポエム(表題詩)[春と修羅]の「喪神の森の梢から/ひらめいてとびたつからす」が好例。生気のないほの白い太陽(→お日さま)を賢治は喪神、または喪心のしろいかがみと表現。歌[二七六(異)]に「つぶらなる白き夕日は喪神のかゞみのごとくかゝるなりけり」とある。また色彩表現として神秘的な「喪神青《せい》」の語も使われている。「木の芽が油緑《ゆりょく》や喪神青にほころび」(詩[一三九 夏])、「(豆ばたけのその喪神《さうしん》のあざやかさ)」(詩[三原 第二部])、「(豆ばたけのその喪神のあざやかさ)」

層積雲《そうせきうん》 【天】 ストラトキュムラス(stratocumulus)。雲級の一。二km以下の低層に生じる雲。中層雲である高積雲(積巻雲)とよく似るが、暗い部分が多い。『気象学』(岡田武松、一九二七)には「黒い雲の群塊か又は巻物《まきもの》の重なつているものとも云つてよい、天空を一面に蔽ふて仕舞ふことが多く、冬は殊にその場合が多い、層積雲の塊と塊との間からは、青空が見えることがある、又此雲は波状を呈することもある」とある。レンズ状のものもある。畝《うね》雲《ぐも》、滄雲《そううん》、波水《はすい》、等も層積雲の一。「南には黒い層積雲の棚ができて」(詩一一六[津軽海峡])、「蒼ざめた冬の層積雲が」(詩[冬])。

→ニムブス

葬送行進曲《そうそうこうしんきょく》 【音】 フューネラル・マーチ(funeral march)。死者をとむらい送るための行進曲。詩[噴火湾(ノクターン)]に「ファゴットの声が前方にし/Funeral march があやしくいままたはじまり出す」、詩[雲とはんのき]に「これら葬送行進曲の層雲の底」とある。賢治のベートーヴェン傾倒や、ファゴットの特徴的部分の存在などを考えると、これはベートーヴェンの交響曲第三番「英雄」の第二楽章を念頭においたものと言えそうだが、一九二二(大正一一)年のビクターカタログには見あたらない。同カタログにあるのは、ショパンのピアノソナタ第二番(プリオル楽団、ビッグスのパイプオルガン等三種類)、ベートーヴェンのピアノ・ソナタ一二番(ベッセラ楽団)、ワーグナー(↓ワグネル)の歌劇物)の「神々の黄昏《たそがれ》」中のジークフリート葬送行進曲(ベッセラ楽団)の*レコード。こうしてみるとピアノ曲のオーケストラ演奏盤が多く、実際に聴いてみないと、いずれの曲とも定めがたい。

曹達《そうだ》【科】 ソーダ(soda に漢字を当てた)。一般にナトリウム塩を指すが、多く炭酸ナトリウムのこと。結晶水を含んだ炭酸ナトリウム十水和物《じゅうすいわぶつ》は無色、風解性の結晶。*ガラス、陶磁器、農医薬、染料等の原料となる。例えば詩[*阿耨達池《あのくだっち》幻想曲]には「水ではないぞ　曹達か何かの結晶だぞ」とある。↓洗濯曹達《せんたくそうだ》

相対性学説《そうたいせいがくせつ》【科】【文】 アインシュタイン(A. Einstein 一八七九～一九五五)の特殊相対性理論(一九〇五)、一般相対性理論(一九一六)を指す。アインシュタインは*マイケルソン-モーリーの実験の結果からエーテルの存在を疑い、ローレンツの収縮説を基に、ニュートン力学での絶対時、絶対空間を否定し、時空の連関する変化量とした。それによれば、等速運動をする無数の基準系(慣性系)では、すべての物理法則は最も簡単な形をとるが、等速運動をしない各基準系同士の時空は相対的で、複雑なものとなる。また光は常に秒速三〇万kmであり、真空(↓虚空)とはそのような性質を帯びた空間であると定義した。アインシュタインの理論によると、物質は光速に近づくと質量が増大し、光速では無限大となる。したがって光速を超える物質はないことになる。また空間も時間も重力の影響を受けると曲がると言う。相対性理論がx・y・zにtを加えた四次元(↓第四次元)の時空間でみごとに表現されることを提唱したのはミンコフスキーである。*第四次元は賢治の重要な宇宙観の一。アインシュタインは一九二二(大正一一)年に来日し、一一月初旬には仙台にも立ち寄っている。当時日本では石原純、あるいは改造社(今はないが、当時賢治も影響を受けた綜合雑誌「改造」の版元)等が熱心に相対性理論の普及に努めたが、一般人にはとうてい理解されず「相対性」が単なる思想の相対化として受けとめられたようである。これらについては賢治との関わりを含めて金子務《つとむ》の『アインシュタイン・ショック』(一九八一)に詳しい。賢治作品では童[*ビヂテリアン大祭]に「大学校でもなぜ文学より見たる理論化学とか、相対性学説の難点とかそんなことばかりやってエービースィーを教へないか」とある。賢治はどちらかといえば視聴覚直観型の自然探究者であり、相対性理論をどれほど正しく深く理解していたかは疑問である。彼の第四次元の把握にしても仏教の時空間に近いし(もともと英語の the relative の訳語「相対」にしても『法華玄義』にある「相異相対」の語からの借用)、「相待妙《そうだいみょう》」の認識に近いからである。ちなみに相待妙とは、「天台教学において、『法華経』(↓妙法蓮華経)以前に説かれた諸経に比して、『法華経』のみが一乗微妙の法であると解することをいう。絶待妙《ぜつだい》に対していう」(同じく『法華玄義』にもとづく中村元『仏教語大辞典』の「相待妙」項第二義)。仏典に言う「相待《そうだい》」(*絶待《ぜつだい》も)は、いわゆる「相対」(絶対)なのだが、例えば賢治の星や月の光のイメージ一つを取りあげてみても、アインシュタインより神秘的であり、宗教性が濃いといえよ

アインシュタイン

う。しかし、賢治の直観的進化論に及ぼした時の人アインシュタインの相対性学説の刺激は大きかったことは間違いない。アインシュタインの名は詩［〔北いっぱいの星ぞらに〕］下書稿裏面に「ニユートン*先生、／フランス……先生、／アインシュタイン先生、／ルメートル、(ママ)先生、／普賢菩薩*──白象(↓象)」とある。

曹長《そうちょう》【文】陸軍下士官の一。軍曹*の上、特務曹長(准尉、↓ファンテプラーク章)の下位。童［ツェねずみ*］、劇［饑餓陣営］(↓饑餓)等に登場。

糟粕の部分《そうはくのぶぶん》【レ】酒を精製したあとの残りかす、という意から、文章やスピーチのなくてもよい部分を言う。蛇足《だそく》(これもなくてあたりまえの蛇の足、の意)と同義。童［ビヂテリアン*大祭］に「これ大祭開式の辞、最后(ママ)糟粕の部分である」と出てくる。

相反性《そうはんせい》【科】相反《あいはん》する性質。国語辞典等にない語だが、平面幾何学で点を直線に、直線を点に射影変換することを言ったり、代数で「相反方程式」の語があることから、応用して用いたのであろう。詩［青森挽歌*］に「汽車の逆行は希求の同時な相反性」とある。列車が目ざす方角とは逆な方向へ迂回《うかい》をしながら進行しているのを言ったのであろう。「わたくしの汽車は北へ走つてゐるはづ(ママ)なのに／ここではみなみへかけてゐる」という詩句に対応する一行だが、単に列車の進行だけでなく、内面の錯綜する心理の二重性をも(希求と、その逆との)暗示している。

奏鳴《そうめい》【音】鳴り響く(sonare〈ラテン〉、sounare〈伊〉)こと。この語から出た音楽形式がソナタ(sonata)。ピアノ独奏や、独奏とピアノ伴奏等の曲につけられる曲名で、古典派以降に多く、ピアノ・ソナタやヴァイオリン・ソナタに多数の傑作を生んだ。楽曲形式自体を指すことも多く、ベートーヴェン*の交響曲の第一楽章がその典型となっている。全体が、呈示↓展開↓再現↓終結、となっており、主調(第一主題)と属調(第二主題)が対照的に用いられたり、統一されたりして効果をあげる形式。賢治は、しかしソナタよりもその語源的な意味合いをニュアンスとしては生かして用いている。詩［奏鳴的説明］(生前発表稿は［奏鳴四一九］)に「すさまじき光と風との奏鳴者」とあって超越的存在者を暗示する。これは光と風が互いに対立したり協調したりして、すさまじい冬の風景が鳴り響いているさま。むろんソナタ形式のたとえにもなっているが。

葱緑《そうりょく》↓葱緑《ねぎみどり》

葱嶺《そうれい》↓ツェラ高原《つぇらこうげん》

蒼冷と純黒《そうれいとじゅんこく》【レ】「蒼冷」はあおく冷たいこと。「純黒」は真っ黒。賢治には冒頭と結末の欠落した断片二枚の対話劇草稿［〔蒼冷と純黒〕］があるが、「蒼冷」の大地に北上山地(岩手県)を、「純黒」の大地に甲斐《かい》(親友保阪嘉内*の出身地山梨県)の山々を寓し(なぞらえ)、すなわち前者に賢治自身を、後者に保阪を対応させているという読み方をする意見もあるが、平尾隆弘『宮沢賢治』(国文社、一九七八)によれば、あくまで賢治の跋渉した岩手の自然と賢治自身の体験こそが題材であり、甲斐の山々とは無関係と言う。なお「蒼冷」は、同じく北上山地に当たると思われるコバルト山地の「コバルト*」と親近する。

そがれダリヤ ↓Dahlia variaviris

触《そく》↓撫や触や《ぶやそくや》

ソークラテース ↓希臘古聖《ぎりしあこせい》

【そこ】

底 そこ 【レ】 賢治作品に「―の底」という表現はおびただしいが、対象の底部、深部を意味する場合もむろんあるものの（詩「東岩手火山」〈→岩手山〉をはじめ、詩や童話の多くによく出てくる「谷の底」が代表例）、それだけでなく、対象を平面的に見ず、その根源・本質に直入し、対象を透視するイメージとしてとらえている場合が多い。ちなみに「底《てい》」と言う仏教用語にしても、奥深い場所、空間を意味するが、一般用語の「心底《しんてい》」や「底意《そこい》」の語源と見ることができる。賢治の処女作の童「*双子の星」の天上と対極する海底の場面をはじめ、童「*やまなし」、詩「*蠕虫舞手《アンネリダタンツエーリン》」等の「水の底」や、童「*銀河鉄道の夜」の「町の灯は、暗の中をまるで海の底のお宮のけしきのやうにともり」、童「黄いろの*トマト」の「二人は海の底に居るやう」等の海の底の例や、また、空、*気圏、*気層、*気海、空気、夜、沼、風、林、雲、吹雪（→吹雪《フキ》）、光（月光、光象、星あかり、光の渣《おり》〈→光素、澱〉、光の*微塵系列）、霧、かげろう、地面、草、花、泥、氷等の「底」には肉眼の視野では捉えられない別世界のイメージが多い。さらに、詩「*春と修羅」の「ああかがやきの四月の底」、詩「青い*檜の葉」の「気圏日本のひるまの底」「かげとひかりの六月の底」、詩「春」（「〔*祠の前のちしゃのいろした草はらに〕」逐次形〈発表形〉）の「春の底」、詩「北上山地の春」の「なまめいた光象（→光素）の底」、詩「〔土も掘る《（ママ）》だらう〕」の「あらゆる失意や病気の底」、文語詩「〔二月〕」の「電線の喚《（おら）》びの底」、文語詩の題「風底」、等の用例には、単なる空間的な基底のイメージを超えた存在や*現象の全的把握のキイ・ワードとなっているものが多い。例えば、水平線上の地上の存在や現象は（*岩手山さえ）気圏の高みからはすべて「底」のできごとなのである。現実の生のいとなみはすべて天の「底」のそれとなる、賢治の視線の仰角度《エレベイション》の大きさを、このキイ・ワードは示していよう。

粗鉱の堆《そこうのたい》 【鉱】 まだ選鉱されていない種々の鉱物質のまじった堆積。短「泉ある家」に「*青金《（あおがね）》*黄銅鉱《（おうどうこう）》や*方解石に*柘榴石《（ざくろいし）》のまじった粗鉱の堆」とある。

そこの岩《いわ》にありしたか 【方】 そこの岩にありましたか。「ま」が落ちたものとも考えられるが、「し」は文語の過去「…き」（…だった）の連体形が方言に生き残っている、とも考えられなくもない。ともあれ東北方言が共通語に比べ、文が短くなる傾向の例。短「十六日」。

ソーシ 【地】 現北上市*更木町《さらきちょう》在の字《あざ》、臥牛《ふしうし》。*花巻市街の南東六km。詩「〔何かをおれに云ってゐる〕」に「（臥牛はソーシとよむんかね）」と中隊長が地図を見ながら百姓に聞くと「（そうです）」と百姓は答える。あるいは臥は寝そべる意だから（そべる、という古語もある）、「そべる牛」→ソウシ→ソーシとなまった地名かとも考えられる。あるいは賢治のシャレか。

そしてさ出来《でき》ればよ、うなも町《まち》さ出《で》はてもうんといゝ女子《おなご》だづごともわがら 【方】 そしてさ、できればよ、お前も町に出ていっても、うんといい女だということも（自他ともに）わかるだろうよ。「出はても」は「出ていっても」。「うんと」は強調。短「十六日」。

そしてゞ →六人《ろくにん》さまるっきり…

粗渋な《そじゅうな》 【レ】 詩ノート「〔これらは素樸《（ぼく）》なアイヌ風の木柵であります〕」に「わづかに粗渋な食」とある。辞書等にない語で賢治の造語か。粗末で渋い（まずい）意であろう。

そだ 【方】 そうだの訛り。実際の発音は「そんだ」であり「そ」

が落ちて「んだ」あるいは「んだんだ」となる場合が多い。「そだない」は打消しで「そうではない」。方言使用の随所に出てくる。

粗朶 そだ ↓榾 ほた

そだがもはすれなぃ。山《やま》づもなゆぐいろいろの音《おど》こするもんだもや【方】 そうかもしれない。山というものはよくいろいろな音がするものだもの。「そだがもはすれなぃ」は実際には「ンダガモぃハスレネ」と発音する。「音こ」の「こ」に関しては↓馬こもみんな今頃ぁ家さ行ぎ着だな。劇[種*山ヶ原の夜]。

そだがらさ【方】 だからさ。(それ)だから。順接の接続詞。実際の発音は「んだがらさ」に近い。短[十六日]。

そだた ↓ほんとにそだたべが。…

そたな、そったな【方】 そんな。連体詞で「そたなこと」「そったなひと」というように、下にくる体言を修飾。「そったに早く」(童[風*の又三郎])等。「そんたな」「すったな」とも発音。方言使用の随所に出てくる。

そだな ↓きっともてそだな

そだない ↓そだ

そたなごとあたたが【方】 そんなことがあったのかの訛り。疑問。「たた」は過去の継続を示す。自問ともとれる。劇[種*山ヶ原の夜]。

そだよだぢ《じ》ゃぃ【方】 そのようだぞ。劇[種*山ヶ原の夜]で「(音をたてたのは)馬*だが(馬か)」という疑問に対する答え。

そだら、そでば【方】 それなら。それでは。順接の接続詞。実際の発音は「んだら」「んでば」となることが多い。童[ひ*かりの素足]の「そだら行がんす」(それでは行こう)等。

そだらそれでもいすさ【方】 それならそれでもいいしさ。「いすさ」は「それでもよかろうさ」「いいけどさ」の意。劇[種*山ヶ原の夜]の中で頑固な柏樹霊《＊（かしわこだま）》があきらめたように言う。

そだらなして泣《な》ぃだりゃ 男《おとこ》などぁ泣《な》がなぃだな【方】 それならなんで泣いたんだ。男は泣かないものだ。「泣がなぃ」は実際は「泣がね」と発音する。童[ひ*かりの素足]。

そだんす まぁんつ、夜《よ》ぁ明《あ》げで、もやだんだに融《と》げで、お日《ひ》さん出《で》はて、草《くさ》ぁ ぎんがめたら、その時《とき》ぁ 目《め》っ付《け》もんだど思《おも》ぁないやなぃんす【方】 そうです、まあ、夜が明けて、朝もやがだんだんに消えて、太陽(↓お日さま)が出てきて、草がきらきら輝いたら、その時はもうけものだと思わなければいけません。「もやが融げる」は「朝もやが薄れていく」の意。「夜ぁ」「草ぁ」「その時ぁ」はそれぞれ「夜は」「草は」「その時は」の訛り。「ぎんがめたら」は「ぎんがめいてきたら」の詰まった表現。「ぎんがめく」は夜露に濡れた草が、太陽の光を反射してきらきら輝いている様子の擬態語。「目っ付もん」は「もうけもの」の意。「思ぁないやなぃんす」は直訳なら「思わなければいけないです」。劇[種*山ヶ原の夜]。

ソックスレット【科】 ソックスレー抽出器とも言う。考案者のチェコスロバキアの農芸化学者ソックスレット(F. Soxlet 一八四八～一九二六)の名をそのままつけた脂肪分抽出《ちゅうしゅつ》器。上下に分かれて還流式になっており、上に冷却器を付けて三段にして使う。下方のフラスコにエ*ーテル等の溶媒(↓真空溶媒)を入れて熱すると、その蒸気が上に昇り、冷やされて液体になって落ちる。そこに有機物を入れてお

ソックスレー抽出器

くと、油分だけが抽出される。このエーテルは、ある量を越えると下方のフラスコに落ち、再び同様のことを繰り返す。詩ノート［〔ソックスレット〕］に「ソックスレット／光る＊加里球／並んでか丶る＊リービッヒ管」とある。

測候所《そっこうじょ》【科】 全国各地にある気象庁所属の地方機関で気象観測を行なう所。天気予報、気象警報、地震観測等もする。岩手県には＊盛岡・＊水沢・宮古にあった。三陸海岸旅行で得た詩［＊発動機船 三］の「もう測候所の信号燈や／町のうしろの低い丘丘も見えてきた」は宮古の測候所。詩［〔もうはたらくな〕］の「さあ一ぺん帰って／測候所へ電話をかけ」は水沢の測候所。詩［測候所］も水沢。詩［＊月天子］には「盛岡測候所の私の友だちは」とある。また、どこの測候所と比定する必要もない測候所が童［＊風野又三郎］（↓風の又三郎）［或る農学生の日誌］［銀河鉄道の夜］等に登場。簡［240］に水沢の測候所に行くことを告げる文面があるように、賢治は水沢測候所とは縁が深いので、そこで得た経験がどの童話にも生かされていると見てよいだろう。↓水沢の天文台《みずさわのてんもんだい》

そっこりと【方】 こっそりと、ひっそりと。童［＊鹿踊りのはじまり］に「『ぎんがぎが（↓愛《え》どしおえどし）の／すすぎ（↓すすき）の＊底《そご》でそっこりと／咲《さ》ぐうめばぢ（↓うめばちさう）の／＊愛《え》どしおえどし』」とある。

そったに ↓そたな、そったな

そでば【方】 それは。そのことは。童［鹿踊りのはじまり］「さあ、そでば、気付《きつ》けないがた。」

外ヶ浜《そとがはま》 ↓蓬莱の秋《ほうらいのあき》

外《そと》**で稼**《かせ》**いでら**【方】 外で働いていているよ。「ら」は現在進行形を示す。実際の発音は「そどでかしぇんでら」に近い。童［＊ひかりの素足］。

外山《そとやま》【地】 古くはソデヤマとも呼んだ。＊盛岡市の北東、玉山村（現玉山区）南部の高原地帯。現在は外山早坂高原県立自然公園。北上山地の＊準平原の一。一八七六（明治九）年に県営外山牧場が開設され、一時期宮内庁の御料《ごりょう》牧場（御料地、御料草地とも。一九二二年まで）ともなった。牛馬の品種改良の拠点となったことから、賢治も並々ならぬ関心を払っていた。外山をめぐる詩歌については池上雄三の研究（「賢治と外山―書簡と短歌考」）があるが、それによると、一九二四（大正一三）年四月一九日、二〇日の日付をもつ詩［＊〔どろの木の下から〕］［〔いま来た角に〕］［有明］（初行「あけがたになり」）［〔東の雲ははやくも蜜のいろに燃え〕］［北上山地の春］の五編は、当日の牝馬検査の見学で得た作品であり、恋愛意識と宗教意識の相克《そうこく》が主題となっているという。詩［北上山地の春］には、アングロアラヴ（↓アラヴ）、サラーブレッド（↓馬）、重輓馬《じゅうばんば》の＊ハックニー、種馬検査所等、関連名詞が頻出する。外山に至る山道から振り返った盛岡の様子は詩［有明］に美しく描写されている。詩［北上山地の春］は下書稿㈠では［浮世絵 北上山地の春］であるが、これは一九二〇年四月ごろの＊保阪嘉内あて簡［162］に「すこしの残雪は＊春信の版画のやうにかゞやき」と外山の様子を伝えた内容と呼応する。賢治は一九一五年四月に初めて外山を訪れ、「かゞやける／かれ草丘のふもとにて／うまやのなかのうすしめりかな」（歌［一二三一］）、「ゆがみうつり／馬のひとみにうるむかも／五月の丘にひらくる戸口」（歌［一二三二］）等を残した。詩［〔＊どろの木の根もとで〕］にも外山の名が見える。さらに、一九二一年に家出、出京して約

半年後の帰郷〈年譜参照〉への決心が込められているといわれる劇「［蒼冷と純黒］」には「外山と云ふ高原だ。北上山地のうちだ。俺は只一人で其処に畑を開かうと思ふ」とある。なお、文語詩「〔雪げの水に涵《ひた》されし〕」にある「御料草地のどての上」も外山のこと。御料草地は皇室所有の牧草地。

そねみ【レ】 嫉み。妬《ねた》みと同義。合わせて嫉妬《しっと》。歌［三三二］に「まひるのそねみ」、詩［高架線］に「いかにやひとびとねたみとそねみ」とある。

蕎麦《そば》【植】【食】 そばむぎの略。そばの花を咲かせ、実をつける植物名と、その実をそば粉にし麺にして食べる料理名を言う。原産は中央アジアだが〈長野県の「そば処」の一、更科《さらしな》はサラセン〈サラセン文化で知られるSaracens 回教徒の総称、唐名大食〉、という語源説もある〉、古く日本に渡来し、畑に栽培されるタデ科の一年草。高さは米や麦と同じで四〇〜七〇cm、葉は三角状ハート形、夏〜秋〈俳句では夏そばと秋そばがあるが、ただ蕎麦と言えば畑で実っている秋蕎麦をさす〉にかけて、白または淡紅色の小花を多数つけ、畑中があたかも雪が降ったように見える。山地や荒地でもよく成育し貴重な食源であった。三稜形の黒褐色の実から殻〈枕に入れるそばがら〉を除き、そば粉を製し、食用にする。ゆでて食したり〈そばがき〉、麺〈そばきり〉にして「そば」として食する。賢治作品には「待合室で白い服を着た車掌みたいな人が蕎麦も売ってゐる」〈童［或る農学生の日誌］〉と料理のそばも出てはくるが、畑の作物として痩せた蕎地にも強い蕎麦が主である。童［狼森と笊森、盗森］［鳥をとるやなぎ］〈→楊〉、［グスコーブドリの伝記］等に登場。

そばみち【レ】 岨道。けわしい山道〈岨〈古音ソワとも〉は険しい〉。歌［七四〇］に「お、蛇紋岩《サアペンティン》のそばみちに」とある。「校友会会報」第三十二号に出た歌の一に、また、詩［早春独白］にも「山岨のみち」、「山岨のみぞれのみち」とあるのは、ヤマソワ、ヤマソバ、どちらでもよいが、後者がわかりよいかもしれない。

そべらかし【レ】【方】 そべるは寝《そべ》る。体を楽にする意。文語詩［〔わが父よなどてかのとき〕］に「左端にて足そべらかし」ている舎監が登場するが、足を斜めにして凭《もた》れるように坐っているのをそう言ったのであろう。「体操の教師」でもあったこの佐々木舎監は、しかし日露戦争で負傷し、足が曲がらなかったようである。

そま →慈悲心鳥《じひしんちょう》

蘇末那の華《そまなのはな》 →末那の花《まなのはな》

蘇民祭《そみんさい》【民】 新年にあたっての年占いの行事〈蘇はヨミガエル、ヨミガエラセルで、民を幸せにする、が蘇民の原義だが、仏教では「蘇民将来」という疫病《えきびょう》よけの仏の名もある〉。全国各地で古くから行なわれる祭。ふつう旧正月七日の深夜から八日の朝までで、裸の若者たちが清めの儀式を終えたあと、東西に分かれて押し合いながら護符の入った蘇民袋を奪い合うところでクライマックスを迎える。これを奪い取ると五穀豊穣の福運を授かると言う。賢治はメモ［創26］に「アドレスケート　ファベーロ／ノベーロ　レアレースタ」〈青少年向物語／写実小説〉の創作メモとして主人公が二月

蘇民祭(胡四王神社)

一九日に「蘇民祭観覧」すると書いている。どこの蘇民祭を想定しているか、あるいは見たことがあるかはわからないが、岩手県では、*水沢市黒石の黒石寺《くろいしでら》、*江刺市伊手の熊野神社、同市米里の古《こ》四王社《しおうしゃ》、平泉町毛越寺《もうつじ》、*石鳥谷町《いしどりや》光勝《こうしょう》寺等のそれが有名。

征矢 そや 【文】【レ】 征箭《セン》(箭は矢)とも書いて、狩りに使う狩《かり》矢、練習用の的《まと》矢等と区別して戦争に用いられる矢を言う。童「*二十六夜」に太陽熱線を矢にたとえ、「もし白昼にまなこを正しく開くならば、その日*天子の黄金の征矢に伐《う》たれるぢゃ」とある。

天 そら →天 てん

粗羅紗(沙) そらしゃ →羅紗(沙) らしゃ

空の泉 そらのいずみ 【天】 かんむり(冠)座のことか。童「*双子の星」中に「そしてもういつか空の泉に来ました。此の泉は霽《は》れた晩には、下からはっきり見えます。*天の川の西の岸から、よほど離れた処に、青い小さな星で円くかこまれてあります。(中略)奇麗な水が、ころころころころ湧き出して泉の一方のふちから天の川へ小さな流れになって走って行きます」とある。この記述から推察すると、かんむり座(Corona Borealis)が最も泉に近い。かんむり座は初夏の天頂に輝く星座で、α星ゲンマ(二等星)を中心に四～五等級の六星を加えると美しい半円ができる。神話では酒の神バッカスがクレタの王女アリアドネーに贈った王冠。日本名「太鼓星《たいこ》」「車《くるま》星」「鬼のお釜」、アラビアでは「かけ皿」、中国名「貫索《かんさく》」(ろうや)。半円なので「一方のふちから天の川へ小さな流れ」が出ていると発想したのであろう。天の川の東岸には水がめ座(→浄瓶《じんびん》星座)があり、空の泉のイメージと結びつきそうだが、水瓶にあたる星々は三つ矢の形で、泉には見えない。また*射手座の真南には、「みなみのかんむり座」があり、こちらの方が泉の形に近いが、天の川の東岸近くであり、岩手からは地平線一〇度で見えにくい。詩「〔温《ぬる》く含んだ南の風が〕」の下書稿にも「そらの泉と浄瓶や皿」とある。この詩は夏の夜の詩であり、泉はやはりかんむり座(あるいはみなみのかんむり座)であろう。

かんむり座

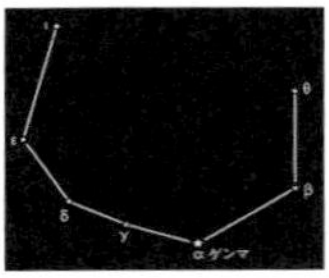

空の裂罅 そらのひび →異空間 いくうかん、タキス、穹窿 きゅうりゅう、銀河系 ぎんがけい、石炭袋 せきたんぶくろ、孔 あな

そらのやまひ →紫磨金色 しまこんじき

反り橋 そりばし 【食】 小沢俊郎注(新修全集月報)によれば、晒餡《さらしあん》、*砂糖、微塵粉(蒸《む》した糯米《もちごめ》を乾かし、細かく碾《ひ》いた粉)を原料とする蒸菓子のこと。弓形に反った橋(反橋《そりばし》、輪橋《わばし》)の形。現在は製造されない。文語詩「初七日」に「落雁と黒き反り橋、かの児こそ希《ねが》ひしものを」とある。黒き反り橋の「黒き」は黒ゴマをまぶしてあるのかもしれない。麦こがし等の微塵粉を薄甘く固めた落雁《らくがん》は今もある菓子。

ゾル 【科】 ドイツ語でゾル(Sol)、英語ではつづりは同じだがソル。液体を分散媒(粒子が分散している媒質)とする*コロイド。牛乳や豆乳、マヨネーズ、インク、墨汁等がそれに当たる。

それがらおうぢ《じ》のあねさんおあんばぃ悪《わる》ぃふでごぁんすたなぢ《じ》よでお出《で》ゃんすべなす 【方】 それから、お宅のお姉さん具合いが悪いようでございましたが、どのようでございますか。「おうぢ」は「あなたのお宅」の意。「おあんばぃ」は「お塩梅」であり「お身体の具合い」の意。「悪ぃふ」は「悪いふう」の訛りで「悪い様子」、

「ごぁんすた」は「ございました」の意。この会話全体がそうだが、ことに「お出ゃんすべなす」はかなり丁寧な表現。「あねさん」は長兄の嫁を呼ぶ場合によく使われた。短[山地の稜]。

それでもからだくさえがべ?【方】 賢治自注には「それでもわるいに*ほひでせう」とある(『春と修羅』)。「(あなたは私を立派だというけれど)それでも私の身体は病人特有の変な臭いがするでしょう」の意。「くさえ」は「くせえ」に近く発音する。詩[無声慟哭]。ちなみに、こうした賢治の時代の方言は現在は花巻でも懐しいものとなり、こどもたちの口からもあまり聞けなくなったことを付言しておきたい。

それでも何《なん》だがどごだが変《ひょん》たたな【方】 それでも何だかどこか変だな。劇[*種山ヶ原の夜]。

それなる阿片は《それなるあへんは》【レ】 マルクスの『ヘーゲル法哲学批判序説』中の「宗教は抑圧された生きものの溜息であり、…それは民衆の*阿片(das Opium des Volks)である」をふまえている。詩[蛇踊《(じゃおどり)》](初行「こゝから*草削《ホウ》をかついで行って」)に「熱く酸っぱい亜片《(ママ)》のために/二時間半がたちまち過ぎる」とあり、また「それなる阿片は宗教または自己陶酔の類ではないと/管先生への報告のために」とある。管先生は誰を指すか、未詳。

そんき ↓うんとそんき

尊々殺々殺《そんそんさつさつさつ》【レ】「疾中」詩篇中の詩[(*丁丁丁丁丁)]に次行の「殺々尊々々(尊)」と交互に二回出てくる詩行。病に追いつめられ、生の極限で「ゲニイ」(↓悪魔)が一瞬ひらめき乗り移って来て発しているかのような四行。そのあと「ゲニイめたうたう《(ママ)》本音《(ほんね)》を出した」とあるので、仏教(禅門)で言う「殺祖」「殺仏」(心中で仏祖を殺して、執着を断つ)の意などから、いわゆる「尊属殺」(親殺し)を連想させて、瞬時とはいえ、賢治内面の不気味な深淵を読者に垣間《かいま》見せずにはいない。ただ、ゲニイに対して「きさまなんかにまけるかよ」と言い、「香《(かん)》ばしく息づいて泛《(うか)》ぶ/巨きな花の蕾《(つぼみ)》がある」という終二行を重く見れば、「藻でまっくらな」「塩の海」の深淵へ「叩きつけられてゐる」意識からの上昇と「尊々殺々殺」の克服がある、といえよう。↓丁丁丁丁《ていていていていてい》

そんだ【方】 そうだ。思い出したときなどに用いる。童[台川]「そんだ。林学でおら習った。」

ゾンネンタール【人】 架空の人名。ドイツ語に直訳してみると、「太陽《ゾンネン》の谷《タール》(Sonnen Tal)」となる。あるいは「陽の谷」。これをヒノヤと読めば、現在も*盛岡でヒノヤタクシーを経営する当時からの資産家の屋号で、賢治は詩[*真空溶媒]でもそれが頭にひらめいていてのことかと思われる「(…ときにさくじつ/ゾンネンタールが没《な》くなつたさうですが/おきぎでしたか)…(*りんごが中《あた》つたのださうです)」とある。ス[七]には「しろびかりが室《(へや)》をこめるころ/*澱粉ぬりのまどのそとで/しきりにせのびをするものがある/しきりにとびあがるものがある/きっとゾンネンタールだぞ」とあり、ある種の不気味な人物として登場する。恩田逸夫《いつお》のネアンデルタール人ヒント説は、この怖れの感覚といった点で説得力をもっている。これに対して栗原敦《あつし》はオーストリアの有名俳優ゾンネンタール(Adolf von Sonnental 一八三四～一九〇九)ヒント説を出している。賢治は浅草の*オペラに多大の関心を払っていたから、彼の名を知っていた可能性もある。賢治の架空の人名・地名には、創作とみえて意外と出自をもつ場合が多い(次項「ソンバーユー」

も好例)。さきのヒノヤもその一例となろう。賢治とネアンデルタール人(ドイツの石灰洞窟で一九世紀中期に発見された頭蓋骨から地名を冠してつけられ、世界的話題になった旧人種名)とのかかわりについて言えば、彼の詩に「洞窟人類」が、登場したりする。「暗い乱積雲(↓積乱雲)が/古い洞窟人類の/方向のないLibido の像を/肖顔のやうにいくつか掲げ」(詩[休息]〈初行「中空は晴れてうららかなのに」〉)とあり、雲を恋愛の象徴と見る賢治の感性と強く結びつくもの。賢治の修羅意識は性欲の昂揚とも当然結びついており、さらに現在を「新生代沖積世」とまで表現する地質年代的時空認識、進んで進化論(↓ダーウィン)と結びついて石炭紀や白堊紀の森林を修羅の立つ位置とする心象風景(↓心象スケッチ)、これらを考え合わせると、ゾンネンタールに原始野生のネアンデルタール人のイメージをオーヴァーラップ(重ね)させていたと見ることもできよう。詩[小岩井農場　パート九]では、恋愛を三段階に分け、「これら漸移のなかのさまざまな過程に従つて/さまざまな眼に見えまた見えない生物の種類がある/この命題は可逆的にもまた正しく/わたくしにはあんまり恐ろしいことだ」の一節がある。このように賢治は進化論に依拠し、進化のあとより、より進化の前段階にあるもの(その性質)に怖れをいだいていた。例えばヘッケルの有名な「個体発生は系統発生を繰り返す」という発生原則は、自らの内部で生じた野性的感性を、しばしば過去の動物(例えば爬虫類)の記憶と賢治に思わせたにちがいない。

ソンバーユー【人】　童[北守将軍と三人兄弟の医者]の将軍名。その発想源として、五大明王、または八大明王の一、降三世明王の別名遜婆明王《そんばみょうおう》。それに梵語で言う西北方を司る風神《ふうじん》の名 Vāyu(バーユ、婆廋、縛臾)との合体も考えられる。また、童[氷河鼠の毛皮]に革の長靴やトランクに保革油として塗る「馬油」が出てくるが、それにもったいをつけて「尊」を冠して「尊馬油」としたとも考えられる。今もソンバーユと称して薬用、化粧用の油が売られているのは、清水弘《ひろむ》の論文〈「宮沢賢治の『黒い月』」、藤女子大「紀要」33号、第Ⅱ部〉によると福岡県筑紫野市の直江昶《なおえとおる》がその発案者で、賢治のソンバーユーに教わり「馬油」に尊を冠して一九五五(昭和三〇)年から売り出したものだと言う(発売元の薬師堂社主の直江によれば、かねてから賢治の思想に共鳴し、触発されて新薬品名を思いつき、七年間研究した結果だと言う)。馬油は明治のころから売られていた(中国原産)。これを馬から体が離れない将軍名にした賢治のユーモラスな発想と考えるのは有力なようである。この童話の首都名「ラユー」が中国料理の香辛料、ぎょうざを食べる時に欠かせない「辣油《ラーユ》」をもじっているにちがいないように。

た

等《だ》あ ↓鹿等《しかだ》あ

タアナア【人】 イギリスの風景画家ターナー(Joseph Mallord William Turner 一七七五～一八五一)のこと。古典派からロマン派に移り、「光の錬金術師」と呼ばれ、その画風は、物の描写よりも、色彩の微妙な変化に趣がある。印象派の先駆者の一人。詩[*不貪慾戒《(ふとんよくかい)》]に「タアナアさへもほしがりさうな／上等の*さらどの色になつてゐることは」とある。ちなみに、夏目漱石の『坊っちゃん』(一九〇六)にも「あの*松を見給へ、幹が真直で、上が傘の様に開いてターナーの画にありさうだね」とある。

ダアリア複合体 ↓Dahlia variavirie

だぁれぁ、誰《だ》っても折角来《せっかくき》てで　勝手次第《かってしだい》なごどばがり祈《いの》ってぐんだもな。権現《ごんげん》さんも踊《おど》るどごだなぃがべぢ《じ》ゃ【方】 だって、誰もが折角《せっかく》来ていながら、勝手なことばかり祈っていくんだものな。権現さん(↓権現さまの尾っぱ持ち)も踊るどころじゃないだろう。「だぁれぁ」は感動詞、後に続く文は非難・否定の意を含む。「誰《だ》っても」は「誰もがみんな」。「来てで」は逆接を示す。「来ていながら」「来たのに」。「踊るどごだなぃ」は「皆の祈りをきくのが精いっぱいで踊るどころの話ではない」。「なぃがべぢゃ」は否定して相手の同意を求める(ネガベジャに近く発音)。劇[*種山ヶ原の夜]。

だい ↓何《なに》してらだぃ

台《だい》【地】 *花巻市の大字(旧湯本村)。奥羽山脈東斜面のすそ、北上盆地の中央部に位置する。*北上川に注ぐ*瀬川の支流*台川が中央を南に流れ、東方を北上川が流れる。古くから湯治場《とうじば》「台温泉」として知られ、*花巻温泉の元湯にあたる。詩[*〔馬が一疋〕]には「駒頭《(こまがしら)》(↓鳥ヶ森)から台へかけて」、童[台川]に「向ふに黒いみちがある。崖の茂みにはひって行く。これが*羽山《(はやま)》(↓台川)を越えて台に出るのかもわからない」とある。

ダイアデム【レ】 diadem 王冠。葉や花を編んだ(王冠代りの)鉢巻形の頭飾り。例えば月桂冠等。詩ノート[*ドラビダ風]に「*チーゼル／ダイアデム／緑いろした*地しばりの蔓」とある。

ダイア(ヤ)モンド【鉱】 diamond 単一元素(炭素)で構成される唯一の宝石。硬度一〇で最も高い。しかし靭性(割れにくさ)では翡翠やサファイアより劣り、ハンマー等で欠くことができる。一般に無色透明なものが喜ばれ、黄色や褐色等は工業用に使われる。屈折率が二・四と高く、単屈折性なため、一七世紀に発見された多角的なブリリアントカットでは、上からの入光は底面で全反射し、ファイア(虹光)現象を引き起こす。童[十力の金剛石]の「花の中の一つぶのダイアモンド」、「あられと思ったのはみんなダイアモンドやトパァス(↓トッパース)やサファイヤ」等がある。↓金剛石《こんごうせき》

第一双《だいいっそう》【レ】 短[*電車]冒頭に「第一双の眼の所有者」「第二双の眼の所有者」とあるが、前者は眼鏡《めがね》をかけない肉眼、後者は眼鏡をかけた眼をさしている。二者のやりとりで第二双の眼の

所有者である学生は乱視であることがわかる。

太陰暦《たいいんれき》【文】 童[*茨海《バラウミ》小学校]を訪問した「私」に*狐の校長さんが「私の方は太陰暦を使ふ関係上、月曜日が休みです」と言う。日曜が休みなのは太陽暦だから、というわけである。太陰(*月)の運行に従う暦法が太陰暦。しかし、いわゆる旧暦(一八七三〈明治六〉年から日本もいわゆる「新暦」を採用)は正確には「太陰・太陽暦」で、中国などもそうだが両者の折衷暦だった。太陰暦では季節の運行とかけ離れてしまうためだった。純粋の太陰暦はイスラム暦が今もそうである。

大戒壇《だいかいだん》【宗】 戒壇とは戒律を授《さず》けるための式場のこと。土を高く盛って壇としたもの。壇上には「多宝塔」を安置する。主に出家者のための受戒の場として用いられる。日本では七五四(天平勝宝六)年、鑑真《がんじん》の来朝により東大寺に初めて築かれ、天皇、皇后以下「菩薩戒」を受けている。ほかに比叡山の「円頓《えんとん》戒壇」、三井寺の「三摩耶《さんまや》戒壇」等がある。簡[178]に「諸共に*梵天帝釈(→帝釈《たいしゃく》)も来り踏むべき*四海同帰の大戒壇を築かうではありませんか」とある。これもおそらく*国柱会の*田中智学の強い影響のもとに書かれたもので、智学著『宗門之維新』(一九〇一、「師子王論叢篇」第一巻)には*日蓮の『三大秘法抄』からの引用として、「三国(日本、中国、インド)並に一閻浮提《いちえんぶだい》の人の*懺悔滅罪の戒法のみならず、大梵天王帝釈等も来下《らいげ》して蹋《ふ》み給ふべき戒壇也」とある。智学は日蓮の言う戒壇を富士山麓に建て、ここを中心に日蓮主義による世界統一を理想にしていた。同じく智学著『*日蓮聖人之教義』に「『本門の戒壇』が建てられた上は、是れぞ国家第一の神聖威霊地である、上は天皇の御即位より、下は国民の分限を獲得すべき大典も、すべて此《これ》第一神聖境に於て行ふのである、この戒壇を踏まねば、皇族でも平民でも国籍を得ないことになる、たゞ内国ばかりでなく、苟《いやし》くも『本門戒壇』を建て得る場合の日本国は、すべての点に於て、モハヤ世界の明主である、その上既に妙法の風化、万邦に及んで、世界は教法的に統一せられ、万国の帝王大統領も即位就任の式は、必ずこの本門大戒壇を踏んで、日本天皇より大菩薩戒を授《さず》けられて、その式を全うするのである」とある。

大喝食《だいかっしき》 →*緊那羅《きんなら》

台川《だいがわ》【地】 北上川の一支流。台山に発し、*花巻温泉を通って鍋割《なべわり》川に合流し、さらに*花巻市西北で*瀬川となり、やがて北上川に流入する。台温泉(→台)が沿岸にある。堂ケ沢山、*小桜山、*羽山《はやま》(連句の初句に「湯あがりの肌や羽山に初紅葉」がある)、万寿山等、花巻温泉を取り囲む山々の間を環流し、その間*釜淵の滝、緒ケ瀬《おがせ》滝等の名勝を持つ。童[台川]。

太虚《たいきょ》【天】 *虚空《こくう》。大空。古代中国思想では宇宙の本体。文語詩[病中幻想]の「太虚ひかりてはてしなく」は大空。→虚空《こくう》

大儀らしく《たいぎらしく》【レ】 大儀は、もと朝廷での儀式の意。転じて一般の「たいへんなこと」の意にも用いた。童[「ツェ」ねずみ]でツェねずみが「さもさも大儀らしく」言う。いかにもたいへんみたいに。

ダイク →岩脈《がんみゃく》

第九《だいく》 →ベートーヴェン

だいぐなった →家《え》さ行《い》ぐだいぐなったべぁな…

退耕《たいこう》【レ】【農】 (官職等を)退職して耕作に従事すること。

詩[退耕]がある。

対告《たいごう》 【宗】 仏教語の「対告衆《しゅ》」(説法の相手として*衆生の中から特に選んだ者)をふまえた語。短[*疑獄元兇]に「それならわたしは、*畢竟党から撰ばれて、若手検事の腕利きといふ、この青年を対告に、社会一般教育のため、こゝへ来たとも云ひ得やう《(ママ)》」とある。

太行のみち《たいこうのみち》 【地】 中国の山西高原と華北平原の境を南北に走る太行山脈の主峰太行山の山道。古来険岨《けんそ》(けわしい)なとで有名。欧陽建の詩に「太行ノ険ヲ渉《ワタ》ラズ」とある。原稿断片等の中の短歌に「君は行く太行のみち三峡の、／険にも似たる旅路を指して」とある。三峡《さんきょう》は古詩に出てくる同山脈の峡谷、滹沱《こだ》・清《せい》漳《しょう》・濁漳を指すと思われる。一般には三峡は揚子江上流の名所。「三峡下《くだ》り」は観光名物だったが、ダム建設のため名のみとなった。

乃公《だいこう》 →藤原慶次郎《ふじわらけいじろう》

たいさん →六神丸《ろくしんがん》

第三紀《だいさんき》 【鉱】 地質年代の呼称。単に三紀とも。新生代の前半(今から約六五〇〇万年前から一八〇万年前まで)を言う(さらに五期に細分される。「凡例付表」参照)。大森林と草原の多い時代で、哺乳類が栄え、末期には人類が出現した。童[*イギリス海岸][*銀河鉄道の夜][青木大学士の野宿](→葛丸川)等に登場。詩[花鳥図譜、八月、*早池峯山巓《はやちねさんてん》](→早池峰山)には「何でも三紀のはじめ頃」とある。→中生代《ちゅうせいだい》、プリオシンコースト、山彙《さんい》

第三芸術《だいさんげいじゅつ》 【文】 詩[第三芸術]があるが、「*蕪のうねをこさえ《(ママ)》てゐたら」白髪の小さな老人が突然現われてみごとな農作業の手本を示す。それを見て「わたしはまるで恍惚として／どんな水墨の筆触／どういふ彫塑家の*鑿《(のみ)》のかほり《(ママ)》が／これに対して勝るであらうと考へた」と詩は終わるが(下書稿では「ところが向ふは俄《(にわ)》かに遁《(に)》げた／たぶんはおれが怒ってゐる《(ママ)》と思ったのだらう／いそいで下流の舟場へ行って／両手をあげて　渡しを呼んだ」とあるが、上掲のように、改稿されている)、これは芸[綱]中の「*農民芸術の(諸)主義」に言う第三期、「芸術のための芸術(中略)、人生のための芸術、(中略)芸術としての人生」の最後の第三段階(人生即芸術)のみごとな具象化。→鑿のかをり

大師《たいし》 【人】【宗】 歌[七七五・七八〇]の「大師」は伝教大師(最澄《さいちょう》)を指す。最澄は法華一乗(悟りへの唯一の道は法華経にある)の*道場として比叡山を開山した。父*宮沢政次郎と比叡に詣でて得た歌[七七五]は「ねがはくは　妙法如来*正偏知《(しょうへんち)》　大師のみ旨《(むね)》成らしめたまへ」であるが、これは今も同山の根本中堂前に歌碑として明朝活字体で刻まれて立っている。歌[七八〇]の「お、大師たがひまつらじ、たゞ知らせきみがみ前のいのりをしらせ」の歌意は「大師よ、私はあなたのみ旨(お教え)を違《たが》えたりはいたしますまい。どうか大師よ、大師の法華一乗の尊い祈りを、深く私に知らせ、お導き下さい」。→妙法蓮華経《みょうほうれんげきょう》

大慈大悲大恩徳《だいじだいひだいおんとく》 →大聖大慈大悲心《だいしょうだいじだいひしん》

岱赭《たいしゃ》 →薬師岱赭《やくしたいしゃ》

帝釈《たいしゃく》 【宗】 帝釈天の略。Śakro devānām indraḥ(梵) 釈迦提桓因陀羅《だいかんいんだら》。帝は indra(インドラ→インドラの網)の漢訳、釈は Śakra(シャクラ)の音写の略。*須弥山《しゅみせん》の頂上の*忉利天《とうり》(三十三天とも言う)に住み、他の三十二天、及び四天王を統轄《とうかつ》する。仏

教を守護する善神で*阿修羅の軍勢と戦う。バラモン教の神インドラが仏教に取り入れられたもの。「諸共に*梵天*帝釈(→帝釈《たいしゃく》)も来り踏むべき*四海同帰の*大戒壇を築かうではありませんか」(簡[178])、「*(ママ)唯摩経にある*菩薩の修行して居る所へ帝釈が万二千の天(てん)女(にょ)を従へて法をきゝに来て」(簡[63])等がある。

帝釈の湯《たいしゃくのゆ》【地】*盛岡市の西北方、*岩手山の西麓。麓の網張《あみはり》温泉(→引湯)の元湯《もとゆ》。古くからの湯本で、その名前からして神聖視され明治期以前は入湯できなかった。童[*耕耘部の*時計]に「帝釈の湯で、*熊又捕れたってな」とある。

大乗《だいじょう》【宗】梵語マーハーヤーナ(mahāyāna)の漢訳。もと大きな乗物、優れた乗物の意から大乗仏教を言う。仏教の二大流派の一。小乗に対する語。小乗が自分だけの完成や救済を目的とするのに対し、大乗は他の人々をも広く救済し完成させることを目的とする。原始仏教の後成立した部派仏教(仏滅後一〇〇年ごろ)が次第に形骸化して、仏教本来の宗教的立場を失ったため、仏教を釈尊(→釈迦牟尼)の真精神に帰着させようとして、仏滅後四〇〇年ごろから大乗仏教が起こった。小乗とは部派仏教に対する大乗の立場からの貶称《へんしょう》(さげすんだ呼び名)である。詩[*樺太鉄道]に「(こゝいらの*樺の木は/焼けた野原から生えたので/みんな大乗風の考をもつてゐる)/にせものの大乗*居士どもをみんな灼(や)け」とある。悲痛な喪失の意識が、危うく均衡を保とうとする日蓮主義者の叫びとも言えるが、恩田逸夫《いつお》は近代文学大系『高村光太郎、宮沢賢治』注解(一九七一)で次のように注している。「『焼けた野原から生えたので』というのは、身を焼くような苦悩を体験し、それを克服してきたということで、その結果、真の大乗的な境地に達することができるのである。逆に言えば、身に刻んだ苦悩を体験しないで、観念のみでつくりあげている大乗精神などは不確実なにせものだということになる。そして賢治は、妹(→宮沢トシ)の冥福という個人的な愛に執着することを自戒する苦悩を経て、いま、真の大乗愛に開眼しようとしている」と。なお、大乗・小乗の別は歴史的には厳然とあり、わかりやすくもあるのだが、差別的な用語としてその使用に疑問を呈する意見は早くからあった。第二次大戦後、学会や仏教界では両者の呼称を用いない申し合わせをしたものの、いまだしの感は大きい。本辞典では用いないわけにはいかないので史的呼称に拠る。

大小クラウス《だいしょうくらうす》【人】【文】アンデルセンの童話の人名。童話集『注文の多い料理店』の賢治自筆の広告ちらしの中に「*イーハトヴは一つの地名である。強(しい)て、その地点を求むるならばそれは、大小クラウスたちの耕してゐた、野原や、*(ママ)小女アリスが辿(ママ)(たど)つた*鏡の国と同じ世界の中、*テパーンタール砂漠の遥かな北東、*イヴン王国の遠い東と考へられる」の一文がある。「大小クラウス」とは、アンデルセンの初期童話の一で、「小クラウスと大クラウス」(一八三五年)のこと。*ウマを一頭しか持たない小クラウスは四頭持っている大クラウスからさまざまな圧力をかけられ、そのつど機転をきかせて立場を逆転させ、勝利をおさめる。最後に大クラウスは自分の欲望のしがらみに自らはまって死んでしまう。両者とも素朴な農民であることに変わりがないが、その素朴さの中に、欲得への執念が隠されていることを皮肉っぽく描き出した作品。→アンデルゼン

大聖大慈大悲心《だいしょうだいじだいひしん》【宗】簡[63]に出てくる。すぐ下

にまた「大慈大悲大恩徳」とも繰り返される。いずれも仏の大きな*慈悲心を言うきまり言葉。大聖は仏、あるいは高位の*菩薩。慈は衆生《しゅじょう》によろこびと楽《たのしみ》を与え、悲は衆生を苦から救済する仏のいつくしみの心。大恩徳(だいおんどく、とも)は同じく仏の大きなめぐみ深い徳を言う。

対称の精神《たいしょうのせいしん》【科】シンメトリー(symmetry)の法則の考え、原理。幾何学、理学、論理学、心理学等で、関係するAとBの両方が同じ関係にあること。AとBが対称点を軸に互いに一致する(左右同様であったり、釣り合いがとれている等の)法則にもとづく考えかた。童[*土神と*狐]に「実は対称の*精神を有《も》ってゐるといふぐらゐのことが望ましいのです」(詳しくは「対称《シインメトリー》の法則」)。詩[塚と風]には「対称的に双方から合せて」とあり、短[*花壇工作]には「対称形」が出てくる。ちなみに欧米の建築や庭園には対称形が多い。↓花壇《かだん》

大丈夫だでばよ《だいじょうぶ》【方】「大丈夫だってばよ」の訛り。短[十六日]。

大尽さま《だいじんさま》【レ】お大尽、とも言う。金持ち。金ばなれのよい人。童[とっこべとら子]に「大尽さまのお帰りだ」とある。

大神力《だいじんりき》【宗】童[*二十六夜]に「唯願ふらくはかの如来大《だい》慈大悲《じだいひ》我が小願の中に於て大神力を現じ給ひ」とある。↓神力《じんりき》

大膳職《だいぜんしき》【文】宮中の膳部をつかさどり、臣下たちにふるまいの食事を出す役目。童[四又《よまた》の*百合《ゆり》]に「大膳職はさっきからそのご命《(めい)》を待ち兼ねて…」とある。

苔蘚帯《たいせんたい》【植】苔蘚は下に「*帯」をつけないときは逆に蘚苔とも言う。苔類《こけ》や蘚《せん》類(ミズゴケ、スギゴケなど)の多い地帯のこと。詩[駒ヶ岳]に「喬木《(きょうぼく)》帯灌《(かん)》木帯、苔蘚帯といふやうな」とある。喬木は高木《こうぼく》の、灌木は低木《ていぼく》の、いずれも旧称。↓苔《こけ》

タイタニック【文】Titanic かつてのイギリスの豪華客船、タイタニック号のこと。四万六〇〇〇トン。一九一二年四月一〇日、サウサンプトンから*ニューヨークに向けて処女航海に出航し、四月一四日夜に*ニューファウンドランド島沖合いを航行中、氷山に接触、約三時間後に沈没。二二二四人の乗客・乗員中、一五一三人の犠牲者を出し、この惨事は世界中に紹介され、大きな衝撃を与えた。賢治も、童[*銀河鉄道の夜]に、直接タイタニック号の名は出していないが、この事件を主要なモチーフの一つとして扱っている。その沈没する様を詳細に描写し、そこから展開させて神の問題を*ジョバンニと女の子や青年たちと論争させている。詩[〔今日もまたしやうがないな〕]では「タイタニックの甲板で/*Nearer my God か何かうたふ/悲壮な船客まがひである」とある。映画等でも有名。

太市《たいち》【人】賢治作品に出てくる人名。賢治が花*巻川口小学校の三、四年時(三年時に校名「花城小学校」と改称)、担任の*八《や》木英三《ぎえいぞう》が教室で騒がしさを静めるため少しずつ半年がかりで読んで聞かせた五来素川《ごらいそせん》(欣造《きんぞう》)訳の『未だ見ぬ親』(一九〇三〈明治三六〉年、警醒《けいせい》社)の主人公名「太一」に由来すると思われる。賢治たちが「太一のおはなし」と呼んだこの本は、フランスのエクトール・マロー(Hector Malot)の『家なき子』(Sans Famille)の大胆な(いわゆる豪傑訳と呼ばれた)口語体による本邦初訳で、主人公レミを太一にしたほか、ほかの人物名も日本名(育ての母親は「お文《ふみ》どん」)に変えられている。場所も「パリから程遠からぬ関谷《せきや》新田《しんでん》」(原作

はシャヴァノン村)。感動して聞いた賢治にこの少年小説と主人公「太一」のイメージは焼きつき、生きつづけていたと思われる(旧校本全集第十一巻月報、原子朗「原体験の重さ」参照)。長じてから賢治がそう語ったと言う*八木英三の証言がある。詩「日輪と太市」(→お日さま)に「*吹雪《フキ》も光りだしたので/太市は*毛布《けっと》の赤いズボンをはいた」とあり、詩[開墾]には「日がかうかうと照ってゐて/そらはがらんと暗かった/おれも太市も忠作も/そのまゝ*笹に陥ち込んで、/ぐうぐうぐうぐうねむりたかった」とある。また、童[氷河鼠の毛皮](→ねずみ)でも「*イーハトヴのタイチ」が登場。

代塡《だいてん》 →ロヂウム

大導師《だいどうし》 【宗】 偉大な導き手、すなわち仏、*菩薩のこと。また転じて、高徳高位の僧を言う。簡[166]に「即チ世界唯一ノ大導師*日蓮大上人ノ御前ニ捧ゲ奉リ」、簡[177]に「*末法の唯一の大導師 我等の*主師親《(しゅししん)》/日蓮大聖人に帰依《(きえ)》することになりました」とある。この場合大導師とは日蓮のこと。

大塔婆《だいとうば》 →塔婆《とうば》

大道めぐり《だいどうめぐり》 【民】 大道回。どうどうめぐり、とも。昔からある子どもたちの遊戯の一。カゴメカゴメに類するもの。童[*ざしき童子《ぼっこ》のはなし]に「『大道めぐり、大道めぐり』/一生けん命、かう叫びながら、ちやうど十人の子供らが、両手をつないで円くなり、ぐるぐるぐるぐる、座敷のなかをまはつてゐました」とある。

鞘翅発電機《ダイナモコレオプテラ》 【科】【動】 dynamocoleoptera 詩[〔かぜがくれば〕]に「かぜがくれば/ひとはダイナモになり/……白い上着がぶりぶりふるふ……」とあるが、ダイナミックな音と振動の実感を出すために、当時の呼称の発電機《はつでんき》とせず、洋風に「ダイナモ」と読ませたのであろう。それは例えば「鞘翅発電機《ダイナモコレオプテラ》」(詩[〔雪と飛白岩《*ギャブロ》の峯の脚〕])という造語にもよく表われている。鞘翅《コレオプテラ》とは鞘翅《しょうし》目(→鱗翅《りんし》)の*甲虫、いわゆる甲虫類の学名で、「三万ボルトのけいれん(痙攣)を」送りつける。その羽音と発電機の音がみごとに詩の中では一体化される。同様の命名に、同作品中の「蝸牛水車《スネールタービン》」があり、これは、タービン(turbine 流体を動翼に当て、流体の運動エネルギーを回転エネルギーに変えるもの)の形と蝸牛《スネール》(かたつむり)の形との、これまたダイナミックな結合である。しかも、それらが「早くも春の雷気《(らいき)》を鳴らし」ている。雷気は平凡社『大辞典』等には「雷の鳴らんとする模様」とあるが、*電気ならぬ早春の雷のエネルギーをイメージしていたと考えるほうが詩にはふさわしかろう。

第二双《だいにそう》 →第一双《だいいっそう》

提婆《だいば》 【宗】 梵語デーバ(deva)の音写。*天、天神。*法華経第一二品《ほん》は「提婆達多《だった》品《ほん》」(略して「提婆品」)。固有名詞で*竜樹《りゅうじゅ》*菩薩の弟子に提婆(Āryadeva 空《くう》の理を説いた三世紀ごろのインドの著名な学僧)がいるが、それとは別。詩[ぬすびと]に謎めいた「提婆のかめをぬすんだもの」とある。かめは瓶(甕)で、「天のものなる高価なかめ」を盗んだ者の意であろう。宮沢家保存の『春と*修羅』では「青磁のかめ」と書き直されている。

堆肥《たいひ》 【農】 *藁、葉、草、人畜の排泄物等を積み重ねて腐熟させた*肥料で、*金肥《きんぴ》(化学肥料)に対して一般には有機肥料と呼ばれる。詩[*小岩井農場 パート七]に「堆肥ど過*燐酸(→燐酸)どすか」（「どすか」は「ですか？」）、詩［（何をやっても間に合はない）］に「小麦（↓麦）の藁で堆肥もつくり」とあるほか、多くの作品に出てくる。

太夫さん《たいふ》　【レ】　童［ペンネンネンネンネン・ネネムの伝記］に「僕を太夫《さん(たいふ)》さんだなんて」と出てくる。歴史的な官職名では高位の者を呼んだが、ここでは「ハンサム」、「好男子」ていど。

大仏《だいぶつ》　【人】　藤原健次郎（一八九四～一九一〇）のニックネーム。賢治*盛岡高等農林二年生時の寄宿舎で同室。ノート［文語詩篇］に「試験の夜、馬鈴薯をぬすまんか。大仏」とある。↓藤原慶次郎

だいべは　↓ほにさ、前《め》の斉藤《さいとう》さん…

大菩薩峠《だいぼさつとうげ》　↓竜之助（介）《りゅうのすけ》

大本山《だいほんざん》　↓白藤《しらふじ》

大梵天《だいぼんてん》　↓梵天《ぼんてん》

大曼荼羅《だいまんだら》　【宗】　文語詩［（最も親しき友らにさへこれを秘して）］に登場する大曼荼羅は、*日蓮の*十界曼荼羅のことか。ほかに削除された短歌にも三回出てくる。↓曼陀羅《まんだら》

題目《だいもく》　↓唱題《しょうだい》

ダイヤモンド会社《だいやもんどがいしゃ》　↓金剛石《こんごうせき》

太陽《たいよう》　↓お日さま《おひさま》

太陽系《たいようけい》　【天】　太陽（↓お日さま）と太陽をめぐる惑星、その衛星、小惑星、周期的に現われる*彗星等を含む集団の総称。このうち冥王星の発見は賢治没年の三年前一九三〇年で、賢治の知識外だったと思われる。童［*土神と*狐］中に次の一節がある「全体星といふものははじめはぼんやりした雲のやうなもんだったんです。いまの空にも沢山あります。例へば*アンドロメダにも*オリオンにも*猟犬座にもみんなありまます。猟犬座のは渦巻き（↓星雲）です。それから*環状星雲《リングネビュラ》といふのもあります」。ここに披露されている知識には、銀河（↓銀河系）の島宇宙説以前の渦状星雲が太陽系誕生の一段階を示しているという説の微妙な反映が見られる。ここで太陽系誕生に関する諸説を少し見てみると、カント（↓カント博士）やラプラス（P. Simon Laplace 一七四九～一八二七、フランスの天文学者、数学者で、数学で天体力学にいどみ、画期的な星雲説をうちたてた）の最も古い星雲説では、原始太陽を中心とし、周りに薄い円盤状をなして惑星を形成する物質が存在していたが、これらが中心に向かって落下する過程で衝突を繰り返し、円形軌道を描く惑星が誕生したと説明している（環状星雲説）。ラプラスは土星とその輪を念頭に置いていたが、一八五九年にマックスウェルの計算、一八九五年にキーラーの*スペクトル分析によって、*土星の輪が固体でなく粉塵からなることがわかり、さらに太陽系の惑星のもつ異常に大きい角運動量が説明できないことも明白になり、別の説が生まれてくる。日本の大正期の天文学書に、最も信用できる説として登場しているのが、渦状星雲説、または遭遇説である。一九〇〇年チェンバリン、一九〇五年モールトンによって唱えられたこの説では、太陽が別の星の近くを通過した際、潮汐《ちょうせき》〈↓潮汐発電所〉作用によって太陽表面から物質が流れ出し、通過した星に引っ張られて太陽の周りを回転するようになる（渦状星雲）、これが固まっていくつかの惑星になったと言うのである。この説は、宇宙空間における星々の遭遇の確率がきわめて低いことから一九三〇年代にはすたれてしまった。今日の太陽系生成に関する説はまだ確定的なものはないが、多くの学者は、ホイル等の、巨大星雲中から多くの星々

が生まれる際に惑星が同時に生じると考えている。賢治に影響を与えたアレニウスの『宇宙発展論』(一戸直蔵訳、一九一四)では、潮汐説を発展させ、これを太陽系ならぬ星雲の起源に結びつけた衝突説が説かれている。彼はこれを新星(突然暗い星が明るく輝くこと。今日の知識では、老年期の巨星の最後の爆発)の原因とした。衝突によってガスを放出し、それによって星雲が生じるという。彼はこの考えに沿って、渦状星雲だけでなく惑星状星雲や環状星雲も、同じガス雲のヴァリエーションだとした。先の賢治の説明と比べて、種々の星雲が同一に扱われていること、例示の星雲がいずれもアレニウスの『宇宙発展論』に写真付きで説明されていることなど、賢治がこの本を読んだ可能性は非常に高い。この本でさらにアレニウスは、これら星雲の大きいものは、再び凝固して星の集まりである散開星団や球状星団が生じると主張した。星の前身を星雲とした賢治の説明と全く一致する(今日の知識ではオリオンの大星雲といったガス星雲は確かに星を生む母体となっている)。アレニウスは次の著書『最近の宇宙観』(一戸訳、一九二一)の中では、島宇宙説を認める方向に動いたため、衝突説との統一を試みようとして混迷に陥っている。賢治作品に登場する太陽系の説明は、しかし、もっと単純だった。文語詩〔農学校歌〕には曲〔精神歌〕と同じく「日ハ君臨シカヾヤキノ/太陽系ハマヒルナリ/ケハシキ旅ノナカニシテ/ワレラヒカリノミチヲフム」とある。

太陽マヂツク《たいようまじっく》 →光炎菩薩《こうえんぼさつ》

第四次延長《だいよじえんちょう》 →第四次元《だいよじげん》

第四次元《だいよじげん》 【天】 第四次限とも。谷川《たにかわ》徹三が指摘したように、ミンコフスキーの唱えた三次元の空間(縦、横、高さの空間をはかる三つの次元、立体の空間。童〔銀河鉄道の夜〕に「三次空間の方からお持ちになったのですか」とある)に、さらに四次元としての時間を結合させた四次元空間のことか。一般に「ミンコフスキーの世界(空間)」と呼ばれる彼の相対性理論や、アインシュタインの相対性原理(→相対性学説)では、時間空間の変換性はローレンツ変換(→光素)によって規定され、時間と空間は相互関係をもち、それぞれが独立したものではなくなっている(→未来圏)。しかし例えば小野隆祥《りゅうしょう》はベルグソンの主張する「空間の第四方向」(哲学によって間近の将来が現在に現われる)だと主張して必ずしも時間意識を重視しなかった。ところが賢治の「心象(→心象スケッチ)や時間それ自身の性質として/第四次延長のなかで…」(『春と修羅』〔序〕)、「巨きな人生劇場は時間の軸を移動して不滅の四次の芸術をなす」(芸〔綱〕)等を見れば、彼が「第四次」として時間軸(t)を念頭に置いたことは明らかであろう。なお「第四次元」と同義に用いられている「第四次延長」の語については『第四次延長』(一九二四)の著者成瀬関次《なるせかんじ》の、この本より先に発表した論文「第四次延長の説明」(一九一四)等の影響の可能性があると、西田良子は言う(『宮沢賢治―その独自性と同時代性』一九九五、翰林書房)。賢治は「ここは銀河の空間の太陽(→お日さま)日本 陸中国の野原である」(芸〔綱〕)等に見られるように、基本的には現空間を銀河系内に想定し、銀河系外には異空間があると考え、宇宙空間(虚空、真空)はエーテルや電子の満ちた、勢力《エネルギー》を持つ空間とも考えていた。が、その現空間と異空間は、自由に出入りでき、しかも「天の空間は

ミンコフスキー

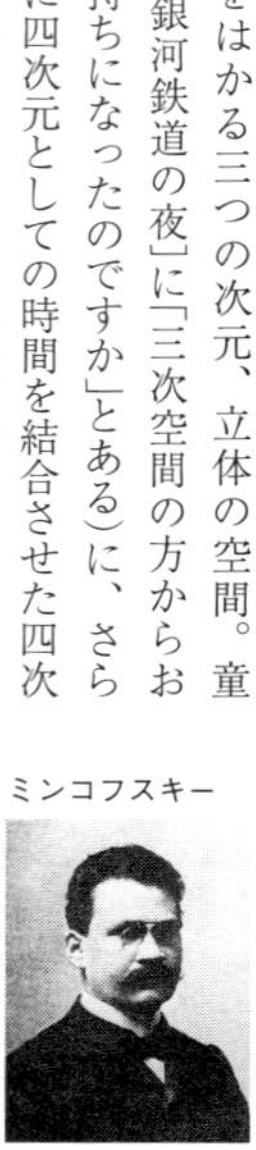

私の感覚のすぐ隣りに居る」(童［インドラの網］)、日常の時間の中で経験できる空間として賢治は異空間を意識している。すなわち、基本的な空間意識は、時間を軸としてダイナミックに融動し、変化し、生成をとげていく。そうした把握の仕方は多くの作品に指摘できる。というよりすべての作品が四次元世界の実践であったと言える。また賢治が強い影響を受けたアレニウスは、星雲と星の一生を結びつけ、宇宙では永遠に物質の生死が繰り返される、という東洋的とも言うべき宇宙時間論を主張してもいる。金子務《つとむ》は、賢治の二つのメモ「科学に威嚇《いかく》されたる信仰」と「科学より信仰への小なる橋梁」にふれて、修羅である賢治が、真空を介して六道輪廻の因縁依正《いんねんえしょう》の世界から脱出して、異次元的な菩薩や仏の世界に至る「小さな橋梁」を見定めようとしていた、と述べている(「空間の陰影としての次元問題」、『現代思想』一九九五・5月号)。ともあれ、アインシュタインも含めて先行する種々の天文学や物理学の知識が、賢治の内部で仏教的時空観と結びついて醸成されたものが彼の「四次元」の実体なのである。四次元(限)は他に詩ノート［ダリヤ品評会席上］の「すでに今日まで第四次限のなかに／可成《かなり》な軌跡を刻み来ったもの」や、童［銀河鉄道の夜］の「こんな不完全な幻想第四次の銀河鉄道」等がある。また、［農民芸術概論］(綱)で、「四次感覚は静芸術に流動を容《い》る」とあるのも、流動感をもたない「静芸術」に対する、いわば「動芸術」こそが、これからの芸術でなければならぬと言っていることになろう。ところで、古典的な宇宙構造論に、仏教のそれとよく似たランベルトの『段階宇宙論』(一七六一)があり、その中に「第四次系(銀河＝三次系、の集団)」がある。これと進化論者賢治とのかかわりについては未詳だが、今後の興味ある問題点の一でもあろう。

第四梯形《だいよんていけい》 →七つ森、七つもり《ななつもり》

第四伯林青《だいよんべるりんせい》 →伯林青《べるりんせい》

苔蘿《たいら》 →苔《こけ》

大囉嚔《だいらま》 【宗】【レ】 文語詩［〔僧の妻面《おも》膨《ふく》れたる〕］の下書稿に「大囉嚔ぞ本堂に入り」とある。難語句の一だが、最終形には「僧の妻」となっており、一般に僧の妻を「大黒」と呼んだことから、この語が寺院の飲食《おんじき》を豊かにする神の意から転じた大黒天→寺僧の妻、を指している語であることは明らかである。ただし出典等は不明。明細な諸橋『大漢和』や中村元『広説仏教語大辞典』等にもない用語である。

大理石《だいりせき》 【鉱】 マーブル(marble)。結晶質石灰岩。石灰岩が熱や圧力等の変成作用により再結晶化したもの。西洋では古来から建築用や彫刻に利用されている。国産のものは一部を除いて建築には向かないとされる。童［雪渡り］に「雪がすっかり凍って大理石よりも堅くなり」とあり、また「今日も寒水石のやうに堅く凍りました」とあるのは、茨城県で産出する純白な大理石の呼称。簡［339］に、「軽鉄沿線の大理石の調査に出ますが(中略)例の達曾部《たっそべ》の大理石山」とあるのは宮守《みやもり》村達曾部の金竜大理石のことで、現在の国会議事堂(一九二〇〈大正九〉年起工、一九三六〈昭和一一〉年竣工)用の石材としても使われた。大理石の名は中国の雲南省大理県から産出されたことからきている。→寒水石《かんすいせき》

大林区《だいりんく》 →小林区《しょうりんく》

大連蠣殻《だいれんかきがら》 【農】 大連(たいれん、とも。中国語ではダーレン)は中国東北地方遼東《りょうとう》半島南端の港湾都市。かつて日本の

租借地だった。蠣殻は牡蠣《かき》の殻。砕いて石灰の代用として鶏の飼料に、焼いて牡蠣灰とし肥料にもした。当時大連経由で安価な中国の牡蠣殻が大量に入ってきたところからこの名が出た。詩〔朝は北海道の拓植《(ママ)》博覧会へ送るとて〕には「大連蠣殻の移入を防《(ぼう)》遏《(あつ)》すべき点」とある。防遏は防ぎとめること。なお、移入は主として国内での物資の動きを言ったから、今なら輸入である。

第六圏《だいろくけん》 →六分圏《セキスタント》

第六交響曲《だいろくこうきょうきょく》 【音】 ベートーヴェンの交響曲第六番「田園」。賢治の愛聴曲の一。詩〔小岩井農場〕との関連が深い。童〔セロ弾きのゴーシュ〕では金星音楽団が音楽会へ出すので一所懸命練習している曲である。ベートーヴェンは一八〇八年ウィーン郊外のハイリゲンシュタットで作曲。自ら「田園」と呼び、各楽章ごとに標題をつけた。プログラムにはしかし「絵画よりも、はるかに感じの表出を」と書き、単なる風景描写でなく感情の描写に力点を置いたことを示唆した。第五番「運命」とよく対比され、「運命」が男性的で求心凝縮、人間への関心であるのに対して「田園」は女性的で流動的、外光自然への関心をもつものだと言われる。第一楽章の標題は「田舎に着いて起こるはればれとした気分の目ざめ」とあり、これは詩〔小岩井農場　パート一〕によく対応する。速さはアレグロ(→アンダンテ)でやや速い。第二楽章は「小川のほとりの場面」とあり、ヴァイオリンがせせらぎを奏でる。速度はアンダンテで、ゆっくり歩くように。終わりの方では、フルートの夜鶯《ナイチンゲール》、オーボエのうずら、クラリネットのかっこう(→くゎくこう)の順で鳥が鳴く。賢治の方では〔パート三〕に盛んに鳥の声が登場。第三楽章は「農民たちのたのしい集り」と「雷雨・嵐」の二つの部分からなる。賢治詩では、削除された〔パート五・六〕の雨降りの部分と〔パート七〕の農民との対話に相応するとも言える。なお〔パート五〕には「ベートーフェン」の名も登場。終楽章は「牧人の歌、嵐のあとの喜ばしい感謝にみちた気持」である。賢治は詩〔小岩井農場〕で、最後のパートをこのような明るい章にする(すなわちこのハイキングスケッチを成功させる)つもりで出てきたと思われる。しかし、人間関係の泥沼にはまりこみ、このハイキングはむしろ賢治の自意識の屈折を露呈することになった。これは〔パート五・六〕に詳しい詩行になっている。〔パート九〕はむしろ、交響曲第九番(→ベートーヴェン)の第四楽章、合唱のうたう「汝(＝歓喜)の魅力はこの世の慣習がきびしく切り離したものを再度結びあわせ、汝の静かな翼がとどまるところ、すべての人は兄弟になる」に近いと言えよう。なお童〔セロ弾きのゴーシュ〕のかっこうの登場する場面の「第六交響楽」は、下書稿では初め「第九交響楽」だった。ほかに、簡〔286〕には「レコードほしかったら送ります。(中略)ベートーンベン《(ママ)》、第五、第六、第九、第一ピアノ司伴楽(協奏曲)、ストラウス死と浄化」とある。詩〔実験室小景〕の下書稿㈠にも「わたくしの精神が索《(たず)》ねて居ますのは／第六交響楽の…」と出てくる。→小岩井農場《こいわいのうじょう》

第六天《だいろくてん》 【宗】 仏教では人間の生死を超えた世界に三界(欲界・色界《しき》・無色界)があるが、うち欲界の中の六天、すなわち六欲天のうちの最高位である他化自在天《たけじざいてん》のこと(最下位は八大地獄)。須弥山《しゅみせん》の頂上から百二〇万由旬の上方にある。簡〔181〕に「これらは第六天の大魔王、曾って釈迦如来(→釈迦牟尼)迦耶成道《(じょうどう)》を現じ給ふた前に美はしい幾人の女を遣はし」とある。「第六天の大

魔王」とは、他化自在天に住む魔王波旬*のこと。

大論《だいろん》 【宗】 『大智度論《だいちどろん》』の略称。さらに略して智度論、智論、とも。一〇〇巻、ナーガールジュナ(↓竜樹菩薩)著。大品般《だいほん》若経(摩訶般若波羅蜜経)の註釈書で、鳩摩羅什《くまらじゅう》(↓亀茲国《きじこく》)が四〇五年に漢訳したもの。詩[亜細亜学者の散策]に「わたしが名指す古*金とは／今日世上一般の／暗い黄いろなものでなく／*竜樹菩薩の大論に／わづかに暗示されたるもの」とある。これは*麦を古金《こきん》にたとえた理由を言ったもの。大論中の古金色についての暗示的な条《くだ》りをさす(↓古金、quick gold)。他に詩[葱嶺《パミール》先生の散歩](↓ツェラ高原)にも「竜樹菩薩の大論に／わづかに暗示されたるたぐひ」とある。

田植花《たうえばな》 【植】 田植えのころ咲く花を言い、地方によって異なるが、東北地方では主にアヤメ科のハナショウブ(花菖蒲)を言う。花を略して単にショウブとも言うが、五月の節句に飾るショウブ(サトイモ科)とは別。初夏の風物詩ハナショウブは美しい紫の濃淡のもの、赤味がかった紫など観賞用としても栽培。詩[*[Largo や青い雲滃《かげ》やながれ]](↓雲滃《うんおう》)に「また田植花くすんで赭《(あか)》いすいば(↓すかんぽ、スカンコ)の穂」とある。

たうぐわ(は) ↓鍬《くわ》

たうごま《とうごま》 【植】 アフリカ原産のトウダイグサ科の一年草。茎は節があり中空で赤く、高さ二～三m。秋、総状の赤い小花をつけ、下部に黄の雄花をつける雌雄同株。種はインゲン*マメに似た光沢があり、猛毒を含む。漢名は蓖麻《ひま》(軟下剤「ひまし油」の語源)。詩[海鳴り]([牛]下書稿(一))。

田打ち《たうち》 【農】 田を打ち返すこと。田植えの準備作業。今はたいてい動力の耕耘機《こううん》でやるが、牛馬耕以前は(**牛馬を買えない農家はむろん)すべて鋤《すき》(↓鍬)で手足を使ってやった。鋤打ち、田ごしらえ、とも言い、泥の高低を平らにする田船(舟)や板で作ったフマセで田を踏みならし、あと*代掻《しろか》き、*鍬で畔《あぜ》をきりけずるコアゼキリ、土コシラエ、アゼヌリ等、熟練とたいへんな労力を要した作業であった。童[*虔十公園林]、[或る農学生の日誌]等。

当地《タウ(ママ)チイ》(知)是処《ゼイショオ》、即是道場《ソクゼエドウジヤウ》 ↓道場観《どうじょうかん》

食《た》うぶる《とうぶる》 【レ】 食べるの古語。賜(給)ぶ(たまう、の意)、に発する。文語詩[市日](いちび、市の開かれる日)に「*栗を食《た》うぶる童《わらはべ》と」とあり、次行の「*鏡欲りするその姉と」と対《つい》になっている。「欲《ほ》りする」も、欲しがるの古語。

たうもろこし ↓玉蜀黍《とうもろこし》

たうやく《とうやく》 【植】 当薬。センブリ(千振)の別称。古くから胃腸の妙薬の意で「当薬」、また千回振ってもまだ苦《にが》いので「千振」、医者にかからなくてもよく効くので「医者倒し」とも言った。日当たりのよい山野に自生するリンドウ(竜胆)科の越年草。根は黄色、高さ三〇cm、葉は対生で線形。花は秋に咲き白色に紫の条線がある。リンドウ科の草本は根まで苦《にが》いのでモグラもよりつかない、と言われる。童[*十力《じふりき》の*金剛石]に「たうやくの葉は*碧玉《(へきぎょく)》、そのつぼみは*紫水晶《アメシスト》の美しいさきを持ってゐました」とある。

ダーウヰン《だーうぃん》 【人】【科】 チャールズ・ダーウィン(Charles R. Darwin 一八〇九～一八八二)。イギリスの生物学者。進化論の確立者。一八三一～三六年にかけて海軍の測量船ビーグル号に乗船、南半球の動植物、地質を観察、自然選択説に基づく進化論を『種の起原』(一八五九)で確立した。進化論の源流は古くギリシア古典時代にまでさ

かのぼることができるが、小泉八雲(ラフカディオ・ハーン)が傾倒したハーバート・スペンサーやラマルク(↓エノテララマーキアナ)に至って明確に意識化される。ダーウィンはラマルクの、*生物自身に進化能力を持つとする考えを否定し、有利な変異をもつ個体は、それだけ生存や生殖の機会に恵まれ、ここに進化が起こるという自然選択説を唱えた。ダーウィンの影響力は大きく、二〇世紀初めまで、生物学のみならず、ベルグソンの哲学や、プラグマティズム等に多大の影響を与えた。日本には、アメリカのE・モース(Morse 一八三八～一九二五、東京大学初代動物学講師、大森貝塚の発見で有名)によって広まり、丘浅次郎《あさじろう》と石川千代松《ちよまつ》の二人が、世界観を含めた進化論を論じた。丘の『進化論講話』(一九〇四)、『人類の過去現在及び未来』(一九二四)等は、仏教の無常思想や、人類の未来に対するペシミズム等が混交してはいるものの、大きな収穫であった。文壇では、例えば萩原朔太郎の軟体動物や蝶のイメージ、またそれにかかわる夢の概念にはこの進化論の影響が強い。賢治では、詩ノート〔生徒諸君に寄せる〕に「新らしい時代のダーウヰンよ／更に東洋風静観の*キャレンジャーに載って／*銀河系空間の外にも至って／更にも透明に深く正しい地史と／増訂された生物学をわれらに示せ」とある。彼は*修羅としての自分の位置する場所の一つに恐竜時代の森林(弱肉強食の鮮烈なイメージ)を設定したが、これにも進化論の影響が極めて強いと言える。詩〔〔向ふも春のお勤めなので〕〕の下書稿に「ダーウヰンの著書にある／写真を引き裂く女の顔」とある。調査ではこのような女は見つけられないが、『人間及び動物の表情』(一八七二)中の多数の表情写真のひとつをイメージしたのではなかろうか。小野隆祥《りゅうしょう》によれば一九一二(大正元)年秋に賢治は丘浅次郎の『進化論講話』を熱心に読んだと言う。

ダーウィン

橙黄線《たうわうせん》 とうおうせん 【科】 詩〔*風景観察官〕に「も少しそらから橙黄線《たうわうせん》を送ってもらふやうにしたら／どうだらう」とある。一般的に橙(だいだい、オレンジ)色と言うときは赤味をおびた黄色、いわゆるオレンジ色。恩田逸夫《おんだいつお》の注(『日本近代文学大系』36、宮沢賢治〈角川〉)によれば「光をプリズムで分解したときの(↓三稜玻璃《さんりょうはり》)波長の長いほうのオレンジ色の光線」とあるが、それを「送ってもらふ」という詩意は、あたかも配電所(電力を送る施設)に頼むかのようなユーモラスな表現。

*鷹 たか 【動】 タカ目のうち、暗褐色をした大型のものをワシ(*鷲)と呼び、小型のものをタカと呼ぶ。ハヤブサ科のものもタカという語に含まれるのがふつう。獲物をすばやく捕えるので、古来、鷹狩、鷹匠(たかじょう、鷹使い)等の語で有名。「遠くでは鷹がそらを截《き》ってゐるし」「どこかに鷹のきもちもある」(詩〔*小岩井農場 パート三、七〕)、「林の中で鷹にも負けないくらゐ高く叫んだり」(童〔*風の又三郎〕)、「鷹が*磬《けい》など叩くとしたら／どてらを着てゐて叩くでせうね」(詩〔林学生〕)、「鷹は鱗を*片映《かたば》えさせて／まひるの雲の下底《かてい》をよぎり」(詩〔郊外〕〈初行「卑しくひかる*乱雲が」〉)、「たくさんの羽虫が、毎晩僕に殺される。そしてそのたゞ一つの僕がこんどは鷹に殺される」(童〔*よだかの星〕)、「一疋の鷹を見たとき高く叫びました」(童〔*ひかりの素足〕)等。

高井水車 たかいすいしゃ ↓高常水車 たかつねすいしゃ

高萱 たかがや ↓萱 かや

高木《たかき》　→高木から更木へ《たかきからさらきへ》、成島《なるしま》

高木から更木へ《たかきからさらきへ》【地】　北上川を隔てて花巻の対岸。高木は岩手県稗貫郡矢沢《やさわ》村(現花巻市)の集落、更木はその南の和賀《わが》郡更木村(現北上市)。詩ノート[科学に関する流言]に「今日ちやうど二時半ころだ／高木から更木へ通る郡道の」とある。郡道は郡管理の道路。現在は県道だが、この道路はタカギ通り、と今も言う。

高倉山《たかくらやま》【地】　同名の山が岩手県内に四つあるが(岩泉・雫石《しずくいし》・鉛・安代《あしろ》)、歌[二五三]の「夜はあけて／木立《(こだち)》はぢつ《(ママ)》と立ちすくむ／高倉山のみねはまぢかに」、[二五四]の「夜のうちに／すこしの雪を置きて晴れし／高倉山のやまふところに」の高倉山は、花巻から豊沢川沿いの上流、鉛の南方一㎞の地点にある高倉山(標高五三九ｍ)であろう。

高師小僧《たかしこぞう》【鉱】　植物の根の回りに鉄の酸化物が同心状に付着し成長したもの。腐食した植物の根の跡が管状となって残っている。細く小さなものから、太く長いもの、また、胴部分が太く先端が細くなっているものなどさまざま。鉱物の名称ではないが、主成分は褐鉄鉱。生痕化石《せいこんかせき》として植物の化石とされることもある。各地に産するが、特に愛知県豊橋市の高師原《たかしがはら》に産するものが有名なのでその名がある。童[或る農学生の日誌]に「広い泥岩(→Tertiary the younger mud-stone)の露出で奇体なギザギザのあるくるみの化石だの赤い高師小僧だのたくさん拾った」とある。(→口絵㊴)

高清《たかせい》【人】　人名だが不明。小沢俊郎の注(新修全集月報)によれば、創作人名か、高橋清蔵といった名の略であろう(岩手では高橋姓が多く、区別のためこの種の略称を現在も多用〈→高《たか》常水車《つね》〉)、とある。詩[〔朝日が青く〕]に「組合長の高清は／きれいに分けた白髪を／片手でそっとなでながら」とある。また、詩[〔おれはいままで〕]にも「高清ラムダ八世の／ミギルギッチョがぶつぶつ云ふ」とある。詩[〔行きすぎる雲の影から〕]、[〔高原の空線もなだらに暗く〕]にも登場。

高瀬露《たかせつゆ》【人】　賢治書簡に出てくる、賢治に思いを寄せていた女性。一九〇一(明治三四)〜一九七〇(昭和四五)　稗貫郡根子《ねこ》村松原(現花巻市)出身。一九一八(大正七)年花巻高等女学校卒業。卒業後、小学校代用教員を勤め、一九二〇(大正九)年に正教員勤務となり、各小学校を歴任。一九二三(大正一二)年から一九三二(昭和七)年までは当時の稗貫郡湯口《ゆぐち》村(→飯豊《いいとよ》)寶《ほう》(宝)閑《かん》尋常小学校(一九六八年、湯口小学校と統合)訓導。一九三二(昭和七)年小笠原氏と結婚。一九二九(昭和四)年末頃と推定される三通の書簡[252ａｂｃ]がある。一九二一(大正一〇)年には花巻バプテスト教会(現日本キリスト教団花巻教会)で受洗していたクリスチャンであったが、賢治の書簡(前掲下書のほか、下書断片一五片を含む)によれば、当時法華経(→妙法蓮華経)信仰への思いをもっていたと解される。上田哲の「『宮沢賢治伝』の再検証(二)」(「七尾論叢」第一一号)に詳しい。

高田の馬場《たかだのばば》　→堀部安兵衛《ほりべやすべえ》

高田正夫《たかだまさお》【人】【音】　浅草オペラ全盛時代の代表的洋舞家、高田雅夫《まさお》(一八九五〜一九二九)のこと。帝劇第二期生。「ボッカチオ」のピエトロ公子等で活躍ののち、一九一七(大正六)年ごろには伊庭孝《いばたかし》らの「歌舞劇協会」にも参加、一九一九年には伊庭の新星歌舞劇団に加わり新作バレエ等を披露、同年九月根岸歌劇団(金竜館)の一員となるが、

一九二二年舞踊研究のため渡米。妻の高田せい子も浅草オペラ時代の代表的ソプラノ歌手。詩[函(函)館港春夜光景]に「あはれ*マドロス田谷力三は、／ひとりセビラの床屋を唱ひ、／高田正夫はその一党と、／紙の服着てタンゴを踊る」とある。→田谷力三《たやりきぞう》

高田雅夫

高知尾智耀《たかちおちよう》 【人】【宗】 宗教家。一八八三(明治一六)～一九七六(昭和五一) 千葉県生まれ、本名誠吉。*国柱会講師、理事。一九〇六(明治三九)年、東京専門学校(現早稲田大学)哲学科卒。在学中高山樗《ちょ》牛《ぎゅう》の文章に感銘し*日蓮聖人の研究を志す。福島県磐城《いわき》中学(英語、修身)の教師時代、静岡県三保《みほ》の最勝閣で開かれた第一回本化《ほんけ》仏教夏期講習会(一九一〇)、第二回講習会(一九一一)に参加し入信を決意、一九一一年、立正安国会(国柱会の前身)に入会。一九一四年国柱会創設の機に*山川智応の招きに応じ、八年間勤めた磐城中学を辞し、本化大学準備会教授として国柱会に奉職する。賢治に法華文学の創作を勧めた人として知られる。帳[雨ニモマケズ]一三五頁に「◎高知尾師ノ奨メニヨリ／1、法華文学ノ創作」とある。また、一九二一年、出奔した賢治が鶯谷《うぐいすだに》の国柱会館を訪ねたとき応対したのも高知尾である。その折の模様は簡[185]に「『失礼ですがあなたはどなたでいらっしゃいますか』『高知尾知曜《ママ》です』」とある。賢治の晩年における国柱会との関係はかならずしも定かではないが、高知尾とのつながりは一九三三年一月一日付の年賀状(簡[441])が残されていることから推定される。日付不明の高知尾あて暑中見舞の下書き(簡[不16])もある。

高知尾智耀

高常水車《たかつねすいしゃ》 【文】 水車は川の流れに仕掛けた大きな羽根車で*電気を起こしたり、精米、製粉などをする大仕掛けなものから、足で車輪を踏み廻して田に水を送る名もない小形のものまであった。これは大仕掛けの前者であろう。その場所は未詳だが、高常とは、その水車小屋の持主《オーナー》の姓と名の一字ずつをとった(例えば高橋常吉とか)屋号であろう(→高清《たかせい》)。詩[*塩水撰・*浸種]に「高常水車の西側から」とか、「疾中」詩篇中の詩[〔春来るともなほわれの〕]には「高井水車の前あたり」とあるので、当時水車小屋の位置が誰にもわかる目じるしの役目もしていたことがわかる。

高《たか》**で** →何時《いつ》だが の狐《きつね》みだいに…

高輪の二十六夜《たかなわのにじゅうろくや》 【文】 *浮世絵の題名。高輪は現東京都港区。江戸末期の*安藤広重の詩趣豊かな「俳句入り江戸名所」中の作品。簡[19](*保阪嘉内《ほさかかない》宛)の短歌群中に「『高輪の二十六夜』の海のいろ果てほの白くいづち行くらん」の一首がある。

たがね 【科】 鏨。古訓タガニとも。鋼鉄(→はひいろはがね)製のノミ(鏨)。岩に穴をあけたり、削ったり、金属に細工をほどこす(金工)ときの必需手工具《しゅこうぐ》。文語詩[〔一才の*アルプ*花崗岩《みかげ》を〕]ほかに「たがねうつ音」が出てくる。童[楢ノ木大学士の野宿](→なら)にも「たがねのさきから出た火花」が出てくる。鉄床《かなとこ》(鉄砧)の上にたがねをあてがい、金鎚《かなづち》で打つ金属音や火花。

高橋君《たかはしくん》 【人】 高橋忠治《ちゅうじ》(一九〇六～一九八五)。賢治の教え子で稗貫農学校(→花巻農学校)二回生(一九二三年卒)。賢治の世話で一時、花巻共立病院でX線の仕事をした。詩ノート[路を問ふ]に「病院のレントゲンに出てゐた高橋君の…」とある。簡[257a][442a]。

高橋武治《たかはしたけじ》 【人】 沢里《さわさと》武治(一九一〇～一九九〇)の旧姓。ノート

〔文語詩篇〕に「四月、ナガ眼空シク果ツベキ眼力、／高橋武治ニ送ル」とあるが、*花巻農学校時代、賢治に教えを受け、特に音楽の才能があり、岩手県師範学校に進み一九二九年卒業。小学教師となってからは休暇ごとに賢治を*羅須地人協会に訪ねて助言を得た。農学校生徒のころ賢治にヴァイオリンを贈られたと言う。

高橋茂吉《たかはしもぎづ》 ↓ぎづ少《びゃ》こ

高橋吉郎《たかはしよしお》 【人】 賢治の教え子。稗貫農学校(↓花巻農学校)二回生(一九二三年卒)。短〔山地の稜〕に「高橋吉郎が今朝は殊に小さくて青じろく少しけげんさうにこっちを見てゐる」とある。

高日《たかひ》 ↓姥石《うばいし》

高洞山《たかほらやま》 【地】 *盛岡の東北約六kmにある山。標高五二二m。歌〔四九六(異)〕に「夕陽降る高洞山の焼け痕(あと)をあたまの奥にて哂(わら)ふものあり」、〔六五五から一首目〕に「燃えそめし／*アークライトは／黒雲(↓ニムブス)の／高洞山を／むかひ立ちたり」とある。

高松《たかまつ》 ↓成島《なるしま》

酓松《たかまつ》 ↓寅松《とらまつ》

高村光太郎《たかむらこうたろう》 【人】 彫刻家、詩人。一八八三(明治一六)～一九五六(昭和三一) 東京美術学校の学生のころから高村砕雨《さいう》の名で「明星」(一九〇〇～一九〇八)の歌人として出発するが、アメリカを経てフランス留学から帰朝後、精神的苦悩の中で「パンの会」に参加、デカダニズムから脱出した時点、一九一四(大正三)年の処女詩集『道程』で人道的な骨太《ほねぶと》の詩法を確立する。苦悩克服にまつわる妻智恵子との愛は有名で、『*智恵子抄』(一九四一)の美しさは賢治が妹*宮沢トシを歌った「無声慟哭」詩群や*挽歌群と並び称せられている。『智恵子抄』はじめ光太郎への賢治詩の影響も充分考えられよう。賢治の作品等には、光太郎についての記述はないが、この二人の関係は重要である。年譜によれば、まず一九二四年*心象スケッチ『春と*修羅』刊行の際、賢治は光太郎に献呈しており、一九二六年一〇月一一日の水野葉舟《ようしゅう》(当時の流行作家。*佐々木喜善や柳田国男〈↓遠野〉や光太郎と親しかった)宛光太郎書簡からは賢治と光太郎の間に書簡の交換があったことが推測される。同年一二月には賢治は東京*本郷に住む光太郎を訪ねている。賢治が東京で詩人と言われる人を訪れたのは光太郎が初めてであった。賢治没年の一九三三年七月一六日母木光《ははきひかる》宛の簡〔479〕に「高村氏草野氏(↓草野心平)等同人雑誌を作るとの事私例によって遁《に》げました」とあるように「歴程」創刊の誘いは断っている。賢治没後、光太郎は賢治を次のように紹介し、讃辞を呈している。「内にコスモスを持つ者は世界の何処の辺遠(へんえん)に居ても常に一地方的の存在から脱する。(中略)岩手県*花巻の詩人宮沢賢治は稀に見る此のコスモスの所持者であつた。彼の謂ふ所の*イーハトヴは即ち彼の内の一宇宙を通しての此の世界全般のことであつた」「日本の文学家の中で、彼ほど独逸語で謂ふ所の『詩人《デヒテル》』といふ風格を多分に持つた者は少いやうに思はれる」(「コスモスの所持者宮沢賢治」十字屋版『宮沢賢治研究』)。敗戦の年、一九四五年に東京のアトリエが戦災にあい、光太郎は宮沢家を頼って花巻町にのがれ、戦後も近郊の*稗貫郡太田村(↓鍋倉)山口の小屋で七年間、戦時中の戦争協力の詩を多く書いたことへの批判に対して自責の詩(『典型』一九五〇)を書き、一人で農耕自炊の生活を送った(現在、鞘堂で覆われた高村光太郎記念館)。光太郎は、文《ぶん》

高村光太郎(左より三人目)
と宮沢家の人々

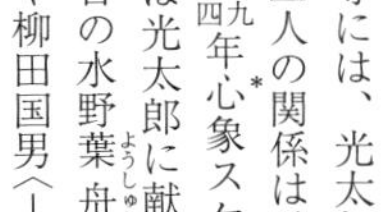

圃《ぼ》堂版、十字屋版、読書組合版と続く全集の編集に加わり、さらに前三者に第一次筑摩版を加えた四つの全集の題字を書いている。一九三六年に下根子桜《しもねこ》（↓根子）、*羅須地人協会跡に建立された「雨ニモマケズ」詩碑も、光太郎の書。ちなみに、この碑文に書き入れの箇所がいくつもあって奇異の感を与えるが、いったん碑を建てて（一九三六〈昭一一〉）から一〇年後の一一月三日（詩の書かれた日付）に碑前に足場を築き、その欠落の箇所を直接碑に墨で光太郎が書き込み、傍らから石屋が彫り足したためという。これもちなみに記しておくと、原子朗も第二次大戦後の一九五〇（昭和二五）年春、太田村の小屋（営林署から一〇円で払い下げられ、そこを「山荘」としていた）に高村光太郎を訪ね、東京（大隈講堂）での講演を依頼したが、「私は謹慎中の身だから」と断られた思い出がある。賢治と光太郎の問題はまだ不問のままのことが多い。

たがり ↓山師《やまし》たがり

集《たか》る【レ】 集《あつま》る。方言ふうにも聞こえるが正式には古語（方言ではタガルと聞こえる）。「人集《だか》り」「*砂糖《さとう》に*蟻が集《たか》る」等、物事や人間や動物等が寄り集まって来る場合に用いる。品のいい言葉ではないが、童［*種山ヶ原］では「みんな悪いことはこれから集《たか》ってやって来るのだ」とある。「集って」はタガッテに近い発音。

滝沢野《たきざわの》【地】 岩手県岩手郡滝沢《たきざわ》村の原野の一部（↓一本木野）。*岩手山の東南麓で、奥州街道（奥羽街道とも。正しくは陸羽街道。国道四号線）に沿って種畜牧場、農業試験場、林業試験場、園芸試験場等が集まっているが、賢治のころは原野の趣が深かった。岩手山の表登山口（柳沢口《やなぎさわぐち》とも）の岩手山神社が村内の*柳沢集落にある。滝沢村は一八八九（明治二二）年に鵜飼《うがい》、大沢、篠木《しのぎ》、大釜と滝沢の五村が合併して誕生し、現在に至った。鵜飼にある駒形神社の「チャグチャグ馬子」（↓ちゃんがちゃがうまこ）は有名である。詩［滝沢野］がある。

タキス【鉱】 一般に言うトルコ石のこと。turquoise（タークォイズ）。水酸化銅アルミニウム燐酸塩。青から緑の色を持つ不透明な鉱物で、古来装飾品とされてきた。賢治は「タキス」、「土耳古玉《タキス》」、「土耳古玉」、「Turquois」、「Tourquois」、「トウクォイス」、「トークォイス」、「トルコ玉」、「トコイス」、「トウコイス」等、さまざまに表記している。主産地はイラン（ペルシア）やエジプトだが、トルコ商人の手で欧州に運ばれたのでその名があるといわれる。硬度五〜六で、蠟状の光沢を持つ。単結晶を作ることがほとんどなく、良質のものでもやや脆く、宝石としては色と耐久性を増すことを目的に表面を化学的に人工処理することが多い。*ペルシアの詩人はトルコ石の色を雲のない夏空にたとえたが、賢治も晴れ上がった明るい青空の比喩に使う。童［チュウリップの幻術］の「さっきまで雲にまぎれてわからなかった雪の死火山もはっきり土耳古玉のそらに浮きあがりました」や短［山地の稜］の「南の方はそら一杯に霽《は》れた。土耳古玉だ。」はその代表例。トルコ石は砂岩や褐鉄鉱中に産出するので、それらを網目状（ネットと呼ばれる理由）に含むことが多い。空にひび（*裂罅《れっか》）が生じるという賢治独特の幻想（↓銀河）は、彼の宇宙観との結びつきもだが、空の比喩として使われるネットの呼称と密接に結びついている。詩［丘の眩惑］の「野はらのはてはシ*ベリヤの天末《まつ》（↓天末線）／土耳古玉製玲瓏《ぎょくせいれいろう》のつぎ目も光り」、歌［五七五］の「あかり窓／仰げばそらは Tourquois《ターキス》 の／板もて張られ／その継目光れり」

等がその代表。空は一般に天頂より地平線に近いほど青色が淡く明るい感じになるが、賢治もス［四四］ではトウコイス、同［四六］の「北の天末／Tourquois」や詩［白い鳥］の「天末の turquois《タコイス》 はめづらしくないが」等、トルコ石の明るい青色が印象的。詩［〈うすく濁った浅葱の水が〉］や詩ノート［〈午前の仕事のなかばを充たし〉］、詩［装景手記］には、早池峰山をはじめとする山が土耳古玉の空と鮮やかに映発する（映えあう）描写がある。ほかに文語詩［〈けむりは時に丘丘の〉］、詩ノート［〈えい木偶のぼう《（ママ）》〉］、詩［三原 第二部］［高架線］、童［十力の金剛石］等にも登場。

だく【レ】 馬術用語。だくあし（跑足、諾足）の略。馬が前脚を高く上げてやや早足に歩くこと。童［イギリス海岸］に「またこっちの袂から一人がだくでかけて行きました」とある。袂《たもと》は橋のたもと、橋のこちら側の端《はし》。→水馬演習《すいばえんしゅう》

拓植博覧会《たくしょくはくらんかい》【文】 植は殖の賢治誤記。一九三一（昭和六）年七月一二日から八月二〇日まで札幌で開かれた「国際振興北海道拓殖博覧会」のこと。当時評判で入場者数約一六〇万人と伝えられた。鈴木東蔵宛簡［362の1］は、同博覧会への商品見本出品の打ち合わせ記事。詩［〈朝は北海道の拓植《（ママ）》博覧会へ送るとて〉］にも「朝は北海道の拓植《（ママ）》博覧会へ送るとて／標本あまたたづさえ《（ママ）》来り」等。

卓内先生《たくないせんせい》【人】 鈴木卓苗《たくびょう》。岩手県稗貫郡地蔵堂の生まれ。各地で中学校長をつとめた。詩［〈地蔵堂の五本の巨杉《すぎ》が〉］に「いま教授だか校長だかの／国士卓内先生も／この木を木だとおもったらうか」と、名の苗を内に変えて登場。同詩中では教え子「寛の名高い叔父」となっている。国士とは卓越する人物、あるいは憂国の士のことで、鈴木先生をほめて言ったもの。

濁密《だくみつ》 →密造酒《みつぞうしゅ》

タクラマカン砂漠《たくらまかんさばく》【地】 Taklamakan 中国新疆《しんきょう》ウイグル自治区の大砂漠。ウイグル語で「一度入ると出てこられない死の海」の意。日本の国土に匹敵する三三万平方㎞の面積。北を天山、南を昆明の両山脈、西をパミール高原（→ツェラ高原）が囲み、南北約四〇〇㎞、東西約一〇〇〇㎞。一九九〇年代末までは年々増大を続けてきたが、二〇〇〇年以降減少の傾向が続いている。砂中に没したオアシス都市も多い。詩［小岩井農場］下書稿に「タクラマカン砂漠の中の／古い壁画に私はあなたに／似た人を見ました」。

岳《だけ》 →早池峰（峯）山《はやちねさん》

岳川《だけがわ》【地】 早池峰山南面に水源を有し、稗貫川に注ぐ。沿岸最奥の集落は岳《だけ》（古くは嶽）であり、岳から約六㎞上流でコメガモリ沢が大きく西に屈曲する。この辺りの広い河原部分が河原坊。岳川は源流より数㎞は深い谷と、みごとな（赤松などの）樹林を持つ渓流をなし、笛貫《ふえぬき》の滝（→笛ふきの滝）等名瀑に富む。中流以下には水田が広がり、早池峰連峰の水がこれを潤している。雑［岩手県稗貫郡地質及土性調査報告書］に登場。

武巣《たけす》 →茨海小学校《ばらうみしょうがっこう》

武田金一郎《たけだきんいちろう》 →茨海小学校《ばらうみしょうがっこう》

武池清二郎《たけちせいじろう》 →茨海小学校《ばらうみしょうがっこう》

たけて【方】 「たける」こと。たけるは方言で、一般用語の「長《た》ける」とちがい、着《つ》（付）ける、とりつかせるの意。手［四］に「ポーセ（→チュンセ）がせつかく植ゑて、水をかけた小さな桃の木にな

【たけとりの】
めくぢをたけて置いたり」とある。

竹取翁《たけとりのおきな》【文】【レ】 詩「*稲熱病《いもちびょう》」に「七十近い人相もいゝ竹取翁」とある。平安初期の作者未詳の『竹取物語』の主人公（*万葉集にも出てくる）を連想して登場させ、この詩の主題の暗さを明るく、物語風にしている。

たけにぐさ【植】 竹似草、竹煮草。山野に自生する多年草。高さ一～二m、根も茎も粗大でハート形の葉をつけ、夏に白い小花を多くつけ、花後平たい裂果をつける。中空の茎が竹に似る、あるいは竹とともに煮ると竹が柔らかくなるといった言い伝えからその名があるとも言う。詩「病床」に「たけにぐさの群落にも／風が吹いてゐるといふことである」。また童「風野又三郎」（→風の又三郎）にも登場。

タケニグサ

武村先生《たけむらせんせい》 →茨海小学校《ばらうみしょうがっこう》

章魚《たこ》【動】【食】 頭足類タコ目（八腕類）の軟体動物の総称。蛸とも。世界中には二四〇種あり、日本近海でもマダコ、イイダコ、フネダコ等五〇種近くとれる。日本では古くから食用とされたが、西洋では「*悪魔の魚」と呼ばれてイタリアやスペイン、アラブ諸国等以外の国では食用にされない。童「*山男の四月」では、「誰だつて章魚のきらい《（ママ）》な人はない。あれを嫌ひなくらゐなら、どうせろくなやつぢやないぜ」とある。詩「*冬と銀河ステーシヨン」の「ぶらさがつた章魚を品さだめしたりする／あのにぎやかな*土沢の冬の市日《いちび》です」や、詩「発動機船　三」の「青じろい章魚をいっぱい盛った／樽の間につっ立って」、また雑誌「*アザリア」第三号、「校友会会報」第三五号発表の歌「*山峡《やまかい》の青き光のそが中を章魚《タコ》の脚食《ハ》み行く男はも」（はも、は強めでワモ）等、賢治作品に章魚がよく登場するのは、当時の輸送手段の不便もあって、内陸部では川魚以外鮮魚は口にすることが困難で、多くは干ものや塩物（それもひどく塩辛い）か、章魚や烏賊《いか》のような比較的長もちのする魚介類に限られていたという事情がある。

保《た》ご附《つ》く →木《き》さば保《た》ご附《つ》く…

たごめる【方】 むぞうさにまとめられている。「たごまる」は、その自動詞で、たぐりよせられていることを言う。詩「〔湯本の方の人たちも〕」（→飯豊）には、「縄でしばってたごめてゐる」とある。「まとめている」の意で「手繰《たぐ》るめる」（たぐりよせる）の変化形か。

タスカロラ海床《たすかろらかいしょう》【地】 海床は海溝（トレンチ）と同義語で用いている。『日用地文学の常識』（松島種美、一九二六）では「我が国の東北には日本海溝と称する所があり、其の最も深い場所はタスカロラ海淵《かいえん》といって、富士山を二つ重ねたよりも更に九町ほど深くして約八千五百十五メートルに及んでゐる」（海淵は海溝、海底の細長い谷の特に深いところ。それゆえ「深い」のディープ）と説明。この名は発見船タスカロラ号にちなんだもの。海溝は大洋と大陸との境目近くに多く、今日ではプレート・テクトニクス（地球最表部を構成する岩盤《プレート》が対流するマントルに乗って互いに移動しているという学説）で説明されている。童「風野又三郎」「*風の又三郎」に何度か登場。例えば後者中に「昨日まで丘や野原の空の底*に澄みきってしんとしてゐた風が今朝夜あけ方俄かに一斉に斯《か》う動き出してどんどんどんどんタスカロラ海床の北のはじをめがけて行く」とあるように、秋に南西風が吹くときの低気圧の位置を示していると思われる。

田瀬《たせ》【地】 岩手県和賀《わが》郡(現花巻市)東和《とうわ》町田瀬。*猿ヶ石川沿岸、釜石線岩根橋駅から南へ約五km、*五輪峠の北西約四km。現在は田瀬ダムで名高い。詩[*毘沙門天の宝庫]に「巨きな白い雲の峯／ずゐぶん幅も広くて／南は*人首《(ひとかべ)》あたりから／北は田瀬や*岩根橋にもまたがってさう」とある。

打製石斧《だせいせきふ》【文】 縄文時代の石器。生活用、農耕用の斧《おの》の形をしている。弥生時代は磨製石斧が出てくるが、それに比べて、より強い石で打って作った打製。詩[北上山地の春]に「打製石斧のかたちした／柱の列は煤《(すす)》でひかり」とある。

たた ↓そたなごとあたたが

たゝかひにやぶれし神《たたかいにやぶれしかみ》【文】 柳田国男の『遠野物語』(一九一〇)によれば、三人姉妹の女神の末娘が謀計により最高の*早池峰山を得、姉二人は六角牛山《ろっこうしさん》(早池峰山の東南三〇km、標高一二九四m)と石神山(同南二〇kmの石上山、同一〇三八m)に甘んずることになったと言う(文語詩[〔盆地に白く霧よどみ〕]下書稿に「東 仙人六角牛の」とある)。文語詩[〔水と濃きなだれの風や〕]に「海浸す日より棲みゐて、たゝかひにやぶれし神の、／二かしら猛きすがたを、青々と行衛《(ゆくえ)》しられず」とある。かしらは神仏等の数詞で二神の、の意。

多田先生《ただせんせい》【人】 多田鼎《かなえ》。宗教学者。清沢満之《きよさわみつゆき》、*晩烏敏《あけがらすはや》とともに「精神界」を発刊。晩烏と同様、毎年夏、*花巻で開かれる「我信念《がしんねん》講話」(夏期講習会、賢治の父*宮沢政次郎が発起人)の講師として招かれ、説教を行なった。歌[三二九]に「本堂に流れて入れる外光を多田先生はまぶしみ給ふ」とある。

だたて ↓鳩《はと》だの鷹《たか》だの…

だたべが ↓ほにさ、昨日《きのう》ぁ…

畳石《たたみいし》【レ】 畳みたいに広く大きな石。短[*竜と詩人]に「一人の立派な青年が外の畳石の青い*苔にすは《(ママ)》ってゐた」とある。石を敷きつめた石畳ではなく一枚岩の平たい石であろう。

だたもさ ↓噛《か》ぢるべとしたやう《よ》だたもさ

だたんとも ↓去年《きょねん》なもずゐ《い》ぶん…

立枯病《たちがれびょう》【農】 農作物(*稲、*麦、大豆、茄子、たばこ等)の葉や茎が急に枯れてしまう病気。劇[植物医師]に出てくる。

タチナ ↓サンムトリ火山《さんむとりかざん》

たちまひ《たちまい》【レ】 立ち舞い。「立って舞う」の名詞化したもの。「立ち居振る舞い」、「佇《たたず》む」にも通じる。歌[一五]の「岩のたちまひ」、同[一七五]の「雲のたちまひ」等。「様子」等にも近い。

駝鳥《だちょう》【動】 ダチョウ目ダチョウ科の鳥。翼は退化して飛べないが脚力で疾走する。頭頂まで二～二・五mの高さで鳥類中最大。童[*林の底]に「*鷲や駝鳥など大きな方も」とある。

たつきせん【レ】 「たつき」はよすが、手段、の意から、生活のよすが、生計の手段、いとなみの意に用いる。文語詩[〔最も親しき友らにさへこれを秘して〕]に「なべてこの野にたつきせん」とあるのは、「おしなべて(ひとしく)この野原で暮らしていきましょう」の意。「せん」は、…しよう、という意志、願望。文語詩[〔青びかる*天弧《てんこ》のはてに〕]には「六月のたつきのみちは」とある。

たつこ ↓猫《ねこ》

脱穀塔《だっこくとう》 ↓卑那やか天《ひなやかてん》

達曾部《たっそべ》【地】 岩手県上閉伊《かみへい》郡宮守《みやもり》村(現遠野市宮守町)大字達曾部。一九五五(昭和三〇)年まで達曾部村。木村圭一説によれば、この地名はアイヌ語でタッシュオベ(*樺の火で*魚を採る川、の意)に発する。一九一六(大正五)年の人口約一九〇〇。達曾部川が南流し、この川は*岩根橋付近で*猿ヶ石川に合流する。地理的には、*花巻の東約二〇km、*早池峰山の南南西約一八km。詩[山火](初行「風がきれぎれ…」)に、「……焼けてゐるのは達曾部あたり……／またあたらしい南の風が／はやしの縁で砕ければ／*馬をなだめる遥かな最低音《バス》と／つめたくふるふ*野薔薇の芬気《かほり》」とある(この詩の改稿発表形は「猫山」(→モリブデン)になっている)。この詩の最初の題は[郊外]であり、詩中に北進する急行列車が登場し、*大償《おおつぐない》、*八《や》木《ぎ》巻《まき》辺りが見えるところ、すなわち花巻郊外で成ったのであろう。詩[〔そのとき嫁いだ妹に云ふ〕]は、*岩手軽便鉄道の*岩根橋付近で得られたらしく、「達曾部川の鉄橋の脚」と「*シグナルの暗い青燈」が登場。岩根橋は、詩[*毘沙門天の宝庫]に「巨きな白い雲の峯／ずゐぶん幅も広くて／南は*人首《(ひとかべ)》あたりから／北は*田瀬や岩根橋にもまたがって」とある。田瀬は岩根橋のすぐ南側、今は田瀬ダム(一九四一着工、一九五四完成)がある。

達谷の悪路王《たったのぁくろおう》 【人】【地】 達谷はタッコクとも。悪路王伝説の地名と人名。『吾妻鏡』にも記述があるが、平泉の奥に達《たっ》谷《こくの》 窟《いわや》(古くは田谷窟)と呼ばれる洞窟があり、そこに住んだと伝えられる*蝦夷《えぞ》の首領の一人、悪路王(悪露王とも)の伝説をさす。一説にはこの悪路王は八世紀末の阿弓流《あてる》(留)為《い》のことだとも言う。この名はアイヌ語源ではアッカル(水路)、アッカリ(水高)、またはアッカ・オロ(水流をなしている所)等の意の諸説あり、いずれにせよ、そうした場所に住んでいた酋長をさしていると言う。詩[原体剣舞連《はらたいけんばいれん》](→原体村)には「むかし達谷《たった》の悪路王《あくろわう》／まつくらくらの二里の洞《ほら》」とある。征夷大将軍坂上田村麻呂に成敗されたとされる前記悪路王には悪者のレッテルがはられているが、彼こそ侵略者と戦った郷土の英雄、とする反中央、反権力の見方もあって、それらしく岩室には洞穴があり、深く暗く*衣川《ころもがわ》に通じるとか気仙《けせん》に通じるとか言われる伝説も残っている。*江刺市の*種山近辺には、達谷から逃れて来た悪路王の子人首《ひとかべ》丸(*人首町の地名の由来。一説では人首丸は悪路王の弟の子で美少年だった)にまつわる話が多い。ともあれ、詩[原体剣舞連]は、この伝説を織りこむことで謎めくイメージの奥行きをもった。なお、賢治のルビ「達《たっ》谷《た》」は「たったに」のつまったものだが、歴史的には「たっこく」。木村圭一によればアイヌ語のタップコップ(秀峯、孤峯)が語源。童[*種山ヶ原]の*剣舞《けんばい》の追憶の場面での歌には「むかし　達谷《たっこく》の悪路王《あくろわう》」とルビがある。作品によって固有名詞が変わったり、同じ語でも賢治は読みを変えたりする場合の一例。詩[原体剣舞連]の場合は、しかし音感的には、賢治の読みのほうが語勢《ストレス》がきいて歯切れがよく、リズム効果は高いと思われる。

だったん人《だったんじん》 【文】 韃靼人。モンゴル族の一部族、韃靼族。タタール人。またはモンゴル民族全体をも指す。ほかに、もとモンゴルの統治下にあったことから、南ロシアのトルコ人をそう呼ぶ場合もある。短[*花椰菜《(はなやさい)》]に「ロシア人やだったん人がふらふらと行ったり来たりしてゐた」とある。

ダッチアイリス →イリス

竜ノ口御法難《たつのくちごほうなん》 【宗】 *日蓮が受けた法難(仏法を広める際に他から受ける迫害)の一。一二六〇(文応元)年『立正安国論』を鎌倉幕府に上呈し、国を救おうとした日蓮は、その激しさゆえに、幕府や他宗から迫害を受けた。同年の松葉ヶ谷の草庵焼打ち、一二六一(弘長元)年の伊豆への流罪《るざい》、一二六三(同三)年の小松原の刃傷、一二七一(文永八)年竜ノ口の法難、佐渡への流罪、と日蓮の一生は法難の連続だったが、その度ごとに日蓮は「法華経(↓妙法連華経)の行者」としての自覚を強めていった、と言われる。竜ノ口の法難とは、同年九月一二日、幕府の手で捕えられた日蓮が、竜ノ口(現藤沢市片瀬)の刑場で斬首されようとしたこと。「日蓮御書《ごしょ》」によれば、役人が日蓮の首を斬ろうとした時、*「月の如く光りたる」不思議な*現象がおき、刀を振りおろすことができなかったという。簡[181]に「竜ノ口御法難六百五十年の夜(旧暦)私は恐ろしさや恥づかしさに顫《(ママ)》えながら燃える計《(ばか)》りの悦びの息をしながら(中略)*花巻町を叫んで歩いたのです」とある。この書簡の封筒はなく、新校本全集では「大正十年一月中旬」と推定されているが、同校異にあるように竜ノ口の法難は九月一二日であり、その六五〇年後は新暦一九二〇(大正九)年一〇月二二日にあたる。

タッピング【人】 賢治作品に登場する人名。タピング、ウヰリアムタッピング、とも。モデルはヘンリー・タッピングはアメリカ合衆国ウィスコンシン州の生まれ。プロテスタント系バプテスト派宣教師として来日。一九〇七(明治四〇)年から一九二〇年まで盛岡浸礼《バプテスト》教会(バプテストはキリスト教新教《バプテスト》の、例えば幼児の洗礼に反対した一派)の牧師をつとめた。宣教の傍ら盛岡中学で嘱託として英語を教える(賢治が中学一年時の九月に嘱託辞任)。やがて賢治は*盛岡高等農林学校一年の時、同級生の出村《いでむら》要三郎を誘い、タッピング牧師が開いていたバイブル講義を聴きに行っている。文語詩[*岩手公園]に「『かなた』と老いしタピングは、／杖《(つえ)》をはるかにゆびさせど」とある。タッピングは来盛当時五〇歳を過ぎていた。同詩に「大学生のタピングは」「老いたるミセスタッピング」「去年《こぞ》なが姉はこ、にして」とあるが、「大学生」は息子のウィラード、「ミセス」は夫人のジェネヴィーヴ(盛岡幼稚園の創設者)、「姉」はヘレン。この文語詩は*岩手公園の詩碑に全文刻まれている。歌稿[二八〇から四首目]にも*「プジェー師や／さては浸礼教会の／タッピング氏に／絵など送らん」とある。なお、童[*ビヂテリアン大祭]に「祭司次長ウヰリアム)タッピング」とあるが、このヘンリー・タッピング牧師から名を借りたもの。なお、タッピング牧師は*盛岡から横浜に移り、関東学院(現大学)創立に貢献した。

タッピング夫妻

脱滷《だっろ》【農】 脱塩。滷は塩に同じ。普通は海水や原油から塩分を除去すること、つまり塩抜きすることを言うが、雨水により土の中の塩基(例えばカルシウム等)が溶けて流出することも言う。詩[〔行きすぎる雲の影から〕]には「一つはやっぱり脱滷のためだ」とあるのがそれである。詩[〔夜の湿気と風がさびしくいりまじり〕]の下書稿㈠の欄外書込みには「幾万年の脱滷から」とある。

蓼《たで》【植】 タデと名のつく(イヌタデ、ニオイタデ、ヤナギタデ、サクラタデ、ハナタデ等)タデ科の総称。河川、湿地、道ばたに生え、高さ四〇〜六〇cm。夏、秋に紅、白の穂状の花を垂れ咲かせる。ヤナギタデの葉は辛いので(通称アカマンマ〈イヌタデ〉は辛くない)「蓼食う虫も好きずき」(人の好みの様々なのを言う)の語もある。詩[*マサニエロ]に「赤い蓼の花もうごく」、詩

［〈しばらくぼうと西日に向ひ〉］には「風にゆすれる蓼の花」とある。

縦《たて》に皺《しわ》の寄《よ》つたもんだけあな 【方】 縦《たて》に皺《しわ》の寄ったものだったな。「け」は自己の見聞を相手に伝える際に用いる。「あ」はそれを引っぱってケアーと発音する。「な」は詠嘆、感動の終助詞。童［*鹿踊りのはじまり］。

田所《たどころ》 【農】 米所《こめどころ》とも言う。米のよくとれる米作地帯。詩［*停留所にてス*ヰトンを喫す］に「この田所の人《ひと》たちが」とある。

だない →この人あ医者《いしゃ》ばがりだない…

田中智学《たなかちがく》 【人】【宗】 *国柱会創設者。一八六一(文久元)～一九三九(昭和一四) 江戸日本橋生まれ。本名巴之《ともの》助《すけ》。幼くして父母を失う。一八七〇(明治三)年(九歳)、江戸川区一之江《いちのえ》にある日蓮宗妙覚寺で剃髪得度《ていはつとくど》し、智学の法号を受ける。飯《いい》高《たか》檀林を経て、一八七五年日蓮宗大教院に進み、新居日薩《あらいにちさつ》(優陀那《ゆだな》日輝《にちき》の高弟)のもとで学ぶ。一八七六年、肺炎にかかり退学。その後、在院中より抱いていた当時の日蓮宗学(優陀那日輝の教学)に対する疑問を晴らすため、妙覚寺に戻り独学で仏典の研鑽に励む。一八七九年、当時の天台教学中心の傾向に飽き足りず日蓮宗より離宗還俗《げんぞく》し、在家仏教の立場から日蓮主義を宣揚することを決意する。翌一八八〇年横浜に蓮華会を興し、一八八四年東京に出て立正安国会を創立。一九一四年国柱会を創立。その間、機関紙「師子王」(一八九一)、「妙宗」(一九〇二)、「日蓮主義」(一九〇九)、「国柱新聞」一九一二、「毒《ど》鼓《く》」(一九一九)、「*天業民報」(一九二〇)、「大日本」(一九二二)等を次々に発刊、大きな影響力を発揮した。智学が優陀那日輝の教学に抱いた疑問とは、折伏《しゃくぶく》よりも摂受《しょうじゅ》(→摂受・折伏)に重きを置く日輝の折退摂《しゃくたいしょう》進《じん》主義にあり、折伏重視の考えをもつ智学は、宗門を離れ在家仏教の立場から己の主張を世に問う道を選んだ。智学は*日蓮の思想と信仰を護国即護法という視点でとらえ、国家としての日本が世界を統一することにより、法としての法華経(→妙法蓮華経)が世界を統一すると考えた。こうした国粋主義的な智学、ならびに国柱会と賢治とのかかわりについての研究はまだ十分とは言いがたく、今後の研究が期待される。上田哲による国柱会関係資料の調査、発掘、萩原昌好《まさよし》による『*妙宗式目講義録』の読解のような基礎的な研究の積み重ねに加えて、智学の国粋主義的宗教観や、ことにその折伏主義に対する、終生智学に傾倒した賢治の内面的距離感への変化等、推測を超えた今後の究明が強く望まれよう。智学の主な著書は『宗門之維新』(一九〇一)、『*日蓮聖人之教義』(一九一〇)、『本化摂折論《ほんけしょうしゃくろん》』(一九〇二)、『日本国体の研究』(一九二二)、『妙宗式目講義録』(一九〇四)等。簡[177]に「田中智学先生の御命令の中に丈あるのです」「田中先生の御演説はあなたの何分の一も聞いてゐません」「田中先生は少くとも四十年来日蓮聖人と　心の上でお離れになった事がないのです」「田中先生に　妙法が実にはっきり働いてゐるのを私は感じ私は信じ私は仰ぎ私は嘆じ　今や日蓮聖人に従ひ奉る様に田中先生に絶対に服従致します」とあり、簡[185]には「田中大先生の国家がもし一点でもこんなものならもう*七里けっぱい御免を蒙ってしまふ所です」とあるが、智学の教法実践の態度に強烈に鼓舞されている賢治の内面は、今後もさらに重大な問題点となろう。

田中智学

棚仕立《たなじたて》 【農】 *整枝法の一。果樹栽培の際に、棚をはってから枝をそれに固定して仕立てる方法。例えば日本の梨や*ぶどう

→世界統一の天業《せかいとうい つのてんぎょう》、勅教玄義《ちょっきょうげんぎ》

等の栽培にはこの種の仕立てが多い。劇「饑餓陣営」（↓饑饉）では生産体操の一部としてこの仕立ての形をまねた体操を兵隊たちが行なう場面がある。「次は果樹整枝法、その六、棚仕立、これは日本に於て梨葡萄等の栽培に際して行はれるぢゃ」等とある。

谷権現《たにごんげん》【地】未詳だが小沢俊郎注（新修全集月報）によれば、谷内《たんない》権現（丹内山神社）から発想した創作と言う。谷内権現は、岩手県和賀《わが》郡谷内村（現花巻市東和《とうわ》町）にあり、空海の弟子日弘《にちこう》の創建。文語詩「祭日〔一〕」に「谷権現の祭りとて、麓に白き幟《（のぼり）》たち、」とある。また、メモ「創6」に「谷内村長」ともある。

ダニーさま ↓シャァロン

田螺《たにし》【動】螺はニシ、ニナ（法螺〈ホラ〉貝）で、田に棲息する螺はタニシ、淡水産巻貝。方言でニシとも。水田や沼等に産し食用になる。「代《（しろ）》にひたりて田螺ひろへり」（文語詩「退職技手」）、「こちらが一日生きるには、雀やつぐみや、たにしやみ、づ（ママ）が、十や二十も殺されねばならぬ」（童「二十六夜」、同作品中の「螺《ら》蛤《かふ》軟泥中にあり」の螺はタニシではなく海の螺、蛤〈かふ、こう〉はハマグリ）、「田螺《にし》はのろのろ、／うう、田螺《にし》はのろのろ」（童「シグナルとシグナレス」）等。ただし、詩「函（函）館港春夜光景」に出てくる「螺のスケルツォ」の螺《にし》は田螺とは別で海水に棲息する法螺貝。↓スケルツォ

峡田《たにた》【農】谷間《たにあい》の田圃《たんぼ》（水田）。詩「〔はるばると白く細きこの丘の峡田に〕」がある。

蕪菁《ターニップ》 ↓蕪《かぶ》

狸《たぬき》【動】食肉目イヌ科の獣。東アジア特産。山野に穴居するが夜行性で、狐とともに人間に化けたり、人間をだます動物として古来民話等によく登場。賢治は狸とも ルビ《マミ》（文語詩「保線工手」）。マミはアナグマ（穴熊、貒）の異称だが、狸と混同して使われ、その一種ともされてきたので賢治の誤りとは言えない。童「洞熊《（ほらくま）》学校を卒業した三人」の狸は訪れる兎や狼をだまして食べてしまう。その初期形「蜘蛛となめくぢと狸」でも狸は因果応報で狼を食って「からだ」が地球儀のようにふくれて熱病で死ぬ。童「セロ弾きのゴーシュ」の子狸や、童「月夜のけだもの」の狸等も、とぼけた愛すべきキャラクター。詩「北上山地の春」では「狸の毛皮が、」童「みぢ（ママ）かい木ぺん」（↓鉛筆）では「目のまはりが狸のやうになって」、童「猫の事務所」（初期形）」では「何だか狸の兄弟分らしい猫」等の比喩表現もある。なお、水棲の「海狸」は↓海狸《びばあ》。

種馬《たねうま》 ↓種馬所《しゅばしょ》

採種者《たねや》【農】【レ】詩「住居」に「教師あがりの採種者《たねや》など」とある。植物、農作物の種子をえらび集め、それを販売するのを業とするひと。賢治は自分のことをやや揶揄《やゆ》的にそう呼んでいる。雑誌発表形には単に「種屋」とある。

種屋《たねや》 ↓採種屋《たねや》

種山ヶ原《たねやまがはら》【地】北上山地南西部に広がる標高六〇〇〜七〇〇mのなだらかな隆起準平原。江刺市（現奥州市江刺区）、遠野市、気《け》仙《せん》郡の境界地域。東西一kmに及ぶ草原で、中心は物見山《ものみやま》（標高八七〇m）。江戸時代から伊達藩直営の放牧地として利用されたという。一九〇一（明治三四）年に軍馬補充部六原支部となり、町営牧場等を経て、現在は岩手県種山牧野《ぼくや》（二〇〇四年、国指定「名

種山ヶ原

勝」）。六月第二日曜が「山開き」。夏の赤いレンゲツツジの群生は名物。賢治が熱愛し、よく訪れた山地。童「種山ヶ原」には「北上山地のまん中の高原で、青黒いつるつるの蛇紋岩や、硬い橄欖岩からできてゐます。／高原のへりから、四方に出たいくつかの谷の底には、ほんの五六軒づつの部落があります。／春になると、北上の河谷《かこく》（↓北上川）のあちこちから、沢山の馬が連れて来られて、此の部落の人たちに預けられます。そして、上の野原に放されます。それも八月の末には、みんなめいめいの持主に戻ってしまふのです。（中略）／放牧される四月《よつき》の間も、半分ぐらゐまでは原は霧や雲に鎖《とざ》されます。実にこの高原の続きこそは、東の海の側からと、西の方からとの風や湿気のお定《さだ》まりのぶっつかり場所でしたから、雲や雨や雷や霧は、いつでももうすぐ起って来るのでした。それですから、北上川の岸からこの高原の方へ行く旅人は、高原に近づくに従って、だんだんあちこちに雷神の碑（↓繞《めぐ》る八谷《やたに》に劈靂《へきれき》の…）を見るやうになります」と克明に描写説明されている。大気に宇宙生命のいぶきを感じる賢治にとって、種山ヶ原は浄福の天上に、より近い高原であると同時に、ダイナミックに急変する天候、風や雲の変幻自在な一大空間は彼の心象風景に呼応した。童「種山ヶ原」とその発展形である童「風の又三郎」にある、子どもが牛や馬を追いかけて迷い子になり、驟雨《カダチ》（↓瀑雨）に巻き込まれる、いわゆる畏怖感に満ちたシーンは秋枝美保《あきえだみほ》の言うように閉鎖的な村落共同体の外部に拡がる異空間への恐れでもあったろうが、そうした対自的な空間であることを超えて、賢治にとって種山高原はまさしく生命体としての宇宙との生動する交感の場なのであり、変動する風や雲や霧たちは宇宙生命の生きた言葉であり表情であった。もはや、種山ヶ原は賢治自身の心象でもあった（原子朗「賢治のトポロジー」『国文學』一九九六・六月）。劇「種山ヶ原の夜」でも主人公伊藤奎一《けいいち》は明け方、夢幻空間に入り込み、楢や樺、柏の樹霊たち、或いは雷神と対話する。樹霊たちは、「種山ヶ原の、雲の中で刈った草は、／どごさが置いだが、忘れだ雨ぁふる、／（中略）／種山ヶ原の　長嶺さ置いだ草は／雲に持ってがれで　無ぐなる無ぐなる…」という秀抜な「牧歌」を歌う。歌ではもう一曲、「春はまだきの朱雲《あけぐも》を／アルペン農の汗に燃し／縄と菩提樹皮《マダカ》（↓リンデ）にうちよそひ／風とひかりにちかひせり／四月は風のかぐはしく／雲かげ原を超えくれば／雪融けの草をわたる…」の歌詞をドヴォルザークの「新世界交響楽」のラルゴにつけた曲「種山ヶ原」の傑作がある。これは文語詩「種山ヶ原」とほぼ同一。童「さるのこしかけ」では、主人公楢夫が三匹の小猿と栗の木の根もとの入口を入ると、中は電燈の連なった高い塔になっていて、急いで登って出たところは種山ヶ原であり、童「種山ヶ原」と同様、山男が登場。詩「種山ヶ原」は長大な下書稿をもち、かつてはこの下書稿が詩「種山ヶ原」として親しまれたが、そこには爽快な気分が活気にみちてうたいこまれている。「じつにわたくしはけさコロラドの高原の／白羽を装ふ原始の射手のやうに／検土杖や図板をもって／ひとり朝早く発って来たので／この尾根みちの日の出にかけて／幾へん鳥を飛び立たせたかわからない」「わたくしはこのうつくしい山上の野原を通りながら／日光のなかに濃艶な紫いろに燃えてゐる／かきつばたの花をなんぼんとなく折ってきた／じつにわたくしはひそまる土耳古《トルコ》の天の下の／ひとりの貪婪《どんらん》なカリフ（↓アラビアンナイト）であらう」「起伏をはしる緑のどてのうつくしさ／ヴァンダイク褐にふちどられ／あちこちくっきりまがるのは／この高原が／十数枚のトランプの青いカードだからだ」「あゝ何もかももうみんな透明だ／雲が風と水と虚空と光と核の塵とでなりたつときに／風も水も地殻もまたわたくしもそれとひとしく組成され／じつにわたくしは水や風やそれらの核の一部分で／それをわたくしが感ずることは／水や光や風ぜんたいがわたくしなのだ」とある。このほか「種山あたり雲の蛍光」(詩「〔そのとき嫁いだ妹に云ふ〕」)、「南につゞく種山ヶ原のなだらは／渦巻くひかりの霧でいっぱい」(詩「人首町《ひとかべ》」)、「種山あたり雷の微塵をかがやかし」(詩「岩手軽便鉄道 七月(ジャズ)」)等々、種山ヶ原はいつも雲や霧、雷と結びつけられている。残丘(→モナドノック)を意識した表現として、詩「〔おれはいままで〕」の「種山モナドノックは霧」や、詩「〔高原の空線もなだらに暗く〕」の「乳房のかたちの種山」等がある。また短歌には「種山ヶ原 七首」と題する例がある。著者も何度かここで霧や靄に襲われて恐怖感に立往生したことさえある。

種山剣舞連《たねやまけんばいれん》【民】 種山ヶ原付近の伊手《いで》や原体《はらたい》(→原体村)の剣舞の人たち(連)をこう呼ぶ。童「種山ヶ原」に「それから硬い板を入れた袴をはき、脚絆や草鞋《わらじ》をきりっとむすんで、種山剣舞連と大きく書いた沢山の提灯に囲まれて、みんなと町へ踊りに行ったのだ」とあるが、実際はこの名では実在しない。→剣舞《けんばい》、原体村《はらたいむら》、上伊手剣舞連《かみいでけんばいれん》

タネリ →ホロタイタネリ

たばこの木【植】 漢字では煙草(中国では烟草、賢治も詩「カーバイト倉庫」で「烟草」を使っている)。詩「〔一本木野〕」に「(おいかしは／てめいのあだなを／やまのたばこの木つていふつてのはほんたうか)」とあるのは、柏の葉と成長期のタバコの葉が形も大きさも似ているので、そう言ったのであろう。賢治作品によく登場するタバコ(tabaco ポルトガル)は桃山期に日本に入った熱帯アメリカ産のナス科の多年草。茎は直立し高さ一・五〜二m。葉は楕円形。夏、茎上部に総《ふさ》状花房をつけ、多数の淡紅色の漏斗状の花を咲かせる。往時は葉の枚数まできびしい煙草専売局(国営)の管理を受けたが、農村の大きな副収入源であった。

束稲山《たばしねやま》【地】 標高五九六m。平泉駅の東北六kmの地点。帳「雨ニモマケズ」にある「経埋ムベキ山」の一。

田原の坂《たばるのさか》 →隼人《はやと》

荼毘壇《だびだん》【宗】 荼毘(毗)はパーリー語 jhāpeti の音写(広辞苑は jhāpeta で最終音が a になっているが、誤りではなく、中村元『広説佛教語大辞典』が言うように同音形母韻 u, e, o 等の俗語形音写があるらしいから他の母韻の可能性もある)で、焼身、火化、焚屍《ふんし》(焼)等は漢訳。死骸を火葬すること。荼毘壇とは火葬するために木を組みあげたもの。文語詩「〔雪うづまきて日は温き〕」に「萓のなかなる荼毘壇に、／県議院殿大居士の、柩《ひつぎ》はしづとおろされぬ」とある。「しづ」は静かに。

たびらこ【植】 田平子。別名ほとけのざ(春の七草の一)。キク科の越年草で高さ一〇cmほど、茎は多くの枝を出し、春、田植えのころ、よく田の畦(→あぜ)などに黄色い舌状の花を咲かせる。若葉は七草がゆなどに入れて食する。詩「〔Largo や青い雲滃《かげ》やながれ〕」に「畦はたびらこきむぽうげ」とある。

タピング →タッピング

【たふ】

凝灰岩《タフ》 ↓凝灰岩《ぎょうかいがん》

タブレット ↓真鍮棒《しんちゅうぼう》

だべ ↓なあにこの書物《しょもつ》ぁ…

だべぁんす【方】 …だべ(だろう、推量)のていねいな表現。「何だべぁんす」(童[葡萄水])。

だべがど ↓海《うみ》だべがど…

だべすか ↓稲《いね》の伯楽《はくらく》づのぁ…

ターペンティン ↓テレピン油《てれぴんゆ》

たまげだ永《なが》**ぃな**【方】 すごくながいな。「たまげる」(魂消る)は東北地方の方言で「驚く」の意。転じて「驚くほど」の意にもなり、さらに「非常に」「すごく」という意味にも用いる。童[十月の末]。

だます ↓おりゃのあそごぁ…

溷った《たまった》 ↓溷《よど》

玉菜《たまな》 ↓キャベヂ《きゃべじ》

玉麩《たまふ》【食】 丸い形の麩。麩は小麦粉とふすま(殻粉)で製した食品。詩[塩水撰・浸種]に「玉麩を買って羹をつくる」とある。羹はアツモノ(熱物)で吸いもの。

たまり【レ】 溜り。人の集まるところ。童[みじかい木ぺん](↓鉛筆)に「キッコの村の学校にはたまりがありませんでしたから雨がふるとみんなは教室であそびました」とあるのは、雨天体操場等の意であろう。

ダムダム弾《だむだむだん》【文】 小銃の弾種の一。命中すると破裂して傷口を広げるため、一八九九年第一回ハーグ会議で使用禁止となった。ダムダム(dumdum)は、イギリスがインドのダムダム造兵廠《しょう》で製造したことから付いた名と言われる。詩[風景]に「ひばりのダムダム弾がいきなりそらに飛びだせば」とある。地上に巣をつくっている雲雀《ひばり》が高くさえずりながら、まっすぐに飛び上るさま。

たむぼりん《たんぽりん》【音】 楽器名。Tamburin(独)タンバリン。一枚革の小さな手打ちのドラム。スペインや南イタリアの音楽によく使われる。起源は古く、メソポタミアの紀元前三世紀中頃のアッカド語 tibbū にまでさかのぼるといわれる。世界的に広く分布している楽器。詩[小岩井農場 パート二《(ママ)》]の「たむぼりんも遠くのそらで鳴つてるし/雨はけふはだいじやうぶふらない」で始まるこの音が、幻聴なのか比喩なのかは明確ではないが、「パート四」の、幻覚である天の鼓手《こしゅ》=童子の登場との結びつきがあることは確実である。天鼓《てんく》(てんこ、とも言う)とは、『本化聖典《ほんけしょうてん》大辞林下』(一九二〇)の「忉利天上《とうりてんじょう》の善法堂に鼓あり、諸天帝釈(↓帝釈天)等の欲楽に着する時、自然に声を出して無常の法を説き、若しその敵とせる修羅の来らんとする時は、怨来ると報ずと…」にある天《てん》の鼓《く》(皷は鼓の俗字、漢音コ、呉音ク)のことである。

だも ↓牛《うし》ぁ逃《に》げだだも

だもな ↓何《なん》でもいがべぢ《じ》ゃ。…

田谷力三《たやりきぞう》【人】【音】 浅草オペラの代表的テノール歌手(一八九八?〜一九八八)。三越少年音楽隊出身。デビューは一九一七(大正六)年ローヤル館の「ブン大将」(↓バナナン大将)のフリッツ役。浅草オペラのほとんどを「シミキン」こと清水金太郎と一緒に歌った。「カヴァレリア・ルスチカーナ」のアルフィオ、「セビリアの理髪師」(↓セビラの床屋)のアルマヴィーヴァ伯爵、「椿姫」のアルフレード、一九

田谷力三

年の「原信子歌劇団」に加入後は「サロメ」のシリアを演じる。さらに、「七声歌劇団」(金竜館)に加入後、一九一九年「新星歌舞劇団」(後「根岸歌劇団」)に移り、金竜館を本拠に活躍、人気大スターにのしあがる。「釈迦」の阿難陀、「ファウスト」のファウスト、「カルメン」のドンホセ、「道化師」のカニオ、「アイーダ」のラダメス等、重要な役を次々とこなした。大震災後は、「ヴォーカル・フォア」結成、放送オペラで大活躍した。一九二〇年には東京蓄音器から「アルカンタラの医師」「スコットランドの鐘」のレ*コードも出す。賢治作品では、詩[凾(函)館港春夜光景]に「夜ぞらにふるふビオロンと*銅鑼、／サミセンにもつれる笛や、／繰りかへす螺(にし)(↓スケルツォ)の*スケルツォ／あはれマドロス田谷力三は、／ひとりセ*ビラの床屋を唱(うた)ひ、／*高田正夫はその一党と、／紙の服着てタンゴを踊る」とある。賢治が東京で舞台を見、肉声を聞いた経験にもとづく。↓高田正夫《たかだまさお》

だら ↓あんまりはねあるぐなぢ《じ》やい…

練肥《ダラ》【農】【方】 下肥《しもごえ》。往時の有機肥料(↓肥料)の代表。人糞尿の方言。肥溜《こえだめ》(略して溜《ため》とも言う)に貯蔵し、よく発酵させ、練れた状態(練れ加減を指で験し、なめてみたりもした)のものが文語詩[〔*秘事念仏の大師匠〕〔二〕]の「練肥」で「蒼蠅(あおばえ)ひかりめぐらし、／練肥《ダラ》を捧げてその妻は」とある。練肥にたかる青蠅をいっぱいつけたまま(蒼蠅は大型のはえ〈イエバエ科〉、腹部は青黒く琉《る》璃《り》色の光沢がある。糞便や腐った肉等に発生、俗にクソバエ)、夫にささげ差し出す妻の姿。なお、肥料設計書(施肥表A)にある「*乾田(かただ)ニハ反*当、ダラ五荷(七荷)ニ過燐酸(↓燐酸)二貫を加へテ」とあるのは、ダラを五荷、ないし七荷(一荷は天びんで荷《にな》う肥桶《こえおけ》二杯)の意。

陀羅尼《だらに》【宗】 dhāraṇī(梵)の音写で、神秘的な力を持つと信じられている、比較的長い句の呪文のこと(比較的に短い句は*真言《しんごん》)。総持(能持)と漢訳される。文語詩[悍馬〔一〕](↓アラヴ、血馬)に「毛布の赤に頭《づ》を縛(むす)び、陀羅尼をまがふことばもて」(「をまがふ」は「…とまがふ」と同じで陀羅尼みたいな、の意)、また詩[〔東の雲ははやくも蜜のいろに燃え〕]の下書稿㈠[*普香天子]に「陀羅尼をなさる十八日のお*月さま」とある。↓真言《しんごん》

陀羅尼珠《だらにじゅ》【宗】 陀羅尼呪。珠は呪《じゅ》の賢治の誤記か(あるいは敬して珠《たま》にたとえたと考えられなくもない)。*陀羅尼の呪文(短いものが*真言)を唱えて*悪魔を退散させる*密教の作法。詩[〔南のはてが〕]に「(われ陀羅尼珠を失ふとき／落魄《らくはく》ひとしく迫り来りぬ)」の挿入句がある。凶作を歌った詩のテーマから、農村の落魄(おちぶれ)を招く天候の急変を「悪魔」に、それを斥《しりぞ》けえなかった自分のみじめさを「陀羅尼珠を失ふ」に、暗示したのであろう。

たらの木《たらのき》【植】 楤の木。*花巻地方の方言ではタラボウとも言う。ウコギ科の落葉亜喬木で高さ二～五m。秋に黄白色の小花を咲かせ、やがて黒紫の果となる。若芽(たらの芽)、若葉は食用となり春の風物詩の一。茎はスリコギになる。歌[一二一八]の「たらぼうの／すこし群れたる丘の辺に」や、同[一二一八(異)]には「たらの木のすこし群れたる勾配にひつぎとそらの足の碧(みどり)と」とある。詩[風景]には「また風が来てくさを吹けば／截(き)られたたらの木もふるふ」とある。

だ輪《だりん》【文】 舵輪。*電車の操舵輪。車のハンドルに同じ。詩ノート[運転手]に「平らにだ輪に掌を置く」とある。

タール ↓乾溜《かんりゅう》

タール黄《たーるおう》 ↓アニリン色素《あにりんしきそ》

ダルケ 【人】 ダルゲとも。P・W・ダールケ(Paul Wilhelm Dahlke 一八六五～一九二八)のことか、あるいは彼をモデルにしたと思われる賢治作品中の人名。ダールケはドイツの医師、仏教学者。『仏教の世界観』が一九二六(大正一五)年に邦訳されている(賢治もこの邦訳を持っていた)。経典の研究、翻訳のほか、ベルリンに仏教寺院を建立(一九二四)、ドイツにおける仏教活動の中心となった。文語詩[〔われはダルケを名乗れるものと〕]に「かくてぞわれはその文《ふみ》に／ダルケと名乗る哲人と／永久《とは》のわかれをなせるなり」とあるほか、ス[補遺]にも前出の詩と同様の記述があるが、ダルゲ、になっている。また短[図書館幻想]にも巨人的なイメージでダルゲ、が描かれる。この散文はのちに詩[ダルゲ]に改作。

達磨《だるま》 【人】【宗】 もとダールマ(梵語 dharma)＝真理、仏法、軌(規)範、等の意から、*インドではヒンズー教の代名詞に今も用いられるが、中国禅宗の開祖である菩提達磨《ぼだいだるま》のことをさす。古くは達摩とも書く。生没年不詳。南インド香至《こうし》国の第三王子で、インド名をボディーダールマ(Bodhidharma)。菩提達磨はその音写。五二〇年ごろ海路中国に渡り禅の教えを広める。*梁の武帝との問答、少林寺での面壁九年(九年間壁に向って坐禅をくむ)、弟子慧《え》可《か》の断臂《だんぴ》(左腕を切り落し誠意を示したため師達磨に奥義を授かる)等の伝説がある。短[*疑獄元兇]に「梁の武帝達磨に問ふ　磨の曰く無功徳　帝の曰く／朕に対する者は誰ぞ　磨の曰く無功徳いかん／朕に対する者は誰ぞ　磨の曰く不識！　あ、乱れた」とある。これは仏書『碧巌録《へきがんろく》』第一則「達磨廓然無聖《かくぜんむしょう》」にある達磨と武帝との有名な禅問答を思い出し、検事の前で精神の動揺を抑えようとする場面。武帝の「朕、即位以来、寺を造り経を写す。何の功徳かある」という問いに対し、達磨が「無功徳(何の功徳もない)」と答えたもの。また、武帝の「朕《(ちん)》に対する者は誰ぞ(おまえはいったい誰だ)」という問いに対しては、すぐさま「不識(知らないね)」と答えるべきところを、賢治は「磨の曰く無功徳」と、達磨に擬した主人公に一度間違えさせ(あるいは読者には無功徳を強調させ)「いかん(しまった)」とあわてさせ、帝が再び問いただしたので、こんどは「不識！」と答えさせる微妙な仕組みを試みている。↓疑獄元兇《ぎごくげんきょう》

誰《たれ》だが寝《ね》でるぢ《じ》ゃい。赤《あか》ぃ着《き》もの着《き》たあぃづぁ 【方】 誰か寝ているぞ。赤い着物を着た奴が。「あぃづぁ」はここでは特定の人を指す「あいつ」ではなく不特定の「やつ」の意味である。劇[*種山ヶ原の夜]。

誰《たれ》だってきれいなものすぎさな 【方】 誰だってきれいなものが好きだよな。「もの」の下に「が」を入れたつもりで発音するとよい。短[十六日]。

反当三石二斗《たんあたりさんごくにと》 【農】 反当は「たんとう」とも言う。一反(約九九一㎡)当たりの*玄米の収穫高。一石は約一八〇ℓ、三石二斗は約四〇〇ℓ。賢治のころの岩手県での収穫高は全国平均に比べて低かった。特に不作の年は平均三石を下回り、二石台のことが多かった(年譜「社会一般」欄、参照)。詩[〔あすこの田はねえ〕]の先駆発表稿「稲作挿話(未定稿)」に「*陸羽百三十二号のはうね／あれはずゐぶん上手に行つた／肥え(↓肥料)も少しもむらがないし／いかにも強く育つてゐる(中略)反当三石二斗なら／もう

決つたと云つていい」とある。「もう決つた」は大丈夫だ、の意。

タンイチ【人】 童［ペンネンネンネンネン・ネネムの伝記］（↓昆布）に登場する「ばけもの」の一。「黒い硬いばけもの」で、炭の字がぴったりの「タン」という命名（タン屋という店の名も）であることから、賢治得意のユーモラスな「石炭のばけもの」のつもりだったにちがいない。石炭は古生代（↓中生代）の*石炭紀に繁茂した化石シダ植物（↓鱗木）などが*地殻中に埋没、炭化した物質。この童話の「ばけもの世界長」は中生代の*瑪瑙木《めのうぼく》でもある。↓フクジロ

弾塊《だんかい》【科】 地層中の団塊（球状、楕円状、扁平状のかたまり）と同義であろう。しかし、小さな球状の砲弾のイメージもある。詩［風の*偏倚《(へんい)》］に「一万の*硅化*流紋*凝灰岩の弾塊があり」とある。

タングステン【鉱】 tungsten 原子番号七四、元素記号Wの金属元素。灰白色で硬度・強度が高い。合金材料として使われるほか、電球のフィラメントにも使われる。簡［72］に「タングステン、（ヲルフラム）（鉄工業、電気工業）」とある。ヲルフラム（ヴォルフラム Wolfram〈独〉）はタングステンの独語名。詩［（*寅吉山《(とらきちやま)》の北のなだらで）］に「寅吉山の北のなだらで／雪がまばゆいタングステンの盤になり」とある。↓重石《じゅうせき》

団子《だんご》【食】 米や*粟、黍《きび》、小麦（↓麦）等穀類を粉にして水でこね、小さく丸めて蒸したりゆでたりしたもの。奈良・平安時代に中国から伝えられた唐菓子の一種で、古くは団喜《だんき》または歓喜《かんき》団《だん》と言われ、神仏に供える目的で作られた*菓子だった。賢治作品にいろいろな団子が登場するのは、農民生活に団子は縁の深い食料だったから。貧しい農民の暮しでは、しいな（殻ばかりで実のないもみ）や粗悪米、粟、*稗、*蕎麦、小麦、黍等、それに*どんぐりや*栃の実までが材料として用いられ、製法も味も当時は質素なものだった。童［*雪渡り］の、*狐が「畑を作って播《(ま)》いて草をとって刈って叩いて粉にして練ってむしてお*砂糖をかけた」黍団子。「狐の団子は兎《うさ》のくそ」とはやしていた四郎とかん子がそれを食べたことで、狐たちは大喜びする。また童［*鹿踊りのはじまり］には*鹿たちが「のはらのまん中の　めつけもの／すつこんすつこの　栃だんご」「栃と粟とのだんご」。栃だんごにつられて集まった鹿たちが「の（「めつけもの」は「めっけもの」、掘り出しもの、の意）などと歌いながら踊る様が楽しく描かれている。童［*蛙のゴム靴］には蕎麦団子、童［祭の晩］では、*山男が団子二串を食べて金を払えず掛茶屋の主人に責められる場面があり、童［*風の又三郎］には「さあさあみんな、団子たべろ。食べろ。な。今こっちを焼ぐがらな」とある。また、雲の形を比喩するものとして用いられる場合もある。童［*かしはばやしの夜］の「雲が団子のやうに見《み》えてゐました」や、詩［*真空溶媒］の「すなはち雲が…／（中略）／ころころまるめられた*パラフヰンの団子になつて」等である。そのほか童［注文の多い料理店］［*種山ヶ原］等。

鍛工チェンダ《たんこうちえんだ》【人】【宗】 鍛工は鍛冶屋《かじや》、鍛冶職人。チェンダは人名で正しくはチュンダだが賢治がわざとそうしたか。童［*ビヂテリアン大祭］に「見よ、釈迦は最后《(ママ)》に鍛工チェンダといふものの捧げたる食物を受けた」とある。チュンダ（Cunda）は『大《だい》般涅槃経《はつねはんぎょう》』（曇無《どんむ》讖《せん》訳）「純陀品《じゅんだぼん》」の登場人物として知られる。右の引用部分にあるように、釈迦（↓釈迦牟尼）はチュンダの捧げた食物が原因で腹痛、下痢をおこし入滅（死）に至った。この童話で問題になっている食物が豚肉か*蕈《きのこ》だったかに関しては、以下の背景

がある。チュンダと釈迦の話は『長阿含経《ちょうあごんきょう》』に詳しく、そこではチュンダの捧げた食物は栴檀樹耳《せんだんじゅじ》（栴檀はビャクダン、耳はキノコ）とある。しかし、この経のパーリ語原典の研究の進展により、そこに記されるスーカラ・マッダバ（sukara-maddava）が軟かくした干豚肉と解せることから、その説を主張する学者が現われ、日本の大正期には蕈説と豚肉説が並立していた。ただ、童［ビヂテリアン大祭］には「但し最后《ママ》に前論士は釈尊（→釈迦牟尼）の終りに受けられた供養が豚肉であるといふ、何といふ間違ひであるか豚肉ではない蕈《きのこ》の一種である。サンスクリットの両音相類似する所から軽卒にもあのやうな誤りを見たのである」とある。釈迦の食したものが蕈ではなく豚肉であったという説は、ヨーロッパの仏教学者が立てたものらしい。その経緯は宇井伯寿《はくじゅ》『印度哲学研究第三』（一九二六）に詳しい。宇井自身は蕈説であった。

炭酸アムモニア《たんさんぁんもにあ》【科】 炭酸アンモニウム（$(NH_4)_2CO_3$）のこと。無色の結晶または白色の粉末で、強いアンモニア臭を持つ。五八℃で熱分解し、二酸化炭素とアンモニアと水になる。また、常温でもゆっくりと二酸化炭素とアンモニアを放出しながら分解する。気付け薬や、ふくらし粉として用いられていた。簡［74］に「失敗ばかりして居ます。（中略）塩化アムモニアを炭酸アムモニアの代りに瓶へ入れて置いたり」とある。→塩化アムモニア《えんかあんもにあ》

炭酸瓦斯《たんさんがす》【科】 二酸化炭素（CO_2）のこと。無色無臭の気体で炭素の完全燃焼によって生じる。空気の一・五倍の重さがあり、大気中に〇・〇三%含まれる。*生物の呼吸では体外に放出され、同化作用によって植物に取り入れられ有機化合物に変化する。清涼飲料、ドライアイス等の原料となる。詩［*鎔岩流］では「空気のなかの*酸素や炭酸瓦斯／これら清冽な試薬によつて／どれくらゐの風化が行はれ／どんな植物が生えたか」とあり、童［*グスコーブドリの伝記］では、ブドリとクーボー大博士との会話中、火山噴火の際に噴く炭酸ガスの量によって地球上の気候、気温が変わるとある。

炭酸石灰《たんさんせっかい》【鉱】 炭酸カルシウム（$CaCO_3$）*石灰石（岩）の主成分。賢治にとって晩年重要なかかわりをもつのがこの炭酸石灰。一九三一（昭和六）年、賢治は東磐井《いわい》郡松川（現一関市東山町松川）在の東北砕石工場（→石灰）の技師となるが、ここで採れる石灰岩を砕いた石灰岩抹を*肥料や建築・壁材料として売り込む販路の開拓にまで心身を消耗する。彼の雑嚢中、この炭酸石灰に触れた東北砕石工場関係の稿は多いが、その一つ雑［貴工場に対する献策］によれば、商品名を「炭酸石灰」としたのは、「そこで充分に購売《ママ》慾を刺激し、且つ本品の実際的価値を示すには『肥料用炭酸石灰』の名称がいゝと前々から考へて居ります（中略）法律的にもこの名称は差支あるまいと思ひます。何分石灰岩は炭酸石灰が大部分なのですから」とある（購売慾は購買慾の誤記）。当初の案は「石灰岩抹《まつ》」であった。

炭酸銅《たんさんどう》【鉱】【レ】 $CuCO_3$ 青緑色の無機化合物のこと。多くの場合、塩基性炭酸塩に変化して存在する。緑青《ろくしょう》や藍銅鉱、*孔雀石など。歌［六九九］に「沈み行きてしづかに青き原をなす炭酸銅のよるのさびしさ」とある。

炭酸表《たんさんひょう》【科】 詩［*測候所］に「……炭酸表をもってこい……」とある。炭酸表と言う正式の化学用語はないが、下書稿

[凶歳《きょうさい》](→Senrikolta Jaro.)では「(三月までの海温表をもってこい)」となっている。これも正式の用語ではない。童[グスコーブドリの伝記]*や同[グスコンブドリの伝記]*に火山噴火の際の炭酸瓦斯の量によって地球上の気温、気候が変わることや、後者の「みかけはじっとしてゐる火山でもその中での熔岩(→鎔岩流)や、瓦斯のもやうまでみんな数字になったり図になったりしてあらはれて来るのでした」等を参考にすれば、炭酸表とは炭酸瓦斯の状況の変化を記録した表のことをそう言ったものとが推測できる。

噉食《たんじき》【宗】 噉は啖と同義で「くらう(食う)」こと。童[二十六夜]*に「則ち之を裂きて擅《ほしいまま》に噉食す」、「汝等之を噉食するに」と繰り返し出てくる。

単斜《たんしゃ》【科】 単斜晶系の略。結晶系の型の一。結晶軸三本のうち二軸は斜交し、他の一軸はそれに直交するような結晶を言う。例えば単斜硫黄、正長石(→オーソクレさん)等の結晶がそれである。詩[林学生]に、「あゝこの風はすなはちぼく、/且つまたぼくが、/ながれる青い単斜のタッチの一片といふ」等とある。タッチは音楽的なこの詩の、「ぼく」という風のタッチ。

弾条《だんじょう》 →弾条《バネ》《ばね》

単色調《たんしょくちょう》 →愛染《あいぜん》

だんすぢゃぃ【方】 …でございますよ。会話の終わりにつけるていねいな表現。短[柳沢]「そぃつさ騎兵だんすぢゃぃ。」

弾性《だんせい》 →剛性《ごうせい》

断層泉《だんそうせん》【科】 土地の断層面に沿って地表に湧出する地下水。短[泉ある家]に「斉田はつくづくかゞんでその暗くなった裂け目を見て云った。(断層泉だな)(さうか。)」とある。斉田は人名。

【たんたしる】

タンタジールの扉《たんたじーるのとびら》【文】 日本では「青い鳥」(→チルチル)で知られるメーテルリンク(→チルチル)の人形劇のための象徴劇『タンタジールの死』(四幕 一八九四)に出てくる扉。王子タンタジールは祖母である女王からいつ殺害されるかわからない運命で、姉イグレーヌが助けようとするが、王子は目に見えぬ手に連れ去られ、人間の力では開くことのできない鉄の扉の彼方で息を引き取ってしまう。「死」をテーマにしたメーテルリンク初期の作品の一。作者の運命観を象徴する人物と、稚拙《ちせつ》とも言えるせりふの繰り返しによって成り立つ象徴劇で、動きがなく平板で感傷的、作品そのものの出来はよくない。しかし日本では人気を呼び、一九一二(明治四五)年には劇作家灰野庄平《はいのしょうへい》の、次いで小山内薫《おさないかおる》の翻訳が相次いで出た。初演は同年四月、「自由劇場」が帝国劇場で興行。単行本所収も『マーテルリンク全集』(一九二〇〈大正九〉年、鷲尾浩《わしおひろし》訳)他数本ある。賢治はどれかを読んでいたにちがいない。詩[宗谷挽歌]*中に「みんなのほんたうの幸福を求めてなら/私たちはこのまゝこのまっくらな/海に封ぜられても悔いてはいけない。/(おまへがこゝへ来ないのは/タンタジールの扉のためか、/それは私とおまへを嘲笑するだらう。)」とある。賢治はまた、幸福の青い鳥を探すメーテルリンク作「青い鳥」(一九〇九)のチルチルとミチル兄妹に、自分とトシ(→宮沢トシ)を重ね合わせていたのであろう。「たとへそのちがったきらびやかな空間で/とし子(→宮沢トシ)がしづかにわらはうと/わたくしのかなしみにいぢけた感情は/どうしてもどこかにかくされたとし子をおもふ」(詩[噴火湾(ノクターン)]*)、賢治にとって現世と来世をへだてる夜の闇は、まさしく人間の力を超えた、タンタジールの扉であった。

タンタラム【鉱】 tantalum　タンタル。原子番号七三、元素記号Taの金属元素。*白金《はっきん》の代用品として用いられる。セラミック医療器具、超硬工具用等に使用される。簡［72］に「タンタラム（*電燈用ソノ他）」とある。ここでのタンタラムは、以前よく使われていた電灯用フィラメントとしてのタンタルのことであろう。その後タングステンに取って代わられた。

丹田《たんでん》【レ】　未完の詩［〔めづらしがって集ってくる〕］に「丹田に力を加へ」とある。慣用句で「臍下《せいか》丹田」とも言う。臍《へそ》から三cm下のあたりに力をこめると胆もすわり、力がこもる、という意。

丹藤《タンド》【地】　岩手県岩手郡川口村（現岩手町）の集落。丹藤川の*北上川への合流点。今は川べりに美しい遊歩道がある。文語詩［市日］に「丹藤《タンド》に越ゆるみかげ尾根、　うつろひかればいと近し」とある。みかげ尾根は丹藤の南の*姫神山を指してのことか。

反当《たんとう》　→反当三石二斗《たんあたりさんごくにと》

檀特山《だんどくせん》【宗】【地】　新旧校本全集では壇特山になっているが、賢治稿のままの誤記である。文庫版全集では檀に正している。梵語 Dantaloka の音写で弾多落迦山《だんだろかせん》とも言う。北インドの*ガンダーラ地方、現在のパキスタン、ペシャワル市の西、インダス川の東の地に在る。釈迦（→釈迦牟尼）が前世において須大拏《しゅだいぬ》太子であった時、国を追われ、この檀特山に入り、妃《きさき》と二人の子を婆羅門（→梵士）に施与《せよ》し*菩薩行をまっとうした、という故事がジャータカ Jātaka（釈迦「*本生譚《ほんしょうたん》」→捨身菩薩）に見える。童［*ビヂテリアン大祭］に「釈迦は*出離《(しゅつり)》の道を求めんが為に壇(ママ)特山と名《なづ》くる林中に於て六年精進苦行《(しょうじんくぎょう)》した」とある。但し、釈迦がここで「六年精進苦行した」は俗説によったものと思われる。また、童［学者*アラムハラドの見た着物］に出てくる*ヴェーッサンタラ大王が国を追われて入ったという山は、この檀特山のことである。

谷内《たんない》　→谷権現《たにごんげん》

歎異鈔《たんにしょう》【宗】　歎異抄とも。一巻。*親鸞の直弟子である唯円《ゆいえん》の著。師の没後、真宗の教義に異義を唱える者があるのを歎じて、師の言葉を引用し、他力本願の意見を述べたもの。簡［6］に「小生はすでに道を得候。歎異鈔の第一頁を以て小生の全信仰と致し候」とある。この書簡は一九一二（大正元）年、賢治盛岡中学四年当時のもので、父*宮沢政次郎の熱心な真宗信仰や、北山の願教寺《がんきょうじ》で毎年開かれていた盛岡仏教夏期講習会（一九〇八年より）での*暁烏敏《あけがらすはや》や*島地大等《しまじだいとう》等の講話等の影響が考えられる。

タンニン【科】 Tannin　複雑な芳香族化合物から成る、黄色または淡褐色の粉末。茶、柿、ワインなどに含まれるいわゆる渋のこと。水に溶けやすく、たんぱく質と結合し変性させる。タンニンを口に入れて渋みを感じるのはそのため。タンニンという名称は「革を鞣《なめ》す」という意味（毛皮の脂肪分を毛や毛皮といっしょにとり除き柔らかにする）の英語である「tan」に由来する。インクや染料等の原料ともなる。詩ノート［〔*ソックスレット〕］に「タンニン定量用」とあるのは、化学実験でのタンニン、またはタンニン酸の定量用の器（カップ）をさすのであろう。

蛋白彩《たんぱくさい》、**蛋白光**《たんぱくこう》　→蛋白石《たんぱくせき》

蛋白石《たんぱくせき》【鉱】【科】　オパール（opal）。英語読みではオーパル。潜晶質の二酸化硅（珪）素からなり、成分中に三～一〇%ぐらいまでの水分を含む。硬度五～六。火成岩や堆積岩のすき間（場合によっては、木や貝、恐竜の骨などが存在したあとの空洞）に、

硅(珪)酸分を含んだ熱水が充塡し含水硅酸鉱物としてできる。特に、変化する色(遊色)を発するものを貴蛋白石(プレシャスオパール)と呼ぶ高価な宝石となる。当時すでに、メキシコから火蛋白石(ファイヤーオパール)、オーストラリアからブラックオパールが輸入されていた。国産のものでは、福島県宝坂産のオパールが宝石用として唯一採掘されたが、宝石として現存するものはほとんど確認できていない。宝石としてではないが石川県小松産の蛋白石は、色の美しさ(単色)から、装飾用に細工され売買されていた。一般的に蛋白石は、その名からも想像されるように白(茹で卵の卵白のような白)色での産出が多い。賢治の用例でも雲など白を表現し、「蛋白石」「オーパル」「opal」「オパリン」と作品によって使い分けている。童「貝の火」のモデルでもある。詩「東岩手火山」(→岩手山)では「(柔らかな雲の波だ／略／その質は／蛋白石、glass-wool／あるひ《(ママ)》は水酸化礬土の沈殿)」とある。賢治は雲を「蛋白石」「glass-wool」「水酸化礬土の沈殿」の三種の比喩で表現している。「オパリン」の語は形容詞の opaline で「蛋白光の」「オパールいろの」といった意(独語では opalen《オパーレン》)。詩「実験室小景」に「そらを行くのはオパリンな雲」とある。詩「三原　第三部」に「島の奥は蛋白彩の」とあるのも蛋白光に同じ。賢治はオパールをオーパルと英語読みしている。簡「100・101」では江刺市岩谷堂産の木《もっ》化《か》蛋白石が登場するが、ペトリファイド・ウッド(硅(珪)化木)とも言われ、硅(珪)酸質の地下水の影響で幹がオパール質に変化し、かつ木目《もくめ》を残しているものである。(→口絵㉔㉕)→楢ノ木大学士の野宿《ならのきだいがくしののじゅく》　貝の火《かいのひ》

檀波羅蜜《だんはらみつ》　【宗】　dāna-pāramitā(梵)の音写。植物のまゆ*みの字を当てた檀は、檀家の檀で、与える、寄進するの意、漢訳は布施《ふせ》。六波羅蜜(→波羅蜜)の一。童「学者*アラムハラドの見た着物」に「ヴェーッサンタラ*大王は檀波羅蜜の行《ぎょう》と云ってほしいと云はれるものは何でもやった」とある。「行と云って」で切るとわかりやすくなる。「やった」は人に呉れてやる。

丹礬《たんばん》　【科】　硫酸銅($CuSO_4$)のこと。無水のものは白色粉末だが、一般的には水が化合した青色ガラス光沢をもつ結晶としての硫酸銅をいう。毒性がある。胆礬の表記の方が正しいとされているが、賢治は丹礬、胆礬を両用している。古来、吐剤、除虫剤に用いられる、青色ガラス光沢をもつ有毒結晶。童「さいかち*淵」に「しゅっこは、今日は、毒*もみの丹礬をもって来た。あのトラホーム*の眼のふちを擦《こす》る青い石だ」とあり、この結晶を流れに投げ込んで、呼吸が麻痺して浮き上がる魚*をとろうというのである。胆礬でこすると当時流行の眼疾トラホームがなおる、と言われていた。詩「電車*」の「胆礬いろの山の尾根」は、青色の造形的色彩表現。なお胆礬の欧名 chalcanthite(カルカンサイト)はギリシアの古名 chálkanthon(銅*の華)に由来する。

タンブルブルー　【科】　ターンブル・ブルー(Turnbull's blue)。青色顔料。ターンブルは人名に基づく名。硫酸第一鉄の水溶液にフェリシアン化カリウムの水溶液を加えて得られる。プルシャンブルー(→伯林青《べるりんせい》)と同じ濃い青色。詩「三原　第三部」に「波は灰いろから／タンブルブルーにかはり」とある。

弾薬帯《だんやくたい》　→蛙《かえる》

ち

ぢ《じ》**ぇ** ↓ようし、仕方《しがた》ないがべ。…

チエホフ ↓はこやなぎ

チェーン【文】 chain 長さの単位。一チェーンは六六フィート、二〇・一二m(測鎖の標準的な長さ)。童[ペンネンネンネンネン・ネネムの伝記](↓昆布)に「ハンムンムンムンムン・ムムネ市の入口までは、丁度この足さきから六ノット六チェーンあるよ」、また「一時間一ノット一チェーン」とある。ノット(knot)は船の速度単位で時速一海里(約一八五二m)。

チェンダ ↓鍛工《たんこう》チェンダ《ちぇんだ》

智応氏《ちおうし》 ↓山川智応《やまかわちおう》

地塊《ちかい》**【地】** 地殻の単元の一。昇降、傾動運動しているブロック。まわりを断層で限られた地殻(地球の最外層)の一部、の意味でも用いる。詩[県技師の雲に対するステートメント]に「連亘(ママ)遠き地塊を覆ひ」とある。「連亘」は「連亙《れんこう》」で、遠く長く連《つらな》り亙《わた》ること(詩[〔北いっぱいの星ぞらに〕]下書稿に「やっぱりそこに連亙し」とある)。雨雲(↓ニムブス)がいちめんたれこめて地塊を遥かに覆《おお》っている山頂からの展望の表現。また地殻は童[ペンネンネンネンネンネン・ネネムの伝記](↓昆布)に登場する。

地殻《ちかく》 ↓地塊《ちかい》

ちがや【植】 茅。白茅。山地や原野に自生するイネ科の多年草。穂はツバナ、チバナ(茅花)と言う。若い花穂は薄甘味があり、強壮薬とし、こどもらは食べた。ちがやのチは、もと血でなく千の意で、群生したから。茎の高さは三〇〜八〇cmほど。詩ノート[〔すがれのち萓を〕](↓すがれの禾草)に「すがれのち萓を/ぎらぎらに/青ぞらに射る日」とある。賢治は萓をよく萓と書く。↓萓《かや》

地球照《ちきゅうしょう》 ↓地球照《アースシャイン》

ちぎらす【レ】 詩[早池峰山巓*(はやちねさんてん)]に「ちぎらすやうな冽(つめ)たい風に」の一行があるが、書き急ぐ賢治の誤用で「ちぎれるやうな」と言うべきところ。口語下一段活用の自動詞「ちぎ(千切)れる」の連体形「ちぎれる」で、それを他動詞のように使っている。

チーク【植】 teak(南インドの地方語 tēkka* が語源)。熱帯地方の落葉高木。ビルマ、タイ、インドなどに産する。木の高さ約三〇m、まっすぐな幹は軽くて堅く、水に強く、くるいが少ないため船や車、家具等の用材によく使われる。詩[津軽海峡](初行「夏の稀薄から…」)に「新らしく潮で洗ったチークの甲板の上を」とある。

ヂゴマ《じごま》**【人】【文】** Zigomar 一九一一年に作られたフランスの無声映画(監督ジャッセ)の主人公。容赦なく人を殺す怪盗。フランスの新聞ル・マタン紙に連載されたレオ・サジーの探偵小説の映画化。日本では一九一一(明治四四)年に封切られ、大当たりをとり社会問題にまでなった。劇[饑餓陣営](↓饑饉)に「なるほど、ヂゴマと書いてあります」の一文がある。

ちごゆり ↓しらねあふひ《しらねあおい》

智歯《ちし》 ↓門歯《もんし》

地質調査《ちしつちょうさ》 ↓土性調査《どせいちょうさ》

ぢしばり《じしばり》【食】 地縛。岩苦菜《いわにがな》とも。旧かなで「ぢしばり」、キク科の多年草で手入れをしない畑や路傍等に群生し、茎は四方に地上をはうので地面を縛る。春から夏にかけて長い花茎上に、タンポポに似た微小な黄色い花をつける。詩［〔西も東も〕］に「*レーキは削るぢしばり、ぢしばり、ぢしばり」とある。開墾で賢治を悩ませて執拗にのさばっているイメージだが、この詩ではやがて「……ぢしばりもいま、／やっぱり冬にはい《(ママ)》らうとして／緑や*苹果《あを》青や紅、紫、／あらゆる色彩を支度する」とある。季節(冬仕度)からして、葉を含めて夏と違ったさまざまの色の変化を呈しているさま。

ジシバリ

ちしゃ【植】 苣、萵苣。チサとも。今はレタス(lettuce)の名で主にサラダ(↓サラダ)として食する。ヨーロッパ原産のキク科の多年草。日本には平安時代に西アジア経由で渡来したと言われる。詩［〔*祠《ほこら》の前のちしゃのいろした草はらに〕］をはじめ、「栽《う》ゑられし緑の苣」(ス〔四六〕)、「*ブリキいろした牛蒡やちさで」(詩ノート［雑草］)、「これでとにかく一畦《ひとうね》やっとできましたから／こゝにはちしゃを播《ま》きませう」(詩［三原　第二部］)、「*アスパラガスやちしゃのやうなものが山野に自生する様にならないと」(童［*紫紺染について］)等。

苣《ちしや》 ↓ちしゃ

地照《ちしよう》 ↓地球照《アースシャイン》

チーズ【食】 乳製品の一。日本では明治初期、福沢諭吉が「乾《かん》牛酪《ぎゅうらく》」と訳して紹介。乾酪とも言った。動物の乳汁をレンネット(羊や子牛の胃から作る凝乳《ぎょうにゅう》酵素)や*乳酸の作用で凝固させ、圧縮したのち加塩したもの。または発酵熟成させたもの。蛋白質、脂肪、ミネラル、ビタミン等を含む栄養価の高い食品。アジアで製造されヨーロッパに伝えられたものであるが、その歴史は乳製品の中で最も古く、古代ギリシアの文献にも記されている。現在のようなチーズが製造されるようになったのは一〇〇〇年ごろで、ヨーロッパを中心に各地で発達し、その種類は約五〇〇種にも上る。日本では八世紀ごろ、酥《そ》や醍醐《だいご》といった*バターやチーズに似たものが作られたが、仏教の影響でとだえ、現在のチーズは一八七五(明治八)年、北海道で初めて試作された。本格的な工場生産は一九三三年からで、それまでは消費されるほとんどが輸入品だったため、高価だった。賢治作品には童［*ビヂテリアン大祭］に、「この派の人たちはバターやチーズも*豆からこしらへたり」等が見られ、また詩［三原　第二部］では「この木がぜんたいいちばん高くて乱暴です／まるでチーズのやうに切れます」と比喩的に使われている。当時としてはずいぶんしゃれたエキゾチックなイメージである。

チーゼル【植】 teasel マツムシソウ科のラシャカキグサ(羅紗掻草)のこと。オニナベナ(鬼山芹名)の名もある。ヨーロッパ原産の二年草で太く直立する茎は一・五〜二m、茎や葉裏にもとげがあり、秋に薄紫色の小さな花を密生した頭状花序をつける。この花や花の先から突き出た果実の穂にある毛のような小さな苞片は乾燥すると堅く、先が鉤状に曲っているので*ラシャ生地や毛糸を掻いて起毛《きもう》に用いるためその名がある。英語では teaseller とも言い、この起毛のことを teaselling とも言う。詩［陽ざしとかれくさ」に「どこからかチーゼルが刺し」、詩ノート［ドラビダ風］に「チーゼル／ダイアデム／緑いろした地しばりの蔓」とある。

知多《ちた》 →渥美《あつみ》

千田舎監《ちだしゃかん》 【人】 千田宮治《みやはる》。盛岡中学校国漢教諭兼寄宿舎舎監（一九二二年四月着任）。歌［七から二首目］に「午《ひる》なれば山県舎監千田舎監／佐々木舎監も帰り来るなり」とある。なお、賢治入学時の同姓の舎監千田助治《すけじ》（数学担当の嘱託）は一九一〇（明治四三）年四月に退職しているので歌の時点からは前者と思われる。

チタニウム →ヴァナデイム

縮《ちぢ》まつてしまつたたよ 【方】 （舌が）縮まってしまったよ。「たた」は過去の経験を示すが、共通語にはあてはまる言葉が見当たらない。関東方言の「…しちゃった」に当たる。童［鹿踊りのはじまり］。

縮み《ちぢみ》 【衣】 縮織《ちぢみおり》の略。横糸に、よりの強い糸を用いて織り、そのあと温湯処理を施してしわ寄せをし、縮ませた織物。絹や木綿、麻のものがある。詩［〔何をやっても間に合はない〕］［〔このひどい雨のなかで〕］に「オリーヴいろの縮みのシャツ」とある。

ちゞれ柏《ちぢれがしわ》 →柏《かしわ》

縮葉甘藍《ちぢればかんらん》 →ケール

ちゞれ羊《ちぢれひつじ》 【動】【レ】 詩［ダルゲ］に「西ぞらのちゞれ羊から／おれの崇敬は照り返され」とある。明らかに雲の形容だが、その根拠は羊の毛皮アストラカーン（astrakhan 原名は中央アジアのアストラハン Asitelahan 地方産にもとづく。柔らかで黒色のちぢれ毛の渦巻きが美しい）にあると思われる。ちなみにこの地方のカラクール山羊《やぎ》の胎児の毛皮で、コート、トッパー、帽子等にされたが、今は動物保護の観点からイミテーションのアストラカーンが多い。

窒素《ちっそ》、**窒素肥料**《ちっそひりょう》 →石灰窒素《せっかいちっそ》

チッペラリー 【音】 Tipperary 第一次大戦中アイルランドの Tipperary（チペレーリ）村からの出征兵士が歌い始め、やがて世界的に流行した行軍《こうぐん》歌。一九一七（大正六）年、浅草オペラでこの歌を取り入れた「女軍《じょぐん》出征」を興行し大当たりとなり、日本でも大流行した。童［フランドン農学校の豚］に「助手はのんきにうしろから、チッペラリーの口笛を吹いてゆっくりやって来る。（中略）／全体何がチッペラリーだ。こんなにわたしはかなしいのにと豚は度々口をまげる」。また劇［饑餓陣営］の前口上にも賢治が歌詞をつけたのが歌われた。原歌は当時のビクターカタログ（一九二二）にも二点ある。

千鳥《ちどり》 【動】 チドリ目、チドリ科の小鳥の総称。『万葉集』をはじめ古典等にも多く登場。石川啄木や高村光太郎の作品にも見られる。「百千鳥《もも》」と多くの鳥の意に使われる場合もある。種類が多く賢治作品では川や水辺のイメージと一緒なので、いわゆる川千鳥、浜千鳥と言うときの千鳥である。翼長一五cm足らずで河川の上流にまで生息する。「中津川 川藻《かわも》に白き花さきて／はてしも知らず 千鳥は溯《のぼ》る」（歌［五〇七］）、「そのこっちでは暗い川面を／千鳥が啼いて溯《さかのぼ》ってゐる」（詩［〔鉛いろした月光のなかに〕］）、「すきとほって暗い風のなかを／川千鳥が啼いて溯ってゐる」（詩［〔鈍い月あかりの雪の上に〕］）、「そこからたまたま千鳥が飛べば／それを尊《みこと》のみたまとおもひ」（詩［白い鳥］）等。

地被《ちひ》 【植】 地面を被《おお》う雑草類や苔《こけ》類。詩［第四梯形］（→七

つ森)に「*七つ森第二梯形の／新鮮な地被が刈り払はれ」とある。

ちひさきびやう《ちいさきびょう》【レ】【文】　小さな鋲《びょう》(リベット)。文語詩〔暁眠〕に「ちい《(ママ)》さきびやうや失ひし」とあるのは、外灯の「あかりまたたく」の理由を言った詩行。接続部の小さなリベットがはずれたのだろう、の意。

チフス【科】　Typhus(独)　通称のチフスは訛り(賢治もチフス、チブス、両方を使っている)。もともと発疹チフスを言うのだが、腸チフスをさして言う場合が多い。賢治が「腸チブス」(簡[103・109]等)のほか、単に「チフ(ブ)ス」と書いている場合も腸チフスを意味する。「*虔十はその秋チブスにかかって死にました」(童[*虔十公園林])もそうである。チフス菌が腸を冒すと高熱、頭痛、下痢、脳症に陥り、悪性の伝染病なので病人は隔離され、入院を余儀なくされる。賢治は中学を卒業した一九一四(大正三)年四月、鼻炎《びえん》手術のため*盛岡市岩手病院に入院したが、発疹チフスの疑いでその治療を受けた。看病していた父親も感染し、それがのちのち賢治には父への負い目となった。同時期、盛岡中学寄宿舎には腸チフス患者が多く出た。また後年、妹*宮沢トシも東京で入院、腸チフスの疑いを受けて、上京看病していた賢治の父あて書簡にその病状が詳しく報告されており、賢治にとってはチフスは縁浅からぬものがあった。

芝罘白菜《ちーふーはくさい》　→白菜《はくさい》

チーフメート【文】　chief mate(英)　商船の一等航海士。副船長格で first mate とも。童[風野又三郎](→風の又三郎)に「商船の甲板《かんぱん》でシガアの紫の煙をあげるチーフメート」とある。シガア(cigar)は葉巻タバコ。

【ちゃうはあ】

チベット　→ツェラ高原《つぇらこうげん》、トランスヒマラヤ、魔神《まじん》

西蔵《チベット》　→ツェラ高原《つぇらこうげん》、トランスヒマラヤ、魔神《まじん》

西蔵魔神《ちべっとまじん》　→魔神《まじん》

チモシイ【植】　timothy　牧草のオオアワガエリ(大粟還)のこと。イネ科の帰化植物。明治初期に輸入された無毛の多年草で、絹糸草《きぬいとそう》とも呼ばれる。一m以上の鮮緑の葉は美しい。似ている小型のコアワガエリがある。詩[*オホーツク挽歌]に「チモシイの穂がこんなにみぢ《(ママ)》かくなつて／かはるがはるかぜにふかれてゐる」とある。詩[*樺太鉄道]に「いちめんいちめん海蒼のチモシイ／めぐるものは神経質の色丹松《ラーチ》(→色丹松《しこたんまつ》)」とある。海蒼《かいそう》とはチモシイの葉の青緑色を言ったのであろう。詩[*鈴谷《すずや》平原]に「チモシイの穂が青くたのしくゆれてゐる／それはたのしくゆれてゐるといつたところで／*荘厳ミサや雲環《うんくわん》(→暈環《うんかん》)とおなじやうに」とある。ノート[*東京]に「*経済農場レッドトップ、チモシイ」とある。

オオアワガエリ

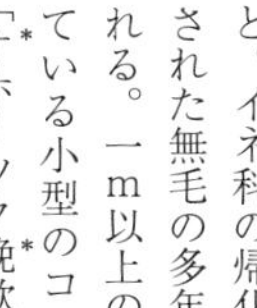

地霈《ぢもや》　→地霈《じもや》

ぢゃい、はきはきど返事《へんじ》せぢゃ【方】　こら、はきはきと返事しろ。短[*十六日]に出てくるが、文頭の「ぢゃい」は嘉吉がいらだちのあまり発する感動詞で「やい」の意。「せ」は「する」の命令形「せい」「せよ」の詰まった形。

ちゃうはあぶどり《ちょうはあぶどり》【方】【レ】　囃《はや》し言葉。特に意味はない。*宮沢清六説によれば、*花巻にチャウハチ(長八?)という山ブドウ採りの上手な人がいた。それをもじって「ちゃうはちぶどうとり」→「ちゃうはあぶどり」とされた、賢治の愉快なレトリッ

ク。童［風野又三郎］（↓風の又三郎）では嘉助たちが「ちゃうはあぶどり　ちゃうはあぶどり」と高く叫んで駆けてくるが、童［*風の又三郎］では「ちゃうはあかぐり　ちゃうはあかぐり」と叫ぶ。「ちゃうはあぶどり」をさらにもじったものか。

茶褐部落《ちゃかつぶらく》　↓*繋《つなぎ》

チャーナタ【人】　短［竜と詩人］の冒頭に登場する竜（龍）の名。「老いたる竜」「老竜」「聖竜王」「師の竜」でもある。この命名は賢治が何をヒントにしたか未詳だが、賢治の造語名の可能性もある。なお、この短篇には他にも「偉い詩人のアルタ」、「長者のルダス」、「わかもののスールダッタ」が登場するが、地名「ミルダの森」とともに、いずれも賢治得意の造語人（地）名と思われる。

ぢゃみ上り《じゃみあがり》【方】【文】　ジャミルは強引なことをする、あばれる等の方言。童［*風の又三郎］に「孝一（「一郎」）はそこで鉄棒の下へ行ってぢゃみ上りといふやり方で無理やりに鉄棒の上にのぼり」とあるのは具体的にはよくわからないが、腕力で強引に鉄棒の上に、にじりのぼっているのであろう。

ぢ《じ》ゃ、ゆべながらぐっさり睡《ね》ってらな。小林区《しょうりんく》さかざって歩《ある》てくたびれだべも【方】　あら、ゆうべからぐっすり眠《ねむ》っているな。*小林区といっしょに歩いて疲れたんだろう。「ゆべな」の「な」に関しては、↓先《せ》どな。「睡《ね》ってる」は「眠《ねむ》っている」の意で現在進行形を示す。「ぐっさり」は「ぐっすり」の訛り。「かざる」は「ともに行動する」「参加する」の意。子どもが遊びに入れてもらうときなど「おらもかぜで」という表現をする。劇［*種山ヶ原の夜］。

チャリネ【文】　サーカスの別称。一八八六（明治一九）年に来日したイタリアのチャリネ曲馬団から付いた名。今でも北陸地方の一部で軽業《かるわざ》のことをチャリと言い、関西方言に道化《どうけ》を言うチャリもある。北原白秋の『邪宗門』（一九〇九）の中の「沈丁花《じんちょうげ》」に「はしゃげる曲馬《チャリネ》の囃子《はやし》」とある。賢治の文語詩［〔*銅鑼と看*版　トロンボン〕］に「*弧光燈《アークライト》の秋風に、／芸を了りてチャリネの子、その影小《(ちさ)》くやすらひぬ」とある。サーカスの子役のこと。ところが童［ペンネンネンネンネン・ネネムの伝記］（↓昆布）には「トッテントッテンテンと、チャリネルといふ楽器を叩いて」と打楽器らしい「チャリネル」が出てくる。そんな楽器はないし、この童話全体が奔放な空想力の所産で、不明の固有名詞も多いゆえ、サーカスから思いついた賢治の想像的な打楽器のたぐいであろう。

チャリネル　↓チャリネ

チャルメラ【音】　charamela（ポルトガル、ラテン語 calamus に発する）管楽器。主要部分は木管、下部は銅製で、夜なきそば屋がよく用いた。童［北守将軍と三人兄弟の医者］に「みんな立派なチャルメラや、*ラッパの音だとわかってくると」とある。

ちゃんがちゃが馬《うま》こ【民】【方】　郷土芸能行事の一。*盛岡で行なわれている「ちゃぐちゃぐ馬子」の行事で、その訛り。チャガチャガ馬子とも。そう聞こえるところから出た名。近年は着飾った*馬に子どもを乗せて行進する観光行事的性格が強いが、もともとは馬の守護神である駒形神社蒼前《そうぜん》社への「蒼前参りの馬」と称される参詣行事で、馬産地南部ならではの馬の神「馬櫪神《ばれきじん》」信仰の祭事。大正末までは「大駆《おおが》け」と言って旧暦五月五日の端午の節句の早朝、都南《となん》村方面から盛岡市内を抜けて滝沢村鵜飼《うがい》の駒形神社まで、若

チャグチャグ馬子

者によって参詣の朝の早駆けを競ったと言う。盛岡市内の「*下《しも》の橋」(↓下のはし)では藩政時代の馬飼農民の馬神《ばしん》への「投げ銭《せん》」が行なわれ、朝もやの中からチャグチャグと聞こえてくる鈴・鳴輪《めいりん》の音《ね》に子どもたちは興奮したと言う。雑誌発表の短歌には「夜《よ》の間《ま》がら　ちゃんがちゃんがうまこ／見るべとて　*下《しも》の橋《はし》には　いっぱ　人立つ」以下七首の方言による連作がある。「見るべ」は「見ようと」、「いっぱ」は「いっぱい」。これらは同人誌「アザリア*」第一号に発表されたもの。

ちゅういのりずむ　【音】【レ】　詩「小岩井農場*　パート三」の二字下がりの二行に「あるひ《(ママ)》はちゅういのりずむのため／両方ともだ　とりのこゑ」とある。「のぼせるくらゐだ」った高音の鳥の声が「ぼつとひくくな」り、「うしろになつてしまつた」瞬間の(聴覚を超えた)音覚の描写、とも言える。「ちゅういのりずむ」は「中位(中くらい)のリズム」で、高位だった音程《おんてい》が中位になったこと。リズムは、しかし単に鳥の声だけでなく、自分が歩いて遠ざかった空間の距離の「両方」の理由で、低く弱くなったのだ、と自分を納得させている表現。この長い詩は全体が「歩行のリズム」で成立していることの、具体的で示唆的な部分であると言うことができる。

中外套《ちゅうがいとう》　↓マント

中原逐鹿三十年、恩怨無別星花転《ちゅうげんちくろくさんじゅうねんおんえんべつなくせいかうたたなり》　【レ】　短「疑獄元兇*」で主人公の独白中に出てくる漢詩。これの前に「題はやっぱり述懐だ」とある。賢治は『唐詩選』(唐代の一二七人の詩人選集。日本には江戸初期に渡来)を読んでいた(↓月)。その巻頭の詩が「述懐」(懐《おもい》を述べる。太宗《たいそう》皇帝に仕えた魏徴《ぎちょう》の作)で、起句に「中原還《また》逐《おフ》レ鹿《ヲ》」と出てくる。この詩を借りての表現と思われるからである。ただし下の句は賢治自作か、どこかから借りたか未詳。上句の中原とは都をとりまく地域。逐鹿(鹿を逐う*)は権力の座を争うこと(鹿は禄《ろく》に通じる)。政治的地位を争って三十年、下句は、恩義や怨恨《えんこん》はこもごもで美しい星や花も変わりやすく不定である、の意。この短篇の被告(↓疑獄元兇)の心境。

中耕《ちゅうこう》　↓浅土層《ソイルマルチ》

柱状節理《ちゅうじょうせつり》　【科】　マグマ(岩漿《がんしょう》*)が冷えて凝固するときに生じる柱状の節理(規則的なきめ、われ目)。六角柱が多いが、五角柱、四角柱もある。他の節理には板状、方状、放射状など、マグマの成分により節理にもいろいろな傾向が見られる。短「秋*田街道」に「安山岩*の柱状節理、安山岩の板状節理」とある。岩手山麓にある網張《あみはり》の玄武洞は柱状節理が発達したもの。

中世騎士風《ちゅうせいきしふう》　↓十字軍の騎士《じゅうじぐんのきし》

中生代《ちゅうせいだい》　【鉱】　Mesozoic　賢治は中世代(あるいは新世代)とも書くことが多いが誤り。童「楢ノ木大学士の野宿」に「一体これはどうしたのだ。中生代に来てしまったのか」とあるように、*雷竜のいる白亜*紀の浜辺へ来てしまう。童「ペンネンネンネ《(ママ)》ン・ネネムの伝記」に「世界長は身のたけ百九十尺もある中世代の瑪瑙木でした」とある。「世界長」は「ばけもの世界」の長。中生代は、三畳紀(二億四七〇〇万年前～二億一二〇〇万年前)、侏羅紀*(二億一二〇〇万年前～一億四三〇〇万年前)、白亜*(堊)紀(一億四三〇〇万年前～六五〇〇万年前)に区分される。詳しくは、侏羅紀・白亜紀の項参照。↓凡例付表

沖積世《ちゅうせきせい》　【鉱】　alluvium　完新世《かんしんせい》とも。地質年代の一。

新生代第四紀沖積世。一万年前より現代まで。主に河流によって運ばれて堆積した砂礫や泥土の層、扇状地、三角洲《す》等、その層を「沖積層」、その地帯《(ママ)》を「沖積地」と言う。『春と修羅*』[序]に「けれどもこれら新世代沖積世の／巨大に明るい時間の集積のなかで」とあるのは、現代を地質年代でとらえ、進化論的見地をダイナミックに示したもの。文語詩[〔鹿肥《*(こえ)》(↓鹿肥《きゅうひ》)をになひていくそたび〕]に「まなつをけぶる沖積層《アリビーム》」。童[楢ノ木大学士の野宿](↓なら)には擬人化されて「事によったら新世代《(ママ)》の沖積世が急いで助けに来るかも知れない」とある。童[台川*]に「沖積扇です」とあるのは、前記の扇状地のこと。

沖積扇《ちゅうせきせん》、**沖積層**《ちゅうせきそう》、**沖積地**《ちゅうせきち》 ↓沖積世《ちゅうせきせい》

中尊寺《ちゅうそんじ》【地】 岩手県西磐井郡平泉町の寺院。八五〇(嘉祥三)年慈覚大師円仁の開山と言われる天台宗東北大本山。その後、いわゆる藤原三代(清衡・基衡・秀衡)の絢爛《けんらん》たる「平泉文化」がここを中心に築かれた。一一八九(文治五)年源頼朝によって滅ぼされ、大檀那《おおだんな》藤原氏を失ってのち、寺院は衰退の道をたどる。さらに一三三七(建武四)年野火によって堂塔の大部分を焼失し、現在はかろうじて金色堂と経蔵のみを残している。芭蕉『奥の細道』の「三代の栄耀《えいよう》一睡の中にして」(栄耀はエヨウとも約《つづ》めて読む)以下の中尊寺のくだりはあまりにも有名。賢治は、一九一二(明治四五)年五月二七日～二九日、盛岡中学の修学旅行*で、石巻*、仙台を回り、二九日に平泉中尊寺を見学している。歌[明治四十四年一月より]に「中尊寺／青葉に曇る夕暮の／そらふるはして青き鐘鳴る」があり(摩滅をおそれて今は撞かないし、聞かれない)、ノート[文語詩篇]には「中尊寺、偽《(いつわり)》ヲ云フ僧　義経像　青キ鐘」と横書きされ、抹消されているのは、文語詩[中尊寺〔二〕]に同メモが生かされた跡であろう。なお、文語詩[中尊寺〔一〕]は全文が中尊寺金堂右手に建つ賢治詩碑の碑文になっている。建立は一九五九年。碑面は賢治自筆鉛筆稿の拡大。但し詩碑の七行目は「手觸《たふ》れ得ね舎利*の宝塔」となっており、同詩の下書稿㈢であることがわかる。この行の最終形態は「手觸《(て)》(触)れ得ず十字燐光*」である。詳しく論じたものに原子朗「賢治と中尊寺」(「関山」第三号〈講演記録〉、一九九六)がある。

中等教員《ちゅうとうきょういん》【文】 中学校、女学校*、各種(商・工・水産等)実業学校等の中等教育諸学校の教員。それらの学校へ進学する児童数は、小学校の年限が四カ年から六カ年に延長された、一九〇七(明治四〇)年には、ごくわずかで、大正期に入っても小学校義務教育修了者の約六%、一九三五(昭和一〇)年当時で約一三%にすぎなかった。中等学校入学には厳しい選抜が行なわれ、授業料が徴収されたので、一般庶民の子女は進学できなかった。したがってその教育は、少数の比較的富裕な家庭の子女を選抜して教育するものだった。賢治の簡[不13]は、教え子が就職後不満を訴えてきたのに対する返事であると思われるが、「ご承知の通り中等教員とか会社員とかでは地位の不安全なこと到底現位の比でなく」と現状を言って慰め、励ましている。当時の中等学校の教員には、教諭・助教諭が置かれ、教諭は原則として旧制の各専門学校、大学の卒業者、あるいは同等の文部省検定試験合格者で、免許状所有者に限られ、うち、校長クラスは奏任官待遇、他は助教諭とともに判任官*待遇であった。給与も一般の会社員等の平均(おおむね五〇～六〇円)に比べて悪くなかった。賢治の初任給は、八給俸で八〇円、半年後九〇円に昇給している。

中判《ちゅうばん》 ↓勝川春章《かつかわしゅんしょう》

中風《ちゅうぶう》 【科】 ちゅうぶう、方言では「ちゅうぶ」、中気とも。脳卒中発作の後に、半身不随、腕または脚の麻痺等の症状が現れること。賢治の祖父喜助は一九一六(大正五)年、七六歳で中風を病み、翌年亡くなっている。また祖母キンも中風で一九一三年に亡くなっている。*保阪嘉内《ほさかかない》あて簡[74]に「私の母は(中略)中風の祖母を三年も世話して呉れ又全《(おな)》じ病気の祖父をも面倒して呉れました」とある。日付、あて先不明の書簡下書では、自分を取り囲む「異常な環境」について「質屋とか肺病とか中風とか」と例示している。詩[〔中風に死せし〕]もある。

中本山《ちゅうほんざん》 【宗】 仏教各宗、各寺院の宗務を総括する寺院に総本山、その下に大本山《だいほんざん》があり、その下に中本山があって、それぞれ所属の末寺《まつじ》を統括している。詩「氷質の冗談」に「東京の中本山の*玻璃台《はりだい》にろ*頂部《(ちょうぶ)》だけをてかてか剃《(そ)》って」とある。

チュウリップ ↓うっこんかう

チュウリップ酒《ちゅうりっぷしゅ》 【食】 賢治の詩的想像の酒。チューリップの花が鐘形六花弁で、ワイングラスに似ているところから想像したものと思われる。童[チュウリップの幻術]に「湧きます、湧きます。ふう、チュウリップの光の酒」「そこら一面チュウリップ酒の波」「どうせチュウリップ酒の中の景色です」等、幻想的なイメージが描かれている。歌[四九二(異稿)]の「チュウリップ/かゞやく酒は湧きたてど/そのみどりなる柄はふるはざり」の下書稿にも「かげらふ《(ママ)》(↓横なぎ)は/*うっこんかうに湧きたてど/そのみどりなる柄はふるはざり」とある。チューリップ(漢名は*鬱《うっ》金香《こんこう》)から湧き出る酒とは、かげろう(陽炎)のことをイメージしたものであろう。↓エステル

チュンセ 【人】 処女作童話[*双子の星]の双子の兄の名。弟はポウセ。双子座の二星はカストルとポルックス。賢治作品には双子、仲のよい兄妹、兄弟、またはそれに近い二人組が多く登場し、テーマにも共通性がある。童[*ひかりの素足]の一郎と楢夫、童[*銀河鉄道の夜]の*ジョバンニと*カムパネルラ、童[*グスコーブドリの伝記]のブドリと*ネリ、童[*黄いろのトマト]のペムペルとネリ、手[四]のチユンセとポーセ、童[*雪渡り]の四郎とかん子、詩[*小岩井農場]の*ユリアとペムペル、等。これらの二人は互いをいたわりあい仲むつまじい。善良な子どもたちであり、天使になる運命を背負っているような純粋な*精神の象徴である。いずれも亡妹*宮沢トシと賢治の兄妹愛を連想させる。双子座そのものは歌[一八三二]に登場。

超怪《ちょうかい》 【文】 ニーチェ(↓ニイチャ)の「超人」のもじりか。超人的な怪物(ばけもの)の意。童[ペンネンネンネンネン・ネネムの伝記](↓昆布)に「実にペンネンネンネンネン・ネネム裁判長は超怪である」とある。

蝶形花冠《ちょうがたかかん》 【植】 蝶の形に見える花冠。花冠は花被の内側の最も美しい部分で、数片の花弁全部を言う。例えば*桜の花冠は五枚の花弁からなる。短[「旅人のはなし」から]に、お城の立派なことをたとえて、「道ばたに咲いてゐるクローバア(↓白つめくさ)の小さな一つの蝶形花冠よりもまた美しいのでした」とある。

鳥ヶ森《ちょうがもり》 【地】 *花巻市の西方一五kmにある山。みみづく(みみずく)森とも。標高八九二m。文語詩[〔*吟々《(れいれい)》としてひかれるは〕]に「吟々としてひかれるは/硫黄ヶ岳《(いおうがだけ)》の尾根の雪/雲灰白に

亘《ママ》(瓦)せるは／鳥ヶ森また駒頭山」とある。駒頭山《こまがしらやま》(単に駒頭とも出てくる)は鳥ヶ森の北北東約八km、鉛温泉(↓鉛)の南東約四kmにある山、標高九四〇m。大沢川の水源、なめとこ山の南にあたる。詩「地主」では「みみづく森」で登場。硫黄ヶ岳(硫黄の発音はもとユワウ)は未詳の山名。賢治はどの山かを指して言っていると思われるが、現在その名はなく、比定もできない。

鳥獣戯画《ちょうじゅうぎが》【文】平安後期から鎌倉前期にかけての制作とみられる墨一色の描線を主とした白描画《はくびょうが》の絵巻。国宝。京都高《こう》山寺《ざんじ》蔵。鳥羽僧正(一〇五三〈天喜元〉～一一四〇〈保延六〉)の作と伝えられるが確証はない。猿、兎、蛙等が人まねをして遊びに興じている様などを描いた絵は有名。文語詩「県道」の「鳥獣戯画のかたちして／相撲をとれる子らもあり」は、蛙と兎が相撲をとっている場面の連想。

長石《ちょうせき》【鉱】feldspar　アルミノ珪酸塩鉱物。硬度は六～六・五。通常は白色。アルカリ長石(alkali feldspar)グループと斜長石(plagioclases)グループに分けられる。アルカリ長石グループのうち、カリウムを含むものをカリ長石(正長石、微斜長石)という。斜長石グループのうち、ナトリウムを含むものを曹長石、カルシウムを含むものを灰長石という。長石は、地殻を構成する鉱物のうち、最も存在量が多い鉱物である。小菅健吉の名で「校友会会報」に書いた短歌に「なつかしき、わが長石よ、たそがれの、淡き灯《ひ》に照る、そとぼりのたもと。」とある。↓斜長石

潮汐発電所《ちょうせきはつでんしょ》【科】月や太陽(↓お日さま)の引力によって海面が一日二回ずつ周期的に昇降する(満潮と干潮《かんちょう》)現象を利用し、その潮流によってタービンを回し電気を起こす発電所。ちなみに汐は朝方のしお(潮)に対する夕方のしおの古くからある正漢字である。童「グスコーブドリの伝記」に、クーボー大博士の計画どおりイーハトーブの海岸に沿って二〇〇の潮汐発電所が配置された、とある。これは賢治の科学的想像力のアイデアではなく、一一世紀末からイギリス全土の海岸では、上げ潮の満潮時に水門を閉ざし、引き潮の干潮時に開放し、水車をまわして動力とした製粉所が多くあった。同じ原理でフランスではランス川の河口に潮汐発電所があり、現在も発電用タービン二四基が活動している。設置に費用がかさむため、理想どおりには普及していない。

超絶顕微鏡《ちょうぜっけんびきょう》【科】トランセンデンス・マイクロスコープ(transcendence microscope)。限外顕微鏡または暗視野顕微鏡とも言う。ふつうの顕微鏡では見られない(それゆえに「超　絶《トランセンデンス》」)微小な物体を暗視野照明による散乱光を利用して、物体を輝かせて見る装置。手「三」で賢治自身そのことをわかりやすく説明している。詩「宗谷挽歌」に「あかしがつくる青い光の棒を／超絶顕微鏡の下の微粒子のやうに／どんどんどんどん流れてゐる」とある。詩「浮世絵展覧会印象」にも。

丁丁丁丁《ちょうちょうちょうちょう》　↓丁丁丁丁《ていていていてい》

梃々《ちょうちょう》【レ】チョウチョウは慣用音で、もとの漢音はテイテイ。詩「一八四ノ変　春　変奏曲」に、列車が「梃々として走って来ます」とある。賢治のレトリックの真意は不明だが、おそらく車輛が立ち並んで(長く連結されて)走るさまを、一梃《いっちょう》、二梃《にちょう》と数えるふうに表現したか。

重瞳《ちょうどう》【レ】二重になった瞳《ひとみ》(いわゆる二重まぶたは重瞼《ちょうけん》で別義)。医学的には不詳。非常に優れた人物の相とされ、『史

記』によれば古代の帝舜《しゅん》や楚の項羽《こうう》が重瞳であったと言う。ほかに、顔回、王莽《おうもう》等も。似た語に「重睛《ちょうせい》」があり、睛もひとみだが、これは重瞳をした霊鳥のこと。文語詩〔〔そのときに酒代つくると〕〕に「そのときに重瞳の妻《め》は、はやくまた闇を奔《(はし)》りし」とは、妻の神秘的な霊性を帯びた重瞳が酒好きの夫が出ていった闇に別の男(下書稿では「仇《あだ》し男」)の訪れを期待して一瞬視線を奔らせるさまだが、これは、詩〔〔うとうとするとひやりとくる〕〕にある「ひとみ黄いろのくわしめ《(ママ)》」(正しくはくはしめ。古語で美しい女〈妻〉の意)とイメージが似通う。ふつうの黒いひとみの外側に更に黄色の輪がある眼を想像すれば語義に近づくか。小沢俊郎に右の二詩について論じた文章がある(「賢治研究」二三号)。

頂礼《ちょうらい》 →帰命頂礼地蔵尊《きみょうちょうらいじぞうそん》

直翅《ちょくし》 →鱗翅《りんし》

ちょこっと →夜《よる》でば小屋《こや》の隅《すみ》こさ…

チョコレート【食】 chocolate カカオ(ココア)の実を煎《い》り、粉末にしたものに香料や砂糖*を加えて作った飲み物、および菓子*。一五世紀にコロンブスがカカオ豆をスペインに伝えて以来、飲み物として普及し、一九世紀になって板状の「板チョコ」が作られるようになる。日本に入ったのは明治初年。一九一一(明治四四)年に森永の板チョコが発売されたが高価だった。大量生産は昭和になってから。童〔銀河鉄道の夜*〕に「それは、チョコレートでもできてゐるやうに、すっときれいにはなれました」「やっぱりこいつはお菓子だ。チョコレートよりも、もっとおいしいけれども」とある。ほか童〔ひかりの素足*〕、詩〔小岩井農場*〕清書後手入稿「第五綴」等。

ちょす →ドヒ、どひちょす

勅教玄義《ちょっきょうげんぎ》【宗】 田中智学*著、一九〇五(明治三八)年一月一日初版発行、師子王《ししおう》文庫刊。『教育勅語』について智学がみずからの「日本国体学」の立場から解説したもの。『教育勅語』に述べられる孝、友、和、信などの徳目の目的が、すべて「皇運扶翼《ふよく》」(扶翼は助ける意。この語は第二次大戦中まで一般にもよく使われた)に帰結すべきであることを説いている(原題は第五版まで「勅語玄義」、第六版以降「勅教玄義」)。簡〔191の1〕に「別冊勅教玄義に研究案内がありますからその順序におよりなさったらいゝかと思ひます」とある。

ちよつとお訊《ぎ》ぎ申《もう》しあんす 盛岡行《もりおかゆ》ぎ汽《き》車《しゃ》なん時《じ》だべす【方】 ちょっとお尋ね申し上げます。盛岡*行きの汽車は何時でしょうか。時は「ず」と発音される。「だべす」は丁寧な問いかけ。詩〔小岩井*農場 パート七〕。

ちょっとこさ来《こ》【方】 ちょっとここに来い。「こさ」の「こ」は「ここ」が詰まったもので、方向を示す「さ」が付いて「ここへ」「こちらへ」となる。「どこ」「そこ」が「ど」「そ」に詰まる場合もよく見られる。短〔十六日〕。

智利硝石《ちりしょうせき》 →硝石《しょうせき》

地輪《ちりん》【宗】 五輪*の一。詩〔晴天恣意*〕に「堅く結んだ準平原*は/まこと地輪の外ならず、/水風輪(→水輪、風輪)は云はずもあれ」とあり、賢治は山岳を地輪としてとらえようとしている。ほかに、詩〔五輪峠*〕に「峠がみんなで五っつあって/地輪峠水輪峠空輪峠といふのだらうと」とあり、文語詩〔五輪峠〕には「五輪峠と名づけしは、/地輪水輪また火風(→火輪)」とある。→五輪《ごりん》

チルチル【人】 賢治が親しんだベルギー出身の象徴派の詩人で劇作家、メーテルリンク(Maurice Maeterlinck 一八六二〜一九四九)の代表作『青い鳥』(一九〇八、モスクワ芸術座初演。日本初訳は若月紫蘭《しらん》訳、一九一三(大正二)年、現代社)中の男の子の名前。妹の名はミチルだが、賢治作品中に近い名としてミチア*がある。『青い鳥』は六幕一二場の戯曲。クリスマス前夜に妖婆《ようば》の導きで、兄妹が光の精らとともに幸福の青い鳥を求めてさまざまな国をさまよう。だが結局求めることができず、自分の飼っている鳩*が青い鳥だったと気づく話。青い鳥(幸福)を獲得したら死なねばならないという、死を賭けた試みであるという点、森の中での柏*を中心とした木々の大胆な会話、兄と妹の同志的結合(→チュンセ)、幸福は日常生活のそばにあるといった主張等、賢治童話のテーマや意匠と非常によく似た内容を持った作品である。賢治文学の大きな影響源の一。今日メーテルリンクは忘れられた存在になりつつあるが、明治末から大正にかけて彼の戯曲の翻訳は小山内薫《おさないかおる》や茅野蕭々《ちのしょうしょう》をはじめとして、白樺派の武者小路実篤らに至るまで、すこぶる盛んだった。日本での『青い鳥』初演は一九二〇(大正九)年、有楽座での新劇協会公演。賢治には歌[四五七]に「雲とざす／きりやまだけ*の柏ばら／チルチルの声かすかにきたり」とある。これは第三幕第五場の森の場面を念頭に置いたものであろう。童「かしはばやしの夜*」との関連も考えられる場面である。この短歌は一九一七(大正六)年四月の日付を持つが、メーテルリンクの本邦初訳の単行本は同年刊行の村上静人《しずと》訳『メエテルリンク傑作集』。続いて一九二〇年には鷲尾浩《わしおひろし》(雨工《うこう》)訳の『マーテルリンク全集』(全八巻)があった。しかし賢治はおそらくもっと早く何か他の雑誌での翻訳を読んでいたと考えられる。→タンタジールの扉《たんたじーるのとびら》

メーテルリンク

ジーワン《じーわん》 →グレープショット、葡萄弾《グレプショット》

爺《ぢ》んご【方】 「爺《じい》さん」の方言。童「十月の末」では軽蔑のニュアンスが込められた呼び方になっているが、一般的にはそうとは限らない。花巻*地方における老人の呼称としては、他に「おんじさん」「おんばさん」等がある。

ちん入《ちんにゅう》【レ】 闖入《ちんにゅう》。うかがい入る。無断で入りこむこと。闖(門を馬が出入りする原意)だけで乱入する意。童「ポラーノの広場*」(→ポランの広場)で「わたくし」ことレオーノ・キュースト(→レオノレ星座)と警部とのやりとりに出てくる。

つ

家鴨《ツァーメエンテ》 つぁーめえんて【動】 あひる。ガンカモ科。秋、日本に飛来するマガモの小形の変種。飼育される。ルビはzähme Ente(独、飼い馴らされたダック)。詩[〔暮れちかい　吹雪の底の店さきに〕]の下書稿(二)[*四聖諦《ししょうたい》]に吹雪の店先に「すなほに絞められ吊るされ」売られている。

づぁ　↓町《まち》の人《ひと》づぁ…

ツァイス【天】【科】 Zeiss(独)　昔のドイツでは唯一の世界的光学メーカー、カール・ツァイス社(創設者Carl Zeiss 一八一六〜一八八八)のこと。賢治の時代には、*望遠鏡やカメラといえば、まずツァイスのレンズを使用していた。世界で初めてプラネタリウムを発明した(一九二三)のもこの社である。一九二八(昭和三)年ごろの天文関係雑誌「天界」(一九二〇創刊)の広告欄を見ると、望遠鏡の宣伝はツァイスだけで、簡易経緯台アゼロス型(口径48㎜最高倍率20×)、フォーク式経緯台のアゼグール型(60㎜94×)、大型経緯台アゼステン型(110㎜275×)、双眼鏡(↓夜間双眼鏡)スタモービル等の屈折望遠鏡が載っている。なぜか値段は書かれていないが、相当高価だったと思われる。一九二九年、東京天文台に備えつけられた六五㎝屈折赤道儀もツァイス製だった。国産としては一九三一(昭和六)年ごろから五藤光学の宣伝が登場。童[*土神ときつね]中で「僕実は望遠鏡を独乙《ドイツ》のツァイスに注文してあるんです」と狐が言う。

ツィーゲル【レ】 Zügel(〈独〉*馬の手綱《たづな》)か。それとも、それをヒントにした架空の人名か。詩[*小岩井農場]下書稿に「ツィーゲルは横へ外れてしまった」とある。手綱さばき、つまり視線や主題が横にそれてしまった、という間投句か。人名ならユリアやペムペルが右と左を行き、ツィーゲルは横にそれた、となる。

追肥《ついひ》【農】 おいごえ、補肥《ほひ》とも言う。種をまいたり、移植したときに施す*肥料。基肥《もとごえ》(元肥、根肥《ねごえ》)に対して言う。劇[植物医師]で*爾《に》薩待《さったい》のせりふに「*硫安を追肥するに」と出てくる。

ツェラ高原《つぇらこうげん》【地】 架空の地名。童[*インドラの網]の舞台。暗い*こけもものカーペットに覆われた空気の稀薄な高原として描かれ、*ソーダの結晶で白くなった湖も出てくる。童話中には「*過冷却湖畔も*天の*銀河の一部」とか、飛天(↓*雁の童子)を見た語り手の「私」が「人の世界のツェラ高原の空間から天の空間へふっとまぎれこんだ」と思う表現もあり、天上世界(↓異空間)の入口ともいえる神聖な場所。具体的には、賢治の*西域憧憬を考えるとチベット高原やパミール高原を念頭に置いたものと考えられる。チベット(Tibet)高原は、中国チベット自治区に広がる世界最大の高原。崑崙《こんろん》、ヒマラヤ等の山脈に囲まれ、インダス川、メコン川等の発源の地でもある。また、パミール(Pamir)高原は、大部分がタジキスタンに属し、天山山脈等の高峰に囲まれ、「世界の屋根」と呼ばれる。中国名で葱嶺《そうれい》(文語詩[〔たそがれ*思量惑《しりょうわく》くして〕]には老僧のお経の声が「バスなすことはさながらに、/風葱嶺に鳴るがごとし」とある)。童「インドラの網」は詩[*阿《あ》耨達池《のくだっち》幻想曲]とモチーフや表現に共通性があるため、チベット高原と考えてもよさそうだが、チベット高原は植物のほとんどない荒涼とした高原である。金子民雄は賢治の詩「葱嶺《パミール》先生の散歩」の描写はむしろチベット高原に近く、このツェラ高原こそはパミール高原に近いと指摘する。なお、チベットに関しては、十年間チベットで仏教を学び一九二二(大正一一)年に帰国して当時健筆をふるっていた秋田県出身の多田等観《ただとうかん》(一八九〇〜一九六七)の文章等からの影響も考えられ、賢治の西域憧憬は極めて強く、精神的にもシャーマニズム(巫教《ふきょう》。みこ、かんなぎとも呼ばれる神がかりの女性を介して神霊界と通じると信じられる原始宗教)を受けつぐチベット族のボン教の信仰は、賢治の関心内にあったと思われるが、詳細な知識に関しては思い違いも多かったようだ。「ツェラ」の名称については、金子はパミール高原西側のチュラン(Tūrān)低地をヒントにしたと推測する。なおチベット高原には数多くの出口のない*鹹湖《かんこ》があり、*曹達《そうだ》(岩塩)が堆積して湖の周辺が真っ白になっている。童「ペンネンネンネンネン・ネネムの伝記」にはチベット高原が、劇「饑餓陣営」には「チベット戦争」や「西蔵馬《チベット》」が登場。↓天山北路《てんざんほくろ》

つかせてしまへ《つかせてしまえ》【レ】【方】「つかす」は、「愛想をつかす」と言うときの「つかす」の意ともとれるが、詩ノート「〔*サキノハカといふ黒い花といっしょに〕」の「それらをみんな魚や豚につかせてしまへ」とあるのは「つ(突)っついて食べさせてしまえ」の意。

づがべもや【方】…しているだろうよ。童「十月の末」「土ぁぐぢゃぐぢゃづがべもや」。

労らした《つからした》【レ】労は疲と同義。「疲れさせる」の過去形(使役の他動詞で、終止形は疲(労)らす)。詩「〔そのとき嫁いだ妹に云ふ〕」の下書稿㈠「農民劇団」に「汗に眼を蝕《(むしばま)》れ風にこゝろを労らしたためか」とある。

月《つき》【天】賢治作品での登場頻度は高い。ただし、太陽のイメージ(「*コバルト硝子の光」や「*白金」「金粉」といった暗喩や間接表現を含めて)は全作品で一〇〇〇余なのに月のイメージ(これも暗喩等を含めて)は五五〇余、ざっと二対一の割合である。この頻度数だけで一般論として言うなら、賢治の文学は昼行的であり、彼は夜よりも昼の詩人だったということになる。それなのに彼の作品に夜や月の印象が強いのは「*銀河鉄道の夜」をはじめ「月夜の*でんしんばしら」等の童話や*イーハトヴ童話『注文の多い料理店』序の「これらのわたくしのおはなしは、みんな林や野はらや鉄道線路やらで、*虹や月あかりからもらつてきたのです」の表明等の強い印象の作用であろう。また月や月光のイメージが賢治ならではの独創性を発揮しているからでもあろう。なお一般論として言うなら、金いろの太陽を開放的な視覚的行動的な時空のシンボルとすれば、銀いろの月は内面的幻想性のそれであり、沈思、孤独の相をもつ場合が多い。賢治作品の月の場面には、しかし、そうした通有性もそなえながら、そこから大きくはみ出す特質が指摘できる。例えば、「うすらなく／*月光瓦斯」(歌[四四一])、「*葡萄糖を含む月光液」(詩「*真空溶媒」)、「月のひかりがまるで掬《(すく)》って呑めさうだ」(詩「林学生」)、「あるかなしかに青じろくわたる月の香気」(詩「〔あけがたになり〕」下書稿)等の気化・液化・香化された月光の動的なイメージからは、科学知識に裏打ちされた清爽な幻想性ばかりか、それを全身に浴びながら味わい、堪能している

官能的な賢治の姿が浮かんでくる。さらにまた、そうした月は官能性をいっきょに無化し、浄化する宗教的な契機をもそなえている。まさに*般若心経の「*無色香味触法」の世界が、賢治の月光のかなたにひろがっている。詩[*月天子」、文語詩[月天讃歌(擬古調)」(↓月天子《がってんし》)や前掲詩[〔あけがたになり〕」、詩[〔東の雲ははやくも蜜のいろに燃え〕」下書稿㈠の題でもある月の化身としての*普香天《ふこうてん》子《し》、童[*オツベルと*象」で死にそうな白象を救う、月のまたの姿である「赤い着物の童子」等は、そうした賢治の浄化の祈りを直接的に神格化し、対称化した姿であろう。さらに童[月夜のでんしんばしら」の線路脇をぞうりをはいてすたすた歩く恭一少年に向うの「*停車場のあかり」を「大きなお城があるやうにおもは」せてしまう、ふりそそぐ月光は、現実と幻想との結界をいっきょに取り払っている。それも現実の単なる無化や卑小化ではない。月光の城という幻想によって現実の駅は豊かさをまし、浄化される。かと思うと、童[*烏の*北斗七星」には夜明け近くの薄い鋼《はがね》(↓はひいろはがね)の空に「ピチリと裂罅《ひび》(↓裂罅《れっか》)がはひつて」、その裂け目からあやしい長い腕がぶらさがり、その直後に青く歪《ゆが》んだ二十日の月が山の端から泣きながらのぼってくる凄愴な場面もある。詩[*異途《(いど)》への出発」一行目の「月の惑み」は↓惑む《くらむ》。また、詩[*赤い歪形《(わいけい)》」([林学生」下書稿)の「*変《(ひょん)》たに赤くて」歪《ゆが》んだ月、詩[〔南のはてが〕」の「月の死骸」といった怯《おび》えの対象とも言える無気味な月もあって、それらも含めて、浪漫的な月の通念からはみ出していることは確かである。なお「*月魄《げっぱく》」(文語詩[二月」)、「月汞《げっこう》」(詩[*風の偏倚《(へんい)》」、*汞は水銀)、「*銀斜子《ななこ》の月」(詩[〔つめたい風はそらで吹き〕」)、「銀の盃」(童[*種山ヶ原」)等。なお、童[北守将軍と三人兄弟の医者」中の軍歌にある「みそかの晩とついたちは／砂漠に黒い月が立つ」のイメージは『唐詩選』(↓中原逐鹿三十年《ちゅうげんちくろくさんじゅうねん》…)中の盧綸《ろりん》の詩「和張僕射塞下曲《ちょうぼくやのさいかのきょくにわす》」の起句「月黒雁飛高《つきくろうしてかりのとぶことたかし》」に触発された賢治の再創造であることを、倉田卓次《たくじ》や天沢退二郎の論をふまえて詳細に論じた清水弘《ひろむ》の論文「宮沢賢治の『黒い月』」(藤女子大「紀要」33号、第Ⅱ部)がある。清水の意見を要約すれば「黒い月」は*地球照《アースシャイン》であり、この再創造には賢治の遊びがあると言う。賢治の短歌での頻度七回の「弦月」(げん月とも)は詩、童話にもあるが、上弦・下弦の「弓張月《ゆみはりづき》」の別名でもあることは国語辞書にも出てくるので、あえてそれ以上はここでの説明は省く。弓を張ったような月。↓月天子《がってんし》、ルーノの君《るーののきみ》

槻《つき》【植】 ケヤキ(欅)の古名。ニレ科の落葉高木で山地に多く、高さ二〇～三〇m、古木で五〇mに達するのもある。春早く若枝に淡黄緑色の小花をつける。各地に大樹や名木があり、高槻、岩槻等の地名はそうした大樹があったからだと言われる。屋敷材としても植栽されるが、材は堅牢で狂いが少なく光沢があるので建築、家具、船材等に用いられる。詩[*天然誘接《(てんねんよびつぎ)》」に「槻《つき》と杉とがいつしよに生えて」、『春と*修羅』詩稿補遺中の詩[休息」初行に「地べたでは*杉と槻の根が」、童[*銀河鉄道の夜」には「一ぱいに風に吹かれてゐるけやきの木のやうな姿勢で」とある。

づぎ、づぎぁ【方】 「時期」「…とき」の訛り。「…の時代」。短[十六日」では、「おらにもああいふ若ぃづぎあったんだがな」とある。ただし、いわゆる時間を示す「とき」の場合、この言い方はしない。

搗粉《つきこ》【食】 *玄米を搗《つ》いて精白(精米)する際に使用する白

土(しろつち、はくど)のこと。多く*石英、長石、硅砂(→石英)等が使われるが、粉末石灰を使うこともある。賢治は東北砕石工場(→石灰)の製品として石灰粉末を搗粉として売り出すことに積極的であった。工場主*鈴木東蔵あて簡[267]に「御照会の米搗《こめつき》用白土」、簡[268]に「殊に搗粉のもの最有効と存じます」とあり、簡[365]にも「*盛岡市内に於る各店搗粉需要状態調査の成績左の如くに御座候」等とあるほか、晩年期の書簡に多く見える。→米糠《こめぬか》

つきしろ【天】 月白。*月が出るとき空が白く明るく見えること。月代と書けば月のこと(転じて冠の代りに頭頂部を剃ったサカヤキのこと)。歌[三八一]の初句に「つきしろに」、詩ノート[〔いま青い*雪菜《ゆきな》に〕]に「残りのつきしろのやさしい銀の*モナド」とあり、文語詩[〔血のいろにゆがめる月は〕]には「月しろは*鉛糖のごと」とある。

月見草《つきみそう》 →待宵草《まつよいぐさ》、おほまつよひぐさ《おおまつよいぐさ》

づく《ずく》【鉱】 銑。づくてつ(銑鉄《せんてつ》)の略。鋳鉄《ちゅうてつ》、鋳物銑《いものせん》とも。和鉄と言われた日本古来の鉄は*砂鉄を精錬して作るこのづくのこと。文語詩[幻想]の「づくはいまし何度にありや/八百とえ(い)らい(ひ)(→えらい〈ひ〉)をすれば」は、*るつぼでづくを溶かしている光景。八百はその熱度。いらへは応《いら》え(答え)。→仙人鉄山《せんにんてつざん》

つぐみ【動】 鶫。スズメ目ツグミ科の鳥。全長二四cmほどの地味な鳥。一〇月下旬、*シベリア方面から大群で渡来する。羽色は*雀に似るが腹側に黒の破線状の模様がある。木の実、昆虫等を捕食する。キエーキッキエーキッと高く鳴く。かつては、かすみ網で大量に捕獲され、野鳥料理にされたが、今は禁止されている。「つぐみなら人に食べられるか*鷹にとられるかどっちかだ」(童[*ビヂテリアン大祭])、「たしか渡りのつぐみの群だ」(詩[〔この森を通りぬければ〕])、「つぐみが黒い木の実をくはえて《(ママ)》飛んできて」(詩ノート[峠の上で雨雲に云ふ]〈→ニムブス〉)、「つぐみがすぐ飛んで来て」(童[よく利く薬とえらい薬])等。

柘植さん《つげさん》【人】 柘植六郎。賢治を教え影響を与えた盛岡*高等農林学校教授(園芸等を担当)。詩[習作]に「柘植《つげ》さんが/ひやかしに云つてゐる」とある。榊昌子《さかきまさこ》に賢治への柘植の影響を論じた「賢治先生誕生」(「秋田風土文学」第九号)がある。

辻　潤

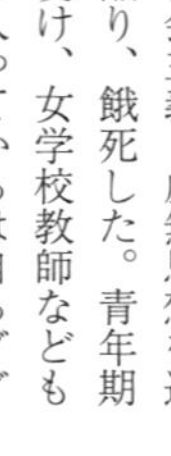

辻潤《つじじゅん》【人】 評論家。一八八四(明治一七)～一九四四(昭和一九) 東京生れ。キリスト教、*社会主義、*虚無思想《ニヒリズム》を遍歴。晩年は精神錯乱に陥り、餓死した。青年期はキリスト教の影響を受け、女学校教師などもつとめたが、放浪生活に入ってからは自らダダイストをもって任じ、ロンブローゾ『天才論』(一九一四)やシュティルナー『自我経』(『唯一者とその所有』の全訳、一九二〇)の翻訳でも有名。賢治の『*春と修羅』を「読売新聞」(一九二四・七・二三)に「惰眠洞妄語《だみんどうもうご》」としていちはやく紹介、高く評価した。『辻潤全集』一八巻(一九八一～八二、五月書房)がある。ちなみに高橋新吉の『ダダイスト新吉の詩』(一九二三)を編集したのも彼である。辻が編集し、武林無《む》想庵《そうあん》、萩原恭次郎《きょうじろう》、生田春月《いくたしゅんげつ》らが寄稿した「虚無思想研究」(一九二五・七～一九二六・六、全八冊、関根喜太郎発行。関根は賢治の『春と修羅』の発行名義人)に賢治も詩[冬](一九二五・一二月号)、[朝餐](一九二六・二月号)を発表している。

づしだま《ずしだま》【植】 イネ科の多年草ジュズダマ(数珠玉)の地

方名。古名ツシダマの訛りであろう。同じく古名でタマヅシとも言う。水辺などに多く生え、高さ一m、初秋、葉のつけ根から硬い球状の包葉に囲まれた黄緑の雌花と、この包葉を貫いて雄花が咲き、やがて球状の硬い実をつける。この実で数珠をつくったり、お手玉の袋の中に入れたりした。詩「〔しばらくだった〕」に「*四十雀《（しじゅうから）》をじぶんで編んだ籠に入れて／づしだまの実も添え《（ママ）》て」とある。

ジュズダマ

土神《つちがみ》【宗】 童「*土神ときつね」（↓*狐）の登場人物。文庫版と新校本の両全集は題名だけ狐を「きつね」にしている。その理由は新校本全集⑼「校異篇」参照。土神は通常ツチノカミ（土地をつかさどる神）、またはドジンと読んで陰陽道《おんみょうどう》で言う「土公《どこう》（つちぎみ、どくう、とも。土公神《どくじん》の略）」と同義に用いる。土公は土を司る神で春はかまどに、夏は門に、秋は井戸に、冬は庭にあるとされ、それぞれの季節に場所を動かすと凶を招くと言われている。ところが春なのに、かまどでなく、この童話の土神は「ぐちゃぐちゃの谷地《（やち）》の中に住んで」「丸太で拵《（こしら）》え《（ママ）》た高さ一間ばかり」の*祠《ほこら》をもっている。陰陽道で解するかぎり凶兆は明らかである。しかも神としてのプライドから人間や動物たちを見くだしているくせに嫉妬深く、「乱暴で髪もぼろぼろの木綿糸の束のやう眼も赤くきものだってまるでわかめに似、いつもはだしで爪も黒く長い」。美しい女の*樺の木を狐と争い、嫉妬のあまり残酷な殺し方で狐を殺してしまう。その結果大声で泣く。つまり、かりそめの神性と残忍な魔性とが表裏になっており、その矛盾の帰結点としての生《せい》の根源的な悲傷を含めて、土神は賢治作品の中では重要視されるべき人物像の一。なお、神性と魔性の相克にしても、陰陽の五行《ごぎょう》説（木は土に、土は水に、水は火に、火は金に、金は木に打ち勝つ。それぞれ循環し、相克しながら）の相克との関連も考えられはするものの、すべて陰陽道の枠組でこの童話を解釈しては、賢治の想像力の可能性を限定することになりかねない。古くからある神道風の民間信仰の地神《じがみ》（同族の屋敷神、地の神）の伝承もふくめて、あくまで影響として考え、賢治の想像力の自由と主体性の解放を図るべきだろう。

つちぐり【植】 土栗。ツチグリ科の食用きのこ。同名のバラ科の多年草もあるが、これは西日本の山野にしか見られないので、賢治の歌〔六五〕にある「つちぐりは石のごとくに散らばりぬ *凍えしがけのあかつちのたひら」はイメージからして明らかにきのこである。黒褐色球状の菌体を地上に現わし、やがて上部から下へ向かって裂け、地上に爪先立ったようにして地上を離れ、風に吹かれて転がる。裂けた皮殻内の内被は裂けないで球状のまま残る。大きさによっては、一見柿の幼い実にも似るので土柿の名もあるが、賢治の短歌はいかにも土栗の生態にぴったりである。

土沢《つちざわ》【地】 岩手県和賀《わが》郡土沢町（現花巻市東和町）。盆地の中の町で「ぬく（ぐ）ぼ」と言われるほど温暖で気候が良いので、遠野盆地のような凶作がない。北上平野とともに早くから開拓された。詩「冬と*銀河ステーション」に「あのにぎやかな土沢の冬の市日《いちび》（↓食《た》うぶる）です」とある。土沢の市日は一月七日であった。

つゝじ《つつじ》【植】 躑躅。ツツジ科の総称。日本の山野に自生するものだけで四六種があり、観賞用として栽培される園芸品種も数多い。よく分枝する低木で常緑、落葉二種がある。枝や葉に細毛があり、春、夏に品種によって紫紅、白、橙色の花を咲かせる。句に「つゝじこなら*温石のみぞれかな」、童[*風野又三郎](→風の又三郎)に「つゝじやなんかの生えた石から」、童[税務署長の冒険]に「つゝじに足をとられたりしながら」とあるのは高山の*レンゲツツジ、ミヤマホツツジ、ホツツジ、イソツツジ、ウラジロヨウラク、コヨウラクツツジ、サラサドウダンツツジ等のどれかであろう。

筒袖《つつそで》【衣】 たもとのない筒のような形をした袖。またそういう袖の着物のこと。仕事着に多く用いられた。削袖《そぎそで》、つつっぽうとも。詩[会食]に「手蔵氏(→簡手蔵)着くる筒袖は/*古事記風なる*麻緒」とある。詩[火祭]にも。

つつどり【動】 筒鳥。ホトトギス目ホトトギス科の鳥。ポンポン、ポンポンと竹筒を打つような鳴き声からその名がある。全長三三cmほどで羽色は灰黒色、腹部に同色の横斑がある。「*七つ森ではつゝどりどもが/いまごろ寝ぼけた機関銃」(詩[遠足統率])、「*アナロナビクナビ踏まるゝ*天の邪鬼《(あまのじゃく)》/四方につゝどり鳴きどよむなり」(文語詩[祭日〔二〕])、「つつどり声をあめふらす、水なしの谷に出で行きぬ」(文語詩[〔こらはみな手を引き交へて〕])、「つつどり又啼く」(劇[*種山ヶ原の夜])等。

ツツドリ

つと【文】 苞。わらづと。童[とっこべとら子](→おとら狐)に「ご馳走《ちそう》の残りを*藁《わら》のつとに入れて」とあるように(あとのほうでは漢字で出てくる)食べものなどを入れる、藁で編んだ入れもの。「家づと」などというときの「つと」(みやげ、プレゼント)の古語の語源。

づど【方】 「というと」の訛り。「…(する)と」の意。劇[*種山ヶ原の夜]に「ぬらすづど悪ぃ」とある。「濡らすとまずい」の意。

づな →夜《よる》づもな…

繋《つなぎ》【地】 現*盛岡市繋。一八八九(明治二二)年から一九五五(昭和三〇)年まで御所《ごしょ》村。一九八一年に*雫石川に御所ダムが造られた。有名な繋温泉はこの御所湖の南岸にある。盛岡から西一二km、*秋田街道にも近く、単純硫化水素泉で利用者が多い。賢治にもなじみの場所。詩[*小岩井農場 パート一]に「みんな丘かげの茶褐部落や/繋《つなぎ》あたりへ往くらしい/西にまがつて見えなくなつた」とある。「茶褐部落」は固有名詞でなく、茶褐色に見える集落、であろう。

づなす →いつつも拝《おが》んだづなす

綱取《つなどり》【地】 岩手県和賀《わが》郡横川目《よこかわめ》村(現北上市和賀《わが》町)にあった綱取鉱山のこと。三菱鉱業の銅山。金銀も採れた。大正時代には坑夫が三〇〇人もいたが次第に衰退、一九四〇(昭和一五)年に閉山。詩[〔*甲助 今朝まだくらぁに〕]に「甲助/今朝まだくらぁに、/たった一人で綱取さ稼《(かせ)》ぐさ行ったでぁ」とある。「稼ぐさ」は方言で稼ぎに、働きに、の意。たった一人で綱取にかせぎに行ったよ。なお、同名の綱取が盛岡から六kmの中*津川上流にあり、こちらは現在綱取ダムで知られている。

づのぁ →稲《いね》の伯楽《はぐらぐ》づのぁ、…

油桃《つばいもも》【植】 ツバキモモ(椿桃)の音便でツバイモモ、さらに訛ってズバイモモとも。漢名ではユトウ、今は洋風にネクタリン(nectarine)。東北地方では古くから栽培された桃。普通の桃より小ぶりで皮は無毛。熟して赤い光沢を発するので光桃《ひかりもも》、コウトウとも言う。童[チュウリップの幻術](→うっこんかう)に「あいつは油桃です」とある。

壺穴《つぼあな》 →elongated pot-hole

つぼけ【植】【農】【方】 刈り干しの草を束ねて積んだもの。詩[事件]に「*萱《かや》のつぼけをとる手をやめて」とある。

つまご【衣】 爪子。履物の一種。わらじ(草鞋)の先や全体を被う、主に冬の雪道を歩くときの覆《おお》い。つまご*をつけた履物をそう呼ぶこともある。詩[法印の孫娘]に「黒い雪袴《モッペ》(→ゆきばかま)とつまごをはいて」、文語詩[〔馬行き人行き自転車行きて〕]に「絣合羽《かすりがっぱ》(→絣)につまごはき」とある。

つまご

爪立て《つまだ》【レ】 足の爪先で立つ→爪立つの連用形を名詞に用いる。童[鹿踊り《ししをど》のはじまり]に「爪立《つまだ》てをして」とある。

つみ累げ《つみっなげ》【レ】 累げはかさねる、かさなる意。つみ累げ、と読みたいところだが、「すがれし(→すがれの禾草《かそう》)大豆《まめ》をつみ累《あ》げ」(文語詩[巡業隊])の場合、音調の不足はまぬがれない。「つみつなげ」と読むことができる。

つめくさ →赤つめくさ《あかつめくさ》、白つめくさ《しろつめくさ》

冷《つめ》だぁが【方】 「冷たいか」という疑問であるが、賢治のころの*花巻方言としては「しゃっけえが」「ひゃっけが」の表現のほうが、より一般的であった。それではあまりわかりにくいので賢治は用いなかったのであろう。童[*ひかりの素足]。

冽たい《つめたい》 →ちぎらす、冷《つめ》だぁが

つめたがひ《つめたがい》【動】 津免多貝。海生のタマガイ科の巻貝。ツベタガイ(津辺多貝)、ウツボガイ(空穂貝)、ウツセガイ(虚貝)とも。童[*サガレンと八月]に「白い貝殻に円い小さな*孔があいて落ちてゐるのを見ました。つめたがひにやられたのだな」とあるのは、つめたがいが他の二枚貝の殻に孔をあけて肉を食うから。ために貝類養殖場では害敵とされる。

ツメタガイ

づもな →そだがもはすれなぃ。…

づもんだ →かう《こ》云《い》ふごと…

つゆくさ【植】 露草。アイバナ、アオバナとも。古名ツキクサ(月草)。その花で布を刷り染めたので着草とも書いた。漢名鴨跖草《おうたくそう》。日本各地の山野に自生する一年草。花は包葉に包まれ外花被は無色、内花被は鮮青。初夏の早朝に開花、午後しぼむ。早朝花をつみ、しぼり汁で青花紙を作り、友禅などの下絵を描くのに用いる(今は類縁の他の草も用いるが)。茎葉は薬用。若葉は食用。童[*蛙のゴム靴]に「岸には茨《いばら》(→ばら)やつゆ草や*たでが一杯にしげり、そのつゆくさの十本ばかり集った下のあたりに、カン蛙(→蛙)のうちがありました」とある。

ツユクサ

つらこすりなほせでぁと →しゅうれえ

釣鐘草《つりがねそう》【植】 一般には山地に自生する釣鐘状の花をつけた植物(ホタルブクロ、ツリガネニンジン、ナルコユリ等)の総称。賢治は「不思議な釣鐘草《ブリーベル》とのなかで」(詩[*オホーツク挽歌])とか「*釣鐘人蔘《ブリューベル》のいちいちの鐘もふるえる《ママ》」(詩[*早池峰山巓])と「ブリューベル」のルビを施している(ルビでなく「ブリューベル」と出てくる

ツリガネソウ

例もある。「ブリーベル」とあるのは「春と修羅」初版本の誤植であろう)。ところが、この「ブリューベル」が問題で、英語のblue-bellとすれば一応辻褄は合うようだが、なぜブリューと読んだのか。フランス語のbleu(緑がかった青。ドイツ語blauからきたとされているが、さらにその元はゲルマン語)のつもりであったか。俊野《としの》文雄によれば、別のドイツ語blüh(blühend〈花盛りの〉の語尾省略形)とbellの合成造語blüh-bell(鐘《ベル》のごとき花)の可能性も考えられると言う。釣鐘草のドイツ語はGlockenblume《グロッケンブルーメ》だから。英語のblue-bell《ブルーベル》にしても一般には野生*ヒヤシンスのことで、日本の釣鐘草に対応するのはbell-flower(Chinese bell-flowerとも)。すると賢治はblue-bellを一般的にブルーの色の釣鐘形の草花の意味にとって、しかもblueを、俊野説のようにベルのかたちをした花の意で用いたと考えるのが妥当なようである。もっとも、そうしたややこしさのない童[*銀河鉄道の夜]の「つりがねさうか野ぎくかの花が…」の例もある。

つりがねにんじん、釣鐘人蔘《つりがねにんじん》 →釣鐘草《つりがねそう》

鶴 つる 【動】 ツル目ツル科の鳥の総称。飛来地を含めてツルは天然記念物。代表的な北海道のタンチョウヅル(丹頂鶴)は留《りゅう》鳥《ちょう》(渡り鳥に対して言う)だが、ナベヅル(鍋鶴)やマナヅル(真名鶴)等は冬鳥として渡来。近年、数は減ったが干拓地や湿原に群れて暮らす。姿がよく、長命と言われ(中国神話による)、遠く万葉の時代からめでたい瑞鳥《ずいちょう》として親しまれ、歌に歌われ、絵画、工芸等にもその姿が描かれてきた。「浜の離宮の黒い*松の*梢には/鶴もむれまた鵝《(が)》(→鵞黄《がこう》)もむれる」(詩[三原 第一部])、「一羽の鶴がふらふらと落ちて来て」(童[*銀河鉄道の夜])は星座のツルからの連想。「まなづるが、三つの花の上の空をだまって飛んで過ぎました」(童[まなづると*ダァリヤ])のマナヅルは、鹿児島県の出水《いずみ》市と出水郡高尾野町、野田村に冬渡来するが東北地方にも散発的に一、二羽渡来することがある。ほか童[*林の底]にも。

つるうめもどき 【植】 蔓梅擬。うめもどきの名は実が梅に似ているという意味で梅擬の字をあてるが、これは蔓《つる》性のニシキギ科の落葉低木。この蔓がとても丈夫で往時は山で薪《まき》などをたばねるのに便利で重宝された。根はオレンジ色で枝葉は無毛、葉は楕円形で晩秋に黄葉する。果実は球状で秋に熟し、三枚の殻に裂ける。詩[〔今日もまたしやうがないな〕]に「つるうめもどきの石薮《(いしやぶ)》が/小さな島にうかんでゐるし」とある。

ツルウメモドキ

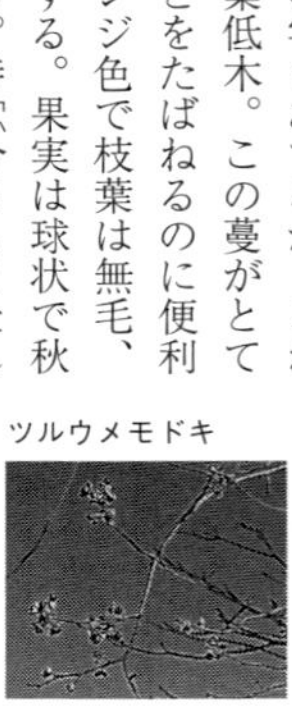

ツヰンクル、ツヰンクル、リトル、スター《つゐんくる、つゐんくる、りとる、すたー》 【音】 Twinkle twinkle little star 童[*銀河鉄道の夜]中に、幼い姉弟に青年が説いて聴かせる言葉の中に登場する英語の曲。日本名「キラキラ星」。もとの曲はフランス民謡の「Ah! Vous dirai-je, maman」(ア ヴ ディレージュ ママン。ああ、お母さん、あなたに申しましょう)。

ツングース 【地】 Tungus 通古斯とも書いた。*シベリア東部から中国東北地方に分布するアルタイ語系のツングース語を話す民族。黒目大きく頬骨が出て鼻が高いのが一般的な特徴。詩[〔おしまひは〕]に「その骨ばったツングース型の赭《(あか)》い横顔」とある。

ツンドラ 【鉱】 tundra(露) 寒帯地域に分布する荒原地帯。寒冷のため植物の生長期間が短く、樹木が生長できない地域。サー

ミ語やウラル地方語で「木がない土地」を意味する。夏には凍土の表面が溶けて湿原となり、冬には植物の腐植体が蓄積され、泥炭層を形成する。エスキモー（*アメリカインディアンが差別的にそう名づけた種族で、日本でもそう呼んでいた蒙古系住民だが、今はイヌイットと言う）の住む地帯である。詩「*樺太鉄道」に「青びかり野はらをよぎる細流／それはツンドラを戴《(ママ)》り」とある。賢治は北の海への憧れを抱いていた。*ベーリング市、*ラッコの上着等もツンドラ地帯と関係の深いイメージである。

て

ディアラヂット《でぃあらじっと》【鉱】diallagite 異《い》剝《はく》輝岩。ふつうの*輝石や輝岩に対して裂開面を有するもの。異なるという意のギリシア語 diallagē に発する名。裂開面には磁鉄鉱(→ジッコ)やチタン鉄鉱の生じたものが多い。詩[*岩手軽便鉄道 七月(*ジャズ)]に「狂気のやうに踊りながら／*第三紀末の紅い*巨礫層の截(き)り割りでも／ディアラヂットの崖(がけ)みちでも」とある。

低夷《ていい》【レ】低く平らなさま。詩篇[三原三部]下書稿[大島紀行]。

帝王杉《ていおうすぎ》【植】*杉の品種名ではなく、大きな杉の木をこう呼んだものと思われる。杉は*松と並んで日本の古代から人間の生活に根をおろし、神聖視されたりもしてきた。それだけに品種より地名や伝承に基づく名をもつことが多い。北山杉、秋田杉、屋久杉、大王杉、矢立《やたて》杉等。帝王杉もそれにちなんだ賢治詩中の命名かと思われる。詩[*華麗樹種品評会]に「またあたらしく帝王杉があらはれて／風がたちまち*鷹を一ぴきこしらえ(ママ)あげる」とある。

泥灰岩《でいかいがん》→泥灰岩《マール》

泥岩《でいがん》→Tertiary the younger Mud-stone

梯形《ていけい》→七つ森《ななつもり》

停車場《ていしゃば》【文】バスの*停留所に対して、テイシャジョウとも言った。現在の鉄道の駅に当たる。厳密にいえば、列車を停止させて旅客の乗降、荷物の積み下ろしを扱う停車場と、列車の編成、車両の入れ替えをする操車場と、列車の行き違い、待機の場所である信号所との総称。大正年間まではステーション、訛ってステンションとも呼ばれ、当て字で「須転処」等と表記されたこともある(ダジャレふうにステイショバと言ったりもした)。一九一四(大正三)年にオランダのアムステルダム駅をモデルにして完成した東京駅は当時、*中央停車場と呼ばれた。停車場より小さい、市電やバス等の場合は停留所。詩[*盛岡停車場]、童[*グスコーブドリの伝記][*月夜のでんしんばしら][*楢ノ木大学士の野宿]等、多数の作品に登場。

定省《ていせい》【レ】中国古代の儒教の教えを説いた『礼記《らいき》』(五経の一)中の語。「朝は両親の体調をたずね、夜はその寝床をしつらえる」とあり、孝養を尽すこと。文語詩[*涅槃堂(ねはんどう)]下書稿(二)に「定省を父母に欠き／養ひを弟になさで」とある。「父母に孝行もせず、弟の世話もしないで」の意。

定性的《ていせいてき》【科】童[*ビヂテリアン大祭]のパンフレットに「*マルサスの人口論は、今日定性的には誰も疑ふものがない」と出てくる。定性は本来化学用語で、物質の成分分析に用いられるのだが、ここでは、原理的には、質的には、といった意味で賢治は比喩的に用いている。

泥炭《でいたん》、**泥炭層**《でいたんそう》【鉱】ピート(peat)。湿原植物が枯れて堆積し、分解し、変化して土塊状になったもの。水分や土砂を含みながらも、肉眼で識別できる。詩[真空溶媒]に「四角な*背嚢(はいのう)ばかりのこり／たゞ一かけの泥炭《でいたん》になつた」とある。それが層をなしているのが泥炭層（泥炭地とも）で、詩［（野馬がかってにこさえたみち《(ママ)》と）（→馬《うま》）］には「泥炭層の伏流が」とある。伏流は地上の水が地下（例えば砂漠や黄土などの）を流れること。災害時も多く見られる。

丁丁丁丁丁《ていていていていてい》【レ】「疾中」詩篇中の一篇に繰返されている同字反復の語で、一行目の五文字を旧校本全集以降［　］に入れて詩の題にもしている。全部で三五字、この詩の空所を埋め込むようにして、あとで入れられたもの。丁は漢音でテイ、トウ。同義ゆえ、そう読んでもよいが、物をつづけて打つ丁丁や、刀などで（転じて対話などで）やり合う丁丁発止《はっし》の語は慣用でチョウチョウと読んでいる。この詩も同様の意で用いられていて、特にどの読みが正しいとはいえないと思うが、視覚的効果もともなって異様なイメージを与えずにはいない。*尊属殺人まで連想させられる」（*尊々殺々／殺々尊々《(ママ)》…）」等の悪魔的でデスペレートな表現（「ゲニイめたうたう本音を出した」→*悪魔）とも相まって、病《やまい》に、ひいては運命に追いつめられた賢治の「疾中」の内面の深淵を激しく感じさせられる異例の表現。ただし、この詩の終わりで、その深淵から上昇していく「巨きな花の蕾《(つぼみ)》がある」ことを見落としてはなるまい。

梃々《ていてい》 →梃々《ちょうちょう》

停留所《ていりゅうじょ》【文】 詩［停留所にて*スヰトンを喫す］では、待合室が「*玻璃製」（→ガラス）で、「電車の発着表」がある。片田舎で透明なガラス張りの停留所の建物とは、（ガラス窓はあったろうが）現実にはありえない、いかにも賢治らしい着想と言うべきだろう。ちなみに、法律用語では、乗合《のりあい》自動車（バスの旧称）の場合を停留所、市内電車・トロリーバスの場合を停留場と使い分けている。

ティンダル効果《てぃんだるこうか》【科】 ティンダル（チンダル）現象とも。イギリスの物理学者J・ティンダル（Tyndall、一八二〇～一八九三）によって発見された現象を言う。*コロイド溶液に側面から光を当てると、光がコロイド粒子によって*散乱し、光の通路が輝いて見える*現象。朝の列車の中に光がさし込んだときの光景を、詩［（プラットフォームは眩《まば》ゆくさむく）］では「東の窓はちい《(ママ)》さな塵の懸垂（→懸垂体）と／そのうつくしいティンダル効果」と表現している。詩［ノート［汽車］］には「そのうつくしいティンダル現象」とある。

手《て》凍《かげ》えだ【方】 手が凍《こご》えた。手が冷たくなって思うように動かなくなった。詩［風林］。

出来《でか》さなぃ →あんまり出来《でか》さなぃよだな

デカンシヨ【音】【文】 でかんしょ節。明治末の花柳界、学生間の流行歌。兵庫県丹波《たんば》篠山《ささやま》の盆踊りの歌デッコンショ節に発すると言われる。東京高等師範学校教授の亘理《わたり》章三郎によって旧制一高生の間に広まり、全国的に第二次大戦中まで学生間に歌われた。歌詞は「デカンショ、デカンショで半年暮らす、ヨイヨイ、あとの半年《はんとし》や*寝てくらす、ヨーイヨーイデッカンショ」。俗説には、デカルトとカント、ショーペンハウエルの頭文字を集めたものとも言われるが、もと「出稼《かせ》ぎしょ」に発するとも言われる。詩［東岩手火山］（→岩手山）に「みんなのデカンシヨの声も聞える」とある。

てき弾兵《てきだんへい》 →擲弾兵《グレナデーア》

てぐす【衣】【動】 テグスイト（天蚕糸《てんさんし》）のこと。虫糸、天糸と

【てくす】

も言う。クヌギやナラの木の葉を食して育つヤママユ(山繭)の幼虫の絹糸《けんし》腺《せん》から採出し、酢酸と食塩水に浸してつくる。山繭は江戸時代から信州、中国地方、北関東、東北の一部で山林飼育された。信州有明《ありあけ》(現長野県安《あ》曇野《づみの》市穂《ほ》高《たか》町)では、広く他地方への出張飼育が行なわれた。現在も穂高町天蚕センターを中心に飼育されている。クヌギやナラの林があれば「てぐす飼ひの男」(童[グスコーブドリの伝記])が、ねらってやって来たと言う。主に栗につく害虫、栗毛虫(樟蚕《くすさん》)からもテグスが採れることから、[グスコーブドリの伝記]も「栗の木」に飼う設定になっている。また粗い織糸も採れる。この織糸で製したジュウタンを意味する「青い天蚕絨」(童[銀河鉄道の夜])、「橄欖《かんらん》天蚕絨《びらうど》」(詩[マサニエロ])、天蚕絨に「びらうど」のルビは賢治の誤記)、「赤い天蚕絨の頭《づ》巾《きん》」(童[氷と後光(習作)])等もてぐす糸の織物。絹と交織した着物は丈夫で美しく親子孫の三代にわたって着られたと言う。

デクノボー【宗】【レ】 木偶坊(でくのばう)。賢治は土偶坊とも、あるいは坊をボーとも書いている(木偶は方言ではキデコで、こけしの意になる)。デクノボーとは賢治にとって究極的には理想の人間像であった。詩[〔雨ニモマケズ〕]に「ミンナニデクノボートヨバレ/ホメラレモセズ/クニモサレズ/サウイフモノニ/ワタシハナリタイ」とあるが、この詩(詩というより賢治の「内的偈《げ》」)(→迦陀)自体への甲論乙駁は別として、賢治はデクノボーと呼ばれるような存在になりたいと強く希っていたことは確かである。しかし、「慾ハナク/決シテ瞋《イカ》ラズ/イツモシヅカニワラッテヰル」(同詩)生きかたが、何故賢治の理想となり得るのか。それは自己の内なる二極、修羅とまことの壮絶な格闘を抜きにしては理解できないだろう。その内面の劇の帰結点がデクノボーであった。デクノボーのイメージを賢治の身近な経典に求めるなら、文語詩[不軽菩薩]の存在が傍証するように、それは法華経(→妙法蓮華経)に現われる常不軽菩薩《じょうふぎょうぼさつ》であることがわかる。そして、童[猫の事務所]のかま猫、童[祭の晩]の山男、童[虔十公園林]の虔十、童[気のいい火山弾]のベゴ石、といった作品の主人公たちは、いずれも賢治の抱懐するデクノボー像のその時どきの分身であった。読者がこれらの分身たちに共通する悲しみの感情―そのまま賢治内面の慈愛に通じる―に共感するとき、しかもその悲しみや願いの出所が賢治の全生涯であったことを考えるとき、詩[〔雨ニモマケズ〕]の直接的な願望の表明を、そこだけ取り出して、いちがいに説教くさいと否定することはできなくなろう。ついに書かれなかった劇の構想メモ[土偶坊](帳[雨ニモマケズ]七一~七四頁)にも、題の下に「ワレワレ〈ハ〉カウイフ/モノニナリタイ」とある。「ワタシハ」でなく「ワレワレ〈ハ〉」になっていることも、単に近代的、個人的な立場をこえた「ワレワレ」みんなの願望でありたいという、それ自体も願望であったことも示している。「土偶」でなく「木偶」になっている詩ノート[〔えい木偶のぼう(ママ)〕]もある。

テクラ【人】 Thēkla(ギリシア) ローマ神話の中の女神名。童[ひのきとひなげし]の中で、ひなげしの女王の名として用いられている。

手甲《てこう》【衣】 旧かなテカフ。強調形は「てっこう」。手の甲を覆って保護するもの。手の甲にだけかぶせるものや、半手袋のようなものなどいろいろな形がある。古くは武具としても用い、また、旅行の際も使ったが、特に仕事着としては、脛巾《はばき》(→脚絆《きゃはん》)

ともに代表的なものであった(旅装の代名詞のように「手甲脚絆」と言った)。詩[小岩井農場パート七]の「農夫は(中略)白い手甲さへはめてゐる」や、童[蜘蛛となめくぢと狸]でかげろうの歌う「ちさいあの手に白手甲《しろてかう》、/いとし巡礼《じゅんれ》の雨《あめ》とかぜ」(ジュンレは方言)等。白手甲は白布製。ほか、詩[毘沙門天の宝庫]、童[ひかりの素足]等。

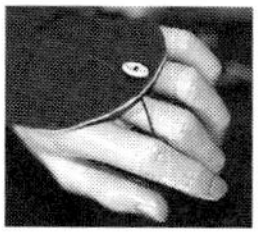
手甲

デコラチーブ【植】 Dekorativ(独) 装飾的の意から、園芸植物ダリヤの花形の一種を言う。八重咲きで花弁が平ら、かつその縁が内側に曲がっているのが基本。菊咲きとも言う。詩ノート[ダリヤ品評会席上]に「ありふれたデコラチーブでありますが」とある。

石英安山岩《デサイト》 →石英安山岩《せきえいあんざんがん》

デシ【科】 でし déc(仏)、略記号 d. 国際単位で一〇分《ぶん》の一(ラテン語の数、一〇に発する。英語表記 deci)。詩[浮世絵展覧会印象]に「十二平方デシにも充たぬ」とある。

デステゥパーゴ【人】 賢治得意の創作人名の一。あるいはドイツ語の Destillation《デスティラチオーン》(酒の蒸溜)が命名のヒントか。童[ポラーノの広場](→ポランの広場)では「山猫博士(→猫)のボー、ガント、デステゥパーゴ」、詩[〔穂を出しはじめた青い稲田が〕]では、「B. Gant Destupago は大きな黒の帽子をかぶり」と、いかにも実在の西洋人名らしく登場する(B はドイツ語の「売り」〈Brief〉の相場記号、Gant もドイツ語の「倒産競売」がヒントか)。前者は山猫博士と呼ばれる県会議員、高圧的実力者。選挙の支度と称してタダ酒を呑ませるポラーノの広場を開く。またアセトンの乾溜工場を経営するが、実は酒の密造(→密造酒)をやっている。農民を苦しめる資本主義的な悪者の象徴であり、後者では、前者に登場するファゼーロが Faselo と、やはり横文字で出てくるので、両作品の共通性が指摘できるものの、しかし後者では必ずしも悪者の印象までは与えない。

手蔵氏《てぞうし》 →簡手蔵《かんしゆぞう》

テヂマア《てじまあ》【人】 手爪《てづま》・手妻(手品)をもじった奇術師の名前。童[ペンネンネンネンネン・ネネムの伝記](→昆布)に「俄《(にわか)》に見物がどっと叫びました。/『テン・テンテンテン・テヂマア!うまいぞ。』/『ほう 素敵だぞ。テヂマア!』」とある。

手帳《てちょう》【文】 現存する賢治の手帳は、一九二八(昭和三)年ごろより一九三二年ごろまでに使っていたと思われる一五種。その内容は、仕事に関する覚え書きだけでなく、詩や童話の下書きやメモも多く含まれている。これらの比較的晩年のもの以前にも、賢治は多くの手帳を使っていたと思われる。戸外に出るときも賢治は首からつるしたシャープペンシルを取り出して、随時随所で小型の手帳にメモしていたと言う。手帳は多くの賢治作品にも登場する。一九一七、一八年ごろに書かれた歌[五九九]には「手帳のけいも青くながれぬ」(「けい」は罫、ライン)とある。童話の中で手帳を持っている人物は、学者、学生、絵かき、将軍など、持っていて不思議はない人と、農夫やおじいさんのような、あまり手帳とは縁のない人たちとに二分される。後者は童[耕耘部の時計]の赤シャツの農夫や、童[グスコーブドリの伝記]の「いままで沼ばたけで持つてゐ

「雨ニモマケズ」手帳

た汚ない手帳」の持主ブドリ等であるが、農民が手帳を持ち歩いたりするのは、当時の状況から考えて一般の習慣ではなかっただろう。そこには賢治自身の姿の投影が見られる。日本でいち早く手帳を売ったのは、明治の初期のころ、横浜の文寿堂と東京日本橋の*丸善と言われている。賢治は手帳だけでなく、丸善の品物を愛用したが、賢治も使っていた一九二三年丸善製の手帳は、現在の一般的な手帳と大きさ、内容ともほとんど変わらない。

鉄囲《てっい》 【宗】 旧かな「てつゐ」。鉄囲山《てっちせん》のこと。*須弥山《しゅみせん》を囲む九山《くせん》八海の最も外側の鉄でできた山とされる。この外にさらに大鉄囲山があり、この二つの山間に八大*地獄があるという。雑[法華堂建立勧進文《こんりゅうかんじんもん》]に「邪見鉄囲《じゃけんてつゐ》の火《ひ》を増《ま》しぬ」とある。

鉄液《てつえき》 →釜石《かまいし》

デックグラス 【科】 deck glass 顕微鏡観察の際、標本を置く*ガラス。童[毒蛾](→蛾)に「青いリトマス液が新らしいデックグラスに注がれました」とある。

鉄ゲル《てつげる》 →鉄ゼル《てつぜる》

鉄石英《てつせきえい》 【鉱】 Ferruginous quartz 酸化鉄を多量に含む石英。簡[137]に「たとへば花輪の鉄石英、秋田諸鉱山の孔雀石」と書かれている。花輪は岩手県宮古市の西南部、閉伊川南岸の肥沃な農村地域。花輪鉱山産の鉄石英は、五〜一〇㎜の鉄石英粒がぶどう状に集合したもので、赤褐色不透明の同心円構造をなしている。

鉄ゼル《てつぜる》 【科】 ゼルはゲルに同じ。水酸化鉄コロイド溶液の固化したものか。小沢俊郎によれば土中の鉄がゲル状の酸化鉄になっている状態で、土色は赤茶けていて、これを「赤渋」等と呼ぶと言う。「沢では水が暗くそして鈍つてゐる／また鉄ゼルのfluorescence(→蛍光板《けいこうばん》)」(詩[*小岩井農場 パート三])、「あ、排水や鉄のゲル」(詩[台地])、「あたかもよろしき凝膠《ゲル》なるごとき」(詩[葱嶺《パミール》先生の散歩]〈→ツェラ高原〉)。「鉄ゲルの湧く下台」(詩[牧歌]、下台《とだい》→古川あとの田)等。 →ゲル

テッデーベーヤ 【文】 テッディベア(Teddybär〈独〉)。*熊の縫いぐるみ。くまちゃん。アメリカの第二六代大統領、テオドール・ルーズベルトが狩猟で子熊を逃がしてやった美談にちなみ、一九〇三年ごろドイツのマルガレーテ・シュタイフの手で作られたのが最初。ニューヨークでもその漫画をもとに、そのぬいぐるみが作られ、テディベア teddy bear と呼ばれて人気があった(テディーは大統領の名テオドールの*愛称)。童[風野又三郎](→風の又三郎)に「あの辺は面白いんだよ。白熊は居るしね、テッデーベーヤさ」とある。

鉄道院《てつどういん》 【文】 民営化される前の鉄道省(国有鉄道、略して国鉄)の前身。運営路線を今のJRふうに「院線」と呼んだ。一九〇八(明治四一)年逓信省(のちの郵政省〈二〇〇一年廃止。現郵政事業庁〉)鉄道局と帝国鉄道庁が合併、内閣に設置された。一九二〇(大正九)年、昇格して鉄道省となる。一九四三(昭一八)年、運輸通信省に統合された。童[*化物丁場]に「鉄道院から進行検査があるので」とある。

鉄砲《てっぽう》 【文】 歌[五の次]に「鉄砲が／つめたくなりて／みなみぞら／あまりにしげく／星　流れたり」とあり、続けて「鉄砲を／胸にいだきて／もそもそと／*菓子を／食へるは／*吉野なるらん」とあるのは一九一一(明治四四)年九月三〇日、盛岡中学三年だった賢治が*一本木野での*発火(空砲射撃)演習に加わり、同地に夜営し

た時の体験。当時の旧制中学では三年以上は、軍隊のおさがりの三八《さんぱち》式歩兵銃（明治三八年、日露戦争時の開発にちなむ正式の年式名称）や、それより銃身の短い騎兵銃をもって軍事教練に参加した。童［氷河鼠の毛皮］（→ねずみ）に出てくる「十連発のぴかぴかする素敵な鉄砲を持つ」た成金の男の鉄砲や、童［なめとこ山の熊］の小十郎の鉄砲は、むろん猟銃。なお、詩［遠足統率］の下書稿㊂で鶯（→うぐひす）が「三八式に啼《（な）》い」て、寝ぼけた機関銃のように啼くつつどりとくらべられているのは印象的だが、今は難解な詩句。

テートの類《てーとのるい》【レ】未詳の語。「補遺詩篇」中の文語詩［〔かくてぞわがおもて〕］に「いやしくものはみあげつらふ／テートの類に劣るといふや」とある。この詩自体が途中からはじまっている感じで、詩の部分（後半部？）かと思われ、不透明な内容だが、この部分は「卑しく物食《は》み（ものを食べながら）あげつらって（議論をして）いる／テートの類にも劣るというか」となる。小沢俊郎は「あるいは帝都（東京）の輩《やから》の意か」と注している（新修全集月報）が、おもしろい解釈である。欲ぶかい卑しい人間の種属を意味していることはたしかであろう。

テナルデイ軍曹《てなるでぃぐんそう》【人】フランスの詩人・作家、ヴィクトル・ユゴー（V. Hugo 一八〇二～一八八五）の世界的名作『レ・ミゼラブル』に登場する小悪党。いたいけな少女コゼットが下女としてひどい扱いを受けた旅籠屋《はたごや》（ホテル）の主人。ふだんは平凡な市民だが、極めて貪欲で、ワーテルローの戦（ナポレオンがイギリスのウェリントンに敗れた歴史的戦闘）では、死骸や、瀕死の将校ポルメルシーから、時計や十字勲章、金の指輪、金入れ等をはぎとった。ジャン・バルジャンがコゼットを請け出す（身分を解放してやる）場面でも、テナルディは脅迫まがいの執拗さで金の増額を要求する。賢治は『レ・ミゼラブル』に登場する人名（ナポレオンポナパルド、ネー将軍等）をほかにも使っており、愛読書の一か。詩［真空溶媒］中に「（だまれ　きさま／黄いろな時間の追剝《おいはぎ》め／飄然たるテナルデイ軍曹だ／きさま／あんまりひとをばかにするな／保安掛りとはなんだ　きさま）」とある。「飄然たる」は風来坊みたいな。「保安掛り」は安全係。

テノール【音】tenor　テナーとも。男声の最高音域。大正期のレコードや浅草オペラの人気歌手のカルゾーや田谷力三たちのテノールは賢治もよく聞いていた。童［かしはばやしの夜］や詩［〔霧のあめと　雲の明るい磁器〕］等に登場。

でば　→家《え》でぁこったに…

出《で》はても　→そしてさ出来《でき》ればよ、…

出《で》はる【方】出る。出張る。出かける。歌［五三七］「夜明げには／まだ間あるのに／下のはし／ちゃんがちゃがうまこ見さ出はたひと。」の終句「見さ出はたひと」は、（ちゃんがちゃがうまこを）見に外へ出たひと、の意。また短［十六日］に「そだら踊りさでも出はるますか」とある。「見さ」、「踊りさ」の「さ」は、…に、で動詞の連用形について、動作の目的を示す。

出はるのだづぢゃい【方】出るのだそうだよ。童［風の又三郎］「みんな競馬さ出はるのだづぢゃい。」

テパーンタール砂漠《てぱーんたーるさばく》【地】童話集『注文の多い料理店』の広告ちらしに「イーハトヴは一つの地名である。（中略）テパーンタール砂漠の遥かな北東、イヴン王国の遠い東と考へられる。

…」とある。テパーンタール砂漠は、*インドの詩人タゴール(Rabindranāth Tagore 一八六一～一九四一)の『新月』(Crescent Moon 一九一四)中に二か所出てくる、母と子の対話から借りたもの。賢治が読んだと思われる増野《ましの》三良《さぶろう》訳(一九一五東雲堂)で示すと、「旅人の国」や「渡守《わたしもり》」に登場するおとぎ話中の架空の砂漠名。その箇所は、「仕事をお歇《や》めなさい、母様《かあさま》よ。此処《どこ》で窓の側《そば》に座って、妖精譚《ばけものばなし》のなかのテパアンタルの砂漠は那辺にあるのか話して下さい」(「旅人の国」)、「私達はチルプルニの浅瀬を過ぎて、テパアンタルの砂漠をあとにしてゐるでせう」(「渡守」)、となっている。賢治におけるタゴールの影響の一証拠。

デビス長老《でびすちょうろう》【人】 童[*ビヂテリアン大祭]に登場する「白髯赭顔《はくぜんしゃがん》」(白ひげ赤ら顔)の老人。「デビスといふのは、ご存知の方もありませうが、私たちの派のまあ長老です。ビヂテリアン月報の主筆で、今度の大祭では祭司長になった人で、」と紹介される。むろん架空の人物だが、名前の出所をあえて推測するなら、パーリ語と南伝仏教の研究で知られるイギリスの仏教学者デーヴィズ(T. W. R. Davids 一八四三～一九二二)を意識したか。あるいは地形浸食の輪廻説で有名なアメリカの自然地理学者デーヴィス(W. M. Davis 一八五〇～一九三四)が念頭にあったという可能性もあるかもしれない。

てびらがね【音】 手平金、手平鉦。民俗芸能で用いられる銅製の平たい楽器。童[祭の晩]に「これから*おかぐらがはじまるところらしく、てびらがねだけしづかに鳴って居りました」とある。

テーブルランド【鉱】 tableland 台地、高原。賢治はルビつきの卓状台地《テーブルランド》とも書く。詩ノート[〔ひるすぎになってから〕]に「*みみづくの頭の形した*鳥ヶ森もひかり／テーブルランド テーブルランド」とあり、詩[第四梯形](→七つ森)には「*七つ森第二梯形の／新鮮な*地被《ちひ》が刈り払はれ／*手帳のやうに青い卓状台地《テーブルランド》は／まひるの夢をくすぼらし」とある。

卓状台地《テーブルランド》 →テーブルランド

手宮文字《てみやもじ》【文】 北海道小樽市手宮公園(手宮町)の洞窟遺跡に刻まれた彫刻。民謡北海タント節に「謎は手宮の古代文字」と唄われるように、これが文字なのか、ただの彫刻なのか、謎とされた。一八六六(慶応二)年、神奈川の石工、長兵衛が石材を切り出しに行ってこの洞窟を発見、一八七八(明治一一)年には駐露特命全権公使榎本武揚《えのもとたけあき》が視察、東京大学に通知したと言う。同じ年に東大の外国人講師ジョン・ミルンが調査して模写図とともに発表し、手宮の古代文字として世界的に有名になった。学会でも議論は分かれた。また、昭和に入って余市《よいち》(後志《しりべし》支庁北部)のフゴッペ洞窟からも同じような彫刻が発見され話題を呼んだ。しかし、手宮文字はまったくのいたずらがもと、という卑近な説がある。いたずらの本人からアイヌ語研究家の金田一京助がもらった書簡をもとに、金田一春彦『*父京助を語る』(一九七七、教育出版)ではそのエピソードが記述されている。詩[雲とはんのき]に「手宮文字です 手宮文字です」と出てくる。

手宮文字

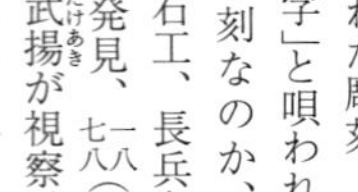

寺林《てらばやし》【地】 童[二人の役人]に登場する地名。「寺林といふのは今は練兵場の北のはじになってゐますが野原の中でいちばん奇麗な所で」「はんのきの林がぐるっと輪になってゐて」「まるで一つの公園地のやうでした」とある。寺林という地名は*石鳥谷町《いしどりやちょう》

（花巻市）と啄木の故郷玉山村（現盛岡市玉山区）に今もあるが、「練兵場」の北にはない。練兵場とは、旧岩手郡*厨川村《くりやがわ》（現*盛岡市）にあった騎兵旅団の工兵第八大隊の演習地、観武ヶ原《かんぶがはら》練兵場をさす。童［二人の役人］は野原が練兵場となる以前の出来事が回想形式で語られるが、すると「寺林」とは一九〇八年以前の厨川の野原の一角の呼び名であったということになるが、現実にあったかは不明。寺林とは石鳥谷の地名がそうであるように、一般に林を背にした寺の意であると言う。

両《テール》 ↓十両《ジッテール》《じってーる》

テルマの岸《てるまのきし》【地】【レ】 架空の地名。童［氷河鼠《ひょうがねずみ》の毛皮］で*タイチは「電気網をテルマの岸に張らせやがつたやつ」と言われる。川や池の魚をとるため岸に電気網（電極を水中に入れ放電させ、しびれて浮いた魚を獲る）を仕掛けるのは不法な漁法で、けしからん、といった意味だろうが、電気網から連想して thermo（ドイツ語の熱・温度の意の前綴↓テルモスタット）をもじってテルマと、あたかも固有名詞ふうにした賢治の造語であろう。

テルモスタット【科】 thermostat（英語でサーモスタット）のドイツ語読み。常温装置。詩［実験室小景］に「湯気をふくふくテルモスタット」とある。

テルリウム ↓ヴナディム

テレジア《てれじあ》 ↓聖女テレジア《せいじょてれじあ》

テレース【地】【レ】 terrace テラス。台地。高台。洋風建築では庭などに張り出させて作った広いベランダ。詩ノート［〔ひるすぎになってから〕］の「さびしい雪のテレース」は、「凍ったその小さな川に沿って」「とがった*岩頸《がんけい》」につづいている。文語詩［*岩手公園］の下書稿には「物産館のテレースや」とある。前者はいわゆる雪庇《せっぴ》（雪のひさし）である。

テレピン油《てれぴんゆ》【科】 Terpentin（独） turpentine《ターペンタイン》（英）。一般にテレビン油（ポルトガル語の terebintina より）と呼ぶ。マツ科の樹材を水蒸気蒸留して得られる揮発性芳香を伴った精油。塗料の溶剤として用いられ、油脂や樹脂、*燐、*硫黄等をよく溶かす。その主成分は*ピネンで、樟脳等の原料にも用いる。油絵には必須の溶剤。詩［*松の針］には、「terpentine《ターペンティン》 の匂もするだらう」とあり、ターペンタインと英語読みのルビを付けているが、それならばスペルが違っている。童［車］には「松林のはづれに小さなテレピン油の工場が見えて来ました」とある。

出羽三山の碑《でわさんざんのひ》【地】 出羽《でわ》三山（出羽国、山形県にある山岳信仰の対象としての月山《がっさん》・羽黒山《はぐろさん》・湯殿《ゆどの》山《さん》）の遥拝所（遥かに拝む所）としての塚や、参詣記念の碑が*花巻地方にも多く見られる。その碑のこと。修験道と民間信仰の習合したもの。詩［渇水と座禅］に「ころころ鳴らす樋《ドヒ》（↓ドヒ、どひちょす）の上に／出羽三山の碑をしょって」とある。「しょって」は、うしろにして。なお、帳［雨ニモマケズ］の一六三頁にある「剣舞供養」の碑の図示も、出羽三山と関連がある。↓剣舞供養碑《けんばいくようひ》

出羽三山参詣碑

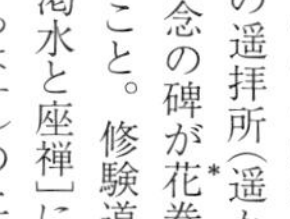

てん ↓天草《てんぐさ》

天《てん》【宗】 賢治における重要語句の一。ソラとも（賢治作品ではそう読みたい場合も少なくない）。梵語 deva（音写、提婆《だいば》）の漢訳。①*天人《てんにん》、②天の世界、の二義がある。①の場合は*帝釈天、

*大梵天等のように生きた存在としての神を意味する。用例としては詩［〔温《(ぬる)》く含んだ南の風が〕］に「けれども*悪魔といふやつは、／天や*鬼神とおんなじやうに」「天をよそほふ鬼の族は」、童［*雁の童子］に「私共は天の眷属《(けんぞく)》でございます」。②の場合は、*天上、天界と同義で空間を意味する。用例としては、詩［*真空溶媒］に「天の競馬」「天のサラアブレッド（↓馬）だ　雲だ」、詩［*小岩井農場］に「天の鼓手《こしゅ》　*緊那羅《きんなら》のこどもら」「天の微光にさだめなく」、詩［青*森挽歌］に「天の*る（印刷原稿「瑠」）璃の地面と知つて」、詩［*樺太鉄道］に「天の青らむ一《(ママ)》かけら」、詩［*雲とはんのき］に「天の海と窓の日おほひ」「光の*微塵にみちた／幻惑の天がのぞき」、詩［風の*偏倚《(へんい)》］に「あやしく天を覆ひだす」「敬虔に天に祈つてゐる」、詩［第四梯形］（↓七つ森）に「*腐植土のみちと天の*石墨《(せきぼく)》」、詩［*一本木野］に「すみわたる海蒼の天と」、詩［〔温く含んだ南の風が〕］に「天はまるでいちめん／青じろい疱瘡《(ほうそう)》にでもかかつたやう」、詩［亜細亜学者の散策］に「ある種*拝天の余習であるか」、童［*マグノリアの木］に「天からおりた天の*鳩」「あの花びらは天の山羊の乳よりしめやかです」、童［*インドラの網］に「天の空間へふっとまぎれこんだのだ」「きっと私はもう一度この高原で天の世界を感ずることができる」「天の子供ら」、童［雁の童子］に「天のこどもが、降りたのですか」「私共は天に帰ります」、童［*グスコーブドリの伝記］に「まつすぐに天にのぼつて行つて」等。↓天蓋《てんがい》、天上《てんじょう》、天人《てんにん》、雁の童子《かりのどうじ》

天衣《てんえ、てんね》　↓雁の童子《かりのどうじ》

天蓋《てんがい》　【天】【宗】　キャノピー（canopy）。仏像等の上にかざす笠。七宝をちりばめた*幢幡《どうばん》、*瓔珞《ようらく》等と同じく仏堂や仏身を飾る*荘厳具《しょうごんぐ》。また天空の意味にも使う。中国最古（殷・周代）の宇宙構造論でもある古代*蓋天《がいてん》説によれば、天と地は平行し、天は丸く広げた蓋《かさ》の形であり、地は四角な碁盤である。この宇宙論に基づいて、二十八宿と太陽（↓お日さま）との位置関係、さらに二十四節気との対応が意義づけられた。*インド古代の*須弥山《しゅみせん》説もこの蓋天説に構想が似ていると言われる。*穹窿《きゅうりゅう》や*天盤とともに賢治の好んだ語の一。禅問答風の詩［〔うとうとするとひやりとくる〕］に「天蓋朱黄燃ゆるは如何」（天は朱黄色に燃えているのをどう思うか）とあり、詩ノート［〔銀の*モナドのちらばる*虚空〕］に「芽をださぬ*栗の木の天蓋に／無数におりる*ガラスの小鳥」、詩［*樺太鉄道］に「こんなすてきな*瑪瑙《(めのう)》の天蓋《キャノピー》／その下ではぼろぼろの*火雲が燃えて／一きれはもう*錬金の過程を了へ／いまにも結婚しさうにみえる」とある。詩［*河原坊（山脚の*黎明）］には「*楢や*いたやの*梢の上に／匂やかな黄金の円蓋を被って／しづかに白い*下弦の月がかかってゐる」とあるが、これは月の暈《かさ》のことであろう。なお、賢治に大きな影響を与えた*アレニウスの『宇宙発展論』（一戸直蔵《いちのへなおぞう》訳、一九一四）には「天蓋」の語がよく使われる。

天河石《てんがいし》　↓天河石《アマゾンストン》

天楽《てんがく》　【レ】　*天上の（*天人の奏する）音楽。詩［*稲熱病《いもちびょう》］に「天楽の影を慕ふであらうし」とあるのは、天上の妙なる楽音の気配を感じる、という意であろう。

天鵞絨《てんがじゅう》　↓びろうど

電気《でんき》　【科】【文】　オランダ渡来の*エレキやエレキテルの語は江戸末期の滑稽本等にも登場するが、それは摩擦によって生じる静電気程度のもので、本格的な電気エネルギーが近代産業の花

形として登場してくるのは世界的にも一九世紀末葉、*エジソンの白熱電球完成の一八七〇年代以降である。日本で電力の供給が導入され、事業化するのは一八八三(明治一六)年の火力発電による東京電燈有限会社以来のこと。全国に広がり、岩手県でも一九〇五(明治三八)年(賢治九歳)に初めて盛岡電気が創業される。一九一二(明治四五)年(賢治一六歳)二月には花巻電気会社創業、一九一四年には東北初の電気鉄道(後の*花巻—*花巻温泉間の花巻温泉電気鉄道)もお目見えする。しかし一般家庭が広く電気燈(→電燈)の恩恵に浴するようになるのはずっと後で、*盛岡や花巻の町家でも豊かな家に限られていた。一九一五年に*電燈のともる家は県下で二万戸にも満たなかった。ただし公共施設や工場等は大正期に入ると大口の電気消費によって一気に近代化を実現。電燈はもちろん、*電信柱、電線、*電車、*シグナル、*電話等が文学作品にも登場するようになるが、賢治文学の生成もまさにその時期にあたる。カミナリの形容とはいえ、古風な「*エレキ」の語も幾つかの作品に見え(詩「〔エレキや鳥がばしゃばしゃ翔べば〕」「青い槍の葉」「犬」「〔その洋傘だけでどうかなあ〕」下書稿、詩ノート「〔エレキの雲がばしゃばしゃ飛んで〕」等)、初期作品では電燈よりも「*ラムプ」の頻度数が高いというのも賢治の育った時代の反映であろう。ところが賢治作品で「発電所」を含む広義での電力の果たしている重要な問題点は、生活や風俗のレベルをはるかに超えているところにある。一九二五年四月二日付の詩「発電所」は実際に発電所を見学した興奮が下書稿をふくめて全編にみなぎっている(この年、発電所の数も県下に急上昇し三〇か所を数える)。いわば古代的な手作り農耕思想の持主、精神主義者賢治の本質を根底からおびやかす、電力の大量供給は革命的な歴史的現象であった。そのあと書かれる、まさに革命的な詩ノート「〔*サキノハカといふ黒い花といっしょに〕」では、「はがね(→はひいろはがね)を鍛へるやうに新らしい時代は新らしい人間を鍛へる／紺いろした山地の稜《かど》をも砕け／銀河をつかって発電所もつくれ」と近代人賢治は叫ぶ。もう手仕事の*堆肥ではどうにもならぬ、化学肥料を電力で作り(→カーバイト倉庫)、*潮汐《ちょうせき》発電所の電力でいっきょに硝酸肥料を大気中に作り出す(童「*グスコーブドリの伝記」)といった、いささかせっかちな夢も、目ざめた近代文明の意識と、遺伝的な遅れた農村の現実との落差の中で、ある痛々しさをともなって爆発的に生まれてくる。唯心的な宇宙観と、最も唯物的な電気エネルギーの原理が混融し、一体化する場所もそこである。「風とゆききし　雲からエネルギーをとれ」(芸「綱」)と言う賢治得意のテーゼもまたそこに生まれる。『*春と修羅』の「序」をはじめとして、賢治と電気との複雑なかかわりを考えることは、賢治内外の古代と近代との、現実と理想との、信仰と科学との相関を考える鍵ともなろう。→電子《でんし》、電燈《でんとう》

電気網《でんきあみ》　→テルマの岸《てるまのきし》

「電気化学」の峡《でんきかがくのたに》　→北上川《きたかみがわ》

電気菓子《でんきがし》　【食】　綿飴、綿菓子。*ザラメで作った飴菓子。濃い糖液を温めながら遠心力を利用して糸状に結晶させ、割りばし等に巻きつけて作る。*遠心分離器を電気で回転させることから電気菓子と呼び、また*菓子の形態から綿菓子とも呼ぶ。童「*水仙月の四日」に「それはね、電気菓子とおなじだよ。そら、ぐるぐるぐるまはつてゐるだらう。ザラメがみんな、ふわふわのお菓子になるねえ、だから火がよく燃えればいゝんだよ」とある。また詩

［山の*晨明《(しんめい)》に関する童話風の構想］では「桃いろに燃える電気菓子もある」と、雲の比喩として用いられている。ほか、童［十月の末］等。

天球《てんきゅう》　→穹窿《きゅうりゅう》

伝教大師《でんぎょうだいし》　→大師《たいし》、*妙法蓮華経《みょうほうれんげきょう》

天業民報《てんぎょうみんぽう》　【宗】　国柱会（総裁田中智学）発行の機関新聞。日刊で紙面は四六判四倍大、四頁。一九二〇（大正九）年九月創刊。それまでの旬刊紙「国柱新聞」と月刊誌「毒鼓《どっく》」を合併発展させたもの。智学は紙上に「日本国体の研究」等の著述を精力的に発表した。簡［191］に「差し当り一番緊要なのは天業民報でせう」、簡［188］に「どうか世界の光栄天業民報をばご覧下さい」とある。

電気栗鼠《でんきりす》　→栗鼠《りす》

清養院の石柱

天気輪《てんきりん》　【民】【宗】　おそらくは賢治の造語。賢治の描写が具体性を欠くため諸説がある。童「銀河鉄道の夜」に、牧場のうしろのゆるい丘の平らな頂上に立つ「天気輪の柱」として登場。また文語詩［病技師〔二〕］に「あへぎてくれば丘のひら、地平をのぞむ天気輪」とある。新修版全集の語註では、「第十二巻一〇六天気輪の柱　文語詩「病技師〔二〕」（第六巻所収）に「天気輪」の語が出るが、その下書稿には「五輪塔」とある。五大（地水火風空）を象徴する五輪塔は発想原型にふさわしい。なお、花巻や盛岡の寺には、花崗岩の柱をくりぬいて鉄の輪をとりつけたものがあり、それを左右に廻すことで晴雨を祈念したという。ただし、これらを発想の契機としつつもイメージは全く別か」と記されている。この語註を担当した小沢俊郎はさらに考察を深め、「天気輪仮説」と題し「転法輪」との関連性を指摘しつつ、川原仁左衛門の調査に触れ、天気輪のモデルとして清養院に現存する石柱を紹介している（「賢治研究」第二六号、一九八一）。その石柱は「花崗岩の柱をくりぬいて鉄の輪をはめたもので、それを廻して（中略）天気占いや願い事まで占った」、「宮沢賢治も下宿先のこの〈天気輪〉に興を覚えたと思《(ママ)》はれる」（「岩手日報」一九七七・一〇・一九）とある。ただ、川原仁左衛門が清養院の石柱を「天気輪」と表記していることに対し、小沢はその根拠を確認するため清養院に書簡でたずねてみたが返事を得られなかったという。萩原昌好は「天気輪の柱―小沢俊郎の説を承けて―」（「宮沢賢治」創刊号、一九八一）で、清養院での調査結果を「清養院の方は、天気輪の柱と言われたかどうかは知らないが、お天気柱などと呼ばれて、子供達の遊びや占いに用いられていた」、また「お天気柱」の形状は「高さ約一間（一・八メートルくらい）、幅七、八寸（二一～二四センチ）と思われる四角の石柱で、その中心部よりやや下方に鉄輪がはめ込まれている。直径は一尺（三〇センチ）くらいで、回すとガランガランと音を立てる。それは鉄輪に小さな鉄環が八つほど巻かれているからである。思っていたより細身で高くもなかった」と報告している。また「鉄輪の表面に（中略）「南無阿弥陀仏」と刻まれて」おり、清養院の石柱は「後生車」の一種と判ずべきで、死後の所在をも表象する「天気輪の柱」のイメージに連なる原体験の一つとして考えてよいのではないか、と述べている。ちなみに「お天気柱」は、地蔵車《ぐるま》とも言い、所によっては念仏車《ぐるま》、菩提車《ぼだいぐるま》、血縁車等とも言う。東北地方の風習で、宗派の別なく寺や墓地、村境等に柱を立てて、晴れや雨な

ど農耕に幸いする天候を祈り、また亡者の菩提*をとむらう仕掛けをしたもの。石造りの柱の手の届く部分をくりぬき、円い鉄の輪をはめ込み、願いを込めてその輪を右回し、あるいは左回しに回したと言う。今もアジア各地の仏跡に見られる摩尼《マニ》車（摩尼は珠の意、如意輪）の列を参詣者が次々に手で回していく風習があるのを思い出させる。東北地方独特の風習のようにも見えるが、柱《ポール》（pole）信仰も神霊界との交流を信じるシャーマニズム*（→シャーマン山）やトーテミズムのトーテム崇拝（例えばトーテム・ポール）等にも見られ、世界的な土俗信仰の形態の一でもある。賢治も詩［会見］*等でトーテムを使っているが、山頂や門前等に柱を立て、人間の天上志向のシンボル、ないしは神霊が地上に降り立つところ、あるいは天*と人間の交信を図り、かつ地霊や人間の霊魂の形代《かたしろ》と考える風習の分布は広い。また、ポールの姉妹語ペイル（pale）は神域の意味で、超現実の異空間*をも象徴する。童*［銀河鉄道の夜］で「天気輪の柱」は章題にもなっていて、ジョバンニ*は黒い丘の「頂の天気輪の柱の下に来て、どかどかするからだを、つめたい草に投げ」て眠りに入るのだが、そのまま異空間に旅立つ。天気輪の柱の設定は実に巧妙で、この童話の要《かなめ》の役割を果している。かつ、この童話の土俗性と汎世界性の重層するシンボリックな記号にもなっている。しかも、この柱の中の円い輪の仕掛けは、前述の摩尼車の風習もだが、賢治の輪廻*円環の思想の一つのシンボルと見ることもできる。この童話では時計屋の店先でジョバンニが我を忘れて見とれる時計*や、「円い黒い星座早見」盤、豆電球、といったふうに円形のイメージャリーが大切な役割をしていて、やがては苹果《りんご》*、銀河系*宇宙という円系のイメージとも大小照応する。一方、文語詩［病技師〔二〕］の下書稿にある「五輪塔」の語がどのような経緯から「天気輪」と書き直されたのか。成立時期から推定すれば、童［銀河鉄道の夜］に登場する「天気輪の柱」が先に存在し、それより後に文語詩［病技師〔二〕］で「五輪塔」から「天気輪」への書き換えがなされたことになる。それゆえ「天気輪」のイメージや機能を「五輪塔」から直接的に導くことには無理があり、さらなる追究が求められよう。新たな視点として、杉浦嘉雄は「〝自然の翻訳書『銀河鉄道の夜』〟に隠された自然と心の深層を探る」（『宮沢賢治 Annual』Vol. 5、一九九五）で、「すぐうしろの天気輪がいつしかぼんやりした三角標の形になって」という表現に着目し、銀河世界における「三角標」が星や星座を示していることを明らかにした。つまり、銀河の星々が地上の三角点（賢治は三角標と表記）と対応しているという指摘である。測量のために設置される三角点には、石標を地中に埋め込む永久標識と、三角点の上にやぐらを組みあげた一次標識（高測標）があり、賢治が天の野原に立たせた三角標は一次標識（高測標）であると言う。そこから「星は天上の三角点、三角点は地上の星」という天と地との融合、往還という「銀河鉄道の夜」の思想が抽出されるだろう。したがって丘の上の「天気輪の柱」は地上の三角点でもあり、ジョバンニを銀河鉄道に乗車させるのに最もふさわしい場所ということになる。なお、天気輪の諸説のうち主なものを紹介すると、寒地の光学現象の一で、極地の太陽柱をモデルと見る根本順吉説、法華経［見宝塔品］の宝塔賛美の影響を推定する斎藤文一説、ブリューゲルの絵に見られるような、人間の死に至る回路へのシンボルとして描かれたと見る別役実《べつやくみのる》説、あるいは、「天」の「気」を回転させる

【てんく】

「輪」と見る中地《なかち》文《あや》説、天の麒麟座と見る杉浦嘉雄説、等々がある。
→清養院《せいよういん》

天鼓《てんく》【宗】 天の太鼓の意。華厳経《けごん》賢首品《けんじゅほん》によると、帝釈天宮にある太鼓で、修羅が襲って来ると自然に妙なる音を発し、天人を勇気づけ修羅を恐れさせるという。法華経序品第一に「天は曼陀華《まんだけ》を雨《ふら》し／天鼓は自然に鳴り」、法華経如来寿量品第十六に「諸天は天鼓を撃ちて常に衆の伎楽《ぎがく》を作《な》す」とあるが、インドラの網（帝釈天宮にかかる網）との関連を考えると、賢治作品の天鼓は法華経（→妙法蓮華経）よりも華厳経のそれがふさわしいようにも思われる。ちなみに密教では雷音の比喩になる。童「インドラの網」に「まことに空のインドラの網のむかふ、数しらず鳴りわたる天鼓のかなたに」とあるが、すぐ前に「ごらん、そら、風の太《(たい)》鼓《こ》」とあり、風の音を天鼓のそれにたとえたことがわかる。より壮大な表現としては「空のところどころマイナスの太陽（→お日さま）ともいふやうに暗く藍や黄金や緑や灰いろに光り空から陥ちこんだやうになり誰も敲《(たた)》かないのにちからいっぱい鳴ってゐる」があり、自然現象が太鼓に擬せられ、大胆でスケールの大きいダイナミズムを見せる。詩「野の師父」にも「何たる天鼓の轟きでせう」とあって、法華経如来寿量品のイメージそのままとも言える。

天草《てんぐさ》【食】 略して「てん」とも。寒天やところてん等の原料となる紅藻類の海藻。短［十六日］に「てんぐさも四角に切られて朧《おぼ》ろにひかった」「うすぐろいてんを砕いて醤油につけて食った」等。→アガーチナス

天狗巣《てんぐす》【植】 天狗巣病のこと。寄生した菌のため、そこから多数の枝がほうきのように生える植物の病気。桜によく見られる。保阪嘉内あて簡［145］に「天狗巣の花はことさらあはれなり／ほそぼそのびしさくらの梢」。詩［小岩井農場　パート三］に「桜の木には天狗巣病がたくさんある／天狗巣ははやくも青い葉をだし」とある。ス［三八］には「天狗巣のよもぎ」が出てくる。→よもぎ

天狗蕈《てんぐたけ》【植】 毒きのこの一。夏から秋、松林の地上に群生し、あるいは点生する。傘の径五〜二五㎝、高さ八〜二五㎝。色は褐色に白色のいぼが散在する。柄は白色。同属に三〇種もあり、中には食用きのこもある。文語詩［〔天狗蕈　けとばし了へば〕］に登場する天狗蕈は赤色のキノコなので、ベニテングダケのことか。

天弧《てんこ》【天】 天空、天蓋に同じ。弧は弓形にまがったかたち。詩［金策］に「青びかりする天弧のはてに」とある。→穹窿《きゅうりゅう》

電弧《でんこ》 →アークライト、Astilbe argentium/Astilbe platinicum

諂曲《てんごく》【宗】 仏教語で、自分の意志を曲げて他者に媚《こ》び諂《へつら》うこと。詩［春と修羅］に「心象（→心象スケッチ）のはいいろ《(ママ)》はがねから／あけびのつるはくもにからまり／のばらのやぶや腐植の湿地／いちめんのいちめんの諂曲模様」とあり、自己の心象を形象化したものが「諂曲模様」であることがわかる。諂曲の語は法華経方便品《ほうべんぼん》第二、勧持品《かんじぼん》第十三（→妙法蓮華経）に見えるが、賢治の修羅意識との関連をたどるなら、日蓮の『観心本尊抄《かんじんほんぞんしょう》』に見える次の文が参考になる。「嗔《いか》るは地獄、貪《むさぼ》るは餓鬼、癡《おろ》かなるは畜生、諂曲は修羅、喜ぶは天、平らかなるは人なり」、日蓮は諂曲を修

羅の特性ととらえている。しかし、これに「模様」をつけてイメージ化し、現前させたのは賢治の独創と言うべきだろう。

天山《てんざん》 →天山北路《てんざんほくろ》

天蚕絨《てんさんじゅう》 →てぐす、びろうど

点竄の術《てんざんのじゅつ》 【科】 文章推敲（点は消し、竄《さん》は改める）のことも言うが、もと、和算の筆算でやる代数学の点竄術。方程式を解くのに諸項を生滅（点）加減（竄）することから出た。賢治はこれを商才の意で使っている。文語詩［公子］に「師はいましめて、点竄の術得よといふ」とある。下書稿㈡では「解析の術」となっている。

天山北路《てんざんほくろ》 【地】 中央アジアの天山山脈から北の地域。南の地域は天山南路。古くは東洋と西洋を結ぶ重要な交通路であった。南路はトルファン、クチャ（→亀茲《きじ》国）、*カシュガルを経てパミール（→ツェラ高原）を越え、北路はバルクル、ジムサ、ウルムチ、トクマクを経、共にローマへと通ずる。中国特産の絹を西方へ輸送したという意味でシルクロード（Silk Road 中国語「*絲綢之路」）とも呼ばれた。隊商貿易の隆盛に伴いイラン文化・インド文化、さらにギリシア・ローマ文化がこの地方に運び込まれ東西両文化の交流のルートともなった。詩［饗宴］（初行「酸っぱい胡瓜をぽくぽく嚙んで」）に「われにもあらず／ぼんやり*稲の種類を云ふ／こゝは天山北路であるか」とある。なお、詩［春と*修羅］や*童［雁の童子］に出てくる「天山」は、天山山脈（主峰はパベーダ峰〈七四三九m〉）の略である。

天子《てんし》 【宗】 日本では一般に国の統治者だった天皇を指す語として使われたが、もともと低位の神々のこと。あるいは神々の子の意。詩［〔東の雲ははやくも蜜のいろに燃え〕］に「お、天子／あなたはいまにはかにくらくなられます」とあるが、この場合は*月を神格化した呼び名。→月天子《がってんし》、日天子《にってんし》

電子《でんし》 【科】【天】 原子核の周りを運動している陰電気を帯びた粒子（波動とも考えられる）。一つの原子の核外電子の数は、原子核中の陽電子の数、すなわち原子番号に等しい。「未知なる線」の意で名が付いたX線研究（陰極線研究）の過程で、J・J・トムソン（Joseph John Thomson 一八五六〜一九四〇）によって一八九七年にその実在が明らかにされた。「物質原子は更に小なるそして驚くべき勢力《エネルギー》を有する『電子』といふ微粒子に分割されることが明らかにされた」（A・トムソン『科学大系』〈→銀河系〉）のであった。賢治が科学に興味をもった時代にはすでに横波の性質を持つ光は、電磁波の一種（→光波）であることが明らかになっていたから、光を伝える媒質と仮定された*エーテルと、電子との関連がさまざまに模索された時代でもあった。賢治に大きな影響を与えた前記『科学大系』中の、電子の発見によって「あらゆる種類の物質は皆一の共通な基礎材料を以つて組立てられることが明らかにされたばかりでなく、尚ほ宇宙に働いてゐる力は総て一に還元されることが分り、又嘗《かつ》ては理解し得なかつたことが一時に解釈されるに至つた」といった新しい物理学的宇宙観の展開中での革命的な発見であった。これは「物質と*電気との関係が密接になつて来て所《いわ》謂《ゆる》電気的物質観が打ち立てられ前世紀を風靡《ふうび》してゐた機械的物質観は破れて完美の極に達した*ニュートンの力学は理論的、絶対的の価値を失はなければならなかつた」（大町文衛『最近自然科学十講』太陽堂書店、一九二三）ほどの大革命だった。これはアインシュタ

イン(→相対性学説)に引き継がれてゆく。賢治はこうした新しい物理学宇宙観を彼の唯心的宇宙論の基盤として利用した。W・*ジェームズの「*意識の流れ」の影響を受けたと思われる詩ノート[〔黒と白との細胞のあらゆる順列をつくり〕]には「…その細胞がその細胞自身として感じてゐて/それが意識の流れであり/その細胞がまた多くの電子系順列からできてゐるので/*畢竟《ひっきょう》わたくしとはわたくし自身が/わたくしとして感ずる電子系のある系統を云ふものである」と書いている。賢治が異空間の実在を証明できると考えたのも、この電子(あるいは*エーテル)の満ちた、すなわち勢力《エネルギー》を持つ「真空」(→虚空)の存在を前提としたからである。詩[*五輪峠]には「物質全部を電子に帰し/電子を真空異相といへば/いまとすこしもかはらない」とある。「わたくしといふ現象は/仮定された有機交流電燈(→電燈)の/ひとつの青い照明です」(『春と*修羅』[序])の電気のイメージにも「電子」がオーヴァーラップされていると言えよう。したがって「すべてがわたくしの中のみんなであるやうに/みんなのおのおののなかのすべてですから」(『春と修羅』[序])や、「何だか*苹果《りんご》の*匂がする。僕いま苹果のこと考へたためだらうか」(童[*銀河鉄道の夜])といった賢治の唯心論的世界観は、新時代の物理学を根拠にした極めて科学的なもので、「それは感情移入によって/生じた情緒と外界との/最《もっとも》奇怪な混合であるなどとして/皮相に説明されるがやうな/さういふ種類のものではない」(詩[*装景手記])のであった。賢治が目指した「或る心理学的な仕事」(簡[200])とは、まさに科学的根拠に基づいた唯心論の確立であった。だからこそ賢治は*心象スケッチによって、「歴史や宗教の位置を全く変換しやう」(簡[200])と考えたのであった。詩ノート[生徒諸君に寄せる]にある「新らしい時代の*コペルニクスよ/余りに重苦しい重力の法則から/この*銀河系統を解き放て」は、アインシュタインの相対性原理を意識したものというよりも、電子の研究によってもたらされた電磁気世界観を念頭に置いたものと考えられる。→銀河系《ぎんがけい》、電気《でんき》

天竺《てんじく》 →印度《いんど》、天竺木綿《てんじくもめん》

天竺木綿《てんじくもめん》 【衣】 略して天竺とも。平織りの厚手の木綿織物。主産地*インド(天竺)から輸入したので、この名がある。織り上げたままのもの(生《き》天竺)は粉袋や日よけ(日覆い、今でいうカーテン)等に、精練漂白したもの(晒《さらし》天竺)は足袋、風呂敷、テーブル掛け等に用いた。童[馬の頭巾]に「あぶをよけるだけなら、(略)きれは天ぢくもめんで」とあるのは虻《あぶ》除けの馬のずきん。童[*台川]の「おとなしい新らしい白、(中略)天竺木綿、その*菓子の包みは」では、風呂敷のことを言ったものであろう。ス[補遺]等。

電車《でんしゃ》 【文】 登場する電車の大部分は花巻電気軌道(後の花巻電鉄)である。一九一五(大正四)年に*花巻の*西公園から松原まで開通、翌一九一六年松原―松倉間開通、一九一七年に花巻―西公園間、一九二三年松倉―大沢温泉間、一九二五年末に大沢温泉―西鉛温泉(→鉛)間が開通。一方同年夏、西花巻―*花巻温泉を結ぶ花巻温泉線が開通した。以上の開通年次は「賢治研究」第八号(一九八一)によるが、同誌には時刻表も載っている。それによると一九二三年五月の時点で、上下合計で一日一六本(八往復)。『春と*修羅』第一集の「グランド*電柱」詩篇、「風景とオルゴール」詩篇には、電線や電柱、電車が頻出するが、その中の詩[電車]は車窓から見た風景をメキシコに擬したユーモラスな作品(→ポポカテペトル山)。詩[風の*偏倚《へんい》]は宗教的幻想感

覚が強い作品で、志戸平《しどだいら》温泉近くの松倉山も登場するが、作品中に「いまくらくなり電車の単線ばかりまつすぐにのび／レールとみちの粘土の可塑性《かそせい》」とある。この詩と同じ日付（一九二三・九・一六）の詩「昴《すばる》」には「山を下る電車の奔《はし》り／もし車の外に立つたらはねとばされる」とあり、関東大震災と結びつけて死の問題を神秘的な宗教感覚でとらえている。詩「冬」には最終の電車と思われる「八時の電車」が「いつぱいにあかりを載せて」「防雪林のてまへの橋をわたつてくる」。『春と修羅』第三集中の詩「停留所にてスヰトンを喫す」では、「あとは電車が来る間／しづかにこゝへ倒れや（ママ）う」と苦しげに洩らす。詩ノート中の作品「運転手」では、運転手はピアニストのように「だ輪に掌を置」く。電車は二つのスロープを通って瀬川の鉄橋を渡る。したがってこの線は花巻から花巻温泉へ行く（今はない）花巻温泉線の方である。同じく詩ノートの作品「藤根禁酒会へ贈る」には「東の軽便鉄道沿線や／西の電車の通った地方」が、森林資源で収入を得られるようになり、かえって酒のために借金がふえたという皮肉な結果が記される。ほかに詩「早春独白」や「〔四信五行に身をまもり〕」「〔冗語〕」に登場。童「さいかち淵」では、庄助という大人が「まるで電車を運転するときのやうに落ちついて」爆薬を水に投げる。なお短「電車」や詩「〔三原　第一部〕」「神田の夜」は、東京の市内電車の車内外の風景を描いたもの。ほかにス「〔一九〕」に「電車のはしらはすなほなり」、句稿中にも「ほんもののセロと電車がおもちやにて」等。

天将《てんしょう》　→かつましゅら天《かつましゅらてん》

天上《てんじょう》　【宗】　天の世界。十界の一。生前に善い行ないをしていた者が生まれるとされる理想の世界。しかし、天上も人間の世界と同様に、未だ生死《しょうじ》にとらわれた迷える世界であり、六道の一に数えられる。教理的には、欲界（食・性欲の強い者の住む世界）に六天、色《しき》界（欲から解放され、光明を食し光明を言葉とする世界）に十八天、無色界（形あるものはなく、受・想・行・識の四つのカテゴリーからなる世界）に四天、合わせて二十八天を立てる。詩「永訣の朝」に「どうかこれが天上のアイスクリームになつて」、童「二十六夜」に「その浄明《じょうみょう》の天上にお連れなさる」「つひにその尊い教を聴聞《ちょうもん》あって、天上へ行かしゃれた」とある。

展勝地《てんしょうち》　【地】　一般には見晴しのよい場所（景勝地）の意だが、未完の詩「展勝地」は地形、イメージ等から岩手県和賀《わが》郡立花《たちばな》村（現北上市）の桜の名所（現市立公園）を指すと言われている。

天人《てんじん》　→天人《てんにん》

天神さんの碑《てんじんさんのひ》　【地】　花巻市西公園にある石碑。同公園内の天満宮の土台を亀にかたどった石碑。短「ラジュウムの雁」に「この辺に天神さんの碑があった。あの石の亀が碑の下から顔を出してゐるやつだ」とある。

天神さんの碑
（左下が亀の形をした土台）

電信柱《でんしんばしら》　【文】　電柱。一八六九（明治二）年の東京―横浜間の電報業務開始に伴う電信柱に始まり、電信・電話・電燈用の電柱が全国に立てられていった。欧米の都市のように電線を支える瀬戸ものの碍子《がいし》を道沿いの建物の石の壁に留めつけたり、地下に敷設できなかった日本では、都会にも電信柱が林立し、日本特有の都市風景となった。当時花巻にも電信柱が並び立つ風景が見られ、賢治がそうした風景に注目していたことは、詩「グランド電柱」等

からもうかがえる。童[月夜のでんしんばしら]では、鉄道線路沿いに電信柱の並び立つ情景を兵隊の行軍に見立ててユーモラスに描いている。また詩[〔霧のあめと　雲の明るい磁器〕]では「電しん柱は黒くて直立」し、「電信ばしらの碍子もぬれ」と、詩の初めと終わりに登場。なおこの詩のイメージは北原白秋『桐の花』(一九一三)の「電柱の白き碍子にいと細く雨はそそげり冬きたるらし」の歌のイメージとの類似性が指摘できる。童[*銀河鉄道の夜]では、*ジョバンニと*カムパネルラとの別れの場面に「向ふの河岸に二本の電信ばしらが丁度両方から腕を組んだやうに赤い*腕木をつらねて立ってゐました」と暗示的に登場するが、この表現のもつ意味については、福島章《あきら》、中村文昭《ふみあき》、天沢退二《たいじ》郎《ろう》、菅原千恵子等によってさまざまに論じられている。→シグナル

天青石《てんせいせき》 →天青石《アヅライト》《てんせいせき》

天台《てんだい》 →ジェームス

天台寺《でら》《てんだいじ》 【地】 テンダイデラは寺だけ賢治のルビで、そう呼んだが、テンダイジが今も一般的呼称。岩手県二戸《にのへ》郡(現二戸市)浄法寺町《じょうほうじまち》(浄法寺は寺名でなく鎌倉期の畠山重忠《しげただ》の三男重慶坊が、父が殺されてのちここに逃れて名のった苗字といわれる)在の古寺。七二八(神亀五)年、聖武帝の勅願で建てられた国分寺と伝えられる。今はないが賢治のころは寺内の巨杉が健在で、詩[〔地蔵堂の五本の巨杉《すぎ》が〕]で、「風にひなびた天台寺」の、その巨杉は「まばゆい春の空気の海に／もくもくもくもく盛りあがるのは」と歌われている。地蔵堂は同寺の堂宇の一(本堂は観音堂)で、山門の左手に阿弥陀《あみだ》堂と並び、詩にあるように青ぐろい巨杉が五本そびえていた。第二次大戦後一九五三(昭和二八)年、新聞等にも載り物議をかもした「巨杉伐採事件」で杉は姿を消したが、それを機に古寺保存運動がおこり、一九七六(昭和五一)年、今春聴《こんしゅんちょう》(作家、今東光《とうこう》)が、その没後に同じく作家の瀬戸内寂聴《じゃくちょう》が、住職をつとめて話題をよんだ。本尊十一面観音像は現在も国宝。→松林寺《しょうりんじ》
――以上は『宮沢賢治語彙辞典』旧版での解説であるが、榊《さかき》昌子《まさこ》氏から「全くの寺違い」で、*花巻市中根子《なかねこ》古館《ふるだて》在の現延命寺《えんみょうじ》こそが賢治の詩の天台寺、という指摘の便りがあった。現在は修験《しゅげん》宗の寺だが、旧天台寺で、四本の杉があり(現在一本)、詩中にある教え子、桜羽場寛《ひろし》(→桜場君)の家であったと、榊氏は言う。本項では例外的に「寺違い」の旧解説も掲げて、読者の参考に供したい。

点綴《てんてつ》 【レ】 テンテイの慣用音。テンセツとも読む。あちこちに散らばって、ほどよくまとまりをなしていること。詩[有明]に「*アークライトの点綴や」、詩[*樺太鉄道]に「*やなぎらんの光の点綴」とある。

てんてつ器《てんてつき》 【文】 転轍機。ポイント。列車の進行を切りかえる線路の分岐点のポイント装置。駅舎でその操作をする係員を転轍手、ポイントマン(pointsman)と呼ぶ(童[*ビヂテリアン大祭]に出てくる)。分岐点には切りかえ確認のモニター・ランプの柱が立っており、それを見て運転手は駅に進入して行く。童[*銀河鉄道の夜]に「てんてつ器の灯を過ぎ」とある灯はその*ランプ。

天童《てんどう》・**天童子**《てんどうじ》 →天人《てんにん》

電燈《でんとう》 【文】 電気エネルギーを光エネルギーに変換する人工光源の総称で、主に白熱電燈を言う。賢治文学の重要なキーワードの一。*エジソンによって電球の製作が開発されてから、電燈

が一般家庭にも供給されはじめるのは一九世紀後半（*ニューヨークのエジソン電気照明会社が発電所を設置、送電を開始するのが一八八二年）、二〇世紀に入ると世界中に急速に広まる。日本でも一八八六（明治一九）年、初めて東京市に電燈供給事業が開始されるが（東京電燈会社設立）、一般庶民まで電燈の恩恵に浴するようになるのは大正後半になってからで、それまで多くは石油ランプだった。賢治も学生時代は*ランプで育った。岩手県下で最初の電気会社は一九〇五年の盛岡電気、*花巻に初めて電燈がともるのは一九一二（明治四五）年の花巻電気会社による。一九四三（昭和一八）年に県下の電気会社が一つに統合されるまで、県内二七の電気会社の大部分は大正期の開業であった。電力・電燈の普及は産業の発展ばかりか個人の生活意識にも革命的な影響を与えた。一言で言えば夜の意識に大変化をもたらす。小説をはじめ文学作品の夜の描写も大正期の後半ごろから微妙に変わってくる。人一倍新しがり屋だった賢治には、この電燈が重要語彙ともなってくるゆえんである。彼の視野における外界自然の闇と明るさのコントラストなしには彼の文学は考えられないが、同じように内面的にも終始闇や暗部が向かい合っている彼には、電燈の出現はその暗部を照らし出す機縁としてばかりか、闇の意識のとらえ方にまで深甚微妙の影響を及ぼしたと言えよう。恩田逸夫《いつお》がつとに論じたように、賢治にあっては、生活風物の中の一点景として電燈やその光線を扱っているものと、さらに微妙な精神的意義づけを施して比喩的象徴的に取り上げている場合とがある。前者には詩［*カーバイト倉庫］［風景とオルゴール］等、ことに童［*月夜のでんしんばしら］には長靴を送ろうとして電信線に長靴をぶらさげたりするユーモアや、「電気会社では月に百石《こく》（→凡例付表）ぐらゐ油をつかふだらう…」といった電燈普及期の庶民たちの対応ぶりが、そのまま作品に生かされていて笑わせる。しかし、重要かつ哲学的意味をもつのは恩田の言う後者、象徴的な表現としての電燈であろう。代表的なのは『春と*修羅』第一集の［序］や詩［*宗谷挽歌］だが、ことに［序］の「わたくしといふ*現象は／仮定された有機交流電燈の／ひとつの青い照明です／（あらゆる透明な*幽霊の複合体）／風景やみんなといつしよに／せはしくせはしく*明滅しながら／いかにもたしかにともりつづける／因果交流電燈の／ひとつの青い照明です／（ひかりはたもち　その電燈は失はれ）」のくだりは賢治の内面と電燈との結びつきを、また「*心象スケッチ」の構造原理を、濃密に示している。「わたくし」という実存的現象は、せわしく明滅しつつともりつづける「電燈の照明」なのである。そして、あらゆるすぐれた精神や行為を吸収し、「*因果」の現象を一身の中に具現する「有機」体でもある。「交流」とは交流電燈が五〇分の一秒、六〇分の一秒の速さで点滅を繰り返しているように、生命体も生滅《しょうめつ》を繰り返していることの象徴的表現で、紀野《きの》一義《かずよし》によれば仏法では「刹那生滅」をも意味するという。また詩［宗谷挽歌］では、恩田によると、妹*宮沢トシの*成仏を確信する想いと、疑いとを抱く「想念をつなぐのに『電燈』が楔《くさび》のように配置されて時間と空間との推移を表現し」（「光の詩人」）、「電燈」という素材を効果的に駆使していることになる。

デンドウイ【人】　架空の人物名。小沢俊郎は地名の「田頭《でんどう》村からの発想か」としている（新修全集月報）。田頭村は*岩手山の北東麓に位置する村落（現西根《にしね》町）。童［税務署長の冒険］に「次の日税務署長は(中略)給仕を呼び『デンドウイを呼べ。』とあごで云ひつけました。／すぐ白服のデンドウイ属がいかにも敬虔に入って来ました」とある。属は属官とも言ったが明治期の官制で第四等官、判任文官の職名。もしかしたら、この属は田頭村出身だったか。

天道さま《てんとうさま》 ↓お日さま《おひさま》

天人《てんにん》【宗】 *天上の世界に住む神々のこと。ふつうには*瓔《よう》珞《らく》や羽衣をつけ空中を飛ぶ天女(飛天)を指す。詩[〔堅い瓔珞はまっすぐに下に垂れます〕]に「まことにこれらの天人たちの／*水素よりもっと透明な／悲しみの叫び」、童[*インドラの網]に「天人はまっすぐに翔けてゐるのでした」「天人の衣はけむりのやうにうすく」とある。天人の子が天童、または天の童子で、童[*雁の童子]は、その童子の物語。ちなみに、天人をテンジンと読めば、慣用としては天と人、天の意《こころ》と地上の人間の意《こころ》の義となる。↓雁の童子《かりのどうじ》

天然誘接《てんねんよびつぎ》【農】 誘接(音読みはユウセツ)とは寄接《よせつぎ》のこと。他の立木《たちき》に生えたまま(天然)の接穂《つぎほ》を寄せ合わせ、物で包み両者癒《ゆ》合《ごう》の後、接穂の根を切りおとす。詩[天然誘接]に、「いつぽんすぎは天然誘接《てんねんよびつぎ》ではありません」とある。

天の鼓手《てんのこしゅ》 ↓たむぼりん

天盤《てんばん》【天】【レ】 一般的には鉱山の坑道や、切羽《きりは》(採掘現場)の天井を言う。しかし賢治が感覚的に使うのは、*穹窿《きゅうりゅう》や*天《てん》蓋《がい》または*天弧、*天椀と同じく、天空の比喩としてである。盤とは、大きな受け皿の意で、上下を逆にすると一種のドームになる。文語詩[*流氷《ザエ》]に「うら青く天盤は澄み」、詩[〔*松の針はいま白光に溶ける〕]でも「雲がとければ日は水銀(↓汞《こう》)／天盤も砕けてゆれる」とある。童[*インドラの網]では「その*桔梗いろの冷たい天盤には*金剛石の劈開片《(へきかいへん)》(↓へきかい予備面)や青宝玉(↓サファイア)の尖った粒や…」とある。賢治は*層雲や霧のかかった太陽(↓お日さま)を銀の盤とも表現した。詩[日輪と*太市](↓お日さま)では「日は今日は小さな天の*銀盤で／雲がその面を／どんどん侵してかけてゐる／*吹雪《フキ》も光りだしたので／太市は*毛布《けっと》の赤いズボンをはいた」、童[*ひかりの素足]では「空がすっかり白い雲でふさがり太陽も大きな銀の盤のやうにくもって光ってゐたのです」、詩[風の*偏《(へん)》倚《い》]には「天盤附属の氷片の雲」とある。↓銀の鏡《ぎんのかがみ》

天ぷら《てんぷら》【食】 一六世紀以降ヨーロッパから伝わった「tem-poras」の料理法で、江戸時代に発達した。語源はポルトガル語のtempero(調理の意)とも言われる。童[貝の火](↓蛋白石)に「『これは天国の天ぷらといふもんですぜ。最上等の所です。』と云ひながら盗んで来た*角《かく》パンを出しました」や、短[*電車]に「へん。お前なんか気の毒な*鼠の天ぷらだ」等が見られる。なお「鼠の天ぷら」は*狐の大好物、わなにしかけるえさに用いられた。また天ぷらは俗ににせものという意味にも使うところから、ここでは「にせ学生」という意味もかけられている。

澱粉《でんぷん》【食】【レ】 植物によって生成される炭水化物で、代表的な多糖類の一種。無味無臭の白色粉末。植物の葉で光合成によって合成され、種子、根、茎等に貯蔵栄養物質として蓄積される。動物の栄養素として重要な意義を持ち、また糊料、発酵工業原料、医薬品等にも広く用いられる。賢治作品では短[女]の「顔のまっかな若い女がひとりでせわ《(ママ)》しく飯をかきこんでゐる。／かきこんでゐる。その澱粉の灰色」、手[三]の「馬鈴薯の澱粉粒」等

が見られる。また文語詩［*心相］の「いまは酸《す》えしておぞましき、／澱粉堆《でんぷんたい》とあざわらひ」（いまは酸っぱくなっていやらしい、ただの澱粉の固まりかとあざわらって、の意）、ス［七］の「しろびかりが室《（へや）》をこめるころ／澱粉ぬりのまどのそとで」等は比喩として用いられている。ほか童［*茨海《ばらうみ》小学校］［*イーハトーボ農学校の春］等。

澱粉堆《でんぷんたい》 →澱粉《でんぷん》

伝馬《てんま》【文】 伝馬船《てんません》の略。伝馬はもともと王朝時代の駅伝の公用馬のこと。転じて小形の木船（はしけ）を言うようになった。詩［発動機船　第二］に「近づいて来る伝馬には／……／十人ちかく乗ってゐる」とある。

天末《てんまつ》 →天末線《てんまつせん》

天末線《てんまつせん》【天】 スカイライン（skyline）。ふつうは地平線（ホライズン、horizon）と呼ぶ。天末とは天際のこと。天末線は観測者から見ると、それを中心として円形を描くが、ある一方向を見ると地球が球形のため左右がやや下さがりとなる。賢治は「冬のスケッチ」に「天末」をよく使っている。「地平線近くのしろびかりは／*亜鉛の雪か天末か／うすあかりからかなしみが来るものか」等。帳［孔雀印］の文語詩［［かの iodine の雲のかた］］（→沃度《ようど》）では「あ、俄かにもその緑なる／*まぐさの丘の天末線より（中略）おみな鎌を*たづさへて／あらはれ出でぬ」。詩［*阿耨達池《あのくだっち》幻想曲］では「……*辛度海《（しんどかい）》から、あのたよりない三角洲から／*由旬《（ゆじゅん）》を抜いたこの高原も／やっぱり雲で覆はれてゐる……／けはしく繞る天末線《スカイライン》の傷ましさ」。詩［［温《（ぬる）》く含んだ南の風が］］では「……地平線／地平線／灰いろは*がねの天末で／銀河（→銀河系）のはじが茫乎《（ぼうこ）》とけむる……」（茫乎はぼうっと）。賢治は空の透明な青さを、清浄なものとして愛していたので、地平線よりも天末線の方を好んで使ったのであろう。

天門冬《てんもんどう》【植】 クサスギカズラの漢名。海岸の砂地に多く見られるユリ科の多年草。茎の下部は木化し、上部は他物にまつわりつく。葉は細く一見*杉に似ている。夏、黄色い小花を、花後小球形の実をつける。メモ［創4］に「特に天門冬*砂糖漬の壺の如き／珍らしきものまで」とある。根を薬用にし、砂糖漬けにするからである。

伝令《でんれい》【文】 *軍隊用語。部隊間で命令や情報を伝える連絡の兵士。童［朝に就ての童話的構図］に「第百二十八*聯隊《れんたい》の伝令！」、「伝令はいそがしく」と出てくる。

天狼星《てんろうせい》【天】 *大犬座のα星、シリウス（Sirius もと「焼きこがすもの」の意）の中国名。地球からの距離が八・七光年と近く、質量は太陽（→お日さま）の約二倍あり、温度もはるかに高く、全天で最も明るい恒星（マイナス一・五等）として見える。色は青白い。詩［発動機船　第二］に「シリウスの上では／一つの氷雲が」とあり、童［*ポランの広場］では「まっかな天狼星」とある。極めて明るいので火のイメージをもりこんだのであろう。白色矮星《わいせい》（小星）を伴星《ばんせい》（連星）に持つことでも知られている。句「狼星をうかゞふ*菊のあるじかな」がある。天狼の名は、近くにある野鶏《やけい》という名の星をねらうように見えるからと言われる。古来、不吉な星として恐れられることも多かった。

電話《でんわ》【文】 電話は一八七六年にアメリカ人グラハム・ベルによって発明された。日本で初めて電話が開通したのは、ベルの発明から一三年後の一八八九（明治二二）年、逓信省《ていしん》（郵政省をへて現郵政事業庁)が東京—熱海間の公衆用市外電話を国営で開始した。賢治作品では電話は異稿を含めて一五か所登場するが、「電話ばしら」「電話の線」を除いて通話や故障の簡単な記述。例えば童[*グスコーブドリの伝記]に「さつきクーボー博士から電話があつたのでお待ちしてゐました」等。賢治の時代には、ことに地方では電話の普及はまだ遅れており、主として事務・営業用に用いられ、また一部の裕福な家庭に設置されるにとどまったが、店をいとなむ賢治の家には電話があった。簡[379]で、訪ねてくる作曲をやる若い友人に「駅前から電話をかける」ことを指示している。駅前の公衆電話からであろう。

天椀《てんわん》【天】【レ】 *天を*穹窿《きゅうりゅう》(ドーム)に見立てた比喩のひとつ。椀とは、中をえぐり取った木製容器(陶器のは「碗」、金属のは「鋺」とも書いた)。詩[春と*修羅]に「修羅は樹林に交響し/陥りくらむ天の椀から/黒い木の群落が延び」とある。詩[氷質の冗談]には「青くかゞやく天の椀から/*ねむや鵞鳥《(がちょう)》の花も胸毛も降ってゐました」、詩[雲]の初行に「青じろい*天椀のこっちに/まっしろに雪をかぶって」とある。ほかに詩[*一本木野][冬と*銀河ステーション]等。

と

ど　→杉苗七百《すぎなえななひゃく》ど…

樋 とい　→樋《ドヒ》どい、どひちょす、樋番《とひばん》といばん

徒衣ぜい食 といぜいしょく　→賤舞 せんぶ

どいちょす　→樋《ドヒ》どい、どひちょす

ドイツ刈り どいつがり　【文】　ハーフロング・カットのこと。坂口茂樹『日本の理髪風俗』(一九七二、雄山閣)はこの髪型について、「両側部を、ヘアー・クリッパーで刈り、ドイツ軍人型」と解説している。クリッパーとはバリカンのこと。なお当時、イギリス刈り、フランス刈りの髪型もあった。童[*ビヂテリアン大祭]では「異教席から痩せた顔色の悪いドイツ刈りの男」が演壇に立つ。この男は*シカゴ畜産組合の理事兼屠畜(とちく)会社の技師である。冷酷な感じを髪型で示している。また童[*茨海《ばらうみ》小学校]では、*キツネの学校の先生が「実にしゃれたなりをして頭の銀毛などもごく高尚なドイツ刈りに白のモオニングを着て教壇に立って」いる。ここではキツネの顔がドイツ刈りのイメージに似ていることを踏まえている。銀毛は白髪の意だが、キツネの毛皮のなかで銀ギツネが最も高価であるということを意識した表現でもあろう。

ドイツ刈り

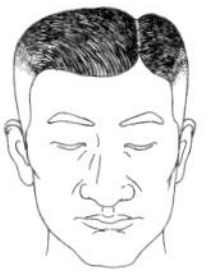

ドイツたうひ どいつとうひ、**ドイツトウヒ**　→独乙唐檜 どいつとうひ

【とう】

独乙唐檜 どいつとうひ　【植】　マツ科の常緑針葉樹。大高木で高さ四〇mにもなる。ヨーロッパ北部の森林の主要樹で人工植栽林も多い。日本でも東北地方と北海道にいくらか造林されており、北海道の鉄道防雪林に多い。岩手大学(旧*盛岡高等農林)にも大木がある。童[チュウリップの幻術](→うっこんかう)に「額の汗を拭きながら向ふの黒い独乙唐檜の茂みの中から」ほか。

ドイツトウヒ

薹 とう　【植】　フキ(*蕗)や菜の花軸、花茎。野菜が盛《さか》り(食用の時期)を過ぎ、花茎が上に伸びたのを「薹が立つ(薹立ち)」と言い、盛りの過ぎた人間にも使う。詩[巨杉(きょさん)]([〔地蔵堂の五本の巨杉が〕]の下書稿)に「まっ黒けに薹のたった*花椰菜《はなやさい》め!」、同[村娘]に「*雪菜《ゆきな》の薹を手にくだき」等。

銅 どう　【鉱】　カッパー copper 元素記号はCu。原子番号二九の金属元素。硬度三。日本では、その色から赤金、銅《あかがね》と呼ばれた。電気伝導に優れ、銀に次ぐ良導体。古来から用途の広い金属。銅を主成分とする鉱物は多数あるが、銅の主要鉱石としては自然銅(Cu)、黄銅鉱($CuFeS_2$)、輝銅鉱(Cu_2S)、斑銅鉱(Cu_5FeS_4)など。賢治はしばしば「あかがね」とルビをつける。それは、銅《どう》の和名としての「あかがね」というのではなく、熱に熔けている状態か、酸化していない輝く銅の状態を表現したいためのようだ。ぎらつく太陽(→お日さま)の比喩に用いる例が多い。詩[〔朝日が青く〕]の「朝日が青く/ひかりはひどい銅なので」、童[*かしはばやしの夜]の「銅《あかゞね》づくりの*お日さまが、南の山裾の*群青《ぐんじゃう》いろをしたとこに落ちて」、童[*ひのきと*ひなげし]の「向ふに居るのはな、もうみ

がきたて燃えたての銅《(あかがね)》づくりのいきものなんだ」、詩[小岩井農場 パート三]の「赤銅《しゃくどう》の人馬《じんば》の徽章《(きしょう)》だ」、文語詩[雹雲砲手《(ひょううんほうしゅ)》](↓積乱雲)の「をちこち青き銅液の」、童[土*神と狐*]の「熔けた銅の汁をからだ中に被ったやうに朝日をいっぱいに浴びて土神がゆっくりゆっくりやって来ました」等。銅は炎色反応として青緑色の光を出すが、賢治は詩[〔風が吹き風が吹き〕]では「東は青い銅(↓ブロンズ)のけむりと/いちれつひかる雲の乱弾」(乱弾はむやみに射った弾丸のようなちぎれ雲)、童[学者アラム*ハラドの見た着物]では「銅を灼くときは孔雀*石のやうな明るい青い火をつくる」とある。詩ノート[雑草]の「紫銅色」は「羽衣《はごろも》甘藍(↓ケール)」の尖った葉の紫色にも見える銅の色。

鐃どう 【音】 にょう、とも。仏具の銅鑼*、または平たい小さな鐘《かね》のこと。ノート[文語詩篇]の「次には鳴らす銅の鐃」は銅と同音になるので呉音でニョウと読んだほうがよいかもしれない。シンバルの一種で鐃鈸《にょうばち》とも言う。

東庵とうあん ↓蒔絵《まきえ》

陶庵とうあん ↓蒔絵《まきえ》

凍雨とうう ↓凍雨《ひさめ》

橙黄線とうおうせん ↓橙黄線《たうわうせん》《とうおうせん》

蕩音とうおん ↓鑵鼓の蕩音《かんこのとうおん》

銅角どうかく 【音】 中国の銅*でできたラッ*パのこと。詩[〔温《(ぬる)》く含んだ南の風が〕]の「またわれわれの耳もとで/銅*鑼や銅角になって砕ければ」とある。下書稿では「トロムボン」(↓チャリネ)の左傍に「銅角」と記入してあるが、これは、どちらかにしようと思っての記入か、あるいは銅角をトロンボーンと読ませようとしたのか不明だが、おそらくは前者で、定稿で「銅角」を採ったと考えられる。

どうが何《なん》ぼでもいゝ《ぃ》はんて買《か》って呉《く》なぃ 【方】 どうかいくらでもいいですから買ってください。「何ぼ」は「いくら」「いくつ」の意。「呉なぃ」は実際には「くね」と発音し、依頼を示す。童[なめとこ山の熊*]。

どう枯病どうがれびょう 【農】 胴枯病。腐乱《ふらん》病とも。林檎(↓苹果《りんご》)、梨*、柿、栗*、等の果樹や、松*、桐*、ポプラ(↓楊)、桜*、等に発生するが、幹や枝に発生、黒変し、やがて赤褐色になり、病斑が形成層に沿って広がる。樹勢が弱まったとき多発し、旱*魃や冷害等が誘因となる。病斑部を削りとり、保護剤を施して処理する。文語詩[〔りん*ごのみきのはい《(ママ)》のひかり〕]に「どう枯病をうたがへり」とある。「はい《(ママ)》のひかり」は患部自体の光か、そこにかかった薬品の灰色の光であろう。「うたがへり」は胴枯病の疑いがある、の意。

盗汗とうかん ↓朱金《しゅきん》

盗汗とうかん 【科】 寝汗《ねあせ》のこと。保*阪嘉内あて簡[144]に「頭が鋭く痛み夜は盗汗します」とある。

等寒線とうかんせん ↓鋼青いろの等寒線《こうじょういろのとうかんせん》

唐黍とうきび ↓玉唐黍《とうもろこし》

図、浮、P、築、新、市、本、明と、うき、ぴー、つき、しん、いち、ほん、めい 【地】 帝国図書館(現国立国会図書館支部上野図書館)、浮*世絵展覧会、築地小劇場、新橋演舞場、市村座、本郷座、明治座等の略語か。うちPの意は未詳(もしかしたら当時から「銀ブラ」連中がよく寄った銀座の有名なコーヒー店「パウリスタ」〈Café Paulista〉のPかと言う長谷川泰三の説がある)。帳[MEMO FLORA]のメモ。

一九二八(昭和三)年六月上京時の行動メモと思われる。

東京独乙語学院《とうきょうどいつごがくいん》【文】 神田区*仲猿楽町《さるがく》(現千代田区西神田二丁目付近)にあった。賢治は一九一六(大正五)年八月一日から三〇日まで同学院で開催された「独乙語夏期講習会」を受講した。ノート[文語詩篇]に「〈東京／独乙語学院〉」とある。独乙は独逸とも書いた。

東京農産商会《とうきょうのうさんしょうかい》【文】 種苗商。東京市麴町《こうじまち》区(現千代田区)有楽町にあった。詩[病院の*花壇]に「東京農産商会は／このまっ黒な春の吊旗《(ママ)》を送ってよこし」とある。「まっ黒な春の吊旗」とは同詩冒頭の「あんまり暗く薫りも高い」「十六の*ヒアシンス」を、春を弔《とむら》う旗としゃれたのであろう。「吊旗」の吊は弔の類字で同義。すなわち弔旗。去り行く春に別れを告げる、春のとむらいの旗。

東京の避難者たち《とうきょうのひなんしゃたち》【人】 詩[宗教風の恋]に「東京の避難者たちは半分脳膜炎になつて／いまでもまいにち遁《(に)》げて来るのに」とあるのは、この詩の書かれる半月前、一九二三(大正一二)年九月一日の関東大震災の避難者が東京から東北地方にも「まいにち遁げて来」ていたことを指す。

洞窟人類《どうくつじんるい》【文】 詩[休息](初行「中空は晴れてうららかなのに」)に登場。「古い洞窟人類の／方向のない*Libido の像」が*積乱雲だという一節がある。下書稿では「巨大な洪積人類」(↓洪積世)または「原人」である。これらを見ると、賢治の頭にあったのは、洞穴に住んでいた北京原人(シナントロプス＝ペキネンシス)ではないかと想像されるが、これの発見は一九二七年であり、また「原人」の定義も今日と違ってあいまいだったから、実際は有名なネアンデルタール(↓ゾンネンタール)人を念頭に置いたものであろう。童[楢ノ木大学士の野宿](↓なら)にも「斯う納まって見ると、我輩もさながら、洞熊《(ほらくま)》か、洞窟住人だ」がある。

唐鍬《とうぐわ》 ↓鍬《くわ》

道化祭の山車《どうけまつりのだし》 ↓火祭《ひまつり》

洞源和尚《どうげんおしょう》【宗】 『景徳伝灯録《けいとくでんとうろく》』(全三〇巻、一〇〇四〈景徳元〉年刊、禅宗相伝《そうでん》の法脈を伝記的に集録したもの)の著者である宋時代の臨済宗の道原のもじりか。短[*疑獄元兇]に「あゝ乱れた／洞源和尚に辞《ことば》もない」とある。これはこの短篇中の禅問答(宋の臨済宗の仏書『碧巌録《へきがんろく》』第一則、またはその出典となった『景徳伝灯録』巻三に依拠)に続く言葉であるが、心を平静にすることに失敗した主人公が、洞源和尚に対し、「わびる辞《ことば》もない」と感じる場面である。洞源を日本曹洞宗開祖の道元のもじりとする解釈も考えられるが、前記『碧巌録』(全一〇巻)ならびに『景徳伝灯録』は臨済宗の重んずるところであり、曹洞宗の道元には結びつきにくい。

銅鼓《どうこ》【音】 中国南部や東南アジア一帯に見られる青銅製の打楽器。*底のない樽をすえたような片面鼓で棒で打つ。文語詩[〔僧の妻面膨《おもふく》れたる〕]に「(いまはとて異の銅鼓打ち、晨光《(しんこう)》〈↓晨明〉はみどりとかはる)」とあるのは、仏具の小形の銅鼓か。*看経《かんきん》していた僧が、ふくれっ面《つら》で「飯盛りし仏器さゝげくる」妻に、あてつけに、異の(ことさらに、強く)仏前の銅鼓を打つ、すると晨光(朝の光)はみどり色にかわる。

トウコイス ↓タキス

東光寺《とうこうじ》 ↓円通寺《えんつうじ》

闘諍《とうそう》 ↓闘諍《とうじょう》

【とうさう】

【とうさん】

唐桟《とうざん》 【衣】 唐桟留《どめ》の略、綿織物の一種。細番《ほそばん》の木綿糸を用いて、紺地に浅黄《あさぎ》(↓葱緑《ねぎみどり》)、赤、茶等の色合いの縦縞を配した色彩豊かな縞の平織物。日本には江戸時代初期に南蛮貿易によって渡来したが、インドのサントメ島で織られていたところから桟《さん》留縞《とめじま》と呼んだ。当時は木綿が珍しかったため高価で、通人《つうじん》向きの羽織地や着物地として好まれた。江戸末から明治初めにかけて日本でも製造されるようになり、従来の舶来品を唐桟留と言うようになったが、現在では桟留縞の総称として使われている。童[一九三一年度極東ビヂテリアン大会見聞録]に「さっきの異人が宿から縞の唐桟の袷《あわせ》を着せられて」等が見られる。

蕩児の群《とうじのむれ》 【レ】 放蕩(道楽)息子たち、の意だが、賢治も加わった花巻の実業家有志による「東海岸視察団」の別称。賢治がつけたというより連中がおもしろがってそう言ったものと思われる。一九一七(大正六)年七月二五日から二九日まで、三六名で釜石・宮古方面を旅行。歌[五五七]に、「たよりなく／蕩児の群にまじりつゝ／七月末を　宮古に来る」とある。詩[春谷暁臥]に「蕩児高橋亭一が／しばし無雲の天《そら》(↓天《てん》)に往き／数の綵女《うねめ》とうち笑みて」とある。

闘諍《とうじょう》 【宗】 闘訟《とうしょう》とも言う。闘争と論争。あるいは、いさかい争うことにも用いる語。童[二十六夜]に「遂には共に修羅に入り闘諍しばらくもひまはないぢゃ」とある。ここは「闘諍堅固」の時代、すなわち「しばらくのひまもなく」争い絶えない末法の教えにもとづく。↓修羅《しゅら》

道場《どうじょう》 【宗】 釈迦(↓釈迦牟尼)が悟りを開いた場所のこと。ブッダガヤーにおける菩提樹の下の金剛座を言う。一般的には、悟りを得るための修行の場(例えば寺や武道場にも)の意で用いられる。法華経(↓妙法蓮華経)では、法華経を読誦したり書写したりする場所は、たとえ山、谷、曠野等、どのような場所であってもそこはすべて仏が悟りを開いた道場であると説く。「疾中」詩[夜](初行「これで二時間」)に「こゝこそ春の道場で／菩薩は億の身をも棄て／諸仏はこゝに涅槃し住し給ふ故」、簡[63]に「世尊(↓釈迦牟尼)が道場に座したとき」、簡[72]に「忍びを習ふ道場に有之候はゞ」、簡[74]に「諸仏諸菩薩の道場であります。私にとっては忍辱《にんにく》の道場です」。簡[389]に「当地是処《タウチイゼイシヨオ》、即是道場《ソクゼエドウジヤウ》、諸仏於《シヨオブツオー》此《シィ》、得三菩提《トクサンボーダイ》」(当地は当知の賢治誤記、ルビは賢治)、歌[六四一]に「ここはこれ／惑ふ木立のなかならず／しのびをならふ／春の道場」の「しのびをならふ」とは、上の句の「惑ふ」に対する「忍び」＝忍欲《にんよく》・忍苦《にんく》・忍辱の道、つまり仏法を修める道場の意である(忍《しの》びの術で忍び込む「忍術」ではない)。この歌は生前発表初期断章[〔峯や谷は〕]中に改行なしで、童[マグノリアの木]では、ほぼ原形(改行)のまま、再登場していて、賢治には大事な歌だったことをうかがわせる。

道場観《どうじょうかん》 【宗】 国柱会の会員が修行のときに唱える「妙《みょう》行正軌《ぎょうしょうき》」の冒頭第一の句。「道場を浄め、身心を整えて修行に臨む」ためのもので「真読訓読どちらでもよい。一方をえらび至心念誦する」と注がある。真読(道場での音読)は「当知是処《とうちーぜーしょー》　即是道《そくぜーどう》場《じょう》　諸仏於此《しょぶつーおーしー》　得三菩提《とくさんぼーだい》　諸仏於此《しょぶつおーしー》　転於法輪《てんのーほうりん》　諸仏於此《しょぶつおーしー》　而《にー》般涅槃《はつねーはん》」(簡[389]でのルビはカタカナ)。訓読は「まさに知るべしこの処は、すなわちこれ道場なり。諸仏ここにおいて、三菩提を得、諸仏ここにおいて、法輪を転じ、諸仏ここにおいて、般涅槃《はつねはん》した

まふ」。典拠は法華経如来神力品第二十一（↓妙法蓮華経）で、法華経を修行する所は、仏の霊地と等しい尊い道場である、の意。帳［雨ニモマケズ］一四〇頁に「筆ヲトルヤマヅ道場観／奉請《(ぶしょう)》（↓為《い》坐《ざ》諸仏《しょぶつ》／以《い》神通力《じんづうりき》…）ヲ行ヒ」とあり、賢治は執筆時に道場観や奉請を唱えていたことが分かる（簡［389］では、急いだのか初行の当知を当地と誤記してルビはカタカナにしている。

同心町《どうしんちょう》＊【地】 同心（下級武士）の住宅のあった町。＊花巻市街南端（羅須地人協会のあった旧＊根子《ねこ》村）に、表通りに玄関を設けぬ古い家並が第二次大戦後遅くまで残っていた。藩政時代には同心組約三〇戸があった。その後は向《むかい》花巻、向小路《むかいこうじ》とも称した。詩［午］に「日が高くなってから／巨きな＊くるみの被《(かぶ)》さった／同心町の石を載せた屋根の下から」とある。また詩［〔同心町の夜あけがた〕］に「同心町の夜あけがた／一列の淡い＊電燈／春めいた浅葱《(あさぎ)》いろ（↓葱緑《ねぎみどり》）したもやのなかから」とある。また文語詩［短夜］に出てくる目あかし町も、同心町を指す。目あかしは同心の手下、＊岡っ引き。

桃青《とうせい》 ↓夏草の碑《なつくさのひ》

痘瘡《とうそう》 ↓紅教《こうきょう》

塔中秘事《とうちゅうひじ》 ↓卑那やか天《ひなやかてん》

漟々《どうどう》【レ】 漟は渓の意。谷川のこと。文語詩［饗宴］に「雨は漟々青き穂並にうち注げり」とある。ふつうの漢和辞典にもない難字をどうして用いたか。文語詩ゆえともいえようが、単に「どうどう」とか、形容動詞の「滔滔《とうとう》」と書くのでは物足りなくて、賢治の漢字の素養が、名詞をあえて形容動詞として用い、その擬音表現の効果もふくめて、雨が勢いよく青田の面にそそぐさまを表現したかったのであろうか。たしかに同義清音の「滔滔」よりは音感上こちらが印象的と思われる。

銅のむしごて《どうのむしごて》【レ】【文】 童［北守将軍と三人兄弟の医者］初期形に「弟子がもうその支度をして、巨《おほ》きな銅のむしごてと、白い油を持って来た」とある。馬のよじれた足を直す場面である。銅製の蒸鏝《むしごて》（熱して塗料や接着剤等を塗りつけるのに使う焼きごて）のこと。バターのような白い油を「馬のもゝに塗り」、鏝で「しゆうしゆう云はせてゐる」。

塔婆《とうば》【宗】 パーリ語 thūpa の音写。stūpa（梵）の音写である率都婆《そとば》（率塔婆、卒塔婆とも）に同じ。また単に塔とも言う。仏の遺骨（＊舎利）や遺髪等を埋めた上に建てた建造物のこと。三重塔、五重塔、多宝塔、＊五輪塔等、その形によって多種あるが、通常、塔婆、率都婆と言う場合は五輪塔のことを指す。詩［晴天恣意《(しい)》＊］に「とは云へそれは再考すれば／やはり同じい大塔婆／いたゞき八千尺にも充ちる／＊光厳浄の構成です」とある。なお、墓に死者供養のために立てる塔の形をした板（梵字や戒名などを僧に書いてもらう）も一般には卒塔婆と言う。いわば略式の卒都婆である。

銅鉢《どうばち》【宗】 ドウハチとも言い、＊印度渡来の銅製の打楽器（中国では磬《けい》、鐃鈸《にょうばち》とも。↓鈸《はつ(?)》）のことだが、賢治は金属製の鉢の意で使っている。童［北守将軍と三人兄弟の医者］に「弟子は大きな銅鉢に、何かの薬をいっぱい盛つて」とあり、「ソン将軍は両手を出して」その「鉢を」受けとる。

幢幡《どうばん》【宗】 幢はハタボコで鉾《ほこ》の先に旗をつけたもの、幡は旗《はた》で梵語 patākā の漢訳。＊瓔珞《ようらく》とともに仏や＊菩薩の威徳を示すシンボルとして飾りたてる＊荘厳具《しょうごんぐ》（歌［黎明行進歌］に「微風緑樹の荘厳」とあるのは、そよ風が緑樹の飾りの役をしている意)。法会《ほうえ》等寺院の催しものの際、堂塔や境内に、三角形の旗の下に細長い布や紙製の幡身をつけ、上下に数本の飾りを垂らしたもの。詩「*毘沙門天の宝庫」に「あれが毘沙門天王の/珠玉やほこや幢幡を納めた/巨《おお》きな一つの宝庫だ」とあり、詩「一造園家とその助手との対話」(詩「*装景手記」の下書稿の一)や童「*雁の童子」には「瓔珞や幡を容《い》れた」と幡だけで出てくる。↓シグナル

幢幡

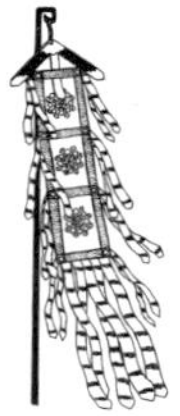

銅版の紙片《どうばんのしへん》【文】 銅版印刷の紙きれ、すなわち紙幣のこと。文語詩「〔燈を紅き町の家より〕」に「あゝ鈍《に》びし二重の*マント、銅版の紙片をおもふ」とある。「鈍びし二重のマント」は古びて薄墨色になった*インバネス。

唐檜《とうひ》【植】 温帯の山地や亜寒帯、または北地に群生するマツ科の常緑針葉高木。エゾマツの変種。大きなものは高さ五〇mに達する。↓独乙唐檜《どいつとうひ》

等比級数《とうひきゅうすう》【科】【レ】 ある数に、次々に一定の数を掛けて作られる数の列。幾何級数とも。詩「病中」に「折角息を吸ひ込んだのに/こんどもだんだん短くなる/立派な等比級数だ」「もいちど極めて大きな息すべし/今度も等比級数か/こいつはだめだ」とあり、呼吸(↓息)が次第に短くなって止まりかけた様子や、死への恐怖(↓恐怖《クフ》)の暗喩として使われている。「睡たい/睡たい/睡たい/睡たいからって睡ってしまへば死ぬのだらう」を一字ずつ下げて書いた衰弱の図像化からは、病床にありながら、おのれを対象化して、不安や絶望もユーモアにしてしまう恐ろしいばかりの詩魂のパワーが見られる。ちなみに賢治が「等比級数」を覚えたのは中学四年時と思われるが、明治末から大正初期には中学では「等比級数」で通され、辞典や専門書で「幾何級数」の呼称は言及ていどに用いられていた。賢治所蔵の河野徳助《こうのとくすけ》『代数的解析論』(一九〇九、高岡書店)にも「無限等比級数」の説明がある。また*花巻農学校で担当した代数の時間に、この等比級数を賢治は教えていた。

陶標《とうひょう》【文】 陶器製の標識や看板。文語詩「医院」に「陶標春をつめたくて」とある。春冷の感をそそる明るくつめたい陶標。

東北菊花品評会《とうほくきくかひんぴょうかい》【文】 一九三〇(昭和五)年一一月に賢治の母校花城小学校で開かれた東北地方の菊花コンクール。*花巻の菊花同好会「秋香会」主催。原稿断片等の短歌五首の題に「東北菊花品評会」とある。同歌群の各首の頭書「黄金の雲」「五大洲」「*蓬莱の秋」「水超々《ちょうちょう》」(迢《ちょう》々=はるかなさま、の誤記か)「瑢台《ようだい》」(瑤台=美しい玉の台、の誤記か)は、いずれも出品作品の題名。ちなみに岩手県下の品評会も当時毎年開かれており、賢治は審査員を頼まれたりしている。句稿に菊花品評会での作が多いのもそのためである。

東北砕石工場《とうほくさいせきこうじょう》【地】【科】 東北砕石工場は、鈴木東蔵が一九二五(大正一四)年に設立した、石灰岩を採集し販売する職人一二人ほどの小工場。岩手県東磐井郡大船渡線陸中松川駅前にあり、裏山から石灰岩が採れた。賢治は鈴木に請われて一九三一(昭和六)年に技師として契約する(父宮沢政次郎も出資)。賢治の参加で注文が増えるが、彼は販売店獲得のために上京したその日に発病。旅館で遺書も書くが、父の意志で花巻へつれ戻される。賢治

晩年の鈴木宛書簡は多いが石灰製品をめぐってのやりとりが主である。↓石灰《せっかい》

東北長官《とうほくちょうかん》【文】架空の役職名。童［二人の役人］に「東北庁」とともに登場するが、実在の北海道庁、北海道庁長官をまねて設定したのであろう。

唐箕《とうみ》【農】もとは竹等で編んだ大きな塵取りのような農具の一種。穀類を精選して、くず粒、もみ殻、ちり等を除去する際に用いる。巧みに両手で上下にゆすり、風力を利用して使う。元禄時代に中国から伝わったと言われ、近年になって動力脱穀機が普及するまでは広く農家で用いられていた。「大なる唐箕」(ス［補遺］)はそれであろう。「唐箕のうなりはフウララフウ」、「大きな唐箕がもう据えつけら(ママ)れてフウフウフウと廻ってゐました」(童［ペンネンネンネンネン・ネネムの伝記］〈↓昆布〉)とあるのは、この唐箕を応用した木製の農機具で(呼称は同じ)、庭等に据えつけ、上から穀類を落とし、手廻しで風を送り、前記の除去物を除去する大仕掛けのものので、だから音をたててうなりを発するのである。

唐箕(最長部分約1m)

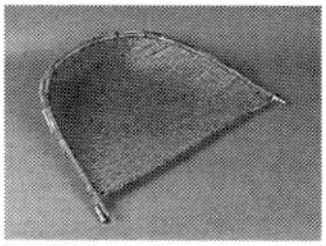

透明薔薇《とうめいばら》↓熱《ねつ》

どうもさ《そ》**うだやうだます**【方】どうもそのようでございますな。「だます」は丁寧な言葉「…でございます」に相当する。劇［植物医師］。

どうもゆぐなぃよだんすぢ《じ》**ゃ。かげだれば稲見**《いねみ》**でるうぢ**《じ》**に赤**《あが》**ぐなってしまたもす**【方】どうもよくないようですよ。(亜砒酸*を)かけたら、稲*は見ているうちに赤くなってしまったもの。「かげだれば」は実際には「かげだいば」と発音する。「かけたならば」の意。劇［植物医師］。

玉蜀黍《とうもろこし》【植】旧かな「たうもろこし」(童［畑のへり］)。唐《とう》黍《きび》、単に黍《きび》(なまって「きみ」とも)とも。熱帯アメリカ原産。別名、キミ(方言)、キビ、モロコシ、トウキビ、トウキミ等。「玉蜀黍《きみ》畑漂雪《フキ》(↓吹雪《フキ》)は奔《(はし)》りて」(文語詩［塔中秘事］)、「玉蜀黍《きみ》の脱穀をしてるんだ」(童［耕耘《(こううん)》部の時計*］)等。ほかに詩［(青いけむりで唐黍《(きび)》を焼き)］や文語詩［(玉蜀黍《(き)》を播《(ま)》きやめ環にならべ)］、童［雪渡り*］には「黍《きび》の畑」等。

套門《とうもん》【文】【レ】文語詩［(氷雨《(ひさめ)》虹*《(にじ)》すれば)］に「青き套門を入るなし」は「青き套《(とう)》、門を入るなし」で、賢治はよく読点を省略する一例。いつも青い(たぶん紺いろの)外套を着て来る同僚教師が病気のため(「病《いたつき》の今朝やまされる」)けさ出勤してこない(校門を入るなし)のを気づかっての詩句。

銅緑《どうりょく》↓銅緑《カバーグリン》

童話文学《どうわぶんがく》【文】雑誌名。簡［377・379・459］に出てくる「童話文学」は「児童文学」の誤り。「児童文学」は、一九三一(昭和六)年七月二〇日に文教書院より創刊された。編集者は詩人の佐藤一英《いちえい》。季刊の予定で始められたが二冊で終刊。賢治は、詩人の石川善助《ぜんすけ》(一九〇一―二五)*〈大正一四〉年末に森佐一の仲介で賢治を訪ねたことがある)が佐藤一英に推奨したため、寄稿の依頼

「児童文学」第一冊掲載「北守将軍と三人兄弟の医者」(1931年7月20日)

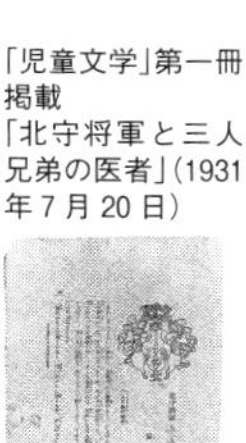

「児童文学」第二冊掲載「グスコーブドリの伝記」(1932年3月10日)

を受けることになった。佐藤は早稲田大学時代から横光利一や吉田一穂《いっすい》とも親しく、詩では新韻律詩を主張、賢治の詩的童話に深い関心を示した。賢治も相応の影響を受けていたと思われる。簡[377]には「『童話文学《(ママ)》』といふものへ毎月三十枚から六十枚書く約束しました」とある。簡[379]の「この頃『童話文学《(ママ)》』といふクォータリー版の雑誌から再三寄稿を乞ふて《(ママ)》来たので既に二回出してあり」(「乞ふて」は「乞ひて」のウ音便ゆえ、正しくは「乞うて」)と言うのは、「児童文学」の第一冊に掲載された童[北守将軍と三人兄弟の医者]と、第二冊(一九三二・三・一〇発行)の童[グスコーブドリの伝記]である。前者には棟方寅雄《むなかたとらお》(棟方志功《むなかたしこう》とは別人。未詳)、後者には棟方志功の挿絵が付されている。また同書簡で「風野又三郎」(→風の又三郎)を「児童文学」に寄稿する予定と書いているが、これは同誌の終刊等の事情で実現しなかった。ほか帳[兄妹像]一頁。

曙人《とおつおや》 →曙人《とほつおや》《とおつおや》

遠野《とおの》 【地】 現在の岩手県遠野市。アイヌ語のト・オ・ヌ(湖)に発する地名。柳田国男『遠野物語』(一九一〇)にも「遠野郷の地大昔はすべて一円の湖水なりしに」とある。賢治のころは上閉伊郡《かみへいぐん》の郡役所の所在地、遠野町(一八九六〈明治二九〉年までは西閉伊郡)。猿ヶ石川の中流域、早瀬川と来内川《くるないがわ》(アイヌ語でクル・コルは岩、ナイは川)の合流点に位置し、遠野盆地の中心。江戸期から遠野南部氏(その祖南部実長《さねなが》は日蓮宗身延山の開基)の城下町としても栄えたが、一九一四(大正三)年、岩手軽便鉄道(現釜石線)遠野駅ができて交通の便は開けたものの、遠野には山に囲まれた盆地特有の、温存された古風な習俗や神秘的な雰囲気があった。一九一五年八月二九日付の一九歳の賢治から高橋秀松あて「遠野ニテ」とある葉書の文面、「今朝から十二里歩きました。鉄道工事で新らしい岩石が沢山出てゐます」は軽便鉄道の延長工事の模様。後に同人誌「アザリア」三輯(一九一七・一〇)に発表した「遠野」と題する二首、「そらひかり煙草の看板切りぬきぬ　紳士は棒に支へられて立つ」「あをじろき光のそらにうかび立つ　三きれの雲と切り抜き紳士」は意味曖昧だが、歌稿Bでは「そらひかる／遠野の町に切り抜きの／紳士は高く／か丶げられたつ」(「五七三」の次)「あをじろき／ひかりのそらにうかびたつ／切り抜き紳士　二きれの雲」(「五七四」)となっていて、よりわかりやすく、遠野の町の雰囲気もうかがえる。しかし、後年、賢治にとって重要なのは、この町が前記『遠野物語』で知られる日本民俗学発祥の地であることと関係する。当時の流行作家で柳田国男や高村光太郎とも親しかった水野葉舟《ようしゅう》を介して『遠野物語』の直接の語り手となった佐々木喜善と賢治は親交があり、その影響も大きかった。童[ざしき童子《ぼっこ》のはなし]に代表される賢治文学の民話的側面に民話の宝庫と言われる遠野の影は深い。童[ペンネンネンネンネン・ネネムの伝記](→昆布)にも上閉伊郡に出現したザシキワラシのことが書かれており、童[シグナルとシグナレス]にも「遠野の盆地は　まつくらで、／つめたい水の声ばかり」等とあるが、賢治と切り離して考えられない早池峰山の登山口とも遠野は隣接しており、遠野はまた、単に影響源というばかりでなく外在する賢治の心象の一部でもあったと言えよう。ほか、童[イギリス海岸]、詩ノート[ダリヤ品評会席上]にも登場。→ざしきぼっこ

遠み《とおみ》 【レ】 文語詩[〔二月〕]に「あ丶梵の聖衆を遠み」とある。

「…を…み」は「…が…なので」の意となる。梵《ぼん》の聖衆《しょうじゅ》(→梵士)は自分から遠ざかっているので、の意。自分はとても道をもとめている聖衆とはいえないので。

とが【レ】 咎。罪科。とがめられる行為。文語詩〔〔われ聴衆に会釈して〕〕に「われとがが潔《きよ》き愛恋を」、文語詩〔〔水楢《なら》松にまじらふは〕〕には「われがとがにはあらざるを」とある。

唐《ト》鍬《ガ》 →鍬《くわ》

とき【動】 原音はツキ。鴇(鴾)。朱鷺。漢名で桃花鳥とも。サギに似るが背丈低く、下に曲がった大きな赤い嘴が特徴。羽色は純白だが、わずかにピンク色を帯びる。いわゆるトキ色。トキの羽根のはたきは、かつて養蚕や茶の湯にも用いられ、仏壇のちり払い、矢羽、毛針等にも使用された。現在は国際保護鳥。日本では佐渡に少数生息し(学名ニッポニア・ニッポン)特別天然記念物として保護され(佐渡トキ保護センターもある)、老齢の雌(キン)が一羽だけ残っていたが、二〇〇三(平成一五)年一〇月、日本産は絶滅。一九九九(平成一一)年中国から若い番《つがい》が寄贈され、めでたく二世が生まれ、二ケタの頭数になった。また、二〇一二(平成二四)年には野生復帰のため放鳥されていたトキの、国内で三六年ぶりとなる孵化、巣立ちが確認された。賢治作品での鴇は、色彩語として用いられることが多く、特異な表現としては童〔若い木霊〕、〔若い研師〕等で「空はもうすっかり鴇の火になった」といった空の色の形容として使われ、そこに鴇が姿を現わす。入沢康夫は鴇を含めて賢治作品の鳥は「空間の変質」の直前に現われるとも言っている。その他の用例として「鴇いろの花をつけてゐる」(詩〔小岩井農場パート四〕)、「鴇いろのはるの樹液を」(詩〔原体剣舞連《はらたいけんばいれん》〕〈→原体村〉)、「その背のなだらかな丘陵の鴇いろは」(詩〔オホーツク挽歌〕)、「こよひあなたは ときいろの/むかしのきもの つけなさる」(童〔かしはばやしの夜〕)、「鴇は向ふの沼の方のくらやみに消えて行きました」(童〔連れて行かれたダァリヤ〕)、「鴇、鴇、おいらとあそんでおくれ」(童〔タネリはたしかにいちにち噛んでゐたやうだった〕〈→ホロタイタネリ〉)等。なお、校本、文庫版の両全集とも草稿表記を尊重し、鴇と鴾の両文字が併用されているが、賢治の使っていない鵇の字も含め、いずれも誤字ではない。

トキーオ【地】【レ】 トケウ、トケイとも。賢治得意の「東京」のエスペラントふうの言いかえ。童〔ポラーノの広場〕(→ポランの広場)にセンダード、モリーオに次いで「にぎやかなな(ママ)がら荒《す》さんだトキーオ」が出てくる。童〔税務署長の冒険〕には「トケウ乾物商サヘタコキチ」の名刺をもった署長が「私はトケイから参りました…が…」と案内をこう。

ときはぎ《ときわぎ》【植】【レ】 常盤木。四季緑をたたえている常緑樹の古称。歌〔八〇八〕の下句は「梢暗みどよむときはぎのもり」。ここでは梢《こずえ》はスエと読む。梢が暗く茂って葉ずれの音を鳴らしている常磐木(杉か松か)の森、の意。どよむは「響動む」で鳴りひびかせていること。

毒うつぎ《どくうつぎ》 →うつぎ

トークォイス →タキス

毒蛾《どくが》 →蛾《が》

毒ヶ森《どくがもり》 →南昌山《なんしょうざん》

徳玄寺《とくげんじ》【地】 賢治が盛岡中学五年生時(一九一三年)に下宿した浄土真宗大谷派の寺。岩手県岩手郡米内《よない》村(一九二八年盛岡市に編入)北山《きたやま》在。短「*疑獄元兇」に「一秒遅れ、ば一秒の敗、山を想はう。建仁寺、いや、徳玄寺、いけない、さうだ　清源寺！清源寺裏山の栗林《りつりん》！　以て*木突《ぼくとつ》となすこと勿れ、汝喚《よ》んで何とかなす！　*にい!!もう平心(→木突)だ」とある。寺名は実在するにしても、ここでは架空のものとして考えるべきであろう。ノート「文語詩篇」では得玄寺と誤記。

徳玄寺

特務曹長《とくむそうちょう》　→ファンテプラーク章《ふぁんてぷらーくしょう》

毒もみ《どくもみ》　【文】　毒揉。辛皮《からかわ》流しの別称。川に*山椒《さんしょう》の皮汁(虫よけ等に使う)を流し、それに酔って浮いてくる川魚をとる漁法。童「毒もみのすきな署長さん」があるが、その中で、床屋のリチキが得意になってその製法を説明するくだりがある。

徳弥《とくや》　→関徳彌《せきとくや》

特立樹《とくりつじゅ》　【植】　特に目立つ大きな樹木。詩「命令」に「あの黒い特立樹の尖端から／右方指二本の緑の星」とある。

トケイ、トケウ　→トキーオ

時計《とけい》　【文】　時計は中国周代の緯度測定器「土圭」を語源とする当て字。日本にも古くから日時計、砂時計、水時計、火時計等種々の時計が伝来されたが、現在の機械時計の伝来は日本のキリスト教開教者フランシスコ・ザビエル(一五〇六～一五五二)によるとされている。が、同じ機械時計でも、昼夜をそれぞれ六等分し、それらを一刻《とき》と数える時刻制度のため、日本独特の和時計として発達、一八七三(明治六)年、現在の太陽暦(→太陰暦)採用と同時に西洋式時刻制となり、今日の西洋時計に取って代わられる。とはいえ、明治・大正期は時計は高価なもので、賢治作品に最初に登場する中学入学時の経験を詠んだ歌「父よ父よなどて*舎監の前にしてかのとき銀の時計を捲きし」の、父(→宮沢政次郎)が見せびらかすふうの銀の懐中時計は、庶民には手の届かぬぜいたく品であった。しかし、その後の賢治作品には懐中時計のみならず腕時計・柱時計・掛け時計、時計塔、時計盤等、各種の時計がにぎやかに登場、ユーモラスで独創的な「胃時計《ストマクウヲッチ》」(いわゆる「腹時計」のこと、劇「饑餓陣営」)まで現われる。例えば掛け時計では、駅や役所等の大時計がたびたび描写されているが、そのイメージは童「*銀河鉄道の夜」の「白鳥*停車場の、大きな時計」につながっている。それらのモダーンで庶民の日常にとけこんでいる賢治作品中の時計は、賢治の理想を目指す*イーハトーヴの雰囲気や作風にふさわしい。詩「*真空溶媒」「風の*偏倚《へんい》」「実験室小景」「〔二一時がこんなに暗いのは〕」、童「*ポラーノの広場」(→ポランの広場)「氷河鼠の毛皮」(→ねずみ)「*グスコーブドリの伝記」「*オツベルと象」「*耕耘部の時計」ほか多数に登場する。なお、*花巻温泉の「*南斜花壇」(依頼されて賢治が設計した)の傍らに今もある(復元、宮沢賢治記念館下の南斜花壇にも)大きな日時計は、賢治の発案によるという。

時計皿《とけいざら》　【科】　時計の*ガラスに似た形の実験用の皿。詩「花鳥図譜、八月、*早池峯山巓《さんてん》」に「時計皿とかペトリシャーレをもって来て」とある。ペトリシャーレ(Petrischale)は「ペトリ皿」のことで、蓋つきの浅い円筒状の実験用ガラス器。

徒刑の囚《とけいのしゅう》　→うちかたぎ

時計盤《とけいばん》　→時計《とけい》

どご　→まんつあだり前《めい》のどごで、…

どごさが置《お》いだが　忘《わす》れだ【方】　どこに置いたか、忘れた。劇[*種山ヶ原の夜]に出てくる樹霊《こだま》の囃《はやし》の一節。曲[牧歌]にも同様。

どごだべぁんす【方】　どこなのでしょうか。童[葡萄水]。

土佐絵《とさえ》【文】　日本画の土佐派の絵。室町期に中国絵画の影響を受け、力強い画風で大和絵《やまとえ》の中心勢力となった。室町前期に将監《しょうげん》(近衛府の判官)行広《ゆきひろ》が土佐の家号を称したのでその名がある。江戸末期まで土佐家は宮廷の絵所預の職をついだ。詩ノート[〔水は黄いろにひろがって〕]に「ほんものの土佐絵の波もたてててゐる」とある。

屠殺場《とさつば》【文】　屠場、屠畜場、とも言った。公認の獣畜を屠殺・解体する所。岩手郡米内《よない》村(現*盛岡市)にあった下《しも》米内屠牛場。歌[三三一の前]に「岩なべて／にぶきさまして／夕もやの／ながれを含む／屠殺場の崖」(岩なべて、は岩はすべて)とあり、簡[46]に「(先日も屠殺場に参りて見申し候)」、簡[63]に「又屠殺場の紅く染まつた床の上を*豚がひきずられて全身あかく血がつきました」とある。なお、屠殺の仕事に従事する人を「屠者」(屠殺師、屠士とも)と言い、多くの作品に登場。文語詩[黄　昏《こうこん・たそがれ》]には「屠殺士」とも出てくる。なお、屠殺の語については↓シカゴ畜産組合《しかごちくさんくみあい》

莵氏《とし》【人】　簡[285](*藤原嘉藤治宛)の句、五句のあとに「(この下は莵氏にねがふと爾曰《しかいう》)」とある。嘉藤治のこと。藤を同音の莵に代え、「このあとはあなたが作句して下さい、とそう申しあげます」(爾曰は書簡文の最後によくつけた決まり文句、斯曰とも)。

【とせい】

俊夫《としお》【人】　川村俊雄、賢治の教え子で稗貫農学校三回生(↓花巻農学校)。一九二三(大正一二)年五月の劇[植物医師]の上演で主役の*爾《に》薩待《さったい》を演じた。もう一人の「俊夫」は高橋俊雄、詩[風林]に「俊夫といふのはどつちだらう　川村だらうか／あの青ざめた喜劇の天才『植物医師』の一役者／わたくしははね起きなければならない／《お丶　俊夫てどつちの俊夫》」とある。

とし子《としこ》　↓宮沢トシ《みやざわとし》

屠者《としゃ》　↓屠殺場《とさつば》

***豊沢小路**《としゃこうぢ》　としゃこうじ【地】【方】　花巻川口町の、賢治の家のある街区(現花巻市豊沢町)をそう呼んだ。トシャはトヨサワの詰まった方言。短[山地の稜]に「『*まんつ見申したよだど思ったへば豊沢小路のあぃなさんでお出ゃんすた。*おまめしござんしたすか。』」とある。これはまあ、お見かけした方のようだと思いましたら、豊沢小路のお兄さんでいらっしゃいました。お元気でしたか、の意。

豊沢町(1907年当時)

トースケ　↓ひばり

土星《どせい》【天】　サターン(Saturn)。*太陽系第六惑星。サターンは農耕の神。太陽系中、赤道半径最大、比重最小。有名な環は氷片が主だと考えられている。一八世紀のラプラスはこの輪をヒントにして太陽系星雲説を唱えた。最大光度(−0.4)等は肉眼で見える惑星中最も暗い。このため暗い伝説が多く、ギリシアではゼウスに戦い敗れた巨人族の王、*インドでは毒気を吹く神サニ、中国でも鎮《ちん》星と呼び、わざわいの星とした。その色がやや青みがかって見えることに加えて、惑星が恒星ほどまたたかないためでもある。詩[*暁穹への嫉妬]にある「清麗な*サファイア風の惑星」は

後に「リングもあれば月も七っつもってゐる」とあるので土星のことである。しかし大正期のいずれの天文書にも衛星数は一〇個(第九衛星は一八九八年、第十衛星は一九〇五年に発見された)となっており、七個は賢治の思い違いか、意図的なものか、どちらかであろう。文語詩「敗れし少年の歌へる」中にも「清麗サフィア(ママ)のさまなして/きみにたぐへるかの惑星《ほし》」とある。歌[三一七]には「この暮は/土星のひかりつねならず/みだれごころをあはれむらしも」とある。

土性改良《どせいかいりょう》 →酸性土壌《さんせいどじょう》

土性調査《どせいちょうさ》【科】 一九一八(大正七)年、賢治は盛岡高等農林卒業の春、指導教官関豊太郎教授のすすめもあって、その年学校に研究生として残り、折から稗貫郡および県が予定していた土性調査を引き受けた。月々二〇円の手当を受け、稗貫郡をくまなく歩き回り、その地形と地質を調査した。この体験は、賢治のその後の人生に大きな影響を与えた。そのときの雑[岩手県稗貫郡主要部地質及土性調査]の地質関係は賢治が担当し、報告書もすべて賢治が書き、関教授が手を入れたといわれる。これら調査の成果は、一九二二(大正一一)年九月一五日、稗貫郡役所発行の『岩手県稗貫郡地質及土性調査報告書』にまとめられている。この土性調査の協力者は賢治のほか、関豊太郎(主任)、神野幾馬《かみのいくま》(地質)、小泉多三郎(林学)等がいる。父宮沢政次郎あて簡[43]に、「三ケ年の予定にて土性の調査を致すとの事」等とある。歌[三三四〜三四三]は土性調査中に作られ、短[沼森]はその体験から書かれている。短[泉ある家][十六日]は江刺郡の、短[家長制度]は丹藤《たんど》川方面の土性調査中の体験をもとにした作品である。文語詩[〔夜をま青き藺むしろに〕]下書稿(一)の題は「土性調査慰労宴」。童[楢ノ木大学士の野宿]の貴重な原体験でもあった。また、童[或る農学生の日誌](→なら)に出てくる「今日は三年生は地質と土性の実習だった」は、花巻農学校における土性調査実習の様子が描かれている。

「岩手県碑貫郡地質及土性調査報告書」表紙(1922年)

どぜう《どじょう》【動】 泥鰌。小川や水田に生息する淡水魚。体長一〇〜一五cmで小さな短いウナギに似ている。童[毒もみのすきな署長さん]に「どぜうやなまづは、みんなばかにして食べませんでしたから」とある。「どぜう」は「どぜう汁」をはじめ、鍋や蒲焼などの料理として愛好されるが、「なまづ」はそれほど一般には食されない。

兜卒の天《とそつのてん》 →異空間《いくうかん》

亜鉛《とたん》 →亜鉛《あえん》

とたん帽《とたんぼう》 →亜鉛《あえん》

栃《とち》【植】 橡とも書く。東北方言ではトツ、トヅ。トチノキ科の落葉高木で、高さ三〇mに達する。マロニエは西洋トチノキの和名を持つ近縁種。七葉樹とも呼ばれる掌状の大きな葉を茂らせ、五月ごろ枝頂に白に紅をさしたような花をつける。丈夫な木質は家具に適し、その実は澱粉質を多く含み、渋抜きして食用とする。実を多くつけるので凶作時の非常食とされ、飢えをしのげるとされた。古くは「栃《とづ》の木の無《ね》え家さ嫁っこいぐな(栃の木の無い家に嫁に行くな)」という言葉さえあった。また街路樹として都市にもよく植えられる。童[鹿踊りのはじまり]に「のはらのま

ん中の　めつけもの／すつこんすつこの　*栃《とち》だんご(↓団子)」、童[風野又三郎](↓風の又三郎)に「とちもくるみもふきおとせ／ドッドドドドウドドドウドドドウ」とある。

栃だんご《とちだんご》　↓団子《だんご》

徒長《とちょう》【農】　日照不足や*肥料(特に窒素肥料)の与え過ぎなどが原因で作物の茎や葉が瘦せて、徒《いたずら》に長く伸びること。詩[県技師の雲に対するステートメント]に「日照ために常位を欠けば／稲苗《(とうびょう)》すべて徒長を来《(きた)》し」、詩ノート[〔南からまた西南から〕]に「徒長に過ぎた*稲を波立て」等。

咄《とつ》【レ】　会話や、言いあらそっているとき、とっさに口をついて出てくる語。チェッ!、コラ!　等に近い。短[疑獄元凶《(ぎごくげんきょう)》]に「咄!　何たる非礼のその直視!」とある。

取《と》っ換《か》へ《え》だらいがべぢ《じ》ゃぃ【方】　取り換えたらいいだろう。「換へ」の「へ」の実際の発音はエとイの中間音。童[十月の末]。

独こ《とっこ》　↓トランスヒマラヤ

凸こつ《とっこつ》【レ】　突兀《とっこつ》の当て字。山などが険しく高くそびえているさま。詩[〔高原の空線もなだらに暗く〕]に「凸こつとして*苔生えた／あの　玢岩《(ひんがん)》(↓安山岩)の残丘《*モナドノック》」とある。

とっこべとら子《とっこべとらこ》　↓おとら狐《おとらぎつね》

トッパース【鉱】　topaz　トパーズ、トパズとも。賢治はトパース、トパァス、topaz と表記。黄玉《おうぎょく》。アルミニウムやフッ素を含むケイ(硅)酸塩鉱物。硬度八。ガラス光沢があり、色は無色、黄色、褐色、青、ピンクなど多種多様。ブラジルが主な産出国で、宝石の基本的なイメージは黄色系のインペリアルトパーズ(ブラジル産)。国内産のものは無色がほとんど。童[銀河鉄道の夜]ではアルビレオ連星の二つの星を、サファイアとトパーズになぞらえている。詩[小岩井農場　パート七]には「トッパースの雨」、童[十力の金剛石]では「あられと思ったのはみんなダイアモンドやトパァスやサファイヤだったのです」とあるように、雨つぶやあられの形容に使われたが、これは黄玉がしばしばドロップカット(流滴形)を呈するため。詩[〔日はトパースのかけらをそゝぎ〕]ではトパース。ほかに詩[冬と銀河ステーション]でも「紅玉やトパースまたいろいろのスペクトルや」とある。[〔topaz のそらはうごかず〕]にも登場。

トーテム【文】　totem　もとネイティヴアメリカン(*アメリカインディアン)の一大種族オジブワ族の語 ototeman に基づく語とされるが、往時、未開種族の間で代々崇拝された自然物のこと。動物の場合が多いが、植物や岩石、またはそれらを造形化したシンボルをも言う。そこからトーテム・ポール(彫刻を施した柱)やトーテミズム(トーテム崇拝の宗教、風習)等の語も派生した。短[*疑獄元兇]に「それから　豺《やまいぬ》(↓豺《さい》)のトーテムだ。頰が黄いろに光ってゐる」、詩[会見]には「*鹿か何かのトーテムのやうな」とある。↓天気輪《てんきりん》

どゞ一《どどいつ》【音】　都々逸。都々一とも書いた。主に酒席での歌謡。口語の七・七・七・五の四句を重ねた二六音で構成される情歌。末尾に「そいつはどいつじゃ、どどいつどいどい」の囃詞《はやしことば》が付いたところから名が出た俗曲。江戸天保時代の芸人、都々逸坊《どどいつぼう》扇歌《せんか》の改良により独立した俗謡形態となった。賢治の連句の中に「どゞ一を芸者に書かす団扇かな／古びし池に*河鹿《(かじか)》なきつゝ」がある。

【とといっ】

魹の崎《とどのさき》 【地】 とどがさき、とも言う。岩手県宮古《みやこ》市の東に位置する重茂《おもえ》半島の東端の岬。一帯が太平洋に面して崖になっているが、魹山《とどやま》(高さ四六五m)を背に魹の崎燈台があり、本州最東端の燈台として知られる。燈台の真下に大洞窟があり、小船なら三〇mほど進入できる。賢治は一九二五(大正一四)年一月、この辺りを旅行した。詩[発動機船 三]に「うしろになった魹《とど》の崎の燈台と」と出てくる。この詩に乗船場所とある「羅賀《らが》」は田野畑《たのはた》村の漁港で現在三陸鉄道北リアス線田野畑駅近く、北山崎海岸観光の拠点の一。

とどまつ 【植】 とゞまつ、とも。マツ科の常緑針葉高木。高さ二〇～三〇m、樹皮は平滑で灰色、毬果は卵状。本州には自生しない。北海道の山地、カラフトでは平野部でも見られる。本州の中部山岳地帯から東北の高山に分布するのは亜高山帯の樹木アオモリトドマツである。詩[〔つめたい海の水銀が〕](→汞《こう》)に「*緑《りょく》礬《ばん》いろのとどまつ*ねずこ」、童[氷河鼠の毛皮](→ねずみ)の「唐檜(→独乙唐檜)やとゞ松がまつ黒に立つてちらちら窓を過ぎて行きます」とある。

馴鹿《トナカイ》 【動】 馴鹿《じゅんろく》のアイヌ語。シカ科の哺乳類。*鹿より大きく、両性とも枝状の角がある。褐色の体毛は密で、草食。寒帯に生息し、家畜としてソリや荷を運ぶ。詩[*樺太鉄道]に「灼《や》かれた馴鹿の黒い頭骨は」とある。

となりにいからだ ふんながす 【レ】【方】 童[*鹿踊《しし》りのはじまり]中の*鹿たちが嘉十の置き忘れた手拭のまわりで歌う歌の一行。*栃だんごの「となりにからだを、ふにゃふにゃに横たえている」の意。「となりにい」の「い」は上の「に」を長音にして引っぱった、賢治の原稿なら「にぃ」と表記したものではなかろうか(肉筆原稿は現存しない)。当時の活字表記は小文字を用いなかったので「いからだ」とも読んでしまいそうである。「ふんながす」の「ふん」は方言独特の調子を強める接頭辞だが、次の次の行に「ふんにやふにや」と語呂合わせになっている。手拭がふにゃふにゃに生きものみたいに体を横たえ、寝そべっている、の意。

とにかぐ白《しろ》どそれがら青《あお》ど、両方《りょうほう》のぶぢだ 【方】 とにかく白とそれから青と、両方のぶちだ。「ぶぢ」は獣の毛の色がまだらであること。童[*鹿踊りのはじまり]。

とね河《とねがわ》 【地】 利根川。関東五県(群馬、栃木、埼玉、茨城、千葉)を貫流する川。アイヌ語のタンネ(長い)に発するといわれる。歌[四二七]に「とね河はしづに滑りて」(利根川は静かに流れて)、同[四二八]に「とね河はしらしらあけの」と二首がある。

トパァス、トパース →トッパース

トバスキー、ゲンゾスキー 【人】 童[*猫の事務所]の登場人物名。岩手県師範学校教諭心得で天然記念物、動植物、化石等の調査に長《た》けていたと伝えられる鳥羽源蔵の姓・名をロシア風にもじって二人(匹)の人物(猫)に命名したもの。同童話に「『はい、えゝと、ベーリング地方(→ベーリング市)と、はい、トバスキー、ゲンゾスキー、二名であります。』」とある。

とはにかはらじを →ヨハネ

樋《ドヒ》 どい、**どひちょす** 【農】【方】 ドヒはトヒ(土樋、樋、とい)の方言。樋は屋根の雨水を地上に流す筒状や溝状の装置のことだが、田んぼに水を引く(水引き)溝(土管を含めて)にも言う。詩[渇水と座禅]の「ころころ鳴らす樋《ドヒ》の上に」とあるのは、田に水を

引く竹製や板製の通水溝のこと。ルビをわざわざカタカナにしたのは方言であることを示したのだろうか。ルビはないが、詩［〔鎧窓おろしたる〕］（兄妹像手帳）に「二六時水をあぐるてふ樋の」も同義。二六時は一二時間。「水あぐるてふ」は、水を上げるという。足で踏む小さな水車などを用いて低い田や水路から高い位置の田に水を入れるという意。「どひちょす」というときの「ちょす」は、ちょっかいを出す、手を出す、手をつける、の方言。メモ［創39］の勘右エ門のせりふに「なあに両方で引ぎ上げればこの雨の中これがら誰も来てどい《(ママ)》ちょす人もないだ」（なあに、おめえさんたちもおれも両方いっしょにこれから引きあげることにしたら、誰も土樋に手を出して自分の田に水を引いたりする者はいまい）と、双方一緒に引きあげることに同意する。→樋番《とひばん》《といばん》

トピナムボー《とぴなんぼー》 →果蔬トピナムボー《かそとぴなんぼー》

樋番《とひばん》《といばん》【農】 灌漑《かんがい》用水の水路から田に水を引く通水溝（→樋《ドヒ》）の見張りをすること。順番で日時をきめて田に水を引くことをあてがわれることを番水と言い、その間、水のぐあいを見張る。童［或る農学生の日誌］に「今日はやっと正午から七時まで番水があたったので樋番《とひばん》をした」とある。なお、詩［渇水と座禅］の下書稿㈠の題は［樋番］。

とぼそ【レ】 古語で「戸臍」。転じて扉の意（「平家物語」等）。文語詩［〔月のほのほをかたむけて〕］に「朽ちしとぼそをうかゞひぬ。」とある。壊れた扉かと思わせる。

曙人《とほつおや》《とおつおや》【レ】 遠つ親（祖）。先祖。賢治の含蓄ある漢語使用の一例。文語詩［〔うからもて台地の雪に〕］に「曙人、馮りくる児らを、*穹窿ぞ光りて覆ふ」とある。*うから（親族）の曙《あけぼの》（夜明け）をもたらした人（つまり大先祖）が馮りくる（頼《たよ》ってくる）多くの子らを、あたかも*天が慈愛の光でおおうように守っている、の意。

トマト【植】【食】【レ】 蕃茄《ばんか》。日本に輸入されたころ赤茄子《あかなす》、珊《さん》瑚樹茄子《ごじゅなす》と呼んだりした。南米原産のナス科の一年草。一六世紀後半、欧米に広まり、日本には一七世紀初め、主としてアメリカ種が渡来したが、観賞用としての栽培にとどまった。明治・大正時代もそれほど普及はせず、野菜としてその果実が一般家庭の食卓に上るようになるのは昭和になってから。特有の*匂いのためと思われるが、賢治作品では早くから新鮮なイメージで多く登場。賢治自身トマトを好んで食し、自ら栽培した。荒地や開墾地でもよく育つからでもあったろう。実の色は赤からピンク、白、そして童［黄いろのトマト］もある。ポンデローザ（pomme de rose 仏）、レッドチェリー（red cherry 英）は品種名。右の童話では、*ペムペルと*ネリは貨幣の代りに黄色く輝くトマトを木戸番に出してサーカスに入ろうとし、逆にトマトを投げつけられる場面があり、「ポンデローザにはまっ赤な大きな実がつくし、レッドチェリーにはさくらんぼほどの赤い実がまるでたくさんできる」とある（ともにアメリカ経由のレッドチェリーは赤と黄がありミニトマト〈今のプチトマト〉の類、ヨーロッパ種のポンデローザは現在よく見るトマトのルーツ。今もよくジュースに用いられる。なお、単にチェリーと出てくるのはレッドチェリーの略）。歌［四〇三］には「霜腐れ／青きトマトの実を裂けば／さびしき*にほひ／空に行きたり」とあり、詩［風景とオルゴール］には「その*電燈の*献策者に／わたくしは青い蕃茄《トマト》を贈る」とある。また詩［会食］では「まひるながらに緑の微光を発してゐる」トマトを食べた手蔵氏（→簡手《かんしゅ》蔵《ぞう》)の勇気を、蛇、なめくじ、*蛙、*竜肉、鰻、*なまこを初めて食べた先覚者に擬してユーモラスに表現し、童[*ビヂテリアン大祭]には「雲はトマトの如く又馬鈴薯の如く」とあるなど、賢治作品でのトマトは多彩。

蕃茄《トマト》 →トマト

とみに【レ】 頓に。急に、にわかに、の意。古典等では下に打消、否定の語がくることが多いが、賢治は「とみに疲れ癒《(い)》え」(詩[(朝は北海道の*拓植博覧会へ送るとて)])、「室《(へや)》ぬちとみに明るくて」(文語詩[(たそがれ*思量惑《(わわ)》くして)])、「なれとみにたゞもだしにき」(おまえは急にただ沈黙してしまった。文語詩[*岩手山巓]下書稿㈠等、文語詩の場合現代日本語が一般的にそうしているように、下が肯定形になっている場合が多い。「とみに言葉も出《(い)》でませぬ」(すぐには言葉もありません。童[北守将軍と三人兄弟の医者])は、だから伝統的な語法になる。

とめくる水《とめくるみず》【レ】 難解な詩句の多い詩[種馬検査日](→種馬所《しゅばしょ》)に「白樺の木をとめくる水」とある。「と」は強めの接頭辞、「めくる」は、めくれるように勢いのついた水が白樺の木の根方を落ちていく、といったイメージにもとれるが、古語に「尋《と》め来る」という語もあり、水が白樺の木をもとめて…といった意にとれなくもない。決めかねる詩的表現。

とも →おれも荷物《にもつ》…

穹窿《ドーム》、窿穹《ドーム》 →穹窿《きゅうりゅう》

とも【文】 艫。舟(船《(ママ)》)の後尾部。舳《へ》(舳先《へさき》)の対。詩[*退耕]に「一人はともに膝をかゝえ」とある。

朋に《ともに》【レ】 詩[*津軽海峡](作品番号一一六)に「朋に誇ってゐるときに」とある。共に、倶に、と同義で「いっしょに」。朋は友と同義。

豊沢川《とよさわがわ》【地】 *花巻の賢治実家近くの川。*北上川に注ぐ(巻末「関連地図」参照)。豊沢橋(→北上川)がある。文語詩[(*月の鉛の*雲さびに)](下書稿㈢)に「豊沢川の水のおと」とある。→花巻《はなまき》

銅鑼《どら》【音】【文】 gong 音律不定の金属製の紐つりの体鳴打楽器。中国や東南アジアによく見られるもの。円形の盤。童[風野又三郎](→風の又三郎)に、赤道直下のギルバート諸島の中のある島で「銅鑼がだるさうにぼんぼんと鳴り」とある。なお、*草野心平あての簡[不3]に「銅鑼の節はごへんじもあげませずまことに失礼いたしました…」とあるのは草野が一九二五(大正一四)年に中国の広東省に在住して創刊した詩誌「銅鑼」のことで、高橋新吉や三好十郎らをメンバーとした個性的でアナーキーの傾向をもつ同人詩誌。賢治はこの詩誌に、[命令][*未来圏からの影](四号)、[休息][丘陵地](五号)、[*昇羃銀盤《しょうべききんばん》][秋と負債](六号)、[*「ジヤズ」夏のはなしです](七号)、[*ワルツ第CZ号列車](八号)、[*永訣の朝](九号)、[冬と銀河ステーション](十号)、[*イーハトブの*氷霧](十二号)、[氷質のジヨウ談](十三号)を発表している。

「銅鑼」

乾燥地農法《ドライファーミング》【農】 乾地農法とも言う。dry farming 雨の少ない乾燥した地方での農法のこと。水の確保、耕作法(深耕)、土壌改善(アルカリ土壌の改良)等が骨子となる。詩[三原 第二部]に、「けれどもそれもいはゆる乾燥地農法《ドライファーミング》では/ほとんど仲間に入ら

ないかもしれません」とある。

寅吉山《とらきちやま》【地】 未詳の山名。詩［〔寅吉山の北のなだらで〕］があるが、どの山をさしてのことか、あるいは空想上の山名か、不明。

ドラゴ【天】 Draco 竜座《ドラゴン》。正しくはドラコだが、英語等ではDragonを慣用するので、賢治もドラゴと濁音にしたのであろう。夏の北天星座。この星座のα星ツバーン（アラビア語で竜）は歳差《さいさ》現象（春分点が毎年五〇秒ずつ西の方へ移動する現象）のため古代エジプトでは二倍の光度で、大ピラミッド建設当時（紀元前三五〇〇年）は北極星とされていた。星雲NGCカタログ六五四三番は一八六四年イギリス人W・ハッギンスが分光器によって初めて惑星状星雲がガス体であることを証明した星雲。年末あたりには竜《りゅう》座流星群が夜空をにぎわすことでも知られる星座。ギリシア神話ではヘルクレスに課せられた十二の冒険中に登場する黄金のりんごを守る竜。また軍神アレスの泉にすむ竜とも言われる。詩［昴《すばる》］では「もう蝎（↓さそり座）かドラゴかもわからず」とあり、火花を散らして走る電車の形容に使われている。詩［春］（初行「ヨハンネス…」）のドラゴンも、竜座をヒントにした可能性がある。詩［「春」変奏曲］には「さっきのドラゴが何か悪気を吐いたのよ」とある。

竜座

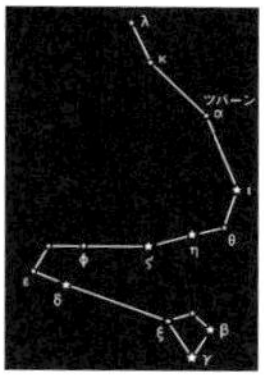

ドラゴン ↓竜《りゅう》

トラップ【文】 trap 鳥やけものを捕えるわな（罠）。詩［花鳥図譜、八月、早池峯山巓］に「大将自費で／トラップ二十買ひ込んで」とある。大将とは、誰かをからかったり、親しみをこめて言う三人称。手製ではなく、当時は米国製や日本製のトラップが売られていた。

虎《とら》**戸**《と》【人】 小沢俊郎の注（新修全集月報）によれば「花巻城址の入口付近で柔道を教えていた人（元来は石材商）。妻は髪結《かみゆい》で、賢治の母のお気に入りであった」とある。短［山地の稜］に「虎戸の家だ。虎戸があすこの格子からちらっとこっちを見たかもしれない。けれどもどうも仕方ない。あすこの池で魚を釣ってゐるのは虎戸の弟だ。」と出てくる。

トラピスト【宗】 Trappist カトリックの修道会の一派。戒律をきびしく守る。童［ビヂテリアン大祭］に「トラピスト風の人間といふものは今日全人類の一万分一もあるもんぢゃない」とある。

ドラビダ風《どらびだふう》【文】 ドラビダ族（Dravidian）の風俗の意。ドラビダ族とは、前二〇〇〇年ごろのインドの主な種族だったが、今も南インドに多く住む。賢治作品にインドの影響は深く、詩ノートに［ドラビダ風］があり、「ドラビダ風のかつぎして」とある。かつぎは頭巾《ずきん》。

取らへらんすぢゃ【方】 取られてしまいますよ。童［葡萄水］「罰金取らへらんすぢゃ。」

トラホーム【科】 Trachom（独） トラコーマ（trachoma）。伝染性の結膜炎で往時の眼疾の代表。童［さいかち淵］に「トラホームの眼のふちを擦《こす》る青い石だ」とあるのは丹礬《たんばん》のこと。これで眼のまわりをこするとトラホームがなおると言われていた。童［三人兄弟の医者と北守将軍］には「トラホームの桃の木」が登場する。

【とらまつ】

寅松《とらまつ》【人】 問答形の詩［〔うとうとするとひやりとくる〕］に五回も登場するが、出所も正体も不明。漢詩文風の禅問答で終る詩であることから、出典もあるかと思われるが未詳。なお賢治の草稿ではすべて酋松になっているが、寅松の方が作品にふさわしい。

ドラモンド光《どらもんどこう》【科】 Drummond('s) light ライムライト(limelight カルシウム光)の別名。発見者のトーマス・ドラモンドの名を取ってこの名がある。石灰(生石灰)棒等を酸水素炎の中で熱すると発生する強烈な光を言う。一九世紀、欧米の劇場で舞台照明用として使われた(「脚光をあびる」代名詞ともなった)。「*冠毛燈! ドラモンド光!」(詩［〔うとうとするとひやりとくる〕］)に登場。

とらよとすればその手《て》**からことりはそらへとんで行**《い》**く**【音】 北原白秋作詞、中山晋平《しんぺい》作曲の「恋の鳥」の一部。一九一九(大正八)年の元日から有楽座で公演された「カルメン」劇中歌の一。両人の作による「煙草のめのめ」や「酒場の唄」の劇中歌とともに流行した。カルメン役の松井須磨子は島村抱月のあとを追って自殺。詩［習作］では詩行の上に横列に置かれ、歩行スケッチの大胆な実験に使われている。詩中に「カルメン」の連想から「西班尼《すぱにあ》製です」(西班尼はスペインの当て漢字でスペイン製〈スパニッシュ〉の意)「鞭をもち赤い上着を着て」「甘つたるい声で唄つて」等がある。「恋の歌」の第一連は「捕へて見れば」であり、賢治は第三連の「捕らよとすれば飛んで行き」と混同して使っている。

トランク【文】 trunk 大型の旅行用かばん。童［革トランク］では、東京にいた平太(→斉藤平太)が、母の病気の報に手もとにあった三〇円の中から、二〇円の革トランクを買って不用になった設計図を押しこみ、故郷へ帰るくだりが書かれている。これは賢治の実体験に基づいている。*宮沢清六「兄のトランク」(『兄のトランク』一九八七、所収)によると、そのトランクは、しかし革製でなく、一九二一(大正一〇)年に*神田辺りで買った茶色の*ズックの大トランクだった。賢治は妹*宮沢トシの病気再発の電報で、急きょ、そのトランクを買い、山ほどの原稿を詰め込んで帰郷した。また、一九二三年には再び原稿入りのそのトランクを持って*本郷にいた弟清六のもとへ上京し、原稿をどこか雑誌社へ持って行くように頼む。原稿は、「婦人画報」と「コドモノクニ」(ともに東京社)に持ち込まれたが、数日後に丁重に返されたと言う。→宮沢清六《みやざわせいろく》

賢治のトランク

トランシット【科】 transit 測量器械。水平角と高度角を測定する。中央下に錘を垂らした三脚の上に自由に回転する*望遠鏡を装置してある。詩［若き耕地課*技手《ぎて》の*Iris に対する*レシタティヴ］に「尖ったトランシット」が出てくる。

トランシット

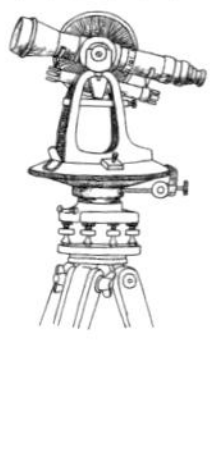

トランスヒマラヤ【地】 Trans-Himalaya ヒマラヤ山脈の北側にそびえる山脈で、チベット高原(→ツェラ高原)とインド大陸との分水嶺をなしている。この名はスヴェン・ヘディン(→セヴンヘヂン)が命名したもの。現在は、カイラス山脈(ガンディセ山脈)と呼ばれる。賢治がヘディンの著書を読んでいたのは確実で、詩［*装景手記］の下書稿にあたる詩［一造園家とその助手との対話］

には「巨きな光る雲塊ものぼる／それはたくさんの*瓔珞《(ようらく)》や幡《(ママ)》(→幢幡《どうばん》)を容《(い)》れた／*毘沙門天の宝蔵であると／trans Himalaya(trans は Trans)の高原住民たちが考へる／あるときそれが六つの頭首《(づしゅ)》ある戦《(いくさ)》の*馬と／千の手に或はほこや独こ《(とっ)》をもち／髪をみだしたか*つましゅら天であると／Sven Hedin も空想《(ママ)》して／〔?〕の名与《(ママ)》ある著述のなかに／そのたわむれのスケッチをいろどりをしてか丶げてゐる」(「独こ《(とっ)》」は独鈷、ドッコとも。仏具で、武具の一種でもある金《こん》剛杵《ごうしょ》の一)とある。鈴木健司はヘディンの著作中の『トランスヒマラヤ』(一九〇九)英語版に、このスケッチと思われるものを見つけている(「賢治研究」三七号、一九八五)。賢治文学に*西域の影響が色濃いのは、金子民雄の数々の著述でも明らかにされているが、賢治作品に数回登場する「*阿《あ》耨達池《のくだっち》」は、トランスヒマラヤとヒマラヤにはさまれた聖湖マナサロワルの仏教名。この「聖湖」の北にそびえるトランスヒマラヤ山脈の秀峰カイラス(Kailas)山(六七一四m)は聖山として信仰の対象であり、カイラスめぐりのイメージは、*岩手山火口のお鉢巡《めぐ》り等にも影響を及ぼしている。賢治がしばしばチベット高原のイメージを重ねた北上山地中の第一の秀峰*早池峰をシ*ャーマン山と呼ぶのも、カイラス山のおもかげをそこに見たからであろう。このカイラス山はヘディンの著書によれば六角の結晶体で、チョルテン(仏塔)そっくり、地元民たちが神聖さを感じるのももっともだと言う。詩「毘沙門天の宝庫」では、北上山地上空に生じた雄大*積雲の姿に、*花巻郊外北成島《きたなるしま》の毘沙門天像を重ね、「あれが毘沙門天王の／珠玉やほこや*幢幡を納めた／巨きな一つの宝庫だと／トランスヒマラヤ高原の／住民たちが考へる」と書いている。これは東北鎮護の守護神である毘沙門天像の姿を、*旱《かん》魃《ばつ》で苦しむ一人の農民の目を通して、雨を期待させる雄大積雲のその姿に重ねたものである。さらに、万年雪をかぶった白い仏塔形の聖山カイラスのおもかげをも重ねていたとも言えよう。

カイラス山

玲瓏《トランスリューセント》 →玲瓏《れいろう》

鳥打しゃぽ《とりうちしゃぽ》 →シャッポ

鳥踊り《とりおどり》 →鳥踊《フォーゲルタンツ》、ステップ地方《すてっぷちほう》

とりかぶと【植】 鳥兜。鳥甲。キンポウゲ科の多年草。根には猛毒のアコニチンを含むが全草が毒で、乾した塊根は草烏頭《そううず》と呼ばれ、鎮痛、強心、利尿剤に用いる。秋、紫色の花をつける(花の形が舞楽の楽人たちの冠に似ているのでこの名がある)。詩*「国立公園候補地に関する意見」に「*きちがひなすび*まむしさう／それから黒いとりかぶとなど、／とにかく悪くやることですな」とある。

トリニティ【地】 Trinity カナダのセントローレンス湾の港町。童*[ビヂテリアン大祭]に「私が*ニュウファウンドランドの、トリニテイの港に着きましたのは…」とある。島の東部のトリニティ湾に臨む港で北緯四八度、西経約五四度。なお、この港名はキリスト教の天帝・キリスト・聖霊の「三位一体」を表わす語でもある。

土耳古玉《とるこだま》 →タキス

トルコ帽《とるこぼう》【文】 童「かしはばやしの夜」に「赤いトルコ帽」とある。風変わりな画家がかぶっていた帽子。日本でトルコ帽と呼ばれるものはフェズのこと。つばのない円筒形の帽子で頭頂部から房が後ろに垂れている。色は赤やえんじ色が多い。フェズという名前はモロッコの都市フェズにちなむ。一九世紀から二〇世紀にかけてのトルコではフェズをかぶることが近代化の象徴であった。日本でも、トルコ帽をかぶった黒田清輝の自画像(フランス留学中の作品)がある。また、萩原朔太郎もトルコ帽を愛用していた。一九二五(大正一四)年のトルコ革命でトルコ帽は旧体制(オスマン帝国)の象徴として使用が禁止された。

トルストイ【人】 トルストイの名の著名文学者はロシアに三人いるが、レフ・ニコライエヴィチ・トルストイ(Lev Nikolaevich Tolstoy 一八二八～一九一〇)のこと。ドストエフスキーとならぶロシア文学を最も代表する思想家、作家。ロシアの地主貴族の四男として生まれ、『戦争と平和』(一八六九)、『アンナ・カレーニナ』(一八七七)などの傑作を著した。ロシアの大地と、農民に深い愛情を持ち「農民の真実のみがロシアの救いである」と信じていた。農民の子弟教育にも力をそそぎ、自分で教科書『初等読本』『読本』(ともに一八七二)などを作った。今でも読みつがれているお話『三びきのくま』『コーカサスのとりこ』(以上一八七五)などは、この教科書のために書かれた作品。中年から晩年にかけては、キリスト教に救いを求め、『イワンのばかとその二人の兄弟』『二人の老人』(以上一八八六)などの珠玉の名作を生み出した。八二歳で私有権を完全に放棄するため家出し、リャザン・ウラル鉄道の小駅で病死。トルストイの生涯は、はるかに若くして逝った賢治にも共通するところが多く、①地方の財産家のもとに生まれ、その地を愛し、②農民の教育に情熱をそそぎ、③宗教に深い思いをよせ、④宗教と創作を融合させた点は、特に注視すべきであろう。芸[興]に「*Wim. Morris 労働はそれ自身に於て善なりとの信条　苦楽　*苦行外道　*狐　トルストイ」とある。↓イヴン王国《いぶんおうこく》　羅須地人協会《らすちじんきょうかい》　イーハトヴ、農民芸術《のうみんげいじゅつ》、労農党《ろうのうとう》

トルストイ

ドルメン【文】 dolmen 本来は卓状石のことだが、一般には新石器～青銅器時代の巨石記念物を指す。三、四個の石の上に大きな天井石をテーブル状に載せた形が多い。世界的に分布する。詩[*山火](作品番号八六)に「ドルメンまがひの花崗岩《みかげ》を載せた／千尺ばかりの*準平原」(千尺は↓凡例付表)とある。準平原では風雨に強い岩石部分が浸食に耐えて山部を形成する。そのため、山の頂上付近にはこのような花崗岩の巨石が見られる。下書稿には「早池峰つゞきの緩《(ゆる)》い(中略)ドルメンのある緩いみかげの高原」とあり、北上山地の早池峰～種山辺りの山火(↓瑪瑙《めのう》)を描いたものだが、*早池峰山頂の巨石は大部分が*蛇紋岩。また童[*種山ヶ原]には種山ヶ原の説明として「青黒いつるつるの蛇紋岩や、硬い*橄欖岩からできてゐます」とあり、いずれも花崗岩ではない。ほかに詩[亜細亜学者の散策]にも登場。↓花崗岩《かこうがん》

どろ、ドロ ↓白楊《ドロ》 どろ

白楊《ドロ》 どろ **【植】** ドロ(デロ)の木。ハクヨウとも。寒地の山野に自生するヤナギ科の落葉高木。葉は楕円形で厚みがある。春に葉より早く雄花は七cm、雌花は五cmほどの尾状の花穂を垂らして咲かせる。詩[[いま来た角に]]に「二本の白楊《ドロ》が立ってゐる／雄花の紐をひっそり垂れて」とあるのがそれである。詩[遠足統率]

に「そこには四本巨きな白楊《ドロ》が／かがやかに日（→お日さま）を分割し／わづかに風にゆれながら／ぶつぶつ硫黄*の粒を噴く」とあるのは、花粉を飛散させるイメージであろう。ほかに詩〔〔どろの木の下から〕〕がある。この通称ギンドロはセイヨウハコヤナギの一種、葉裏に銀粉様の白色の綿毛を密生させるウラジロハコヤナギのこと。他のヤナギ科の諸種と違い、葉が掌状に五裂し、風に吹かれて緑と白の葉がいっせいにきらめく北欧風の雰囲気が、モダーンな賢治の好みに合ったものと思われる。羅須地人協会*跡に賢治の手植えと思われる数株のギンドロが今も丈高くそびえて、銀の葉裏を輝かせている。現岩手県立北上翔南高校（当時黒沢尻高等女学校）の校庭にかつてそびえていたギンドロの大樹（北上市文化財指定）も賢治が晩年育てた苗木を贈ったもの。二〇〇三（平成一五）年九月末の台風で倒壊したが、新たな苗木が植樹されている。日本には明治中期に渡来。簡〔229〕に「五、ぎんどろと落葉松の混植最美観を呈す」とある。また賢治の勤めた旧花巻農学校跡（現花巻市文化会館の前）は現在「ぎんどろ公園」となっている。

ドロ

泥洲《どろす》【鉱】泥が川や水田の水面から盛り上っているところ。「補遺詩篇」〔春　水星少女歌劇団一行*〕に「向ふの小さな泥洲では」とある。文語詩〔隅田川〕に「泥洲の上に　うちおどる《(ママ)》」（をどるは躍る）とあるのは、かつての〔「東京」ノート〕中の短歌に「酔ひしれて泥洲にをどり」とあるのを受けた表現。

トロツキー【人】ロシアの革命家。Lev Trotskii Leon Trotsky（英語表記は Trotsky, Trotski とも。一八七九～一九四〇）ウクライナ生まれのユダヤ人。一九一七年のロシア革命後、要職を歴任。一国だけでなく世界の革命をとなえる世界永久革命を主張してスターリンの一国社会主義と対立、一九二七年に共産党から除名され、亡命中メキシコで暗殺された。『わが生涯』『ロシア革命史』等の著があるが、彼の主張はトロツキズムとして有名。失脚後は極左主義の代名詞となった。芸〔興〕に一行だけ「トロツキー」とある。前半はウィリアム・モリス（→Wm. Morris）の労働芸術論の骨子のメモなので、賢治の真意は不明だが、あえて推測すれば、一時的な、あるいは限られた地域だけでの農民芸術でなく、永久の、世界的なそれをめざし、期待する、その例としてトロツキーを引合いに出すつもりではなかったろうか。しかし、当時は教室でトロツキーの名を出すだけで危険だった。あくまで自分だけのメモであったのかもしれない。

ドロミット【鉱】ドロマイト（dolomite）のこと。ドロミットはドロマイトのドイツ語（Dromit）読みと思われる。発見者のフランス人地質学者デオダ・ドゥ・ドロミュー*（一七五〇～一八〇一）の名に由来。ドロマイトは苦灰岩や白雲石と呼ばれ、石灰岩とよく似ていて（石灰岩より光沢がある）しばしば同所に存在。海底で形成される。カルシウムとマグネシウムの炭酸塩鉱物。白色ないし暗灰色の岩石でセメント原料などに利用される。日本では栃木県佐野市葛生《くずう》のドロマイト鉱床が有名。なお、ドロミット洞窟は雨水等の浸食現象によってできたドロマイト層の洞窟。ノート〔東京〕に「こはドロミット洞窟の／つめたく淡き床にあらずや」（〔〔東京〕〕）とある。鍾乳洞のイメージ。

白雲石《ドロミット》　どろみっと　→ドロミット

トロメライ →シューマンのトロメライ

トロンボン →チャリネ

どんぐり【植】 団栗。広辞苑には「トチグリ（橡栗*）の転か」とある。ナラやクヌギやカシ等の木の実の総称で俗称。形がみな似ていて「どんぐりの背くらべ」のことわざもある。澱粉質六〇～七〇%だが渋み、にがみが強いので、これを渋抜きして山地では常食にしたり飢饉*時等の非常食にした（→栃《とち》）。また澱粉*をアルコール化して団栗酒を作った。また、どんぐりの実の殻を煮た汁は染料となり、それで染めたのを「にび（鈍）色」（→にぶ）という。童「どんぐりと山猫」はあまりに有名。童「雪渡り*」では「胸にどんぐりのきしゃうをつけた白い小さな狐の子*」（「きしゃう」は記章）が立っている。なお童「なめとこ山の熊*」に出てくる「しだのみ（実）」は、このどんぐりの方言で「しだっこ」とも言う。

日曜《どんたく》 →まんさんとして

どんづき【方】 地形《じぎょう》（建物の基礎など地面を固める地固《じがた》め）のこと（語源は土ん突き）、あるいはその道具のことで、一人でやるのから二人、あるいは滑車のついた多人数で声をそろえてやるのまであった。詩「［熊はしきりにもどかしがって］」の下書稿㈠、「［隈」田を植える（ママ）」の最終行は「今日も一日どんづきだ」。

とんび【動】 鳶（鵄）。トビとも。タカ目タカ科の鳥。生き餌を捕らず、浜に打上げられた魚貝や廃物、屍体を食する。全長約六〇cm、翼を広げると約一・五m。都会、海岸に棲み群れをつくることもある。ピーヒョロヒョロと鳴き、天空を回る。「こどもはとんびの歌をうたって」（詩「北上山地の春」）、「とんびとうざゑもんは／あぶら一升でとうろりとろり」（童「かしはばやしの夜*」）等。なお、「名高いとんびの染屋」、「鳶は手が長いので鳥を染壺《そめつぼ》に入れるには大へん都合がようございました」（童「林の底*」）とあるのは全国的に分布する梟紺屋《ふくろうこんや》（染物屋、東京ではなまってコウヤとも）の昔話を岩手県では鳶紺屋《とびこんや》と言ったからである（それが「とんびの染屋」）。また、文語詩「軍事連鎖劇」に「トンビのえりを直したりけり」とあるのは、鳥のとんびではなく、和服の上に羽織る襟《えり》つきの男子の外套《がいとう》のことで（袖の部分が二重になっているため二重まわしとも言う）その襟をきちんと直す、の意。

トンビ →とんび

とんびの染屋《とんびのそめや》 →とんび

な

な　→先《せ》どな

なあに、馬《うま》の話《はなし》してで、風馬《かぜうま》の声《こえ》に聞《けえ》だのだ【方】　なあに、*馬の話をしていたから、風の音が馬の声に聞こえたんだ。「してで」は「していて」「していたので」。「聞《けえ》だ」は「聞《き》こえた」の訛り。劇［*種山ヶ原の夜］。

なあに風《かぜ》の又三郎《またさぶろう》など、怖《お》っかなぐなぃ。いっつも何《なん》だりかだりって人《ひと》だますぢ《じ》ゃぃ【方】　なあに*風の又三郎なんか怖《こわ》くない。いつも何とかかんとか言って人をだますんだ。「何だりかだりって」は東北方言特有の表現で、「何とかかんとかいろいろなことを言って」の意。童［*ひかりの素足］。

なあにこの書物《しょもつ》ぁ倹約教《けんやくおしえ》へだのだべも【方】　なあにこの書物は倹約を教えたのだろう。「書物ぁ」は「書物は」の訛り。「だべ」は推量。「も」は強意、強調。童［十月の末］。

なあにすぐ霽《は》れらんす【方】　なぁにすぐ晴れますよ。なぁにすぐ（雨は）あがりますよ。霽は晴と同義。詩［*小岩井農場　パート七］。

なあにす、そたなごとお前《め》さん【方】　とんでもない、そんなこと、お前《まえ》さん。短［十六日］に出てくるおみちの言葉。そう言って学生のお礼を辞退している。「なあにす、そたなごと」の組み合わせは慣用的によく使われる。

【なぃとくら】

なぁに随《つい》で行《い》ぐごたんす。どうがお願《ねが》ぁ申《もう》さんすぢ《じ》ゃ【方】　なぁに随《つ》いて行くと思います。どうかお願い申し上げますよ。「ごた」ないし「ごった」は自己の推量を相手に伝える場合に用いる。「す」は丁寧。童［*ひかりの素足］。

なあんだ。あと姥石《うばいし》まで煙草売《たばこう》るどこないも。ぼかげで置《お》いで来《こ》【方】　なあに、あとは*姥石まで煙草を売るところはないもの。追いかけて置いて来い。「なあんだ」は尻上りに言う。「なんだと?」の意。「ない」は「ね」と発音。「ぼかげで」は「追いかけて」（→ぼっかげる）、「置いで来《こ》」は命令で「返して来い」の意。短［十六日］。

なぃがったもな【方】　なかったものな。「なぃ」は「ね」と発音する。短［十六日］。

ないがべ【方】　…ではないか。実際の発音は「ねがべ」で、断定に近い否定の推量。童［*鹿踊りのはじまり］の「そだら生《い》ぎものだないがべ」は「そんなら生きものではないだろう」。劇［*種山ヶ原の夜］等に出てくる「なぃがべが」はその疑問形で、その答えは「そだがもはずれなぃ」（そうかもしれない）となる。下に強めの「ぢ（じ）ゃ」のついた「なぃがべぢゃ」は「そうではあるまいよ」。なお、劇［植物医師］にも出てくる「なぃがべすか」は「す」が入ることで丁寧になり「…ではないですか」になる。この表現は劇［種山ヶ原の夜］にも見られる。

泣《な》ぃだりゃ　→そだらなして泣《な》ぃだりゃ

夜間双眼鏡《ナイトグラス》【科】　レンズの口径の大きい（ふつう四～七㎜以上）双眼鏡。*望遠鏡の倍率は対物レンズの焦点距離を接眼レンズの焦点距離で割ったもので、倍率が低ければ低いほど像は明るく視野も広い。夜間、双眼鏡を使うためには接眼レンズの瞳孔が七mmと大きいために、望遠鏡の最低倍率は対物レンズ口径(cm)の約一・五倍にせざるをえない。この最低倍率の明るい双眼鏡をナイトグラス(童[*烏の*北斗七星」に登場)と言い、主に航海用、軍事用、天体観測用に使われる。旧日本軍には一五cmの双眼鏡があったというが(着弾地点を正確に見るため主に砲兵将校が使った)一般的には五cm×七倍である。当時の最高級品としてはドイツの*ツァイス社製が有名だった。賢治は詩[*月天子《がってんし》」にあるように*月を望遠鏡で見たことがあったが、それ以上の観測体験はなかったようである。なお双眼鏡はプリズム(→三稜玻璃)を用いて、鏡筒を短くした屈折望遠鏡である。童[ポラーノの広場」(→ポランの広場)では、「わたくし」(レオーノキュスト)が海産鳥類の卵採集のために*イーハトーヴォ海岸に出張する際に、役所から双眼鏡を借りている。

→レンズ

ナイヒリズム →保阪嘉内《ほさかかない》

ないやない →おれこれがら…

尚褐玻璃の老眼鏡《なおかつはりのろうがんきょう》 →ガラス

中岳《なかだけ》 →鶏頭山《けいとうざん》

中津川《なかつがわ》 【地】 *盛岡市の東約二〇kmの岩神山北斜面辺りに発し、盛岡市の中央を西流し、*仙北町《せんぼく》辺りで*北上川、*雫石川と合流する川。賢治は一九一七(大正六)年四月、*盛岡高等農林の三年生になり、弟*宮沢清六らの監督も兼ねて自啓寮を出て、中津川近くの内丸二九番地に下宿した(→下《しも》の橋)。同年五月の日付をもつ短歌群の中に、この「中津川三首」と題する歌(「五〇六~五〇八」、ただし[五〇六」は歌稿〔A〕では太い棒線で削除されていて「判読不能」になっていた)がある。歌[五〇七」では「中津川　川藻に白き花さきて／はてしも知らず　*千鳥は溯《のぼ》る」(溯は遡と同字〈サカノボル〉だが短歌の音調上「のぼる」)とある。弟清六の記憶によれば、賢治は弟への手紙の中で「夕方*岩手公園のグランドの上の、高い石垣の上に立って、*アークライトの光の下で、青く暮れて行く山々や、河藻でかざられた中津川の方をながめたなら、ほんたうの盛岡の美しい早春がわかるだらう」と書いていたという(『兄のトランク』による)。

中留《なかどめ》 【地】 賢治の生家の通りを隔てて向かいにあった大きな造り酒屋。歌[七一二」に「中留の／物干台のはりがねは／暮れぞらに溶けて／細り行くらし」とある。

ながね 【方】【地】 一般的な方言としては長嶺、長根。長く続く土手や堤、山の峰続きを言うが、地名としては*花巻市東十二丁目にある集落。童[タネリはたしかにいちにち嚙んでゐたやうだった」(→ホロタイタネリ)に「森へは、はい《(ママ)》って行くんでないぞ。ながねの下で、*白樺の皮、剝いで来よ」とあるのは、方言の「峰の下で」の意であろう。

中の台場《なかのだいば》 【地】 品川沖の台場の一。台場とは、土や石で築かれ、大砲の台を据えつけたもの。詩[三原　第一部」に「中の台場に立つものは／低い燈台四本のポール」とある。

中山街道《なかやまかいどう》 →大空滝《おおそらたき》

泣かゆ《なかゆ》 →原体村《はらたいむら》

ナーガラ 【人】【宗】 詩[青森挽歌《(ママ)》*」の幻聴部分に登場する蛇の名。「ナーガラがね　眼をぢつとこんなに赤くして／だんだん環をちいさくしたよ《(ママ)》」とあり、妹の化身である蛙*(ギル)をしめ殺そうとする。宗左近《そうさこん》は「加害者、殺りく者」を意味する(『宮沢賢治の謎』一九九五)と言ったが、音だけで言えば梵語の nagara(町を囲む城壁)か、nāgarāja(竜神＝巨蛇の鬼神*)からきた名前。賢治は自身の修羅*意識をしばしば蛇に、それからの超克を飛翔する竜*にたとえている。この[青森挽歌]の幻想は妹への執着を蛇に擬している。そして詩[「春」変奏曲]、同[春 水星*少女歌劇団一行]へと発展する。いずれも蛙や蛇(竜)が春の情景の中で描かれ、[青森挽歌]と同じく会話形式でつづく。詩[〔温《ぬる》く含んだ南の風が〕]に登場する「難陀竜家《なんだりゅうけ》」とは、難陀(ananta、竜の一種)の住む所(nāgavāsa)。→難陀竜家の家紋

泣きながら北に馳せ行く塔《なきながらきたにはせゆくとう》 →北に馳せ行く塔《きたにはせゆくとう》

泣《な》くだぁいよな気《き》もす【方】 泣きたいような気もする。歌[五三九]の終句。

梨《なし》【植】【食】 果樹として栽培されるバラ科の落葉高木。高さ二〇mにもなる。晩春、白い小花を多くつけ、秋に果実が熟する。ヨーロッパ産のヒョウタン形の西洋ナシ(洋ナシ、日本ではラ・フランスとも)、中国梨(白梨とも)に対してニホンナシには「長十郎」に代表される赤梨と「二十世紀」に代表される青梨とがある(いずれも果皮の色)。明治初期に輸入された西洋ナシは主に北海道、山形、長野で栽培された。文語詩[〔毘沙門*の堂は古びて〕]に「梨白く花咲きちれば」、詩[「ジヤズ*」夏のはなしです]に「梨をたべてもすこしもうまいことはない／何せ匂*ひがみんなうしろに残るのだ」とあるほか、童話等にも多数登場。なお、ヤマナシ(山梨)は野生種で別種。→やまなし

何《な》したどす【方】 何だって！ 怒り、非難の意をこめて聞き返す。字面《じづら》ではそれほどでもないが、「何だって。もう一度言ってみろ」といった、どすのきいたニュアンス。劇[植物医師]。

何《な》して【方】 何《なん》で。どうして。なぜ。疑問を表わす。童[種山*ヶ原]等、方言使用の随所に出てくる。

なす →この人《ひと》ぁくすぐらへでぁ…

ナスタシヤ【植】 nasturtium 別名ノウゼンハレン(凌霄葉蓮)。南米原産のノウゼンハレン科の園芸植物。日本にはナスタチウムの名で一九世紀中ごろ渡来した。賢治の読みは英語のナスターシャムに近い。一年草で園芸用に栽培されるが、夏に黄または赤の美しい花を咲かせる。詩ノート[〔古びた水いろの薄明穹*のなかに〕]には「そこに二つのナスタンシヤ焔《(えん)》」と、なぜかンを入れていて、この花を燃える焔《ほのお》に擬しているが、詩[三原 第二部]では「小屋は窓までナスタシヤだの／まっ赤なサイ*プレスヴァインだの」と出てくる。

ナスタチウム

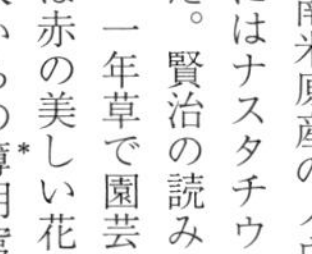

ナスタンシヤ焔《なすたんしゃえん》 →ナスタシヤ

茄子焼山《なすやけやま》 →沼森《ぬまもり》

那智先生の筆塚《なちせんせいのふでづか》【文】【地】 詩[〔祠*の前のちしゃのいろした草はらに〕]に出てくる。那智先生は不明だが、下書稿では「那須先生」。筆塚はよくある筆供養《くよう》の記念碑のことで、おそらく郷土出身の先生の文名を記念して建てられ、碑面にそう彫られてある筆塚を想像すればよい。

なぢ《じ》ょなごとさ【方】 どんなことを。なじょ、なぢゃ、とも。

劇[*種山ヶ原の夜]で「そだら一づおらど約束さないが」(そんなら一つ俺と約束しないか)に対する反問。最初の「な」は「どんな」。「なぢょな」(発音はナンジョナ)で「どのような」。「ごと」は「こと」。「さ」は問いかけの助詞。

ナチラナトラのひいさま【レ】 ひいさまは姫様のなまりでお嬢さまの意。ナチラナトラは意味不明の語だが、おそらく賢治は日本語で「天然自然」と重ねるように、ラテン語の natura(ナートゥーラ、本性、自然、被造物、ドイツ語ではナトゥール Natur、ナトーラ Natura)の音を借りてエキゾチックに、「本性、自然のおひめさま」の意味で使ったと思われる。あるいは「ひいさま」には賢治らしく*お日さまの意も共示的にこめられているかもしれない。俊野《としの》文雄によれば、ラテン語のナートゥーラは哲学、神学の最重要語の一で、第一義は物事の「本性」、英語のネイチャーを意味する「自然」は第二義以下である。詩[蠕虫舞手《*アンネリダタンツェーリン》]に「ナチラナトラのひいさまは/いまみづ底のみかげ《(ママ)》(→花崗岩)のうへに/黄いろなかげとおふたりで/せつかくおどつてゐられます」と童謡風の一節がある。ちなみに、音符記号にも、高音または低音の派生音を、もとの幹音にもどすことを意味する英語で言うナチュラル・サイン(本位記号)がある。うがって解釈すれば、ボウフラのおどりを立体的な音楽に見立てた、しかも思想的な賢治の奇抜な想像力が働いていると言えなくもない。なお、*童[*烏の北斗七星]にも意味不明の「この前のニダナトラの戦役」という紛らわしい戦争名が出てくる。これにはまったく架空の地名説もあるが(恩田逸夫《いつお》も地名と考えられるか、としている)、あえてこじつけを言うなら、ニダはドイツ語の「…の下へ」と下降を表わす nieder(ニーダー、副詞・形容詞)だとすれば、「ニダ・ナトラ」は地名らしく見せかけて、じつはこれまた通常の音程ではない派生音としての楽譜の変化記号と戦争とを暗に共示する賢治の音楽的教養、ないし想像力による造語と見られなくもない。

夏草の碑《なつくさのひ》【文】【地】 岩手県平泉の毛越寺《もうつじ》境内にある桃青《とうせい》(芭蕉の別号)の句碑。「奥の細道」中の「夏草や兵共《(つわものども)》が夢のあと」が刻まれている。歌[九]に「桃青の/夏草の碑はみな月の/青き反射のなかにねむりき」とある。「みな月」は水無月で六月の異称、ミナヅキ、古くはミナツキ。この歌は賢治の中学四年時の仙台・松島方面修学旅行で一九一二(明治四五)年五月二九日、中尊寺参詣をもとに成ったものだが、二日早めに「みな月」にしている。「さつき(五月)」では音調上の不都合もあったろう。

捺染《なっせん》 →ネル

何《な》**っても** →昼《ひる》まで明《あが》りくて…

夏フロック《なつふろっく》 →フロックコート

なつめ【植】 漢名棗(ソウ)、大棗《おおなつめ》とも呼ばれ、果実は食用、薬用、菓子、料理等に使う。中国原産だが日本でも古くから栽培された。初夏になってようやく芽を出すので名の由来は夏芽、夏実、あるいは夏梅の説もある。クロウメモドキ科の落葉小高木ないし低木で高さ五～六m。枝は無毛、長枝に托葉(葉柄の下に出る葉状片)から変化したとげが二個あり、短枝には細い小枝を数本束生させる。葉は卵形から長楕円形、六、七月、黄緑白色の花をつける。花後、球形の果をつける。熟して、暗紅色になる。童[*学者アラムハラドの見た着物]に「小さな子が一本の高いなつめの木を見つけて」とある。

七折の滝《ななおれのたき》 →早池峰（峯）山《はやちねさん》

斜子《ななこ》 →銀斜子《ぎんななこ》

七時雨《ななしぐれ》 【地】 七時雨山《やま》のこと。現地では愛称ふうに「ななしぐれさん」とも呼ぶ。*盛岡の北約四〇㎞、西根町《にしねちょう》（→西根山）と安代町《あしろちょう》の境にある。花輪線荒屋新町駅の南東、約六㎞。標高一〇六〇mの山。コニーデ型の古い火山で中央にカルデラ（窪地）がある。裾野には南部馬の産地として知られた内山放牧場がある。天気が変わりやすいことからこの山名が付いたとも言われている。詩〔*一本木野〕に「幻聴の透明な*ひばり／七時雨《ななしぐれ》の青い起伏は／また心象（→心象スケッチ）のなかにも起伏し」とあり、詩〔*国立公園候補地に関する意見〕では、「向ふの山は七時雨／陶器に描いた藍の絵で／あいつがつまり背景ですな」とある。童〔氷と*後光（習作）〕では、「汽車はいっしんにその七時雨の傾斜をのぼって行」く。これはおそらく東北本線の一戸《いちのへ》から中山峠への登りのところである。ほかに文語詩〔車中〔一二〕〕等。

七つ森、七つもり《ななつもり》 【地】 *盛岡市の西方、*雫石町《しずくいしちょう》との境付近にある。国土地理院「*小岩井農場」（二万五千分一地図）によれば、生森山《いきもりやま》、鉢森山、小鉢森山、三手《みて》ノ森山、松森山、塩ヶ森、とその周辺の丘、以上の総称とあるが、歴史的な山名その他に異説もある。いわゆる*秋田街道沿いにあり、小岩井駅の南西約一㎞程度に位置し、高さは三〇〇m前後（最高の生森山が三四八m）である。賢治が特に好んで作品に取り上げた総称としての山であるが、ダム建設や採石（*安山岩）等のため景観は変わりつつある。歌〔四八九〕の「七つ森／*青鉛筆を投げやれば／にはかに／機嫌を直してわらへり」をはじめ、歌〔三八七・四八三・五三六・五四二・五五三・六二二・七四二・七四三〕等（〔五三六〕では「豆いろの坊主となりて七つ森」とある）、まず短歌に多い。詩でも比較的初期のものに多く、詩〔*屈折率〕の「七つ森のこっちのひとつが／水の中よりもっと明るく／そしてたいへん巨きいのに…」は、『*春と修羅』第一集冒頭の作品として重要な意味を持っている。詩〔第四梯形〕では七つの森を順に第一梯形、第二梯形…と呼び（梯形《ていけい》とは山の両側の輪郭が裾広がりになってはしご〈梯〉の形になっていること。台形《だいけい》とも）、それぞれの樹木の具合いや色合いの違いをダイナミックなイメージにしている。同詩のリフレーン「三角山《さんかくやま》はひかりにかすれ」の三角山は、*乳頭山《にゅうつむりやま》の南東にそびえる三角山（標高一四一八m）のことで、七つ森の位置からは西北にあたる。童〔税務署長の冒険〕の舞台もここであろう。ほかに詩〔小岩井農場〕、文語詩〔〔*鶯宿《おうしゅく》はこの*月の夜を雪ふるらし〕〕等にも登場。また、童〔*おきなぐさ〕の舞台は「小岩井農場の南、あのゆるやかな七つ森のいちばん西のはずれの西がは」である。童〔*山男の四月〕では町に向かって歩き出した山男は七つ森で木樵《きこり》に化ける。童[紫紺染について]の山男も七つ森を通る。短〔秋田街道〕には「みんなは七つ森の機嫌の悪い暁の脚まで来た。道が俄かに青々と曲る」とある。国の「名勝」に指定（二〇〇四〈平成一六〉）された。

何《なに》**云**《い》**ふ**《う》**べ** 【方】 何を言うのだ。短〔十六日〕「（何云ふべこの人あ）」。

なにしたど。爺《ぢ》**んご取**《と》**っ換**《か》**へ**《え》**るど。それよりもうなのごと山山**《やまやま》**のへっぴり伯父**《をぢ》**さ呉**《け》**でやるべが** 【方】 何だって。爺《じい》さんを取り換えるって。それよりもお前のことを「山山のへっぴり伯父」にくれてやろうか。「なにしたど」「取っ換へるど」の「ど」は「とんでもないことだ」という気持ちを含む問いかけを示す。「なにしたど」は慣用的に用いられ、しばしば「なにすたでぁ」に聞える。「何だって、何ということを言うんだ」の意。「呉《け》」は「呉《け》る」の連用形。「あげる」「やる」の意。「山山のへっぴり伯父さ呉《け》でやるべが」は「山に捨ててしまうか」ということ。童[十月の末]。↓へっぴり伯父《へっぴりおじ》

何《なに》してらだぃ【方】 何をしているんだ。「だぃ」は「で」と発音し、「何をしているんだ、ぼくは」といった自問にもよく使う。劇[*種山ヶ原の夜]。

何為《なにす》ぁ、ひとの傘《かさ》ぶっかして【方】 何だよ、ひとの傘をこわして。「何為《なにす》ぁ」は「何をする」の訛り。「ぶっかす」は「ぶっこわす」の訛りだが、「こわす」程度の意味。童[風野又三郎](↓風の又三郎)。

何すたでぁ《なにすたでぁ》 ↓なにしたど。爺《ぢ》んご…

なにだけあ【方】 何だった。疑問。「け」は相手の経験(見たこと)を尋ねるときに使う。童[*鹿踊りのはじまり]の「ぜんたい(↓全体《ぜんて》)なにだけあ」がその例。

鍋倉《なべくら》【地】 *花巻市大字鍋倉。旧*稗貫郡湯口村の集落。花巻市の西北西約五km。鍋割《なべわり》川の南側、*江釣子森《えづりこもり》の東にあたる。詩[*凍雨《(ひさめ)》]に「北は鍋倉円満寺／南は太田*飯豊《いいとよ》笹間」とある。この詩は「上根子堰《かみねこせき》」、すなわち花巻の西方五kmほど、西から東に流れる*豊沢川にかかる上根子橋辺りからの視界で、ここから各集落への距離は、鍋倉が北方約三km、圓満寺《えんまんじ》(観音札所の古刹《こさつ》)が北方約一・五km、北上市に属する飯豊が南東約四km、笹間が南方約三km、太田は橋のすぐ南側の清水を中心とした清水野《きよみずの》一帯(↓江釣子《えづりこ》森)である。詩[秋]の「上鍋倉」は「江釣子森の脚から半里」(二キロ)の東方。同詩には「鍋倉上《かみ》組合」も出てくる。↓飯豊《いいとよ》

なべて ↓たつきせん

なほし沓かなり《なおしはるかなり》 ↓なれをあさみてなにかせん

ナポレオンボナパルド【人】 Napoléon Bonaparte 正しくはボナパルト。ナポレオン一世(一七六九～一八二一)。フランスの皇帝。劇[饑餓陣営](↓饑饉)で*バナナン大将が勲章について「これは*普仏戦争ぢゃ」と言うと、特務曹長が「なるほどナポレオンポナパルドの首のしるしがついて居ります…」と答える。普仏戦争(普はプロイセン〈英語でプロシア〉の日本語略記、独仏戦争とも。一八七〇～一八七一)は同じナポレオンでも甥のナポレオン三世(一八〇八～一八七三)、一世と同名だが、頭にシャルル・ルイ Charles-Louis がつく)である。賢治作品には、*ネー将軍、*テナルディ軍曹等が登場し、ユゴーの『レ・ミゼラブル』(↓テナルディ軍曹)を読んだ形跡が見られる。ナポレオンもここにヒントを得たか。賢治の劇作品と深い関係をもつ*浅草オペラでも、一九二一(大正一〇)年に関西の、「生駒《いこま》歌劇団」による原田耕造の扮した「ナポレオンと仕立屋」が興行されている。

海鼠《なまこ》【動】 海底に棲む棘皮《きょくひ》動物。二〇種類以上いるが、ふつうはマナマコのこと。形は太いキュウリに似て、いぼがあるところもそっくりなので英語では海のキュウリ(sea cucumber シー・キュカンバー)とも言う。体は軟らかく頭がないので、どちらが前か見分けにくい。昼隠れて夜活動するのでウミネズミ(文字の起源)とも言う。生で食べるほかに干したものは煮て食べる。内臓の塩辛をコノワタ、卵の塩辛をコノコと言う。「誰かなまこをはじめて食《(は)》みし／これ先覚にあらざるや」(詩[会食])、生ぐさ

いオゾンの匂いを「新鮮なそらの海鼠《なまこ》の匂」(詩[真空溶媒])、「銀色のなまこがゐますよ」(童[シグナルとシグナレス])、「水底の黒い木片は毛虫か海鼠のやうだしさ」(詩[蠕虫《アンネリダタンツェーリン》舞手])等。なお、賢治の海鼠は比喩も含めてよく空にいる(↓なまこ雲)。他の魚や海の動物たちの場合と同じく海鼠も、賢治の海空混交の想像力の中の生物と言えよう。また「なまこ山」も歌[七一〇]、詩[早池峰山巓](下書稿(一))、詩ノート[〔こぶしの咲き〕]、童[なめとこ山の熊]等に登場。いずれも固有の山名ではなく、海鼠を連想させる、なだらかな山や、山の鞍部《あんぶ》を賢治がそう呼んでいることが作品でわかる。

なまこ雲《なまこぐも》【天】 低く垂れこめて尾根にかかる雲の形容。なまこの形に似るところから言う。歌[三四一(異)]に「大沢坂《オサザカ》の峠(↓大沢坂峠)も黒くたそがれのそらのなまこの雲にうかびぬ」。同じく歌[六七二]に「息吸へば/白きここちし/くもりぞら/よぼよぼ這《(は)》へるなまこ雲あり」とある。ス[一八]にも「なまこぐものへり/あまりにもしろびかり」、文語詩[市日《いちび》]にも「丹藤《(たんど)》に越ゆる尾根の上に、なまこの雲ぞうかぶなり」とある。詩[県技師の雲に対するステートメント]には、雨雲《ニムブス》への「暗い気層の海鼠/五葉の山(↓五葉山)の上部に於て/あらゆる淫卑《(いんぴ)》なひかりとかたち/その変幻と出没を/おまへがや、もはゞからぬ」という呼びかけがある。こうした発想の下敷には、海底にすむという修羅への自己投入や、海綿白金《プラチナムスポンヂ》のイメージがあるが、このほかにエーテルの海と、エーテルの充満状態のたとえとして用いたW・トムソンのうずスポンジ(海綿スポンジ)のイメージがあるのかもしれない。文語詩[柳沢野](↓柳沢《やなぎさわ》)には「焼けのなだらを雲はせて、海鼠のにほひいちじるき」とある。夕焼けのなだらな山の斜面をなまこ雲(あるいは雲かげも)が走り、なまこのにおいがしきりにする。季節は晩春。下書稿では「きみかげさうの花」(↓すゞらん)が咲いている。

早池峰山にかかるなまこ雲

なまこ山《やま》 ↓黒坊主山《くろぼうずやま》

なまづ《なまず》【動】 鯰。ナマズ科の淡水魚。うろこがなく、頭が大きく平ら、四本の細長い口ひげが有名で人間の「なまずひげ」の語源。童[毒もみのすきな署長さん]の「どぜうやなまづ」等。↓どぜう

なまねこ ↓猫《ねこ》

鉛《なまり》【地】 花巻市鉛、もと稗貫郡湯口《ゆぐち》村鉛。一九一七(大正六)年の人口二一六〇。鉛温泉で名高い。花巻から豊沢川沿いに、中山街道(↓大空滝《おおそらたき》)をさかのぼると、志戸平温泉、大沢温泉(↓講)、鉛温泉、西鉛温泉と続く。鉛は、単純泉でリューマチによく効くと言う。発見は江戸中期ごろと言われる。賢治も何度か逗留《とうりゅう》している。童[なめとこ山の熊]に「鉛の湯の入口になめとこ山の熊の胆《(い)》ありといふ昔からの看板もかかってゐる」とある。また一九一七年一〇月一七日発行の「アザリア」第三号には、「(鉛)」という副題をもつ短歌、「落ちかゝる　そらのしたとて　電信のはしら(↓電信柱)よりそふ　青山のせな」が載っている。田宮虎彦の名作『銀《しろがね》心中』(一九五二)の舞台としても知られる。

鉛温泉《なまりおんせん》 ↓鉛《なまり》

鉛の丸五《なまりのまるご》【レ】 詩[開墾地検察]に「鉛の丸五の仕事で

があす」（があすは方言、です）と意味不明の一行がある。メモか書類上の鉛筆で㊄とマルで囲んだ仕事の順番の記号であろう。

なみ足《なみあし》 【文】 人間のふつうの足並み。行進の際に全体の速度の基準として使う用語の一。馬*の場合は一番ゆるやかな歩度。童［月夜の*でんしんばしら］で電気総長が電*信柱の兵隊に「なみ足い。おいつ。」と号令をかける場面がある。↓だく

並川さん《なみかわさん》 【人】 詩［小岩井農*場 パート一］の冒頭部分に「化学の並川さん」と出てくる。賢治の盛岡高農*時代の恩師で得業（卒業）論文の指導をした古川仲右衛門《なかえもん》教授のこと（『春と修羅*』刊行後、いわゆる「宮沢家本」で並川を古川に賢治は訂正している）。東京帝大農芸化学科卒。一九一五（大正四）年、盛岡高農教授一八七八（明治一一）～一九*六一（昭和三六）。土壌、肥*料、化学、農学大意等の科目を担当。「アザリア」第二号発表の歌にも「ゆがみたるあをぞらの辺《（へ）》に仕事着の古川さんはたばこふかせり」と出てくる。

泪《なみだ》 【レ】 涙に同じ。多くの作品に出てくる。ちなみに涙には涕という字もある。↓花壇《かだん》

なみなす 【レ】 文語詩［岩手公園］に「なみなす丘は」とあるのは「並なす」で、並んでいる、ひとつづきの意。

南無妙法蓮華経《なむみょうほうれんげきょう》 【宗】 南無とはナマス namas（梵）の音写。漢訳で帰命《きみょう》、帰礼《きらい》。妙*法蓮華経に身命を捧げ、敬い従う、の意。簡［50・63・74・76・154・177・181・185・254］、帳［雨ニモマケズ］四、六〇、七七、七八、一四九、一五三、一五五頁。↓ナモサダルマプフンダリカサスートラ、唱題《しょうだい》、妙法蓮華経《みょうほうれんげきょう》

蝸牛《なめくづら》《なめくずら》 【方】【動】 花*巻地方の方言で、*蝸牛《かたつむり》のこと。デンデンムシをはじめ、蝸牛は全国各地でいろいろな呼称があり、言語地理学上、興味深い事例の一。童［鹿*踊りのはじまり］では「なめくづら」。なお、童［洞熊《（ほらくま）》学校を卒業した三人］では「なめくぢ」と「かたつむり」が、はっきり分けて書かれている（↓かたつむり）のに、故老たちの証言によると、一般に花巻地方では両者を混同してナメクヅ（ズ）ラと呼んでいたと言う。なお、賢治原稿は「なめくじ」と現代かな遣いになっている場合もあって、新旧校本全集も原稿どおり、作品によっては「じ」になっているものもある。

なめげ 【レ】 漢字では無礼気を当てる。無作法、失礼なさま。歌［三二一の次］に「か丶るなめげのしわざ」とある。「こんな無作法なことをする」と英語教師への抗議をこめた歌。

なめとこ山《なめとこやま》 【地】 童［なめとこ山の熊*］の舞台。豊*沢川の上流、現在の豊沢ダムの西北にある青少年野外活動センターのさらに西北部に「なめとこ山」と呼ぶ山があると言われながら、長い間地図の上では確認できなかった。一九九六年（賢治生誕百年）、当時の花巻市長吉田功《いさお》所蔵の江戸末期の絵地図に、花*巻と*雫石《しずくいし》の境にある八六〇ｍの峰（八六〇高地と呼ばれてきた）に「ナメトコ山」と明記したものが発見され、地元の自然保護団体の努力で、慶応年間の古地図にも同様であることが判明。国土地理院地図（一九九六年八月一日発行）にも古地図にちなみカタカナ表記でこの山名が記載された。ところで、童［なめとこ山の熊］では「鉛*の湯の入口になめとこ山の熊*の胆《（い）》ありといふ昔からの看板もかかってゐる」、その「なめとこ山」は「一年のうち大ていの日はつめた

ナメトコ山

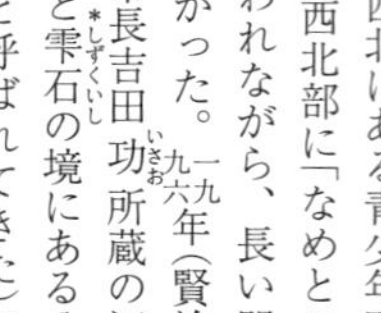

い霧か雲かを吸ったり吐いたりしてゐる。まはりもみんな青黒い*なまこや海坊主のやうな山だ。山のなかごろに大きな洞穴ががらんとあいてゐる。そこから*淵沢川がいきなり三百尺ぐらゐの滝になって」と描写されていて、奥深く生命力をもった「なめとこ山」は、どちらかといえば平凡な実在の「ナメトコ山」とは無関係なほど作品空間として自立している(ちなみに蛇足をつけ加えると、地元の人たちは「平凡な実在の…」という本辞典の記述は不満だと著者にこぼされる)。

ナモサダルマプフンダリカサスートラ【宗】「*南無妙法蓮華経」を梵語の音で表記したもの。*妙法蓮華経に帰依するの意。「ナムサダルマプフンダリカサスートラ」という表記例も見えるが、共に文法的には誤りがあり、松山俊太郎によれば「ナマハサッダルマプンダリーカスートラーヤ」が正しい。実際は題目を梵語原書で発音する例はほとんどなく、賢治が独力で梵音に直したのか、それとも依拠する書物があったのかは不明。詩[*オホーツク挽歌][*樺太鉄道]、手[四]、帳[兄妹像]等。↓妙法蓮華経《みょうほうれんげきょう》

なら【植】ブナ科の落葉高木。楢、柞、枹の字を当てる。山地には*ミズナラ(水楢)、平地にはコナラ(小楢)が多く、一般にナラといえばコナラを指す。大きいものでは高さ一七m、径六〇cmに達する。日本では最もふつうの樹木で、例えば関東の雑木林等はコナラが主である。秋に結実するシダミ(しだの実〈↓どんぐり〉)と呼ばれる食用ドングリもコナラの実が最も多く味もよい。詩[春](作品番号七〇九)に「陽が照って鳥が啼き/あちこちの楢の林も、/けむるとき」とあり、文語詩[〔*月のほのほをかたむけて〕]では「搗《つ》けるはまこと喰《は》みも得ぬ、/渋きこならの実なりけり」と硬いしだの実が出てくる。ほか賢治作品での登場は多く、ユニークなものとしては劇[*種山ヶ原の夜]に「*柏樹霊《(こだま)》」「*樺樹霊」と並んで「楢樹霊」が出てくる(いずれも樹木に宿る霊の擬人化で谺《こだま》も樹〈木〉霊が語源)。また童[青木大学士の野宿](↓葛丸川《くずまる》)の発展形、童[楢ノ木大学士の野宿]がある。

楢岡《ならおか(ならをか)》 ↓斉藤平太《さいとうへいた》

楢ノ木大学士《ならのきだいがくし》 ↓なら

楢鼻《ならばな》【地】岩手県*稗貫郡内川目村《うちかわめ》(現花巻市)の集落名。童[ひかりの素足]に「*そいであうなだ、この人さ随《つ》いで家さ戻れ。この人ぁ楢鼻まで行がはんで」とある。「それではお前たち、この人に随いて家へ帰れ。この人は楢鼻まで行くのだから」の意。

楢渡《ならわたり》【地】賢治の創作地名か。童[谷]冒頭に「楢渡のとこの崖《(がけ)》はまっ赤でした」とある。

ナリトナリアナロ ↓アナロナビクナビ…ナビクナビアリナリ…

鳴子《なるこ》【農】引板《ひきいた》とも言った。農作物等を荒す獣や鳥をおどして害を防ぐ仕掛け。細い竹をいくつも板に掛けつらねて紐でつるしたのを引っぱって鳴らしたりしたところからその名がついた。詩[浮世絵展覧会印象]に「鳴子を引いたりするけれども」とある。それにちなむ温泉名や、狂言の演目名もある。

成島《なるしま》【地】岩手県*和賀郡《わが》東和町《とうわちょう》(現花巻市)の地名。*花巻市の中心から東約一〇km。*兜跋《とばつ》毘沙門天像(国宝)があることで知られる。この西域様式の毘沙門天像は、詩[毘沙門天の宝庫]、文語詩[祭日〔二〕]、同[〔毘沙門の堂は古びて〕]を生んだ。成島の名は詩[〔湯本の方の人たちも〕](↓飯豊)に「高松だか成島だか/*猿

ヶ石川の岸をのぼった／雑木の山の下の家」とある。高松は成島より花巻寄り、賢治記念館のある*胡四王山(「*経埋ムベキ山」の一)の南東一帯、猿ヶ石川の左岸。なお、この詩の右の引用部分の前に出てくる「高木《たかき》の部落」はさらに花巻寄り、花巻より釜石街道の*朝日橋を東に渡った、*北上川と猿ヶ石川にはさまれた一帯。

なるたぃ【方】 なりたい。実際の発音は「なるで」に近く、「る」は「り」のなまりで「る」と「り」の中間音。童［風野又三郎］(→風の又三郎)。

猥れて嘲《あ》笑《ざ》めるはた寒き《なれてあざめるはたさむき》【レ】 第一行目を題とした文語詩の一篇。「猥れて」は下書稿に賢治自身のルビがあり(新校本全集)、ここでもそれに従うが、もとは犬の鳴き声に発する意「みだらな」、「みだりがわし」の意で、賢治は動物を飼いならす意の、「馴(狎)」と同義にこれを用いたと思われる。詩もそれに近い。「みだらな嘲笑《ちょうしょう》は、また(＝はた)いかにも寒々と」が詩意。次行の「凶《まが》つの」は不吉な、「まみ」は目見で、目つき、「いやな目つきを払い忘れようと」の意。「かへさ(「かえるさ」の約)また経《ふ》るしろあとの」は「帰りみちにまた通る*城跡の」、四行目の「天《そら》は遷《うつ》ろふ火の鱗《うろこ》」は「空はいつしか燃えて火のうろこ雲と変わり」。以下は→あららに、いぶせき

なれをあさみてなにかせん【レ】 汝《なれ》を浅みて(けいべつして、あざけり軽んじる、の古語で形容詞「浅い」の語幹「あさ」に「み」のついたもの。「を」が上にある場合が多い)なんになろう、の意。詩［〔落葉松の方陣は〕］(→からまつ)に「(おお栗樹《*カスタネア》 花謝《お》ちし)」に続いて出てくる句。この詩の終わりちかくの「(お、栗樹《カスタネア》 花去りて／その実はなほし杳《はる》かなり)」に対する二行。右の二行の意は「その栗の実はなお(し、は強め)、みのるのは先のことでよくわからない」の意。「杳《はる》か」のルビは賢治によるものだが一般的な意味での「杳《よう》として」の意と「遥か先」を共示(かけことばのように)したと思われる。

苗代《なわしろ》【農】 旧かなはナハシロ(ナハは苗《ナヘ》の転、シロは水田)。稲の種(籾《もみ》→籾磨《もみすり》)を塩水*撰、*浸種した後、代掻《*しろかき》した苗代田に播種《はしゅ》(種播《たねま》き)して苗を育てる、その苗代田のこと。*陸稲《おかぼ》の場合は陸苗代《おかなわしろ》。詩［〔それでは計算いたしませう〕］に「これで苗代もすみ」(播種するばかりに苗代の準備がすんだ)、童［或る農学生の日誌］の「苗代堀り《(ママ)》」(苗代の準備)等。なお、童［風野又三郎］(→［風の又三郎］)ほかに出てくる「お苗代」は岩手山火口底の原湖の別称(→岩手山)で苗代そのものではない。

縄緒《なわを》《なわお》【文】 履物の縄の鼻緒。短［泉ある家］に「縄緒の*栗の木下駄」が出てくる。栗の木で作った下駄。

軟玉《なんぎょく》【鉱】 ネフライト(nephrite)。角閃石《かくせんせき》(→ホンブレンさま)の繊維状鉱物(→アクチノライト)。本翡翠《ほんひすい》(→瑯玕《ろうかん》)とよく混同される。緑色不透明で硬度六強。靭《じん》性が高く古来から中国で動物彫刻材として使われた。産出地は世界各地に散在。詩［青森*挽歌］では「おもては*軟玉と銀の*モナド／半月《(はんげつ)》の噴いた瓦斯でいっぱいだ」と夜の薄明かりの比喩に使われ、詩［*オホーツク*挽歌］では樺太(→サガレン)に咲く花の比喩に使われる。

南京鼠《なんきんねずみ》 →ねずみ

南京袋《なんきんぶくろ》【文】 太い麻糸で厚手に織った黄褐色の袋。第二次大戦中まで穀物やコーヒー豆を入れるのによく用いられた。幕末のころから輸入された南京米がこの袋に入っていたところか

らその名があるという。詩［〔燕麦《オート》の種子をこぼせば〕］（→燕麦《えんばく》）に「ぼろぼろの南京袋で帆をはって／船が一さうのぼってくる」とある。袋をほどいて継ぎ合わせ、帆にした粗末な船のイメージ。

喃語《なんご》【レ】 よくしゃべること、転じて男女の睦言《むつごと》にも言う。また、乳児の言葉を覚える前の声。詩［〔うとうとするとひやりとくる〕］に「〔雷《(らい)》をば覚《(し)》らず喃語は聴けり〕」「〔柏影霜葉《(はくえいそうよう)》喃語を棄てず〕」とあるのは、ともに原意で、饒舌なこと。*柏の木や霜のついた葉が風に揺れ、しゃべりつづけるさま。「雷をば覚らず」は雷にも気づかず、の意。

南昌山《なんしょうざん》【地】 *盛岡の南西約一二kmの地点にあるトロイデ型（鐘《かね》状）の山。標高八四八m。峰続きの毒ヶ森《どくがもり》（九一九m）とは別の山なのだが、伝説では一つになっていて、この山の洞窟に青竜がいて、毒を吹いて雲を起こし雨を降らせたとも言う。実際この山に雨が降れば盛岡も必ず雨になると言う。南昌の名は、ある客僧に改名をすすめられて一七〇三（元禄一六）年藩主南部久信が儒臣の知恵で中国江西省の南昌の嘉名を借用して付けたとも伝えられる。つまり、南昌山の名はもと毒ヶ森《どくがもり》だったと、吉田東伍《とうご》『大日本地名辞書』にもある。しかし、現在の地図にはこの南昌山の峰続き、北西約二kmの所に毒ヶ森（これも「*経埋ムベキ山」の一）がある。歌［二四〇］に「毒ヶ森／南昌山の一つらは／ふとをどりたちてわがぬかに来る」（「ぬか」は額《ひたい》。額に迫ってくる）とあるように、二つの山は「一つら（なり）」なのである。文語詩［*岩頸列］にも「西は箱ヶと毒《ドグ》ヶ森、*椀コ、南昌、東根《(あずまね)》の、／古き岩頸《ネック》（→岩頸《がんけい》）の一列に」とある（「箱ヶ」は森を略して、下の「毒《ドグ》ヶ」と語呂を合せている。ドクをドグとルビを振ったのは地元方言の発音。「椀コ」は椀の方言で、南昌山の峰続きの無名の山（七七一m）に賢治の与えた山名（細田嘉吉説）。*箱ヶ森は南昌山の北約三km、*東根山は南昌山の南約四km。童［鳥をとる*やなぎ］にも「*権兵衛茶屋のわきから*蕎麦ばたけや松林を通って、*煙山《けむやま》の野原に出ましたら、向ふには毒ヶ森や南晶《(ママ)》山が、たいへん暗くそびえ、（中略）処々には*竜の形の黒雲（→ニムブス）もあって」と、伝説をふまえた表現がある。また、詩［火薬と紙幣］に「小さな三角の前山なども」、詩［丘陵地を過ぎる］一行目の「この前山のつづき」とある前山も南昌山の近く、標高六三八m。

何《なん》だぃ。あったな雨降《あめふ》れば無《な》ぐなるや《よ》うな奴爪《ひとつこぱだ》こさ、食《け》えの申《もう》し訳《わ》げなぃの機嫌取《きげんと》りやがて【方】 何だい。あんな雨が降れば無くなるような奴爪《やっこだこ》に、食えとか申し訳ないとか機嫌を取りやがって。「何《なん》だぃ」はナンデと発音する。「あったな」は「あんな」の意。「奴爪《ひとつこぱだ》こ」は「人《ひと》っこ爪《ぱだ》こ」のことで（爪を旗《はた》と言うのは全国的な爪の別称で爪上げを「はたあげ」とも言う）「こ」は名詞に付される接尾辞。「奴爪《やっこだこ》」の意。短［十六日］で若い夫嘉吉が、嫉妬半分、辞去した学生のひ弱そうな様子をばかにして若妻に言うせりふ。「…の…の」は「…とか…とか言って」の意。

何《なん》だ、うな、死《し》んだなんて／いゝ《い》位《ぐれぇ》のごと云《い》って／今《いま》ごろ此処《ここ》ら歩《ある》てるな【方】 何だ、お前死んだなんて、いいかげんなことを言って、今ごろ此処らを歩いているな。詩［青森*挽歌 三］に出てくる亡妹*宮沢トシへの痛惜の言葉。「いゝ位」は「いっくりゃ」「いっこりゃ」と実際は発音する場合が多いが、ここでは、わかりやすく「いいぐれぇ」とルビをつけた。劇［植物医師］にも「この人まるでさっきたがらい、こりゃ加減だもさ」の会話がある。

何《なん》だ　そいづぁ神楽《かぐら》だが【方】　何だ、そいつは*神楽か？　疑問。「そいづぁ」は「そいつは」の訛り。劇［*種山ヶ原の夜］。

何《なん》たつて　↓もう今日《きょう》は来《き》ても…

何《なん》だべぁんす【方】　何でしょうか。童［葡萄水］。

なんたら【方】　何たら、とも。なんて。童［グスコーブドリの伝記］に「何たらいふことをきかないこどもらだ」とあり、劇［*種山ヶ原の夜］では「なんたら今日のそら、*変《ひょん》たに青黒くて深くて海みだぃだべ」とある。「今日の空はなんて変に青黒くて深くて海みたいなんだろう」の意。「なんたら」と単独で用いられた場合は驚き、憤り、落胆等を表わす感動詞で「なんということだ」の意。

何《なん》だりがだりって　↓なあに風《かぜ》の又三郎《またさぶろう》…

難陀竜家の家紋　なんだりゅうけのかもん【宗】　難陀は阿難陀（ananta の音写）の略、もと*竜の一種。*釈迦牟尼の異母弟の名でもあり、釈迦の弟子にも同名人がいる。詩［〔温《ぬる》く含んだ南の風が〕］の下書稿㈠に「立派な蛇の紋↓難陀竜家の紋」とあるのは、しかし蛇の鱗《うろこ》の模様をした雲をさしている。雨乞《あまご》いのとき祈る相手とされている八大竜王の筆頭、難陀竜王は頭上に七匹の竜（蛇に見える）をいただいているとされるので、賢治はそこから連想したものと思われる。↓ナーガラ、竜《りゅう》

南中し　なんちゆうし　↓早池峰（峯）山《はやちねさん》

何《なん》でぁ　↓おみち何《なん》でぁ…

何《なん》でもいがべぢ《じ》ゃ。うなだ、いづ《ず》れ何《なに》さでも何《なん》どがかんどが名《な》つけで一《ひと》まどめにして引《ひ》っ括《くぐ》て置《お》ぐ気《き》だもな【方】　何でもいいだろう。お前ら、何にでも何とかかんとか名前を付けて一まとめにして束ねておくつもりだものな。劇［*種山ヶ原の夜］に出てくるせりふで、人間はあらゆる物に名前をつけ、分類しなければ気のすまない動物だ、ということを批判している。「引っ括る」は「束ねる」「まとめる」「一からげにする」等の意。

南天竺　なんてんじく【地】　みなみてんじく、とも読んだ。天竺は中国や日本での*印度の古称。その南部地方の意。古代印度を五地方に分けて五天竺（東・西・南・北・中）、五天、五竺、等と言った。その一が「南天竺」。童［*二十六夜］に「*疾翔大力さまはもとは一疋の*雀で」（賢治は鳥や動物も一疋、二疋とよく言う）「南天竺の、ある家《や》の棟《むね》に棲《す》まはれた」（賢治のつけたルビは家《や》のみ）とある。

南斗　なんと【天】　南斗六星のこと。*射手座の一部にあたる六つの星の中国名。柄杓《ひしゃく》の形をしている。詩［〔温《ぬる》く含んだ南の風が〕］に「西蔵魔神（↓魔神）の*布呂に似た黒い思想があって／南斗のへんに吸ひついて」とある。

なんとが頼《たの》んで笹戸《ささど》払《はら》ひ下《さ》げでもらないやなぢ《じ》ゃ【方】　なんとか頼んで笹戸を払い下げてもらわなければならないよ。笹戸（↓笹長根《ささながね》）は地名。「もらないやなぢゃ」は「もらねやねぢゃ」と発音し、自己確認を示す。劇［*種山ヶ原の夜］。

何《なん》の話《はなし》だりゃ　↓六人《ろくにん》さまるっきり…

南蛮鉄　なんばんてつ【鉱】　南蛮はがね、とも。室町時代末期から江戸時代にかけて渡来した洋式製鉄の鉄鋼。国産の粗鋼に混ぜ、甲《かっ》冑《ちゅう》や刀剣に用いた。短［*うろこ雲］（↓巻積雲）には銀の小人《こびと》の歌う「なんばん鉄のかぶとむし／月のあかりも　つめくさ（↓白つめくさ、赤つめくさ）の」がある。童［畑のへり〔初期形〕］では「南蛮鉄のよろひを着た一疋の*熊蟻」が登場。いずれも黒く、つやつやし

た虫の胴体を甲冑に比喩したもの。熊蟻はクロオオアリ（俗称クロオアリ）の別称。

軟風《なんぷう》 →軟風《かぜ》

南風《なんぷう》 →南風《はえ》

南部実長《なんぶさねなが》【人】【宗】 一二二二（貞応元）～一二九七（永仁五）。日蓮*に帰依《きえ》、身延山久遠寺《みのぶさんくおんじ》の開基（創立者）として著名である。遠野南部氏（→遠野）の祖。雑［法華堂建立勧進文《こんりゅうかんじんもん》］に「そのとき南部《なんぶ》実長《さねなが》卿《きゃう》（賢治は「郷」と誤記）」とある。

なんぶとらのを【植】 南部虎の尾。岩手県の早池峰*山や北海道夕張《ゆうばり》岳に生えるタデ科の多年草。詩［花鳥図譜、八月、早池峯山巓］（→早池峰〈峯〉山）に「なんぶとらのをとか、、、、、とか／いろいろ特種《(ママ)》な植物が」とあるように、よそでは見られない特殊な珍品種。直立する茎の高さは一〇～三〇cm、葉は他のトラノオ各種より小形。盛夏に淡紅色の小花を密生させる。

ナンペ →蜘蛛文字《くももじ》

なんぼ →おりゃのあそごぁ…

なんぼ上《あ》**げ申**《もう》**したらいがべす**【方】 いくらさし上げたらよろしいでしょうか。丁寧な表現。「いがべ」は「いがべし（よろしいか）」の詰まった疑問。「す」は丁寧の終助詞。劇［植物医師］。

なんぼがへ《え》**りも**【方】 なんべん（幾度）も。「がへり」は回《かえ》りで一回、二回と言うときの度数。童［台川*］に「釜淵（→釜淵の滝）だら俺ぁ前になんぼがへりも見だ。…」とある。

なんぼごりゃ【方】 どのくらい。「ごりゃ」は「ぐらい」の訛りで「程度」の意。劇［植物医師］。

南満株数《なんまんかぶすう》【文】 当時の南満州鉱業株式会社の株数。賢治は、恒例により西鉛《にしなまり》温泉（→鉛）で保養している父あてに「南満株数は参拾と相成居候」（簡［149］）と株価の情報を報告している。今の中国東北地方にあった南満州鉱業株式会社（資本金三百万円）は、一九一八（大正七）年四月に、南満州鉄道株式会社からマグネサイト原鉱石の一手販売権を取得して、設立された。同年七月に、東京月島《つきしま》でマグネサイトセメント・リグノイド等の製造および研究を開始、一二月には、大石橋に焙焼《ばいしょう》工場が落成、火入れが行なわれていた。当時としては大手の成長株。父がその株をもっていたのであろう。

に

にい【宗】*瞽・矚（嘱）。禅語や禅問答などで相手への詰問《きつもん》を強める辞。短［疑獄元兇］に「建仁寺（→徳玄寺）、いや、*徳玄寺、いけない、さうだ　清源寺！（→徳玄寺）　清源寺裏山の栗林《りつりん》！　以て*木突《ぼくとつ》となすこと勿れ、汝喚んで何とかなす！　にい!!　もう平心（→木突）だ。よろしいとも、やって来い」とある。→木突《ぼくとつ》

にい →あど三十分《さんじゅっぷん》で下《お》りるにい

新網張《にいあみはり》 →引湯《ひきゆ》

ニイチャ【人】ドイツの哲学者、ニーチェ（F. W. Nietzsche 一八四四〜一九〇〇）のもじり。反キリスト教的な「超人」思想で有名。『ツァラトゥストラはこう語った』（一八八三〜一八八五）、『偶像の黄昏』（一八八八）、『権力への意志』（一八八八〜一八九四）等の著作は善悪二様の影響を世界に与えた。童［ペンネンネンネンネン・ネネムの伝記］に文意は主客逆にも見えるが「ニイチャの哲学が恐らくは裁判長から暗示を受けてゐる」うんぬんとある。賢治がニーチェを読んでいた証拠。賢治の思想へのかなりの影響や類縁が考えられる。→超怪《ちょうかい》

二価アルコホール《にかあるこほーる》【科】二価アルコール。文語詩［〔霜枯れのトマトの*気根〕］に「ほのぼのとそらにのぼりて／翔け行くは二価アルコホール」とある。*アルコールの軽さもだが、鳥の群れ飛ぶ姿を二価アルコールの代表的な一種、エチレングリコール構造式（上図）にたとえている。アルコールは分子中の*水酸基の数によって一価、二価、三価、多価等に分類される。

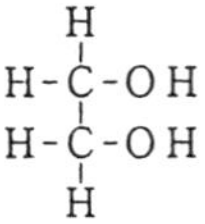

肖顔《にがお》【レ】似顔（肖は似に同じ）。詩［休息］（作品番号二九）等。

膠《にかわ》【科】動物の皮、骨、腱等を煮た汁を干し固めたもの。ゼラチンを主成分として弾性に富む。半透明飴色固体で絵の具や墨等の接着剤とする。詩［浮世絵展覧会印象］には「膠とわづかの明礬が」とある。→膠質《こうしつ》、コロイド

肉桂《にくけい》 →肉桂《にっけい》

ニコチン戦役《にこちんせんえき》【文】アヘン戦争のもじり（アヘンとタバコの類縁から）。劇［饑餓陣営］（→饑饉）中に「支那戦のニコチン戦役にもらったのじゃ」と*バナナン大将が勲章について答える一節がある。一八四〇年、*アヘン密貿易の取締りを強行した清国にイギリスが宣戦、清は敗れて一八四二年に屈辱的な南京条約を結ばされた。中国を大国（宗主）と見る日本をはじめとする周辺諸国に大きなショックを与え、日本の明治維新以後の富国強兵策に多大な影響を及ぼした。

ニコライ堂《にこらいどう》【文】東京の*神田駿河台（JR御茶ノ水駅近く）にあるニコライ教会堂。一八九一（明治二四）年建立。一九二九（昭和四）年再建。ロシアのハリストス正教会の司祭ニコライ（Nikolai）が滞日中建てたのでその名がある。青年賢治はここのエキゾチックな青銅色のドームに心ひかれていた。簡［19］（*保阪嘉内宛）に「霧雨のニコライ堂の屋根ばか

ニコライ堂

りなつかしきものはまたとあらざり」ほかの短歌がある。↓穹窿《きゅうりゅう》

濁酒《にごりざけ》 ↓密造酒《みつぞうしゅ》

濁り田《にごりだ》 ↓稲沼《ライスマーシュ》

爾薩待《にさったい》 【人】 劇［植物医師］の登場人物。岩手県二戸《にのへ》郡爾薩体村（現二戸市仁左平《にさったい》）から発想したのであろう。木村圭一説では、この地名はアイヌ語のニサ・タイ（窪地の林）に発するという。

螺《にし》 ↓スケルツォ

虹《にじ》 【天】【科】【宗】 rainbow 七色の光の弧（↓弧《アーク》）。雨上がりの時などに太陽（↓お日さま）と反対方向の空にできる。空気中の水滴に当った光線が屈折して内行し、水滴の内壁で全反射してできる一種のスペ*クトル。ふつう、色の濃い第一虹の外に薄い第二虹を伴う。第一虹は光*環と同じで内側が紫、外側が赤、第二虹はこれと逆。霧などの水滴の細かい場合には色がつかず白虹《はくこう》と呼ばれる。賢治は山野の一人歩きを好み、雨に独特の恐れを抱いていただけに、虹の美しさに対する特別な憧憬の情を持っていた。また、その移ろいやすさに一種の無常感をも抱いていた。童［*めくらぶだうと虹］では、美しい虹と、それに恋い焦がれる地上の虹（めくらぶどうの実の色の比喩）とを対比させ、虹の立派さをほめたたえ、虹がもっと立派になるのなら命をささげてもよい、と訴えるめくらぶどうに対して、虹が自分の移ろいやすさを示し、また「ま*ことのちから」のあらわれである限り、すべての存在はみな「かぎりないいのち」であると説く。そうしている間にも虹は消えてしまう。自らを卑下するめくらぶどうには、賢治自身の姿が投影されている。童［*十力の*金剛石］では、王子と大臣の子が、虹の脚もとにあるル*ビーの絵の具皿を求めて虹を追いかけるが追いつけない。アラッディンの魔法のラム*プや、シンドバード（詩［*海蝕台地］下書稿に「求宝航者《シンドバード》」とある）（↓アラビアンナイト）に通じる使われ方である。詩［報告］の虹は「もう一時間もつづいてりんと張つて居」る（童［めくらぶだうと虹］で両者が美しく問答する「いのち」の長さを知る読者には「一時間もつづいている」虹のいのちは単なる賢治の詩的誇張とは言えなくなってくる）。このほか文語詩［紀念写真］（紀は当時そうも書いた）、同［酸*虹］、劇［*種山ヶ原の夜］等。

西岩手火山《にしいわてかざん》 ↓岩手山《いわてさん》

西雲堆《にしうんたい》 ↓雲堆《うんたい》

西公園《にしこうえん》 【地】 旧*花巻川口町市街の西にあった公園（私有地）。花巻電鉄線の一九一五（大正四）年開業時の始点。ス［三三］に「西公園の台の上にのぼったとき／大きな影が大股に歩いて行くのをおれは見た」とある。

西鉛温泉《にしなまりおんせん》 ↓鉛《なまり》

西根《にしね》 ↓西根山《にしねやま》

西根山《にしねやま》 【地】 実在する西根の地名をヒントにした賢治の創作地名と思われる山。賢治は山*男をこの山に住まわせている。童［*紫紺染について］では、工芸学校の先生が図書館で、「山男、西根山にて紫紺の根を掘《(ママ)》り取り、夕景に至りて、ひそかに御城下（*盛岡）へ立ち出で候…」と続く写本を発見し、山男を食事に招待する。一騒動のあと、山男は七つ*森を通って帰る。童［山男の四月］の山男も西根山から七つ森を通って町へ出る。したがってこの西根山は、盛岡の西方、七つ森より先の奥羽山地のどれかとい

うことになる。*雫石町には、*葛根田川《かっこんだ》と平出川にはさまれた所にある西根という地名は西の山(奥羽山脈)の根っこ(ふもと)の意で付いたと言われている。文語詩[〔*腐植土のぬかるみよりの照り返し〕]の「西根よりみめよき女きたりしと、角の宿屋に眼がひかるなり」の西根はこの村である。西根山とは、その西側の山、すなわち奥羽山地を念頭に置いた賢治の命名と考えられる。また、近くに西東根山《にしあずまねさん》(八七二m)や*東根山《あずまねさん》(九二八m)もあるので、これらがモデルになっているかとも思われる。童[十月の末]では主人公「嘉ッコ」が街道(*秋田街道を念頭に置いたか)を横ぎって山の畑へ行き、聞えてくる水音を、「西根山の滝の音さ」と母は言うのだが、祖母は「天《あま》の邪鬼《しゃぐ》の小便《しょんべ》の音さ」と言う。どうやら「垂れ通し」のこの小便の音は、西根の小《こ》高倉山《たかくらやま》(一一三五m)の渓流にある高さ九mの黒滝をヒントにしたか。葛根田川上流にも三〇mの大滝や一三mの魚留《うおどま》りの滝がある。いずれにもせよ前記西根地区近辺の山のイメージであることは間違いなさそうである。

二重マント《にじゅうまんと》 ↓マント

二十六夜《にじゅうろくや》 【宗】 童[二十六夜]は「二十六夜講」という念仏講(↓講)の習俗を下敷きにしたもの。橋本勇によれば「*盛岡の寺々では古くから二十六夜尊の信仰が盛んで、毎年旧暦の七月二十六日の夜、こうして*月の出を待つ年寄りの講中のあるのを聞かされていた」とあり、実際、一九二一(大正一〇)年代に、二十六夜の月が三つに分かれ、中央が仏体に、左が小さな仏像に、右が仏画に変わるのを見たと言う。童[二十六夜]の場合、二十六日の月から紫色のけむりのようなものが噴き出し、「金いろの立派な人が三人」現われるが、これは明らかに*阿弥陀三尊のイメージであり、穂吉が阿弥陀三尊により西方極楽浄土に迎えられたと読み取ることは不自然ではない。法華経(↓妙法蓮華経)を信仰する賢治が浄土教的色彩の濃い世界を描いたことは興味深い。↓三尊《さんぞん》

西行各列車《にしゆきかくれっしゃ》 【文】 *岩手軽便鉄道ではふつう用いる「上り」「下り」ではなく「東行」(*花巻↓*仙人峠)、「西行」(その逆)と言った。詩[*岩手軽便鉄道 七月(*ジャズ)]に「本社の西行各列車は／運行敢て軌によらざれば／振動けだし常ならず」とある。「運行敢《あえ》て軌によらざれば」とは、必ずしも軌(レール)上を走りませんので、の意。↓西行《せいこう》

にせ巡礼《にせじゅんれい》 ↓帰命頂礼地蔵尊《きみょうちょうらいじぞうそん》

にせの赤富士《にせのあかふじ》 ↓浮世絵《うきよえ》

ニスタン ↓憂陀那《うだな》

二相系《にそうけい》 【科】 *相(phase 不均一系において均一な部分)には、固相、液相、気相の三つの状態(三相)が考えられる。そのうちの二つの相が共存し、あるいは入りまじって、相互作用をもつ系(システム)のはたらきを二相系と言う。詩[永訣の朝]の「雪と水とのまつしろな二相系をたもち」の二相は、「*あめゆじゆ」という固相と液相を指す。それを応用して文語詩[楊林]下書稿㈠には「愛と憎との二相系」とある。

ニタナイ 【地】 似内。*花巻市近郊で*北上川が大きく屈曲するその西岸に広がる低地。上《かみ》似内と下《しも》似内がある。釜石線で花巻駅の次が似内駅。アイヌ語ではニタッ(谷地・低湿の荒地)・ナイ(沢・川)で北海道や青森、秋田にもよく似た音の地名がある。童[税務署長の冒険]。

ニダナトラの戦役《にだなとらのせんえき》 ↓ナチラナトラのひいさま

日実上人《にちじつしょうにん》【人】【宗】　南部日実。一八九三(明治二六)～一九七五(昭和五〇)　南部家の三六代にあたり、男爵。賢治の墓のある身照寺《しんしょうじ》の中興開基。岩手県*遠野市に生まれる。遠野中学卒、のち仏門に入る。一九二八(昭和三)年に日蓮宗花巻教会を設立、賢治の叔父宮沢恒治《つねじ》が創立発起人となった。その時賢治がこの叔父の依頼で書き贈ったのが、六〇〇字原稿紙で七枚の名文、雑[法華堂建立《(こんりゅう)》勧進文《かんじんもん》]である(二、三日で成ったといわれるにしては真情流露し、しかも個人を超えた品格の高さは、第一級の「勧進文」〈社寺、仏像等の建立、修理に一般からの喜捨をつのる文〉)。この花巻教会は、日実が南部家にゆかりのある身照寺、身延寺《しんねんじ》を奥州に再興すべく、奥州伝道の折、*花巻の法華経(→妙法蓮華経)の信者によって、境内地と堂宇を寄進されたのに始まり、一九四六年現在地(旧*花巻農学校＝現ぎんどろ公園近く)石神《いしがみ》町に移り、遠光山身照寺として設立認可を受け再興された。賢治の死後一九五一年、父*宮沢政次郎の日蓮宗改宗に伴い、賢治の墓が浄土宗安浄寺より当寺に改葬され、現在に至っている。

日蓮《にちれん》【人】【宗】　一二二二(貞応元)～一二八二(弘安五)　日蓮宗の開祖。立正大師、御祖師《おそし》様とも。安房国小湊《あわのくにこみなと》の貧しい漁師の子として生まれる。一六歳で出家、鎌倉や京都、比叡山等で修学し、法華経(→妙法蓮華経)こそ仏の真実の教えであると確信するに至る。一二六〇(文応元)年『立正安国論』を著し、前執権《さきのしっけん》北条時頼《ときより》に上進したが、その苛烈な内容により念仏者等の反感を買い(→四箇格言《しかかくげん》の判)、また幕府からも弾圧を加えられ、数々の困難にあい、ついに捕えられて竜ノ口《たつのくち》(現神奈川県藤沢市片瀬)の刑場で斬首されかけたが(→竜ノ口御法難)、免れて佐渡へ流罪《るざい》となった。流人《るにん》生活中『開目抄《かいもくしょう》』『観心《かんじん》本尊抄』等を著し、また*十界曼荼羅《じっかいまんだら》を書いて、教理体系を確立していった。一二七四(文永一一)年に赦免されて鎌倉に帰り、再び幕府に説いたがいれられず、身延山《みのぶさん》(→塵点《じんてん》の劫《こう》)に入り、著述活動や門下の教育を行なった。武蔵国池上《いけがみ》(現東京都大田区池上本門寺)にて入滅。死にのぞんで後事を託すために選定した六老僧(→向興諸尊《こうこうしょそん》)によって、日蓮の教えは広められ、それぞれ門流を形成していった。日蓮の教えは近代の思想家たちにも多くの影響を与え、高山樗牛《ちょぎゅう》は、日蓮を通して国家を超越した世界宗教を見いだし、また北一輝《いっき》は、右翼革命と日蓮主義を結びつけ、二・二六事件の思想的背景を形づくった。さらに、賢治が入会した*国柱会の設立者*田中智学も、当時の日本主義の高まりに伴い、日蓮にその支柱を求めた国家主義的な日蓮主義運動を展開した。簡[50]では「私の遠い先生」と日蓮のことを言い、簡[75]に「あなたの書くのはお母様の書かれると全《(おな)》じだと日蓮大菩薩が云はれました」とある。日蓮への賢治の深い傾倒は一八歳時の「*如来寿量品」を中心とする法華経感動に端を発する長年の機縁がもとになっているとはいえ、いわゆる日蓮主義に異常とも思えるほど傾倒していく過程は、今後とも、より客観的な批判の対象となる問題点を包蔵している。→立正大師滅后七百七拾年

日蓮聖人坐像(本門寺)

日蓮聖人の教義《にちれんしょうにんのきょうぎ》【宗】　*田中智学の著書。正しくは『日蓮聖人之教義』。一九一〇(明治四三)年三月一六日初版発行、博文館刊。本文七一六頁、総要、教判、宗旨、信行《しんぎょう》、史博、雑要の六篇から成る。一名を「妙宗大意」と呼ばれるように、智学が主宰す

る本化《ほんけ》妙宗(日蓮主義)の大綱を、一般人や初心の信者向けに解説した内容。*保阪嘉内あて簡[178]に「『日蓮聖人の教義』『*妙宗式目講義録』等は必ずあなたを感泣させるに相違ありません」とある。↓日蓮《にちれん》

日活館《にっかつかん》【地】 映画館の名。東京市神田区表猿楽町《さるがくちょう》(現千代田区神田神保町一丁目)にあった。詩[*神田の夜]に「シャッツはみんな袖のせまいのだけなんだよう/日活館で田中がタクトをふってゐる」とある。田中とは田中豊明《とよあき》と言い、当時無声映画の楽隊の人気の指揮者(楽長と言った)。海軍軍楽隊出身。

肉桂《にっけい》【植】 クスノキ科の常緑高木。インドシナ原産。高さ約一〇m。幹や根の緑黒色の樹皮は芳香と辛味をもち、香料として有名。また健胃剤等の薬用にもなる。童[*かしはばやしの夜]に「肉桂のやうなにほひ」とある。

ニッケル【鉱】 nickel 元素記号はNi、原子番号二八の金属元素。銀白色で研削性、展性、延性に富むため、合金材やメッキに用いられる(童[*茨海《ばらうみ》小学校]に「ニッケル鍍金《めっき》」とある)。賢治は淫《みだ》らで卑しい感じのする雲(↓Libido)の表現に時に嫌悪感を交えて使う。「卑しいニッケルの粉だ。淫らな光だ」(童[*ガドルフの百合])、「ニッケルの雲のましたにいらだちて」(歌[六五三から一首目])等がそれだが、曇った日の「重いニッケルの雲が、あの高原を、*氷河の様に削って進む」(劇[〔*蒼冷と純黒〕])の感覚的な表現もそれに近い。かと思うと、*はんの木の葉のチラチラする様子に使った「あれは夏にはニッケル鋼の*鏡をつるす」(詩ノート[汽車〕)や、「しづかな月夜のかれくさは/みなニッケルのあまるが*む」(詩[〔つめたい風はそらで吹き〕])等の秀抜な感覚表現もある。ほかにニッケルのメタル(童[*かしはばやしの夜])もある。

日天子《にってんし》【宗】 Sūrya(梵)の漢訳。宝光天子、宝意天子とも言う。太陽(↓お日さま)を神格化したもの。太陽の宮殿に住み千の光明を放つとされる。*帝釈天の眷属《けんぞく》。*密教における十二天の一。「東の空が明るくなりて、日天子さまの黄金の矢が高く射出さるれば、われらは恐れて遁げるのぢゃ」(童[*二十六夜])。なお、短[*竜と詩人]に「天末にかゝる火球日天子の座」の「火球日天子」も同様の意で用いられていると思うが、火球の語は一般用語で、火の玉や、光度の強い流星を言い、特に仏典とは直接の関係はない。↓月天子《がってんし》、ルーノの君《るーののきみ》

新渡辺弁護士《にとべべんごし》【人】 弁護士・新渡辺豊吉。旧花巻川口町(現花巻市)仲小路《なかこうじ》の人。狩猟家《ハンター》でもあったから、詩[*蕪《かぶ》を洗ふ]に「*犬のあとからいまのっそりとあらはれたのは/まさしく新渡辺弁護士だ/相かはらずの猟服に/*鳥打しゃぽは茶いろでございだ」とユーモラスに登場。

接骨木《にはとこ》《にわとこ》【植】 スイカズラ科の落葉低木ニワトコ(庭常)の漢名。骨折の際、その材の黒焼きを湿布薬としたところからその名が出た。往時は茎も葉も発汗、利尿の民間薬とした。全国に分布し、高さ三~五mで生長が早い。幹に太い髄があり、早春に芽を出す葉は奇数羽状複葉、やがて淡黄白色の多数の小花を円錐形に密生させ、花後の赤い実も薬用となる。詩に[〔あちこちあをじろく接骨木《にはとこ》が咲いて〕]があり、童[貝の火](↓蛋白石)等にも登場。

ニワトコ

新墾《にひはり》《にいばり》【農】【レ】 新治とも書く。新しく開墾された、の意

で、田や畑、道路等を言う。文語詩［驟雨《しゅうう》(→驟雨《かだち》)］に「驟雨そゝげば新墾の」、文語詩［〔廐肥(→廐肥《きゅうひ》)をになひていくそたび〕］(いくそたび、は幾度)には「新墾畑《にひばり》」。

鈍びし《にびし》 →銅版の紙片《どうばんのしへん》

二百刈《にひゃくかり》 →百刈勘定《ひゃくがりかんじょう》

二百生《にひゃくしょう》 →須達童子《しゅだつどうじ》

二百十日《にひゃくとおか》 【農】 立春から二一〇日目。例年九月一日ころ。台風の時期で稲の被害が多いことから農村ではそれから一〇日前後あとの二百二十日ころまでを忌《い》み、警戒する。童［風の又三郎］に「二百十日で来たのだな」とあり、同［風野又三郎］には「二百十日から二百二十日ころまで、昔はその頃ほんたうに僕たちはこわ《(ママ)》がられたよ」とある。二百十日も二百二十日も、両作品には何回も登場する。

二百二十日《にひゃくはつか》 →二百十日《にひゃくとおか》

にぶ 【レ】 詩［風林］に「よこに鉛の針になつてながれるものは月光のにぶ」とある。もと四段活用の動詞「鈍《に》ぶ(にばむ)」を名詞として使ったもの。どんぐりの実の殻を煮た汁で染めたにび(ぶ)いろ、ダークグレー、濃いねずみいろ、薄墨色。和服では多く喪服等に用いた色。それを賢治は光線に用いている。文語詩［風桜］の「雲のにぶ」はわかりやすい。

鳰《にほ》の海《におのうみ》 【地】 鳰の湖《うみ》とも書く。琵琶湖《びわこ》の別称。鳰は湖沼にすむ鴨に似て、それより小形の水鳥。水にもぐるのが得意。その鳰が多く生息したところからついた別称。「校友会会報」第三十二号発表の歌に「鳰《にほ》の海、石山行きの、小蒸気に、陽はあかあかと、山なみの雪」がある。

にほひ《におい》 【レ】 匂、臭。動詞「丹秀《にほ》(穂)ふ」(朱いろがくっきりと冴える)に発する。かおり(香)とも同義になる(→第三芸術)。賢治作品ににぎやかに登場する「匂」は、多種多様に及ぶが、空・雲・風・空気・山・樹木・草・花・果物等のほかに、薬品・ガラス・吹雪(→吹雪《フキ》)・かれくさ等、東北の自然はもちろん、農業・化学とも結びついたものが多く、詩［過去情炎］に「あたらしい腐植のにほひ」、童［イーハトーボ農学校の春］に「砂土がやはらかい、匂の息をはいてゐます」等とあるように、しばしば、単に嗅覚だけでない共感覚的(他の感覚といっしょになった)で新鮮、かつ官能的なニュアンスを帯びる。もともと、日本語の「匂」は語源が示すように色彩に発し、その華麗さから香気、光輝、果ては風貌・人柄の気品や雰囲気までを包含し、単に嗅覚に限定される語ではないから、その意味では賢治の用法も期せずして日本語の伝統をふまえているとも言える(古典では芭蕉の句法「匂付け」が示すように、ものやイメージのもつ情趣・余韻等も「匂」で表わされるが、賢治にもそれと近似する用法が少なくない)が、賢治の場合、彼独自の官能・感覚、それに宗教意識、複雑で複合的な想像力等が相まって、他の追随を許さない比喩的で幻想的、かつ暗示的なものとなっている。例えば、より色彩的な例としては、白く輝く太陽(→お日さま)が「百合の匂を撒きちらし」(童［雪渡り］)、明け方の白みはじめた空や月の清浄な気配からは「苹果《りんご》の匂」を感じ(詩［青森挽歌］、童［双子の星］)、また「かすかな苦《く》扁桃《へんとう》の匂」(詩［真空溶媒］)も感得される。日の出前の赤褐色の空は「沃度ノニホヒ」(文語詩［〔沃度ノニホヒフルヒ来ス〕］等)、海鼠《なまこ》のような色や形の雲からは「海鼠のにほひ」(文語詩［柳沢野］〈→柳沢〉等)、月の光からは「硫黄のにほひ」(詩「風の偏倚《へんい》」等)、あるいは「車室はあえかなガラスのにほひ」(詩「〔プラットフォームは眩ゆくさむく〕」)等々、独特の視覚と「匂」の交錯が、これまた独往のリズム(聴覚)の中で複合する。また、より宗教的で象徴的な例としては、童「ひかりの素足」「インドラの網」「銀河鉄道の夜」等に登場する天上(非地上)と思われる場所や空は「まるめろ」や「草花の匂」「夏の明方のやうないゝ匂」が漂い、そこに登場する人物は「匂のいゝ青光のうすものの花を着け」、「かすかにほほの花のにほひ」(「ほほは朴の木、いずれも宗教的色調と雰囲気)がする。そして、そこで穫れる米も「殻もないし十倍も大きくて匂もいゝ」(「殻がない」ということは主体と外界をへだてるものがないこと、開放的存在であることの暗示でもある)のである。さらに、「苹果の匂」が少年や乳児を暗示し、「野茨《のいばら》の匂」(→野ばら)が少女を暗示する官能的なイメージ(童「銀河鉄道の夜」「氷と後光(習作)」)や、詩「無声慟哭」で、病気の体が臭《くさ》いだろうと問う妹宮沢トシに「かへってここはなつののはらの／ちいさな白い花の匂でいっぱい」と答える場面等から、「清浄」「無垢」な存在の放つ「匂」の傾向に賢治の宗教的官能といえるものが実在したことがわかる。童「ひかりの素足」の「『にょらいじゅりゃうぼん第十六。』といふやうな語がかすかな風のやうに又匂のやうに一郎に感じました」はそうした宗教性の清爽な一例である。とはいえ、すべての「匂」が宗教的香気を帯びるというのではなく、童「税務署長の冒険」「なめとこ山の熊」での風に乗って漂ってくる「くろもぢの木の匂」や、童「貝の火」(→蛋白石)「やまなし」「風の又三郎」での、あたりに立ち込めた野原や、やまなしの匂、草を焼く匂に、冷涼感や安堵感を覚える等、理屈ぬきに賢治の原初的な自然体験が鮮やかに生きている。それが童「マグノリアの木」での「少しの汗の匂ひが細い糸のやうになって霧の中へ騰《のぼ》って行くのを思ひました」や、詩「青森挽歌 三」の「苹果青」の色彩表現のほか、「あけがた近くの苹果の匂が／透明な紐になって流れて来る」等になると、同じ「匂」が視覚的イメージの「糸」「紐」の発想をともなってデリケートなものとなり、自然と人間とのより精神的なつながりを読者に暗示せずにはいない。そしてそれは、おそらく賢治自身の確固たる「匂」の実感(文学的虚飾ぬきの)、感動に基づくものであったにちがいない。以上の「匂」に対して、「酒かすの／くさるゝにほひ」(歌「一一〇」)、「毒剤のにほひ」(詩「〔その洋傘だけでどうかなあ〕」)、「瓦斯のやうな匂のむっとする、ねむの河原」(童「風の又三郎」)、「アセチレンの火は(中略)大蛇のやうな悪い臭」(童「祭の晩」)等の悪臭(「匂」より「臭」のイメージ)も印象的ではあるが、用例は前者に比べてごく少なく、賢治自身好むところではなかったと言えよう。

ニムブス【天】 nimbus かつての雲級の一。乱層雲。俗に雨雲とも。一八〇三年イギリス人ハワードは、雲をNimbus(雨雲)など七種類に分けることを提唱。一八九四年には、一〇種類の国際基本雲形が決められ、賢治はこれを使用していたと思われる。その後一九五六年に雨雲は乱層雲と改訂された。賢治作品中最も頻度の高い黒雲は、乱層雲と層積雲である。いずれも高度二〇〇〇m以下の下層雲に属するが、層積雲は群塊をなすのがふつうで、特に冬に発達しやすく、また塊の間から青空が見えることもある。波状雲、乳ぶさ雲等もこれに属する。乱層雲は、下方から見上げると層状に見えるが、雲底が乱れてこれといった形をもたない。雲が厚く上層まで覆うこともあり、太陽（→お日さま）が透けて見えることはまれである。暖気団が寒気団の方へ押しよせてできる温暖前線の前線面にできやすい。詩［春の雲に関するあいまいなる議論］に「あの黒雲が、／きみをぎくっとさせたとすれば／それは群集心理だな（中略）あのどんよりと暗いもの／温《ぬる》んだ水の*懸垂体／あれこそ恋愛そのものなのだ／*炭酸瓦斯の交流や／いかさまな春の感応」とある。冬の*シベリア高気圧の勢力が弱まると移動性高気圧と前線が次々に訪れるようになる。文語詩未定稿［〔鉛のいろの冬《ふゆ》海《うみ》の〕］は「日はなほ東海《うな》ばらや／黒棚雲の下にして／*褐砂に凍《い》てし船の列」の黒棚雲も、たなびく黒雲。賢治は雨雲に性的な、それも邪淫のイメージを抱いていた。詩［県技師の雲に対するステートメント］の「黒く淫らな雨雲《ニムブス》」「淫らなおまへら雨雲族《ニムブス》は」「あやしくやはらかな雨雲《ニムブス》よ」、詩［〔その恐ろしい黒雲が〕］の「わたくしは切なく熱くひとりもだえる／北上の河谷《かこく》（→北上川）を覆ふ／あの雨雲と婚すると云ひ」、詩ノート［〔南から　また東から〕］の「ぬるんだ風が吹いてきて／くるほしく春を妊んだ黒雲が」、文語詩［*風桜《ふうおう》］の「みだらにかける雲」、詩ノート［峠の上で雨雲に云ふ］の「黒く淫らな雨雲《ニムブス》よ（中略）おまへは却ってわたくしを／地球の青いもりあがりに対して／一層強い慾情を約束し／風の城に誘惑しやう《ママ》とする（中略）みだらな触手をわたくしにのばし／*のばらとつかず胸ときめかすあやしい香気を風に送って」とある。この雨雲を「黒い*気層の*なまこ」と呼んだように、無定形でやわらかくて変化しやすく、ところどころやや明るく光をはらんだように見える雨雲や湿気を含んだ風に、賢治は官能的なイメージを実感している（→ Libido）。性欲を否定したがる賢治にとっての雨雲は、それゆえ誘惑者であり邪気を含んだものでもあった。詩［〔温《ぬる》く含んだ南の風が〕］では、南天の夜空を*曼陀羅にたとえたが、風に流され星々を隠す黒雲を*悪魔や*鬼、黒い思想等とも表現している。なお、この詩の下書稿［*密教風の誘惑］には「古びて青い懸吊体！」の表現も見え（懸吊《けんちょう》体は懸垂体と同義で用いている）、「淫蕩に青くまた冴え冴えと／蛍のむれはとびめぐる」と曼陀羅模様の濃密で妖しいイメージが充満している。

乳酸《にゅうさん》【科】糖類が分解され得られる無色で粘りのある液体。酸味があり無臭。清涼飲料の酸剤として用いる。詩［*過労呪禁］には、女房は*畦《あぜ》の下で「つかれて乳酸みたいにやはくなり」とある（「やはくなり」は柔くなり、疲れきってへなへなになっての意）。また、詩［*善鬼呪禁］には「酸乳」（乳酸を含む酸《す》えた乳のことだが）という語が乳酸と同じ意味で用いられている。

乳酸菌《にゅうさんきん》【科】糖類を分解して乳酸を合成する*微生物を総称して乳酸菌と呼ぶ。乳酸菌はヨーグルトやチーズ、バター、漬物、日本酒などさまざまな食品工業に応用されている。童［税務署長の冒険］に「乳酸菌を利用し、ピペット、ビーカー、ビュウレット立派な化学の試験器械を使って清潔に上等の酒をつくらないか」、「ピューレットも純粋培養の乳酸菌もピペットも何から何まで実に整然とそろって」とある。

乳酸石灰《にゅうさんせっかい》【科】乳酸カルシウム。ほとんど無味無臭の白色粉末。大正期に強壮剤「乳酸カルシウム」として発売されていた時期がある。詩［〔爺さんの眼はすかんぼのやうに赤く〕］には、「あるひは乳酸石灰《ママ》が／この数月の傾向を／療治するかと云ふのに」とある。現在はガムなどに添加剤として用いられている。→

【にゅうしゅ】

乳酸《にゅうさん》

乳熟《にゅうじゅく》 【農】 青熟とも言う。穀類の果実が成熟前の乳状である時期。詩［九月］に「もう水いろの乳熟すぎ」、詩［来訪］に「まだ乳熟の稲*の穂などを」等。

乳頭山《にゅうつむりやま》 【地】 にゅうとうざん、とも言う。岩手県と秋田県の県境、雫*石川の上流、駒ヶ岳*の東北に位置する那須火山帯の一部。標高一四七七m。西麓に有名な乳頭《にゅうとう》温泉がある。なお、乳頭山は秋田県側の呼称で岩手県側では一般に烏帽子岳《えぼしだけ》と呼ぶ。しかし賢治は前者の呼称が好きだったのか、後者はなく、「すゞかけの木立きらめくこの朝を／乳頭山《にゅうつむりやま》／雪刷《は》きにつゝ」（歌［三七三］）、「いたゞきに／いささかの雪を刷きしとて／乳つむり山／いとゞいかめし」（歌［三七四］）とある。

ニュウトン《にゅーとん》 【人】【科】 Isaac Newton（一六四二〜一七二七） ユダヤ系のイギリスの科学者。特に力学と光学に大きな業績をあげた。ニュートン式反射望遠鏡の発明者。微積分法の発見者。ケプラー（ドイツの天文学者 J.Kepler）の第三法則（惑星周期の二乗の比＝太陽からの平均距離の三乗の比）を発展させ、万有引力（質量M、mの二物体間には、M×mに比例し、また距離rの二乗に反比例する引力が働く）の法則を確立した。『プリンキピア』（一六八七）がその代表著書。光学関係ではプリズム（→三稜玻璃）実験により、透明光が屈折率*の異なるさまざまな単色光の混合したものであることを発見した。光の伝達物質として想定されていたエーテル*に関しては、粒子説に傾いたため、波動説は約一世紀間陰に隠れてしまったほどである。ニュートン力学はアインシュタイン（→相対性学説）の登場まで、物理学の基礎としての地位を微動もさせなかったほどの権威をふるった。詩［実験室小景］には「（分析ならばきみはなんでもできるのかい）／（あ、物質の方ならね）／（はははは今日は大へん謙遜だ／まるでニュウトンそっくりだ）／（きみニュウトンは物理だよ）／（どっちにしてももう一あしだ／教授になって博士になれば／男爵だってなってなれないこともない）」とある。ちなみにニュートンはケンブリッジ大学教授、国会議員、造幣局長官等を歴任、晩年にはナイトの称号も受けている。

柔輭《にゅうなん》 【宗】 輭は軟の本字、柔軟《じゅうなん》に同じ（その仏教読み、法華経〈→妙法蓮華経〉をはじめ仏典では多くこの表記で出てくる）。童［二*十六夜*］に「心柔輭にして」とある。謙虚でやさしい心。この世のまことのすがたにしたがう柔順な心。親鸞*の教え（「教行信証《きょうぎょうしんしょう》」）では大慈悲のこころ。

ニュウファウンドランド島《にゅーふぁうんどらんどとう》 【地】 Newfoundland カナダの大西洋側にある島。大陸棚に恵まれた世界的な漁場。童［ビ*ヂテリアン大祭］の舞台。

ニュウヨウク《にゅーよーく》 【地】 ニューヨーク（New York）。紐育（童［ひのきとひなげし］）とも。アメリカ合衆国東北部、ニューヨーク州のハドソン川河口にある合衆国最大の港市。一六二六年、オランダの統治下で、初代総督ピーター・ミヌイトがインディアン*から マンハッタン島を二四ドル相当の雑貨品と交換し、南端に砦《とりで》を築き、ニューアムステルダムと名付け、以後イギリスの手に渡り、ニューヨーク（ニューヨークシャイアの略）と改称された。劇［饑餓陣営］で「それはアメリカだ。ニュウヨウクのメリケン粉*株式会社から贈られたのだ」とあるのは当時大国アメリカを象徴する「ニューヨーク」と「メリケン粉」を組合せ、劇のテーマとうまく一致させて喜劇のおもしろさを盛りあげている。この町のブロードウェイのタイムズスクエアを中心とする劇場街は世界の舞台芸術のメッカとも言われるが、*童[ビヂテリアン大祭]にも「ニュウヨウ(ー)ク座」という言葉が登場する。

紐育《ニューヨーク》 ↓ニュウヨウク

鐃鉢(鈸)《にょうはつ》 ↓鈸《はつ》(?)、銅鉢《どうばち》

如是相如是性如是体《にょぜそうにょぜしょうにょぜたい》 【宗】 法華経*方便品第二に見える三句。この三つに如是力、如是作《さ》、如是因、如是縁、如是果、如是報、如是本末究竟《ほんまつきゅうきょう》の七つを加え「十如是」と呼ぶ。森羅万象が、相、性、体、力、作、因、縁、果、報、本末究竟の一〇のカテゴリーによって支えられている(それぞれに冠する「如是」は日本読みで「かくのごとき」)ことを示す。方便品のみならず法華経迹門《しゃくもん》(*衆生を救うはたらき)の根本思想の一で、天台教学における一念三千説(一念に三千の*法界《ほっかい》〈宇宙〉がこもる。人間の日常心がすなわち全宇宙であるとする教え)の基本をなしている。ス[二二]。

如来《にょらい》**さんの祭**《まつり》**へ行**《い》**くたい** 【方】 「行くたい」は「行きたい」の訛り。*童[ざしき童子《ぼっこ》のはなし]。

にょらいじゅりゃうぼん第十六《にょらいじゅりょうぼんだいじゅうろく》 【宗】 如来寿量品は法華経二十八品(↓妙法蓮華経)中の一品(第十六)。略して「寿量の品」、「寿量品第十六」とも出てくる。賢治は一九一四(大正三)年、一八歳時に、この品に異常な感動を受け(*宮沢清六『兄のトランク』所収の「兄賢治の生涯」によれば「『如来寿量品』を読んだときに特に感動して、驚喜して身体がふるえて止まらなかったと言う。後年この感激をノートに『太陽昇る』とも書いている」とある)、入信したと伝えられる。この品は*方便品《ほうべんぼん》と並ぶ法華経の眼目で、*日蓮は「一切《いっさい》経の中に此寿量品ましまさずば*天に日月なく国に大王なく山海に玉なく人に神《たましひ》のなからんがごとし」(「寿量品得意鈔」)とまで言っている。その思想の要は、伽耶城《かやじょう》で成道《じょうどう》(↓迦耶成道)した釈迦(↓釈迦牟尼)は、実は久遠《くおん》の昔に*成仏(＝久遠実成《じつじょう》)した本仏であり、入滅したと説くのも*衆生を仏道に導くための方便(↓方便品《ほうべんぼん》第二)で、仏の寿命は永遠である、というもの。*童[ひかりの素足]では「にょらいじゅりゃうぼん第十六」という言葉がどこからともなく聞えてくるが、工藤哲夫は、*鬼に鞭打たれる楢夫と一郎を救う追善の働きをしていると言う。詩[野の師父]、文語詩[国土]、帳[雨ニモマケズ]一三〇頁、簡[178]等。なお、如来寿量品を中心とする法華経と賢治の思想との結びつきについて論じた論文に原子朗「宮沢賢治と法華経」(「国語と国文学」一九九〇一一月、至文堂)がある。↓妙法蓮華経《みょうほうれんげきょう》

如来正偏知《にょらいしょうへんち》 ↓正偏知《しょうへんち》

消《に》**るやないぢゃい** 【方】 似てはいけないぞ。童[十月の末]「う*なは爺んごに消るやないぢゃい。」

楡の広場《にれのひろば》 【地】 札幌市大通《おおどおり》公園の西六丁目。「開拓紀念碑」のある場所。詩[札幌市]に「遠くなだれる*灰光《(かいこう)》と／貨物列車のふるひのなかで／わたくしは湧きあがるかなしさを／きれぎれ青い神話に変へて／開拓紀念の楡の広場に／力いっぱい撒《ま》いたけれども／小鳥はそれを啄まなかった」とある(紀は当時そうも書いた)。

接骨木《にわとこ》 ↓接骨木《にはとこ》 *にわとこ

庭まへ《にわまえ》 【レ】 短[*沼森]に「まるでどこかの庭まへだ」とあ

【にわまへ】

る。あたりの「山の平」の眺めの立派なのをほめてのことばだから、単に庭前(庭先)と読むより、作風や文脈から見て「男前」(男っぷりのよさ、おとこぶり)という俗語をもじって、山の景色が、まるでなかなかの庭園さんみたいだ、となかば擬人化して言ったと読みたい。

人果《にんくわ》 にんか 【宗】 果報によって人に生まれること。また、現世での果報のこと。雑[法華堂建立勧進文《こんりゅうかんじんもん》]に「菩薩衆生《ぼさつしゆじやう》を救《すく》はんと／三悪道《さんあくだう》にいましては／たゞひたすらに導《みちび》きて／辛《から》く人果《にんくわ》に至《いた》らしむ」とある。三悪道は「さんなくどう」とも読むが、*地獄、*餓鬼、畜生の三つの悪道。そこに*菩薩はおられて、辛くも(すんでのところで、ようやく)*衆生を善なる人間世界へと導き給う、の意。

忍土 にんど 【宗】 俗人の住むこの世界。娑婆《しやば》世界のこと。*娑婆はsahā(梵)の音写で忍と訳す。童[*二十六夜]に「ここの世界は苦界といふ、又忍土とも名づけるぢゃ」とある。

忍辱 にんにく 【宗】 kṣānti(梵)の漢訳。耐え忍ぶこと。あらゆる侮辱や迫害に対して耐え忍び、瞋《いかり》(→瞋恚《しんに》)の心をおこさないこと。六波羅蜜(→波羅蜜)の一で*大乗仏教の*菩薩が*涅槃《ねはん》に至るためにする修行。簡[72]に「随処みな忍辱の*道場と心掛け候」、簡[74]に「私にとっては忍辱の道場です」とある。

ぬ

ぬかくらむ【レ】 額眩(暗)む。古語で、神仏等に礼拝する意もあるが、ス[一七]に「見つめんとしてぬかくらむなり」とあるのは、一行目の「*からす、正視にたへず」をうけて、見つめようとしても眼がくらみ、かえって何も見えなくなる、の意。ス[四〇]の「額《ぬか》くらみ」も同様。

ぬかほの青き《ぬかほのあおき》【レ】 額《ぬか》(ひたい)仄《ほの》青き(ほのかに青ざめた)、の意。文語詩[〔乾かぬ赤きチョークもて〕]に「さびしきさびするゆゑに、ぬかほの青き善吉ら」とある。この詩自体難解な内容だが、下書稿(四種)を見ると、中学時代の英作文の時間(教頭が担当していた)の経験を詩にしており、梅雨空の窓外のけしきと照応する生徒たち(善吉ら)の憂愁と、不機嫌な教頭との応酬であることがわかる。「さびしきすさび」も不分明ながら、すさびは「手すさび」、文作り(作文)の意にも用いる。赤いチョークを水にぬらした思慮のないいたずら。普通には書けないし、音もきしる。無理に書けば、まるで傷のように線がひかれるのである。

ぬがるくてて ↓立派《りっぱ》でいいんとも…

抜身《ぬきみ》【レ】 鞘《さや》から抜かれた刀と言う場合も多く、それだけの意にしている国語辞書もあるが、詩[休息]の「抜身でもってくすぐる」のは、冒頭の「*あかつめくさと／きむぽうげ(↓きんぽうげ)」、刀だけでなく、貝などの殻から抜きとられた身(肉)なども言う。

幣《ぬさ》 ↓かながら

盗森《ぬすともり》 ↓狼森、笊森、盗森、黒坂森《おいのもり、ざるもり、ぬすともり、くろさかもり》

ぬすびとはぎ【植】 盗人萩。マメ科の多年草。夏ごろハギに似た桃色の花をつけ、やがて出る二つの分果には小さなカギ状の毛があり、よく旅人の衣類につく。その分果が忍び足の泥棒の跡に似ているとして、その名が出たといわれる。方言で「ぬすとはぎ」「ぬすとぐさ」というところもある。童[十力の金剛石]に、大臣の子が「王子の黒いびらうど《(ママ)》(↓びろうど)の上着から、緑色のぬすびとはぎの実を一ひらづつとりました」とある。

ぬなは ↓蓴菜《じゅんさい》

ヌノイ【人】 意味不明の語。詩[休息](初行「地べたでは杉と槻の根が、」)下書稿に「(おれをこゝから連れだしてくれ／ヌノイ！ そこをあけろ！」とあり、人名ふうに見えるものの、推敲された最終形では消えている。

沼ばたけ《ぬまばたけ》 ↓稲沼《ライスマーシュ》

沼森《ぬまもり》【地】 *岩手山の南東、岩手郡滝沢村《たきざわ》(↓滝沢野)にある。標高五八二m。詩[風林]には「沼森のむかふには／騎兵聯隊*の灯も濺*んでゐる」とある。騎兵第三旅団(第二三、二四聯隊)は一九〇九(明治四二)年、*盛岡市*厨川《くりやがわ》(滝沢台地南東)に創設されたもの。したがって位置関係から、この詩で作者の立つ位置は、岩手山中腹辺りである。小岩井駅北側に地名としての「風林《かざばやし》」があるが、だとすると方向が逆であり、詩題は「風林《(ふうりん)》」、すなわち風そよぐ林の意味になる。沼森は歌[三三七・三三八]のほか、短[沼森]があり、

【ぬまもりた】

「やっぱりこれも*岩頸《がんけい》だ。どうせ石英安山岩（↓安山岩）」と記され、沼森の東側の沼森平については、「なかなか広い草っ原だ」とある。同作品に「石ヶ森の方は硬くて瘠せて灰色の骨を露はし大森は黒く松をこめぜいたくさうに肥ってゐるが実はどっちも石英安山岩《デサイト》（↓安山岩）だ」と書かれた「石ヶ森」は沼森の東南二kmで高さ四四六m。同じく「大森」は石ヶ森の西〇・五kmで高さ四七一m。沼森の南約二kmには*鬼越山《おにこりやま》が、北西一kmには茄子焼山《なすやけやま》（標高約五三〇m）がある。石ヶ森は歌［三三六］に、茄子焼山は詩［春谷暁臥《しゅんこくぎょうが》］に「ゆふべ凍った斜子《なゝこ》（↓銀斜子）の月を*／茄子焼山からこゝらへかけて／夜通しぶうぶう鳴らした鳥が／いま一ぴきも翔けてゐず」と歌われている。帳［雨ニモマケズ］の「*経埋ムベキ山」の一。ほかに短［*柳沢］にも登場。

沼森平《ぬまもりだいら》 ↓沼森《ぬまもり》

ぬればら ↓ばら

ね

ネオ、グリーク【文】 Neo Greek 美術・建築史上では、一九世紀中ごろフランス等に見られた新ギリシア派の様式を言うが、賢治はユーモラスにこれを男性の髪型として登場させる。むろん、賢治独特のアイデアで架空のものであろう。したがって具体的にどんなヘア・スタイルなのかは不明。童［毒蛾《どくが》］（→蛾）に「…一人のアーティストが、白服の腕を胸に組んで答へました。／『さあ、どうかね、お客さまのお〔顎《あご》〕が白くて、それに円くて、大へん温和《おとな》しくいらっしゃるんだから、やはりオールバックよりはネオ、グリークの方が調和がいゝぢゃないかな。』」とある。アーチストである床屋は、客の顎の形をほめて、それにふさわしいヘア・スタイルはネオ・グリーク、というユーモアである。ちなみに「腭」は筑摩版の各全集では（新校本でも）〔顎〕と校訂されているが、賢治自身の推敲過程では「あご」をそう直しており、賢治は「あご」のつもりだったのだろう。腭は齶と同字でハグキのことだから校訂は妥当な処置。

ネオ夏型《ねおなつがた》【レ】 初夏の雲の印象に名づけた賢治の造語。ネオはギリシア語の neo で「新～」を表わす接頭語。歌［一一七］に「雲はいまネオ夏型に」とあり、賢治は雲を「ネオ夏型」、「夏型」（文語詩［公子］下書稿）というふうに雲のタイプをしゃれて形容する。

葱《ねぎ》【植】 中国西部原産のユリ科の多年草。アジア諸国では古くから栽培されている葉菜で、タマネギと区別してナガネギとも言う。ネブカ、ヒトモジ、ワケギ等の種類がある。「焔は葱の華なせば」（文語詩［〔われは*ダルケを名乗れるものと〕］）、「あのオランダ伝来の葱の蕾の形をした店飾り」（短［*秋田街道］）等とあるが、葱の花は、初夏に白色六片の小花が多数球形につき、その蕾は、薄い包葉に包まれ、ねぎ坊主と言われる。また、「葱いろ」（詩［*小岩井農場 パート四］等）、「*葱緑」（詩［津軽海峡］〈第二集〉等）といった色彩表現も見られる。ほか、ス［*補遺］等。

葱緑《ねぎみどり》【レ】 そうりょく。葱色の緑。浅葱《あさぎ》。葱の葉から来た色彩語。国語辞書等にはない語だが、賢治の造語とも思われない。おそらく英語の leek（西洋ネギ）の語を用いた色彩表現 leek-green の訳語として当時誰かが用いていたのであろう。英語辞書には「青味がかった緑色」とある。日本では、その葉色が育成過程で微妙に変化するため、浅葱《あさぎ》色（明るい青緑）や水浅葱《みずあさぎ》（かなり明るい青緑）、萌葱《もえぎ》（強い黄緑）等の色彩表現がある（これらはどれも国語辞典にある）。葱色なら藍色（にぶい青）の別名として一般的である。賢治の場合、詩［鳥の*遷移］では六月の空の色を表わし、水色かターコイス色（→タキス）に近い色彩である。ス［二］には「*蒔絵《まきえ》の中の浅葱水《あさぎみず》」も出てくる。詩［津軽海峡］（第二集）では波の色の変化として「波は潜《くぐ》まりやきらびやかな点々や／反覆される異種の角度の正反射《(ママ)》／あるひは葱緑と銀との縞を織り／また*錫病と*伯林青《ブルシャンブルウ》」と表現している。『春と修羅』補遺の詩［津軽海峡］、同［宗谷*挽歌］や童［山*男の四月］等に出てくる「浅黄服」も船員たちの着ている浅葱木綿の業務用制服か労働着であろう。ほかに詩[会食]その他。なお、文語詩[浮世絵]下書稿[春]では音感上ソウリョクと読みたい。

根切虫《ねきりむし》 →夜盗虫《よとうむし》

根子《ねこ》【地】 ねっこ(吉田東伍《とうご》『大日本地名辞書』)とも。花巻市内で、北上川に流れ込む豊沢川沿いに位置し、上流から下流へ上根子《かみねこ》、中根子《なかねこ》、下根子《しもねこ》がある。根子の地名は丘や山のふもと(根っこ)の意味。すると、ここから北西に位置する松倉山など豊沢川上流の山々の根っこということになる。別説によれば南北朝時代に当地を治めていた「稗貫禰子兵庫助《ひえぬきねこひょうごのすけ》」の「禰子」が「根子」と通ずることから、禰子氏によって支配された地の意味があるとも言う。ともあれ、ここは賢治とは因縁が深い。宮沢家の別宅が下根子の桜(現桜町)にあり(小字《こあざ》「八景《はっけい》」、簡[80]に出てくる)、ここで亡妹宮沢トシは療養したし、後に賢治の「羅須地人協会」活動の本拠でもあったからである。ス[三三]に「川瀬の音のはげしいくらやみで/根子の方のちぎれた黒雲(→ニムブス)に/むっと立ってゐる電信ばしらあり」とある。

猫《ねこ》【動】 食肉目の獣。光によってひとみが自由に開閉し、夜行性で夜も目が見える。奈良時代に中国から渡来、ネズミから経典類を守る役目をしたと伝えられる。昔はペットとしてよりネズミ退治のため一般家庭でもよく飼われた。それが飼い猫(家猫)で、野生の山猫(野猫)もいるが、賢治作品でも両方が登場し、それらしき区別はつくが、しょせん作品中の猫は他の動物もそうであるように想像上の猫である。しかも擬人化ではなく、人間以上に人間的で、重要な役割を果す。これはネズミも狐も狸も象もみな同じである。短[猫]には「年老った猫がしづかに顔を出し」「(アンデルゼンの猫を知ってゐますか。/暗闇で毛を逆立て、パチパチ火花を出すアンデルゼンの猫を。)」とあり、猫の妖怪のイメージがある。「(私は猫は大嫌ひです。…)」と答えもあり、現実の賢治は犬も猫も好きではなかったようだが、作品の上での猫の登場は多い。童[鳥箱先生とフゥねずみ][セロ弾きのゴーシュ]ほか、当時の郡役所がモデルと言う説もある童[猫の事務所]では、かまどの中で眠る「かま猫」(竈猫とも。初期形は釜猫)「虎猫」「三毛猫」「黒猫」「ぜいたく猫」といった猫たちがユーモラスに登場し、童[林の底]では猫の名をあだ名にもつ梟も登場する。また裁判所の山猫(童[どんぐりと山猫])、わるだくみの山猫博士(童[ポラーノの広場]〈→ポランの広場〉)。とほうもない料理店のオーナー(童[注文の多い料理店]はWILDCAT HOUSE)、山猫大明神(童[蜘蛛となめくぢと狸])といった山猫たちも活躍する。山猫は野生種の総称(英語では山猫はワイルドキャットだがwild catと離して書くとノラネコになる。ともにドメスティックキャットdomestic cat〈飼い猫〉に対して言う。ちなみにアメリカでwild-cat whiskeyは密造ウィスキーの俗称)。日本では九州のツシマ(対馬)ヤマネコ、沖縄のイリオモテ(西表)ヤマネコが有名。賢治の山猫はしかし、そうした分類や形態に関係なくユニークな架空の存在で、人間を批評する立場では夏目漱石の猫(『吾輩は猫である』一九〇五)を思い出させるが、はるかに多彩。それだけに比喩的な表現も多い。例えば「猫の眼をした神学士にも風が吹き」(詩[〔風が吹き風が吹き〕])、雪婆んごは「猫のやうな耳をもち」(童[水仙月の四日])等。「やまねこ、にやあご、ごろごろ/さとねこ、たつこ、ごろごろ」は童［かしはばやしの夜］で柏の木の歌う「猫のうた」だが、はやしことばの例で、「さとねこ」は家猫のこと、「たつこ」は特に意味のない語呂合わせの文句であろう（方言説もある）。また、童［蜘蛛となめくぢと狸］の三（章）では狸や兎《うさぎ》たちが「となへはじめ」る「念猫《ねんねこ》」は呪文のことだが、その狸が狼をおどす「なまねこ、なまねこ」は呪文めかして「山ねこさま」をもじったもの。なお、句［斑猫《(はんみょう)》は二席の菊に眠りけり］の「斑猫」は猫ではなく甲虫の名。猫睛石《ねこめいし》は宝石名。

ねこぎ【レ】 根扱ぎ。草木を根のついたまま引き抜くこと。根こそぎ。童［三人兄弟の医者と北守将軍］（詩形）に「ひょろひょろのよもぎが／みんなねこぎにされる」とある。よもぎが根っごと、風に引き抜かれて飛んでゆくさま。

猫睛石《ねこめいし》 ↓猫睛石《キャッツアイ》

ねこやなぎ ↓まんさんとして

猫山《ねこやま》 ↓達曾部《たっそべ》、モリブデン

猫百合《ねこゆり》 ↓鷺百合《さぎゆり》、水百合《みずゆり》

ネー将軍《ねーしょうぐん》【人】 Michael Ney（一七六九～一八一五） フランスの将軍。ナポレオン（↓ナポレオンポナパルド）の部下でモスクワ退却時に後衛を務めてフランス軍の壊滅を防いだ。ワーテルローの戦にも武勇をとどろかせた。ナポレオン失脚後、王党派によって銃殺される。賢治の詩［小岩井農場　パート七］中に「どこかのがまの生えた沼地を／ネー将軍麾《き》下の騎兵の馬が／泥に一尺ぐらゐ踏みこんで／すぱすぱ渉つて進軍もした」（麾下は部下）とある。賢治はユゴーの小説『レ・ミゼラブル』（↓テナルデイ軍曹）の、ワーテルローの戦の一場面を念頭に置いたのであろう。なぜなら、この戦でネーの騎馬部隊が雨後の泥沼の大地をモン・サン・ジャン丘をめがけて駆けあがる場面と符合するからである。

ねずこ【植】 クロベ（樮、黒檜）の異称。ゴロウヒバ、クロベスギ、とも言う。ヒノキ科の常緑高木。日本特産の針葉樹で、深山に自生、あるいは植生。木曾の銘木の一。高さ一五mほど。樹皮は赤褐色で、葉はうろこ状。初夏に花をつける。材質は強く建築、建具材。詩［〔つめたい海の水銀が〕］（↓汞《こう》）に「緑礬《りょくばん》いろのどまつねずこ」とある。

ネスト【鉱】 ore nest（鉱巣《こうそう》）の略。ore（オー）は鉱石、nest は鳥の巣のことで比喩学名。富鉱《ふこう》体（鉱床の中で特に高品位の部分）の小さな塊の集合を言う。童［台川］に「これならネストと云ってもいゝ」とある。

ねずみ【動】 鼠。齧歯《げ(け)っし》目ネズミ科。ノネズミ（野鼠）は農作物や林業の害、イエネズミ（家鼠）は米を食べ病源菌を運ぶ害獣で農家を苦しめた。「『ツン。』と野鼠は返事をして」（童［蛙のゴム靴］）、「北上川が一ぺん汎濫しまするると／百万疋の鼠が死ぬのでございます」（『春と修羅』第二集［序］）。家鼠のクマネズミ、ドブネズミ、ハツカネズミの三種は「天井うら街一番地」（童［クッねずみ］）に住む。童［ツェねずみ］［鳥箱先生とフウねずみ］も、ねずみたちに仮託した因果応報の物語。「あのおぢいさんはきっと鼠捕りだな」（童［みじかい木ぺん］〈↓鉛筆〉）というのは鼠捕りを商売にしていたひとのこと。童［氷河鼠の毛皮］や童［猫の事務所］のヒョウガネズミは北極圏に棲む雪鼠のこと。詩［〔ほほじろは鼓のかたちにひるがへるし〕］にある「葡萄鼠」は歌［二五八］の「銀鼠ぞら」と同じように古典的な比喩的色彩表現である。又三郎のマントや上着は、そして雲の色まで〈童[風野又三郎]〈↓風の又三郎〉〉鞄《かばん》の「灰いろ」と同じ異界めく「鼠いろ」だが、難解多彩な詩[*真空溶媒]の「南京《なんきん》鼠《ねずみ》」などは実在する中国産のハツカネズミ（極小形で実験用や愛玩用にもなる）のことで、賢治のねずみたちは油断ができない。

鼠の天ぷら《ねずみのてんぷら》 ↓天ぷら《てんぷら》

寝《ね》せらへ《え》で ↓夜《よる》でば小屋《こや》の隅《すみ》こさちょこっと寝《ね》せらへ《え》で

熱《ねっ》 【科】 物体のもつ熱エネルギーも熱だが、賢治作品ではほとんど体温の熱の場合が多い。病気のための発熱である。詩[*噴火湾（*ノクターン）]の「烈しい*薔薇いろの火に燃されながら／（あの七月の高い熱……）」は生前の妹*宮沢トシの病床（結核）の高熱の回想だが、「透明薔薇の身熱」もそうで、異常な高熱に耐えた妹への悼《いた》みと愛も手伝って、苦しい妹が「透明薔薇」に昇華されている。妹の熱もだが、賢治自身がやがて病熱におかされ、病床で多く熱を訴える作品を書くようになる。詩[〔熱たち胸もくらけれど〕][〔熱とあえぎ《(ママ)》をうつゝなみ〕]（「うつゝなみ」は現無み、で普通ではないので、の意）[*S博士に]、その他の「疾中」詩篇に多い熱はみなそうである。特異な表現で目を引くのは、同じ詩篇中の詩[〔*丁丁丁丁丁〕]であろう。高熱中のうわごとめいた切れ切れの詩行に、「熱」が三回出てくるが、「*尊々殺々殺／殺々尊々々／尊々殺々殺／殺々尊々尊」（↓丁丁丁丁、悪魔）等の異様な行が並び、高熱の「藻でまっくらな」「塩の海」で作者はあえいでいる。

熱植ゑし黒き綿羊《ねつうえしくろきめんよう》 【動】 羊に予防注射かワクチン採取等のため菌を接種したのであろう。文語詩[〔血のいろにゆがめる*月は〕]に「木がくれのあやなき闇を、声細くいゆきかへりて、／熱植ゑし黒き綿羊、その姿いともあやしき」とある。高熱で黒い羊がうろつきながら啼いている様。「あやなき」は文《あや》なしで、暗くて区別がつかない。「いゆき」の「い」は接頭辞。

岩頸《ネック》 ↓岩頸《がんけい》

根付《ねっけ》 【文】 ネツキと読めば根が付いていること。ネツケは帯はさみのこと。帯にひもつきの財布や印籠《いんろう》（携帯薬入れ）などをはさんで落ちないように、ひもの先につけたアクセサリーを言う。いろいろな細工がしてあり、工芸的な値うちのあるものもあった。*高村光太郎の詩「根付《ねつけ》の国」は有名。詩[*稲熱病《いもちびょう》]に「*蕈《きのこ》の根付を腰にはさむ」とあるのは小さい蕈のネツケであろう。生のきのこを腰にはさむのであればネツキになるが、「七十近い人相もい、*竹取翁」にはネツキは似合うまい。昔からキノコのミニチュアの根付《ねつけ》は多かった。

睡《ね》ってらな、火《ひ》もさっぱり消《け》でらな 【方】 眠っているな、火も全く消えているな。「睡《ね》ってらな」は↓ぢゃ、ゆべながらぐっさり睡《ね》ってらな。「さっぱり」は「全く」「まるで」の意。劇[*種山ヶ原の夜]。

熱力学第二則《ねつりきがくだいにそく》 【科】 熱力学第二法則。「永久機関不可能」の法則。つまり、外部から加わった熱エネルギーをすべて仕事に変換させ、しかも何の変化も残らないようにすることは不可能であるというイギリスの物理学者ケルビン卿（1st Baron Kelvin 本名、ウィリアム・トムソン W. Thomson 一八二四〜一九〇七）の唱えた法則。物体に外部から加わった仕事と熱量との和は内部エネルギーの増加に等しい、という第一法則、絶対零度ではいかなる物質のエントロピー（状態によって定まる量）もゼロになる、という第三法則に対して言う。童[*月夜の*でんしんばしら]。

ねでらますたい 【方】 寝ていますよ。メモ[創39]の「喜劇 夜水引キ」に「なあにあそごの水車さ入《へえ》ってねでらますたぃ」とある。「水車さ」は「水車小屋」の略。「水車小屋に入って」。

根《ね》にす、小《ちゃっけ》ぁ虫《むし》こぁ居《お》るようだます 【方】 根に小さい虫がいるようなんです。「根にす」の「す」は語調を整えるために用いられる。共通語で言えば「さ」にあたる。「小ぁ」の読み方は不明であるが、典型的な*花巻方言では「小さい」は「ちゃっけぁ」というが、それではわかりにくいと思って「小」の字を使ったのではあるまいか。念のため「ちゃっけぁ」には「可愛い」という意味も含まれる。劇[植物医師]。「虫こぁ」の「こ」に関しては↓馬こもみんな今頃ぁ…

ネネム ↓昆布《こんぶ》

涅槃《ねはん》 【宗】 梵語のニルヴァーナ(nirvāṇa)の音写、原意は「消滅、吹き消す」。漢訳では寂滅《じゃくめつ》。あらゆる迷いや煩悩(↓煩悩魔)の火を吹き消した状態を言う。生死《しょうじ》、*輪廻《りんね》等の対立概念として〈理想の境地〉を表わす。*解脱《げだつ》とほぼ同義。簡[55]に「嗚呼《ああ》*ポナペ島ハ*三世諸仏ノ成道《じょうどう》シ給ヘル所、三世諸仏ノ妙法ヲ説キ給フ所、三世諸尊ノ涅槃ニ入リ給フ所」とある。「疾中」詩篇の詩[夜]に「こゝこそ*春の道場で／*菩薩は億の身をも棄て／諸仏はこゝに涅槃し住《じゅう》し給ふ故」とある。

涅槃経《ねはんぎょう》 【宗】 釈尊(↓釈迦牟尼)が中インド、*拘尸那掲羅《クシナガラ》城近くにある沙羅双樹《さらそうじゅ》の林の中で入滅(*涅槃)するに及んで、弟子たちに、如来常住、一切衆生悉仏性の妙義を説いたもの。現存する漢訳に十一種あり、小乗の涅槃経と*大乗の涅槃経の二類に分かれる。賢治の言う涅槃経はおそらく大乗の曇無讖《どんむせん》訳、『大般《だいはつ》涅槃経』四十巻を指すと思われる。童[*ビヂテリアン大祭]に「これとても最后《さいご》涅槃経中には今より以後汝等仏弟子の肉を食ふことを許さずとされてゐる」とあるが、これは、同涅槃経の四想品《しそうほん》第七の上巻にある「善男、今日より始めて*声聞《しょうもん》の弟子に肉を食するを聴《ゆる》さず。若《も》し、檀越《だんのつ》の信施《しんせ》を受くるの時、是の食《じき》を観じて子肉の想の如くすべし」(すぐれた若者よ、仏道の修業者であれば今日から肉食を許さない。もし心ある人より恵みを受けても、それは我が子の肉と思え、の意)の句に依拠したと思われる。

涅槃堂《ねはんどう》 【宗】 禅宗寺院において、病気の僧侶を収容し入滅させる所。いわば寺内の病院。延寿堂、省行堂《しょうぎょうどう》、無常院等とも言う。作品の成立過程から見て、賢治は豊沢町自宅の自分の病室を涅槃堂に擬していたと思われる。文語詩[涅槃堂](↓わがみぬち)、帳[雨ニモマケズ]一三一頁。

星雲《ネビュラ》 ↓星雲《せいうん》

ネプウメリ 【植】 文語詩[民間薬]に「ネプウメリてふ草の葉を、薬に食《は》めとをしへけり」とあるが、どんな草か未詳。

根まがり杉《ねまがりすぎ》 【植】 根曲杉。遺伝性や立地の傾斜、風雪害等で根が曲がったまま成長した杉。雪国(豪雪地帯)には根まがり竹などとともに多く見られる。文語詩[〔うたがふをやめよ〕]に「根まがり杉ものびてゆるゝを」とある。

座《ねま》る 【方】 座《すわ》る。*花巻地方では訪問客に対して「まあんつ、座《ねま》ってくね」が決まり文句となっている。「まずは、お座《すわ》り下さい」の意。童[風野又三郎](↓風の又三郎)。

ねむ 【植】 ネム(合歓)ノ木の略。ネブとも言い、夜合樹とも書く。山野に生えるマメ科の落葉高木。小さな葉と葉が夜は合わさって「眠る」のでその名がある。詩［氷質の冗談］に「青くかゞやく天の椀（↓天椀）から／ねむや鵜鳥の花も胸毛も降ってゐました」とある。また童［風の又三郎］にも九月七日の章に「一郎やみんなは、河原のねむの木の間をまるで徒競争《ママ》のやうに走って…」とある。

ネムノキ

ネリ【人】 登場人物名。童［グスコーブドリの伝記］［グスコンブドリの伝記］の主人公ブドリの妹の名。童［黄いろのトマト］の兄ペムペルの妹の名でもある。ところで賢治よりも少し早く、室生犀星の処女詩集『愛の詩集』（一九一八）に「エレナと曰《い》へる少女ネルリのこと／ドストイエフスキイ」がある。これはドストエフスキーの『虐げられた人々』に登場し、貧困にけなげに耐え、一四歳で死んだ少女を指す。また一方、『母をたずねて三千里』（原題『アペニン山脈からアンデス山脈まで』）を含むことで知られるデ・アミーチス（E.de. Amicis 一八四六〜一九〇八）の『クオーレ』にもネ（ル）リが登場する。ネ（ル）リは小さくて、背中が曲ったやつれた顔をした少年である。このヒューマニスティックな少年小説はイタリアを舞台にしているだけでなく、ネ（ル）リをかばう優しいガルローネ（彼の母親は病気で寝ている）、ポー川で友人を助けたピーノット少年、難破船で少女ジュリエッタに身をゆずり、船と運命を共にするマーリオ（ちなみに賢治は盛岡をマリオ〈↓モリーオ〉ともじっている）少年、これらの先行作品が交錯して賢治の童［銀河鉄道の夜］に何らかの影響を与えたのではないかと思われる。なお英語女性名のネリ（Nellie, Nelly）は通常、ヘレン（Helen）の愛称である。銀河旅行の夢から目覚めたジョバンニに走り寄って「ジョバンニ、カムパネルラが川へはひったよ」と言うクラスメイトのマルソ少年も、さきの『クオーレ』の少年マルコの名をもじったものであろう。

ネル【衣】 フランネル（flannel）の略。毛織物の一。紡毛糸を用いて平織りまたは綾織りにして表面を起毛させた柔らかい織物。フラノとも言う。コート、ズボン等に用いられる。また同様の織り方をした綿製品を綿ネルと呼び、肌着や寝巻等に用いるが、単にネルと言った場合も、日本ではこれを指すことが多い。詩［早春独白］に「赤い捺染ネルの一きれを／エヂプト風にかつぎにします」（捺染《なっせん》とは押し染めのこと。型紙を当てて染料をすり込み模様を染め出す）とあり、また詩ノート［〔ちゞれてすがすがしい雲の朝〕］に「赤き綿ネルのかつぎして」とある。「フラン」の用例としては、童［ガドルフの百合］に「フランのシャツ」とあるのもフランネルの略。

粘板岩《ねんばんがん》【鉱】 クレイスレート（clay slate）。堆積岩の一。泥岩、頁岩《けつ》、粘板岩《ねんばん》の順で固くなり、薄く剝げる性質をもつ。スレート、石盤、硯石、碁石等に用いられた。古生層に多く、北上山地では最も多い岩石である。詩［晴天恣意《しい》］に「石灰、粘板、砂岩の層と」、詩［〔地蔵堂の五本の巨杉《すぎ》が〕］に「粘板岩の石碑もくらく」とある。

の

ノアの洪水《のあのこうずい》【宗】 旧約聖書中の有名な神話。堕落した人類を神が絶滅させようとして大洪水を起こす際、善良なノア(Noah)を選び、大舟を作らせ、各動物を一番ずつ《ひとつがい》乗りこませ、妻子・嫁たちとともに救ったとされる創世記第六〜九章の物語。童*「シグナルとシグナレス」に、シグナルの言葉として「いさぎよく風に倒されて、又はノアの洪水をひつかぶつて」とある。

農園設計《のうえんせっけい》 →肥料設計相談《ひりょうせっけいそうだん》

農会《のうかい》 →産業組合《さんぎょうくみあい》

農業技師《のうぎょうぎし》【農】 技師とは技術面の仕事を専門とする官職名の場合もあるが、一般には各種技術の指導者を呼ぶ。したがって農業技師とは明治以降日本の農業に近代科学技術が導入されるようになってから生まれた専門的な職種。土壌、気象、作物《さくもつ》、*肥料、花卉《かき》、園芸、畜産等々、各方面の知識と技術、それに生産物の流通市場調査まで、多角的な目配りが要求されよう。賢治自身優れた農業技師であったが、彼の場合近代的な技術にのみ走ることを戒めるかのように、思想・精神面の活動をそこに加味した。そこに彼の単なる「技師」を超えた大きな側面がある。童*「グスコーブドリの伝記」に「肥料の入れ様《(よう)》をまちがつて教へた農業技師」とある。

農事試験場三十年の祭《のうじしけんじょうさんじゅうねんのまつり》【地】【文】 岩手県立農事試験場(岩手郡本宮《もとみや》村、現*盛岡市にあった)の創立三〇周年記念の行事(一九三一年九月一一日から一五日まで)を指す。*鈴木東蔵あて簡[385・388]。詩「〔九月なかばとなりて〕」には「農事試験場三十年の祭見に行くといふ人々に伴ひて」とある。

農場《のうじょう》【地】 歌稿A[三五五・三五六]の題に「農場 二首」とあるのは*盛岡高等農林の実験農場。西北隅に植物園、桑園、西南隅には果樹園、見本園があった。

農民芸術《のうみんげいじゅつ》【文】 賢治の思想と芸術観を知る上での重要なキー・ワードの一。具体的には①「農民芸術概論」(芸「概」)、②「農民芸術概論綱要」(芸「綱」)、③「農民芸術の興隆」(芸「興」)の三点によって賢治の「農民芸術」の考えの輪郭と実体の大きさを知ることができる。三点とも②の題目の示すように「農民芸術論」のための「綱要《プログラム》」(論述・講義のためのもくろみ)なのだが、含意に富むアフォリズムのかたちをとっている。①は②の目次とその内容のメモ、③は②の中の一項を、さらにくわしく細目ふうに構成したもの(同稿中の伏字《ふせじ》についてはこの項末尾参照)。この三点が書かれたのは、年譜では一九二六(大正一五)年の六月ごろとされているが、この年の一月に成人教育としての岩手国民高等学校が*花巻農学校に開講され、そこで賢治は一一回にわたって「農民芸術論」を講じているので、三点の内容はこの一月ごろから構想され形をなしていったと考えるべきだろう(受講生だった伊藤清一の*ノートの内容がそれを物語る。新校本全集第一六巻(上)所収「講演筆記帖」参照)。「プログラム」ながら、この三点が賢治を知る上で重要なのは、第一に、作品や書簡、他の断片的なメモ以外に、賢治の認識や思想をまともに展開してみせた評論等の述作がないため、この三点に賢治の当時の考えが集約・抽象されていると読者には考えられること、また賢治自身、日ごろの生命の奔騰ともいえる芸術活動(実生活を含む)に、彼なりの理論と認識の体系を与えようと努力していること。第二に、この三点の内容は必ずしも賢治の独創・独往の認識とは言えず、時代の影響を十分吸収していること、すなわち、少なくとも認識的には賢治もやはり時代の子であったことを証明していること、の二つにしぼられよう。さらにこの二点にもとづいて言えることは、賢治の認識が当時のいわゆる「農民芸術」の概念をはるかに越えて、芸術＝生として、意志的存在論のプログラムとして意図されている。なぜなら「農民芸術」の一般的概念は、狭義には農民自身の手になる美的創造行為をさし、広義には農村や農民の生活を反映させた、賢治の言う「職業芸術家」の作品まで包含しているからである。その意味では賢治の場合はあくまで狭義の「農民芸術」を目ざし、したがって広義のそれは当然否定されているのだが、ただ、「農民」を既成の概念で考えて、その生活の余技や上澄みとしての「芸術」を考えるのではなく、農民すべてが「芸術の産者」であると賢治は考える。そのためにこそ「芸術」そのものが問い直され、したがって「農民」の生きかたそのものも根本的に意志的に問い直されねばならない。——そこに賢治の「農民芸術」論の存在理由があった。だから単なる「農民文学」ではなく、詩歌、文学、音楽、歌劇、舞踊、絵画、彫刻、建築、芸術写真、活動写真等はもちろん、演説、教説、衣服、園芸営林土地設計、料理、生産、労働競技体操(以上賢治の列挙)等、生活万般を包含する「農民芸術」(傍点・著者)でなければならなかった。しかも賢治は自分を含めて受講生たちを、あえて農民の一人として(「おれたちはみな農民である」)「自覚」しながら、他を改悟・開放させる「覚他」(「覚自」に対して言う)として「農民芸術」論を書いている。呼びかけや当為・命令形を含む強い断定調は、まずその「自覚」の強さに発生する。むろんそこには賢治の弱みやつらさもあった。同時代の詩人八木重吉の詩句「わたしは百姓のせがれである／白い手をしてかるがるしく／民衆をうたうこ(ママ)との冒瀆をつよくかんずる」(無題、未完詩篇より、一九二四・一二)を傍におけば、「百姓のせがれ」でもない賢治の弱みやつらさは明らかであろう。だが、それがまた賢治の意志と強い断定調を増幅させてもいると言えるかもしれない。ところで、賢治のこうした「覚他」の内容に時代の思潮が大きく作用しているという点では、早くは山本鼎《かなえ》の「農民美術運動」(一九一七)、武者小路実篤の「新しき村」(一九一八)、有島武郎《たけお》の小作人への「農場解放」(一九二二)等に象徴される大正期の人道主義、デモクラシーの風潮があるが、近くは一九二三(大正一二)年ごろから賢治の「農民芸術」論の書かれる大正末期にかけて、「民衆芸術」「郷土芸術」「農民芸術」「農民文学」「農民主義芸術」「土の芸術」等を表題に冠したおびただしい論文が、新聞・雑誌を賑わしている。*社会主義系の「労働文学」「無産者文学」「労農文学」等の提唱を加えると、さらに賑やかさは増す。左翼系のイデオロギッシュな理論、非左翼系の芸術派、新興芸術派(詩人らも参加する「新興文学」誌創刊は一九二二年)からの都会主義への反省、さらに宗教陣営から賀川豊彦、倉田百三《ひゃくぞう》、松浦一《はじめ》等の論も加わって、それらの論調は百花乱れ咲く感があった。中でも特に賢治が影響されていると思われるのは農民文学運動の先駆者吉江《よしえ》喬松《たかまつ》

(→西条八十)の『近代文明と芸術』(一九二四)―③の「農民よ奮ひ立て」以下の文は吉江の同書中の論文「農民と文芸」の中にも見える―、山梨県の作家中村星湖《せいこ》の「郷土芸術に対する要求」(一九二三・四)以下の諸論文、伊福部《いふくべ》隆輝《たかてる》の「農民芸術の提唱」以下の諸論文、犬田卯《いぬたしげる》の「農村問題と土の芸術」(一九二四・一)以下の諸論文、そして当時論壇人として最も派手に活躍していた室伏高信《むろぶせこうしん》の「中央公論」「改造」誌上の諸論文、その代表的な「都会文明から農村文化へ」(一九二二・四、「改造」)には賢治の引くウィリアム・モリス(→Wm. Morris)の芸術観の手引きとなったことが明らかな、モリス紹介がある。なお室伏はジャーナリスティックな紹介者でもあったから、賢治における「*シペングラア」や、『史的唯物論』で知られた「ブハーリン」(一八八八～一九三八)等の手引きの役目も室伏の多くの論文は果していると思われる。また、*トルストイの影響は賢治がかねて愛読していたと思われる『芸術論』(一九〇六、博文館「帝国百科全書第百五十五編」)が中心と推定されるが、このトルストイズムもまた大正の時代思潮の大きな柱であった。賢治の「農民芸術」論でも柱の役目をしていると言っても過言ではない。また雑誌で言えば、さきの室伏の影響と重複するが、賢治が中学時代から読んでいた「中央公論」、長じてからの愛読誌「改造」の恩恵は特筆されてよいだろう。特に後者はよく著名な海外の思想家の寄稿を仰いで特色を発揮していたが、アインシュタイン(→相対性学説)の「理論物理学の現時の危機について」(一九二二・一二、「アインスタイン」号)、バートランド・ラッセルの「機械主義に対する抗議」(一九二三・二)、タゴール(→印度)の「都市と田園」(一九二四・七、付「ベンガル語の詩」野口米次郎《よねじろう》訳、野口はヨネ・ノグチとして海外でも有名で「日本のタゴール」とも言われた)等は賢治の「農民芸術」論へ流入した跡をたどることができる、いずれもアップ・トゥ・デイトな名論文である。ついでながら久保かがりの精密な調査(早稲田大学第一文学部卒業論文一九七九)によれば、賢治の*エスペラント学習も「改造」一九二三年八月号の触発がきっかけだった。同号はエスペラント特集になっており、劇作家秋田雨雀《うじゃく》の「『舌』の叛逆としてのエスペラント」をはじめ、歴史的な役割を果したと思われる論文が載っている。編集後記に「時代の要求に応じてエスペラント講座を新設」「芬蘭《(フィンランド)》公使ラムステッド博士」と工学士小坂猾二《けんじ》の謝意が述べてある。賢治の父宛簡[221]に「フィンランド公使」が出てき、同じく父宛簡[222]には賢治にエスペラントを教える「工学士の先生」が出てくるが、小坂は「改造」のエスペラント講座の担当者だった。以上、代表的ないくつかの例だけを示したが、賢治ならびに賢治の「農民芸術」論も、時代の潮流の中の一現象であったことは明らかである。そういう意味でも、まさに「畢竟ここには宮沢賢治一九二六年のその考」えであったわけだが、潮流の中でいかに賢治の主体が実践的に構成されていったかを、私たちは見ていかなければなるまい。なお、③の芸[興]中に○印のついた伏字《ふせじ》、「○道は*拝天の余俗」(余俗《よぞく》は「まだ続いている習慣」の意)がある。これは「神道」とあったのを当時の国家主義体制の手前、これを最初に掲載した「宮沢賢治研究」(一九三五〈昭和一〇〉年八月、宮沢賢治友の会)の編集者が伏字にしたもの、とする上田哲の推測をふまえて、杉浦静にくわしい分析がある(「宮沢賢治『農民芸術の興隆』中の伏字について」、「ふるさと」49号、大妻コタカ記念会)。それによれば、この次行の「真宗」も、さきの初出誌では「○宗」となっていた経緯もよくわかる。賢治自身の与《あずか》り知らない文意の隠匿《いんとく》で、ために伏字と知らない読者は「道は…」と読んで文意不明になりかねない、これは伏字の「余俗」である。

芒うつくしい《のぎうつくしい》 →麦《むぎ》

ノクターン【音】 nocturne（英・仏） 日本語で夜想曲と訳される。ラテン語 nocturnus《ノクチュルヌス》（夜の、という意）から出た、夜の想いに似た瞑想的な雰囲気をもつロマン派の、主にピアノの楽曲を言う。ショパンのものが有名だが、一九世紀初め、イギリスのフィールド（John Field 一七八二〜一八三七）の曲が最初とされている。メンデルスゾーンの「真夏の夜の夢」の第七曲、ドビュッシーの「夜想曲《ノクチュルヌス》」（三楽章から成る）等が有名。賢治もこれらの曲を聞いていたにちがいない。詩［*噴火湾］の題名の下に（ノクターン）を入れている。これは詩材が明け方近い夜の噴火湾上での想いであることから賢治がシャレてつけたのでなく、詩の方法・旋律自体にノクターンの方法を応用しようとしている意図が明白である。ノクターンのピアノ奏法は左手で広い音域の和音の伴奏型、右手で繊細で劇的な*オペラふうの旋律を奏するのを特徴とするが、詩［噴火湾（ノクターン）］でも、まさに広がりをもつ夜の風光と雰囲気の移行する反面で、（いわば右手の）*宮沢トシとの交感・交霊が、会話をまじえて旋律的に歌われている。両面の混融と緊張が幻想的に高まっていき、静かに終わる（終わるともなく終わる）。そうしたノクターンの手法は、しかし［噴火湾］だけでなく、賢治の*挽歌群全体に生かされていると言える。

ノスタルヂヤ農学校《のすたるじやのうがっこう》【レ】 nostalgia（郷愁）をしゃれて校名にしている。詩ノート［〔ひるすぎになってから〕］に「ノスタルヂヤ農学校の／ほそ長く白い屋根が見える」とある。賢治が楽しく勤めた*花巻農学校が寓されていることは言うまでもない。

のどぁ乾《かわ》**ぃでも雪**《ゆぎ》**たべなやぃ**【方】 のどが乾いても雪を食べるなよ。「のどぁ」は「のどは」の訛り。「たべなやぃ」は禁止であるが、年長者が子どもに注意するときに、よく用いられる口調。実際には「たべんなや」と発音する。童［*ひかりの素足］。

野の師父《ののしふ》 →師父《しふ》

野の福祉《ののふくし》【文】【レ】 福祉は両字とも同義で、幸福、福利の意だが、祉には神仏が来て足を止め民の豊かな幸せを図る、と言う宗教的な原義があり、賢治の詩［小岩井農場 パート九］の「至上福しにいたらうとする」（「至上」は、この上もない）、同じく詩［*装景手記］の「この野の福祉のために」、文語詩［〔最も親しき友らにさへこれを秘して〕］の「この野の福祉を祈りつゝ」等には、現代の行政サービスの用語として乱用される感のある語義とはちがい、また単なる神だのみでもない、農耕や自然信仰のニュアンスがあふれている。中村正直《まさなお》が英語 welfare（ウェルフェア）の訳語として『西国立志編』（一八七一〈明治四〉）、原著、サムエル・スマイル〈英〉『Self Help』〈自助〉）ではじめて用いた語だが、漢字国の中国では今も「福利」しか用いていない。ちなみに江戸幕府からの派遣で英国に留学した中村は、もと江戸時代最末期の儒学者で、のちキリスト教の洗礼も受ける東京帝大教授。訳著も多く、この本を賢治は読んでいたにちがいないと思われる。三年がかりの大訳『西国立志編』（初題は『自助広説』）は「明治の聖書」と呼ばれて大正期まで心ある青年たちに大きな影響力をもっていたからである。

のばかま【文】 野袴。江戸時代、武士が旅行などではいた、すそに*びろうどのふちをつけた袴。詩［〔こっちの顔と〕］に「例ののばかまとわらじ《(ママ)》をはいて」とあるのは、秋祭りの「*鹿《(しし)》踊り」の衣裳。

ノバスカイヤ【地】 童［*猫の事務所］中で、*ベーリング地方の地名として登場。賢治の創作地名。ヒントとしてはカナダの大西洋岸に漁場として有名なノバスコシア半島がある。なお、同童話に氷河鼠の産地として「ウステラゴメナ、ノバスカイヤ、フサ河流域」と一番書記に答えさせるが、いずれも賢治の創作地名。

野ばら《のばら》【植】 野薔薇。野茨。山野に自生する落葉低木。茎は高さ二mぐらいで、棘がある。初夏に径二cmぐらいの白い小花を多数つける。実は赤色球形で薬用とする。「野ばらが咲いてゐる　白い花」（詩［習作］）、「のばらのやぶや腐植の湿地（↓腐植土）」（詩［春と*修羅］）、「混んだ野ばらや*あけびのやぶ」（詩［*小岩井農場　パート三］）等。また単に茨《ばら》（いばら、とも読む）の字が使われることも多く（童［*茨海《バラウミ》小学校］）、童［二人の役人］には「青い*萱や光る茨やけむりのやうな穂を出す草」等とある。また、童［よく利く薬とえらい薬］では薬としての「すきとほるばらの実」が描かれている。

野風呂《のぶろ》【文】【レ】 屋外の、あるいは臨時に設けた、野《の》（露）天風呂。通常、屋根のないものを言う。詩［*鉱染とネクタイ］に「*虹のいろした野風呂の火」とある。

騰って《のぼって》【レ】 登ってと同義だが、高騰する、せりあがる、といった動的ニュアンスがある。詩ノート［〔南からまた西南から〕］に「雲は騰って青ぞらもでき」とある。

鑿ぐるま《のみぐるま》【文】 歯科医の用いる歯の切削用エンジン。文語詩［歯科医院］に「碧空《そら》の反射のなかにして、うつつにめぐる鑿ぐるま」とある。うつつにめぐるは、夢みるようにのんびり廻っているの意だが、当時は歯医者が足で踏みながら治療するものもあり、賢治の詩のイメージもそれにふさわしい。

のみしてふ ↓渋茶《(しぶちゃ)》をしげにのみしてふ

鑿のかをり《のみのかおり》【レ】 詩［*第三芸術］に「彫塑家の鑿のかほり《(ママ)》」とある。彫塑家は彫刻家（塑は彫刻の原型を粘土等で作ること）。かをりは薫（馨）で、芳香、いいにおい（↓にほひ）。あざやかな鑿のあとがかおり立つように美しい、という意で、視覚と嗅覚の一体化した表現。だが、それよりも白髪の老農夫が「掻いて」みせてくれた畑の*畦《あぜ》のみごとさはもっと美しい、という詩句。ちなみに島崎藤村の詩［深林の道遥］（『若菜集』一八九七、所収）には「春の草花彫《ほり》刻《もの》の／鑿の韻《にほひ》も…」という詩句がある。くしくも近似するが、その影響も否定できない。

馮《の》**りくる** ↓曙人《とほつおや》

のろぎ【方】【鉱】 蠟石《ろうせき》の方言。蠟石は、ケイ（硅）酸塩鉱物である葉蠟石(パイロフィライト)を主成分とした鉱物で、流紋岩やデイサイトが熱水変成作用を受け生成するとされる。硬度一強で脂質感があり、白色、または銀白色。昭和一〇年代前半ころまでは小学生の重要な文房具の一として黒灰色の石板《せきばん》（*石盤）にのろぎ（石筆《せきひつ》）で字を書いた。歌［明治四二、四］に「のろぎ山のろぎをとればいたゞきに黒雲（↓ニムブス）を追ふその風ぬるし」とある。この「のろぎ山」は南晶山のこと。南晶山の北側にある北ノ沢大滝周辺で、賢治はのろぎや水晶を採取している。

狼煙《のろし》、**狼煙玉**《のろしだま》【文】 烽火《ほうか》、とも言う。急を知らせる合図に火を焚いた風習。火薬（狼煙玉《のろしだま》）を筒につめ、煙をあげることも行なわれた（今の信号弾の類）。童［*ビヂテリアン大祭］に狼煙玉や狼煙が出てくる。童［*銀河鉄道の夜］の「九、*ジョバンニの切符」の章では「狼煙のやうなもの」が打ち上げられる。↓シグナル

のろづ《ず》きおほん【レ】【方】 *フクロウの啼き声を岩手地方では、ノロズキオホ、ノロスケオーホなどと表現し、またフクロウそのものをも指したりする。童［*かしはばやしの夜］に「のろづきおほん、のろづきおほん、／おほん、おほん、／ごぎのごぎのおほん、／おほん、おほん」とあるのは、そのもじりであろう。

野架《のゎた》【植】 柳絮《りゅうじょ》とも。風に吹かれて飛ぶ*柳の種子の綿毛。歌稿［五三二（異）］に「野架とぶ／夏のすそのを／傷つける／手などいたはり／ひとびとの来る」、詩［峡流の夏］（作品番号一三九の詩［夏］下書稿）に「柳の絮（ママ）（正しくは「絮」）も羽虫も」とある。

飲《の》**んでらべぁな**【方】 飲んでいるんだろう。「ら」は現在進行形を示す。「べ」は推量。童［十月の末］でのおばあさんの言葉。*爺《ちん》ごに対する非難の意が込められている。

のんのんのんのんのんのん【レ】 賢治独特の牧歌的で感覚的なオノマトペ（オノマトピアとも。擬態語、擬音語）の代表的な一。童［オツベルと象］の冒頭部分に「のんのんのんのんのんのんと、*大そろしない音をたててやつてゐる」六台もの*稲扱《いねこぎ》器械の威勢のよさを活写している。

は

バアクシャイヤ →豚《ぶた》

はａこ《はぁこ》 【方】 賢治独特の方言歌に出てくる変わった表現。意味は「*少《びゃ》こ」に同じ。「ａ」は、東北方言特有のアとエの中間音を賢治が大胆にこう表記したもの。歌稿[五三八(異)]に「ほんのはａこ夜あげかゞった雲のいろ*ちゃんがちゃがうまこははしわだてくる」とある。この歌は[五三八]と同じだが、こちらの方は「ぴゃこ」になっている。歌意は「ちょっぴり夜明けがかった雲の色、ちゃんがちゃが馬こが橋を渡ってくる」。→少《びゃ》こ

はあそでござんすか 【方】 はあ、そうでございますか。短[山地の稜]。

はぁでな 【方】 はてな。童[葡萄水]「はぁでな、又やった。きたいだな。」→はでな、はぁでな

バアバンクス ブラザア 【人】【レ】 バーバンクの兄弟、の意。簡[9]は親友で*盛岡高等農林寄宿舎で賢治と同室だった後輩の高橋秀松宛の葉書ということもあって、差出人の名を宮沢賢治とせず、そう書いている。バーバンク(Luther Burbank 一八四九〜一九二六)はアメリカの育種研究家。二一歳の時に*ダーウィンの著書に刺激され、独学で作物《さくもつ》改良事業をはじめ、みずからバーバンク・ポテトを作った。一八七五年カリフォルニアに移住し、プラムコット、とげなしサボテン等多くの新品種の育成に成功、時のポーランドのパデレフスキー(音楽家で政治家、ポーランド独立を図り、一九一九年初代首相)をはじめ、世界の多くの人々の崇敬を集めた。詩ノート[〔古びた水いろの*薄明穹のなかに〕]の「植物界に於る魔術師」にもその影が見えるように思われる。

パイ 【食】 pie 洋菓子および*西洋料理。小麦粉(→メリケン粉)に*バターと水を加えて練ったものの中に、果物の甘煮や肉類等を詰めて焼いたもの。賢治のころは洋風の珍しい食品名。童[*銀河鉄道の夜]に「男の子はまるでパイを喰べるやうに」とある。最近はやりのイタリア料理「ピッツァ」もパイのイタリア語。

灰色錫《はいいろすず》 →錫《すず》

灰いろはがね《はいいろはがね》 →はひいろはがね《はいいろはがね》

バイオタイト →バイオタさん

バイオタさん 【人】【鉱】 黒雲母《くろうんも》を意味するバイオタイト(biotite)の擬人化。角閃花崗岩中の一成分として登場したもの。鱗片状、板状、短柱状の結晶で、断面は六角形。薄く剝ぐことができる。童[楢ノ木大学士の野宿](→なら)では「ホンブレンさま」の喧嘩の相手が「バイオタさん」。

背光《はいこう》 →趨光《すうこう》

盃状仕立《はいじょうじたて》 →ベース

拝天の余習《はいてんのよしゅう》 【宗】 *天をあがめ、拝んだ作法の名残《なご》り。余習は、まだつづいている習慣で、遺風とも言う。詩[*亜細亜学者の散策]によれば、賢治は「鳥を追うため」に立てられた「*かながら製の*幢幡《どうばん》」を、ある種の拝天の余習のようだと想像しているが、下書稿㈠に「またある種[(中略)チベット高原などの→②㊔]拝天

の余習」とあるところからして、チベット高原(→ツェラ高原、トランスヒマラヤ)の峠の頂になびく〈魔除けの幡《はた》〉などが念頭にあったかと思われる。また、芸[興]中にも伏字《ふせじ》のままになっている「○道の拝天の余俗」が出てくる。余習も余俗も同義。伏字については→農民芸術《のうみんげいじゅつ》

背嚢《はいなう》 →背嚢《はいのう》

ハイネ【人】 ハインリッヒ・ハイネ(Heinrich Heine 一七九七〜一八五六)。ドイツ出身のユダヤ系詩人。自ら「最後の、退位されたお伽王《とぎおう》」と書くように、ロマン主義と現実主義の転換点に立つ抒情詩人。青年ドイツ運動に関係、晩年は社会主義思想に関心を示した。彼の痛烈な皮肉、アイロニー、世界苦的情感は次の時代に強い影響を与えた。日本でも明治中期の浪漫主義詩壇に感化を与えた。翻訳では一九〇一(明治三四)年の尾上柴舟《おのえさいしゅう》訳の『ハイネの詩』、一九二〇(大正九)年の生田春月《いくたしゅんげつ》の『ハイネ全集』等があった。賢治には北の海指向が見られるが、ハイネにも強い北の海憧憬が見られ、主著『歌の本』にも北の海の嵐や怒濤を歌った「北海」詩篇がある。童[土神と狐]の中に「そのハイネの詩集にはロウレライやさまざま美しい歌がいっぱいにあったのです」とある。

背嚢《はいのう》【文】 ランドセル(ランセル ransel〈オランダ〉の訛り)。背に負う方形のかばん。革やズック等で作られる。もともと軍隊で使われていたが、一般でも学童等を中心に広く用いられた。賢治作品にも多数登場する。詩[真空溶媒]の「いやに四かくな背嚢だ」や、童[青木大学士の野宿](→葛丸川《くずまる》)の「変な灰色の袋のやうな背嚢をしょって」等、また、童[〔ポランの広場〕]の「背嚢もてかてかする新らしいのをしっかりしょって」、童[茨海《ばらうみ》小学校]の「背嚢の中に火山弾を入れて、面倒くさいのでかけ金もかけず、締革《しめかわ》をぶらさげたまま」等。ほか、童[ビヂテリアン大祭][ガドルフの百合]等。

肺癆《はいろう》【科】 旧かな、ハイラウ。結核(肺病)の旧称。癆《ろう》(労)咳《がい》とも言った。童[三人兄弟の医者と北守将軍](詩形と異稿)に出てくる。

袍《はう》 →袍《ほう》

はうきだけ《ほうきだけ》【植】 ねずみたけ、とも。食用キノコとしては上等種。色と形によっては有毒種もある。方言でネッコモタシ、ホンモタシ、ホウキモタシ、ハキボ(モ)ダシ等々。根もと(石突《いしづ》き)が白色の太い柄《え》で上の方は尖端部にかけて箒状の海のサンゴのように淡紅色に分岐する。高さ八〜二〇cm。文語詩[秘境]に「(ママ)ほうきだけこそうち群れぬ」とある。→はぎぼだし

硼砂《はうさ》 →硼砂《ほうさ》

方陣《はうぢん》 →方陣《ほうじん》 →からまつ

南風《はえ》【天】 西日本(特に中国、四国、九州地方)で使われる、おだやかな南の風を表わす語。俳句では夏の季語。東北方言では「かけつ」で、文語詩[電気工夫]の「南風光《かけつ》の網織れば」の詩的表現にはそのルビがある。同じく文語詩の[〔南風の頬に酸《すゆ》くして〕]も方言で読みたい。一方、[〔秘事念仏の大師匠〕]〔二二〕にも登場する「北上ぎしの南風、」のように、逆に音調上ミナミカゼと読みたい場合もある。

はがね →はひいろはがね《はいいろはがね》

真空《バキアム》 →虚空《こくう》

はきご【文】【方】 佩籠。腰につける籠《かご》(篭)。魚捕り、キノコ

取りなどに用いる。童[二人の役人]に「慶次郎はなんにも云はないでだまってきのこをはきごのまゝ棄てました。私も篭のひもからそっと手をはなしました」とある。

バキチ【人】 童[バキチの仕事]の主人公名。命名のヒントは確定できないが、もう一人の登場人物名が「タスケ」であること、*牛と相性が悪いわりには*馬好きで、馬と会話できることなどから、漢字にすれば「馬吉」かもしれない。

はぎぼだし【植】【方】 *キノコの一種。ホウキダケ、別名ネズミタケの方言名（ハキモダシとも）。太い幹で、上部が樹枝のように細かく分岐して小さな*ホウキに見える。高さは八～二〇㎝、全体は白く枝の先端は淡紅色。食用になるが有毒のものもある。ハギはハハキギ（帚木、源氏物語の巻名にある）の訛った音。ボダシはキノコを意味する方言モタ（ダ）シの訛り。童[谷]に「私はまるでぞくぞくしました。はぎぼだしがそこにもこゝにも盛りになって生えてゐるのです」とある。→はうきだけ《ほうきだけ》

白堊紀《はくあき》【鉱】 Cretaceous（→凡例「地質年代表」） 賢治は白堊と記す。中生代の一。英仏海峡周辺に切り立つ白い石灰岩層からついた名。正確に未固結の石灰岩で、チョーク（chalk）と呼ばれる。約一億年前。*侏羅《じゅら》紀の後。恐竜時代の後半にあたり、白堊紀末に恐竜はほとんどが絶滅した。植物では裸子《らし》植物に代わって被子《ひし》植物（ポプラ、ヤナギ（→柳、楊）、*クルミ等）が栄えた。賢治は北上川岸の凝灰岩質泥岩を「*イギリス海岸」と呼び、イギリス白堊の海岸に擬した。「イギリス海岸」は実際には新生代の地属だが、詩や童話にこのイメージをさかんに使っている。また*修羅の立つ位置を、*石炭紀や白堊紀の森や海岸とイメージした。『春と修羅』の［序］に「あるひは白堊紀砂岩の層面に／透明な人類の巨大な足跡を／発見するかもしれません」とある。これは第四次延長（→第四次元）の一例。詩[若き耕地課*技手《（ぎて）》のIrisに対する*レシタティヴ]（→イリス）には、「*古期北上と紀元を競ひ／白堊紀からの日を貯へる」とあり、文語詩[*早池峯《（はやちね》山巓《さんてん）》]にも「八重の雲遠くたゝえ《（ママ）》て、／西東はてをしらねば、／白堊紀の古きわだつみ」とある。修羅意識と結びついた例としては、詩[*小岩井農場]に「いま日を横ぎる黒雲（→ニムブス）は／侏羅や白堊のまつくらな森林のなか／爬虫がけはしく歯を鳴らして飛ぶ／その氾濫の水けむりからのぼつたのだ」がパート四にあり、同地点に引き返してきたパート九でも、また孤独感にとらわれ、地質年代名の子ども（*ユリアと*ペムペル）の幻想が生じ、「ユリア　ペムペル　わたくしの遠いともだちよ／わたくしはずゐぶんしばらくぶりで／きみたちの巨きなまつ白なすあし（→ひかりの素足）を見た／どんなにわたくしはきみたちの昔の足あとを／白堊系の*頁岩《けつがん》の古い海岸にもとめただらう」とある。童[青木大学士の野宿]（→葛丸川《くずまる》）でも同じ「白堊系の頁岩」が登場し、大学士は突然*雷龍に囲まれる。これは白堊紀の宮古層群に関する知識が想像力の源になっているか（細田嘉吉『石で読み解く宮沢賢治』二〇〇八）。

はきご

白堊系の頁岩《はくあけいのけつがん》 →イギリス海岸《いぎりすかいがん》

白堊城《はくあじょう》【レ】 かつての盛岡中学校の愛称。堊だけで白い土の意だが、さらに白を冠して白壁の住居を言ったりする。アメリカの大統領官邸を日本では白堊館（ホワイト・ハウス）とも言うが、盛岡中学校は木造ながら白いペンキ塗りの校舎だったから、

さらに城にたとえてなかば自慢してそう呼んだ。一般にもそう呼ばれていた。文語詩［校庭］に「白堊城秋のガラス*は／ひらごとにうつろなりけり」とある。「ひらごとに」は一枚《ひら》一枚《ひら》の意であろう。なお、歌［四七の三首目］の「たばこ焼くにほ*ひつめたく／ひゞいれる白きペンキの窓を吹く風」の「白きペンキの窓」もこの「白堊城」の窓の意。「たばこ焼く」は前後の歌から「専売局（→たばこの木）でたばこを焼いて」いるらしい。粗悪な葉の処分をする煙であろうか。→白堊ノ霧《はくあのきり》

盛岡中学

白堊ノ霧《はくあのきり》【レ】 土質の石灰石で白墨《はくぼく》の原料。賢治は教室の白いチョーク（chalk 白墨。童［風の又三郎］に「黒板から降る白墨の粉のやうな」）の粉を白堊の霧としゃれた。文語詩未定稿の詩［農学校歌］に「サアレヤミチヲ索《もと》メテハ／白堊ノ霧モアビヌベシ」はマコトの道を求めて教室でチョークの粉を浴びては、の意。なお、「白墨」や「白堊」は「白堊系」とともに崖や海岸、岩石等の形容としても多くの作品に登場。→白堊城《はくあじょう》

はくうんぼく【植】 白雲木。オオバヂシャの名もある。山地に生えるエゴノキ科の落葉高木、高さ一五mにもなる。庭園にも植栽する。葉は径一〇〜二〇cm、裏に白毛がある。晩春から初夏に、枝の先に総状花序で白い小花を多数つける。満開した花を白雲に見立ててその名がある。材は器具やロクロ細工や将棋の駒をつくる。歌［五一九］に「あさひふる／はくうんぼくの花に来て／黒きすが*るら／*しべを噛みあり」とある。

ハクウンボク

柏影霜葉喃語《はくえいそうようなんご》 →喃語《なんご》

薄荷水《はくかすゐ》 →薄荷油《はっかゆ》

白玉《はくぎょく》【鉱】 軟玉（ネフライト）からなる白玉のことか。中国では古来ホータン（和田）産の白く透明感のある、軟らかな質感の玉を最高の白玉としていた。詩［雲］（初行「青じろい天椀*のこっちに」）に「信仰と譎詐《けっさ》*との混合体が／時に白玉を擬ひ得る」とある。「擬ひ得る」は音調からして「たぐいうる」（擬《なぞら》えることができる、連想させ思い出させる）と読みたい。

白金《はくきん》 →白金《はっきん》

白金黒《はくきんこく》 →白金黒《はっきんこく》

白菜《はくさい》【植】 アブラナ科の一年生または二年生の野菜。中国原産で日本には一八八二（明治一五）年に入り、大正時代に全国的に栽培されるようになった。品種ははなはだ多いが、芝罘《チーフー》白菜、包《ほう》頭連《とうれん》白菜、山東《さんとう》白菜系の三種に大別される。芝罘系は葉数が多く早生で濃い緑の砲弾形。包頭連系は葉が厚く重い。山東系はいちばん普及している品種で淡緑のちぢれた柔らかい葉を持ち、漬物として愛好されている。賢治の詩中の「砲弾」や「麺麭《パン》*の形」とは、白菜の結球をそうたとえたもの。詩［〔十いくつかの夜とひる〕］［白菜畑］に「千の芝罘白菜は／はぢ（ママ）けるまでの砲弾になり／包頭連の七百は／立派な麺麭の形になった」、詩［〔盗まれた白菜の根へ〕］に「盗まれた白菜の根へ／一つに一つ萱穂*を挿して」とある。ほか詩［〔白菜はもう〕］［林中乱思］［〔何かをおれに云ってゐる〕］等に多数登場。賢治にはペツアイと中国音のつもりでルビをつけたものもある（詩［〔何かをおれに云ってゐる〕］）。中国音は北京語で

はパイツァイだが、ペツアイとルビをつけた理由は不詳。↓エンタシス

はくさんちどり ↓しらねあふひ《しらねあおい》

白象《はくぞう》 ↓象《ぞう》

白丁《はくちょう》 【レ】 歌［六三六］と［六三七］の間に「冬より春 白丁」とある。丁《ちょう》は古来、米《こめ》や豆腐や料理等の数詞、あるいは本の頁の乱れや（落丁）、あるいは市街区域等に用いた。賢治の「白丁」も右の「落丁」に近い省丁（省いた頁）の意味で、二つの歌の間にあった歌稿を清書の際に割愛・削除したものだろうと小沢俊郎は推察している。黙って割愛するに忍びず、そう注記することでその間の歌稿の存在を示したものとする考えは妥当であろう。

白鳥座《はくちょうざ》 ↓北十字《きたじゅうじ》

バクテリヤ 【科】 bacteria 細菌。単細胞微生物群。他物に寄生し、発酵や腐敗をおこし、病原体となり、主に分裂によって繁殖する。童［フランドン農学校の*豚］に「たとへば*馬でも、*牛でも、鶏でも、*なまず《（ママ）》でも、バクテリヤでも、みんな死なけぁいかんのだ。」とある。ほか、童［ビヂテリアン大祭］にも。

白銅《はくどう》 【鉱】 白銅は銅とニッケルの合金で、ニッケルを二五％程度含む。文語詩［田園迷信］の「ひとひらの／白銅を」や、童［祭の晩］の「ただ一枚残った白銅を出して」は、白銅製の貨幣のこと。大正時代は五銭と十銭の白銅貨が使われていた。

博物館《はくぶつかん》 【文】【地】 歌［三四四・三四五］の題に「東京（博物館）」とあるのは、帝室博物館（現東京国立博物館）をさす。上野公園内。JR鶯谷《うぐいすだに》駅から近い。上野駅なら公園口下車。

白墨《はくぼく》 ↓白堊ノ霧《はくあのきり》

薄明穹《はくめいきゅう》 【天】 薄明の夜空。賢治の好んだ語の一。薄明（twilight）は日没後や日の出前に空が薄く光る現*象。賢治思想の中心でもある太陽（↓お日さま）が観測者の位置から地平線下一八度までにあるときに生じる。上空の大気中にある空気分子や塵《ちり》に太陽光線が反射するもの。当時の『気象学』（岡田武松、一九二八）の詳しい説明を見ると、「太陽が将に西天に没せんとする時に、一、東の空に、第一反対薄明が顕はれ、是は東天が地平線上六度乃至一〇度位の高さまで、黄色と紅色に薄ぼんやりと染まつて来る、（中略）二、西空では、太陽が地平線上に在る間は、太陽の周囲の空が紅黄になる、之を薄明光と云ふ、三、さて太陽が地平線下に没すると、東空には灰色が見える、之を地球の陰影と云ふ、西空の地平線に近い部分が、黄紅色を増して来る、此黄紅色帯の上界を第一薄明弧と云ふ、四、次に薄明中で最も壮麗な色彩が顕はれ、空が燃出づる様な朱色を呈する、之を第一紫光と云ふ、所謂夕焼の現象もその一部である。（中略）大きな星の見え始まるのは此頃である。（中略）五、俗称薄明の終はると共に、東の空に第二反対薄明が顕はれる、乃ち第一反対薄明の上方に黄ばんだ光帯が見える、六、西の空には第二薄明弧が顕はれる、七、次にその上方に第二紫光が見える、是が終はると、薄明の現象は全く終結する、朝の薄明は、夕の薄明と、その現象の順位が丁度反対になる」とある。岡田の言う第二紫光は、第一紫光が上空で再び回折して見える現象である。薄明穹の「穹」とは「*穹窿《きゅうりゅう》＝ドーム」のことで、地上から見ると空がちょうど円いドームの形に見える（プラネタリウムが好例）ことから、天空の意味にも使われる。中国の渾天《こんてん》象《しょう》（天は球形であるとする渾天説に基づく天球模型）や古代バビ

ロニアの宇宙観にドームを見ることができる。西洋の宇宙概念でもG・ブルーノまでは有限で閉鎖的な球だと思われていた。賢治は近代天文学に多大の興味を示してはいたが、眼視者としての肉眼を何よりも優先し信頼を置いていた。賢治文学の魅力の一つは、こうした眼視者としての類《たぐい》まれな色彩感覚、空間認識にあると言えるだろう。短歌や「冬のスケッチ」等、初期の作品に多く、歌[三九二]では「いまいちど／空はまつかに燃えにけり／薄明穹の／いのりのなかに」、[五一二]では「雲みだれ／薄明穹も落ちんとて／毒ヶ森(→南昌山)よりあやしき声あり」、[七六二]には「薄明穹まつたく落ちて*燐光の*雁もはるかの西にうつりぬ」等。詩ノート[〔古びた水いろの薄明穹のなかに〕]に「古びた水いろの薄明穹のなかに／巨きな鼠いろの葉牡丹(→ケール)ののびたつころに／*パラスもきらきらひかり／町は二層の水のなか」、詩[〔高原の空線もなだらに暗く〕]の「その古ぼけた薄明穹のいたゞきを／すばやく何か白いひかりが*擦過する／そこに巨きな魚形の雲が／そらの夕陽のなごりから／尻尾を赤く彩られ／しづかに東へ航行する」等もある。ス[一]には「薄明穹黄ばみ濁り／こひのこゝろはあわたゞし／こひのこゝろはつめたくかなし」等。童話では「まなづるとダァリヤ」に「やがて太陽は落ち、*黄水晶《シトリン》の薄明穹も沈み、星が光りそめ、空は*青黝《あおぐろ》い淵になりました」といった美しい表現がある。単なる「薄明」も数多く登場するが、印象的なものには詩[*蕹露青《かいろせい》]の「この星の夜の大河の欄干はもう朽ちた／わたくしはまた西のわづかな薄明の残りや／うすい*血紅瑪瑙をのぞみ／しづかな鱗の呼吸をきく」、童[*インドラの網]の「いつか薄明は*黄昏に入りかはられ、*苔の花も赤ぐろく見え西の山稜の上のそらばかりかすかに黄いろに濁りました」等がある。

爆鳴銀《ばくめいぎん》 【科】【レ】 爆鳴気(爆鳴ガス)と雷銀とを合成した賢治の造語か。前者は点火すると大きな音で爆発する混合気体(塩素爆鳴ガスと酸水素爆鳴ガスがある)。後者もわずかな摩擦や刺激で爆発する黒色の粉末。Ag_3N(一窒化三銀、窒化銀)と$AgNH_2$(銀アミド)の混合物。詩[〔あちこちあをじろく*接骨木《にはとこ》が咲いて〕]に「そらでは春の爆鳴銀が／甘ったるい*アルカリイオンを放散し」とあり、また、詩[〔北上川は熒気《けいき》(→顥気《こうき》)をながしィ〕]下書稿[夏幻想]には「爆鳴銀がしづかに澱《よど》む」とある。前者は春雷の活動の、後者はそれが静まった様の、ともに詩的表現であろう。

馬喰《ばくらう》《ばくろう》 【文】 博労とも書く。中国古代の*馬の鑑定人をいう「伯楽《はくらく》」(花巻地方方言でハグラグ)から出た語で、馬の鑑定や、馬の病気をなおす人、または馬の売買や、そのブローカーをもそう呼んだ。ス[29]に「兄弟の馬喰にして」、童[*バキチの仕事]に「この間まで馬喰をやってましたがね」等とある。→稲《いね》の伯楽《はぐらぐ》づのぁ、こっちだべすか

伯楽《はぐらぐ》 →稲《いね》の伯楽《はぐらぐ》づのぁ、こっちだべすか

はぐろとんぼ 【動】 翅黒蜻蛉、オハグロトンボ(御歯黒蜻蛉)とも言う。俗称クロヤンマ、カネツケトンボ。普通のトンボと変らないが、日本固有の外翅類で体長六cm、全体にか弱く、腹部は細く、雄は金緑色、雌はほとんど黒色。黒く光沢ある翅(その黒さを昔の既婚女性が歯を黒くそめつけた「鉄漿《かね》つけ」を連想させた名のいわれ)を静止時は直立させる。詩[亜細亜学者の散策]に「はぐろとんぼがとんだかどうか／そは杳として知るを得ぬ」とある。

ばけもの格《ばけものかく》 ↓ばけ物律《ばけものりつ》

化物丁場《ばけものちょうば》 【地】 丁場とは鉄道等の工区のこと。童[化物丁場]では、*黒沢尻《くろさわじり》(現北上)から軽便鉄道に乗り換えた「私」が、橋場《はしば》線(後、田沢湖《たざわこ》線)の工事に携わる工夫たちの会話を聞く。「*雫石、橋場間、まるで滅茶苦茶だ。レールが四間も突き出されてゐる。枕木も何もでこぼこだ」という工夫の話から、「私」も加わって、何度も壊れる不思議な丁場の話が展開される。橋場線は一九一九(大正八)年に着工され、雫石《しずくいし》までは翌々年に開通、雫石―橋場間の開通は一年後の七月であった。この区間は難工事で、結局一九四四(昭和一九)年には休止、後に廃止されてしまった。化物丁場と呼ばれる箇所は、現田沢湖線春木場《はるきば》から西へ約二kmほどの竜川沿いの所である。この童話中にも何度か登場する春木場は、雫石町の中心雫石の西約三kmにある。賢治は一九一七(大正六)年夏、*保阪嘉内らと*秋田街道沿いに春木場まで歩いている。歌[五四一～五四四]や短[秋田街道]はこの時の記録である。文語詩[化物丁場]もある。このほか何度か春木場辺りまで賢治は出かけている。

ばけ物律《ばけものりつ》 【レ】 ばけもの格(人格と同じように「ばけもの」の人格)とともに童[ペンネンネンネンネン・ネネムの伝記]に出てくる「ばけもの」世界の法則、法律を意味する賢治の愉快な造語。

禿鷲コルドン《はげわしこるどん》 【人】【動】 ハゲワシは生きものの死体を食うアフリカ原産のタカ目タカ科の猛禽。コルドンは賢治の考えた固有名詞と思われるが、あるいは類縁の南米産のコンドル科の大猛禽コンドル(condor)をもじって付けた名かもしれない。でなければ英語で飾りひもの意のコードン(cordon)から転じて園芸用語*コルドン(劇[饑餓陣営]〈↓饑饉〉に出てくる)があり、偉そうな名にも見えるのでそう付けたのかもしれない。童[*林の底]で、*フクロウが「おしまひはいくら禿鷲コルドンさまのご裁判でも…」と「私」に言う。

箱ヶ森《はこがもり》 【地】 *盛岡市の南西約一〇kmの地点にある山。標高八六六m。この山の北側約五kmのところを*雫石川《しずくいし》が蛇行して流れる。そのさらに北側を*秋田街道が走っている。*繋《つなぎ》温泉がすぐ上流にある。盛岡から田沢湖線で行くと小岩井駅のほぼ真南にそびえるのがこの箱ヶ森で、その南側には*南昌山がある。歌[四八三]に「箱ヶ森／たやすきことと来しかども／*七つ森ゆゑ／得越えかねつも」とあるが、秋田街道を西に進み、七つ森を正面間近に見る時に、箱ヶ森はちょうど左手にそびえていることになる。ほかに歌[四八二・四八四・四九七]等。

ハコダテネムロインディコライト ↓インデコライト

はこやなぎ 【植】 *ヤマナラシ(山鳴らし)の別名。ヤナギ科の落葉高木。ポプラ(↓楊《やなぎ》)の一種。詩[*マサニエロ]に「(ロシヤだよ チエホフだよ)／はこやなぎ しつかりゆれろゆれろ」とあるのはチェホフ(アントン・チェーホフ一八六〇～一九〇四、ロシアの作家、劇作家。「三人姉妹」「かもめ」「桜の園」等で日本でも著名)に民話風の短編「はこやなぎ」があるのを賢治は読んでいて連想したと思われるが、「ゆれろゆれろ」というのは、はこやなぎの葉(表は緑、裏は白色)の揺れではなく、春の若葉より先に赤褐色の尾状の長い花(雄花は五cmほど、雌花は一〇cmほど)を垂らして咲く、その花

ハコヤナギ

が早春の風に揺れるイメージ。風とはこやなぎは賢治に連想関係にあり、童[風野又三郎](→風の又三郎)では耕一の機嫌を直すため、又三郎ははこやなぎを送ると約束する。→やまならし、楊《やなぎ》

パーゴラ【文】 pergola 蔓《つる》性の植物(*藤や*葡萄《ぶどう》など)を棚で育てた蔓棚。緑廊。それを屋根にしたアズマヤ(四阿、東屋)をも言う。簡[229]に「パーゴラには一二藤の代りに*葛を用ふるも可ならん」とあり(一二は一株か二株)、「八月中旬紫花を垂る。芬芳葡萄に類す」とある。芬芳《ふんぽう》はよい香り(芬、芳《ほう》、ともによい香り)。

羽衣甘藍《はごろもかんらん》 →ケール

ばさん【方】 おばあさん。童[十月の末]。

はし折りて《はしおりて》 →ロイドめがね

橋場線《はしばせん》 →化物丁場《ばけものちょうば》

はしむっけ【方】「橋向こう」の意。雑誌発表の*歌[ちゃんがちゃがうまこ]に「はしむっけのやみのながゞら 音がして/ちゃがちゃがうまこは 汗たらし来る」とある(「*あざりあ第一号」)。

はじめで聞《(き)》でで 前《(め)》にもあたたと思《(おもう)》ふもんだもや、夢《(ゆめ)》づもな【方】 初めて聞いたのに、前にもあったと思うものだ、夢というものは。前はメまたは少しひっぱってメェと発音する。「聞でで」は「聞いていても」「聞いたのに、それに反して」。「あたた」は過去の経験を示す「あった」。「もや」は念を押すときの「…よな」「…なのさ」。劇[*種山ヶ原の夜]。

はじめの駑馬《うま》をやら《(ろ)》ふ《(う)》もの【レ】 文語詩[選挙]の二行目。やらふは追い遣るの意だが、ここでは「最初の駑馬(どば、のろい*馬、のろまな人間の比喩)を乗りこなす者」の意であろう。その最初の騎者が「(もって二十を贏《か》ち得んや)」(そこで二十票を獲得できようか)と言う。すると「雪うち噛《(か)》める次の騎者」が「(さらに五票もかたからず)」(あと五票だってむずかしくないよ)と楽観論を言う。するとまた「(いかにやさらば太兵衛一族《まき》)」(太兵衛さん一族は大丈夫かな)と「その馬(おそらく候補者をさす)弱くまだらなる(勝敗五分五分の意であろう)」ための悲観論も出るといった、選挙を田舎《いなか》の草競馬《くさけいば》にでもたとえての詩である。

はじめるすか【方】 始めましょうか。「すか」は動詞の終止形に付いて勧誘を示す。劇[*種山ヶ原の夜]。

橋本大兄《はしもとたいけい》【人】 橋本英之助《えいのすけ》。賢治の従兄。盛岡中学校で賢治の一年上級(一九一三〈大正二〉年卒)。一九一八(大正七)年に家業の呉服屋を継ぎ、祖父の名喜助《きすけ》を襲名。原稿断片等の中の短歌に「謹みて橋本大兄に呈す。/口を尖らしたる像及腰折《こしおれ》五首」とある(雑[写真添え書き])。「腰折」は、ここではへたな歌や文章の意。

播種《はしゅ》 →苗代《なわしろ》

波旬《はじゅん》【宗】 梵語のパーピーヤス(pāpīyas)の音写が誤写されたもの。悪者、殺者と漢訳する。仏陀や弟子たちの修行を妨害する*魔のことで、魔波旬、天魔波旬と呼ばれる。四魔《しま》の一。通常、欲界の主である他化《たけ》自在天を指す。簡[63]には「世尊《(せそん)》(→釈迦牟尼)が*道場に座したとき魔王の波旬が来てこれを防害《(ママ)》し語巧《ことばたくみ》に世尊の魔と闘ふことの悪いことを説きました」(傍線原文、防害は妨害の誤)「その時世尊が『嗚呼波旬は汝《(ママ)》は我が為を思ひてこれを説くにあらず。』と申されました」、簡[83]には「魔王波旬に支配されてゐる世界、その子商主にへつらふ人々、あゝAも波旬と商主に噛《(ママ)》ぢられた、Bも波旬にだまされた』『波旬よ。恐れに身をもかく

し得ずばこの国にありて至心に如来に帰命せよ」（「かくし得ずば」は「こうすることができないなら」）とあり、また短［〔峯や谷は〕］に「われは誓ひてむかしの魔王波旬の眷属《(けんぞく)》とならず、／又その子商主の召使たる辞令を受けず」とある（眷属は眷族とも書くが、「うから」と古語でも出てくる一族、手下、ひろくは仲間のこと）。ここにも商業を罪悪視している賢治の思想が反映しており（商主は隊商の長）、大悲経商主品《だいひきょうしょうしゅほん》第二の影響が見られる。波旬については諸経に述べられているが、賢治が維摩経（↓維摩詰居士《ゆいまきつこじ》）を読んだであろうことは、簡［63］にその名の記されていることからも確か。法華経譬喩品《ひゆぼん》第三（↓妙法蓮華経）にも波旬に関する記述がある。

パス【文】 pass 露地、小路《こじ》（こうじ、とも）、山路等の英語。文語詩［〔*水楢《みずなら》松*にまじらふは〕］に「かのパスを見よ葉桜の」とある。また、詩［*装景手記］には「またその下の青い pass ならば」とある。

バースレー【レ】 岩手毎日新聞への発表形ではパ《(ママ)》ースレー。童［氷河鼠の毛皮］で、酔った*イーハトヴのタイチ（↓太市）が窓ぎわでしきりに上方を見ている船乗りふうの若者に「ふん。パースレーかね。*黒狐だよ」と軽蔑の眼差しで呼びかける。「パースレー」は「バースレー」か。「黒狐」は前後の会話から自分の着ている外套の自慢なのだが、「バースレー」は海事用語で berth lay（バースは停泊地、レイは横になる、寝る）、自分の船舶が港に繋留されている間の乗組員の休暇の意であろうと入沢康夫は言う。

はぜ ↓麦《むぎ》

走《は》せる走《は》せる【方】 走る走る。劇［*種山ヶ原の夜］で雲が速く動く様子を表現している。

【はたくも】

旌旌《はた》 ↓アネモネ、シグナル、幢幡《どうばん》

幡《はた》 ↓幢幡《どうばん》

バター【食】 butter 牛酪（福沢諭吉の訳）。賢治は短くバタとも。製造の歴史は古いが最初のころは主に薬品として扱われており、ヨーロッパで食品として一般化したのは一三世紀ごろから。日本では「白牛酪《しらぎゅうらく》」と言ったバターに近い食品が江戸末期に製されているが、本格的なものの製造は一八七三（明治六）年時から。*西洋料理、パン食の普及に伴って徐々に受け入れられ始めた。賢治作品では「極上等の*パンやバタも」（童［*紫紺染について］）、「*チーズバターをさへとらざる*ビヂテリアン」（童［ビヂテリアン大祭］）といった一般的な扱い方のほか、「*虹の脚にも月見草が咲き又こゝらにもそのバタの花」（短［*秋田街道］）、「*wavellite の牛酪でも」（詩［山の*晨明《(しんめい)》に関する童話風の構想］）、あるいは「*きんぽうげが咲き／（上等の butter-cup《バッタカップ》〈↓きんぽうげ〉ですが／牛酪《バター》よりは*硫黄と蜜とです）」（詩［休息］〈初行「そのきらびやかな空間の」〉）といったように色彩的な比喩に用いられている。そのほか詩［市場帰り］［*孔雀］等。

撲《は》だぐ【方】 撲《なぐ》る。撲《う》つ。はたくの訛り。童［十月の末］。

旗雲《はたぐも》【天】 banner cloud 強風時、山頂にできる雲。強風によって山陰に気圧低下が起こると水蒸気が凝結して雲が生じるがすぐに強風に吹き飛ばされる。これが繰り返され、雲は常に形を変えているように見える。この様子を旗の翻りにたとえた呼称。『*万葉集』に中大兄《なかのおおえ》（天智天皇）の歌「わたつみの豊旗雲《とよはたくも》に入日さし今夜《(こよい)》の月夜《(つくよ)》さやけかり（明らけく）こそ」があるが（豊は美称）同じ旗雲かどうかは断定できない。賢治にも歌［二八八］に「くる

ほしく／ひばりむらがり／ひるすぎて／ますます下る紺の旗雲」がある。早くから賢治に注目し、影響も受けていた詩人中原中也には、雲と旗のイメージを重層的に使ったと思われる詩「曇天」がある。

羽田県属《はだけんぞく》【人】　羽田正《ただし》。県属は県庁の属官で旧判任官待遇の呼称。羽田は岩手県稗貫郡担当の岩手県視学(地方教育行政官)だった。詩［小岩井農場　パート三］に「また鉄ゼルの fluorescence(↓蛍光板《けいこうばん》)／向ふの畑には白樺もある／白樺は好摩《こうま》からむかふですと／いつかおれは羽田県属に言つてゐた」とある。

ばだばだたた(ん)　↓来《く》るてさ、喜助《きすけ》も…

ばだらの神楽《かぐら》【文】　「ばだら」は天台宗でまつる常行三昧堂《じょうぎょうざんまいどう》(法華三昧堂と向き合って建つ)の守護神「摩多羅神《またらじん》」の訛り。猿楽の芸能神とされ、伝説では紙の面に唐様の四角な冠、和風の狩衣《かりぎぬ》を着て鼓《つづみ》を打つ神像で、京都太秦《うずまさ》の広隆寺での牛祭《うしまつり》(例年一〇月一二日の夜)に伝わると言われる。劇［種山ヶ原の夜］に「ばだらの神楽面白《おもしれ》ぃな」と出てくるが、はたして種山あたりでこの神楽が舞われていたか、近辺の故(古)老たちにたしかめたが未詳。↓神楽《かぐら》

斑雪《はだれ》　↓夜見来川《よみこがわ》

巴丹杏《はたんきょう》【植】　正しくは巴旦杏。アーモンドの和名。また、スモモの一種であるニホンスモモ(牡丹杏《ぼたんきょう》)も巴旦杏と呼ぶので、旦と丹を混用したのであろう。童［チュウリップの幻術］(↓うっこんかう)に「いゝえ、あいつは油桃(↓つばいもも)です。やっぱり巴丹杏やまるめろの歌は上手です」とある。↓苦扁桃《くへんとう》

八功徳水《はちくどくすい》【宗】　はっくどくすい、とも。諸説があるが、八項目にわたる仏の功徳をそなえた水。例えば「甘」「冷」「軟」「軽」「清浄」「不臭」「飲時不損喉」「飲已不傷腸」(小乗仏教理の集大成『倶《く》舎《しゃ》論』による。終わりの二功徳は「飲んでも喉《のど》を損《いた》めず」「腸(腹)をこわさない」)。一般には水をたたえて言う。文語詩［〔秘事念仏の大師匠〕〔二〕］に「川は川とてひたすらに、／八功徳水ながしけり」とあり、同下書稿には「八功徳水かゞやける」とある。

はちすゞめ《はちすずめ》【動】　蜂雀。羽を忙しく動かしハミングしているような音を出すので英語ではハミングバード(hummingbird)と言う。賢治は「蜂雀《ハニーバード》」とも(詩［阿耨達池《あのくだっち》幻想曲］)。北米から南米、西インド諸島の森林に生息するハチドリ(蜂鳥)の別名で、ハチドリ科の鳥の総称。三百余種がいると言われている。アマツバメ目ハチドリ科の鳥。最小のもので全長六cmほど、雀より小さく、雄の羽色は赤、緑、青、褐色が混じり光沢があって美麗。空中に静止、後退ができ、とがった嘴で花蜜を吸い、クモや昆虫を食べる。ス［補遺］に「そらのふかみと木のしじま／はちすゞめ／群は見がたし」、童［よだかの星］に、「よだかは、あの美しいかはせみや、鳥の中の宝石のやうな蜂すゞめの兄さんでした」とあるが、国松俊英によれば、一九二〇(大正九)年刊『東京帝室博物館・天産部　列品案内目録』に、ヨタカ、カワセミ、ハチドリ、が同じ仲間との記載があるよし。賢治が三者を兄弟とした根拠にもなり、賢治への影響源として参考になる(『宮沢賢治　鳥の世界』、一九九六)。賢治作品での蜂雀の頻度は高く、「蜜を吸ふのが日永の仕事／蜂の雀と申します」(詩［〔北上川は熒気《けいき》をながしィ〕］〈↓顥気《こうき》〉)、「その蜂雀が、

ハチスズメ

銀の針の様なほそいきれいな声で、にはかに私に言ひました」（童「黄いろのトマト」）等。なお、最新の米科学誌「サイエンス」に発表された論文によれば、遺伝子の塩基系列の比較によって鳥類の新たな系統関係にまつわる新研究が進み、昼行性のハチドリが、なんと夜行性のヨタカから進化した可能性が高いと言う。賢治作品に関心のある者には驚くような（童「よだかの星」の読み方を緊張させるような）研究経過の報告であることを付記しておく。↓かわせみ、よだか

八戸《はちのへ》【地】 青森県八戸市。太平洋岸の漁港として栄え、明治以降は重化学工業都市でもある。カモメ目の海鳥ウミネコ（海猫）の群棲地で有名。もと南部藩二万石の城下町で一戸《いちのへ》から九《くの》戸まで南部馬（→馬）育成の拠点とした地名が今も残る。盛岡に対して小南部とも呼ばれる。人口約二五万弱。文語詩未定稿に「八戸」。

蜂函（凾）《はちばこ》【文】 蜂箱。蜂蜜を採集するミツバチの巣箱。詩「小岩井農場　パート三」に「蜂函の白ペンキ」とある。なお、文語詩未定稿中の「田園迷信」初行にある「蜂舎」は、厳寒期等に、この蜂函をまとめて収蔵しておく屋舎。

跛調《はちょう》【レ】 賢治の造語。一般に使われる「破調」を「跛調」としたのか、あるいは中国で古来調子のよくない詩を「跛詩」といった、その応用として用いたか。跛は片足が不自由なこと。詩「〔鉛いろした月光のなかに〕」下書稿に「風がいまふた、びつめたい跛調にかはる」とある。ふぞろいな調子、調子やぶれの意。

鈘《はつ(?)》【音】 楽器の一なのだが、実はこのとおりの字も楽器もない。おそらく鈸（漢音ハツ、呉音バチ）のつもりで賢治が誤記したか、筆写した川村俊雄に原稿の文字が鈘（劇「ポランの広場」では鈸が鈘になっている）に見えたか、どちらかによる錯覚であろうかと思われる。それ以外には考えられないからである。鈸は鐃鉢《にょうはつ》（鈸）（文語詩「〔僧の妻面膨《おもふく》れたる〕」の下書稿にある）とも言い、もとインドの打楽器。

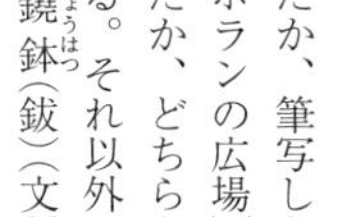

皿の形をした円い銅板（中央が凹んでいる）二面を打ち合わせて鳴らす。仏教の法会《ほうえ》で使われたのが一般に普及したもので、ヨーロッパの西洋音楽もシンバル（cymbals）と称してこれを取り入れた。クラシック音楽はもちろん、ジャズ音楽等でも盛んに用いられている。童「ポラーノの広場」（→ポランの広場）に「クラリネットの人しか知ってませんからクラリネットとね、それから鈘で調子だけとりますから…」とあり、劇「ポランの広場」では鼓器楽手が「わたしは知ってますがね、どうも鼓器だけぢゃ仕方ないでせう」というと牧者が「あ、、沢山です。ではどうか鈘でリヅムだけとって下さいませんか」と応じる。

ばっかい沢《ばっかいざわ》【地】 ばっかいはフキノトウ（蕗の薹）（→蕗《ふき》）の方言なので、豊沢川に注ぐ支流フキ沢から思いついた架空の川の名と思われる。童「なめとこ山の熊」に「小十郎はばっかい沢へこえる峯になった処へ去年の夏こさえた笹小屋へ泊らうと思ってそこへのぼって行った」とある。

発火演習《はっかえんしゅう》【文】 軍隊用語。実弾を使わず空砲（音の出る火薬）での軍事演習。簡「1」に「遠足代十九銭（発火演習代除き）」とある。実費を徴収されたことがわかる。賢治は銭を当時の略字「戋」でも表記している。

薄荷糖《はっかとう》【食】 煮つめた*砂糖にシソ科の薄荷の味を加えて作った*菓子。当時しょうが糖等とともにありふれた家庭菓子。液状のは薄荷水(→薄荷油)。歌［六四四］に「これはこれ／夜の間にたれかたびだちの／かばんに入れし薄荷糖なり」とあり、簡［54］にも登場。固めてあるのでかばんに入れても簡単にはくずれない。

薄荷油《はっかゆ》【食】 清涼剤、香料の一種。シソ科の多年草である薄荷の茎葉を水蒸気蒸留して得た精油。刺激性のある芳香と清涼感があり、古くから医薬として用いられた。*菓子、飲み物等の香料としても用いられる。これに水または砂糖水を加えたものが薄荷水で、薬用及び清涼飲料とされる。作品では詩ノート［〔すがれのち*萱《がや》を〕］に「一点つめたくわたくしの額をうつものは(中略)*竜が持ってきた薄荷油の滴であるか」、童［*いてふの実］に「水筒の外に薄荷水を用意したよ。(中略)あんまり心持ちの悪い時は一寸飲むといゝっておっかさんが云ったぜ」等と登場。

白極海《はっきょくかい》【地】 ロシアの西北端のコラ半島とカニン半島に扼《やく》された白海(Beloe《ベーロエ》 More《モーレ》 白い海の意)という湾があり、これをもじったものといわれるが、一考を要する。詩ノート［峠の上で雨雲に云ふ］(→*ニムブス)で雨雲の様子を音楽的に描写した部分に、「……白極海のラルゴに手をのばす……／みだらな触手をわたくしにのばし／(中略)／湖とも雲ともわかぬしろびかりの平原を東に湛《(ママ)》え」とある。雨雲の切れ間から見える高層雲に覆われた白っぽい上空の比喩。賢治は空をよく海中にたとえた。この詩の「湖とも雲ともわかぬしろびかりの平原」もそれにあたる。一般に高層雲は動きが遅く見え、まさに「ラルゴ」のリズムである。北極海と白雲とが感覚的に結びついたイメージであろう。賢治は北の海憧憬をもっていたが、白く寒々と澄んだ上空の様子を、北極の氷に覆われた海と感じたのであろう。

白金《はっきん》【科】【レ】 プラチナ。platina(スペイン)、platinum(英)。元素記号Pt、原子番号七八の元素。銀白色の鮮明な光沢をもつ重金属。*触媒、理化学器具、その他装飾用に用いる。賢治は、煙や雨のイメージとして好んでこの金属を用い、雲を「白金属の処女性」(詩ノート［〔ちゞれてすがすがしい雲の*朝〕］)と言う。ほかに、触媒としての白金を、植物質を肉に変える豚の体にたとえる(童［*フランドン農学校の豚］)場合もある。ほか、「汽車は触媒の白金を噴いて」(詩［*清明どきの駅長］)、「白金ノアメソソギタリ」(曲［精神歌］)等。プラチナの例は、詩［春谷暁臥］に「そのかみ帯びしプラチナと／ひるの夢とを組みなせし」とあるのは、白光りするプラチナと、明るい昼間に見る白昼夢(すなわち現実と非現実)とが鎖のように連結され、分離できないほど混融している意。簡［67］には「白金線」「白金線屑《せんせつ》」が、父(→宮沢政次郎)宛の実験報告の中で説明されている。→触媒《しょくばい》

白金環《はっきんかん》【科】 化学実験器具。細い白金線の先を小さく輪に閉じたもの。用途に応じて輪の大きさは異なる。炎色反応実験の際、白金線の先の小さな輪に*硼砂《ほうしゃ》をつけ、バーナーで強熱し、無色透明のガラス状球(硼砂球)をつくり、これに重金属の酸化物や塩化物をつけて再び強熱すると、金属固有の炎色が見られ、金属の種類を知ることができる。また、細菌(→バクテリヤ)培地《ばいち》から細菌試料を取り出す道具として使われる。「どうだ雲が地平線にすれすれで／そこに一すじ白金環《(ママ)》さへつくってゐる」(詩［丘陵地を過ぎる］)、「日輪(→お日さま)雲に没し給へば／雲はたしか

に白金環だ」(詩「〔*松の針はいま白光に溶ける〕」)等のように、雲の部分がつくる形状を白金環にたとえている。硼砂球の例は「校友会会報」第三十二号の短歌に見られる。

白金黒《はっきんこく》【鉱】 platinum black の訳。微粉状の*白金。黒色ビロード状の光沢を呈する。塩化白金酸の水溶液にホルマリンやギ酸ナトリウムといった還元剤の水溶液を加えて作る。*触媒として重用される。詩「*小岩井農場　パート四」に「雲はけふも*白金と白金黒／そのまばゆい明暗のなかで／*ひばりはしきりに啼いてゐる」とある。→海綿白金《プラチナムスポンヂ》

ハックニー《はっくにー》【動】【農】 hackney　イギリス原産の輓馬《ばんば》(車両や大砲などを輓《ひ》〈挽〉く)。多く軍馬として活躍。おとなしくて耐久力が強いので重輓馬(賢治は「重挽馬」と表記)とも。岩手に洋種の*馬が導入されたのは一八七七(明治一〇)年で、アメリカ産トロッター種、ハンガリー種等であり、一八八七年ごろにはフランス産アルゼリー種(フランス軍用馬)、一八九八年ごろイギリス産ハックニー種、アングロノルマン種等が輸入され、一九〇〇年ごろには馬どころ岩手県には一〇万頭の馬がいたという。詩「*小岩井農場　パート一」に「馬も上等のハックニー」、同パート三に「馬は払ひ下げの立派なハックニー」(軍からの払い下げ)等、重挽馬の例は詩「*オホーツク挽歌」の「白い重挽馬は首を垂れ」、詩「北上山地の春」の「ふさふさ白い尾をひらめかす重挽馬」等。→馬《うま》、アラブ、血馬《けっぱ》

八景《はっけい》 →根子《ねこ》

バッスうたひ《ばっすうたい》【音】 バス(bass　男声の最低音域)の歌手。詩「恋敵*ジロフォンを撃つ」に「バッスうたひのこっそり忍《(しの)》んだ仕事」とある。文語詩「〔たそがれ*思量惑《(わわ)》くして〕」には「バスなすことはさながらに」とある。老僧の誦経《ずきょう》の声が低音でバスになっているのは、まるで、の意。

パッセン大街道《ぱっせんだいかいどう》【地】 *花巻を走る*釜石への釜石街道に賢治がつけた名。その命名のヒントは、あるいはドイツ語の passen(合う、ふさわしい、似つかわしいの意)、あるいはフランス語の passant(パッサン、人通りの多いこと)等が考えられるが、力丸光雄《りきまるみつお》は*岩手軽便鉄道の起点と終点(花巻—*仙人峠《せんにんとうげ》)のハとセンで、ハーセン→パッセンだろうと言う。賢治得意の外国ふうの呼び換えの例。詩「冬と*銀河ステーション」に「パッセン大街道の*ひのきからは／凍ったしづくが燦々と降り」、また童「*蛙のゴム靴」にも「どうもひどい雨だね。パッセン大街道も今日はいきものの影さへないぞ」とある(先駆形の童「*蛙の消滅」では「ハッセン」)。

バッタカップ →きんぽうげ

初蕈《はったけ》【植】 ベニタケ科の食用*きのこ。アイタケ(藍蕈)とも。マツタケと同じく松林に生える。中央が窪んだ傘が山形から漏斗状になり、表面に円形の線がある。童「二人の役人」に数回登場。

発電所《はつでんしょ》 →電気《でんき》

発動機《はつどうき》【文】 エンジン(engine)の古称。原動機とも言った。各種内燃機関の総称。詩「発動機船」の〔一〕〔第二〕〔三〕をはじめ詩「*小岩井農場　パート七」、詩「〔船首マストの上に来て〕」等に、詩「〔落葉松の方陣は〕」では「*瓦斯発動機《ガスエンジン》」で出てくる。

巴図《はづ》**の粉**《はづのこ》【植】 巴図は巴豆(漢名)の賢治誤記か。童「北守《ほくしゅ》将軍と三人兄弟の医者　初期形」で、「若いリンポー先生」が弟子に「おい、巴図《はづ》の粉をもってこい」と言う。巴豆は花が灯台のかた

ちに見えるので日本では灯台草とも言った、トウダイグサ科の常緑小低木。山地に自生し、花後の実から採れる種子は巴豆油《はずゆ》となり、強い下剤(猛毒の峻下剤《しゅんげざい》＝緩下剤に対して言う)として薬用にされた。その搾《しぼ》られる前後の粉をリンポー先生は「将軍の頭から肩へふりかけ」て、うちわで扇ぐと、将軍は「三十年ぶり笑ひ出し」快癒する、という荒唐無稽《こうとうむけい》な賢治らしいストーリーから、この薬名にしても「誤記」と言うより、わざと一字だけ変えて、作者自身楽しんでいた意図的な形跡もないではない。

発破《はっぱ》 ↓何時《いつ》だがの狐《きつね》みだいに口発破《くちはっぱ》などさ罹《か》つてあ、つまらないもな…

八方山《はっぽうやま》 ↓六角山《むつかどやま》

はつれて【レ】 解れて。ほつれて、ほぐれて、と同義。詩「〔はつれて軋《(きし)》る手袋と〕」(改稿発表形は「*移化する雲」)がある。

馬丁《ばてい》【文】 *馬の口取り。*別当。文語詩「〔甘藍の球は弾けて〕」(↓キャベヂ)に「呑屋《(のみや)》より二人の馬丁」とある。ちなみに往時も「車夫、馬丁」と言うときは一種の差別語であった。

ハーデイフロックス【植】 hardy phlox 耐寒性植物(hardy plants)のクサキョウチクトウ(草夾竹桃)。別名オイランソウ(花魁草)。北アメリカ原産の多年草。花がキョウチクトウに似るのでその名がある。夏、丸まった円錐形の紫や白の花序をつけるので庭園等によく植えられる。詩「悪意」に「今日の*遊園地の設計には、(中略)口をひらいた*魚のかたちの*アンテリナムか／いやしいハーデイフロックス／さういふものを使ってやらう」とある。「いやしい」は、この花の別名オイラン草の「花魁」(遊女)と、花街になるであろう花巻温泉とをひっかけて皮肉ったこの詩の「悪意」である。↓魔窟《まくつ》

はでな、はゝでな【方】 はて。はてな。はて、変だぞ。はてな、どうしたことだ。劇「*種山ヶ原の夜」では「はでな、山葡萄《やまぶどう》食ふ*づど 酔んもんだったが、はでな」という例が見られる。「はてな、山葡萄を食うというと(食べると)、酔うものだったかな、はてな」の意。ほか、童「*鹿踊《ししをど》りのはじまり」。

パテント外套《ぱてんとがいとう》 ↓緩慢燃焼外套《かんまんねんしょうがいとう》

はと【動】 鳩。ハト目の鳥の総称。公園や寺院等に多いのは、飼鳩《かいばと》(家鳩とも。伝書鳩等)の野生化したもの。それと山林から市街地まで広く棲むキジバト(山鳩)、アオバト、カラスバト、シラコバト等、多種。「またひとり／はやしに来て鳩のなきまねし／かなしきちさき／*百合の根を掘る《(ママ)》」(歌「一四六」)、「鳩がすうすう啼いてゐる」(詩「〔あしたはどうなるかわからないなんて〕」)、「山鳩ねむげにつぶやくひるま」(詩ノート「〔青ぞらは〕」)、「風は吹くけれども山鳩はなくのである」(詩ノート「〔さっきは陽が〕」)、「*天に飛びたつ銀の鳩」(童「*マグノリアの木」)、「空を向いてかはるがはる山鳩の啼くまねをしたりしました」(童「*グスコーブドリの伝記」)等と登場。

鳩《はと》だの鷹《たか》だの睡《ねむ》るもんだたていま夜《よる》だなぃがら仕方《しがた》なぃがべ【方】 *鳩や*鷹は眠るものだといったって、いま夜じゃないから仕方ないだろう。「だたて」は「だとしても」の意。「だなぃ」は「じゃない」の訛りで、実際には「だね」と発音する。「仕方なぃ」も同様に「シガタね」または「シガダね」と発音する。劇「*種山ヶ原の夜」。

穎花《はな》 ↓穎《えい》

花梅《はなうめ》【植】 詩「凾(函)館港春夜光景」に「またときめかす花

梅のかほり《(ママ)》」とある。花ざかりの梅の香、の意。

花謝《お》ちし 【植】 花が散り去っての意。謝には草木ばかりか、生命体の勢いがおとろえ、花や葉の散り去る意がある。詩［〔落葉松の方陣は〕］(→からまつ)に「おお*栗樹《カスタネア》　花謝《お》ちし」とある。

花甘藍《はなかんらん》 →ケール、キャベヂ

紫雲英《ハナコ》 →紫雲英《しうんえい》

花紺青《はなこんじょう》 【植】 詩［*真空溶媒］に「はるかに湛《たた》える《(ママ)》*花紺青の地面から」とあり、紺青の紫がかった青の地面や水面が花と見まがうばかり鮮美なのを言ったのであろう。

はなづら 【レ】 はなっつらとも言う。鼻面、鼻先のこと。童［鹿踊《ししをど》りのはじまり］に「湿っぽいはなづらをずうっと延ばして」とある。

バナナ 【食】 banana 果物の名。熱帯、亜熱帯に生するバショウ科の多年草の実で、日清戦争後台湾から輸入されるようになった。第二次大戦になって輸入量が減り高価なものになったが、それ以前はもっと高価で(輸送、保存手段の劣悪もあった)子供たちにはあこがれの果物だった。まして「飢餓」(→飢饉)などからは、こんにち想像もつかないほど遠くにある食物だった。子供たちだけでない、大人にとってもそうだった。賢治作品のバナナにはそうした時代の反映がある。一九六三(昭和三八)年の輸入自由化以後、再び大量に出回るようになり、珍しくもなくなった。劇［饑餓陣営］では*バナナン大将が「金無垢《きんむく》」の「バナナのエ*ボレット」をつけている。また詩［函(函)館港春夜光景］には「紅蟹《べにがに》まどふバナナの森を」とある。童［或る農学生の日誌］等。

バナナン大将《ばななんたいしょう》 【人】 賢治劇中の創作人名。オペレット(タ)ふうの劇［饑餓陣営］(→饑饉)に登場する「バナナン軍団」長。劇の内容からバ*ナナをもじった命名と思われるが、この劇は一九二二(大正一一)年と一九二四年に賢治の指導演出で*花巻農学校の生徒たちが学校で上演した。大正初期に帝劇で初演され、以後浅草オペラの人気番組だった「ブン大将」(フランス・オペレッタの代表作家オッフェンバックの作、主演・*清水金太郎、初演題名は「戦争と平和」)の影響が大きい。なおオペレッタとは諷刺やパロディを中心としたコミカルな*オペラのこと。「バナナン」とンが小さく表記されているのは、ナンを一音に歌う配慮。

花の爵《はなのしゃく》 【植】【レ】 花のさかずき。爵は中国で昔用いた祭礼や宴席での礼器。*雀の形をした飲みもの用の器。花の形を巧みに形容してそう言ったもの。詩［春　水星少女歌劇団一行］に「いろいろな花の爵やカップが、代る代る厳《いか》めしい蓋を開けて、青や黄いろの花粉を噴《ふ》くと」とあるのは、古代の青銅製の礼器の蓋でも開けるようなイメージ。→羽二重《はぶたえ》

花巻《はなまき》 【地】 岩手県*稗貫郡花巻町(現花巻市)。かつては名馬の産地として「花の牧」という名から出たと言う。あるいは*桜の花が水面に散って渦を巻いていたからこの地名があるとの説もある(吉田東伍《とうご》『大日本地名辞書』)。アイヌ語ではパナ・マキ(川の中流の開けた所)に発すると言われる。(ちなみに中国語で「花巻《ホアジェ》〈児《ル》〉」と言えば、かわいい小さな団子《だんご》で、てっぺんを花のかたちにひねってある。もと「花捲〈児〉」)。花巻は東北本線と*釜石線(もと*岩手軽便鉄道、一九一三〈大正二〉年に花巻—*土沢間、一九一五年に仙人峠間が開通)の分岐点であり、交通の要地でもある。童［*シグナルとシグナレス］の舞台はこの花巻駅(現JR花巻駅)と比定できる。ま

た短「山地の稜」も軽便鉄道の似内《にたない》駅までの線路徒歩経験を描いたもの。豊沢町の賢治の生家から南へ約一㎞下ったところに賢治の祖父の建てた下根子桜の別宅があり、ここが「雨ニモマケズ」の詩碑のある羅須地人協会跡（→根子）。この南一㎞に獅子鼻がある。JR花巻駅の東一㎞の所には花巻城趾（現市役所脇）があり、ここが童「マリヴロンと少女」の舞台とも言われている。さらに東に一㎞行った北上川河岸は、賢治がイギリスの白堊の海岸に擬して命名したイギリス海岸がある。すなわち童「イギリス海岸」の舞台。JR花巻駅から東約六・五㎞、新幹線新花巻駅から約二㎞の胡四王山には賢治の全貌を記念する宮沢賢治記念館があり、その山麓に研究・情報センターとしての宮沢賢治イーハトーブ館が、また道をへだてて童話村がある。JR花巻駅から南西二㎞の所にぎんどろ公園（旧花巻農学校跡）があり、賢治の「早春」や「風の又三郎」「高原」等の詩碑がある。童「或る農学生の日誌」の舞台でもある。そのすぐ南側に賢治の墓のある日蓮宗遠光《おんこう》山身照《しんしょう》寺（→日実上人）がある。JR花巻駅南一・五㎞の所を豊沢川が西から東に流れ、北上川と合流する。豊沢町の西一㎞の石神町《いしがみちょう》辺りの豊沢川は、童「さいかち淵」の舞台でもあり、童「風の又三郎」にも登場。ここから豊沢川を西にさかのぼること約一一㎞、そこに賢治もしばしば訪れた志戸平《しどだいら》温泉が、さらに約二㎞上流に、父宮沢政次郎が夏期仏教講習会を催した大沢温泉（賢治も参加→講）がある。さらに四㎞ほど上流に鉛温泉、ここから上流が童「なめとこ山の熊」の舞台。作品では「鉛の湯の入口になめとこ山の熊の胆《い》あり」という看板がかかっていることになっている。鉛温泉の上流には今は豊沢ダム（豊沢湖）が造られ、その南西の白沢（→大空滝）という沢の上の長尾根が童「なめとこ山の熊」の（作品中では「長根」〈→ながね〉）小十郎の最期の地となっている。ダム沿いの細い林道を六㎞ほど登りつめた所に「白い細長いものが山をうごいて落ちて」いる大空滝《おおそらたき》がある。豊沢湖近くの青少年野外活動センター手前の林道を右折北進八㎞ほどで峰越峠にいたる。ナメトコ山（カタカナ表記は古地図による→なめとこ山）の登山口も近く、ここからは鶯宿《おうしゅく》、雫石《しずくいし》方面につながるが、この峠の手前の東側に青ノ木森（高さ八三一m）があり、ここが童「青木大学士の野宿」の名の出自かと思わせる。JR花巻駅から北西約八㎞の所に花巻温泉がある。温泉街を通り抜けて台川《だいがわ》に沿って約一・五㎞上流に台温泉。その途中に大きな岩をすべり落ちるように流れる釜淵《かまぶち》の滝、童「台川」の舞台である。ほかに賢治の愛した江釣子《えづりこ》森は花巻温泉から南西五㎞にあり、この一帯、またはさらに北の石鳥谷《いしどりや》の方面は特に賢治が稲作指導などで活躍した所。また、花巻は「ハーナムキヤ」（→ハームキヤ）、「ユグチュユモトの村」（郊外の湯口湯本か、童「税務署長の冒険」）とか「ハームキヤ」（童「毒蛾」〈→蛾〉）といった賢治造語で登場する場合もある。ちなみに東京―新花巻は新幹線で約三時間。在来線（花巻―上野）では賢治の在世時一七〜八時間かかった。→稗貫《ひえぬき》 →関連地図

花巻温泉《はなまきおんせん》【地】花巻市湯本。JR花巻駅より北西八㎞（バスで二五分）。一九二三（大正一二）年、湯本の台温泉から湯を引いて造成された。一九二五年には花巻駅から花巻電気軌道が開通（賢治もこれを利用している）、一九七二（昭和四七）年まで運行されたが廃線となり、現在はバス。温泉の中央通りは桜並木で、北側斜面に賢治が設計し命名した「南斜花壇」、反対側に大きな日時計を仕掛けた

「日時計花壇」がある。これらは賢治設計のとおりではないが、なにがし北欧ふうの雰囲気が今も漂う。温泉の園芸部主任だった教え子の冨手一《とみてはじめ》の依頼を受けて賢治はここに通い、一九二七年春に着手、基礎的な造成は同年に終わっている。同年四月の冨手あて簡〔228・229〕は夢にみち精細を極めるが、「南斜花壇」という命名のことから、憩いの場所としての雰囲気づくり、具体的な花種の指定、色彩構成、明暗の配慮、夜の照明の方法にまで及び、まるで造形芸術作品の構想である。しかも一々の花種の価格、その取り寄せ先まで一覧表になっていて読む者を驚かす。賢治お得意の肥料*の指定もあり、書簡の内容やここの花壇*の実体は賢治のあらゆる芸術が夢や感覚や理想やの抽象的な想念の上澄みでなく、したたかに現実具体に根ざした、まさに根つきの創造行為であったことの一つの証拠となろう。しかも彼は必死ではなく、大いに楽しみながらそれを実践している。なお、詩ノート〔〔こぶしの咲き〕〕(→マグノリア)には「この巨きなまこ山のはてに/紅い一つの擦り傷がある/それがわたくしも花壇をつくってゐる/花巻温泉の遊園地*なのだ」とある。賢治設計どおりの「南斜花壇」は一九八八年九月、宮沢賢治記念館入口の南面、宮沢賢治イーハトーブ館との間の斜面に復元を見た。(口絵㊸)

花巻大三叉路《はなまきだいさんさろ》 →グランド電柱《ぐらんどでんちゅう》

花巻農学校《はなまきのうがっこう》 【文】 賢治が一九二一(大正一〇)年一二月(二六歳)から一九二六年三月(三〇歳)まで四年間勤務した学校。賢治が教諭として就職した時は岩手県稗貫郡立稗貫農学校(前身は一九〇四年開設の稗貫郡蚕業講習所から稗貫農蚕講習所、賢治が就職した年に農学校となる)、土地の人たちから「桑っこ大学」(→コワック大学校)のニックネームで呼ばれた、かやぶき平屋の粗末な校舎であった(生徒数、一学年四四名)。この場所は現在市内の総合花巻病院の場所であった。昇格して県立花巻農学校となるのが賢治就職の二年目(一九二三)、校舎も町外れの若葉町に移った(現在花巻文化会館)。第二次大戦後花巻農業高校となり、校舎も現在羅須地人協会*の建物が移築されている花巻市葛《くず》の空港近くに移った(一九六九)。賢治にとって農学校での四年間は生活、心身ともに最も輝かしい時期であった。「この一巻は/わたくしが岩手県花巻*の/農学校につとめて居りました四年のうちの/終りの二年の手記から集めたものでございます」とは『春と修羅』*第二集の〔序〕の冒頭だが、始めの二年の詩的成果は『春と修羅』(一九二四刊行、いわゆる第一集)であった。詩のみか童話も〔水仙月の四日〕*や〔イーハトーボ農学校の春〕*をはじめ、この時期に成り、生徒たちと上演した劇〔植物医師〕やコミックオペレット(夕)と称する劇〔饑餓陣営〕等も農学校生活なしには生まれなかったろう。同僚*堀籠文之進《ほりごめぶんのしん》らとの交流、近くの花巻高等女学校*の音楽教諭藤原嘉藤治《かとうじ》*との音楽上の共鳴等々、ここでの貴重な体験は限りないが、何よりも生徒たちとのいわば共同生活は最も貴重だった。農村の実態と、もともと農民ではない自己の限界を知り得たのも生徒たちとの生活を通してであったし、それが賢治の以後の運命を決定づけたとも言えよう。ともあれ、さきの『第二集』の〔序〕には続けて「この四ケ年はわたくしにとって/じつに愉快な明るいものでありました/(中略)/わたくしは毎日わづか二時間乃至四時間のあかるい授業と(著者注、「担当科目は代

稗貫農学校

数・農産製造・作物・化学・英語・土壌・肥料・気象等」と堀尾青史《せいし》編以降の年譜は伝える)／二時間ぐらゐの軽い実習をもって／わたくしにとっては相当の量の俸給(著者注、初任給八〇円、年々増俸)を保証されて居りまして」とある。なお、県の学校統廃合措置により二〇〇三(平成一五)年、北上農高と合併して現在の花巻農高となった。

パナマ帽《ぱなまぼう》【衣】 夏帽子の一種。パナマ草の若葉を細く裂いて晒《さら》し、編んだ帽子。集産地が中央アメリカのパナマ地方なのと原料からその名がある。日本では日露戦争前後から流行し、カンカン帽(→一文字)より柔らかく冬場のソフトのように紳士風の好みとしてもてはやされた。詩[津軽海峡](初行「夏の稀薄から…」)の「いままではおまへたち尖ったパナマ帽や／硬い*麦稈《むぎわら》のぞろぞろデックを歩く仲間と」(デックはデッキ)、童[ポラーノの広場](→ポランの広場)の「大きなへりのついたパナマの帽子と卵いろのリンネル(→リネン)の服を買ひました」等、しゃれたイメージで使われている。

パナマ帽
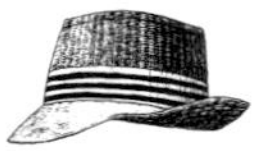

ハーナムキヤ →ハームキヤ、花巻《はなまき》

花椰菜《はなやさい》【植】 カリフラワー。アブラナ科。キャベツの一種で花キャベツとも言うが結球せず、中心部にできる白いつぼみの花芽を食べる。短[花椰菜]に「畑には灰いろの花椰菜が光って百本ばかり」とある。童[チュウリップの幻術](→うっこんかう)ほか詩[〔*地蔵堂の五本の巨杉《すぎ》が〕]等。

花輪《はなわ》 →鉄石英《てつせききえい》

馬肉《ばにく》【食】 桜色をしているので「さくら肉」とも。俗には「けとばし」「けっとばし」とも。すきやきのように調理したり、また脂肪分が少ないため生のまま食するが、ソーセージ等に加工することが多い。栄養価は高い。馬肉を食用とする習慣は西洋には少なく(フランス等では病人食として珍重し、専門店もあるが)、日本では明治に入って*牛肉食とともに行なわれるようになった。牛肉に比べ安価で大正期までは広く庶民に親しまれたが、*豚肉等の普及で、しだいに消費が少なくなった。童[*猫の事務所]に「馬肉にて釣らるる危険あり」、劇[饑餓陣営](→饑饉)に「馬肉もあんまり食ひすぎた」等とある。ただし、肉食を避けた賢治は、むろん馬肉も食べなかったろう。

蜂雀《ハニーバード》 →はちすゞめ

埴土壌土《はにひぢ》 →砂壌《さじよう》

弾条《バネ》《ばね》【文】 発条、弾機とも書く。スプリング。詩[*鳥の遷移]に「誰か模型に弾条《バネ》でもつけて飛ばしたやう」とある。歌[四四九]に「ほの青き／そらのひそまり、／*光素《エーテル》の弾条もはぢ(ママ)けんとす／みふゆはてんとて」とある「光素のバネ」はユニークな表現。冬(美称の接頭辞「み」をつけた「みふゆ」)も終わり春気に満ちた大気の脈動。

パネル【文】【レ】 panel 板、画板のことだが、賢治は独特のイメージで用いている。詩[〔プラットフォームは眩ゆくさむく〕]に「客はつましく座席をかへて／双手《もろて》に二月のパネルをひらく」とある。車窓の景色をパネル画に擬した美しい詩句。

脛巾《はばき》 →脚絆《きゃはん》

はゞ《ば》けて【方】 広げる、開くことがハバケルだが、転じて窮屈、のどにつかえるの意にも。童[氷と*後光(習作)]に「そんなに舌を出してはゞけてはいかん」とあるのは、むせるの意、詩「*小岩井農場　清書後手入稿第五綴」の「野原のほかでは私はいつでもはゞけてゐる」は窮屈の意であろう。

ははこぐさ【植】　母子草。ほうこぐさとも。キク科ハハコグサ属の越年性の一年草または多年草。「春の七草」の一でオギョウ(御行)、ゴギョウ(五行)とも。食用にもする。高さ一五～四〇cm(種類にもよる)。国語辞典や牧野図鑑等には、その種類の記載はないが、賢治の童「鳥をとるやなぎ」の「*ひめははこぐさ」、童「銀河鉄道の夜」の「*かはらははこぐさ」(川原母子草)をはじめ、賢治の作品にはないが、ホソバノヤマハハコ、タカネヤハズハハコ、ヤハズハハコ、クリヤマハハコ、タンナヤマハハコ等(平凡社『日本の野生植物』Ⅲや海外の専門書に拠る)種類は多い。さらにそれらの中間種もあると言う。賢治は実物でそれらをよく見わけていたと思われる。↓かはらははこぐさ、ひめははこぐさ

はひいろはがね《はいいろはがね》【科】【レ】　灰色鋼。鉄と炭素との鍛錬された合金である硬度の高い鋼(刃金、はがね)。その堅さと灰色をした冷たい光に、賢治は感覚的に魅かれたものと思われる。恩田逸夫《いつお》は、灰色は「灰いろはがねのいかりをいだき」(ス[四四])等に見られるように、いらいらした憂鬱な心理の表現と言う。これも代表的なイメージとして詩「*春と修羅」冒頭の一節に「心象(↓心象スケッチ)のはひいろはがねから／*あけびのつるはくもにからまり」がある。↓鋼青《こうじょう》

はひびゃくしん《はいびゃくしん》　↓びゃくしん

這ひ松《はいまつ》　↓松《まつ》

バビロニカ、バビロニ柳《ばびろにやなぎ》、**バビロン柳**《ばびろんやなぎ》　↓柳《やなぎ》

葉笛《はぶえ》【文】　草笛に同じ。詩「林学生」に「センチメンタル！葉笛を吹くな」とあり、「その葉をだいじにしまっておいて／晩頂上で吹けといふ」とある。

半蔭地《ハーフシエード》　↓半蔭地選定《はんいんちせんてい》

羽二重《はぶたえ》【衣】【レ】　童「チュウリップの幻術」に「まっ赤な羽二重のコップでせう」とある。羽二重は薄手で上質の絹布《シルク》。人間のきれいな肌にも比喩として用いるが、ここでは、まっかなチューリップの花を赤羽二重のコップに見たてる。↓花の爵《はなのしゃく》

葉牡丹《はぼたん》　↓ケール

はまなす【植】　ハマナシ(浜梨)の訛り。そのため浜茄、浜茄子とも書く。バラ科の落葉低木で、その花のイメージもふくめて俗にハマバラ(浜薔薇)とも言う。北海道から、太平洋側は茨城県、日本海側は鳥取県以北の海浜砂地に群生し、秋に食べられる赤い小さな実をナシ(*梨)に見立てたのが、その名の起源。東北の人々がハマナシをハマナスと発音するのでそれが一般化したと言われる。茎にはとげがあり、夏に美しい紅の花をつけるハマナスは北方の風物詩としてよく歌謡曲などにも登場。十代の賢治に影響を与えた石川啄木にも「潮かをる浜辺の砂山の／かの浜薔薇《はまなす》よ」の用例がある。高浜虚子《きょし》の句に「浜茄子の丘を後《あと》にし旅つづく」がある。賢治の詩「*オホーツク挽歌」では「おほきなはまばらの花だ／まっ赤な朝のはまなすの花です」とある。童「*茨海《バラウミ》小学校」では「浜茄《はまなす》は ご承知のとほり、海岸に生える植物です」とあり、それが内陸部に「生えてゐるといふ噂を、確めるため」「私」が茨海の野原を捜し回る場面がある。

【はまなす】

浜の離宮《はまのりきゅう》 【地】 浜離宮。現東京都中央区浜離宮庭園にあった。当時は宮内省所管で一般人は立入り禁止だったが、賢治は東京より伊豆大島への連絡船上から眺めている。詩［三原　第一部］に「うづまくけむりと雲の下／浜の離宮の黒い松の梢には」とある。

はまばら →はまなす

葱嶺《パミール》 →ツェラ高原《つぇらこうげん》

ハム 【食】 ham 獣、魚肉の加工食品の一。もともと燻製《くんせい》の豚のもも肉を言うが、他の部分を原料とするロースハム、ラックスハム等もある。日本では一八六八(明治元)年に横浜の外国人向けにイギリス人によって製造されたのが最初。その後一八八一(明治一四)年には神奈川県鎌倉で日本人による製造も開始され、一九〇〇(明治三三)年に「鎌倉ハム富岡商会」が創業、「大船軒《おおふなけん》」がこのハムを使ったサンドイッチを売り出し好評を得た。劇［饑餓陣営］(→饑饉)でバナナン大将が「ハムサンドウヰッチ」の勲章をつけている。童［ポラーノの広場］(→ポランの広場)ではファゼーロたちの産業組合がハムを拵《こしら》えて成功し、詩［産業組合青年会］にも「部落部落の小組合が／ハムをつくり羊毛を織り」とある。そのほか詩［「おれはいままで」］等。

ハームキヤ 【地】 賢治独特の「花巻」のもじり。ハームキヤ、ヒームキアとも。童［毒蛾］(→蛾)ではマリオ(→モリーオ)の南十里に「ハームキヤ」の町がある。童［四又の百合］(→百合)は、西域辺りを舞台にするが、その町の名は「ハームキヤ」であり、町近くの河は「ヒームキャの河」である。また童［グスコンブドリの伝記］には「きみはヒームキアのネネム(→昆布)ではないのか」、童［税務署長の冒険］には「ハーナムキヤ」とある。賢治における土着と超土俗(あるいは異空間世界)との通融の一例。

はむばき →脚絆《きゃはん》《はんばき》

早《はや》ぐ草《くさ》刈《か》ってしまなぃやなぃ 【方】 早く草を刈ってしまわなければならない。「なぃ」はともに「ね」と発音。劇［種山ヶ原の夜］。

早坂《はやさか》 【地】 花巻城(戦国期から鳥谷ヶ崎《とやがさき》城とも)址から北へ下る坂。旧城の早坂口にあたる。ス［一二］に「早坂の黒すぎは／みだれごゝろをしづに立つ」とある。しづは静、しずめて、の意。

早池峰(峯)山《はやちねさん》 【地】 北上山地のほぼ中央に位置する最高峰。もとアイヌ語のパ・ヤ・アチ・ネ(頭・山・所)すなわち「主峰のある所」に発する、と木村圭一は言う。標高一九一四m、蛇紋岩や橄欖岩からなる残丘(→モナドノック)である。現在は早池峰国定公園に指定され、日本のウスユキソウ(薄雪草、キク科で洋名エーデルワイス Edelweiss)の中で最もヨーロッパのそれに近いと言われるハヤチネウスユキソウ等、高山植物の宝庫としても有名。岩手山とともに数多くの賢治作品の舞台でもある。童［どんぐりと山猫］(→猫)の一郎の住む村は早池峰神社と、山伏神楽で名高い岳《だけ》(古くは嶽)集落がモデルだと言われ、笛ふきの滝も岳川《だけがわ》に落ちる笛貫《ふえぬき》の滝がモデルであると言う。詩［山の晨明《しんめい》に関する童話風の構想］はコメガモリ沢登山道入口の河原坊(もとカワラノボウと、ノが入る)付近の体験で得た幻想的な作品で、例えば明け方の美しい情景を「つめたいゼラチンの霧もあるし／桃いろに燃える電気菓子もある／またはひまつ(→松　まつ)の緑茶

早池峰山

をつけた*カステーラや／なめらかでやにっこい緑や茶いろの*蛇紋岩」といった、まるで異次元の幻想的味覚の世界に昇華させ、「蒼く湛(ママ)える*イーハトーボのこどもたち／みんなでいっしょにこの*天上の／飾られた食卓に着かうでないか」と歌い上げる。同日付の詩［河原坊（山脚の*黎明）］も題名どおり河原坊で得た詩想で同工異曲ながら、こちらは荘厳できらびやかなイメージに展開していき、山岳信仰の拠点だった早池峰山麓の宗教的雰囲気を濃厚に漂わせる。詩［早池峰山巓］（山巓《さんてん》は山麓《ろく》〈ふもと〉に対して山頂、巓はいただき）でも「ここは*こけももとはなさく*うめばちさう／かすかな岩の輻射もあれば／雲のレモンの*にほひもする」とあり（*輻射《ふくしゃ》は、まわりへの放射）、早池峰山は賢治を幻想的な、あるいは童話的な世界へひきこむ格別な魅力をもっていたようである。*花巻から早池峰方面を眺めると、手前に*権現堂山《ごんげんどうやま》が見える。その様子を詩ノート［〔ちゞれてすがすがしい雲の朝〕］では、早池峰山をイギリス第二の山*スノードン山にたとえ、「いま／スノードンの峯のいたゞきが／その二きれの巨きな雲の間からあらはれる／下では権現堂山が／*北斎筆支那の絵図《えず》を／パノラマにして展《ひろ》げてゐる」と書く（北斎には中国の山水を描く挿画・版画が多数あり、どの絵をさすか、ここでは特定できない）。詩［東岩手火山］（→岩手山）には岩手山から見た夜の早池峰を、「向ふの黒いのはたしかに早池峰です／線になつて浮きあがつてるのは北上山地です」とある。詩［栗鼠《*(りす)》と色鉛筆］（→鉛筆）に「その早池峰と*薬師岳との雲環（→暈《うん》環《かん》）は／古い壁画のきらら（→雲母摺《きらずり》）から／再生してきて浮きだしたのだ」とある薬師岳は（詩［白菜畑］では「早池峰薬師」と、あたかも一つの山のようだが）、早池峰山の南方約三kmにある山で標高一六四五m。早池峰山の残雪をうたった詩ノート［〔川が南の風に逆って流れてゐるので〕］［〔午前の仕事のなかばを充たし〕］、詩［〔うすく濁った浅葱の水が〕］［雲］等、雲やもやの向こうにかすんだ早池峰山の詩に［〔鈍い月あかりの雪の上に〕］等があり、ほかにも会話風の詩［花鳥図譜、八月、早池峯山巓］等がある。童話では［*台川］に早池峰山の「七折《ななおれ》の滝」の名が見える。この滝は「折合《おれあい》の滝」とも呼ばれ、早池峰連山の一、*鶏頭《けいとう》山西側中腹の滝。短編では［山地の稜］に「早池峰の西どなりの*群青の山の稜が一つ澱んだ白雲に浮き出した。薬師岳だ」とある。詩［*測候所］に「*シャーマン山の右肩が／にはかに雪で被はれました」とあるのも早池峰山。また詩［〔北いっぱいの星ぞら(ママ)に〕］に「ぎざぎざ黒い嶺線が／手にとるやうに浮いてゐて／幾すじ(ママ)白い*パラフヰンを／つぎからつぎと噴いてゐる（中略）／*萱野十里もおはりになって／*月はあかるく右手の谷に南中し」とある、萱野《かやの》十里は早池峰山南西麓の登山道の岳集落から河原坊までの俗称。「南中《なんちゅう》し」は、天体が子午線を通過するとき、天体の高度が最高となる現象。なおシャーマン山の名は詩［〔おしまひは〕］［〔濃い雲が二きれ〕］にも見える。

はやて【天】【レ】 疾風《はやて》。早手。急に吹きおこる激しい風。「て」は風の古語。童［北守将軍と三人兄弟の医者］では「はやてのやうな」将軍の行動が描写される。童［鹿踊《*ししをど》りのはじまり］では「はやてに吹かれた木の葉のやうに」鹿たちが「遁《に》げて行」く。→凡例、風力級

隼人《はやと》【文】 昔、薩摩地方（今の鹿児島県）に住んでいた勇敢な種族。一般には鹿児島県出身の男性を、ひろくは若者のことをそう呼ぶ。文語詩未定稿に［隼人］がある。これはその一般的な

呼称で、下書稿では「若者」となっている。夜行列車中で彼は西南役《せいなんのえき》（薩摩の西郷隆盛らの反乱）での「田原《たばる》の坂」（通称タバルザカ、熊本の古戦場）の地形まで説明する。

はやぶさ【動】 隼。タカ目ハヤブサ科の猛禽。全長四〇㎝以上でカラス*の大きさ。すばしこく、上空からの急降下によって他の鳥を襲う。童［二十六夜*］に「はやぶさなれば空よりすぐに落ちて来て」とある。

羽山《はやま》【地】 花巻温泉*の北西、釜淵《かまぶち》*の滝の先にある山。高さ三五九m。頂上に神社があり、羽山信仰のシンボル。詩［冗語］に雨が「羽山で降って／滝から奥へ外れたのか／電車*が着いて／イムバネス*だの／ぞろぞろあるく」。電車は旧花巻電鉄花巻温泉線（→花巻）。連句の初句に「湯あがりの肌や羽山に初紅葉」とある。

馬油《ばゆ》 →ソンバーユー

美ゆくも成りて《はゆくもなりて》【レ】 「美ゆく」は美しくの古語。「疾中」詩篇中の文語詩［〔手は熱く足はなゆれど〕］に「をちこちに美ゆくも成りて」とある。「滑り来し時間の軸」が（滑るようにうちすぎてきた過去の時間軸が）あちこちを美しくも飾って、の意。「時間の軸」はこの詩の願望する塔（仏塔）に照応する。美しい塔の主軸。

ばら【植】【レ】 広義ではバラ科の落葉低木の総称だが、一般にローズと呼ぶ枝にとげのある、いわゆるセイヨウバラ、各国産のノバラ（中国では薔薇《そうび》、日本では野生の茨＝イバラ、ノイバラ、ウバラ）の各種が交配され、改良されて、世界中に栽培されている観賞用花卉《かき》を言う。芳香をもち気品に満ちた花として愛されるバラは色も形姿も多種多様。賢治は花壇*の設計等では多種のバラを多く用いたようだが、作品の上では「黄金のばら（薔薇）」「黄ばら」が、しかもバラそのものとしてより空や太陽（→お日さま）の比喩として用いられているのが目立つ。「黄金のばら（薔薇）東も（は）ひらけ」（詩［和風*は河谷いっぱいに吹く］下書稿㈠㈢㈣）、「お日さまが黄金のばらのやうにかゞやき出した」（童［風野又三郎］〈→風の又三郎〉）が前者の例であり、「そらはかゞやく黄ばらの哂《わら》ひ」（歌［二二六異］）、「凍る黄ばらのあけぞらを」（歌［六三七］）等が後者の例。童［谷］の終わりの場面に出てくる「ぬればら」は、雨のしずくに濡れたバラであろう。なお、童［よく利く薬とえらい薬］には「ばらの実」や、幻想的な「すきとほるばらの実」が繰り返し登場。

茨《ばら》 →野ばら《のばら》

波羅夷《はらい》【宗】 旧かなでは「はらゐ」。賢治童話中に登場する捨身《しゃしん》*菩薩の弟子の名。童［二十六夜*］で爾迦夷《ルカヰ》*とともに脇侍《わきじ》として仕える。おそらく前世は鳥であろう。波羅夷とは、もともとは出家僧の守るべき戒律の一部のことで、婬戒、盗戒、殺戒《せっかい》、妄語戒等から成る。これを犯すと教団追放という最も重い刑罰を受ける。その教えを借用して賢治は登場人物名としたと思われる。童［二十六夜*］に「月天子*山のはを出でんとして、光を放ちたまふとき、疾翔大力*、爾迦夷、波羅夷の三尊が、東のそらに出現しまします」とある。「月天子《がってんし》山のはを」は山の端を、の意。

茨海小学校《ばらうみしょうがっこう》【文】【レ】 賢治の創作地名、学校名。実在する茨《ばら》*島野（盛岡の北六㎞、現盛岡市内）や茨《ばら》久保（花巻近郊*）等から連想したか。童［茨海小学校］に「私が茨海の野原に行ったのは」とある。なお、この童話に「先頃私が茨窪《ばらくぼ》の松林*を散歩してゐると」とある茨窪も茨久保がヒントであろう。なお、この狐*の小学校に登場してくる先生や生徒たちの名も解説不要の架空の命名ながら、みな頭に「武」の字のつく姓で、武田金一郎をはじめ、たけし、武村、武井、武池、武原、武巣である。武田金一郎の武をとると田金一郎となり、童[*どんぐりと山猫]の主人公、金田一郎(作品では「かねた」)と同字構成となる。賢治の物語における人物命名のなにがしの相関、流用、転移の一例として見ると興深い。

腹かけ《はらかけ》 【衣】 胸から腹にかけて身体の前部をおおう下着の一種。背中で上下紐を結ぶ。子どもの寝冷え予防に用いたが、昭和のはじめまで大工、左官、とび職、庭師など主に仕事師たちがつけ、上に半纏《はんてん》(↓かつぎ)を*羽織り、腹部にはドンブリと称する物入れを共布《ともぬの》でつけた。童[*二十六夜][さいかち淵][*風の又三郎]に登場する。後二者に「腹かけから、何か出し(まし)た」とあるのは前記の共布のドンブリから何かを出した、の意。ハラカケドンブリと一緒にして呼んだ。

はらから 【レ】 同胞。おなじ腹から生まれた兄弟姉妹。広義には仲間や民族にも使う。歌[六〇八]に「はらからもみなはせ入りにけり」、曲[*黎明行進歌]の「広き肩なすはらからよ」等。

薔薇輝石《ばらきせき》 【鉱】 ロードナイト(rhodonite)。硅酸マンガン鉱の一種。当初、輝石として分類されていたため、現在でも薔薇輝石と呼ぶ。輝石でないことをはっきりとするため、現在ではロードン石と呼ぶことも多い。硬度六。桃色や濃紅色を示し*ガラスの光沢を放つ。しばしばマンガンの黒色脈状の斑《まだら》をもつ。詩[*暁穹への嫉妬]では「薔薇輝石や雪のエッセンスを集めて、/ひかりけだかくかゞやきながら(中略)あけがたのそら」、この詩の文語詩改作[敗れし少年の歌へる]では「よきロダイトのさまなして/ひかりわなゝくかのそらに」となっている。ただしロダイトをロードナイトのつもりで改作したのかは不明。なお、簡[137]に「大槌《おおづち》の薔薇輝石」とあるが、これは岩手県上閉伊郡大槌町の大槌満俺鉱山のことであろう。また、岩手県では九戸《くのへ》郡の野田玉川鉱山でも明治期より薔薇輝石を含むマンガン鉱石が採掘されている。(↓口絵㉞)

波羅羯諦《はらぎゃあてい》 【宗】 *般若心経末尾の呪文(*真言)の一部。全文は「羯諦　羯諦　波羅羯諦　波羅僧羯諦　菩提娑婆訶」。和訳は「往ける者よ、往ける者よ、彼岸に往ける者よ、彼岸に全く往ける者よ、さとりよ、幸あれ」(中村元・紀野一義訳)。『春と修羅』第一集の詩[有明]末尾には「(波羅僧羯諦《ハラサムギャティ》　菩提《ボージュ》　薩婆訶《ソハカ》)」とある。童[*ひのきと*ひなげし〔初期形〕]では、*悪魔に騙《だま》されそうになったひなげしを助けるため、ひのきが「はらぎゃあてい」と叫んだところ、悪魔はあわてて退散した、とある。これは歌[三二三]と、同[四三〇~四四九]の[〔ひのきの歌〕]連作にすでに示されている、魔性のひのきと菩薩の関係の模索が主題になっていると言えよう。

茨窪《ばらくぼ》 ↓茨海小学校《ばらうみしょうがっこう》

バラコック、バララゲ、ボラン、ボラン、ボラン ↓応援歌《おうえんか》

波羅僧羯諦《ハラ、サムギャティ》 **菩提**《ボージュ》 **薩婆訶**《ソハカ》 ↓波羅羯諦《はらぎゃあてい》

茨島野《ばらしまの》 【地】 岩手県岩手郡*厨川《くりやがわ》村(現在は*盛岡市に編入)の集落。歌[三四三]の題に「茨島野」とある。

パラス 【天】【人】 Pallas 小惑星の一。出所は古代ギリシアのアテナ女神(アテーナ)の異名。Pallas Athene とも。イタリアのピアッツィが前年初めて発見した小惑星ケレス(セレス)につづい

て、一八〇二年ドイツのオルバースが二番目の小惑星を発見、その名をとりパラスと命名。平均等級は八・五等級で肉眼では見えない。小惑星とは火星と木星の間の軌道を運動する小天体群。肉眼で見えるのは六・三等のベスタだけ。詩ノート〔〔古びた水いろの薄明穹のなかに〕〕に「古びた水いろの薄明穹のなかに／巨きな鼠いろの葉牡丹(↓ケール)ののびたつころに／パラスもきらきらひかり」とある。電燈か金星(宵の明星)のまたたきを賢治は天体知識で知っていたパラスにたとえた。

原体村《はらたいむら》【地】　奥州市江刺区田原《たわら》町内の地名。旧江刺郡田原村(一八八九年より一九五五年まで)。剣舞で有名。賢治は盛岡高等農林三年時の一九一七(大正六)年九月二日夜、江刺郡地質調査で訪れた伊手村(↓井手)で上伊手剣舞連を見た。親友保阪嘉内あての簡〔40〕に、「うす月にかゞやきいでし踊り子の異形のすがた見れば泣かゆも」(異形《いぎょう》は、後出の「異装」や、謡曲等にも出てくる「異相」と同義で、おどろおどろしい、あやしげな、変わった。泣かゆの「ゆ」は受身の助動詞で、泣かされる)「うす月の天をも仰ぎ太鼓うつ井手の剣まひわれ見てなかゆ」等四首の短歌(歌〔五九三〜五九六〕に形を変え「上伊手剣舞連」と題す)を添えた。歌稿によれば〔六〇四・六〇五〕の二首に「原体剣舞連」という題で「さまよへるたそがれ鳥に似たらずや青仮面《めん》つけて踊る若者」等と歌っている。この地質調査中、おそらく原体に行き、賢治は剣舞を見たのであろう。一九二二年八月三一日作のメモをもつ詩〔原体剣舞連《はらたいけんばいれん》〕は、この時の記憶をもとに成った作品とも考えられる。「dah-dah-dah-dah-dah-sko-dah-dah／こんや(こよひ、と後で直す)異装のげん月のした／鶏の黒尾を頭巾にかざり／片刃の太刀をひらめかす／原体村の舞手《をどりこ》たちよ」。短〔泉ある家〕では地質調査に来た斉田と富沢が、泊めてもらった家の中で、「ダーダーダーダーダースコダーダー」という囃《はや》しを聞く。これも一九一七年の地質調査の時の記憶をもとに作られた作品であろう。なお、童〔種山ヶ原〕に出てくる種山剣舞は、草稿段階では最初「猪手(伊手)剣舞連」だったのが「原体剣舞連」に直され、さらに「種山剣舞連」に直された。↓上伊手剣舞連《かみいでけんばいれん》、種山剣舞連《たねやまけんばいれん》

腹鼓《はらつづみ》【レ】　腹をつづみのように叩いて(打って)鳴らすこと。満腹したときにも言う。童〔月夜のけだもの〕に「狸がやっきとなって腹鼓を叩いて狐を責めました」とあるのは原意。

パラフヰン《ぱらふいん》【科】【レ】　paraffin　メタン系炭化水素化合物。ロウ、ワックスのこと。室温では白色半透明の滑らかな固体で、融点が水の沸点(一〇〇℃)より低く、気体はよく燃焼する。ロウソク、クレヨン等で身近に使用される。賢治の場合、霧、雲、もやの形容として用いられることが多いが、いずれも蠟の色の感覚が鮮やかに生かされている。例えば、歌〔四七五〕に「パラフヰンの／まばゆき霧を負ひたれば／一本松の木ともみわかず」(異稿ではパラフヰンはparaffine)とあるほか、詩〔種山ヶ原〕に「溶け残ったパラフヰンの霧」、詩〔陽ざしとかれくさ〕に「光《くわう》パラフヰン（ママ）の　蒼いもや」、詩〔〔北いっぱいの星ぞらに〕〕に「幾すじ白いパラフヰン」、童〔まなづるとダァリヤ〕に「山山にパラフヰンの雲」等とある。また蠟の固体に熱を加えて少し軟らかくなったものをまるめた「パラフヰンの団子」は詩〔真空溶媒〕に見られ、やはり雲の形容として用いられている。

払へ下げで呉《け》べが《はらえさげでけべが》【方】　払い下げてくれるだろうか。「呉《け》」は

「呉《け》る」の連用形で通常「あげる」「やる」の意。劇［*種山ヶ原の夜］。

波羅蜜《はらみつ》 【宗】 pāramitā（梵）の音写、波羅蜜多の略。「彼岸に達した」の意。漢訳では到彼岸《とうひがん》。*衆生の救済を求める*菩薩が行なう六つの悟りへの実践行（六波羅蜜＝①布施《ふせ》波羅蜜②持戒《じかい》波羅蜜③*忍辱《にんにく》波羅蜜④精進《しょうじん》波羅蜜⑤禅定《ぜんじょう》波羅蜜⑥般若〈智慧〉波羅蜜）を言う。歌［二五五］に「大ぞらは／あはあはふかく波羅蜜の／夕づつたちもやがて出でなむ」とある。「夕づつ」（賢治は「夕つゝ」と表記しているが、誤記ではなく古くは「夕つず」）は夕星、宵の明星（夕方、西の空に見える*金星）のこと。「あはあは」は「淡々」でアワアワ、色の薄い形容。

波羅蜜山《はらみつやま》 【地】 特定できない山名。賢治は*波羅蜜にちなんで「波羅蜜と云ふ銀の一つ星」（異稿童［*ひのきと*ひなげし］）が「また、き出し」たりするように、宗教的空間の一つのシンボルとしてこの山名を案出したかと思われる。詩［春］（初行「野原は残りのまだらな雪と」）と文語詩［峡野《（きょうや）》早春］の「青々沈む波羅蜜山」、「波羅蜜山の*松」は、いずれも想像上の「*夜見来川《よみこがわ》」のイメージと対で出てくる。

婆羅門《ばらもん》 →梵士《ぼんし》

バララゲ 【地】 童［楢ノ木大学士の野宿］（→なら）に、ビルマの「紅宝玉坑《（ルビーこう）》」（*ルビー鉱山）のある地名として出てくるが未詳。あるいは賢治の造語地名か。ビルマは古くからルビーの産地として有名で、特に中央部のマンダレー北部のモゴクで多く産出される。「紅宝玉《ルビー》を探しにビルマへ行ったがね、（中略）いまのバララゲの紅宝玉坑さ」とある。→応援歌《おうえんか》、ルビー

玻璃《はり》 【鉱】 七宝（しちほう、しっぽう）の一つ。無量寿経では「金、銀、瑠璃《るり》、玻璃《はり》、硨磲《しゃこ》、珊瑚《さんご》、瑪瑙《めのう》」の七種をあげている。玻璃は古くは水晶のことを意味していた。その後ガラスを意味することが一般的になった。岩石学では、火山岩中に含まれる非結晶質の物質を指す。→ガラス

ばり 【方】 …ばかり。…だけ。童［風野又三郎］（→風の又三郎）に「汝《うな》などぁ悪戯《（わるさ）》ばりさな」とある。お前なんか悪戯《いたずら》ばかりするんだよな、の意。「さ」は強め、詰問《きつもん》。「な」は念を押す。

針金虫《はりがねむし》 【動】 コメツキムシ類の幼虫。細長い針金状の体をしているのでそう言う。土中で畑作物の根を食い荒らす害虫で、特に*ムギ、*トウモロコシ、イモ類の敵。幼虫は根を食べ、成虫は花粉を食い荒らす。劇［植物医師］に「疾《（と）》うから私は気が付いてゐましたがね、針金虫の害です」とある。→夜盗虫《よとうむし》

パリスグリン 【科】【レ】 paris green 絵の具のエメラルドグリーンと同じ。鮮青緑色。酢酸銅と亜砒素塩の化合物。*硫黄を含む空気や顔料と混ざると黒変。また毒性が強くパリスグリーンの名で殺虫剤としても用いられていた。詩［〔その洋傘《かさ》だけでどうかなあ〕］には「*ロンドンパープルやパリスグリン／あらゆる毒剤の*にほひを盛って／青い*弧《アーク》を虚空《そら》（→虚空《こくう》）いっぱいに張りわたす」とある。→砒素《ひそ》

玻璃蛋白石《はりたんぱくせき》 【鉱】 玻璃には水晶（*石英）とガラスの二義があり、文脈から考えると石英質の蛋白石と解釈すべきか。詩［台川］に「玻璃蛋白石の脈だ」「これは玻璃蛋白石です」とある。→蛋白石《たんぱくせき》

春木場《はるきば》 →化物丁場《ばけものちょうば》

バルサム 【科】 balsam 植物から分泌される天然樹脂と精油

との混合物。カナダバルサム、松脂《まつやに》、ペルーバルサムなどの樹脂は香料、薬用、工業用として利用される。詩[朝餐]に「林のバルサムの匂を呑み/あたらしいあさひの蜜にすかして」とある。下書稿(「心象スケッチ朝餐」)では「林のバルサムの匂ひを加へ」。

春と修羅《はるとしゅら》 →修羅《しゅら》

バルドラ【地】 童[銀河鉄道の夜]の「かほる子」の会話中に「バルドラの野原に」と出てくる。出所、ヒント未詳の地名。

春の弔(弔)旗《はるのちょうき》 →東京農産商会《とうきょうのうさんしょうかい》

春の道場《はるのどうじょう》 →道場《どうじょう》

春信《はるのぶ》【人】 鈴木春信。一七二五(享保一〇)~一七七〇(明和七) 江戸時代中期の浮世絵師。絵暦《えごよみ》や多色刷り版画(錦絵《にしきえ》)の創始者で、幻想的な美人画は特に有名。詩[丸善階上喫煙室小景]に「ほとんど初期の春信みたいな色どりで」とある。また、歌[七四四]に「春信の雪」、「残雪は春信の版画のやうにかゞやき」(簡[162])等。→広重《ひろしげ》

パルメット【農】 palmetto パルメはヤシ科(ヤシ・シュロ)の植物の総称。古代エジプトの植物文様。また果樹整枝法のうちでは「棕櫚状仕立《しゅろじょうしたて》」を言う。直立主幹の左右に棕櫚(梠)の葉状の扇形に枝を伸ばす仕立法。劇[饑餓陣営](→饑饉)中、バナナン大将の行進歌の中に次のように歌われる。「神ははるかに　みそなはし/くだしたまへるみめぐみは/新式生産体操ぞ。/ベースピラミッド　カンデラブル/またパルメット　エーベンタール/ことにも二つの　コルドンと/棚の仕立(→棚仕立)に　いたりしに」等とある。

ハルレヤ【宗】 童[銀河鉄道の夜]で歌われる歌。ハレルヤ(hallelujah、時として冒頭を大文字にもする)をもじった賢治の造語か。新校本全集校異によると賢治は一度「ハレ」と書きかけ「レ」を削除し「ハルレヤハルレヤ」と改めているからハレルヤの誤記ではあるまい。ハレルヤはヘブライ語で「主をほめたたえよ」の意。旧約聖書「詩篇」等に出ており、キリスト教のミサ曲の歌唱形式にも用いられる。ヘンデルのオラトリオ(聖譚曲)「メサイヤ」の中の「ハレルヤ・コーラス」が有名。賢治がこの曲を聴いていたかは不明だが、当時この曲のレコードは発売されており、レコードマニアの賢治がそれを聴いていた可能性は十分に考えられる。童[銀河鉄道の夜]では、車中の旅人たちが、北十字到着と南十字到着の時に「ハルレヤ、ハルレヤ」と唱和するが、このコーラスは、この作品のもつ十字架から十字架へというキリスト教的イメージの一端を彩っている。ちなみにユダヤ教讃美歌でもHallel(ハーレイル)を唱える。

ばれん【文】 馬簾。芭蓮。細長く裁った羅紗《らしゃ》や革、ロープ等で纏《まとい》(昔、武将の陣所や火消の組の目じるしにした棹《さお》の先の飾り)の周囲に垂らした房状の飾り。詩[霰《(あられ)》]の「黒びかりする大きなばれん」は「消防小屋」の「ホースを巻いた車」(消防車)の傍に立つ纏のばれん。うるし塗りの黒光りであろう。ちなみに版画制作の刷(摺)りの道具は同音の馬連。

ハロウ【天】 halo 太陽(→お日さま)や月の暈《かさ》。後光を意味することもある。銀河の中心から半径七~八万光年の球状の部分も言う。一般に大気中の水蒸気による光の屈折作用が作り出すもの。雲環《うんかん》(→暈環)や光環等が代表的。詩[真空溶媒]に「融銅《(ゆうどう)》はまだ眩《くら》めかず/白いハロウも燃えたたず/地平線ばかり明るくなつたり

陰《かげ》つたり」とある。これは「朝の幻想」(Eine Phantasie im Morgen)の出だしの部分で、融銅は融《と》けた銅で太陽の比喩(↓銅)。ハロウは、後の行に輝く雲、すなわち「輝雲《きうん》」が登場することから、これらの雲にさえぎられた太陽がぼんやり光っているイメージ。詩「風の偏倚《(へんい)》」にも「そらそら　B氏のやつたあの虹の交錯や顫《(ふる)》ひと／苹果の未熟なハロウとが／あやしく天を覆ひだす」とある。これは光環のことであろう。前の行に「半月」と書かれているが、賢治は半月《はんげつ》と周りの光環とを合わせた形から、未熟なリンゴ(苹果)をイメージしたのであろう。似た例として銀河系をイメージしたと思われる「巨きな水素のりんご」が詩「青森挽歌」冒頭にもある。ス[一九]には「日輪(↓お日さま)　はやくもしろびかり／銀の後光を　降らしたり」とあり、この後光は暈《かさ》のことである。(↓口絵⑳)

歯を謝せし《はをしやせし》【レ】　謝には感謝の意のほかに勢いが抜けるという意がある(新陳代謝の謝はその義。↓花謝《お》ちし)。世を謝す、歯を謝す、の謝はそれぞれ命や歯の死を意味する。歯が抜けたこと。文語詩[〔せなうち痛み息熱く〕]に、「かなためぐれるベンチには／かつて獅子とも虎とも呼ばれ／いま歯を謝せし」、つまり歯の抜けてしまった村長が登場。

はん　↓はんのき

幡《ばん》　↓幢幡《どうばん》

パン【食】　pão(ポルトガル)に由来する。pain(仏)　日本では明治期、中国語で「麵麭(包)」と書いてパンと読ませたが、賢治作品にもそれで登場する場合もある。日本での文献上の最初の登場は、一五九三(文禄二)年に天草で刊行された「伊曾保《イソホ》物語」。しかしパンの実物の登場はポルトガル船の長崎船来以降で、幕末には軍用食「兵糧《ひょうろう》パン」が作られている。一般には一八六七(慶応三)年、外国人向けのパン屋が横浜に出現、東京の木村屋、文明軒をはじめとして各地にパン屋ができ、ハイカラな食品として普及するようになる。盛岡でも一八八五(明治一八)年パン屋がお目見得している。といっても賢治の執筆活動期の大正後半期でも、パンはまだ牛乳等と同様、西洋風でしゃれたものだった。まして農村等では、口にされることもまれなものだった。賢治が好んでパンやバターを作品に登場させるところに、彼の作風というよりイーハトーヴの雰囲気にふさわしい特質があるといえよう。「極上等のパンやバタ」(童[紫紺染について])、「パン屋へ寄ってパンの塊を一つと」(童[銀河鉄道の夜])、「い、ぱんだらう。ほし葡萄が一寸顔を出してるだらう」(童[いてふの実])、ばけもの世界にふさわしい「ばけもののパンを嚙《(ママ)》ぢりはじめました」(童[ペンネンネンネンネン・ネネムの伝記]〈↓昆布〉)等が多数登場する。また、比喩に用いられた用例も極めて多い。「包頭連《ほうとうれん》(↓白菜)の七百は／立派なパンの形になった」(詩[白菜畑])、「遠くの雲が幾ローフかの／麵麭にかはって売れるころだ」(詩[水汲み][休息](作品番号七三三))、「その白つぽい厚いすぎごけの／(中略)／わたくしはまた麵麭ともかんがへ」(詩[鎔岩流])、「どうも食はれないパンでな。石盤だもな」(童[グスコーブドリの伝記])、パンをさがす店の主人が「とぼけた顔で」「食はれないゝ石《セキ》バンだと」と言う(詩[〔みんな食事もすんだらしく〕]下書稿[境内])等。それに「蒸しパン」(童[グスコーブドリの伝記])はじめ「角パン」「堅パン」「めがねパン」「葡萄パン」「液体のパン」等、パンの種類も多い。なお「月は崇厳なパンの木の実にかはり」〕(詩[有明]初行「あけがたになり」)、「椰子の木もパンの木も」(童[風野又三郎]〈↓風の又三郎〉)等にある「パンの木」は直接麺麭《パン》とは関係なく、東南アジアの島々やオセアニアに生えているクワ科の常緑高木(breadfruit tree〈英〉、arbre à pain〈仏〉)を指す。赤子の頭ほどの澱粉質を含む甘いダイダイ色の実がなり(味は白色パン質なのでその名がある。詩[〔あけがたになり〕]に「月は崇厳な麺麭の実に凍って」)、先住民の主食になっている。なお、仏典では波那沙樹《はなさじゅ》、波羅蜜樹《はらみつじゅ》として出てくるので、あるいは賢治はそれを知っていて、さきの月の比喩として波羅蜜(涅槃《ねはん》の彼岸に至る)の意をこめてパンの木の実を用いたのかもしれない。ほか、パン(麺麭)は、詩[国立公園候補地に関する意見][〔十いくつかの夜とひる〕]、文語詩[会計課]、童[ビヂテリアン大祭][茨海《バラウミ》小学校][貝の火](↓蛋白石)、[ポラーノの広場](↓ポランの広場)、ス[六]等。神話のパンについては↓パンの神《ぱんのかみ》

半蔭地選定《はんいんちせんてい》【農】 詩[〔落葉松の方陣は〕](↓からまつ)の下書稿(生前発表、「新詩論」〈↓吉田一穂《いっすい》〉一九三三、二月)の題名。詩中(下書稿でも)に「半蔭地《ハーフシエード》の標本で」と英語のルビつきで出てくる。half shade は詩の冒頭部分にあるとおり、整然と方陣形(↓からまつ)に植林されたからまつ林が地面から「せいせい水を吸ひあげて」「羊歯《(しだ)》類などの培養には／まあまたとない条件《コンディション》」の場所。

挽歌《ばんか》【文】 輓歌とも。中国で死者の柩《ひつぎ》を挽《ひ》(輓)く者が歌った歌の意が出所。転じて死者をとむらう詩歌。弔歌、挽詩、挽詞とも言う。西欧では宗教的な「葬送行進曲《フューネラルマーチ》」(funeral march)や「鎮魂ミサ曲《レクイエム》」(requiem)があるが、ひろく「挽歌」に対応するのは「悲歌《エレジー》」(elegy)。『春と修羅』には妹トシ(↓宮沢トシ)の死をモチーフとした詩[青森挽歌]をはじめ「オホーツク挽歌」群五篇があるが、その前におかれた詩[永訣の朝]をはじめとする「無声慟哭」(声を立てずに激しく泣き嘆く)群の五篇や、『春と修羅』補遺詩篇中の[青森挽歌 三]や[津軽海峡]等も挽歌である。

はんかけ【方】【レ】 半欠。半分のかけら。童[洞熊《ほらくま》学校を卒業した三人]に「めくそ、はんかけ、蚊のなみだ、／大きいところで稗《(ひえ)》のつぶ」と銀色のなめくじの歌の中に出てくる。

半鹹《はんかん》 ↓鹹湖《かんこ》

半穹二グロス《はんきゅうにぐろす》【科】【レ】 半穹は穹窿《きゅうりゅう》の半分、大ぞらの半分。二グロスは数量(個数)で二八八個(一グロスは一二ダース、一四四個)。詩[秋と負債]に「半穹二グロスからの電燈が」とある。(↓凡例付表)

バンクス松《ばんくすまつ》【植】 マツの一種。アメリカ東北部、カナダ東部原産の二葉松(葉が二葉《によう》で堅く尖っている)の一種。日本には大正期に見本樹や庭園樹として入った。詩[丘陵地を過ぎる]に「ドイツ唐檜にバンクス松にやまならし」とある。

はんぐはぐ【方】 動物が餌を食う様子の擬声。パクパク。童[鹿踊《(ししをど)》りのはじまり]では鹿たちが「おう、はんぐはぐ」と言って栃《とち》の団子を食べる。

晩《ばん》**げ**【方】 晩。夜。(「晩《ば》げな」という方言もあるが、これはたんに「晩」「夜」のほか「昨晩」あるいは「晩ごはん」の意)。劇[種山ヶ原の夜]の「ずゐぶん暗い晩げだな」は単純に夜の意。

パンケーキ【食】 pancake 洋菓子の名。ホットケーキ。小麦粉(↓メリケン粉)に卵、牛乳、砂糖等を混ぜ合わせた種を天火や

フライパンで焼いたもの。詩［朝餐］に「白い小麦のこのパンケーキのおいしさよ」とあるのは、麦のせんべいを賢治らしくしゃれて言ったもの。詩［心象スケッチ朝餐］にも「小麦粉とわづかの食塩とからつくられた／イーハトヴ県のこの白く素朴なパンケーキのうまいことよ」とある。

半月《はんげつ》 →副生し《ふくせいし》

半旬《はんじゅん》 【文】 五日間。一旬は十日。詩［九月］に「テープを出してこの半旬の伸びをとれば」とある。テープは巻尺《まきじゃく》（テープ・メジャー）、伸びは稲の成長ぶり、丈をはかると、の意。

半霄《はんしょう》 【天】 中空。中霄とも言う。詩［山火］（初句「風がきれぎれ」）に「半霄くらい稲光りから」とある。くらい、は暗い。ちなみに同音の「半宵」は夜半、夜なかのことで、これまた中宵とも言うので間違われやすい。

斑晶《はんしょう》 【鉱】 斑状組織をもつ火成岩で、石基中に散在する比較的大きな結晶のこと。普通は肉眼で認められる程度の大きさを言う。マグマが冷え固まる前に既にマグマだまり内で結晶となっていたと考えられる。石英、長石、角閃石、輝石、雲母、橄欖石など。→黒玢岩《メラフィアー》

板状節理《はんじょうせつり》 →柱状節理《ちゅうじょうせつり》

万象同帰《ばんしょうどうき》 【宗】 あらゆる現象が同一のものに帰着すること。詩［青森挽歌］に「万象同帰のそのいみじい生物の名」とある。妙法蓮華経を万象同帰の生命体としてとらえたもの。

盤鉦木鼓《ばんしょうもっこ》 【音】 仏具楽器の鉦《しょう》鼓《こ》（金属製の鉦《かね》）（→鼓器）と木魚《もくぎょ》（魚頭を象《かたど》った木製の鼓）。文語詩［〔たそがれ思量惑《(わわ)》くして〕］に「堂は別時の供養とて、盤鉦木鼓しめやかなり」とある。

鉦鼓（右）と木魚（左）

ハンス 【人】 Hans ドイツの男の名。Johannes（ヨハンネス）の愛称形でもある。日本の「太郎」にあたる。詩［小岩井農場 パート一］に「（ほんたうの鷲の方はドイツ読本の／ハンスがうぐひすでないよと云つた）」とある。→ジョバンニ

バンス！ ガンス！ アガンス！ 【レ】 詩［〔黄いろにうるむ雪ぞらに〕］に「縄がいっぽん投げあげられる」に一行空けてつづく一行。意味よりも音躍と言おうか、いかにも投げあげられる縄の躍動感が出ている。強いてヒントを考えるなら、バンスは英語のbounce（はねあがる、はずむ）であろうか。ガンスは賢治が好んでよく見た洋画のフランスの一九二〇年代を代表する映画監督、アベル・ガンス（Abel Gance 一八八九～一九八一）の姓ガンスから連想的にひらめいたか。アガンスもこじつけて言うなら、そのアベル・ガンスの姓名をつづめてアガンスとした、と考えるのも賢治らしい発想と言えまいか。ガンスは日本でも人気だった「鉄路の白薔薇」（一九二二）や「ナポレオン」（一九二六）の監督で、フラッシュ・バックや三面スクリーンなど大胆な新映画技法を試みたサイレント映画時代を代表する監督の一人。賢治が好んで見たという宮沢清六の証言がある。

番水《ばんすい》 →樋番《とひばん》《といばん》

はんて 【方】 …だから。…なので。原因・理由を示す接続詞。童［ひかりの素足］に「早ぐのぼれ、…上さ行げば平らだはんて」、童［鹿踊り《(ししをど)》のはじまり］に「おれ歌《うだ》、うだふはんて」とある。

半纏《はんてん》、**半纏かづき**《はんてんかずき》 →かつぎ

半肉彫像《はんにくちょうぞう》 【文】 *浮世絵の技法。半肉彫《はんにくぼ》り、または半浮き彫りのこと。浮き彫りの深さが中程度のものを言う。詩［*浮世絵展覧会印象］に「あやしく刻みいだされる／*雪肉《(ゆきにく)》乃至象牙のいろの半肉彫像」とある。

般若心経《はんにゃしんぎょう》 【宗】 全一巻。般若波羅蜜多心経《はんにゃはらみったしんぎょう》の略。さらに略して心経とも。*大乗仏教の根本思想である空《くう》の理法を最も簡潔に説いた経典で、六百巻に及ぶ大般若経の内容がこの般若心経一巻に凝集されていると言われる。「色即是空《しきそくぜくう》　空即是色《くうそくぜしき》」や「羯諦羯諦《ぎゃあていぎゃあてい》　波羅羯諦《はらぎゃあてい》」の句で広く知られる。漢訳に七種あるが、僅か二六二文字の唐の玄奘《げんじょう》訳が読誦《とくじゅ》用(経文《もん》では読は濁らずトク)として最も広く用いられる。歌［三一九］に「いまはいざ／僧堂に入らん／あかつきの、般若心経、／夜の*普門品《(ふもんぼん)》」とある。この歌は一九一六(大正五)年、*盛岡高等農林二年のころのもので、僧堂という語から禅宗の寺での一場面を詠んだものであることがわかる。おそらく賢治がたびたび参禅した曹洞宗*報恩寺のことか。歌［三二三］に「*波羅羯諦」、詩［有明］に「波羅僧羯諦《(ハラサムギャティ》　菩提《ボージュ》　薩婆訶《ソハカ)》」と、般若心経の*陀羅尼が引用されている。

判任官待遇《はんにんかんたいぐう》 【文】 簡［65］に出てくるが、文庫版全集「備考」に「勅任官・奏任官に次ぐもの。教職関係では中学校・高等女学校の教諭がこれに当る」とあるが、補足すると、「待遇」とは判任官に準じて、あるいは、それと同程度の扱いを受ける位階だから、実際には「判任官」の下になる。旧憲法下で天皇が勅任する勅任官(一、二等)と、三等以下の所属長の奏薦で任命される奏任官を高等官、その下が所属長の任命する判任官、それに準ずるのが判任官待遇で、判任官ではない。それにしても*高等農林の助手や研究生が、その待遇を受けていたということは、社会的には厚遇だったと言えよう。

パンの神《ぱんのかみ》 【文】 Pan　ギリシア神話に登場する牧神。上半身は山羊の角をもつヒゲの老人、下半身は山羊。音楽と舞踊の神。秋の星座「やぎ座」もパンの化身(山羊と魚の*一体化した怪獣)。時々人々に恐怖を与えることから、パニック(panic)の語も生まれた。日本では明治末、新芸術運動の集団「パンの会」があった。木下杢太郎《もくたろう》や北原白秋ほか各分野の若き芸術家たちが集まってアンサンブル(合奏)の熱気をかもし、続く大正期の、賢治の時代のリベラルな文学芸術の展開に大きな影響を与えた。ところで音楽ではドビュッシーに「牧神の午後への前奏曲」と「*シリンクス」(牧神の笛)の二つの名曲がある。賢治は前者のレコードを特に好んで聞いたと言われる。この曲はマラルメの詩をもとに木陰に眠る牧神の夢を音楽化したもので、印象主義音楽確立の記念すべき管弦楽曲である。文語詩［〔*水*楢松にまじらふは〕］に「かしこに立てる*楢の木は、片枝青くしげりして、／パンの神にもふさはしき」とあるのは、この曲の影響であろう。パンの木については→パン

はんのき 【植】 榛《はり》の木の音便とされている(ただし榛はハシバミの漢名だから、厳密には別。また一般には「赤楊」の字を当て、賢治もそうしているが、これも厳密には別種、赤楊はカワヤナギ〈檉柳〉の別称だから)。はんのき(学名 Alnus japonica)はカバノキ科の落葉高木で高さ二〇mに達する。湿地や川岸に自生し、山麓の泉

ハンノキ

のほとりなどに小規模の林を作る。楕円形の葉に先立って早春のころヒモ状の暗紫褐色の花をたらし、あと小果をつける。雌雄同株だがス[二]に「さびしきは／雪のはんのきのめばな／雪のはんのきのその燐光」とある。詩[実験室小景]に「気象因子の系列だぜ／はじめははんの紐を出し」とあるのは、葉より先に下へ垂れさがって咲き出た花のこと。詩[雲とはんのき]には「雲は羊毛とちぢれ／黒緑赤楊《はん》のモザイック」、童[鹿踊《ししをど》りのはじまり]には「お日さんを／せながさしよへば(著者注、背中に背負うと)、はんの木《ぎ》も／くだげで光る／鉄のかんがみ(著者注、鉄の鏡)」(方言は濁音になる)と歌うすばらしい鹿たちの歌の中に何回か「はんのき」が登場。同じく童[イギリス海岸]には百万年前の「はんの木の実も見附かりました」とある。詩[〔甲助　今朝まだくらぁに〕]に「赤楊にはみんな氷華がついて」とあるのは、はんのきの花を氷の華(花)＝樹氷ととらえたか、花の季節からして実際氷の華が結晶していたか、そのどちらかであろう。詩[岩手軽便鉄道の一月]にも、車窓から見える氷華をつけた多くの樹木たちや電柱が歌われるが、はんのきも見えて「はんのき　アルヌスランダー　鏡鏡鏡鏡をつるし」とあり、詩[〔Largoや青い雲滃《かげ》やながれ〕](→ラルゴ)に「赤楊《はん》の木鋼《はがね》のかゞみを吊し」とある(鋼は垂れさがった花の色をそう比喩した)。鏡はここでは枝々の氷華(花)のキラキラする形容。詩[〔行きすぎる雲の影から〕]に「はんをつけるといゝなと云へば」とあるのは、前行の意を受けて、窪地に草が茂っていて、「そこにはんのきが生えていたら、もっと似あうな」と云(言)うと、の意。→アルヌスランダアギガンテア

パンの木《ぱんのき》　→パン

【はんれいか】

麺麭の実《ぱんのみ》　→パン

はんばき　→脚絆《きゃはん》

帆布《はんぷ》　【衣】　ほぬの。もめん、または麻糸で織った丈夫な布。船の帆に用いたのでその名がある。油絵を描く画布《がふ》(カンバスcanvas)も、この布にニカワや油などの塗料をまぜて塗ったもの。童[氷河鼠の毛皮]に「かたい帆布《はんぷ》の上着を着て」とある。

半分ごりゃ《はんぶん》　【方】　半分くらい。「ごりゃ」は「ぐらい」の訛りで「ぐりゃ」に同じ。「程度」の意。劇[植物医師]。

万法流転《ばんぽうるてん》　【宗】　万法とは万物、万象、万有と同じで、すべての存在のこと。流転とは移り変わること。万物は流転し止まることがない、というギリシアのヘラクレイトスの有名な「パンタ－レイ」にそのまま通じる仏法進化思想。詩[小岩井農場　パート一]に「すみやかなすみやかな万法流転のなかに」、簡[92]に「或は明るく時には暗くこの万法の流転よ」とある。

パン、ポラリス　→アンモニアック兄弟《あんもにあっくきょうだい》

斑猫《はんみょう》　【動】　鞘翅目《しょうし》ハンミョウ科の甲虫。体長二cmほどで頭や胸背は緑紫の光沢に輝き、金赤色に変化して金属的で美しい。道に沿って飛ぶのでミチシルベ(道標)、ミチオシエ(道教)等の別名がある。句「斑猫は二席の菊に眠りけり」は菊の品評会で二等になった菊に、たまたま斑猫が留まっているさまを詠んだもの。賢治が依頼されて花巻の菊花品評会の審査員をした時に得た句。

ハンミョウ

斑糲岩《はんれいがん》　【鉱】　ガブロ、ギャブロ(gabbro)。塩基性の深成岩の一。マグマの成分としては火山岩の玄武岩に対応。有色鉱

【はんれいか】

物の輝石や角閃石を多く含み、岩石全体が黒っぽい。無色鉱物はほとんどが斜長石。白い斜長石と黒い*輝石の結晶が大きく混交し、絣《かすり》模様を示すため飛白岩《かすりいわ》とも呼ばれる。詩「発電所」に「鈍った雪をあちこち載せる／鉄やギャブロの峯の脚」とあり、詩「岩手軽便鉄道　七月（*ジャズ）」先駆・発表形「「ジャズ」夏のはなしです」に「ぎざぎざの斑糲岩の岨（そば）づたひ／*膠質《こうしつ》のつめたい波をながす／*イーハトヴ第七支流（→北上第七支流）の岸を」とある。岨は険《けわ》しいところ（→そばみち）。

ひ

否《ひ》 ↓否《ひ》のなかに

榧《ひ》 ↓かや

ビーア ↓ビール

火《ひ》ぁ消《け》でらたもな【方】 火が消えていたものな。「火ぁ」は「火は」の訛り。童［ひかりの素足］。

ヒアシンス【植】 hyacinth ヒヤシンス、ヒアシント（明治時代の呼称）、風信子（広辞苑等には「当て字」とあるが中国名）とも。小アジア原産、ユリ科の観賞用多年草。地下の鱗茎は長さ三cmくらい。葉は根生で束出し、長さ一五〜三〇cm。春、総状花序で二〜三cmの花を多数つける。色は多種。もともとヒヤシンスはギリシア神話中の美少年の名。アポロ神の投げた円盤に当たって死に、流れ出る血から咲き出た花とされる。江戸時代末期に渡来。詩ノート［〔暗い月あかりの雪のなかに〕］の「ヒアシンスの根はけれども太いし短いから」、同［〔光環ができ〕］の「ヒアシンスの花の形した／巨きな黄いろな芽をたべてこい」をはじめ、多数登場。「風信子華の十六は、／黒き葡萄と噴きいでて」（文語詩［〔日本球根商会が〕］）と、華（花）を含めた漢字表記のもの（ここでは「ふうしんしか」と読む）、ヒヤシンスとしたのもある。また、同文語詩の先駆形にはヒアシンスとヒアシントが混用され、また風信子草にヒアチントのルビをつけている。

ヒアチント ↓ヒアシンス

日居城野《ひいじようの》【地】 旧花巻町北端の原野（現花巻市松園《まつぞの》町）。

びいどろ ↓ガラス

燧石の山《ひうちいしのやま》 ↓鬼越山《おにこしやま、おにこりやま》

稗《ひえ》【植】 イネ科の一年生穀物。稲に似ている。粟とともに縄文時代に渡来。湿地によく育ち、今日では水田の稲によく混じって生えるが、食用または家畜飼料として栽培もする。団子、味噌、酒の原料にしたり、飢饉時の非常食にした。北上山地岩泉《いわいずみ》地方の一九三五（昭和一〇）年ごろの食物収穫記録では、稗の割合が最も高く、次いで麦、粟、そばの順で、米は一割弱であった。歌［五八二］に「やまのはたけは／稗しげりつゝ」、童［かしはばやしの夜］に「稗の根もとにせつせと土をかけてゐました」、また童［鹿踊《ししをど》りのはじまり］に「嘉十はおぢいさんたちと北上川の東から移つてきて、小さな畑を開いて、粟や稗をつくつてゐました」とある。童［鳥箱先生とフウねずみ］には「ひえつぶ」が登場、「けしつぶや、ひえつぶや」とある。両方とも微小なもののたとえにも用いる。

ヒエ

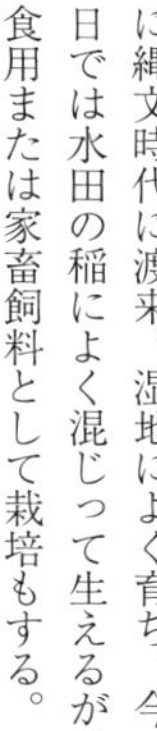

稗貫《ひえぬき》【地】 岩手県の旧郡名（一六町村があった）。古くは稗抜（『吾妻鏡』）、稗縫《ヒエヌイ》、とも。木村圭一説によれば、アイヌ語のフイ・ヌピ（針葉樹の原野）に発すると言う。郡の中心は花巻町で郡役所があった。賢治在世のころは花巻町と川口町は隣接する二町であったが、一九二九（昭和四）年に合併して花巻町となり、一九五四（昭

和二九)年に*花巻市となる。古くから当郡を治めていた稗貫氏(豊臣秀吉に滅ぼされる)の居城については諸説があるが、通説では小瀬川《こせがわ》城(花巻市)が最初のものとされ、花巻城とも呼ばれた鳥谷《とや》ヶ崎《がさき》(十八ヶ崎)城(→四《し》っ角山《かくやま》)が天正年間(一五七三～一五九二)の最後の居城と言われている。稗貫川、*葛丸川、*北上川と豊かな水源に恵まれ、肥沃な沖積地である北上盆地に位置するため、江戸時代から大規模な新田開発がなされ、現在も岩手米の穀倉地帯となっている。賢治の絶筆二首(一九三三年九月二〇日)は「*方十里稗貫のみかも／*稲熟れてみ*祭三日／そらはれわたる」「*病《いたつき》のゆゑにもくちん／いのちなり／みのりに棄てば／うれしからまし」とある。凶作の続く東北の農業に晩年を賭けた賢治にとって、最期の年に稗貫一帯の実りを目にし得たことが、せめてもの心のなぐさめであったかと思われる。なお、この祭は花巻の鎮守の社である鳥谷ヶ崎神社の秋祭で、賢治の死(九月二一日)の四日前の一七日から一九日までの三日間、花巻町内を御輿《みこし》が練り歩き、賢治は一九日夜八時自宅の門のところで神輿を拝礼した。

稗貫農学校《ひえぬきのうがっこう》 →花巻農学校《はなまきのうがっこう》

日覆ひ《ひおおい》 →天竺木綿《てんじくもめん》

牡丹《ピオネア》 【植】 Päonie(独)。正しくは特殊発音でペオーニエ。牡丹《ぼたん》のルビも。英語では peony(ピアニー)。ボタン。キンポウゲ(金鳳花)科の落葉低木。中国原産。鑑賞用、薬用として栽培。高さ一m余。四～五月ごろ直径二〇cmもの大輪の花を咲かせる。園芸品種が多く、色は紅、紫、白淡紅等。詩「*オホーツク挽歌*」に「朝顔(→モーニンググローリ)よりはむしろ牡丹《ピオネア》のやうに」、童「北守将軍と三人兄弟の医者」では「萎れかかつた牡丹《ぼたん》の鉢」とある。

ビオラダガムバ →ヴァイオル

比較解剖学《ひかくかいぼうがく》 【科】 comparative anatomy 各種生物内部の構造や生理を比較し、その差異や分化を研究する学問。童「*ビヂテリアン大祭」に「比較解剖学の立場から」とか、「比較解剖学の見地から」と出てくる。

ひかげのかつら 【植】【レ】 日陰の蔓《かつら》(鬘)。かつらはかづら、とも。ヒカゲノカズラ科の常緑シダ植物。細長く地面をはう。童「十力の*金剛石」、同「蛙のゴム靴」、同「グスコンブドリの伝記」(「グスコーブドリの伝記」先駆形)等。

東岩手火山《ひがしいわてかざん》 →岩手山《いわてさん》

東橄欖山地《ひがしかんらんさんち》 【地】 北上山地の*早池峰山付近等に見られる顕著な*橄欖岩や*蛇紋岩等の多い地帯。詩「休息」(初行「中空《なかぞら》は晴れてうららか…」)に「氷と藍との東橄欖山地から／つめたい風が吹いてきて／つぎからつぎと水路をわたり」とある。

旱《ひ》**からびだ** 【方】 乾燥してしまった。童「*鹿踊《ししをど》りのはじまり」「こいづあ大きな蝸牛《なめくづら》の旱《ひ》からびだのだな。」

光厳浄《ひかりごんじょう》 →光厳浄《こうごんじょう》

ひかりの素足《ひかりのすあし》 【宗】 素足は「すあし」(詩「*小岩井農場」等)、「すはだし」(文語詩「春章作中判(→勝川春章)」等)と出てくる場合もあるが、童「ひかりの素足」が好例であるように、人間世界を超越した仏、*菩薩、*天人等の足に対して用いられることがわかる。童「ひかりの素足」に現われる「素足の人」は、「立派な*瓔珞《(ようらく)》をかけ黄金の*円光を冠り」、「その人ははだしでした。まるで*貝殻のやうに白くひかる大きなすあしでした」とある。また「くびすのところの肉はかゞやいて地面まで垂れてゐました」は、仏の*三十二相の一、足跟満足相《そっこんまんそくそう》(足跟円長相とも。足の跟《くびす》〈踵《かかと》〉が広長で豊満であること)によるものであろう。こうした描写は詩[*小岩井農場 パート四、九]の「みんなすあしのこどもらだ/ちらちら瓔珞もゆれてゐるし/(中略)/これらはあるひは天の鼓手(→たむぼりん) *緊那羅のこどもら」『あなたがたは赤い*瑪瑙の*棘でいっぱいな野はらも/その貝殻のやうに白くひかり/底の平らな巨きなすあしにふむのでせう」。あるいは詩[青森*挽歌]の「また瓔珞やあやしいうすもの(→羅《ら》)をつけ/移らずしかもしづかにゆききする/巨きなすあしの*生物たち」のイメージに通じる。いずれも*釈迦牟尼《ぶつ》の入滅(滅度とも。死)の折の足形を石面に刻んだといわれる仏足石《そくせき》や、各種仏画に見られる素足のイメージの影響が考えられる。

蟇《ひき》 →蛙《かえる》

ビキコ →蛙《かえる》

ひきざくら →マグノリア

蟇の卵の弾薬帯《ひきのたまごのだんやくたい》 →蛙《かえる》

引湯《ひきゆ》 【文】【地】 温泉の元湯から湯を引くこと。またはその温泉のこと。例えば*花巻温泉は奥の台《だい》温泉からの引湯。歌稿A[三三九・三四〇]の歌題「新網張《にいあみはり》 二首」や短[*沼森]に「帰って行って麓の引湯にぐったり今夜は寝てやるぞ」とあるのも、元湯の*帝釈《たいしゃく》の湯から二kmほど引湯した網張温泉のこと。盛岡市の西北方、賢治のころは新盛岡温泉、新網張温泉とも称した。標高七六〇mで当時から八幡平《はちまんたい》や岩手山への登山コースの拠点だった。

比丘《びく》 【宗】 梵語bhikṣu、パーリ語ビック(bhikkhu)の音写。食を乞う者の意。乞士《こっし》と漢訳する。*四衆《ししゅ》の一。仏門に入り具《ぐ》足戒《そくかい》(定められた二五〇の戒律)を受けた男子の称(女子は比丘尼《に》で五〇〇戒)。文語詩[不軽菩薩《ふぎょうぼさつ》]下書稿㈣における「無智の比丘」は*不軽菩薩を指す。

矮い《ひく》 【レ】 矮勢《わいせい》。育ちがわるく背丈が低いこと。詩[*清明どきの駅長]に「いぢけて矮い防雪林の」とある。

ビクトルカランザ 【人】 Venustiano Carranza(一八五九～一九二〇)。ビクトル(Victor)は勝利者。勝者カランザの意。一九一〇年から一九一七年にわたって独裁者ディアスを打倒し、反帝国主義民主革命が起こる。このメキシコ革命はやがてブルジョア(→ブルジョアジー)や大土地所有者の代表であるカランザによって収拾される。一九一七年には民主的・民族的憲法を制定、カランザは大統領(一九一五?～一九二〇)となる。しかし一九二〇年に暗殺された。詩[*電車](初行「トンネルへはいるので…《(ママ)》」)の中に「おい きさま/日本の*萱《(かや)》の野原をゆくビクトルカランザの配下/帽子が風にとられるぞ/こんどは青い*稗《ひえ》を行く貧弱カランザの末輩/きさまの*馬はもう汗でぬれてゐる」とある。貧弱カランザとはかつての勝者カランザが殺されて敗者カランザになったという意か。末輩は、もと技術や地位の低い者の意で、転じて後輩、下っぱ。これは車内から車外の馬に乗った人たちを見て、メキシコの風景に擬したのであろう。

カランザ

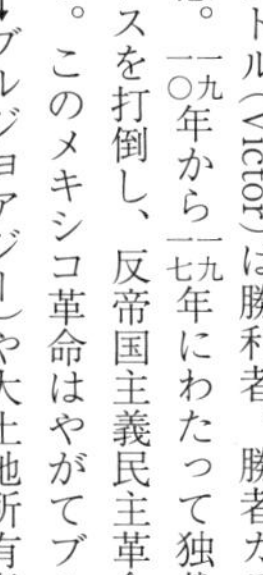

羆熊《ひぐま》 →熊《くま》

飛行船《ひこうせん》 【文】 エアシップ(airship)。*水素、ヘリウム等空気より軽い気体を流線型の気嚢《きのう》の胴体に詰め、その浮力によって空中に浮かぶ航空機のうち、推進装置をもつもの。もたぬものを気球と言う。二〇世紀初期、交通機関として脚光を浴びた。代表的なものはツェッペリン飛行船。第一次大戦中ごろまでは飛行機より航続力、積載力にすぐれ、交通機関としてはより実用的であると評価されていた。一九三七年、ドイツ、ヒンデンブルク号の爆発を最後として交通機関としての生命を終わった。現在は広告用などに使われている。童*［グスコーブドリの伝記］に「大博士は玩具のやうな小さな飛行船に乗つて」とある。

匪虎匪狗《ひこひこう》　【文】　『史記』の「斉世家《せいせいか》」中の語「非虎非羆《ひこひひ》」(虎やひぐまではない)と『詩経』の「小雅何艸不黄篇《しょうがかそうふこう》」中の語「匪兕匪虎《ひじひこ》」(匪＝非、兕＝野牛、野牛や虎ではない)の混用、あるいは賢治独特の言い換えであろう。いずれにせよ、不幸を嘆く意。帳［兄妹像］一九九・二〇〇頁に「漢詩入門」等の語に並んで「匪　虎匪　狗」とある。狗《こう》は虎や熊*の子のこと。「虎や虎(熊)の子ではない」の意となる。

ひさげ　【文】【レ】　提、提子。昔使われた金属製の酒等を注ぐ器。口がついて手で持てるつるがついており、やかんに似ている。しかし文語詩［〔あかつき眠るみどりごを〕］に「よべの電燈《あかり》(→電燈《でんとう》)をそのまゝに、／ひさげのこりし桃の顆《み》の、」とある「ひさげのこりし」は、この提ではなく、「ひさぎのこりし」あるいは「ひさげのこりの」の賢治の誤用で、売り(鬻《ひさ》ぎ)残した、売れ残りの、の意であろう。「昨夜《よべ》の電燈《あかり》をつけたまま、売れ残った桃の実が、紅くほのかに映えて熟れて見える小店さきの朝の情景。

ひさげ

凍雨《ひさめ》　【レ】　氷雨《ひさめ》に同じ。トウウとも読める。雹《ひょう》。霰《あられ》。詩［凍雨］がある。

ビザンチン　【文】【地】　Byzantine　東ローマ帝国(三九五～一四五三)の別称。独自の皇帝教皇《きょうこう》主義をとり、一一世紀にローマ・カトリックと分裂。文化面でもギリシア文明のヘレニズムを継承、東洋風神秘思想と混合した独自のビザンチン文化が栄えた。詩［〔ふたりおんなじさういふ奇体*な扮装《(ふんそう)》で〕］に「赤い手桶をはたけにおろし／天使のやうに向きあって／胸に手あてて立つといふ／〔ビ〕ザンチンから近世まで／大へん古いポーズです」とある。ビザンチン文化を代表するのが円蓋(→穹窿)とイコン(聖像画)で、前者は天*上界のヒエラルキーを視覚的に示した天上図像を示す。後者も奇跡の力を持つとされ崇拝された聖なるイメージ。賢治はそれらを田園での風景に連想している。

B《びー》**氏**《し》　→Brownian movement

秘事念仏《ひじねんぶつ》　【宗】　隠し念仏のこと。東北地方を中心に行なわれている念仏結社。浄土真宗の一派であるが、江戸時代には異端として、隠れ切支丹とともに厳しい弾圧を受けた。隠し念仏は徹底した秘密主義で、入信の儀式や会合等すべて人目をさけ秘密裏に行なわれる。儀式としては、仏壇(仏画)の前で本尊に対して誓言と念仏を唱え、「助け給え、助け給え」と大声で息つく間もなく連呼し、意識もうろうとなったところで導師により「お助けがありましたぞ」という救いが与えられる。この時から信者はこの世の仏として生まれ変わるとされる。現在でも隠し念仏の信徒は多く、約五〇万と言われ、特に岩手県の中南部がその中心である。詩［〔秘事念仏の大元締が〕］に「秘事念仏の大元締が／今日は息子と妻を使って、／北上ぎしへ陸稲《(おかぼ)》*播き」とある。「大元締」とは信者から知識様と呼ばれる隠し念仏の中心人物のこと。「北上ぎし」は北上川岸辺の畑。ほかに、文語詩〔〔秘事念仏の大師匠〕〕の〔一〕〔二〕がある。これらの詩は、賢治が羅須地人協会時代のことを描いたもので、協会があった川口町大字下根子《しもねこ》桜は、隠し念仏の盛んな地であった。賢治と隠し念仏信者との間に少なからぬ確執《かくしゅう》があったことは、詩〔憎むべき「隈」弁当を食ふ〕の次の詩句から推察される。「およそあすこの廃屋に／おれがひとりで移ってから／林の中から幽霊が出ると云ったり／毎晩女が来るといったり／町の方まで云ひふらした／あの憎むべき『隈』である」（熊の表記もある）とは、桜に住む隠し念仏信者の一人と考えられる。廃屋は賢治の住んだ宮沢家の別荘。

ひじみ鳴り《ひじみなり》 【レ】 歪《ひず》み鳴りの訛り。文語詩〔硫黄〕の下書稿㈡に「硫黄はひじみ鳴りながら」とあり、下書稿㈢では「ひじみ」は「歪み」に直されている。掘り出された硫黄が「か黒き貨車に移さるゝ」（次行）とき、音たててゆがみくずれて積みこまれているさま。

毘沙門天《びしゃもんてん》 【宗】【地】 梵語 Vaiśravaṇa の漢音写。あまねく聞くという意から多聞天《たもんてん》とも訳される。インド古代神話のクベラ（Kubera, Kuvera）が仏教に取り入れられた神。四天王の一、世界の北を守る神、財宝の守護神とも。詩〔毘沙門天の宝庫〕では、北上山地の人首《ひとかべ》から岩根橋にかけて発生した雄大積雲を、毘沙門天像になぞらえて、旱魃の東北を救う雨の宝庫として描く。しかし積雲は夏の地表が暖められて生ずる熱対流によって発生する雲なので、簡単には雨にならない。「けれどもそこら下層の空気は／ひどく熱くて乾いてゐたので／透明な毘沙門天の珠玉は／みんな空気に溶けてしまった」。この詩の毘沙門天のイメージに影響を与えたのが、花巻市郊外、成島にある毘沙門天像。この像は高さ約四・七mの木製巨像で、平安時代の東北鎮護で名高い坂上田村麻呂《さかのうえのたむらまろ》が命じて作らせたと伝承される。一九二〇（大正九）年に国宝、現在は重要文化財。この像の特色は西域の兜跋《とばつ》国（一説ではトルファン）に出現した兜跋毘沙門天像であることで、胴回りの重厚な鎧《よろい》にその特徴がある。日本では唐文化の影響下、王城鎮護の神として平安時代に多く造られた。賢治文学との結びつきで重要なのは、これが賢治の西域憧憬にふさわしい西域様式だという点である。北上山地はまた賢治の夢想のなかでチベット高原（→ツェラ高原、トランスヒマラヤ）と重なったが、この詩〔毘沙門天の宝庫〕にも「あれが毘沙門天王の／珠玉やほこや幢幡《どうばん》を納めた／巨きな一つの宝庫だと／トランスヒマラヤ高原の／住民たちが考へる」とある。この部分は〔装景手記〕の下書きである〔一造園家とその助手との対話〕にほぼ同一の表現があり、その中にはスヴェン・ヘディン（→セヴンヘヂン）の名が記されている。賢治はヘディンのチベット探検記『トランスヒマラヤ』英語版を読んでいた。トランスヒマラヤ命名はヘディンである。この成島の毘沙門天像も賢治の西域憧憬を刺激したにちがいない。この成島の毘沙門天は文語詩〔〔毘沙門の堂は古びて〕〕〔祭日〔二〕〕にも登場。童〔なめとこ山の熊〕に「北島の毘沙門さん」と出てくるのは「成島」の言い換えであろう。補遺詩篇の文語詩〔ロマンツェロ〕の終行「射て見たまひしおんかぶらや」は射てごらんになった鏑矢、の意。音が出るように穴のあいた鏑を先に付けた矢。

毘沙門天像（成島）

秘呪《ひじゅ》 →あらに

翡翠《ひすい》 【鉱】 翡翠は現在では、鉱物学的に硬玉と軟玉*に分けられている。ヒスイ輝石（ジェイダイト）からなるものを硬玉と、透閃石‐緑閃石系角閃石（ネフライト）からなるものを軟玉と呼んでいる。中国では軟玉しか産しないが新疆ウイグル自治区和田（ホータン）地区産の白玉と呼ばれる軟玉は、最高級品として扱われた。硬玉の産出地は世界的に限られていて、特にミャンマー（旧ビルマ）のカチン高原が名高い。なお日本でも新潟県糸魚川で翡翠（硬玉・ジェイダイト）が出土する。古代遺跡などから出土する勾玉にも糸魚川産が確認されている。また翡翠の字は、翡翠《かわせみ》の羽の色に由来する。翡翠（ヒスイ輝石）は本来無色だが、クロムを含むことにより緑色を発するとされる。賢治は「天頂」の色の比喩として用いている。→翡翠いろ《ひすいいろ》、瑯玕《ろうかん》

翡翠いろ《ひすいいろ》 【レ】 詩［〔ふたりおんなじさういふ奇体な扮装で〕］に「翡翠いろした天頂では／ひばりもじゅうじゅくじゅうじゅく鳴らす」とある。空を翡翠《ひすい》色として表現したもの。翡翠の一般的なイメージとしては緑系の色。→翡翠《ひすい》

ビスケット 【食】 biscuit 洋菓子の一。語源はラテン語の bis coctum panem（二度焼いたパン*）。転じて「水夫の糧《かて》*」（biscoctus）の意。水分が少なく保存性があるため、航海用や軍隊用の携行食として、ヨーロッパで発達した。日本には中世期末の一五五〇年代にポルトガル人によって伝えられた。国内製造は一八七五（明治八）年に米津《よねつ》凮月堂《ふうげつどう》によって始められ、一九〇〇年には業者の連合体「東洋製菓株式会社」が量産を始め、このころから地方にも出回るようになった。しかしバタくさい味がなじみにくいものであったらしく、当時の売れ行きは悪かった。童［青木大学士の野宿］（→葛丸《くずまる》川）に「ビスケットのあるうちは歩いて野宿して面白い夢でも見る分が得なんだ」とあり、歌［三〇五］に「ひとひらの／雪をとり来て母うしの／にほひやさしき／ビスケット噛む」とある。「うし」（大人）は敬称。

砒素《ひそ》 【科】 元素記号はAs、原子番号三三の元素。金属光沢ある灰色結晶、黒、または黄色粉末の三種がある。天然*には硫黄化合物の鶏冠石や、硫砒鉄鉱として産出する。猛毒亜砒酸の原料となる。板谷栄城《いたやえいき》（『賢治博物誌』一九七九）によれば、文語詩［肖像］の「入りて原簿を閲すれば、その手砒硫の香にけぶる」の砒硫*とは朱墨の材料としての雌黄《しおう》（藤黄《とうおう》とも言い、日本画の黄色えのぐになるオトギリソウ科の熱帯常緑喬木の樹脂）を指すと言う。また板谷は、詩［〔その洋傘《かさ》だけでどうかなあ〕］で「ロンドンパープル*やパリスグリン*」と表現されるパリスグリンとは、童［ガドルフ*の百合*］の中で楊《やなぎ》*の葉が「殊にその青いときは、まるで砒素をつかった下等の顔料《えのぐ》のおもちゃぢゃないか」と表現される顔料のことと思われるとも言う。父宮沢政次郎*あて簡［72］にも見られる。→砒硫《ひりゅう》

砒素鏡《ひそきょう》 【科】 水素発生装置（稀硫酸に亜鉛*を加えたもの）に砒素含有物を入れ、そこから出てくる気体を細いガラス*管に導き、そのガラス管を加熱する。砒素*が含まれている場合は、ガラスに黒い金属光沢をもった砒素が付着する。これを砒素鏡と呼ぶ。一八三七年、イギリス人のジェームズ・マーシュが発明した方法で、簡便でかつ微量の砒素でも検出可能。マーシュテストと言う。詩［津軽海峡］に「けむりは砒素鏡の影を波につくり」、同題詩（作品

番号一一六)に「水脈は凄美な砒素鏡」とある。水脈(みお)は船の通行する航跡。

ひそに【レ】 秘(密)に。ひそかに。そっと。文語詩〔〔霧降る萱*の細みちに〕〕の「ひそに醸《かも》せるなが酒を」とあるのは、ひそかにあなたが醸造した、つまり密造したあなたの酒を、の意(↓密造酒)。文語詩〔〔ひかりものすとうなゐごが〕〕に「ひそにすがりてゆびさせる」とあるのは、そっと「われ」にすがりついて水車場のあるじを指さしている幼女(↓うなゐご)。

卑懦《ひだ》【レ】 卑怯に同じ。いやしく勇気がないこと。短「疑*獄元兇」に「卑懦の称さへ受けねばならぬ」とある。人に卑怯者と言われてしまう、の意。

鐚《びた》**(鉟)**【文】 鐚銭《びたせん》の略(賢治の原稿表記の鉟も旧字だが、鉟はシコロ〈錏、鞆とも書く〉、革や鉄板等で首のうしろをおおう武具のことで誤字になる)。銭《ぜに》の表面の文字が磨滅したものを言うが、粗悪な銭、一文銭《いちもんせん》等の意にも用いた。「鐚一文貰っていない」等の語源。詩〔〔祠《ほこら》*の前のちしゃ*のいろした草はらに〕〕に「那智先生の筆塚が/青ぐもやまた氷雲の底*で/鐚《びた》のかたちの粉苔をつける」とある。粉苔(こごけ)は粉状の苔*。

日高神社《ひだかじんじゃ》【地】 岩手県水沢*市(現奥州《おうしゅう》市)日高小路《こうじ》にある天之御中主神《あめのみなかぬしのかみ》を主神とする神社。社伝では八一〇(弘仁元)年創建と言われる。江戸期以降は日が火に通じるところから火の神を祭ると言われ、防火を祈願して旧正月二二日には日高火防祭《ひぶせまつり》が行なわれる。日高の名は奈良・平安時代の蝦夷《えぞ》*の国の大称である日高見から来た(北上川も日高見川の訛りとも言われている)。詩〔〔職員室に、こっちが一足はいる《(ママ)》やいなや〕〕に「職員室に、こっちが一足はいる《(ママ)》やいなや/ぱっと眉をひそめたものは/黄の狩衣《かりぎぬ》*によそほへる/日高神社の別当だ*」とある。なお、この詩の下書稿には「校長シルレル先生」や「紋付を着たマグダル女史」等、出所不明の人物も登場する。↓日高野《ひだかの》、シルレル先生とマグダル女史《しるれるせんせいとまぐだるじょし》

日高野《ひだかの》【地】 北上*流域の平野の古称。仙台平野を日高見(の)国、日高見野とも言うが、仙台平野とは限らない。時代を遡ればこの呼称には変動が見られ、『日本書紀』には「東夷《あずまえびす》の奥」とあり、北関東から東北地方を指し、『常陸国風土記《ひたちのくにふどき》』には「この地は本《もと》日高見なり」とある。最終的には宮城県北(多賀《たが》城より北)から岩手にかけて北上川(日高見川)流域を指すことになったと考えられる。連句「車中にて」に「稲*熟れ初めし日高野のひる」とある。↓日高神社《ひだかじんじゃ》

ひたき【動】 鶲。火焼。キビタキ、ジョウビタキ、ルリビタキ等の鳥類の総称。単にヒタキという場合、ツグミ科のジョウビタキを指すことが多い。全長一四cmほどでスズメ*くらい。ヒッヒッ、カチカチと昔の火打ち石を打つように(雄の声がよい)聞こえる鳴き声からその名がある。シベリア*から冬渡来する。村落近くの森や畑等に生息する。童「林の底*」に「殊にも雀*ややまがら*やみそさざい、めじろ*、ほゝじろ*、ひたき、うぐひす*なんといふ」とある。

ピタゴラス派の天球運行の諧音《ぴたごらすはのてんきゅううんこうのかいおん》【天】 ピタゴラス(Pythagoras 前六世紀)は古代ギリシアの数学者、宗教家。「ピタゴラスの定理」で有名。彼を中心とした神秘主義的な宗教教団は霊魂不滅や死後の応報を信じ、霊魂救済のために禁欲と

戒律を守った。ピタゴラス派は自然数の調和的性質に注目し、神格化して宇宙の根本原理とした。彼らによると円は神聖で完全な図形であり、天体もまた円軌道をなし、天体間の距離や速度の数学的調和によって耳に聞こえない和音を奏でているという。こうした音楽はハーモニーの語源ハルモニアー(harmoniā 調和)と呼ばれ、知性でのみ聞きとれるものとした。彼らのこうした考えは、ケプラーの『宇宙音楽の理論』(一六一九)に受け継がれ、これがケプラーの第三法則(公転周期の二乗は平均距離の三乗に等しい。↓ニュウトン)発見の糸口となった。小野隆祥《りゅうしょう》によれば賢治は中学三年時(一九一一)に島地大等の説教でピタゴラスの天球音楽を知ったと言う。童[シグナルとシグナレス]には「夢の水車の軋《きし》りのような音」について「ピタゴラス派の天球運行の諧音です」とある。賢治は諧音と和音を同義に用いたと思われる。なお童[水仙月の四日]の「カシオピイア、／もう水仙が咲き出すぞ／おまへのガラスの水車／きつきとまはせ」、短[うろこ雲](↓巻積雲)の「みがかれた天河石(↓天河石《アマゾンストン》)の板の上を貴族風の月と紅い火星とが少しの軋《きし》りの声もなく滑って行く」等も関連のある表現。

火棚《ひだな》【文】 天棚《あま》。囲炉裏《いろり》などの上につるしてある隙間のある棚。詩ノート[〔火がかゞやいて〕]に「ぼそぼそ煤けた火棚の鍵」とある。「鍵」はその棚からつるされた自在鉤《かぎ》(囲炉裏に煮たきの鍋などをつるす。調節により伸縮自在なのでそう言う)。

火蛋白石《ひたんぱくせき》 ↓蛋白石《たんぱくせき》

ビヂテリアン《びじてりあん》【文】 vegetarian ベジタリアン。菜食主義者。内容については童[ビヂテリアン大祭]に詳細に、かつユーモラスに説明されている。この童話は作品としてのおもしろさと同時に、日本の菜食主義文献の中でも重要な地位を占めるものと言える。賢治はこの童話で、「ビヂテリアン」を菜食主義者と訳すよりは菜食信者と訳した方が適切だということから説き起こして、これに同情派と予防派の二つがあることを説明し、その精神と歴史、効用にふれ、世界的な見地から熱を帯びた話題を生き生きと各人物を巧みに交錯させながら展開していく。これは賢治自身が文字どおり菜食信者だったから書けたとも言えよう。菜食主義(vegetarianism)はヨーロッパではギリシア時代から(哲学者ピタゴラス以来プラトンら)歴史は古く、東洋では釈迦(↓釈迦牟尼)以来、孔子ら、仏教、道徳、哲学の立場からの信仰と実践の長い歴史をもつが、インドでは圧倒的に徹底したベジテリアンが今も多い。日本も古来ベジテリアンの国であった。しかし「世界ベジテリアン大会」がパリで開催されたのは一九〇八年のことである。爾来《じらい》、欧米では今でもレストランに必ず「ベジテリアン・コーナー」を見かける。その点日本の現状は世界的に見て例外的とも言えるほどのベジテリアンの少ない国である(東洋ではインドが今も最も多い)。賢治の童話は「ニュウファウンドランド島の小さな山村、ヒルテイで行はれた」大会という設定になっている。これはおそらく、パリでの世界初の同名の大会が下敷きになっているものと思われる。この童[ビヂテリアン大祭]が大幅に手入れされたものが童[一九三一年極東ビヂテリアン大会見聞録]である。こちらは会場も花巻温泉になっている。しかし未完のままに終わっている。

ビチュコ ↓蛙《かえる》

びっき【方】【動】 蛙の方言。原音ヒキ(蟇)。短[十六日]には「どこさでもけづがれ。びっき」と出てくる。この場合「びっき」は相手への悪口雑言として使われている。「蛙みたいなやつ」の意。幼児や女の子に対しては蔑称というより親しみの気もちをこめて使う場合もある。なお、これに類する「ふるだびっき」という方言もあるが、これは異様に大きな蛙を指して言い、そこから「図体ばかり大きなうすのろ」の意で相手の誹謗《ひぼう》に使われる。↓蛙《かえる》

畢竟《ひっきょう》【レ】 つまり。けっきょく。畢も竟も、おわり、おしまひ《い》(これも賢治はよく使う)の意。『春と*修羅』の[序]の「それらも畢竟こゝろのひとつの風物です」をはじめ賢治愛用の副詞。短[*疑獄元兇]に「畢竟党から撰ばれて」とあるが、語間をつめて書いてしまう賢治のくせで「畢竟党」という政党でもあったかのような誤解も与えかねない。

ピックル【食】 pickles ピクルス。西洋風の漬物。野菜・果物等に香辛料を加えて酢や塩水につけこんだもの、またそのつけ汁のことを言う。びん詰め等にして保存する。詩[*阿耨達池《あのくだっち》幻想曲]に「*こけももの暗い敷物/*北拘盧州《ほっくるしゅう》の人たちは/この赤い実をピックルに入れ/空気を抜いて瓶詰にする」とあり、ホックルとピックルが語呂合わせのようにひびく。

ヒッコ【方】 簡[54]に「ヒッコ(或ハワッパ)ヲ開ケテサアオ取リャンセト云《(い)》ッテ」とある。ワッパ(輪っぱ、地方によってメッパ、メンパ、とも。ヒッコもその一で東北方言)のほうが、新潟地方の郷土料理ワッパめしが有名なだけに通りがよいが(ワッパは薄い板を曲げて作った曲木細工《まげきざいく》の食器)、ヒッコは櫃《ヒツ》コで、同じ曲木細工の蓋つきの食器。弁当箱の大きさから、もっと大きいものまであった。その蓋を「アケテ、サア召シアガッテ下サイト言ッテ」の意。オ取リャンセは方言特有の情のこもった、ていねいな表現。

日詰《ひづめ》【地】 岩手県紫波《しわ》郡日詰町(現紫波町)。古くは比爪、樋爪とも書いた。アイヌ語のシュト・オマ・イ(山麓になっている所)に発する地名と木村圭一は言う。童[風野又三郎](↓風の又三郎)に「丁度お前達の方のご維新前ね、日詰の近くに源五沼といふ沼があったんだ」とある。源五沼の所在は未詳。今は日詰の近くにそれらしい沼はない。フィクションか。

ひでやづだぢゃ。春《はる》がら汗水《あせみず》たらすてやうやぐ物《もの》にすたの二百《にひゃく》刈《かり》づもの、まるっきり枯《か》らしてしまたな【方】 ひどい奴だな。春から汗水流して、ようやく物にした二百刈(穀物収穫の単位↓百刈勘定《ひゃくがりかんじょう》)というものを、全く枯らしてしまったな。劇[植物医師]。

ひでり、旱《ひでり》 ↓旱魃《かんばつ》

匪徒《ひと》 ↓否《ひ》のなかに

人首《ひとかべ》【地】 現奥州市江*刺区人首町。旧江刺郡人首村、第二次大戦後米里《よねさと》村。南北朝時代以来の領主人首氏にちなんだ地名。伝説では坂上田村麻呂が討った悪路王《あくろおう》(↓達谷《たった》の悪路王)の子、人首丸にちなんだ名。人首川源流に沿い、盛《さかり》街道の要所であった。*種山ヶ原や*五輪峠にも近く、賢治はしばしば訪れた。記録によれば、*水沢と盛(*大船渡《おおふなと》の古称)の間(すなわち盛街道)に乗合自動車が運行されたのは一九二二(大正一一)年になってからである。一九二四年三月二五日の日付をもつ詩[人首《(ひとかべ)》町]には、五輪峠、種山ヶ原の名も見える。同下書稿の「広田湾から十八里/水沢へ七里の道が」とあるのも、現大船渡線に沿ったこの盛街道で、内陸と沿岸部を結ぶ、ここは主要道路だった。詩[*毘沙門天の宝庫]にも「巨きな白い雲

の峯」が、人首辺りから*岩根橋までまたがっているシーンが歌われている。

一遍《ひとがへり》《ひとがえり》【方】 一遍《いっぺん》。一度。一回。一回はヒトガエリとも読めるし、一返りにも通じるので生じた方言。童「*鹿踊りのはじまり」「*ひかりの素足」等。

人欺《ひとだま》してこったなごとしてそれで通《とお》るづ筈《はず》なぃがべぢ《じ》ゃ【方】 人を欺してこんなことをして、それで通用するというはずはないだろう。「こったな」は「こんな」の意。同様に「そんな」「あんな」「どんな」はそれぞれ「そったな」「あったな」「どったな」と言う。「通る」は「通用する」「ただで済む」の意。「づ」は「という」の意。「ない」は「ね」と発音する。劇「植物医師」。

奴凧こ《ひとつこばだ》 ↓何《なん》だぃ。あったな雨降《あめふ》れば…

孤輪車《ひとつわぐるま》 ↓おのも積《つ》む孤輪車《ひとつわぐるま》

ひとで【動】 海星。海盤車。海に棲む棘皮《きょくひ》動物の総称。種類は多い。多くは星の形の五本の腕を持ち、人間の手のようなのでその名がある。「ひとではもとはみんな星さ」と、怒ったひとでが言う童「*双子の星」の二では計一七回も登場。童「*シグナルとシグナレス」には「水の*底に赤いひとでがゐますよ」とある。ほか「氷がひとでや*海月《くらげ》やさまざまのお*菓子の形をしてゐる」（童「氷河鼠の毛皮」〈↓ねずみ〉）等。しかし、ヒトデも*ツメタガイと同じくアサリやハマグリ等の二枚貝を食べるので、彼らには敵（漁民には害虫）である。小さな*魚も五本の腕で捕えて食ってしまう力をもっている。メモ「創2」には「海盤車」の表記もある。

ヒトデ

ヒドラ【科】 hydra 腔腸《こうちょう》動物。体長約一cm。池や沼の*底の石や枯葉などに一方の先端を付着させ、他の端のまわりの六、七本の糸状の触手でゆらゆら揺れながら微生物を捕食する。ギリシア神話のヘラクレスに退治される九頭蛇（水蛇）の名をとって命名。童「*ビヂテリアン大祭」に「動物の中にだってヒドラや珊瑚類のやうに植物に似たやつもあれば」とある。

ヒドラ

一人《ひとり》して【方】 一人で。特に方言というほどでもないが、「一人して」は、「二人で」あるいは「二人とも」の意となる。童「*ひかりの素足」。

干泥《ひどろ》 ↓湿田《ヒドロ》

湿田《ヒドロ》【農】【方】 湿田《しつでん》の方言。干泥。排水が悪く水の引かない泥田のことを「ひどろだ」と言う。その略。詩「*塩水撰・*浸種」に「湿田《ヒドロ》の方には／朝の氷の*骸晶が」とある。文語詩「民間薬」には「干泥のわざに身をわびて」（田作りの仕事に身をたえて）とある。↓乾田《かたた》

ひなげし【植】 雛罌粟。ケシ科の越年草。古来、虞美人草《ぐびじんそう》、麗春花《れいしゅんか》とも呼ばれ、文学作品にも多く登場する。観賞用に庭園等に植えられることが多い。初夏に咲く四弁の花はケシ科の中では小型で、紅・白・紫・しぼり等色彩も豊富。ヨーロッパ原産（ポピー、コクリコ等の名で呼ばれる）。江戸期に日本に渡来。童「*ひのきとひなげし」に「ひなげしはみんなまっ赤に燃えあがり、めいめい風にぐらぐらゆれて」とある。ちなみに与謝野晶子の歌に「ああ皐月《さつき》仏蘭西《フランス》の野は火の色す君も雛罌粟《コクリコ》われも雛罌粟」がある。

卑那やか天《ひなやかてん》【宗】 正しくは毘那夜迦天。別名、大聖歓喜《だいしょうかんぎ》

自在天、略して歓喜天、聖天《しょうてん》（ショウデンと濁ると正天、正殿とまぎらわしくなる）とも呼ばれる。ヒンドゥ神話では、もともとシヴァ（Śiva）神の息子ガネーシャ（Gaṇeśa）のことで、怒った父に首をはねられ、妻（すなわちガネーシャの母）の恨みを買った夫シヴァが通りかかった*象の頭をつけて生き返らせた象頭人体の子ども（童［ペンネンネンネンネン・ネネムの伝記］〈→昆布〉のばけものの一人、フクジロ像のモデルか。→フクジロ）。やがて*魔の集団ヴィナーヤカ（Vināyaka フィナーヤカとも）の王となったが、仏教に帰依して、逆に魔障を除く役を負ったとされている。*密教の神としての色彩が濃く胎蔵界・金剛界の*曼陀羅の外院中に描かれるが、特に金剛界曼陀羅の外院には、六種の毘那夜迦天が配されている。その像容は特異で、単身像と妃を伴う男女一対像（妃は十一面観音像のモデルとも言われる）があるが、一般には、後者の二天の抱擁像が多く見られるところから、夫婦和合のシンボルとされる。詩［温《ぬる》く含んだ南の風が］の下書稿に「*軍荼利夜叉《ぐんだりやしゃ》よ／卑那やか天よ」とある。歓喜天はエロスにみちた文語詩［塔中秘事］に「歓喜天そらやよぎりし」（この詩は七つの下書稿をもつが㈥以降）と登場。仏塔になぞらえているのは*小岩井農場の穀物の粒を穂から取り離す作業場、すなわち脱穀小屋（脱穀塔）で、そこでの秘事、つまり若い男女の情事を、賢治流に神秘的な雰囲気に仕立てたもの。二人の和合の歓喜を「空をよぎる歓喜天」と歌った。

毘那夜迦天

ピネン【科】 pinene *テレピン油（植物から採取される精油）の主成分をなす芳香を有するテルペンの一種。テレピン油には、*リモネン（レモンの香りがする）等のテルペンも含まれる。香料や樟脳《しょうのう》の原料となる。詩［〔落葉松の方陣は〕］（→からまつ）に「落葉松の方陣は／せいせい水を吸ひあげて／ピネンも噴きリモネンも吐き*酸素もふく」とある。

氷の上山《ひのかみやま》【地】創作山名。同名のものは、岩手県気仙《けせん》郡大船渡《おおふなと》村（現*大船渡市）の西端（市街の西五km）にある（標高八七五m）。童［雪渡り］〔発表後手入形〕に「青白い大きな十五夜のお月様（→*月）がしづかに氷の上山から登りました。／雪はチカチカ青く光り、そして今日も*寒水石《かんすいせき》のやうに堅く凍りました」とある。

檜《ひのき》【植】高さ三〇～四〇m、径一・五mにもなるヒノキ科の常緑高木。日本特産の建築用材として植栽されている。和名「火《ひ》ノ木《き》」からもわかるように枝ぶりは炎の形に見え、髪の毛を連想させたりもする。檜が、いずれも動的な印象を与えるのもそのためであろう。賢治作品には*楢や*柏と同様多く登場。賢治の檜は、街道筋や丘等に立ち、黒く*天に向かって伸び、なにか悪だくみでも企てているように擬人化されたりする（「くろひのき」「わるひのき」など）。目立つ表現として「ひのきはみだれ」（詩［原体剣舞連《はらたいけんばいれん》］〈→原体村〉）があり、さらに象徴的な表現としては「夜明けのひのきは心象（→心象スケッチ）のそら」（詩［*犬］）等があげられる。「くろひのき／*月光澱む雲きれに／うかがひよりて何か企つ」（歌［四三八］）、同じく「くろひのき」の鉱物的（*黒曜石にも似た）表現とも言える「黒曜ひのきや*サイプレスの中を」（詩［風景とオルゴール］）、「しらくもよ夜のしらくもよ／月光は重し／気をつけよかのわるひのき」（歌［四三九］）、「ひのき

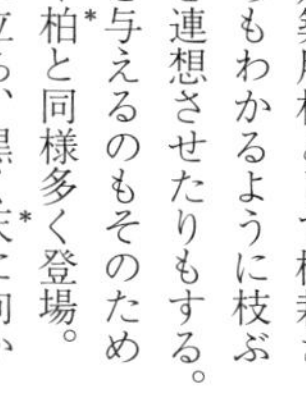
ヒノキ

の髪をうちゆすり」(詩[原体剣舞連])、「ひのきもしんと天に立つころ」(詩[春と*修羅])、「*パッセン大街道のひのきから/しづくは燃えていちめんに降り」(詩[冬と銀河ステーション])等。

椈の緑廊《ひのきのりょくろう》 →椈の緑廊《ぶなのりょくろう》

火の島《ひのしま》【地】 伊豆大島を指す。文語詩に[火の島]があり、それを歌にした曲[火の島の歌]がある。

否のなかに《ひのなかに》【レ】 詩[表彰者]に「一様天地の否《ひ》のなかに」の一行がある。「天地(世の中)は一様に否(よくない、否定的な暗いこと)ばかりの中で」の意。この詩は皮肉にみちた賢治の一面を代表していて、何かで「表彰」を受けた「せわしく過ぎた七十年(歳)を」《(ママ)》老人(終行の「巫戯化た〈→巫戯化たる《ふざけたる》〉柳が一本たつ」)の立場から、表彰どころか、世の中は暗く農村は疲弊《ひへい》しきって年々殺人や泥棒、金もうけの悪事ばかりはたらく者たちが(詩中の「匪徒《(ひと)》〈悪事をはたらく者〉」たちが)ふえているのに…、と諷刺する。表題の「表彰者」は実は「被表彰(表彰にあたいする)」の意であろう。

ひは《ひわ》【動】 鶸。金翅雀。スズメ目アトリ(花鶏)科の鳥。普通ヒワと呼ばれるのは、和名マヒワである。全長一三cm、全体に黄色味を帯び、翼に二条の黄と黒の帯が目立つ。*シベリア等から冬に渡来。一月ごろ、沢山の群れでビィンビィンと鳴きながら、山麓、雑木林を渡る。草木の実、芽、蕾《つぼみ》等を食うが、小昆虫も捕食。カワラヒワ、ベニヒワ等別種は多い。また、ひわ色というのはこの鳥から出た色彩表現で、黄色の濃い*萌黄《もえぎ》色。「ひわいろの《(ママ)》やはらかな山」(詩[*小岩井農場　パート一])、「ひわいろで《(ママ)》暗い」(詩[東岩手火山]〈→岩手山〉)、「ひわいろの《(ママ)》山をかけあるく子どもらよ」(詩[*自由画検定委員])、詩ノート[〔ひわいろの《(ママ)》*笹で埋めた*嶺線《(れいせん)》に〕]、「私はひわ《(ママ)》を有《(も)》ってゐます」(童[*種山ヶ原])、「*かけすと*鶯と*紅雀とひわ《(ママ)》と四疋入ってばたばたして」(童[貝の火]〈→蛋白石〉)等。賢治は鳥も一疋、二疋と言う。

檜葉《ひば》【植】 ヒノキ科の常緑高木。*ネズコ属、アスナロ属、のすべての変種もふくめた呼称。本州、九州の山地に生え、高さ一〇~三〇m、径九〇cmにもなる。文語詩[暁眠]に「西風ひばに鳴りくれば」、簡[315]に「私ひばや*杉の苗さては三日の米をも載せた*レアカーをひきながら」等とある。なお、「ひば垣」(詩[火祭])は、この檜葉の木の垣根のことで、一般にサワラやヒノキが使われる。→檜《ひのき》、あすなろ

ヒバ

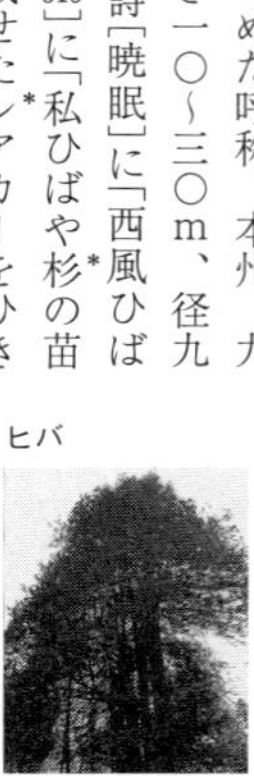

海狸《びばあ》【動】 びーばー beaver ビーバー。水棲の哺乳動物。ビーバー科。ヨーロッパ、北アメリカに分布。体長七〇~八〇cm。大きな*狸に似ているのでウミダヌキ、カイリとも言う。毛皮として高価。童[氷河鼠の毛皮](→ねずみ)に「海狸《びばあ》の中外套(→マント)」が出てくる。

ひはいろ →ひは《ひわ》

ひば垣《ひばがき》 →檜葉《ひば》

ひばり【動】 雲雀。告天子。スズメ目ヒバリ科の鳥。空高く上昇しながらさえずる鳴き声は春の風物詩の一。全長一七cmほどで地上の草の実、昆虫を捕食する。羽色は土色で保護色。賢治作品では鳥類のうち最も登場頻度が高い。中でも目立つのはひばりの鳴き声のユニークな表現であろう。例えば、詩[〔ふたりおんなじさういふ*奇体な扮装で〕]の「ひばりもじゅうじゅくじゅうじゅ

く鳴らす」をはじめ、「ひばりが空にいつかのぼってチーチクチーチクやり出した」（童［研師《とぎし》と園丁］）、「ひばりがくるほしくないてゐる」（詩［〔燕麦《オート》の種子をこぼせば〕］〈↓燕麦《えんばく》〉）、「あんまりひばりが啼きすぎる」「ひばりはしきりに啼いてゐる」（詩［小岩井農場パート四］）、「雨のなかでひばりが鳴いてゐるのです」（詩［小岩井農場　パート九］）、「ふとそらに／あらはれいでて／なくひばり／そらにしらくもわれはうれへず」（歌［一二五］）等。また比喩表現として「ひばりのダムダム弾がいきなりそらに飛びだせば」（詩［風景］〈初行「雲はたよりないカルボン酸」〉）、「愉快な雲雀《ひばり》もたう（ママ）に吸ひこまれてしまつた」（詩［真空溶媒］）、「ひばりの声のやうなもんかな」（童［若い木霊］）、「ひばりはそらですきとほった波をたてまする」（童［雁の童子］）、「幻聴の透明なひばり」（詩［一本木野］）等があり、また賢治得意の「ひばりの歌」は「ひばり焼げこ、ひばりこんぶりこ」（童［十月の末］）、「そんなら、トースケ、ひばりだか?／うんにゃ、トースケ、ひばりでない」（トースケはカスケやゴスケ、ホースケと同じく、この童話では風を擬人化してそう呼び、かつ、はやしことばの役目も果している。童［タネリはたしかにいちにち嚙んでゐたやうだった］〈↓ホロタイタネリ〉）等。また、「氷ひばりも啼《な》いてゐる」（詩［真空溶媒］）というのは早春のひばりの鳴き声を「氷ひばり」で感覚的にとらえたもの。

裂罅《ひび》　↓裂罅《れっか》

ピペット　【科】　pipette　先端の細いガラスの管に目盛りや標線のついた容量器具。一定の容積を加えたり取り出すために用い

ヒバリ

る。童［税務署長の冒険］。

火祭《ひまつり》　【文】　初午《はつうま》（毎年二月初めの午《うま》の日）の祭礼。全国各地の寺社で一年の無事と火事よけの祈願をする「火伏《ぶ》せ」の祭りのこと。おかめやひょっとこの登場する道化《どうけ》踊りが多く、所によっては山車《だし》も出る。詩［火祭］の冒頭に「火祭りで、／今日は一日、／部落そろってあそぶのに」とあり、歌［一七四から一首目］の「きみ恋ひて／くもくらき日を／あひつぎて／道化祭の山車は行きたり」とも盛岡か花巻の神社での火祭の所見であろう。

ヒームカさん　↓姫神《ひめかみ》

ヒームキア、ヒームキャ　↓ハームキヤ

姫神《ひめかみ》　【地】　姫神山のこと。姫神岳、御姫岳とも言う。岩手郡玉山村（現盛岡市玉山区）にある岩手三山の一。標高一一二四m。やや円錐状で左右対称に欠ける残丘（↓モナドノック）。岩手山と対照的に山容が女性的なのでその名があると言われる。石川啄木が「ふるさとの山」と愛唱したのもこの山で、彼の故郷旧渋民《しぶたみ》村（現盛岡市玉山区の一部）は西麓に位置する。詩ノート［〔ちゞれてすがすがしい雲の朝〕］に「姫神から盛岡の背后（ママ）にわたる花崗岩地」とある。なお、童［楢ノ木大学士の野宿］（↓なら）の「ヒームカさん」も、これまで姫神山をさす、とされてきたが、最近の細田嘉吉《かきち》の精細な踏査報告（↓ラクシャン）によれば、花巻市の東、現東和《とうわ》町の東南東六kmの日向居木《ひなたおりぎ》山《やま》（五三一m）こそ、そのモデルで「その名称も山容も方向も距離も地質も成立ちも」賢治のかつての「土性調査」の内容に「ぴったり」だと言う（井上克弘《かつひろ》も『石っこ賢さんと盛岡高等農

姫神山

林』〈地方公論社、一九九二〉で言及している)。たしかに「ヒームカさん」は蛇紋岩でなくてはならない(姫神山は花崗岩)から地質一つを考えても細田報告は説得力をもつ。そして作中の「ヒームカさんのおっかさん」は当然、同じ蛇紋岩の早池峰山のことと細田は言う。

ひめははこぐさ【植】 童[鳥をとるやなぎ]の小さな川岸に「ひめははこぐさやすぎなやねむなどが生えてゐた」とある。母子草(→ははこぐさ)の字を当てるが「春の七草」の一、白い綿毛を葉や茎に密生させて夏にかけて黄色の小花をつけるキク科のオギョウ(漢名、鼠麴草)の別名。「ひめ」を上につけた名は植物図鑑等にもなく、地元の花巻あたりのひとも今は知らない。背丈が一〇~三〇cmで花も小さいので、ひめゆり、ひめこまつ等のように愛称ふうに賢治が(あるいは花巻あたりでも)呼んでいたか。

びやう《びょう》【文】 文語詩[暁眠]に「ちひさきびやうや失ひし」とある。小さな鋲がとれたか、の意。鋲は頭を大きくした釘の意で、画鋲等と言うが、ここでは外燈(灯)の金具の鋲であろう。

百界《ひゃくかい》 →十界《じっかい》

百刈勘定《ひゃくがりかんじょう》【農】 束刈《そくがり》。略してカリとも。田の面積を測る古い方式。登記上の実際面積とは別に、刈り取った稲の束数でその田の広狭を知る方式。六把(一把から三~五合の米がとれる)を一刈、百刈(約二石分)を一反《たん》(九九一・七㎡)と算定した。詩[〔それでは計算いたしませう〕]に「それは台帳面ですか/それとも百刈勘定ですか」とある。「台帳面」が登記してある実際面積。劇[植物医師]に「春がら汗水たらすてやうやぐ物にすたの二百刈づもの」とあるのは、したがって二反(約一九八三㎡)分に相当する。「春から汗水たらしてようやく二反分という稲を育てたのに」の意。

びゃくしん【植】 柏槇。ヒノキ科ビャクシン属の一で、常緑高木。自生するが芳香があるので庭木としても栽培。方言でソナレ(磯馴れの意)とも言うハイビャクシン(這柏槇、詩[暁穹《ぎょうきゅう》〈→穹窿《きゅうりゅう》〉への嫉妬]に「はひびゃくしん」と出てくる)、もともと高山に自生するミヤマビャクシン(深山柏槇)、通称イブキと呼ばれるイブキビャクシン(伊吹山に生えていたことに発する)等がある。文語詩[敗れし少年の歌へる]に「雪をかぶれるびゃくしんや/百の海岬《(かいこう)》いま明けて」と出てくるのは、おそらく海岸に自生するイブキビャクシンで、高さ一五~二〇m。強風で、もともとねじれる性質の幹が横に臥しねじれ、枝が斜上している風景が岬《みさき》等でよく見られる。

百駄《ひゃくだん》【農】【方】 駄はダだが、訛ってダンと言った。一駄は馬一頭が背負う量で、通常三六貫(約一三五kg)。童[グスコーブドリの伝記]に「豆玉(→豆粕)を六十枚入れてそれから鶏《とり》の糞《かへし》、百駄《だん》を入れるんだ」とある。百駄とは、今日の重量単位では一トンと三五〇kgにもなり、とてつもない量になるが、そこは「山師張る」農民のやけくそじみたハッタリなので、いわばオオボラを吹いているとすれば納得できよう。

百万遍の石塚《ひゃくまんべんのいしづか》【地】【宗】 詩[〔倒れかかった稲のあひだで〕](新校本全集は『春と修羅』第三集補遺、文庫版全集は「詩稿補遺」)に「百万遍の石塚に」とあるが、百万遍の石塚、あるいは塔と称する(多くは自然石)のが花巻市内だけでも一六か所あり、どこのそれと特定できない。百万遍とは京都の地名にもあるが、もと弥陀《みだ》の称号を百万回唱えると仏の功徳を得るという阿弥陀信仰にもとづく祈念の塔、あるいは石塚のこと。

少《ぴゃ》こ【方】 ぴゃこ、ぱこ、とも。「少し」という意と、幼児（おチビさん）を意味する場合とがある。背の低い大人を、かげでそう言うこともある。歌［四一五］に「『何《なん》の用《よ》だ。』／『酒《さげ》の伝票。』／『誰《だれ》だ。名は。』／『高橋茂吉《（もぎつ）》。』／『よし。少《ぴゃ》こ、待で。』」とあるのは「少し待て」の意で（高橋茂吉は盛岡中学時代の寮の同級生）、童［若い木霊］に「おい。小《ぴやっ》こ、さよなら」とあるのは「チビ」の意。後者はルビに従えば発音が少《ぴゃ》こちがうが、使い分けされるわけではない。「ほんのぴゃこ」（歌［五三八］）と言う場合もあってこれも「少し」の意味である。

ヒヤシンス →ヒアシンス

ヒヤシント →ヒアシンス

小《ぴやっ》こ →少《ぴゃ》こ

冷《ひや》で《で》【レ】 つめたい（あるいは「て」は「疾風《はやて》」のように風の古語でもあったから「冷風《ひやて》」のつもりで方言ふうに濁ったか）。詩ノート［〔南からまた西南から〕］に「冷での強い風にならされ」とある。「ならされ」は「乾かされ堅められた葉と茎」が風に平たく吹き均され、あるいは吹き馴（慣）らされて、の意。

ビュウレット【科】 ビュレット（burette）。目盛りのついた*ガラス管から液体を流出させ、液体の容積を計る容量器具。童［税務署長の冒険］。

ビュレット

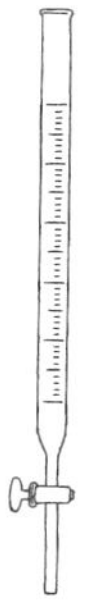

雹《ひょう》、雹雲《ひょううん》 →積乱雲《せきらんうん》

氷華《ひょうか》【科】 氷が花のように結晶したもの、または木や草に水分が凍りついて花の形に結晶したもの。詩［〔プラットフォームは眩ゆくさむく〕］には「きらかに飛ぶ氷華のなかを」とか「*桑にも*梨にもいっぱいの氷華」とあり、詩［〔*甲助　今朝まだくらぁに〕］には「赤楊（→はんのき）にはみんな氷華がついて」とある。

氷河《ひょうが》【鉱】 グレイシャ（glacier）。陸上に堆積した雪や氷で、流動しつつある塊を言う。第四紀*洪積（更新）世（一八〇万年前から一万年前まで）は氷河時代とも言われ、時代が比較的近いだけに、今日でも世界各地に残跡をとどめている。詩ノート［〔あんまり黒緑な*うろこ松の梢なので〕］の「山の青びかりする尖端とか／氷河の稜《かど》とかを」や詩ノート［〔ちゞれてすがすがしい雲の朝〕］の「*鳥二羽／谷によどむ氷河の風の雲にとぶ／いま／*スノードンの峯のいたゞきが」は、山岳氷河（*雪線より高い山地に分布する）の中でも小さめの懸垂氷河（谷壁にへばりつく）や圏谷《けんこく》氷河（カール氷河、とも）に当たる（カールは氷河の浸蝕で山の斜面に生じた窪地、すなわち圏谷のドイツ語 Kar）。大氷河は一日一m程度動くことが多い。歌［六四五］の中に、「あまぐもは／氷河のごとく地を掻けば」とある。詩［*ダルゲ］の「氷河の棒」とは雲のことか？ 詩［早春独白］の中に「氷期の巨きな吹雪（→吹雪《フキ》）の裔《すゑ》は／ときどき町の瓦斯燈を侵して／その住民を沈静にした」とある。

氷河鼠《ひょうがねずみ》 →ねずみ

氷期《ひょうき》 →氷河《ひょうが》

驃騎兵《ひょうきへい》【文】 軽騎兵。軽装備で敏捷な行動をする*騎兵。詩［光の澱《（おり）》］（→澱《よど》）に「そのあるものはスコットランド驃騎兵の／よそほひをして」とある。

病気《びょうき》よりも何《なに》が虫《むし》だなぃがべすか【方】 病気というよりも何

か虫じゃないでしょうか。「だなぃが」は打消の疑問「じゃないか」の訛りで、実際には「だねが」と発音する。「べ」は推量「だろう」。「すか」は丁寧な軽い疑問「ありますまいか」。劇［植物医師］。

氷醋酸《ひょうさくさん》　【科】【レ】　氷酢酸。純度の極めて高い、水分の少ない酢酸（↓*醋酸）。一六度以下で氷のように結晶するのでこの名がある。詩［〔甲助　今朝まだくらぁに〕］に「*江釣子森が／ぼうぼうと湯気をあげて／氷醋酸の塊りのやう」と比喩的に使われる。

氷醋弾《ひょうさくだん》　↓アムモホス《あんもほす》

氷晶《ひょうしょう》　【科】　摂氏零度以下の大気中にできる氷の結晶で、柱状、板状、針状のもの、またはそれらの混合形。雪や*氷霧、細氷等がこれに属する。難解な詩［*空明と傷痍］に「燦々《さんさん》として析出される氷晶を／総身《そうしん》浴びるその謙虚なる直立は」とあるのは、下書稿によれば、「霜」を「氷晶」、あるいは、「氷晶」を「霜のかけら」、と推敲しており、直立して*ヴァイオルを弾く空間の冷厳なイメージ。冷たい空気が氷晶化されてゆく雰囲気。鉱石として氷晶石は↓弗素《ふっそ》

標題主義は続感度《ひょうだいしゅぎはぞっ(く)かんど》　【文】【レ】　芸［綱］に「標題主義は続感度による」とあり、前句の「形式主義は正態により」と対句ふうにメモされている。「標題主義」は*ベートーヴェンに代表される program music（標題音楽）のことで、テーマやイメージで一貫的、継続的に表現される度合い（鑑賞者には次々に感じとられる度合い、すなわち「続感度」）で訴えられる芸術的感動のこと。その反対は、文学性や主題の継続に依存しないで非連続の音の純粋性に訴えようとする「絶対音楽 absolute music」である。賢治の言う「形式主義 formalism」は原義的にはちがうのだが、ほぼ、それに近い意味であろうことが文脈的には言える。絶対音楽は形式を重んじ、純粋響鳴度の刻々の「正態」（そのものの姿、正体）にこそ依存するからである（ソナタ形式の奏鳴曲が好例）。それにしても、音楽的教養にもとづく、こんなややこしい芸術論を農村の青年たち（*岩手国民高等学校生徒）に賢治はどういうふうに解説していたのか、興味ぶかい。お得意のレコードでも聞かせながら講義したのだろうか。なお、この前行の「リアリズムとロマンティシズムは個性に関して併存する」は↓リアリズムとロマンティシズム

氷凍《ひょうとう》　【科】【レ】　氷結と同義と思われるが、賢治は「氷凍された砂けむり」（詩［氷質の冗談］）、「氷凍された雪の*岩頸」（詩ノート［〔いくつの　天末の白びかりする環を〕］）と、受身形に用いているのが特徴。氷らされた、の意。氷結した、というのとはニュアンスがことなる。

氷燈《ひょうとう》　【文】　白熱灯のことか。一八八四(明治一七)年、東京ではじめて灯され、五年後には実用をめざして製造され、一八九四(明治二七)年には白熱電球製造会社が設立された。詩［有明］（初行「あけがたになり」）に「町なみの氷燈の列」とある。街路灯のイメージ。↓電燈《でんとう》

氷霧《ひょうむ》　【天】　水蒸気が著しく低温の時に凝結して微細な氷の結晶となり、霧のように立ちこめて視程一km以下になる*現象。詩［*イーハトブの氷霧］に「けさはじつにはじめての凜々《りり》しい氷霧だつたから」とある。他に詩［*森林軌道］等に登場。

雹雷《ひょうらい》　【天】　雹（雷雨にともなって*積乱雲が降らせる豆粒大の氷塊、大きなものは卵大）を降らせながら鳴る雷。詩［〔うと

うとするとひやりとくる」」に「(夜半の雹雷知りたまへるや)」とある。

憑霊現象《ひょうれいげんしょう》【宗】【レ】 *霊がとり憑《つ》くこと。神がかり。キツネ(*狐)ツ(憑)キ、などと、あまりいい意味には用いないが、憑依《ひょうい》と言うときは、典拠をもつ、憑《よ》りどころをもつ、という宗教語ともなる。簡「422 a」には「憑霊現象に属すると思はる、新迷信宗教」と、むろん悪い意味で出てくる。

漂礫《ひょうれき》【鉱】 漂石とも。*氷河や河川によって運ばれた岩石。もとからそこにある岩石と区別してそう言う。粘土や砂を含む場合、漂礫土と言う。詩ノート「〔*洪積世が了って〕」に「洪積世が*了って／*北上川がいまの場所に固定しだしたころには／こゝらはひばや／はん(↓はんのき)や*くるみの森林で／そのところどころには／そのいそがしく悠久な世紀のうちに／山地から運ばれた漂礫が／あちこちごちゃごちゃ置かれてあった」とある。

ひよどり【動】 鵯。スズメ目ヒヨドリ科の鳥。略して「ひよ」とも。全長二八cmほどで尾は長いが足は短い。羽毛は鼠色を帯びた褐色。雑木林に群れてピーヨピーヨピールとうるさく鳴く。「屋根では一羽／ひよがしきりに叫んでゐます」(詩「〔*北上川は熒気《(けいき)》をながしィ〕」〈↓顥気《こうき》〉)、「ひよどりも仕方なく、それからは、鳥箱先生と呼んでゐました」(童「鳥箱先生とフウねずみ」)等。

変た《ひょん》【方】【レ】 「ひょんたな」は「変な」「おかしな」「奇妙な」という連体詞。方言の「ひょんたに」は「変に」「おかしく」「奇妙に」という副詞。「ひょんただ」と言えば「変だ」の意。賢治はわかりやすく「変《ひょん》た」の字をあてている。劇「*種山ヶ原の夜」に、「変《ひょん》たに青黒くて深くて海みだぃだべ」とある。

びらうど ↓びろうど

びらうどこがね ↓びろうどこがね

平賀ヤギ《ひらがやぎ》【人】 一八六九(明治二)〜一九一二(大正元) 賢治の父*宮沢政次郎の姉。幼少の賢治を可愛がり、*親鸞の「正信偈《しょうしんげ》」(正信念仏偈の略。『教行信証《きょうぎょうしんしょう》』の行巻末尾の七言一二〇句の偈〈↓迦陀〉)や、蓮如《れんにょ》の書簡体の法語「白骨《はっこつ》の御文章《おふみ》」等の経文を賢治がそらんじるまで教え、賢治に大きな影響を与えたと言われる。帳「雨ニモマケズ」に「*為菩提平賀ヤギ」とある。感動的な簡「4」にも登場。ヤギの死の半年前、宮城県菖蒲田《しょうぶだ》海岸で療養中のこの伯母を中学生の賢治は修学旅行の途中で見舞い、一夜を共にする克明な報告が父宛になされている。

ピラミッド【農】 Pyramide(独)、pyramide(仏)、pyramid(英) エジプトの遺跡として有名な石造建造物のことだが、*果樹整枝法のうち「円錐状仕立」と呼ばれる仕立法を指す。ピラミッドにちなんでの命名であろう。*樹形を円錐形につくる。劇「饑餓陣営」(↓饑饉)では*生産体操の最初の部分として、この仕立て形をまねた体操を兵隊たちが行なう場面がある。「よろしい。果樹整枝法、その一、ピラミッド、一の号令で斯《(こ)》の形をつくる。二で直るい、か」等とある。「直《なお》る」は「もとにもどる」の号令用語。

ピラミッドの形(賢治の絵)

砒硫《ひりゅう》【科】 硫化砒素の略として用いたのであろう。文語詩「肖像」や、その下書稿に「入りて原簿を閲すれば、その手砒硫の香にけぶる」とあるのは、原簿(成績原簿ででもあろうか)に朱墨で訂正が入っていて、めくるとその朱墨が掌につくのを「香に

けぶる」と言ったのだろうが、朱墨は主に硫化水銀と硫化二砒素を加熱して製せられているのでこの語が出たと思われる。↓砒素《ひそ》

肥料《ひりょう》【農】 土地の生産力を増加させる目的で、土地に施される植物の養分となる物質。窒素、燐酸、カリの農地必須の三要素を効果的に含んでいるものが使われる。例えば、窒素肥料は堆肥、魚粕、大豆粕、牛糞、人糞尿(↓練肥《ダラ》)、硫安、硝安(硝酸アンモニア)、石灰窒素等。燐酸肥料は海鳥糞、燐鉱石、強過燐酸(石灰)、燐酸石灰等。カリ肥料は草木灰、硫酸カリ、塩化カリ、海草灰等。さらに脱滷《だつろ》によるアルカリ分流失を補うため(土性改良)に石灰石粉(炭酸石灰)を用い、これらを肥料と呼ぶこともある。賢治は花巻農学校退職後、肥料相談所を設けて農民の肥料設計相談に応じた。そこでの肥料分類に、まず「有機肥料」と「無機肥料」とがあるが、前者は人糞尿、魚粕、骨粉、厩肥、堆肥等、動植物質(有機物)を材料とした肥料、後者は、硫安、過燐酸石灰等の無機物を成分とした肥料の総称を意味する。そのほかに「金《きん》肥《び》」があるが、これは一般に金《かね》を払って購入する肥料の総称。また「液肥《えきひ》」とは一般に水に溶かした肥料のことで、例えば「液肥(小便、リンサン、灰)」(帳[銀行日誌]一一八頁)等のメモがある。童[グスコーブドリの伝記]では、火山局が人工的に雲の中に硝安を作って降らせる実験に成功する。「人は尊い供物《(くもつ)》のやうに/牛糞を捧げて来れば」(詩[〔一昨年四月来たときは〕])、「鶏の糞《かへし》、百駄《だん》入れるんだ」(童[グスコーブドリの伝記])、「海草灰の製造」(父宮沢政次郎あて簡[43])、「堆肥を埋めてしまってくれ」(詩[冗語])等。

肥料設計相談《ひりょうせっけいそうだん》【農】 賢治は花巻農学校退職後、羅須地人協会活動のかたわら一九二七(昭和二)年ごろより花巻およびその近郊に肥料設計事務所を開設し、農民の肥料相談に応じた。特に翌一九二八年三月中旬石鳥谷《いしどりや》町で開かれた相談所は「塚の根肥料相談所」と呼ばれ、ここでは主に土壌改良、ことに酸性土壌の石灰混合による土性改良の相談が中心だった。ほかに日照、通風、土色、灌水、地味、地質、耕起、排水等の助言指導にも当たった。その詳細は詩[〔それでは計算いたしませう〕]に詳しい。一九二八年三月までになされたこの種の肥料相談及び設計は二〇〇〇件を超えたと言われる。肥料設計とは農地の土質や作物の条件に最も適した肥料の質、量とその配合等の見積計算をすること。賢治が晩年腐心した肥料相談ももっぱらこの肥料設計のことを意味する。旧・新校本全集にも詳細なその設計表が見える。また単に肥料設計のみでなくス[三]には「農園設計」があり、冨手一《とみてはじめ》あて簡[228]の「南斜花壇設計」(↓花巻温泉)等もある。詩集『春と修羅』第二集の[序]に「水稲肥料の設計事務所も出して」とあり、詩[三月]には農民が「たゞみんな眉をひそめ」て「設計表をのぞくばかり」とある。ほか、工藤藤一《くどうとういち》あて簡[323]、鈴木東蔵《とうぞう》あて簡[311]等。↓肥料《ひりょう》

蛭《ひる》【動】 水田や湿地に生息し、吸盤で人間や他の動物に吸いつき、伸び縮みして血を吸う。吸いおえると丸くなって落ちる。歌[一一二]に「蛭が取りし血のかなだらひ」(かなだらいは金属製の洗面器)、同[一一二の次]に「血の盆を/蛭およぎゐて」とある。脚気《かっけ》等の医療のため、わざと蛭に悪い血を吸わせた「医用蛭」のことであろう。種類が多く、馬の血を吸う馬蛭、泉鏡花の名作「高野聖《ひじり》」(一九〇〇)の、山に生息する山蛭など。

ビール【食】 bier(オランダ)、Bier(独)、beer(英) *アルコール飲料の一種。麦酒。麦芽、*ホップ、水を主原料として発酵させたもの。前四〇〇〇年以上もの昔から、メソポタミアで造られていたと言われる。欧州諸国でも紀元前からの歴史を有するが、一六世紀末、北ドイツを中心に黄金時代を迎え、輸出も盛んに行なわれるようになった。一九世紀に入って大規模な工業化がなされ、現在世界中で最も大量に飲まれる大衆的なアルコール飲料になっている。日本では一八六八(明治元)年のイギリス製「バースビール」の輸入から飲用が始まり、数年後には国内でも製造が開始された。一八七二年大阪に「シブタニ・ビール」が興り、続いて一八七六年に札幌麦酒製造所が創立され、さらに東京をはじめ各地に次々と大規模な工場ができ、大量生産されるようになる。消費者は官僚や軍人等が多く、ビヤホールが出現し始めた明治の末ごろから一般人にも親しまれるようになった。賢治作品では「東のそらは、(中略)琥珀色のビールで一杯に」(童「ペンネンネンネンネン・ネネムの伝記」〈→昆布〉)や「夕陽はいまは空いっぱいのビール」(詩「*厨川《くりやがわ》*停車場」)、「ビール色の日光」(童「*水仙月の四日」)というように空や日光の色彩を比喩するものとしてよく利用される。またビール*瓶も鳥の鳴き声や煙等のイメージの比喩として用いられている(詩「*小岩井農場　パート七」「厨川停車場」等)。詩「*神田の夜」の「*グッタペルカのライオンが／ビールが四樽売れたと吠える」は銀座の「カフェ・ライオン」の様子。ほか、童「黄いろのトマト」「イーハトーボ農学校の春」「*山男の四月」「*おきなぐさ」「*紫紺染について」等。詩「青森*挽歌」ではビーア。

【ひるのしゅ】

蛭石《ひるいし》【鉱】 バーミキュライト(vermiculite)。黒雲母(→バイオタさん)の風化生成物。急速に*熱すると水分が放散して*蛭のように伸びるのでその名がある。歌「明治四二、四」に「公園の円き岩べに蛭石をわれらひろへばぼんやりぬくし」とある。

蛭石病《ひるいしびょう》 →りょくでい病《りょくでいびょう》

ひるの十四の星《ひるのじゅうしのほし》【天】 賢治の想像上のイメージか。詩「*晴天恣意」に「*雲量計の横線を／ひるの十四の星も截《き》り／*アンドロメダの連星も／しづかに過ぎるとおもはれる(中略)碧瑠璃《へきるり》(→瑠璃)の*天」とある。これは下書稿では「天頂儀《てんちょうぎ》の蜘蛛線(→雲量計)を／ひるの十四の星が截《き》り」であった。天頂儀とは、天頂付近で南中(天体が子午線を通過するとき、天体の高度は最大となる*現象)する恒星を観測するための機器(一種の小型*望遠鏡)。天頂の南北で子午線(天頂と真南、真北を結ぶ線)をほぼ同時に通過する一対の恒星の、天頂距離差をマイクロメーターで測定し、観測地の緯度を測定する。賢治が見たのは水沢緯度観測所(→水沢の天文台)のもので、水沢を含めて世界国際緯度観測所六か所は全く同型の天頂儀を備えていた。ところでこのマイクロメーターは接眼部に数本の蜘蛛線が張ってある。草下英明《くさかひであき》によれば、当時国際規約で一晩に一六個の星が観測されていたと言う。あるいは賢治はそれらのことをうろ覚えのまま詩に使ったのであろうか。「ひる」とあるのは、秋の夜空に輝く星は、ちょうど反対の三月には(この詩の日付は三月)、昼の空の彼方にあるため、賢治はそこにあるはずだと想像して書いたものか。須川力《すがわつとむ》によれば、賢治は雲を星に置き換えてそう言ったものか、と本辞典の第二版までそうしていた。ところが、その後、斬新な解釈が出てきた。それは「十四の星」は本辞典の「アンドロメダ」項に言う「ガンマ(γ)星アルマク」にちがいないが、これを賢治は亡妹トシ(→宮沢トシ)の名をあてがって十四の星《トシ》として「特別に考えていた節がある」とした大江昌嗣《まさつぐ》と佐々木匡《きょう》の指摘(「宮沢賢治研究 Annual」Vol. 11、二〇〇一年三月)である。なお大江は翌年一一月「宮沢賢治記念館通信」80号で、その論を補強している。

午《ひる》まがら【方】 午後。午後から。童[種山ヶ原*]「今日ぁ午《ひる》まがらきっと曇る。」、童[風の又三郎*]。

昼《ひる》まで明《あが》りくて何《な》っても怖《お》っかなぃごとぁ無《な》いぢ《じ》ゃぃ【方】 昼間で明るくてなにも怖《こわ》いことは無いぞ。「アガリくて」は「明るくて」。「何《な》っても」は「何でも」「すべて」の意。「すべて…無い」という結び付きになる。「なぃ」「無い」はともに「ね」と発音する。童[ひかりの素足*]。

びろうど【衣】 賢治は「びらうど」。天鵞絨《てんがじゅう》。veludo(ポルトガル)、velludo(スペイン)から出た語。ベルベット(velvet)とも(「びらうど」の表記については本項末尾参照)。添毛織物の一種。平織りや綾織りにした地に輪奈《わな》の添毛《そえげ》(輪にした糸のパイルを切りほどいたもの)を織り込んであるもの。滑らかな手ざわりで光沢に富む。本来は絹糸を用いたものだけを言うが、現在では化学繊維で同様に織られたものも言う。紀元前に中国で作られていたが、一三世紀以後、ヨーロッパで本格的な製織が始まり、王侯貴族たちに愛好された。日本には一六世紀中ごろ、ポルトガル人によって伝えられ、一七世紀初めには京都の西陣《にしじん》等で製造されるようになった。帯、コート、ショール等に用いられる。木綿糸を用いたものは、大正以後、別珍《べっちん》(velveteen《ベルベッチーン》 の当て字)とも呼ばれ、衣服や足袋等に広く用いられた。「天鵞絨」「びろうど」という語は、エキゾチックな雰囲気と感触のためか、明治末から大正にかけての詩人たちが好んで使っており、北原白秋の『邪宗門』(一九〇九)をはじめ多くの詩に登場する。賢治作品では、「まっくろなびらうど(ママ)のマント*を着て、まっくろなびらうど(ママ)の股引*をはいて」(童[双子の星*])、「王子の黒いびらうど(ママ)の上着」(童[十力の金剛石*])といった一般的な使われ方のほか、「海のビロード昆布*」をはじめ、「夜」あるいは「葉」、「草」等のつややかなイメージを表わす比喩としても用いられている。「うるはしき/海のびらうど(ママ) 褐昆布《かっこんぶ》」(歌[五六〇])、「あたり一面まっ黒びらうど(ママ)の夜」(童[シグナルとシグナレス*])、「青じろいやはり銀びらうど(ママ)の刻みのある葉」(童[おきなぐさ*])、「一本の緑天蚕絨(ママ)の杉の古木」(詩[「日はトパース*のかけらをそゝぎ」])、「その草の緑びらうど(ママ)のやうに深く見え」「まっくろの天蚕絨(ママ)の服」(童[ポランの広場*])ほか、簡[35]、童[イーハトーボ農学校の春]「ペンネンネンネンネン・ネネムの伝記」等。なお、右の引例でもわかるように、賢治は「びらうど」「ビロード」の両方を用いている(文庫版全集ではすべて「びろうど」に直している)。外来語ゆえ、旧かな遣いの「びらうど」にする必要もないのだが(北原白秋は「びろーど」、山村暮鳥は「びらうど」)、当時は「びらうど」の表記が多く用いられていたことを付記しておく。

びろうどこがね【動】 甲虫*の一種。食葉性で体にビロード状の短毛を密生させているのでその名がある。体長八～九㎜、暗褐色から黒色。日本中どこにでもいて、五月～一〇月、夜の明かりめがけて飛んでくる。ムギ*、ナシ*、リンゴ*、サクラ*等の害虫。詩[「北上川*は熒気《けいき》をながしィ」](→顥気《こうき》)に「びらうど(ママ)こがねが一聯*隊」とある。表記については→びろうど

広重《ひろしげ》【人】 安藤（歌川）広重。一七九七（寛政九）～一八五八（安政五）江戸後期の浮世絵師。名所絵、花鳥画等に優れた作品を残しているが、代表作「東海道五十三次」の続き絵によって、風景画の大家として浮世絵界に確固とした位置を占めた。抒情的な自然の風情《ふぜい》を特徴とする親しみやすい画風は日本的風景画の一様式を完成し、またゴッホをはじめとするヨーロッパの画家にも影響を与え、国際的評価を得ている。賢治は*花巻農学校教師時代に*浮世絵を収集しており、弟*宮沢清六の証言によれば、（生前みな人にくれてやったと言われ現存しないが）仙台や東京等の古本屋、浮世絵展にもよく足を運んだ、と言う（詩［*浮世絵展覧会印象］）。浮世絵に関する記述には、一九三一（昭和六）年から一九三三年ごろにかけて書かれた雑［浮世絵広告文］［浮世絵版画の話］［〔浮世絵画家系譜〕］［〔浮世絵鑑別法〕］がある。［浮世絵広告文］では、「燥音《(ママ)》と速度《スピード》の現代のなかで、日本古代の手刷木版錦絵ばかり、しづかな夢ときらびやかな幻想をもたらすものが、どこに二つとありませう」と浮世絵の真価を述べ、かつ万事機械化される現代を批判し、「初代広重の、東海道の宿《しゅく》や*松、白く澱《(よど)》んだ川霧と、黄の*合羽うつ俄雨《(にわかあめ)》」を挙げて、広重の風景画に描かれる独特な霧や雨の魅力を指摘している。詩［*小岩井農場 パート七］での歌麿の「富士見の飛脚」（「富士見は富士山を見るのに恰好の場所）の連想も、広重の「東海道五十三次」中の「平塚」「原」等にある飛脚らしい姿からのそれであろう。また、歌［三四四］の「うたまろの／乗合ぶね」、同［三四八］の「歌まろの富士」、同［七四四］の「*春信の雪」も、それぞれ浮世絵作品の画面をさしている。『*春と修羅』刊行後、同人誌「*銅鑼《ドラ》」一二号に発表された詩「*イーハトブの*氷霧」にも「〔（広重たちのふきぼかしは／恐ろしく偶然でなつかしい）↓墨けさはじつにはじめての凜々しい氷霧《ひやうむ》だったから…」」（原稿どおり）とある。なお、賢治の浮世絵傾倒の一影響源として、姻戚でもあり、作家で音楽評論家だった野村胡堂（本名長一《おさかず》、別号「あらえびす」）、紫波町長の息で〈↓紫波《しわ》の城〉盛岡中での賢治の先輩、西洋の名曲レコードを後年、東京都に一万枚も寄贈した音楽への傾倒を含め）がいたことを、これまた盛岡出身で中学、高農の賢治の後輩である神学者、キリスト教伝道の実践者で牧師でもある太田愛人《あいと》の証言があることを紹介しておく。

ビロード ↓びろうど

ひわ ↓ひは《ひわ》

旱割れ田《ひわれだ》 ↓旱倹《かんけん》

火を入れる《ひをいれる》 ↓切り返し《きりかえし》、刈入年《かりいれどし》

瓶《びん》【文】【レ】 比喩に使われる瓶の例で印象的なものとして、大気や水の色を、透明な瓶をのぞいたときの色で表現しているものがある。詩［*真空溶媒］に「いまやそこらは alcohol（↓アルコール）瓶のなかのけしき」、詩［*厨川《(くりやがわ)》*停車場］に「（もうすっかり夕方ですね。）／けむりは*ビール瓶のかけらなのに、」、童［黄いろの*トマト］に「その時窓にはまだ厚い茶いろのカーテンが引いてありましたので室の中はちゃうどビール瓶のかけらをのぞいたやうでした」、童［*やまなし］に「そのつめたい水の*底まで、*ラムネの瓶の月光がいっぱいに透とほり」等の例。これらの詩や童話から言えることは、瓶の中が*屈折率を伴ったもう一つの宇宙空間であり、瓶はそのための一つの透明な装置であるように思われる。ほかにも「遠くのそらではその*ぼとしぎどもが／大きく口をあいてビー

ル瓶のやうに鳴り」（詩［小岩井農場　パート七］）のように、賢治ならではの表現が多い。

玢岩《ひんがん》【鉱】　玢岩とは、安山岩とほぼ同じ成分の半深成岩のこと。横山又次郎著『普通地質学講義』（一九一四〈大正三〉年初版、冨山房、一九一七〈大正六〉年、三版所見）によれば、玢岩は第三紀より前に噴出した「旧流出岩（旧火山岩）」に分類、「暗赤褐色若くは他色の潜晶質石基中、斜長石、角閃石、輝石、時に又黒雲母の結晶を散布する」と定義されている。詩［〔高原の空線もなだらに暗く〕］に出てくる「あの　玢岩の　残丘《モナドノツク》」とある。→安山岩《あんざんがん》、黒玢岩《メラフィイアー》、閃緑玢岩《せんりょくひんがん》

貧弱カランザ《ひんじゃくからんざ》　→ビクトルカランザ

ヒンヅーガンダラ　→印度《いんど》、ガンダーラ

ビンヅマテイー【人】【宗】　手［二］に登場する娼婦の名。手［二］は「国訳弥蘭陀《ミリンダ》王問経」に見える「尸毘《シヰ》王」の話を元にしたもので、国訳大蔵経では「瀬図摩帝《ビンヅマティ》」と表記されている。

瓶袴《びんばかま》　→瓶袴《へいこ》

ふ

斑《ふ》 →かたくり

華麗樹品評会《ファイントリーズショウ》 →華麗樹種《かれいじゅしゅ》

ファーストスロープ【レ】 first slope 最初の坂、の意で「第一勾配《こうばい》」。詩ノート［運転手］に「ファーストスロープ／こゝを過ぎればもう一キロほど／見とほしの利く直線なんだ」とある。

ファゼーロ【人】 Faselo とも。童［ポラーノの広場］の登場人物。童［ポランの広場］ではファゼロ。地主テーモの下で働く農夫。その名の由来、ヒントは明らかではない。詩［〔穂を出しはじめた青い稲田が〕］にも「いま穂を出したすゝきの波と／B.Gant Destupago《（ママ）》（→デステゥパーゴ）は大きな黒の帽子をかぶり／Faselo はえりおりの白いしゃつを着て／rake（→レーキ）をかついであとから行く」とある。

ファリーズ小学校《ふぁりーずしょうがっこう》【文】 童［ポランの広場］でファゼロが吹く口笛が、ファリーズ小学校の行進曲である。小沢俊郎は、fairy（フェアリ、妖精）からの発想かもしれないと注している。

ファンテプラーク章《ふぁんてぷらーくしょう》【文】 劇［饑餓陣営］（→饑饉）で、「大将」が「ファンテプラーク章ぢゃ」と言って胸の勲章をはずすと、「特務曹長」（下士官の最上位の階級で将校の服装をしていた、のちに准尉《じゅんい》の呼称となる）が答えて「あまり光って眼がくらむやうであります」と言う。命名のヒントは、プラーク（plaque〈英・仏〉）は名誉、位などを表わす飾り、勲章のこと。ファンテは、おそらくフランス語のファンテジー（fantaisie 空想、幻想）から借りたのであろう。つまり「眼がくらむやう」な「幻想勲章」というユーモラスな賢治の造語であろう。

浮標《ブイ》【文】 buoy, lifebuoy 日本語では「ふひょう」、「浮子《うき》」とも。浮袋、救命袋のこと。または海や川に浮かべて暗礁等の所在や航路を知らせる標識。賢治作品で重要なシグナルの一。しかも、文語詩未定稿［宗谷〔二〕］や童［銀河鉄道の夜］の「ライフブイ」（賢治の表記ではいずれも「ライフヴイ」、または「ヴイ」）は生の存在証明（死の危険信号）としてのシグナル、あるいはその比喩としても使われている。例えば童［イギリス海岸］では「救助の浮標《ブイ》」とあり、詩［小岩井農場　パート一〇］には、「くろいイムバネス」の男が賢治に、「本部（→小岩井農場）へはこれでいいんですかと／遠くからことばの浮標《ブイ》をなげつけ」たりするのがそれである。ほかに詩［山火］（初行「風がきれぎれ…」）等。→シグナル

腐植質《フィウマス》 →腐植土《ふしょくど》

フィーガロ【人】【音】 Figaro（伊） オペラの主人公。童［ペンネンネンネンネン・ネネムの伝記］中で、三〇人の判事と検事が踊りながら「フィーガロ、フィガロト、フィガロット」と叫ぶ。このフィーガロは、オペラ「セビリアの理髪師」（ロッシーニ作曲〈→セビラの床屋〉）、「フィガロの結婚」（モーツァルト作曲）の主人公の、フィガロをもじり、オペラの合唱部分にあてはめたものだろう。

ふいご【文】ふいごう。鞴。吹子（ふきご）の音便。手で強く押したり足で踏んで箱の中のピストンの仕掛けを動かして送風、火力等を強める。往時、鍛冶屋などの必備品。童［よく利く薬とえらい薬］に「銀をふくふいごだぞ」とある。

魚口星雲《フィッシュマウスネビュラ》 →さかなのくち、環状星雲《リングネビュラ》

回々教徒《ふいふいきょうと》【宗】回教《かいきょう》（イスラム教、マホメット教）教徒の別称。童［*なめとこ山の熊］に「*回々教徒の祈るときのやうにぢっと雪にひれふしたま丶」とある。イスラム教はキリスト教、仏教等と並ぶ世界宗教の一。*アラビアのマホメット（正しくはムハンマド）を開祖とし、全知全能の神*アラーを唯一最高神と仰ぐ。なお、第二次大戦中までの日本で回教と呼んだのは、現在の中国西北部のウイグル（回紇）族の宗教といった意味で（もともと中国が用いていたこともふくめて）誤用。コーラン（正しくはクルアーン）を唯一の聖典とするイスラム教（ムスリム、イスラーム）は民族を越えた、もっと広域の大宗教で、ユダヤ教と同根の（それにしては互いに争っているが）、世界で一〇億を越すと言われる信徒がいる。

風韻性の遺伝《ふういんせいのいでん》【レ】風韻は風趣、味わいがあること。詩［*浮世絵展覧会印象］に出てくるが、「なかなか趣のある遺伝、風韻をおびた伝統」の意。

風桜《ふうおう》【レ】文語詩の題名に［風桜］がある。一般に用いない語だが、風に吹かれて散っている桜の花のイメージ。この詩は風ばかりか「まくろき枝もうねり」「雨脚」も「風にとぎる丶」あらしの中の「*さくらの花のすさまじき」さま。

風景観察官《ふうけいかんさつかん》【レ】賢治の造語で、実際にそんな官職はない。『春と*修羅』第一集中に詩［風景観察官］がある。一見いかめしい印象も与えるこの官名の造語表題には、気どったような賢治独特のユーモアもただよう。

夫子《ふうし》【レ】二人称敬称の「あなた」。もと中国の大夫（たいふ、周時代の上位の職名に発する）から上の人につけた尊称。なお孔子（→孔夫子《コーフーシュ》）のことをもさした。日本でも賢者、先生等への呼びかけにも用いた。詩［山火］（やまび、初行「血紅の火が」〈→瑪《め》瑙《のう》〉）に「（夫子夫子あなたのお目も血に染みました）」とある。

風象《ふうしょう》【レ】おそらく賢治独特の造語であろう。風景のすがたとかたち、あるいは雰囲気。例えば風情《ふぜい》よりも立体感がある。詩［産業組合青年会］下書稿の「なにか明るい風象である」、詩［*凍雨《ひさめ》］下書稿に「陰湿なこ丶らの風象の*底に」等がそれで、前者は明るく、後者は暗い。

風信器《ふうしんき》【科】風向計。風向きを測る器械。かざみ（風見、風見鶏《どり》）とも言う。棒の先端に鶏の形をしたものや矢羽根《やばね》などをつけて風向きによって回転するようにしたもの。童［風野又三郎］（→風の又三郎）には「気象台の風力計や風信器」とある。風力計は風速計のことで風の速さを測る器械。風車の回転速度で測る*ロビンソン風力計（詩［*小岩井農場　パート四］）や、風圧で測るタイプ、熱線で測るタイプ等がある。風信器と紛らわしい語に、文語詩［〔日本球根商会が〕］に出てくる「風信子華の十六」がある。この風信子華は花の*ヒアシンスの漢字名で、その球根数を言ったもの。なお、詩［小岩井農場　パート四］には「ぐらぐらゆれる風信器」が出てくる。

風信子華《ふうしんしか》 →ヒアシンス

瘋癲病院《ふうてんびょういん》 【文】 瘋も癲も病名で、瘋は頭痛、転じて精神状態の異常を伴う病気。癲は「癲癇」で発作的精神症状で手足をばたつかせたり、口角から泡を吹いたりするなどの症状が見られる。瘋癲は後天的な精神錯乱の病気を言った。その患者のための、今で言う精神病院。童[*ビヂテリアン大祭]に出てくる。

風童《ふうどう》 【レ】 風の子。方言でならカゼ(ザ)ワラス(シ)。辞典等にない語で、あるいは賢治の造語か。「風野又三郎」や*夜風太郎も風童の一人であろう。詩に[孤独と風童]がある。同詩では吹いて行く風に「孤独」な「ぼく」が呼びかけるかたちになっている。

風病《ふうびょう》 【鉱】【レ】 童[*楢ノ木大学士の野宿]で、造岩鉱物の風化作用を擬人化したもの。*ホンブレンさま(角閃石)は風化して緑泥石に、*バイオタさん(黒雲母)は緑泥石や*蛭石に変わり、*オーソクレさん(正長石)や*プラジョさん(斜長石)は高陵土《カオリナイト》になる。「慢*性りょくでい病にかかって(中略)まあ蛭石病の初期ですね」はバイオタさんの症状である。

フゥフィーボー博士《ふぅふぃーぼーはかせ》 ↓カルボナード島《かるぼなーどとう》

風力計《ふうりょくけい》 ↓ロビンソン風力計《ろびんそんふうりょくけい》

風林《ふうりん》 ↓沼森《ぬまもり》

風輪《ふうりん》 【宗】 *五輪の一。詩[晴天*恣意]に「水風輪は云はずもあれ」、文語詩[*五輪峠]に「五輪峠と名づけしは、*地輪*水輪また火風」とある。

プウルキインの現象《ぷうるきいんのげんしょう》 【科】 Purkinje-phenomenon 正しくはプルキンエ現象(または効果)と言うが、賢治はプウルキインあるいはプウルウキインイイ等と呼ぶ。この*現象は、視野の輝度が小さくなるに従って*スペクトルの青領域の比視感度が黄赤領域に比べて上昇する現象。つまり、昼間は、緑―黄が比較的明るく、夕暮れや月夜の場合には青または青みがかった物が明るく見える効果を示す一種の玉虫色現象。例えば詩[*風景観察官]に「あの林は/あんまり*緑青を盛り過ぎたのだ/それでも自然ならしかたないが/また多少プウルキインの現象にもよるやうだが」とあり、童[ペンネンネンネンネン・ネネムの伝記](↓昆布)には「しからば何が故に夕方緑色が判然とするか。けだしこれはプウルウキインイイの現象によるのである」とある。

封蠟《ふうろう》 【科】 *瓶の栓などを密閉するための樹脂質の物質。歌[七二]に出てくる。これは「ほうの《(ママ)》木の芽」(↓ほほのき)をそうたとえたもの。また、童[*雪渡り]には「赤い封蠟細工」が出てくる。

フェアスモーク 【レ】 Fair smoke 詩[〔その洋傘《かさ》だけでどうかなあ〕]に出てくる葉巻タバコ名。その名の葉巻は国産にもなく、輸入されたかも未詳だが、下書稿には「*キャベヂで巻いた/シガア(↓チーフメート)をひとつやらう」とあり、いかにも賢治らしい造語と思われる。フェア(fair)は、汚れのない、清いの意。

フエノール 【科】 phenol フェノール。C_6H_5OH 石炭酸。芳香族化合物の一。独特の臭気をもつ白色の結晶。石炭の*乾溜によって得られるコールタールから分溜されたので石炭酸の名がある。合成樹脂をはじめ多くの有機化合物や医薬品、染料の原料になり、消毒殺菌にも使用される。「翔《(か)》けりゆく冬のフエノール、*ポプラとる黒雲(↓ニムブス)の椀」(文語詩[〔翔けりゆく冬のフエノール〕])。ここでも、右図の構造式(分子式)を見ると、「翔け行くは*二価アルコホール」(文語詩[〔霜枯れの*トマトの*気根〕])の二価アルコールが群鳥の象

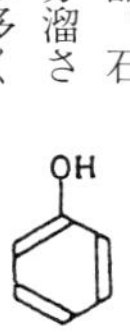

形であるように、フェノールの構造式は雪の結晶の形に似ており、「翔けりゆく冬のフエノール」は雪の降りしきるイメージか。

笛ふきの滝《ふえふきのたき》【地】 架空の滝の名。童[*どんぐりと山猫](→猫)に登場する。「笛ふきの滝といふのは、まつ白な岩の崖のなかほどに、小さな穴があいてゐて、そこから水が笛のやうに鳴つて飛び出し、すぐ滝になつて、ごうごう谷におちてゐる」とある。この滝のモデルは、*早池峰山南面から発する*岳川の上流にある笛貫《ふえぬき》の滝と思われる。この滝は、『岩手県*稗貫《ひえぬき》郡地質及土性調査報告書』中の第一章「地形及地質」(賢治担当)に「*石灰岩地ニハ往々石灰洞ヲ有ス笛貫滝ノ如キハ石灰岩中ノ伏流奔出シテ瀑布《(ばくふ)》ヲナセルモノトス」とあるが、一九四八(昭和二三)年のアイオン台風で崩壊して今は原形はない。亀井茂は早くからこの滝を笛ふきの滝のモデルとして調査、早池峰側の川岸にあった七つの岩穴が笛に似た音を発しながら水を吐いていたと言う(『早池峯物語』一九七〇、所収資料)。

フェロシリコン【科】 ケイ素鉄(ferro silicon) *硅(珪)素を四%弱含む特殊鋼、いわゆる硅素鋼のことか。発電機や変圧器の鉄心として用いる。詩[〔雪と*飛白岩《ギャブロ》の峯の脚〕]に「まっくろなフェロシリコンの工場から/赤い傘《からかさ》火花の雲が舞ひあがり」(ルビは下書稿[詩への愛憎]より)とある。傘のかたちをしてはじける火花のような雲(煙)を工場の煙突が吐き出すさま。この詩の内容については→傾角《けいかく》

鳥 踊《フォーゲルタンツ》【レ】 Vogel Tanz(独) ルビなしで「鳥踊り」とも。鳥のまねをしておどる踊りを想像してのことであろう。詩[〔ふたりおんなじさういふ*奇体な扮装《(ふんそう)》で〕]に「*ステップ地方の鳥の踊《をどり》」として「もうどうしても鳥 踊《フォーゲルタンツ》」以下繰り返し出てくる。詩[〔日脚がぼうとひろがれば〕]には「何か奇妙な鳥踊りでもはじめさう」とある。→ステップ地方《すてっぷちほう》

吹《ふ》**がせだらべも**【方】 吹かせたんだろうよ、吹かせているんだろうよ(「だ」は、実際は「でぇ」に近く発音する)。童[*風の又三郎]に「又三郎吹がせだらべも」とある。

浮岩質《ふがんしつ》【鉱】 浮岩は流紋岩質の火山噴火物。凝灰岩の一種で、軽石のこと。童[*台川]に「浮岩質の*凝灰岩」とある。→凝灰岩《ぎょうかいがん》

蕗《ふき》【植】 キク科の多年草。薄緑の苞《ほう》に包まれた花は早春に咲き、つぼみを蕗《ふき》の薹《とう》(花軸、蕗の塔が語源かと言われる)と呼ぶ。「こゝいらはふきの花でいつぱいだ」(詩[林と思想])、「*神《(しん)》農像《のうぞう》に饌《(け)》(→神農像)ささぐと、学士はつみぬ蕗の薹」(文語詩[医院])。葉は花が終わってから生じ、径一五～三〇cm。葉柄《ようへい》とともに食用になる。「蕗を泉に浸してゐたのだ」(短[泉ある家])、「中山街道(→大空滝)はこのごろは誰も歩かないから蕗やいたどりがいっぱいに生えたり」(童[*なめとこ山の熊])等。「いたどり(虎杖)」はタデ科の野生植物。茎は中空で、人の背丈ほどにもなる。多年生で若い茎は食用(酸味あり)、夏に淡紅や白の花を咲かせる。根は尿や胃の薬用。

吹雪《フキ》【方】 吹雪《ふぶき》の花巻方言。「ふゞき」の表記もあるが、詩[日輪と*太市]に「吹雪《フキ》も光りだしたので」とあり、詩[*未来圏からの影]に「吹雪《フキ》はひどいし/けふもすさまじい落磐」とある。童[氷河鼠の毛皮](→ねずみ)にも「吹雪」は四か所出てくるが、この作品では新聞掲載時のルビどおりにフブキとふつうに読んだほうがふ

さわしいように思われる。文語詩［訓導］（↓師範学校）の「はるかの吹雪をはせ行くは」「吹雪きたればあとなる児」は、しかし強いて言うと、音調上は前者はフキ、後者はフブキと読みたいところ。また、文語詩［塔中秘事］には「漂雪《フキ》は奔《(はし)》りて」とある。同義であろう。

漂雪《フキ》 ↓吹雪《フキ》

蕗の薹《ふきのとう》 ↓蕗《ふき》

不軽菩薩《ふぎょうぼさつ》 【宗】 法華経常不軽《じょうふぎょう》菩薩品第二十（↓妙法蓮華経）で説かれる常不軽菩薩のこと。この*菩薩は*四衆を見るごとに礼拝し「われ敢えて汝等を軽《いや》しめず。汝等は皆当《まさ》に仏と作《な》るべきが故なり」（「仏と作《な》る」とは*作仏《さぶつ》）と唱え、たとえ相手から木で叩かれ石を投げられてもなおこの言葉を繰り返したので常不軽の名が付けられたとされる。釈迦（↓釈迦牟尼）の前生譚《ぜんしょうたん》（本生譚《ほんしょうたん》、ジャータカとも言う。釈迦がまだ菩薩だった修行時代の物語）の一でもある。文語詩［不軽菩薩］は常不軽菩薩品がそのまま下敷きとなっており、帳［雨ニモマケズ］一二一～四頁、赤鉛筆の文字はその初稿。また、童［*虔十公園林］、帳［雨ニモマケズ］等の*デクノボー像にも常不軽菩薩の教えの影響は明らかである。賢治の傾倒した*日蓮が、自らの受難（法難）を不軽菩薩のそれと重ね、*末法《まっぽう》の世に法華経をひろめる困難さを正当化し、迫害に耐えて忍ぶ支えとしたことも大きく影響している。

副虹《ふくこう》 【天】 *虹（主虹）の外側に、視半径約五一度の弧をなして現われる虹。色の配列は主虹とは逆（内側が赤、外側が紫）となり、主虹より色も薄い。詩［〔その洋傘《かさ》だけでどうかなあ〕］に「それに上には副虹だ／あの副虹のでるときが／いちばん胸にわるいんだ／……*ロンドンパープルや*パリスグリン／あらゆる毒剤の*にほひを盛って／青い*弧《アーク》を虚空《そら》（↓虚空《こくう》）いっぱいに張りわたす……」とある。

福祉《ふくし》 ↓野の福祉《ののふくし》

輻射《ふくしゃ》 【科】【レ】 光や熱線、電磁波等が一点から四方に放射することを言う。賢治作品では、比喩的に影などが連続的に変化する状態を指したり（詩［秋と負債］等）、「かすかな岩の輻射」のように、太陽に温められた岩からの輻射熱（詩［*早池峰山巓］）等もある。

フクジロ 【人】【文】 童［ペンネンネンネンネン・ネネムの伝記］（↓昆布）に登場するばけものの名。「フクジロ印」の商標名のマッチを不当な値で売り歩いているが（開盛社製造発売のマッチに福助の商標のが当時あった）、そのことから、

開盛社「福助のマッチ」

大塚常樹はダルマのような縁起人形の福助と、長鼻の天狗のイメージとを合成したばけものだろうと推測している。作品に「せいの高さ三尺ばかりの、顔がまるでぢぢいのやうに皺くちゃな殊に鼻が一尺ばかりもある怖い子供のやうなもの」とあるからである。中地《なかち》文《あや》は本項基礎資料稿で、大塚説を肯定しながら、織田得能《とくのう》（『仏教大辞典』）の「人身にして象鼻、常に人に随待《(ずいたい)》して障難を為す悪鬼神」すなわち毘那夜迦天《ひなやかてん》（↓卑那やか天）の仏教帰依前の姿を参考にして、形相やマッチの押売りの設定と一致させ、かつ*アンデルゼンの「マッチ売りの少女」の影響があることも指摘している。さらに中地は、この童話に、フクジロについて「あはれなか

たは」とあることに注目し、「かたは」〈かたわ〉→不具→福助(不具《フグ》助《スケ》のもじり、『話の大辞典』より)という興味ある視点も指摘している。毘那夜迦天にちなんで付け加えるなら、その原像のガネーシャ(→毘那やか天)像は小太りの子供の座像で、賢治の描くフクジロによく似ており、しかも商業の守護神として今も*インドの店々や家庭に多く飾られている。日本にも古くから画像等で紹介されており、賢治も写真でそれを見ていたと思われる。

副生し《ふくせいし》【レ】 詩「風の*偏倚《(へんい)》」に「五日の月はさらに小さく副生し」とある。辞書等にはない語だが、副《そ》いたすけて生まれ、生きつぎ、の意で賢治ならではの用語。「さらに小さく」は前出の「半月」(上か下が欠けた半円形の月)をはじめ、刻々変化する時間と空間と比較して。

伏流《ふくりゅう》 →泥炭《でいたん》、泥炭層《でいたんそう》

ふくろう →ふくろふ

複六方錐《ふくろっぽうすい》【鉱】 鉱物の結晶形の一。一二面の同価面からなる錐で、底面は一二角形となる。詩「*阿耨達池《あのくだっち》幻想曲」に「まっ白な*石英の砂/(中略)/すきとほる複六方錐/人の世界の石英安山岩《デサイト》(→安山岩)か/流紋岩《リパライト》(→流紋岩《りゅうもんがん》)から来たやうである」、*童「インドラの網」に「私はそれを一つまみとって空の微光にしらべました。すきとほる複六方錐の粒だったのです」とある。しかし、賢治のイメージしたものは六方両錐(六辺の三角形の上下合体)のことである。*高温石英と呼ばれる水晶で、柱面が発達せず、そろばん玉のようになる。石英安山岩や流紋岩に*斑晶として入っている。

ふくろふ《ふくろう》【動】 梟。フクロウ目フクロウ科の鳥。夜、森の中で鳴く独特の鳴き声(ゴロスケホーホー)と円い目と、平らな顔と、老人のようなポーズで有名。もっとも賢治の場合、その鳴き声は「ゴギノゴギオホン」(童「よく利く薬とえらい薬」)だったり、「*のろづきおほん」「おほん、おほん、ごぎのごぎのおほん」(*童「かしはばやしの夜」)だったり、「ゴホゴホ」(童「*二十六夜」)だったり、また「誰だか食べた　誰だか食べた」(*童「ポラーノの広場」〈→ポラーノの広場〉)だったりする。「河岸の杉のならびはふくらふ《(ママ)》の/声に覚ゆるなつかしさもつ」(歌「一一」)以下、鳴き声の描写が多い。「おやふくらふ《(ママ)》がないてるぞ」(詩ノート「ローマンス」)等。ほか、「ふくろふでさへ遁げてしまふ」(詩「〔まあこのそらの雲の量と〕」)、「ふくらふ《(ママ)》がお前さんに、たうがらしを持って来てやったかい」(童「気のいい*火山弾」)等。また、*童「林の底」には「*猫ってのは誰のあだ名だい」と、語り手がふくろうをからかう場面がある。この鳥には、夜行性で*野ネズミを捕る習性があるのでネコドリ(猫鳥)の俗称があることを意味する。さきの童「二十六夜」は鳴き声ばかりでなく「梟の坊さん」はじめ、ふくろうたちが活躍するが「*梟鵄救護章《(きょうしくごしょう)》」の経文が唱えられ、「梟鵄 諸《(もろもろ)》 の悪禽《(あくきん)》うんぬん」(→梟身《けうしん》)と出てくる。梟鵄はふくろうと*とんび(とび)のこと。なお、賢治は梟と漢字の場合は問題ないが、「ふくらふ」と誤記している場合が多い(二作品では「ふくろふ」なのだが)。旧かなでは「ふくろふ」が正しい。

普賢菩薩《ふげんぼさつ》【宗】 梵語サマンタバドラ(Samantabhadra 三曼多跋捺羅)の漢訳。文殊《もんじゅ》菩薩とともに釈迦(→釈迦牟尼)の脇《わき》侍《じ》として知られる*菩薩。文殊が仏の智と證《しょう》(正智《しょうち》が真理に契合すること)の徳を司るのに対し、普賢は仏の理、定《じょう》(心が不動である

こと)、行の徳を司る。ともに六牙の白象(↓象)に乗る画像が多い。華厳経《けごん》(↓華厳)では十の大願を発し、法華経(↓妙法蓮華経)では法華経を受持するものを守護すると説かれる。*密教では金剛薩埵《さった》と同体とされ、胎蔵界曼陀羅(↓曼陀羅)の中台八葉院の東南隅におり蓮台に乗る。詩［〔北いっぱいの星ぞらに〕］に「あゝ東方の普賢菩薩よ／微かに神威を垂れ給ひ」とある。「東方の普賢菩薩」とは、法華経普賢菩薩観発品《かんぼつぽん》第二十八にある「その時、普賢菩薩は自在なる*神通力と威徳《いとく》と名聞《みょうもん》(を)以《もち》ゐて、大菩薩の無量無辺の不可称数《ふかしょうしゅ》なるともに東方より来れる」に拠ったのであろうか。また、さきの引用の次行に「曾つて説かれし*華厳のなか」とあることから、その普賢菩薩は華厳経盧舎那仏品第二に説かれる菩薩像の現前であることが明らかである。

普香天子《ふこうてんし》【宗】　本来は明星《みょうじょう》天子(*金星)のこと。*妙法蓮華経序品《じょほん》第一にその名があるが、賢治は*月天子《がってんし》として用いている。詩［〔あけがたになり〕］に「すなはち三箇(、)名しらぬ褐色の*毬果《(きゅうか)》をとって／あめなる普香天子にさゝげ」とある(「あめなる」は*天の)。その校異によれば「〔大月↓普香〕天子にささげ」と記されており、月天子を普香天子と書き直したことがわかる。詩［〔東の雲ははやくも蜜のいろに燃え〕］の下書稿㈠の題も普香天子であり、やはり*月を意味している。また帳［御大典記念］三二頁に「青ぞらを／しづかに渡ってゐらせられ／普香天子」と詩句メモがある。なお、*島地大等の『漢和対照妙法蓮華経』(↓赤い経巻)の注には次のように説明されている。「明星天子、黄白大士ともいふ。虚空蔵の化身にして帝釈《たいしゃく》(↓帝釈天)の内臣《(ないしん)》なり。日天(↓日天子)に先《(さきだ)》ちて世界を照し、世界の闇を破《(は)》するの本誓《(ほんぜい)》あり」。内臣は重臣、本誓は本願。

房《ふさ》　↓星雲《せいうん》

フサ河《ふさがわ》　↓ノバスカイヤ

巫戯化たる《ふざけたる》【レ】　ふざけている。巫山戯は慣用当て字(文庫版全集も)。歌［四八四の次］に「*七つ森／白雲あびて／巫戯《(ママ)》たる／けものの皮のごとくひろがる」とある(校本全集には「巫戯たる」と山がない)。詩［表彰者］には「巫戯化た柳」(↓否《ひ》のなかに)。

フサランダー　↓ジュグランダー

藤《ふじ》【植】　山野に自生するマメ科の落葉蔓《つる》植物。庭園にも栽植。茎は伸びて他物に巻きつく(右巻き)。春～初夏、三〇～九〇cmの豪華なふさ状の花序を垂れ紫色(ふじ色)の小花を多くつける。実は豆果で固い。童［*なめとこ山の*熊］には「小十郎のとこではわづか藤つるで編む入れ物」と出てくるが、古来藤蔓は強靱で珍重された。童［タネリはたしかにいちにち噛んでゐたやうだった］(↓ホロタイタネリ)ではタネリの叩いて(噛んで)いたのは「冬中かかって凍らして、こまかく裂いた藤蔓でした」とある。さらにそれらを、「そこらへふっと吐いた」ために母親から「仕事に藤蔓嚙みに行って、無くしてくるものあるんだか。今年はおいら、おまへのきものは、一つも編んでやらないぞ」と怒られる場面もある。藤蔓を柔らかくして繊維としても用いたことがわかる。↓ふぢつき

節糸《ふしいと》【衣】　織物の所々が、こぶ状の節になっている織りかた。手袋などの場合、その節糸がすり切れを防ぎ、すべりどめの役割もする。詩［*毘沙門天の宝庫］に「黄の節糸の*手甲《てこう》をかけた薬屋」が出てくる。

【ふしうし】

臥牛《ふしうし》 ↓ソーシ

プジェー師《ぷじぇーし》 【人】【宗】 アルマン・プジェ(Armand Pouget 一八六九～一九四三)。フランスに生まれる。一八九三(明治二六)年パリ外国宣教会より司祭として日本に派遣される。函館天主教会(カトリック教会)を経て、一九〇二年、盛岡天主公教会(四ッ谷《よつや》天主堂)に着任。一九二二(大正一一)年まで在任。芸術家肌の洒脱な人柄であったと言う。宗教活動の傍ら、*浮世絵や切支丹鍔《つば》(切支丹信者が刀の鍔に十字架等をかくし彫りにしたもの)の収集等を行なう。賢治とカトリックとの関係を考察する上でプジェ神父の存在は重要。歌[二八〇から一首目]に「プジェー師よ/かのにせものの赤富士(↓北斎)を/稲田宗二《(いなだそうじ)》や持ち行きしとか」(稲田宗二は未詳の人名)、同[二八〇から二首目]に「プジェー師よ/いざさわやかに鐘(ママ)うちて/春のあしたを/寂《(しず)》めまさずや」、同[二八〇から三首目]に「プジェー師は/古き版画を好むとか/家にかへりて/たづね贈らん」、同[二八〇から四首目]に「プジェー師や/さては浸礼《(しんれい)》教会(↓タッピング)の/*タッピング氏に/絵など送らん」、文語詩[浮世絵]に「やるせなみプジェー神父は、とりいでぬにせの赤富士(↓浮世絵)」とある。「やるせなみ」は同下書稿[春]の「やるせなき」と同義だが「み」は「…なので」と言うときの文語の連用修飾語。「にせの赤富士」は*北斎の浮世絵「にせの赤富士」をプジェー師が取り出した瞬間の場面。「とりいでぬ」は「とり出した」。↓浮世絵

プジェ神父

不識《ふしき》 ↓達磨《だるま》

ふじつき ↓ふぢつき《ふじつき》

藤蔓《ふじつる》 ↓藤《ふじ》

藤根《ふじね》 【地】 岩手県和賀《わが》郡藤根村(現和賀町)の大字名。アイヌ語のプツ・ネ(川口)にもとづく。*和賀川の北岸、*平和街道沿い。*黒沢尻(現北上市)から西方へ約七km、和賀軽便軌道(*横黒《おうこく》線〈現北上線〉の開業により廃止)の最初の駅が藤根であった(現在は三つ目)。詩ノートに〔藤根禁酒会へ贈る〕があり、童[*化物丁場]には「汽車が、藤根の*停車場に近くなりました」とあり、詩ノート〔藤根禁酒会へ贈る〕にある「*杉山式の稲作法」の場所。帳[MEMO印]のほか[王冠印]には二回登場。

富士見の飛脚《ふじみのひきゃく》 【文】 詩[*小岩井農場 パート七]に、農夫の姿として「富士見の飛脚のやうに」とある。「富士見の飛脚」は同じ題の*歌麿の*浮世絵を連想した詩句で、「飛脚」は詩[屈折率]の明治・大正時代の「*郵便脚夫」に生かされている鎌倉時代からの古称で、いわゆる郵便配達。江戸期には飛脚屋も商売繁昌した。

奉請《ぶしょう》 ↓為坐諸仏《いざしょぶつ》 以神通力《いじんつうりき》

腐植土《ふしょくど》 【農】 フィウマス(humus)、フームスのルビでも登場。腐植分解した植物のよく混じった黒土《くろつち》。よい農耕地となる。ちなみに、ラテン語のhumus《フムス》の原義は「大地」で、英語のヒューマン、ヒューマニティ(人間、人間性)等の語源。「まっくろな腐植土の畑で」(短[*花椰菜])、「腐植質《フィウマス》の野原のたまり水」(童[*台川])、「あの湿った腐植土や」(劇[*蒼冷と純黒])、その他、文語詩[〔腐植土のぬかるみよりの照り返し〕]、ス[二六]等。なお、「くろつち」も歌曲等に登場する。精神歌「ワレラハ黒キツチニ俯シ」もそうだし、「*バナナン大将の行進歌」(劇「饑餓陣営」の歌[四])の「あめとしめりのくろつちに」等。また「くろぼく」も腐植土の一種。

→くろぼく

藤原《ふじわら》 【人】 藤原健太郎。賢治の教え子で稗貫農学校(→花巻農学校)二回生。詩[東岩手火山](→岩手山)に「藤原が提灯を見せてゐる／ああ頁《ページ》が折れ込んだのだ／さあでは私はひとり行かう」とある。

藤原御曹子《ふじわらおんぞうし》 【人】 *藤原嘉《か》藤治《とうじ》の長男嘉秋《かしゅう》のこと。一九二九(昭和四)年一二月一日生まれ。嘉藤治は、長男嘉秋の満一歳誕生日の祝宴に、結婚の仲人をしてもらった賢治を招待したが、賢治は病気のため出席できず、「おのおのに弦をはじきて賀《(が)》やすらん」に始まる連句(五句)を葉書にしたためて送った(簡[285])。句意は文庫全集9巻の同書簡注にあるとおり、藤原(チェロ)を中心にアマチュア弦楽四重奏団が結成されていたので(賢治を除く)「めいめい弦をひいてお祝いの演奏をしていることだろう」の意。

藤原嘉藤治

藤原嘉藤治《ふじわらかとうじ》 【人】 一八九六(明治二九)〜一九七七(昭和五二) 音楽教師、賢治の親友。筆名草郎《そうろう》。岩手県紫波郡水分《みずわけ》村(現紫波町《しわちょう》)に賢治と同年に生まれる。岩手師範学校卒業。気仙《けせん》郡広田尋常高等小学校、*盛岡市仙北《せんぼく》尋常小学校、同城南尋常高等小学校訓導を経、一九二一(大正一〇)年、県立花巻高等女*学校教諭(音楽担当)となる。一九三三(昭和八)年同女学校を退職、同校嘱託となる。一九三四年嘱託を辞し上京。その後、小学校代用教員をつとめ、一九三九年、大日本青年団本部の書記となる。第二次大戦後帰郷し、*東根《あずまね》山麓開拓団長として入植。文圃堂《ぶんぽどう》版、十字屋書店版『宮沢賢治全集』の編集者。一九二一年秋、賢治が花巻女学校(稗貫農学校〈→花巻農学校〉の隣)の宿直室に藤原を訪れ自作の詩と童話の原稿を見せ批評を求めたことから二人の関係は始まる。藤原は専門である音楽のほかに詩もよくし、師範学校在学中より藤原草郎《そうろう》の筆名で詩を雑誌、新聞に発表、県内では将来を嘱望された青年詩人であった。しかし、賢治の詩をかならずしも藤原は深く理解するに至らず、その後は音楽面での交流が盛んに行なわれた。その時期は賢治の農学校教諭時代で、劇の上演も含め賢治の文学に音楽的要素が積極的に取り入れられており、藤原との交流が、賢治の音楽熱に拍車をかけたと言える。また、藤原も賢治の詩や童話のもつリズム感には敬服していた。なお、二人の関係は詩や音楽の面だけでなく、思想や人生、教育、時事の多方面にわたって深められ、例えば童[*ビヂテリアン大祭]も、藤原の投げかけた人生観に答えるかたちで成立していると言われる。『春と*修羅』第二集[序]に「まづは友人藤原嘉藤治／*菊池武雄などの勧めるまゝに／この一巻をもいちどみなさまのお目通りまで捧げます」とある。また文語詩[〔塀のかなたに嘉莵治かも〕]に「塀のかなたに嘉莵治かも、ピアノぽろろと弾きたれば」とある。〈嘉莵治〉の〈莵《と》〉は賢治の命名。詩[*空明と傷痍]は藤原のことをうたったもの。この詩の「おれ」と「きみ」との緊密な関係はそのまま二人の絆《きずな》を象徴している。簡[276]に「当地には梅野草二氏藤原草郎氏佐藤紅歌氏等も居り」、簡[279]に「藤原草郎松田浩一他二三氏の分纏めて三四日中お送りします」、簡[280]に「藤原氏のは口語の方」とある。藤原あて現存賢治書簡はほかに[230・285・389・429・434]。梅野草二《そうじ》(艸二とも、本名啓吉)は文芸誌「反情」の編集発行人。佐藤紅歌《こうか》(本名源一)は賢治と小学校からの友人で新聞記者。松田浩一は賢治の教え子で花農在学中賢治の童[風野又三郎」(↓風の又三郎)等の清書のアルバイトをした。なお、国策にそわぬ刊行物など無視された戦時中、賢治の全作品を網羅し、はじめて完本とした十字屋版の『宮沢賢治全集』(全七巻、含別巻、一九四〇〈昭和一五〉〜一九四四〈昭和一九〉年、戦後再版)に終始、藤原は協力し、各巻末に賢治作品の「語注」を付けた。この全集でどれほど賢治の全貌が知られたことか、そこに藤原嘉藤治の献身があったことを知るひとも少ない。著者は「嘉藤治さん」に戦争直後からどれほど「学恩」を受けたことか、本辞典の淵源もそこにあったことを付記しておきたい。

藤原慶次郎《ふじわらけいじろう》【人】童[二人の役人]で「私」と行動を共にする少年名。賢治の盛岡中学での級友藤原健次郎がヒントか。健次郎は野球部の四番バッター(守備ライト)だった。ニックネーム「*大仏さん」。二年時に*チフスで急逝。簡[0a]は彼宛の愉快な文面で乃公(だいこう、「我が輩」に同じ、おれさま)などと賢治は書いている。父宛の簡[1]でも彼の死を悔んでいる。童[鳥をとる*やなぎ]に登場する少年「慶次郎」も健次郎がモデルの一人に擬せられる(小学時代の同級生佐藤源一がそのモデルという説もあるが、この童話のはじめに登場する「源吉」こそ佐藤源一がモデルといえるのでは)。

藤原健次郎《ふじわらけんじろう》 ↓藤原慶次郎《ふじわらけいじろう》

藤原健太郎《ふじわらけんたろう》 ↓藤原《ふじわら》

藤原清作《ふじわらせいさく》【人】賢治の教え子。稗貫農学校(↓花巻農学校)二回生。*稗貫郡太田村(現*花巻市)出身。童[*台川]に「うしろでふんふんうなづいてゐるのは藤原清作だ。あいつは太田だからよくわかってゐるのだ」とある。太田とは太田村(↓高村光太郎)在住の意。

藤原草郎《ふじわらそうろう》 ↓藤原嘉藤治《ふじわらかとうじ》

フズリナ配電盤《ふずりなはいでんばん》 ↓鉛直フズリナ配電盤《えんちょくふずりなはいでんばん》

蕪菁《ぶせい》 ↓蕪《かぶ》

不生産式体操《ふせいさんしきたいそう》【農】劇[饑餓陣営](↓饑饉)中で*バナナン大将が兵士たちに向かって言うせりふの中の語。すなわち、大将は自ら考案した*生産体操(果樹*整枝法の枝仕立ての形の体操)に対して、世に行なわれている従来の体操を何ら生産をしない体操として、そう呼んでいる。「従来の体操」とは、フリードリヒ・ヤーン(F. Jahn)の発明したドイツ体操(いわゆる今日の器械体操、徒手体操)や、リング(Henrik Ring)の案出したスウェーデン体操(今日の学校体操の基本となっている)等を指すのであろう。この語一つにも賢治らしい愉快で痛烈な諷刺がこめられており、ひいては[饑餓陣営]全体を大らかな喜劇に盛り上げていると言えよう。学校時代体操が苦手だった賢治(↓斉藤平太)のことを考えると喜劇性も倍加されよう。「今わしは神のみ力を受けて新らしい体操を発明したぢゃ。それは名づけて生産体操となすべきぢゃ。従来の不生産式体操と自ら撰を異にするぢゃ」(劇[饑餓陣営])。「自《おのずか》ら撰《せん》を異《こと》にする」は「おのずから種類や性格がちがう」こと(撰の原意は著作や編集をする意)。↓生産体操《せいさんたいそう》

フーゼル【科】フーゼル・オイル(fusel oil)。フーゼル油《ゆ》。*アルコール発酵の際に生じる副産物としての油状液体。高級アルコール類の混合物で黄褐色。医薬品や溶剤の原料にもなる。文語詩[政客とその弟子](〔*早池峯山巓〕下書稿)に「フーゼルの酒にやぶれて」とある。

豚《ぶた》 【動】【食】 偶蹄目イノシシ科の家畜。イノコとも言い、賢治も「ゐのこ」と旧かなルビを施したものもある(文語詩[宅地])が、イノコ(猪子)はもとイノシシのことで、イノシシを家畜にしたのがブタである。ブタは一六九六(元禄九)年ごろ日本で初めて外国人用に長崎で飼育されたと言う。日本人はウシと同じく明治になるまで食べなかった。童[フランドン農学校の豚]に「外来ヨウクシャイヤでも又黒いバアクシャイヤでも豚は決して自分が魯鈍だとか、怠惰だとかは考へない」とあるが、前者は英国ヨークシャー原産の白ブタ、後者は同じくバークシャー州産の黒ブタで代表的な品種名。ちなみに賢治のころの時代背景を言うと、岩手県への外来種ブタ(ヨークシャー、バークシャー、チェスターホワイト等)の導入は明治の初め、普及は一九〇二(明治三五)年ごろ。大正になると急速に飼育はふえ、一九二六(大正一五・昭和元)年には九〇〇〇頭、一九三八(昭和一三)年には二万三〇〇〇頭になっている(『岩手県史』第九巻)。食用としての豚肉の需要増加のためである。屠殺される豚の心理を生き生きと描きこんだ童[フランドン農学校の豚]と童[ビヂテリアン大祭]で恐怖感に泣く豚は照応する。ちなみに後者は菜食論と肉食論の対立がテーマになっており、賢治はむろん菜食主義者《ビジテリアン》なのだが、一九二一年八月一一日付の関徳彌あて簡[197]には、感情が滅入っていたので「燃えるやうな生理的の衝動」を得ようと「断然幾片かの豚の脂、塩鱈《しおだら》の干物などを食べた為に」かえって体を悪くし、感情など変わらなかったとある。ほか、詩[宅地](初行「日が黒雲〈↓ニムブス〉の」)の「鼻の尖った満州豚(日本の旧植民地「満州」〈現中国東北部〉産)」、詩[〔あの大もののヨークシャ豚が〕]、文語詩[巨豚]の「巨豚ヨークシャ銅の日に」等が登場。比喩表現としては童[ビヂテリアン大祭]の「豚のやうに愉快には行かない」や、童[よく利く薬とえらい薬]の、雲が「白豚のやうに這《は》ったりして」等がある。ちなみに様々の色のまだらな積雲を、古来「いのこ雲」と言う。

ぶだう ↓葡萄《ぶどう》

二川《ふたかわ》 ↓和賀川《わがわ》

二子《ふたご》 ↓飯豊《いいとよ》

双子の星《ふたごのほし》 【天】 冬の星座に「双子座」がある。天頂近くを通る。α(主)星カストルは合成光度一・六等の多重連星。β星ポルックスは一・二等の赤色巨星。色の対照から前者を銀星、後者を金星と呼ぶことがある。ギリシア神話ではこの双子星はゼウスの子とされ、ポルックス(弟)は不死身で、カストル(兄)がイダス兄弟に殺された後、弟は自分の命を兄に分け与え、一日交代で神々の世界とあの世に一緒に暮したと言う。いかにも賢治好みの神話で、双子が白鳥(ゼウスの化身)の子である点を考えると童[銀河鉄道の夜]と[双子の星]の結びつきは重要な意味をもってくる。童[双子の星]では両星は「青い星」となっている。賢治の星の色の表現の不正確は作品の自立性という点からとがめるにはあたるまい。歌[一八三]にも登場。(↓口絵⑨)

双子座

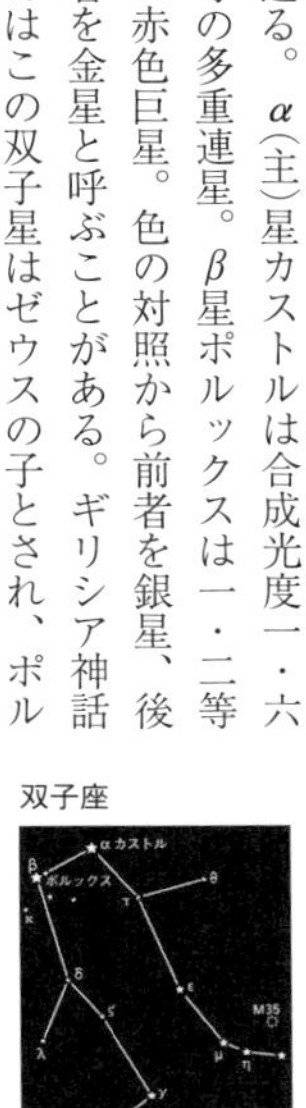

二はしらのすがた《ふたはしらのすがた》 ↓先達《せんだつ》

二見《ふたみ》 【地】 三重県度会《わたらい》郡の町名。二見ヶ浦で有名。賢治は盛岡高等農林第二学年修学旅行(一九一六〈大正五〉年三月一九～三一日)中、三月二八日に訪れた。このときの雑[修学旅行記]の賢治の分担は、この二八日で、七月一五日の発行の「校友会々報」三一号に出た。また一九二一(大正一〇)年四月初旬の父との関西旅行の際にも訪れている(歌[七六三〜七七四])。

斑石《ぶちいし》 【鉱】【方】 蛇紋岩*の方言。詩[鬼言(幻聴)]に「斑石をつかってやれ」とある。

淵沢川《ふちざわがわ》 【地】 架空の川の名。童[なめとこ山の熊*]に「淵沢川はなめとこ山から出て来る。(中略)そこから淵沢川がいきなり三百尺(↓凡例付表)ぐらゐの滝になって」とある。このあと、実在の「中山街道」(↓大空滝《おおそらたき》)「大空滝*」「白沢《しらさわ》」(↓大空滝)が登場することを考えると、この淵沢川は、中山峠付近から中山街道沿いに流れて(大空滝も途中にある)現豊沢湖の先端付近で豊沢川*に合流する桂沢《かつらざわ》を念頭に置いたものと思われる。なお、この童話の主人公小十郎の姓もこの淵沢である。

ぶちだして、ぶちて 【方】【レ】 ぶちは名詞の斑《まだら》(これ自体方言ではない)で、動詞に使って「まだらになりはじめ、まだらになって」の意で用いると方言になる。詩[開墾地検察]には「茶いろにぶちだしてゐる」、詩ノート[〔墓地をすっかり square* にして〕]には「あちこち茶いろにぶちてしまった」がそれである。

ふぢつき 《ふじつき》 【文】 子どもの遊びの一種。藤*の葉を取り除いたあとの葉柄《ようへい》(茎)を一束縁側などにまき、交差してできた隙間へ、周りに触らないように何本かを片手で取って立て、うまくいったらその数だけ仲間からもらう遊び。藁*や大豆の葉柄でも行なう。童[なめとこ山の熊*]に「子供らは稗*の藁でふぢつきをして遊んだ」とある。

仏界《ぶっかい》 【宗】 仏国土、仏土、無*上土とも。十*界の一。詩[〔北いっぱいの星ぞらに〕]に「曾つて説かれし華厳*のなか／仏界形《かたち》円きもの／形《かたち》花台《うてな》の如きもの」とある。下書稿㈥を見ると「それもろもろの仏界に／無量無辺のかたちあり／あるひは円きあるは扁《へん》／あるは花台《うてな》のかたちなり」(扁は平たい)とあり、これは明らかに華厳経盧舎那《るしゃな》仏品第二の「爾《そ》の時に普賢菩*薩、諸《もろもろ》の菩*薩に告げて言はく、『仏子《ぶつし》よ。諸の世界海に種種の形あり、或は方、或は円、或は方円に非ず、或は水の洄澓《えふく》するが故《ごと》く、或は復《ま》た華の形の如く、或は種種の衆*生の形をなす者あり』」(「洄澓」の一般読み〈漢音〉はカイフク。水がめぐり流れること)に依拠している。

ぶっかして ↓何為《なにす》ぁ、ひとの傘《かさ》…

仏経《ぶっきょう》 【宗】 仏(↓釈迦牟尼)の述べた所説を記録した経典の一般的総称。童[ビヂテリアン大祭*]に「釈尊(↓釈迦牟尼)の所説の記*録仏経に従ふ」とある。↓記録仏経《きろくぶつきょう》

ぶつきりこ、ブツキリコ 【レ】 童[シグナルとシグナレス*]のシグナルの会話中に平がな、片カナ両方で出てくる。「僕のとこのぶつきりこ」、「あの僕のブツキリコ」と、ともに「本線シグナル付きの電*信ばしら」のことをシグナルがそう言う。この童話は「岩手毎日新聞」に分載(一九二三〈大正一二〉年、五月一一〜一三日、休載二回をのぞく一一回)されたものゆえ、当時の活字表記は拗促音は小文字にしなかったから、賢治は「ぶっきりこ」「ブッキリコ」と書いていたと思われる。方言の「打っ切り」(ぶっちぎる)から、「僕んとこの(可愛くもない)ぶっちぎりめ」といった呼びかたのつもりであったろう。

ぶっきり棒《ぶっきりぼう》 【レ】【方】 ぶっきらぼう(ぶあいそう、あい

きょうがない)の訛り。当時「物切棒」と俗な当て字を書いて「ぶっきらぼう」と読ませた読物もあった。童[銀河鉄道の夜]に「たゞぶっきり棒に野原を見たまゝ『さうだらう。』と答へました」とジョバンニの描写に出てくる。

ブッシュタイプ 【レ】【植】 ブッシュ(bush)は英語のやぶ(藪)、タイプ(type)は型、種類。詩ノート[〔エレキの雲がばしゃばしゃ飛んで〕]に「……岩手山麓地方の／ブッシュタイプに就て研究せよ……」とあるのは、やぶの種類、形態を言ったのであろう。

仏性《ぶっしょう》 【宗】 仏としての性質、または仏になり得る性質のこと。如来蔵とも言う。大乗仏教ではすべての衆生に仏性が備わっているとする。帳[雨ニモマケズ]一二一頁に「見よその四衆に具はれる／仏性なべて拝をなす」とある。

弗素《ふっそ》 【科】 フッ素。元素記号F、原子番号九の元素。ハロゲン元素の一。刺激性の臭気がある淡黄色気体で、他の元素と化合しやすい(ものを腐食させやすい)。天然には、蛍石《ほたるいし》、氷晶石《ひょうしょうせき》(ナトリウム・アルミニウムの弗化物から成る鉱物でアルミニウム冶《や》金に融剤として用いる)の成分として産する。詩ノート[科学に関する流言]では「いやあの古い西岩手火山(→岩手山)の／いちばん小さな弟にあたるやつが／次の噴火を弗素でやらうと／いろいろ仕度をしてゐるさうだ」とある。

仏頂石《ぶっちょうせき》 【鉱】 仏頭石のこと。仏頂石は賢治の造語か。玉髄(特に白色ブドウ状のもの)のこと。詩[〔友だちと　鬼越《おにこし》やまに〕]に「赤銹びし仏頂石のかけらを」とある。

仏頂体《ぶっちょうたい》 【宗】 仏頂とは、仏や菩薩等が有する三十二相の一である肉髻相《にくけいそう》のことで、頭の頂の骨肉が髻《もとどり》のようにうず高くなっている様(体)を言う。高貴の相(大人相《だいにんそう》)とされるのだが、俗に「仏頂面《づら》」と言うときは逆に不機嫌な顔つきに言う(この語は「不承面《づら》」の転、とする説がふさわしいか)。詩[晴天恣意]に「五輪峠の上のあたりに／白く巨きな仏頂体が立ちますと」とある。これは積雲の形を仏頂に見立てた荘厳《しょうごん》のイメージ。

降《ふ》**つてげだごとなさ** 【方】 (雨が)降ってきてよくないですなあ。「げだ」は「良くない」の意。詩[小岩井農場　パート七]。「降ってげだなさ」とか、「風(雪)強くてげだなす」など、天候の良くない時などの挨拶に使うことが多い。

武帝《ぶてい》 →梁の武帝《りょうのぶてい》

浮屠《ふと》 【宗】 buddha(梵) ブッダの音写の古い形。浮図、仏図とも書く。仏陀のこと。転じて僧侶の意にも用いる。文語詩[〔けむりは時に丘丘の〕]における「浮屠らも天を云ひ伝へ、三十三(→三十三天)を数ふなり」は僧侶のこと。

斧刀《ふとう》 →耒耜《らいし》

葡萄《ぶどう》 【植】【レ】 賢治作品に苹果《りんご》と並んでにぎやかに登場する果物。「ぶだう」とかな書きされることもあるが、果樹や果実そのものでなく、雲の色や形容として使われる場合も目立つ。童[雁の童子]の「葡萄いろの重い雲の下」、文語詩[宗谷〔二〕]の「黒き葡萄の色なして／雲いとひくく垂れたるに」、詩ノート[ダリヤ品評会席上]の「葡萄紅《こう》なる情熱」、詩[三原　第三部]の「一つの灰いろの雲の峯が／その葡萄状の周縁を／かゞやく金の環で飾られ／さん然として立って居ります」等。また栽培種(西域地方の土着語 budaw が葡萄と音訳されて中国経由で日本へ渡来、甲州で栽植されたのは一二世紀末の一一八六年とされる)でなく、山野に自生する山ブドウやエビヅルの実も「ぶだう」として登場する。童「*かしはばやしの夜」の「清作は（中略）野原に行つて、ぶだうをたくさんとつてきた」をはじめ、童「*風の又三郎」の七か所に出てくる。苹果の場合と同様、葡萄も賢治の生活圏内の土着の果実でありながら、作品中でのイメージは新鮮でエキゾチックなのは、島崎藤村の『若菜集』（一八九七）の序詩に歌われる「ぶだう」（「こころなきうたのしらべは／ひとふさのぶだうのごとし」）がそうであるように、ヨーロッパではギリシア以来の文学や美術で、ことに聖書では「創世記」をはじめ「ヨハネ黙示録」（→ヨハネ）にも人間の生命や歓び、祭りの象徴として、あるいは怒りや復讐のそれとしても登場したりする、そうした西欧文化の影響も手伝っていると思われる。歌「一八七」の「たそがれの葡萄に降れる*石灰のひかりのこなは小指ひきつる」、詩「*山の晨明《しんめい》に関する童話風の構想」に出てくる「大きな*乾葡萄《レジン》」、童「*蛙のゴム靴」の「*蛋白石を刻んでこさえた（ママ）葡萄の置物」等々、葡萄酒とともに、西欧文学のイメージに通じる雰囲気を漂わせている。食用にならない野ぶどう（→めくらぶだう）は別。

葡萄水《ぶどうすい》 【食】 熟した*葡萄や野葡萄から採った果汁。童「葡萄水」では野葡萄から葡萄水を作る過程や、*砂糖を加えて発酵させ葡萄酒を作ろうとして失敗したことなどが、ユーモラスに描かれて、葡萄酒は方言の「葡《ぶ》ん萄《ど》酒」になる。簡「122」には「*今朝は宅の葡萄汁を小瓶に分ちて病室に持参仕り候」とある。童「*ポランの広場」、劇「ポランの広場」等。→果汁《マスト》

不動平《ふどうだいら》 【地】 西岩手火山（→岩手山）の火口原東端に位置する低地。*岩手山登山の九合目にあたる。歌「五二八・五二九」の題に「不動平」とある。

葡萄弾《ぶどうだん》 →グレープショット、葡萄弾《グレプショット》

葡萄鼠《ぶどうねずみ》 →ねずみ

葡萄パン《ぶどうぱん》 【食】 乾ぶどう（→レジン）の入った*パン。果実の入ったパンを言うフルーツブレッド（fruit-bread）の歴史は古く、ギリシア時代に始まる。ぶどう汁の発酵を利用してパンを作ることは、すでにエジプト時代に行なわれていたと言う。賢治のころは珍しい洋風の食品。童「ペンネンネンネンネン・ネネムの伝記」（→昆布）に「大きな籠の中に、*ワップルや葡萄パンや、そのほかうまいものを沢山入れて」とある。また童「*いてふの実」には「そら、ね。いゝぱんだらう。ほし葡萄《ぶだう》が一寸《ちよつと》顔を出してるだらう」とある。

葡萄瑪瑙《ぶどうめのう》 →瑪瑙《めのう》

大管《ふとくだ》 【植】 句稿に「大管の一日ゆたかに旋《めぐ》りけり」とあるのは太管の賢治の誤記か。太管は園芸品種の*菊で花弁が管状をしたものを言う。その大きさによって太管、細管《ほそくだ》等と言うからである。ほかに菊の園芸品種には花弁によって厚物、平物《ひらもの》等もある。

ぶどしぎ 【動】【方】 ヤマシギ（山鴫）等の大型のシギの方言名。ボト、ブドには太ったという意があると言われる。シギ科に属する鳥はもともと太って肉が多く美味なので、猟鳥、食肉用として珍重されるが、生息形態によって山鴫、田鴫、磯鴫等と種類が多い。中でも山鴫、すなわちぶどしぎは全長三五cmほどだがよく肥え、山地に生息し、黒、茶、褐色の保護色をしており、長い嘴で土中の虫をついばむ、*よだか（夜鷹）と同じく夜行性で顔も醜い。賢治はこのぶどしぎをよだかの地方名と思っていたふしがある。「（あの鳥何て云ふす　此処らで）／（ぶどしぎ）／（ぶどしぎて云ふ

のか)／(あん　曇るづどよぐ出はら)」(うん、空が曇るとよく出るよ。詩[*小岩井農場　パート七])、「ぼとしぎの風を切る音もする」(詩ノート[*〔暗い月あかりの雪のなかに〕])と「ぼとしぎ」名も出てくる。

ブドリ　→グスコーブドリ

不貪慾戒《ふとんよくかい》【宗】十善戒の一。貪をドンと読むのは慣用音。貪《むさぼ》り求めてはならないという、貪慾(慾は今は欲)の戒め。十善戒とは世俗の人が守るべき十の戒めのことで、特に*慈雲尊者が『十善法語』で説いている。ほかに、不殺生《せっしょう》戒、不偸盗《ちゅうとう》戒、不邪婬戒、不妄語《もうご》戒、不綺語《きご》戒、不悪口戒、不両舌《りょうぜつ》戒、不瞋恚《しんに》戒、不邪見戒、の九つがある、詩[不貪慾戒]に「オリザサチバ(→稲)といふ植物の人工群落が／*タアナアさへもほしがりさうな／上等の*さらどの色になつてゐることは／慈雲尊者にしたがへば／不貪慾戒のすがたです」とある。この詩句について池上雄三は次のように解説している。「この詩の背景には、慈雲尊者の『十善法語』があるわけだが、その中からこの詩に関連する部分の一例をあげよう〈不貪欲戒に住して、色に対すれば、一切の青黄赤白が此眼を養ふに足るじゃ。一切松風水声・絲竹管弦が此耳を遊ばしむるに足るじゃ〉。これによると、物を前にしてその色彩を楽しんで物欲を起こさない心のあり方を不貪欲戒というのだから、風景画家は、自然の中に色彩を見出す者であるがゆえに、不貪欲戒に住することになる。そして賢治も今タアナアの心境で*稲の群落に目を養い、心を遊ばせているのだから、慈雲尊者にしたがうならば、たしかに不貪欲戒に住するはずである。その証拠に、自然が『不貪欲戒のすがた』をとって現れているではないかということである」(〔『銀河鉄道の夜』の位置〕静岡英和女学院短期大学紀要第一四号)。→北に馳せ行く塔《きたにはせゆくとう》

ぶな【植】山毛欅。橅。椈(国字。賢治は詩[原体剣舞連《はらたいけんばいれん》]〈→原体村〉で椈《ぶな》とルビつきで用い、しかも『*春と修羅』初版本は手へンの掬《ぶな》と誤植)。高さ三〇m、径一・七mにもなる落葉高木。果実は食用、または油を採る。樹皮は灰白色平滑だが地衣類の着生により種々の模様が現われる。日本の広葉樹林帯をブナ帯と呼ぶほど多い木で、合板や製紙原料に利用される。「*楢と(椈《ぶな》)とのうれひをあつめ」(詩[原体剣舞連])、「まるでぶなの木の葉のやうにプリプリふるえて《(ママ)》」(童[*めくらぶだうと*虹])、「ぶなの木さへ葉をちらっとも動かしません」(童[貝の火]〈→蛋白石〉)、「となりのぶなの葉がちらつとひかつただけでした」(童[*どんぐりと山猫]〈→猫〉)、「風がどうと吹いてぶなの葉がチラチラ光るとき」(童[*虔十公園林])等。

フナカハロモエ【地】詩[函(函)館港春夜光景]に謎めいて「フナカハロモエ汽笛は八時」と出てくる。フナカハは船川《ふながわ》、ロモエはルモイ(留萌)。船川は現在の秋田県男鹿《おが》市の船川港《みなと》。留萌は北海道北西、日本海に面した現在の留萌市。ルモイはルモエとも言ったし、賢治はルモエを訛って、わざとロモエと表記したか、誤記したかであろう。

椈の緑廊《ぶなのりょくろう》【植】椈はコク、キクと読み、*ヒノキ(檜)の類を指す(諸橋『大漢和』)。しかしヒノキの類を意味する椈の漢字が日本ではブナにあてられたため、両者は混同されやすい。椈はブナのこと。緑廊は木の葉が茂って日蔭をつくる日蔭棚。緑のアーケード、*パーゴラ。詩[〔おれはいままで〕]に「巨きな椈《(ぶな)》の緑廊

を」とある。→ぶな

プハラ【地】 賢治が好んで使った架空の国名。賢治は方言の影響もあってかPとB音をあまり厳密に区別しない。このことも考慮に入れると、*西域のブハラ(Bukhara、現在のウズベク共和国南部のオアシス都市。綿花や果物の集散地。九〜一二世紀はイスラム文化が栄えた)をもじったものと思われる。*童[毒もみのすきな署長さん]には「四つのつめたい谷川が、*カラコン山の*氷河から出て、ごうごう白い泡をはいて、プハラの国にはいる《(ママ)》のでした」とある。ほかに童[クンねずみ]にも登場。いま一つは賢治作品にしばしば登場する浅草オペラのなかに、高田雅夫(→高田正夫)を中心とした新星歌舞劇団(→水星少女歌劇団)による「プラハの大学生」があり、この「プラハ」から「プハラ」が出たと考えられなくもない。この*オペラに登場する大学教授(伊庭孝《いばたかし》の役)の風体は、フーボー博士等の賢治童話にしばしば登場する博士(大学教授)を彷彿とさせるに充分なものである。

吹雪《ふぶき》 →吹雪《フキ》

普仏戦争《ふふつせんそう》【文】 一八七〇年ドイツ統一を目指すプロシア(Prussia 普魯西 プロイセンの英語読み。かつてドイツ北部の強大な王国)の宰相ビスマルクの策謀(エムス電報事件)によって始まったフランスとの戦争。ナポレオン三世が捕虜となって終結。パリでは労働者の自治政府(パリ・コンミューン)が一時的に成立した。この戦争の結果、プロシアはドイツ帝国と名を変え、鉱産資源豊かなアルザス・ロレーヌ地方を領有した。賢治作品では劇[饑餓陣営](→饑饉)の中で、「なるほど*ナポレオンポナパルドの首のしるしがついて居ります。然し閣下は普仏戦争に御参加になりましたのでありますか」と特務曹長(→ファンテプラーク章)が*バナナン大将に勲章についてたずねる場面がある。

斧劈皺《ふへきしゅん》【文】【レ】 正しくは斧劈皴。山水(水墨)画の技法の一。皴法《しゅんぽう》。ただし、「皺」(音スウ)字が全く誤りと言えないのはヒビ、アカギレを意味する「皴」(音シュン)字には皺《しわ》の意も含まれているから。しかし発音上からも賢治の記憶ちがい。険しい山肌等を画くのに筆の側面で鋭い斧《おの》で切り裂いたような趣を出す描法。詩[〔うとうとするとひやりとくる〕]に「(斧劈皺雪置く山となりにけりだ)」(斧で切り裂いたように険しく積雪の岩山を描いた風情《ふぜい》だ、の意)とある。斧劈皺、雪《ゆき》置く山、と読むのが正しい。また、詩[遠足統率]には「斧劈の皺を示して」とある。これこそ「斧劈の皴を」とすべきで「斧劈のスウ(シワ)を」では意味が通じなくなる。

狩野永徳「琴棋書画襖」(部分)聚楽院

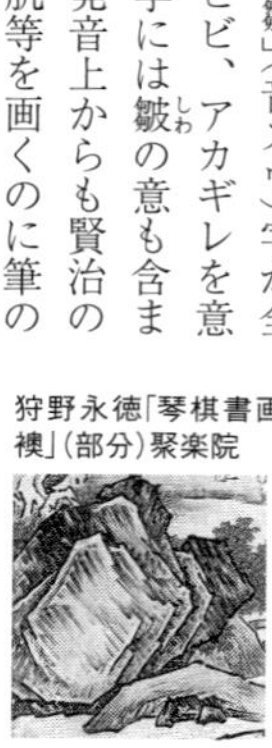

フーヘ村のクェン《ふーへむらのくぇん》 →*西周の武王《せいしゅうのぶおう》

ぶま【レ】 童[フランドン農学校の*豚]で校長が「すてきなぶまをやったんだ」と畜産の教師が、かげぐちを言う。「すてき」は皮肉で、逆の「すごい」、「ぶま」は俗語の不間、まぬけ、へま、の意。

腐植土《フームス》 →腐植土《ふしょくど》

麓の引湯《ふもとのひきゆ》 →引湯《ひきゆ》

普門品《ふもんぼん》 →観世音菩薩普門品第二十四《かんぜおんぼさつふもんぼんだいにじゅうし》

撫や触や《ぶやそくや》【宗】【レ】 詩[若き耕地課*技手《ぎて》の Iris(→イリス)に対するレシタティヴ]に「あらゆるやるせない撫や触や」とある。撫も触もほとんど同義の仏教用語で、六境《ろっきょう》(六識)の色、声、香、味、触、法の一、「触」の意。わかりやすく言うと撫は「愛撫」、触も同義の相手に対するスキン・シップ(和製英語だが、いつくしんで触れること)。

自由射手《フライシュッツ》【音】 Freischütz(ドイツ伝説の自由の射手)。ヴェーバー(Carl Maria von Weber 一七八六〜一八二六〈独〉)作曲、オペラ「魔弾の射手」のこと(魔弾はドイツ伝説で必ず命中するという弾丸Freikugel の訳)。一八二一年初演。この三幕ものの歌劇はJ・アペルとF・ラウン共作の『幽霊の本』にもとづく。三十年戦争のころの*ボヘミヤの森を舞台にし、二人の恋人の運命を射撃によって決定する物語。マックスは射撃競争に勝つために、魔術を使う猟師ザミエルと契約し魔弾(Freikugel)を手に入れるが、最後の一矢が*悪魔の意のままになり、恋人アガーテに当たりそうになるが最後に二人は結ばれ、ハッピーエンドとなる。ドイツナショナリズムの風潮に乗ったロマン派劇の大作で、語りのせりふと色彩的と言われる管弦楽のあでやかさは特筆される。交響曲的展開を意図した賢治の詩[*小岩井農場]では、パート七で黒い外套の男(播《ま》いた種をついばみにくる鳥たちを威《おど》す「威銃」の射手)が銃を構える*奇体なイメージが繰り返し出てきて、やがて「自由射手《フライシュッツ》は銀のそら/ぼとしぎ(↓ぶどしぎ)どもは鳴らす鳴らす」とあり、地上の「くろい」外套のイメージが「銀のそら」の明るさに変わる賢治の心象の変化をも、この「自由射手《フライシュッツ》」は象徴している。なお、自由射手《フライシュッツ》という ドイツ語には「密猟者」の意もあり、パート三の「禁猟区」と関連するという奥山文幸の指摘(『宮沢賢治「春と修羅」論』一九九七)もある。ちなみに密猟者のドイツ語は Wilderer(ヴィルデラー)だが、ヴェーバーの題名はドイツ伝説にもとづくもの。

犁《プラウ》 ↓鍬《くわ》

ブラウン(氏)運動《ぶらうん(し)うんどう》 ↓Brownian movement

プラジョさん【人】【鉱】 斜長石を意味するプラジオクレース(plagioclase)の擬人化。*角閃花崗岩中の一成分として登場したもの。賢治は「プラジョさん」「プラヂョさん」と両方表記。童[楢ノ木大学士の野宿]第二夜では「プラジョさんといふのはプラヂオクレースで青白いから医者なんだな」と大学士に言われたプラジョさんは、*バイオタさんのかぜ(つまり風化↓風病)を診察する。この童話の先駆形[青木大学士の野宿]でも「ははあ、プラヂョさんといふのはプラヂオクレースの斜長石だ。」とある。

ブラスのてすり ↓真鍮《しんちゅう》

プラタヌスの木《ぷらたぬすのき》【植】 プラタナス(platanus)を賢治はドイツ語読みしたつもりであろうが、ドイツ語はプラタナ(Platane)。和名スズカケ(篠懸・鈴掛)ノ木。スズカケノキ科の落葉高木で葉はカエデに似て大。街路樹として有名。高さ約一〇m。小アジア原産で日本には明治末期に入った。春、淡い黄緑の花を咲かせるスズカケの葉を、みどりの街灯に見たてた「プラタヌス　グリーン　ランターン」(詩[高架線])、「電気会社の前の六本のプラタヌスの木などは」(童[*銀河鉄道の夜])等。

プラチナ ↓白金《はっきん》

海綿白金《プラチナムスポンヂ》【鉱】【レ】 platinum sponge 白金海綿とも言う。塩化白金酸アンモニウムを約摂氏八〇〇度に加熱したとき残る黒色海綿状の*白金。表面積が大きいので、よい*触媒となる。詩[*小岩井農場 パート四]に「空でひとむらの海綿白金《プラチナムスポンヂ》がちぎれる」とある。賢治は白雲をしばしば白金を用いて表現した。ただ白金海綿は黒色なので、白雲の比喩とすれば疑問が残る。語感を楽しんで用いたのかもしれない。

フラン　→ネル

フランドン【地】　フランダンとも。童［フランドン農学校の*豚］の舞台。フランドル（Flandre ベルギー・フランス国境の織物で知られる地方）やファリンドン（Faringdon イギリスのバークシャー豚の主産地）から発想した名か。「六十万円といったならそのころのフランドンあたりでは、まあ第一流の紳士なのだ」、また「それから二三日たって、そのフランドンの豚は」、「年月日フランドン畜舎内、ヨークシャイヤ、フランドン農学校長殿」とある（→ヨークシャー豚）。また、童［三人兄弟の医者と北守将軍］（詩形）にある「フランドルテーテ《ママ》（「テーテ」は賢治の誤記で「テールか）殿」は、この「フランドン」の「豚のしっぽ殿」（テールは英語の tail で、しっぽ）というしゃれであろう。→豚《ぶた》

鰤《ぶり》【動】　体長約一ｍの温帯魚。成長にしたがって名が変わる。いわゆる「出世魚」で、ワカシ（幼魚）→イナダ→ワラサ→ブリとなる（関西地方ではツバス、ハマチ、メジロ、ブリの順）。歌［一〇五］に「午食《ごしょく》の鰤」が登場。

プリオシンコースト【天】【鉱】　第三紀鮮新世の海岸の意。プリオシン（Pliocene）とは地質年代の一つで第三紀の鮮新世（約五三〇万年前～一八〇万年前）のこと。→凡例付表「地質年代表」。コースト（coast）は英語で海岸の意。賢治も*イギリス海岸（第三紀鮮新世の凝灰岩質泥岩の露出）について同名の童話の中で「第三紀の終り頃、（中略）今の北上の平原にあたる処は、細長い入海か*鹹湖《かんこ》で、その水は割合浅く、何万年の永い間には処々水面から顔を出したり又引っ込んだり」「私たちのイギリス海岸では、川の水からよほどはなれた処に、半分*石炭に変った大きな木の根株が、その根を泥岩（→Tertiary the younger mud-stone）の中に張り」「その根株のまはりから、ある時私たちは四十近くの半分炭化した*くるみの実を拾ひました」と説明している。このイギリス海岸のくるみの化石出土のイメージと、*天の川＝*北上川の水の流れが結びついて、天の川上のプリオシン海岸《コースト》（coast）が成立している。ただ、二〇〇二（平成一四）年発表の花巻市教育委員会の新しい調査報告（象の足跡化石の発見にもとづく）で、この「海岸」の地質年代が鮮新世より一段階新しい新生代第四紀の前期更新世（プライストシン Pleistocene 一八〇万年前～）ことが確認された。とはいえ、賢治の「プリオシンコースト」を「プライストシンコースト」にすることはできない。今後もこうした「調査」や「見直し」は出てくるだろうが、作品は作品である。詩［*薤露青《かいろせい》］、童［*銀河鉄道の夜］に登場するプリオシンコーストには、「イギリス海岸」項に言うとおり、そうした天上の天の川と地上の北上川との混交がある。

ブリキ【科】【レ】　blik（オランダ）　鉄板に*錫《すず》をメッキしたもので、銀白色鱗状の模様が特徴。賢治の場合、その色と模様とから、*楊《やなぎ》の葉が風で一度に裏返った裏葉のイメージとして用いられることが多い。例えば詩［火薬と紙幣］に「鉄葉細工《ぶりきざいく》のやなぎの葉」とあり、童［*ガドルフの*百合］に「楊がまっ青に光ったり、ブリキの葉に変ったり」とある。童［鳥をとるやなぎ］等にも同様のイメージがある。また水の形容として「ブリキいろの水にごみもうかぶ」（詩［*熊はしきりにもどかしがって］」等）とある。さらに「米国風のブリキの缶」（詩［火薬と紙幣］）とか、「ぶりきのメタル」（童［*かしはばやしの夜］、下書稿では「めたる」）等も出てくる。→汞《こう》

プリズム　→三稜玻璃《さんりょうはり》

釣鐘草《ブリーベル》　→釣鐘草《つりがねそう》

ふり見《み》で【方】　振り向いて。「見」の字をあててはいるが「振り向いて」の訛りであろう。あるいは「振り向いて見て」の意にもなるか。劇[種山ヶ原の夜]。

プリムラ　→桜草《さくらそう》

釣鐘草《ブリューベル》　→釣鐘草《つりがねそう》

釣鐘人参《ブリューベル》　→釣鐘草《つりがねそう》

篩《ふるい》【農】　旧かな「ふるひ」。漢音シ(竹の名)。穀物や砂などを、よりわける道具。竹製のザルや、小さな金属の網目を用い、粉や粒をよりわける道具。転じて物事をよりわけることを「篩いわけ」、「篩にかける」とも言う。詩[三原　第二部]に「気層のなかですっかり篩ひわけ」とある。文語詩[小祠《しょうし》]にも「かしこは一の篩にて」とある。

ブルカニロ博士《ぶるかにろはかせ》【人】　童[〈銀河鉄道の夜〉(初期形)]の登場人物の一。同作品の末尾近くで「ありがたう。私は大へんい、実験をした。私はこんなしづかな場所で遠くから私の考を人に伝へる実験をしたいとさっき考へてゐた。(中略)お前は夢の中で決心したとほりまっすぐに進んで行くがい、」とジョバンニに語りかける。ジョバンニの夢の終わりごろ、セロのような声で、信仰と科学の一致について説く、大きな一冊の本を持った黒い帽子に青白い顔の男性もブルカニロ博士であろう(童[銀河鉄道の夜]最終形にはそれらは登場しない)。この名について、ジョルダノ・ブルーノ(→モナド)とカムパネルラとマサニエロの部分を重ね合わせたとする説や、百科事典のブリタニカから来たと考える説、イタリアの火山名ブルカネロに由来する説等があるが不明。

古川《ふるかわ》【地】　岩手公園の西を流れて北上川に注ぐ小川。歌[六二七]に「雲垂る、／やなぎの中の古川に／うかびいでたるあしたの沼気」とある。歌[六二八]に「楊《やなぎ》より／よろこびきたるあつきを／古川に湧くメタン瓦斯(→沼気《しょうき》)かな」とある。

古川あとの田《ふるかわあとのた》【地】　特定の地名ではなく、北上川の旧河川敷(もと川床だった河原の農地。河川法では水位により高水敷と低水敷がある)の田んぼ。賢治の羅須地人協会時代の自耕畑もそこにあった。詩[増水]に「古川あとの田はもうみんな沼になり／豆のはたけもかくれてしまひ」とある。

古川さん《ふるかわさん》　→並川さん《なみかわさん》

プルシヤンブルウ　→伯林青《べるりんせい》

ブルジョアジー【文】　bourgeois(i)e(仏)　ブルジョワ(ブルジョワーズ)。一般的には、富裕な商工業者や財産所有者で構成される社会層、すなわち有産者階級を言い、マルクス主義の用語では、近代資本主義社会における資本の所有者、すなわち資本家階級を意味する。プロレタリアート(無産者階級、労働者階級)の反対語。詩ノート[〔サキノハカといふ黒い花といっしょに〕]「〔芽をだしたために〕」。→プロレタリアート、プロレタリヤ文芸《ぷろれたりやぶんげい》、労農党《ろうのうとう》

降《ふ》るたっては高《たか》で知《し》れだもんだな【方】　(雨が)降るといっても、たかが知れたものだな。「降るたっては」は「降るといったって」の意。「は」はワでなくハと発音する。「高で」は「たかが」の意味。劇[種山ヶ原の夜]。

フルヒ来ス《ふるいこす》　→沃度《ようど》

プルーフな【レ】　詩「渓《(たに)》にて」に「まづ肺炎とか*漆《(うるし)》かぶれとかにプルーフな」とある。プルーフはproofでアルコール類をはじめ、ものの質や強度、仕事の内容等の品質検査自体のこと、その証明の名でもあるが、その規準をパスしたもののこと。肺炎や漆かぶれに使うことは、ややおおげさな洒落《しゃれ》だが、それに強い次行の「頑健な身体」ということ。

ふるますて　→小林区《しょうりんく》の菊池《きくち》さん…

貴蛋白石《プレシアスオパール》　→蛋白石《たんぱくせき》

プレシオスの鎖《ぷれしおすのくさり》　→昴の鎖《ぼうのくさり》

フレップス【植】　アイヌ語のフレプに基づく植物名。*コケモモ、ツルコケモモ、クロマメノキ、クロウスゴ、ガンコウラン、ケヨノミ等の漿果《しょうか》(液果とも。種子があり汁液に富む多肉質の果実)の総称。樺太(→サガレン)ではコケモモのことをフレップと言った。アイヌ文化協会のポン・フチ著『ウレシパモシリへの道』(一九八〇)によればフレプはエゾイチゴとある。詩「*樺太鉄道」に「*葡萄の果汁《*マスト》のやうに／またフレップスのやうに甘く」とあり、簡「404a」には「いたゞいたフレップ酒(それも一箱)はさすが下戸《(げこ)》の私も嘗めるやうにして度々呑みました」とあり、ともに賢治はコケモモかツルコケモモのつもりで使っているようである。両方とも紅色の果実だが、ツルコケモモの実はよくジャムにされ、甘い。

布呂　ふろ　【文】【レ】　風呂敷のこと。詩「〔温《(ぬる)》く含んだ南の風が〕」に「西蔵《(チベット)》(→ツェラ高原)*魔神の布呂に似た黒い思想があって」と難解な一行があるが、下書稿㈠を見ると布呂とは風呂敷を書き改めたものであることがわかる。前後の詩行から読みとれるのは「*蠍座あたり」に「*南斗のへんに吸ひついて」いる「西蔵神の風呂敷」とでも言いたい「黒い思想」すなわち黒雲(→ニムブス)があって「そこらの星をかくすのだ」ということになろう。

フロイド学派《ふろいどがくは》　→Libido

ブロージット【レ】　Prosit(独)　正しくはプロージット。乾杯、おめでとう、の意。方言の影響でか賢治はp音とb音をよく混同する。童「ポラーノの広場」(→ポランの広場)、文語詩「開墾地*落上《(らくじょう)》」に登場。

フローゼントリー【音】　ジョナサン・スピルマン(J. E. Spilman　一八一二〜一八九六)作曲の「Afton Water」(アフトン河の流れ)冒頭の歌詞「Flow gently,…」を指す。賢治は独自の歌詞をつけ、劇「*ポランの広場」の劇中歌「牧者の歌」とした。童「ポラーノの広場」(→ポランの広場)等。ビクターカタログにはリード・ミラーのテノールによるもの、ビクター軍楽隊によるもの、等のレコードが四枚ある。

フロックコート【衣】　frock coat　男子の昼間用礼服。一九世紀後半、イギリスで流行し、日本でも一八九〇(明治二三)年ごろから礼装としてだけでなく常装としても用いられた。その後、背広やモーニングコート、*燕尾服の流行に伴ってあまり用いられなくなった。賢治作品にも気取った服装として多く登場。「*獅子が立派な黒いフロックコートを着て」(童「*月夜のけだもの」)、「カイロ男爵だって早く上等の絹のフロックを着て」(童「*イーハトーボ農学校の春」)、「代議士を志願してフロックコートを着て政見を発表したり」(童「*ビヂテリアン大祭」)、「*ベートーベンの着たやうな青いフロックコート」(童「*ひのきとひ

フロックコート

なげし」)等。ほかにも、夏用に仕立てた「夏フロックコート」(童「ポラーノの広場」〈↓ポランの広場〉)、「白い*麻のフロックコート」(童「ビヂテリアン大祭」)等も見られる。そのほか、童「*茨海《バラウミ》小学校」、詩「*風景観察官」「眼にて云ふ」等に登場。

砕塊熔岩《ブロックレーバ》【鉱】 block lava 岩塊、火山塊とも。表面が岩塊で覆われている溶岩。熔岩の巨大な堆積が火山山地(*岩手山)に粗く黒い素肌を見せている状態。詩「*鎔岩流」に「畏るべくかなしむべき砕塊熔岩《ブロックレーバ》の黒」とあるが、同詩中には「あぶなくその一一の岩塊《ブロック》をふみ」「いちいちの火山塊《ブロック》の黒いかげ」と文字が書き分けられて出てくる。

プロピライト ↓安山岩《あんざんがん》

植物群《フロラ》【植】【レ】 flora(フローラ) 特定の地域や時代に育った植物系全体を言う。文語詩「眺望」に「植物群《フロラ》おのづとわかたれぬ」(土質により育つ植物もおのずと二系統に分かたれる↓砂壌《さじょう》)とある。賢治が表紙に「memo flora」と書き込んだノートの一冊もある。

プロレタリアート【文】 prolétariat(仏) 一般的には有産者階級である*ブルジョアジーに対して無産者階級のことを言う。経済学では、資本主義社会において生産手段を持たず、自らの労働力を賃金と引き換えに資本家に売って生活をする賃金労働者階級を指すマルクス主義の基本概念。詩ノート*「〔サキノハカといふ黒い花といっしょに〕」では「革命がやがてやってくる/ブルジョアジーでもプロレタリアートでも/おほよそ卑怯な下等なやつらは/みんなひとりで日向《ひなた》へ出た*蕈のやうに/潰れて流れるその日が来る」とある。↓プロレタリヤ文芸《ぷろれたりやぶんげい》、労農党《ろうのうとう》、社会主義《しゃかいしゅぎ》、ブルジョアジー

プロレタリヤ文芸《ぷろれたりやぶんげい》【文】 *プロレタリアートの立場に立った文芸運動。プロレタリアートの階級的自覚の高まりとともに、その思想、感情、生活を*社会主義リアリズムの立場から描き、表現することを目指した文学潮流。日本の組織的なプロレタリア文芸は、海外の動きに呼応して一九二一(大正一〇)年ごろ起こった。その組織活動も、一九二五年一二月六日に日本プロレタリア文芸連盟(プロ芸)結成、一九二七(昭和二)年六月、労農芸術家連盟(労芸)が分立、さらに一一月、それから前衛芸術家連盟(前芸)が分立、翌一九二八年三月、日本左翼文芸家総連合創立、「プロ芸」と「前芸」が合体してナップ(全日本無産者芸術連盟)結成、一九三一年一一月ナップ解散、コップ(日本プロレタリア文化連盟)結成等、奇妙な活気を呈した。プロレタリア文学は、一九三〇年ころには文壇を圧する勢いであったが翌年の満州事変以後は政府の弾圧激化で解体に向かい、一九三五年前後にその形としては消滅した。プロレタリア文学の活動層は、労働者の素朴な表現からイデオローギッシュな共産党主導の革命運動の一翼まで包含する。賢治も労働農民党(*労農党、一九二六年三月結成)の稗和《ひえわ》(*稗貫《ひえぬき》、和賀《わが》両郡)支部が設立されたとき、ひそかに事務所を斡旋し、机や椅子、新品の謄写印刷用具一式、さらに金二〇円を寄付するなど、その活動に力を貸している。作品では「きみたちがみんな労農党になってから/それからほんとのおれの仕事がはじまるのだ」(詩ノート「〔黒つちからたつ〕」)、「長男空想的に農村を救はんとして/奉職せる農学校を退き村にて堀《(ママ)》立小屋を作り開墾に従ふ/借財によりて労農芸術学校を建てんといふ」(メモ「創45」〈*禁治産〉)等にその反映が見られる。また、賢

治は新興プロレタリア芸術の推進を掲げた梅野健造の発行する文芸誌「無名作家」「新興芸術」に、それぞれ詩「陸中国*挿秧《そうおう》之図」「稲作挿話」を発表するほか、佐藤惣之助《そうのすけ》主宰の「詩の家」に集まった革新的グループ(竹中久七《きゅうしち》など)による詩誌「Rien《リアン》」(一九二九～一九三五)との交渉もあった。しかし、賢治は簡[不2]で「文芸へ手は出しましたがご承知でせうが時代はプロレタリヤ文芸に当然遷《うつ》って行かなければならないとき私のものはどうもはっきりさう行かないのです」と、自らの創作と時代のプロレタリア運動との違和感をも自覚している。↓プロレタリアート、ブルジョアジー、労農党《ろうのうとう》と、社会主義《しゃかいしゅぎ》

ブロンズ【鉱】 bronze 青銅。*銅を九、錫《すず》(↓錫病)を一弱の割合に少量の*亜鉛、*燐、*硅(珪)素等を加えてできる合金。唐金《からかね》。青銅には、適度な展延性と、鋳造に適した利点があり、鉄が普及する以前もっとも広く利用されていた金属。一〇円玉硬貨も青銅である。青銅は銅を多く含むので表面が錆び緑青化する。それを青銅色と呼ぶため緑青色のことと同じ。詩[恋と病熱]の「つめたい青銅《ブロンツ(ママ)》の病室」は病室の(保温や病菌を恐れてよく青い蚊帳《かや》をつるした)雰囲気の比喩。簡[19]中の歌、「雨に銹びたるブロンズの円屋根」は青銅色の*ニコライ堂。ニコライ堂の円屋根は銅板葺きであり、素材としてのブロンズでなくブロンズ色の意味で用いたと思われる。〈「*装景手記ノート」より〉の詩「〔*奥中山の*補充部にては〕」には「青銅いろ」が出てくる。

文学亜流《ぶんがくありゅう》【文】 亜流は亜流者の略。亜はツぐ(次、次ぐ)。亜流は同じ仲間の意もあるが、一般には一流の見識をもつ者に対して独創性に乏しい二流以下のレベルの者、末流の者にも言う。詩[実験室小景]に「(文学亜流にわかるまい、)」とある。

噴火湾《ふんかわん》【地】 内浦《うちうら》(胆振《いぶり》)湾の別名。北海道の南部、太平洋側にある湾。室蘭から函館へ出る場合、内浦湾のため大きく迂回せねばならず、連絡船も活躍する。函館本線の八雲―森間は、対岸の室蘭方面の燈がよく見える。噴火湾の別名は一七九六(寛政八)年、イギリス船長ロバート・ブロートンの命名という。駒ヶ岳や有珠山《うすざん》の噴煙が湾から南北に眺望できる。賢治は一九二三(大正一二)年八月一一日未明の夜行列車中で得た亡妹*宮沢トシへの想念を詩[噴火湾(*ノクターン)]に息づかせる。「噴火湾のこの*黎明の水明り/室蘭通ひの汽船には/二つの赤い灯がともり/東の天末(↓天末線)は濁つた*孔雀石の縞」とある(↓異空間)。

雰気《ふんき》【レ】 雰は気の類字だが、吉凶禍福等の予兆(きざし)として立ちのぼる靄《もや》や霞《かすみ》や雲をいう漢字。詩[春曇《(どん)》吉日]に「ぼんやりとした雰気にさらし」とあるのは、かすんだような曖昧模《も》糊《こ》とした(はっきりとは見えない)雰囲気。

分蘖《ぶんけつ》【農】 *稲や*麦等の穀類の茎が根の近くから枝分かれすること。「分蘖の日数出穂《(しゅっすい)》の時期を/二たび三たび計算すれば」(詩[渇水と座禅])、「もうどの稲も、分蘖もすみ」(詩[夏])等がある。

分子《ぶんし》 ↓モナド

ブンゼン燈《ぶんぜんとう》【科】 ブンゼンバーナー。ガスを高温に燃焼させる装置。考案者のドイツ人ローベルト・ブンゼン(R.W.Bunsen 一八一一～一八九九)の名を取ってそう呼ぶ。L字型塔状の下部からガスを円筒内に噴出させ、途中の空

ブンゼン燈
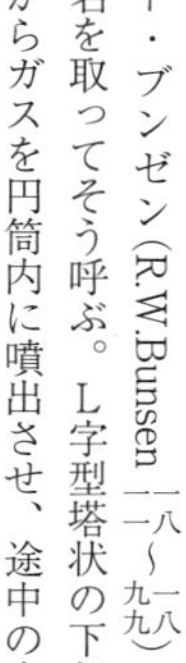

気量調節により混合する空気量を変えて燃焼温度の調節をはかる。歌［五一五］に「くれちかき／ブンゼン燈をはなるれば／つめくさ（→赤つめくさ、白つめくさ）のはな／*月いろにして」、歌［五一六］に「六月の／ブンゼン燈のよわほのほ／はなれて見やる／*ぶなのひらめき」があり（「よわほのほ」は弱焔）、ほかに詩［実験室小景］等にも「ビーカー、フラスコ、ブンゼン燈」とある。なお童［毒蛾］（→蛾）に登場するブンゼン博士の名は、このブンゼン燈の考案者の名から思いついたものであろう。

ブンゼン博士《ぶんぜんはかせ》 →ブンゼン燈《ぶんぜんとう》

葡ん萄酒《ぶんどしゅ》 →葡萄水《ぶどうすい》

芬芳《ふんぽう》 →パーゴラ

ふん見《み》さ行《い》ぐべさ 【方】 ふん、見に行こうか。「ふん」は笑いとともに漏れた声。短［十六日］。

【へ】

へ

べ　↓起《お》ぎべ

べぁな　↓家《え》さ行《い》ぐだぃぐなったべぁな…

平夷《へいい》【レ】　平らなさま。夷はエビスのほかにタイラカ、タイラグの意があり、平と同義。詩ノート[運転手]に「平夷な岡と*三角山」とある。

瓶袴《へいこ》【衣】　ビンバカマとも。裾が細く瓶《びん》形にふくらんだ袴《はかま》(ズボン)。もんぺ(↓雪袴)の類。文語詩[退職技手*]に「おのれこよひは暴《あ》れんぞと、青き瓶袴も惜しげなく」とある。よし、おれはこんや暴れてやるぞと、青き瓶袴を「惜しげなく」は、まくりあげもせず、はいたまま(田んぼに入ってゆく)。↓代《しろ》

敝舎《へいしゃ》【文】　敝は破る、弊《やぶ》れているの意。粗末な建物。「弊衣破帽」といったときの「弊《やぶ》れた」も同義。詩[増水]に「鉄舟はみな敝舎へ引かれ/*モーターボートはトントン鳴らす」とある。なお、敝の文字についてだが、新校本全集本文では「敞舎」とあり、下書稿では「敞舎」(同全集「校異篇」にはママの注あり。敞も漢和辞典等にはあり(音はショウ)、「ひろやか、ほがらか」等の意。↓廠舎《しょうしゃ》、敞舎《しょうしゃ》

平心《へいしん》　↓木突《ぼくとつ》

兵站部《へいたんぶ》【文】　かつての軍隊用語で、戦場で物資、食糧の補給や連絡にあたり、前線を助ける部隊。詩[会見]に「兵站部では味噌のお汁(つけ)を食はせたもんだ」とある。

平頂《へいちょう》　↓雲堆《うんたい》

平和街道《へいわかいどう》【地】　岩手県北上市(旧和賀《わが》郡*黒沢尻《くろさわじり》)と秋田県横手市(旧平鹿《ひらか》郡横手町《よこてまち》)を結ぶ街道。一九八六(昭和六一)年、現在の国道107号線となる。平鹿郡と和賀郡の頭文字を取って付けられた名称。開通は一八八二(明治一五)年。北上市黒沢尻から、*和賀川の北側に沿って江釣子《えづりこ》、*藤根、横川目《よこかわめ》、仙人《せんにん》、現湯田町《ゆだまち》の川尻《かわしり》を経て野々宿《ののじゅく》方面に続く。全長四五㎞。一九〇五年には和賀仙人まで和賀*軽便軌道がこの街道沿いに開通(一九二二年廃止)、一九二四(大正一三)年には*横黒《おうこく》線(現北上線)が全線開通した。開通前は山形街道、秋田古道、羽州街道等の呼称もあったが、この街道筋は山越えの難所が多かったと言う。詩ノート[*藤根禁酒会へ贈る]には「平和街道の*はんの並木は/みんなきれいな青いつたで飾られ」とある。

べが　↓草刈《くさか》ってしまたたべが…

ペガスス《ぺがすす》【天】　Pegasus ペガサス、ペガソスとも。秋の星座。ギリシア*神話に出てくる翼をもった天馬《てんま》ペガサスが天に昇り星座になったとされる。隣の*アンドロメダ座の主星とペガスス座の三つの星($\alpha\beta\gamma$)が秋の大四辺形を作る。詩[風の*偏倚(へんい)]に、「*杉の列には山烏がいつぱいに潜み/ペガススのあたりに立つてゐた」とある。

べがな　↓黄《き》いろな花《はな》こ…

劈開片《へきかいへん》　↓へきかい予備面《へきかいよびめん》

ペガスス座

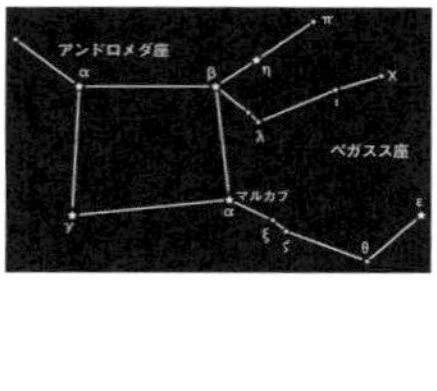

へきかい予備面《へきかいよびめん》 【鉱】 劈開予備面。劈開は岩石・鉱物等が一定の方向に割れること。童[*インドラの網]に「*金剛石の劈開片」と出てくるのは、かけたかけらのこと。その予備面だから、今にも割れそうな面。童[楢ノ木大学士の野宿]に「一寸脈をお見せ、はい。こんどはお舌、ははあ、よろしい。そして第十八へきかい予備面が痛いと。なるほど、ふんふん、いやわかりました」と「*プラヂョさん」は医者ふうに病気の「*バイオタさん」を診察する。

碧玉《へきぎょく》 【鉱】 ジャスパー(jasper)の日本名。硬度七。微結晶性の*石英に、酸化鉄をはじめ多くの不純物が混ざったもの。色は、紅色・緑色・黄色・褐色など様々な色や模様がある。佐渡の赤玉石が有名。童[*十力の*金剛石]には「*たうやくの葉は碧玉」とある。

碧瑠璃《へきるり》 ↓瑠璃《るり》

霹靂《へきれき》 【天】 急激な雷鳴。転じて突然の事態や*現象を「青天の霹靂」とも言う。詩[原体剣舞連《はらたいけんばいれん》](↓原体村)に「霹靂の青火をくだし」とあるのは、剣の発する青火を雷の*稲光りにたとえたもの。

劈櫪《へきれき》 ↓繞る八谷に劈櫪の／いしぶみしげき《めぐるやたにに へきれきの／いしぶみしげき》

ベゴ ↓牛《うし》

ベゴ石《べごいし》 ↓火山弾《かざんだん》

牛《ベゴ》**の舌**《した》 【植】【方】 水芭蕉の東北地方での方言別名。水芭蕉はサトイモ科の多年草。山地の湿原に生える。春、白い花を咲かせるが、花の形を牛の舌に見立てた名。ベゴは*牛の方言。童[タネリはたしかにいちにち噛んでゐたやうだった]に「そのあちこちには青じろい水ばせう、牛《ベゴ》の舌の花が、ぼんやりならんで咲《さ》いてゐました」とある。

ミズバショウ

ベース 【農】 vase(英・仏)、Vase(独) *花瓶の意。果樹*整枝法のうち、「盃状仕立《はいじょうじたて》」を指す。樹形を逆円錐の花瓶の形に仕立てるもの。劇[饑餓陣営](↓饑饉)では、*生産体操の一部としてこの仕立て形をまねた体操を兵隊たちが行なう場面がある。「い、か次はベース。ベース、一、の号令でこの形をつくる。二で直る」等とある。「直《なお》る」は「もとにもどる」。号令の場合は「直れ」。

ベースの形
(賢治の絵)

ベスター ↓ベェスター《べぇすたー》

ベチュラ公爵《べちゅらこうしゃく》 ↓樺《かば》

白菜《ペッアイ》 ↓白菜《はくさい》

べっかふゴム《べっこうごむ》 【衣】 べっこう(鼈甲)は海亀の背中を言い、装飾品の素材として珍重した。文語詩[〔くもにつらなるでこぼこがらす〕]には縁《ふち》がべっこう製の「べっ甲めがね」が出てくる。その飴色の部分をべっこう色と言う。詩[〔何をやっても間に合はない〕]、[〔このひどい雨のなかで〕]等に出てくる「べっかう《(ママ)》ゴムの長靴」は、べっこう色をしたゴムの長靴(ゴム長)のこと。黒のゴム長に対してアメ色のそれをしゃれてそう言った。なお、現在は海亀の捕獲は禁止されている。

ヘッケル 【人】 エルンスト・ハインリッヒ・ヘッケル(Ernst Heinrich Haeckel、人名辞典等では Häckel とも、一八三四〜一九一九)。ドイツの生物学者。ダーウィンの進化論を理論的に考察し世界観にまで高めた。「個体発生は系統発生を繰り返す（系統発生の短縮されたもの）」という標語で有名な発生原則を提唱した。また*精神と物質の一元論に立って生態学を研究し、ラマルクを高く評価した。唯物的な傾向が強く、マルクス主義唯物史観にも影響を与えたと言われる。また、彼は死後の霊魂との交信などは非科学的であるとして断固否定した。進化の最初に生じたはずの無構造の原形質塊である「モネラ」の考案や、進化の系統樹の描出も彼の業績である。ヘッケルの日本での受容を確認してみると、丘浅次郎の『進化論講話』（一九〇四〈明治三七〉、引用は一九一四〈大正三〉年版）では、「動物学者兼哲学者ともいうべき人で、生物学上たしかに知れている事実を基とし、これに自分の理論上の考えを加え、一種の完結した宇宙観をつくり、進化論を説くにあたっても常に自説をつけて吹聴した」「かくて動物学者の中にもこれに不賛成を表す人がたくさんにある」と、批判的に紹介されている。ヘッケルの学問は自然科学というよりは自然哲学と見なされることが多かった。物心一元論に立つヘッケルは、精神の存在に合理性をもたせるため、無機物と有機物とを繋ぐ中間的存在として、先述したように「モネラ」を主張した。メモ［創29］に「モネラ」が出るが、賢治はアメーバーのような存在をイメージしていたようである。ヘッケルと賢治との関係を詳しく論じた先駆的研究として小野隆祥（「『青森挽歌』とヘッケル博士」、「啄木と賢治」新春号、一九七六）や大塚常樹（『宮沢賢治心象の宇宙論《コスモロジー》』、一九九三）らの功績を挙げておきたい。さて、ヘッケルの重要な学説に「万物有生論」がある。鈴木健司（詩［青森挽歌］試論、「人文科学研究」第七号、二〇〇〇）によれば、これは唯物論からの逸脱に他ならず、この非唯物論的「万物有生論」が、賢治を唯物論者ヘッケルに近づけさせた要因ではないかと指摘している。詩［青森挽歌*］では、死んだ妹*宮沢トシへの呼びかけが通じたと確信した上で、反神秘主義者ヘッケル博士に対して賢治は「わたくしがそのありがたい証明の／任にあたつてもよろしうございます」と呼びかけている。これまで多くの解釈が提示されているが、その混迷ともいえる議論の多方向性は、ヘッケルという人物の解釈が研究者ごとに異なっていることと深く関わるようだ。童［ビヂテリアン大祭*］では反ビヂテリアン側のこっけいな演説者の風貌がヘッケルに似ていると書かれている。賢治はヘッケルの『生命の不可思議』（一九〇五）の原書を所蔵していたが、詩の内容からは、むしろ霊魂問題を扱った同じくヘッケルの『宇宙の謎』（一九〇六）の影響かと思われる。

ヘッケル

ベッコ →蛙《かえる》

ベッサンタラ王 →ヴェーッサンタラ大王

別時《べつじ》 【宗】 寺で日や期間をきめていとなむ、いわば一般の「特別興行」に当る「別時念仏」の略。文語詩［〔たそがれ思量惑《（わわ）》く*して〕］に「堂は別時の供養とて」（寺堂は別時念仏の供養として、供養をしていて）とある。

ペッティコート 【衣】 petticoat 婦人用の下着。スカートの下に重ねてはくスカート状のもの。布地はキャラコ*等の木綿、絹を用いた。当時は紺や黒の毛繻子*のものも一般に用いられていた。賢治作品でも「むすめたちは／みなつややかな黒髪をすべらかし／あたらしい紺のペッティコートや」（詩［一八四 春］とその先駆発表形［ワルツ第CZ号列車*］）と出てくる。

別当《べっとう》【文】 平安期から江戸期まで、親王家、摂関家、大臣家、寺社等に置かれた行政上の長官。詩〔〔職員室に、こっちが一足はいるや《(ママ)》いなや〕〕、文語詩〔来賓〕の両方に黄色の*狩衣《かりぎぬ》を着た地元の神社の別当が登場する。また、童〔*どんぐりと山猫〕には「馬車別当」が登場するが、昔は*馬丁をそう呼んだ。

ペッパー【植】 pepper 胡椒《こしょう》。*インド南部地方原産。香辛料、漢方薬に用いる。詩ノート〔〔桃いろの〕〕に「光るペッパーの点々をふりまき」とある。

へっぴり伯父《へっぴりをぢ》【方】【民】 屁ひり伯父さん、の意(おじいさんをおじさんにつめて言ったのであろう)。岩手に伝わる「木切り爺さん」物語の一。昔、ある爺さんが他人の山に木を切りに行くと、誰だ、木を切るのは、と咎められる。爺さんは「へっぴり爺さん」と答えて見事な屁をする。それがあまり見事だったので米などもらって帰る。隣の欲ばり爺さんがそれを聞いて真似をするが、糞をたれてしまって叩かれて帰ってくる、という筋書き。童〔十月の末〕で、嘉ッコが自分の爺さんは酔っぱらいでいやだから、「うなぃ(↓汝《うな》)の爺《*ぢ》んご」(お前んとこの爺さん)と交換したいと友人に言っているところへ、爺さんが現われて「爺んご取っ換へるど。それよりもうなのごと山山のへっぴり伯父さ*呉でやるべが」(爺さんを取り換えるって? それよりも、お前のこと、山々のへっぴりじいさんに呉れてやろうか)と言う場面がある。なお、この童話の末尾には「西根の山山のへっぴり伯父は月光に青く光って長々とからだ横たへました」とあるように、山々にはゴロゴロゴロと音を出し「バァッと表の方が鳴って」「雀の卵ぐらゐある雹(↓積乱雲)の粒を」音たてて降らす(排泄《はいせつ》する)稲光りの化身でもあるようだ。

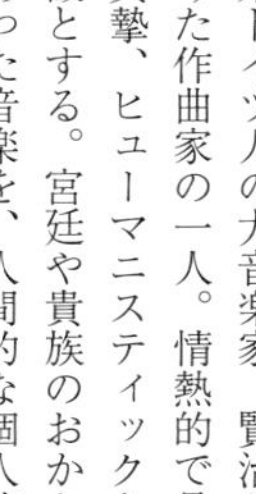
ベートーヴェン

ベートーヴェン【人】【音】 L. v. Beethoven(一七七〇～一八二七) オランダ系ドイツ人の大音楽家。賢治が強く影響を受けた作曲家の一人。情熱的で骨太、倫理的で真摯、ヒューマニスティックな音楽をその特徴とする。宮廷や貴族のおかかえものの感のあった音楽を、人間的な個人芸術として独立させた功績は大きい。ほとんど終生、耳の病に苦しめられ、一八〇二年の「ハイリゲンシュタットの遺書」に見られるように、世の不条理な運命に対し、果敢に自己の生命を主張、芸術に全力的に自己投企する生涯を送った。それゆえ特に彼の中期の音楽には、自由精神への意志と、既成社会との苛烈な闘争を熱情として聞きとることができる。そこにはまたフランス革命とナポレオン(↓ナポレオンポナパルド)の活躍を通じて、市民社会の思潮が全欧に怒濤のように拡大していった一九世紀初頭の時代が背景として力強く息づいている。ナポレオンを自由の勝利者として崇拝し、彼に交響曲第三番「英雄《エロイカ》」を献呈しようとしたが、ナポレオンが帝位についたと聞き、その楽譜を破りすてたというエピソードはあまりに有名。日本でもベートーヴェンは早くから人気があったが、これは大正期の人道主義的傾向に合致したからでもある。晩年のベートーヴェンは清浄で崇高であり、外向的なダイナミズムから、より内省的な傾向となり、宗教的ですらある。交響曲第九番「合唱付き」(シラーの詩「歓喜に寄す」による)に見られる人類愛の表現は、賢治の芸〔綱〕や詩〔*小岩井農場　パート九〕あたりとも交錯する。その名は童〔*ひのきとひなげし〕、詩〔小岩井農場　パート五]、詩ノート[*運転手]下書稿、詩[住居]下書稿等にも見いだされるが、曲名も、*Egmont Overture、*第六交響曲、*Beethovenの Fantasy、*荘厳ミサ曲、レオノレ、第九、等が登場する。ノート[東京]七二頁にはWagner(→ワグネルの歌劇場)、*Lißt, Strauss(→ストラウス死と浄化)にまじって、Beethovenがメモされており、「Quartet in C major」(「ラズモフスキー第3番」)、「Apashonata《ママ》 sonata」(ピアノ・ソナタ「熱情」)、「Pathetic sonata」(ピアノ・ソナタ「悲愴」)が列挙されている。ベートーヴェンにまつわる賢治のエピソードもこと欠かない。一九二六(大正一五)年には「ベートーヴェン百年祭」というレコード・コンサートを*花巻で開き、農学校の生徒職員をはじめ町の人々も参加し盛会だったという。また第五交響曲「運命」の*レコードを買った時には、同僚*藤原嘉藤治《かとうじ》と二人で「運命が扉を叩く音だよ」と感激し合ったとも言われ、弟*宮沢清六によれば「この大空からいちめんに降りそそぐ億千の光の*征矢《そや》はどうだ」「繰り返し繰り返し我らを訪れる運命の表現の素晴らしさ。おれも是非共こういうものを書かねば」と言いながら書き出したのが*心象スケッチ集『*春と修羅』だったという。また*羅須地人協会のレコード・コンサート第一回も、教え子の伊藤克己《かつみ》の記憶によればバッハのオルガン曲とベートーヴェンの交響曲だった。また賢治が最後まで手放さなかったレコードは、従弟の宮沢幸三郎によればベートーヴェンの後期の作品だったという。この点は前述のベートーヴェンの晩年の傾向と賢治の全身的な希求との一致点を考え合わせればうなずける。詩[小岩井農場]は多くの点から、交響曲第六番「田園」をモデルにして作られたと推定。「田園」のスケッチ帳に書かれたベートーヴェンの言葉、「田園交響曲は絵画ではない。田園のよろこびを呼びおこす感情を表現し、田園生活の気分を描いたものである」は、そのまま詩[小岩井農場]の詩法と言える。賢治とベートーヴェンの共通性は、その自然への愛着と憧憬、進んで自然の中にコスミックな秩序体系や倫理を霊感する態度、苦痛や孤独を逆にバネとして人類愛に昇華させた点などに見いだすことができる。しかし一方でベートーヴェンにはユーモアや童話性、民俗性、繊細な自然把握等もありはしても賢治にくらべると不足しているとも言えるし(ベートーヴェンにもユーモアの要素はあり、それは日本等では見落されがちだが)、逆に賢治も強烈な意志や自己信頼、骨太の倫理感覚、壮大な構築性等を目ざしていたとしてもベートーヴェンには及ばなかったと言えるだろう。むしろ賢治作品に底流として流れる「歌」の存在、母性的な童話的愛情、羞恥心やはにかみ、憧憬(夢)と絶望(現実認識)とのアンビバレンス(反対感情共存)、それがもたらすダイナミズム、饒舌、民話性、といった面に注目すれば、これはむしろニーチェの影響を受けた後期ロマン派の音楽家たち、中でもG・マーラーに近い一面をもつと言えなくもない。長篇連作詩[小岩井農場]も田園を自己目的化し、詩人の身辺にひきつけてしまった卑小さをもつという批評は免れえないだろう。→小岩井農場《こいわいのうじょう》、der heilige Punkt

ペトリシャーレ →時計皿《とけいざら》

紅革《べにかわ》 【衣】 紅色に染めた革。童[*雁の童子]に「それから童子さまを立たせて、紅革の帯を結んでやり」とある。

紅雀《べにすずめ》 【動】 スズメ目カエデチョウ科の鳥。体はふつうの*雀の大きさで、メスは嘴だけ赤く他は雀の色だがオスは頭、背、喉、腹など全身が赤いのでその名がある。東南アジアに分布するが、日本には籠で飼う小鳥として輸入される。童[貝の火](↓蛋白石)に「フッフッと息をかけて、紅雀の胸毛で上を軽くこすりました」とある。

紅宝玉《べにほうぎょく》 ↓ルビー

ペネタ形《ぺねたがた》 【天】 童[蛙のゴム靴]に出てくる雲の形。「うすい金色の」「平たい」雲の形。高野みはるは気象用語の「ペネトレーティヴ・コンベクション(penetrative convection 貫入性対流、雲が垂直方向に気層を貫いて発達してゆく)」から賢治が思いついた造語ではないか、と言う。すなわち、積乱雲が発達して、気温の関係で頭頂部が横に水平にひろがったT字形の鉄砧雲《かなとこぐも》、もしくは朝顔雲(朝顔の花のような)のことであろうと根本順吉も言う(「十代」9巻、12号)。「雲のみねはだんだんペネタ形になって参りました」とある。その「夏の雲の峯」というのが、夏場、局地的に起こる積乱雲(入道雲)、それが弱まって頂点が横に流れ鉄砧雲へと変化するさま。

蛇ノ島《へびのしま》 ↓蛇ノ島《じゃのしま》

ペムペル《ぺんぺる》 【人】【地】 詩[小岩井農場 パート九]での幻想中の童子の名。もう一人の名はユリア。小野隆祥は、ユリア(↓侏羅紀《じゅらき》)と同様、ペムペルも地質年代のペルム紀(Permian 二畳紀古生代の最後、中生代の三畳紀の前↓凡例付表「地質年代表」)からとられたものと推定する。「ユリア ペムペル わたくしの遠いともだちよ/わたくしはずゐぶんしばらくぶりで/きみたちの巨きなまつ白なすあし(↓ひかりの素足)を見た/どんなにわたくしはきみたちの昔の足あとを/白堊系の頁岩《(けつがん)》の古い海岸にもとめただらう」とある。これは『春と修羅』の[序]の中の「白堊紀砂岩の層面に/透明な人類の巨大な足跡を/発見するかもしれません」を受けたもの。白堊紀はイギリスのドーバー海峡に面したチョーク(白堊)層から名づけられた、中生代最後の紀で、ユリアの名のもとになった侏羅紀のすぐ後であり、賢治は恐竜と結びつけて修羅のイメージをふくらませた(↓白堊紀)。このイギリスの白堊紀の海岸のイメージを使ったのが北上川と猿ヶ石川の合流点に名付けたイギリス海岸である。童[銀河鉄道の夜]のプリオシンコーストもイギリス海岸のイメージをふくらませたもの。こうした賢治と地質年代(古生物学)との結びつきの強さを考えれば、ペムペルの名が地質年代ペルム紀から来た名前と考えるのはもっともなことと言えよう。ペルム紀は別名二畳紀、約二億五千万年前で、石炭紀と三畳紀の間の年代で、ペルムの名はウラル山脈の地名から取られた。北上山地南部にはペルム系の地層が多く見られ、フズリナ(↓鉛直フズリナ配電盤)の化石がよく見られる。化石に興味をもっていた賢治にはペルム紀は親しい名前であった。ところでユリア、ペムペルの二人の子どもの姿には、西域で出土した、天使像のイメージも重なっている(↓雁の童子)。童[黄いろのトマト]の兄の名もやはりペムペルである。↓ユリア、イギリス海岸《いぎりすかいがん》

べむべろ ↓楊《やなぎ》

楊の花芽《ベムベロ》 ↓楊《やなぎ》

室ぬち《へやぬち》 ↓室ぬち《むろぬち》

へらさぎ 【動】 篦鷺。サギに似たコウノトリ目トキ科の鳥。全身白く、長い嘴の先がへらの形をしているのでその名がある。

日本には冬渡来するが数は非常に少ない。詩〔〔*北上川は熒気《(けいき)》をながしィ〕〕(→顥気《こうき》)に「へらさぎ二疋わたってきます」とある。賢治は鳥も一疋、二疋と言う。

耗らす《へらす》【レ】 消耗《しょうもう》する(させる)。詩〔河原坊(山脚の*黎明《(れいめい)》)〕に「雲がそいつを耗らすのだ」とある。

ヘリアンサス【植】 ヒマワリ(向日葵)。学名 Helianthus annuus 北アメリカ原産の一年草。高さ二m内外、葉の長さ一〇~三〇cm。花は大形のもので二〇~四〇cm、周辺に鮮黄の舌状花弁をもつ。詩〔*装景家と助手との対話〕に「また巨大なるヘリアンサスをかゞやかしむる」とある。→Helianthus Gogheana

ヘリオトロープ【植】 heliotrope 香水草、香水木。ペルー原産の小低木で、香が強く、青紫色の花から芳香油がとれる。香水原料として珍重されている。童〔黄いろの*トマト〕に「まるです*ゞらんやヘリオトロープのいゝかほり《(ママ)》さへするんだらう」(正しくはかをり)とある。

ヘリクリサム【植】 Helichrysum キク属の学名。キク科の花の学名でこれを冠するのはムギワラギク(麦藁菊)。おそらく賢治もそのつもりで用いたのではあるまいか。詩〔〔バケツがのぼって〕〕と、その下書稿(一)〔〔わたくしの汲みあげるバケツが〕〕に「――なまめかしい貝――/――ヘリクリサムの花冠――」とあり、汲みあげたバケツに浮いているその花は、井戸に落ちていたムギワラギクの花冠のイメージにふさわしいように思われる。初夏から秋まで長もちする花の花径は約三cm、黄、赤黄、淡紅、暗紅、白など色とりどりの種類がある。乾質のためドライフラワーとして装飾用に愛好される。ムギワラギクは英語のストロー・フラワー(straw flower)の直訳名。

ムギワラギク

ベーリング市《べーりんぐし》【地】 ベーリング海を念頭に置いた市名。この海は北はベーリング海峡を経て北極海、西は*シベリア、*カムチャッカ半島、東は*アラスカ、南はアレウト列島に囲まれる。シベリア側は深く寒冷、アラスカ側は広大な大陸棚で、わりあい暖かくダッチハーバーはほとんど不凍である。一七二八年デンマーク人の探険家ベーリング(V. J. Bering)が海峡を西欧人で初めて渡ったことにちなんだ名前。賢治には、*白極海、*アイスランド、*オホーツク、カムチャッカ等、北の海への憧憬(→ハイネ)が見られる。詩〔*一本木野〕に「*電信ばしらはやさしく白い*碍子《(がいし)》をつらね/ベーリング市までつづくとおもはれる/すみわたる海蒼(→*チモシイ)の*天」とあり、童〔氷河鼠の毛皮〕(→ねずみ)では、*イーハトヴ発のベーリング行きの夜行汽車の内部が舞台となっている。詩〔*奏鳴的説明〕の下書稿には〔映画劇「ベーリング鉄道」序詞〕という題名がついていた。童〔*猫の事務所〕でも*氷河鼠と組み合わさって登場。『注文の多い料理店』広告ちらし(賢治自筆)にはイーハトヴの説明として「…不思議な都会、ベーリング市迄続々電柱の列、それは*まことにあやしくも楽しい国土である」とある。→ノバスカイヤ

ペルシャ【地】 Persia 波斯とも書いた。イランの旧称。日本では「ペルシャ絨緞《じゅうたん》」の名は今も残っている。古代ギリシア人がペルシア湾北岸地方をペルシス(Persis)と呼んだことに由来。一九三五年「アーリア人の国」という意のイランに改称。詩〔蛇踊〕(初行

「こゝから草削《*ホウ》をかついで行って」」に「ペルシャあたりの格言」、文語詩〔〔ひとびと酸き胡瓜を嚙み〕〕に「或《(ママ)》ひはペルシャにあるこゝち」とある。

ペルシャなつめ【植】 ナツメヤシ（棗椰子）。ヤシ科の常緑高木で高さ三〇mにもなる。葉は六〜七mで羽状に分裂し、隙間がある。花は長く約一mの花序に黄白色の小花をつける。果実は卵型で二・五〜五cm位。果皮は甘く食用となりデーツの名で知られる。甘味料としても貴重なものであった。古代文明の発祥地メソポタミア、エジプト等の砂漠地帯のオアシスや河川のほとりに生え、また栽培された。それは生命の木として、装飾的な植物文様としてアラブ諸国の王宮を飾った。詩〔氷質の冗談〕に「学校がもう砂漠のなかに来てますぞ／*杉の林がペルシャなつめに変ってしまひ」とある。

ヘルバ伯爵《へるばはくしゃく》【人】 童〔*黒ぶだう〕中の登場人物。創作人名と思われる。

ヘルマン大佐《へるまんたいさ》【人】【科】 童〔風野又三郎〕（↓風の又三郎）で又三郎の「大循環」の経験談に出てくる「極渦《きょくうず》」(polar vortex)の中心の擬人化。極渦は極夜渦のことで、大気大循環にともなって北極付近に形成される低気圧を言う。「その環《わ》には《(ママ)》いったらもう仲々出られない」その中心に「人間ぢゃない」ヘルマン大佐が「まっすぐに立って腕を組んでじろじろあたりをめぐってゐるものを見てゐる」。大佐（*軍隊の佐官級の最上位）に入れと命令されて入ったら最後、なかなか出られない極渦の模様が活写される。ヘルマンの名は、エネルギー保存の法則で有名なドイツの物理学者・生理学者ヘルマン・ヘルムホルツ(Hermann L. F. von Helmholtz 一八二一〜一八九四)の名を借りたのであろう。ヘルムホルツは大気大循環や大気波動、風や波のエネルギーについても著書があり、その訳本『力（エネルギー）の保存について』、『渦動論集』（ともに一九一三〜一九一九 東京大学編、荒木吉次郎訳）を賢治は読んでいて、ヘルマン大佐だけでなく、この童話の形成の資にしたかと思われる。あるいは、また、降雨現象と風の研究、気象学史の研究等で知られる、同じくドイツの気象学者、G・ヘルマン(Gustav Hellmann 一八五四〜一九三九)との関連も考えられる。

伯林青《べるりんせい》【レ】 江戸時代からの舶来の顔料。賢治の愛した*北斎はじめ、日本の浮世絵師たちも「ベロン藍」「ベロ藍」と呼んで愛用した（在来の和製の植物性「藍」より退色せず鮮やかだったので、空や海の色などに多く使われた）。プルシャンブルー(Prussian blue)（プロシャ〈↓普仏戦争〉の青、ベルリンはその首都）。深くやや紫がかった青。主成分はフェロシアン化鉄。画家のブラマンクが好んだ色として有名。群青《*ぐんじょう》系の紺青《*こんじょう》（ロイヤルブルー）と似た色なので紺青《こんじょう》とも呼ばれる。白浜徴《しらはまあきら》著『色彩の練習』（一九一一）では鮮青《せんじょう》。一七〇四年、ベルリンのディースバッハが初めて作ったのでその名がある。賢治は詩中で伯林青を塗りあげた屋台を登場させている（文語詩〔短夜〕〈↓うつは数《(かぞ)》ふるそのひまに〉とその下書稿〔〔*同心町の夜あけがた〕〕）。この色は現在日本の煙草の「ピース」の箱に使われている。波の色彩に使った例として詩〔津軽海峡〕（初行「南には…」）の「反覆される異種の角度の正反射／あるひ《(ママ)》は葱緑《*(そうりょく)》と銀との縞を織り／また*錫病と伯林青《プルシャンブルウ》」がある。伯林青をベレンスと呼ぶのは（文語詩〔短夜〕には「伯林青《べれんす》」とルビ〈下書稿ではルビなく「べれんす」〉）オランダ語系発音。詩［第四梯形］に「七つ森の第四伯林青《べるりんせい》スロープは」とあるのは、前の「梯形第三（→七つ森）」の次の「第四の（梯形の）伯林青のスロープは」の意味。→葱緑《ねぎみどり》

伯林青《べれんす》 →伯林青《べるりんせい》

ヘロン【レ】賢治創作の蛙語（→蛙）の一。童［蛙のゴム靴］に「ヘロンといふのは蛙語です。人間といふことです」と意味深長な解説がある。英語でheronはサギ類の鳥。サギは蛙を食う。蛙にはサギと人間たちは自分たちの生命をおびやかす存在、という寓意が読み取られるからである。あるいはドイツ語のHeroen（ヘローエン、英雄、主人公を意味するHerosの複数形）も賢治の頭にあったかもしれない。平沢信一は『宮沢賢治ハンドブック』中で、古代ギリシアの数学者ヘロンの名を冠したヘロンの公式（三角形の三辺の長さで面積を求める公式、簡［226］で、耕地の測量のことで賢治の言及がある）を連想させる、と言うが、そのヘロンに注目するなら、彼が様々な装置を考案した発明家、機械学者でもあったことを見落としてはなるまい。この童話が、人間の考案したゴム靴に蛙があこがれた結果、失敗するという物語だからである。

べェスター《べぇすたー》【文】童［風野又三郎］（→風の又三郎）にベェスター（三か所）、ベスター（一か所）、合わせて四か所出てくる距離の単位呼称。北極や南極までの距離の表示ということもあって、ロシアで用いられていたviersta(verst, verste)を念頭において用いたと思われる。ロシアのそれは一・〇六七kmに当るから、又三郎の「北極に至る八千九百ベェスター」は九四九六・三kmになる。

偏倚《へんい》【レ】偏も倚もかたよる。一方にかたよることを言う。詩［風の偏倚］に「風が偏倚して過ぎたあとでは」とある。

片雲《へんうん》【天】【レ】ちぎれ雲。文語詩［〔吹雪かゞやくなかにして〕］下書稿には「くも」のルビがある。詩［審判］の「向ふのひかる片雲の下」も「くもの下」と読むほうが口調としてはととのう。

辨（弁）柄《べんがら》【文】顔料「ベンガラ」の漢字当て字。紅殻とも書いた。もとはオランダ渡来のインドのベンガル地方（現西ベンガル州、州都コルカタ〈もとは英語化された音でカルカッタと呼ばれた〉）で産するベンガラ（Bengala〈オランダ〉）。黄土を焼いて作る黄色をおびた朱色の顔料。成分は酸化第二鉄。詩［夏］（初行「もうどの稲も、…」）に「辨（弁）柄で書いた赤い馬だ」とある。赤い絵馬《えま》のこと。神社や寺に馬を描いた、つるせる木札を納めて祈願をする。

片岩《へんがん》【鉱】変成岩のうち片理状（レンズ状や薄板状に平行に剝げやすい性質）の岩石結晶片岩のこと。地殻変動や岩漿《がんしょう》の貫入によって、強い圧力を受け、片状に剝がれやすくなっている。詩［オホーツク挽歌］に「白い片岩類の小砂利に倒れ」とある。埼玉県の長瀞《ながとろ》は結晶片岩（特に濃緑の緑泥片岩）地帯として有名で、盛岡高等農林でも毎年、関豊太郎教授の引率で見学旅行を行なっていた。一九一六（大正五）年九月に行なった際、賢治は、保阪嘉内に「つくづくと『粋《いき》なもやうの博多帯』荒川ぎしの片岩のいろ」（簡［22］）と歌を送っている。

ヘングスト【農】Hengst（独）種馬《たねうま》（→種馬所）のこと。詩［小岩井農場　パート三］で、「おい　ヘングスト　しつかりしろよ」と、まるで人間みたいに呼びかけられるのはハックニー（輓馬）の種馬。

偏光《へんこう》 【科】【レ】 限られた方向にだけ振動する光波(↓エーテル)で偏光面が一平面に限られているものを直線偏光、または平面偏光と言い、それに対して、光波の振動が楕円振動、円振動する場合を、それぞれ楕円偏光、円偏光と言う。二枚のニコル(プリズム〈↓三稜玻璃〉)で偏光度を測る「偏光計」や、偏光を利用して岩石片や鉱物片を観察する「偏光顕微鏡」がある。詩[〔鈍い月あかりの雪の上に〕]では「町の偏光の方では犬の声」と、夜の町の上空の光の明るさを偏光としてとらえる。ほかに詩[春と修羅]][〔甲助　今朝まだくらぁに〕]等、多くの作品に登場。

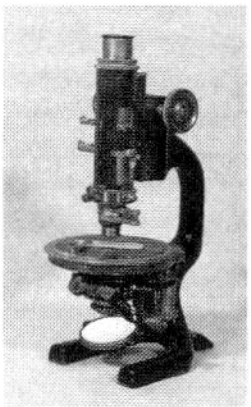
偏光顕微鏡

変光星《へんこうせい》 【天】 時間とともに光度が変化する恒星。連星の回転で起こる「食変光星」と、単独で変化する「内因的変光星」があり、前者の代表的なものにアルゴン型があり、後者には「ミラ型」「ケフェウス型」等がある。賢治が知識を得た大正期の天文書では星の進化についての明確な論が述べられていない(↓星雲)。最も古くから知られた鯨座の長期変光星ミラ(不思議の意)について、『天文学汎論』(一九〇〇)では環状星雲《リングネビュラ》に似たガス輪が主星の周りを回転するからだとし、『肉眼に見える星の研究』(吉田源治郎、一九二二)では頽齢(おとろえ)による光の不安定という今日の説とほぼ同一の推論を出してはいる。賢治は変光星に、眼視的な興味以上のものを感じなかったようで、ほとんど用例がない。童[おきなぐさ]では、二つのうずのしゅげ(↓おきなぐさ)が天上で二つの小さな変光星になるが、「変光星はあるときは黒くて天文台からも見えずあるときは蟻が云ったやうに赤く光って見える」とあるのは、おきなぐさの性質と同時にミラをも念頭においたからであろう。

ペンテッドレデイ 【レ】 painted lady 厚化粧した女性。詩[自働《(ママ)》車群夜となる]に「往来の紳士やペンテッドレデイをばかにして」とある。

ペントステモン 【植】 Pentstemon ゴマノハグサ科ペントステモン属の植物の総称。園芸植物として栽培される。北アメリカに約二五〇種があると言われ、先が五裂の袋状の淡紫紅色花からギリシア語のペント(五)とステモン(雄蕊)で合成した花名。日本在来のゴマノハグサ科ペントステモン属のイワブクロは岩手山頂付近でも見られる。詩[〔鈍い月あかりの雪の上に〕]に「そこはたしかに畑の雪が溶けてゐる／玉葱と　ペントステモン」とあるのは秋蒔きの園芸種か。

ペンネン先生《ぺんねんせんせい》 【人】 童[グスコーブドリの伝記]老技師の名。名刺の肩書と姓名は「イーハトーブ火山局技師ペンネンナーム」。ペン・ネームのもじりであろう。↓グスコーブドリ

ペンネンネンネンネン・ネネム ↓昆布《こんぶ》

べんぶ 【レ】 抃舞。抃は喜んで手をたたくこと。喜びのあまり、手を打って舞い踊ること(中国の古典詩文に出てくる)。詩[和風は河谷いっぱいに吹く]に「あ、われわれは曠野のなかに／芦とも見えるまで逞ましくさやぐ稲田のなかに／素朴なむかしの神々のやうに／べんぶしてもべんぶしても足りない」とある。

ベンベロ ↓楊《やなぎ》

変厄《へんやく》 【レ】 厄は苦しみや難儀の相、天候や形勢がそうした相に変化していくさまを言ったのであろう。詩[風の偏倚《(へんい)》]の最終行に「月はこの変厄のあひだ不思議な黄いろになつてゐる」とあ

る。

扁菱形《へんりょうけい》 【科】 偏菱形とも書く。四辺等長の菱形と違って、隣り合う二組の辺がそれぞれ等長(向かい合う辺は等長でない)凧形《たこがた》の四角形。詩ノート[〔わたくしの汲みあげるバケツが〕]に「わたくしの汲みあげるバケツが／井戸の中の扁菱形の影の中から／たくさんの気泡と／うららかな波をたゝへて／いまアムバア(→琥珀)の光のなかにでてくると」とある。

ヘンルータ(ダ)カーミン 【植】【レ】 ヘンルーダとカーミンをあわせたものか。ヘンルーダ(wijnruit〈オランダ〉)は南欧原産のミカン科の植物。明治初期に渡来。強い*においがあり、芸香《ウンコウ》(藝《げい》の日本語略字体でなく、正漢字「芸《うん》」は香草のこと)とも言われる。高さ三〇cm、葉は紫緑、初夏の花は黄色。薬草となる。カーミン(kermijn〈オランダ〉)は臙脂《えんじ》虫(サボテンに寄生する半翅目の小昆虫)のメスの体からとれる血を主体とした濃紅色。詩ノート[〔午はつかれて塚にねむれば〕]に「きむぽうげみな／青緑或は／ヘンルータ《(ママ)》カーミンの金米糖《*(こんぺいとう)》を示す」とある。*きんぽうげの花はふつう黄色だが、瘦果《そうか》が金米(平)糖の形をしているのは、同じキンポウゲ科でも、きつねのぼたん(狐の牡丹)である。黄緑色の花のあと、球状でカギ型のとげのある瘦果をつける)である。↓コチニールレッド

ほ

ホー →草削《ほう》

保安林《ほあんりん》【農】森林法によって保護される森林。水源、風水害予防、風致地区等の指定を国（農林水産省）から受けた山林。詩［開墾地検察］下書稿に「出願すればこゝは保安林へ編入するぞ」と言う検察官のことば、同じく詩［花鳥図譜、八月、*早池峯山巓《（さんてん）》］に「こゝは国家の保安林で」とある。

ホイッスラア【人】アメリカ人の画家・版画家、ホイッスラー。James McNeill Whistler（一八三四～一九〇三）一八五五年渡仏、一八五九年以降ロンドンにもアトリエを構え、その地で没した。フランス印象派の影響を受け、日本の浮世絵の構図や技法に魅《ひ》かれ、詩情ある淡彩の画風を確立し、夜の雰囲気の描出にすぐれていた。詩［宗谷*挽歌］に「ホイッスラアの夜の空の中に」とある。

ポイントマン →てんてつ器《てんてつき》

草削《ほう》【農】ホーとも。hoe（英）。土を起こしたり除草に用いる大きな*鎌。長さ約一五〇～一七〇cmの柄の先に大きな鉄鎌（または鉄板）が取り付けてあり、刃を地面と平行にして草を押し切る農具。地底の草の根を切りとるのにも用いる。手前に引くタイプと向こう側に押すタイプの二種

草削

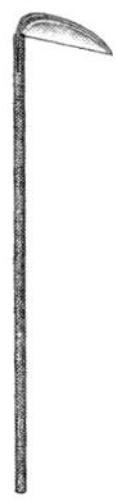

がある。賢治はホウとルビをふるか、片かなで「ホー」とも書いている（童［*ポラーノの広場］〈→ポランの広場〉）。詩［井戸］にも「こゝから草削《ホウ》をかついで行って」とある他、詩ノート［〔けさホーと縄とをになひ〕］にも登場。いずれも西洋渡来の農具で、賢治のころ、これらが一般農家で使われた形跡はなかった。

袍《ほう》【衣】「うえのきぬ」とも。公家の装束の表衣《ひょうい》。文官、武官あるいは位階によって様式を異にしたが、賢治はそんな厳密な区別なしに単に上着の意に用いている。ただし、文語詩には、両脇のあいた「*襖子《あをし》」が出てきたりする。詩ノート［〔*萱草芽をだすどてと坂〕］に「木綿角縞の袍を着た」（角縞《かくじま》は市松《いちまつ》・格子《こうし》縞―チェック模様）、童［ペンネンネンネンネン・ネネムの伝記］（→昆布）に「おれたちの袍はひるがへる」とある。

防遏《ぼうあつ》 →大連蠣殻《だいれんかきがら》

法印《ほういん》【宗】法印大和尚位《だいか(お)しょうい》の略から転じて、僧侶の最高の敬称。さらに江戸期には医者や絵師、俳諧師等の称号にもなった。だが、賢治の詩ではまるでちがう。詩［法印の孫娘］に「あの青ぶくれの大入道の／娘と誰が考へやう／あの山の根の法印の家か」（山の根は山のふもと）とあって詩にあるように豪奢《ごうしゃ》な家に住み、村人には「あそごはバグヂと濁り*酒どの名物すと」とうわさされている、とんだ「法印」だった。占いや*祈禱をやったり、ありもしない賢治の悪口まで言いふらす、賢治の羅須地人協会時代に迷惑を受けた「青ぶくれの大入道」（和尚めかした坊主頭の化け物）だった。にせものへの賢治の告発とも言えるが、他者への怒りを含めた詩を書かずにおられなかった賢治晩年の特異な詩。

望遠鏡《ぼうえんきょう》【天】詩［*月天子《がってんし》］に「私はこどものときから／

いろいろな雑誌や新聞で/幾つもの月の写真を見た(中略)盛岡測候所の私の友だちは/――ミリ径の小さな望遠鏡で/その天体を見せてくれた」とある。賢治の天体表現からすると、彼はこんにちほどの立派な望遠鏡で見たことはなさそうである。それなのに作品における天体のイメージの豊かさ(正確さにはそれなりの限界もありはするが)は想像力と努力の結果とはいえ驚嘆に値しよう。賢治の時代にはほとんどドイツのツァイス製屈折望遠鏡(童[土神と狐]に登場)である。国産ではまず軍事的に重要な双眼鏡(→夜間双眼鏡《ナイトグラス》)の生産に力点がおかれ、一九〇八(明治四一)年に藤井レンズがプリズム双眼鏡を生産、次いで東京計器も生産した。一九一七(大正六)年に両社が合併して生まれたのがこんにちの世界的メーカーの一、日本光学(ニコン)。詩[月天子]で賢治が見たという「小さな望遠鏡」は、六〇㎜がいいところであろう。この口径では惑星と散開星団がやっと見えるくらいで、「環状星雲《リングネビュラ》」「猟犬座の渦巻き」を観測するのはかなりむずかしい。望遠鏡には第一に対物レンズ(凸面)を使った屈折望遠鏡があり、その中には接眼レンズに凸面レンズを用いたケプラー式と凹面レンズを用いたガリレオ式がある。ふつうはケプラー式を用いるが、いわゆるオペラグラスと呼ばれる簡易式観望用望遠鏡はガリレオ式を使う。この方式は像は正立するが視野が狭いのが大きな欠点。第二は凹面鏡を対物レンズの替わりに使う反射望遠鏡で、屈折式より安いので一m以上のものはほとんどすべて反射である。こんにちのように写真技術の発達した時代に対応して生まれたのが屈折と反射を組み合わせたもので、シュミットカセグレン、マクストフカセグレン等がある。オペラグラスは詩[蠕虫舞手《アンネリダタンツェーリン》]に登場し、人間の目を「水晶体(→鞏膜《きょうまく》)や鞏膜の/オペラグラス…」にたとえている。→レンズ

法王金口《ほうおうこんく》 【宗】 法王とは法門の王の意で仏のこと。金口とは金色の口の意で仏の口のこと。または釈迦(→釈迦牟尼)の言説のこと。簡[178]に「只これ大聖人《だいしょうにん》(著者注、日蓮)の御命令なるが故に即ち法王金口の宣示《(せんじ)》なるが故に違背《(いはい)》なく申し上げる丈です」とある。

訪欧飛行着《ほうおうひこうちゃく》 【文】 朝日新聞社訪欧機「東風号《こちかぜ》」が、一九二五(大正一四)年一〇月二七日、ローマに着いたこと。メモ[創26]一千九百二十六年十八才三月に「十一日訪欧飛行着」とあるが、日付の違いは「創作」のメモゆえ問題とするには当たるまい。

報恩寺《ほうおんじ》 【地】 盛岡市北山《きたやま》にある曹洞《そうとう》宗の寺。新校本全集年譜によると、賢治は盛岡中学五年の時に住職尾崎文英《ぶんえい》について参禅している。羅漢堂内の五百羅漢像は広く知られ、マルコポーロの像と伝えられる洋服を着た一体もある。簡[6・48]。

報恩寺五百羅漢

法界《ほうかい》 →法界《ほっかい》

方解石《ほうかいせき》 【鉱】 カルサイト(calcite)。炭酸カルシウムの天然結晶。石灰岩の主成分。大理石、鍾乳石、等もこれから成る。無色透明で三方晶系。短[泉ある家]に「青金《(あおがね)》の黄銅鉱や方解石に柘榴石《ざくろいし》のまじった粗鉱の堆《(たい)》」とある。(→口絵㊲)

法界屋《ほうかいや》 →法界《ほっかい》

棒かくし《ぼうかくし》 【文】 子どもの遊戯。盛り土などをした一定範囲の地面や物かげに小枝や木切れを隠して、オニにそれを言い当

てさせ、オニは自分の木切れで発見できたら勝ち、できないと負け、といった遊び。*花巻地方の方言でキカグス(木隠し)とも。童[*風の又三郎]に「運動場には小さな子供らがもう七八人集ってゐて棒かくしをして」とある。

防火線《ぼうかせん》 【文】【植】 防火帯とも。山や高原等で火災が発生した場合、延焼を防ぐために帯状に樹木等を植えずに空けておく地帯。詩[〔行きすぎる雲の影から〕]に「それが茶いろの防火線と／緑のどてでへりどられ」、詩[〔*野馬がかってにこさえたみち《(ママ)》と〕]に「その地図にある防火線とさ／あとからできた防火線とがどうしてわかる?」」等とある。前者の「へりどられ」は「縁どられ」。

砲艦《ほうかん》 →巡洋艦《じゅんようかん》

箒《ほうき》 【文】【レ】 ハハキ(帚木、旧かなハウキ。『源氏物語』の章名はハハキギ)の転。ホウキグサ(帚木草)で作ったのでそう言う。比喩表現としては、詩[〔*地蔵堂の五本の巨杉《すぎ》が〕]に、*杉の巨木を「そらをひっかく鉄の箒」と言う。また童[*風の又三郎]では、一郎と嘉助がしゅろ箒《ぼうき》をもって水びたしになった教室から雨水を掃き出す場面がある。

ほうきだけ →はうきだけ

法眼《ほうげん》 【宗】 もとは仏教で言う五眼《げん》(天人の天眼、仏の仏眼、菩薩の法眼、*縁覚《えんがく》・*声聞《しょうもん》の慧眼《けいげん》、人間の肉眼《にくげん》)の一。仏法を受持《じゅじ》照見する菩薩の智慧の眼。諸法を見る明らかなまなこ。菩薩はこれで諸事象の真理を理会《りかい》し*衆生を救済すると言われる。詩[巨杉](〔*地蔵堂の五本の巨杉《すぎ》が〕下書稿(二))に「*横手は古い法眼の家で」とあるのは、原意から転じて日本の中世以降、医師や仏師、経師《きょうじ》、画工、連歌《れんが》師等、僧侶の位(*法印の次位)に準じて*法体《ほったい》(僧体、剃髪し墨染めの法衣《ほうえ》をまとう)の者に授けられた者を呼んだのにもとづく。古くから法眼の名で呼ばれる家があったのだろう。「横手《よこて》」は隣の意。

硼砂《ほうしゃ》 【科】【地】 ホウ酸塩鉱物の一種。四ホウ酸ナトリウム。硬度二・五。白色の結晶体。塩湖が乾燥した跡地で産出することが多い。エナメルや光学*ガラス等の原料となる。詩[*奏鳴四一九]に「硼砂《ほうさ》の嵐Rap《ラプ》 Nor《ノール》(湖《こ》)の*幻燈《げんたう》で」とある。

硼砂球《ほうさきゅう》 →白金環《はっきんかん》

硼酸《ほうさん》 【科】 H_3BO_3 無色無臭の光沢を持った結晶で、温水に溶け、含嗽《がんそう》水(うがい薬をそう言った)、防腐剤、消毒剤として用いた。軟膏として皮膚疾患等にも用いたが、あまり利かないので現在は眼の洗浄、消毒のみに用いられている。詩[*真空溶媒]では、*背嚢の中に「*苦味《くみ》丁幾《ちんき》」と一緒に入っている薬。

胞子《ほうし》 →星葉木《せいようぼく》

蜂舎《ほうしゃ》 →蜂函(函)《はちばこ》

宝樹《ほうじゅ》 【宗】 極楽浄土にあるとされる七重《しちじゅう》に並ぶ(あるいは七種の)宝樹「七重宝樹」の略。金《こん》樹、銀樹、*琉璃《るり》樹、玻璃《はり》樹、珊瑚樹、*瑪瑙《めのう》樹、硨磲《しゃこ》樹(硨磲は暖熱帯の海にとれる大きな二枚貝のからで、古代から宝石に数えられる)を言う。浄土の草木の総称としても言う。歌[七六三]に「*杉*さかき 宝樹にそゝぐ 清《せい》とうの 雨をみ神に謝しまつりつゝ」(清とうは「清透」、清くすきとおった)とあるのは、直接七重宝樹を言うのでなく、伊勢神宮の杉やさかきを宝樹に擬している。

宝珠《ほうじゅ》 【宗】 ホウシュとも読む。宝玉。童[貝の火](→蛋白石)に「これは貝の火といふ宝珠」とある。詩[下背《(かはい)》に日の出をもつ山に関する童話風の構想」(「山の*晨明《(しんめい)》に関する童話風の構想」下書稿㈠)に「光焔《ハロー》(〈新校本全集「焔」〉)↓ハロウ)をあげた青い宝珠」とあるように、左右上方に火焔をかたどった宝玉。思いがすべてかなうという如意《にょい》宝珠。

方十里《ほうじゅうり》 【レ】【文】 十里(約四〇km)四方。歌[絶筆]二首の一首目に「方十里*稗貫《ひえぬき》のみかも/稲熟《う》れてみ*祭三日/そらはれわたる」とある。大意は「十里四方、稗貫地方だけでなく、いちめんに稲は熟れて、*花巻の鳥谷ケ崎《とやがさき》神社の祭礼の三日間、空もはれわたっているよ」。↓いたつき

方処系統《ほうしょけいとう》 【科】 方処は方所に同じ。方角と場所の、その系統から、の意。詩[津軽海峡](初行「夏の稀薄から却って…」)に「ほかの方処系統からの信号も下りてゐる」とある。燈台に、うすれ日や微かな*虹といっしょに、別の系統からの信号(光)がさしている、という意味深長な表現。

方陣《ほうじん》 ↓からまつ

放心者《ほうしんしゃ》 ↓Blunder head

ポウセ ↓チュンセ

方尖《ほうせん》 ↓六〇〇〇《ろくせん》

奉膳《ほうぜん》 【宗】 奉饌《せん》とも言う。仏前にお膳(食事)を供えること。ス[一四]の「つめたき朝の*真鍮《しんちゅう》に」の前題。

鳳仙花《ほうせんか》 【植】 英語名*バルサム(balsam)。ツリフネソウ科の一年草。*インド、マレー、中国原産だが、世界的に観賞用に栽培される。高さ四〇～八〇cm、葉は互生、夏～秋に横を向いて葉腋《ようえき》(葉のつけ根)から吊り下がる花は赤、紫、黄、白、八重咲きなどあり、果は熟すと裂開して種子を飛散させる。歌[三五一]に「鳳仙花/実をはじきつ、行きたれど」とある。

疱瘡《ほうそう》 【科】 痘瘡《とうそう》(天然痘)の俗称。高熱、悪寒《おかん》、頭痛、腰痛をともない、解熱《げねつ》後発疹、あばたを残すので恐れられた疫病。明治末には全国の患者数二一二四、死者二七一だったのが、一九二〇(大正九)年には七七三四、死者七八四とピークに達し、あと減少傾向をたどる。詩[痘瘡](↓紅教)があり、詩[〔温《(ぬる)》く含んだ南の風が〕]に「*天はまるでいちめん/青じろい疱瘡にでもかかったやう」、童[*毒もみのすきな署長さん]には「疱瘡の呪《まじな》ひを早くしないと」とあるが、『遠野物語拾遺』二六二には、この病のひとには帽子や足袋、寝袋、寝具はすべて赤にし、治れば藁人形を作り、赤飯と穴あきの銅銭をもたせ、道ちがい(同じ道を通らぬよう)に送り出す風習があったことが記され、岩手県内では二月八日に疫病よけの行事があったという。↓疫病除けの「源の大将」《やくびょうよけの「みなもとのたいしょう」》

包頭連《ほうとうれん》 ↓白菜《はくさい》

ほうな ↓みづ、ほうな、しどけ、うど

ほうのき ↓ほほのき

昴の鎖《ぼうのくさり》 【天】 昴は*すばる(プレアデス)星。『肉眼に見える星の研究』(吉田源治郎、一九二二)の中に旧約聖書ヨブ記の一節「汝プレアデス(昴宿)の鏈索《くさり》を結び得るや」が紹介されている。鎖とは星の連なった状態を意味し、童[*銀河鉄道の夜]の*天の川の描写部分に「燐光《(ママ)(いなずま)》の三角標が(中略)或ひ《(ママ)》は三角形、或ひ《(ママ)》は四辺形、あるひは電や鎖の形、さまざまにならんで」とある。童[〔銀河鉄道の夜〕〔初期形〕]には、解きがたい謎の比喩として「プレシオスの鎖」が登場する。草下英明《くさかひであき》によれば、プレアデスの書き誤りか記憶違いだと言うが、賢治は意識してそのように表記した可能性も

考えられる。南天の場面でプレアデスが登場するのも変であるが、現時点では昴の鎖と同一と考えるのが適当である。(↓口絵⑫)

方便品第二《ほうべんぼんだいに》 【宗】 法華経二十八品(↓妙法蓮華経)のうちの一。*声聞《しょうもん》、縁覚《えんがく》(↓声聞)、*菩薩の三乗(真理に至るための三つの道を乗り物にたとえたもの)は、従来別々の教法とみられているが、どれもが仏が*衆生を導くための方便として説かれているのであり、真実には、ただ一乗の法(悟りに達するための唯一の道)があるのみである、という教義。*如来寿量品第十六とともに法華経の二大中心をなし、天台教学の根本となっている。賢治に深い影響を与えていることは言うまでもない。簡[49]に登場する。

抱擁衝動《ほうようしょうどう》 【レ】 抱きしめたい衝動。詩[第四梯形](↓七つ森)の初行に「青い抱擁衝動や」とあり、次行の「みたされない唇」とともに、エロスを帯びて「きれいにそらに溶けてゆく」九月の清爽なイメージ。

蓬莱の秋《ほうらいのあき》 【レ】 *東北菊花品評会に出品された菊の作品名。原稿断片等の中の短歌[東北菊花品評会]歌群の一首に「蓬莱の秋　日の本は外ヶ浜まで落穂《(おちほ)》して風にかゞやく*菊の花かな」とある。外《そとが》ヶ浜《はま》は津軽半島(陸《む》奥《つ》湾《わん》)の沿岸だが、これは賢治の好きだった小林一茶の豊作をたたえた句「日本《ひのもと》の外ヶ浜まで落穂かな」をふまえた、いわば本歌取り。↓一茶《いっさ》

法楽《ほうらく》 【宗】 仏法を喜悦として体得すること。賢治の思想や人生観、創作意図を知るうえで重要な語の一。帳[雨ニモマケズ]一三九頁には「断ジテ／教化《(きょうけ)》ノ考タルベカラズ！／タゞ〈正直ニ〉純真ニ／法楽スベシ。／タノム所オノレガ小才ニ／非《(あらざ)》レ。タゞ諸仏*菩薩／ノ冥助ニヨレ。」とある(冥助《みょうじょ》は目に見えぬ仏の助け)。これは時期としては晩年の、決意というより自戒であったとはいえ、ジャーナリズムに依存して個人的な才能を発揮してきた日本の近代文学のありようや、また個人的な自己充足の次元をつきぬけたところでいとなまれてきた彼の表現行為の再確認でもあったと言えよう。ことに彼の童話のおもしろさ——他に対して道徳や夢を与えようとする詐欺的な教化(キョウゲとも)ではないということ——を彼の才能ゆえと考える単純さを、この一語は反省させずにはおかない。宗教と芸術の高い次元での一致という彼の理想に、「法楽」は深くかかわってくると言えよう。ほかに簡[48](父宛)等。

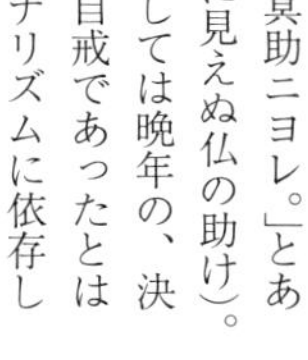
帳[雨ニモマケズ]
139頁

方里《ほうり》 【レ】【文】 [凡例付表]10頁「広さ」参照。

法力《ほうりき》 【宗】 仏法を修行することにより得た不可思議な能力。童[*二十六夜]に「そして次第に法力を得て、(中略)火の中に入れどもその毛一つも傷つかず、水に入れどもその羽一つぬれぬといふ」とある。

法隆寺《ほうりゅうじ》 【地】 斑鳩寺《いかるがじ》とも。現在の奈良県生駒《いこま》郡斑鳩町にあり、矢田丘陵東南麓に位置する。六〇五(推古一三)年、聖徳太子の発願《ほつがん》によって建立。世界最古の木造建築である五重塔・金堂を残しており、飛鳥時代の様式を伝える。賢治は一九一六(大正五)年三月一九日〜三一日まで、*盛岡高等農林学校第二学年の*修学旅行で東京、京都、奈良を回っている。二八日からは修学旅行隊と別れ、

友人一二名と伊勢、鳥羽、蒲郡、三島、箱根を旅したあと、東京浅草に立ち寄って帰花した。この旅行の時は奈良県立試験場畿内《きない》支場を見学しただけだったが、のちに一九二一年四月には賢治の突然の東京出奔(一月二三日)を心配して上京した父*宮沢政次郎と二度目の関西旅行をしている(この旅で父親は息子の心を*国柱会から回心《えしん》させようと思っていたらしい)。比叡山伝教大師千百年遠忌《おんき》(追慕・報恩の法会《ほうえ》)、聖徳太子千三百年遠忌参詣等を兼ねて、第四日目(四月六日か)に奈良法隆寺に参詣。その時の歌に、「法隆寺はやとほざかり雨ぐも(→ニムブス)はゆふべとともにせまりきたりぬ」(歌[七九〇])がある。なおその夜は興福寺門前の宿に泊まり、あと伊勢を回って東京に帰り、上野駅で*花巻に帰る父と別れた。詩[*青森挽歌　三]では亡き妹*宮沢トシに似た乗客を夜の車室に見て、父の法隆寺での言葉がよみがえる。「『まるっきり肖《に》たものもあるもんだ、／法隆寺の*停車場で／すれちがふ汽車の中に／まるっきり同じ*わらすさ。』／父がいつかの朝さう云ってゐた」→推古時代《すいこじだい》、エンタシス

方林《ほうりん》【レ】 正方形(四角)の林。詩[*森林軌道]に「裾に岱赭(→薬師岱赭《やくしたいしゃ》)の落葉松(→からまつ)の方林を」とある。

頰白《ほおじろ》【動】 旧かなでは「ほほじろ」。童[林の*底]で「どうしてあんなに*めじろも頰白も、きちんと両方おんなじ形で、おんなじ場所に白いかたが残ってゐるだらうね」と*梟《ふくろふ》を野次る「私」が言う。「おんなじ形」は毛の白い部分の形をさしてのことだが、体形はめじろは*雀より小さく全長一二cmほど、頰白は雀よりやや大きく全長一七cmほど、前者は背面が濃緑、後者は褐色。両方ともスズメ(燕雀《えんじゃく》)目の小鳥だが、頰白はチチッ、チチッと二声鳴き、目の周りが白いのと、頰が白いのと(それが「白いかた」であろう)、いかにも同類らしさが、さきの会話の一節である。→めじろ

ホオジロ

ほおのき →ほほのき

ぼかげで置いで来《ぼかげでおいでこ》 ぼかげで置《お》いで来《こ》→なあんだ。あと姥石《うばいし》まで煙草《たばこ》売るどこなぃも。ぼかげで置いで来

ぼかしのうす墨《ぼかしのうすずみ》【文】 *浮世絵の色摺りの技法の一。夕焼けの地平線等、だんだん色が薄くなっていく箇所をぼかして表現する技法で、版木を斜めに彫ってぼかす(板ぼかし)方法のほかに、片側だけに色をつけ、水だけつけた刷毛で上からなぞって色をだんだんぼやけさせる方法等がある。安藤*広重《ひろしげ》の空に多用されている。詩[*宗谷挽歌]に「この空は広重のぼかしのうす墨のそら／波はゆらぎ汽笛は深くも深くも吼える。」とあるのも、かねがね賢治が版画の収集家であったことをうかがわせる。

安藤広重
「大はしあたけの夕立」(部分)

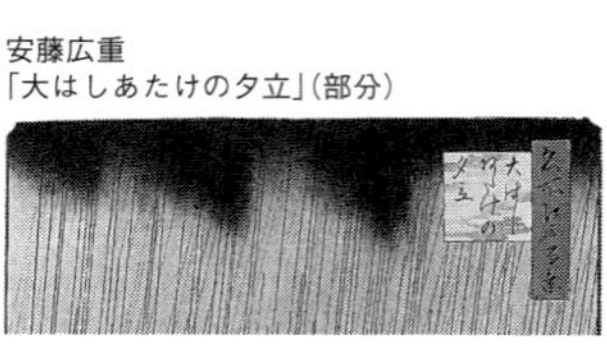

ほがのものもあれば治《なお》る人《ひと》もあったんだんとも【方】 ほかのものもあれば治る人もいたんだけれど。劇[植物医師]の農民のせりふだが、「ほがのもの」とは「他の種類の*陸稲《おかぼ》」を指す。「*とも」は逆接で以下の文章が省略されている。「けれども、他の稲の種類がなかったので治《なお》る(稲の立枯れを病気になぞらえている。その被害を免れるという意)人はいなかった」と続く。

北斎《ほくさい》【人】 江戸後期(一七六〇～一八四九)の浮世絵師、葛飾北斎(→

葛飾派)。*勝川春章に学ぶ。人間や自然を厳しく探究し、構成力豊かで動きのある筆法で、役者絵、美人画や風景版画に独自の画境を達成。オランダ北斎の異名もある。ゴッホ等のフランス印象派からアール・ヌーヴォー(一九世紀末の建築、工芸の曲線を生かした新様式)にまで影響を与え、ジャポニスムの源流となった。隠れた浮世絵収集家だった賢治にとっても北斎版画は親しいものであった。詩[*天然誘接]の「北斎《ほくさい》のはんのきの下で」ほか、詩ノート[〔ちゞれてすがすがしい雲の朝〕]、詩[県技師の雲に対するステートメント]下書稿[黒く淫らな雨雲に云ふ]等に登場。文語詩[浮世絵]には北斎の「にせの赤富士」(→かぎすます、悪《あ》業《く》乎《か》栄光《さかえ》乎《か》)、童[*ガドルフの*百合]には「*山下《さんか》白雨《はくう》」が出てくる。「赤富士」は北斎の代表作の一で「凱《がい》風快晴」の通称(凱はおだやかなの意。*南風《(はえ)》のこと)。他に作「北斎漫画」「富嶽三十六景」等が有名。「にせの赤富士」を含めて→浮世絵

北清事変《ほくしんじへん》　【文】　清国での暴動事件(一八九九～一九〇一)。義和団《ぎわだん》事変とも呼ぶ。清国の宗教結社「義和団」は日清戦争後の列国の圧迫に憤って武装蜂起し、一九〇〇年六月に北京に侵入し、日・独をはじめ各国の公使館を襲い殺害した。清国はこれを機に列強に宣戦したが、八か国の連合軍に敗れ、屈辱的な辛丑《しんちゅう》和約を結ばされ、半植民地化が一層深化した。詩[〔日脚がぼうとひろがれば〕]に「一年生の高橋は　北清事変の兵士のやうに／はすに包みをしょってゐる」とある。衣類や食糧等を詰めた白木綿の包みを背中に斜めに背負っている(のち*背嚢《はいのう》になる)さま。

北斗七星《ほくとしちせい》　【天】　Dipper 北斗星、七曜星とも。*大熊座の一部で二、三等の七星で構成されたひしゃく(斗)型の部分。β、γ、δ、ζ星は同一運動星。α星(ドゥーベ)とβ星(メラク)を結んで約五倍すると北極星に至ることから指極《しきょく》星とも呼ぶ。曲[星めぐりの歌]中に「大ぐまのあしをきたに／五つのばしたところ／小熊のひたいのうへは／そらのめぐりのめあて」と歌われている。「小熊のひたいのうへは」は、北極星を主星とする小熊座の額《ひたい》の上の意。童[*烏の北斗七星]にある「そのうつくしい七つのマヂエルの星」とは大熊座の学名をもじったものだが、同童話中で烏が盛んにマヂエル様に祈るのは、妙見《みょうけん》信仰をふまえたからである。妙見菩薩は北辰《ほくしん》菩薩とも尊星王《そんしょうおう》とも呼ばれ、北斗七星が神格化されたもので、国土を守り、災害を除き、人の福寿を増すと言われている。特に日本では眼病平癒にききめがあるという(今でも星を見るのは眼によいとされる)。なお「妙」とは「最高の」の意味であり、北斗七星が北半球中緯度地方では、ほぼ一年中見られることや、形のみごとさ、指極星としての役割等から神格化したのであろう。ζ星ミザールは肉眼二重星として古来から視力のテストにも使われている。簡[10]、詩[東岩手火山](→岩手山)にも登場。

木突《ぼくとつ》　【宗】　木楔の誤記か。木楔は木の杭《くい》、または僧の履《は》く木製の靴(木履《ぼくり》)のこと。短[*疑獄元兇]に「建仁寺、いや、*徳玄寺、いけない、さうだ　清源寺！　清源寺裏山の栗林《りつりん》！　以て木《ぼく》突《とつ》となすこと勿れ、汝喚《(よ)》んで何とかなす！　*にい‼　もう平心《へいしん》だ」とある禅問答めいたくだりの一句だが、おそらく木の杭の意であろう。山や寺々を思い出して落ち着け！　と自分に言い聞かせているのだが、だからといって棒杭みたいに突っ立っているな！　自分や自分の想念を棒杭みたいにするな！　と言っているのであろうか。難解な、まさに禅問答風の一節。建仁寺、清源寺

は、いずれも→徳玄寺《とくげんじ》

ぼく輩《ぼくはい》【レ】「僕」の下に我輩の「輩」をつけた諧謔《かいぎゃく》調の一人称。冒頭の原稿のない詩〔〔*四信五行に身をまもり〕〕に「次なるぼく輩百姓技師は」とある。

ホーゲー【レ】奉迎《ほうげい》。貴人を迎えたてまつる、の意だが、天皇制の時代には皇族を歓迎するときによく用いられた。一九〇八(明治四一)年九月三〇日、皇太子(後の大正天皇)が*盛岡に来訪、*岩手公園の東三km地点にある岩山の草地でこの四文字を型どり、篝《かが》り火が焚かれた。歌〔明治四二、四〕に「ホーゲーと焼かれたるまゝ岩山は青竹いろの夏となりけり」とある。なおこの日、*花巻町花城小学校六年生だった賢治は、引率されて盛岡に行っている。そして作文〔遠方の友につかはす〕〔皇太子を拝す〕を綴っている(当時の小学校での作文は「綴方《つづりかた》」で第二次大戦中までその呼称だった)。なお、ホーゲーの表記は、小学校の「国語読本」にこのとおり棒引き長音表記でテンノー、トーキョー等となっていた時代があった。批判も多く、一九〇四(明治三七)年以降の「国定教科書」からはこの表記は姿を消した(それまでは検定制で表記上の問題ばかりでなく、贈収賄の疑獄事件まであり、国定となる)。

法華経《ほけきょう》 →妙法蓮華経《みょうほうれんげきょう》

ほこ杉《ほこすぎ》【植】鉾杉。鉾は長い柄の先につけた両刃《もろは》の剣。枝わかれしたように三叉《さんさ》になった鉾もある。*杉の木の伸び具合いがそれによく似ているところからそう言う。文語詩〔雪峡〕に「ほこ杉の峡《(たに)》の奥より」とある。詩〔〔*熊はしきりにもどかしがって〕〕にも「まっ黒なほこ杉の上には」とある。

祠《ほこら》【文】神を祭る御堂。神庫(倉)の訛りで、「社」に対して小さな堂を言う。詩〔〔祠の前の*ちしゃのいろした草はらに〕〕。童〔*土神と*狐〕にも。

ぼさ【方】やぶ。草むら。詩〔審判〕に「まっ白なぼさの線までえ／川をわたっていそいでさがれ」とある。

保阪嘉内《ほさかかない》【人】一八九六(明治二九)〜一九三七(昭和一二) 山梨県生まれ。一九一五(大正四)年県立甲府中学校卒業。中学では青年教師野《の》尻抱影《じりほうえい》の影響を受ける。一九一六年*盛岡高等農林学校農学科第二部に入学。自啓寮で賢治(室長、一年)と同室になる。入学の理由として「*トルストイを読んで百姓の仕事の崇高さを知り、それに浸ろうと思った」と語る。嘉内と賢治は急速に親交を深めていったようで、一九一六年の嘉内の日記に「宮沢氏と盛岡中学のバルコンに立ちて天才者啄木を憶ひき夕陽赤し」(四・二二付)と賢治の名が見える。また「北山願教寺島地師(→島地大等)の演説きゝにゆく、*桜大いに紅らむ」(四・三〇付)も賢治に誘われたものと思われる。一九一七年七月、賢治、小菅《こすげ》(健吉)、*河本(義行)、保阪らが中心となり、同人誌「*アザリア」第一号を発刊、保阪は短歌二七首を載せる。一九一八年三月一三日付けで、高等農林を除名される。理由は不明で本人への通知もなく、校内掲示という一方的なものであった。保阪が「アザリア」第五号(一九一八・二)に書いた「ほんとうにでっかい力。力。力。おれは皇帝だ。おれは神様だ。／おい今だ、今だ、帝室をくつがえすの時は、ナイヒリズム」(ナイヒリズムはニヒリズム〈*虚无思想《きょむしそう》〉の英語読み)という過激ともとれる文章が原因になったと言われている。高等農

「アザリア」同人。後列左・保阪嘉内、右・賢治、前列左・小菅健吉、右・河本義行

林を去った保阪は、一時、明治大学に籍を置き、駒場(東大農学部付属農業教員養成所、略称・農教のことと比定される)、北大受験(ともに編入試験か)を目指すが、やがて農業者になることを決意、帰郷。その後、一年志願兵としての入隊、電気会社、新聞社等の勤務を経、一九二五年から一九三一(昭和六)年まで農業に従事。その間、在郷軍人会、青年訓練所主任、村会議員等の役職につく。一九三一年上京し日本青年協会武蔵野道場に勤務。一九三四年そこを辞し、農村の副業のためのアミノ酸醤油製造や砂鉄精錬法の研究に着手。しかし志なかばにして胃癌に倒れ帰郷。一九三七年死去。賢治にとっての保阪は学友の中でも特に親交が深かった一人で、保阪が退学帰郷した後も数多くの精神的な書簡のやりとりがある。その中で賢治は執拗に法華経(→妙法蓮華経)への帰依・入信を奨め、「*赤い経巻」(漢和対照妙法蓮華経)を贈っている。しかし、保阪は法華経入信への道をとらず、次第に二人はそれぞれの道を歩むこととなっていった。二人の友情と離別は童「*銀河鉄道の夜」の隠れたモチーフとも言われる(それを論じたものに菅原千恵子『宮沢賢治の青春―〝ただ一人の友〟保阪嘉内をめぐって』一九九四、がある)。全集収録の保阪宛書簡は七二通。父*宮沢政次郎宛一〇三通に次いで二番目に多く、友情のみか賢治の精神史を知る上での貴重な資料。

菩薩《ぼさつ》 【宗】 bodhisattva(梵)の音写である菩提薩埵《さった》の略。悟りを求めて修行する者の意。もともと成道《じょうどう》以前の釈尊(→*釈迦牟尼)の呼称として用いられたが、*大乗仏教が盛んになってからは、万人が仏になる機縁をもつという立場から、大乗の修行者すべてに対して用いられるようになった。さらに、自ら悟りを求めるのみでなく、他人を救済し、悟りに導くという利他行《りたぎょう》が強調され、自ら悟りをひらく能力があるにもかかわらずこの世に留まって、すべての*衆生を彼岸に導く人を意味するようにもなった。また、*日蓮大菩薩のように高僧の尊称として用いられる場合もある。歌「四三四」の「菩薩のさまに枝垂れて立つ」、歌「四三五」の「雪をかぶれば／菩薩すがたに」、詩「*白い鳥」の「その菩薩ふうのあたまの容《かたち》」、詩「〔朝は北海道の*拓植(ママ)博覧会へ送るとて〕」の「そは諸仏菩薩といはれしもの」、簡「63」の「唯摩(ママ)経(→維摩詰居士《ゆいまきつこじ》)にある菩薩の修行して居る所へ」、簡「74」の「諸仏諸菩薩の*道場であります」、簡「166」の「大菩薩タチノ正シイ子孫」、簡「不6」の「生きた菩薩におなりなさい」、帳「雨ニモマケズ」の「諸仏菩薩をあなづり(ママ)て」(一六頁)「タヾ十方ノ諸菩薩ト／諸仏ニ報ジマツマント」(マは、ラの誤記、七〇頁)等がある。詩「〔そのとき嫁いだ妹に云ふ〕」の「(菩薩威霊を仮《か》したまへ)」は祈りの言葉で「菩薩よ強い仏威をお与え下さい」の意。ほかに菩薩名として、童「*二十六夜」に「*捨身菩薩」、文語詩「*不軽菩薩」、簡「15」に「観音(→観世音菩薩)」、簡「75」に「日蓮大菩薩」(→日蓮)、簡「166」に「*九識心王《くしきしんのう》大菩薩」、簡「188」に「上行《じょうぎょう》大薩埵」、帳「雨ニモマケズ」に、「*浄行《じょうぎょう》菩薩」「*上行菩薩」「*無辺行菩薩」「*安立行菩薩」等。なお、本項の妹*宮沢トシによく似たイラストのキャプション「賢治の描いた　伝『菩薩像』」は、賢治の画題に「菩薩像」とあるのではなく、そう言われてきた、と言う意であるが、ここには参考までに掲げたことを断っておく。

賢治の描いた　伝
「菩薩像」

菩薩威霊を仮したまへ《ぼさついれいをかしたまえ》 →菩薩《ぼさつ》

菩薩行《ぼさつぎょう》 【宗】 *菩薩の行なう修行のこと。布施、持戒、*忍《にん》辱《にく》、精進、禅定、般若、の*六波羅蜜を指す。自己の*悟りを求めると同時に、他者の救済を目的としている。簡〔83〕に「こゝは不可思議の昔より釈迦如来(↓釈迦牟尼)不退の菩薩行を修し給ひ」とある。

ぽさぽさづぐなる　↓おりゃのあそごぁ…

星の蜘蛛《ほしのくも》【天】【レ】　星空の比喩。あるいは天頂儀の縦線と関連があるか(↓ひるの十四の星)。詩〔〔北いっぱいの星ぞらに〕〕には流星の比喩と思われる「ひとすじ*蜘蛛《(ママ)》の糸ながれ」があり、文語詩〔氷上〕では山上に輝く星々のきらめきを「死火山の列雪青く、よき貴人の死蠟《(しろう)》とも、星の蜘蛛来て網はけり」(〔列雪青く〕は「列、雪青く」の意。「網はけり」は網を吐く、または刷くで、網を張ること)と表現している。あるいは芥川龍之介の『蜘蛛の糸』(一九一八「赤い鳥」一号)等の影響も考えられるかもしれない。

補充部《ほじゅうぶ》　↓軍馬補充部《ぐんばほじゅうぶ》

補植《ほしょく》【農】　林業地でだめになった苗木を新しいのに取りかえることを言うが、賢治は田植えした後の育ちのよくない稲の苗の取りかえにも用いている。詩〔牧歌〕に「補植の苗を置いたり」とある。

ボス【動】　bos　学術上の*牛の属名。原牛。童〔*銀河鉄道の夜〕で、*プリオシンコーストで発掘する大学士が、出てきたけものの骨の化石を「ボスといってね、いまの牛の先祖で、昔はたくさん居た」と解説する。たしかに原牛は中世までいたと言われ、その骨が今もアジアやヨーロッパで発見されている。

燐酸《ホス》　↓燐《りん》、燐酸《りんさん》

ほずゑ《ほずえ》【植】　穂末。秀末。樹木や草、葉菜等の穂先。詩〔〔青いけむりで唐黍を焼き〕〕に「若杉のほずゑの」等。

榾《ほた》【農】　ほだ、とも言う。粗朶《そだ》。薪《たきぎ》。炉やかまどや囲炉裏《いろり》でたく木切れや枝、枯木等を言う(方言ではない)。詩ノート〔〔火がかゞやいて〕〕では、「榾火はいまおきにかはって」(〔おき〕は熾・燠、よくおこった炭火)とあり、童〔楢ノ木大学士の野宿〕(↓なら)では「榾のお礼に巻煙草を二包み置いた」とあり、童〔*グスコーブドリの伝記〕では「薪」のほか、「炉に榾《ほだ》をたくさんくべて」とある。詩〔〔みんなは酸っぱい胡瓜を嚙んで〕〕ほかには「ほだのけむり」と、だと濁った表現もある。粗朶も榾と同義で、詩〔〔道べの粗朶に〕〕では「道べの粗朶に／何かなし立ちよってさわ《(ママ)》り」とある。たきぎは童〔*オツベルと*象〕等に登場。

ぽた【天】　ぽた雪の略。牡丹雪。ボタンの花(↓*牡丹《ピオネア》)の連想とも、ぽたぽた降るからとも言われる。文語詩〔〔雪とひのきの坂上に〕〕に「ぽたと名づくる雪ふりて」とある。

菩提《ぼだい》【宗】　bodhi(梵)の音写。覚、智、道等と漢訳する。*悟り、悟りの智慧、の意。仏の悟りを*無上菩提と言う。童〔*二十六夜〕に「*まことにそれこそ菩提のたねぢゃ」とある。「菩提心」は菩提(悟り)を求める心。同じく童〔二十六夜〕に「もと鳥の中から菩提心を発して、*発願《(ほつがん)》した大力の*菩薩ぢゃ」とある。

ポタシュバルヴ【科】　potash bulb　直訳すると「苛性カリ球」。*加里球《かりきゅう》に同じ。詩〔〔雪と*飛白岩《ギャブロ》の峯の脚〕〕に「胸にはひかるポタシュバルヴの心臓が」とある。

蛍烏賊《ほたるいか》【動】　ホタルイカモドキ科ホタルイカ属の小さなイカ。胴長六cm弱、体表に数百の発光器があり、初夏の産卵期には海面が明るく光るほどである。日本海近海にすみ、富山県魚津《うおづ》市付近の群遊海面は特別天然記念物に指定されている。童「*銀河鉄道の夜」には「まるで億万の蛍烏賊の火を一ぺんに化石させて、そら中に沈めたといふ工合《(ぐあい)》」とある。

蛍石《ほたるいし》【鉱】 フローライト(fluorite)。主成分は弗化《ふっ》カルシウム。無色ないし有色、透明ないし半透明で硬度四と軟らかい。蛍光《けいこう》を発する。製鉄用融剤のほか、乳白ガラス、粉末化してほうろう用弗化ソーダ等に使われる。詩［高架線］に「*ガラスはおのづと蛍石片にかはるころ」とあるのは、蛍石の透明なものは半貴石に用いられるほか、高級な色消し*レンズとしても用いられることを踏まえた表現。

ほたるかづら《ほたるかずら》【植】 蛍蔓。蛍草、蛍唐《から》草、琉璃草《るりそう》とも。ムラサキ科の多年草で山野の乾燥地にはうように自生。高さ約三〇cm、四、五月ごろ筒形で花冠は五裂した紫の小花をつける。その点々と咲く花を蛍の光にたとえた名とも言われる。童「*おきなぐさ」に「ほたるかづらの花が子供の青い瞳《ひとみ》のやう」、童「貝の火」(→蛋白石)に「*薔薇やほたるかづらなどが、一面風にゆらいだりしてゐるやうに見えるのです」とある。

牡丹《ぼたん》 →牡丹《ピオネア》

圃地《ほち》【農】 圃はハタケ。圃地とは一般には用いない語で辞書等にもないが、水田、菜園、果樹園をさす。詩の題名にもある「圃道」は、そうした農地の中の道。あぜみち。詩「*軍馬補充部主事」に「五番の圃地を目的に」「あすこは二十五番の圃地だ」と出てくる。どちらかと言えば*軍隊か官製の用語。畑に番号がついているのも官営の軍馬補充部だからだろう。

法界《ほっかい》【宗】 ほうかい、とも。世界、宇宙のこと。*大乗仏教では世界の全存在を法(真理)の現われと見る。文語詩［*不軽菩薩］に「法界をこそ拝すれ」とあるように、世界それ自体が礼拝の対象となる。特に天台宗では、法界を*十界(*地獄、*餓鬼、畜生、*修羅、人間、*天、*声聞、*縁覚、*菩薩、仏)に分け、十法界と呼んでいる。なお［文語詩篇］ノートに二回出てくる「法界屋《(ほうかいや)》」は明治中期に流行した月琴《げっきん》(胴が満月のかたちをした琴)を鳴らしながら俗謡を歌い流した大道芸のことで、本項の内容とは直接関係ない。

ぽっかげる →なあんだ。あと姥石《うばいし》まで煙草《たばこう》売るどこないも。ぽかげで置《お》いで来《こ》

発願《ほつがん》【宗】 仏や*菩薩が*衆生《しゅじょう》を救済する誓願《せいがん》を立てることから、一般には神仏に助けをもとめることにも使う。簡［252］の《備考》の下書き断片中に「われわれの発願が到底一生や二生に」とあるのは、一般的な意味で用いたと解される。

北極狐《ほっきょくぎつね》 →狐《きつね》

北極兄弟商会パテント《ほっきょくきょうだいしょうかいぱてんと》 →緩慢燃焼外套《かんまんねんしょうがいとう》

ホックスキャッチャー【文】【レ】 foxcatcher 童［*茨海小学校《バラウミ》］に出てくるアメリカ製の*キツネのわなのブランド名だが、日本では東北地方のマタギ(猟師)たちが考案したと言われる鉄製の罠《わな》、クマトリバサミか、より小形で単純なガバサミのことを、しゃれて言ったのであろう。山道などでは人間に危険なので禁じられているが、両方とも*玉蜀黍畑などの獲物の通りみちに置き、足を挿む仕掛けになっていて現在も使われている。前者は名のとおり*熊を、後者は*キツネ、*タヌキ、ムジナ、テンなどを捕獲するので、おそらく後者のことであろう。

北拘盧州《ほっくるしゅう》 【宗】 *鬱単越《うったんおつ》、鬱多羅究留《うったらくる》とも言う。漢訳は高上・勝生。須弥《しゅみ》四州の一。*須弥山の北方海中にあり、常に食の絶えることなく、寿命は一〇〇〇年、死後は必ず*天上に生まれるという理想の地。ただし賢治は「北拘盧州の人たちは／この赤い実を*ピックルに入れ／空気を抜いて瓶詰にする」(詩[*阿《あ》耨達池《のくだっち》幻想曲])と具体的に記していることからして、北拘盧州をどこか実在の地に想定しているのかもしれない。あるいは樺太(↓サガレン)辺りが念頭にあったたか。

法華堂建立勧進文《ほっけどうこんりゅうかんじんもん》 ↓日実上人《にちじつしょうにん》

法性《ほっしょう》 【宗】 もろもろの存在、現象の根元をなす本性を言う。その本性が何であるかは各宗派により解釈が異なるが、基本的には「空《くう》」と説く。真如、*法界、*仏性、如来蔵《にょらいぞう》に同じ。文語詩[*不軽《ふぎょう》菩薩]に「こは*無明なりしかもあれ／いましも展《ひら》く法性と／*菩薩は礼をなし給ふ」とある。この場合の法性とは仏性。簡[46]に「その戦争に行きて人を殺すと云ふ事も殺す者も殺さるゝ者も皆等しく法性に御座候　起是法性起滅是法性滅」とある。この経句の出典は未詳だが、「きぜほっしょうき、めつぜほっしょうめつ」、あるいは「起《き》は是《こ》れ法性の起にして、滅《めつ》は是れ法性の滅なり」で起は現われ出ること、滅は消え失せること、この世のあらゆる*現象(起と滅)はすべて法性であるという意で「戦争に行きて」以下のくだりと符合する。簡[50]にも「あゝ生《しょう》はこれ法性の生、死はこれ法性の死と云ひます。只*南無妙法蓮華経　只南無妙法蓮華経」とある。同書簡に「不可思議の*妙法蓮華経もて供養し奉る一切現象の当体妙法蓮華経」とあり、法華経を法性の同義として用いていることがわかる。

発心《ほっしん》 【宗】 仏の道に入ろうとすること。発《ほっ》菩提心。詩[〔そのとき嫁いだ妹に云ふ〕]に「母の死による発心を」、詩[夏](初行「もうどの稲も、…」)には「発心前の*地蔵菩薩の像のやう」とある。

払子《ほっす》 【文】【宗】 獣毛(*馬、*白熊、*狐、羊などの)や麻糸などの長い部分をたばにし、それに柄《え》をつけた道具。もとは蠅や蚊や埃を払うハタキの役割をしていたのが仏具となり、日本では禅宗等で煩悩《ぼんのう》(↓煩悩魔)や汚《けが》れを払う祈禱の具となった。しかし、童[*茨海《バラウミ》小学校]に「靴脱ぎやスリッパのそばに「馬の尾を集めてこさ(ママ)えた払子《ほっす》もちゃんとぶらさがってゐ」るのはハタキにちがいないが、靴の埃を払う本来の払子の意味でそう言ったのであろう。

法体《ほったい》 【宗】 法そのもの、法それ自体のこと。簡[177]に「*日蓮聖人は*妙法蓮華経の法体であらせられ」、簡[178]に「絶対真理の法体　日蓮大聖人」「その妙法の法体たる日蓮大聖人の御語に正しく従ひませう」とある。

ホップ 【植】 和名セイヨウカラハナソウ(西洋唐花草)。クワ科の多年生つる草。北海道の一部に生える。全国の山地に自生するカラハナソウはホップと混同されるが、近縁種。ホップに比べ苦みが少ない。ホップは*ビールの醸造に欠かせない植物として栽培も盛んだが、つるが一〇mにもなるのでホップ畑はとても背が高い。秋に淡黄色の小花を多数つけるが、雌花のホップ腺から出る物質がビールに苦みと芳香を与え、*酵母の働きを助け、ビールを澄明にする。岩手県でも明治以降栽培されていた。詩[〔その

ホップ

とき嫁いだ妹に云ふ〕」に「水音とホップのかほり《(ママ)》」とあり、童［*グスコーブドリの伝記］に「ホップの蔓が、両方からのびて、門のやうになつて」とある。

圃道《ほどう》 →圃地《ほち》

仏の十号《ほとけのじゅうごう》 【宗】 仏（仏陀、ブッダ）と同義語として使われる十種類の称号。①如来《にょらい》②応供《おうぐ》③*正偏知《しょうへんち》④明行足《みょうぎょうそく》⑤善逝《ぜんせい》（→善逝《スガタ》）⑥世間解《せけんげ》⑦無上士《むじょうし》⑧調御丈夫《ちょうぎょじょうぶ》⑨天人師《てんにんし》⑩仏・世尊。⑩を仏と世尊に分けると十一になり、そのうちどれを採って十号とするかは諸説がある。法華経（→妙法蓮華経）に見える十号は如来のほかに十種類の称号があるとする。賢治作品には「如来」「応供」「正偏知」「善逝」「仏」の用例がある。

ぽとしぎ →ぶどしぎ

ほとつて 【方】 ほてて（火照）って。詩［青森挽歌*］に「胸がほとつて」とある。

ほととぎす 【動】 杜鵑。ホトトギス科の鳥だが、この和名は鳴き声から出たと言われる。ほかに不如帰、時鳥、子規（正岡子規《つねのり》のペン・ネームで有名。本名は常規）、思帰鳥、恋し鳥等、さまざまの表記ないし異名がある。『万葉集*』以来、古典にも多く登場。賢治では「死出*の山路のほととぎす」（詩［国立公園候補地に関する意見*］）、「to-té-te-to-te̋-to-to　tí-ti-ti-ti-ti」（詩［〔鳴いてゐるのはほととぎす〕］）、「さきは夜を截《(き)》るほと、ぎす」（文語詩［暁］）、「夜鷹*やほととぎすなどが」（童［双子の星*］）等。ローマ字表記は北原白秋などの影響もあるだろうが、eの上の二重のアクサンtéはtéよりも音が強大（?）とするのは賢治のアイデアであろう。

ポナペ島《ぽなぺとう》 【地】 Ponape　太平洋西部にあるミクロネシア・カロリン諸島最大の島の名。火山島で、最高峰はトトロム峰（七九一m）。第一次大戦後日本の統治下におかれ、第二次大戦で日本の敗戦によりアメリカの信託統治領となる。南洋拓殖工業会社に就職して、ポナペ島へ赴任する成瀬金太郎にあてた簡［55］に「嗚呼《(ああ)》ポナペ島ハ三*世諸仏ノ成道《(じょうどう)》シ給ヘル所」とある。また同じく成瀬にあてた簡［143］に「今度の巴里の会議では」とあるのは、一九一九年パリで開かれた第一次大戦の講和会議を指し、この会議でポナペ島が日本の統治下におかれることが決定された。

ほにさ、昨日《きのう》**ぁ雨**《あめ》**ぁ降**《ふ》**ったたな、さ**《そ》**うせば、今日**《きょう》**は昨日**《きのう》**のつづぎだたべが** 【方】 そういえば、昨日は雨が降ったんだったな、そうすると今日は昨日の続きだったんだろうか。「昨日ぁ」「雨ぁ」は「昨日は」「雨は」の訛り。「降ったた」は過去の経験を表わす。「だたべが」は過去の経験＋推量＋疑問。劇［種山ヶ原の夜*］。

ほにさ、前《め》**の斉藤**《さいとう》**さんだいべは好**《い》**がたな。濁**《にご》**り酒**《ざけ》**のませるづど、よろごんできったきったど呑**《の》**んであどぁこっちの云**《い》**ふ**《う》**や**《よ》**うにしてけだたともな** 【方】 そうだなぁ、前の斉藤さんだったらよかったな。*濁酒《にごりざけ》を飲ませると喜んで、がぶがぶ飲んで、あとはこっちの言うとおりにしてくれたんだけれどもな。「だいべは」は実際には「ダイバハ」「デバハ」と発音し（後掲劇「草刈一」の会話には「呉《(け)》るんだいばは」とあり、実際の発音に近い）、「だったら」の意を示す。「好《い》がたな」は「よかったな」の訛り。「きったきった」は喜んで酒をどんどん飲む様子を示す擬音（ガブガブより実感がある）。「あどぁ」は「あとは」の訛り。「けだた」は過去の経験を示す。劇［種山ヶ原の夜*］。

ほにな、ほにさ【方】 そうだな。そういえば。ほんとによ。軽い同意、話題転換、話題確認、あるいは語調を整えるためにほとんど無意味に用いられたりもする。劇［種山ヶ原の夜］には多くの例が見られる。「ほう何だが曇って来たな」「ほにさ、お日さん（→お日さま）も見えなぃし　又降って来るな」など。「ほに」だけで使われる場合も多い。

骨傘《ほねがさ》【レ】 葉が落ちてしまって裸になった樹木を、骨だけの傘にたとえた。詩［図案下書］に「ごりごり黒い樹の骨傘は」とある。

骨汁《ほねじる》【レ】 あるいはコツジル。童［タネリはたしかにいちにち噛んでゐたやうだった］中の犬神のせりふに「その骨汁は、空《か》虚《ら》だったのか」と出てくる。

穂孕期《ほばらみき》【農】 稲や麦等の穂を包んだ部分が、大きくふくらみ、穂が出る直前の時期を言う。日本の東北地方では、おおむね七～八月のころ。詩に［穂孕期］がある。

ポプラ →楊《やなぎ》

ポプルス →楊《やなぎ》

ボヘミヤ【地】 Bohemia チェコ共和国西部の三つの山脈（ボヘミア、エルツ、ズデーテン）に囲まれた盆地状の土地。エルベ川及びその支流のヴルタヴァ川（別名モルダウ川）が南から北へ流れる。豊かな耕地と鉱産に恵まれ、首都プラハを中心に多くの工業都市が発達し、チェコの政治・経済の中枢部となっている。また北東部と南西部の山麓からは優れた陶土が産出され、古くからのガラス工業の伝統が引き継がれており、昔からボヘミヤガラスの生産国として有名。中でもカルロヴィ・ヴァリのモーゼルのガラスや、ヤブロネッツのガラス玉や装飾品は輸出産業としても有名。詩［奏鳴的説明］に「或は燃えあがるボヘミヤの玻璃（→ガラス）」とあるが、ボヘミヤガラスは模造宝石に関心のあった賢治には興味深いものであったと考えられる。詩［奏鳴四一九］にも同じ表現が見られる。

ポポカテペトル山《ぽぽかてぺとるさん》【地】 Popocatépetl（煙をはく山の意味）。メキシコ市の東南約六〇kmにある円錐状火山。年中雪をかぶっている。標高五四五二m。盛岡市から見える岩手山に賢治はメキシコ市から見えるこの山のイメージを見たのかもしれない。ス［二七］［二八］には「（ポポカテペトル山の上から下を見ますと／主にさぼてんなどが見えます。）」といった表現がある。賢治にはこのほかにもメキシコ高原のイメージで北上山地を描いた詩［電車］がある。→ビクトルカランザ

ほほのき（木）《ほおのき》【植】【地】 朴の木。厚朴。現代表記では「ほお」。賢治は「ほう」と表記しているが、ここでは「ほほ」を採用して項目名にしたことを断っておく。モクレン科の日本特産の落葉高木。古くはホホカシワ、カシワと呼び、葉が丈夫で大きいので古代から食物を包んだり、皿の代りにした。五月ごろ径二〇cmほどの大きな白い花を咲かせ芳香を放つ。材は版木や下駄等に重宝された。歌［四六八］に「朝の厚朴《ほう》／たゝへて谷に入りしより／暮れのわかれはいとゞさびしき」、童［雪渡り］には「赤い封《ふう》蠟細工のほう(ママ)の木の芽が、風に吹かれてピッカリピッカリと光り」とあり、文語詩［〔沃度ノニホヒフルヒ来ス〕］下書稿には「厚朴《ホウ》ノ高木ゾ立チニケル」とある。

ホオノキの花

なお、短［十六日］の「（お前さま今夜ほう《（ママ）》のきさ仏さん拝みさ行ぐべ）」とあるほおのきは地名で、岩手県*稗貫《ひえぬき》郡*根子《ねこ》字朴木《ほおのき》（現花巻市）。*円通寺がある。そのお寺にお参りに「あなたは今夜行くのでしょう」という問いかけ。→マグノリア

ポムペイ《ぽんぺい》【地】 Pompeii ポンペイとも。南イタリアのナポリ湾岸、カンパニア平原の入り口にあった古代都市。前四世紀ごろより繁栄し、ローマ帝政初期には最盛期を迎え、ローマ貴族たちの保養地ともなった。六三年の大地震からの復興後、七九年ヴェスビオ火山の大噴火で埋没。一七四八年から大規模な発掘が行なわれ、多くの遺物により、当時の生活様式を知る史跡となった。イギリスの作家リットンの長編小説『ポンペイ最後の日』（一八三四）は有名。森鷗外訳・*アンデルセン『即興詩人』（一九〇二）にも何度も出てくるので、おそらく賢治はこれからも影響を受けていたろう。童［*イギリス海岸］に「南のイギリス海岸のまん中で、みんなの一生けん命堀《（ママ）》り取ってゐるのを見ますと、こんどはそこは英国でなく、イタリヤのポムペイの火山灰の中のやうに思はれるのでした」とある。*北上川での*第三紀偶蹄類の足跡標本採取から、西洋の古代都市発掘を連想するところに賢治の空想力の大きさと西洋への憧れを感じさせる。

ホモイ【人】 童［貝の火］（→蛋白石）の主人公名。*エスペラント語のHomoj（「人」の複数形）によったのであろう。現世人をホモ・サピエンス（Homo sapiens）と言うときの、ラテン語のhomo《ホモー》も一般に「人間」を指す。

ポラーノの広場《ぽらーののひろば》 →ポランの広場

ポラリスやなぎ →楊《やなぎ》

ポランの広場《ぽらんのひろば》【地】 童［ポラーノの広場］の初期形態［ポランの広場］がある。これを一部劇化したのが劇［ポランの広場］である。文語詩［ポランの広場］もある。ポランーポラーノの広場の場面《シチュエーション》ないしイメージは、*イーハトーヴ地方（劇の「処」の指定には「イーハトヴ」地方とある）の野原か森の中、*つめくさ（→赤つめくさ、白つめくさ）の明りで月夜のように明るい広場、草地、*天上には*銀河、といった設定。ポランーポラーノの語源のヒントとしては、英語のポリン（pollen 花粉）、ポーラー（polar 極地）、*エスペラント語のポレーノ（poleno 花粉）、ロシア語のポリャーノ（森の中の草地、空き地）等が考えられる。以上の例からは、ロシア語のポリャーノ（ナ）はポランーポラーノの前述のイメージに最も近いようにも思われる。ちなみに賢治が影響を受けた*トルストイの生地ヤースナヤ・ポリャーノは、明るい森の中の草地の意でもあるのだから。ところが、ポランの発展形ポラーノはポーランド語のポラーノ（polano たきぎ）と不思議に一致する。すると羅須地人協会のラスの語源説の一にポーランド語のラス（las 森）があることも、あわせて有力な参考になってくる（→羅須地人協会）。しかし、これらはあくまでヒントであり参考にすぎず、どれを採るかという問題ではない。ポランの広場は詩［秋と負債］にも登場。

堀籠さん《ほりごめさん》【人】 堀籠文之進。稗貫農学校（→花巻農学校）の同僚。*盛岡高等農林出身（賢治より三年後輩）。宮城県出身。詩［*小岩井農場］の下書稿（『*春と修羅』初版本にはな

堀籠文之進（中）
（左は川村悟郎、
右は賢治）

い五綴、六綴に当たる部分)に「堀籠さんは温和《(おとな)》しい人なんだ。／あのまっすぐない、魂を／おれは始終を《(ママ)》どしてばかり居る」「堀籠さんのことも、／考へなければならないのだ」等と出てくる。

欲《ほ》りする ➡食《た》うぶる《とうぶる》

堀部安兵衛《ほりべやすべえ》 【人】 赤穂浪士の一人。歌舞伎や講談で高田馬場の一八人を相手の仇討ちの場面は有名。童「税務署長の冒険」の冒頭部分での安兵衛が「酒の為にエネルギーが沢山あった」奇抜な引用や、「堀部安兵衛が高田の馬場で三十人の仇討《(あだう)》ちさへ出来たのも」と講談もどきの一節もある。旧姓中山安兵衛は大酒飲みだったが、伯父菅野《すがの》六郎左右衛門《ろくろうざえもん》の決闘に助勢して相手方三人を倒したことが「十八人斬り」と江戸で評判になり、それを聞いた赤穂藩家臣、堀部金丸(弥兵衛)の懇請で婿養子となった。

ホルスタイン 【動】 Holstein(独) 乳牛(➡牛)の品種名。オランダで開発され、ドイツのホルシュタイン地方で改良飼育された世界的に有名な、体大きく乳量も豊かな、白に黒の斑《ぶち》のある良質の牛。詩「風景観察官」に「ホルスタインの群《ぐん》を指導するとき」とあるのは、その独特の白黒の牛を牧場で飼育する意。

ボルドウ液《ぼるどうえき》 ➡青き銅液《あおきどうえき》

ホロタイタネリ 【人】 童「タネリはたしかにいちにち噛んでゐたやうだった」の主人公。アイヌ語でポロタイ(porotai)は「大きな森」、タネリ(taneri)は、天沢退二郎はタネは「長い」、リは「高い」と新潮文庫で、大塚常樹は「今、剝ぐ」の意と角川文庫で注している。心理学では森は深層心理を表わすから、「巨大な深層心理を今あらわにする」の意味になると大塚は言う。

泯びた《ほろびた》 【レ】 滅びた、に同じ。校本全集では「怋」字を用いている。詩「(あけがたになり)」に「泯びた古い山彙《さんい》の像が」とあるが、この詩の初期形「有明」をはじめ下書稿には、いずれも「ほろびた」となっている。補遺詩篇中の文語詩「(われらぞやがて泯ぶべき)」(われらはやがて滅んでしまうだろう、の強い表現)の用法もある。

品《ほん》 【宗】 仏典の章、篇にあたる。varga(梵)の漢訳。文語詩「(たそがれ思量惑《(わわ)》くして)」に「品は四請《ししょう》を了へにけり」(読経は四請《ししょう》を終わった)の意。

梵《ぼん》 ➡梵《アニマ》の呼吸《あにまのこきゅう》、梵天《ぼんてん》

本願寺派《ほんがんじは》 【宗】 浄土真宗十派の一。西本願寺(龍谷山《りゅうこくさん》)を本山とする真宗の一派。大谷派の東本願寺と、江戸初期に分裂以来本願寺の正統を争う。童「ビヂテリアン大祭」に「自分は阿弥陀仏の化身《(けしん)》親鸞僧正によって啓示されたる本願寺派の信徒である」とある。

本郷《ほんごう》 【地】 東京の地名。賢治は二五歳時の一九二一(大正一〇)年一月二三日午後、着のみ着のままで花巻を出奔、翌々日から七か月余、八月中旬、妹トシ(➡宮沢トシ)の病状急変の電報に驚き帰郷するまで、本郷区菊坂町七五(現文京区本郷四丁目三五番四号)稲垣新次郎方の二階に下宿。近くの東大赤門前の本郷通りに面した文信社(現大学堂眼鏡店)に校正と謄写版印刷の原紙に鉄筆で書写する筆耕係として就職している。この炭団《たどん》坂脇の下宿の近くには賢治が通ったと思われる銭湯・菊水湯や、逆に真砂坂上を本郷通りへとたどれば、かつて石川啄木が二年余居住した「喜之床」(現理髪店「アライ」)もあり、「本郷区菊坂町」と副題ふうに入れた短「床屋」の明るい点描の内容も、賢治が影響も受けた先輩啄木を懐しみながら書いたかと思われてくる。同じく短[電車]の若い古物商と制服姿の大学生のやりとりの面白さも、本郷通りでの収穫の一つだったろうと思われてくる。上京すぐ直行、「あてにして来た国柱会*には断はられ実に散々の体」(簡[186])、懐中三、四円(簡[185])、(丸善で二九円余の予約してあった本の取消しをして急場をしのぐが)、おそらく粗食にも耐えながら家からの送金も送りかえさせたのは、狂気にも似た信仰と鬱勃《うつぼつ》たる文学への意志であった。その間、親や保阪嘉内*ほかへの長文の書信の内容まで含めて、七か月の本郷生活は常人の七年にも匹敵する期間であった。トランク一杯の童話原稿が何よりもそれを証明しよう。心配のあまり上京した父との六日間の関西旅行以外は恐らく獅子奮迅、修羅*さながらの賢治にとっては忘れられない七か月であったろう。なお、この本郷界隈は坪内逍遥、二葉亭四迷、樋口一葉らをはじめ、ここだけで明治以降の近代文学の歴史がたどれるほどの、とても一日や二日では訪ねあてきれない文人たちの旧居、遺跡にみちており、既に賢治のころでさえ、そうであったことも、以上の内容と無関係ではなく、賢治の内面をかきたてた空間だったろうと思われる。

梵士《ぼんし》【宗】 梵とはbrāhmaṇa(梵)の漢訳。音字で婆羅門《ばらもん》。梵士は梵天*を志す者のこと。梵志とも。詩[海蝕台地*]下書稿(二)によれば、初め梵志の表記であった。梵志とは法華経安楽行品第十四(→妙法蓮華経)に見える語で、島地大等*編『漢和対照妙法蓮華経』(→赤い経巻)の巻末注釈には「婆羅門の生活に四期ある中の第二。師に就て修学する間をいふ」とある。ただし、四期ある中の第二とは誤りで第一とすべき。在家の、梵天*に奉仕する者のこと。詩[海蝕台地]では、高原住者が道を行く姿を婆羅門(僧侶)にたとえ、「憔悴苦行《しょうすいくぎょう》の梵士をまがふ」(やつれてまで苦しい修行をしている梵士かと見ちがえる、梵士そっくりの)とある。

ボンゾサン →五カイ《ごかい》

本体論《ほんたいろん》【文】 ontology《オントロジー》(英)、Ontologie(独) 存在論の古い訳名。ギリシア哲学いらいの形而上学《けいじじょうがく》(metaphysica〈ラテ〉) メタフィジカ、現象の背後に在る本質、存在の根本原理、絶対的存在を直観的に把握し探究しようとする哲学)の基礎部分。この世に存在することの意味を問う学問。形而上学自体はドイツのカント*(一七二四～一八〇四)によって否定されたが、存在論はひろくこんにちも生きて用いられている。『春と修羅*』序に「これらについて人や銀河*や修羅*や海胆*は」「それぞれ新鮮な本体論もかんがへませうが」とある。現象*論と対位させながら詩的、実践的追求をつづけた賢治の生涯は、神(仏)を核とした一つの存在(本体)論的証明であったと言えよう。→現象《げんしょう》

ポンデローザ →トマト

梵天《ぼんてん》【宗】 brāhma-deva(梵)の音写である梵覧摩《ぼんらんま》の別称。梵とは寂静、清浄の意で欲界の淫欲を離れた色界(みにくさから解放された存在世界)の初禅天《しょぜんてん》を指す。この天はさらに梵衆天《ぼんしゅてん》、梵輔天《ぼんほてん》、大梵天の三天に分かれるが、通常梵天と呼ぶ場合は大梵天を意味する。帝釈天*とともに仏教を守護する善神で、仏が現われるごとに必ず最初にやってきて説法を請うとされる。古代印度*の正統バラモン教(梵教)の創造神ブラフマン(brāhmaṇ)*がやがて仏教に入ったもの。「諸共に梵天帝釈も来り踏むべき四海同帰の大戒壇*を築かうではありませんか」(簡[178])、「一躍十万八千里と

か梵天の位とか様々の不思議にも幻気《(おぼろげ)》ながら近づき申し候」(簡[46])等がある。「梵天の位」とは、梵天に等しい徳を備えたものの集まる世界(*天)のことで、禅定《ぜんじょう》によってその世界に達することができる。詩ノート[*ドラビダ風」に「梵の教衆《(きょうじゅ)》の哂《(わら)》ひは遠く」とあるのは、古代インドの農村を幻想しての一句で、梵の教えを説くひとたちの笑い声は遠ざかり、という意であろう。↓梵《アニマ》の呼吸《あにまのこきゅう》、印度《いんど》、宇宙意志《うちゅういし》、気層《きそう》

ほんとにそだたべが。何《なん》だがおりゃ忘《わす》れでしまたもや【方】本当にそうだったかなぁ。何だか俺は忘れてしまったなぁ。「そだた」「しまた」は各々「そうだった」「しまった」が詰まったもの。劇[*種山ヶ原の夜」。

煩悩魔《ぼんのうま》【宗】四魔(↓魔)の一。貪《とん》(むさぼり)、*瞋《しん》(いかり)、癡《ぎ》(おろかしさ)等の煩悩が人の智慧を惑わすので魔と名付ける。帳[雨ニモマケズ」八三頁。

本野上《ほんのがみ》【地】秩父鉄道の駅名(現野上駅)。埼玉県秩父郡野上村(現長瀞町《ながとろ》)。*寄居《よりい》の西八km。雑誌発表の短歌[灰色の岩健吉」に「盆地にも、今日は別れの、本野上《ほんのがみ》、駅にひかれる、たうきび(↓玉蜀黍)の穂よ」とある(「校友会会報」第三十二号)。

ほんのぱこ ↓少《びゃ》こ

本部《ほんぶ》 ↓小岩井農場《こいわいのうじょう》

ホンブレンさま【人】【鉱】角閃石《かくせんせき》を意味する。ホルンブレンド(hornblende)の擬人化。童[楢ノ木大学士の野宿」(↓なら)では「ホルンブレンド」とも書かれるが、*角閃花崗岩中の主成分として登場し、副成分の「*バイオタさん」(黒雲母)と喧嘩する。(↓口絵㊳)

ぼんぼだんちゃ【方】ボンボは「鈍い(丸い)」の意。帳[兄妹像」に「安彦さん *鉛筆借《(ママ)》して、ぼんぼだんちゃ」とある。借しては貸しての誤記。ここでは鉛筆貸してくれ、芯がつぶれてまるくなってしまった、の意。

磨《ま》 ↓達磨《まだる》

魔《ま》 【宗】 māra(梵)の音訳「魔羅」の略。漢訳では殺者《せっしゃ》、障礙《しょうげ》等。人命を奪い、善事を妨げるものを言う。通常次の四魔《し》に区分される。①*煩悩魔②五蘊《ごうん》魔③*死魔④他化《たけ》自在天魔(↓波旬)。賢治の魔に対する関心は強く、簡[49]に「功利は魔です」、簡[50]に「いつの間にか大きな魔に巣を食はれて居る」、簡[63]に「魔の説く事と仏の説くこととは私共には一寸分りませんでせう」、簡[191]に「魔の*眷属《けんぞく》にもなり*地獄にも堕ちます」、あるいは歌[一七〇]等がそれを示す。↓悪魔《あくま》、魔王《まおう》

ま青き《まあおき》 ↓藺《い》

まぁんつ 運悪《うんわる》がたとあぎらめなぃやなぃな。ひでりさ一年《いちねん》かゞ《が》たど思《おも》たらいがべ 【方】 まぁ、運が悪かったとあきらめなきゃいけないな。ひでり(↓旱魃《かんばつ》)に一年かかった(日照りに一年も遭《あ》った)と思えば、あきらめがつくだろう。「なぃ」はともに「ね」と発音する。「いがべ」は「いいだろう」の意。劇[植物医師]。

まぁんつたびだび米子《よねこ》どもお話《はなし》してあんすすか 【方】 これはまぁ、たびたび米子(女性名)とも話(うわさ)をしています。冒頭の「まぁんつ」でちょっと間を置いて言う。短[山地の稜《(りょう)》]。

味爽《まいそう》 【天】 夜明けごろの薄明時を指す。*黎明《れいめい》に同じ。朝まだき。賢治には「まだき」のルビもある。味は暗い、爽は夜が明けて明るい、の意。味旦《まいたん》とも言う。詩[〔北いっぱいの星ぞらに〕]に「この清澄な味爽ちかく/あゝ東方の*普賢菩薩よ」とある。詩[*河原坊(山脚《(さんきゃく)》の黎明《(れいめい)》)]には「*空がまた何とふしぎな色だらう/それは薄明の銀の素質と/夜の経紙の*鼠いろとの複合だ(中略)あけば山の石原の味爽」といった美しい表現がある。ス[一五]、文語詩[〔弓のごとく〕]には「味爽《まだき》」とルビつきで出てくる。まだきは古語の「夙」で、つとに、早くから、もうすでに、の意味の副詞。「未《ま》だし」が語源という説がある。岩手地方に方言として残っていたものか。詩[*真空溶媒]には「うらうら湧きあがる味爽のよろこび」とある。

妄言綺語《まうげんきご》 ↓妄言綺語の淤泥を化して《もうげんきごのおでいをけして》

前山《まえやま》 ↓南昌山《なんしょうざん》*

魔王《まおう》 【宗】 魔王波旬のこと。欲界(↓異空間)の六欲天(四天王、忉利《とうり》天、夜魔《やま》天、*兜率《とそつ》天、化楽《けらく》天、他化《たけ》自在天)の第六天である他化自在天を指す。簡[63]に「唯摩《(ママ)》経(↓維摩詰居士《ゆいまきつこじ》)にある*菩薩の修行して居る所へ帝釈《(たいしゃく)》(↓帝釈天)が万二千の天女を従へて法をきゝに来てその菩薩が法を説いてゐると唯摩《(ママ)》が来てこれは魔王で帝釈でないと教へた事がありました」、簡[83]に「魔王波旬に支配されてゐる世界」とある。↓魔《ま》、波旬《はじゅん》

マオ(ヲ)カヨコハマ ↓インデコライト

マオリの呪神《まおりのじゅしん》 【文】 マオリ(Maori)はニュージーランド原住民マオリ族。言語もポリネシア語系のマオリ語をもつが、ポリネシア人種に属し、高身長、明

マオリ族の彫刻

褐色の皮膚、堂々たる体格を特徴とし、かつては男女とも全身に精巧な入墨を施していた。現在その法律、経済的生活は完全に白人と融合しているが、一七六九年、イギリス船のクック船長がこの島を訪れるまでは、孤立した環境の中で独自の文化を展開させていた。宗教的にはマオリ族は万物悉く神であるというアニミズム的信仰を持ち、家屋や教会の屋根、門、垣根等には多彩な神話や伝説にちなんだ神々や人間の木彫の像が立てられている。詩[〔Largo や青い*雲翳《くもかげ》やながれ〕](→ラルゴ)に「こどもはマオリの呪神のやうに／小手をかざしてはねあがる」とあるのは、これらの像がモデルになっていると考えられる。詩[陸中国*挿秧《そうおう》之図]にも同じ表現が見られる。

マガ玉《まがたま》 →熊堂《くまどう》

摩渇大魚のあぎと《まかつたいぎょのあぎと》 【宗】 摩渇とあるときは正しくは摩竭(摩伽羅とも言う)を賢治が誤記したもの(下書稿では褐としたのもある)。地平に見える黒くとがった歯形の山並みを、摩竭大魚の「あぎと」(顎、腮、あご、魚のえら)にたとえたもの。makara(梵)の音写に由来する摩竭大魚は鯨魚、大体(巨大な体の意)、等と訳される体長数百*由旬と言われる空想上の大魚。「念仏免摩竭難《めんまかつなん》」の伝説中の「摩竭大魚の歯を山と見まがう」という一節や、胎蔵界曼陀羅最外院の摩竭宮の座に描かれる鋭い歯をした摩竭大魚の姿(詩[〔温《ぬる》く含んだ南の風が〕]の下書稿[*密教風の誘惑]には「摩渇《ママ》大魚の座のあたり」とある)を、賢治は実景にあてはめて表現したと思われる(→曼陀羅)。詩[*阿耨達池《あのくだっち》幻想曲]。文語詩[〔ほのあかり秋のあぎとは〕]の「秋のあぎと」も、秋の歯形の山並の形容であろう。

摩竭大魚(インドのレリーフ、2世紀)

摩竭宮(胎蔵界曼陀羅部分、東寺)

凶つのまみ《まがつのまみ》 →猥れて嘲《あざ》笑めるはた寒き《なれてあざめるはたさむき》

禍津日《まがつび》 【宗】 邪神の名。日本の神道で言う禍津日神《まがつびのかみ》のこと。「曲《まが》つ霊《ひ》」の意で、災難や凶事を起こすという神、またはその霊力。伊弉諾尊《いざなぎのみこと》が禊《みそ》ぎをした時、黄泉《よみ》(→黄泉路)の泥垢から化《け》生《しょう》したとされる神。文語詩[〔みちべの*苔にまどろめば〕]に「まがつびここに塚ありと、おどろき離《か》る、この森や」、文語詩[*旱倹《かんけん》]に「鳥はさながら禍津日を、はなるとばかり群れ去りぬ」、文語詩[〔日本球根商会が〕]に「さもまがつびのすがたして、／あまりにくらきいろなれば」とある。

まがつみ 【宗】【レ】 古語には見あたらぬ語だが、「*まがつび」を賢治がなまったものか、あるいは「わざわいの身」、「わざわいの罪《つみ》」の意で用いたか、不明。劇[饑餓陣営](→饑饉)中の*バナナン大将の行進歌(歌曲にも)で「そのまがつみは　録《しる》されぬ」と歌われるのは罪過(あやまち)の意になろう。

一族《まき》 →癩病《らいびょう》

蒔絵《まきえ》 【文】 日本の伝統工芸の一。*漆を塗った上に金銀等の粉をふりかけて(蒔き)付着させ、絵文様にする奈良時代からの漆工芸の一技法。粉の材質・粒の大きさ・形・蒔き方による密度の違い等のほか、漆の塗り重ね方、研ぎ出し方、他の技法との併用等により、高度な技術として発達した。高級調度品・装飾品に多い。ちなみに、*中尊寺金色堂《こんじきどう》内の蒔絵の壮麗さは賢治もよく知っていただろう。詩［〔いま来た角に〕］に「水銀いろの小流れは／蒔絵のやうに走ってゐるし」、詩［雲とはんのき］に「ゆふべ一晩の雨でできた／陶庵だか東庵だかの蒔絵の／精製された水銀（↓汞《こう》）の川です」と、いずれも川の流れの比喩に使われている。「陶庵だか東庵だか」は蒔絵師の誰を指すのか未詳。賢治の記憶する工芸家の名か、それをヒントにした名と思われる。なおス［二二］の終行に「かずのぶが蒔絵の中の浅葱水《(あさぎみず)》なり。」とある蒔絵師「かずのぶ」も未詳だが、浅葱水は↓「葱緑《ねぎみどり》」項。

まぐさ【農】【レ】 一般には牛馬の飼料にする草（馬草、秣、古くはマクサ）を言うが、草の美称としてのマグサ（真草）の意で用いたかと思われる賢治の用法もある。詩［遠足統率］の「秣畑」は前者だが、文語詩［塔中秘事］の「雪ふかきまぐさのはたけ」は前者か後者か厳密には疑問。帳［孔雀印］一頁の「緑なる／まぐさの丘の／天末線より」も、いったん「牧草」と書いてから直しているので明らかに後者の「真草」がふさわしいかと思われる。

マグダル女史《まぐだるじょし》 ↓シルレル先生とマグダル女史《しるれるせんせいとまぐだるじょし》

魔窟《まくつ》【宗】 悪魔の住むところ。転じて無法者や売春婦、病魔の巣を意味する界隈《かいわい》を言う。詩［悪意］に「食ふものもないこの県で／百万からの金も入れ／結局魔窟を拵《(こさ)(ママ)》えあげる」、詩ノート［悪意］に「いまにあすこはみんな魔窟にかはるのだから」とある。この詩は、賢治が花巻温泉遊園地の花壇設計をしているときに書かれたもので、金もうけのためにつくられる遊園地（花壇）も、いずれ魔窟、遊興街になるにちがいないとの暗い見立て、皮肉である。

マグネシア【科】 magnesia 酸化マグネシウム（MgO）。無色結晶粉末。しかし、賢治の場合はマグネシウムの単体金属のつもりでマグネシアと言っている可能性が強い。それは「マグネシアの焰」（童［ガドルフの百合］）とか、「青いマグネシアの花火」（童［銀河鉄道の夜］）という表現に見ることができる。酸化マグネシウムは電気炉の耐火材料等に用いられることをみても明らかなように不燃である。しかし、北原白秋の歌集『桐の花』（一九一三）には「真昼マグネシアの幻光の中に」という表現もあり、当時は一般的にマグネシウムをマグネシアと呼んでいたのかもしれない。なおマグネシウム（magnesium）は展延性に富む銀白色の軽金属で、熱すると強い白色閃光を発して燃える。ほかに簡［72］等。

マグノリア【植】 Magnolia モクレン科モクレン属の学名。この科にはモクレン（木蓮 Magnolia liliiflora）、コブシ（辛夷 Magnolia kobus）、タムシバ（Magnolia salicifolia）、厚朴《ほおのき》（Magnolia obovata）、泰山木《たいざんぼく》（Magnolia grandiflora）等がある。それらの総称。童［マグノリアの木］はほおのきを指す。この童話では「サンタ、マグノリア」をもじって聖化された「サンタ、マグノリア」が出てくる。「マグノリアの花と霞の青」（詩［悍馬］〈↓アラヴ、血馬〉）、「群れてかゞやく辛夷花樹《マグノリア》」（文語詩［社会主事 佐伯正氏］）等は、こぶしをマグノリアと呼んでいる。詩ノート［〔あっちもこっちもこぶしのはなざかり〕］［〔こぶしの咲き〕］、文語詩［〔沃度ノニホヒフルヒ来ス〕］等のこぶし（辛夷）は、モクレンよりもずっと高木で山野に自生し、春早く雪のように咲く。文語詩［電気工夫］に「四方《(よも)》に辛

コブシ

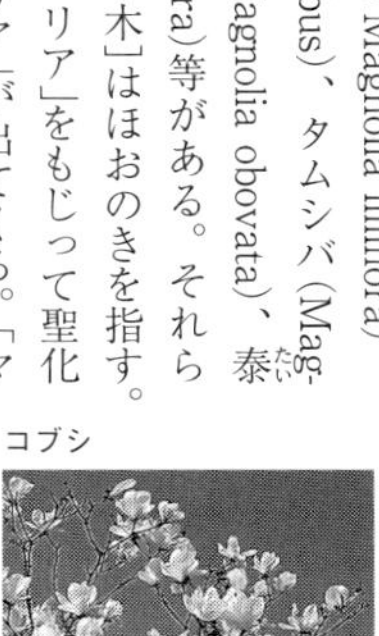

夷の花深き」とある。童[なめとこ山の熊]に「おかあさまはわかったよ、あれねえ、ひきざくらの花」「なぁんだ、ひきざくらの花だい。僕知ってるよ」とあるが、このひきざくらはこぶしの地方名である。同じく方言で「せきざくら」とも言う(簡[63])。

まぐはへよ《まぐわえよ》【レ】 性交(交合)の古語「まぐはひ」(目合ひ)の命令形に願望の終助詞「よ」のついたもの。文語詩[山躑躅《つつじ》]に「無色の風とまぐはへよ」とある。風と交合するとよい、の意。

マクロフィスティス【植】 マクロスィスティス(macrocystis マクロキスティスとも)の賢治の誤記か記憶違いであろう。マクロスィスティスはコンブ目の褐藻《かっそう》類でアメリカ大陸の西海岸、アフリカ南端、オーストラリアの一部に分布し、長さ六〇m以上にもなる超大型海藻。詩[凾(函)館港春夜光景]に「海ぞこのマクロフィスティス群にもまがふ、/巨桜の花の梢には」とある。

マケイシュバラ【宗】 摩醯湿伐羅《まけいしゅばら》は Maheśvara(梵)の音写で、摩醯首羅《まけいしゅら》とも書く。宇宙の主宰神である大自在天《だいじざいてん》のことで、三目《さんもく》八臂《はっぴ》(三つの目と八つの腕)の姿が普通。シヴァ神の別名でもある。詩[自働車群夜となる]に「マケイシュバラの粗野な像」、詩[〔温《ぬる》く含んだ南の風が〕]の下書稿㈠[密教風の誘惑]の手入れ稿に「マケイシュバラははるかな北で/六頭首ある馬を御《ぎょ》し/しづかに玻璃(→ガラス)の笛を吹く」とある。両詩ともマケイシュバラが唐突に現れており、その意味するところは判然としない。

まこと【宗】【レ】 賢治作品のキーワードの一。全作品、書簡をとおして頻度数は六〇をこえる(副詞的用法を含む)。語源的にはコト(言・事)に接頭辞のマ(真)のついたものだが、マはマゴコロ、マニンゲン、マウエ、マシカク、マアタラシイといった例でもわかるように純粋、完全、本物、正確、新鮮、立派等の意味をもっていて下にくる語を修飾する。したがって真言・真事は、言葉や事柄のうそいつわりのないこと、そこに古代神道の影響も見られ、純一無雑であることを指して一般的に用いる。日本の古代文化・古代文学のキーワードに「まこと」があるが、真言=真事、すなわち純一な言と事の等質・等価(コは音声を意味するコエのコ、トもオトのト、あるいは本物を意味する接尾辞ト)を信じるところに「まこと」があり、言霊《コトダマ》もそこに発生した。賢治の「まこと」もそれと無関係ではない。「まことのことば」(ス[一二]、詩[春と修羅]、文語詩[早春]等)が成立するとき、言と成の合体としての「誠」となる(「かはらぬ誠をそこに誓へば」詩[〔あけがたになり〕]、「身を起し誠の道に入らんと」簡[48]等)。一方、仏教では mantra(梵)の漢訳として「真言《しんごん》」を当てる。仏のいつわりのない真実の言葉を言う。明《みょう》、陀羅尼《だらに》、呪《じゅ》とも別称するが(空海〈→密教〉を祖とする宗派の一、「真言(陀羅尼)宗」の名称もそこに発する)、賢治の「まこと」はまたこの仏教の「真言」とも無関係ではない。文語詩[早春]には「わが索《もと》むるはまことのことば/雨の中なる真言なり」とあって「まこと」と「真言」が並置される。これを和語を漢語で言い換えたものとだけ解するのは単純すぎよう。たとえそうであるにしても、賢治における「まこと」の自覚が道徳のレベルを超えて、宗教の色彩を帯びていることの証拠にはなろう。かといって賢治の「まこと」をすべて仏教と結びつけるのもとりすぎ。純然たる副詞としての修辞(これも賢治のよく使う副詞「ほんたうに」と同じように「まことにとはに」「まことにひとにあらざれば」等、以上「冬のスケッチ」より)も少なくなく、中には感動詞的な用法(「まことはかなし」「こはまことわがことばにして」、これも「冬のスケッチ」より)もまじるからである。しかし、かつて恩田逸夫《いつお》も論じたように、例えば童「めくらぶだう*と虹*」に「まことのちからが、これらの中にあらはれるときは、すべてのおとろへるもの、しわむ(皺む、であろう)もの、さだめないもの、はかないもの、みなかぎりないいのちです」とある「まことのちから」(この原稿七、八枚の短い童話には「まこと」が頻出する。「まことのちから」は二回、副詞的用法でない「まことのひかり」「まことの瞳」等)の意味は、苦悩に裏打ちされた、そして「修羅」の意識とも対立するところの、存在の永遠性を保証する意志力として、まさに仏教的な求道《ぐどう》の力として描かれている。「まこと」は賢治の愛用語というだけでなしに、「修羅」と同じように賢治を解く鍵を秘めていると言える。賢治の「まこと(誠)」は「まことのみち(道)」を筆頭に、「まことのことば」「まことのちから」「まことのたましひ」「まことの祈り」「まことのひかり」「マコトノ草ノタネ」「まことの雪」等(副詞的用法とまぎらわしいものもあるが、いずれもそうでない)があるが、他の語と一緒でない「まこと」(まさに認識概念の名詞としての)が最も多い。代表的な用例は「ひとりさびしくまことをちかふ」(詩「休息」初行「中空《なかぞら》は晴れて…」)、「みなるまことはさとれども」(詩「雲」初行「青じろい天椀の…」)、「なべてのまこといつはりを」(詩「名声」)、「人はまことを求める」(童「学者アラム*ハラドの見た着物」)、「たゞ一言もまことはなく」(童「土神*と狐*」)、「叶ふべきまことと美との模型」(短「竜*と詩人」)、「お釈迦さま(↓釈迦牟尼)がまことの為に」(手「一」)、「たのむは/まこと/ひとつ」(帳「雨ニモマケズ」)、「サアレマコトヲ索メテハ」(曲「精神歌」)等。↓修羅《しゅら》

柾《まさき》【植】 柾(マサキ)はニシキギ科ニシキギ属の常緑低木。↓柾屋《まさや》

マサニエロ【人】 Tommaso Aniello Masaniello(一六二〇~一六四七) イタリアの漁夫。かつての小国群居のイタリアは、一七世紀当時強国スペインの影響下にあり、その重圧にあえいでいた。果実や野菜への新たな税を不満として勃発したのがナポリの反乱であった。スペイン総督を屈服させ、魚屋だった首領マサニエロは「人民の統領」に任ぜられたが、五日後には暗殺されてしまう。森鷗外の名訳で名高いアンデルセン*の『即興詩人』(一九〇二)の一節(夜襲)に、「…程なく彼マサニエルロとフラヰオ、ジヨオヤとの故郷の緑いろ濃き葡萄丘の間に隠見するを認め得たり。(マサニエルロは十七世紀の一揆の首領なり。オベエルが楽曲の主人公たるを以て人口に膾炙す。)」とある。『即興詩人』はかつては学生たちの必読書だったから賢治が読んだ可能性もあるが、歌劇の方からきたと考えた方がよさそうである。これは(賢治もレコードで聞いたと思われる)オーベール(D. Auber 一七八二~一八七一)の「ポルティチの唖娘《おしむすめ》」(一八二八初演)のこと。兄の死を知って唖者の娘ファネルラが海に身を投げて死ぬという悲劇。賢治詩の題名に「マサニエロ」がある。出だしは「城*のすすきの波の上には/伊太利亜製の空間がある/そこで鳥*の群が踊る/白雲母《しろうんも》(↓muscovite)のくもの幾きれ」である。賢治のイタリアへの関心と興味は意外に深い。詩「(こっちの顔と)」下書稿(一)では「マッサニエルロ」の表記で題名。

柾屋《まさや》【文】 柾屋の柾には常緑低木の柾(マサキ)の意味はない。岩手県では切りそろえた栗*の木の丸太を柾(正)目に割りそ

ろえ(その木《こ》っ端《ば》を柾と言った)、それで葺いた屋根を言った(多《た》田実《だみのる》の説)。*栗の木は丈夫で雨や火にも強く東北地方の農村には多く見られた、と言う(著者への多田の直接の教示による)。昔から薄板(こけら板)で屋根を葺くのを板葺《ぶき》、こけら葺と言った。短[泉ある家]に「五六歩行くとそこにすぐ小さな柾屋があった。みちから一間ばかり低くなって*蘆《(あし)》をこっちがはに塀のやうに編んで立て、ゐたのでいままで気がつかなかったのだ」とある。歌[一一九]には「よごれたる柾をみつむるこの日ごろかも」とある。

魔事《まじ》 【宗】 *魔のしわざ。帳[NOTE印]三〜四頁の「気を負へるもの／みな魔事／なりしこと」とは、自己への戒めを込めたメモであろう。

マシリイ 【天】 Mercury(マーキュリー)。ラテン語ではメルクリウス(Mercrius) 水星。太陽(↓お日さま)に一番近い惑星。地球軌道の内側にある内惑星(外惑星に対して言う)のため、夕方の西天か夜明けの東天にしか見えない(最大離角二八度)。最大光度マイナス一・九等。大気は非常に薄く*炭酸ガス、*アルゴン等の重い気体を保有。表面は*月に酷似している。mercury が水銀(↓汞《こう》)の意味を持つためか童[*烏の*北斗七星]では夕暮の一番星として「マシリイと呼ぶ銀の一つ星がひらめきはじめました」と書かれている。詩[春]は副題に「*水星少女歌劇団一行」とある。

魔神《まじん》 【宗】 ましん、とも。*悪魔のこと。詩[〔温《ぬる》く含んだ南の風が〕]には「*蠍座あたり／西蔵魔神の*布呂《(ふろ)》に似た黒い思想があって」とあり、下書稿を見ると西蔵《チベット》魔神とは*マケイシュバラ(大自在天)を意味していたことがわかる。金子民雄によれば、賢治はスヴェン・ヘディン(↓セヴンヘヂン)の西蔵探検記『*トランスヒマラヤ』(英語版三巻本、一九〇九)の挿絵を見て発想を得たらしいとされるが、『トランスヒマラヤ』にはマケイシュバラそれ自体の絵はなく、賢治はおそらく西蔵(↓ツェラ高原、トランスヒマラヤ)の聖山カイラス(↓同上)がシヴァ神を祭っていることから、その異名であるマケイシュバラを連想し、魔神(シバは破壊の神)と記したものと思われる。詩句の内容は星座を覆う黒雲(↓ニムブス)を西蔵魔神の風呂敷と表現したもの。詩[*浮世絵展覧会印象]に「魔神はひとにのりうつり」とある。このほか、賢治作品には、アラビア魔神(↓アラビアンナイト)、*波旬《はじゅん》、*竜神(蛇、*ナーガラを含む)など、さまざまな魔神が登場。↓布呂《ふろ》

果汁《マスト》 【食】 must 発酵前の、またはその途中の葡萄液(↓葡萄水)。詩[*樺太鉄道]に「やうやく葡萄の果汁《マスト》のやうに」とある。↓フレップス

菩《マ》**提樹**《ダ》 ↓リンデ

まだ一時《いちじ》**にもならないも** 【方】 まだ(午後の)一時にもならないもの。(急ぐ必要はありません。ゆっくり火にあたっていって下さい。)詩[*小岩井農場 パート七]。

菩《ま》**提樹**《だ》**皮**《かは》 まだかわ ↓リンデ

味爽《まだき》 ↓味爽《まいそう》

まだき吹く 【レ】 早くも(夙《まだき》、早くから)吹きつのる。文語詩[〔二月〕]に「まだき吹くみなみ風かな」とある。↓味爽《まいそう》

亦来《またく》**るべぃさ** 【方】 また来るだろうさ。「べ」は推量。短[泉ある家]。

マヂェラン星雲《まじぇらんせいうん》 【天】 マヂェランの星雲、とも。Magellanic clouds マゼラン雲。大マゼラン雲(かじき座)、小マ

ゼラン雲(きょしちょう座)二つの、南天にある小宇宙(系外星雲)。*銀河系の伴星雲(M《メシエ》31に対するM32、NGC205に相当)で、一六万光年の彼方にあって、質量は大のほうで銀河の一〇分の一程度。三星雲間にはガスの潮汐《ちょうせき》作用(太陽〈→お日さま〉や*月の引力による周期的な潮の満干《みちひ》が起きているとも言われる。重要なのは一九一二年のレヴィット(H. S. Leavitt)女史の研究で、マゼラン雲中のケフェウス型*変光星の周期光度関係を求めた。これが後年、島宇宙説に確証を提供することになった。賢治は小宇宙であることは知らなかったが、発見者マゼランの名を意識したのか、この*星雲に殉教的な決意を託しているように見える。賢治は星雲を輪ととらえるくせがあり、*童[銀河鉄道の夜]の「青じろい雲がまるい環になって*后光《ごこう》のやうに」は、このマゼラン雲を指すのかもしれない。詩[*真空溶媒]〔*薤露青〕童[〔銀河鉄道の夜〕〔初期形〕]等。(→口絵②)

マヂエル →大熊星《おおぐまぼし》、北斗七星《ほくとしちせい》

待肥《まちごえ》【農】 種まきや、移植の前に穴を掘って施しておく*肥料のこと。帳[銀行日誌]九七、一一八頁に「南瓜《かぼちゃ》待肥」とある。

待ぢでだあんす →お、平太さん。待ぢでだあんす

待ぢでるべが【方】 待っているだろうか。*童[風の又三郎]の村童たちの会話。それに答えて「待ぢでるんだ。又三郎偽《うそ》こがなぃもな」と別の子が言う。待っているよ。又三郎はうそつかないもの。

町《まち》**の人**《ひと》**づぁまだまだねってらな**【方】 町の人たちはまだまだ眠っているな。「人づぁ」は「人たち」の訛りで、実際には「ひたざあ」に近い発音である。「ねってらな」に関しては→ぢゃ、ゆべながら…。劇[*種山ヶ原の夜]。

松 まつ【植】 マツ科の常緑高木。一般にはアカマツ(赤松)、クロマツ(黒松)、ゴヨウマツ(五葉松)、ハイマツ(這松)等の総称だが、中でも丘陵地に多いアカマツ、海岸地方に多いクロマツが最も代表的で、前者は岩手県の県木とされている。日本列島全体が松の国で、古来詩歌や絵画に多く描かれ親しまれてきた古典的、代表的な樹木。また*スギとともにしばしば神秘的な古神道とも結びつく精神的樹木としても遇されてきた。広辞苑によればその語源は「一説に、神がその木に天降ることをマツ(待つ)意とする。また一説に、葉が二股に分れるところからマタ(股)の転とする」とある。賢治作品にも「松」は都合一六五か所も登場するが、最も印象的なイメージは、*妹宮沢トシの死を歌った「無声慟哭」詩群の中の絶唱[永訣の朝]の「すきとほるつめたい雫にみちた／このつややかな松のえだから／わたくしのやさしいいもうとの／さいごのたべものをもらつていかう」や、また、その題も[松の針]の「おお　おまへはまるでとびつくやうに／そのみどりの葉にあつい頬をあてる／そんな植物性の青い針のなかに／はげしく頬を刺させることは」等の、単なる題材性や感覚を超えて、おのずからなる鮮烈で荘厳な*精神の象徴に近い歌われかたであろう。賢治の感覚と神道の美意識との結びつきについて論じたものは皆無だが、杉や*「まこと」の理念等とともに、あるいはそうした観点を提供する好例の一になるかもしれない。かと思うと「石英粗面岩《(ママ)》(→流紋岩)の*凝灰岩、大へん地味が悪いのです。赤松とちいさな雑木しか生えてゐない」(童[*台川])といった賢治ならではの科学的な描写もある。気候の乾燥によく耐え、他の樹木の育たぬ*花崗岩や*蛇

紋岩のゴツゴツした荒れ山でも平気で生長するアカマツの特性を簡潔にとらえている。また詩的感覚としておもしろい「林の磁石松の闇」(ス[二六])、「松は昆布とアルコール」(詩[〔鈍い月あかりの雪の上に〕])、「生《なま》な松の丸太がいっぱいにつまれ/(中略)/あたらしいテレピン油の蒸気圧」(詩[小岩井農場　パート三])、「あなたのせなは松より円く」(詩[野の師父])、「野はらでは松がねむくて」(詩[事件])、「松の針はいま白光に溶ける」(詩[〔松の針はいま白光に溶ける〕])等々、あげればきりがない。なおス[三〇]の最後に見える「ぢっとつめたく、松のあしのうごくをなが」は文末が尻切れのままだが、「め」を補うと「松のあしのうごくをながめ」となる(その通り、ス[八]の冒頭「め居たれ」に続くと考えられている)。松の木の林立する松林か松並木のさまを動的にとらえた一行かと思われる。歌[二]の冒頭の「這ひ松」(はいまつ)は盆栽等にもする低木の松で、高山に生え、枝や幹が地を這うように広がる。

松倉山《まつくらやま》【地】　花巻市の西方約一二km、大沢温泉(→講)の南、志戸平温泉との間にある。豊沢川をはさんで五間森《ごけんもり》に対する山。高さ三三六m。詩[風景とオルゴール]に「黒く巨きな松倉山」とあり、詩[風の偏倚《へんい》]に「松倉山から生えた木は/敬虔に天に祈つてゐる」、詩ノート[〔芽をだしたために〕]に「こゝはひどい日蔭だ/ぎざぎざの松倉山の下のその日蔭」とある。帳[雨ニモマケズ]の「経埋ムベキ山」の一。

松毛虫《まつけむし》【動】　マツカレハ(松枯葉、鱗翅目の蛾)の幼虫。松の葉を食う大形の毛虫で、松の幹を食うマツクイムシ(松食虫)とともに、松林を全滅させる害虫。成熟すれば七cmにもなり、褐色と灰黒色の細斑がまじり、銀と黄褐色の鱗毛がその上を被っている。腹部と背面に毒毛を密生させている。童[ポラーノの広場]に「おいファゼーロしっかりやれ。こんなやつは野原の松毛虫だ」とある。

まっ甲《まっこう》【科】　額《ひたい》の真中の意(甲は和訓ではカブト、頭や手足の正面)。詩[〔南のはてが〕]に「ああまっ甲《まっこう》におれをうつ」のは冬の夜風で、真向と同義。

マッサニエルロ　→マサニエロ

マッシュルーム　→シャムピニオン

マッス【レ】　mass　集り。大きなかたまり。詩[三原　第二部]に「木立はいつでも一つの巨きなマッスになるか」とある。

マットン博士《まっとんはかせ》【人】　童[ビヂテリアン大祭]でビヂテリアン(菜食主義者)に対する「異教徒」として発言する「シカゴ畜産組合」顧問の名。「神学博士」という設定になっている。羊肉の英語mutton(日本でもマトンと言う)を人名にしたユーモラスな賢治の命名。彼は肉食を神の摂理であるとして奨励する弁をふるう。

末法《まっぽう》【宗】　末とは衰微の意で、仏法が衰え弱まる時代のこと。正法《しょうぼう》の対。釈迦(→釈迦牟尼)の入滅後、最初の一〇〇〇年(五〇〇年の説もある)を正法、次の一〇〇〇年を像法、その後の一万年を末法という。この末法の世では、仏の教えは残っていても、その行《ぎょう》(実践)や証《しょう》(悟り)もなく、混乱した時代とされる。日本では、平安後期の永承七(一〇五二)年に末法に入ったとされ、鎌倉時代の、栄西《えいさい》、法然《ほうねん》、親鸞、日蓮等は、それぞれ末法の衆生を救うための新宗派を開いた。特に日蓮は、法華経(→妙法蓮華経)の題目を唱えることが末法の世に得脱《とくだつ》できる(解脱《げだつ》を図り菩薩を得る)唯一の道であることを主張して、日蓮宗を開いた。簡[177]に

「みなやがて　末法の唯一の*大導師　我等の*主師《しゅし》親《しん》／日蓮大聖人」、簡[178]に「末法の大導師／絶対真理の*法体《ほったい》　日蓮大聖人」、簡[48]に「末法二千五百年の終も最早間近き所」とある。「末法二千五百年」とは、釈迦の入滅後を五〇〇年ごとに五度区切る「五箇の五百歳」の考え方に依拠するもので、末法に入る二〇〇〇年からの五〇〇年間を*闘諍堅固《とうじょうけんご》の時代と呼び、兵戦や論戦の絶えない時代とする。

松森《まつもり》【地】　地名なら岩手県*水沢市搦手丁《からめてちょう》（今は町とも書いている）の字《あざ》松森か（ただし、水沢の小平《こだいら》林檎園の小平玲子の調査によれば、今はその字名はなくなり、また岩手県内に松森の地名は他に八か所もあるゆえ特定は困難のよし）。詩[風景]（作品番号七二六）に「松森蒼穹《そら》（→穹窿《きゅうりゅう》）に*後光を出せば」とある。一般名詞としての「松の森」であるかもわからない。地名なら前記松森には「松森御殿」と呼ばれた江戸期の伊達《だて》藩の分家「留守《るす》」氏の松森別邸跡があり、邸内には「米国式松森園種檎場」があったと言う。他に文語詩[国土]、同[*百合を堀る《（ママ）》]等。

待宵草《まつよいぐさ》【植】　アカバナ科マツヨイグサ属の一年草または多年草。一般にヨイマチグサと呼ばれているのは誤用（竹久夢二歌詞の有名な「宵待草のやるせなさ」で流布したのであろう）。原産は南米チリ。茎の高さは三〇～九〇cm。初夏から秋にかけて夕方黄色の花を開き、翌朝しぼんで紅色になるところからその名がある。日本には幕末以降移入され、当初は栽培されたが大正期から野山に自生する帰化植物となった。が、同属は八〇種類あると言われ、日本にも草丈も花弁も大きいオオマツヨイグサ、逆に小さいメマツヨイグサをはじめ二〇種近くが帰化。花が白色のツキミソウも同属ではあるが本種ではなく、一般に待宵草をすべて「月見草」の名で総称している場合が多い。賢治の文語詩[朝]に「待宵草に置く露も、睡たき風に萎《（しぼ）》むなり」とあるのはどの種類か決定しがたいが、本種の黄色花と考えてまちがいあるまい。

松を火にたくゐろりのそばで《まつをひにたくいろりのそばで》【文】　童[十月の末]に出てくる唱歌の一節。往時の文部省唱歌「いなかの四季」。明治末期の「尋常小学読本」にも巻七にあった。

まどい　→まどゐ

償《まど》**うて下**《くだ》**さい、償**《まど》**ってお呉**《く》**れ**【方】　原文＝新校本全集「償ふて」。償《つぐな》って下さい。弁償しておくれ。童[ツェねずみ]。

牖々《まどまど》【レ】　窓々に同じ。漢音はイウ（ユウ）呉音はユ。文語詩[*林館開業]に「その牖々をひらきたり」とある。なぜ、こんな難字を用いたか、文語詩ゆえか、と思う読者もいるかもしれないが、詩に即して言えば、壁にとりつけてある普通の「窓」と、高い塀や回廊などの開閉できない（はめごろし、と言った）「牖」のちがいを賢治は知っていて、詩にある銀河や野原の明りとりのマドは後者でなければならなかったのかもしれない。

まどゐ《まどい》【レ】　団居。団欒《だんらん》の古語。くるま座になって親しむ。文語詩[〔鉛のいろの冬海の〕]に「ことなきつねのまどひ《（ママ）》して」（いつもと変わらぬだんらんをして）等。

まなづる　→鶴《つる》

末那の花《まなのはな》【宗】【植】　蘇末那華《そまなけ》のこと。sumanā（梵）の音訳。花の名。色は黄白色で、強い香りをもつ。漢訳で好善《こうぜん》、悦意《えつい》。『慧苑音義《えおんおんぎ》巻下』に「其の形色倶《（とも）》に媚び、見る者をして心を悦ばしむ」、『翻譯名義集第八』に「其の色黄白にして極めて香し。樹は大に高きも三四尺に至らず。下に垂る、こと蓋の如し」とある。詩［〔温《ぬる》く含んだ南の風が〕］に「水の中には末那の花」とあり、同下書稿校異では「蘇末那の華」と記されている。詩句の前後から察するに、水中で光っている蛍の幼虫を末那の花と表現したものと思われる。

摩尼の珠《まにのじゅ》 【宗】 摩尼はmani（梵）の音写。如意と漢訳する。摩尼珠、摩尼宝珠のこと。如意宝珠とも。この珠を得ると望むものが意の如くに得られるとするところから名付けられる。火に入っても焼かれず、毒蛇に噛まれてもその毒はたちどころに消え、どんなに重い病いもことごとく治るなど、さまざまな功徳が経典に見え、竜王（→竜）あるいは*摩竭《まかつ》大魚の脳中から出たとも、*帝釈天の持つ金剛が砕け落ちたもの、*舎利が変じたもの、とも言われる。詩ノート［*ドラビダ風］に「もし摩尼の珠を得たらば／まづすべての耕者と工作者から／日に二時間の負ひ目を買はう」とある。「もし摩尼の珠を得たらば」とは、「汗水を流して働くことをしないで物やお金を得たならば」と、摩尼珠の仏力《ぶつりき》を賢治流に解釈したものか。大宝積経《たいほうしゃく》第百十賢護長者會品《けんごちょうじゃそうほん》に比較的引用例に近い挿話が見られる。なお、賢治作品にはないが、仏寺、堂塔の近くに参詣者が手でぐるぐる左回しに回転させていく仕掛けの、たてに並べられた主に金属製の摩尼車も、立てた経巻を型どったもの。これを回すことで経典を読んだと同じ功徳を得る、とされている。

マニラロープ →麻《あさ》

マネイ →シペングラア

まぶしむ 【レ】 形容詞の「眩《まぶ》し」（口語「まぶしい」）に接尾語「む」をつけて、口語で言う「まぶしがる」（他動詞）の意に用いた賢治の造語。歌［四六五］に「雪やまやまのひかりまぶしむ」とあるが、普通の文語表現なら「まぶしも」とするところ。

桃花心木《マホガニー》 【植】 mahogany センダン（栴檀）科の常緑高木。北米や西インド諸島原産。高さ約三〇m、複葉羽状の葉で黄緑の花をつける。幹は木目が美しく丈夫なので楽器や家具等に重宝される。詩［*樺太鉄道］に「またえ*ぞにふと桃花心木《マホガニー》の柵」とある。

飯《まま》**でげでら** 【方】 ご飯ができているぞ。「飯」は*花巻地方の方言としては「まま」と読むのが普通だった。「ら」は完了を示す。童［*ひかりの素足］。

眄《まみ》 【レ】 「文語詩稿 五十篇」中の最終［〔吹雪かゞやくなかにして〕］の終行に「妖《あや》しき眄をなせるものかな」とある。この詩の下書稿㈠（〔峠〕）では、この字に「まみ」のルビがある（「なんぞ妖《あや》しき眄《まみ》のさま」）。下書稿㈢（同題）では「燃えて妖しきグリムプス」と推敲されている。つまり、この字義は英語のglimpse（ちらりと見る、一瞥《いちべつ》）の意で用いたことがわかる。諸橋大漢和辞典にもこの字は見えない。賢治の造語、造字であろうか。女のまつげのような俗に言う「杉払い《さんばら》」に立て棒のつくりは、カイと読み、散乱して生えている草や葉の象形文字だが、そのように散乱して降りしきる吹雪の中に、一瞬妖しい女の瞳を連想しての詩句と言えよう。

狸《マミ》 →狸《たぬき》

マミ穴森《まみあなもり》 →三つ又《みつまた》

まむしさう《まむしそう》 【植】 蝮草。まむしぐさ。山地の木かげに自生するサトイモ科の多年草。花は晩春、紫色の仏炎苞《ぶつえんほう》（花序を包む大形の外包)に包まれた花弁をつける。径五cmほどの球茎をもつ。毒草。茎の模様(蛇紋)からマムシの名がある。漢方薬名「天南星《てんなんせい》」。別名ヤマゴンニャク。詩[国立公園*候補地に関する意見]に「*きちがひなすび　まむしさう」とある。

豆《まめ》【植】【食】　荳とも書く(詩[三原　第二部]には「荳科」とある)。一般にはマメ科(無数の種類がある)の植物中、食用に栽培するダイズ、アズキ、ソラマメ、エンドウマメ、インゲンマメ等の総称だが、古来特にダイズ(大豆)を指して言う場合が多い。それほどダイズは重要な、いわゆる「五穀」の一としての地位を占めてきた。賢治作品でもそうで、豆と出てきたら大豆のことと考えてよい。「枝豆」はもちろんのこと、多く登場する「豆のはたけ」(「豆畑」「豆畠」)や「豆餅」(餅米に煎《い》った大豆をまぜてつく)、豆乳《とうにゅう》とも言う「豆汁《まめじる》」(→豆粕)「*豆粕」「豆玉」(→豆粕)「豆の木」も大豆のことである。「大豆《まめ》」とルビをふった表記もある(童[*虔十公園林]ほか)。長々といろいろな種子からの作付け法が細叙される詩[三原　第二部]には「巨きな粒の種子を播きつけしますには」とあることからも大豆のことである。大豆は土質を選ばず育ちもよく、さらに根に空中の窒素を吸収固定させる働きがあるため土質改良(→酸性土壌)の目的で栽培されることも多い。実《み》は「畑の肉」と言われて蛋白質に富み、豆腐、*味噌、醬油、納豆等に加工され、また食用油、燈油、石鹼等の原料にもなり、そのしぼりかすは重要な窒素肥料(→石灰窒素)として珍重された。自らも*ビヂテリアンだった賢治、そして農芸化学者、農村指導者だった賢治と大豆との内的外的かかわりは深い。歌[二四九]の「風吹きて／豆のはたけのあたふたと／葉裏をしらみ／なにか(新校本全集[歌稿Ⓐ]では「こ、ろ」)くるほし」以下、にぎやかに登場。ちなみに柳田国男の紀行文に「豆の葉と太陽」(「東北の旅」一九三〇年九月、創元選書68の同名単行本〈一九四一年一月〉の巻頭に収録)がある。これも奥南部の大豆畑の季節感にみちたレポートで、この雑誌初出文は賢治の眼にふれたであろうことは、充分想像できる。

荳科《まめか》　→豆《まめ》

豆粕《まめかす》【農】　大豆粕。豆玉。窒素肥料(→石灰窒素)の一。大豆から油をしぼったあとのかすで*肥料や飼料に用いる。石川啄木の小説「病院の窓」(一九一九)に「輸出の豆粕」とある。賢治の場合、劇[植物医師]に肥料として「豆粕一俵」とあり、*保阪嘉内あて簡[154]、高橋久之丞《ひさのじょう》あて簡[403]には「大豆粕」とある。また童[*グスコーブドリの伝記]には「豆玉を六十枚入れて」とある。豆玉は豆粕を円板状に固めた製品で一枚、二枚と数えた。粉砕して肥料にする。なお、豆汁は豆乳のことで、童[ペンネンネンネンネン・ネネムの伝記](→昆布)ではネネムが*燕麦《オート》一把と豆汁二リットルで、軽い朝飯をすます。当時、*牛乳は高くて飲めなくても、はるかに安い市販の豆乳や自家製のそれを庶民はよく飲んだ。

まめし　→おまめしござんしたすか

豆汁《まめじる》、**豆玉**《まめたま》　→豆《まめ》、豆粕《まめかす》

繭《まゆ》【動】　生糸《きいと》をとる蚕《かいこ》の包被。生長した熟蚕《じゅくさん》が糸を吐いてマユをつくる。それが売り買いされる。「繭を売るのが済んだら自分も行かうと云ふのでした」(童[*イギリス海岸])、連句「繭の高値も焼石に水」等、繭相場に農家は一喜一憂した。春の飼育がふつうだが夏蚕《かさん》飼育は暑い上に管理がむずかしく、詩[*早池峰山巓]に「夏蚕飼育の辛苦を了へて」とあるのはそれ。繭を買いあつ

めにくる人を「繭買ひ」(詩[〔もう二三べん〕])と言った。

まゆみ【植】 真弓。檀。山野に生える落葉小高木。夏、一年前の枝に集散花序の紅の小花を多数つける。実は淡紅色に熟し、四裂して赤い種子を垂らす。昔、この木で弓を作ったのでその名がある。庭木にもされる。「まゆみの藪を截《き》ってゐて」(詩[〔いま来た角に〕])、「みちが一むらの赤い実をつけたまゆみの木のそばまで来たとき」(童[ひかりの素足])、「両岸からは赤と黄いろのまゆみの実が花が咲いたやうにのぞいたりした」(童[なめとこ山の熊])等。

マユミ

まゆんだであ【方】 弁償するんだぞ。マヤウは償《つぐな》う。童[風の又三郎]に「わあ、又三郎なんぼ知らないたってわがないんだぢゃ。わあい、又三郎もどの通りにしてまゆんだであ」とある。

魔除けの幡《まよけのはた》【宗】 幡は旗に同じ。童[ペンネンネンネンネン・ネネムの伝記]に「それこそはたびたび聞いた西蔵《チベット》(→ツェラ高原、トランスヒマラヤ)の魔除けの幡なのでした」とあり、その様子は「三本の竿が立ってその上に細長い紐のやうなぼろ切れが沢山結び付けられ、風にパタパタパタパタ鳴ってゐました」と記されている。この西蔵の風習を、賢治はスウェーデンの探検家スヴェン・ヘディン(→セヴンヘヂン)の『トランスヒマラヤ』(英語版三巻本、一九〇九)を読んで知ったと思われる。この本には魔除けの幡に関する記述が数か所、写真が数葉ある。例えば、「On the summit of the Chang-la pass stands a stone heap with sacrificial poles, which are decked with ragged streamers torn by the wind.」(チャン・ラ峠には石がつまれ、そのうえに供養をしるす旗竿が立ち、ぼろぼろに裂けた旗が、なおも風のなぶるにまかせている。青木秀男訳)。

魔除けの幡(「トランス・ヒマラヤ」より)

マリア →サンタ・マリア

マリヴロン《まりぶろん》【人】 童[マリヴロンと少女]に登場する声楽家の名。同作品中「マリヴロン」は三か所「マリブロン」となっており(文庫版全集ではすべてマリヴロンに校訂)、没後「女性岩手」誌に「遺稿」として発表されたものは、題名も「マリプロンと少女」(同誌目次には「マリプロン」と誤植)となっている。マリヴロンは、賢治の中学校五年時に習った英語のリーダー『Modern English Reader』(三省堂)中の「Malibran and the Young Musician」によると考えられる。リーダーに登場するマリブラン Marie Malibran(一八〇八～一八三六)は、フランスのオペラ歌手で、スペインの有名なテノール歌手ガルシアの娘。ローマでデビューして以来成功を続ける。慈善事業家としても知られる。リーダーでは、マリブランが貧しく若い音楽家の作曲した曲を歌って、音楽家とその母親を助ける話が載っている。童[めくらぶだうと虹]は、童[マリヴロンと少女]の先駆形だが、両者はほぼ同じ内容で、登場人物の「めくらぶだう」が「少女」、「虹」が「マリヴロン」に置き換えられている。

マリブラン

マリオ →モリーオ

泥灰岩《マール》【鉱】 marl 泥岩《でいがん》(→Tertiary the younger mud-stone)に多量の炭酸カルシウムが浸みこみ硬化したものを泥灰岩と言う。

泥岩と*石灰岩との中間的な鉱物。詩［山火］（作品番号四六）に「けたたましくも吠え立つ*犬と／泥灰岩《マール》の崖のさびしい反射」、詩［北上山地の春］に「*馬はつぎつぎあらはれて／泥灰岩の稜《かど》を嚙む／おぼろな雪融《ゆきげ》の流れをのぼり」とある。

マルコ【植】【方】 *おほばこ（大葉子、車前、オオバコ科）の岩手方言（*花巻周辺では、マロゴ、マルゴ、とも言い、和賀《わが》地方〈→和賀川〉ではマルキッパ、*胆沢《いさわ》郡ではビッキノハ、等）。野原や道傍のどこでも見られる多年生の雑草。夏、白い小花を穂状につける。詩［〔それでは計算いたしませう〕］に「そんならスカンコ（→すかんぽ、スカンコ）は生えますか／マルコや、、はどうですか」とある。→スペイド

マルサス【人】 T. R. Malthus（一七六六～一八三四）イギリス古典派経済学の大御所。代表著作『人口原理論』（一七九八）。この中でマルサスは、人口は幾何級数的に増加するが、食糧は算術級数的にしか増加しないとし、人間の理性の進歩に限界がある限り、共産社会といえども崩壊せざるをえず、一般の大衆からは永久に貧困を取り除くことができない、と結論づけた。賢治の童［*ビヂテリアン大祭］の中の、反菜食主義者のパンフレットの中に登場し、一〇億人（当時の世界人口の半分）を飢餓から守るためには肉食は認めざるをえない、といった主張を補強する役割をしている。

丸善《まるぜん》【文】 洋書・文具・洋品等の輸入販売商社。福沢諭吉に師事した早矢仕有的《はやしゆうてき》が貿易振興を志して一八六九（明治二）年、横浜に丸屋商社を創立（丸は地球の意だったと言う）、翌一八七〇年日本橋の現在地（髙島屋前）に支店を開業（のち本店となる）。地方大学の設置にともない、全国各都市に次々に支店を開設。出版業も営み、近代詩の出発を告げた『新体詩抄』（一八八二）や『百科全書』（一八八三）等の版元でもあった。明治・大正・昭和の第二次大戦前までは西洋文化の輸入普及の窓口としてインテリたちに親しまれた。洋書ばかりか、古くは*鉛筆、ペン、インキ（→鉱質インク）、万年筆等の一手輸入販売元だったので、丸善なしには彼らの教養や知的活動は語れないほどである。多くの詩人や作家の作品にも丸善は登場する。芥川龍之介は「丸善の二階」と題する短歌で、「しぐれふる町を幽《かそ》けみここにして海彼《かいひ》の本をめでにけるかも」と歌って愛着を示し、梶井基次郎の『檸檬《れもん》』（一九二五）も京都丸善を舞台にしてレモンの仮想爆発を試みる。賢治も、仙台もしくは東京の丸善から書物をしばしば取り寄せていた（簡［67・68］）。また、*心象スケッチ『*春と修羅』には「丸善特製二」という六百字詰の原稿用紙が使われていた。詩［丸善階上喫煙室小景］では、この丸善の一室に「ひとつの疑問をもつ」賢治の、「二十世紀の日本」の物質文明・機械文明の中で、*青白き高等遊民たちの、実人生からはまるで遊離した生き方に対する痛烈な揶揄と批判が放たれている。賢治は丸善の雰囲気に好感・関心と同時に批判の半面をもっていた。

マルソ →ネリ

まるっきり →六人《ろくにん》さまるっきり…

マルトン原《まるとんばら》【地】 劇［饑餓陣営］（→饑饉）の舞台となる場所で、冒頭に「場処　不明なるも劇中マルトン原と呼ばれたり」とある。力丸光雄《りきまるみつお》は、マラソンの起源となったマラトン（Marathon）の戦いからと推定するが、マントル（mantle）のもじりかもしれない。マントルも地球の地殻下（核との中間層）のマントルではなく、この劇の喜劇性から考えて、化学実験で火焔の上に使う

平たいガス・マントルを思い浮かべ（マントルは文語詩［〔われはダルケを名乗れるものと〕］に「そのとき瓦斯のマントルはやぶれ」と出てくる）、それをもじって野原の名にしたと考えられなくもない。

円鋸《まるのこ》【文】 円形の鋸。鋼《はがね》（↓はひいろはがね）の円板の周りに歯がある。主に製材所の製材機械。童［イギリス海岸］の「製板所」の小屋に（使いこまれて）「白く光る円鋸」が出てくる。また、詩［装景手記］にある「橄欖岩《かんらんがん》の鋸歯」は岩状が鋸に似てギザギザのさま。

まるめろ【植】 marmelo（ポルトガル） かりんと同じバラ科の落葉果樹。漢名は榲《オン》（榅）・桲《ホツ》。中央アジア原産だが日本には一六三四（寛永一一）年に渡来したとされ、各地に栽培される。高さ八mほどにもなり、春から夏に白または淡紅色の五弁花をつけ、秋の果実は黄色でリンゴ形、甘酸っぱい芳香を放つ。生食もできるが砂糖漬けや罐詰にする。「風ふけばまるめろの枝ゆれひかりトマトさびしくみちに落ちたり」（歌［三五五（異）］）、「まるめろの匂のそらに／あたらしい星雲を燃せ」（詩［原体剣舞連《はらたいけんばいれん》］〈↓原体村〉）、「まるめろの香とめぐるい風に」（詩［秋］）ほか、童［風野又三郎］（↓風の又三郎）その他にも登場する。匂い、香気のイメージが多い。

マルメロ

まろぶ ↓慈悲心鳥《じひしんちょう》

廻り燈籠《まわりどうろう》【文】【レ】 影燈籠、舞燈籠、走馬燈とも言う。燈籠に影絵を応用したもので、人や馬等の絵の切り抜きを内側に設けた軸に取り付け回転させせると、中心のローソクの光線で外側の紙にそれらの像の影が駆けめぐるように映るしくみにした燈籠。江戸時代初期より用いられ、明治時代以降にも残った。童［おきなぐさ］の中に、お日さまがどんどん飛んでゆく小さな雲きれに隠れたり、出たりすることで繰り広げられる「変幻の光の奇術《トリック》」の中で、おきなぐさが「まるでまはり燈籠のやうだねえ」と言う場面がある。童［狼森と笊森、盗森］では、狼がみんな歌を歌って火の周りを走っている様子を「夏のまはり燈籠のやう」と比喩している。また童［フランドン農学校の豚］では「ヨウクシャイヤ（↓ヨークシャー豚）の一生の間のいろいろな恐ろしい記憶が、まるきり廻り燈籠のやうに、明るくなったり暗くなったり、頭の中を過ぎて行く」とあり、よみがえる記憶の比喩に用いられている。ほかに同様の比喩表現として、童［ひかりの素足］に登場。また童［ガドルフの百合］では「燈籠のやうに思ひ浮べたり」と出てくるが、これも廻り燈籠をイメージした同種の比喩表現であろう。

マヲ（オ）カヨコハマ ↓インデコライト

慢《まん》 ↓上慢《じょうまん》

満艦飾《まんかんしょく》【文】【レ】 祝祭日などに軍艦が万国旗や信号旗をロープにつらねて艦全体を飾りたてること。転じて花が咲きみだれるさまや、女性が着飾っているさまを（これは少し皮肉をこめて）言う。詩［樺太鉄道］に「おお満艦飾のこのえぞにふの花」とある。

満腔《まんこう》【レ】 全身、の意。詩［県技師の雲に対するステートメント］に「満腔不満の一瞥を」とある。一瞥《いちべつ》はちらりと見ること。

まんさんとして【レ】 蹣跚として。足もとあやうく、よろよろと歩くさま。蹌踉《そうろう》と同義。文語詩［社会主事 佐伯正氏］に「まんさんとして漂《ただよ》へば」とある。「漂へば」は下の行の「水いろあはき日曜《どんたく》」の水いろにつながる。ルビにある「どんたく」は、もとオランダ語の「日曜 dondag」の日本語なまりで九州地方から流行した。志どおりにならなかった佐伯氏の不安な心情を足どりで示し、水の流れにたとえた暗喩。次行の「馬を相《そう》する漢子《をのこ》らは、／こなたにまみを凝《こら》すなり」は、馬のよしあしを品評していた（相スルには助ける意もあるが）男たち（これも女子に対して男の子たちの意もあるが）は、精神的に傷ついて足もと危く歩いてくるこの詩の主人公（すなわち佐伯氏）の方（こなた）を凝視している。下書稿をふくめて難解な文語詩だが、一行目下段の「雪しろたゝくねこやなぎ」は雪どけ水を風にゆれて叩いているネコヤナギ（カワヤナギの別称）の枝の意。次行下段の「士《ひと》はそゞろに吝《やぶさ》けき」は、男たちの人影は少なくまれなくらいだ、の意。

万世橋の停車場《まんせいばしのていしゃば》【地】 東京都千代田区外神田《そとかんだ》万世橋に当時の中央線（旧甲武鉄道）の始発駅があった（一九一九年三月東京駅まで延長）。一九三六（昭和一一）年廃止（跡地は交通博物館、のち二〇〇六年閉館）。簡［19］（保阪嘉内あて）の短歌群中に「甲斐に行く万世橋の停車場をふつとあはれにおもひけるかな」がある。甲斐とは甲斐の国（山梨県）のこと。→停車場《ていしゃば》

万世橋駅

曼陀羅《まんだら》【宗】 mandala（梵）の音写。曼荼羅。賢治は曼陀羅と書く。諸仏を特定の形式に配置した図絵。真言密教では信仰の究極を示すシンボルマークとしてあがめる。はじめインドでは土壇として飾り、そのたびにこわしたが、しだいに（特に仏教中国渡来後）図絵、掛図、あるいは彫刻面とし堂宇の壁面に飾られるようになった。賢治のあがめた日蓮のそれはお題目（→唱題）を中心に十界と本門諸尊の名を配した文字曼陀羅で、帳［雨ニモマケズ］の終結部に書かれているのはその略式文字曼陀羅。マンダラの語源manda は中村元著『仏教語大辞典』、ならびに増補版『広説佛教語大辞典』によれば「本質」、la（羅）は数多くそれを「有する」意。その本質は、もと穀物《こくもつ》の浮きかす、または乳からできた乳脂（バター）から出たと言う。童［銀河鉄道の夜］の母の牛乳をとりに行くジョバンニの冒頭部をはじめ、賢治作品を解く上で、きわめて示唆的な役割を曼陀羅はもっていると言えよう。なお密教ではいろいろなパターンがある中で、智徳を表わす父性の金剛界曼陀羅、慈悲を表わす母性の胎蔵界《たいぞう》曼陀羅の二大パターンがあり、どちらも中心仏は密教の本尊、大日如来《だいにちにょらい》。賢治作品に現われる「曼陀羅」の一つはこの胎蔵界曼陀羅であり、一つは日蓮の十界曼荼羅である（口絵参照）。詩［温《ぬる》く含んだ南の風が］［鉱染とネクタイ］における曼陀羅の語は、胎蔵界曼陀羅を指す。詩［温《ぬる》く含んだ南の風が］の下書稿［密教風の誘惑］には、胎蔵界の外金剛部院に描かれる十二宮や仏教守護神たちの名（蝎《さそり》、摩《ま》竭大魚《かつたいぎょ》の座、マケイシュバラ、難陀竜家《なんだりゅうけ》、軍荼利夜叉《ぐんだりやしゃ》、卑那やか天）が、それこそキラ星のように登場してきて、賢治が夏の星空を胎蔵界曼陀羅にあてはめて詩作していることがわかる。賢治における仏界と天上界（天文科学）の混融の象徴的な具体例の一と言えよう。なお、賢治文学と曼陀羅の関係は未開拓の課題だが、「曼荼羅のリズムとイメ

胎蔵界曼陀羅（東寺）

ージ」の副題をもつ原子朗「賢治作品の時空の謎」(「ユリイカ」一九九四・四)、ほかは参考になろう。原は詩的メモ「雨ニモマケズ」の中心部分、「東西南北」は「四仏の方位」に加えて、おのずからなる四隅の「四菩薩」「八葉院」を象《かたど》り、中央が大日如来の蓮華座で五仏四菩薩の胎蔵界曼陀羅としての「サウイフモノ」を欣求《ごんぐ》した、最もわかりやすい「賢治曼陀羅」であろうとも言う。→密教《みっきょう》

まんつあだり前《め》のどごで、あだり前《め》の肥料《ひりょう》してます【方】 まあ、ふつうの土地で、ふつうの肥料*を与えて育てたんです。「あだり前」は「あたり前」の訛りだが、花巻地方*では、ふつう「あだりめ」と発音する。「どご」は「ところ」の意。劇[植物医師]。

まんつ、おらあだりでば大谷《おおや》地《ぢ》中《うち》でおれのこれぁとったもの無《な》ぃがったます【方】 まあ、うちの辺《あた》りだったら、大谷地*(地名)の中でうちくらいとった者は無かったです。「おらあだり」は「うちの周《まわ》り」「うちの近所」の意。「これぁ」は「くらい」の訛りで「ほど」の意。「無《な》ぃ」は「ね」と発音される。劇[植物医師]。

まんつ、まぁんつ【方】 まあ。その。語調を整えるために用いられる語で意味はない。時として「まず」「最初に」の意味で用いられる場合もある。そのほかにも童[ひかりの素足*]には「さ、そいでぁ、まんつ」の例が出てくるが、ここでは別れのあいさつとして使っている。「まぁんつ」の例も劇[種山*《たねやま》ヶ原《はら》の夜]に「まぁんついがた」(まずはよかった)をはじめ、多く出てくる。

まんつ見申《みもう》したよだど思《おも》ったへ《え》ば豊沢《と》小路《しゃこうぢ》のあぃなさんでお出《(で)》ゃんすた*【方】 あら、まぁ、お見かけしたことがあると思いましたら、豊沢小路のお兄さんでございましたか。「よ」は「様《よう》」が詰まったもの。「へ」の発音はエとイの中間音。「お出ゃんすた」は丁寧な表現。短[山地の稜《(りょう)》]の会話だが、「豊沢小路のお兄さん」とは豊沢町の小路に住んでいた賢治自身を指す。→あぃな

マント【衣】 manteau(仏)、mantle(英) 外套《がいとう》。ゆったりとした袖なしの外套。古くから各国で外着として防寒・防雨具、礼装等に用いられた。日本では一八七四(明治七)年ごろ、フランス軍隊の外套をまねて軍服に取り入れられ、のち、学生や一般の間にも流行した。賢治が好んで取り上げた題材の一。「ちぎれた朱子《(ママ)》(「繻子*《(しゅす)》」)のマントを着て」(詩[東岩手火山]〈→岩手山〉)、「立派な金モールのついた、長い赤いマント」(童[毒もみのすきな署長さん*])、「又三郎のすきとほるマントはひるがへり」(童[風野又三郎]〈→風の又三郎〉)等、さまざまな形容がなされる。その他、ヴァリエーションも豊かで、「藁*のマント」(文語詩[ポランの広場*])、「二重マント」(→インバネス)(詩[めづらしがって集ってくる])、「ゴム引きの青泥いろのマント」(詩[手簡])、「防水マント」(簡[66])、肩と胸だけおおっているような黒い繻子の「三角マント」(短[花椰菜*《はなやさい》])、ガラス製の「ガラスのマント」(童[風の又三郎*])等が登場する。風の又三郎のまとうガラスのマントは、天の羽衣と同じように、神あるいは天*人が空中を飛行するときにまとう霊衣に擬せられよう。ともあれ、マントは帽子(→シャッポ)とともに服装の中で最も目立ち、賢治の注意をひいているが、特に人物の外観的な印象の総括、さらにその性格までをも表現する動的なイメージとして用いられている場合が少なくない。比喩的な用例が多いのもその表われであろう。

賢治のマント

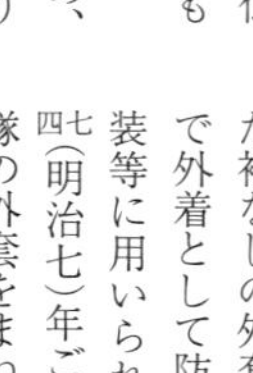

例えば、「ばさばさのマント(＝渡り鳥)」(童[銀河鉄道の夜])、「足から頭の方へ青いマントを六枚も着てゐる(＝とうもろこし)」(童[畑のへり])、「つめたいガラスのマント(＝北風)」(童[いてふの実])、「水色の烈しい光の外套・稲妻のマント(＝稲妻)」(童[双子の星])、「まっくろなびらうどのマント(＝烏)」(童[双子の星])等。また、「まっ黒な雲(→ニムブス)のやつは(中略)マントの下にかくしてるんだ」(童[楢ノ木大学士の野宿])、「淵の薄氷をマントに着れば」(詩[〔雪と飛白岩《ギャブロ》の峯の脚〕])等のユニークなイメージもある。ほか、詩[厨川停車場][青森挽歌　三][心象スケツチ外輪山][〔雪と飛白岩《ギャブロ》の峯の脚〕]の先駆発表形の[詩への愛憎]、文語詩[かれ草の雪とけたれば][〔燈を紅き町の家より〕]、詩ノート[ローマンス][〔ちゞれてすがすがしい雲の朝〕][〔古びた水いろの薄明穹のなかに〕]、詩[〔松の針はいま白光に溶ける〕]、童[貝の火](→蛋白石)[ひかりの素足][イーハトーボ農学校の春][氷と後光(習作)][或る農学生の日誌]、短[柳沢]等に登場。また、童[氷河鼠の毛皮](→ねずみ)には「イーハトヴの冬の着物の上にラッコ裏の内《うち》外套」、その上に「海狸《びばぁ》の中外套」、その上に「黒狐表裏の外《そと》外套」を着たタイチが登場する。何枚も重ね着しているのでめんどうだが、外外套の下には中外套、その下に内外套を着ている。

マンドリン【音】 mandolin(e) 弦楽器の一。音は高く華麗。日本では明治末ごろからはやり出した。詩人の萩原朔太郎も大変なマンドリン愛好者だった。童[風の又三郎]では、先生がマンドリンを持ってきて伴奏するのに合わせて、生徒が唱歌を歌う。

マントル →マルトン原《まるとんばら》

万能散《まんのうさん》【科】 万病に効くという粉ぐすり(散は散薬で粉ぐすり、丸や後出の丹は丸薬《がんやく》で粒ぐすり)。薬名は賢治の造語か。傷やはれもの等に効能があるといわれてよく売れた「万能膏《まんのうこう》」という当時愛用された膏薬(貼《は》りぐすり)にヒントを得たと思われる。童[貝の火](→蛋白石)に、「兎のお母さんは箱から万能散を一服出して」等とある。童[税務署長の冒険]に出てくる「あの千金丹の洋傘があった筈だね」の「千金丹《せんきんたん》」は明治一〇年代から流行した口中清涼剤。成分はハッカ油、ちょうじ(丁子)、桂皮《けいひ》(にっけいの皮)、甘草《かんぞう》(あまくさ)、阿《あ》仙薬《せんやく》(カテキン)等。「千金丹の洋傘」とは白い木綿の洋傘に「千金丹」の赤いPRの大文字が入った洋傘のことで、浴衣《ゆかた》姿で効能を大声で掛け合いながら売り歩く、その千金丹売りは夏の風物詩でもあった。北原白秋の詩[夜](『思ひ出』所収)に「千金丹の鞄がうろつき、／黒猫がふわりとあるく」とあり、木下杢太《もくた》郎《ろう》の詩[唐草表紙]にも「夏ですね、千金丹売が旗を立ててゐること」という一節がある。この千金丹は、これまた江戸期の浄瑠璃(→琉璃)[鎌倉三代記]にも出てくる「万金丹」(気つけ、解毒《げどく》などに効く丸薬)をもじってつけた当時人気の薬名。なお、童[貝の火]の「万能散」には「まんのふさん」と読みがあるが、これは賢治の誤記。旧かな遣いでも「まんのうさん」が正しい。

万法流転《まんぽうるてん》 →万法流転《ばんぽうるてん》

まん円《まる》こい、まん円《まる》け、円《まる》け【方】 まんまるい。まるい。このような表現は「円《まる》」だけに限られ、「四角こい」「四角け」といった言い方はしない。童[鹿踊りのはじまり]、劇[種山ヶ原の夜]。

万葉集《まんようしゅう》【文】 マンニョウシュウとも言った。日本最古の歌集。全二〇巻、七〜八世紀の和歌、旋頭歌、長歌等、四五〇〇首を収める。大伴家持の編集とされる。雄大で素朴な歌風を特徴とし、近世の国学者たちによって「ますらをぶり」と称揚された。賢治作品では、「あをうなばらは万葉の／古きしらべにひかれるを」(文語詩「敗れし少年の歌へる」)、「万葉風の青海原よ」(詩「*暁穹への嫉妬」)とある。教え子の伊藤清一《せいいち》による岩手国民高等学校開設時(一九二六・一)の「講演筆記帖」によれば、賢治は「*農民芸術」と題した講演の中で、「万葉集は我吾《(ママ)》国の歌の先生である、／何時の世でも遂に万葉にかへるのである」と言い、万葉歌の「天衣無縫」の「野心が一つもなく基儘である」特徴を指摘して、「之れが真実の、楽しい歌」であるととらえていたことがわかる。賢治の理想とした「*法楽」にも通じ、また賢治と日本の古代とのかかわりを示す重要な例証の一であり、『万葉集』を生み出した古代の芸術性のなかに、賢治は自らの目指す農民芸術の在り方を見ていたと言えよう。

み

花崗岩《みかげ》 ↓花崗岩《かこうがん》

みかげ尾根《みかげおね》 ↓丹藤《タンド》

みかげの胃 ↓花崗岩《かこうがん》

三日月沼《みかづきぬま》【地】 詩(詩稿補遺中)の「〔鳴いてゐるのはほととぎす〕」に(同下書稿にも)、ローマ字表記のほととぎすのおもしろい音写の鳴声が「三日月沼の上らしい」とある。旧奥州街道の下あたりの、大雨のたびに村全体が沼状になってしまう外台《とだい》(広大な平地)に三ヶ月湖(これも固有名詞ではなく、川の蛇行によって三ヶ月状に残った湖を言った地理的用語)があったが今はない。賢治のころは鮒《ふな》など(第二次大戦後まで)よく釣れたと岩田安正は証言する。

ミギルギッチョ【人】 作品登場人物のニックネーム。詩「〔おれはいままで〕」中に「*高清《たかせい》ラムダ八世*」の動作をおもしろおかしくして「ミギルギッチョ」と呼ぶ。これは「左勝手《ギッチョ》」(文語詩「黄昏」下書稿「銅壺《ドッコ》屋」)に対して、右利《き》きを右ギッチョ→ミギルギッチョと呼んだ賢治らしいユーモア。

ミクロトーム【科】 microtome マイクロトームとも。顕微鏡で観察する際の試料を薄く切るための装置。詩「〔落葉松の方陣は〕」(→からまつ)に、「半透明な緑の蜘蛛が／森いっぱいにミクロトームを装置して／虫のくるのを待ってゐる」とあるのは、蜘蛛の巣のさまを比喩したもの。先駆発表形では「細截機」にミクロトームのルビ。

三崎《みさき》【地】 神奈川県三浦市三崎町。三浦半島の先端部に位置し、相模湾に面している。約六〇〇m南方の海上に北原白秋の歌で有名な城ヶ島《じょうがしま》があり、一八七〇(明治三)年以来洋式灯台が立っている。詩「三原 第三部」に「それは往くときの三崎だったとわたくしはおもひ／あの城ヶ島がどれであるかを見やう(ママ)として」とある。一九二八(昭和三)年、伊豆、大島旅行(年譜参照)の際の船上からの眺めに、三崎は何度も出てくる。三浦半島の突端の三崎と城ヶ島は海上からダブって見え、「崎と区別がつけられないだけ／うしろになって居りまして」とある。

見さ出《で》はた【方】 見に出た。「あざりあ」第一号に発表の歌「ちゃんがちゃがうまこ 見さ出はた人」

嫌人症《ミザンスロピー》【科】 正しくは英語読みならミザンソロピー(misanthropy)。語源はギリシア語のミーサントローピア(misanthrōpía)。モリエールの有名な戯曲『人間嫌い Le Misanthrope《ル・ミザントロプ》』(一六六六)もこれをふまえたもの。詩「冬」に「がらにもない商略*なんぞたてやう(ママ)としたから／そんな嫌人症《ミザンスロピー》にとっつかまったんだ」、この詩の下書稿には「ミザンスロピー」、また簡「202」(森佐一*あて)には「Misanthropy が氷のやうにわたくしを襲ってゐます」とある。

三島屋《みしまや》【地】 旅館名。盛岡市紺屋町にあった。賢治は盛*岡中学校受験の際、母と宿泊。ノート「文語詩篇」に「徽章／三島屋」とある。

微塵《みじん》【宗】 旧かなミヂン。量を表わす仏教語の一。rajas

(梵)の漢訳。物質を最も微細な点まで分割したものを極微《ごくみ》(↓異空間)と呼び、その一極微を中心に上下、四方、合わせて七つの極微が集まったものを微塵と呼ぶ。人間の目には見えないが*天人や*菩薩の目には見えるとされる。極微は原子、微塵は分子(↓モナド)に例えられる。また、微塵を物質の最小単位として、極微と同義に用いることもある。詩[*小岩井農場 パート一二]に「銀の微塵のちらばるそらへ」、詩[*岩手山]に「ひかりの微塵系列の*底に」、詩[*雲とはんのき]に「あやしい光の微塵にみちた／幻惑の*天がのぞき」、詩[風の*偏倚《へんい》]に「ひるまのはげしくすさまじい雨が／微塵からなにからすつかりとつてしまつたのだ」、芸[綱]に「まづもろともにかがやく宇宙の微塵となりて無方の空にちらばらう」とある。「無方」は天地四方八方の方位もなく、の意ばかりか、限りない無辺の、の意。〈光の微塵〉の表現も賢治独特で、光を粒子としてとらえている。↓モナド

水芋《みずいも》 【植】 サトイモ(里芋)の一種でサトイモ科の多年草。湧水の付近に栽培し、湧水の高い水温で越冬する。大形で高さ一mを越え、球茎(子イモを多くつける)、葉柄を食用にする。詩[種馬検査日](↓種馬所)に「また水芋の青じろい花」とある。

水瓦斯《みずがす》 【科】 水性ガス(water gas)のことか。そうならば約一〇〇〇℃のコークスに水蒸気を触れさせるときに出る一酸化炭素と*水素との混合ガス。燃料、冶金、鍛接《たんせつ》等に用いる。詩[*空明と傷痍]に「泥岩《でいがん》(↓Tertiary the younger mud-stone)を嚙む水瓦斯と」とある。

水きね《みずきね》 【文】 水杵。水の重力を利用した簡易な脱穀・精白の装置。木製の杵《きね》を手を使わず水が動かしてくれるところからその名が出た。地方によっては「ばったり」(杵の音の擬音)とか「添水《そえみず》」等とも言う。詩[〔*どろの木の下から〕]に「いきなり水をけたてゝ／*月光のなかへはねあがったので／*狐かと思ったら／例の原始の水きねだった／横に小さな小屋もある／*粟か何かを搗《つ》くのだらう」とある。原始のは原始的な、の意で、文語詩[〔*月のほのほをかたむけて〕]の下書稿㈠(題[探偵]、副題「*セレナーデ」)では「式古き水きね」。それを改稿した下書稿㈢([兇賊])。さらに手を入れた最終形は無題ゆえ、全集では一行目を題としている。

水ぎぼうし《みずぎぼうし》 【植】 水擬宝珠。擬宝珠は、橋などの欄干の柱頭に、*宝珠のかたちを模してとりつけた装飾。ユリ科の多年草。ぎぼうしの一種。水辺・湿地に生え、夏～秋に淡紫色の鐘の形の花をつける。詩[〔さわや(ママ)かに刈られる*蘆や〕]に「水ぎぼうしの紫の花」とある。

水空気懸垂体《みずくうきけんすいたい》 【天】【レ】 雲を水と空気の懸垂体と見る賢治独特の自然把握。詩ノート[〔あの雲が*アットラクテヴだといふのかね〕]に「あたたかくくらくおもいもの／ぬるんだ水空気懸垂体」とある。

水薬《みずぐすり》 ↓丸薬《がんやく》

水口《みずぐち》 【農】 みなくち、とも言う。田に水を引き入れたり、とめたり、落としたりする口。田の*あぜ(畔、畦)の土を一部分いつでもどけたり、もどしたりできるよう用意してある。主に童[*グスコーブドリの伝記]に出てくる。

水沢《みずさわ》 【地】 岩手県*胆《い》沢《さわ》郡の中心の町。現奥州市水沢区。蘭学者高野長英《ちょうえい》をはじめ、東京市長後藤新平、「スローモー内閣」と言われた異色の総理大臣(海軍大将)斎藤実《まこと》(二・二六事件でた

おれる)らの出身地。賢治に縁が深いのはここに臨時緯度観測所(↓水沢の天文台)があったから。漁網(いわゆる水沢網)の産地としても知られ、東海、北海の漁船はおおむねこれを用いた。またかつては*馬市で栄え、ここの競馬場での競馬(県公認の競馬は*盛岡とここだけだった)は今も人気がある。詩[*五輪峠]、童[風野又三郎](↓風の又三郎)。

水沢緯度観測所《みずさわいどかんそくじょ》 ↓水沢の天文台

水沢の天文台《みずさわのてんもんだい》 【天】【地】 一八九九(明治三二)年に岩手県*水沢の北緯三九度八分線上に設けられた世界六か所の緯度観測所の一。一九二〇(大正九)年までは水沢臨時緯度観測所と名乗った。初代所長*木村《きむら》栄《さかえ》(その記念館は現水沢天文台にあり、公開)は一九〇二年、緯度変化から極運動を計算するのに、各観測所の経年(年を経るに従って)変化するz項を付加すると精度が向上することを発見。この功績により、二度にわたって国際極運動事業中央局となった。詩[晴天恣意《(しい)》]の下書稿(二)には「(水沢緯度観測所にて)」と副題がついていた。一九二四年の三月二五日のこと。童[*土神と*狐]では狐の虚言として水沢の天文台で環状星雲《リングネビュラ》を見たという一節がある。童[風野又三郎](↓風の又三郎)では風の精、又三郎が「水沢の臨時緯度観測所も通った。あすこは僕たちの日本では東京の次に通りたがる所なんだよ。なぜってあすこを通るとレコードでも何でもみな外国の方まで知れるやうになることがあるからなんだ」と語り、続けて木村博士の容姿の説明に及ぶ。なお、旧本館は二〇〇七(平成一九)年に老朽化を理由に取り壊されることになったが、賢治との縁故で市民の保存運動もあり、それを免かれることになった。↓木村博士《きむらはかせ》

水沢緯度観測所

水霜《みずしも》 【天】 みずじも、とも。晩秋、露が霜のようになったもの。露霜とも。大気中の水分が昇華してできる。詩[圃道《(ほどう)》]に「水霜が/みちの草穂にいっぱいで」、詩[(霧がひどくて手が凍えるな)]に「すすきの穂も水霜でぐっしょり」、句に「水霜をたもちて*菊の重さかな」があり、削除した句に「水霜や切口かほる菊ばたけ」等が見えるが、童[*種山ヶ原]に「九月には、もう原の草が枯れはじめ水霜が下りるのです」とあるのは、水霜が冬の訪れを告げるものとして使われているのがわかる。

水ゾル《みずぞる》 【科】 粒子を分散させている物質(分散媒)が水であるコロイド溶液のこと。分散粒子が何であるかは様々。詩[*蠕虫舞手《アンネリダタンツエーリン》]に「(え、水ゾルですよ/おぼろな寒天《アガア》(↓アガーチナス)の液ですよ)」とあり、詩[*雲とはんのき]には「朧ろな秋の水ゾルと」とある。↓ゾル

水煙草《みずたばこ》 【文】 水煙管《みずぎせる》で喫煙するタバコ。*ペルシアで発明され、アジア各地に広まった。タバコの煙を一度水中に通し、ニコチンを水に吸収させて吸う。童[ペンネンネンネンネン・ネネムの伝記](↓昆布)に「見るとそれは実に立派なばけもの紳士でした。*貝殻でこしらへた外套を着て水煙草を片手に持って立ってゐるのでした」とある。

水超々《みずちょうちょう》 ↓東北菊花品評会《とうほくきくかひんぴょうかい》

水楢《みずなら》 【植】 山地に多いブナ科の落葉大高木。高さ三〇mにも達する。ためにコナラ(小楢)に対してオオナラ(大楢)の名もある。ミズナラの大木が太い枝を四方に伸ばして立ちはだかる姿

は、森の王者の風格がある。材は水分を多く含むのでその名があり、建築材、器具材に多く用いられる。文語詩［水楢松にまじらふは］に「『水楢松にまじらふは（著者注、水楢が松とまじっているのは）、クロスワードのすがたかな。』（中略）『かしこに立てる楢の木は、片枝青くしげりして、／パンの神にもふさはしき。』」とある。

水ばせう《みずばしょう》　→牛《べご》の舌《した》

水引き《みずひき》【農】　句［車中にて］の脇句に「垣めぐりくる水引きの笠」とある。ここでは田畑に水を引くこと、笠をかぶって、それをするひとをさしてのこと。前句の「神の井は流石《さすが》に涸《か》れぬ旱《ひでり》（→旱魃《かんばつ》）かな」（神の井戸はさすがにどんな日照りのときも涸れることはない）を承《う》けて、「垣めぐりくる」と円形の「笠」とを照応させ、俳趣を出しており、「神の井」の水を田に引かせてもらいに、ぐるりと垣根を廻ってきた農夫、といった句境。→水口《みずぐち》

水百合《みずゆり》【植】　この花名は諸本にもなく不明だが、water lily（英語でスイレン科の総称）の直訳として賢治が用いたものか。とすればスイレン（睡蓮）＝ヒツジグサ（未草）のことかもしれない。しかし必ずしもヒツジグサと断定できないのは、賢治が「水百合」を「水ばせう」（→牛《べご》の舌《した》）あるいは「猫百合」「鷺百合」と書き変えたりしている別の詩［春］の別稿や下書稿が存在するからである。「水百合」の出てくる詩［春　水星少女歌劇団一行］には「ふうい、天気だねえ、どうだ、水百合が盛んに花粉を噴くぢゃあないか」とある。→鷺百合《さぎゆり》

味噌《みそ》【食】　調味料の一種。蒸した大豆（→豆）、米、麦に塩、麹を混ぜ発酵熟成させたもの。中国で最初に作られ、日本には奈良時代以前に伝来、最重要の調味料として発達した。明治になって各地に大規模な製造業が興るまでは、農村を中心に自家製造され、各地方各家庭独特のものが多く見られた。保存のきく重要な蛋白源としての栄養価も高く、そのままおかずにしたり、味噌汁や味噌漬等としても用いた。賢治作品にも多く登場する。詩［雨ニモマケズ］の「一日ニ玄米四合ト／味噌ト少シノ野菜ヲタベ」、童［風の又三郎］の「戸棚から冷たいごはんと味噌をだしてまるで夢中でざくざく喰べました」等。また詩［発動機船　一］に「立ったまゝすりばちをもって／何かに酢味噌をまぶしてゐる」、詩［会見］に「（味噌汁を食へ味噌汁《（つけ）》を食へ）」「どんな手数をこらへても／兵站部《（へいたんぶ）》では味噌のお汁を食はせたもんだ」等も。簡［419］には肺炎を患った賢治が栄養摂取のために努めて味噌を食べたことが記載されている（米飯と味噌は栄養の相乗価が高い）。他に童［よだかの星］には「顔は、ところどころ、味噌をつけたやうにまだらで」という比喩的な用い方がされ、童［税務署長の冒険］の「味噌桶の中に、醪《（にごりざけ）》を仕込んで上に板をのせて味噌を塗って置く」といったものも見られる。そのほか文語詩［祭日〔二〕］、童［鹿踊りのはじまり］等。

みそさざい【動】　鷦鷯。スズメ目ミソサザイ科の鳥。全長一一cmほどで日本の小鳥の中でも最小。茶褐色の地味な鳥だが極めて敏捷で鳴き声がよい。山の渓流や水辺に多く、昆虫類を食う。「みそさざいどもは、とんだりはねたり、柳の木のなかで、じつにおもしろさうにやってゐます」（童［十月の末］）、「みそさざい／ぱりぱ

ミソサザイ

り鳴らす」(詩[*河原坊(山脚の*黎明)」〕)、「雨をいとなむみそさゞい」(文語詩[〔商人ら　やみてい*ぶせきわれをあざみ〕」、「みそさゞゐ《(ママ)》なら射てるでせう」(童[氷と*後光(習作)」〕)等。なお、童[*土神と*狐」に「小さなみそさゞえや*目白も」とあるのはいの発音の地方なまりである。東北弁に限らずいをえとなまる地方がある。みそさざゐは賢治の誤記。

洽ち《みち》 【レ】 文語詩[公子」の初行に「桐群《(きりむれ)》に臘の花洽ち」とある。洽はアマネシ(ひろくいきわたる)の意だが、賢治は「み(満・充)ち」と読んだのであろう。

ミチア 【人】 詩[〔*北上川は熒気《(けいき)》をながしィ〕」(↓顥気《こうき》)の*翡翠《かわせみ》の名。「ミの字はせなかのなめらかさ/チの字はくちのとがった工合/アの字はつまり愛称だな」とある。メーテルリンク(↓チルチル)の『青い鳥』中の妹の名「ミチル」をヒントにしたと思われる。

密雲《みつうん》 【天】 密集して厚く重なっている雲。[原稿断片等の中の短歌」に「密雲の国を弥布して/たちまちに/恵みの雨をくだし/たまはん」とある。弥布《みふ》は仏教用語で、あまねく行きわたり広がる意。厚い雨雲を国(日照りで困っている国々)中に行きわたらせて、恵みの慈雨を降らせてくださるであろう、と言う雨乞いの歌。雨を降らせる八大*竜王への祈願でもあろう。↓竜《りゅう》

みつぎ 【レ】 みつぎもの(貢物)の意。文語詩[巨豚」に「日本の国のみつぎとり」とある。

みづき《みずき》 【植】 山地に自生するミズキ科の落葉高木。高さ一〇mにもなる。晩春、枝先に散形花序で、白い小花を多数つけ、黒紫色の小粒の実を多数つける。地中から多量の水を吸い上げ樹液が多い。その名(水は旧かなでみづ)から地方では火事よけのまじないに家屋の棟等によくこの木を加えたりする。材は軟質できめが細かいため器具や玩具等に用いられる。詩[三原　第二部」に「みづきの方は青い網にもこしらへませう」とある。庭木や街路樹に栽植されるハナミズキ(花水木)やクマノミズキも同種。

密教《みっきょう》 【宗】 *大乗仏教の一系統。*インドで仏教が煩瑣《はんさ》哲学におちいった時に、民間信仰の影響から、現世利益を求める流れによって始まり「大日《だいにち》経」「金剛頂経」の成立によって、六七〇〜七〇〇年ごろに成った。「*華厳経」や瑜《ゆ》伽行《がぎょう》(yoga ヨガ)の思想を基盤として密教の本尊、大日如来を本仏とし、数多くの仏、*菩薩または仏教以外のインドの神々を取り入れて、汎神論的な世界観をもつ(大日如来を中心として、仏・菩薩・諸神を視覚的に整理し、現わしたものが*曼陀羅)。中国では唐の時代に栄え、日本には、遣唐使として留学した空海によって二つの系統のあった胎蔵界密教と金剛界密教が、統一完成された(真言密教〈↓まこと〉)。また空海と同時に入唐《にっとう》した最澄(↓大師、妙法蓮華経)によっても部分的ではあるが伝えられ、空海の密教を東密《とうみつ》(平安京での密教の中心、東寺《とうじ》の密教)と最澄の台密《だいみつ》(天台密教)と二つに分けられる。しかし、奈良時代にすでに密教は日本に断片的に入っていることが認められ、それは雑密《ぞうみつ》として、先の東密・台密のように、体系的に理論化された密教＝純密《じゅんみつ》と区別される。雑密は呪術的要素が強く日本の民間信仰と習合して、山間で修行を重ねる山岳信仰＝修験《しゅげん》道《どう》へと発展。賢治にも山々に分け入っての土俗的な自然交歓が見られるが、これは純密よりもむしろ雑密的な混沌とした世界ととらえることができよう。詩[〔温《(ぬる)》く含んだ南の風が〕」は推敲の跡いちじるしい濃厚で難解な作品だが、下書稿㈠はタイトルが[密教

風の誘惑」となっており、この重要な作品の理解の手がかりを与えてくれる。現実が天体と古代と仏教と入り交じって、まさに密教風の曼陀羅のイメージャリーを織りなして読者に迫ってくる。

三つ沢山《みつざわやま》【地】 花巻の西約九㎞の地点にある小山。高さ四〇〇m。豊沢川と三つ沢川にはさまれる。詩「〔甲助 今朝まだくらぁに〕」に「雪に点々けぶるのは／三つ沢山の松のむら」とある。

みっしり ↓医者《いしゃ》さんもあんまり…

密造酒《みつぞうしゅ》【食】 非合法に(税金を納めずに)作る糟《かす》をこさない酒。濁酒《にごりざけ》、濁密《だくみつ》とも言った(俗に、しろ、しろうま、とも)。一八九八(明治三一)年、国の財源として酒造税法が成立(翌年一月一日から施行)したことによって、それまで各家庭で自家用酒が作られていたのが禁止となる。したがって「密造酒」「濁密」という語もそれまではなかったもの。例えば童「税務署長の冒険」には、ユグチュユモト村の山の中で村をあげて密造酒を造っていた「イーハトヴ密造会社」を、税務署長自身が冒険的に摘発することがスリリングに描かれ、童「ポラーノの広場」(↓ポランの広場)では山猫博士デステゥパーゴが乾溜会社と称して実は混成酒の密造をしていたことが描かれている。文語詩「〔かれ草の雪とけたれば〕」にも「濁酒をさぐる税務吏(税務署員のこと)や」とある。ほか、文語詩「〔林の中の柴小屋に〕」、童「紫紺染について」等。なお、当時の農村と密造酒の関係を知ることができる貴重な資料に『復刻「濁酒に関する調査(第一報)」』(一九九八、センダート賢治の会)がある。

密陀僧《みつだそう》【鉱】 リサージ(litharge)。宗教語のように見えるが一酸化鉛(PbO)のこと。黄色の顔料(金密陀《きんみつだ》・マシコット)の別名。また、エゴマ(荏胡麻、シソ科の一年草)の種子から取ったエノアブラ(荏油)に密陀僧を加えて煮た密陀僧油に絵具をまぜ、油絵を描いたりした。正倉院御物《しょうそういんぎょぶつ》の中にもそうした密陀絵がある。文語詩「ゆがみつゝ月は出で」の逐次形清書稿に「鉛の蒸気また密陀僧」とある。

みづばせう《みずばしょう》 ↓牛《べご》の舌《した》

みづ、ほうな、しどけ、うど【植】【食】 童「紫紺染について」に並んで出てくる。どれも山の野菜、すなわち山菜である。みづはウワバミソウ(山中の湿地に群生する多年草で、高さ三〇～四〇㎝。春、葉柄わきに黄色の小花を多くつける)のことで、特有の粘性がある。ほうなは岩手地方ではボウナ、ボンナと言うが、ヨブスマソウ(山中の湿地に生える多年草。高さ一～二mで花は夏、茎頂に円錐花序でうす紫の小花をつける)のこと、しどけはモミジガサ(林に生える多年草で高さ九〇㎝位。花は夏、茎頂に円錐花序で白い小花をつける)のこと。しどけ沢(童「なめとこ山の熊」に出てくる)といった地名は、しどけの産地に多い。うどは栽培品と区別して山ウド(山野に生える多年草。高さ一～二mで茎や葉に毛がある。花は夏から秋にかけて、茎頂に円錐花序で白い小花を多くつける)と呼ばれるが、両者とも同一種。

三つ又《みつまた》【地】 賢治の創作地名。童「なめとこ山の熊」で、主人公淵沢小十郎が熊を求めて縦横に歩く場所。中山《なかやま》街道(↓大《おお》空滝《そらたき》)、大空滝、白沢《しらさわ》(↓大空滝)といった実在の地名も登場することを考えると、この三つ又は、花巻の北西、豊沢川の最上流、大楯沢《おおたてざわ》、中ノ股《また》沢、西ノ股沢の三流の合流地点(合流して豊沢川となる)を指すと考えることができる。なお、三つ又とともに小十郎が縦横に歩く地名の中の一、マミ穴森は、おそらく、この三つ又の東約四kmの高狸山《たかまみ》(東北地方では山を森とも言う)をもじったものであろう。

三みね《みつみね》【地】 埼玉県西部の三峰山《みつみねさん》(三峰神社所有地)。*小《お》鹿野《がの》の西南一二km。標高一一〇一m。広義にはその南の奥宮のある妙法ヶ岳、白岩山《しらいわさん》、雲取山を含む総称だが、ふつうは三峰山を指す。賢治は一九一六(大正五)年九月二日からの*関豊太郎教授ら統導による、秩父、長瀞《ながとろ》、三峰地方へ土性・地質調査(→土性調査)見学の折、九月五日三峰山に登り、三峰神社に宿泊した。歌[三五二・三五三]の題に「三みね」とある。

三つ森山《みつもりやま》【地】 *岩手山西北の裾野にある山。標高六四一m。*鎔岩流のすぐ下にある。詩[*国立公園候補地に関する意見]では、「しまひはそこの三つ森山で/*交響楽をやりますな」とある。*一本木野《いっぽんぎの》を舞台とした童[*土神と狐]で、土神の住む「小さな競馬場ぐらゐある、冷たい湿地」はこの三つ森山の南側の近くにあるらしい。土神の恋する*樺の木はさらに南側にあるらしい。ほかに詩[*森林軌道]等。

見《み》で来《こ》べが【方】 見てこようか。「べ」は意志。「が」は疑問を示し、他者の同意を求めている。童[*鹿踊りのはじまり]では一頭の鹿が他の鹿たちの同意を求めている。

見《み》でべ【方】 見ていよう。「べ」は意志。「見でるべ」の「る」の消えたかたちと思われる。童[*鹿踊りのはじまり]。

港先生《みなとせんせい》【人】 盛岡中学校嘱託(数学・化学を担当)湊《みなと》純治がモデルか。文語詩[校庭]に「一鐘の*ラッパが鳴りて/急ぎ行く港先生」とある。校庭は「*白堊城《はくあじょう》」(盛岡中学)の校庭。一鐘は一点鐘(午前か午後の一時)の略で、ここでは午後の一限目の授業に急ぐ港先生。

南銀河《みなみぎんが》 →南十字《みなみじゅうじ》

南十字《みなみじゅうじ》【天】 サザンクロス(Southern Cross)。南十字星。童[*銀河鉄道の夜]では「サウザンクロス」で登場。南天星座。ケンタウルス座(→ケンタウル祭)の真南に位置し、α、β、γ、δを結ぶと美しい十字形となるので、*北十字(白鳥座)に対して南十字と言う。γ-α線の延長上に天の南極がある。日本ではほとんど見られないが、*カラス座の南方にあり晩春の星座。賢治の創作期は、第一次大戦前後に当たり、太平洋のドイツ領地域への日本の南方進出が行なわれた。木下杢太《もくた》郎《ろう》、北原白秋、萩原朔太郎等にも南洋憧憬を見いだすことができる。南十字星はそうした南洋憧憬の象徴でもある。昭和期になると、さらに流行歌や少年文学、*漫画(「冒険ダン吉」等)にもよく登場した。この星座の近くには*天の川の暗い部分、*石炭袋(暗黒星雲)がある。文語詩[*林館開業]にある「南銀河と野の黒」も、このあたりをイメージしてのことであろう。南十字星は歳差《さいさ》(引力による地軸のゆれ)の関係で、古くはエジプト等で見ることができた。詩[*薤露青《(かいろせい)》]の中で天の川について「たえずさびしく湧き鳴りながら/よもすがら南十字へながれる水よ/岸のまっくろな*くるみばやしのなかでは/いま膨大なわかちがたい夜の呼吸(→息)から/銀の分子(→モナド)が*析出される」と賢治は歌っている。このくだりは『星』(一戸《いちのへ》直蔵《なおぞう》、一九一〇)の記述に

南十字

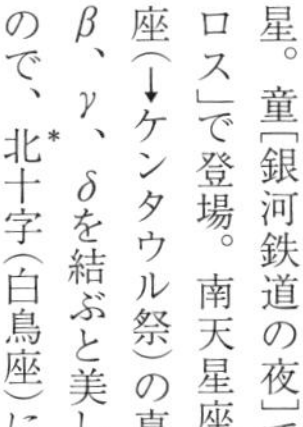

よく似ている。この詩は発展して、美しい童「銀河鉄道の夜」に吸収され、ことに美しい「サウザンクロス」の時空となる。(→口絵⑭)

南万丁目《みなみまんちょうめ》【地】旧花巻川口町の大字(現*花巻市南万丁目)。近くに*花巻農学校があった。童「或る農学生の日誌」に「南万丁目へ屋根換への手伝へ(ママ)(たぶん方言)にやられた。なかなかひどかった」とある。

源の大将《みなもとのたいしょう》 →疫病除けの「源の大将」《やくびょうよけの「みなもとのたいしょう」》

見習士官《みならいしかん》【文】旧陸軍の位階で、将校になる(任官)前の階級。ス[補遺]、文語詩「〔かくまでに〕」に「見習士官の肩章をつけ」とあるが、金線一本に星三つの肩章(のちに襟章となる)は*曹長(下士官)と同じで、襟に見習士官だけがつける襟章(座金《ざがね》)を階級章とは別につけていた。なお、書簡等に出てくる「一年志願(兵)」(簡[46])とか、「保阪(→保阪嘉内《かない》)志願兵」(簡[161])等、単に「志願兵」とも)とあるのは、旧制中等学校卒以上の学歴者で、各学校に軍から派遣されていた配属将校の「将校適任」のお墨つきをもらった者に限り(操行不良者はもらえなかった。退学処分になった保阪嘉内が志願兵になれたのは中学で「将校適任」をもらっていたからにちがいない)、兵役一年で見習士官になり、少尉任官となって退役《たいえき》できた制度。

水縄《みなわ》【文】もともと和船の帆のロープを言うが、賢治は井戸の水を汲む釣瓶《つるべ》縄(井戸縄)の意で使っている。文語詩「*羅紗《らしゃ》売《うり》(校本全集、紗は沙)」に「はてなく翔ける夜の鳥、/かすかに銭《(ぜに)》を鳴らしつゝ、/ひとは水縄を繰りあぐる」とある。かすかに銭を鳴らすとは、ふところのコインの鳴る音であろう。

みぬち →わがみぬち

ミネルヴァ神殿《みねるゔぁしんでん》【文】ミネルヴァ(Minerva)は、ユノ、ユピテルとともに古代ローマの三大神の一。カピトルの大神殿で祀られた、楽師、教師、医師の女神。軍神マルス(Mars)の祭日(三月一九日)にミネルヴァ神殿が奉献されたことから、知恵と闘いの女神アテナ(Athena 古代ギリシア最高の女神)と同一視されるようになった。詩「事件」に「さながらミネルヴァ神殿の/廃址《はいし》のやうになったので」とあるが、その文語による言い換えに近い表現として、文語詩「*〔すゝきすがるゝ丘なみを〕」に、「古きミネルヴァ神殿の、廃址のさまをなしたれば」とある。

蓑《みの》【衣】*茅《かや》・菅《すげ》・*藁《わら》・藤・*棕櫚《しゅろ》(梠)(→しゅろ箒《ぼうき》)等の茎や葉、皮等を編んで作った雨具。古くから日本や中国等で防寒、防雪、日よけ具として、また作業中の泥よけ、水よけとして広く用いた。風通しよく内側を粗い網目に編み、裾をレースふうに垂らし編みにしたものが普通。肩からはおって全身を包むものや、上半身あるいは下半身だけにまとうもの(腰蓑)もある(けら項写真参照)。地方によって「*けら」「ばんどり」とも呼んだ。「嘉助は小さい蓑を着て」(童「*風の又三郎」)、「みんなは傘をさしたり小さな蓑からすきとほるつめたい雫をぽたぽた落したりして」(童「風野又三郎」〈→風の又三郎〉)、「*ダルゲは灰色で腰には硝子の蓑を厚くまとってゐた」(短「図書館幻想」)等、硝子好きの賢治らしい幻想的なものまで登場。ほか、童「*虔十公園林」「祭の晩」「*紫紺染について」「ペンネンネンネンネン・ネネムの伝記」(→昆布)、詩「ダルゲ」等。→けら

蓑帽子《みのぼうし》【衣】*藁などで編んだ、頭から背にかけてかぶる

*簑。童［注文の多い料理店］の「簑帽子をかぶつた専門の猟師が」、童［*茨海《バラウミ》小学校］の「猟師のかぶるみの帽子」等、猟師の用いるものとして登場することが多い。

みのり →いたつき

瞠《みひら》き →来々軒《らいらいけん》

弥布《みふ》 →密雲《みつうん》

み祭《みまつり》 【文】 賢治生家近くの鳥谷ヶ崎《とやがさき》神社の祭礼（花巻祭）を指す。当時は九月一七日から一九日まで三日間（現在は九月五日から七日まで）。絶筆となった半紙に墨書きの歌二首（全集では［原稿断片等の中の短歌］［絶筆］）の一首に「方十里*稗貫のみかも／*稲熟れてみ祭三日／そらはれわたる」とある。→方十里《ほうじゅうり》

耳《みみ》ごうど鳴《な》つてさつぱり聞《き》けなぐなつたんちやい 【方】 耳がごうと鳴ってちっとも聞えなくなったよ。賢治が回想する病床での妹トシ（→宮沢トシ）の言葉。詩［*青森挽歌］。

み丶づく《みみずく》 【動】 木菟。鴟鵂。梟鴟《きょうし》目の鳥で、耳のように見えて直立した羽毛をもつ（耳ではない。よく似ているフクロウやアオバズクにはそれがない）鳥の総称。フクロウなどと同じく、夕方から夜にかけて活動し、ノネズミや昆虫等を捕食するので益鳥とされる。ミミズクはほぼ夜行性で、平地の草原、河原、耕作地等に棲息。童［一九三一年度極東*ビヂテリアン大会見聞録］に「猛禽類即ち*鷹、*ふくらふみ、（ママ）づく」と出てくる。

みみづく森《みみずくもり》 →鳥ケ森《ちょうがもり》

宮城県（郡）農会《みやぎけん（ぐん）のうかい》 →産業組合《さんぎょうくみあい》

脈《みゃく》 【レ】 脈と同字。ノート［文語詩篇］に「次には鳴らす*銅《どう》の鐃」とあり、鐃（にょう、とも）の次に線で囲んでこの字があるが、なお書き足すつもりだったのか余白が見える。鐃をたたくリズムから脈拍を連想していたのではないかと思われるが、メモ全体の意とともに不明である。新校本全集は脈とする。

宮沢《みやざわ》 【人】 賢治の教え子、宮沢貫一か。*河村慶助と同学年、稗貫農学校（→花巻農学校）三回生だったが一九二二（大正一一）年一〇月中退。詩［東岩手火山］（→岩手山）に「火口のなかから提灯が出て来た／宮沢の声もきこえる」とあり、詩［風林］に「《おらも死んでもい》／（それはしよんぼりたつてゐる宮沢か／さうでなければ*小田島国友」とある。

宮沢イチ《みやざわいち》 【人】 賢治の母。一八七七（明治一〇）年一月一五日〜一九六三（昭和三八）年六月三〇日。同じ花巻の*鍛治町宮沢家の当主宮沢善治、サメの長女として生まれ、一九歳で*宮沢政次郎に嫁し、長男賢治（一八九六）、*トシ（一八九八）、*シゲ（→おしげ子）（一九〇一）、*清六（一九〇四）、*クニ（一九〇七）の二男三女の母となる。義父母を含めた家族の世話に明けくれながら、慈愛にあふれ、笑いを絶やさず、賢治の生涯と文学に内面的な絶大な影響を与えている。簡［193］［393］。ただし後者は両親宛。簡［74］には賢治の母思いの情があふれている。→宮沢家系図参照

宮沢イチ

宮沢クニ《みやざわくに》 【人】 賢治の末妹。一九〇七（明治四〇）年三月四日〜一九七九（昭和五四）年六月八日。賢治のきもいりで*刈屋主計《かりやかずえ》を養子として迎え、一九二八（昭和三）年結婚。簡［238］［394］。ただし後者

宮沢クニの娘フジ（賢治のスケッチ、1933年8月30日）

は弟妹宛。クニの長女フジをスケッチした賢治の絵も残っているが、帳[雨ニモマケズ]の一七～二五頁には自分の病いを忘れてこの幼い姪の病気の平癒を仏に祈る感動的な詩が乱れた文字で書きつけられている。

宮沢シゲ《みやざわしげ》 →おしげ子《おしげこ》

宮沢清六《みやざわせいろく》 【人】 賢治の末弟(八歳下)。一九〇四(明治三七)年四月一日～二〇〇一(平成一三)年六月一二日。盛岡中学を卒業後、東京研数学館で学ぶ。一年志願兵として入隊、*見習士官で除隊後、建築・金物・自動車部品等を扱う宮沢商会を開業。第二次大戦後、岩手県民生委員、児童委員等を勤める。東京で学んでいる折、一九二三(大正一二)年の正月に、突然下宿先に賢治が*花巻より上京。*大きいトランクいっぱいに詰まった童*[風の又三郎]や[*ビヂテリアン大祭]等の原稿を出版社へ持参するよう賢治から依頼される。そのトランクを東京社(「婦人画報」、また当時大正リベラリズムや童心主義の影響下で人気のあった児童雑誌「コドモノクニ」の発行元)へ持ち込んだが、編集部員の小野浩(小説家・童話作家)に掲載を断られたことは有名。賢治は死の前夜、傍に寝た清六に「おれの原稿はみんなお前にやるからもしどこかの本屋で出したいといってきたら、どんなに小さい本屋からでもいいから出版させてくれ、こなければかまわないでくれ」と言ったと堀尾年譜は伝える。賢治没後は膨大な原稿を戦火の中でも守りぬき、また『校本 宮澤賢治全集』をはじめとするすべての全集の編纂にたずさわる。兄に関する多くのエッセイがあるが、著書に『兄のトランク』(一九八七)がある。清六あての簡[203・206・209・212・214・394]。なお、連句中の「*藤原御曹子満一歳の賀に」に出てくる「清」は「清六」の略と思われる(旧校本全集校異には未詳とあるが、新校本全集校異では不明となっている)。賢治が自分を「圭」とし、清六を「清」として兄弟の合作らしく仕立てたものと考えられる。

宮沢清六(左)と賢治
(1925年10月ごろ)

宮沢トシ《みやざわとし》 【人】 賢治の二歳下の妹。一八九八(明治三一)年一一月五日～一九二二(大正一一)年一一月二七日。賢治作品では「とし子」と出てくる(書簡ではトシ)。花巻川口町に生まれる。賢治と同じ花城尋常高等小学校に通う六年間ずっと全甲を通すほど優秀であり、岩手県立*花巻高等女学校でも首席となる。一九一五(大正四)年日本女子大学校家政学部予科に入学、*責善寮に入る(花巻高等女学校同級生六八名中、上京進学したのは、トシを入れて三名)。翌年本科生となるが、在学中女子大創始者成瀬《なるせ》仁蔵《じんぞう》(一八五八～一九一九)の思想に触れ、またインドの詩人タゴールの来校(→印度)を経験するなど、多くの刺激を受ける。このころ、賢治とトシの間には、かなり頻繁な手紙のやりとりがあったことが知られている。本科生三年次すなわち卒業学年の一九一八(大正七)年一二月肺炎のため入院、急ぎ上京した賢治の看護を受ける。三学期を全休したが、成績優秀により見込点がつけられ卒業が認められることとなり、翌年三月賢治とともに帰郷。この静養の期間中トシは賢治の短歌を整理、清書する。のち健康の回復により一九二〇年九月、母校*花巻高等女学校教諭心得となり、英語・家事を担当。このころ盛岡高等農林学校研究生を修了していた賢治は、自ら中心となり*関徳彌らと法華経

宮沢トシ

（→妙法蓮華経）の輪読会を開いていたが、トシもこれに参加したという。しかし、翌一九二一年六月ごろより、過労のため発熱、病臥。八月に入って喀血、この時信仰上の問題で家を出て上京中の賢治は「トシビョウキスグカヘレ」の電報を受け、急遽帰宅。トシは九月学校を退職するが、その後一年余の療養のかいもなく、一九二二年一一月二七日結核のため二四歳で死去。この日の衝撃が賢治に、詩「永訣の朝」「松の針」「無声慟哭」を、あるいはその後多くの挽歌を書かせた。賢治にとってのトシは、単なる妹を超えた精神的存在であったと言える。賢治の作品には、これらを含む『春と修羅』第一集の一連の挽歌群「無声慟哭」「オホーツク挽歌」等にトシの姿の顕わな投影が見られ、特に信仰において、どの程度の宗教上の深い密着があったかは詳らかでないものの、賢治をして「信仰を一つにするたつたひとりのみちづれ」（詩「無声慟哭」）と呼ばしめるほどのトシの存在感がうかがわれる。さらに、これらの挽歌からひきつがれるトシの死からの信仰的テーマは、手「四」や童「銀河鉄道の夜」をはじめ、童「ひかりの素足」、詩「薤露青《かいろせい》」等、ひいては賢治文学全般にわたって陰に陽に及んでいると言える。

宮沢政次郎《みやざわまさじろう》【人】 賢治の父。一八七四（明治七）年二月二三日～一九五七（昭和三二）年三月一日。宮沢喜助、キンの長男として花巻に生まれ、小学校高等科卒業後、家業の質屋、古着商を継ぐ。理財の才能に加えて信仰心厚く、花巻仏教会《え》・四恩会をつくり、学僧を招いて説教会《え》を開き（→講）、町会議員、方面委員、学勢委員をはじめ、調停・民生・司法等の各委員もつとめ、郷党の尊敬をあつめた。家庭では明治の人らしく家長の威厳を保ち、長じてからの根っからの大正リベラリスト賢治とは宗教的にも現実的にも表面的には対立、それが、しかし賢治の行動や文学のバネとなり、大きな糧《かて》をもたらした。この父なしに賢治は考えられない、と言われるゆえんであろう。晩年は家業も改め、賢治没後宗旨も浄土真宗から日蓮宗（→日蓮）に改宗し、賢治への深い愛を成就した。全集収録の賢治からの父宛書簡は一〇三通で最も多く、賢治の伝記を知る上での最重要の資料。

宮沢政次郎

宮の目《みやのめ》 →飯豊《いいとよ》

みやまういきやう《みやまういきょう》【植】 み（深）山茴香。ういきやう（ういきょう）の高山種（みやまは山の美称、あるいは奥山の意）。高山の岩場に生える多年草。八、九月に白い花を咲かせる。「みやまうゐきやう（ママ）の香料から／蜜やさまざまのエッセンス」（詩「山の晨明に関する童話風の構想」）等。なお、賢治は「うゐきやう」と書くが、旧かなでも「ういきやう」が正しい。

妙宗式目講義録《みょうしゅうしきもくこうぎろく》【宗】 正式には『本化《ほんけ》妙宗式目講義録』、田中智学著、全六巻（五冊）、三三〇八頁。一九〇三（明治三六）年四月から翌年四月まで大阪四ツ橋にある立正閣で開かれた本化宗学研究大会における田中智学の妙宗式目に関する講演を、山川智応《ちおう》らが「責任筆記」したもの。一九〇四～一九一〇年刊行。一九二五年『日蓮主義教学大観』と改題し再刊。妙宗式目とは本化妙宗の一千に及ぶ法門を整理体系化し、一九〇二年に定められたもの。簡「178」に「『日蓮聖人の教義』『妙宗式目講義録』等は必ずあなたを感泣させるに相違ありません」と

「本化妙宗式目講義録」

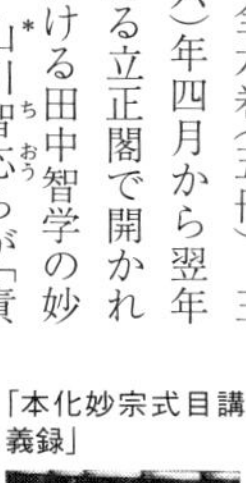

ある。関登久也《せきとくや》(↓関徳彌《せきとくや》)によれば、賢治は五回読んだと言う(『宮沢賢治素描』一九四三)。

妙好《みやうこう》 みょうこう ↓妙好《めうかう》

冥助 みょうじょ ↓法楽《ほうらく》

明礬 みょうばん 【科】 アルミニウムの化合物。通常はカリミョウバンをさすが、ほかにクロムミョウバン、アンモニアミョウバン等がある。風解性のある無色透明の八面体の結晶で、熱すると白色無定形の粉末になる(焼《やき》明礬)。収斂《しゅうれん》剤として医薬、製革、製紙に、また媒染剤として染色に用いられ、飲料水を清浄するためにも多量に用いられた。賢治は父*宮沢政次郎あての簡[72]で、岩手県内で十分産出の見込みある興味ある土石を列挙しているが、中に「*石膏、明礬」とある。また多彩なイメージの散乱する詩[*浮世絵展覧会印象]の冒頭は「膠《にかわ》(↓膠質《こうしつ》)とわづかの明礬が」で始まっている。これは明礬をにじみ止めに用いた浮世絵の料紙の詩的分析とも言えるもの。

妙法如来正偏知 みょうほうにょらいしょうへんち ↓正偏知《しょうへんち》

妙法蓮華経 みょうほうれんげきょう 【宗】 Saddharma-punḍarika-sūtra 略して「法華経」とも。仏教を代表する教典の一。鳩摩羅什《くまらじゅう》(↓亀茲《きじ》国《こく》)の漢訳による八巻二八品《ほん》(品《ほん》は章にあたる)。序品《じょほん》第一、*方便《ほうべん》品《ぼん》第二、譬喩《ひゆ》品《ほん》第三、信解《しんげ》品《ほん》第四、薬草喩《やくそうゆ》品《ほん》第五、授記《じゅき》品《ほん》第六、化城喩《けじょうゆ》品《ほん》第七、五百弟子受記《ごひゃくでしじゅき》品《ほん》第八、授学無学人記《じゅがくむがくにんき》品《ほん》第九、法師《ほっし》品《ほん》第十、見宝塔《けんほうとう》品《ほん》第十一、提婆達多《だいばだった》品《ほん》第十二、勧持《かんじ》品《ほん》第十三、安楽行《あんらくぎょう》品《ほん》第十四、従地涌出《じゅうじゆじゅつ》品《ほん》第十五、*如来寿量品《にょらいじゅりょうほん》第十六、分別《ふんべつ》功徳品《くどくほん》第十七、随喜功徳品《ずいきくどくほん》第十八、法師功徳品《ほっしくどくほん》第十九、常不軽菩薩品《じょうふぎょうぼさつほん》第二十、如来神力品《にょらいじんりきほん》第二十一、嘱累品《ぞくるいほん》第二十二、薬王菩薩本事品《やくおうぼさつほんじほん》第二十三、妙音菩薩品《みょうおんぼさつほん》第二十四、観世音菩薩普門品《かんぜおんぼさつふもんぼん》第二十五(↓観世音菩薩普門品第二十四)、陀羅尼品《だらにほん》第二十六、妙荘厳王本事品《みょうしょうごんのうほんじほん》第二十七、普賢菩薩勧発品《ふげんぼさつかんぼつほん》第二十八よりなる。前半の一四品を迹門《しゃくもん》、後半の一四品を本門《ほんもん》として、迹門は仏陀の説いた教えの真実は何かを示し、仏陀の生命は不滅であることを説く。壮大な表現時空は幻想的、視覚的、神話的で、しかもその中に、現実に生きた釈迦(↓釈迦牟尼)の教えが満ち充ち、仏教文学史上傑出したものとされる。諸経の王として仏教思想上計りしれない影響を与えてきた。日本でも早くは聖徳太子による註釈『法華経義疏《ほっけきょうぎしょ》』があり、鎮護国家の三部経の一とされた。平安時代に入ると最澄(↓大師)が、唐に留学して天台智顗《ちぎ》による天台法華宗を学び、帰国後法華経を根本に据えた天台宗を比叡山に開いたことは有名(「根本《こんぽん》中堂」がその中心)。この比叡山から、やがて法然や*親鸞の浄土宗、浄土真宗が生まれ、また法華経を根本聖典と仰ぐ*日蓮も日蓮宗を開くことになる。賢治における「妙法蓮華経」の影響は多く論ぜられているとおりだが、一八歳の時、*島地大等編の『漢和対照妙法蓮華経』(↓赤い経巻)を読んで深く感動し、生涯の一大転機となったと言われる。以来、彼のこの教えへの帰依《きえ》は終生変らぬばかりか強まるばかりであった。彼の法華経への心酔を一言で言うなら、日蓮の説く「色読《しきどく》」(目で読むのでなく全身で、行動・実践をとおして「法華経」を生きていく)そのものであった。賢治自身の語で言うなら、業《ごう》としての「所感体」(↓虚空、異空間)として生きていくことであった。したがって法華経が直接作品に引用されたりすることはそれほどでなく(詩[(一九二九年二月)]に「その本原の法の名を妙法蓮華経と名づくといへり」とあるが、むしろ書簡や手帳のメモ等に多くみられる)、むしろその精神*は陰の力となって全作品に遍満していると言える。彼の想像力の不《ふ》羈《き》奔放、壮大さがそのまま法華経の影響とも言えるのであって、ややもすれば彼の作品に見られる(ことに童話諸作の)教化《きょうげ》思想、人間救済の意識を「抹香《まっこう》くさい」とか「説教臭」があるとして忌避するむきもあるが、彼の想像力の華麗を単に詩的感受性だけで共感するのでは賢治を理解したことにはならないだろう(→法楽《ほうらく》)。法華経の存在は今後賢治の全体像を理解していく上で最も大きな問題点でありつづけるだろう。作品では童*[ひかりの素足]で一郎が楢夫をかばいながら「にょらいじゅりゃうぼん第十六」という語を「かすかな風のやうに又旬*のやうに」感じ、楽になり、自分でもつぶやく場面が代表的な例。書簡では「妙法蓮華経」([46・48・49])、「妙法」([55])、「法華経」([44])、「法華」([55][不5])、「根原妙法蓮華経」([50])の例もある。各品の名が出てくる例は「方便品第二」「如来寿量品第十六」「観*世音菩薩普門品第二十四」(いずれも[49])等があり、特に賢治が傾倒していた品名を知ることができる。なお、「妙法蓮華経如来、即ち寿量品の釈迦如来の眷属(けんぞく)(→波旬《はじゅん》)となること」[178]と、釈迦如来をさす場合もある。

妙用《みょうよう》　→造化の妙用《ぞうかのみょうよう》

未来圏《みらいけん》　【科】　アインシュタインが提唱した相対性理論(→相対性学説)を、四次元世界(三次元世界に時間軸を加えた時空間世界。→第四次元)に置きかえたときに生じる一つの世界。栗原敦《あつし》によれば石原純《じゅん》の訳語。相対性理論は、時間と空間は独立したものとしてきたニュートン*の力学に対し、両者が相関関係の学説)にあることを明らかにした。相対性理論にもとづき、時間と空間を四次元空間として把握すべきだと主張したのはミンコフスキーであることからミンコフスキー空間(世界)とも呼ばれる(→第四次元)。一般にこの時空間は、空間(三次元)のうちのZ軸を省略したX軸とY軸に、時間軸CT(Cは光速)とを加えた三つの軸を使って図示する。時間は過去から未来にしか進まず、また光速より早いものはありえないから、現在点をPとして示すと、Pを頂点とした三角錐が上下に生じる。これをライトコーンと呼ぶ。下の三角錐は過去を、上の逆三角錐は未来を示す。この三角錐は、現在のP点と因果関係*をもち得る空間を示している(三角錐の外側は光速より早いものが存在しない限り因果関係は生じない)。この三角錐のうち、未来に開けた逆三角錐のことを「未来圏」と呼ぶのである。わかりやすく言うと、現在のある地点から因果関係をもつことが可能な未来世界のこと。賢治の場合、純粋の物理学用語としてだけでなく、仏教の因果論や唯心論などと結びついた語となる。『春と修羅*』の「序」で現在の人類が善なる行為(善業《ぜんごう》)を積めば、その因果関係によって、二千年後の人類は天人*(人間より一段上の存在)に進化して、天空高い氷窒素*の世界に住んでいるかもしれない、と謳い上げた。詩ノート付録[生徒諸君に寄せる]ではそうした期待を「諸君はこの颯爽たる/諸君の未来圏から吹いて来る/透明な清潔な風を感じないのか」と呼びかける。しかし、詩[未来圏からの影]では逆に、「影や恐ろしいけむりのなかから/蒼ざめてひとがよろよろあらはれる/それは氷の未来圏からなげられた/戦慄すべきおれの影だ」と、現在の人間の行為が悪業《あくごう》となって未来は地獄*のような世界になっているかもしれないと、恐ろしい予感を書き込んでもいる。

【みらいは】

未来派《みらいは》【文】 Futurism の訳。二〇世紀はじめにイタリアに興った前衛主義芸術運動。マリネッティ（Filippo T. Marinetti 一八七六～一九四四）がパリの一九〇九年二月二〇日付「フィガロ」紙上の『未来派宣言』で主唱。伝統や統一、調和を排し、近代文明の生んだメカニズムのスピード感や力動感を詩や美術のテーマとした。詩＊「一本木野」に「あんまりへんなおどり（ママ）をやると／未来派だつていはれるぜ」とある。

睹る《みる》 →目睹《もくと》

ミルダの森《みるだのもり》 →チャーナタ

見《み》**るべし** →おれこれがら出掛《でが》けて…

水脈《みを》 →みをつくし

みをつくし《みおつくし》【文】 澪標。みお（水脈《みお》、河川や海の底＊の深い溝になっている所）の串の意。つまり目じるしに立てた杭《くい》、水路標。詩＊「薤露青（かいろせい）」の初行に「みをつくしの列をなつかしくうかべ」とある。なお、水脈《みを》は童＊「鹿踊り（ししをど）のはじまり」の終わり近くに「すすきは静かな湖の水脈《みを》のやうにいつまでもぎらぎら光つて居りました」とある。詩＊「空明と傷＊痍」下書稿㈠には複数形で「みをつくしら」とある。

明か清《みんかしん》 →状箱《じょうばこ》

む

無畏　むい　↓施無畏《せむい》

向花巻　むかいはなまき　↓同心町《どうしんちょう》

麦　むぎ　【植】【農】　古来、コメと並び古い栽培歴をもち、パンと共にキリスト教の象徴となっている越年生の五穀の一。一般にはすべてイネ科のオオムギ（大麦）、コムギ（小麦）、ハダカムギ（裸麦。大麦の一品種、食料、ビールの原料）、ライムギ（欧米種、日本では東北地方に栽培）、エンバク（燕麦。小麦に似る。オートミルにする）等の総称。賢治作品に登場するのは「燕麦《オート》」ほかもあるが、主に大麦と小麦（成熟は大麦より遅い）。この二品種は日本の麦の代表で、大麦は麦飯にしたり味噌・醬油の原料、小麦はめん類やパンにする。どの麦も一般に秋まき、俳句の春の季語「青麦」を経て、成熟は初夏（同じく夏の季語「麦秋《ばくしゅう》」）。賢治作品から一見難解なものを拾うと、「麦のはたけをさくったり」（詩［春の雲に関するあいまいなる議論］）は、耕し、種まきするために畝《うね》を掘り上げて（さくって）いくさま。「またかの六角シェバリエー、／芒《(のぎ)》うつくしい Horadium 大麦の類の穂」（詩ノート［ダリヤ品評会席上］）では、大麦の属名 Horadeum が一字誤記されているが、シェバリエーは大麦の品種。六角は六条と同じ。穂が六条あるからそう言う（文語詩［遊園地工作］に「六条さては四角なる／麦はかじろく空穂《(うつぼ)》しぬ」）。二条大麦の品種もあった。「麦こなしは芒《(のぎ)》がえらえらからだに入って大へんつらい仕事です」（童［イギリス海岸］）の「麦こなし」は収穫した麦をこなす（脱穀すること、こなす場所を熟《こな》し場、熟し部屋とも言う）のに、穂先の芒（針状の毛）がイライラ（チクチク）体に刺さったりしてつらいこと、続いて「この辺ではこの仕事を夏の病気とさへ云ひます」とある。「麦のはぜがずうっとかかって」「ハーシュはその麦はぜの下に」（童［車］）の「麦はぜ」は収穫した麦の束《たば》をかけて干す木や竹の仕かけの方言で「はせ」とも、地方によっては「はざ」とも。稲の場合は「稲はぜ」。「いった麦粉を水にといて、昼の食事をして居りました」（童［雁の童子］）は大麦を炒《い》りこがし、粉にしたのを（麦こがし、香煎《こうせん》、はったい粉、とも）水や湯で溶かして食うこと。ぜいたくに食べるには砂糖を入れる。「麦のふすま」（童［フランドン農学校の豚］）は小麦をひいて粉にするとできる皮のくず（麩《ふすま》・麬・麫）で、牛馬のえさにする。童［ビヂテリアン大祭］に出てくる「麦糠《ぬか》」もふすまのこと。大麦、小麦のほかに燕麦も出てくるが、詩に［〔燕麦《オート》の種子をこぼせば〕］や［燕麦播き］があり、後者では「白いオートの種子を播き」とある。

素麺　むぎ《むぎ》　【食】　漢字ではそうめん（索麺〈さくめん〉の音便でサウメン→ソウメンの当て字）。賢治のルビ「むぎ」は細打ちのうどん「ひやむぎ（冷麦）」に近い（当時の呼称では花巻でも、素麺を「むぎ」とは言わなかった）。そうめんの伝来は古く、奈良時代に中国から伝来、その後大和（奈良）の三輪《みわ》（三輪山で有名）等を中心に発達し、日本人の好みに合わせて変化した。うどん、冷麦と同じく小麦粉（→メリケン粉）に塩水を加えてこねるが、うどんや冷麦と違い、細くのばす際にゴマ油、ナタネ油などを表面に塗る(長年月の保存がきく)ところに特徴がある。冬季に農家の副業として産せられることも多かった。詩[饗宴]及びその改稿の詩[〔みんなは酸っぱい胡瓜《(きゅうり)》を嚙んで〕]。改作の文語詩[饗宴]にはルビなしで登場するので「そうめん」になってしまう。

麦こなし《むぎこなし》 ↓麦《むぎ》

麦のはぜ《むぎのはぜ》 ↓麦《むぎ》

麦稈帽子《むぎわらぼうし》 【衣】 稈(禾茎《かけい》)は藁に同じ。裸麦、大麦等の麦稈《ばっかん》(麦わら)を*真田紐ふうに平たくのばし(麦藁真田)それで編んだ帽子。日本では一八七八(明治一一)年に製造が始められ、一八八三年ごろから夏帽子として使用が増加した。坪内逍遥の『当世書生気質』(一八八五～一八八六)、田山花袋の『田舎教師』(一九〇九)等の作品にも多く登場。賢治作品にも、「麦稈帽子をあみだにかぶり」(詩[〔*秘事念仏の大元締が〕])、「鍔の広い麦藁帽を」(童[*化物丁場])、「尖った*パナマ帽や／硬い麦稈の」(詩[津軽海峡])等とある。ほか、童[*イギリス海岸]、詩[澱《(たま)》った光の*澱《(おり)》の底]*(↓澱《よど》)等。

むぐらもち 【動】 もぐら、むぐら(鼴鼠・土竜)の異称。モグラ科の小動物。全長約一五cm、頭はとがり、目は小さく、尾は短い。掌は外に向っていて穴を掘るのに適し、トンネル掘りの名手。ために食欲旺盛で地中の昆虫の幼虫(さなぎ)等を自分の体重ほど食べる。しかも三～四時間で腹がへる。穴をもりあげるので農作物には被害を与える。童[貝の火](↓蛋白石)に「むぐら、むぐら、むぐらもち」と出てくる。

無色《むしき》 【宗】 天界の一である無色界のこと。天界は、欲界に六天、色界に十八天(十六天、十七天の説もある)、無色界に四天、合せて二十八天あるとされる。文語詩[〔けむりは時に丘丘の〕]に「〔*浮屠《(ふと)》らも*天を云ひ伝へ、三十三を数ふなり／上の無色にいたりては、光、思想を食《(は)》めるのみ。〕」とある。「三十三を数ふ」は本来「二十八を数ふ」とすべきか。忉利天《とうりてん》(欲界六天の第二〈↓魔王〉)を*三十三天と呼ぶので、これと混同したものと思われる。無色界は物質(色《しき》)を超えた世界で、いわば*精神のみが存在する世界。「無色にいたりては、光、思想を食めるのみ」はそれを受けた表現。

むじな色《むじないろ》 【レ】【動】 むじな(狢)はアナグマの異称。獣の体色は通常上面が濃く下面が薄いのが多いが、むじなは上面灰褐色、下面と四肢が黒い。詩[渓《(たに)》にて]、[〔滝は黄に変って〕]には「むじな色の雲」、「雲はむじな色で」とある。賢治はむじなの形と色合いを、雲のそれにたとえた。むじなは九州から本州の山地に多い日本特産の獣。*熊よりはるかに小さく体長五〇cm、口先長く、耳は極小、四肢は太く短い。昼間は穴に眠り、夜、沢や畑などに出て昆虫や木の実、農作物を荒らす害獣。*玉蜀黍《とうもろこし》が大好物で農家を悩ませる。一一月～三月は冬眠。よく*タヌキとまちがえられる。

無上甚深微妙法《ムージヤウジンジンミミヤウハウ》**、百千万劫難遭遇**《ヒヤクセンマンゴウナンサウグウ》**、我今見聞得受持**《ガコンケンモントクジユヂ》**、願解如来第一義**《グワンゲニヨライダイイチギ》 【宗】 経典を読誦する前に唱えられる「開経偈《かいきょうげ》」。宗派にかかわらず用いられる。訓読では「無上甚深微妙の法は、百千万劫にも遭遇したてまつることかたし。われいま見聞し受持することを得たり。ねがはくは如来の第一義を解し奉〔ら〕ん」(短[復活の前])。*島地大等の『漢和対照妙法蓮華経』(↓赤い経巻)の扉にはこの開経偈が記されている(ただし最終目の「第一義」の語が「真実義」となっている)。短[*柳沢]では全文漢字でルビなし。ほか簡[389]。

無主義《むしゅぎ》【文】 特定の主義主張を持っていないこと。盛岡*高等農林学校時代に、賢治は除籍処分を受けた友人*保阪嘉内《かない》あて簡[50]のなかで「あ丶この無主義な無秩序な世界の欠点を高く叫んだら今度のあなたの様に誤解され悪《(にく)》まれるばかりで、堅く自分の誤った哲学の様なものに嚙ぢり着いて居る人達は本当の道に来ません」と言っている。ここでは、「無主義」が「無秩序」と並立されて否定的に使われている。

無生《むしょう》【宗】 生死や迷いを超越した境地。その境地を得ることが無生観。文語詩「月天《(がってん)》讃歌(擬古調)」に「*月天子こたびはそらをうちすぐる／氷雲のひらに座しまして／無生を観じたまふさまなり」とある。「ひら」は平らなところ、氷雲の上に同じ。

無上土《むじょうど》【宗】 仏土、仏国土、*仏界のこと。童「*ビヂテリアン大祭」に「見よ、彼は自らの*芥子《(けし)》の種子ほどの智識を以てかの無上土を測らうとする」とある。

無上道《むじょうどう》【宗】 最高の悟り、仏の悟りのこと、またはその位。*無上菩提に同じ。詩「青森*挽歌」に「あいつはどこへ堕《(お)》ちやう《(ママ)》と／もう無上道に属してゐる」とある。→無上菩提《むじょうぼだい》

無上菩提《むじょうぼだい》【宗】 *無上道に同じ。無上とは最高、*菩提とは悟りの意。菩提には、①*声聞《しょうもん》の菩提②*縁覚《えんがく》の菩提③仏の菩提の三階梯がある。無上菩提とは、そのうちの最高の菩提(悟り)である仏の菩提のことを指す。童「*雁の童子」に「いづれはもろともに、*善逝《スガタ》の示された光の道を進み、かの無上菩提に至ることでございます」」、童「氷と*後光(習作)」に「それからまっすぐに立ちあがってあらゆる*生物のために、無上菩提を求めるなら」とある。

無水亜硫酸《むすいありゅうさん》【科】 亜硫酸ガス(SO_2)に同じ。刺激臭がある気体。有害。火山活動により地下から噴出。詩「真空溶媒」に登場。→亜硫酸《ありゅうさん》

ムスカリ【植】 Muscari ユリ科の園芸植物。ヒヤシンスに近い草本で、麝香《じゃこう》のような芳香を放ち、紫、黄、あるいは桃色の鈴状の花をつける。一九世紀に園芸化され*花壇、鉢植、切花として広く栽培されている。短「花壇工作」に「(どんな花を植《(ママ)》えるのですか。)／(来春はムスカリとチュウリップ〈→うっこんかう〉です。)」。

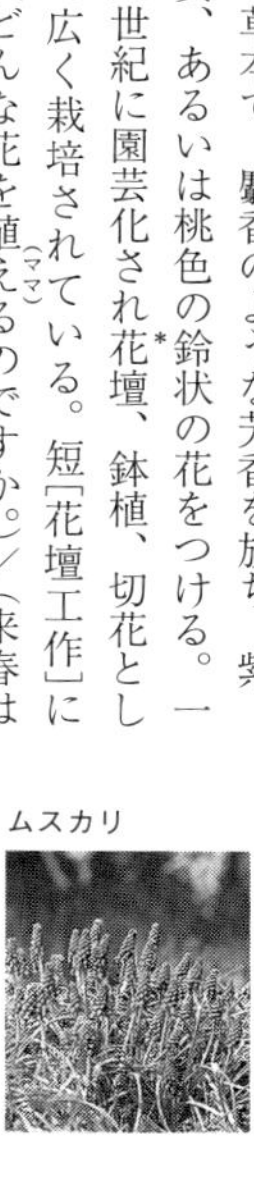
ムスカリ

ムスカリン【科】 muscarine *テングダケ、ベニテングダケ等の*毒きのこに含まれる有毒のアルカロイド(窒素原子を含み、塩基性を示す有機化合物の総称)。詩「〔おい けとばすな〕」に「すっきりとした*コチニールレッド／ぎっしり白い*菌糸の網／こんな色彩の鮮明なものは／この森ぢゅうにあとはない／あ丶ムスカリン」とある。

無声慟哭《むせいどうこく》 →挽歌《ばんか》

むぞやな、むぞやなな【方】 かわいそうな、かわいそうだな。不憫《ふびん》な、不憫だな。実際の発音は表記とかなり異なり「ムンジェナ(ナ)」「ムッジャナ(ナ)」に近い。むぞう、むぞさい、むぞい、といった方言は全国各地にあるが、もとは仏教語「無慙《むざん》」(罪を恥じないこと、転じて残酷なこと、いたましいこと)に発し、「それの変化したもの。各地の方言では可愛いい、転じてかわいそうの意にも使われるが、*花巻地方の方言でもかわいそうの意で「むぞや」「むぞやな」を使う。童「*種山ヶ原」には「お丶むぞやな」とあり、劇「種山ヶ原の夜」では「むぞやなな」と「な」が重なって出てくる。

无茶无茶《むちゃむちゃ》【レ】 无は無に同じ（ひらがな「ん」の元字）。無茶無茶。簡［63］に「名誉が无茶无茶にふみにぢられて《(ママ)》」とある。中国では今も无を多く用いるが、賢治は書簡ではよく使っている。

ムチン【科】 mucin 粘素《ねんそ》。動植物から分泌される粘性物質。化学的には多糖類と蛋白質の複合体で、薬用として消化器系統の病気に多く用いる。詩［〔爺さんの眼は*すかんぽのやうに赤く〕］に「……そんならビタミンのX／あるいはムチンのY号で／この赤い眼が療《(なお)》らないか／それは必ず治ってしまふ……」とある。Y号とは賢治一流のユーモアで、唾《つばき》（だ液、方言でネッペ）のこと。ビタミンXも、もちろん存在しないユーモア。

六角山《むつかどやま》【地】 未詳の山名。詩［*地主］に「みみづく森（↓鳥ヶ森）や／六角山の下からつゞく／一里四方の巨きな丘」とある。みみづく森と六角山は下書稿では「*鳥ヶ森《ちょうがもり》」と「八方山《はっぽうやま》」になっている。あるいは八方山を指すか。八方山は*花巻の西方にある山で、鳥ヶ森の東約二km。標高七一七m。両山の間を尻平川《しったい》が流れている。

ムッセン街道《むっせんかいどう》【地】 架空の地名。童［ペンネンネンネンネン・ネネムの伝記］（↓昆布）に出てくる。ザシキワラシ（↓ざしきぼつこ）に次いで裁判で出現罪（↓アツレキ）に問われるばけものの一人（ウウウウエイ）は、その罰として、この街道の「見まはり」を裁判長から申し渡される。

胸あて《むなあて》【衣】 むねあて。胸当。胸甲。胸の部分に当てる防具。または、衣服の汚れを防ぐために胸に当てるもの。前者の例としては、童［北守将軍と三人兄弟の医者］に「巨きな鉄の胸甲を、がつしりはめてゐることは、ちやうどやつぱり鎧のやうだ」とあり、後者の用例は、童［*銀河鉄道の夜］に「活版所」の「青い胸あてをした人」が見られる。エプロンをそう言ったのであろう。

無辺行菩薩《むへんぎょうぼさつ》【宗】 法華経従地涌出品第十五《じゅうちゆじゅっぽん》（↓妙法蓮華経）に現れる*四菩薩《しぼさつ》の一。帳［雨ニモマケズ］四頁ほか。↓十界曼荼羅《じっかいまんだら》

無明《むみょう》【宗】 梵語アビドヤー（avidyā）の漢訳。迷いの根本である無知、愚かさのこと。仏教の根本思想である四《し》諦《たい》（↓四聖《ししょう》諦《たい》）や縁起《えんぎ》（因縁生起《いんねんしょうき》の略、様々の因縁によって*現象が起こる）の道理を知らないこと。生、老、病、死など一切の苦は、無明に基づく*業《ごう》（行為）が原因であるとされる。したがって、苦を滅するためには無明を滅することが必要で、そのために八正道《はっしょうどう》（八聖道とも。仏教の実践項目、正見、正思惟《しい》、正語、正業《ごう》、正命《みょう》、正精《しょう》進《じん》、正念、正定《じょう》、のうち特に正見）の修行が説かれる。先ず「正しく見る」ことによって「無明」ではなくなる、と。文語詩［*不軽菩薩《ふぎょうぼさつ》］に「こは無明なりしかもあれ／いましも展《(ひら)》く*法性《ほっしょう》と」とある。

斑気多情《むらきたじょう》【レ】 むらきで多情なこと。うつり気の多いこと。詩［〔雪と*飛白岩《ギャブロ》の峯の脚〕］には「むら気多情の計器《メーター》どもを」とあり、その先駆形（「詩人時代」発表）である散文詩形で書かれた［詩への愛憎］に「斑気多情の計器《メーター》どもを」とある。

紫綾《むらさきあや》【衣】 紫いろの美しい綾織《あやおり》。文語詩［〔雪うづまきて日は温《(ぬる)》き〕］に「紫綾の大法衣《だいほうえ》」が出てくる。大法衣は僧の一番外にまとった法衣。

紫石《むらさきいし》 ↓凝灰岩《ぎょうかいがん》

紫朱珍《むらさきしゅちん》【衣】 朱珍はsatijn（オランダ）に発する（英語ではsatin）手ざわりのよい*繻子《しゅす》地（サテン）に、色糸で模様を織り出し

た生地。また中国の七糸鍛《シチンタン》から来た織物名とも。全体が紫に見えるので紫朱珍。童[*猫の事務所]ではユニホームのように「書記はみな、短い黒の繻子の服を着て」いる。詩[〔めづらしがって集ってくる〕]には「紫朱珍（だか何だか）の大法衣《だいほうえ》（→紫綾《むらさきあや》）」が出てくる。

ムラード【地】 童[ポラーノの広場]に出てくる架空の森の名。

室ぬち《むろぬち》【宗】 室（僧堂）内。へやぬち、とも読む。文語詩[〔たそがれ*思量惑《(わわ)》くして〕]に「室ぬち*とみに明るくて」とある。

ムーンディーアサンディーア【音】 アメリカの作曲家リューランス（T. W. Lieurance 一八七八〜一九六三）が*アメリカインディアンの言い伝えをもとに作曲した「ミネトンカの湖畔にて――インディアンの愛の歌」の冒頭部分、Moon deer, Sun deer（月の鹿、日の鹿）を指す。詩[冬]中の一段下がりの、声らしき部分に登場。ビクターカタログにも、F・アルダのソプラノによるもののほか、三枚載っている。

め

目あかし町《めあかしちょう》 →同心町《どうしんちょう》

明治女塾《めいじじょじゅく》【文】 文語詩「氷上」に「をさけび走る町のこら、／高張《たかはり》白くつらねたる、／明治女塾の舎生たち。」とあるが、あるいは有名だったミッション・スクール、明治女学校（一八八五〈明治一八〉年巌本善次創設）の名を思い出して用いたか（下書稿では「師範の寄宿」とある。たぶん女子師範学校。とすれば、この詩は盛岡市内のスケート場での産物か。

冥助《めいじょ》 →法楽《ほうらく》

瞑《めい》**するときしわれなんだす** →金星《きんせい》

明文制裁《めいぶんせいさい》【レ】 法律の明確な条文にもとづく刑罰。短「疑獄元兇」に「いかなる明文制裁と雖《いへ》ど」とある。

めいめいして【方】 めいめいで。おのおので。「一人《ひとり》して」項参照。劇「種山ヶ原の夜」では「さあ、めいめいしてわれぁの好ぎな様に結ぶこだ」と使われている。「結ぶこだ」は「結ぶことだ」の意。

明滅《めいめつ》【レ】 賢治作品では頻度の高い語だが、ポエジーの立体的なリズム感、力動感が、おのずからこの語を多用させた、と先ず言えるだろう。わかりやすく、あえて大別して三種類の用法に整理してみると、①明るくなったり暗くなったりする、という字義どおりの用法。②心象（→心象スケッチ）や意識の明滅、明暗、という多分に心理的、仏教的、認識論的な用法。③は宇宙現象をある種の電気現象としてとらえ、その明滅のイメージ。②③は賢治独特の用法だが、ことに③は賢治独特の新しい宇宙感覚の産物と言えよう。①としては「明滅の海のきらめき」（歌稿A〔二六二〕）、「青うみのひかりはとはに明滅し」（同〔二六三〕）、詩「発動機船　三」に「港の灯の明滅」、短「ラジュウムの雁」に「停車場の灯が明滅する」、簡〔153〕に「東京の明るい賑かな柳並木明滅の膠質光（→膠質《こうしつ》）のなかでは」、簡〔162〕に「かたくりの花がいっぱいに咲きその葉にはあやしい斑《むら》が明滅し」等の例がある。②は『春と修羅』第一集「序」に「風景やみんなといつしよに／せはしくせはしく明滅しながら」「（すべてわたくしと明滅し／みんなが同時に感ずるもの）」、詩「小岩井農場　パート一」に「それよりもこんなせはしい心象の明滅をつらね」、詩「手簡」に「心象の明滅をきれぎれに降る透明な雨です」、童「ガドルフの百合」に「まるで夜の大空の意識の明滅のやうでした」、簡〔92〕に「或は明るく時には暗くこの万法の流転（→万法流転《ばんぽうるてん》）よ。わが明滅よ」、簡〔153〕に「石丸博士も保阪さん（→保阪嘉内）もみな私のなかに明滅する」とある。〈明滅する現象〉として自己の存在や心象を捉えるという賢治の認識方法は、萩原昌好《まさよし》によれば、具体的には倶舎《くしゃ》論の刹那滅の思想に近く、その影響を受けたものかと言う。③は、②の例と重なるが、『春と修羅』第一集「序」の自己規定としての「せはしくせはしく明滅しながら／いかにもたしかにともりつづける／因果交流電燈（→電燈）」にも電気現象への関心が濃厚である。賢治は宇宙を巨大なコロイドとして把握するが、これは宇宙という媒質中に、無数のあらゆる物質が現象として存在する様子を、微粒子(コロイド)としてとらえるもので(→モナド)、コロイド中のこれらの微粒子は互いに帯電しているのである。また一方、賢治は宇宙物理学、特に電磁気学にも関心をもち、物質の根元としての〈電子〉*が〈光〉と結びつくことに注目し、人間の意識を「電子の流れ」(詩ノート〔黒と白との細胞*のあらゆる順列をつくり〕)として把握する。〈光〉の飛び交う宇宙空間は、すなわち巨大な意識となる(→電子)。したがって〈雲〉もまたアニミスティック(→梵《アニマ》の呼吸)に電気現象として把握される。「嵐から雲から光から/新たな透明なエネルギーを得」る(詩ノート付録〔生徒諸君に寄せる〕)。②の例と重なるが童〔ガドルフの百合〕の「電光のせわ《(ママ)》しいことはまるで夜の大空の意識の明滅のやうでした」もそうである。賢治にとって、人間を含めた個々の現象*同士の関係は、上述の②、③の意味で電気的なのである。

妙好《めうかう》 みょうこう【地】 詩〔東岩手火山〕に出てくる岩手山*の火口丘の名。「その妙好《みやうこう》の火口丘には」とルビつきで出てくるが(ルビ「みやうこう」は正しくは「めうかう」)。同「校異篇」のルビ「めうこう」は「岩手毎日」紙発表のまま)、妙好は「妙好人《にん》」(すぐれた念仏修行者のこと。親鸞*『教行信証《きょうぎょうしんしょう》』の徳目)と言う仏教語があるように、すぐれて妙《たえ》なることをほめて言う語。山名や山の地点名等に古来、神道や仏教の語がよくついているのは、民間的な山岳崇拝、ないし山岳宗教(→密教)の名残《なごり》である。

めがた【方】 目方のこと。重量。「が」は「か」の方言濁音。童〔カイロ団長〕。

めがねパン【食】 めがねの形に作った菓子パン。ドイツでも古い歴史を持つブレッツェル(Brezel)というパンは、ひも状のパン種をねじって「B」あるいは「8」の字のように工夫したもので、これを言ったものであろう。童〔みじかい木ぺん〕(→鉛筆)で「めがねの横めがね、めがねパン、くさりのめがね」と「8の字を横にたくさん書いてゐた」とあり、賢治自身の下のようなイラストが入っている。

ブレッツェル

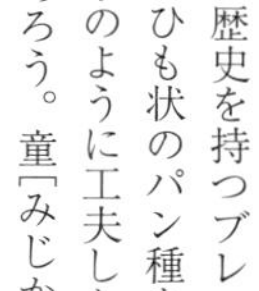

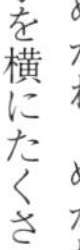

めくらぶだう《めくらぶどう》【植】【方】 野ブドウの方言。盲人(座頭《ざとう》)の眼玉に似た実をつけるので、古くから俗にメクラブドウと呼んだ。食用にはならない。賢治作品ではいずれも、城あとに植生してあるものが登場。実《み》はふつう昆虫(アブラムシ等)が寄生した虫癭《ちゅうえい》(虫こぶ〈→黄金のゴール《おうごんのごーる》〉)となり、不規則な球形で、青や白や紫となる。賢治はこの色の様子を童〔めくらぶだうと虹*〕で「めくらぶだうの実*が、虹のやうに熟れてゐました」と地上の虹とし、美しく清浄な天の虹と対照させた。天の虹を憧憬するメクラブドウに対して、虹は「あなたこそそんなにお立派ではありませんか。あなたは、たとへば、消えることのない虹です。変らない私です」と述べ、まこと*の力をもつものはすべてに不変であると説く。ほかに歌〔二一二〕、童〔マリヴロン*と少女*〕。

ノブドウ

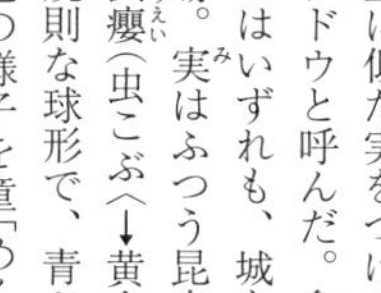

めぐるい【レ】 意味不明の語だが、花巻地方の方言にもなく、めぐる、めまぐるしい、めくるめく*等の語に近い賢治の造語かと思われる。詩〔秋〕に「青じろいそば*の花から/蜂が終りの蜜を運べば/まるめろの香とめぐるい風に」とあるが、上の「まるめろ」

と音感的にも呼応しており、まろやかに吹きめぐる風、といったイメージであろう。ちなみに小沢俊郎（新修全集月報）は「まばゆい」の意か、と注している。秋田県出身の吉田文憲によれば、「めんこい仔馬《こうま》」のめんこい（かわいい）のように、見ていて目が狂うほど（目に入れても痛くないくらい）愛らしい、可憐《かれん》な風、のニュアンスが、この造語にはあると言う。

繞る八谷に劈櫪の／いしぶみしげき《めぐるやたにへきれきの／いしぶみしげき》 【レ】 繞る八谷は、めぐる谷また谷、多くの谷間。劈櫪は劈靂（劈は裂き割る意、礰は石の発する音響）の誤記であろう。いしぶみしげきは落雷のあった箇所に「雷神」と彫った石の供養塔が沢山（しげく）あること。通意は、「種山ヶ原の多くの谷間に雷石を裂き割るかのように激しく雷鳴をとどろかせる、その雷神を祀る碑も多く」の意。なお種山ヶ原ばかりでなく山地の多い岩手県内各地にナリガミサマ、オライサンと呼ばれる雷神信仰があり、同様の碑がよく見られる。なおまた、歌曲［種山ヶ原］は、同文語詩に二連とも三行ずつ書き加えられているが、譜面はドヴォルザーク（↓新世界交響楽）のラルゴ。↓種山ヶ原《たねやまがはら》

メゴーグスカ 【人】 出所、ヒント、ともに未詳の人名。詩［保線工夫］に「小倉《こくら》の服で四っ角ばって／ポイントに立つメゴーグスカも／口に手あててくすす云《い》ふ」とある。四っ角ばっては、四角張るとも言うが、まじめくさっての意。

眼路《めじ》 ↓綾《あや》

目白《めじろ》 【動】 スズメ目メジロ科の鳥。全長一二㎝ほどで雀より小さい。羽は草色で腹部は黄色から白。目のまわりに白い環があるのでその名がある。毛並みが美しく、雄は美声でさえずるので飼鳥として最も普及度の高い鳥だった。農村地方の老人や子どもたちも競って飼育ぶりを自慢し合った。木の枝に群れているさまから「目白押し」の言葉も生まれた。「たとへばめじろは眼のまはりが染まらず」（童［林の底］）、「めじろみたいに啼《（ママ）》きもする」（詩［〔何をやっても間に合はない〕］）、「小さなみそさゞえや目白もみんなこの木に停まりました」（童［土神と狐］）、「赤ん坊のめじろが巣から落ちてゐたときは、助けて巣へ連れて行って」（童［よだかの星］）等。

銭《メース》 【文】 mace 中国、清時代の通貨単位「銭」の英語名（現在は英語でも用いない）。十分の一両《テール》（↓十両）。童［毒もみのすきな署長さん］に「一、金 三十銭《メース》 灰 一俵／計 二両三十銭也」とある。ちなみに、現代中国では両は元《ユアン》（圓＝円）、銭は分《フェン》だが、「お金《かね》」の意としては銭《チエン》が生きている。

メソッド【文】【レ】 method 方法、方式あるいは分類法。詩［三原 第二部］に「噴かれた灰が、、《（ママ）》、のメソッドとかいふやうなもので」とある。

メタル ↓ブリキ

メタン、メタン瓦斯《めたんがす》 ↓沼気《しょうき》

メチール ↓アルコール

メチレンブリュー 【科】 メチレンブルー（methylene blue）。塩基性青色染料。太陽光線に弱い暗緑色の光沢ある結晶粉末。無臭。染色や化学分析の指示薬となる。童［毒蛾］（↓蛾）に「メチレンブリューの代りに、青いリトマスを使って見たらどうですか」と出てくる。

鍍金《めっき》 ↓亜鉛《あえん》

めつけもの《めっけもの》【方】 童[*鹿踊りのはじまり]では「見つけ(た)もの」の意から転じた「もうけもの」の意で、*栃の*団子を指す。

目《め》っ付《け》もん ↓そだんす まぁんつ、…

見《め》っけらへ《え》れば【方】 見つけられれば。童[葡萄水]「税務署に見《め》っけらへれば」。

滅法界《めっぽうかい》【宗】【レ】 滅法は仏法では因縁《いんねん》(原因、結果への推移、*因果とも)を無視した法(無為法)のことだが、転じて、法外な、むちゃくちゃな、めっそう(滅相)な、等の副詞として用いる。童[*ひのきと*ひなげし]に「滅法界もなく」と出てくるのは後者の一般的用語。むちゃくちゃに、の意。

めにあつた《めにあった》【方】 ひどい目に遭った。たいへんだった。「ひどい」や「たいへん」を略して言う。童[*ざしき童子《ぼっこ》のはなし]には「あいつのためにめにあつた」とある。

瑪瑙《めのう》【鉱】 アゲート(agate)。石英の微結晶の集合体。同心円状に周期的沈澱が生じてできる。このような現象をリーゼガングの環と呼ぶ。球状の瑪瑙を水平にカットすると、その内部構造がよく観察できる。瑪瑙は美麗なものは飾り石に、また、硬質なので乳鉢などに用いる。オニックス(縞瑪瑙)、サードオニックス(紅縞瑪瑙)、モス・アゲート(苔瑪瑙)、ブラッドストーン(血石)等がある。貴石として売られる瑪瑙は、その多孔《たこう》質を利用した人工着色のものがほとんどで、赤色は焼くことで、青や黄、紅は*アニリン色素で、黒色は*砂糖と*硫酸で出すことができる。(大正八《一九一九》)年ごろ宝石商になることを考えていた賢治は長文の父*宮沢政次郎あて簡[137]の中で「瑪瑙に縞を入《(いれ)》る」といった宝石改造の知識を披露している。詩[*山火](作品番号四六)初行に「血紅の火が」とあるのも、血の色にたとえた瑪瑙の「血紅色」からの賢治らしい連想であろう。詩[*薤露青《(かいろせい)》]にも「うすい血紅瑪瑙」とある。簡[95]中の*アンデルセン連作短歌では、*薄明穹の表現に「あかつきの瑪瑙光れば…」と紅縞瑪瑙が使われている(別稿である歌[六九六]では*琥珀)。童[*ひかりの素足]では「野原のその辺は小さな瑪瑙のかけらのやうなものでできてゐて行くものの足を切るのでした」と使われている。童[インドラの網]では「けれどもそのとき空は天河石からあやしい葡萄瑪瑙の板に変り」とあるが、「葡萄瑪瑙」は不明。表面がブドウ状に発達した玉髄のようなイメージか。

瑪瑙木《めのうぼく》【鉱】【レ】 地下に埋まって*珪化された珪化木のうち、材全体が瑪瑙化したものを瑪瑙木と言うが、童[ペンネンネンネンネン・ネネムの伝記]に「世界長は身のたけ百九十尺もある*中世代《(ママ)》の瑪瑙木でした」とある。「世界長」は「ばけもの世界」の長。中世代は中生代の誤記。↓瑪瑙《めのう》

めのこ勘定《めのこかんじょう》【レ】 めのこ(目の子)算、めのこ算用《ざんよう》、略してメノコ、とも言う。算盤《そろばん》など用いず、暗算で概算をすること。童[*ビヂテリアン大祭]に「そんなめのこ勘定で」とある。

メフィスト ↓メフェスト

メフェスト【人】 ゲーテの『ファウスト』中の*悪魔メフィストフェレス(Mephistopheles)のこと。正しくメフィストとも出てくる。文語詩[〔くもにつらなるでこぼこ*がらす〕]に「杜のかなたを赤き*電車のせわ《(ママ)》しき往来/べっ甲めがね(↓べっかふゴム)のメフェスト」とある。短[電車]にも「あなたはメフィストさんとはアウエルバッハ以来お仲がよろしくないのですな」とある。これは『ファウスト』第一部のアウエルバッハの酒場で、メフィストフェレ

スが学生と論争する場面をふまえたもの。

眩ぐるき《めまぐるき》 →よもぎ

目盛フラスコ《めもりふらすこ》 【科】 容量の目盛りのついた化学実験用フラスコ(frasco〈ポルトガル〉)、徳利状のガラス器)。詩ノート[〔ソックスレット〕]。

黒玢岩《メラフィイアー》 【鉱】 melaphyre 通常はメラファイアー。こくひんがん。歌[六〇一]に「目のあたり/黒雲(→ニムブス)立つとまがひしは/黒玢岩《メラフィイアー》の露頭なりけり」とある。大正の初期は半深成岩の概念が成立しておらず、横山又次郎著『普通地質学講義』(冨山房、一九一四〈大正三〉年七月初版、一九一七〈大正六〉年九月三版)には「斜長石、輝石、鉄鉱、燐灰石等の潜晶乃至斑紋状に聚合したもので、多くは黒色を帯び、又杏状の組織を呈することも極めて多い」と記述されている。横山は、旧火山岩に属する黒玢岩を中生代に地上流出したものと推定している。→玢岩《ひんがん》

メーランファン 【人】 詩[〔湯本の方の人たちも〕](→飯豊)に出てくる中国人名。世界的に有名な京劇女形俳優梅蘭芳(一八九四～一九六一)。同詩に「広東生れのメーランファンの相似形」とあるのは、「支那料理」の出前をする若い「林光左」(→来々軒)が梅蘭芳によく似ている、というのであろう。梅蘭芳は北京生まれだから「広東生れ」は賢治の誤記憶か、あるいは林光左が広東生まれと知っていて、わざとそう言ったのかもしれない。梅蘭芳は一九一九(大正八)年以後三度来日公演しているので、賢治もその舞台を見ていたかと思われる。そのレコードはもっていた。

梅蘭芳

メリケン粉《めりけんこ》 【食】 小麦粉の俗称。メリケンはアメリカン(American)の略訛。小麦粒を粉砕して皮部を除いたもの。パン・菓子・めん類等の製造や各種の調理の材料として用いられる。明治以前、国内の小麦を石臼等で粉にしたものをうどん粉と言ったのに対し、アメリカ製の精製されたものをメリケン粉と称した。劇[饑餓陣営](→饑饉《ききん》)には「ニュウヨウクのメリケン粉株式会社」という名称が出てくる。詩[火薬と紙幣]、童[ビヂテリアン大祭][二人の役人]等。また、「小麦粉」「麦粉」という言い方も見られる。詩[朝餐]等。

メリヤス 【衣】 綿糸や絹糸でよく伸縮するように密《みつ》に編んだ織物。語源はmedias(スペイン)、meias(ポルトガル)。さらにその語源はラテン語のmedius(中間、の意)。日本には一七世紀末スペイン人によって伝えられ、「目利安」、「莫大小」等の字を当てた(莫大小は大小莫《な》しの意、伸び縮みするのでそう言った。ラテン語源に通じる)。幕末ごろ、下級武家の内職として股引《ももひき》や手袋がこのメリヤスで編まれ、明治に入ってから一般家庭でも作られるようになった。また編機も一六世紀末イギリスで発明され、一九世紀初めには大規模な機械生産が行なわれるようになった。日本でも一八七一(明治四)年にアメリカから輸入した機械を用いて機械編みメリヤスの製造が開始されている。「小さなメリヤスのも丶引」(詩[〔こっちの顔と〕])、「つゝましき/白めりやすの手袋」(歌[四二五])等がある。文語詩[〔小きメリヤス塩の魚〕]の「小き」は「ちさき」で、小さな(こども用か)メリヤスのシャツと、塩の魚(下書稿では「塩鮭《しおざけ》」)。→藻草花菓子烏賊の脳《もぐさはながしいかののう》

綿火薬《めんかやく》 【科】 ニトロセルロース。脱脂綿などの繊維に硝

酸と硫酸*の混合液を作用させて作った火薬。黒色火薬が着火時に大量の煙を出すのに対し、爆発時に灰や煙がないので、いわゆる無煙火薬の原料ともなる。詩「ローマンス（断片）」には、「あの綿火薬のけむりのことなぞ／もうお考へくださいますな」とある。

孟子《メンシアス》 →孟子《もうし》

綿ネル《めんねる》 →ネル

も

もう今日《きょう》は来《き》ても、何《なん》たつてあそばないて【方】 もう今日は(誰かが)来ても、絶対に遊んでやらない。「何たつて」は「絶対に」の意。童[ざしき童子《ぼっこ》のはなし]では「誰か」は病気だった子にあたる。

妄言綺語の淤泥を化して《もうげんきごのおでいをけして》【レ】 妄言はボウゲンとも読む。でまかせの言葉。綺語は飾りたてたうそ。淤泥は汚泥に同じ(淤もドロ)、きたない泥。すなわち「でたらめや、うそのことばのよごれた泥を」の意で、「化して」は以下の「光明顕色《けんしき》の浄瑠璃《じょうるり》となし」にかかる。光り輝く色あざやかな浄《きよ》らな玉(→瑠璃)となして(化《け》して)(童[二十六夜])。→二十六夜《にじゅうろくや》

申さんすぢゃ【方】 申します。童[ひかりの素足]「どうかお願ぁ申さんすぢゃ」。

孟子《もうし》【人】 童[ビヂテリアン大祭]で、演壇に立った陳氏の演説中に「私の国の孟子《メンシアス》と云ふ人は徳の高い人は家畜の殺される処又料理される処を見ないと云ひました」の一節がある。孟子(中国音 Mèngzǐ メンヅ、英語名 Mencius)は紀元前四世紀終わり頃に活躍した中国の戦国時代の哲学者。王道主義、性善説に依拠して仁義礼智を重視した。この陳氏が言う内容は、『孟子』(著書の場合は日本ではモウジと言った)「梁恵王《りょうけいおう》篇」の「君子の禽獣におけるや、その生けるを見てその死を見るに忍びず。その声を聞きてその肉を食うに忍びず。ここをもって君子は庖厨を遠ざくるなり」(引用は『中国の思想3』徳間書店、より)を指す。庖厨《ほうちゅう》は厨《ちゅう》房《ぼう》に同じ。台所。

もうせんごけ【植】 毛氈苔。日当りのよい酸性の湿地に生える多年生の食虫植物。しゃもじ形の葉に多くの赤褐色の腺毛があり、粘液を出し小虫がさわると吸収、消化してしまう。夏、一五～二〇cmの花茎の先に白い小花をつける。詩[小岩井農場 パート七]に「こ、はぐちやぐちやした青い湿地で/もうせんごけも生えて」とある。

もうは 明《あか》るぐなりがかたな【方】 もう明るくなりかかったな。間投音「は」は「ハ」と発音する。劇[種山ヶ原の夜]。

萌黄《もえぎ》【レ】 萌葱とも。黄いろがかった緑。童[北守将軍と三人兄弟の医者]でリンパー先生の弟子は「萌黄の長い服を着て」いる。

モカロフ【人】 マカロフ(S. O. Makarov)のことか、あるいはそのもじり。日露戦争の時のロシア極東艦隊司令長官で日本艦隊に撃沈された旗艦(司令官の乗った艦)ペトロパヴロフスク号と旅順港外で運命を共にした。詩[審判]に「北軍の突撃は奏功しました/よろこんだらうモカロフめ/かういふ微妙な場合には/剛毅果敢の士といへど/ソフトな口調をもちふべし」とある。

木材乾溜《もくざいかんりゅう》 →木タール《もくたーる》

藻草花菓子烏賊の脳《もぐさはながしいかののう》【食】 文語詩[〔小《(ちさ)》きメリヤス塩の魚〕]の一行。藻草は海藻、花菓子はとりどりの色と形をした花模様の菓子、烏賊の脳はイカのはらわたまじりの塩辛《しおから》。この詩

の下書稿㈠、㈢、㈣を見れば「はるばると露店はならぶ」㈢冬の町の歳末の日の暮れのスケッチであることがわかる。↓メリヤス

木精《もくせい》 【科】 メチルアルコール（メタノール）のこと。合成法が開発されるまでは、木屑《きくず》の*乾溜《かんりゅう》で採れる木酢《きず》から分離していたのでこの文字を用いた。歌[三一一]に「たゞさへも／くらむみそらに／*きんけむし／ひたしさゝげぬ／木精の*瓶」とあるのは害虫きんけむしをメチルアルコール漬けにした瓶入りの標本を研究室の窓ごしに空にすかして見ているのであろう。ほかに童[ポラーノの広場]（↓ポランの広場）。↓アルコール

木タール《もくたーる》 【科】 wood tar 石炭を*乾溜して採れるコールタール（coal tar）に対して木材の乾溜によって生じる黒褐色のタール。防腐剤や薬剤等に使う。童[税務署長の冒険]に「揮発油へ木タールを少しまぜて」とある。また、童[ポラーノの広場]（↓ポランの広場）に、林の中に「木材乾溜の会社をたてた」とあるのは、この木タール生産の工場と思われる。

目睹《もくと》 【レ】 目で睹《み》ること。詩[会食]に「当然目睹するでもあらう」とある（下書稿では「睹」るだが「目睹」に改稿している）。

木馬《もくば》 【文】 東京浅草の名物「木馬館」にあった回転木馬（メリー・ゴー・ラウンド）。当時の料金は三分間で五銭。歌[二一七五]に「浅草の／木馬に乗りて／晒《(わら)》ひつゝ／夜汽車を待てどこゝろまぎれず」とある。花巻に帰る列車を待っていたのであろう。

向《もご》 【方】 向こう。「も」の発音はムとモの中間音。童[*鹿踊りのはじまり]、詩[*小岩井農場]では両方とも「向《もご》」とルビがふられている。

モシャ 【人】 詩[〔こんなにも切なく〕]に「（モシャさんあなたのでない？）」とある。模写（写しとること）を人名に仕たてたのであろう。

もす ↓おら谷《たに》まで行《い》って…

もず 【動】 百舌。スズメ目モズ科の鳥。全長二〇cmほどで*雀より大きく尾が長い。色は雀に似ているが、嘴が大きく先端がカギ形に下に曲っている。キーッキーッとけたたましく鳴く。北方で繁殖するが冬期は南へ移動する。雌雄番《つが》いであっても別々に生活する典型的な単独鳥である。だから賢治が「まるでまるで百疋ばかりの百舌が、一ぺんに飛び立って」（童[鳥をとるやなぎ]〈↓楊、柳〉）とか、「*萱《(かや)》にとびこむ百舌の群」（詩[〔しばらくぼうと西日に向ひ〕]）、「もずはみな、一ぺんに飛び立って、気違ひになったばらばらの楽譜のやうに」（童[*めくらぶだうと*虹]）と書くのは、おそらくムクドリ（椋鳥、スズメ目ムクドリ科）とモズを混同していたのではあるまいか。なぜならモズは群れで行動しないからである。賢治作品中のモズをムクドリに置き換えてみると、どれも生態的にぴったりする。ムクドリはなりこそモズより大きいが（全長二四cmほど）騒がしく鳴き、群れをなして行動するからである。したがって「学校行きのこどもらが／もずのやうに叫んで飛び出してくる」（詩ノート[〔*水仙をかつぎ〕]）も、どう見てもモズよりムクドリこそふさわしい。もっとも、花巻地方では今も両者を混同しているという現地の説もあるが。

モーター 【科】 motor モートルとも。発動機、蒸気機関、蒸気タービン、水力原動機、内燃機関、電動機等の総称。詩[金策]に「なにか小さなモーターの音」とあるが、これはあるいは野原の蜂の羽音をたとえたのかもしれない。ほかに詩[若き耕地課*技手《(ぎて)》

【もたほと】

の Iris に対するレシタティヴ*」(↓イリス)に、「あしたはふるふモートルと／にぶくかゞやく巨きな犁《(すき)》(↓鍬)が」とある。

モーターボート【文】 モーター*で動く船のことであるが、例えば詩「増水」に「モーターボートはトントン鳴らす」とあることから、たぶんこのモーターボートとは、焼玉《やきだま》機関(気筒の圧縮室の一部を赤熱し、これにピストンで圧縮した混合ガスを接触させ爆発させる機関)を積んだ船を指すのであろう。詩「発動機船 第二」に「エンヂンはまたぽつぽつ云ふ」のエンジンも同じものであろう。ほかに詩「〔何かをおれに云ってゐる〕」等。

もちひ《もちい》【食】 餅飯《もちいひ》の詰りで餅の古称。『源氏物語』等にも出てくる。文語詩「〔ほのあかり秋のあぎとは〕」(↓摩渇大魚《(まかつたいぎょ)》のあぎと)」の最終行に「しらたまのもちひをなせる」とある。「しらたま」は美称の枕語。難解な詩だが、同詩の下書稿「訪問」を参照しつつ解説すると、神社の宮司(神主)の子が何かに失敗したと聞き急いで慰めにやってきてみると、父なる宮司の祝詞《のりと》の声は夜のしじまの中で泉の水音のように聞こえ、母は何事もなかったかのように神前に供える餅をこしらえている、と言う寂しい情景の詩。

木化《もっきか》 ↓蛋白石《たんぱくせき》

もっ切り【方】 盛り切り。コップや茶碗に酒を満たすこと。転じてコップ酒、茶碗酒。短「泉ある家」に「(さあ帰って寝るかな。もっ切り二っつだな。そいでぁこいづと。)／(戻るすか。)さっきの女の声がした」とある。「もっ切り二っつだな」は自分の飲んだ支払い分を(コップ酒二杯分だよな)とたしかめ、「そいでぁこいづと」は誰か連れの者を言っているのでなく、(そいじゃ、これで)の意で、飲代の金でも出しているのであろう。「(家に)戻りますか」は店の若い女の声。↓戻《もど》るすか

苔瑪瑙《モッスアゲート》 ↓瑪瑙《めのう》

持《も》**ってがれで**【方】 持っていかれて。持ち去られて。劇「種山*ヶ原の夜」で樹霊《こだま》の囃《はやし》の一節。

持《も》**ってて**【方】 「持って行って」が詰まったもの。実際の発音は「もってって」となる。劇「植物医師」。

雪袴《モッペ》、**モッペ** ↓雪袴《ゆきばかま》

モティーフ【文】 motif(仏)。芸術表現の主題、動機。詩「風景とオルゴール」に「ひときれそらにうかぶ暁のモティーフ」とあるのは、イタリアの作曲家ロッシーニ(G. Rossini 一七九二〜一八六八)の「ウイリアム・テル序曲」冒頭の部分「暁のモティーフ」をイメージしている。

饗《もてなし》 ↓さがない

元山《もとやま》 ↓硫黄《いおう》

モートル ↓モーター

戻《もど》**るすか**【方】 戻り(帰り)ますか。戻りましょうか。短「泉ある家」。↓もっ切《き》り

モナド【宗】【文】【科】 monad 単子。実在の究極単位。古くはイタリアのジョルダーノ・ブルーノ(G. Bruno 一五四八〜一六〇〇)にもこの思想は見いだされるが、代表的なのはブルーノの影響を受けたドイツのライプニッツ(G. W. Leibniz 一六四六〜一七一六)のモナド論。両哲学者は唯心主義の代表であり、賢治も共感をもって接した。ライプニッツによれば、どこまでも分割されるもの(物質)は真の実体ではなく、唯一精神の

ライプニッツ

みが分割されない真の実体だとする。もはや分割されないものをモナドと呼ぶ。モナドは出入りできる窓を持たないが（無窓の単子）、同時に宇宙を映す生ける*鏡である。すなわちモナドはそれ自身が独立したものながら、すでに世界を内包したもの。個にして、しかも全なる思想は賢治に共通する発想である。ライプニッツはモナドに優劣をつけた四段階、裸のモナド（その集合は物質）→有機体のモナド（動物）→悟性のモナド（人間）→神、を考え、充足理由律（理由なくして存在するものはない）と結びつけ、神による予定調和を主張した。こうしたオプティミスティック（楽天的）な世界観は、悪の積極性を否定し、欠如因のみがあるという考えに至らざるを得ない。賢治にも同様なオプティミズム、例えば「さういふやつらは／ひとりで腐って／ひとりで雨に流される」（詩ノート〔政治家〕）といった考えがある。賢治が読んでいたと小野隆祥《りゅうしょう》の指摘する大西祝《はじめ》の『西洋哲学史』（上下二巻、一九〇四・一九〇五）にはライプニッツの説明として「霊魂及び其《それ》を宿す身体は生前より*業《ごう》に已《すで》に存在し、而して*生物の生まるゝは唯だ其が身体を成すモナドの団体の急速に生長するに外ならず。死も亦全く霊魂及び身体の消え失するの謂《い》ひに非ずして其の身体を成せるモナドの急に減少して吾人の肉眼を以て認め得ざるに至るを謂ふなり」の一節がある（賢治は大西の論を『大西博士全集』の前記二巻で読んだか、全集になる前の「早稲田大学文学講義録」で読んでいたかは未詳）。賢治は、亡妹*宮沢トシは*異空間（死者の世界）に行ったが「通信」が可能である、という命題を終生追求しつづけたが、彼は〔思索メモ〕思1中に「異空間の実在」を主張して「分子―原子―*電子―真空」と記し「真空」（→虚空）が「異単元」につながるとしている。ここにはモナドを*エーテル（*光素）とオーヴァーラップさせた上での、死＝モナドの減少、というライプニッツ思想の影響があったとも考えられる。賢治は「銀のモナド」を好んで使うが、ここに、賢治が物質的微粒子を唯心的モナドとして把握しようとした意図を読み取ることができる。すなわち詩ノート〔「銀のモナドのちらばる*虚空」〕、ス〔補遺〕（新校本全集では一三巻〈下〉「東京」ノート）の「銀のモナドぞそらにひしめき」、詩〔*青森挽歌〕中の「おもては*軟玉と銀のモナド」など、空からくる光の表現だからである。賢治は光をしばしば鉱物に比喩したが、「銀のモナド」には、銀の分子と光の媒質エーテルのイメージがあり（例えば詩〔「この森を通りぬければ」〕には「銀の分子《モリキル》」が出てくる。モリキルは分子のドイツ語 Molekül）、これをモナドと置き換えることで唯心論を前面に押し出したものと考えられよう。モナドと似た内容を持つ中国哲学の「気」（→浩気《こうき》）は二〇世紀初頭の清朝末期にエーテル（以太）と同一視されたこともあり、モナドとエーテルが結びつく蓋然性も高かったと言えよう。また賢治の好む「*微塵」もモナドとイメージ的に交錯する。詩〔風景とオルゴール〕中の「銀のアトム」も同意の表現。詩〔有明〕（作品番号七三）の「あけがたになり／風のモナドがひしめき」は、下書稿には「風の粒子」の表記もある。さきに引いた詩〔「この森を通りぬければ」〕の「モリキル」も同様である。総じて*薄明穹や曇天時の弱い光や風の表現に使われている。

モナドノック【鉱】 monadnock 残丘《ざんきゅう》とも。北アメリカのニューハンプシャー州のモナドノック山にちなむ。山地が浸食や削《さく》剝《はく》によって、老年期に*準平原化した際、*花崗岩等の、より浸食を受けにくい部分が取り残されて孤丘化したものを言う。北上山地にはよく見られる地形。種山（物見《ものみ》山《やま》、↓種山ヶ原）もその一で、詩［〔おれはいまで〕］に「種山モナドノックは霧」とある。*早池峰山も*蛇紋岩からなる残丘で、頂上には巨石が露出している。詩［花鳥図譜、八月、早池峯山巓］に「何でも三紀（↓第三紀）のはじめ頃／北上山地が一つの島に残されて／それも殆んど海面近く／開析されてしまったとき／この山などがその削剝の残丘だ」とある。ほか文語詩［〔残丘の雪の上に〕］、詩［〔高原の空線もなだらに暗く〕］［〔十いくつかの夜とひる〕］等の残丘にもモナドノックのルビがある。

モーニンググローリ　【植】　モーニング・グローリー（morning glory）　朝顔の英語名。詩［*オホーツク*挽歌］に「しづくのなかに朝顔が咲いてゐる／モーニンググローリのそのグローリ」とある。朝顔は多くの作品に登場。glory は光栄、名誉等の意があるが、ここでは朝顔の美しさ、その壮観、といった意味。

モネラ　↓ヘッケル

籾磨《もみすり》　【農】　収穫した*稲の実を脱穀したのち、籾を*玄米にする作業。こんにちではすべて機械化されたが、往時は臼《うす》や箕《みの》（↓唐箕《とうみ》）、*ふるい等を使っての手仕事だった。詩ノート［〔午はつかれて塚にねむれば〕］に「籾磨になぜうたはないのか」とあるのは、よく歌をうたいながら、つらい仕事をしていたから。

籾緑金に生えそめし《もみりょっきんにはえそめし》　【レ】　籾が*緑金いろのとげをつけて*稲の穂先に生え出てきたこと。文語詩［退職*技手《（ぎて）》］。

木綿角縞の袍《もめんかくじまのほう》　↓袍《ほう》

もゝ立ち《ももだち》　【衣】　童［とっこべとら子］（↓おとら狐）に「さむらひ」（侍）が「たちまち十字にたすきをかけ、ごわりと袴《はかま》のもゝ立ちを取」る場面が出てくる。もも立ち（股立）は袴の腰の左右が三角に開いているところ、そこをつまみ上げて腰紐に挟み、行動しやすくすることを「股立を取る」と言った。

ももどり　【レ】　文語詩［〔ほのあかり秋のあぎと〕］に「ももどりのねぐらをめぐり」とある。国語辞書では「ももとり（百鳥）」だが「と」を濁っても誤りではない。多くの鳥、いろいろな鳥たち、の意。百千鳥《ももちどり》とも言う。ねぐらは塒《ねぐら》（寝座）、鳥たちの巣。

桃の果汁《しる》《もものしる》　【植】【レ】　桃の漿《しる》とも。桃は中国原産のバラ科の落葉低木。日本でもその果実は古くから食用にされていたが、花を観賞するために栽培されることのほうが主であった。明治になって中国、ヨーロッパから導入された品種に改良が加えられ、水蜜桃《すいみつとう》と呼ばれる美味・多汁な品種が開発された。作品では童［*烏の*北斗七星］に「桃の果汁《しる》のやうな陽の光」、詩［有明］に「起伏の雪は／あかるい桃の漿《しる》をそそがれ」と、色彩的で肉感的な比喩として使われている。

股引《ももひき》　【衣】　「股脛巾《ももはばき》」の転。江戸時代に発達し、職人や火消し等から一般の男女にまで広く愛用された。白・紺・黒・浅黄等の綿製のものが主で、*メリヤス製のものもある。「調馬師の／よごれて延びしももひきの」（歌［三二六］）、「紀伊かどこかの薬屋たちが／白もゝひきをちらちらさせて」（詩［三月］）、「*メリヤス白の股引」（詩［〔めづらしがって集ってくる〕］）、「*麻もも引のすねを二《（ふた）》とこ*藁でくくって」（詩［〔*熊はしきりにもどかしがって〕］）等多数登場する。また、童［*烏の*北斗七星］の「黒い股引」や、童［*双子の星］の「まっくろな*びらうどの股引」のように、「烏の脚」の形容に用いられることもある。ほか、詩［発動機船　三］［夏］（初行「もうどの稲も、…」）［〔こっちの顔と〕］［〔雪と*飛白岩《ギャブロ》の峯の脚〕］、その雑誌発表形［詩への愛憎］、簡［197］等に登場。

もや ↓はじめで聞《き》でで…

もやあったにかゞ《が》て来《き》たもの 【方】 靄《もや》があんなにかかって来たのだから。「あったに」は「あんなに」の意。同様に「こんなに」「そんなに」は「こったに」「そったに」と言う。「かゞて」は「かかって」の訛り。劇［*種山ヶ原の夜］では、この会話は「俺たちの会話が夢みたいなのもあたりまえだ」といった意を受けている。

もらないやなぢゃ 【方】 もらわなければ駄目だ。劇［種山ヶ原の夜］「払ひ下げでもらないやなぢゃ。」

モリーオ 【地】 賢治独特の造語地名。*盛岡のもじり。賢治のドリームランドとしての理想国、「*イーハトヴの首都」とある。童［毒蛾］（↓蛾）では「マリオ」で、マリオ日日新聞、マリオ商学校、マリオ競馬会、マリオ農学校、等が登場。童［ポラーノの広場］（↓ポランの広場）では「モリーオ」。童［*グスコーブドリの伝記］［グスコンブドリの伝記］では「イーハトーブ（ヴ）の市」となっている。↓ネリ

盛岡《もりおか》 【地】 盛《さか》る岡、盛《さか》りが岡、が語源とも言われるが、かつては森が岡、または杜陵《もりおか》（トリョウとも言う。不来方《こずかた》城の近くに今も杜陵《とりょう》小学校がある）という呼び方もされた。南部《なんぶ》氏の城府であったこの城は、清原武則《きよはらたけのり》の甥、越方貞頼《こしかたさだより》が居住していたのにちなんで不来方《こずかた》城と訛って呼ばれていたが、一五九七（慶長二）年、第二六代南部信直《のぶなお》が豊臣秀吉の許可のもとに築城した際には「不来《こず》」の二字を嫌って、「盛が岡」と改称。*北上川や*雫石川の土砂の堆積による肥沃な土地にはみずみずしい森が多くあり、この森の名が付いたのであろう。一方で、盛（＝森）とは東北地方では山の意味にも用いられているので、山が多い、といった意味もあったのだろう。上野から盛岡までの東北本線は一八九〇（明治二三）年に開通。賢治はこの地に、一三歳で盛岡中学入学から、二二歳で盛岡*高等農林学校研究生修了までの約一〇年間を居住した。賢治の住居は、中学時代は最初は寄宿舎自彊《じきょう》寮に、のちに新舎監排斥のリーダー格の責任を問われて退寮し、北山の曹洞宗*清養院、浄土真宗*徳玄寺、*教浄寺等に転居。盛岡高等農林学校時代は寄宿舎自啓《じけい》寮（現岩手大学農学部敷地内に寮の跡がある）に、一九一七（大正六）年には弟*宮沢清六や従弟たちとともに市内*中津川*下の橋《しものはし》の北側たもとの玉井郷方《ごうほう》（城の南端）家に下宿。賢治や清六が通学した盛岡中学（↓白堊城《はくあじょう》）は城からすぐ近くの現在の岩手銀行本店の場所にあった。城は現在でも*岩手公園になっており（盛岡駅から約一・五km、徒歩一五分）、公園の下の芝生広場に賢治の詩碑（文語詩［岩手公園］全文、一九七〇年九月建立↓タッピング）がある。城のすぐ北には一九一四年春、肥厚性鼻炎のために賢治の入院した岩手病院（現私立岩手医科大学。大学の建物の西側入口に詩碑〈岩手病院〉）があり、少し北西に進むと「*プジェー神父」のいた木造ゴシックふうの盛岡天主公教会の旧聖堂（盛岡四ツ谷《よつや》天主堂）があった。さらにそこを北に進むと清養院をはじめとして賢治が下宿していた前記北山の寺々（願教寺、徳玄寺等）がある。北山から西へ約一〇分ほど歩くと盛岡高等農林学校（現岩手大学農学部）があり、内部には開校記念として植樹された*大銀杏や、短［大礼服の例外的効果］の舞台となった二階の式場そのままの、現農学部の「農業教育資料

館」があり、うっそうとした木立の間からは今にも賢治が現われてくるような雰囲気がある。岩手大学から南へ約一km、盛岡駅方面に戻った北上川沿いには、一九二四年、*イーハトヴ童話『注文の多い料理店』の発行所になっている光原社がある。童「*紫紺染《しこんぞめ》について」には山男が盛岡に現われ、酒をふるまわれて紫紺染の方法を話して*西根山に帰ってゆくくだりがある。賢治の盛岡における足跡は数限りないが、*岩手山登山や岩手県内の*土性調査のための探索などの基地でもあった。上記のいくつかの作品のほか、盛岡は童「*氷と後光(習作)」、短「*秋田街道」、劇「植物医師」等にも登場。また、明らかに盛岡をもじった地名「*モリーオ」や「マリオ」といった造語も童「ポラーノの広場」(→ポランの広場)や童「毒蛾」(→蛾)等に登場。

森槐南《もりかいなん》【人】 漢詩人。本名、公泰《きみやす》。字は大来。一八六三(文久三)～一九一一(明治四四) 明治期の漢詩壇に大きな功績を残した。図書寮編修官や東大講師もつとめた。父・森春濤《しゅんとう》とともに香奩体《こうれんたい》(身分の高い女性をうたうあでやかな漢詩の作風)で知られたが、その詩は格調よりも賢治の好みそうな感覚的な繊麗さに富み(当時の漢詩壇には格調派と性霊《しょうりょう》派とがあり、槐南は後者の頭目だった)、むしろなまめかしい。詩集に没後の『槐南集』(一九一二)がある。文語詩「車中〔一〕」に「森槐南を論じたり」とある。車中で「開化郷《かいかごう》士《し》と見ゆるもの」が葉巻タバコをくわえながら(人を煙に巻くかのように)森槐南を論じている。開化郷士とは文明開化思想の持主である昔の郷士(江戸期の語だが、城下町に住まず、農を貴び気骨ある武士風の人を言った)とも見えるひと。

分子《モリキル》 →モナド

森佐一《もりさいち》【人】 詩人。作家。賢治研究家。筆名森惣一《そういち》、森荘已池《そういち》。一九〇七(明治四〇)～一九九九(平成一一) *盛岡市に生まれる。盛岡中学校卒。東京外国語学校(現東京外国語大学)露語科中退。一九二八(昭和三)年、岩手日報入社。一九三九年、学芸部長の職にあったが同社を退社し、『宮沢賢治全集』(十字屋版)の編集に従事。小説『店頭《みせさき》』(一九四〇三芸書房)で芥川賞候補、一九四三年「文芸読物」に発表した「山畠・蛾と笹舟」で第八回直木賞受賞。筆名に北小《きたの》(光)路《こうじ》幻《げん》を用いたこともある。賢治とのかかわりは、一九二五(大正一四)年二月、森が中学の先輩賢治に岩手詩人協会への加入を求める手紙を出したことに始まる。簡[200]はその返事で、岩手詩人協会は一九二五年七月、森を編集兼発行者として機関誌「貌」を創刊、賢治は詩「鳥」「過労呪禁」の二編を寄せている。当時森は盛岡中学在学中であったが、すでに『*春と修羅』を読んでおり「こいつは、たいへんだ、たいへんなもんだ」と感動したほどの早熟な文学少年であった。賢治も「自分の詩や自分自身をよく理解してくれる少年がひとり見つかって嬉しい」「この人は盛岡の八百屋さんの息子だが、よい感覚を持った詩人だ」と周りの人に語っている。詩「春谷暁臥」に「佐一が向ふに中学生の制服で」「…佐一もおほかたそれらしかった」とある。森あての現存賢治書簡二一通。森の賢治関係の著書としては、『宮沢賢治』(一九四三)、『宮沢賢治歌集』(編・一九四六)、『宮沢賢治と三人の女性』(一九四九)、『野の教師宮沢賢治』(一九六〇)、『土が産んだ宇宙思想』(一九七二)、『宮沢賢治の肖像』(一九七四)等があり、森の果たした賢治研究史上の功績は大きい。一九九四(平成六)年、第四回宮沢賢治賞受賞。

森佐一
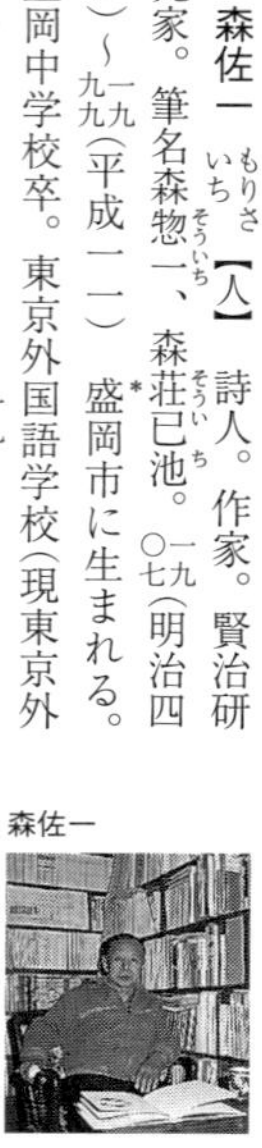

森荘已池、森惣一《もりそういち》 ↓森佐一《もりさいち》

モリブデン【鉱】 molybdenum 元素記号Mo、原子番号四二の金属元素。輝水鉛鉱や水鉛鉱として産出される。*花崗岩地帯に分布する。岩手県でも久慈《くじ》(北上山地の北部)付近の大川目《おおかわめ》鉱山や普代《ふだい》(下閉伊《しもへい》郡)の北頭《きたがしら》鉱山がモリブデンを産出した。賢治は一九一八(大正七)年七月一日父*宮沢政次郎あて簡[77]の封筒の内側に英文で、モリブデン鉱の発見地として、江刺(↓*江刺《えさし》市)の日ノ*神付近の*石英脈中、市之通《いちのかよう》付近の花崗岩質斑岩中、阿原峠北麓の角閃花崗岩中、の三か所を可能性のある場所としてあげている(原文は新校本全集一五巻校異篇参照)。大川目鉱山も北頭鉱山も岩手北部であり、岩手中南部では表立っては採鉱されていない。童[*風の又三郎]では、高田三郎の父がモリブデン鉱採鉱のため北海道から来たのについてきたことになっているが、採鉱は中止となってしまう。[風の又三郎]の舞台である*種山ヶ原は、先に賢治があげたモリブデン鉱の可能性のある江刺郡の三地点のすぐ近くである。モリブデンは鋼鉄に加えて特殊鋼を作り出す重要元素であり、特に軍需用として重要であった。なお、*大迫《おおはさま》の浅沼利一郎によれば、大迫の*八木巻《やぎまき》地区の北にある猫山(高さ九二〇m、詩[山火]の改稿発表形に出てくる)の中腹にもモリブデンの「掘坑跡」が今も残っており、一九三三(昭八)年から敗戦まで採掘されていたと言う。

モルスランダー ↓ジュグランダー

モロツコ狐《もろっこぎつね》 ↓狐《きつね》

藻を装へる馬《もをよそおえるうま》【文】 馬の血を吸いにくる虻《あぶ》よけに海藻を一面に体にかけた馬。*柳田国男『遠野物語』(一九一〇)序文に「…馬は黔《(くろ)》き海草を以て作りたる厚総《(あつぶさ)》を掛けたり。虻《(あぶ)》多き為なり」とある。これを受けて文語詩[〔盆地に白く霧よどみ〕]に「藻を装《(よそお)》へる馬ひきて、ひとびと木炭《(すみ)》を積み出づる」とある。山で作られた木炭を運び出す馬である。

門歯《もんし》【科】 童[*ビヂテリアン大祭]に人間の門歯、犬歯《けんし》、臼歯《きゅうし》、智歯《ちし》のそれぞれの役割が演説中で説明されるが、前歯の上下四本が門歯、犬歯は門歯と臼歯の間の通称糸切歯《いときりば》のこと、その奥が臼歯で奥歯、その奥が智(知)歯(大臼歯、親しらず、といい、一番遅く生えるか、人によっては生えない)である。

もんぱ【文】 紋羽。*ネルのように柔かく起毛した(毛ばだった)白い厚地の綿織物。文語詩[〔鉛のいろの冬海の〕]に「家長は白きもんぱして」とある。白い紋羽の衣類をまとって、の意。文語詩[〔*馬行き人行き自転車行きて〕]には、この生地でできた「もんぱぼうし」が出てくる。「絣《(かすり)》の合羽《(かっぱ)》にわらぢばき/もんぱぼうしに額《(ぬか)》づゝみ」。*絣の*合羽を羽織り草鞋をはき、紋羽の帽子で額(ひたい)をつつんで、の意。

もんぺ ↓雪袴《ゆきばかま》

悶乱《もんらん》【宗】【レ】 もだえみだれること。童[*二十六夜]に「悶乱声を絶す」とある。もだえ苦しみ声も出ないこと。

や

要法下種《やうばうげしゅ》 →要法下種《ようぼうげしゅ》

焼き《やき》 →層雲《そううん》

八木英三《やぎえいぞう》 【人】 直接作品には登場しないが賢治にとっては重要な人物。一八八七(明治二〇)〜一九五八(昭和三三)。賢治が花城小学校(旧称、花巻川口小)で三、四年時の担任(*盛岡中学卒で代用教員)をつとめた。教室のあまりのさわがしさに、授業の最初、五来素川《ごらいそせん》訳の「未だ見ぬ親」(原作マロー「家なき子」)などの翻訳童話を一年がかりで少しずつ読んでやり、賢治らに深い感銘を与えた(→太市《たいち》)。賢治が四年生の秋に*早稲田大学に進学。後年、賢治の追憶を書いた「宮沢賢治に聞いたこと」(*草野心平編集「宮沢賢治研究」一九三六年、五・六合併号)ほか、いくつかの随想がある。それらによれば「私の童話は先生のおかげです」と賢治は八木に言ったという。

八木英三(晩年時)

八木巻《やぎまき》 【地】 岩手県*稗貫郡外川目《そとかわめ》村(現*大迫《おおはさま》町)八木巻。古くは八鬼巻とも記した。*木村圭一説ではアイヌ語のヤンケ・オマ・ケ(山へ登るところ)が語源。*早池峰山の南約一〇km。稗貫川の支流八木巻川の上流に位置する。村内に熊野神社があり、八木巻神楽《かぐら》を伝える。これは早池峰流岳《だけ》神楽(→早池峰山)の流れを汲む矢沢《やさわ》神楽から派生した山伏神楽の一。詩「山火」(初行「風がきれぎれ…」)に「……火は南でも燃えてゐる/*ドルメンまがひの花崗《みかげ》岩(→花崗岩《かこうがん》)を載せた/千尺ばかりの*準平原が/あっちもこっちも燃えてるらしい/〈古代神楽(→大償《おおつぐなひ》)を伝へたり/古風に公事をしたりする/*大償や八木巻への/小さな森林消防隊〉……」とある。公事《くじ》は公《おおやけ》の仕事。

薬師外輪山《やくしがいりんざん》 →外輪山《がいりんざん》、薬師岳《やくしだけ》

薬師岱赭《やくしたいしゃ》 【地】 岱赭とは代赭のこと。茶色がかった橙色の鉱物系顔料(マンガンを含む鉄鉱石の風化によって生ずるシエナ sienna を燃焼させてできる)の一。ふつう顔料として言う代赭色だが(中国の代《たい》州産が良質だったのでそう言う)、賢治表記の岱は中国五岳の一、山東省にある泰山《たいざん》のこと。詩「*一本木野」に、「薬師岱赭のきびしくするどいもりあがり/火口の雪は皺ごと刻み/くらかけのびんかんな稜《かど》は/青ぞらに*星雲をあげる」とある。*一本木野は岩手山東麓の原野で、岩肌むきだしの荒々しい*コニーデ型の東岩手火山(→岩手山)と、その左に小さく盛り上がったくらかけ山がみごとに空の中に突き出たように見える場所。したがってこの詩に描かれた薬師岳は東岩手火山*外輪山の最高峰である。なお*早池峰山の南にも同名の薬師岳がある。→赭《あか》、薬師岳《やくしだけ》、ヤークシャ

薬師岳《やくしだけ》 【地】 山名。以下の二つの山に比定される。①北上山地の中央部、*早池峰山の南方にそびえる標高一六四四mの山。小田越《おだ(の)ごえ》を鞍部として早池峰山へと尾根は続くが、*岳《だけ》川をはさんで山は早池峰と対峙《たいじ》(相対してそびえ立つ)する。主として*花崗岩よりなるため、*蛇紋岩を主とする早池峰山とは植物の分布も異なる。

遠野口よりの早池峰山への参道が通じ、早池峰の前山となっていて山中には籠《こもり》堂等があった。南面は猿ヶ石川、小滝川の水源地で、また一《いち》の滝《たき》等の名勝奇瀑に富む。なお、登山者がこの山を鶏頭山と称したという説があるが、大迫《おおはさま》口からの早池峰参道でも鶏頭山はまず目を引く山であるので、両者の関連、説の当否については今後検討を要しよう。さらに歌［一五六］の「東には紫磨金《こんじき》色の薬師仏」をこの薬師岳（花巻東方）に比定する説（佐藤勝治）もある。②岩手山の最高点の山。東岩手火山の外輪山（詩［東岩手火山］に言う「薬師外輪山」）の最高峰（標高二〇四一m）である。この［東岩手火山］（初出は「岩手毎日新聞」発表の詩［心象スケッチ外輪山］）は言うまでもなく②で、他はすべて①。前述のように早池峰山と抱き合わせで登場する場合が多いのでそれとわかる。すなわち詩［栗鼠と色鉛筆］（→鉛筆）、［白菜畑］、短［山地の稜《りょう》］、雑［岩手県稗貫郡地質及土性調査報告書］等がそうである。

薬師岳

ヤークシャ【地】 薬師《やくし》岳のもじり。イギリスのヨークシャー州原産の豚の品種「ヨークシャー豚」をひっかけた賢治の洒落《しゃれ》。童［ポラーノの広場］（→ポランの広場）でキューストが七月にした仕事の中に「ヤークシャ山頂火山弾運搬費用見積の件」とある。これは東岩手火山（→岩手山）の外輪山最高地点の薬師岳か。→薬師岳《やくしだけ》

約束《やくそく》すづぎぁ草《くさ》むすぶんだぢ《じ》ゃ【方】 約束する時は草を結ぶんだよ。「むすぶんだぢゃ」は「結ぶものだ」「結ぶことに決まっているのだ」の意。草穂と草穂を結んだ古代の風習を思い出させる会話。劇［種山ヶ原の夜］。

家ぐね やぐね →牆林《ヤグネ》

牆林《ヤグネ》【植】 家《や》ぐね（エグネとも。くねは垣根の古語で方言ではない。ヤ・エは家）とも。牆《ショウ》も家のまわりの意で牆木、牆林《しょうりん》は垣根の植込みの樹木。大きな農家等の屋敷の周囲に植込んだ防風雪林、または高い垣根を言う。主として針葉樹。詩［凍雨《ひさめ》］に「牆林《ヤグネ》は黝《くろ》く／上根子《かみねこ》堰《せき》の水もせゝらぎ」とある。「家ぐね」は詩［〔道べの粗朶《そだ》に〕］に「あちこち暗い家ぐねの杜《もり》と」、詩［〔まぶしくやつれて〕］に「家ぐねの杉もひゅうひゅう鳴る」とある。

疫病除けの「源の大将」《やくびょうよけの「みなもとのたいしょう」》【民】 民間信仰の一。旧稗貫郡・和賀《わが》郡一帯には、〝事八日《ことのようか》〟という旧二月八日・一二月八日等の日を禁忌《きんき》（物忌《ものい》み）の日として疫病除けの行事を行なう集落がある。桃の枝（魔よけの性能があると思われていた）を挿したり、竹籠（目が沢山あるので悪霊が近づかない）をぶらさげたりもするが、「疫病除」と書いた紙に鬼の顔を書き細竹につけ、サイカチの実やニンニクなどを挿し、家の入口に立てたりする。細竹はもと藁人形だったのが年々変形略式化されたものと思われる。童［とっこべとら子］（→おとら狐）に「疫病除けの『源の大将』が立って居ました」とあるのは「竹へ半紙を一枚はりつけて大きな顔を書いたもの」だが、「鎮西八郎源為朝《ためとも》」ほか、勇猛な武将の名を付けた藁人形や、人形らしきものを祭る風習は全国的に多い。

疫病除けの「源大将」

八雲《やくも》 →玉髄《ぎょくずい》

焼畑《やけばた》【農】 日照り（→旱魃《かんばつ》）つづきで乾いた畑。または、

旱害を受けやすい畑。文語詩［〔月のほのほをかたむけて〕］に「山の焼畑　石の畑」とある。山の石ころだらけの畑。原始的農法としてのヤキハタと同字でも別。→切り返し《きりかえし》

ヤコブ【人】【宗】 Jacobus（ラテン）、Iákōbos（ギリシア） 詩ノート［〔水仙をかつぎ〕］に「わらひにかゞやく村農ヤコブ」と、その辺の身近な「村農」として登場する。ヤコブの名の出所としては次の三人が考えられる。①旧約聖書「創世記」中の古代イスラエルの族長の一人。②新約聖書の使徒ヨハネの兄弟である漁夫。③イエスの弟で「ヤコブの手紙」の著者と伝承されているヤコブ。賢治の「村農ヤコブ」をこの三人のうちのどれと比定することは、むろんできないが、ヤコブと呼ばれる賢治近隣の農夫の姿は敬虔で、新鮮である。

矢沢《やさわ》 →飯豊《いいとよ》

夜叉《やしゃ》【宗】 yakṣa（梵）の音写。薬叉、薬乞叉とも。人を食い殺す悪鬼で、地上や空中に住むとされる。仏法を守護する八部衆の一としても法華経（→妙法蓮華経）等登場。毘沙門天の配下。童［二十六夜］に「同じく夜叉の業をなす」「恐るべく悲しむべき夜叉相を浮べ」とある。一般には尾崎紅葉の小説『金色夜叉』（一八九八～一九〇三）で有名。→鬼《おに》

鏃《やじり》【文】 矢尻。的を射る矢の先。鉄製（縄文・弥生時代は石や獣の骨など）。詩［鳥の遷移］では飛ぶ鳥が空にするどい「青い鏃のグラフをつくる」。

八谷《やたに》 →繞る八谷に劈櫪の／いしぶみしげき《めぐるやたににへきれきの／いしぶみしげき》

八千代《やちよ》【文】 たばこの銘柄（一九一五年一〇月から一九一七年三月まで販売）。歌［五七三］に「そらひかり／八千代の看板切り抜きの紳士は／棒にささへられ立つ」とあるのは、立看板で「紳士」がたばこを喫っているか手にしている絵柄であったのだろう。つっかい棒に支えられて立っている。

八千代

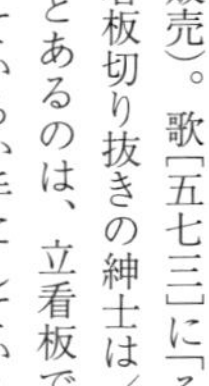

やつがれ【レ】 童［シグナルとシグナレス］の会話中「やつがれまでお申し聞けになりたう存じます」とある。やつがれは古語でヤッコアレ（奴我）のつまったもの。自分をへりくだって言う「私め」に近い。「お申し聞け」は「お申しつけ」で、主客混同の表現、「私めにお聞かせ」の意であろう。

柔《や》つけもん《やっけもん》【方】 柔《やわ》らかいもの。花巻地方では「柔《やわ》らかい」を「柔《や》っけ」と言う。同様の表現として「冷《つめ》たい」を「冷《ひゃっ》け」、「酸《す》っぱい」を「酸《す》っけ」と言う例などが見られる。童［鹿踊りのはじまり］。

やってら【方】 やっているところだ。「ら」は現在の進行を表す。詩［小岩井農場　パート七］。

焼っぷぐる《やっぷぐる》 →この野郎《やろう》、焼《や》っぷぐるぞ、粉《こな》にすぞ、けむりにすぞ

ヤップ島《やっぷとう》 →アンモニアック兄弟《あんもにあっくきょうだい》

夜盗虫《やとうむし》 →夜盗虫《よとうむし》

やどりぎ【植】 宿木。寄生木。ホヤ、トビヅタの名もある。漢名は冬青。他の樹木（広葉樹）に寄生するヤドリギ科の常緑低木で各地に自生する。高さ一m足らず。茎はいくつにも分れ、無柄（柄《え》なし）の厚い葉をつける。早春淡黄色の小花をつけ、やがて球形で同色（アカミノヤドリギの実は橙黄色）の実を結ぶ（ヨーロッ

パでは実が白い)。実にはトリモチのようにねばる物質が入っていて、これをついばんだ鳥の嘴や羽根に種子がついて、あるいは糞などで他の木の枝などに運ばれる。ヨーロッパでは古くから魔よけの木とされ、クリスマスには実のついた枝を飾る。特にアイルランドのケルト人の宗教的行事に使用され、夏至、冬至の夜などに宿主のオーク(樫《かし》)の木から黄金の小鎌で切りとり、祭壇に安置したという。冬に落葉樹のオークが葉を落とすのに対して、やどりぎは緑の葉と黄色の花を咲かせるので、オークが再生したように見え、そこから太陽(↓お日さま)の力が衰えている冬の間、その豊饒を守る神聖な木とされた。日本でも『万葉集*』の大伴家持《おおとものやかもち》の歌「あしひきの山の木末《こぬれ》のほよ取りて挿頭《かざ》しつらくは十《と》歳寿《とせほ》くとそ」(木末は、若い枝先、ほよは宿木の古語、挿頭しつらく、は頭に挿したであろう)に見られるように、古来の長寿や平安のシンボルとされる風習があった。賢治作品では、「あすこにやどりぎの黄金のゴールが(↓めくらぶだう)/さめざめとしてひかつてもいい」(詩[冬と銀河ステーション*])、「子どもは、やどりぎの枝をもつて、一生けん命にあるきだしました」(童[水仙月の四日*])、「四本の栗*が立ってゐて、その一本の梢*には、黄金《キン》いろをした、やどり木の立派なまりがついてゐました」(童[タネリはたしかにいちにち嚙んでゐたやうだった]〈↓ホロタイタネリ〉)等とある。また簡[260]には「やどりぎありがたうございました。ほかへも頒《わ》けましたしうちでもいろいろに使ひました」とある。これらの引例からみると、賢治はあきらかにやどりぎにまつわる西欧の魔よけや太陽信仰などの宗教的儀礼の意味を知っていた。なお、J・G・フレーザーの『金枝篇』の金枝(golden bough)はやどりぎをなぞらえたものと言われている。

ヤドリギ

やな ↓香魚 あゆ

簗川《やながわ》【地】 岩手県岩手郡中野村(現盛岡市*川目落合)の谷間を西流する川。北上山地に発して東から北上川*に注ぐ支流。川の名の由来は前九年の役で源頼義が安倍貞任《さだとう》を討つ激しい戦いで多くの矢が川を流れたところから矢流川=簗川となったと言う。簗川べりで得た歌[四九八~五〇三]の題に「簗川 六首」とある。

柳《やなぎ》【植】 リュウ。ヨウ(↓楊*《やなぎ》)に対して一般に枝垂柳《しだれやなぎ》を言う。高さ一〇mにも達する落葉高木。枝は柔らかく下に垂れ、風に揺れる。葉は長皮形で楊と同様表裏の色が異なる。花は黄緑色。賢治は風に吹かれる様子を「柳の波」(詩[浮世絵展覧会印象*])、「陰気な柳の髪」(詩[山火]初行「血紅《(けっこう)》の火が」)、その花を「*鶯黄《がおう》の柳」(文語詩[酸虹*])とも表現している。また楊との区別のためか、シダレヤナギの学名(Salix babylonica)を使って、「バビロン柳」(詩[函(函)館港春夜光景])、「バビロニ柳掃《(はら)》ひしと」(「掃《(い)》ひし」は柳に体や顔を掃かれて、文語詩[羅紗*(沙)売])、「柳はサリックス、バビロニカ、です」(童[ビヂテリアン大祭*])等とある。柳は街路樹によく使われ(往年の「銀座の柳」は歌でも有名だった)、賢治の作品にも多く登場するが、平がなの「やなぎの並木」は柳とも楊とも区別つかない。ポプラ並木(↓楊)ともとれる。↓雪柳《ゆきやなぎ》、野絮《のわた》

楊《やなぎ》【植】 ヨウ。一般には柳*(主に枝垂柳《しだれやなぎ》を指す)に対して枝を上へ伸ばすポプラ(poplar セイヨウハコヤナギ)の種類を言

う。おおむね賢治もそう区別して用いている。詩［旭川］や詩［*〔ほほじろは鼓のかたちにひるがへるし〕］に出てくる「ポプルス」、「ポプルス楊《(やなぎ)》」(populus)もポプラに同じ(ポプラのラテン語学名。語源「人民」)。詩［小岩井農場　パート四］に「桜やポプラのこつちに立ち」とある。成長が早く、高さ二〇m以上にもなる。楊にも多種あるが、代表的なものはカワヤナギや*ハコヤナギであろう。賢治作品にも多く登場。早春に白い絹毛の尾状(*猫の尾に似る)の花穂を出す。歌稿A［大正六年四月］には「ベンベロはよき名ならずやBembero の」と洋名ふうに出てくるが、ベムベロは水辺のヤナギ類の花芽の方言で、詩［*小岩井農場　パート四］には「楊の花芽《ベムベロ》」、童［*おきなぐさ］には「べむべろ」と出てくる。ヤナギの蒴果《さくか》は絹状の毛を密生させ、やがて二裂して細かい種子を飛ばす。童［*雁の童子］に「*沙車《(さしゃ)》の春の終りには、野原いちめん楊の花が光って飛びます」や童［*ひかりの素足］の「楊に似た木で*白金のやうな小さな実になってゐるのもあり」は西域ポプラのことか。一方、ハコヤナギ(白楊)は高さ二〇mにも伸びるが、表が緑、裏が銀白色の丸葉が風に揺れるさまから*ヤマナラシ(山鳴らし)の名もある。文語詩［麻打］の「楊葉《やなぎは》の銀とみどりと」、童［*ガドルフの*百合］の「楊がまっ青に光ったり、*ブリキの葉に変ったり」、あるいは童［鳥をとるやなぎ］に出てくる「いままで青かった楊の木が、俄かにさっと灰いろになり、その葉はみんなブリキでできてゐるやうに変って」等は、カワヤナギと思われる。なお、賢治らしい奇抜な着想に「エレッキの楊」がある。同じく童［鳥をとるやなぎ］の中で「*煙山《(けむやま)》の野原に鳥を吸ひ込む楊の木があるって。*エレキらしいって云ったよ」「百疋ばかりの*百舌《(もず)》が(中略)俄かに向ふの五本目の大きな楊の上まで行くと、本統《(ママ)》に磁石に吸ひ込まれたやうに、一ぺんにその中に落ち」とあるのは、鳥が葉群の中に急にとまるさまを電気《エレキ》磁石と想像した賢治の新鮮な感覚だが、この楊はハコヤナギであろう。文語詩［楊林］にも同様の表現がある。このほか童［*風の又三郎］［*種山ヶ原］には楊の枝で作った鞭《むち》も登場するが、これはよく撓《しな》うカワヤナギの枝と思われる。なお、詩［樺太鉄道］には「ポラリスやなぎ」が、童［*猫の事務所］には「パン、ポラリス」が登場するが、ポラリス(Polaris)は北極星だから*樺太鉄道沿線の楊を見て賢治の命名癖からとっさに名付けた名であろう。「きつとポラリスやなぎですよ」とある。なお、「赤楊《はん》」は→はんのき、「パン、ポラリス」は →アンモニアツク兄弟

ポプラ

柳沢《やなぎさわ》 【地】 岩手県岩手郡滝沢村(→滝沢野《たきざわの》)の一集落。現在の世帯数約一八〇。かつては*岩手山登山の表口であった。岩手山神社がある。陸羽街道と津軽街道との分岐点(通称「分《わか》レ」)へは約四・五km。東北本線滝沢駅へはさらに東へ約二・五km余歩く。賢治はしばしば訪れている。歌［五三〇］は「柳沢」の小題をもつ。「*(すゞらんのかゞやく原をすべり行きて／風のあしゆびの／泣き笑ひかな)」。詩［*小岩井農場　パート五］(下書稿)は、橋場線(→化物丁場)(現田沢湖線)小岩井駅から、小岩井農場を通り、姥《うば》屋敷(→狼森、笊森、盗森、黒坂森)まで北上し、そこから東北に進み、茄子焼《なすやけ》山(→沼森)の北を通り、柳沢に抜け、滝沢に抜ける予定の歩行スケッチの実験詩。詩［風林］の内容は岩手山登山道の途中あたりで得られたか、「*月はいましだいに銀の*アトムをうしな

ひ／*かしははせなかをくろくかがめる／柳沢の*杉は*コロイドより もなつかしく／ばうずの*沼森のむかふには／騎兵聯隊（↓沼森）の灯も*澱《よど》んでゐる」とある。ほかに詩［〔おれはいままで〕］等。なお文語詩に［柳沢野］があるが（下書稿では［裾野］）、この詩も柳沢で得た詩（↓なまこ雲）。なお、柳沢を、もとはヤナギザアと言っていたが（沢のつく所はサア、ザアだった）、今は地元の人もヤナギサワと言う。なお、柳沢の北一kmに「湧口《わっくつ》（わきぐちの方言名）」と呼ばれる柳沢の湧水（泉）がある。詩［〔おれはいままで〕］に、*馬が水を飲んだり、水浴したりしていて、そこが「あの柳沢の湧水だ」とある。

柳沢野《やなぎさわの》 ↓柳沢《やなぎさわ》

柳沢の湧水《やなぎさわのわきみず》 ↓柳沢《やなぎさわ》

柳掃ひしと《やなぎはらいしと》 ↓柳《やなぎ》

やなぎらん【植】 柳蘭。ヤナギソウ（柳草）とも。日当たりのよい山野に生えるアカバナ科の多年草。茎は高さ一・五m位で葉は八〜一五cm。夏、茎頂に総状花序でピンクの小花を多数つける。葉の形が*柳の葉に似るのでこの名がある。成長が早いので樹木の伐採跡や山火事の跡などに多く見られ、野原一面に群生するさまを賢治は「その背のなだらかな丘陵の*鴾《とき》いろは／いちめんのやなぎらんの花だ」（詩［*オホーツク*挽歌］）、「いちめんのやなぎらんの群落が／光ともやの紫いろの花をつけ」（詩［*鈴谷《すずや》平原］）、「南の岬はいちめんうすい紫いろのやなぎらんの花でちょっと燃えてゐるやうに見え」（童［*サガレンと八月］）等ととらえている。

ヤナギラン

野馬《やば》 ↓馬《うま》

矢ばね《やばね》【文】 矢羽根。矢の根もと（矢尻）に、よく飛ぶようにつけた鳥の羽根。「疾中」詩篇の文語詩［〔春来るともなほわれの〕］に「矢ばねのさまに鳥とびて」とある。するどく一直線に鳥が飛ぶさま。（↓love-bite）

吝《やぶさ》けき ↓まんさんとして

敗り、壊り《やぶり》【レ】 帳［雨ニモマケズ］五頁に「身を敗り人を壊りて」とある。主語は前行の「*瞋恚《しんに》」で、怒りや憎しみが「自分の身を傷つけ、人の身や心をも傷つけ壊して」の意。両字とも同義の他動詞だが失敗、破壊といったニュアンスのちがいはある。

傷れて《やぶれて》【レ】 前項の自動詞。詩［〔湯本の方の人たちも〕］に「雲が傷れて眼は痛む」、文語詩［〔馬行き人行き自転車行きて〕］にも同様「雲は傷れて眼痛む」とある。眼が痛むほど雲がちぎれて、あるいは形をくずして乱れ、の意。

野砲《やほう》【文】 野戦での歩兵の戦闘を掩護する大砲の一。榴《りゅう》弾《だん》砲とも。詩［*国立公園候補地に関する意見］に「野砲を二門かくして置いて」とある。大砲は一門、二門とかぞえる。

豺《やまいぬ》 ↓豺《さい》

山男《やまおとこ》【民】 山奥深くに住むといわれる伝承上の怪物。柳田国男の『遠野物語』（一九一〇）には、山男についての記述が多く見られるが（同書、五、六、七、九、二八、三〇、三一、九二）、その様は「ただ丈《たけ》きはめて高く眼の色少し凄しと思はる」（七）、「丈の高き男の（中略）色は黒く眼はきらきらとして」（九二）とあるように、背が高く、眼が光っているという特徴がある。賢治作品に登場する山男も『遠野物語』に近く、「黄金《キン》色《いろ》の目をした、顔のまつかな山男が」(童「*狼森《(おいのもり》と笊森《ざるもり》、盗森《ぬすともり)》」)、「黄金色目玉あかつらの*西根山の山男」(童「*紫紺染について」)、「金色めだま、あかつらの山男」(童「山男の四月〔初期形〕」)と表現されている。ただし『遠野物語』の山男は、里の女をさらうなどして恐怖の対象となっているが、賢治の山男は「支那人」にだまされて反物《たんもの》(初期形)や、薬にされてしまったり(童「山男の四月」)、村人に粟餅をねだったり(童「狼森と笊森、盗森」)するなど、むしろ人間的でユーモラス、時には物悲しく、自然界に生きている賢治の「*デクノボー」の一変型と見ることもできよう。少年亮二に助けてもらったお礼をする「正直でかあいさう」なくらい約束を守る山男が登場する童「祭の晩」があり、童「*おきなぐさ」にも登場。ちなみに柳田国男は、山男を、古代の滅ぼされた先住民が山に隠れて生活するようになったものと考えていた(『山の人生』一九一六)。

山県舎監《やまがたしゃかん》【人】 山県頼咸《よりよし》。盛岡中学校博物教諭で寄宿舎舎監を兼ねた(一九一二年七月退職)。歌「七から二首目」に「午なれば山県舎監千田《*ちだ》舎監/佐々木舎監も帰り来るなり」とある。

山刀《やまがたな》 →枝打《えだう》ぢつのは下《した》の方《ほう》の枝山刀《えだやまがたな》で落《おと》すのさ

やまかひ《やまかい》【レ】 山峡。やまあい(山間)に同じ。山と山の間。歌「五一三」に「やまかひの朝の」とある。

山雀《やまがら》【動】 童「*二十六夜」に「小禽とは、*雀《すずめ》、山雀、*四十雀《(しじゅうから)》、*ひわ、*百舌《(もず)》、*みそさざい、*かけす、*つぐみ、すべて形小にして、力ないものは、みな小禽ぢゃ」とある。山雀はスズメ(燕雀)目シジュウカラ科で、スズメとほぼ同じく全長一四cmほど、シジュウカラより尾は短く、やや頭が大きい。頭と喉は黒く、後頭に縦長の淡褐色斑がある。額と頬も淡褐色。昆虫を食べるが木の実も食べ、枝で両脚で餌をおさえて食べるしぐさをする。愛玩用としても飼われるが、暖地の常緑樹林に棲息し、冬期は群をなして移動することが多い。ツーツーピー、ツーツーピーと鳴く。童「*風の又三郎」にも登場。

山川智応《やまかわちおう》【人】 一八七九(明治一二)〜一九五六(昭和三一) *国柱会講師、統務。大阪生まれ。本名伝之助。小学校を四年で終え(明治四〇年までは小学校は四年まで)、のち私塾に通うが、主に独学で水戸学、陽明学、仏教学を学ぶ。一四歳の時、立正安国会(*国柱会の前身)の講演を聞き感動して入会。二〇歳の時、*田中智学に招かれ鎌倉の獅子王文庫の一員となり、教学誌「妙宗」の担当記者。以来、智学のもとで会の中枢として日蓮主義運動に邁進する。『*妙宗式目講義録』の整記刊行をはじめ、『類纂高祖遺文録《るいさんこうそいもんろく》』『本化聖典大辞林《ほんけしょうてん》』等の編集主任を担当。また、機関紙「国柱新聞」「毒鼓《どっこ》」の編集、「*天業民報」「大日本」の主筆。一方、学者としての業績も多く、日蓮遺文に対する文献考証的研究、日蓮思想の体系化に努めた。立正大学講師。一九三四(昭和九)年「法華思想史上の日蓮聖人」で文学博士。著書は『日蓮聖人研究』『開目抄講話』『観心《かんじん》本尊抄講話』、その他多数。簡「258」に「次に法華経(→妙法蓮華経)の本は/山川智応 *和訳法華経/*島地大等 和漢対照妙法蓮華経《(ママ)》(→赤い経巻)/等ありますが発刊所がちょっとわかりません」とある。

山《やま》さ来《き》てらたもな【方】 山に来ていたんだものな。童「*ひかりの素足」に登場する楢夫の言葉。目覚めてから、自分が山にいたことに改めて気付いた。「そういえば、俺は山に来ていたんだったな」。

山師《やましや》 →山師《やまし》張《ば》るときめた

山師《やまし》たがり【方】 詐欺師。「山師」だけで「詐欺師」の意味があるが(→山師張るときめた)、「たがり」が付いて「怠け者」の方言(精を出さないので、なんと「精病」の字を当てて書く習慣もあった)。仕事をしないで一《ひと》山当てることばかり考えている人間の意。劇[植物医師]。

山師《やまし》張《ば》るときめた【方】 冒険することに決めた。「山師」は「山林を売買する人」の意から転じて「投機・かけごとをする人」となり「詐欺師」の意にもなる。童[グスコーブドリの伝記]の「山師張る」は肥料を大量に使って一年で三年分の収穫を得ようともくろむこと。つまり、冒険とかけをする意。

山岨《やまそば、やまそわ》 →そばみち

山田《やまだ》【地】 岩手県下閉伊《しもへい》郡山田町。東海岸の宮古と釜石のほぼ真ん中にある町。賢治は一九一七(大正六)年、二一歳の夏、花巻町の実業家の団体(東海岸視察団)に加わって三陸海岸を視察旅行し、数々の短歌を得た。歌[五五八]に「ひとびとは/釜石山田いまはまた/宮古と酒の旅をつゞけぬ」とある。

山だち《やまだち》【方】 「山だし」の方言。山で生計をたてている木《き》樵《こり》、伐採した木を運び出し、炭焼き等の仕事や、それに従事している人のこと。または「いなか者」の意にも使う。簡[259](菊池信一あて)に「結局山だちは山で果てるといふものでせうか。」と傍点入りである。「いなか者」の意で用いたのであろう。

山田博士《やまだはかせ》【人】 山田玄太郎。盛岡高等農林学校教授。文語詩[樹園]に「髪白き山田博士が/書《ふみ》いだき帰り往くころ」とある。

山つ祇《やまつかみ》【民】 やまつみ。山の神。イザナギ・イザナミノミコトの子オオヤマツミノカミ(大山祇神)のこと。本来は火難・盗難等の災害を鎮める神とされるが、山岳信仰の修験道《しゅげんどう》では山野を守護する山の神とされ、これが一つになって、農村地帯では山の神が村々へ山から下りてきて田の神ともなり、繁栄をもたらしてまた秋が終わると山に帰るといった民間信仰の習俗は全国各地に見られる。花巻近郷にもそのやしろは多く祭礼も多い。例えば山伏神楽(→大償《おおつぐない》)の五、六番目の演目に「山の神舞」という長時間の舞がある。五穀豊穣・悪魔降伏・火盗難を祓う祈禱の舞で、剣と幣《ぬさ》で踊るその足の踏み方は大変むずかしく、荒舞《あらまい》の代表的なものとも言われる。文語詩[雪の宿]は「ぬさをかざして山つ祇」と始まり、「舞ふはぶらいの町の書記」で町役場かどこかの不良じみた書記が酒の席で山つ祇のふうをして踊っていて、「けりはねあがり山つ祇　をみなをとりて消えうせぬ」で終わる。「をみなをとりて」は「女の手を取って」の意であろう。ちなみに、山つ祇はもと女神なのだが、伝説化されるうちに男神になったと言われている。→山の神《やまのかみ》

やまつつじ【植】 山躑躅。ツツジ科の落葉低木(暖地では常緑)。全国の山野の疎林に自生する。高さ一～四m。若枝や葉柄に扁平な淡褐色の剛毛が密生、葉は楕円形。四～六月、枝先の花芽から斑点のある朱色の花が一花から三花開く。栽培種には紫や白の花もある。文語詩に[山躑躅]があり、「こはやまつつじ丘丘の」、「さは云へまことやまつつじ」と出てくる。→つゝじ《つつじ》

日本武尊《やまとたけるのみこと》【文】 倭建の命。景行天皇の子。本名は小《お》碓皇子《うすのみこ》。『古事記』によれば、天皇の命で熊襲《くまそ》(南九州の民族)を征伐。その後、東国の蝦夷《えびす》征伐に出発、駿河の野で火攻めにあい、倭姫命《やまとひめのみこと》から得た草薙剣《くさなぎのつるぎ》によってからくも脱出、関東平野を平

定した。帰途、伊勢で死去。魂は白鳥(↓白い鳥)になって飛びあがったという。白鳥陵の起こりである。詩[*白い鳥]に、白い鳥に亡妹*宮沢トシの魂を見て、ヤマトタケルの伝説を歌う一節がある。↓白い鳥《しろいとり》

山鳥《やまどり》【動】 *キジに似たキジ目キジ科の鳥。キジとほぼ同大だが尾はキジより長く美麗。飛翔迅速、奥山に生息し、猟鳥として珍重される。「*兎はとれないで、山鳥がとれたのです」(童[*山男の四月])、「山鳥を拾円も買つて帰ればい、」(童[*注文の多い料理店])、「来るときは山鳥も何べんも飛び立ち」(童[*ひかりの素足])、「霧積みて/雫《しずく》も滋《しげ》くなりしかば/青くらがりを立てるやまどり」(歌[六六六])、「よく雉子や山鳥などが、うしろから/『*四十雀《しじゅうから》さん、こんにちは。』とやりますと」(童[*林の底])等。

やまなし【植】 山梨。*梨の野生種のことで、これまでいろいろな説があったが、現在では神戸大学農学研究科の片山寛則らの研究によって、北上山系を中心とした東北地方に自生する野生梨の一種イワテヤマナシ(別名ミチノクナシ 学名Pyrus ussuriensis var. aromatica)と考えられている。バラ科ナシ属の落葉高木。四月から五月にかけて白い花を咲かせ、果実は直径二~五cmのナシ状果で、黄褐色に熟する。実の尻の部分に残存する萼《がく》があるのと、甘い香りをもつのが特徴。童[*山男の四月]に「*お日さまは赤と黄金《きん》でぶちぶちのやまなしのやう」とある「ぶちぶち」はこの果実の斑点状の皮目のことであろう。童[タネリはたしかにいちにち嚙んでゐたやうだった](↓ホロタイタネリ)にも、眼玉の形容として「山梨のやうな赤い眼をきょろきょろさせながら」とある。香りの表現としては童[*やまなし]の「そこらの*月あかりの水の中は、やまなしのいい*匂ひでいつぱいでした」がある(このくだりの季節は章題の「十二月」、初期形では「十一月」)。なお、童[惑る農学生の日誌]にでてくる小梨は、ズミ(酸実、桷、バラ科リンゴ属の落葉小低木。秋に黄色または赤い小さな球形の果実をつける。樹皮を煮沸して黄色の染料とする)のこと。やまなしとは別。

ヤマナシの実

やまならし【植】 山鳴らし。*ハコヤナギ(箱柳)の別称。日当たりのよい山地に生える落葉高木。高さ五mほどで、葉は丸みを帯び長さ五~一〇cm。早春、尾状花穂に青褐色の小花を多数つける。ハコヤナギは箱を作る材となるのでその名がつき、ヤマナラシは風に葉がすれあって音を出すのでその名がある。材は箱のほかマッチの軸やつまようじをつくるのに用いられる。「風きたり/高鳴るものはやまならし/またはこやなぎ/さとりのねがひ」(歌[二九六])、「今は丘のふもとのやまならしの*梢のさやぎにまぎれました」(童[まなづるとダァリヤ])、「やまならしにもすてきにひかるやつがある」(詩[丘陵地を過ぎる])等。↓楊《やなぎ》、はこやなぎ

山猫《やまねこ》 ↓猫《ねこ》

山の神《やまのかみ》【民】 民間信仰の一。もとオオヤマツミノカミ(大山祇神↓山つ祇《かみ》)から転じた民間信仰の神の名で、猟師、炭焼き、きこり、山菜採りなど、山で仕事をする山村の守護神とされてきた。全国的にその伝承形態は多様だが、農民の間では春、山の神は山から里に下り田の神となり、秋の収穫後にまた山に帰る

とされ、神社の祭神は大山祇命《おおやまつみのみこと》や木花開耶媛《このはなさくやひめ》として春や秋の祭礼をするところも多い。農山村の守護神として信仰されるところから、山・野の幸を産むとして女性神とされる所が多いが、伝説の過程で男性神となり、女性をさらう神とされ、男根を形どった供物をしたり、男根を神体とするなどの習俗も見られ、さまざまの儀式やタブーも多い。詩［*地主］には「首尾よく*熊をとってくれば／山の神様を殺したから／ことしはお蔭で作も悪いと云はれる」とあり、熊は山の神でもある。童［祭の晩］は「山の神の秋の祭りの晩でした」という書き出しで始まっている。↓山つ祇《やまつかみ》

山の根《やまのね》 ↓法印《ほういん》

山《やま》の方《ほう》ぁい、いんとも学校《がっこ》さ行《い》がれないもな【方】　山の方がいいけれど、山にいたんじゃ学校に行けないもんな。「山の方ぁい」は「山の方がいい」の意。「いんとも」は「いいけれど」の意。「行がれない」は「いがれね」と発音し、不可能を示す。童［*ひかりの素足］。

山火《やまび》【民】　これを題にした詩が二篇ある。初行に「血紅」があるのと（↓瑪瑙《めのう》）、「風がきれぎれ」にはじまるのと、どちらも山火事（山焼け）のイメージにとれるが、後者の下書稿［郊外］を見ると「北上山地四月の恒例の山火」とあり、奈良の若草（嫩草）山での有名な「山焼き」（枯れた芝草を焼く）を連想させるが、奈良は毎年一月（第二次大戦後は一月）で、北上山地は二、三か月遅れ、「〈古代神楽を伝へたり／古風に公事《（くじ）》をしたりする／*大償《つぐなひ》や*八木巻《（やぎまき）》へんの／小さな森林消防隊〉」とあるように（本物の山火事になった場合に備えての森林消防隊が神楽等もやった）こちらも奈良に劣らず古い。↓大迫《おおはさま》

山伏上りの天狗《やまぶしあがりのてんぐ》【文】　詩［会見］に出てくる。山伏は山に伏す（寝起きする）という原意から、山で修行する修験道《しゅげんどう》の行者や僧のことを言う。もとそうだったような天狗、すなわち神山をとび、深山に住むという*神通力の持主の意。

山裳《やまも》【レ】　山裾《すそ》もそうだが、さらに山裾を着物の裳すそに見たてて言う。文語詩［〔雲ふかく　山裳を曳《（ひ）》けば〕］がある。

楊梅《やまもも》【植】　ヤマモモ（山桃）。漢名ヨウバイ。山地に自生するヤマモモ科の常緑高木。雌雄異種だが、春に黄色をおびたピンクの花を咲かせ、濃い紫色の甘い実となる。食用とするが樹皮は薬用、染料となる。詩［高架線］に「楊梅もひかり」とある。

山山《やまやま》のへっぴり伯父《おじ》 ↓なにしたど。爺《ち》んご取《と》っ換《かえ》へるど。それよりもうなのごと山山《やまやま》のへっぴり伯父《をぢ》さ…

やみていぶせきわれをあざみ ↓いぶせき

やらないでで ↓お経《きょう》までも…

槍たて草《やりたてくさ》 ↓すゞめのてっぽう《すずめのてっぽう》

槍の葉《やりのは》【植】【レ】　植物名ではなく、*稲や*萓等の鋭い葉先を槍（鎗）にたとえた表現。「鎗葉」「槍葉」「槍の穂」、あるいは単に「槍」とも。「今年の青い槍の葉よ活着《つ》け」（詩ノート［*囈語《げいご》］）、「稲、あの青い槍の穂は」（詩ノート［ダリヤ品評会席上］）、「この五列だけ／もうりんと活着《つ》き／鎗葉も青く*天を指す」（詩［牧歌］）、「稲の青い鎗ほのかに旋《（めぐ）》り」（詩ノート［〔午はつかれて塚にねむれば〕］）、「緑いろの槍のやうなオリザ（↓稲）」（童［*グスコーブドリの伝記］）等。『*春と修羅』第一集の詩［青い槍の葉］も稲苗の穂であり、「りんと立て立て青い槍の葉／たれを刺さうの槍ぢやなし」とある。

鎗葉《やりば》 ↓槍の葉《やりのは》

【やるかんと】

ヤルカンド【地】 Yarkand 葉爾羌。中国新疆ウイグル自治区西部の都市。タリム盆地西端、パミール高原（↓ツェラ高原）東麓に位置し、標高一二七〇m、ヤルカンド川に臨む。漢代の*莎車《さしゃ》国。市街はウイグル人の住む回城と漢人の住む漢城から成り、古来交通の要衝、商業都市として知られ、綿・絹・毛の各種織物、カーペットの製造等も盛ん。賢治作品では、詩ノート［ダリヤ品評会席上］に「もしこの町が／未だに近代文明によって而《しか》く混乱せられざる／*遠野或いはヤルカンドであらば」と登場するが、遠野とヤルカンドのイメージが二重になっているところが、いかにも賢治らしい。また、詩［*小岩井農場］下書稿には「たしかにヤルカンドや*クチャールの／透明な明るい空気の心持ちと」とある。↓亀茲国《きじこく》

やるせなみ ↓プジェー師

八幡《やわた、やはた》 ↓飯豊《いいとよ》

やんせ ↓おらも中《あだ》つでもいがべが…

厭《や》んた【方】 いやだ。「厭《や》んか」とも言う。意味は同じ。童［*風の又三郎］には「やんたぢ《じ》ゃ」、童［十月の末］には「厭んたんちゃ」「厭んたったら」とも出てくる。

やんたぢ《じ》ゃ ↓厭《や》んた

ゆ

維摩詰居士《ゆいまきつこじ》 【人】【宗】 梵語ヴィマラキールティ（Vimala-kirti）の音写（無垢称、浄名、の意）。*維摩経の主人公の名。*居士（梵語グリハパティ gṛha-pati）は家に居て仏道に精進する士（優婆《うば》塞《そく》とも言う）の意で、仏教が盛んだった時代の*インドの資産家階級をさす。現在日本の主に禅宗では一般的に男子の法名の下につける称号として用いられる（女子は大姉《だいし》）。維摩詰はヴァイシャリーの都に住む資産家で、在俗の身でありながら「空《くう》」の理解において類のない人物。詩［*装景手記］に「たとへば維摩詰居士は／それらの青い鋸（著者注、山脈）を／人に高貢（↓貢高《こうこう》）の心あればといふのである」とある。これはおそらく、維摩経仏国品第一における舎利《しゃり》弗《ほつ》（智恵一等と言われる*釈尊〈↓釈迦牟尼〉の弟子）と螺《ら》髻梵《けいぼん》王《のう》（頭髪を巻貝のように束ねた*梵天王）の問答を賢治流に表現したものか。そこには「舎利弗の言《いわ》く『われ此の土を見るに、丘陵《くりょう》・坑《こう》坎《かん》・荊棘《けいきょく》・砂礫《しゃりゃく》・土石《どしゃく》・諸山《しょせん》・穢悪《えお》充満せり』と。螺髻梵王の言く、『仁者心《なんぢこころ》に高下有りて仏慧《ぶつえ》に依らざるが故に、此の土《ど》を見て不浄と為《な》すのみ』」とある。↓唯摩経《ゆいまきょう》

唯摩経《ゆいまきょう》 【宗】 正しくは維摩経。賢治は「唯摩経」と誤記している。簡［63］に、「唯摩経にある*菩薩の修行して居る所へ」とある。主要大乗経典の一。全三巻、一四品。*維摩《ゆいま》詰居士《きつこじ》を主人公に、仏道は出家しなくても在俗のままでも修行できることを戯曲的手法で説いたもの。病床にある維摩詰居士と釈迦（↓釈迦牟尼）の命《めい》でそれを見舞いに来た文殊《もんじゅ》菩薩との「空《くう》」に対する論争が中心。法華経を漢訳した鳩摩羅什《くまらじゅう》（↓亀茲国《きじこく》）の訳（浄名経《じょうみょうきょう》）のほかに、呉《ご》の支謙《しけん》訳（維摩詰経）、唐の玄奘《げんじょう》訳（説無垢称経《せつむくしょうきょう》）があり、日本の聖徳太子が注釈書を書いた三大経典（法華経、勝鬘経《しょうまんぎょう》とこれ）の一でもある。↓維摩詰居士《ゆいまきつこじ》

木綿《ゆう》 【衣】 ゆふ。ゆふさ（斎麻）の略。もともと「ゆう」は*楮《こうぞ》（漢音チョ、クワ科の木、日本紙の原料）の繊維で織った布のことを言う。漢字の「木綿」は綿の繊維で織ったもめんのこと。楮布は綿布に取って代わられて久しいが、古来の読みだけ生かしたものであろう。詩［*早池峰山巓］に「みんなは木綿《ゆふ》の白衣をつけて」と出てくる。

遊園地《ゆうえんち》 【地】 賢治作品では*花巻温泉（一九二三〈大正一二〉年*台温泉から*引湯して開設した「台温泉遊園地」をまもなく改称）の旅館街とその周辺の総称。父*宮沢政次郎が花巻温泉株式会社の取締役であったため、賢治も一九二四年から並木や*花壇の造成に助力している（一九二七年四月九日付、冨手一《とみてはじめ》あて簡［228］等参照）。ただし、歓楽街の風潮に対しては賢治はむしろ嫌悪をいだいていた（↓魔窟《まくつ》）。詩［悪意］に「今日の遊園地の設計には、／あの*悪魔ふうした雲のへりの、／*鼠と赤をつかってやらう」とある。また、詩ノート［悪意］にも同様の詩句がある。また、詩ノート［〔ちゞれてすがすがしい雲の朝〕］に「北はぼんやり蛋白彩（↓蛋白石）のまた寒天（↓アガーチナス）の雲／遊園地の上の朝の*電燈」「遊園地ちかくに立ちしに／村のむすめらみな遊び女のすがたとかはりぬ」とある。また詩

[〔こぶしの咲き〕](↓マグノリア)に「こぶしの咲き／きれぎれに雲のとぶ／この巨きな*なまこ山のはてに／紅い一つの擦り傷がある／それがわたくしも花壇をつくってゐる／花巻温泉の遊園地なのだ」、また詩ノート[〔古びた水いろの*薄明穹のなかに〕]には「ごらんなさい／遊園地の電燈が／*天にのぼって行くのです／のぼれない灯が／あすこでかなしく漂ふのです」とある。また、童[*台川]に「(あ丶畑も入ります入ります。遊園地には畑もちゃんと入ります)なんて誰だったかな、云ってゐた、あてにならない」とある。

有機交流電燈《ゆうきこうりゅうでんとう》 ↓電燈《でんとう》

有機酸《ゆうきさん》 【科】 有機化合物(炭素を含む化合物の総称)で*酸の性質(水に溶解させると水素イオンを生ずるもの)をもつもの。例えば蟻《ぎ》酸、酪《らく》酸、*酢酸、*乳酸等を指す。童[毒蛾](↓蛾)では、*マリオ高等農学校のブンゼン博士(↓ブンゼン燈)の毒蛾に関する論文によると、毒蛾の「毒性は或ひは有機酸のためと云ふが、それ丈《(だ)》けとも思はれない」とある。

有効窒素《ゆうこうちっそ》 ↓石灰窒素《せっかいちっそ》

夕づつ《ゆうずつ》 ↓波羅蜜《はらみつ》

融銅《ゆうどう》 ↓ハロウ

夕日山《ゆうひやま》 【地】 *種山ヶ原の物見山(↓モナドノック)の東三・五km。標高七四六m。劇[種山ヶ原の夜]に「うん、一昨年《をとどし》な、*汝《うな》ぁ　あの時　居だたが、あの夕日山の方さ出はて、怪我《けが》してらた馬こよ、サラアブレッド(↓馬《うま》)でな。」(うん、おととしだったよな、お前、あの時居たっけ、あの夕日山の方へ出ていって、けがした*馬よ、サラアブレッドだったよな。)とある。

郵便脚夫《ゆうびんきゃくふ》 【人】【文】 ポストに投函《とうかん》された郵便物を集めたり、家々に配達する郵便局の職員、「集配手」「郵便集配人」の旧称。詩[屈折率]に「陰気な郵便脚夫《きゃくふ》のやうに」とある。ちなみに、一八七〇(明治三)年に前島密《ひそか》の命名ではじまる日本の「郵便」制度で鎌倉時代からの呼称を生かした呼び名も多く「為替《かわせ》」(古くはカワシ)や、「飛脚」を生かした「脚夫」もそうであった。

幽霊《ゆうれい》 【宗】 直接的には死者の魂のこと。亡霊、亡魂、あるいは霊魂に同じ。詩『*春と修羅』第一集[序]に「(あらゆる透明な幽霊の複合体)」(この用例については後述)、詩[*真空溶媒]に「画かきどものすさまじい幽霊が／すばやくそこらをはせぬけるし」、詩[*小岩井農場　パート四]に「みんなさくらの幽霊だ／内面はしだれやなぎ(↓柳)で／*鴇《とき》いろの花をつけてゐる」、童[畑のへり]に「*カマジン国の兵隊がたうたう《(ママ)》やって来た。みんな二ひきか三びきぐらゐ幽霊をわきにかかへてる。その幽霊は歯が七十枚あるぞ。あの幽霊にかぢ《(ママ)》られたら、もうとてもたまらんぜ」、簡[6]に「仏の御前には命をも落すべき準備充分に候　幽霊も恐ろしく之れ无《(な)》く候」、簡[154]に「幽霊が時々私をあやつって裏の畑の青虫を五疋拾はせる」「万一日本の秩序がみだれ青い幽霊が限りなく奔りまはり」等がある。なお、本項冒頭の用例「(あらゆる透明な幽霊の複合体)」は、この第一集[序]全体が難解であると一般に言われるのにふさわしく、他の用例とちがって謎めいて見えるかもしれない。そこであえて解説を加えるなら、この一行の、具体的な影響源と考えられるものにラフカディオ・ハーン(小泉八雲一八五〇～一九〇四)のエッセイ「Dust(塵)」(『Gleanings in Budda-Fields(仏の畑の落穂)』一八九七、ホートン・ミフリン社、所収)に「a composite of quintillions of souls（霊魂〈幽霊〉の億兆の複合体）」という一句がある。この日本で書かれたハーンの思想の核とも言えるエッセイの影響は、賢治の「核の塵」の用語にも見られるが、このエッセイを読んで（柳田国男を読んでいた賢治は、柳田の著述を介してか、あるいは当時の中学の英語教科書にも載り、当時よく読まれていたハーンの平易で、しかも奥行きのある英文に触れる機会もあったと思われる）、その所説や用語をわがものにしていたかと思わせるのが、実はこの「幽霊の複合体」なのである。そこで考えられることは、賢治のここに掲げた他の用例の「幽霊」は、どちらかと言えば英語の ghost でもさしつかえない場合が多いのに対して、この「幽霊の複合体」は、ほとんどハーンに近く souls（複数）でなければならないように思われる。ハーンの原文で示せば「人間の霊魂とは？　億兆の霊魂の複合体なのだ。私たちは誰しもみな、前世からの多くの生命の断片の、無数に混じり合ったものなのだ」（著者訳）。そしてハーンは、人間が単なる個体ではなく、多くの霊魂の複合体としての一現象であることを、このエッセイで力説している。ともあれ、日本の近代文学では独創と思われるこの賢治の一行は、日本の習俗的な「ゴースト」の概念をこえた、本辞典の項目で言えば、さきの「核の塵」や「太陽系」や「モナド」等の内容と深く関わる宇宙的で現象的な（［序］の第一行の「わたくしといふ現象は」を受ける）「わたくし」を現象させ、現前させている万有の霊魂（ソウルの複数）、といった意味で使われていると思われる。→核の塵《かくのちり》、霊《れい》、太陽系《たいようけい》、モナド

幽霊写真《ゆうれいしゃしん》【文】　今で言う心霊写真。写真の人物の背後にぼんやり幽霊の姿が写っている写真。二重撮りや焼き込み等の技術でも可能であるが（トリック写真）、そうでない心霊現象（エクトプラズム）として、あるいは霊媒の念写によって（思いがこもって写る）画面に自然に現われるとする神秘説もある。詩［昏い秋］に「ひとは幽霊写真のやうに／ぼんやりとして風を見送る」とある。また詩［郊外］にも似たような表現がある。ちなみに、この二つの詩はともに一九二四（大正一三）年のいずれも一〇月に書かれているが、オランダ渡来の写真の技術も明治を経て大正時代に入ると日本でも隆盛し、盛岡や花巻でもかなりのマニアがいて、新しもの好きでは人後に落ちない賢治も相当の関心をもっていた（彼は活動写真もよく観ており、その積極的な影響が作品に見られる。代表作の童［やまなし］が示すように幻燈にいたっては言うまでもない）。「幽霊写真」がごく自然に詩に出てくるのもその証拠ではあるまいか。そして幽霊写真そのものがカメラの進歩とその技術の向上をも物語っている。日本の近代文学に最も早く写真や写真機が登場するのは尾崎紅葉『金色夜叉』（一八九八）だが、作中にあるように紅葉自身が「一基の写真機に千金を擲《なげう》つ」ような写真マニアで、アマチュア写真家たちによる東京写友会（一九〇一創立）の会長もつとめた。しかし、まだ当時は幽霊写真までは出現しなかったようだ。ほかに「写真師」や「写真器械」の登場する詩［〔プラットフォームは眩《(まば)》ゆくさむく〕］、文語詩［紀念写真］、詩ノート［汽車］、童［ポラーノの広場］（→ポランの広場）等がある。「フラッシュ」も詩［九月］［〔高原の空線もなだらに暗く〕］等に登場する。

硫黄《ゆおう》　→硫黄《いおう》、硫黄華《くゎ》《いおうか》

愉快な馬車屋《ゆかいなばしゃや》【音】　曲名。童［セロ弾きのゴーシュ］の中で、狸の子がこの曲をリクエストする。ゴーシュは「何だ愉快

な馬車屋ってジャズ*か」と答え、楽譜を手にすると笑い出して「ふう、変な曲だなあ」と感想をもらす。佐藤泰平《たいへい》の調査では、明らかにこの曲名のもととなるような曲は見つかっていないが、ビクターの一九一八（大正七）年のカタログから、「愉快な牛乳屋」（「山の人気者」の原曲）を近いものとしてあげている。なお、一九一七年四月の「レコード音楽」に玉置真吉《たまおきしんきち》の記事「四月のダンス・レコード」があり、「愉快な牛乳屋」の紹介がある。レコード番号B五八七四の裏面で、表面は「家へなんか帰るかい」。玉置の解説は「両面共美しい独唱を持つ速いフォックスである。演奏も亦歯切れのよいものである」というもの。作曲はサロニィ、演奏はヒルトンとその管絃楽団。また同誌二月号のダンスレコードにはビクターの二二二五一五B「愉快に唄へ」（テド・ウィームス・オーケストラ）というのもある。→印度の虎狩《いんどのとらがり》

彎み《ゆがみ》　→彎曲《わんきょく》

雪狐《ゆきぎつね》　→狐《きつね》

雪沓《ゆきぐつ》【衣】　降雪期に履く手製の藁*で編んだ靴*。「わらぐつ」とも。東北等の雪深い地方だけでなく中国・九州地方まで広く行なわれていた。近距離用のスリッパ型（狭義のわらぐつ）、作業用の浅靴型（くるぶしまで、かかと部のあるもの）、深雪用の深靴型（ひざまでのもの、つまりブーツ）等の種類がある。一般にゴム靴（地方によってはダルマ、ダルマ靴とも言った）の普及とともに姿を消すが、民芸品としては今も売られている。「四郎とかん子とは小さな雪沓をはいて」（童［雪渡り*］）、「雪沓*とジュートの脚*絆」（詩［北上山地の春］）、「藁沓に雪軋(きし)らしめ」（ス［二一〇異］）等のほか、童［ひかり*の素足］［*耕耘部(こううんぶ)の時計*］等。

雪げの水に涵されし《ゆきげのみずにひたされし》【レ】　文語詩の題名。雪げは雪融、雪解、雪融け、等で出てくる歌や詩が賢治にはあるが、解説不要の語、「涵されし」は同音同義の浸、漬、漚、等とのニュアンスのちがいで言うと、没するほどひたされた、の意。

雪《ゆぎ》さ寝《ね》せろ【方】　雪の上に横にしろ。命令形の指図。「寝せる」は「横にする」「寝かしつける」の意。童［ひかり*の素足］。

雪代《ゆきしろ》、**雪しろ**《ゆきしろ》、**雪代水**《ゆきしろみず》【天】【方】　春の雪解け水、雪汁《ゆきしる》、雪汁水。東北一帯から富山・石川県にかけての方言。「ゆぎしろ」と訛る場合もある。賢治は単に雪代、雪しろとも言う（文語詩［社会主事　佐伯正氏］）。春の雪解け水で川の水量が増すことにも言う。あるいは流氷（→流氷《ザエ》）を言う場合もある。ス［一二］には「春のまひるの雪しろの」、文語詩［廃坑］には「みちをながる丶雪代に」（下書稿㈡は「雪融の水」、同㈢では「ひとすじ(ママ)鳴れる雪どけの／ながれいぶしみわたるとき」、「いぶしみ」は訝《いぶか》しく、へんだなと思いながら）、童［イーハトーボ農学校の春*］には「このせきの去年のちい(ママ)さな丸太の橋は、雪代水で流れたな」とある。

雪代ふ《ゆきしろう》【方】　「雪が解けて水になる」（動詞）の方言。その水は、ゆぎしろ（ゆきしろみず、とも）になる。文語詩［〔二川こ丶にて会したり〕］に「（二川こ丶にて会したり）／（いな、*和賀(わが)の川水《みづ》雪代ふ／*夏《ゲ》油《タウ》のそれの十なれば／その川ここに入ると云へ）」とある。

雪菜《ゆきな》【植】　積雪の多い地方で雪中に栽培する菜類。主として、九月に播種するコマツナの一種で雪の中でも青々としている。葉柄が白く厚く、しゃくし形の葉が先につくので、しゃくし菜とも呼ばれる。詩［村娘］に「雪菜の*薹(とう)（著者注、花茎）を手にくだき」とあるほか、詩［〔レ*アカーを引きナイフをもって〕］［〔同心《どうしん》*

町《ちょう》の夜あけがた」」、詩ノート［〔いま青い雪菜に〕］等に見られる。

雪肉《ゆきにく》【レ】【天】　積雪の白い肌を肉感的にとらえた賢治の造語と思われる。しかも、*浮世絵版画の制作過程を微妙にとらえる表現の中で、この語は鮮やかに生きている。詩［*浮世絵展覧会印象］の「あやしく刻みいだされる／雪肉乃至象牙のいろの*半肉彫像」がそれである。「雪肌」「雪白」「雪花」等の成語からの連想であろうが、視覚の清らかなエロスは賢治の傾倒した*浮世絵にもふさわしい。

雪のエッセンス《ゆきのえっせんす》【レ】　雲の形容。エッセンス(essence)は精髄。詩［*暁穹《ぎょうきゅう》への嫉妬］に「*薔薇輝石や雪のエッセンスを集めて」とあるのは、薔薇輝石のイメージと照応する、輪郭のはっきりした凝固した感じの白雲を雪に見たてた形容か。

雪袴《ゆきばかま》【衣】　もんぺ。もっぺとも。主に労働着に用いたズボンの一種。袴の裾がだんだん下で細くなり、足首でくくれるように仕立ててあるため、活動性・保温性に富む。上部はゆったりとしているので、着物(和服)を着たまま着用した。東北地方をはじめ、雪深い地方で、主に冬期に着用されたのでこの名があるが、第二次大戦中には女性の服装として和服を仕立て直したりして全国的に用いられた。「黒い雪袴をはいた二人の一年生の子」(童［*風の又三郎］)、「黒い絹に赤い縞のはいった(ママ)／エヂプト風の雪ばかま」(詩ノート［〔ひわ(ママ)いろの*笹で埋めた嶺線に〕］)等が登場。詩［*法印の孫娘］には「黒い雪袴《モッペ》と*つまごをはいて」とあるが、モッペは「もんぺ」の訛り。「もんぺ」の語も、詩［〔ふたりおんなじさういふ奇体な扮装で〕］の「*瓶のかたちのもんぺ」等に見られる。ほか、文語詩［母］、詩ノート［運転手］［〔火がかゞやいて〕］等。

雪《ゆぎ》はれるうぢ此処《じこご》に居《い》るべし泣《な》ぐな【方】　雪がやむまでここに居よう。だから泣くな。「べし」は意志＋理由を示す。「うぢ」は「うち」の訛り。「までの間」の意。童［*ひかりの素足］。

雪婆んご《ゆきばんご》【民】【方】　童［*水仙月の四日］の登場人物。バンゴは老婆の方言。岩手地方では、雪の降る晩等に「雪婆《ばあ》さま」が現れるという伝説があった。同童話に「*猫のやうな耳をもち、ぼやぼやした灰いろの髪をした雪婆んごは、西の山脈の、ちぢれたぎらぎらの雲を越えて、遠くへでかけてゐたのです」とある。同作品中の「*雪童子《ゆきわらす》」たちの連れている「雪狼《ゆきおいの》」等とともに雪の精、あるいは大雪や雪嵐をもたらす自然現象の象徴とも読まれ、賢治作品にはないが雪鬼、雪娘、雪女、等の語も一般にはある。佐藤通雅《みちまさ》は「雪婆んごは*天(あるいは宇宙)に属するもの」、須田浅一郎は「自然の猛威としての雪を象徴するもの」、谷川雁は「里雪をもたらす低気圧」等と言っている。

雪柳《ゆきやなぎ》【植】　川沿いの岩場に生えるバラ科の落葉小低木で高さ一～二m。枝は束生し細長い。春、群がり咲く白い五弁の小花が雪に似ているところからその名がある。観賞用としても広く栽培される。「その水際園《みずぎわえん》に／なぜわたくしは枝垂《しだ》れの雪柳を植える(ママ)か」(詩［*装景手記］)、「小《ちさ》くやさしい貴女たちのゆゑに／雪やなぎひかれば」(詩ノート［〔銀の*モナドのちらばる*虚空〕］)等。

雪渡り《ゆきわたり》【文】　道のない凍りついた雪原を歩いて行くこと。童［雪渡り］では四郎とかん子が「『*堅雪かんこ、凍《し》み雪しんこ。』と歌ひながら」「キック、キック、トントン」と銀の雪原を渡って行く。

雪童子《ゆきわらす》【民】【方】　雪わらす(わらし)は雪の精としての童

子の方言。*ざしきぼっこ(ザシキワラシ〈ス〉)や雪*婆《ば》んご等とともに東北地方の伝説・民話の主要類型人物の一。童[*水仙月の四日]の主人公。「雪童子の白い影」や「雪わらすは顔いろも青ざめ」というふうに「わらす」は漢字、かなの表記が混用されて出てくる。

ゆぐ ↓あだまもゆぐ…

湯口《ゆぐち》 ↓飯豊《いいとよ》

ユグチュユモトの村《ゆぐちゅゆもとのむら》 【地】 賢治得意の造語地名だが、岩手県*稗貫郡湯口村(↓飯豊《いいとよ》)と湯本村(↓飯豊)をもじったものと思われる。童[税務署長の冒険]に登場。

ゆじゆ ↓あめゆじゆとてちて…

由旬《ゆじゅん》 【宗】 yojana(梵)の音写(踰繕那《ゆぜんな》とも)。賢治作品には出てこない倶盧舎《クローシャ》とともに古代*インドの距離の単位。一由旬は八倶盧舎とされ、荷車を引いた*牛が一日に進む距離を指す、とも、帝王の*軍隊が一日に行軍する距離を指す、とも言う。具体的な距離は諸説があり定め難いが、J・フリートの説によると一由旬は九・〇九マイル、すなわち一四・五kmとなる。「*辛度海《しんどかい》から、あのたよりない三角洲から/由旬を抜いたこの高原も」(詩[*阿耨達池《あのくだっち》幻想曲])、「*捨身菩薩がもとの鳥の形に身をなして、空をお飛びになるときは、一揚《いちよう》といふて、一はゞたきに、六千由旬を行きなさる」(童[*二十六夜])、「一瞬百由旬を飛んでゐるぞ。けれども見ろ、少しも動いてゐない」(童[*インドラの網])、「おれはその幾千由旬の海を自由に潜《かづ》き」([かづ(ず)き]は「もぐる」の古語。短[*竜と詩人])等とある。現代離れのした空間意識と言うほかない。

柚《ゆず》 ↓西条八十《さいじょうやそ》

ユッカ 【植】 yucca ユリ科の常緑低木の属名。数種あるが、イトラン(糸蘭)とキミガヨラン(君が代蘭)の二種が代表的。北アメリカ原産で観賞用として栽植される。葉は密生し細長く大きく厚く白粉を帯び、先端に針がある。初夏に巨大な花序を生じ、イトランは緑白色の、キミガヨランは黄白色の鐘状の花を多数つける。詩[*丸善階上喫煙室小景]に「ユッカのいろの窿穹《ドーム》の上で」とあるのは、洋風建築の円屋根《ドーム》の色をどちらかのユッカのそれに擬したもの。「窿穹」の表記は逆で「穹窿」の誤記、ドーム(dome)と読ませるなら「穹窿形」としたいところ。↓穹窿《きゅうりゅう》

イトラン

湯漬け《ゆづけ》 【レ】 飯に湯をかけて食うことから、にわか仕立て、早のみこみ、といった意で用いる。『春と*修羅』第二集の[序]詩に「いさゝか湯漬けの*オペラ役者の気もしまするが」とある。

油桃《ゆとう》 ↓油桃《つばいもも》

湯煮《ゆに》 ↓キャベヂ《きゃべじ》

ゆぶし 【方】 煙でいぶして懲《こ》らしめること。童[税務署長の冒険]に「この野郎、ひとの家でご馳走になったのも忘れてづうづうしい野郎だ。ゆぶしをかけるか。」とある。松の木に吊るし上げられた署長を「下から煙でいぶしてやろうか」の意。

湯船沢《ゆぶねざわ》 【地】 岩手県岩手郡滝沢村の地名。*盛岡駅の北北西約八km。石ケ森(↓沼森)の東方二km。現在は東北自動車道が通っている。近くに滝沢牧場がある。賢治は一九一六(大正五)年七月、「湯船沢」と題する歌[三三四・三三五]を作っている。

ゆべながら ↓ぢ《じ》ゃ、ゆべながら…

昨夜《ゆべな》、今朝方《けさがだ》だ《た》がな、火《ひ》ぁ消《け》でらたな、覚《おべ》だが【方】ゆうべ、いや今朝《けさ》だったかな、火が消えてたな、覚えているか。「ゆべな」は「昨晩」、「今朝方」は「今朝ころ」「今朝あたり」の意。「だ《た》がな」は「だったかな」の訛り。「覚《おべ》だが」は問いかけ。童［ひかりの素足］。

夢の橋《ゆめのはし》【レ】 虹の形容。童［めくらぶだうと虹］「大きな虹が、明るい夢の橋のやうにやさしく空にあらはれました」、童［十力の金剛石］「虹は空高く大きく夢の橋をかけてゐるのでした」、童［マリヴロンと少女］「大きな虹が、明るい夢の橋のやうにやさしく空にあらはれる」とある。『源氏物語』の最終巻名「夢の浮橋」を思い出させる。

湯本《ゆもと》 →飯豊《いいとよ》

百合《ゆり》【植】 ユリ科ユリ属の植物は北半球で六〇種以上一〇〇種近くあると言われるが、その総称。山野にも自生するが、観賞用、食用、薬用として世界中に広く栽培される。日本の東北地方にはヤマユリ、オニユリ、クルマユリ等が自生。賢治作品ではヤマユリが多い。童［雪渡り］の「銀の百合」は、日の光を浴びた林の中の雪の形容だが、ヤマユリを連想させる。賢治の「白百合」は恋または恋人の比喩になっていると境忠一《ただいち》は指摘したが、先蹤《せんしょう》は夏目漱石の『それから』（一九〇九）等にも見られ、また、ヨーロッパではギリシア、ローマ以来の伝承や芸術にも精神的なものとして Lilium, lily の姿が数多く見られる。それは旧約聖書（特に「雅歌」等）以来キリスト教文化にも引き継がれ、白百合（マドンナ・リリー）は処女性や純潔のシンボルとして欧米の風俗の中にさえ今も多く生きている。日本でも『記紀』、『万葉集』以来ユリをたたえた記述は多い。そう考えると恋人の象徴は賢治の独創とは言い難いが、たしかに歌［一九一三］の「いなびかり／またむらさきにひらめけば／わが白百合は／思ひきり咲けり」や、同じく［一九一四］の「いなびかり／みなぎり来れば／わが百合の／花はうごかずましろく怒れり」、また文語詩［百合を堀《（ママ）》る］の「百合堀《（ママ）》ると 唐鍬《トガ》（→鍬《くわ》）をかたぎつ／ひと恋ひて 林に行けば」（「かたぎつ」はかついで）等の表現は、境をはじめ多くの人が指摘するように内面的な童［ガドルフの百合］の「おれの恋は、いまあの百合の花なのだ」という部分と呼応し、その傾向を示しているように思われる。賢治の短歌には北原白秋の影響もあると言われているが「うつろより／降り来る青き阿片光／百合のにほひは波だちにつゝ」（［五八〇］）といった、賢治にもそれらしい嗅覚的なものがある。童［ガドルフの百合］とともに象徴的な童［四又の百合］の「はだしの子供がまっ白な貝細工のやうな百合の十の花のついた茎をもって」は、また童［めくらぶだうと虹］の「まことの瞳でものを見る人は、人の王のさかえの極みをも、野の百合の一つにくらべやう《（ママ）》とはしませんでした」とともに題材的、イメージ的にこれも呼応し、当時の文語聖書（マタイ福音書第六章）の「野の百合は如何にして育つかを思へ、労せず、紡《つむ》がざるなり。然《さ》れども我なんぢらに告ぐ、栄華を極めたるソロモンだに、その服装《よそほひ》この花の一つにも及《し》かざりき」というくだりによっている。劇的、内面的な「ガドルフの百合」に対して、ことに明るい「百合の十の花」は題材が、ジャータカ（→印度）の影響かと思われる全篇仏教説話ふうであるだけに、十字架をイメージする四又の百合は、賢治における仏教とキリスト教のシンボリックな冥合《みょうごう》（一致すること）として重要視されてよい。文語詩［〔*沃度ノニホヒフルヒ来ス〕］に出てくる「アルヒ《(ママ)》ハ百合ノ五塊《タマ》ヲ、／ナガ大母ニ持テトイフ」の「五塊」は百合の球根のことで、山から食用に持ち帰る人々を歌った文語詩。ちなみにヨーロッパでも百合の根は食用・薬用として古来珍重され、ことに婦人病の妙薬とされている。↓鷺百合《さぎゆり》、水百合《みずゆり》

ユリア【人】【鉱】　詩［*小岩井農場　パート九］に登場する幻想中の子の名。*ペムペルも同じ。「ユリア　ペムペル　わたくしの遠いともだちよ／わたくしはずゐぶんしばらくぶりで／きみたちの巨きなまつ白なすあし（↓ひかりの素足）を見た／どんなにわたくしはきみたちの昔の足あとを／白堊系の*頁岩《(けつがん)》の古い海岸にもとめただらう」とあり、地質年代名との関わりがうかがわれる。小野隆祥（「啄木と賢治」季刊第五・六号、一九七六）の指摘によれば、ユリアは*侏羅紀（Jurassic）、ペムペルはペルム紀（Permian　二畳紀）によっているとされる。侏羅紀は賢治がよく読んだA・トムソンの『科学大系』では「ユラ紀」となっている。↓ペムペル

油緑《ゆりよく》【レ】　みるちゃいろ（海松茶色）。海藻のみる（海松、水松、みるめ）を連想させる濃いつやつやとした勢いのある黄緑色。詩［宗教風の恋］の初行に「がさがさした*稲もやさしい油緑に熟し」、詩［夏］（作品番号一三九）には「木の芽が油緑や*喪神青《(そうしんせい)》にほころび」、文語詩［〔*水*楢松にまじらふは〕］下書稿㈠には「油緑の*桑もひかりたりけり」とある。

よ

杳遠《ようえん》【レ】 遥遠とも書く。杳《はる》(遥)かに遠いさま。詩[*装景手記]に「また近代の勝れた*園林設計学の/ごく杳遠なめあてである」とある。

ようがす【方】 いいです。童[*種山ヶ原]では「それ丈《だ》けでようがすかな」と使われている。「それだけでいいんですか」「それだけで済むんですか」の意。

熔岩《ようがん》【鉱】 溶岩、鎔岩とも。火山の噴火時に噴き出たもので、流体として流れだし、それが固まってできた岩石。溶岩の粘性は、含まれる二酸化ケイ素成分で決まる。粘性の少ないものから順に、玄武岩→安山岩→デイサイト→流紋岩となる。昭和新山のようなデイサイト質溶岩の場合、地上に出た溶岩は流出することなくその場に盛りあがって溶岩ドームを形成する。歌[二八一]に「北上は雲のなかよりながれきてこの熔岩の台地をめぐる」、詩[東岩手火山]に「向ふの黒い大きな壁は/熔岩か*集塊岩」、童[楢ノ木大学士の野宿]に「え、、こゝに一つの火山がある。熔岩を流す。その熔岩は地殻の深いところから太い棒になってのぼってくる」、童[グスコーブドリの伝記]に「じつにイーハトーブには七十幾つの火山が毎日煙をあげたり、鎔岩を流したりして」など、用例は多数。賢治は熔岩をマグマ(岩漿)と同義に用いている場合がある。→鎔岩流《ようがんりゅう》

鎔岩流《ようがんりゅう》【地】 噴火口から流れ出た熔岩のこと。賢治の場合、一七一九(享保四)年*岩手山東側九七〇m付近の火口から流れ出た焼走《やけはし》り熔岩流をさす。延長約二・八km、最大幅約一km。特別天然記念物。噴火が比較的新しいため、地衣類や蘚苔類の付着が少し見られる程度で、塊状の岩塊が累々と重なっている。詩[鎔岩流]には「けれどもここは空気も深い淵になつてゐて/ごく強力な*鬼神たちの棲みかだ/一ぴきの鳥さへも見えない」とある。一九二五(大正一四)年五月一一日の日付のある詩[*国立公園候補地に関する意見]には「どうですか　この鎔岩流は/殺風景なもんですなあ/噴き出してから何年たつかは知りませんが/かう日が照ると空気の渦がぐらぐらたって/まるで大きな鍋ですな」とある。詩[*森林軌道]には「……鎔岩流の刻みの上に/二つの鬼語が横行する……」(→鬼語)とある。

岩手山熔岩流

養鶏用石灰《ようけいようせっかい》 →石灰《せっかい》

妖蠱奇怪《ようこきかい》【レ】 妖《あや》しく人を*蠱《まど》わすような奇怪なさま。詩[凾(函)館港春夜光景]に「妖蠱奇怪な虹の汁をそゝいで」とある。

ようし、仕方《しかた》ないがべ。さあ、さっぱりどあぎらめべ。ぢぇ《じ》、医者《いしゃ》さん、まだ頼《たの》む人《ひと》もあるだあんまりがを《お》らないでおでぁれ【方】 ようし、仕方ないだろう。さあ、きっぱりあきらめよう。じゃ、医者さん、まだ頼む人もあるだろうから、あんまり気を落とさないで下さいよ。「仕方ないがべ」は「しがだねがべ」と発音し、「べ」は断定、「あぎらめべ」の「べ」は意志。「ぢぇ」は「じゃ」の訛り

で「それじゃ」の意味であると思われるが、その場合、実際の発音は「んで」に近い。「あるだ」は「あるだろうから」の意で推量＋理由を示す。「がをる」は「疲れる」「心労・病気などで痩《や》せる」の意だが、ここでは「気を落とす」ほどの意味で用いている。「がを《お》れる」とも言う。「おでぁれ」は「…でいて下さい」の意で状態＋願望・命令。劇［植物医師］。

容子《ようす》【レ】 様子に同じ。明治・大正期の文章には多く見られる。「重くて強い容子」（詩［高架線］）等。

瑢台《ようだい》 →東北菊花品評会《とうほくきくかひんぴょうかい》

沃度《ようど》【科】 アイオディン（iodine）。沃素のこと。ヨウドの音はフランス語の iode《ヨド》 ドイツ語の Jod《ヨート》から。常温で暗紫色の金属光沢を持つ結晶。揮発性があり紫色の蒸気を出して昇華する。溶液は赤褐色。賢治の場合、例えば歌［三一三］「雲かげの山の紺よりかすかなる沃度の*にほひ顫ひくるかも」に代表される沃度の匂いが中心となる。それは薬品でいえばヨードチンキの匂いである。詩［第四梯形］（→七つ森）でも「野原がうめばちさうや*山羊の乳や／沃度の匂で荒れて」とあり、文語詩［〔沃度ノニホヒフルヒ来ス〕］にも同様に使われている（この詩の題名はあいまいだが、来スは越スに通じるので、フルイコスと読んで、沃度の匂いがふるいたつように強くにおってくる、の意であろう）。「補遺詩篇」中の文語詩［〔友だちと *鬼越《おにこし》やまに〕］の「沃度の匂しるく流る、」の「しるく」は著《いちじる》しくきわだって、強く、の意。また詩［〔かの iodine の雲のかた〕］には英語で登場。

沃度ホルム《ようどほるむ》【科】 Jodoform（独） 黄色の板状結晶で、溶液を傷に塗ると殺菌作用があるが、特異な臭気がある。童［*ポラーノの広場］または劇［ポランの広場］では（両者、文意にややちがいはあるが）*ファゼーロとの決闘で敗れた山猫博士（→猫）（*デステゥパーゴ）が「おいおい、やられたよ。誰か沃度ホルムがないか。*過酸化水素をもってゐないか」と言う場面がある。

幼年画報《ようねんがほう》【文】 付録つきの月刊児童雑誌。一九〇六（明治三九）年から一九三六（昭和一一）年まで博文館より発行。季節にちなんだ特別企画の増刊号、年四回。主筆巌谷《いわや》小波《さざなみ》、画家鏑木清方《かぶらぎきよかた》等の石《せき》版《ばん》（平版印刷の一、石版石面に絵等を製版し、油と水との反撥性を応用して印刷）四色刷の絵が、童話、童謡とともに新しい絵雑誌として人気があった。賢治も読んだと思われる。童［*茨海《バラウミ》小学校］に登場。

溶媒《ようばい》 →真空溶媒《しんくうようばい》

要法下種《ようぼうげしゅ》【宗】 肝要な法の意。日蓮宗では、要法五字、つまり「*妙法蓮華経」のこと。下種とは、仏となる種を、生きるものの心にまくこと。雑［法華堂建立勧進文《(こんりゅうかんじんもん)》］には「要法下《やうぼうげ》種《しゅ》の旨深《むねふか》し」とある。ルビ「やうばう」は正しくは「えうばふ」。

妖冶《ようや》【レ】 洗練されて妖《あや》しくなまめかしいさま。詩［*浮世絵展覧会印象］に「妖冶な赤い唇や」とある。

瓔珞《ようらく》【宗】 旧かな「やうらく」。装身具（*幢幡《どうばん》や*天蓋《てんがい》などとともに、仏身・仏堂を飾る*荘厳具）の一。瓔も珞も首飾りの義。ほとけさまのネックレス。宝石や貴金属を糸でつないで首飾り（頭に巻くときもある）としたもの。*菩薩・*天人等の像は瓔珞を着けていることが多い。賢治の用例のうち菩薩のものと思われるのは、「立派な瓔珞をかけ黄金の*円光を冠り」

瓔珞

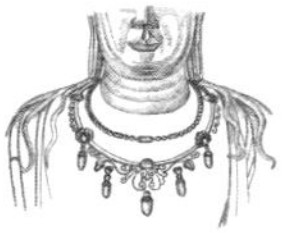

（童［ひかりの素足］）、「お星さまをちりばめたやうな立派な瓔珞をかけてゐました」（童［二十六夜］）。天人のものと思われるのは、「どこの子どもらですかあの瓔珞をつけた子は」（詩［小岩井農場パート九］）、「美しい瓔珞をかけた女子もございました」（童［雁の童子］）、「天人の衣はけむりのやうにうすくその瓔珞は昧爽の天盤からかすかな光を受けました」（童［インドラの網］）、「その子供らは羅をつけ瓔珞をかざり日光に光り」（童［マグノリアの木］）。比喩的な用例としては、「青いそらには瓔珞もきらめく」（詩［塚と風］）、「ごりごり黒い樹の骨傘は／そこいっぱいに／藍燈と瓔珞を吊る」（詩［図案下書］）。その他、詩［〔堅い瓔珞はまっすぐに下に垂れます〕］「疾中詩篇」の文語詩［〔熱とあえぎ《（ママ）》をうつゝなみ〕］（うつ、なみ、はこの世のものとも思えないので、すさまじいので）、短［竜と詩人］、帳［装景手記］二七頁等。

葉緑《ようりょく》　→照徹《しょうてつ》

幼齢　弦や鍵器をとって《ようれいげんやけんきをとって》　【文】【レ】　幼齢のころ（幼いとき）から弦楽器や鍵楽器を手にして（習って）の意。校本全集では「幼齢」の下が一字アキになっていて、わかりやすい。詩［告別］。

夜風太郎《よかぜたろう》　【民】　風の又三郎と同じく夜風の擬人化で、猛々しいイメージ。詩［第四梯形］（→七つ森）に「夜風太郎の配下と子孫とは」とある。配下は子分、手下。

ヨークシャイヤ　→ヨークシャ豚

ヨークシャ豚《よーくしゃぶた》　【動】　ヨークシャイア（Yorkshire）とも。豚の品種の一。イギリスのヨークシャー州原産で、白色、早熟、多産、強健がその特徴。詩［〔あの大もののヨークシャ豚が〕］に「あの大もののヨークシャ豚が／けふははげしい金毛に変り」とあり、童［フランドン農学校の豚］では豚の死亡承諾書に「私儀永々御恩顧の次第に有之候儘《（まま）》、御都合により、何時にても死亡仕るべく候　年月日フランドン畜舎内、ヨークシャイヤ、フランドン農学校長殿」、文語詩［巨豚］には「巨豚ヨークシャ」とある。

翼手《よくしゅ》　【レ】　哺乳類の翼手目《よくしゅもく》（手指の骨が長く指間の膜を翼のように広げて空を飛ぶコウモリの類）を頭に置いて用いた比喩。詩［〔南のはてが〕］では「ちぎれた冬の外套《（がいとう）》を／翼手のやうにひるがへす」とある。風にひるがえる外套の比喩。

寄越せぢゃ　【方】　寄越しなさい。童［十月の末］「おれさ寄越せぢゃ。」

横手《よこて》　【レ】　横、横のほう、の意（地名ではない）。詩［巨杉］（［〔地蔵堂〈→天台寺《てんだいじ》〉の五本の巨杉《すぎ》が〕］下書稿㈡）に「横手は古い法眼《ほうげん》の家で」、童［銀河鉄道の夜］に「天の川は汽車のすぐ横手を」等。

横なぎ《よこなぎ》　【レ】　横薙《な》ぎ。横ざまに薙ぎ倒されるさま。詩［〔うとうとするとひやりとくる〕］では「（かげらふ《（ママ）》がみな横なぎですよ）」とある。「かげらふ」は「かげろふ」（陽炎）の賢治誤記。春の日光がほのめく、あるいは熱せられた空気がゆらめく現象を言う。なお俳句でも春の季題。トンボ（蜻蛉）の異名でもあるが（→蜉蝣《かげろう》）、透明な翅で飛ぶさまがかげろうのように見えるところからその異名が出た。ここの賢治の詩句は原義で、かげろうのゆらめきが横ざまに立ち上るさまであろう。なお、次行の「（斧劈皴雪置く山となりにけりだ）」は→斧劈皴《ふへきしゅう》

横光利一《よこみつとしかず》　【人】　小説家。一八九八（明治三一）〜一九四七（昭和二

二）利一はリイチと一般に呼ばれる。早稲田大学中退。福島県出身（本籍は大分県）。*吉田一穂《いっすい》、佐藤一英《いちえい》（↓童話文学）とも交流、よく詩を理解していたことと、後の斬新な感覚を武器とした新感覚派の驍将《ぎょうしょう》としての活躍、そして小説家としては唯一生前の賢治を高く評価していたこととは深い関連があろう。同人誌「文芸時代」（一九二四創刊）を拠点に「国語との不《ふ》逞極《ていきわま》る血戦」を経て、マルキシズムともたたかい、相次ぐ実験的作風によって戦前の昭和文学の旗手として多くの影響を与えた。賢治を「完全未来型」の詩人として絶賛した横光が、文圃堂《ぶんぽどう》版、十字屋書店版の『宮沢賢治全集』実現の原動力となり、編纂委員となったことも不思議ではない。『横光利一全集』（一九五五〜一九五六、河出書房）以下、数次の全集がある。

横光利一

寄《よ》さって【方】 *花巻地方の方言では「寄る」ことを「寄さる」と言う。童[車]。

四次感覚《よじかんかく》 ↓第四次元《だいよじげん》

よしきり【動】 よし切り、とも。葦切。行行子。スズメ目ヒタキ科の鳥。オオヨシキリとコヨシキリの二種がいる。前者は全長一九cmほどでウグイス科中最大、後者はその三分の二ほどの大きさ。ともに褐色の背面と黄白の腹部。オオヨシキリは葦原に群棲しギョギョシ、ギョギョギョシと鳴くので俳句等ではよく「行行子」の字を当てる。コヨシキリは平地や草原、湿地にいて、ピッピピッピッ等と鳴く。「よしきりはひつきりなしにやり」（詩[休息]〈初行「そのきらびやかな空間の」〉）、「森の中の小さな水溜りの*葦の中で、さっきから一生けん命歌ってゐたよし切りが（中略）『清夫さん清夫さん、／お薬、お薬お薬、取りですかい？』」（童[よく利く薬とえらい薬]）等とあるが、ここでのオオヨシキリ、コヨシキリの別は判じがたい。

ヨシキリ

吉田一穂《よしだいっすい》【人】 詩人。一八九八（明治三一）〜一九七三（昭和四八） 北海道出身。早稲田大学（*横光利一と同期）中退。大正末期詩壇に登場したが、昭和初期のモダニズムの一角にあって時流に同ぜず、象徴的な詩風を確立した。濃密な構造を重視し、反俗と孤高を掲げて詩の純粋な立場を保持し、第二次大戦後も寡作ながら活躍した。一九三二（昭和七）年一〇月に、季刊詩誌「新詩論」を創刊。賢治は、吉田一穂からの誘いを受けて、詩[半蔭地選定][林学生]二篇を送った。前者は同誌の第二号（一九三三・二）に発表されている。簡[425・454]。なお、一穂には『*銀河の魚』などの童話作品もある。

吉野《よしの》【人】 吉野之雄《ゆきお》。賢治と盛岡中学校で同期。四年時病気休学、卒業しなかった。歌[五から二首目]に「*鉄砲を／胸にいだきて／もそもそと／*菓子を／食へるは／吉野なるらん」とある。

余習《よしゅう》 ↓拝天の余習《はいてんのよしゅう》

余水吐《よすいはき》【鉱】 よすいばき、余水路《ろ》とも。水力発電所や貯水池等で水量が定量を越えた場合、余分の水を放出する水路。詩[発電所]に「*ガラスづくりの発電室と／……また余水吐の青じろい滝……」とある。なお、この語の出てくる詩に[〔雪と*飛白岩《ギャブロ》の峯の脚〕]と、散文詩形で書かれたその先駆（発表）形[詩への愛憎]（吉野信夫編集「詩人時代」三巻三号、一九三三〈昭和八〉年三月）があるが、ルビが多くつけられており「余《よ》水吐《すゐど》」となっている。なかば専門的な賢治がつけるはずはなく、恐らく編集者の手によるルビと思われる。

よそほへる ↓狩衣《かりぎぬ》

余俗《よぞく》 ↓拝天の余習《はいてんのよしゅう》

よだか【動】 夜鷹。正しくはヨタカでダは賢治独特の方言ふうのにごり。ヨタカ目ヨタカ科の鳥。童「よだかの星」に「ほんたうは*鷹の兄弟でも親類でもありませんでした。かへって、よだかは、あの美しい*かはせみや、鳥の中の宝石のやうな*蜂すゞめの兄さんでした」とあるが、かつての分類ではいずれも仏法僧目《ぶっぽうそうもく》に属するとされていた。全長二九cmほど。体は樹木の幹に似た灰褐色で保護色。大きい嘴は平たく、キョキョキョキョと鳴きながら虫を捕食する。夜行性のたくましさをもつので、一〇世紀に出た「倭名類聚鈔《わみょうるいじゅしょう》」(略して「和名抄」とも)にも猛鳥の意の「怪鴟《かいし》」、「蚊吸鳥《かすいどり》」等とある。世界に一〇〇種近くもいると言われ、英語でもnighthawk《ナイトホーク》と言えば昔から夜の女《ストリート・ガール》(↓street girls)のたとえにもされたり、日本でも古くから夜鳴きそばのことを夜鷹蕎麦《よたかそば》と言ったりした。「夜だか鳴き、／*オリオンいでて、／あかつきもちかく／お伊勢の杜をすぎたり」(歌「五九二」)、「顔は、ところどころ、*味噌をつけたやうにまだらで、くちばしは、ひらたくて、耳までさけてゐます」「曇ってうすぐらい日か、夜でなくちゃ、出て来ない」(童「よだかの星」)、「あたいの兄貴はやくざもの　と／(中略)／名前を夜鷹と申します」(詩「〔北上川は熒《けい》気をながしィ〕」〈↓顥気《こうき》〉)、「夜鷹が食って　*かけすが死んで」(童「タネリはたしかにいちにち噛んでゐたやうだった」)(↓ホロタイタネリ)等。なお、よだかが星になる童「よだかの星」はむろん作品の生んだ星の名だが、「すぐとなりは、*カシオピア座でした。*天の川の青じろいひかりが、すぐうしろになってゐました。(中略)今でもまだ燃えてゐます」とある。この位置づけは、カシオピア近くでは有名な超新星、ティコの星(↓口絵⑪)が出現したことがあり、賢治はこれを念頭においていたかとも考えられる。↓かわせみ、はちすゞめ

ヨタカ

酔《よ》ったぐれ【方】 酔っ払い。「酔(っ)たぐれる」の形で動詞にも用いる。童「十月の末」では「酔たぐれでばがり居で」の例がある。「酒を飲んでばかりいて」の意。短「泉ある家」では「酔ったぐれ、大きらひだ」と出てくる。

澱《よど》【科】【レ】 よどみ、お(を)り。淀、渣とも。液体中に混入している微細固体などが下方に沈澱《でん》し、澱《たま》ったもの。またはどんよりと濁ること。あるいは水等が滞って流れず、よど(淀)むこと。賢治の場合、重苦しい都会の光や大気、山麓を覆う雲の形容に用いられることが多い。例えば詩「〔澱った光の澱の*底〕」がそうだし、詩「林学生」では「それにうしろも三合目まで／たゞまっ白な雲の澱みにかはってゐます」とある。ほかに「どんよりとよどんだ大気」(詩「*浮世絵展覧会印象」)等のように動詞として用いる場合も多い。なお、詩「青森*挽歌」では「それはビーア(↓ビール)の澱《をり》」と賢治はルビをふっているが、詩「谷」の「ひかりの澱」も「おり」。他に詩「光の渣」(渣も「おり」)。

夜盗虫《よとうむし》【動】 ヤトウムシとも。チョウ(*鱗翅《りんし》)目ヤガ科の蛾類幼虫の総称。農作物や苗木の根を食う害虫。春から夏に発生。

昼間は土の中などにひそみ、夜活動するのでその名がある。夜盗蛾の幼虫で別名ネキリムシ(根切虫)。ただし根切虫には地虫と呼ばれるコガネムシ(黄金虫)の幼虫もいる。童[或る農学生の日誌]に「手も足も膨《ふく》れてゐるからぼくはまるで権十が夜盗虫みたいな気がした」とある。また根切虫の例は劇[植物医師]に「つまりこの稲は根切虫の害によって枯れたのですな」とある。→針金虫《はりがねむし》

夜盗虫

ヨハネ【人】 Iōannēs(ギリシア)、Johannes(ラテン)、Giovanni(伊) 古くは「約翰」と書いた。賢治はドイツ語でヨハンネスとも。旧約聖書には出てこないが、キリスト教世界の代表的洗礼名。賢治文学では、ヨハネのイタリア語名ジョバンニが重要であり、そこには福音書、黙示録の著者と伝承されているキリスト十二使徒の一人であるヨハネや、洗礼者《バプテスマの》ヨハネとの関係が指摘できる(→ジョバンニ)が、J・S・バッハの『ヨハネ受難曲』も考えられる。賢治作品では詩[水汲み]に「向ふ岸には/蒼い衣のヨハネが下りて/すぎなの胞子《たね》をあつめてゐる」とある。また詩[春　水星少女歌劇団一行]には「(ヨハンネス!　ヨハンネス!　とはにかはらじを…)〈永久《とは》に変らないことを〉」や「(春もだわねえ、強いジョニー!)」とか「(あすこの上にも人がゐるの)/(居るともさ、それがさっきのヨハンネスだらう、汽車の煙がまだ見えないな)」といったぐあいに登場。この詩は[春]連作の一つで、詩[青森挽歌]、童[銀河鉄道の夜]や手[四]と関連性をもつ作品でもある。童[ひのきとひなげし]では悪魔の化けた医者に対して、ひのきが「あんまり変な声を出してくれるなよ。こゝは　セントジョバンニ様のお庭だからな」と叫ぶ一場面がある。これは聖ヨハネとも、オペラの「ドン・ジョバンニ」(モーツァルト作)ともとれるもの。作品中にベートーベン、レオーノ(ベートーヴェンに「レオノーレ序曲」等がある)、オールスターキャスト、合唱手《コーラス》等の音楽用語があるため。→イヴン王国《いぶんおうこく》

ヨハンネス →ヨハネ、ジョバンニ

誘接《よびつぎ》 →天然誘接《てんねんよびつぎ》

呼子《よぶこ》 【文】 よびことも。呼子の笛の略。合図に使う金属製の小さな笛。童[風の又三郎]には「先生はぴかぴか光る呼子を右手にもってもう集れの仕度をしてゐるのでした」とある。また童[銀河鉄道の夜]には「硝子の呼子は鳴らされ汽車はうごき出し」たとあるが、駅員の吹く呼子がガラス製というのは実際ガラス製もあったかもしれないが(当時ふつうは金属かセルロイド製)、あるいは「銀河鉄道」の感覚世界にふさわしい、ガラスの好きな賢治の想像力の産物というふうにも考えられる。

よべ屯《たむろ》せし →クゾ

四又の百合《よまたのゆり》 →百合《ゆり》

夜見来川《よみこがわ》 【宗】 賢治創作の川の名か。出所不明。死後の世界を表す黄泉《よみ》(→黄泉路《じ》)に関連があろう。詩[春](初行「野原は残りのまだらな雪と」)に「温《ぬる》んで滑べる夜見来川」、同詩と詩ノート[「山の向ふは濁ってくらく」]に「黝《くろ》ぶり滑べる　夜見来川」、文語詩[峡野《きょうや》早春]に「夜見来《よみこ》の川のくらくして、斑雪《はだれ》しづかにけむりだつ」とある。「はだれ」は「まだら」の古語で「はだれゆき」の略。

黄泉路《よみじ》 【宗】 旧かな「よみぢ」。人が死後おもむく世界のこと。冥土《めいど》に同じ。単に黄泉《よみ》(夜見、預弥、こうせん)とも言う。

中国の冥府《めいふ》信仰に仏教の*地獄思想が混淆したもの。*閻魔大王の支配する世界。文語詩［初七日《しょなぬか》］に「あゝくらき黄泉路《よみぢ》の巌《いわ》に、その小《ちさ》き掌《て》もて得なんや」、文語詩［黄泉路《よみぢ》］、帳［雨ニモマケズ］一三一頁に「草くらき／よみぢの／原を／ふみわけん」とある。↓アリイルスチュアール

よみしける【レ】 嘉《よみ》す（ほめる、たたえる）の連用形「よみし」に、感嘆の助動詞「けり」の連体形「ける」で、ほめたたえたことだ。文語詩［車中〔一〕］に「いと清純とよみしける」とある。

よもぎ【植】 艾。蓬。山野に多く見かけるキク科の多年草で、春の若葉を草餅にするのでモチグサ（餅草）とも言う。また、その葉裏の白い綿毛を灸《きゅう》をすえるモグサ（艾、燃える草の意）にするのでモグサも異称となる。葉は独特の香気をもち、秋には淡褐色の小花を多くつける。「眩《めま》ぐるき／ひかりのうつろ、／のびたちて／いちじくゆるゝ／*天狗《てんぐ》巣《す》のよもぎ」（ス［三八］）、「砂がこごえて飛んできて／枯れたよもぎをひっこぬく」（童［北守将軍と三人兄弟の医者］）等。なお、前者（ス［三八］）の詩句の「眩ぐるき」の眩は（目が）クラム、あるいはマブシイであって「メマぐるき」と読むのは無理なのだが、メマグルシキのつもりで、あえて「眩ぐるき」としたとしか考えられないし、そうしか読めない（↓めぐるい）。ちなみに五音、七音を重んじた。

寄居《よりい》【地】 埼玉県大里郡寄居町。秩父・*三峰方面への入口にあたる。賢治は一九一六（大正五）年九月二日から*関豊太郎教授らの統導による秩父、長瀞《ながとろ》、三峰《みつみね》地方への土性（↓土性調査）・地質調査見学中に訪れた。この時得た歌に「毛虫焼く、まひるの火立つ、これやこの、秩父寄居のましろき、そらに」とある（「校友会会報」第三十二号）。

夜《よる》づもな鳩《はと》だの鷹《たか》だの睡《ねむ》るもんだづな何《なん》のごとだ【方】 夜というのは*鳩や*鷹は眠るものだ、というのは何のことだ。「づもな」「づな」は、それぞれ「というものは」「というのは」の訛り。劇［*種山ヶ原の夜］では樹霊《こだま》が何の脈絡もなく言った「夜づもな鳩だの鷹だの睡るもんだもな」という台詞に対する伊藤の疑問。

夜《よる》では小屋《こや》の隅《すみ》こさちょこっと寝《ね》せらへ《え》で【方】 夜になれば小屋の隅の方にちょこっと寝せられて。「では」は「といえば」の意。「昼は昼で…、夜といえば…」の意。「らへで」は受身。（「隅こ」の「こ」に関しては↓馬こもみんな今頃ぁ…）。詩［〔*甲助　今朝まだくらぁに〕］。

よるべ【レ】 寄る辺。たよりになる場所、身の置き場。童［マグノリアの木］に「よるべもなくさびしいのでした」とある。

よわぼし【天】【レ】 弱星。光度の弱い星のことか。歌［大正六年二月の連作「みふゆの*ひのき」中］（「みふゆ」は冬に美称の「み」をつけたもの）に「雲きれよ　ひのきはくろく延びたちて／なかにたくらむ　連れ行け、よわぼし」とある。大意は「ちぎれ雲よ、（なにか悪だくみでもしているかのような）ひのきはくろく空にのびたっている。こずえに見えかくれする弱星を助け連れ出せよ」。

ら

羅 ら 【衣】 うすもの、うすぎぬ、とも。絹糸を用いて、縦糸をよじらせて織った目の粗い織物。中国では漢代からあり、日本にも四世紀前半ごろ伝わった。飛鳥時代から奈良時代にかけて盛んに織られ、冠や夏の衣や*袍《ほう》に多く用いられた。その後、一六世紀末、よく似た織りかたの紗《しゃ》が伝わり、羅に代わって用いられるようになった。また、これとは別に、薄い絹織物の総称としても使われる。童［*インドラの網］には「三人の*天の子供らを見ました。それはみな霜を織ったやうな羅《(うすもの)》をつけ」とある。また、詩［青森*挽歌］には「日光のなかのけむりのやうな羅《うすもの》をかんじ」とあり、どれも神秘的なイメージで用いられている。

蘿 ら 【植】 つた(蔦、この文字を当てるのは間違いと『牧野植物図鑑』にはあるが、一般には用いている)。あまずら、とも。木や岩壁等に生える、蔓《つる》性の落葉低木(「伝《つた》って」生えるので、ツタの名があると言われる)。秋の紅葉が美しい。花は初夏に短枝の先につく。詩［陸中国*挿秧《そうおう》之図］に「あるいは青い蘿をまとうもの」と登場する。

雷気 らいき ↓鞘翅発電機《ダイナモコレオプテラ》

耒耜 らいし 【農】 農具のすき(鋤↓鍬)の古称。耒(略字ではない。第一画は左払い)は鋤の柄《え》、耜は鉄の刃金。雑［*修学旅行復命書］に「技術者来り教ふるに及んで漸く起ちて斧刀を振ひ耒耜を把る」とある。斧刀《ふとう》はオノ。小さなマサカリのこと。

稲沼《ライスマーシュ》 【農】【レ】 rice marsh 賢治の造語。水の多い稲田をふつうの水田と区別してこう言ったのか。マーシュは英語で「沼」だが、こんな使い方は英語でもしない(水田は rice field)。詩［〔*アカシヤの木の*洋燈《ランプ》から〕］に「風と睡《(ねむ)》さに／朝露も月見草の花も萎《(しお)》れるころ／*鬼げし風のきもの着て／稲沼《ライスマーシュ》のくろにあそぶ子」とある。くろは畔で*あぜのこと。詩［車中］には「稲沼原」(いねぬまはら)が出てくるが、歌［一四四］には「濁り田」と変わった表現もある。いずれも賢治独特の水田の表現。

雷沢帰妹 らいたくきまい 【文】 詩［〔濃い雲が二きれ〕］に「(何を吐《ぬか》して行ったって?・)／(雷沢帰妹の三だとさ!)」とある。題になっている初行の「濃い雲が二きれ」の象《かたち》を、賢治は自然や人間の吉凶を占う易(陰陽道《おんみょうどう》)の六十四卦《か》(一般に用いる卦《け》は呉音。陰⚋と陽⚊の組み合わせで六四種の卦が出る)の一である䷵の、下から三番目の陰の象《かたち》と符合させている。この卦は凶相の一で「雷沢帰妹」と言う。「雷沢帰妹」とは「沢の上に雷あるは帰妹なり」の意で「結婚(女が男に帰《とつ》ぐこと)は本来正道なのだが、それにそむく邪悪な婚姻は凶で何のよいこともない」(帰妹、征凶、无《む》(無)攸利《ゆうり》)ことを示すと『易経』は説く。「雷沢帰妹の三」はこれも『易経』の「六三《ろくさん》。帰妹以須《いしゅ》。反帰以娣《はんきいてい》。」(六三は下から三番目が六＝陰であること。姉が嫁いだが、出戻ったので娣《いもうと》をまた帰《とつ》がせる)の意(平凡社『中国古典文学大系』1による)。すなわち、賢治の歌う濃い二きれの雲はまがまがしい凶兆にほかならない。

雷鳥 らいちょう 【動】 キジ目ライチョウ科の鳥。全長三五cmほど。

標高約二四〇〇m以上の高山帯にのみ生息し、秋を境に褐色の羽毛は純白の雪の保護色となる。特別天然記念物に指定。確認はされていないが、かつては*早池峰山にも昭和初期ごろまで生息していたと言う。問答形の詩[花鳥図譜、八月、早池峯山巓]に「(いや雷鳥を捕るんだと)／(こゝに雷鳥が居るんですか)」とある。↓雪線《せっせん》

癩病《らいびょう》 【科】 レプラ。ハンセン病(菌の発見者G. A. Hansen《ノルウェー》にちなむ)。江戸時代には「かったい」と呼ばれた。癩菌による感染症だが、世界的に古来、不治の業病《ごうびょう》として忌みきらわれた。全身の各所に斑紋や結節を生じ、皮膚知覚、神経麻痺、脱毛、失明に至る。現代では新薬(プロミン)の出現いらい根治でき、予防薬もできている。旧・新約聖書にも登場し、日本の近代文学では島木健作(「癩」)や北条民雄(「いのちの初夜」川端康成命名)らの小説の内容で知られる。賢治では短[*秋田街道]に「癩病にちがひない」とあり、詩ノート[〔労働を嫌忌《(けんき)》するこの人たちが〕]に「ライ病のやうに恐れられる」とある。また*羅須地人協会時代、積極的な女性の求愛を拒絶するのに賢治は苦しまぎれに自分が癩病であると偽って告げたというエピソードがある。青江舜二郎《しゅんじろう》は宮沢家が「ドシのマキ」だったと大胆な推論を展開しているが、マキは東北方言で一族の意(文語詩[選挙]に「(いかにやさらば太兵衛一《ま》族《き》)」とある)、ドシは癩病の俗称ドスの秋田訛り。ちなみに青江も秋田出身で「大島マキ」(大島は青江の本姓)の一員だった。

琴《ライラ》 ↓琴座《ことざ》

来々軒《らいらいけん》 【文】 *支那料理店の名。内川吉男《きちお》の苦心の探査によれば(「火山弾」№47)現在の盛岡市神明《しんめい》町一ノ一(旧内加賀野《うちかがの》一八番地)、三明院《さんみょういん》(寺院)の境内の一角に賢治の学生時代はあったと言う。文語詩[来々軒]で「警察のスレートも暮れ」とあるのは、岩手県で最初の交番のスレート屋根をそう言ったと内川はつきとめ、「岩手日報」紙上(一九九九・八・一四、夕)にも報道された。この詩の冒頭に「*浙江《(せっこう)》の林光文は、／かゞやかにまなこ瞠《(みひら)》き、」とあるのは、中国浙江省出身のその店の主人であろう。林光文のまたの名かと思われる詩[〔湯本の方の人たちも〕](↓飯豊)の林光左、文語詩[〔*馬行き人行き自転車行きて〕]では林光原とある。いずれも「出前(著者注、配達用の手さげ箱)をさげて」、自転車に「ひらりと乗る」。

ライラック 【植】 lilac(英) フランス語ではリラ lilas。モクセイ科の落葉低木。南ヨーロッパ原産。高さ三〜四m。葉は卵形。初夏に淡紫色の四裂の花を円錐形に咲かせ、芳香を発する。観賞用として栽培される。短[*花壇工作]*コキア、*キャンデタフト、*花甘藍《ケール》等とともに登場。童[*マリヴロンと少女]には「マリヴロン女史がライラックいろのもすそをひいて」と出てくる。

雷竜《らいりゅう》 【動】【鉱】 かみなりりゅうとも。*中生代に栄えた恐竜で、当時は竜足類戴域竜科(今は竜脚類ディプロドクス科)に分類されていた巨大草食恐竜。*侏羅紀のブロントサウルス(Brontosaurus、雷竜)が代表(今はアパトサウルスの名が普及)。四つ足で、体重数十t、体長二〇〜二五mで、首と尾が異常に長く陸生動物中最大。童[楢ノ木大学士の野宿]では大学士は突然*中生代に入り込み、生きた恐竜と出会う。「途方もない雷竜

ブロントサウルス

氏が／いやに細長い頸をのばし／汀の水を呑んでゐる。／長さ十間、ざらざらの／鼠いろの皮の雷竜が／短い太い足をちゞめ／厭らしい長い頸をのたのたさせ／小さな赤い眼を光らせ／チュウチュウ水を呑んでゐる」（童［楢ノ木大学士の野宿］）、「今来た方の泥の岸はいちめんまるでうぢゃうぢゃの雷竜でした。まっ黒なくらゐ居たのです。長い頸を天にのばすやつ、頸をゆっくり上下に振るやつ水の中へ馳け込むやつ頸を鎌のやうにして水から岸へのぼるやつ…」（童［青木大学士の野宿］）、「水の中でも黒い白鳥のやうに／頭をもたげて泳いだり／頸をくるっとまはしたり」（童［楢ノ木大学士の野宿］）と描かれている。賢治の描くこれら想像上のイメージはほぼ正確である。雷竜は巨大化した肉体を支えるため、浅い川や海の中にいることが多かった。「いよいよおれは食はれるだけだ」（童［青木大学士の野宿］）とあるが、雷竜は草食でおとなしい恐竜であった。

ラヴスィン【レ】 love scene ラブシーン。詩［岩手軽便鉄道七月（ジャズ）］に「夏らしいラヴスィンをつくらうが」とある。

羅賀 らが →魹の崎 とどのさき

螺蛤《らかふ》 →螺蛤 らこう

羅漢堂 らかんどう【宗】 十六羅漢または五百羅漢の像を安置しておく建物。羅漢とは阿羅漢の略で聖者の意。盛岡市名須川町にある曹洞宗報恩寺の羅漢堂を指す。帳［雨ニモマケズ］一三一頁、簡［6］等。→報恩寺 ほうおんじ

落葉松《らくえふしやう》 →からまつ

酪塩 らくえん【食】 賢治の造語。乳製品等の油脂中のエステル（アルカリ塩とアルコール分）を指す酪酸（脂肪酸の一種で汗の成分でもある）の化合物として言ったか。詩［春谷暁臥］に「酪塩のにほひが帽子いっぱいで」とあるのは、かぶりつけている制帽（詩中に「佐一〈→森佐一〉が向ふに中学生の制服で／たぶんはしゃっぽも顔へかぶせ」とある）の内側の汗のにおいがチーズか何かの乳製品の甘酸っぱい臭い。下書稿では酪塩は酪酸《らくさん》とある。

ラクシャン【鉱】 童［楢ノ木大学士の野宿］（→なら）の四人兄弟の岩頸の名。主人公が葛丸《くずまる》川をさかのぼって見出す「黒い四つの峯」の擬人化。増穂栄作・宇田優《まさる》は石鳥谷《いしどりや》町西部の青ノ木森（→葛丸川）から高狸山《たかまみやま》（→三つ又）にかけての尾根の四つのピークがそれにあたるとし、「ラクシャン」の命名は、人を食う悪鬼を意味するサンスクリット語のラークシャサ（raksasa）、ラクシャス（rakusas）からの発想かと指摘する（大阪教育大地理学会会報、二九号）。細田嘉吉《かきち》の報告（「地学からみた『楢ノ木大学士の野宿』」宮沢賢治研究 Annual Vol.9、一九九九）では「四人兄弟」とは、第一子「青ノ木森」、第二子「高狸山」、第三子「無名峰」（七七二m）、第四子《しし》「塚瀬森」の四岩頸であることを改めて確認している。また、ラクシャンとは「落山」、すなわちカルデラによる火山の上部の陥没を意味するとし、兄弟の父親が亡くなっている作品設定はそこからきているとする。→姫神 ひめかみ

落上 らくじよう【レ】 落成《らくせい》の意であろう。落成はラクジョウとも読むのでそう書いたか。文語詩に［開墾地落上］がある。

ラクムス青《ブラウ》 らくむすぶらう【科】 Lackmusblau（独） ラクムス（リトマス）はチャシブゴケやリトマスゴケ等の地衣類から抽出する青色色素の一。アルカリに入れると青紫色に変色する。詩［林学生］の中に「ラクムス青《ブラウ》の風だといふ／シャツも手帳も染まるといふ

／お、高雅なるこれらの花藪《やぶ》と火山塊との配列よ」とある。ちなみに下書稿では「ラクムス青《ブラウ》」は「あぢさゐいろ」。

螺蛤《らこう》 【レ】 童［二十六夜］に「螺蛤を啄《ついば》む。螺蛤軟泥中にあり」をはじめ、*疾翔大力《しっしょうたいりき》の説教中に八回も出てくる。魚介類用語としても一般に用いない字だが、同義同音の蠃蛤（蠃・螺はニナ、ドブガイ等の巻貝。蛤はハマグリで二枚貝の意）だから、「泥中に」棲息するそれらを捕食し、*噉食《たんじき》する生類《しょうるい》の悪業《あくごう》にちなむ。あるいは蠃が難字ゆえ賢治は螺にしたか。

羅紗（沙）《らしゃ》 【衣】 raxa（ポルトガル）の当て字。賢治は羅沙とも書く。紡毛《ぼうもう》織物の一種。紡毛を用いて密に織った後、縮絨《しゅくじゅう》し毛羽《けば》を立てたもの（ラシャカキグサのカギ状の苞片を用いる。↓チーゼル）。厚地で保温性に富む。一六世紀末に渡来して以来、陣羽織、合羽（↓絣《かすり》）、帯等に用いられた。国産は、江戸時代に京都の西陣で試みられたが失敗し、一八八四（明治一七）年、官設の千住《せんじゅ》製絨所で、初めて製織された。明治・大正時代にはオーバー等防寒着に多く用いられた。詩［*小岩井農場 パート七］に「*シヤツポをとれ（黒い羅紗もぬれ）」とあり、文語詩［巡業隊］には「古きらしゃ鞄《かばん》」が出てくる。「浅黄と紺の羅紗を着て」（詩［北上山地の春］）、「茶羅紗の肩をくすぼらし」（文語詩［職員室］、くすぼらし、は「*燻らし」で、くすぶらしに同じ。茶色の羅紗の服の肩が植込みのひばの葉でくすぼって見えるさま）等のほか、文語詩［羅紗売］、詩［種馬検査日］（↓種馬所《しゅばしょ》）［牧馬地方の春の歌］、童［*猫の事務所］［*化物丁場］［*ビヂテリアン大祭］［*シグナルとシグナレス］、簡［65］等に登場。「粗羅紗」とある場合は粗末な、という意でなく、粗《あら》い織り目の羅紗。

ラジュウム 【科】 radium 一八九八年キュリー夫妻が発見した銀白色の元素。元素記号Ra、原子番号八八。暗所でも光を放つので、ラテン語の光線（radius）から命名。蛍光ガラス等にもラジュウム化合物が使用された。放射線のアルファ線を放ってラドンに変化する。放射線治療に用いられてきたが、発がん性があるため現在では使われていない。短［*ラジュウムの雁］に「ラジュウムの雁、化石させられた*燐光の雁」とある。童［*銀河鉄道の夜］に「鷺は、蛍のやうに、袋の中でしばらく、青くぺかぺか光ったり消えたりしてゐました」とあるのも、同じようにラジュウム光線のイメージがある。また、童［*イーハトーボ農学校の春］には、ラヂウムの表記で、「ラヂウムよりももっとはげしく、そしてやさしい光の波が…」とある。今はラジウムと表記する。

羅須地人協会《らすちじんきょうかい》 【地】【農】【文】 一九二六（大正一五）年三月*花巻農学校を退職する賢治は岩手*国民高等学校（県主催の成人教育機関で、一九二六年一月一五日から三月二七日まで花巻農学校に開設された。校長坂本暢《のぼる》〈岩手県内務部長〉。参加生徒数三五名で県下の優秀な農村青年の訓練を旨とし、デンマークの国民高等学校を見習って作られた）で「*農民芸術論」の講義を続けた。四月一日、花巻川口町下根子《しもねこ》（↓根子）に独居生活を始め、教え子二〇余名とともに*北上川沖積地開墾のほか*レコード・コンサート、楽器の練習会等、農業指導と文化活動とを兼ねた一種の「新しき村」（武者小路実篤にちなんでそう言う↓農民芸術）実践を試みた。これがいわゆる羅須地人協会で、八月二三日（旧暦七月一六日、盆の中日）を期して会の創

羅須地人協会

立記念日とした。メモ［創］にも「羅須園芸協会」（羅須は消されているが）とある、この「羅須」という語をめぐって、その出自、命名の根拠に諸説がある。賢治自身は生前、羅須の語の意義は何もないと菊池信一に語っている（境忠一《ただいち》『評伝宮澤賢治』、一九七五）。佐藤隆房《たかふさ》『宮沢賢治』によると、英語のLath（壁の漆喰《しっくい》の支えにする木摺《きずり》とか木舞《こまい》）で、つまり農民の支柱の意とする。恩田逸夫《いつお》（「羅須の語義推定」、「羅須という語の由来」、「賢治とラスキン」）によれば、修羅の逆、つまり羅須とは、まことの境地を指す。あるいはラスキン（J.Ruskin 一八一九～一九〇〇、社会思想家）のラスを採ったともする。医師でアイヌ語による地名研究家だった木村圭一（「羅須その他」）によれば、ラス（Rasu）とはアイヌ語の松（とど松）のことかと言う。詩［樺太鉄道］の「めぐるものは神経質の色丹松《ラーチ》（→色丹松《しこたんまつ》）」のラーチは、まさにラスのことであるとも言う。堀尾青史（『年譜宮沢賢治伝』、一九六六）は、セメント網を結合するラス網（メタルラス）のことかと言う。青江舜二郎《しゅんじろう》（『宮沢賢治―修羅に生きる』、一九七四）もラスはアイヌ語の松と言い、さらにロシア（Russia）のラスでもある、と言う。力丸光雄《りきまるみつお》はRasはラテン語の「sal（塩）の人」という意だと言う。また中條惟信《ちゅうじょうこれのぶ》は、花巻は桜の花から由来した名であり、サクラを逆にラクサと造語し、そこからラサ→ラスになったとする。松浦一《はじめ》は英語rustic《ラスティック》（田舎者）から採ったとする。小野隆祥《りゅうしょう》（「羅須地人協会命名考」）は賢治が修羅脱却、修羅感情克服を念じ、実践奉仕の道に突入するのに修羅を逆転否定する賭《かけ》として羅須と自称したと言う。金子民雄（「羅須地人協会の命名私考」）はラスとはearthのことだと言う。吉見正信《よしみしょうしん》（「農民指導とその実践」）は「羅取地人協会」（農民人材よ集まれ会）、あるいは「四維地人を須《ま》つ」（天下の優れた農民人材を須つ会）の意だとする。佐藤成《ひとし》（『教諭宮沢賢治』、一九八二）によれば、農民の目をさまし、白州《しらす》に座るおもいで農民にルネッサンスを迫る「しらす地人協会」の意とする。またはクリノメーターを羅針と考えた「羅針地人協会」とも言う。さらには農民祭日の日の案内状に「われわれに必須な化学の骨組み」とあるところから「必須地人協会」と考える。ほかに、曼陀羅の羅、仏壇の須弥壇の須から羅須を採ったとも言う。さらにエスペラント語のRaso（人種、民族の意）から来たとも言う。以上は佐藤成『教諭宮沢賢治』からの引用だが、こじつけに近いものまで含めて諸説憶測入り乱れ、にぎやかである。興味ある新説を追加しておくと、賢治には万物を包摂する「天地人協会」の意図があった。そしてこの天《そら》を逆に読んでラソ→ラスとした、というものもある。ロジャー・パルバース（アメリカ生まれでオーストラリアに帰化、ポーランド語にもくわしい賢治研究家）から著者が直接教示されたLas説（ポーランド語で森）は明快で説得力がある。ちなみに賢治も学んだエスペラント語の始祖、ザメンホフはポーランド人、賢治にはポーランド語に拠ると思われる［ポラーノの広場］（→ポランの広場）もあるだけに、後述のヴァールマ説とともに有力な説の一ともなろう。諸説それぞれ一理あるが、そもそもラスという音感の乾いた柔らかさのもつ魅力とおもしろさ、そしていかようにも解釈でき、いかにも意味がありそうでない、あるいはその逆のおもしろさに賢治自身が魅かれた、というふうに考える余地もあってよいのではないか。そこに賢治らしい明るさとユーモアがあると考えれば、必ずしもモラーリッシュに、あるいは文献的立場から、一説に固執限定する必要もないように思われる。なお、近年では沢忠一が、賢治と高農で同級だった塩井義郎から聞いたと言う「羅須は英語のlassで少女の意、つまり〈処女地人協会〉」説を追想、紹介している（「処女地人協会」、イーハトーブ短信22号）。また賢治が読んだ地質学文献からの影響と考える米地《よねち》文夫の意見もある（岩大文化論叢、第3輯）。それによれば、日本には少ない肥沃なアルカリ性土壌（*黄土）loessをラスと読んでいた（のち*関豊太郎らは、より正しくレスと読むが）、それの影響と言うのである。また、賢治生誕百年記念「宮沢賢治国際研究大会」（一九九六、花巻）で杉尾玄有《げんゆう》の「羅須は梵語Las（さきのポーランド語の森と同じスペルだが、輝く、反響する、遊戯《ゆげ》する、躍る）にもとづく」という興味ぶかい研究発表もあった。そしてそのあとのシンポジウム「タゴールと宮沢賢治」での*インドのヴァールマ博士の報告中には「ラスはオランダ語でも森」と、これまた前記パルバース説とも符合する見解もあった（杉尾説とともに同国際大会記録集、参照）。

色丹松《ラーチ》 →色丹松《しこたんまつ》

ラヂウム →ラジュウム

ラッグ【文】 rug 厚地の紡毛織物。主に部分的に敷く敷物（床全面に敷くカーペットと区別される）や、ひざ掛け等に用いる。詩「*浮世絵展覧会印象」に「褐色タイルの方室のなか／茶いろなラッグの壁上に」とあるのは、会場の床に部分的に敷かれたラッグのことであろう。方室《ほうしつ》は四角な部屋。なお、生前刊行の『春と*修羅』の詩「火薬と紙幣」の「ラツグの音譜をばら撒《ま》きだ」の「ラツグ」はrugではなく（詩のイメージからも）、賢治はジャズ音楽のリズムのとり方のragtime（ラグタイム、略してラグ）のつもりで書いたと思われる。ラグタイムはジャズのリズムのとりかたで、強弱音の位置をずらすシンコペーション（移勢法）の技法。それを「ラッグ」と書いてしまったので、当時の活字の組みかたで（拗音を小さくしない）「ラツグ」とされてしまったのであろう。賢治のジャズ愛好の一例にはなるものの、読者にはわかりづらく、「ラグ」なら今の読者にも、よりわかりやすかったと思われる。

らっこ【動】 ラッコとも。食肉目イタチ科の獣。アイヌ語。海獺、海猟、猟虎、獺猢、等の漢字を当てる。北太平洋近海に生息し、体長一・五mほどで動作は敏捷とは言えないが、貝を食べるとき石でうまく殻を割るので動物園等では人気がある。最上等の毛皮を取るため乱獲され数が激減したので一九一一（明治四四）年には捕獲が禁止され、保護動物に指定されている。童「*銀河鉄道の夜」に「*ジョバンニ、お父さんから、らっこの上着が来るよ」とある。らっこの上着は、その毛皮で作った上着。毛皮は濃褐色で銀毛が混じった光沢のあるもので海獣のうち最高級品として珍重された。また、童「氷河鼠の毛皮」（→ねずみ）にも「ラッコ裏の内外套（→マント）」とある。

ラッセル【科】 ラッセルゲロイシュ Rasselgeräusche（独）の略。医者が聴診器で聞く気管の異常音。当初は囉音《らおん》と訳語で言った。簡［483］に「たゞ今度は幾分肺にラッセル残り」とある。

ラッパ【文】【音】 rappa（梵） 金管楽器。中国では喇叭の字を当て、日本に入ってくるのは幕末時代だが、やはり第二次大戦まで喇叭と表記していた。日本では楽器としてより軍用ラッパとして一般に多く使用された。歌「明治四二、四」に「うすあかき夕ぐれぞらに引きあげのラッパさびしく消えて行くなり」とあるのも

【らてらいと】

盛岡中学での軍事教練のラッパ。なお第二次大戦時まで、授業の始・終業の合図をベルや振鈴でなくラッパでやる中等学校は全国に多かった。質実剛健で有名だった盛岡中学もそうだった。しかし、詩［小岩井農場　パート三］で「馬車のラッパがきこえてくれば」とあるのは、馭者《ぎょしゃ》の吹く（あるいはゴム風船を手で握って鳴らす）ラッパの音。

紅土《ラテライト》【鉱】 laterite　一種の風化土で、熱帯雨林や亜熱帯地域など高温多雨の気候のもと、塩基など水溶性成分の多くが流失し、鉄の酸化物やアルミニウムの酸化物が濃縮し、赤色の土壌となったもの。特にアルミニウムを豊富に含む場合ボーキサイトとしてアルミニウムの原料鉱石となる。農耕には適さないが、コーヒー樹等の作付けが行なわれる。タイの世界的に有名なサファイア山地チャンタブリはこの紅土中にある。詩［第四梯形］（→七つ森）に「ラテライトのひどい崖から」、文語詩［山躑躅］に「なんたる冴えぬなが紅《べに》ぞ、朱もひなびては酸えはてし、紅土《ラテライト》にもまぎるなり」とある。「まぎる」は紛《まぎ》る（似ている）。

螺鈿《らでん》【文】　貝殻の美麗な部分を工芸品などの装飾としたもの。螺鈿細工。アワビ、夜光貝、蝶貝等の厚い貝殻の内側の真珠色を放つ面を使って薄く細工し、器物にはめこみ、飾りとする技術は奈良・平安時代以来の伝統的な工芸で、漆細工に多い。文語詩［〔銅鑼と看版　トロンボン〕］（→チャリネ）の下書稿は［秋祭］と題され、「そらは螺鈿のごとくなり」の一行がある。

らば →草刈《くさか》ってしまったらば、…

ラプソディ【音】 rhapsody　狂詩曲。叙事的、民族的な色彩をもつ自由で幻想的な音楽。童［セロ弾きのゴーシュ］等。

ラマーキアナ →エノテララマーキアナ

ラマーク →エノテララマーキアナ

ラムダ八世《らむだはっせい》【人】　ギリシア文字のラムブダ（Λ）が八に似ていることから付いた戯称。詩［〔おれはいままで〕］に「高清《たかせい》ラムダ八世」とある。

ラムネ【食】　清涼飲料の一種。レモネード（lemonade）の訛り。一八六〇（万延元）年にイギリス船によってもたらされた。日本でも、明治に入ってから外国人向けに製造が始められ、一八八六（明治一九）年の夏、コレラ流行時に水代わりに飲まれたことなども手伝い、一般に普及し始めた。サイダーよりも安価で、さらに一八九七（明治三〇）年から使われ出した上からポンと押し込む特異なビー玉（栓《せん》）が人々の好奇心をそそり、大衆飲料としてもてはやされるようになった。炭酸ガスを水に溶かしたもので、爽快な発泡があり、賢治は「たゞもういちめんラムネのやうに／ごぼごぼと湧くかげら《（ママ）》ふ（かげろふ、の誤記）」（詩［〔ふたりおんなじさういふ奇体な扮装で〕］）とか「つめたい雲のラムネが湧く」（詩［〔おい　けとばすな〕］）といった感覚的な比喩として使っている。また童［やまなし］では「ラムネの瓶の月光」という比喩も見られる。文語詩［〔天狗蕈《だけ》　けとばし了へば〕］等。

ランプ《らんぷ》【文】 lamp　ランプ。西洋では今でも電燈（灯）や電気スタンドのことまでを言うが、日本では洋燈、ラムプとも書いた。一般的には文字どおり西洋渡来の石油ランプを意味した。西洋ではギリシア・ローマ時代からランプはあったが（動植物油を使ったオイルランプ）、日本では今は骨董品化しているガラスのほやのついた石油ランプが開発されるのは一八世紀中葉から。

日本にオランダから入ってきたのは一八五九（安政六）年、以来電気燈*が普及する一九一八（大正七）年ごろまで、ランプは日本人にも舶来のぜいたく品、のちに生活必需品として親しまれていた。明治末期ごろから大正初期にかけてがランプの最盛期で、賢治の少・青年期にあたる。あまりに便利で機能的な電気燈や、また昔の原始的な行燈《あんどん》と比べて、ランプがあたかも西洋文明のともし火ででもあるかのように、詩や小説の中で詩情を漂わすのは賢治作品に限ったことではない。ことに賢治の詩や童話の中で多く登場してくるのは、時代と、賢治の幼少期の体験と、その文字のもつ神秘的、夢幻的、かつ土着的でありながら同時に超土着的なエキゾチシズムの側面との契合するシンボルとしての役割をしていると見ることができよう。歌［六三二］の「そら青く／開*うんばしのせとものの／らむぷゆかしき冬をもたらす」は少年期、盛岡駅*近くの開運*橋の欄干《らんかん》の瀬戸物製の油壺の石油ランプを歌ったもの。ほかに直接ランプを歌ったものもあるが、目立つのは「木はみな青いラムプをつるし」（詩［〔かぜがくれば〕］）をはじめ、「またたくさんの銅*のラムプが／畦*《あぜ》で燃えるとかんがへながら」（詩［〔Largo や青い雲滃*《くもかげ》やながれ〕］）（→ラルゴ）、「それともそれが巨きな銀のラムプになって／白い雲の中をころがるか」（詩［山の晨明*《しんめい》に関する童話風の構想］）、といった植物や太陽に結びつく比喩、ないし想像力のオブジェとしてのランプが多いことである。童話では［祭の晩］［風*の又三郎］［ポラーノの広場］（→ポランの広場）等に登場して場面を照らす。ただし童［グ*スコーブドリの伝記］でブドリが火を入れて茶を沸《わ》かす「アルコールランプ」は灯火でなく実験用のそれである。また童*［銀河鉄道の夜］には活版所（活版印刷屋）で「頭をしばったりラムプシェードをかけたりした人たちが」働いており（このラムプシェードはサンバイザーか、活字をひろう文選工が活字がよく見わけられるよう医者のように、ひたいの上に小さなシェードつきのランプをつけているのであろう）、「アルコールラムプで走る汽車」が登場するが、これはおもちゃの汽車である。

ラユー【地】　創作地名。童［北守将軍と三人兄弟の医者］に出てくる首都名。北守将軍がラユーに砂漠から凱旋《がいせん》してくるわけだが、ソ*ンバーユーのヒントがおそらく「馬油」であるように、これも中国料理の香辛料「辣油（ラーユ）」をもじった賢治一流のユーモラスな命名。

ラリクスランダー　→ジュグランダー

ラリックス　→からまつ

ラルゴ【音】【レ】　Largo（伊）　非常に遅く、かつ音域を広くせよ、の意。曲名としてはヘンデルのアリアが有名だが、賢治が最初にイメージしたのは新世界交響曲*の第二楽章だったと思われる。詩ノート［峠の上で雨雲に云ふ］（→ニムブス*）に、雨雲のゆったりと変化する様子の比喩の一部に「…セロ*の音する液体をそゝぐべく／……白極海*のラルゴに手をのばす……」とある。詩［装景手*記］には「この春寒さが／あたかもラルゴのテムポで融け」とあり、詩［〔Largo や青い雲滃*《かげ》やながれ〕］と同様、雲や季節のゆったりとした変化の形容。文語詩［ポ*ランの広場］には「つめくさ（→赤つめくさ、白つめくさ）灯《ひ》ともす　宵の広場／むかしのラルゴを　うたひかはし」とある。これは童［ポラーノの広場］（→ポランの広場）中の挿入歌と似た内容。

乱雲《らんうん》【天】【レ】　雲級表示としては「乱層雲」（雨や雪を降ら

せる、一般の呼称では雨雲《あまぐも》の旧称だが、やはり一般用語では乱れ雲のこと。詩［*奏鳴的説明］に「いまや日は乱雲に落ち／そのへりは烈しい鏡を示します」とある。吹雪を光らせる雨雲のへりを日光が烈しく鏡のように照らしている、という劇的イメージ。

ランカシャイヤ【地】ランカシャー(Lancashire)。イングランド北西部の州名。州都はプレストン(Preston)。中心都市ランカスター(Lancaster)は世界有数の工業地帯で、とくに紡績業が盛ん。童［*銀河鉄道の夜］に「ああ、こゝはランカシャイヤだ。」と出てくる。賢治の表記のほうが原音に近い。

らんかんの陰画《らんかんのいんが》【レ】らんかんは欄干で、橋の両側のてすり。陰画はネガで、実物と逆の明暗や色彩。詩［*空明と傷痍］(傷痍《しょうい》は怪我、負傷)に「月のあかりやらんかんの陰画」とある。

藍青《らんじょう》【レ】青藍、藍靛《らんてん》(→インデコライト)に通じる賢治らしい色彩表現(靛も藍も同義)。詩［〔かぜがくれば〕］に「藍青やかなしみや」とあるのは青藍を逆にしたとも考えられるが、あるいは*紺青《こんじょう》や*群青《ぐんじょう》に類する*伯林青《べるりんせい》のイメージで言ったのであろう。藍いろの色彩感覚と「かなしみ」との結合は鮮やかに冴える。なお、詩ノート［〔たんぼの中に稲かぶが八列ばかり〕］下書稿の「藍錠いろ」は、新校本全集本文で「藍(靛)いろ」に校訂している。

藍晶石《らんしょうせき》【鉱】サイヤナイト(cyanite)。カイヤナイト(kyanite)とも。アルミニウム硅酸塩鉱物。方向によって硬度が異なり、二硬石《にこうせき》とも呼ばれる。通常半透明、暗青色で、賢治は夜空の描写に使う。童［まなづるとダァリヤ］には「その黄金《きん》いろのまひるについで、藍晶石のさわやかな夜が参りました」とある。ほかに童［*葡萄水］、ス［補遺］等にも登場。

乱積雲《らんせきうん》 →積乱雲《せきらんうん》

ランターン →プラタヌスの木《ぷらたぬすのき》

乱弾《らんだん》 →グレープショット、葡萄弾《グレプショット》

藍靛いろ《らんてんいろ》 →藍青《らんじょう》

藍燈《らんとう》【レ】青燈(→シグナル)に類する藍色の明かりを示す賢治の造語。詩［図案下書］に「高原《はら》の上から地平線まで／あをあをとそらはぬぐはれ／ごりごり黒い樹の*骨傘は／そこいっぱいに／藍燈と*瓔珞《(ようらく)》を吊る」とあり、黒い裸木(骨傘)を通して無数に差し込む青空の光を、木がいっぱいの藍燈を吊っていると表現している。詩［〔おれはいままで〕］にも「たくさんの藍燈を吊る」とあるのも同様の形容。

藍銅鉱《らんどうこう》 →藍銅鉱《アズライト》

ランブラア【レ】rambler ぶらぶら歩きする人。簡［19］に「都会のランブラアと一諸《(ママ)》になって町を歩いた事もないでもありません」とある。当時の旧制の高専生や大学生たちが、よく使った語。簡［27］のゲルド(正しくはゲルト、お金のドイツ語、貧乏なことをゲルピンといった)などもそうである。

り

リアリズムとロマンティシズム 【文】 芸［綱］の「農民芸術の（諸）主義」と題する一〇行中に「リアリズムとロマンティシズムは個性に関して併存する」という一行がある。前行に「その*遷移には その深さと個性が関係する」（遷移とは「少年期」から「青年期後」まで潜在する「芸術のための芸術」↓「青年期」から「成年以後」に潜在する「人生のための芸術」↓「老年期」に完成する「芸術としての人生」への遷移）とあって、芸術表現における「個性」の作用を強調した内容であることがわかる。リアリズムは哲学上の実在論も含まれるが、ここでは、いわゆる写実主義の芸術、すなわち、ありのままに人生や対象を描写し、客観しようとする芸術の方法を指す。ロマンティシズムは、歴史的にはリアリズム以前の、いわゆる浪漫主義、広義には時代をこえて、客観より主観の想像力による美の多様性を追求しようとする芸術の方法を指す。賢治は、この部分の講義（↓国民高等学校）では、リアリズムの単なる描写は人生や自然の模倣でしかなく、「我れ斯《か》く感じますと云ふ個性」と「此の人の世界を背景とす宇宙精神（↓宇宙意志）がなければならぬ」（受講生だった伊藤清一「講演筆記帖」＝新校本全集第十六巻上所収、より）と説き、また「美は主観的であって決して客観的外在するものにあらず」（同）と、リアリズムの場合も表現主体の反映の重要性を強調していたと思われる。その表現主体としての「個性」を重視するなら、とうぜんロマンティシズムの「個性」尊重と共通し、それぞれの芸術方法をこえて両者は「併存する」と言うことができる。そうした主張の綱要《プログラム》の中の一行である。↓農民芸術《のうみんげいじゅつ》

陸羽一三二号《りくうひゃくさんじゅうにごう》 【農】 *稲の品種の一。秋田県大曲《おおまがり》市にある農林省農事試験場陸羽支場ではじめて人工交配（亀ノ尾×陸羽二〇号）に成功、開発されたので、その名がある。賢治作品ではこの品種が活躍するが、これはそれまでの在来品種（神力《じんりき》、愛国、旭、亀ノ尾一号、坊主、陸羽二〇号）に比し、病虫害や冷害に強く、*反当《たんとう》収穫高も多かった。農林一号と並んで新品種として国でも作付けを奨励。ちなみに現代の人気品種は味のよいことでコシヒカリ、ササニシキ等だが、陸羽一三二号も復元栽培が試みられている。詩「［あすこの田はねえ］」に「陸羽一三二号のはうね／あれはずゐぶん上手《じょうず》に行った」とある。

六たう三略《りくとうさんりゃく》 【文】 歴史的に紀元前から有名な中国の軍略・兵法の古典とされる「六韜三略」のこと（韜の字を忘れたか面倒なので賢治はかな書きにしたか）。「六韜」は全六巻、「三略」は三巻の併称。禅問答《ぜんもんどう》めいた詩［霜林幻想］（［（うとうとするとひやりとくる）］の下書稿㈢）に「……たうたう六たう（ママ）三略を出したな」の一行がある。「……よし　そんならこんどは天狗問答で行かう」の一行もあるように（天狗問答は賢治の造語で、一般の人には謎みたいな禅問答を、さらに外した奇想天外なやりとり、の意であろう）、読んでいくと面白いが、全体としては難解な、まさに「天狗問答」の詩。↓寅松《とらまつ》

陸中国《りくちゅうのくに》【地】 奥羽地方の内、古称の陸奥国《むつのくに》(ミチノオク、奥州とも)を分割して、現在の岩手県と、隣接する秋田県の一部に一八六八(明治元)年一二月、名づけた一国名。詩[陸中国挿秧《(そうおう)》之図」(「[Largo や青い雲滃《かげ》やながれ」]下書稿(一)、芸[綱」に「陸中国の野原である」。

陸稲《りくとう》 ↓陸稲《おかぼ》

陸風《りくふう》【天】 陸地から海へ向かって吹く風。陸は海に比べて一日の温度差が大きい。日中は陸の方が暖かく、上昇気流が生じるために海風(海↓陸)が吹く。反対に夜間は放射冷却によって陸地の方が冷たくなり、海上に上昇気流が生じて陸風(陸↓海)が吹く。詩[発動機船　三」に「あ、冴えわたる星座や水や/また寒冷な陸風や/もう測候所の信号燈(↓シグナル)や/町のうしろの低い丘丘も見えてきた/羅賀《(らが)》(↓魹《とど》の崎)で乗ったその外套を遁《(に)》がすなよ」とある。

リシウム ↓リチウム

栗鼠《りす》【動】 木鼠とも書く(キネズミとも言う)。齧歯《げっし》目リス科の獣。頭胴二〇cmほど。松、杉、檜等に常棲し昼行性。敏捷で愛らしく、森や野原の代表的な小動物。詩[栗鼠と色鉛筆」(↓鉛筆)に「朝のレールを栗鼠は横切る」とあるように、人里近くにも姿を見せた往時の懐かしいイメージは今はもうない。妹宮沢トシの死を悼んだ詩[松の針」の「鳥のやうに栗鼠のやうに/おまへは林をしたつてゐた」の二行は印象的だが、挽歌群の一、詩[噴火湾(ノクターン)」でも栗鼠は「車室の軋りは二疋の栗鼠」と二本のレールの鳴声となり、それは亡きトシと自分の二人にも擬せられ、「鳥のやうに栗鼠のやうに/そんなにさはやかな林を恋ひ」「(栗鼠の軋りは水車の夜明け/大きなくるみの木のしただ)」と繰り返し出てきて、妹の面影と切なく照応する。童話にはまた愛らしい姿がにぎやかで、「若い二疋の栗鼠が、仲よく白いお餅を食べて」(童[貝の火」〈↓蛋白石〉)、「栗鼠がぴよんととんで」「おい、りす、やまねこ(↓猫)がここを通らなかつたかい」(童[どんぐりと山猫」)、「栗鼠や野鼠に持つて行かれない栗の実」(童[狼森と笊森、盗森」)、「斉藤貞一《(ていいち)》かな。一寸こっちを見たところには栗鼠の軽さもある」(童[台川」)というふうに、病身の教え子の比喩もまじえての軽快な栗鼠のイメージには、いかにも童話向きというより、内質の重さを軽やかにする役割を栗鼠がしている感がある。「目が大きくてわらってゐるのは/どこかに栗鼠のきもちもあった」(詩[牧歌」)、「なにごとか女のわらひ、栗鼠のごと軋《(きし)》りふるへる」(文語詩[塔中秘事」〈↓卑那《ひな》やか天〉)等、これらもユニークでエロティックな比喩である。独特の表現に童[ポラーノの広場」(↓ポランの広場)のミーロの歌「降りて来たのは　二疋の電気栗鼠」があるが、これは芝居の小道具電気仕掛けのリスだという説もあるが、敏捷な栗鼠の動作を電気にたとえた賢治らしい造語と見たい。童[銀河鉄道の夜」にも「黄金《きん》の円光をもった電気栗鼠」が南十字の場所で印象的に出てくる。電気仕掛けのリスには、『春と修羅』第一集の「序」にあるように、生命を電気的な現象(「有機交流電燈〈↓電燈〉の明滅」)と捉える賢治の特異な生命観の反映があるかもしれない。なお、文語詩[訓導」(↓師範学校)に「木鼠捕りの悦治なり」とあるのは、悦治は下書稿でも小学生であるから「リスをつかまえるのがうまい悦治だな」ほどの意であろう。音調としては「キネズミ捕《と》り」と読みたい。

栗鼠《りす》お魚《さかな》たべあんすのすか【方】 *栗鼠はお魚を食べるのですか？ 栗鼠の鳴き声を連想させる汽車の軋りを聞きながら、*賢治が回想する病床のトシ(→宮沢トシ)の言葉に擬せられた詩「*噴火湾(ノクターン)」の痛切な一行。

リーゼガングの環《りーぜがんぐのわ》【科】 リーゼガング(R. E. Liesegang 一八六九～一九四七 ドイツの化学者)は、二クロム酸カリウムを含む*ゼラチンシートに、硝酸銀溶液を一部分に置くと、拡散しながら周期的に化合物(二クロム酸銀)を沈澱させてゆくことを発見した。この類似現象がその後いろいろ見出され、それらも含め最初の発見者の名を取ってリーゼガングの輪と呼んでいる。*瑪瑙と*孔雀石の層状構造の成因でもある。童「*イギリス海岸」では「岩の中に埋もれた小さな植物の根のまはりに、水酸化鉄の茶いろな環が、何重もめぐってゐるのを見附けました」、「この環はリーゼガングの環と云ひます。実験室でもこさへられます」とある。

利爪《りそ》【レ】 するどい爪《つめ》。和訓トヅメ。童「*二十六夜」の坊さんの梟《ふくろう》の説教中に「利爪深くその身に入り、諸《（もろもろ）》の小禽、痛苦又声を発するなし(多くの小鳥たちは痛苦に声も出ない)」とある。

リチウム【科】 lithium リシウムとも。元素記号はLi、原子番号三の元素。銀白色の軟らかい金属で金属中最も軽い元素。常温で水と反応し*水素を発生させる。炎色反応は紅色。花火や合金添加剤の原料とする。童「*銀河鉄道の夜」では「*蝎《さそり》の火」が川の向こう岸で燃えて赤く見えるのを「*ルビーよりも赤くすきとほりリチウムよりもうつくしく酔ったやうになってその火は燃えてゐるのでした」とあり、童「*イーハトーボ農学校の春」では*コロナを「まるでまっ赤な花火のやうだ」とあり、さらに「それはリシウムの紅焔《こうえん》でせう」とある。詩「*真空溶媒」では雲の色の形容として「雲はみんなリチウムの紅い焔をあげる」とある。

立正大師滅后七百七拾年《りっしょうたいしめつごななひゃくななじゅうねん》【宗】 帳「雨ニモマケズ」に経筒のイラストの中に「奉安／*妙法蓮華経 全品／立正大師滅后七百七拾年」とあるが、*日蓮(一二二二〈貞応元〉年～一二八二〈弘安五〉年)の賢治記述内容の相当年なら紀元二〇五二年に当る。この手帳は一九三一(昭和六)年一〇月から三か月ほどの間使用されたものであるゆえ、年代的には合わなくなる。小沢俊郎注(新修全集月報)は「六百六拾年」の誤りか、と言うが、それなら一九四二年に当る。「立正大師」の称号は一九二二年一〇月、日蓮宗諸派が皇室に陳情して天皇の「宣下《せんげ》」を受けたのであるから、これも手帳の年代とはそぐわない。賢治の手帳記入の意図は、以上の年数とは無関係なものと考えるべきであろう。単純な計算違いをするはずがないと考えるなら、あるいは二一世紀の相当年の未来に思いを馳せたか。ちなみに、小倉豊文は「病躯の間のメモとて、何か思い違いをしたものと考えている」と、この手帳研究で言っている。

帳［雨ニモマケズ］
136頁

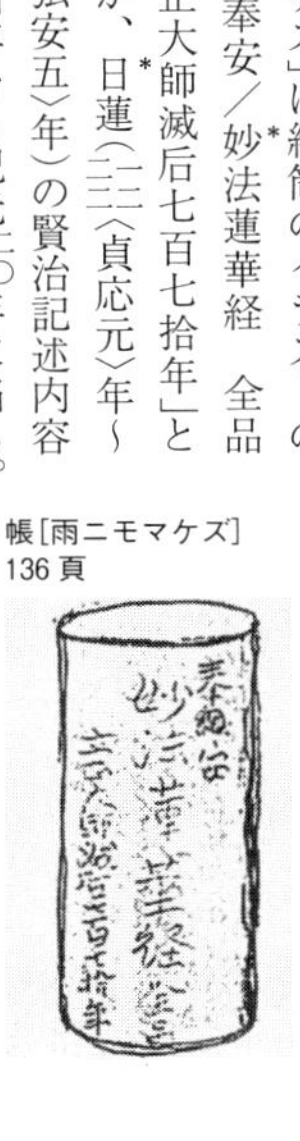

立地因子《りっちいんし》【科】 立地条件と同義。因子は要素、環境の諸要因。詩「台地」に「地形日照酸性度／立地因子は青ざめて」とある。

立派《りっぱ》でいいんともたゞ《だ》木炭《すみ》焼《や》ぎ山《やま》さ行《い》ぐ路《みち》あぬがるくてて悪《わる》いな【方】 立派なのはいいけれど、ただ木炭《すみ》焼き山に行く路がぬかるんでいて都合が悪いな。「いいんとも」は「いいけれども」の意。「路あ」は「路は」の訛り。「ぬがるくてて」は「ぬかるんでいて」「ぬ

【りねん】

かるみがあって」の意。劇「*種山ヶ原の夜」。

リネン【衣】 linen(英) lin(仏) リンネル、亜麻布とも。亜麻(アマ科の一年草)の茎から取った繊維で織る薄地の織物。シャツ、テーブルクロス等に用いられる。「パナマの帽子(↓パナマ帽)と卵いろのリンネルの服を買ひました」(童「*ポラーノの広場」)、「青いリンネルの農民シヤツ」(詩「*鎔岩流」)、「亜麻布《リネン》を装ふ童子像」(詩ノート「〔古い聖歌と〕」)等のほか、詩ノート「ダリヤ品評会席上」等に登場。

亜麻布《リネン》 ↓リネン

理髪アーティスト《りはつあーていすと》【文】 理髪師の称号。一九〇七(明治四〇)年創設の大日本美髪会(ジャパン・アーティスト・アソシエーション)の理髪術講習を修了した者に与えられた。アーティスト(artist)は芸術家のことだが、そのころから床屋をバーバー(barber)としゃれて呼んだりした。童「毒蛾」(↓蛾)に「私は一軒の床屋に入りました。(中略)親方はもちろん理髪アーティストで、外にもアーティストが六人もゐるんですからね」とある。

リパライト ↓流紋岩《りゅうもんがん》

流紋岩《リパライト》 ↓流紋岩《りゅうもんがん》

リービッヒ管《りーびっひかん》【科】 リービッヒ冷却器。古くは逆流冷却器(↓オボー)とも。ドイツの農芸化学の始祖(世界中に影響を与えた名著『農芸化学』で有名)、リービッヒ(J. F. *Liebig 一八〇三〜一八七三)によって考案された実験用冷却器。ガラス製で、真っすぐな内管の外側を冷却水が下から上に流れるようにした装置で、蒸留や還流の実験に用いる。詩「実験室小景」に「(あれは逆流冷却器)」とあり、詩ノート「〔*ソックスレット〕」では「光る*加里球《かりきゅう》／並んでかゝるリービッヒ管」とある。

リービッヒ管

リモネン【科】 limonene レモンに似た香りのある液体。レモン油をはじめ、オレンジの果皮から採れるオレンジオイル等に含まれている。詩「〔落葉松の方陣は〕」(↓からまつ)(その下書稿「*半蔭地選定」)でも冒頭に「落葉松の方陣は／せいせい水を吸ひあげて／*ピネンも噴きリモネンも吐き*酸素もふく」とある。

諒闇《りゃうあん》 ↓諒闇《りょうあん》

竜《りゅう》【動】【宗】 ドラゴン(Dragon)、想像上の動物。大蛇に似ていて、背に八一枚の鱗、四つの足に各五本の指、頭には二本の角があり、顔は長く耳があり、口辺に長いひげを持つと言われる。水中または地中に棲み、時に空中を飛行し、雲や雷を起こし、稲妻を放つと言う。仏教では八大竜王(↓難陀竜家の家紋《なんだりゅうけのかもん》)に分け、航海や雨乞いの守護神とする。賢治の作品には「お、、人の千年は竜にはわづかに十日に過ぎぬ」(短「竜と詩人」)、「竜をなだめる二行の*迦陀をつくります」(詩「氷質の冗談」)、「竜王の名をしるしたる／紺の旗黄と朱の旗」(文語詩「火渡り」)、「死んでこの竜は*天上にうまれ」(手「一」)、「ドラゴン、ドラゴン！香油をお呉れ」(詩「春」副題「*水星少女歌劇団一行」)とある。このドラゴンには羽があり、「青い蛇はきれいなはねをひろげて／そらのひかりをとんで行く」(詩「一八四 春」)のだが、ここには爬虫類から鳥へという進化論を背景にした賢治のイメージが見られる。↓雷竜《らいりゅう》、ナーガラ

硫安《りゅうあん》【科】【農】 硫酸アンモニウム。$(NH_4)_2SO_4$ 白色の結晶で水に溶け、速効性の窒素肥料(↓石灰窒素)として用いられる。

詩[〔あすこの田はねえ〕]に「硫安だってきみが自分で播いたらう」とあり、詩[牧歌]、劇[植物医師]等でも登場。帳[MEMO印]六二頁、帳[孔雀印]七四、八〇頁、ほか高橋久之丞《ひさのじょう》あて簡[403・404・451]等。

竜王《りゅうおう》 →竜(龍)《りゅう》

硫化水素《りゅうかすいそ》 【科】 H_2S 硫黄と水素の化合物。無色で可燃性の毒性気体。火山ガスや鉱泉等にその臭気があるのは天然の硫化水素による。詩[真空溶媒]に「沙漠でくされた駝鳥《(だちょう)》の卵／たしかに硫化水素ははいつ《(ママ)》てゐるし」とある。卵に含まれている硫黄を含んだアミノ酸が壊れると硫化水素ができる。

竜騎兵《りゅうきへい》 →腕木《うでぎ》

硫酸《りゅうさん》 【科】 無色粘性のある液体。硝酸と同様に酸性が強い。有機物から水分子に相当する水素と酸素とを奪い、炭素を遊離させる。つまり、黒く焦げる。製法は硫黄化合物の酸化による。脱水剤、酸化剤等に用い、その他に有機合成の原料等と用途は広い。夏目漱石『行人』(一九一三)に「卑怯な自分は不意に硫酸を浴せられた様に」とある。賢治の場合、童[或る農学生の日誌]に函館の夜景を思い出した後、「それからひるは過燐酸(→燐酸《りんさん》)の工場と五稜郭《ごりょうかく》、過燐酸石灰、硫酸もつくる」とある。父宮沢政次郎あての簡[71]には「天秤の皿に硫酸を附着せしめ」とある。なお、詩[マサニエロ]に「稀硫酸の中の亜鉛屑《あえんしょう》は鳥のむれ」(→亜鉛《あえん》)とある。

硫酸加里《りゅうさんかり》 【科】【農】 硫酸カリウム(K_2SO_4)。無色の結晶で、速効性のカリ肥料として用いられる。高橋久之丞《ひさのじょう》あて簡[404・451・455]等。

竜樹菩薩《りゅうじゅぼさつ》 【人】【宗】 ナーガールジュナ(Nāgārjuna)の漢訳名。二〜三世紀ごろの人。南インドのバラモンの出身。出家して伝統ある説一切有部《せついっさいうぶ》系の小乗仏教を学んだが、それに満足せず、のち大乗仏教に転じ、〈空〉の思想を哲学的に基礎づけ、多くの大乗教典の注釈書を著して、仏教思想全般に決定的な影響を与えた。『中論頌《じゅ》』『十二門論』『大智度論《だいちどろん》』『十住毘婆沙論《じゅうじゅうびしゃしゃろん》』等。後世、中国や日本で「八宗(倶舎《くしゃ》・成実《じょうじつ》・律《りつ》・法相《ほっそう》・三論・華厳の六宗と天台・真言の二宗派を合わせて言う)の祖師」と仰がれる。詩[亜細亜学者の散策]に「竜樹菩薩の大論に／わづかに暗示されたるもの」、詩[葱嶺《パミール》先生の散歩](→ツェラ高原)にも「竜樹菩薩の大論に／わづかに暗示されたるたぐひ」とある。

柳絮《りゅうじょ》 →野絮《のわた》

竜肉《りゅうにく》 →大谷光瑞《おおたにこうずい》

竜之助(介)《りゅうのすけ》 【人】 机竜之助(介)のこと。中里介山《かいざん》(一八八五〜一九四四)の稀有の大河小説『大菩薩峠』(一九一三〜一九四四、「都新聞」〈現「東京新聞」前身〉を主に、幾つかの新聞に連載、未完)の主人公の名。中里介山は仏教思想に基づく特異な作家だが、賢治が入会していた国柱会の創設者である田中智学とも深いかかわりがある。智学の『大菩薩峠』に対する批評(「天業民報」紙上に発表、後に毎日新聞の社内報にも掲載された)を読んで心服した介山は、国柱会館に智学を訪ねている。また『大菩薩峠』の帝劇上演(一九二八)には智学の仲立ちがあった。賢治が『大菩薩峠』を読んだのも尊敬する智学の脚色指導による帝劇での初演が契機と上田哲は言う(『日蓮主義研究(7)』、一九八二)。賢治

中里介山

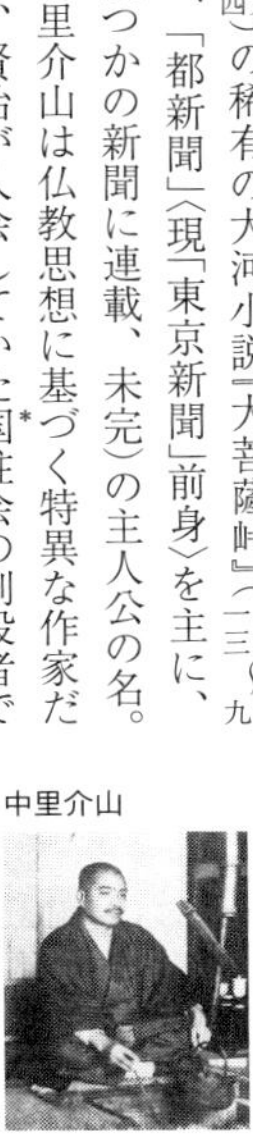

が大衆小説をこえて日本文学に未曾有の「悪」を描いてみせた『大菩薩峠』に直接的な深い共感を覚えた内的秘密はまだ深く論じられていない。介山自身この大河小説を「大乗小説」と呼んだ。曲〔大菩薩峠の歌〕に「二十日月かざす刃は音無しの／*虚空も二つときりさぐる／その竜之助（中略）日は沈み鳥はねぐらにかへれども／ひとはかへらぬ*修羅の旅／その竜之助」とある。なお、賢治の歌稿には、第一節の詩句にも若干異同のある「廿日月《はつかづき》かざす刃は音無しの」があり、前者は「竜之助」なのに、後者は「竜之介」のちがいもある。明らかに竜之助（介）に賢治は深い「修羅」性を見ている。なお、中里介山は生涯妻帯せず、戦時中、戦争に協力した日本文学報国会結成（一九四二）にも決然と入会を拒絶、反戦の初志を貫いた点で、前記智学を含む、なまなかの日蓮主義者や、あえて戦争協力の立場をとった*高村光太郎ら、賢治関連の人たちとは峻別される在野気骨の思想家であった。

竜の髭《りゅうのひげ》【植】 ジャノヒゲ（蛇の髯）の別称。山野の日かげに自生するユリ科の多年草。長さ一〇㎝ほどの硬い葉の形を*竜または蛇のひげに見立てての名。初夏に花茎頂に淡紫色ないし白色の小花を多くつける。花後果実状の種子をつける。庭の装飾用によく人家の庭等にも植えられる。昔時は種子を子どもたちはよく遊びに使った。童*〔マグノリアの木〕に「つやつや光る竜の髯のいちめん生えた」とある。

流紋岩《りゅうもんがん》【鉱】 ライオライト（rhyolite）。火山岩の一。石英粗面岩とも。マグマ中の二酸化ケイ素（SiO_2）の割合が七〇％以上あるため、粘着質で、マグマが凝固する際に流状の紋が残る。そこから流紋岩の名がある。マグマが花崗岩とほぼ同じ成分の火山岩。賢治のころはリパライト（liparite）の名で呼ぶのが一般的だったが、これは石英粗面岩の別名。こんにちでは流紋岩に統一されたことによりライオライト（rhyolite）の学名が一般的。賢治は*盛岡高等農林学校の得業論文（卒論）のテーマとして、最初このリパライトを考えていた。理由は不明だが友人に譲っている。「愚かなる／流紋岩の丘に立ち」（歌〔三三一〕）、「あまり辛気《しんき》のLiparite かな」（歌稿A〔三八六〕第一形態）、「早くも第六梯形（↓七つ森）の暗いリパライトは」（詩〔第四梯形〕）、「石英安山岩《デサイト》か／流紋岩《リパライト》から来た」（詩〔*阿耨達池《あのくだっち》幻想曲〕、童*〔インドラの網〕）、「この石は動かせるかな。流紋岩だかなりの比重だ」（童*〔台川〕）、「その火山灰は西の二列か三列の石英粗面岩の火山が」（童*〔イギリス海岸〕）等とある。なお、前掲短歌の「愚かなる流紋岩」は見栄えのしない色や姿形の岩を言ったのであろう。「あまり辛気の…」も、歌〔四一八〕の「陰気至極の Liparitic tuff（↓凝灰岩《ぎょうかいがん》）」と同じく、輝く空の光の下で対照的に沈みこんで見える流紋岩の岩状を歌ったもの。五間ヶ森や高倉山、江釣子森などが、流紋岩の山である。花巻温泉周辺にも流紋岩の噴出は多く、台川に沿う万寿山も流紋岩からなる。ただ中腹以上は流紋岩質凝灰岩に覆われている。先に記した詩〔第四梯形〕は雫石の七つ森を素材にした作品で「早くも第六梯形の暗いリパライトは」とある。第六梯形がどの森か確認できないが、実際は七つ森をなす森のいくつかはリパライトではなく、流紋岩質凝灰岩である。三陸にある宮古の景勝地浄土ヶ浜に立ち並ぶ白い奇岩や白い砂は流紋岩。短歌「うるわしの海のビロード昆布らは寂光のはまに敷かれひかりぬ」は浄土ヶ浜を作品舞台としている。

流紋凝灰岩《りゅうもんぎょうかいがん》【鉱】 流紋岩質凝灰岩のこと。北上川の西、奥羽山脈側にはかつて噴出した流紋岩質の凝灰岩がいたるところにある。七つ森もその多くは流紋岩質凝灰岩である。花巻温泉付近にも多く見られる。童[台川]に「この山は流紋凝灰岩でできてゐます。石英粗面岩の凝灰岩、大へん地味が悪いのです。赤松とちひさな雑木しか生えてゐないでせう」とある。↓凝灰岩《ぎょうかいがん》

流紋玻璃《りゅうもんはり》【鉱】 玻璃質の流紋岩の意。玻璃はガラスを意味し非晶質であることに特徴がある。語義から言えば黒曜岩や真珠岩、松脂岩などが当てはまる。童[楢ノ木大学士の野宿]に「蛋白石のいゝのなら、流紋玻璃《りゅうもんはり》を探せばいゝ」とある。日本で唯一商品化されたことのある福島県宝坂の蛋白石(オパール)は、真珠岩中から採掘されていた。↓蛋白石《たんぱくせき》

諒安《りょうあん》 ↓ジョバンニ

諒闇《りょうあん》【レ】【文】 諒は「まこと」、「まことに」の意。まことの闇《やみ》、まことに闇《くら》し、の字義から、天子が先帝(親)の喪に服すること、また、その期間(一年間)を言う。短[うろこ雲]に「町はまことに諒闇の竜宮城また東京の王子の夜」とある(王子《おうじ》は地名、北区)のは、しかし賢治の比喩表現(竜宮城も)で、むしろもとの字義に近い「くらやみ」の意であろう。↓まこと

遼河《りょうが》 ↓キーデンノー

楞(楞)迦経《りょうがきょう》【宗】 楞迦《ランカ》は地名でインドの伝承ではセイロン(現スリランカ)のこと(異説あり)。釈尊(↓釈迦牟尼)が楞伽《ランカー》王の羅婆那《ラーヴァナ》に迎えられ、摩羅耶《マラヤ》山頂にある楞伽城において、如来蔵縁起の理を説いたものと言われている。インド後期の仏教思想を代表する経典。現存する漢訳に三種ある。宋の求那跋陀羅《グナバッドラ》訳四巻、魏の菩提留支《ボーディルチ》訳十巻、唐の実叉難陀《シクシャーナンダ》訳七巻。童[ビヂテリアン大祭]に「仏経に従ふならば五種浄肉は修業未熟のものにのみ許されたこと楞迦経に明かである」とある。

猟犬座《りょうけんざ》【天】 Canes Venatici(ラテン) かりいぬ座とも。春の北天星座。北斗七星の南隣。うしかい座の巨人に従う猟犬で大熊と小熊を追っている。島宇宙(独立銀河、渦巻き星雲)が多数見える。童[土神と狐]の中の星雲の話の中に「猟犬座のは渦巻きです」とあるのは、M《メシエ》51(愛称は子持ち星雲)のことである。この星雲は二つの銀河がつながっており、銀河と大マゼラン星雲(↓マヂェラン星雲)を遠くから眺めた姿に似ているとも言われる。この童話の記述は、アレニウスの『宇宙発展論』の影響(↓星雲)と思われる内容で、渦巻き星雲を島宇宙(銀河)としてではなく他の太陽系(もしくは星団)誕生の一段階とする説を受けている。

M51 星雲

猟犬座

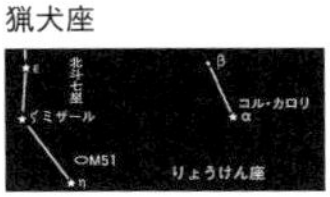

両町合併《りょうちょうがっぺい》【地】 一九二九(昭和四)年四月一〇日、花巻町と花巻川口町が合併して花巻町となる。ノート[文語詩篇]に「両町合併后《ご》ノ念仏」とある。

梁の武帝《りょうのぶてい》【人】 中国歴史で南北朝時代の南朝の一つ、梁《せい》(五〇二〜五五七)の初代皇帝、蕭衍《しょうえん》(五〇二〜五四九)のこと。もと南斉の役人であった。仏教を厚く保護。息子昭明《しょうめい》太子による『文選《もんぜん》』が編まれるなど六朝《りくちょう》文化の最盛期であった。インドから達磨大師がやってきたのもこの時代。短[疑獄元兇]に「梁の武帝達磨に問ふ磨(↓達磨)の曰く無功徳…」とある。小沢俊郎によれば、これは

『碧巌録』第一則「達磨《だるま》廓然無聖《かくねんむしょう》」に拠るものと言う(新修全集月報)。

稜礫《りょうれき》【鉱】 稜《かど》(角)のある小石。*角礫《かくれき》に同じ。曲「角礫行進歌」に「稜礫のあれつちを」とある。その小石まじりの耕土。礫土とも言う。その稜にあたって耕す*鍬の先の「はがねは火花をあげ」る。

緑金《りょくきん》【鉱】【レ】 未詳。賢治の造語か。ろくきん、とも。*金コロイド液の粒子の金が緑いろに見えるという色彩表現か。詩「*オホーツク*挽歌」に「それにだいいちいまわたくしの*心象は／つかれのためにすつかり青ざめて／眩《まば》ゆい緑金にさへなつてゐるのだ」とある。詩「*噴火湾(*ノクターン)」の初行にも「稚《わか》いえ(ママ)んどうの*澱粉や緑金が」とある。補遺詩篇の文語詩「〔*梢あちこち繁くして〕」ほかにも出てくる。また詩「*小岩井農場　パート四」(の抹消部分)には「緑金*寂静のほのほをたもち」とあり、「ろくきんじゃくじゃう」のルビがふられ、しかも*涅槃《ねはん》の色合いとして表現されている。

緑柱石《りょくちゅうせき》【鉱】 ベリル(beryl)。ベリリウムを含むケイ酸塩鉱物の一。六方晶系で柱状の結晶を呈する。透明で美しいものは宝石となり、緑色のものを*エメラルド、青色のものをアクアマリーン、桃色のをモルガナイトと呼ぶ。童「風野又三郎」(→風の又三郎)には風の精である又三郎の見た風景として「島などはまるで一粒の緑柱石のやう」がある。また、詩「空明と傷病」下書稿に「緑青いろの外套を着て／しめった緑宝石の火をともし」とある。緑宝石は緑柱石の中国式の呼び方。緑石とも言う。(→口絵㊶)

りょくでい病《りょくでいびょう》【鉱】 緑泥病。童「楢ノ木大学士の野宿」で、黒雲母《くろうんも》(→バイオタさん)がかかる架空の病名。つまり風化作用の擬人化で、黒雲母が、緑泥石や*蛭石《ひるいし》(作品中では蛭石病)に変質すること。なお、同童話中で、斜長石(→プラジョさん)、正長石(→オーソクレさん)がかかるカオリン病とは、両者が風化して高陵石《カオリナイト》(陶土)に変化することを擬人化したもの。→風病《ふうびょう》、高陵土《カオリンナイト》

緑礬《りょくばん》【鉱】 メランテライト(melanterite)。硬度二。ロウハとも言う。黄鉄鉱等が酸化することによって生じる二次鉱物。賢治の俳句に「緑礬をさらにまゐらす旅の*菊」がある。*花巻の観菊会に他国から運ばれてきた菊(旅の菊)が夜になり、照明を当てられて葉の緑色を濃くしているさまを詠んだものか。類句に「夜となりて他国の菊もかほり(ママ)けり」(かをりの誤記)がある。詩「〔つめたい海の水銀が〕」(→汞《こう》)には、「緑礬いろのと*どまつねずこ」とある。ほかに帳「孔雀印」等。

緑簾石《りょくれんせき》【鉱】 エピードート(epidote) ケイ(硅)酸塩鉱物で造岩鉱物の一。硬度六・五。単結晶は深緑色半透明であるが、岩石中にあっては黄緑色。緑色片岩(→片岩)の主要成分。また、変質した安山岩の空隙にもよく産する。童「*台川」に「緑簾石もついてゐる。さうぢゃないこれは*苔だ」とあるのは、この石が苔にそっくりの色をしているイメージ。

旅団《りょだん》 →聯隊《れんたい》

燐《りん》【科】 元素記号P、原子番号一五の元素。黄(白)燐、赤燐、紫燐、黒燐等の同素体があるが、一般には黄燐と赤燐として知られている。淡黄色、半透明、蠟状の黄燐は常温で酸化しやすく、青白い光を発して容易に自然発火することがある。赤燐は自然発火せず、黄燐を約三〇〇℃に加熱すると得られる。燐は*肥料、殺虫剤に含まれ、人体でも骨や蛋白質の重要な成分となって

いる。賢治の場合、単体としての燐と、比喩としての燐の使い方が見られる。前者としては童[*茨海小学校《バラウミ》]で「鳥の肉には私たちの脳神経を養ふに一番大事な燐がたくさんあるのです」とある。後者としては童[*学者アラムハラドの見た着物]で「眼をつぶったくらやみの中ではそこら中ぼおっと燐の火のやうに青く見え」とある。ほかに童[*二十六夜][*月夜のけだもの]等。↓燐光《りんこう》、燐酸《りんさん》

林館開業《りんかんかいぎょう》【レ】 文語詩の題名。林館は*南十字近くの天体と地上の暗い野をダブらせ、そこに一軒のきらびやかな酒館を空想的に設定し、その「林館」の開業の時間を、この詩のあでやかなイメージにしたと思われる。↓南十字《みなみじゅうじ》、数寄の光壁《すきのこうへ》き、更たけて《こうたけて》、麗姝《れいしゅ》、鱗翅《りんし》、凝灰岩《ぎょうかいがん》、公子《こうし》、牖々《まどまど》

環状星雲《リングネビュラ》【天】 Ring Nebula *琴座の惑星状星雲M《メシエ》57(ドーナツ星雲)を念頭に置いたもの(↓口絵⑩)。太陽(↓お日さま)の一・二倍程度の質量をもつ星(中心星)が、進化末期にガスを放出すると、ガスの輪が星の光を反射して惑星状星雲となる。多くはリング状で、M57が一番よく知られ、天頂付近を通るため比較的長期にわたって六cm程度の*望遠鏡で見ることができる。ガス環の内側は中心星のエネルギー供給量が多いため波長の短い青紫色の光線を放出し、逆に外側は波長の長い赤色の光線を放出。大正時代の天文書には、必ずといってよいほどこのM57が写真入りで収載されているが、成因については言及していないものが多く、また説明があっても今日の説とは異なっている。童[*土神と*狐]中の「全体星といふものははじめはぼんやりした雲のやうなもんだったんです。いまの空にも沢山あります。たとへば*アンドロメダにも*オリオンにも*猟犬座にも(中略)環状《リング》星雲《ネビュラ》といふのもあります。魚の口の形ですから魚口星雲《フィッシュマウスネビュラ》とも云ひますね」は、*アレニウスの説を受けたもの。アレニウスによれば、螺状(渦状)星雲(銀河外のガス雲とされている。正しくは*天の川に近い独立銀河系＝星の大集団)が銀河に引き寄せられて、天の川に近いところに集まったものが惑星状星雲で、そのガスから星が生まれ、やがて球状星団や散開星団(両者とも天の川の近くに多い)が形成されるというもの。アレニウスの『宇宙発展論』(一九一四)は写真入りで種々の螺状星雲と環状星雲を同一に扱っており、「米の天文学者シュエーベルは事実此琴座星雲に於ても亦螺状の痕迹《こんせき》を存することを発見せり」(一戸直蔵《いちのへなおぞう》訳)とさえ書いている。*星雲自体の成因については、天体の衝突とするアレニウスとは必ずしも同一でない新城新蔵《しんじょうしんぞう》、*日下部四郎太《くさかべしろうた》、蘆野敬四郎《あしのけいしろう》ら、当時の天文学者もこぞって惑星状星雲を散光星雲(ガス雲)と同じ星の母体と考えていた。賢治がアンドロメダ星雲(螺状星雲)を環状星雲と同一視し、「魚の口」と呼んだのも、アレニウスの説によれば自然のことのようにも思われるが、「魚口」の語句自体は中村節也の調査では、古くは須藤伝次郎『星学』(帝国百科全書、第六十編、博文館、一九〇〇)以下、一戸《いちのへ》直蔵ほかの著作に、外国天文書の影響で出ていたと言う(「賢治のうたった星」、宮沢賢治研究 Annual. vol. 18)。童[*シグナルとシグナレス]では「*約婚指環《エンゲーヂリング》」とされている。琴座の四星中に見えるように書かれているが、肉眼では全く見えない(約九等)。ところで賢治には*コロナ、冠毛《コロナ》、*後光、*ハロウ、*光環、

環状星雲
(NGC793 みずがめ座)

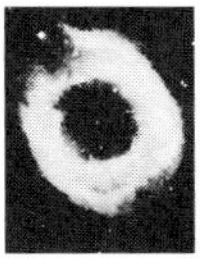

光の環（星雲）等、環状のものを非常に好む傾向がある。仏教の圓《えん》（完全なるもの、円）とも無関係ではないであろう。これも賢治における天文科学と宗教との通融の一例。→天気輪《てんきりん》

苹果《りんご》【植】【レ】　賢治作品におびただしく登場し、鮮やかな印象を与えているリンゴは「りんご」とかな書きされる場合もあるが、漢字では「苹果」が最も目立ち、「林檎」はまれ。現在慣用的に表記されている「林檎」は、もともと西洋リンゴ輸入前の小粒の和リンゴの総称で、西洋リンゴ（大りんご）の表記は「苹果」であった。明治年間の『農商務統計表』でも正式名。各種品評会でもこれを用いた（ちなみに中国語では現在も「苹果《ピンクオ》」）。日本への西洋リンゴの輸入には諸説があるが、公式の輸入栽植と本格的育成は一八七二（明治五）年、東京青山試験場にアメリカから他の果物の苗木と共に輸入（主に「祝」種）、一八七四（明治七）年、札幌育種場および七重勧業試験場に移植したことに始まる（北海道庁産業調査報告＝『青森県りんご史資料』第一七集、所収）。それ以前にも非公式にはすでに幕末のころから輸入栽植されていたという説もある。その後リンゴは東北各県から長野県まで南漸し、農村の苦境を救う果樹栽培の花形として普及奨励された。岩手県での本格的栽培は一八七五（明治八）年、内務省勧業寮から配布された苗木の到着に始まり、翌年には県の奨励で普及する（『岩手県林檎栽培事蹟』）。四年後の一八七九年には他県に先がけて船便で東京に出荷し、一個二五銭の高値であったと言う。しかし一九〇二（明治三五）年ごろから病虫害に侵されはじめ衰退期に入る。苦境の時代は一九三二（昭和七）年ごろまで続くが（『岩手りんご一〇〇年のあゆみ』による）これはほぼ賢治の生存した時代と重なる。なお賢治にちなんで考えられるのは、*花巻地区の苹果栽培の先覚者であった上根子（→根子）の松岡機蔵《きぞう》は賢治の父*宮沢政次郎と親交があった。また賢治の実家の近くの武家屋敷、名須川《なすかわ》他山《たざん》邸には苹果の樹があり、賢治の少年期、すなわち明治末期ごろまで、秋になると赤い苹果の実が枝もたわわに実るのが賢治の家から見えたという（「花巻地方のりんご」一九六六・九「りんごタイムス」第四四八号、および花巻果樹農業協同組合長、阿部博氏談話〈一九八三〉による）。西洋リンゴの近代文学作品初登場と目《もく》される島崎藤村の詩「初恋」（『若菜集』一八九七所収）をはじめ北原白秋や山村暮鳥の詩でもわかるように、少なくとも日本の明治期の西洋リンゴはエキゾチックな、神秘的な果物の新種であった。これには西洋のリンゴにまつわる神話や伝説の数々、わけても旧約聖書「創世記」のアダムとイヴの知恵の木の実（「創世記」にリンゴの記述はないが、古来絵画等にはリンゴが描かれている）として伝えられた、知識教養の面からの影響も手伝っていたと思われる。さすがに賢治作品ではもっと親しみやすい、詩人の生活圏内の果実となってはいるが、それがかえって観念や想像力の産物と違った根つきの存在感を読者に与え、それでいて泥くささなどとは程遠い新鮮な感覚に輝き、香気を放っている。歌［二〇九］の「青りんごすこし並べて」をはじめ「青い苹果」（童［祭の晩］等）は、『南部領産物誌』（一七三六〈享保二一〉年南部藩編集）に「りんご」と記された野生の「和りんご」とも、早出しの青い「祝」種（明治初年輸入、この品種は青いままの早出しで出荷された）とも考えられるが、おそらく後者にちがいない。詩［西も東も］の「*緑や*苹果青《あを》や紅、紫」とあるのは、しかし色彩の比喩。「灰いろの苔に靴やからだを埋め／一つの赤い苹果《りんご》をたべる／*うるうるしながら苹果に嚙みつけ

ば」(詩[鎔岩流])をはじめ、「大きな赤い苹果」(詩[盛岡停車場])、「その顔は苹果のやうに赤く」(童[ひかりの素足])等の「赤い苹果」は、現実のモチーフとしては、おそらく岩手県の代表品種だった紅玉《こうぎょく》か、あるいはこれも県の奨励品種の一、国光《こっこう》であろう(ともに輸入は一八七二年)。あるいはそれらを頭に置いた子どもの頰の形容であろう。少年少女の頰の赤みを苹果になぞらえた表現は多いが(こんにちでは「林檎の頰」はむしろ陳腐な形容だが、それが賢治作品では新鮮で生きている。時代ということもあろう)、「カムパネルラの頰は、まるで熟した苹果のあかし」(童[銀河鉄道の夜])をはじめ、詩[無声慟哭]や童[風の又三郎][氷と後光(習作)][十力の金剛石]等に見られる。次に色で言えばさきの「青りんご」をはじめ(→アップルグリン)「金いろ」や「黄なる」苹果も登場する。「その金いろの苹果《りんご》の樹」や「金いろの苹果《りんご》の樹が/もくりもくりと延びだし」(金皮のまゝたべたのです)と、拝金主義を痛烈に皮肉る行のあと、食べて死んだ商人に王水をのませたらよかった、とか、いや、それはひどすぎる、とかの問答の詩句がつづく(詩[真空溶媒])、「黄金と紅でうつくしくいろどられた大きな苹果」(童[銀河鉄道の夜])等、前者は「樹」の表現ではあるが、「黄なるりんごの一籠《ひとかご》と」(文語詩[〔せなうち痛み息熱く〕])等といった黄色のそれは、これも現実のモチーフとして「黄金」種の可能性が高い。これも明治期に輸入された品種で、こんにちのデリシャス系の黄色のリンゴは大正期の輸入新種、賢治作品成立期にはまだ普及していなかったと思われるからである。彩りのほかに、新鮮な苹果の味覚の表現も多く、それにもまして匂いの表現が多い。詩[青森挽歌 三]の「あけがた近くの苹果の匂」、同[青森挽歌]の「巻積雲のはらわたまで/月のあかりはしみわたり/それはあやしい蛍光板になつて/いよいよあやしい苹果の匂を発散し/なめらかにつめたい窓硝子さへ越えてくる」といった美しいイメージをはじめ、詩[塩水撰・浸種]、童[双子の星][まなづるとダァリヤ]等にも苹果の匂いは登場。また果肉は「雲はカシユガル産の苹果の果肉よりもつめたい」(詩[火薬と紙幣])、「苹果の果肉のやうな雲」(詩[三原 第三部])等、雲の形容に目立つ。詩[風の偏倚《へんい》]の「あの虹の交錯や顫《ふる》ひと/苹果の未熟なハロウとが/あやしく天を覆ひだす」も同様の着想であろう。天体と苹果の結びつきは「太陽(→お日さま)はまるで熟した苹果」(童[楢ノ木大学士の野宿])から、詩[青森挽歌]の「(…きしやは銀河系の玲瓏《れいろう》レンズ/巨きな水素のりんごのなかをかけてゐる)」「そらや愛やりんごや風、すべての勢力のたのしい根源/万象同帰のそのいみじい生物の名」といった、銀河系(成分のほとんどが水素)の形状(太い凸レンズ)を苹果の形に擬したものまで、これこそ賢治の独擅場《どくせんじょう》ともいえる苹果のイメージ(→水素のりんご)。しかも苹果を宇宙になぞらえる賢治のそれは、やはりリンゴを知恵や愛、不死や豊麗のシンボルと考えてきたヨーロッパ古来の伝承に通じ、それは「世界」を意味したキリスト教の絵画や彫刻(マリアやマリアに抱かれたキリストがリンゴを手にしたのがよくある)のイメージにも通じる。ほかに賢治のユニークな表現に、「かゞやかな苹果のわらひ」(詩[〔あすこの田はねえ〕]等)や「苹果の樹の幽霊」(詩[開墾地検察]等)があり、「灼いたりんご」(詩ノート[〔ひわ《(マヽ)》いろの笹で埋めた嶺《(れい》線《せん)》に〕])や「干した苹果」(童[種山ヶ原])も登場し、幻想的な詩にふさわしい「海りんごのにほひ」(詩ノート[〔古びた水いろの薄明穹のなかに〕〕)は「片屋根がみな貝殻に変装され」た海辺の「部落」で匂いを放つ海辺のりんごなのであろう。高野睦は海りんごはホヤ(海鞘)だと言う。→アップルグリン

燐光《りんこう》【科】燐の自然発火による青白い光。またはルミネセンスと呼ばれる発光現象の一。外部エネルギーを吸収した物質は特定波長の光を放出するが、エネルギー供給をやめてもしばらくは残る光を言う。科学的現象でありながら、しばしば神秘的な宗教的雰囲気をもってよく登場してくる。ス[六]には「十字燐光」が「やがていのりて消え」るが、その発展形と考えられる文語詩[中尊寺〔一〕]にも「手触れ得ず十字燐光」が登場し、また燐光を発する「心象(→心象スケッチ)の燐光盤」といった比喩もある(燐光盤は文語詩[〔まひるつとめにまぎらひて〕]の下書稿にも再登場)。歌[三六五]の「夜の底に／霧たゞなびき／燐光の／夢のかなたにのぼりし火星」や、歌[七六二]の「薄明穹まったく落ちて燐光の雁もはるかの西にうつりぬ」をはじめ、ス[一・五・六・一四・三五]、詩[産業組合青年会][薤露青《かいろせい》][異途への出発][命令][空明と傷痍][小岩井農場　パート一]、童[よだかの星][イーハトーボ農学校の春]、帳[雨ニモマケズ]等に印象的に登場。しかし最もユニークなのは、詩[蠕虫《アンネリダタンツェーリン》舞手]の「燐光珊瑚の環節」であろう。主人公の舞手のボウフラから南海の珊瑚虫(クラゲやヒドラなどの腔腸動物)を連想し、しかも燐光を発している。→燐《りん》、燐酸《りんさん》

林光文《りんこうぶん》、**林光原**《りんこうげん》、**林光左**《りんこうさ》　→来々軒《らいらいけん》

輪栽《りんさい》【農】禾穀《かこく》類と、それ以外の作物を順序を決め(連作しないで)一定年限ごとに循環させて植える農法。三年輪栽とはその間の一年間土を遊休させ、草をはびこらせておく。詩[装景手記]に「そのゆるやかなグラニットの高原は／三年輪栽の薄《すすき》の草地として／刈入年の春にはみんなで火を入れる」とある。つまり、早春の肥料、殺虫をかねた草焼きをする。

燐酸《りんさん》【科】【農】phosphoric acid　フォスフォリック　アシド。H_3PO_4 詩ノート[〔南からまた南西から〕]にある燐酸に「ホス」のルビがあるのは、この原名のフォス→ホスのつもりであったろう。透明無色のガラス状固体の結晶で水に溶けやすい。肥料三要素である燐を含むので、ことに肥料に用いられる。燐酸肥料には過燐酸石灰、重過燐酸石灰等がある。一方で燐は人体の重要構成要素であるから医薬品としても用いられるが、賢治の場合は肥料としての燐酸が多い。詩[〔Largo や青い雲滃《くもかげ》やながれ〕](→ラルゴ)、詩[一〇五八　電車]等では、黒衣の子どもが燐酸を田にまいている情景が描かれ、詩[和風は河谷《かこく》いっぱいに吹く][三原第二部][〔それでは計算いたしませう〕]等では、燐酸の効力、特に稲が倒れたときにそれを立ち直らせる燐の効果。肥料以外の代表的な例として童[学者アラムハラドの見た着物]に「眼をつぶったくらやみの中ではそこら中ぼおっと燐の火のやうに青く見え」とある。元素である燐が視覚的には青白く発光する性質は墓などで人骨から浮遊する幽霊や人魂《ひとだま》のイメージとして怪談等で多く語られてきた。この青白く光って見える黄《おう》燐に対して赤燐、紫燐、黒燐等の区別がある。黄燐は活性が強く、自然発火して青白い光を発するのだが、淡黄色、半透明、蠟状の黄燐も加熱すると赤燐となる。→燐《りん》、燐光《りんこう》

鱗翅《りんし》【動】【レ】文語詩[林館開業]に「千の鱗翅と鞘翅目、

／直翅の輩はきたれども」とある。千は沢山の、鱗翅は蝶や蛾*など、体の翅《はね》に細かな鱗粉をまとった昆虫。鞘翅目（甲虫目）は髪切虫など前の翅が革質で、鞘《さや》になっている昆虫類（↓甲虫）。直翅目（バッタ目）はバッタ、コオロギ、キリギリスなど翅のかたちがまっすぐな昆虫類。この詩は難解だが、南銀河を地上の夜とダブらせた幻想で、酒館ふうの「林館」の数寄《すき》をこらした光壁（ライトアップされた壁）に吸いよせられるように蝟集《いしゅう》（蝟はハリネズミ、吸いよせられ集まること）してくる無数の「輩《やから》」（男性たち）を宇宙塵《スターダスト》と諷喩したのであろう。↓麗姝《れいしゅ》、林館開業《りんかんかいぎょう》

林藪卉木《りんそうきぼく》【植】 賢治の造語。詩［装景手記*］下書稿［一装景家と助手との対話」のみに一回だけ「美しからぬ林藪卉木なく」と二重打消で出てくる語。「美しくもない林や、やぶ（藪）や、くさ（卉）や木もなく」の意。ちなみに卉の字は「花卉《かき》」等とよく使われるが、クサカンムリの上に更に屮《くさ》を一つ加えたもの。

りんだう《りんどう》【植】 竜胆。やや乾いた山地や草地に生えるリンドウ科の多年草。晩秋に碧紫色の美しい花を咲かせる。今は栽培も盛ん。「風が刻んだりんだうの花」（詩［秋］）、「ひかりしづかな天河石《アマゾンストン》*のりんだうも、もうとても踊り出さずに居られないといふやうにサァン、ツァン、サァン、ツァン、からだをうごかして」（童［十力*の金剛石*］）、「きいろな底*をもったりんだうの花のコップが、湧くやうに、雨のやうに、眼の前を通り」、また「やさしい狐火《（きつねび）》のやうに思はれ」る「たくさんりんだうの花」（童［銀河鉄道*の夜］）も出てくる。↓狐《きつね》

リンデ【植】 Linde（独） シナノキ科の一。セイヨウシナノキ、リンデンバウム、セイヨウボダイジュとも。シューベルト（↓セレナーデ）の歌曲「冬の旅」でも「リンデン・バウム」として有名。日本ではボダイジュ（菩提樹）と訳されている。同じシナノキ科ながら日本特産種のシナノキと混同されている。また菩提樹といえば釈迦（↓釈迦牟尼）がその樹の下で悟りをひらいたとされるクワ科のインドボダイジュとも混同されている。日本の東北地方に多いのは日本特産種のオオバボダイジュである。賢治作品でも必ずしも判然としない。詩［原体剣舞連《はらたいけんばいれん》］（↓原体村）の「菩提樹《まだ》皮《かは》と縄とをまとふ」は、ボダイジュの東北方言マダ（マンダとも言う）の樹の皮（杉*の皮と似ている）をはいで作ったけら*（みの）と縄の帯をまとった、という意。童［なめとこ山*の熊*］にある「小十郎は夏なら菩提樹《マダ》の皮でこさえたけらを着て」も同様である。だが、植物学の知識豊かな賢治の脳中には洋種のリンデはもちろん、インドボダイジュも教養的なイメージとしてあったであろうし（詩［小岩井*農場　パート七］には「菩提樹《まだ》皮の厚いけら」の表記もある）、また東北に多いオオバボダイジュのイメージも経験的に身につけていたにちがいない。例えば曲［黎明行進歌*］の「いま角礫《かくれき》（↓コングロメレート）のあれつちに／リンデの種子をわが播《ま》かん」等も、具体的にどれとは決めがたく、精神的なシンボルとしてのリンデとして歌われている。

輪廻《りんね》【宗】 梵語サンサーラ（saṃsāra）の漢訳。流転《るてん》とも。車輪のめぐるようにとどまることなく三界*（欲界、色《しき》界、無色界）、六道*（地獄*、餓鬼*、畜生、修羅*、人間、天上*）の迷いの世界に生死《しょうじ》を繰り返すこと。童［二十六夜*］に「車輪のめぐれどもめぐれども終らざるが如くぢゃ。これを輪廻といひ、流転といふ」、簡［63］に魚や鳥の立場から「おらは悲しい一切の生あるものが只今でも

【りんねる】その循環小数の輪廻をたち切つて輝くそらに飛びたつその道の開かれたこと、そのみちを開いた人の為には泣いたとて尽きない」とある。「輪廻をたち切って」「道の開かれたこと」を解脱《げだつ》と言う。そして賢治の場合は、死にゆく妹の天上《てんしょう》での転生を願う詩［無声慟哭］の「どうかきれいな顔をして／あたらしく天にうまれてくれ」といった仏教の六道輪廻を反映した仏教的な輪廻観から、同じく死んだ妹が蛙となって夢に姿を現わす「［手四］」など、アニミズム的な輪廻観と同時に、爬虫類から鳥へといった当時の進化論的な学説(↓雷竜)を反映したもの、さらにはそれが過去、現在、未来にわたる時空論として展開される場合など、彼自身の信仰の問題と生きた時代の影響の中で大きな揺れを見せている。↓成仏《じょうぶつ》、銀河系《ぎんがけい》、第四次元《だいよじげん》

リンネル ↓リネン

鱗粉気泡《りんぷんきほう》 ↓イリデッセンス

鱗木《りんぼく》【鉱】 レピドデンドロン(Lepidodendron) うろこ木とも。古生代後期、特に石炭紀に大森林を形成した化石シダ植物。高さ数十mの高木で樹幹には葉の落ちた跡がウロコ状の模様として残っている。日本でもわずかだが、石炭紀層(↓中生代)から発見されている。詩［〔胸はいま〕］に「胸はいま／熱くかなしい鹹湖《(かんこ)》であって／岸にはじつに二百里の／まっ黒な鱗木類の林がつゞく」、詩［真空溶媒］に「おれなどは石炭紀の鱗木のしたの／ただいつぴきの蟻でしかない」とある。いずれも屈折した対他意識や修羅意識と結びついた表現。同類の化石シダ植物に蘆木《ろぼく》がある。「魯木《(ろぼく)》の群落」として詩［春と修羅］の詩集原稿(初版本『春と修羅』のための)に見られる魯木は蘆木のことか。

林務官《りんむかん》【農】 御料林《ごりょうりん》や国有林の経営に従事する山林事務官の旧称(一九一三年まで)。大林区《だいりん》(↓小林区)に所属した。童［種山ヶ原］に「その旅人と云っても、馬を扱ふ人の外は、薬屋か林務官、化石を探す学生、測量師など」とある。

る

累帯構造 るいたいこうぞう【鉱】 Zonenstruktur（独）の訳。ある鉱物の結晶が、その鉱物と同種でしかも組成の異なる結晶に囲まれた状態を指す。マグマの冷え方が急な場合に起こるため火山岩中の斜長石、輝石等に見られることが多い。詩［オホーツク挽歌］に「緑青は水平線までうららかに延び／雲の累帯構造のつぎ目から／一きれのぞく天の青」とある。これは同じ雲ながら、種類の異なる雲が重なり合って浮かんでいる空の様子を鉱物の累帯構造に例えたもの。

爾迦夷《るかゐ》 るかい【宗】 賢治のルビの表記は「ルカヰ」。賢治創作の捨身菩薩の弟子の名。爾迦夷上人とも。童［二十六夜］によれば、前世においてはフクロウの身であったが、捨身菩薩の教えにより天上界に生まれ変わり、波羅夷とともに脇侍《わきじ》として仕える。波羅夷も仏法の戒律を菩薩名にした名だが、それの応用としての賢治の命名。ともに童［二十六夜］に「月天子山のはを出でんとして、光を放ちたまふとき、疾翔大力《（しっしょうたいりき）》、爾迦夷、波羅夷の三尊が、東のそらに出現まします」とある。

流沙 るさ【地】 流砂とも。るしゃ。りゅうしゃ。りゅうさ。もともと、水に押し流された砂地、または水分を多く含んだ砂を言う。中国の広大なタクラマカン砂漠（タリム盆地の流砂地帯）を呼ぶ場合もある。賢治の場合、詩［奏鳴四一九］の「まばゆい流沙の蜃気楼」「吹雪（→吹雪）《フキ》はかがやく流沙のごとくに／地平はるかに移り行きます」、童［学者アラムハラドの見た着物］の「流沙の火」、あるいは童［雁の童子］に登場する「流沙の南」等はいずれも後者、タクラマカン砂漠を指すものと思われる。ことに［雁の童子］は天山南路（→天山北路）の要地である沙車《さしゃ》が舞台となっている。

ルダス →チャーナタ

るつぼ【鉱】 坩堝。物質を強く熱するのに用いる耐熱性の容器。岩石の分析等では白金るつぼが用いられる。磁器、黒鉛、石英ガラス、銀、ニッケル等で作られ、金属の溶融、化学実験等に用いられる。童［よく利く薬とえらい薬］に「ばらの実をるつぼに入れました」とある。文語詩［幻想］に「灼熱のるつぼをつゝみ／むらさきの暗き火は燃え」とあるが、これは幻想風景の中でのこと。

ルーノの君 るーのきみ【レ】【天】 文語詩未定稿［セレナーデ 恋歌］の第一連に「江釣子《（えづりこ）》森の右肩に／雪ぞあやしくひらめけど／きみはいまさず／ルーノの君は見えまさず」とある。ルーノ（詩［赤い歪形《（わいけい）》］〈［林学生］下書稿㈠〉では「月《ルーノ》」）は、ルーナ（Luna）、月の女神。ルナティックと言えば、普通は、月に憑かれた人、狂人、精神異常者、変人の意味。それは、古来、月から発する霊気に当たると精神に変調をきたすと言いならわされてきたことによる。だがこの詩の最終連では「あゝきみにびしひかりもて／わが青じろき額《（ぬか）》を射《（い）》ば／わが悩あるは癒えなんに」とあり、月の光（にびしは鈍し、薄墨色の光）が私の額《ひたい》を射たならば私の悩みは癒えるだろうにと、やわらかい月の光のシャワー（月光浴）は、賢治の場合精神に変調をもたらすものではなく、妖しい癒《いや》しの力をもっていると歌われている。それは、月を科学的に認識する一方で、その美しさ、神秘的な光をあたかも母性に対するように敬うとする手帳詩篇中の詩「月天子《がってんし》」にも見ることができる。→月 つき、ジェームス

ルビー【鉱】 ruby 紅玉。賢治は紅宝玉とも。鋼玉《こうぎょく》（コランダム corundum）の一。不純物としてクロムを含むことにより赤色をしたものを言う。硬度九、結晶は六方晶系。最高の色は濃赤色のピジョン・ブラッド（鳩血《きゅうけつ》）と言われ、透明なガラス光沢を持つ。童「銀河鉄道の夜」でのアンタレスの比喩、「ルビーよりも赤くすきとほりリチウムよりもうつくしく酔ったやうになってその火は燃えてゐるのでした」は特に目立つが、火のたとえとしての登場は他にも詩「空明と傷痍」にあり、またスペクトルの赤色の例えは詩「冬と銀河ステーション」（「紅玉」）、童「十力の金剛石」等、あるいは仏像との関連、あるいは首飾りとしての登場に童「四又の百合」（「紅宝玉」）、詩「疲労」等がある。詩「高架線」には「酸化礬土と酸水素熖（ママ）（「焔」）にてつくりたる／紅きルビーのひとかけ」とあるのは、ベルヌーイ法（原料の粉末を、酸水素炎の中を通過させて溶かし、それを結晶化させる）で作られる合成ルビーのことを言う。簡「137」にも「実用に適する様の人造宝石としてはルビーサファイヤのみに有之」とある。なお、童「楢ノ木大学士の野宿」には、「紅宝玉《ルビー》」「紅宝玉坑《ルビーこう》」とあり、ピジョン・ブラッド・ルビーの産地として有名なビルマへの言及がある。ビルマ（ミャンマー）はルビーの主産国。→バララゲ

瑠璃 るり【仏】【鉱】 vaiḍūrya（梵）の音写「吠瑠璃《べいるり》」の略。七宝（しちほう、しっぽう）の一。無量寿経では「金、銀、瑠璃《るり》、玻璃《はり》、硨磲《しゃこ》、珊瑚《さんご》、瑪瑙《めのう》」の七種をあげている。瑠璃は鉱物としてはラピスラズリのこと。硬度は五〜五・五。藍色がかった青色。粉末は高価な青絵の具としても使われる。ラピスラズリの主成分は青金石（ラズライト）。短「柳沢」に「深い鋼青《こうじょう》から柔らかな桔梗《ききょう》、それからうるはしい天の瑠璃」、詩「晴天恣意《しい》」に「碧《へき》瑠璃の天」とあるように、賢治は夜明け後の晴れ上がった空の新鮮さをこの瑠璃を使って表現。歌「六二〇・七五七」、詩「青森挽歌」「オホーツク挽歌」、童「四又の百合」（→百合）その他に登場。「オホーツク挽歌」の「瑠璃液」も、ちぎれた海波を瑠璃の液体と見たてたもの。童「二十六夜」に出てくる「浄瑠璃」は浄《きよ》らかな瑠璃の意で、この語は妙法蓮華経「序品」の「浄瑠璃の中に」の語に発する。

れ

レアカー【農】【文】 リアカー(rear car)。rearとは後《うしろ》、の意(英語で表記はできるものの、実体と同じく和製の英語)。自転車の後ろにつけて荷物を運ぶ二輪車のこと。人が引くこともできる。江戸時代からの大八車(木製の車輪)と違い、ゴムタイヤなので軽く、第二次大戦後まで都市や農村で大きな役割を果たした。しかし、賢治のころは一般農家には手の届かぬ高価な車で、これを引く賢治を羨しくも、別世界の人と誤解する風潮もあった。詩[〔レアカーを引きナイフをもって〕]に「レアカーを引きナイフをもって/この砂畑に来て見れば」等と使われる。

霊《れい》【宗】 たましい、たま、霊魂。*幽霊やお化け(ばけもの、ともに英語ではゴーストghost)を含めて、肉体に宿り、または肉を離れても生きつづけるとされる霊力(霊魂、英語ではソウルsoul)を言う。仏典ではリョウと発音する場合が多い(ことに他の文字と一緒の場合、例「怨霊《おんりょう》」=詩[*地主]ほか)が、賢治の作品では必ずしもその限りでない。なお、賢治もむろん、霊力を人一倍信じていたが、次の例に見られるように、意識を超え、人間を超えた霊力、例えば地霊といったものの存在をも信じていた。その意味では彼の心霊主義とも言える認識様式には信仰者のほかに古代人的な特質が見られる。詩[*五輪峠]に「宇部五右衛門の意識はない/宇部五右衛門の霊もない」、簡[12]に「如何にも君の云ふ通り私の霊はたしかに遥々宮城県の小さな教会までも旅行して行ける位この暗い店さきにふら〳〵として居りまする」。→幽霊《ゆうれい》、異空間《いくうかん》、モナド

零下二千度《れいかにせんど》 →真空溶媒《しんくうようばい》

麗姝《れいしゅ》【レ】 「姝」だけでも美女。なまめかしい美女。文語詩[*林館開業]に「麗姝六七なまめかし」とある。客待ちしている六、七人の美女たち。

嶺線《れいせん》【地】 詩[〔北いっぱいの星ぞらに〕]に「山はつぎつぎそのでこぼこの嶺線から」とある。山の尾根の稜線と同義に用いたのであろう。

黎明《れいめい》【天】 夜明けのこと。黎とはウルシの黒さを表わす語で明け方のまだ薄暗いころを言う。*味爽《まいそう》と同義。詩[*噴火湾(*ノクターン)]に「噴火湾のこの黎明の水明り/室蘭《(むろらん)》通ひの汽船には/二つの赤い灯がともり/東の天末(→天末線)は濁った*孔雀石の縞」とある。詩ノート[ダリヤ品評会席上]には、一位を得た「第百一号」のダリヤについて「赤、黄、白、黒、紫、褐のあ〔ら〕ゆるものをとかしつつ/ひとり黎明のごとくゆるやかにかなしく思索する」とある。歌稿A[五]にも「ふしてありし丘にちらばる白き花そらのひかりに見し黎明よ」とある。詩[*河原坊(山脚の*黎明)]もある。

昤々《れいれい》【レ】 晴れた日の光のさま。昤は玲々とか*玲瓏とか用いるのがふつうだが、日の光には昤、月の光には朎を用いて、ともに輝くさま。文語詩[〔昤々としてひかれるは〕]があるが、「ひかれる」は詩意からして雪山(硫黄ヶ岳→鳥ヶ森《ちょうがもり》)の尾根の「光

れる」である。日をあびたようにまぶしく光る、しかも霊性をおびて（吟は霊に通じる）光っている。↓玲瓏《れいろう》

玲瓏《れいろう》【鉱】【レ】 もともと、玉などが美しく鳴りひびく音。転じて光線等が美しく光り輝くさまにも用いるが、賢治はしばしば半透明な様子にも用いる。例えば詩［樺太鉄道］ではこの語に「トランスリユーセント」（translucent 半透明の）とルビをふり、また詩［青森挽歌］でも半透明な銀河系の比喩「玲瓏レンズ」として使っている。詩［会食］、文語詩［浮世絵］［〔血のいろにゆがめる月は〕］等に登場。ユニークな例としては詩［〔雪と飛白岩《ギャブロ》の峯の脚〕］下書稿［詩への愛憎］の「おお恋人の総身《そうしん》は、玲瓏とした氷でできて」がある。これらは同じく文語詩［〔われかのひとをこととふに〕］に「クラリオネットの玲瓏を」とあるように、聴覚と視覚の微妙な共感覚表現（↓アカシヤづくり）の好例と言えるだろう。なお、文語詩［浮世絵］にも「れいらう《ママ》の瞳をこらし」の一行がある。

レオーノキュースト ↓レオノレ星座《れおのれせいざ》

レオノレ星座《れおのれせいざ》【天】 賢治の創作星座名。獅子座の学名Leo による命名か、それともベートーヴェン作曲の「レオノーレ序曲」から思いついた命名と思われる。詩ノート［〔あそこにレオノレ星座が出てる〕］に「あそこにレオノレ星座が出てる／……そんな馬鹿なこと相手になってゐられるか……」とある。童［ひのきとひなげし］に出てくる「レオーノ様」や、童［ポラーノの広場］（↓ポランの広場）の原作者ふうに「前十七等官 レオーノキュースト誌《しるす》」とあるのも、レオノレと同工異曲の創作人名。なお、十七等官名もロシア文学からの思いつきであろうが、旧帝政ロシアでは十四等官が最下位で、それ以下はなく、これも賢治らしい創作。劇［ポランの広場］の中心人物キュステは「博物局十六等官」であるが、この十六等官も同様であろう。↓キュステ

レオポルド【動】 狐の名。詩［高架線］に「……え、とグリムの童話のなかで／狐のあだ名は何でしたかな……／……たしか レオポルドで……／……さう レオポルド／それがたくさん出て居りますな……」とある。グリム童話には確かにずるがしこい狐がよく登場するが、レオポルドの名は確認できない。詩ノート［〔赤い尾をしたレオポルドめが〕］にも登場。

レーキ【農】 rake くまで。長い木製の柄の先にクマの爪のような鉄爪を四、五本指状に並べた鍬。草や牛ふん等をかき集めたり、土を掘り起こしたり、ならしたりする農具。賢治作品では詩［〔降る雨はふるし〕］［〔西も東も〕］［〔もうはたらくな〕］［〔日に暈《かさ》ができ〕］［〔黄いろな花もさき〕］、農村具体の題材が多い『春と修羅』第三集等によく登場する。

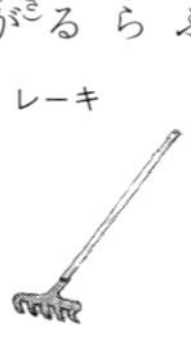
レーキ

礫岩《れきがん》 ↓コングロメレート

瀝青《れきせい、れきしよう》【鉱】 ビチューメン（bitumen）。アスファルト（土瀝青と言う）やタール、ピッチなど、天然の炭化水素の化合物で黒色の粘着性のある物質の総称。詩［海鳴り］（［牛］下書稿）に「沸《わ》きたつ瀝青と鉛のなかに」とある。

レコード【音】 record 記録の意から転じてエボナイト製の録音盤を言う（童［風野又三郎］では原意の「記録」の意で多く出てくるが）。賢治は大変な洋楽マニアであっただけにレコードをめぐるエピソードも多い。幼少時、祖父の好んだ義太夫のレコードを聞いたようだが、初めて洋楽レコードを聞いたのは、従弟岩田

豊蔵（楽器店経営）の店で、「ウィリアム・テル序曲」（ロッシーニ〈→セビラの床屋〉）であったらしい。時期ははっきりしないが、佐藤泰平によれば一九一八（大正七）年と言う。岩田豊蔵の回想によれば、賢治がレコードを買いはじめたのは一九二三年ごろで、フィガロの結婚（モーツァルト）や*スヰミングワルツ、アイーダ（ヴェルディ）、*第六交響曲（*ベートーヴェン）等であった。特にアイーダは岩田より借りたのをガスガスと鳴るまですり切らせてしまい、申し訳ないと思ってか自ら買うようになったと言う。佐藤隆房によると、ポリドールの社長からレコードがよく売れるので、*花巻の高喜《たかき》商店に問い合わせがあり、町一番のコレクター賢治の名をあげたところ、社長から賢治あてに感謝状がきたと言う。当時高級レコードは一枚数円したから、当時八〇円の月給の賢治にとっても高価なものであった。蓄音器も高価なものを持っていた。こうして賢治は一九二一年ごろから、*花巻農学校教諭時代を中心に、当時田舎では珍しいレコード・コンサートを催して自ら解説を試みたり、大変な音楽マニアになる。アメリカのビクター本社に竹を研いで作る「竹針」の改良法のアイディアを英文の手紙で知らせたりまでしている。レコードによるこうしたクラシック音楽への傾倒は、単なる趣味の域をこえて彼の詩作に直接深い影響を与えている。その点ではむしろ詩の方法や栄養のために積極的に音楽に、引いてはレコードにも傾倒していったとも言える。一九二七（昭和二）年には、これも当時としては目新しいレコード交換会を、*羅須地人協会の資金づくりのためもあって試みたりもしている。この時の雑「レコード交換用紙」には、*新世界交響楽、ベートーヴェンの第四、五、七交響楽、ピアノ・ソナタ月光、土耳古《トルコ》行進曲、R・コルサコフのシャゼルラーデ（シェーラザード）、ワグナーのタンホイゼル序曲（タンホイザー序曲〈→ワグネルの歌劇物〉）、ポッパーのハンガリアン・ラプソディ等が載っている。賢治の特に愛聴した曲はベートーヴェンのもののほか、ドビュッシーの「牧神の午後への前奏曲」や、シューベルト（→セレナーデ）のものがある。レコードという語は童「風野又三郎」や「ポラーノの広場」（→ポランの広場）をはじめ、さまざまな作品に登場する。

賢治所蔵のアルバムとレコード

レシタティヴ【音】recitative（レチタティーボ〈伊〉に発する）叙唱。朗吟調。旋律的でない朗読風の発声。*オペラ、劇詩等で部分的に用いられる。叙情的な歌曲部分（アリア）に対して言う。例えばJ・S・バッハの、マタイ、ヨハネ両受難曲では福音史家の歌うパートがこれに当たる。賢治は驚異的な音楽マニアだったが、この語は、あるいは賢治の好んだ浅草オペラから仕入れたものかもしれない。詩「若き耕地課技手*（ぎて）のIrisに対するレシタティヴ」（→イリス）。

レジン、乾葡萄《レジン》【食】raisin　正しくはレイズンと発音する。ほしぶどう。「ほし葡萄」とも出てくる。過熟した*ぶどうを天日乾燥や火力乾燥したもの。そのまま食べるほか、*菓子や料理の材料として多く用いる。詩「山の晨明*（しんめい）に関する童話風の構想」ではルビつきの「乾葡萄《レジン》」、*こめつがの果実の比喩に用いられている。童「*いてふの実」には「そら、ね。いゝ*ぱんだらう。ほし葡萄が一寸顔を出してるだらう」とある。詩「*小岩井農場　パート一」にある

「sun-maid のから函《(ばこ)》(函)」のサン・メイド sun-maid(太陽の処女)は、カリフォルニア産の干葡萄の商標名で、当時広く愛好されていた。

裂罅《れっか》 【レ】 ひびわれ。割れ目。詩[異途への出発]に「一ひら白い裂罅《ひび》のあと」、童[ビヂテリアン大祭*]にも「ところどころ裂《ひ》罅《び》割《わ》れた」教会が出てくる。あるいは童[台川*]には「裂罅《(れっか)》だ」とあり、あるいは簡[50]では、人間の弱点として「裂罅」を抽象的に用いている。童[谷]には単に「罅《(わ)》れる」とも。空の裂罅については↓異空間《いくうかん》、銀河系《ぎんがけい》、タキス

レッドチェリー ↓トマト

レッドトップ 【植】 redtop コヌカグサ(小糠草)の英語名。幕末から明治初期にかけて日本に入った帰化植物。山野に群生。茎は細長く一〇～二〇㎝、線状の葉はザラザラしてとがり、夏、円錐形に花穂をつける。ノート[東京]に「経済農場*レッドトップ、チモシイ*」とある。

錬金《れんきん》 【科】 錬金術をさす。詩[樺太鉄道*]に「一きれはもう練《(ママ)》金の過程を了《お》へ」(了へは終って)とある。錬金術は古代エジプトにはじまり、近世初期までヨーロッパ各地で、一般の金属類を金や銀の貴金属に変化させようとした技術を中心とする近代化学の前史的な歴史をもつ。さらには不老長寿の霊薬の調合を試みたり、ひろく物質の化学的変化を開発するに至った。インド*、中国、アラビア(賢治はアラビヤ*と表記している)等でも神仙術や宗教、哲学と結合して独特の自然学としての内容をもっていた。ただ賢治の場合、作品に錬金術という言葉は直接出てこなくても「はひ*いろはがね」から「青銅《ブロンヅ(ママ)》」(↓ブロンズ)の病室で熱に燃える妹の「透明薔薇《ばら》(↓熱)の火」(詩[恋と病熱])等の比喩のように、多くの作品に見られる金属変成の過程や、光学的感覚や色彩象徴がそのまま変成する心理的過程のメタファになっており、その意味では彼の言語行為そのものが「錬金の過程」であったと言えよう。なお、恩田逸夫《いつお》は「錬金術士宮沢賢治」(『四次元』第一〇巻第三号)の中で「賢治は、宝石の合成という職業の面での錬金術には志を得なかったけれど、文学の面においては宝石にもまさる輝かしいものも世の人々に贈った」と述べている。

蓮華《れんげ》 ↓紫雲英《しうんえい》、lotus

れんげつゝじ《れんげつつじ》 【植】 蓮華躑躅。ツツジ*科の落葉低木。山つつじ、とも。山林の林縁や草地に自生し、大群落を見ることもある。高さ一～二m。枝の先端に花芽を前年の秋からつけ、五、六月、朱橙色の美しい花(有毒)を枝先に集めて咲かせる。黄褐色や黄色の花の品種もある。歌[五〇五]に「な恐れそ／れんげつゝじは赤けれど／ゑんじゆ(↓えん樹)も臨む 青ぞらのふち」とある。「な恐れそ」は「恐れるな」の古語的用法。「ゑんじゆも臨む」は槐《えんじゅ》の高木の黄白色の小花が青ぞらをふちどっている、の意で、れんげつつじのおそろしいばかりの朱色の大群落と空の青さのコントラストを、中和するかのような黄白の花の色彩感覚。

蓮華の花びら《れんげのはなびら》 ↓紫雲英《しうんえい》、lotus

連亙《れんこう》 ↓地塊《ちかい》

連雀《れんじやく》 【動】 スズメ目(旧エンジャク〈燕雀〉)レンジャク科の鳥。風切り羽や尾羽の先が黄色な黄レンジャク、赤い緋レンジャクの二種がいるが、秋から冬に群れてシベリア*方面から渡来する。前者は全長二〇㎝ほどで、ツ(チ)リリー、チリチリチリと鳴

き、後者は一八cmほどで、ヒィー、ヒィー、ヒィーと細く鳴く。詩［〔*北上川は熒気《(けいき)》をながしィ〕］(↓顥気《こうき》)の下書稿㈢に「窯の屋根では一羽の連雀も叫んでゐる」とあるが、やがて「屋根では一羽／ひよがしきりに叫んでゐます」と直されている。ひよはヒヨドリ(鵯)の略。↓ひよどり

蓮生坊《れんしょうぼう》【文】 *保阪嘉内宛簡［22］の歌九首の冒頭に「*熊《くま》谷《がい》の蓮生坊がたてし碑の旅はる〴〵と*泪あふれぬ」(泪は涙、なんだ)がある。文庫版全集《備考》に「埼玉県熊谷市の蓮生山熊谷《ゆうこく》寺にある石碑」とだけ注されているが、今少しここでの解説が必要だろう。この寺は『平家物語』で有名な(謡曲や歌舞伎でも)ここ熊谷《くまがや》(旧称クマガイ)を本拠とした熊谷次郎直実《くまがいじろうなおざね》にちなむ寺(音読みにしてユウコク寺)。その直実が建てたとされている碑のこと。もと平家の武将だった直実が源頼朝に臣として仕え、源義経に従って逆に平家滅亡に功をたてるが、久下直光《くげなおみつ》と争って敗れ、京都で仏門に入り、浄土宗の開祖、法然《ほうねん》上人に師事して蓮生坊(単に蓮生とも)を名乗ったと『吾妻鏡《あずまかがみ》』にある史的ドラマを賢治は知っていて、純情な涙を流している。ちなみに『平家物語』では一ノ谷の合戦で平敦盛《たいらのあつもり》を討ちとり、ために出家したと、史実でない虚構になっているが、謡曲や浄瑠璃、歌舞伎等の物語にもなっていて、賢治のころは学校でもよく教えていた。

レンズ【科】【天】【レ】 レンズ自体の製造は古代アッシリアにさかのぼる(太陽光を集中させ火をおこした)。レンズを使った屈折*望遠鏡の製造は一六〇八年オランダのリッペルスハイのものが文献上最古である。メガネとしての使用は中世イタリアで盛んに行なわれたという。江戸期に長崎に入って来た。文語詩［紀念写真］(紀念写真は当時そうも書いた)の「手練《てなれ》の写真師が、三秒ひらく大レンズ」とはカメラのシャッター時間のこと。詩［*青森挽歌］の「きしやは*銀河系の*玲瓏レンズ／巨きな*水素のりんごのなかをかけてゐる」は、おそらく賢治が読んでいたという証言のある、A・トムソン『科学大系』の銀河モデルを念頭に置いたもので、星(*水素の爆発)が無数に集まって、白くぼんやりした銀河系の、横から見た姿をその形から凸レンズや*リンゴにたとえたものである(↓水素のりんご)。この詩はまさしく童［*銀河鉄道の夜］の原形である。詩［*オホーツク挽歌］には重挽馬(↓外山《そとやま》、ハックニー)の目について「いまわたくしを親切なよこ目でみて／(その小さなレンズには／たしか樺太〈↓サガレン〉の白い雲もうつつてゐる)」という美しい表現がある。詩［三原　第三部］中に「日はいま二層の黒雲(↓ニムブス)の間にはいって《(ママ)》／杏《(あんず)》いろしたレンズになり／富士はいつしか大へん高くけわしく《(ママ)》なって／そのまっ下に立って居ります」とある。詩［駒ヶ岳］(↓噴火湾)に「いまその*赭《(あか)》い岩巓《(がんてん)》に／一抹《(いちまつ)》の傘雲がかかる」の傘雲も笠雲に同じ。岩巓は岩の　巓《いただき》(巓は山頂を言うが、大きな岩をそれにたとえた賢治の造語で一般辞書にはない語)。ところで、賢治作品での*幻燈や*活動写真をはじめ、*双眼鏡(↓夜間双眼鏡《ナイトグラス》)、*望遠鏡、*オペラグラス、*キネオラマその他、*ミクロトームの装置、*幽霊写真に至るまで、いかにも新時代を反映するレンズの活躍は、もともと聴覚人間であると同時に、音さえ見てしまう賢治の視覚を刺激し、現実や宇宙を拡大するばかりか、幻視というもう一つの現実を見る、まさに「*鏡」として、レンズは機能していたと言えよう。彼自身の眼がレンズであった感がある。仏教的に言うと、眼《げん》による色界《しきかい》(*現象世界)の豊饒でリズミカルな

観察は、そのまま、みずから童［銀河鉄道の夜］で言う「幻想第四次」の幻化《げんけ》という冥界《みょうかい》を、限りない空《くう》の謎を、立体的に見るレンズのはたらきをしていた。

連星《れんせい》 →アンドロメダ

聯隊《れんたい》【文】 連隊。聯は連に同じ。旧陸軍部隊編制の一。兵種によって異なるが、代表的な歩兵聯隊の場合は通常三個大隊（三個中隊で一大隊）より成る。通常二個聯隊で旅団が編制される。詩［遠足統率］に「一旅団」「一聯隊」が出てくるが、ただし後者は「*から松の一聯隊」である。

レンブラント【人】 Rembrandt Harmenszoon van Rijn（一六〇六～一六六九） オランダの画家、版画家。ライデンに生まれ、アムステルダムへ移住、『トゥルプ博士の解剖学講義』によって人気を得る。肖像画や聖書に材を得た作品によって名声を博したが、晩年は不遇であった。独特の光の描写によって、「光の画家」、「魂の画家」と呼ばれる。ス［一二］に「うすぐもり／日（→お日さま）は白き火を波に点じ／レンブラントの魂ながれ／小笹は宙にうかびたり」とある。宙に浮かんだ小笹と白い火を点じられた「魂」とはレンブラントの光（レンブラント光線と言う）のもつ内面的な劇性を言ったもの。賢治の、レンブラントの絵画に対する強い感応力がうかがえる。

ろ

ロイドめがね【文】 ロイド眼鏡。セルロイド(celluloid)製の丸い大きな縁の眼鏡、の意からその名が出たとも、また、アメリカの有名だった喜劇俳優ハロルド・ロイド(H. Lloyd 一八九三〜一九七一)がこれをかけて人気が出たのでその名があるとも言われる。大正、昭和期戦前の日本でも流行した。文語詩[〔せなうち痛み息熱く〕]に「ロイドめがねにはし折りて」とある。「はし(端)折りて」はロイドめがねをかけ、和服のすそをからげて帯にはさみ、行動しやすくしているさま。往時の和服姿の行商人の風体《ふうてい》である。

蠟《ろう》【科】【レ】 脂肪酸(↓カルボン酸)と*アルコールとの*エステルで、熱に溶けて燃えやすい。天然には動物、植物体から採取する。精製蠟は白色で無臭。賢治の用法としては「けれどもこんなに紙が白くて／蠟も塗られてゐないのは」(詩ノート[〔*ソックスレット〕])とか、「蠟紙に描きし北上の／水線(↓水部)青くひかるなれ」(文語詩[*水部の線])。蠟紙はロウガミ。ロウシとも言うが、蠟色の紙、または防湿用の蠟を塗り、しみこませた紙。ここでは画いた地図の上に蠟を塗ったものであろう。ほか「蠟燭」(童[*ひかりの素足])等がある。特徴的なのは比喩的な使い方で、その色から雲を蠟にたとえたり(詩[〔いま来た角に〕])、霧をたとえたり(童[*風の又三郎][*マグノリアの木]等)、もやをたとえたり(詩[〔鉛いろした*月光のなかに〕]等)、露をたとえたり(童[*銀河鉄道の夜]等)、*桐の花をたとえたり(文語詩[*公子]等)、*イリスの花の*花蓋《かがい》と*蕋《しべ》をたとえたり(詩[若き耕地課*技手《ぎて》の Iris に対する*レシタティヴ]等)している。童[毒蛾](↓蛾)には、マッコウクジラの油から製する「鯨油《げいゆ》蠟燭《ろうそく》」が登場。↓パラフィン

狼煙《ろうえん》 ↓狼煙《のろし》、シグナル

蠟紙《ろうがみ・ろうし》 ↓蠟《ろう》

瑯玕《ろうかん》【鉱】 ジェイダイト(jadeite)。硬玉(*翡翠《ひすい》)の一種。翡翠のうち鮮やかな緑のものを瑯玕と呼び、特に好まれた。中国では硬玉(翡翠・瑯玕)は全く産出せず、一八世紀以降ビルマ(現ミャンマー)から硬玉(翡翠)が輸入されるようになった。詩[発動機船 一]では「この一月のまっ最中／つめたい瑯玕の浪を踏み」とある。翡翠は詩[*三原 第三部]でも海の表現に、詩[〔ふたりおんなじさういふ*奇体な扮装で〕]では天頂の色として使われている。

臘月《ろうげつ》【文】 旧暦十二月の異名。中国には年末に今年と来年を繋ぎ、先祖の霊に狩をして貢ぐ祭り「臘祭」があった。文語詩の[臘月]の初行「みふゆの火*すばるを高み」のみは美称、「冬のすばる星が高く火が燃えているように見えるので」の意。

狼星《ろうせい》 ↓天狼星《てんろうせい》

漏斗《ろうと》【科】【文】 じょうご(酒をよく吸いこむので酒好きの上戸《じょうご》の意に発する。反対は下戸《げこ》、婚礼で祝酒の多い家、少ない家をそう呼んだことから出た語と言われる)。正しくは漢音ロウト。賢治は濾斗とも書く。朝顔の形をした器具で、その筒口をフラスコ、*瓶等に入れ上部から液体を注ぎ入れるのに用いる。多く濾紙《ろし》を漏斗に密着させ沈澱物や夾雑物を濾《こ》すのに用いる。歌[四九四]

に「濾し終へし／濾斗の脚のぎんななこ(↓銀斜子)／いとしと見つゝ／今日も暮れぬる」とある。また童[風野又三郎](↓風の又三郎)では竜巻が水を巻き上げる様子を「水が丁度漏斗の尻のやうになって来るんだ」とある。漏斗状に水が逆さに下から上へと巻き上がるさまであろう。

労農党《ろうのうとう》【文】 一九二六(大正一五)年三月結成の労働農民党の略称。同年一〇月三一日、労農党稗和《ひえわ》(稗貫《ひえぬき》郡・和賀《わが》郡)支部が*花巻川口町の映画館朝日座を会場に三十余名で結成される。賢治は内々にシンパとして協力を惜しまず、その設立に際しては本家(宮沢右八《ゆうはち》)の長屋を事務所に借りる世話をし、机や椅子を提供し、さらにその後も*羅須地人協会の童話会等に参加していた青年八重《やえ》樫賢師《がしけんし》を通じて毎月運営費のようにして経済的な支援や激励を送り、一九二八(昭和三)年二月の第一回普通選挙の前には謄写版一式と借金をして二〇円をカンパするなどしていた。また羅須地人協会で肥料設計を頼む貧しい農民等は*肥料設計相談所が党事務所の近くにあったこともあり、両方に出入りしていた。そして第一回普通選挙の結果、労農党はかなりの得票をあげて前途多望と思われたが、同年四月、治安維持法により強制解散させられた。詩ノート[〔黒つちからたつ〕]に「きみたちがみんな労農党になってから／それからほんとのおれの仕事がはじまるのだ」とあり、新しい時代をめざす賢治の同党に対する当時の共感が見られる。

朗明寺《ろうみようじ》【地】 永明《えいみよう》寺のもじりか。永明寺は当時岩手県和《わ》賀《が》郡二子《ふたご》村(現北上市)から*更木《さらき》への*北上川の渡船《わたしぶね》があり、二子側の船着場の近くにある曹洞宗の寺。童[*ざしき童子《ぼっこ》のはなし]に「また、北上川の朗明寺の淵の渡し守が、ある日わたしに云ひました」とある。淵は水の深いところだが、寺の近く(縁、ふち、そば)の意もこもっていよう。

ロウレライ ↓ハイネ

露岩《ろがん》 ↓露頭《ろとう》

緑金寂静《ろくきんじやくじょう》 ↓*緑金《りょくきん》

緑青《ろくしょう》【鉱】【レ】 銅の表面にできる緑色の錆のこと。空気中の二酸化炭素と水分の作用でできる。賢治作品では、もっぱら顔料《がんりょう》の緑青を指す。天然の緑青である*孔雀石を粉砕したもの。日本には奈良時代に中国から伝わった。賢治のよく使う例としては松林の色のたとえで、詩[*岩手軽便鉄道 七月(*ジャズ)][*装景手記][第四梯形](↓七つ森)、短[*沼森]等に見られる。次が林や丘、野原、その他の色彩で、歌[四一二][七〇〇]、ス[九]、童[*十力の*金剛石][*月夜の*でんしんばしら]、詩[*真空溶媒]等がある。*蠅の体色に用いた例は詩[〔*秘事念仏の大元締が〕]、詩ノート[*ドラビダ風]。いかにも賢治らしい緑青の例は水面の描写で、詩[*オホーツク*挽歌]の「海面は朝の炭酸のためにすつかり銹《さ》びた／緑青《ろくせう(ママ)》のとこもあれば*藍銅鉱《アズライト》のとこもある」や、童[*インドラの網]の「湖は緑青よりももっと古びその青さは私の心臓まで冷たくしました」といった描写がある。また、詩[高架線]では、東京神田駿河台のニコライ堂の円《まる》屋根を「緑青ドーム」(↓穹窿《きゅうりゅう》)とも言う。ほかに、詩[津軽海峡][*空明と傷痍]、文語詩[朝]等。

六条《ろくじょう》 ↓麦《むぎ》

六神丸《ろくしんぐわん》《ろくしんがん》【科】 鎮痛、強心、解毒《げどく》等に効果のある小粒の丸《がん》薬《やく》で、売薬行商人の目玉商品だった。今も中国製には人気がある。宮沢家に残っている薬袋には、「中井兄弟薬房」の「本家六神丸」の名があるという。童[*山男の四月]に「六神丸の紙箱を水につけてもむことなどを考へて」等とある。なお、この童話中の「陳《ちん》さん」と呼ばれる支那人の商人が「六神丸たいさんやすい」と言う「たいさん」は「とても」とか「たいへん」の意。→万能散《まんのうさん》

緑青《ろくせう》 ろくしよう →緑青《ろくしよう》

六〇〇〇《ろくせん》【レ】 六〇〇〇ヘルツ(振動数の単位)のこと。詩[高架線]に「……車体の軋みは六〇〇〇を超え／方尖赤き屋根をも過ぎる……」とある。方尖《ほうせん》赤き屋根は、回りは方形で上へピラミッド形に尖《とが》っている、方形の巨大な方尖石柱を用いた古代エジプトの建造物オベリスク(obelisk)形の赤い屋根。

六代菊五郎《ろくだいきくごろう》【人】 音羽屋《おとわや》、六代目尾上《おのえ》菊五郎。詩[*自働《ママ》車群夜となる]に「最后《ママ》に六代菊五郎氏が　赤むじゃくらの頬ひげに／白とみどりのよろひをつけて」とあるのは一九二八(昭和三)年の歌舞伎座六月興行の大切《おおぎり》「浪底親睦会《なみのそこしんぼくかい》」(河竹黙阿弥作)で、海に沈んだ蒙古兵の隊長をユーモラスに演じたのを同月上京していた賢治は観ている。「赤むじゃくら」は毛むくじゃらのつもりか。

六たう三略《ろくとうさんりゃく》 →六たう三略《りくとうさんりゃく》

六道《ろくどう》【宗】 りくどう、とも。*衆生がそれぞれの*業《ごう》によって生まれ変わり死に変わりする六種類の世界のこと。*地獄道、餓鬼道(→餓鬼)、畜生道、*修羅道、人間道、*天上道を言う。六趣に同じ。六道の苦を脱するのが*解脱《げだつ》である。*修羅道は鬼類の世界、畜生道は鳥虫獣魚の弱肉強食の世界で、解脱への六道*輪廻には賢治の進化論の投影がある。詩[*国立公園候補地に関する意見]の「六道の辻」は六道に行き分かれる辻のこと。文語詩[〔雪うづまきて日は温《ぬる》き〕]にも「六道いまは分るらん」とある。→輪廻《りんね》

六人さまるっきり同じごと云って偽こいでそしてゞ威張って診察料よごせだ全体何の話だりゃ ※ 六人《ろくにん》さまるっきり同《おな》じごと云《い》って偽《うそ》こいでそしてゞ威張《いば》って診《しん》察料《さつりょう》よごせだ全体《ぜんて》何《なん》の話《はなし》だりゃ【方】 六人に全く同じことを言って嘘をついていながら威張って診察料をよこせとは一体全体何の話だ。「まるっきり」は「全く」の意。「そしてゞ」は「それでいながら」「それなのに」の意で逆接を示す。「よごせだ」は「よこせとは」の訛り。「何の話だりゃ」は「とんでもない話だ」「ひどいことだ」の意。劇[植物医師]の農民の抗議。

六原《ろくはら》【地】 岩手県胆《い》沢《さわ》郡金《かね》ケ《が》崎《さき》町六原。北上市の南西、水沢市の北西の*夏油《げとう》川によってできた扇状地に位置する。一八九八(明治三一)年に陸軍省*軍馬補充部六原支部(一九二五年まで)が設立された。これが一九三二(昭和七)年には県立六原青年道場、一九四七年に県立六原農場、現在は県立農業短期大学校となっている。詩[〔朝日が青く〕]には「軍馬補充部の六原支部が／来年度から廃止になれば／(中略)*産馬組合が／払ひ下げるか借りるかして／それを継承するのだけれども」とある。劇[*種山ヶ原の夜]には、身体障害になったサラブレッド(→馬)が六原で農耕馬として使われているのを知って草刈りの二人が同情するシーンがある。童[*耕耘《こううん》部の*時計]には、仕事をもらいに来た赤いシャツの男が、前は六原にいたから*馬は使えると答える場面もある。六原道場(開墾と青年教育を目的とした)の名は、一九三三(昭和八)年五月一日の*鈴木東蔵あて簡[473]に見られる。

六原道場《ろくはらどうじょう》 →六原《ろくはら》

ロザーロ【人】 童[ポラーノの広場](→ポランの広場)の登場人物。主人公*ファゼーロの姉。「やさしいうつくしいロザーロ」とあるが、名のヒントは不詳。あるいはローズ(*ばら)をイタリアふ

うにもじったか。

ロダイト →薔薇輝石《ばらきせき》

ロヂウム 【科】【レ】 ロジウム(rhodium)。元素記号Rh、原子番号四五の元素。白金属元素の一。銀白色。その輝きと色から朝のすがすがしい空気にたとえられる。詩「*清明どきの駅長」に「肺臓はロヂウムから代塡《だいてん》される」とある。(おそらく*岩手軽便鉄道の)駅長の立場からだったと思われる難解な詩句だが、代塡は補塡されること、ロヂウムが肺の役割をしてくれる、の意、時間としては朝方の駅長の深く吸い込む空気の詩的把握であろう。

ろ頂部《ろちょうぶ》 【科】 顱頂部。顱は頭に同じ、かしら。頭のてっぺんの部分。詩「氷質の冗談」に「ろ頂部だけをてかてか剃《そ》って」とある。

六角シェバリエー《ろっかくしぇばりえー》 →麦《むぎ》

ロッキー蝗《ろっきーいなご》 →蝗《いなご》

六角牛《ろっこうし》 →たゝかひにやぶれし神《たたかいにやぶれしかみ》

六根《ろっこん》 【宗】 六種類の感覚能力のこと。眼《げん》根、耳《に》根、鼻《び》根、舌《ぜっ》根、身《しん》根、意《い》根。略して眼、耳、鼻、舌、身、意を言う。視覚(見《けん》)、聴覚(聞《もん》)、嗅覚(嗅)、味覚(味)、触覚(触《そく》)、知覚(知)、の六識の感覚作用の拠りどころ。色《しき》、声《しょう》、香、味、触《そく》、法、の六境に対して起こる。六根、六識、六境を合わせて十八界と言う。帳[雨ニモマケズ]九三頁に「わが六根を／洗ひ／毛孔を洗ひ／筋の一一の繊維を／濯《すす》ぎ／なべての／*細胞を滌《すす》ぎて／清浄《しょうじょう》なれば／また病苦あるを／知らず」とある。

六方石《ろっぽうせき》 【鉱】 材木岩とも呼ばれる六角柱の石のこと。溶岩が冷却・収縮するとき、五～六角形の縦方向の割れ目が生じてできたもの。「その六方石谷《こく》みな蔭になり／お辰のうちの*すもも の花がいっぱいにそこにうかんでゐる」(詩ノート〔*ひわいろ(ママ)の*笹で埋めた*嶺線《れいせん》に〕)。岩手県では*葛根田《かっこんだ》川の玄武洞が名高い。→柱状節理《ちゅうじょうせつり》

濾斗《ろと》 →漏斗《ろうと》

露頭《ろとう》 【鉱】 地層や鉱床などが地表に露出したところ。アウトクロップ(outcrop)。歌[六〇二]に「目《ま》のあたり／黒雲立つとまがひしは／*黒玢岩《メラフィイアー》の露頭なりけり」は、もちろん鉱物用語としての露頭。似た語に「露岩」がある(詩[〔北いっぱいの星ぞらに〕]に「黒い露岩の向ふに沈み」)。

ロビンソンクルーソー 【文】 Robinson Crusoe イギリスの作家デフォー(Daniel Defoe 一六六〇頃～一七三一)作の漂流譚(原題『ロビンソン・クルーソーの生涯と奇しく驚くべき冒険』The Life and Strange Surprising Adventures of Robinson Crusoe、一七一九)の主人公。詩[〔その洋傘《かさ》だけでどうかなあ〕]に「防水服や白い木綿の手袋は／まづロビンソンクルーソー」と登場するが、賢治は当時一般に読まれていた平田禿木《とくぼく》の訳『ロビンソン漂流記』(一九一七)を読んだと思われる。

ロビンソン風力計《ろびんそんふうりょくけい》 【科】 風速計の一種。風を受けて回転しやすい半円球の小さな金属椀を四個、十字型に組み合わせたもの。その回転数で風速を測定する計器。一八五〇年、ロビンソン(J. T. R. Robinson)の発明による。詩「*小岩井農場 パート四」に「そのさびしい観測台のうへに／ロビンソン風力計の小さな椀や」とある。

ロビンソン風力計

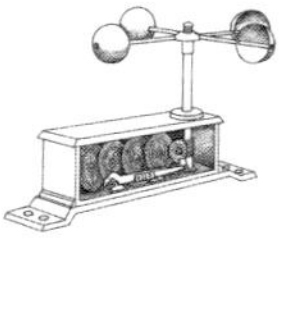

ローフ【食】【レ】 loaf 大型に焼いたパン*(例えば食パン)の一かたまりを言う。詩［水汲み］に「遠くの雲が幾ローフかの／麺麭《ぱん》にかはって売られるころだ」とある。まったく同じ二行が詩［休息］にも。

魯木《ろぼく》【鉱】 おそらく蘆木のことか。詩［春と修羅］の詩集原稿(初版本『春と修羅』のための)に「魯木の群落」とあるが、化石植物として魯木は存在しない。同じ読みで蘆木ならば鱗木、封印木とともに、古生代に栄えた大形木性羊歯植物の一。→鱗木《りんぼく》

ロマチックシューマン →シューマンのトロメライ

ローマンス【文】 ロマンス語(古フランス語)で書かれた伝奇、恋愛物語に発する。romance(仏、英)、Roman(独)、romanza(伊)。詩ノート［ローマンス］の内容も、わずか一二行ながら、それにふさわしい。それだけにイメージは多彩で最終は会話(ぼく永久に／あなたへ忠節をちかひます)まで入っている。出だしの、いかにもロマンチックなイメージの二行目「一本若いりんご(→苹果《りんご》)の木が立ってゐる」のは旧約聖書「創世記」のアダムとイヴの「禁断の木の実」を連想させずにはいない賢治異色の詩句。ふくろ*ふの鳴き声(→Keolg Kol.)は蛙か雄鶏のそれのようにも聞こえ、「黒いマントの中に二人は／青い暈環《*うんかん》を感じ」ている、エロス(ギリシア神話の愛の神)もあらわなローマンスの詩になっている。ほかに詩［ローマンス(断片)］がある。

ロマンツェロ【文】 Romanzero(独) ドイツでは抒(叙)情的な民謡調の物語詩がロマンツェ(Romanze 独唱歌曲やリート《リート》ふうの声〈器〉楽曲にも言う)で、その詩集を言う。ドイツのユダヤ系詩人ハイネ*に同名の詩集(一八五一)がある。日本では一九二〇(大正九)年に生田春月《いくたしゅんげつ》訳、越山堂からハイネ全集が出ており、その第二巻にロマンツェロ(譚詩集)が収められていた。賢治が読んでいたことは充分考えられる。賢治にも同名の題の詩がある。また帳［孔雀印］一〇七・一〇八頁にも同名の詩稿がある。

ロマンローラン【人】 Romain Rolland(一八六六〜一九四四) フランスの作家。劇作家。世界的に影響を与え、ノーベル賞の対象ともなった、音楽家の魂の生成を描いた大作『ジャン・クリストフ』(全一〇巻、一九〇四〜一二)の作者として知られ、その絶対平和主義の思想は第一次大戦後の世界の指導理念となった。芸［興］の「芸術はいまわれらを離れ多くはわびしく堕落した」の具体的な話題として賢治はトルストイ*、シペングラア*、エマーソン*と並べて「ロマンローラン」の名を列挙の一としている。どんな内容であったか不明だが、おそらく賢治は豊島与志雄《とよしまよしお》の訳で『ジャン・クリストフ』(岩波文庫一九二〇)を読んでいたにちがいない。また、賢治が彼の*「農民芸術論」形成で影響を受けた吉江喬松《たかまつ》にもヒューマニストとしてのロマン・ローランに論及した逸早い評論があり、少なくともそれらは賢治の目にふれていたと思われる。あるいはまた、ベ*ートーヴェンの並々ならぬ影響も受けていただけに、ローランの著『ベートーヴェンの生涯』(一九〇三)の存在も知っていたかもしれない。ローランを取り上げた必然性には、そうした事情が考えられる。→農民芸術《のうみんげいじゅつ》

ローム【鉱】 loam 壚坶とも。粘土、砂、シルト(silt 粘土と砂粒の中間粒子)がほぼ均等に混じり合った土。日本での訳語はふつう壌土。また日本では壌土質の風化火山灰を特にロームと呼ぶ習慣がある。関東ローム(赤土)がその代表。東京連作詩［高架

線」に「この大都市のあらゆるものは／炭素の微粒こまかき木綿と毛の繊維／ロームの破片」とあるほか、童「イギリス海岸」には、海の渚《なぎさ》であった証拠になる泥岩（→Tertiary the younger mud-stone）が「その上に積った洪積（→洪積世）の赤砂利や壚坶、それから沖積（→沖積世）の砂や粘土や何かに被はれて見えない」という解説がある。童「イギリス海岸」にも出てくる壚坶はロームの当て字。当時の土壌学の本からの引用であろう。

壚坶《ろーむ》 →ローム

露里《ろり》【文】 ロシアの距離単位。一〇六六m。詩ノート「〔エレキの雲がばしゃばしゃ飛んで〕」に「一露里に亘《（ママ）》（亙《わた》）る林のなかに立ってゐる」とある。（→凡例付表）

ローン【植】 lawn 芝生。古代英語では林間の空地。詩「三原第二部」に「月光いろのローンをつくる」とある。

ロンドンタイムス【文】 正しくはロンドン・タイムズ（London Times）。イギリスの高級日刊新聞。正式題号は The Times であるが、アメリカの「ニューヨーク・タイムズ」に対して「ロンドン・タイムズ」と通称される。一七八五年創刊。最初は Daily Universal Register であったが、一七八八年 The Times と改称された。一九世紀に、保守、穏健で読みごたえのある、いわゆるブリティッシュ・ジャーナリズムの基盤を確立。賢治は地方にいながらも、丸善等を通じて世界的に有名な、このロンドンタイムズを知っていたのであろう。童「土神と狐」では、自分の書斎について話す狐のせりふの中で「あっちの隅には顕微鏡こっちにはロンドンタイムス、…」と言わせることによって、狐のインテリぶりを描いている。

ロンドンパープル【科】【レ】 London purple アニリン色素を製造する過程で生じる紫色粉末。農薬などに用いられる。砒素化《か》合物系の米国製殺虫剤の商標にもその名が見られる。詩「〔その洋傘《さ》だけでどうかなあ〕」には「ロンドンパープルやパリスグリン／あらゆる毒剤のにほひを盛って／青い弧《アーク》を虚空《そら》（→虚空《こくう》）いっぱいに張りわたす」とある。→パリスグリン、砒素《ひそ》

わ

わぁがない、わがなぃ、わがんなぃ【方】 わからない。転じて、だめだよ、いけない、だめだ。実際には「わがね」と発音する。童「*風の又三郎」で耕助が「わあ、又三郎なんぼ知らなぃたってわがなぃんだぢゃ」(わあい、又三郎いくら知らないといってもいけないんだよ)と言い、劇「*種山ヶ原の夜」では伊藤が「わがなぃぢゃ、剣もなぃし」(だめだよ、剣もないし)と言う。なぃはネーに近い発音。

歪形《わいけい》【レ】 歪《ゆが》んだかたち、かたち。詩「赤い歪形」(「林学生」下書稿㈠)や、詩「海鳴り」(「*牛」下書稿㈠)に出てくる。→月天子《がってんし》、月《つき》、ルーノの君《るーのきみ》

湧《わ》いでる【方】 発酵している。童「葡萄水」「湧ぃでるぢゃい。」

和賀川《わががわ》【地】 *北上川の支流の一。全長約七五㎞。奥羽山脈和賀岳を源とし、南流して川尻で鬼ヶ瀬川と合流し、東流して北上川に注ぐ。アイヌ語のワツカ(水)にちなんだ名と言われる。文語詩「〔二川こゝにて会したり〕」に書かれた、*夏油《げとう》川との合流は、下江釣子《しもえづりこ》付近である。ス「〔一一〕」にはこの詩の原形である「げに和賀川よ赤さびの／けはしき谷の*底にして／春のまひるの*雪しろの／浅黄の波をながしたり」がある。雑「岩手県稗貫郡地質及*土性調査報告書」その他にも登場。

嫩草《わかくさ》 →嫩芽《わかめ》

わがみぬち【レ】 我(吾)が身内、の意。転じて自分の心中は、の意であろう。文語詩「*涅槃堂(ねはんどう)」。

嫩芽《わかめ》【植】 若芽。新芽のこと。「疾中」詩篇の「眼にて云ふ」に「もみぢの嫩芽と毛のやうな花」とある。なお歌「一九三」「一九四の次」の「嫩草」も同様、もえ出た若草。

ワギ家《わぎえ》 →おのも積《つ》む孤輪車《ひとつわぐるま》

ワグネルの歌劇物《わぐねるのかげきもの》【音】 ワグナアとも。簡「不7」に「ワグネルの歌劇物をあげてみます。／*ベートーベンのならいろいろあります」とある。ノート「東京」七二頁にも「Wagner」のメモに「Meistersinger 2/Rienzi 2/Siegfried 4」が列挙されている(一番目ワーグナーの三幕楽劇「ニュルンベルクのマイスタージンガー〈親方歌手〉」、次は五幕の歌劇「リエンツィ、最後の護民官」、三番目は前夜劇と三日間の劇から成る四部作「ニーベルングの指環」のうち、第二日目の三幕物「ジークフリート」)。ワーグナー(R. Wagner 一八一三～一八八三)はドイツ・ロマン派の劇分野での頂点に立つ作曲家。ベルリオーズの「イデーフィクス(固定観念)」を発展させ、「ライトモチーフ(主導動機)」を劇に取り入れ、また管弦楽効果の巨大化等にとりくみ、ドビュッシー、マーラー、ブルックナー等に多大の影響を及ぼした。彼の歌劇は劇と音楽が一体となり、とぎれなく続く無限旋律をもつのが特徴。代表作は前掲「ニーベルングの指環」で、ジークフリートを話の中心とした、これも前掲の「ラインの黄金」「ワルキューレ」「ジークフリート」「神々の黄昏」と四日にわたって四曲が演奏される長大楽劇である。「トリスタンとイゾルデ」も有名。日本ではこうした長大曲をすべて取り上

げることは少なく、賢治のころも、演奏会、*レコードともども一部の著名な曲や、さわりの部分を演奏するのがほとんどだった。一九一三(大正二)年東京音楽学校の「ワーグナー百年祭記念演奏」等でもそうであった。しかし日本では早くから文化人の間で人気があり、特に明治後半期は一つのピークであったが、さきのノート[東京]のメモによっても賢治のワーグナーへの傾倒の深さはうかがえよう。中村洪介《こうすけ》によれば、ワーグナーに最も早く触れた文学者は森鷗外で、同時代の詩人で翻訳者である上田敏《びん》はワーグナーを並みはずれて理解し、永井荷風にも全著作中八〇か所近くにも及ぶワーグナーへの言及があり、また石川啄木も一時狂信的なワグネリアンになったと言う。北原白秋の『邪宗門』(一九〇九)にも「Wagner《ワグナル》の恋慕の楽音のゆらぎ」(詩[天鵞絨の*にほひ])とある。これらの間接的な刺激を含めて、ワーグナーの音楽の賢治への影響は否めない。賢治の詩の空行なしでイメージが転位し、展開してゆく長大な連続体の手法が、ワーグナーの「無限旋律」のそれと期せずして一致することを考え合わせるとき、賢治とワーグナーの影響関係は、手法のみか資質の上でも、もしかしたら賢治と*ベートーヴェン以上の積極的な問題点をもっていると言えるだろう。芸[興]には「ワグナア以後の音楽」と出てくる。

わくらば【レ】 病葉。病菌におかされた木の葉、または枯れ葉。詩[〔北いっぱいの星ぞらに〕]に「わくらばのやうに飛ぶ*蛾もある」とあるのは枯れ葉のことであろう。歌[三三四]の「月いろの／わくらばみち」は月光をあびた枯れ葉の山道。

和讃《わさん》【宗】 和文の七五調の讃仏歌(仏をたたえる歌)。梵語体の梵讃、漢文体の漢讃に対して言う。古くは讃嘆《さんだん》と言った。これをゆったりした節をつづけて詠唱するのが御詠歌《ごえいか》。詩[〔そのとき嫁いだ妹に云ふ〕]に「古い和讃の海が鳴り」とあるのは「*達曾《たっそ》部《べ》川の鉄橋の脚」にかかる水の音が鉦《かね》(→鼓器)を叩きながら群唱される古くからの和讃のメロディに似ている。和讃や御詠歌は江戸期まで盛んだったが、地方では明治以降も歌われた。

鷲《わし》【動】 タカ目、タカ科の鳥で、大型のものをワシと言い、小型のものを*タカ(鷹)と言う。ワシの翼は長大で、眼光鋭く鳥獣を襲う猛禽と恐れられ、古来伝説や物語にも勇猛な姿を現わす。聖書にも登場。「鷲の大臣が持ってゐた時は」(童[貝の火]〈→蛋白石〉)、「鷲や*駝鳥など大きな方も」(童[林の*底])等。なお「あかいめだまの　*さそり／ひろげた鷲の　つばさ」(童[*双子の星]、曲[星めぐりの歌])、「鷲は大風に云ひました」(童[*よだかの星])、「もうぢき鷲の*停車場だよ」(童[*銀河鉄道の夜])等は、いずれも星座に関連している。→鷲座《わしざ》

鷲座《わしざ》【天】 夏の南天の星座。α(主)星アルタイルは別称「牽牛《けんぎゅう》」。*琴座のベガと白鳥座(→北十字)のデネブと結んで夏の大三角を形づくる。童「*よだかの星」では「東の白いお星」となっているが、実際はやや黄色の一等星。童[*銀河鉄道の夜]では鷲座あたりで盛んに鳥が登場。童[*双子の星]にも登場。童[銀河鉄道の夜]中に「或ひは三角形、或ひは四辺形、あるひは電《(いなずま)》や鎖の形」という表現がある。これらは夏の大三角、秋の四辺形(→*アンドロメダ)、へび、*いて、*すばるを意識した表現であろう。

鷲座

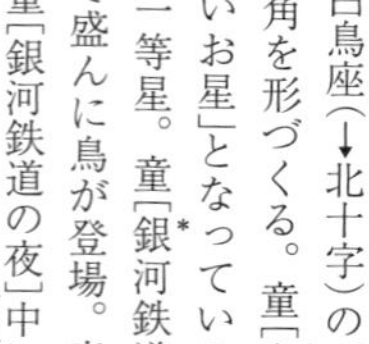

わすれ草《ぐさ》 →萱草《かんぞう》

忘《わす》れでらた ↓あ、忘《わす》れでらた、全体《ぜんて》何《なん》の約束《やくそく》すのだた

ヴセリン【科】 詩ノート［〔ソックスレット〕］に「塩酸比重一・一九 （ヴセリンを持って来てください）」とあるヴセリンはvaselineで、日本では通常ワセリンと言う。重油蒸留の際分離されたり、蒸留後の残油から精製されてできる淡黄色または白色の透明な軟膏状の物質。塗り薬やポマードなどの原料に用いられる。

架《わた》 ↓野《のわ》架《た》

わだつみ ↓うろこの国《うろこのくに》

ワッサーマン【人】 Wassermann〈独〉 一般用語では水夫の意味だが、赤田秀子によればドイツの伝説に出てくる「魚の尖った骨のような形をした緑色の歯」をした「水の精」（男）をあげ、詩［函（函）館港春夜光景］の「魚の歯したワッサーマンは、狂ほしく灯影を過ぎる」のイメージが、ドイツ伝説との共通性のあることを指摘している。この詩はイメージに飛躍の多いオペラふう、あるいはジャズふうの作品だが、函館港の夜景を、海の底とのダブルイメージでとらえているので、あるいはそうかもしれない。水がめ座（↓浄瓶星座《じんびんせいざ》）を意味することもある。

ワッフル【食】 ワッフル（waffle）の訛り。洋菓子。小麦粉（↓メリケン粉）に卵、牛乳、砂糖等を混ぜ、円形の型に流し入れて焼いたもの。パンの代わりに朝食にするが、日本では焼き上がったものを二つに折り、中にカスタードクリームやジャムを詰めた菓子が一般的。大正時代にはまだ珍しい菓子であった。童［ペンネンネンネンネン・ネネムの伝記］（↓昆布）に「大きな籠の中に、ワップルや葡萄パンや、そのほかうまいものを沢山入れて」とある。

ヴナデイム【科】 バナジウム（vanadium）。バナジンとも。金属元素の一。元素記号V、原子番号二三。堆積岩中に分布。銀灰色。特殊鉱や添加剤、触媒等に用いる。簡［72］に「之等ハ最小規模ニノミ産シ而モ次第ニ本県内ニテ問題トナル」べき元素類の筆頭にこれがあげられ、以下、「ウラニウム（ウラーン Uran〈独〉、放射性元素の一、元素記号U、原子番号九二）／タングステン、（ヲルフラム）（↓タングステン）／チタニウム（チターン Titan〈独〉、チタン族元素の一。元素記号Ti、原子番号二二、耐蝕、耐熱性強、航空機材、合金成分等に用いる）／錫《すず》／タンタラム／テルリウム（テルール Tellur〈独〉、酸素族元素の一、元素記号Te、原子番号五二、顔料・合金添加等に利用）／セレニウム（ゼーレン Selen〈独〉、酸素族元素の一、元素記号Se、原子番号三四、ガラス着色剤、光電池、整流器等に利用）／白金、／ウラニウム、／イリヂウム／オスミウム（↓イリヂウム）／砒素」が並べられている。書簡文面でわかるように、未来の仕事にかかわると思われる県内産出の原料のリストの一部である。

ワニス【科】 varnish（ヴァーニシュ）の訛り。ニスのこと。家具、船舶、車輛等内部塗料。油性で独特の匂いがある。童［銀河鉄道の夜］に「ワニスを塗った壁には」と車室の描写がある。

和風《わふう》【天】 ビューフォート風力階級の第四。地上一〇mの風速秒速六、七m。砂ぼこりが立ち、小枝が動く。軟風と疾風（はやて）の中間。詩［和風は河谷《かこく》いっぱいに吹く］（↓北上川）では「南からまた西南から／和風は河谷いっぱいに吹いて／汗にまみれたシャツも乾けば／熱した額やまぶたも冷える」と、激しい雨の翌日の様子が歌われている。詩ノート［〔南からまた西南から〕］

[〔積乱雲一つひかって翔けるころ〕]にも登場。童[北守将軍と三人兄弟の医者]他に、「はやて」が登場する。↓凡例付表「風力級」

和訳法華経《わやくほけきょう》【宗】 全一巻。一九一二(明治四五)年一月六日、新潮社発行。田中智学と姉崎正治《まさはる》(嘲風《ちょうふう》)の序、山川智応《ちおう》の和訳による法華経本文が六八二頁、ほか、法華経(↓妙法蓮華経)大意、各種索引等を含めて、およそ一〇〇〇頁。萌黄《もえぎ》色の布装で文庫判をやや細めにした型。簡[258]に「次に法華経の本は/山川智応和訳法華経/島地大等 和漢《(ママ)》対照妙法蓮華経(↓赤い経巻)/等ありますが発行所がちょっとわかりません」とある。

藁《わら》【農】【植】 稈。禾茎《かけい》。稲や麦の茎を収穫後乾燥させたもの。童[オツベルと象]に「小山のやうに積まれた稲を片つぱしから扱《こ》いて《(で)》行く。藁はどんどんうしろの方へ投げられて」とある藁は象の食料となる。詩[丘陵地を過ぎる]に出てくる「生藁《なまわら》」は新しい藁。「積藁《つみわら》」は藁束を積み重ねたもの。その下書稿[丘陵地]では犬が「積藁の上にねそべつてゐる」。「敷藁《しきわら》」は家畜の小舎や作物の地面に敷く藁で、例えば童[フランドン農学校の豚]に、豚は「いきなり向ふの敷藁に頭を埋めてくるっと寝てしまった」。詩[〔どろの木の下から〕]に、「馬は足を折って/蓐草の上にかんばしく睡ってゐる」とある「蓐草《じょくそう》」も敷藁のことだが、藁のかわりに枯草を敷く場合もあるから下に「草」を用いた(蓐はシトネ、寝具で褥とも書く)。麦藁の例は、童[耕耘部《(こううんぶ)》の時計]に「赤シャツの農夫は炉のそばの土間に燕麦《オート》の稈を一束敷いて」、詩[津軽海峡]で「硬い麦稈のぞろぞろデックを歩く」のはパナマ帽、デックはデッキ。↓一文字《いちもんじ》、麦稈帽子《むぎわらぼうし》

藁酒《わらざけ》【食】 藁から製造した酒の意か。しかし現実的には藁からは酒を製することはできないので、賢治の想像の酒かと思われる。あるいは黄色い藁の色をした日本酒か、あるいはビールからの連想とも考えられる。童[ポランの広場]に「上等の藁酒を一杯やりていと云ったらう」「黄いろな藁の酒は尽きようが」とあり、また、劇[ポランの広場]に「藁酒をつぐ」とある。

わらし達《たち》**ぁ先**《さぎ》**に立**《た》**ったら好**《い》**がべがな**【方】 子ども(童《わらし》)たちは先に歩いた方がいいでしょうな。「先に立つ」は「先頭を歩く」こと。「好《い》がべがな」は「いいかな」「いいでしょうか」の意で問いかけ。童[ひかりの素足]。

童《わらし》**やど** ↓わらす、わらし

わらす、わらし【方】 童子。子ども。語尾はともにスとシの中間音。別に「ぼっこ」とも言う。賢治は「童」の一字をあてている。複数形は「わらしやど」(実際の発音は「わしゃど」に近い。童[狼森と笊森、盗森])、「わらし(す)達《だち》」。↓わろ

わらぢばき ↓もんぱ

晒ひ《わらい》 ↓梵天《ぼんてん》

わらひ軋る《わらいきしる》【レ】 文語詩[訓導](↓師範学校)に「三人ひとしくはせたちて/多吉ぞわらひ軋るとき」とある。走っていった三人の少年が立ちどまり、その一人の多吉がげらげら笑い声を軋らせる(せきこむように笑いころげる)というのであろう。

わらびの根《わらびのね》【植】 わらび(蕨)は日当たりのよい山地に自生する多年生シダ植物。根茎は太く地中をはう。根茎からは澱粉がとれ、早春らせん状に巻いた若い茎葉は山菜の代表。食用となる。童[グスコーブドリの伝記]に「こならの実や、葛やわらびの根や、木の柔らかな皮やいろんなものをたべて」とある。

笑《わらえ》へだぢ《じ》ゃ【方】　笑われたよ。実際には「わらわぃだじゃ」と発音する。いささか自虐的な発言。劇［*種山ヶ原の夜］。

わりや　→うまれでくるたて…

わりわりと【方】　文語詩［*牛］に「鈍き砂丘のかなたには、　海わりわりとうち顫《ふる》ふ」とある。*月夜の海辺の砂丘に打ち上げる海波の感覚的表現。同題の口語詩には「低い砂丘の向ふでは／海がどんどん叩いてゐる」（→くひな）とある。あきらかに前者の表現がすぐれていて、口語や散文的な説明句では言いかえできない微妙な味わいがあると思われる。*うるうる、と同じく賢治の感覚的造形語であろう。

ワルツ　→ワルツ第CZ号の列車《わるつだいしーぜっとごうのれっしゃ》

ワルツ第CZ号の列車《わるつだいしーぜっとごうのれっしゃ》【レ】　詩［春］（一八四）に「ワルツ第CZ号の列車」と出てくる。ワルツ（waltz）は舞曲名。四分の三拍子で、華麗なダンスをも言う。サークルをつくりながら舞う描写は、童［ポラーノの広場］（→ポランの広場）に出てくる。このワルツ第CZ号について奥山文幸は、まず「CZ」の読みは英語風のシー・ゼットではなく、ドイツ語風のツェー・ツェットであろう。そしてCはChaos（混沌）、Zはアルファベットの一番最後にあるから「終わり」「終末」を表わし、従ってワルツ第C-Z号は「混沌」から「終末」へ走る列車のイメージではないかと言う（『宮沢賢治「春と修羅」論―言語と映像』、一九九七）。興味ある一着想である。あるいはCZにはこの二文字を横から見たとき、あたかも機関車と客車を連結したかのような、列車のかたちそのものが図像化されており、時空を超えて突き進む列車（*銀河鉄道）のイメージも重ねられるのではなかろうか。

ワルトラワ（ー）ラ【地】　劇［*ポランの広場］、童［ポラーノの広場］［〔ポランの広場〕］の挿入歌中に「けさの六時ころ　ワルトラワ（ー）ラの／峠をわたしが　越えやうとしたら…」とある。おそらく賢治の造語地名。似た語として夏目漱石の『幻影《まぼろし》の盾《たて》』（一九〇五）中に「ワルハラの国オヂンの座に近く」の一節がある（ワルハラ、正しくはヴァルハルは壮麗なホール〈館〉で、そこに住むオヂン〈オーディン〉は北欧神話の戦いの神）。あるいはドイツ語のWald（ヴァルト、森）とLava（ラーヴァ、熔岩）を組み合わせたものか。賢治の愛読書の一で、ユゴーの『レ・ミゼラブル』中には、ワーテルローの戦があり、これをもじったものかもしれない（→テナルデイ軍曹）。

わるひのき　→檜《ひのき》

我今見聞得受持《われいまけんもんじゆじすることをえたり》　→無上甚深微妙法《ムージヤウジンジンミミヤウハウ》、…

割木《われき》【文】　丸太を燃料用に割った木。薪《まき》。家庭でも薪割り（斧）で作ったが、都市では家庭用燃料として販売していた。詩［*塩水撰・*浸種］に「白い割木の束をつんで」とあるのは裂け目の白い割木を積んでいる。

われらみな主《ぬし》とならんぞ【レ】　文語詩［〔*一才の*アルプ花崗岩《みかげ》を〕］にカッコつきで出てくる難解な一行。この詩は何回も推敲されていて、山から切り出されるみかげ石を*孤輪車《ひとつわぐるま》で運び出す労働をしている少年二人の会話の一になっている。下書稿の内容からも、谷あいの温泉らしい湯けむりを見て、どうやら二人で温泉宿の経営者になり「ふたりしてもうけをせずや」の夢を一瞬えがく、すると「ぼくらは二人とも、宿のオーナー（主）になるだろうな」というのがこの一行の意であろう。

【わろ】

わろ【方】子ども、幼児、男の子。童[*風の又三郎]で「おぢいさん」が「おゝ*むぞやな。な。何ぼが泣いだがな。そのわろは金山掘り《(ママ)》のわろだな」と言う。おお可哀そうに、な、どんなにか泣いただろうな、そっちの坊やは(お父さんが)金山掘りのむすこだな、の意。→わらす、わらし

惑くして《わわくして》 →思量惑くして《しりょうわわくして》

彎曲《わんきょく》【レ】弓のように曲がっていること(彎は弯の旧正字)。詩[風の*偏倚《(へんい)》]に「月の*彎曲の内側から」とある。詩[郊外]([山火]〈作品番号八六〉下書稿)に「彎みを越えて…」とあるのは「ゆがみ」で同義。

椀コ《わんこ》【地】【方】椀の方言だが、これまで、椀を伏せたような大石山《たいせきざん》(*南昌山の北西二km余、標高五二七m)の通称かと言われてきたが未詳の山名。細田嘉吉によれば、文語詩[*岩頸列]に「西は箱ヶ(→箱ヶ《はこが》森《もり》)と毒ヶ《どくが》森《もり》(→南昌山《なんしょうざん》)、椀コ、南昌、東根(→東根山《あずまねさん》)の」とある毒ヶ森と南昌山の峰続きに無名の二つのピーク(七四二mと七七一m)があり、後者に賢治が与えた山名かと言う(「宮澤賢治記念館通信」第67号)。→南昌山《なんしょうざん》

ゐ

ゐんじゅ、ゐん樹《えんじゅ》 →えんじゅ

を

をぉがしな《おぉがしな》【方】 今は地元でもあまり聞けない方言だが、最初の「を」は「お」でなく「を」と発音する（「おかし」も、もともと「をかし」と表記どおりに発音していたように）。おかしいな（へんだな）。童［*葡萄水］の㈤の会話に出てくる。前々行の「きたいだな」（↓奇体だな、…）とほとんど同義。なお、賢治の草稿では冒頭の「を」を「お」に表記している。

をぞの蟇《おぞのがま》 ↓おぞの蟇《おぞのがま》

ヲ（オ）ダルハコダテガスタルダイト ↓インデコライト

をちぞら【レ】 遠くの空。をちこち（おちこち、遠近）から転用した賢治の造語と思われる。歌［一八三］に「をちぞらの　雲もひからず」とある。

をちやま《おちやま》【レ】 *をちぞらと同じく、遠い山の意。歌［二二三四］の初行。歌［四五四］にも「をち山の雪のかゞやき」とある。

をとこへし《おとこえし》【植】 男郎花。オトコメシとも。日当たりのよい山野に自生するオミナエシ科の多年草。茎は直立し高さ一mほどで中空《ちゅうくう》（茎の中心が空洞の意）。長いつる枝で繁殖し、夏～秋、茎頂に集散花序で白い小花を多数つける。オミナエシに対して男性的な姿をしているのでその名があり、また*飢饉のとき葉を食用としたのでオトコメシとも言った。童［*種山ヶ原］に「をとこへし【をるふらむ】や、すてきに背高の*薊《あざみ》の中で」とある。俳句では秋の季語。↓をみなへし

漢子《をのこ》《おのこ》【レ】 男子。好漢。漢子とも。文語詩によく登場するが、四連から成る［秘境］は各連「漢子…」ではじまっていて、第三連だけルビがあり、「漢子《をのこ》が黒《くろ》き双の脚」とある。双《そう》の脚は両足。

をみなへし《おみなえし》【植】 女郎花。オミナメシ、アワバナとも。山野に自生するオミナエシ科の多年草で「秋の七草」の一。夏～秋に黄色の小花を多数、傘状につける。高さ一mほど。根は薬用（利尿）にした。古歌にもよく詠まれ、女性の代名詞のように用いた。俳句では秋の季語。童［気のいい火山弾］でベゴ石（↓火山弾）と美しい「かんむり」（実はこけ）問答をする。

澱《をり》 ↓澱《よど》

ヲルフラム ↓タングステン

【欧文項注記】

●賢治作品中、一団となって表記されている欧文(サンスクリット文、ローマ字文等を含む)の長文のものは、全文まとめて解説してある。煩雑を避け、その部分の各語を一々見出し語として立項していない。したがって、その部分の冒頭語、ないし冒頭の文によって索引し、その箇所の語義を参照されたい。

●「エスペラント詩稿」の場合も同様で、それぞれ詩稿の題を項目名としてある。

●なお、あまりに長文のものは煩雑をさけて片仮名の読みを省略したものもある。

A

A《えい》ワン《わん》【レ】 詩［国立公園候補地に関する意見］に「Aワンだなと思ったときは」とある。英語の形容詞「A one」(第一級の、すばらしい)をしゃれて用いたのであろう。「うまくいった」、「調子がいいぞ」の意。

able なる【レ】 エイブル(英)なる。有能な、手腕のある。詩［*小作調停官］に「南方の都市に行ってゐた画家たちや／able なる楽師たち」とある。楽師は楽士とも書いて、古くからの古楽、もと雅楽、宮廷音楽、大陸伝来の音楽等の演奏家の称で、広く音楽家(旧陸軍軍楽隊では下士官)のことを言ったが、今は用いない。

alcohol →アルコール

apple green →アップルグリン

Arbutus, Crataegus, Prunus, Rosa,／それから Rhododendron／Prunus といふのは梅だがね【植】 詩［開墾地検察］(［開墾地検察］下書稿)中のメモふうの詩行。いずれも植物学名の一部分のみ。

Are you all stop here?／said the gray rat.／I don't know.／said Grip.／Gray rat = is equal to Shūzo Takata／Grip equal……【レ】 アー ユー オール ストップ ヒヤ?／セッド ザ グレイ ラット／アイ ドント ノウ／セッド グリップ／グレイ ラット＝イズ イクォル ツー シュウゾウ タカタ／グリップ イクォル……(英)。詩［*神田の夜］の一節。「あんた方みんなここにたち止まるのかい?／と灰色の*鼠が言った。／私しゃ知らないね、／と下水《げすい》が答えた。／灰色の鼠は＝タカタ・シュウゾウのこと。／下水は…」の意。文明批評色の強い「東京詩」篇中の一篇として、場所も夜の*神田、二〇年後を思い、インテリたちの行き場のない閉塞《へいそく》状況をなかば諷刺した部分であることは確かなようだ。

Astilbe argentium／Astilbe platinicum【植】 アスティルベ アルゲンチウム、アスティルベ プラチニクム(ラテン)。アスティルベはユキノシタ科の多年草、ショウマ(升麻)類を指す。東北地方の山地に多いのはトリアシショウマ(鳥脚升麻)。丈夫で真っすぐな茎が鳥の足に似ているところからその名がある。夏に白い小花が長い穂状の様をして密生する。ところで argentium や platinicum の

トリアシショウマ

つくアスティルベは現在の学名には見当らない。あるいは花の色から、それぞれ、銀白色のアスティルベ、白金色のアスティルベ、と呼んだ、いかにも賢治らしい造語か。詩［〔北いっぱいの星ぞらに〕］に、あたかもアスティルベの花穂が、二本並んだかのように「Astilbe argentium／Astilbe platinicum」と登場。単に「アスティルベ」なら詩［〔職員室に、こっちが一足はいる《(ママ)》（文庫版全集「はひる」）やいなや〕］に「アスティルベの花の穂が／あちこち月にひかってゐたし」と出てくる。詩［〔うすく濁った*浅葱の水が〕］下書稿にも「山ぢゅうのアスティルベの芽に／小さな電弧がもう点くころだ」とある。電弧は電気の火花のことで、いかにも賢治らしい比喩。また詩ノート［〔午前の仕事のなかばを充たし〕］にある「アスティルベダビデの樹液が／もう融けだしてゐるだらう」のアスティルベダビデは、チダケサシ（Astilbe microphylla knoll）の一種、オオチダケサシ（Astilbe chinensis Franch. Davidii Franch）のことで、花は淡紅色、対馬《つしま》（長崎県）から朝鮮、中国大陸に分布。

atmosphere【レ】　アトモスフェア（英）。大気、空気、気分、雰囲気。詩［*浮世絵展覧会印象］に「一つのちがった atmosphere と」とある。

Azalia　→アザリア

B

B氏《ビーし》　→Brownian movement

Balcoc Bararage Brando Brando Brando　→バラコック、バララゲ、ボラン、ボラン、ボラン→応援歌《おうえんか》

Ball　→正金銀行風《しょうきんぎんこうふう》

Beethoven の Fantasy【音】　*ベートーヴェンのファンタジー（英）。短［*花壇工作］に「けだし音楽を図形に直すことは自由であるし、おれはそこへ花で Beethoven の Fantasy を描くこともできる」とある。ベートーヴェンのピアノ・ソナタ第一三番（一八〇一）と第一四番（月光、一八〇一）は、両曲とも「幻想曲風ソナタ（Sonata quasi und fantasia）」と呼ばれる。このどちらかを頭においての記述か。

B. Gant Destupago　→デステゥパーゴ

Bembero　→楊《やなぎ》

——beside the bubbling brook——【レ】　——ビサイド　ザ　バブリング　ブルーク——。——そのうえ泡だつ小川——。詩［水源手記］（［〔いま来た角に〕］下書稿）。

Black Swan【動】【音】　ブラック・スワン（英）。黒い白鳥。「補遺詩篇」の文語詩［〔丘々はいまし鋳型を出でしさまして〕］に「赤き穂なせる*すゝきのむらや／Black Swan の胸衣《(むなえ)》ひとひら」とある。あるいはチャイコフスキーの「白鳥の湖」に登場する黒鳥（黒い白鳥）がイメージされていたか。「胸衣ひとひら」は鳥の胸毛《むなげ》の一片で、前行の「すゝきのむらや」とイメージ、音感ともに対応する。

→黒白鳥《こくはくちょう》

Blunder head【レ】　ブランダー　ヘッド（英）。うっかり者の意。簡［74］に「Blunder head よ。放心者よ。」とある。放心者は、ぼん

やり者の意。

Bonan Tagon, Sinjoro!【レ】 ボーナン　ターゴン、スィニョーロ(エスペラント)。「旦那さん、こんにちは」の意。詩［〔向ふも春のお勤めなので〕］に出てくるが、下書稿では最初、ドイツ語の Guten Morgen Herr(グーテン・モルゲン・ヘル。意味同じ)であった。

Brownian movement【科】 ブラウニアン・ムーヴメント(英)。ブラウン氏運動。イギリスの植物学者ロバート・ブラウン(R. Brown 一七七三～一八五八)が一八二七年に、花粉の中に含まれる微粒子が水中で不規則運動をするのを発見したことにちなんだ名称。一九〇五年、アインシュタインにより、熱運動する媒質の分子の不規則な衝突によって引き起こされる現象であることが証明された。詩［風の偏倚《へんい》］に「B氏」とあるのはブラウン氏のこと。詩［小岩井農場　パート二］に、ひばりの動きを「銀の微塵《みぢん》のちらばるそらへ／たつたいまのぼつたひばりなのだ／くろくてすばやくきんいろだ／そらでやる Brownian movement」とある。『春と修羅』補遺の詩［津軽海峡］では、「亜鉛張りの浪」で「まっ白に湛《たた》え《(ママ)》た海上を動く「小さな黒い漁船」を「一つのブラウン氏運動」として把握する。『春と修羅』第二集の詩［〔温《ぬる》く含んだ南の風が〕］の下書稿［密教風の誘惑］には、天の川の描写として、「こんどは白い湯気を噴く／(古びて青い懸吊体《けんちょうたい》！／ブラウン動《(ママ)》の燐光点(→燐光)！)」と「運」の字を書き忘れた表現もある。「懸吊体」は「懸垂体」と同義で用いたのであろう。→ニムブス

Büchner【人】 ルートヴィヒ・ビューヒナー(一八二四～一八九九)。ドイツの唯物論哲学者、医師。主著『エネルギーと物質』。芸［興］に「Büchner　明治維新以前　家屋　衣服　食物　労働　宗教　音楽　舞踊　芝居　遊楽　創造」とある。

budding fern【植】 バッディング・ファーン(英)。発芽しつつあるシダ植物。詩［装景手記］に「はんの木の群落の下には／すぎなをおのづとはびこらせ／やはらかにやさしいいろの／budding fern を企画せよ／それは使徒告別の図の／その清冽ながくぶちにもなる」とある。発芽状態の羊歯《しだ》を植えよ、の意。

Bush【文】【レ】 ブッシュ(英)。灌木。やぶ。植え込み。詩［高架線］に「(安山岩の配列を／火山の裾のかたちになして／第九タイプの Bush を植え《(ママ)》よ)」とある。第九タイプの意は不明だが、植え込みの意でのブッシュ。ちなみに、賢治は花巻市内に現存するそば屋、「藪屋《やぶや》」のことをシャレて、よくブッシュと呼んでいたと言われる。「ブッシュに行って一杯やろう」の一杯は、酒ではなくサイダーのことだったと言う。

butter-cup →きんぽうげ

C

Calium →加里《かり》

Carnival Roman【音】 カーニヴァル　ロマン(英)。ノート［東京］七二頁にある音楽レコードの不完全メモの一行(賢治は急いで書いたか、canival と r を落とし、ベルリオーズの名も略している)。カーニヴァルはキリスト教の復活祭(キリスト復活を祝い春

分後の満月直後の日曜）の前三日～八日間行なわれる祝祭が原義だが、転じてお祭り騒ぎのことも言う。その復活祭での喜劇用の音楽が、フランスの作曲家ベルリオーズ（Hector Berlioz 一八〇三～一八六九）の序曲「ローマの謝肉祭」。ベルリオーズの名曲として有名。なお、同メモには Wagner（ワーグナー）、Lißt（リスト）、Beethoven（ベートーヴェン）、Strauss（ストラウス）のそれぞれの曲名が原綴で書かれている。

cascade【鉱】 カスケイド（英）。小規模の滝。あるいは数段になっているものの一段を言う。大滝は cataract（カタラクト）。童*［台川］に「cascade だ。こんな広い平らな明るい瀑《たき》はありがたい。上へ行ったらもっと平らで明るいだらう」とある。

Casual observer! Superficial traveler!【レ】 カジュアル オブザーヴァ！ スーパーフィシャル トラヴェラー！（英） いいかげんな観察者！ 浅薄な旅人よ！。詩［*オホーツク*挽歌］で（ ）の内に入れて自らを揶揄《やゆ》して言う独白。

ceballo【動】 チェバーロ（エスペラント）。*馬。正しくは ĉevalo。ちなみに、馬の学名は Equus caballus（エクウス・カバールス）で、エクウスはインド・ヨーロッパ語のウマの意 ekwos（エクオス）に、カバールスはアジア、スラブ、フィンランド語系の馬の意 Kăval（カヴァール）に基づくとされる。賢治の誤記には学名との混同があったと考えられる。歌［一九三の次］に「このたびも／また暴れ出でば赤馬よ／われはふたたび ceballo と呼ばじ」とある。

chrysocolla →クリソコラ

Conc.【科】 コンク（英）。concentrated（コンセントレイテッド、濃縮したの意）の略記。詩ノート［〔ソックスレット〕］に「Conc. *アルコール」（Conc. は横書き）とある。

cork screw【文】 コークスクリュウ（英）。栓抜き。コークはコルクの栓、スクリュウはくるくる回す意。詩［*風と杉］に「…… 一つの汽笛の Cork-screw……」とあり、詩［九月］には「北は丘越す電線や／汽笛の cork screw かね／*Fortuny 式の照明かね」とハイフンなしで出てくる。ふつうは一語に書く。いずれも汽笛をコルクの栓が抜けるときの威勢のよい音にたとえたもの。

cress【植】 クレス（英）。watercress 和名ミズガラシ、またはオランダガラシ。明治初期、ヨーロッパから渡来した多年草なのでオランダガラシ（和蘭芥子）の名が付いたが、英語名やミズガラシの名が示すように清流に白い根を出して繁茂する。茎は緑で中空、高さ五〇cm以上。初夏に白い小さな十字状の花を咲かせる。若葉は食用となる。詩［〔湧水《みづ》を呑まうとして〕］に「きれいな cress の波で洗ったりするものだから」とある。

D

dah-dah-dah-dah-dah-sko-dah-dah【レ】 詩［原体剣舞連《はらたいけんばいれん》］（→原体村）に繰り返して出てくる賢治独創のオノマトペ。sko を挿んで前後に dah 七回が四か所、四回が一か所、sko なしの dah のみ四回（ただし最後は dahh）が一か所、さらに、Ho! Ho! Ho! が一か所、これらのオノマトペなしにはこの詩の力強さは考えられないほど、勇壮なリズム効果を発揮している。太鼓の音とも、古代の踏歌《とうか》のような大地を激しく踏み鳴らす音ともイメージできるが、ともあれこれは躍動的な時空をもりあげる賢治のオノマトペ表現の代表例であろう。土俗のもつ宗教的雰囲気や神秘性も漂わせている。曲[剣舞の歌]にも登場。

Dahlia variaviris【植】 ダアリア・バリアビリス。Dahlia はダリアの学名、variaviris は variabilis の賢治の誤記で、植物学で変種・亜種の多いとき、学名のあとに付ける「種々の」「多形の」という意味のラテン語。賢治はダァリヤ、ダリヤとも表記している。和名は天竺牡丹《てんじくぼたん》。原産はメキシコでキク科の多年生花卉《かき》。観賞用に広く栽培される多品種。夏～秋に白、赤、黄、紫等の豊麗な花を咲かせる。詩[風景とオルゴール]に「一点のダアリア複合体」とあるのは、ダアリアの花々の「複合体」とも見える「じつに九月の宝石」のような電飾(電燈の装飾)である。童[まなづるとダアリヤ](→つる)では「花の女王にならうと思ってゐ」る「赤いダアリヤ」*が冒頭から登場する。詩ノート[ダリヤ品評会席上]に「四百の異るラムプの種類、/Dahlia variaviris の花を集めて」とある。この品評会は彼には印象的だったのか、佐藤二岳(→S博士)の次年の品評会の句にも「膝ついたそがれダリヤや菊盛り」がある。句は賢治のメインの詩業ではなかったが(「跋」文参照)、この年(一九二七)〈昭和二〉年)のすさまじい*旱魃《かんばつ》不況(→年譜参照)の中で、佐藤も盛りの菊を複雑な気持で見ていると言える。膝をついてうなだれ、「殺《そ》がれ」折られたダリアの花枝を思い出し、盛りの菊との栄枯を対比しているかのような複雑で印象的な句。

Daniel Defoe【人】 ダニエル・デフォー(一六六〇～一七三一)。イギリスのジャーナリスト。小説家。週刊誌「ザ・レビュー」を主宰し、政治評論で鳴らしたが、世界的には晩年になって書いた処女作『ロビンソン・クルーソー漂流記』(一七一九)の作者として有名。芸[興]に「Daniel Defoe 食物と労働との循環」と出てくる。デフォーのどこからの引用か未詳だが、権力に反抗し、様々の商売にも手を出し、傍ら諷刺的な鋭い社会評論を書き、入獄生活も経験したデフォーの視野の広さから言って、賢治の引用した部分は興深い話題だったと思われる。

der heilige Punkt【レ】 デァ ハイリゲ プンクト(独)。「神聖な場所」。詩[*小岩井農場 パート九]に登場。農場から*くらかけ山のあたり一帯にかけての*岩手山南麓を賢治はそう呼んでいたと思われる。またこの命名はベートーヴェンが晩年耳疾に悩んで過した町ハイリゲンシュタットに関係があると言われている。→ベートーヴェン

der Herbst【レ】 デァ ヘルプスト(独)。秋。詩[*栗鼠と色鉛筆](→鉛筆)にリスの「尾は der Herbst」とある。尾の色と形が、収穫期の稲穂に似ているという暗示がある。レールを横切ろうとして「たちどまる」、また「走りだす」リスには病重い妹*宮沢トシのイメージが重なっていると思われる。→栗鼠《りす》

distinction【レ】 ディスティンクション(英)。区別、特性、名声。詩[林中乱思]に「じぶんはいちばん条件が悪いのに/いちばん立派なことをすると/さう考へてゐたいためだ/要約すれば/これも結局 distinction の慾望の/その一態にほかならない」とあるのは「優越意識」「名誉欲」等の意である。

Donald Caird can lilt and sing【レ】 ドナルド ケヤード キ

ヤン　リルト　アンド　シング(英)。詩「夜」(「補遺詩篇」、初行「誰かゞ泣いて」)の一行。だが、冒頭には副題のようにして、さらに「, brithly dance the hehland／highland だらうか」と入っている。高木栄一によれば、これはイギリスの詩人ウォルター・スコット(W. Scott 一七七一～一八三二、『アイヴァンホー』が代表作)の長詩「Donald Caird's Come Again」の一節で、原詩のとおり(brithly は blithely の、hehland は Hieland の賢治のスペルミスのように見えるが、それぞれ古語としては正しい)。高木訳によれば「ドナルド・ケアドは陽気にうたい／高地ダンスのステップも楽しく軽やか」。高木や、また小沢俊郎も(詩篇「夜」鑑賞―「四次元」一二六号)指摘したように、棄てられて死んだ赤児の泣き声に母親が呼ばれて走る、この詩の暗い悲劇的な外界から語り手自身を遮断するかのように、明るくリズミカルなスコットの詩を引用したものであろうか。原詩の一部分が、旧校本全集では第六巻八九六頁に、新校本全集では第五巻、校異篇一九七頁に紹介されている。

dyke →岩脈《がんみゃく》

E

eccolo qua!【レ】 エッコロ　クア(伊)。彼(それ)がここにいる(ある)、の意。例えば、モーツァルト作曲「ドン・ジョバンニ」第一幕第一五場では召使いがこの語を発し、「ほら、旦那さまがおいでなすったぞ」と言う場面がある。詩「休息」(初行「中空《なかぞら》は晴れて……」)に「三本立ったよもぎの茎で／ふしぎな曲線《カーヴ》を描いたりする／(eccolo qua!)」とある。

Egmont Overture【音】 エグモント・オーバーチュア。ベートーヴェン作曲の劇音楽「エグモント」の序曲《オーバーチュア》(一八一〇)。エグモントは実在した人物(Lamoraal Egmont 一五二二～一五六八)。オランダの貴族で、ネーデルランド独立運動の中心人物。スペインと戦ったが、一五六八年捕えられて処刑される。賢治が詩「マサニエロ」に用いたナポリのマサニエロときわめてよく似た経歴の持主であり、賢治はこれら大国の圧制に対する抵抗運動に強い関心を寄せていたと思われる。ゲーテ(一七四九～一八三二)はこれを悲劇化したが、この付随音楽として作曲化された数曲のうちの序曲が、エグモント序曲である。劇はスペインの派遣したアルバ公に捕えられたエグモントが、それを救おうとして力及ばず毒死した恋人クレールヒェン(愛称クラレ)の幻影に導かれて、刑場へ向かう。幕切れのエグモントのせりふ「最愛のものを救うために、喜んでいのちを捨てること、我のごとくあれ」や、愛する女性の幻影が登場するところといい、賢治と亡妹宮沢トシとの関係にきわめてよく親近する。挽歌群の一、詩「風林」(→沼森)の中では、生徒の「《おらも死んでもい》」の声を聞いて「向ふの柏木立のうしろの闇が／きらきらつといま顫えた(ママ)のは／Egmont Overture にちがひない」と連想する。これは「とし子とし子／野原へ来れば／また風の中に立てば／きつとおまへをおもひだす」だけでなく、クレールヒェンの幻影が現われたように、とし子からの通信が必ずあると信じているからである。「おまへはその巨きな木星のうへに居るのか／(中略)／ただひときれのおまへからの通信が／いつか汽車のなかでわたくしにとどいただけだ／とし子　わたくしは高く呼んでみやう《(ママ)》か」と悲痛な心情が吐露される。ビクターカタログを見ると、ビクター・コンサート・オーケストラのものが一枚載っている。

Eine Phantasie im Morgen【レ】　アイネ　ファンタジー　イム　モルゲン(独)。朝の、ある夢想。詩[*真空溶媒]の副題。文法的には im は am とすべきところ。ただし賢治が意図的にあえて誤用した可能性もなくはない。im(in＋dem)は am(an＋dem)に比べ、より長い時間を表わすので、詩の内容にはふさわしいとも考えられるからである。

elongated pot-hole【鉱】　エロンゲイテッド・ポットホール(英)。地質学で言う壺穴《つぼあな》の学名。細長いポットホール(壺の形をした穴)の意。甌穴《おうけつ》とも言った。川の水流で石ころが回転して川床の岩石面にできる穴。童[*台川]ではそれを説明して「壺穴の い丶のがなくて困るな。少し細長いけれどもこれで説明しやう《(ママ)》か。elongated pot-hole[こ丶《(ママ)》がどうしてかう掘れるかわかりますか。石ころ、礫《(れき)》がこれを掘るのです。そら、水のために礫がごろごろするでせう。だんだん岩を掘《(ママ)》るでせう…」」とある。

Erste Liebe【レ】　エルステ・リーベ(独)。英語でならファースト・ラヴ。初恋。ノート[文語詩篇]に「Erste Liebe 移リ行ク心」とある。→Zweite Liebe

F

Faselo →ファゼーロ

fern →budding fern、Ice-fern

Fortuny【人】　フォルトゥニイ。スペインの画家。Mariano Bernado Fortuny(一八三八〜一八七四)。独特の色彩と光の処理で知られ、ロマン主義から印象主義へのエポックを作った。賢治より一歳早く三六歳でローマで没した。詩[九月]に「北は丘越す電線や／汽笛の　*cork screw かね／Fortuny 式の照明かね」とある。

Fox tail grass【レ】　フォックス・テイル・グラス(英)。直訳すれば「狐の尾草」。*キツネの尾に似た穂状花を持つ植物のこと。*スズメノテッポウ等。詩[九月]に「Fox tail grass の緑金の穂」とあるのは、九月になってもまだ刈り取れない緑の稲穂の形容。

Funeral march →葬送行進曲《そうそうこうしんきょく》

G

gas【科】　ガス(もとオランダ語)。瓦斯。賢治で言えば、*沼気《しょうき》、*笑気《しょうき》などの気体。詩［高架線］に「温《ぬる》んでひかる無数の gas のそのひもは」とある。繊維のガス糸を連想させるが、ここでは前行の「かぼそきひるの触手《しょくしゅ》」の言いかえ、詩的形象である。

Gifford →Miss Gifford

Gillarchdox! Gillarchdae!【動】【レ】 ジラーチュドックス、ジラーチュダェ。ともに賢治の造語。詩［*装景手記］に「Gillarchdox! Gillarchdae!／いまひらめいてあらはれる／東の青い*橄欖岩《かんらんがん》の鋸歯《きょし》」とある。ジル・アーチ（gill arch）は英語で魚のエラ、のど（gill）と、弧形アーチ（arch）の合成語で魚ののどの奥を意味するから造語ではないが、これにドックス（dox）やダェ（-dae）という語尾をつけたことで賢治独特の造語となる。しかし「東の青い橄欖岩の鋸歯」（橄欖岩の岩肌の鋸《のこぎり》の歯のような山容）と呼応する語であることは確かなゆえ、その鋸の歯の間から見える大魚ののどの奥を、語勢《ストレス》のきいた dox や、「族」や「科」を示すかのような -ae の属格を語尾につけることでいかにもそれらしく呼んだものと思われる。よく似た山並みの景観を賢治は「*摩渇大魚のあぎと」、あるいは「秋のあぎと」とも形容している。なお、この［装景手記］のいくつかの「下書稿」や「先駆形」には横文字表記の語が比較的に多いのも、賢治の意図する脱風土の超越的な認識（→装景）とも関連があろう。それだけに難解でもあるが、類する詩［〔落葉松《らくようしょう》〕（→からまつ）の方陣は〕］の下書稿㈠にも似たような「（Gaillardox-gaillardae）」、一五行おいて「（Gillochindox-gillochindae）」があり、後者には、なんとカタカナのルビが右側に「ギロチンドドックス　ギロチンデイ」とある。天衣無縫の賢治独自の学名（？）であり、奔放な国籍不明の読みと言うほかはない。

glass-wool →蛋白石《たんぱくせき》

goblin【文】 ゴブリン（英）。一般には悪鬼、醜魔の意だが、もと西洋の伝説や昔話に出てくる意地悪い森の小人。悪魔《デーモン》の子。小鬼。詩［〔鉄道線路と国道が〕］では、先に登場する「頬の赤いはだしの子ども」からの連想らしく「一本の高い火の見はしごがあって／その片っ方の端が折れたので／赭髪《あかげ》の小さな goblin が／そこに座ってやすんでゐます」とある。火の見はしごは火の見やぐらの梯《はしご》。「赭髪」は赤い髪。

Gossan【鉱】 ゴッサン。地質学用語。硫化鉱物鉱床が風化してできる*露頭のこと。英語で iron hat《アイアン・ハット》（鉄帽）とも言う。風化や分解作用を受けているので「焼け」とも言う。岩壁等のその場所だけが褐色や青色に染まっており、鉱脈を発見する手掛りになる。文語詩［早春］に「げにもひとびと崇《あが》むるは　青き Gossan *銅の脈／わが索《もと》むるは*まことのことば／雨の中なる*真言なり」とある。

Green Dwarf【植】【レ】 グリーン・ドウォーフ（英）。dwarf は小人《こびと》、*一寸法師（北欧神話では洞窟等に住むこびとの彫金師）のこと。または盆栽等の小形の矮《わい》性植物のこと。グリーンがつけば後者であろう。詩［*滝沢野］に「四角な若い樺の木で／Green Dwarf といふ品種」とあるが、何の木かは不明。ちなみに、ドウォーフは品種名の前につけて、その品種の小形か低木のものを言ったり（例、桜の低木 dwarf cherry）、通常の半分の高さしかないドアを dwarf door と言ったりするので、賢治の言う、しかもドイツ語ふうに二語とも語頭を大文字にしたそんな品種は考えられない。詩的品種と思えばよい。

Guten Morgen Herr →Bonan Tagon, Sinjoro!

H

Hacienda, the society Tango【音】 ハシエンダ、ザ ソサイアティ・タンゴ(英)。ハシエンダはもとスペイン語で農場、牧場等の意。ソサイアティ・タンゴは英語で「仲間たちみんなのダンス曲」というほどの意。それにふさわしい劇[ポランの広場]の幕開き用に指定されたタンゴ曲名。ビクターカタログ(一九二二)に載っている。レコード番号17608番。表面はクラシックのメドレー(ドヴォルザークのユーモレスク、リストのハンガリアン・ラプソディ二番、ショパンの軍隊ポロネーズ、葬送行進曲、等)で、裏面がこのタンゴである。作曲者はポール・リーズ(Paul Riese)、演奏はフェリックス・アーント(Felix Arndt)のピアノ・フォルテ(ピアノの正式名)となっている。ちなみに、タンゴはもとアフリカ中央部の土着民の舞踏曲。一九世紀後半、カリブ海諸島を経てラテンアメリカに伝わり、アルゼンチンのブエノスアイレスの下層民の民俗曲となり、やがて一般社会に改良されて普及、アルゼンチン・タンゴとして有名になった。二〇世紀初頭ヨーロッパに伝わって都会的なコンチネンタル・タンゴとなった。

hale glow とwhite hot【レ】 ヘイルグロウとホワイトホット(英)。強い赤と鮮烈な白。アザリアの形容。詩[装景手記]に登場。

hast → Was für ein Gesicht du hast!

Helianthus Gogheana【植】【レ】 ヘリアンサス ゴッヘアナ。賢治の造語で「ゴッホ風のヒマワリ(→ヘリアンサス)」の意。帳[兄妹像]の文語詩[〔黒緑の森のひまびま〕]に「風にみだれて/あるいは曲り/あるは倒れし/Helianthus Gogheana かな」とあるが、Helianthus は正式のヒマワリの学名ながら、Gogheana は画家のゴッホをもじって、いかにも学名ふうに仕立てた賢治の機知であろう。

HELL【宗】 ヘル(英)。地獄。詩[オホーツク挽歌]に登場。→十字架《じゅうじか》

Ho! Ho! Ho! → dah-dah-dah-dah-dah-sko-dah-dah

Horadium【植】 正しくは Hordeum ホルデウム。オオムギ(大麦)属の学名。賢治の誤記か。イネ科の一年草。主要穀物の一。小麦より栽培は少ない。葉は小麦より短く、花は小麦より大きい。穎花《えいか》は六列に並び長芒。実は食用、または醤油、味噌、ビール、菓子等の材料。詩ノート[ダリヤ品評会席上]に「またかの六角シエバリエー(→麦)、/芒《(のぎ)》うつくしい Horadium 大麦の類の穂は」とある。

Hurruah【レ】 帳[兄妹像]一二五、一二六頁に「Hurruah といふ/試薬を/与へて見るに」のメモ。試供品の薬名らしいが不明(ロシア語で発音するとウェラ)。「Well といふふしぎな/徒刑の囚《(しゅう)》の」とある囚人《しゅうじん》の名も不明だが「豊原旧市街を」のメモから樺太(現サハリン)訪問時(年譜、一九二三年時参照)のメモであることは確かである。豊原は日本領時代の「樺太庁」の所在地。

I

Ice-fern【植】【レ】 アイス・ファーン(英)。凍ったシダ植物。詩ノート[汽車]に「その窓が Ice-fern で飾られもしやう《(ママ)》」とある。汽車の窓についた*氷華をシダ植物にたとえたもの。

Ich bin der Juni, der Jüngste.【レ】 イッヒ ビン デァ ユーニー、デァ ユングステ(独)。私は六月、最も若々しい月。詩[図案下書]に出てくる。前後を一行あけてあり、詩句からして引用かもしれないが、未詳。

In the good summer time【音】 イン ザ グッド サマータイム(英)。原曲名「In the good summertime」。ポピュラーソング名。シールズ(R. Shields)作詞、エヴァンズ(G. Evans)作曲(一九〇二)。賢治はこの曲に自ら作詞して曲[*ポランの広場]とした。原曲名は詩[駒ヶ岳](→噴火湾)中に( )入りで二回繰り返して用いられる。童[ポラーノの広場]では「こら楽隊、In the good summer time をやれ」と言う山猫博士(→デステゥパーゴ)が、曲にあわせて賢治作詞の「つめくさ(→赤つめくさ、白つめくさ)の花の／ 咲く晩に／ポランの広場の 夏まつり…」と歌いだす。

iodine →沃《よう》度《ど》

Iris →イリス

J

Josef Pasternack【人】【音】 ヨセフ・パスターナック(一八八一～一九四〇)。ポーランド出身だがアメリカ国籍に移った指揮者。詩[冬と銀河ステーション]に「Josef Pasternack の指揮する／この冬の銀河軽便鉄道(→岩手軽便鉄道)は」とある。ビクターカタログには神経質そうな眼鏡姿の写真とともに、一頁を使って経歴等詳しい説明が載っている。彼は一九一六年よりビクター蓄音器会社の音楽監督の地位にあり、ビクター・コンサート・オーケストラを指揮して「運命」(雑[レコード交換用紙]にも登場)等、多数の*レコードを出していた。

パスターナック

K

Keolg Kol.【レ】 ケオルグ コル(コール)。詩ノート[ローマンス]に繰り返し三回(終わりは Keolg Kohl.)横組みで登場。意味はなく、フクロウの声の機知的な音写と思われるが、音感だけからは蛙か雄鶏の鳴き声に聞こえる。

Kol Nidrei Hbrew Melody →Max Bruch

Koshi Ki 〔b〕u【?】 ノート〔文語詩篇〕中に横書きで、「東京」につづくメモ。意味不明。

L

Lahmetingri calrakkanno sanno sanno sanno／ Lahmetingri Lamessanno kanno kanno kanno／ Dal-dal pietro dal-dal piero →応援歌《おうえんか》

〔La koloroj, kiu ekvenas en mia dormeto,〕【レ】「エスペラント詩稿」中の一。無題なので全集では一行目を題としている。本文はこれにつづいて、／estas ofte soleca／kiel la maro. となっている。歌〔三三九〕の「まどろみに／ふつと入りくる丘のいろ／海のさましてさびしきもあり」に対応するエスペラント語試訳。宮本正男の訂正案（旧校本全集「校異」）のように、kiu は正しくは kiuj。kiu は、koloroj を先行詞とする関係代名詞なので、先行詞に一致させて複数形にする必要があるからである。これをふまえて参考までに英語に直訳すれば、「The hill's colors, which invade my doze, are often lonely like the sea.」（私のまどろみに突然入って来るその丘の色は、しばしば海のように孤独なものだ）となる。

ek-ven-as は、動作の始まりや瞬間的動作を表わす接頭辞 ek- に、「来る」意の動詞の語根と、動詞の現在形を示す接尾辞 -as が付き、「突然来る」の意。en は英語の in や into に当たり、合わせて「突然入って来る」の意。mia は mi（「私」）の所有を表わす形容詞で「私の」の意。dorm-et-o は、「眠る」の意の動詞の語根に、小ささや程度の弱さを表わす接尾辞 et と、名詞化の o が付いて、「まどろみ」の意。est-as は、英語の be 動詞に相当する動詞の語根に、同じく as が付き、「〜である」の意。ofte は副詞、soleca は形容詞。kiel はここでは英語の like（「〜のような」の意の形容詞）に相当する。なお、旧・新校本全集「校異」では dormeto の賢治別案として sonĝeto（夢うつつ）が示されている。

Largo →ラルゴ

Larix →からまつ

lento【音】 レント（伊・独）。音楽の速度記号の一。遅く、ゆっくりと。奏音速度中最も遅く、その上はラルゴ（→凡例付表）。詩〔春〕（作品番号五一九、初行「烈しいかげらふ〈→横なぎ《よこなぎ》〉の波のなかを、」）と、詩〔〔ふたりおんなじさういふ奇体な扮装で〕〕に「こんがらかった遠くの桑のはたけでは／煙〔けむり〕の青い l〔L〕ento もながれ／崖の上ではこどもの凧の尾もひかる」と、まったく同じ（後者は〔 〕内表記）詩行がある。ゆったりとした煙の動きを音色にした表現。

l'estudiantina【音】 レステューディアンティーナ（スペイン）。フランスの作曲家ヴァルトトイフェル（E. Waldteufel 一八三七〜一九一五）のワルツ曲 Estudiantina（一八八三）。邦訳レコード題名は「女学生」だが「女」に限らない「学生」。当時パリの通俗作曲家ラコーム（Paul

Lacome（一八三八～一九二〇）の旋律をもとにしたもの。詩［青森*挽歌］中、亡妹*宮沢トシへの想いの中に「いつぴきの鳥になつただらうか／l'estudiantina を風にききながら／水のながれる暗いはやしのなかを／かなしくうたつて飛んで行つたらうか」とある。賢治がなぜ原作にもレコードにもない冠詞を表わすl'を（しかも大文字にせず）冒頭につけたか不明。ビクターカタログにはビクター・コンサート・オーケストラによるもののほか、三枚の*レコードが載っている。

Libido【科】【文】 リビドー。オーストリアの精神分析医フロイト（S. Freud 一八五六～一九三九、フロイドとも）の学説に言う性的衝動を発動させる力。賢治はフロイトの心理学を知っていた。*森佐一の記憶によれば、賢治は森の作った春の詩に対して「〈実にいい。それは性欲ですよ。（中略）フロイド学派の精神分析の、好材料になるような詩です…〉」と語り、突出したものは男性で、へこんだものは女性だと説明したという。賢治がハブロック・エリスの『性学大系』を読んでいたことは、すでに多く言われてきたが、詩［休息］（作品番号二九）に「暗い乱積雲（→積乱雲）が／古い*洞窟人類の／方向のない Libido の像を／*肖顔《にがお》のやうにいくつか掲げ」とあるように、春の雲をことに性欲と結びつけている。「あのどんよりと暗いもの／温《ぬる》んだ水の*懸垂体／あれこそ恋愛そのものなのだ」（詩［春の雲に関するあいまいなる議論］）。したがって詩［春と*修羅］では性欲に苦悶する修羅風景に対して清浄な*天は、雲がちぎれて飛ぶにもかかわらず「*れいらう（ママ）の天の海」と表現される。賢治はしかし性欲を全面的に否定するのではなく、そのデモーニッシュな内的エネルギーを逆にバネとして神秘的な*天上感覚に近づこうとしている。すなわち雲に性《セックス》を見いだしつつ「わが雲に関心し／風に関心あるは／たゞに観念の故のみにはあらず／そは新なる人への力／はてしなき力の源なればなり」（詩［〔わが雲に関心し〕］）と、リビドー説の微妙な影響と、その昇華を見せる。→ニムブス

Liparite →流紋岩《りゅうもんがん》

Liparitic tuff →凝灰岩《ぎょうかいがん》

Lißt【人】【音】 リスト。一九世紀最大のハンガリーのピアニスト、作曲家 Franz（Ferenc） Liszt（一八一一～一八八六）。ノート［東京］七二頁に「Lißt Hungarian Rapsody」とある。リスト作曲「ハンガリー狂詩曲」（第一九番まで）の中で最も有名な「第二番嬰ハ短調」のピアノ曲。弟子のドップラーの協力で管弦楽曲に編曲された。ビクターカタログ（一九二三年）のレコード番号17608。表面のクラシック・メドレーにこの曲が含まれており、裏面は劇［*ポランの広場］の幕開き用に指定されたタンゴ（→Hacienda, the society Tango）である。*ラプソディーは自由な形式によって楽曲の自在な展開を尊重する曲。リストはベルリオーズの作曲法を継承し、いわゆる標題付交響詩の形式を確立した。賢治の音楽的詩法の影響源の一。

Loĝadejo.【レ】 「*エスペラント詩稿」中の題名の一。住居（正しくは Loĝejo とするべきだが、賢治はなぜか中間に ad を入れている。ad は動詞を名詞化するとき動作・方法を示す接尾辞。もしかしたら logi〈住む〉の語根 log に ad をつけて「住むこと」とし、ejo〈場所〉で「住むことのための場所」になると思ったのかもしれない。むろん誤用である）。本文は La suda vilaĝo novludoforma,

／Diras ke nevolas loĝonte min.／…Ah, arĝentaj monadoj.／Kaj pluvo de helbet-glanoj:…／Kia brileco de aero!／Mi intensas ekkuri. 詩［住居］下書稿の第一形態である「その南の三日月形の村は／わたくしなんぞ／置いてやりたくないといふ／……銀のモナドと草の実の雨……／まばゆさよ／わたくしは走らう」に対応する試訳。文法的誤りがあるので、まず正しい文を想定して確認のため英訳（直訳）を示せば、「The southern village shaped like a new moon,／Says that it doesn't want to lodge me.／…Oh, silvery fragments,…／and a rain of grass seeds.…／What a brightness of the air!／I want to break into run.」となる。まず賢治のエスペラント詩の一行目では、「南の」の意の形容詞 suda が前から、「新月形（三日月形）の」の意の novludoforma が後ろから、それぞれ vilaĝo（村）を修飾している。nov-lud-o-forma は順に、形容詞「新しい」の語根、名詞「月」の語根、子音の衝突を避ける母音、「形の」の意の形容詞から成っており、「新月の形の」の意。Dir-as は動詞の語根と現在形を示す as で、「言う」の意。ke は名詞節を導く接続詞で英語の that に当たるから、Diras と合わせて「Says that＋主語＋述語」の形を取るはずだが、主語が欠落している。vilaĝo を受ける代名詞 ĝi が必要である。また nevolas は、英語の doesn't want（～したがらない）に当たるので、宮本正男の訂正案（旧校本全集「校異」）のように ne volas と離すべきだろう。さらに、loĝ-onte は動詞「住まわせる」の分詞（未然）の副詞的用法だが、不定法 loĝi が正しい。つまり、「Diras ke ĝi ne volas loĝi min.」としたいところ。min は mi（私）の対格（目的格）で「私を」の意。monaedoj arg entaj は複数形で、「銀の*モナド」の意。原詩の訂正後の「風のかけら」とほぼ同義であろう。kaj は英語の and、helb-et は「草」の語根と小ささを示す接尾辞、glanoj は「*どんぐり」の複数形で、合わせて「小さな草の実」の意。pluvo de で、a rain of～、つまり、「雨と降る～」を意図したと見られるが、この場合、前置詞は数量を示す da を用いるのが普通。宮本正男が de を「sul または al」（共に「上に」の意）と訂正しているのも誤りで、原詩の「草の実の雨」を「草の実の上に降る雨」と誤読したためであろう。その次の行は英訳に示した通りの感嘆文である。Kia は What に当たる疑問形容詞である。brileco は、brileto（輝き）のスペルミスであろう。異稿では、この感嘆文は、「Kia atomsfera brileco!」（正しくは Kia atmosfera brileto!）とされていたが、これでは「What an atmospheric brightness!」（「何という雰囲気的な輝きよ！」）という意になり、atmosfera の強調と受け取られかねないので、誤解を避けるため不採用にしたとみられる。最終行 intensas は、動詞「～つもりである」の現在形、ek-kuri は、動作の始まりや瞬間的動作を表わす接頭辞 ek と動詞「走る」の不定法で、「走り出す」の意。合わせて、「走り出すつもりである」になる。

Look there, a ball of mistletoe!【レ】 ルック　ゼア、ア　ボール　オヴ　ミスルトー（英）。「あそこをごらんよ、*やどりぎのボールだよ」の意。詩［〔あかるいひるま〕］の「おれ」と「青い眼のむすめ」との会話。この詩については青山和憲《かずのり》に適切な評釈がある（「〔あかるいひるま〕から〔けむりは時に丘丘の〕まで（上）―文語詩改作の過程にみる変容の一様相―」。弘前宮沢賢治研究会誌、第6号）。

lotus【植】 ロータス、ロトス、ロートスとも。語源はギリシア神話のロトス（忘憂樹《ぼうゆうじゅ》、憂《うれ》いを忘れさせる樹《き》）に由来するが、ハスの花（蓮華《れんげ》）や睡蓮《すいれん》のこと。蓮華は*インド原産だが、仏教では極楽浄土の花とされ、悟りの境地を象徴する。lotusが賢治の世界と縁が深いのも当然であろう。「白鳥の頸　睡蓮《ロトス》の火」（詩［*神田の夜］）、「蓮はすべてlotusといふ種類で」（詩［*浮世絵展覧会印象］）、「浮華《ふくわ》の中より清浄《しやうじやう》の青蓮華《しやうれんげ》を開かしめ」（童［*二十六夜］）。青蓮華は鮮やかな青いハス、仏眼《ぶつげん》にたとえる）というふうに出てくる。ほか「睡蓮の花のやうにわらひながら」（詩［〔日脚がぼうとひろがれば〕］）とか、これもなまめく仏眼さながらの「蓮華のはなびらのやうな瞳」（童［四又の百合］〈→百合〉）といった比喩表現もある。これらの詩的イメージは蓮華の花がほころび、そのまま仏・*菩薩や*天人が生まれる「蓮華化生《けしょう》」の胎蔵《たいぞう》界曼陀羅（→曼陀羅）のイメージを賢治が頭に置いていたことは明らかであろう。→紫雲英《しうんえい》

LOVE →十字架《じゅうじか》

love-bite【レ】 ラブ・バイト。詩［五〇四　天球図］（［〔硫黄いろした天球を〕］下書稿）に「……風と羽とのそのほのじろいlove-bite《ラヴバイト》……」とある。loveは愛、biteは咬《か》（嚙）む。下書稿余白には「戯嚙」の書き込みもあり、熟語なら「愛咬《あいこう》」。前行の「鳥は矢羽根（→矢ばね）のかたちをなしてひるがへり」（鳥が矢尻に羽根をつけた矢のようにひるがえるさま）のイメージとともに、この二行には賢治ならではの感覚が躍動している。

スイレン

M

mammon【レ】 ママン（英）。拝金。富を卑しめて言う語。拝金主義をマモニズムと言う。頭文字を大文字にすると「富の神」、「*魔神」の意にもなる。ノート［文語詩篇］一三頁に「つひにmammonを」のメモがあるが、真意は不明。否定的な意味あいであることは言うまでもない。

marriage【レ】【文】 マリッジ（英）。結婚。詩［〔船首マストの上に来て〕］に、「わたくしはあたらしくmarriageを終へた海に／いまいちどわたくしのたましひを投げ」とあるのは、しかし、単に結婚の意ではなく、「たましひを投げ」や、そこから五行目の「海がそれを受けとった証拠だ」といった詩句から想像されるのは、賢治が古代ヴェニスで毎年行なわれたという昇天祭（キリスト復活祭後四〇日目の木曜日に行なわれる昇天記念日）の儀式「The marriage of the Adriatic」の習わしを、ものの本で知っていて、そのイメージで書いたと思われることである。なぜなら、この儀式はヴェニス（ヴェネツィア）とアドリア海との「結婚」を祝し、当時のヴェニス共和国総督（職名、ドージェdoge）が、公式座乗船（state barge）から海に「結婚指輪」を投じた、とされている故事と賢治の詩句は重なるからである。

marsh gas →沼気《しょうき》

Mateno.【レ】 朝。「エスペラント詩稿*」中の題名の一。本文は Arĝenta matenonuboj／kovras／maldefinita torfkampon. 歌［三四〇］の「しろがねの夜あけの雲は／なみよりも／なほたよりなき野を被《おお》ひけり」の試訳。宮本正男の指摘（旧校本全集「校異」）のように、他のエスペラント詩稿同様に誤りがある。形容詞 Arĝenta は、修飾している名詞 matenonuboj が複数形なので、一致させて Argentaj とするのが正しい。また maldefinita は、maldifinitan を英語の definite などと混同し、対格の n（エスペラントの基本文法や品詞については→Printempo.）を忘れた結果であろう。どれも賢治のよくやるミスである。以上をふまえて英語と日本語に直訳し直すと、「Silver dawn clouds／cover／the undulating turfy field.」（夜明けの白銀の雲は、不安定な泥炭野を被う）となる。maten-o-nubo-j の成り立ちは、順に「朝」の語根、子音の衝突を避ける母音 o、「雲」、複数の接尾辞 j である。同様に maldifinita-n は、「正反対」の意の接頭辞、形容詞「安定した」、対格の n、の三部分から成り、「不安定な」の意。この語は下書きでは「波の野原」の意の ondokampon（組み立てては ond-o-kampon）だったが、これでは意味があいまいで通らないため、torfkampon と変更したのであろう。

Max Bruch【人】 ドイツの作曲家。マックス・ブルッフ（一八三八〜一九二〇）。スコットランド、ウェールズ、ドイツの民謡の影の濃い、交響曲、室内楽、合唱曲、オラトリオなど、ロマンチックな旋律を持つ曲を多く作った。詩［氷質の冗談］下書稿上部余白のメモに「Max Bruch」とある。また、同箇所に併記されている「Kol Nidrei／Hbrew Melody」（Hbrew は Hebrew の誤記）は、このブルッフによる「チェロと管弦楽のための変奏曲 Kol Nidrei〈Hebräische Melodie〉（コル・ニドライ〈ヘブライの旋律〉）」のこと。ヘブライの古い聖歌「コル・ニドライ」（「神の日」の意）のオリジナルの旋律をもとに編曲した幻想曲。

mental sketch modified →心象《しんしょう》スケッチ《すけっち》

Mental Sketch revived →心象《しんしょう》スケッチ《すけっち*》

〔Mi estis staranta nudapiede,〕【レ】 「エスペラント詩稿*」中の一。無題なので第一行を全集では題としている。つづいて第二、第三行は、／En oktobra tomato farmo／Kio nuboj faliĝanta. となっている。歌［四〇四］の「はだしにて／雲落ちきたる十月の／トマトばたけに立ちてありけり」に対応する試訳。文法的に大きな誤りがあるため、試みに歌の英語直訳を示せば、「I was standing barefoot,／in an October tomato field／where clouds were falling.」となる。Mi は「私」、est-is は be 動詞相当の動詞の語根に過去を示す接尾辞が付き、「〜だった」の意。star-anta は「立つ」の意の動詞語根に現在分詞の形容詞的用法を示す接尾辞 -anta が付いたもの。ここでは estis と共に用いられて過去進行形を意味する。nuda-pied-e は、「裸の」の意の形容詞に、「足」の意の名詞 piedo の語根と、副詞化の接尾辞 e が付いたもので「裸足で」の意。賢治は、英語の farm（畑）を意図して farmo としたのであろうが、これはエスペラント語では、「小作、（農地の）賃借り」という別の意味になるため、宮本正男の訂正（旧校本全集「校異」）のように kampo（畑）の方がよい。また、賢治は「雲が落ちて来つつあるところの（トマト畑*）」の意の関係詞節を意図して「Kio nuboj faliĝanta」としたようだが、これでは意味が通らない。まず、faliĝantaのように、「落ちる」意の自動詞の語根falと接尾辞iĝが共存しているのはおかしい。iĝの機能は他動詞の自動詞化であり、この場合は不必要だからfaiantaとでもすべきである。かりにこのように訂正したとしても、antaは、現在分詞の形容詞的用法を示すから、英語の「which clouds falling」のように、動詞が欠落していることになる。さらに、kioは事柄全般を表わす関係代名詞だから、「トマト畑」という場所を受けるには不適切である。代わりに、英語のwhere(in which)に相当する関係副詞kieを用い、「kie nuboj estis falanta」と過去進行形にでもするべきである。なお、賢治がiĝを用いたのは、自動詞を他動詞化するiĝと書き誤ったためである可能性もある。だとすると、賢治は「落ちる」を「～の上に落ちる」と他動詞化することを意図したと考えられるが、faliĝには「～を落とす」という意しかなく、「雲が落とすところの（トマト畑）」になってしまうため、どちらにしても意味をなさない。誤りの多いエスペラント詩稿の中でも、特にこれは文法的に未熟だが、反面、賢治がエスペラント語の様々な語彙や造語法、文法を自力で駆使しようと挑戦した足跡がうかがえるものである。

Misanthropy →嫌人症《ミザンスロピー》

Miss Gifford【人】 エラ・メイ・ギフォー(Ella May Gifford)。*タッピング夫妻の開設した盛岡幼稚園の園長。ノート［文語詩篇］に登場。「雨中 Gifford を訪ふ」ともある。

Miss Robin →アカシヤづくり

Morris "Art is man's expression of his joy in labour" →Wim. Morris

muscovite【鉱】 マスコバイト。白雲母のこと。絶縁体に用いる。詩［*小岩井農場　パート四］に「（もつともそれなら暖炉《だんろ》もまつ赤《か》だらうし／muscoviteも少しそつぽに灼《や》けるだらうし／おれたちには見られないぜい沢《たく》だ）」とある。「そつぽに灼ける」のそっぽは「外方《そっぽう》」の約で、外側の方へ熱で灼けるだろう、の意。白雲母は耐熱性のある絶縁材料として用いられる。耐熱性のある透明材料として、ストーブののぞき窓にはめるなどの使い方もされるので、この場合の暖炉もそれだろう。（→口絵㉟）

N

Nature氏【人】【レ】 ネイチャー(英)氏。ナチュール(仏)氏。英語では頭文字を大文字にすると、自然の意が「造物主」の意になる場合が多い。詩［*樺太鉄道］に「すべて*天上技師Nature氏の／ごく斬新な設計だ」とあるのは「造物主様」に近いが、ユーモラスに少し気どって、大自然を設計した「天なる技師、ミスター、ネイチャー」と言ったところか。→ナチラナトラのひいさま

Nearer my God【音】 ニアラー・マイ・ゴッド(英)。一九〇三年版讃美歌二四九番で、一九三一年版*讃美歌三〇六番(現三二〇番)、邦訳題名「主よみもとに近づかん」。タイタニック号沈没の際、残された乗客たちが歌ったと言われる曲。詩［〔今日もまたしやうがないな〕］に「いったい霧の中からは／こっちが見えるわけなのか／さよならなんていはれると／まるでわれわれ職員が／タイタニック

の甲板で／Nearer my God か何かうたふ／悲壮な船客まがひである」とある。童［銀河鉄道の夜］で聞こえてくる讃美歌の合唱もこの曲が想定されているとみてよい。

"Nein, mein Jüngling, sage noch einmal, was für ein Gesicht du machst!" →Was für ein Gesicht du hast!

nickel →ニッケル

Nymph, Nymbus, Nymphaea, 【レ】【文】 ニンフ、ニムブス(正しくはニンバス Nimbus)、ニムフィーア(英)。後光(→ハロウ)、ギリシア神話の「妖精」、ニンフの神殿(nymphaeum)の複数形。詩［〔エレキや鳥がばしゃばしゃ翔《と》べば〕］での杉林の間で杉にふさわしい神秘的な三語類音の効果を発揮している。

O

O, du, eiliger／Geselle,／Eile doch／O, du nicht／von／der／eilig Stelle 【レ】 オー、ヅウ、アイリーガー、ゲゼルレ、アイレ、ドツホ、(オー、ドゥ)、ニヒト、フオン、デヤ、(アイリグ)、ステルレ　この片かなの読みは、賢治自身が詩［青森挽歌］中の「お、おまへ　せ《(ママ)》わしいみちづれよ／どうかここから急いで去らないでくれ」の詩句にルビとして入れているとおりのもの。ただし、( )をつけた二か所は入れていないので、ここで補った。そして「《尋常一年生　ドイツの尋常一年生》」という詩句がつづく。この詩句を思い出したか、晩年の帳［兄妹像］に、こんどはドイツ語で復活させている(同手帳の表紙見返し1・2)。文庫版全集のもとになっている新修全集の註によれば、この［青森挽歌］中の二行は作者未詳の Des Wassers Rundreise(水の旅)からのもの。

Oenothera lamarkeana →エノテラマーキアナ

Oh, my reverence!／Sacred St. Window! 【レ】 オー、マイレバランス！／セイクリッド　セント　ウィンドウ！(英)　おお、私の尊師！／聖なる聖《セント》ウィンドウよ！　ス［補遺］の詩［〔聖なる窓〕］に登場する窓の擬人法。

Oh, that horrible pink dots! 【レ】 オー、ザット　ホリブル　ピンク　ドッツ(英)。詩［〔南のはてが〕］の下書稿「アルモン黒《ブラック》」に「劫初《こうしょ》(→劫《こう》)の風がまた来れば　一瞬白い月あかり／(待て、おまへは「アルモン黒」だな)／Oh, that horrible pink dots!／Oh, that horrible pink dots!」と繰り返される。horrible は、すさまじい、ひどい、の意。文全体の意味は、「ああ、あのすさまじい桃色の斑点よ」。同詩で直後に「乱れた鉛の雲の間に／ひどく荒《すさ》んだ月の死骸があらはれる」とあることから、白光りする月面の斑点をグロテスクに表現したのであろう。

Oh, what a beautiful specimen of that! 【レ】 オー　ホワットア　ビューティフル　スペシメン　オヴ　ザット！(英)。あら、なんてきれいな標本でしょう！　詩［〔あかるいひるま〕］の「おれ」と「青い眼のむすめ」との会話。→Look there, a ball of mistletoe!

opal →蛋白石《たんぱくせき》

(Ora Orade Shitori egumo) 【方】【レ】 ローマ字文。賢治自注(『春と修羅』)によれば「あたしはあたしでひとりいきます」の意。

Shitori は「ひとり」の訛り。egumo は「行くもん《の》」の方言。詩［永訣の朝］に、このトシ（→宮沢トシ）の言葉がローマ字綴りになっていることについて、芹沢俊介《しゅんすけ》は「どのような日本文字にすることもできなかった」賢治の内的動揺を示している（「無声慟哭」ノート、「磁場」宮沢賢治特集号、一九七五）と言うが、逆に、悲痛の底にいて、なお流露する卓抜な詩的技巧の冴えを思わずにはいられない、とも言えよう。そのことに関連するが、この詩で四回出てくる「*（あめゆじゆとてちてけんじや）」も賢治は当初ローマ字表記を試みたが、わかりにくくなるのを恐れてか、かな書きにしたと言われている。この一行、Ora Orade…ばかりは、かな書きにしたのでは、表現効果は半減するようにも思われる。

oryza sativa →稲《いね》

Oscar Wilde【人】 オスカー・ワイルド（一八五四～一九〇〇）。イギリスの詩人、小説家、劇作家。一九世紀末の代表的な唯美主義者で、芸術至上主義を唱え、日本では谷崎潤一郎等の文学に大きな影響を与えた。『ドリアン＝グレイの画像』（一八九一）、悲劇『サロメ』（一八九三）等が世界的に有名だが、童話『幸福な王子』（一八八八）も翻訳されており、賢治も読んでいたと思われる。芸［興］に「Oscar Wilde 生活とは稀有《けう》なることである　多くはただ生存があるばかりである」とある。ワイルドのどこからの引用か、また*国民高等学校でどのように講義されたかも未詳だが、異例の話題であったかと思われる。なお賢治のメモにはないが、受講生伊藤忠一《ちゅういち》のノート（新校本全集十六巻上「補遺・資料」）にはイギリスの詩人「イェーツ」も講義されたことが明らかである。イェィツの話題は直接の影響もあっただけにワイルドにくらべて賢治には少しも奇異ではなかったと思われる。→アリイルスチュアール

P

paraffine →パラフィン

pass →パス

Peasant Girls【レ】 ペザント・ガール（英）。いなか娘。Peasant は、小作農、貧乏な農民、の意。詩［*装景手記］の下書稿に「Peasant Girls／*グランド電柱にとまる小鳥のごとく／来りて座席につきにけり――」とある。

phase【科】 フェイズ（英）。相《そう》。変化、*現象の一位相。一般に物の外形を言うが、内部で、物理化学的に、全く同一性質を示すとき、これを「同じ相」にある、と言ったりする。詩［林中乱思］で、「こんなに赤のあらゆる phase を示し」とあるのは炎の色が、つまり色相があらゆる赤系の色彩を示しているさま。→二相系《にそうけい》

Printempo.【レ】 春。「*エスペラント詩稿」中の題名の一。本文は Mi poŝtos mia ĉevalon／prenonte／neĝoradiata yuna herbon. 歌［二九三］の「雪山の反射のなかに／嫩草《(わかくさ)》を／しごききたりて*馬に喰《(は)》ましむ」に対応する試訳だが、誤りが多い。これを原歌になるべく忠実に文法上改めるには、「旧校本全集」校異にあるように「Mi paŝtos mian ĉevalon,／prenonte,／neĝoradiantan junan herbon.」（「校本」の neĝradiantan は、誤りではないが、合

成語の継ぎ目で子音が重なる時は、通常 o などの母音をはさむ）とでもしなければならない。paŝtos は、動詞の語根（不定法は paŝti）に未来形を表わす接尾辞が付いたもの。同様に prenonte は、動詞の語根に分詞（未然）の副詞的用法「〜しようとして」を表す接尾辞が付いたもの。但し、旧校本全集「校異」の宮本正男の訂正案のように、それぞれ paŝtas、prenante と現在形にした方が、原歌の意味に近く、エスペラント文としても自然である。エスペラント語では、動詞の不定法が i、名詞が o、形容詞が a、副詞が e で終わるという決まりがあり、paŝt のような不変の部分を語根という。「私の馬」の原形は mia ĉevlo だが（→Ceballo）、このように名詞が動詞の目的語（この場合は「〜に牧草を食わせるところだ」の意の paŝtos の目的語）になっている場合、形容詞（mia）とも語尾に「n」（対格の n という）が必要。賢治は、ĉevalon、herbon 等、名詞にはこれを付したが、形容詞 mian、neĝradiantan、junan には付け忘れたのであろう。合成語 neĝradiantan の成り立ちは、neĝradi が「雪」および「光線」の語根、ant-a-n が順に現在分詞（「〜しつつある」の意）、形容詞、対格の接尾辞で、「雪で反射している（若草）」の意。合成語は、基本的には語根と接頭（尾）辞の組み合わせである。下書稿の montonego は、mont-o-neg-o（山―子音の衝突を避ける母音 o―雪―名詞の o）で、「山雪」の意。また、juna（若い）の発音が「ユーナ」（傍線強勢）であること、スペルの誤り方がこの発音のローマ字書き「yuna」になっていることから、賢治は、少なくともこの単語に関しては発音の方で親しんでいたことがうかがわれる。第一試訳では音節毎にアクセントの強弱が記号書きされており、エスペラント詩としての韻律を試みた形跡がうかがえる。

Projekt kaj Malesteco.【レ】 「*エスペラント詩稿」中の題名の一。英語ふうに直訳すれば「プロゼクトとノン・プロゼクト」（計画と無計画）の意。後述する宮本正男訳では「企てと無」。意訳すれば「存在と非在」と言った意味にもなろうかと思う。旧新校本全集「校異」によれば「本作品も、賢治自作の詩（おそらく口語詩）のエスペラント訳とみられるが、現存する口語詩稿には対応する作品が見出せない」エスペラント詩稿中唯一のものである。本文は「…Knaboj ordeme vestiĝe,／Kaj rigardas arogante… ／La suno jam eniris en stratokurasoj,／Blanke ekbriliĝas la riveroglacio.／…Lau mia arko,／Frostas vidovojo…」。題名を「企てと無」とする宮本正男の和訳（一九六七年版筑摩全集第一二巻「後記」、新校本全集第六巻「校異編」）によれば、「……身なり正しいこどもたちが／ごう慢にながめている……／太陽は入道雲の中にかくれ／川の氷は白く光りはじめた／……ぼくの弓により／視線は凍っている……」となる。一行目の Knaboj は「少年たち」、ordeme は「きちんと」の意の副詞。賢治は動詞「着る」の語根を副詞化して「着た状態で」の意にしようと vestiĝe としたらしいが、正しくは形容詞の副詞化である vestite とするべきであろう。二行目の rigardas は動詞「見つめる」の現在形。これは Knaboj の述語なので、宮本の指摘のように直前の Kaj（英語の and）は不要である。arogante は「傲慢に」の意の副詞。三行目の La suno は「太陽（→お日さま）」、jam は副詞「既に」、en-ir-is は、順に「〜の中へ」の意の接頭辞、動詞「行く」の語根、過去形の接尾辞 is で、「入った」の意。また、賢治は恐らく「入道雲」を意図して stratuso（*層雲）の不完全な語根に、動詞「動く」の語根 kur を組み合わせ、strat-o-kur-as-oj としているが、宮本も指摘するように stratuskumuluso が普通であろう。stratus は「*層積雲」の語根、kumuluso も「入道雲」の意である。四行目の Blanke ekbriliĝas la riveroglacio. は、前行からの続きで主語は La suno で、river-o-glacio は「川」の語根、子音の衝突を避ける o と「氷」の組み合わせで「川の氷」の意。ek-bril-iĝ-as は、順に動作の開始を示す接頭辞、自動詞「輝く」だが、次の iĝ は他動詞を自動詞化する接尾辞なので不要だから、ek-bril-as が正しい。as は現在形の接尾辞で、「輝き始める」意。Blanke は、「白」の副詞形で「白く」。この語が先頭に出て強調されている。五行目の Lau は「〜によると」の意の前置詞。arko は「弓」、「*弧(アーク)」。賢治が*薄明穹、*穹窿、*天末線などの語を好んで使っていることや、一面の凍てついた視界が描かれていることを考えると、主体である自分の視野の弓(弧)の意であろう。最終行の Frostas vidovojo も倒置で、「視界が凍る」の意。vid-o-vojo は、動詞「見る」の語根に「道」の意の名詞が付いているので、視線による「視界」のことであろう。

Prrrr Pirr!【レ】 詩[*岩手軽便鉄道 七月(*ジャズ)]に出てくる軽妙奇抜な、ユーモラスなオノマトペ。片かなで表記すればプルルルルル ピルルとなろうか。軽便鉄道の列車がレールを走る擬音なのだが、そのまま詩中にある「鬱血をもみさげ」「心肝をもみほごす」血行のオノマトペにもなっている。

Q

quick gold【鉱】【レ】 クイック・ゴールド。流金《クイックゴールド》とも。賢治の造語で夕陽のたとえ。詩[亜細亜学者の散策]に、夕日に照らされた*麦を「今日世上一般の／暗い黄いろなものでなく」(と暗に金銭的なイメージを否定し)、それは*竜樹菩薩の大論《だいろん》から「わづかに暗示され」てそう言うのだとし、「むしろ quick gold ともなすべき」とあるが、詩中で水銀(↓汞《こう》)とも比較されているところから、水銀の英語 quick silver から連想した造語であろう(あるいは「古金」の英語 old gold からの連想も働いたかもしれない)。quick silver は生きている銀の意(living silver とも言う)だから「生きている金」の意も込めたのであろう。なお、詩[亜細亜学者の散策]の発展形[葱嶺《パミール》先生の散歩](↓ツェラ高原)では、さきの引用部分が「むしろ 流金《クイックゴールド》 ともなすべき」となっている。そして、この詩では麦ではなく夕陽そのものの色を「*古金」と言えば「世上交易の／暗い黄いろな」「卑しい黄金《キン》」のイメージだと非難されるだろうか、それなら私は、もっとけだかい「すなはちその徳いまだに高く／その相ははなはだ旺(さか)ん」なものとして、夕陽を「流金《クイックゴールド》」と呼びたいのだと言っている。この「流金」の語に、賢治は荘厳な仏の姿を見ていることになる。↓古金《こきん》

R

rake →レーキ

Rap《ラプ》 Nor《ノール》(湖) らぷのーる(こ) 【地】 正しくはロプ・ノール Lop Nor(羅布諾爾)。賢治は正しく書いているのに、発表誌(校友会雑誌)のミスであろう。現在は中国の新疆ウイグル自治区、*タクラマカン砂漠の東側タリム盆地にある湖のこと。俗に「さまよえる湖」と呼ばれ、流入するタリム川の河筋と水量の変化によって、位置、形状が変化する。三世紀ごろまでは、敦煌《とんこう》からの商路が湖北と湖南に分かれ、シルクロード(→天山北路)として有名な*西域北道、西域南道となり、湖北の楼蘭《ろうらん》などの町が国際市場として栄えた。詩[*奏鳴四一九]に「*硼砂《ほうさ》の嵐 Rap《ラプ》 Nor《ノール》(湖《こ》)の*幻燈《げんたう》でございます／まばゆい*流沙《るさ》の*蜃気楼《しんきろう》でございます」とある。→セヴンヘヂン

RESTAURANT WILDCAT HOUSE【レ】 レストラン・ワイルドキャット・ハウス。「西洋料理店、山猫軒」。童[注文の多い料理店]の、またの名。→猫《ねこ》

rice marsh → 稲沼《ライスマーシュ》

Rocky mountain locust →蝗《いなご》

Rondo Capriccioso【音】 ロンド・カプリッチョーソ(伊)。ロンドは主題が挿入部をはさんで繰り返される器楽曲の形式。カプリッチョーソとは、気まぐれに、幻想的に、の意味。賢治がどの曲を頭においていたかはわからないが、おそらくメンデルスゾーン(F. Mendelssohn 一八〇九～一八四七)のよく知られた同名のピアノ用の曲であろう。当時の一九二三年ビクターカタログを見ると一枚ある。レコード番号３５２６５。表面が Rondo Capriccioso(Mendelssohn)で、裏面は Aïda(アイーダ)の Grand March(グランド・マーチ、G. Verdi ヴェルディ 一八一三～一九〇一)である。演奏は Vessella's Italian Band(ヴェッセルのイタリア楽団《バンド》)となっている。もう一曲、サン・サーンス(Saint-Saëns 一八三五～一九二一)のこれも著名な「序奏とロンドカプリッチョーソ(Rondo Capriccioso and Introduction)」も考えられる。これもカタログに一曲、名手エルマンのヴァイオリン演奏の盤が載っている。番号７４１６５。詩[*小岩井農場 パート三]に「居る居る鳥がいつぱいにゐる／なんといふ数だ 鳴く鳴く鳴く／Rondo Capriccioso／ぎゆつくぎゆつくぎゆつくぎゆつくぎゆつく」とある。

S

S博士《えすはかせ》 【人】 佐藤隆房《たかふさ》医学博士(一八九〇～一九八一)の略。私立花巻共立病院(現総合花巻病院)の院長で、宮沢家の主治医であり、賢治の父*宮沢政次郎と懇意であった。詩篇群「疾中」の中の詩[眼にて云ふ]の下書稿「S博士に」がある。詩中の「あなたの病院の／*花壇を二年いじ(ママ)った」とあるのは、賢治が設計工作した同病院の

花壇のこと。さらに同じ「疾中」の中の文語詩[S博士に]にも「博士よきみの声顫ひ」と登場する。こちらは佐藤隆房でなく、同病院内科医長だった佐藤長松《ながまつ》博士（やはり賢治の主治医だった）を指す、とする小沢俊郎の説もあったが、当時の医師名簿（永久保存）によれば佐藤長松は一九三一（昭和六）年一〇月に同病院を退職しており、詩の成立時から考えて当時の院長佐藤隆房であることを、元院長佐藤進（隆房の息子）が証言している（宮沢賢治学会イーハトーブセンター「事務局だより」第35号）。佐藤隆房は後に『宮沢賢治』（一九四二、冨山房）を刊行し、賢治の生涯を伝える最初の紹介者となった。また、戦後、花巻での高村光太郎の生活を伝えた『高村光太郎山居七年』（一九六三、筑摩書房）の著もある。

佐藤隆房

Sakkya の雪【レ】 さっくやのゆき。意味不明。詩[事件]に「Sakkya の雪が 澱《よど》んでひかり」とある。

Sanjiro-ă no, Sugi no Adari de,／Inu midya-ni／nagi-jyakute-rana Fuguro／da-be-ga-na?【方】 簡[164]にある方言のローマ字表記文。この保阪嘉内宛書簡中で賢治自身が「三次郎の邸の杉のあたりで犬のやうに泣きじゃくってゐるのはふくろかな？ といふことです」と説明している。ăは「方言のアとエの中間音を表記する試み」（文庫版全集、9巻「解説」）と見られ、「イエ（邸）」のなまり、Adariも「あたり」の方言。midyaは「みでぁ」で「…みたい」、nagi-jyakute-rana（泣きじゃくてらな）の「らな」は「いるのは」のつまったもの、Fuguro「ふぐろ」は「ふくろう」、da-be-ga-na「だべがな」は「…だろうか」。

Senrikolta Jaro.【レ】 凶作の年。凶歳。「エスペラント詩稿」中の題名の一。本文はSinjoro, la altplatajo estas pro malluma.／Kaj du glaciejoj ekaperis tie.／(Fine venis la malbona jaro.)／Ĉiaj cidroj ŝanĝiĝis en algegoj.／Birdoj poste birdoj falis kiel ŝtonetoj.／(Tio estas la Gogh en Ĥino.)／Nun tondras en la sesa cielo.／Kamparanoj jam kunvenis sur la flava monteto.／(Estu pleta mia vagonaro.)／Jes, certe, Sinjoro. 詩[測候所]の下書稿の第一形態[凶歳]に対応する試訳。旧新校本全集「校異」によれば、その[凶歳]の「消しゴムで消される前の形態を訳したものらしく思われる」として、つぎの田中貞美訳（角川書店版『昭和文学全集』第十四巻『宮沢賢治集』〈小倉豊文編〉所収）を引用している。「紳士よ、高原はとても暗くて／二つの凍地《とほち》が現はれました。／（たうとう凶年が来たな）／杉の木がみんな大きな海藻に変つてしまひ、／鳥はもう幾群も小石の様に落ちました。／（それは支那のゴッホだ）／いま雷が第六圏《けん》（→六分圏《セキスタント》）で鳴つて居ります。／百姓たちはもう黄色な丘に集りました。／（私たちの列車を用意しよう）／そ（ママ）うです、たしかに、紳士よ。」宮本正男の訂正案を参考にさせてもらいながら以下注を試みると、題名中のSen-rikoltaは、形容詞「悪い」の語根に形容詞「作物の」で、「凶作」の意。Jaroは名詞「年」。合わせて原題の「凶歳」の意となる。初行のalt-platajoは、正しくはalt-platajo、形容詞「高い」の語根と名詞「台地」で、「高原」の意。est-asは、英語のbeに相当する動詞の語根に現在形の接尾辞が付いたもの。proはtro（副詞「あまりにも」）のスペルミス。mal-lumaは、「正反対」の意の接頭辞と形容詞「明るい」で、「暗い」の意。二行目のKajは英語のandに当たり、du

は「2つの」。ek-aper-is は、動作の始まりや瞬間的動作を表わす接頭辞 ek に、動詞「現われる」の語根と過去形を示す接尾辞 is が付いて、「現われ始めた」の意。tie は、「あそこに」の意の副詞。三行目の括弧内は倒置文である。通常の語順は、La malbona jaro venis fine（英語では The bad year came finally）だが、「とうとう」の意の副詞 fine が先頭に出て強調され、主語と述語が入れ替わるという手法。mal-bona は、形容詞「悪い」の意。jaro（「年」）と合わせて題名の Sen-rikolta と同じ「凶歳」の意。四行目の Ĉiaj は「すべての種類の」の意の形容詞。ただし、原詩「凶歳」の「みんな」を擬人法的に読むなら、宮本案*の Ĉiuj（「どの人も」の意）の方が良い。また、cidroj は cedroj（「杉」）の誤り。ŝanĝ-iĝ-is は、「～を変える」意の他動詞 ŝanĝ に、自動詞化する働きの接尾辞 iĝ と、過去形の接尾辞 is が付き、「変わった」の意。alg-eg-oj の alg は、名詞「海草」の語根、eg は大きいことを示す接尾辞であり、「大きな海草」の意。前置詞 en は、ここでは「～の姿に」の意。なお、エスペラントでも英語と同様、前置詞は次に名詞の目的格（対格）をとるので、正しくは algegon。対格の n の欠落は賢治のよくやるミス。五行目の Birdoj は、名詞「鳥」の複数、poste は post（前置詞「～の後に」）の誤り。Birdoj poste birdoj は、post の前後に同じ名詞が来て「～が次々に」の意を表わす用法。名詞は単数形にするのが普通だが、ここでは複数形にすることで、一団となった群が次々に幾つも飛んでいく様を表わしたかったのであろう。fal-is は、動詞「落ちる」の過去形。kiel は、ここでは「～のように（な）」の意の前置詞で、「石のように落ちた」となる。六行目の Tio は英語の That（「あれ、それ」）に相当し、未発言の言葉も受ける。宮本の指摘のように Gogh の直前の la は不要。この場合、不定冠詞に直し、固有名詞 Gogh との組み合わせの用法で、「ゴッホのような人」の意にするべきであろう。また、場所の前置詞 en の次は、Ĥino（中国人）でなく、Ĥinujo（中国）とすべき（英語でなら That is a Gogh in China と言うように）。七行目の Nun は副詞で「今」、tondr-as は動詞「雷が鳴る」の現在形。sesa は数字 6 の形容詞、cielo は「天」で、「第六天*」の意。八行目の Kamp-ar-anoj は、直訳すると「畑のグループの構成員」の意で、農民や田舎の人のこと。jam は「既に」の意の副詞。kun-ven-is は、動詞「集まる」と「来る」の語根の組み合わせに過去形を示す is が付き、「集まってきた」の意。sur は前置詞で「～の上に」。九行目の Est-u は、英語の be に当たる動詞の命令形。pleta は形容詞「準備ができている」の preta のスペルミス。vagonaro は列車。この括弧中の詩句は倒置になっており、通常の順序では Mia vagonaro estu pleta. である。このように三人称を主語にする命令形は、「～を…させて下さい（させましょう）」の意になる。英語の Let our train be ready と同様で、「私たちの列車を準備状態にさせよう→準備しよう」となる。最終行は前掲の田中訳のとおり、英語で言えば「Yes, absolutely, gentleman.」で問題はない。

Ŝi ne estas belaner nin!／Li ne estas Glander* min!／Mi ne estas Slander min!【レ】 詩［高架線］に出てくるエスペラント。ただしエスペラントとしては不正確で誤りがあり、意味も不明。一行目の belaner、二行目の Glander、三行目の Slander は、いずれもエスペラントの語彙でなく、slander だけは英語で「中傷、悪口」の意。したがって全文の意味も不明。三つとも語尾を er にし、ことにGlander, Slanderと韻をそろえたのであろうが、意味としては不明である。筑摩旧全集月報(執筆者不明)に一行目を「彼女は私よりベラナーでない意のエスペラント、belanerはbelander(より美しい)の誤記か」とあり、二行目は「彼は私よりもグランダーでない(偉大でない)の意」、三行目は「私は私よりもスランダー(意味不明)ではない意」とした注があったが、この注もエスペラントに全く通じていない内容である。もし「彼女は私より美しくない!」の意なら「Si ne estas pli bela ol mi!」、二行目が「彼は私より偉大でない!」なら「Li ne estas pli granda ol mi!」でなければならない。三行目もSlanderを、もし賢治が英語のSlender(痩せている)のつもりで使ったと仮定して「私は私より痩せている!」の意で使ったとするなら、「Mi ne estas pli maldika ol mi!」でなければならない。結論的に言って、賢治の意欲と努力にもかかわらず、そのエスペラントの素養は貧しいものであった。意味よりも音韻上の効果を詩に生かそうとしたと、好意的に解するにもせよ、殊にこの詩「高架線」の場合は、いささかひどすぎる感は免れない。

singing line【レ】【文】 シンギング・ライン(英)。歌う(歌っている)線、の意。散文で書かれた「*浮世絵版画の話」中に「仮令《ママ》ば*歌麿の版画の曲線の海外でsinging lineと称せられる如くである」とある。推敲いちじるしいこの浮世絵版画論は、賢治の浮世絵傾倒の分析的理論の根幹を示すもの。ことに「版画」に対する一般的認識に啓蒙的修正を伴なう批判を簡潔に叙べた前文に次いで、第一に純潔、第二に諧律性、第三に神秘性、第四に工芸的美性、第五に「それがぜい沢品であるといふ感じのないこと」の五項を浮世絵版画の美の成立条件としてあげる内容は明快である。singing lineは第二の「版画には詩や音楽に於ける韻律の感じが高度に含有される」リズム感の実例としてあげられたもの。版画ばかりか賢治の詩をはじめとする文学実践の根幹にも通じる理論である。

sottise【レ】 ゾティーゼ(独)、ソティーズ(仏)。愚鈍、愚行、無作法。英語ではsottishにあたる。賢治はドイツ語のつもりで用いたと思われるが、このドイツ語はもともとフランス語から来たもの。詩「秋と負債」に「もうわたくしはあんなsottiseな灰いろのけだものを／二度おもひだす要もない」とある。これは*狼、あるいはケダモノのこと。そのケダモノが何をさすか、詩中の「負債」と関係があろう。なお、同詩は「*銅鑼」六号(一九二六〈大正一五〉年一月一日発行)に発表されたものだが、誌面ではsottigeとなっており、ルビもフッティーゲーなどと、でたらめな誤植になっている。

speisen【レ】 シュパイゼン(独)。食事する。詩「朝餐」に「白い小麦(→麦)のこの*パンケーキのおいしさよ／(中略)／こんなのをこそspeisenとし云ふべきだ」とある。「とし」のしは強意。

square【文】 スクェア(英)。方形。四角な広場。詩ノート「〔墓地をすっかりsquareにして〕」。野や畑を四角な墓地に開発して、の題意。

street girls【文】 ストリート・ガール(英)の複数形(→よだか)。街頭に立つ売春婦。詩「〔早《はや》ま暗いにぼうと鳴る〕」(不完全稿)に登場。

Sun-beam【レ】 サンビーム(英)。光線。短「山地の稜」(文庫版全集では稜に「りょう」のルビ。稜線のことだが「かど」と読むとわかりよい)の詩的描写に「立派だ。この雲のひかり Sun-beam がまさしく今日もそゝいでゐる」とある。「まさしく」は、たしかに、確実に。なお、次行に「雲は陽《ひ》を濾《こ》す、(中略)白秋にそんな調子がある」とある。北原白秋のどの詩をさすか、つまびらかではないが、白秋の詩の感覚的な印象を言ったのであろうか。賢治が白秋をよく読んでいたことの一例。→to-té-te-to…

sun-maid →レジン、乾葡萄《レジン》

Sven Hedin →セヴンヘヂン

T

tの自乗《てぃーのじじょう》 →傾角《けいかく》

Tearful eye →花壇《かだん》

terpentine《ターペンティン》 →テレピン油《ゆ》

Tertiary the younger Mud-stone《ターシャリ・ザ・ヤンガー・マッドストーン》【鉱】 ターシャリ ザ ヤンガー マッド-ストーン(英)。新第三紀の泥岩。*新第三紀は地質学の歴史区分(→凡例付表)の一で、新生代に属し古第三紀に続く時代。新第三紀はさらに中新世と鮮新世に分けられる。哺乳類の進化が目覚ましく、海底では有孔類《ゆうこう》(根足虫類の一)や斧足類《ふそく》(二枚貝類)が栄え、植物は被子植物の時代。地殻変動が激しく、アルプスやヒマラヤ山脈がほぼできあがった。曲[*イギリス海岸の歌]で繰り返されるのも、いかにもふさわしい。泥岩は泥が固まってできた堆積岩の一。*頁岩《けつがん》のように層をつくらない。

thread-bare【レ】 スレッドベア(英)。スレッドは糸、ベアはむき出しの、合わせて糸のほつれが見える、ぼろぼろの。詩[火薬と紙幣]に「私の着物もすつかり thread-bare」とある(ハイフン不要の threadbare でよい)。ちなみに賢治の家は質屋で古着屋も兼ねていた。ただし「古着」は英語では、ふつう old (used) clothes。

Tobakko ne estas animalo【文】【レ】 *エスペラント語。タバコ ネ エスタス アニマーロ。ただし Tobakko は Tabako の賢治の誤記。「タバコは動物ではありません」の意。童[一九三一年度極東*ビヂテリアン大会見聞録]でビジテリアン(菜食主義者)が「ビヂテリアンもたばこはノムデスカ」という質問に「ノムデス」と答えてから言うユーモラスなせりふ。

topaz →トッパース

to-té-te-to-té-to-to ti-ti-ti-ti-ti-ti【レ】 賢治の造語オノマトペ。*ホトトギスの鳴声。詩「〔鳴いてゐるのはほととぎす〕」のはじめのほうに…to-té-to-to にはじまり、ti-ti-ti をまじえて繰り返される。一九一三(大正二)年発行の北原白秋『東京景物詩及其他』所収の詩「物理学校裏」に、聞こえてくる琴の稽古の音を「Tín…Tín…Tín. n. n. n. n…tín/tite…tín. n. n. n…syn…/t…t…t…t…tote…tsn. n…syn. n. n. n. n…」といった表現がある。白秋をよく読んでいた賢治には少なからず、その影響が考えられる。→Sun-beam、ほととぎす

Trans-Himalaya →トランスヒマラヤ

turquois《タコイス》 →タキス

Type/a form/on off【レ】 タイプ ア フォーム オン オ

フ(英)　詩ノート[運転手]にある横書き三行の文字。オンとオフの(入力、速度、方向等の)スイッチ切り換え方式のタイプ、とでもいうのだろうか。下に「……洋電機株式会社」とあり、それを含めて*電車の運転機器の文字盤の文字。同詩中の「Up　一　二　五」「M——½　↑　三　三」(上はおそらく一↓二↓五、下は三↑三か)等も、同様文字盤の計器の記号と目盛り。Upはスピード・アップのことか。Mはおそらく Medium(ミディアム、中間)か Minimum(ミニマム、最低速度)の略。数字は時速か。数値から推測するとMはミニマムであろうか。あたかも「ピアノを弾」いている「運転手」になって書かれている。

U

U字の梨《ゆうじのなし》【植】　枝をU字形に燭台風(*カンデラーブル)に仕立てた*梨の木。文語詩[著者]に「青き夕陽の寒天(↓アガーチナス)や、U字の梨のかなたより、／革の手袋はづしつゝ、しづにをくびし歩みくる」とある。「しづに」は静かに。「をくび」は「おくび(噯)」で「げっぷ」。

ultra youthfulness【レ】　ウルトラ　ユースフルネス(英)。超青春性。極めつきの若々しさ。詩[*浮世絵展覧会印象]の絵の印象。

Ur-Iwate【地】【レ】　Urはドイツ語で、始、原《げん》、源の意にあてる接頭辞。つまり、*原岩手山の意。詩[*国立公園候補地に関する意見]に、「ぜんたい*鞍掛山はです／Ur-Iwate とも申すべく／*大地獄よりまだ前の／大きな火口のへりですからな」とある。

V

vague《バーグ》【レ】　ぼんやりした。あいまいな。英語発音はヴェイグ。賢治はバーグとルビをふっているが、ドイツ語のヴァーク(vag)のつもりだったか。フランス語では(見出しのスペルで)ヴアグ。詩[*白い鳥]に「夜どほしあるいてきたための／vague《バーグ》な銀の錯覚…」とある。

Van't Hoff【人】　J・H・ファント・ホフ(一八五二〜一九一一)。オランダの化学者・物理学者。化学平衡の熱力学、溶液の浸透圧発見の業績で有名。一八七〇〜一八八〇年代の物理化学の古典的基礎を築いた。一九〇一年、第一回ノーベル化学賞を受けた。詩[*樺太鉄道]に「Van't Hoff の雲の白髪の崇高さ／崖にならぶものは*聖白樺《セントベチュラアルバ》」とある。写真で見たか、ファント・ホフの美しい白髪を想像し、それが純白の雲のイメージを誘い、さらに*白樺のイメージへと転位する美しい二行。↓聖白樺《セントベチュラアルバ》

varma【レ】　ヴァルマ。*エスペラントで「暖」の意。帳[断片]に三日続けてこの記述があり、次頁にはやはりエスペラントで klara m[v]arma とある。klara(クラーラ)は「晴」、m[v]arma は表記の意図が不明だが、おそらく mezvarma(やや暖)のつもりで

(スペルを忘れたか)あったのだろう。同ページの venta kaj klara varma は「風と(kaj は英語の and にあたる)晴、暖」の意。

Vespero.【レ】 夕《ゆうべ》。「*エスペラント詩稿」中の題名の一。本文は Stratusoj dependiĝas sur la montoj,／Millioj flustras en sekreta kastorueno. 歌[二一一]異稿の「山々に雲きれか丶りくらがりのしろあとに*粟さんざめきたり」に対応する試訳。宮本正男の指摘(旧校本全集「校異」)どおり、Millioj は Milioj の、kastorueno は kasteloruino のスペルミスであろう。以上をふまえて英語に直訳してみると、「Strati(Stratus の複数形→層雲)rest on the mountains, corn whispers in the secret castle ruins.」となる。Stratusoj は、気象学用語「*層雲」の複数形、depend-iĝ-as は、「依存する、たよる」意の他動詞の語根に、他動詞を自動詞に変える機能をもつ接尾辞 ig と、現在形を示す接尾辞 -as が付き、「(雲が)かかる」の意。同様に flustr-as も動詞の語根と -as で、「ささやく」の意。Milioj は、「粟」の複数形。kastel-o-ruino の成り立ちは、順に「城」の語根、子音の衝突を避ける母音、名詞「跡」である。異稿では Stratusoj の前に、Nuboj(雲の複数)、Arĝenta(白銀の)などの語が検討されている。

W

Wagner《ワグネル》 →ワグネルの歌劇物《わぐねるのかげきもの》

Warum Komme mir was der／ieser Zeit【レ】 ヴァルム、コム、ミール、ヴァス、ディーザー、ツァイト。帳[兄妹像]の七五・七六頁の鉛筆書きの意味不明のドイツ語。右頁に Wa／War／War(最初の Wa は書き損じと見て War／War〈昔、昔〉のつもりだったか?)があり、左頁が項目名で、下にはまた、Warum／ist／Komme／Mir(ヴァルム、イスト、コム、ミール。なぜ、わたしのところへくるのですか、のつもりか?)が、下から上に向かって書かれている。作品ではないから、文法的な誤り等の指摘は省くが、真意不明である。

Was für ein Gesicht du hast!【レ】 ヴァス フューァ アイン ゲズィヒト ドゥ ハスト(独)。この作品の会話の調子で言うと「きさまは何て容貌《かお》をしてるんだ」。短[*電車]に、この後に続けて「(何だと。"Nein, mein Jüngling, sage noch einmal, was für ein Gesicht du machst!"／そっちの方で判るかい。おまへのやうな人道主義者は斯う云ふもんだ。hast では落第だよ。)」とある。

wavellite【鉱】 ウェイヴァライト。銀星石《ぎんせいせき》。燐酸塩鉱物の一種。硬度三・五～四。*ガラス状の光沢をもち、岩石の割れ目に針状の結晶が放射状に集合する。緑色や白色の半透明のものが多い。詩[山の*晨明《しんめい》に関する*童話風の構想]に「wavellite の牛酪でも」とある。この詩では自然の*現象や風物がすべておいしそうな飲みものや*菓子になるが、この wavellite(銀星石)は牛酪(ぎゅうらく、*バター)に変化している。岩に放射状にびっしり張りついた無色の結晶の状態が、パンに塗ったバターを連想させたのだろう。

Weber【人】 「魔弾の射手」(→自由射手《フライシュッツ》)で知られるドイツの作曲家、ウェーバーのこと(ドイツ語よみではヴェーバー、Carl

Maria von Weber（一七八六〜一八二六）。文語詩［火の島］の題の下にサブタイトルふうに「（Weber 海の少女の譜）」とある。下書稿㈤「火の島の歌」には「（Weber, Song of the marine girls）」と、同文を英語で入れている。この文語詩は楽譜もあって、歌曲として作られ、賢治自身も教え子たちの前で歌った詩であることが、新校本全集第六巻の「校異」篇に紹介されている。

Well →Hurruah

"We say also heavens,／but of various stage."／"Then what are they?" →Look there, a ball of mistletoe!

white hot →hale glow と white hot

Wim. Morris【人】 ウィリアム・モリス（William Morris 一八三四〜一八九六） 賢治の思想に強い影響を与えたイギリスの詩人・哲学者。工芸美術家でもあり社会主義者でもあった。資本制と機械工業からの解放による調和ということが彼の*社会主義の基盤であった。商業主義と大量生産の工業の俗悪さから人間を救い出し、芸術を労働の喜びの表現としてとらえ（同じ芸［興］の別項でモリスの引用句がある。Morris "Art is man's expression of his joy in labour." 芸術は人間の労働における喜びの表現である）、みずからも美術工芸の分野でそれを実践、美術工芸協会の会長に選ばれたりした。欧米の芸術運動にも大きな影響を与えた。叙事詩『地上楽園』（一八六八〜一八七〇）や、彼の思想を盛り込んだ小説『ユートピア便り』（一八九〇）等が主著。賢治が英語でそれらを読んだか、訳が出ていたのか未詳だが、大正期の評論に紹介や言及はされていたから、賢治の*イーハトーブ思想や農民芸術観への影響関係はこれからの課題。芸［興］に「Wim. Morris 労働はそれ自身に於て善なりとの信条 苦楽 *苦行外道《くぎょうげどう》 *狐 *トルストイ」とある。狐とは「狐にだまされるように、まちがった考えにだまされてはいけない」と言いたかったのであろう。そしてトルストイにこそ学べ、と言いたかったのであろう。→農民芸術《のうみんげいじゅつ》、トルストイ

モリス

Wind Gap【鉱】 ウインドギャップ（英）。地理学で「風隙《ふうげき》」のこと。エアギャップ（air gap）、ウインド・ヴァリー（wind valley 風谷《ふうこく》）とも。川の流れが変わったために、もとの谷底にあたる部分がV字形の鞍部となって残っているところ。あるいは風の*通り道になっているところ。詩［若き耕地課*技手《ぎて》のIrisに対するレシタティヴ］（→イリス）に「このうつくしいWind Gap」とある。

wink【レ】 ウィンク（英）。詩［暁穹への嫉妬］（→穹窿《きゅうりゅう》）中の「合図」のルビ。

wood land【レ】 ウッドランド（英）。森林地。森林地帯。詩［*装景手記］に「*ならや*栗のwood landに点在する」とある。通常、英語では一語でwoodlandと書く。

Z

Zigzag steerer, desert cheerer.【レ】 ジグザグ スティアラー、デザート チアラー（英）。英語として正しくない使い方だが

【ZWAR】

「ジグザグな舵《かじ》取り、寂《さび》しい応援者」というほどの意味であろう。詩ノート〔「わたくしの汲みあげるバケツが」〕で、バケツの中で溺れそうにしていた（私はそれを助けようとする）春の蛾*の飛び立つ様子で、前者（舵取り）は詩中の「蛾」、後者（応援者）は蛾を助けようとした「わたくし」。

Zwar【レ】 ツヴァール（独）。ドイツ語の副詞。「なるほど…だが」の意味。詩［山火］（初行「風がきれぎれ遠い列車のどよみを載せて」）に「……その青黒い混淆林*のてっぺんで／鳥が〝Zwar〟と叫んでゐる……」とある。最初のZは小文字でよいのに賢治は大きくしている。「なッるほど」と強音のつもりであったろうか。それとも、ここではドイツ語を借りて、その意味よりも「ツヴァール」という音を鳥の鳴き声のオノマトペとして使っているのかもしれない。とすれば、賢治の奔放な言語感覚の好例の一となるだろう。

Zweite Liebe【レ】 ツヴァイテ・リーベ（独）。英語でならセカンド・ラヴ。二番目の恋。ノート［文語詩篇］に、小さく「Zweite Liebe」とあり、下に「果樹園」と二行書きになっている。→Erste Liebe

ZYPRESSEN →サイプレス

【宮沢賢治年譜】

凡　例

1. 本年譜は、宮沢賢治年譜、宮沢賢治作品、賢治に身近であったと思われる文学・思想・芸術の潮流、社会一般の動向(岩手県または花巻の動きも含む)によって構成される。
2. 第一段の宮沢賢治年譜は賢治の生涯を年ごとに記載する。その場合年までしか分からない場合は、その年の末に「この年」として示し、また月や季節までしか分からない場合は、その月末や該当の季節の箇所に示した。(→○○○)は関連作品を示す。
3. 第二段は、賢治の作品を記載する。
   1)作品分類は本文凡例に従った。
   2)作品原稿に年月日が記されているものは、それがメモ、制作、推敲、完成のいずれの段階にあるかを問わずその年月日の箇所に記載した。
   3)年または月が推定による場合は、その年末に「この年」、またはその月末に「○月頃」として記載した。
   4)◆印は生前発表された作品を示す。発表年月日によって記載し、(　)内に新聞、あるいは雑誌名を入れた。短歌については《　》中に歌群名、〈　〉中に歌名を示した。
4. 第三段は文学界・思想界・芸術界の動きを記載する。その場合、全集・単行本は『　』、雑誌・新聞等に掲載された作品及び論文は「　」で示した。また必要に応じて(　)内に掲載雑誌名及び新聞名を入れた。なお、旧字体を新字体に直したものが多い。
5. 第四段は社会一般の動きを記載する。
   1)■印は岩手県、あるいは花巻関係の事項を示す。
   2)その年の岩手県水稲収穫量を石単位とｔ単位で示し、それぞれ括弧内は反当たり収穫量と、10アール当たりの米の収穫量を記した。さらに、末尾に一升当たりの米価、また岩手県の陸羽一三二号の普及率を記した場合もある。
   △は前年に比べて収穫量が増えた場合、
   ▼は前年に比べて減った場合を表す。
   3)小作争議は全国で発生した数を示す。
6. ＊印は本辞典に立項されている項目であることを示す。なお、＊印は再出以降もすべて付した。
7. 地名・人名・書名等の固有名詞は難読の部分に適宜ふりがなを付した。
8. 本年譜の本文作成は、著者と山根道公、山根知子が、校正は著者、吉田文憲、高野睦があたった。

【参考文献】

『新校本宮沢賢治全集』(筑摩書房　1995～2009)
『校本宮沢賢治全集』(筑摩書房　1973～77)
『年譜宮沢賢治伝』(堀尾青史　中公文庫　1991)
『年表作家読本　宮沢賢治』(山内修編著　河出書房新社　1989)
『近代日本総合年表』(岩波書店第二版　1984)
『現代日本文学大年表』(明治書院　1970)
『日本近代文学大辞典』(講談社　全6巻　1977～78)
『鑑賞日本現代文学13　宮沢賢治』(角川書店　1981)
『岩手県史第12巻　年表』(岩手県　1966)
『岩手近代百年史』(森嘉兵衛　熊谷印刷出版部　1974)
『岩手県稗貫郡勢要覧』(同郡役所　1913)
『岩手県農業史』(岩手県　1979)
『岩手県郷土史年表』(田中喜多美編　萬葉堂書店　1972)
『都道府県農業基礎統計』(農林統計協会　1983)
『新版岩手百科事典』(岩手放送　1988)
『図説　岩手県の歴史』(河出書房新社　1995)
「別冊国文学・宮沢賢治必携」(学燈社　1980)

宮沢賢治年譜

八月二七日　岩手県*稗貫《ひえぬき》郡里川口《さとかわぐち》村川口町三〇三番地(現花巻市豊沢町四丁目一一番地)に父宮沢*政次郎《まさじろう》、母イチの長男として出生(戸籍簿には八月一日出生となっている)。政次郎の弟治三郎《じさぶろう》が賢治と命名したという。家業は質・古着商で、祖父喜助《きすけ》が開いた。喜助がその父二代目宮沢右《ゆう》八《はち》から分家(かまどわけ)開業したので「宮右かまど」と呼ばれていた。

宮沢賢治作品

文学・思想・芸術

一月　森鷗外《おうがい》「めさまし草」創刊。

二月　若松賤子《しずこ》没、森田思軒《しけん》訳ヴェルヌ「冒険奇談、十五少年」。

四月　樋口一葉《ひぐちいちよう》「たけくらべ」。安部磯雄《あべいそお》「社会主義に対する難問」。

五月　大西祝《はじめ》「社会主義の必要」。

七月　与謝野鉄幹《てっかん》『東西南北』。東京美術学校で西洋画科を設置。「新声」創刊。

八月　小泉八雲、東大講師に迎えられる。

社会一般

■六月一五日　三陸大津波、県内死者・行方不明者二万一九五三名、流失・倒壊家屋一万七〇三戸。

■七月二一日　大雨、大洪水、*盛岡市浸水家屋九五〇戸、盛岡市の開運橋等落ちる。

■八月三一日　陸羽大地震(岩手・秋田県境)、岩手県では*稗貫郡・*西和賀《わが》郡に被害大。

	1896(明29)　0歳	1897(明30)　1歳
宮沢賢治年譜		
宮沢賢治作品		
文学・思想・芸術	九月　清沢満之《きよさわまんし》「個人と社会の関係」。 一〇月　巌谷《いわや》小波《さざなみ》『日本お伽《とぎ》噺《ばなし》』。「言文一致体と今の新体詩界」(「太陽」)。有島武郎《たけお》札幌農学校入学のため学習院高等学科一年中途退学。 一一月　二葉亭四迷《しめい》訳ツルゲーネフ『片恋』。樋口一葉没。	一月　尾崎紅葉《こうよう》「金色夜叉《こんじきやしゃ》」読売新聞連載開始。柳原極堂「ホトトギス」創刊。若松賤子訳バーネット『小公子』。「少年倶楽部」創刊。
社会一般	■九月六日　大雨、洪水、北上川*増水。 一一月一七日　エジソン*が発明したキネトスコープ(のぞき眼鏡式)を初めて輸入。神戸で上映。 この年、赤痢、腸チフス*流行、死者多数。 ▼四八五、三八九石(一・〇石)=七万二八〇〇t(一五一kg)(前年は一七四kg)	二月一五日　大阪南地演舞場で「自動写真」と称してキネマトグラフが映写され初興行。連日大入り満員。

1897（明30）　1歳

九月二九日　父政次郎の妹ヤス、岩田金次郎との婚姻届を出す。

三月　「所謂《いわゆる》社会小説」（「早稲田文学」）。上田萬年《かずとし》「新体詩に就いて」。「ジャパン・タイムス」創刊。
四月　徳冨蘆花《ろか》『トルストイ』。国木田《くにきだ》独歩《どっぽ》、田山花袋《かたい》ら『抒情詩』。
六月　大野洒竹《しゃちく》訳ゲーテ「悲劇ファウスト」（「国民之友」）。
七月　島村抱月《ほうげつ》「美辞学の本領」。福沢諭吉『福翁百話』。
八月　島崎藤村《とうそん》『若菜集』。
九月　高橋雄峯訳デフォー『ロビンソンクルーソー絶島漂流記』。

三月三日　足尾銅山鉱毒被害民上京請願。
四月二七日　帝国図書館開館。
六月二五日　最初の労働問題演説会（片山潜《せん》、佐久間貞一、島田三郎ら）開かれる。
八月一六日　天満《てんま》紡績女工一〇〇余名スト。
九月　全国的にウンカ大発生し稲作の被害甚大（推算減収高約六〇〇万石）。凶作のため米価急騰し、米騒動、小作争議各地に起こる。
■一〇月三〇日　稗貫郡里川口町を花巻川口町と改称。
■一〇月　花巻町に郡立農業試験場創設。
この年、赤痢、天然痘流行、死者多数。この頃より労働争議急激に増加（約一〇〇件）。この頃の男性の平均寿命は三〇歳。

1898（明31）　2歳

宮沢賢治年譜

四月一日　岩田金次郎・ヤス長男、豊蔵出生。

一一月五日　妹宮*沢トシ出生。

宮沢賢治作品

文学・思想・芸術

一二月　片山潜《せん》ら「労働世界」創刊。

この年、高山樗牛《ちょぎゅう》、日本主義を唱える。

一月　明治音楽会結成。

二月　正岡子規「歌よみに与《あた》ふる書」。

四月　横山源之助ら貧民研究会を結成。

五月　高山樗牛「ワルト・ホイットマン」。

六月　島崎藤村『一葉舟《ひとはぶね》』。森田文蔵訳『ユーゴー小品』。

八月　新渡戸《にとべ》稲造《いなぞう》『農業本論』。

一〇月　「ホトトギス」を正岡子規、高浜虚子《きょし》ら引継ぐ。

一一月　徳冨蘆花「不如帰《ほととぎす》」連載開始。

一二月　島崎藤村『夏草』。

社会一般

一二月　志賀潔《きよし》、赤痢菌発見。

■この年不作、米作反当り一石を下回る。

▼三九三、一〇二石（〇・八石）＝五万九〇〇〇t（一一三kg）

一月一日　葉煙草専売法施行。

二月一〇日～一五日　富岡製糸所、女工一三〇名スト。

三月二〇日　浅草パノラマ館開館。

■四月　花巻銀行開業。

九月　岡山・広島の紡績会社夜業休止全国に波及。

一〇月一八日　幸徳秋水《こうとくしゅうすい》、木下尚江《なおえ》ら社会主義研究会設立。

*■一一月　胆沢《いさわ》郡相去《あいされ》村六原*に軍馬補充部六原支部設置。

一二月　羽仁《はに》もと子が最初の婦人記者として報知新聞社に入社。

一月　『世界御伽噺』全一〇〇冊刊行始まる。正岡子規『俳諧大要』。「中央公論」創刊。
二月　緒方流水《りゅうすい》『文学管見』。
三月　正岡子規、根岸短歌会を起こす。
四月　土井《つちい》晩翠《ばんすい》『天地有情《うじょう》』。
五月　横山源之助『日本之下層社会』。
六月　森鷗外訳ハルトマン『審美綱領』。
七月　黒田湖山《こざん》ら訳キップリング「狼少年」。福沢諭吉「女大学《おんなだいがく》評論・新女大学」。

二月一日　東京—大阪間長距離*電話開通。
三月　山東に義和団蜂起。
六月　大井憲太郎、小作条例期成同盟会結成。日本最初の映画、歌舞伎座で公開、日本最初の蓄音器専門店が浅草に開店。

この年、キューリー夫妻、*ラジュウムを発見。
△五四三、一九三石(一・一石)＝八万一五〇〇t(一七〇kg)　一三円三〇銭。

	1899（明32）　3歳	1900（明33）　4歳
宮沢賢治年譜	八月一日～七日　父政次郎らを中心に第一回「我信念講話」夏期講習会が大沢温泉にて行なわれる。 父政次郎の姉ヤギ（宮沢直太郎と健康上の理由で離婚、賢治の家〈弟政次郎宅〉に身を寄せていた）は、賢治に「正信偈《しょうしんげ》」（親鸞*『教行信証文類』行巻末尾の「正信念仏偈」）や「白骨《はっこつ》の御《お》文《ふ》章《み》」（蓮如）を子守唄のように聞かせ賢治も暗誦したと言われる。	四月一日　父政次郎、花巻町育英会理事に選任。
宮沢賢治作品		
文学・思想・芸術	八月　横山源之助『労働運動問題の初幕《しょまく》』。「国民之友」廃刊。 一〇月　巌谷小波他訳マーク・トウェイン『少年小説乞食王子』。 一一月　薄田泣菫《すすきだきゅうきん》『暮笛集』。与謝野鉄幹「東京新詩社」創立。 この年、フロイト『夢判断』刊行。	一月　巌谷小波「空気銃」。「歌舞伎」創刊。 二月　泉鏡花《きょうか》「高野聖《こうやひじり》」（「新小説」）。森鷗外『審美新説』。 三月　徳冨蘆花「思出の記」。 四月　与謝野鉄幹「明星」創刊。 五月　『鉄道唱歌』の刊行開始、全国に広まる。高浜虚子《きょし》「言文一致」。 六月　幸田巨浪《きょろう》「破船」（原作はデ・アミーチスの「クオレ」）。木下尚江《なおえ》『足尾鉱毒問題』。 七月　「新仏教」創刊。
社会一般	八月　別子《べっし》銅山、暴風雨で坑夫死者多数。 ■九月二二日　水沢*に緯度観測*所設置（十二月より観測開始）。 この年、関東にペスト流行、結核死亡者六万六四〇八名にのぼる。 ▼五二八、七八四石（一・一石）＝七万九三〇〇ｔ（一六四kg）	三月一〇日　治安警察法公布。 四月　各地に金融恐慌起こる、*牛乳配給規則制度、容器が硝子*瓶になる。 六月一五日　清国に陸軍派遣。

1900（明33） 4歳

八月 徳冨蘆花『自然と人生』。小杉天外《てんがい》『初すがた』。
九月 内村鑑三《かんぞう》「聖書之研究」創刊。
一〇月 登張《とばり》信一郎（竹風）『ゲルハルト・ハウプトマン』。米田《よねだ》実『バイロン』。
一一月 浜田佳澄《よしずみ》『シエレー』。
*暁烏敏《あけがらすはや》ら精神主義運動を始め、浩々洞《こうこうどう》を作る。

八月三日 幸徳秋水、「万朝報《よろずちょうほう》」に非戦論を書く。
九月一日 内務省、各都道府県知事に娼妓《しょうぎ》の自由廃業承認を通牒。九日 救世軍および二六新報社、新吉原《よしわら》で廃娼運動、楼主派暴力団との流血事件起こる。救世軍山室軍平《やまむろぐんぺい》の夫人は花巻出身のクリスチャン佐藤機恵。
△五五七、八〇九石（一・一石）＝八万三七〇〇t（一七二kg）

1901（明34） 5歳

一月 言文一致会第一回公開演説会。「精神界」創刊。
二月 黒田湖山ら訳キップリング『象の舞踏会』。言文一致実行についての請願書を貴・衆両院に提出。
三月 国木田独歩『武蔵野』。黒岩涙香《るいこう》訳デュマ「巌窟王」（万朝報）連載開始。高橋鬼川《きせん》「少年文学を価値す」。有島武郎《たけお》・森本厚吉『リビングストン伝』

■二月 県立農事試験場開設。
二月一三日 言文一致の実行についての請願書を言文一致会、貴・衆両院に提出。
三月二日 愛国婦人会創立。
三月二五日 言文一致請願書貴族院可決。

宮沢賢治年譜

六月一八日　妹*宮沢シゲ出生。

宮沢賢治作品

文学・思想・芸術

四月　幸徳秋水《こうとくしゅうすい》『廿世紀之怪物帝国主義』。

五月　石川善助生まれる。新渡戸稲造「言文一致の賛成に就て」。片山潜《せん》・西川光二郎『日本の労働運動』。

六月　登張信一郎「フリイドリッヒ・ニイチェを論ず」。森皚峰《がいほう》訳イプセン「社会の敵」。

七月　嵯峨《さが》の屋《や》おむろ訳*トルストイ「セバストウポルの火花」。村上専精《せんじょう》『仏教統一論第一編大綱論』。

八月　与《よ》謝《さ》野《の》晶子《あきこ》『みだれ髪』。島崎藤村『落梅集』。高山樗牛「美的生活を論ず」。

九月　*田中智学《ちがく》『宗門之維新』。

一〇月　高安月郊《たかやすげっこう》訳「イプセン作社会劇」。清沢満之《きよさわまんし》*「精神主義と唯心論」。西海枝静《さいかいししずか》「トルストイを論ず」。「農業教育」創刊。

一一月　尾上柴舟《おのえさいしゅう》訳『*ハイネの詩』。

一二月　*暁烏敏「精神主義と性情」。

社会一般

四月二〇日　成瀬《なるせ》仁蔵《じんぞう》、日本女子大学校設立。

■四月　県染色講習所開所。

五月一八日　片山潜、幸徳秋水、安部磯雄ら、社会民主党結成、二〇日禁止。

■一一月　愛国婦人会岩手支部が発足。

一二月一〇日　田中正造《しょうぞう》、足尾鉱毒問題で天皇に直訴。

1902（明35）　6歳

四月　本正《ほんじょう》信蔵《しんぞう》（旧姓、菊池）の談話によれば、小学校に入学する本正と一緒に「学校に行くといって泣きやまなかった」と言う。

この年、ゴーリキー『海つばめの歌』。

一月　田口掬汀《きくてい》『宗教文学』。「陸軍新報」に時事漫画掲載されはじめる。

二月　「少年界」創刊。

三月　田口掬汀「文芸の求道《ぐどう》者《しゃ》」。「文芸界」創刊。「美術新報」創刊。

四月　長谷川天渓《てんけい》訳*トルストイ「大悪魔と小悪魔」。高山樗牛*「日蓮上人とは如何なる人ぞ」。「少女界」創刊。「労働世界」復刊。

五月　長谷川天渓*「トルストイの芸術論」。正岡子規「病牀六尺」連載開始。

六月　清沢満之他『精神主義』（浩々洞）。

七月　黒岩涙香訳ユーゴー「噫《ああ》無情」（「万朝報」）連載開始。

八月　長谷川天渓「自然主義に就て」。

△六六二、三九一石（一・四石）＝九万九四〇〇t（二〇七kg）　この年、豊作。

一月二三日　弘前歩兵第五連隊、八甲田山で遭難、二一〇人中一九九人凍死（岩手県出身一三九人）。三〇日　日英同盟調印。二月四日　天文学者木村栄《ひさし》（のち水沢緯度観測所長）、Z項発見。

1902（明35）　6歳

宮沢賢治年譜

九月下旬　赤痢にかかり、花巻町本城の隔離病舎に入院。祖母キンの妹堀田ヤソが付き添い昔話を聞かせる。父政次郎も看護中感染して大腸カタルを起こし治療を受ける。父は以後胃腸が弱くなり、後々賢治の負い目となる。

宮沢賢治作品

文学・思想・芸術

九月　正岡子規没。森鷗外訳アンデルセン*『即興詩人』。

一〇月　田中智学*『本化妙宗式目講義録』五巻。山君訳グリム「ヘンゼルとグレエテル」。「万年艸」創刊。

一一月　内村鑑三「余が宗教的生涯」。清沢満之《きよさわまんし》「精神講話」。石川啄木《たくぼく》上京。

一二月　押川春浪《おしかわしゅんろう》『武侠の日本』。佐々木月樵《げっしょう》「人道と仏道」。高山樗牛没。

この年、ゴーリキー『どん底』。メレジコフスキー『トルストイ*とドストエフスキー』。W・ジェイ*ムズ『宗教的体験の諸相』。ホブソン『帝国主義論』。

社会一般

■九月　大暴風雨のため農作物大被害。

一二月　教科書採択を巡る贈収賄事件摘発始まる（明治教科書疑獄事件）。

■この年東北地方凶作（青森・岩手・宮城・福島各地では平年作の五〇％前後の収量）。岩手県内水田の三分の一が収穫ゼロ。

▼二一九、六一〇石（〇・五石）＝三万二九〇〇t（六八kg）一一円五二銭。

1903(明36)　7歳

三月一九日　岩田金次郎・ヤス二男、磯吉出生。

四月一日　花巻川口町立花巻川口尋常高等小学校一年に入学。担任は菊池竹次郎。

一月　大町桂月《おおまちけいげつ》「社会と詩」。長谷川天渓「メーテルリンクを論ず」。

二月　岡倉天心『東洋の理想』(英文)。

三月　大町桂月「社会と文学」。農商務省編「職工事情」。

四月　片山潜「都市社会学」。

五月　石川啄木「*ワグネルの思想」。*草野心平生まれる。

六月　森鷗外訳イプセン「牧師」。内村鑑三「戦争廃止論」。「馬酔木《あしび》」創刊。清沢満之没。

七月　五来素川《ごらいそせん》訳『未だ見ぬ親』(原作はマローの「Sans Famille」〈「家なき子」〉本邦初訳)。杵屋《きねや》絲《し》遊《ゆう》訳*アンデルセン「不思議の火絨箱」。幸徳秋水『社会主義神髄』。

八月　児玉花《か》外《がい》『社会主義詩集』。尾崎紅葉ら訳チェホフ「月と人」。

九月　児玉花外『社会主義詩集』

四月一三日　小学校令改正、国定教科書制度確立。

五月二二日　旧制第一高等学校藤村操「巌頭《がんとう》の感」を残し、日光華厳《けごん》の滝に投身自殺(満一六歳)。

七月　米国、太平洋横断海底電線敷設。

1903（明36）　7歳

宮沢賢治年譜

一一月一七日　父政次郎の弟治三郎死去（二七歳）

文学・思想・芸術

発禁。

一〇月　川上音二郎《おとじろう》一座本郷座でお伽芝居「狐の裁判」「うかれ胡弓」を上演。山崎紫紅《しこう》『日蓮上人』。「少年」創刊。尾崎紅葉没。硯友社衰運に向う。

一一月　高橋鬼川《きせん》訳ツルゲーネフ「鶉狩」。週刊「平民新聞」創刊。

一二月　『讃美歌*』。斉木仙酔《さいきせんすい》訳『トルストイ教訓小説集』。

この年、チェーホフ『桜の園』。ロ*ラン『民衆芸術論』『ベートーヴエンの生涯』。

社会一般

一〇月一日　浅草の電気館が開場、最初の映画常設劇場となる。

一〇月一二日　対露開戦論に転じた「万朝報」を内村鑑三、幸徳秋水ら退社。

一一月一五日　平民社結成。

■一二月一八日　花巻*のキリスト者*斎藤宗次郎《さいとうそうじろう》の兵役納税拒否につき内村鑑三来花、教訓と説教を行なう。

この年、ライト兄弟初の飛行機の飛行に成功。

■この年、前年の凶作で東北地方飢饉*。

△五七七、七三一石（一・二石）＝八万六七〇〇t（一七八kg）

1904（明37）　8歳

文学・思想・芸術

一月　木下尚江《なおえ》「火の柱」。丘浅次郎《おかあさじろう》『進化論講話』（進化論の解説書が相次ぐ）。

二月　徳田秋声《しゅうせい》ら訳プーシキン『露国軍事小説　士官の娘』。田山花袋「露骨なる描写」。「日露戦争実記」（博文館）（育英社）。「音楽新報」創刊。

社会一般

一月五日　日露国交緊迫により軍事事項の新聞雑誌掲載禁止の緊急内務省令公布。

二月一〇日　ロシアに宣戦布告、日露戦争始まる。

1904（明37）　8歳

三月二六日　小学一年修業式。成績は全甲。学術品行優等につき「国語読本巻三」を与えられる。

四月一日　小学校二年。担任は平野八十八。同日、弟宮沢清六《せいろく》出生。

八月一日　豊沢川下流、北上川との合流点近くで泳いでいた二人の子どもが渦に巻きこまれ、一人は助かり、一人は行方不明。夜、探索の舟の灯光の交錯するさまを橋上から見た印象は後々まで残ったと言われる。

三月　『旧約聖書　詩篇』。境野黄洋《さかいのこうよう》「戦争と今の仏教家」。姉崎正治《あねざきまさはる》「高山樗牛と日蓮上人」。

四月　「東京二六新聞」創刊。森鷗外「日蓮聖人辻説法」歌舞伎座上演。堺枯川《こせん》訳ゾラ『労働問題』。斎藤緑雨《りょくう》没。

五月　与謝野鉄幹「観戦詩人」。三宅雄二郎「戦争と文学」。「新潮」創刊。

六月　巌谷小波『少年日露戦史』。

八月　幸徳秋水「トルストイ翁の非戦論を評す」。久米桂一郎「戦争と芸術」。加藤直士訳トルストイ『トルストイの日露戦争観』。

九月　与謝野晶子「君死にたまふこと勿れ」。夏葉《かよう》女史訳チエホフ「余計者」。上田敏《びん》「好戦論者と不好戦論者」。小泉八雲（ラフカディオ・ハーン）没。

四月一日　煙草専売法公布。煙草会社、専売局に吸収。

五月一日　日露戦争実写映画、神田錦輝《きんき》館で上映。

七月一八日　軍事当局者の新聞記者に対する圧迫を排除するため記者クラブ結成。

■七月　盛岡電気株式会社創立。

1904（明37）　8歳

宮沢賢治年譜

宮沢賢治作品

文学・思想・芸術

一〇月　和田不可得《ふかとく》「社会主義と宗教」。

一一月　坪内逍遥《しょうよう》『新曲浦島』。

一二月　堺枯川訳ウィリアム・モリス『理想郷』。中島孤島《ことう》「歌劇ファウスト」。

社会一般

この年、日露戦争のために農民争議が減少。東京電燈会社の電*燈取り付け数は一〇万燈を超え、素人写真が一般に普及し始める。

△六四九、七四一石（一・三石）＝九万七五〇〇t（一九九kg）

1905（明38）　9歳

宮沢賢治年譜

三月二五日　二年修業式。成績は全甲。学術優等につき「尋常小学修身書」を与えられる。

四月一日　小学校三年。担任は八木*英三。八木はマロー『未だ見ぬ親』（五《ご》来《らい》素《そ》川《せん》訳）や「海に塩のあるわけ」（民話「海の水はなぜ辛い」）等の童話を教室で読み聞かせ、賢治は強い感銘を受ける。

宮沢賢治作品

文学・思想・芸術

一月　夏目漱石「吾輩は猫*である」連載開始。田山花袋『第二軍従征日記』。週刊「平民新聞」廃刊。

四月　内田魯庵《ろあん》訳*トルストイ「復活」。欽泉生《きんせんせい》「基督教文学と時代の要求」。野尻抱影《ほうえい》訳*アンデルセン「花の舞」。「東京パック」創刊。西田天香《てんこう》、一燈園を創設。

五月　石川啄木『あこがれ』。落合浪雄《なみお》訳トルストイ『悲劇　やみのちから』。

社会一般

■一月二八日　黒溝台《こっこうだい》の戦、郷土の将兵善戦と報道。

五月二七日　日本海海戦。

■五月二八日　盛岡*高等農林学校開校式。

1905（明38）　9歳

一二月七日　小学校名が花城《かじょう》尋常高等小学校と改められる。**二五日**　新築校舎に移る。（→国語綴方帳「古校舎をおもふ」）

六月　橋本青雨訳『ゲエテの詩』。
七月　蒲原《かんばら》有明《ありあけ》『春鳥集』。浦瀬白雨《はくう》訳『ウオルヅウオルスの詩』。「婦人画報」創刊。
八月　日比谷公園の音楽堂が開場。
九月　石川啄木編集「小天地」*盛岡で創刊。
一〇月　片上天弦《かたかみてんげん》訳『テニソンの詩』。田山花袋訳『キーツの詩』。上田敏訳『海潮音』。前島密《ひそか》ら羅馬字ひろめ会を設立。綱島栄一郎（梁川）『病間録』。
一一月　太平洋画研究所設立。
一二月　蘆谷《あしや》蘆村《ろそん》「象徴を論ず」。小原無絃《むげん》訳『ユーゴーの詩』。

■七月　低温、冷雨。
九月五日　日露講和条約調印。戦死、戦傷者一一万八〇〇〇人。屈辱的内容に世論憤激と報道。
■九月一四日　奥羽線全通（福島―青森）。
■九月中旬*　暴風雨。
一〇月　シベリア横断鉄道開通。
■一一月　盛岡電気株式会社、*市内送電営業開始、盛岡市に初めて電燈*つく、約一〇〇〇戸。
一二月　朝鮮統監府を設置。

1905（明38）　9歳

宮沢賢治年譜

宮沢賢治作品

文学・思想・芸術

社会一般

■この年、東北地方大凶作（宮城・岩手・福島各県では平年作の一〜三割台の収量）。岩手県では、平年に比して六六％減収。被害の最も多い気仙《けせん》郡はわずかに平年の七％。この年頃、*大豆粕が魚肥を圧倒して金肥の中心となる。

▼一九三、一九〇石（〇・四石）＝二万九〇〇〇ｔ（五九kg）

1906（明39）　10歳

宮沢賢治年譜

二月二二日　小学校の新校舎焼失。

三月二六日　三年修業式。成績は全甲。学術優等につき「尋常小学読本巻七」を、本学年間精勤につき「書方手本」を与えられる。

四月一日　小学校四年。担任*八木英三。

宮沢賢治作品

文学・思想・芸術

一月　伊藤左千夫《さちお》「野菊之墓《のぎくのはか》」。小原無絃訳『シエレーの詩』。『新体詩選心の泉』。「*幼年画報」創刊。「日本少年」創刊。内田魯庵《ろあん》訳*トルストイ「イワンの馬鹿」。宮崎湖処子《こしょし》「トルストイ伯の非戦論の価値」。桑木巌翼《げんよく》「プラグマチズムについて」。

二月　白柳秀湖《しゅうこ》「基督教的社会主義を評す」。

三月　島崎藤村『破戒』。幸徳秋水・堺利彦訳マルクス、エンゲルス「共産党宣言」。「文章世界」創刊。

四月　夏目漱石「坊つちやん」。「お伽世界」創刊。

社会一般

二月二四日　堺利彦ら、日本社会党結成。

三月三一日　鉄道国有法公布。

■三月　東北地方大*飢饉、岩手・宮城・福島県の窮民を公営事業等に就業させ*救済を図る。

四月二五日　樺太―函館間定期航路開始。

1906（明39）　10歳

八月一～一〇日　第八回夏期講習会（大沢温泉）に妹トシと共に参加。講師は*暁烏《あけがらす》敏《はや》で、賢治は侍童の役を務める。

この年　鉱物採集、昆虫の標本づくりに熱中。

五月　鈴木三重吉《みえきち》「千鳥」。薄田泣菫『白羊宮』。伊良子《いらこ》清白《すずしろ》『孔雀船』。斎藤弔花《ちょうか》『田園生活』。夏目漱石『漾虚集《ようきょしゅう》』。二葉亭四迷ら「言文一致につきて」。

八月　巌谷小波『おとぎ六題噺《ばなし》』。

一〇月　有馬祐政《すけまさ》訳トルストイ*『芸術論』（帝国百科全書）

一一月　『泡鳴《ほうめい》詩集*』。

一二月　天然色活動写真興行（東京座）。

五月　日本宗教家協和会創立。

六月　日本エスペラント*協会発会。幸徳秋水、在米の同志五十余名と社会革命党を結成。

九月　ガンディー、南アフリカで非暴力抵抗運動を初めて組織。

■九月一五日　盛岡城址*に造営の公園を岩手公園*と称し開園。

△五八二、九七五石（一・二石）＝八万七四〇〇t（一七九kg）

1907(明40)　11歳

宮沢賢治年譜

二月　担任の八木英三、早稲田大学高等師範部(現教育学部)編入のため退職。その際「立志」と題して生徒に将来の希望を書かせ、賢治は「お父さんの後をついで、立ぱな質屋の商人になります」と書いたと言われる。**三月四日**　妹宮沢クニ出生。**二六日**　四年修業式。成績は全甲。学術優等につき「読本」二冊を与えられる。

四月一日　小学校五年。担任はクリスチャンの照井真臣《まみち》乳。父政次郎、花巻町町会議員に当選。

宮沢賢治作品

文学・思想・芸術

一月　日刊「平民新聞」創刊。相《そう》馬御風《まぎょふう》訳モーパッサン「煩悩」。「日本及日本人」創刊。

二月　イプセン会創立。

三月　森鷗外ら、「観潮楼歌会」を始める。

四月　夏目漱石、朝日新聞入社。

五月　中村星湖《せいこ》「少年行」。巌谷小波編『世界お伽文庫』全五〇冊刊行開始。夏目漱石『文学論』。

六月　夏目漱石「虞美人草」。佐藤迷羊《めいよう》「聖書の文学的価値」。「社会新聞」創刊。

社会一般

一月二一日　株式市場暴落、戦後恐慌始まる。

二月四日　足尾銅山で賃金暴動、軍隊出動。

三月二一日　小学校令改正、修業年限を尋常小学校六年、高等小学校二年もしくは三年制に各延長。

四月　ガソリン国産自動車が初めて作られる。

■五月六日　花巻町*に稗貫郡*蚕業講習所開設。

六月二二日　東北帝国大学、仙台に設置。札幌農学校、東北帝国大学農科大学と改称(一九一八北海道大学となる)。

七月一七日　中学校令・女学校令改正。

1907（明40）　11歳

八月二日～七日　第九回夏期講習会（大沢温泉）に参加。講師は多田鼎《かなえ》。

鉱物採集熱なお烈しく、家族から「石コ賢さ」とあだなをつけられたのも、このころのこととされる。

八月　「東洋婦人画報」創刊。

九月　田山花袋「蒲団」。

一〇月　二葉亭四迷「平凡」。服部嘉香《よしか》「言文一致の詩」。「新思潮」創刊。第一回文部省美術展覧会（文展）開催。

一一月　児玉花外『バイロン詩集』。小田頼造訳トルストイ*『人道主義』。

一二月　白松《しらまつ》南山（杉森孝次郎）「プラグマティズムと新自然主義」。木村小舟《しょうしゅう》『教育お伽噺』。

この年、ベルグソン『創造的進化』。W・ジェームズ*『プラグマティズム』。

八月一日　ソウルで韓国軍隊解散式。日本の朝鮮半島への侵略強まる。

一〇月三一日　日米蓄音器製造が設立され、平円盤蓄音器が製造された。

一一月　盛岡浸礼教会タッピング宣教師夫人、私立盛岡幼稚園を始める。

■この年、北洋漁業出稼者増加（北海道四二二一人、樺太二四〇九人）。

この年、労働争議急増、明治期最高の約二四〇件に達し、特に炭鉱スト頻発。またこの年、米国への年間移民数史上最高を記録。ゴム靴が初めて製造される。

△七五〇、二四五石（一・五石）＝一一万二五〇〇t（二二九kg）豊作。

1908（明41）　12歳

三月二六日　五年修業式。成績は全甲。学術優等につき「高等小学修身書」「高等小学校読本」二冊「高等小学美術書」、精勤につき「高等小学書方手本」二冊を与えられる。

四月一日　小学校六年。担任は谷藤源吉。

九月二八日　綴方「遠方の友につかはす。」を書く。

九月三〇日　皇太子歓迎のため引率され盛岡*へ行く。

一〇月一日　綴方「皇太子殿下を拝す。」を書く。

宮沢賢治作品

九月　国語綴方帳「遠方の友につかはす。」「皇太子殿下を拝す。」。同綴方帳には右二作をはじめ計一六篇が翌年三月までに書かれたと推定される。

文学・思想・芸術

一月　蒲原有明『有明集《ありあけしゅう》』。「冒険世界」創刊。

三月　玉利喜造「東北地方凶作の周期性に就いて」。

四月　島崎藤村「春」。福田太一「寓話的お伽噺を葬れ」。

五月　服部嘉香「口語体の詩」。岩野泡鳴《ほうめい》「霊肉合致」。『モリエール全集』発禁。

六月　川上眉山《びざん》自殺。

七月　永井荷風《かふう》帰国。成瀬無極《むきょく》「芸術我と社会我」。

九月　夏目漱石「三四郎」。

一〇月　「阿羅々木《あららぎ》」創刊。

社会一般

■一月一六日　盛岡*に電話開通する。

一月二〇日*　吉沢商店が日本最初の活動写真撮影所を設立。

三月二四日　「煤煙」事件。森田草平《そうへい》・平塚明《はる》（らいてう）が心中未遂。

四月一九日　中央本線全通。

■六月五日　工兵*第八大隊、弘前より盛岡*に転営。

六月二二日　赤旗事件起こる。

■九月二八日～一〇月三日　皇太子が工兵特別演習を統監。

一一月　三木露風《ろふう》「自由なる詩歌」。栗原古城《こじょう》「イエイツの象徴論」。*暁烏敏「*歎異鈔を読む」。「明星」廃刊。
一二月　パンの会結成。

一一月一六日　北陸本線全通。
▼七二七、〇三九石（一・五石）＝一〇万九一〇〇t（二二一kg）

二月　綴方「冬季休業の一日。」を書く。
三月二六日　花城尋常高等小学校尋常科第六学年卒業式。成績は全甲（学籍簿現存）。学術優等につき「高等小学読本」二冊、「高等小学修身書」「高等小学算術書」を、精勤につき「高等小学書方手本」二冊を与えられる。
四月五日　県立盛岡中学校（現盛岡第一高等学校）入学。一二日　父に連れられ寄宿舎自彊《じきょう》寮に入る。この頃、いちだんと鉱物採集に熱中し、*のろぎ山や*岩手山等、方々を歩き回ったと言われる。

二月　国語綴方帳［冬季休業の一日］
四月～翌年一二月　歌［B0a1～101］

一月「スバル」創刊。森田草平「煤煙」。服部嘉香「口語詩と音楽的要素」。小山内薫《おさないかおる》訳イエイツ「砂時計」
二月二〇日　マリネッティ「未来派宣言」（パリ、フィガロ紙）
二月　石川啄木「足跡」。戸川秋骨《しゅうこつ》「誤られたる自我意識」。
三月　北原白秋《はくしゅう》『邪宗門』。永井荷風『ふらんす物語』。

四月一二日　*真言宗高野山大学創立。
四月　バーナード・リーチ来日。

宮沢賢治年譜

五月一日　招魂社参拝。**一五日**　鑪山に遠足行軍。**二五日**　桜山神社参拝。

六月二五日　一高校長新渡戸稲造来校、訓話。

七月一二日　観武ヶ原で騎兵隊第三旅団の閲兵式見学。

夏　母イチ病み、西鉛温泉で保養。

一〇月二日　一本木(→一本木野)、*好摩《こうま》間で*発火演習。

宮沢賢治作品

文学・思想・芸術

五月　二葉亭四迷没。

六月　巌谷小波「雁の礫」。佐藤澱橋《でんきょう》「自然主義の内容と神秘主義」。「*活動写真界」(最初の映画雑誌)創刊。

七月　森鷗外「ヰタ・セクスアリス」。小田島孤舟《こしゅう》、文芸誌「曠野」を創刊。

九月　石川戯庵《ぎあん》訳ダヌンチオ「ふらんちぇすか物語」。

一〇月　田山花袋『田舎教師』。

一一月　小山内薫・市川左団次《さだんじ》「自由劇場」第一回公演。須藤光《こう》暉《き》「愚禿《ぐとく》親鸞」。

一二月　永井荷風「すみだ川」。楠山正雄《くすやままさお》訳ハウプトマン「寂しき人々」。山村暮鳥《ぼちょう》日本聖公会仙台基督教会に赴任。

社会一般

五月六日　新聞紙法公布。

七月　*活動写真館が東京市内の浅草六区・本所などを中心に増える。観客の大半は小学生。

■七月一日　*騎兵第三旅団、*盛岡に新設。

■八月中　旱天の日続き、*稲に虫害あり。

■九月四日　豪雨、*北上川増水。

一〇月　日米蓄音器商会創立(最初の*レコード会社)。二六日伊藤博文《ひろぶみ》、ハルピンで暗殺される。

一一月　*高等女学校で読書を取り締まる。

1909（明42）　13歳

この年、ジッド「狭き門」、メーテルリンク「青い鳥」、タゴール「ギータンジャリ」。

この年、電話*機の設置台数は一万二九七七台、東京の自動*車所有数は四七台。人力車の車輪がゴム車輪に変わる。

△七三一、七四九石（一・五石）＝一〇万九八〇〇t（一二三kg）

1910（明43）　14歳

二月五日　黒*石野方面で兎狩り。（→文語詩篇ノート「うるみたる兎の赤き眼」）

三月一九日　一年終業式。席次は一四三名中五三番、平均七三点、操*行乙。

四月六日　二年に進級。

五月一七日　茨島《ばらしま》へ一日行軍（一、二年生）。

一月　高*村光太郎「詩歌と音楽」。坪内逍遥訳シェイクスピア「ロミオとジュリエット」。島村抱月《ほうげつ》訳イプセン「人形の家」。

三月　鈴木三重吉「小鳥の巣」。夏目漱石「門」。森鷗外「青年」。「創作」創刊。

四月　「白樺」創刊。志賀直哉「網走まで」。土岐《とき》哀果《あいか》『NAKIWA-RAI』。茅野《ちの》蕭々《しょうしょう》訳マアテル（ママ）リンク「闖入者《ちんにゅうしゃ》」。高*村光太郎「緑色の太陽」。太田善男「自然主義愈《いよいよ》窮す」。

五月　「三田文学」創刊。金星草訳メーテルリンク「青い鳥」。片山孤村《こそん》「象徴的文芸の意義」。

一月七日　産*業組合中央会設立。

三月　第二期国定教科書「ハタ　タコ　コマ」発行。

■三月　盛*岡で日露戦争黒溝台大激戦パノラマ展。

五月一九日　ハレー彗*星通過。

二五日　大逆事件の検挙始まる。

1910（明43）　14歳

宮沢賢治年譜

六月一八日〜一九日　*岩手山に*舎監長引率のもと二年植物採集登山隊約八〇名の一員として登山。
六月二〇日　米宣教師アカルビンの宗教講演。
八月五日〜終了日不詳　大沢温泉での第一二回夏期仏教講習会に参加したと推定。講師祥雲雄悟。
九月一九日　藤原健次郎あて簡［0a］。
九月二三日〜二五日　*青柳亮《あおやぎりょう》教諭と生徒一〇名位で*岩手山登山。帰りに寄宿舎近くの東北写真館で記念撮影。**二九日**　島地黙雷《しまじもくらい》（→島地大等《だいとう》）の講話を聞く。親友藤原健次郎チフスで死去。
一〇月二日　*石鳥谷《いしどりや》、*日詰付近の演習に参加（一、二年）。**一五日〜一七日**　寄宿舎生徒、台温泉へ遠足。
一一月五日　*観武ヶ原で第八師団観兵式を参観。**一六日**　青柳亮教諭送別式。（→文語詩「青柳教諭を送る」）午後、日蓮宗管長本多日生の講話を聞く。

宮沢賢治作品

文学・思想・芸術

六月　長塚節《たかし》「土」。柳田国男『遠野物語』。
八月　禅道会「禅道」創刊。石川啄木「時代閉塞の現状」。
九月　「新思潮」第二次創刊。東京朝日新聞に朝日歌壇設けられ、石川啄木選者となる。吉井勇『酒ほがひ』。佐藤緑葉《りょくよう》「音楽より絵画に移り行く詩歌」。
一〇月　尾上柴舟《おのえさいしゅう》「短歌滅亡私論」。
一一月　谷崎潤一郎「刺青《しせい》」。柳田国男・新渡戸稲造らの郷土研究の会合始まる。
一二月　石川啄木『一握の砂』。柳田国男『時代ト農政』。小川未明《みめい》『赤い船*』。
この年、トルストイ没。

社会一般

八月二二日　韓国併合。
■八月中旬以降　連日の降雨で洪水となる。
■九月三日　大豪雨大洪水、盛岡市内の被害大。
九月一四日　御船千鶴子の千里眼実験行なわれる。
■一〇月一二日　花巻川口町*豊沢川に豊沢橋竣工。
この年、浅草*オペラ館で合奏団が初出演し、*活動写真に伴奏をつける。
▼六三一、一三二石（一・三石）＝九万四七〇〇t（一九一kg）

1911（明44）　15歳

一月二八日　黒石野*で兎狩り。

三月一日　父政次郎、花巻方面委員に委嘱される。

三月二〇日　二年終業式。席次は一三五名中四八番、平均七四点、操行丙。

四月一日　岩手県立花巻高等女学校*開校。妹宮沢トシ*、第一回生として入学。**六日**　賢治は三年に進級。

五月一五日　小岩井農場*へ遠足（三年生全員）。

一学期某日　岩手山*に単独登山。一学期より二学期にかけて、よく教師に反発し教科書はほとんど勉強せず哲学書等を読みふける。

一月〜翌年三月　歌［1〜22］

一月　有島武郎「或る女のグリンプス」（「白樺」）。西田幾多郎《きたろう》『善の研究』。与謝野晶子『春泥集』。生田長江《いくたちょうこう》訳ニーチェ『ツァラトゥストラ』。

二月　夏目漱石博士号辞退。木下尚江『法然と親鸞』。和辻哲郎《わつじてつろう》「象徴主義の先駆者ヰリアム・ブレエク」。島地黙雷《もくらい》没。

三月　暁烏敏*「近代人の道」。

五月　文芸協会「ハムレット」を上演（第一回公演）。

六月　人見東明『夜の舞踏』。北原白秋『思ひ出』。

一月一八日　大審院、大逆事件判決。幸徳秋水ら一二名死刑。

二月一一日　貧民済生に関する勅語により、宮廷費より一五〇万円下付。

三月二九日　工場法公布。

■四月一日　岩手県立花巻高等女学校*開校。一六日　大橋*—釜石間の鉄道営業開始。

四月三日　日本橋開通式。四日　所沢飛行場竣工。

宮沢賢治年譜

八月四日～一〇日　大沢温泉での第一三回夏期講習会にて初めて*島地《しまじ》大《だい》等《とう》の法話を聴いたと推定される。

九月三〇日　*一本木野付近で*発火演習。夜営。（→歌［5、6］）

一〇月中旬　漆《うるし》にかぶれ、志《し》戸平《どだいら》温泉で療養。

この年より、短歌の制作が始まったとされる。

宮沢賢治作品

文学・思想・芸術

八月　正宗白鳥《はくちょう》『泥人形』。児玉花外《かがい》「人形の夢」。

九月　「青鞜《せいとう》」創刊。森鷗外「雁」。小田島孤舟「郊外の丘」。巌谷小波訳『イソップお伽噺』。文芸協会研究所、イプセン「人形の家」を初演（第一回試演会）。

一〇月　立川文庫『一休禅師』。

一一月　「朱欒《ザンボア》」刊。

社会一般

一〇月一〇日　清国、辛亥《しんがい》革命起こる。二五日　片山潜《せん》らが社会党結成、直後禁止される。

■一〇月二二日　*岩手軽便鉄道株式会社創立。

一一月一一日　フランス*活動写真「ジゴマ」浅草金龍館上映。

一二月　アムンゼン、南極点到達に成功。

この年、大学・高専卒業者の無職業者増加し、*〈高等遊民〉問題盛ん。またこの頃、レコード・*蓄音機、次第に普及、レコード続々発売。

△七九一、二七五石（一・六石）＝一一万八七〇〇ｔ（二四一kg）豊作。

1912（明45・大1）　16歳

一月二七日　黒石野方面で兎狩り。

三月二〇日　三年終業式。席次は一〇二名中四〇番、平均七四点、操行乙。

四月六日　四年に進級。

五月二七日〜二九日　修学旅行で一関、石巻、松島、塩釜、仙台、平泉（↓夏草の碑）を訪れる。

二学期　二年生藤原文三によるとたびたび岩手登山を共にし「六根清浄、おぅ山繁盛」と唱えながら登ったという。

四月　歌［23〜79］

一月　夏目漱石「彼岸過迄」。山川智応《ちおう》『和訳法華経』。菊池幽芳《ゆうほう》訳マロー『家なき児』前編。

二月　柴田環《たまき》・清水金太郎　歌劇「熊野《ゆや》」を帝国劇場で上演。

三月　小山内薫ら文芸活動写真会開催（有楽座）。輸入文芸上映。

四月　石川啄木没。小山内薫訳メエテルリンク「タンタヂイルの死」。

六月　石川啄木『悲しき玩具』。菊池幽芳訳マロー『家なき児』後編。

一月一日　南京臨時政府樹立。

二月一二日　清朝滅亡。一六〜二五日　白樺主催、西洋近代美術展を開く（ムンク・ロダン）。

四月一五日　タイタニック号沈没。

六月二一日　帰一《きいつ》協会（成瀬仁蔵・姉崎正治《まさはる》・渋沢栄一）発会式。二六日　富山県各地で主婦等米騒動。

七月三〇日　明治天皇没、大正と改元。

八月五日　イタリアのオペラ演出家ローシー、帝国劇場歌劇部指導のため来日。

宮沢賢治年譜

一一月三日　父政次郎あて簡[6]「小生はすでに道を得候。歎異鈔《たんにしょう》*の第一頁を以て小生の全信仰と致し候」。

四日　佐々木電眼《でんげん》に静座法の指導をうける。

一二月一日　父政次郎の姉ヤギ死去(四三歳)

冬休み、花巻の自宅で佐々木電眼に静座法の指導を父、妹トシとともに受ける。

宮沢賢治作品

文学・思想・芸術

九月　「奇蹟」創刊。中沢臨川《りんせん》*「トルストイ論」。

一〇月　森鷗外「興津弥五右衛門の遺書」。

一二月　『近代西洋文芸叢書』(一二巻、博文館)刊行はじまる(一九一六まで)。島崎藤村『千曲川《ちくまがわ》のスケッチ』。詩誌「聖盃」創刊。

この年、ウェブスター*『足ながおじさん』。ローラン『トルストイの生涯』。

社会一般

九月一〇日　日本活動写真株*式会社(日活)設立。一三日　大葬。乃木希典夫妻殉死。

■九月下旬　暴風雨、稲作被害大。

一〇月二〇日　ジゴマを真似た犯行や遊びが流行。警視庁で「ジゴマ」上映を禁止。

■一一月　盛岡*、四ツ谷カトリック教会(主任霊父プジェー*師)の聖堂の献堂式。

この年、米価騰貴で下層民の生活困窮、一家離散増加、外国米普及、木賃宿*・無料宿泊所も繁昌。また、自動車登録台数は五二一台となり、自動車運転手は高級な職業とみなされ青年が憧れる。レコード*会社の設立相次ぐ。

▼六七二、二三五石(一・四石)＝一〇万八〇〇t(二〇四kg)　一八円五九銭。

1913(大2)　17歳

一月二五日　米内村名乗沢付近で兎狩り。

三月一二日　祖母キン死去(六二歳)。

三学期　二学期から起こった新舎監*排斥運動の首謀者となり、その結果四、五年生全員が退寮を命ぜられ、盛岡市北山の清養院*(曹洞宗)に下宿。四年の席次は九〇名中四二番、平均六八点、操行乙。

四月七日　五年に進級。

五月二一日〜二七日　修学旅行*で北海道(函館、小樽、札幌、岩見沢、白老《しらおい》、室蘭、大沼)を訪れる。帰盛後、北山の徳玄寺*(浄土真宗)に下宿を移る。

一月　北原白秋『桐の花』。森鷗外「阿部一族」。森鷗外訳ゲーテ『ファウスト』。森田草平「お伽噺改善論」。

二月　茅原華山《かやはらかざん》『地人論』。広瀬哲士《てつし》「ベルグソン哲学の中心思想」。

三月　柳田国男ら「郷土研究」創刊。金子筑水《ちくすい》「ノヴリスの追憶」。

四月　中勘助《なかかんすけ》「銀の匙」。永井荷風訳『珊瑚集』。久留島武彦《くるしまたけひこ》「お伽講壇」。

五月　山村暮鳥『三人の処女』。

一月三一日　第一回東洋オリンピックがマニラで開かれ、五マイル競走などで日本が優勝。

二月一〇日　護憲派民衆の議会デモが騒動化、政府系新聞社・警察を襲撃。桂内閣総辞職。

■五月一八日　県下一帯に降霜。

宮沢賢治年譜

八月一日　七月より志戸平《*しどだいら》温泉で療養中の父政次郎を訪ねる。

八月一日〜七日　大沢温泉で第一四回夏期講習会開催(講師は尾崎文英《*おざきぶんえい》)。賢治の参加は不明。

九月　曹洞宗報恩寺*の尾崎文英について参禅、丸坊主になる。

九月二五日〜二六日　滝沢村一本木付近で発火演習。

二学期　この頃、ツルゲーネフなどロシア文学を読む。

宮沢賢治作品

文学・思想・芸術

六月　厨川白村《くりやがわはくそん》「詩歌と音楽と舞踊と」。土岐善麿《ときぜんまろ》編『啄木歌集』。有島武郎「ワルト・ホヰットマンの一断面」。

七月　北原白秋『東京景物詩及其他』。暁烏敏*『凋落《ちょうらく》』。永井潜《せん》『生命論』。

九月　中里介山《なかざとかいざん》「大菩薩峠」連載開始(都新聞)。三木露風『白き手の猟人』。巌谷小波『日本お伽文庫』刊行開始。石坂養平「宗教と芸術との合致」。

一〇月　和辻哲郎「ニイチェ研究」。斎藤茂吉《もきち》『赤光』。金子馬治《うまじ》・桂井当之助《かつらいとうのすけ》訳ベルグソン『創造的進化』。尾山篤二郎《*おやまとくじろう》『さすらひ』。広津和郎《ひろつかずお》訳(英訳より)モウパッサン『女の一生』。

社会一般

七月　中国第二革命失敗、孫文、日本に亡命。赤坂溜池《ためいけ》に葵館《あおい》*(活動写真常設館)開館。

■八月　盛宮自動車、盛岡*—宮古間に定期バス運行開始(所要時間七時間)。二七日　暴風雨。

八月　岩波茂雄が岩波書店開業。東北帝国大学に女子学生三人が初めて入学。

■九月　盛岡劇場新築落成。

■一〇月二五日　岩手軽便鉄道*、花巻*—土沢《つちざわ》間試運転。

一一月　タゴール、東洋人として初のノーベル文学賞を受く。

一二月　成田恭次郎訳「ホイットマン自叙伝」。島村抱月訳ワイルド「サロメ」初演。
この年、プルースト『スワンの家の方へ』(『失われた時を求めて』第一巻)。

一二月六日　帝国劇場でキネト*フォン(レコード式発声映画)を初公開。

■この年、東北・北海道大凶作(青森県七割、北海道九割減収。要救済人口九三七万人)。岩手県でも陰湿多雨、風水害等で近年にない凶作となり三四%減収。一九〇二年、一九〇五年と三度の大凶作で農家は悲惨のどん底に沈む。
▼四六一、四〇五石(〇・九石)＝六万九二〇〇t(一四〇kg)

1914(大3)　18歳

一月　肥《ひ》厚《こう》性鼻炎のため咽喉が痛く、頭痛に悩む。四月に手術と決定。
三月二三日　*盛岡中学校卒業。五年の席次は八八名中六〇番、平均六三点、*操行丙。

一月　森鷗外「大塩平八郎」。山《さん》宮允《ぐうまこと》「メーテルリンクの象徴詩論」。永井荷風「浮世絵の鑑賞」。
二月　「未来」創刊。第三次「新思潮」創刊。
三月　吉田絃二《げんじ》郎《ろう》「磯ごよみ」。野村隈畔《わいはん》「ベルグソンとプラグマチズム」。芸術座、島村抱月訳トルストイ「復活」公演。「カチューシャの唄」流行。

一月　海軍高官の収賄発覚、シーメンス事件。
二月一〇日　シーメンス事件による国民の政府攻撃デモ騒動化、軍隊出動。
三月一七日　天然色活動写*真が出現、翌月三日最初の着色劇映画「義経千本桜」公開。二〇日東京大正博覧会開催。

宮沢賢治年譜

四月　*盛岡市岩手病院入院。肥厚性鼻炎の手術をうける。手術後高熱が続く。発疹チフスの疑いが起こり、その手当もなされる。このとき看護婦に片恋をする。父政次郎も看護中倒れて両者治療をうける。

五月中頃　退院。

七月　進学の希望もかなえられず、家業の質・古着商店番、母の養蚕の手伝いなどしながら憂鬱な日々を過ごす。大沢温泉、*志戸平温泉にて病後保養したと推定される。

八月七日〜一〇日　大沢温泉で夏期講習会に参加したと推定される。講師は*尾崎文英。

九月頃　父政次郎に*盛岡高等農林学校の受験を許され、以後受験勉強に励む。父の法友高橋勘太郎より贈られた*島地《しまじ》大等《だいとう》編『漢和対照妙法蓮華経』を読み異常な感動をうけたと言われる。

宮沢賢治作品

四月　歌〔80〜230〕

文学・思想・芸術

四月　夏目漱石「心」。阿部次郎「三太郎の日記」。内村鑑三・畔上《あぜがみ》賢造《けんぞう》『平民詩人』。柳宗悦《やなぎむねよし》「キリアム・ブレーク」。

五月　巌谷小波「五色のハンケチ」。田中王堂《おうどう》「信仰の進化」。

八月　*島地大等編『漢和対照妙法蓮華経』。

九月　米川正夫訳ドストエフスキー『白痴』。吉田絃二郎「コスモスの家」。小山内薫訳アンドレエフ「星の世界」。「泰西名著の全訳」を標榜する「新潮文庫」刊行始まる(価二五銭)。「地上巡礼」創刊。

一〇月　*高村光太郎『道程』。松村みね子訳「タゴールの詩」。

社会一般

■四月一八日　*岩手軽便鉄道、*仙人峠まで開通。

■五月　*花巻—西鉛温泉*電車軌道開通。

七月二八日　第一次世界大戦勃発。

八月二三日　ドイツに宣戦布告。

一〇月一日　三越呉服店新築開店、最初の常設エスカレーターが評判を呼ぶ。

1915（大4）　19歳

一月　北山教浄寺*（時宗）に下宿し、受験勉強に励む。

一一月　桑田芳蔵《よしぞう》「童話と教育」。秋田雨雀《うじゃく》「創作劇の上演」。「少年倶楽部」創刊。

一月　森鷗外「山椒大夫」。徳田秋声「あらくれ」連載開始。河東《かわひがし》碧梧桐《へきごとう》『新傾向句集』。「飛行少年」創刊。
二月　片山正夫《かたやままさお》*『化学本論』。畔上賢造訳『ウォーズウォース詩集』。稲毛《いなげ》詛《そ》風《ふう》「自我生活と社会生活」。野村隈畔『自我の研究』。長塚節没。
三月　「卓上噴水」創刊。増野《ましの》三《さぶ》良《ろう》訳タゴール『ギタンヂャリ』。三浦関造訳タゴール『伽陀《かだ》の捧物』。吉田絃二郎「タゴールと霊意識」。中沢臨川「タゴールと西欧の個人主義」。西宮藤朝《にしみやとうちょう》「自我の範囲」。五来素川「人道主義と愛国主義の調和」。

一一月三日　田中智学*、国柱会*設立。
この年、洋紙の需要が増大、和紙の生産高を越える。
△八二〇、九三九石（一・六石）＝一二万三一〇〇ｔ（二四八kg）二二円。

■一月八日　暴風雨、降雪多く被害大。
一月一八日　中国に対華二一カ条の要求。

1915（大4）　19歳

宮沢賢治年譜

四月一日　父政次郎、花巻町町会議員に当選。

四月六日　盛岡*高等農林学校（現岩手大学農学部）農学科第二部（のちの農芸化学科、主任教授・*関豊太郎）に首席入学、寄宿舎自啓寮に入る。入学当初より土、日曜日は泊りがけで鉱物等の標本採集に出かけていたと言う。妹*宮沢トシも*花巻高等女学校を優秀な成績で卒業。同じ四月に、東京目白の日本女子大学校（校長・成瀬仁蔵）家政学部予科入学、寄宿舎責善寮に入る。

宮沢賢治作品

四月〜翌年二月　歌〔231〜255〕

文学・思想・芸術

四月　吉田絃二郎「タゴールの哲学と文芸」。楠山正雄「ゲルハルト・ハウプトマン新論」。「ＡＲＳ」創刊。

五月　*田中智学指導「*日蓮主義研究叢書」全九編刊行開始。第一編*山川智応「*日蓮聖人と耶蘇」。中沢臨川『タゴールと生の実現』。増野三良訳タゴール『新月』。大杉栄《さかえ》「自我の棄《き》脱《だつ》」。中沢臨川「新意志の創造」。

社会一般

五月九日*　中国屈服調印、反日運動高まる。二三日　東京フィルハーモニー会が山田耕作（のち耕筰）の指揮で演奏会を始める。

1915（大4）　19歳

六月　同室の高橋秀松《ひでまつ》と南昌山へ瑪瑙採集に行き雷雨にあう。
七月一六日　林学科一年末吉喜助が北上川で溺死。翌日葬儀。
八月一日～七日　願教寺の夏期仏教講習会で一週間、島地大等の歎異鈔法話を聴く。**二九日**　遠野を歩く。
一〇月二〇日　農学科第二部一年級長に選ばれる。

六月　夏目漱石「道草《みちくさ》」。斎木仙酔『タゴールの歌』。
七月　水野葉舟『凝視』。巌谷小波「お伽小説・雨の餓鬼」。三木露風『幻の田園』。「労働者」創刊。有島武郎「宣言」。
八月　北原白秋『雲母集《きららしゅう》』。木村泰賢《たいけん》「印度思想論」。中沢臨川「意識の説」「ベルグソンとタゴール」。山田不川《ふせん》編「百姓文学」。吉田絃二郎「ドストエフスキイの生活」。
九月　森鷗外訳『沙羅の木』。和辻哲郎「『ゼエレン・キエルケゴオル』序」。加藤一夫《かずお》「トルストイの宗教観」。田中王堂「解放者、ウヰリアム・ジェイムス」。「科学と文芸」創刊。アインシュタイン、一般相対性理論を提唱。
一〇月　増野三良訳タゴール『園丁』。小川未明「未だ見ぬ町へ」。阿部次郎「希臘の世界観と基督教の世界観」。中沢臨川「科学者の宇宙観を難ず」。

六月二一日　無尽業法《むじんぎょうほう》・無線電信公布。
九月二六日　帝国劇場洋楽部が「ボッカチオ」を上演。「恋はやさし野辺の花よ」が流行。

1915（大4）　19歳

宮沢賢治年譜

一一月二〇日　徳育部主催講演にて、藤川慈学「因果説に就きて」と島地大等「現今の思想問題」の講演がなされる。

この年　*片山正夫『化学本論』が刊行され以後賢治の座右の書となる。

宮沢賢治作品

文学・思想・芸術

一一月　芥川龍之介《あくたがわりゅうのすけ》「羅生門」。加藤朝鳥《あさとり》「芸術即人生の問題」。

一二月　山村暮鳥『聖三稜玻璃《せいさんりょうはり》*』。

社会一般

■一一月二三日　岩手軽便鉄道*、岩根橋—柏木平間が完成し全通。県内初の映画常設館・記念館*、盛岡に開館。

一二月一一日　仏教連合会結成。二五日　中国第三革命。

この頃、戦争景気で鉱山・造船などによる成金《なりきん》続出。

■この年、岩手県の木炭生産量は三〇八五万貫で全国一位となる。

△八五二、七六〇石（一・七石）＝一二万七九〇〇t（二五七kg）一五円一〇銭。

1916（大5）　20歳

宮沢賢治年譜

三月一八日　特待生（学費免除）に選ばれる。一九〜三一日　農学科二年*修学旅行で東京、興津《おきつ》、京都、奈良、大阪、大津へ行き、解散後有志と伊勢、箱根を訪れる。（→雑［農学科第二学年修学旅行記］）

宮沢賢治作品

三月〜六月　歌［256〜331］

文学・思想・芸術

一月　福田正夫《ふくだまさお》『農民の言葉』。森鷗外「高瀬舟」。佐藤惣之助《そうのすけ》「正義の兜」。「婦人公論」創刊。

二月　島地大等*「現今の思想問題」。第四次「新思潮」創刊。柳宗悦「宗教的自由」。

三月　加藤一夫「汎労働主義と実生活」。岩野泡鳴「再び日蓮*主義の研究」。大杉栄『労働運動の哲学』。「新演芸」創刊。

社会一般

一月一二日　大隈《おおくま》首相暗殺未遂事件。

三月三〇日　米麦品種改良奨励規則公布。

1916（大5）　20歳

四月三日　願教寺に*島地大等を訪う（簡［15］）。**八日**　盛岡高農二年に進級。毎朝寮の二階より賢治の法華経読経の声が聞こえたと言う。
五月二〇日　自啓寮懇親会で、同室の新入生*保阪嘉内《ほさかかない》の戯曲「人間のもだえ」を上演。賢治も全智の神ダークネスの役で出演。**五月頃**　高橋秀松と北上山地探訪。（↓短「丹藤川」↓［家長制度］）
六月一〇日～一一日　八人で*岩手山登山。
七月八日　*関豊太郎主任教授引率指導のもとに盛岡付近地質見学、調査。賢治は盛岡西北部、*厨川《くりやがわ》村、滝沢村方面を担当。（↓雑「盛岡附近地質調査報文」　翌年三月「校友会々報」三三号に掲載）　**三〇日**　夜行列車で上京、翌日麹町《こうじまち》の北辰館に投宿、のち栄屋旅館に移る。
七月頃　高橋秀松と*姫神山《ひめかみやま》登山。
八月一日～三〇日　東京独逸《ドイツ》学院にて「独逸語夏季講習会」を受講。

七月～一〇月中旬　歌［332～365］

四月　「宗教研究」創刊。伊《い》原《はら》青々園《せいせいえん》「日本に於ける沙翁劇」。「貧しき者」創刊。
五月　夏目漱石「明暗」。タゴール来日。香川鉄蔵「ジェイムスの『意識の流』に就いて」。和辻哲郎「転向」。
六月　「感情」創刊。正宗白鳥「入江のほとり」。白鳥省吾《しろとりせいご》「詩の庶民的傾向」。西宮藤朝《にしみやとうちょう》「自己拡張運動と近代美学説」。原田実《みのる》訳エレン・ケイ『児童の世紀』。
七月　上田敏《びん》訳ダンテ『神曲』。教育学術研究会編「聖タゴール」。武者小路実篤《むしゃのこうじさねあつ》ら「如何にタゴールを観る乎《か》」。レーニン『帝国主義論』。
七月二六・二七日　芸術座「復活」（島村抱月《ほうげつ》演出、松井須磨子《すまこ》出演）盛岡劇場で上演。

■五月二六日　岩手県青年団連合会組織される。
五月二九日　*インドの詩人タゴールが来日（七月二日　日本女子大学校で講演。九月二日帰国）。
七月　ユニバーサル日本支社、連続活劇、ブルーバード映画を続々配給。一日　ソンムの戦い。連合軍総反撃。
■七月中　旱魃。

宮沢賢治年譜

九月二日〜六日頃　在京先より、関*豊太郎教授引率指導による農学科二部、林科学生の秩父、長瀞《ながとろ》、三峰*地方、土性*地質調査見学に参加。**九日**　帰盛の途についたと推定。

一〇月四日〜七日　仙台、福島経由で山形市で開催中の奥羽連合共進会見学に参加。

一二月一〇日　「保阪日記」に「報恩*寺見物」とあり。保阪嘉内と報恩寺に行ったか。報恩寺で度々尾崎*文英の教えを受けるという証言あり。

宮沢賢治作品

一〇月中旬〜一二月　歌［366〜429］

一一月二五日　◆歌《灰色の岩》二九首（「校友会々報」三二号）

文学・思想・芸術

九月　河上肇《はじめ》「貧乏物語」。「ト*ルストイ研究」創刊。広津和郎《ひろつかずお》「芸術家時代と宗教家時代」。内田魯庵《ろあん》*「トルストイと日本の文壇」。中条百合子「貧しき人々の群」。

一〇月　藤朝《とうちょう》生「詩壇は何故不振であるか」。安部磯雄「日本精神と社会主義」。「生命の川」創刊。

一一月　「黒潮」創刊、「星座」創刊。昇曙夢《のぼりしょむ》「憧憬と宗教の文芸」。生田長江《いくたちょうこう》「芸術の職業化を論ず」。紀平正美《きひらただよし》『自我論』。倉田百三《くらたひゃくぞう》「出家とその弟子」。

一二月　本間久雄訳ワイルド『柘榴の家』。石田三治《さんじ》「トルスト*イ対メーテルリンク」。三井甲之《みついこうし》「人道主義か郷土芸術か」。「詩人」創刊。夏目漱石没。

この年、トルストイ*関係の叢書、文庫等多く出始める。

社会一般

九月　海外貿易は月額一億円を超え、海運ブームとなる。

一〇月一日　帝劇を辞したローシー夫妻が赤坂ローヤル館で「天国と地獄」を上演。

一一月三日　皇太子裕仁、立太子礼挙行。

この年、竹久夢二《たけひさゆめじ》の美人画人気。喜劇映画「チャップリンの拳闘」などが相次いで上映される。東北出身娼妓《しょうぎ》一六四七人。

△八五二、八四三石（一・七石）＝一二万八〇〇〇t（一二五五kg）一〇円三五銭。

1917（大6）　21歳

一月四日〜七日　父政次郎の商用に叔父宮沢恒治《つねじ》と同行し上京。両国橋畔の宮城館泊。明治座観劇、横浜も訪れる。

三月一七日　再び特待生となる。

四月　盛岡中学校*に入学した弟宮沢*清六、従弟宮沢安太郎《やすたろう》、盛岡農学校入学の従弟岩田磯吉と共に、盛岡市内の玉井郷方《ごうほう》家に下宿。**九日**　盛岡高農三年に進級。**一八日**　農学科第二部三年の級長に選ばれる。**二八日**　父政次郎、花巻川口町町会議員に当選。

一月　歌［430〜449］

二月　歌《みふゆのひのき》二一首

三月一六日　◆歌《雲ひくき峠等》一四首（「校友会々報」三三号）

四月　歌［450〜495］

二月　萩原朔太郎《はぎわらさくたろう》『月に吠える』。富田砕花《とみたさいか》「民衆芸術としての詩歌」。島村抱月ら『民衆芸術』*。広津和郎「怒れるトルストイ」。「主婦之友」創刊。

三月　「デエメル・マラルメ・モレアス詩集号」（「感情」）。和辻哲郎「懐疑と信仰との論」。柳宗悦《むねよし》「宗教的無」*。安部磯雄「トルストイの無抵抗主義」。近松秋江《ちかまつしゅうこう》*「トルストイの官能上の着眼点」*。益田国基《くにもと》「戯曲家としてのトルストイ」。

四月　柳宗悦「宗教的究竟語《くきょうご》」。加藤一夫「自然と人道」。島村民蔵「独逸に於ける民衆劇場」。鈴木三重吉編『世界童話集』二四巻（春陽堂）刊行開始。

■一月七日〜八日　盛岡*大雪で電信電話不通。

一月九日　ドイツ無制限潜水艦作戦を決定。

二月三日　アメリカ対独断交。

三月一五日　ロシア二月革命。

■三月二一日　盛岡*—東京間長距離電話*開通（一通話一円二五銭）。

三月　東京市内の活動写真館*が六九館に増える。

宮沢賢治年譜

六月　弟清六と従弟二人を伴い*岩手山麓に遊び、路に迷い野宿。

七月一日　同人雑誌「*アザリア」一号発刊。中心は、賢治ほか小菅健吉《こすげけんきち》、*保阪嘉内《ほさかかない》、*河本義行《かわもとよしゆき》の四人。八日　前夜からのアザリア会第一回集会後、深夜二時間余、中心の四人で*秋田街道を*春木場《はるきば》まで歩く。（→短「秋田街道」）一四日～一五日　保阪嘉内と*岩手山登山。一八日　「アザリア」二輯発行。二五日～二九日　農学科一、二部三年生の北海道見学旅行に参加せず、*花巻町有志による東海岸視察団に加わり*釜石、宮古の会社や工場等見学。

八月二八日～九月八日　同級生らと*江刺郡*地質調査のため羽田《はだ》村、*伊手《いで》村、米里《よねさと》村、*種山ヶ原などを回る。

宮沢賢治作品

五月　歌〔496～540〕

六月　歌《*ちゃんがちゃがうまこ》八首

七月～翌年四月　歌〔541～645〕

七月一日　◆《みふゆのひのき》一二首、《*ちゃんがちゃがうまこ》八首、短〔「旅人のはなし」から〕（「*アザリア」一号）一八日　◆歌《*夜のそらにふとあらはれて》八首（「*アザリア」二輯）、◆歌《*箱が森七つ森等》一三首、《*黎明のうた》九首（「校友会々報」三四号）

文学・思想・芸術

五月　萩原朔太郎「三木露風一派の詩を追放せよ」。志賀直哉「城《き》の崎《さき》にて」。

六月　『国訳大蔵経』三〇巻（国民文庫刊行会）刊行開始。*大杉栄訳ロマン・ロラン「民衆芸術論」。

七月　有島武郎《たけお》「カインの末裔《まつえい》」。茅野蕭々《ちのしょうしょう》「ライネル・マリア・リルケの芸術」。加藤一夫「*トルストイの自然生活論批判」。横田英夫「知識階級の帰農を提唱す」。

八月　福田正夫「自然と人生と詩」。萩原朔太郎「現詩壇の神秘主義者と理想主義者と」。有島武郎「アッシジの秋」。若山牧水《ぼくすい》・喜志子《きしこ》『白梅集』。本間久雄『時代の要求と民衆芸術』。

社会一般

五月五日　児童研究所が開所され、児童心理・生理が研究される。

六月三〇日　全国の精神病の一斉調査が行なわれる。患者数六万四九四一人。

七月一四日　*活動写真興行取締規則公布。フィルムの検閲や男女席の分離などが定められる。

九月一六日　祖父喜助《きすけ》死去（七七歳）。臨終を看《み》とる。
一〇月一七日　「アザリア」三輯発行。
一〇月下旬　弟清六と従弟二人を伴い岩手山登山。（→短［柳沢］）
一〇月頃　人生に煩悶する関登久也《せきとくや》を報恩寺の尾崎文英のもとに案内。
一一月三日（土）　村松舜祐教授引率により、二戸郡下を見学。
一二月一六日　「アザリア」Ⅳ発行。

一〇月一七日　◆歌《心と物象》九首、《窓》三首、《阿片光》二首、《種山ヶ原》四首、《原体剣舞連》三首、《中秋十五夜》三首（「アザリア」三輯）
一二月一六日　◆歌《好摩の土》一〇首（「アザリア」Ⅳ）
一二月二七日　◆歌〈雲ひくき〉〈山峡の〉〈あかりまど〉〈阿片光〉〈きれぎれに〉五首（「校友会々報」第三五号「アザリア一〇月号より」）
この年後半～一九二四年三月頃　［冬のスケッチ］制作

九月　「民衆芸術」創刊。「曼陀羅」創刊。加藤一夫「宗教家としてのトルストイ」。
一〇月　佐藤惣之助《そうのすけ》『狂へる歌』。柳宗悦「神秘道への弁明」。芥川龍之介「戯作三昧」。志賀直哉「和解」。
一一月　石坂養平「人道主義とエゴチズム」。和辻哲郎「聖者と芸術家」。全詩人の結集を目指した詩話会結成。
一二月　西宮藤朝《にしみやとうちょう》「民衆芸術論の出発点」。「詩篇」創刊。日夏耿之介《ひなつこうのすけ》「転身の頌《しょう》」。

九月一日　暴利取締令公布。一二日　金本位制停止。
一〇月　東京歌劇座「カフェの夜」上演（日本館）。劇中歌「コロッケの唄」流行。
一一月七日　ロシア一〇月革命。
一二月一七日　山田耕筰がカーネギー・ホールで作品発表会を開く。
■一二月頃　盛岡市に太田クワルテット誕生、演奏会を開く。
■この年、未曾有の豊作。米価高騰し農村の収入はかつてない盛況を呈し、一方経済界の変調により一般物価も高騰、中産以下の生活次第に行き詰まる。東北出身娼妓一五八七人。
△一、〇二二、四六九石（一一・〇石）＝一五万三四〇〇t（三〇四kg）大豊作。

宮沢賢治年譜

一月二六日〜二七日　帰花し卒業後の職業問題等について父と意見が衝突。

二月一日　*関豊太郎教授より*稗貫郡*土性調査のため研究生として残るように勧められ、父に報告(簡[43])。**二日**　法華行者として生きる希望を強く表明した父あて簡[44]を書く。**八日**　徴兵延期を望む父の説得もあって研究生として残ることを決める(父あて簡[45])。**二〇日**　「*アザリア」[五号]発行。**二三日**　「万事は*十界百界の依て起る*根源妙法蓮華経に御任せ下され度候」(父あて簡[46])と述べ、徴兵検査の手続を依頼。

宮沢賢治作品

二月二〇日　◆短「復活の前」(「*アザリア」五号)

文学・思想・芸術

一月　室生犀星《むろうさいせい》『愛の詩集』。詩誌「民衆」創刊。川路柳虹《かわじりゅうこう》「詩の生活化」。永田衡吉《こうきち》「トルストイズムの*親鸞聖人の信仰」。

二月　詩誌「現代詩歌」創刊。富田砕花《さいか》「予言者としてのホヰットマン」。玉木礼吉編『良寛全集』。

社会一般

一月　ウィルソン、国際連盟規約提案。

1918（大7）　22歳

三月一三日　保阪嘉内、学籍除名処分となる。理由はおそらく「アザリア」五号に掲載した「社会と自分」の筆禍のため。帰省中の保阪へ慰め励ます簡［49］を書く。以後頻繁に簡［50・63］他にて法華経帰依を勧める。**一五日**　得業証書授与式。得業論文は「腐植質中ノ無機成分ノ植物ニ対スル価値」。「地質土壌。肥料」研究をテーマとする研究生としての在学を許可される。

四月一日　研究生として入学。四月から九月まで稗貫郡土性調査に携わる。**一五日〜二〇日**　鉛からの父あて簡［53］によればこの間花巻近郊踏査（豊沢、鉛温泉、台温泉）。**二六日**　徴兵検査のため帰花。結果は第二乙種、兵役免除。

五月一日〜二〇日　石鳥谷《いしどりや》、葛丸川《くずまるがわ》、柳沢、円森山《まるもりやま》、台、大迫《おおはさま》、八重畑村、権現堂山、廻館山《まつだちやま》、亀ヶ森などを実地踏査。**一〇日**　盛岡高等農林学校実験指導補助（有給）の嘱託となる。

五月〜翌年七月　歌［646〜710］

三月　「露西亜評論」創刊。有本芳水《ほうすい》「ふる郷」。葛西善蔵《かさいぜんぞう》「子をつれて」。吉田絃二郎「民衆芸術の内容」。室伏高信《むろぶせこうしん》「民主主義の要求」。木村泰賢《たいけん》「仏教思想と現代生活の交渉」。川路柳虹「民衆及民衆芸術の意義」。

四月　木村鷹太郎訳「バイロン傑作集」。加藤一夫「民衆芸術の意義」。西宮藤朝「民衆創造論」。大観子《たいかん》「民主の思想と文芸及宗教」。『民衆芸術』（大日本文明協会編）。「労働新聞」創刊。

五月　芥川龍之介「地獄変」。福田正夫「詩の民衆精神」。千家元麿《せんけもとまろ》『自分は見た』。吹田順助《すいたじゅんすけ》「近代文学と宗教」。魯迅《ろじん》「狂人日記」。

四月一日　北海道帝国大学を設置。一一日〜一二日　田中智学の国柱会、上野桜木町に国柱会館を建設、落成式を挙行。

宮沢賢治年譜

六月九日　仙台の古書店や洋書専門の丸善をまわり書籍を購入（父あて簡［68］）。**二四日**　父が質・古着の店をやめ近代的な職業に切り替えたいという問題に対して工業原料の売買を提案する（簡［73］）。**二六日**　「アザリア」［六号］この日発行と推定。**三〇日**　岩手病院で診察を受け、肋膜炎とわかる。後年生命を奪う結核の始まりであった。

七月二〇日　関教授に退学の意を申し入れる（父あて簡［80］）。**二一日～二四日**　小泉多《こいずみた》三郎《さぶろう》助教授と林業調査（志《し》戸平《どだいら》、大沢温泉、幕館、鉛温泉、台温泉、割沢）。

八月　処女作の童話［蜘蛛となめくぢと狸］［双子の星］を家族の前で朗読。**二四日**　実験指導補助退任。

九月二一日～二六日　稗貫郡東北部の土性調査（大迫、早池峰山、岳《たけ》、折壁）。

宮沢賢治作品

六月下旬（推定）　◆短［峯や谷は］（「アザリア」六号）

八月　童［蜘蛛となめくぢと狸］［双子の星］（朗読）

夏　童［貝の火］（朗読）

文学・思想・芸術

六月　萩原朔太郎「詩と音楽の関係」。「新しき村」第一回例会。

七月　鈴木三重吉「赤い鳥」創刊、二号に芥川龍之介「蜘蛛の糸」掲載。武者小路実篤ら「新しき村」創刊。上田敏訳『ダンテ神曲』。

八月　「土俗と伝説」創刊。本間久雄「労働の快楽化、芸術化」。吉田絃二郎「巡礼の歌」。有島武郎「自己と世界」。武者小路実篤『新しき村の生活』。

九月　室生犀星『抒情小曲集』。佐藤春夫「田園の憂鬱」。王杜《おうと》生「田園派の芸術」。新城和一「ドストイエフスキイの超人思想と神人論」。河上肇《はじめ》『社会問題管見』。豊島与志雄訳ユーゴー「レ・ミゼラブル」。

社会一般

七月二三日　富山県で米騒動始まる。以後九月までに全国に波及。

八月二日　政府、シベリア出兵を宣言。

■八月　米価騰貴により皇室から県に対して窮民救済費を下賜。

九月　「大阪毎日新聞」で口語体が試みられる。その後各紙に普及。二九日　原内閣成立する。

一〇月　父政次郎、胃腸がわるく、西鉛温泉秀清館に静養。**二八日**　橋本喜助（イチ祖父）死去。七五歳。

一一月二四日　日本女子大学校在学中の妹*宮沢トシ、賢治あてに賢治の将来の理想にふれた書簡を書く。

一二月一〇日　「校友会雑誌」三七号に賢治の消息が載る。**一六日**　ドイツ語訳で読んだ*アンデルセン「絵のない絵本」の「第二十八夜」を作歌した歌六首を*保阪嘉内へ送る（簡[95]）。**二五日**　二〇日より妹トシ、東京帝国大学医科大学附属医院小石川分院（通称、永楽病院）に入院との知らせに、急遽母イチと看病のため夜行で花巻を発つ。二六日朝一〇時に上野駅着。雑司ケ谷の雲台館《うんだいかん》に宿をとる。トシは*チフスに類する熱型の病状。**二九日**　神田小川町水晶堂、金石舎に石材の売込みを交渉。**三一日**　病状変わらず母と共に雲台館で越年。

一一月　武者小路実篤ら宮崎県児湯《こゆ》郡木城《きじょう》村に「新しき村」建設。山村暮鳥『風は草木にさゝやいた』。島村抱月没。

この年、*シュペングラー『西洋の没落』。栗原古城訳ラスキン「胡麻と百合」「時と湖」。

■一〇月〜一一月　スペイン風邪蔓延、県下罹病者三三万人を超え、うち死亡三六六〇名余。

一一月一一日　第一次世界大戦終結。

この年、一歳未満乳児の死亡率増大（一八・九％、三三万六九一〇人）。豊作ではあったが米価騰貴により窮民ふえ、米騒動が起こる（七〜九月）。

東北出身娼妓一五六二一人。

▼一、〇一三、一三三石（一一・〇石）＝一五万二〇〇〇t（三〇〇kg）　二八円二七銭。豊作。

宮沢賢治年譜

一月一三日　妹*宮沢トシの容態は小康状態となる。上京以来初めて上野公園の帝国図書館へ行き、以後日比谷図書館とともに看病のあいまに頻繁に通う。上野へ送る。**一五日**　母イチ帰花のため、**二七日**　東京で人造宝石の製造販売の職業を持ちたい意思を初めて父あてに訴え（簡[131]）、父に一応聞き届けられる（二九日付父あて簡[133]）。

一月〜二月　東京帝国大学文科で英文学を専攻していた盛岡中学同期生の*阿部孝の下宿を訪い、そこで萩原朔太郎の詩集『月に吠える』を読む。

二月下旬　トシ退院、雲台館で静養。母イチと叔母岩田ヤスが上京。この滞京中に国柱会館（前年四月落成、上野桜木町）を訪れ、*田中智学の講演を聞く。

三月三日　父の命により、イチ、ヤスと共にトシに付き添って帰花。

宮沢賢治作品

文学・思想・芸術

一月　堀口大学《だいがく》『月光とピエロ』。松井須磨子「カルメン」公演中に縊死《いし》。

二月　吉野作造「デモクラシーと基督教」。近角常観《ちかずみじょうかん》「国際的懺悔と宗教的自覚」。日高只一《ただいち》「民衆芸術の新使命」。大阪毎日新聞、社説に初めて口語体使用。生《いく》田《た》春月《しゅんげつ》訳『ハイネ詩集』。

三月　吉田絃二郎「年の瀬」。「デモクラシイ」創刊。「労働文学」創刊。有島武郎「或る女」前編（後編は六月）。

社会一般

一月一八日　パリ講和会議開く。

二月　スペイン風邪また猛威をふるう。

三月一日　朝鮮対日独立運動拡大。二七日　結核予防法、精神病院法、*トラホーム予防法が公布される。

四月　東京での自立の夢実現できず、質屋の店番生活に戻る(一九二一年まで)。
四月一日　父政次郎、花巻町町会議員に当選。
五月　浮世絵の蒐集を始める。
夏　妹トシ、西鉛温泉秀清館にて保養。賢治の短歌を清書。

六月　短[*ラジュウムの雁](初稿)
八月~翌々年三月　歌[711~762]

四月　「改造」創刊。広津和郎「死児を抱いて」。白鳥省吾「ワルト・ホイットマンの使命」。吉田絃二郎「疲れたる魂」。山本鼎《かなえ》、児童自由画教育提唱。
五月　「日本象徴詩集」(未来社同人編)。「ホイットマン記念号」(「現代詩歌」)。「学校音楽」創刊。「*白樺」「労働文学」ホイットマン特集。柳宗悦「ホイットマンとエマソン」。
六月　白鳥省吾『ホイットマン詩集』。富田砕花訳ホイットマン『草の葉』。島田清次郎「地上」第一部。*西条八十《さいじょうやそ》『砂金《さきん》』。
七月　竹久夢二「歌時計」。「キネマ旬報」創刊。「労働問題社会主義批判号」(「改造」)。「労働問題号」(「中央公論」)。井箆節三《いべらせつぞう》「マルクスと*トルストイ」。三宅雪嶺ら「カール・マルクス論」。
八月　坪内逍遥「社会改造と演劇」。賀川豊彦「労働者崇拝論」。

四月　ガンディー指導下で第一回非暴力抵抗運動。パリで国際連盟条約採択。
■四月一日　*稗貫郡蚕業講習所を稗貫郡立農蚕講習所と改称。
五月四日　北京の学生、山東問題に抗議し反日デモ。
六月　米価高騰に次いで諸物価上昇し、貧富の差が拡大。二八日ベルサイユ講和条約調印。
■七月一五日　西*岩手山大地獄付近に新爆発口生ず。二三日米価益々奔騰し*盛岡市内白米小売一升五五銭、前代未聞の高価となる(一九一〇年白米一升一三銭)。
七月~八月　物価騰貴によるスト続発。

宮沢賢治年譜

九月二一日　保阪嘉内に「[手紙一]」の半紙刷五十枚を送る(簡[156])。

一〇月　稗貫郡*の「理科研究」講習会で、賢治の指導のもとに「湯口村鉛及豊沢方面の鉱物研究」が行なわれる。

この年　郡立農蚕講習所の講師として鉱物、土壌、化学、肥料*を担当。

宮沢賢治作品

この年後半　手[一][二][三]

文学・思想・芸術

九月　「日本労働」創刊。北一輝「日本改造法案大綱」。千家元麿「虹」。川路柳虹訳『ヹルレーヌ詩集』。

一〇月　北原白秋『トンボの眼玉』。土井晩翠『晩翠詩集』。厨川白村「労働問題を描ける文学」。和辻哲郎「労働問題と労働文学とに就て」。

一一月　「金の船」創刊。山川智応*「唯物史観と階級闘争説とに対する吾人の感想」。田中智学*「娯楽開顕」。栗原古城訳ラスキン「神人と魔人」。

一二月　木下杢太郎《もくたろう》『食後の唄』。野上弥生子《やえこ》「兄弟の百姓」。秋田雨雀《うじゃく》「『童話』の持つ使命」。

『赤い鳥童謡』(全八巻)この年一〇月～一九二五・六月。

社会一般

一〇月　第一回国際労働機関(ILO)会議。

一一月二七日　一年志願兵条例・一年現役兵条例公布。

東北出身娼妓一五二九人。

△一、〇七六、七七四石(二一・一石)＝一六万二九〇〇t(三一七kg)　五七円。

1920(大9)　24歳

二月九日　妹トシ、「自省録」を一六日目に書き終わる。

五月二〇日　盛岡高等*農林学校研究生を修了。*関豊太郎教授から助教授推薦の話もあったが、実業に進む希望を述べ辞退したと言われる。

五月　短「女」(初稿)「*丹藤川《たんどがわ》」(「家長制度」先駆形・初稿)「猫」(初稿)

一月　賀川豊彦「死線を越えて」連載開始。*西条八十《さいじょうやそ》訳詩集『白孔雀』。島田清次郎「ある男の話」。志賀直哉「小僧の神様」。「少年少女譚海《たんかい》」(博文館)創刊。「合掌」創刊。島田清次郎「地上」第二部(発禁)。小川未明「金の輪」。
二月　北原白秋「雀の生活」。*佐々木喜善《きぜん》『奥州のザシキワラシの話』。柳田国男・早川孝太郎*『おとら狐の話』。山村暮鳥「鉄の靴」。長谷川如是閑《にょぜかん》「労働の芸術化か芸術の労働化か」。中村吉蔵「歌舞伎劇と民衆劇」。
三月　室伏高信ら「クロポトキン思想研究」。藤森成吉《せいきち》「所謂田園の文学」。
四月　「童話」創刊。武者小路実篤「友情」。江口渙《えぐちかん》「新芸術と新人」。
五月　根岸正吉《しょうきち》ら労働詩集「どん底で歌ふ」。大杉栄ら「乞食の名誉」。帝国キネマ創立。

■一月八日　三陸海岸暴風、被害大。
一月一〇日　東大助教授森戸辰男、クロポトキンの社会思想を発表し休職、禁固二か月。
二月一一日　新劇協会が有楽座でメーテルリンク「青い鳥」初演。
三月一五日　株式、錦糸、生糸暴落。戦後恐慌。二八日　市川房枝《ふさえ》ら新婦人協会組織。
四月二〇日　*大正活動写真株式会社創立。
五月二日　上野公園で初のメーデー。

1920（大9）　24歳

宮沢賢治年譜

七月二二日　保阪嘉内あて簡［166］を書く。「私ハ改メテコノ願ヲ九識心王《くしきしんのう》大菩薩即チ世界唯一ノ大導師日蓮大上人ノ御前ニ捧ゲ奉リ」とある。

八月二六日～末頃　土性調査の補足のため、関豊太郎教授と早池峰山麓大迫町、小山田（現東和《とうわ》町）を踏査。その直後、土性調査慰労会がもたれる。

夏　田中智学著『本化摂折論《ほんけしょうしゃくろん》』及び『日蓮上人御遺文』より抜き書きし「摂折御文《おんふみ》　僧俗御判《そうぞくごはん》」を編む。ある夜、関徳弥の店頭で父政次郎の法友、阿部晁《ちょう》に会い、田中智学『法華経叢談』を呈し、法論を行なう。

九月一二日～一三日　妹シゲ、クニを伴い岩手山登山。**二三日**　保阪嘉内あて簡［172］で来春上京の意思を伝え（簡［167・168］にもある）、翌年一月の上京を暗示。**二四日**　妹宮沢トシ、母校花巻高等女学校教諭心得となる（英語・家事を担当）。

宮沢賢治作品

六月　短［うろこ雲］（初稿）

九月　短［秋田街道］（初稿）［沼森］（初稿）［柳沢］（初稿）

文学・思想・芸術

六月　高畠素之《たかばたけもとゆき》訳マルクス「資本論」。村山槐多《かいた》「槐多の歌へる」。堺利彦「芸術的社会主義者ヰリアム・モリス」。

七月　芥川龍之介「杜子春《とししゅん》」。富田砕花訳『カアペンタア詩集』。

八月　島田清次郎「若き城主」。有島武郎「一房の葡萄」。田中智学「日蓮主義の大文化運動」。内田魯庵《ろあん》「釈迦と基督とマルクス」。賀川豊彦「精進の世界―宗教改造と社会改造」。

九月　田中智学、日刊新聞「天業民報」創刊。豊島与志雄訳ロマン・ロオラン『ジャン・クリストフ』。

社会一般

■八月七日　県下暴風雨、河川氾濫し被害甚大。

九月一六日　未来派美術協会結成、銀座玉木屋で展覧会開催。二一日　アメリカ、カリフォルニア州の排日運動発展。

1920（大9）　24歳

一〇月二三日　保阪嘉内あて簡［181］には、この日「私は正信《しょうしん》に入りました」とあり、花巻町を題目を唱えて歩く。

一二月二日　保阪嘉内に「今度私は／国柱会信行部に入会致しました。即ち最早私の身命は／日蓮聖人の御物です。従って今や私は／田中智学先生の御命令の中に丈あるのです」と簡［177］を書く。この月、町内を寒修行をして歩く。国柱会入会以来父への改宗要請は激しさを増し、父子激烈に論争する。

この年　花巻町於田屋《おたや》町長久寺（臨済宗妙心寺派）の佐藤祖林《そりん》につき参禅。法華経の輪読会を行なう。

一〇月　百田《ももた》宗治《そうじ》「百田宗治詩集」。「婦人倶楽部」創刊。賀川豊彦『死線を越えて』が刊行され、大ベストセラーとなる。

一一月　室伏高信「レニンのユトピア」。吉田絃二郎「白い鳩をたづねて」。

一二月　坪田譲治「正太《しょうた》の馬」。藤井健治「改造原理としての社会正義」。

この年二月『民衆芸術選』（聚英閣）刊。『社会文芸叢書』（全四巻、同）四月～九月。『世界文芸全集』（全三二巻、新潮社）一一月～一九二六・一〇月。

■一〇月一日　第一回国勢調査、岩手県の人口八四万五五四〇人。

一一月一九日　大正活動写真株式会社の第一回作品「アマチュア倶楽部」が有楽座で公開。

一二月九日　大杉栄、堺利彦ら日本社会主義同盟創立。

この年、映画会社の創立が相次ぐ。電話の需要が急増し、電話の市価が高騰。

小作争議四〇八件。

東北出身娼妓一四三六人。

△一、〇八五、八四六石（一一・一石）＝一六万二九〇〇t（三一七kg）　四二円五〇銭。

宮沢賢治年譜

一月頃　*斎藤宗次《そうじ》郎《ろう》を訪ね、*田中智学の人物と現状について問う。

一月二三日　夕刻、「頭の上の棚から御書《おんふみ》が二冊共ばったり背中に落ち」（簡［185］）たのを機に、無断で上京。**二四日**　*国柱会に行き国柱会理事*高知《たかち》尾《お》智《ち》耀《よう》に会う。**二五日**　下宿を本郷菊坂町の稲垣方に決める。**二七日**　東大赤門前の文信社で校正係やガリ版切りなどしながら*国柱会の奉仕活動を始める。

二月　「*高知尾師ノ奨メニヨリ法華文学ノ創作」を志す。月に三〇〇〇枚もの童話原稿を書くこともあったという。また、父より度々送られた小切手をその都度送り返したと言われる。**二日**　国柱会館において聖史劇「佐渡」（脚本田中智学）の披露朗読会を聞いたと推定。

三月六日または一三日　田中智学作「佐渡」七幕一一場を、どちらかの日に観劇したと推定。

宮沢賢治作品

文学・思想・芸術

一月　*暁烏《あけがらす》敏《はや》「生くる日」。*西条八十「鸚鵡と時計」。平林初之輔《はつのすけ》「第四階級の文学」。西川勉《つとむ》「露西亜現代の*童話文学」。寺田寅彦《とらひこ》「文学の中の科学的要素」。*田中智学「日本国体の研究」。

二月　「心霊研究」創刊。菊池寛《かん》「一ぱいの水」。武者小路実篤「鳩と鷲」。沖野岩三郎「内村鑑三論」。小川未明「赤い蠟燭と人魚」。「種蒔く人」創刊。倉田百三「布施太子《ふせたいし》の入山《じゅざん》」。

三月　『*日蓮上人全集』全七巻。寺田寅彦「科学と文学との綜合に就て」。倉田百三『愛と認識との出発』。

社会一般

1921(大10)　25歳

四月初旬　父政次郎上京。父の誘いで二人で六日間の関西旅行をする(伊勢、比叡山、奈良等)。**二七日**　父政次郎、花巻川口町町会議員に当選。

六月一八日　東京で「在京の純粋故郷出身の青年」啄木会を組織。決議書中の「啄木会同志名」に賢治の氏名あり。

七月三日　簡[194]によれば、国柱会*奉仕時間を短縮して創作に打ち込んでいた模様。**一三日**　関徳弥*に「私は書いたものを売らうと折角してゐます」「これからの宗教は芸術です。これからの芸術は宗教です」(簡[195])と書く。**一八日**　保阪嘉内*と対面、両者に批判対立があったらしい。**七月下旬**　肉食のために脚気になったと関徳弥*に書く(簡[197])。

四月　歌[B763〜811]

六月　短[電車*](初稿)[床屋](初稿)

四月　島田清次郎「夕べの悩み」。「労働者」創刊。「カメラ」創刊。千家元麿『野天の光り』。

五月　吉田絃二郎「寂しき人々」。ドイツの表現主義映画「カリガリ博士」公開。小川未明『赤い蠟燭と人魚』。中里介山『大菩薩峠*』合本初版刊行開始。

六月　野口雨情『十五夜お月さん』。日夏耿之介『黒衣聖母』。巌谷小波『こがね丸』(口語体改作)。

七月　佐藤春夫『殉情詩集』。「ナロオド」創刊。巌谷小波「お伽《とぎ》トランク」。本間久雄「都会文芸と田園文芸」。高倉徳太郎「恩寵の王国」。西田天香《てんこう》「懺悔の生活」。

■四月一日　郡立農蚕講習所は郡立稗貫農学校*と改称(乙種二年制)。四日　大暴風雨、河川氾濫し被害甚大。

六月一二日　田中智学*、上野公園の常設屋外宣伝場で雑誌「開顕」を施本《せほん》し演説。

七月　中国共産党創立大会。

一七日　バートランド・ラッセル来日。

1921（大10）　25歳

宮沢賢治年譜

八月一一日　関徳弥あて簡［197］「この紙の裏はこはしてしまった芝居です」と書く。（→劇［〔蒼冷と純黒〕］）

八月中旬　妹宮沢トシ、喀血、「スグカエレ」の電報を受け、大トランクに原稿を詰め急遽帰花。（→童［革トランク］）

九月一二日　妹トシ、花巻高等女学校を病気退職。

一〇月　花巻高等女学校音楽教諭藤原嘉藤治との交友が始まったと推定。**一日**　父政次郎、方面委員として岩手県知事より表彰を受ける。

一一月一五日　本日付「天業民報」の田中智学還暦祝賀広告に、岩手県からの協賛者一〇名の名が載り、賢治と関徳弥の名が見える。

宮沢賢治作品

八月頃迄（上京中）　童［月夜のけだもの］（初稿）

八月一一日迄　劇［〔蒼冷と純黒〕］

八月二〇日　童［竜と詩人］（初稿）、**二五日**　童［かしはばやしの夜］（初稿）

九月一日　◆童謡［あまの川］（「愛国婦人」九月号）、**一四日**　童［月夜のでんしんばしら］（初稿）、**一五日**　童［鹿踊りのはじまり］（初稿）、**一九日**　童［どんぐりと山猫］（初稿）

この月以降　歌［B］清書整理（推定）

秋頃　童［蛙の消滅］（初期形清書）［ひのきとひなげし］（初期形）［めくらぶだうと虹］（初稿）

一一月一〇日　童［注文の多い料理店］（初稿）

一一月　童［狼森と笊森、盗森］（初稿）、短［図書館幻想］（初稿）

文学・思想・芸術

八月　「民衆詩」創刊。尾瀬敬止《おせけいし》「労農露西亜の文化」。

九月　白鳥省吾『憧憬の丘』。尾山篤二郎《とくじろう》歌集『まんじゆさげ』。

一〇月　「露西亜芸術」創刊。千家元麿『新生の悦び』。「種蒔く人」第二次発刊。「日本詩人」「詩聖」創刊。吉田金重《かねしげ》「労働文学存在の意義」。

一一月　林癸未夫《きみお》「社会批評家としてのジョン・ラスキン」。有島武郎訳『ホヰットマン詩集』。石丸梧平《ごへい》「人間親鸞」。長与善郎《ながよよしろう》「因陀羅《いんだら》の子」。『ゴオリキイ全集』九巻（日本評論社）。

社会一般

一一月四日　原敬《はらたかし》首相（盛岡出身）刺殺される。一八日　フランスの詩人クローデルが駐日大使として来日。

1921（大10）　25歳

一二月三日　*稗貫郡立稗貫農学校教諭となり、家人に喜ばれる。月給は当時の初任給としては高給の八〇円（八級俸）。担当科目は代数・農産製造・作物・化学・英語・土壌・*肥料・気象等、他に実習として水田稲作。*藤原嘉藤治《ふじわらかとうじ》と親しみ、*レコードを聴くなど音楽熱高まる。

一二月一日　◆童「*雪渡り（一）」（「愛国婦人」一二月号）、**二二日**　童「*烏の北斗七星」（初稿）

冬以降～翌年初め　「冬のスケッチ」（清書）

この年後半　童「*毒もみのすきな署長さん」「まなづるとダ*ァリヤ」（初稿）

この年　童「*よだかの星」「双子の星」「いてふの実」「*馬の頭巾」「*さるのこしかけ」「*ツェねずみ」「鳥箱先生とフウねずみ」「*種山ヶ原」「*気のいい火山弾」「貝の火」

この年か翌年　「〔けだもの運動会〕」「カイロ団長」「*クンねずみ」「十月の末」「十力の金剛石」「*とっこべとら子」「青木大学士の野宿」「*葡萄水」（初期形）「〔*ペンネンネンネンネン・ネネムの伝記〕」「よく利く薬とえらい薬」

一二月　井汲清治《いくみきよはる》「詩人ポオル・クロオデル」。北原白秋訳「まざあ・ぐうす」。平戸廉吉《ひらとれんきち》「日本未来派運動」第一回宣言。伊藤証信《しょうしん》『無我愛の真理』。魯迅《ろじん》「阿Q正伝」。

この頃、倉田百三・賀川豊彦などの宗教文学盛ん。

■一二月二三日　工兵第八大隊より一箇中隊*シベリア派遣、この日*盛岡駅出発。

この年、寺尾博、水稲の耐寒品種〈*陸羽一三二号〉を交配、育成。

小作争議一六八〇件。

東北出身娼妓一五三三人。

△一、〇九三、八七一石（二一・一石）＝一六万四一〇〇t（三二一六kg）　三三円。

1922（大11）　26歳

一月一日　「愛国婦人」に掲載された投稿童話「*雪渡り」の原稿料五円を得る（生前唯一の原稿料収入）。

一月一日　◆童「雪渡り（二）」（「愛国婦人」一月号）、**六日**　「*屈折率」「*くらかけの雪」、**九日**　「日輪と太市」、**一二日**　「丘の幻惑」「*カーバイト倉庫」、**一九日**　童「*水仙月の四日」（初稿）

一月　短「*花椰菜《はなやさい》」（初稿）「あけがた」（初稿）

一月　福田正夫《まさお》・富田砕花ほか『日本社会詩人詩集』。有島武郎「宣言一つ」。「コドモノクニ」創刊。茅野蕭々「自我と原始への復帰」。

宮沢賢治年譜

二月 *〔精神歌〕を同僚*堀籠文之進《ほりごめぶんのしん》に見せ、誰かに作曲してもらいたいことを告げる。この頃よりレコードの収集を始める。

三月 *〔精神歌〕の作曲を川村悟郎《ごろう》に依頼、堀籠と賢治とで手を加えて完成させ、生徒に歌わせる。

宮沢賢治作品

二月 *〔精神歌〕

三月二日 〔ぬすびと〕、**二〇日** 〔恋と病熱〕

四月七日 童〔*山男の四月〕（初稿）、**八日** 〔*春と修羅〕、**一〇日** 〔春光呪《じゅ》詛《そ》〕、**一三日** 〔有明〕、**二〇日** 〔谷〕、**二三日** 〔陽ざしとかれくさ〕

五月一〇日 〔雲の信号〕、**一二日** 〔風景〕〔手簡〕、**一四日** 〔習作〕〔休息〕、**一七日** 〔*おきなぐさ〕〔かはばた〕、**一八日** 〔*真空溶媒〕、**二〇日** 〔*小岩井農場〕〔*蠕虫舞手〕、**二一日** 〔〔堅い*瓔珞はまっすぐに下に垂れます〕〕

五月頃 童〔イーハトーボ農学校の春〕（初稿、ただし新校本年譜には推定の根拠を再確認できないとある）

文学・思想・芸術

二月 生田春月《いくたしゅんげつ》「文学とプロレタリア」。「小作人」創刊。「週刊朝日」創刊。

三月 佐藤惣之助《そうのすけ》「荒野の娘」。「白孔雀」創刊。「嵐」創刊。「農民と芸術」創刊。芥川龍之介「トロッコ」。

四月 奥川夢郎「童話劇の一考察」。室伏高信「階級闘争に於ける知識階級、文化及び芸術」。権《ごん》田《だ》保之《やすの》助《すけ》「民衆芸術論の基底」。「サンデー毎日」創刊。

五月 佐藤清「キーツの詩」。津《つ》村京村《むらきょうそん》「民衆教化と劇芸術」。中沢静雄「階級文学と宗教文学」。二〇日 堺利彦《さかいとしひこ》訳マルクス・エンゲルス『共産党宣言』。

社会一般

■二月一八日 大暴風雨、洪水。

三月三日 全国水平社創設。

四月 タゴール、シャンティニケタンに大学創立。九日 神戸で日本農民組合創立。

五月一日 フランス現代美術展（ボナール、ユトリロ、セザンヌなど）開催。

六月一二日　詩「青い槍の葉*」を労働歌として田植えの時生徒に歌わせたという。

七月六日　病重い宮沢トシ*を下根子*桜の別宅へ移す。

夏　生徒と共に岩手山*登山。

九月一五日　賢治が携わった『岩手県稗貫郡*地質及土性調査報告書*』発行される。一七日～一八日　生徒五、六人と岩手山*登山。

九月　農学校で劇「饑餓陣営*」を上演。

六月二日　「厨川停車場*」、四日　「林と思想」「霧とマッチ」、七日　「芝生」、一二日　「青い槍の葉*」、一五日　「報告」、二〇日　劇「生産体操*」（→「饑餓陣営*」と改題）、二五日　「風景観察官」、二七日　「岩手山*」「高原」「印象」「高級の霧」

七月中旬～下旬　童「毒蛾*」（初稿）

初夏頃　童「台川*」（初稿）

八月九日　童「イギリス海岸」、一七日　「電車」「天然誘接*」、三一日　「原体剣舞連*」

八月頃　童「化物丁場*」（初稿）

九月七日　「グランド電柱*」「山巡査」「電線工夫」「たび人」「竹と楢*」、一七日　「銅線」「滝沢野*」、一八日　「東岩手火山」、二七日　「犬*」

六月　白鳥省吾「詩と社会との交渉」。三木露風「信仰の曙」。吉江喬松「民衆劇論」。阿部次郎「人格主義」。山村暮鳥「万物の世界」。北原白秋『祭の笛』。平林初之輔「無産階級の芸術」。「金の星」（「金の船」改題）創刊。

七月　「水平」創刊。「童話研究」創刊。森口多里《たり》「ダダイズムの詩と絵画」。森鷗外没。

八月　柳宗悦「宗教的真理の本質」。賀川豊彦「生命宗教の本質」。秋田雨雀、ラムステッドら「エスペラント研究」（「改造」）。小島徳弥「民衆運動と芸術」。「日本農民新聞」創刊。

九月　吉田源治郎『肉眼に見える星の研究』。「農民運動」創刊。詩誌「詩と音楽」創刊。小川未明「小さな草と太陽」。「無産階級文化と美的要求」（「種蒔く人」）。

六月　日本、シベリア*撤退声明（北樺太を除く）。一日　賀川豊彦、大阪安治川《あじがわ》教会に大阪労働学校開校。

七月一五日　日本共産党、非合法に結成。

■七月一五日　国鉄支線盛岡*―橋場間開通。この頃より一週間程盛岡市に毒蛾が大発生し、猛威をふるう（→童「毒蛾《どくが》」）。三一日　豪雨、盛岡で雫石川氾濫（→童「化物丁場*」）。

八月一七日　有島武郎、北海道有島農場を小作人に無償解放。

二一日～二七日　日本農民組合北河内連合会、農民学校を開校。

■八月二七日　花輪線、好摩《こうま》*―平館《たいらだて》間開通。

■九月上旬　風水害のため被害大。

宮沢賢治年譜

一一月一九日　桜*の別宅で療養中のトシを実家へ戻す。二七日　みぞれ降る寒い日、午後八時三〇分トシ没す(二四歳)。二八日　二階の日蓮宗仏壇の曼陀羅*に祈り続ける。二九日　*鍛冶《かじ》町安浄寺で葬儀。賢治は法華経を詠み続け、遺骨を二つに分けて分骨を小さな缶に入れる。

宮沢賢治作品

一〇月五日　童〔まなづるとダァリヤ*〕(訂了)、一〇日　〔マサニエロ*〕、一五日　〔栗鼠と色鉛筆*〕

一一月二七日　〔永訣の朝〕〔松の針*〕〔無声慟哭〕

一二月　童〔貝の火*〕(及川留吉《おいかわとめきち》筆写)

冬〜翌年晩夏　童〔〔フランドン農学校の豚*〕〕(初稿)

文学・思想・芸術

一〇月　楠山《くすやま》正雄ら「児童劇運動の行進に」。中村星湖《せいこ》「郷土芸術に就て」。大杉栄「労働運動と労働文学」。神原泰《かんばらたい》・古賀春江《こがはるえ》ら前衛美術団体「アクション」を結成。

一一月　「新興文学」、「労働者」、「親鸞*生活」創刊。松原寛「親鸞*流行の文芸」。

一二月　野口米次郎《よねじろう》「敵を愛せ」。賀川豊彦「生命宗教と生命芸術」。室伏高信「創造人の宣言」。アインシュタイン「理論物理学の現時の危機について」。竹久夢二『あやとりかけとり』。井上康文《やすぶみ》『土に祈る』。

社会一般

■一〇月　関東に蔓延のコレラ、東海岸に侵入。

一一月一八日　アインシュタイン来日。相対性理論のブームが起こる。

一二月三〇日　ソビエト社会主義共和国連邦成立。

■一二月　盛岡劇場で新国劇(沢田正二郎一座)興行。

1922(大11)　26歳

この年　レコード*を収集し(ベート*ーヴェン、シューベルト、チャイコフスキー、ハイドン、ドビュッシー等)よく聴く。

この年　短[山地の稜][電車][猫*][女][丹藤川*][うろこ雲][あけがた][秋田街道*][図書館幻想][床屋*][沼森][花椰菜*][柳沢*][ラジュウムの雁]、童[〔ペンネンネンネンネン・ネネムの伝記〕](関鉄三、筆写)
この年か翌年　童[〔みあげた〕](清書)
この年まで　童[畑のへり]
この年以降　童[竜と詩人*]

この頃、童話雑誌創刊盛ん。童話創作では小川未明・鈴木三重吉・浜田広介《ひろすけ》のほか芥川龍之介・有島武郎等。童謡では北原白秋・野口雨情・西条八十等。

この年電燈*使用約七九〇万戸(普及率七〇%)。小作争議一五七八件。
■この年花巻温泉*開かれる(翌年八月開業)。
東北出身娼妓一六二一七人。
▼一、〇五八、二五二石(二一・〇石)＝一五万八九〇〇t(三〇四kg)

1923(大12)　27歳

一月初旬　上京。前年一二月より在京していた弟宮沢清六*を訪ねる。清六に童話原稿を「婦人画報」および月刊絵本「コドモノクニ」発行所東京社に持参させるが断られる。鶯谷国柱会館*で田中智学*作「林間の話」「凱旋の義家」「函谷関《かんこくかん》」の試演があり、清六と観劇する(「函谷関」では智学も出演)。その後静岡県三保の国柱会本部へ行き宮沢トシ*の納骨の手続きをとったものと推測される(この年晩春に父政次郎と妹シゲが納骨に行っている)。再び東京に立ち寄り帰花。

一月　萩原朔太郎『青猫』。「文藝春秋」創刊。詩誌「赤と黒」創刊。「アサヒグラフ」創刊。

■一月　花巻共立病院(院長佐藤隆房*)開業。

宮沢賢治年譜

二月二〇日　関豊太郎と*大迫小学校訪問。校長菅原隆太郎の国語の授業を参観。**二三日**　花巻での*関豊太郎の*稗貫土性調査に関する講話会を聴講したと推定。

三月四日頃　同僚*堀籠文之《ほりごめぶんの》進《しん》と一関へ出かけ、歌舞伎観劇。

四月二一日　「天業民報」に*国性文芸会新則入会申込者として賢治の名が載る。

五月初旬　*盛岡へ東京大歌舞伎を見に行く。**二五日**　*花巻農学校開校式。記念行事に自作の劇「異稿　植物医師」「饑餓陣営」を昼夜二回監督上演。

六月五日　*斎藤宗次《そうじ》郎《ろう》と職員室で教育の根本問題、農村改良問題を論じ合って共鳴し、田園劇、自作の歌曲の話にも及ぶ。

宮沢賢治作品

三月　◆曲「花巻農学校精神歌」(「岩手県花巻農学校一覧表」)

四月八日　◆「*心象スケツチ*外輪山」(↓「東岩手火山」)、童「*やまなし」(「岩手毎日新聞」7584号)、**一五日**　◆童「*氷河鼠の毛皮」(「岩手毎日新聞」7591号)

五月一一日～二三日(一六日と一九日は休載)　◆童「*シグナルとシグナレス」(一)～(十一)(「岩手毎日新聞」7617号～7629号)(一一回に分載)

六月三日　「*風林」、**四日**　「*白い鳥」

六月頃　童「*おきなぐさ」

文学・思想・芸術

二月　高橋新吉詩集『ダダイスト新吉の詩』。吉田絃二郎「エルサレムまで」。ラッセル「機械主義に対する抗議」(「改造」)。

三月　稲垣足穂《たるほ》「星を売る店」。小川未明「飴チョコの天使」(「赤い鳥」)。島田清次郎「我れ世に勝てり」。宇野浩二《こうじ》「子を貸し屋」。山村暮鳥童話集『鉄の靴』。

四月　尾瀬敬止訳『労農ロシア詩集』。室伏高信「都会文明から農村文化へ」。小川未明「民衆芸術の個的精神」。中村星湖「郷土芸術に対する要求」。相田隆太郎《そうだりゅうたろう》「郷土芸術の要望」。岸田劉生《りゅうせい》「民衆芸術としての日本演劇」。石丸梧平「芸術と生活創造」。「赤旗」創刊。

五月　若山牧水《ぼくすい》「山桜の歌」。石丸梧平「人生創造としての芸術」。長谷川如是閑ほか「演劇民衆化問題」。

六月　室伏高信「階級文化と共産文化」。北原白秋『水墨《すいぼく》集』。倉田潮《うしお》「農民文学の提唱」。有島武郎没。

社会一般

二月　丸の内ビル竣工。

■四月一日　郡立*稗貫農学校が県立*花巻農学校と改称。二日　六〇年来の大風雪、被害大。

四月　*親鸞七〇〇年忌大法要、東西本願寺で開かれ、参詣者五〇〇万に達する。

六月五日　第一次共産党検挙始まる。

1923（大12）　27歳

七月三一日〜八月一二日　生徒の就職依頼のため青森、北海道経由樺太旅行（青森、函館、札幌、旭川、稚内、宗谷海峡、大泊、豊原、*栄浜《さかえはま》、*鈴谷《すすや》平原、内浦湾〈*噴火湾〉）。
八月一六日　岩田金次郎没（五〇歳、父政次郎の妹ヤスの夫で妹シゲの義父）。賢治から法華経を聞き仏心を起こしていた金次郎は死ぬまで題目を唱え続けたという。この夜賢治も夜通し法華経を読経した。
九月一二日　*斎藤宗次郎を農学校に招き、*レコード（*ベートーヴェン等）を聴き、「*閑談」（斎藤宗次郎自叙伝）をする。
一〇月二八日　*岩手山麓行。

七月二九日　◆曲［*角礫行進歌］（「*天業民報」868号）
夏頃　童［*イーハトーボ農学校の春］（清書）
八月一日　［青森*挽歌］［青森挽歌三］［津軽海峡］、**二日**　［*駒ヶ岳］［旭川］［宗谷挽歌］、**四日**　［*オホーツク挽歌］［*樺太鉄道］、**七日**　［*鈴谷平原］、◆曲［黎明行進歌（*花巻農学校精神歌）］（「*天業民報」874号）、**一一日**　［*噴火湾（*ノクターン）］、**一六日**　◆［青い*槍の葉（*挿秧《そうおう》歌）］（「天業民報」882号）、**二八日**　［*不貪慾戒《ふとんよくかい》］、**三一日**　［*雲とはんのき］
夏以降　童［さいかち淵］（清書）［サガレンと八月］
九月一〇日　［火薬と紙幣］、**一六日**　［宗教風の恋］［風景とオルゴール］［風の*偏倚《へんい》］［*昴］、**三〇日**　［*第四梯形］
一〇月一五日　［過去情炎］、**二八日**　［*一本木野］［*鎔岩流］
秋頃　童［車］（清書）［*黒ぶだう］（清書）

七月　金子光晴《みつはる》『こがね虫』。*吉田一穂《いっすい》「詩の序曲」。
八月　知里《ちり》幸恵《ゆきえ》編「アイヌ神謡集」。新《に》居格《いいたる》「無名讃仰と人類意識」。室伏高信「大社会と自由」。本間久雄「農民小説の問題」。「*白樺」廃刊。
九月　「詩と音楽」廃刊。
一〇月　白鳥省吾「民衆詩の起源」。芥川龍之介ら「大震災に遭遇して」。吉田絃二郎ら「文壇名家遭難記」。渡辺渡「天上の砂」。

七月一〇日　日本航空設立、大阪―別府間の定期航空を開始。
■七月下旬　連日大雨、水害多し。
■八月　*花巻温泉開業。
■八月中旬　天候不順のため米価騰貴、一升四〇銭。
九月一日　関東大震災。死者九万一三四四人。全壊焼失家屋四六万四九〇九戸。
■九月一日　*盛岡*測候所落成。
■一〇月一〇日　山田線、*盛岡―上米《かみよ》内《ない》間開通。

1923（大12）　27歳

宮沢賢治年譜

一一月二七日　「天業民報」に、国柱会による「国難救護　正法宣揚　同志結束」の基金に一〇円寄付の記名が出る。

一二月一〇日　この日発行の近森善一著『蝿と蚊と蚤』にはさみこまれていた図書注文用振替用紙裏面に、「少年文学　宮沢賢治著　童話「山男の四月」」の近刊予告が載る。

一月上旬　同僚堀籠文之進*の結婚式にて新郎の介添え役をする。

宮沢賢治作品

一一月二二日　「イーハトヴ*の氷霧*」

一二月四日　〔冬と銀河鉄道*〕、二〇日　童話集『注文の多い料理店』〔序〕

冬頃　「耕耘《こううん》部の時計*」（清書）

この年後半　童「四又の百合*」（清書）「慶十公園林*」（清書）

この年後半〜翌年はじめ　手〔四〕

この年　童「インドラの網*」「ガドルフの百合*」「雁の童子*」「革トランク*」「黄いろのトマト*」「〔税務署長の冒険〕」（下書き）「谷*」「チュウリップの幻術*」「土神ときつね*」「鳥をとるやなぎ*」「楢ノ木大学士の野宿*」「二十六夜*」「バキチの仕事*」「林の底*」「茨海小学校*」「ビヂテリアン大祭*」「二人の役人*」「マグノリアの木*」「みぢかい木ペン*」「学者アラムハラドの見た着物*」（現）「化物丁場*」「葡萄水*」（最終形）

一月二〇日　心象スケッチ*集『春と修羅*』〔序〕

文学・思想・芸術

一一月　詩話会編「災禍の上に」。白鳥省吾「都会文芸の崩壊」。

一二月　室伏高信『文明の没落』刊行。

一月　伊福部《いふくべ》隆輝《たかてる》*「農民芸術の提唱」。犬田卯《いぬたしげる》「農村問題と土の芸術」。「棕櫚《しゅろ》の葉」創刊。室伏高信「丸ビル時代と社会主義」。「演劇新潮」創刊。

社会一般

一一月一〇日　映画俳優学校創立。

■一二月一二日　鈴木三重吉来盛、このとき深沢省三《しょうぞう》*、菊地武雄と会う。

小作争議一九一七件。

東北出身娼妓八八一人。

▼一、〇三二、六〇三石（二・〇石）＝一五万四九〇〇t（二九六kg）　三九円。

一月一五日　関東地方地震。二一日　レーニン没。

1924（大13）　28歳

二月七日　斎藤宗次郎を花巻農学校へ招き、妹の死をうたった詩「永訣の朝」を見せる。

四月二〇日　心象スケッチ『春と修羅』を、自費出版にて一〇〇〇部、関根書店より刊行。定価二円四〇銭。**二九日**　和賀郡六原軍馬補充部方面へ遠足。

二月一二日　童「風野又三郎」（松田浩一に筆写依頼）、**二〇日**　「空明と傷痍」

三月九日　◆「陽ざしとかれくさ」（「反情」第二号）、**二四日**　「〔湧水《みづ》を呑まうとして〕」「五輪峠」「丘陵地を過ぎる」、**二五日**　「人首町」「晴天恣意」、**三〇日**　「塩水撰・浸種」「痘瘡」「早春独白」

四月四日　「一九休息」、**六日**　「測候所」「烏」「海蝕台地」「山火」、**一〇日**　「〔どろの木の下から〕」「〔いま来た角に〕」、**一九日**　「嬰児」「五三休息」、**二〇日**　◆「屈折率」（一九二二年一月六日）から「冬と銀河鉄道」（一九二三年一二月一〇日）までの六九篇（『春と修羅』）、「有明」「〔東の雲ははやくも蜜のいろに燃え〕」「北上山地の春」、**二七日**　「春」

春頃　童「タネリはたしかにいちにち噛んでゐたやうだった」

二月　「文芸と宗教」創刊。倉田潮「農民からの芸術」。「音楽新潮」創刊。

三月　中沢静雄「郷土芸術の期待」。井上忻治《きんじ》「現代民衆の宗教的信条としての社会主義」。島村民蔵「子供の生活と芸術」。『世界少年少女名著大系』三二巻（金の星社）。谷崎潤一郎「痴人の愛」。石川善助・尾形亀之助他編詩集『左翼戦線』。吉江喬松、犬田卯ら農民文芸研究会結成。

四月　「日光」創刊。成瀬無極《むきょく》「自然と人と芸術」。

■三月　県下に天然痘流行。

四月　田中智学、衆議院議員選挙に立候補、五月落選。二七日　石川三四郎ら日本フェビアン協会設立。

1924（大13）　28歳

宮沢賢治年譜

五月一八日～二三日　生徒を引率し北海道修学旅行（青森、函館、小樽、札幌、苫小牧、室蘭）。（→雑［修学旅行復命書］）

六月二一日頃　翌日にかけ生徒と岩手山登山。

七月二三日　詩集『春と修羅』が辻《つじ》潤《じゅん》（「惰眠洞妄語《だみんどうもうご》（一）」『読売新聞』）により初めて本格的に批評紹介される。

七月　旱天のため連日連夜寄宿生と実習水田に引いた用水の見回りをする。また盛岡測候所に行き記録を調べる。

宮沢賢治作品

四～五月頃　童［黄いろのトマト］［紫紺染について］［ポランの広場］（川村俊雄に筆写依頼）

五月四日　［山火］、**六日**　［〔祠の前のちしゃのいろした草はらに〕］、**八日**　［〔日脚がぼうとひろがれば〕］、**一六日**　［〔鉄道線路と国道が〕］、**一八日**　［〔日はトパースのかけらをそゝぎ〕］、**一九日**　［津軽海峡］［函館港春夜光景］、**二二日**　［馬］［牛］、**二三日**　［〔つめたい海の水銀が〕］［夏］、**二五日**　［比叡（幻聴）］

五月末頃　［修学旅行復命書］

六月二一日　［鳥の遷移］、**二二日**　［林学生］

七月五日　［亜細亜学者の散策］［〔温く含んだ南の風が〕］［〔この森を通りぬければ〕］、**五～一五日**　［〔ほほじろは鼓のかたちにひるがへるし〕］、**一五日**　［〔北上川は熒気《けいき》をながしィ〕］、**一七日**　［薤露青《かいろせい》］

文学・思想・芸術

五月　西条八十『西条八十童謡全集』。「マルクス主義」創刊。「社会主義研究」創刊。伊福部隆輝「農民芸術論と郷土芸術論の交渉及び限界」。「農民主義芸術の論議とその方向」。江部鴨村《えべおうそん》「自然浄土」。『世界童話大系』（二四巻）、同刊行会より刊行開始（一九二八年完結）。

六月　「築地小劇場」開場。「文芸戦線」創刊。詩誌「ゲエ・ギムギガム・プルルル・ギムゲム」創刊。石川善助、尾形亀之助ら『左翼戦線詞華集』。

七月　タゴール「都市と田園」（「改造」）。日本農芸化学会設立。「MAVO（マヴォ）」創刊。

社会一般

■五月一三・一四・一七日大霜。

六月一日　タゴール、上海より来日。

七月一日　アメリカ、新移民法（排日条項含む）を施行。五日　第八回オリンピック（パリ）に日本選手参加。

■七月　旱天四十余日に及び各地に水喧嘩起こる。

八月一〇日〜一一日　連日昼夜二回、農学校講堂で自作の劇「饑餓陣営」「植物医師」「ポランの広場」「種山ヶ原の夜」を上演。二七日　斎藤宗次郎を農学校へ招き、自作の詩を朗読、レコードを聴く。

一一月二九日　弟宮沢清六、弘前歩兵第三一連隊入営のため出発。

八月一七日　「〔北いっぱいの星ぞらに〕」「早池峰山巓」、二二日　「一八四春」「「一八四春」変奏曲」

九月六日　「風と杉」、九日　「雲」、一〇日　「塚と風」「〔かぜがくれば〕」、一六日　「秋と負債」、一七日　「〔落葉松の方陣は〕」、二七日　「〔しばらくぼうと西日に向ひ〕」

一〇月二日　「〔南のはてが〕」、四日　「昏い秋」、五日　「産業組合青年会」「〔夜の湿気と風がさびしくいりまじり〕」、一一日　「善鬼呪禁」、一二日　「ローマンス（断片）」、二四日　「凍雨」、二六日　「〔野馬がかってにこさへたみちと〕」「〔うとうとするとひやりとくる〕」「〔ふたりおんなじさういふ奇体な扮装で〕」（「〔日脚がぼうとひろがれば〕」の改稿形）、二九日　「郊外」

一一月二日　「命令」、一〇日　「〔その洋傘《かさ》だけでどうかなあ〕」、二三日　「孤独と風童」

八月　佐藤惣之助『水を歩みて』。犬田卯「再び土の芸術の意義を説く」。

九月　中条百合子「伸子《のぶこ》」。細井《ほそい》和喜蔵《わきぞう》「女工哀史」。

一〇月　室伏高信「機械の論理」。中村星湖「児童文芸と農村文化の問題」。「文芸時代」創刊。犬田卯「『大地主義』に対する疑問」。

一一月　犬田卯「土、百姓、文芸」。伊福部隆輝「農民文学出でよ」。吉野作造《よしのさくぞう》ら明治文化研究会創立。千葉亀雄「新感覚派の誕生」。浜田広介「ひろすけ童話読本1」。

八月一四日　帝国キネマ「籠の鳥」公開。小唄《こうた》映画が流行。二一日　新聞に天気図をはじめて掲載。

九月一七日　文部省による学校劇禁止令。一八日　孫文、第二次北伐開始宣言。

■九月　旱害のため畑作五割減収。

■一〇月一五日　盛岡市北山願教寺炎上。

■一一月一五日　横黒線（横手《よこて》—黒沢尻）（現北上線）全通。

1924(大13) 28歳

宮沢賢治年譜

一二月一日 *イーハトヴ童話『注文の多い料理店』を、東京光原社より刊行。装幀挿絵、*菊地武雄。定価一円六〇銭、初版一〇〇〇部。

宮沢賢治作品

一二月一日 ◆童「*どんぐりと山猫」「*狼森と笊森、盗森」「*注文の多い料理店」「烏の北斗七星」「*水仙月の四日」「*山男の四月」「*かしはばやしの夜」「*月夜のでんしんばしら」「*鹿踊りのはじまり」(『注文の多い料理店』)
冬頃 「氷と後光(習作)」(清書)
この年 童「ビヂテリアン大祭」「寓話 *洞熊学校を卒業した三人」「〔祭の晩〕」(清書)童「*毒もみのすきな署長さん」(清書)
この年か翌年 童「*紫紺染について」(清書)

文学・思想・芸術

一二月 「山繭《やままゆ》」創刊。島田清次郎「我れ世に敗れたり」。橋田《はしだ》東《とう》声《せい》「土に生くる芸術」。浜田広介「ひろすけ童話読本2」。山村暮鳥没。
『海外文芸新選』(全三九巻、新潮社)この年三月～一一月。

社会一般

この年、秋田県、*陸羽一三二号を奨励品種に決定。この頃より、水稲第二次統一品種(旭・銀坊主・陸羽一三二号)の普及始まる。
■この年、日照りが四十余日続き、各地で水喧嘩が起き、旱害のため畑作五割減収。
小作争議一五三二件。
東北出身娼妓一四一〇人。
△一、〇六二、七七七石(二・〇石)＝一五万九四〇〇t(三〇三kg)

1925(大14) 29歳

宮沢賢治年譜

一月一日 「赤い鳥」に『注文の多い料理店』の一頁広告載る。「岩手教育」にも『注文の多い料理店』および『春と修羅』の一頁広告載る。**五日～九日** 三陸地方へ旅行(宮古、*釜石)。この旅は賢治にとっての「*異途《いど》への出発」の意がこめられていた。**三〇日** 農学校職員生徒一同矢沢方面へ雪中行軍。

宮沢賢治作品

一月五日 「*異途への出発」、**六日** 「*暁穹への嫉妬」、**七日** 「〔水平線と夕陽を浴びた雲〕(断片)」、**八日** 「*発動機船〔断片〕」「発動機船 一、第二、三」(推定)、「旅程幻想」、**九日** 「峠」、**一八日** 「氷質の冗談」、**二五日** 「森林軌道」「〔*寅吉山の北のなだらで〕」「〔今日もまたしやうがないな〕」

文学・思想・芸術

一月 中里介山「大菩薩峠」(連載再開。東京日日、大阪毎日)。吉江喬松「農人と文芸」。「原始」創刊。「民衆詩人」創刊。「キング」創刊。梶井《かじい》基次《もとじ》郎《ろう》「檸檬」。北川冬彦『三半規管喪失』。山村暮鳥『雲』。大木篤夫『風・光・木の葉』。佐藤春夫訳コロディー「ピノチオ」。

二月九日　詩誌「貌」の編集発行人*森佐一の創刊号への寄稿依頼に自分の書いたものは「ほんの粗硬な*心象のスケッチでしかありません」（簡[200]）と答え、送稿を辞退するものの、再度の依頼に応え一二日に詩二篇（〔鳥〕〔*過労呪禁〕）を送る。**一五日**　*関徳弥「宮澤さんの『春と*修羅』について」が「岩手日報」文芸消息欄に載る。

四月一三日　杉山芳松《よしまつ》あて簡[205]に、「多分は来春はやめてもう本統の百姓になります」と書く。**一九日**　弘前へ行き、兵営の弟清六に面会。

五月七日　生徒を引率し*小岩井農場見学（→〔*遠足統率〕）。**一〇日〜一一日**　*森佐一を誘い岩手山登山。

二月五日　〔冬〕、**一四日**　〔風と反感〕、**一五日**　〔車中〕〔*未来圏からの影〕〔〔暮れちかい　*吹雪の底の店さきに〕〕〔*奏鳴的説明〕

三月迄　童〔*楢ノ木大学士の野宿〕（松田浩一筆写）

四月二日　〔〔*硫黄いろした天球を〕〕〔〔そのとき嫁いだ妹に云ふ〕〕〔発電所〕〔〔はつれて*軋る手袋と〕〕、**五日**〔朝餐〕、**一二日**　〔五一九春〕、**一八日**〔〔地蔵堂の五本の巨杉《すぎ》が〕〕、**二〇日**〔〔風が吹き風が吹き〕〕、**二一日**　〔*清明どきの駅長〕

五月七日　〔遠足統率〕、**一〇日**〔〔つめたい風はそらで吹き〕〕、**一一日**　〔春谷暁臥〕〔*国立公園候補地に関する意見〕、**二五日**　〔〔あちこちあをじろく*接骨木《にはとこ》が咲いて〕〕、**三一日**〔〔Largo や青い*雲滃《かげ》やながれ〕〕

二月　「*奢灞都《サバト》」創刊。室伏高信「商工日本と農村日本」。白鳥省吾『土の芸術を語る』。野村吉哉《よしや》訳*アンデルセン「*月の物語」。

三月　加藤武雄「農民小説に就て」。日本交響楽協会結成。

四月　*草野心平、中国広州で「*銅鑼」創刊（草野はこの頃友人佐々木周雄《ちかお》より『春と*修羅』を送られ、その才能に驚嘆する）。川路柳虹「はつ恋」。犬田卯「誤られた土の文芸」。河本緑石『夢の破片』。

五月　中村星湖「農民芸術の出発点」。

■二月二日　*盛岡商業会議所（商工会議所の前身）の設立、認可される。

三月二日　普通選挙法可決。七日　治安維持法可決。

四月二二日　治安維持法公布。

五月五日　普通選挙法公布。

宮沢賢治年譜

六月二〇日　入隊中の弟*宮沢清六に会いに弘前へ行く。

七月　*草野心平より「*銅鑼」同人の勧誘を受け承諾。詩二編を送る。

八月一〇日～一一日　*早池峰山登山、*河原坊に野宿。**一八～二〇日**　花城小学校にて詩および絵画の展覧会。詩を出品する。

九月中旬　清六に会いに青森県鰺ケ《あじが》沢《さわ》近郊の山田野演習廠舎に行く。

秋　県主催の岩手農業教育研究会が千厩《せんまや》で開催され、出席する。

宮沢賢治作品

六月八日　〔図案下書〕、**一二日**　〔渇水と座禅〕

七月一八日　◆〔鳥〕（〔〔この森を通りぬければ〕〕逐次形(1)）〔*過労呪禁〕（〔*善鬼呪禁〕逐次形(1)（「貌」創刊号）、**一九日**　〔*鉱染とネクタイ〕〔*種山ヶ原〕〔*岩手軽便鉄道　七月（ジャズ）〕

八月一〇日　〔〔朝のうちから〕〕〔渓にて〕、◆〔過去情炎〕（「貌」第二号）、**一一日**　〔*河原坊（山脚の*黎明）〕〔山の*晨明に関する童話風の構想〕、**一四日**　〔*痘瘡（幻聴）〕〔*ワルツ第CZ号列車〕（簡〔210〕）

九月七日　〔九月〕、**八日**　◆〔——命令——〕（〔命令〕逐次形(1)〔未来圏からの影〕（〔未来圏からの影〕逐次形(1)（「*銅鑼」第四号「*心象スケッチ　負景二篇」）、**一〇日**　〔住居〕、**一五日**　◆〔*痘瘡（幻聴）〕（〔痘瘡〕逐次形(1)〔*ワルツ第CZ号列車〕（一八四〔春〕逐次形(1)（「貌」第三号「*心象スケッチ（春二篇）」）

文学・思想・芸術

六月　加藤朝鳥訳レイモント「農民——秋」。萩原朔太郎ら「文芸の映画化と音楽のラジオ化」。林癸未夫『社会と宗教と芸術』。岩手歌人協会「郷土歌人」創刊。

七月　「詩之家」創刊。犬田卯「農人の生活と文芸」。新居格「労農ロシヤの芸術論」。

八月　八木重吉『秋の瞳』。萩原朔太郎『純情小曲集』。吉田絃二郎「梟と幸吉」。犬田卯「農人と文芸」。北原白秋「*フレップ・トリップ」。

九月　堀口大学訳詩集『月下の一群』。「詩神」創刊。千葉省三「虎ちゃんの日記」。

社会一般

七月一二日　東京放送局、本放送開始。

■七月二六日　大船渡線一ノ関―摺沢《すりさわ》間開通（鍋ヅル線）。

八月　年初来の米価騰貴、頂点に達す。

一〇月下旬　大演習後の清六を見舞い、仙台の写真館で記念写真を撮る。

一一月中旬　賢治を高く買っていた校長畠山栄一郎が福島県立東白河農蚕学校長へ転ずる。二三日　東北大学地質古生物学教室の*早坂一郎助教授を案内、北上川小船渡でバタグルミの化石を採集。

一二月下旬　石川善助と*森佐一の訪問を受け、*ザシキボッコの話をする。

十二月　土曜日の深夜寄宿生に非常呼集をかけ、*花巻温泉まで雪上行進をさせる(佐藤成《ひとし》説)。

一〇月一八日　[鬼言(幻聴)]、二五日　[告別]、二七日　◆[休息]([休息]逐次形(1))[丘陵地]([丘陵地を過ぎる]逐次形(1))(「*銅鑼」第五号「*心象スケツチ　農事　三《ママ》篇」)

一二月一日　◆[冬(幻聴)]([冬]逐次形(1))(「虚無思想研究」一二月号)

前年二月二〇日からこの年及び翌年一月一七日までの約二年間の詩篇一一三篇を『*春と修羅』第二集とする。

一〇月　萩原恭次郎「死刑宣告」。山崎紫紅《しこう》「日蓮上人」。

一一月　中村吉蔵《きちぞう》「郷土芸術と郷土文化」。石丸梧平「人道主義と社会主義」。柳田国男「民族」創刊。

一二月　林房雄「科学と芸術」。尾形亀之助『*色ガラスの街』。チャップリンの「黄金狂時代」公開。

『近代劇大系』(全一六巻、同刊行会)、この年一月〜一二月。『世界童話大系』(全二三巻、同刊行会)、この年五月〜翌年八月。

■一〇月三〇日　*軍馬補充部三本木支部中山派出所および六原支部、軍縮に伴い廃止。

一一月一日　山手線の環状運転行なわれる。

■一一月一日　*花巻温泉電気鉄道全通(西花巻—花巻温泉)。八戸《はちのへ》線、八木《やぎ》まで開通。

一二月一日　農民労働党結成、即日結社禁止。六日　日本プロレタリア文芸連盟、同演劇部(*トランク劇場)結成。

この年、ラジオが普及する。

小作争議二二〇六件。

■この年、東北の出稼者約六万人、その内岩手は一万人。

△一、一三五、七一七石(二一・一石)＝一七万四〇〇t(三二一三kg)　四九円。豊作。*陸羽一三二号普及率五・三%。

1926（大15・昭1）　30歳

宮沢賢治年譜

一月一五日　岩手国民高等学校*開校式。賢治の講義「農民芸術*」は一月三〇日より三月二三日まで一一回にわたって行なわれる。

三月四日　斎藤宗次郎*と農学校でレコード*を鑑賞した後、退職して新活動を行なう意を告げ、出版を予定した「農民芸術概論*」の序文を朗読、批評を求める。**三一日**　花巻農学校*を依願退職する。

四月一日　下根子*桜*の別宅で独居自炊の生活を始める。父政次郎、花巻町会議員に当選。

宮沢賢治作品

一月一日　◆童「オツベルと象*」（「月曜*」一月創刊号）◆「昇冪《しょうべき》銀〔盤〕*」（「〔寅吉山の北のなだらで〕」逐次形(1)「秋と負債」（「秋と負債」逐次形(1)）（「銅鑼*」第六号「心象スケッチ*」）、**一〇日**　◆「雲（幻聴）」（「雲」逐次形(1)「孤独と風童*」（「孤独と風童」逐次形(1)）（「貌*」第四号「心象スケッチ二篇」）、**一四日**　「国道」、**一七日**　「岩手軽便鉄道の一月」

二月一日　◆童「ざしき童子《ぼっこ》*のはなし」（「月曜」二月号）◆「心象スケッチ朝餐」（「朝餐」逐次形(1)（「虚無思想研究」第二巻第二号）

三月一日　◆童「寓話　猫の事務所*」（「月曜」三月号）

文学・思想・芸術

一月　「大衆文芸」創刊。白鳥省吾ら編『日本詩劇集』。「月曜」創刊。文芸家協会結成。

二月　吉田一穂《いっすい》*「第四次元の世界へ」。村山知義《ともよし》「構成派研究」。

三月　白鳥省吾『詩と農民生活』。

四月　「驢馬」創刊。「虚無思想」創刊。水谷まさる「児童文学の変遷」。犬田卯「土の芸術の運動と其精神」。

社会一般

一月一五日　京都学連事件で最初の治安維持法適用。一九日　共同印刷ストライキ。

三月五日　労働農民党（労農党*）結成。

1926（大15・昭1）　30歳

五月　従来の古着、質商をやめ、建築材料の卸し小売、またモーターやラジオを扱う宮沢商会開業。清六が中心となり経営。**一五日**　斎藤宗次郎の訪問を受ける。第一回レコードコンサート。

八月二三日　旧暦七月一六日、お盆の中日。この日を羅須地人協会の創立日とする。

八月　妹シゲ、その長男純蔵、末妹クニを連れ、八戸《はちのへ》方面へ小旅行（種差《たねさし》海岸、蕪島《かぶらじま》など）。

夏　土曜日の晩、近所の子供達を集めて童話を聞かせる。

五月二日　［村娘］［七〇九春］、**一五日**　［水汲み］

六月一八日　［疲労］、**二〇日**　［〔道べの粗朶に〕］［蛇踊］

六月頃　［農民芸術概論綱要］

七月一日　◆［春］（［〔祠の前のちしゃのいろした草はらに〕］逐次形(1)（［貌］七月篇）、**八日**　［井戸］、**一四日**　［風景］［〔アカシヤの木の洋燈《ラムプ》から〕］、**一五日**　［〔漯雨《カダチ》はそそぎ〕］

八月一日　◆［風と反感］（［風と反感］逐次形(1)［「ジャズ」夏のはなしです］（［岩手軽便鉄道　七月（ジャズ）］逐次形(1)（［銅鑼］第七号「心象スケッチ二篇」）、**八日**　［〔おしまひは〕］、**一五日**　［増水］（推定）、**二〇日**　［〔黄いろな花もさき〕］、**二七日**　［休息］［〔青いけむりで唐黍を焼き〕］

九月三日　［饗宴］、**五日**　［〔濃い雲が二きれ〕］、**一〇日**　［はるかな作業］、**一三日**　［〔霧がひどくて手が凍えるな〕］、**二三日**　［秋］

五月　詩誌「詩歌時代」創刊。伊福部隆輝「芸術に於ける地方性、野性」。

六月　大槻憲二《おおつきけんじ》「労働詩人としてのキリアム・モリス」。加藤武雄ら編『農民小説集』。相田隆太郎《そうだりゅうたろう》「文学と宗教」。

七月　田中宇一郎《ういちろう》「都会中心主義の文壇を排す」。西川勉「農民文学論の根本問題」。

八月　「文芸戦線」が「労働文学及農民文学の研究」を特集。

九月　青野季吉《すえきち》「自然生長と目的意識」。新感覚派映画「狂った一頁」公開。

■五月一三・一四日　県北部に大降霜。

■六月～七月　旱害。七月一七日まで雨量少なく植えつけに困難。一八日から一月以上も雨降り止まず。

■七月二五日　詩人白鳥省吾、農民作家犬田卯、盛岡啄木会の招きで来盛、仏教会館で講演。

■八月五日　豪雨のため被害大。

九月一三日　日本航空が大阪・大連間の定期航空便を開始、初の海外定期飛行。

宮沢賢治年譜

一〇月三一日　*労農党稗和《ひえわ》支部が結成される。後、党事務所が賢治の世話でできる。

一一月三日　父政次郎、方面委員として高松宮より表彰を受ける。四日　この日から数日間入院。(→〔七四四病院〕〔七四五〔霜と聖さで畑の砂はいっぱいだ〕〕)。二二日　謄写版刷り案内状を発送。二九日　案内による*羅須地人協会講義が行なわれる。

一二月二日～三〇日頃　*セロを持ち上京。図書館に通い、セロ、オルガン、*エスペラント等を習う。

一二月　滞京中に千駄木の*高村光太郎を訪問。

宮沢賢治作品

一〇月一日　(推定)◆〔*ワルツ第CZ号列車〕(一八四〔春〕逐次形⑵(「*銅鑼」第八号)、九日　〔煙〕〔*白菜畑〕、一〇日　〔圃道〕、一三日　〔〔盗まれた*白菜の根へ〕〕

一一月四日　〔七四四病院〕、一五日　〔七四五〔霜と聖さで畑の砂はいっぱいだ〕〕

一二月一日　◆〔*永訣の朝〕(「*銅鑼」第九号)

この年までに　童〔*銀河鉄道の夜(初期形第三次稿)〕

文学・思想・芸術

一〇月　北川冬彦『検温器と花』。「椎の木」創刊。農民文芸会編『農民文芸十六講』。高桑純天訳パウル・ダルケ『仏教の世界観』。

一一月　詩誌「近代風景」創刊。*吉田一穂『海の聖母』。葉山嘉樹《はやまよしき》『海に生くる人々』。

一二月　湯浅眞生《まさお》「農民劇の問題」、藤沢衛彦《もりひこ》「詩としての童話」。『現代日本文学全集』(改造社)刊行。円本時代はじまる。

社会一般

一〇月一七日　日本農民党(日本農民組合右派等)結成。

■一〇月三一日　労農党稗和《ひえわ》支部事務所開設。

一一月二四日～二六日　日本*エスペラント運動満二〇周年、全日本*エスペラント大会開催。

■一一月三〇日　*労農党盛岡支部創立。

一二月四日　共産党再建。五日　社会民衆党結成。九日　*日本労農党結成。一二日　*労農党、左翼政党として再出発。二五日　大正天皇没、昭和と改元(昭和は六日間)。

■一二月　社会民衆党盛岡支部結成。

小作争議二七五一件。

■この年、旱害、水害多し。

▼九三七、四二二石(一・八石)＝一四万六〇〇t(二八六kg)　三一円四二銭。*陸羽一三二号普及率一四・四%。

1927（昭2）　31歳

一月一〇日　*羅須地人協会で定期的な講義を開始。**三一日**　本日付「岩手日報」夕刊に写真入りで羅須地人協会の記事が載る。これに対し賢治は思想上の誤解を招いては済まないと言い、協会員によるオーケストラを一時解散し、集会も不定期となる。

三月八日　「岩手日報」で協会の活動を知った松田甚次《じんじ》郎《ろう》（盛岡高農別科生）来訪。松田に農民劇を奨める。

一月一日　◆〔陸中国挿*秧之図〕（「〔Largoや青い雲*滃《かげ》やながれ〕」逐次形(2)）（「無名作家」第二巻第四号）

二月一二日　〔汽車〕（「〔プラットフォームは眩ゆくさむく〕」逐次形(2)）、**一八日**　〔氷のかけらが〕〔実験室小景〕、**二一日**　◆〔冬と銀河ステーション〕（「*銅鑼」第一〇号）

二月　〔*ソックスレット〕

三月四日　〔〔今日は一日あかるくにぎやかな雪降りです〕〕、**一五日**　〔暗い月あかりの雪のなかに〕（↓〔鈍い月あかりの雪の上に〕）〔〔こんやは暖かなので〕〕、**一六日**　〔〔たんぼの中の*稲かぶが八列ばかり〕〕〔〔赤い尾をした*レオポルドめが〕〕〔〔いろいろな反感とふゞきの中で〕〕（↓〔〔土も掘るだらう〕〕）、**一九日**　〔運転手〕〔〔火がかゞやいて〕〕〔〔ひるすぎになってから〕〕、**二一日**　〔〔野原はわくわく白い*偏光〕〕（↓〔〔*甲助　今朝まだくらぁに〕〕）〔〔*洪積世が了って〕〕、**二三日**　〔〔山の向ふは濁

一月　遠地輝武《おんちてるたけ》『農民詩人』。*横《よこ》光利《みつり》一《いち》『春は馬車に乗って』。尾《お》関岩二《ぜきいわじ》『お話のなる樹』。『世界大思想全集』一二四巻（春秋社）。

二月　吉井勇『悪の華』。鈴木厚「芸術の目的意識論」。青野季吉「無産者文芸運動と文壇及び社会」。今野賢三「農民文芸論を考へて吾等の主張に及ぶ」。

三月　『世界文学全集』五七巻（新潮社）。久米正雄「プロレタリア文学の諸問題」。茅野蕭々訳『リルケ詩抄』。川端康成『伊豆の踊子』。蔵原惟人《くらはらこれひと》「プロレタリヤ文学と『目的意識』」。中村星湖『農民劇場入門』。

■**一月八日**　大風雪。

一月　最初のトーキースタジオ昭和キネマ設立。

二月一日　茨城県に日本国民高等学校開校。

三月一日　全日本農民組合結成。六日　日本農民組合総同盟結成。七日　丹波地震。一五日　京浜地方に銀行取付起こり、金融恐慌始まる。中小銀行休業相次ぐ。

宮沢賢治年譜

四月九日　*花巻温泉遊園地事務所の冨手一《とみてはじめ》あて簡[228]に南斜花壇の設計書を書く。**一四日**　「岩手日報」夕刊に「花巻温泉に／鈴らん／姫神山から／移植する」の見出しで賢治設計の花壇の記事が出る。

宮沢賢治作品

ってくらく〕〕(→〔一〇一四春〕)〔〔わたくしの汲みあげるバケツが〕〕(→〔〔バケツがのぼって〕〕)、**二六日**　〔〔黒つちからたつ〕〕、**二七日**　〔〔日が照ってゐて〕〕(→〔開墾〕)、**二八日**　〔〔黒と白との*細胞のあらゆる順列をつくり〕〕〔〔遠くなだれる灰いろのそらと〕〕(→〔札幌市〕)〔〔労働を嫌忌するこの人たちが〕〕〔〔あそこに*レオノレ星座が出てる〕〕、**三一日**　〔〔いくつの　*天末の白びかりする環を〕〕
四月一日　〔〔根を截り〕〕(→〔〔一昨年四月来たときは〕〕)、**二日**　〔〔南から　また東から〕〕〔ローマンス〕、**四日**　〔〔古い聖歌と〕〕(→〔〔*燕麦《オート》の種子をこぼせば〕〕)〔〔けさ*ホーと縄とをになひ〕〕(→一一日付〔〔いまは燃えつきた瞳も痛み〕〕〔燕麦播き〕)、**五日**　〔雑草〕〔〔じつに古くさい*南京袋で帆をはって〕〕(→〔酒買船〕→四日付の〔〔燕麦《オート》の種子をこぼせば〕〕)〔〔あんまり黒緑なうろこ*松の*梢なので〕〕〔〔あの雲が*アットラクテヴだというのかね〕〕(→〔春の雲に関するあいまいなる議論〕)、**七日**　〔〔いま撥ねかへるつちくれの蔭〕〕〔〔扉を推す〕〕(→〔〔あの大ものの*ヨークシャ

文学・思想・芸術

四月　「農民運動」創刊号。直後に発禁。*横光利一「負けた勝者」(「少年倶楽部」)。*高村光太郎『ロダン』。芥川龍之介「文芸的な、余りに文芸的な」(改造)。黒木栄三郎「被搾取農民文芸の主張」。

社会一般

■四月四日　豪雨、河川大氾濫。四月一八日　蔣介石、南京国民政府樹立。二二日　三週間のモラトリアム実施。

*豚が」〕)、八日　〔悪意〕〔「ちゞれてすがすがしい雲の朝」〕一一日　〔「えい*木偶のばう」〕〔「いまは燃えつきた瞳も痛み」〕(→四日付〔「けさホーと縄とをになひ」〕の改作→〔燕麦播き〕)、一三日　〔「日が蔭って」〕(→〔「宅地」〕)〔疑ふ午〕、一八日　〔「午前の仕事のなかばを充たし」〕(→〔「うすく濁った*浅葱の水が」〕)、一九日　〔「*光環ができ」〕(→〔「日に暈ができ」〕)〔清潔法施行〕、二〇日　〔午〕、二一日〔「町をこめた浅黄いろのもやのなかに」〕(→〔「*同心町の夜あけがた」〕)〔「*水仙をかつぎ」〕(→〔市場帰り〕)、二二日　〔「青ぞらは」〕、二四日〔「桃いろの」〕〔「*萱草芽をだすどてと坂」〕(→二五日付〔悍馬〕)、二五日〔悍馬〕(→二四日付〔「萱草芽をだすどてと坂」〕の改作)〔「川が南の風に逆って流れてゐるので」〕、二六日〔「いま青い*雪菜に」〕(→〔「*レアカーを引きナイフをもって」〕)〔基督再臨〕、二八日　〔「何もかもみんなしくじったのは」〕〔「あっちもこっちもこぶしのはなざかり」〕

宮沢賢治年譜

五月末頃　花巻温泉南斜花壇に花の苗を植える。

宮沢賢治作品

五月一日　〔ドラビダ風〕（→四月一日付「〔一昨年四月来たときは〕」）、**三日**　〔政治家〕（→「〔おい　けとばすな〕」）「〔何と云はれても〕」「〔こぶしの咲き〕」、**七日**　「〔秘事念仏の大元締が〕」「〔古びた水いろの薄明穹のなかに〕」、**九日**　「〔銀のモナドのちらばる虚空〕」（→〔電車〕）「〔芽をだしたために〕」「〔苹果のえだを兎に食はれました〕」（→〔開墾地検察〕）「〔ひはいろの笹で埋めた嶺線に〕」「〔墓地をすっかり square にして〕」（→〔開墾地検察〕）「〔これらは素樸なアイヌ風の木柵であります〕」、**一二日**　「〔失せたと思ったアンテリナムが〕」「〔さっきは陽が〕」「〔今日こそわたくしは〕」、**一三日**　〔鬼語四〕、**一四日**　「〔エレキの雲がばしゃばしゃ飛んで〕」（→「〔エレキや鳥がばしゃばしゃ翔べば〕」）、**一五日**　「〔すがれのち萱を〕」、**一九日**　〔科学に関する流言〕

文学・思想・芸術

五月　青野季吉「マルクス主義文学観について」。本荘可宗《ほんじょうかそう》「無産派文芸の終局的根拠」。中野重治《しげはる》「四つ這いになったインテリゲンチャ」。藤森成吉「科学と熱情」。

社会一般

五月一〇日　日本ポリドール蓄音器商会設立、洋楽レコードの製造開始。二八日　山東出兵。小川未明ら「日本無産派文芸連盟」を結成、「解放」を機関誌とする。

1927（昭2）　31歳

六月　月末までに肥料設計が二千を超える（堀尾青史年譜）。

七月中旬　盛岡測候所*で記録を調べ予報を聞き、特に指導した農家に対し天候不順の対策を講じる。

六月一日　〔〔わたくしどもは〕〕〔峠の上で雨雲に云ふ〕（→〔県技師の雲に対するステートメント〕）〔鉱山駅〕〔装景家*と助手との対話〕、**一二日**　〔〔青ぞらのはてのはて〕〕、**一三日**　〔〔わたくしは今日死ぬのであるか〕〕（→〔囈語*〕）〔囈語〕、**三〇日**　〔〔その青じろいそらのしたを〕〕（→〔金策〕）〔〔金策も尽きはてたいまごろ〕〕（→〔金策〕）

七月一日　〔〔わたくしが　ちゃうどあなたのいまの椅子に居て〕〕（→〔僚友〕）、**七日**　〔〔栗*の木花さき〕〕（→〔〔さはやかに刈られる蘆*や〕〕）、**一〇日**　〔〔沼のしづかな日照り雨*のなかで〕〕〔〔あすこの田はねえ〕〕、**一四日**　〔〔南からまた西南から〕〕（→八月二〇日〔和風*は河谷いっぱいに吹く〕）、**二四日**　〔〔ひとはすでに二千年から〕〕〔〔積乱雲*一つひかって翔けるころ〕〕

六月　坪田譲治「河童の話」（「赤い鳥」）。「小学生全集」九六巻（興文社）、「日本児童文庫」七六巻（アルス）と激しい広告、販売競争、ために前者の菊池寛と後者の北原白秋が対立。

七月　「プロレタリア芸術」創刊。岩波文庫刊行。『世界戯曲全集』四八巻（近代社）。

七月二四日　芥川龍之介自殺。

六月　立憲民政党結成。

■七月四日　北山願教寺住職島*地大等没。

宮沢賢治年譜

八月八日　松田甚次郎、自作の脚本をもって来訪。

秋頃（推定）　近くの向小路に住むクリスチャンで小学校教師の高瀬露《つゆ》が頻繁に協会を訪れるが、賢治は誤解をおそれて極力避ける。

一一月一日〜三日　花巻秋香会主催の東北六県菊花品評会で審査をつとめる。

一一月　藤原嘉藤治と小野キコの結婚式挙式。

宮沢賢治作品

八月一六日　［ダリヤ品評会席上］

八月中旬頃　［野の師父］、二〇日［和風は河谷いっぱいに吹く］［〔ぢしばりの蔓〕］（→［〔もうはたらくな〕］）［祈り］［路を問ふ］（→［〔二時がこんなに暗いのは〕］）［〔何をやっても間に合はない〕］

八月二一日以降　童［〔或る農学生の日誌〕］

九月一日　◆［イーハトヴの氷霧］（［銅鑼］第一二号）、一六日　［藤根禁酒会へ贈る］

九月　［華麗樹種品評会］

文学・思想・芸術

八月　吉田絃二郎『太陽のほとり』。三木清「マルクス主義と唯物論」。

九月　大佛《おさらぎ》次郎「海の男」。小林秀雄「芥川龍之介の美神と宿命」。柳田国男「不幸なる芸術」。

一〇月　上田吉郎「農民文学の無政府主義的展開」。鑓田《やりた》研一《けんいち》「トルストイの重農主義」。相田隆太郎「農民文学論」。中山義秀ら「農民」創刊。八木重吉没。

一一月　『近代劇全集』（全四三巻、第一書房）中の25『愛蘭土篇』（松村みね子訳）。坪田譲治「正太と蜂」。

社会一般

■プロレタリア劇場、北海道・東北巡業中、函館にて公演禁止。青森公演中に中止命令、佐野碩《せき》ら検束。

九月一三日　日本ビクター蓄音器設立。

■二四日　普通選挙による初の県議会選挙行なわれる。

1927（昭2） 31歳

一二月二一日 ◆［*銀河鉄道の一月］（［*岩手軽便鉄道の一月］逐次形(2)）［*奏鳴四一九］（［奏鳴的説明］逐次形(2)）（盛岡中学校「校友会雑誌」一九二七年集）

この年 文語詩［黄泉路《よみぢ》］*（アリイルスチュアール、一九二七、とある）童［*なめとこ山の熊］

この年以降 童［*ポラーノの広場］

一二月 「労農」創刊。

一二月三〇日 上野—浅草間に最初の地下鉄走る。

小作争議二〇五二件。

■この年、花巻*川村タクシー町内運行開始。

△一、〇四八、六〇八石（一・九石）＝一五万七三〇〇t（二九四kg）。陸*羽一三二号普及率二三・一％。

1928（昭3） 32歳

二月九日 湯本小学校の農事講演会で講演。

三月一五日 この日より一週間、*石鳥谷町南端の塚の根肥*料相談所で、肥料設計を行なう。三〇日 石鳥谷で肥料設計および稲作と肥料について農民に講演。

四月一五日 *国柱会の妙宗大霊廟（東京市外一之江）落慶式。宮沢*トシも合同安置されている。

四月 「岩手県農会報」一八八号に

二月一日 ◆［氷質のジョウ談］（［氷質の冗談］逐次形(2)）（「銅*鑼」第一三号）

三月八日 ◆［稲作挿話（未定稿）］（［［あすこの田はねえ］］逐次形(2)）（「聖燈」創刊第一号）

四月一二日 ［台地］

一月 岡本潤《じゅん》『夜から朝へ』。横光利一「新感覚派とコミュニズム」。「前衛」創刊。吉屋《よしや》信子《のぶこ》「暁の聖歌」。

二月 窪川《くぼかわ》（佐多）稲子「キャラメル工場から」。八木重吉『貧しき信徒』。大佛次郎「大衆文芸の転換期」。

三月 林房雄訳ミューレン『真理の城』。中村星湖「農民文芸論の集大成」。

四月 河上肇《はじめ》『資本論入門』。「労働農民新聞」創刊。

■一月 *早池峰山及び*岩手山高山植物帯が天然記念物に指定。

一月 日本蓄音器商会、英コロムビアと資本提携、日本コロムビア蓄音器設立。

二月一日 共産党中央機関紙「赤旗」創刊。二〇日 第一回普通選挙（総選挙）行なわれる。

三月一五日 共産党員大検挙（三・一五事件）。二五日 全日本無産者芸術連盟（ナップ）結成。

四月一〇日 労*農党等、解散命令。

■四月二四日 暴風雨と雪。

宮沢賢治年譜

「農界の特志（ママ）家／宮澤賢治君」の記事が載る。

六月七日～二四日　水産物調査、*浮世絵展鑑賞、あわせて伊豆大島行き（伊藤七雄《ななお》とその妹チヱに会うため）の目的をもって仙台、水戸、東京を経て大島へ旅行。**七日**　東北産業博覧会（仙台）見学。**八日**　県立農事試験場（水戸）見学。**九日～一一日**　農産製造品について調査（東京）。**一二日～一四日**　大島農芸学校の開校計画中で、以前賢治を訪ね土性調査を依頼していた伊藤七雄・チヱ兄妹を訪ねる（大島）。その時賢治は知らなかったが、チヱの方では見合いの意味もあった。**一五日～二四日**　図書館や農林省で調査研究、西ヶ原試験場を訪ねるほか*浮世絵展の鑑賞および観劇をする（東京）。

宮沢賢治作品

六月一〇日　「高架線」、**一三日**　「三原　第一部」、**一四日**　「三原　第二部」、**一五日**　「三原　第三部」「*浮世絵展覧会印象」、**一八日**　「*丸善階上喫煙室小景」、**一九日**　「*神田の夜」

六月下旬　「〔*澱った光の*澱の底〕」

七月二〇日　「*停留場にて*スヰトンを喫す」、**二四日**　「*穂孕期《ほばらみ》」

文学・思想・芸術

五月　「戦旗」創刊、蔵原惟人「*プロレタリア・レアリズムへの道」。壺井繁治《しげじ》「無産階級芸術戦線の統一へ！」。小堀甚二《こぼりじんじ》「新感覚派からプロレタリヤ文学へ！」。「*プロレタリア映画」創刊。

六月　「*銅鑼」、第一六号を以て廃刊。「浮世絵展」（東京府美術館）。武者小路実篤「*日蓮」。『マルクス・エンゲルス全集』二七巻（改造社）。『マルクス主義芸術理論叢書』一二巻（叢文閣）。

七月　『無産者詩集』。『*労農詩集』。『現代ユーモア全集』二四巻（小学館）。

社会一般

■五月一九日　県南地方大降霜。

六月二一日　張作霖《ちょうさくりん》爆死事件。二九日　治安維持法改正公布、死刑・無期刑を追加。

1928（昭3）　32歳

八月八日　民俗学者の*佐々木喜善《ささききぜん》より童「*ざしき童子のはなし」を求められて応じる簡「242*」を書き、佐々木との最初の交渉がなされる。**一〇日〜九月二〇日頃**　発熱し病臥。実家に戻る。花巻病院にて両側肺浸潤と診断される。

九月　面識のない前橋在住の草野心平*より貧困のため「コメ一ピヨウタノム」との電報を受取り、高く売れそうな造園学の本を送る。

一二月　寒さのため風邪をひき、突然高熱をだし、急性肺炎となる。ひき続き自宅療養。

この年　*日蓮宗花巻教会所（賢治の現在の菩提寺である身照寺《しんしょうじ》の前身）建立される。（→雑「法華堂建立勧進文《こんりゅうかんじんもん》」）

前々年四月〜この年七月の詩篇六九篇を『*春と修羅』第三集とする。

八月　岸田国士《くにお》訳ジュール・ルナール「にんじん」。中野重治《しげはる》「春さきの風」。林芙美子「放浪記」。

九月　『高橋新吉詩集』。*西条八十『純情詩集』。「詩と詩論」創刊。若山牧水没。

一〇月　新興童話作家連盟結成（小川未明ら）。

一一月　*草野心平『第百階級』。尾上柴舟『御ひかりのもとにて』。小川未明「死と話した人」。

一二月　萩原朔太郎『詩の原理』。*草野心平編「学校」創刊。村山知義《ともよし》「プロレタリア演劇の問題」。『石川啄木全集』五巻（改造社）。

八月　パリ不戦条約調印。

■この夏、旱魃四〇日以上に及び、*陸稲、野菜類ほとんど全滅、九月中旬に至りようやく降雨。

■一〇月五日　陸軍大演習統監のため天皇*盛岡着。

一一月二八日　高柳健次郎、ブラウン管受像方式のテレビ公開実験。この年、化学肥料普及し、*硫安消費量、大豆粕消費量と並ぶ。

小作争議一八六六件。

△一、〇八六、五一三石（二一・〇石）＝一六万三〇〇〇t*（三〇一kg）　二七円二五銭。陸羽一三二号普及率三六・六％。

宮沢賢治年譜

一月　ノート［文語詩篇］に、「淋シク死シテ淋シク生レン」と書く。

四月一〇日　父政次郎、旧花巻町合併の功労者として花巻町長より表彰を受ける。四月末の町議選挙は落選。

宮沢賢治作品

二月頃　［（一九二九年二月）］

四月二八日　［夜］

文学・思想・芸術

一月　日夏耿之介『明治大正詩史』上巻（下巻、一一月一日）。「童話運動」創刊。全国農民芸術連盟結成（犬田卯ら）。塚原健二郎「谷間の白百合」。文芸家協会編「文芸年鑑」刊行開始。

二月　山村暮鳥『土の精神』。勝本清一郎「形式主義文学説を排す」。「労働芸術家」創刊。改造文庫刊行。

三月　河上肇「第二貧乏物語」。千葉省三「高原の春」。

四月　斎藤茂《も》吉《きち》『短歌写生の説』。安西冬衛《あんざいふゆえ》『軍艦茉莉』。島崎藤村「夜明け前」*。西条八十『少年詩集』。高浜虚子「街頭に出て法を説く」。和辻哲郎『風土』。「白痴群」創刊。

五月　小林多喜二《たきじ》「蟹工船」*。尾形亀之助『雨になる朝』。無産者歌人同盟編『プロレタリア短歌集』。室伏高信『東方人の理想』。鈴木三重吉『世界童話集』刊行。

社会一般

■二月　県水産試験場に無線電信所開設（県内初の漁業無線局）。

二月一〇日　日本プロレタリア作家同盟成立。

三月二五日　タゴール、三度目の来日。

■四月一〇日　花巻町と、花巻川口町合併し花巻町*となる。

五月一二日　タゴール来日。

■一六日　海外移住奨励のため、岩手海外移住組合創立。

五月二九日　小作調停法、宮城・岩手・青森三県に施行。

1929（昭4）　33歳

六月　「銅鑼*」同人の中国の詩人黄《こう》瀛《えい》、日本の陸軍士官学校卒業旅行の途中に来訪。

七月一日　父政次郎、小作調停委員に選任される。

九月一八日　「近日漸くに病勢怠り多少の仕事も致し居り候」（斎藤貞一《ていいち》あて簡［248］）と書き、のちの一二月頃の書簡にも「夏以来床中ながらかれこれ仕事はできまして」（あて先不明簡［252］下書き）とあることから、回復にともない没年まで四年間続く文語詩の創作を始める。

一〇月二四日　東磐井《いわい》郡、東北砕石*工場主鈴木*東蔵《とうぞう》初めて来訪、石灰石粉についての相談を受ける。

一一月三日　◆〔稲作挿話（未定稿）〕（「新興芸術」第一巻第二号）

六月　徳永直《すなお》「太陽のない街」。本庄陸男《ほんじょうむつお》「仏様の正体はデクの棒だ」（「少年戦旗」）。千葉省三『トテ馬車』。犬田卯『土の芸術と土の生活』。

八月　佐藤惣之助『TRANSIT』。

九月　中野重治『芸術に関する走り書的覚え書』。小林秀雄「様々なる意匠」。山村暮鳥『月夜の牡丹』。小津《おづ》安二郎《やすじろう》の映画「大学は出たけれど」公開。小林多喜二『蟹工船』発禁。

一〇月　北川冬彦『戦争』。「文学」創刊。『*トルストイ全集』（岩波書店）刊行。

一一月　西脇順三郎『超現実主義詩論』。

六月三〇日　邦楽座のトーキー設備が完了。楽士が不要になり、解雇を発表。

七月一日　文部省に社会教育局設置、学生課を部に昇格し思想対策強化。一〇日　榎本《えのもと》健一らのカジノ・フォーリーが浅草水族館で初公演。

八月一九日　ドイツ飛行船ツェッペリン伯号、霞ヶ浦飛行場に着陸。

一〇月二〇日　日比谷公会堂開場。二四日　ニューヨークの株式市場大暴落、世界恐慌始まる。

一一月一日　*労農党結成大会。

一一月　内務省が全国の失業者数は二六万八五九〇人と発表。

1929（昭4） 33歳

宮沢賢治年譜

一二月二四日 佐々木喜善*へ原稿を送る（簡[249]）。

宮沢賢治作品

文学・思想・芸術

一二月 伊藤信吉・草野心平編『学校詩集』。吉田絃二郎「山の子たち」。

社会一般

一二月二六日 憲兵司令部、思想研究班編成。小作争議二四三四件。

■この年、県下総戸数一五万三一三〇戸、うち農家戸数一〇万三九九二戸、比率約六八％。この年、県庁疑獄事件起こる。岩手芸術協会（プロレタリア文学系）設立。

▼一、〇四一、三七三石（一・八石）＝一五万六二〇〇t（二七八kg） 二六円一銭。旱魃、不作。陸*羽一三二号普及率四五・八％。

1930（昭5） 34歳

宮沢賢治年譜

一月一日 「お蔭で療りました」（冨手一あて簡[253]）と書く。

二月一日 草野心平*、「文芸月刊」創刊号のアンケート「活躍を期待する新人は誰か」で賢治の詩集『春と修羅*』を絶賛。

宮沢賢治作品

文学・思想・芸術

一月 『木下杢太郎詩集』。酒井朝彦《あさひこ》『木馬の夢』。

二月 石森延男《いしもりのぶお》「一本路」。堀辰雄《ほりたつお》「芸術のための芸術について」「レエモン・ラジィゲ」。徳田秋声「モダニズム文学及び生活の批判」。

社会一般

一月一一日 金輸出解禁。一般物価大暴落。二一日 ロンドン海軍軍縮会議開会。

二月二六日 共産党員大検挙。

二月 この頃から不景気深刻、就職難の声高まる。

三月一〇日　*下根子の伊藤忠一《ちゅういち》あて簡［258］に「四月はきっと外へも出られます」と書く。

四月四日　*沢里武治《さわさとたけじ》あて簡［260］の中で、一日起きて苗床をいじりだしていること、思い切って新しい方面へ活路を拓きたいことを言う。

四月初旬頃　*佐々木喜善の訪問を受け、霊界の話題ではずんだといわれる。**一二日**　東北砕石工場の*鈴木東蔵再び来訪。合成肥料調製の相談を受ける。**一三日**　*鈴木東蔵に合成肥料についてのプランを示す(簡［262］)。この後度々鈴木の相談に対する返事を書く。

三月　*吉田一穂『故園の書』。「チチノキ」創刊。「弾道」創刊。「農民闘争」創刊。「童話の社会」創刊。野口米次郎訳『ブラウニング詩集』。犬田卯『農民文芸三講』。中村《むら》武羅夫《らお》・龍胆寺雄《りゅうたんじゆう》ら新興芸術派倶楽部結成。内村鑑三没。

四月　中野重治「ゴーリキー爺さん」(「少年戦旗」)。槙本楠郎《まきもとくすろう》*『プロレタリア児童文学の諸問題』。

六月　「詩・現実」創刊。「プロレタリア演劇」創刊。*「プロレタリア文学」創刊。

■三月七日　八戸線、久慈まで全線開通する。

三月二四日　帝都復興祭が行なわれる。

四月九日　鐘紡淀川工場スト。

二〇日　東京市電スト。

■五月一日　*盛岡市内の杜陵館《とりょう》で県内初のメーデーが行なわれる。

五月二〇日　共産党シンパ事件で三木清ら検挙。

1930（昭5）　34歳

宮沢賢治年譜

七月二九日　菊池信一あて簡［270］で「私も今はすっかり平常になり小園芸店番などあちこちできることをやって居ります」と書く。**八月**　ノート「文語詩篇」に「病気全快」と書く。

九月二日　*鈴木東蔵あてに「宜しければ孰れかの一地方御引受各組合乃至各戸へ名宛にて広告の上売込方に従事致しても宜敷其辺の御心持伺上候」（簡［273］）と書く。鈴木よりぜひ販売方を願いたい旨の返書がくる。**一三日**　初めて東北砕石工場を訪問。**一四日**　昨日の訪問について*鈴木東蔵あてに、協力したい意を書き、工場設備等に関する助言をする（簡［274］）。**二六日**　母木光《ははきひかる》（儀府《ぎふ》成一）、『岩手詩集』刊行のため編集委員を依頼してくる。賢治はこれを辞退するが、花巻在住の詩人を紹介し自作の詩［早春独白］を送る（簡［276］）。

宮沢賢治作品

一〇月一一日　童［まなづるとダァリヤ］（訂了）

文学・思想・芸術

七月　林芙美子「放浪記」。久板《ひさいた》栄二《えいじ》郎《ろう》「演劇運動のボリシエキ化」。千葉省三「おばけばなし」。

八月　斎藤茂吉『念珠集』。谷川徹三《てつぞう》『個性の文学と類型の文学』。

九月　プロレタリア詩人会結成。「*ナップ」創刊。横光利一「機械」。

社会一般

七月　日本*プロレタリア*エスペラント協会結成。

1930（昭5）　34歳

一一月一八日　菊池信一あて簡［282］で「たぶんは四月からは釜石*へ水産製造の仕事へ雇はれて行くか例の石*灰岩抹工場へ東磐井郡へ出るかも知れません」と書く。

一一月頃　郷里福島に帰った草野心*平より、農耕に従事したい旨の手紙を受取り、喜んで協力するとの返事を書くが、草野は小作人から田畑の回収がつかず実現せず。

一一月一日　◆「空*明と傷痍」「遠足許可」「住居」「森」（「文芸プラニング」第三号）

前々年八月～この年の詩篇三〇篇を「疾中」とする。

一一月　犬田卯編『新興農民詩集』。小林秀雄訳ランボオ『地獄の季節』。堀辰雄「聖家族」。永瀬清子「グレンデルの母親」。北原白秋編『赤い鳥童謡集』。中野重治「夜明け前のさよなら」。

一二月　三好達治《たつじ》『測量船』。

一一月一四日　浜口雄幸首相、東京駅で狙撃《そげき》され重傷。二六日静岡、伊豆地方大地震。

一二月　講談社レコード*事業部発足（のちキングレコードとなる）。

この年、世界恐慌が日本に波及し、三二年まで続く。物価、前年比約一八％下落。特に農作物価格著しく下落し、工業製品との格差拡大（豊作飢饉）。自殺者急増、全国で約一万四〇〇〇人。

小作争議二四七八件。

■この年、新渡戸稲造産業組合中央会岩手支部会長に就任。

△一、一八四、九九三石（二一・〇石）＝一七万七〇〇〇ｔ（三〇五kg）。陸羽*一三二号普及率四九・〇％。

宮沢賢治年譜

一月一日　菊池武雄あて簡［291］に「私もどうやらもと通りのからだになりました。四月からまた飛び出すつもりです」と書く。**一八日**　鈴木東蔵来花、資金問題と販売地方分担など種々懇談。

二月二一日　鈴木東蔵来花。嘱託技師となり石灰の宣伝販売に従事する契約書を交換し、東北砕石工場花巻出張所開設を正式決定する。**二五日**　東京府下西ヶ原農林省農事試験場関豊太郎へあて工場嘱託を引きうけるべきか否かを相談（簡［301］）。（この件について関より三月五日付返事で「引き受けてよからん」の返答を受ける）。

二月末～三月初　盛岡県庁にて県内実行組合名簿を筆写。**四日**　石灰岩抹の県内の推奨を得るため盛岡に出、県肥料督励官、県農業試験場の技手を訪問。**八日～一〇日**　「秋田行」のメモ（ノート「実用数学要綱」）。**二六日**　東北砕石工場訪問。**二七日**　肥料設計依頼の人多く来訪（簡［311］）。

宮沢賢治作品

二月末頃　「〔隅にはセキセイインコいろの白き女〕」（帳［王冠印］）

三月頃　「あらたなる」（文語詩「〔打身の床をいできたり〕」下書稿㈠の一部）（帳［王冠印］）

文学・思想・芸術

一月　金田一京助『アイヌ叙事詩ユーカラの研究』。佐々木喜善『聴耳草紙《ききみみぞうし》』。草野心平・小野十三郎《とおざぶろう》・萩原恭次郎共訳『アメリカプロレタリヤ詩集』。「プロレタリア詩」創刊。田河水泡《たがわすいほう》の漫画「のらくろ二等卒」（「少年倶楽部」）連載開始。

二月　池田寿夫《ひさお》「農民とプロレタリア文学」（「ナップ」）。加藤一夫「農民芸術論」。豊島与志雄「人形使の話」（「赤い鳥」）。「プロレタリア俳句」創刊。

三月　加藤一夫「修正せらるべき宗教対マルキシズム」。久保栄「プロレタリア演劇運動の国際的提携」。池田寿夫「農民文学の新しき転向」。「プロレタリア・エスペランチスト」創刊。

社会一般

一月　農産物生産過剰、繭価木炭価惨落。農村は豊作飢饉に襲われる。二六日　日本農民組合結成。

二月一一日　堺利彦、福岡行橋町に農民労働学校を開校。二五日　初の字幕スーパーによるアメリカ映画「モロッコ」公開。

三月　軍部クーデター発覚未遂（三月事件）。

1931（昭6）　35歳

四月五日　発熱臥床。一一日〜一二日頃（推定）　発熱臥床。
四月中　石灰の注文取りのため岩手県下の岩手郡、紫波《しわ》郡、稗貫郡、和賀《わが》郡、胆沢《いさわ》郡、江刺《えさし》郡等の村々のほか宮城県、秋田県をも巡訪する。
五月前半　岩手県稗貫郡、和賀郡、宮城県を注文取りに巡訪。一七日〜一八日　発熱臥床。
六月　東北砕石工場で搗き粉の生産を開始するに際し、宣伝用印刷物の製作、販売の準備調査をし、また国産振興北海道拓殖博覧会出品への準備をする。
七月前半　搗き粉、石灰の注文を取りに盛岡市、稗貫郡、和賀郡、胆沢郡等を奔走。一八日　石灰を多く施用している湯本方面の稲作状況を視察の結果、稲の生育不良のため説明に骨を折る。二一日　「岩手日報」夕刊に賢治が資料提供者と察せられる「花巻地方稲作状況（七・一五日現在）」の記事が出る。

七月二〇日　◆童「北守将軍と三人兄弟の医者」（「児童文学」第一冊）

四月　伊藤整《せい》「マルセル・プルウストとジェイムス・ジョイスの文学方法について」。
五月　「プロレタリア科学研究」創刊。
六月　西脇順三郎「文学的無神論」。春山行夫《ゆきお》「意識の流れと小説の構成」。
七月　草野心平「宮沢賢治論」（「詩神」）。宮本顕治《けんじ》「農民文学の発展」。中野重治「農民文学の問題」（「改造」）。長谷川如是閑「芸術の大衆性と大衆の芸術性」。柴田和雄「農民文学の正しき理解の為に」。「児童文学」（佐藤一英編）創刊。

四月　日本プロレタリア劇場同盟、国際労働者演劇同盟（ＩＡＴＢ）に加入、日本支部となる。
五月一八日　日本宗教平和会議、平和宣言を発表し、人種差別撤廃軍備縮小を訴える。
七月五日　全国労農大衆党結成。一五日　ドイツに金融恐慌発生。■七月　低温・寡照・多雨、稲作不順。

宮沢賢治年譜

八月一二日　建築用人造石、壁材料のサンプル完成。上京し、これを使って宣伝のうえ販路を開拓する予定を立てる。**三一日**　麦作用*石灰の注文を取るため、*稗貫郡内を巡訪。

九月初旬頃　上閉伊《かみへい》郡上郷《かみごう》村の沢里武治を訪ね、童「*風の又三郎」の「どっどどどどうど」の歌の作曲を依頼（後に沢里は辞退）。また人造石の原料調査を行う。**一〇日〜一六日**　*盛岡での肥料展覧会に出品のため準備や宣伝説明に励む。**一九日〜二八日**　商品見本を持って小牛田《こごた》、仙台を経て上京。**二〇日**　神田区駿河台の八幡《やわた》館で発熱病臥。**二一日**　父母あて遺書、弟妹たちあての告別の言葉を書く。**二七日**　父へ*電話、「もう私も終りと思ひます」（小倉豊文記述）。**二八日**　帰花。以後病臥。

宮沢賢治作品

八月末〜九月　「*小作調停官」「〔丘々はいまし鋳型を出でしさまして〕」「*〔topaz のそらはうごかず〕」「〔白く倒れし*萱の間を〕」等（帳「兄妹像」）

文学・思想・芸術

九月　*草野心平『明日は天気だ』。土田杏村《きょうそん》「都市ジャーナリズムと農民文芸」。土村泰「*農民芸術の新しい形式の再考察」。森新治「真の農民文芸について」。

社会一般

■八月一日　*中尊寺金色堂・経蔵修理。八月一日　国産初の本格トーキー映画「マダムと女房」封切。二六日　リンドバーグ夫妻、北太平洋を横断飛行して霞ヶ浦飛行場に着く。■八月一〇日　豪雨、大洪水、盛岡市内浸水家屋九〇〇戸。九月一八日　満州事変起こる。■九月　県下中等学校生徒の授業料滞納者、中途退学者増加。

1931（昭6）　35歳

一〇月二九日　「疾すでに治するに近し」と感じ、「法を先とし／父母を次とし／近縁を三とし／農村を最后の目標として／只猛進せよ」と帳［雨ニモマケズ］に書く。

一一月六日　帳［雨ニモマケズ］に「疾ミテ食摂ルニ難キトキノ文」を書く。

一一月頃　草野心平*、詩誌「弩《ど》」創刊に際し、賢治は文語詩を送るが草野の意に添わず、別稿を求められるも応じず。

一〇月二〇日　［〔この夜半おどろきさめ〕］、**二四日**　［〔聖女のさましてちかづけるもの〕］（帳［雨ニモマケズ］）

一一月三日　［〔雨ニモマケズ〕］（帳［雨ニモマケズ］）

一〇月　永井荷風「つゆのあとさき」。『中野重治詩集』発禁。トーマス・エジソン*没。

一一月　青野季吉「農民文学の根本問題」。

一二月　「プロレタリア文化*」創刊。『平戸廉吉詩集』。伊藤整ら訳ジョイス「ユリシイズ」。中野重治編『ナップ七人詩集』。

■一〇月一七日　花輪線、全線開通する。

一〇月　東北、北海道地方冷害凶作のため娘身売り多く（山形県最上郡の一村では娘四五七人中五〇人が身売り）、各地で家族離散の悲劇続出。欠食児童続出し中学校中退者相次ぐ。

■一一月四日　県下一帯強震。

一一月一二日　ナップ*解散。二七日　日本プロレタリア文化連盟*（コップ）結成。

一二月　社会局、失業者四二万人余と発表。

1931（昭6） 35歳

宮沢賢治年譜

この年 雑〔浮世絵広告文〕

この年以降 雑〔浮世絵版画の話〕〔浮世絵家系譜〕〔浮世絵鑑別法〕

宮沢賢治作品

この年 童〔グスコンブドリの伝記〕

この年以降 短〔泉ある家〕〔十六日〕〔花壇工作〕〔大礼服の例外的効果〕童〔風の又三郎〕*童〔銀河鉄道の夜（第四次稿）〕*〔セロ弾きのゴーシュ〕*

社会一般

この年、物価、前年より一五・五%下落。農産物価格と農家購入品価格との格差一層拡大。小作争議三四一九件。

■この年、夏季の低温により凶作。また、陸羽一三二号*作付面積は二八三五八町歩（率五三%）に達する。

▼九八四、七〇〇石（一・七石）＝一四万七七〇〇t（二五〇kg）一五円五六銭。

1932（昭7） 36歳

宮沢賢治年譜

一月二九日 高橋久之丞《きゅうのじょう》*の肥料設計依頼に答え、「数日の間病状逆行し尚茲一ヶ月は病室を離れ兼ね」ると書く（簡〔402〕）。

二月二九日 「起床歩行ニ勉メ候へ共、息切レ甚シク辛ク十数歩ニ達スルノミ」（鈴木東蔵*あて簡〔408〕）と書く。

宮沢賢治作品

三月一〇日 ◆童〔グスコーブドリの伝記〕*（「児童文学」第二冊）

文学・思想・芸術

一月 新美《にいみ》南吉《なんきち》「ごん狐」（「赤い鳥」）。田河水泡「のらくろ一等兵」（「少年倶楽部」）。正宗白鳥「大衆文学論」。「プロレタリア文学」*創刊。

二月 「アナルキズム研究」創刊。

三月 伊藤整「新心理主義文学」。「コギト」創刊。東京演劇集団結成。ブレヒト「三文オペラ」を上演。

社会一般

■一月二六日 県下小学校欠食児童二五〇〇人に達する。

一月二八日 上海事変勃発。

二月一六日 ラジオの聴取者、百万を越える。

三月一日 満州国建国。

三月〜四月 社会主義者多数検挙される。

1932（昭7）　36歳

四月一三日　佐々木喜善来訪。エスペラント、民話、宗教について三、四時間も語り合う。佐々木は賢治のことを「大した人物だ」とくり返し家人に語ったという。**一六日**、**一八日**にも佐々木来訪。

晩春　下顎第一臼歯外側歯齦の潰瘍《かいよう》のため出血とまらず。

五月一四日　母木光、来訪。『岩手詩集』持参。**二二日**　佐々木喜善来訪。**二五日**、**二七日**も来訪。いずれも長時間語り合う。

六月一三日　「岩手日報」学芸欄に母木光の「病める修羅／宮沢賢治氏を訪ねて」が載る。**二一日**　「私はこの郷里では財ばつと云はれるもの、社会的被告のつながり」「もう私の名前などは土をかけて、きれいに風を吹かせて」（母木光あて簡[421]）と書く。**二七日**　石川善助（当時草野心平家に下宿）不慮死。

四月一五日　◆〔早春独白〕（〔早春独白〕逐次形(2)）（『岩手詩集』第一輯）

四月　佐藤惣之助編『詩之家年刊詩集』。『内村鑑三全集』二〇巻（岩波書店）刊行。

六月　土屋公平「新らしき農民文学の出発」。尾関岩二『童心芸術概論』。

■五月二日　岩手殖産銀行（岩手銀行の前身）設立。

五月一四日　喜劇俳優チャップリン来日。一五日　ロンドン条約での海軍力の低下に憤激した海軍青年将校、陸軍将校生徒ら、首相官邸などを襲撃、犬養毅《いぬかいつよし》首相を射殺（五・一五事件）。

宮沢賢治年譜

七月　石川善助の死を驚き悼む（草野心平あて書簡下書［424］）。

九月二三日　仙台放送局放送「子供の時間」に出演した藤原嘉藤治の演奏を聴く。

一〇月　*花巻温泉の県下菊花品評会で句作。**一日**　父政次郎、金銭債務臨時調停委員に選任される。

宮沢賢治作品

八月六日　［*半蔭地選定］［林学生］（「新詩論」へ送る）、**一五日**　◆文語詩［民間薬］（［民間薬］逐次形(1)［選挙］（［選挙］逐次形(2)）（「*女性岩手」創刊号）

九月二〇日　［客を停める］（「詩人時代」へ送る）

文学・思想・芸術

七月　松田幸夫編集「天才人」創刊。「新ロシア」創刊。『世界ユーモア全集』一二巻（改造社）刊行。

九月　*草野心平訳『サッコとヴァンゼッチの手紙抄』。

一〇月　*吉田一穂《いっすい》編集「新詩論」創刊。「光の子」創刊。

社会一般

七月二四日　社会大衆党結成。三一日　ドイツ総選挙でナチス第一党となる。■七月　県下失業者四三〇〇人に上る。二八日　農漁村の欠食児童数二〇万人突破と文部省発表、うち岩手県三五三九人。第一次満州農業移民四九三人中東北より二三三人。うち岩手は四一人。

八月一二日　東京宝塚劇場創設。

九月　小川平吉疑獄事件裁判（求刑二年六か月）、無罪判決（短［疑獄元兇］はこれに取材したもので、昭和八年夏頃執筆）。

1932（昭7）　36歳

一一月　「向寒の間尚床を離れ兼ね居り候へ共筆稿計算等の事は自由と相成り」（あて先不明書簡下書［435］）と書く。

一一月一日　◆「客を停める」（「〔その洋傘《かさ》だけでどうかなあ〕」逐次形(4)）（「詩人時代」第二巻第一一号）、一五日　◆文語詩「祭日」（「〔祭日〕」逐次形(6)）「母」（「〔母〕」逐次形(3)）「保線工手」（「〔保線工手〕」逐次形(4)）（「女性岩手」第一巻第四号）

一二月　丸山薫《かおる》『帆・ランプ・鷗』。蔵原惟人『芸術論』。西脇順三郎「ティ・エス・エリオット論」。

過去二年間に県下失業者四〇〇〇人を超える。親子心中一四一九人。
小作争議三四一四件。
△一、一〇二、七八石（一・八石）＝一六万五三〇〇t（二七八kg）
一七円八五銭。

1933（昭8）　37歳

一月三日　「この頃はやっと少しづゝ仕事もできるやうになりました」（斎藤貞一あて簡［443］）と書く。
二月四日　高橋久之丞*へ肥料設計を書き送る。

一月一六日　「詩への愛憎」（「詩人時代」へ送る）
二月一五日　◆「*半蔭地選定」（「〔*落葉松の方陣は〕」逐次形(4)）を「新詩論」第二輯に発表。

一月　加藤一夫『農本主義』。「労農文学」創刊。
二月　岡本潤『罰当りは生きてゐる』。宮本顕治『レーニン主義文学闘争への道』。

一月一二日　河上肇《はじめ》検挙される。三〇日　ドイツでヒトラー内閣誕生。
二月二〇日　小林多喜二検挙され、築地署で虐殺される。

宮沢賢治年譜

三月七日　大木実宛に三陸大津波の見舞いに対する礼状を送る〔459a〕。

三月　この頃より自宅療養中ながら東北砕石工場からの相談に応じ始める。「何分にも未だ辛く机にすがりて幾許《いくばく》の仕事致し居るのみの状態にて外出には尚幾十日かを閲《けみ》せざるべからざる」（あて先不明書簡下書〔469〕）。

五月一四日　「天才人」発行者松田幸夫と*関徳弥、原稿依頼の件で来訪。

六月二七日（石川善助一周忌）　この日発行の『鴉《あ》射《しゃ》亭随筆』の「友人感想」に雑〔〔石川善助追悼文〕〕を寄稿。

宮沢賢治作品

三月一日　◆〔詩への愛憎〕（「〔雪と*飛白岩《ギャブロ》の峯の脚〕」逐次形(3)）（「詩人時代」第三巻第三号）、**二〇日**　◆「北守将軍と三人兄弟の医者」（『現代童話名作集』上）◆「*グスコーブドリの伝記」（『同』下）、**二五日**　◆〔朝に就ての童話的構図〕（「天才人」第六輯）

四月一日　◆「*移化する雲」（「〔*はつれて軋る手袋と〕」逐次形(4)）（「日本詩壇」創刊号）、◆「郊外」（「〔郊外〕」逐次形(5)）「県道」（「〔凍雨〕」逐次形(4)）（『現代日本詩集（一九三三年版）』「十一月」）

文学・思想・芸術

三月　滝口修造《しゅうぞう》「シユルレアリスムの動向」。

四月　伊藤信吉『故郷』。「文学」（岩波）創刊。「コップ」創刊。

五月　「四季」創刊。小林秀雄「故郷を失った文学」。

六月　三木清「不安の思想と其の超克」。阿部次郎「シェストフ覚書」。小野十三郎『アナーキズムと民衆の文学』。漫画「冒険ダン吉」連載開始（一九三九年七月まで）。

社会一般

■三月三日　三陸一帯大地震大津波のため大被害、死者一五〇〇名、負傷者八八〇名、行方不明一一〇〇名、家屋流失三八五〇戸、焼失二五〇戸、倒壊一五八〇戸、船舶流出五八六〇艘。

三月二七日　国際連盟脱退通告。二九日　米穀統制法公布。

■四月二八日　県下気温下り、県北に雪降る。

五月二六日　京大滝川幸辰《ゆきとき》教授『刑法読本』が文部省の忌諱《きい》にふれ休職が発令され、法学部教授会は抗議文を提出、総辞職の意を表明。

六月七日　共産党幹部佐野学《まなぶ》、鍋山貞親《さだちか》ら獄中で転向を声明。

七月一八日　「アザリア」同人の河本義行、鳥取の海岸で水泳訓練中に溺れかかった同僚を救おうとして溺死（同僚は助かる）。

八月四日　*鈴木東蔵あて簡〔482〕をもって東北砕石工場との連絡は終ったとされる。

九月一七日〜一九日　鳥谷《とや》ケ《が》崎《さき》神社祭礼。**一九日**　夜、宮沢家門前で神輿を迎え拝礼。**二〇日**　前夜の冷気のためか、急性肺炎を起こす。短歌二首を墨書。*肥料相談のため訪れた農民に衣服を改め一時間ほど正座して応対。夜、弟*宮沢清六に原稿出版の望みを託す。**二一日**　午前一一時三〇分、突然「*南無妙法蓮華経」を高々と唱題。容態急変、喀血。父に遺言として*国訳妙法蓮華経一〇〇〇部をつくって配ることを頼む。午後一時三〇分、息を引き取る。

七月一日　◆〔*葱嶺《パミール》先生の散歩〕（〔亜細亜学者の散策〕の発展形、〔葱嶺先生の散歩〕逐次形(2)）（「詩人時代」第三巻第七号）、**五日**　〔春　変奏曲〕、**二〇日**　◆〔花鳥図譜・七月・〕（〔〔*北上川は*熒気をながしィ〕〕の発展形）（「女性岩手」第二巻第三号）

八月一五日　〔文語詩稿　五十篇〕（推敲完了清書　定稿とする）、**二二日**　〔文語詩稿　一百篇〕（推敲完了清書　定稿とする）

夏頃　短〔*疑獄元兇〕、童〔ひのきとひなげし〕（最終形）

九月五日　〔*産業組合青年会〕（「北方詩人」へ送る）、**二〇日**　歌〔絶筆〕（二首）

七月　川端康成「禽獣」。藤原定《さだむ》「芸術に於ける人間の生成」。白井成充《なりみつ》『島地大等和上行実』。

九月　西脇順三郎『Ambarvalia』。巌谷小波没。

九月二九日　佐々木喜善没。

八月五日　前年の小川平吉疑獄事件裁判無罪判決に、検事控訴。

宮沢賢治年譜

宮沢賢治作品

一〇月一日　◆「産業組合青年会」（「産業組合青年会」の発展形）（「北方詩人」第二巻第七号）
一二月一日　◆「山火」（「山火」逐次形(5)）（「日本詩壇」第一巻第七号）

文学・思想・芸術

一〇月　小林秀雄等「文学界」創刊。「行動」創刊。「農民芸術」*創刊。

社会一般

この年、治安維持法による検挙者四二八八人。
小作争議四〇〇〇件。
△一、三二五、五〇六石（二一・二石）＝一九万八八〇〇t（三三六kg）一九円八二銭。豊作。

【宮沢家 系図】

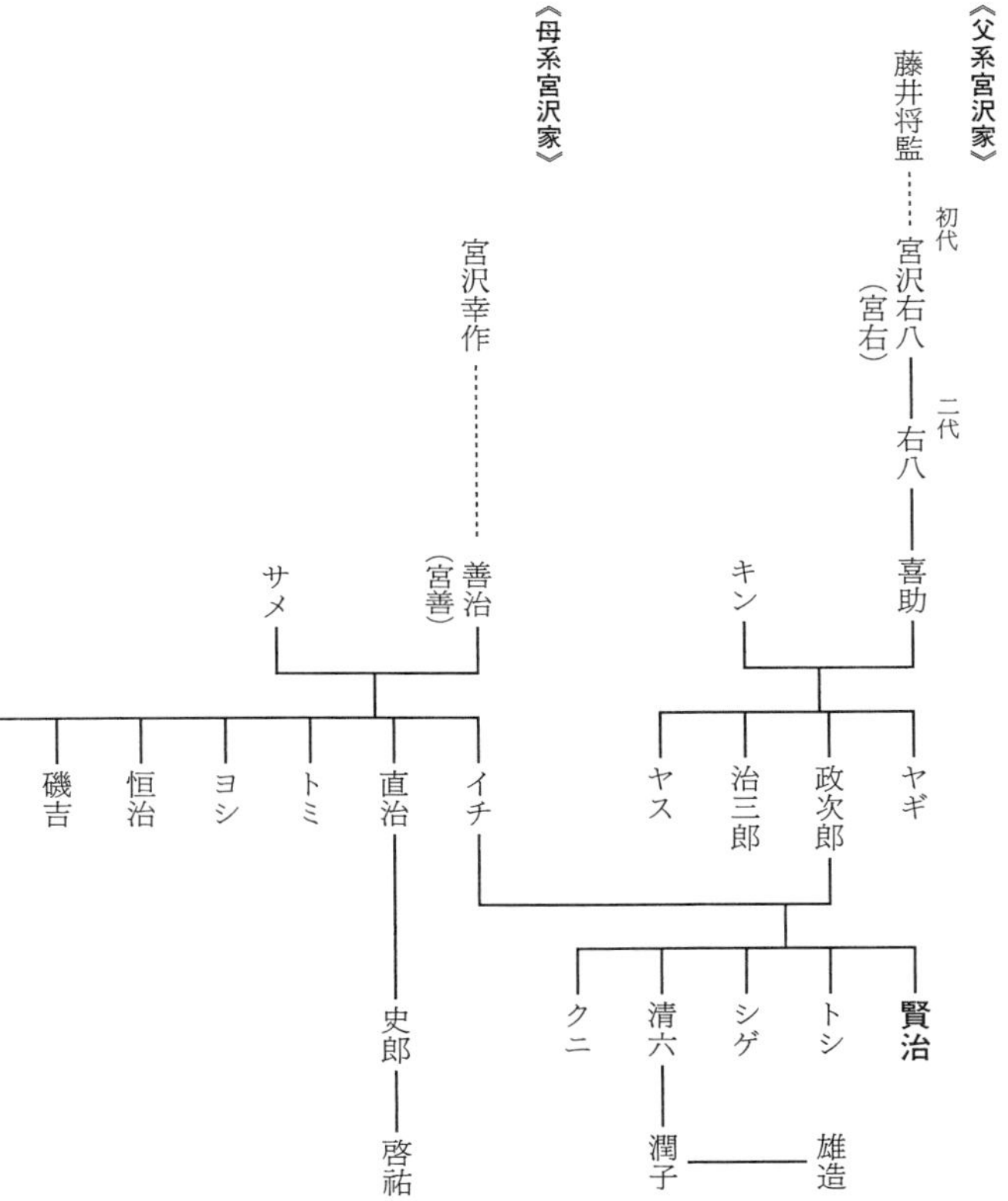

注＝（宮右）、（宮善）は屋号

【関連地図】

岩手県市町村図
（大正7年現在）

岩手県山岳・河川図

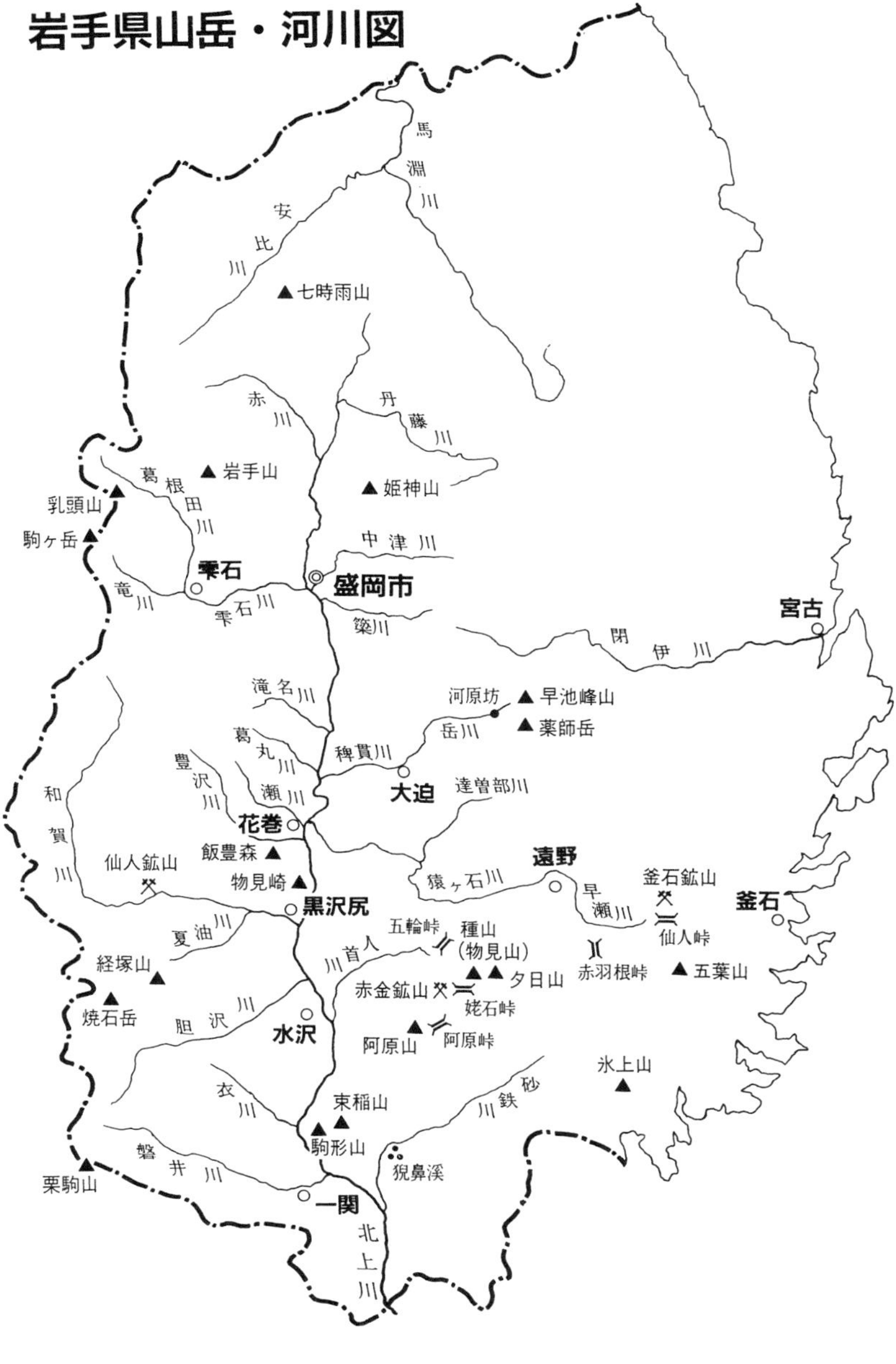

馬淵川
安比川
七時雨山
赤川
丹藤川
葛根田川
岩手山
姫神山
乳頭山
駒ヶ岳
中津川
雫石
盛岡市
竜川
雫石川
簗川
宮古
閉伊川
滝名川
河原坊
早池峰山
薬師岳
岳川
葛丸川
稗貫川
豊沢川
瀬川
大迫
達曽部川
和賀川
花巻
飯豊森
仙人鉱山
物見崎
遠野
猿ヶ石川
釜石鉱山
早瀬川
釜石
黒沢尻
夏油川
五輪峠
種山
(物見山)
仙人峠
首人川
赤羽根峠
経塚山
夕日山
五葉山
赤金鉱山
姥石峠
焼石岳
胆沢川
水沢
阿原山
阿原峠
氷上山
衣川
束稲山
砂鉄川
駒形山
猊鼻渓
栗駒山
磐井川
一関
北上川

盛岡・花巻付近山岳・河川図

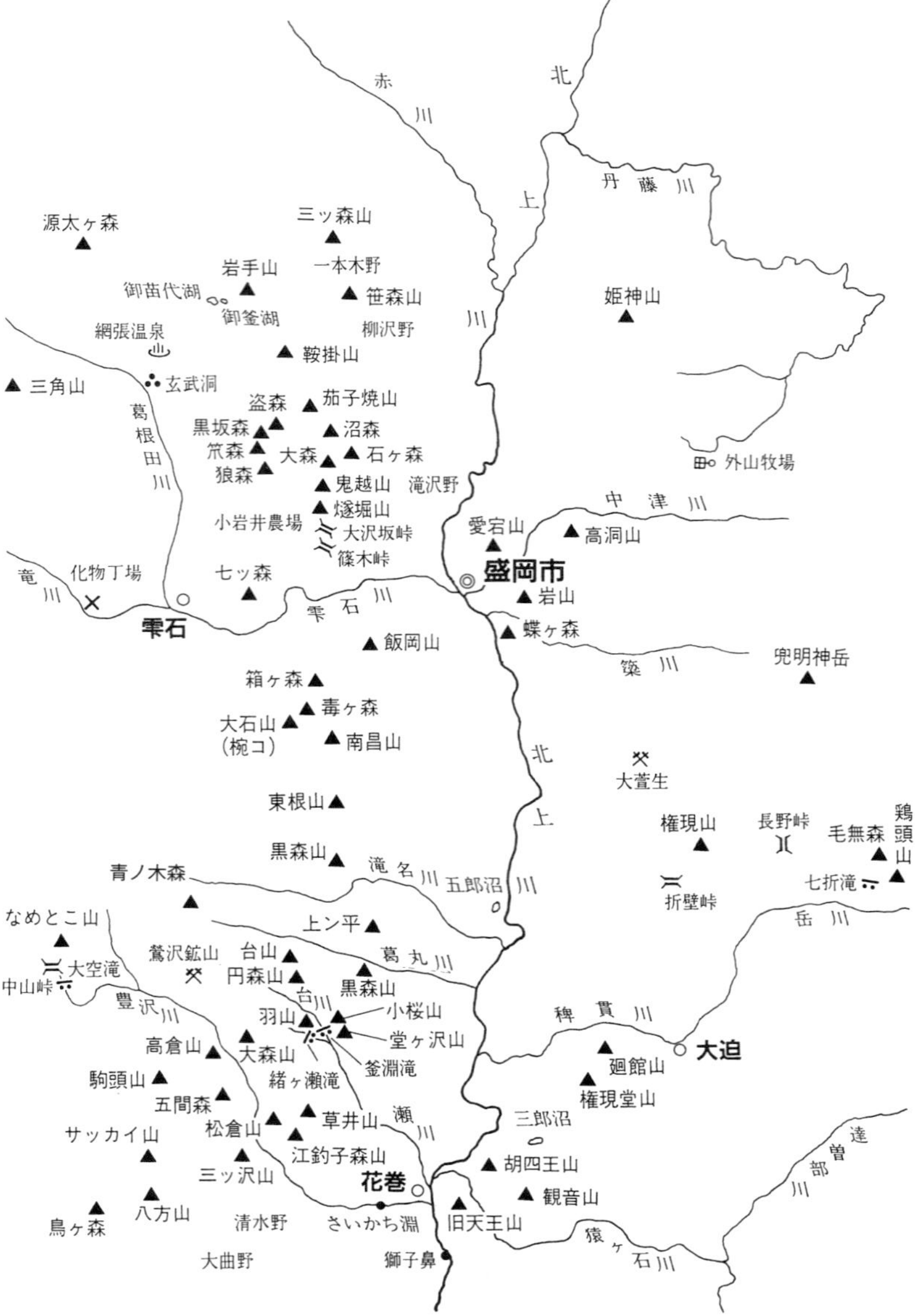

盛岡付近図
（大正時代）

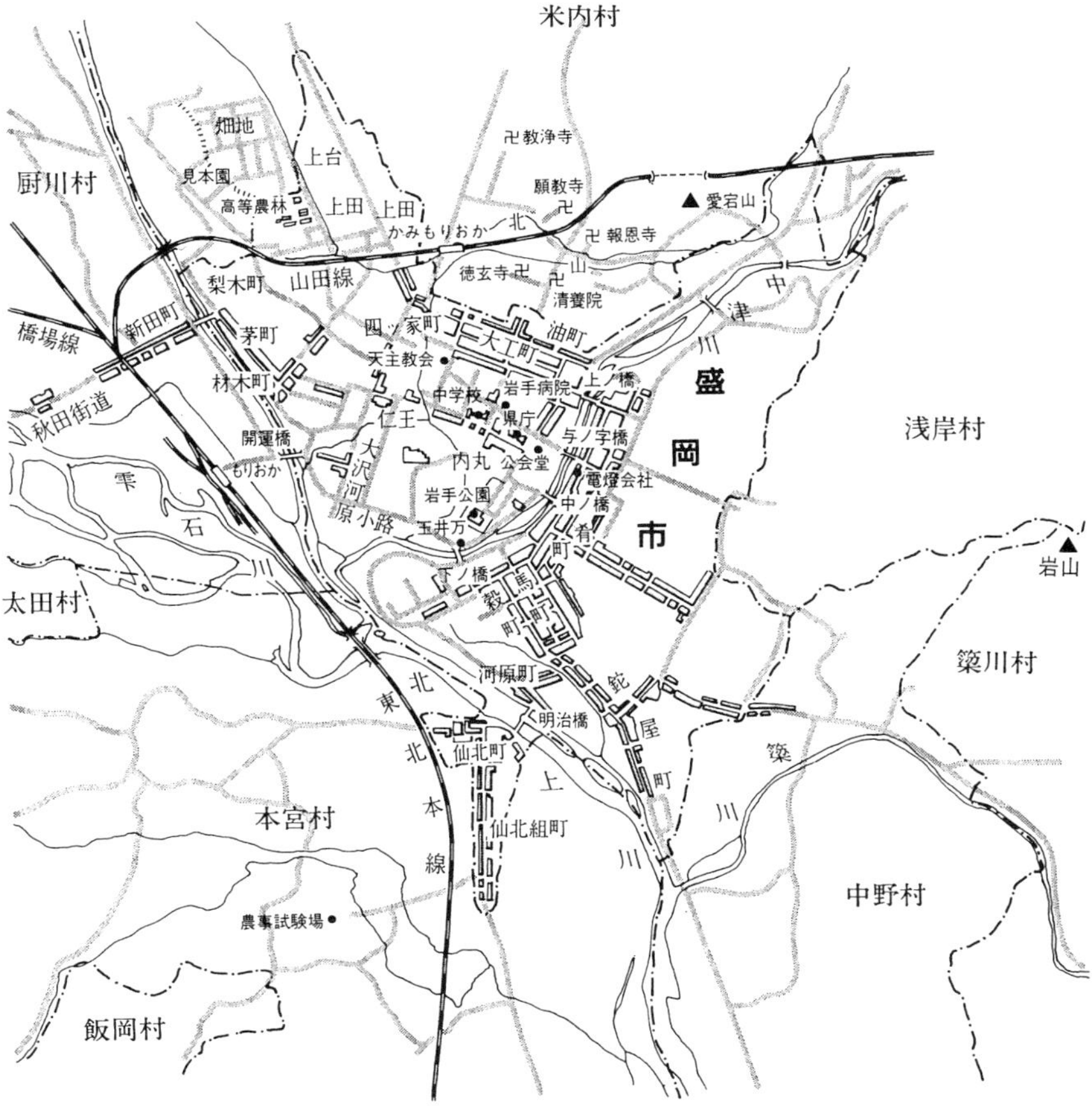

米内村
畑地
上台
卍教浄寺
見本園
厨川村
願教寺
▲愛宕山
高等農林
上田
上田
卍
卍報恩寺
かみもりおか
北
山
梨木町
山田線
徳玄寺卍
卍
中
清養院
津
新田町
四ッ家町
油町
橋場線
茅町
大工町
川
天主教会
上ノ橋
盛
林木町
岩手病院
中学校
秋田街道
仁王
県庁
浅岸村
開運橋
大
与ノ字橋
岡
もりおか
沢
内丸
公会堂
雫
河
電燈会社
岩手公園
中ノ橋
石
原小路
玉井万
肴
市
町
岩山
▲
川
下ノ橋
馬
太田村
穀
町
町
簗川村
河原町
鉈
東
北
明治橋
屋
北
仙北町
簗
上
町
本
川
本宮村
仙北組町
線
川
中野村
農事試験場
飯岡村

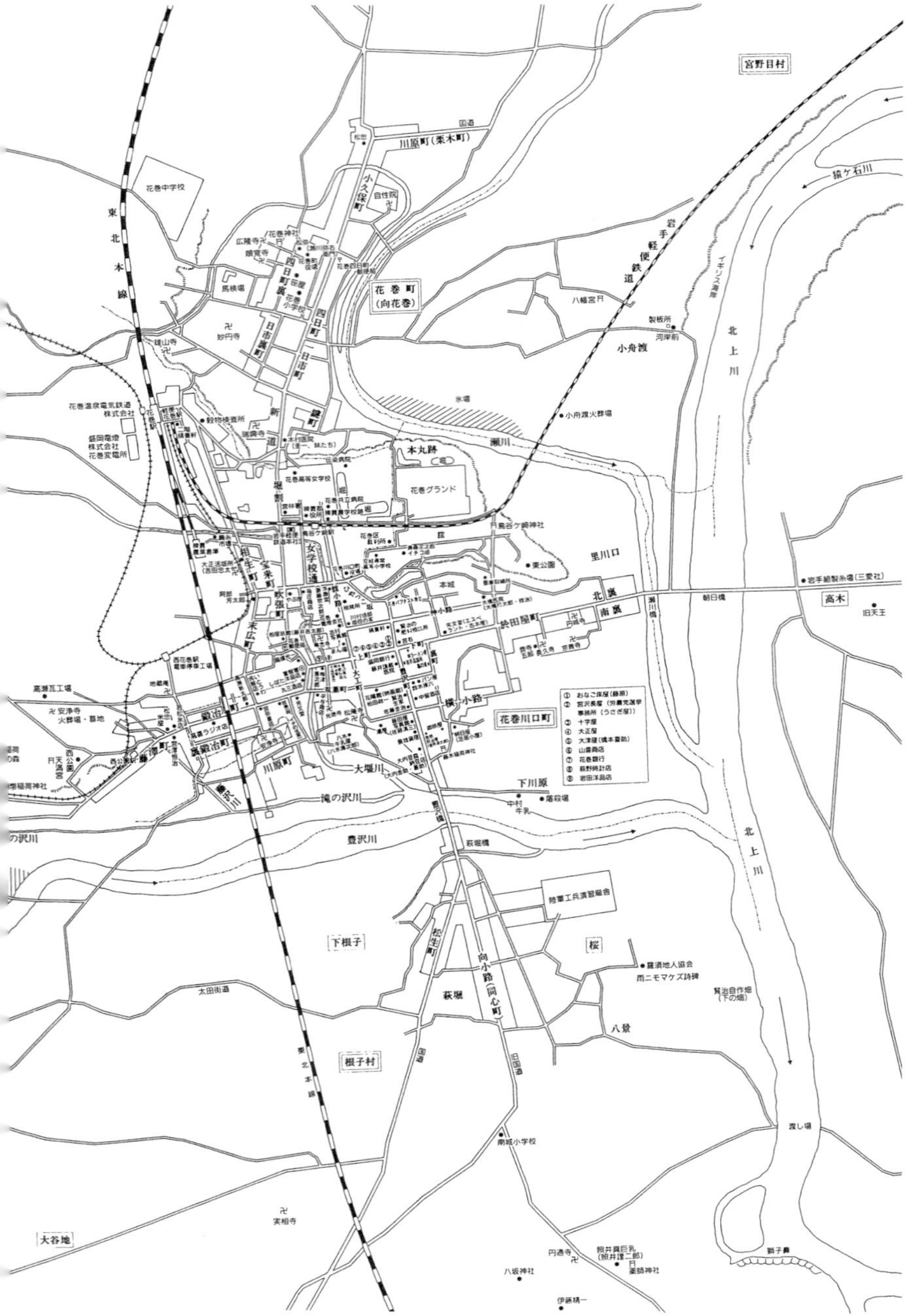
宮野目村
国道
川原町(栗木町)
小久保町
自性院
花巻中学校
東北本線
岩手軽便鉄道
猿ケ石川
イギリス海岸
北上川
花巻町(向花巻)
四日町裏
四日町
日市裏町
日市町
八幡宮
製板所
河岸前
小舟渡
妙円寺
馬検場
花巻温泉電気鉄道株式会社
盛岡電燈株式会社花巻変電所
穀物検査所
新道
鍛冶町
本丸跡
花巻グランド
小舟渡火葬場
瀬川
花巻高等女学校
鳥谷ケ崎神社
里川口
女学校通
相生町
末広町
吹張町
東公園
本城
於田屋町
北裏
南裏
朝日橋
岩手組製糸場(三愛社)
高木
旧天王
西花巻駅
高瀬瓦工場
安浄寺
火葬場・墓地
西公園
天満宮
花巻川口町
下川原
屠殺場
川原町
大堰川
滝の沢川
豊沢川
萩堰橋
陸軍工兵演習廠舎
下根子
松生町
向小路(同心町)
桜
羅須地人協会
雨ニモマケズ詩碑
賢治自作畑(下の畑)
太田街道
萩堰
八景
根子村
旧国道
南城小学校
渡し場
実相寺
大谷地
円通寺
照井真臣乳(照井謹二郎)
薬師神社
八坂神社
伊藤精一
獅子鼻
① おなご床屋(藤原)
② 宮沢長屋(労農党選挙事務所(うさぎ屋))
③ 十字屋
④ 大正屋
⑤ 大津屋(橋本喜助)
⑥ 山喜商店
⑦ 花巻銀行
⑧ 萩野時計店
⑨ 岩田洋品店

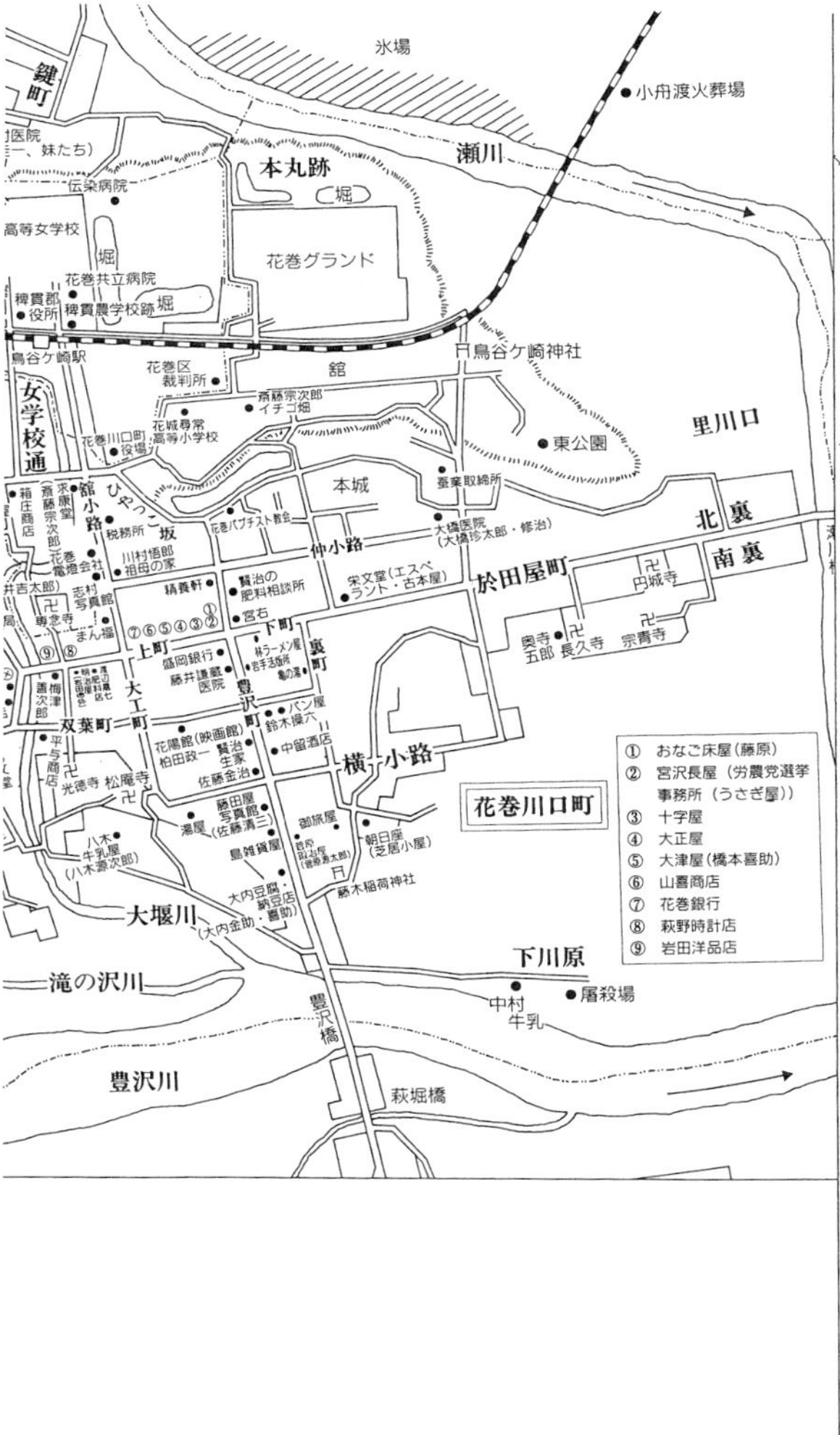

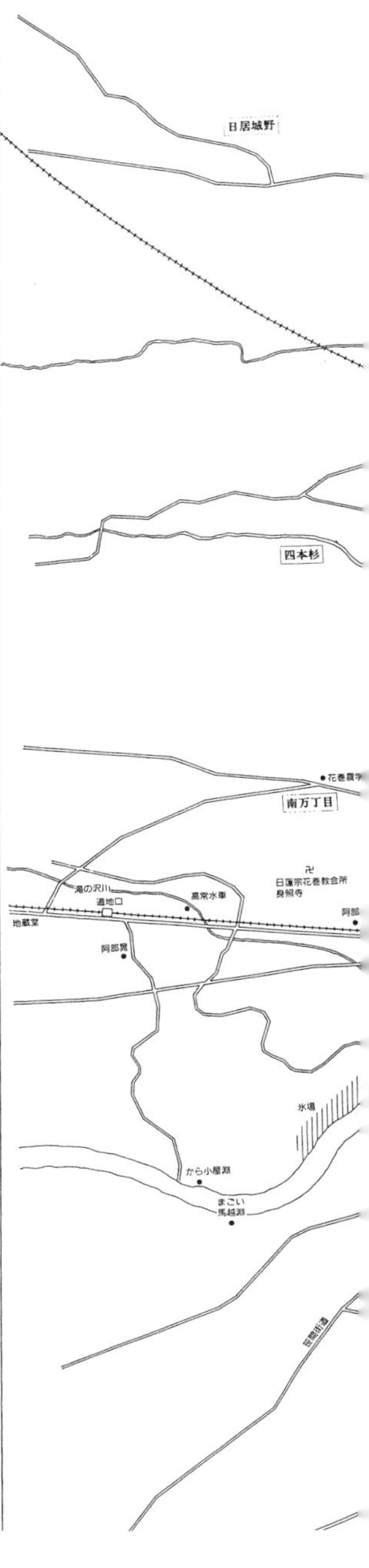

花巻付近図（大正時代）

（宮沢賢治イーハトーブ館発行『宮沢賢治生誕百年記念特別企画展図録・拡がりゆく賢治宇宙』より転載）

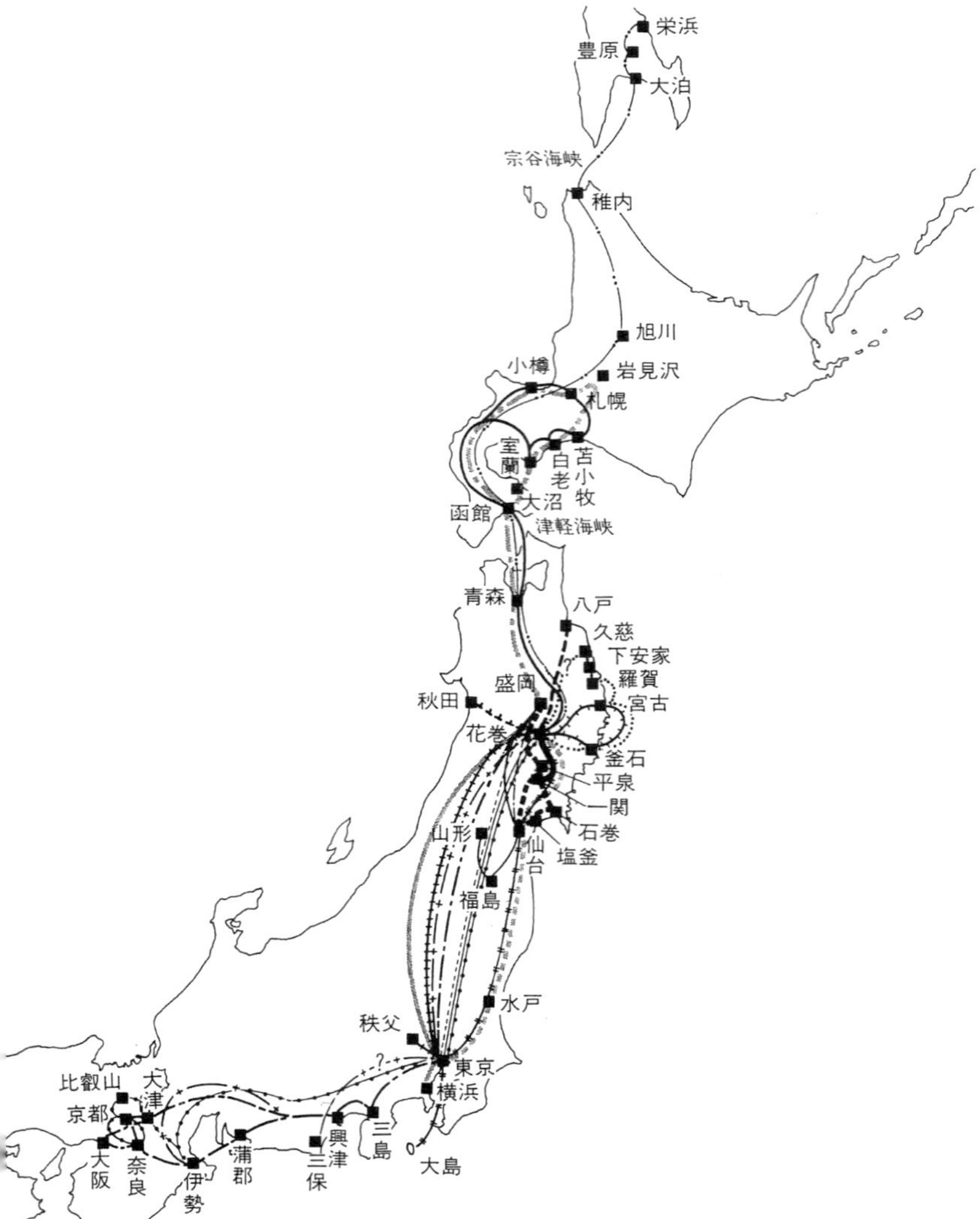
栄浜
豊原
大泊
宗谷海峡
稚内
旭川
岩見沢
小樽
札幌
室蘭
白老
苫小牧
大沼
函館
津軽海峡
青森
八戸
久慈
下安家
羅賀
宮古
盛岡
秋田
花巻
釜石
平泉
一関
石巻
山形
仙台
塩釜
福島
水戸
秩父
東京
横浜
比叡山
大津
京都
大阪
奈良
伊勢
蒲郡
三保
興津
三島
大島

賢治旅行行動図　（　）内の地名は通過地を表わす

1912.5.27～29　**盛岡中学修学旅行（４年）**
盛岡—一関—石巻—塩釜—仙台—平泉—盛岡

1913.5.21～27　**盛岡中学修学旅行（５年）**
盛岡—(青森)—函館—小樽—札幌—(岩見沢)—白老—室蘭—大沼—(函館)—(青森)—盛岡

1916.3.19～31　**盛岡高等農林学校農学科修学旅行（２年）**
盛岡—東京—興津—京都—奈良—大阪—大津—京都—伊勢—蒲郡—三島—東京—花巻

1916.7.30～9.上旬（7～10？）**「独逸語夏期講習会」受講，盛岡高等農林による秩父・長瀞・三峰地方，土性・地質学調査見学**
花巻？—東京—秩父—東京—盛岡

1916.10.4～7　**盛岡高等農林による奥羽連合共進会見学**
盛岡？—山形—盛岡

1917.1.4～7　**父政次郎の商用**
花巻？—東京—横浜—花巻

1917.7.25～29 or 30？　**花巻町有志による「東海岸視察団」参加**
花巻—釜石—宮古—遠野—花巻

1918.6.9　**書籍購入**
盛岡？—仙台—盛岡

1918.12.25～1919.3.3　**トシ入院・看護**
花巻—東京—花巻

1921.1.23～8中旬？　**突然の上京・父との関西旅行**
花巻—東京—伊勢—比叡山—京都—奈良—東京—花巻

1923.1.初旬～？　**東京で弟清六に会う(童話原稿を出版社へ持参させる)，トシ納骨手続？**
花巻—東京—〔三保・伊勢？〕—東京—花巻

1923.3.4頃　**同僚堀籠文之進と歌舞伎観劇**
花巻—一関—花巻

1923.7.31～8.12　**生徒の就職依頼，[青森挽歌]［オホーツク挽歌]旅行**
花巻—(青森)—(函館)—旭川—(稚内)—(大泊)—豊原—栄浜—鈴谷平原

1924.5.18～23　**花巻農学校修学旅行引率**
花巻—(青森)—函館—小樽—札幌—苫小牧—花巻

1925.1.5～9　**三陸地方への旅**
花巻—久慈—下安家—羅賀—宮古—釜石—花巻（ルートは推定）

1926.8頃　**妹シゲとその長男純蔵・末妹クニとの小旅行**
花巻—八戸—花巻

1926.12.2～30頃　**セロやエスペラント等の勉強**
花巻—東京—花巻

1928.6.7～24　**水産物調査，浮世絵展観覧，大島の伊藤兄妹に会う**
花巻—仙台—水戸—東京—大島—東京—花巻

1931.4.21～22　**東北砕石工場・出張**
花巻—秋田—花巻

1931.9.19～28　**東北砕石工場・出張**
花巻—仙台—水戸—東京—花巻

(作成：山根知子)

跋

——冒頭の「序」の内容と呼応しますゆえ、ぜひ、お読みくださいますように。——

『定本』と銘うち、旧版にはなかった、この「跋」文の場所まで用意してくれた筑摩書房に感謝しながら、万感の思いが押しよせてまいります。

第二次大戦後の混乱がまだ続く一九五〇（昭和二五）年三月初旬、高村光太郎（項目参照）さんを、花巻近くの、まだ残雪豊かな太田村山口の小屋（鞘堂《さやどう》で囲まれ現存する）に訪ねました。「私は謹慎中だから……」と、お願いしに行った講演の予約を断られたのですが、その〈謹慎〉の理由も戦時中（ことに末期）の光太郎を知らぬ方たちには理解不可能でしょうが、また、ここでの説明も省きますものの、時代の波は詩人光太郎の戦時中の詩作や活動の〈罪障〉を洗い清めているかのように思われます。私たちの懇望を断った光太郎の心境や、何がなんでも講演の予約をとりつけて来てくれと私にハッパをかけた、あと二日もすれば特攻機に乗るはずだった旧陸軍少尉の学友の表情や、戦地から戻りもしない旧友たちの顔なども思い浮かべながら、願いを果たせぬままに光太郎氏の小屋をあとにしました（髭面《ひげづら》の連中を交えた超満員の春夏二回の「詩祭」での著名音楽家の演奏を交えた講演会を私たちは企画していました。私はといえば、今日以上に就職先もなく、教授に勧められて、旧制の大学院生になる予定でした）。

私は花巻駅で当時の粗末な大学ノートの一枚をちぎり、前記の学生に戻った代表格の元陸軍少尉宛てに手紙を書き、投函しました。「……講演等は総て謝絶し居らるるよしにて、一人暮らしも不自由の様子に被拝候」とは、半ば光太郎氏への同情からだったでしょうか（余計な解説ながら、私などの旧世代までは、親兄弟や親しい友人間の通信には自然と出てくる文語体候文はめずらしくないことでしたが、それも戦後急速に見られなくなっていきます）。

さて、その候文を投函後、私はその足で宮沢家を尋ねあて、賢治の令弟、清六さんにも初めてお会いしたのでした。

十代の終わりごろから、戦病死した兄の書棚にあった十字屋書店刊の全集で賢治に親しんできたことなどを私は自己紹介し、できますれば、いずれ初版本『春と修羅』その他の賢治手書きの訂正本書入れページの撮影などをお願いしたいと懇願したところ、清六さんは快く許してくださいました。

疲れないように午後七時ごろ上野発、翌朝五時すぎ花巻着の寝台車（やがて駅地下に朝風呂屋ができて助かった思い出もあります）、帰りは当日夜行の普通列車、という毎月二回ほどの花巻通いは少し後になってからでしたが、当時発売間もない、私には少々高すぎるカメラのニコンF1、接写レンズ、三脚、ケーブル・レリーズのシャッター等を持ちこんでのお邪魔のたびに、なんと清六さんはページのいたみも心配されてのことだったのでしょう、「ページめくり役」をしてくださったのでした。

思い出は尽きないのですが、そういえば、賢治の主治医だったS博士（項目参照）と花巻駅で一緒になったことがありました。挨拶のあと、当時の三等車の方へ行こうとする私をS博士は二等車（今のグリーン車）に、車掌に金を払って呼び入れ、ご自分の著書『宮沢賢治』（一九四二年、冨山房）にも書かれていない貴重な「講話」をしてくださり、感動したことをよく覚えています。さまざまな賢治とのやりとりや、その年月まで、記憶力抜群のS博士でした。

S博士との歓談のやりとりは書ききれないので省きますが、一つだけ紹介します。

「先生のご本にも賢治の写経をはじめ筆書きについての話題や写真をいくつも載せておられたと思いますが、賢治のは上手下手をこえた、おそらく早書きの字であり、口語表現にもこどものころからの文語の仕込みがしっかりものをいっていると思います。たとえば、「（絶対に）小輩の名を出すなからんことを。必嘱！」と強く断って（「必嘱《ひっしょく》」は「必ずそうして下さい」の意）、叔父の宮沢恒次《つねじ》さんに急がされ、二、三日で書いたといわれる「法華堂建立勧進文《こんりゅうかんじんもん》」（「日実上人」項参照）の文面の凄さと筆跡を私は代表させますが、この誰にも書けない入魂の七五調文語体は、賢治個人をさえ超え、彼の詩のレベルをさえ凌ぐ、死の前年の名文だと思います」

このように私はS博士に賢治の用語と筆跡についての自分の考えを熱心に語ったのでした。ことに賢治が死の直前まで文語詩を大切に考え、「何はなくても文語詩があるから……」と言ったこと（ことばはちがっても家人にもそう言っていたこと）などをです（文庫版全集四巻「解説」〔入沢康夫〕にも同様の報告があります）。

ここで、本辞典冒頭の「序」文中に引用した、解説を書く藤原嘉藤治（項目参照）を困らせた賢治の難解な詩「岩手山」をもう一度、お開きくださいますか。

この漢詩みたいな四行詩は賢治の詩人としての自覚を四行に凝縮し、自分を「岩手山」になぞらえて見せたともいえる、おそろしいばかりの、まさに「言文一致」体の見本といえますまいか。ところが音数が「七・七／五・八／七・八／八・五」（八音を七音の字あまりと見れば、音数もおのずから整えられた（有名すぎるほどの「雨ニモマケズ」も同様、後述）一見して七五調にも見え、私は「言文一致体の流露」とも呼びたいのですが、八音、六音から成る沖縄の伝承歌「琉歌」（「ふしうた」とも）にも、どこか似ていて、後述する賢治の音楽性にも繋《つな》がる文語詩かとも見えます。

この「岩手山」の文語と口語表現の折衷体ともいえる四行詩こそ、賢治の童話も含めた彼の詩魂の象徴として、『春と修羅』第一巻の冒頭に置かれてもおかしくない作品と私は思っています（項目「散乱」「微塵」「コロイド」等参照）。――「もの」は単に物質ばかりか無形の概念としても世界の各国語にありますが、賢治の好きなドイツ語では、「Sein《ザイン》」（実在、本体）です。

詩は「わかりやすさ」だけが能ではありません。含蓄とリズムで、わかりやすい散文を食いやぶり、読者を魅《ひ》きつけ、読者の想像力を刺激し、作者と一緒に新しい意味を創造するのです。仏教的には梵我一如（項目「梵《アニマ》の呼吸」参照）が詩の到達点なのです。あまりにも有名な、よく朗唱される「雨ニモマケズ」の隠された奥義（「大日如来《だいにちにょらい》」を中心に四仏〔東西南北の仏たち〕と、その間の四菩薩《しぼさつ》〔項目参照〕で計八葉の蓮華《れんげ》〔項目参照〕となる深層の隠された「ザイン」）への祈りも知らずに、ただ滑《なめ》らかなリズムに乗せられて朗唱しているだけでは上辺《うわべ》だけの応援歌ふうの受容でしかありますまい。

今、私の眼前に、賢治が読むだけではなく強い影響を受けたにちがいないと思われる、しかも知る人も少ない、むかしの和綴じの（今なら新書版か文庫形の）小さな本で、島地黙雷題辞、並校閲、山田孝道著『言文一致原人論新譯（全）』という標題の木版刷りの本（明治二十二年、哲学書院）があります。右に申しあげた言文一致の（といっても「原人論」とは歴史上有名な宗密《しゅうみつ》和尚〔作品には出てこないので項目にはなし〕の文語体『原人論』〔「原」はモトム、サガスの意でもあり、今ふうにいえば歴史的人間存在論〕のこと）、類人猿時代にまで遡って人間の始源を「求めた」仏典です。賢治が深い影響を受けたにちがいないと私がいうのは、そのこともあるのですが、賢治と、この本の校閲者島地黙雷との関係です。黙雷は賢治が中学五年時に花巻で直接心酔してやまなかった島地大等（項目参照）の師であり、大等がやがてはその法嗣（仏門での後継ぎ、養子）ともなる学僧だったから、手に取るどころか深い影響を受けないはずはなかったと思われる本です。

この本の扉を開くと、達筆というより一見自然であるけれども心魂こもる、二ページに二字ずつ配置された毛筆の大きな文字が目にとびこんできます。「豈啻人耶（あに、ただ人のみならんや）」の四文字です。さらに一ページは「明治己丑《きちゅう》晩秋、嘿雷題（嘿は黙の別字体）」に朱印落款《らっかん》（己丑《きちゅう》は明治二十二年の干支《えと》の呼称、落款は終わりの署名と雅印）。

この黙雷の四文字の意味は凄く、反対義の「豈啻自然耶」（あに、ただ自然のみならんや）をその隣に置けば、意味もおのずから明らかになりましょう。つまり、「人間だけのことではない。自然だけのことでもない」という意味になります。すなわち人間も自然も一緒なのだ（本文項目「劫《こう》」参照）となります。

「岩手山」も賢治自身であり、「自然」と「人間」との分離できないコロイダル（本文項目「コロイド」参照）な一体なのだ、という自覚、あるいは宣言の詩とも読めましょう。いや詩ばかりか、短歌も童話も、「農民芸術概論」をはじめとする（「凡例」参照）「宣言」類も、すべてそうなのだという私の読みは少し拡大のやりすぎだと非難を受けるかもしれませんが、そんな非難も平気で受けとめられそうに思われるくらい、賢治のアルケー（arche ギリシア語で「始源」の意）を指し示しているといえましょう。なお、つけ加えて一言すると、この原文の四文字を文語体で示し、さらにそれを二倍か三倍、時には四、五倍の行数の口語体で示す――そのこと自体が説明的でわかりやすくはあるとはいえ、口語表現は説明的で長くなってしまう、日本語表現がたどった歴史のモデルのようだともいえます。（なお、外国でよく「賢治は〝神即自然〟を唱えた十七世紀のオランダの汎神論者スピノザの影響を受けたのか」と、質問されるのですが、その証拠がないので項目から省きました。欧米でよく読まれているスピノザ（一六三二～七七、主著『Ethica エチカ』）は有名大学からの招聘がかかっても断って、どこか賢治に似ていて、レンズみがきに励んだ哲学者でした。）

ところで、年々山をなす賢治研究論や著作に私は教えられながらも、ずっと残念に思っていることがあります。それは外国にはない日本語独自の「文語体」から「口語体」への、いわゆる「言文一致」運動の半世紀以上もの長い歴史のただ中に賢治の生涯はあったのに、その時代的影響を真正面から受けている実情を、かりに側面からでもよい、併せ論じた賢治論や研究の皆無に近い乏しさを、かねてから痛感してきた、という残念さです。

しかし、私の「残念さ」をよけいな心配だ、原稿生活者でもなかった賢治にとって、なんでもござれ、ジャンルの混交など超えて一貫する賢治らしさの探求こそ大切なのだという意見も大いにあると思いますが……。

最後に、三十国を超える世界各国での賢治作品の翻訳――その代表的なものに、世界で初めての中国語での銭稲孫訳「北国農謡」（原作「雨ニモマケズ」）があります。原作には題名がないので、中国語での題名をつけ、「不畏風兮／不畏雨／耐得寒冬／耐得暑／壮実身軀（以下略）に始まる、行数も原作と同じにした一九四一年の名訳（『日本詩歌選』、北京近代科学図書館）です――をはじめ、それを遥かに超える海外の評論や研究があることを具体的に付録として本辞典で紹介することを考えましたが、年々新しい諸研究が増えつづけることや紙幅の都合なども考慮し、断念しました。少々古いレポートでよろしければ、「宮沢賢治イーハトーブセンター」（花巻市高松一―一―一　電話〇一九八―三一―二一一六）にご照会ください。『宮沢賢治の世界展』中のレポートに、私の「外国の賢治受容」が掲載されています。

語彙辞典の本文項目の中では言えなかった「残念さ」や「ご案内」つきの妙な跋文となりましたが、このへんで終わらせていただきます。

定本協力者の紹介――御礼もかねて

高校一、二年の読者の立場になって、むずかしいと思われる項目の語や部分を手製のカードに手書きで抜きだすという作業が昔むかしの最初の出発点でした。当時の原ゼミの諸君の地道な作業なしにはこの辞典は今の姿をおそらく成してはいなかったことでしょう。彼等は、おのおのが担当する賢治作品から選びだした項目を幾つものカードリングに五十音順にまとめる作業から、さらに大学ノートに転記した作品の引用部分をもう一度（さらに二度も三度も）たしかめながら進める作業へと、地道な基礎作業でありながら、少しも嫌がらず協力してくれた――その「記念品」のカードやノート類は今も一部は保存してあります――。家の土台石みたいな基礎づくりをやってくれた原ゼミの諸兄姉も、またその後にご協力をくださった研究者の方々も、今はみな六十歳台となっていますが、あらためて心からお礼を申し上げます。

しかし、その土台づくりのあとが、じつはさらなる「修羅場」のみちのりでした。このことは本辞典の「凡例」や「索引」の内容が示しているとおりです。

ここでは、この「定本」版の直接の協力者の紹介を以下につけ加えます。

守屋《もりや》佳子《よしこ》　全項目の表記の統一――油断できない句読点や漢字のふりがなの要否、てにをはの揃え等々、くり返し全集本文はもちろん「索引」の照合まで、それらを専心やってくれた我慢強い細心さには頭が下がりました。

神代《くましろ》瑞希《みずき》　早稲田大学理工学術院助手で、現在は付属高等学院で教える応用化学の博士ですが、岩手の山々を跋渉して、証拠になる石をいろいろ土産に持ち帰ってくれました。

山根道公《みちひろ》・知子《ともこ》夫妻　共にノートルダム清心女子大学教授ですが、私が仲人もした神学者の道公と文学博士の知子の夫婦二人で「宮沢賢治年譜」を点検し修正してくれました。

畑中《はたなか》基紀《もとき》・千鶴《ちづる》夫妻　基紀はかつての私の研究室助手で今は明治大学准教授、夫人の千鶴は有機化学出身で理系の項目を再点検してくれました。

大八木《おおやぎ》敦彦《あつひこ》　英文学者で詩人の彼は、近く四年制になる秋田の短大で英語を教え、奥さんは画廊も経営するかたわら、ロンドンで古英語を調べてくれたり、東北の地誌などもあらためて調べ直してくれました。

牛崎敏哉《としや》・志津子《しづこ》夫妻　敏哉は宮沢賢治記念館副館長、志津子は劇団「らあす」を主宰して、これまた超多忙なのに、私の質問に応えて、地元の地名や風習などを調べてくれました。

鈴木健司《けんじ》　文教大学教授の彼は、超多忙にもかかわらず、旧版の仏教項目に加えて、今回は鉱物・岩石の項目などを中心に調べ直してくれました。

中村秀雄　私の敬愛した詩人の故秋野さち子さんの夫で、直接私の傍で協力いただいたのははじめてですが、特に読者には最も利用度の高い「索引」の正確を期して（それだけに困難な）精密さを発揮してくれました。

以上の諸兄姉に加え、『音声による賢治作品方言資料集』をまとめた高橋輝夫氏を代表とする「賢治方言作品音声化プロジェクトメンバー」の方たち十名にもお礼申し上げます。（旧語彙辞典の「方言項目」は、ご健在なら百歳を超える方々の毎週の勉強会による産物であり、生きた花巻弁の「記念碑」となるものでした）。しかも、今回のものはソノシート付きの強みがあり、何回も聴いて参考にさせてもらいました。

そのメンバーの一人、岩田安正さんは、私が長年館長をしていた「宮沢賢治イーハトーブ館」で、副館長として公私にわたり私を助け、その恩は忘れられません。ことにこの辞典のはかどりを気にかけてくれ、二人だけのときの「どうですか」という挨拶は、私の気分や体調のことではなくて、この辞典のはかどり具合いのことでした。

終盤、清六さんのころから顔見知りだった田辺英雄兄が、連絡係として多忙を助けてくれました。深謝。

ほかにも、直接、間接にお世話になった多くの方々に心からお礼申し上げます。

最後に、今回の定本版の出版の実現に向け専心してくれた筑摩書房の各部局（編集・校閲・製作）のほか、編集担当の山本克俊、中島稔晃の両氏には深い謝意を表したいと思います。

原　子朗

協力者一覧

本辞典が刊行されるまでには、旧版『宮澤賢治語彙辞典』(一九八九年一〇月刊行)の準備段階から『新宮澤賢治語彙辞典』(一九九九年七月第一版・二〇〇〇年八月第二版)の刊行にいたるまで、長い歳月と多くの人々のご協力およびご支援を得ている。あらためてお名前を記し敬意を表したい。(敬称略・順不同)

旧版『**宮澤賢治語彙辞典**』

語彙抽出／天田由何里、新井淑子、岩井千桂子、大塚常樹、香取直一、菊池俊行、木下為里、小南佐代子、鈴木健司、高橋安岐子、高橋世織、舘沢明美、寺林裕美子、中谷俊雄、中谷美津子、藤倉香奈子、松永厚子、宮沢賢治、谷田貝悦子

研究調査・基礎稿執筆／**第一次**　大塚常樹、菊池俊行、菊池ハツエ、鈴木健司、松永厚子、宮沢賢治、伊藤卓美、香取直一、高橋世織、外山正、藤倉香奈子、谷田貝悦子／**第二次**　大塚常樹、菊池俊行、鈴木健司、宮沢賢治／**第三次**　大塚常樹、鈴木健司、山根知子、山根道公

校訂　安斎恵子、鈴木誠一、杉山和子、南明日香、山根知子、山根道公

校正　渡辺汀

装画　平野充

『**新宮澤賢治語彙辞典**』(第一版・第二版)

データ提供　筑摩書房

データ処理　副島博彦、福川雅美、井上由美子、河守和子、松野志保、樋口恵、原昭子(外国語を含む各種辞典等との照合)

参考資料稿執筆　吉田文憲、杉原正子、大塚常樹、鈴木健司、橋本希一、中地文、山根知子、河守和子、福川雅美、井上由美子

資料調査　宮沢賢治イーハトーブ館、宮沢賢治記念館

挿図　坂本一樹、原子朗

口絵写真／**写真提供**　宮沢清六、宮沢賢治記念館、林風舎、アトラス・フォト・バンク、草思社／**写真撮影**　北條光陽、岩田安正

本文写真／**写真提供**　宮沢清六、宮沢啓祐、佐藤進、多田実、岩田道治、堀籠和子、山本黎子、宮沢賢治記念館、林風舎、小岩井農場、交通博物館、国柱会、聚光院、たばこと塩の博物館、東寺、西本願寺、毘沙門堂、法恩寺、ほるぷ出版、本門寺／**写真撮影**　北條光陽、大塚常樹

索引　高野睦

校正　吉田文憲、高野睦

#『定本宮澤賢治語彙辞典』協力者一覧（敬称略・順不同）

データ提供　東京書籍、原子朗
参考資料／本文項目チェック　守屋佳子、山根道公、山根知子、神代瑞希
資料協力　宮沢賢治イーハトーブ館、宮沢賢治記念館
挿図　坂本一樹、原子朗、岩田安正、筑摩書房
口絵写真／写真提供　宮沢清六、宮沢賢治記念館、林風舎、アトラス・フォト・バンク、株式会社アストロアーツ／ステラナビゲータ Ver.9、草思社、加倉井厚夫、鈴木健司／**写真撮影**　北條光陽、田島昭
本文写真／写真提供　宮沢清六、佐藤進、多田実、岩田道治、堀籠和子、山本黎子、宮沢賢治記念館、宮沢賢治イーハトーブ館、林風舎、小岩井農場、交通博物館、国柱会、聚光院、たばこと塩の博物館、東寺、西本願寺、毘沙門堂、法恩寺、ほるぷ出版、本門寺、岩田安正、筑摩書房／**写真撮影**　北條光陽、大塚常樹
索引　中村秀雄、守屋佳子、神代瑞希、原子朗
校正　原子朗、守屋佳子、中村秀雄
連絡　田辺英雄

一、本辞典は、『新宮澤賢治語彙辞典』(二〇〇〇年八月第二版　東京書籍)を基に大幅に増補改訂を施したものである。

一、小社編集部での編集・校閲・製作段階においては、各方面から有益なご教示と多大なるご協力をいただいた。とりわけ左記の方々にお名前を挙げて謝意を表したい。(敬称略・順不同)

杉浦静/鈴木健司/平澤信一

一、また、書名やお名前を挙げないが、多くの先賢諸氏による研究・調査および文献等を参照させていただいたことを付記し謝意を表したい。

一、本辞典の語句において、今日の人権意識に照らして不当・不適切と思われる、人種・身分・職業・身体障害・精神障害に関わる語句については、時代背景と作品の意義と価値に鑑み、採集・立項したものがあることをお断りしておきたい。

筑摩書房編集部

【索　引】

1. 語句の配列は五十音順にしたがった。
2. 旧かなの語句については、表記どおり配列した。
3. 項目に挙げた語彙や賢治作品に限らず、解説文中の語句をも収録した。
4. 所在頁を示す数字のうち、太字は独立した項目として立てられていることを示す。
5. 【賢治年譜】および【家系図】【関連地図】中の語句は対象としなかった。

【あ】

「亜」　102
藍　65, 82, 201, 236, 253, 533
アイアンビック　**1**
藍色、藍いろ　82, 201, 285, 360, 555, 758
『アイヴァンホー』　799
アイオディン　744
アイオン台風　624
阿育王　13
愛国　759
「愛国一号」　153
「愛国種」　153
相去村　350
アイスクリーム　**1**, 45, 219, 285, 501
アイスランド　**1**, 650
愛染　**1**
「アイーダ」　118, 159, 335, 459, 777, 814
アイタケ　579
あいづあ　460
アイテール　256
藍燈　745, **758**
愛と憎との二相系　544
あいな　**2**
あいなく　**2**
アイヌ　**2**
アイヌ語　544, 581
アイヌ風の木柵　**2**, 384
アイヌ文化協会　640
『愛の詩集』　560
愛他奉仕の精神　344
アイリス　50, 59, 126, 253, 337
アイルランド　28, 29, 69, 468
愛憐　377
アイロニー、皮肉　**2**, 95, 568
アインシュタイン　89, 256, 257, 424, 425, 440, 441, 499, 500, 550, 563, 703
『アインシュタイン・ショック』　424
「アヴェ・マリア」　415
アウエルバッハ　713
アウトクロップ　784
駆者《アウリガ》　380
亜鉛　**2**, 147, 210, 374, 505, 604, 642, 796
亜鉛屑　763
亜鉛板　247
亜鉛鍍金　175
青阿片光　3, 22
葵　365
青いけし坊主　233
青石　141
青い照明　372
青い神話　551
『青い鳥』　463, 476, 695
青い鋸　252, 735
青い鋼の板　254
青い旗　321
青い宝珠　658
青い抱擁衝動　659
青い星　632
青いマグネシアの花火　675
青い仮面こ　88
青い山羊　417
蒼溟　**33**
青江舜二郎　751, 754
青貝山　**3**
青金　426
アオカビ　148
青唐獅子　384
青木　208, 416
青木晃　208
青キ鐘　472
青木大学士　208
青き套　513
青き銅液　**3**
碧きびいどろ　156
青木秀男　684
青き瓶袴　644
蒼孔雀、碧孔雀　206
青ぐも　605
青(蒼)黝　**3**
青黝い淵　572
青黝ぐろ　116
青笹村　**3**
襖子　3, 109, 333, 655
青熟　550
青繻子　348
青じろい疱瘡　658
青じろき流れ　3
青すぎ　161, 218
青田　511
青大将　192
青泥いろ　688
青梨　531
青瓊玉《あおぬたま》　**3**
青ノ木森　208, 582, 752
蒼蠅、青蠅　459
アオバズク　699
アオバト　580
青花紙　483
青葉山　331
青びかり、青ビカリ、青光り　41, 76, 190, 239, 251, 307, 485, 613
青びとのながれ　**3**, 178
青ぶだう　286
青穂　56
青宝玉　31, 504
青宝石　304

青みわびて　**4**
青虫　187
青森　381, 544
『青森県りんご史　資料』　768
アオモリトドマツ　520
青柳教諭　**4**
青柳亮　5
青山和憲　806
青苹果、青りんご　17, 768
緒　**5**
寒天《アガア》　**5**, 280, 693
寒天凝膠《アガアゼル》　**5**, 7, 280
アカアリ、赤蟻　28
赤い馬　652
アカイエカ　120
赤い革の半靴　209
赤い着物の童子　479
赤い経巻　**5**, 241, 334, 351
赤いシグナル　321
赤いズボン　235, 438
「赤い鳥」　173, 174, 282, 290, 343, 664
赤い鳥居　255
赤いトルコ帽　525
赤い封蠟細工　623
あかいめだまのさそり　33
赤い歪形　143, 318, 479
赤馬　797
赤鱏《あかえい》　295
赤鬼、青鬼　108
赤金　33, 507
銅《あかがね》、あかがね　227, 270, 507, 508
赤金鉱山　33
銅づくり　110, 507, 508
赤髪　151
赤革の靴　209
赤狐　181
赤き綿ネル　235
赤草　**5**
赤く歪んだ月　479
赤毛　151
赤毛装束　358
赤げっと　235
あかごま　22
赤坂　96, 112, 335, 413
赤酒　**6**, 293
赤砂糖　302
赤さび　787
赤ざら　306
赤ざらめ　159
赤渋　**6**, 490
赤渋地　24
赤縞　26
アカシヤ、あかしや　**6**, 270, 368, 383, 750
アカシヤづくり　**6**
赤砂利　255, 786
赤繻子　348
赤ぞら　232
赤田秀子　789
赤玉石　645
アガーチナス、寒天質《アガーチナアス》　**6**, 80, 174, 178, 215, 268, 280, 284, 353, 414
暁のモテイーフ　718
アカッタグレ　5
赤つめくさ、赤つめ草、あかつめくさ　**7**, 33, 83, 327, 356, 368, 388
赤梨　531
赤茄子　521
阿迦尼吒天　75
茜色　358
赤ひげで西洋人　221
赤ひたたれ、赤垂衣　**7**
「赤富士」　628, 661
赤ぶどう酒　216
赤帽　**7**, 321
赤帽の信号手　321
あかぼし　35
赤本　251
赤間　191
赤間石　191
赤松、アカマツ　191, 449, 679, 680
アカマンマ　453
アカミノヤドリギ　726
赤むじゃくら　783
赤眼　35, 300, 376
赤め　383
アカメガシワ　175
赤眼の蠍　35, 134
電燈《あかり》　24, 602
アガリくて　618
『明るさの神秘』　372
阿寒山頂　190
アガンス　595
アキアジ　297
秋枝美保　456
「秋風の歌」　354
アキグミ　213
秋田　545, 635
秋田雨雀　87, 343, 563
秋田街道　**7**, 9, 161, 162, 325, 328, 482, 533, 544, 573
秋田古道　644
秋田杉　486
「秋田風土文学」　480
あきつ　**8**
あぎと　10, 674
秋のあぎと　674, 801
秋の四辺形、秋の大四辺形　36, 644, 788
秋の七草　172, 207, 387
秋の水ゾル　693
秋ヤブ　158
秋吉台　93
皎《あきら》か　**8**
あぎらめべ　743
弧《アーク》、アーク　**8**, 591, 625, 813
アクアマリーン　766
あぐ色　**8**
悪因悪果　65
悪業《あく》乎《か》栄光《さかえ》乎《か》　**8**
悪業　264, 321, 703
悪禽　234, 626
芥川龍之介　259, 347, 664, 685
北極狐《アークチツク・フオツクス》　181
アクチノライト　**8**
アークチュルス　**8**, 323
あくって　**8**
アーク燈　**9**, 172, 319
アーク燈液　62
『悪の華』　371
あくび　**8**
悪魔　**9**, 27, 29, 40, 176, 252, 301, 327, 388, 416, 431, 459, 487, 494, 549, 589, 637, 675, 678, 713, 731, 735, 748, 801
悪魔の魚　450
悪魔の使徒　252
悪魔払い　324
アークライト、弧光燈《アークライト》、円弧燈《アークライト》　**9**, 62, 172, 447, 470, 498, 502, 530
『安愚楽鍋』　188
悪霊　**9**, 725
悪路王、悪露王　452, 607
アグロメレイト　342

扛げ **9**
アーケイド、アーケード 271, 635
暁烏敏 **10**, 248, 451, 464
『暁烏敏全集』 10
暁烏文庫 10
アゲート 713
明の明星 10, 199, 255, 376
明の明星だべすか **10**, 199
あけび **10**, 141, 372, 498, 565, 585
腮《あご》 **10**
赤穂浪士 670
アコニチン 525
アコヤガイ 370
麻 **10**, 11, 22, 106, 158, 209, 312, 330, 415, 468, 641
麻糸 39, 390, 538, 597
麻苧 11
麻緒 10, 11, 164, 269, 482
朝顔 173, 600, 720, 781
朝顔雲 409, 649
浅葱、浅黄 305, 449, 510, 511, 555
麻布《あさぎぬ》 11
浅黄服 555
浅葱水 555
浅葱木綿 556
浅草 118, 183, 413, 431, 660, 717
浅草オペラ 112, 199, 246, 379, 385, 413, 445, 446, 458, 468, 534, 581, 636, 777
浅沓 209
あざけくも **11**
麻シャツ 11
朝露 210, 750
旭 759
旭川 71, 184
朝日座 106, 143
朝日新聞社 656
あさひの蜜 110
朝日橋 **11**, 178, 403, 538
麻生《あさふ》農学校 12, 16
あさみ 538
あざみ 12, 58
あざみ、アザミ、薊 **12**, 125, 170, 282, 395, 793
麻もも引 720
あざらけく、あざらに 11, 12, 129
あざらし **12**
鮮らしく 11
アサリ 608
アザリア、アザレア **12**, 802
「アザリア」、「あざりあ」 7, 8, 12, 104, 161, 162, 234, 242, 259, 260, 292, 316, 354, 376, 450, 471, 514, 535, 574, 662
あし、蘆、芦、葦 **12**, 16, 53, 79, 306, 366, 394, 653, 678, 692, 746
鯵 16
足尾銅山 259
足ヶ瀬 418
蘆刈びと 13
足駄 **13**
アジタ 203
味無いがたな **13**
蘆野敬四郎 767
馬酔木 15
アシュヴァゴーシャ 325
阿修羅 200, 327, 351, 436
アシヨウカ大王 **13**
亜硝酸 356
安代 445
安代町 533
飛鳥時代 93, 378, 659
飛鳥文化 167
アズキ、小豆 33, 158, 683
梓、アズサ **13**, 175
地球照《アースシャイン》 **13**, 14
アスティルベ 118, 794
アスティルベダビデ 795
アストラカーン、アストラハン 468
あすなろ、アスナロ **14**, 610
『明日は天気だ』 204
アスパラガス **14**, 186, 238, 467
アスファルト 14
石絨《アスベスト》、石綿《アスベスト》、アスベスト **14**, 119, 345
『吾妻鏡』 219, 452, 599, 779
アズマシャクナゲ 338
東根山、吾妻根、吾妻峰 **14**, 163, 190, 224, 539, 544, 792
東根山麓開拓団 629
アスラ 351
アースライト 13
藍銅鉱《アズライト》、アズライト、アヅライト **15**, 113, 226, 294, 462, 502, 782
あすわ 14
あぜ、畔、畦 **15**, 110, 223, 383, 443, 457, 549, 565, 692, 750, 757
アゼグール型、アゼステン型 477
褪せた **15**
アセチレン **15**, 168, 548
アセチレン瓦斯、アセチレンガス 144, 147
アセチレン燈 15
アセトン **15**, 296, 489
アセトンの乾溜工場 489
アゼヌリ 443
畦《あぜ》はたびらこ 457
あぜみ、あせび、馬酔木 **15**, 37, 380
あぜみち 156
アゼロス型 477
吾善養吾浩然之気 250
阿蘇 123
阿僧祇の修陀羅 **16**
麻生農学校 **16**
あそごぁ、あそご 117, 288
愛宕山 190
あたた 574
あたたが **16**
アダヂオ、アダージョ **16**, 35
中つ(っ)でもいがべが 115
あだまもゆぐ… **16**
熱海 506
アダム 768
新しき村 562, 753
あだりめ 688
あだるやなぃ **16**
あだれ **16**
亜炭 **16**
アーチ 85, 271, 272
あぢ 16
あぢさゐいろ 753
あぢのおつむ **16**
安家、安家村 **17**
アッカリ、アッカル 452
悪鬼 227, 726, 752, 801
厚ぐ蒔ぐて… **17**
アッサム 56
アッシュールバニパル大王 205
アッシリア 205
あったた 136
あったな 539, 608

あったに　721
アットラクテヴ　**17**
アッバース朝　27
厚総　224, 723
アップルグリン　**17**
渥美　**17**
集めべ　**17**
嚢　458
天青石《アヅライト》、アヅライト　**17**, 292, 502
アツレキ　**17**
アーティスト　555, 762
アテナ　698
アデュラレッセンス効果　235
阿弖流為　452
あどぁ　667
あど三十分で下りるにい　**17**
アートマン　19
アトム　**18**, 251, 728
アトリエ　447
アドレスケート　ファベーロ／…　**18**, 429
アドレツセンス　**18**
孔、穴　**18**, 61, 160, 189, 190, 197, 203, 323, 406, 483
孔石　**18**
アナグマ　455, 706
アナセン　35
あなづりて　**18**
アナトリア半島　353
阿那婆達多池　20
阿那婆達多龍王　20
アナブァダプタ　20
アナロナビクナビ…ナビクナビアリナリ…　**18**, 23, 104, 194, 482
孔を穿つ錐　160
阿難師　**19**
阿難陀　19, 540
『兄賢治の生涯』　140, 551
『兄のトランク』　4, 140, 143, 524, 530, 700
アニマ　19
梵《アニマ》の呼吸　**19**
アニミズム　269, 674, 772
アニリン色素、アニリン　**19**, 713
アニワ岬　295
亜庭湾　388
あねこ　**19**, 34, 53
姉崎正治　790
あねさん　431
アネモネ　**20**
阿耨達池　**20**, 44, 46, 155, 164, 319, 525, 607
阿耨達湖《アノブタプ》　20
あばたな　**20**
あばへ　**20**
肋　**20**
阿原峠　**20**, 53, 60, 723
あはれなかたは　625
アバロキティシュバラ　165
阿鼻　**21**, 75
亜砒酸　**21**, 208, 513, 604
阿鼻地獄、阿鼻獄　21, 75
亜砒素塩　591
阿毘達磨倶舎論　205
アビドヤー　708
虻　224, 383, 723
アフォリズム　561
アフガニスタン　**21**, 78
阿武隈高原　165
アプト式　392
「アフトン河」　640
鐙剣舞　244
アップライト　131
油合羽　**21**
油紙　21
アブラギリ　21
アフリカ　147
アフリカゾウ　420
アフリカ探検隊　389
アフリカ土人　97
あべ、歩べ、あべぢゃ　**21**, 46, 107
あべあ　21, 293
阿部亀治　153
安倍貞任　727
阿部孝　5, **21**
アペニン山脈　560
阿部博　768
アペル、J.　637
阿片、亜片、アヘン　**22**, 233, 431, 542
阿片光　**22**, 741
アヘン戦争　342, 542
アポロ神　599
亜麻　10, 22, 23, 762
海人　391
アマガエル　124
雨合羽　21, 138
天ぎらし、天霧し　106
天霧らす　106
雨雲、雨ぐも、あまぐも　87, 223, 415, 422, 466, 548, 578, 613, 660, 695, 758
天沢退二郎　357, 380, 479, 502, 670
尼さん　142
あまずら　750
アマゾン　22
天河石《アマゾンストン》、アマゾンストン　**22**, 138, 254, 606, 771
天棚　606
天津神　国津神　22, 129
天津雲原　**22**, 129
阿麻仁、亜麻仁　**22**
阿麻仁油、亜麻仁油、あまにん油　22, 23
亜麻布　23
天の岩戸　58, 129
あまのがはらのいさご　47
天の川、天のがはら　18, 22, **23**, 31, 32, 37, 44, 45, 47, 53, 60, 100, 132, 134, 178, 179, 189, 196, 197, 198, 206, 235, 243, 272, 301, 323, 324, 344, 379, 381, 384, 396, 397, 399, 406, 430, 638, 658, 697, 745, 747, 767, 796
天の邪鬼　**23**, 482, 544
天饒速日命　129
奄美大島　302
アマミゴヨウ　277
雨宮敬次郎　418
菴摩羅識　205
あまるがむ、アマルガム　**23**, 24, 546
余目町　153
アミアン　363
網ざしき　145
阿弥陀経　356
阿弥陀三尊　544
阿弥陀信仰　613
阿弥陀仏　**24**, 127, 191, 244, 325, 356, 377
アミーバー　242
網張温泉　436, 542, 601
アムスデンジュン　**24**
アム・ダリア、アムダリヤ　167, 319

アムバア　274, 654
アムモニア、アンモニア　**24**, 91
アムモホス　**24**
黒竜江《アムールこう》　195
アムンゼン　392
飴　31, 33, 110, 134
飴菓子　495
紫水晶《アメシスト》、アメシスト　**24**, 379, 443
あめなる　188
雨ニモマケズ　24, 135, 154, 163, 169, 190, 192, 245, 332, 跋
「雨ニモマケズ」詩碑　297, 448
雨の神　198
天之御中主神　605
アメーバ　242
雨降りヒアデス　198
あめゆじゆ…　**25**, 544
アメリカ　550
アメリカ合衆国の大平原　265
アメリカキササゲ　175
アメリカ軍　227
アメリカ大陸　397
アメリカ独立戦争　90
アメリカンインデアン、アメリカインディアン　**25**, 97, 373, 485, 519, 709
アメンボ　216
アモナスロ　335
アーモンド　32, 212, 576
綾　**25**, 145
綾衣　77
あやしくやはらかな雨雲　549
綾だち酸える　25
あやなき　558
アヤメ　59, 125
香魚、鮎　**25**, 231, 304, 727
アラー　**26**, 622
新居日薩　454
アラヴ　**26**, 58, 78, 236, 428
アラヴ泥　26, 389
あらえびす　160
あらがだ　**26**
あらかべ　**26**
荒川　652
荒川鉱山　207
阿羅漢　752
荒木又右エ門　**26**
荒木吉次郎　651
アラゴナイト、霰石《アラゴナイト》　**26**
アラゴナイト層　370
「アラジンと魔法のランプ」　27
アラスカ　**26**, 650
アラスカ金　26
アラツディン、アラッディン　27, 210, 414, 543
アラバスター　411
荒畑　237
あらび　**27**
アラビア馬　26
アラビア海　65
アラビア魔神、アラビヤ魔神　27, 365, 678
アラビアンナイト　9, **27**, 210, 365, 414, 456, 678
アラビヤ　**27**, 622, 778
アラビヤ酋長　27
アラブ　26
あらぶれ　48
アラベスク　27
アラベスクの飾り文字　**27**
アラムハラド　**28**, 67, 74, 414
荒物屋　200, 302
阿頼耶識　205
アララギ　51
蘭　51
あららに　**28**
霰、あられ　409, 602
霰石　26
蟻　**28**, 52, 148, 183, 212, 326, 384, 391, 406, 448, 540, 541, 653, 772
阿犂、那犂、毱那犂、阿那盧、那履、拘那履　19
アーリア系民族　176
アリアドネー　430
アリイルスチュアール　**28**, 29, 371
ありしたか　426
有島武郎　343, 562
アリス　357
アリストテレス　194, 256
アリゾナ　283
ありつきり　**29**
沖積層《アリビーム》　472
亜硫酸　**29**, 30, 40, 402
亜硫酸ガス　30
ありわぶ　**30**
アルカリ　24, 30, 616, 752
アルカリイオン　**30**, 572
アルカリいろ　**30**
アルカリ金属元素　157
アルカリ性土壌　755
アルカリ電池　88
アルカロイド　180, 262, 707
「アルカンタラの医師」　459
アルギエバ　323
アルキメデス　**30**
アルクトゥールス　8
アルコール、アルコホル　16, **30**, 86, 93, 117, 139, 160, 213, 262, 285, 286, 296, 355, 379, 542, 617, 619, 630, 680, 752, 781, 797
アルコール化　528
アルコール酵母　260
アルコールラムプ、アルコールランプ　16, 30, 355, 757
アルコールラムプで走る汽車　30, 757
アルゴン　**30**, 31, 678
アルザス・ロレーヌ地方　636
アルス　416
アルゼリー種　579
アルゼンチン・タンゴ　802
アルゼンチンのパンパ　265
アルタ　470
あるだ　743, 744
アルダ、F.　709
アルタイ山麓　195
アルタイル　179, 272, 788
歩たもな　**31**
『アルチュール・ランボオ研究』　290
アルデバラン　198
アルテミス　99
アルトストラトス　422
我《アルトマン》　74
アール・ヌーヴォー　363, 661
アルヌスランダー　31, 347, 597
アルヌスランダアギガンテア　**31**
「或日の賢治」　22
アルビレオ　**31**, 179
アルビレオ連星　304, 519
アルプ　31
アルフアー、ビーター、…　28
αスズ　386
アルファベット　205
アルフィオ　335, 458
アルフェロア　31

アルプス 31, 32
アルプス造山運動 31
アルプスの探険 32
アルプス風 32
アルプ花崗岩《みかげ》 **31**, 51, 109
アルフレード 458
有平糖 **31**, 187
アルペン農 **31**, 373, 456
アルマヴィーヴァ伯爵 413, 458
アルマク 37
アルマンディン 297
アルミニウム 90, 222, 633, 702, 756
アルミニウム塩 378
アルミニウム硅酸塩鉱物 758
アルミニウム粉 242
アルモン黒《ブラック》 **32**, 810
亜鈴星雲 179
アレウト列島 650
アレキサンダー 13, 167, 304
アレグロ 35, 112, 442
アレグロ・コン・ブリオ 35
アレグロブリオ 35
アレス 138, 523
アレチレン 15
アレニウス 13, 23, **32**, 63, 128, 159, 187, 189, 196, 278, 280, 282, 358, 396, 406, 440, 441, 494, 765, 767
安房 **32**
粟、アワ **32**, 36, 149, 158, 188, 331, 461, 599, 692, 820
あわおこし 33
あ、忘れでらた… **33**
袷 510
あわだんご、粟団子 33
アワビ 756
あわめし 33
粟餅 33, 730
阿原峠 **20**, 53, 60, 723
阿原山 20, 53
苹《あ》果青《を》 467
あをいめだまの小いぬ **33**
蒼溟《あをうみ》 **33**
青金《あをがね》 **33**, 426, 656
襖子《あをし》 **33**, 109, 655
あん **33**
餡 33
あんぎあんぎ 208
アングロアラヴ、アングロアラブ 26, 78, 428
アングロノルマン種 579
あんこ 20, **34**
暗黒山稜 **34**
暗黒星雲 53, 60, 116, 179, 190, 197, 301, 344, 396, 397, 406, 697
『暗黒大陸横断記』 389
暗黒部分 45
アンゴラうさぎ 71
暗殺 316, 527
安山岩 **34**, 91, 133, 138, 142, 177, 214, 266, 471, 489, 533, 796
安山集塊岩 **34**, 255
暗室 378
暗視野顕微鏡 474
安浄寺 545
杏、あんず **34**, 124, 394, 779
あんすすか **34**
暗線 393
安全通過票 374
暗帯 396
アンタレス **34**, 35, 138, 300, 301, 376, 774
アンダンテ 16, **35**, 112, 442
アンデサイト 34
アンデサイトアグロメレート 34
アンデス山脈 560
アンデスの石 34
アンテリナム **35**, 293, 294, 580
アンデルゼン、アンデルセン **35**, 36, 219, 251, 274, 436, 625, 669, 677, 713
アンデルゼンの月 274
アンデルゼンの猫 **36**, 556
安藤恭子 380
安藤玉治 322
安藤寛 297
安藤広重 446, 619
安藤文子 118, 379
花青素《アントケアン》 **36**
アントシアン 36
アンドラダイト 297
面影《アントリッツ》 **36**, 53, 271
アンドロメダ 16, **36**, 134, 196, 207, 295, 396, 439, 617, 644, 767
アンドロメダ座 16, 207, 396, 644
アンドロメダの連星 37
行燈 757
『アンナ・カレーニナ』 526
安南 101
安南の竜肉 101
蠕虫舞手《アンネリダタンツェーリン》 **37**
アンバー 274
アンバランスの美 316
あんパン 33
あんまり変らな… **37**
あんまりけづな… **37**, 235
あんまり出来さなぃ… **38**
あんまりはねあるぐなぢやい… **38**
あん餅 33
アンモナイト類 38
アンモニア 91
アンモニア水 356, 378
アンモニア態の窒素 411
アンモニアツク兄弟、アンモニアック兄弟 **38**, 726
アンモニアミョウバン 702
アンモン介 **38**
闇夜天 265
安楽行品第十四 241, 671, 702
安立行菩薩 **38**, 327, 334, 349, 663

【い】

胃、胃宿 131, 263
藺 **39**
飯岡 **39**
飯岡山 39
いゝこりゃ加減 273
飯高檀林 454
イイダコ 450
いゝだなぃがべが **39**
飯豊 **39**, 48, 93, 190, 534
飯豊川 39
飯豊村 39
飯豊森 39, 190
いゝ匂の息 547
いいはんて **39**
いいんとも 761
イヴ 768
イヴァン、イヴァーン 40, 363
いうて 248
イヴン 39, 40
イヴン王国 **39**, 40, 436, 491
イエィツ **28**, 29, 371, 811
『イェィツ戯曲集』 29

家蚊　120
「家路」　373
イエス　313, 329, 363, 364, 398, 726
『家なき子』　437, 724
「家へなんか帰るかい」　738
家猫　556, 557
家鼠　557
家鳩　580
イエハトブ　58
イエメン　27
硫黄　30, **40**, 78, 131, 201, 276, 493, 527, 548, 575, 591, 763
硫黄華　**40**
硫黄ヶ岳　474, 775
硫黄花　40
イ・オマンテ　2, 64
イオン　30
萎花　127
移化　**40**, 416
伊賀　26
位階　158
異界　18, 44, 154, 198
位階一位　51
伊賀上野　26
いがた　390
好《い》がたな　667
いか釣り　392
行がなぃやなぃがべ　**40**
いかの切り込み　194
烏賊の脳　714, 716
いがべ、いがべが、いがべぢゃぃ　**40**, 41, 540, 541, 673
好《い》がべがな　790
いかもの、贋物師　183
いからだ　520
いかり、瞋、瞋り　41, 64, 122, 345, 375, 498, 552
錨星、いかり星　134
斑鳩寺　659
斑鳩町　659
行がんす　**41**
維管束　239
息　**41**, 43, 118, 209, 312, 547
行ぎあって　118
硅板岩礫《イキイシ》　**41**
生肝取り　185
息吐《いぎつ》ぐ　**41**
息の音ぁ…　**42**
生ぎものだがも…　**42**
生森山　533
異教　50, 243
異形　53, 590
意業　248
異教徒　680
異形のすがた　590
イギリス王室　285
イギリス海岸　4, 11, **42**, 43, 44, 177, 191, 220, 269, 275, 286, 307, 366, 389, 400, 403, 569, 582, 638, 649, 669
イギリス刈り　507
イギリス国教会　397
イギリス古典派経済学　685
異空間　18, **44**, 45, 46, 78, 156, 190, 197, 198, 216, 247, 250, 264, 278, 279, 320, 351, 381, 397, 440, 441, 456, 477, 497, 500, 719
育牛部　**46**
いぐさ、藺草　39, 186
胃薬　71
育成所　**46**, 350
いくそたび　**46**, 214
行くたい　551
行ぐだい　115
行ぐだぐなった　**46**
生田春月　480, 568, 785
猪口弘之　394
育馬部　**46**
行ぐべ　**46**
行ぐまちゃ　**47**
いくむら　**47**
イグレーヌ　463
池上　545
池上雄三　178, 428, 635
池大雅　346
生駒歌劇団　534
生駒郡　659
イコン　602
意根　784
イサク　305
いさご　**47**
為座諸仏／以神通力　移無量衆令国清浄／…　**47**, 628
伊佐戸、イサド　**47**, 64, 299
イザナギ、イザナミ　417, 731
伊弉諾尊、いざなぎのみこと　674
胆沢　**47**
胆沢川　47, 177
胆沢郡　47, 350, 685, 692, 783
胆沢町　47
石井柏亭　343
石籠　337
石神町　545, 582
石上山　451
石神山　451
石ヶ森　163, 554, 740
石狩川　177
石川善助　513
石川啄木　61, 259, 366, 372, 468, 493, 585, 611, 662, 670, 683, 788
石川千代松　444
意識　74, 205, 317, 318, 710, 711, 775
意識の流れ　291, 317, 500
石切茶屋　287
石工、長兵衛　492
石黒英彦　59
異次元　18, 156, 441
石粉　**47**
石郷岡主任検事　175
意志説　317
イシタタキ　409
石塚　612
『石っこ賢さんと盛岡高等農林』　611
石取りさなぃが　**47**
石鳥谷　**48**, 492, 493, 582, 752
石鳥谷駅　361
石鳥谷町　39, 48, 101, 208, 361, 430, 492, 616, 752
石鳥谷肥料設計所　48
石投げなば雨ふる　**48**
石巻　**48**, 177, 472
石巻湊　48
石巻湾　177
石原純　424, 703
いしぶみ　712
石丸博士　**48**, 710
石丸文雄　48
石森延男　245
医者さんもあんまり…　**48**
胃宿　263
『衣裳哲学』　155
石綿　14
威神力　**48**, 374, 377

伊豆大島 166, 586, 610, 691
いすさ 427
五十鈴川 **48**
イースト 260
泉鏡花 616
出水市 484
イスラエルの母 305
イスラム 27, 344, 354, 622
イスラム教 26, 27, 622
イスラム教国君主 395
イスラム教徒 27, 344
イスラム風 355
イスラム文化 636
イスラム暦 434
伊勢 343, 660
異世界 215, 402
伊勢市 48
伊勢神宮 48, 400
伊勢詣り 169
『伊勢物語』 162, 273
伊勢湾 48
異装(相) 590
いそしぎ、イソシギ、磯鴫 **49**, 303, 634
イソツツジ 482
『伊曾保物語』 593
痛ぐしたが **49**
いたけなく **49**
イダス兄弟 631
いたち **49**, 150, 301
いたつき、いたづき、病 **49**, 56, 600
いたどり、イタドリ 100, 383, 624
板ぼかし 660
いたや **49**, 56, 270, 308, 494
板谷栄城 4, 216, 247, 364, 604
伊太利亜製の空間 677
異端 50
異単元 45, 264, 279, 719
異端文字 **49**
『一握の砂』 366
いちい 51
位置エネルギー 264
一閻浮提 434
一芸あるものはすがたみにくし **50**
市蔵《いちぞう》 **50**, 259
いちじく 749
一丈の光 268
一乗の法界 **50**
一乗微妙の法 424
一駄 57
一如 74
一念三千 75
一念三千説 551
一年志願 698
一年志願兵 161, 698, 700
一之江 265, 454
市之通《いちのかよう》 723
一関市 60, 178, 218
一関町 60
一ノ谷合戦 212, 779
一戸 533, 577
一戸直蔵 13, 23, 32, 134, 189, 196, 243, 282, 406, 440, 494, 697, 767
一戸町 104
一驀《いちばく》 124
いちはつ **50**
一番除草 314
市日 443, 450
一分金 419
一瞥 686
一枚岩 451
市松 655
一丸 57
一微塵 232
市村座 508
一文字 **50**
一揖 **51**
銀杏、いてう、公孫樹、いちょう、イチョウ **54**, 270, 352, 721
一様天地の否のなかに 610
一輪車 109
一郎 18, 20, 183, 470, 473, 551, 657, 703
いちゐ **51**
いちゐの葉の玉 51
一国社会主義 527
一茶 **51**, 143
一才 **51**
一切経 551
一切衆生悉仏性 559
一切成仏観 360
一切有部 206
一茶話西邦謂所 269
一酸化鉛 696
一酸化炭素 354, 692
一車 **51**
一瀉千里 **51**
一升 161
一鐘 697
一寸法師 **52**, 308, 347, 801
一世界 312
一即一切、一切即一 67, 232
何時だがの… **52**
云ったけぁか 114
云ったたぢゃ 114
いづちともとめし **52**
いつつも拝んだづなす **52**
行ったでぁ 115
一天四海 **52**, 319
一等航海士 469
一等卒 **52**
一等兵 52
一般相対性理論 424
いつぷかぷ、いっぷかぷ 88, 213
一遍上人 191
一本木野 **52**, 490, 697, 724
一本木原 52
いつぽんすぎ **53**
一本松 590
一本も木伐らないぃ… **53**
射手 **53**, 134
井手 **53**, 590
猪手 151
伊手 33, **53**, 86, 130, 430, 457
イデア **53**
猪手剣舞連 590
射手座、いて座 25, 36, 53, 196, 198, 206, 207, 243, 300, 397, 406, 430, 540
伊手堺 53, 273
いてす 115
沍《いて》たつ **54**
井手の剣まひ 590
伊手町 151
伊手村 33, 53, 590
出村要三郎 453
遺伝 128
遺伝子 65
異途 **54**
伊藤克己 648
伊藤奎一 203, 456
伊藤工手 92
伊藤清一 561, 690, 759
伊藤忠一 29, 811

伊藤博文 401
伊藤博美 295
伊藤万太 3
糸織 **54**
緯度観測所 693
いどぎ **54**
糸切歯 723
糸杉 291
緯度測定器 516
井戸縄 698
イトラン、糸蘭 740
いなうべがはじうべがはじ **54**
『田舎教師』 706
「いなかの四季」 681
蝗 **54**
稲作 56, 57, 82, 104, 309
電 788
稲瀬村 173
稲田 13, 54, 75, 132, 169, 281, 305, 312, 387, 653, 750
稲田宗二 628
稲妻、いなづま 309, 689, 762
稲妻のマント 689
因幡の白兎 305
稲光り、いなびかり 595, 645, 741
稲荷神 181
稲荷社 108
イニクブン 195
イニシエイション 320
犬 33, **55**, 56, 78, 99, 160, 182, 185, 391, 556, 653, 685, 790, 815
狗 55
イヌイット 485
犬神 **55**, 668
犬榧 **55**
いぬしだ **56**
犬田卯 563
イヌタデ 453
犬の毛皮 55, **56**
犬の星 99
イヌリン **56**, 173
稲 17, 33, 49, 54, **56**, 57, 59, 65, 73, 82, 85, 88, 92, 103, 143, 146, 153, 224, 230, 258, 306, 314, 326, 329, 385, 387, 411, 416, 451, 499, 513, 519, 538, 547, 550, 595, 599, 600, 605, 612, 621, 635, 642, 652, 658, 660, 668, 699, 720, 733, 742, 748, 750, 759, 770, 790
稲上げ馬 8, 50, **57**
稲熟れ 600, 605, 658, 699
稲かぶ 235
稲扱、稲扱器 56
稲の伯楽づのぁ… **57**
稲沼原 750
衣嚢 **57**
井上克弘 611
井上勤 27
井上勝 246
異の空間 46, 278, 404
イノコ 631
亥の刻 265
いのこ雲 631
いのころぐさ 52, **57**
イノシシ、猪 188, 198, 322, 631
いのじ原 **57**, 383
いのす 17
家《い》のなも 115
いはかがみ **57**
異剝輝岩 486
伊庭孝 379, 445, 636
イーハトヴ 36, 40, **58**, 63, 90, 269, 436, 447, 491, 575, 595, 650, 669, 689, 721
イーハトーヴ 58, 63, 357, 516, 593, 669
イーハトーヴォ 58
イーハトーヴォ海岸 305, 530
イーハトヴ第七支流 598
イーハトヴ童話、イーハートヴ童話 36, 58, 372, 478, 722
イーハトーヴ(ブ)の市 721
イーハトヴのタイチ 438
イーハトヴの友 48, **58**, 179
イーハトヴ密造会社 696
イーハトブ 58, 63
イーハトーブ 58, 63, 474, 721, 821
イーハトーブ火山 63, 64
イーハトーブ火山局 653
イーハトブ日日新聞 417
イーハトブ毎日新聞 417
イーハトーボ 58, 139, 587, 641
いばゆる **58**
茨 483, 565, 588
伊原忠右エ門 144
いひて 248
イブキ 612
イブキビャクシン 612
伊吹山 349, 612
伊福部隆輝 563
いぶしみ **58**
いぶせき **58**, 103
いふて 248
胆振湾 642
為法 359
為菩提 615
イボダケ 299
今頃ぁ　家さ行ぎ着だな 78
今夜《いまよる》だなぃど…… **59**
意味不明の語 129
移民 66
藺むしろ 59
イムバネス 68, 365, 588, 621
心象《イメージ》、イメージ 369, 371
稲熱《いもち》 **59**, 153, 169
芋の子頭 **59**
鋳物銑 480
芋めし 149
医薬 208, 221, 309
医薬神 269
弥栄《いやさか》主義 **59**
軽《いや》しむ 625
医用蛭 616
伊良子清白 206
いらちて 91
いらへ、応へ 91
イラン文化 499
イリオモテヤマネコ 556
入沢康夫 169, 364, 515
イリス 50, **59**, 126, 253, 337, 781
イリヂウム **60**, 789
イリディセンス **60**, 120
イリドスミン 21, **60**, 256
イリノイ州 319
海豚、いるか **60**, 207, 376, 403
イルミネーション 385
イレキ 91
色鉛筆 94, 390
色硝子、色ガラス 156, 275
『色ガラスの街』 102
いろくず 81
イロコ 81
いろこの宮 81
イロニー 2
囲炉裏 606

磐井 **60**
磐井川 60
磐井郡 60, 182
岩泉 72, 410, 445, 599
岩泉市、岩泉町 17, 236
いわかがみ 57
巌稜 **61**
岩鐘山 3
岩神山 530
岩組 **61**
岩崎重三 160
岩崎宿 236
岩崎城 236
岩崎村 236
岩崎彌之助 246
岩沢 418
岩沢鉱山 411
鰯、イワシ **61**, 193
鰯雲 242
鰯のつら 61
岩田金次郎 407
岩田家 105
岩田しげ 105
岩田徳彌 407
岩田豊蔵 105, 395, 776
岩槻 479
岩手飯岡駅 39
岩手医科大病院、岩手医大病院 239, 721
岩手火山 2, 214
岩手銀行本店 721
岩手郡 46, 52, 98, 114, 177, 219, 231, 260, 325, 349, 350, 377, 448, 464, 493, 515, 517, 553, 561, 589, 611, 727, 728, 740
岩手軽便鉄道 **61**, 147, 150, 197, 198, 222, 269, 271, 282, 304, 307, 327, 373, 418, 452, 514, 544, 579, 581
岩手軽便鉄道株式会社 61
『岩手県史』 72, 77, 172, 225, 631
岩手県師範学校 173, 220, 290, 365, 447, 629
岩手県師範学校教諭心得 520
岩手県種畜場 349, 350
『岩手県稗貫郡地質及土性調査報告書』 34, 271, 518, 787
岩手県立畜産試験所 349, 350
岩手県立農事試験場 561
『岩手県林檎栽培事蹟』 768
『岩手県りんご100年のあゆみ』 768
岩手公園 7, **61**, 335, 453, 530, 639, 662, 721
岩手国民高等学校 59, 149, 265, 333, 561, 690, 753
岩手山 序, 5, 48, 52, **62**, 100, 109, 114, 123, 124, 131, 133, 136, 137, 190, 192, 195, 200, 214, 215, 219, 244, 246, 249, 266, 269, 280, 301, 313, 315, 400, 413, 426, 436, 448, 487, 503, 525, 543, 553, 586, 601, 611, 629, 633, 634, 641, 668, 697, 711, 722, 724, 725, 728, 743, 798, 819
岩手山火口のお鉢回り 525
岩手三山 611
岩手山神社 448, 728
岩手詩人協会 722
岩手種畜牧場 46
岩手種馬育成所 46, 350
岩手種馬所 77, 350
岩手大学 258, 507, 721, 722
岩手町 177, 464
岩手登山 62, 63
「岩手日報」 67, 120, 248, 365, 417, 722, 751
岩手のやま 249
岩手病院 239, 469, 721
岩手米 600
「岩手毎日新聞」 9, 386, 417, 632, 711, 725
岩戸 129
岩苦菜 467
岩根橋 **64**, 147, 178, 307, 341, 451, 452, 603, 608
岩根橋駅 64, 147
岩根橋工場 147
岩根橋発電所 64
岩野泡鳴 372
イワブクロ 653
巌谷小波 744
岩谷堂 47, **64**, 86, 299, 465
岩谷堂街道 222
岩山 **64**, 190
岩山公園 64
イワン 39, 40, 363
イワン王国 40
『イワンのばかとその二人の兄弟』 39, 526
殷 65, 398, 494
因果 **64**, 503, 703, 713
婬戒 588
因果応報 455
因果関係 703
因果交流電燈 65, 371, 503, 710
因果論 65, 703
殷鑑遠からず **65**
陰気至極 **65**, 764
陰気の狼 100
陰極 65
陰極線 **65**, 65, 499
インク、インキ 254, 464, 685
インクライン **65**
イングリッシュホルン 373
因子 **65**
印字電信機 88
飲酒戒 341
印象主義 800
印象主義音楽 596
印象派 333, 433
インスピレーション 377
院線 490
インダス 319
インダス川 65, 375, 464, 477
インダス地方 **65**, 66
インダス文明 65
因陀羅 67
因陀羅網 67, 68, 393
インデアン、インディアン 25, 97, 206, 282, 373, 550, 709
インデアン座 206
インディコ 65
インデコライト **65**, 137, 223, 418, 758
インテリ、インテリゲンチャー 259, 786, 794
陰電気 499
印度、インド 13, 25, 28, 41, 56, 62, **66**, 67, 69, 74, 101, 135, 139, 146, 149, 155, 159, 167, 176, 177, 182, 205, 206, 233, 251, 262, 264, 270, 272, 306, 334, 349, 375, 378, 394, 396, 420, 421, 438, 458, 460, 466, 492, 494, 500, 510, 517, 523, 540, 577, 606, 626, 647, 652, 671, 672, 687, 695, 700, 735, 755, 763,

765, 778, 807
淫蕩 549
インド国立タゴール国際大学 28
インド思想 403
インド神話 195, 603
印度戦争 66
インドゾウ 420
『印度哲学研究　第三』 462
「インドの歌」 67
印度の虎狩 66, **67**
「印度へ虎狩りにですって」 67
インド文化 499
インドボダイジュ 771
いんとも 733
インド洋、印度洋 27, 66, 80, 375, 407
インドラ 67, 394, 435
インドラの網 **67**, 393, 435, 498
印肉 276
因縁 202, 261, 713
因縁依正 441
因縁生起 708
インバネス **68**, 512

【う】

ヴァイオリン 350, 442, 447
ヴァイオリン・ソナタ 425
ヴァイオル **69**, 614
ヴァイキング 1, 392
ヴァイシャリー 735
ヴァーミキュライト 617
ヴァルトトイフェル 804
ヴァルハル 791
ヴァールマ 755
ヴァン＝ダイク 69
ヴァンダイク褐《かち》 69, 457
ヴアンダイクブラウン **69**
ヴィオラ・ダ・ガンバ 69
ヴィオラ・ダモーレ 69
ヴィオレッタ 118
ヴィオロン・セロ科 416
ういきゃう、茴香 **69**
ウイグル 135, 176, 258, 449, 622, 734, 814
「ヴィシュバ・バーラーティ」 28
ウィスキー **69**, 285
ウィスコンシン州 453
ヴィナーヤカ 609
宇井伯寿 462
ヴィマラキールティ 735
ウィラード 453
『ウィリアム・ジェイムズの宗教思想』 318
ウィリアム・ジェームズ 74, 317
ウィリアム・モリス 821
「ウィリアム・テル序曲」 718, 777
ウィリアム・タピング 453
ウィルソン山天文台 37, 199
外郎 373
ウィーン 94, 442
ウィンクラー 185
ヴェガード、ラース 262
ウェスティングハウス 88
ヴェスビオ火山 669
上田君 331
上田哲 445, 454, 563, 763
上田敏 371, 788
ヴェーッサンタラ大王 66, **69**, 70, 464, 465
ヴェーッサンタラ太子 70
ヴェッセルのイタリア楽団 814
ヴェトナム 101
ヴェニス、ヴェネツィア 807
『ヴェニスの商人』 336
上野 70, 167, 265, 582, 660, 721
上野駅 7, 660
上野公園 70, 571
上野尼御前御返事 45
上の原 **70**
上野放牧地 70
ヴェーバー、C.M.v 637
ウェリントン 491
ヴェルディ 118, 303, 777, 814
魚粕 61, **70**, 410, 616
ヴォーカル・フォア 459
魚津 665
魚釣り星 301
魚留りの滝 544
ヴォルフラム 461
鵜飼 448, 470
ウカシドリ 314
泛《うか》ぶ **70**
うから **70**, 521, 575
浮子 621
浮雲 404
浮世絵 1, 2, 3, 8, 51, **70**, 73, 126, 142, 166, 193, 194, 258, 303, 308, 363, 446, 508, 596, 619, 628, 660, 702, 739
浮世絵師 142, 592, 619, 660
浮世絵展覧会 **70**, 508
うぐいす 70
鶯沢 40
鶯沢硫黄鉱山 40
うぐひす、鶯 **70**, 98, 595, 605, 610
鶯谷 265, 446, 571
ウクライナ 265, 527
有芸 236
うけがはじ 54
鬱金、ウコン 71
うこんざくら、鬱金桜 **71**, 296
鬱金しやつぼ 71, 340
鬱金草 71
兎、ウサギ **71**, 182, 208, 227, 455, 474, 557, 689, 732
うさぎうま **71**
兎狩《うさぎがり》 326, 340
兎のくそ 461
兎の星、兎座 **72**
宇佐美英治 372
雨師 198
牛、ウシ 15, 63, **72**, 78, 188, 202, 225, 300, 336, 443, 456, 569, 571, 631, 645, 664, 675, 705, 740, 776
牛ぁ逃げだだも **72**
潮汁 318
うしかい座 8, 765
牛形山 236
宇治川 48
氏子 106
牛崎敏哉 306
牛の胃袋 202
丑の刻 265, 321
牛祭 576
羽州街道 644
後川 403
臼 720
うすあかい毛 151
うすあかりの国 **72**, 128, 206
うすぎぬ 750
有珠山 642
ウステラゴメナ 565
うずのしゅげ、うずのひげ 103, 653

うすひ 177
ウズベク共和国 304, 636
うすべり 129
渦巻き 196, 439, 765
渦巻き小宇宙 37
渦巻き星雲 37, 765
太秦 576
うすもの、羅《うすもの》 159, 601, 750
うずら 442
うすら泣く 234
右旋 313
偽こぎ **73**
宇内《うだい》 **73**
ウダイカンバ 147
歌、うだふはんて **73**
うたてけん **73**
ウダーナ 73
憂陀那 53, **73**, 307
『歌の本』 221, 568
歌姫 125
歌枕 48
歌麿 **73**, 817
うたまろの／乗合ぶね、歌まろの富士 619
うため **73**
宇田優 752
歌《うだ》れ **74**
うぢ 739
内浦湾 642
内外套 689
内加賀野 751
うちかたぎ **74**
うちかづける **74**
内川吉男 751
内川目村 117, 537
内田清之助 161
打出小槌 52
内衣嚢《うちポケット》 57
内丸 74, 239, 530
内丸西洋軒 **74**, 402
打身 **74**
内村鑑三 290, 291
内山放牧場 533
宇宙 41, 44, 45, 74, 89, 168, 174, 177, 197, 232, 240, 248, 251, 256, 280, 281, 282, 312, 318, 369, 372, 381, 406, 422, 434, 441, 456, 494, 499, 551, 572, 606, 646, 665, 676, 692, 710, 711, 719, 737, 739, 769, 779
宇宙意志 19, 66, 67, **74**, 203, 240, 281
宇宙意識 74, 281, 318
宇宙意慾 240
『宇宙音楽の理論』 606
宇宙観 44, 45, 46, 174, 175, 256, 280, 312, 350, 424, 495, 499, 572, 646
宇宙感覚 203, 710
宇宙空間 44, 196, 256, 369, 439, 440, 619, 711
宇宙現象 262, 710
宇宙構造論 441, 494
宇宙時間論 441
宇宙樹 217
宇宙塵 187, 351, 771
『宇宙進化論』 381
宇宙精神 74, 759
宇宙生命 456
『宇宙創成史』 32
『宇宙之進化』 32
『宇宙の謎』 646
『宇宙発展論』 32, 282, 358, 440, 494, 765, 767
宇宙物理学 711
宇宙膨張説 393
有頂 21, **75**
有頂天 75
団扇 519
うつぎ **75**
『美しき喪失』 290
鬱血 813
うっこんかう、鬱金香 **75**, 76, 86, 141, 280, 473
写し絵 244
ウツセガイ 483
鬱単越《うったんおつ》、鬱多羅究留《うったらくる》 666
うつゝなみ 558
うつつにめぐる 565
宇都宮貞子 151
うつは数ふる… **75**
うつぼ、空穂 **75**, 129, 164, 705
ウツボガイ 483
うつぼぐさ、ウツボグサ 75
うつろ 741
ウテイ 258
腕木 **76**, 381, 502
腕時計 516
雨天体操場 458
うど、ウド 199, 323, 335, 696
うどん 705
うどん粉 714
うな、汝《うな》 38, **76**, 115, 154, 385, 647, 736
うなぃ 76
うない 76, 647
髫髪 76
うな行っただがら… **76**
汝家 76
ウナギ、鰻 79, 518, 522
うなだ 76, 320, 537
うなじはかなく瓶とるは 73
うなは爺んごに… **76**
うなゐご、うなゐ 74, **76**, 274
海胆、ウニ **76**, 187, 240, 351, 372, 671
右遶 313
畝雲 423
綵女《うねめ》 **77**, 510
宇野浩二 282
卯の花、ウノハナ 75
うのみにする 275
優婆夷 324
姥石 70, **77**, 86, 529
姥石高原 77
姥石高日 77
姥石峠 77
姥石牧場 77
優婆塞 324, 735
『ウパニシャッド』 177
ウパニシャッド哲学 19
姥屋敷 96, 728
ウバユリ 182
優鉢羅華燈油 **77**
うべがはじ 54
宇部五右衛門 775
うべなはじ 54
宜《うべ》なれや **77**
「雨宝院より」 297
馬、うま、ウマ 8, 15, 21, 25, 26, 28, 51, 54, 57, 58, 71, 72, **77**, 78, 105, 107, 115, 130, 135, 136, 145, 150, 163, 177, 187, 188, 189, 212, 223, 224, 225, 227, 236, 243, 262, 287, 288, 290, 292, 298, 300, 305, 306, 313, 349, 374, 381, 383, 391, 427, 428, 432, 443, 449, 452, 456,

470, 477, 478, 529, 536, 557, 569, 571, 572, 574, 579, 580, 601, 612, 616, 652, 666, 675, 676, 685, 686, 705, 729, 736, 772, 783, 797, 811
駑馬 574
馬市 222, 693
馬こは、みんな、… **78**
馬こもみんな今頃ぁ… **78**
馬小屋 189
馬肥 **79**
ウマノアシガタ 201
馬の医者 57
馬の頭巾 71
馬蛭 616
廐、馬屋、うまや 77, 189, 428
うまやごえ 189
うまれでくるたて… **79**
海亀 645
うみがらす **79**
うみすゞめ **79**
海だべがど おら おもたれば… **79**
ウミネコ 305, 577
ウミネズミ 534
海の底のお宮のけしき 426
海蛇 **79**
海坊主 537
海坊主林 223
海坊主山 223
海百合 75
海りんご **80**, 769
ウメ 198
梅木万里子 385
梅野啓吉 629
梅野健造 642
梅野草二、梅野艸二 629
うめばちさう、うめばぢ **80**, 89, 267, 428, 587, 744
うめもどき 484
有翼天使 44, 158, 159, 258
裏岩手縦走路 244
裏十二句 114
ウラジロカンバ 147
ウラジロハコヤナギ 527
ウラジロヨウラク 482
ウラストン 393
うら青 **80**, 110
浦田集落 82
ウラニウム 789
ウラル 333
ウラル山脈 195, 333, 649
ウラル地方 333
瓜 **80**
ウール 414
ウル・イワテ 266
うるうる **80**, 370, 768, 791
ウルサ・マジオル、ウルサマジョル 100
ウルシ、漆 28, **81**, 674, 775
漆ぬり、うるし塗り **81**, 592
漆奉行 81
ヴルタヴァ川 668
ウルトラマリン 226
ウルムチ 499
ウルメイワシ 61
うるゐ、うるひ **81**
梢《うれ》、うれ 270
『ウレシパモシリへの道』 640
鱗 139, 140, 267, 444, 572
うろこ木 772
うろこ雲、うろこぐも 242, 320, 538
うろこの国 **81**
うろこ松、鱗松 55, **82**, 161, 270
うわごと 230
ウワバミソウ 696
上ン平 **82**, 190, 224
ウォーゼ **82**
ウキリアムタッピング 453
ウキンチ **82**
雲影 82
雲滃 25, **82**, 236, 383
暈滃 **82**
浮塵子 **82**
運河 138
雲海 83
暈環 82, **83**, 423
雲環 83, 423, 469, 587, 592
雲級 238, 242, 355, 403, 408, 421, 422, 423, 548
芸香 654
運針布 **83**
雲堆 **83**
運転士 374
運転手 501, 502
運動靴 390
運動シャッポ 340
運動のエネルギー 278
うんとそんき **83**
雲南 56
雲南省大理県 441
うんにや 54, **83**
雲平線 **83**, 301
雲母 **83**, 131, 193, 379, 809
雲母紙 83
雲母鉄 419
運輸通信省 490
雲量計 **83**, 617

【え】

え 96
穎 56, **85**
穎果 **85**, 370
穎花 85, 802
映画 143, 183, 244
映画館 106, 183
「映画についての断章」 143
永久機関不可能の法則 558
盈虚 **85**
影供 124
栄西 680
英山 73
衛星 138, 439, 518
永代橋 **85**
エイト ガムマア イー スイックス アルファ 8γe6α 27
泳動 **85**
永福寺 401
『永平正法眼蔵』 300
永明寺 782
エヴァンズ 67, 803
エウローペ 198
『慧《え》苑《おん》音義巻下』 681
好《え》がった **85**
慧可の断臂 460
江川太郎左衛門 85
江川坦庵 **85**
易、易学 180, 750
液果 640
『易経』 180, 750
易者 273
駅手 85
液相 127, 128, 262, 278, 404, 405, 544
エキゾチシズム 42, 391
液態元素 278

液体窒素　262
液体のパン　**85**, 593
駅長　374
駅伝　505
液肥　70, 616
駅夫　**85**
『駅夫日記』　86
エクトプラズム　737
エクトール・マロー　437
牆林《えぐね》　725
「エグモント序曲」　799
エーゲ海　314
壊劫　248
回向供養　244
エゴマ　696
家《え》さ行ぐだぃぐ…　**86**
江刺区　20, 64, 86, 278, 590, 607
江刺郡　33, 47, 53, 64, 86, 131, 151, 173, 244, 345, 518, 590, 607, 723
『江刺郡志』　86
江刺郡土性調査　86, 244
『江刺郡昔話』　86
江刺堺　21, 60, 86
江刺市　53, **86**, 151, 173, 430, 452, 455, 465, 723
江刺町　86, 278
エジソン電気照明会社　503
エーシャ牛　72, 336
会釈　51
絵所預　517
依正　**86**, 375
絵図　284
エスカミリオ　335
エスカルゴ　140
エステル　**86**, 160, 296, 752, 781
家《え》づと　482
エスペランチスト　298
エスペラント　18, 58, **86**, 87, 97, 217, 298, 417, 515, 563, 669, 754, 804, 805, 806, 808, 809, 811, 812, 815, 816, 817, 819, 820
エスペラント講習会　298
蝦夷　**87**, 605
エゾイチゴ　640
えぞにふ　**87**, 282, 388, 682, 686
エゾマツ　191
穢多　**87**
枝打ぢつのは…　**88**
エタノール　30, 213
枝豆　299, 683
エチオピア王　134
越後兎　71
エヂソン、エジソン　**88**, 495, 502
エヂプト風　126, 142, 560
エヂプト風の雪ばかま　739
エチレングリコール　542
エッセンス　701, 739
エッダ　1
エップカップ　**88**, 213
江釣子　98, 644
江釣子森　24, **88**, 89, 98, 163, 168, 534, 582, 614, 773
江釣子森山　190
家《え》でぁこったに…　**89**
粒子《エーテル》　256
光素《エーテル》　45, 74, 250, 256, 264, 393, 584
以太《エーテル》　250, 719
エーテル　45, 46, 74, **89**, 224, 250, 256, 257, 264, 369, 424, 427, 428, 440, 499, 535, 550, 584, 719
エーテル概念　256, 257
エーテルの風　256
干支　254
愛どしおえどし　28, 80, **89**, 428
「江戸名所」　303
択捉島　89
えとろふ丸　**89**
エドワード六世　221
エナメル　**89**, 213, 214, 657
エナメルの雲　90
エナメルペイント　90
得ならぬ　**90**
エネルギー、勢力《エネルギー》　45, 250, 256, 278, 279, 402, 440, 494, 495, 499, 500, 711
『エネルギーと物質』　796
エネルギー保存の法則　402
エネルギー論　141
エノアブラ　696
えのこぐさ　57
えのころぐさ　57
エノテララマーキアナ　**90**
『絵のない絵本』　36
榎本武揚　492
エバミルク　285
蝦　82
エビカズラ　223
エビズル　634
蝦を僣し　82
衣服令《えぶくりょう》　342
エプロン型花壇　141
エーベンタール　**90**, 398, 592
依報　86
烏帽子　340
烏帽子岳　550
エボレット、エポレット　76, **90**, 121, 581
絵馬　652
絵巻　474
エマーソン　**90**, 785
エムス電報事件　636
エメラルド　**90**, 150, 418, 766
エメラルドグリーン　231, 591
金剛砂《エメリー》　284
絵文字　37
えらい(ひ)　**91**
えらえらする　**91**
エラム　205
生の躍動《エラン・ヴィタル》　372
エリザベス　221
襟章　52, 698
エリス、ハブロック　805
襟巻　71
エルサレム　344
エルサレムアーティチョーク　173, 354
エルベ川　668
エルマン　350, 814
エレキ　**91**, 237, 287, 494, 495, 728
電気磁石《エレキ》　728
エレキテル　91, 494
悲歌《エレジイ》　594
エレッキ　91, 237
エレッキの楊、エレッキのやなぎの木　91, 237, 728
エレナ　560
仰角度《エレベイション》　426
エー・ワン　794
圓　328, 768
塩化アムモニア　**91**
円蓋　494, 602
塩化加里、塩化カリ　**91**, 616
塩化加里の瓶　244
縁覚　351, 357, 360, 657, 659, 665
縁覚界　327
縁覚の菩提　707

塩化コバルト 229
塩化水素 92
塩化第二水銀 355
塩化白金酸 579
塩化白金酸アンモニウム 637
塩岩 **91**, 271, 352
縁起 708
塩基性 91
塩基性岩 91
塩基性土壌 308
エングランド 159
園芸営林土地設計 562
「演芸画報」 118
園芸試験場 448
約婚指環《エンゲーヂリング》 **91**, 273, 767
圓悟 153
円光 **92**, 179, 180, 268, 600, 744
塩酸 2, **92**, 98, 355, 410
塩酸比重 92
エンジェル風の翼 159
臙脂《えんじ》虫 654
エンジャク、燕雀 778
えん樹 **92**
演習場 52
延寿堂 559
煙硝 **92**
焔硝 276
猿人 255
遠心分離器 495
遠心力 495
円錘 **92**
塩水 92, 164
円錐形 60, 92, 615
円錐状仕立 615
塩水撰 **92**, 370, 538
円錘面 92
塩素 355
塩素爆鳴ガス 572
エンタシス **93**, 378
エンチーム **93**
鉛直フズリナ配電盤 **93**, 406
エンヂン、エンジン 93, 579, 718
円通寺 **93**, 669
園丁 75
炎帝 375
鉛糖 **93**, 480
エンドウマメ 683
エントロピー 558
円頓戒壇 434
円仁 472
炎熱地獄 322
燕麦、エンバク **93**, 108, 705, 790
鉛筆 49, **94**, 201, 374, 390, 408, 472, 533, 625, 672, 685
鉛筆のさや 94
燕尾服 **94**, 640
円舞 **94**
円偏光 653
遠方シグナル 321
円本 **95**
閻魔、閻魔王、閻魔大王 55, **95**, 265, 749
えんまの庁 95
円満寺 534
延命寺 502
延命地蔵 325
煙霧 260
延暦寺 326
園林設計学 **95**, 422, 743

【お】

おあがんなんえ **96**
オアシス 258, 636, 651
オアシス国家 300
オアシス都市 27, 449, 636
おあだりやんせ **96**
おあみださん 191
おありがどごあんすた、おありがとうごあんした、おありがどござんす **96**
おあんばい **96**, 430
おいごえ 477
お伊勢 747
置いでお出れ **96**
狼《オイノ》 99, 100
狼森、笊森、盗森、黒坂森 63, **96**
追剝 **96**
オイランソウ、花魁草 580
オイルランプ 121, 756
奥羽街道 448
奥羽三十三観音 169
奥羽山脈、奥羽山地 142, 177, 195, 433, 543, 544, 787
奥羽地方 56
応援歌 **96**, 97
王冠 430, 433
応器 279
黄玉 31, 316, 519
応供 667
甌穴 800
横黒線 **98**, 222, 418, 628, 644
黄金 98, 110, 374, 732
黄金のゴール **98**
牡牛 198
王子 70, 765
おうし座、牡牛座 198, 207, 263, 392
王子製紙 388
奥州街道 448
欧州航路 **98**
『奥州のザシキワラシの話』 3, 298, 299
鶯宿 7, **98**, 582
鶯宿温泉 7, 98, 99
鶯宿川 98
鶯宿地形図 98
往生 24
『往生礼讃』 236
王水 60, **98**
小碓皇子 731
滃然 82
鴨跖草 483
黄土 488, 652, 755
桜桃 **98**
黄道 300, 323
黄銅 33, 374
黄銅鉱 33, **99**, 258, 426, 656
黄道十二宮 198, 207
王道主義 716
嫗 **99**
黄白大士 627
黄麻 10
オウムガイ、オウム貝 38, 391
王莽 475
欧陽建 435
黄燐 766
おえどし 89
大荒沢 **99**
大荒沢岳 99
オオアワガエリ、大粟還 469
大分 343
大犬、大犬座 72, **99**, 146, 505
大犬の青き瞳 99
大犬のアルファ 99
大内沢屋敷上野 278

大江山　349
おゝおま《オーヅゥ》へ…　**99**
大駆け　470
おぉがしな　793
大釜　448
狼　55, 96, **99**, 185, 288, 455, 557, 686, 817
大萱生　**100**
大烏、大鴉　155, 156, 339
大川周明　292
大川目　274
大川目鉱山　723
大きな一冊の本　639
巨きな雲の欠刻　235
巨きなすあしの生物　601
巨きな水素のりんご　593
大きなまっくらな孔　18, 406
巨きなまつ白なすあし　44, 569
大国主命　305
大首絵　194
大熊　212, 765
大熊座、大ぐま　100, 661, 765
大熊星　**100**, 156
大里郡　212, 749
大沢　101, 448
大沢温泉　10, 100, 104, 248, 329, 500, 535, 582, 680
大沢温泉夏期仏教講習会　104, 248
大沢川　474
大地獄　63, **100**, 214, 819
大島　70
大島航路　330
オオシマザクラ　71
大杉　334
大杉栄　87
大空滝　**100**, 301, 535, 582, 632, 696
大そろしない　107
太田　39, 534
太田清水観音　168
大武丸　62
大太刀　151
大楢沢　696
大谷　157
大谷光瑞　**101**, 159, 334
大谷探検隊　159
大谷派　10, 670
太田村　168, 447, 630
太田頼吉　153
大檀那　472
オオチダケサシ　795
大塚常樹　263, 625, 670
大償　**101**, 129, 452, 724
大償神楽　101129
大償神社　101
大津三郎　415, 416
大槌　341, 589
大通公園　551
大とかげ　274
大泊《おおどまり》　157, 292, 293
大泊港　388
大伴家持　689, 727
大棗　532
オオナラ　693
『大西博士全集』　719
大西祝　152, 719
大入道　655
太安万侶　269
オオバギボウシ　81
おおばこ　113
大迫《おおはさま》　**101**, 723
大迫口　155, 725
大迫町　101, 117, 724
大橋駅　418
オオバヂシャ　570
オオバボダイジュ　771
大風《おおふう》に　**102**
大深岳　244
大更貯木所　377
大船軒　586
大船渡　**102**, 609
大船渡市　102, 277, 609
大船渡線　387
大船渡村　102, 607, 609
おゝ平太さん。…　**102**
大曲市　153, 759
大曲野　89, 255, 696
大町文衛　499
オオマツヨイグサ、大待宵草　90, 113, 681
オオムギ、大麦　69, 94, 705, 706, 802
大麦糠　284
おゝむぞやな　707
大村仁太郎　99
大村西崖　353
大本教　298
大元締　602
大森　554
大森貝塚　444
大森山　**102**, 190
大谷石　191
大谷地　**102**, 688
大谷地大学校　102
オオヤマツミノカミ、大山祇神　731, 732, 733
オオヨシキリ　746
お母《があ》　**102**
丘浅次郎　43, 444
おかぐら　492
岡沢敏男　247
小笠原氏　445
小笠原昌斎　218
男鹿市　635
お菓子の籠　133
緒ケ瀬滝　434
尾形亀之助　**102**, 107
岡田武松　238, 242, 355, 403, 422, 423, 571
生がってる　267, 298
岡っ引き　**102**, 511
おかない　107, 283
陸苗代　538
小鹿野　**102**, 697
陸稲、おかぼ、陸穂　17, 38, 56, **103**, 219, 538, 602, 660
陸稲さっぱり枯れで…　**103**
御釜　63, 123, 131
御釜火口湖　63
岡村民夫　37
おかめ　611
岡本綺堂　26
岡本潤　102
おがらなぃ　103
生がる、育る、おがる　**103**
小川清彦　32
小川平吉　175
小川未明　343
オキシドール、オキシフル　132
おきなぐさ、翁草　**103**, 215, 282, 348, 653, 686
おきなぐさ冠毛　282
翁面　**103**, 200
沖縄諸島　300
起ぎべ　**103**
お経までもやらなぃでで　**103**

お「キレ」さま 103, 111, 274
オーク 727
お髪 151
奥仙人 418
奥田博 224
八分圏《オクタント》、オクタント 405
奥寺五郎 103
奥寺さん **103**
奥中山 **104**, 177
奥中山駅 104
小国峠 **104**
小国村 104
『奥の細道』 472, 532
奥山銀茂 201
奥山文幸 94, 637
小倉豊文 23, 109, 242, 245, 330, 761, 815
送り火 145
小栗風葉 371
オーケストラ 133, 199, 262, 286, 391
オーケストラベル **104**, 273, 368
烏乎、烏滸 **104**
オコナイサマ 299
瘧 **104**
お魚たべあんすのすか 293
尾崎喜八 416
尾崎紅葉 726, 737
尾崎文英 **104**, 656
大沢坂《おさざか》 535
大沢坂峠 **104**, 413, 535
小山内薫 476
小沢俊郎 6, 19, 24, 31, 48, 50, 104, 134, 148, 177, 178, 216, 276, 326, 364, 413, 430, 445, 455, 475, 490, 503, 523, 571, 621, 712, 761, 765, 799, 815
牡鹿 107
おしげ子 **105**, 395
お地蔵さん 326
押野武志 245
教へでくなんせ **105**
誨へられたる **105**
教へるやなぃぢゃ **105**
お釈迦さま、お釈迦様 337, 677
オシャリ病 342
おしろいばな **105**
オスミウム 60, 789
オスミリジウム 60
オスロ大学 262
オーソクレさん **105**, 405, 623
御祖師様 545
おぞの蟇 **105**
おぞましく **105**
お空のちゝ 189
オゾン **105**, 535
オゾン層 408
お大尽 437
お台場 330
小田越 724
小田島国友 **106**, 699
織田得能 625
小田中 **106**
小田中光三 106
お旅屋 **106**
於田屋小路 106
紵(於)田屋町、御田屋町 **106**
小樽、オダル 137, 413, 417, 418
小樽駅 413
小樽市 492
オ(ヲ)ダルハコダテ 137, 417
お出れ 96
お団子 302
落合 **106**, 157, 178, 292, 307
貢《おちい》り **106**
落角 **107**
お茶ノ水駅 167, 542
オヂン 791
怖《おっか》ながるぢゃい 107
怖っかなぐなぃ、おっかない **107**, 283
お月様、お月さま 263, 345, 370, 459, 609
転覆《おっけあ》したりさな **107**
大《おっ》そろしない **107**
折っちょれた **107**
オットセイ 27
尾っぱ 283, 284
オッフェンバック 117, 581
オッペ 107
オツベル 55, **107**, 114
オッペル 107
おでぁれ 743, 744
淤泥 716
オーディン 791
お手玉 52, 481
お出やってら **107**
お出ゃんすべなす 430, 431
お天気柱 496
天道《おてんとさま》、おてんとさま 110
オート、燕麦《オート》 93, 94, 107, 108, 683, 705
オード 354
音《おど》あ 42
お通しやてくなんせや **107**
燕麦蕪菁《オートかぶら》 94
お伽芝居 117
『御伽草子』 52, 349
お伽噺 251
男郎花、おとこえし 793
オトコメシ 793
落し **108**
おとしけおとし 236
落し角 107
おどでな 413
おどと 336
オートミル 94, **108**, 705
乙女鉱山 379
乙女座 80, 156, 243, 323
おとら狐 **108**, 181, 201
『おとら狐の話』 181
踊り子 244
踊り済まって **108**
踊りはねるも三十がしまい… **108**
音羽屋 783
オーナメンタルガード **108**
飾禾草《オーナメンタルグラス》の穂 **108**
お雷神《なりがみ》さん **108**
お苗代 63, 538
鬼 23, 52, 72, **108**, 206, 244, 301, 327, 349, 549, 551, 725, 783
鬼ケ城 63, 123
鬼ヶ瀬川 787
鬼ぐるみ、オニグルミ 220
鬼げし、鬼ゲシ、鬼罌粟 33, **109**, 233, 750
鬼剣舞 244
鬼ごっこ 109
鬼越山《おにこりやま》 96, **109**, 190, 330, 554
鬼古里山 109
オニックス 713
鬼っこ 109
オニナベナ、鬼山芹名 467
鬼のお釜 430
鬼の族 494
鬼の面 244

オニユリ 741
お願ひいだしあんす **109**
斧 636, 791
尾上菊五郎 783
尾上柴舟 568
オノオレカンバ 147
小野義真 246
小野沢精一 250
小野寺青扇 258
小野十三郎 102
小野浩 700
おのぼりさん 235
おのも積む孤輪車《ひとつわぐるま》 51, **109**
小野隆祥 76, 152, 206, 419, 444, 606, 649, 719, 742, 754
尾羽 266
オーバアフロウ **109**
おばがしら 103
おはぐろ **109**, 110
おはぐろどぶ 109
オハグロトンボ 572
オバコ 113
おはしょり 321
お鉢めぐり 62
尾花 386
雄花の紐 526
オパリン、オパール、オーパル 60, 229, 280, 464, 465
オパール質 465
帯皮、帯革 **110**
お日さま **110**, 111, 156, 200, 227, 249, 275, 283, 532, 588, 686, 732
お日さん 110, 111, 427, 597, 668
お日さんを／せながさしよへば… 597
おひつじ座 263
御姫岳 611
オフィシャルカラー 285
オブシディアン 265
お布施 279
強迫観念《オブセッション》 43
お文どん 437
おべだ **111**
オペラ 62, 94, **111**, 112, 117, 175, 335, 379, 380, 413, 414, 431, 564, 581, 621, 636, 637, 684, 740, 748, 777, 789
オペラグラス 112, 193, 656, 779
オペラ役者 112
オベリスク 783
オーベール 677
オペレッタ、オペレット 117, 246, 581
オボー、オーボエ **112**, 442
お星さま 100
オホーツク **113**, 286, 650
オホーツク海 113, 152, 195, 292, 388
オホーツク高気圧 113, 289
おほばこ、おおばこ、大葉子 **113**, 393, 419, 685
おほまつよひぐさ **113**
おぼろ雲 422
幻気、朧気 672
おぼろ月 781
お盆 244, 310
おほん、おほん、ごぎのごぎのおほん 626
お飯《まま》食《く》べし泣ぐな **113**
おまめしござんしたすか **113**, 517
おみち 9, 118, 246, 266, 416, 529
おみち何でぁ… **114**
おみなえし、オミナエシ 793
御明神 **114**
御明神村 231, 325
オムレツ **114**, 402
御室 62, **114**, 123
御室火口 62, 114
おめ、お前 76, 115
お前《め》さん今行って… **114**
おめだ 320
思ぁないやなぃんす 427
おもいね 325
重茂《おもえ》半島 520
『於母影』 36
面皺み 194
面反り **114**
おもだか **114**
おもちや 501
おもちゃのやうな列車 271
表六句 **114**
『思ひ出』 185
重湯 1
親方みだぃ… **115**
親殺し 431
御山 331
小山田駅 304
尾山篤二郎 **115**, 407
おら、おれぁ、おりゃ 107, **115**
おらあだり 688
おらあど死んでもいゝはんて… **115**
お雷さん、オライサン 115, 712
俺《おら》家《い》のなも… **115**
おら おかないふうしてらべ 107, 115
『おらが春』 51
おら谷まで行って… **115**
オラトリオ 592, 808
おらも中《あだ》つでも… **115**
おらもかぜで 470
オランダアヤメ 215
オランダガラシ 797
オランダツツジ 12
オランダ北斎 661
オランダミツバ 415
渣《おり》(渣)、澱《おり》 115, 223, 280, 747
居りあんす **115**
オリーヴ **116**, 171, 468
オリヴィーン 171
オリエント効果 370
オリオン 35, 72, 99, **116**, 117, 196, 254, 301, 380, 439, 747, 767
オリオン座 37, 72, 116, 146, 254, 368, 396
オリオン座流星群 116
オリオンの腕《アーム》 196
オリオンの帯 116
オリオンの大星雲 440
オリオンの三つ星 301
折壁 **117**
オリザ 57, 733
オリザサチバ 306, 635
オリザニン 142
オリーブ 213
オリーブ油 116
おりゃのあそごぁ… **117**
オルガン 87, **117**
オルガン曲 648
オールスターキャスト 748
オルドビス紀 271
オルバース 590
オールバック 555
オルフィウス、オルフェ、オルフェウス **117**, 272
おれぁ 115

折合の滝　587
おれこれがら…　**118**
おれも荷物もはしょてらたんとも…　**118**
おれも一遍《ひとがへり》行つてみべが　288
癡かなる　498
オロフォイス　118
オーロラ、北極光　320
オロロン鳥　79
お椀のふぢぁ欠げでる　**118**
檻　686
音楽劇　111
音楽天　200
音楽之友社　416
おんかぶらや　**118**
オンコ　51
遠光《おんこう》山　545, 582
温石　118
温石石　14, **118**, 482
温石石の神経　118
怨親《おんしん》平等　**119**
温泉　26, 39, 40, 131, 191, 229, 236, 329, 582, 583, 601, 791
恩田逸夫　50, 58, 206, 216, 352, 371, 380, 394, 418, 431, 436, 503, 532, 585, 677, 754, 778
温暖前線　549
恩地孝四郎　363
温庭筠《おんていいん》　370
女帯　348
オンバコ　113
音譜　6, **119**
隠密　**119**
陰陽　101, 481
陰陽説　41
陰陽道　35, 481, 750

【か】

火　35
珂　**120**
蚊　37, 104, **120**, 133, 594
が　141
我　19
鵞、鵝　131, 484
蛾　24, **120**, 277, 283, 308, 771, 788, 822
食ぁせる　**120**
花彙　59, **121**
甲斐　263, 425, 687
開うんばし、開運橋　**121**, 757
諧音　134, 606
海温表　463
愷々　**121**, 342
開化郷士　722
貝殻、介殻　**121**, 164, 693, 756, 770
貝殻の沓　209
カイガラ虫　272, 358
海岸段丘　255
皆既日食　281
諧謔曲　385
回教　9, 26, 622
開経偈　370, 706
海軍　186, 353, 443
カイコ、蚕　33, 90, 283, 683
介護　162
灰光　**121**, 551
海溝　450
骸骨星座　**121**
開墾　199, 225, 467
開墾地　521, 752
カイザー　316
貝細工　344, 741
海市　368
碍子　90, **121**, 217, 387, 501, 502, 650
灰重石　345
回章　106
開城　261
骸晶　**121**, 608
海床　450
害条　**122**
海蝕台地　**122**
開盛社　625
開析　**122**
解析の術　499
回折現象　249
カイゼル　316
蓋然　**122**
改善主義　318
蓋然性　122
海蒼　469, 494, 650
海藻、海草　140, 223, 224, 299, 716, 816
「改造」　87, 424, 563
海草灰　616
改造社　95, 424
海蒼色　122
海蒼の天　650
海賊　1, 392
開拓紀念　551
開拓使　87
開拓農民　397
戒壇　434
灰鋳鉄　**122**, 345
懐中時計　516
懐中薬　373
『海潮音』　371
かいつぶり　**122**
回転木馬　717
街燈　9
外灯　469
外套　11, 21, 68, 121, 146, 161, 170, 235, 253, 513, 528, 575, 580, 637, 688, 689, 693, 745, 755
『槐南集』　722
貝の火　71, **122**, 465, 657
飼鳩　580
海氷　292
「凱風快晴」　70, 143, 309, 661
怪物　207, 323, 392, 473
海泡石　**122**
貝ぼたん　206
戒名　268, 279, 511
海綿　**122**, 362
界面　**123**
界面化学　140, 141
海綿スポンジ　535
海綿動物　122
『開目抄』　545
『開目抄講話』　730
カイヤナイト　758
開陽軒　402
「偕楽園」　330
カイラス山　64, 341, 524, 525, 678
海里　466
戒律　144
外輪山　62, 63, 64, 114, **123**, 724, 725
「薤露行」　123
街路樹　518, 637
薤露青、かいろ青　**123**, 203, 360
カイロ男爵　640
「カヴァレリア・ルスチカーナ」　335, 458
かう云ふごと…　**123**

向興諸尊《かうこうしょそん》 123, 252
かうもりがさ 337
火雲 **123**, 494
カエサル 316
カエデ 49, 637
蛙 9, 15, 49, **123**, 124, 148, 149, 150, 205, 214, 216, 253, 296, 384, 474, 522, 531, 606, 649, 652, 772
蛙語 124, 652
蛙の卵 124, 296
火焔 658
「貌」 295, 722
鵞王 **124**, 131
芬《かお》って **124**
カオリナイト 124, 623, 766
カオリン 261
高陵土《カオリンゲル》 **124**, 418
カオリン病 105, 766
華果 **125**
呵々 102
花蓋 **125**, 781
ガガイモ 276
抱え帯 321
カカオ 475
雅楽 263
『科学大系』 23, 197, 381, 499, 742, 779
化学庭園 229
化学の並川さん 536
化学肥料 147, 201, 438, 495
『化学本論』 32, 140, 204
化学薬品 208
案山子踊り 325
かゞて 721
鏡、かがみ 111, **125**, 200, 225, 297, 347, 372, 405, 423, 436, 443, 546, 597, 604, 719, 779
鏡の国 357, 436
『鏡の国のアリス』 357
『鏡をつるし』 96
篝《かがり》 341
カカリヤ **125**
ガガーリン Y.A. 14
賀川豊彦 562
花冠 473
河岸段丘 255
嘉気 **125**
火器 221
柿 481, 508
牡蠣、蠣 442
歌妓 **125**
鑰 125, 326, 327
鰁ぎ **125**
餓鬼 45, 108, **125**, 126, 264, 325, 327, 348, 351, 498, 552, 665, 771
花卉園芸 422
牡蠣灰 442
餓鬼界 126, 327
かぎすます **126**
嘉吉 77, 114, 118, 186, 469, 539
かきつばた、カキツバタ 59, 121, **126**, 456
餓鬼道 126, 327, 783
吊《か》きなほし **126**
かぎなりをした家 **126**
垣根の壁 168
垣根の杭 225, 347
夏期仏教講習会 10, 104, 248
臥牛 426
火球日天子 111, 546
架橋演習 259
家禽用石灰 410
核 127, 128, 148, 291, 370, 457
蕚 170
角柄 **127**
角帯 **127**
角刈り 151
かくこう 225
角距離 405
角砂糖 302
かくし、衣嚢《かくし》 57, 154
学士 624
楽師 794
隠し金山 144
隠し念仏 241, 602, 603
『かくし念仏考 第二』 241
角縞 655
覚者 24, **127**
喀什 135
楽手 794
楽神 200
学生服 266, 414
角閃花崗岩 **127**, 131, 637, 672, 723
角閃石 14, **127**, 131, 538, 623, 672
カクタス **127**
楽長 195, 391
革嚢 **127**
角館 7
核の塵 **127**, 278, 457, 737
角パン **128**, 504, 593
楽譜 119, 717, 821
かぐへる **129**, 138
核膜 128
角膜 193
角枕 **129**
核マトリックス 128
革命 295, 641
神楽 22, 101, 102, **129**, 245, 284, 411, 540, 576, 586
確率論 253
角礫 283, 766, 771
角礫岩 283
角礫行進歌 130
隠れキリシタン、隠れ切支丹 165, 313, 602
かぐろい 14, **129**
かぐろなれ 319
かぐわしい 129
がけ 118
掛け合いことば 216
がけあな 42
禾茎 790
陰(蔭)いろ **130**, 163
歌劇 111, 199, 264, 303, 335, 350, 379, 380, 386, 413, 445, 459, 534, 637, 677, 787
歌劇王 159
掛けことば 49
かけ皿 430
かけす、懸巣 71, **130**, 324, 610, 730, 747
かげだれば 513
掛茶屋 461
南風《かけつ》 568
掛手金山 **130**
影燈籠 686
掛け時計 516
かげとひかりのひとくさりづつ 371
掛げないやないな **130**
影法師、影ぼうし 9, 42, 386
掛げやう悪たて… **130**
掛げらせだ 273
蜉蝣、かげらふ、かげろう **130**, 489, 745
陽炎、かげらう、かげろう 130,

302, 354, 426, 473, 745, 756, 804
下弦の月 386, 421, 494
花梗 148
火口 62, 114, 123, 163, 214
鶸黄 **131**
花崗岩 31, 83, 86, 105, 127, **131**, 132, 138, 215, 277, 279, 379, 526, 567, 611, 612, 637, 679, 719, 723, 724, 764
花崗岩質 229, 379
花崗岩質斑岩 723
火口丘 23, 123, 363, 711
下降気流 288
火口湖 63, 123, **131**
花崗閃緑岩 **131**
火口底 63
鶸黄の柳 727
火口原湖 63
禾穀 224, 770
河谷 177, 195, 456, 549
鹿児島 300
過去の光 197
カゴメカゴメ 438
傘 310, 498, 698
暈 238, 592
風《かざ》くま、風ぐら **132**
笠雲、傘雲 779
かささぎ、鵲 **132**
風林 553
傘火花の雲 624
傘松 **132**
風見鶏 622
飾り窓 400
かざって、かざる 470
カザルス 350
花盞 **132**
火山 40, 62, 109, 123, 131, 132, 133, 342, 462, 463, 533, 752, 796
『火山』 314
火山塊 62, 753
過酸化水素 **132**, 744
過酸化水素水 132
火山ガス 763
火山岩 34, 138, 356, 764, 773
火山局 616
火山砕屑物 132
夏蚕飼育 683
火山性酸性土壌 308
火山屑 **132**
火山帯 34, 152
火山弾 63, **133**, 266, 568, 725, 751
火山地帯 157
火山島 160
火山灰 34, 43, 132, 190, 255, 764
火山灰地 246
火山灰土壌研究 407
火山片 133
火山礫 62, 132, **133**, 190, 255
火山礫層 42, 133
火山礫堆 42, 62, **133**, 255
カシ 130
菓子 1, 5, 33, 123, **133**, 137, 159, 167, 219, 285, 286, 318, 386, 414, 430, 461, 475, 490, 495, 500, 532, 567, 578, 608, 714, 716, 746, 777, 789, 802, 820
梶井基次郎 297, 685
カシオペア、カシオピア、カシオピイア、カシオペーア、三目星《カシオペーア》、カシオペイア 36, 100, **134**, 207, 380, 606, 747
かじか、鰍 **134**
河鹿 134, 519
下士官 621, 698
かじき 167
かじき座 678
花軸 **134**, 329, 337
可視光 196, 230, 256
かしこまた **135**
華氏城 13
鍛冶職人 461
鍛冶町 106, **135**, 699
珂質 **135**, 304
果実酒 267, 297
カシドリ、樫鳥 130
菓子の勲章 133
菓子の塔 133
炊葉 136
河岸前 42
喧《かしま》びやしく **135**
カシミヤ 135
カシミール、開司米《カシミール》 135
鍛冶屋 461
嘉十 183, 331, 520, 599
嘉助 5, 18, 22, 46, 78, 137, 470, 698
果樹園 561, 822
カシユガル、カシュガル、喀什爾《カシュガル》 **135**, 499, 769
果樹整枝法 90, 168, 398, 455, 592, 615
迦須弥 **135**
可助 137
花序 310
可消化養分総量 135
可消化量 **135**
花城高等小学校、花城小学校、花城尋常高等小学校 103, 136, 327, 407, 437, 512, 662, 724
嘉祥寺 135
渦状星雲 396, 439, 440, 767
嘉祥大師 **135**
花城や花巻 **135**
かじろき雪 129
かじろく 129
柏、かしは、カシワ 63, 80, **136**, 147, 217, 247, 270, 456, 457, 476, 539, 557, 609, 668, 729, 799
柏樹霊《かしわこだま》 111, 129, 203, 427, 537
柏手 **136**
柏の木大王 136
柏の木だのあったたもな **136**
柏原 136
かしわ餅 136
火辰 35
歌神 200
「我信念講話」 451
「花信風」 380
瓦斯、ガス 30, 136, 137, 158, 182, 202, 234, 379, 380, 392, 396, 402, 440, 463, 538, 548, 642, 653, 686, 692, 718, 767, 800
仮睡硅酸 **136**, 157, 229
主計氏 **136**
瓦斯発動機《ガスエンヂン》、ガスエンヂン **136**, 579
春日明神の帯 **137**
春日山 15
ガス雲 116, 440
カスケ **137**, 611
嘉助 5, 18, 22, 46, 78, 137, 470, 657, 698
カスケイド 797
カスケル 137
ガス状の天体 396
ガス星雲 37, 116, 396, 440
ガス体 523

カスタードクリーム　789
栗樹《カスタネア》、カスタネア　217, 538, 581
ガスタルダイト　65, **137**, 417
海綿体《カステーラ》、カステーラ　122, **137**, 587
ガス燈、瓦斯燈　613
カストル　473, 631
瓦斯のマントル　686
カスピ海　148
霞　336, 642
かすみ網　480
霞ヶ源太忠義　244
カスメエ　42
飛白　137, 186
絣　21, **137**, 186
飛白岩　**186**, 598
絣合羽　138, 279, 483, 723
軟風《かぜ》　129, **138**, 249
風ァどうと吹いて来　139
火星　22, 35, **138**, 301, 590, 606, 770
苛性加里　**138**, 157
火成岩　91, **138**, 163, 165, 177, 328, 405, 413, 595
苛性石灰　410
花青素　36
化成肥料　91
化石　38, 43, 44, 75, 93, 146, 162, 164, 174, 220, 258, 263, 271, 274, 348, 352, 392, 401, 638, 649, 772
化石シダ　461, 772
稼ぐさ　482
稼ぐさ行ったでぁ　482
風くま、風ぐら　132
風三郎　139
大迦藍《カセードラル》　190
風の神　53, 138, 198
風の三郎　138, 139
風の精　63, 139, 156, 195, 289
風の又三郎　73, **138**, 154, 156, 529, 688, 745
風野又三郎　154, 195, 514
風の娘　20
風のモナド　128
風の粒子　719
カセン　132
河川敷　148
歌仙を巻く　114
果蔬　139, 173
花簇　**139**, 317
禾草《かそう》　224, 383
下層雲　549
微《かそ》けき　**139**
可塑性　**139**, 211, 501
果蔬トピナムボー　**139**
ガソリン　408
迦陀、伽陀　**139**, 310, 370, 762
かたぎつ　741
カタクチイワシ　61
かたくり、片栗　**139**, 710
カタクリ粉　139
形代　497
乾田、堅田　56, **140**, 459
驟雨《カダチ》、潺雨《カダチ》、夏立　**140**
かたつむり、蝸牛　**140**, 438, 536
がたな、がったな　13
片映え　**140**, 444
カタバミ　383
堅パン　**140**, 593
帷子　388
片山式　140
片山正夫　32, **140**, 204
堅雪かんこ、凍み雪しんこ　**141**, 739
カタラクト　797
加多児　**141**
花壇　9, 59, **141**, 291, 516, 582, 583, 588, 616, 707, 735, 736, 814, 815
花壇設計　59, 141, 675
『花壇設計及花卉栽培』　421
贏《か》ち得んや　574
カヂカ突キ　134
家畜飼料　93
徒歩戦　184
花柱　103
家長　254, 723
鵞鳥、ガチョウ、鵝鳥　124, 131, 506, 560
「花鳥大短冊」　303
囓ぢらへだが　**141**
囓ぢるべとしたやう…　**142**
かちわたし　312, 328
カチン　69
かつお　144
勝川春章　**142**, 661
勝川派　142
かつぎ　**142**, 235, 285, 523, 560
脚気　**142**, 277, 616
嘉ッコ、嘉っこ　176, 219, 544, 647
かっこう、郭公　226, 442
葛根田川　7, **142**, 544, 784
葛根田渓谷　142
褐昆布　286, 618
月山　493
葛飾蕉風　51
葛飾派　**142**, 404, 661
葛飾北斎　142, 660
喝食　200
褐砂　**143**, 549
褐色顔料　69
渇水　169
滑石　**143**
カッセル土　69
褐藻類　223, 224
ガッタパーチャ　211
刈敷《かっちき》　**143**
活着　**143**
甲冑　205, 540
買ってけらな　**143**
買ってけろ　143
褐鉄鉱　445, 448
月天《がってん》　143, 148
月天讃歌　119, 148
月天子　**143**, 148, 588, 627, 707, 773, 774
活動写真　88, **143**, 144, 183, 562, 737, 779
活動写真館　339
河童　299
合羽　21, 619, 753
河童取りあんすた　**144**
褐玻璃の老眼鏡　156
活版処、活版所　708, 757
カップ　581
かつましゅら天、羯摩修羅天　**144**, 525
濶葉樹　**144**
桂　**144**
葛城山人　317
桂沢　100, 144, 632
桂沢金山　**144**
かつを雲、鰹雲　**144**, 242
下底　444
カテナリー　242
カテナリアン　242
糅飯　149

カーテン 161, 187, 422, 500
稜 133, 156, 495
果糖 56, 139, 173
科頭 **144**, 340
加藤清正 6
嘉莬治 629
加藤碩一 137
加藤文男 401
過透明 **226**, 267
加糖練乳 285
『渦動論集』 651
火徳の王 375
門付 244, 310, 324, 346
かどなみなみに立つとても **145**
門火 **145**
稜堀《かどほり》山、燧堀山 109
門松 224
門屋光昭 241
カトリック 142, 313, 628
ガドルフ **145**
がな 172
仮名垣魯文 188
かながら **145**
かながら製の幢幡 567
かながらの幣 145
「神奈川沖浪裏」 309
金沓、鉄沓 **145**, 210
金沓鍛冶 145
加奈太式 **145**
カナダ式の体操 145
カナダバルサム 592
かなだらひ 616
かなづち 410
カナディアニズム 145
鋼砥《かなど》 284
鉄砧雲 409, 649
協はざる **146**
契ふ **145**
金矢 **145**
蟹、カニ 47, **146**, 152, 161, 198, 212, 215, 216
カニオ 159, 459
カニ缶 146
カニシカ、カニシカ王 66, **146**, 167
カニスマゾア、カニスマジオル、カニスマジョール **146**
カニ星雲 198
蟹の化石 146
蟹の甲ら 146
カーニバル、カーニヴァル 286, 796
カニン半島 578
鐘 152, 155, 472, 508
鉦 244, 788
鉦鼓《かね》 263
金ヶ崎町 783
金子民雄 48, 64, 216, 269, 314, 394, 421, 478, 525, 678, 754
金子務 424, 441
ガネーシャ 609, 626
かねた一郎 589
鉄つけ 109
カネツケトンボ 572
ガーネット 297
可燃ガス 136
庚の申、かのえさる 254
蚊のなみだ 594
樺 52, **146**, 147, 346, 364, 436, 456, 481, 697
カーバイト、カーバイド 64, 144, 147, 410
カーバイド工業会 147, 178
『カーバイド工業の歩み』 147, 178
カーバイド工場 178
カーバイト倉庫 **147**
河獺《かはうそ》 **147**
河馬麒麟 **147**
銅緑《カバーグリーン》 **147**, 322
樺樹霊《かばこだま》 203, 537
かはごろも 186
樺桜 146
ガバサミ 665
かはせみ 161, 576, 747
かばね、屍 **148**
樺の火 452
樺の木 35, 57, 364, 436, 481, 697
樺花の炭釜 147
磧《かはら》 **148**
かはらははこぐさ **148**
カバレロ、レオン 303
かばん 302, 390
ガバン 144, 302
介殻《かひがら》 121, 148
カピトルの大神殿 698
かび 28
かびの木 28, **148**, 183
蕪 118, **148**, 411, 415, 435
カフェイン 180
カフェ・ライオン 211, 617
カフカズ風 26, **148**
歌舞観聴戒 341
歌舞伎 22, 142, 337, 670, 779
歌舞伎座 783
歌舞伎役者 142
歌舞劇協会 445
兜(甧)の尾根 143, **148**
兜(甧)明神岳 148
かぶとむし、カブトムシ、兜虫 258, 540
蕪菁播種《かぶらはしゅ》 148
蕪菁《かぶら》 94, 148
鏑木清方 744
かぶらな 148
鏑矢 118
花粉 581, 669, 694, 796
花柄 134, **148**, 310
がべすか 613
がべぢゃ 433
カーペット、敷物《カーペット》 235, 267, 294, 388, 416, 477, 755
がべもや 209
蛙《かへる》 123
カーペンター **149**
カーペンター、エドワード 149
カーペンター、メアリ 149
禾穂 224
過飽和 **149**
華北平原 435
かぼちゃ 149
南瓜の飯 **149**
南瓜待肥 679
芬気《かほり》 452
かほり 92, 257, 355, 373, 650, 667
かほる子 592
禾本 224
鎌 74, **149**, 150, 290, 505, 655
蟇 105, 124
がま、蒲 **149**, 151, 186, 557
釜石 61, **150**, 418, 510, 579, 731
釜石街道 130, 538, 579
釜石鉱山鉄道 61, 418
釜石市 277, 418
釜石製鉄所 150
釜石線 39, 61, 64, 147, 269, 304, 307, 451, 514, 544, 581

釜石湾 91, 150, 418
かまいたち、鎌鼬 **150**, 289
カマイルカ 60
カーマイン 272
がまがえる 22
鎌風 150
鎌倉 586
鎌倉幕府 452
鎌倉ハム富岡商会 586
蒲郡 660
カマジン国 124, **150**, 151, 736
叺《かます》 **151**
蒲簀 151
がま仙 22, 151
かまど **151**, 481, 556
かま猫、釜猫 **151**, 488, 556
がまのはむばき 149
ガマの穂 149, 150
釜淵 541
釜淵の滝 **151**, 403, 434, 582, 588
かまぼこ 305
過慢、我慢 360
神 2, 12, 22, 26, 45, 55, 64, 65, 95, 138, 153, 158, 176, 198, 207, 254, 257, 265, 284, 299, 308, 309, 317, 318, 337, 344, 351, 352, 354, 363, 364, 367, 371, 375, 398, 412, 417, 421, 424, 436, 437, 438, 451, 481, 494, 501, 517, 561, 592, 596, 603, 605, 609, 622, 630, 631, 653, 657, 662, 674, 679, 680, 688, 694, 695, 719, 731, 732, 733, 787, 791, 808
髪 55, 66, 76, 79, 144, **151**
上伊手剣舞 244
上伊手剣舞連 **151**, 245, 590
上伊手地区 151
「神々の黄昏」 424, 787
神川小学校 343
上北郡 104
髪切虫 771
髪毛 151
かみさん 72
神路山 48
カミソ 258
上町 106, 326
上鍋倉 534
雷、カミナリ 108, 115, 140, 178, 356, 405, 409, 438, 456, 457, 495, 498, 539, 614, 645, 712, 751, 762, 815, 816
雷竜 751, 752
上似内 544
上根子 556, 768
上根子堰 534, 725
上根子橋 534
神の井 694
神野幾馬 518
神の「み力」 398
上閉伊郡 3, 17, 64, 104, 292, 298, 341, 451, 514
上水内郡 51
髪結 523
カーミン 654
神《カムイ》祭り 2
カムチャッカ **152**
カムチャッカ半島 113, 650
かむな **152**
カムニエールのマーチ **152**, 339
カムパネルラ 43, 44, 76, 106, **152**, 209, 243, 363, 381, 473, 502, 560, 639, 769
神祝《かむほぎ》 **153**
かむやなぃんぞ 152
亀 501
亀井茂 624
カメジ 150
亀ノ尾一号 **153**, 759
亀の島 295
カメラ 59, 477, 737
カメレオン **153**
カメレオン印 153, 200
「仮面」 289
鴨 153, 323, 547
鴨が一疋 **153**
かもがや、鴨茅 **153**
かもたのが **154**
貨物列車 551
かもめ、鷗 79, **154**
かや、榧 57, **154**
萓、萱、茅 36, **154**, 155, 166, 386, 387, 394, 457, 483, 565, 601, 605, 698, 717, 733
伽耶 155
火薬 92, 276, 355, 358, 714, 715
伽耶城 551
迦耶成道 **155**, 337, 442
萱の島 169
萱野十里 154, **155**, 587
萱ブキノ小屋 154
萱穂 59, 88, 154, 387, 570
萱山 118
花陽館 143
カラ、カラー **155**
がら **155**
カライモ 173
カーライル、トマス **155**
『カーライル博物館』 155
傘《からかさ》花火 624
唐金 642
ガラガラヘビ 192
辛皮流し 516
からくさ、カラクサ 79
唐草模様 27
カラクール山羊 468
カラコルム山脈 155
カラコン山 **155**, 636
唐菖蒲 215
からす、カラス、烏 2, 46, **155**, 174, 208, 227, 270, 294, 302, 353, 354, 386, 397, 423, 588, 613, 677, 689, 713, 720, 763
ガラス、硝子、玻璃 65, 89, 92, 112, 134, 137, **156**, 170, 196, 209, 216, 229, 243, 246, 274, 315, 326, 336, 339, 355, 356, 357, 370, 380, 381, 393, 400, 402, 424, 465, 487, 490, 494, 516, 547, 548, 570, 589, 591, 606, 611, 665, 668, 698, 713, 714, 746, 748, 756, 762, 765, 770, 820
ガラス板、硝子板 156, 170
烏瓜 80
烏瓜ランタン 80
ガラス管 604, 611, 613
からす器械、からす機関 156
唐鋤星 116, 368
ガラス光沢 137, 774
カラス座、烏座 156, 697
烏天狗 156, 397
烏の義勇艦隊 208
ガラスの靴 156, 209
ガラスの小鳥 156, 494
ガラスの水車 380, 606
烏の大尉 208
ガラスのマント 156, 688
ガラスの実 156
硝子の嚢 698

からすむぎ　93
樺太　44, 87, 157, 195, 267, 292, 294, 295, 298, 388, 389, 538, 640, 666, 778, 779
樺太山脈　388
樺太庁　195
樺太庁鉄道　157
樺太庁鉄道東海岸線　388
樺太鉄道　**157**, 268, 292, 728, 778
樺太の鮭の尻尾の南端　295
カラフトマス　298
『樺太要覧』　157, 293, 389
樺太旅行　89, 113
からまつ、カラマツ、から松、落葉松　**157**, 217, 218, 257, 322, 325, 347, 527, 594, 609, 660, 762
カラムシ　10
搦手丁　681
カラメル　159
伽藍　421
カランザ　601
加里　**157**, 158, 384
猟犬座《かりいぬ》　765
刈入れ　158
刈入年　**158**, 204
カリウム　**158**, 231, 257, 763
加里岩塩　91
狩衣　**158**, 576, 605, 647
加里球　**158**, 428, 664, 762
刈敷《かりしき》　143
カリジヤメ　55
カリスト　100
カリ長石　131
雁の童子　44, **158**, 258, 300, 477, 633
加里肥料、カリ肥料　387, 616, 763
カリフ　27, 456
カリフラワー　238, 584
刈り干し　483
カリミョウバン　702
カリメラ　**159**
狩矢　430
刈屋主計　699
花柳界　487
火力発電　495
ガリラヤ　364
ガリレオ式　656
花梨、花櫚、かりん　226, 686
火輪　32, 65, **159**, 278, 279
過燐酸　438, 459, 763, 770
過燐酸石灰　616, 763, 770
かりん酒　226
軽石　132, 159, 624
カルヴァン、ジャン　364
カルヴァン派　364
カルカンサイト　465
カルク　410
カルクシヤイヤ　**159**
カルサイト　656
カルシウム　64, 294, 312, 339, 453
カルシウム光　524
カールス・ショウ・ジャズバンド　339
カルセドニー　193
カルーゾ、エンリコ　159, 160
カルゾー　112, **159**, 491
「カルーソー大全集」　160
カルデラ　62, 63, 100, 123, 533
カルナー　331
劫《カルパ》、カルパ　160, 248, 401
ガルバノスキー第二アリオソ　**160**
カール氷河　613
カルビン　364
カルボキシル基　160
カルボナード島　**160**
カルボン酸　**160**, 296, 313, 611
カルマ、羯磨《かるま》　248
業《カルマ》の塵　128
業《カルマ》は旋り　249
カルマン　248
カルメラ　159
「カルメン」　118, 335, 459, 524
迦楼羅　200
ガルローネ　560
軽業　470
カレイ　152
過冷却　**160**, 262
過冷却湖畔　161, 477
華麗樹種　**161**
華麗樹種品評会　31, 161
涸谷《かれだに》　202
ガロウェー種　72
過労呪禁　161, 416
カロリン諸島　667
河合又五郎　26
川井村　104, 377
カワイルカ　60
河獺《かわうそ》、川獺、獺　147, 161
川獺祭　147
川霧　619
河口慧海　20, 319
川口町　21, 546, 599, 603, 753
川口村　464
川尻　644, 787
川尻断層　**161**
かわせみ、翡翠、川せみ　**161**, 294, 695, 781
河竹黙阿弥　783
川千鳥　468
河内国の志紀　366
革トランク　524
革の長靴　432
川原仁左衛門　496
川舟断層地震　161
河村慶助、川村慶助　**161**, 699
川村俊雄　517
川村理容店　120
川目落合　727
川藻、河藻　530
河本さん　**161**, 292
河本義行　12, 161, 292, 662
カワヤナギ　596, 728
磧　148, 162
カワラハハコ　148
カワラヒワ　610
河原坊　155, **162**, 449, 586, 587
カワラホウコ　148
川渡し　102
かをり　124, 565
芬気《かをり》　124
がをれない、がをれる、がをらない　48, 744
がをる　744
雁　131, 133, 158, **162**, 265, 334, 392, 394, 572, 753, 770
龕　**162**, 326, 394
看痾　**162**
寛衣　**162**
簡易式観望用望遠鏡　656
勘右エ門　521
寒煙　**162**
岩塩　157
岩塩層　411
観桜団　416
坎坷　**163**

官衙 **226**
灌漑 **163**, 258
旱害 163, 169, 258
顔回 475
灌漑用水 521
灌漑用農業水路 382
カン蛙 483
殑伽《ガンガ》河 319
頑火輝石 163
頑火石 **163**
管楽器 470
かんがみ 597
かんかん **163**
カンカン踊り 50, 117
カンカン帽 50, 195, 340, 584
観菊会 766
歓喜団 461
寒気団 113, 549
歓喜天 163, 609
乾牛酪 467
岩鏡 57
『寒峡』 115, 407
願教寺 334, 365, 464, 662
看経 **163**, 300, 509
艱苦 **163**
岩頸 **163**, 164, 165, 267, 493, 554, 614, 752
間歇熱 104
汗血馬 235
旱倹 **164**
還元 76, 270, 308, 312, 318, 499
管弦楽曲 596
還元剤 579
かん子 461, 473
鹹湖 43, 44, **164**, 478, 638, 772
感光ネガ 170
感光膜 414
ガンコウラン 640
閑古鳥 225
鑵鼓の蕩音 **164**
奸詐 **164**
寒剤 356
関西旅行 412, 632
間作 158, **164**, 384
貫索 430
漢讃 139, 788
寒山 345
『寒山拾得』 345
漢詩 471
岩滓 132
眼視観察者 45
観自在菩薩 165, 334
ガンジス 319
勧持の識 **164**
勧持品 164, 498, 702
厳(岩)鷲山 62, 195
簡手蔵、簡手造氏 **164**
甘蔗 363
環礁 195
岩漿 **165**, 170, 471, 652
岩鐘 **165**
岩床 170
岩礁 286
含食塩芒硝泉 329
環状削剝 **165**
環状星雲 92, 396, 439, 440, 767
観賞用キャベツ 186, 238
『漢書武帝紀』 235
勧請 168
鑑真 302, 434
完新世 471
「勧進文」 545
『観心本尊抄』 498, 545
『観心本尊抄講話』 730
ガンス、アベル 595
鹹水 164, 165
含水珪酸礬土 261
寒水石 **165**, 441, 609
含水炭素 135, **165**
慣性系 424
観世音菩薩 **165**, 414
観世音菩薩普門品第二十五 165, 702
観世音菩薩普門品第二十四 **165**, 702
観世音菩薩摩訶薩 414
『岩石の弾性』 204
環節 37, **166**, 770
管先生 431
完全燃焼 462
萱草、萓草 134, 154, **166**
漢族 400
乾燥地農法 **522**
観測所 31
観測台 784
神田 **166**, 377, 509, 524, 542, 794
款待 **167**
環太平洋造山帯 34
干拓 258
神田区表猿楽町 546
神田猿楽町 166
神田神保町 546
神田駿河台南 167
神田錦町 166
神田日活館 167
ガンダーラ、ガンダラ 66, 146, **167**, 193, 396, 422, 464
ガンダーラ系統 159, 167, 258
ガンダーラ美術 167
ガンダラ風 73, 159
ガンダーラ様式 158
冠たり 73
かんぢき **167**
ガンヂス河 13, 66, **167**
間諜 119
干潮 474
缶詰 14, 286, 319
ガンディセ山脈 524
カンテラ **168**
カンデラーブル、カンデラブル **168**, 398, 592, 819
旱天 169
寒天 110, 174, 178, 280, 284, 323, 353, 414, 735, 819
乾田 56
岩巓 779
寒天光 80, 110
寒天質 6, 215
寒天状 268
カント、イマニュエル 168
関東大震災 395, 501, 509
関東ローム 785
カント哲学 90
カント博士、カント 155, **168**, 240, 439, 487, 671
広東 522, 714
カンナ **168**, 263
鉋、かんなくず 145
貫入岩体 413
神主 158
観念論 317
観音 165, 359, 663
観音さまの白い大きな手 165
観音像 64, 313
観音堂 **168**, 502
観音の化身 165
観音菩薩 165

観音巡り **169**
観音山 **169**, 190
悍馬 383
カンバス 597
旱魃 117, 158, 163, 164, **169**, 207, 258, 508, 525, 603
間伐《かんばつ》 **170**
カンパニア平原 669
カンパニュラ 152
カンパネラ 152, 243
カンパネルラ 152, 363
乾パン 140
看版 **170**
乾板 **170**
看板切り抜きの紳士 726
観武ヶ原練兵場 493
カンブリア紀 271, 391
観兵式 **170**
漢方医 375
灌木 420, 437, 796
灌木帯 437
『観菩提』 407
緩慢燃焼外套 **170**
岩脈 **170**
冠 144, 750
かんむり座 430
観無量寿経 260
冠毛 103, 170, 215, 282, 767
冠毛燈 103, **170**, 215, 524
冠毛の質直 282
丸薬 **170**, 221, 373
カンヤヒャウ問題 **170**
漢冶萍煤鉄廠有限公司 170
漢陽鉄廠 170
乾酪 467
甘藍 186, 187
橄欖 116, **171**, 273
橄欖岩 60, 91, 138, **171**, 341, 456, 526, 586, 600, 686, 801
橄欖岩の鋸歯 686
橄欖色 116, 171
橄欖石 171
橄欖の森 171, 273
橄欖天蚕絨、橄欖天鵞絨 **171**
橄欖緑 171
官立高等農林学校 258
還流 427, 762
乾溜 15, **171**, 221, 296, 489, 623, 716, 717
乾溜会社 171, 696
還流冷却器 112
感量 **171**
顔料 15, 69, 83, 206, 226, 227, 274, 275, 285, 652, 782, 789
寒冷前線 289
甘露 227
『漢和対照妙法蓮華経』 5, 241, 334, 351, 627, 663, 671, 702, 706, 730, 790

【き】

気 41, 250, 399, 497, 642, 719
気圧配置 289
きいちご **172**
生糸 683
黄いろな花こ　おらもとるべがな **172**
輝雲 593
帰依 172, 268, 370, 537
帰依三宝 172
帰依僧 172
帰依仏 172
帰依法 **172**, 327
気焰 **172**
気温 463
祇園精舎 349
気温の逆転現象 210
飢餓、饑餓 172, 398, 581, 685
気海 **172**, 426
「機械主義に対する抗議」 563
機械的物質観 499
奇怪な紅教 251
幾何学 271, 437
幾何学模様 27, 141
幾何級数 512
伎楽 348, 498
喜歌劇 117
帰化植物 113, 273, 469
飢渇 126, 172, 418
気岸 **172**
輝岩 486
汽鑵車 331, 791
機関銃 482
ギガンテア 31, 218
『聴耳草紙』 298
疑経 311
偽経 311, 328
桔梗 **172**, 321, 322, 504, 774
桔梗いろ 172, 284, 321, 504
「木切り爺さん」 647
饑饉、飢饉 29, 113, 169, **172**, 178, 188, 418, 528, 599, 793
キク、椈 635
菊 38, 119, 139, **173**, 193, 505, 557, 597, 634, 659, 693, 766
菊石 38
菊芋、キクイモ 56, 139, **173**, 354
菊花展 173
菊花同好会 512
菊花品評会、菊品評会 119, 512, 597
菊五郎氏 783
菊咲き 489
菊池寛 364
菊池さん 361
菊池武雄 **173**, 629
菊池忠二 120
菊池信一 754
木沓 **174**, 210
菊日和 173
木耳 **174**
木ぐるま 109
鬼解《きげ》 175
気圏 44, 46, 62, 116, **174**, 175, 197, 262, 280, 369, 381, 426
奇言 175
偽巻雲 409
気圏オペラ 62, 94, 112, 175
気圏の海 174, 251
気圏の海の底 381
気圏の戦士 174
鬼語 **175**, 743
奇語 175
綺語 175
気孔 41
気候因子 176
気候的雪線 412
疑獄元兇 **175**
気根、機根 **175**, 236, 623
きささげ **175**
黄砂糖 302
木さば保ご附くこなしだぢゃぃ **175**
貴様ん、貴さん、きさん 115, **175**
蟻酸 736

ギ酸ナトリウム 579
騎士 246, 344
雉子、キジ 2, **175**, 732
技師 16, 182, 561
亀茲国 150, 159, **176**, 181, 394, 443
木地師 81
騎士道、騎士団 344
キジバト、山鳩 580
キシメジ 199
騎者 574
きしや、汽車 89, 197, 224, 273, 282, 305, 319, 321, 333, 362, 381, 400, 403, 425, 475, 533, 578, 628, 650, 660, 745, 748, 757, 761, 769, 779, 800, 803
きしやう 528
貴蛇紋石 341
旗手 258
寄宿舎 192, 253, 299, 338, 401, 439, 468, 469, 567, 721, 730
基準系 424
記章 342
帰正 358
徽章 508
気象因子 **176**, 597
『気象学』 238, 242, 355, 403, 422, 423, 571
気象学 176
気象観測 428
気象警報 428
気象台 622
気象庁 428
キジルの千仏洞 176
鬼神 9, 108, 169, **176**, 346, 494, 531, 743
擬神 200
接吻《キス》 246
木酢 717
輝水鉛鉱 723
汽水湖 164
黄水晶 223, 329, 376, 379
黄水晶の浄瓶 376
きすかけられて 106
喜助 176, 219, 407, 473
喜助だの嘉ッコだの… **176**
ギゼー 392
寄生火山 214
基性岩 91
輝石 **176**, 177, 486, 589, 598
貴石 160
起是法性起滅是法性滅 666
キセル 201
汽船 318, 418, 642, 775
輝線 396
輝線スペクトル 396
気相 128, 278, 544
気層 **177**, 230, 251, 277, 381, 426, 535, 549, 639, 649
輝蒼鉛鉱 292
気層傾斜 177
気層の底 251, 381
気層のなまこ 277, 549
気息 41
貴族風の月 606
北アメリカ星雲 179
奇体 177, 292, 602, 610, 624, 637, 756, 804
気態元素 278
奇体だな、…きたいだな **177**, 793
北一輝 545
気体論 141
北インド 155, 464
北ウェールズ 391
北頭鉱山 723
北風カスケ 137
北風又三郎 139
北上 88, 164, 178, 549, 573, 602, 605, 638, 781
北上駅 222
北上川 3, 4, 11, 13, 19, 23, 39, 42, 48, 60, 62, 82, 86, 104, 106, 121, 142, 154, **177**, 178, 195, 208, 236, 255, 268, 269, 271, 275, 286, 292, 297, 305, 306, 307, 323, 325, 340, 368, 381, 400, 403, 419, 433, 434, 445, 456, 464, 522, 530, 538, 544, 556, 572, 582, 599, 600, 603, 605, 615, 638, 639, 649, 669, 721, 722, 727, 753, 782, 787
北上山地 4, 60, 62, 86, 93, 101, 171, 177, 189, 219, 236, 263, 269, 271, 275, 277, 282, 297, 307, 341, 353, 410, 425, 426, 428, 429, 455, 456, 525, 526, 586, 587, 599, 600, 603, 649, 668, 719, 720, 723, 724, 727, 733
北上市 39, 89, 154, 192, 222, 236, 275, 276, 305, 310, 426, 445, 482, 501, 534, 628, 644, 782, 783
北上市教育委員会 154
北上準平原 101
北上線 98, 418, 644
北上第七支流 **178**
北上農高 584
北上平野 177, 361, 481
北上盆地 433, 600
喜多川歌麿 156
北川三郎 197
来たけぁぢゃ **179**
キタゴヨウ 277
北笹間村 290
北島の毘沙門さん 603
北十字 31, 132, **179**, 344, 406, 592, 697
木《き》立《だつ》十里 155
北豊島郡高田村 405
北成島 525
北に馳せ行く塔 **179**, 635
北の輝 48, 58, **179**
北小路幻 722
北の十字 134
北原白秋 9, 50, 52, 183, 185, 257, 282, 310, 339, 343, 371, 372, 393, 470, 502, 524, 596, 618, 667, 675, 689, 691, 697, 741, 768, 788, 818
練《きた》へ **179**
来たもな **179**
北山 104, 191, 401, 464, 516, 656, 721
北山崎海岸 520
北山杉 486
義太夫 776
北リアス線 520
木タール 179, 717
『ギタンヂヤリ』 371
貴蛋白石 465
きちがひなすび **180**, 525, 683
吉蔵 135
魏徴 471
キチン 28, **180**
橘川真一郎 180
橘川先生 **180**
吉凶悔吝 **180**
気付けないがだ **180**
キッコ、キツコ 26, 458

給孤独長者　349
吃水線　381
ぎつたぎた　**181**
きったきったど　667
契丹　**181**
きっともてそだな　**181**
狐、キツネ、きつね　35, 50, 52, 71, 79, 98, 108, **181**, 182, 203, 219, 244, 316, 328, 352, 367, 412, 434, 455, 461, 477, 481, 504, 507, 526, 556, 588, 590, 665, 666, 692, 693, 776, 800, 821
狐けん、狐拳　181
狐小学校　244
キツネツキ　615
キツネの学校の先生　507
狐の皮　**182**
狐の子　528
きつねのさゝげ　182
きつねのしっぽ　181
狐の牡丹、キツネノボタン　201, 654
狐の森　368
キツネノヨメイリ　78
キップ装置、キップの装置　2, **182**
キッルス　238
技手　**182**, 184, 228, 569, 636
汽笛　400, 635, 797, 800
キデコ　488
黄鉄鉱　766
来てで　433
聞でで　574
生天竺　500
キーデンノー、旧天王《キーデンノー》　**182**, 283
木藤がかりの　**183**
軌道電車　329
凝乳酵素　467
絹　158, 468, 646, 734, 739
絹糸　54, 618, 750
絹糸織　54
絹糸草　469
絹織物　126
衣被　142
絹セル　414
杵　692
キネオラマ　**183**, 779
木鼠　760
キネトグラフ　88
記念館　143
キーノ　183
紀野一義　503, 589
蕈、きのこ、キノコ　14, 28, 148, 174, **183**, 198, 199, 306, 307, 335, 341, 461, 462, 481, 558, 568, 569, 579, 641, 707
きのこしやつぼ　340
『気の思想』　250
木下杢太郎　371, 596, 689, 697
キノメ　311
木灰、きばい　311, 322
騎馬従卒　184
揮発油　717
キバナシャクナゲ　338
黄ばら　19, 588
軌範　460
黍　184, 461, 513
キビタキ　605
黍団子　184, 461
気味悪《きびわり》ぐなてよ　**184**
岐阜　379
ギプス、ギブス　411
騎兵　76, 150, **184**, 381, 411, 557, 613
騎兵銃　184
騎兵第三旅団　553
騎兵旅団　219, 493
騎兵聯隊、騎兵連隊　63, 184, 553, 729
木ペン　94
擬宝珠　692
帰妹　750
帰妹以須　750
キマイラ　185
玉蜀黍《きみ》　513
きみかげさう、キミカゲソウ、君影草　202, 389, 535
キミガヨラン　740
玉蜀黍畑　513
帰命　172, 327, 536
帰命頂礼地蔵尊　**184**
義務教育　472
きむぽうげ　201, 286, 457, 654
木村圭一　47, 64, 182, 208, 222, 368, 388, 451, 452, 543, 586, 599, 607, 724, 754
木村栄　184, 693
木村博士　**184**, 693
木村屋　593
木村雄治　**184**
キメラ　55, **184**
起毛　467
胆取り　**185**
羯阿迦　**185**
逆サイクルホール　288, 333
客体　317
脚夫　736
逆流冷却器　112, 762
華奢　**185**
華奢なエメラルド　418
消やす　**185**
「キャスリーン伯爵夫人」　29
猫睛石《キャッツアイ》　**185**
猫睛石効果、キャッツアイ効果　185
キャツホヰスカー　**185**, 339
羯諦　羯諦　波羅羯諦　波羅僧羯諦　菩提娑婆訶　589, 596
天蓋《キャノピー》、キャノピー　123, 494
脚絆、脚巾、脚半　**186**, 236, 349, 367, 457, 488, 738
キャビア　263
飛白岩《ギャブロ》、ギャブロ　**186**, 597, 598
キャベヂ、甘藍《キャベヂ》、キャベツ、キャベジ　6, 94, **186**, 216, 238, 584, 623
キャベヂの湯煮　187
ギャラクシー　23, 196, 323, 396
キャラコ　**187**, 646
伽羅樹　187
きゃらの樹　**187**
キャラボク　187
キャラメル　133, 320
キャリコ　187
キャレンヂャー　43, **187**, 197, 444
ギャロップ　**187**
キャロル、ルイス　357
キャンデタフト　**188**, 751
キャンドル　168
麂　189
旧インド三大祭り　65
毬果　**188**, 627
義勇艦隊　227
救荒作物　173, **188**
九江焼　261
急行列車　205
球根　215

救済者 127
糺罪の吏 **188**
臼歯 723
給仕 387, 504
旧式鉱炉 419
吸収窒素 411
球状星団 53, 243, 440, 767
救世主 364
級長 258
旧天王 255
旧天王山 169, 182, 190, 276
牛鍋 188
牛肉 **188**, 584
牛乳 1, 23, 31, 32, 72, **188**, 219, 280, 285, 593, 594, 683, 789
牛乳の道 189
牛乳屋 188
牛馬 277, 428
牛馬耕 443
廐(廏)肥 **189**, 261, 262, 616
牛皮 72
丘阜 **189**
牛糞、牛ふん 72, 616, 776
「旧約聖書」 305, 336, 561, 592, 658, 726, 741, 748, 768
牛酪 575, 820
キュウリ、胡瓜 80, 342, 499, 534
穹窿、窿穹 45, 124, 172, **189**, 494, 504, 506, 521, 522, 571, 594, 740, 813
丘陵 80, 252
救霊予定説 364
キュスター 190
キュステ **190**, 776
キュースト 725
キューニフォーム 204
キュービズム 334
キューピッド 158
キュリー夫妻 753
教育行政官 239
教育幻燈会 244
『教育勅語』 475
恭一 479
経埋ムベキ山 15, 39, 64, 82, 88, 102, 109, 169, **190**, 192, 224, 232, 269, 276, 284, 330, 457, 538, 539, 554, 680
行蘊 261
教会 195, 266, 400, 778
凝灰岩 158, 161, **190**, 229, 230, 342, 384, 461, 624, 679, 765
凝灰岩質泥岩 569
教会堂 152
経紙 **191**, 285, 673
強過燐酸 616
共感覚 25, 776
狭軌 250
経木 **191**
経木かご 191
経木真田帽子、経木の白い帽子 191
暁穹 190
『教行信証』 377, 550, 615, 711
凶饉 172
教化 325, 334, 355, 357, 659
京劇 714
凝膠 490
峡谷 282, 283
凝固点 160
坑坎《きょうこん》 252
凶歳 815, 816
凶作 113, 255, 459, 481, 518, 600, 815
共産社会 685
共産党 527, 641
経紙 191
梟鵄、梟鴟 191, 232, 234, 626
梟鵄救(守)護章 48, **191**, 232, 626
狂詩曲 756
行者 186, 203, 357
教衆の晒ひ 672
教浄寺 **191**, 260, 721
行商人 208
梟身 232
共生体 266
強制肥育 **192**
鏡石 298
経蔵 472
形相 285
教相判釈 196, 319
兄弟、兄妹 473, 476
兄弟神楽 101
経塚岳 **192**, 400
経塚山 192
経筒 **192**
鏡鉄鉱 **192**, 418, 419
京都 168, 343, 474
郷土芸術 562
郷土芸能 151, 244
京都帝国大学天文台 399
京都八幡の竹 88
京都平安仏教専修学院 365
京都丸善 685
鏡如 101
杏仁 34
凶年 164
強迫観念 43
教判 319
響尾蛇 **192**
恐怖 211, 512
喬木帯 437
強膜 193
鞏膜 **193**, 656
暁眠 **193**
『教諭宮沢賢治』 754
恐竜、恐龍 43, 569, 649, 751
恐竜時代 43, 352, 444
峡湾 1, 42, 219
清夫、清夫さん 746
玉 135, 570
魚狗 161
曲意非礼 **193**
極渦 651
極冠 138
極光 320, 414
極左主義 527
玉髄 60, 79, 109, 154, **193**, 218, 280, 633, 713
極地 497, 669
極東地方 333
曲馬団 170
棘皮動物 75, 76, 80, 534, 608
極夜渦 651
清沢満之 10, 451
鋸歯 686, 801
きょしちょう座 679
巨獣 43
巨人族の王 517
巨石記念物 526
旭光社 87
魚燈 173, **193**
魚燈油 193
去年なもずゐぶん… **193**
清原 **193**
清原繁雄 193
清原武則 721
魚舗 **193**

清水寺 169
清水野 89, 168, 255, 534, 696
虚無 372
虚无思想 **193**, 662
「虚無思想研究」 480
魚油 193
魚雷発射管 208
浄らな玉 716
巨礫層 178, 283, 486
雲母《きら》、きら、キラ、きらら、キララ 83, 193, 194
キーラー 439
帰礼《きらい》 536
「キラキラ星」 484
雲母摺り **193**
きらびやか 194
きららか **194**, 224
雲母紙《きららがみ》 83, 194
『雲母抄』 339
錐 160
桐、きり 104, 121, 122, **194**, 476, 508, 695, 781
霧 6, 52, 60, 62, 70, 82, 125, 149, 200, 260, 280, 304, 336, 414, 421, 426, 456, 457, 504, 537, 543, 548, 732, 781, 809
キリエ 423
切り返し **194**
切替畑 194
きりぎし 358
キリギリス 771
切り込み **194**
霧雨 421
希臘古聖 **194**
ギリシア古典時代 443
ギリシア神話 35, 59, 185, 198, 243, 301, 323, 337, 393, 523, 596, 608, 631, 644, 806
ギリシア正教会 423
ギリシア哲学 18, 19
ギリシア美術 158
ギリシア文字 27, 37, 50
ギリシア・ローマ文化 499
キリシタン、切支丹 241, 313, 364, 628
切支丹鍔 628
義理首尾 **194**
キリスト 313, 343, 364, 391, 769
キリスト教 152, 257, 291, 298, 309, 317, 343, 344, 363, 367, 398, 480, 516, 525, 526, 542, 592, 622, 741, 748, 769
キリスト教神学 412
キリスト教徒、基督教徒 305, 344
キリスト教文化 741
基督再臨 **194**
キリストの血 398
切り抜きの紳士、切り抜き紳士 514, 726
桐の花 781
『桐の花』 9, 52, 183, 502, 675
桐の実 194
切羽 504
ギリヤーク 55, **195**
霧山岳(嶽) 62, 136, **195**
稀硫酸 604, 763
輝緑凝灰岩 191
截り割り 178, 486
麒麟、キリン 134, 147
ギル 531
キルギス・カザーフ人 195
キルギス共和国 195
キルギス曠原 **195**, 390
キルギス式 195
キルギス・ステップ 195
ギルダ 99, **195**, 257
ギルちゃん 99, 195
ギルバート 195
ギルバート・エリス植民地 195
ギルバート群島 **195**, 407
キルヒホフ 393
キルヒャー 244
ギルモー 216
帰礼 536
黄レンジャク 778
記録仏経 **195**, 338, 632
キワタ 205
義和団 661
菌 266, 401
金 98, 374, 418, 482, 766, 774
銀 100, 121, 333, 334, 386, 400, 418, 479, 482, 504, 516, 555, 577, 591, 593, 594, 622, 651, 678, 680, 719, 728, 739, 757, 773, 774, 778, 796, 806, 813, 819
金赤 358
銀いろのなまこ 535
金いろの立派な人が三人 544
金いろの苹果の樹 769
金雲母 83, 379
金貨 263
銀貨 **196**, 263, 286
銀河 23, 36, 37, 45, 46, 53, 76, 80, 100, 136, 174, 178, 187, 189, 196, 197, 198, 201, 238, 240, 243, 280, 281, 282, 301, 323, 351, 372, 381, 393, 396, 397, 406, 439, 440, 441, 477, 495, 497, 500, 502, 505, 592, 669, 671, 679, 681, 765, 767
菫外線 **196**
ぎんがぎが 28, 89, 428
銀河系 23, 36, 37, 44, 45, 74, 174, 180, 187, **196**, 197, 198, 271, 273, 276, 280, 281, 282, 381, 396, 406, 439, 440, 444, 497, 499, 593, 679, 769, 776, 779
銀河系外星雲 323, 393
銀河軽便鉄道 61, 282, 373, 803
金華山 322
金華山島 322
金頭 **197**
銀河ステーション 321
銀河スペクトル 393
銀河鉄道 46, 80, 94, **197**, 301, 363, 369, 373, 379, 381, 397, 403, 441, 478, 500, 502, 592, 593, 631, 637, 748, 791
「『銀河鉄道の夜』の位置」 635
銀河のいさご 47
『銀河の魚』 746
銀河の発電所 147, 197
銀河の北極 323
銀河の祭 80, 363
銀河の窓 45, 46, 197, 397
銀河モデル 381, 779
ぎんがめたら 427
金管楽器 374
禁忌 725
銀ギツネ 507
金牛宮 **198**, 207
銀鏡 354
金魚草 35, 294
金銀七宝の橋 311
きんけむし **198**, 717
金コロイド液 766
銀座 508, 617

金彩　**198**
銀座尾張町　211
ギンサケ　298
銀座五丁目　211
金山　100, 130, 792
菌糸　67, **198**, 266, 272, 707
金糸　201
近日点　379
菌糸の網　266, 272
『金枝篇』　727
銀樹　657
銀障　201
金星　10, **199**, 379, 590, 591, 627
金星（ポルックス）　631
銀星　631
金星音楽団　**199**, 380, 442
銀星石　820
金線サイダー　290
金属元素　2, 461, 464
『近代劇全集』　29
金田一京助　86, 492
金田一春彦　492
『近代文学十講』　397
『近代文明と芸術』　563
きんたけ　**199**, 335
禁治産　**199**, 200, 641
金泥　285
銀泥　285
金天狗やカメレオン印　**200**
キンドラー　350
ぎんどろ、ギンドロ、銀白楊　200, 527
ぎんどろ公園　527, 582
銀斜子、ぎんななこ　**200**, 782
銀斜子の月　479
緊那羅　**200**, 494, 601
緊那羅面　103, 200
ぎんなん、銀杏　54, 156
銀鼠　**200**
銀鼠雲　200
銀鼠ぞら　200, 557
金のあかご　220
銀のアトム　719
銀の鏡　**200**
銀のきな粉　214
銀のこげら　298
銀の後光　593
銀の小人　540
黄金《きん》のゴール　98
銀の盃　200, 479
銀の障子　201
銀の素質　673
銀のそら　637
銀の角　198
銀の時計　516
銀の鳩　580
銀の盤　200, 504
銀の分子、銀の分子《モリキル》　405, 697, 719
銀の円鏡　200
銀の微塵　692
銀のモナド　128, 208, 281, 538, 719, 806
金の指輪　491
銀の百合　741
黄金のりんご　523
金の環　634
銀箔　201
銀盤　200, 504
金皮　769
金肥　**201**, 261, 411, 438, 616
銀屏流沙　**201**
銀びらうど　618
金粉　110, 478
きんぽうげ、キンポウゲ　20, **201**, 201, 575, 600, 654
金密陀　696
金メッキ　355
銀茂　**201**
銀毛　507
銀毛兎　71
金モール　688
金襴　145, **201**
金竜館　118, 335, 445, 459
金竜大理石　441
禁猟区　637
金輪宝　219
菌類　266, 401
銀ヲクユラシテ　**201**

【く】

グアヤコール　221
流　金《クイツクゴールド》　813
くいな　211
グイマツ　157
空　202, 400, 596, 666, 735, 763, 780
空海　455, 676, 695
空・海一如　251
隅角部　**202**
空間の第四方向　440
空気獣　**202**
空気銃　202
空気鰡　202
空華　**202**
空隙　197
空劫　248
共業《ぐうごう》所感　202
空谷　**202**
クウショウ、空晶　**202**
空線　50
『偶像の黄昏』　542
空諦　**202**
空中ケーブル　61
空中窒素　358
偶蹄類　43, **202**
共《ぐう》の所感　**202**
空碧　**203**
空明　123, **203**
空輪　32, **203**, 278, 350
空輪峠　203, 278, 382, 475
クォーツ　203, 404
クォーツさん　202, 203
クォーツ時計　379
クォーツ・ポーフィリ　405
『クオーレ』　152, 560
久遠　551
久遠寺　327, 375, 541
久遠実成　551
苦海　203
公界　203
苦界　**203**, 552
苦灰岩　527
『愚管抄』　327
苦行外道　**203**, 526, 821
くぐして　**203**
公家　52, 158
クゴ　237
口業　248
貢高《ぐこう》邪曲　252
草入り水晶　379
艸いろ　**203**
草刈ってしまたたべが　**203**
草刈ってしまったらば…　**203**
草下英明　263, 617, 658
日下部氏　**204**

…04, 243, 767
…物理学者―』
204
…物理学汎論上・
204
…トウ 580
574
…こらぃばがりむしれ
204
…ドカズラ 505
… 251
…平 102, **204**, 447, 522, 724
…心平全集』 204
…どひでりあめばがり 78, 204
…サパンヤ 276
…火、艸火 203, **204**
… 205, 257, 503
楔形文字 **204**, 205
草笛 388, 585
草穂 181
クサホロイ 314
草見で来たも **205**
草焼き 204
くさりかたびら **205**
鎖の形 658, 788
くさりのめがね 711
くされた駝鳥の卵 763
草棉 **205**
クサワタ 276
久慈 274, 305, 723
公事 101, 724
櫛型測雲計 84
九識 **205**
九識心王真如の都 205
九識心王大菩薩 205, 663
九識の果 205
久慈線 305
クシナガラ **205**
クシナガラ城、拘戸那掲羅城《クシナガラ》 205, 559
倶舎 **205**, 763
孔雀 60, **206**, 273
孔雀石 110, **206**, 207, 218, 462, 508, 642, 761, 775, 782
孔雀座 206
孔雀石板 207
『孔雀船』 206
倶舎論 206, 576, 710
クシャン朝 146, 167
苦集滅道 324
九旬 **207**
九条兼実 327
九条のけさ 233
鯨、くじら、鯨座 **207**, 376, 379, 653
鯨の蛹 303
釧路港 207
釧路地引 **207**
供進会 78
葛 **207**, 574, 790
葛(地名) 208, 583
くすぐらへでぁ 273
くず粉 207
グスコーブドリ、グスコンブドリ **207**
樟蚕 488
クストス 190
グーズベリ 385
くすぼらし 753
葛丸川 39, 177, **208**, 224, 361, 600, 752
薬 **208**
薬屋 627
九山 350
九山八海 312, 350, 490
クゾ **208**
具足戒 262, 341, 601
苦諦 324
くだげで光る 111
口《くち》あんぎあんぎど開《ひら》いで **208**
駆逐艦 **208**, 353
口沢 33
口付煙草 320
口内街道 222
くちなは **208**
口発破 52, 92, 181, 208, 259, 580
口笛 42, **209**, 247, 395, 468, 621
口《くち》も無《な》いやうだけあな **209**
亀茲国《クチャ》 150
庫車、クチャ 159, 176, 209, 499
ぐぢゃぐぢゃづがべもや **209**
クチャール **209**, 734
駆虫剤 297
幗 129
靴、沓 121, 167, **209**, 210, 738, 768
究竟 **210**
クック船長 674
ぐっさり 470
クッション 122
屈折 210, 238
屈折角 210
屈折赤道儀 477
屈折望遠鏡 477, 530, 656, 779
屈折率 27, **210**, 238, 315, 368, 550, 619
屈たう性 211
グッタペルカ **211**, 323, 617
喰《く》つつがないが **211**
屈撓性 **211**
苦鉄質鉱物 171
求道 352, 400
九頭蛇 608
工藤哲夫 72, 551
工藤藤一 387, 410, 616
功徳 165, 354, 358, 368, 576
くなさい **211**
求那跋陀羅《グナバッドラ》 765
くなんせ 105, 107
国松俊英 161, 576
クヌギ 488, 528
くね 725
九年面壁 386
グーノー 350
九戸 341, 577
九戸郡 17, 274, 341, 589
くはがたむし、くわがたむし **211**, 376
くはしめ 211, 238, 475
食はれないパン 593
供飯器 374
鳩槃荼 108
『虞美人草』 233
虞美人草 608
くひな、くいな **211**, 320
恐怖《クフ》 **211**
颶風 **211**, 212
区分キメラ 185
クベラ 603
苦扁桃 **212**, 547
久保かがり 563
クーボー大博士、クーボー博士 32, 462, 474, 506
隈、熊(人名) 241, 603
熊、クマ 8, 11, 119, 149, 182, **212**, 436, 490, 602, 603, 665, 696, 706, 733, 776

熊蟻、クマアリ 28, 540
鳩摩炎《クマーエン》 394
熊谷直実 212, 779
熊谷の蓮生坊がたてし碑 **212**, 779
熊谷市 212, 779
熊谷町 212
熊狩り 212
熊笹 298
くまで 776
熊出街道 **212**
熊堂 **212**
熊堂古墳群 212
クマトリバサミ 665
クマネズミ 557
熊の胆 212, 535, 536
熊の毛皮 212
熊野神社 430, 724
熊祭 64
クマラジーヴァ、鳩摩羅什 176, 394, 443, 702, 735
ぐみ、茱萸 **212**, 352
組帯 342
苦味丁幾、苦味チンキ **213**, 657
組紐 303
蜘蛛、クモ 17, 67, 130, 145, 194, **213**, 214, 238, 244, 300, 324, 393, 576, 664, 691
雲、くも 2, 4, 7, 8, 10, 14, 19, 22, 24, 28, 30, 32, 36, 39, 42, 45, 55, 57, 60, 62, 63, 67, 71, 79, 82, 83, 84, 85, 86, 89, 90, 91, 100, 104, 105, 109, 111, 117, 119, 122, 123, 124, 125, 128, 129, 130, 131, 132, 135, 136, 137, 138, 140, 148, 149, 154, 156, 157, 160, 161, 165, 172, 174, 178, 189, 191, 193, 194, 199, 200, 210, 213, 214, 215, 220, 222, 226, 227, 232, 235, 236, 238, 241, 242, 248, 249, 250, 253, 259, 260, 261, 271, 274, 277, 279, 280, 282, 284, 285, 288, 290, 292, 294, 296, 301, 304, 305, 309, 313, 314, 319, 337, 341, 345, 346, 355, 356, 358, 359, 367, 372, 373, 378, 380, 389, 391, 392, 397, 400, 401, 403, 404, 407, 408, 409, 410, 417, 418, 421, 422, 423, 426, 432, 439, 444, 448, 451, 452, 456, 457, 461, 465, 468, 476, 494, 495, 496, 498, 504, 505, 508, 512, 514, 522, 535, 537, 539, 546, 547, 548, 549, 555, 565, 567, 569, 572, 575, 578, 579, 585, 587, 590, 593, 597, 603, 607, 609, 611, 613, 616, 617, 624, 631, 633, 639, 642, 649, 652, 679, 686, 689, 692, 695, 706, 711, 735, 739, 743, 744, 747, 749, 750, 756, 757, 761, 762, 767, 769, 773, 779, 781, 785, 793, 805, 808, 809, 810, 818, 819, 820
蜘蛛おどり 213
雲鶴声 **213**
雲滃《くもかげ》、雲かげ 82, 535, 744, 757
雲かげ原を **213**, 456
雲きれ 609, 686, 749
雲さび **213**
蜘蛛線 84, 617
雲底 549
雲鳥 **213**
雲取山 697
『蜘蛛の糸』 664
雲の丘 83
雲の詩人 214
蜘蛛の巣、くもの巣 145, 238, 393
クモノスカビ 148
雲の団子 **214**
雲のにぶ 547
雲の峯、雲の峰 89, 248, 408, 451, 452
雲の焼け野原 224
雲見 **214**, 317
蜘蛛文字 **214**
曇りガラス 336
曇るづどよぐ出はら **214**
蜘蛛暦 17, 214
クユラシテ 201
供養 324, 462, 646
供養歌 324
供養塔 279, 418, 712
九曜の紋 **214**
クライスラー 350
鞍掛 298
くらかけ山、鞍掛山 63, 100, 103, **214**, 215, 247, 266, 298, 373, 724, 798, 819
苦楽 203, 526, 821
「苦楽の分岐點」 214
クラークの分類 240
くらげ、クラゲ、海月 133, 174, **215**, 608, 77
クラシック音楽
グラスの板
倉田卓次
倉田百三
グラヂオラス
グラニット
339, 577, 777
90
479
蔵の神
啖ふ
グラファイト
鞍馬
惑む
クラムボン
倉吉中学校
クラーラ
クラリネット 21
クラルテ
クラレ
クラレの花
クラワラシ
グランドオペラ
グランド・キャニオン 2
グランド電柱 **217**, 347, 500, 81
グランド・マーチ 814
クランプ 216
クランボ 216
クランボウ 216
クランポン 216
栗 130, 207, **217**, 268, 286, 443, 456, 488, 494, 508, 538, 677, 727, 760, 821
苦力 **217**
栗毛 374
栗毛虫 488
栗駒山 **218**
クリスチャン 445
クリスト 313
クリスマス 313, 476, 727
クリソコラ **218**, 230
緑玉髄《クリソプレース》 157, **218**
クリソベリル 185
クリ帯 217
グリニッチ天文台 399
栗の八斗 217
栗の実 217, 760
クリノメーター **218**, 754
グリハパティ 735

栗原敦　10, 146, 248, 365, 371, 431, 703
ンテア　**218**
クリプトメリア　249
グリマルデ　**218**, 219, 776
グリム　189, **219**
グ　ヴィルヘルム　218
リムお伽噺』　218
グリムお伽噺講義』　218
クリムゾン　272
クリムソンレーキ　272
『グリム・ドイツ語辞典』　218
グリム童話　219
『グリム童話集』　218
グリム、ヤーコブ　218
厨川　63, **219**, 259, 493, 553
厨川駅　219
厨川町　219
厨川白村　397
厨川村　46, 219, 350, 493, 589
グリーン・タフ　190
グリーン　ランターン　637
グリーンランド　**219**
クルアーン　622
クルス　179, 343
くるたて　79
グルック　117
来るてさ、喜助も…　**219**
来内川　514
俥　**219**
輪宝《くるま》　**219**
車星　430
クルマユリ　741
くるみ、胡桃　42, 43, 53, 125, 174, 194, 205, **220**, 226, 270, 275, 297, 307, 347, 385, 511, 519, 569, 615, 638, 697, 760
くるみの化石　**220**, 445
くるみの木　125, 347
胡桃のコプラ　**220**
グルルル、グルウ、ユー…　**220**
クレイスレート　560
クレオソート　**221**
「グレー氏墳上感懐の詩」　354
グレシャム　221
グレシャムの法則　221
クレス　797
クレタ　314, 430
グレッシャム　**221**
グレートソルトレーク　164
グレート・プレーンズ　390
擲弾兵《グレナデーア》　**221**
グレープショット、葡萄弾《グレプショット》　**221**
クレールヒェン　217, 799
グレン　**222**
畔《くろ》　15, 222, 383, 750
クロアリ、クロオオアリ、黒大蟻　28, 541
黝い　3, 140, **222**, 725
黒石　430
黒い尾　87
黒い思想　53, 540, 549, 640
黒石寺　430
黒石野　**222**
黒い太陽　281
黒板勝美　87
黒い白鳥　795
黒い花　295, 639, 641
黒い股引　720
劬労《くろう》　**222**
クロウスゴ　640
黒雲母　83, 131, 567, 617, 620, 623, 672, 766
黒狐　575, 689
黒く淫らな雨雲《ニムブス》　250, 549
黒雲　53, 154, 223, 242, 293, 352, 447, 539, 548, 549, 556, 565, 569, 623, 640, 678, 714, 779, 784
黒倉山　123, 131
黒ゴマ、黒胡麻　276, 430
くろごめ　245
黒坂森　63, 96, 222
黒砂糖　302
黒沢尻　98, **222**, 418, 573, 628, 644
黒沢尻駅　222
黒沢尻高等女学校、黒沢尻高女　527
黒沢尻町　154, 222
黒沢尻電気工業　305
倶盧舎　740
黒繻子　348
黒真珠　370
クロス　179
グロス　594
黒水晶　**222**, 329
クロス・ベッディング　339
黒ダイヤ　160
黒滝　544
黒棚雲　223, 549
クロチョウガイ　370
クロッカス　**223**
黒塚森　223
グロッケンブルーメ　484
くろつち、黒土　223, 227, 628
黒貂　382
黒電気石　**223**
畦根　15, **223**
黒猫　181, 556, 689
クローバア、クローバー　7, 367, 473
黒白鳥　265
くろひのき　609
黒ぶだう　**223**
黒ぶだう酒　215
黝ぶり　748
クロベ　557
クロベスギ　557
黒坊主山　**223**
くろぼく、黒墟　**223**, 628, 629
クロマツ　679
クロマメノキ　640
クロム　90
クロム鉄鉱　171
クロムミョウバン　702
黒藻　**223**
くろもじ、くろもぢ　**224**, 548
黒森山　190, **224**
黒夜谷　332
クロヤンマ　572
グローリ　720
グロリア　423
クロヽフォルム　89, **224**
火《くわ》　35
禾《くわ》　**224**
桑、クワ　2, 90, 121, 174, 220, **224**, 257, 283, 347, 613, 742, 804
鍬　211, **225**, 237, 443, 766, 776
クワイ　114
くわきんけむし　198
くゎくこう　**225**, 416
禾穀　224
くわしめ　238, 475
桑っこ大学、くわっこ大学校　225, 283, 583
過透明《くわとうめい》　**226**, 267
桑の葉　90
くゎりん　**226**, 297

官衙《くわんが》 **226**
願解如来第一義《グワンゲニヨライ》 370
環状削剝《くわんじやうせうはく》 165
勧持《くわんぢ》の讖《しん》 164
軍靴 209
軍歌 97, 120
軍楽 261
軍楽隊 199, 261, 546
軍艦 208, 686
「軍艦マーチ」 249
郡管理 445
軍国主義 77
軍国調 227
軍事教練 491, 756
勲爵士 **226**, 232
薫習 **226**
軍需鉱石 345
勲章 66, 306, 342, 621
群青 15, **226**, 274, 285, 507, 587, 651, 758
群青色 274, 507
群青のうぐひす 70
軍神の星 138
勲績 **227**
軍曹 **227**, 425
郡属 144, 228
軍隊 140, 170, **227**, 302, 340, 342, 381, 411, 505, 568, 577, 604, 644, 651, 665, 688, 740
「軍隊ポロネーズ」 802
軍荼利夜叉 **227**, 609, 687
燻炭肥料 385
訓導 173, 227, 331, 365, 629
郡道 305, 306, 445
軍馬 77, 78, 104, 227, 579
軍馬補充部 77, 78, 104, **227**, 314, 350, 455, 665, 783
郡役所 64, 182, **227**, 306, 514, 599
軍用地解散指令 227
軍用馬 77, 104, 227
薫陸《くんろく》 274

【け】

け 454, 534
呉《け》 246, 534, 590
饌《け》 376, 624
喰《け》 **229**
偈 139, 310, 370, 488, 615
けぁな 229
圭 **229**, 700
炯 **229**
磬 **229**, 444
渓雲山東光寺 93
硅(珪)化 191, **229**, 280, 461, 713
系外星雲 100, 323, 324, 679
硅化花園 **229**
傾角 **230**
硅(珪)化木 465, 713
硅(珪)化流紋凝灰岩 161, 229, 230, 461
茎稈 **230**
慧眼 657
硅岩 229, 230
鶏冠石 604
熒気 251
軽騎兵 347, 613
荊棘 252, 735
硅孔雀石 218, 230
蛍光板《けいくわうばん》 231
けいけい 229
囈語 **230**
蛍光 65, **230**, 457, 665
蛍光ガラス 753
蛍光菌 **231**
警 貢高心／警 散乱心 252
景行天皇 731
蛍光板 **231**, 242, 769
頸骨 100
硅砂、珪砂 284, 404, 480
経済農場 **231**, 469, 778
硅(珪)酸 41, 91, 136, 229, **231**, 280, 465
硅(珪)酸塩 157, 165, 519
硅(珪)酸塩鉱物、ケイ酸塩鉱物 83, 90, 137, 223, 519
硅(珪)酸質 465
硅(珪)酸ナトリウム、ケイ酸ナトリウム 136, 229
硅酸マンガン鉱 589
形式主義は正態 614
軽地獄 179
形而上学 670
硅(珪)質 229
芸者 73, 156, 519
傾斜儀 218
げいしゃのあたま 156
稽首 **231**
奎宿の白気
芸術至上主義 37
「芸術自由教育 811
『芸術論』 343
稽首本門三宝尊 563
慶次郎 314
敬慎院 569
「谿声」 327
硅素、珪素 158, **231**, 62
硅(珪)藻 25,
硅(珪)藻土 231
硅(珪)素鋼 624
軽佻な 254
軽鉄沿線 410, 441
鶏頭山 190, **232**, 587, 725
系統樹 646
系統発生 432
景徳鎮 124, 261
『景徳伝灯録』 509
芸人藤八 182
競馬 491, 494, 693
競馬馬 77
競馬場 693, 697
硅(珪)板岩 41
軽輓馬 78
軽便軌道 628, 644
軽便鉄道 61, 178, 197, 198, 222, 232, 339, 501, 514, 573, 581, 582, 628, 644, 813
軽便鉄道法 61
啓蒙主義 412
軽油 408
鯨油蠟燭 781
経量部 206
けいれん 216
ケイローン 243
熒惑星 35, 138, 301
外院 45
梟《けう》鵄《し》守護章 191
梟身《けうしん》 **232**
閧《けえ》だ 529
化界 55
外学 226, 232
化楽天 673
けかつ、けかち 172, 418
飢饉《けかつ》供養の巨石《おほいし》 418
ケカビ 148
毛皮 49, 167, 182, 308, 468
毛皮獣 27

賢　241
弦　629
見　375
健胃剤　213
絹雲　238
巻雲　**238**, 242, 409
眩暈　83
幻暈模様　**239**
軒輊　323
検温器　**239**
現界　198
限外顕微鏡　474
原核細胞　128
弦楽四重奏団　629
顕花植物　**239**
弦楽器　69
鍵器　262
県議院殿大居士　457
堅吉　303
剣客　26
源吉　630
牽牛　132, 272, 788
原牛　72, 664
顕教　317
検校　258
げんげ、ゲンゲ　317
原形質　291
弦月、げん月　198, 239, 590
原湖　538
元寇　261
圏谷氷河　613
源五沼　607
眼根　784
献策者　**239**, 521
元山　40
玄参科　**239**
犬歯　723
幻視　779
原子　18, 45, 46, 128, 256, 264, 279, 315, 380, 381, 393, 692, 719
源氏　219, 382
県視学　**239**
原子核　320, 499
賢治歌碑　375
賢治忌　269
眼識　205
賢治記念館　538
「賢治研究」　500, 525
原始産業　**240**
『賢治随聞』　407
絹糸腺　488
「賢治先生誕生」　480
原糸体　231
原始太陽　439
『賢治地理』　178
「賢治と中尊寺」　343, 472
「賢治と外山—書簡と短歌考」　428
「賢治とラスキン」　754
「賢治のトポロジー」　456
原始の水きね　692
「賢治博物誌 75」　55
原始仏教　309, 436
原子分子説　141
源氏星　116
『源氏物語』　104, 263, 382, 741
けんじや　25
賢聖《げんじやう》の軍《いくさ》　241
犬戎　398
虔十　**240**, 384, 469, 488
賢聖《けんしょう》　206
肩章　52, 698
現象　18, 45, 46, 60, 65, 83, 128, 144, 150, 185, 210, 230, 233, **240**, 257, 316, 317, 320, 327, 368, 371, 372, 376, 377, 412, 426, 487, 500, 503, 571, 595, 614, 615, 617, 623, 645, 666, 671, 708, 711, 737, 745, 760, 770, 811, 820
還照、幻照　**241**
玄奘　165, 596, 735
現象学　240
賢聖軍　**241**
現象世界　18, 779
現象論　671
原人　509
元真斎、元信斎　**241**
懸垂　242
懸垂線の曲線　242
懸垂体　**242**, 549, 692, 796, 805
懸垂氷河　613
元政上人　**242**
憲政党　401
原生動物　**242**
巻積雲　22, 144, 231, **242**, 320, 381, 422, 769
絹積雲　**242**
元素　278
巻層雲
絹層雲　238, 239
幻想曲　238
幻想曲風花壇　808
幻想曲風ソナタ　141
幻想第四次元　795
県属　780
眷属、眷族　143, 322, 33 576, 575, 673
還俗　394, 45
ゲンゾスキー　220
原体　**243**
現代天文学　396
現代日本文学全集　95
ケンタウルス、ケンタウリ、ケンタウル　243, 697
ケンタウル祭、ケンタウルス座　**243**, 363, 697
源太ヶ岳　244
源太ヶ森　**244**
懸濁　242
乾闥婆　200
喧澄な　135
懸吊体　242, 549, 796
剣道　234
幻燈　215, 241, **244**, 369, 657, 737, 779, 814
遣唐使　330, 695
検土杖　91, **244**, 456
建仁寺　516, 542, 661
倹年　164
源翁和尚　412
玄能石　18
剣舞《けんばい》　7, 22, 47, 53, 151, 213, **244**, 324, 452, 457, 590
剣舞供養　493
剣舞供養碑　**245**
顕微鏡　356, 390, 474, 490, 691, 786
玄武岩　91, 133
玄武洞　142, 784
ケンブリアン連峰　391
ケンブリッジ大学　550
原簿　615
見宝塔品　47, 497, 702
ゲンマ　430
玄米　**245**, 277, 460, 479, 694, 720
玄米食　245
研磨材　251

剣まひ 53
元明帝 269
見聞得受持 245
原油 408, 453
『権力への意志』 542
県令 99
見惑塵思 **245**, 289
幻惑の天 692

【こ】

こ 78, 749
弧 85, 543, 625, 813
来 **246**
滬 342
鼓 458
碁 306
コアゼキリ 443
コアワガエリ 469
ごぁんすた 430
恋歌 415
小石川 405
小石川植物園 362
恋し鳥 667
小泉一郎 257
小泉源一 224
小泉多三郎 518
小泉八雲 128, 444, 736
こいづば鹿さ呉でやべか **246**
小犬座 33
「恋の鳥」 524
恋はやさし野辺の花よ 112, 118, **246**
小岩井 94, 96, 114
小岩井駅 247, 533, 553, 573, 728
小岩井農場 1, 7, 43, 44, 46, 63, 72, 94, 96, 104, 109, 114, 214, 215, **246**, 247, 533, 609, 637, 728
小岩井農牧株式会社 246
汞 22, 23, 49, 62, 92, 239, **247**, 277, 479, 504
劫 232, **248**, 258, 331
講 **248**, 327
恍 **248**
業 4, 43, 46, 86, 128, 202, 206, **248**, 249, 347, 348, 351, 375, 708, 719, 726, 783
公案 **249**
コウイカ 413
業異熟智力 332
耕一 13, 20, 574
斯《こ》う云ふにならんす **249**
項羽 475
耕耘 69, **249**
耕耘機 443
耕耘部 247, 249
皇運扶翼 475
黄衣・黄帽 251
紅衣・紅帽 251
交会《こうえ》 **249**
公園 172, 173
紅炎、紅焔 282, 761
光焔 658
「講演筆記帳」 561, 690, 759
光炎菩薩 111, **249**, 281, 282
公園林 95
校歌 **249**
紅海 27
交会 **249**
交会点 249
皇化教育 59
光学 550
光学ガラス 657
工学士の先生 563
更鶴声 213
光学フィルタ 275
高雅の神 352, 417
光環 138, 238, **249**, 250, 256, 282, 422, 543, 592, 593
光冠 249, 281
交感 564
硬岩 283
交感の場 456
広軌 **250**
香気 90, 259, 549
浩気 **250**, 251, 373
顥気、灝気 174, 207, 250, **251**, 396
高気圧 288, 289, 333
後期印象派 333
黄教 251
紅教 **251**
交響楽 35, 266, 697, 777
交響曲 16, 350, 373, 385, 647, 777, 808
交響曲第三番「英雄」 423, 647
交響曲第五番「運命」 35, 442, 648, 803
交響曲第六番「田園」 199, 247, 442, 648, 777
交響曲第八番「未完成」 415
交響曲第九番「合唱付き」 434, 442, 647
交響曲第九番ホ短調「新世界より」 373
交響詩 363, 390, 805
号叫地獄 322
鋼玉 **251**, 304, 774
紅玉 769, 774
硬玉 781
後期ロマン派 648
合金 23, 254, 274, 292, 374, 461, 642
工区 573
行軍 502
行軍歌 468
黄経 357
鎬京 398
工芸学校 543
豪傑訳 437
曠原 252
光原社 722
曠原淑女 **252**
曠原紳士 252
曠原風 252
耿々 **252**
貢高(高貢) 9, **252**, 360, 735
向興諸尊 **252**
光合成 504
庚午商会 136
恍惚 248
黄昏《こうこん》 **252**
光厳浄 **253**, 511
虹彩 59, **253**
光酸 **253**
鉱山 40
高山寺 474
降三世明王 432
光酸の雲 253
公算論 **253**
公子 **253**
孔子 275, 606
麹 6, 253, 694
糀 **253**
コウジカビ 148
こうじ菌 253
香至国 460

格子縞　**253**, 655
膠質　178, **253**, 254, 281, 318, 598
鉱質インク　**254**, 372
膠質光　174, 253, 254, 280, 710
膠質体　253, 280
口耳の学　**254**
麹町区　509
格子模様　253
工手　340
甲州　633
甲州金　263
甲州財閥　418
公衆電話　506
公衆用市外電話　506
工手学校　149
劫初　248, 810
光象　257, 426
膠状　**254**
鋼青　116, **254**, 585, 774
鋼青いろ、鋼青色　116, 254
鋼青いろの等寒線　**254**, 804
膠状化学　254
光照性　242
光勝寺　430
光象の底　426
校章の入った金ボタン　266
劫初の風　248
交信　29, 250, 341, 497
庚申　**254**, 392
『行人』　763
庚申会　254
行進歌　249, 674
行進曲　97, 152, 423, 424
更新世　255, 613
庚申塚、庚申待ち　254
香水草　650
香水木　650
甲助　255, 482
耕助　134, 787
甲助　今朝まだくらぁに　**255**
恒星　35, 37, 505, 517, 617
剛性　**255**, 377
合成樹脂　170, 623
江西省　261, 411, 539
恒星図　399
合成清酒　285
合成染料　19
合成肥料　387
剛性率　255
合成ルビー　774
孔石　**18**
高積雲　214, 423
洪積紀　255, 300
洪積人類　509
洪積世　**255**, 275, 613, 615, 786
洪積層　255, 275
洪積台　256, 300
香山　20
鉱染　21, 60, **256**, 298, 300
好善　681
鉱染鉱床　256
浩然の大気　250
酵素　93, 271
光素　74, 250, **256**, 264, 719
楮　**257**, 735
鉱巣　557
高層雲　355, 578
香草社　10
江蘇省　411
光素のバネ　584
公孫丑篇　250
甲太　71
更たけて　**258**
幸田露伴　288
于闐《コウタン》　**258**
講談　26
于闐《コウタン》大寺　258
好地　39
耕地整理　**258**
好地村　39, 48
紅茶　285, 402
甲虫　81, 211, **258**, 438, 557, 597, 618
喉中の風　73
腔腸動物　215, 608, 770
皇帝　316
鋼砥　284
鋼鉄　446
耕土　766
勾当　258
光桃、コウトウ　482
坑道　259, 504
高等官　596
江東区　85
黄道光　199
黄銅鉱　33
黄道十二宮　207
高等女学校　361
高等女学校令　361
高等数学　180
勾当貞斎(斉)　**258**
高等農林、高等農林学校　7, 12, 216, 232, **258**, 343, 359, 507, 631
高等遊民　**259**, 685
鉱毒　**259**
行嚢　**259**
河野徳助　512
業の花びら　249
劫波　248
光波　158, 231, 257, 499, 653
厚播　**259**
工夫　335
興福寺　660
『幸福な王子』　811
幸福の青い鳥　476
甲府中学校　662
鉱物板　67
甲武鉄道　687
鋼粉　**259**
香氛《こうふん》　**259**
神戸　290, 330
工兵　76, **259**
耕平　52
工兵隊　76
工兵大隊　219
工兵第八大隊　493
工兵の旗　259
光壁　257, 258, 385, 771
降冪　360
合弁花　239
耕母　**260**
酵母　198, **260**, 666
紅宝玉　774
香木　187
耕牧舎　72
黄浦江　342
耕母昏黄　260
好摩　**260**, 576
好摩駅　260
光明顕色　716
光明顕色の浄瑠璃となし　260
光明偏照十方世界　192, **260**
光霧　**260**, 356
高霧　**260**
紅毛まがひ　**260**
コウモリ　745
コウヤ　528

膏薬　**261**
『高野聖』　616
香油　762
「校友会会報」　223, 377, 450, 547, 579, 632, 749
「校友会雑誌」　197, 241
光燿　**261**
高麗　**261**
行李　207
高利貸　336
高狸山　752
交流　371, 503
黄竜　330
黄竜旗　330
広隆寺　576
交流電気　371
交流電燈　503
高陵　**261**
高陵石　261, 766
高陵土　105, 261, 623
交霊　29, 564
膠朧、膠朧液、膠朧光　261
膠朧質　279
膠朧体　254, **261**
鉱炉　150
五蘊　241, **261**, 352
五蘊色身　214
五蘊魔　241, 261, 673
肥、肥え　**261**, 460
肥桶　262, 459
肥溜　459
肥樽　262
廐肥《こえ》つけ馬、肥つけ馬　189, 262
ゴオホサイプレス　291
「ゴオホサイプレスの歌」　291
氷砂糖　302
氷相当官　160, **262**
氷窒素　44, 174, **262**, 703
氷ひばり　611
コオロギ　771
五陰魔　241, 262
五カイ、五戒　**262**, 341
コカイン　180
古賀和吉　399
『古賀恒星図』　399
コーカサス　26, 148, 419
『コーカサスのとりこ』　526
「五月のダンスレコード」　67
黄金坪金山　345
黄金のあかご　220
黄金の円光　600
黄金の雲　512
黄金のゴール　727
黄金の薔薇、黄金のばら　110, 588
黄金の矢　546
コガネムシ、黄金虫　258, 748
五箇の五百歳　681
呼気　41, 86
鼓器　**262**, 263, 577
こぎ　73
胄《コキエ》　131, **263**
鼓器楽手　262, 577
古期北上　**263**, 569
小吉　118
小狐紺三郎　139
ゴギノゴギオホン、ごぎのごぎのおほん　566, 626
こきへ(え)ぼし　263
コキヤ、コキア　238, **263**, 751
五逆　21
呼吸　41
五行説　41, 481
古金　**263**, 443, 813
石　51
鵠　**264**
穀家　263
虚空　32, 45, 46, 89, 128, 150, 179, 203, 214, 247, 250, 256, **264**, 278, 422, 424, 434, 440, 457, 764
虚空蔵　627
黒鉛　94, 408, 773
黒業　**264**
「国語と国文学」　551
国際極運動事業中央局　693
国際振興北海道拓殖博覧会　449
国士　449
黒縄地獄　321
極上等のパン　593
黒色火薬　276
黒色土　265
黒人霊歌　373
コークス　171
国粋会　401
国粋主義　401, 454
獄卒　108
国体護持　265
黒檀　**264**
国柱会　47, 190, **265**, 327, 348, 359, 403, 407, 434, 446, 454, 496, 510, 545, 660, 730, 763
国柱会館　265, 446
「国柱新聞」　454, 496, 730
黒鳥　265, 795
国定教科書　245
黒点　281
黒土　**265**
黒白鳥　**265**
「国文学」　456
国文社　425
国分寺　502
小熊　100
小熊(星座)　38, 661, 765
極微　46, 128, 264, 692
国民高等学校　29, 149, **265**, 811
国訳大蔵経　270, 620
国訳法華経　141, 204
国訳弥蘭陀王問経　620
黒夜神　**265**
黒夜谷　332
黒夜天　265
黒曜石　170, **265**, 356, 609
黒曜ひのき　609
小倉織　266
極楽　24
極楽往生　359
極楽浄土　422, 657, 807
極楽鳥　233, **266**
小倉地　85
小倉服、小倉の服　85, **266**, 712
コクリコ、雛罌粟《コクリコ》　233, 608
国立公園　63, 131, 180, **266**, 339
国立国会図書館支部上野図書館　508
国立農事試験場　408
黒燐　766
刻鏤　175, 373
苔、こけ、コケ　14, 28, 79, 81, 216, 252, **266**, 279, 370, 384, 401, 451, 468, 519, 572, 605, 766, 768
「固形化された気体(窒素)から発する光と宇宙現象」　262
固形気体　262
こけし　488
苔の氈　267
苔の花　216, 252, 267
苔瑪瑙　713

こけもも、コケモモ、苔桃　80, 217, **267**, 294, 477, 587, 607, 640
苔羅《コケラ》　267
こげら　**267**, 298
こけら落し　267
五眼　657
五間森　163, **267**, 680
五五　**267**
ココア　475
孤光　235, **267**
後光、后光　92, 179, 217, **268**, 592, 593, 679, 681, 767, 810
五庚申　254, 255
弧光燈　9
五穀　263, 683, 705
護国即護法　454
五穀豊穣　429, 731
ココナツミルク　220
ココヤシ　220, 275
こごらのご馳走…　**268**
塊《こごり》、こごり　**268**, 401
こころの風物　371
五五を超え　267
こさ　475
ござ　39, 129
ござ編み　237
小坂狷二　563
小作争議　268
小作調停官　**268**
小作調停法　268
小作人　268, 330
小作農　78, 268, 322
小作米　**268**
小桜山　**268**, 434
小作料　268
小笹　298, 780
ゴーサーラ　203
ござんす　37
居士　**268**, 436, 457, 735
乞士　601
ゴーシェ　270
胡四王　190
胡四王神楽舞　269
胡四王山　169, **269**, 538, 582
古四王社　430
胡四王神社　269
腰帯　321
コシオーボォプラン　269
腰折　574
越方貞頼　721
古事記　11, 164, 264, **269**, 366, 731
古事記風　11, 164, 269, 482
越路峠　20
呉須布《ごしっぷ》　**269**
ゴシップ　269
鼓して　261
コシヒカリ　759
居士宝　219
小島俊一　195, 232
腰蓑　698
ごしゃがない、ごしゃぐ、ごしゃだ、ごしゃがないぢゃ　**269**
ゴーシュ　67, 199, **269**, 339, 350, 415, 737
五重塔　511
小十郎　301, 577, 582, 627, 632, 696, 771
ゴーシユ四辺形　270, 294
五種浄肉　**270**, 765
胡椒　647
御城下　544
小蒸気　547
五浄居天　355
五条袈裟　233
「古城の鐘」　335
午食　**270**
御所湖　482
御所ダム　482
御所村　482
古神道　679
梢　49, 154, 156, 161, 194, 213, 217, 220, **270**, 285, 294, 308, 422, 423, 484, 494, 498, 586, 676, 727, 732
不来方《こずかた》　366
不来方城　61, 721
小菅　162
ゴスケ　611
小菅健吉　12, 662
コースト　638
ゴースト　737, 775
コスモス　447
古生　38, **270**
糊精　**271**
古生界　102, 389
古生銀河　53, 271
古生山地　271
古生層　263, 560
古生代　38, 44, 80, 93, 270, 271, 283, 286, 391, 401, 406, 410, 461, 649, 772
古生物学　649
小瀬川城　600
コゼット　491
弧線　**271**
狐禅寺　178
狐禅寺峡谷　178
固相　127, 128, 278, 405, 544
後装　391
滹沱《こだ》　435
ごた　529
固態　**271**
五大　278
古代意慾　36, 53, **271**, 376, 397
古代インド　41, 420, 671, 672, 740
古代エジプト　205, 392, 523, 778
古代神楽　101, 129, 724
古代ギリシア　93, 138, 194, 256, 467, 605, 650, 652, 698
固体元素　278
古第三紀　406, 818
五大洲　512
古代神道　676
古代中国思想　434
御大典記念徳川時代名作浮世絵展覧会　70
古代バビロニア　571
古代ペルシア　205, 206
五大明王　227, 432
古代文字　492
小平林檎園　681
小平玲子　681
古代ローマ　93, 138, 698
小高倉山　544
小滝川　725
こたに　79
木(樹)霊　393, 420, 537
ゴータマ・ブッタ　337
コータン　258
東風号　656
コチニールレッド　**272**, 707
伍長　227
胡蝶花　337
黒海　148, 353, 354
小使　**272**
国会議事堂　441
滑稽本　494
国光　769

仔っこ馬 78
ゴッサン 801
コツジル 668
ごった 529
こったな、こったに 89, **272**, 608, 721
コップ 33, 215, 771
骨粉 616
ゴッホ 291, 619, 661, 802, 815, 816
古典音楽 339
五天竺 540
古典派 425, 433
古典ブラーマのひとたち **272**
琴 200, 818
弧度 **272**
ごと 532
五藤光学 477
後藤新平 692
後藤野 26, 89, 255, 696
琴座 92, 134, 179, 183, **272**, 396, 767, 788
今年ぁ好ぐ… **273**
言霊 676
言問橋 273
こととひ **273**
ごとなさ 633
琴の星 183
事八日 725
琴弾きの星 273
「コドモノクニ」 700
「子供の情景」 350
小鳥崎 154
粉薬 170
小梨 732
こなひだもボダンおれさ… **273**
こなら、コナラ、小楢 119, 307, 482, 537, 693, 790
コニーデ型 62, 218, 533, 724
こぬかぐさ、小糠草 75, **273**, 778
小沼 157
コネチカット 286
近衛府の判官 517
木花開耶媛 733
この春なぃ **273**
この人あ医者… **273**
この人ぁくすぐらへでぁ… **273**
この人まるで… **273**
五戸 **274**
五戸川 274
五戸市 274
コノヘンノボンゾサン、シャカブツ五カイ 262
この野郎… **274**
コノワタ 534
コバギボウシ 81
琥珀 26, 86, 110, **274**, 341, 713
琥珀色のビール 274
琥珀細工 383
琥珀細工の春の器械 274
こはぜ 186
小鉢森山 533
小林愛雄 246
小林一茶 51, 659
小林房太郎 314
コバルト 236, **274**, 425
コバルト硝子、コバルトガラス 110, 156, **275**, 478
コバルト山地 236, 274, 425
小判 419
碁盤 154, 494
コーヒー 285, 508
小人、こびと 282, 347, 801
五百塵点劫 374
五百弟子受記品第八 702
五百羅漢 752
五百羅漢像 656
護符 429
五風十雨 **275**
こぶし、辛夷 675, 736
孔夫子《コーフーシュ》 **275**, 622
小船渡 241, **275**, 307
コブラ 192
コプラ 220, 275
コプラを炙いて **275**
ゴブリン 801
ゴブル **275**
コペルニクス **276**, 500
コペルニクス的転換 276
牛蒡 467
ゴホゴホ 626
郡長《こほりをさ》 227, 228
駒 218
護摩 329
ゴマ油 706
駒頭 433, 474
駒頭山 101, 474
駒ケ岳、駒ケ嶽 62, 190, 218, 550, 642
駒形神社 448, 470
駒形山 190, **276**
胡麻火薬 **276**
ごまざい **276**
ゴマチョ 276
コマツナ 738
小松の山 **276**
小松原の刃傷 453
こまどり 6, 119
こまぬいた 51
コミックオペラ、コミックオペレット、コミックオペレッタ、喜歌劇《コミックオペラ》 66, 111, 112, 117, 583
小三つ星 116
御明神 **276**
ゴム 211
小麦 93, 94, 132, 195, 222, 439, 461, 595, 705, 714, 802, 817
小麦粉 137, 336, 395, 458, 567, 594, 595, 714, 789
ゴム靴 209, 652
ゴム樹脂 38
コムーネ 152, 243
ゴムの靴 144
米、コメ 56, 57, 79, 94, 149, 173, 245, 253, 268, 277, 429, 454, 461, 548, 557, 599, 610, 612, 647, 694, 705
コメガモリ沢 162, 449, 586
こめつが、米栂 **277**, 777
コメツキムシ 591
米搗用白土 480
こめとが 277
米糠 142, 273, **277**, 284
米屋五助 135
子持ち星雲 765
こもりぬ **277**, 381
小森陽一 380
こもんとして 53
後夜 **277**
小柳津勝五郎 385
こやし 189, 261, 262
こやすぐさ 50
子安地蔵 325
子安地蔵堂 361
小柳篤二 99
後夜の喪主 277
五葉山 **277**

五葉山神社　277
五葉の山　535
五葉松　**277**, 679
御用山　277
コヨウラクツツジ　482
コヨシキリ　746
こらぃ　**278**
五来素川　437, 724
合唱手《コーラス》　748
コラ半島　578
コーラン　622
コランダム　251, 774
ゴリ　134
ごりゃ　541, 597
五稜郭　763
御料草地　428, 429
御料地　428
御料牧場　428
御料林　772
五輪　159, 203, **278**, 279, 382, 475, 623
孤輪車　109
五輪石　278
五輪塔　278, 279, 511
五厘銅貨　279
五輪峠　86, 159, **278**, 279, 341, 403, 451, 475, 607, 623, 633
五輪の塔　278, **279**
五厘報謝　**279**
ゴール　98, 711
コルヴス　156
コルク栓　290
コルサコフ、リムスキー　67, 777
コールタール　623, 717
ゴルトシュタイン　65
ゴールドラッシュ　26
コルドン　**279**, 573, 592
「コル・ニドライ〈ヘブライの旋律〉」　808
これぁ　688
鞘翅《コレオプテラ》　438
これ位ぐらゐ　115
コロイド、コロイダーレ、コロイダール、コロイダル　6, 74, 174, 229, 242, 253, 254, **279**, 280, 281, 374, 711, 729, 766
コロイド化学　253, 254, 281
コロイド溶液　62, 74, 174, 253, 280, 281, 374, 487, 490, 693
コロイド粒子　281, 487
ゴロウヒバ　557
ごろごろ啼いてゐる　70
コロジオン　170
コロタイプ　**281**
コロナ　15, 103, 215, 249, **281**, 761, 767
コロボックル　**282**, 388
衣川　452
コロラド　**282**, 456
コロラド高原　282, 373
コロンブス　475
疲《こわ》いが　**283**
コワック大学校、コワック大学　120, 225, **283**
硬《こわ》ぱし　**283**
根　206
琿河か遼河　183, **283**
コンキオリン層　370
勤行　163, 229, 277, 300
金口　656
コングロメレート　97, 249, **283**
権現　283, 284
権現さまの尾っぱ持ち　**283**, 433
権現さんも踊るどごだなぃがべちゃ　433
権現信仰　129
権現堂　351
権現堂山　190, **284**, 352, 391, 587
権現舞　284
根源妙法蓮華経　703
金剛　284, 682
金剛界曼陀羅　609, 687
金剛界密教　695
金剛座　510
金剛薩埵　627
金剛砂　258, **284**, 297
金剛杵　525
金剛石　22, 143, 210, 284, **284**, 292, 293, 304, 409, 504, 645
金剛頂経　695
金光明最勝王経捨身品第二十六　338
混淆林　**284**, 822
コンゴオ　17
コンゴ河　389
コンゴ自由国　389
コンコード　90
コンゴー土人　389
権左ェ門　156
混砂糠　**284**, 285
紺三郎　94
混砂麦糠　284
金色三十二相　**285**
金色堂　472
金色の相　264
『金色夜叉』　726, 737
紺紙の雲　**285**
金樹《こんじゅ》　657
権十　748
今春聴　502
金青　285
紺青　**285**, 581, 651, 758
厳浄　253
根上下智力　332
混成酒　**285**, 696
痕跡化石　348
勧善息悪《ごんぜんそくあく》　341
こんだ　**285**
こんたな　**285**
コンチネンタル・タンゴ　802
昆虫学　151
渾天象　571
コンデンスミルク　**285**
渾天説　45, 571
こんどあ　285
今東光　503
コンドル　573
混沌　94, 791
こんにゃく　383
コンネテクカット，コンネクテカット州　**286**
紺の旗雲　576
昆布、コンブ　30, 224, **286**, 618, 680
コンフェット　**286**
コンフラヂヤ　313
コン・ブリオ　35
金米糖　28, 31, 49, 201, **286**, 654
権兵衛茶屋　**286**, 539
根本的経験論　317
根本中堂　326, 435
昆明山脈　449
紺屋町　108, 691
金輪　350
崑崙　477

【さ】

さ **288**, 491
サア・アーキバルド・ゲーキー 232
さあ、あそご払へ下げで… **288**
座亜謙什 240
蛇紋岩《サアペンティン》 341, 429
さあもう一がへり… **288**
豺 **288**, 519
サイイキ 396
細雨 421
西園寺公望 401
塞外 **288**
さいかち、サイカチ **288**, 725
さいかち淵 288
幸木 224
祭儀書 272
西行法師 397
『最近自然科学十講』 499
『最近の宇宙観』 13, 23, 32, 189, 406, 440
サイクルホール 150, **288**, 289, 333
在家 262
在家信者 324
再結晶化 441
在家仏教 265, 454
西行《さいこう》 397
最後の晩餐 329, 398
さいさう 290
歳差運動 272
歳差現象 523
斎時 245, 289
歳時記 147
斎食 **289**
菜食 4
菜食料理 289
祭司次長 453
祭司長 492
綵女《さいじょ》 77
最勝閣 265, 446
西条八十 **289**, 371
『西條八十童謡全集』 290
菜食主義、菜食主義者 293, 393, 606, 680, 818
採草 **290**, 398
罪相 **290**
斉田 463, 590
サイダー、苹果酒《サイダー》 **290**, 756, 796
最大急行 **290**
佐一 722, 752
最澄 326, 435, 695, 702
斉藤先生 275
斎藤宗次郎 **290**, 363
齋藤孝 41
斎藤貞一 760
斎藤文一 262, 497
斉藤平太 102, **291**
斎藤実 692
斎藤緑雨 417
裁判 17, 268
裁判官 336
裁判長 122, 708
細氷 421, 614
サイプレス 277, **291**, 609
サイプレスヴァイン **291**, 531
細胞 36, 56, 76, 128, 231, **291**, 317, 401, 500, 711, 784
細胞核 128
西方極楽浄土 356, 544
細胞質体 291
細胞小器官 128
西方浄土 397
細胞生物学 128
細胞壁 291
細胞膜 291
『催眠術の啓示』 257
細霧 336
材木岩 784
材木町 **292**
サイヤナイト 758
ザイロフォーン 368
蒼鉛《さうえん》 **292**
サウザンクロス 321, 697, 698
サウサンプトン 437
さうせばいま夢が… **292**
さうだが **292**
流《ザ》氷《エ》、氷《ザエ》 **292**
佐伯正 **292**, 686
サガ 1
境忠一 36, 283, 371, 373, 741, 754
栄浜 113, 157, **292**, 293
栄樹 293
賢木 293
榊、さかき **293**, 400, 657
榊昌子 130, 480, 502
坂口茂樹 507
さがして見なぃが… **293**
サーカス 170, 420, 470, 521
下ったら **293**
魚、さかな 15, 25, 35, 36, 49, 61, 79, 81, 144, 147, 161, 212, 224, 259, **293**, 294, 312, 367, 376, 386, 400, 452, 465, 518, 523, 535, 568, 580, 608, 674, 714, 716, 746, 761, 771, 789, 801
さがない **294**
さかなのくち、魚の口 36, **294**, 767
魚の歯 293
魚屋 193, 677
坂上田村麻呂 168, 244, 368, 452, 603, 607
「酒場の唄」 524
さかます星 368
相模湾 691
坂本暢 753
酒屋 285
盛 607
盛街道 77, 607
下り竜 330
サガレン 44, 79, 87, 113, 195, 198, 267, 292, **294**, 298, 388
砂岩 271, 339, 448, 560, 569, 649
詐欺、詐欺師 246
鷺 106, 264, **295**, 515, 649, 652, 753
先込式大砲 222
さきた、さっきた **295**, 413
サキノハカ **295**, 639, 641
砂丘 421, 791
鷺百合 **295**, 694
作業日報 247
砂金 26
『砂金』 289, 290, 371
析く **296**
醋酸、酢酸 93, 108, 160, **296**, 488, 614, 736
酢酸鉛 93
酢酸銅 591
搾取 421
搾取者 107
さくったり 705
搾乳術 188
桜(地名) 556, 582, 603

桜、さくら、サクラ　71, 98, 124, 198, 270, 278, **296**, 297, 473, 498, 501, 508, 581, 582, 618, 622, 736, 801
桜草、サクラソウ　**297**, 310
サクラタデ　453
さくら肉　584
「桜の樹の下には」　297
『桜の園』　573
桜羽場君　**297**
桜羽場寛、桜場寛　297, 502
さくらんぼ　98, 521
ざくろ、ザクロ　**297**
柘榴石、ザクロ石　284, **297**, 426, 656
鮭、サケ　27, 113, 152, 194, 267, 295, **297**, 298, 318, 368, 415
酒　26, 33, 58, 73, 85, 86, 110, 253, 285, 302, 310, 313, 397, 425, 501, 599, 605, 613, 631, 790, 796
酒粕、酒かす　548
酒の神　430
鮭の皮　298
鮭の刺身　194
鮭の尻尾　298
裂け目　45, 197
砂鉱　21, 60, **298**
坐高広大牀戒　341
砂鶻　**298**
笹　56, 118, **298**, 299, 438, 610
佐々木喜善　3, 86, **298**, 299, 447, 514
『佐々木喜善全集』　298
佐々木経造　299
佐々木舎監　**299**, 338, 429, 468, 730
佐々木広吉　298
ささげ、さゝげ　175, **299**
さゝげの蔓　299
笹小屋　577
笹戸　299, 540
笹長根　**299**
ササニシキ　759
笹間　534
笹間村　93
笹森山　**299**
割竹《ささら》　324
サザンクロス　179
サージ　414
サジー、レオ　466
ざしきぼつこ　3, 17, **299**, 740
ザシキワラシ、座敷童子　3, 17, 299, 300, 514, 740
さしざお　300
『左氏伝』　288
沙車、莎車　**300**, 728, 734, 773
沙車大寺　300
砂壌　**300**
サスペンション　242
『さすらひ』　115
指竿《させ》　**300**
サセトリ　300
サセボウ　300
坐禅、座禅　179, 300, 386, 460
座禅儀、坐禅儀　**300**
さそり、蝎、蠍　33, 35, 116, 134, 156, **300**, 301, 376, 397, 523, 687, 788
さそり座、蠍座　33, 35, 53, 116, 134, 138, 156, **300**, 301, 368, 376, 397, 523, 640, 678
さそり座三星　368
蠍の赤眼　397
さそりの火、蝎の火　35, 761
サターン、サタン　9, 517
雑役人夫　255
擦過　**301**, 572
サッカイの山　**301**
さっきたがら　273
殺々尊々々　431, 558
殺祖　431
サットカム　297
サットバ　348
雑嚢　144, **302**
さっぱり　302
汁液《サップ》　**302**
殺仏　431
札幌　449
札幌育種場　768
札幌市　551
札幌麦酒製造所　617
サツマイモ　33
サティン　348
砂鉄　**302**, 480
サテン　708
佐渡　453, 545, 645
サトイモ　158, 692
砂糖　1, 31, 33, 137, 200, 285, 290, **302**, 306, 363, 430, 448, 461, 475, 505, 578, 594, 634, 686, 705, 713, 789
座頭　258, 711
佐藤一英　513, 746
佐藤栄作　4, 385
佐藤栄二　55
砂糖菓子　31
佐藤勝治　295, 419, 725
佐藤箴　**303**
佐藤寛次　309
佐藤勘蔵　241
サトウキビ　302, 363
佐藤源一　630
佐藤謙吉　**303**
佐藤紅歌　629
佐藤昌一郎　241
佐藤進　815
佐藤成　97, 754
佐藤惣之助　642
サトウダイコン　302
佐藤泰平　35, 67, 185, 395, 738, 777
佐藤隆房　754, 777, 814, 815
砂糖漬、砂糖漬け　505, 686
佐藤伝四郎　**303**
佐藤長松　815
砂糖水　302, 578
佐藤通雅　739
佐藤義清　397
里長　**303**
サードオニックス　713
里神楽　129
三毒　375
サトザクラ　71
さとねこ　556, 557
さとり、悟り　155, 191, 203, 234, 300, 304, 327, 341, 349, 351, 359, 360, 382, 435, 510, 589, 591, 659, 663, 664, 680, 707, 732, 771, 807
佐渡流罪　327
サトレジ　319
さな　107
さない　**303**
さなぃが　42, 47, 303
蛹　**303**
蛹踊　303
真田紐　191, **303**, 706
真田帽　303

真田昌幸　303
真田幸村　303
ザネリ　152, **303**
ザネリ、R.　303
佐野喜の木版　**303**
佐野屋喜兵衛　303
砂漠　304, 307, 449, 487
鯖ぐも、鯖雲、さば雲　144, 242
さはぐるみ　220
さはしぎ　**303**
鯖の雲　242
サハリン　79, 157, 292, 294, 388
さび鮎　304
ザビエル、フランシスコ　286
さび紙　126, 304
さびしきにほひ　521
さびの模様　25, **304**
サファイア、青宝玉、サフワイヤ　31, 251, **304**, 504, 517, 774
サファイア山地　756
サファイア風の惑星　517
作仏　**304**, 346, 625
サフラン　223
三郎堤　304
三郎沼　**304**
サヘタコキチ　515
サーベル　185
サーペント、蛇紋岩《サーペンタイン》、サーペンティン　341
サボ　174
サボテン　127, 272, 654
阻《さまたげ》　**304**
サマルカンド　**304**
サマンタバドラ　626
さみ、沙弥　341
ザミエル　637
サミセン　385, 459
作務　144
寒ぐなぃがったが　**304**
サムサノナツ　59, 113, 169, 304
寒沢川　**304**
さむらひ、さむらい　50, 201
さめ、鮫、サメ　**304**, 305
鮫町　305
鮫の黒肉、鮫の黒身　305
さめ肌　305
ザメンホフ、L.L.　87, 754
サーモ　**305**
サーモスタット　493
さやぐ　**305**
さやに　**305**
さゆらげば　**305**
沙羅　306
俸給《サラー》、俸給生活者《サラー》　**305**
サラア、サラー　**305**
更木　**305**, 445, 782
更木町　305, 426
更木の斎藤　306
更木村　276, 305, 445
サラサドウダンツツジ　482
晒餡　430
晒天竺　500
更科　429
沙羅樹　**306**
サラセニア　362
サラセン　429
沙羅双樹　306, 559
サラダ　306, 415, 467
サラド、さらど　**306**, 402, 415, 433, 467, 635
サラーブレッド、サラアブレッド、サラブレッド　26, 78, 428, 494, 736, 783
ザラメ　133, 277, **306**, 495
粗目糖　306
サラリー　305
サラリーマンスユニオン　**306**
サリックス　727
サリックスランダー　347
猿　**306**, 307, 358, 474
笊、ザル　200, 302, 639
猿ヶ石川　19, 42, 64, 106, 177, 178, 255, 282, 305, **306**, 307, 418, 451, 452, 514, 537, 649, 725
猿ヶ石発電所　305
猿楽　576
さるすべり　**307**
猿田彦　254
サルタン　395
さるとりいばら、サルトリイバラ　**307**, 310
さるのこしかけ　**307**
サルファ　40
笊森　96
さるをがせ　**307**
砂礫　123, 148, 252, 472
「ザ・レビュー」　798
サロニィ　738
「サロメ」　459
『サロメ』　363, 364, 811
沢内村　101
沢蟹　146
サワグルミ　220
沢里武治　117, 410, 446
沢鳴　303
ざわだたせ　53, **307**
沢忠一　755
サワフタギ　322
酸　60, 86, 92, 253, 271, **307**, 354, 370, 736
竄　499
三悪道　552
山彙　194, **308**, 670
酸化　109, 308, 309, 312, 313, 356, 358, 380
酸化亜鉛　229
酸化アルミニウム　251, 309
三界　405, 442, 771
散開星雲　301
散開星団　134, 392, 440, 656, 767
酸化・還元　**308**, 380
三角　279
山岳教　**308**
山岳宗教　711
山岳信仰　341, 493, 587, 695, 731
三角洲　375, 472, 505, 740
三角柱　315
三角標　301, 321, 658
山岳氷河　613
三角帽子　52, **308**, 367
三角マント　348, 688
三角山　533, 644
酸化コバルト　274
酸化第二鉄　308, 652
酸化鉄　308, 490, 645
酸化銅　270, 308
山下白雨　**308**, 661
酸化礬土　**309**, 774
酸化マグネシウム　675
三寒四温　380
三紀　435, 720
三帰依　172
残丘　353, 457, 586, 611, 719
産牛組合、産牛馬組合　314
産牛馬組合法　314
三峡、三峡の険　435
産業組合　**309**, 586

『産業組合講話』 309
産業組合法 309, 314
蚕業講習所 283, 583
懺悔 139, 144, 236, **309**, 434
繖形花 **310**
繖形花序 323, 695
参詣記念 493
珊瑚、サンゴ 26, 37, 166, 608, 657, 774
酸虹 **310**
散光星雲 53, 116, 301, 396, 767
散光星団 134
珊瑚樹 657
珊瑚樹茄子 521
三個大隊 780
珊瑚虫 770
山菜 696, 790
散在耕圃 237
さんさ踊り **310**
さんさ時雨 310
さんさ節 310
サンサーラ 771
サン・サーンス 814
算師 **310**
三次空間 440
三次元 440, 703
三次元世界 703
蚕室 283
サンジャ 203
蚕種 370
三十三天、三十三 45, **310**, 350, 435, 633, 706
三十三の石ぼとけ、三十三の石神 64
三重星 37
三重塔 511
三十二相 124, 264, 268, **310**, 311, 600, 633
三十年戦争 637
三種浄肉 270
三請《さんしょう》 **311**, 324
山椒、サンショウ 213, 293, **311**, 516
三乗 659
三畳紀 471, 649
三じょうさま 116
三色文字 **311**
『三四郎』 6
三次郎 815
三信 325
三水塩 93
撒水車 **311**
酸水素焔 309, 311, 524, 774
酸水素爆鳴ガス 572
サンスクリット 340, 462, 752
三途の川 **311**, 328
酸性 30, 91, 308, 312, 355, 383, 763
酸性土壌 308, **312**, 383, 384, 410, 616
三世十方 **312**
三世諸仏 **312**, 559, 667
参禅 104, 596
三千塵点劫 374
山川草木虫魚禽獣 312, 359
三千大千世界 **312**, 359, 422
酸素 105, 157, 165, **312**, 313, 462, 609, 762, 763, 789
三相 544
三匝 **313**, 328
三尊 **313**
三諦 202
参内 **313**
三だいしょうさま 116
『三大秘法抄』 434
サンタ、マグノリア 364, 675
サンタ・マリア、サンタマリヤ **313**, 358, 364, 675
サンタリスク先生 **313**
散弾 222
山巓 413, 587
サンドイッチ 586
山東省泰安 400
山東白菜 570
三毒 375
三徳偈 348
桟留縞 510
サントメ島 510
サントリン火山 314
酸乳 549
『三人姉妹』 573
三人のげいしゃ 156
三年輪栽 770
山王 **313**
三戸郡 419
三戸町 419
酸敗 **313**
産馬組合、産馬会 77, **313**, 783
散髪廃刀令 340
三番除草 **314**
讃美歌 273, 324, 363
讃美歌二四九番 809
讃美歌三〇六番 809
讃美歌三二〇番 809
『三びきのくま』 526
三百、三百代言 100
讒誣《ざんぶ》 **314**
讃仏 139
讃仏歌 788
三宝 172, **314**, 325
参謀 342
三法印 338
三方晶系 404
三宝尊 231
三菩提 510
三本腕木 76
三本木村 104
三本鍬 225
三品懺悔 236
三摩耶戒壇 434
三曼多跋捺羅 626
三位一体 525
三藐三仏陀 360
サンムトリ火山 123, 165, **314**
サン・メイド 778
三目 134
三目天主 134
山門 401
三友館 183
三葉虫 391
散乱 61, 252, 278, 281, **315**, 487
散乱系 278, 404
散乱光 474
散乱質 315
散乱心 252, 315
散乱のひかり 315
散乱反射 62, 280, 315
三陸海岸 286, 389, 418, 428, 731
三陸地方 54, 150
三陸鉄道 520
残留ギリシア人 167
三稜玻璃 210, 257, **315**, 318, 393
山林事務官 772
三論 135, 763
『三論玄義』 135
三論宗 135

【し】

恣意 **316**
盲《しい》あかり 65
シィザア **316**
『虐げられた人々』 560
しいな、粃 75, 92, 461
しいら 75
しいれい **316**
対称《シインメトリー》の法則 **316**, 437
シヴァ 134, 609, 676, 678
皺曲《しうきょく》 **316**
紫雲英 **316**, 356
紫雲石 191
慈雲尊者 214, **317**, 635
ジェイダイト 781
シェークスピア 336
シエナ 724
ジェネヴィーヴ 453
シェバリエー 705
ジェームス **317**
ジェームズ、ウィリアム 74, 317, 318, 500
ジェームズ、ヘンリー 317
シェーラザード 777
シェリー、P. B. 354
ジェリー **318**
シェール 234
慈円 327, 377
塩あん 33
塩井義郎 755
雌黄 604
塩釜 318
塩ヶ森 533
塩辛 194, 534, 716
塩鮭 298
塩汁 **318**
塩鱒 631
塩漬 318
汐留駅 290
塩の海 431, 558
塩の魚 140, 224
塩の道 326
塩引 194, 298, **318**
塩引の鮭の刺身 298
シオーモ **318**
塩物 293, 298, 318, 450
塩安 91
紫苑 62, **319**
四恩会 701
鹿、シカ 15, 188, 202, 246, 319, 322, 323, 587, 594
四河 20, **319**
自我 281
シガア 469, 623
死海 164
四海 **319**
持戒 325, 663
紫外線 105, 196, 230, 231
四海同帰 434, 436, 671
持戒波羅蜜 591
四箇格言の判 **319**
『自我経』 480
刺客 267
視学 576
慈覚大師 472
仕掛け花火 330
自我偈文 348
シカゴ畜産組合 **319**, 507, 517, 680
シカゴ・ベンソンオーケストラ 185
死火山 63, 136, 413, 448, 664
しかすがに **319**
しがだねがべ 743
鹿等あ **320**
四月の底 426
ジガバチ 333, 383
地神 481
信楽 325
止観 318, 325
時間軸 440, 703
志願兵 698
識 205
『史記』 66, 288, 474, 602
しぎ、シギ、鴫 49, 211, **320**, 634
磁気 159, 320
磁気嵐 **320**
磁気緯度 320
識蘊 261
色蘊 261
色界 75, 312, 442, 501, 671, 706, 771, 779
色界四禅 355
色究竟天 75, 355
色彩光線 210
『色彩の練習』 651
敷島 **320**
色即是空　空即是色 596
色素欠乏症 421
ジキタリス 141
色読 702
敷物 267
『詩経』 65, 602
自彊寮 721
指極星 661
地霧 336
敷藁 790
時空 94, 249, 424
実叉難陀《シクシャーナンダ》 233, 765
四句誓願 **320**
シグナル、信号燈 88, 242, 301, **320**, 321, 358, 452, 495, 561, 621, 632
シグナルばしら 320, 321
シグナレス 88, 320, 358
ジークフリート 424, 787
しくりあげながら **321**
自啓寮 259, 530, 662, 721
しげこ 105
重信 143
支謙 735
試験紙 91, 244
慈眼寺 412
シコイイ 276
四更 **321**
四劫 248
腰帯《しごき》 310
しごき **321**
自己犠牲 57, 404
地獄 4, 19, 21, 63, 95, 108, 117, 179, 266, **321**, 322, 325, 327, 335, 344, 348, 351, 490, 498, 552, 665, 673, 703, 771, 783, 802, 819
地獄界 95, 327
地獄思想 749
地獄谷 40
地獄道 783
「地獄のオルフェイス」 117
地獄の三丁目 322
子午線 587, 617
色丹島 322
色丹松、シコタンマツ 147, **322**, 388, 754
しことり 284
鉏、シコロ 605

紫紺　139, **322**, 543
紫根　292, 322
歯根管　211
紫紺染　292, 322, 722
視差　243
シーザー　316
自在鉤《かぎ》　606
司祭ニコライ　543
自作農　**322**
自作農家　268
鹿《しし》　16, 28, 41, 42, 89, 111, 118, 183, 188, 245, 319, 320, **322**, 324, 325, 461, 520, 587, 594, 697
師子　323
獅子　185, **323**, 324, 392, 593, 640
獅子独活、シシウド　310, 322, **323**
「獅子王」　454
獅子王文庫　402, 475, 730
「獅子王論叢篇」　434
獅子神楽　129
獅子鼻《ししがはな》　178, **323**, 582
時食　289
獅子座　**323**, 387, 776
師子座　47, 323
獅子座流星群　324
指示植物　383
「時事新報」　175
獅子大王　323
子実体　198
ししの大がま　323
獅子の星座　387
獅子の星座に散る火の雨　324
獅子のほらあな　323
慈氏菩薩　334
しじま　280
獅子舞　129, 284, 324
ししむら　**324**
示寂　252
磁石　65, 218, 302, 680, 728
四衆　**324**, 360, 601, 625, 633
刺繡　198
時宗　24, 191, 359
四十雀　**324**, 481, 730, 732
示準化石　93
四聖《ししょう》　327
四請《ししょう》　311, **324**, 670
四聖諦《ししょうたい》　**324**
死生智力　332
至上福し（祉）　324, 564
鹿踊《ししをど》り　79, 244, **324**, 325
至心　325
地震観測　428
四信五行　**325**
「詩人時代」　708
至心欲願　**325**
思睡　**325**
下枝《しずえ》　88, **325**
静岡英和女学院短期大学紀要　635
敷香　195
雫石　7, 14, 98, 104, 114, 276, 325, 445, 536, 573, 582
雫石川　7, 142, 177, 219, **325**, 482, 550, 573, 721
雫石の宿　**325**
雫石、橋場間　**325**
雫石町　98, 114, 142, 231, 325, 533, 544, 573
辞世　56
辞世短歌二首　325
自然主義　257, 310
自然信仰　145
自然銅　507
『自然の研究』　393
自然法　412
『自然論』　90
地蔵車　496
地蔵十王経　311, 328
地蔵堂　361, 449, 502
地蔵菩薩　162, 184, **325**, 326, 361, 394, 666
地蔵菩薩本願経忉利天宮神通品　325
四想品第七　559
始祖鳥　352
尖舌　**326**
舌　563
羊歯、シダ　307, **326**, 384, 401, 406, 594, 796, 803
四諦　245, 324, 708
四大洲　312
「時代閉塞の現状」　259
徒多河《シータ》　319
下草　**326**
下小路《したこうじ》　**326**
シダ植物　44, 239, 326, 391, 406
しだっこ　528
仕立法　279, 615
したども　**326**
羊歯の花　326, 399
しだのみ、しだの実　528, 537
したます　103
しだれ桜　296
しだれやなぎ、枝垂柳　296, 727, 736
紫檀　264
七庚申　254, 255
七声歌劇団　335, 379, 459
七星祭　243
七舌のかぎ　**326**
七堂伽藍　162
七分搗　245
七慢　360
七面講　**327**
七面山　327
七面鳥　275
質屋　473, 701, 818
七曜　243
使丁室　283
七葉樹　518
七曜星　661
七里けっぱい　**327**, 454
慈鎮和尚　**327**, 377
七糸鍛《シチンタン》　709
実ぁあるづもんだ　123
失意や病気の底　426
十戒　341
十界《じっかい》　86, 125, **327**, 351, 501, 632, 665
十界互具　126, 327, 351, 360
十界思想　327
悉皆成仏　351
十界曼荼羅　**327**, 334, 439, 545, 687
四っ角ばって　712
四っ角山　7, **327**
漆器　81
実験農場　385
『実験発生学』　76
ジッコさん　302, **328**
実在論　759
疾翔大力《シッシヤウタイリキ》　48, 49, 313, **328**, 331, 338, 540, 588, 773
実視連星　323
失神　423
執政官　259

実践原理 74
『実践理性批判』 168
実相寺 295, **328**
実存 400
集諦 324
尻平川《しったい》 708
シッダールタ 394
悉曇学 317
湿地 79, 80, 498, 697
質直 282, 328
十両《ジッテール》 305, **328**
湿田 140, 608
拾得 345
室内楽 808
湿板 170
七宝 219, 494, 774
十法界 665
実報無障礙土 339
質量不変の定律 **328**
『史的に見たる科学的宇宙観の変遷』 32
しづ(じ)ま 280
してけだたともな **328**
私鉄疑獄事件 175
磁鉄鉱 302, **328**, 486
してで 411, 529
死出の山、死出の山路 311, **328**, 667
自転車 775
四天王 327, 350, 435, 603, 673
使徒 329, 796
四土 339
自働車、自動車 302, 320, **329**
児童自由画展 343
紫銅色 508
「児童文学」 513
しどけ 199, 335, **696**
四度加行 329
しどけ沢 301, **329**, 696
使徒告別 796
使徒告別の図 **329**
「死と浄化」 390
「詩と詩論」 102
志戸平 39, 101, 329
志戸平温泉 39, 101, **329**, 501, 535, 582, 680
蔀 790
「死と変容」 390
黄水晶《シトリン》 23, 223, **329**, 379, 572
シードル 290
シトロン 329
支那 35, 55, 125, 288, 289
市内電車 487, 501
シナイドル 391
品井沼 **329**
シナ海 342
品川 **330**, 530
シナササゲ 175
支那式黄竜 **330**
支那戦 542
支那反物 330
信濃 139
支那の絵図 391
信濃柏原 51
信濃川 177
シナノキ 237, 771
靭《しな》ふ **329**
支那服 **330**
支那料理 311, **330**, 402, 714, 751
シナントロプス＝ペキネンシス 509
冷笑主義《シニシズム》 317
地主 54, 237, 268, **330**
地主貴族 526
地熱発電所 142
自然《じねん》 73
「詩の家」 642
篠木 448
篠木坂峠 330
篠木峠 190, **330**
篠木山 330
篠笹 298
東雲 398
しのびをならふ 510
しのぶぐさ **330**
しのぶやま、信夫山 **331**
師の竜 470
芝 **331**
磁場 320
しばくさ、芝草 331
司馬遷 66
芝原 331
芝生 331
師範学校 **331**
慈悲 **331**, 437, 687
盲《しひ》あかり 65
尸毘王《しび》 620
地引 207
四ひきの幽霊 **331**
慈悲心 332, 357
慈悲心鳥《じひしんちょう》、慈悲心鳥《じふいち》 **332**
シビーリ 333
師父 **332**
渋 390
シブタニ・ビール 617
渋民駅 260
渋民村 260, 611
渋茶をしげに… **332**
渋抜き 518, 528
地吹雪 304
渋谷地派 241
十力《じふりき》 **332**
ジブンヲカンジョウニ入レズニ **332**
しべ、蕋 125, 189, 223, **333**, 570, 781
シベリア、シベリヤ 113, 264, 289, 303, 322, **333**, 448, 480, 484, 605, 610, 650, 778
シベリア横断鉄道 333
シベリア送り 221
シベリア気団 333
シベリア高気圧 333, 549
シベリア出兵 333
シベリアの汽車 333
「詩篇」 592
シペングラア **333**, 563, 785
子房 170, 239, 282
脂肪 23, 25, 135, 193, 245, 271, 277, 313, 362, 467
脂肪油 180
脂肪酸 25, 160, **333**, 374, 752, 781
四ホウ酸ナトリウム 657
四方八方 312, 315
脂肪分抽出器 171, 427
四菩薩 38, 327, **334**, 354, 708
資本家 107, 421
資本家階級 639
資本主義 337
資本主義経済 412
四本杉 **334**
死魔 241, **334**, 673
四魔 334, 574, 672, 673
島維精 99
島宇宙 196, 393, 396, 439, 440, 679, 765
島木健作 751

紫磨銀彩　**334**
紫磨金色　**334**, 725
島崎藤村　310, 354, 565, 634, 768
島地大等　5, 101, 241, 248, **334**, 351, 365, 464, 606, 627, 662, 671, 702, 706, 730, 790
島地黙雷　334
しまた、しまたた　203, 672
島田崩し　156
縞立つ　25, **334**
しまふづど　**335**
島村抱月　524
縞瑪瑙　713
シミキン　335, 458
清水金太郎　112, **335**, 379, 413, 458, 581
清水弘　432, 479
凍《し》み雪　141
ジムサ　499
地虫　748
しむべぢゃ　**335**
締革　568
締木　61
しめじ　199, **335**
注連縄　66
四面体聚形　**335**
霜　121, 306, 539, 614, 750
下有住村　78
下江釣子　787
霜ぐもり　136
下厨川　350
下小路　326
下肥　261, 459
下台　518
下町　326
下似内　544
下根子　39, 328, 556, 603, 753
下根子桜　241, 448, 582, 603
霜のかけら　614
下のはし、下の橋　**335**, 471, 721
下閉伊郡　17, 104, 723, 731
下宮守　64
地靄《じもや》　72, **336**
下米内屠牛場　517
シモンズ、アーサー　372
紗　330, 750
シャァロン　**336**
シャイロック　336
邪淫戒　341
シャヴァノン村　438
ジャウカドウ　**336**
しゃうけつ　**336**
荘厳《しやうごん》　**336**
しやうふ　**336**
牆壁《しやうへき》、牆壁《しやうへき》仕立　168
青蓮華《しゃうれんげ》　807
射影変換　425
蛇踊　**336**, 337
「釈迦」　335, 459
釈迦　19, 62, 66, 135, 192, 196, 205, 267, 304, 306, 311, 317, 324, 325, 327, 334, 337, 339, 347, 349, 368, 421, 461, 462, 464, 510, 540, 551, 606, 625, 626, 656, 680, 681, 702, 735, 771
しやが、シャガ　59, **337**
社会改革思潮　421
社会事業主事　292
社会主義　102, **337**, 480, 562, 568, 821
社会主義思想　568
社会主義者　295
社会主義リアリズム　641
蛇籠　**337**
釈迦提桓因陀羅　435
釈迦如来　155, 337, 360, 442, 664
釈迦仏　69, 262, 403
釈迦本生譚　464
釈迦牟尼　69, 196, 304, 306, **337**, 368, 540, 632, 663, 680
舎監　299, **338**, 401, 429, 468, 516
シャーキャムニ　337
写経　285
邪教　50
爵　581
爵位　226
しゃくし菜　738
寂静　766
寂静印　**338**
釈宗演　248
釈尊　155, 196, 203, 270, 337, 338, 347, 436, 462, 559, 632, 663, 735, 765
折退攝進主義　454
赤銅　14, 338
石楠花　**338**
折伏　227, 357, 454
寂滅　205, 559
迹門　551, 702
シャクラ　435
寂蓮　15
ジャケツ　**338**
邪見鉄囲　490
硨磲《しゃこ》　774
麝香　707
斜行コルドン　279
邪曲　252
写実主義　759
『邪宗門』　371, 470, 618, 788
車掌　429
捨身　338
写真　37, 124, 170, 190, 281, 329, 330, 354, 396, 414, 440, 444, 562, 626, 655, 656, 684, 737, 767, 803
邪神　674
写真乾板　170
写真器械　737
写真師　737, 779
写真製版法　281
捨身菩薩　328, **338**, 588, 663, 740, 773
ジャズ　60, 61, **339**, 577, 738, 789
ジャスパー　645
シャゼルラーデ　777
斜層理　**339**
ジャータカ　66, 69, 464, 625, 741
鯱　368
斜長石　127, **339**, 598, 623, 637, 714, 766, 773
しゃっけぇが　483
寂光ヶ浜　286, 339
寂光土　**339**
寂光の浜　286, **339**
シャッツ、シャツ　235, 546
シャッポ、しゃっぽ、シャップ　71, 283, **340**, 752, 753
蛇肉　101
邪念　245
蛇ノ島　222, **340**
ジャノヒゲ　764
娑婆　339, 552
娑婆世界　414, 552
娑婆即寂光土　339
ジャパン・アーティスト・アソシエーション　762
車夫　580
シャープ鉛筆　月印　94

シャープペンシル 94, 489
シャプリー 53
シャブロ、シャベル **340**
斜方錐 **340**
シャーマニズム 195, 341, 478, 497
シャーマン 55, 340
邪慢 360
シャーマン山 64, 195, 233, **340**, 525, 587
沙弥 **341**
三味線 385
ジャミル 470
ジャム 34, 172, 640, 789
シャムピニオン **341**
沙門 340
蛇紋化 91, 271, 352
蛇紋岩 60, 118, 122, 143, 171, **341**, 352, 391, 456, 526, 586, 587, 600, 612, 632, 679, 720
蛇紋山地 341
蛇紋石 14, 341
写楽 83, 194
舎利 159, 279, 332, **342**, 472, 511, 682
舎利塔、舎利の宝塔 342, 472
舎利弗 252, 311, 735
舎利別 302, 400
邪霊 416
車輪 278
爪哇の僭王 **342**
戎克 342
ジャンク **342**
『ジャン・クリストフ』 785
シャンデリア 168
『上海』 342
上海《シャンハイ》 107, 211, **342**, 345, 411
上海事変 342
ジャン・バルジャン 491
シャンピニオン 341
綬 **342**
呪 676
脂油 32, 280
寿安 364
周 398, 494
ジュウイチ 332
十一面観音 165, 502
驟(漯)雨 140, 407, 456
衆園 421
十王 73
「十王讃歎抄」 73
自由画 343
集塊岩 62, **342**
修学旅行 17, 38, 48, 89, 166, 249, **343**, 472, 631, 659
修学旅行復命書 343
自由画検定委員 **343**
重過燐酸石灰 770
宗教改革 397
十宜十便帳 345
皺曲 **316**
『拾玉集』 327
聚形 335
重慶坊 502
自由劇場 463
住血吸虫 120
住劫 248
十号 337, 667
秋香会 173, 512
シュウ酸 160
蓚酸 383
十三連なる青い星 392
十三本峠 104
十字 179, 181
十字架 293, **343**, 344, 363, 592, 628, 741
十字狐 181
十字勲章 491
十字軍の騎士 **344**, 367
十字航燈 **344**
十七珠 **344**, 412
十七条憲法 345
十七等官 776
十七夜 **345**
十四天四海 52
十四の星 617
十字屋版『宮沢賢治研究』 447
十字屋版『宮沢賢治全集』 204, 448, 629, 746
『十住毘婆沙論』 763
酋松 524
重請 324
十字燐光 472, 770
修身 **345**
重石 **345**
習禅 300
十善戒 635
『十善法語』 214, 317, 635
重曹 159, 184
重装騎兵 344
充足理由律 719
従卒 184
周代 516
絨緞 650
集団運動星 116
従地涌出品第十五 38, 334, 349, 354, 702, 708
酋長 62, 452
自由電子 281
柔道 234, 523
重瞳 474
修道院 344
修道会 523
雌雄同株 597
収得 **345**
十七等官 776
十二気圧 **345**
十二宮 687
十二天 143, 546
十二部経 73
十二門論 135, 763
十如是 551
「12のスコットランドの歌」 386
縦波 256
十八天 501
十八道 329
十八界 784
重輓馬 78, 428, 579, 779
十便十宜 **345**
十万億土 24
『宗門之維新』 434, 454
重油 408
十四等官 776
十力 292, 332, 346
自由律俳句 161
重量菓子屋 133, 167
重量計 171
重力 424
重力の法則 276, 500
しゅうれえ **346**
終列車 246
十六等官 190, 776
十六羅漢 752
受蘊 261
樹液 302, **346**, 515, 795
シュエーベル 767
受戒律 144

授学無学人記品第九 702
地雪 **346**
朱熹 250, 251
授記 **346**
授記品第六 702
修行 265, 324, 510
儒教 203
朱頰徒跣 76
珠玉 512, 525
手巾 155, **346**
首巾 **346**
朱金 **346**
呪禁 416
部落《シュク》 **346**
祝 768
塾 203
殊遇 **347**
宿業 191, **347**
宿直室 283
熟蕃 400
宿命通 374
ジュクラウ 23
ジュグランダー 31, 125, 225, **347**
ジュグランダシェア 347
主計寮 310
修験道 129, 162, 244, 493, 695, 731, 733
守古 346
主虹 625
衆合地獄 322
守護神 243, 327, 363, 470, 525, 626
守護霊 299
朱子 250, **347**, 348
種子 92, 93, 170, 239, 282, 297, 299, 370, 504
呪師 340
朱子学 251, 347
『朱子語類』 250
主師親 **347**, 438, 681
『主師親御書』 347
侏儒 **347**
手獣 **348**
種種界智力、種種勝解智力 332
『侏儒の言葉』 259, 347
衆生 5, 24, 43, 165, 179, 232, 249, 261, 325, 327, 338, **348**, 351, 422, 437, 551, 552, 591, 632, 633, 657, 659, 663, 665, 680, 783
衆生見劫尽、大火所焼時、… **348**
繻子、朱子 50, 330, **348**, 646, 688, 708
ジュース 521
ジュズダマ 480
酒精 30, 117, 355
主税寮 310
酒石 348
酒石酸 **348**
酒石酸水素カリウム 348
呪詛 **348**
衆僧 163, 300, **349**
樹相 161
手蔵氏 11, 269, 482, 521
酒造税法 696
手足網縵 311
手足縵網相 124
首題 358
須大拏太子 69, 464
シュタイフ、マルガレーテ 490
須達童子 **349**
修陀羅 16
種畜場 **349**, 350
種畜牧場 350, 448
朱珍 708
「述懐」 471
出家 268, 270, 317, 327, 341, 377, 394, 434, 545, 588, 735, 763
出家者 262, 324
出現罪 17, 708
しゅっこ 465
出穂 642
出征兵士 403
出張飼育 488
出仏心血 21
出離 **349**, 464
出離の道 464
シュティルナー 480
酒呑童子 **349**
ジュート、粗麻布《ジュート》 186, **349**, 738
首燈 **349**
シュトラウス、リヒャルト 390
受難 164, 625
受難日 313
ジュノー 27
『種の起原』 443
地涌の上首尊 **349**
脂油の球 189
種馬 26, 58, 78, 652
種馬厩 78, 350
種馬検査所 428
種馬検査日 350
種馬候補馬育成所 227, 350
種馬所 46, 212, 349
じゅばん 205
ジュピター 335
樹氷 347, 597
主兵臣宝 219
シューベルト 264, 415, 771, 777
シューベルトのアヴェマリア 350
シュペングラー、オズワルド 333
珠宝 219
朱墨 604, 615, 616
シューマン 221, 350
シューマンのトロメライ **350**
修弥《しゅみ》 272, 350
須弥山《しゅみせん》 135, 272, 310, 312, 313, 319, **350**, 442, 490, 494, 666
須弥壇 754
シュミットカセグレン 656
須弥四州 666
シュメール 204
シュモクザメ 305
呪文 19, 185, 370, 384, 459
須臾《しゅゆ》 **351**
「主よみもとに近づかん」 809
修羅 1, 4, 41, 43, 44, 57, 64, 76, 108, 126, 144, 165, 174, 176, 177, 178, 187, 200, 213, 227, 240, 261, 262, 281, 284, 325, 327, 348, **351**, 352, 360, 371, 372, 373, 375, 406, 417, 432, 436, 440, 441, 444, 458, 488, 498, 499, 500, 501, 506, 510, 535, 569, 649, 665, 671, 676, 677, 754, 764, 771, 772, 805
修羅意識 4, 43, 44, 177, 234, 245, 406, 423, 432, 498, 531, 569, 772
侏羅紀、ジュラ紀 43, 46, 91, 239, 271, **352**, 471, 569, 649, 742, 751
修羅道 783
修羅のぐみ 213, 352
修羅のなぎさ 4, 352
ジュリエッタ 560
狩猟後業 352
首楞厳経 270

狩猟前業 **352**
寿量の品 551
狩猟本業 352
「寿量品得意鈔」 551
呪力 215
樹林状構造 229
樹霊 152, 456
シュロ、棕櫚 80, 352, 592, 698
棕櫚状仕立 592
しゅろ箒 18, **352**, 353, 657
シュワリック山彙 308
舜 475
準安定 149
准尉 425, 621
循環小数の輪廻 772
殉教者 364
準禁治産 199
峻儼 **353**
春耕節 **353**
純黒 425
巡査 185
蓴菜 **353**
準志 **353**
春章 142
純粋経験論 318
純正日蓮主義 265
純陀品 461
准胝観音 165
春分 401
準平原 101, 131, 215, 278, **353**, 455, 526, 719, 724
純密 695
駿馬 235
巡洋艦 **353**
春雷 572
巡礼 145, 186, 279, 489
馴鹿《じゅんろく》 323, 520
如安 364
ジョイス 317
頌 139
商 301
鉦 595
證 626
ショウ 127
子葉 239
定 206, 626
小亜細亜、小アジア 56, 139, 173, 205, 297, **353**, 637
硝安 355, 356, 616
松庵寺 418
傷痍 298, **354**
傷痍軍人 298
浄慧光炎自在王菩薩 249
蕭衍 765
常温装置 493
頌歌 354
漿果 640
唱歌 681
「小雅何艸不黄篇」 602
城ヶ島 691
小学校代用教員 445
頌歌訳詩 **354**
消化率 135
聖観音 165
上甲板 417
正気 423
沼気 **354**, 639, 800
笑気 30, **402**, 800
蒸気機関 400, 717
蒸気機関車 331, 358
蒸気槌 **354**
常行三昧堂 576
上行大薩埵 663
省行堂 559
上行菩薩 327, 334, 349, **354**, 663
浄行菩薩 327, 334, 349, **354**, 663
小禽 730
硝銀 **354**, 355
正金銀行風 **355**
小組合 586
勝軍地蔵 325
聖化 **355**
障礙 673
晶形 **355**
象形雲影 **355**
象形文字 232, 355
猖獗 336
聖化未法万年 355
正見 708
将監行広 517
鉦鼓 263, 595
正語 708
浄居 **355**
漏斗 781
将校 184, 186
昇汞 92, 208, **355**
正業 708
成劫 248
紹興酒 412
猩紅の熱 **355**
「小国民」 218
浄居天 355
正午の管楽 274
荘厳 **336**
荘厳具 494, 511
商才 499
樟蚕 207
硝酸 98, **355**, 356, 714, 763
蒸散 302, 356
硝酸アムモニア、硝酸アンモニア 355, **356**, 616
硝酸カリウム 92, 358
蒸散器官 302, **356**
硝酸菌 356
硝酸銀 354, 405, 761
硝酸クロム 229
硝酸態の窒素 411
硝酸ナトリウム 358
硝酸肥料 495
小祠 **356**
正思惟 708
松脂岩薄片 **356**
青色青光《しょうしきしょうこう》、黄色黄光《おうしきおうこう》、赤色赤《しゃくしきしゃっ》光《こう》、白色白光《びゃくしきびゃっこう》 **356**
成実 763
鞘翅目 258, 438, 597, 770, 771
敞舎 **356**
廠舎 **357**
精舎 **357**
静寂印 338
常寂光土 339
商主 574
聖衆 349, **357**
摂受・折伏 **357**, 454
誦習 269
小銃 458
上州屋 166
照準器 **357**
小暑 **357**
小(少)女アリス **357**, 436
清浄 252, 807
正定 708
鐘状火山 165
上昇気流 195, 279, 288, 289, 403, 407
正精進 708
猩々緋 **358**

小乗仏教、小乗　176, 206, 360, 436, 559, 576, 763
勝身　312
精進　325, 664
定心　315
焼身　457
『正信偈』　615
精進波羅蜜　591
憔悴苦行　671
庄助　501
硝石　276, **358**
消石灰　409, 410
小千世界　312
請僧　**358**
正倉院御物　696
上層雲　238
醸造酒　285
晶簇　359
正態　614
唱題　**358**, 370
正智　626
ジョウヂスチブンソン　**358**
上長　227
象徴劇　463
象徴主義　372
象徴詩　257, 290, 371
照徹　**359**
小テレサ　399
聖天　609
昇天祭　807
浄土　657
鐘塔　152
正道　**359**
晶洞　**359**
成道　312, 551, 559, 663, 667
上等兵　52
聖道門　**359**
浄土ヶ浜　339
浄土教　24, 544
浄土教典　192
消毒液　355
正徳金　263
聖徳太子　166, 345, 378, 412, 659, 702, 735
聖徳太子千三百年遠忌　660
浄土三部経　356
小豆島　116
浄土宗　24, 325, 359, 418, 545, 702, 779
浄土真宗　24, 101, 241, 334, 359, 365, 377, 515, 602, 670, 701, 702, 721
浄土真宗大谷派　10, 515
浄土真宗本願寺派　101, 365
浄土門　359
城内　327
城南尋常小学校　629
小南部　577
浄肉　270
鍾乳石　656
鍾乳洞　410, 527
正念　708
少年機械工　149
少年小説　438
少年文学　697
樟脳　493, 609
状箱　**359**
乗馬ずぼん　182, 228
ジョウビタキ　605
商標　413
浄瓶星座《じょうびんせいざ》　**376**
ショウブ　215, 443
常不軽菩薩　488, 625
常不軽菩薩品第二十　346, 625, 702
消伏　252
菖蒲田海岸　615
成仏　68, 234, 304, 312, 327, 351, **359**, 368, 412, 503, 551
浄瓶星座《じょうへいせいざ》　**376**
生麩糊　336
昇羃　**360**
牆壁仕立　168
条片　**360**
正偏知　**360**, 667
正報　86
正法　192, 357
消防小屋　592
浄法寺　502
浄法寺町　502
正法律　317
牆木　725
上品懺悔　236
ショウマ　794
小マゼラン雲　678
上慢　**360**
勝鬘経　735
浄明　501
浄明経　735
正命　708
聖武帝　502
照明　500, 503
昭明太子　765
照明弾　221
生滅　499, 503
青面金剛　254
声聞　165, 327, 351, 357, **360**, 559, 657, 659, 665
縄文、縄文時代　56, 209, 271, 451
声聞界　327
声聞の菩提　707
庄屋　181
醤油　253, 683, 705, 802
乗用車　329
乗用馬　26
商略　**360**, 691
蒸溜酒　69, 285
商量　249
清涼池《しょうりょうち》　47
性霊派　722
松林　493, 498
小林区　**361**, 402, 470
小林区の菊池さん…　**361**
松林寺　**361**
浄瑠璃　26, 689, 716, 774, 779
青蓮華　146, 368, 382, 807
檣楼灯　349
「女学生」　804
女学生　283, 415
女学校　275, **361**, 362, 472, 480
所感、所感体　46, 264
書記　348, 629
諸行無常　43
諸行無常印　338
職業芸術家　562
織金　201
織糸　488
触手　549, 578
織女　132, 272
飾石宝石改造　223
蓐草　790
燭台　168
嘱託　453, 629
食虫植物　**361**, 716
『続日本紀』　249
触媒　**362**, 578, 637, 789
食パン　128

織布 257
植物医師 57, 115, 130, 517
植物園 **362**, 561
植物学 416, 798
植物樹脂 274
食紅 286
食変光星 653
植民地 333
植林 384
「女軍出征」 468
初江王の庁 328
諸山 252, 735
ジョージ一世 69
処士会同 **362**
女子高等師範学校 361
ジョージ＝スチーブンソン 358
助手 468
「女性岩手」 **362**, 684
「女性公論」 362
初禅天 671
初代広重 619
諸他八界 86
署長 397
しょって 493
しょてらた 118
諸天 355
諸天帝釈 458
蔗糖 302
『初等読本』 526
蔗糖溶液 210, 302, **363**
初七日 328
ジョニー 413, 748
ショーの階級 **359**
ショパン 564, 802
ジョバンニ 12, 40, 43, 44, 46, 76, 146, 181, 183, 188, 206, 209, 243, 282, 321, **363**, 364, 437, 473, 497, 502, 560, 566, 633, 639, 748, 755
ショパンのピアノソナタ第二番 424
処非処智力 332
ショーペンハウエル 155, 372, 487
諸法無我印 338
序品 21, 75, 498, 627, 702
ショール 159
ジョルダーノ・ブルーノ 363, 639
ション **364**
ジョン 363
ジョンカルピン **364**
ジョン・ヒルガード **364**, 391
シラー 647
白岩山 697
白髪 151
白樺 63, 146, 147, 260, 315, 320, **364**, 376, 388, 418, 420, 530, 576, 819
「白樺」 291, 365
白樺派 476
新羅 129
白牛酪 575
しらくも 609
白子 421
シラー効果 235
白沢 101, 301, 632, 696
シラス 238
シラスウナギ 367
白鳥永吉 365
シラトリキキチ **365**
シラトリ属 365
しらねあふひ 326, **365**
白浜徴 651
白髭 103
白藤 **365**
白藤慈秀 365
白淵先生 27, 365
調革 110
「白骨の巻」 57
白百合 741
シリア 27, 459
シリウス 99, 505
シリカ 229, 231
硅酸《シリカ》 **365**
シリカガラス 404
シリカサンド 404
自力門 359
シリコン 231
資糧 1, 45, **366**
飼料 187, 225, 277, 290, 442
思量惑くして **366**
「シリンクス」 596
シリンダー 136
しるく 744
シルクハット 340
シルクロード 159, 176, 209, 396, 402, 499, 814
印ばんてん 142
シルト 785
シルバーグレー 200
シルル紀 263, 271
シルレル先生とマグダル女史 **366**
シレージの塔 5
代 **366**, 367, 455
城址、城跡 **366**, 538
しろいかがみ 111, 423
白い象 420, 421
白い鳥 44, 45, **366**, 732
白いハロウ 592
白い頁に接吻 **367**
白いみかげ 131
白いみかげの胃 131, 263
白い湯気 37, 53, 796
白いんげん 33
資粮 366
死蠟 664
四郎 139, 461, 473
白鰻 **367**
シロウリ 80
白雲母 83, 131, 677, 809
代掻、代掻き 110, 300, **367**, 443, 538
しろがね 808
『銀心中』 535
白きかほり 262
白狐 181
白きペンキ 49
白きペンキの窓 570
白熊 55, 308, **367**, 420, 490, 666
シロザケ 298
白ささげ 33
白砂糖 302, 400
白ざら 306
白象 420, 421, 425, 479
白足袋 284
シロチョウガイ 370
シロッコ **367**
白土 284
汁液、シロップ 302, 400
白つめくさ 7, 79, 83, 327, **367**
白手甲 489
白梨 531
ジロフォン 104, 273, **368**
白ブタ、白豚 631
白瑪瑙 135
白柳秀湖 86

紫波　169, 241
紫波郡　14, 39, 82, 100, 237, 287, 368, 607, 629
斯波城址　368
紫波町　14, 82, 101, 224, 368, 607, 629
紫波の城　**368**
秦　57
辰　368
晨　376
参《しん》　301, **368**
清　661, 712
瞋　351
神威　627
浸液アルコール　30
進化　44, 239, 271, 416
新開地　293
真核細胞　128
神学士　354, 556
神学体系　276
神学博士　680
進化論　43, 44, 76, 90, 128, 174, 185, 187, 406, 432, 443, 444, 472, 645, 646, 762, 772, 783
『進化論講話』　43, 444, 646
進化論史　90
進化論者　128, 441
新感覚派　746
辛気　764
ジンギスカン、ジンギスハン　150
心経　596
身業　248
新疆ウイグル自治区　135, 176, 258, 734, 814
新ギリシア派の様式　555
仁義礼智　716
蜃気楼　211, **368**, 773, 814
『神義論』　412
深紅　272
真空　32, 45, 89, 150, 203, 210, 250, 256, 264, 278, 279, 285, **369**, 424, 440, 441, 500, 719
真空異相　264, 500
真空空間　197
真空放電　65
真空溶媒　96, 98, 152, **369**, 547
新劇協会　476
『新月』　492
信解品第四　702
晨光　376, 377, 509
信号　320, 321, 658
秦広王の庁　328
信号機　320
信号旗　320, 321, 369, 686
新交響楽団　199
「新興芸術」　642
新興芸術派　562
『人口原理論』　685
神功皇后　129
信号手　320
信号所　321, 486
信号弾　566
信号燈　320, 321, 428, 760
人工のルビー　309
信号標　320, 321, 369
新興プロレタリア芸術　642
「新興文学」　562
清国フーヘ村のクェン　398
しんこ細工　**369**
身根　784
真言　319, **370**, 459, 589, 676, 763, 801
身金色　311
真言宗、真言陀羅尼宗　317, 334, 359, 370, 676
刃金青　254
真言密教　687, 695
「新婚旅行」　380
辰斎　143
仁左平　543
参差　**370**
真事　676
身識　205
新式生産体操　592
真実義　**370**, 706
新舎監排斥運動　338
人車鉄道　418
浸種　**370**, 538
真珠　26, **370**
真珠岩　356
真宗　464, 563
信州有明　488
信州上田　303
真宗大学　10
心宿　35
参宿　116
心象　3, 136, 197, 291, 345, 371, 372, 373, 423, 440, 456, 498, 500, 533, 585, 609, 637, 710, 766
身照寺　279, 545, 582
『尋常小学読本』　681
新城新蔵　381, 767
心象スケッチ　18, 44, 97, 178, 183, 187, 205, 239, 343, **371**, 372, 373, 423, 432, 447, 500, 503, 592, 648, 685
心象の燐光盤　770
心象風景　162, 432, 456
浸食平野　353
「新詩論」　746
心塵身劬　245, 250, **373**
心神喪失者　199
新星　440
靭性　90
深成岩　131, 138, 171, 186, 597
新星歌舞劇団　379, 445, 459, 636
人生劇場　440
神政政治　364
新生代　239, 255, 349, 373, 432, 435, 471, 472, 569
新世代沖積世　472
新世界交響楽、新世界交響曲　32, 282, 363, **373**, 456, 757, 777
新瀬川橋　11
『新撰恒星図』　399
心相　124, 315, **373**
心像　371
人造バター　220
人造肥料　201
人造宝石　774
神足通　374
新第三紀　818
『新体詩抄』　354, 685
仁丹　**373**
真鍮　**374**, 658
真鍮管　84
真鍮棒　**374**
辛丑和約　661
「新潮」　364
清朝　330, 400, 719
沈丁花　470
神通力　47, 48, **374**, 377, 627, 733
震天　78, **374**
心田　205
塵点の劫　248, **374**
心土　**375**

身土　**375**
辛度　66, **375**
神道　153, 563, 674
信度河　319
人道主義　562, 647
人道主義者　820
辛度海　66, **375**, 505, 740
辛度の流れ　375
シンドバード、求宝航者《シンドバード》　27, 414, 543
シーンナ　**375**
瞋恚　122, 345, **375**
新日本製鉄　150
真如　325, 666
身延寺《しんねんじ》　545
神農祭　375
神農像　**375**, 624
神農廟　375
人馬　243
陣羽織　753
新橋　290
新橋演舞場　508
新花巻駅　39, 582
ジンバリスト、E.　350
シンバル　577
靭皮　365, **376**
『審美綱領』　353
神秘主義　257, 315
靭皮繊維　376
浄瓶　146
浄瓶《じんびん》星座、浄瓶《じょうへい》星座　146, 211, **376**, 397, 430
神仏混淆時代　145
新聞　417
人糞尿　261, 410, 459, 616
新文明　**376**
新平民　87
新坊　153
神保町　167
神明町　108, 751
新村出　87
神馬　78
晨明　**376**, 634, 658
新迷信宗教　615
シンメトリー　316, 437
新盛岡温泉　601
新野菜　186
信用組合　309
針葉樹　144, 157, 188, 725
信用販売購買利用組合　309
神来　**377**
森羅万象　205, 551
親鸞　24, **377**, 464, 550, 615, 670, 680, 702, 711
心理学　317, 437, 805
神力　48, 270, 285, 311, 374, **377**, 759
人力車　219
森林軌道　**377**
森林消防隊　101, 724, 733
森林浴　157
『人類の過去現在及び未来』　444
神霊界　497
浸礼教会　453, 628
心霊現象　318, 737
心霊写真　737
心霊主義　775
心霊主義者　45
神話　9, 100, 116, 117, 198, 264, 269, 272, 305, 417, 430, 561, 594, 596, 631, 674, 702, 768

【す】

す　559
すあし　44, 121, 569, 600, 742
素足の人　600
ずい、ズイ　333
水鉛鉱　723
水害　169
随喜功徳品第十八　702
水銀　11, 22, 23, 49, 62, 92, 239, 247, 248, 271, 277, 355, **378**, 409, 479, 504, 616, 675, 678, 813
水禽園　**378**
水銀柱　345
水銀燈　404
推古時代、推古天皇　93, **378**, 412
炊爨　**378**
睡酸　**378**
水酸化アルミニウム　378
水酸化カリウム　138, 157, 158
水酸化鉄　761
水酸化鉄コロイド溶液　490
水酸化銅　448
水酸化礬土　62, **378**
水酸化マグネシウム　143
水酸基　**379**, 542
水死事件　106
水車　134, 148, 380, 446, 474, 521, 760
衰弱の図像化　512
水車小屋　446
水準器　218
水晶　23, 24, 222, 233, 285, 315, 316, 359, **379**, 404, 626
水晶球　379
水晶細工　54
水晶体　193, 656
水晶天　379
水晶発振子　379
水神　99
水精　379
水星　678
彗星　207, **379**, 439
水性ガス　692
水成岩　138
水星少女歌劇団　199, **379**, 531, 678
水仙　94, 134, **380**, 606
水線　381, 781
水仙月　**380**
「水仙月の四日とはいつか」　380
推せんとして　**380**
水素　11, 92, 157, 165, 197, 273, 280, 308, 309, 312, 320, 354, **380**, 381, 404, 504, 593, 601, 692, 761, 763, 769, 779
水素イオン　307, 736
水族館　381
水素原子、水素原子核　320
水素の川　11
水素のりんご　197, 273, 280, **381**, 593, 769, 779
水田　32, 56, 89, 142, 143, 163, 366, 367, 409, 449, 455, 518, 527, 538, 599, 750
水稲　56, 103
水稲肥料の設計事務所　616
スイートサルタン　395
スイトピー　141
スイトン、スヰトン　261, 395
すいば、すゐば、スイバ、酸葉　308, 383, 443
水馬演習　**381**
水部　**381**
水風輪　278, 382, 475, 623

水平コルドン 279, 381, 398
水平線 2, 83, 405, 426, 773
水墨 435
水墨画 636
随煩悩 315
水密区画 342
水蜜桃 720
随眠 206
スイミングワルツ **395**
錐面 404
水力猿ヶ石発電所 305
水力発電所 148, 746
水輪 159, 278, 350, **382**, 623
水輪峠 203, 278, 382, 475
睡蓮、スイレン 694, 807
水路 **382**
水路標 704
スヴァルベルド 392
スウェーデン体操 630
数頃《すうけい》 **382**
趨光 **382**
嵩山 386
梢《すえ》 515
酸えしておぞましき 505
末摘花 **382**
透え(い)て **382**
すか 574, 614
天末線《スカイライン》、スカイライン 505
影供《すがた》 124
善逝《スガタ》 146, **382**, 667, 707
すがめ **382**
菅藻 **383**
スーカラ・マッダバ 462
すがる、蛀蜂《すがる》 333, **383**, 570
すがるゝ 57, 698
スカルン鉱床 256, 297
すがれ 466
すがれの禾草 **383**
須川岳 218
須川力 84, 617
菅原千恵子 502, 663
スカンコ 308, 383, 685
すかんぽ 308, **383**, 685, 708
数寄 257, 258, 385, 771
鋤、犂、犁、すき 225, 443, 718, 750
杉、すぎ、スギ 53, 66, 100, 140, 158, 171, 172, 174, 188, 191, 218, 266, 270, 286, 293, 325, 329, 368, 370, **384**, 385, 387, 400, 479, 486, 502, 505, 515, 610, 618, 626, 644, 651, 657, 662, 679, 729, 760, 771, 810, 815, 816
巨《す》杉《ぎ》 172, 384, 502, 657
鋤打ち 443
杉浦静 93
杉尾玄有 755
すぎごけ、スギゴケ 266, **384**, 437, 593
鋤きこみ **384**
すぎな 142, 164, **384**, 748, 796
杉苗七百ど、どごさ植ぇらぃ **385**
数寄の光壁更たけて **385**
杉本 106
杉山式の稲作法 **385**, 628
杉山式農法 385
杉山善助 385
頭巾 488, 523
すくごう 347
宿住随念智力 332
宿世のくるみはんの毬 **385**
須具利、すぐり **385**
スケッチ 247, 372, 525
助《す》ける **385**
スケルツォ **385**, 455
スケルトン・クリスタル 121
スコウピオ 301
スコット、W. 799
スコットランド 68, 69, 159, 391
「スコットランドの鐘」 459
スコットランド驃騎兵 613
スコットランド風の歌 **386**
スコップ 340
スコープ 340
スコラ哲学 412
スコール 195, 407
すさび 553
ス山 33, **386**
厨子 162, 394
錫 201, **386**, 387, 638, 642, 789
錫石 386
すゞかけ、スズカケ 550, 637
錫紙 386
すすき、すゝき、すすぎ、薄、芒、萓 28, 57, 80, 89, 108, 121, 154, 383, **386**, 428, 621, 677, 693, 698, 705, 770, 795
鱸 **387**
鈴木梅太郎 142
鈴木健司 55, 89, 143, 205, 216, 525
薄田泣菫 263
鈴木卓内 449
鈴木東蔵 46, 201, 277, 309, 312, 349, 350, **387**, 410, 449, 480, 561, 616
すゝきのむらや 795
すずきの目玉 386
鈴木バイオリン 415
鈴木春信 592
鈴木三重吉 174, 290, 343
錫の博物館病 386
錫のペスト現象、スズペスト 386
錫病 386, 555, 651
雀 81, 130, 161, 217, 324, 338, **387**, 388, 455, 480, 540, 576, 581, 605, 648, 660, 712, 717, 730
雀がくれ **388**
すゞめのかたびら **388**
すゞめのてっぽう **388**, 414, 416
スズメノテッポウ 800
鈴谷川 388
鈴谷山脈 260, 356, 388, 389
鈴谷岳 388
鈴谷平原 113, 157, 292, **388**
すゞらん、鈴蘭 71, 202, **389**, 650, 728
硯 191
すた **389**
須田浅一郎 739
スタイン、オーレル 158, 159, 258
スダオノキ 51
スターサファイア 304
須達多、スダッタ 349
すたども 389
すたはんて **389**
頭陀袋 279
すたます 130, 389
スタモービル 477
スターリン 527
すたらいがべす **389**
すたれば **389**
スタロドゥブスコエ 292
スタンレー、H.M. 389

スタンレー探険隊　**389**
スチーム・ハンマー　354
スチュアール　29
スチールブルー　254
酸っかい　**390**
すっかり了ったたな…　**390**
ズック　209, **390**, 524, 568
ズック管　192
すつこんすつこ　461, 519
スッペ　118, 246
すてき　636
ステッキ　197
ステツドラア　94, **390**
ステッドラー社　94
ステップ　333
ステップ地方　333, **390**, 624
ステートメント　**390**
棄てば　49
ステーム　**390**
須転処　486
ステンション　486
ストゥーピン　350
胃時計《ストマクウヲツチ》　516
ストライキ　401
ストラウス死と浄化　**390**, 442
ストラトキュムラス　423
ストラトス　421
ストロー・フラワー　650
沙　**391**
スナイダー、ゲイリー　295
スナイダー、スナイダア　**391**
スナイドル　150, 212, **391**
スナイドル式銃剣　391
須永市蔵　50, 259
砂がゝり　223
スナガニ　146
すなご、砂子　47
砂砂糖　302
砂粒　23
スナップ兄弟　**391**
スナップドラゴン　35
砂時計　516
すなどりびと　**391**
砂白金　60
蝸牛水車《スネールタービン》　438
簀子　25
スノードン　284, 359, **391**, 392, 587, 613
スノードン山　392, 587
油桃《すばいもも》、ズバイモモ　392, 482
スバシの寺院址　176
すぱすぱとあるいて来る　284
すはだし　600
西班尼《すぱにあ》製　524
すばる、昴　198, 255, 368, **392**, 501, 658, 781, 788
昴の塚　255
スピッツベルゲン島　**392**
スピルマン、ジョナサン　640
スープ　187, 305, 318, **392**, 402
スプリング　584
スフォンクス　**392**
すべ　51
スペイド　**393**
スペクトル　108, 196, 199, 210, 257, 315, **393**, 396, 439, 543, 623, 774
スペクトル製の網　67
スペクトル分析　199, 439
スペンサー、ハーバート　444
スポンジケーキ　137
済《す》まって　108, 393
すまないんだぢやい　**393**
統まる　392
炭　16, 233, 309, 461
ズミ、桷　732
木《す》炭《み》すご　162, 326, **394**
酢味噌　694
隅田川　85, 97
住田線　77
住田町　77, 277, 345
炭俵　394
炭火　233
住吉明神　52
スメル文字　204
相撲　474
すもも、スモモ　**394**, 576, 784
スライド　244
スライファー　393
すりこぎ、スリコギ　311, 459
スリッパ小屋、スリッパ　362, **394**
須利耶圭、須利耶さま　176, **394**
須利耶蘇摩　176, 394
スリランカ　334, 765
修道女《スール》　398
駿河台　542
スールダッタ　470
スルタン　395
スルヤ　394
スレート　560, 751
すれない　529
スレンヂングトン　**394**
すゐぎんメタル　378
水精《するしゃう》　379
スヰスの春の版画　395
スヰヂツシ安全マツチ　395
スヰツツル　**394**
スヰーデン　42, **395**
スヰーデンの峡湾　395
スヰートサルタン　**395**
スヰトン　**395**
すゐば　308
ずゐぶん雨降りだたんとも　389
スヰミングワルツ　42, **395**, 777
ずゐ虫　**395**
すゑたる　324
すゑつむはな　382

【せ】

清　229
西域　44, 66, 101, 135, 150, 155, 159, 164, 167, 176, 258, 334, **396**, 477, 478, 525, 537, 586, 603, 636, 649
西域因果物語　396
西域諸国　167
西域探検隊　101, 334
西域地方　235, 633
西域南道　159, 814
西域仏教　396
西域北道　814
西域様式　537
征夷大将軍　244, 452
星雲　16, 37, 128, 168, 196, 197, 294, 301, 324, 368, 376, 385, **396**, 397, 399, 439, 440, 441, 523, 678, 686, 724, 765, 767
星雲光　235
『西欧の没落』　333
青海路　159
せいがきれて　**397**
『性学大系』　805
星間物質　197, 397, 406
青函連絡船　87, 89
清吉　303

世紀末芸術運動 363
世紀末風 **397**
清教徒 90, 173, **397**
静芸術 441
聖具保管者 190
清源寺 516, 542, 661
聖湖 44, 525
西行《せいこう》 7, **397**, 544
西牛貨 312
斉国 398
星座 25, 36, 53, 60, 72, 80, 99, 116, 117, 121, 132, 134, 156, 179, 190, 198, 206, 207, 243, 263, 271, 272, 300, 301, 323, 337, 368, 373, 376, 387, 399, 430, 484, 523, 596, 631, 644, 678, 697, 760, 765, 776, 788
製材所 366, 400, 686
星座位相 373
清作 52, 634
星座早見盤、星座早見 14, 497
聖餐 364, **398**
聖山、聖山カイラス 525, 678
聖餐式 398
生産体操 90, 168, 279, **398**, 455, 592, 615, 630, 645
『聖三稜玻璃』 210, 230, 315, 393, 400
セイシェル島 80
生しののめ **398**
整枝法 90, 168, 279, **398**, 454, 592, 630
西周の武王 **398**
聖重挽馬 78
聖書 364, 366, 367, 634, 741, 780
聖ジョアン 364
清漳 435
聖ジョヴァンニ騎士団 363
聖ジョヴァンニの祭 243
青少年向物語／写実小説 429
清浄無垢 548
星食 35
青色巨星 116, 254
聖女テレジア **398**
精神 8, 18, 74, 97, 141, 205, 250, 257, 261, 281, 316, 344, **399**, 404, 423, 436, 437, 442, 460, 473, 503, 606, 646, 647, 679, 703, 706, 718, 771, 773, 774
聖人 355
精神歌 190, 399, 628
「精神界」 10, 451
精神錯乱 480
精神主義 **399**
『精神主義と性情』 10
精神の最小単位 281
精神の最小粒子 257
精神分析 805
星図 **399**
「斉世家」 602
生石灰 6, 409, 410, 411
性善説 716
請僧 358
聖像画 602
成層火山 62
成層圏 408
正態 614
青岱 192, **400**
聖諦(四聖諦) 324
ぜいたく猫 556
星団 396, 399
聖譚曲 592
聖地 155, 344
正長石 105, 131, 235, 405, 463, 623, 766
清とう、清透 **400**, 657
青燈 321
青銅 190, 192, 229, 263, 509, 542, 642
青銅の穹屋根 190
『青年』 52
青年ドイツ運動 568
精白 56, 479
聖玻璃 315, **400**
製板 302, **400**
生蕃 **400**
製板所 686
制服 302
生物 74, 99, 128, 174, 197, 199, 274, 280, 281, 380, 391, **400**, 401, 410, 412, 432, 444, 462, 535, 595, 600, 601, 707, 719, 769
製粉 319, 446
製粉所 474
聖母 313
西邦 269
制帽 144
青宝玉、青宝石 304, 504
聖木 243
聖母被昇天 313
聖母マリア、聖マリア 313, 675
税務署 696
税務署長 296, 365, 503, 544, 696
税務属 **401**
税務吏 401, 696
清明どき **401**
『生命の不可思議』 646
正門 368
政友会 **401**
西洋スグリ 385
清養院 **401**, 496, 721
『西洋音楽講座』 416
西洋剃刀 127
セイヨウカラハナソウ 666
精養軒 402
『西洋故事　神仙叢話』 218
星曜祭 243
西洋式農法 246
『西洋哲学史』 152, 719
西洋トチノキ 518
西洋ナシ 531
セイヨウニンジンボク 213
セイヨウハコヤナギ 527, 727
セイヨウバラ 588
セイヨウヒノキ 291
星葉木 195, 198, 239, 326, 384, **401**
西洋料理 114, 188, 311, 330, **402**, 415, 567, 575
西洋料理店 74, 188, 402
性欲 250, 432, 549, 805
聖ヨハネ 748
聖ヨハネの祝日 363
青藍 758
聖竜王 470
勢力不滅の法則 **402**
静慮解脱等持等至智力 332
精霊 108, 145, 299, 412
清麗サフィア 518
製錬 259
征露丸、正露丸 221
清六 96, 229, 336, 524
セイロン 334, 765
セインフォイン 419
笑気《せうき》 30, **402**, 800
ゼウス 198, 517, 631
小林区《せうりんく》 **361**
小林区《せうりんく》の菊池さん… **361**

セヴンヘヂン　159, **402**, 524, 678
世界永久革命　527
世界国際緯度観測所　617
世界造営の技術　422
世界長　713
世界統一　434
世界統一の天業　**402**
世界ベジテリアン大会　606
瀬川　11, 19, **403**, 433, 434, 501
瀬川哲男　97
瀬川の鉄橋　403
瀬川橋　11, 178, 403
せき　**403**
堰　109
赤緯　399
積雲　2, 143, 214, 253, 278, 289, **403**, 404, 525, 603, 631, 633
石英　30, 131, 164, 193, 202, 229, 284, 359, 368, 379, **404**, 480, 626, 645, 713, 723
石英安山岩　132, 214, **404**, 554, 626, 764
石英ガラス　404, 773
石英岩　277
石英粗面岩　679, 764
石英燈　30, 404
石英斑岩　**405**
石英ラムプ　368, 404
関教授　235, 408, 518
積巻雲　423
灸焫《せきごう》　**405**
せきざくら　676
赤渋　490
石絨　**14**, 119, 345, 413
析出　**405**, 697
関所　278
赤色巨星　35, 116, 198, 207, 631
六分圏《セキスタント》　**405**
責善寮　**405**, 700
石炭　16, 42, 151, 171, 250, 392, 408, 461, 623, 638, 717
石炭ガス　171
石炭紀　44, 271, 352, 401, **406**, 432, 461, 569, 649, 772
石炭酸　623
石炭袋　45, 46, 60, 116, 179, 190, 197, 301, 344, 397, **406**, 697
石竹　**407**
赤鉄鉱　418
赤道　138, 195, 300, 517
赤銅鉱　122
赤道低圧帯　407
赤道無風帯　195, **407**
関徳彌、関登久也、関徳弥　115, 173, 395, **407**, 415, 631, 700, 702
関豊太郎　258, 309, **407**, 410, 518, 652, 697, 749, 755
関根喜太郎　480
石板　408, 565
石盤　**408**, 560, 565, 593
石筆　565
関袋　276
赤方偏移　393
石墨　345, **408**, 494
関谷新田　437
「関山」　343, 472
石油　**408**
石油ランプ　168, 503, 746
赤楊　596
積乱雲　88, 123, 289, 403, **408**, 432, 509, 614, 647, 649
赤燐　766
せきれい　**409**
せぐ　361, 409
世間解　667
世間品　206
セザンヌ　291, 333
セシルローズ　**409**
世親　205
施身菩薩、施身大菩薩　328, 338
セセッション式　**409**
世尊　179, 337, 510, 574, 667
世諦　359
世田米　77
世田米鉱山　345
世田米村　77
殺阿羅漢　21
説一切有部　763
殺戒　588
石灰　47, 60, 98, 103, 158, 167, 201, 265, 277, 284, 309, 312, 358, 384, 387, **409**, 442, 560, 616, 634
石灰華　236
石灰加里　410
石灰岩　64, 93, 151, 165, 203, 271, 409, **410**, 441, 527, 569, 624, 656, 685
石灰岩抹、石灰岩粉末　387, 408, 410, 462
石灰質　75, 80, 121, 419
石灰石　165, 387, 462, 570
石灰石粉　616
石灰窒素　24, 32, 63, 147, 262, 316, 355, 356, 358, **410**, 616
石灰洞　624
石灰のひかりのこな　634
石灰肥料　410
石灰棒　524
折角払ひ下げしてで…　**411**
雪花石膏　**411**
接眼レンズ　529, 656
石器　265, 451
せつき　**411**
石基　405, **411**, 419
雪丘　420
雪峡　**411**
赤経　399
石鹼　220, 288
斥候　**411**
石膏　**411**, 418, 702
浙江　**411**, 751
舌根　784
切削用エンジン　565
舌識　205
殺者　673
摂政　345, 378, **412**
殺生戒　341
殺生石　**412**
接触交代変性　297
接触変成作用　93
雪線　**412**
絶対屈折率　210
絶体真理　666
絶対平和主義　785
絶待妙　424
絶対零度　369, 558
雪竇　153
刹那　248, 258
刹那生滅　503
刹那滅　710
雪庇　493
絶筆二首、絶筆の二首　49, 600
殺父　21
説無垢称経　735
殺母　21
せつり　412
摂理　**412**, 680

説話　66, 129, 264, 339, 366
瀬戸内寂聴　502
先どな　**412**
瀬戸内海　116
せながさしよへば　111, 597
銭　267
銭凾(函)　**413**
セニヨリタス　**413**
銭を鳴らし　698
セネカ　393
セノオ楽譜　246
捕虜岩《ゼノリス》　**413**
せはしいみちづれ　99
セピオライト　122
セピヤ、セピア　**413**
セビラの床屋　112, 335, **413**, 446, 459
「セビリアの理髪師」　335, 413, 458, 621
ゼベダイ　363
蟬　82, 136
セミョーン　40
施無畏　**414**
セム二十二号　**414**
セメント　410
セメント網　754
ゼラチン　6, 280, 281, 318, **414**, 586, 761
セラミック医療器具　464
セララバアド　**414**
芹　**414**
ゼリー　280
芹沢俊介　811
セリタテ　388, 414
セリーヌ　398
セル　**414**
セルカークシャ　159
ゼル　490
セルリイ、セルリー　83, **415**
セルロイド　781
セルロース　165, 291
セレスタイト　17
セレナーデ　247, 264, **415**
セレニウム　789
ゼレーン　789
セロ、チェロ　67, 117, 203, 350, **415**, 501, 629, 639, 757
セロリ　415
撰　630
饌　376
氈　267, 388, **416**
禅　300, 317, 319, 416, 460
遷移　**416**, 759
繊維状鉱物　538
善因善果、悪因悪果　65
善恵　368
前衛芸術家連盟　641
前衛主義芸術運動　704
山王《せんおう》　313
僭王　342
戦艦　353
禅機　**416**
善鬼呪禁　**416**
善吉　553
宣教師　453
船渠会社　**416**
千金丹　689
前九年の役　219
善薫　226
蠕形動物　37
善見天　355
善現天　355
撰鉱　**416**
善業　264, 703
善業悪業　248
善光寺　169
潜在意識　318
『千載集』　329
僭し　82
全詩人連合　102
戦車　420
千住　**416**
禅宗　249, 268, 319, 359, 460, 509, 559, 596, 666, 735
前十七等官　776
千手観音　165
鮮青　483, 651
禅定　325, 664, 672
扇状仕立　90, 398
前生譚　625
扇状地　472, 783
禅定波羅蜜　591
遷色　**417**
鮮新世　42, 638, 818
前世　69, 126, 368, 375, 385, 464, 737
善逝　667
占星術　301
鮮赤　272
鄯善国　159
船艙　**417**
『戦争と平和』　526, 581
蘚苔、蘚苔植物　231, 266, 326, 437
仙台　38, 102, 417, 472, 532, 619
仙台地方　310
仙台平野　605
仙台・松島方面　343, 532
センタウルス　243
洗濯曹達　**417**
先達　**417**
センダード　108, 319, 417, 515
センダート賢治の会　696
センダード日日新聞　**417**
栴檀樹耳　462
センチメンタル！　415
蠕虫　37, 280, 370
全体《ぜんて》、ぜんたい　176, **417**
剪定　398
銑鉄　150, 419, 480
遷都　398
船燈　**417**
船頭　102
善導　236
蠕動運動　37
セントジョバンニ様　363, 748
聖白樺《セントベチュラアルバ》　147, 364, 365, 388, **418**, 819
セント、マイブーツ、インスタンテウリイ　**418**
セント　マグノリア　313, 364
セントローレンス湾　525
全日本無産者芸術連盟　641
仙人　22, 98, 368, 418, 419, 644
千人供養塔　418
千人供養の石　173, **418**
仙人製鉄所　418
仙人草　125, **418**
仙人峠　61, 130, 150, 190, 307, **418**, 579, 581
仙人の鉄山、仙人鉱山　98, 178, 222, **418**
『善の研究』　317, 371
詮之助　380
専売局　200, 570
賤舞　**419**
千輻輪　311

贍部洲 20, 319, 321
センブリ 213, 443
せんべい 595
センホイン **419**
仙北郡 419
仙北尋常小学校 629
仙北町 **419**, 530
ぜんまい 326
禅門 200, 431
禅問答 121, 342, 460, 494, 509, 524, 542, 661
千夜一夜物語 27
染料 19, 92, 220, 233, 253, 254, 424, 464, 623
千両凾(函) **419**
閃緑岩、閃緑玢岩 131, **419**
蘚類 384, 437
洗礼 364
洗礼者ヨハネ 243, 363, 364, 748
線路工夫 335
山王《せんわう》、せんわう 313

【そ】

酥 467
楚 475
そいづぁ 540
そいつさあだるなやぃ **420**
そいづさい取つてしめば… **420**
そいでぁ、そいでぁは **420**, 537, 718
そいぼし 376
浅土層《ソイルマルチ》 **420**
象 71, 306, 323, **420**, 556, 609
草庵 453
草烏頭 525
層雲 200, 403, **421**, 423, 504, 812, 820
滄雲 423
想蘊 261
僧園 **421**
蒼鉛 9, 292
桑園 561
『造園概論』 421
造園学 95
挿秧 **421**
痩果 170
宋学 250
造化の妙用 **421**
僧伽藍 **421**
象嵌 **421**
双眼鏡 301, 392, 421, 477, 529, 530, 656, 779
造岩鉱物 83, 177, 623, 766
蒼穹 124, 189, 190
象牙 596, 739
装景 **421**, 422
象牙細工 364, 420
層巻雲 161, **422**
草原地帯 390
倉庫 147, 173, 309
操行 **422**
匆惶《そうこう》と **422**
荘厳 336
荘厳ミサ、荘厳ミサ曲 83, **423**, 469, 648
宗左近 73, 531
造山運動 31
『荘子』 58
総持 459
雑色 233
操車場 486
相償 420
双晶 105, 379
増上慢 360
喪神 156, 270, **423**
喪心 110, 423
喪神青 423, 742
添水《そうず》 692
「創世記」 305, 634, 726, 768
層積雲 **423**, 548, 813
蒼前参りの馬 470
葬送行進曲 403, **423**, 802
曹達《そうだ》 44, 417, **424**, 478
相対性学説、相対性原理、相対性理論 89, 256, **424**, 425, 440, 500, 703
相待妙 424
操舵輪 459
曹長 227, **425**, 698
僧堂 596, 709
曹洞宗 93, 104, 300, 401, 509, 596, 656, 721, 752, 782
奏任 401
奏任官 596
奏任官待遇 472
想念連合 418
象の頭のかたち 420
象のやうな形の丘 420
糟粕の部分 **425**
相反性 **425**
相反方程式 425
宗廟 398
僧服 233
造物主 421, 809
像法 192, 357
象宝 219
相馬御風 372
走馬燈 686
雑密 695
奏鳴 **425**
奏鳴者 425
そうめん 705, 706
層理 339
ぞうり、草履 209
ゾウリムシ 242
僧侶 262, 633, 655
葱緑 386, 555, 651
造林効果 158
葱嶺 477
蒼冷と純黒 **425**
租界 342
粗榧 55
そがれダリヤ 798
触《そく》 636, 637
属 401, 504
束刈 612
測鎖 466
即身成仏 68, 360
足跡標本 669
『続宮沢賢治素描』 407
ソークラテース、ソクラテス 2, 194
測量旗 321
測量器械 524
測量師 772
測量船 443
嘱累品第二十二 702
底、そこ 18, 22, 28, 43, 46, 62, 80, 88, 89, 121, 122, 137, 139, 146, 162, 165, 174, 177, 178, 213, 223, 230, 243, 244, 251, 257, 270, 280, 298, 323, 324, 349, 351, 381, 403, 406, 423, **426**, 428, 450, 456, 509, 532, 601, 605, 608, 619, 622, 692, 704, 770, 771, 787, 789, 811
粗鉱の堆 **426**, 656

そこの岩にありしたか **426**
底光り、底びかり 67, 172
ソーシ **426**
そしてさ出来ればよ、… **426**
そしてゞ 783
租借地 442
粗渋な **426**
塑性 139
そだ **426**
曹達《ソーダ》、ソーダ 44, 417, **424**, 477, 478
粗朶 337, 664, 725
そだがもはすれないぃ。… **427**
そだがらさ **427**
そだた 672
そたな、そったな **427**
そだな 181
そだない 427
そたなこと 427
そたなごとあたたが **427**
そだよだぢゃぃ **427**
そだら、そでば 303, **427**, 491
そだらそれでもいすさ **427**
そだらなして泣ぃだりゃ **427**
そだんす まぁんつ… **427**
属官 365
『即興詩人』 251, 669, 677
ソックスレー抽出器 427
ソックスレット 158, **427**, 428
ソックスレット、F. 427
測候所 150, **428**, 656, 760
そつこりと、そつこり 80, 89, **428**
足跟《そっこん》円長相、足跟満足相 601
そったに、そったな 539, 721
ソップ 392
袖章 52
ソテツ 326, 352
そでば **428**
ソデヤマ 428
外ヶ浜 659
外川目村 101, 724
外神田 687
外で稼ぃでら **428**
卒塔婆 511
外山 297, **428**, 429
外山高原 178, 260
外山早坂高原県立自然公園 428
外山牧場 428
ソナタ 16, 425
ソナタ形式 425
そねみ **429**
そのこらぃなごと云って 278
蕎麦、そば、ソバ 158, **429**, 461, 599, 711
ソバエ 78
そば粉 429
蕎麦団子 461
疎伐 170
蕎麦ばたけ 539
そばみち、岨道 341, **429**
そばむぎ 429
ソプラノ 118, 446, 709
そべらかし 299, **429**
そま 332
蘇末那の華、蘇末那華 681, 682
杣人 332
蘇民祭 **429**, 430
蘇民祭観覧 430
蘇民将来 429
蘇民袋 429
ソメイヨシノ 296
染めざら 306
染壺 528
梳毛糸 414
征矢 110, **430**, 648
天《そら》 77, 493, 510, 538, 754
虚空《そら》 128, 264, 625
碧空《そら》 565
蒼穹《そら》 681
そら 422, 756, 769
粗羅紗 430, 753
空の穴 406
空の泉 **430**
空の鯨 207
空の裂け目 46, 143, 406
そらの海鼠の匂 535
空の裂罅、空のひび 45, 448, 778
そらのやまひ 334
ソラマメ 683
穹屋根 190
空をよぎる歓喜天 609
橇 288
反り橋 **430**
橇道 288
ゾル 280, **430**
『それから』 259, 741
それがらおうぢの… **430**
それでもからだくさえがべ？ **431**
それでも何だが… **431**
それなる阿片は **431**
算盤 713
ソロモン 741
そんき 83
存在哲学 280
存在論 671
ソン将軍 212, 511
尊星王 661
尊属殺 431
尊属殺人 487
尊々殺々殺 **431**, 487, 558
そんだ **431**
ゾンネンタール **431**, 432
村農ソークラテース 194
村農ヤコブ 726
遜婆明王 432
ソンバーユー 386, **432**, 757
孫文 412
村落共同体 456

【た】

駄 51, 57, 612
等ぁ 320
タアナア **433**, 635
ダアリア・バリアビリス 798
ダアリア複合体 433, 798
だぁれぁ、… **433**
だぃ 534
台 **433**
ダイアデム **433**, 468
「ダイアナと半獣神」 380
ダイア(ヤ)モンド **433**
第一次大戦 38, 221, 339, 412, 419, 468, 602, 667, 697, 785
第一梯形 533
第一番札所 169
第一双 **433**
太陰暦 357, **434**, 516
大慧 270
大英博物館 133
大王杉 486
台温泉 403, 434, 582, 601, 735
台温泉遊園地 735
大恩徳 437
大火 35

タイガ　294, 333
大戒壇　**434**, 436, 671
退学　333
大角　8
大学士　43, 44, 569, 645, 664
大学生　453
大喝食　200
台川　151, 158, 191, 268, 403, 433, **434**, 582
耐寒性植物　580
大気圏　159
大気現象　210
大気大循環　651
大契丹国　181
大臼歯　723
太虚　**434**
大教院　454
大叫地獄　322
大儀らしく　**434**
ダイク　170
第九　434, 442, 648, 796
第九タイプのBush　796
だぃぐなった　86
代言人　100
太鼓　164, 244, 324, 498, 798
醍醐　467
退耕　**434**
乃公　630
対告　**435**
太行山　435
対告衆　435
太行ノ険ヲ渉ラズ　435
太行のみち　**435**
太公望　398
第五「運命」　35
太鼓踊り　324
タイコ星　134
太鼓星　430
大根　149
大佐　651
たいさん　783
泰山　400, 724
第三紀　34, 42, 43, 178, 190, 202, 274, 275, 283, 348, **435**, 638, 669
第三紀層　16, 274
第三紀中新世　239
第三紀末　486
第三芸術　**435**
第三次アフガン戦争　21
泰山木　675
大師　**435**
大姉　268, 735
大自在天　134, 676, 678
大慈大悲大恩徳　331, 437
大慈悲　119, 270, 550
岱赭、代赭　5, 660, 724
帝釈、帝釈天　19, 67, 143, 165, 200, 310, 350, 394, 434, **435**, 436, 458, 493, 546, 627, 671, 673, 682
帝釈天宮　498
帝釈の湯　212, **436**, 601
大衆　300, 348
第十八へきかい予備面　645
大衆部　206
大循環　195, 651
大乗、大乗仏教　206, 325, 360, **436**, 552, 559, 596, 633, 663, 665, 695, 763
大聖歓喜自在天　608
『大乗起信論』　325
大乗経典　200, 232, 735, 763
大小クラウス　36, **436**
大乗居士　268, 436
大聖大慈大悲心　331, **436**
大正デモクラシー　421
大正天皇　662
大聖人　656
対称の精神　**437**
対称の法則　437
大丈夫だでばよ　**437**
隊商貿易　499
大正リベラリズム　343, 700
大進　377
大審院　175
大震災　335, 459
大尽さま　**437**
大神力　**437**
大豆，ダイズ　158, 451, 632, 683, 694
代数学　499
『代数的解析論』　512
大星雲　16
大積雲　603
堆積岩　138, 190, 234, 283, 410, 560, 789, 818
大石山　792
大雪山　20
大膳職　**437**
大千世界　312
苔蘚帯　**437**
体操　291, 299, 422, 429, 630
大三　208, 355
胎蔵界　329, 695
胎蔵界曼陀羅　271, 334, 609, 627, 674, 687, 688, 807
大蔵経典　196
太宗皇帝　471
タイタニック　282, **437**, 809
太一　437
太市、タイチ　170, 235, 298, **437**, 438, 493, 504, 575, 689
大智度論　263, 377, 443, 763
台帳面　612
大鉄囲山　490
「大テレサ」　399
代塡　784
大道芸　337
大導師　205, 347, **438**, 681
大東町　252
大塔婆　253, 511
大道めぐり　**438**
胎内くぐり　95
ダイナマイト　52, 418
鞘翅発電機《ダイナモコレオプテラ》　**438**
第二次大戦　355, 395, 414, 436, 475, 487, 502, 511, 581, 583, 607, 622, 629, 667, 685, 700, 739, 746, 755, 756, 775
第二双　433
大日経　695
大日岳　218
大日如来　334, 687, 695
「大日本」　454, 730
大日本青年団　629
『大日本地名辞書』　539, 556, 581
大日本美髪会　762
第二梯形　469, 492, 533
大人相　633
大熱地獄　322
大農場　246
台場　530
提婆　**438**, 493
太白星　199
提婆達多　19, 335
提婆達多品第十二　702
大八車　775
大般涅槃経　461, 559

大般若経　596
堆肥　70, 189, 261, 356, 410, **438**, 495, 616
大悲経商主品　575
大悲神力　270
タイピスト学校　166
『第百階級』　204
第百二十八聯隊　505
太夫《たいふ》さん　**439**
大仏　**439**
タイプライター　87
太平の逸民　259
太平洋　26, 113, 187, 289, 333, 407
太平洋学術会議　87
だいべは　667
大砲　85, 222, 227, 530
大法衣　708, 709
大方広仏華厳経　232
大宝積経第百十賢護長者曾品　682
大菩薩　627, 663
『大菩薩峠』　57, 763, 764
大本山　27, 365, 473
大梵天　312, 494, 671
大品般若経　443
大麻　10
大魔王　442
大マゼラン星雲、大マゼラン雲　678, 765
大曼荼羅　68, 351, **439**
台密　695
大明神　276
「帝網荘厳」　68
題目　327, 334, 358, 537, 680
大文字　70
大冶鉄山　170
台山　434
ダイヤモンド、ダイアモンド　23, 160, 210, 284, 304, 409, 439
ダイヤモンド・ダスト　421
太陽　15, 35, 53, 67, 77, 83, 89, 110, 111, 125, 128, 174, 196, 197, 199, 200, 227, 232, 243, 249, 252, 268, 281, 320, 343, 350, 357, 374, 379, 396, 403, 422, 423, 427, 439, 474, 478, 494, 504, 505, 507, 543, 546, 547, 549, 550, 551, 571, 572, 588, 592, 593, 678, 679, 712, 727, 757, 765, 767, 769, 812
代用教員　331, 445, 629
太陽系　23, 32, 138, 174, 196, 199, 396, **439**, 440, 517, 737, 765
太陽系星雲説　517
太陽系第六惑星　517
太陽光、太陽光線　13, 67, 274, 281, 393, 571
太陽信仰　111, 727
太陽神　394
太陽スペクトル　393
太陽柱　497
『太陽の都』　152
太陽風　320
太陽マヂツク　111, 249, 281, 282
太陽暦　357, 434, 516
『第四次延長』　440
第四次延長　240, 197, 569
「第四次延長の説明」　440
第四次元　197, 198, 424, **440**
第四回仏典結集　146, 167
第四紀　255, 349, 472, 613
第四次系　441
第四梯形　533
第四等官　504
第四伯林青《べるりんせい》　652
苔蘿　267
平敦盛　212, 779
大囉嚀　**441**
大力士　252
大陸横断鉄道　179
大陸棚、大陸ダナ　113, 550
大理石　165, 316, 421, **441**, 656
大理石のシィザア　316
対流圏　408
大竜山　93
大林区　361, 441, 772
大礼服　198
大連　441, 442
大連蠣殻　**441**
第六圏　405, 442, 815
第六交響曲、第六交響楽　199, 247, **442**, 648, 777
第六梯形　764
第六天　405, **442**, 816
大論　263, 264, 377, **443**, 763, 813
台湾　302, 400, 581
台湾製糖株式会社　302
田植え、田植　56, 59, 223, 314, 366, 388, 421, 443, 457
田植花　**443**
たうきび　672
たうぐわ(は)　225
たうごま　**443**
田打ち　**443**
当知是処《タウチイゼイショオ》、即是道場《ソクゼエドウジャウ》、…　443, 510
食《た》うぶる　**443**
たうもろこし　513
たうやく　**443**, 645
橙黄線《たうわうせん》　**444**
ダーウォン、ダーウィン　43, 90, 187, 197, 432, **443**, 444, 567
楕円偏光　653
鷹、タカ　50, 140, 211, 229, 298, **444**, 480, 486, 580, 699, 747, 749, 788
高井水車　444, 446
高尾野町　484
高萱、高萓　154, 444
高木　182, 305, 445, 538
高木栄一　799
高木から更木へ　**445**
高木きよ子　318
高喜商店　777
高倉山　**445**
高桑啓介　186
孝子　105
高砂族　400
高師原　445
高師小僧　**445**
鷹匠　444
多賀城　605
高清　371, **445**, 691, 756
高瀬露　74, **445**
高田三郎　78, 723
タカタ・シュウゾウ　794
高田せい子　380, 446
高田馬場　670
高田正夫、高田雅夫　112, 118, 379, **445**, 459, 636
高知尾智耀　**446**
高常水車　**446**
高坪　70
高で　52, 639
高輪の二十六夜　**446**
たがね　**446**
「鷹の井にて」　29
高野長英　692

高野みはる 649
高野睦 243, 770
高橋享一 510
高橋君 **446**
高橋新吉 480, 522
高橋武治 **446**
高橋忠治 446
高橋俊雄 517
高橋久之丞 24, 70, 189, 683, 763
高橋秀松 514
高橋梵仙 241
高橋茂吉 613
高橋吉郎 **447**
高日 77
高帽子 340
高洞山 **447**
高松 169, 537, 538
高松池 236
高狸山 40, 697, 752
高峰山 104
高村光太郎 166, 204, 298, **447**, 468, 514, 558, 764, 815
高村光太郎記念館 447
『高村光太郎山居七年』 815
高村砕雨 447
高森高原 104
高山樗牛 446
タガラシ 201
宝塚少女歌劇、宝塚歌劇団 380
たがり 731
集《たか》る **448**
滝沢 193, 247, 728
滝沢駅 728
滝沢台地 219, 553
滝沢野 104, 219, 247, **448**, 553, 728
滝沢馬琴 288
滝沢牧場 740
滝沢町 349
滝沢村 52, 96, 104, 193, 349, 350, 448, 553, 728, 740
タキス、土耳古玉《タキス》 45, 85, 356, **448**
多吉 790
滝名川 82
だく **449**
タークォイズ 448
濁酒 401
濁漳 435
卓状石 526
拓植博覧会 442, **449**
タクト 167
卓内先生 **449**
濁密 365, 696
タクラマカン砂漠 101, 159, 201, 300, 402, **449**, 773, 814
竹 298, 299, 337, 450, 513
岳、岳集落 101, 155, 449, 586, 587
岳神楽 101, 129
岳川 **449**, 586, 624, 724
ダケカンバ 146
「たけくらべ」 109
たけしき耕の具 225
他化自在天 405, 574, 673
竹下数馬 58
武巣 589
武田金一郎 589
武田泰淳 342
武池（清二郎） 589
たけて **449**
竹取翁 **450**, 558
『竹取物語』 450
竹中久七 642
たけにぐさ **450**
岳の湯 236
武林無想庵 480
武原 589
竹久夢二 681
武村（先生） 589
章魚 **450**
タコイス 449
田ごしらえ 443
保ご附く 175
たごめる **450**
タゴール、ラビンドラナート 28, 29, 66, 67, 74, 371, 492, 563, 700, 755
田沢湖 728
田沢湖線 325, 573, 728
山車 611
田鴫 634
タジキスタン 477
多重星 37
多重連星 631
タシュケント 304
他心通 374
タスカロラ海床 289, **450**
タスカロラ号 450
タスケ 569
タスマニア島 265
田瀬 64, **451**, 452
打製石斧 **451**
田瀬ダム 451, 452
黄昏、たそがれ 572
たた 427, 468
ダダイスト 480
『ダダイスト新吉の詩』 480
多田鼎 451
たゝかひにやぶれし神 **451**
多田先生 **451**
ダーダーダーダーダースコダーダー 590
だたて 580
多田等観 478
だたべが 667
畳石 **451**
多田実 31, 160, 345, 678
だたもさ 142
多田保子 362
タタール人 452
だたんとも 193
立枯病 **451**
タチナ、タチナ火山 314
橘不染 108
立花村 501
立原道造 166
たちまひ **451**
立丸峠 104
駝鳥 **451**, 763, 788
脱塩 453
たつきせん **451**
たつこ 556, 557
達谷《タッコク》 452
脱穀 56, 705, 720
脱穀塔、脱穀小屋 609
達谷の悪路王 **452**
獺祭書屋 147
達曾部 441, **451**, 452
達曾部川 452
だったん人、韃靼人 **452**
タッチ 463
ダッチアイリス 59
ダッチハーバー 650
ダット号 329
手綱 477
竜ノ口御法難 **452**

タッピング **453**
タッピング、ジェネヴィーヴ 453
タッピング、ヘンリー 453
タッピング氏 628
タッピング夫妻 809
竜巻 289, 782
脱滷 **453**, 616
蓼 **453**
伊達源一郎 371
縦に皺の寄つた… **454**
伊達藩 277, 455
田所 **454**
ターナー、J. 433
だなぃ 273, 454, 580, 613, 614
田中貞美 815, 816
田中大先生 327
田中館秀三 314
田中智学 68, 205, 265, 327, 402, 403, 434, **454**, 475, 496, 545, 701, 730, 763, 790
田中豊明、田中 167, 546
棚仕立 398, **454**
七夕祭、七夕伝説 243, 272
谷内村 455
ダニエル 336
「ダニエル書」 336
谷川雁 16, 90, 380, 739
谷川徹三 440
谷権現 **455**
谷崎潤一郎 207, 811
ダニーさま 336
田螺 340, 366, **455**
峡田《たにた》 **455**
蕪菁《ターニップ》 148, 415
谷の底 426
狸、タヌキ 71, 120, 182, 340, 415, **455**, 556, 557, 590, 665, 706, 737
種市 305
種馬 652
種子島 277
種差海岸 305
種付け馬 349
種苗商 509
種籾 92
採種者《たねや》、種屋 **455**
種山 12, 70, 190, 299, 361, 452, 457, 526, 576, 720
種山ヶ原 12, 53, 77, 85, 86, 171, 178, 181, 213, 278, 279, 341, 361, 452, **455**, 456, 457, 526, 576, 607, 639, 712, 723, 736
種山ヶ原牧場 70
種山剣舞連 152, **457**, 590
種山高原 130, 345, 456
種山牧野 455
種山モナドノック 70, 457, 720
タネリ 71, 137, 215, 627, 670
田の神 731, 732
田野畑駅 520
田野畑村 520
煙草、たばこ、タバコ 25, 200, 320, 451, 457, 514, 529, 542, 570, 651, 665, 693, 726
煙草専売局 457
たばこの木 **457**
「煙草のめのめ」 524
束稲山 190, 276, **457**
田原の坂 588
足袋 187, 500
荼毘壇 **457**
「旅人の国」 492
たびらこ、田平子 **457**
タービン 438, 474
タピング 61, 62, 453
凝灰岩《タフ》、タフ 190, 191
田船 443
タブレット 374
だべ 529
だべぁんす **458**
太兵衛一族 574
だべがど、だべがな、だべすか、たべなやぃ 10, 255, 564, 815
だべす 475
ターペンティン、ターペンタイン 493
多宝 327
多宝塔 434, 511
玉井郷方 336, 721
玉置真吉 67, 738
たまげだ永ぃな **458**
卵 1, 137, 530, 594, 789
だます 117, 513
澱った 747
たまな、玉菜 22, 186, 187, 411, 458
玉葱、タマネギ 555, 653
玉麩 **458**
玉藻前 412
玉山村 260, 428, 493, 611
たまり **458**
田宮虎彦 535
「惰眠洞妄語」 480
タムシバ 675
ダムダム造兵廠 458
ダムダム弾 **458**, 611
たむぽりん 200, **458**
田村剛 421
だも 72
だもな 540
多聞天 603
田山花袋 706
田谷力三 112, 118, 246, 379, 413, 446, **458**, 491
大輔の命婦 382
鱈、タラ 152, 305
だら 38
練肥《ダラ》 261, 410, **459**
ダライ・ラマ 251
タラース 40
陀羅尼 19, 185, 370, **459**, 596, 676
陀羅尼珠 **459**
陀羅尼呪 **459**
陀羅尼品 19, 702
たらの木 **459**
タラバガニ 146, 152
タラボウ 459
タラワ 195
ダリア、ダリヤ 57, 65, 127, 141, 489, 798
他力 359
他力本願 24, 464
他力門 359
タリム川 814
タリム盆地 135, 258, 734, 773, 814
だ輪 **459**, 501
タール 171, 717
タール黄 19
タルク 143
ダルケ、ダルゲ **460**, 698
ダールケ、P.W. 460
達磨 153, **460**
ダールマ 460
「達磨廓然無聖」 460, 766
達磨大師 386, 765
誰だか食べた 626

誰だが寝でるぢゃい…　**460**
誰だってきれいなもの…　**460**
田原町　590
田原峠　20
田原村　590
段　79
反当　460
反当三石二斗　**460**
タンイチ　**461**
短靴　209
炭化　401, 406, 461
団塊　461
弾塊　161, **461**
檀家　465
段階宇宙観　177
『段階宇宙論』　441
炭化カルシウム　147, 410
弾丸　637
単幹仕立　279
団喜　461
暖気団　549
段丘　215, 292
タングステン　345, **461**, 789
タンゴ　446, 459, 802, 805
団子、だんご　33, 52, 71, 149, 214, 331, 395, **461**, 581, 590, 599, 713
鍛工チェンダ　**461**
炭酸　27, 210, 294, 312, 782
炭酸アムモニア　91, **462**
炭酸アンモニウム　411
炭酸瓦斯、炭酸ガス　158, 199, 312, 313, **462**, 463, 549, 678, 756
炭酸カリウム　158
炭酸カルシウム　26, 656, 684
炭酸石灰　387, **462**, 616
炭酸銅　**462**
炭酸ナトリウム　417, 424
炭酸表　**462**, 463
啖食　**463**
断食肉品　270
譚嗣同　250
単斜　**463**
単斜硫黄　463
弾条　584
単色調　1
ダンス　419, 791
炭水化物　165, 271, 504
だんすぢゃぃ　**463**
弾性　255
弾性率　255
炭素　165, 254, 408, 410, 462, 585, 763, 786
断層　161, 466
単相交流　88
断層泉　**463**
炭素電話機　88
炭素フィラメント　88
『タンタジールの死』　463
タンタジールの扉　**463**
弾多落迦山　464
タンタラム、タンタル　**464**, 789
タンチョウヅル　484
タンツェーリン　37
探偵小説　466
丹田　**464**
炭田　406
丹藤《タンド》　**464**, 535
丹藤川　177, 464, 518
檀特山、壇特山　70, 349, **464**
旦那　181
谷内《たんない》　455
谷内《たんない》権現　455
丹内山神社　455
谷内村　455
谷内村長　455
歎異鈔　10, 206, **464**
タンニン　**464**
タンニン酸　254, 464
タンニン定量用　464
蛋白光　464
蛋白彩　280, 284, 464, 735
蛋白質　135, 245, 271, 277, 467, 683, 708, 766
蛋白石　60, 62, 71, 78, 80, 135, 200, 208, 219, 229, 280, 284, 370, 378, **464**, 634, 735
丹波国　349
檀波羅蜜　**465**
檀波羅蜜の行　69
タンバリン　458
丹礬、胆礬　**465**, 523
耽美派　397
タンブルブルー　**465**
「短編『毒蛾』の創作について」　120
田んぼ、田圃　156, 358, 366, 455, 520
「タンホイゼル序曲」　777
タンポポ　170, 282, 467
タン屋　461
弾薬帯　124

【ち】

智　206, 626
癡　351, 375
治安維持法　782
『小さき聖テレジア自叙伝』　399
『小さき花　聖女小さきテレジアの自叙伝』　398
智慧　325, 339, 374, 382, 591
ぢぇ　743
『智恵子抄』　447
チェコスロバキア軍捕虜救済　333
チェスターホワイト　631
チェック　253
チェバーロ　797
チェホフ、アントン　113, 573
チェリー　521
チェルノゼム　265
「チェロと管弦楽のための変奏曲」　808
『チェロと宮沢賢治―ゴーシュ異聞』　416
チェーン　**466**
チェンダ　461, 466
チェンバリン　439
智応氏　466
地塊　246, 255, **466**
地殻　163, 165, 255, 466
地学　422
「地学からみた『楢ノ木学士の野宿』」　752
「地学雑誌」　220
地殻変動　190, 316
近角常観　248
ちがや、ち萱　154, **466**
『力(エネルギー)の保存について』　651
地球　13, 14, 41, 123, 138, 172, 174, 196, 199, 243, 256, 272, 288, 466, 505, 549
地球回照光　13
地球儀　455
地球照　13
地球の息　41

地球の華族　62
ちぎらす　**466**
ちぎれ雲　360, 652, 749
チーク　**466**
蓄音機　88, 777
蓄金銀宝戒　341
畜生　552, 771
畜生界、畜生道　327, 783
ちごちご　103
ヂゴマ　**466**
ちごゆり　365
チサ　467
智歯　723
知識様　602
地軸　272, 697
『地質及土性調査報告書』　624
地質学　44, 271, 314, 391
地質図　86
地質調査　33, 53, 77, 208, 218, 271, 518, 590, 749
ぢしばり、地しばり　433, **467**, 468
千島　87, 294, 322
千島寒流　173
千島列島　89, 113, 152
ちしゃ、萵　14, 426, **467**, 605
地照　14, 129
『地上楽園』　821
チーズ　31, 72, 188, **467**, 575, 752
地水火風空　278
チーゼル　433, **467**
知多　17
チダケサシ　795
千田舎監　299, 338, **468**, 730
千田助治　468
千田宮治　468
チタニウム　789
チタン　789
チタン鉄鉱　486
乳　80, 188, 280, 752
『父京助を語る』　492
秩父　93, 102, 166, 697, 749
秩父郡　672
秩父古生層　271
秩父鉄道　672
縮まつてしまつたたよ　**468**
縮《ちぢみ》、縮み　116, **468**
縮葉甘藍　238
地中海　109, 116, 205, 304, 353, 354, 367
ちゞれ柏　136
ちゞれた髪　151
ちゞれ羊　**468**
窒素　24, 262, 356, 410, 616
窒素工場　421
窒素肥料　32, 63, 314, 316, 358, 410, 519, 616, 683, 762
チッペラリー　112, **468**
千鳥　366, **468**, 530
智度論　443
茅野蕭々　476
チバナ　466
地被　**468**, 492
ちひさきびやう　**469**
乳房　457
乳ぶさ雲　548
チフス、チブス　292, **469**, 630
チブスの菌　292
芝罘《チーフー》白菜　570
チーフメート　**469**
地平線　47, 83, 449, 505, 592
チベット、西蔵《チベット》　20, 164, 251, 396, 640, 684
西蔵《チベット》馬　478
チベット高原　44, 64, 155, 341, 402, 477, 478, 524, 525, 567, 568, 603
チベット戦争　478
チベット探険家　20
チベット仏教　251
西蔵《チベット》魔神《まじん》　53, 301, 540, 678
『西蔵旅行記』　20
地方教育行政官　576
チモシイ　231, 423, **469**, 778
地靄　72, **336**
ぢゃい　469
ぢゃい、はきはきど…　**469**
チャイコフスキー　795
ちゃうはあぶどり　**469**
茶褐部落　482
チャシブゴケ　752
小《ちゃっけ》ぁ　559
チャーナタ　309, **470**
ぢゃみ上り　**470**
ぢゃ、ゆべながら…　**470**
茶羅紗　753
チャリネ　**470**
チャリネ曲馬団　470
曲馬《チャリネ》の囃子《はやし》　470
チャリネル　470
チャルメラ　**470**
チャレンジャー号　187
ちゃんがちゃがうまこ、ちゃがちゃがうまこ、ちゃぐちゃぐ馬子　8, 316, 335, 448, **470**, 491, 567, 574
チャンタブリ　756
チャンドラグプタ王　13
チャン・ラ峠　684
ちゆういのりずむ　**471**
中有　72, 128, 136, 206
中有論　73
紂王　398
中央アジア　101, 167, 265, 304, 378, 396, 402, 419, 427, 468, 499, 686
「中央公論」　563
中央停車場　486
中外套　689
中華大気象台　211
中原逐鹿三十年、恩怨無別星花転　**471**
中耕　420
中国五山　400
中国哲学　251, 719
中国梨　531
忠作　298, 438
中宵　595
柱状輝石　177
中條惟信　754
柱状節理　142, **471**
中新世　818
中世騎士風　344
中生代、中世代　38, 43, 239, 271, 274, 283, 349, 352, 435, 461, **471**, 569, 649, 713, 714, 751
沖積世、沖積　373, 432, **471**, 786
沖積扇　472
沖積層　29, 60, 472
沖積地　39, 472, 753
中千世界　312
中層雲　238, 242, 422
中尊寺　343, **472**, 532
中諦　202
中隊　221
中隊長　183, 426
中台八葉院　627

鋳鉄 91, 480
偸盗戒 341
中等教員 **472**
中判 142
中風 **473**
中本山 **473**
中品懺悔 236
チュウリップ、チューリップ 75, 86, 141, 149, 584, 585, 707
チュウリップ酒、チューリップ酒 86, **473**
中論 135
『中論頌』 763
チューブラー・ベル 104
チュラン低地 478
チュンセ 121, 187, 258, 379, 449, **473**
チュンダ 461, 462
蝶 120, 444, 473, 771
長阿含経 220, 462
長阿含経第十八転輪聖王品 220
長安 176
超塩基性 171
長靴 209
超怪 **473**
蝶貝 756
鳥海山 62
蝶形花冠 **473**
蝶ヶ森 190
鳥ヶ森 101, 190, **473**, 492, 708
調御丈夫《ちょうぎょじょうぶ》 667
彫金 200
長江 342
超高層大気 320
超国家主義 403
張載 250
『長者短者』 417
鳥獣戯画 **474**
長十郎 531
超人 473, 542
聴診器 755
超新星 134, 747
手水鉢 37
重睛 475
長石 47, 235, 284, **474**, 480, 637, 766
潮汐作用 439, 679
潮汐発電所 439, **474**, 495
超絶顕微鏡 **474**
朝鮮 56
朝鮮朝顔 180
チョウセンゴヨウ 277
朝鮮仏教 261
彫塑家 565
腸チブス 469
丁丁丁丁丁 474, 487
梃々 **474**, 487
提灯、ちょうちん 161, 191, 457, 629
重瞳 **474**
頂礼 184
チョーク 553
『勅語玄義』 475
直翅 771
チョーク層 649
勅任官 596
直立コルドン 279, 398
ちょこっと 749
チョコレート 133, **475**
ちょす 520, 521
勅教《ちょっきょう》玄義 **475**
ちよつとお訊ぎ申しあんす… **475**
ちょっとこさ来 246, **475**
苧麻《チョマ》 10
チョルテン 525
塵 127, 128, 149, 571
智力 332
智利硝石 358
地輪 159, 278, 382, **475**, 623
地輪峠 159, 203, 278, 382, 475
チルチル 463, **476**
チルプルニ 492
チルプルニの浅瀬 492
地霊 497, 775
智論 443
ヂーワン 222
爺んご 38, **476**, 566, 647
鎮魂ミサ曲 594
陳氏 330, 356, 716
鎮星 517
鎮西八郎源為朝 725
ちん入 **476**

【つ】

づ 209
づぁ 679
ツァイス 98, 189, **477**, 530, 656
ツァイス、カール 477
家鴨《ツアーメエンテ》、ツアーメエンテ 477
「ツァラトゥストラはこう語った」 542
ツィーゲル **477**
追善供養 245
追善の功徳 73
追肥 **477**
通信 99, 318, 381, 719
通信簿 422
通水溝 521
ツェッペリン飛行船 602
ツェラ高原 20, 44, 46, 64, 155, 161, 164, 251, 267, 341, 375, 396, 402, **477**, 478, 524
ツォンカパ 251
つがせてしまへ **478**
塚瀬森 752
津金仙太郎 204
塚の根肥料相談所 616
づがべもや **478**
労《つか》らした **478**
津軽海峡 89, 249
津軽街道 52, 728
津軽森林鉄道 377
月 1, 13, 14, 18, 19, 22, 32, 35, 40, 49, 53, 62, 83, 85, 93, 98, 99, 110, 114, 124, 128, 129, 131, 137, 138, 143, 149, 180, 199, 200, 203, 212, 213, 231, 236, 242, 247, 248, 249, 253, 263, 274, 277, 301, 318, 334, 344, 350, 358, 370, 374, 379, 381, 386, 389, 399, 420, 421, 422, 424, 434, 453, 474, **478**, 479, 494, 499, 518, 530, 540, 544, 547, 548, 554, 587, 590, 592, 593, 594, 606, 627, 640, 643, 656, 678, 679, 696, 728, 732, 769, 773, 774, 775, 776, 787, 791, 792, 795, 803, 806, 810
槻 53, **479**
づき、づきぁ **479**
月暈 238
月草 483
搗粉 277, 284, **479**
築地 402
築地小劇場 29, 508
月島 541
月印 94

つきしろ、月しろ、月代　93, **480**
月白　93, 480
『月に吠える』　21
月の暈　344, 494, 592
月の宮殿　143
月の死骸　32, 479
月のしろがね　327
月の鉛の雲さび　213
月の歪形　787
月の輪熊　212
ツキノワグマ　212
月見草　113, 341, 575, 681, 750
づく　91, 419, **480**
机龍之介　763
土筆　384
ツクシシャクナゲ　338
つぐみ、ツグミ　324, 455, **480**, 730
ツクリタケ　341
柘植さん　384, **480**
柘植六郎　480
づごと　117
辻潤　**480**
『辻潤全集』　480
づしだま　**480**
対馬美香　120, 175
ツシマヤマネコ　556
蔦　267, 750
ツタウルシ　81
ツタカズラ　337
培《つちかひ》　237
土神　**481**, 508, 697
土公《つちぎみ》　481
つちぐり　**481**
土沢　307, 418, 450, **481**, 581
土沢街道　222
土沢町　481
土の芸術　562
土蜂　28, 383
土淵村　3, 104, 298
ヅック　390
つゝじ、つつじ、躑躅　119, **481**
筒袖　11, 164, 269, 330, **482**
つつどり、つゝどり　**482**
鼓　200, 264, 576
つと　**482**
づど　**482**, 580
づな　749
繋　7, **482**
繋温泉　7, 482, 573
づなす　52
綱麻　349
綱取　255, 418, **482**
綱取鉱山　482
綱取ダム　482
づのぁ　57
ツノエ　127
ツノガラ　127
油桃《つばいもも》　**482**, 483, 576
「椿姫」　118, 458
ツバキモモ　482
つばくら　61
ツバナ　466
燕　61
ツバーン　523
壺穴　800
坪井正五郎　282
坪内逍遥　706
つぼけ　**483**
つまご　**483**, 739
爪立て　**483**
つみ累げ　**483**
積藁　790
つめくさ、つめ草　7, 83, 113, 120, 170, 327, 367, 368, 414, 540, 643, 669, 757
冷だぁが　**483**
冽《つめ》たい　466
つめたがひ、ツメタガイ　**483**, 608
づもな　749
づもんだ　123
露　58
つゆくさ、つゆ草　**483**
露霜　693
つらこすりなほせでぁと　346
釣鐘草、つりがねさう　58, 152, 294, **483**, 484
つりがねにんじん、釣鐘人蔘　483, 484
つりがねぼし　198
吊りしのぶ　331
鶴　131, **484**
つるうめもどき　**484**
つるくさ　267
ツルコケモモ　640
吊し雲　355
蔓棚　574
釣瓶縄　698
鶴見俊輔　343
ツキンクル、ツキンクル、リトル、スター　**484**
ツングース　**484**
ツンドラ　333, 388, **484**

【て】

デ・アミーチス　152, 560
ディアラヂット　178, **486**
低夷　**486**
程伊川　250
帝王杉　161, **486**
泥灰岩　684, 685
泥岩　42, 191, 234, 275, 348, 385, 445, 560, 569, 638, 684, 692, 786, 818
低気圧　288, 289, 450, 651, 739
梯形　533
梯形第三　307, 326
帝劇専属歌劇部　335
帝国劇場、帝劇　117, 118, 246, 335, 445, 463, 581
帝国鉄道庁　490
帝国図書館　508
帝国農会　309
ティコの星　134, 747
帝室博物館　571
停車場　96, 222, 321, 419, 479, **486**, 516, 660, 687, 710, 788
逓信省　490, 505
逓信省鉄道局　490
ディースバッハ　651
定省　**486**
定性的　**486**
泥炭　**486**
泥炭層　485, **486**, 487
泥炭野　808
梃々　474
丁丁丁丁丁　**487**
蹄鉄　145
帝都の輩　491
『定本蛙』　204
低霧　336
程明道　250
帝網　67
帝網荘厳　68
停留所　**487**

ディワーリー 65
ティンダル、J. 487
ティンダル現象 240, 487
ティンダル効果 **487**
デーヴァダッタ 394
デーヴィズ、T. W. R. 492
デーヴィス、W. M. 492
卓子《テエブル》 72
手《て》凍《かげ》えだ **487**
出《で》来《か》さなぃ 38, 487
出稼ぎしょ 487
デカダニズム 447
デカルト 487
デカンショ **487**
溺死 161, 178
デキストリン 271
擲弾筒 221
てき弾兵、擲弾兵 221
「敵は幾万ありとても」 97
てぐす 109, 207, 286, **487**, 488, 499
てぐす飼ひの男 488
テグス昆布取り 207, 286
デクノボー、土偶坊、木偶坊 40, 133, 240, 421, **488**, 625, 730
テクラ **488**
手甲 186, **488**, 627
デコラチーブ **489**
石英安山岩《デサイト》、デサイト、デイサイト 267, 404, 405, 554, 626, 764
デシ **489**
弟子神楽 101
手品 489
デステゥパーゴ 15, 171, 296, **489**, 696, 744
手刷木版錦絵 619
手蔵氏 164, 482, 489
テヂマア **489**
手帳 94, **489**, 490, 492
鉄 85, 122, 125, 208, 209, 222, 254, 274, 298, 351, 354, 386, 393, 463, 465, 480, 490, 496, 497, 540, 585, 597, 598, 624, 638, 665, 708, 726, 750, 756, 801
デーツ 651
鉄囲 **490**
鉄液 150
『哲学大辞典』 371
鉄鎌 655
鉄橋 85
デック 584, 790
デックグラス **490**
鉄ゲル、鉄凝膠《ゲル》 490
手甲脚絆 489
鉄鉱床 418
鉄鉱石 724
鉄石英 **490**
鉄ゼル **490**, 576
鉄囲山 350, 490
鉄囲輪 350
テッデーベーヤ 367, **490**
鉄道 197, 198, 250, 269, 319, 320, 330, 333, 340, 358, 377, 394, 478, 486, 501, 502, 514, 573
鉄道院 **490**
鉄道省 157, 490
鉄道線路 478, 502
鉄道防雪林 507
鉄のかんがみ 597
鉄のかんじき 216
鉄の沓 209
鉄の箒 657
鉄鉢 279
鉄粉 259
鉄棒 470
鉄砲 110, 181, 394, **490**, 746
鉄砲踊り 325
「鉄路の白薔薇」 595
テディベア 490
テド・ウィームス・オーケストラ 738
テートの類 **491**
テナー 491
テナルデイ軍曹 **491**, 534
テニスン 380
手拭、手拭い、てぬぐい 183, 346, 520
デネヴ、デネブ 179, 788
テノール 112, 458, **491**, 640
でば 89, 749
デーバ 438
出はても 426
出はる 214, **491**
出はるのだっぢゃい **491**
テパーンタール砂漠、テパアンタルの砂漠 371, 436, **491**
デビス長老 **492**
てびらがね **492**
テープ 595
デフォー、ダニエル 784, 798
テーブル状 526
テーブルランド、卓状台地《テーブルランド》 **492**
デボン紀 38, 263, 271
デボン種 72
手宮公園 492
手宮文字 **492**
テムジン 150
テーモ 621
デモクラシー 562
寺田寅彦 32, 242
寺林 **492**
デリシャス 769
手榴弾 221
両《テール》 328, 712
テルペン 609
テルマの岸 **493**
テルモスタット **493**
テルリウム 789
テルール 789
テレジア 398, 399, 493
テレース **493**
テレーズ・マルタン、M.F. 398
テレピン油、テレビン油 **493**, 609, 680
手練 779
出羽三山 245
出羽三山の碑 **493**
てん 498
『天』 204
天 9, 18, 22, 23, 27, 39, 41, 43, 44, 45, 46, 47, 71, 75, 77, 108, 126, 134, 144, 145, 167, 168, 172, 174, 176, 177, 189, 200, 207, 219, 229, 258, 261, 263, 264, 308, 310, 312, 325, 327, 348, 351, 352, 355, 366, 376, 400, 403, 404, 405, 438, 440, 456, 458, 477, **493**, 494, 497, 501, 504, 506, 521, 551, 567, 580, 590, 593, 609, 617, 627, 633, 644, 650, 658, 665, 680, 692, 706, 711, 733, 736, 739, 752, 769, 772, 773, 774, 805, 816
電圧計 93
天衣(てんえ、てんね) 159
田園都市 421
田横 123
「天界」 477

天界 111, 144, 351, 494, 706
天蓋 123, 342, **494**, 498, 504, 744
天楽 **494**
天鵞絨 494, 618
天河石 138, 254, 372, 494, 606
天ヶ森 301
電燈《デンキ》 82
電気 64, 91, 109, 127, 159, 172, 197, 223, 237, 250, 259, 264, 278, 280, 356, 408, 438, 446, 474, **494**, 495, 499, 500, 760
電気網 493
電気エネルギー 494, 495, 502
電気会社 503, 637
電気化学工業 178
「電気化学」の峡 178
電気菓子 **495**, 586
電気現象 710, 711
電気総長 536
電気鉄道 495
電気燈 495, 757
電気の鉄塔 259
天球 45, 47, 85, 134, 172, 190, 321
電球 461, 502
天球音楽 606
天球儀 189
天球図 190, 194
伝教大師 435
天業民報 265, 454, **496**, 730, 763
天業民報社 190
電気栗鼠 760
天気輪 180, 401, **496**, 497
天鼓《てんく》 458, **498**
天狗 625, 733
天狗岩山 20
天空 189, 251, 271, 356, 363, 494, 498, 571
天草、てんぐさ 6, 280, **498**
天狗巣 **498**, 749
天狗巣病 498
天狗蕈、テングダケ 183, **498**, 707
天狗のあふぎ 220
『典型』 447
天眼 657
天眼通《てんげんつう》 374
天弧 **498**, 504
天鼓《てんこ》 264
電弧 9, 795
天光 53
電光 196
謡曲 **498**
「天国と地獄」 117, 335
天国の天ぷら 129
謡曲模様 239, 498
『天才論』 480
天山 304, 499
天山山脈 176, 449, 477, 499
天蚕糸 487, 488, 499
天蚕絨 171, 488, 499, 618
天山南路 201, 300, 499, 773
点竄の術 **499**
天山北路 159, 176, 201, 209, 300, 402, **499**
天子 86, **499**, 765
天使 29, 44, 158, 473, 602
電子 45, 46, 65, 74, 250, 256, 264, 279, 291, 292, 317, 320, 381, 440, **499**, 500, 711, 719
電磁気学 250, 256, 317, 711
天竺 66, 396, 500, 540
天竺牡丹 798
天竺木綿 **500**
電子系順列 317, 500
電子の流れ 711
電磁波 89, 196, 256, 499
電車 68, 320, 495, **500**, 501, 523, 588, 713, 819
電車の発着表 487
天主三目 134
天将 144
転生 44, 185, 772
天上 1, 23, 43, 44, 45, 64, 77, 95, 158, 174, 177, 180, 198, 295, 337, 358, 376, 380, 426, 456, 477, 494, 497, **501**, 548, 587, 638, 653, 666, 669, 762, 771, 805
天上界 23, 95, 327, 363, 602, 687, 773
天上技師 809
展勝地 **501**
天上道 783
天親 205
天人 **504**
天神 438
天神さんの碑 **501**
電信柱、電しんばしら、電しん柱、でんしんばしら、電信ばしら、電信のはしら、天信線 2, 11, 76, 88, 90, 121, 125, 221, 358, 381, 402, 403, 495, **501**, 502, 503, 535, 536, 556, 632, 650
天青石 17, 292, 502
転石 421
電線 76, 121, 195, 495, 500, 800
電線小鳥 253
電線の喚びの底 426
伝染病 120, 469
天台 318, 370, 763
天台学 377
天台教学 75, 334, 351, 360, 424, 454, 551, 659
天台座主 327
天台山 326, 345
天台実相論 318
天台宗 169, 202, 205, 339, 359, 361, 370, 472, 576, 665, 702
天台宗寺門派 361
天台智顗 702
天台寺《でら》 297, 384, **502**
『天体の回転について』 276
天台法華宗 702
天台密教 695
『天地応用　稲作改良栽培法』 385
電柱 76, 121, 217, 259, 321, 347, 500, 501, 502, 597, 650
天頂 67, 449, 631, 767, 781
天頂儀 84, 617, 664
天長節 170
天帝網 67
点綴 **502**
てんてつ器 321, **502**
転轍手、転轍機 502
デンデンムシ 536
天童 504
電塔 259
電燈 9, 24, 65, 82, 126, 128, 147, 239, 321, 371, 372, 374, 418, 456, 464, 495, 501, **502**, 503, 511, 521, 590, 594, 735, 736, 756, 798
天道さま 110
デンドウイ **503**, 504
田頭村 503, 504
天南星 683
天耳通《てんにつう》 374
天女 77, 352, 436, 504, 673

天人《てんにん》 45, 310, 493, 494, 498, 501, **504**, 600, 688, 692, 703, 744, 745, 807
天人師 667
天衣（てんね、てんえ、てんい） 159
天然ガス 354
天然ガラス 265
天然痘 20, 658
天然誘接 53, **504**
天皇 59, 153, 170, 265, 499, 761
天の海 315, 400, 494, 805
天王星 35
天の銀盤 200
天の眷属 494
天の鼓手 200, 458, 494, 601
天の子供 494, 750
天の食 45
天の底 426
天の童子 43, 44, 258, 376, 504
天の椀 406, 504, 506, 560
天盤 284, 494, **504**, 745
天秤 763
天秤棒 262
天ぷら 129, **504**
テンプル騎士団 344
澱粉 139, 165, 271, 431, **504**, 528, 594, 766, 790
澱粉試験紙 244
澱粉堆 505
澱粉粒 504
伝馬 **505**
天末 2, 67, 206, 356, 448, 449, 505, 546, 642, 775
天末線 67, 189, 206, **505**, 642, 675, 813
天魔波旬 574
天満宮 501
『天文学汎論』 243, 653
天文台 653
天門冬 **505**
天理農法 385
電流計 93
転輪王 219
転輪聖王 403
伝令 **505**
天狼星 99, **505**
電話 18, 495, 501, **505**
電話ばしら 506
天椀 235, 504, **506**, 570

【と】

ど 385, 475
樋 520, 521
砥石 26, 200, 284, 409
徒衣ぜい食 419
どいちょす 493, 520
独逸学協会出版部 99
ドイツ刈り **507**
ドイツ騎士団 344
独乙語夏期講習会 509
ドイツ体操 630
独乙唐檜、ドイツたうひ、ドイツ唐檜 141, 154, 221, 243, **507**, 594
ドイツ読本 71, 595
ドイツ・ロマン派 787
沓 209
薹 **507**, 738
塔 279, 456, 511, 588
銅 15, 24, 29, 33, 49, 100, 110, 147, 192, 206, 218, 222, 227, 243, 244, 279, 308, 374, 405, 418, 462, 465, **507**, 508, 593, 631, 642, 699, 757, 782, 801
鐃《どう》 **508**, 699
東庵、陶庵 675
凍雨 602
銅液 508
藤黄 604
橙黄線 444
ドヴォルザーク 32, 282, 363, 373, 456, 712, 802
蕩音 164
盗戒 588
道快 327
「東海道五十三次」 619
銅角 53, **508**
堂ヶ沢山 190, 434
等活地獄 321
どうが何ぼでも… **508**
どう枯病 346, **508**
盗汗 **508**
等寒線 254
唐黍《とうきび》 194, 513
図、浮、P、築、新、市、本、明 **508**
東京 85, 343, 416, 446, 447, 448, 454, 501, 506, 515, 524, 541, 546, 593, 619, 659, 660
道教 95, 203, 311
東京青山試験場 768
「東京朝日新聞」 67
東京音楽学校 335, 788
東京計器 656
『東京景物詩及其他』 818
東京研数学館 700
東京国立博物館 571
東京市 546
東京社 700
東京写友会 737
東京少女歌劇団 379
東京女子跣足カルメル会 399
東京大学 492
東京蓄音器 459
東京帝国大学校 133
東京帝国大学理学部附属植物園 362
『東京帝室博物館天産部列品案内目録』 576
東京電燈有限会社 495
東京天文台 477
東京独乙語学院 166, **509**
東京農産商会 **509**
東京の避難者たち **509**
東京美術学校 343
東京フィルハーモニー 199
東京府立美術館 70
東京俸給生活者同盟会（サラリーメンズユニオン） 306
トウクォイス 448
洞窟人類 432, **509**, 805
トウグミ 213
唐鍬 225
峠 20, 102, 159, 203, 250, 276, 277, 278, 382, 475
「道化師」 159, 335, 459
道化祭 611
道化祭の山車 611
道元 300, 509
道原 509
洞源和尚 **509**
銅鼓 **509**
トウコイス 449
東行 397, 544
銅鉱 33

東光寺　93
唐桟　**510**
銅山　33, 482
東寺　695
導師　602
闘士嘉吉　186
陶磁器　261, 421, 424
『唐詩選』　471, 479
童子像　762
蕩児の群　**510**
湯治場　98, 236, 433
謄写版　204
闘諍　351, 352, **510**, 681
道場　435, 443, **510**, 511, 552, 574, 663
道場観　47, 443, **510**, 511
闘諍堅固　510, 681
東勝身　312
童心主義　700
燈心草　39
同心町　**511**
桃青　532
『当世書生気質』　706
銅赤色　374
痘瘡　658
燈台　220, 321, 344, 520, 530, 658
道諦　324
東大寺　434
東大農学部付属農業教員養成所　663
塔中秘事　609
『道程』　447
陶土　766
滢々　**511**
陶々亭　330
桐南居士　218
豆乳　683
銅の汁　508
銅の人馬　243
銅の鏡　192, 508
銅の華　465
銅のむしごて　**511**
塔婆　279, **511**
銅鉢　**511**
藤八拳　181
藤八五文薬　181
幢幡　145, 494, **511**, 525, 744
銅版印刷　512
銅版の紙片　**512**
橙皮、トウヒ　213
唐檜　154, 221, 507, **512**, 520
到彼岸　591
等比級数　**512**
陶標　**512**
豆腐　683
食《と》うぶる　443
銅粉　123, 294, 389
ドゥーベ　661
東北菊花品評会　**512**, 659
東北砕石工場　47, 60, 98, 167, 201, 259, 277, 312, 387, 410, 462, 480, **512**
東北砕石工場宣伝用書状　312, 410
東北庁　513
東北長官　**513**
東北本線　15, 39, 61, 104, 177, 222, 260, 329, 533, 581
唐箕　**513**
糖蜜　286
東密　695
透明なエネルギー　711
透明な人類の巨大な足跡　569, 649
透明なひばり　611
透明薔薇　558, 778
どうもさうだやうだます　**513**
どうもゆぐなぃよだんすぢゃ…　**513**
玉蜀黍、唐黍、とうもろこし、トウモロコシ　25, 69, 149, 150, 299, 370, **513**, 591, 665, 706
套門　**513**
当薬　443
桐油　21
燈油、灯油　39, 408
東洋製菓株式会社　604
ドウリーシュ、ハンス　76
忉利天　310, 435, 458, 673, 706
銅緑　147
動力脱穀機　513
燈籠　686
東和町　23, 101, 106, 278, 451, 455, 481, 537, 611
童話文学　**513**
陶椀　353
曙人《とおつおや》　521
遠つ親(祖)　521
遠野　11, 307, **514**, 734
遠野駅　514
遠野街道　278
遠野口　725
遠野市　3, 104, 278, 298, 307, 418, 455, 514, 545
遠野市立博物館　298
遠野町　514
遠野南部氏　514, 541
遠野盆地　481, 514
『遠野物語』　3, 108, 223, 232, 298, 299, 451, 514, 723, 729, 730
『遠野物語拾遺』　658
遠み　**514**
とが　**515**
唐鍬《トガ》　225, 741
「都会文明から農村文化へ」　563
トカゲ　274
土方しゃっぽ　340
とき、鴇　393, **515**
鴇いろ、鴇色、トキ色　296, 393, 515, 729, 736
トキーオ　**515**
土岐善麿　87
鴇の火　515
ときはぎ、常盤木　**515**
土岐理和子　380
毒　24, 91, 124, 162, 308, 525, 539
毒うつぎ　75
トークォイス　448
毒蛾　24, 120, 308, 736
毒ヶ森　163, 190, 539, 572, 792
毒きのこ　498, 707
得業論文　258, 364, 408, 536
徳玄寺　**515**, 542, 661, 721
木賊、砥草　384
毒剤　548, 591
毒殺　301
「読誦」　348
特殊相対性理論　256, 424
土公神《どくじん》　481
『独文読本』　99
トクマク　499
特務曹長　425, 534, 621, 636
毒もみ　293, 294, 311, 322, 465, **516**
徳弥、徳弥さん、徳哉さん　407
特立樹　**516**
トケイ　515

時計　180, 491, 497, **516**
時計皿　**516**
時計塔　516
徒刑の囚　74
時計盤　516
時計屋　497
トケウ　515
トケウ乾物商　515
どご　688
どごさが置いだが　忘れだ　**517**
どごだべぁんす　**517**
都護府　176
床屋　120, 762
床屋のリチキ　516
土佐絵　**517**
屠殺　319, 517, 631
屠殺場　106, 319, **517**
土佐派　517
登山鉄道　392
トシ　811
菟氏　**517**
俊夫　**517**
都市共同体　152, 243, 364
とし子　344
塗師香鬘戒　341
「都市と田園」　563
俊野文雄　484, 532
屠者、と者　106, 517
豊沢小路　**517**, 688
図書館　166, 190, 401, 421, 543
トスカナ公　118, 246
トースケ　611
トースケひばり　383
ドストエフスキー、ドストイエフスキイ　526, 560
土星　304, 439, **517**
土性改良　312, 616
土性調査　34, 86, 91, 102, 171, 208, 218, 244, 259, 271, 307, **518**, 611, 697, 722, 749
土性調査報告書　624
どぜう　**518**, 535
兜卒の天、兜卒、兜率天　45, 351, 673
亜鉛《とたん》、トタン　2, 340
栃　33, 52, 173, 220, 331, 461, **518**, 528, 713
屠蓄会社　507
屠畜場　517
トチグリ　528
栃だんご、栃の団子　461, 519, 520, 594
徒長　230, 257, **519**
咄　**519**
取っ換へだらいがべぢゃぃ　**519**
ドック　416
「毒鼓」　190, 454, 496, 730
独こ、独鈷　525
凸こつ、突兀　**519**
斗米　108
とっこべとら子、斗米とら子　108
どったな　608
どつてこどつてこ　183
どっどど　どどうど　どどうど　どどう　41, 139
トッパース、トパース、トパァス、トパーヅ　31, 110, 329, **519**
ドップラー　805
凸レンズ　193, 196, 779
とてちて　25
トーテミズム　497, 519
トーテム　288, 497, **519**
トーテム・ポール　497, 519
どてら　444
どゞー　**519**
都都逸坊扇歌　519
とどこ大学　283
魹の崎　344, **520**
魹の崎燈台　520
とどまつ、とゞまつ、とゞ松、とど松　145, 294, 322, 388, **520**, 557, 754, 766
とどまつねずこ　557, 766
魹山　520
トトロム峰　667
馴鹿《トナカイ》　**520**
ドーナツ星雲　767
となりにいからだ ふんながす　**520**
都南村　39, 100, 470
トニオ　335
とにかぐ白ど…　**520**
とね河、利根川　177, 239, **520**
トノサマガエル、とのさまがへる　124, 205
鳥羽　660
駑馬　574
ドーバー海峡　42, 649
鳥羽源蔵　220, 520
トバスキー、ゲンゾスキー　**520**
鳥羽僧正　474
兜跋国　603
兜跋毘沙門天像　537
とはにかはらじを　748
樋《ドヒ》　493, **520**
ドヒ、どひちょす　493, **520**
鳶紺屋　528
トビヅタ　726
とびどぐ　211
トピナムボー　139, 173, 521
トピナンブール　139
樋番《とひばん》　**521**
ドビュッシー　564, 596, 777, 787
ドブネズミ　557
とぼそ　**521**
曙人《とほつおや》　**521**
トマス・モア　152
トマト、蕃茄《トマト》　1, 117, 168, 175, 186, **521**, 623, 686, 808, 809
富沢　590
冨手一　375, 583, 616, 735
富内駅　141
とみに　**522**, 709
穹窿《ドーム》、窿穹《ドーム》、円屋根《ドーム》　189, 190, 355, 740
ドーム　45, 189, 190, 504, 506, 542, 571, 740
トムソン、A.　23, 197, 381, 742, 779
トムソン、C. W.　187
トムソン、J. J.　256, 499
トムソン、W.　197, 535, 558
トムソンの銀河モデル　197
とめくる水　**522**
とも(助詞)　118
とも(艫)　**522**
朋に　**522**
ともわがら　426
鳥谷ヶ崎城、十八ヶ崎城　327, 586, 600
鳥谷ヶ崎神社　327, 600, 658, 699
豊沢川　4, 19, 31, 34, 39, 89, 100, 101, 106, 144, 177, 178, 191, 212, 288, 297, 329, 445, **522**, 534, 535, 536, 556, 577, 582, 632, 680, 696
豊沢湖　101, 582, 632

豊沢ダム 536, 582
豊沢町 217, 328, 517, 559, 582, 688
豊沢橋 217, 522
豊島与志雄 785
豊旗雲 575
豊原 157, 292, 293, 388
豊原町役場 388
どよむ 515
どよもすべけれ 153
虎 67, 338, 593
銅鑼、どら 53, 385, 459, 508, **522**
「銅鑼」 102, 204, 295, 304, 522, 619, 817
乾燥地農法《ドライファーミング》 **522**
寅吉山 **523**
ドラゴ **523**
虎子狐 108
トラコーマ 523
竜《ドラゴン》、ドラゴン 195, 762
竜座《ドラゴン》 523
トラップ **523**
虎戸 **523**
虎猫 556
トラピスト **523**
ドラビダ族 523
ドラビダ風、ドラビダ 66, **523**
取らへらんすぢゃ **523**
トラホーム 465, **523**
寅松 **524**
ドラム鑵 164
ドラモンド、トーマス 524
ドラモンド光 **524**
とらよとすればその手からことりはそらへとんで行く **524**
トランク 432, **524**, 700
トランシット **524**
トランス 303
トランスセンデンス・マイクロスコープ 474
『トランスヒマラヤ』 402, **525**, 603, 678, 684
トランスヒマラヤ 20, 155, 164, 251, 402, **524**, 525, 603, 684
玲瓏《トランスリューセント》 294, 775, 776
トランペット 340
トリアシショウマ 794
三畳紀《トリアシック》 263
『ドリアン＝グレイの画像』 811
とりいでぬ 628
鳥打しゃぽ 340, 546
鳥海 20
鳥踊り、鳥の踊 390, 624
とりかぶと 180, **525**
鳥越の滝 142
「トリスタンとイゾルテ」 787
奇術《トリック》、トリック 111, 144
鳥泊山 330
鳥捕り 148, 162
トリニテイ **525**
トリノアシガヤ 154
鶏の糞 612, 616
ドリームランド 40, 58, 63, 721
鳥谷村 104
杜陵小学校 721
トルキスタン 396
土耳古《トルコ》 27, 456
トルコ石 448, 449
「土耳古行進曲」 777
土耳古玉、トルコ玉 448, 449
土耳古玉製玲瓏 448
トルコ帽 **525**
トルストイ、レフ 39, 40, 203, **526**, 563, 662, 669, 785, 821
トルファン 499, 603
ドルメン 131, 353, **526**, 724
白楊、どろ、ドロ 213, **526**, 692, 728
トロイデ 165, 539
泥洲 **527**
トロツキー **527**
トロッター種 579
ドロマイト **527**
ドロミット、白雲石《ドロミット》 **527**
ドロミット洞窟 **527**
トロムボン、トロンボン、トロンボーン 470, 508
トロメライ 350
トロリーバス 487
トロロコンブ 307
トワイライト 252
十和田湖 274
貪 351, 375
『ドン・キホーテ』 344
どんぐり、ドングリ、団栗 28, 130, 298, 326, 461, **528**, 537, 547, 806
団栗酒 528
どんぐりの背くらべ 528
敦煌 159, 814
「ドン・ジョバンニ」 363, 748, 799
日曜《どんたく》 687
どんづき **528**
「曇天」 576
トンネル 18, 61, 403
とんび、鳶、トンビ 68, 156, **528**, 626
とんびとうざゑもん 528
とんびの染屋 528
トンブリ 263
どんぶり、ドンブリ 261, 589
とんぼ、トンボ 130, 745
曇無讖 461, 559
貪慾 635

【な】

な 413, 454, 470
なあに、馬の話してで… **529**
なあに風の又三郎… **529**
なあにこの書物ぁ… **529**
なあにすぐ霽《は》れらんす **529**
なあにす、そたなごと… **529**
なぁに随で行ぐ… **529**
なあんだ。あと… **529**
なぃ 273, 618
内因的変光星 653
なぃがったもな、ないがったな 273, **529**
ないがべ **529**
なぃがべぢゃ 529
泣《な》ぃだりゃ 427
夜鶯《ナイチンゲール》 442
勲爵士《ナイト》 226
夜間双眼鏡《ナイトグラス》 392, **529**
なぃばは 53
ナイヒリズム 12, 662
内務省勧業寮 768
なぃやなぃ 118
ナイル河 389
ナウマンゾウ 420
直江昶 432
直木三十五 26
永井荷風 788
ながいきの薬 208
中井兄弟薬房 782

中井先生　173, 407
長井代助　259
中折　340
長靴　418, 503, 645
仲小路　546
長坂村　387
長崎　122, 286, 330, 342, 631
中里介山　57, 763, 764
仲猿楽町　509
中島孤島　218
中岳　232
中地文　245, 498, 625
中津川　177, 316, 326, 335, 468, 482, **530**, 721
中留　**530**
長瀞　652, 672, 697, 749
泣がなぃ　427
ながね、長嶺　299, 456, **530**
ナガネギ　555
中根子　502, 556
中の台場　**530**
中の橋　335
中ノ股沢　696
中野村　727
中原中也　254, 576
長原ヤス　362
中村洪介　788
中村星湖　563
中村元　424, 589, 687
中村文昭　502
中山街道　100, 101, 535, 624, 632, 696
中山晋平　524
中山峠　101, 301, 533, 632
泣かゆ　590
長与善郎　371
ナーガラ　99, **530**, 678
ナーガールジュナ　443, 763
なぎさ、渚　22, 42, 352
泣くだぁぃよな気もす　**531**
名残表六句　114
梨、ナシ　303, 454, 508, **531**, 585, 613, 618, 732, 819
何《な》したどす　**531**
何《な》して　72, **531**
何して遁げできた　184
なす　273
茄子　451
那須温泉　412
那須火山帯　550
名須川他山　768
ナスタシヤ　291, **531**
ナスタチウム　531
茄子焼山　554, 728
灘　48
何たつて　716
那智先生の筆塚　**531**, 605
なぢょなごとさ　**531**
ナチラナトラのひいさま　**532**
夏枯草　75
夏草の碑　**532**
ナツグミ　213
捺染ネル、ナッセンネル　126, 142, 560
ナツツバキ　306
何つても　420, 618
納豆　683
夏ネクタイ…　300
夏の大三角、夏の大三角形　179, 788
ナップ　641
夏フロックコート　641
夏帽子　50, 191, 340
なつめ　**532**
夏目漱石　6, 50, 123, 155, 233, 259, 317, 320, 433, 556, 741, 763, 791
ナツメヤシ　651
夏ヤブ　158
ナデシコ　407
ナトリウム　633
ナトリウム塩　424
七重勧業試験場　768
七重宝樹　657
七折の滝　587
「七尾論叢」　445
七草がゆ　457
斜子　200, 554
七時雨　**533**
七時雨山　236, 533
七つ森、七つもり　7, 39, 307, 326, 482, 492, **533**, 543, 573, 627, 652
何云ふべ　**533**
なにしたど。…　**533**
何してらだぃ　**534**
何為《す》ぁ、…　**534**
なにだけあ　**534**
名乗　326
鍋倉　88, **534**
鍋倉上組合　88, 534
ナベヅル　484
なべて　451
鍋割川　88, 403, 434, 534
ナポリの反乱　677
「ナポレオン」　595
ナポレオン一世、ナポレオン　491, 534, 557, 647
ナポレオン三世　534, 636
「ナポレオンと仕立屋」　534
ナポレオン帽　340
ナポレオンボナパルド　491, **534**, 636
生クリーム　219
海鼠、なまこ　177, 223, 277, 522, **534**, 535, 537, 547, 549
なまこ雲　22, 104, 144, **535**
海鼠のにほひ　547
なまこ山　81, 223, 535, 583, 736
なまづ、なまず　518, **535**, 571
なまねこ　557
ナマハサッダルマプンダリーカスートラーヤ　537
なまめいた光象の底　257
鉛(地名)　212, 329, 445, **535**, 536
鉛(金属)　32, 202, 213, 285, 696
鉛温泉　40, 100, 101, 102, 474, 535, 582
鉛の雲　279
鉛の蒸気　696
鉛の針　547
鉛の丸五　**535**
生薬　790
なみ足　**536**
並川さん　**536**
泪、なみだ、ナミダ　169, 331, **536**, 779
浪底親睦会　783
なみなす　**536**
南無阿弥陀仏　244
南無妙法蓮華経　312, 327, 334, 358, 370, **536**, 666
なめくじ、なめくぢ　82, 120, 140, 236, 522, 536, 594
蝸牛《なめくづら》　140, **536**
なめげ　**536**
なめとこ山　100, 147, 301, 474, **536**, 582
並《な》めり　418

ナモサダルマプフンダリカサスートラ　370, **537**
なら、ナラ、楢　57, 147, 152, 161, 173, 328, 368, 456, 494, 528, **537**, 596, 609, 611, 635, 694, 821
奈良　15, 322, 343
楢夫　47, 456, 473, 551, 703, 730
楢岡　291
那落加　321
奈落　321
奈良県立試験場畿内支場　660
奈良公園　16
楢樹霊　203, 267, 537
奈良漬　270
楢鼻　291, **537**
楢渡　**537**
ならんす　249
ナリガミサマ　712
鳴子　**537**
ナルコユリ　483
成島　23, 169, 182, **537**, 603
成島の毘沙門天像　603
成瀬関次　440
成瀬金太郎　667
成瀬仁蔵　700
なるたぃ　**538**
猥《な》れて嘲《あざ》笑めるはた寒き　58, **538**
なれとみにたゞもだしにき　522
なれをあさみてなにかせん　**538**
苗代　56, 63, 110, 143, 300, 366, 416, **538**
縄緒《なわを》　**538**
軟岩　283
軟玉　8, **538**, 570, 719
南極　111, 652
南極探検　38
南京条約　342, 542
南京袋　**538**
南京米　538
喃語　**539**
南斜花壇　141, 269, 516, 582, 583, 616
南昌　163, 792
南昌山　163, 190, 214, 224, 237, 269, **539**, 573, 792
南贍部、南贍部洲　312, 350
難陀　531, 540
何だぃ。あったな…　**539**
何だ、うな、…　**539**
何だ　そいづぁ…　**540**
何《なん》だべあんす　**540**
なんたら　**540**
何だりかだりって　529
難陀竜家の家紋、難陀竜家　531, **540**, 687
南中　376, 397, 587, 617
何でぁ　114
何でもいがべぢゃ…　**540**
南天竺　**540**
南伝大蔵経　69
南斗　53, 134, 301, **540**, 640
南斗六星　53, 540
なんとが頼んで…　**540**
何の話だりゃ　783
南蛮　340, 358
南蛮菓子　286
南蛮鉄　**540**
南蛮はがね　540
南部　322, 383, 470
ナンブアザミ　125
軟風　129, **138**, 789
南部馬　77, 533, 577
南部実長《さねなが》　514, **541**
南部氏　721
南部紫紺染　322
南部利直　419
南部利剛　237
なんぶとらのを　**541**
南部日実　545
南部信直　721
南部鼻曲り　298
南部藩　77, 144, 577
南部久信　539
南部富士、南部片富士　62, 195
南部曲家、南部曲屋　77, 126
『南部領産物誌』　768
ナンペ　214
なんぼ、何ぼ　111, 117, 508
なんぼ上げ申したら…　**541**
なんぼがへりも　151, **541**
なんぼごりゃ　**541**
南満株数　**541**
南洋拓殖工業会社　667

【に】

にい　516, **542**, 661
…にい　17
新網張　601
新網張温泉　601
ニイチャ　473, **542**
ニイチャの哲学　542
新墾　**547**
新堀　48
においやぐるま　395
鳰の海　**547**
二価アルコホール　**542**, 623
爾迦夷　313
ニガウリ　80
肖顔　432, **542**, 805
膠、にかは、ニカワ　280, 414, **542**, 597, 702
膠質　124
『肉眼に見える星の研究』　13, 31, 100, 146, 199, 243, 301, 380, 392, 406, 653, 658
肉桂、にくけい　546, 689
憎むべき「隈」　241
日向　252
二硬石　758
ニコチン　180, 342, 693
ニコチン戦役　342, **542**
ニコライ　542
ニコライ堂、ニコライ教会堂　190, 235, **542**, 543, 642
濁り　233
濁酒、醪《にごりざけ》　667, 694, 696
濁り田　750
ニコル　653
耳根　784
仁佐平　543
爾薩待　115, 477, 517, **543**
爾薩体村　543
二酸化硅素、二酸化ケイ素　91, 404, 464
二酸化炭素　138, 158, 409, 410, 462
螺、ニシ　385, 455
虹　8, 80, 210, 253, 393, 478, **543**, 575, 593, 625, 658, 684, 711, 741, 743, 769
西東根山　544
西磐井郡　276, 472
西岩手外輪山　62, 123
西岩手火山　63, 131, 633, 634
西岩手山　48, 100
西火口原　62

西風ゴスケ 137
「西風の歌」 354
西ヶ原 407
西カロリン諸島 38
西神田 509
錦 201, 209, 233
耳識 205
錦町 377
西公園 500, 501, **543**
ニシゴリ 322
西陣 201, 618
西田幾多郎 317, 371
西岳 104
西田哲学 317
西田良子 440
西鉛温泉 212, 329, 500, 535, 541
西根町 503, 533
西根山 142, **543**, 544, 722, 730
虹の汁 743
螺のスケルツォ 455, 459
西ノ股沢 696
西花巻 500
西閉伊郡 514
西本願寺 101, 365, 670
西本願寺大学林高等科 334
西本願寺派 159
「25のスコットランドの歌」 386
二十四節気 357, 401, 494
二重星 37, 179
二十八宿 198, 263, 368, 376, 494
二十八天 501, 706
二重連星 37
二十六夜 **544**
西行各列車 397, **544**
二条大麦 705
二畳紀 649, 742
西和賀 222
ニシン 113, 152, 193
ニス 789
ニスタン 73
ニセアカシヤ 6
にせの赤富士 70, 661
二相系 25, 262, 404, **544**
ニタナイ、似内 **544**, 582
ニダナトラの戦役 532, 544
ニーチェ 473, 542, 648
日弘 455
日持 252
日実上人 279, **545**
『日用地文学の常識』 450
日輪 110, 180, 351, 578, 593
日蓮 45, 52, 252, 265, 267, 319, 327, 347, 349, 354, 359, 360, 434, 439, 452, 453, 454, 498, 541, **545**, 546, 551, 625, 656, 680, 687, 702, 761
日蓮教学 351
「日蓮御書」 453
日蓮宗 319, 327, 334, 357, 358, 375, 454, 545, 582, 680, 701, 702, 744, 761
日蓮宗花巻教会 545
日蓮宗身延山 514
「日蓮主義」 454
日蓮主義 434, 436, 454, 545, 546, 730, 763, 764
『日蓮主義教学大観』 701
『日蓮主義研究』 763
日蓮聖人 265, 446, 454, 666
『日蓮聖人研究』 730
『日蓮上人御遺文』 72
日蓮聖人の教義、『日蓮聖人之教義』 205, 434, 454, **545**, 546, 701
日蓮尊者 179
日蓮大上人、日蓮大聖人 205, 347, 438, 666
日蓮大菩薩 545, 663
日朗 252
日露和親条約 89
日露戦争 221, 294, 299, 403, 429, 584, 716
日活館 167, **546**
肉髻相 311, 633
肉桂、にっけい **546**, 689
ニッケル 23, 24, 158, 171, 218, 362, **546**, 773
ニッケル鍍金 546
日興 252
日光 110, 249, 274, 282, 284, 359, 378, 456, 617, 745, 750
ニッコウキスゲ 166
日照 252, 519
日清戦争 302, 581, 661
日頂 252
日天子、日天 110, 111, 129, 430, **546**, 627
「ニッポノホン鷲印」 395
二等甲板 417
二等船室 417
二等卒 52
新渡戸稲造 61
新渡戸稲造記念館 61
新渡辺豊吉 546
新渡辺弁護士 **546**
二・二六事件 545, 692
ニネヴェ 205
二戸郡 104, 502, 543
二戸市 543
二の丸鐘楼跡 327
接骨木《にはとこ》、ニワトコ **546**
二番除草 314
鈍びし二重のマント 512
新墾《にひはり》 **547**
二百刈 607, 612
二百生 349
二百十日 138, **547**
ニヒリズム、虚無思想《ニヒリズム》 193, 480, 662
にぶ **547**
二仏 334
鳰《にほ》の海 **547**
「ニーベルングの指環」 787
にほひ、ニホヒ、匂、臭(におい) 15, 30, 40, 80, 86, 109, 113, 207, 212, 217, 223, 224, 253, 274, 297, 355, 378, 381, 402, 431, 500, 521, 531, 535, 546, **547**, 548, 570, 587, 591, 592, 604, 625, 654, 686, 703, 732, 741, 744, 752, 769, 770, 788
二本腕木 76
二本うで木の工兵隊 259
日本エスペラント学会 87
日本海溝 450
『日本家庭大百科事典』 140
日本館 335
日本キリスト教団花巻教会 445
日本光学 656
日本交響楽協会 199
日本国体学 475
『日本国体の研究』 454, 496
日本左翼文芸家総連合 641
ニホンザル 306
ニホンジカ 322
日本式双晶 379
「日本詩壇」 135
日本児童自由画協会 343
日本自由教育協会 343

日本酒 285, 790
日本主義 59, 545
『日本書紀』 366, 605
日本女子大学、日本女子大学校 67, 405
二本杉 254
ニホンスモモ 576
日本青年協会武蔵野道場 663
日本創作版画協会 343
『日本探鉱法』 160
『日本鳥類図説』 161
日本鉄道会社 61
ニホンナシ 531
日本橋 330, 454, 490, 685
日本橋箱崎町 85
日本プロレタリア文化連盟 641
日本プロレタリア文芸連盟 641
日本文学報国会 764
「日本薬局方」 213
ニムフィーア 810
ニムブス、雨雲《ニムブス》 43, 53, 87, 154, 223, 250, 269, 293, 352, 422, 447, 466, 535, **548**, 549, 810
乳牛 31, 72
乳剤 170
乳酸 467, **549**, 736
乳酸カルシウム 549
乳酸菌 **549**
乳酸石灰 **549**
乳熟 **550**
入神 423
乳頭山、乳つむり山 533, **550**
乳頭温泉 550
入道雲 289, 403, 408, 649, 812, 813
ニュウトン **550**
柔輭 **550**
ニュウファウンドランド島 338, 437, 525, **550**, 606
入滅 205, 267, 461, 551, 559, 601
ニュウヨウク、紐育《ニューヨーク》、ニューヨーク 437, 490, 503, **550**, 714
ニュウヨーク座 364, 551
ニュージーランド 673
ニュートン 249, 393, 425, 499, 703
ニュートン学派 256
ニュートン式反射望遠鏡 550
ニュートン力学、ニュートンの力学 424, 499, 550
ニューハンプシャー州 719
ニューメキシコ 283
ニュー・メーフェーア・ダンス・オーケストラ 67
ニューヨーク・タイムズ 786
「ニュルンベルクのマイスタージンガー」 787
如意宝珠 658, 682
如意輪 497
如意輪観音 165
鐃鈸《にょうはつ》 577
二葉松 594
如是因 551
如是縁 551
如是果 551
如是作 551
如是相如是性如是体 **551**
如是報 551
如是本末究竟 551
如是力 551
女宝 219
如来 241, 360, 377, 575, 666, 667, 706
如来さんの祭… **551**
如来寿量品 5, 498, 545, 551
如来寿量品第十六、にょらいじゅりゃうほん第十六 5, 166, 311, 324, 339, 348, 374, 498, 548, **551**, 659, 702, 703
如来常住 559
如来神力品 511
如来神力品第二十一 511, 702
如来蔵 633, 666
如来蔵縁起 765
如来大慈大悲 437
「如来滅後五五百歳始観心本尊抄」 267
二里の洞 452
ニルヴァーナ 559
肖るやないぢゃい **551**
楡の広場 **551**
接骨木、ニワトコ 174, 220, 317, **546**
ニワトリ、鶏 192, 211, 358, 442, 571
庭まへ **551**
人果 **552**
『人間及び動物の表情』 444
人間界 327
『人間嫌い』 691
人間道 783
仁者 252
ニンジン 310
忍土 203, **552**
ニンニク 725
忍辱 325, 510, **552**, 663
忍辱の道場 510, 552
忍辱波羅蜜 591
ニンフ 100, 810

【ぬ】

ぬか、ヌカ 253, 277, 539
ぬかくらむ **553**
ぬかほの青き **553**
ぬがるくてて 761
抜身 **553**
ぬくぼ 481
幣 2, 145, 731
ぬすびとはぎ **553**
盗森 96
ヌナタク 219
ぬなは 353
ヌノイ **553**
沼田純子 380
沼地 149, 150, 557
沼ばたけ 408, 489
沼森 63, 163, 190, 214, **553**, 728, 729
沼森平 554
ぬめごま 22
ぬらすたも 144
ぬらすづど悪ぃ 482
ぬるませじ 155

【ね】

ネアンデルタール 431, 432, 509
ネオ、グリーク **555**
ネオ夏型 **555**
葱 **555**
根岸歌劇団 335, 445, 459
葱緑 **555**
根切虫、ネキリムシ 748
ネクタイ 35
ネクタイピン 35, 157, 300
ネクタリン 24

根子 93, 102, 445, 511, **556**, 669
猫 36, 38, 55, 67, 102, 151, 211, 298, 299, 350, 415, 455, 520, **556**, 557, 626, 709, 728, 739
根肥 477
ねこぎ **557**
猫毛の帽 341
禰子氏 556
ネコシデ 147
ねこじゃらし 57
ネコドリ 626
猫睛石、猫目石 185, 557
ネコヤナギ 687
猫山 452, 723
猫百合 295, 694
ネー将軍 150, 491, 534, **557**
ねずこ、ネズコ 322, 520, **557**, 610
ネスト **557**
ねずみ、ネズミ、鼠 16, 61, 178, 181, 322, 323, 415, 417, 504, 556, **557**, 735, 794
ねずみ競争新聞 150
ねずみたけ、ネズミタケ 568, 569
鼠捕り 557
鼠の天ぷら 504
寝せらへで 749
熱 127, 159, 257, 264, 278, 279, **558**
熱植ゑし黒き綿羊 **558**
ネッカチーフ 346
岩頸《ネック》 163, 539
根付 **558**
「根付の国」 558
ネッコモタシ 568
熱誠有為 362
熱帯収束帯 407
熱帯低気圧 211
睡ってらな…、ねってらな **558**, 679
睡ってる 470
ネット 448
熱力学 128, 197, 369, 558
熱力学第一法則 402, 558
熱力学第三法則 559
熱力学第二則 **558**
ねでらますたい **559**
根にす… **559**
ネネム 8, 17, 114, 414, 586, 683
ネパール 334
涅槃 234, 510, 552, **559**, 594, 766
涅槃印 338
涅槃経 **559**
涅槃寂静印 338
涅槃堂 **559**
星雲《ネビュラ》 196, 396
ネブ 559
ネプウメリ **559**
ネブカ 555
ネフライト 538
根まがり杉 384, **559**
座《ねま》る **559**
ねむ、ネム、合歓 506, 548, **559**
ネムロ、根室 66, 137, 418
根室航路 418
根本順吉 314, 380, 497, 649
ネリ、ネルリ 152, 222, 473, 521, **560**
ネル 126, 235, **560**, 723
ネルンスト 140
粘素 708
粘土 94, 124, 139, 204, 261, 345, 565, 615, 785, 786
粘板 560
然燈仏、燃燈仏 368
「然燈仏授記本生譚」 368
念猫 557
粘板岩 271, **560**
念仏 24, 162, 319, 377, 765
念仏踊り 244
念仏車 496
念仏結社 602
念仏剣舞 244
念仏講 544
念仏宗 319
念仏無間、禅天魔、真言亡国、律国賊 319
念仏免摩竭難 674
『年譜宮沢賢治伝』 754

【の】

ノア 561
ノアの洪水 **561**
野茨 548
能 29, 200, 358
農園 422
農園設計 616
農会 309
農会法 309
農学校 27, 199, 283, 331, 583, 641, 648
農業技師 **561**
農業教育資料館 259
農業高校 583
農業試験場 448
農業神 269
農芸化学 142, 186, 258, 762
農耕神、農耕の神 181, 517
ノウサギ、野兎 71, 181
農事試験場三十年の祭 **561**
農事試験場陸羽支場 153, 759
農場 249, 314, **561**
『農商務統計表』 768
ノウゼンハレン(凌霄葉連) 531
『農村救済の理論及実際』 387
「農村問題と土の芸術」 563
農地改革 268, 322, 330
農地法 268
農民芸術 25, 265, 289, 291, 333, 435, 527, **561**, 562, 690, 759, 821
「農民芸術の提唱」 563
農民芸術論 561, 562, 563, 753, 785
農民詩人 51
「農民指導とその実践」 754
農民シャツ 762
農民主義芸術 562
「農民と文芸」 563
農民文学 562
農民美術運動 562
「農民よ奮ひ立て」 563
農林一号 759
野上駅 672
野上村 672
ノカンゾウ 166
芒、禾 12, 91, 108, 705, 802
芒あざみ 12
野ぎく 484
ノクターン 27, **564**
野口米次郎 563
夜想曲《ノクチュルヌス》 564
ノグルミ 220
北十字《ノーザンクロス》 179
野尻抱影 662
ノスタルヂヤ農学校 **564**

野田玉川鉱山 589
野田村 484
ノット 466
のどぁ乾ぃでも… **564**
能登呂半島 295
のなも 115
野猫 556
ノネズミ、野ネズミ、野ねづみ 181, 203, 217, 557, 626, 699, 760
野々宿 644
野の福祉 **564**
のばかま **564**
ノバスカイヤ **565**
ノバスコシア半島 565
ノハナショウブ 59
「野ばら」 415
野ばら、野薔薇、のばら、ノバラ 26, 156, 264, 274, 292, 373, 452, 498, 548, 549, **565**, 588
延びたちて 749
野葡萄、野ぶどう、野ブドウ 634, 711
野風呂 **565**
騰《のぼ》って **565**
幟《のぼり》 455
野間守人 421
鑿ぐるま **565**
鑿のかをり 435, **565**
野村胡堂 160
ノラネコ 556
乗合自動車 487, 607
ノリツケドリ 314
のろぎ 143, **565**
狼煙、狼火、のろし 321, **565**
狼煙玉 321, **565**
ノロズキオホ、ノロスケオーホ 566
のろづきおほん **566**, 626
野絮 **566**
飲んでらべぁな **566**
のんのんのんのんのんのん **566**

【は】

はａこ **567**
バアクシャイヤ 631
はあそでござんすか **567**
ばぁでな **567**
バアバンクス　ブラザア **567**
パイ **567**
灰色錫 386
灰色ヅックの提鞄 390
灰いろはがね、はいいろはがね、はひいろはがね 372, 505, **585**
バイオタイト 567
バイオタさん 83, **567**, 623, 637, 645
ハイカラ 69
拝金主義 807
俳句 123, 124, 132, 161
「俳句入り江戸名所」 446
俳号 161
売春婦 675, 817
盃状仕立 398, 645
肺尖の浸潤 141
配属将校 698
ハイデラバード 65
拝天の余習 308, 494, **567**, 568
拝天の余俗 563, 568
配電盤 93
梅毒 297
胚乳 105, 220
ハイネ 113, 221, **568**, 785
『ハイネ全集』 568
『ハイネの詩』 568
背嚢 146, 213, **568**, 657, 661
灰野庄平 463
はいのひかり 508
ハイビャクシン 612
肺病 473
『俳風末摘花』 382
『俳風柳多留』 382
ハイフェッツ 350
パイプオルガン 117, 424
バイブル講義 453
這い松、ハイマツ 137, 277, 679
ハイリゲンシュタット 247, 442, 798
ハイリゲンシュタットの遺書 647
肺痨 **568**
パイロキシン 176
パイロープ 297
パヴォ 206
はうきだけ **568**, 569
硼砂《はうさ》 **657**
パウリスタ 508
南風《はえ》 **568**
蠅 782
バカザメ 305
博多帯 652
鋼《はがね》、はがね 26, 116, 125, 254, 259, 284, 326, 365, 479, 495, 597, 686, 766
はがねいろ 254
鋼の空 46, 479
袴 266, 284, 397, 414, 457, 720
袴腰 15
はきご **568**
バキチ **569**
はぎぼだし 568, **569**
萩原恭次郎 102, 480
萩原朔太郎 21, 22, 102, 257, 294, 297, 310, 363, 372, 393, 444, 689, 697
萩原昌好 330, 454, 496, 710
帛 126
白堊 42, 43, 44, 569, 570
白堊海岸 44
白堊紀 38, 42, 43, 44, 239, 263, 274, 339, 352, 432, 471, **569**, 649
白堊系 44, 339, 389, 570, 649, 742
白堊系の頁岩 569, 649, 742
白堊城 49, 249, **569**, 570, 697
白堊ノ霧 **570**
白雲石 527
はくうんぼく 333, **570**
柏影霜葉 539
白玉 **570**
白虹 543
白菜 59, 183, 268, 378, **570**
はくさんちどり 365
バークシャー豚 631, 638
白秋 818
白色超高温星 272
白色矮星 505
パクダ 203
白丁 **571**
白鳥 134, 264, 366, 631, 732, 752, 795, 807
白鳥伝説 264, 269, 366
白鳥湖 292
白鳥座 31, 132, 134, 179, 697, 788
白鳥停車場 516
「白鳥の歌」 264, 366, 415
「白鳥の湖」 795
白鳥陵 732

バクテリヤ **571**
白銅 **571**
白銅貨 571
バクトリア王国 167
白熱電球、白熱電燈、白熱灯 88, 495, 502, 614
白熱電球製造会社 614
博物館 30, 43, 190, 386, **571**
博物局十六等官 190, 776
博文館 545, 563, 744
白墨 570
白膜 193
薄明 172, 252, 571, 572, 673
爆鳴ガス 572
爆鳴気 572
薄明穹 142, 172, 223, 252, 329, 567, **571**, 572, 590, 713, 719, 769, 813
爆鳴銀 30, **572**
薄明光 571
『白羊宮』 263
舶来ウェスキー 69
伯楽、ハグラグ 57, 572
白燐 766
馬喰 **572**
羽黒山 245, 493
はぐろとんぼ **572**
バケツ 192, 417, 822
ばけもの 215, 336, 461, 473, 573
ばけもの格 573
ばけもの世界裁判長、ばけもの世界長、世界裁判長 17, 461
化物丁場 162, 325, **573**
ばけものパン 593
ばけ物律 168, **573**
ハゲワシ 573
禿鷲コルドン **573**
ぱこ 613
箱ヶ森、箱ヶ 7, 39, 163, 539, **573**, 792
函館、ハコダテ 65, 66, 87, 137, 417, 418, 642, 763
函館港 789
函館航路 418
函館天主教会 628
ハコダテネムロインデコライト 66, 137, 417
函館本線 642
箱根、函根 123, 177, 343, 660
箱根火山岩 177
『はこやなぎ』 573
はこやなぎ、ハコヤナギ **573**, 728, 732
パーゴラ **574**, 635
羽衣 264, 504
羽衣甘藍 238
葉桜 296, 575
バサーニオ 336
ばさばさのマント 689
ハジカミ 311
橋場 573
橋場軽便鉄道 325
橋場線 325, 573, 728
ハシバミ 596
ハシブトガラス 155
ハシボソガラス 155
はしむっけ **574**
はじめで聞でで… **574**
はじめの駑馬をやらふもの **574**
はじめるすか **574**
橋本勇 544
橋本大兄、橋本英之助 **574**
馬車 272, 293, 395, 647, 756
馬車鉄道 222, 418
ハーシュ 705
播種 538
波旬 443, **574**, 575, 673, 678
芭蕉 472, 532, 547
波状雲 548
馬神 471
ハス、蓮 807
バス(車) 486, 487
最低音《バス》、バス 112, 452, 477, 579
パス **575**
波水 423
パスターナック、ヨセフ 282, 350, 373, 803
はすの花 317
バースビール 617
パースレー、バースレー **575**
はぜ 705
ハゼ 134
長谷川テル 87
走せる走せる、はせる 8, **575**
馬橇 247, 288
はた 58, 59, 85
幡 53, 511, 512, 525, 684
旗 20, 138, 320, 321, 511
旌、旄 20, 320, 321
バター、牛酪《バター》、バタ 31, 72, 188, 201, 219, 220, 467, 567, **575**, 593, 687, 820
馬大師 153
裸のモナド 719
ハダカムギ、裸麦 705, 706
撲《は》だぐ **575**
旗雲 **575**
バタグルミ 220
畠山重忠 502
バタの花 575
ばだばだたた 219
羽田県属 239, 260, **576**
羽田正 576
畑山博 190
ばだらの神楽 129, **576**
パータリプトラ 13
斑雪《はだれ》 748
はだれゆき 748
巴旦杏、巴丹杏 212, **576**
蜂 3, 28, 92, 130, 274, 383, 711, 717
八功徳水 **576**
八十華厳 232
八十随形好 285
はちすゞめ、蜂すゞめ、蜂の雀、蜂雀 1, 52, 293, **576**, 747
八舌の鑰 326
八大地獄 321, 442, 490
八大明王 432
八大竜王 540, 695, 762
ハチドリ 576
八熱地獄 21
八戸 77, 274, 305, **577**
蜂函(函) **577**
八部衆 200, 726
八分儀 405
八幡 39, 48
八幡館 174
八幡平 244, 601
八幡平国立公園 131, 266
八幡祭り 310
鉢森山 533
爬虫 569
爬虫類 43, 153, 174, 348, 352, 406
跛調 **577**
鈸《はつ》、鈸 **577**
薄荷 578

白海 578
八海 350
ばっかぃ沢 **577**
発火演習 52, 490, **577**
バッカス 430
薄荷水 578
薄荷糖 **578**
ハツカネズミ 557, 558
薄荷油、ハッカ油 **578**, 689
白極海 **578**, 650, 757
白金 21, 60, 91, 98, 110, 129, 171, 298, 362, 464, 478, **578**, 637, 728, 789
白金海綿 362, 637
白金環 48, 83, 129, **578**
白金黒 **579**
ハッギンス、W. 523
白金線、白金線屑 98, 578
白金鉱区《やま》 21, 60, 298
ハツクニー 78, 428, **579**, 652
八けも置ぐやうだぢゃ 273
「初恋」 768
発酵 6, 260, 390, 459, 467
白虹 543
ハッコウダゴヨウ 277
八甲田山 277
『白骨の御文章』 615
八識、八識説 205
八宗 763
八正道、八聖道 708
発疹チフス 469
バッスうたひ **579**
発声映写機 88
パッセン大街道 **579**, 610
バッダイ河 205
バッタカップ 201
初蕈 **579**
船倉《ハッチ》 417
発電機 438, 624
発電室 746
発電所 197, 303, 474, 495, 503
発動機 303, **579**, 717
般涅槃 510
巴図《はづ》の粉 **579**
発破 52, 92, 259, 294
バッハ、J. S. 648, 748, 777
ハッブル 37, 196, 393, 396
ハッブルの法則 393
発泡酒 290
八方山 190, 708
はつれて **580**
馬蹄 145
馬丁 **580**, 647
ハーデイフロックス 35, **580**
はでな、はぇでな **580**
パデレフスキー 567
パテントの外套 170
鳩、はと、ハト 476, 494, **580**, 749
馬頭観音 165
馬頭人身 200
馬頭星雲 116
波動説 550
鳩だの鷹だの… **580**
パトモス島 363
穎花《はな》 85
花梅 **580**
花謝《お》ちし 217, **581**
花菓子 133, 716
ハナカンナ 168
はなかんらん、花甘藍 238
ハナコ 316
花紺青 **581**
波那沙樹 594
バナジウム 362, 789
ハナショウブ 443
バナジン 789
ハナタデ 453
はなづら **581**
バーナード・ループ 116
バナナ 90, **581**
バナナン大将 21, 90, 359, 364, 394, 398, 534, 542, **581**, 586, 592, 628, 630, 636, 674
花の爵 **581**
花火 40, 282, 321
ハナビラニカワタケ 174
花巻 10, 11, 15, 19, 21, 34, 39, 42, 48, 53, 61, 64, 98, 100, 105, 106, 107, 117, 119, 141, 143, 150, 169, 177, 182, 190, 191, 227, 269, 276, 279, 290, 291, 298, 304, 305, 324, 363, 365, 385, 405, 418, 445, 447, 451, 452, 469, 483, 495, 500, 501, 503, 510, 512, 522, 525, 534, 535, 536, 537, 543, 544, 545, 546, 559, 579, **581**, 582, 583, 586, 587, 588, 597, 600, 616, 648, 658, 660, 685, 688, 696, 698, 699, 700, 701, 707, 708, 711, 717, 731, 737, 753, 754, 755, 766, 768, 777, 796, 815
花巻駅 61, 212, 334, 544, 579, 581, 582
花巻温泉 39, 141, 145, 151, 224, 268, 269, 378, 403, 434, 495, 500, 501, 516, **582**, 588, 601, 606, 675, 735, 736
花巻温泉株式会社 735
花巻温泉線、花巻温泉電気鉄道 495, 500, 501, 588
花巻果樹農業協同組合 768
花巻川口小学校 437, 724
花巻川口町 135, 136, 365, 407, 517, 543, 546, 698, 700, 753, 765, 782
花巻教会 445, 545
花巻共立病院 446, 814
花巻空襲 415
花巻高女、花巻高等女学校 227, 283, 361, 362, 445, 583, 629, 700
花巻座 143, 782
花巻祭 699
花巻市 11, 39, 42, 48, 53, 88, 89, 93, 102, 106, 135, 145, 168, 169, 208, 212, 217, 248, 267, 275, 276, 284, 304, 307, 327, 328, 329, 403, 426, 433, 434, 473, 493, 501, 502, 511, 517, 530, 534, 535, 537, 544, 556, 581, 582, 583, 599, 600, 603, 611, 612, 630, 680, 698, 796
花巻城 327, 586, 600
花巻小学校 136, 328
花巻城址 366, 523, 582
花巻女学校 629
花巻税務署員 365
花巻大三叉路 217
花巻ヂッコ 241
花巻地方 42, 57, 73, 79, 103, 113, 117, 169, 181, 273, 283, 316, 395, 459, 493, 536, 572, 657, 682, 707, 711, 717, 726, 746, 768
「花巻地方のりんご」 768
花巻町 136, 220, 275, 453, 581, 599, 662, 731, 765
花巻電気会社 495, 503
花巻電鉄、花巻電気軌道 329, 500, 543, 582, 588

花巻農学校、花巻農校　6, 54, 87, 96, 97, 103, 106, 112, 141, 150, 153, 161, 193, 225, 227, 249, 265, 283, 291, 297, 303, 334, 343, 361, 365, 388, 446, 447, 512, 517, 518, 545, 561, 564, 581, 582, **583**, 616, 619, 629, 630, 698, 753, 777
花巻農学校跡　527
花巻農学校精神歌、精神歌　110, 249
『花巻農校同窓会誌』　97
花巻バプテスト教会　445
花巻病院　141, 583
花巻仏教会　10, 248, 701
花巻文化会館　334, 527, 583
パナマ草　584
パナマ帽　340, **584**, 706, 762, 790
ハーナムキヤ　582
花椰菜　322, 507, **584**
花輪線　260
馬肉　**584**
埴《はに》土《ひ》壌《じ》土　300
弾《バ》条《ネ》　**584**
はねあるぐ　38
羽根子剣舞　244
パネル　**584**
パノラマ　183, 284, 310, 391, 587
ばは　53
脛巾《はばき》　186, 488
ハハキギ、ははきぎ　263, 569, 657
母木光　447
はゞけて　**584**
ははこぐさ　**585**
ハーバートソンの自然区分　294
『母をたずねて三千里』　560
バーバンク、L.　567
バーバンク・ポテト　567
八幡船　261
はひいろはがね、はいいろはがね　26, 46, 254, 259, 284, 372, **585**, 778
はひびやくしん　612
這ひ松、はひまつ　22, 137, 679, 680
バビロニカ、バビロニ柳、バビロン柳　113, 727
葉笛　415, **585**
半蔭地《ハーフシェード》　157, 594
羽二重　**585**
バプテスト派　453
馬糞　341
パベーダ峰　499
馬宝　219
葉牡丹　238, 572, 590
破煩悩魔／破五蘊魔／破死魔　241
葉巻タバコ　200, 413, 469, 623, 722
ハマグリ　608
ハマダラカ　120
ハマチ　638
浜千鳥　468
ハマナシ　585
はまなす、浜茄子、浜薔薇《はまなす》　113, 294, **585**
浜の離宮、浜離宮　484, **586**
浜離宮庭園　586
ハマバラ　585
バーミキュライト　617
葱嶺《パミール》、パミール　375, 396, 478, 499
パミール高原　155, 402, 449, 477, 478, 734
バーミンガム　358
ハミングバード　576
ハム　108, 309, **586**
ハームキヤ、ハームキア　120, 225, 283, 360, 582, **586**
ハムサンドウヰッチ　586
羽虫　9, 40, 62, 156, 444, 566
はむばき　149, 186
ハムマア　91, 244
ハムラビ法典　205
早駆け　471
早ぐ草刈って…　**586**
早坂　**586**
早坂口　586
早坂一郎　220
早坂高原　260
早矢仕有的　685
早瀬川　514
早池峰　1, 101, 102, 129, 417, 525, 526, 624
ハヤチネウスユキ草　586
早池峰神楽　102, 129
早池峰国定公園　586
早池峰(峯)山　48, 61, 62, 64, 91, 96, 101, 102, 155, 162, 171, 190, 192, 232, 236, 269, 284, 306, 341, 377, 449, 514, 526, 541, **586**, 587, 600, 612, 624, 630, 720, 724, 725, 751
早池峰神社　155, 586
『早池峯物語』　624
早池峰薬師　587
早池峰流岳神楽　724
はやて　**587**, 789, 790
隼人　**587**
はやぶさ　298, **588**
羽山　433, 434, **588**
羽山信仰　588
馬油、バーユ　432, 757
美ゆくも成りて　**588**
ばら、薔薇　75, 198, 558, **588**, 665, 773, 783
波《は》羅《ら》夷《い》　313, **588**, 773
茨海小学校　**588**
腹かけ　**589**
ハラカケドンブリ　**589**
はらから　**589**
薔薇輝石　341, **589**, 739
波羅羯諦《はらぎゃあてい》　**589**, 596
茨久保、茨窪　588
バラコック、バララゲ、ボラン、ボラン、ボラン　97
波羅僧羯諦　菩提　薩婆訶　596
茨島野　588, **589**
原子朗　67, 343, 438, 456, 472, 551, 688
パラス　572, **589**
原体　152, 457
原体剣舞連、原体剣舞　151, 152, 244, 245, 590
パラダイス　58
原体村　86, 243, 244, **590**
原敬　401
ハラタケ　341
原田耕造　534
腹鼓　**590**
ハラッパ　65
原信子　413
原信子歌劇団　459
ばらの実　208, 773
払ひ下げさないはいべがぢや　411
掃ひし　727

パラフォン、パラフキン　214, 461, 587, **590**
パラフキンの霧　590
パラフキンの雲　590
パラフキンの団子　590
払へ下げで呉べが　**590**
波羅蜜　325, **591**, 594
波羅蜜樹　594
波羅蜜山　**591**
婆羅門　70, 270, 464
バラモン教　95, 671
バララゲ　97, **591**
玻璃　156, 334, 400, 487, **591**, 668, 676, 774
榛　596
ばり　**591**
パリ外国宣教会　628
はりがねの槍　340
針金虫　**591**
玻璃器　156
パリ・コンミューン　636
玻璃樹　657
パリ条約　392
パリスグリン　**591**, 604, 625, 786
ハリストス正教会　542
玻璃製の停留所　156
玻璃台　156, 473
玻璃蛋白石　**591**
バリトン、バリトン歌手　303, 335
巴里の会議　667
玻璃ノマド　156
玻璃末の雲の稜　156
杳《はる》かなり　538
春木場　7, 162, 573
バルクル　499
バルコック　バララゲ　ブランド　ブランド　ブランド　97
バルサム　**591**, 658
パルス　256, 371
バルト海沿岸　274
ハルトマン　353, 406
バルドラ　300, **592**
バルドラの野原　300
榛名山　123
春のいちれつ　257, 291
春の午の日　311
春のお勤め　296, 444
春の器械　383
はるの樹液　515
春の底　426
春の大三角形　323
春の弔(弔)旗　509
春の道場　510, 559
春の七草　457
春信　428, **592**
春の胸　245
春の雷気　438
パルバース、ロジャー　754
パルプ　27
パルメット　**592**
ハルレヤ　363, **592**
ハルン＝アッラシード　27
馬鈴薯　117, 124, 186, 439, 504, 522
馬櫪神　470
ハレー彗星　116, 379
ハレルヤ　592
ばれん　**592**
バレンツ、ウィリアム　392
ハロウ　**592**, 593, 767, 769
ハロゲン元素　633
準男爵《バロネット》　232
破和合僧　21
ハワード、エベネザー　421
歯を謝せし　**593**
判　319
赤楊《はん》　596, 597, 613
ハーン、ラフカディオ　128, 444, 736, 737
パン、ぱん、麵麭《パン》　33, 72, 85, 133, 140, 271, 398, 402, 415, 570, 575, **593**, 594, 604, 634, 705, 714, 777, 785, 789
半蔭地　157
半蔭地選定　157, **594**
半靴　209
版画　83, 142, 143, 404, 428, 628
蕃茄　521, 522
挽歌　87, 123, 136, 230, 231, 247, 293, 294, 388, 447, 547, 564, **594**, 701, 760, 799
はんかけ　120, **594**
ハンガリアン・ラプソディ二番、ハンガリー狂詩曲第二番嬰ハ短調　777, 802, 805
ハンガリー種　579
パン皮火山弾　133
半鹹　164
半貴石　280
反帰以娣　750
半穹　190, 594
半穹二グロス　**594**
バンクス松　**594**
はんぐはぐ　**594**
晩げ　**594**
パンケーキ　**594**, 817
ハンケチ、はんけち　346
半月　13, 22, 94, 279, 593
晩げな　594
バンゴ　739
パン酵母　260
反菜食主義者　685
煩瑣哲学　695
判釈　319
反射望遠鏡　550, 656
反射炉　85
半旬　**595**
半霄　**595**
斑晶　34, 405, **595**
「反情」　629
板状結晶　744
板状節理　471
万象同帰　381, 401, **595**, 769
盤鉦木鼓　311, **595**
半深成岩　131, 138, 405, 714
反神秘主義者　646
ハンス　71, **595**
バンス！　ガンス！　アガンス！　**595**
伴星　37, 243, 505
伴星雲　679
ハンセン病　751
汎太平洋会　87
パンタ-レイ　597
ハンチング　340
はんて　107, **595**
汎神論《パンティズム》　317
半纏　142, 589
礬土　309
バンドウイルカ　60
ばんどり　698
半肉彫像　**596**, 739
般若　325, 664
般若心経　163, 353, 479, 589, **596**
般若波羅蜜　591
般若波羅蜜多心経　596

判任 401
判任官待遇 472, 576, **596**
判任文官 401, 504
パンの会 447, 596
パンの神 207, **596**, 694
はんのき、はんの木、はん、赤楊の木 30, 31, 42, 125, 161, 220, 270, 308, 340, 347, 385, 492, 494, 546, **596**, 597, 615, 693, 796
パンの木 593, 594, 596
麺麭の実 594
輓馬、挽馬 78, 579, 652
はんばき、巾脛 149, 186
帆布 **597**
半分ごりゃ **597**
万法流転 **597**, 710
汎北極星 38
パン、ポラリス 38, 392, 728
番水 521
斑猫 557, **597**
ハンムンムンムンムン・ムムネ市 466
万有引力 550
斑糲岩 138, 178, **597**

【ひ】

ビーア 747
火ぁ消でらたもな **599**
ヒアシンス、風信子華、風信子 141, 509, **599**, 622
ビアズリー 363, 397
ヒアデス星団 198
ピアノ 69, 339, 361, 564, 629, 819
ビーアの澱 280
ピアノ・ソナタ 425
ピアノ・ソナタ第一三番 795
ピアノ・ソナタ第一四番「月光」 777, 795
ピアノ・ソナタ「熱情」 648
ピアノ・ソナタ「悲愴」 648
ピアノ・フォルテ 802
肥育 23
ひいさま 532
日居城野 **599**
びいどろ 156, 229
火打ち石、燧石、ヒウチ石 109, 605
稗、ひえ、ヒエ 120, 149, 158, 173, 188, 314, 461, 594, **599**, 601, 632
比叡山 327, 377, 434, 435, 545, 702
比叡山伝教大師千百年遠忌 660
冷立稲 153
稗田阿礼 269
ピエトロ公子 445
稗貫 241, 337, **599**, 641, 658, 699
稗貫川 101, 177, 449, 600, 724
稗貫郡 48, 53, 93, 101, 102, 117, 145, 168, 169, 208, 212, 248, 259, 276, 361, 445, 447, 449, 518, 534, 535, 537, 576, 581, 583, 624, 630, 669, 724, 725, 740
稗貫郡蚕業講習所 583
稗貫郡地質調査、稗貫郡土性調査 408, 449, 518
稗貫郡役所 227, 518
稗貫産馬組合 314
稗貫氏 600
薭貫禰子兵庫助 556
稗貫農学校 103, 106, 161, 193, 227, 283, 297, 361, 365, 446, 447, 517, 583, 629, 630, 669, 699
稗貫農蚕講習所 583
稗のつぶ、ひえつぶ 113, 594, 599
ピエロ 97
稗和支部 337, 641
鼻炎手術 469
牡丹《ピオネア》 **600**
日覆い、日おほひ 494, 500
ビオラダガムバ 69
ビオロン 385, 459
ビーカー 112, 643
比較解剖学 **600**
日暈 238
ひかげのかつら **600**
干菓子 133
東磐井郡 61, 103, 191, 387, 462, 512
東磐井蚕業本科 103
東岩手外輪山 114, 123
東岩手火山 62, 63, 124, 725
東岩手山 62, 214
東海岸視察団 150, 510, 731
東橄欖山地 171, **600**
東田川郡 153
東本願寺 670
東前川山 377
東山町 61, 387, 462
東吉野村鷲家口 99
東ローマ帝国 602
旱《ひ》からびだ **600**
光エネルギー 502
ヒカリゴケ、ヒカリゼニゴケ 231
ひかりのうつろ 749
光の渣、ひかりの澱 426, 747
光の回折 249
光の外套 689
光の目録《カタログ》 197
光の酒 473
ひかりの素足 2, 44, **600**
光の波動説 249, 256
光の微塵 494, 692
光の粒子説 249, 256
光の環 768
光パラフキンの蒼いもや 590
光桃 482
光る雲の環 250
彼岸 382, 591
『彼岸過迄』 50, 259, 320
ヒガンバナ 124
蟇 124
ひきがえる、ヒキガエル 105, 124, 216
ビキコ 124
ひきざくら 175, 676
引湯 436, **601**, 735
比丘 270, 324, 341, 346, **601**
矮《ひく》い **601**
ビクター 67, 185, 303, 777
ビクターオーケストラ 282
ビクターカタログ 67, 152, 160, 373, 423, 468, 640, 709, 800, 802, 803, 805, 814
ビクター軍楽隊 640
ビクター・コンサート・オーケストラ 373, 800, 803, 805
ビクター蓄音器会社 803
樋口一葉 109
ビクトルカランザ **601**
比丘尼 324, 341, 601
羆熊、ヒグマ 212
氷雲 505, 605, 707
ビーグル号 187, 443

ピクルス　116, 607
髭題目　327
微光　626
飛行船　356, **601**
匪虎匪豹《ひこひこう》　**602**
非虎非羆《ひこひひ》　602
鼻根　784
ひさげ　24, **602**
凍雨、氷雨　135, **602**
ビザンチン　176, **602**
ヒジキ　224
鼻識　205
ヒシクイ　162
非時食戒　341
秘事念仏　72, 241, **602**
匪兕匪虎《ひじひこ》　602
秘事法門　241
ひじみ鳴り　**603**
柄杓　262
毘沙門天　19, 23, 512, 525, **603**, 726
毘沙門天像　525, 537
美術工芸協会　821
ピジョン・ブラッド・ルビー　774
翡翠、ヒスイ　161, 177, **604**, 781
翡翠いろ　**604**
ビスケット　133, 140, **604**
ビスマス　292
ビスマルク　374, 636
砒素　591, **604**, 789
非想非非想天　75
砒素鏡　125, **604**
ひそに　**605**
卑懦　**605**
鐚《びた》(鉳)　**605**
日高小路　605
日高神社　158, **605**
日高野　**605**
日高火防祭　605
日高見　605
日高見川　177, 605
日高見野　605
ひたき　**605**
ピタゴラス　605, 606
ピタゴラスの定理　605
ピタゴラス派の天球運行の諧音　134, **605**
『常陸国風土記』　605
火棚　**606**
ビタミン　467, 708
ビタミンB　142, 277
ビタミンB_1　142
ビタミンD　196
ヒダリギッチョ　270
火蛋白石　465
ビヂテリアン　188, 189, 293, 298, 412, 575, **606**, 608, 631, 680, 683, 818
ビヂテリアン月報　492
ビヂテリアン大祭　144, 641
ビチュコ　124
びっき、ビッキ　124, **606**
ビッキノハ　685
畢竟　210, 264, 278, 291, 317, 404, 435, 500, 563, **607**
ビッグス　424
ピックル　116, 267, **607**, 666
ヒッコ　**607**
羊　185, 202, 340, 468, 558, 666
羊飼　308
ヒツジグサ　296, 694
畢宿《ひっしゅく》　198
松脂岩《ピッチストーン》　356
ヒッツミ　395
ピッピー草　388
蹄、ひづめ　145, 202
日詰　341, 368, **607**
日詰町　368, 607
秀衡街道　236
ひでやづだぢゃ…　**607**
日照り、旱、旱天、日でり、ひでり　6, 78, 117, 164, 169, 170, 207, 289, 404, 673, 694, 695, 725
日照り雨、ひでりあめ　78, 204
旱の鬼神　169
ヒデリノトキハナミダヲナガシ　169
飛天　158, 477, 504
単衣　158
人首《ひとかべ》　53, 77, 86, 451, 452, 603, **607**
人首街道　278
人首川　177, 607
人首町　452, 607
人首丸　452, 607
人首村　607
一遍《ひとがへり》、一がへり　288, **608**
日時計花壇　269, 583
人欺してこったな…　**608**
奴凧こ《ひとつこばだ》　539
『一つの霊魂の履歴』　398
孤輪車《ひとつわぐるま》　51, 109, 791
ひとで、ヒトデ、海盤車　75, 133, **608**
人の王　741
人見東明　372
ヒドラ　**608**, 770
海蛇座《ヒドラざ》　80
日取り、ヒドリ　169
一人して　**608**
湿田《ヒドロ》、干泥、ひどろだ　122, 140, **608**
ビードロ　156
ひなげし、雛ゲシ　233, 488, 589, **608**
雛子剣舞　244
ビーナス　199
日向居木山　611
日夏耿之介　27
卑那やか天、毘那夜迦天　**608**, 625, 687
火縄銃　14
ピネン　157, 493, **609**, 762
日野有範　377
火の鱗　538
日ノ神　723
氷の上山　**609**
檜、ひのき、ヒノキ　14, 49, 106, 153, 191, 200, 234, 270, 291, 357, 368, 384, 419, 579, 589, **609**, 610, 635, 640, 748, 749, 760
ひのきの髪　151
栂の緑廊　610
火の島　**610**
陽の谷　431
ピーノット　152, 560
『美の哲学』　353
否のなかに　**610**
火の見はしご　801
ヒノヤ、ヒノヤタクシー　431, 432
ひは、ひわ　71, 324, **610**, 730
檜葉、ひば　14, 220, 268, 401, **610**, 615, 753
海狸《びばあ》　455, **610**, 689
ひば垣　610
日ハ君臨シ　156

ひばり、雲雀 81, 214, 302, 458, 533, 576, 579, **610**, 796
裂罅《ひび》、ひび 45, 46, 264, 379, 448, 479, 778
日比谷 330
微風 138
ピペット **611**
火祭 **611**
ヒマラヤ 20, 477, 524, 525
ヒマワリ 650, 802
卑慢 360
ヒームカさん 341, 611, 612
ヒームキア、ヒームキャ 360, 586
姫神 131, **611**
姫神岳 611
姫神山 190, 260, 269, 464, 611, 612
ヒメコマツ 277
ヒメジャゴケ 231
ひめははこぐさ **612**
姫宮大円 334
びやう **612**
百界 327
百刈 79, 612
百刈勘定 **612**
白業 264
白毫 311
百丈 153
びゃくしん **612**
百駄 **612**, 616
ビャクダン 462
百不知童子 317
百万遍の石塚 **612**
百論 135
少《びゃ》こ 567, **613**
ヒヤシンス 484, 599, 707
『百科全書』 685
ひゃっけが 483
冷で **613**
日傭いかせぎ 169
ビヤホール 617
冷麦 705
ビュウレット **613**
ヒューズ 292
ビューヒナー、ルートヴィヒ 796
ビュフェ-クランポン社 216
ビューフォート風力階級 789
譬喩品第三 575, 702
ピューリタン 397
ビュレット 613
ひよ 615, 779
雹 113, 115, 409, 602, 614
「病院の窓」 683
氷雲 505, 605, 707
雹雲 409
氷華 347, 597, **613**, 803
氷河 1, 155, 219, 546, **613**, 615, 636
氷河時代 1, 255, 613
氷河鼠、ヒョウガネズミ 557, 565, 650
氷期 613
驃騎兵 **613**
病気よりも何が虫だないがべすか **613**
氷結 614
萍郷炭田 170
氷醋酸 **614**
氷醋弾 24
氷山 367, 437
氷床 219
氷晶 238, 405, 409, **614**
氷晶石 614, 633
猫睛石 185
漂石 615
標題付交響詩 805
標題主義は続感度 **614**
瓢簞、ヒョウタン 108
氷凍 **614**
氷燈 **614**
屏風尾根 123
標本 146, 202, 490
氷霧 2, 236, 274, 397, **614**, 619
雹雷 409, **614**
憑霊現象 **615**
漂礫 **615**
兵糧パン 593
ひょっとこ 611
ひよどり、ヒヨドリ **615**, 779
日和下駄 13
日和山 48
変《ひょん》た、ひょんただ、ひょんたな、変たに、ひょんたに 479, 540, **615**
平泉 452, 532
平泉駅 61, 457
平泉文化 472
平泉町 60, 276, 430, 472
平井保三 416
びらうどこがね 618
びらうどのマント 689
びらうどの股引 720
平尾隆弘 425
平織、平織り 54, 187, 618
平鹿郡 644
平賀ヤギ **615**
ひらごとに 570
平沢信一 652
平田禿木 784
平出川 544
平野サイダー 290
平帽子 340
ピラミッド 392, 398, 523, 592, **615**
砒硫 604, **615**
肥料 24, 51, 56, 72, 79, 91, 92, 147, 151, 157, 163, 173, 189, 201, 204, 261, 262, 265, 277, 355, 356, 358, 410, 411, 438, 442, 462, 477, 519, 536, 561, 583, **616**, 679, 683, 688, 731, 766, 770
肥料三要素 770
肥料設計 383, 616, 782
肥料設計事務所 616
肥料設計書 459
肥料設計相談、肥料相談所 48, **616**, 782
肥料倉庫 2, 147
蛭、ひる 37, 166, **616**, 801
ビール 110, 160, 211, 274, 280, 290, 323, **617**, 619, 666, 705, 802
蛭石 **617**, 623, 766
蛭石病 623, 766
毘盧遮那仏 232
ヒルティ 338, 606
ヒルトンとその管絃楽団 738
ひるの十四の星 84, **617**
午《ひる》まがら **618**
昼まで明りくて… **618**
ひるまの底 426
緋レンジャク 778
びろうど、天鵞絨《びろうど》 286, 618, **618**, 788
びろうどこがね **618**
弘前宮沢賢治研究会誌八 120,

385
寛《ひろし》 297, 449
広重 303, **619**, 660
広田尋常高等小学校 629
ひわ色 610
琵琶湖 140, 547
瓶 91, 154, 170, 198, 244, 290, 335, 416, 617, **619**, 623, 717, 739, 756, 781
玢岩 138, 266, 519, **620**, 714
貧弱カランザ 601
ヒンズー、ヒンヅー 66, 167, 396, 422
ヒンズー教 66, 394, 460
ビンヅマテイー 13, **620**
瓶詰 58, 267, 607
ヒンデンブルク号 602
ヒンドゥー・クシ山脈 155
ヒンドゥ神話 609
牝馬検査 428

【ふ】

斑 139
麩 458
撫 636
ファイアーオパール 465
ファイア現象 210
華麗樹品評会《ファイントリーズショウ》 161
「ファウスト」 335, 380, 459
『ファウスト』 713
ファゴット 423
ファーストスロープ **621**
ファゼーロ、ファゼロ 209, 296, 489, 586, **621**, 680, 744, 783
不悪口戒 635
ファネルラ 677
ファリーズ小学校 **621**
ファリンドン 638
ファンタジー 795
ファンテプラーク章 **621**
ファント・ホフ、J. H. 819
浮標《ブイ》 320, 321, **621**
フィウマス、腐植質《フィウマウス》 628
フィーガロ、フィガロ 335, 413, **621**
「フィガロの結婚」 413, 621, 777
怖畏急難 414
ふいご 92, 355, **622**
魚口星雲《フィッシュマウスネビュラ》 294, 767
フィナーヤカ 609
回々《ふいふい》教徒 344, **622**
フィヨルド 1
フィラデルフィア交響楽団 373
フィラメント 461
フィリッピン・ジャズバンド 339
フィールド、J. 564
不飲酒戒 262
フィンランド公使 87
風韻性の遺伝 **622**
風桜 **622**
風化 105, 170, 302, 462, 623
風化火山灰 785
封緘葉書 167
風景観察官 **622**
風隙 821
凬月堂米津 1, 604
風向計 622
風谷 821
夫子 **622**
風象 139, **622**
風神 432
風信器 **622**
風速計 622, 784
フウチョウ 266
瘋癲病院 **623**
風童 131, **623**
風伯 53, 198
風病 **623**
フゥフィーボー博士 114, 160, 168, 414
風力計 622
風輪 159, 278, 312, 382, **623**
風鈴草 152
プウルウキインイイ 623
プウルキインの現象 240, **623**
封蠟 **623**
封蠟細工 668
フェアスモーク **623**
フェイズ 811
フェニキア文字 205
笛貫の滝 449, 586, 624
フエノール 221, **623**, 624
笛ふきの滝 449, 586, **624**
フェリシアン化カリウム 465
フェロシアン化鉄 651
フェロシリコン **624**
フォーク式経緯台 477
鳥踊《フォーゲルタンツ》 **624**
フォスフォリック　アシッド 770
フォックス・テイル・グラス 800
フォード氏 87
フォービズム 333
フォルトゥニイ、M. B. 800
深川佐賀町 85
「富嶽三十六景」 143, 308,661
深沓 209
深沢省三 173
不可思儀、不可思議 257, 311, 337
吹がせだらべも **624**
不可知 168
『普勧坐禅儀』 300
浮岩質 **624**
蕗、ふき 100, 250, 507, 577, **624**
吹雪《フキ》、漂雪《フキ》 241, 260, 304, 504, 513, **624**, 625
不綺語戒 214, 635
フキ沢 577
「蕗の下の神様」 282
蕗の薹、フキノトウ 376, 577, 624
蕗の葉 150, 282
漂雪《フキ》は奔りて 513
不軽 360
不軽菩薩 601, **625**
不空羂索観音 165
副虹 8, **625**
複合火山 62
複合体 128, 185, 503, 736, 737
福沢諭吉 467, 575, 685
複式火山 114, 123, 218
福島章 216, 502
輻射 587, **625**
輻射線 196
フクジロ 609, **625**, 626
福助 625, 626
副生し **626**
福の神 299
伏流 487, 626
ふくろう、ふくらふ、梟、フクロウ 49, 191, 232, 234, 286, 302, 328, 342, 349, 556, 566, 573, **626**, 660, 699, 761, 773, 804, 815

梟紺屋　528
複六方錐　**626**
浮華《ふくわ》　807
普賢菩薩　68, 233, 334, 421, 425, **626**, 632, 673
普賢菩薩観発品第二十八　421, 627, 702
富鉱体　557
普香天子、普光天子　188, 479, **627**
フゴッペ洞窟　492
フサ河　565
巫戯化たる　**627**
フサランダー　347
藤　288, 574, **627**, 632, 698
藤井宣正　20
節糸　**627**
藤井レンズ　656
富士岩　177
臥牛《ふしうし》　426
プジェ、アルマン　628
プジェー師、プジェー神父　453, **628**, 721
富士川　165
不識　460
『不思議の国のアリス』　357
藤沢　70
富士山、富士　391, 404, 434, 450, 779
プシシスム　372
藤女子大「紀要」　432
麩質　336
藤つる、藤蔓　627
藤根　98, 222, **628**, 644
「『藤根禁酒会へ贈る』をめぐって」　385
藤根村　385, 628
富士見の飛脚　619, **628**
不邪婬戒　262, 635
不邪見戒　635
プシュケー　19, 41, 372
巫術　340, 341
不浄　252
奉請　47, 511
腐植　265, 547, 565
腐植土　211, 223, 420, 494, **628**
藤原、藤原健太郎　**629**
藤原御曹子　229, **629**, 700
藤原嘉秋　629
藤原嘉藤治、藤原草郎　69, 173, 174, 229, 361, 415, 517, 583, **629**, 630, 648
藤原慶次郎、藤原健次郎　237, 422, 439, **630**
藤原三代　472
藤原清作　**630**
藤原忠通　327
「婦人画報」　524, 700
不瞋恚戒　635
ブスケ、シルベン　398
ふすま　23, 458
フズリナ配電盤　93, **630**, 649
布施　70, 325, 465, 663
不生産式体操　**630**
浮石糖　159
不殺生戒　262, 635
布施波羅蜜　591
フーゼル　**630**
フーゼル・オイル、フーゼル油　630
豚　23, 130, 168, 187, 192, 202, 411, 415, 468, 517, 584, 586, **631**, 638, 725, 745, 790
二重回し　68, 528
二重マント　68, 688
双子、双子座　80, 105, 380, 473, 547, 631
双子の星　**631**
二子村、二子　39, 782
二葉亭四迷　87
二見　**631**
二見ヶ浦　631
『二人の擲弾兵』　221
『二人の老人』　526
斑石　**632**
淵沢川　**632**
淵沢小十郎　212, 217, 383, 696
ぶちだして、ぶちて　**632**
ふぢつき　**632**
不偸盗戒　262, 635
仏慧　252, 735
仏縁　249
仏炎苞　682
仏火　65, 268
仏界　233, 327, 422, **632**, 687, 707
仏閣　179
ぶっかして、ぶっかす　534
仏経　**632**, 765
仏教　43, 44, 46, 52, 64, 66, 95, 131, 146, 162, 164, 167, 175, 176, 182, 186, 188, 189, 203, 232, 248, 251, 261, 263, 264, 268, 270, 277, 278, 279, 284, 309, 311, 312, 314, 315, 319, 324, 327, 336, 337, 340, 343, 350, 354, 378, 396, 398, 399, 405, 412, 421, 424, 426, 429, 431, 435, 442, 444, 467, 478, 577, 603, 606, 609, 622, 657, 671, 676, 695, 696, 702, 703, 735, 749, 762, 765, 768, 772
仏教音楽　262, 263
仏教夏期講習会　334
仏教学　730
仏教講習会　248
仏教講話　334
『仏教語大辞典』　424, 687
仏教思想　401, 702, 763, 765
『仏教辞林』　20
仏教説話　394, 741
『仏教大辞典』　625
仏教徒　324
『仏教の世界観』　460
仏教文学　702
ぶつきりこ、ブツキリコ　**632**
ぶっきり棒、物切棒　**632**, 633
仏具　145, 229, 263, 509
仏眼　657
『復刻「濁酒に関する調査(第一報)」』　696
仏国土　632, 707
仏国品　252
フッサール　241
仏子　632
物質　18, 45, 46, 89, 128, 256, 261, 278, 279, 308, 328, 380, 382, 399, 424, 439, 441, 461, 499, 550, 616, 623, 646, 692, 706, 711, 718, 727, 770, 773, 778, 796
仏舎利　279, 342
ブッシュタイプ　**633**
仏性　68, 135, 205, 327, **633**, 666
仏心　233
仏身　111, 285, 313
『仏説太子瑞応本起経』　368
弗素、フッ素　63, 519, **633**
仏像　101, 162, 167, 394, 494, 774
仏足跡　311

仏足石　601
仏陀、ブッダ　66, 127, 155, 359, 574, 633, 667, 702
ブッダガヤー　304, 510
仏駄跋陀羅《ブッダバドラ》　232
仏頂　633
仏頂石　109, **633**
仏頂体　278, 403, **633**
降つてげだごとなさ　**633**
振ってゐる　259
仏典　101, 323, 424, 546, 550, 670, 775
仏殿　145
仏土　252, 422, 632, 707
仏塔　253, 525, 588, 609
仏頭石　633
仏法　49, 192, 200, 300, 345, 360, 384, 416, 452, 460, 503, 510, 597, 657, 659, 680, 713, 726, 773
仏・法・僧　172, 231, 314
仏滅　205, 267, 436
仏力　682
『物理学汎論』上下　204
武帝　460
浮屠　310, **633**, 706
斧刀　750
葡萄、ぶだう、ぶどう、ブドウ　3, 99, 237, 291, 293, 390, 409, 454, 455, 574, 599, **633**, 634, 640, 777
葡萄液　678
葡萄紅　633
葡萄酒、ぶどう酒　348, 398, 634
葡萄汁　634
葡萄水　390, **634**
不動平　**634**
ぶどう弾　221
葡萄蔓　293
葡萄糖　478
葡萄鼠　557
葡萄の果汁《マスト》　294, 678
葡萄パン　593, **634**, 789
葡萄瑪瑙　713
大管《ふとくだ》　**634**
ぶどしぎ　**634**
ブドリ　9, 63, 207, 356, 462, 560
プトレマイオス　276
不貪慾戒　317, **635**
ぶな、椈《ぶな》　183, **635**, 643
フナカハロモエ　**635**
船川、船川港　635
椈の緑廊　**635**
「船乗りシンドバードの冒険」　27
プネウマ　41
フネダコ　450
ブハラ　155, 636
プハラ　150, 155, **636**
ブハーリン　563
吹雪　137, 241, 260, 282, 368, 426, 547, 613, 624, 625, 773
普仏戦争　534, **636**
斧劈皴、斧劈皺　**636**
フホーヴヰーユ　160
ぶま　**636**
フマセ　443
不妄語戒　262, 635
普門品　165, 166, 596
撫《ぶ》や触《そく》や　**636**
葬送行進曲《フューネラルマーチ》　594
「冬の旅」　415, 771
自由射手《フライシュッツ》　**637**
プラウ　225
ブラウン、ロバート　796
ブラウン運動、ブラウン氏運動　796
ブラウン種　72
フラウンホーファ　393
プラーク　621
『プラグマティズム』　317
プラグマティズム　317, 444
般若《プラジュニャ》　233
プラジョさん　623, **637**
ブラス　374
フラスコ　112, 427, 428, 643, 714, 781
ブラスのてすり　374
プラズマ　320
プラタナス　377, 637
プラタヌスの木　**637**
プラヂオクレース　637
プラチナ　578
海綿白金《プラチナムスポンヂ》　535, **637**
プラヂョさん　637
グラッドストーン　713
プラットフォーム　51
プラトニックな愛　344
プラトン　54, 194, 606
プラーナ　41, 203
プラネタリウム　189, 477, 571
フラノ　560
プラハ　668
「プラハの大学生」　380, 636
『ブラーフマナ』　272
ブラフマプトラ　319
ブラフマン　19, 272, 671
ブラーマ　272
梵《ブラーマン》　74, 272
ブラマンク　651
プラム　394
『フラムスティード天球図帳』　399
フラン　560
プランクトン　110, 215, 216
フランス印象派　393, 661
フランス・オペレッタ　581
フランス革命　647
フランス刈り　507
『フランス植物誌』　90
フランス……先生　425
フランス兵　221, 296
フランドル地方　69
フランドル派　69
フランドン　**638**
フランドン畜舎　638, 745
フランドンテール(テ)殿　638
フランドン農学校　638, 745
フランネル　560
腐乱病　508
鰤　270, **638**
プリオシンコースト、プリオシン海岸　42, 44, 177, **638**, 649, 664
ブリオル楽団　424
ブリキ　42, 335, 386, 467, **638**, 728
鉄葉細工《ぶりきざいく》　639
ブリキ製冠栓　290
フリージア　141
プリズミスト、ぷりずみすと　210, 315, 372
プリズム　210, 257, 315, 318, 393, 530, 550, 653, 656
プリズム双眼鏡　656
ブリタニカ　639
フリート、J.　740
釣鐘草《ブリ(ュ)ーベル》　58, 294, 483, 484
ふり見で　**639**
プリムラ　297
ブリューゲル　497
ブリュッカー　65

不両舌戒 635
『プリンキピア』 550
篩、ふるい **639**, 720
ブルカニロ博士 **639**
古川 8, 354, 536, **639**
古川あとの田 **639**
古川仲右衛門 536
プルキンエ現象 623
プルシャプラ 146, 167
伯林青《プルシャンブルー》、プルシャンブルウ、プルシャンブルー 386, 465, 555, 651
ブルジョアジー **639**, 641
古館駅 15
ふるだびっき 607
降るたっては…… **639**
ブルックナー、アントン 787
ブルッフ、マックス 808
フルート 442
ブルートゥス 316
ブルーノ、G. 572, 718
ふるひ 383
フルヒ来ス 639, 744
古びた黄金の鎌 149
ブルーフな **640**
ブルーベル 484
ふるますて 361
プレアデス 198, 255, 392, 658, 659
フレーザー、J. G. 727
貴蛋白石《プレシアスオーパル》 465
プレシオスの鎖 392, 658
ブレッツェル 711
フレップ酒 640
フレップス 294, **640**
プレート・テクトニクス 450
布呂 53, 301, 540, **640**, 678
プロイセン 534, 636
フロイト、フロイド 805
フロイド学派 805
プロキオン 33
プロキシマ 243
普魯西《プロシア》、プロシャ、プロシア 534, 636, 651
プロシア青 285
風呂敷 500, 640
ブロージット **640**
フローゼントリー **640**
フロック 155, 640
火山塊《ブロック》、岩塊《ブロック》 641
フロックコート 94, 155, 323, **640**, 641
砕塊熔岩《ブロックレーバ》 **641**
プロテスタント 397, 453
ブロートン、ロバート 642
プロピライト 34
プロミネンス 282
植物群《フロラ》 **641**
フローライト 665
プロレタリアート 639, **641**
プロレタリヤ文芸 **641**, 642
ブロンズ、青銅《ブロンズ》 190, 263, **642**, 778
ブロントサウルス 751
ふわふわのお菓子 133
フヰンランド公使 563
ブン 335
文王 398
文学亜流 **642**
噴火口 40, 131
噴火湾 39, 45, 46, 62, 115, 564, **642**, 775
氛気《ふんき》 124, **642**
「文芸時代」 746
「文芸読物」 722
分蘖 56, 326, **642**
分光 315, 393
分光器 523
焚屍 457
分子 23, 45, 128, 264, 274, 279, 315, 692, 719
噴出岩 138
文寿堂 490
分水嶺 104, 524
ブンゼン、R. W. 393, 642
文選工 757
ブンゼン燈 112, 393, **642**
ブンゼン博士 643, 736
粉苔 605
「ブン大将」 335, 458, 581
文天祥 412
葡《ぶ》ん萄《ど》酒 634
ふんながす 520
ふんにやふにや 520
分別功徳品第十七 702
芬芳 574
文圃堂版『宮沢賢治全集』 204, 447, 629, 746
粉末石灰 277, 480
ふん見さ行ぐべさ **643**
文明軒 593
『文明の没落』 333

【へ】

べ 246, 293, 608, 614, 697
べぁな 86
瓶《へい》 76, 416
平夷 **644**
閉伊街道 326
平家星 116
『平家物語』 306, 779
瓶袴《へいこ》 **644**
米国風のブリキの缶 638
敝(敝)舎 **644**
平太 102, 142, 524
兵隊 76, 124, 150, 168, 227, 455
兵隊靴 209
兵站部 **644**, 694
平面幾何学 425
平面偏光 653
吠《べい》琉《る》璃《り》 774
平和街道 222, 628, **644**
べが 203
べガ 179, 272, 788
ペガサス座 36, 644
ペガスス、ペガサス、ペガソス 36, **644**
べがな 172
劈開片 284, 504, 645
へきかい予備面 284, **645**
『碧巌録』 153, 460, 509, 766
碧玉 443, **645**
碧瑠璃 617, 774
劈櫪 712
霹靂 **645**
北京原人 509
ヘーゲル 241, 317
『ヘーゲル法哲学批判序説』 431
ベゴ 63, 72, 133, 136
ベゴ石 72, 133, 266
兵児帯 127
牛《ベゴ》の舌 **645**
ペシャワル 167, 464
ベース 246, 398, 592, **645**
ベスタ 590
βスズ 386

ベチュラ、ベチュラ公爵　146, 147
白菜《ペツアイ》、ペツアイ　183, 570, 571
べっかふゴム　**645**
ヘッケル、エルンスト・ハインリヒ　432, **645**
ベッコ　124
べっこう　645
べっ甲ゴムの長靴　209
べっ甲めがね　645, 713
ベッサンタラ王　70
別時　595, **646**
別時念仏　646
ベッセラ楽団　424
ベッソン　84
へったこ　55
別珍　618
ペッティコート　**646**
別当　158, 233, 580, 605, **647**
ペッパー　**647**
へっぴり伯父　**647**
別役実　497
ヘディン、スヴェン　159, 402, 524, 603, 678, 684
ベテルギウス　116
ベートーヴェン、ベートーフェン、ベートーベン　35, 217, 247, 385, 423, 424, 425, 442, 640, **647**, 648, 748, 776, 777, 785, 787, 788, 795, 797, 798, 799
『ベートーヴェンの生涯』　785
「ベートーヴェン百年祭」　648
ペトリシャーレ　516
ペトリファイド・ウッド　465
ペトロパヴロフスク号　716
ペトロパブロフスク・カムチャツキー　152
ベートンベン、第五、第六、第九、第一ピアノ司伴楽　442
紅蟹　581
紅革　**648**
ベニザケ　298
紅縞瑪瑙　713
紅雀　610, **648**
ベニテングタケ　707
ベニヒワ　610
紅宝玉　774
ペネタ形　**649**
ペネプレーン　353
蛇、へび、ヘビ　33, 175, 185, 192, 195, 208, 341, 425, 522, 530, 531, 540, 548, 678, 682, 762, 764, 788
蛇神　99
蛇遣ひ　337
へびつかい座、蛇遣座　300, 337
蛇の肉　101
蛇の紋　179
へぼがや　55
ペムペル　44, 159, 473, 477, 521, 560, 569, **649**, 742
ヘラ　116, 301
ヘラクレイトス　597
ヘラクレス　608
ペラゴロ　112
へらさぎ　**649**
耗らす　**650**
ヘリアンサス　**650**
ヘリウム　601
ヘリオトロープ　389, **650**
ヘリクリサム　**650**
ペリドタイト　171
ベリリウム　90, 766
ベリル　90, 766
ベーリング　650
ベーリング海　26, 152, 181, 650
ベーリング海峡　25, 650
ベーリング市　25, 26, 485, **650**
ベーリング地方　520, 565
ベルギ戦役　394
『ベルグソン』　371
ベルグソン　317, 372, 440, 444
ヘルクレス　134, 323, 523
ベル、グラハム　505
ペルシャ、ペルシア　109, 205, 206, 351, 378, 448, **650**, 693
ペルシャなつめ　**651**
ペルセウス　36, 207
ベルヌーイ法　774
ヘルバ伯爵　**651**
ペルーバルサム　592
ベルベット　618
ヘルマン大佐　**651**
ペルム紀　263, 271, 649, 742
ヘルムホルツ、ヘルマン　651
ベルリオーズ　787, 796, 805
ベルリン　460, 651
伯林青《べるりんせい》　285, 465, **651**, 758
ヘレニズム　602
ヘレン　453, 560
ベレンス　651
ヘレンフォード種　72
ペロネラ　118
ヘロン　**652**
ベェスター　**652**
変圧器　303, 624
偏倚　**652**
片雲　**652**
辨(弁)柄・ベンガラ　**652**
片岩　44, **652**
変朽安山岩　34
ペンギン　79
ヘングスト　**652**
偏光　256, 340, **653**
偏光計　653
偏光顕微鏡　653
変光星　37, 116, 207, 396, **653**
遍趣行智力　332
変成岩　127, 185, 652
ペンテッドレデイ　**653**
ヘンデル、G. F.　592, 757
扁桃　212
「弁道話」　300
ペントステモン　**653**
ベン・ネヴィス山　391
ペンネン先生　286, **653**
ペンネンナーム　653
ペンネンネンネンネン・ネネム　336, 473
べんぶ　**653**
べんべろ、ベンベロ　728
変厄　**653**
扁菱形、偏菱形　270, **654**
ヘンルーダ　654
ヘンルータ(ダ)カーミン　201, 272, 286, **654**

【ほ】

ホー　367, 655
保安掛り　491
保安林　**655**
ホイッスラア　**655**
ホイヘンス　256
ホイル　439
ポイントマン　502
草《ホ》削《ウ》　367, 431, **655**
袍　33, 383, **655**, 750

昴 392, 658
宝意天子 546
法印 **655**, 657
法衣 233
法会 512, 577
ポー、エドガー・アラン 257
望遠鏡 37, 45, 98, 112, 193, 199, 396, 405, 406, 477, 524, 529, 530, 617, **655**, 656, 767, 779
法王金口 **656**
訪欧飛行着 **656**
報恩講 334
報恩寺 104, 163, 192, 596, **656**, 752
方解石 18, 26, 426, **656**
棒かくし **656**
防火線 77, **657**
防火帯 657
寶(宝)閑尋常小学校 445
箒、ほうき、ホウキ 569, **657**
ほうきぎ、ホウキグサ 263, 657
ほうきだけ、ホウキダケ 568, 569, 657
宝吉祥天子 143
ほうき星 379
ホウキモタシ 568
俸給生活者 305, 306
宝玉 345
奉迎 662
法眼 **657**, 745
妄言 716
「冒険ダン吉」 697
法号 454
方孔石 18
方広大荘厳経 421
宝光天子 546
硼砂《ほうさ》 241, 368, 578, **657**, 814
硼砂球《ほうさきゅう》 223, 578, 657
硼酸、ホウ酸 213, **657**
胞子 56, 195, 198, 239, 326, 341, 384, 401, 748
帽子 42, 71, 144, 148, 303, 308, 340, 422, 468, 489, 584, 601, 621, 639, 658, 688, 706, 723, 752, 762
胞子茎 384
方室 755
胞子嚢 267, 326
硼砂《ほうしゃ》 578, **657**
硼砂球《ほうしゃきゅう》 578, 579
放射線 222, 231
宝樹 47, 48, 348, 400, **657**
宝珠 67, 71, 279, 393, **657**, 692
方十里 49, 56, 600, **658**, 699
昴宿 658
房宿 376
北条民雄 751
北条時頼 545
方処系統 **658**
方陣 594, 609, 762
放心者 795
坊主 233, 759
方錐 340
紡錘虫 93, 406
坊主合羽 21
封介 189
「方寸」 343
ポウセ 121, 379, 473
昴星 255
房星 376
宝石 90, 92, 110, 160, 161, 206, 210, 218, 235, 243, 304, 433, 448, 465, 519, 557, 576, 657, 713, 744, 747, 766, 774, 778, 798
宝石商 166
防雪林 501, 507, 601
法線 210
奉膳 **658**
方尖赤き屋根 783
鳳仙花 **658**
疱瘡、ほうそう 20, 23, 134, 251, 494, **658**
放送オペラ 335, 459
疱瘡の呪ひ 658
砲弾 461, 570
報知新聞社 70
法定伝染病 355
泡糖 159
包頭連 593
包頭連白菜 570
ほうな 199, 335, **696**
ボウナ、ボンナ 696
法難 452, 625
法然、法然上人 377, 680, 702, 779
豊年星 35
昴《ぼう》の鎖 392, **658**
防風雪林 725
「方服図儀」 317
防腐剤 221, 355
ボウフラ 27, 37, 532, 770
砲兵 357
砲兵将校 530
方便品 166, 311, 348, 498, 551
方便品第二 166, 311, 498, 551, **659**, 702, 703
方便有余土 339
放牧地 290, 455
法門 656
抱擁衝動 **659**
蓬萊鉱山 252
蓬萊の秋 51, 512, **659**
法楽 **659**, 690
法力 **659**
法隆寺 93, 159, 378, 412, **659**, 660
法輪 232, 510
方林 **660**
珐瑯 90, 214
飽和蒸気圧 149
頬白 **660**
厚朴《ほおのき》、朴の木、ほおのき 548, 675
保革油 432
ぼかげで… 529, **660**
ぼかしのうす墨 **660**
ほがのものもあれば… **660**
ポー川 560
ボー、ガント、デステゥパーゴ 489
穂吉 544
北欧神話 791, 801
北斎 8, 126, 142, 143, 284, 308, 309, 391, **660**
北斎筆支那の絵図 284, 587
『北斎漫画』 661
牧師 453
「牧者の歌」 640
北守将軍 307, 313, 757
牧場 72, 77, 78, 100, 188, 390
牧神 596
北清事変 **661**
「牧神の午後への前奏曲」 596, 777
北辰菩薩 661
牧草 79, 94, 153, 273, 290, 419, 469
北天星座 36
北斗七星、北斗星 100, 156, 243,

295, **661**, 765
木突 516, 542, **661**
ぼく輩 **662**
牧夫 71, 326, 365, 376
ほぐも 123
ホーゲー 64, **662**
法華経 5, 19, 20, 21, 38, 47, 75, 135, 141, 164, 165, 176, 192, 200, 241, 311, 315, 318, 319, 324, 334, 338, 339, 346, 348, 349, 351, 354, 358, 359, 374, 407, 412, 414, 424, 435, 445, 453, 454, 488, 497, 498, 510, 511, 544, 545, 550, 551, 575, 625, 627, 659, 663, 667, 671, 680, 700, 702, 703, 708, 726, 735, 790
『法華経義疏』 135, 166, 702
法華経迹門 551
法華経輪読会 407
ホケチョ 276
ポケット 57, 127, 154
鉾、ほこ 511, 525
ほこ杉、鉾杉 411,**662**
祠 39, 481, **662**
ぼさ **662**
保阪嘉内 5, 7, 12, 48, 53, 150, 161, 167, 173, 212, 225, 253, 259, 265, 333, 339, 359, 376, 403, 425, 428, 446, 473, 498, 508, 542, 546, 573, 590, **662**, 683, 687, 698, 707, 710, 779, 815
菩薩 18, 45, 66, 86, 167, 194, 249, 261, 268, 284, 313, 315, 325, 327, 331, 338, 349, 351, 357, 370, 377, 437, 438, 441, 464, 510, 511, 552, 559, 589, 591, 600, 625, 626, 627, 632, 633, 657, 659, **663**, 664, 665, 666, 673, 680, 692, 695, 735, 744, 773, 807
菩薩界 327
菩薩戒 434
菩薩行 69, 337, 338, 464, **663**
菩薩衆 334
ぼさぼさづぐなる 117
星 47, 116, 128, 304, 424, 426, 430, 608, 617, 631, 640, 644, 653, 658, 661, 664, 745, 747, 749, 767, 779, 788
『星』 134, 196, 243, 282, 406
星あかり 136, 323, 426
星占ひ 301
干草 419
ホシザメ 305
干した苹果 769
星の蜘蛛 **664**
干豚肉 462
乾ぶどう、ほしぶどう、干葡萄、ほし葡萄 593, 634, 777
星めぐりの歌 36
ポーシャ 336
補充部 227, 350
歩哨 326, 384, 391
補植 **664**
ボス 43, 72, **664**
燐酸《ホス》 770
ホースケ 611
ホースケ蜂 383
ほずゑ 218, **664**
ホセ 118
ポーセ 124, 258, 449
保線小屋 335
細田嘉吉 611, 752, 792
榾、ほだ **664**
ぼた **664**
菩提 349, 497, 615, **664**, 707
菩提車 496
菩提薩埵 663
「菩提樹」 415
ボダイジュ、菩提樹 510, 771
菩提心 664
菩提達磨 460
穂高町 488
穂高町天蚕センター 488
ポタシュバルヴ 158, **664**
蛍 549, 665, 682, 753
蛍烏賊 **664**
蛍石 633, **665**
ほたるかづら **665**
蛍唐草 665
蛍草 665
ホタルブクロ 483
ボタン、牡丹 238, 600
牡丹杏 576
ホータン地区 258
牡丹雪 664
圃地 **665**
捕虫嚢 362
桲《ホツ》 686
法界 551, **665**, 666
法界縁起 232
北海タント節 492
北海道 87, 113, 141, 286, 295, 322, 343, 388, 413, 531, 544, 635, 642
北海道石灰会社 410
北海道庁 513
北海道庁産業調査報告 768
北海道庁長官 513
ぼっかげる 529
「ボッカチオ」 118, 246, 445
発願 664, **665**
北極 111, 392, 578, 652
北極海 26, 219, 392, 578, 650
北極兄弟商会パテント 170
ホッキョクグマ 367
北極犬 55
北極圏 181, 367, 557
北極星 38, 134, 272, 661, 728
ホックスキャッチャー **665**
北倶盧 312
北拘盧州 267, 607, **666**
法華 358, 703
北溪 143
法華一乗 435
『法華玄義』 424
法華三昧堂 576
『法華思想史上の日蓮聖人』 730
法華堂建立勧進文 164, 275, 545
法華文学 446
ぼっこ 790
『北国小記』 407
法師功徳品第十九 702
法師品第十 702
ポッシャリ、ポッシャリ、ツイツイ、トン 52
法性 278, **666**, 708
発心 325, 326, 361, **666**
法身仏 232
払子《ほっす》 **666**
法相 763
法相宗 205
堀田 338
法体 657, **666**, 681
『坊っちゃん』 433
ホツツジ 482
ホットケーキ 594
ポッパー 777
北氷洋 367
ホップ 617, **666**

発菩提心 666
ポーツマス条約 294
ボディーダールマ 460
菩提留支《ボーディルチ》 765
ホテル花城 106
圃道 665
仏 45, 47, 68, 73, 86, 124, 131, 139, 165, 193, 200, 205, 236, 240, 241, 244, 252, 261, 268, 284, 310, 312, 313, 314, 323, 325, 331, 332, 337, 338, 339, 346, 348, 351, 354, 355, 357, 359, 360, 370, 377, 382, 405, 416, 429, 437, 438, 441, 510, 511, 576, 600, 601, 613, 626, 632, 633, 659, 664, 665, 666, 667, 669, 695, 707, 736, 744, 807, 813
仏の遺骨 342, 511
ほとけのざ 457
仏の十号 360, 382, **667**
『仏の畑の落穂』 128, 736
仏の光 132
仏の菩提 707
ぼとしぎ 619, 635, 637
ポドソル土 294
ほとつて **667**
ほととぎす、ホトトギス 312, 328, 329, **667**, 818
ボードレール 397
ホートン・ミフリン社 128
ポナペ島 312, 553, **667**
ほにさ、昨日ぁ… **667**
ほにさ、前の斉藤さん… **667**
ほにな、ほにさ **668**
骨傘 **668**, 745, 758
骨汁 **668**
穂孕期 56, **668**
補肥 477
ポピー 233, 608
ポプラ 72, 270, 386, 508, 569, 623, 727, 728
ポプルス 728
歩兵 221
歩兵銃 391
穂別町 141
ボヘミヤ 373, 637, **668**
ボヘミヤガラス 668
ホホカシワ 668
ポポカテペトル山 **668**
ほゝじろ、ほほじろ 605, 660
ほほのき、ほほの木、厚朴《ほほ》 189, 548, 623, **668**, 675
ほほの花、ほゝの花 189, 548
ボーマルシェ 413
ポムペイ **669**
ポムペイの火山灰 669
ホモイ 71, 227, **669**
ホモ・サピエンス 669
ホヤ 726, 770
ポーラー 669
洞熊 509
ポラーノ 669
ポラリス 38, 728
ポラリスやなぎ 38, 388, 728
ポラン 803
ポランの広場、ポラーノの広場 100, 489, **669**, 803
堀内敬三 415
堀尾青史 584, 754
堀籠さん 103, **669**
堀籠文之進 27, 583, 669
欲りする 443
ポリドール 777
堀部安兵衛 397, **670**
ポリャーノ(ナ) 669
捕虜 221
ポリン 669
柱《ポール》信仰 497
ホルスタイン 72, **670**
ポルックス 473, 631
「ポルティチの唖娘」 677
ボルドー 216
ボールド 105
ボルドー液 3
ボルネオ 211
ホルマリン 579
ホルマン、J. 350
ホルンブレンド 672
ホロタイタネリ 215, **670**
幌登岳 388
ホロナイ川 195
泯《ほろ》びた **670**
品《ほん》 324, **670**
梵 19, 514, 515, 671
盆 33, 145
盆踊り 310, 487
梵我一如 19
「梵学津梁」 317
本願寺 10
本願寺派 24, 377, **670**
梵教、ボン教 478, 671
本化宗学研究大会 701
『本化攝折論』 454
『本化聖典大辞林』 458, 730
本化大学準備会教授 446
本化仏教夏期講習会 446
本化妙宗 546, 701
「本化妙宗式目」 265
『本化妙宗式目講義録』 701
本化妙宗日蓮主義 403
本家六神丸 782
梵語 73, 139, 227, 233, 248, 331, 382, 559, 574, 626, 735
本郷 447, 524, **670**
本郷座 508
梵讃 139, 788
梵士 **671**
ホンシメジ 335
ホンシュウジカ 277
本繻子 348
梵衆天 671
本生譚 66, 69, 167, 339, 625
凡聖同居土 339
本草学 175
本体 240, 261
本体論 76, 240, **671**
ほんたうの幸福 74
本田恵隆 101
ホンダワラ 224
本地垂迹説 284
ポンデローザ 521
梵天 19, 74, 165, 177, 272, 351, **671**, 672
梵天王 735
梵天の呼吸 19
ほんと云ふごそ 123
ほんとにそだたべが… **672**
ボンナ 696
煩悩 202, 241, 315, 324, 339, 374, 382, 559, 666
煩悩魔 241, **672**, 673
本野上 **672**
梵の教衆 672
梵の聖衆 514, 515
ほんのぴゃこ 613
本翡翠 538
本部 621
本仏 551

ホンブレンさま　127, 567, 623, **672**
『ポンペイ最後の日』　669
ぽんぽだんちゃ　**672**
梵輔天　671
ぽんぽり　368
ポンポンダリア　127
ホンモタシ　568
本門　231, 702
本門戒壇　434
本門三宝　68
本門寺　545
『翻譯名義集第八』　681
梵覧摩　671

【ま】

魔　9, 241, 261, 322, 334, 574, 609, **673**, 678
磨　765
まぁんつ、まあんつ　34, 390, 673
まぁんつ　運悪がたと…　**673**
まぁんつたびだび…　**673**
マイカ　83
埋経　190, 192
マイクロトーム　691
マイクロメーター　617
マイケルソン　256
マイケルソン－モーリーの実験　424
味爽　**673**, 745, 775
舞燈籠　686
マイトリー　331
マイナスの太陽　498
毎日新聞　763
マイルカ　60
マイワシ　61
妄言綺語《まうげんきご》の淤泥《おでい》を化《け》して　**716**
魔王　574, **673**
マオカ　418
マオリ、マオリ族　673, 674
マオリの呪神　**673**
マガタ国　62
勾玉、マガ玉　212
凶つの　538
磨羯宮　207
摩竭魚　207
摩渇大魚、摩竭大魚　134, 207, 674, 682
摩渇大魚のあぎと　207, **674**, 801
摩渇大魚の座　207, 687
禍津日、まがつび　164, **674**
まがつみ　**674**
摩訶般若波羅蜜経　443
摩伽羅　207
曲崎山　142
マガリバナ、歪り花　188
マカロフ　716
マガン　162
薪　233, 484, 664
マキ、まき　574, 751
蒔絵　555, **674**
巻脚絆　186
『牧野植物図鑑』　71, 154, 338, 750
マーキュリー　678
まぎる　756
マキン島　195
まぐさ　505, **675**
マクストフカセグレン　656
魔窟　**675**
マグネサイト　541
マグネサイトセメント・リグノイド　541
マグネシア　196, **675**
マグネシウム　294
磁鉄鉱《マグネタイト》　328
マグノリア、辛夷花樹《マグノリア》　175, 338, **675**
まぐはへよ　**676**
マグマ　64, 93, 123, 133, 138, 165, 170, 413, 471, 773
枕木　325, 394
マクロコスモス　174, 281
マクロフィスティス　**676**
真桑瓜、マクワウリ　25, 80
マケイシュバラ　134, **676**, 678, 687
まこと、マコト、誠　301, 313, 351, 352, 358, 360, 488, 550, 570, 650, 664, **676**, 677, 679, 711, 741, 754, 765, 801
まことの祈り　677
まことのことば　370, 676, 677, 801
まことのたましひ　677
まことのちから　543, 677, 711
まことのひかり　677
まことのみち、誠の道　676, 677
摩睺羅迦《まごらか》　200
マゴリ　134
マコンブ　286
正岡子規　147
柾　**677**
真崎仁六　94
マサニエロ　639, **677**, 799
柾屋　**677**
魔事　**678**
マシコット　696
マジック・ランタン　244
増野三良　371, 492
マーシャル群島　195
マーシュ・ガス　354
魔障　327
マジョル　100
マシリイ　**678**
魔神　9, 20, 27, 53, 164, 301, 640, **678**, 807
鱒、マス　113, 152, 297
マスコバイト　809
果汁《マスト》　294, 640, **678**
増穂栄作　752
磨製石斧　451
マゼラン、マゼラン星雲　678, 679
マダ　237, 771
「マタイ受難曲」　777
「マタイ福音書」　741
まだ一時にもならないも　**678**
菩提樹皮《マダカ》　456
菩提樹皮《まだかわ》　237, 771
マタギ　665
味爽《まだき》、まだき　456, 673
まだき吹く　**678**
亦来るべぃさ　**678**
まだけ　476
マダコ　450
又三郎　63, 107, 111, 139, 150, 184, 211, 217, 289, 342, 345, 574, 624, 651, 652, 679, 684, 688, 693, 766, 787
『未だ見ぬ親』　437, 724
摩多羅神　576
「魔弾の射手」　637
待合室　429, 487
マヂェラン星雲、マジェラン星雲、マゼラン星雲、マゼラン雲　179, 196, **678**

マヂエル様、マヂエルの星　100, 156, 661
待肥　**679**
待ぢでだぁんす　102
待ぢでるべが　**679**
町の人づぁまだまだねってらな　**679**
松、マツ　22, 30, 52, 82, 93, 109, 132, 164, 170, 183, 188, 205, 255, 270, 285, 286, 326, 357, 401, 403, 419, 433, 484, 486, 493, 508, 515, 586, 591, 594, 619, **679**, 680, 694, 696, 754, 760
松井須磨子　524
松浦一　562, 754
松岡機蔵　768
松尾村　377
まつかさ　188
マツカレハ　680
松川　177, 410, 462
松川駅　512
松川温泉　131
松川村　61
マツクイムシ　680
マックスウェル　439
松倉　500
松倉山　9, 88, 161, 163, 190, 267, 501, 556, **680**
マッケーブ　32
松毛虫　**680**
まっ甲　**680**
マッコウクジラ　781
松島　329, 532
松島種美　450
マッシュルーム　341
まっ白なすあし　649
マッス　**680**
マツタケ　335, 341, 579
松田浩一　629
松田司郎　130
マッチ　40, 625, 732
「マッチ売りの少女」　625
マットン博士　412, **680**
松の花　205
松の針　357
松の実　286
松葉ヶ谷　453
松原　329, 445, 500
末法　192, 267, 347, 355, 357, 438, 510, 625, **680**
松村みね子　29
松本恒三　259
松森　268, **681**
松森山　533
松脂、松やに、マツヤニ　274, 356, 592
松山俊太郎　368
松山の地蔵　361
待宵草　**681**
松を火にたくゐろりのそばで　**681**
「魔笛」　112
『マーテルリンク全集』　463, 476
償《まど》うて下さい、償《まど》ってお呉《く》れ　**681**
窓硝子、窓ガラス　156, 381, 769
牖々《まどまど》　**681**
的矢　430
マドロス　118, 413, 446, 459
まどゐ　**681**
まどゐしき　346
マナサロワル湖　20, 525
末那識　205
「真夏の夜の夢」　564
マナヅル　484
末那の花　**681**
マナマコ　534
摩尼　497, 682
摩尼車　497, 682
摩尼の珠　**682**
摩尼宝珠　682
マニラ麻　10
「真似」　364
マネイ　333
マハーヴィラ　203
魔波旬　574
マーハーヤーナ　436
まはり燈籠　686
間引き　170, 299
真昼マグネシアの幻光　675
まぶしむ　**682**
馬淵川　104, 177
マーブル　441
桃花心木《マホガニー》　87, **682**
マホメット　27, 622
マホメット教　622
『幻影の盾』　791
まま　113
ママコノシリヌグイ　383
飯でげでら　**682**
狸《マミ》　340, 455
目見、まみ　538
眛　**682**
マミ穴森　301, 697
まむしさう　180, 525, **682**
豆　188, 253, 405, 467, 639, **683**
豆粕　79, 194, 410, **683**
豆けるァ　139
豆汁　683
豆玉　612, 683
豆の木　683
大豆《まめ》の玉　194
「豆の葉と太陽」　683
豆畑、豆畠　683
豆餅　683
まめし　113
マモニズム　807
マヤウ　684
魔薬　22
摩耶夫人　421
繭　51, **683**
まゆみ、マユミ　465, **684**
まゆんだであ　**684**
魔よけ、魔除け　392, 393, 727
魔除けの幡　568, **684**
魔羅　673
マーラー、G.　648, 787
摩羅耶山《マラヤサン》　765
マラルメ　371, 397, 596
マリア　313, 769
マリア観音　165, 313
マリア修女　398
マリア崇拝　313
マリアのお告げの日　313
マリアの御上天の日　313
マリヴロン　**684**, 751
マリオ、マーリオ　560, 586, 721, 722
マリオ競馬会　721
マリオ高等学校　736
マリオ商学校　721
マリオ日日新聞　417, 721
マリオ農学校　721
マリネッティ、F. T.　704
マリブラン、M.　684
マリンバ　368
魔霊　9

泥灰岩《マール》 **684**
円石の磧 148
マルキッパ 685
マルクス 431
マルクス主義、マルキシズム 237, 295, 639, 641, 646, 746
円け **689**
マルコ 113, 560, **685**
マルゴ 685
「マルコ福音書」 364
マルコポーロの像 656
マルサス **685**
○宗 563
マルス 138, 698
丸善 27, 490, **685**, 786
「丸善の二階」 685
マルソ少年 560
マルタ騎士団 363
丸竹 402
まるっきり 783
○道 563, 568
マルトン原 **685**
円鋸《まるのこ》 **686**
丸ビル 87
丸帽子 340
まるめろ 548, 576, **686**, 711
丸屋商社 685
マレー 211, 264
マロー 724
マロゴ 685
マロニエ 518
まろぶ 332
廻り燈籠 **686**
慢 360, 375
慢過慢 360
マンガン 589, 724
満艦飾 87, 282, **686**
万金丹 689
満腔 **686**
まんさんとして **686**
満州 183
満州事変 641
満州豚 411, 631
万寿山 434
万世橋の停車場 **687**
慢性りょくでい病 623
マンダ 771
曼陀華 498
曼陀羅 23, 36, 53, 189, 271, 327, 376, 397, 549, **687**, 695, 696, 754
曼陀羅華、マンダラゲ 180, 348
マンダラ葉 180
まんつあだり前のどごで… **688**
まんつ、おらあだりでば… **688**
まんつ、まぁんつ **688**
まんつ見申したよだど… **688**
マント 21, 83, 151, 156, 512, 618, **688**, 689
マントラ 370
マンドリン **689**
マントル 685
万年筆 60, 685, 686
万年雪 412
万能膏 689
万能散 **689**
まん円こい、まん円け、円け **689**
万葉集 63, 126, 450, 468, 575, 667, **689**, 727, 741
万葉風 690

【み】

箕 720
三井寺 434
三浦市 691
三浦半島 691
水脈 605, 704
澪標 704
ミカエラ 118
御神楽、み神楽 129
花崗岩、みかげ 37, 266, 279, 353, 526, 532, 724
御影石 131
みかげ尾根 464
みかげの胃 131, 263
みかげの高原 526
三日月沼 **691**
御釜湖 48
三河湾 17
御木本幸吉 370
ミギルギッチョ 270, 445, **691**
三木露風 289, 310
顕微鏡分析《ミクロスコープアナリーゼ》 355
ミクロトーム 213, **691**, 779
三毛猫 556
眉間白毫相 285
御輿 106, 600
尊のみたま 468
ミサ 423
三崎 360, **691**
ミサ曲 423, 592
陵《みささぎ》 366
「ミサ・ソレムニス」 423
見さ出はた 335, 336, **691**
ミザール 661
嫌人症《ミザンスロピー》 360, **691**
ミシガン湖 319
三島 660
三島中洲 218
三島屋 **691**
微塵 116, 128, 178, 187, 232, 250, 280, 281, 403, 457, 494, **691**, 692, 719, 796
微塵系列 62, 128, 280, 426, 692
ミジンコ 362
微塵粉 430
水浅葱 555
水飴 134
水争い 163
水芋 **692**
水瓦斯 **692**
水がめ座、みずがめ座 207, 376, 397, 430, 789
ミズガラシ 797
水ガラス液 229
水煙管 693
水きね、水杵 181, **692**
水ぎぼうし **692**
水際園 739
水空気懸垂体 **692**
水口 **692**
水黝き 143
ミズゴケ 437
水沢 77, 377, 418, 428, 607, **692**
水沢網 693
水沢緯度観測所 32, 84, 184, 617, 693
水沢区 47, 692
水沢市 120, 430, 605, 681
水沢測候所 428
水沢町 47
水沢の天文台 32, 84, 184, **693**
水沢臨時緯度観測所 693
水霜 **693**
ミズスマシ 381
水ゾル 280, **693**

水煙草 **693**
蛟《みずち》 368
水超々 512
水楢、みずなら、ミズナラ 537, **693**
水の周辺 99
「水の周遊」 99
水野葉舟 298, 447, 514
水呑んで来たもす 115
水芭蕉、水ばせう 295, 645, 694
水引き **694**
水百合 295, **694**
水分村 629
『店頭』 722
ミセスタッピング 62, 453
味噌 93, 245, 253, 599, 683, **694**, 705, 747, 802
溝口素丸 51
みそさざい、みそさゞゐ、みそさゞえ 71, 324, 605, **694**, 695, 712, 730
味噌のお汁 644, 694
みぞれ、霙 25, 119, 482
弥陀 613
三田育種場 186
みだぃに 114
御手洗の清流 48
淫らなおまへら雨雲族 549
淫らな光 546
みだらにかける雲 549
洽《み》ち **695**
ミチア 476, **695**
ミチル 463, 476, 695
蜜 110, 459, 499, 575, 576, 592, 627, 701
みづ 199, 335, 696
密雲 **695**
みつぎ **695**
みづき **695**
密教 143, 227, 251, 271, 317, 459, 498, 546, 609, 627, 687, **695**
三越少年音楽隊 199, 458
三つ沢川 696
三つ沢山 102, 255, **696**
みっしり 48
密造酒 15, 58, 171, 296, 400, 489, **696**
密陀絵 696
密陀僧 **696**
密陀僧油 696
『三つの虹』 204
ミツバチ 577
三菱鉛筆 94
三菱鉱業 482
みづ、ほうな、しどけ、うど **696**
三つ星 116, 368
三つ又 40, 301, **696**
三つ又沢 696
三みね、三峯 **697**, 749
三峰山 697
三峰神社 697
三つ森山 35, 63, 266, 299, **697**
三ツ矢サイダー 290
見で来べが **697**
三手ノ森山 533
見でべ **697**
御堂観音 177
御堂村 104
水戸学 730
水戸寒水石 165
緑の星 516
みなくち 692
湊純治 697
港先生 **697**
南樺太 195
南銀河 385, 697, 771
南巨摩郡 327, 375
南十字 123, 179, 198, 243, 321, 406, 592, **697**, 760, 767
南の魚 376
みなみのかんむり座 430
南満州鉱業株式会社 541
南満州鉄道株式会社 541
南万丁目 **698**
源義経 779
源頼朝 472, 779
源頼義 727
見習士官 **698**, 700
水縄《みなわ》 **698**
「みにくいアヒルの子」 36
峰越峠 582
「ミネトンカの湖畔にて」 709
ミネラル 467
ミネルヴァ 698
ミネルヴァ神殿 **698**
蓑、みの 237, 383, **698**, 699, 771
身延山 327, 375, 541, 545
蓑帽子 **698**
みのり 49
弥布 695
みふゆ 584, 749
三保 265, 446
見本園 561
み祭 600, 658, **699**
耳ごうど鳴つて… **699**
耳しひ 71
みみず、ミミズ 37, 166, 217
みゝづく 492, **699**
みみづく森 473, 474, 708
御裳裾川 48
宮城一男 86, 131
宮城郡農会、宮城県農会 309
脉《みゃく》、脈 192, **699**
宮古 150, 339, 344, 428, 510, 731
宮古港 344
宮古市 339, 520
都新聞 117
宮沢、宮沢貫一 106, **699**
宮沢イチ 135, **699**
宮沢主計 136
宮沢喜助 701
宮沢キン 407, 473, 701
宮沢クニ 136, **699**
『宮沢賢治』(佐藤隆房) 754, 815
『宮沢賢治』(平尾隆弘) 425
『宮沢賢治』(森佐一) 722
『宮沢賢治イーハトヴの世界』 269
宮沢賢治イーハトーブ館 61, 141, 269, 582
宮沢賢治イーハトーブセンター「事務局だより」 815
『宮沢賢治覚書』 204
『宮沢賢治歌集』 722
宮沢賢治記念館 61, 141, 269, 415, 516, 538, 582
「宮沢賢治研究」(宮沢賢治友の会) 160, 563
「宮沢賢治研究 Annual」 160, 247, 380, 752
「宮沢賢治国際研究大会」 755
『宮沢賢治—言葉と表現』 380
『宮沢賢治「心象の宇宙論」』 264
『宮沢賢治—その独自性と同時代性』 440
『宮沢賢治素描』 407, 702

「宮沢賢治追悼」 204
『宮沢賢治という身体』 41
「宮沢賢治と隠し念仏」 241
『宮沢賢治と三人の女性』 722
『宮沢賢治と西域幻想』 421
『宮沢賢治とその展開』 262
「宮沢賢治と法華経」 551
『宮沢賢治と星』 263
『宮沢賢治に聞いたこと』 724
『宮沢賢治の音楽』 186, 395
「宮沢賢治の『黒い月』」 432, 479
『宮沢賢治の肖像』 162, 165, 722
『宮沢賢治の旅』 130
『宮沢賢治の地的世界』 137
『宮沢賢治の謎』 73
『宮沢賢治の山旅』 224
『宮沢賢治「春と修羅」論—言語と映像』 95
『宮沢賢治物語』 407
宮沢幸三郎 648
宮沢サメ 699
宮沢シゲ、おしげ子 **105**, 395, 407, 699
宮沢商会 700
宮沢商店 329
宮沢清六 4, 96, 97, 140, 143, 204, 229, 336, 363, 469, 524, 530, 551, 595, 619, 648, **700**, 721
宮沢善治 699
宮沢恒治 545
宮沢トシ、トシ、とし子 1, 29, 43, 44, 45, 67, 99, 105, 107, 123, 124, 137, 166, 188, 195, 208, 264, 268, 272, 293, 294, 318, 344, 361, 362, 366, 388, 402, 405, 407, 416, 447, 463, 469, 473, 503, 524, 539, 548, 556, 558, 564, 594, 642, 646, 660, 663, 679, 699, **700**, 701, 719, 732, 760, 798, 799, 800, 805
宮沢フジ 700
宮沢政次郎 10, 81, 104, 240, 248, 254, 261, 292, 373, 387, 407, 412, 416, 435, 451, 464, 518, 545, 582, 604, 615, 616, 660, 663, 699, **701**, 702, 713, 723, 735, 763, 768, 814
宮沢右八 782
宮中 129, 258, 313
宮の目 39
宮野目村 39, 208
みやまうい(ゐ)きゃう **701**
ミヤマキンポウゲ 201
ミヤマザクラ 146
ミヤマビャクシン 612
ミヤマホツツジ 482
宮本正男 804, 806, 808, 812, 813, 815, 816, 820
宮守 64, 307
宮守村 64, 441, 451
『宮守村史』 147
明《みょう》 676
妙音菩薩品第二十四 702
冥界 780
妙覚寺 454
名月天子 143
妙義山 343
「妙行正軌」 47, 265, 348, 510
明行足 667
妙見信仰 295, 661
妙見菩薩 661
妙好 711
妙高山 123, 350
妙光山 350
命根 270
「妙宗」 454
妙宗式目講義録 68, 265, 454, 546, **701**, 730
『妙宗大意』 545
冥助 659, 702
「明星」 363, 447
妙荘厳王本事品第二十七 702
明星天子 627
明神、明神様 276
妙泉寺 155
明達寺 10
明礬 411, **702**
妙布 261
妙法 52, 559, 703
妙法ヶ岳 697
妙法如来正徧知 435
『妙法蓮華経』 190
妙法蓮華経 52, 165, 166, 190, 231, 319, 327, 343, 374, 375, 394, 536, 550, 595, 627, 666, 667, **702**, 703, 744, 761, 774
妙用 421
三好十郎 522
ミラ 207
未来圏 440, **703**
未来派 **704**
『未来派宣言』 704
ミラ型 653
ミラージュ 368
ミラー、リード 640
ミーラン 158, 159, 258
『ミリンダ王の問い』 66
睹る 717
海松、水松、みるめ 742
ミルキー・ウェイ 23, 189, 196
ミルダの森 470
見るべし 118
ミルン、ジョン 492
ミーロ 760
弥勒、弥勒菩薩 45, 311, 324, 325
三輪 705
水脈《みを》 704
みをつくし **704**
明か清か 359
民間信仰 242, 493, 695, 731, 732
ミンコフスキー 424, 440, 703
ミンコフスキー空間 440, 703
民衆芸術 562
民話 218, 332, 455, 514

【む】

無 261
無畏 414
無為法 713
無我 416
向小路 511
向花巻 511
迎え火 145
麦、ムギ 23, 33, 92, 93, 129, 132, 164, 230, 253, 262, 263, 264, 305, 370, 384, 429, 439, 443, 451, 591, 595, 599, 642, 668, 694, **705**, 790, 813
素麺《むぎ》 **705**
麦刈り 8
麦粉 714
麦こがし 430, 705
麦こなし 91, 705
麦糠《ぬか》 705
麦のはぜ 705
麦のふすま 705
麦星 8

麦飯 705
麦わら、麦藁、麦稈 50, 584, 706, 790
ムギワラギク 650
麦藁真田 706
麦稈帽子 340, **706**
むく犬 55
無垢識 205
無功徳 460, 765
ムクドリ 717
むぐらもち、むぐら **706**
無間地獄 21, 322
無限等比級数 512
無砂糖 284
無慙 707
無産者階級 639, 641
無産者文学 562
蒸菓子 133, 430
無色 **706**
無色界 75, 501, 706, 771
無色香味触法 479
ムジナ、むじな 665, 706
むじな色 **706**
蒸しパン 593
武者金吉 32
武者小路実篤 476, 562, 753
無主義 **707**
無生 **707**
無常 444, 458
無上 707
無常院 559
無生観 707
無上士 667
無上甚深微妙法、百千万劫難遭遇… **706**
無上土 632, **707**
無上道 252, **707**
無上菩提 338, 664, **707**
蓆、むしろ 39, 342, 383
「無尽灯」 10
無水亜硫酸 30, **707**
無水硅酸 229
ムスカリ **707**
ムスカリン 272, **707**
結ぶこだ 710
ムスリム 622
無声映画 167, 466
無声慟哭 594
霧雪 421
無窓の単子 372, 719
むぞやな、むぞやなな、むぞや **707**, 792
无茶无茶 **708**
ムチン **708**
六角山 190, **708**
ムッセン街道 **708**
陸奥大地震 161
六連星 392
無糖練乳 285
気分《ムード》詩 372
胸あて **708**
棟方志功 514
棟方寅雄 514
牟尼 337
無熱天 355
無熱悩池 20, 164
ムハンマド 622
無辺行菩薩 327, 334, 349, 663, **708**
無方 692
無煩天 355
無煩悩 338
無明 666, **708**
「無名作家」 642
無名峰 752
村上鬼城 124
村上静人 476
村上専精 248
斑気多情、むら気多情 **708**
紫綾 **708**
紫石 191
紫朱珍 **708**
紫水晶 329, 379
むらさき草 322
むらさきつめくさ 7
紫燐 766
村田銃 391
村田経芳 391
ムラード **709**
村山知義 102
無量仏、無量光仏、無量寿仏 24
室生犀星 115, 294, 297, 310, 393, 560
室ぬち **709**
室伏高信 333, 563
室蘭 642, 775
ムンク 397
ムーンストーン 235
ムーンディーアサンディーア **709**

【め】

目明かし 102, 511
目あかし町 511
冥王星 439
冥界 44
『名曲決定盤』 160
明治座 508
明治女塾 **710**
明治製菓 133
明治橋 419
冥助 659
冥するときしわれなんだす 199
冥土 99, 311, 328, 748
冥府 272
冥府信仰 749
明文制裁 **710**
めいめいして **710**
明滅 23, 33, 37, 41, 128, 240, 253, 320, 321, 371, 372, 503, **710**, 711, 760
妙好《めうかう》 **711**
『メエテルリンク傑作集』 476
めがた **711**
眼鏡、メガネ 45, 433, 779, 781
めがねパン 593, **711**
メガホーン 140
メキシコ革命 601
メキシコ高原 668
めくそ 120
めぐらかし 459
めくらぶだう、メクラブドウ 327, 346, 543, 684, **711**
めぐるい 686, **711**
繞る八谷に劈櫪の／いしぶみしげき **712**
メゴーグスカ **712**
メコン川 477
「メサイヤ」 592
眼路 235
メシア 364
女鹿かくし 325
目白(地名) 405
目白、めじろ 605, 660, 695, **712**
銭《メース》 **712**
メソッド **712**

メソポタミア　27, 188, 204, 458, 617
メタノール　30, 717
メタル、メダル、めたる　2, 378, 546, 638
メタルラス　754
メタンガス、メタン瓦斯　354, 639
メチール　30
メチルアルコール　30, 285, 717
メチレンブリュー　**712**
メッカ　27, 246
メッキ、鍍金　2, 93, 175, 201, 274, 354, 386, 546
めつけもの、目っ付もん　427, 461, 519, **713**
見《め》っけらへれば　**713**
滅諦　324
滅法界　**713**
メーテルリンク　463, 476, 695
メトロポリタン歌劇場　160, 303
めにあつた　**713**
メヌエット　385
瑪瑙　109, 123, 229, 280, 282, 494, 601, **713**, 761, 774
瑪瑙樹　657
瑪瑙木　461, **713**
めのこ勘定　**713**
メフェスト、メフィスト　335, **713**
眩《めま》ぐるき　749
メマツヨイグサ　681
馬鳴《めみょう》　325
目盛フラスコ　**714**
メラク　661
黒玢岩《メラフィイアー》、メラファイアー　**714**, 784
メランテライト　766
メーランファン、梅蘭芳　**714**
メリケン粉　88, 137, 335, 336, 395, 550, **714**
メリケン粉株式会社　550, 714
メリケン国　88
メリヤス、めりやす　**714**, 720
メロン　80
綿火薬　**714**
免罪符　266
孟子《メンシアス》　**716**
綿繻子　348
綿セル　414
メンタルスケッチ　371
メンデルスゾーン　564, 814
綿ネル　560
面壁九年　460

【も】

もう今日は来ても…　**716**
妄言綺語の…　**716**
妄語戒　341, 588
申さんすぢゃ　**716**
『孟子』　250, 362, 716
孟子　**716**
毛氈　235, 416
もうせんごけ、モウセンゴケ　362, **716**
毛越寺　430, 532
もうは　明るぐなりがかたな　**716**
萌黄、萌葱、もえぎ　555, 610, **716**
モオニング　507
モカロフ　**716**
木魚　311, 595
モグサ　749
木材乾溜　717
藻草花菓子烏賊の脳　**716**
「黙示録」　363, 634, 748
木精　30, 198, 285, **717**
木星　45, 272, 590, 799
木タール　**717**
木炭　233, 276, 394, 723
目睹　**717**
木馬　**717**
木馬館　717
土竜、モグラ　227, 443, 706
モクレン　675
もご　**717**
モゴク　591
モザイク、モザイック　141, 185, 235, 597
文字曼陀羅　327, 687
モシャ　**717**
もす　115
もず、百舌　119, 324, **717**, 728, 730
モース、E.　444
モス・アゲート　713
モスクワ芸術座　476
模造酒、模造ウイスキー　285
模造真珠　370
モーター、モートル　**717**
モダシ　569
モダニスト、モダニズム　186, 343, 746
モーターボート　644, **718**
餅　33, 238, 299
モチグサ　749
糯米　430
もちひ　**718**
モーツァルト、W.A.　363, 413, 621, 748, 777, 799
木化蛋白石　64, 465
もっ切り　**718**
木琴　170, 368
苔瑪瑙《モツスアゲート》　**713**
持ってがれで　**718**
持ってて　**718**
雪袴《モッペ》、もっぺ、モッペ　483, 739
もて　181
モテイーフ　**718**
饗《もてなし》　237, 294
基肥、元肥　477
相転移《モードトラジション》　128
本宮　561
本宮村　325, 561
元山　40
元湯　433, 436
元湯帝釈の湯　601
戻るすか　**718**
最中　133
単子《モナド》　18, 718
モナド　18, 45, 74, 128, 208, 250, 251, 257, 264, 279, 281, 317, 335, 373, 538, **718**, 719, 737, 806
モナドノック、残丘《モナドノック》　70, 266, 305, 353, 457, 519, 620, **719**, 736
モナドノック山　719
モナド論　74, 318, 372, 718
モーニンググローリ　173, **720**
モーニングコート　640
モネラ　646
藻の花　316
物見崎　190
物見山　70, 455, 736
モヘンジョダロ　65
樅　188

籾　56, 75, 538
籾殻、もみ殻　56, 245, 513
モミジ、もみぢ　49, 311
モミジガサ　696
籾磨《もみすり》　56, **720**
籾緑金に生えそめし　**720**
木綿、もめん、モメン　11, 162, 205, 222, 330, 415, 468, 510, 597, 646, 655, 784
木綿糸　303, 390, 481, 510
木綿角縞の袍　655
桃　24, 110, 212, 394, 449, 482, 602, 720
桃色、桃いろ　174, 297, 356, 496, 586, 589, 707, 766, 810
もゝ立ち　**720**
ももどり　**720**
桃の果汁《しる》、桃の漿《しる》　**720**
股脛巾《ももはばき》　720
股引、もも引　11, 618, 714, **720**
もや　427, 574
靄　162, 336, 642
もやあったにかゞて来たもの　**721**
もらないやなぢゃ　540, **721**
モーリー　256
モリエール　691
モリーオ　108, 515, **721**, 722
森鷗外　36, 52, 251, 345, 353, 669, 677, 788
盛岡　7, 15, 61, 96, 120, 131, 143, 148, 178, 188, 190, 209, 297, 310, 322, 325, 341, 365, 415, 428, 431, 447, 453, 470, 475, 482, 495, 496, 530, 533, 539, 543, 560, 573, 577, 589, 593, 611, 656, 662, 693, **721**, 722, 737
杜陵　721
盛岡駅　64, 121, 325, 340, 721, 722, 740, 757
盛岡高等農林学校、盛岡高等農林、盛岡高農　17, 48, 50, 102, 140, 150, 161, 166, 192, 216, 231, 258, 259, 292, 359, 364, 376, 407, 421, 439, 453, 480, 507, 518, 530, 536, 567, 590, 596, 631, 652, 659, 662, 669, 700, 707, 721, 731, 764
盛岡高等農林学校得業論文　232, 364, 391, 764
盛岡高等農林実験農場　561
盛岡高等農林付属農場　231
盛岡市　39, 46, 64, 74, 98, 100, 104, 108, 142, 173, 191, 219, 236, 239, 246, 292, 310, 326, 329, 334, 350, 401, 402, 419, 428, 436, 469, 480, 482, 493, 515, 517, 530, 533, 553, 561, 588, 589, 601, 629, 656, 668, 691, 722, 727, 751, 752
盛岡城　61, 366
盛岡少年院　141
盛岡尋常高等小学校　365
盛岡浸礼教会　453
「盛岡大学紀要」　241
盛岡中学、盛岡中学校　4, 21, 48, 49, 52, 89, 104, 180, 184, 201, 222, 241, 249, 259, 299, 338, 340, 401, 453, 464, 468, 472, 490, 515, 569, 574, 613, 630, 656, 662, 691, 697, 700, 721, 722, 724, 730, 746, 756
盛岡中学寄宿舎　338, 401, 469
盛岡電気　147, 495, 503
盛岡天主公教会　628, 721
盛岡電燈株式会社　147
盛岡藩　310
盛岡仏教夏期講習会　464
盛岡仏教図書館　401
盛岡方言　107
『もりおか明治舶来づくし』　108
盛岡幼稚園　453, 809
盛岡四ツ谷天主堂　721
モリオン　222
森槐南　**722**
「森槐南を論じたり」　722
分子《モリキル》、モリキル　719
森佐一、森荘已池、森惣一　162, 165, 180, 415, 691, **722**, 805
森下南陽堂　373
モリス、ウィリアム　527, 563, 821
森田草平　27
森永製菓　133
「森の学林」　28
モリブデン　345, **723**
森本智子　421
モルガナイト　766
モルスランダー　225, 347
モルダウ川　668
モールトン　439
モルヒネ　233
モロコシ　513
モロツコ狐　181
藻を装へる馬　**723**
モンゴル族　181
モン・サン・ジャン丘　557
門歯　**723**
文殊菩薩　334, 626, 735
モンシロドクガ　198
モンスリー気象台　84
『文選』　765
「モンタージュされた詩『小岩井農場』」　247
モンテヴェルディ　117
もんぱ　**723**
文部省督学官　120
もんぺ　644, 739
悶乱　**723**

【や】

灼いたりんご　769
要法下種《やうばう げ しゆ》　**744**
夜営　52, 490
八重空木　75
八重樫賢師　782
焦《や》き　421
山羊　110, 207, 352, 417, 494, 596
八木英三　36, 437, 438, **724**
焼菓子　133
やぎ座　207, 596
八木重吉　562
焼玉機関　718
山羊の乳　80, 189, 744
焼畑《やきばた》　158, 194
八木巻　101, 452, 723, **724**
八木巻神楽　724
八木巻川　724
焼明礬　702
「薬王樹」　10
薬王菩薩本事品第二十三　338, 702
薬師外輪山　62, 64, 123, 725
薬師火口　62
薬師岱赭　**724**
薬師岳　62, 123, 232, 307, 587, 713, **724**, 725
薬師仏　334, 725
屋久島　218, 277, 384

ヤークシャ 133, **725**
屋久杉 218, 384, 486
薬草喩品第五 702
約束すづぎぁ草むすぶんだぢゃ **725**
牆林《ヤグネ》、家ぐね **725**
疫病除けの「源の大将」 **725**
八雲 642
焼け 801
野鶏 505
焼石 62
焼っぷぐる、焼っぷぐるぞ 274
焼走り熔岩流 62, 743
焼畑《やけばた》 158, **725**
夜光貝 756
夜行汽車 650
ヤコブ **726**
「ヤコブの手紙」 726
矢沢 39
矢沢駅 39
矢沢神楽 724
矢沢村、矢沢村小袋 39, 169, 276, 445
椰子 594
夜叉 108, 165, 176, 200, **726**
鏃、矢じり 265, 416, **726**
ヤス 407
ヤースナヤ・ポリャーノ 669
安彦さん 672
八十氏の柚 290
矢田丘陵 659
矢立杉 486
八谷 712
矢田部良吉 354
谷地 117, 481
八千代 **726**
やつがれ **726**
柔《や》っけ 283
柔《や》つけもん 283, **726**
奴凧 539
やつてら **726**
ヤップ島 38
八ツ目湿原 63
八つ森 276
やどりぎ、やどり木 203, 217, 222, **726**, 806
やな、簗 25
簗川 177, **727**
柳、やなぎ 131, 192, 213, 220, 226, 253, 347, 354, 386, 388, 566, 569, 639, 694, 710, **727**, 729
楊 28, 91, 205, 226, 237, 270, 287, 346, 386, 604, 638, **727**
柳沢 52, 63, 96, 214, 247, 260, 386, 448, **728**
柳沢口 448
柳草、ヤナギソウ 729
柳田国男 3, 108, 181, 223, 232, 298, 299, 447, 451, 514, 683, 723, 729, 730, 737
ヤナギタデ 453
柳の丘 388
柳の絮 566
柳掃ひしと 727
やなぎらん、柳蘭 356, 388, 502, **729**
梁簀 25
野馬 78
耶馬渓 343
矢ばね、矢羽根 622, **729**
矢巾町 237, 287
やぶ 662, 796
やぶうぐひす 71
藪川村 329
藪川村岩洞 329
ヤブカンゾウ 166
吝《やぶさ》けき 687
藪屋 796
敗り、壊り **729**
傷れて **729**
ヤブロネッツ 668
野砲 **729**
鉱床《やま》 298
山蟻、ヤマアリ 28
山犬 99, 288
豺《やまいぬ》 288
山内修 387
山ウド 696
ヤマウルシ 81
夜摩王 55
山男 14, 47, 74, 142, 151, 208, 217, 398, 456, 461, 488, 533, 543, 722, **729**
山形街道 644
山県舎監 299, 338, 468, **730**
山刀 88, 225
山県頼咸 730
やまかひ、やまかい、山峡 341, **730**
山雀《やまがら》、やまがら 324, 605, **730**
山烏 155, 644
山川智応 446, 701, **730**, 790
山口 447
山口素堂 51
ヤマゴンニャク 683
山さ来てらたもな **730**
山桜、ヤマザクラ 146, 147, 296
山去茶屋 287
山師 612, 731
ヤマシギ、山鴫 634
山師たがり **731**
山師張るときめた 612, **731**
山裾 733
山背風、やませ 113
山岨 429
山田 150, **731**
山高帽 340
山田港 150
山田耕筰 199
山だち **731**
山田町 731
山田博士、山田玄太郎 **731**
山田湾 150
山つ祇 **731**
やまつつじ、山つつじ **731**, 778
夜摩天、夜魔天 95, 673
日本武尊、ヤマトタケルノミコト 264, 269, 366, **731**
大和村 153
山鳥 **732**
やまなし, ヤマナシ 110, 151, 531, **732**
やまならし, ヤマナラシ 573, 728, **732**
山西高原 435
山猫、やまねこ 298, 556, 557, 760
山猫軒 402, 814
山ねこさま 557
山猫大明神 556
「山猫通信」 55
山猫博士 171, 489, 556, 696, 803
山の王 313
山の神 731, **732**, 733
「山の人気者」 738
山の根 655
山の方ぁい、いんとも… **733**

「山畠・蛾と笹舟」 722
山鳩 285, 580
山火 101, 526, **733**
山彦 23
山蛭 616
山伏 129, 244, 733
山伏上りの天狗 **733**
山伏神楽 101, 129, 245, 586, 724, 731
山葡萄、山ブドウ、ヤマブドウ 223, 469, 580, 634
山繭、ヤママユ 488
山村暮鳥 210, 230, 257, 294, 297, 310, 372, 393, 400, 618, 768
山裳 **733**
山本一清 243
山本鼎 343, 562
楊梅《やまもも》 **733**
山山のへっぴり伯父 533
ヤマユリ 741
山姥 138
やみていぶせきわれをあざみ 695
暗《やみ》の森 389
闇夜天 265
やらないでで 103
ヤリカツギ 388
ヤリクサ 388
槍たて草 388
槍の葉 **733**
槍葉、鎗葉 733
ヤルカンド 209, 300, 319, **734**
ヤルカンド川 734
やるせなみ 628
八幡館 167, 174
ヤーン、フリードリヒ 630
ヤング、トマス 249
やんせ 115
厭んた、やんたじゃ 53, **734**

【ゆ】

元《ユアン》 328
『唯一者とその所有』 480
唯円 464
唯識、唯識派 206, 315
唯心縁起 232
唯心主義 250, 718
唯心的 45, 371, 495, 500
唯心論 45, 317, 500, 703, 719
唯心論宇宙観、唯心論的世界観、唯心論的多元宇宙論 45, 89, 318, 500
唯物史観 646
唯物論 74, 317, 399
維摩詰居士 252, **735**
唯摩経、維摩経 436, 575, 663, 673, **735**
維摩経仏国品第一 735
維摩経仏道品 252
黝《ゆう》 3
木綿 257, **735**
「憂鬱なる花見」 297
遊園地 419, 580, 583, 675, **735**
有機交流 180
有機交流電燈 128, 371, 500, 503, 760
有機酸 348, **736**
有機肥料 189, 438, 459, 616
憂虞の象 180
有効窒素 411
有孔虫 93
有孔類 818
熊谷寺 212, 779
有産者階級 639, 641
ユウスゲ 166
郵袋 259
雄大積雲 404, 408, 525
夕づつ 591
融鉄 65
誘導蛋白質 414
融銅 592
夕張岳 541
夕日山 **736**
郵便脚夫 210, **736**
郵便局 340
郵便物 259
郵便屋 260
有楽座 476, 524
遊離硅酸 229
遊離脂肪酸 313
幽霊 128, 150, 185, 241, 296, 503, 603, **736**, 737, 769, 775
幽霊写真 **737**, 779
幽霊の複合体 128, 736, 737
「幽霊の本」 637
「愉快な牛乳屋」 67, 738
愉快な馬車屋 67, 339, **737**
「愉快に唄へ」 738
瑜《ゆ》伽行《がぎょう》(ヨガ) 695
彎み 792
雪狼 739
雪狐 181, 367
雪沓 141, 186, 210, 349, **738**
雪雲、雪ぐも 124, 160
雪げの水に涵されし **738**
雪さ寝せろ **738**
雪汁、雪汁水 738
雪代、雪しろ、雪代水、ゆきしろ、ゆぎしろ **738**, 787
雪代ふ **738**
雪菜 507, **738**
雪肉 596, **739**
雪鼠 557
雪のエッセンス 589, **739**
雪の団子 214
雪袴 **739**
雪はれるうぢ此処に居るべし泣ぐな **739**
雪婆んご 138, 556, **739**
雪柳、雪やなぎ 727, **739**
雪渡り **739**
雪童子、雪わらす 134, 138, **739**
ゆぐ 16
湯口 39
湯口尋常高等小学校、湯口小学校 365, 445
湯口村 53, 212, 248, 445, 534, 535, 740
湯口湯本 582
ユグチュモトの村 582, 696, **740**
ユゴー、ヴィクトル 491, 534, 557, 791
ユージノ・サハリンスク 388
湯島聖堂 375
ゆじゆ 25
由旬 21, 310, 328, 350, 375, 442, 505, 674, **740**
柚 290
踰《ゆ》繕《ぜん》那《な》 740
優陀那日輝 454
湯田町 99, 161, 644
湯田村 99, 161
ユダヤ教 622
ユッカ **740**
湯漬け 112, **740**
油桃 392, 576

湯殿山 493
『ユートピア』 152
『ユートピア便り』 821
湯煮 187
ユニオン・ストックヤード 319
ユノ 697
ユピテル 697
ゆぶし **740**
ゆべな 470
湯船沢 **740**
ゆべながら 470
昨夜《ゆべな》、今朝方《けさがだ》だたがな… **741**
「夢の浮橋」 741
夢の水車 606
夢の橋 **741**
『夢の破片』 161
湯本 39, 582, 740
湯本村 145, 433, 740
ユーモレスク 802
ユラ紀 352, 742
百合、ユリ 75, 125, 145, 166, 182, 216, 295, 344, 386, 547, 580, **741**
ユリア 44, 159, 352, 473, 477, 569, 649, **742**
油緑 423, **742**
「ユリイカ」 688
寛い 162

【よ】

宵の明星 199, 590, 591
宵待草、ヨイマチグサ 681
杳遠 **743**
洋傘 26, 31, 75, 187, 689
洋菓子 133, 414, 567, 594
ようがす **743**
熔岩、鎔岩 62, 165, 178, 266, 283, 342, 412, 463, 641, **743**, 791
熔岩円頂丘 165
鎔岩流、溶岩流 62, 175, 413, 463, 697, **743**
ヨウクシャイヤ 631, 686
養鶏用石灰 410
溶鉱炉 150
妖蠱《こ》奇怪 117, **743**
養蚕講習所 225
養蚕実習 225
ようし、仕方《しがだ》ないがべ… **743**
洋種畜産業 246
容子 **744**
揚子江 289, 342, 435
妖精 100, 138, 156, 621, 810
沃素 744
瑤台、瑶台 512
沃度 109, 547, **744**
沃度ホルム **744**
洋ナシ 531
幼年画報 **744**
溶媒 369
遥拝所 493
要法下種 **744**
陽明学 730
羊毛 294, 309, 415, 586, 597
妖冶 **744**
溶融造岩物質 165
瓔珞 44, 92, 159, 494, 504, 511, 512, 525, 600, 601, **744**, 745, 758
幼齢 弦や鍵器をとって **745**
葉緑素 359
夜風太郎 623, **745**
夜《よ》蚊平《かだいら》 96
欲界 310, 405, 442, 501, 574, 671, 673, 706, 771
欲界六天 706
ヨークシャー 631
ヨークシャイア、ヨークシャイヤ 638, 745
ヨークシャー州 725
ヨークシャー豚、ヨークシャ豚 686, 725, **745**
翼手 **745**
欲生 325
横川目 98, 644
横川目村 482
よごせだ 783
寄越せぢゃ **745**
横田庄一郎 416
横手 98, 222, 657, **745**
横手市、横手町 644
横なぎ **745**
ヨコハマ 418
横浜 1, 188, 330, 402, 453, 454, 490, 501, 586, 593, 685
横浜正金銀行 355
横光利一 342, 514, **745**, 746
『横光利一全集』 746
寄さって **746**
与謝野晶子 343
与謝蕪村 346
嘉秋 229
吉江喬松 289, 562, 785
四次感覚 441
よしきり **746**
「四次元」 120, 778, 799
四次元 416, 424, 440, 441
四次元世界、四次元的世界、第四次元の時空間 424, 441, 703
吉田功 536
吉田一穂 514, 746, **746**
吉田源治郎 13, 31, 100, 146, 199, 243, 301, 380, 392, 406, 653, 658
吉田東伍 539, 556, 581
吉田文憲 139, 380, 712
義経像 472
吉野 490, **746**
『吉野葛』 207
吉野之雄 746
吉見正信 754
余習 567
吉原 109, 182
余水吐 **746**
寄接 504
よそほえる 158
よだか、夜鷹、夜だか 50, 99, 124, 134, 161, 294, 576, 634, 667, **747**
酔ったぐれ、酔たぐれ **747**
四つの海 146
四谷第六小学校 173
四ツ谷天主堂 628
四谷内藤町 94
予定調和 318, 412, 719
澱《よど》 280, 281, 426, **747**
夜盗蛾 748
夜盗虫 **747**, 748
ヨードカリ試験紙 244
ヨードチンキ 744
澱み、よどみ、澱んでゐる 280, 729, 747
米内川 177
米子 673
米里 430
米里村 607
米地文夫 121, 755
米内村 515, 517
『世の終り』 32
ヨハネ 180, 195, 243, 363, 726,

748
ヨハネ騎士団 344
「ヨハネ受難曲」 748, 777
「ヨハネ福音書」 363
「ヨハネ黙示録」 363, 634, 748
ヨハンネス 195, 199, 226, 363, 379, 748
誘接《よびつぎ》 504
「ヨブ記」 658
呼子 **748**
呼子鳥 225
ヨブスマソウ 696
よべ屯《たむろ》せし 208
四又の百合 741
黄泉、夜見 674, 748
読売新聞 480
夜見来川 591, **748**
黄泉路 **748**
よみしける **749**
よもぎ 384, 498, 557, **749**, 799
寄居 672, **749**
寄居町 749
ヨルダン河 363
夜づもな鳩だの… **749**
夜でば小屋の隅こさ… **749**
よるべ **749**
よわぼし **749**
四大聖地 205
四番除草 314

【ら】

羅 745, **750**
蘿 **750**
雷雲 123
ライオライト 764
ライオン 211, 323, 617
雷気 438
雷銀 572
頼山陽 343
耒耜 **750**
雷神 108, 274, 456, 712
稲　沼《ライスマーシュ》 **750**
雷沢帰妹 **750**
雷鳥 412, **750**
ライトコーン 703
癩病、ライ病 **751**
ライプニッツ、G.W. 18, 74, 250, 318, 372, 412, 718, 719
ライフブイ 621
ライフル 391
ライ麦、ライムギ 69, 705
ライムライト 524
琴《ライラ》、ライラ 134, 179, 273
来々軒 **751**
ライラック **751**
雷竜 43, 174, 352, 471, 569, **751**
「ラインの黄金」 787
ラヴスィン **752**
羅婆那《ラーヴナ》 765
ラウン、F. 637
羅賀 520, 760
螺蛤《らかふ》 **753**
羅漢 163
羅漢堂 163, 300, 656, **752**
螺髻梵王《らきつぼんのう》 252, 735
酪 752
落葉松《らくえうしやう》の方陣 157, 609
落葉松《らくえふしやう》 157
酪塩 378, **752**
落雁 430
酪牛 72
ラクサ 754
酪酸 736, 752
ラークシャサ 752
ラクシャス 752
ラクシャン **752**
落上 **752**
らくだ 127
楽土 58
酪農 31, 72, 188
ラクムス青《ブラウ》 **752**
洛陽 398
螺蛤 **753**
ラコーム 804
ラジアン 272
羅紗(沙)、ラシャ 94, 340, 467, 592, **753**
羅紗掻草、ラシャカキグサ 467, 753
らしゃ鞄 753
ラジュウム、ラヂウム、ラジウム 257, 392, **753**
ラジュウム光線 753
ラジュウムの雁 392
螺状星雲 767
ラス網 754
ラスアルハゲ 300
ラスキン、J. 754
「羅須その他」 754
羅須地人協会 28, 87, 112, 241, 255, 297, 323, 328, 376, 447, 448, 511, 527, 556, 582, 583, 603, 616, 639, 648, 751, **753**, 777, 782
「羅須地人協会の命名私考」 754
「羅須地人協会命名考」 754
「羅須という語の由来」 754
「羅須の語義推定」 754
「ラズモフスキー第三番」 648
ラズライト 774
羅刹 108, 176
ラダメス 159, 459
色丹松《ラーチ》、ラーチ 322, 388, 469, 754
落花生 188
薤、ラッキョウ 123
ラッグ **755**
ラックスハム 586
らっこ、ラッコ 12, 182, 485, 689, **755**
ラッコの上着 485
ラッセル **755**
ラッセル、バートランド 563
ラッセルゲロイシュ 755
ラッパ、喇叭 160, 211, 243, 253, 363, 374, 395, 470, 508, 697, **755**
紅土《ラテライト》 **756**
螺鈿《らでん》 105, 285, **756**
ラドン 753
らば 204
ラピスラズリ 226
ラプソディ、ラプソディー **756**, 805
ラプラス 128, 439, 517
らへで 749
ラマーキアナ 90
ラマ教 251
ラマーク 90
ラマルク、J.B.M. 90, 444, 646
ラムステッド博士 563
ラムダ八世 445, **756**, 691
ラムネ 619, **756**
ランプ、らむぷ、ラムプ、洋燈《ラムプ》 6, 16, 27, 37, 80, 168, 193, 210, 414, 495, 502, 503, 543, **756**, 798
ラムプシェード 756
ラムプのアルコホル 37

ラユー 432, **757**
辣油 432, 757
ラリクスランダー 347
ラリックス 157
ラルゴ 16, 112, 373, 456, 578, 712, **757**, 804
乱雲 125, 444, **757**
楞迦《ランカ》 765
ランカシャイヤ **758**
楞伽城 765
らんかんの陰画 **758**
藍青《らんじょう》 **758**
藍晶石 **758**
ランス川 474
乱積雲 88, 408, 432, 805
乱層雲 548
ランダア、ランダー 31, 225, 347
ランターン 637
乱弾 222
藍靛《らんてん》 758
藍燈 745, **758**
藍銅鉱 15, 113, 226, 462
ランドセル 568
乱反射 125
ランプラア **758**
ランベルト 441

【り】

リアカー 57, 775
リアリズムとロマンティシズム **759**
両《リアン》 328
「リエンツィ」 787
力丸光雄 103, 183, 204, 347, 579, 685, 754
『リグ・ヴェーダ』 55
陸羽街道 39, 448, 728
陸羽地震 161
陸羽二〇号 759
陸羽一三二号、陸羽百三十二号 85, 153, 370, 460, **759**
陸軍 52, 170, 184, 227, 698
陸軍下士官 227, 425
陸軍省 227, 783
陸軍始 170
陸軍兵種 259
離苦解脱 234
六たう三略 **759**
陸中海岸 293, 305, 339
陸中川尻 98
陸中国 197, 440, **760**
陸中松川駅 387
陸稲 56
陸風 **760**
リゲル 116, 117
リサージュ 696
リシウム 282, 761
リジュー 398
理神論 412
栗鼠、りす 217, 293, **760**, 798
栗鼠《りす》お魚たべあんすのすか **761**
リーズ、ポール 802
リスト、F. 152, 802, 805
リズム、リヅム 112, 247, 257, 263, 291, 339, 385, 452, 548, 577, 578, 629, 687, 699, 710, 798
李成桂 261
リーゼガング、R. E. 761
リーゼガングの環 713, **761**
利爪 **761**
李太白 199
利他行 663
リチウム 35, 282, **761**, 774
律、律宗 317, 319, 763
立憲政友会 401
立正安国会 265, 446, 454, 730
『立正安国論』 452, 545
立正大師 545, 761
立正大師滅后七百七拾年 **761**
立地因子 **761**
立派でいいんとも… **761**
リッペルスハイ 779
栗林 542
リート 785
リトマス 712, 752
リトマス液 490
リトマスゴケ 752
リトマス試験紙 244, 308
リネン、亜麻布《リネン》 23, **762**
理髪アーティスト **762**
『理髪師フィガロ』 413
流紋岩《リパライト》、リパライト 626, 764
リービッヒ、J. 158, 762
リービッヒ管 112, 158, 428, **762**
リービッヒ冷却器 762
リビドー 805
リフラクティヴ・インデックス 210
リモネン 157, 609, **762**
リャザン・ウラル鉄道 526
竜 60, 99, 101, 139, 165, 176, 195, 200, 226, 309, 330, 336, 337, 368, 470, 523, 531, 539, 540, 578, **762**, 764
硫安 411, 477, 616, **762**
竜王 682, 762
硫化水銀 616
硫化水素 40, 98, **763**
硫化二砒素 616
硫化砒素 615
竜川 142, 573
隆起準平原 353, 455
竜騎兵 76
窿穹 190
琉球絣 137
竜宮 79, 82, 765
流行寒冒 142
龍谷山 670
竜座流星群 523
硫酸 2, 713, 715, **763**
硫酸亜鉛 229
硫酸アンモニウム 762
硫酸加里、硫酸カリ 616, **763**
硫酸カルシウム 411
硫酸第二鉄 229
硫酸鉄 254
硫酸銅 465
硫酸ナトリウム 329
硫酸ニッケル 229
竜樹菩薩 263, 438, 443, **763**, 813
柳絮 566
竜神 531, 678
流星 187, 546, 664
竜泉洞 410
榴弾 221
榴弾砲 729
竜肉 101, 522
竜之助(介) 264, 352, **763**
竜の髯 **764**
硫砒鉄鉱 604
流氷 17, 738
流紋化 229
流紋岩 91, 138, 191, 339, **764**
流紋凝灰岩 158, 191, 229, 384, 461, **765**
龍門寺文蔵 190

流紋玻璃 **765**
リュック 162
リューランス、T.W. 709
遼 181
梁(国名) 460, 765
諒安 274, 364
諒闇 **765**
遼河 183
楞(㮀)迦経 270, **765**
両切煙草 320
梁恵王篇 716
猟犬座 396, 439, **765**, 767
猟犬座の渦巻き 656
『楞厳会解』 270
亮二 106, 202, 217, 321, 730
霊鷲山 62
量子力学 128, 416
両町合併 **765**
遼東半島 441
遼東湾 183
嶺南大学 204
遼寧省営口 183
梁の武帝 **765**
稜礫 **766**
緑金 220, 373, 720, **766**, 800
緑色凝灰岩 190
緑石 161
緑閃石 8
緑柱石 **766**
緑泥化作用 190
緑泥石 623, 766
りょくでい病、緑泥病 105, 190, 623, **766**
緑泥片岩 652
緑礬 322, 520, 557, **766**
緑肥 143, 316
緑簾石 **766**
緑廊 635
旅団 780
リラ 751
「理論物理学の現時の危機について」 563
燐、りん、リン 24, 294, 493, 642, **766**, 770
燐安 24
林館 385, 767, 770, 771
林館開業 258, 385, **767**, 770, 771
林業試験場 448
リング、H. 630
環状星雲《リングネビュラ》 37, 92, 273, 294, 397, 439, 653, 656, 693, **767**, 768
りんご、リンゴ 17, 62, 80, 135, 151, 197, 198, 273, 280, 346, 381, 400, 431, 523, 593, 618, 686, 768, 769, 770, 779
林檎 304, 508, **768**
苹果 17, 31, 71, 81, 98, 110, 133, 135, 175, 180, 252, 273, 274, 381, 400, 497, 500, 547, 548, 593, 633, **768**, 769
燐光 37, 133, 148, 162, 166, 183, 346, 392, 572, 658, 753, **770**
林光原 751
林光左 714, 751
燐光珊瑚 770
燐鉱石 616
燐光盤 373
林光文 412, 751
リンゴ酒 290
苹果青 768
「りんごタイムス」 768
輪栽 **770**
臨済宗 509
輪作 164
燐酸 616, **770**
燐酸アンモニウム 24
燐酸塩 448
燐酸塩鉱物 820
燐酸石灰 616
燐酸肥料 616, 770
鱗翅 **770**
臨時緯度観測所 693
鱗翅目 120, 680, 747
林藪卉木 **771**
りんだう、りんどう、リンドウ 22, 213, 235, 443, **771**
リンデ 237, 456, **771**
「リンデン・バウム」 771
輪廻 99, 124, 180, 191, 349, 401, 441, 497, 559, **771**
輪廻転生 128
リンネル 584, 762
輪円具足《りんねんぐそく》 278
リンパー先生 716
鱗粉 60, 120, 308, 771
鱗粉気泡 60
輪宝 219
鱗木 43, 82, 406, 461, **772**
鱗木類 43
林務官 218, **772**

【る】

『類纂高祖遺文録』 730
累帯構造 **773**
爾迦夷《るかゐ》 313, 328, 349, 588, **773**
ルコウソウ 291
流沙、流砂 201, 369, 375, **773**, 814
盧遮那仏 249
盧舎那仏品 68, 627, 632
ルーズベルト、テオドール 490
ルター、マルチン 266
ルダス 470
るつぼ、坩堝 92, 408, 480, **773**
ルーナ、ルナティック 773
ルネサンス、ルネッサンス 93, 364, 754
ルーノの君 **773**
ルビー、紅宝玉《ルビー》 35, 251, 304, 309, 543, 591, 761, **774**
紅宝玉坑《ルビーこう》 591, 774
ルビー鉱山 591
ルピナス 141
ルメートル 425
ルモイ、留萌 635
瑠璃 26, 226, 351, 459, 494, **774**
るり色 161
瑠璃液 113, 294, 774
琉璃樹 657
琉璃草 665
ルリビタキ 605

【れ】

レアカー 610, **775**
霊 412, 615, **775**
礼踊り 325
霊界 29, 298, 341
冷害 113, 169, 289, 508, 759
零下ニチ度 369
冷却器 427
霊魂 19, 41, 108, 128, 646, 719, 736, 737, 775
霊魂不滅説 318
麗姝 **775**
嶺線 **775**

黎明　162, 165, 277, 642, 673, **775**
「黎明行進歌」　249
昤々　**775**
玲瓏、れいらう　294, 315, 400, 769, 775, **776**, 805
玲瓏レンズ　197, 273, 280, 381, 776, 779
レヴィット　679
レオーノ　748
レオーノ・キュースト、レオーノキュースト、レオーノキュスト　348, 476, 530, 776
レオーノ様　776
レオノレ　648
「レオノーレ序曲」　748, 776
レオノレ星座　324, **776**
レオポルド　182, **776**
レーキ　467, **776**
礫岩　283
瀝青　**776**
「歴程」　102, 204, 447
礫土　766
レグルス　323
レコード　67, 160, 221, 265, 291, 350, 373, 390, 424, 442, 459, 491, 592, 596, 640, 648, 677, 693, 738, **776**, 777, 788, 796, 802, 803, 804, 805, 814
「レコード音楽」　67
レコード交換会　777
レコード・コンサート　648, 753, 777
レコードマニア　592
レシタティヴ　569, 637, **777**
レジン、乾葡萄《レジン》　634, **777**
レタス　467
裂罅《れっか》　46, 448, **778**
裂開面　486
列車　94, 374, 388, 474, 486, 502, 816
レッドチェリー　521
レッドトップ　469, **778**
レプラ　751
レミ　437
『レ・ミゼラブル』　491, 534, 557, 791
レモネード　756
『檸檬』　685
レモン　587, 762
レモン油　762
レール　139, 250, 321, 325, 501
恋愛　242, 253, 428, 549, 805
錬金　494, **778**
『錬金術士宮沢賢治』　778
連句　134, 229, 519, 588, 609, 629, 683, 700
蓮華　47, 316, 317, 356, 807
蓮華会　265, 454
蓮華化生　807
蓮華草、レンゲソウ　316
蓮華蔵世界　68
れんげつゝじ、レンゲツツジ　456, 482, **778**
蓮華の花びら　317, 807
連瓦　466
連合国総司令部民間情報教育局　245
レーンコート、レインコート　21, 138
連雀　**778**
蓮生坊　212, **779**
レンズ　37, 78, 123, 168, 196, 215, 231, 423, 477, 529, 530, 652, 665, 769, **779**, 780
レンズ状銀河系モデル　23
レンズ！　ヂーワン！　グレープショット！　222
連星　31, 37, 505, 617
聯隊、連隊　4, 163, 505, 553, 618, **780**
レント　804
レントゲン　446
練乳　285
蓮如　615
レンブラント　**780**
練兵場　492, 493
連絡船　89, 157, 388, 642

【ろ】

顱　341, 781
ロイド、ハロルド　781
ロイドめがね　**781**
ロイヤルブルー　285, 651
朧　695
蠟　143, 193, 590, **781**
狼煙　321, 565
労咳　568
蠟紙　381, 781
瑯玕　161, **781**
浪曲師　213
臘月　**781**
漏尽智力　332
漏尽通　374
狼星　505
蠟石　565
蠟燭、ろうそく、ロウソク　168, 590, 781
漏斗、ロウト　192, 200, **781**
労働競技体操　562
労働芸術論　527
労働者階級　421, 639
労働文学　562
『蠟人形』　290
労農芸術家連盟　641
労農芸術学校　199, 641
「労農詩論三講」　29
労農党、労働農民党　337, 641, **782**
労農文学　562
ロウハ　766
朗明寺　**782**
楼蘭　159, 402, 814
老竜　470
ロウレライ　568
露岩　784
六月の底　426
六牙の白象　421, 627
緑金寂静　766
六三　750
六識　636, 784
六師外道　203
六地蔵　325
六趣　783
六十華厳　232
六十四卦　750
緑青　15, 113, 135, 147, 206, 270, 294, 314, 403, 623, 773, **782**
六条　705
緑青いろ、緑青色　147, 314
緑青ドーム　782
六神丸　208, **782**
六神通　374
六〇〇〇　**783**
六代菊五郎　**783**
六たう三略　**759**
六天　310, 442, 501

六道　43, 72, 125, 325, 348, 351, 501, 771, **783**
六道輪廻　441, 772, 783
六人さまるっきり…　**783**
六原　192, 227, 350, **783**
六原支部　314, 455, 783
六原青年道場　783
六原道場　783
六原農場　783
六波羅蜜　325, 465, 552, 591, 664
六分儀　405
六凡　327
六煩悩　375
六欲天　45, 310, 405, 442, 673
ロザーロ　**783**
濾紙　781
ローシー　117, 246, 335
ロシア革命　333, 527
『ロシア革命史』　527
ロシア歌劇団　414
ロシア極東艦隊　716
ロシア文学　526
ロジーナ　413
ローズ　588, 783
ロースハム　586
ロダイト　589
ロータス　806
ロダン　291
ロヂウム　**784**
ろ頂部　473, **784**
六角シェバリエー　705, 802
ロッキー蝗、ロッキーバッタ　54
ロッキー山脈　54, 283, 390
六境　636, 784
ロック・クリスタル　379
六角牛山　3, 190, 451
六根　**784**
ロッシーニ　413, 621, 718, 777
六平　419
ロッペンガモ　79
海豹島《ロッペン》　79
六方石　**784**
六本腕木　76
濾斗　**781**, 782
露頭　714, **784**, 801
ロートス、ロトス　806, 807
睡蓮《ロトス》の火　807
ロードナイト　589
ロードン石　589
ろば　71
ロバート　55
ロビン　6
ロビンソン、J. T. R.　784
ロビンソンクルーソー　**784**
『ロビンソン漂流記』、『ロビンソン・クルーソー漂流記』　784, 798
ロビンソン風力計　622, **784**
ローフ　593, **785**
ロブ砂漠　159
ロプ・ノール　402, 814
魯木　44, 406, 772
蘆木　401, 406, 772, 785
ローマ・カトリック　423, 602
ローマ神話　488
ロマチックシューマン　350
「ローマの謝肉祭」　797
ローマ風の革の脚絆　186
ロマン主義、浪漫主義　568, 759, 800
ローマンス　**785**
「ロマンスとバラード第二集」　221
ロマンツェ　785
ロマンツェロ　**785**
ロマンティシズム　759
ロマン派　350, 415, 433
ロマン派劇　637
ロマンローラン　**785**
ローム、壚埆　**785**
ロモエ　635
ローヤル館　117, 335, 413, 458
露里　**786**
盧綸《ろりん》　479
ローレンツ　140, 257, 424
ローレンツ収縮　257
ローレンツ変換　256, 440, 703
ローン　326, **786**
ロンド　814
ロンド・カプリッチョーソ　814
ロンドン　155, 159
ロンドンタイムス　**786**
ロンドンパープル　591, 604, 625, **786**
ロンブローゾ　480

【わ】

わぁがない、わがない、わがんない　**787**
歪形　**787**
矮性植物　801
湧ぃでる、湧いでるぢゃい　390, **787**
ワイルド、オスカー　363, 397, 811
和賀　169, 241, 310, 337, 641, 685, 738
若ぃづぎ　479
和賀川　177, 236, 419, 628, 644, 685, 738, **787**
嫩草　787
和賀郡　23, 39, 93, 99, 161, 236, 276, 290, 305, 411, 418, 445, 451, 455, 481, 482, 501, 537, 628, 642, 644, 725, 782
和賀軽便軌道　224, 418, 628, 644
『わが賢治』　204
和菓子　133
『わが生涯』　527
和賀仙人　644
和賀仙人駅　418
和賀仙人鉱山　177
和賀岳　787
和賀町　236, 418, 628
和賀内　349, 350
わがなぃ、わがんなぃ　**787**
『若菜集』　565, 634, 768
『吾輩は猫である』　556
若葉蜘蛛　213
わがみぬち　**787**
嫩芽　**787**
わかめ、ワカメ　224, 305, 481
分レ　728
『和漢対照妙法蓮華経』　730, 790
ワギ家　109
惑星　35, 44, 128, 138, 196, 199, 256, 304, 396, 399, 439, 517
惑星状星雲　37, 397, 440, 523, 767
ワーグナー、ワグナー、ワグナア　221, 333, 424, 777, 787, 788
ワーグナー百年祭記念演奏　788
ワグネリアン　788
ワグネルの歌劇物　221, 386, **787**

わくらば 120, **788**
ワケギ 555
倭寇 261
和算 499
和讃 139, **788**
和紙 257
鷲、ワシ 33, 212, 444, 451, **788**
鷲尾浩 463, 476
鷲ヶ森 236
鷲座、わし座 33, 60, 272, **788**
「ワシントン」 97
ワシントン軍縮条約 353
忘れ草、わすれぐさ 110, 166
『萱草に寄す』 166
忘れでらた 33
ワスレナグサ 166
早稲田大学 446, 514, 724, 746
「早稲田文学」 289
「早稲田大学文学講義録」 152, 719
ヷセリン、ワセリン **789**
絮《わた》 213
綿 205, 209, 276, 734, 735
綿飴 495
綿菓子 495
わたくしといふ現象 737
私の遠い先生 545
渡し守、渡守 306, 492, 782
わだつみ 82, 569
渡辺源太夫 26
綿帽子 404
度会郡 631
亘理章三郎 487
稚内 157, 388
湧口 729
ワッサーマン 293, **789**
ワッパ 607
ワップル、ワッフル 634, **789**
和鉄 480
ワーテルローの戦い 491, 557, 791
和同開珎 212
わな 504, 523
ヷナデイム **789**
ワニ 304, 348
ワニス **789**
輪橋 430
和風 138, 195, **789**
縛鶩河《ワフシュ》 319
『和名鈔』 86
倭名類聚鈔 86
和訳法華経 730, **790**
稈 790
藁 56, 61, 114, 151, 186, 189, 209, 237, 290, 341, 362, 394, 420, 438, 482, 632, 688, 698, 706, 720, 738, **790**
哂い 672
藁沓、わらぐつ 186, 209, 738
ワラサ 638
藁酒 **790**
わらし 739
わらじ、草鞋 186, 457, 483
わらしやど、童やど 790
わらし達《たち》ぁ… **790**
わらす、わらし、童《わらす》 47, 660, 739, 740, **790**
わらぢばき 723
わらづと 482
藁人形 658, 725
藁のオムレツ 114
童《わらはべ》 443
哂ひ 672, 790
わらび 326, 790
わらひ軋る **790**
わらびの根 **790**
笑へだぢゃ **791**
藁むしろ 151
わらわやみ 104
わりゃ 115
わりわりと、わりわり 81, 421, **791**
和りんご 768
悪ぃふ 430
ワルカ遺跡 204
「ワルキューレ」 787
悪たて 130
ワルツ 94, 791
ワルツ第 CZ 号の列車 94, **791**
ワルトラワ(ー)ラ **791**
ワルハラ 791
わるひのき 609
我今見聞得受持 706
割木 **791**
われなんだす 199
われゃ 115
われらみな主とならんぞ **791**
わろ **792**
惑くして 366
彎曲 **792**
椀コ、椀ㇰ 163, 539, **792**

【ゐ】

ゐの角枕 129
ゐのこ 631
ゐろり 54

【ゑ】

ゑにす 92
ゑんじゆ、ゑん樹 92, 778

【を】

をぉがしな **793**
をぞの蟇 105
をちぞら **793**
をちやま **793**
をとこへし **793**
漢子《をのこ》 346, **793**
をみなへし **793**
をみなをとり 731
澱《をり》 747
ヲルフラム 461, 789

【A】

A ワン **794**
a composite of quintillions of souls 736
a tropical war song modified 97
Āryadeva 438
able なる **794**
acacia 6
acetone 15
acetylene 15
actinolite 9
adagio 16
adhimāna 360
adolescence 18
adoleskeca fabel 18
adoleskeco-fabelo 18
Afghanistan 21
Afton Water 640
agate 713
agglomerate 342

ágnos 213
agrós 273
Agrostis 273
Agrositis gigantea 273
Ah! Vous dirai-je, maman. 484
air gap 821
airship 601
alabaster 411
Alaska 26
Albireo 31
alcohol 30, 619
Aleel 29
alféloa 31
alkali 30
alkali ion 30
Allegro 35
Allegro con brio 35
alluvium 471
almond 32
Alnus 31, 347
Alnus japonica 596
Alpen 31
altostratus 422
amalgam 23
amber 274
American Indian 25
amethyst 24
Amicis, E. de. 560
Amitābba 24
ammohos 24
ammonia 24
ammoniac 38
Ammonite 38
amusden June 24
Ānanda 19
ananta 531, 540
Anavatapta 20
andante 35
Andante con moto 35
Andersen, H. C. 35
andesite 34
Andromeda 36
anemone 20
Anglo-Arab 26
Anilin 19
Annelida 37
Antares 34
anthocyan 36
anticyclone 288
Antirrhinum 35
Antlitz 36
Apashonata sonata 648
apple green 17
aqueous rock 138
arabesque 27
Arabia 27
Arabian horse 26
aragonite 26
arbre à pain 594
Arbutus, Crataegus, Prunus, Rosa, それから Rhododendron Prunus といふのは梅だがね **794**
arc 8, 271
Archimedes 30
arc lamp 9
arc light 9
Arcturus 8
Are you all stop here?… **794**
argentium 794, 795
argon 30
Arndt, F. 802
Arrhenius, S. A. 32
「ARS」 339
asbestos 14
Asia Minor 353
Asitelahan 468
Aśoka 13
asparagus 14
asphalt 14
Astilbe argentium／Astilbe platinicum 118, **794**, 795
Astilbe chinensis Franch. Davidii Franch 795
Astilbe microphylla knoll 795
astrakhan 468
asura 351
Athena 698
ātman 19
atmosphere **795**
atom 18
attractive 17
Auber, D. 677
aurora 320
Avalokiteśvara 165
avidyā 708
avīci 21
azalea 12
azalia 12
azurite 15

【B】

B氏 593
bacteria 571
Balcoc Bararage Brando Brando Brando 97
Ball 355
balsam 591, 658
banana 581
banner cloud 575
Bararage 97
barber 762
Barnard's Loop 116
bass 579
beaver 610
beefsteak 188
beer 617
Beethoven, L. v. 391, 647
Beethoven の Fantasy 648, **795**
bell-flower 484
Beloe More 578
Bembero 728
Bengala 652
Bering, V. J. 650
Berlioz, H. 797
berth lay 575
beryl 766
beside the bubbling brook **795**
Betelgeuse 116
Betula 146
Betula alba 418
B. Gant Destupago 489
bhikkhu 601
Bier, bier 617
biscuit 604
bismuth 292
Black Swan **795**
blanket 235
blau 484
bleu 484
blik 638
block lava 641
blue-bell 484
blüh 484
blüh-bell 484
blühend 484

【C】

colloid 279
colloidale 281
collotype 281
collum 155
Colorado 282
Colorado Plateau 282
comparative anatomy 600
Conc. **797**
concentrated 797
condensed milk 285
condor 573
confeito 286
confession 309
confetti 286
conglomerate 283
Connecticut 286
Conté, N. J. 94
Copernicus, N. 276
copper 147
copper green 147
copra 220, 275
coquelicot 233
cordon 279, 573
cork screw, Cork-screw **797**, 800
corona 249, 281
Corona Borealis 430
corundum 251, 304, 774
Corvus 156
Cosmic Consciousness 74
cowpea 299
crab 216
crambo 216
cramp 216
crampon 216
crapaud 216
cream 219
creosote 221
cress **797**
Cretaceous 569
crimson 272
crocus 223
cross 343
cross-bedding 339
cruz 343
Cryptomeria 218
cumulonimbus 408
cumulus 403
Cunda 461
cuneiform 204
cyanite 758
cycle-hole 288
cyclone 288
cymbals 577
cypress 291
cypress vine 291
czar 316

【D】

dāna-pāramitā 465
dah-dah-dah-dah-dah-sko-dah-dah 590, **797**
Dahlia 433, 798
Dahlia variaviris **798**
Dahlke, P. W. 460
Daily Universal Register 786
dal 97
Dal-dal 97
Daniel Defoe 784, **798**
Dantaloka 464
Darwin, C. R. 443
das Opium des Volks 431
Davids, T. W. R. 492
Davis, W. M. 492
deck glass 490
Dekorativ 489
der heilige Punkt 247, 648, **798**
der Herbst **798**
Destillation 489
Destupago, B. G. 489, 621
Des Wassers Rundreise 99
deva 438, 493
dextrin 271
dhāraṇī 459
dharma 460
diadem 433
diallagḗ 486
diallagite 486
diamond 284
dike 170
diluvium 255
Dipper 661
distinction **798**
Diwali 65
dock 416
doek 390
dolmen 526
dolomite 527
dome 189, 740
domestic cat 556
Donald Caird can lilt and sing **798**
Donald Caird's Come Again 799
Draco 523
Dragon 762
Dravidian 523
Drummond light 524
dry farming 522
Duck 154
duck 390
dumdum 458
「Dust」 128, 736
Dvořák, A. 373
dwarf cherry 801
dyke 170
dynamo coleoptera 438

【E】

earth 754
earthlight 13
earthshine 13
eccolo qua! **799**
Edda 1
Edison, T. A. 88
Egmont, L. 799
Egmont Overture 648, **799**
Eine Phantasie im Morgen 593, **800**
Einstein, A. 424
elaeagnus 213
elaia 213
electriciteit 91
elegy 594
elongated pot-hole **800**
emerald 90
Emerson, R. W. 90
enamel 89
engine 579
éntasis 93
Enzym 93
épaulette 90
epidote 766
Equus caballus 797
Erste Liebe **800**

Esperanto 86
essence 739
Ester 86
ether 89, 256
Evans, G. 803
evening coat 94
éventail 90

【F】

Fair smoke 623
fairy 621
fantaisie 621
Faringdon 638
Faselo 489, 621
fern 796
ferro silicon 624
Field, J. 564
Figaro 621
fin de siècle 397
first mate 469
first slope 621
Flandre 69, 638
flannel 560
flora 641
fluorescence 490, 576
fluorite 665
foin 419
forget-me-not 166
Fortuny, M. B. **800**
Fortuny 式の照明 797, 800
foxcatcher 665
Fox tail grass **800**
frasco 714
Freikugel 637
Freischütz 637
Freud, S. 805
frock coat 640
From the new world 373
fruit-bread 634
Funeral march 423, 594
fusulina 93
Futurism 704

【G】

gabbro 186, 597
galaxy 23, 196, 396
gallop 187
gambang 170
Gance, A. 595
Gandhāra 167
Gaṇeśa 609
Gant 489
garnet 297
gas **800**
gāthā 139
gauche 269
gaucher 270
Geikie 232
Gel 238
gelatin 414
gelbe Auge 238
Gemengelage 237
genie 9
ghost 737, 775
Gifford, E. M. 809
gigantea 31, 218
Gilbert Islands 195
Gilda 195
Gillarchdox! Gillarchdae! **801**
Gilyak 195
Giovanni 363, 748
glacier 613
gladiolus 215
glass-wool 62, 280, 378, 465
Gleanings in Buddha-Fields 128, 736
Glockenblume 484
glory 720
gobble 275
goblin **801**
golden bough 727
Goldstein, E. 65
gong 522
gooseberry 385
Goruda 195
Gossan **801**
gossip 269
grain 222
granatum 297
Grand Canyon 283
Grand March 814
granite 131, 215
granodiorite 131
grapeshot 221
graphite 408
Great Plains 390
Green Dwarf **801**
Greenland 219
Grenadier 221
Gresham, S. T. 221
gṛha-pati 268, 735
Grimm, J. L. K. 218
Grimm, W. K. 218
Grip 794
guêtre 186
guilt 195
guilty 195
Guten Morgen Herr 796
gutta 211
guttapercha 211
Gyāgya 185
gypsum 411

【H】

Hab' ich nur deine Liebe 246
Hacienda, the society Tango **802**
Häckel 645
hackney 579
Haeckel, E. H. 645
hale glow と white hot **802**
half shade 594
hallelujah 592
halo 592
ham 586
Hans 595
Hansen, A. G. 751
Harappa 65
hardy phlox 580
hardy plants 580
haricot 299
harmoniā 606
hast 820
Hbrew Melody 808
Hedin, S. A. 402
Heine, H. 568
Helianthus annuus 650
Helianthus Gogheana **802**
Helianthus tuberosus 173
Helichrysum 650
heliotrope 650
HELL 293, 344, **802**
Helen 560
Hellmann, G. 651

Helmholtz, H. L. F. v. 651
Hengst 652
Heroen 652
heron 652
Heros 652
Hilgard, J. 364, 391
Hindhu 66
Histoire d'une âme 398
Ho! Ho! Ho! 797
Hoboe 112
hoe 655
homo 669
Homo sapiens 669
Homoj 669
Horadeum 705
Horadium 705, **802**
Hordeum 802
horizon 505
horizontal cordon 279
hornblende 672
Hornblende-granite 127
Hubble, E. P. 393
Hugo, V. 491
hummingbird 576
humus 628
Hungarian Rapsody 805
Hurruah **802**
Husar 347
hyacinth 599
Hydra 80
hydra 608

【I】

I don't know where. 58
Iákōbos 726
iambic 1
iambique 1
iambisch 1
ice-cream 1
Ice-fern **803**
Iceland 1
Ich bin der Juni, der Jüngste. **803**
Ich weiß nicht wo. 58
idéa 53
igneous rock 138
image 371
In the good summer time **803**
In the good summertime 803
incline 65
indicolite 65
indigolite 65
Indra 67, 435
Indus 65, 375
inulin 56
inverness 68
Iōánnēs 748
iode 744
iodine 744
iridescence 60
iridium 60
iridosmine 60
Iris 50, 59, 337, 569, 636
Iris laevigata Fisch 126
iron hat 801
iron sand 302
irony 2

【J】

jacket 338
Jacobus 726
jadeite 781
Jahn, F. 630
James, W. 317
Japanese Andromeda 16
jasper 645
Java 342
jazz 339
jelly 318
Jerusalem artichoke 173
jhāpeti 457
Jod 744
Jodoform 744
Johannes 363, 595, 748
Josef Pasternack 282, 350, 373, **803**
Juglandaceae 347
Juglans 347
junk 342
Jurassic 352, 742
jute 349

【K】

Kailas 525
kāla-rātri 265
kale 238
Kali 157
Kalium 157
Kalk 410
kalpa 248
Kamchatka 152
kandelaar 168
Kandelaber 168
Kaniṣka 146
Kant, I. 168
kaolin 124
kaolinite 124
Karakorum 155
karma 248
karman 144, 248
karuṇā 331
Kaśāya 233
Kashgar 135
Kashmir 135
Kassiópeia 134
Katarrh 141
Kátharsis 141
Kathodenstrahlen 65
kenjü 240
kenjy 240
kentaur 243
Keolg Kol. **803**
Kepler, J. 550
kermijn 654
Khithai 181
Khotan 258
Kiṃnara 200
kineorama 183
kino 183
Kipp's gas generator 182
Kirghiz Steppe 195
klara 217
Klinometer 218
knot 466
Kochia scoparia Schrad 263
Koidz 224
Kol Nidrei Hbrew Melody 808
Kordon 279
Koshi Ki〔b〕u **804**
kṣānti 552
Kṣitigarbha 325
Kubera 603
Ku-cha 176
Kumārajīva 176

Kuṇḍali 227
Kuśinagara 205
Küster 190
Kustos 190
Kuvera 603
kyanite 758
Kyrie 423

【L】

〔La koloroj, kiu ekvenas en mia dormeto,〕 **804**
Lackmusblau 752
Lahmetingri 97
lahmetingri Calrakkanno Sanno Sanno Sanno 97
lahmetingri Lamessanno kanno kanno kanno 97
Lamarck, J. B. M. 90
lamp 756
Lancashire 758
Lancaster 758
Lander 31, 347
Laplace, P. S. 439
larch 322
Largo 373, 757
Larix 157, 347
Larix leptolepis 157
las、Las 669, 754
lass 755
laterite 756
Lath 754
laughing gas 402
Lava 791
lawn 786
Le Misanthrope 691
Leavitt, H. 679
leek 555
leek-green 555
Leibniz, G. W. 718
lemonade 756
lento **804**
Leo 323, 776
lepidodendron 772
Lepus 72
l'estudiantina **804**
lettuce 467
liǎng 328
Libido 432, 509, **805**
Liebig, J. F. 762
Liesegang, R. E. 761
Lieurance, T. W. 709
lifebuoy 621
lilac 751
lilas 751
Lilium 741
lily 741
limelight 524
limonene 762
lin 762
Linde 771
linen 762
lion 323
liparite 764
Liparitic tuff 65, 191, 764
liquor shop 285
Lißt 152, 391, 648, **805**
Lißt Hungarian Rapsody 805
Liszt, F. 805
litharge 696
lithium 761
living silver 813
Lloyd, H. 781
loaf 785
loam 785
Locky mountain locust 54
loess 755
Loĝadejo. **805**
Logejo 805
London Purple 786
London Times 786
Look there, a ball of mistletoe! **806**
Lop Nor 814
Lorentz, H. A. 703
lotus 146, 356, **806**
LOVE 293, 344
love-bite **807**
love scene 752
Luna 773
Lyra 272

【M】

M1 198
M2 376
M7 301
M27 179
M31 36, 37, 196, 396, 679
M32 679
M33 37
M42 37, 116, 396
M45 392
M51 396, 765
M57 92, 396, 767
mace 712
macrocystis 676
Maeterlinck, M. 476
Magellanic Clouds 678
magic lantern 244
magma 165
magnesia 675
magnetic storm 320
magnetite 328
Magnolia 675
Magnolia grandiflora 675
Magnolia kobus 675
Magnolia liliflora 675
Magnolia obovata 675
Magnolia salicifolia 675
Maheśvara 134, 676
mahogany 682
maitrī 331
makara 207, 674
Makarov, S. O. 716
「Malibran and the Young Musician」 684
Malibran, M. 684
Malot, H. 437
Malthus, T. R. 685
mammon 192, **807**
maṇḍa 189, 687
maṇḍala 687
mandolin(e) 689
Manet, E. 333
maṇi 682
manteau 688
mantle 688
mantra 370, 676
Maori 673
māra 673
Marathon 685
marble 441
Marinetti, F. T. 704
marl 684
marmelo 686
marriage **807**

Mars 138, 698
marsh gas 354
Martin, M. F. T. 398
Masaniello, T. A. 677
mass 680
Mateno. **808**
「MAVO」 102
Max Bruch **808**
medias 714
medius 714
meias 714
Meistersinger 787
melanterite 766
melaphyre 714
memo flora 641
Mendelssohn, F. 814
mental sketch 371
mental sketch modified 97, 372
Mental Sketch revived 373
Mephistopheles 713
Mercury 678
metaphysica 671
method 712
methylene blue 712
〔Mi estis staranta nudapiede,〕 **808**
mica 83
microtome 691
Milky Way 23, 196
Minerva 698
Mirabilis jalapa 105
mirage 368
Mīrān 158
Misanthropy 691
Miss Gifford **809**
Miss Robin 6
Missa solemnis 423
Modern English Reader 684
Mohenjodaro 65
Molekül 719
molybdenum 723
monad 718
monadnock 719
Moon deer, Sun deer 709
moonstone 235
morion 222
morning glory 720
Morris "Art is man's expression of his joy in labour" 821
Morris, W. 203, 526, 821
Morse 444
Morus 347
Morus bombycis koidz. 224
motif 718
motor 717
moving picture 143
mucin 708
Muscari 707
muscarine 707
muscovite **809**
must 678
mutton 680

【N】

nagara 531
nāgarāja 531
Nāgārjuna 763
nāgāvāsa 531
namas 536
Napoléon Bonaparte 534
naraka 321
nasturtium 531
natura 532
Nature 氏 **809**
Nearer my God 273, 437, **809**
nebula 396
neck 163
nectarine 482
"Nein, mein Jüngling..." 820
Nellie 560
neo 555
Neo Greek 555
nephrite 538
Newfoundland 550
Newton, I. 550
New York 550
Ney, M. 557
NGC205 679
NGC5128 243
NGC6543 523
NGC7009 376
NGC7293 376
nickel 158, 546
nieder 532
Nietzsche, F. W. 542
nighthawk 747
Nikolai 542
Nimbus 548, 810
nirvāṇa 559
Noah 561
nocturne 564
nostalgia 564
novelo realista 18
Nymph, Nymbus, Nymphaea **810**

【O】

"O, du, eiliger Geselle, Eile doch O, du nicht von der eilig Stelle!..." 99, **810**
oat 93
oatmeal 108
obelisk 783
oblique cordon 279
oboe 112
obsidian 265
octant 405
ode 354
Oenothera lamarckiana 90
Offenbach 117
-OH 379
Oh, my reverence!／Sacred St. Window! **810**
Oh, that horrible pink dots! **810**
Oh, what a beautiful specimen of that! **810**
Okhotsk 113
old gold 813
olive 116
olivine 171
omelette 114
Ontologie 671
ontology 671
opal 464
opalen 465
opaline 465
opera 111
Ora 115
(Ora Orade Shitori egumo) **810**
orchestrabell 104
ore nest 557
organ 117
Orion 116
ornamental gourd 108
ornamental grass 108

Rasselgeräusche 755
Rasu 754
rattlesnake 192
raxa 753
RCA 160
rear car 775
recitative 777
record 776
red cherry 521
redcap 7
redtop 778
refractive index 210
Rembrandt Harmenszoon van Rijn 780
requiem 594
RESTAURANT WILDCAT HOUSE 402, **814**
rhapsody 756
Rhodes, C. J. 409
rhodium 784
rhodonite 589
rhyolite 764
rice field 750
rice marsh 750
Rien 642
Rienzi 787
Riese, P. 802
Rigel 116
Ring, H. 630
Ring Nebula 767
robin 6
Robinia 6
Robinson Crusoe 784
Robinson, J. T. R. 784
rock crystal 379
Rocky mountain locust 54
Rolland, R. 785
Romanze 785
Romanzero 785
Rondo Capriccioso **814**
Rossini, G. 413, 718
royal blue 285
ruby 774
rug 755
Ruskin, J. 754
Russia 754
rustic 754

【S】

S字形 300
S博士 **814**
sabot 174
Saddharma-puṇḍarīka-sūtra 702
Saga 1
sahā 552
sain 419
sainfoin 419
Saint 418
Saint-Saëns 814
Sakhalin 294
Sakkyaの雪 **815**
Śakra 435
Śakro devānām indraḥ 435
Śakya-muni 337
salad 306
salade 306
salary 305
Salarymen's Union 306
Salix 347
Salix babylonica 727
sāmaṇera 341
saman 340
Samantabhadra 626
Samarkand 304
saṃsāra 771
samyak-saṃbuddha 360
Sanjiro-ă no, Sugi no Adari de,／Inu midya-ni／nagi-jyakute-rana Fuguro／da-be-ga-na? **815**
Sans Famille 437
Santa Maria 313
Santorin 314
sap 302
śārāh 305
śarīra 342
satijn 708
satin 348, 708
sattva 348
Saturn 517
scarlet 358
scattering 315
scheelite 345
scherzo 385
Schubert, F. 415
Schumann, R. 350
scoop 340
Scorpius 300
Scott, W. 799
sea apple 80
sea cucumber 534
Selen 789
Selkirkshire 159
Send my boots instantly 418
Señorita 413
Senrikolta Jaro. 463, **815**
sepia officinalis 413
sepiolite 122
Serenade 415
serge 414
serpent 341
serpentine 341
sextant 405
Shakespeare 336
shale 234
shallow fog 336
shaman 340
Shanghai 342
Shields, R. 803
shovel 340
show dahlia 127
Siberia 333
Siber 333
Siegfried 787
sienna 724
signal 320
silica 231
silica sand 404
silicon 231
silt 785
silver gray 200
Sind 375
Ŝi ne estas belaner nin!／Li ne estas Glander min!／Mi ne estas Slander min! **816**
singing line **817**
Sirius 505
sirocco 367
sirupus 400
Śiva 609
skeleton crystal 121
skyline 505
sleeper 394

smoky quartz 222
snap 391
snapdragon 35
Snider, J. 391
Snowdon 391
Snyder, H. 391
soda 417, 424
soil mulch 420
sonare 425
sonata 425
Sonata, quasi und fantasia 795
Sonnen Tal 431
Sonnental, A. V. 431
sottige 817
sottise **817**
soul 775
soup 392
Southern Cross 697
Soxlet, F. 427
spade 393
spectre 393
speisen **817**
Spengler, O. 333
Sphinx 392
Spilman, J. E. 640
spiritualism 399
Spitsbergen Is. 392
square **817**
śramaṇa 341
śrāmaṇera 341
śrāvaka 360
STAEDTLER 94, 390
Stanley, S. H. M. 389
steam 390
steam hammer 354
steel blue 254
Stein, M. A. 158, 258
Stephenson, G. 358
steppe 390
steward 29
stratocumulus 423
stratus 421, 813
Strauss, R. 390, 648
straw flower 650
street girls **817**
stūpa 511
succession 416
Sudatta 349
sugata 382
sukara-maddava 462
sulfur 40
sumanā 681
Sumeru 350
Sun-beam **817**
sun-maid 778
Suppé, F. v. 246
Sūrya 546
suspension 242
Svalberd 392
Sven Hedin 402, 818
Sweden 395
Swedish safety match 395
sweet sultan 395
Switzerland 395
symmetry 316, 437

【T】

t の自乗 230
tabaco 457
tableland 492
tablet 374
Tacina 314
tael 328
Tagore, R. 28, 492
Taklamakan 449
talc 143
Tamburin 458
taneri 670
Tannin 464
tantalum 464
Tänzerin 37
Taurus 198
TDN 135
teak 466
Tearful eye 141
teasel 467
teaseller 467
teaselling 467
Teddy bear 490
Teddybär 490
tēkka 466
Tellur 789
tempero 504
Tempo di marcisa 97
tenor 491
terebintina 493
Terpentin 493
terrace 493
Tertiary the younger Mud-stone 42, 191, 234, 348, 385, 445, **818**
The Cat's whiskers 185
The Countess Cathleen 29
The Life and Strange Surprising Adventures of Robinson Crusoe 784
The marriage of the Adriatic 807
the relative 424
The Times 786
Thérèse de Lisieux 398
Thékla 488
thermo 493
thermostat 493
thinner 375
Tholoide 165
Thomson, J. J. 499
Thomson, W. 558
thread-bare **818**
thūpa 511
tibbū 458
Tibet 477
timothy 469
tin pest 386
Tipperary 468
Titan 789
Titanic 437
Tobakko ne estas animalo **818**
Tolstoy, L. N. 526
topaz 519
topinambour 139
Topinambur 139
Topping, H. 453
Tortoise island 295
totally digestible nutrients 135
to-té-te-to-tế-to-to tí-ti-ti-ti-ti 667, **818**
totem 519
Tourquois 356, 448, 449
Trachom 523
trachoma 523
transcendence microscope 474
Trans-Himalaya 524
transit 524
translucent 776
trap 523
Trappist 523

Träumerei 350
Trinity 525
Trotskii, L. 527
trunk 524
tubular bells 104
tuff 190, 191
tundra 484
tungsten 461
Tungus 484
Tūrān 478
turbine 438
Turnbull's blue 465
Turner, J. M. W. 433
turnip 148
turpentine 493
Turquois, turquois 448, 449
twilight 252, 571
Twinkle twinkle little star 484
Tyndall 487
Type a form on off **818**
Typhus 469

【U】

U 字 398
U 字の梨 **819**
U 字形 168
udāna 73
uisge-beatha 69
ultra youthfulness **819**
ultramarine 226
Union Stockyard 319
Universal Mind 74
Uran 789
Ur-Iwate 63, 100, 214, 266, **819**
Ursa Major 100

【V】

V 字形のヒアデス星団 198
vag 819
vague《バーグ》 **819**
vaiḍūrya 774
Vaiśravaṇa 603
vanadium 789
Van't Hoff 418, **819**
varga 670
variabilis 798
variaviris 798
varma 217, **819**
varnish 789
vase 645
Vasubandhu 205
Vāyu 432
vegetarian 606
veludo 618
velvet 618
velveteen 618
Venus 199
Verdi, G. 814
Verklälung 391
vermiculite 617
verst 652
verste 652
vertical cordon 279
Vespero. **820**
Vessantara 69
Vessella's Italian Band 814
vidro 156
viersta 652
vigetarianism 606
vihāra 357
Vimalakīrti 735
Vināyaka 609
viol 69
vivid yellowish red 358
Vogel Tanz 624

【W】

waffle 789
Wagner, R. 390, 648, 787, 788
Wald 791
Waldteufel, E. 804
waltz 94, 791
war song 97
Wară 115
Warum Komme mir was der/ieser Zeit **820**
Was für ein Gesicht du hast! **820**
Wassermann 789
water gas 692
water lily 694
water of life 69
watercress 797
wavellite 575, **820**
Weber **820**
Weber, C. M. v, 637, 820
Well 802
Westinghouse, G. 88
whiskey 69
whisky 69
whistler, J. M. 655
white hot 802
wijnruit 654
wild cat 556
WILDCAT HOUSE 556
wildcat whiskey 556
Wilderer 637
Wim. Morris 203, **821**
winch 82
Wind Gap **821**
wind valley **821**
wink **821**
wood land **821**
wood tar 717

【X】

X 線 231, 315, 446, 499
xenolith 413
xénos 413
xylophone 368

【Y】

Y 号 708
Y 字形 279
Yama 95
Yap 38
Yarkand 734
Yeats, W. B. 28
YMCA 166
yoga 695
yojana 740
Yorkshire 745
You little rascals! You play truant! Be off now! Scat away to school! 221
Young, T. 249
yuán 328
yucca 740

【Z】

z 項 184, 693

Z 軸 703
Zamenhof, L. L. 87
Zanelli, R. 303
Zeiss, C. 477
Zigomar 466
Zigzag steerer, desert cheerer. **821**
Zonenstruktur 773
Zügel 477
Zwar **822**
Zweck 353
Zweite Liebe **822**
Zypresse 291
ZYPRESSEN 250, 257, 291

原　子朗（はら・しろう）

一九二四年、長崎市生まれ。詩人・日本近代文学研究家。博士（文学）。早稲田大学名誉教授。元宮沢賢治イーハトーブ館長。旧制早稲田大学文学部在学中より『文藝首都』同人として短編小説や近代詩論等を執筆。同大学旧制大学院を退学後、立正女子大学・早稲田大学教授、昭和女子大学特任教授、インドのジャワハルラル・ネルー大学（J.N.U.）特任教授等を歴任。一九七一年、『大手拓次全集』（全五巻・白凰社）編纂、別巻『大手拓次研究』執筆。一九八六年『石の賦』（青土社）で現代詩人賞受賞。同書は、『ODE TO STONE』（James Morita 訳、Cornell University East Asia Papers, 1990）として英訳された。一九九三年、『宮澤賢治語彙辞典』（東京書籍）等の実績により宮沢賢治賞・岩手日報賞等受賞。他に文体論を中心とした著書や詩集等多数。二〇一七年没。

定本《ていほん》　宮澤賢治《みやざわけんじ》語彙辞典《ごいじてん》

二〇一三年　八　月二〇日　初版第一刷発行
二〇二〇年一〇月二五日　初版第三刷発行

著　者　原　子朗
発行者　喜入冬子
発行所　株式会社筑摩書房
東京都台東区蔵前二―五―三　〒一一一―八七五五
電話番号　〇三―五六八七―二六〇一（代表）
印　刷　株式会社精興社
製　本　牧製本印刷株式会社

ISBN978-4-480-82367-0　C1091